作品名から引ける
日本児童文学個人全集案内

日外アソシエーツ

Title Index to the Contents of The Complete Works of Japanese Literature for Children

Compiled by
Nichigai Associates, Inc.

©2019 by Nichigai Associates, Inc.
Printed in Japan

本書はディジタルデータでご利用いただくことができます。詳細はお問い合わせください。

●編集担当● 石田 翔子

刊行にあたって

　わが国の児童文学は戦後に発展し、民話・お伽噺・童話の類から小説・戯曲・詩・エッセイに至る幅広い作品群が刊行され、図書館、家庭で広く利用されてきた。なかでも、好きな作家の作品を集中的に読む際、特定の作家について研究をすすめる際には、個人全集や選集、作品集が便利である。一方これらの個人全集類は、特定の作品を読もうとした時、どの全集のどの巻に収録されているかを網羅的に調べるのはインターネットが普及した現在でも容易ではない。

　小社では、多種多様な児童文学個人全集の内容を通覧し、また作品名や作家名から収載全集を調べられるツールとして「児童文学個人全集・内容綜覧　作品名綜覧」（1994年刊）および「同 Ⅱ期」（2004年刊）、「同 Ⅲ期」（2013年刊）などを刊行してきた。いずれも作家研究の基本資料・定本として図書館や文学研究者などに好評をいただいている。

　ただ、これらはいずれも大冊であるため、ある作品がどの個人全集・作品集に収載されているかを引ける、より簡便なツールとして本書を刊行するものである。

　ある作品がどの全集・アンソロジーに収載されているか一目でわかるガイドとして、本書が姉妹編である「作品名から引ける日本児童文学全集案内」「作品名から引ける世界児童文学全集案内」（2006年刊）および「作家名から引ける日本児童文学全集案内」「作家名から引ける世界児童文学全集案内」（2007年刊）とあわせて、広く利用されることを願っている。

　　　2018年11月　　　　　　　　　　　　　　　日外アソシエーツ

凡　例

1. 本書の内容

　　本書は、国内で刊行された日本の児童文学に関する個人全集の収載作品を、作品名から引ける総索引である。

2. 収録対象

　（1）1947（昭和22）年～2015（平成27）年に刊行が完結した個人全集（選集、著作集、作品集などを含む）に収載された作品を収録した。

　（2）固有題名のない作品、解説・解題・年譜・参考文献等は収録しなかった。

　（3）収録点数は、278名の作家の個人全集425種2,167冊の収載作品のべ43,996点である。

3. 記載事項

　（1）記載形式

　　1）全集名・作家名・作品名などの表記は原本の表記を採用したが、使用漢字は原則として常用漢字、新字体に統一した。

　　2）頭書・角書・冠称等のほか、原本のルビ等は、小さな文字で表示した。

　　3）全集名中に作家名が含まれていないものは、〔　〕で囲んだ作家名を編集部で補記した。

　（2）記載項目

　作品名／（作家名）

　◇「収載図書名　巻次または各巻書名」／出版者／出版年／（叢書名）／原本記載（開始）頁

　　※巻表示をもたない出版物は識別のために、刊行年月順に〔1〕〔2〕〔3〕…と〔　〕で囲んだ巻数を編集部で補記した。

4. 排　列
    (1) 現代仮名遣いにより、作品名の読みの五十音順に排列した。濁音・半濁音は清音扱い、ヂ→シ、ヅ→スとみなした。拗促音は直音扱いとし、音引きは無視した。欧文で始まるものや記号類で始まるものは、五十音順の末尾に各々まとめた。
    (2) 原本にルビがある作品の読みはそのルビに拠った。また、頭書・角書・冠称等は排列上無視した。同一表記で異なる読みがある場合は適宜参照を立てた。
    (3) 作品名が同じ場合は、作家名の五十音順に排列した。
    (4) 同一作品の収載個人全集が複数ある場合は、出版年月の古い順に排列した。

5. 収録全集一覧（巻頭）
    (1) 本書に収録した個人全集を作家名の読みの五十音順に排列し、全集名・総巻数・出版者・刊行期間を示した。
    (2) 一人の作家に複数の個人全集があるときは、その刊行年順に排列した。

収録全集一覧

【あ】

赤川 次郎
「赤川次郎ミステリーコレクション」 全10巻 岩崎書店 2002年9月〜2003年3月
「赤川次郎ミステリーコレクション 第2期」 全10巻 岩崎書店 2004年10月〜2005年3月
「赤川次郎セレクション」 全10巻 ポプラ社 2008年3月
「赤川次郎ショートショートシリーズ」 全3巻 理論社 2009年10月〜2010年2月

赤座 憲久
「赤座憲久少年詩集シリーズ」 全1巻 じゃこめてい出版(第1巻で刊行中止) 1977年4月

芥川 龍之介
「齋藤孝のイッキによめる！ 小学生のための芥川龍之介」 全1巻 講談社 2009年7月

あさの あつこ
「あさのあつこセレクション」 全10巻 ポプラ社 2007年3月〜2011年3月
「あさのあつこコレクション」 全7巻 新日本出版社 2007年6月〜2008年1月

浅野 正男
〔浅野正男〕蝸牛の家―ある一教師のこころみ―童話集」 全1巻 日本図書刊行会, 近代文芸社(発売) 1997年11月

浅野 都
「石のロバ―浅野都作品集」 全1巻 新風舎 2007年12月

足立 俊
〔足立俊〕桃と赤おに」 全1巻 叢文社 1998年4月

あづま しん
「あづましん童話集―子供たちの心を育てる」 全1巻 新風舎 1999年11月
「みんな家族―他8編―あづましん児童文学短編集」 全1巻 愛生社 2001年3月

天城 健太郎
「なっちゃんと魔法の葉っぱ―天城健太郎作品集」 全1巻 今日の話題社 2007年8月

あまの まお
〔あまのまお〕おばあちゃんの不思議な箱―童話集」 全1巻 健友館 2000年8月

あまん きみこ
「あまんきみこ童話集」 全5巻 ポプラ社 2008年3月
「あまんきみこセレクション」 全5巻 三省堂 2009年12月

綾野 まさる
〔綾野まさる〕ハートのドキュメンタル童話」 全3巻 ハート出版 1998年1月〜2001年7月

あらや ゆきお
〔あらやゆきお〕創作童話 ざくろの詩」 全1巻 鳳書院 2012年3月

収録全集一覧

有島 武郎
 「有島武郎童話集」 全1巻 角川書店(角川文庫) 1952年3月
安房 直子
 「安房直子コレクション」 全7巻 偕成社 2004年3月～2004年4月
飯沢 匡
 「いいざわただす・おはなしの本」 全6巻 理論社 1977年6月～1980年3月
いけだ さぶろう
 「〔いけださぶろう〕読み聞かせ童話集」 全1巻 文芸社 1999年8月
石原 一輝
 「地球のかぞく─石原一輝童謡詩集」 全1巻 群青社 2001年6月
石森 延男
 「石森延男児童文学全集」 全15巻 学習研究社 1971年10月～1971年12月
 「石森読本─石森延男児童文学選集」 全6巻 小学館 1977年6月～1977年8月
出雲路 猛雄
 「みずいろようちえん─出雲路猛雄童話集」 全1巻 坂神都 2012年11月
市原 麟一郎
 「〔市原麟一郎〕子どもに語る戦争たいけん物語」 全5巻 リーブル出版 2005年6月～2008年1月
一龍斎 貞水
 「一龍斎貞水の歴史講談」 全6巻 フレーベル館 2000年8月～2001年2月
伊藤 桂一
 「螢の河・源流へ─伊藤桂一作品集」 全1巻 講談社(講談社文芸文庫) 2000年7月
伊藤 紀子
 「〔伊藤紀子〕雪の皮膚─川柳作品集」 全1巻 伊藤紀子 1999年9月
犬飼 馬鹿人
 「犬飼馬鹿人旧作童話集」 全1巻 日本文化資料センター 1996年6月
井上 ひさし
 「井上ひさしジュニア文学館」 全11巻 汐文社 1998年11月～1999年2月
今井 誉次郎
 「今井誉次郎童話集子どもの村」 全6巻 国土社 1957年10月～1957年12月
今江 祥智
 「今江祥智の本」 全36巻, 別巻1巻 理論社 1980年1月～1991年10月
 「今江祥智童話館」 全17巻 理論社 1986年7月～1987年12月
 「今江祥智ショートファンタジー」 全5巻 理論社 2004年7月～2005年3月
今坂 柳二
 「〔今坂柳二〕りゅうじフォークロア・world」 全6巻 ふるさと伝承研究会 2006年12月～2012年12月
今西 祐行
 「今西祐行絵ぶんこ」 全12巻 あすなろ書房 1984年8月～1985年3月
 「今西祐行全集」 全15巻, 別巻1巻 偕成社 1987年7月～1998年5月

収録全集一覧

岩永 博史
　「岩永博史童話集」 全3巻 岩永博史 2001年6月～2012年2月

巖谷 小波
　「巖谷小波お伽噺文庫」 全5巻 大和書房 1976年8月
　「〔巖谷〕小波お伽全集」 全15巻 本の友社（復刻版） 1998年12月

上田 昌司
　「ふしぎな泉―うえだまさし童話集」 全1巻 そうぶん社出版 1995年6月

うえ山 のぼる
　「〔うえ山のぼる〕夢と希望の童話集」 全1巻 文芸社 2011年8月

氏原 大作
　「氏原大作全集」 全4巻 条例出版 1976年11月～1977年10月

内海 康子
　「〔内海康子〕六月のカレンダー―詩集」 全1巻 けやき書房 1999年4月

海野 十三
　「海野十三集」 全4巻 桃源社 1980年6月～1980年9月
　「海野十三全集」 全13巻,別巻2巻 三一書房 1988年6月～1993年1月

江戸川 乱歩
　「少年探偵江戸川乱歩全集」 全46巻 ポプラ社 1964年7月～1973年12月
　「少年版江戸川乱歩選集」 全6巻 講談社 1970年7月～1970年10月
　「少年探偵・江戸川乱歩」 全26巻 ポプラ社 1998年10月～1999年3月
　「文庫版 少年探偵・江戸川乱歩」 全26巻 ポプラ社 2005年2月

おうち・やすゆき
　「〔おうち・やすゆき〕こら！ しんぞう―童謡詩集」 全1巻 小峰書店 1996年12月

大石 真
　「大石真児童文学全集」 全16巻 ポプラ社 1982年3月

大川 悦生
　「大川悦生・おばけの本」 全10巻 ポプラ社 1981年7月～1983年3月

大澤 英子
　「〔大澤英子〕心の中のひみつ―法華経をもとにした創作物語集」 全1巻 文芸社 1999年8月

太田 博也
　「太田博也半世紀名作選」 全1巻 叢文社（第1巻で刊行中止） 1984年11月
　「太田博也童話集」 全7巻 小山書林 2006年10月～2012年5月

大野 憲三
　「〔大野憲三〕創作童話」 全1巻 一粒書房 2012年6月

大橋 むつお
　「あたし今日から魔女!? えっ、うっそー!?―大橋むつお戯曲集」 全1巻 青雲書房 2005年9月

岡田 泰三
　「岡田泰三・日下部梅子童謡集」 全1巻 会津童詩会 1992年6月

岡田 文正
　「〔岡田文正〕短編作品集 ボク、強い子になりたい」 全1巻 ウインかもがわ, かもがわ出版

収録全集一覧

　　　（発売）2009年3月
岡野 薫子
　　「岡野薫子動物記」　全5巻　小峰書店　1985年4月～1986年3月
岡本 良雄
　　「岡本良雄童話文学全集」　全3巻　講談社　1964年6月～1964年8月
小川 未明
　　「小川未明幼年童話文学全集」　全8巻　集英社　1965年10月～1966年5月
　　「定本小川未明童話全集」　全16巻　講談社　1976年11月～1978年2月
　　「小川未明童話集」　全1巻　岩波書店（岩波文庫）1996年7月
　　「定本小川未明童話全集」　全16巻，別巻1巻　大空社　2001年6月～2002年3月
　　「小川未明童話集」　全1巻　世界文化社（心に残るロングセラー）2004年3月
　　「小川未明30選」　全1巻　春陽堂書店（名作童話）2009年1月
小川 路人
　　「〔小川路人〕動物童話 草笛をふくカッパ」　全1巻　文芸社　2011年7月
奥田 継夫
　　「奥田継夫ベストコレクション」　全10巻　ポプラ社　2001年11月～2002年3月
小熊 秀雄
　　「ある手品師の話―小熊秀雄童話集」　全1巻　晶文社　1976年1月
　　「小熊秀雄童話集」　全1巻　創風社　2001年4月
大仏 次郎
　　「大仏次郎少年少女のための作品集」　全6巻　講談社　1967年4月～1970年5月
小笹 正子
　　「ネーとなかま―小笹正子の童話集」　全1巻　七つ森書館　2006年3月
小田野 友之
　　「〔小田野〕友之童話集」　全1巻　文芸社　2009年5月
乙骨 淑子
　　「乙骨淑子の本」　全8巻　理論社　1985年12月～1986年3月
おの ちゅうこう
　　「おの・ちゅうこう初期作品集」　全4巻，別巻1巻　崙書房　1975年6月～1975年7月

【か】

かこ さとし
　　「〔かこさとし〕お話こんにちは」　全12巻　偕成社　1979年4月～1980年3月
　　「かこさとし大自然のふしぎえほん」　全10巻　小峰書店　1999年6月～2003年3月
片山 貞一
　　「健太と大天狗―片山貞一創作童話集」　全1巻　あさを社　2007年3月
かつお きんや
　　「かつおきんや作品集」　全16巻　牧書店（1～10巻），アリス館牧新社（11～16巻）1971年11月
　　　～1976年4月

収録全集一覧

「かつおきんや作品集」 全18巻 偕成社 1982年4月～1983年4月

かとう むつこ
「かとうむつこ童話集」 全3巻 東京図書出版会, リフレ出版（発売） 2003年8月～2006年10月

角野 栄子
「角野栄子の小さなおばけシリーズ」 全23巻 ポプラ社 1979年2月～1996年11月
「角野栄子のちいさなどうわたち」 全6巻 ポプラ社 2007年3月

金子 みすゞ
「〔新装版〕金子みすゞ全集」 全3巻、別巻1巻 JULA出版局 1984年2月～1984年8月
「〔金子〕みすゞ詩画集」 全7巻 春陽堂書店 1996年6月～2002年1月
「みすゞさん――童謡詩人・金子みすゞの優しさ探しの旅」 全2巻 春陽堂書店 1997年6月～1998年9月
「金子みすゞ童謡集」 全1巻 角川春樹事務所（ハルキ文庫） 1998年3月
「金子みすゞ童謡全集」 全6巻 JULA出版局（現代仮名づかい版） 2003年10月～2004年3月
「〔金子みすゞ〕花の詩集」 全1巻 JULA出版局 2004年3月

河合 雅雄
「河合雅雄の動物記」 全8巻 フレーベル館 1997年11月～2014年7月

川上 文子
「〔川上文子〕七つのあかり――短篇童話集」 全1巻 教育報道社（教報ブックス） 1998年3月

かわさき きよみち
「〔かわさききよみち〕母のおもい」 全1巻 新風舎 1998年9月

川崎 大治
「川崎大治民話選」 全4巻 童心社 1968年11月～1975年6月

かわしま せいご
「ほんとはね、――かわしませいご童話集」 全1巻 文芸社 2008年8月

川田 進
「〔川田進〕短編少年文芸作品集 もう一人のぼく」 全1巻 せんしん出版 2010年4月

川端 康成
「川端康成少年少女小説集」 全1巻 中央公論社 1968年12月

神沢 利子
「神沢利子コレクション」 全5巻 あかね書房 1994年9月
「〔神沢利子〕くまの子ウーフの童話集」 全3巻 ポプラ社（改訂新版） 2001年9月
「神沢利子コレクション・普及版」 全5巻 あかね書房 2005年12月～2006年2月
「神沢利子のおはなしの時間」 全5巻 ポプラ社 2011年3月

北 彰介
「北彰介作品集」 全10巻 青森県児童文学研究会（第6巻以降未収録） 1990年9月～？

北川 千代
「北川千代児童文学全集」 全2巻 講談社 1967年10月

北国 翔子
「北国翔子童話集」 既2巻 青森県児童文学研究会 2000年7月～2010年3月

収録全集一覧

北原 白秋
　「〔北原〕白秋全童謡集」　全5巻　岩波書店　1992年10月～1993年2月
北畠 八穂
　「北畠八穂児童文学全集」　全6巻　講談社　1974年8月～1975年3月
北村 寿夫
　「人魚―北村寿夫童話選集」　全1巻　宝文館　1955年10月
木下 夕爾
　「ひばりのす―木下夕爾児童詩集」　全1巻　光書房　1998年6月
木下 容子
　「〔木下容子〕ファンタジー傑作童話集　まほうのコンペイトー」　全1巻　おさひめ書房　2009年1月
木原 みち子
　「おはなしの森―きはらみちこ童話集」　全1巻　熊本日日新聞情報文化センター　1999年2月
木村 和夫
　「朔太郎少年の詩―木村和夫童話集」　全1巻　沖積舎　1998年8月
きむら ゆういち
　「きむらゆういちおはなしのへや」　全5巻　ポプラ社　2012年3月
きよはら としお
　「〔きよはらとしお〕優しくなれる童話集」　全1巻　ブイツーソリューション、星雲社（発売）　2009年1月
日下部 梅子
　「岡田泰三・日下部梅子童謡集」　全1巻　会津童詩会　1992年6月
工藤 直子
　「くどうなおこ詩集○」　全1巻　童話屋　1996年3月
久保 喬
　「久保喬自選作品集」　全3巻　みどりの会　1994年8月
久保田 万太郎
　「北風のくれたテーブルかけ―久保田万太郎童話劇集」　全1巻　東京書籍（東書児童劇シリーズ）　1981年3月
栗 良平
　「栗良平作品集」　全3巻　栗っ子の会（栗っ子童話シリーズ）　1988年5月～1990年8月
久留島 武彦
　「現代語訳久留島武彦童話集　くるしまどうわ」　全1巻　玖珠町立わらべの館　2004年3月
来栖 良夫
　「来栖良夫児童文学全集」　全10巻　岩崎書店　1983年3月
黒川 良人
　「〔黒川良人〕犬の詩猫の詩―児童詩集」　全1巻　東洋出版　2000年3月
小泉 八雲
　「怪談小泉八雲のこわ～い話」　全10巻　汐文社　2004年6月～2009年9月
小出 正吾
　「赤道祭―小出正吾童話選集」　全1巻　審美社　1986年6月

収録全集一覧

「小出正吾児童文学全集」 全4巻 審美社 2000年1月～2001年2月
国分 一太郎
 「国分一太郎児童文学集」 全6巻 小峰書店 1967年9月～1967年12月
木暮 正夫
 「〔木暮正夫〕日本のおばけ話・わらい話」 全20巻 岩崎書店 1986年7月～1988年3月
 「〔木暮正夫〕日本の怪奇ばなし」 全10巻 岩崎書店 1989年10月～1990年3月
こやま 峰子
 「こやま峰子詩集」 全3巻 朔北社 2003年2月～2003年10月
後藤 楢根
 「カエルとお月さま―後藤楢根『作品集』」 全1巻 由布市教育委員会 2006年3月
後藤 竜二
 「後藤竜二童話集」 全5巻 ポプラ社 2013年3月

【 さ 】

西條 益美
 「西條益美代表作品選集」 全2巻 第1巻 南海ブックス, 第2巻 徳島出版 1981年10月～1984年11月
西條 八十
 「西條八十童謡全集」 全1巻 修道社 1971年1月
 「西條八十の童話と童謡」 全1巻 小学館 1981年7月
 「西條八十童話集」 全1巻 小学館 1983年4月
斎田 喬
 「斎田喬児童劇選集」 全8巻 牧書店 1954年9月～1955年3月
 「〔斎田喬〕学校劇代表作選」 全3巻 牧書店 1959年11月～1959年12月
 「斎田喬幼年劇全集」 全3巻 誠文堂新光社 1961年11月～1962年5月
斎藤 信夫
 「〔斎藤信夫〕子ども心を友として―童謡詩集」 全1巻 成東町教育委員会 1996年3月
斎藤 隆介
 「斎藤隆介全集」 全12巻 岩崎書店 1982年1月～1982年12月
早乙女 勝元
 「早乙女勝元小説選集」 全12巻 理論社 1977年9月～1977年12月
佐海 航南
 「〔佐海〕航南夜ばなし―童話集」 全1巻 佐海航南 1999年5月
阪田 寛夫
 「阪田寛夫全詩集」 全1巻 理論社 2011年4月
坂本 遼
 「かきおきびより―坂本遼児童文学集」 全1巻 駒込書房 1982年8月
佐々木 邦
 「佐々木邦全集」 全10巻, 補巻5巻 講談社 1974年10月～1975年12月

収録全集一覧

佐々木 千鶴子
　「〔佐々木千鶴子〕動物村のこうみんかん―台所からのひとり言 童話集」 全1巻 朝日新聞社西部開発室編集出版センター 1996年11月

佐々木 春奈
　「〔佐々木春奈〕あなたの脳を休める童話集 大人も子どもも楽しめる童話集」 全1巻 日本文学館 2009年1月

さち いさや
　「さちいさや童話集―心の中に愛の泉がわいてくる」 全1巻 近代文芸社 1995年2月

佐藤 一英
　「佐藤一英『童話・童謡集』」 全1巻 一宮市立萩原小学校 2003年1月

佐藤 紅緑
　「少年倶楽部名作佐藤紅緑全集」 全2巻 講談社 1967年12月

佐藤 さとる
　「佐藤さとる全集」 全12巻 講談社 1972年11月～1974年6月
　「佐藤さとるファンタジー全集」 全16巻 講談社 1982年10月～1983年11月
　「佐藤さとる幼年童話自選集」 全4巻 ゴブリン書房 2003年9月～2004年1月
　「佐藤さとるファンタジー全集」 全16巻 講談社, 復刊ドットコム(発売) 2010年9月～2011年4月

さとう じゅんこ
　「さくらゆき―さとうじゅんこ童詩集」 全1巻 えんじゅの会 1997年12月

サトウ ハチロー
　「サトウハチロー・ユーモア小説選」 全20巻 岩崎書店 1976年12月～1979年4月
　「サトウハチロー童謡集」 全1巻 弥生書房 1977年4月

佐藤 義美
　「佐藤義美童謡集」 全1巻 さ・え・ら書房 1960年3月
　「佐藤義美全集」 全6巻 佐藤義美全集刊行会 1973年3月～1974年10月
　「ともだちシンフォニー―佐藤義美童謡集」 全1巻 JULA出版局 1990年3月

佐藤 ふさゑ
　「佐藤ふさゑの本」 全2巻 てらいんく 2011年7月～2011年11月

さねとう あきら
　「さねとうあきら創作民話集 被差別部落」 全1巻 明石書店 1988年11月

塩沢 朝子
　「〔塩沢朝子〕わたしの童話館」 全1巻 プロダクト・エル(第1巻で刊行中止) 1986年8月

塩見 治子
　「〔塩見治子〕短編童話集 本のむし」 全1巻 早稲田童話塾 2013年2月

島木 赤彦
　「〔島木〕赤彦童謡集」 全1巻 第一書店 1947年12月
　「第二〔島木〕赤彦童謡集」 全1巻 第一書店 1948年5月

島崎 藤村
　「〔島崎〕藤村の童話」 全4巻 筑摩書房 1979年6月～1979年7月

収録全集一覧

下田 喜久美
「〔下田喜久美〕遠くから来た旅人―詩集」 全1巻 リトル・ガリヴァー社 1998年7月

下村 千秋
「あたまでっかち―下村千秋童話選集」 全1巻 阿見町教育委員会,講談社出版サービスセンター（製作） 1997年1月

庄野 英二
「庄野英二全集」 全11巻 偕成社 1979年5月～1980年3月
「庄野英二自選短篇童話集」 全1巻 編集工房ノア 1986年10月

白木 恵委子
「螢―白木恵委子童話集」 全1巻 東銀座出版社 1997年11月

新保 章
「〔新保章〕空のおそうじ屋さん」 全1巻 新風舎 1997年8月

神宮 輝夫
「〔神宮輝夫〕現代児童文学作家対談」 全10巻 偕成社 1988年10月～1992年12月

末永 泉
「カエルの日曜日―末永泉童話集」 全1巻 勝どき書房,星雲社（発売） 2007年12月

杉 みき子
「長い長いかくれんぼ―杉みき子自選童話集」 全1巻 新潟日報事業社 2001年10月
「杉みき子選集」 全10巻 新潟日報事業社 2005年1月～2011年10月

祐成 智美
「おはなしいっぱい―祐成智美童謡詩集」 全1巻 リーブル 1997年7月

鈴木 喜代春
「鈴木喜代春児童文学選集」 全14巻 らくだ出版 2009年4月～2013年9月

鈴木 桂子
「〔鈴木桂子〕親子で語り合う詩集」 全2巻 クロスロード 1997年8月～1999年7月

鈴木 裕美
「〔鈴木裕美〕短編童話集 童話のじかん」 全1巻 文芸社 2008年5月

鈴木 三重吉
「鈴木三重吉童話全集」 全9巻,別巻1巻 文泉堂書店（日本文学全集・選集叢刊第5次） 1975年9月
「鈴木三重吉童話集」 全1巻 岩波書店（岩波文庫） 1996年11月

住井 すゑ
「住井すゑ わたしの童話」 全1巻 労働旬報社 1988年12月
「住井すゑ わたしの少年少女物語」 全2巻 労働旬報社 1989年7月～1989年11月
「住井すゑジュニア文学館」 全6巻 汐文社 1999年2月

関根 栄一
「〔関根栄一〕はしるふじさん―童謡集」 全1巻 小峰書店 1998年7月

宗 左近
「〔宗左近〕梟の駅長さん―童謡集」 全1巻 思潮社 1998年11月

【 た 】

高垣 眸
　「高垣眸全集」　全4巻　桃源社　1970年6月～1971年12月
高崎 乃理子
　「〔高崎乃理子〕妖精の好きな木―詩集」　全1巻　かど創房　1998年12月
たかし よいち
　「〔たかしよいち〕世界むかしむかし探検」　全6巻　国土社　1993年12月～1996年7月
高橋 一仁
　「〔高橋一仁〕春のニシン場―童謡詩集」　全1巻　けやき書房　2003年4月
高橋 敏彦
　「高橋敏彦童話集」　全1巻　ノヴィス（ノヴィス叢書）　2000年7月
高橋 良和
　「春よこいこい―高橋良和こころの童話選集」　全1巻　同朋舎出版　1995年4月
武井 武雄
　「お噺の卵―武井武雄童話集」　全1巻　講談社（講談社文庫）　1976年4月
武内 俊子
　「かもめの水兵さん―武内俊子伝記と作品集」　全1巻　講談社出版サービスセンター　1977年12月
武田 亜公
　「武田亜公童話集」　全5巻, 付録1冊　秋田文化出版社　1978年8月
武田 信夫
　「武田信夫童話作品集」　全1巻　みちのく書房　1995年1月
竹久 夢二
　「〔竹久〕夢二童謡集」　全1巻　ノーベル書房（浪漫文庫）　1975年1月
　「春―〔竹久〕夢二童話集」　全1巻　ノーベル書房　1977年7月
立原 えりか
　「立原えりか作品集」　全7巻　思潮社　1972年11月～1973年5月
　「立原えりかのファンタジーランド」　全16巻　青土社　1980年1月～1981年1月
橘 かおる
　「〔橘かおる〕考える童話シリーズ短篇集」　全2巻　新風舎　1996年1月～1997年7月
立花 玲子
　「ともみのちょう戦―立花玲子童話集」　全1巻　青森県児童文学研究会　1997年4月
達崎 龍
　「達崎龍全童謡ホロホロ鳥」　全1巻　あい書林　1983年12月
巽 聖歌
　「巽聖歌作品集」　全2巻, 別冊1巻　巽聖歌作品集刊行委員会　1977年1月～1977年4月
立松 和平
　「立松和平ファンタジー選集」　全3巻　フレーベル館　1997年7月～2001年12月

収録全集一覧

谷口 雅春
　「谷口雅春童話集」　全5巻　日本教文社　1976年3月～1977年3月
谷山 浩子
　「〔谷山浩子〕おひさまにキッス―お話の贈りもの」　全1巻　小学館（おひさまのほん）1997年10月
田山 花袋
　「田山花袋作品集」　全2巻　館林市教育委員会文化振興課　1997年11月
千葉 省三
　「千葉省三童話全集」　全6巻　岩崎書店　1967年10月～1968年3月
筑波 常治
　「筑波常治伝記物語全集」　全20巻　国土社　1968年12月～1981年3月
辻 弘司
　「〔辻弘司〕創作短篇童話集 マガダ国の悲劇・鍋の蓋他」　全1巻　日本文学館　2006年10月
土田 明子
　「土田明子詩集」　全5巻　かど創房　1986年5月～1987年3月
　「〔土田明子〕ちいさい星―母と子の詩集」　全1巻　らくだ出版　2002年8月
土田 耕平
　「土田耕平童話集」　全1巻　信濃毎日新聞社　1949年5月
　「土田耕平童話集」　全5巻　古今書院　1955年6月～1955年8月
筒井 敬介
　「筒井敬介児童劇集」　全3巻　東京書籍（東書児童劇シリーズ）1982年10月
　「筒井敬介童話全集」　全12巻　フレーベル館　1983年6月～1984年2月
　「筒井敬介おはなし本」　全3巻　小峰書店　2006年8月
筒井 康隆
　「筒井康隆全童話」　全1巻　角川書店（角川文庫）1976年10月
　「筒井康隆SFジュブナイルセレクション」　全5巻　金の星社　2010年3月
坪井 安
　「〔坪井安〕はしれ子馬よ―童謡詩集」　全1巻　童謡研究・蜂の会　1999年12月
壺井 栄
　「壺井栄名作集」　全10巻　ポプラ社　1965年10月
　「定本壺井栄児童文学全集」　全4巻　講談社　1979年10月～1980年1月
　「壺井栄全集」　全12巻　文泉堂出版　1997年8月～1999年3月
坪田 譲治
　「坪田譲治幼年童話文学全集」　全8巻　集英社　1964年11月～1965年5月
　「坪田譲治自選童話集」　全1巻　実業之日本社　1971年11月
　「坪田譲治童話全集」　全14巻　岩崎書店　1986年10月
　「坪田譲治名作選」　全4巻　小峰書店　2005年2月
寺村 輝夫
　「寺村輝夫のとんち話」　全3巻　あかね書房　1976年7月～1976年12月
　「寺村輝夫のむかし話」　全12巻　あかね書房　1977年6月～1982年7月

「寺村輝夫童話全集」　全20巻　ポプラ社　1982年3月
「寺村輝夫どうわの本」　全10巻　ポプラ社　1983年4月〜1985年12月
「〔寺村輝夫〕ちいさな王さまシリーズ」　全10巻　理論社　1985年9月〜1990年3月
「〔寺村輝夫〕ぼくは王さま全1冊」　全1巻　理論社　1985年11月
「寺村輝夫おはなしプレゼント」　全4巻　講談社　1994年10月〜1994年11月
「寺村輝夫全童話」　全10巻　理論社　1996年11月〜2012年8月
「寺村輝夫の王さまシリーズ」　全11巻　理論社　1998年4月〜1999年3月

戸川　幸夫
「戸川幸夫動物文学全集」　全10巻　冬樹社　1965年7月〜1966年4月
「戸川幸夫・子どものための動物物語」　全15巻　国土社　1967年2月〜1969年11月
「戸川幸夫創作童話集」　全2巻　国土社　1972年3月〜1972年4月
「戸川幸夫・動物ものがたり」　全15巻　金の星社　1976年1月〜1980年3月
「戸川幸夫動物文学全集」　全15巻　講談社　1976年5月〜1977年7月

富島　健夫
「富島健夫青春文学選集」　全14巻　集英社　1971年8月〜1972年2月

富永　佳与子
「りらりらりらわたしの絵本—富永佳与子こどものうた作品集」　全1巻　国土社　1994年5月

豊島　与志雄
「豊島与志雄童話全集」　全4巻　八雲書店（第1巻未刊）　1948年8月〜1949年2月
「豊島与志雄童話選集・郷土篇」　全1巻　双文社出版　1982年4月
「豊島与志雄童話集」　全1巻　海鳥社　1990年11月
「豊島与志雄童話作品集」　全3巻　銀貨社　1999年12月〜2000年9月

豊田　三郎
「豊田三郎童話集」　全1巻　草加市立川柳小学校　1993年11月

【　な　】

内藤　哲彦
「旅だち—内藤哲彦児童文学作品集」　全1巻　境文化研究所　2007年10月

中川　久美子
「〔中川久美子〕ばあちゃんとぼくと気球」　全1巻　新風舎（Shinpu books）　1998年8月

中澤　洋子
「小川のせせらぎが聞こえるかい—中澤洋子童話集」　全1巻　中澤洋子　2010年4月

中村　雨紅
「中村雨紅詩謡集」　全1巻　中村雨紅詩謡集刊行委員会　1971年1月

中山　尚美
「〔中山尚美〕おふろの中で—詩集」　全1巻　アイ企画　1996年10月

中山　正宏
「〔中山正宏〕大きくな〜れ—童話集」　全1巻　日本図書刊行会　1996年12月

収録全集一覧

長崎 源之助
　「長崎源之助全集」　全20巻　偕成社　1986年3月～1988年4月
永田 允子
　「〔永田允子〕わすれな草―童話集」　全1巻　講談社出版サービスセンター　1997年5月
永松 康男
　「〔永松康男〕童話集 青いマント」　全1巻　永松康男　2012年12月
那須 辰造
　「那須辰造著作集」　全3巻　講談社　1980年12月
なるみや ますみ
　「なるみやますみ童話コレクション」　全5巻　ひくまの出版　1995年10月～1996年2月
新美 南吉
　「新美南吉全集」　全8巻　牧書店　1965年9月～1965年12月
　「校定新美南吉全集」　全12巻、別巻2巻　大日本図書　1980年6月～1983年9月
　「新美南吉童話劇集」　全2巻　東京書籍（東書児童劇シリーズ）　1981年3月～1982年3月
　「新美南吉童話集」　全3巻　大日本図書　1982年3月
　「新美南吉童話大全」　全1巻　講談社　1989年8月
　「新美南吉童話集」　全1巻　岩波書店（岩波文庫）　1996年7月
　「〔新美南吉〕でんでんむしのかなしみ」　全1巻　大日本図書　1999年7月
　「新美南吉童話集」　全1巻　世界文化社（心に残るロングセラー）　2004年3月
　「新美南吉童話傑作選」　全7巻　小峰書店　2004年6月～2004年7月
　「新美南吉30選」　全1巻　春陽堂書店（名作童話）　2009年2月
　「新美南吉童話集」　全3巻　大日本図書（新装版）　2012年12月
　「新美南吉童話選集」　全5巻　ポプラ社　2013年3月
にしもと あけみ
　「〔にしもとあけみ〕江戸からきた小鬼のコーニョ―連作童話集」　全1巻　早稲田童話塾　2012年7月
西本 鶏介
　「〔西本鶏介〕新日本昔ばなし――一日一話・読みきかせ」　全3巻　小学館　1997年1月～1997年10月
　「〔西本鶏介〕日本の昔話―読みきかせお話集」　全2巻　小学館　1999年11月～2001年3月
　「西本鶏介のむかしむかし」　全1巻　小学館　2003年2月
二反長 半
　「二反長半作品集」　全3巻　集英社　1979年7月
にのまえ りょう
　「そうめん流し―にのまえりょう童話集」　全1巻　新風舎　2002年4月
沼田 曜一
　「沼田曜一の親子劇場」　全3巻　あすなろ書房　1995年12月～1996年3月
野口 雨情
　「野口雨情童謡集」　全1巻　弥生書房（新装版）　1993年11月

収録全集一覧

野口 法蔵
　「〔野口法蔵〕ホーミタクヤセン─童話集」 全1巻 新潟大学医学部よろず医療研究会ラダック基金 1996年7月

野坂 昭如
　「〔野坂昭如〕戦争童話集 忘れてはイケナイ物語り」 全4巻 日本放送出版協会 2002年7月

野村 吉哉
　「魂の配達─野村吉哉作品集」 全1巻 草思社 1983年9月

野村 ゆき
　「〔野村ゆき〕ねえ、おはなしして！─語り聞かせるお話集」 全1巻 東洋出版 1998年11月

野呂 祐吉
　「〔野呂祐吉〕吉四六劇団の吉四六さん話名作集」 全1巻 葉文館出版 1998年5月

【は】

灰谷 健次郎
　「全集灰谷健次郎の本」 全24巻 理論社 1987年3月〜1989年2月
　「灰谷健次郎童話館」 全13巻 理論社 1994年4月〜1995年3月

花岡 大学
　「花岡大学仏典童話全集」 全8巻 法蔵館 1979年2月〜1979年9月
　「花岡大学童話文学全集」 全6巻 法蔵館 1980年5月〜1980年10月
　「花岡大学 続・仏典童話全集」 全2巻 法蔵館 1981年11月
　「花岡大学仏典童話新作集」 全3巻 法蔵館 1984年11月
　「花岡大学仏典童話集」 全3巻 佼成出版社 2006年9月

濱田 成夫
　「こども用三代目魚武濱田成夫詩集ZK」 全1巻 学習研究社 2002年8月

浜田 広介
　「ひろすけ幼年童話文学全集」 全12巻 集英社 1961年10月〜1962年9月
　「浜田広介全集」 全12巻 集英社 1975年10月〜1976年9月
　「浜田広介童話集」 全1巻 世界文化社（心に残るロングセラー） 2006年7月

林原 玉枝
　「〔林原玉枝〕不思議な鳥」 全1巻 けやき書房（ふれ愛ブックス） 1996年5月
　「〔林原玉枝〕星の花束を─童話集」 全1巻 てらいんく 2009年10月

林家 木久蔵
　「林家木久蔵の子ども落語」 全6巻 フレーベル館 1998年9月〜1999年2月

春名 こうじ
　「〔春名こうじ〕夢の国への招待状」 全1巻 新風舎 1997年9月

比江島 重孝
　「〔比江島重孝〕宮崎のむかし話」 全3巻 鉱脈社 1998年7月〜2000年9月

稗田 菫平
　「稗田菫平全集」 全8巻 宝文館出版 1978年12月〜1982年7月

収録全集一覧

東 君平
「〔東君平〕おはようどうわ」 全8巻 講談社 1982年3月～1982年10月
「〔東君平〕ひとくち童話」 全6巻 フレーベル館 1995年3月～1995年7月
「くんぺい魔法ばなし―魔法ばなし全集」 全3巻 サンリオ（新版） 2000年9月～2000年10月
「東君平のおはようどうわ」 全5巻 新日本出版社 2010年10月

東風 琴子
「〔東風琴子〕童話集」 全3巻 ストーク 2002年7月～2012年7月

東野 りえ
「〔東野りえ〕ひぐらしエンピツ―童話集」 全1巻 国文社 1997年3月

久高 明子
「〔久高明子〕チンチンコバカマ」 全1巻 新風舎 1998年10月

平塚 武二
「平塚武二童話全集」 全6巻 童心社 1972年2月～1972年12月

ビートたけし
「ビートたけし傑作集 少年編」 全3巻 金の星社 2010年11月～2010年12月

藤井 則行
「〔藤井則行〕祭りの宵に―童話集」 全1巻 創栄出版 1995年3月

藤原 英司
「〔藤原英司〕日本の動物物語シリーズ」 全10巻 佑学社 1985年6月～1987年11月

文館 輝子
「むぎぶえ笛太―文館輝子童話集」 全1巻 越野智,ブックヒルズ 1999年1月

冬村 勇陽
「夢見る窓―冬村勇陽童話集」 全1巻 北雪新書 2004年7月

古田 足日
「全集古田足日子どもの本」 全13巻,別巻1巻 童心社 1993年11月

別役 実
「別役実童話集」 全6巻 三一書房 1973年8月～1988年1月

星 新一
「星新一ショートショートセレクション」 全15巻 理論社 2001年11月～2004年3月
「〔星新一〕おーいでてこーい―ショートショート傑作選」 全1巻 講談社（講談社青い鳥文庫） 2004年3月
「星新一ちょっと長めのショートショート」 全10巻 理論社 2005年8月～2007年2月
「星新一YAセレクション」 全10巻 理論社 2008年8月～2010年2月

星野 のの
「〔星野のの〕木の葉のぞうり」 全1巻 文芸社 2000年11月

蛍 大介
「もういちど飛んで―蛍大介作品集」 全1巻 七賢出版 1994年7月

堀 英男
「首なし男―堀英男短編集」 全1巻 教育報道社（教報ブックス） 2000年4月

【ま】

米田 孝
　「米田孝童話劇・学校劇脚本選集―イワンの馬鹿ほか」　全1巻　共同文化社　1997年11月

松谷 みよ子
　「松谷みよ子全集」　全15巻　講談社　1971年10月～1972年11月
　「松谷みよ子のむかしむかし」　全10巻　講談社　1973年11月
　「松谷みよ子全エッセイ」　全3巻　筑摩書房　1989年2月～1989年4月
　「〔松谷みよ子〕日本むかし話」　全8巻　フレーベル館　2002年11月～2003年1月
　「〔松谷みよ子〕日本むかし話 愛蔵版」　全8巻　フレーベル館　2003年2月
　「松谷みよ子おはなし集」　全5巻　ポプラ社　2010年3月

松田 瓊子
　「松田瓊子全集」　全6巻, 別巻1巻　大空社　1997年11月

松田 解子
　「桃色のダブダブさん―松田解子童話集」　全1巻　新日本出版社　2004年3月

松延 いさお
　「赤い自転車―松延いさお自選童話集」　全1巻　〔熊本〕松延猪雄　1993年5月

松本 光華
　「〔松本光華〕民話風法華経童話」　全30巻　中外日報社（第1～21巻）, 中外印刷出版（第22～30巻）　1988年1月～1994年5月

まど・みちお
　「まど・みちお詩集」　全6巻　銀河社　1974年10月～1975年11月
　「まど・みちお詩集」　全2巻　すえもりブックス　1992年9月～1998年6月
　「まど・みちお全詩集」　全1巻　理論社　1992年9月
　「まどさんの詩の本」　全15巻　理論社　1994年2月～1997年4月
　「まど・みちお全詩集 続」　全1巻　理論社　2015年9月

摩尼 和夫
　「〔摩尼和夫〕童話集 アナンさまといたずらもんき」　全1巻　歓成院・大倉山アソカ幼稚園　2009年4月

狸穴 山人
　「〔狸穴山人〕ほほえみの彼方へ 愛」　全1巻　けやき書房（ふれ愛ブックス）　2000年9月

三鎌 よし子
　「マッチ箱の中―三鎌よし子童謡集」　全1巻　しもつけ文学会　1998年3月

三木 卓
　「三木卓童話作品集」　全5巻　大日本図書　2000年2月

みずかみ かずよ
　「いのち―みずかみかずよ全詩集」　全1巻　石風社　1995年7月

みずき えり
　「〔みずきえり〕童話集 ピープ」　全1巻　日本文学館　2008年12月

収録全集一覧

水木 しげる
 「水木しげるのふしぎ妖怪ばなし」　全8巻　メディアファクトリー　2007年11月～2009年12月

御田 慶子
 「笑った泣き地蔵―御田慶子童話選集」　全1巻　たま出版　2007年9月

宮川 ひろ
 「宮川ひろの学校シリーズ」　全5巻　ポプラ社　1999年10月～2004年8月

宮口 しづえ
 「宮口しづえ児童文学集」　全5巻　小峰書店　1969年4月～1969年5月
 「宮口しづえ童話全集」　全8巻　筑摩書房　1979年5月～1979年12月
 「宮口しづえ童話名作選」　全1巻　一草舎出版　2009年6月

宮沢 賢治
 「新版・宮沢賢治童話全集」　全12巻　岩崎書店　1978年5月～1979年4月
 「新修宮沢賢治全集」　全16巻, 別巻1巻　筑摩書房　1979年5月～1980年12月
 「宮沢賢治童話劇集」　全2巻　東京書籍（東書児童劇シリーズ）　1981年3月
 「宮沢賢治童話集」　全4巻　講談社（講談社青い鳥文庫）　1985年1月～1995年10月
 「宮沢賢治童話傑作選」　全3巻　偕成社　1990年4月～2007年9月
 「宮沢賢治動物童話集」　全2巻　シグロ　1995年3月
 「〔宮沢〕賢治童話」　全1巻　翔泳社　1995年9月
 「ジュニア文学館 宮沢賢治―写真・絵画集成」　全3巻　日本図書センター　1996年3月
 「よくわかる宮沢賢治―イーハトーブ・ロマン」　全2巻　学習研究社　1996年6月～1996年7月
 「脚本集・宮沢賢治童話劇場」　全3巻　国土社　1996年9月～1996年10月
 「猫の事務所―宮沢賢治童話選」　全1巻　シグロ（復刻版）　1999年6月
 「〔宮沢賢治〕注文の多い料理店―イーハトーヴ童話集」　全1巻　岩波書店（岩波少年文庫）　2000年6月
 「賢治の音楽室―宮沢賢治、作詞作曲の全作品+詩と童話の朗読」　全1巻　小学館　2000年11月
 「あまの川―宮沢賢治童謡集」　全1巻　筑摩書房　2001年7月
 「宮沢賢治童話集」　全1巻　世界文化社（心に残るロングセラー）　2004年3月
 「宮沢賢治のおはなし」　全10巻　岩崎書店　2004年11月～2005年3月
 「宮沢賢治傑作集」　全1巻　世界文化社（心に残るロングセラー）　2006年7月
 「齋藤孝のイッキによめる！小学生のための宮沢賢治」　全1巻　講談社　2007年8月
 「学校放送劇舞台脚本集 宮沢賢治名作童話」　全1巻　東洋書院　2008年11月
 「宮沢賢治20選」　全1巻　春陽堂書店（名作童話）　2008年11月
 「宮沢賢治童話集珠玉選」　全4巻　講談社　2009年9月

宮下 木花
 「ひとしずくのなみだ―宮下木花11歳童話集」　全1巻　銀の鈴社　2006年11月
 「いちばん大切な願いごと―宮下木花12歳童話集」　全1巻　銀の鈴社　2007年11月
 「虹の歌―宮下木花童話集」　全1巻　銀の鈴社　2013年3月

椋 鳩十
 「椋鳩十全集」　全26巻　ポプラ社　1969年10月～1981年3月
 「椋鳩十の本」　全34巻, 補巻2巻　理論社　1982年6月～1990年1月

収録全集一覧

「椋鳩十学年別童話」　全14巻　理論社　1990年9月〜1995年3月
「椋鳩十動物童話集」　全15巻　小峰書店　1990年10月〜1991年3月
「椋鳩十まるごと動物ものがたり」　全12巻　理論社　1995年8月〜1996年4月
「椋鳩十名作選」　全7巻　理論社　2010年5月〜2014年11月

村上 のぶ子
　「〔村上のぶ子〕ここは小人の国―少年詩集」　全1巻　あしぶえ出版　2000年2月

村瀬 神太郎
　「平成に生まれた昔話―〔村瀬〕神太郎童話集」　全1巻　文芸社　1999年8月

村山 籌子
　「村山籌子作品集」　全3巻　JULA出版局　1997年10月〜1998年3月

室生 犀星
　「室生犀星童話全集」　全3巻　創林社　1978年7月〜1978年12月

もとさこ みつる
　「ろくでなしという名のポーリー――もとさこみつる短編童話集」　全1巻　早稲田童話塾　2012年7月

森 三郎
　「森三郎童話選集」　全2巻　刈谷市教育委員会　1995年5月〜1996年12月

森 銑三
　「瑠璃の壺―森銑三童話集」　全1巻　三樹書房　1982年6月

もりやま みやこ
　「もりやまみやこ童話選」　全5巻　ポプラ社　2009年3月

【や】

矢ヶ崎 則之
　「〔矢ヶ崎則之〕童話集1『ねえねえ、兄ちゃん…』」　全1巻　レーヴック, 星雲社（発売）　2011年9月

柳家 弁天
　「〔柳家弁天〕らくご文庫」　全12巻　太平出版社　1987年5月〜1987年10月

やなせ たかし
　「やなせたかし童謡詩集」　全3巻　フレーベル館　2000年7月〜2001年4月

山口 紀代子
　「パパとボクとネコ―山口紀代子童謡詩集」　全1巻　音楽舎　2003年11月

山下 明生
　「山下明生・童話の島じま」　全5巻　あかね書房　2012年3月

山田 野理夫
　「〔山田野理夫〕おばけ文庫」　全12巻　太平出版社（母と子の図書室）　1976年5月〜1976年11月
　「〔山田野理夫〕お笑い文庫」　全12巻　太平出版社（母と子の図書室）　1977年6月〜1977年10月

山田 風太郎
　「山田風太郎少年小説コレクション」　全2巻　論創社　2012年6月〜2012年7月

収録全集一覧

山中 恒
　「山中恒ユーモア選集」　全5巻　国土社　1974年12月
　「山中恒児童よみもの選集」　全20巻　読売新聞社　1977年2月～1989年7月
　「山中恒よみもの文庫」　全20巻　理論社　1995年9月～2004年3月

山中 基義
　「〔山中基義〕あたたかい雪―童話作品集」　全1巻　文芸社　2004年2月

山部 京子
　「〔山部京子〕12の動物ものがたり」　全1巻　文芸社　2008年10月

山村 義盛
　「〔山村義盛〕童話集」　全1巻　山村義盛　1997年3月

やまもと けいこ
　「流れ星―やまもとけいこ童話集」　全1巻　新風舎（アルファドラシリーズ）　2001年3月

山本 瓔子
　「山本瓔子詩集」　全2巻　新風舎　2003年12月

横野 幸一
　「きつねとチョウとアカヤシオの花―横野幸一童話集」　全1巻　横野幸一, 静岡新聞社（発売）　2006年4月

横山 健
　「横山健童謡選集」　全2巻　無明舎出版　1995年2月

よこやま さおり
　「〔よこやまさおり〕夏休み」　全1巻　新風舎（新風選書）　1999年7月

与謝野 晶子
　「与謝野晶子児童文学全集」　全6巻　春陽堂書店　2007年7月～2007年12月

吉田 享子
　「〔吉田享子〕おしゃべりな星―少年少女詩集」　全1巻　らくだ出版　2001年7月

吉田 とし
　「吉田としジュニアロマン選集」　全10巻　国土社　1971年11月～1972年3月
　「〔吉田とし〕青春ロマン選集」　全5巻　理論社　1976年10月～1977年3月

吉野 源三郎
　「ジュニア版吉野源三郎全集」　全3巻　ポプラ社　1967年4月～1967年5月
　「吉野源三郎全集」　全4巻　ポプラ社（改訂, ジュニア版）　2000年7月

与田 凖一
　「与田凖一全集」　全6巻　大日本図書　1967年2月～1967年4月

米島 末次
　「屋根裏のピアノ―米島末次童話集」　全1巻　エディターハウス　2011年7月

【わ】

若松 賤子
　「若松賤子創作童話全集」　全1巻　久山社（日本児童文化史叢書）　1995年10月

収録全集一覧

渡部 毅彦
　「〔渡部毅彦〕お母さんのための童話集」　全1巻　花伝社, 共栄書房（発売）　1997年7月

渡部 秀美
　「〔渡部秀美〕いのちの石」　全1巻　新風舎　1996年5月

渡辺 冨美子
　「〔渡辺冨美子〕チコのすず─創作童話集」　全1巻　タラの木文学会　1998年1月

【あ】

（あー）
　◇「稗田童平全集 8」宝文館出版 1982 p71

あーあ
　◇「阪井寛夫全詩集」理論社 2011 p152

ああ、ありがたや
　◇「[東風琴子]童話集 2」ストーク 2006 p51

ああ、いそがしい日曜日
　◇「筒井敬介童話全集 1」フレーベル館 1983 p121

ああ、イワナミブンコ
　◇「今江祥智の本 34」理論社 1990 p121

〔あ、今日ここに果てんとや〕
　◇「新修宮沢賢治全集 5」筑摩書房 1979 p257
　◇「新修宮沢賢治全集 5」筑摩書房 1979 p335

あ、玉杯に花うけて
　◇「少年倶楽部名作佐藤紅緑全集 上」講談社 1967 p657

ああ、くいしんぼう
　◇「今江祥智童話館 〔2〕」理論社 1986 p157

あーあくたびれちゃった
　◇「犬飼馬鹿人旧作童話集」日本文化資料センター 1996 p188

ああ！ くららの花の詩人よ―多胡羊歯先生を追慕して
　◇「稗田童平全集 7」宝文館出版 1981 p132

ああ公
　◇「椋鳩十全集 9」ポプラ社 1970 p226
　◇「椋鳩十学年別童話 〔7〕」理論社 1991 p31
　◇「椋鳩十まるごと動物ものがたり 12」理論社 1996 p39

ああ卒業
　◇「佐藤義美全集 1」佐藤義美全集刊行会 1974 p440

〔あ、そのことは〕
　◇「新修宮沢賢治全集 7」筑摩書房 1980 p252

ああタカよ
　◇「椋鳩十の本 30」理論社 1989 p8
　◇「椋鳩十まるごと動物ものがたり 11」理論社 1995 p5

ああでもない こうでもない うた
　◇「まど・みちお全詩集」理論社 1992 p196

ああ どこかから
　◇「まど・みちお詩集 〔1〕」すえもりブックス 1992 p16
　◇「まど・みちお全詩集」理論社 1992 p305

　◇「まどさんの詩の本 12」理論社 1997 p60

ああ 日本語！
　◇「まど・みちお全詩集 続」理論社 2015 p283

ああ武士道
　◇「庄野英二全集 11」偕成社 1980 p19

ああ、禅
　◇「今江祥智の本 10」理論社 1980 p77
　◇「今江祥智童話館 〔17〕」理論社 1987 p16

ああめん そうめん
　◇「阪井寛夫全詩集」理論社 2011 p19

ああモモタラウ、または講談社の絵本
　◇「今江祥智の本 22」理論社 1981 p148

ああ よき時代 きみたちは
　◇「石森延男児童文学全集 11」学習研究社 1971 p145

ああ、ロマン・ロラン
　◇「今江祥智の本 34」理論社 1990 p147

愛
　◇「稗田童平全集 2」宝文館出版 1979 p39
　◇「稗田童平全集 8」宝文館出版 1982 p105
　◇「稗田童平全集 8」宝文館出版 1982 p106

アイアンの島めぐり
　◇「西條八十童話集」小学館 1983 p66

あいうえお
　◇「北国翔子童話集 1」青森県児童文学研究会 2000 p31
　◇「北国翔子童話集 1」青森県児童文学研究会 2000 p45

あいうえお
　◇「まど・みちお詩集 5」銀河社 1975 p16
　◇「まど・みちお全詩集」理論社 1992 p511
　◇「まどさんの詩の本 2」理論社 1994 p56

あいうえおうさま
　◇「[寺村輝夫]ぼくは王さま全1冊」理論社 1985 p1
　◇「寺村輝夫全童話 2」理論社 1997 p7

あいうえおの うた
　◇「まど・みちお全詩集 続」理論社 2015 p420

アイウエオの鈴木さん
　◇「与謝野晶子児童文学全集 3」春陽堂書店 2007 p19

アイウエオ山
　◇「かもめの水兵さん―武内俊子伝記と作品集」講談社出版サービスセンター 1977 p176

あいうえおよよのうた
　◇「[関根栄一]はしるふじさん―童謡集」小峰書店 1998 p102

合い縁奇縁
　◇「佐藤さとるファンタジー全集 16」講談社 1983 p70
　◇「佐藤さとるファンタジー全集 16」講談社, 復刊ドットコム（発売） 2011 p70

作品名から引ける日本児童文学個人全集案内　1

あいえ

合縁奇縁
　◇「佐々木邦全集 補巻5」講談社 1975 p364
「愛が裁かれるとき」
　◇「全集版灰谷健次郎の本 21」理論社 1988 p181
愛がテーマです(立原えりか、神宮輝夫)
　◇「〔神宮輝夫〕現代児童文学作家対談 3」偕成社 1988 p93
愛花(四首)
　◇「稗田菫平全集 4」宝文館出版 1980 p17
愛犬エリ
　◇「川端康成少年少女小説集」中央公論社 1968 p79
愛犬を食う
　◇「戸川幸夫動物文学全集 14」講談社 1977 p129
愛犬カヤ
　◇「椋鳩十動物童話集 6」小峰書店 1990 p36
　◇「椋鳩十まるごと動物ものがたり 2」理論社 1995 p119
　◇「椋鳩十名作選 4」理論社 2010 p70
愛犬放浪記
　◇「戸川幸夫動物文学全集 15」講談社 1977 p165
愛犬ムックのなわばり図由来
　◇「今江祥智の本 34」理論社 1990 p117
合言葉は手ぶくろの片っぽ
　◇「乙骨淑子の本 6」理論社 1986 p1
あいさつ
　◇「〔内海康子〕六月のカレンダー―詩集」けやき書房 1999 p126
あいさつ
　◇「杉みき子選集 2」新潟日報事業社 2005 p98
あいさつ
　◇「まど・みちお全詩集」理論社 1992 p97
　◇「まどさんの詩の本 8」理論社 1996 p36
あいさつ
　◇「横山健童謡選集 2」無明舎出版 1995 p102
あいさつのうた(しつけうた3)
　◇「〔おうち・やすゆき〕こら！ しんぞう―童謡詩集」小峰書店 1996 p72
挨拶の下手な人に
　◇「阪田寛夫全詩集」理論社 2011 p77
挨拶もとへ
　◇「椋鳩十の本 18」理論社 1982 p19
愛される銀座
　◇「赤川次郎ショートショートシリーズ 1」理論社 2009 p22
あいします
　◇「阪田寛夫全詩集」理論社 2011 p505
愛情を育てる読書教育
　◇「椋鳩十の本 25」理論社 1983 p70
愛情のコーラス
　◇「氏原大作全集 4」条例出版 1977 p89

愛情物語
　◇「赤川次郎ミステリーコレクション 第2期 13」岩崎書店 2004 p5
合世帯
　◇「〔巌谷〕小波お伽全集 3」本の友社 1998 p55
会津懐古
　◇「中村雨紅詩謡集」中村雨紅詩謡集刊行委員会 1971 p177
アイスクリーム
　◇「〔斎藤信夫〕子ども心を友として―童謡詩集」成東町教育委員会 1996 p252
アイスクリーム
　◇「かもめの水兵さん―武内俊子伝記と作品集」講談社出版サービスセンター 1977 p199
アイスクリーム
　◇「まど・みちお全詩集 続」理論社 2015 p413
アイスクリームがなんだ！
　◇「きむらゆういちおはなしのへや 4」ポプラ社 2012 p107
あいすくりーむの うた
　◇「佐藤義美全集 1」佐藤義美全集刊行会 1974 p387
アイスクリームのうた
　◇「佐藤義美全集 1」佐藤義美全集刊行会 1974 p297
　◇「ともだちシンフォニー―佐藤義美童謡集」JULA出版局 1990 p88
アイスクリームのゆげ
　◇「阪田寛夫全詩集」理論社 2011 p327
会津二本松
　◇「巽聖歌作品集 上」巽聖歌作品集刊行委員会 1977 p383
会津の子
　◇「横山健童謡選集 1」無明舎出版 1995 p102
あいずのひも
　◇「寺村輝夫のむかし話 〔5〕」あかね書房 1978 p84
愛するいのち
　◇「やなせたかし童謡詩集 〔2〕」フレーベル館 2000 p34
愛すること
　◇「山本瓔子詩集 I」新風舎 2003 p20
愛するシモヤケ
　◇「やなせたかし童謡詩集 〔3〕」フレーベル館 2001 p46
愛その愛
　◇「やなせたかし童謡詩集 〔2〕」フレーベル館 2000 p36
あいたくて
　◇「くどうなおこ詩集○」童話屋 1996 p136
あいたくて生まれてきた

◇「山本瓔子詩集 II」新風舎 2003 p9

愛着
◇「浜田広介全集 11」集英社 1976 p160

あいつ
◇「今江祥智の本 17」理論社 1981 p32
◇「今江祥智童話館 〔15〕」理論社 1987 p138

あいつ
◇「阪田寛夫全詩集」理論社 2011 p564

あいつが来る
◇「星新一YAセレクション 5」理論社 2009 p193

あいつのおしろ
◇「今江祥智の本 20」理論社 1981 p28
◇「今江祥智童話館 〔3〕」理論社 1986 p7
◇「今江祥智ショートファンタジー 1」理論社 2004 p152

あいつの女
◇「魂の配達—野村吉哉作品集」草思社 1983 p91

あ、いててて
◇「椋鳩十全集 12」ポプラ社 1970 p86
◇「椋鳩十の本 15」理論社 1982 p98

愛について
◇「阪田寛夫全詩集」理論社 2011 p101

アイヌの神様
◇「土田耕平童話集 〔4〕」古今書院 1955 p44

アイヌの国よ、さようなら
◇「石森延男児童文学全集 4」学習研究社 1971 p124

アイヌの子
◇「〔北原〕白秋全童謡集 2」岩波書店 1992 p346

愛の歌
◇「阪田寛夫全詩集」理論社 2011 p810

愛のエチュード
◇「〔吉田とし〕青春ロマン選集 4」理論社 1977 p1

愛の鍵
◇「星新一ショートショートセレクション 2」理論社 2001 p42
◇「〔星新一〕おーいでてこーい—ショートショート傑作選」講談社 2004（講談社青い鳥文庫）p13

愛の教師
◇「おの・ちゅうこう初期作品集 〔2〕 日本の教室は明るい」崙書房 1975 p49

愛のくさり
◇「庄野英二全集 11」偕成社 1980 p9

愛の孔雀
◇「稗田童平全集 1」宝文館出版 1978 p98

愛のサーカス
◇「別役実童話集 〔4〕」三一書房 1979 p7
◇「別役実童話集 〔4〕」三一書房 1979 p9

愛の巣
◇「立原えりかのファンタジーランド 11」青土社 1980 p51

愛の誓い
◇「立原えりかのファンタジーランド 15」青土社 1980 p181

愛の力（太陽と風）
◇「〔巖谷〕小波お伽全集 14」本の友社 1998 p68

愛の時
◇「稗田童平全集 1」宝文館出版 1978 p143

愛のはじまり
◇「くんぺい魔法ばなし—魔法ばなし全集 2」サンリオ 2000 p80

愛のはじまり
◇「いのち—みずかみかずよ全詩集」石風社 1995 p340

愛の光
◇「北彰介作品集 4」青森県児童文学研究会 1991 p88

愛の本
◇「稗田童平全集 8」宝文館出版 1982 p29

間食（あいのもの）
◇「〔巖谷〕小波お伽全集 14」本の友社 1998 p318

愛の指輪
◇「星新一YAセレクション 6」理論社 2009 p41

愛の夜明け
◇「斎田喬児童劇選集 〔8〕」牧書店 1955 p191

愛馬北斗号
◇「住井すゑジュニア文学館 3」汐文社 1999 p33

愛夫記
◇「椋鳩十の本 21」理論社 1982 p130

靉光
◇「〔かこさとし〕お話こんにちは 〔3〕」偕成社 1979 p111

あいみての
◇「阪田寛夫全詩集」理論社 2011 p773

愛鷹記
◇「戸川幸夫動物文学全集 15」講談社 1977 p278

愛用の時計
◇「星新一YAセレクション 3」理論社 2008 p16

アイラのしくじり
◇「花岡大学仏典童話全集 5」法蔵館 1979 p186

愛憐歌（六首）
◇「稗田童平全集 4」宝文館出版 1980 p8

愛は花よりも香ばし
◇「定本小川未明童話全集 8」講談社 1977 p369
◇「定本小川未明童話全集 8」大空社 2001 p369

愛は不思議なもの
◇「定本小川未明童話全集 7」講談社 1977 p220
◇「定本小川未明童話全集 7」大空社 2001 p220

アウギュスト
◇「与謝野晶子児童文学全集 6」春陽堂書店 2007

あうき

p156

アウギュストの一撃
◇「与謝野晶子児童文学全集 6」春陽堂書店 2007 p152

逢えてよかった
◇「阪田寛夫全詩集」理論社 2011 p792

あお
◇「まど・みちお全詩集 続」理論社 2015 p94

青
◇「〔宗左近〕梟の駅長さん―童謡集」思潮社 1998 p10

青い青い秋ですよ
◇「阪田寛夫全詩集」理論社 2011 p295

(青い薊の)
◇「稗田童平全集 8」宝文館出版 1982 p24

青い家に来た人
◇「立原えりかのファンタジーランド 3」青土社 1980 p137

青い石とメダル
◇「定本小川未明童話全集 8」講談社 1977 p46
◇「定本小川未明童話全集 8」大空社 2001 p46

青い椅子
◇「〔土田明子〕ちいさい星―母と子の詩集」らくだ出版 2002 p22

青い糸
◇「安房直子コレクション 6」偕成社 2004 p143

あおいうまとかけっこ
◇「大石真児童文学全集 15」ポプラ社 1982 p81

青い海
◇「〔島崎〕藤村の童話 1」筑摩書房 1979 p23
◇「〔島崎〕藤村の童話 1」筑摩書房 1979 p25

青いおうむ
◇「鈴木三重吉童話全集 2」文泉堂書店 1975（日本文学全集・選集叢刊第5次）p316

青いオウムと痩せた男の子の話
◇「〔野坂昭如〕戦争童話集 忘れてはイケナイ物語り〔2〕小さい潜水艦に恋をしたでかすぎるクジラの話」日本放送出版協会 2002 p33

青い大きな海がひろがってくる
◇「今江祥智の本 22」理論社 1981 p59

青い大きなみずぐるま
◇「阪田寛夫全詩集」理論社 2011 p458

青い大きなむぎわらぼうし
◇「今江祥智の本 16」理論社 1980 p111
◇「今江祥智童話館〔1〕」理論社 1986 p92

青いおか
◇「与田凖一全集 3」大日本図書 1967 p238

青い小父さんと魚
◇「ある手品師の話―小熊秀雄童話集」晶文社 1976 p71
◇「小熊秀雄童話集」創風社 2001 p57

青いお空
◇「巽聖歌作品集 上」巽聖歌作品集刊行委員会 1977 p145

≪青いオーロラ≫号の冒険
◇「別役実童話集〔4〕」三一書房 1979 p94

青い蛙
◇「浜田広介全集 1」集英社 1975 p47

青い顔かけの勇士
◇「鈴木三重吉童話全集 5」文泉堂書店 1975（日本文学全集・選集叢刊第5次）p274

青い柿
◇「〔島崎〕藤村の童話 2」筑摩書房 1979 p116

青い柿の実
◇「あまんきみこセレクション 3」三省堂 2009 p91

あおい かさ
◇「〔おうち・やすゆき〕こら！ しんぞう―童謡詩集」小峰書店 1996 p54

あおいかぜ
◇「いのち―みずかみかずよ全詩集」石風社 1995 p261

青い風
◇「花岡大学童話文学全集 5」法蔵館 1980 p220

青い風の中で
◇「やなせたかし童謡詩集〔2〕」フレーベル館 2000 p60

青イ ガラス
◇「佐藤義美全集 2」佐藤義美全集刊行会 1973 p26

青い川底
◇「阪田寛夫全詩集」理論社 2011 p524

青い冠
◇「稗田童平全集 1」宝文館出版 1978 p69

青い季節
◇「壺井栄全集 3」文泉堂出版 1997 p492

青い木の芽
◇「達崎龍全童謡ホロホロ鳥」あい書林 1983 p68

青い草
◇「定本小川未明童話全集 13」講談社 1977 p20
◇「定本小川未明童話全集 13」大空社 2002 p20

あおいくさはら(はらっぱ)
◇「浜田広介全集 11」集英社 1976 p97

青いクリスマス
◇「今江祥智の本 14」理論社 1980 p199
◇「今江祥智童話館〔10〕」理論社 1987 p196

〔青いけむりで唐黍を焼き〕
◇「新修宮沢賢治全集 4」筑摩書房 1979 p25
◇「新修宮沢賢治全集 4」筑摩書房 1979 p307
◇「ジュニア文学館 宮沢賢治―写真・絵画集成 3」日本図書センター 1996 p130

青い小石
◇「北彰介作品集 2」青森県児童文学研究会 1990

4　作品名から引ける日本児童文学個人全集案内

あおい

青い五月
　◇「浜田広介全集 8」集英社 1976 p78
青い湖水
　◇「〔島木〕赤彦童謡集」第一書店 1947 p119
青い小鳥
　◇「瑠璃の壺—森銑三童話集」三樹書房 1982 p253
　◇「瑠璃の壺—森銑三童話集」三樹書房 1982 p255
青い子の国（一場）
　◇「筒井敬介児童劇集 1」東京書籍 1982（東書児童劇シリーズ）p73
青い小人
　◇「まど・みちお詩集 3」銀河社 1975 p58
　◇「まど・みちお全詩集」理論社 1992 p470
　◇「まどさんの詩の本 9」理論社 1996 p52
青い魚
　◇「〔北原〕白秋全童謡集 2」岩波書店 1992 p323
青い山脈に
　◇「北彰介作品集 4」青森県児童文学研究会 1991 p110
青いじてんしゃにのって
　◇「〔東風琴子〕童話集 2」ストーク 2006 p27
青い睡蓮
　◇「立原えりかのファンタジーランド 4」青土社 1980 p139
青いスキーぼう
　◇「岡本良雄童話文学全集 3」講談社 1964 p301
青いセーター
　◇「いのち—みずかみかずよ全詩集」石風社 1995 p313
青いそら
　◇「巽聖歌作品集 下」巽聖歌作品集刊行委員会 1977 p60
青い空
　◇「新装版金子みすゞ全集 1」JULA出版局 1984 p229
　◇「〔金子〕みすゞ詩画集〔2〕」春陽堂書店 1997
　◇「金子みすゞ童謡全集 2」JULA出版局 2003 p202
青い空
　◇「壺井栄全集 10」文泉堂出版 1998 p275
青い空
　◇「野口雨情童謡集」弥生書房 1993 p52
青い空と白い雲
　◇「あづましん童話集—子供たちの心を育てる」新風舎 1999 p70
あおいそらのうた
　◇「佐藤義美全集 1」佐藤義美全集刊行会 1974 p302
　◇「ともだちシンフォニー—佐藤義美童謡集」JULA出版局 1990 p106

青い空の歌
　◇「佐藤義美童謡集」さ・え・ら書房 1960 p251
　◇「佐藤義美全集 1」佐藤義美全集刊行会 1974 p263
青い玉と銀色のふえ
　◇「定本小川未明童話全集 14」講談社 1977 p285
　◇「定本小川未明童話全集 14」大空社 2002 p285
青い地球は誰のもの
　◇「阪田寛夫全詩集」理論社 2011 p59
青い月夜
　◇「〔北原〕白秋全童謡集 1」岩波書店 1992 p282
青い月夜
　◇「巽聖歌作品集 上」巽聖歌作品集刊行委員会 1977 p393
青いてんぐ
　◇「今江祥智の本 13」理論社 1980 p57
　◇「今江祥智童話館〔2〕」理論社 1986 p197
　◇「今江祥智ショートファンタジー 5」理論社 2005 p75
青い時計
　◇「カエルの日曜日—末永泉童話集」勝どき書房, 星雲社（発売）2007 p26
青い時計台
　◇「定本小川未明童話全集 1」講談社 1976 p62
　◇「定本小川未明童話全集 1」大空社 2001 p62
「青いドッグフーズ」
　◇「全版版灰谷健次郎の本 21」理論社 1988 p203
青い鳥
　◇「稗田童平全集 3」宝文館出版 1979 p67
青い鳥・赤い花のはなし
　◇「人魚—北村寿夫童話選集」宝文館 1955 p51
青いねこをさがせ
　◇「サトウハチロー・ユーモア小説選 9」岩崎書店 1977 p5
青いノォト
　◇「〔吉田とし〕青春ロマン選集 1」理論社 1976 p1
アオイの大臣
　◇「森三郎童話選集〔1〕」刈谷市教育委員会 1995 p195
青いハート
　◇「立原えりかのファンタジーランド 14」青土社 1980 p69
青い花
　◇「安房直子コレクション 2」偕成社 2004 p139
青い花
　◇「石森延男児童文学全集 4」学習研究社 1971 p257
青い花のヴォカリーズ
　◇「阪田寛夫全詩集」理論社 2011 p579
青い花の香り
　◇「定本小川未明童話全集 3」講談社 1977 p373

作品名から引ける日本児童文学個人全集案内　5

あおい

青い羽
- ◇「定本小川未明童話全集 3」大空社 2001 p373
- ◇「〔渡辺冨美子〕チコのすず―創作童話集」タラの木文学会 1998 p85

青い羽のおもいで
- ◇「立原えりかのファンタジーランド 14」青土社 1980 p79

青いひかりの国
- ◇「乙骨淑子の本 4」理論社 1986 p7

青い飛行船
- ◇「立原えりかのファンタジーランド 3」青土社 1980 p105

青いビー玉
- ◇「あまんきみこ童話集 1」ポプラ社 2008 p76

青いふくろ
- ◇「人魚―北村寿夫童話選集」宝文館 1955 p14

（青い淵に）
- ◇「稗田童平全集 8」宝文館出版 1982 p68

青い船
- ◇「浜田広介全集 11」集英社 1976 p62

（青い朴の）
- ◇「稗田童平全集 8」宝文館出版 1982 p25

青い星
- ◇「阪田寛夫全詩集」理論社 2011 p868

青い星
- ◇「やなせたかし童謡詩集 〔1〕」フレーベル館 2000 p74

青い星の国へ
- ◇「定本小川未明童話全集 10」講談社 1977 p124
- ◇「定本小川未明童話全集 10」大空社 2001 p124

青いボタン
- ◇「定本小川未明童話全集 5」講談社 1977 p30
- ◇「定本小川未明童話全集 5」大空社 2001 p30

青い瞼
- ◇「稗田童平全集 1」宝文館出版 1978 p72

青いマント
- ◇「〔永松康男〕童話集 青いマント」永松康男 2012 p1

青いマント
- ◇「浜田広介全集 1」集英社 1975 p170

（青い幹の）
- ◇「稗田童平全集 8」宝文館出版 1982 p26

青い水
- ◇「北彰介作品集 1」青森県児童文学研究会 1990 p123

青い麦の穂
- ◇「北川千代児童文学全集 下」講談社 1967 p113

青い麦の穂 序
- ◇「北川千代児童文学全集 下」講談社 1967 p317

青い目
- ◇「〔高崎乃理子〕妖精の好きな木―詩集」かど創房 1998 p54

青い目をしたろば
- ◇「立原えりか作品集 5」思潮社 1973 p65
- ◇「立原えりかのファンタジーランド 1」青土社 1980 p19

青い眼の人形
- ◇「野口雨情童謡集」弥生書房 1993 p76

青い餅
- ◇「魂の配達―野村吉哉作品集」草思社 1983 p107

青い山かげ
- ◇「赤座憲久少年詩集シリーズ 1」じゃこめてい出版 1977 p5
- ◇「赤座憲久少年詩集シリーズ 1」じゃこめてい出版 1977 p6

青い槍の葉
- ◇「新修宮沢賢治全集 2」筑摩書房 1979 p111

青いゆめ
- ◇「今江祥智の本 20」理論社 1981 p81
- ◇「今江祥智童話館 〔10〕」理論社 1987 p193

青いランプ
- ◇「定本小川未明童話全集 7」講談社 1977 p350
- ◇「定本小川未明童話全集 7」大空社 2001 p350

青いランプとラッコのむすめ〈おじいさんのはなし〉
- ◇「神沢利子コレクション・普及版 3」あかね書房 2006 p190

青い竜の物語
- ◇「きつねとチョウとアカヤシオの花―横野幸一童話集」横野幸一, 静岡新聞社（発売）2006 p72

青いリンゴ
- ◇「庄野英二全集 6」偕成社 1979 p174

青いレンズ
- ◇「戸川幸夫動物文学全集 9」講談社 1976 p22

青色のレモン
- ◇「与田凖一全集 4」大日本図書 1967 p229

青梅
- ◇「〔北原〕白秋全童謡集 2」岩波書店 1992 p434

青梅小梅
- ◇「浜田広介全集 11」集英社 1976 p98

青えんぴつ
- ◇「まど・みちお詩集 4」銀河社 1974 p58
- ◇「まど・みちお全詩集」理論社 1992 p416

青ガエル
- ◇「石森延男児童文学全集 5」学習研究社 1971 p140

青蛙
- ◇「〔宗左近〕梟の駅長さん―童謡集」思潮社 1998 p32

青き小指
- ◇「おの・ちゅうこう初期作品集 〔1〕 牧歌的風景」

青木繁
　◇「[かこさとし] お話こんにちは 〔4〕」偕成社
　　1979 p54
青木大学士の野宿
　◇「新修宮沢賢治全集 10」筑摩書房 1979 p333
青木太郎と竹洋灯(たけらむぶ)
　◇「校定新美南吉全集 7」大日本図書 1980 p255
青き手琴(二章)
　◇「稗田菫平全集 1」宝文館出版 1978 p92
青木のカノコギ
　◇「[今坂柳二] りゅうじフォークロア・world 4」
　　ふるさと伝承研究会 2008 p26
青き実(一首)
　◇「稗田菫平全集 4」宝文館出版 1980 p24
青桐温泉
　◇「二反長半作品集 1」集英社 1979 p188
アオギリの夏
　◇「[渡部秀美] いのちの石」新風舎 1996 p31
青くなったリンゴ
　◇「西條益美代表作品選集 1」南海ブックス 1981
　　p11
青くびダイコンの詩
　◇「国分一太郎児童文学集 6」小峰書店 1967 p75
仰げば尊し
　◇「赤川次郎セレクション 1」ポプラ社 2008 p147
青さんは菜の花のでんしゃにのって
　◇「[星野のの] 木の葉のぞうり」文芸社 2000 p5
あおじとハーモニカ
　◇「住井すゑ わたしの少年少女物語 2」労働旬報社
　　1989 p66
青写真
　◇「巽聖歌作品集 上」巽聖歌作品集刊行委員会
　　1977 p411
よびかけあおぞら
　◇「斎田喬幼年劇全集 2」誠文堂新光社 1961 p360
あおぞら
　◇「まど・みちお全詩集」理論社 1992 p664
　◇「まどさんの詩の本 9」理論社 1996 p50
青空
　◇「佐藤義美全集 1」佐藤義美全集刊行会 1974
　　p326
青空
　◇「庄野英二全集 6」偕成社 1979 p210
青空給食
　◇「[木下容子] ファンタジー傑作童話集 まほうのコンペイトー」おさひめ書房 2009 p111
青空クラス<一まく 生活劇>
　◇「[斎田喬] 学校劇代表作選 2」牧書店 1959 p61
青空草紙
　　嶺書房 1975 p62

　◇「定本壺井栄児童文学全集 2」講談社 1979 p261
　◇「壺井栄全集 9」文泉堂出版 1997 p505
〔青ぞらにタンクそばたち〕
　◇「新修宮沢賢治全集 7」筑摩書房 1980 p238
青空の下の少女
　◇「定本小川未明童話全集 9」講談社 1977 p185
　◇「定本小川未明童話全集 9」大空社 2001 p185
青空の下の少年たち
　◇「大石真児童文学全集 10」ポプラ社 1982 p89
青空の下の原っぱ
　◇「定本小川未明童話全集 8」講談社 1977 p262
　◇「定本小川未明童話全集 8」大空社 2001 p262
〔青ぞらのはてのはて〕
　◇「新修宮沢賢治全集 4」筑摩書房 1979 p263
　◇「ジュニア文学館 宮沢賢治―写真・絵画集成 3」
　　日本図書センター 1996 p152
〔青ぞらは〕
　◇「新修宮沢賢治全集 4」筑摩書房 1979 p220
青大将の恋
　◇「魂の配達―野村吉哉作品集」草思社 1983 p42
青竹のスキー
　◇「稗田菫平全集 8」宝文館出版 1982 p158
「青天井」松永伍一著
　◇「稗田菫平全集 6」宝文館出版 1981 p141
青菜(林家木久蔵編, 岡本和明文)
　◇「林家木久蔵の子ども落語 5」フレーベル館 1999
　　p176
青梨
　◇「校定新美南吉全集 8」大日本図書 1981 p252
青の球体
　◇「佐藤義美全集 1」佐藤義美全集刊行会 1974 p72
青の下で
　◇「北彰介作品集 4」青森県児童文学研究会 1991
　　p232
青葉
　◇「中村雨紅詩謡集」中村雨紅詩謡集刊行委員会
　　1971 p167
蒼蠅
　◇「戸川幸夫動物文学全集 10」講談社 1977 p128
青葉繁れる
　◇「井上ひさしジュニア文学館 2」汐文社 1998 p4
青葉城にて
　◇「巽聖歌作品集 上」巽聖歌作品集刊行委員会
　　1977 p193
あおばな
　◇「阪田寛夫全詩集」理論社 2011 p269
青葉の歌
　◇「佐藤義美童謡集」さ・え・ら書房 1960 p203
　◇「佐藤義美全集 1」佐藤義美全集刊行会 1974
　　p223

あおは

青葉の下
　◇「定本小川未明童話全集 12」講談社 1977 p78
　◇「定本小川未明童話全集 12」大空社 2002 p78

青葉の笛
　◇「あまんきみこセレクション 1」三省堂 2009 p299

青葉の山道
　◇「中村雨紅詩謡集」中村雨紅詩謡集刊行委員会 1971 p139

あおばわかば
　◇「室生犀星童話全集 2」創林社 1978 p214

〔青びかる天弧のはてに〕
　◇「新修宮沢賢治全集 6」筑摩書房 1980 p254

青表紙ノート
　◇「新修宮沢賢治全集 15」筑摩書房 1980 p357

＜「青表紙ノート」より＞
　◇「新修宮沢賢治全集 7」筑摩書房 1980 p254

あをばうず
　◇〔北原〕白秋全童謡集 4」岩波書店 1993 p197

（青麦が）
　◇「稗田菫平全集 8」宝文館出版 1982 p52

あおむし
　◇「おはなしいっぱい―祐成智美童謡詩集」リーブル 1997 p46

あおむし
　◇「〔東君平〕ひとくち童話 5」フレーベル館 1995 p36

あお虫
　◇「〔高崎乃理子〕妖精の好きな木―詩集」かど創房 1998 p10

青むし
　◇「〔下田喜久美〕遠くから来た旅人―詩集」リトル・ガリヴァー社 1998 p26

青森空襲の話
　◇「ともみのちょう戦―立花玲子童話集」青森県児童文学研究会 1997 p139

青森挽歌
　◇「新修宮沢賢治全集 2」筑摩書房 1979 p186

青森挽歌 三
　◇「新修宮沢賢治全集 2」筑摩書房 1979 p281

青柳教諭を送る
　◇「新修宮沢賢治全集 6」筑摩書房 1980 p178
　◇「新修宮沢賢治全集 6」筑摩書房 1980 p414

青柳ものがたり
　◇「怪談小泉八雲のこわ～い話 2」汐文社 2004 p65

青山一郎左衛門
　◇「大石真児童文学全集 5」ポプラ社 1982 p175

青りんご
　◇「北彰介作品集 1」青森県児童文学研究会 1990 p76

垢
　◇「壺井栄全集 2」文泉堂出版 1997 p205

1枚童話 赤アリ大作戦 成田家ヘゾロゾロ
　◇「北国翔子童話集 2」青森県児童文学研究会 2010 p76

1枚童話 赤アリ大作戦 橋本家ヘゾロゾロ
　◇「北国翔子童話集 2」青森県児童文学研究会 2010 p75

赤アリの子
　◇「平成に生まれた昔話―〔村瀬〕神太郎童話集」文芸社 1999 p11

赤い足あと
　◇「椋鳩十全集 10」ポプラ社 1970 p84
　◇「椋鳩十まるごと動物ものがたり 6」理論社 1996 p5

赤いイノシシ
　◇「石森延男児童文学全集 6」学習研究社 1971 p45

赤い色
　◇「赤座憲久少年詩集シリーズ 1」じゃこめてい出版 1977 p47

赤いインコ
　◇「浜田広介全集 11」集英社 1976 p22

赤いうちかけ
　◇「長崎源之助全集 20」偕成社 1988 p21

あかいうめぼし
　◇「〔関根栄一〕はしるふじさん―童謡集」小峰書店 1998 p34

赤い柄のこうもり
　◇「壺井栄全集 10」文泉堂出版 1998 p396

赤いえり巻き
　◇「定本小川未明童話全集 7」講談社 1977 p150
　◇「定本小川未明童話全集 7」大空社 2001 p150

〔赤い尾をしたレオポルドめが〕
　◇「新修宮沢賢治全集 4」筑摩書房 1979 p168

赤いおちば
　◇「斎田喬幼年劇全集 2」誠文堂新光社 1961 p388

赤いオーバーのばんにん
　◇「花岡大学童話文学全集 4」法蔵館 1980 p116

赤いお舟
　◇「新装版金子みすゞ全集 1」JULA出版局 1984 p143
　◇「金子みすゞ童謡全集 2」JULA出版局 2003 p78

赤い海水着
　◇「北川千代児童文学全集 上」講談社 1967 p221

赤いかおした大にゅうどう
　◇「〔木暮正夫〕日本のおばけ話・わらい話 3」岩崎書店 1986 p19

赤いカッコはいて
　◇「中村雨紅詩謡集」中村雨紅詩謡集刊行委員会 1971 p115

あかいカーテン

あかい

◇「いのち―みずかみかずよ全詩集」石風社 1995 p264

赤いカーネーション
◇「斎田喬児童劇選集 〔4〕」牧書店 1954 p32

赤いガラスの宮殿
◇「小川未明幼年童話文学全集 7」集英社 1966 p186
◇「定本小川未明童話全集 6」講談社 1977 p257
◇「定本小川未明童話全集 6」大空社 2001 p257

赤い狩衣
◇「西條八十童謡全集」修道社 1971 p136

赤い啄木鳥
◇「稗田童平全集 1」宝文館出版 1978 p53

赤い木の実
◇「庄野英二全集 6」偕成社 1979 p92

赤い木の実
◇「千葉省三童話全集 3」岩崎書店 1967 p193

赤いきれたちのはなし
◇「〔柳家弁天〕らくご文庫 7」太平出版社 1987 p35

赤いくさり
◇「魂の配達―野村吉哉作品集」草思社 1983 p14
◇「魂の配達―野村吉哉作品集」草思社 1983 p18

赤いくし
◇「北彰介作品集 3」青森県児童文学研究会 1990 p38

赤いくつ
◇「長崎源之助全集 6」偕成社 1987 p113

赤い靴
◇「新装版金子みすゞ全集 3」JULA出版局 1984 p256
◇「金子みすゞ童謡全集 6」JULA出版局 2004 p178

赤い靴
◇「野口雨情童謡集」弥生書房 1993 p78

赤いくつをはいた子
◇「あまんきみこ童話集 4」ポプラ社 2008 p40
◇「あまんきみこセレクション 2」三省堂 2009 p159

赤いくつ―私のよこはま物語
◇「長崎源之助全集 6」偕成社 1987 p7

赤いくまになりたかったの
◇「神沢利子のおはなしの時間 2」ポプラ社 2011 p97

あかい雲
◇「定本小川未明童話全集 3」講談社 1977 p398
◇「定本小川未明童話全集 3」大空社 2001 p398

赤い車のクータ
◇「小川のせせらぎが聞こえるかい―中澤洋子童話集」中澤洋子 2010 p5

赤いクレヨン
◇「もりやまみやこ童話選 1」ポプラ社 2009 p80

赤い桑の実
◇「〔斎藤信夫〕子ども心を友として―童謡詩集」成東町教育委員会 1996 p82

赤いこいと金のこいと白いこい
◇「花岡大学仏典童話新作集 1」法蔵館 1984 p79

「赤い小馬」
◇「稗田童平全集 8」宝文館出版 1982 p132

赤い小馬
◇「稗田童平全集 8」宝文館出版 1982 p132

赤いこうもり傘
◇「赤川次郎ミステリーコレクション 7」岩崎書店 2003 p7

アカイコのうた
◇「松谷みよ子のむかしむかし 5」講談社 1973 p100

赤い木の実
◇「石森延男児童文学全集 4」学習研究社 1971 p133

赤い木(こ)の実
◇「〔竹久〕夢二童謡集」ノーベル書房 1975（浪漫文庫）p78

赤い木の実（満州民話・蒙古民話）
◇「石森延男児童文学全集 4」学習研究社 1971 p131

赤い小馬車
◇「達崎龍全童謡ホロホロ鳥」あい書林 1983 p12

赤い魚
◇「花岡大学仏典童話全集 2」法蔵館 1979 p169
◇「花岡大学仏典童話新作集 2」法蔵館 1984 p106

赤い魚と子供
◇「定本小川未明童話全集 3」講談社 1977 p316
◇「定本小川未明童話全集 3」大空社 2001 p316

赤いさくらんぼ
◇「浜田広介全集 3」集英社 1975 p66

赤石山麓の毛皮仲買人のことなど
◇「椋鳩十の本 20」理論社 1983 p196

赤い自転車
◇「赤い自転車―松延いさお自選童話集」〔熊本〕松延猪雄 1993 p71

赤い島
◇「北彰介作品集 3」青森県児童文学研究会 1990 p215

赤い霜柱
◇「椋鳩十全集 3」ポプラ社 1969 p136
◇「椋鳩十の本 6」理論社 1982 p8

赤い霜柱―最初の動物物語
◇「椋鳩十の本 1」理論社 1982 p280

赤い十字の電話
◇「氏原大作全集 4」条例出版 1977 p458

あかい

赤いしん青いしん
- ◇「ひろすけ幼年童話文学全集 2」集英社 1962 p159
- ◇「浜田広介全集 3」集英社 1975 p237

赤いずきん
- ◇「壺井栄名作集 4」ポプラ社 1965 p95
- ◇「定本壺井栄児童文学全集 2」講談社 1979 p196

赤い頭巾
- ◇「〔北原〕白秋全童謡集 2」岩波書店 1992 p270

赤い頭巾
- ◇「壺井栄全集 9」文泉堂出版 1997 p487

赤いステッキ
- ◇「壺井栄全集 1」文泉堂出版 1997 p163

赤いスポーツカー
- ◇「今江祥智童話館 〔1〕」理論社 1986 p212
- ◇「今江祥智の本 30」理論社 1990 p20

赤いそりにのったウーフ
- ◇「〔神沢利子〕くまの子ウーフの童話集 3」ポプラ社 2001 p75

赤い凧
- ◇「あまんきみこセレクション 4」三省堂 2009 p215

赤い楯, 黒い楯
- ◇「鈴木三重吉童話全集 7」文泉堂書店 1975（日本文学全集・選集叢刊第5次）p83

赤い玉
- ◇「石森延男児童文学全集 2」学習研究社 1971 p148

赤い玉
- ◇「鈴木三重吉童話全集 7」文泉堂書店 1975（日本文学全集・選集叢刊第5次）p129

赤いちいさな手ぶくろ
- ◇「大石真児童文学全集 16」ポプラ社 1982 p198

紅いチューリップ
- ◇「定本小川未明童話全集 9」講談社 1977 p178
- ◇「定本小川未明童話全集 9」大空社 2001 p178

赤い蝶
- ◇「花岡大学童話文学全集 1」法蔵館 1980 p25

赤い ちょうちんの はなし
- ◇「小川未明幼年童話文学全集 1」集英社 1965 p46
- ◇「定本小川未明童話全集 15」講談社 1978 p84
- ◇「定本小川未明童話全集 15」大空社 2002 p84

紙芝居（またはスライド）台本 赤いつばきの花の物語
- ◇「北彰介作品集 2」青森県児童文学研究会 1990 p225

赤いつる
- ◇「松谷みよ子全集 3」講談社 1971 p119

赤い手帳
- ◇「西條八十童話集」小学館 1983 p426

赤い手長の蜘蛛
- ◇「あまの川—宮沢賢治童謡集」筑摩書房 2001 p26

赤い手袋
- ◇「定本小川未明童話全集 1」講談社 1976 p321
- ◇「定本小川未明童話全集 1」大空社 2001 p321

赤い手袋
- ◇「〔永田允子〕わすれな草—童話集」講談社出版サービスセンター 1997 p51

あかいてぶくろ＜一まく 生活擬人劇＞
- ◇「〔斎田喬〕学校劇代表作選 1」牧書店 1959 p139

あかいてぶくろ（童話劇）
- ◇「斎田喬幼年劇全集 3」誠文堂新光社 1962 p235

赤い灯籠
- ◇「浜田広介全集 10」集英社 1976 p181

あかいときいろ
- ◇「〔巖谷〕小波お伽全集 7」本の友社 1998 p423

赤い鳥
- ◇「定本小川未明童話全集 3」講談社 1977 p402
- ◇「定本小川未明童話全集 3」大空社 2001 p402

赤い鳥
- ◇「瑠璃の壺—森銑三童話集」三樹書房 1982 p76

赤い とり 小とり
- ◇「佐藤義美全集 4」佐藤義美全集刊行会 1974 p223

赤い鳥, 小鳥
- ◇「〔北原〕白秋全童謡集 5」岩波書店 1993 p170

赤い鳥小鳥
- ◇「〔北原〕白秋全童謡集 1」岩波書店 1992 p39

「赤い鳥」と私（岡田泰三）
- ◇「岡田泰三・日下部梅子童謡集」会津童詩会 1992 p119

赤い長ぐつ
- ◇「花岡大学童話文学全集 4」法蔵館 1980 p27

赤い虹の石—中国の物語から
- ◇「稗田童平全集 3」宝文館出版 1979 p58

赤い箱車
- ◇「椋鳩十全集 3」ポプラ社 1969 p180

赤いパステル
- ◇「稗田童平全集 3」宝文館出版 1979 p36

紅い花
- ◇「椋鳩十の本 3」理論社 1982 p203

赤い花
- ◇「阪田寛夫全詩集」理論社 2011 p779

赤い花
- ◇「壺井栄全集 4」文泉堂出版 1998 p442

赤い花
- ◇「椋鳩十全集 6」ポプラ社 1969 p64
- ◇「椋鳩十の本 11」理論社 1983 p98

赤い花
- ◇「与謝野晶子児童文学全集 2」春陽堂書店 2007 p179

赤い花咲いた

あかい

◇「〔斎藤信夫〕子ども心を友として―童謡詩集」成東町教育委員会 1996 p116

あかい はね
◇「まど・みちお全詩集」理論社 1992 p320

赤いはね
◇「斎田喬児童劇選集 〔4〕」牧書店 1954 p223

赤いはね―アメリカの黒人のお話
◇「小出正吾児童文学全集 4」審美社 2001 p271

赤いバラ
◇「人魚―北村寿夫童話選集」宝文館 1955 p63

赤いバラをささげます
◇「〔東風琴子〕童話集 1」ストーク 2002 p63

赤いばらの橋
◇「安房直子コレクション 1」偕成社 2004 p223

赤いばらのフラメンコ
◇「横山健童謡選集 1」無明舎出版 1995 p72

赤い火玉
◇「〔比江島重孝〕宮崎のむかし話 3」鉱脈社 2000 p105

赤い尾灯
◇「高橋敏彦童話集」ノヴィス 2000（ノヴィス叢書）p24

赤いひとさし指
◇「やなせたかし童謡詩集 〔2〕」フレーベル館 2000 p72

赤い姫と黒い皇子
◇「定本小川未明童話全集 3」講談社 1977 p16
◇「定本小川未明童話全集 3」大空社 2001 p16

赤いヒヨコ白いヒヨコ＜一まく 童話劇＞
◇「〔斎田喬〕学校劇代表作選 1」牧書店 1959 p103

赤いひよこ白いひよこ（童話劇）
◇「斎田喬幼年劇全集 1」誠文堂新光社 1962 p121

赤いふうせん
◇「石森延男児童文学全集 1」学習研究社 1971 p86

赤い風船
◇「阪田寛夫全詩集」理論社 2011 p480

赤い風船
◇「杉みき子選集 10」新潟日報事業社 2011 p234

赤い船
◇「定本小川未明童話全集 1」講談社 1976 p7
◇「定本小川未明童話全集 1」大空社 2001 p7
◇「小川未明30選」春陽堂書店 2009（名作童話）p7

赤い船とつばめ
◇「小川未明幼年童話文学全集 3」集英社 1965 p43
◇「定本小川未明童話全集 5」講談社 1977 p237
◇「定本小川未明童話全集 5」大空社 2001 p237

赤い船のお客
◇「定本小川未明童話全集 4」講談社 1977 p48
◇「定本小川未明童話全集 4」大空社 2001 p48

赤い プロペラ
◇「ひろすけ幼年童話文学全集 6」集英社 1962 p130

あかい フンドシ
◇「巽聖歌作品集 上」巽聖歌作品集刊行委員会 1977 p310

赤いぼうしをもらう話
◇「ひろすけ幼年童話文学全集 2」集英社 1962 p64
◇「浜田広介全集 2」集英社 1975 p108

赤い帽子, 黒い帽子, 青い帽子
◇「〔北原〕白秋全童謡集 1」岩波書店 1992 p30

赤いポケット
◇「ひろすけ幼年童話文学全集 3」集英社 1962 p168
◇「浜田広介全集 4」集英社 1976 p123

赤いポスト
◇「森三郎童話選集 〔2〕」刈谷市教育委員会 1996 p7

紅い牡丹の芽つぼみ
◇「太田博也童話集 6」小山書林 2009 p173

第一話 赤い帆の舟
◇「久保喬自選作品集 2」みどりの会 1994 p5

赤いマント
◇「野口雨情童謡集」弥生書房 1993 p62

赤いマントの女の子
◇「杉みき子選集 8」新潟日報事業社 2010 p15

赤いみ
◇「マッチ箱の中―三鎌よし子童謡集」しもつけ文学会 1998 p16

赤い実
◇「定本小川未明童話全集 10」講談社 1977 p26
◇「定本小川未明童話全集 10」大空社 2001 p26

赤い実
◇「小出正吾児童文学全集 1」審美社 2000 p7

赤い実
◇「〔鈴木桂子〕親子で語り合う詩集 2」クロスロード 1999 p35

赤い実
◇「浜田広介全集 11」集英社 1976 p22

赤いみずうみ
◇「花岡大学仏典童話全集 1」法蔵館 1979 p135
◇「花岡大学仏典童話集 1」佼成出版社 2006 p5

赤い実のなる木
◇「〔あらやゆきお〕創作童話 ざくろの詩」鳳書院 2012 p14

赤い目の雪だるま（生活劇）
◇「斎田喬幼年劇全集 3」誠文堂新光社 1962 p121

赤いもち白いもち
◇「ひろすけ幼年童話文学全集 5」集英社 1962 p106
◇「浜田広介全集 3」集英社 1975 p169

あかい

赤いものなーに
◇「中村雨紅詩謡集」中村雨紅詩謡集刊行委員会 1971 p138

赤い模様の蛇
◇「椋鳩十の本 17」理論社 1982 p192

赤い夕やけ
◇「ひろすけ幼年童話文学全集 4」集英社 1962 p114
◇「浜田広介全集 1」集英社 1975 p54

赤い雪
◇「阪田寛夫全詩集」理論社 2011 p866

赤い雪
◇「魂の配達―野村吉哉作品集」草思社 1983 p74

赤い妖虫
◇「少年探偵江戸川乱歩全集 31」ポプラ社 1970 p5

赤い龍の子
◇「瑠璃の壺―森銑三童話集」三樹書房 1982 p4

赤いリンゴ＜一幕 生活劇＞
◇「〔斎由喬〕学校劇代表作選 3」牧書店 1959 p7

あかい ろうそく
◇「新美南吉全集 1」牧書店 1965 p55

赤いろうそく
◇「新美南吉童話集 1」大日本図書 1982 p101
◇「新美南吉童話大全」講談社 1989 p281
◇「新美南吉童話傑選 〔7〕赤いろうそく」小峰書店 2004 p49
◇「新美南吉童話集 1」大日本図書 2012 p101
◇「新美南吉童話選集 1」ポプラ社 2013 p17

赤い蠟燭
◇「校定新美南吉全集 3」大日本図書 1980 p169
◇「新美南吉童話集」岩波書店 1996（岩波文庫）p32
◇「新美南吉30選」春陽堂書店 2009（名作童話）p286

赤いろうそくと人魚
◇「小川未明幼年童話文学全集 1」集英社 1965 p168
◇「定本小川未明童話全集 1」講談社 1976 p264
◇「小川未明童話集」岩波書店 1996（岩波文庫）p72
◇「定本小川未明童話全集 1」大空社 2001 p264
◇「小川未明童話集 1」世界文化社 2004（心に残るロングセラー）p96

赤い蠟燭と人魚
◇「小川未明30選」春陽堂書店 2009（名作童話）p52

赤いろうそく（人形劇）（新美南吉、新井早苗脚色）
◇「新美南吉童話劇集 2」東京書籍 1982（東書児童劇シリーズ）p97

赤牛
◇「斎藤隆介全集 3」岩崎書店 1982 p45

赤牛黒牛
◇「野口雨情童謡集」弥生書房 1993 p11

赤牛こっこ
◇「〔高橋一仁〕春のニシン場―童謡詩集」けやき書房 2003 p160

赤上衣
◇「〔北原〕白秋全童謡集 4」岩波書店 1993 p217

アカエイ
◇「〔山田野理夫〕おばけ文庫 5」太平出版社 1976（母と子の図書室）p24

赤鬼青鬼
◇「森三郎童話選集 〔1〕」刈谷市教育委員会 1995 p78

あかおに あおおに なんのその
◇「巽聖歌作品集 下」巽聖歌作品集刊行委員会 1977 p74

赤おにやしき
◇「二反長半作品集 2」集英社 1979 p101

赤神と黒神
◇「松谷みよ子のむかしむかし 5」講談社 1973 p52
◇「松谷みよ子全エッセイ 2」筑摩書房 1989 p175

赤狐
◇「校定新美南吉全集 8」大日本図書 1981 p323
◇「新美南吉童話集 1」大日本図書 1982 p337
◇「新美南吉童話集 1」大日本図書 2012 p337

赤ギツネ青ギツネ
◇「椋鳩十全集 19」ポプラ社 1980 p6
◇「椋鳩十まるごと動物ものがたり 6」理論社 1996 p188

アカギレ博士の発明
◇「やなせたかし童謡詩集 〔2〕」フレーベル館 2000 p68

赤毛の猿人
◇「海野十三全集 別巻2」三一書房 1993 p469

あかげのきつね
◇「みずいろようちえん―出雲路猛雄童話集」阪神都 2012 p40

赤子石
◇「〔山田野理夫〕おばけ文庫 3」太平出版社 1976（母と子の図書室）p137

アガサ＝クリスティ
◇「〔かこさとし〕お話こんにちは 〔6〕」偕成社 1979 p74

あかさたなっちゃんのうた
◇「〔関根栄一〕はしるふじさん―童謡集」小峰書店 1998 p109

アカシアの花
◇「椋鳩十の本 20」理論社 1983 p62

あか舌
◇「〔山田野理夫〕おばけ文庫 7」太平出版社 1976（母と子の図書室）p64

あかち

アカシヤ
　◇「阪田寛夫全詩集」理論社 2011 p282
〔アカシヤの木の洋灯（ラムプ）から〕
　◇「新修宮沢賢治全集 4」筑摩書房 1979 p18
　◇「新修宮沢賢治全集 4」筑摩書房 1979 p304
アカシヤの花
　◇「小出正吾児童文学全集 2」審美社 2000 p261
アカショウビンの話
　◇「〔かこさとし〕お話こんにちは 〔3〕」偕成社 1979 p130
赤づきん
　◇「鈴木三重吉童話全集 3」文泉堂書店 1975（日本文学全集・選集叢刊第5次）p255
赤ずきんちゃんとおおかみ
　◇「〔かこさとし〕お話こんにちは 〔1〕」偕成社 1979 p112
赤ずきんちゃんの森の狼たちのクリスマス
　◇「別役実童話集 〔6〕」三一書房 1988 p137
あかずの間
　◇「佐藤さとる全集 10」講談社 1974 p197
開かずの間
　◇「佐藤さとるファンタジー全集 12」講談社 1982 p231
　◇「佐藤さとるファンタジー全集 12」講談社, 復刊ドットコム（発売）2011 p231
あかちゃん
　◇「〔東君平〕おはようどうわ 2」講談社 1982 p100
　◇「〔東君平〕ひとくち童話 3」フレーベル館 1995 p44
　◇「〔東君平〕ひとくち童話 4」フレーベル館 1995 p58
あかちゃん
　◇「まど・みちお全詩集」理論社 1992 p346
　◇「まど・みちお全詩集」理論社 1992 p572
　◇「まどさんの詩の本 12」理論社 1997 p22
　◇「まどさんの詩の本 12」理論社 1997 p24
　◇「まど・みちお全詩集 続」理論社 2015 p69
　◇「まど・みちお全詩集 続」理論社 2015 p284
赤ちゃん
　◇「佐々木邦全集 10」講談社 1975 p3
赤ちゃん
　◇「松田瓊子全集 5」大空社 1997 p53
赤ちゃん
　◇「まど・みちお全詩集」理論社 1992 p642
　◇「まどさんの詩の本 8」理論社 1996 p24
赤ちゃん
　◇「〔山田野理夫〕お笑い文庫 1」太平出版社 1977（母と子の図書室）p69
赤ちゃん
　◇「第二〔島木〕赤彦童謡集」第一書店 1948 p38
赤ちゃん

　◇「かもめの水兵さん—武内俊子伝記と作品集」講談社出版サービスセンター 1977 p197
あかちゃん アワワ
　◇「佐藤義美童謡集」さ・え・ら書房 1960 p22
　◇「佐藤義美全集 1」佐藤義美全集刊行会 1974 p172
赤ちゃんかいぶつベビラ！
　◇「筒井康隆全童話」角川書店 1976（角川文庫）p63
　◇「筒井康隆SFジュブナイルセレクション 1」金の星社 2010 p67
あかちゃんが生まれた
　◇「〔内海康子〕六月のカレンダー—詩集」けやき書房 1999 p8
あかちゃんが生まれました
　◇「長崎源之助全集 16」偕成社 1988 p121
あかちゃんがっこう
　◇「岡本良雄童話文学全集 3」講談社 1964 p246
あかちゃん こぐま
　◇「〔高橋一仁〕春のニシン場—童謡詩集」けやき書房 2003 p24
赤ちゃんことば雑感
　◇「松谷みよ子全エッセイ 3」筑摩書房 1989 p182
赤ちゃん白熊
　◇「サトウハチロー童謡集」弥生書房 1977 p20
あかちゃんすずめとすず虫のおんがえし
　◇「かとうむつこ童話集 2」東京図書出版会, リフレ出版（発売）2004 p77
あかちゃんと悪魔博士
　◇「久保喬自選作品集 1」みどりの会 1994 p66
あかちゃんとおるすばん
　◇「松谷みよ子全集 13」講談社 1972 p162
赤ちゃんのおへや
　◇「松谷みよ子全集 2」講談社 1971 p83
　◇「松谷みよ子おはなし集 3」ポプラ社 2010 p105
あかちゃんの カンガルーさん
　◇「まど・みちお全詩集」理論社 1992 p197
赤ちゃんのくに
　◇「あまんきみこ童話集 4」ポプラ社 2008 p58
赤ちゃんの国
　◇「あまんきみこセレクション 3」三省堂 2009 p182
赤ちゃんの住む森
　◇「松谷みよ子全エッセイ 1」筑摩書房 1989 p210
赤ちゃんのプライド
　◇「松谷みよ子全エッセイ 3」筑摩書房 1989 p177
「赤ちゃんの本」四年め
　◇「松谷みよ子全エッセイ 1」筑摩書房 1989 p219
あかちゃんへびが とおったら
　◇「おはないっぱい—祐成智美童謡詩集」リーブル 1997 p36

あかち

アカチン
　◇「斎田喬児童劇選集 〔4〕」牧書店 1954 p195
赤チン
　◇「まど・みちお全詩集」理論社 1992 p220
　◇「まどさんの詩の本 6」理論社 1996 p24
暁
　◇「新修宮沢賢治全集 6」筑摩書房 1980 p9
<「あかつき戦闘隊」大懸賞>問題
　◇「全集古田足日子どもの本 6」童心社 1993 p349
〔あかつき眠るみどりごを〕
　◇「新修宮沢賢治全集 6」筑摩書房 1980 p29
　◇「ジュニア文学館 宮沢賢治―写真・絵画集成 3」日本図書センター 1996 p184
上った, 上つた
　◇「〔北原〕白秋全童謡集 1」岩波書店 1992 p209
赤土へくる子供たち
　◇「定本小川未明童話全集 12」講談社 1977 p254
　◇「定本小川未明童話全集 12」大空社 2002 p254
赤土山
　◇「新装版金子みすゞ全集 2」JULA出版局 1984 p223
　◇「金子みすゞ童謡全集 4」JULA出版局 2004 p114
赤っぽい 星
　◇「石森読本―石森延男児童文学選集 2年生」小学館 1977 p125
赤てんぐとよたろう
　◇「稗田童平全集 5」宝文館出版 1980 p16
赤電話
　◇「〔山田野理夫〕お笑い文庫 10」太平出版社 1977（母と子の図書室）p140
赤と青と白の鯉のぼり
　◇「花岡大学童話文学全集 3」法蔵館 1980 p280
赤と黒
　◇「〔宗左近〕梟の駅長さん―童謡集」思潮社 1998 p36
アカと横田老人
　◇「戸川幸夫創作童話集 1」国土社 1972 p58
よびかけあかとんぼ
　◇「斎田喬幼年劇全集 2」誠文堂新光社 1961 p336
あかとんぼ
　◇「まど・みちお全詩集」理論社 1992 p178
　◇「まどさんの詩の本 3」理論社 1994 p74
　◇「まど・みちお全詩集 続」理論社 2015 p364
赤とんぼ
　◇「〔斎藤信夫〕子ども心を友として―童謡詩集」成東町教育委員会 1996 p42
赤とんぼ
　◇「佐藤一英「童話・童謡集」一宮市立萩原小学校 2003 p37
赤とんぼ
　◇「佐藤義美童謡集」さ・え・ら書房 1960 p214
　◇「佐藤義美全集 1」佐藤義美全集刊行会 1974 p232
赤とんぼ
　◇「まど・みちお全詩集」理論社 1992 p664
　◇「まどさんの詩の本 3」理論社 1994 p40
1枚童話 赤トンボ
　◇「北国翔子童話集 2」青森県児童文学研究会 2010 p70
赤トンボ
　◇「中村雨紅詩謡集」中村雨紅詩謡集刊行委員会 1971 p122
赤蜻蛉
　◇「〔宗左近〕梟の駅長さん―童謡集」思潮社 1998 p30
赤蜻蛉
　◇「校定新美南吉全集 2」大日本図書 1980 p391
あかとんぼ―あかとんぼの会のうた
　◇「いのち―みずかみかずよ全詩集」石風社 1995 p299
あかとんぼが とまった
　◇「まど・みちお全詩集 続」理論社 2015 p376
あかとんぼくん
　◇「佐藤義美童謡集」さ・え・ら書房 1960 p164
　◇「佐藤義美全集 1」佐藤義美全集刊行会 1974 p209
「赤蜻蛉抄」全
　◇「稗田童平全集 4」宝文館出版 1980 p8
赤とんぼと, あぶら虫
　◇「〔野坂昭如〕戦争童話集 忘れてはイケナイ物語り〔3〕凧になったお母さん」日本放送出版協会 2002 p65
あかとんぼの うた
　◇「まど・みちお全詩集 続」理論社 2015 p394
赤トンボの道
　◇「稗田童平全集 3」宝文館出版 1979 p139
赤とんぼ（放送台本）
　◇「斎田喬児童劇選集 〔7〕」牧書店 1955 p206
1枚童話 赤トンボ1
　◇「北国翔子童話集 2」青森県児童文学研究会 2010 p68
赤トンボ1
　◇「北国翔子童話集 2」青森県児童文学研究会 2010 p71
赤トンボ2
　◇「北国翔子童話集 2」青森県児童文学研究会 2010 p72
赤トンボ3
　◇「北国翔子童話集 2」青森県児童文学研究会 2010 p73
赤トンボ4

◇「北国翔子童話集 2」青森県児童文学研究会 2010 p74

あかないきんこ
　◇「〔木暮正夫〕日本のおばけ話・わらい話 11」岩崎書店 1987 p79

赤ナスとおまわりさん
　◇「宮口しづえ童話全集 8」筑摩書房 1979 p35

赤穴宗右衛門兄弟
　◇「森三郎童話選集 〔2〕」刈谷市教育委員会 1996 p198

あかなめ
　◇「〔山田野理夫〕おばけ文庫 1」太平出版社 1976（母と子の図書室）p20

アカネ
　◇「椋鳩十の本 18」理論社 1982 p183
　◇「椋鳩十の本 23」理論社 1983 p188

あかね色の風
　◇「あさのあつこコレクション 7」新日本出版社 2007 p5

あかね雲
　◇「〔足立俊〕桃と赤おに」叢文社 1998 p83

あかね雲
　◇「浜田広介全集 11」集英社 1976 p23

あかねちゃんとモモ
　◇「椋鳩十の本 26」理論社 1989 p263

赤の御飯
　◇「斎藤隆介全集 3」岩崎書店 1982 p286

アカノマンマ
　◇「まど・みちお詩集 1」銀河社 1975 p46
　◇「まど・みちお全詩集」理論社 1992 p452
　◇「まど・みちお全詩集」理論社 1992 p623
　◇「まどさんの詩の本 11」理論社 1997 p54
　◇「まど・みちお全詩集 続」理論社 2015 p94

赤のまんま
　◇「斎藤隆介全集 3」岩崎書店 1982 p114

赤はげギツネ
　◇「〔比江島重孝〕宮崎のむかし話 1」鉱脈社 1998 p24

赤羽末吉
　◇「今江祥智の本 21」理論社 1981 p101

赤鼻明神
　◇「阪田寛夫全詩集」理論社 2011 p852

赤ひげライネケ
　◇「太田博也童話集 4」小山書林 2008 p117

赤べこの歌
　◇「横山健童謡選集 1」無明舎出版 1995 p15

赤帽のすずき
　◇「大仏次郎少年少女のための作品集 2」講談社 1967 p333

赤マント 青マント
　◇「杉みき子選集 2」新潟日報事業社 2005 p178

アカマンマ―無邪気な祝福
　◇「立原えりかのファンタジーランド 4」青土社 1980 p48

赤めんどりと小麦つぶ
　◇「小出正吾児童文学全集 4」審美社 2001 p285

あがらない たこ
　◇「佐藤義美全集 3」佐藤義美全集刊行会 1973 p40

灯り
　◇「〔川上文子〕七つのあかり―短篇童話集」教育報道社 1998（教報ブックス）p91

赤リボン
　◇「〔巌谷〕小波お伽全集 8」本の友社 1998 p145

明るい家
　◇「新装版金子みすゞ全集 2」JULA出版局 1984 p70
　◇「金子みすゞ童謡全集 3」JULA出版局 2004 p110

あかるい海の底
　◇「巽聖歌作品集 下」巽聖歌作品集刊行委員会 1977 p119

明るい表通りで
　◇「今江祥智の本 24」理論社 1990 p5

明るい空
　◇「北川千代児童文学全集 下」講談社 1967 p92

明るい空 序
　◇「北川千代児童文学全集 下」講談社 1967 p311

明るい空 跋
　◇「北川千代児童文学全集 下」講談社 1967 p312

あかるい そらまで
　◇「阪田寛夫全詩集」理論社 2011 p381

あかるいひるです―テレビ番組「私の好きな歌」テーマソング
　◇「阪田寛夫全詩集」理論社 2011 p818

〔あかるいひるま〕
　◇「新修宮沢賢治全集 5」筑摩書房 1979 p184

明るいほうへ
　◇「〔金子〕みすゞ詩画集 〔6〕」春陽堂書店 2001 p8

明るい方へ
　◇「新装版金子みすゞ全集 2」JULA出版局 1984 p5
　◇「金子みすゞ童謡全集 3」JULA出版局 2004 p14

あかるい道
　◇「花岡大学仏典童話全集 8」法蔵館 1979 p171

明るい夕方
　◇「庄野英二全集 6」偕成社 1979 p191

明るいろうそく
　◇「浜田広介全集 1」集英社 1975 p172

明るき世界へ
　◇「定本小川未明童話全集 3」講談社 1977 p194
　◇「定本小川未明童話全集 3」大空社 2001 p194

アカルバハール

あかれ

あがれつんつん
- ◇「庄野英二全集 11」偕成社 1980 p169
- ◇「浜田広介全集 11」集英社 1976 p59

あかんべえおばけ
- ◇〔木暮正夫〕日本のおばけ話・わらい話 1」岩崎書店 1986 p71

あかんぼう
- ◇「西條八十童謡全集」修道社 1971 p168

あかんぼう
- ◇〔高橋一仁〕春のニシン場—童謡詩集」けやき書房 2003 p16

あかんぼう
- ◇「いのち—みずかみかずよ全詩集」石風社 1995 p361

アカンボウ
- ◇「今江祥智の本 4」理論社 1980 p123
- ◇「今江祥智童話館 〔11〕」理論社 1987 p210

赤ん坊お化け
- ◇「沼田曜一の親子劇場 1」あすなろ書房 1995 p5

赤んぼうの年はタダ
- ◇〔柳家弁天〕らくご文庫 4」太平出版社 1987 p75

「赤んぼ大将」・講談社文庫版・あとがき
- ◇「佐藤さとるファンタジー全集 16」講談社 1983 p211
- ◇「佐藤さとるファンタジー全集 16」講談社, 復刊ドットコム (発売) 2011 p211

赤んぼ大将山へいく
- ◇「佐藤さとる全集 5」講談社 1974 p1
- ◇「佐藤さとるファンタジー全集 9」講談社 1983 p121
- ◇「佐藤さとるファンタジー全集 9」講談社, 復刊ドットコム (発売) 2011 p121

「赤んぼ大将山へいく」・あとがき
- ◇「佐藤さとるファンタジー全集 16」講談社 1983 p198
- ◇「佐藤さとるファンタジー全集 16」講談社, 復刊ドットコム (発売) 2011 p198

赤んぼのほりもの
- ◇「千葉省三童話全集 6」岩崎書店 1968 p5

赤んぼばんざい—ねえさんの話
- ◇「今江祥智の本 2」理論社 1980 p98

あき
- ◇「さくらゆき—さとうじゅんこ童詩集」えんじゅの会 1997 p132

あき
- ◇「稗田童平全集 3」宝文館出版 1979 p90

あき
- ◇〔東君平〕おはようどうわ 2」講談社 1982 p166

あき
- ◇「いのち—みずかみかずよ全詩集」石風社 1995 p161

秋 (岡田泰三)
- ◇「岡田泰三・日下部梅子童謡集」会津童詩会 1992 p17

秋
- ◇「新装版金子みすゞ全集 2」JULA出版局 1984 p38
- ◇〔金子〕みすゞ詩画集 〔6〕」春陽堂書店 2001 p42
- ◇「金子みすゞ童謡全集 3」JULA出版局 2004 p62

秋
- ◇「朔太郎少年の詩—木村和夫童話集」沖積舎 1998 p42

秋
- ◇「阪田寛夫全詩集」理論社 2011 p36

秋
- ◇「杉みき子選集 2」新潟日報事業社 2005 p23
- ◇「杉みき子選集 10」新潟日報事業社 2011 p68

秋
- ◇「巽聖歌作品集 上」巽聖歌作品集刊行委員会 1977 p469
- ◇「巽聖歌作品集 上」巽聖歌作品集刊行委員会 1977 p481
- ◇「巽聖歌作品集 下」巽聖歌作品集刊行委員会 1977 p279

秋
- ◇「中村雨紅詩謡集」中村雨紅詩謡集刊行委員会 1971 p150

秋
- ◇「全集版灰谷健次郎の本 22」理論社 1988 p47

秋
- ◇「稗田童平全集 2」宝文館出版 1979 p63

秋
- ◇「いのち—みずかみかずよ全詩集」石風社 1995 p163

秋
- ◇「新修宮沢賢治全集 4」筑摩書房 1979 p33
- ◇「新修宮沢賢治全集 4」筑摩書房 1979 p310

秋
- ◇「椋鳩十の本 2」理論社 1982 p136
- ◇「椋鳩十の本 1」理論社 1982 p68

秋を知る
- ◇「中村雨紅詩謡集」中村雨紅詩謡集刊行委員会 1971 p169

秋雄の自由画
- ◇「与謝野晶子児童文学全集 6」春陽堂書店 2007 p56

秋を迎えて
- ◇〔島崎〕藤村の童話 4」筑摩書房 1979 p162

秋が女なら
- ◇「おの・ちゅうこう初期作品集 〔1〕 牧歌的風景」崙書房 1975 p144

秋が来た
　◇「与謝野晶子児童文学全集 6」春陽堂書店 2007 p28
あきが きたから
　◇「まど・みちお全詩集 続」理論社 2015 p396
秋が来てた
　◇「巽聖歌作品集 上」巽聖歌作品集刊行委員会 1977 p520
秋が きました
　◇「定本小川未明童話全集 16」講談社 1978 p15
　◇「定本小川未明童話全集 16」大空社 2002 p15
秋風
　◇「西條八十童謡全集」修道社 1971 p143
　◇「西條八十童話集」小学館 1983 p423
秋風
　◇「夢見る窓―冬村勇陽童話集」北雪新書 2004 p242
秋風と子どもしばい
　◇「宮口しづえ童話全集 6」筑摩書房 1979 p179
　◇「宮口しづえ童話名作集」一草舎出版 2009 p204
秋かぜに
　◇「いのち―みずかみかずよ全詩集」石風社 1995 p158
秋風に聞く
　◇「山本瓔子詩集 I」新風舎 2003 p34
秋風にのってくるピエロのおじさん
　◇「宮口しづえ童話全集 6」筑摩書房 1979 p126
　◇「宮口しづえ童話名作集」一草舎出版 2009 p167
秋風之賦
　◇「校定新美南吉全集 8」大日本図書 1981 p145
秋風のマーチ
　◇「阪田寛夫全集」理論社 2011 p422
秋が逃げてく
　◇「〔斎藤信夫〕子ども心を友として―童謡詩集」成東町教育委員会 1996 p196
あきくさ
　◇「稗田菫平全集 1」宝文館出版 1978 p38
秋茱萸（四首）
　◇「稗田菫平全集 4」宝文館出版 1980 p32
秋雨
　◇「椋鳩十全集 12」ポプラ社 1970 p208
　◇「椋鳩十の本 15」理論社 1982 p244
秋じゃがいも
　◇「与田準一全集 2」大日本図書 1967 p180
秋（十一句）
　◇「稗田菫平全集 4」宝文館出版 1980 p100
秋抒情
　◇「校定新美南吉全集 8」大日本図書 1981 p124
秋蟬
　◇「森三郎童話選集〔2〕」刈谷市教育委員会 1996 p15
秋空
　◇「中村雨紅詩謡集」中村雨紅詩謡集刊行委員会 1971 p110
秋空
　◇「まど・みちお全詩集」理論社 1992 p639
　◇「まどさんの詩の本 12」理論社 1997 p20
秋田犬物語
　◇「戸川幸夫動物文学全集 6」冬樹社 1965 p197
　◇「戸川幸夫・子どものための動物物語 10」国土社 1967 p5
　◇「戸川幸夫動物文学全集 4」講談社 1976 p213
秋田雨雀氏を悼む
　◇「稗田菫平全集 3」宝文館出版 1979 p156
（秋田雨雀先生は）
　◇「稗田菫平全集 8」宝文館出版 1982 p103
秋田街道
　◇「新修宮沢賢治全集 14」筑摩書房 1980 p18
秋高し
　◇「斎藤隆介全集 3」岩崎書店 1982 p167
秋田三吉
　◇「〔山田野理夫〕おばけ文庫 2」太平出版社 1976 （母と子の図書室）p124
秋だで
　◇「阪田寛夫全集」理論社 2011 p25
飽きた貧乏
　◇「魂の配達―野村吉哉作品集」草思社 1983 p61
あき地のできごと
　◇「杉みき子選集 7」新潟日報事業社 2009 p242
アキちゃんとあとの二人
　◇「筒井敬介童話全集 5」フレーベル館 1983 p213
秋です
　◇「〔斎藤信夫〕子ども心を友として―童謡詩集」成東町教育委員会 1996 p236
秋です
　◇「中村雨紅詩謡集」中村雨紅詩謡集刊行委員会 1971 p22
あきと コスモス
　◇「まど・みちお全詩集」理論社 1992 p561
秋と負債
　◇「新修宮沢賢治全集 3」筑摩書房 1979 p152
　◇「新修宮沢賢治全集 3」筑摩書房 1979 p363
（秋なれば）
　◇「稗田菫平全集 2」宝文館出版 1979 p96
秋にきたゆうれい子ども
　◇「北畠八穂児童文学全集 1」講談社 1974 p219
アギニサイナの殺人
　◇「花岡大学仏典童話全集 3」法蔵館 1979 p26
秋の青空
　◇「阪田寛夫全集」理論社 2011 p137

あきの

あきの あの つく あひるの はなし
- ◇「〔東君平〕ひとくち童話 6」フレーベル館 1995 p68

秋の衣装
- ◇「杉みき子選集 10」新潟日報事業社 2011 p12

秋の一頁
- ◇「那須辰造著作集 1」講談社 1980 p107

秋の歌
- ◇「北彰介作品集 4」青森県児童文学研究会 1991 p145

秋の歌
- ◇「佐藤義美全集 1」佐藤義美全集刊行会 1974 p300

秋の歌
- ◇「達崎龍全童謡ホロホロ鳥」あい書林 1983 p70

秋の海
- ◇「杉みき子選集 2」新潟日報事業社 2005 p24

秋のおたより
- ◇「新装版金子みすゞ全集 1」JULA出版局 1984 p103
- ◇「金子みすゞ童謡全集 2」JULA出版局 2003 p16

秋の思い出
- ◇「壺井栄名作集 7」ポプラ社 1965 p118
- ◇「壺井栄全集 11」文泉堂出版 1998 p17

秋のお約束
- ◇「定本小川未明童話全集 7」講談社 1977 p205
- ◇「定本小川未明童話全集 7」大空社 2001 p205

あきのおわり
- ◇「〔東君平〕おはようどうわ 8」講談社 1982 p200

秋の顔
- ◇「室生犀星童話全集 2」創林社 1978 p52

秋の風
- ◇「いのち―みずかみかずよ全詩集」石風社 1995 p156

秋の風
- ◇「〔吉田享子〕おしゃべりな星―少年少女詩集」らくだ出版 2001 p16

秋の金魚
- ◇「花岡大学童話文学全集 1」法蔵館 1980 p225

あきのけしき
- ◇「〔東君平〕おはようどうわ 6」講談社 1982 p158

あきのケーブルカー
- ◇「阪田寛夫全詩集」理論社 2011 p355

秋の子
- ◇「サトウハチロー童謡集」弥生書房 1977 p63

秋のこえ
- ◇「巽聖歌作品集 上」巽聖歌作品集刊行委員会 1977 p322

あきのごご
- ◇「〔東君平〕おはようどうわ 7」講談社 1982 p175

- ◇「東君平のおはようどうわ 3」新日本出版社 2010 p90

「秋の昏迷」清水高範著
- ◇「稗田童平全集 6」宝文館出版 1981 p138

秋のさかなのものがたり
- ◇「北畠八穂児童文学全集 6」講談社 1975 p187

あきの そら
- ◇「〔東君平〕ひとくち童話 6」フレーベル館 1995 p32

秋の空
- ◇「赤座憲久少年詩集シリーズ 1」じゃこめてい出版 1977 p10

秋の田
- ◇「中村雨紅詩謡集」中村雨紅詩謡集刊行委員会 1971 p111

秋の旅
- ◇「田山花袋作品集 2」館林市教育委員会文化振興課 1997 p1

秋のタンポポ
- ◇「いのち―みずかみかずよ全詩集」石風社 1995 p67

秋のちょう
- ◇「あまんきみこ童話集 1」ポプラ社 2008 p98
- ◇「あまんきみこセレクション 3」三省堂 2009 p120

秋の蝶
- ◇「いのち―みずかみかずよ全詩集」石風社 1995 p153

秋の蝶々
- ◇「〔巌谷〕小波お伽全集 7」本の友社 1998 p384

あきの つかい
- ◇「〔東君平〕ひとくち童話 6」フレーベル館 1995 p34

秋の七草の話
- ◇「〔かこさとし〕お話こんにちは 〔6〕」偕成社 1979 p76

秋の匂い
- ◇「くどうなおこ詩集○」童話屋 1996 p148

秋の匂い
- ◇「与謝野晶子児童文学全集 6」春陽堂書店 2007 p32

あきのネコ
- ◇「〔東君平〕おはようどうわ 4」講談社 1982 p174
- ◇「東君平のおはようどうわ 3」新日本出版社 2010 p37

秋の野
- ◇「〔北原〕白秋全童謡集 4」岩波書店 1993 p85

秋の野っぱら(岡田泰三)
- ◇「岡田泰三・日下部梅子童謡集」会津童詩会 1992 p47

秋の日

あきや

◇「石森延男児童文学全集 14」学習研究社 1971 p209

秋の日(岡田泰三)
◇「岡田泰三・日下部梅子童謡集」会津童詩会 1992 p16
◇「岡田泰三・日下部梅子童謡集」会津童詩会 1992 p25

秋の日
◇「〔北原〕白秋全童謡集 2」岩波書店 1992 p470

秋の日(日下部梅子)
◇「岡田泰三・日下部梅子童謡集」会津童詩会 1992 p95

秋の日
◇「佐藤一英「童話・童謡集」」一宮市立萩原小学校 2003 p38

秋の日に
◇「〔北原〕白秋全童謡集 5」岩波書店 1993 p123

秋の風鈴
◇「杉みき子選集 2」新潟日報事業社 2005 p241

秋の祭
◇「サトウハチロー童謡集」弥生書房 1977 p64

秋のメルヘン
◇「阪田寛夫全詩集」理論社 2011 p76

あきのやま
◇「いのち―みずかみかずよ全詩集」石風社 1995 p154

秋の山
◇「〔鈴木桂子〕親子で語り合う詩集 2」クロスロード 1999 p21

秋の山路
◇「中村雨紅詩謡集」中村雨紅詩謡集刊行委員会 1971 p164

秋の山で
◇「巽聖歌作品集 上」巽聖歌作品集刊行委員会 1977 p416

秋の郵便
◇「りらりらりらわたしの絵本―富永佳与子こどものうた作品集」国土社 1994 p56

秋の夜の歌
◇「与謝野晶子児童文学全集 6」春陽堂書店 2007 p207

あきのよる
◇「浜田広介全集 11」集英社 1976 p93

あきのよる
◇「〔東君平〕おはようどうわ 2」講談社 1982 p170
◇「東君平のおはようどうわ 3」新日本出版社 2010 p15

秋の夜(日下部梅子)
◇「岡田泰三・日下部梅子童謡集」会津童詩会 1992 p88

秋の夜
◇「西條八十童話集」小学館 1983 p430

秋のわかれ
◇「達崎龍全童謡集ホロホロ鳥」あい書林 1983 p55

秋のわすれもの
◇「マッチ箱の中―三鎌よし子童謡集」しもつけ文学会 1998 p50

アキバレ
◇「〔北原〕白秋全童謡集 3」岩波書店 1992 p154

秋晴れ
◇「〔北原〕白秋全童謡集 3」岩波書店 1992 p49
◇「〔北原〕白秋全童謡集 4」岩波書店 1993 p168

秋晴れの朝
◇「花岡大学童話文学全集 5」法蔵館 1980 p123

あきばれの ひの えんそく
◇「佐藤義美全集 1」佐藤義美全集刊行会 1974 p386

秋晴れの明治村
◇「斎藤隆介全集 5」岩崎書店 1982 p213

秋ばれの山
◇「ひろすけ幼年童話文学全集 7」集英社 1962 p116
◇「浜田広介全集 8」集英社 1976 p207

明彦の絵本
◇「巽聖歌作品集 下」巽聖歌作品集刊行委員会 1977 p313

秋日和
◇「新装版金子みすゞ全集 1」JULA出版局 1984 p77
◇「金子みすゞ童謡全集 1」JULA出版局 2003 p124

秋日和
◇「中村雨紅詩謡集」中村雨紅詩謡集刊行委員会 1971 p107

あきびん
◇「〔東君平〕ひとくち童話 6」フレーベル館 1995 p28

秋蒔きの種
◇「壺井栄全集 3」文泉堂出版 1997 p136

秋祭
◇「斎藤隆介全集 3」岩崎書店 1982 p235

秋祭り
◇「壺井栄全集 11」文泉堂出版 1998 p18

秋ま昼
◇「校定新美南吉全集 8」大日本図書 1981 p443

あきや
◇「〔東君平〕ひとくち童話 6」フレーベル館 1995 p46

空屋
◇「校定新美南吉全集 8」大日本図書 1981 p13

空屋敷の石
◇「新装版金子みすゞ全集 2」JULA出版局 1984

あきや

　　　　p94
◇「金子みすゞ童謡全集 3」JULA出版局 2004
　　　　p144
あきやのゆうれい
◇「〔木暮正夫〕日本のおばけ話・わらい話 1」岩崎書店 1986 p31
秋山
◇「巽聖歌作品集 下」巽聖歌作品集刊行委員会 1977 p263
秋よ
◇「北彰介作品集 4」青森県児童文学研究会 1991 p304
秋吉久紀夫詩集「南方ふぐのうた」
◇「稗田童平全集 6」宝文館出版 1981 p147
飽キル園丁
◇「佐藤義美全集 1」佐藤義美全集刊行会 1974 p40
子どももおとなも楽しめる一日一話の読みきかせあきることのないお話の魅力
◇「〔西本鶏介〕新日本昔ばなし――一日一話・読みきかせ 2」小学館 1997 p2
秋は
◇「巽聖歌作品集 上」巽聖歌作品集刊行委員会 1977 p469
秋は一夜に
◇「新装版金子みすゞ全集 3」JULA出版局 1984 p55
◇「金子みすゞ童謡全集 5」JULA出版局 2004 p76
悪意
◇「新修宮沢賢治全集 4」筑摩書房 1979 p74
◇「新修宮沢賢治全集 4」筑摩書房 1979 p205
悪縁
◇「壺井栄全集 11」文泉堂出版 1998 p143
悪をのろおう
◇「星新一YAセレクション 3」理論社 2008 p46
悪事の口實（猫と鶏）
◇「〔巖谷〕小波お伽全集 14」本の友社 1998 p96
握手
◇「井上ひさしジュニア文学館 1」汐文社 1998 p227
あくしゅしてさようなら
◇「今江祥智の本 18」理論社 1981 p44
◇「今江祥智童話館 〔3〕」理論社 1986 p100
あくしゅで こんにちは
◇「まど・みちお全詩集」理論社 1992 p168
◇「まどさんの詩の本 15」理論社 1997 p60
悪書と切抜きと
◇「椋鳩十の本 31」理論社 1989 p184
悪性遺伝
◇「壺井栄全集 11」文泉堂出版 1998 p300
悪石島の少年
◇「椋鳩十全集 8」ポプラ社 1969 p122

◇「椋鳩十全集 26」ポプラ社 1981 p143
悪石島の盆踊り
◇「椋鳩十の本 21」理論社 1982 p260
あくせく
◇「阪田寛夫全詩集」理論社 2011 p529
〔あくたうかべる朝の水〕
◇「新修宮沢賢治全集 6」筑摩書房 1980 p318
芥川竜之介
◇「〔かこさとし〕お話こんにちは 〔12〕」偕成社 1980 p18
（芥川は）
◇「稗田童平全集 8」宝文館出版 1982 p97
（芥川は一人の）
◇「稗田童平全集 8」宝文館出版 1982 p98
あくたれ童子（わらし）ポコ
◇「北畠八穂児童文学全集 2」講談社 1974 p5
悪太郎の唄
◇「新装版金子みすゞ全集 1」JULA出版局 1984 p175
◇「金子みすゞ童謡全集 2」JULA出版局 2003 p120
〔アークチュルスの過ぐるころ〕
◇「新修宮沢賢治全集 7」筑摩書房 1980 p185
あくったれ
◇「椋鳩十の本 20」理論社 1983 p84
悪童
◇「全集版灰谷健次郎の本 22」理論社 1988 p152
悪童謡の漫延（岡田泰三）
◇「岡田泰三・日下部梅子童謡集」会津童詩会 1992 p121
悪人ダイバも八歳の竜女も（父も母も仏になれる）
◇「〔松本光華〕民話佛法華経童話 13」中外日報社〔中外印刷出版〕 1990 p1
アグネス・チャン讃
◇「全集版灰谷健次郎の本 21」理論社 1988 p84
アグネス・チャンさんと
◇「全集版灰谷健次郎の本 23」理論社 1988 p115
悪の組織
◇「星新一YAセレクション 8」理論社 2009 p115
あくび
◇「まど・みちお詩集 3」銀河社 1975 p54
◇「まど・みちお全詩集」理論社 1992 p124
◇「まど・みちお全詩集」理論社 1992 p471
◇「まどさんの詩の本 8」理論社 1996 p42
◇「まどさんの詩の本 8」理論社 1996 p44
◇「まど・みちお全詩集 続」理論社 2015 p150
あくびイヌ
◇「〔東君平〕おはようどうわ 2」講談社 1982 p104
あくびおしえます

◇「〔柳家弁天〕らくご文庫 4」太平出版社 1987 p12

あくび指南（林家木久蔵編、岡本和明文）
　◇「林家木久蔵の子ども落語 6」フレーベル館 1999 p18

あくびするカミサマ
　◇「やなせたかし童謡詩集 〔2〕」フレーベル館 2000 p86

あくびの なかまたち—アイウエオじゅんに
　◇「まど・みちお全詩集 続」理論社 2015 p430

あくび1
　◇「まど・みちお全詩集 続」理論社 2015 p250

あくび2
　◇「まど・みちお全詩集 続」理論社 2015 p250

あく坊主
　◇「〔山田野理夫〕おばけ文庫 1」太平出版社 1976 （母と子の図書室）p158

悪魔
　◇「齋藤孝のイッキによめる！ 小学生のための芥川龍之介」講談社 2009 p199

悪魔
　◇「奥田継夫ベストコレクション 10」ポプラ社 2002 p37

あくまき
　◇「椋鳩十の本 23」理論社 1983 p257

悪魔と馬
　◇「鈴木三重吉童話全集 1」文泉堂書店 1975 （日本文学全集・選集叢刊第5次）p361

悪魔人形
　◇「少年探偵江戸川乱歩全集 23」ポプラ社 1970 p5

悪魔の椅子
　◇「星新一ショートショートセレクション 11」理論社 2003 p33

あくまのお酒
　◇「石森延男児童文学全集 4」学習研究社 1971 p19

悪魔のささやき
　◇「星新一ちょっと長めのショートショート 3」理論社 2005 p170

あくまの失敗
　◇「長い長いかくれんぼ—杉みき子自選童話集」新潟日報事業社 2001 p38

悪魔の宝
　◇「豊島与志雄童話全集 2」八雲書店 1948 p173
　◇「豊島与志雄童話作品集 1」銀貨社 1999 p39

悪友
　◇「〔巌谷〕小波お伽全集 14」本の友社 1998 p336

悪友を避けよ（炭焼夫と洗濯夫）
　◇「〔巌谷〕小波お伽全集 14」本の友社 1998 p126

悪友と交わるな（農夫と鸛）
　◇「〔巌谷〕小波お伽全集 14」本の友社 1998 p95

あくる朝の蟬

◇「井上ひさしジュニア文学館 11」汐文社 1998 p189

上綾（あげお）の主
　◇「室生犀星童話全集 3」創林社 1978 p12

あけがた
　◇「新修宮沢賢治全集 14」筑摩書房 1980 p45

あけがた〔初期形〕
　◇「新修宮沢賢治全集 14」筑摩書房 1980 p257

〔あけがたになり〕
　◇「新修宮沢賢治全集 5」筑摩書房 1979 p213
　◇「新修宮沢賢治全集 5」筑摩書房 1979 p328

あけがたの花
　◇「新装版金子みすゞ全集 3」JULA出版局 1984 p268
　◇「金子みすゞ童謡全集 6」JULA出版局 2004 p192

あけがた 1
　◇「松谷みよ子全エッセイ 3」筑摩書房 1989 p139

あけがた 2
　◇「松谷みよ子全エッセイ 3」筑摩書房 1989 p141

暁烏敏における「詩」と「歌」—その「悶えの跡」を追って
　◇「稗田童平全集 4」宝文館出版 1980 p122

上げ潮 引き潮—マライのお話
　◇「小出正吾児童文学全集 4」審美社 2001 p249

明智の里
　◇「椋鳩十の本 22」理論社 1983 p22

明けてくれ
　◇「西條八十童謡全集」修道社 1971 p167

あげどうふ
　◇「椋鳩十全集 11」ポプラ社 1970 p84

あけの朝
　◇「まど・みちお全詩集」理論社 1992 p64

あけの かね
　◇「与田凖一全集 1」大日本図書 1967 p208

どうようあけの かわうそ
　◇「ひろすけ幼年童話文学全集 3」集英社 1962 p184

あけのかわうそ
　◇「浜田広介全集 11」集英社 1976 p17

あけの明星
　◇「阪田寛夫全詩集」理論社 2011 p344

アゲハチョウ
　◇「石森延男児童文学全集 15」学習研究社 1971 p244

揚羽蝶
　◇「〔北原〕白秋全童謡集 2」岩波書店 1992 p433

あけび
　◇「〔北原〕白秋全童謡集 2」岩波書店 1992 p475

あけび

あけひ

◇「巽聖歌作品集 上」巽聖歌作品集刊行委員会 1977 p405

アケビとり
◇「庄野英二全集 5」偕成社 1980 p195

あけびの花
◇「おの・ちゅうこう初期作品集 〔1〕 牧歌的風景」嵩書房 1975 p83

あけぼのについて
◇「阪田寛夫全詩集」理論社 2011 p113

朱楽菅江
◇「〔かこさとし〕お話こんにちは 〔7〕」偕成社 1979 p110

あこがれ
◇「佐藤さとるファンタジー全集 16」講談社 1983 p63
◇「佐藤さとるファンタジー全集 16」講談社, 復刊ドットコム (発売) 2011 p63

あこがれの空中都市へ行く
◇「〔たかしよいち〕世界むかしむかし探検 6」国土社 1996 p73

あこがれのバッハ
◇「阪田寛夫全詩集」理論社 2011 p695

阿漕の平治(三重)
◇「〔木暮正夫〕日本の怪奇ばなし 10」岩崎書店 1990 p29

あこや貝
◇「氏原大作全集 3」条例出版 1976 p116

阿古屋松
◇「〔山田野理夫〕おばけ文庫 6」太平出版社 1976 (母と子の図書室) p82

あさ(日下部梅子)
◇「岡田泰三・日下部梅子童謡集」会津童詩会 1992 p101

あさ
◇「阪田寛夫全詩集」理論社 2011 p741

あさ
◇「〔東君平〕おはようどうわ 6」講談社 1982 p209

朝(岡田泰三)
◇「岡田泰三・日下部梅子童謡集」会津童詩会 1992 p24

朝
◇「北彰介作品集 4」青森県児童文学研究会 1991 p105

朝
◇「〔北原〕白秋全童謡集 1」岩波書店 1992 p250
◇「〔北原〕白秋全童謡集 5」岩波書店 1993 p141

朝
◇「〔島崎〕藤村の童話 4」筑摩書房 1979 p146

朝
◇「杉みき子選集 10」新潟日報事業社 2011 p220

朝
◇「春―〔竹久〕夢二童話集」ノーベル書房 1977 p163

朝
◇「巽聖歌作品集 上」巽聖歌作品集刊行委員会 1977 p49
◇「巽聖歌作品集 上」巽聖歌作品集刊行委員会 1977 p394
◇「巽聖歌作品集 上」巽聖歌作品集刊行委員会 1977 p420

朝
◇「壺井栄全集 1」文泉堂出版 1997 p319

朝
◇「まど・みちお全詩集」理論社 1992 p85

朝
◇「新修宮沢賢治全集 6」筑摩書房 1980 p101

朝
◇「椋鳩十の本 1」理論社 1982 p50

朝市に来た女の子
◇「長い長いかくれんぼ―杉みき子自選童話集」新潟日報事業社 2001 p82

朝いちばん早いのは
◇「阪田寛夫全詩集」理論社 2011 p308

麻打
◇「新修宮沢賢治全集 6」筑摩書房 1980 p43
◇「新修宮沢賢治全集 6」筑摩書房 1980 p354

あさ おきたン
◇「阪田寛夫全詩集」理論社 2011 p193

朝起の人達
◇「佐々木邦全集 補巻5」講談社 1975 p162

麻をになう男
◇「花岡大学仏典童話全集 5」法蔵館 1979 p101

朝を待ちつつ
◇「住井すゑジュニア文学館 4」汐文社 1999 p175

あさがお
◇「〔内海康子〕六月のカレンダー―詩集」けやき書房 1999 p114

あさがお
◇「金子みすゞ童謡全集 6」JULA出版局 2004 p172

あさがお
◇「阪田寛夫全詩集」理論社 2011 p303

あさがお
◇「佐藤義美全集 5」佐藤義美全集刊行会 1973 p14

あさがお
◇「壺井栄全集 6」文泉堂出版 1998 p410

あさがお
◇「〔吉田享子〕おしゃべりな星―少年少女詩集」らくだ出版 2001 p46

あさがほ
◇「新装版金子みすゞ全集 3」JULA出版局 1984 p252

アサガオ
　◇「〔東君平〕おはようどうわ 1」講談社 1982 p122
　◇「東君平のおはようどうわ 2」新日本出版社 2010 p6
アサガオ
　◇「まど・みちお全詩集 続」理論社 2015 p95
アサガオ
　◇「〔山田野理夫〕おばけ文庫 8」太平出版社 1976（母と子の図書室）p102
朝顔
　◇「〔巌谷〕小波お伽全集 12」本の友社 1998 p43
朝顔
　◇「川崎大治民話選〔2〕」童心社 1969 p196
朝顔
　◇「中村雨紅詩謡集」中村雨紅詩謡集刊行委員会 1971 p168
あさがおさん
　◇「今西祐行全集 1」偕成社 1988 p77
朝顔作りの英作
　◇「岡本良雄童話文学全集 1」講談社 1964 p157
あさがお すった
　◇「巽聖歌作品集 下」巽聖歌作品集刊行委員会 1977 p18
朝顔と月光
　◇「〔巌谷〕小波お伽全集 14」本の友社 1998 p188
あさがおに のぼった アリ
　◇「佐藤義美全集 3」佐藤義美全集刊行会 1973 p281
アサガオのおんなのこ
　◇「まど・みちお全詩集 続」理論社 2015 p95
朝顔のつる
　◇「〔金子〕みすゞ詩画集〔5〕」春陽堂書店 2001 p16
朝顔の蔓
　◇「新装版金子みすゞ全集 2」JULA出版局 1984 p19
　◇「〔金子〕みすゞ詩画集〔1〕」春陽堂書店 1996
　◇「金子みすゞ童謡全集 3」JULA出版局 2004 p36
朝顔, 昼顔, 夕顔
　◇「〔北原〕白秋全童謡集 4」岩波書店 1993 p52
朝がくる
　◇「土田明子詩集 4」かど創房 1987 p32
朝がくると
　◇「まど・みちお全詩集」理論社 1992 p371
　◇「まどさんの詩の本 6」理論社 1996 p10
朝風
　◇「宮口しづえ童話全集 7」筑摩書房 1979 p22
朝風涼風
　◇「横山健童謡選集 1」無明舎出版 1995 p108
朝風のなかで
　◇「いのち―みずかみかずよ全詩集」石風社 1995 p386
朝風のはなし
　◇「庄野英二全集 5」偕成社 1980 p13
　◇「庄野英二自選短篇童話集」編集工房ノア 1986 p29
朝風夕風
　◇「中村雨紅詩謡集」中村雨紅詩謡集刊行委員会 1971 p45
厚狭（あさ）川
　◇「氏原大作全集 4」条例出版 1977 p364
あさきゆめみし
　◇「今江祥智童話館〔16〕」理論社 1987 p226
　◇「今江祥智の本 32」理論社 1991 p27
朝ぎり
　◇「石森延男児童文学全集 2」学習研究社 1971 p272
朝ぎりの中のおじいさん
　◇「大石真児童文学全集 11」ポプラ社 1982 p51
あさくさ
　◇「阪田寛夫全詩集」理論社 2011 p845
朝蜘蛛
　◇「新装版金子みすゞ全集 3」JULA出版局 1984 p111
　◇「金子みすゞ童謡全集 5」JULA出版局 2004 p146
朝倉先生
　◇「〔島崎〕藤村の童話 3」筑摩書房 1979 p11
〔朝ごとに見しかの丘も〕
　◇「新修宮沢賢治全集 7」筑摩書房 1980 p250
朝ごはん
　◇「〔山田野理夫〕お笑い文庫 1」太平出版社 1977（母と子の図書室）p67
あさごはん・ひるごはん・ばんごはん
　◇「今江祥智の本 30」理論社 1990 p135
淺智惠（寡婦と牝鶏）
　◇「〔巌谷〕小波お伽全集 14」本の友社 1998 p74
朝だ朝
　◇「〔北原〕白秋全童謡集 4」岩波書店 1993 p63
　◇「〔北原〕白秋全童謡集 4」岩波書店 1993 p64
朝茶はその日のやくよけ
　◇「〔西本鶏介〕日本の昔話―読みきかせお話集 2」小学館 2001 p108
あさつゆ
　◇「まど・みちお全詩集 続」理論社 2015 p16
あさつゆしんじゅ
　◇「〔斎藤信夫〕子ども心を友として―童謡詩集」成東町教育委員会 1996 p274
朝つゆの歌
　◇「〔斎藤信夫〕子ども心を友として―童謡詩集」成東町教育委員会 1996 p212

あさと

朝と露と海と
　◇「〔斎藤信夫〕子ども心を友として—童謡詩集」成東町教育委員会 1996 p140

朝と町の少年
　◇「定本小川未明童話全集 7」講談社 1977 p100
　◇「定本小川未明童話全集 7」大空社 2001 p100

朝と夜
　◇「新装版金子みすゞ全集 2」JULA出版局 1984 p110
　◇「金子みすゞ童謡全集 3」JULA出版局 2004 p168

朝に（岡田泰三）
　◇「岡田泰三・日下部梅子童謡集」会津童詩会 1992 p43

朝虹
　◇「巽聖歌作品集 上」巽聖歌作品集刊行委員会 1977 p18

朝に就ての童話的構図
　◇「新修宮沢賢治全集 13」筑摩書房 1980 p309

朝にむかって
　◇「山本瓔子詩集 II」新風舎 2003 p88

朝寝ハイドン
　◇「庄野英二全集 6」偕成社 1979 p201

あさねぼう
　◇「〔東君平〕ひとくち童話 4」フレーベル館 1995 p8

あさの あいさつ
　◇「阪田寛夫全詩集」理論社 2011 p352

朝の妹に
　◇「椋鳩十の本 1」理論社 1982 p77

あさの うた
　◇「巽聖歌作品集 下」巽聖歌作品集刊行委員会 1977 p90

朝の歌
　◇「壺井栄名作集 2」ポプラ社 1965 p60
　◇「定本壺井栄児童文学全集 1」講談社 1979 p159
　◇「壺井栄全集 9」文泉堂出版 1997 p425

〔朝のうちから〕
　◇「新修宮沢賢治全集 3」筑摩書房 1979 p278
　◇「新修宮沢賢治全集 3」筑摩書房 1979 p423

朝の海
　◇「西條八十童謡全集」修道社 1971 p169
　◇「西條八十童話集」小学館 1983 p414

朝のお月さん
　◇「〔北原〕白秋全童謡集 4」岩波書店 1993 p78

朝の鏡—或いは浦島太郎発見
　◇「斎藤隆介全集 4」岩崎書店 1982 p235

朝のかげ
　◇「壺井栄全集 3」文泉堂出版 1997 p61

朝のかすみ
　◇「〔北原〕白秋全童謡集 1」岩波書店 1992 p187

朝のかね
　◇「〔北原〕白秋全童謡集 3」岩波書店 1992 p373

朝の公園
　◇「定本小川未明童話全集 10」講談社 1977 p368
　◇「定本小川未明童話全集 10」大空社 2001 p368

朝の声
　◇「氏原大作全集 4」条例出版 1977 p78

麻の衣
　◇「浜田広介全集 1」集英社 1975 p177

朝の仕事
　◇「杉みき子選集 2」新潟日報事業社 2005 p93

朝の鶴
　◇「稗田童平全集 1」宝文館出版 1978 p17

朝の床
　◇「〔巌谷〕小波お伽全集 14」本の友社 1998 p377

朝のなぎさに
　◇「巽聖歌作品集 下」巽聖歌作品集刊行委員会 1977 p124

朝の梨の実
　◇「国分一太郎児童文学集 6」小峰書店 1967 p184

朝の虹
　◇「国分一太郎児童文学集 6」小峰書店 1967 p119

朝のはたけ
　◇「佐藤一英「童話・童謡集」」一宮市立萩原小学校 2003 p35

朝の花（岡田泰三）
　◇「岡田泰三・日下部梅子童謡集」会津童詩会 1992 p128

朝の光が見えてくる
　◇「今江祥智の本 15」理論社 1980 p164

朝の緋鯉
　◇「魂の配達—野村吉哉作品集」草思社 1983 p25

朝の道
　◇「いのち—みずかみかずよ全詩集」石風社 1995 p167

朝の幼稚園
　◇「〔北原〕白秋全童謡集 3」岩波書店 1992 p129

朝ノ幼稚園
　◇「〔北原〕白秋全童謡集 3」岩波書店 1992 p123

朝の理髪店
　◇「谷口雅春童話集 5」日本教文社 1977 p28

朝早くから
　◇「〔黒川良人〕犬の詩猫の詩—児童詩集」東洋出版 2000 p113

〔朝日が青く〕
　◇「新修宮沢賢治全集 5」筑摩書房 1979 p189
　◇「新修宮沢賢治全集 5」筑摩書房 1979 p322

旭川
　◇「新修宮沢賢治全集 2」筑摩書房 1979 p294

朝日嶽の瘤熊

あし

◇「戸川幸夫動物文学全集 6」冬樹社 1965 p111

朝日長者
◇「稗田菫平全集 5」宝文館出版 1980 p163

朝日に
◇「まど・みちお全詩集」理論社 1992 p30
◇「まどさんの詩の本 7」理論社 1996 p20

朝日の中で
◇「いのち―みずかみかずよ全詩集」石風社 1995 p289

朝日のようにさわやかに
◇「今江祥智の本 18」理論社 1981 p7
◇「今江祥智童話館 〔9〕」理論社 1987 p47

朝日・夕日
◇「やなせたかし童謡詩集 〔1〕」フレーベル館 2000 p102

あさ・ひる・ばん
◇「神沢利子コレクション 4」あかね書房 1994 p129
◇「神沢利子コレクション・普及版 4」あかね書房 2006 p129

朝星夕星
◇「巌谷小波お伽噺文庫 〔5〕」大和書房 1976 p149

あさましい心
◇「魂の配達―野村吉哉作品集」草思社 1983 p57

浅間の煙
◇「壺井栄全集 8」文泉堂出版 1998 p385

浅間のふもと
◇「〔島崎〕藤村の童話 4」筑摩書房 1979 p171
◇「〔島崎〕藤村の童話 4」筑摩書房 1979 p173

浅間丸
◇「〔北原〕白秋全童謡集 4」岩波書店 1993 p380

あざみ
◇「いのち―みずかみかずよ全詩集」石風社 1995 p131

あざみ娘
◇「椋鳩十の本 3」理論社 1982 p214

朝もや
◇「壺井栄名作集 8」ポプラ社 1965 p103

朝靄
◇「壺井栄全集 4」文泉堂出版 1998 p312

朝焼
◇「〔北原〕白秋全童謡集 2」岩波書店 1992 p480

朝やけのとき
◇「杉みき子選集 10」新潟日報事業社 2011 p104

朝やけの富士
◇「大石真児童文学全集 10」ポプラ社 1982 p149

朝やけの山
◇「椋鳩十全集 8」ポプラ社 1969 p200
◇「椋鳩十まるごと動物ものがたり 9」理論社 1996 p77

朝やけまつり
◇「杉みき子選集 4」新潟日報事業社 2008 p190

あさやけ ゆうやけ
◇「まど・みちお全詩集」理論社 1992 p254
◇「まどさんの詩の本 9」理論社 1996 p14

朝焼夕焼
◇「〔北原〕白秋全童謡集 1」岩波書店 1992 p129

浅山一伝斎
◇「土田耕平童話集 〔5〕」古今書院 1955 p74

朝夕の歌
◇「壺井栄名作集 4」ポプラ社 1965 p53
◇「定本壺井栄児童文学全集 1」講談社 1979 p151
◇「壺井栄全集 9」文泉堂出版 1997 p396

朝夕の歌（A―児童）
◇「壺井栄全集 9」文泉堂出版 1997 p465

朝・夜
◇「春―〔竹久〕夢二童話集」ノーベル書房 1977 p161

海豹
◇「戸川幸夫動物文学全集 13」講談社 1976 p322

海豹のキス
◇「戸川幸夫動物文学全集 15」講談社 1977 p315

アザラシの星
◇「庄野英二全集 4」偕成社 1979 p17

あさり
◇「地球のかぞく―石原一輝童謡詩集」群青社 2001 p6

あさり
◇「まど・みちお全詩集」理論社 1992 p254

アザリア十月号より〔抄〕
◇「新修宮沢賢治全集 1」筑摩書房 1980 p287

あさりさん
◇「山本瓔子詩集 II」新風舎 2003 p25

浅蜊のうた
◇「室生犀星童話全集 2」創林社 1978 p19

朝は
◇「新美南吉全集 6」牧書店 1965 p59
◇「校定新美南吉全集 8」大日本図書 1981 p152

「朝はだんだん見えてくる」
◇「全集版灰谷健次郎の本 21」理論社 1988 p192

〔朝は北海道の拓植博覧会へ送るとて〕
◇「新修宮沢賢治全集 7」筑摩書房 1980 p234

アサンカ少年
◇「花岡大学仏典童話新作集 3」法蔵館 1984 p49

アーサー＝H＝コンプトン
◇「〔かこさとし〕お話こんにちは 〔6〕」偕成社 1979 p55

あし
◇「新美南吉全集 1」牧書店 1965 p37
◇「校定新美南吉全集 4」大日本図書 1980 p426

あし

あし
- ◇「新美南吉童話集 1」大日本図書 1982 p242
- ◇「新美南吉童話大全」講談社 1989 p282
- ◇「新美南吉童話集 1」大日本図書 2012 p242
- ◇「新美南吉童話選集 1」ポプラ社 2013 p104

あし
- ◇〔東君平〕ひとくち童話 1」フレーベル館 1995 p46

足
- ◇〔北原〕白秋全童謡集 1」岩波書店 1992 p211

亜細亜学者の散策
- ◇「新修宮沢賢治全集 3」筑摩書房 1979 p104
- ◇「新修宮沢賢治全集 3」筑摩書房 1979 p346

あしあと
- ◇「長い長いかくれんぼ―杉みき子自選童話集」新潟日報事業社 2001 p133

足あと
- ◇「杉みき子選集 2」新潟日報事業社 2005 p210

足あと尾行
- ◇「戸川幸夫動物文学全集 15」講談社 1977 p306

(亜細亜の)
- ◇「稗田菫平全集 8」宝文館出版 1982 p63

足を洗う少女
- ◇「ふしぎな泉―うえだまさし童話集」そうぶん社出版 1995 p79

足を喰ふ
- ◇「魂の配達―野村吉哉作品集」草思社 1983 p19

あしおと
- ◇「阪田寛夫全詩集」理論社 2011 p41

足音
- ◇〔北原〕白秋全童謡集 1」岩波書店 1992 p288

足音
- ◇「いのち―みずかみかずよ全詩集」石風社 1995 p170

跫音をきく
- ◇「阪田寛夫全詩集」理論社 2011 p859

足おどりの始まり
- ◇〔小坂柳二〕りゅうじフォークロア・world 6」ふるさと伝承研究会 2012 p162

あしか
- ◇「いのち―みずかみかずよ全詩集」石風社 1995 p174

足利義昭
- ◇「筑波常治伝記物語全集 16」国土社 1975 p1

足利義昭について
- ◇「筑波常治伝記物語全集 16」国土社 1975 p216

足が目だらけ
- ◇「寺村輝夫のむかし話〔6〕」あかね書房 1979 p78

安治川っ子
- ◇「岡本良雄童話文学全集 1」講談社 1964 p7

足くい女
- ◇〔山田野理夫〕おばけ文庫 3」太平出版社 1976 (母と子の図書室) p46

足くんごめんね
- ◇〔岡田文正〕短編作品集 ボク、強い子になりたい」ウインかもがわ, かもがわ出版(発売) 2009 p16

葦毛湿原
- ◇「椋鳩十の本 22」理論社 1983 p114

あじさい
- ◇「地球のかぞく―石原一輝童謡詩集」群青社 2001 p42

あじさい
- ◇〔内海康子〕六月のカレンダー―詩集」けやき書房 1999 p106

あじさい
- ◇「斎藤隆介全集 3」岩崎書店 1982 p141

あじさい
- ◇「長い長いかくれんぼ―杉みき子自選童話集」新潟日報事業社 2001 p45

あじさい
- ◇「いのち―みずかみかずよ全詩集」石風社 1995 p29
- ◇「いのち―みずかみかずよ全詩集」石風社 1995 p31

アジサイ
- ◇〔東君平〕おはようどうわ 4」講談社 1982 p88

アジサイ
- ◇「まど・みちお全詩集 続」理論社 2015 p191

アジサイ
- ◇「椋鳩十全集 11」ポプラ社 1970 p147

あじさいいろの かたつむり
- ◇「阪田寛夫全詩集」理論社 2011 p202

あじさいとかたつむり
- ◇「庄野英二全集 5」偕成社 1980 p168

「あじさい」と雪のトルロ―宮田栄子の詩に寄せて
- ◇「稗田菫平全集 6」宝文館出版 1981 p158

あじさいの詩
- ◇〔坪井安〕はしれ子馬よ―童謡詩集」童謡研究・蜂の会 1999 p112

あじさいの使者
- ◇〔永松康男〕童話集 青いマント」永松康男 2012 p128

アジサイの少女
- ◇「立原えりかのファンタジーランド 4」青土社 1980 p93

あじさいの花
- ◇「花岡大学童話文学全集 3」法蔵館 1980 p76

あじさいの花
- ◇〔村上のぶ子〕ここは小人の国―少年詩集」あし

ぶえ出版 2000 p30
アジサイのはな
　◇「〔東君平〕おはようどうわ 8」講談社 1982 p114
アジサイの花
　◇「まど・みちお詩集 1」銀河社 1975 p30
　◇「まど・みちお全詩集」理論社 1992 p453
　◇「まどさんの詩の本 11」理論社 1997 p52
網地島(あじしま)の海坊主〈宮城〉
　◇「〔木暮正夫〕日本の怪奇ばなし 9」岩崎書店 1990 p7
アヂス・アベバ
　◇「佐藤義美全集 1」佐藤義美全集刊行会 1974 p61
あした
　◇「みすゞさん―童謡詩人・金子みすゞの優しさ探しの旅 1」春陽堂書店 1997
　◇「〔金子〕みすゞ詩画集 〔4〕」春陽堂書店 2000 p52
明日(あした)… → "あす…"をも見よ
明日
　◇「あまんきみこセレクション 5」三省堂 2009 p267
明日
　◇「新装版金子みすゞ全集 3」JULA出版局 1984 p251
　◇「金子みすゞ童謡集」角川春樹事務所 1998 （ハルキ文庫）p72
　◇「金子みすゞ童謡全集 6」JULA出版局 2004 p170
明日
　◇「西條八十童謡全集」修道社 1971 p171
明日
　◇「佐藤義美全集 1」佐藤義美全集刊行会 1974 p35
(明日)
　◇「〔下田喜久美〕遠くから来た旅人―詩集」リトル・ガリヴァー社 1998 p86
明日
　◇「新美南吉全集 6」牧書店 1965 p240
　◇「校定新美南吉全集 8」大日本図書 1981 p44
　◇「新美南吉童話集 1」大日本図書 1982 p316
　◇「新美南吉童話傑作選 〔6〕花をうめる」小峰書店 2004 p260
　◇「新美南吉童話集 1」大日本図書 2012 p316
明日
　◇「稗田菫平全集 2」宝文館出版 1979 p33
明日
　◇「椋鳩十の本 1」理論社 1982 p21
あした てんきになあーれ
　◇「〔高橋一仁〕春のニシン場―童謡詩集」けやき書房 2003 p10
あした天気になあれ
　◇「〔内海康子〕六月のカレンダー―詩集」けやき書房 1999 p80
あしたになって
　◇「巽聖歌作品集 上」巽聖歌作品集刊行委員会 1977 p231
明日になれば
　◇「巽聖歌作品集 下」巽聖歌作品集刊行委員会 1977 p290
あしたの風
　◇「壺井栄名作集 3」ポプラ社 1965 p9
　◇「定本壺井栄児童文学全集 4」講談社 1980 p89
あしたの風(A―児童・夏子もの)
　◇「壺井栄全集 10」文泉堂出版 1998 p403
明日の希望
　◇「やなせたかし童謡詩集 〔1〕」フレーベル館 2000 p30
あしたのきみよがんばれきみよ
　◇「あまんきみこセレクション 5」三省堂 2009 p301
明日の新聞
　◇「〔巌谷〕小波お伽全集 14」本の友社 1998 p275
あしたのために
　◇「山本瓔子詩集 I」新風舎 2003 p112
あしたのねこ
　◇「きむらゆういちおはなしのへや 5」ポプラ社 2012 p5
明日の はなし
　◇「〔おうち・やすゆき〕こら！ しんぞう―童謡詩集」小峰書店 1996 p96
あした真奈は
　◇「吉田としジュニアロマン選集 9」国土社 1972 p1
あしたも てんきに
　◇「稗田菫平全集 3」宝文館出版 1979 p62
あしたもよかった
　◇「もりやまみやこ童話選 2」ポプラ社 2009 p5
あしたは えんそく
　◇「与田準一全集 1」大日本図書 1967 p196
あしたはクリスマス
　◇「長崎源之助全集 17」偕成社 1987 p161
あしたは こしょうがつ
　◇「稗田菫平全集 3」宝文館出版 1979 p65
あした私は行く
　◇「早乙女勝元小説選集 12」理論社 1977 p1
あしたは天気だ
　◇「岡本良雄童話文学全集 3」講談社 1964 p256
〔あしたはどうなるかわからないなんて〕
　◇「新修宮沢賢治全集 5」筑摩書房 1979 p110
　◇「新修宮沢賢治全集 5」筑摩書房 1979 p302
明日は立秋
　◇「巽聖歌作品集 下」巽聖歌作品集刊行委員会

あして

　　　　1977 p302

あしであるこう
◇「〔関根栄一〕はしるふじさん―童謡集」小峰書店 1998 p122

アシとナシと
◇「まど・みちお全詩集 続」理論社 2015 p228

足長おじさん
◇「庄野英二全集 6」偕成社 1979 p189

アシナガバチ
◇「〔東君平〕おはようどうわ 8」講談社 1982 p165

あしなが蜂の夕ぐれ
◇「巽聖歌作品集 下」巽聖歌作品集刊行委員会 1977 p293

アシナものがたり
◇「三木卓童話作品集 3」大日本図書 2000 p5

あしのあと
◇「浜田広介全集 11」集英社 1976 p70

鯵のうた
◇「室生犀星童話全集 2」創林社 1978 p28

足のうた（棒のうた1）
◇「〔おうち・やすゆき〕こら！ しんぞう―童謡詩集」小峰書店 1996 p18

あしのうら
◇「西條八十童謡全集」修道社 1971 p17

あしのうら
◇「斎藤隆介全集 12」岩崎書店 1982 p39

あしのうら
◇「〔東君平〕おはようどうわ 7」講談社 1982 p40
◇「東君平のおはようどうわ 1」新日本出版社 2010 p72

足のうらは知っている
◇「阪田寛夫全詩集」理論社 2011 p622

葦の女
◇「稗田童平全集 1」宝文館出版 1978 p139

「葦の女」全
◇「稗田童平全集 1」宝文館出版 1978 p138

あしのこのふじさん
◇「〔関根栄一〕はしるふじさん―童謡集」小峰書店 1998 p64

足のにく
◇「花岡大学仏典童話全集 1」法蔵館 1979 p105

（葦の沼辺に）
◇「稗田童平全集 8」宝文館出版 1982 p64

鯵の焼物
◇「〔巌谷〕小波お伽全集 14」本の友社 1998 p386

あしのゆび
◇「まど・みちお全詩集 続」理論社 2015 p96

（葦原や）
◇「稗田童平全集 2」宝文館出版 1979 p93

あしびき（五首）

◇「稗田童平全集 4」宝文館出版 1980 p61

あしびの花
◇「〔北原〕白秋全童謡集 2」岩波書店 1992 p370

（あしびの花が）
◇「稗田童平全集 2」宝文館出版 1979 p97

足ぶみ
◇「新装版金子みすゞ全集 3」JULA出版局 1984 p170
◇「みすゞさん―童謡詩人・金子みすゞの優しさ探しの旅 2」春陽堂書店 1998
◇「〔金子〕みすゞ詩画集〔3〕」春陽堂書店 2000
◇「金子みすゞ童謡全集 6」JULA出版局 2004 p62

足踏み
◇「〔北原〕白秋全童謡集 2」岩波書店 1992 p387

足まがり
◇「〔山田野理夫〕おばけ文庫 3」太平出版社 1976（母と子の図書室）p77

あじみの手伝い
◇「あまんきみこセレクション 5」三省堂 2009 p29

アジメドジョウの発見
◇「今井誉次郎童話集子どもの村〔6〕」国土社 1957 p132

アジャセの涙
◇「花岡大学 続・仏典童話全集 2」法蔵館 1981 p106

アジヤの青雲
◇「〔北原〕白秋全童謡集 4」岩波書店 1993 p320

あしよ リズムで
◇「まど・みちお全詩集」理論社 1992 p255
◇「まどさんの詩の本 6」理論社 1996 p32

味ラジオ
◇「星新一ちょっと長めのショートショート 8」理論社 2006 p172

あしは
◇「まど・みちお全詩集 続」理論社 2015 p284

アシは
◇「まど・みちお全詩集 続」理論社 2015 p229

明日（あす）…→"あした…"をも見よ

明日への握手
◇「富島健夫青春文学選集 7」集英社 1972 p195

明日への祈り
◇「土田明子詩集 4」かど創房 1987 p54

アズキあらい
◇「〔山田野理夫〕おばけ文庫 7」太平出版社 1976（母と子の図書室）p53

あずきとぎ
◇「浜田広介全集 11」集英社 1976 p91

あずきとぎのおばけ
◇「松谷みよ子のむかしむかし 2」講談社 1973 p2

あずきなべをにないわけ

◇「松谷みよ子のむかしむかし 8」講談社 1973 p105

小豆飯
　◇「壺井栄全集 1」文泉堂出版 1997 p361
アズキもち
　◇「〔山田野理夫〕お笑い文庫 1」太平出版社 1977（母と子の図書室）p112
〔あすこの田はねえ〕
　◇「新修宮沢賢治全集 4」筑摩書房 1979 p118
　◇「新修宮沢賢治全集 4」筑摩書房 1979 p272
　◇「新修宮沢賢治全集 4」筑摩書房 1979 p325
あすこの田はねえ
　◇「新版・宮沢賢治童話全集 12」岩崎書店 1979 p177
アズッパケの大蛇と牛沢のウシマツ
　◇「〔今坂柳二〕りゅうじフォークロア・world 6」ふるさと伝承研究会 2012 p142
あすという日が
　◇「山本瓔子詩集 I」新風舎 2003 p82
あすなろの星
　◇「二反長半作品集 2」集英社 1979 p131
明日の〈あとがき〉
　◇「赤川次郎ショートショートシリーズ 2」理論社 2009 p79
アスベスト
　◇「まど・みちお全詩集 続」理論社 2015 p251
吾妻の白サル神
　◇「戸川幸夫・子どものための動物物語 9」国土社 1967 p5
吾妻の白猿神
　◇「戸川幸夫動物文学全集 5」冬樹社 1965 p269
　◇「戸川幸夫動物文学全集 4」講談社 1976 p192
あづまはや
　◇「阪田寛夫全詩集」理論社 2011 p853
あすもおかしいか
　◇「岡本良雄童話文学全集 2」講談社 1964 p51
あすは
　◇「まど・みちお全詩集 続」理論社 2015 p191
あすえんそく
　◇「斎田喬児童劇選集 〔6〕」牧書店 1954 p72
あすはえんそく（童話劇）
　◇「斎田喬幼年劇全集 2」誠文堂新光社 1961 p189
あせ
　◇「いのち―みずかみかずよ全詩集」石風社 1995 p283
汗をかいた地蔵さま
　◇「春よこいこい―高橋良和こころの童話選集」同朋舎出版 1995 p151
畦道
　◇「佐藤義美全集 1」佐藤義美全集刊行会 1974 p323

あぜ道の足あと―池におぼれた小ぎつね
　◇「春よこいこい―高橋良和こころの童話選集」同朋舎出版 1995 p21
阿蘇
　◇「巽聖歌作品集 上」巽聖歌作品集刊行委員会 1977 p187
阿蘇
　◇「椋鳩十の本 23」理論社 1983 p43
あそこにアルプスが
　◇「椋鳩十の本 28」理論社 1989 p9
〔あそこにレオノレ星座が出てる〕
　◇「新修宮沢賢治全集 4」筑摩書房 1979 p190
阿蘇山のけむり
　◇「〔山田野理夫〕お笑い文庫 10」太平出版社 1977（母と子の図書室）p29
あそび
　◇「〔東君平〕おはようどうわ 4」講談社 1982 p48
　◇「〔東君平〕ひとくち童話 2」フレーベル館 1995 p6
遊びをせんとや生まれけむ―稲庭桂子さんのこと
　◇「松谷みよ子全エッセイ 3」筑摩書房 1989 p77
あそびとくほん
　◇「杉みき子選集 2」新潟日報事業社 2005 p194
あそびにきてね
　◇「パパとボクとネコ―山口紀代子童謡詩集」音楽舎 2003 p26
あそびにくるクマちゃん
　◇「定本壺井栄児童文学全集 4」講談社 1980 p181
遊びにくるクマちゃん
　◇「壺井栄全集 10」文泉堂出版 1998 p394
あそびましょ
　◇「まど・みちお全詩集」理論社 1992 p146
　◇「まど・みちお詩集 〔2〕」すえもりブックス 1998 p10
遊ぶ子供
　◇「坪田譲治童話全集 3」岩崎書店 1986 p199
あそぶのいやよ
　◇「寺村輝夫おはなしプレゼント 4」講談社 1994 p35
あそぼ
　◇「阪田寛夫全詩集」理論社 2011 p84
あそぼうよ
　◇「巽聖歌作品集 上」巽聖歌作品集刊行委員会 1977 p129
遊ばうよ
　◇「〔北原〕白秋全童謡集 2」岩波書店 1992 p459
あたいの牝牛
　◇「〔北原〕白秋全童謡集 1」岩波書店 1992 p164
仇うち

あたう

◇「戸川幸夫動物文学全集 15」講談社 1977 p316

与うるよりも生め―蘆谷蘆村氏に呈す
◇「千葉省三童話全集 2」岩崎書店 1967 p188

あたご山のいのしし
◇「坪田譲治童話全集 8」岩崎書店 1986 p261

「あたし」
◇「まど・みちお詩集 5」銀河社 1975 p58
◇「まど・みちお全詩集」理論社 1992 p512

あたし今日から魔女⁉えっ、うっそー⁉
◇「あたし今日から魔女⁉ えっ、うっそー!?―大橋むつお戯曲集」青雲書房 2005 p3

あたしの くつ
◇「まど・みちお全詩集」理論社 1992 p664
◇「まどさんの詩の本 4」理論社 1994 p74

あたしも、いれて
◇「あまんきみこセレクション 3」三省堂 2009 p28

あたたかい風
◇「岡本良雄童話文学全集 3」講談社 1964 p304

あたたかい心
◇「椋鳩十の本 23」理論社 1983 p73

あたたかい地方
◇「杉みき子選集 2」新潟日報事業社 2005 p33

あたたかい涙
◇「やなせたかし童謡詩集 〔2〕」フレーベル館 2000 p56

暖かい麵麴(パン)
◇「〔北原〕白秋全童謡集 1」岩波書店 1992 p173

あたたかい日
◇「与田凖一全集 1」大日本図書 1967 p70

あたたかい右の手
◇「壺井栄名作集 3」ポプラ社 1965 p125
◇「定本壺井栄児童文学全集 3」講談社 1979 p209
◇「壺井栄全集 10」文泉堂出版 1998 p32

あたたかい目
◇「花岡大学童話文学全集 5」法藏館 1980 p78

あたたかい雪
◇「〔山中義〕あたたかい雪―童話作品集」文芸社 2004 p5

あたたかなパンのにおい
◇「今江祥智の本 14」理論社 1980 p130
◇「今江祥智童話館 〔16〕」理論社 1987 p184

安達が原
◇「〔山田野理夫〕おばけ文庫 10」太平出版社 1976 (母と子の図書室) p35

あだちがはらのおにばば
◇「〔木暮正夫〕日本のおばけ話・わらい話 20」岩崎書店 1988 p4

安達が原の鬼ばば(福島)
◇「〔木暮正夫〕日本の怪奇ばなし 9」岩崎書店 1990 p50

足立巻一
◇「今江祥智の本 35」理論社 1990 p146

足立巻一さんと
◇「全集版灰谷健次郎の本 24」理論社 1988 p99

あだな
◇「阪田寛夫全詩集」理論社 2011 p538

アダ名づくりの名人は詩の名人
◇「全集版灰谷健次郎の本 15」理論社 1988 p139

頭を下げなかった少年
◇「定本小川未明童話全集 7」講談社 1977 p318
◇「定本小川未明童話全集 7」大空社 2001 p318

あたまを はなれた ぼうし
◇「小川未明幼年童話文学全集 7」集英社 1966 p111

頭をはなれた帽子
◇「定本小川未明童話全集 6」講談社 1977 p224
◇「定本小川未明童話全集 6」大空社 2001 p224

頭刈り
◇「国分一太郎児童文学集 6」小峰書店 1967 p109

あたまでっかち
◇「あたまでっかち―下村千秋童話選集」阿見町教育委員会, 講談社出版サービスセンター (製作) 1997 p9

頭と足
◇「まど・みちお詩集 6」銀河社 1975 p22
◇「まど・みちお全詩集」理論社 1992 p491
◇「まどさんの詩の本 8」理論社 1996 p72

あたまとしっぽ
◇「浜田広介全集 10」集英社 1976 p239

「頭にいっぱい太陽を」
◇「今江祥智の本 36」理論社 1990 p244

あたまにかきの木
◇「寺村輝夫全童話 4」理論社 1997 p66

あたまにカキの木
◇「寺村輝夫どうわの本 1」ポプラ社 1983 p9

頭にカキの木
◇「沼田曜一の親子劇場 2」あすなろ書房 1995 p35

頭のあがらない人―いぬいさんのこと
◇「佐藤さとるファンタジー全集 16」講談社 1983 p151
◇「佐藤さとるファンタジー全集 16」講談社, 復刊ドットコム (発売) 2011 p151

頭のいい子
◇「星新一YAセレクション 9」理論社 2009 p51

あたまのいい商売
◇「〔柳家弁天〕らくご文庫 12」太平出版社 1987 p76

あたまの池
◇「〔木暮正夫〕日本のおばけ話・わらい話 8」岩崎書店 1987 p76

あたまの うえには
　◇「まど・みちお全詩集」理論社 1992 p139
頭の上の桜の木
　◇「〔北原〕白秋全童謡集 5」岩波書店 1993 p21
頭の大きなロボット
　◇「星新一ショートショートセレクション 6」理論社 2002 p104
あたまの木
　◇「浜田広介全集 9」集英社 1976 p66
頭の黒いタイ
　◇「〔山田野理夫〕お笑い文庫 6」太平出版社 1977（母と子の図書室）p40
あたまの すぐれた ぼうさん
　◇「花岡大学仏典童話全集 7」法蔵館 1979 p149
頭の光り
　◇「〔山田野理夫〕お笑い文庫 1」太平出版社 1977（母と子の図書室）p60
あたまのビタミンなぞなぞ話
　◇「〔木暮正夫〕日本のおばけ話・わらい話 12」岩崎書店 1987
あたま山
　◇「寺村輝夫のむかし話 〔4〕」あかね書房 1978 p30
頭は捨てるもの
　◇「椋鳩十の本 16」理論社 1983 p67
あたまは てんてんてん
　◇「まど・みちお全詩集」理論社 1992 p230
新しい遊び
　◇「星新一ショートショートセレクション 10」理論社 2003 p165
あたらしい 家
　◇「佐藤義美全集 4」佐藤義美全集刊行会 1974 p275
新しいいのち
　◇「みずいろようちえん―出雲路猛雄童話集」坂神都 2012 p82
新しいお家
　◇「〔島崎〕藤村の童話 3」筑摩書房 1979 p111
あたらしいお友だち
　◇「斎田喬幼年劇全集 1」誠文堂新光社 1962 p309
新しい皮ブクロ
　◇「椋鳩十の本 18」理論社 1982 p199
新しい着物
　◇「瑠璃の壺―森銑三童話集」三樹書房 1982 p197
新らしい教室
　◇「巽聖歌作品集 上」巽聖歌作品集刊行委員会 1977 p226
新しいくつ
　◇「杉みき子選集 2」新潟日報事業社 2005 p104
新しいくつ

◇「〔谷山浩子〕おひさまにキッス―お話の贈りもの」小学館 1997（おひさまのほん）p22
新しい国
　◇「石森延男児童文学全集 6」学習研究社 1971 p91
新しい建築の話
　◇「〔島崎〕藤村の童話 4」筑摩書房 1979 p221
あたらしい声
　◇「巽聖歌作品集 下」巽聖歌作品集刊行委員会 1977 p157
新しい心の袋
　◇「与謝野晶子児童文学全集 3」春陽堂書店 2007 p81
新しい職人
　◇「斎藤隆介全集 10」岩崎書店 1982 p125
新しい世界
　◇「住井すゑ わたしの少年少女物語 〔1〕」労働旬報社 1989 p122
あたらしい帳面
　◇「桃色のダブダブさん―松田解子童話集」新日本出版社 2004 p27
新しい壺
　◇「佐藤義美全集 1」佐藤義美全集刊行会 1974 p75
新らしい鶴と亀
　◇「与謝野晶子児童文学全集 4」春陽堂書店 2007 p165
あたらしい ともだち
　◇「佐藤義美全集 1」佐藤義美全集刊行会 1974 p420
新しい友だち
　◇「定本小川未明童話全集 8」講談社 1977 p139
　◇「定本小川未明童話全集 8」大空社 2001 p139
新しい友だち
　◇「杉みき子選集 2」新潟日報事業社 2005 p186
新しい名
　◇「佐藤義美全集 1」佐藤義美全集刊行会 1974 p23
新しい日本の朝明けを前に―都の父より疎開先の次郎へ
　◇「佐藤一英「童話・童謡集」」一宮市立萩原小学校 2003 p1
あたらしい入院患者
　◇「氏原大作全集 4」条例出版 1977 p469
あたらしい歯
　◇「与田凖一全集 2」大日本図書 1967 p172
新しいはし箱
　◇「花岡大学童話文学全集 5」法蔵館 1980 p112
新しいパンツをはいて
　◇「坪田譲治童話全集 3」岩崎書店 1986 p31
新しいふるさと
　◇「椋鳩十全集 2」ポプラ社 1969 p86
　◇「椋鳩十まるごと動物ものがたり 12」理論社 1996 p67

あたら

◇「椋鳩十名作選 3」理論社 2010 p135

新しい町
◇「定本小川未明童話全集 4」講談社 1977 p384
◇「定本小川未明童話全集 13」講談社 1977 p324
◇「定本小川未明童話全集 4」大空社 2001 p384
◇「定本小川未明童話全集 13」大空社 2002 p324

新しいまり
◇「浜田広介全集 5」集英社 1976 p78

あたらしい村
◇「与田凖一全集 2」大日本図書 1967 p120

新しい芽
◇「石森延男児童文学全集 2」学習研究社 1971 p321

新しいものとは何だ
◇「巽聖歌作品集 上」巽聖歌作品集刊行委員会 1977 p528

あたらしい遺言
◇「花岡大学仏典童話集 3」佼成出版社 2006 p66

あたらしい夢
◇「立原えりかのファンタジーランド 4」青土社 1980 p169

新しいリアリズム小説を書きたい(小沢正、神宮輝夫)
◇「〔神宮輝夫〕現代児童文学作家対談 2」偕成社 1988 p9

新しがりや
◇「星新一ちょっと長めのショートショート 10」理論社 2007 p182

新しくできた道
◇「岡本良雄童話文学全集 2」講談社 1964 p84

〔あちこちあをじろく接骨木(にはとこ)が咲いて〕
◇「新修宮沢賢治全集 3」筑摩書房 1979 p258
◇「新修宮沢賢治全集 3」筑摩書房 1979 p410

あちらをむいたお月さま
◇「浜田広介全集 8」集英社 1976 p228

暑い暑い夏
◇「中村雨紅詩謡集」中村雨紅詩謡集刊行委員会 1971 p29

あついうちなら
◇「〔比江島重孝〕宮崎のむかし話 3」鉱脈社 2000 p219

あついこたつ
◇「〔山田野理夫〕お笑い文庫 1」太平出版社 1977 (母と子の図書室) p136

あついとき
◇「〔山田野理夫〕お笑い文庫 8」太平出版社 1977 (母と子の図書室) p77

あついひ
◇「〔東君平〕おはようどうわ 1」講談社 1982 p124
◇「東君平のおはようどうわ 2」新日本出版社 2010 p9

あつい日に
◇「〔黒山良人〕犬の詩猫の詩―児童詩集」東洋出版 2000 p19

あつい ビフテキ じゅうじゅう やいて
◇「巽聖歌作品集 下」巽聖歌作品集刊行委員会 1977 p51

「あつおのぼうけん」
◇「今江祥智の本 36」理論社 1990 p233

厚かましい椋鳥
◇「佐藤一英「童話・童謡集」」一宮市立萩原小学校 2003 p5

あつがりさむがり
◇「〔東君平〕おはようどうわ 2」講談社 1982 p128
◇「東君平のおはようどうわ 2」新日本出版社 2010 p81

あつかん
◇「椋鳩十の本 15」理論社 1982 p202

あつぎ
◇「〔東君平〕おはようどうわ 3」講談社 1982 p30

あっけらかんさ
◇「まど・みちお全詩集 続」理論社 2015 p252

敦子
◇「吉田としジュニアロマン選集 6」国土社 1972

暑さ
◇「星新一YAセレクション 2」理論社 2008 p38

アッサァ王
◇「〔北原〕白秋全童謡集 1」岩波書店 1992 p197

アツサニマケズニ
◇「かもめの水兵さん―武内俊子伝記と作品集」講談社出版サービスセンター 1977 p184

アッチとボンの いないいないグラタン
◇「角野栄子の小さなおばけシリーズ 〔19〕」ポプラ社 1987 p1

アッチのオムレツ ぽぽぽぽ〜ん
◇「角野栄子の小さなおばけシリーズ 〔17〕」ポプラ社 1986 p1

〔あっちもこっちもこぶしのはなざかり〕
◇「新修宮沢賢治全集 4」筑摩書房 1979 p228

あっちゃつちゃ
◇「〔北原〕白秋全童謡集 5」岩波書店 1993 p146

あっちゃんのティーカップ
◇「健太と大天狗―片山貞一創作童話集」あさを社 2007 p6

あっちゃんのよんだ雨
◇「佐藤さとるファンタジー全集 13」講談社 1983 p33
◇「佐藤さとる幼年童話自選集 1」ゴブリン書房 2003 p5
◇「佐藤さとるファンタジー全集 13」講談社,復刊ドットコム(発売) 2011 p33

あっつい つい
　◇「阪田寛夫全詩集」理論社 2011 p349
アップップ
　◇「佐藤義美童謡集」さ・え・ら書房 1960 p46
　◇「佐藤義美全集 1」佐藤義美全集刊行会 1974 p156
アップルパイ
　◇「まど・みちお全詩集」理論社 1992 p197
アテ馬になる勿れ
　◇「戸川幸夫動物文学全集 15」講談社 1977 p299
あてがい扶持
　◇「壺井栄全集 11」文泉堂出版 1998 p121
あてっこあそび
　◇〔東君平〕おはようどうわ 6」講談社 1982 p16
あててみな
　◇「川崎大治民話選 〔1〕」童心社 1968 p146
あててみなさい
　◇「浜田広介全集 11」集英社 1976 p63
アテナイ駅
　◇「奥田継夫ベストコレクション 10」ポプラ社 2002 p20
あてのないあて
　◇〔山田野理夫〕お笑い文庫 1」太平出版社 1977（母と子の図書室）p150
あてはずれ
　◇〔木暮正夫〕日本のおばけ話・わらい話 4」岩崎書店 1986 p39
　◇〔木暮正夫〕日本のおばけ話・わらい話 11」岩崎書店 1987 p53
あと
　◇「校定新美南吉全集 8」大日本図書 1981 p398
あと押し
　◇「新装版金子みすゞ全集 3」JULA出版局 1984 p157
　◇「金子みすゞ童謡全集 6」JULA出版局 2004 p42
あとがき〔赤蜻蛉抄〕
　◇「稗田童平全集 4」宝文館出版 1980 p14
あとがき—あなぐまのなあくんへ ひきごろうより
　◇「神沢利子のおはなしの時間 2」ポプラ社 2011 p140
（あとがき）あらゆる不愉快よ真理と童話の下に屈せよ
　◇「太田博也童話集 5」小山書林 2008 p195
あとがき〔泉の嵐〕
　◇「稗田童平全集 1」宝文館出版 1978 p137
あとがき〔今の子どものうた〕
　◇「佐藤義美全集 1」佐藤義美全集刊行会 1974 p317
あとがき—ウーフちゃんへ めんどりより
　◇「神沢利子のおはなしの時間 1」ポプラ社 2011 p148
あとがき〔王さまの子どもになってあげる〕
　◇「佐藤義美全集 3」佐藤義美全集刊行会 1973 p423
あとがき（お母さま方へ）〔三年生の社会科童話 めじろこども会〕
　◇「佐藤義美全集 4」佐藤義美全集刊行会 1974 p352
あとがき—おかあさんって、たいへん
　◇「角野栄子のちいさなどうわたち 3」ポプラ社 2007 p122
あとがき—お父さん・お母さんへ
　◇「北国翔子童話集 1」青森県児童文学研究会 2000 p59
あとがき 女の子←→お婆さん
　◇「神沢利子コレクション・普及版 5」あかね書房 2006 p280
あとがき 女の子だった頃
　◇「神沢利子コレクション・普及版 4」あかね書房 2006 p232
あとがき—梶山さんの島 多才な絵師
　◇「山下明生・童話の島じま 3」あかね書房 2012 p140
あとがき〔かっぱとドンコツ〕
　◇「坪田譲治童話全集 13」岩崎書店 1986 p152
あとがき—くまになったパパさんへ 神沢利子より
　◇「神沢利子のおはなしの時間 5」ポプラ社 2011 p140
あとがき〔自筆童謡集茱萸〕
　◇「巽聖歌作品集 上」巽聖歌作品集刊行委員会 1977 p445
あとがき・幸運な「昔ばなし」
　◇〔今坂柳二〕りゅうじフォークロア・world 1」ふるさと伝承研究会 2006 p170
あとがき—コンとわたし
　◇「松谷みよ子おはなし集 2」ポプラ社 2010 p124
あとがき〔さるすべりの花と人魚〕
　◇「稗田童平全集 3」宝文館出版 1979 p21
あとがき—さんぽをするなら、アッチ、コッチ、ソッチ
　◇「角野栄子のちいさなどうわたち 1」ポプラ社 2007 p122
あとがき〔獅子の歌〕
　◇「稗田童平全集 2」宝文館出版 1979 p70
あとがき 七月深更古鍋御託（しんこうふるべのごたく）
　◇「神沢利子コレクション・普及版 2」あかね書房 2005 p226
あとがき—師・坪田譲治との出会い

あとか

◇「松谷みよ子おはなし集 1」ポプラ社 2010 p124

あとがき〔詩とくほん―小学生・詩のつくり方〕
◇「佐藤義美全集 6」佐藤義美全集刊行会 1974 p274

あとがき〔しろくま さよなら〕
◇「佐藤義美全集 3」佐藤義美全集刊行会 1973 p392

あとがき 戦争体験を語り継ごう
◇「〔市原麟一郎〕子どもに語る戦争たいけん物語 5」リーブル出版 2008 p211

あとがき〔竹やぶ〕
◇「千葉省三童話全集 2」岩崎書店 1967 p186

あとがき「チェス・ボロー号のその後について」
◇「鈴木喜代春児童文学選集 7」らくだ出版 2009 p166

あとがき―地球がまるくて、よかった!
◇「角野栄子のちいさなどうわたち 4」ポプラ社 2007 p142

あとがき―長さんの島 優しいまなざし
◇「山下明生・童話の島じま 1」あかね書房 2012 p140

あとがき―童話を書きはじめたころ
◇「松谷みよ子おはなし集 3」ポプラ社 2010 p132

あとがき〔飛ぶカモシカの春〕
◇「稗田童平全集 1」宝文館出版 1979 p59

あとがき―名づけ親になる楽しさ
◇「角野栄子のちいさなどうわたち 6」ポプラ社 2007 p138

あとがき〔七つの胡桃〕
◇「〔北原〕白秋全童謡集 3」岩波書店 1992 p429

"あとがき"に代えて わが生のあかしの本
◇「〔市原麟一郎〕子どもに語る戦争たいけん物語 3」リーブル出版 2006 p210

"あとがき"に代えて 私の好きな土佐弁
◇「〔市原麟一郎〕子どもに語る戦争たいけん物語 4」リーブル出版 2007 p204

あとがき 乳牛がいたころ
◇「〔今坂柳二〕りゅうじフォークロア・world 2」ふるさと伝承研究会 2007 p171

あとがき〔ねずみのいびき〕
◇「坪田譲治童話全集 13」岩崎書店 1986 p286

あとがき―範茂さんの島 少年のおもかげ
◇「山下明生・童話の島じま 2」あかね書房 2012 p124

あとがき〔8かいからとていしゃばから〕
◇「佐藤義美全集 2」佐藤義美全集刊行会 1973 p151

あとがき〔薔薇の豹〕
◇「稗田童平全集 1」宝文館出版 1978 p120

あとがき〔稗田童平童謡集〕
◇「稗田童平全集 3」宝文館出版 1979 p83

あとがき―ふしぎなポケットから
◇「角野栄子のちいさなどうわたち 2」ポプラ社 2007 p138

あとがき―ふらいぱんじいさんへ 神沢利子より
◇「神沢利子のおはなしの時間 4」ポプラ社 2011 p140

あとがき―「文学」も「人間」・「教育」も「人間」
◇「鈴木喜代春児童文学選集 14」らくだ出版 2013 p3

あとがき〔ボクト キミ〕
◇「佐藤義美全集 1」佐藤義美全集刊行会 1974 p160

あとがき 北斗の下で
◇「神沢利子コレクション・普及版 3」あかね書房 2006 p240

アトガキ〔ボクノツクッタミチ〕
◇「佐藤義美全集 2」佐藤義美全集刊行会 1973 p86

あとがき〔ホトトギスの翔ぶ抒情空間〕
◇「稗田童平全集 2」宝文館出版 1979 p87

あとがき〔満洲地図〕
◇「〔北原〕白秋全童謡集 3」岩波書店 1992 p313

あとがき〔港の旗〕
◇「〔北原〕白秋全童謡集 3」岩波書店 1992 p121

あとがき―民話から生まれた創作たち
◇「松谷みよ子おはなし集 4」ポプラ社 2010 p140

あとがき―民話の心を現代に
◇「松谷みよ子おはなし集 5」ポプラ社 2010 p132

後書き・昔ばなしは昔ことばで
◇「〔今坂柳二〕りゅうじフォークロア・world 6」ふるさと伝承研究会 2012 p177

あとがき―村上さんの島 カエルのつきあい
◇「山下明生・童話の島じま 5」あかね書房 2012 p124

あとがき―優しさごっこの後にくるもの
◇「今江祥智の本 8」理論社 1980 p322

あとがき〔夕顔の花ひらく夕べの連歌〕
◇「稗田童平全集 2」宝文館出版 1979 p106

あとがき〔よいこの童話 三年生〕
◇「佐藤義美全集 3」佐藤義美全集刊行会 1973 p308

あとがき―洋二さんの島 家族ぐるみで
◇「山下明生・童話の島じま 4」あかね書房 2012 p124

あとがき〔ライオント タイハウ〕
◇「佐藤義美全集 2」佐藤義美全集刊行会 1973 p59

あとがき―ラッコのロッコくんへ りらより

あなほ

◇「神沢利子のおはなしの時間 3」ポプラ社 2011 p148

あとがき 「りゅうじフォーク・ロアWORLD」完結にあたって
◇「〔今坂柳二〕りゅうじフォークロア・world 5」ふるさと伝承研究会 2009 p133

あとがき―わたしがおねえちゃんだったとき
◇「角野栄子のちいさなどうわたち 5」ポプラ社 2007 p122

あとがき わたしの「毛皮をきたともだち」
◇「神沢利子コレクション・普及版 1」あかね書房 2005 p240

あどけない目
◇「川崎大治民話選 〔2〕」童心社 1969 p205

あと五十日
◇「星新一ちょっと長めのショートショート 3」理論社 2005 p47

あとさきの けじめ
◇「花岡大学仏典童話全集 7」法蔵館 1979 p176

アトサマとカムサマ
◇「国分一太郎児童文学集 1」小峰書店 1967 p74

あとでなんて いわないで
◇「りらりらりらわたしの絵本―富永佳与子こどものうた作品集」国土社 1994 p36

あとの小石は
◇「浜田広介全集 11」集英社 1976 p170

「阿堵物を片づけよ」
◇「瑠璃の壺―森銑三童話集」三樹書房 1982 p167

アトリの鐘―イタリアのお話
◇「小出正吾児童文学全集 4」審美社 2001 p319

あな
◇「〔橘かおる〕考える童話シリーズ短篇集 1」新風舎 1996 p50

あな一念
◇「〔山田野理夫〕おばけ文庫 3」太平出版社 1976（母と子の図書室）p154

穴があいたハート
◇「〔山部京子〕12の動物ものがたり」文芸社 2008 p101

あなぐまのなあくん
◇「神沢利子コレクション 1」あかね書房 1994 p7
◇「神沢利子コレクション・普及版 1」あかね書房 2005 p7

あなじゃくしのおたまちゃん
◇「神沢利子コレクション 2」あかね書房 1994 p109
◇「神沢利子コレクション・普及版 2」あかね書房 2005 p109

あなたがいい
◇「山本瓔子詩集 I」新風舎 2003 p40

あなたが大将

◇「いのち―みずかみかずよ全詩集」石風社 1995 p271

あなたと苦しむ喜びが（祝婚歌）
◇「阪田寛夫全詩集」理論社 2011 p39

あなたとわたし
◇「まど・みちお全詩集 続」理論社 2015 p257

あなたに会えて よかった
◇「山本瓔子詩集 I」新風舎 2003 p102

あなたの祖先は誰だ
◇「〔たかしよいち〕世界むかしむかし探検 1」国土社 1993 p5

あなたのなかに
◇「いのち―みずかみかずよ全詩集」石風社 1995 p339

あなたのねがい
◇「〔下田喜久美〕遠くから来た旅人―詩集」リトル・ガリヴァー社 1998 p42

あなたのほうがいい
◇「〔柳家弁天〕らくご文庫 3」太平出版社 1987 p32

特別短あなたのラッキーナンバーは
◇「赤川次郎ショートショートシリーズ 1」理論社 2009 p165

あなたはいつも
◇「阪田寛夫全詩集」理論社 2011 p476

あなたはきょうから花です
◇「全集版灰谷健次郎の本 15」理論社 1988 p242

あなにおちたおじいさん
◇「浜田広介全集 3」集英社 1975 p128

あなにおちたけものども
◇「浜田広介全集 3」集英社 1975 p23

あなにおちたぞう
◇「寺村輝夫童話全集 9」ポプラ社 1982 p185
◇「寺村輝夫全童話 3」理論社 1997 p26

あなにやし
◇「阪田寛夫全詩集」理論社 2011 p92

穴のある街
◇「別役実童話集 〔1〕」三一書房 1973 p156

あなのながのへび
◇「北彰介作品集 3」青森県児童文学研究会 1990 p126

穴の向こうの海
◇「立原えりかのファンタジーランド 11」青土社 1980 p61

あなのもぐら
◇「浜田広介全集 2」集英社 1975 p219

あなぼこ
◇「〔林原玉枝〕不思議な鳥」けやき書房 1996（ふれ愛ブックス）p52

あなぼこ ぽこぽこ
◇「おはないっぱい―祐成智美童謡詩集」リーブ

ル 1997 p34
〔あな雪か 屠者のひとりは〕
- ◇「新修宮沢賢治全集 6」筑摩書房 1980 p34
- ◇「新修宮沢賢治全集 6」筑摩書房 1980 p349

アナンさまといたずらもんき
- ◇「〔摩尼和夫〕童話集 アナンさまといたずらもんき」歓成院・大倉山アソカ幼稚園 2009 p5

兄
- ◇「まど・みちお全詩集 続」理論社 2015 p96

兄
- ◇「宮口しづえ童話全集 6」筑摩書房 1979 p133
- ◇「宮口しづえ童話名作集」一草舎出版 2009 p174

あにい
- ◇「今江祥智の本 17」理論社 1981 p47
- ◇「今江祥智童話館〔15〕」理論社 1987 p123

兄が死ぬ時
- ◇「阪田寛夫全詩集」理論社 2011 p124

兄貴
- ◇「今江祥智の本 6」理論社 1981 p5

兄きと俺の勉強
- ◇「ビートたけし傑作集 少年編 1」金の星社 2010 p11

兄と妹
- ◇「石森延男児童文学全集 15」学習研究社 1971 p17
- ◇「石森読本―石森延男児童文学選集 5年生」小学館 1977 p65

兄と弟
- ◇「〔比江島重孝〕宮崎のむかし話 1」鉱脈社 1998 p206

あにと さかな
- ◇「小川未明幼年童話文学全集 7」集英社 1966 p28

兄と魚
- ◇「定本小川未明童話全集 13」講談社 1977 p138
- ◇「定本小川未明童話全集 13」大空社 2002 p138

兄の声
- ◇「定本小川未明童話全集 13」講談社 1977 p313
- ◇「定本小川未明童話全集 13」大空社 2002 p313

兄の死
- ◇「今江祥智の本 34」理論社 1990 p81

アニマル式死生観
- ◇「戸川幸夫動物文学全集 14」講談社 1977 p315

アニマルの性典
- ◇「戸川幸夫動物文学全集 14」講談社 1977 p235

アニマルの変身
- ◇「戸川幸夫動物文学全集 14」講談社 1977 p255

アニマル防衛論
- ◇「戸川幸夫動物文学全集 14」講談社 1977 p305

姉
- ◇「〔島崎〕藤村の童話 4」筑摩書房 1979 p149

姉
- ◇「〔島崎〕藤村の童話 4」筑摩書房 1979 p151

姉
- ◇「田山花袋作品集 2」館林市教育委員会文化振興課 1997 p7

姉
- ◇「森三郎童話選集〔1〕」刈谷市教育委員会 1995 p210

姉鐘・妹鐘
- ◇「松谷みよ子のむかしむかし 8」講談社 1973 p41

アーネスト＝M・ヘミングウェー
- ◇「〔かこさとし〕お話こんにちは〔4〕」偕成社 1979 p93

あねと おとうと
- ◇「巽聖歌作品集 下」巽聖歌作品集刊行委員会 1977 p135

あねと おとうと
- ◇「坪田譲治幼年童話文学全集 8」集英社 1965 p104

姉と弟
- ◇「坪田譲治童話全集 10」岩崎書店 1986 p217

姉の家
- ◇「〔島崎〕藤村の童話 4」筑摩書房 1979 p152

姉の絵本
- ◇「稗田菫平全集 1」宝文館出版 1978 p26

アネモネ
- ◇「庄野英二全集 6」偕成社 1979 p206

あの青い空は神さまの目だと思ったら……あゆみちゃんのファックス通信に答える その2
- ◇「かとうむつこ童話集 3」東京図書出版会、リフレ出版（発売）2006 p85

あの海
- ◇「巽聖歌作品集 上」巽聖歌作品集刊行委員会 1977 p412

〔あの大もののヨークシャ豚が〕
- ◇「新修宮沢賢治全集 4」筑摩書房 1979 p72

あの丘のふもとに
- ◇「〔北原〕白秋全童謡集 1」岩波書店 1992 p163

あの男この病気
- ◇「星新一ちょっと長めのショートショート 8」理論社 2006 p65

あの木はいまもそこにある
- ◇「杉みき子選集 5」新潟日報事業社 2008 p187

阿耨達池（アノクタッチ）幻想曲
- ◇「新修宮沢賢治全集 5」筑摩書房 1979 p5

あの雲
- ◇「〔北原〕白秋全童謡集 5」岩波書店 1993 p156

〔あの雲がアットラクテヴだといふのかね〕
- ◇「新修宮沢賢治全集 4」筑摩書房 1979 p202

あの雲で

◇「浜田広介全集 11」集英社 1976 p98

あのこ
◇「今江祥智の本 17」理論社 1981 p16
◇「今江祥智童話館 〔16〕」理論社 1987 p34

あの子
◇「新装版金子みすゞ全集 2」JULA出版局 1984 p272
◇「金子みすゞ童謡全集 4」JULA出版局 2004 p188

あの子
◇「巽聖歌作品集 上」巽聖歌作品集刊行委員会 1977 p417

あのこゑ
◇「〔北原〕白秋全童謡集 2」岩波書店 1992 p458

あの声
◇「〔北原〕白秋全童謡集 4」岩波書店 1993 p322

あの娘今年は
◇「中村雨紅詩謡集」中村雨紅詩謡集刊行委員会 1971 p187

あの子に会う日
◇「長い長いかくれんぼ―杉みき子自選童話集」新潟日報事業社 2001 p131

あのこにあえた
◇「もりやまみやこ童話選 1」ポプラ社 2009 p41

あの子のお家
◇「〔北原〕白秋全童謡集 2」岩波書店 1992 p130

あのこの馬車
◇「今江祥智の本 15」理論社 1980 p73
◇「今江祥智童話館 〔3〕」理論社 1986 p89

あのころ
◇「森三郎童話選集 〔2〕」刈谷市教育委員会 1996 p155

あの頃
◇「阪田寛夫全詩集」理論社 2011 p894

あの頃の印象
◇「おの・ちゅうこう初期作品集 〔1〕 牧歌的風景」嵩書房 1975 p141

あのころのこと
◇「千葉省三童話全集 1」岩崎書店 1967 p191

あのころは森があった
◇「今江祥智童話館 〔9〕」理論社 1987 p148

アノ子ハ
◇「巽聖歌作品集 上」巽聖歌作品集刊行委員会 1977 p146

アの字がつくから(行進のうた)
◇「阪田寛夫全詩集」理論社 2011 p423

あの時分
◇「〔島崎〕藤村の童話 3」筑摩書房 1979 p175
◇「〔島崎〕藤村の童話 3」筑摩書房 1979 p177

あの時分とその後
◇「室生犀星童話全集 3」創林社 1978 p236

あの空
◇「巽聖歌作品集 上」巽聖歌作品集刊行委員会 1977 p162

あの鳴る銅鑼は 手まり唄
◇「〔北原〕白秋全童謡集 2」岩波書店 1992 p283

あの沼よ
◇「佐藤義美全集 1」佐藤義美全集刊行会 1974 p111

「あのね」とテレビ
◇「〔坪井安〕はしれ子馬よ―童謡詩集」童謡研究・蜂の会 1999 p148

あの橋をつくったのは
◇「まど・みちお詩集 3」銀河社 1975 p6
◇「まど・みちお全詩集」理論社 1992 p471
◇「まどさんの詩の本 8」理論社 1996 p12

あの橋をわたっていこう
◇「ともみのちょう戦―立花玲子童集」青森県児童文学研究会 1997 p148

あの花の顔
◇「壺井栄全集 8」文泉堂出版 1998 p372

あの日あのこと
◇「今江祥智の本 34」理論社 1990 p135

あの日学校が消えた 終戦前後―たくましく生きぬいた子どもたち
◇「〔市原麟一郎〕子どもに語る戦争たいけん物語 3」リーブル出版 2006 p5

あの日、そして
◇「あまんきみこセレクション 5」三省堂 2009 p93

あの人
◇「立原えりかのファンタジーランド 3」青土社 1980 p73

あの人この人
◇「椋鳩十の本 18」理論社 1982 p187

あの星
◇「星新一ショートショートセレクション 7」理論社 2002 p134

あの町この町
◇「野口雨情童謡集」弥生書房 1993 p56

あの道この道
◇「おの・ちゅうこう初期作品集 〔1〕 牧歌的風景」嵩書房 1975 p110

あの山 この山
◇「西條八十童謡全集」修道社 1971 p172

あの山この山
◇「与田準一全集 1」大日本図書 1967 p254

あの夢(日下部梅子)
◇「岡田泰三・日下部梅子童謡集」会津童詩会 1992 p111

あの世から便りをする話
◇「海野十三全集 別巻2」三一書房 1993 p232

あのよ

「あの世」の話
◇「松谷みよ子全エッセイ 2」筑摩書房 1989 p294

網走
◇「庄野英二全集 4」偕成社 1979 p33

網走の砂丘
◇「〔斎藤信夫〕子ども心を友として―童謡詩集」成東町教育委員会 1996 p156

アパート
◇「くんぺい魔法ばなし―魔法ばなし全集 3」サンリオ 2000 p92

アパートで聞いた話
◇「定本小川未明童話全集 14」講談社 1977 p143
◇「定本小川未明童話全集 14」大空社 2002 p143

アパートの貴婦人
◇「赤川次郎ショートショートシリーズ 2」理論社 2009 p104

アパートの哲学者
◇「佐々木邦全集 補巻3」講談社 1975 p243

アパートのわかい夫婦
◇「〔あらやゆきお〕創作童話 ざくろの詩」鳳書院 2012 p194

あばよ
◇「阪田寛夫全詩集」理論社 2011 p85

あばらやの星
◇「壺井栄名作集 2」ポプラ社 1965 p47
◇「定本壺井栄児童文学全集 1」講談社 1979 p204
◇「壺井栄全集 9」文泉堂出版 1997 p438

あばれ牛
◇「花岡大学仏典童話全集 2」法蔵館 1979 p90

あばれ馬
◇「戸川幸夫動物文学全集 15」講談社 1977 p242

あばれ馬
◇「花岡大学 続・仏典童話全集 2」法蔵館 1981 p7
◇「花岡大学仏典童話新作集 2」法蔵館 1984 p64

あばれ絵馬
◇「二反長半作品集 3」集英社 1979 p57

あばれグマ金こぶ
◇「椋鳩十の本 26」理論社 1989 p152
◇「椋鳩十まるごと動物ものがたり 5」理論社 1995 p14
◇「椋鳩十名作選 2」理論社 2010 p98

あばれすぎたホラ貝
◇「来栖良夫児童文学全集 2」岩崎書店 1983 p303

あばれぞう などこわくない
◇「花岡大学仏典童話全集 6」法蔵館 1979 p121

あばれっ子
◇「来栖良夫児童文学全集 1」岩崎書店 1983 p83

あばれはっちゃく
◇「山中恒よみもの文庫 4」理論社 1996 p9

あばれはっちゃく(上)五年生の巻
◇「山中恒児童よみもの選集 1」読売新聞社 1977 p5

あばれはっちゃく(下)六年生の巻
◇「山中恒児童よみもの選集 2」読売新聞社 1977 p5

あばれもの次郎
◇「坪田譲治童話全集 6」岩崎書店 1986 p53

あばれる かぜと おとうさん
◇「与田凖一全集 4」大日本図書 1967 p43

あばれんぼう
◇「今井誉次郎童話集子どもの村〔1〕」国土社 1957 p12

あばれんぼうの 子どもライオン
◇「花岡大学仏典童話全集 6」法蔵館 1979 p95

あひる
◇「壺井栄名作集 1」ポプラ社 1965 p25
◇「壺井栄全集 9」文泉堂出版 1997 p15

あひる
◇「〔東君平〕ひとくち童話 5」フレーベル館 1995 p40

アヒル
◇「定本壺井栄児童文学全集 1」講談社 1979 p40

アヒル
◇「〔東君平〕おはようどうわ 1」講談社 1982 p28

あひるさんとつるさん
◇「村山籌子作品集 3」JULA出版局 1998 p26

あひるさんとにわとりさん―あひるさんのおたんじょう日
◇「村山籌子作品集 1」JULA出版局 1997 p54

あひるさんとにわとりさん―しんせつなあひるさんのおかあさん
◇「村山籌子作品集 3」JULA出版局 1998 p52

あひるさんとにわとりさん―どろだらけののりまき
◇「村山籌子作品集 2」JULA出版局 1998 p50

あひるにしかられたこと
◇「佐藤義美全集 2」佐藤義美全集刊行会 1973 p270

あひるのうた
◇「室生犀星童話全集 2」創林社 1978 p66

あひるの王様
◇「鈴木三重吉童話全集 1」文泉堂書店 1975(日本文学全集・選集叢刊第5次) p288

あひるのをばさん と ぶたのラッパ
◇「巽聖歌作品集 上」巽聖歌作品集刊行委員会 1977 p207

あひるの親子
◇「〔かこさとし〕お話こんにちは〔5〕」偕成社 1979 p88

あひるのこ

◇「浜田広介全集 3」集英社 1975 p238
あひるの子
　◇「鈴木三重吉童話全集 3」文泉堂書店 1975（日本文学全集・選集叢刊第5次）p62
鶯の小屋
　◇「〔北原〕白秋全童謡集 1」岩波書店 1992 p67
あひるのスリッパ
　◇「庄野英二全集 5」偕成社 1980 p431
　◇「庄野英二全集 5」偕成社 1980 p433
あひるの せんたく
　◇「佐藤義美童謡集」さ・え・ら書房 1960 p132
アヒルノ センタク
　◇「佐藤義美全集 1」佐藤義美全集刊行会 1974 p140
あひるのひよこ
　◇「ひろすけ幼年童話文学全集 2」集英社 1962 p19
　◇「浜田広介全集 2」集英社 1975 p220
アヒルのブーヒイ
　◇「〔川田進〕短編少年文芸作品集 もう一人のぼく」せんしん出版 2010 p74
アブがとまったふしぎな柱
　◇「犬飼馬鹿人旧作童話集」日本文化資料センター 1996 p12
あぶく
　◇「浜田広介全集 11」集英社 1976 p170
あぶくになった雪女
　◇「北彩介作品集 3」青森県児童文学研究会 1990 p36
アブジのくに
　◇「新美南吉童話集 1」大日本図書 1982 p35
　◇「新美南吉童話集 1」大日本図書 2012 p35
「アフターマン」
　◇「今江祥智の本 36」理論社 1990 p254
あぶない ところは
　◇「巽聖歌作品集 下」巽聖歌作品集刊行委員会 1977 p25
虻のうた
　◇「室生犀星童話全集 2」創林社 1978 p8
油揚食いのお嫁さん
　◇「二反長半作品集 3」集英社 1979 p172
油あげときつね
　◇「松谷みよ子全集 12」講談社 1972 p24
あぶらかい
　◇「浜田広介全集 10」集英社 1976 p64
油買い
　◇「椋鳩十全集 12」ポプラ社 1970 p58
　◇「椋鳩十の本 15」理論社 1982 p67
油すまし
　◇「〔山田野理夫〕おばけ文庫 2」太平出版社 1976（母と子の図書室）p25

あぶらでり
　◇「達崎龍全童謡集ホロホロ鳥」あい書林 1983 p42
あぶらとり
　◇「〔木暮正夫〕日本のおばけ話・わらい話 3」岩崎書店 1986 p62
油の専売
　◇「瑠璃の壺―森銑三童話集」三樹書房 1982 p166
アブラハムについて
　◇「阪田寛夫全詩集」理論社 2011 p119
あぶらびれ
　◇「〔東君平〕おはようどうわ 4」講談社 1982 p209
アフリカスミレ
　◇「庄野英二全集 11」偕成社 1980 p367
アフリカぞう
　◇「こやま峰子詩集〔1〕」朔北社 2003 p40
アフリカに動物を訪ねて
　◇「寺村輝夫全童話 8」理論社 2000 p309
アフリカのシュバイツァー
　◇「寺村輝夫全童話 8」理論社 2000 p5
アフリカのたまご
　◇「寺村輝夫童話 別2」理論社 2012 p426
アフリカの話I
　◇「寺村輝夫童話全集 11」ポプラ社 1982
アフリカの話II
　◇「寺村輝夫童話全集 12」ポプラ社 1982
アフリカの光―シュバイツァー博士
　◇「小出正吾児童文学全集 4」審美社 2001 p195
アフリカのまんなか
　◇「阪田寛夫全詩集」理論社 2011 p138
アフリカマーチ
　◇「阪田寛夫全詩集」理論社 2011 p350
アフリカ見えた
　◇「阪田寛夫全詩集」理論社 2011 p136
あふれる生活への愛―「国分一太郎児童文学集」
　◇「松谷みよ子全エッセイ 3」筑摩書房 1989 p117
あべこべの日はしあわせいっぱい
　◇「神沢利子のおはなしの時間 4」ポプラ社 2011 p102
阿倍野神社と校歌
　◇「庄野英二全集 9」偕成社 1979 p308
アベリア
　◇「まど・みちお全詩集 続」理論社 2015 p97
　◇「まど・みちお全詩集 続」理論社 2015 p120
阿片光
　◇「新修宮沢賢治全集 1」筑摩書房 1980 p282
アホ―アホよりも、ホを高く発音すること
　◇「阪田寛夫全詩集」理論社 2011 p89
阿呆

あほう

あほう
- ◇「阪田寛夫全詩集」理論社 2011 p841

あほう からす
- ◇「花岡大学仏典童話全集 7」法蔵館 1979 p142

あほうどり
- ◇「浜田広介全集 9」集英社 1976 p68

あほうどり
- ◇「やなせたかし童謡詩集 〔3〕」フレーベル館 2001 p50

あほうどりの島
- ◇「来栖良夫児童文学全集 6」岩崎書店 1983 p199

あほう鳥の鳴く日
- ◇「定本小川未明童話全集 3」講談社 1977 p167
- ◇「定本小川未明童話全集 3」大空社 2001 p167

あほうのくんしょう
- ◇「全集灰谷健次郎の本 9」理論社 1988 p165

あほうの星
- ◇「長崎源之助全集 1」偕成社 1986 p7

阿房丸
- ◇「〔巌谷〕小波お伽全集 5」本の友社 1998 p203

アポロの聖火—東京オリンピック賛歌
- ◇「横山健童謡選集 1」無明舎出版 1995 p107

あ、ぽーんの おはなし
- ◇「与田凖一全集 3」大日本図書 1967 p126

阿媽
- ◇「まど・みちお全詩集 続」理論社 2015 p338

尼
- ◇「室生犀星童話全集 3」創林社 1978 p118

あまいかきの実としぶいかきの実
- ◇「〔西本鶏介〕新日本昔ばなし——日一話・読みきかせ 3」小学館 1997 p24

あまい すっぱい からい
- ◇「佐藤義美全集 1」佐藤義美全集刊行会 1974 p378

甘い父 甘い夫
- ◇「〔巌谷〕小波お伽全集 14」本の友社 1998 p367

(あまい音色)
- ◇「稗田菫平全集 8」宝文館出版 1982 p50

あまいみつ
- ◇「花岡大学仏典童話全集 5」法蔵館 1979 p225

あまえっこ
- ◇「さくらゆき—さとうじゅんこ童詩集」えんじゅの会 1997 p74

あまえんぼ
- ◇「阪田寛夫全詩集」理論社 2011 p679

あまえんぼう
- ◇「阪田寛夫全詩集」理論社 2011 p431

あまえんぼうがふたり
- ◇「大石真児童文学全集 8」ポプラ社 1982 p40

あまえんぼう すねんぼ
- ◇「巽聖歌作品集 下」巽聖歌作品集刊行委員会 1977 p15

あまがえる
- ◇「浜田広介全集 11」集英社 1976 p76

あまがえる
- ◇「〔村上のぶ子〕ここは小人の国—少年詩集」あしぶえ出版 2000 p52

童謡あまがえる
- ◇「〔山村義盛〕童話集」山村義盛 1997 p20

雨蛙
- ◇「新美南吉全集 6」牧書店 1965 p177
- ◇「校定新美南吉全集 8」大日本図書 1981 p105

雨蛙
- ◇「〔山村義盛〕童話集」山村義盛 1997 p19

雨蛙団子
- ◇「〔野呂祐吉〕吉四六劇団の吉四六さん話名作集」葉文館出版 1998 p32

雨蛙に寄せる
- ◇「校定新美南吉全集 8」大日本図書 1981 p176

あまガエルのおはか
- ◇「〔木暮正夫〕日本のおばけ話・わらい話 14」岩崎書店 1987 p36

アマガエルのバスストップ
- ◇「〔川上文子〕七つのあかり—短篇童話集」教育報道社 1998 (教報ブックス) p7

雨がさ
- ◇「斎田喬児童劇選集 〔4〕」牧書店 1954 p98

雨傘
- ◇「川端康成少年少女小説集」中央公論社 1968 p217

雨傘? 日傘?
- ◇「〔巌谷〕小波お伽全集 14」本の友社 1998 p273

天草四郎
- ◇「筑波常治伝記物語全集 20」国土社 1971 p1

天草四郎
- ◇「豊田三郎童話集」草加市立川柳小学校 1993 p99

天草四郎時貞
- ◇「椋鳩十の本 22」理論社 1983 p151

天草四郎について
- ◇「筑波常治伝記物語全集 20」国土社 1971 p199

あまぐも
- ◇「〔東君平〕ひとくち童話 6」フレーベル館 1995 p10

雨雲 (三首)
- ◇「稗田菫平全集 4」宝文館出版 1980 p33

雨ごいの村
- ◇「国分一太郎児童文学集 1」小峰書店 1967 p228

あまざけばば
- ◇「〔山田野理夫〕おばけ文庫 1」太平出版社 1976 (母と子の図書室) p115

あまざけまつり

◇「宮口しづえ童話全集 1」筑摩書房 1979 p53

あま酒まつり
◇「宮口しづえ児童文学集 5」小峰書店 1969 p47

甘酒屋
◇「〔島崎〕藤村の童話 3」筑摩書房 1979 p153

尼将軍さまのカヤの木
◇「長崎源之助全集 6」偕成社 1987 p163

あまだれ
◇「〔竹久〕夢二童謡集」ノーベル書房 1975（浪漫文庫）p58

雨だれ
◇「〔北原〕白秋全童謡集 3」岩波書店 1992 p413

あまだれさん
◇「〔関根栄一〕はしるふじさん—童謡集」小峰書店 1998 p132

あまだれ ぼっちゃん
◇「佐藤義美童謡集」さ・え・ら書房 1960 p158

アマダレ ボッチャン
◇「佐藤義美全集 1」佐藤義美全集刊行会 1974 p158

雨だれポットン
◇「マッチ箱の中—三鎌よし子童謡集」しもつけ文学会 1998 p68

あまちゃ
◇「まど・みちお全詩集」理論社 1992 p255

アマテラスオオミカミの琴
◇「〔山田野理夫〕お笑い文庫 11」太平出版社 1977（母と子の図書室）p50

雨どい
◇「地球のかぞく—石原一輝童謡詩集」群青社 2001 p36

アマドコロ
◇「椋鳩十の本 19」理論社 1982 p156

あまなっとうの うた
◇「まど・みちお全詩集」理論社 1992 p225

天の岩戸
◇「石森延男児童文学全集 6」学習研究社 1971 p24

天の岩屋
◇「鈴木三重吉童話全集 7」文泉堂書店 1975（日本文学全集・選集叢刊第5次）p21

童謡あまの川
◇「新版・宮沢賢治童話全集 12」岩崎書店 1979 p120

あまの川
◇「新修宮沢賢治全集 7」筑摩書房 1980 p319
◇「あまの川—宮沢賢治童謡集」筑摩書房 2001 p8

天の川
◇「浜田広介全集 11」集英社 1976 p138

天の川がながれる島
◇「今西祐行全集 3」偕成社 1987 p163

天の川とボール君
◇「〔大野憲三〕創作童話」一粒書話 2012 p237

天の川の織姫と龍宮の乙姫
◇「〔巌谷〕小波お伽全集 14」本の友社 1998 p221

あまがわの、にしのきしを
◇「あまの川—宮沢賢治童集」筑摩書房 2001 p14

あまの 木と つばめ
◇「ひろすけ幼年童話文学全集 8」集英社 1961 p190

天のじゃく
◇「〔比江島重孝〕宮崎のむかし話 3」鉱脈社 2000 p69

雨霽れの夜
◇「異聖歌作品集 上」異聖歌作品集刊行委員会 1977 p40

アマミノクロウサギ
◇「椋鳩十全集 10」ポプラ社 1970 p206
◇「椋鳩十まるごと動物ものがたり 10」理論社 1995 p146

奄美のシシ
◇「椋鳩十の本 13」理論社 1983 p225

アマミの闘牛
◇「椋鳩十の本 16」理論社 1983 p231

アマミのハブ
◇「椋鳩十の本 9」理論社 1982 p61

雨やどり
◇「〔北原〕白秋全童謡集 5」岩波書店 1993 p36

雨やどりしたい
◇「〔柳家弁天〕らくご文庫 8」太平出版社 1987 p28

尼ゆうれい
◇「〔山田野理夫〕おばけ文庫 8」太平出版社 1976（母と子の図書室）p25

雨夜
◇「西條八十童謡全集」修道社 1971 p127
◇「西條八十童話集」小学館 1983 p396

雨夜の傘
◇「野口雨情童謡集」弥生書房 1993 p22

海女四代 山本ウノ（三重県・鳥羽）
◇「斎藤隆介全集 11」岩崎書店 1982 p57

あまりに月の光が明るいので
◇「庄野英二全集 5」偕成社 1980 p179

アマリリス
◇「住井すゑ わたしの少年少女物語 〔1〕」労働旬報社 1989 p20

アマリリス
◇「土田明子詩集 4」かど創房 1987 p14

アマリリス
◇「〔東君平〕おはようどうわ 1」講談社 1982 p70
◇「東君平のおはようどうわ 1」新日本出版社 2010 p15

あまり

アマリリスのような おんなの子
　◇「花岡大学仏典童話全集 6」法蔵館 1979 p208
アマリリスのような女の子
　◇「花岡大学仏典童話集 1」佼成出版社 2006 p34
あまんじゃく
　◇「〔山田野理夫〕おばけ文庫 2」太平出版社 1976（母と子の図書室）p71
あまんじゃくの星とり石
　◇「松谷みよ子のむかしむかし 8」講談社 1973 p28
あまんちゅうの街
　◇「別役実童話集 〔5〕」三一書房 1984 p5
　◇「別役実童話集 〔5〕」三一書房 1984 p15
雨んぶちおばけ
　◇「川崎大治民話選 〔2〕」童心社 1969 p72
あみかけのマフラー
　◇「〔木下容子〕ファンタジー傑作童話集 まほうのコンペイトー」おさひめ書房 2009 p123
あみがさのわすれもの
　◇「〔木暮正夫〕日本のおばけ話・わらい話 6」岩崎書店 1986 p69
アーミッシュランドにて
　◇「椋鳩十の本 29」理論社 1989 p74
あみにかかった しか
　◇「花岡大学仏典童話全集 6」法蔵館 1979 p223
編みもの
　◇「〔村上のぶ子〕ここは小人の国―少年詩集」あしぶえ出版 2000 p82
編物のたのしみ
　◇「安房直子コレクション 7」偕成社 2004 p258
あめ
　◇「まど・みちお全詩集」理論社 1992 p145
　◇「まど・みちお全詩集」理論社 1992 p352
　◇「まど・みちお全詩集」理論社 1992 p553
　◇「まどさんの詩の本 9」理論社 1996 p30
　◇「まどさんの詩の本 14」理論社 1997 p42
雨
　◇「〔北原〕白秋全童謡集 1」岩波書店 1992 p29
雨
　◇「〔島木〕赤彦童謡集」第一書店 1947 p85
雨
　◇「杉みき子選集 2」新潟日報事業社 2005 p147
雨
　◇「〔竹久〕夢二童謡集」ノーベル書房 1975（浪漫文庫）p55
雨
　◇「星新一ショートショートセレクション 1」理論社 2001 p128
雨
　◇「まど・みちお全詩集」理論社 1992 p643
　◇「まどさんの詩の本 9」理論社 1996 p34
雨
　◇「マッチ箱の中―三鎌よし子童謡集」しもつけ文学会 1998 p71
雨
　◇「与田準一全集 2」大日本図書 1967 p216
あめあがり
　◇「きむらゆういちおはなしのへや 5」ポプラ社 2012 p139
あめあがり
　◇「さくらゆき―さとうじゅんこ童詩集」えんじゅの会 1997 p66
あめあがり
　◇「佐藤義美全集 5」佐藤義美全集刊行会 1973 p77
あめあがり
　◇「〔東君平〕おはようどうわ 7」講談社 1982 p97
あめあがり
　◇「まど・みちお全詩集」理論社 1992 p101
雨あがり（岡田泰三）
　◇「岡田泰三・日下部梅子童謡集」会津童詩会 1992 p66
雨あがり
　◇「新装版金子みすゞ全集 1」JULA出版局 1984 p187
　◇「金子みすゞ童謡全集 2」JULA出版局 2003 p138
雨あがり
　◇「〔北原〕白秋全童謡集 3」岩波書店 1992 p414
雨あがり
　◇「マッチ箱の中―三鎌よし子童謡集」しもつけ文学会 1998 p69
雨あがり
　◇「いのち―みずかみかずよ全詩集」石風社 1995 p344
　◇「いのち―みずかみかずよ全詩集」石風社 1995 p426
雨あがり
　◇「パパとボクとネコ―山口紀代子童謡詩集」音楽舎 2003 p86
雨あがり
　◇「横山健童謡選集 2」無明舎出版 1995 p18
雨あがりの運動場
　◇「いのち―みずかみかずよ全詩集」石風社 1995 p265
雨あがりのポプラ
　◇「いのち―みずかみかずよ全詩集」石風社 1995 p103
雨雨雨・・・・・
　◇「〔村上のぶ子〕ここは小人の国―少年詩集」あしぶえ出版 2000 p48
雨, 雨, 行つちまへ
　◇「〔北原〕白秋全童謡集 1」岩波書店 1992 p134

あめ あめ ぱら ぱら
　◇「まど・みちお全詩集 続」理論社 2015 p391
あめあめ ふるひ
　◇「まど・みちお全詩集」理論社 1992 p198
　◇「まどさんの詩の本 15」理論社 1997 p62
あめ色角と三本指
　◇「戸川幸夫・子どものための動物物語 9」国土社 1967 p127
飴色角と三本指
　◇「戸川幸夫動物文学全集 2」冬樹社 1965 p149
　◇「戸川幸夫動物文学全集 3」講談社 1976 p236
あめが
　◇「さくらゆき―さとうじゅんこ童詩集」えんじゅの会 1997 p86
雨が足ぶみしています
　◇「サトウハチロー童謡集」弥生書房 1977 p44
あめが あらった
　◇「まど・みちお全詩集」理論社 1992 p298
あめ買い幽霊（愛媛）
　◇〔木暮正夫〕日本の怪奇ばなし 10」岩崎書店 1990 p94
雨がしずかに
　◇「北彰介作品集 1」青森県児童文学研究会 1990 p26
雨がしずかに
　◇「サトウハチロー童謡集」弥生書房 1977 p40
あめが ふったら
　◇「巽聖歌作品集 下」巽聖歌作品集刊行委員会 1977 p68
あめがふってくりゃ
　◇「村山籌子作品集 2」JULA出版局 1998 p36
あめが ふっても うれしいな
　◇「巽聖歌作品集 下」巽聖歌作品集刊行委員会 1977 p26
　◇「巽聖歌作品集 下」巽聖歌作品集刊行委員会 1977 p28
あめがふる
　◇「まど・みちお全詩集」理論社 1992 p256
雨がふる
　◇「まど・みちお詩集 6」銀河社 1975 p30
雨がふる（音楽劇）
　◇「斎田喬幼年劇全集 2」誠文堂新光社 1961 p65
あめがふるとき
　◇「阪田寛夫全詩集」理論社 2011 p457
雨がふる日には
　◇「まど・みちお全詩集」理論社 1992 p574
　◇「まどさんの詩の本 14」理論社 1997 p44
雨がふる日のうた
　◇「阪田寛夫全詩集」理論社 2011 p778
〔雨が霰に変ってくると〕
　◇「新修宮沢賢治全集 7」筑摩書房 1980 p253
あめが やんだ
　◇「まど・みちお全詩集」理論社 1992 p173
あめくん
　◇「村山籌子作品集 1」JULA出版局 1997 p28
雨こんこん
　◇「松谷みよ子全集 7」講談社 1971 p100
あめざいく花ざいく
　◇「浜田広介全集 4」集英社 1976 p127
〔雨すぎてたそがれとなり〕
　◇「新修宮沢賢治全集 7」筑摩書房 1980 p256
あめだま
　◇「新美南吉全集 1」牧書店 1965 p167
あめだま
　◇〔東君平〕おはようどうわ 4」講談社 1982 p134
飴だま
　◇「校定新美南吉全集 4」大日本図書 1980 p348
　◇「新美南吉童話集 1」大日本図書 1982 p200
　◇「新美南吉童話大全」講談社 1989 p283
　◇「新美南吉30選」春陽堂書店 2009（名作童話）p294
　◇「新美南吉童話集 1」大日本図書 2012 p200
　◇「新美南吉童話選集 1」ポプラ社 2013 p73
アメだまをたべたライオン
　◇「今江祥智の本 12」理論社 1980 p26
　◇「今江祥智童話館〔1〕」理論社 1986 p7
　◇「今江祥智ショートファンタジー 5」理論社 2005 p7
あめ玉とキャラメル
　◇「浜田広介全集 3」集英社 1975 p239
飴チョコの天使
　◇「定本小川未明童話全集 3」講談社 1977 p145
　◇「定本小川未明童話全集 3」大空社 2001 p145
　◇「小川未明30選」春陽堂書店 2009（名作童話）p119
雨つぶ
　◇〔下田喜久美〕遠くから来た旅人―詩集」リトル・ガリヴァー社 1998 p19
雨ですこっそり降ってます
　◇「サトウハチロー童謡集」弥生書房 1977 p42
雨ですてきなたんじょうび
　◇「筒井敬介童話全集 3」フレーベル館 1983 p199
雨童子
　◇「今江祥智童話館〔6〕」理論社 1986 p174
あめと おさる
　◇「まど・みちお全詩集」理論社 1992 p53
雨とカエル
　◇〔山田野理夫〕お笑い文庫 10」太平出版社 1977（母と子の図書室）p97
雨と風
　◇「浜田広介全集 1」集英社 1975 p55

あめと

雨と風と
　◇「巽聖歌作品集　上」巽聖歌作品集刊行委員会
　　1977 p367
雨と子ザル
　◇「阪田寛夫全詩集」理論社 2011 p330
雨と子供
　◇「与謝野晶子児童文学全集 3」春陽堂書店 2007
　　p240
雨と上天気
　◇「今江祥智の本 20」理論社 1981 p230
雨と太陽
　◇「赤道祭―小出正吾童話選集」審美社 1986 p85
　◇「小出正吾児童文学全集 1」審美社 2000 p235
雨にふられて
　◇「今江祥智の本 16」理論社 1980 p113
　◇「今江祥智童話館〔1〕」理論社 1986 p26
雨にも負けず
　◇「宮沢賢治傑作集」世界文化社 2006（心に残るロングセラー）p6
〔雨ニモマケズ〕
　◇「新修宮沢賢治全集 7」筑摩書房 1980 p198
　◇「ジュニア文学館 宮沢賢治―写真・絵画集成 3」日本図書センター 1996 p173
「雨ニモマケズ」
　◇「齋藤孝のイッキによめる！ 小学生のための宮沢賢治」講談社 2007 p10
詩 雨ニモマケズ
　◇「賢治の音楽室―宮沢賢治、作詞作曲の全作品＋詩と童話の朗読」小学館 2000 p24
雨ニモマケズ
　◇「宮沢賢治童話集 3」講談社 1985（講談社青い鳥文庫）p4
　◇「よくわかる宮沢賢治―イーハトーブ・ロマン II」学習研究社 1996 p504
　◇「猫の事務所―宮沢賢治童話選」シグロ 1999 p20
　◇「宮沢賢治童話集珠玉選〔3〕」講談社 2009 p4
雨ニモマケズ（十一月三日）
　◇「〔宮沢賢治〕注文の多い料理店―イーハトーヴ童話集」岩波書店 2000（岩波少年文庫）p225
雨ニモマケズ手帳
　◇「新修宮沢賢治全集 15」筑摩書房 1980 p25
詩「雨ニモマケズ手帳」より
　◇「新版・宮沢賢治童話全集 12」岩崎書店 1979 p210
＜「雨ニモマケズ手帳」より＞
　◇「新修宮沢賢治全集 7」筑摩書房 1980 p193
雨の朝顔
　◇「土田耕平童話集」信濃毎日新聞社 1949 p435
　◇「土田耕平童話集〔2〕」古今書院 1955 p61
雨のあと
　◇「新装版金子みすゞ全集 1」JULA出版局 1984
　　p225
　◇「〔金子〕みすゞ詩画集〔3〕」春陽堂書店 2000
　◇「金子みすゞ童謡全集 2」JULA出版局 2003
　　p196
雨のあと
　◇「〔北原〕白秋全童謡集 2」岩波書店 1992 p32
雨のあと
　◇「全集古田足日子どもの本 11」童心社 1993 p372
アメノイワト
　◇「松谷みよ子のむかしむかし 4」講談社 1973 p36
アメノウオ
　◇「椋鳩十の本 20」理論社 1983 p24
雨のうた
　◇「まど・みちお全詩集」理論社 1992 p256
　◇「まどさんの詩の本 14」理論社 1997 p38
雨の歌
　◇「まど・みちお全詩集」理論社 1992 p556
雨のえんそく
　◇「国分一太郎児童文学集 6」小峰書店 1967 p102
あめの おと
　◇「まど・みちお全詩集」理論社 1992 p663
　◇「まどさんの詩の本 14」理論社 1997 p40
雨の音
　◇「校定新美南吉全集 8」大日本図書 1981 p130
雨の おとだけでは なかったよ
　◇「佐藤義美全集 5」佐藤義美全集刊行会 1973
　　p511
雨の餓鬼
　◇「〔嶋谷〕小波お伽全集 9」本の友社 1998 p269
雨のかたつむり
　◇「横山健童謡選集 2」無明舎出版 1995 p46
アメの缶
　◇「庄野英二集 11」偕成社 1980 p297
あめのこ
　◇「まど・みちお全詩集」理論社 1992 p352
　◇「まどさんの詩の本 9」理論社 1996 p32
雨の五穀祭
　◇「新装版金子みすゞ全集 3」JULA出版局 1984
　　p20
　◇「金子みすゞ童謡全集 5」JULA出版局 2004 p36
あめの こびと
　◇「まど・みちお全詩集」理論社 1992 p198
　◇「まど・みちお全詩集 続」理論社 2015 p375
雨の田
　◇「〔北原〕白秋全童謡集 2」岩波書店 1992 p62
雨の樋
　◇「〔北原〕白秋全童謡集 2」岩波書店 1992 p197
雨の鳥
　◇「達崎龍全童謡ホロホロ鳥」あい書林 1983 p6
雨の中

- ◇「〔高崎乃理子〕妖精の好きな木―詩集」かど創房 1998 p46

雨のナホトカ
- ◇「庄野英二全集 10」偕成社 1979 p225

雨の日曜日
- ◇「〔斎藤信夫〕子ども心を友として―童謡詩集」成東町教育委員会 1996 p60

天の橋姫
- ◇「〔巌谷〕小波お伽全集 2」本の友社 1998 p361

雨の花
- ◇「やなせたかし童謡詩集〔2〕」フレーベル館 2000 p66

あめのひ
- ◇「〔東君平〕おはようどうわ 3」講談社 1982 p162

雨の日
- ◇「〔巌谷〕小波お伽全集 7」本の友社 1998 p409

雨の日
- ◇「新装版金子みすゞ全集 2」JULA出版局 1984 p151
- ◇「みすゞさん―童謡詩人・金子みすゞの優しさ探しの旅 2」春陽堂書店 1998
- ◇「金子みすゞ童謡全集 4」JULA出版局 2004 p10

雨の日
- ◇「マッチ箱の中―三鎌よし子童謡集」しもつけ文学会 1998 p66

雨の日
- ◇「与田凖一全集 1」大日本図書 1967 p22

雨のピクニック
- ◇「北国翔子童話集 1」青森県児童文学研究会 2000 p17

雨のひとつぶ
- ◇「立原えりかのファンタジーランド 3」青土社 1980 p187

あめのひに
- ◇「〔東君平〕おはようどうわ 6」講談社 1982 p195
- ◇「東君平のおはようどうわ 3」新日本出版社 2010 p56

雨の日に
- ◇「浜田広介全集 11」集英社 1976 p155

雨の日の校庭
- ◇「おの・ちゅうこう初期作品集〔2〕日本の教室は明るい」崙書房 1975 p99

雨の日の出発
- ◇「花岡大学童話文学全集 3」法蔵館 1980 p293

あめの日のてるてるぼうず
- ◇「浜田広介全集 8」集英社 1976 p135

雨の日のはがき
- ◇「佐藤義美童謡集」さ・え・ら書房 1960 p263
- ◇「佐藤義美全集 1」佐藤義美全集刊行会 1974 p274
- ◇「ともだちシンフォニー―佐藤義美童謡集」JULA出版局 1990 p120

アメノヒボコ
- ◇「松谷みよ子のむかしむかし 4」講談社 1973 p89

雨のふるばんのこと
- ◇「松谷みよ子全集 13」講談社 1972 p137

雨のふる日
- ◇「壺井栄名作集 1」ポプラ社 1965 p78
- ◇「定本壺井栄童文学全集 3」講談社 1979 p173
- ◇「壺井栄全集 10」文泉堂出版 1998 p400

雨のふる日
- ◇「まど・みちお全詩集」理論社 1992 p17

あめの ふるひに
- ◇「まど・みちお全詩集」理論社 1992 p331

雨のふる日は悪いお天気
- ◇「北風のくれたテーブルかけ―久保田万太郎童話劇集」東京書籍 1981（東書児童劇シリーズ）p77

雨の夜
- ◇「北彰介作品集 4」青森県児童文学研究会 1991 p163

雨の夜
- ◇「〔北原〕白秋全童謡集 2」岩波書店 1992 p222

雨の夜
- ◇「まど・みちお全詩集」理論社 1992 p66
- ◇「まど・みちお全詩集 続」理論社 2015 p342

雨の夜に
- ◇「おの・ちゅうこう初期作品集〔1〕牧歌的風景」崙書房 1975 p130

雨の夜の出来事
- ◇「校定新美南吉全集 7」大日本図書 1980 p135

雨の夜は
- ◇「〔斎藤信夫〕子ども心を友として―童謡詩集」成東町教育委員会 1996 p98

雨ふらし
- ◇「斎藤隆介全集 3」岩崎書店 1982 p157

あめふり
- ◇「〔東君平〕おはようどうわ 8」講談社 1982 p188

雨ふり
- ◇「〔北原〕白秋全童謡集 4」岩波書店 1993 p186

雨ふり
- ◇「宮口しづえ児童文学集 4」小峰書店 1969 p179
- ◇「宮口しづえ童話全集 7」筑摩書房 1979 p65

雨ふり
- ◇「〔山田野理夫〕お笑い文庫 10」太平出版社 1977（母と子の図書室）p28

雨降りお月さん
- ◇「野口雨情童謡集」弥生書房 1993 p80

雨ふりきのこ
- ◇「浜田広介全集 8」集英社 1976 p163

どうよう 雨ふり雲
- ◇「ひろすけ幼年童話文学全集 5」集英社 1962

あめふ

雨ふり雲
　◇「浜田広介全集 11」集英社 1976 p93
雨ふりこぞう
　◇「佐藤さとる全集 7」講談社 1973 p1
雨ふり小僧
　◇〔山田野理夫〕おばけ文庫 7」太平出版社 1976
　　（母と子の図書室）p59
雨降り小僧
　◇「佐藤さとるファンタジー全集 12」講談社 1982 p151
　◇「佐藤さとるファンタジー全集 12」講談社, 復刊ドットコム（発売）2011 p151
雨ふり地蔵
　◇「北彰介作品集 3」青森県児童文学研究会 1990 p239
あめふりと あげしお
　◇「平塚武二童話全集 2」童心社 1972 p96
あめふりのうた
　◇「佐藤義美全集 1」佐藤義美全集刊行会 1974 p410
雨ふりの日
　◇「佐藤義美童謡集」さ・え・ら書房 1960 p152
　◇「佐藤義美全集 1」佐藤義美全集刊行会 1974 p206
雨ふる中
　◇「中村雨紅詩謡集」中村雨紅詩謡集刊行委員会 1971 p42
雨ふれば
　◇「まど・みちお全詩集」理論社 1992 p11
あめぼうや
　◇「さくらゆき―さとうじゅんこ童詩集」えんじゅの会 1997 p32
あめむめも
　◇「まど・みちお全詩集 続」理論社 2015 p192
雨模様
　◇〔北原〕白秋全童謡集 1」岩波書店 1992 p151
あめやさん
　◇「村山籌子作品集 2」JULA出版局 1998 p44
雨呼びの歌
　◇〔巌谷〕小波お伽全集 3」本の友社 1998 p224
アメリカ紀行
　◇「椋鳩十の本 31」理論社 1989 p69
アメリカ空軍
　◇「庄野英二全集 6」偕成社 1979 p215
アメリカ空軍哨戒機
　◇「庄野英二全集 10」偕成社 1979 p406
アメリカ便り
　◇「庄野英二全集 10」偕成社 1979 p171
Amerika Tokorodokoro
　◇「石森延男児童文学全集 6」学習研究社 1971 p300
アメリカの議員と読書
　◇「椋鳩十の本 22」理論社 1983 p239
アメリカの大学と社会
　◇「椋鳩十の本 22」理論社 1983 p247
　◇「椋鳩十の本 31」理論社 1989 p136
アメリカの図書館
　◇「椋鳩十の本 31」理論社 1989 p177
アメリカの村
　◇「椋鳩十の本 31」理論社 1989 p123
アメリカバイソン
　◇「いのち―みずかみかずよ全詩集」石風社 1995 p177
アメリカ婦人の地位
　◇「椋鳩十の本 31」理論社 1989 p167
アメリカ見たままの記
　◇「椋鳩十の本 31」理論社 1989 p70
天雅彦（あめわかひこ）
　◇「瑠璃の壺―森銑三童話集」三樹書房 1982 p399
雨は楽し
　◇「庄野英二全集 6」偕成社 1979 p185
あめは どこから
　◇「阪田寛夫全詩集」理論社 2011 p154
雨は斜めに降る
　◇「阪田寛夫全詩集」理論社 2011 p66
雨は林です
　◇「まど・みちお全詩集」理論社 1992 p634
あめんぼ
　◇「土田明子詩集 3」かど創房 1986 p32
あめん坊
　◇「浜田広介全集 11」集英社 1976 p23
あやうしポケット
　◇「寺村輝夫全童話 7」理論社 1999 p117
あや子さんの え
　◇「定本小川未明童話全集 15」講談社 1978 p175
　◇「定本小川未明童話全集 15」大空社 2002 p175
あやしい お客
　◇〔かこさとし〕お話こんにちは 〔12〕」偕成社 1980 p40
あやしい踊り
　◇「花岡大学 続・仏典童話全集 1」法蔵館 1981 p178
あやしいほらあな
　◇「寺村輝夫全童話 7」理論社 1999 p88
アヤちゃん
　◇「杉みき子選集 2」新潟日報事業社 2005 p64
あやつり人形
　◇〔北原〕白秋全童謡集 4」岩波書店 1993 p231
あやとり
　◇〔東君平〕おはようどうわ 3」講談社 1982 p62

あやとりっこ
　◇「今江祥智の本 30」理論社 1990 p7
あやとりの糸
　◇「松谷みよ子全エッセイ 2」筑摩書房 1989 p245
あやとりひめ―五色の糸の物語
　◇「もりやまみやこ童話選 5」ポプラ社 2009 p31
綾錦
　◇「椋鳩十の本 8」理論社 1982 p175
アヤの話
　◇「杉みき子選集 1」新潟日報事業社 2005 p215
あやまり小法師
　◇「〔巖谷〕小波お伽全集 12」本の友社 1998 p423
あやまるのも考えもの
　◇「〔西本鶏介〕日本の昔話―読みきかせお話集 1」小学館 1999 p18
（あやめ）
　◇「稗田菫平全集 2」宝文館出版 1979 p112
あやめしょうぶ
　◇「〔巖谷〕小波お伽全集 7」本の友社 1998 p430
あやめに水仙かきつばた
　◇「壺井栄名作集 7」ポプラ社 1965 p123
（あやめの）
　◇「稗田菫平全集 2」宝文館出版 1979 p113
アヤメの娘
　◇「立原えりか作品集 5」思潮社 1973 p53
　◇「立原えりかのファンタジーランド 4」青土社 1980 p129
あやめ婿
　◇「〔巖谷〕小波お伽全集 8」本の友社 1998 p137
鮎
　◇「花岡大学童話文学全集 3」法蔵館 1980 p110
鮎吉、船吉、春吉
　◇「室生犀星童話全集 1」創林社 1978 p33
　◇「室生犀星童話全集 1」創林社 1978 p35
あゆ子
　◇「吉田としジュニアロマン選集 3」国土社 1972
あゆと花
　◇「浜田広介全集 4」集英社 1976 p129
鮎の子
　◇「〔北原〕白秋全童謡集 3」岩波書店 1992 p344
鮎の里のものがたり
　◇「カエルの日曜日―末永泉童話集」勝どき書房, 星雲社（発売）2007 p61
歩みながら
　◇「おの・ちゅうこう初期作品集〔1〕牧歌的風景」嵩書房 1975 p129
歩みのあと
　◇「松谷みよ子全エッセイ 1」筑摩書房 1989 p3
荒馬物語
　◇「戸川幸夫動物文学全集 9」冬樹社 1966 p7

　◇「戸川幸夫・子どものための動物物語 6」国土社 1967 p5
　◇「戸川幸夫動物文学全集 11」講談社 1977 p153
荒海の虹
　◇「高垣眸全集 4」桃源社 1971 p42
阿羅漢長五郎
　◇「今江祥智の本 10」理論社 1980 p105
　◇「今江祥智童話館〔17〕」理論社 1987 p226
荒木又右衛門・敵討ち余話（一龍斎貞水編, 小山豊, 岡本和明文）
　◇「一龍斎貞水の歴史講談 6」フレーベル館 2001 p174
あらし
　◇「与田準一全集 2」大日本図書 1967 p166
嵐
　◇「〔鈴木桂三〕親子で語り合う詩集 1」クロスロード 1997 p40
嵐
　◇「〔土田明子〕ちいさい星―母と子の詩集」らくだ出版 2002 p52
嵐
　◇「くんぺい魔法ばなし―魔法ばなし全集 2」サンリオ 2000 p18
あらしをこえて
　◇「椋鳩十まるごと動物ものがたり 12」理論社 1996 p171
　◇「椋鳩十名作選 6」理論社 2014 p112
嵐をこえて
　◇「椋鳩十全集 6」ポプラ社 1969 p22
嵐を越えて
　◇「椋鳩十の本 10」理論社 1982 p55
あらし去る
　◇「全集灰谷健次郎の本 19」理論社 1987 p228
嵐のあと
　◇「〔巖谷〕小波お伽全集 7」本の友社 1998 p450
嵐のあと
　◇「巽聖歌作品集 上」巽聖歌作品集刊行委員会 1977 p37
あらしのあとは日本ばれ
　◇「神沢利子のおはなしの時間 4」ポプラ社 2011 p122
あらしの海
　◇「那須辰造著作集 3」講談社 1980 p202
あらしの中の十七年―長屋八内のご一新
　◇「かつおきんや作品集 10」偕成社 1983 p7
三・四年生のための詩とうたあらしの中も にじの輪も
　◇「巽聖歌作品集 下」巽聖歌作品集刊行委員会 1977 p95
あらしの中も にじの輪も
　◇「巽聖歌作品集 下」巽聖歌作品集刊行委員会 1977 p99

あらし

嵐の葡萄
　◇「稗田童平全集 8」宝文館出版 1982 p40

あらしの前の木と鳥の会話
　◇「定本小川未明童話全集 4」講談社 1977 p79
　◇「小川未明童話集」岩波書店 1996（岩波文庫）p204
　◇「定本小川未明童話全集 4」大空社 2001 p79

あらしの夜
　◇「新装版金子みすゞ全集 2」JULA出版局 1984 p158
　◇「金子みすゞ童謡全集 4」JULA出版局 2004 p20

あらしのよるに
　◇「きむらゆういちおはなしのへや 1」ポプラ社 2012 p6

アラジンさんのナベ
　◇「〔東風琴月〕童話集 2」ストーク 2006 p85

アラスカの母さん
　◇「浜田広介全集 2」集英社 1975 p152

（あらたなる）
　◇「新版・宮沢賢治童話全集 12」岩崎書店 1979 p198

荒野の若者
　◇「谷口雅春童話集 5」日本教文社 1977 p75

荒浜
　◇「〔島崎〕藤村の童話 4」筑摩書房 1979 p136

アラビア異聞
　◇「椋鳩十の本 1」理論社 1982 p105

アラビアの海
　◇「〔島崎〕藤村の童話 1」筑摩書房 1979 p53

新屋の金槌
　◇「氏原大作全集 4」条例出版 1977 p445

〔あらゆる期待を喪ひながら〕
　◇「新修宮沢賢治全集 5」筑摩書房 1979 p226

あらゆる文化の事典
　◇「椋鳩十の本 31」理論社 1989 p187

あられ（日下部梅子）
　◇「岡田泰三・日下部梅子童謡集」会津童詩会 1992 p81

あられ
　◇「第二〔島木〕赤彦童謡集」第一書店 1948 p24

あられ
　◇「〔土田明子〕ちいさい星—母と子の詩集」らくだ出版 2002 p56

あられ
　◇「まど・みちお全詩集」理論社 1992 p189
　◇「まど・みちお詩集〔2〕」すえもりブックス 1998 p16

霰
　◇「〔島木〕赤彦童謡集」第一書店 1947 p67

霰
　◇「新修宮沢賢治全集 5」筑摩書房 1979 p83
　◇「新修宮沢賢治全集 5」筑摩書房 1979 p294

あられ こんころこん
　◇「まど・みちお全詩集」理論社 1992 p135

霰と雪
　◇「〔島木〕赤彦童謡集」第一書店 1947 p99

霰の踊り
　◇「中村雨紅詩謡集」中村雨紅詩謡集刊行委員会 1971 p117

あらわれた怪異小説の名人
　◇「〔木暮正夫〕日本の怪奇ばなし 5」岩崎書店 1989 p6

あり
　◇「こやま峰子詩集〔1〕」朔北社 2003 p20

あり
　◇「西條八十の童話と童謡」小学館 1981 p64

あり
　◇「佐藤義美全集 1」佐藤義美全集刊行会 1974 p295
　◇「佐藤義美全集 1」佐藤義美全集刊行会 1974 p411

あり
　◇「杉みき子選集 2」新潟日報事業社 2005 p50

あり
　◇「〔東君平〕ひとくち童話 1」フレーベル館 1995 p68

あり
　◇「いのち—みずかみかずよ全詩集」石風社 1995 p197

アリ
　◇「まど・みちお詩集 2」銀河社 1975 p2
　◇「まど・みちお詩集 2」銀河社 1975 p20
　◇「まど・みちお詩集〔1〕」すえもりブックス 1992 p40
　◇「まど・みちお全詩集」理論社 1992 p34
　◇「まど・みちお全詩集」理論社 1992 p413
　◇「まど・みちお全詩集」理論社 1992 p433
　◇「まど・みちお全詩集」理論社 1992 p533
　◇「まどさんの詩の本 3」理論社 1994 p10
　◇「まどさんの詩の本 3」理論社 1994 p12
　◇「まどさんの詩の本 3」理論社 1994 p14
　◇「まど・みちお全詩集 続」理論社 2015 p416

蟻
　◇「西條八十童謡全集」修道社 1971 p45

蟻
　◇「やなせたかし童謡詩集〔3〕」フレーベル館 2001 p60

有明
　◇「新修宮沢賢治全集 2」筑摩書房 1979 p26
　◇「新修宮沢賢治全集 3」筑摩書房 1979 p54
　◇「新修宮沢賢治全集 3」筑摩書房 1979 p327
　◇「ジュニア文学館 宮沢賢治—写真・絵画集成 3」

日本図書センター 1996 p24
　　◇「ジュニア文学館 宮沢賢治―写真・絵画集成 3」
　　　日本図書センター 1996 p112
有難い癖
　　◇「今江祥智の本 34」理論社 1990 p138
ありがたい手
　　◇「壺井栄名作集 7」ポプラ社 1965 p101
有りがたい手
　　◇「壺井栄全集 11」文泉堂出版 1998 p127
ありがたい母の神
　　◇「石森延男児童文学全集 6」学習研究社 1971 p51
アリガト アリガト
　　◇「まど・みちお全詩集」理論社 1992 p71
ありがとう
　　◇「阪田寛夫全詩集」理論社 2011 p78
ありがとう
　　◇「〔坪井安〕はしれ子馬よ―童謡詩集」童謡研究・
　　　蜂の会 1999 p152
「ありがとう」
　　◇「まど・みちお詩集 5」銀河社 1975 p62
　　◇「まど・みちお全詩集」理論社 1992 p513
　　◇「まどさんの詩の本 6」理論社 1996 p50
ありがとう
　　◇「山本瓔子詩集 I」新風舎 2003 p8
ありがとうございます
　　◇「まど・みちお全詩集 続」理論社 2015 p201
「ありがとう」さがしの旅
　　◇「〔いけださぶろう〕読み聞かせ童話集」文芸社
　　　1999 p91
ありがとうシロ
　　◇「〔黒川良人〕犬の詩猫の詩―児童詩集」東洋出版
　　　2000 p81
ありがとう、スクールバスのおじさん
　　◇「ともみのちょう戦―立花玲子童話集」青森県児
　　　童文学研究会 1997 p92
蟻ぐるま
　　◇「浜田広介全集 11」集英社 1976 p99
アリくん
　　◇「まど・みちお全詩集」理論社 1992 p573
　　◇「まどさんの詩の本 3」理論社 1994 p8
　　◇「まどさんの詩の本 5」理論社 1994 p36
ありさん グッバイ
　　◇「佐藤義美童謡集」さ・え・ら書房 1960 p175
　　◇「佐藤義美全集 1」佐藤義美全集刊行会 1974
　　　p212
ありさんのトンネル
　　◇「パパとボクとネコ―山口紀代子童謡詩集」音楽
　　　舎 2003 p54
蟻さんの町
　　◇「佐藤義美全集 1」佐藤義美全集刊行会 1974 p85
有島武郎

　　◇「〔かこさとし〕お話こんにちは 〔12〕」偕成社
　　　1980 p21
アリちゃん と ぞうさん
　　◇「さくらゆき―さとうじゅんこ童詩集」えんじゅ
　　　の会 1997 p22
アリってはだか
　　◇「まど・みちお全詩集 続」理論社 2015 p151
蟻と啞
　　◇「〔巖谷〕小波お伽全集 14」本の友社 1998 p195
蟻と海嘯
　　◇「〔巖谷〕小波お伽全集 14」本の友社 1998 p212
ありときのこ
　　◇「新版・宮沢賢治童話全集 2」岩崎書店 1978 p15
　　◇「宮沢賢治童話集 1」講談社 1985（講談社青い
　　　鳥文庫）p7
　　◇「〔宮沢〕賢治童話」翔泳社 1995 p546
　　◇「宮沢賢治童話集珠玉選 〔1〕」講談社 2009 p73
ありと きりぎりす
　　◇「ひろすけ幼年童話文学全集 8」集英社 1961 p93
アリと ザクロ
　　◇「巽聖歌作品集 下」巽聖歌作品集刊行委員会
　　　1977 p106
ありと 少年
　　◇「小川未明幼年童話文学全集 2」集英社 1965 p82
　　◇「定本小川未明童話全集 16」講談社 1978 p310
　　◇「定本小川未明童話全集 16」大空社 2002 p310
ありと少年画家
　　◇「かきおきびより―坂本遼児童文学集」駒込書房
　　　1982 p9
ありと蝶々
　　◇「かもめの水兵さん―武内俊子伝記と作品集」講
　　　談社出版サービスセンター 1977 p145
ありとなめくじ
　　◇「岩永博史童話集 1」岩永博史 2001 p32
（蟻の）
　　◇「稗田童平全集 8」宝文館出版 1982 p65
アリのいえ
　　◇「〔東君平〕おはようどうわ 2」講談社 1982 p42
　　◇「東君平のおはようどうわ 5」新日本出版社 2010
　　　p90
アリの家の記録（戦後編）
　　◇「国分一太郎児童文学集 6」小峰書店 1967 p35
ありのいのち
　　◇「花岡大学仏典童話新作集 2」法蔵館 1984 p123
蟻の歌
　　◇「与謝野晶子児童文学全集 6」春陽堂書店 2007
　　　p108
ありのえもの
　　◇「浜田広介全集 5」集英社 1976 p196
アリのおはなみ
　　◇「〔東君平〕おはようどうわ 8」講談社 1982 p65

ありの

ありのきょうだい
　◇「浜田広介全集 3」集英社 1975 p175

アリのぎょうれつ
　◇「地球のかぞく―石原一輝童謡詩集」群青社 2001 p28

アリの子キイナの初恋
　◇「カエルの日曜日―末永泉童話集」勝どき書房, 星雲社（発売）2007 p41

蟻の胡弓
　◇「お噺の卵―武井武雄童話集」講談社 1976 （講談社文庫）p179

ありのす
　◇「北国翔子童話集 2」青森県児童文学研究会 2010 p99

アリノ センチャウ
　◇「佐藤義美全集 2」佐藤義美全集刊行会 1973 p42

ありの せんちょうさん
　◇「佐藤義美全集 3」佐藤義美全集刊行会 1973 p211

アリの旅
　◇「土田明子詩集 1」かど創房 1986 p28

蟻の兵隊
　◇「中村雨紅詩謡集」中村雨紅詩謡集刊行委員会 1971 p40

蟻の町
　◇「室生犀星童話全集 2」創林社 1978 p152

ありのよろこび
　◇「浜田広介全集 4」集英社 1976 p238

アリバイ
　◇「星新一ショートショートセレクション 7」理論社 2002 p65

ありふれた手法
　◇「星新一ショートショートセレクション 8」理論社 2002 p105

ありふれた星
　◇「赤川次郎ショートショートシリーズ 3」理論社 2010 p113

有峰の大助小助
　◇「稗田菫平全集 5」宝文館出版 1980 p48

「有峰の大助小助」より
　◇「稗田菫平全集 5」宝文館出版 1980 p48

アリラン人形
　◇「横山健童謡選集 1」無明舎出版 1995 p62

アリは
　◇「まど・みちお全詩集 続」理論社 2015 p229

アリんこを見る子ども達へ（あと書きに代えて）
　◇〔矢ヶ崎則之〕童話集1「ねえねえ、兄ちゃん…」レーヴック, 星雲社（発売）2011 p241

ありんこぞう
　◇「山下明生・童話の島じま 2」あかね書房 2012 p5

蟻ンボの行列
　◇「中村雨紅詩謡集」中村雨紅詩謡集刊行委員会 1971 p54

ある愛の物語―かもめの王子奮戦記
　◇「もういちど飛んで―蛍大介作品集」七賢出版 1994 p42

ある池のほとりで
　◇「松谷みよ子全集 12」講談社 1972 p110

あるいた雪だるま
　◇「佐藤義美全集 3」佐藤義美全集刊行会 1973 p81
　◇「佐藤義美全集 3」佐藤義美全集刊行会 1973 p95
　◇「佐藤義美全集 5」佐藤義美全集刊行会 1973 p197

ある一日
　◇「星新一ショートショートセレクション 9」理論社 2003 p7

歩いていく
　◇「川崎大治民話選 〔1〕」童心社 1968 p40

あるいていこう
　◇「浜田広介全集 2」集英社 1975 p203

歩いてゆけるぞ
　◇「定本小川未明童話全集 7」講談社 1977 p125
　◇「定本小川未明童話全集 7」大空社 2001 p125

ある牛飼いの話
　◇「庄野英二全集 5」偕成社 1980 p119

或る宇宙塵の秘密
　◇「海野十三全集 2」三一書房 1991 p359

ある占い
　◇「星新一ちょっと長めのショートショート 5」理論社 2006 p35

ある絵話の話
　◇「佐藤さとるファンタジー全集 16」講談社 1983 p86
　◇「佐藤さとるファンタジー全集 16」講談社, 復刊ドットコム（発売）2011 p86

或良人の惨敗
　◇「佐々木邦全集 補巻5」講談社 1975 p176

ある男と無花果
　◇「定本小川未明童話全集 4」講談社 1977 p371
　◇「小川未明童話集」岩波書店 1996 （岩波文庫）p255
　◇「定本小川未明童話全集 4」大空社 2001 p371

ある男と牛の話
　◇「定本小川未明童話全集 5」講談社 1977 p96
　◇「定本小川未明童話全集 5」大空社 2001 p96

ある乙女の歌
　◇「松田瓊子全集 5」大空社 1997 p44

ある温泉の由来
　◇「佐々木邦全集 補巻5」講談社 1975 p280

ある母さまと蛾と

◇「浜田広介全集 1」集英社 1975 p129

或る会話
　◇「あまんきみこセレクション 5」三省堂 2009 p247

ある片輪者
　◇「太田博也童話集 5」小山書林 2008 p103

ある学級から
　◇「全集版灰谷健次郎の本 22」理論社 1988 p174

或る感電死の話
　◇「海野十三全集 別巻1」三一書房 1991 p347

ある儀式
　◇「北彰介作品集 4」青森県児童文学研究会 1991 p190

歩きながら
　◇「今江祥智童話館 〔10〕」理論社 1987 p91
　◇「今江祥智ショートファンタジー 3」理論社 2004 p161

あるきなさいよ 雪だるま
　◇「佐藤義美童謡集」さ・え・ら書房 1960 p223
　◇「佐藤義美全集 1」佐藤義美全集刊行会 1974 p240
　◇「ともだちシンフォニー─佐藤義美童謡集」JULA出版局 1990 p76

ある希望
　◇「全集版灰谷健次郎の本 22」理論社 1988 p205

ある休日の午後
　◇「星新一YAセレクション 1」理論社 2008 p23

ある教師のメモ
　◇「おの・ちゅうこう初期作品集 〔2〕 日本の教室は明るい」崙書房 1975 p3

ある漁夫の話
　◇「庄野英二全集 6」偕成社 1979 p361

ある記録映画
　◇「石森延男児童文学全集 15」学習研究社 1971 p114

歩く男のうた
　◇「阪田寛夫全詩集」理論社 2011 p548

歩くカラス (灰谷記)
　◇「全集版灰谷健次郎の本 23」理論社 1988 p180

歩く事
　◇「魂の配達─野村吉哉作品集」草思社 1983 p59

あるくつの話
　◇「浜田広介全集 2」集英社 1975 p21

あるく ときには
　◇「まど・みちお全詩集」理論社 1992 p368

あるく はしる とまる
　◇「まど・みちお全詩集」理論社 1992 p335

ある研究
　◇「星新一ショートショートセレクション 1」理論社 2001 p67

ある恋
　◇「新修宮沢賢治全集 7」筑摩書房 1980 p192

ある校長さんと生きた川
　◇「椋鳩十の本 29」理論社 1989 p60

歩こうよ
　◇「いのち─みずかみかずよ全詩集」石風社 1995 p291

ある古風な物語
　◇「星新一ショートショートセレクション 11」理論社 2003 p91

ある災難
　◇「全集版灰谷健次郎の本 21」理論社 1988 p153

ある豺の話
　◇「土田耕平童話集 〔4〕」古今書院 1955 p20

ある歳末に思う
　◇「椋鳩十の本 23」理論社 1983 p102

ある獅子の話
　◇「土田耕平童話集 〔2〕」古今書院 1955 p48

ある詩人の手紙
　◇「浜田広介全集 2」集英社 1975 p156

ある詩碑銘
　◇「稗田童平全集 8」宝文館出版 1982 p121

ある島のきつね
　◇「ひろすけ幼年童話文学全集 7」集英社 1962 p208
　◇「浜田広介全集 1」集英社 1975 p215
　◇「浜田広介童話集」世界文化社 2006 (心に残るロングセラー) p85

ある島の結婚
　◇「椋鳩十の本 19」理論社 1982 p177

あるジャム屋の話
　◇「安房直子コレクション 5」偕成社 2004 p135

アルシヤラント城
　◇「椋鳩十の本 22」理論社 1983 p212

ある種の刺激
　◇「星新一ちょっと長めのショートショート 2」理論社 2005 p47

ある少年の正月の日記
　◇「定本小川未明童話全集 8」講談社 1977 p171
　◇「定本小川未明童話全集 8」大空社 2001 p171

ある商売
　◇「星新一ショートショートセレクション 13」理論社 2003 p81

ある商品
　◇「星新一ショートショートセレクション 6」理論社 2002 p125

ある女子大生の手紙
　◇「全集版灰谷健次郎の本 22」理論社 1988 p172

ある助命運動
　◇「壺井栄全集 11」文泉堂出版 1998 p171

あるし

ある心中の話
  ◇「椋鳩十の本 18」理論社 1982 p247
アルストロメリア
  ◇「まど・みちお全詩集 続」理論社 2015 p120
あるスパイの物語
  ◇「星新一YAセレクション 6」理論社 2009 p52
ある戦い
  ◇「星新一ショートショートセレクション 13」理論社 2003 p191
ある綴方の事
  ◇「太田博也童話集 5」小山書林 2008 p31
或る出会い
  ◇「あまんきみこセレクション 5」三省堂 2009 p288
ある手品師の話
  ◇「ある手品師の話—小熊秀雄童話集」晶文社 1976 p181
  ◇「小熊秀雄童話集」創風社 2001 p167
あるとき
  ◇「おの・ちゅうこう初期作品集 〔1〕 牧歌的風景」崙書房 1975 p147
あるとき
  ◇「新装版金子みすゞ全集 2」JULA出版局 1984 p136
  ◇「みすゞさん—童謡詩人・金子みすゞの優しさ探しの旅 1」春陽堂書店 1997
  ◇「金子みすゞ童謡集」角川春樹事務所 1998（ハルキ文庫）p96
  ◇「〔金子〕みすゞ詩画集 〔4〕」春陽堂書店 2000 p46
あるとき
  ◇「国分一太郎児童文学集 6」小峰書店 1967 p16
ある時
  ◇「金子みすゞ童謡全集 3」JULA出版局 2004 p204
（ある時）
  ◇「稗田童平全集 8」宝文館出版 1982 p49
ある読後感（岡田泰三）
  ◇「岡田泰三・日下部梅子童謡集」会津童詩会 1992 p122
ある読者への手紙
  ◇「今西祐行全集 15」偕成社 1989 p246
ある土地で
  ◇「星新一ショートショートセレクション 8」理論社 2002 p62
アルドー＝モーロ
  ◇「〔かこさとし〕お話こんにちは 〔6〕」偕成社 1979 p106
ある夏の日のこと
  ◇「定本小川未明童話全集 13」講談社 1977 p99
  ◇「定本小川未明童話全集 13」大空社 2002 p99

ある入試問題
  ◇「全集版灰谷健次郎の本 22」理論社 1988 p199
ある人間集団につきあって
  ◇「全集版灰谷健次郎の本 19」理論社 1987 p99
ある農学生の日誌
  ◇「新版・宮沢賢治童話全集 10」岩崎書店 1979 p39
或る農学生の日誌
  ◇「新修宮沢賢治全集 14」筑摩書房 1980 p119
  ◇「よくわかる宮沢賢治—イーハトーブ・ロマン II」学習研究社 1996 p274
ある野天風呂
  ◇「赤座憲久少年詩集シリーズ 1」じゃこめてい出版 1977 p30
アルバ・アナ・ヤナバの伝説
  ◇「別役実童話集 〔6〕」三一書房 1988 p37
アルバイト
  ◇「くんぺい魔法ばなし—魔法ばなし全集 1」サンリオ 2000 p178
アルハベット
  ◇「西條八十童話集」小学館 1983 p392
アルバム
  ◇「庄野英二全集 11」偕成社 1980 p295
アルバム
  ◇「平塚武二童話全集 1」童心社 1972 p44
ある春のこと
  ◇「与謝野晶子児童文学全集 5」春陽堂書店 2007 p64
ある晴れた日のこと
  ◇「与田準一全集 5」大日本図書 1967 p234
ある晩（岡田泰三）
  ◇「岡田泰三・日下部梅子童謡集」会津童詩会 1992 p34
あるハンノキの話
  ◇「今西祐行全集 6」偕成社 1988 p81
ある晩のキューピー
  ◇「浜田広介全集 1」集英社 1975 p58
あるばんのねずみ
  ◇「浜田広介全集 2」集英社 1975 p158
ある日（岡田泰三）
  ◇「岡田泰三・日下部梅子童謡集」会津童詩会 1992 p125
ある日
  ◇「おの・ちゅうこう初期作品集 〔1〕 牧歌的風景」崙書房 1975 p148
ある日
  ◇「校定新美南吉全集 8」大日本図書 1981 p185
ある日
  ◇「まど・みちお全詩集 続」理論社 2015 p364
ある日あるとき

ある日、ねずみのチュッチュは
　◇「松谷みよ子おはなし集 1」ポプラ社 2010 p74
ある日の大井川
　◇「かつおきんや作品集 9」牧書店〔アリス館牧新社〕1973 p195
　◇「かつおきんや作品集 15」偕成社 1983 p181
ある日の先生と子供
　◇「定本小川未明童話全集 4」講談社 1977 p26
　◇「小川未明童話集」岩波書店 1996（岩波文庫）p136
　◇「定本小川未明童話全集 4」大空社 2001 p26
ある日のだいどころ
　◇「ひばりのす―木下夕爾児童詩集」光書房 1998 p34
或る日の日記より
　◇「海野十三全集 別巻1」三一書房 1991 p336
ある日のモーツァルト
　◇「岩永博史童話集 2」岩永博史 2005 p132
ある日の私
　◇「壺井栄全集 11」文泉堂出版 1998 p55
ある日ひとつの
　◇「やなせたかし童謡詩集〔2〕」フレーベル館 2000 p38
ある日、道ばたで
　◇「夢見る窓―冬村勇陽童話集」北雪新書 2004 p168
ある豹の物語
　◇「戸川幸夫動物文学全集 3」講談社 1976 p287
アルファベット群島
　◇「庄野英二全集 3」偕成社 1979 p229
ある夫婦牛の話
　◇「小熊秀雄童話集」創風社 2001 p155
アルプ随想
　◇「椋鳩十の本 20」理論社 1983 p195
アルプス山の子供
　◇「西條八十童謡全集」修道社 1971 p174
幼きものへアルプス動物記
　◇「椋鳩十の本 30」理論社 1989
アルプスとにいさん
　◇「佐藤義美全集 2」佐藤義美全集刊行会 1973 p253
アルプスのカラス
　◇「椋鳩十の本 23」理論社 1983 p71
あるぷすのきじ
　◇「椋鳩十の本 14」理論社 1983 p22
アルプスのキジ
　◇「椋鳩十全集 10」ポプラ社 1970 p116
　◇「椋鳩十まるごと動物ものがたり 11」理論社 1995 p78
　◇「椋鳩十の本 25」理論社 1983 p219
アルプスのクマ
　◇「椋鳩十全集 17」ポプラ社 1980 p38
　◇「椋鳩十まるごと動物ものがたり 5」理論社 1995 p119
　◇「椋鳩十名作選 2」理論社 2010 p83
アルプスの谷間の子供
　◇「庄野英二全集 5」偕成社 1980 p181
アルプスのもう犬
　◇「椋鳩十学年別童話〔10〕」理論社 1991 p35
アルプスの猛犬
　◇「椋鳩十全集 7」ポプラ社 1969 p6
　◇「椋鳩十の本 11」理論社 1983 p86
　◇「椋鳩十まるごと動物ものがたり 1」理論社 1995 p89
　◇「椋鳩十名作選 4」理論社 2010 p5
アルプスの夕やけ
　◇「椋鳩十の本 17」理論社 1982 p67
アルプスの鷲
　◇「椋鳩十の本 7」理論社 1983 p8
ある船の一生
　◇「庄野英二全集 11」偕成社 1980 p42
ある冬のかたすみで
　◇「杉みき子選集 1」新潟日報事業社 2005 p61
ある冬の晩のこと
　◇「定本小川未明童話全集 6」講談社 1977 p75
　◇「定本小川未明童話全集 6」大空社 2001 p75
ある兵士の賭け（LEFT・RIGHT・LEFT）―映画「ある兵士の賭け」主題歌
　◇「阪田寛夫全詩集」理論社 2011 p813
アルベーン
　◇「〔かこさとし〕お話こんにちは〔2〕」偕成社 1979 p128
或る本屋さんで
　◇「あまんきみこセレクション 5」三省堂 2009 p239
アルマジロ
　◇「土田明子詩集 1」かど創房 1986 p38
ある町の話
　◇「岡本良雄童話文学全集 1」講談社 1964 p28
ある まりの いっしょう
　◇「小川未明幼年童話文学全集 5」集英社 1966 p46
あるまりの一生
　◇「定本小川未明童話全集 4」講談社 1977 p281
　◇「定本小川未明童話全集 4」大空社 2001 p281
アルミサッシの組立て工―不二サッシの原清助さん
　◇「斎藤隆介全集 10」岩崎書店 1982 p193
アルミの缶
　◇「西條益美代表作品選集 1」南海ブックス 1981 p72

あるめ

ある夫婦牛の話
　◇「ある手品師の話―小熊秀雄童話集」晶文社 1976 p191

アルメニアのコニャック
　◇「庄野英二全集 10」偕成社 1979 p314

「ある山男の話」
　◇「松谷みよ子全エッセイ 3」筑摩書房 1989 p135

ある山の村からの手紙
　◇「松谷みよ子全エッセイ 2」筑摩書房 1989 p242

ある夜
　◇「西條八十童謡全集」修道社 1971 p173

ある夜の姉と弟
　◇「定本小川未明童話全集 13」講談社 1977 p45
　◇「定本小川未明童話全集 13」大空社 2002 p45

ある 夜の 星たちの はなし
　◇「小川未明幼年童話文学全集 5」集英社 1966 p187

ある夜の星たちの話
　◇「定本小川未明童話全集 4」講談社 1977 p89
　◇「定本小川未明童話全集 4」大空社 2001 p89

ある夜の星だちの話
　◇「小川未明30選」春陽堂書店 2009（名作童話）p168

ある与力の死（一幕）
　◇「北彰介作品集 5」青森県児童文学研究会 1991 p43

ある夜の物語
　◇「星新一ショートショートセレクション 6」理論社 2002 p157
　◇「〔星新一〕おーいでてこーい―ショートショート傑作選」講談社 2004（講談社青い鳥文庫）p158

ある流儀
　◇「今江祥智の本 34」理論社 1990 p154

ある両親と子どものはなし
　◇「千葉省三童話全集 3」岩崎書店 1967 p7

ある料理人
　◇「椋鳩十の本 24」理論社 1983 p207

アルルカンのはれぎ
　◇「西條八十の童話と童謡」小学館 1981 p6

アルルの唄
　◇「稗田菫平全集 8」宝文館出版 1982 p183

ある別れ
　◇「くんぺい魔法ばなし―魔法ばなし全集 3」サンリオ 2000 p112

あれ
　◇「星新一YAセレクション 1」理論社 2008 p110

あれから鬼は
　◇「りらりらりらわたしの絵本―富永佳与子こどものうた作品集」国土社 1994 p72

あれから五十年
　◇「壺井栄全集 11」文泉堂出版 1998 p353

アレキサンダー＝フレミング
　◇「〔かこさとし〕お話こんにちは 〔5〕」偕成社 1979 p25

荒れ地の花
　◇「〔渡部昇彦〕お母さんのための童話集」花伝社, 共栄書房（発売）1997 p6

アレッポの娘リペルダ
　◇「太田博也童話集 7」小山書林 2012 p1

あれるスサノオ
　◇「松谷みよ子のむかしむかし 4」講談社 1973 p27

あれれ
　◇「まど・みちお全詩集 続」理論社 2015 p252

あれはときがね
　◇「〔北原〕白秋全童謡集 2」岩波書店 1992 p92

アレン中佐のサイン
　◇「庄野英二全集 1」偕成社 1979 p195

あわくんの旅
　◇「〔岡田文正〕短編作品集 ボク、強い子になりたい」ウインかもがわ, かもがわ出版（発売）2009 p34

あわて医者
　◇「川崎大治民話選 〔1〕」童心社 1968 p136

あわて男
　◇「浜田広介全集 9」集英社 1976 p73

あわてた王さまきしゃにのる
　◇「〔寺村輝夫〕ちいさな王さまシリーズ 9」理論社 1989 p1
　◇「寺村輝夫全童話 2」理論社 1997 p131

あわててひろったごはんつぶ
　◇「大石真児童文学全集 11」ポプラ社 1982 p151

あわててよかった
　◇「〔山田野理夫〕お笑い文庫 1」太平出版社 1977（母と子の図書室）p119

あわて徳兵衛さん
　◇「〔山田野理夫〕おばけ文庫 12」太平出版社 1976（母と子の図書室）p60

あわてどこや
　◇「斎田喬児童劇選集 〔3〕」牧書店 1954 p42

あわて床屋
　◇「〔北原〕白秋全童謡集 1」岩波書店 1992 p46

あわてどこや（童話劇）
　◇「斎田喬幼年童話集 3」誠文堂新光社 1962 p407

あわてとっちゃん
　◇「〔山田野理夫〕お笑い文庫 2」太平出版社 1977（母と子の図書室）p112

あわてふろしき
　◇「川崎大治民話選 〔4〕」童心社 1975 p99

あわてむこどん
　◇「寺村輝夫のむかし話 〔5〕」あかね書房 1978 p80

あわてもの
　◇「鈴木三重吉童話全集 2」文泉堂書店 1975（日本文学全集・選集叢刊第5次）p366

あわて者
　◇「沼田曜一の親子劇場 2」あすなろ書房 1995 p89

あわてもののにおうさん
　◇〔木暮正夫〕日本のおばけ話・わらい話 16」岩崎書店 1988 p13

あわてることはありません
　◇「ひろすけ幼年童話文学全集 2」集英社 1962 p40
　◇「浜田広介全集 4」集英社 1976 p39

あわてることはない
　◇「椋鳩十の本 25」理論社 1983 p128

あわてんぼう
　◇〔東君平〕おはようどうわ 6」講談社 1982 p66

あわてんぼうの歌
　◇「まど・みちお全詩集 続」理論社 2015 p388

あわてんぼムーニャン
　◇「山中恒よみもの文庫 14」理論社 1999 p147

あわてん母・わすれん母
　◇「杉みき子選集 8」新潟日報事業社 2010 p85

あわのうた
　◇〔坪井安〕はしれ子馬よ―童謡詩集」童謡研究・蜂の会 1999 p130

アワの穂の神
　◇「稗田童平全集 7」宝文館出版 1981 p171

アワビ妖怪
　◇〔山田野理夫〕おばけ文庫 5」太平出版社 1976（母と子の図書室）p122

あわぶくおばさん
　◇「ネーとなかま―小笹正子の童話集」七つ森書館 2006 p87

泡ぶく童子
　◇「太田博也童話集 6」小山書林 2009 p1

阿波丸の乗客
　◇「庄野英二全集 9」偕成社 1979 p81

あわ雪
　◇〔金子〕みすゞ詩画集〔7〕」春陽堂書店 2002 p12

あわ雪
　◇「浜田広介全集 11」集英社 1976 p170

淡雪
　◇「新装版金子みすゞ全集 2」JULA出版局 1984 p122
　◇「金子みすゞ童話集」角川春樹事務所 1998（ハルキ文庫）p182
　◇「金子みすゞ童謡全集 3」JULA出版局 2004 p182

淡雪
　◇「新美南吉全集 6」牧書店 1965 p88
　◇「校定新美南吉全集 8」大日本図書 1981 p235

あわれな男
　◇「土田耕平童話集」信濃毎日新聞社 1949 p76
　◇「土田耕平童話集〔1〕」古今書院 1955 p21

あわれな男
　◇「花岡大学 続・仏典童話全集 1」法蔵館 1981 p172

あわれな男とおろかなめしつかい
　◇「花岡大学仏典童話全集 5」法蔵館 1979 p63

あわれな人
　◇「花岡大学仏典童話全集 5」法蔵館 1979 p119

あわれな星
　◇「星新一ショートショートセレクション 12」理論社 2003 p46

アンクル=トムさん
　◇「岡本良雄童話文学全集 2」講談社 1964 p240

アンケート おとうさんを なんとよびますか？
　◇「阪田寛夫全詩集」理論社 2011 p229

アンケートⅡ おかあさんを なんとよびますか？
　◇「阪田寛夫全詩集」理論社 2011 p232

暗号数字
　◇「海野十三全集 5」三一書房 1989 p115

暗号の役割―烏啼天駆シリーズ・4
　◇「海野十三全集 12」三一書房 1990 p427

暗号音盤（レコード）事件
　◇「海野十三全集 7」三一書房 1990 p433

安国寺のサクラ
　◇〔山田野理夫〕おばけ文庫 6」太平出版社 1976（母と子の図書室）p140

暗黒星
　◇「少年探偵江戸川乱歩全集 37」ポプラ社 1971 p5

暗黒星雲
　◇「北彰介作品集 4」青森県児童文学研究会 1991 p260

安産
　◇〔巌谷〕小波お伽全集 14」本の友社 1998 p397

鞍山
　◇〔北原〕白秋全童謡集 3」岩波書店 1992 p218

暗示
　◇「星新一ショートショートセレクション 13」理論社 2003 p168

安住の地を求めて
　◇「椋鳩十の本 7」理論社 1983 p109

安寿と厨子王 山椒太夫 その一
　◇〔北原〕白秋全童謡集 2」岩波書店 1992 p173

安寿姫と厨子王の歌
　◇「西條八十童話全集」修道社 1971 p177

安寿姫の母
　◇「稗田童平全集 5」宝文館出版 1980 p129

暗礁

あんし

暗示療法
◇「星新一ショートショートセレクション 8」理論社 2002 p141

あんず
◇「壺井栄名作集 9」ポプラ社 1965 p19
◇「壺井栄全集 6」文泉堂出版 1998 p407

アンズ
◇「庄野英二全集 6」偕成社 1979 p221

あんずぬすっと
◇「花岡大学童話文学全集 2」法蔵館 1980 p7

杏の国
◇「稲田童平全集 2」宝文館出版 1979 p45

アンズの咲くころ
◇「螢の河・源流へ—伊藤桂一作品集」講談社 2000（講談社文芸文庫）p67

あんずの花
◇「定本小川未明童話全集 3」講談社 1977 p405
◇「定本小川未明童話全集 3」大空社 2001 p405

あんずの花の咲くころ
◇「壺井栄名作集 1」ポプラ社 1965 p10
◇「壺井栄全集 9」文泉堂出版 1997 p459

アンズの花のさくころ
◇「定本壺井栄児童文学全集 1」講談社 1979 p212

あんずの花は白かった
◇「〔斎藤信夫〕子ども心を友として—童謡詩集」成東町教育委員会 1996 p216

杏の林
◇「瑠璃の壺—森銑三童話集」三樹書房 1982 p72

杏の笛
◇「室生犀星童話全集 3」創林社 1978 p296

あんずの実
◇「北彰介作品集 1」青森県児童文学研究会 1990 p37

あんずの実
◇「与田凖一全集 1」大日本図書 1967 p28

あんず林のどろぼう
◇「立原えりか作品集 4」思潮社 1973 p75
◇「立原えりかのファンタジーランド 7」青土社 1980 p73

安政五年七月十一日
◇「かつおきんや作品集 16」アリス館牧新社 1976 p1
◇「かつおきんや作品集 7」偕成社 1982 p7

安全な味
◇「星新一ちょっと長めのショートショート 6」理論社 2006 p172

あんぜんピン
◇「まど・みちお全詩集 続」理論社 2015 p71

あんた あんた ちょっと
◇「阪田寛夫全詩集」理論社 2011 p862

安珍と清姫と道成寺（和歌山）
◇「〔木暮正夫〕日本の怪奇ばなし 10」岩崎書店 1990 p56

アンデスの飛脚
◇「西條益美代表作品選集 2」徳島出版 1984 p7

「アンデスの飛脚」抄
◇「西條益美代表作品選集 1」南海ブックス 1981 p124

アンデスの夜明け
◇「横山健童謡選集 1」無明舎出版 1995 p80

アンデルセン
◇「〔かこさとし〕お話こんにちは 〔1〕」偕成社 1979 p17

アンデルセンを讃える歌
◇「異聖歌作品集 上」異聖歌作品集刊行委員会 1977 p500

「アンデルセン童話全集」によせて
◇「松谷みよ子全エッセイ 3」筑摩書房 1989 p97

アンデルセンの晩
◇「〔北原〕白秋全童謡集 2」岩波書店 1992 p481

アントニオ上人と魚たち
◇「〔北原〕白秋全童謡集 2」岩波書店 1992 p238

アンドロメダ活版印刷所
◇「別役実童話集 〔4〕」三一書房 1979 p127

アンドロメダ修学旅行団
◇「夢見る窓—冬村勇陽童話集」北雪新書 2004 p34

アントワープ
◇「異聖歌作品集 上」異聖歌作品集刊行委員会 1977 p122

安東
◇「〔北原〕白秋全童謡集 3」岩波書店 1992 p247

あんない首
◇「川崎大治民話選 〔1〕」童心社 1968 p236

あんなにきれいな にじがでた
◇「まど・みちお全詩集 続」理論社 2015 p397

アンヌーシカ
◇「松谷みよ子全エッセイ 1」筑摩書房 1989 p81

蠕虫舞手（アンネリダタンツェーリン）
◇「新修宮沢賢治全集 2」筑摩書房 1979 p59

アンの島へ—一問一答
◇「松谷みよ子全エッセイ 3」筑摩書房 1989 p333

あんばさま
◇「土田明子詩集 5」かど創房 1987 p37

アンバの実
◇「花岡大学 続・仏典童話全集 2」法蔵館 1981 p90

アンバランスな放課後
◇「赤川次郎ミステリーコレクション 10」岩崎書店 2003 p7

「あむばるわりや」まで
◇「稲田童平全集 7」宝文館出版 1981 p110

あんパンのしょうめい
　◇「まど・みちお全詩集 続」理論社 2015 p192
あんぱんのヘソ
　◇「斎藤隆介全集 5」岩崎書店 1982 p211
あんぶくがえる
　◇「阪田寛夫全詩集」理論社 2011 p242
あんぶくがえるの ゆめ
　◇「阪田寛夫全詩集」理論社 2011 p242
アンブレラ
　◇「マッチ箱の中―三鎌よし子童謡集」しもつけ文学会 1998 p73
安別
　◇〔北原〕白秋全童謡集 2」岩波書店 1992 p353
安保反対デモ
　◇「全集古田足日子どもの本 4」童心社 1993 p384
あんぽんたんと とんちんかんと
　◇「まど・みちお全詩集 続」理論社 2015 p151
按摩さん
　◇「中村雨紅詩謡集」中村雨紅詩謡集刊行委員会 1971 p35
あんまさんごっこ
　◇「西條八十童謡全集」修道社 1971 p178
按摩と土豚
　◇〔巌谷〕小波お伽全集 14」本の友社 1998 p256
あんまの腹いせ
　◇「川崎大治民話選 〔1〕」童心社 1968 p229
〔あんまり黒緑なうろこ松の梢なので〕
　◇「新修宮沢賢治全集 4」筑摩書房 1979 p200
あんよの ぼうし
　◇〔高橋一仁〕春のニシン場―童謡詩集」けやき書房 2003 p22
アンリ＝ベルグソン
　◇「〔かこさとし〕お話こんにちは 〔7〕」偕成社 1979 p87
アンリ＝モアッサン
　◇「〔かこさとし〕お話こんにちは 〔6〕」偕成社 1979 p129
アンリ＝ルソー
　◇「〔かこさとし〕お話こんにちは 〔2〕」偕成社 1979 p106

【い】

いいあいさつ
　◇「まど・みちお全詩集 続」理論社 2015 p253
いいあんばいで
　◇「杉みき子選集 9」新潟日報事業社 2011 p183

いいいいいいい
　◇「全集版灰谷健次郎の本 22」理論社 1988 p25
いい家
　◇「まど・みちお全詩集」理論社 1992 p644
　◇「まどさんの詩の本 8」理論社 1996 p78
いい歌は人間の根っこにつながっています（鶴見正夫，神宮輝夫）
　◇「〔神宮輝夫〕現代児童文学作家対談 10」偕成社 1992 p269
いいおじいさんの話
　◇「定本小川未明童話全集 5」講談社 1977 p74
　◇「小川未明童話集」岩波書店 1996（岩波文庫）p258
　◇「定本小川未明童話全集 5」大空社 2001 p74
いいお正月
　◇「〔かこさとし〕お話こんにちは 〔10〕」偕成社 1980 p4
いいおにいさん
　◇「浜田広介全集 8」集英社 1976 p152
いい おへんじ はい
　◇「佐藤義美童謡集」さ・え・ら書房 1960 p68
　◇「佐藤義美全集 1」佐藤義美全集刊行会 1974 p186
いいかげんにしないか
　◇「きむらゆういちおはなしのへや 3」ポプラ社 2012 p135
いい学校
　◇「北川千代児童文学全集 下」講談社 1967 p241
いい カラス
　◇「石森延男児童文学全集 4」学習研究社 1971 p37
いいきもち
　◇「阪田寛夫全詩集」理論社 2011 p315
いいきもち
　◇「いのち―みずかみかずよ全詩集」石風社 1995 p115
いい けしき
　◇「まど・みちお詩集 〔1〕」すえもりブックス 1992 p14
　◇「まど・みちお全詩集」理論社 1992 p594
　◇「まどさんの詩の本 9」理論社 1996 p90
いい声の女
　◇「〔比江島重孝〕宮崎のむかし話 3」鉱脈社 2000 p28
いいこと
　◇「新装版金子みすゞ全集 2」JULA出版局 1984 p267
　◇「〔金子〕みすゞ詩画集 〔6〕」春陽堂書店 2001 p24
　◇「金子みすゞ童謡全集 4」JULA出版局 2004 p180
いいことをしたぞう

いいこ

いいこ
- ◇「寺村輝夫童話全集 9」ポプラ社 1982 p191
- ◇「寺村輝夫全童話 3」理論社 1997 p28

いいことするから よっといで
- ◇「まど・みちお全詩集」理論社 1992 p150

いいことってどんなこと
- ◇「神沢利子のおはなしの時間 5」ポプラ社 2011 p45

いいことないしょで
- ◇「寺村輝夫童話全集 2」ポプラ社 1982 p23
- ◇「〔寺村輝夫〕ぼくは王さま全1冊」理論社 1985 p194
- ◇「寺村輝夫全童話 1」理論社 1996 p132
- ◇「寺村輝夫の王さまシリーズ 2」理論社 1998 p89

いいことはいい 悪いことは悪い
- ◇「椋鳩十の本 28」理論社 1989 p187

いい子に あげよう
- ◇「まど・みちお全詩集」理論社 1992 p125

飯田市
- ◇「椋鳩十の本 20」理論社 1983 p12

飯田栄彦
- ◇「今江祥智の本 21」理論社 1981 p206

いい童謡
- ◇「佐藤義美全集 6」佐藤義美全集刊行会 1974 p331

井伊直弼
- ◇「〔かこさとし〕お話こんにちは 〔7〕」偕成社 1979 p129

井伊直人・奥州の麒麟(一龍斎貞水編、小山豊、岡本和明文)
- ◇「一龍斎貞水の歴史講談 6」フレーベル館 2001 p44

いいな ぼく
- ◇「まど・みちお全詩集」理論社 1992 p330

いいな 虫
- ◇「赤い自転車―松延いさお自選童話集」〔熊本〕松延猪雄 1993 p29

いいなり地蔵
- ◇「小出正吾児童文学全集 3」審美社 2000 p337

いいにおい
- ◇「浜田広介全集 6」集英社 1976 p118

いい匂い
- ◇「まど・みちお全詩集」理論社 1992 p644
- ◇「まどさんの詩の本 6」理論社 1996 p72

いいにおい へんなにおい
- ◇「阪田寛夫全詩集」理論社 2011 p309

いい日だな
- ◇「阪田寛夫全詩集」理論社 2011 p442

いい日だな (体操のうた)
- ◇「阪田寛夫全詩集」理論社 2011 p389

いい本との出会い
- ◇「椋鳩十の本 33」理論社 1989 p75

いいまけダヌキ
- ◇「今井誉次郎童話集子どもの村 〔5〕」国土社 1957 p26

いい眼
- ◇「新装版金子みすゞ全集 2」JULA出版局 1984 p258
- ◇「金子みすゞ童謡集」角川春樹事務所 1998 (ハルキ文庫) p90
- ◇「金子みすゞ童謡全集 4」JULA出版局 2004 p166

いいもの
- ◇「まど・みちお全詩集」理論社 1992 p257

いいものあげる
- ◇「筒井敬介おはなし本 1」小峰書店 2006 p31

いいものもらった
- ◇「もりやまみやこ童話選 5」ポプラ社 2009 p5

いいやつ見つけた
- ◇「阪田寛夫全詩集」理論社 2011 p326

いいよ
- ◇「まど・みちお全詩集 続」理論社 2015 p219

いいわけ
- ◇「〔東君平〕おはようどうわ 2」講談社 1982 p144

いいわけはいらない
- ◇「ジュニア版吉野源三郎全集 2」ポプラ社 1967 p81
- ◇「吉野源三郎全集 2」ポプラ社 2000 p110

医院
- ◇「新修宮沢賢治全集 6」筑摩書房 1980 p68
- ◇「新修宮沢賢治全集 6」筑摩書房 1980 p366
- ◇「新修宮沢賢治全集 7」筑摩書房 1980 p216

いうことをきかなかった子
- ◇「松谷みよ子のむかしむかし 5」講談社 1973 p131

言うに言われず
- ◇「川崎大治民話選 〔4〕」童心社 1975 p30

イヴ・モンタンI
- ◇「今江祥智の本 21」理論社 1981 p235

イヴ・モンタンII
- ◇「今江祥智の本 21」理論社 1981 p246

家
- ◇「巽聖歌作品集 上」巽聖歌作品集刊行委員会 1977 p179

家
- ◇「壺井栄全集 2」文泉堂出版 1997 p43

家
- ◇「新美南吉全集 5」牧書店 1965 p225
- ◇「校定新美南吉全集 3」大日本図書 1980 p285

家
- ◇「まど・みちお全詩集」理論社 1992 p18

家を売る

◇「椋鳩十の本 18」理論社 1982 p220
家を貸します
◇「立原えりかのファンタジーランド 8」青土社 1980 p35
家を出て遠く
◇「巽聖歌作品集 下」巽聖歌作品集刊行委員会 1977 p262
家がない
◇「巽聖歌作品集 上」巽聖歌作品集刊行委員会 1977 p523
家がぬすまれた
◇「〔西本鶏介〕新日本昔ばなし――一日一話・読みきかせ 1」小学館 1997 p76
家さがし
◇「くんぺい魔法ばなし―魔法ばなし全集 1」サンリオ 2000 p102
家路
◇「阪田寛夫全詩集」理論社 2011 p485
イエス・キリスト
◇「サトウハチロー童謡集」弥生書房 1977 p6
イエス＝キリスト
◇「〔かこさとし〕お話こんにちは 〔9〕」偕成社 1979 p122
イエス様と蜘蛛
◇「浜田広介全集 8」集英社 1976 p224
「家」相馬大著
◇「稗田菫平全集 6」宝文館出版 1981 p139
いえで
◇「〔東君平〕おはようどうわ 1」講談社 1982 p78
いえででんしゃ
◇「あさのあつこコレクション 4」新日本出版社 2007 p5
いえででんしゃはこしょうちゅう？
◇「あさのあつこコレクション 5」新日本出版社 2008 p5
いえでぼうや
◇「全集版灰谷健次郎の本 11」理論社 1988 p131
◇「灰谷健次郎童話集 〔4〕」理論社 1994 p29
家出息子とその父
◇「花岡大学仏典童話全集 4」法藏館 1979 p60
家出はしたいが
◇「〔山田野理夫〕お笑い文庫 1」太平出版社 1977（母と子の図書室）p34
家と きもの
◇「佐藤義美全集 4」佐藤義美全集刊行会 1974 p279
家どろぼう
◇「〔柳家弁天〕らくご文庫 8」太平出版社 1987 p84
言へないこと
◇「〔竹久〕夢二童謡集」ノーベル書房 1975（浪漫文庫）p82
家のあとつぎはだれにする
◇「〔西本鶏介〕日本の昔話―読みきかせお話集 2」小学館 2001 p24
家の黒焼き
◇「〔比江島重孝〕宮崎のむかし話 2」鉱脈社 1998 p102
家の中の仕事
◇「安房直子コレクション 4」偕成社 2004 p318
家康をたすけた神
◇「〔山田野理夫〕お笑い文庫 11」太平出版社 1977（母と子の図書室）p54
イエライシャン
◇「いのち―みずかみかずよ全詩集」石風社 1995 p62
硫黄
◇「新修宮沢賢治全集 6」筑摩書房 1980 p111
◇「新修宮沢賢治全集 6」筑摩書房 1980 p386
〔硫黄いろした天球を〕
◇「新修宮沢賢治全集 3」筑摩書房 1979 p219
◇「新修宮沢賢治全集 3」筑摩書房 1979 p395
菱花
◇「新修宮沢賢治全集 6」筑摩書房 1980 p41
いがぐり
◇「〔山田野理夫〕おばけ文庫 11」太平出版社 1976（母と子の図書室）p124
歌集『**生かされて**』あとがき
◇「いのち―みずかみかずよ全詩集」石風社 1995 p484
生かされて〈短歌〉
◇「いのち―みずかみかずよ全詩集」石風社 1995 p461
イカダのおなら
◇「〔比江島重孝〕宮崎のむかし話 3」鉱脈社 2000 p35
イカダ旅行
◇「夢見る窓―冬村勇陽童話集」北雪新書 2004 p236
いかもの食い
◇「戸川幸夫動物文学全集 14」講談社 1977 p153
五十嵐小文治
◇「稗田菫平全集 5」宝文館出版 1980 p130
怒り
◇「全集版灰谷健次郎の本 22」理論社 1988 p45
（怒りが）
◇「稗田菫平全集 2」宝文館出版 1979 p117
怒れる海
◇「花岡大学 続・仏典童話全集 2」法藏館 1981 p43
胃がわるい
◇「〔柳家弁天〕らくご文庫 1」太平出版社 1987 p53

いき

いき
　◇「まど・みちお全詩集」理論社 1992 p663
　◇「まどさんの詩の本 8」理論社 1996 p80
いきあい
　◇「〔山田野理夫〕おばけ文庫 3」太平出版社 1976
　　（母と子の図書室）p30
生き生きした心
　◇「椋鳩十の本 27」理論社 1989 p98
生馬の肉を喰ふ
　◇「魂の配達―野村吉哉作品集」草思社 1983 p15
生きがいと私
　◇「椋鳩十の本 28」理論社 1989 p51
生き返った男
　◇「岩永博史童話集 3」岩永博史 2012 p137
蘇(いきかえ)った蠅―蠅と蟻との話、その二
　◇「室生犀星童話全集 3」創林社 1978 p218
息切れ
　◇「花岡大学童話文学全集 5」法蔵館 1980 p296
意気地（烏と羊）
　◇「〔巌谷〕小波お伽全集 14」本の友社 1998 p28
いきたいな
　◇「いのち―みずかみかずよ全詩集」石風社 1995 p57
「生きた絵」の話
　◇「あたまでっかち―下村千秋童話選集」阿見町教育委員会、講談社出版サービスセンター（製作）1997 p71
生きたかんざし
　◇「新装版金子みすゞ全集 3」JULA出版局 1984 p159
　◇「金子みすゞ童謡全集 6」JULA出版局 2004 p44
生きた人形
　◇「定本小川未明童話全集 6」講談社 1977 p355
　◇「定本小川未明童話全集 6」大空社 2001 p355
生きていくということ
　◇「やなせたかし童謡詩集 〔3〕」フレーベル館 2001 p76
生きている
　◇「いのち―みずかみかずよ全詩集」石風社 1995 p457
生きているえ
　◇「寺村輝夫のとんち話 3」あかね書房 1976 p54
生きている河童
　◇「椋鳩十の本 16」理論社 1983 p179
生きている唐傘
　◇「川崎大治民話選 〔4〕」童心社 1975 p120
生きている看板
　◇「定本小川未明童話全集 5」講談社 1977 p336
　◇「定本小川未明童話全集 5」大空社 2001 p336
生きている蔵

　◇「住井すゑジュニア文学館 3」汐文社 1999 p119
生きていることの実感
　◇「佐藤義美全集 6」佐藤義美全集刊行会 1974 p320
生きている町名
　◇「杉みき子選集 9」新潟日報事業社 2011 p190
生きている腸
　◇「海野十三全集 4」三一書房 1989 p261
生きてゐる仏さま
　◇「おの・ちゅうこう初期作品集 〔4〕 氏神さま」崙書房 1975 p79
生きている水
　◇「〔比江島重孝〕宮崎のむかし話 2」鉱脈社 1998 p122
生きている猛獣（抄）
　◇「寺村輝夫全童話 8」理論社 2000 p311
生きていれば
　◇「星新一ショートショートセレクション 9」理論社 2003 p69
生きておったんな！
　◇「椋鳩十の本 20」理論社 1983 p232
生きてろ ダボ
　◇「佐藤義美全集 5」佐藤義美全集刊行会 1973 p217
意気投合
　◇「星新一ショートショートセレクション 1」理論社 2001 p101
生きとし生けるもの
　◇「阪田寛夫全集」理論社 2011 p469
活(いき)人形
　◇「豊島与志雄童話全集 3」八雲書店 1948 p155
生きぬく力
　◇「定本小川未明童話全集 13」講談社 1977 p79
　◇「定本小川未明童話全集 13」大空社 2002 p79
いきましょ もりへ
　◇「巽聖歌作品集 下」巽聖歌作品集刊行委員会 1977 p36
いきもの
　◇「くどうなおこ詩集○」童話屋 1996 p168
いきもの
　◇「与田凖一全集 4」大日本図書 1967 p98
いきもの いきてないもの
　◇「まど・みちお全詩集 続」理論社 2015 p152
生きもの談義
　◇「椋鳩十の本 23」理論社 1983 p201
いきもののくに
　◇「まど・みちお全詩集」理論社 1992 p645
　◇「まどさんの詩の本 9」理論社 1996 p68
いきものは
　◇「まど・みちお全詩集 続」理論社 2015 p273

いけの

イギリス海岸
　◇「巽聖歌作品集 上」巽聖歌作品集刊行委員会 1977 p531

イギリス海岸
　◇「新版・宮沢賢治童話全集 10」岩崎書店 1979 p17
　◇「新修宮沢賢治全集 14」筑摩書房 1980 p101
　◇「宮沢賢治20選」春陽堂書店 2008（名作童話）p93

歌イギリス海岸の歌
　◇「賢治の音楽室―宮沢賢治、作詞作曲の全作品＋詩と童話の朗読」小学館 2000 p58

イギリス海岸の歌
　◇「新修宮沢賢治全集 7」筑摩書房 1980 p368

イギリス海峡
　◇「〔島崎〕藤村の童話 1」筑摩書房 1979 p171

英吉利の童詩〈R・L・メグロズ〉
　◇「校定新美南吉全集 9」大日本図書 1981 p596

イギリス婦人とスズメ
　◇「椋鳩十の本 18」理論社 1982 p148

生霊
　◇「怪談小泉八雲のこわ～い話 7」汐文社 2009 p3

生きる
　◇「戸川幸夫動物文学全集 2」冬樹社 1965 p189
　◇「戸川幸夫・子どものための動物物語 5」国土社 1967 p141
　◇「戸川幸夫動物文学全集 6」講談社 1977 p278

生きる
　◇「全集版灰谷健次郎の本 17」理論社 1987 p232

生きること，優しさということ
　◇「全集版灰谷健次郎の本 24」理論社 1988 p5

生きる力と原風景
　◇「全集古田足日子どもの本 1」童心社 1993 p325

生きるということ
　◇「戸川幸夫創作童話集 2」国土社 1972 p48

生きるということ
　◇「いのち―みずかみかずよ全詩集」石風社 1995 p318

生きるということ―ワイルダー「長い冬」
　◇「松谷みよ子全エッセイ 3」筑摩書房 1989 p121

生きるよろこび
　◇「石森延男児童文学全集 15」学習研究社 1971 p157

郁子
　◇「吉田としジュニアロマン選集 7」国土社

軍馬（いくさうま）…→ "ぐんば…"をも見よ

軍馬（いくさうま）
　◇「〔佐海〕航南夜ばなし―童話集」佐海航南 1999 p65

戦ごつこ

　◇「〔北原〕白秋全童謡集 3」岩波書店 1992 p115

いくさ土産
　◇「氏原大作全集 1」条例出版 1977 p180

育児日記
　◇「杉みき子選集 2」新潟日報事業社 2005 p120

幾千万の母たち（戦いよ、終われ）
　◇「阪田寛夫全詩集」理論社 2011 p51

〔いくつの 天末の白びかりする環を〕
　◇「新修宮沢賢治全集 4」筑摩書房 1979 p191

いくつものお月さま
　◇「今江祥智の本 22」理論社 1981 p14

家垣根（いぐね）
　◇「巽聖歌作品集 上」巽聖歌作品集刊行委員会 1977 p471

家垣根（いぐね）のそば（童詩篇）
　◇「巽聖歌作品集 上」巽聖歌作品集刊行委員会 1977 p29

家垣根（いぐね）路で
　◇「巽聖歌作品集 上」巽聖歌作品集刊行委員会 1977 p15

幾年もたった後
　◇「定本小川未明童話全集 3」講談社 1977 p257
　◇「小川未明童話集」岩波書店 1996（岩波文庫）p116
　◇「定本小川未明童話全集 3」大空社 2001 p257

いくら数えても
　◇「西條八十童謡全集」修道社 1971 p179

いくら なんでも
　◇「まど・みちお詩集 5」銀河社 1975 p26
　◇「まど・みちお全詩集」理論社 1992 p513

いけ
　◇「〔東君平〕ひとくち童話 2」フレーベル館 1995 p10

イケイケダイチ
　◇「〔川田進〕短編少年文芸作品集 もう一人のぼく」せんしん出版 2010 p54

いけからあぶく
　◇「地球のかぞく―石原一輝童謡詩集」群青社 2001 p12

いけたら いいな
　◇「巽聖歌作品集 下」巽聖歌作品集刊行委員会 1977 p53

イケニ オチタ コマ
　◇「佐藤義美全集 2」佐藤義美全集刊行会 1973 p32

池に おちた こま
　◇「佐藤義美全集 2」佐藤義美全集刊行会 1973 p98

いけのうえの水のわ
　◇「〔下田喜久美〕遠くから来た旅人―詩集」リトル・ガリヴァー社 1998 p20

池のクジラ
　◇「坪田譲治童話全集 5」岩崎書店 1986 p139

作品名から引ける日本児童文学個人全集案内　61

いけの

- ◇「坪田譲治名作選 〔2〕 ビワの実」小峰書店 2005 p74

いけのこおり

- ◇「〔東君平〕おはようどうわ 3」講談社 1982 p205
- ◇「東君平のおはようどうわ 4」新日本出版社 2010 p31

いけの そこにある きん

- ◇「花岡大学仏典童話全集 6」法蔵館 1979 p186

池の水

- ◇「花岡大学仏典童話全集 3」法蔵館 1979 p69

いけばな

- ◇「まど・みちお全詩集 続」理論社 2015 p230

池辺の鶴

- ◇「〔北原〕白秋全童謡集 4」岩波書店 1993 p77
- ◇「〔北原〕白秋全童謡集 4」岩波書店 1993 p87

「いけません」のおばけ

- ◇「阪田寛夫全詩集」理論社 2011 p405

行けや男だ桃次郎

- ◇「阪田寛夫全詩集」理論社 2011 p642

遺稿「鬱の髄から天井のぞく」

- ◇「阪田寛夫全詩集」理論社 2011 p120

異国の旅で

- ◇「まど・みちお全詩集 続」理論社 2015 p405

いさかひ

- ◇「おの・ちゅうこう初期作品集 〔1〕 牧歌的風景」崙書房 1975 p108

居酒屋

- ◇「瑠璃の壺―森銑三童話集」三樹書房 1982 p216

伊作ポンプ

- ◇「北彰介作品集 2」青森県児童文学研究会 1990 p7
- ◇「北彰介作品集 2」青森県児童文学研究会 1990 p52

いざというときってどんなとき？

- ◇「〔神沢利子〕くまの子ウーフの童話集 1」ポプラ社 2001 p39

いさましい かがし

- ◇「定本小川未明童話全集 15」講談社 1978 p19
- ◇「定本小川未明童話全集 15」大空社 2002 p19

いさましいキリンのわかもの

- ◇「大石真児童文学全集 14」ポプラ社 1982 p67

勇みのめ組の組頭

- ◇「斎藤隆介全集 8」岩崎書店 1982 p57

イサムの飛行機

- ◇「佐藤さとるファンタジー全集 8」講談社 1982 p245
- ◇「佐藤さとるファンタジー全集 8」講談社, 復刊ドットコム（発売）2010 p245

いざゆけのんカン

- ◇「寺村輝夫全童話 別1」理論社 2007 p323

いざり機の名人 佐藤つな（東京都）

- ◇「斎藤隆介全集 11」岩崎書店 1982 p99

イザール川の並木道

- ◇「椋鳩十の本 22」理論社 1983 p268

〔いざ渡せかし おいぼれめ〕

- ◇「新修宮沢賢治全集 6」筑摩書房 1980 p255

いし

- ◇「さくらゆき―さとうじゅんこ童詩集」えんじゅの会 1997 p130

意地

- ◇「川崎大治民話選 〔1〕」童心社 1968 p62

石

- ◇「おの・ちゅうこう初期作品集 〔1〕 牧歌的風景」崙書房 1975 p10

石

- ◇「北彰介作品集 4」青森県児童文学研究会 1991 p18
- ◇「北彰介作品集 4」青森県児童文学研究会 1991 p262

石

- ◇「校定新美南吉全集 8」大日本図書 1981 p175
- ◇「新美南吉童話傑作選 〔6〕 花をうめる」小峰書店 2004 p166

石

- ◇「瑠璃の壺―森銑三童話集」三樹書房 1982 p172

石

- ◇「与田準一全集 2」大日本図書 1967 p54

石臼をかついで

- ◇「〔比江島重孝〕宮崎のむかし話 3」鉱脈社 2000 p166

石臼とトラック

- ◇「壺井栄全集 11」文泉堂出版 1998 p81

石うすの歌

- ◇「壺井栄名作集 4」ポプラ社 1965 p84

石臼の歌

- ◇「定本壺井栄児童文学全集 1」講談社 1979 p92
- ◇「壺井栄全集 9」文泉堂出版 1997 p265

石うらない

- ◇「中村雨紅詩謡集」中村雨紅詩謡集刊行委員会 1971 p184

石を生み出す海

- ◇「椋鳩十の本 22」理論社 1983 p147

石を伐る村―足尾に近く

- ◇「おの・ちゅうこう初期作品集 〔3〕 若き日」崙書房 1975 p143

石をとかすなぞの薬草

- ◇「〔たかしよいち〕世界むかしむかし探検 6」国土社 1996 p60

石をのせた車

- ◇「定本小川未明童話全集 3」講談社 1977 p69
- ◇「定本小川未明童話全集 3」大空社 2001 p69

石をみがく少年

石垣
　◇「今西祐行全集 15」偕成社 1989 p87
　◇「壷井栄全集 7」文泉堂出版 1998 p416
石垣のある街
　◇「椋鳩十の本 21」理論社 1982 p67
石がしゃべる夜
　◇「久保喬自選作品集 1」みどりの会 1994 p59
石かじり
　◇「〔山田野理夫〕おばけ文庫 3」太平出版社 1976（母と子の図書室）p112
石合戦
　◇「〔山田野理夫〕おばけ文庫 3」太平出版社 1976（母と子の図書室）p114
石勝老人回顧談
　◇「斎藤隆介全集 8」岩崎書店 1982 p101
石川善助追悼文
　◇「新修宮沢賢治全集 15」筑摩書房 1980 p584
石川啄木
　◇「〔かこさとし〕お話こんにちは 〔7〕」偕成社 1979 p128
石川啄木の若き日の歌―文豪筆跡展から
　◇「稗田重平全集 4」宝文館出版 1980 p109
石切り
　◇「〔山田野理夫〕おばけ文庫 3」太平出版社 1976（母と子の図書室）p120
石切る音
　◇「住井すゑジュニア文学館 6」汐文社 1999 p25
石工帰郷
　◇「今西祐行全集 15」偕成社 1989 p73
石倉三郎さんと
　◇「全集版灰谷健次郎の本 23」理論社 1988 p29
石黒宗麿
　◇「〔かこさとし〕お話こんにちは 〔1〕」偕成社 1979 p75
石けり
　◇「杉みき子選集 2」新潟日報事業社 2005 p208
石ケリ
　◇「〔北原〕白秋全童謡集 5」岩波書店 1993 p152
　◇「〔北原〕白秋全童謡集 5」岩波書店 1993 p171
石古根山の白蛇
　◇「健太と大天狗―片山貞一創作童話集」あさを社 2007 p154
石ころ
　◇「新装版金子みすゞ全集 1」JULA出版局 1984 p134
　◇「〔金子〕みすゞ詩画集 〔1〕」春陽堂書店 1996
　◇「〔金子〕みすゞ詩画集 〔6〕」春陽堂書店 2001 p50
　◇「金子みすゞ童謡全集 2」JULA出版局 2003 p62
石ころ
　◇「まど・みちお全詩集」理論社 1992 p129
　◇「まど・みちお全詩集」理論社 1992 p570
　◇「まどさんの詩の本 14」理論社 1997 p26
石五郎どん
　◇「阪田寛夫全詩集」理論社 2011 p856
石地蔵
　◇「〔山田野理夫〕おばけ文庫 3」太平出版社 1976（母と子の図書室）p133
石地蔵を動かした話
　◇「土田耕平童話集 〔1〕」古今書院 1955 p13
石田三成の落胆
　◇「魂の配達―野村吉哉作品集」草思社 1983 p79
いしだん
　◇「〔東君平〕おはようどうわ 2」講談社 1982 p91
　◇「〔東君平〕ひとくち童話 3」フレーベル館 1995 p10
石だん
　◇「まど・みちお全詩集 続」理論社 2015 p72
石段に鉄管
　◇「定本小川未明童話全集 5」講談社 1977 p304
　◇「定本小川未明童話全集 5」大空社 2001 p304
いしっころ
　◇「さくらゆき―さとうじゅんこ童詩集」えんじゅの会 1997 p84
石ツころ
　◇「〔巖谷〕小波お伽全集 12」本の友社 1998 p130
意地っ張り
　◇「阪田寛夫全詩集」理論社 2011 p526
石峠
　◇「〔比江島重孝〕宮崎のむかし話 2」鉱脈社 1998 p261
石とウマ
　◇「武田信夫童話作品集」みちのく書房 1995 p105
石と　かえる
　◇「坪田譲治幼年童話文学全集 3」集英社 1965 p129
石とカエル
　◇「坪田譲治童話全集 9」岩崎書店 1986 p39
石と化した巫女
　◇「稗田重平全集 5」宝文館出版 1980 p164
石と少女
　◇「与謝野晶子児童文学全集 5」春陽堂書店 2007 p37
石と種
　◇「新装版金子みすゞ全集 2」JULA出版局 1984 p204
　◇「金子みすゞ童謡全集 4」JULA出版局 2004 p88
イシナゲゲンジョ
　◇「〔山田野理夫〕おばけ文庫 5」太平出版社 1976（母と子の図書室）p27
石にかわったにわとり
　◇「春よこいこい―高橋良和こころの童話選集」同

いしに

石になった男
　◇「もういちど飛んで―蛍大介作品集」七賢出版
　　1994 p61
石の歌
　◇「北彰介作品集 4」青森県児童文学研究会 1991
　　p264
石の馬
　◇「鈴木三重吉童話全集 2」文泉堂書店 1975（日
　　本文学全集・選集叢刊第5次）p237
石の占い
　◇「〔厳谷〕小波お伽全集 3」本の友社 1998 p251
石のかえるとひきがえる
　◇「ひろすけ幼年童話文学全集 7」集英社 1962
　　p138
　◇「浜田広介全集 5」集英社 1976 p178
石のこやしは三年
　◇「川崎大治民話選 〔4〕」童心社 1975 p187
石のさいばん―中国童話
　◇「小出正吾児童文学全集 4」審美社 2001 p313
どうよう 石の じぞうさま
　◇「ひろすけ幼年童話文学全集 6」集英社 1962
　　p128
石のじぞうさま
　◇「浜田広介全集 11」集英社 1976 p63
石の下のあり
　◇「浜田広介全集 2」集英社 1975 p22
石の下のちゃわん
　◇「川崎大治民話選 〔3〕」童心社 1971 p80
意志の強い男
　◇「赤川次郎ショートショートシリーズ 3」理論社
　　2010 p36
石の肉体をまさぐりながら
　◇「稗田菫平全集 2」宝文館出版 1979 p13
石のばあさま
　◇「松谷みよ子全エッセイ 3」筑摩書房 1989 p311
石の話
　◇「北彰介作品集 1」青森県児童文学研究会 1990
　　p102
石の羊
　◇「瑠璃の壺―森銑三童話集」三樹書房 1982 p12
石の人
　◇「北彰介作品集 4」青森県児童文学研究会 1991
　　p232
石の町
　◇「今江祥智の本 13」理論社 1980 p61
　◇「今江祥智童話館 〔5〕」理論社 1986 p160
石の祭
　◇「今江祥智の本 10」理論社 1980 p168
　◇「今江祥智童話館 〔17〕」理論社 1987 p82

石の物語Ⅰ
　◇「阪田寛夫全詩集」理論社 2011 p688
石の物語Ⅱ―チムールのサンタシ峠の故事
から
　◇「阪田寛夫全詩集」理論社 2011 p690
石の門
　◇「〔北原〕白秋全童謡集 3」岩波書店 1992 p112
石の行方
　◇「巌谷小波お伽噺文庫 〔5〕」大和書房 1976 p226
石舞台古墳
　◇「〔下田喜久美〕遠くから来た旅人―詩集」リト
　　ル・ガリヴァー社 1998 p125
石牡丹
　◇「〔厳谷〕小波お伽全集 10」本の友社 1998 p199
いじむさ かあさん
　◇「巽聖歌作品集 下」巽聖歌作品集刊行委員会
　　1977 p42
いじめっ子が二人
　◇「佐藤さとるファンタジー全集 12」講談社 1982
　　p49
　◇「佐藤さとる幼年童話自選集 3」ゴブリン書房
　　2003 p147
　◇「佐藤さとるファンタジー全集 12」講談社, 復刊
　　ドットコム（発売）2011 p49
いじめっこなしよ
　◇「〔黒川良人〕犬の詩猫の詩―児童詩集」東洋出版
　　2000 p130
石森延男
　◇「今江祥智の本 35」理論社 1990 p150
石工（いしや）
　◇「〔島木〕赤彦童謡集」第一書房 1947 p65
石やきいものにおい
　◇「春よこいこい―高橋良和こころの童話選集」同
　　朋舎出版 1995 p89
石屋さん
　◇「坪田譲治童話全集 2」岩崎書店 1986 p241
　◇「坪田譲治名作選 〔2〕 ビワの実」小峰書店
　　2005 p52
いしゃちがい
　◇「川崎大治民話選 〔1〕」童心社 1968 p196
医者とうわばみ
　◇「川崎大治民話選 〔1〕」童心社 1968 p14
医者の手と足
　◇「〔山田野理夫〕お笑い文庫 4」太平出版社 1977
　　（母と子の図書室）p33
衣裳もちの鈴子さん
　◇「与謝野晶子児童文学全集 2」春陽堂書店 2007
　　p158
遺書のつもりの私の三冊
　◇「いのち―みずかみかずよ全詩集」石風社 1995
　　p480

いじわる
　◇「来栖良夫児童文学全集 1」岩崎書店 1983 p169
意地悪（犬と牛）
　◇〔巌谷〕小波お伽全集 14」本の友社 1998 p26
いじわる王女さま（一場）
　◇「筒井敬介児童劇集 1」東京書籍 1982（東書児童劇シリーズ）p51
いじわるオウム
　◇「〔山田野理夫〕お笑い文庫 1」太平出版社 1977（母と子の図書室）p102
"いじわる！"1
　◇「〔橘かおる〕考える童話シリーズ短篇集 2」新風舎 1997 p68
"いじわる！"2
　◇「〔橘かおる〕考える童話シリーズ短篇集 2」新風舎 1997 p74
"いじわる！"3
　◇「〔橘かおる〕考える童話シリーズ短篇集 2」新風舎 1997 p80
いじワンるものがたり
　◇「筒井敬介童話全集 4」フレーベル館 1983 p7
偉人をたたえる歌
　◇「西條八十童謡全集」修道社 1971 p181
異人さんとの会話
　◇「宮口しづえ童話全集 8」筑摩書房 1979 p28
異人屋敷
　◇「坪田譲治童話全集 1」岩崎書店 1986 p235
　◇「坪田譲治名作選〔1〕魔法」小峰書店 2005 p72
いす
　◇「〔内海康子〕六月のカレンダー―詩集」けやき書房 1999 p32
いす
　◇「まど・みちお詩集 4」銀河社 1974 p18
　◇「まど・みちお全詩集」理論社 1992 p417
　◇「まどさんの詩の本 4」理論社 1994 p58
イス
　◇「まど・みちお全詩集 続」理論社 2015 p72
椅子
　◇「星新一YAセレクション 3」理論社 2008 p105
椅子
　◇「まど・みちお全詩集」理論社 1992 p563
　◇「まどさんの詩の本 4」理論社 1994 p60
いすうまくん
　◇「角野栄子のちいさなどうわたち 5」ポプラ社 2007 p57
伊豆への招待
　◇「佐藤義美全集 1」佐藤義美全集刊行会 1974 p415
いずこも同じ
　◇「椋鳩十の本 22」理論社 1983 p208
椅子作り元祖の孫
　◇「斎藤隆介全集 9」岩崎書店 1982 p171
イースター
　◇「阪田寛夫全詩集」理論社 2011 p847
椅子の上
　◇「新装版金子みすゞ全集 2」JULA出版局 1984 p179
　◇「金子みすゞ童謡集」角川春樹事務所 1998（ハルキ文庫）p94
　◇「金子みすゞ童謡全集 4」JULA出版局 2004 p54
いずみ
　◇「佐藤義美全集 1」佐藤義美全集刊行会 1974 p428
泉
　◇「新美南吉全集 6」牧書店 1965 p148
　◇「新美南吉全集 6」牧書店 1965 p211
泉
　◇「稗田童平全集 1」宝文館出版 1978 p19
　◇「稗田童平全集 2」宝文館出版 1979 p128
　◇「稗田童平全集 3」宝文館出版 1979 p70
泉
　◇「くんぺい魔法ばなし―魔法ばなし全集 2」サンリオ 2000 p30
泉
　◇「星新一YAセレクション 5」理論社 2009 p77
泉
　◇「まど・みちお全詩集」理論社 1992 p564
泉ある家
　◇「新修宮沢賢治全集 14」筑摩書房 1980 p151
泉が井と業平
　◇「〔今坂柳二〕りゅうじフォークロア・world 4」ふるさと伝承研究会 2008 p20
泉が城昔ばなし
　◇「〔今坂柳二〕りゅうじフォークロア・world 4」ふるさと伝承研究会 2008 p13
泉鏡花
　◇「〔かこさとし〕お話こんにちは〔8〕」偕成社 1979 p21
泉沢浩志詩集「額縁」
　◇「稗田童平全集 6」宝文館出版 1981 p145
泉の暁
　◇「稗田童平全集 1」宝文館出版 1978 p99
泉の嵐
　◇「稗田童平全集 1」宝文館出版 1978 p126
「泉の嵐」拾遺
　◇「稗田童平全集 8」宝文館出版 1982 p36
「泉の嵐」抄
　◇「稗田童平全集 1」宝文館出版 1978 p124
泉の上にそよ風吹くと
　◇「〔渡部毅彦〕お母さんのための童話集」花伝社、共栄書房（発売）1997 p161
泉の声は岩が密める

いすみ

◇「稗田菫平全集 2」宝文館出版 1979 p10

泉のごとく
◇「今西祐行全集 15」偕成社 1989 p21

泉の鹿（二章）
◇「稗田菫平全集 1」宝文館出版 1978 p93

泉の手琴（四章）
◇「稗田菫平全集 1」宝文館出版 1978 p91

いずみの みず
◇「まど・みちお全詩集」理論社 1992 p257

いずみの水
◇「寺村輝夫のむかし話 〔4〕」あかね書房 1978 p36

泉〈A〉
◇「校定新美南吉全集 8」大日本図書 1981 p378

泉〈B〉
◇「校定新美南吉全集 8」大日本図書 1981 p427

伊勢えび
◇「〔北原〕白秋全童謡集 5」岩波書店 1993 p73

遺跡の町
◇「椋鳩十の本 22」理論社 1983 p190

伊勢の的矢の日和山
◇「壺井栄全集 6」文泉堂出版 1998 p172

伊勢向きじぞう
◇「〔今坂柳二〕りゅうじフォークロア・world 2」ふるさと伝承研究会 2007 p133

伊勢湾台風
◇「壺井栄名作集 1」ポプラ社 1965 p145
◇「壺井栄全集 10」文泉堂出版 1998 p555

いそあそび
◇「〔東君平〕おはようどうわ 8」講談社 1982 p94

いそおなご
◇「〔山田野理夫〕おばけ文庫 5」太平出版社 1976（母と子の図書室）p61

いそがき
◇「〔山田野理夫〕おばけ文庫 5」太平出版社 1976（母と子の図書室）p39

いそがしい乗客
◇「阪田寛夫全詩集」理論社 2011 p215

いそがしい空
◇「〔金子〕みすゞ詩画集 〔5〕」春陽堂書店 2001 p28

忙しい空
◇「新装版金子みすゞ全集 1」JULA出版局 1984 p76
◇「金子みすゞ童謡全集 1」JULA出版局 2003 p122

急ぐ老人からかい唄
◇「阪田寛夫全詩集」理論社 2011 p239

いそげ, 救助艇
◇「巽聖歌作品集 下」巽聖歌作品集刊行委員会 1977 p103

イソツプお伽噺
◇「〔巌谷〕小波お伽全集 14」本の友社 1998 p1

いそてんぐ
◇「〔山田野理夫〕おばけ文庫 5」太平出版社 1976（母と子の図書室）p40

いそべセンベイ
◇「椋鳩十の本 22」理論社 1983 p91

磯山桜
◇「巽聖歌作品集 上」巽聖歌作品集刊行委員会 1977 p374

いたい
◇「杉みき子選集 2」新潟日報事業社 2005 p140

いたいいたい虫
◇「阪田寛夫全詩集」理論社 2011 p223

いたい食事のマナー
◇「〔柳家弁天〕らくご文庫 10」太平出版社 1987 p78

痛いときのおまじない
◇「〔野村ゆき〕ねえ、おはなしして！一語り聞かせるお話集」東洋出版 1998 p30

板垣退助
◇「〔かこさとし〕お話こんにちは 〔1〕」偕成社 1979 p91

いたずら
◇「来栖良夫児童文学全集 1」岩崎書店 1983 p60

いたずら
◇「坪田譲治幼年童話文学全集 5」集英社 1965 p8
◇「坪田譲治童話全集 9」岩崎書店 1986 p51

いたづら
◇「那須辰造著作集 2」講談社 1980 p212

悪戯王子
◇「おの・ちゅうこう初期作品集 〔1〕 牧歌的風景」嵩書房 1975 p116

いたずら男
◇「〔山田野理夫〕お笑い文庫 7」太平出版社 1977（母と子の図書室）p46

いたずらおばけ ピピ
◇「大川悦生・おばけの本 3」ポプラ社 1981 p1

いたずらきつねおさん
◇「山下明生・童話の島じま 3」あかね書房 2012 p57

いたづら子鴉
◇「〔北原〕白秋全童謡集 2」岩波書店 1992 p203

いたずら小僧日記
◇「佐々木邦全集 1」講談社 1974 p3

いたずら子ラッコーチャチャとコタロウ
◇「岡野薫子動物記 1」小峰書店 1985 p5

いたずら子リス
◇「椋鳩十全集 10」ポプラ社 1970 p243

いたずらサル
　◇「椋鳩十全集 8」ポプラ社 1969 p226
　◇「椋鳩十まるごと動物ものがたり 9」理論社 1996 p169

いたずらサルをつかまえろ
　◇「犬飼馬鹿人旧作童話集」日本文化資料センター 1996 p199

いたずら三平
　◇「坪田譲治幼年童話文学全集 3」集英社 1965 p36
　◇「坪田譲治童話全集 9」岩崎書店 1986 p10

いたずら好きのエレベーター
　◇〔木下容子〕ファンタジー傑作童話集 まほうのコンペイトー」おさひめ書房 2009 p37

いたずらすずめ
　◇「横山健童謡選集 2」無明舎出版 1995 p65

いたずらっ子テレビにでる
　◇「松谷みよ子全集 6」講談社 1972 p61

イタズラッコとおなべの星
　◇「神沢利子コレクション・普及版 3」あかね書房 2006 p83
　◇「神沢利子のおはなしの時間 3」ポプラ社 2011 p6

いたずらパジェック
　◇〔春名こうじ〕夢の国への招待状」新風舎 1997 p15

いたずら ぴぴんぷうぱい
　◇「寺村輝夫全童話 6」理論社 1998 p326

いたずらひよこはおにいちゃん
　◇「犬飼馬鹿人旧作童話集」日本文化資料センター 1996 p1

いたずら坊主の夢
　◇「阪田寛夫全詩集」理論社 2011 p361

いたずらまねぎつね
　◇「寺村輝夫全童話 3」理論社 1997 p179

いたずらまねギツネ
　◇「寺村輝夫どうわの本 2」ポプラ社 1983 p9

いたずらミミのまほう
　◇「花園大学童話文学全集 4」法蔵館 1980 p288

いたづらもの
　◇「鈴木三重吉童話全集 3」文泉堂書店 1975（日本文学全集・選集叢刊第5次）p286

いたずらラッコのロッコ
　◇「神沢利子コレクション 3」あかね書房 1994 p81
　◇「神沢利子コレクション・普及版 3」あかね書房 2006 p81

いただいてきた神さま
　◇〔今坂柳二〕りゅうじフォークロア・world 3」ふるさと伝承研究会 2007 p138

いただきます―太田愛人「牧場のキジ」による
　◇「阪田寛夫全詩集」理論社 2011 p86

いたち（岡田泰三）

　◇「岡田泰三・日下部梅子童謡集」会津童詩会 1992 p18

いたち
　◇〔北原〕白秋全童謡集 4」岩波書店 1993 p27

いたち
　◇「国分一太郎児童文学集 6」小峰書店 1967 p133

イタチのいる学校
　◇「坪田譲治童話全集 9」岩崎書店 1986 p189

いたちのうた
　◇「室生犀星童話全集 1」創林社 1978 p132

いたちのキチキチ
　◇「浜田広介全集 2」集英社 1975 p221
　◇「浜田広介全集 8」集英社 1976 p100

いたちの子もりうた
　◇「松谷みよ子おはなし集 4」ポプラ社 2010 p85

いたちの手紙
　◇「佐藤さとるファンタジー全集 12」講談社 1982 p79
　◇「佐藤さとるファンタジー全集 12」講談社, 復刊ドットコム（発売）2011 p79

「いたちの手紙」・あとがき
　◇「佐藤さとるファンタジー全集 16」講談社 1983 p202
　◇「佐藤さとるファンタジー全集 16」講談社, 復刊ドットコム（発売）2011 p202

いたちの手ぬぐい
　◇「森三郎童話選集〔1〕」刈谷市教育委員会 1995 p185

いたちのまち
　◇「椋鳩十学年別童話〔5〕」理論社 1990 p44

イタチのまち
　◇「椋鳩十全集 17」ポプラ社 1980 p132

いたちの友情
　◇「川崎大治民話選〔3〕」童心社 1971 p69

〔いたつきてゆめみなやみし〕
　◇「新修宮沢賢治全集 6」筑摩書房 1980 p5
　◇「新修宮沢賢治全集 6」筑摩書房 1980 p332
　◇「ジュニア文学館 宮沢賢治―写真・絵画集成 3」日本図書センター 1996 p182

いたと かんな
　◇「阪田寛夫全詩集」理論社 2011 p261

板戸の鬼と息子の話
　◇「浜田広介全集 9」集英社 1976 p18

いたどり
　◇〔北原〕白秋全童謡集 2」岩波書店 1992 p349

いたどり
　◇「西條八十童謡全集」修道社 1971 p182

イタドリ
　◇〔庄野英二全集 11」偕成社 1980 p402

いたどりの芽
　◇「巽聖歌作品集 上」巽聖歌作品集刊行委員会

作品名から引ける日本児童文学個人全集案内　67

1977 p518

井田のおじさん
◇「桃色のダブダブさん―松田解子童話集」新日本出版社 2004 p45

板の舟
◇「瑠璃の壺―森銑三童話集」三樹書房 1982 p281

いたまえさん
◇「〔木暮正夫〕日本のおばけ話・わらい話 11」岩崎書店 1987 p4

イタリア人
◇「椋鳩十の本 22」理論社 1983 p206

イタリアの村娘
◇「横山健童謡選集 1」無明舎出版 1995 p69

イタリー娘の踊り
◇「〔島崎〕藤村の童話 1」筑摩書房 1979 p59

異端
◇「星新一ショートショートセレクション 8」理論社 2002 p72

傷んだ一枚の葉
◇「全集灰谷健次郎の本 20」理論社 1987 p19

いちいち
◇「まど・みちお全詩集 続」理論社 2015 p175

一円玉の希望
◇「やなせたかし童謡詩集〔1〕」フレーベル館 2000 p26

一億万円のおくりもの
◇「全集灰谷健次郎の本 15」理論社 1988 p30

一がさした
◇「まど・みちお全詩集」理論社 1992 p231

一月
◇「〔北原〕白秋全童謡集 3」岩波書店 1992 p9

一月
◇「庄野英二全集 8」偕成社 1980 p356

1月・あさちゃんのうた
◇「阪田寛夫全詩集」理論社 2011 p192

一月ある朝
◇「阪田寛夫全詩集」理論社 2011 p905

一月一日
◇「〔島木〕赤彦童謡集」第一書店 1947 p73

一月一日
◇「新版・宮沢賢治童話全集 12」岩崎書店 1979 p46

(一月の)
◇「稗田菫平全集 8」宝文館出版 1982 p56
◇「稗田菫平全集 8」宝文館出版 1982 p128

市川左団次(二世)
◇「〔かこさとし〕お話こんにちは〔7〕」偕成社 1979 p89

市川団十郎(九世)
◇「〔かこさとし〕お話こんにちは〔7〕」偕成社 1979 p56

いちご
◇「〔北原〕白秋全童謡集 2」岩波書店 1992 p125
◇「〔北原〕白秋全童謡集 3」岩波書店 1992 p332

いちご
◇「〔島崎〕藤村の童話 3」筑摩書房 1979 p169

いちご
◇「まど・みちお全詩集」理論社 1992 p140

イチゴ
◇「石森延男児童文学全集 2」学習研究社 1971 p165

イチゴ
◇「〔東君平〕おはようどうわ 3」講談社 1982 p104

いちごを くれたのは
◇「まど・みちお全詩集」理論社 1992 p636

苺男
◇「〔巖谷〕小波お伽全集 3」本の友社 1998 p207

いちごがうれた
◇「神沢利子コレクション・普及版 1」あかね書房 2005 p43

一子とたぬきと指輪事件―新ほたる館物語
◇「あさのあつこコレクション 6」新日本出版社 2007 p2

いちごのなげき
◇「住井すゑジュニア文学館 3」汐文社 1999 p191

苺畑
◇「マッチ箱の中―三鎌よし子童謡集」しもつけ文学会 1998 p22

苺ミルク
◇「西條八十童謡全集」修道社 1971 p183

苺別れ
◇「戸川幸夫動物文学全集 1」講談社 1976 p168

一時
◇「〔北原〕白秋全童謡集 1」岩波書店 1992 p128

一字かえる
◇「椋鳩十全集 12」ポプラ社 1970 p76
◇「椋鳩十の本 15」理論社 1982 p86

いちじく
◇「壺井栄名作集 7」ポプラ社 1965 p200

イチジク
◇「まど・みちお全詩集 1」銀河社 1975 p12
◇「まど・みちお全詩集」理論社 1992 p120
◇「まど・みちお全詩集」理論社 1992 p454

無花果
◇「カエルとお月さま―後藤楢根「作品集」」由布市教育委員会 2006 p98

無花果
◇「壺井栄全集 1」文泉堂出版 1997 p337

イチジクの枝
◇「国分一太郎児童文学集 6」小峰書店 1967 p29

いちじくの木
　◇「小川未明幼年童話文学全集 7」集英社 1966 p59
いちぢくの木に
　◇「北彰介作品集 1」青森県児童文学研究会 1990 p68
イチジクぶし
　◇「まど・みちお全詩集 続」理論社 2015 p305
一字ちがい
　◇「椋鳩十全集 24」ポプラ社 1980 p18
一字違い
　◇「椋鳩十の本 16」理論社 1983 p76
一日千秋
　◇「壺井栄全集 11」文泉堂出版 1998 p160
一時のこびとは
　◇「与田凖一全集 1」大日本図書 1967 p132
〔一時半なのにどうしたのだらう〕
　◇「新修宮沢賢治全集 7」筑摩書房 1980 p342
いちじゅくの木
　◇「定本小川未明童話全集 10」講談社 1977 p205
　◇「定本小川未明童話全集 10」大空社 2001 p205
一で出して
　◇〔北原〕白秋全童謡集 5」岩波書店 1993 p128
いちどにたくさんのえもの
　◇〔西本鶏介〕日本の昔話─読みきかせお話集 2」小学館 2001 p12
一度め
　◇「杉みき子選集 2」新潟日報事業社 2005 p158
1に12をかけるのと 12に1をかけるのと
　◇「北風のくれたテーブルかけ─久保田万太郎童話劇集」東京書籍 1981（東書児童劇シリーズ）p111
いちにち
　◇〔東君平〕おはようどうわ 4」講談社 1982 p193
一日
　◇「まど・みちお全詩集」理論社 1992 p54
一日一分
　◇「坪田譲治童話全集 1」岩崎書店 1986 p267
いちにちのうた
　◇「〔関根栄一〕はしるふじさん─童謡集」小峰書店 1998 p219
一日の田植え
　◇「〔足立俊〕桃と赤おに」叢文社 1998 p50
一日伸びる
　◇「魂の配達─野村吉哉作品集」草思社 1983 p70
一日のロンド
　◇「山本瓔子詩集 II」新風舎 2003 p92
1ねん1くみ1ばんげんき
　◇「後藤竜二童話集 1」ポプラ社 2013 p47
1ねん1くみ1ばんサイコー！
　◇「後藤竜二童話集 1」ポプラ社 2013 p123

1ねん1くみ1ばんゆうき
　◇「後藤竜二童話集 1」ポプラ社 2013 p85
1ねん1くみ1ばんワル
　◇「後藤竜二童話集 1」ポプラ社 2013 p5
「一年一組せんせいあのね」
　◇「全版版灰谷健次郎の本 21」理論社 1988 p211
1ねん1くみのしらゆきひめ
　◇「長崎源之助全集 17」偕成社 1987 p231
一年詩集の序
　◇「新美南吉全集 6」牧書店 1965 p87
　◇「校定新美南吉全集 8」大日本図書 1981 p184
　◇「新美南吉童話集 1」大日本図書 1982 p334
　◇「〔新美南吉〕でんでんむしのかなしみ」大日本図書 1999 p4
　◇「新美南吉童話集 1」大日本図書 2012 p334
一年中終らない うた
　◇「〔おうち・やすゆき〕こら！ しんぞう─童謡詩集」小峰書店 1996 p59
いちねんせい
　◇「おはなしいっぱい─祐成智美童謡詩集」リーブル 1997 p8
一年生（日下部梅子）
　◇「岡田泰三・日下部梅子童詩集」会津童詩会 1992 p75
一年生
　◇「杉みき子選集 2」新潟日報事業社 2005 p154
一ねんせいたちと ひよめ
　◇「新美南吉全集 1」牧書店 1965 p91
一年生たちとひよめ
　◇「校定新美南吉全集 4」大日本図書 1980 p392
　◇「新美南吉童話集 1」大日本図書 1982 p221
　◇「新美南吉童話集」世界文化社 2004（心に残るロングセラー）p127
　◇「新美南吉30選」春陽堂書店 2009（名作童話）p309
　◇「新美南吉童話集 1」大日本図書 2012 p221
一ねんせいだ わっはっは
　◇「まど・みちお全詩集」理論社 1992 p636
一年生とひよめ
　◇「新美南吉童話大全」講談社 1989 p284
一ねんせいに なったら
　◇「まど・みちお全詩集」理論社 1992 p228
　◇「まどさんの詩の本 5」理論社 1994 p42
一ねんせいのこぶたくん
　◇「浜田広介全集 8」集英社 1976 p137
一年生の詩
　◇「佐藤義美全集 6」佐藤義美全集刊行会 1974 p17
ネンセイノ ビョウキ
　◇「まど・みちお全詩集」理論社 1992 p41
一ねんせいは いいな
　◇「まど・みちお全詩集」理論社 1992 p199

いちね

一年の計
 ◇「佐々木邦全集 補巻5」講談社 1975 p169
1のかたちのすうじあそびうた
 ◇「まどさんの詩の本 2」理論社 1994 p76
一ノ字鬼
 ◇「斎藤隆介全集 1」岩崎書店 1982 p64
一のじ みつけた
 ◇「阪田寛夫全詩集」理論社 2011 p169
一の谷
 ◇〔巌谷〕小波お伽全集 7」本の友社 1998 p165
一の谷の戦い（一龍斎貞水編、岡本和明文）
 ◇「一龍斎貞水の歴史講談 4」フレーベル館 2000 p52
一の柱さま
 ◇「椋鳩十の本 18」理論社 1982 p68
いちのゆび とうさん
 ◇「まど・みちお全詩集」理論社 1992 p231
市場
 ◇「巽聖歌作品集 上」巽聖歌作品集刊行委員会 1977 p65
市場へ市場へ
 ◇〔北原〕白秋全童謡集 1」岩波書店 1992 p185
市場帰り
 ◇「新修宮沢賢治全集 4」筑摩書房 1979 p88
 ◇「ジュニア文学館 宮沢賢治―写真・絵画集成 3」日本図書センター 1996 p135
一, 八, 十のモックモク
 ◇〔木暮正夫〕日本のおばけ話・わらい話 6」岩崎書店 1986 p72
いちばんうつくしい日
 ◇「立原えりかのファンタジーランド 10」青土社 1980 p107
一ばんかたいもの
 ◇〔木暮正夫〕日本のおばけ話・わらい話 12」岩崎書店 1987 p29
いちばん自然
 ◇「山本瓔子詩集 I」新風舎 2003 p75
一番すきなころ
 ◇〔斎藤信夫〕子ども心を友として―童謡詩集」成東町教育委員会 1996 p118
いちばんすきなひと
 ◇「阪田寛夫全詩集」理論社 2011 p902
いちばん大切なことは何か
 ◇「ジュニア版吉野源三郎全集 2」ポプラ社 1967 p147
いちばん大切なことは何か―選挙と多数決について
 ◇「吉野源三郎全集 3」ポプラ社 2000 p57
いちばん大切な願いごと
 ◇「いちばん大切な願いごと―宮下木花12歳童話集」銀の鈴社 2007（小さな鈴シリーズ）p4
いちばんたかいは
 ◇「阪田寛夫全詩集」理論社 2011 p294
一番鶏
 ◇〔巌谷〕小波お伽全集 12」本の友社 1998 p147
いちばんにいいおくりもの
 ◇「ひろすけ幼年童話文学全集 6」集英社 1962 p96
 ◇「浜田広介全集 1」集英社 1975 p134
いちばん東の富士山
 ◇〔今坂柳二〕りゅうじフォークロア・world 2」ふるさと伝承研究会 2007 p62
いちばんほし
 ◇「まど・みちお全詩集」理論社 1992 p333
 ◇「まどさんの詩の本 14」理論社 1997 p10
一ばんぼし
 ◇「まど・みちお全詩集 6」銀河社 1975 p28
 ◇「まど・みちお全詩集」理論社 1992 p492
一ばん星
 ◇「まど・みちお全詩集」理論社 1992 p306
 ◇「まどさんの詩の本 14」理論社 1997 p12
一番星
 ◇「新装版金子みすゞ全集 2」JULA出版局 1984 p271
 ◇「金子みすゞ童謡全集 4」JULA出版局 2004 p186
いちばん星がひかってる
 ◇「おはなしいっぱい―祐成智美童謡詩集」リーブル 1997 p98
一ばんぼし みいつけた
 ◇「まど・みちお全詩集」理論社 1992 p176
いちばんぼしみつけた
 ◇〔東君平〕おはようどうわ 1」講談社 1982
一番目のお床
 ◇〔北原〕白秋全童謡集 1」岩波書店 1992 p212
市日
 ◇「新修宮沢賢治全集 6」筑摩書房 1980 p94
一秒の短いことば
 ◇「山本瓔子詩集 I」新風舎 2003 p116
一枚のうろこ
 ◇〔比江島重孝〕宮崎のむかし話 2」鉱脈社 1998 p242
一枚の絵
 ◇「椋鳩十の本 28」理論社 1989 p143
一枚の木の葉
 ◇「山本瓔子詩集 I」新風舎 2003 p96
一枚の芝居の切符
 ◇「壺井栄全集 11」文泉堂出版 1998 p227
一枚の写真
 ◇〔木下容子〕ファンタジー傑作童話集 まほうのコンペイトー」おさひめ書房 2009 p207

一枚の写真から
　◇「壺井栄全集 11」文泉堂出版 1998 p478
一枚のチョコレート
　◇「〔永松康男〕童話集 青いマント」永松康男 2012 p71
一枚のはがき
　◇「庄野英二全集 11」偕成社 1980 p11
一枚のはがき
　◇「新美南吉童話集 1」大日本図書 1982 p297
　◇「新美南吉童話大全」講談社 1989 p9
　◇「新美南吉童話集 1」大日本図書 2012 p297
　◇「新美南吉童話選集 5」ポプラ社 2013 p119
一枚のはがき
　◇「浜田広介全集 1」集英社 1975 p180
一枚の葉書
　◇「校定新美南吉全集 6」大日本図書 1980 p455
一まいのはっぱとお月さま
　◇「今西祐行全集 1」偕成社 1988 p133
一枚のレコード
　◇「椋鳩十の本 23」理論社 1983 p280
いちまんえんさつ
　◇「阪田寛夫全詩集」理論社 2011 p298
一万二千フィートの峰に立つ
　◇「椋鳩十の本 31」理論社 1989 p144
一文字屋
　◇「〔山田野理夫〕おばけ文庫 8」太平出版社 1976（母と子の図書室）p32
一夜ぐすり
　◇「壺井栄全集 3」文泉堂出版 1997 p475
一夜マツ
　◇「〔山田野理夫〕おばけ文庫 6」太平出版社 1976（母と子の図書室）p152
いちゃもんや
　◇「別役実童話集 〔3〕」三一書房 1977 p161
いちょう
　◇「〔内海康子〕六月のカレンダー――詩集」けやき書房 1999 p108
いちょう
　◇「いのち―みずかみかずよ全詩集」石風社 1995 p123
いちょうの木
　◇「[島崎]藤村の童話 1」筑摩書房 1979 p64
イチョウの木
　◇「大石真児童文学全集 11」ポプラ社 1982 p133
イチョウの木とのはら
　◇「〔東風琴子〕童話集 2」ストーク 2006 p141
いちょうの木の下
　◇「ひろすけ幼年童話文学全集 6」集英社 1962 p77
　◇「浜田広介全集 4」集英社 1976 p131
いちょうの木まで
　◇「浜田広介全集 2」集英社 1975 p221
いちょうの葉
　◇「定本小川未明童話全集 10」講談社 1977 p279
　◇「定本小川未明童話全集 10」大空社 2001 p279
イチョウのは（生活劇）
　◇「斎藤喬幼年劇全集 2」誠文堂新光社 1961 p281
いちょうの はっぱ
　◇「佐藤義美童謡集」さ・え・ら書房 1960 p76
　◇「佐藤義美全集 1」佐藤義美全集刊行会 1974 p189
いちょうの実
　◇「浜田広介全集 1」集英社 1975 p220
いちょうの実
　◇「新版・宮沢賢治童話全集 2」岩崎書店 1978 p21
　◇「宮沢賢治童話集 1」講談社 1985（講談社青い鳥文庫）p31
　◇「〔宮沢〕賢治童話」翔泳社 1995 p107
　◇「宮沢賢治のおはなし 3」岩崎書店 2004 p39
　◇「宮沢賢治童話集珠玉選 〔1〕」講談社 2009 p99
いてふの実
　◇「新修宮沢賢治全集 8」筑摩書房 1979 p81
一両電車
　◇「〔坪井安〕はしれ子馬よ―童謡詩集」童謡研究・蜂の会 1999 p102
一れつ
　◇「新美南吉全集 6」牧書店 1965 p245
　◇「校定新美南吉全集 8」大日本図書 1981 p20
一列こぞつて
　◇「[北原]白秋全童謡集 1」岩波書店 1992 p167
一郎くんとおばあさん
　◇「岡本良雄童話文学全集 3」講談社 1964 p274
一郎地蔵
　◇「鈴木喜代春児童文学選集 11」らくだ出版 2009 p1
一羽ちがう
　◇「〔柳家弁天〕らくご文庫 3」太平出版社 1987 p96
一羽の小鳥
　◇「浜田広介全集 11」集英社 1976 p73
一羽の鳥
　◇「まど・みちお全詩集 続」理論社 2015 p404
一羽の鳥は
　◇「[北原]白秋全童謡集 5」岩波書店 1993 p7
いつ うまれたの
　◇「〔高橋一仁〕春のニシン場―童謡詩集」けやき書房 2003 p32
一回ばなし一回だけ
　◇「あまんきみこセレクション 4」三省堂 2009 p82
一角獣
　◇「稗田菫平全集 1」宝文館出版 1978 p145

いつか

一角獣の風景
　◇『稗田菫平全集 1』宝文館出版 1978 p146

<一花言>ハハコヨモギ
　◇『庄野英二全集 4』偕成社 1979 p380

一家心中
　◇『星新一YAセレクション 8』理論社 2009 p41

いつかの夢（日下部梅子）
　◇『岡田泰三・日下部梅子童謡集』会津童詩会 1992 p93

いつか見た空
　◇『〔鈴木桂子〕親子で語り合う詩集 1』クロスロード 1997 p28

いつから
　◇『まど・みちお詩集 3』銀河社 1975 p4
　◇『まど・みちお全詩集』理論社 1992 p472

五木の子守歌物語
　◇『鈴木喜代春児童文学選集 10』らくだ出版 2009 p1

一休さん
　◇『寺村輝夫のとんち話 1』あかね書房 1976

一休さんのとんち話
　◇『〔木暮正夫〕日本のおばけ話・わらい話 15』岩崎書店 1987 p75

一茎二花の話
　◇『室生犀星童話全集 3』創林社 1978 p52

一軒の家
　◇『星新一ちょっと長めのショートショート 9』理論社 2006 p101

一軒の家・一本の木・一人の息子
　◇『別役実童話集 〔1〕』三一書房 1973 p246

一けんや
　◇『佐藤義美全集 3』佐藤義美全集刊行会 1973 p37

一軒屋の時計
　◇『新装版金子みすゞ全集 1』JULA出版局 1984 p74
　◇『金子みすゞ童謡全集 1』JULA出版局 2003 p118

イツ子先生
　◇『阪田寛夫全詩集』理論社 2011 p237

一個の石器が北京原人をつかまえた
　◇『〔たかしよいち〕世界むかしむかし探検 1』国土社 1993 p108

いつ頃（岡田泰三）
　◇『岡田泰三・日下部梅子童謡集』会津童詩会 1992 p56

一切空
　◇『〔北原〕白秋全童謡集 1』岩波書店 1992 p196

イッサイ先生と四人のお茶request
　◇『〔今坂柳二〕りゅうじフォークロア・world 2』ふるさと伝承研究会 2007 p114

（一切に）

◇『稗田菫平全集 8』宝文館出版 1982 p44

〔一才のアルプ花崗岩（みかげ）を〕
　◇『新修宮沢賢治全集 6』筑摩書房 1980 p150
　◇『新修宮沢賢治全集 6』筑摩書房 1980 p404

いっささん
　◇『浜田広介全集 8』集英社 1976 p164

一茶さんと子どもたち
　◇『横山健童謡選集 2』無明舎出版 1995 p68

一冊の童話集
　◇『あまんきみこセレクション 5』三省堂 2009 p66

一冊のノートのこと
　◇『安房直子コレクション 2』偕成社 2004 p336

一冊の古本
　◇『赤川次郎ショートショートシリーズ 2』理論社 2009 p5

一冊の本から
　◇『あまんきみこセレクション 5』三省堂 2009 p170

一冊の本のない人間の一冊
　◇『全集灰谷健次郎の本 21』理論社 1988 p188

一茶とライオン
　◇『阪田寛夫全詩集』理論社 2011 p888

いっしょうけんめい
　◇『〔島崎〕藤村の童話 1』筑摩書房 1979 p153

一生に一度の今日だから
　◇『山本瓔子詩集Ⅰ』新風舎 2003 p44

一升瓶と中佐
　◇『氏原大作全集 3』条例出版 1976 p123

いっしょにあそぼう
　◇『神沢利子のおはなしの時間 2』ポプラ社 2011 p86

いっしょの おはな
　◇『さくらゆき―さとうじゅんこ童詩集』えんじゅの会 1997 p28

一寸のムシ
　◇『〔山田野理夫〕おばけ文庫 11』太平出版社 1976（母と子の図書室）p80

いっすんぼうし
　◇『坪田譲治幼年童話文学全集 7』集英社 1965 p192

いっすんぼうし
　◇『ひろすけ幼年童話文学全集 11』集英社 1962 p149
　◇『浜田広介全集 9』集英社 1976 p14

いっすんぼうし
　◇『松谷みよ子のむかしむかし 3』講談社 1973 p40

一寸法師
　◇『少年探偵江戸川乱歩全集 41』ポプラ社 1973 p5

一寸法師（江戸川乱歩作、氷川瓏文）
　◇『少年版江戸川乱歩選集 〔2〕』講談社 1970 p1

一寸法師
　◇「〔北原〕白秋全童謡集 4」岩波書店 1993 p267
一寸法師
　◇「西條八十童謡全集」修道社 1971 p184
一寸法師
　◇「坪田譲治童話全集 10」岩崎書店 1986 p38
一寸法師—おはなしのうたの三
　◇「新装版金子みすゞ全集 1」JULA出版局 1984 p18
　◇「金子みすゞ童謡全集 1」JULA出版局 2003 p34
一石二鳥
　◇「椋鳩十全集 12」ポプラ社 1970 p51
　◇「椋鳩十の本 15」理論社 1982 p52
一銭蒸気
　◇「〔北原〕白秋全童謡集 4」岩波書店 1993 p145
一銭銅貨
　◇「定本小川未明童話全集 13」講談社 1977 p28
　◇「定本小川未明童話全集 13」大空社 2002 p28
いったい なんびき
　◇「〔山田野理夫〕おばけ文庫 4」太平出版社 1976（母と子の図書室）
いつだか（岡田泰三）
　◇「岡田泰三・日下部梅子童謡集」会津童詩会 1992 p53
いったんもめん
　◇「〔山田野理夫〕おばけ文庫 3」太平出版社 1976（母と子の図書室）p83
一反木綿
　◇「椋鳩十の本 34」理論社 1989 p264
一致團結（腹と四肢）
　◇「〔巖谷〕小波お伽全集 14」本の友社 1998 p94
いっちゃんはね、おしゃべりがしたいのにね
　◇「全集版灰谷健次郎の本 11」理論社 1988 p161
　◇「灰谷健次郎童話館〔1〕」理論社 1994 p39
一直線
　◇「少年倶楽部名作佐藤紅緑全集 下」講談社 1967 p9
いっちょらい
　◇「阪田寛夫全詩集」理論社 2011 p775
五つに なった 政ちゃん
　◇「定本小川未明童話全集 15」講談社 1978 p25
　◇「定本小川未明童話全集 15」大空社 2002 p25
五つの貝
　◇「与謝野晶子児童文学全集 5」春陽堂書店 2007 p12
五つの詩集・四つの詩華集
　◇「稗田童平全集 6」宝文館出版 1981 p141
五つの城
　◇「室生犀星童話全集 2」創林社 1978 p131
五つのたこ
　◇「花岡大学童話文学全集 2」法蔵館 1980 p180

五つのりんご
　◇「今西祐行全集 15」偕成社 1989 p102
五つ葉のうまごやし
　◇「壺井栄全集 6」文泉堂出版 1998 p476
往って還って
　◇「阪田寛夫全詩集」理論社 2011 p875
いってしまったこ
　◇「今江祥智の本 14」理論社 1980 p209
　◇「今江祥智童話館〔6〕」理論社 1986 p193
行って参ります
　◇「与謝野晶子児童文学全集 1」春陽堂書店 2007 p175
いってみたら
　◇「佐藤義美全集 2」佐藤義美全集刊行会 1973 p169
いって みようよ
　◇「巽聖歌作品集 下」巽聖歌作品集刊行委員会 1977 p54
いつでもゆめを
　◇「今江祥智の本 13」理論社 1980 p144
　◇「今江祥智童話館〔5〕」理論社 1986 p42
　◇「今江祥智ショートファンタジー 1」理論社 2004 p41
いってらっしゃい
　◇「〔東君平〕ひとくち童話 5」フレーベル館 1995 p66
一島共有の島
　◇「椋鳩十の本 18」理論社 1982 p62
一等になってみたいな
　◇「立原えりかのファンタジーランド 16」青土社 1981 p75
いっとにとさん（体操のうた）
　◇「阪田寛夫全詩集」理論社 2011 p396
いつの ことだか どこの ことだか
　◇「新美南吉全集 1」牧書店 1965 p3
いつのまにか春がきていた
　◇「大石真児童文学全集 8」ポプラ社 1982 p103
いつのまにかぼくは王さまになった（寺村輝夫,神宮輝夫）
　◇「〔神宮輝夫〕現代児童文学作家対談 2」偕成社 1988 p89
いつのまにやら八部作
　◇「今江祥智の本 36」理論社 1990 p297
一杯のかけそば
　◇「栗良平作品集 2」栗っ子の会 1988（栗っ子童話シリーズ）p2
一匹狼の弁
　◇「椋鳩十の本 24」理論社 1983 p146
一ぴき麒麟
　◇「まど・みちお全詩集」理論社 1992 p58

いつひ

一ぴきのかえる
　◇「住井すゑジュニア文学館 6」汐文社 1999 p151
一ぴきのクモ
　◇「石森延男児童文学全集 5」学習研究社 1971 p238
一ぴきのたぬき
　◇〔比江島重孝〕宮崎のむかし話 2」鉱脈社 1998 p99
一匹の鮒
　◇「坪田譲治自選童話集」実業之日本社 1971 p478
　◇「坪田譲治童話全集 11」岩崎書店 1986 p133
　◇「坪田譲治名作選〔4〕風の中の子供」小峰書店 2005 p25
一片のパイ
　◇「森三郎童話選集〔1〕」刈谷市教育委員会 1995 p172
一方性の痛み
　◇「まど・みちお全詩集 続」理論社 2015 p457
一歩づゝ進め（兎と龜）
　◇〔巌谷〕小波お伽全集 14」本の友社 1998 p124
一本足の すずの へいたい
　◇「ひろすけ幼年童話文学全集 9」集英社 1962 p64
一本足の兵隊
　◇「鈴木三重吉童話集 3」文泉堂書店 1975（日本文学全集・選集叢刊第5次）p103
一本足の夢
　◇〔巌谷〕小波お伽全集 3」本の友社 1998 p92
一本一疋
　◇〔北原〕白秋全童謡集 2」岩波書店 1992 p292
一本木野
　◇「新修宮沢賢治全集 2」筑摩書房 1979 p260
　◇「ジュニア文学館 宮沢賢治―写真・絵画集成 3」日本図書センター 1996 p82
一本 しいの木
　◇「佐藤義美全集 1」佐藤義美全集刊行会 1974 p425
一本角
　◇「椋鳩十の本 6」理論社 1982 p63
一本竹渡り
　◇「北彰介作品集 3」青森県児童文学研究会 1990 p270
一本の糸
　◇「定本壺井栄児童文学全集 1」講談社 1979 p302
一本のかきの木
　◇「定本小川未明童話全集 2」講談社 1976 p383
　◇「定本小川未明童話全集 2」大空社 2001 p383
一本の木
　◇「佐藤義美全集 1」佐藤義美全集刊行会 1974 p425
一本の木になって
　◇「杉みき子選集 10」新潟日報事業社 2011 p62

一ぽんの 銀の はり
　◇「小川未明幼年童話文学全集 2」集英社 1965 p148
一本の銀の針
　◇「定本小川未明童話全集 5」講談社 1977 p400
　◇「定本小川未明童話全集 5」大空社 2001 p400
一本のくぎ
　◇「ひろすけ幼年童話文学全集 10」集英社 1962 p158
　◇「浜田広介全集 10」集英社 1976 p147
一本のサクラ
　◇「まど・みちお全詩集」理論社 1992 p596
　◇「まどさんの詩の本 11」理論社 1997 p18
一ぽんの線
　◇〔北原〕白秋全童謡集 4」岩波書店 1993 p208
一本の釣りざお
　◇「定本小川未明童話全集 2」講談社 1976 p82
　◇「定本小川未明童話全集 2」大空社 2001 p82
一本のはり
　◇「ひろすけ幼年童話文学全集 7」集英社 1962 p40
　◇「浜田広介全集 3」集英社 1975 p240
一本のマッチ
　◇「壺井栄名作集 8」ポプラ社 1965 p240
一本のマッチほう
　◇「浜田広介全集 2」集英社 1975 p54
一本の指が痛い
　◇「佐藤義美全集 5」佐藤義美全集刊行会 1973 p522
一本の指が痛い〈構成略〉
　◇「佐藤義美全集 5」佐藤義美全集刊行会 1973 p542
一本の指が痛い時
　◇「佐藤義美全集 5」佐藤義美全集刊行会 1973 p42
一本の指が痛い〈未定稿〉
　◇「佐藤義美全集 5」佐藤義美全集刊行会 1973 p534
一本の指が痛い―よごれた白い服の子ども
　◇「佐藤義美全集 5」佐藤義美全集刊行会 1973 p128
一本のローソク
　◇「国分一太郎児童文学集 6」小峰書店 1967 p225
一本橋
　◇「中村雨紅詩謡集」中村雨紅詩謡集刊行委員会 1971 p156
一本歯のゲタ
　◇「浜田広介全集 9」集英社 1976 p75
いっぽんみち
　◇「西條八十童謡全集」修道社 1971 p187
いっぽん道
　◇「与田準一全集 1」大日本図書 1967 p43

一本道
　◇「石森延男児童文学全集 11」学習研究社 1971 p62
いつまでも かあさん―全日本合唱祭'75―お母さんコーラスがやってきた主題曲
　◇「阪田寛夫全詩集」理論社 2011 p797
逸見久美著「女ひと筋の道」を読む
　◇「稗田菫平全集 7」宝文館出版 1981 p138
いつも
　◇「まど・みちお全詩集 続」理論社 2015 p276
いつも 遠足みたいに にぎやか
　◇「こども用三代目魚武濱田成夫詩集ZK」学習研究社 2002 p46
いつもお祭り雪の日は
　◇「杉みき子選集 10」新潟日報事業社 2011 p82
「いつも音楽があった」
　◇「今江祥智の本 36」理論社 1990 p247
イツモシズカニ
　◇「岡本良雄童話文学全集 2」講談社 1964 p7
いつも 父と一緒
　◇「椋鳩十の本 24」理論社 1983 p23
いつも 月夜は
　◇「与田凖一全集 1」大日本図書 1967 p46
いつも ニコニコ
　◇「佐藤義美童謡集」さ・え・ら書房 1960 p24
イツモ ニコニコ
　◇「佐藤義美全集 1」佐藤義美全集刊行会 1974 p153
いつものように
　◇「まど・みちお全詩集 続」理論社 2015 p285
いつもぶうたれネコ
　◇「きむらゆういちおはなしのへや 5」ポプラ社 2012 p25
いつも 私は愛して来た
　◇「椋鳩十の本 1」理論社 1982 p100
いつやってくるかわからない
　◇「花岡大学仏典童話新作集 1」法蔵館 1984 p12
いつわりの満州国
　◇「来栖良夫児童文学全集 10」岩崎書店 1983 p19
いであげだご汁
　◇「〔比江島重孝〕宮崎のむかし話 3」鉱脈社 2000 p227
いても よさそうな
　◇「まど・みちお詩集 5」銀河社 1975 p24
　◇「まど・みちお全詩集」理論社 1992 p514
いでん
　◇「〔東君平〕おはようどうわ 8」講談社 1982 p177
遺伝（A-随筆）
　◇「壷井栄全集 11」文泉堂出版 1998 p124
遺伝（B-随筆）
　◇「壷井栄全集 11」文泉堂出版 1998 p313
井戸
　◇「千葉省三童話全集 3」岩崎書店 1967 p41
井戸
　◇「新美南吉全集 6」牧書店 1965 p249
　◇「校定新美南吉全集 8」大日本図書 1981 p41
井戸
　◇「新修宮沢賢治全集 4」筑摩書房 1979 p16
　◇「新修宮沢賢治全集 4」筑摩書房 1979 p304
伊藤静雄
　◇「〔かこさとし〕お話こんにちは 〔9〕」偕成社 1979 p53
伊藤整
　◇「〔かこさとし〕お話こんにちは 〔10〕」偕成社 1980 p79
伊藤博文
　◇「〔かこさとし〕お話こんにちは 〔6〕」偕成社 1979 p21
伊藤満子詩集「花と傷」
　◇「稗田菫平全集 6」宝文館出版 1981 p147
いとおしい日々
　◇「阪田寛夫全詩集」理論社 2011 p487
井土ヶ谷事件
　◇「長崎源之助全集 6」偕成社 1987 p33
井土ヶ谷小学校ができたころ
　◇「長崎源之助全集 20」偕成社 1988 p150
井戸から出た兎
　◇「瑠璃の壺―森銑三童話集」三樹書房 1982 p5
糸切
　◇「野口雨情童謡集」弥生書房 1993 p44
糸ぎりす
　◇「巽聖歌作品集 上」巽聖歌作品集刊行委員会 1977 p395
いとくず
　◇「〔斎藤信夫〕子ども心を友として―童謡詩集」成東町教育委員会 1996 p238
井戸車
　◇「巽聖歌作品集 上」巽聖歌作品集刊行委員会 1977 p397
糸ぐるま
　◇「稗田菫平全集 8」宝文館出版 1982 p175
糸車
　◇「壷井栄全集 6」文泉堂出版 1998 p279
いとぐるまの歌
　◇「〔高橋一仁〕春のニシン場―童謡詩集」けやき書房 2003 p90
糸ぐるまの女
　◇「寺村輝夫のむかし話 〔1〕」あかね書房 1977 p56
いとしい人への花束

いとし

◇「立原えりかのファンタジーランド 4」青土社 1980

愛しのわが子
◇「赤川次郎セレクション 2」ポプラ社 2008 p75

糸づくし
◇「おの・ちゅうこう初期作品集〔1〕牧歌的風景」崙書房 1975 p95

いととんぼ
◇「〔関根栄一〕はしるふじさん—童謡集」小峰書店 1998 p18

イトトンボ
◇「まど・みちお全詩集」理論社 1992 p641
◇「まどさんの詩の本 3」理論社 1994 p84

井戸のある谷間
◇「佐藤さとる全集 9」講談社 1973 p215
◇「佐藤さとるファンタジー全集 11」講談社 1983 p181
◇「佐藤さとるファンタジー全集 11」講談社, 復刊ドットコム（発売）2011 p181

井戸の茶わん（林家木久蔵編, 岡本和明文）
◇「林家木久蔵の子ども落語 1」フレーベル館 1998 p184

糸のない胡弓
◇「定本小川未明童話全集 2」講談社 1976 p177
◇「定本小川未明童話全集 2」大空社 2001 p177

いどの なかの 月
◇「花岡大学仏典童話全集 6」法蔵館 1979 p80

井戸の話
◇「〔島崎〕藤村の童話 3」筑摩書房 1979 p21

いどの ポンプに
◇「巽聖歌作品集 下」巽聖歌作品集刊行委員会 1977 p88

いどばたで
◇「〔金子〕みすゞ詩画集〔4〕」春陽堂書店 2000 p32

井戸ばたで
◇「新装版金子みすゞ全集 3」JULA出版局 1984 p81
◇「金子みすゞ童謡集」角川春樹事務所 1998（ハルキ文庫）p144
◇「金子みすゞ童謡全集 5」JULA出版局 2004 p108

いどばたのかに
◇「浜田広介全集 4」集英社 1976 p131

異途への出発
◇「新修宮沢賢治全集 3」筑摩書房 1979 p190
◇「新修宮沢賢治全集 3」筑摩書房 1979 p385
◇「ジュニア文学館 宮沢賢治—写真・絵画集成 3」日本図書センター 1996 p122

井戸掘り
◇「〔北原〕白秋全童謡集 5」岩波書店 1993 p5

井戸掘吉左衛門

◇「かつおきんや作品集 12」アリス館牧新社 1975 p5
◇「かつおきんや作品集 4」偕成社 1982 p5

井戸ほり善次郎
◇「〔山田野理夫〕おばけ文庫 7」太平出版社 1976（母と子の図書室）p130

井戸水
◇「椋鳩十全集 12」ポプラ社 1970 p89
◇「椋鳩十の本 15」理論社 1982 p101

井戸水
◇「〔山田野理夫〕おばけ文庫 8」太平出版社 1976（母と子の図書室）p54

糸屋のばあさん
◇「〔山田野理夫〕おばけ文庫 1」太平出版社 1976（母と子の図書室）p58

いない いない ばあ
◇「おはなしいっぱい—祐成智美童謡詩集」リーブル 1997 p84

いないいないばあや
◇「神沢利子コレクション 5」あかね書房 1994 p149
◇「神沢利子コレクション・普及版 5」あかね書房 2006 p149
◇「神沢利子コレクション・普及版 5」あかね書房 2006 p151

イナウ
◇「石森延男児童文学全集 4」学習研究社 1971 p63

いなか
◇「〔東君平〕おはようどうわ 5」講談社 1982 p108
◇「東君平のおはようどうわ 2」新日本出版社 2010 p50

田舎
◇「新装版金子みすゞ全集 1」JULA出版局 1984 p213
◇「金子みすゞ童謡全集 2」JULA出版局 2003 p178

田舎
◇「〔北原〕白秋全童謡集 1」岩波書店 1992 p254

田舎
◇「中村雨紅詩謡集」中村雨紅詩謡集刊行委員会 1971 p68

田舎ぐらし
◇「〔大野憲三〕創作童話」一粒書房 2012 p56

田舎ぐらし
◇「椋鳩十の本 23」理論社 1983 p85

田舎芝居の役者
◇「椋鳩十の本 20」理論社 1983 p49

田舎漢
◇「〔北原〕白秋全童謡集 1」岩波書店 1992 p159

田舎の秋
◇「中村雨紅詩謡集」中村雨紅詩謡集刊行委員会 1971 p107

いなかのいえ
  ◇「[東君平] おはようどうわ 5」講談社 1982 p210
田舎のうた
  ◇「[北原] 白秋全童謡集 1」岩波書店 1992 p249
田舎の絵
  ◇「新装版金子みすゞ全集 1」JULA出版局 1984 p200
  ◇「金子みすゞ童謡全集 2」JULA出版局 2003 p160
田舎のお母さん
  ◇「定本小川未明童話全集 10」講談社 1977 p363
  ◇「定本小川未明童話全集 10」大空社 2001 p363
田舎の教子へ
  ◇「おの・ちゅうこう初期作品集 〔2〕 日本の教室は明るい」崙書房 1975 p71
田舎のお午
  ◇「[北原] 白秋全童謡集 2」岩波書店 1992 p293
いなかの かえる
  ◇「[おうち・やすゆき] こら！ しんぞう―童謡詩集」小峰書店 1996 p84
ヰナカノ カハ
  ◇「佐藤義美全集 1」佐藤義美全集刊行会 1974 p346
田舎の正月
  ◇「壺井栄全集 11」文泉堂出版 1998 p272
田舎の花
  ◇「椋鳩十の本 18」理論社 1982 p177
  ◇「椋鳩十の本 23」理論社 1983 p180
田舎の春
  ◇「与謝野晶子児童文学全集 6」春陽堂書店 2007 p196
田舎の町と飛行機
  ◇「新装版金子みすゞ全集 3」JULA出版局 1984 p122
  ◇「金子みすゞ童謡集」角川春樹事務所 1998（ハルキ文庫）p170
  ◇「金子みすゞ童謡全集 5」JULA出版局 2004 p162
いなかのゆうびんポスト
  ◇「岩永博史童話集 1」岩永博史 2001 p57
いなかの夜
  ◇「ひばりのす―木下夕爾児童詩集」光書房 1998 p10
田舎の夜（岡田泰三）
  ◇「岡田泰三・日下部梅子童謡集」会津童詩会 1992 p6
田舎風のみそ汁
  ◇「椋鳩十の本 20」理論社 1983 p236
田舎もの（A–随筆）
  ◇「壺井栄全集 11」文泉堂出版 1998 p79
いなくなったニワトリ

  ◇「石森延男児童文学全集 11」学習研究社 1971 p284
いなくなったマカカ
  ◇「花岡大学仏典童話新作集 2」法蔵館 1984 p55
イナゴ
  ◇「まど・みちお詩集 〔1〕」すえもりブックス 1992 p36
  ◇「まど・みち全詩集」理論社 1992 p306
  ◇「まどさんの詩の本 3」理論社 1994 p58
蝗
  ◇「室生犀星童話集 2」創林社 1978 p269
いなごのうた
  ◇「室生犀星童話集 2」創林社 1978 p59
いなご原っぱのラッパふき
  ◇「[塩見治子] 短編童話集 本のむし」早稲田童話塾 2013 p237
稲作施肥計算資料
  ◇「新修宮沢賢治全集 15」筑摩書房 1980 p513
いなずま
  ◇「いのち―みずかみかずよ全詩集」石風社 1995 p149
伊那谷
  ◇「椋鳩十の本 20」理論社 1983 p10
伊那谷のイワシ売り
  ◇「椋鳩十の本 20」理論社 1983 p153
伊那谷の村祭り
  ◇「椋鳩十の本 20」理論社 1983 p31
いなだのカラス
  ◇「稗田菫平全集 3」宝文館出版 1979 p73
いななきヶ原の若光さま
  ◇「[今坂柳二] りゅうじフォークロア・world 6」ふるさと伝承研究会 2012 p99
いななく高原
  ◇「庄野英二全集 8」偕成社 1980 p7
いなばのウサギ（童話劇）
  ◇「斎田喬幼年劇全集 1」誠文堂新光社 1962 p505
因幡のくに
  ◇「異聖歌作品集 下」異聖歌作品集刊行委員会 1977 p295
イナバの白ウサギ
  ◇「石森延男児童文学全集 6」学習研究社 1971 p39
〔いなびかり雲にみなぎり〕
  ◇「新修宮沢賢治全集 7」筑摩書房 1980 p188
稲姫物語
  ◇「[巌谷] 小波お伽全集 2」本の友社 1998 p273
稲穂ぬすみ
  ◇「[北原] 白秋全童謡集 4」岩波書店 1993 p98
いなほはつよい
  ◇「浜田広介全集 5」集英社 1976 p225
いなりあたり

いなり
　◇「〔山田野理夫〕おばけ文庫 3」太平出版社 1976（母と子の図書室）p29
いなりさま
　◇「国分一太郎児童文学集 6」小峰書店 1967 p139
古(いにしえ)ぶり
　◇「校定新美南吉全集 8」大日本図書 1981 p82
イニシャルG アロエくん
　◇「北国翔子童話集 2」青森県児童文学研究会 2010 p64
イニシャルG 百利子ちゃん
　◇「北国翔子童話集 2」青森県児童文学研究会 2010 p66
いぬ
　◇「こやま峰子詩集 〔1〕」朔北社 2003 p38
いぬ
　◇「〔東君平〕ひとくち童話 1」フレーベル館 1995 p30
いぬ
　◇「まど・みちお全詩集」理論社 1992 p344
　◇「まど・みちお全詩集」理論社 1992 p646
　◇「まどさんの詩の本 7」理論社 1996 p8
　◇「まどさんの詩の本 7」理論社 1996 p14
イヌ
　◇「〔東君平〕おはようどうわ 2」講談社 1982 p78
犬
　◇「新装版金子みすゞ全集 2」JULA出版局 1984 p162
　◇「金子みすゞ童謡全集 4」JULA出版局 2004 p26
犬
　◇「佐藤義美全集 2」佐藤義美全集刊行会 1973 p25
犬
　◇「庄野英二全集 5」偕成社 1980 p194
犬
　◇「杉みき子選集 2」新潟日報事業社 2005 p54
犬
　◇「鈴木三重吉童話全集 6」文泉堂書店 1975（日本文学全集・選集叢刊第5次）p16
犬
　◇「戸川幸夫動物文学全集 10」冬樹社 1966 p9
　◇「戸川幸夫動物文学全集 15」講談社 1977 p167
犬
　◇「魂の配達―野村吉哉作品集」草思社 1983 p58
　◇「魂の配達―野村吉哉作品集」草思社 1983 p93
犬
　◇「新修宮沢賢治全集 2」筑摩書房 1979 p155
犬
　◇「椋鳩十全集 12」ポプラ社 1970 p181
　◇「椋鳩十の本 15」理論社 1982 p217
犬
　◇「瑠璃の壺―森銑三童話集」三樹書房 1982 p17

犬あそばせ
　◇「国分一太郎児童文学集 1」小峰書店 1967 p6
イヌあらい
　◇「〔東君平〕おはようどうわ 5」講談社 1982 p84
イヌ石
　◇「〔山田野理夫〕おばけ文庫 3」太平出版社 1976（母と子の図書室）p148
いぬいとみこ
　◇「今江祥智の本 21」理論社 1981 p146
イヌが歩く
　◇「まど・みちお詩集 〔1〕」すえもりブックス 1992 p30
　◇「まど・みちお全詩集」理論社 1992 p90
　◇「まどさんの詩の本 7」理論社 1996 p10
犬が自分のしっぽをみてうたう歌
　◇「やなせたかし童謡詩集 〔2〕」フレーベル館 2000 p84
いぬが にし むきゃ
　◇「まど・みちお全詩集 続」理論社 2015 p422
犬神山
　◇「〔巌谷〕小波お伽全集 6」本の友社 1998 p263
犬車がゆく
　◇「定本小川未明童話全集 9」講談社 1977 p285
　◇「定本小川未明童話全集 9」大空社 2001 p285
犬越路
　◇「今西祐行全集 8」偕成社 1988 p183
犬こそやはり最良の友
　◇「今江祥智の本 34」理論社 1990 p119
イヌごや
　◇「〔東君平〕おはようどうわ 7」講談社 1982 p201
イヌ小屋にとめてもらったネコ
　◇「武田信夫童話作品集」みちのく書房 1995 p78
イヌコロ
　◇「西條八十童謡全集」修道社 1971 p188
犬ころ
　◇「中村雨紅詩集」中村雨紅詩謡集刊行委員会 1971 p94
犬さんとくもさんとかえるさん
　◇「村山籌子作品集 2」JULA出版局 1998 p54
犬さんとねこさん
　◇「村山籌子作品集 2」JULA出版局 1998 p46
犬散歩めんきょしょう
　◇「全集古田足日子どもの本 3」童心社 1993 p211
犬さん，目玉をくださいな
　◇「〔柳家弁天〕らくご文庫 6」太平出版社 1987 p12
犬塚
　◇「椋鳩十全集 6」ポプラ社 1969 p188
　◇「椋鳩十の本 11」理論社 1983 p106
　◇「椋鳩十動物童話集 3」小峰書店 1990 p34

◇「椋鳩十まるごと動物ものがたり 1」理論社 1995 p5

犬塚信乃
　◇「少年倶楽部名作佐藤紅緑全集 下」講談社 1967 p243

犬づくり
　◇「戸川幸夫動物文学全集 15」講談社 1977 p290

イヌたちのアルバム
　◇「岡野薫子動物記 3」小峰書店 1986 p1

犬太郎物語
　◇「椋鳩十全集 2」ポプラ社 1969 p168
　◇「椋鳩十の本 6」理論社 1982 p20
　◇「椋鳩十まるごと動物ものがたり 2」理論社 1995 p192

犬って悲しいな
　◇「〔黒川良人〕犬の詩猫の詩―児童詩集」東洋出版 2000 p78

犬と あひる
　◇「〔東君平〕ひとくち童話 5」フレーベル館 1995 p68

犬と犬と人の話
　◇「定本小川未明童話全集 8」講談社 1977 p7
　◇「定本小川未明童話全集 8」大空社 2001 p7

犬とイノシシの話
　◇「桃色のダブダブさん―松田解子童話集」新日本出版社 2004 p109

犬と鳥
　◇「〔巌谷〕小波お伽全集 14」本の友社 1998 p216

いぬときつね
　◇「浜田広介全集 6」集英社 1976 p234

犬と雲
　◇「西條八十童謡全集」修道社 1971 p48
　◇「西條八十童話集」小学館 1983 p400

犬と少年
　◇「ひろすけ幼年童話文学全集 7」集英社 1962 p160
　◇「浜田広介全集 3」集英社 1975 p177

犬と友だち
　◇「坪田譲治幼年童話文学全集 5」集英社 1965 p171
　◇「坪田譲治自選童話集」実業之日本社 1971 p377
　◇「坪田譲治童話全集 6」岩崎書店 1986 p89

犬と どろぼう
　◇「ひろすけ幼年童話文学全集 8」集英社 1961 p146

いぬと ねこ
　◇「〔東君平〕ひとくち童話 3」フレーベル館 1995 p8

イヌとネコ
　◇「〔東君平〕おはようどうわ 6」講談社 1982 p212

犬と猫
　◇「〔比江島重孝〕宮崎のむかし話 2」鉱脈社 1998 p39

犬と人と
　◇「椋鳩十の本 18」理論社 1982 p51

犬と人と花
　◇「定本小川未明童話全集 1」講談社 1976 p173
　◇「定本小川未明童話全集 1」大空社 2001 p173

犬と古洋傘
　◇「定本小川未明童話全集 11」講談社 1977 p190
　◇「定本小川未明童話全集 11」大空社 2002 p190

犬とみなし子
　◇「久保喬自選作品集 1」みどりの会 1994 p172

犬とめじろ
　◇「新装版金子みすゞ全集 3」JULA出版局 1984 p163
　◇「〔金子〕みすゞ詩画集 〔1〕」春陽堂書店 1996
　◇「金子みすゞ童謡全集 6」JULA出版局 2004 p50

犬と雪玉
　◇「ひろすけ幼年童話文学全集 3」集英社 1962 p14
　◇「浜田広介全集 5」集英社 1976 p55

犬なつめ
　◇「まど・みちお全集」理論社 1992 p77

いぬならぽち
　◇「壺井栄全集 10」文泉堂出版 1998 p532

イヌならポチ
　◇「定本壺井栄児童文学全集 3」講談社 1979 p276

犬なんかこわくない
　◇「武田信夫童話作品集」みちのく書房 1995 p263

犬に捧げる早口バラード
　◇「阪田寛夫全詩集」理論社 2011 p570

犬に なった 一ろう
　◇「佐藤義美全集 3」佐藤義美全集刊行会 1973 p47

犬二匹
　◇「〔黒川良人〕犬の詩猫の詩―児童詩集」東洋出版 2000 p16

犬猫病院
　◇「佐藤義美童謡集」さ・え・ら書房 1960 p262
　◇「佐藤義美全集 1」佐藤義美全集刊行会 1974 p84

犬の足
　◇「〔木暮正夫〕日本のおばけ話・わらい話 14」岩崎書店 1987 p50

いぬの いいはな いいにおい
　◇「平塚武二童話全集 2」童心社 1972 p10

犬のうた
　◇「室生犀星童話全集 2」創林社 1978 p78

犬のお芝居
　◇「〔北原〕白秋全童謡集 5」岩波書店 1993 p4

犬のお芝居
　◇「巽聖歌作品集 上」巽聖歌作品集刊行委員会 1977 p409

いぬの

いぬのおまわりさん
◇「佐藤義美全集 1」佐藤義美全集刊行会 1974 p315
◇「ともだちシンフォニー──佐藤義美童謡集」JULA出版局 1990 p46

犬の木登と猿の遊泳
◇「〔巌谷〕小波お伽全集 14」本の友社 1998 p190

犬の牙
◇「北彰介作品集 4」青森県児童文学研究会 1991 p80

犬のけんか
◇「〔柳家弁天〕らくご文庫 9」太平出版社 1987 p98

犬の幸福
◇「やなせたかし童謡詩集 〔3〕」フレーベル館 2001 p34

犬ノコトバ
◇「佐藤義美全集 1」佐藤義美全集刊行会 1974 p157

犬の散歩
◇「まど・みちお全詩集 続」理論社 2015 p406

犬の三本足
◇「椋鳩十の本 16」理論社 1983 p10

犬の嫉妬
◇「戸川幸夫動物文学全集 15」講談社 1977 p292

犬の習性
◇「戸川幸夫動物文学全集 15」講談社 1977 p293

いぬのそり
◇「〔北原〕白秋全童謡集 2」岩波書店 1992 p355

犬の食べ物
◇「瑠璃の壺──森銑三童話集」三樹書房 1982 p194

いぬのはがき
◇「浜田広介全集 11」集英社 1976 p70

イヌのヒロシ
◇「三木卓童話作品集 3」大日本図書 2000 p69

「イヌのヒロシ 初出」あとがきより
◇「三木卓童話作品集 3」大日本図書 2000 p204

いぬのぶらんこ
◇「浜田広介全集 11」集英社 1976 p83

犬の星
◇「佐藤義美童謡集」さ・え・ら書房 1960 p241
◇「佐藤義美童謡集」さ・え・ら書房 1960 p261
◇「佐藤義美全集 5」佐藤義美全集刊行会 1973 p214
◇「佐藤義美全集 1」佐藤義美全集刊行会 1974 p273

いぬの星の いぬの歌
◇「佐藤義美童謡集」さ・え・ら書房 1960 p231
◇「佐藤義美全集 1」佐藤義美全集刊行会 1974 p248

イヌのまね

◇「〔山田野理夫〕お笑い文庫 1」太平出版社 1977（母と子の図書室）p17

イヌのみみ
◇「〔東君平〕おはようどうわ 2」講談社 1982 p174

犬の耳
◇「戸川幸夫動物文学全集 15」講談社 1977 p289

イヌの目
◇「〔山田野理夫〕おばけ文庫 12」太平出版社 1976（母と子の図書室）p101

犬の幽霊
◇「富島健夫青春文学選集 4」集英社 1971 p253

犬の洋行
◇「村山籌子作品集 3」JULA出版局 1998 p46

いぬ馬鹿
◇「戸川幸夫動物文学全集 1」冬樹社 1965 p287
◇「戸川幸夫動物文学全集 9」講談社 1976 p137

いぬふぐり
◇「〔吉田享子〕おしゃべりな星──少年少女詩集」らくだ出版 2001 p47

犬ポスト
◇「〔黒川良人〕犬の詩猫の詩──児童詩集」東洋出版 2000 p88

いぬも あるけば
◇「まど・みちお全詩集 続」理論社 2015 p16

犬物語
◇「石のロバ──浅野都作品集」新風舎 2007 p160

犬よけのおまじない
◇「〔柳家弁天〕らくご文庫 6」太平出版社 1987 p25

犬よぶ口笛
◇「椋鳩十全集 6」ポプラ社 1969 p167

犬よぶ口笛（佐々木さんの話）
◇「椋鳩十まるごと動物ものがたり 2」理論社 1995 p80

イヌはイヌだ
◇「まど・みちお全詩集 続」理論社 2015 p231

イヌワシに会った日
◇「杉みき子選集 4」新潟日報事業社 2008 p198

犬はなぜオシッコのとき片足をあげるか
◇「犬飼馬鹿人旧作童話集」日本文化資料センター 1996 p117

犬はなぜ目をさます
◇「〔比江島重孝〕宮崎のむかし話 1」鉱脈社 1998 p171

犬はほうわう
◇「〔北原〕白秋全童謡集 1」岩波書店 1992 p177

いねかり
◇「阪田寛夫全詩集」理論社 2011 p307

いねかり
◇「まど・みちお全詩集」理論社 1992 p183

◇「まどさんの詩の本 15」理論社 1997 p88

稲刈りの付録
　◇「全集版灰谷健次郎の本 19」理論社 1987 p200
稲子さんのこと
　◇「壺井栄全集 11」文泉堂出版 1998 p37
稲子さんの昔
　◇「壺井栄全集 11」文泉堂出版 1998 p459
いねっこのうた
　◇〔〔高橋一仁〕春のニシン場―童謡詩集〕けやき書房 2003 p96
いねの なかの まあちゃん
　◇「与田凖一全集 3」大日本図書 1967 p129
いねむり
　◇「まど・みちお全詩集 続」理論社 2015 p247
イネムリ
　◇「まど・みちお全詩集 続」理論社 2015 p258
ゐねむり駅長
　◇〔北原〕白秋全童謡集 5」岩波書店 1993 p41
ゐねむり王さま
　◇〔北原〕白秋全童謡集 2」岩波書店 1992 p280
いねむりかばさん
　◇「カエルとお月さま―後藤楢根「作品集」」由布市教育委員会 2006 p102
いねむり とこや
　◇「定本小川未明童話全集 15」講談社 1978 p106
　◇「定本小川未明童話全集 15」大空社 2002 p106
居眠りの好きなランプ
　◇〔島崎〕藤村の童話 3」筑摩書房 1979 p45
イノウエ
　◇「阪田寛夫全詩集」理論社 2011 p216
伊能忠敬
　◇〔〔かこさとし〕お話こんにちは 〔10〕」偕成社 1980 p58
猪熊入道
　◇〔巌谷〕小波お伽全集 5」本の友社 1998 p1
いのこづち
　◇「山本瓔子詩集Ⅰ」新風舎 2003 p30
ゐのしし
　◇〔北原〕白秋全童謡集 2」岩波書店 1992 p71
猪（いのしし）… → "しし…"をも見よ
猪
　◇「戸川幸夫動物文学全集 10」冬樹社 1966 p277
　◇「戸川幸夫動物文学全集 13」講談社 1976 p279
イノシシ剣法
　◇「椋鳩十全集 2」ポプラ社 1969 p188
猪剣法
　◇「椋鳩十の本 6」理論社 1982 p35
猪と小川
　◇〔北原〕白秋全童謡集 2」岩波書店 1992 p263

イノシシとブリの新巻
　◇「椋鳩十の本 23」理論社 1983 p248
イノシシになったブタの話
　◇「佐藤さとるの本 1」てらいんく 2011 p69
イノシシの脚
　◇「戸川幸夫動物文学全集 15」講談社 1977 p222
イノシシの移住
　◇「椋鳩十の本 22」理論社 1983 p32
イノシシの女王
　◇「椋鳩十全集 8」ポプラ社 1969 p206
　◇「椋鳩十まるごと動物ものがたり 7」理論社 1995 p126
イノシシの谷
　◇「椋鳩十全集 17」ポプラ社 1980 p140
　◇「椋鳩十まるごと動物ものがたり 7」理論社 1995 p148
　◇「椋鳩十名作選 5」理論社 2014 p101
イノシシの突進
　◇「戸川幸夫動物文学全集 15」講談社 1977 p268
イノシシのねぐら
　◇「椋鳩十まるごと動物ものがたり 7」理論社 1995 p59
いのししの みやげ
　◇「花岡大学仏典童話全集 7」法蔵館 1979 p121
いのししばなし
　◇「椋鳩十の本 16」理論社 1983 p145
いのししむしゃのかぶとむし―じいさんと悪魔のうた
　◇「あまの川―宮沢賢治童謡集」筑摩書房 2001 p106
児童文学イノシシ物語
　◇「椋鳩十の本 13」理論社 1983
ゐのししは ゐなくなった
　◇「平塚武二童話全集 2」童心社 1972 p74
いの字の世界
　◇「与田凖一全集 1」大日本図書 1967 p228
いのち
　◇「いのち―みずかみかずよ全詩集」石風社 1995 p452
生命（いのち）… → "せいめい…"をも見よ
いのちを食べる
　◇「全集版灰谷健次郎の本 19」理論社 1987 p197
　◇「全集版灰谷健次郎の本 18」理論社 1987 p58
いのちがあと五日しかなかったら
　◇「全集版灰谷健次郎の本 15」理論社 1988 p79
命がけのアンコール
　◇「赤川次郎セレクション 10」ポプラ社 2008 p99
命がけのうそ
　◇「花岡大学仏典童話全集 3」法蔵館 1979 p50
命乞いのわけ

いのち

◇「花岡大学仏典童話全集 3」法蔵館 1979 p105

いのち誕生
　◇「松谷みよ子全エッセイ 3」筑摩書房 1989 p160

命取りの健康
　◇「赤川次郎ショートショートシリーズ 2」理論社 2009 p25

命とは何かを
　◇「椋鳩十の本 27」理論社 1989 p143

いのちの石
　◇〔渡部秀美〕いのちの石」新風舎 1996 p9

命の泉
　◇「鈴木三重吉童話全集 4」文泉堂書店 1975（日本文学全集・選集叢刊第5次）p1

いのちの歌声―医師・岩渕謙一のたたかい
　◇「鈴木喜代春児童文学選集 12」らくだ出版 2009 p1

いのちの重さについて
　◇「阪田寛夫全詩集」理論社 2011 p105

特別短編 命の恩人
　◇「赤川次郎ショートショートシリーズ 3」理論社 2010 p160

いのちの輝き
　◇〔中山正宏〕大きくな〜れ―童話集」日図書刊行会 1996 p50

生命の樹
　◇「さねとうあきら創作民話集 被差別部落 1」明石書店 1988 p6

命の木
　◇「椋鳩十の本 29」理論社 1989 p102

いのちの五円玉
　◇「赤い自転車―松延いさお自選童話集」〔熊本〕松延猪雄 1993 p90

生命の山河
　◇「富島健夫青春文学選集 11」集英社 1971 p5

生命の棄て様（網にかゝつた鷹）
　◇〔巌谷〕小波お伽全集 14」本の友社 1998 p157

命の玉
　◇〔巌谷〕小波お伽全集 5」本の友社 1998 p127

いのちの田んぼ
　◇〔今坂柳二〕りゅうじフォークロア・world 1」ふるさと伝承研究会 2006 p41

いのちのねうち
　◇「杉みき子選集 4」新潟日報事業社 2008 p32

命の花
　◇「椋鳩十の本 29」理論社 1989 p131

命の火
　◇「椋鳩十の本 24」理論社 1983 p171

命の水
　◇「鈴木三重吉童話全集 6」文泉堂書店 1975（日本文学全集・選集叢刊第5次）p165

命びろいしたウリンボウ
　◇「椋鳩十まるごと動物ものがたり 7」理論社 1995 p87

いのちみちる
　◇「いのち―みずかみかずよ全詩集」石風社 1995 p93

生命みつめて
　◇「椋鳩十の本 33」理論社 1989 p37

（いのちは
　◇「稗田童平全集 8」宝文館出版 1982 p82

命はいちばんのたからもの
　◇「花岡大学仏典童話全集 3」法蔵館 1979 p143

生命(いのち)は大切（獵師と海狸(ビイバア)）
　◇〔巌谷〕小波お伽全集 14」本の友社 1998 p51

いのちはよろこび
　◇「いのち―みずかみかずよ全詩集」石風社 1995 p196

祈り
　◇「杉みき子選集 10」新潟日報事業社 2011 p32

祈り
　◇「新修宮沢賢治全集 4」筑摩書房 1979 p285

祈りとしての児童文学
　◇「椋鳩十の本 24」理論社 1983 p115

祈りについて
　◇「阪田寛夫全詩集」理論社 2011 p101

祈りの思い出
　◇「坪田譲治童話全集 4」岩崎書店 1986 p251

祈れ平和を
　◇「浜田広介全集 11」集英社 1976 p155

いばって はしる
　◇「まど・みちお全詩集」理論社 1992 p191

イーハトーヴォ
　◇「赤座憲久少年詩集シリーズ 1」じゃこめてい出版 1977 p39

イーハトヴの氷霧
　◇「新修宮沢賢治全集 2」筑摩書房 1979 p267

イーハトブの氷霧
　◇「ジュニア文学館 宮沢賢治―写真・絵画集成 3」日本図書センター 1996 p83

イーハトーボ農学校の春
　◇「新版・宮沢賢治童話全集 10」岩崎書店 1979 p5
　◇「新修宮沢賢治全集 14」筑摩書房 1980 p91
　◇〔宮沢〕賢治童話」翔泳社 1995 p221

井葉野篤三さん
　◇「庄野英二全集 9」偕成社 1979 p226

荊棘(いばら)のかげに
　◇〔北原〕白秋全童謡集 1」岩波書店 1992 p138

いびき
　◇〔北原〕白秋全童謡集 2」岩波書店 1992 p329

いびき

いびき
　◇「壺井栄全集 11」文泉堂出版 1998 p159
いびき
　◇「まど・みちお全詩集」理論社 1992 p97
　◇「まどさんの詩の本 1」理論社 1994 p48
イビキ
　◇「まど・みちお全詩集 続」理論社 2015 p231
いびきとあくびとくしゃみのうた
　◇「まど・みちお全詩集 続」理論社 2015 p390
鼾の主
　◇「〔巌谷〕小波お伽全集 14」本の友社 1998 p283
イブー　イブー
　◇「庄野英二全集 5」偕成社 1980 p19
　◇「庄野英二自選短篇童話集」編集工房ノア 1986 p57
いぶき―西都原古墳群
　◇「いのち―みずかみかずよ全詩集」石風社 1995 p402
伊吹山
　◇「魂の配達―野村吉哉作品集」草思社 1983 p291
胃袋の使者
　◇「花岡大学 続・仏典童話全集 1」法蔵館 1981 p51
指宿（いぶすき）の里
　◇「椋鳩十の本 19」理論社 1982 p203
井伏鱒二氏についての正直な話
　◇「壺井栄全集 11」文泉堂出版 1998 p444
イーフの囚人（冒険奇談）
　◇「鈴木三重吉童話全集 7」文泉堂書店 1975（日本文学全集・選集叢刊第5次）p550
異変
　◇「星新一ショートショートセレクション 5」理論社 2002 p104
いぼ
　◇「新美南吉全集 3」牧書店 1965 p259
いぼ
　◇「まど・みちお全詩集」理論社 1992 p123
　◇「まどさんの詩の本 1」理論社 1994 p16
疣
　◇「校定新美南吉全集 2」大日本図書 1980 p359
　◇「新美南吉童話集 2」大日本図書 1982 p263
　◇「新美南吉童話大全」講談社 1989 p12
　◇「新美南吉童話集 2」大日本図書 2012 p263
いぼいのししのしっぽ
　◇「寺村輝夫全童話 3」理論社 1997 p13
いぼたの木
　◇「佐藤義美全集 1」佐藤義美全集刊行会 1974 p100
いぼと　こぶと
　◇「まど・みちお全詩集 続」理論社 2015 p121
異本かぐや物語（一幕二場）
　◇「北彰介作品集 5」青森県児童文学研究会 1991 p237
いま
　◇「阪田寛夫全集」理論社 2011 p461
いま！
　◇「まど・みちお詩集 6」銀河社 1975 p62
　◇「まど・みちお全詩集」理論社 1992 p492
　◇「まどさんの詩の本 14」理論社 1997 p22
〔いま青い雪菜に〕
　◇「新修宮沢賢治全集 4」筑摩書房 1979 p224
いま 美しく輝やいて
　◇「いのち―みずかみかずよ全詩集」石風社 1995 p423
今江祥智さんと
　◇「全集灰谷健次郎の本 24」理論社 1988 p201
「今江祥智の本全22巻」
　◇「全集版灰谷健次郎の本 21」理論社 1988 p196
「今江祥智の本第10巻ばるちざん」
　◇「全集版灰谷健次郎の本 21」理論社 1988 p292
今を生きる
　◇「椋鳩十の本 28」理論社 1989 p90
（今を去る）
　◇「稗田童平全集 8」宝文館出版 1982 p53
いまをさること
　◇「〔橘かおる〕考える童話シリーズ短篇集 2」新風舎 1997 p6
いまから　おひるね
　◇「まど・みちお全詩集」理論社 1992 p131
〔いま来た角に〕
　◇「新修宮沢賢治全集 3」筑摩書房 1979 p51
　◇「新修宮沢賢治全集 3」筑摩書房 1979 p324
今きた一九四八年
　◇「まど・みちお全詩集」理論社 1992 p90
今ここで見ることは
　◇「まど・みちお全詩集」理論社 1992 p531
　◇「まどさんの詩の本 14」理論社 1997 p20
いまごろは、どこの空
　◇「ほんとはね、―かわしませいご童話集」文芸社 2008 p91
いま，島で
　◇「全集版灰谷健次郎の本 20」理論社 1987 p9
今太閤幼少物語
　◇「〔巌谷〕小波お伽全集 4」本の友社 1998 p267
いまでも夢を見るのが好きです（あまんきみこ、神宮輝夫）
　◇「〔神宮輝夫〕現代児童文学作家対談 9」偕成社 1992 p9
今とこここ
　◇「まど・みちお全詩集 続」理論社 2015 p121
いまなん時だ
　◇「〔山田野理夫〕お笑い文庫 5」太平出版社 1977

いまに

いまに
　（母と子の図書室）p142
いまに あかちゃんが
　◇「巽聖歌作品集 上」巽聖歌作品集刊行委員会 1977 p478
今西祐行先生のこと
　◇「あまんきみこセレクション 5」三省堂 2009 p154
いまのおならは, きこえません
　◇「〔柳家弁天〕らくご文庫 11」太平出版社 1987 p32
今の子どものうた
　◇「佐藤義美全集 1」佐藤義美全集刊行会 1974 p283
いまのぼく
　◇「いのち―みずかみかずよ全詩集」石風社 1995 p333
〔いま撥ねかへるつちくれの蔭〕
　◇「新修宮沢賢治全集 4」筑摩書房 1979 p203
いま見えた海
　◇「山本瓔子詩集 I」新風舎 2003 p48
今村力三郎
　◇「〔かこさとし〕お話こんにちは 〔2〕」偕成社 1979 p19
今も鳴りひびく鈴
　◇「椋鳩十の本 24」理論社 1983 p215
いまは さようなら
　◇「まど・みちお全詩集」理論社 1992 p271
今は亡き人たち
　◇「壺井栄全集 11」文泉堂出版 1998 p474
今は みんなに
　◇「稗田童平全集 3」宝文館出版 1979 p55
（今は昔）
　◇「稗田童平全集 8」宝文館出版 1982 p53
いまは昔になった話
　◇「国分一太郎児童文学集 3」小峰書店 1967 p207
　◇「国分一太郎児童文学集 5」小峰書店 1967 p177
今は昔の人間絵巻と怪奇
　◇「〔木暮正夫〕日本の怪奇ばなし 3」岩崎書店 1990 p6
〔いまは燃えつきた瞳も痛み〕
　◇「新修宮沢賢治全集 4」筑摩書房 1979 p210
移民地文芸「紅き日の跡」その前後
　◇「稗田童平全集 7」宝文館出版 1981 p88
イメージが文章として流れる (竹崎有斐, 神宮輝夫)
　◇「〔神宮輝夫〕現代児童文学作家対談 1」偕成社 1988 p213
いも
　◇「千葉省三童話全集 3」岩崎書店 1967 p109
イモ
　◇「坪田譲治童話全集 1」岩崎書店 1986 p183
いもうと
　◇「〔中山尚美〕おふろの中で―詩集」アイ企画 1996 p22
妹
　◇「〔北原〕白秋全童謡集 5」岩波書店 1993 p169
妹心
　◇「〔巖谷〕小波お伽全集 8」本の友社 1998 p25
妹と姉と
　◇「与田準一全集 1」大日本図書 1967 p10
妹と私 (岡田泰三)
　◇「岡田泰三・日下部梅子童謡集」会津童詩会 1992 p125
妹の涙
　◇「〔巖谷〕小波お伽全集 14」本の友社 1998 p330
いもうとのびょうき
　◇「大石真児童文学全集 11」ポプラ社 1982 p17
妹のやつ
　◇「〔村上のぶ子〕ここは小人の国―少年詩集」あしぶえ出版 2000 p78
〔妹は哭き〕
　◇「新修宮沢賢治全集 7」筑摩書房 1980 p225
イモをころがす
　◇「沼田曜一の親子劇場 2」あすなろ書房 1995 p25
いもがゆ
　◇「〔斎藤信夫〕子ども心を友として―童謡詩集」成東町教育委員会 1996 p128
イモざしのさほう
　◇「〔比江島重孝〕宮崎のむかし話 2」鉱脈社 1998 p126
芋俵 (林家木久蔵編, 岡本和明文)
　◇「林家木久蔵の子ども落語 3」フレーベル館 1998 p186
いもだんごのおねえさん
　◇「長崎源之助全集 20」偕成社 1988 p66
稲熱病
　◇「新修宮沢賢治全集 7」筑摩書房 1980 p284
いもどのさま
　◇「今井誉次郎童話集子どもの村 〔3〕」国土社 1957 p98
いものきょうだい
　◇「ひろすけ幼年童話文学全集 3」集英社 1962 p130
　◇「浜田広介全集 2」集英社 1975 p159
イモの島
　◇「来栖良夫児童文学全集 5」岩崎書店 1983 p203
イモほり
　◇「〔東君平〕おはようどうわ 4」講談社 1982 p177
　◇「東君平のおはようどうわ 3」新日本出版社 2010 p31

いもほり長者
　◇「二反長半作品集 3」集英社 1979 p95
いもほり藤五郎
　◇「稗田童平全集 5」宝文館出版 1980 p127
いもまんじゅう
　◇「与田凖一全集 2」大日本図書 1967 p84
いもむし
　◇「いのち―みずかみかずよ全詩集」石風社 1995 p188
イモ虫
　◇「北彰介作品集 1」青森県児童文学研究会 1990 p16
いもむしあそび
　◇「斎田喬児童劇選集 〔6〕」牧書店 1954 p151
いもむしあそび（生活劇）
　◇「斎田喬幼年劇全集 2」誠文堂新光社 1961 p27
イモムシさん
　◇〔東君平〕おはようどうわ 2」講談社 1982 p48
　◇「東君平のおはようどうわ 1」新日本出版社 2010 p62
いもむしのうた
　◇「室生犀星童話全集 2」創林社 1978 p41
いもむすめ
　◇「ひろすけ幼年童話文学全集 6」集英社 1962 p214
　◇「浜田広介全集 1」集英社 1975 p181
いも焼き餅
　◇〔島崎〕藤村の童話 4」筑摩書房 1979 p52
いも屋のむすめ
　◇〔山田野理夫〕お笑い文庫 1」太平出版社 1977 （母と子の図書室）p114
イモリとキツネ
　◇「浜田広介全集 8」集英社 1976 p80
キモンブクロ
　◇「かもめの水兵さん―武内俊子伝記と作品集」講談社出版サービスセンター 1977 p167
慰問袋
　◇「庄野英二全集 11」偕成社 1980 p346
いやいや
　◇「川崎大治民話選 〔1〕」童心社 1968 p22
（苟くも）
　◇「稗田童平全集 8」宝文館出版 1982 p43
癒しについて
　◇「阪田寛夫全集」理論社 2011 p104
いやしんぼ
　◇「奥田継夫ベストコレクション 8」ポプラ社 2002 p7
いやだ！いやだ！
　◇「きむらゆういちおはなしのへや 3」ポプラ社 2012 p141

いやなきつね
　◇「花岡大学仏典童話全集 1」法蔵館 1979 p212
嫌な日
　◇「異聖歌作品集 上」異聖歌作品集刊行委員会 1977 p414
いやなやつばかり
　◇「花岡大学 続・仏典童話全集 1」法蔵館 1981 p74
いやな予感
　◇「椋鳩十の本 23」理論社 1983 p117
祖谷のカズラ橋
　◇「椋鳩十の本 22」理論社 1983 p135
いやはや
　◇「まど・みちお全詩集 続」理論社 2015 p286
伊予生れの渡辺さん
　◇「与謝野晶子児童文学全集 5」春陽堂書店 2007 p181
イーヨ鳥の話
　◇「石のロバ―浅野都作品集」新風舎 2007 p222
伊予の粉屋
　◇「椋鳩十の本 22」理論社 1983 p14
伊予のたぬき
　◇「松谷みよ子のむかしむかし 9」講談社 1973 p130
依頼
　◇「星新一ショートショートセレクション 13」理論社 2003 p121
依頼主
　◇「星新一ショートショートセレクション 5」理論社 2002 p159
甍（東大寺にて）（一首）
　◇「稗田童平全集 4」宝文館出版 1980 p21
いらっしゃいめし
　◇「壺井栄全集 11」文泉堂出版 1998 p67
いらないや
　◇「まど・みちお全詩集」理論社 1992 p300
　◇「まどさんの詩の本 5」理論社 1994 p44
いらぬ自慢（驢馬）
　◇〔巌谷〕小波お伽全集 14」本の友社 1998 p166
伊良部島
　◇「椋鳩十の本 21」理論社 1982 p293
イラン イラン
　◇「まど・みちお全詩集」理論社 1992 p31
入り海
　◇「佐藤義美童謡集」さ・え・ら書房 1960 p246
入海
　◇「佐藤義美全集 1」佐藤義美全集刊行会 1974 p93
入江には
　◇〔北原〕白秋全童謡集 2」岩波書店 1992 p396
入り江のほとり
　◇「岡本良雄童話文学全集 2」講談社 1964 p187

いりお

西表島のカラス
　◇「椋鳩十の本 19」理論社 1982 p27
西表島のニワトリ
　◇「椋鳩十の本 16」理論社 1983 p233
イリオモテヤマネコ
　◇「戸川幸夫動物文学全集 13」講談社 1976 p3
熬り胡麻
　◇「谷口雅春童話集 2」日本教文社 1976 p58
入佐先生
　◇「石森延男児童文学全集 11」学習研究社 1971 p202
入日
　◇「阪田寛夫全詩集」理論社 2011 p474
入日
　◇「新美南吉全集 6」牧書店 1965 p110
　◇「校定新美南吉全集 8」大日本図書 1981 p262
入り日山
　◇「斎藤隆介全集 3」岩崎書店 1982 p240
入船出船
　◇「新装版金子みすゞ全集 2」JULA出版局 1984 p22
　◇「金子みすゞ童謡全集 3」JULA出版局 2004 p40
いり豆
　◇「坪田譲治童話全集 13」岩崎書店 1986 p57
いりマメが大すき
　◇「〔柳家弁天〕らくご文庫 3」太平出版社 1987 p75
イルカ
　◇「今江祥智の本 4」理論社 1980 p70
　◇「今江祥智童話館 〔11〕」理論社 1987 p115
イルカ
　◇「〔東君平〕おはようどうわ 1」講談社 1982 p118
海豚
　◇「戸川幸夫動物文学全集 13」講談社 1976 p336
イルカとトドとアザラシ
　◇「戸川幸夫動物文学全集 10」冬樹社 1966 p295
いるかとり吾作のはなし
　◇「千葉省三童話全集 6」岩崎書店 1968 p15
いるかな いないかな
　◇「おはなしいっぱい—祐成智美童謡詩集」リーブル 1997 p90
イルカのジャンプ
　◇「土田明子詩集 1」かど創房 1986 p42
海豚のてがみ
　◇「くどうなおこ詩集○」童話屋 1996 p44
イルカの星
　◇「やなせたかし童謡詩集 〔1〕」フレーベル館 2000 p176
イルカまつり
　◇「神沢利子コレクション・普及版 3」あかね書房 2006 p148
イルカまつりのはじまり〈おじいさんのはなし〉
　◇「神沢利子コレクション・普及版 3」あかね書房 2006 p140
いるのかな
　◇「おはなしいっぱい—祐成智美童謡詩集」リーブル 1997 p40
イルマ川とクロス川
　◇「〔今坂柳二〕りゅうじフォークロア・world 2」ふるさと伝承研究会 2007 p82
イルミねこ
　◇「阪田寛夫全詩集」理論社 2011 p240
イルミねこの ゆめ
　◇「阪田寛夫全詩集」理論社 2011 p241
入れ歯
　◇「まど・みちお全詩集 続」理論社 2015 p152
いればをしたロバの話
　◇「今西祐行全集 5」偕成社 1990 p9
イレバわすれて
　◇「阪田寛夫全詩集」理論社 2011 p289
いれもの
　◇「まど・みちお詩集 4」銀河社 1974 p14
　◇「まど・みちお全詩集」理論社 1992 p380
　◇「まど・みちお全詩集」理論社 1992 p417
　◇「まどさんの詩の本 4」理論社 1994 p48
　◇「まどさんの詩の本 4」理論社 1994 p50
色々づくし
　◇「〔巌谷〕小波お伽全集 7」本の友社 1998 p392
いろいろなたね
　◇「〔東君平〕おはようどうわ 4」講談社 1982 p182
　◇「東君平のおはようどうわ 3」新日本出版社 2010 p34
いろいろな花
　◇「定本小川未明童話全集 2」講談社 1976 p33
　◇「定本小川未明童話全集 2」大空社 2001 p33
〔いろいろな反感とふざきの中で〕
　◇「新修宮沢賢治全集 4」筑摩書房 1979 p169
いろいろな人
　◇「くんぺい魔法ばなし—魔法ばなし全集 2」サンリオ 2000 p58
いろいろな もち
　◇「今井誉次郎童話集子どもの村 〔3〕」国土社 1957 p86
いろいろなもののいた道
　◇「小出正吾児童文学全集 1」審美社 2000 p365
いろいろのお客
　◇「与謝野晶子児童文学全集 3」春陽堂書店 2007 p209
いろかえ
　◇「〔山田野理夫〕おばけ文庫 3」太平出版社 1976

色紙
◇「新装版金子みすゞ全集 1」JULA出版局 1984 p84
◇「金子みすゞ童謡集」角川春樹事務所 1998（ハルキ文庫）p142
◇「金子みすゞ童謡全集 1」JULA出版局 2003 p136

色紙
◇「新美南吉全集 6」牧書店 1965 p209
◇「校定新美南吉全集 8」大日本図書 1981 p118

色ならば
◇「まど・みちお全詩集 続」理論社 2015 p277

色の変幻自在
◇「椋鳩十の本 28」理論社 1989 p87

いろはかるた
◇「今江祥智の本 10」理論社 1980 p100
◇「今江祥智童話館〔17〕」理論社 1987 p24

いろはかるた
◇「新装版金子みすゞ全集 2」JULA出版局 1984 p195
◇「新装版金子みすゞ全集 2」JULA出版局 1984 p217
◇「金子みすゞ童謡全集 4」JULA出版局 2004 p106

イロハニコンペイトウ—チャイコフスキー バレエ組曲「胡桃割り人形」より
◇「阪田寛夫全詩集」理論社 2011 p297

いろはに つねこさん
◇「阪田寛夫全詩集」理論社 2011 p184

いろはにほへと
◇「今江祥智の本 13」理論社 1980 p7
◇「今江祥智童話館〔2〕」理論社 1986 p72
◇「今江祥智ショートファンタジー 3」理論社 2004 p30

いろはのいそっぷ
◇「平塚武二童話全集 2」童心社 1972 p9

いろは息子
◇「〔山田野理夫〕お笑い文庫 6」太平出版社 1977（母と子の図書室）p23

色水
◇「杉みき子選集 2」新潟日報事業社 2005 p231

ゐろり
◇「〔北原〕白秋全童謡集 2」岩波書店 1992 p426

ゐろりかこんで
◇「巽聖歌作品集 上」巽聖歌作品集刊行委員会 1977 p233

いろりの客
◇「椋鳩十全集 11」ポプラ社 1970 p128

ゐろりの中の街〈スチーブンスン〉
◇「校定新美南吉全集 9」大日本図書 1981 p581

いろりの火
◇「椋鳩十全集 11」ポプラ社 1970 p138

囲炉裏の火
◇「椋鳩十の本 20」理論社 1983 p40

ヰロリバタ
◇「〔北原〕白秋全童謡集 5」岩波書店 1993 p179

囲炉裏ばたから
◇「椋鳩十の本 27」理論社 1989 p8

いろりび ぽっぽ
◇「〔高橋一仁〕春のニシン場—童謡詩集」けやき書房 2003 p108

岩
◇「坪田譲治自選童話集」実業之日本社 1971 p241
◇「坪田譲治童話全集 2」岩崎書店 1986 p171

岩穴の大ウナギ
◇「〔比江島重孝〕宮崎のむかし話 1」鉱脈社 1998 p245

岩あなのサル
◇「椋鳩十まるごと動物ものがたり 9」理論社 1996 p15
◇「椋鳩十名作選 3」理論社 2010 p58

岩穴のサル
◇「椋鳩十全集 8」ポプラ社 1969 p214

祝い水
◇「〔比江島重孝〕宮崎のむかし話 2」鉱脈社 1998 p84

祝う
◇「いのち—みずかみかずよ全詩集」石風社 1995 p98

岩上（四首）
◇「稗田童平全集 4」宝文館出版 1980 p77

違和感
◇「星新一YAセレクション 8」理論社 2009 p106

岩倉政治宗教作品集を読む
◇「稗田童平全集 7」宝文館出版 1981 p130

岩崎ちひろ
◇「〔かこさとし〕お話こんにちは〔9〕」偕成社 1979 p70

岩崎としゑさんとの出会い
◇「松谷みよ子全エッセイ 3」筑摩書房 1989 p89

岩崎春雄君追憶記
◇「校定新美南吉全集 9」大日本図書 1981 p226

いわし網の思い出
◇「壺井栄名作集 3」ポプラ社 1965 p144

鰯雲
◇「佐藤義美全集 1」佐藤義美全集刊行会 1974 p335

いわしのかたきうち
◇「〔西本鶏介〕日本の昔話—読みきかせお話集 1」小学館 1999 p24

いわし

いわしの たいりょう
　◇「巽聖歌作品集 下」巽聖歌作品集刊行委員会 1977 p86

イワシのばか
　◇「旅だち―内藤哲彦児童文学作品集」境文化研究所 2007 p10

イワシのびんた
　◇〔比江島重孝〕宮崎のむかし話 1」鉱脈社 1998 p117

医は仁術
　◇「今井誉次郎童話集子どもの村 〔5〕」国土社 1957 p108

いわずに おれなくなる
　◇「まど・みちお詩集 5」銀河社 1975 p38
　◇「まど・みちお全詩集」理論社 1992 p515
　◇「まどさんの詩の本 8」理論社 1996 p30

岩瀬成子I
　◇「今江祥智の本 21」理論社 1981 p197

岩瀬成子II
　◇「今江祥智の本 21」理論社 1981 p197

岩田さん
　◇「くんぺい魔法ばなし―魔法ばなし全集 1」サンリオ 2000 p54

岩手軽便鉄道 七月（ジャズ）
　◇「新修宮沢賢治全集 3」筑摩書房 1979 p273
　◇「新修宮沢賢治全集 3」筑摩書房 1979 p421

岩手軽便鉄道の一月
　◇「新修宮沢賢治全集 3」筑摩書房 1979 p305
　◇「新修宮沢賢治全集 3」筑摩書房 1979 p429
　◇「ジュニア文学館 宮沢賢治―写真・絵画集成 3」日本図書センター 1996 p129

岩手公園
　◇「新修宮沢賢治全集 6」筑摩書房 1980 p58
　◇「新修宮沢賢治全集 6」筑摩書房 1980 p360
　◇「ジュニア文学館 宮沢賢治―写真・絵画集成 3」日本図書センター 1996 p186

岩手山
　◇「新修宮沢賢治全集 2」筑摩書房 1979 p117
　◇「ジュニア文学館 宮沢賢治―写真・絵画集成 3」日本図書センター 1996 p50
　◇〔宮沢賢治〕注文の多い料理店―イーハトーヴ童話集」岩波書店 2000（岩波少年文庫）p204

岩手山巓
　◇「新修宮沢賢治全集 6」筑摩書房 1980 p114
　◇「新修宮沢賢治全集 6」筑摩書房 1980 p387

岩手山と姫神山
　◇「松谷みよ子のむかしむかし 8」講談社 1973 p111

岩手山の神
　◇〔山田野理夫〕おばけ文庫 2」太平出版社 1976（母と子の図書室）p64

岩手のクマ

　◇「椋鳩十の本 22」理論社 1983 p16

岩と起重機の上で
　◇「定本小川未明童話全集 7」講談社 1977 p309
　◇「定本小川未明童話全集 7」大空社 2001 p309

岩と栗の木問答
　◇「土田耕平童話集 〔4〕」古今書院 1955 p52

イワナとカワウソ
　◇「阪田寛夫全詩集」理論社 2011 p271

イワナのおれい
　◇「宮口しづえ児童文学集 4」小峰書店 1969 p19
　◇「宮口しづえ童話名作集」一草舎出版 2009 p89

岩波少年文庫「パパはのっぽでボクはちび」解説から
　◇「佐藤さとるファンタジー全集 16」講談社 1983 p125
　◇「佐藤さとるファンタジー全集 16」講談社, 復刊ドットコム（発売）2011 p125

岩魚わずらい
　◇「今西祐行全集 15」偕成社 1989 p224

岩―西海岸
　◇「北彰介作品集 4」青森県児童文学研究会 1991 p255

岩について想うとき
　◇「稗田菫平全集 2」宝文館出版 1979 p12

岩の時
　◇「稗田菫平全集 2」宝文館出版 1979 p54

いわのぼり
　◇「まど・みちお全詩集」理論社 1992 p302

「岩の女神」全
　◇「稗田菫平全集 2」宝文館出版 1979 p39

岩山の仮面に
　◇「稗田菫平全集 2」宝文館出版 1979 p55

いわ山のカモシカ
　◇「椋鳩十全集 10」ポプラ社 1970 p225

イワンイワノキッチ イワノフさんとイワンイワノキッチ イワノフさん
　◇「サトウハチロー童謡集」弥生書房 1977 p48

イワンとナーム
　◇「浜田広介全集 10」集英社 1976 p23

イワンと私と太郎と
　◇「松谷みよ子全エッセイ 3」筑摩書房 1989 p103

イワンの家
　◇〔北原〕白秋全童謡集 2」岩波書店 1992 p333

イワンのお家
　◇〔北原〕白秋全童謡集 2」岩波書店 1992 p358

イワンの ばか
　◇「巽聖歌作品集 下」巽聖歌作品集刊行委員会 1977 p81

イワンの馬鹿
　◇「米田孝童話劇・学校劇脚本選集―イワンの馬鹿

ほか」共同文化社 1997 p121
イワンのばか（三場）
　◇「筒井敬介児童劇集 3」東京書籍 1982（東書児童劇シリーズ）p29
因果
　◇「壺井栄全集 11」文泉堂出版 1998 p312
インカ帝国をのっとれ！
　◇「〔たかしよいち〕世界むかしむかし探検 6」国土社 1996 p19
インカ帝国のなぞ
　◇「〔たかしよいち〕世界むかしむかし探検 6」国土社 1996 p14
インカ帝国のミイラ
　◇「〔たかしよいち〕世界むかしむかし探検 2」国土社 1994 p70
インコ
　◇「〔東君平〕おはようどうわ 7」講談社 1982 p143
いんごうそうべえ
　◇「〔木暮正夫〕日本のおばけ話・わらい話 10」岩崎書店 1987 p65
鸚哥さん
　◇「〔北原〕白秋全童謡集 2」岩波書店 1992 p141
いんことしじゅうから
　◇「定本小川未明童話全集 7」講談社 1977 p186
　◇「定本小川未明童話全集 7」大空社 2001 p186
印象
　◇「星新一ショートショートセレクション 9」理論社 2003 p50
印象
　◇「新修宮沢賢治全集 2」筑摩書房 1979 p119
インスブルック
　◇「椋鳩十の本 22」理論社 1983 p271
いんせき
　◇「〔下田喜久美〕遠くから来た旅人—詩集」リトル・ガリヴァー社 1998 p145
インタビュー
　◇「〔木暮正夫〕日本のおばけ話・わらい話 11」岩崎書店 1987 p61
インチキな沖縄カラテ
　◇「ビートたけし傑作集 少年編 1」金の星社 2010 p34
インデラ＝ガンジー
　◇「〔かこさとし〕お話こんにちは 〔8〕」偕成社 1979 p87
印度
　◇「椋鳩十の本 1」理論社 1982 p34
インド象の襲撃
　◇「戸川幸夫動物文学全集 14」講談社 1977 p171
（インドの女は）
　◇「稗田童平全集 8」宝文館出版 1982 p87
インドの子どもたち

◇「全集版灰谷健次郎の本 22」理論社 1988 p216
インド洋の犬
　◇「くんぺい魔法ばなし—魔法ばなし全集 2」サンリオ 2000 p190
インドラの網
　◇「新版・宮沢賢治童話全集 8」岩崎書店 1978 p155
　◇「新修宮沢賢治全集 10」筑摩書房 1979 p97
　◇「〔宮沢〕賢治童話」翔泳社 1995 p328
インドリ
　◇「今江祥智の本 4」理論社 1980 p60
　◇「今江祥智童話館 〔11〕」理論社 1987 p97
因縁話—寺村さんのこと
　◇「佐藤さとるファンタジー全集 16」講談社 1983 p161
　◇「佐藤さとるファンタジー全集 16」講談社, 復刊ドットコム（発売）2011 p161
インパール作戦と将軍たち
　◇「来栖良夫児童文学全集 10」岩崎書店 1983 p217
陰謀団ミダス
　◇「星新一YAセレクション 6」理論社 2009 p103
飲馬江
　◇「〔北原〕白秋全童謡集 3」岩波書店 1992 p243

【う】

烏鴉山
　◇「石森延男児童文学全集 4」学習研究社 1971 p195
ヴァレンタインデー
　◇「庄野英二全集 6」偕成社 1979 p195
ウイザード博士
　◇「平塚武二童話全集 3」童心社 1972 p35
ウィスキィの小瓶
　◇「くんぺい魔法ばなし—魔法ばなし全集 1」サンリオ 2000 p148
ウィスラー山
　◇「椋鳩十の本 22」理論社 1983 p258
ウィリアム＝H.フォークナー
　◇「〔かこさとし〕お話こんにちは 〔4〕」偕成社 1979 p111
ウィルヘルム＝グリム
　◇「〔かこさとし〕お話こんにちは 〔11〕」偕成社 1980 p110
ウインザーの松本
　◇「斎藤隆介全集 9」岩崎書店 1982 p159
ウイーンの町とニンニク
　◇「椋鳩十の本 22」理論社 1983 p196

ういん

ウインブルドンの夕陽
◇「〔渡部毅彦〕お母さんのための童話集」花伝社、共栄書房(発売) 1997 p77

上へ行つた
◇「〔北原〕白秋全童謡集 1」岩波書店 1992 p207

上へ上へ
◇「〔北原〕白秋全童謡集 4」岩波書店 1993 p209

ヴェガ(Vega)
◇「庄野英二全集 4」偕成社 1979 p376

植木枝盛
◇「〔かこさとし〕お話こんにちは 〔10〕」偕成社 1980 p95

植木鉢の穴
◇「椋鳩十の本 18」理論社 1982 p190

飢知らぬ国
◇「中村雨紅詩謡集」中村雨紅詩謡集刊行委員会 1971 p170

上杉謙信
◇「〔かこさとし〕お話こんにちは 〔10〕」偕成社 1980 p120

上杉謙信
◇「筑波常治伝記物語全集 13」国土社 1970 p1

上杉謙信について
◇「筑波常治伝記物語全集 13」国土社 1970 p199

上杉と武田
◇「豊田三郎童話集」草加市立川柳小学校 1993 p90

上田耕一郎さんの魅力
◇「松谷みよ子全エッセイ 3」筑摩書房 1989 p47

うえた とら
◇「花岡大学仏典童話全集 6」法蔵館 1979 p233

ウエドロ(水桶)
◇「〔北原〕白秋全童謡集 5」岩波書店 1993 p52

上に置いた荷物
◇「瑠璃の壺—森銑三童話集」三樹書房 1982 p242

上には上がある
◇「〔西本鶏介〕新日本昔ばなし——一日一話・読みきかせ 3」小学館 1997 p34

上には上がある話
◇「沼田曜一の親子劇場 3」あすなろ書房 1996 p71

うえのことしたのこ
◇「[東君平] おはようどうわ 2」講談社 1982 p68

上の爺と下の爺
◇「二反長半作品集 3」集英社 1979 p49

うえのの山
◇「佐藤義美全集 2」佐藤義美全集刊行会 1973 p191

上野瞭
◇「今江祥智の本 21」理論社 1981 p169
◇「今江祥智の本 35」理論社 1990 p252

上野瞭さんと
◇「全集版灰谷健次郎の本 24」理論社 1988 p23

ウェンズデーのウェンディー
◇「阪田寛夫全詩集」理論社 2011 p583

魚(うお)… → "さかな…"をも見よ

魚市場
◇「新装版金子みすゞ全集 3」JULA出版局 1984 p13
◇「金子みすゞ童謡全集 5」JULA出版局 2004 p24

魚食い人種
◇「阪田寛夫全詩集」理論社 2011 p29

ウォーターローの戦い
◇「阪田寛夫全詩集」理論社 2011 p142

魚と白鳥
◇「小川未明幼年童話文学全集 1」集英社 1965 p6
◇「定本小川未明童話全集 4」講談社 1977 p16
◇「定本小川未明童話全集 4」大空社 2001 p16

うおみ
◇「与田準一全集 4」大日本図書 1967 p16

ウォール街
◇「椋鳩十の本 31」理論社 1989 p91

ウオール街
◇「椋鳩十の本 22」理論社 1983 p235

ウォロージャの学校
◇「巽聖歌作品集 下」巽聖歌作品集刊行委員会 1977 p229

うがいの うた
◇「まど・みちお全詩集」理論社 1992 p173

迂闊と狡猾(狐と山羊)
◇「〔巖谷〕小波お伽全集 14」本の友社 1998 p113

浮かぶ飛行島
◇「海野十三集 3」桃源社 1980 p173
◇「海野十三全集 5」三一書房 1989 p157

〔うからもて台地の雪に〕
◇「新修宮沢賢治全集 6」筑摩書房 1980 p51

うかれ車
◇「〔巖谷〕小波お伽全集 3」本の友社 1998 p265

うかれバイオリン—イギリス童話
◇「小出正吾児童文学全集 4」審美社 2001 p303

うかれ木菟
◇「〔巖谷〕小波お伽全集 7」本の友社 1998 p267

浮木丸
◇「〔比江島重孝〕宮崎のむかし話 2」鉱脈社 1998 p144

浮き島
◇「新装版金子みすゞ全集 1」JULA出版局 1984 p118
◇「金子みすゞ童謡全集 2」JULA出版局 2003 p38

浮き島御殿
◇「〔巖谷〕小波お伽全集 8」本の友社 1998 p253

「雨期の童話」見並準一著

◇「稗田菫平全集 6」宝文館出版 1981 p139
うきもの
　◇「〔山田野理夫〕おばけ文庫 5」太平出版社 1976
　　（母と子の図書室）p41
浮世絵
　◇「新修宮沢賢治全集 6」筑摩書房 1980 p81
　◇「新修宮沢賢治全集 6」筑摩書房 1980 p372
　◇「ジュニア文学館 宮沢賢治―写真・絵画集成 3」
　　日本図書センター 1996 p113
浮世絵鑑別法
　◇「新修宮沢賢治全集 15」筑摩書房 1980 p583
浮世絵広告文
　◇「新修宮沢賢治全集 15」筑摩書房 1980 p578
浮世絵展覧会印象
　◇「新修宮沢賢治全集 7」筑摩書房 1980 p123
浮世絵版画の話
　◇「新修宮沢賢治全集 15」筑摩書房 1980 p580
浮世は噛る
　◇「魂の配達―野村吉哉作品集」草思社 1983 p88
うぐいす
　◇「〔巌谷〕小波お伽全集 7」本の友社 1998 p418
うぐいす
　◇「小出正吾児童文学全集 2」審美社 2000 p113
うぐいす
　◇「斎田喬児童劇選集〔1〕」牧書店 1954 p105
　◇「斎田喬児童劇選集〔7〕」牧書店 1955 p1
うぐいす
　◇「立原えりか作品集 5」思潮社 1973 p95
　◇「立原えりかのファンタジーランド 10」青土社
　　1980 p7
うぐいす
　◇「まど・みちお全詩集」理論社 1992 p188
　◇「まどさんの詩の本 13」理論社 1997 p88
うぐいす
　◇「〔村上のぶ子〕ここは小人の国―少年詩集」あし
　　ぶえ出版 2000 p94
うぐひす
　◇「那須辰造著作集 1」講談社 1980 p218
ウグイス
　◇「〔山田野理夫〕お笑い文庫 7」太平出版社 1977
　　（母と子の図書室）p21
鶯
　◇「〔巌谷〕小波お伽全集 7」本の友社 1998 p447
鶯
　◇「〔北原〕白秋全童謡集 3」岩波書店 1992 p360
鶯
　◇「〔島木〕赤彦童謡集」第一書店 1947 p24
鶯
　◇「巽聖歌作品集 上」巽聖歌作品集刊行委員会
　　1977 p343

うぐいすが
　◇「稗田菫平全集 3」宝文館出版 1979 p91
うぐいす学校
　◇「斎田喬児童劇選集〔6〕」牧書店 1954 p161
うぐいす学校（童話劇）
　◇「斎田喬幼年劇全集 3」誠文堂新光社 1962 p277
鶯（三章）
　◇「稗田菫平全集 1」宝文館出版 1978 p83
うぐいす（テーブルしばい）
　◇「斎田喬幼年劇全集 3」誠文堂新光社 1962 p175
うぐいすと　うめのおひめさま
　◇「稗田菫平全集 3」宝文館出版 1979 p124
鶯と風の神
　◇「〔巌谷〕小波お伽全集 12」本の友社 1998 p279
鶯と雀
　◇「〔巌谷〕小波お伽全集 3」本の友社 1998 p35
鶯の兄わ時鳥
　◇「〔巌谷〕小波お伽全集 15」本の友社 1998 p31
うぐいすの家
　◇「〔佐々木千鶴子〕動物村のこうみんかん―台所か
　　らのひとり言 童話集」朝日新聞社西部開発室編
　　集出版センター 1996 p79
鶯のうた
　◇「室生犀星童話全集 2」創林社 1978 p11
鶯の小村
　◇「〔巌谷〕小波お伽全集 2」本の友社 1998 p29
鶯の先生
　◇「与謝野晶子児童文学全集 2」春陽堂書店 2007
　　p27
うぐいすの　ほけきょ
　◇「坪田譲治幼年童話文学全集 7」集英社 1965 p8
ウグイスのほけきょう
　◇「坪田譲治童話全集 10」岩崎書店 1986 p57
　◇「坪田譲治名作選〔2〕ビワの実」小峰書店
　　2005 p174
鶯張り
　◇「〔北原〕白秋全童謡集 4」岩波書店 1993 p11
鶯報春（うぐいすはるをほうず）
　◇「中村雨紅詩謡集」中村雨紅詩謡集刊行委員会
　　1971 p165
鶯姫
　◇「〔巌谷〕小波お伽全集 13」本の友社 1998 p261
鶯姫
　◇「〔北原〕白秋全童謡集 2」岩波書店 1992 p408
うぐいすぶえをふけば
　◇「新美南吉全集 1」牧書店 1965 p102
　◇「新美南吉童話集 1」大日本図書 1982 p167
　◇「新美南吉童話大全」講談社 1989 p285
　◇「新美南吉童話集 1」大日本図書 2012 p167
　◇「新美南吉童話選集 1」ポプラ社 2013 p54

うくい

うぐいす坊や
◇「石のロバ―浅野都作品集」新風舎 2007 p6

うぐいす―未完成の祝婚歌
◇「稗田菫平全集 8」宝文館出版 1982 p20

ウグヒスブエヲ フケバ
◇「校定新美南吉全集 4」大日本図書 1980 p299

「雨月物語」と「春雨物語」
◇〔木暮正夫〕日本の怪奇ばなし 5」岩崎書店 1989 p102

雨月八日
◇「壺井栄全集 7」文泉堂出版 1998 p360

動いた顔
◇「魂の配達―野村吉哉作品集」草思社 1983 p66

ウコギ(五加木)
◇「横山健童謡選集 2」無明舎出版 1995 p42

ウコギの芽
◇「椋鳩十の本 19」理論社 1982 p141

動く砂山
◇「鈴木喜代春児童文学選集 11」らくだ出版 2009 p103

雨後即興
◇「校定新美南吉全集 8」大日本図書 1981 p80

鬱金草
◇「椋鳩十の本 1」理論社 1982 p72

右近の橘左近の柿
◇「壺井栄名作集 9」ポプラ社 1965 p51
◇「壺井栄全集 4」文泉堂出版 1998 p445

うさうさ兎
◇〔北原〕白秋全童謡集 1」岩波書店 1992 p42

ウサウサ兎
◇〔巌谷〕小波お伽全集 7」本の友社 1998 p282

うさうさ兎の
◇〔北原〕白秋全童謡集 3」岩波書店 1992 p390

うさぎ
◇〔島崎〕藤村の童話 3」筑摩書房 1979 p190

うさぎ
◇「鈴木三重吉童話全集 3」文泉堂書店 1975 (日本文学全集・選集叢刊第5次) p281

うさぎ
◇「新美南吉全集 1」牧書店 1965 p30
◇「新美南吉童話集 1」大日本図書 1982 p182
◇「新美南吉童話大全」講談社 1989 p286
◇「新美南吉童話集 1」大日本図書 2012 p182

うさぎ
◇「まど・みちお全詩集」理論社 1992 p199
◇「まど・みちお全詩集」理論社 1992 p646
◇「まどさんの詩の本 5」理論社 1994 p8
◇「まどさんの詩の本 7」理論社 1996 p28
◇「まど・みちお詩集 〔2〕」すえもりブックス 1998 p4

ウサギ
◇「校定新美南吉全集 4」大日本図書 1980 p323

ウサギ
◇「まど・みちお全詩集 続」理論社 2015 p434

うさぎ馬
◇「巽聖歌作品集 上」巽聖歌作品集刊行委員会 1977 p299

兎馬
◇「佐藤義美全集 1」佐藤義美全集刊行会 1974 p96

うさぎおばあさんのおとしだま
◇「千葉省三童話全集 4」岩崎書店 1968 p117

うさぎが空をなめました
◇「あまんきみこセレクション 2」三省堂 2009 p77

うさぎが ピョン
◇「佐藤義美童謡集」さ・え・ら書房 1960 p142
◇「佐藤義美全集 1」佐藤義美全集刊行会 1974 p202

ウサギがり
◇「坪田譲治童話全集 9」岩崎書店 1986 p34

うさぎさがし
◇「浜田広介全集 3」集英社 1975 p28

うさぎ座の夜
◇「安房直子コレクション 7」偕成社 2004 p209

うさぎさんがきてね
◇「まど・みちお全詩集」理論社 1992 p200
◇「まどさんの詩の本 5」理論社 1994 p30
◇「まど・みちお詩集 〔2〕」すえもりブックス 1998 p26

うさぎさんの冬ふく
◇「松谷みよ子おはなし集 2」ポプラ社.2010 p118

うさぎ昇天
◇「北彰介作品集 3」青森県児童文学研究会 1990 p22

うさぎたち
◇「土田耕平童話集」信濃毎日新聞社 1949 p71

兎たち
◇「土田耕平童話集 〔5〕」古今書院 1955 p12

兎吉の手紙
◇「小出正吾児童文学全集 1」審美社 2000 p27

ウサギとウサギ
◇「今江祥智の本 19」理論社 1981 p102
◇「今江祥智童話館 〔9〕」理論社 1987 p18

うさぎとうばん
◇「阪田寛夫全詩集」理論社 2011 p386

うさぎとうばん
◇「巽聖歌作品集 上」巽聖歌作品集刊行委員会 1977 p492

兎と豌豆畑
◇「中村雨紅詩謡集」中村雨紅詩謡集刊行委員会 1971 p134

うさぎとかめ
　◇「斎田喬児童劇選集〔3〕」牧書店 1954 p158
うさぎと かめ
　◇「佐藤義美全集 4」佐藤義美全集刊行会 1974 p450
うさぎとかめ
　◇「寺村輝夫全童話 3」理論社 1997 p11
ウサギとカメ
　◇「赤川次郎セレクション 10」ポプラ社 2008 p109
ウサギとカメ―アフリカのなかまたち
　◇「寺村輝夫おはなしプレゼント 2」講談社 1994 p54
兎と亀・後日譚
　◇「松谷みよ子全エッセイ 2」筑摩書房 1989 p26
うさぎとかめ（童話劇）
　◇「斎田喬幼年劇全集 3」誠文堂新光社 1962 p425
ウサギとカメの話
　◇「ふしぎな泉―うえだまさし童話集」そうぶん社出版 1995 p21
うさぎとすいせん
　◇「庄野英二全集 5」偕成社 1980 p436
兎と狸
　◇「浜田広介全集 11」集英社 1976 p24
うさぎと ひきがかる
　◇「今井誉次郎童話集子どもの村〔1〕」国土社 1957 p93
うさぎと ぶた
　◇「今井誉次郎童話集子どもの村〔1〕」国土社 1957 p58
うさぎと ふたりの おじいさん
　◇「小川未明幼年童話文学全集 2」集英社 1965 p28
うさぎと二人のおじいさん
　◇「定本小川未明童話全集 5」講談社 1977 p351
　◇「定本小川未明童話全集 5」大空社 2001 p351
うさぎとぼうし
　◇「浜田広介全集 4」集英社 1976 p205
うさぎになって
　◇「斎田喬幼年劇全集 2」誠文堂新光社 1961 p362
うさぎのうた
　◇「室生犀星童話全集 2」創林社 1978 p72
うさぎの歌
　◇「〔島崎〕藤村の童話 1」筑摩書房 1979 p112
うさぎのえんそく（童話劇）
　◇「斎田喬幼年劇全集 2」誠文堂新光社 1961 p145
うさぎのおうち
　◇「斎田喬児童劇選集〔3〕」牧書店 1954 p191
うさぎのおうち（童話劇）
　◇「斎田喬幼年劇全集 3」誠文堂新光社 1962 p447
うさぎのおけや
　◇「浜田広介全集 11」集英社 1976 p99

兎の御使い
　◇「〔巌谷〕小波お伽全集 3」本の友社 1998 p366
うさぎのおばあさん
　◇「阪田寛夫全詩集」理論社 2011 p439
うさぎのおもちやさん（童話劇）
　◇「斎田喬幼年全集 1」誠文堂新光社 1962 p17
うさぎのおよめさん
　◇「ひろすけ幼年童話文学全集 10」集英社 1962 p90
　◇「浜田広介全集 10」集英社 1976 p143
兎の画家
　◇「浜田広介全集 4」集英社 1976 p84
うさぎのかくれんぼ
　◇「斎田喬児童劇選集〔6〕」牧書店 1954 p59
うさぎのかくれんぼ（童話劇）
　◇「斎田喬幼年劇全集 2」誠文堂新光社 1961 p153
兎の片耳
　◇「〔巌谷〕小波お伽全集 12」本の友社 1998 p48
うさぎのきしゃごっこ（音楽舞踊劇）
　◇「斎田喬幼年劇全集 1」誠文堂新光社 1962 p67
うさぎのきょうだい
　◇「ひろすけ幼年童話文学全集 1」集英社 1961 p104
　◇「浜田広介全集 3」集英社 1975 p133
ウサギの兄弟
　◇「カエルの日曜日―未永泉童話集」勝どき書房, 星雲社（発売）2007 p74
兎の軍使
　◇「〔巌谷〕小波お伽全集 3」本の友社 1998 p245
ウサギの けんきゅう
　◇「まど・みちお全詩集 続」理論社 2015 p63
うさぎの幸福
　◇「やなせたかし童謡詩集〔3〕」フレーベル館 2001 p12
うさぎ コーリンちゃん
　◇「佐藤義美全集 5」佐藤義美全集刊行会 1973 p112
兎の三太郎
　◇「〔巌谷〕小波お伽全集 3」本の友社 1998 p79
うさぎのざんねん賞
　◇「松谷みよ子おはなし集 2」ポプラ社 2010 p94
うさぎの残念賞
　◇「松谷みよ子全集 1」講談社 1971 p115
兎の死
　◇「中村雨紅詩謡集」中村雨紅詩謡集刊行委員会 1971 p39
兎のヂヤンプ
　◇「〔北原〕白秋全童謡集 3」岩波書店 1992 p392
うさぎの消防隊
　◇「〔かこさとし〕お話こんにちは〔9〕」偕成社

1979 p90
うさぎのそり
　◇「浜田広介全集 8」集英社 1976 p51
うさぎの たからもの
　◇「佐藤義美全集 3」佐藤義美全集刊行会 1973 p375
うさぎのたまごは夕やけいろ
　◇「神沢利子コレクション・普及版 1」あかね書房 2005 p54
　◇「神沢利子のおはなしの時間 3」ポプラ社 2011 p48
兎の手柄話
　◇「〔巌谷〕小波お伽全集 3」本の友社 1998 p318
うさぎのてぶくろ
　◇「松谷みよ子全集 2」講談社 1971 p131
うさぎの手ぶくろ
　◇「松谷みよ子おはなし集 1」ポプラ社 2010 p65
兎の電報
　◇「〔北原〕白秋全童謡集 1」岩波書店 1992 p55
　◇「〔北原〕白秋全童謡集 1」岩波書店 1992 p65
　◇「〔北原〕白秋全童謡集 1」岩波書店 1992 p67
うさぎのとし
　◇「達崎龍全童謡ホロホロ鳥」あい書林 1983 p60
うさぎのにげかた
　◇「浜田広介全集 4」集英社 1976 p115
うさぎの花
　◇「〔神沢利子〕くまの子ウーフの童話集 3」ポプラ社 2001 p15
うさぎの花よめさん（童話劇）
　◇「斎田喬幼年劇全集 3」誠文堂新光社 1962 p131
うさぎのハネムーン
　◇「横山健童謡選集 2」無明舎出版 1995 p14
うさぎのひこうき
　◇「ひろすけ幼年童話文学全集 6」集英社 1962 p130
　◇「浜田広介全集 4」集英社 1976 p133
うさぎのふえ
　◇「ひろすけ幼年童話文学全集 4」集英社 1962 p60
　◇「浜田広介全集 3」集英社 1975 p135
うさぎのぼうけん
　◇「椋鳩十学年別童話 〔3〕」理論社 1990 p15
うさぎの耳
　◇「浜田広介全集 11」集英社 1976 p24
兎の耳
　◇「野口雨情童謡集」弥生書房 1993 p68
兎の耳垢
　◇「〔巌谷〕小波お伽全集 3」本の友社 1998 p425
うさぎの耳しばり
　◇「ひろすけ幼年童話文学全集 7」集英社 1962 p18
　◇「浜田広介全集 4」集英社 1976 p139

うさぎのみみた
　◇「椋鳩十の本 26」理論社 1989 p284
　◇「椋鳩十学年別童話 〔1〕」理論社 1990 p37
うさぎの耳はなぜ長い
　◇「〔西本鶏介〕新日本昔ばなし――一日一話・読みきかせ 3」小学館 1997 p28
うさぎの目
　◇「マッチ箱の中―三鎌よし子童謡集」しもつけ文学会 1998 p48
ウサギの目
　◇「今井誉次郎童話集子どもの村 〔3〕」国土社 1957 p55
兎の眼
　◇「全集版灰谷健次郎の本 1」理論社 1987 p7
うさぎのモコ
　◇「神沢利子コレクション 1」あかね書房 1994 p41
　◇「神沢利子コレクション・普及版 1」あかね書房 2005 p41
うさぎのもち
　◇「ひろすけ幼年童話文学全集 6」集英社 1962 p56
　◇「浜田広介全集 3」集英社 1975 p242
うさぎの ゆうびん
　◇「ひろすけ幼年童話文学全集 6」集英社 1962 p112
うさぎの郵便
　◇「浜田広介全集 3」集英社 1975 p208
ウサギのようちえん（行事劇）
　◇「斎田喬幼年劇全集 1」誠文堂新光社 1962 p1
兎の渡し
　◇「〔巌谷〕小波お伽全集 3」本の友社 1998 p351
ウサギバンザイ
　◇「かもめの水兵さん―武内俊子伝記と作品集」講談社出版サービスセンター 1977 p173
うさぎ屋のひみつ
　◇「安房直子コレクション 2」偕成社 2004 p117
兎山
　◇「〔巌谷〕小波お伽全集 6」本の友社 1998 p228
第一詩集 兎は運河を渡っていた
　◇「全集版灰谷健次郎の本 22」理論社 1988 p7
兎は運河を渡っていた
　◇「金集版灰谷健次郎の本 22」理論社 1988 p14
うさちゃん おめでとう
　◇「佐藤義美全集 1」佐藤義美全集刊行会 1974 p397
うさちゃんが せんたく
　◇「巽聖歌作品集 下」巽聖歌作品集刊行委員会 1977 p41
うさちゃんに はるがきた
　◇「まど・みちお全詩集」理論社 1992 p189
うさちゃん ぴょん
　◇「まど・みちお全詩集」理論社 1992 p229

うしか

うし
- ◇「今井誉次郎童話集子どもの村 〔1〕」国土社 1957 p81
- ◇「今井誉次郎童話集子どもの村 〔2〕」国土社 1957 p97

うし
- ◇「まど・みちお全詩集」理論社 1992 p564
- ◇「まど・みちお全詩集 続」理論社 2015 p98

ウシ
- ◇「〔東君平〕おはようどうわ 1」講談社 1982 p44
- ◇「東君平のおはようどうわ 1」新日本出版社 2010 p43

詩ウシ
- ◇「椋鳩十動物童話集 3」小峰書店 1990 p102

ウシ
- ◇「椋鳩十の本 23」理論社 1983 p227

ウジ
- ◇「まど・みちお詩集 5」銀河社 1975 p36
- ◇「まど・みちお全詩集」理論社 1992 p515
- ◇「まどさんの詩の本 2」理論社 1994 p20

牛
- ◇「〔竹久〕夢二童謡集」ノーベル書房 1975（浪漫文庫）p39

牛
- ◇「巽聖歌作品集 上」巽聖歌作品集刊行委員会 1977 p236
- ◇「巽聖歌作品集 上」巽聖歌作品集刊行委員会 1977 p342
- ◇「巽聖歌作品集 下」巽聖歌作品集刊行委員会 1977 p286

牛
- ◇「新美南吉全集 6」牧書店 1965 p94
- ◇「校定新美南吉全集 8」大日本図書 1981 p224
- ◇「新美南吉童話集 1」大日本図書 1982 p334
- ◇「新美南吉童話傑作選 〔6〕花をうめる」小峰書店 2004 p170
- ◇「新美南吉童話集 1」大日本図書 2012 p334

牛
- ◇「新修宮沢賢治全集 3」筑摩書房 1979 p92
- ◇「新修宮沢賢治全集 3」筑摩書房 1979 p341
- ◇「新修宮沢賢治全集 6」筑摩書房 1980 p135
- ◇「ジュニア文学館 宮沢賢治―写真・絵画集成 3」日本図書センター 1996 p117

牛
- ◇「瑠璃の壺―森銑三童話集」三樹書房 1982 p386

牛を売る話
- ◇「椋鳩十の本 21」理論社 1982 p270

牛をつないだつばきの木
- ◇「新美南吉全集 3」牧書店 1965 p163
- ◇「新美南吉童話集」世界文化社 2004（心に残るロングセラー）p30

牛をつないだ椿の木
- ◇「校定新美南吉全集 2」大日本図書 1980 p308
- ◇「新美南吉童話集 3」大日本図書 1982 p63
- ◇「新美南吉童話大全」講談社 1989 p22
- ◇「新美南吉童話集」岩波書店 1996（岩波文庫）p169
- ◇「新美南吉童話傑作選 〔1〕おじいさんのランプ」小峰書店 2004 p5
- ◇「新美南吉30選」春陽堂書店 2009（名作童話）p150
- ◇「新美南吉童話集 3」大日本図書 2012 p63
- ◇「新美南吉童話選集 2」ポプラ社 2013 p97

ウシおに
- ◇「〔山田野理夫〕おばけ文庫 5」太平出版社 1976（母と子の図書室）p43

うしおにのでるはま
- ◇「〔木暮正夫〕日本のおばけ話・わらい話 19」岩崎書店 1988 p66

牛鬼淵
- ◇「松谷みよ子のむかしむかし 6」講談社 1973 p119

牛鬼淵（徳島）
- ◇「〔木暮正夫〕日本の怪奇ばなし 10」岩崎書店 1990 p84

牛女
- ◇「定本小川未明童話全集 1」講談社 1976 p162
- ◇「小川未明童話集」岩波書店 1996（岩波文庫）p28
- ◇「定本小川未明童話全集 1」大空社 2001 p162
- ◇「小川未明童話集」世界文化社 2004（心に残るロングセラー）p32
- ◇「小川未明30選」春陽堂書店 2009（名作童話）p27

牛飼
- ◇「〔北原〕白秋全童謡集 3」岩波書店 1992 p244

牛飼馬飼
- ◇「鈴木三重吉童話全集 7」文泉堂書店 1975（日本文学全集・選集叢刊第5次）p180

牛かい少年
- ◇「かきおきびより―坂本遼児童文学集」駒込書房 1982 p92

牛飼いの少年
- ◇「石森延男児童文学全集 4」学習研究社 1971 p204

牛飼の花嫁
- ◇「校定新美南吉全集 7」大日本図書 1980 p215

放送劇うし蛙の話
- ◇「北彰介作品集 2」青森県児童文学研究会 1990 p194

牛方と山姥
- ◇「坪田譲治童話全集 10」岩崎書店 1986 p205

牛かーべー
- ◇「今井誉次郎童話集子どもの村 〔6〕」国土社 1957

うしか

　　p6
氏神さま
　◇「おの・ちゅうこう初期作品集〔4〕氏神さま」蔔書房　1975　p162
氏神様
　◇「椋鳩十の本 18」理論社　1982　p41
宇治川の戦い（一龍斎貞水編, 岡本和明文）
　◇「一龍斎貞水の歴史講談 4」フレーベル館　2000　p24
牛久沼の百合（灰谷記）
　◇「全集灰谷健次郎の本 23」理論社　1988　p228
「牛」という工具
　◇「巽聖歌作品集 下」巽聖歌作品集刊行委員会　1977　p189
牛と かえる
　◇「ひろすけ幼年童話文学全集 8」集英社　1961　p83
牛と雲
　◇「石森延男児童文学全集 5」学習研究社　1971　p223
牛と子ども
　◇「〔北原〕白秋全童謡集 2」岩波書店　1992　p115
牛と少年
　◇「みずいろようちえん―出雲路猛雄童話集」坂神都　2012　p220
牛と雀
　◇「西條八十童謡全集」修道社　1971　p189
牛と蝶
　◇「巽聖歌作品集 上」巽聖歌作品集刊行委員会　1977　p341
ウシとヒバリ
　◇「〔東君平〕おはようどうわ 7」講談社　1982　p70
　◇「東君平のおはようどうわ 5」新日本出版社　2010　p21
失われた環
　◇「戸川幸夫動物文学全集 1」講談社　1976　p196
うしの あかちゃん
　◇「まど・みちお全詩集」理論社　1992　p353
うじのうた
　◇「室生犀星童話全集 2」創林社　1978　p15
牛の置き物
　◇「椋鳩十の本 16」理論社　1983　p103
牛の置物
　◇「椋鳩十全集 24」ポプラ社　1980　p71
牛のお話いろいろ
　◇「現代語訳久留島武彦童話集　くるしまどうわ」玖珠町立わらべの館　2004　p73
ウシのかお
　◇「〔山田野理夫〕おばけ文庫 4」太平出版社　1976（母と子の図書室）p90
牛のがってん
　◇「ひろすけ幼年童話文学全集 7」集英社　1962　p30

　◇「浜田広介全集 6」集英社　1976　p236
牛の行列
　◇「花岡大学童話文学全集 3」法蔵館　1980　p81
ウシのクソ
　◇「椋鳩十の本 19」理論社　1982　p80
牛の子
　◇「〔北原〕白秋全童謡集 5」岩波書店　1993　p16
牛の子
　◇「花岡大学童話文学全集 6」法蔵館　1980　p53
牛のこころ
　◇「壺井栄名作集 10」ポプラ社　1965　p136
　◇「壺井栄全集 2」文泉堂出版　1997　p231
牛のさんぽ
　◇「庄野英二全集 5」偕成社　1980　p146
牛の鈴
　◇「庄野英二全集 11」偕成社　1980　p93
牛の世界
　◇「二反長半作品集 1」集英社　1979　p49
牛の先達
　◇「〔島崎〕藤村の童話 4」筑摩書房　1979　p24
牛のそば
　◇「まど・みちお全詩集」理論社　1992　p16
　◇「まどさんの詩の本 7」理論社　1996　p40
牛のたまご
　◇「西條八十童話集」小学館　1983　p20
牛のちから
　◇「ひろすけ幼年童話文学全集 4」集英社　1962　p54
　◇「浜田広介全集 4」集英社　1976　p122
牛のつの
　◇「石森延男児童文学全集 4」学習研究社　1971　p239
牛のツノ
　◇「与田準一全集 2」大日本図書　1967　p10
牛の友だち
　◇「坪田譲治幼年童話文学全集 1」集英社　1964　p23
　◇「坪田譲治童話全集 9」岩崎書店　1986　p114
うしのはなぐり
　◇「〔木暮正夫〕日本のおばけ話・わらい話 9」岩崎書店　1987　p64
ウシのはなぐり
　◇「寺村輝夫のとんち話 2」あかね書房　1976　p38
牛の一と突き
　◇「戸川幸夫動物文学全集 15」講談社　1977　p190
ウシの山
　◇「佐藤義美全集 3」佐藤義美全集刊行会　1973　p162
牛のよだれ
　◇「壺井栄全集 11」文泉堂出版　1998　p350
牛のよろこび
　◇「浜田広介全集 5」集英社　1976　p181

宇治の渡し
　◇「鈴木三重吉童話全集 7」文泉堂書店 1975（日本文学全集・選集叢刊第5次）p134

氏原大作居士
　◇「氏原大作全集 4」条例出版 1977 p454

牛深の町
　◇「椋鳩十の本 22」理論社 1983 p156

牛ほめ（林家木久蔵編，岡本和明文）
　◇「林家木久蔵の子ども落語 4」フレーベル館 1998 p112

牛丸
　◇「与謝野晶子児童文学全集 3」春陽堂書店 2007 p146

牛モウモウ
　◇「〔巌谷〕小波お伽全集 6」本の友社 1998 p215

牛養子
　◇「〔巌谷〕小波お伽全集 5」本の友社 1998 p289

雨情の偉大さ
　◇「佐藤義美全集 6」佐藤義美全集刊行会 1974 p435

うしろ神
　◇「〔山田野理夫〕おばけ文庫 3」太平出版社 1976（母と子の図書室）p104

後姿
　◇「瑠璃の壺―森銑三童話集」三樹書房 1982 p179

うしろの正面―おばあちゃんの話
　◇「今江祥智の本 2」理論社 1980 p71

うしろむきでおきょう
　◇「寺村輝夫のとんち話 1」あかね書房 1976 p6

牛若島巡り
　◇「〔巌谷〕小波お伽全集 11」本の友社 1998 p1

牛若丸
　◇「〔巌谷〕小波お伽全集 4」本の友社 1998 p153
　◇「〔巌谷〕小波お伽全集 7」本の友社 1998 p314

牛若丸
　◇「中村雨紅詩謡集」中村雨紅詩謡集刊行委員会 1971 p126

牛若丸
　◇「魂の配達―野村吉哉作品集」草思社 1983 p294

牛若丸と芋虫
　◇「〔巌谷〕小波お伽全集 14」本の友社 1998 p197

臼を負うて馬にのる
　◇「川崎大治民話選 〔4〕」童心社 1975 p22

臼をごろんごろん
　◇「稗田童平全集 3」宝文館出版 1979 p66

〔うすく濁った浅葱の水が〕
　◇「新修宮沢賢治全集 4」筑摩書房 1979 p78
　◇「新修宮沢賢治全集 4」筑摩書房 1979 p318

宇助河童
　◇「さねとうあきら創作民話集 被差別部落 1」明石書店 1988 p94

渦潮の果
　◇「高垣眸全集 4」桃源社 1971 p80

うずしお丸の少年
　◇「全集古田足日子どもの本 10」童心社 1993 p7

うすひき姉さ
　◇「国分一太郎児童文学集 6」小峰書店 1967 p152

ヴズベック人にまちがえられる
　◇「庄野英二全集 10」偕成社 1979 p308

うずまき
　◇「こやま峰子詩集 〔3〕」朔北社 2003 p34

うずまき
　◇「杉みき子選集 2」新潟日報事業社 2005 p250

うずめられた鏡
　◇「定本小川未明童話全集 14」講談社 1977 p217
　◇「定本小川未明童話全集 14」大空社 2002 p217

薄雪草―自分をいつわらないで
　◇「立原えりかのファンタジーランド 4」青土社 1980 p37

鶉
　◇「〔北原〕白秋全童謡集 2」岩波書店 1992 p209

鶉
　◇「巽聖歌作品集 上」巽聖歌作品集刊行委員会 1977 p346

うすらトンカチ
　◇「阪田寛夫全詩集」理論社 2011 p235

うずらの子
　◇「北彰介作品集 1」青森県児童文学研究会 1990 p120

鶉の卵
　◇「〔北原〕白秋全童謡集 3」岩波書店 1992 p358

ウスリー河畔
　◇「庄野英二全集 10」偕成社 1979 p401

〔失せたと思ったアンテリナムが〕
　◇「新修宮沢賢治全集 4」筑摩書房 1979 p249

うそ
　◇〔坪井安〕はしれ子馬よ―童謡詩集」童謡研究・蜂の会 1999 p12

うそ
　◇「新美南吉童話選集 5」ポプラ社 2013 p41

うそ
　◇「まど・みちお詩集 3」銀河社 1975 p56
　◇「まど・みちお全詩集」理論社 1992 p473
　◇「まどさんの詩の本 8」理論社 1996 p48

嘘
　◇「佐々木邦全集 2」講談社 1974 p365

嘘
　◇「土田耕平童話集 〔4〕」古今書院 1955 p29

嘘
　◇「新美南吉全集 2」牧書店 1965 p103

うそ

- ◇「校定新美南吉全集 2」大日本図書 1980 p45
- ◇「新美南吉童話集 2」大日本図書 1982 p157
- ◇「新美南吉童話大全」講談社 1989 p33
- ◇「新美南吉童話傑作選 〔6〕花をうめる」小峰書店 2004 p81
- ◇「新美南吉30選」春陽堂書店 2009（名作童話）p85
- ◇「新美南吉童話集 2」大日本図書 2012 p157

嘘
- ◇「与謝野晶子児童文学全集 5」春陽堂書店 2007 p111

うそを ついた ひつじかい
- ◇「ひろすけ幼年童話文学全集 8」集英社 1961 p48

うそをつかない王さま
- ◇「花岡大学仏典童話新作集 1」法蔵館 1984 p122
- ◇「花岡大学仏典童話集 2」佼成出版社 2006 p124

うそ五ろうとはねおうぎ
- ◇「〔木暮正夫〕日本のおばけ話・わらい話 10」岩崎書店 1987 p72

ウソ三とタヌキ
- ◇「〔比江島重孝〕宮崎のむかし話 1」鉱脈社 1998 p110

うそつき
- ◇「立原えりかのファンタジーランド 4」青土社 1980 p111

うそつきいたちのプウタ
- ◇「きむらゆういちおはなしのへや 5」ポプラ社 2012 p57

うそつき うさぎ
- ◇「平塚武二童話全集 2」童心社 1972 p72

うそつき王さまいぬをかう
- ◇「〔寺村輝夫〕ちいさな王さまシリーズ 3」理論社 1986 p1
- ◇「寺村輝夫全童話 2」理論社 1997 p48

うそつきおじさん
- ◇「室生犀星童話全集 1」創林社 1978 p121

うそつき さぎ
- ◇「花岡大学仏典童話全集 7」法蔵館 1979 p155

うそつき重助
- ◇「〔山田野理夫〕お笑い文庫 7」太平出版社 1977（母と子の図書室）p122

うそつきだこ
- ◇「北畠八穂児童文学全集 1」講談社 1974 p17

うそつきテンポ
- ◇「寺村輝夫童話全集 11」ポプラ社 1982 p85
- ◇「寺村輝夫全童話 3」理論社 1997 p62

嘘つきの報い（羊飼と狼）
- ◇「〔巌谷〕小波お伽全集 14」本の友社 1998 p98

うそつきの名人
- ◇「〔山田野理夫〕お笑い文庫 8」太平出版社 1977（母と子の図書室）p151

うそつき村
- ◇「今井誉次郎童話集子どもの村 〔5〕」国土社 1957 p131

うそつき村（林家木久蔵編, 岡本和明文）
- ◇「林家木久蔵の子ども落語 4」フレーベル館 1998 p68

うそつきやり
- ◇「〔木暮正夫〕日本のおばけ話・わらい話 8」岩崎書店 1987 p70

うそとほんとの宝石ばこ
- ◇「寺村輝夫童話全集 1」ポプラ社 1982 p83

ウソとホントの宝石ばこ
- ◇「〔寺村輝夫〕ぼくは王さま全1冊」理論社 1985 p68
- ◇「寺村輝夫全童話 1」理論社 1996 p36

ウソとホントの宝石箱
- ◇「寺村輝夫の王さまシリーズ 1」理論社 1998 p75

うそのしびれ
- ◇「〔山田野理夫〕お笑い文庫 6」太平出版社 1977（母と子の図書室）p130

嘘の謝罪
- ◇「〔巌谷〕小波お伽全集 14」本の友社 1998 p294

うそのたね本
- ◇「〔木暮正夫〕日本のおばけ話・わらい話 9」岩崎書店 1987 p69

うそのタネ本
- ◇「寺村輝夫のとんち話 2」あかね書房 1976 p98

うその種本
- ◇「川崎大治民話選 〔4〕」童心社 1975 p148

うそのつきあいっこ
- ◇「今井誉次郎童話集子どもの村 〔4〕」国土社 1957 p93

うそのつきおさめ
- ◇「寺村輝夫のむかし話 〔4〕」あかね書房 1978 p28

嘘の罰（猿と海豚）
- ◇「〔巌谷〕小波お伽全集 14」本の友社 1998 p109

うその名人
- ◇「川崎大治民話選 〔1〕」童心社 1968 p42

うそはっけんき
- ◇「〔東君平〕おはようどうわ 2」講談社 1982 p200

うそ発見人
- ◇「くんぺい魔法ばなし―魔法ばなし全集 3」サンリオ 2000 p76

うそ八百りょう
- ◇「〔木暮正夫〕日本のおばけ話・わらい話 7」岩崎書店 1986 p44

うそ話
- ◇「鈴木三重吉童話全集 2」文泉堂書店 1975（日本文学全集・選集叢刊第5次）p79

うそばなし千両

うたの

◇「沼田曜一の親子劇場 2」あすなろ書房 1995 p53

ウソは忍者か恐竜か
◇「横山健童謡選集 2」無明舎出版 1995 p113

うた
◇「与田準一全集 1」大日本図書 1967 p216

唄
◇「新装版金子みすゞ全集 3」JULA出版局 1984 p208
◇「金子みすゞ童謡全集 6」JULA出版局 2004 p112

歌
◇「杉みき子選集 10」新潟日報事業社 2011 p100

歌
◇「壺井栄全集 6」文泉堂出版 1998 p44

歌
◇「新美南吉全集 6」牧書店 1965 p102
◇「校定新美南吉全集 8」大日本図書 1981 p186

歌(うたひ)時計
◇〔竹久〕夢二童謡集」ノーベル書房 1975 (浪漫文庫) p85

うたいびとのふるさと
◇「阪田寛夫全詩集」理論社 2011 p69

うたう
◇「いのち―みずかみかずよ全詩集」石風社 1995 p12

うたうがいこつ
◇〔木暮正夫〕日本のおばけ話・わらい話 17」岩崎書店 1988 p56

うたう コイのぼり
◇「佐藤義美全集 3」佐藤義美全集刊行会 1973 p290

うたう 星雲
◇「阪田寛夫全詩集」理論社 2011 p469

歌うたいのピリピの歌
◇「太田博也童話集 4」小山書林 2008 p22

うたうとき
◇「いのち―みずかみかずよ全詩集」石風社 1995 p199

うたうパイプ〈おじさんのはなし〉
◇「神沢利子コレクション・普及版 3」あかね書房 2006 p219

うたうビルディング<一まく 童話劇>
◇〔斎田喬〕学校劇代表作選 2」牧書店 1959 p109

うたう町
◇「与田準一全集 4」大日本図書 1967 p191

うたう山おんな
◇「立原えりか作品集 2」思潮社 1972 p139

うたえバンバン
◇「阪田寛夫全詩集」理論社 2011 p398

歌へよ子供
◇〔北原〕白秋全童謡集 1」岩波書店 1992 p337

歌をうたいながら…
◇「佐藤さとるファンタジー全集 16」講談社 1983 p51
◇「佐藤さとるファンタジー全集 16」講談社, 復刊ドットコム (発売) 2011 p51

歌をうたう貝
◇「久保喬自選作品集 2」みどりの会 1994 p102

うたを うたうとき
◇「まど・みちお全詩集」理論社 1992 p372
◇「まどさんの詩の本 6」理論社 1996 p14

うたをつくった かたつむり
◇「くどうなおこ詩集○」童話屋 1996 p106

〔うたがふをやめよ〕
◇「新修宮沢賢治全集 6」筑摩書房 1980 p142
◇「新修宮沢賢治全集 6」筑摩書房 1980 p401

疑ふ午
◇「新修宮沢賢治全集 4」筑摩書房 1979 p212

うたたね
◇〔吉田享子〕おしゃべりな星―少年少女詩集」らくだ出版 2001 p60

うた時計
◇「新美南吉全集 2」牧書店 1965 p129
◇「校定新美南吉全集 2」大日本図書 1980 p145
◇「新美南吉童話集 2」大日本図書 1982 p31
◇「新美南吉童話大全」講談社 1989 p44
◇「新美南吉童話集」岩波書店 1996 (岩波文庫) p103
◇「新美南吉童話傑作選〔1〕おじいさんのランプ」小峰書店 2004 p39
◇「新美南吉童話集 2」大日本図書 2012 p31
◇「新美南吉童話選集 3」ポプラ社 2013 p25

うた時計(新美南吉作, 梶方暁代脚色)
◇「新美南吉童話劇集 2」東京書籍 1982 (東書児童劇シリーズ) p115

うたと羊雲
◇「阪田寛夫全詩集」理論社 2011 p314

うたにはうらみの数々が…
◇「全集古田足日子どもの本 3」童心社 1993 p420

打たぬ太鼓に
◇「巽聖歌作品集 上」巽聖歌作品集刊行委員会 1977 p493

歌の伍長
◇「氏原大作全集 1」条例出版 1977 p267

うたの じょうずな かめ
◇「坪田譲治幼年童話文学全集 6」集英社 1964 p192

歌のじょうずなカメ
◇「坪田譲治童話全集 10」岩崎書店 1986 p48
◇「坪田譲治名作選〔3〕サバクの虹」小峰書店 2005 p138

うたの

うたのすきなミツバチ
- ◇「石森延男児童文学全集 1」学習研究社 1971 p117
- ◇「石森読本―石森延男児童文学選集 2年生」小学館 1977 p90

歌の中では
- ◇「阪田寛夫全詩集」理論社 2011 p784

歌の中のサル
- ◇「椋鳩十の本 19」理論社 1982 p41

うた なかの はたの ように
- ◇「与田凖一全集 2」大日本図書 1967 p202

歌の原
- ◇「平塚武二童話全集 5」童心社 1972 p29

うたの広場
- ◇「阪田寛夫全詩集」理論社 2011 p417

うたの わ
- ◇「阪田寛夫全詩集」理論社 2011 p571

うたよ！
- ◇「まど・みちお詩集 5」銀河社 1975 p22
- ◇「まど・みちお全詩集」理論社 1992 p516
- ◇「まどさんの詩の本 8」理論社 1996 p68

うたよみばなし
- ◇「〔比江島重孝〕宮崎のむかし話 1」鉱脈社 1998 p107

うたよみゆうれい
- ◇「〔木暮正夫〕日本のおばけ話・わらい話 1」岩崎書店 1986 p46

歌よラララ
- ◇「〔関根栄一〕はしるふじさん―童謡集」小峰書店 1998 p151

打たれた鷲
- ◇「椋鳩十の本 2」理論社 1982 p97

宇太郎じいさんと石臼
- ◇「稗田童平全集 3」宝文館出版 1979 p144

歌はともだち
- ◇「阪田寛夫全詩集」理論社 2011 p426

打上げ花火
- ◇「いのち―みずかみかずよ全詩集」石風社 1995 p148

内海外海
- ◇「新装版金子みすゞ全集 1」JULA出版局 1984 p44
- ◇「金子みすゞ童謡全集 1」JULA出版局 2003 p68

補襠（うちかけ）
- ◇「壺井栄全集 7」文泉堂出版 1998 p178

内から外へ―ある清算
- ◇「新美南吉全集 6」牧書店 1965 p292

内気な海
- ◇「今江祥智の本 15」理論社 1980 p20
- ◇「今江祥智童話館〔15〕」理論社 1987 p43

内田麟太郎―ナンセンス入門
- ◇「今江祥智の本 35」理論社 1990 p289

うち出の小づち
- ◇「寺村輝夫のむかし話〔4〕」あかね書房 1978 p14

打ち出の小槌
- ◇「星新一ショートショートセレクション 12」理論社 2003 p119

打出の小槌
- ◇「新装版金子みすゞ全集 1」JULA出版局 1984 p13
- ◇「〔金子〕みすゞ詩画集〔1〕」春陽堂書店 1996
- ◇「金子みすゞ童謡集」角川春樹事務所 1998（ハルキ文庫）p135
- ◇「金子みすゞ童謡全集 1」JULA出版局 2003 p24

沖縄（ウチナー）のこころ
- ◇「横山健童謡選集 1」無明舎出版 1995 p56

内なる父親
- ◇「今江祥智の本 34」理論社 1990 p79

うちにいる動物のカード
- ◇「今井誉次郎童話集子どもの村〔3〕」国土社 1957 p88

うちのおじいさん おばあさん
- ◇「まど・みちお全詩集」理論社 1992 p259
- ◇「まどさんの詩の本 12」理論社 1997 p38

うちのとけい
- ◇「まど・みちお全詩集」理論社 1992 p259

うちの女房
- ◇「〔山田野理夫〕お笑い文庫 8」太平出版社 1977（母と子の図書室）p144

うちのボート
- ◇「〔北原〕白秋全童謡集 4」岩波書店 1993 p141

うちのロク
- ◇「まど・みちお全詩集 続」理論社 2015 p419

ウチベンケイさん
- ◇「今江祥智の本 30」理論社 1990 p46

〔打身の床をいできたり〕
- ◇「新修宮沢賢治全集 6」筑摩書房 1980 p11
- ◇「新修宮沢賢治全集 6」筑摩書房 1980 p333

内村鑑三
- ◇「〔かこさとし〕お話こんにちは〔12〕」偕成社 1980 p92

宇宙
- ◇「〔下田喜久美〕遠くから来た旅人―詩集」リトル・ガリヴァー社 1998 p147

うちゅうをどんどんどこまでも
- ◇「筒井康隆全童話」角川書店 1976（角川文庫）p29
- ◇「筒井康隆SFジュブナイルセレクション 1」金の星社 2010 p31

宇宙をわが手に

◇『星新一ショートショートセレクション 6』理論社 2002 p62

宇宙怪人
　　◇『少年探偵江戸川乱歩全集 10』ポプラ社 1964 p5
　　◇『少年探偵・江戸川乱歩 9』ポプラ社 1998 p5
　　◇『文庫版 少年探偵・江戸川乱歩 9』ポプラ社 2005 p5

うちゅうからきたかんづめ
　　◇『佐藤さとる全集 6』講談社 1973 p43

宇宙からきたかんづめ
　　◇『佐藤さとるファンタジー全集 6』講談社 1982 p157
　　◇『佐藤さとるファンタジー全集 6』講談社, 復刊ドットコム(発売) 2010 p157

「宇宙からきたかんづめ」・あとがき
　　◇『佐藤さとるファンタジー全集 16』講談社 1983 p215
　　◇『佐藤さとるファンタジー全集 16』講談社, 復刊ドットコム(発売) 2011 p215

宇宙から来たツウクス
　　◇『〔大野憲三〕創作童話』一粒書房 2012 p201

うちゅうからきたみつばち
　　◇『佐藤さとる全集 3』講談社 1972 p7

宇宙からきたみつばち
　　◇『佐藤さとるファンタジー全集 6』講談社 1982 p217
　　◇『佐藤さとるファンタジー全集 6』講談社, 復刊ドットコム(発売) 2010 p217

宇宙からの客
　　◇『星新一YAセレクション 2』理論社 2008 p183

宇宙女囚第一号
　　◇『海野十三全集 6』三一書房 1989 p5

宇宙人のわすれもの
　　◇『ろくでなしという名のポーリー――もとさこみつる短編童話集』早稲田童話塾 2012 p255

宇宙戦隊
　　◇『海野十三全集 10』三一書房 1991 p353

宇宙尖兵
　　◇『海野十三全集 10』三一書房 1991 p175

宇宙通信
　　◇『星新一ちょっと長めのショートショート 4』理論社 2006 p195

うちゅう人間ケン
　　◇『寺村輝夫全童話 7』理論社 1999 p412

宇宙猫ホー
　　◇『赤い自転車―松延いさお自選童話集』〔熊本〕松延猪雄 1993 p78

(宇宙の)
　　◇『稗田童平全集 8』宝文館出版 1982 p51

宇宙のあいさつ
　　◇『星新一ちょっと長めのショートショート 1』理論社 2005 p75

宇宙の英雄
　　◇『星新一ショートショートセレクション 4』理論社 2002 p7

宇宙の男たち
　　◇『〔星新一〕おーいでてこーい―ショートショート傑作選』講談社 2004（講談社青い鳥文庫）p222
　　◇『星新一ショートショートセレクション 15』理論社 2004 p61

宇宙の影
　　◇『魂の配達―野村吉哉作品集』草思社 1983 p21

宇宙の指導員
　　◇『星新一ショートショートセレクション 2』理論社 2001 p192

宇宙のネロ
　　◇『星新一ショートショートセレクション 2』理論社 2001 p175

宇宙の迷子
　　◇『海野十三全集 11』三一書房 1988 p279

うちゅうりょこう
　　◇『〔木暮正夫〕日本のおばけ話・わらい話 11』岩崎書店 1987 p51

内輪の争い(老人と子供)
　　◇『〔巌谷〕小波お伽全集 14』本の友社 1998 p114

うっかりゆだんをしたら
　　◇『〔西本鶏介〕新日本昔ばなし――一日一話・読みきかせ 1』小学館 1997 p44

美しい空間
　　◇『いのち―みずかみかずよ全詩集』石風社 1995 p456

美しい湖水
　　◇『椋鳩十の本 22』理論社 1983 p180

うつくしい ことば
　　◇『まど・みちお全詩集』理論社 1992 p637
　　◇『まどさんの詩の本 12』理論社 1997 p84

美しい子供
　　◇『おの・ちゅうこう初期作品集 〔2〕 日本の教室は明るい』崙書房 1975 p1

美しい魚
　　◇『椋鳩十の本 19』理論社 1982 p78

美しい主婦からのスーヴニア
　　◇『庄野英二全集 10』偕成社 1979 p378

うつくしいツル
　　◇『〔山田野理夫〕お笑い文庫 10』太平出版社 1977 (母と子の図書室) p118

美しいということ
　　◇『椋鳩十の本 25』理論社 1983 p222

うつくしい白鳥座
　　◇『岡本良雄童話文学全集 3』講談社 1964 p315

美しい橋

美しいピエタの聖母
　　◇「阪田寛夫全詩集」理論社 2011 p586
美しい瞳
　　◇「今江祥智童話館　〔16〕」理論社 1987 p249
美しいホコリの歌
　　◇「太田博也童話集 4」小山書林 2008 p17
美しい町
　　◇「新装版金子みすゞ全集 1」JULA出版局 1984 p69
　　◇「みすゞさん―童謡詩人・金子みすゞの優しさ探しの旅 1」春陽堂書店 1997
　　◇「〔金子〕みすゞ詩画集〔4〕」春陽堂書店 2000 p8
　　◇「金子みすゞ童謡全集 1」JULA出版局 2003 p112
美しい町
　　◇「杉みき子選集 10」新潟日報事業社 2011 p110
うつくしいマリモ
　　◇「石森延男児童文学全集 4」学習研究社 1971 p7
うつくしいマリモ（アイヌ民話）
　　◇「石森延男児童文学全集 4」学習研究社 1971 p5
美しい眼の王子
　　◇「花岡大学仏典童話全集 3」法蔵館 1979 p198
美しいものも求めて
　　◇「校定新美南吉全集 9」大日本図書 1981 p633
うつくしい夕立ち
　　◇「巽聖歌作品集　下」巽聖歌作品集刊行委員会 1977 p151
美しき金もうけ
　　◇「椋鳩十の本 23」理論社 1983 p152
美しき大地
　　◇「北川千代児童文学全集　上」講談社 1967 p228
美しき妻をもつ友人
　　◇「魂の配達―野村吉哉作品集」草思社 1983 p23
〔美しき夕陽の色なして〕
　　◇「新修宮沢賢治全集 5」筑摩書房 1979 p252
　　◇「新修宮沢賢治全集 5」筑摩書房 1979 p334
美しく生まれたばかりに
　　◇「定本小川未明童話全集 6」講談社 1977 p324
　　◇「定本小川未明童話全集 6」大空社 2001 p324
うつけもの
　　◇「巽聖歌作品集　下」巽聖歌作品集刊行委員会 1977 p288
うっこんこう
　　◇「壺井栄全集 4」文泉堂出版 1998 p427
うつし絵
　　◇「石森延男児童文学全集 5」学習研究社 1971 p227
　　◇「石森読本―石森延男児童文学選集 4年生」小学館 1977 p85
うって、かって、うって、かって
　　◇「〔柳家弁天〕らくご文庫 6」太平出版社 1987 p27
鬱の髄から天井みれば
　　◇「阪田寛夫全詩集」理論社 2011 p125
うつぼかずら
　　◇「庄野英二全集 9」偕成社 1979 p107
うつむいた女
　　◇「壺井栄全集 4」文泉堂出版 1998 p89
うつむいているバラ
　　◇「〔下田喜久美〕遠くから来た旅人―詩集」リトル・ガリヴァー社 1998 p40
うつむき太郎
　　◇「〔比江島重孝〕宮崎のむかし話 2」鉱脈社 1998 p155
うつむきながら
　　◇「あまんきみこセレクション 5」三省堂 2009 p262
腕じまん
　　◇「〔山田野理夫〕お笑い文庫 1」太平出版社 1977（母と子の図書室）p21
ウデドケイ
　　◇「まど・みちお全詩集　続」理論社 2015 p232
腕輪数珠
　　◇「花岡大学　続・仏典童話全集 2」法蔵館 1981 p219
〔うとうとするとひやりとくる〕
　　◇「新修宮沢賢治全集 3」筑摩書房 1979 p177
　　◇「新修宮沢賢治全集 3」筑摩書房 1979 p376
（ウドの蒼白に）
　　◇「稗田菫平全集 2」宝文館出版 1979 p90
独活の大木
　　◇「〔巌谷〕小波お伽全集 12」本の友社 1998 p400
うどん
　　◇「川崎大治民話選　〔1〕」童心社 1968 p188
うどんのうた
　　◇「今井誉次郎童話集子どもの村　〔5〕」国土社 1957 p13
うどん屋（林家木久蔵編, 岡本和明文）
　　◇「林家木久蔵の子ども落語 6」フレーベル館 1999 p204
うどん屋さん, かぜひいたの？
　　◇「〔柳家弁天〕らくご文庫 7」太平出版社 1987 p38
うなぎ
　　◇「〔永松康男〕童話集 青いマント」永松康男 2012 p143
鰻温泉
　　◇「椋鳩十の本 21」理論社 1982 p216
うなぎにきいてくれ！
　　◇「〔木暮正夫〕日本のおばけ話・わらい話 7」岩崎書店 1986 p24

うなぎの代金
　◇「川崎大治民話選〔1〕」童心社 1968 p213
うなぎ婆さん
　◇「与謝野晶子児童文学全集 2」春陽堂書店 2007 p166
宇納間まいり
　◇「〔比江島重孝〕宮崎のむかし話 3」鉱脈社 2000 p176
うぬぼれ鏡
　◇「あまんきみこセレクション 4」三省堂 2009 p231
うぬぼれ小僧様
　◇「斎藤隆介全集 4」岩崎書店 1982 p23
うねうね川
　◇「与謝野晶子児童文学全集 1」春陽堂書店 2007 p83
ウノ（Uno）
　◇「阪田寛夫全詩集」理論社 2011 p95
宇野亜喜良I
　◇「今江祥智の本 21」理論社 1981 p106
宇野亜喜良II
　◇「今江祥智の本 21」理論社 1981 p111
ウノ・ドス・神戸
　◇「阪田寛夫全詩集」理論社 2011 p870
乳母
　◇「佐藤義美全集 1」佐藤義美全集刊行会 1974 p334
うば石
　◇「〔山田野理夫〕おばけ文庫 3」太平出版社 1976 （母と子の図書室）p142
うばが池の一本やなぎ
　◇「川崎大治民話選〔3〕」童心社 1971 p10
うばが火
　◇「〔山田野理夫〕おばけ文庫 7」太平出版社 1976 （母と子の図書室）p62
うばぐるま
　◇「稗田菫平全集 3」宝文館出版 1979 p66
うば車
　◇「新美南吉全集 6」牧書店 1965 p238
乳母ぐるま
　◇「〔北原〕白秋全童謡集 3」岩波書店 1992 p419
乳母車
　◇「校定新美南吉全集 8」大日本図書 1981 p38
　◇「新美南吉童話集 1」大日本図書 1982 p314
　◇「新美南吉童話傑作選〔6〕花をうめる」小峰書店 2004 p158
　◇「新美南吉童話集 1」大日本図書 2012 p314
うば車（童話）（ルイ・フイリップ）
　◇「鈴木三重吉童話全集 8」文泉堂出版 1975 （日本文学全集・選集叢刊第5次）p141
うばすて山

◇「寺村輝夫のむかし話〔11〕」あかね書房 1981 p82
うばすて山
　◇「椋鳩十の本 20」理論社 1983 p183
姨捨山
　◇「中村雨紅詩謡集」中村雨紅詩謡集刊行委員会 1971 p182
うばっかわ
　◇「松谷みよ子のむかしむかし 2」講談社 1973 p121
うばめがしとげっけいじゅ
　◇「庄野英二全集 4」偕成社 1979 p273
薔薇（ウバラ）の
　◇「校定新美南吉全集 8」大日本図書 1981 p151
うばわらし
　◇「〔山田野理夫〕おばけ文庫 6」太平出版社 1976 （母と子の図書室）p47
ウヒョッとびっくりゆうれい話
　◇「〔木暮正夫〕日本のおばけ話・わらい話 17」岩崎書店 1988
ウフ
　◇「まど・みちお全詩集 続」理論社 2015 p281
産土神（うぶすな）の御灯明（みあかし）
　◇「中村雨紅詩謡集」中村雨紅詩謡集刊行委員会 1971 p175
ウーフの海水よく
　◇「〔神沢利子〕くまの子ウーフの童話集 3」ポプラ社 2001 p65
ウフフ・アッハハ
　◇「北畠八穂児童文学全集 5」講談社 1975 p137
ウフフフ フー
　◇「まど・みちお全詩集 続」理論社 2015 p277
うぶめ
　◇「〔比江島重孝〕宮崎のむかし話 3」鉱脈社 2000 p126
うぶめにもらったかいりき
　◇「〔木暮正夫〕日本のおばけ話・わらい話 17」岩崎書店 1988 p75
ウーフはあかちゃんみつけたよ
　◇「〔神沢利子〕くまの子ウーフの童話集 2」ポプラ社 2001 p101
　◇「神沢利子のおはなしの時間 1」ポプラ社 2011 p85
ウーフは、おしっこでできてるか??
　◇「神沢利子コレクション・普及版 1」あかね書房 2005 p97
ウーフはおしっこでできてるか??
　◇「〔神沢利子〕くまの子ウーフの童話集 1」ポプラ社 2001 p23
　◇「神沢利子のおはなしの時間 1」ポプラ社 2011 p5

うふわ

ウーフはなんにもなれないか？
◇「〔神沢利子〕くまの子ウーフの童話集 2」ポプラ社 2001 p7

うへえ
◇「まど・みちお全詩集 続」理論社 2015 p306

うま
◇「今井誉次郎童話集子どもの村 〔2〕」国土社 1957 p96

ウマ
◇「〔東君平〕おはようどうわ 1」講談社 1982 p182
◇「東君平のおはようどうわ 4」新日本出版社 2010 p84

ウマ
◇「椋鳩十の本 23」理論社 1983 p224

馬
◇「魂の配達―野村吉哉作品集」草思社 1983 p73

馬
◇「まど・みちお全詩集 続」理論社 2015 p39

馬
◇「新修宮沢賢治全集 3」筑摩書房 1979 p90
◇「新修宮沢賢治全集 3」筑摩書房 1979 p341
◇「ジュニア文学館 宮沢賢治―写真・絵画集成 3」日本図書センター 1996 p116

馬
◇「与田凖一全集 1」大日本図書 1967 p32

馬アライ
◇「国分一太郎児童文学集 6」小峰書店 1967 p134

馬市の立つ町
◇「〔島崎〕藤村の童話 4」筑摩書房 1979 p157

馬へのあこがれ
◇「岡野薫子動物記 4」小峰書店 1986 p24

馬右衛門と山んば
◇「松谷みよ子のむかしむかし 6」講談社 1973 p133

ウマオイ
◇「椋鳩十全集 11」ポプラ社 1970 p52
◇「椋鳩十の本 19」理論社 1982 p107

馬追
◇「椋鳩十の本 31」理論社 1989 p34

馬追い日記
◇「定本壺井栄児童文学全集 1」講談社 1979 p237

馬追日記
◇「壺井栄全集 9」文泉堂出版 1997 p222

馬を殺したからす
◇「定本小川未明童話全集 1」講談社 1976 p150
◇「定本小川未明童話全集 1」大空社 2001 p150

馬おどりの町
◇「椋鳩十の本 17」理論社 1982 p46

〔馬が一疋〕
◇「新修宮沢賢治全集 5」筑摩書房 1979 p175

◇「新修宮沢賢治全集 5」筑摩書房 1979 p318

馬がうしろ足でないた！
◇「〔柳家弁天〕らくご文庫 8」太平出版社 1987 p54

馬か鹿か
◇「〔山田野理夫〕お笑い文庫 8」太平出版社 1977 （母と子の図書室）p25

うまかたとやまんば
◇「〔木暮正夫〕日本のおばけ話・わらい話 19」岩崎書店 1988 p46

うまかたのゆだん
◇「〔木暮正夫〕日本のおばけ話・わらい話 13」岩崎書店 1987 p15

馬方八五郎
◇「森三郎童話選集 〔1〕」刈谷市教育委員会 1995 p25

馬から落ちた人と自轉車から落ちた豚
◇「〔巌谷〕小波全伽全集 14」本の友社 1998 p211

馬小屋
◇「庄野英二全集 5」偕成社 1980 p207

馬小屋の王子様
◇「〔渡部毅彦〕お母さんのための童話集」花伝社, 共栄書房（発売）1997 p108

馬こは、みんな一小さな黒い影法師のうた
◇「あまの川―宮沢賢治童謡集」筑摩書房 2001 p62

うまさん
◇「佐藤義美全集 1」佐藤義美全集刊行会 1974 p310

ウマ鹿
◇「〔巌谷〕小波お伽全集 12」本の友社 1998 p111

馬商人の娘〈D・H・ローレンス〉
◇「校定新美南吉全集 9」大日本図書 1981 p435

馬太郎とゴンベエ
◇「坪田譲治童話全集 13」岩崎書店 1986 p194
◇「坪田譲治名作選 〔3〕サバクの虹」小峰書店 2005 p82

馬っこ
◇「横山健童謡選集 1」無明舎出版 1995 p20

馬つなぎ石
◇「おの・ちゅうこう初期作品集 〔4〕氏神さま」崙書房 1975 p35

馬でかければ―阿蘇草千里
◇「いのち―みずかみかずよ全詩集」石風社 1995 p400

詩集『馬でかければ』あとがき
◇「いのち―みずかみかずよ全詩集」石風社 1995 p478

馬と兎
◇「あまの川―宮沢賢治童謡集」筑摩書房 2001 p70

馬と牛
◇「今井誉次郎童話集子どもの村 〔5〕」国土社 1957

うまの

　　p24
馬と海と太陽と…
　　◇「今江祥智の本 2」理論社 1980 p43
馬とかぶら
　　◇「〔比江島重孝〕宮崎のむかし話 2」鉱脈社 1998 p48
馬と乞食
　　◇「別役実童話集 〔1〕」三一書房 1973 p98
馬と小包
　　◇「武田亜公童話集 3」秋田文化出版社 1978 p27
馬と大砲
　　◇「〔たかしよいち〕世界むかしむかし探検 6」国土社 1996 p26
馬とつるくさと少年
　　◇「三木卓童話作品集 3」大日本図書 2000 p196
「馬とつるくさと少年 初出」あとがきより
　　◇「三木卓童話作品集 3」大日本図書 2000 p206
うまと テーブル
　　◇「佐藤義美全集 5」佐藤義美全集刊行会 1973 p166
馬と鍋とおばさんと
　　◇「〔山田野理夫〕お笑い文庫 7」太平出版社 1977（母と子の図書室）p58
馬と花嫁
　　◇「国分一太郎児童文学集 1」小峰書店 1967 p67
うまとび
　　◇「佐藤義美全集 1」佐藤義美全集刊行会 1974 p392
馬と人と
　　◇「岡野薫子動物記 4」小峰書店 1986 p86
馬と豚がけんかして
　　◇「松谷みよ子全エッセイ 2」筑摩書房 1989 p173
馬と兵士
　　◇「〔野坂昭如〕戦争童話集 忘れてはイケナイ物語り 〔4〕 焼跡の、お菓子の木」日本放送出版協会 2002 p1
馬と兵隊
　　◇「浜田広介全集 5」集英社 1976 p109
馬と山あぶ
　　◇「室生犀星童話全集 2」創林社 1978 p113
馬とろば
　　◇「ひろすけ幼年童話文学全集 8」集英社 1961 p150
　　◇「浜田広介全集 10」集英社 1976 p130
馬どろぼう
　　◇「〔北原〕白秋全童謡集 1」岩波書店 1992 p318
うまにきいた話
　　◇「別役実童話集 〔3〕」三一書房 1977 p51
馬にされた旅人
　　◇「二反長半作品集 3」集英社 1979 p198

馬にされたともだち
　　◇「〔水暮正夫〕日本のおばけ話・わらい話 2」岩崎書店 1986 p79
うまに なった おとこの はなし
　　◇「坪田譲治幼年童話文学全集 8」集英社 1965 p155
馬になって 鳥になって
　　◇「パパとボクとネコ—山口紀代子童謡詩集」音楽舎 2003 p104
馬に乗った花
　　◇「与謝野晶子児童文学全集 4」春陽堂書店 2007 p243
馬にのるアーコ
　　◇「大石真児童文学全集 11」ポプラ社 1982 p181
馬ぬすびと
　　◇「平塚武二童話全集 5」童心社 1972 p111
馬の足
　　◇「魂の配達—野村吉哉作品集」草思社 1983 p86
馬のあと足
　　◇「〔比江島重孝〕宮崎のむかし話 3」鉱脈社 2000 p66
馬のうた
　　◇「室生犀星童話全集 2」創林社 1978 p30
馬の絵
　　◇「与謝野晶子児童文学全集 4」春陽堂書店 2007 p208
馬のおしっこ
　　◇「〔柳家弁天〕らくご文庫 1」太平出版社 1987 p27
馬の顔
　　◇「〔北原〕白秋全童謡集 2」岩波書店 1992 p294
馬の顔
　　◇「斎藤隆介全集 3」岩崎書店 1982 p40
馬の顔
　　◇「まど・みちお全詩集」理論社 1992 p574
　　◇「まどさんの詩の本 7」理論社 1996 p24
馬のカッパたいじ
　　◇「北彰介作品集 3」青森県児童文学研究会 1990 p32
ウマのくび
　　◇「〔山田野理夫〕おばけ文庫 4」太平出版社 1976（母と子の図書室）p154
馬のくび
　　◇「鈴木三重吉童話全集 2」文泉堂書店 1975（日本文学全集・選集叢刊第5次）p202
馬の首
　　◇「〔山田野理夫〕お笑い文庫 1」太平出版社 1977（母と子の図書室）p36
馬のけつのぞき
　　◇「〔比江島重孝〕宮崎のむかし話 3」鉱脈社 2000 p189

うまの

馬の好物
　◇「さちいさや童話集—心の中に愛の泉がわいてくる」近代文芸社 1995 p5

馬の肥だし
　◇「国分一太郎児童文学集 6」小峰書店 1967 p161

うまのさいなん
　◇「〔木暮正夫〕日本のおばけ話・わらい話 9」岩崎書店 1987 p46

馬のしっぽ
　◇「北彰介作品集 1」青森県児童文学研究会 1990 p39
　◇「北彰介作品集 1」青森県児童文学研究会 1990 p83

馬の小便
　◇「川崎大治民話選 〔1〕」童心社 1968 p194

うまのしりに、おふだ
　◇「〔木暮正夫〕日本のおばけ話・わらい話 5」岩崎書店 1986 p33

馬の頭巾
　◇「新修宮沢賢治全集 8」筑摩書房 1979 p147

馬の蠅
　◇「〔巌谷〕小波お伽全集 6」本の友社 1998 p244

馬の話
　◇「花岡大学童話文学全集 3」法蔵館 1980 p223

馬の腹掛け
　◇「斎藤隆介全集 3」岩崎書店 1982 p117

馬の春衣
　◇「〔巌谷〕小波お伽全集 11」本の友社 1998 p427

ウマのふん
　◇「寺村輝夫のとんち話 2」あかね書房 1976 p62

馬の水
　◇「〔巌谷〕小波お伽全集 3」本の友社 1998 p96

馬の耳
　◇「鈴木三重吉童話全集 3」文泉堂書店 1975（日本文学全集・選集叢刊第5次）p266

馬の目
　◇「北彰介作品集 4」青森県児童文学研究会 1991 p70

馬のり才蔵一座
　◇「かつおきんや作品集 9」牧書店〔アリス館牧新社〕1973 p129
　◇「かつおきんや作品集 15」偕成社 1983 p121

馬耳大王
　◇「巌谷小波お伽噺文庫 〔3〕」大和書房 1976 p158

馬むかえ
　◇「国分一太郎児童文学集 6」小峰書店 1967 p147

厩火事（林家木久蔵編、岡本和明文）
　◇「林家木久蔵の子ども落語 5」フレーベル館 1999 p6

うまやのそばのなたね
　◇「新美南吉全集 1」牧書店 1965 p120

　◇「新美南吉童話集 1」大日本図書 1982 p146
　◇「新美南吉童話大全」講談社 1989 p287
　◇「新美南吉童話傑作選 〔7〕赤いろうそく」小峰書店 2004 p19
　◇「新美南吉童話集 1」大日本図書 2012 p146
　◇「新美南吉童話選集 1」ポプラ社 2013 p41

ウマヤノ ソバノ ナタネ
　◇「校定新美南吉全集 4」大日本図書 1980 p270

厩の中
　◇「巽聖歌作品集 上」巽聖歌作品集刊行委員会 1977 p105

うまやのなか エスさま
　◇「巽聖歌作品集 上」巽聖歌作品集刊行委員会 1977 p497

〔馬行き人行き自転車行きて〕
　◇「新修宮沢賢治全集 6」筑摩書房 1980 p241

うまれかわった赤ちゃん
　◇「松谷みよ子のむかしむかし 10」講談社 1973 p25

生まれ変わったアヤメ
　◇「〔中山正宏〕大きくな〜れ—童話集」日図図書刊行会 1996 p17

生まれかわり
　◇「川崎大治民話選 〔1〕」童心社 1968 p190

生まれたときもう歯がはえていたという話
　◇「坪田譲治童話全集 13」岩崎書店 1986 p9
　◇「坪田譲治名作選 〔3〕サバクの虹」小峰書店 2005 p70

うまれたばかりの ちょうちょう
　◇「定本小川未明童話全集 16」講談社 1978 p67
　◇「定本小川未明童話全集 16」大空社 2002 p67

うまれたふじさん
　◇「〔関根栄一〕はしるふじさん—童謡集」小峰書店 1998 p73

うまれたよ
　◇「いのち—みずかみかずよ全詩集」石風社 1995 p182

詩集『うまれたよ』あとがき
　◇「いのち—みずかみかずよ全詩集」石風社 1995 p483

生まれて来た時
　◇「まど・みちお全詩集」理論社 1992 p40

生まれて来た道
　◇「〔斎藤信夫〕子ども心を友として—童謡詩集」成東町教育委員会 1996 p280

うまれて くる すずめたち
　◇「新美南吉全集 1」牧書店 1965 p148

うまれてくる雀たち
　◇「新美南吉童話集 1」大日本図書 1982 p143
　◇「新美南吉童話集 1」大日本図書 2012 p143

うまれて 来る 雀達

◇「校定新美南吉全集 4」大日本図書 1980 p265

うまれるもの（日下部梅子）
◇「岡田泰三・日下部梅子童謡集」会津童詩会 1992 p99

うまは ひいんと なく
◇「巽聖歌作品集 下」巽聖歌作品集刊行委員会 1977 p91

うみ
◇「こやま峰子詩集〔3〕」朔北社 2003 p30

うみ
◇「佐藤義美全集 1」佐藤義美全集刊行会 1974 p432

海
◇「今江祥智の本 14」理論社 1980 p40
◇「今江祥智童話館〔6〕」理論社 1986 p163

海
◇「定本小川未明童話全集 3」講談社 1977 p408
◇「定本小川未明童話全集 3」大空社 2001 p408

海
◇「〔かわさききよみち〕母のおもい」新風舎 1998 p17

海
◇「阪田寛夫全詩集」理論社 2011 p128

海
◇「〔鈴木桂子〕親子で語り合う詩集 1」クロスロード 1997 p37

海
◇「巽聖歌作品集 下」巽聖歌作品集刊行委員会 1977 p211

海
◇「〔久高明子〕チンチンコバカマ」新風舎 1998 p53

海
◇「いのち―みずかみかずよ全詩集」石風社 1995 p388

海
◇「椋鳩十の本 1」理論社 1982 p71
◇「椋鳩十の本 1」理論社 1982 p72
◇「椋鳩十の本 1」理論社 1982 p73
◇「椋鳩十の本 1」理論社 1982 p75
◇「椋鳩十の本 1」理論社 1982 p76

洋（うみ）
◇「北彰介作品集 1」青森県児童文学研究会 1990 p94

海犬
◇「〔内海康子〕六月のカレンダー――詩集」けやき書房 1999 p54

海色タクシー
◇「虹の歌―宮下木花童話集」銀の鈴社 2013 p17

海うさぎのきた日
◇「あまんきみこセレクション 2」三省堂 2009 p173

海へ
◇「定本小川未明童話全集 1」講談社 1976 p43
◇「定本小川未明童話全集 1」大空社 2001 p43

海へ
◇「新装版金子みすゞ全集 1」JULA出版局 1984 p226
◇「金子みすゞ童謡全集 2」JULA出版局 2003 p198

海へいった赤んぼ大将
◇「佐藤さとる全集 4」講談社 1974 p1
◇「佐藤さとるファンタジー全集 9」講談社 1983 p7
◇「佐藤さとるファンタジー全集 9」講談社, 復刊ドットコム（発売）2011 p7

海へいったクジラ
◇「〔木暮正夫〕日本のおばけ話・わらい話 14」岩崎書店 1987 p17

海へいったくるみ
◇「浜田広介全集 7」集英社 1976 p24

海へ帰るおじさん
◇「定本小川未明童話全集 12」講談社 1977 p67
◇「定本小川未明童話全集 12」大空社 2002 p67

海へのたより
◇「佐藤義美童謡集」さ・え・ら書房 1960 p264
◇「佐藤義美全集 1」佐藤義美全集刊行会 1974 p275

うみへのみち
◇「〔東君平〕おはようどうわ 6」講談社 1982 p123
◇「東君平のおはようどうわ 2」新日本出版社 2010 p65

海をあげるよ
◇「山下明生・童話の島じま 5」あかね書房 2012 p21

海を歩く母さま
◇「新装版金子みすゞ全集 3」JULA出版局 1984 p34
◇「〔金子〕みすゞ詩画集〔5〕」春陽堂書店 2001 p12
◇「金子みすゞ童謡全集 5」JULA出版局 2004 p52

海をかっとばせ
◇「山下明生・童話の島じま 2」あかね書房 2012 p35

うみをとぶつばめ
◇「筒井敬介童話全集 2」フレーベル館 1984 p17

海をはこぶはなし
◇「来栖良夫児童文学全集 4」岩崎書店 1983 p223

海をゆく機帆船
◇「巽聖歌作品集 下」巽聖歌作品集刊行委員会 1977 p100

海が消える
◇「佐藤さとるファンタジー全集 14」講談社 1983 p119

うみか

◇「佐藤さとるファンタジー全集 14」講談社, 復刊ドットコム（発売）2011 p119

海風
◇「壺井栄全集 2」文泉堂出版 1997 p430

海がないている
◇「地球のかぞく―石原一輝童謡詩集」群青社 2001 p66

海が逃げたか
◇「中村雨紅詩謡集」中村雨紅詩謡集刊行委員会 1971 p127

海ガメ
◇「〔山田野理夫〕おばけ文庫 5」太平出版社 1976（母と子の図書室）p126

海がめの里帰り
◇「岩永博史童話集 3」岩永博史 2012 p96

うみがめ丸漂流記
◇「庄野英二全集 3」偕成社 1979 p9
◇「庄野英二自選短篇童話集」編集工房ノア 1986 p213

海がやってきた…
◇「今江祥智の本 14」理論社 1980 p46
◇「今江祥智童話館 〔16〕」理論社 1987 p164
◇「今江祥智ショートファンタジー 4」理論社 2005 p89

海が呼んだ話
◇「定本小川未明童話全集 12」講談社 1977 p117
◇「定本小川未明童話全集 12」大空社 2002 p117

海から帰る日
◇「校定新美南吉全集 2」大日本図書 1980 p402

海からきた客
◇「斎田喬児童劇選集 〔2〕」牧書店 1954 p15

海から来た少年
◇「立原えりかのファンタジーランド 11」青土社 1980 p27

海からきた使い
◇「定本小川未明童話全集 4」講談社 1977 p320
◇「定本小川未明童話全集 4」大空社 2001 p320

海からきたひと
◇「立原えりか作品集 5」思潮社 1973 p163
◇「立原えりかのファンタジーランド 1」青土社 1980 p95

海がらす
◇「〔北原〕白秋全童謡集 2」岩波書店 1992 p352

海グモ
◇「〔山田野理夫〕おばけ文庫 5」太平出版社 1976（母と子の図書室）p96

海小僧
◇「〔山田野理夫〕おばけ文庫 5」太平出版社 1976（母と子の図書室）p44

ウミサチヒコ ヤマサチヒコ
◇「松谷みよ子のむかしむかし 4」講談社 1973 p145

海座頭
◇「水木しげるのふしぎ妖怪ばなし 5」メディアファクトリー 2008 p64

海ぞいの道
◇「花岡大学童話文学全集 1」法蔵館 1980 p123

うみで うかぼう
◇「まど・みちお全詩集」理論社 1992 p258

海と神さま
◇「巽聖歌作品集 上」巽聖歌作品集刊行委員会 1977 p80

海とかもめ
◇「新装版金子みすゞ全集 1」JULA出版社 1984 p231
◇「金子みすゞ童謡集」角川春樹事務所 1998（ハルキ文庫）p13
◇「〔金子〕みすゞ詩画集 〔5〕」春陽堂書店 2001 p18
◇「金子みすゞ童謡全集 2」JULA出版局 2003 p206

ウミト コドモ
◇「佐藤義美全集 1」佐藤義美全集刊行会 1974 p349

海と少年
◇「定本小川未明童話全集 11」講談社 1977 p27
◇「定本小川未明童話全集 11」大空社 2002 p27

うみとそら
◇「まど・みちお全詩集」理論社 1992 p490
◇「まどさんの詩の本 14」理論社 1997 p36

海と太陽
◇「定本小川未明童話全集 3」講談社 1977 p403
◇「定本小川未明童話全集 3」大空社 2001 p403

海とパン
◇「筒井敬介童話全集 5」フレーベル館 1983 p197

海とモモちゃん
◇「松谷みよ子全集 13」講談社 1972 p113

海と山
◇「新装版金子みすゞ全集 3」JULA出版社 1984 p151
◇「みすゞさん―童謡詩人・金子みすゞの優しさ探しの旅 2」春陽堂書店 1998
◇「金子みすゞ童謡全集 6」JULA出版局 2004 p34

海と山の歌
◇「佐藤義美童謡集」さ・え・ら書房 1960 p208
◇「佐藤義美全集 1」佐藤義美全集刊行会 1974 p227
◇「佐藤義美全集 1」佐藤義美全集刊行会 1974 p431

海と私の幼時
◇「海野十三全集 別巻1」三一書房 1991 p389

うみにあるのはあしただけ
◇「全集版灰谷健次郎の本 13」理論社 1988 p161

うみの

海に生きる―両親を海で失った子等に捧ぐ(横山健, 髙島茂俳句)
◇「横山健童謡選集 1」無明舎出版 1995 p54

海に生れる
◇「斎田喬児童劇選集 〔1〕」牧書店 1954 p88

海に消えた タコ
◇「〔下田喜久美〕遠くから来た旅人―詩集」リトル・ガリヴァー社 1998 p34

海に来て
◇「まど・みちお全詩集 続」理論社 2015 p324

海にしずんだ鬼
◇「松谷みよ子おはなし集 5」ポプラ社 2010 p67

海にしずんだ島
◇「松谷みよ子のむかしむかし 8」講談社 1973 p49

うみに でっかい くちあけた
◇「阪田寛夫全詩集」理論社 2011 p204

うみに どぶん
◇「佐藤義美全集 3」佐藤義美全集刊行会 1973 p13

海になみだはいらない
◇「全集灰谷健次郎の本 13」理論社 1988 p5
◇「灰谷健次郎童話館 〔10〕」理論社 1994 p5

うみに はいると
◇「まど・みちお全詩集 続」理論社 2015 p403

海に光る壺
◇「現代語訳久留島武彦童話集 くるしまどうわ」玖珠町立わらべの館 2004 p81

海にひらく
◇「巽聖歌作品集 上」巽聖歌作品集刊行委員会 1977 p249

海にも山にも
◇「巽聖歌作品集 下」巽聖歌作品集刊行委員会 1977 p128

海女房
◇「〔山田野理夫〕おばけ文庫 5」太平出版社 1976 (母と子の図書室) p132

海に よばれて
◇「佐藤義美全集 1」佐藤義美全集刊行会 1974 p432

海ネズミ
◇「〔山田野理夫〕おばけ文庫 5」太平出版社 1976 (母と子の図書室) p124

海のあいうえお
◇「稗田菫平全集 8」宝文館出版 1982 p185

うみの あちらの どこかでは
◇「巽聖歌作品集 下」巽聖歌作品集刊行委員会 1977 p87

海のあら鷲
◇「大仏次郎少年少女のための作品集 3」講談社 1970 p5

海のある風景
◇「杉みき子選集 3」新潟日報事業社 2006 p289

海のある町から
◇「〔内海康子〕六月のカレンダー―詩集」けやき書房 1999 p44

海の入り日
◇「杉みき子選集 10」新潟日報事業社 2011 p10

海の色
◇「新装版金子みすゞ全集 2」JULA出版局 1984 p50
◇「金子みすゞ童謡全集 3」JULA出版局 2004 p80

海の上
◇「巽聖歌作品集 上」巽聖歌作品集刊行委員会 1977 p162

うみの うえの おつきさん
◇「佐藤義美全集 1」佐藤義美全集刊行会 1974 p385

うみの 上の お月さん
◇「佐藤義美童謡集」さ・え・ら書房 1960 p162
◇「佐藤義美全集 1」佐藤義美全集刊行会 1974 p208

海の歌
◇「北彰介作品集 4」青森県児童文学研究会 1991 p26

海のうらみ
◇「阪田寛夫全詩集」理論社 2011 p644

海の王のものがたり
◇「戸川幸夫・動物ものがたり 5」金の星社 1976 p5

海のおくりもの
◇「今江祥智の本 14」理論社 1980 p145
◇「今江祥智童話館 〔7〕」理論社 1986 p193

ウミのおっかさん
◇「〔山田野理夫〕お笑い文庫 7」太平出版社 1977 (母と子の図書室) p150

海のお月さん
◇「〔斎藤信夫〕子ども心を友として―童謡詩集」成東町教育委員会 1996 p36

海の音
◇「壺井栄全集 1」文泉堂出版 1997 p44

海の男
◇「大仏次郎少年少女のための作品集 4」講談社 1970 p311

海の男
◇「来栖良夫児童文学全集 4」岩崎書店 1983 p25

海の踊り
◇「定本小川未明童話全集 6」講談社 1977 p164
◇「定本小川未明童話全集 6」大空社 2001 p164

海のおばあさん
◇「定本小川未明童話全集 11」講談社 1977 p45
◇「定本小川未明童話全集 11」大空社 2002 p45

うみの

海の帯
　◇「佐藤義美全集 1」佐藤義美全集刊行会 1974 p71
海の おひめさまの くびかざり
　◇「定本小川未明童話全集 15」講談社 1978 p182
　◇「定本小川未明童話全集 15」大空社 2002 p182
海のお宮
　◇「鈴木三重吉童話全集 7」文泉堂書店 1975（日本文学全集・選集叢刊第5次）p608
海のお宮―おはなしのうたの四
　◇「新装版金子みすゞ全集 1」JULA出版局 1984 p20
　◇「金子みすゞ童謡全集 1」JULA出版局 2003 p36
海のおみやげ
　◇「武田亜公童話集 1」秋田文化出版社 1978 p51
海の風
　◇「浜田広介全集 11」集英社 1976 p50
海のかっぱ
　◇「北彰介作品集 1」青森県児童文学研究会 1990 p40
海のかなた
　◇「定本小川未明童話全集 4」講談社 1977 p169
　◇「定本小川未明童話全集 4」大空社 2001 p169
海の神
　◇「〔島崎〕藤村の童話 4」筑摩書房 1979 p215
海の記憶
　◇「杉みき子選集 10」新潟日報事業社 2011 p191
海の口笛
　◇「安房直子コレクション 2」偕成社 2004 p271
海のクリスマス―とうさんの話
　◇「今江祥智の本 2」理論社 1980 p92
海の元帥―東郷元帥景慕の謡
　◇「〔北原〕白秋全童謡集 5」岩波書店 1993 p154
海のこころ
　◇「与田凖一全集 2」大日本図書 1967 p242
海の言葉
　◇「佐藤義美全集 1」佐藤義美全集刊行会 1974 p366
海のこども
　◇「新装版金子みすゞ全集 1」JULA出版局 1984 p46
　◇「金子みすゞ童謡全集 1」JULA出版局 2003 p70
海の子守唄
　◇「阪田寛夫全詩集」理論社 2011 p678
うみのこ やまのこ
　◇「〔東君平〕おはようどうわ 3」講談社 1982 p125
海のシオ貝
　◇「北畠八穂児童文学全集 1」講談社 1974 p83
海の時間のまま
　◇「奥田継夫ベストコレクション 9」ポプラ社 2002 p7

海の祝宴
　◇「〔藤井則行〕祭りの宵に―童話集」創栄出版 1995 p73
海の正月
　◇「〔土田明生〕ちいさい星―母と子の詩集」らくだ出版 2002 p82
海の少年
　◇「定本小川未明童話全集 1」講談社 1976 p16
　◇「定本小川未明童話全集 1」大空社 2001 p16
海の女王
　◇「鈴木三重吉童話全集 1」文泉堂書店 1975（日本文学全集・選集叢刊第5次）p151
海の女王のわな
　◇「寺村輝夫全童話 7」理論社 1999 p196
海のしろうま
　◇「山下明生・童話の島じま 1」あかね書房 2012 p105
海の次郎丸―テレビ映画「海の次郎丸」主題歌
　◇「阪田寛夫全詩集」理論社 2011 p807
海の図・上
　◇「全集灰谷健次郎の本 4」理論社 1988 p3
海の図・下
　◇「全集灰谷健次郎の本 5」理論社 1988 p3
海の葬列
　◇「北彰介作品集 4」青森県児童文学研究会 1991 p27
海の底で
　◇「花岡大学仏典童話集 3」佼成出版社 2006 p17
海のそこの川
　◇「阪田寛夫全詩集」理論社 2011 p573
海の園
　◇「佐藤義美全集 1」佐藤義美全集刊行会 1974 p71
海の台場
　◇「〔北原〕白秋全童謡集 4」岩波書店 1993 p139
海のたましい
　◇「壺井栄全集 9」文泉堂出版 1997 p161
海のチャック
　◇「巽聖歌作品集 上」巽聖歌作品集刊行委員会 1977 p506
海の鳥
　◇「新装版金子みすゞ全集 1」JULA出版局 1984 p92
　◇「金子みすゞ童謡全集 1」JULA出版局 2003 p150
海のない風景―西海岸
　◇「北彰介作品集 4」青森県児童文学研究会 1991 p254
海の中の歌
　◇「与田凖一全集 5」大日本図書 1967 p20
海の日曜日
　◇「今江祥智の本 2」理論社 1980 p137

うみへ

海の人形
- ◇「新装版金子みすゞ全集 2」JULA出版局 1984 p41
- ◇「金子みすゞ童謡全集 3」JULA出版局 2004 p68

海の果
- ◇「新装版金子みすゞ全集 2」JULA出版局 1984 p68
- ◇「金子みすゞ童謡全集 3」JULA出版局 2004 p106

海の花園―沢江の海にて
- ◇「新装版金子みすゞ全集 2」JULA出版局 1984 p227
- ◇「金子みすゞ童謡全集 4」JULA出版局 2004 p122

海の花火
- ◇「大石真児童文学全集 10」ポプラ社 1982 p175

海のハープ
- ◇「星新一YAセレクション 6」理論社 2009 p137

海のハンカチ
- ◇「東野りえ」ひぐらしエンピツ―童話集」国文社 1997 p12

海の番兵さん
- ◇「千葉省三童話全集 3」岩崎書店 1967 p65

海のピアノ
- ◇「あまんきみこセレクション 1」三省堂 2009 p281

海の風景
- ◇「くどうなおこ詩集○」童話屋 1996 p162

海の風景
- ◇「東風琴子」童話集 3」ストーク 2012 p167

海の風車
- ◇「杉みき子選集 10」新潟日報事業社 2011 p237

海の笛
- ◇「与田凖一全集 2」大日本図書 1967 p102

海のふるさと
- ◇「平塚武二童話全集 4」童心社 1972 p69

海のぼうけん
- ◇「〔かこさとし〕お話こんにちは 〔5〕」偕成社 1979 p4

海の ぼうや
- ◇「佐藤義美童謡集」さ・え・ら書房 1960 p209

海の坊や
- ◇「佐藤義美全集 1」佐藤義美全集刊行会 1974 p85

海のほとけさま
- ◇「〔山田野理夫〕おばけ文庫 5」太平出版社 1976（母と子の図書室）p101

海のほとけに
- ◇「巽聖歌作品集 下」巽聖歌作品集刊行委員会 1977 p187

海のほとり
- ◇「西條八十童話集」小学館 1983 p379

海の迷子
- ◇「〔巌谷〕小波お伽全集 9」本の友社 1998 p121

海のまぼろし
- ◇「定本小川未明童話全集 10」講談社 1977 p119
- ◇「定本小川未明童話全集 10」大空社 2001 p119

海のまんなかにある館
- ◇「立原えりかのファンタジーランド 11」青土社 1980 p11

うみのみず
- ◇「まど・みちお全詩集」理論社 1992 p299

海の水がからいわけ
- ◇「寺村輝夫のむかし話 〔11〕」あかね書房 1981 p6

海の水はなぜからい
- ◇「二反長半作品集 3」集英社 1979 p29

海の向う
- ◇「〔北原〕白秋全童謡集 2」岩波書店 1992 p393

海のメルヘン
- ◇「庄野英二全集 4」偕成社 1979 p37

海の館のひらめ
- ◇「安房直子コレクション 2」偕成社 2004 p223

「海の館のひらめ」のこと
- ◇「安房直子コレクション 2」偕成社 2004 p331

海のランプ
- ◇「神沢利子コレクション・普及版 3」あかね書房 2006 p176

海ヒコーキ
- ◇「こども用三代目魚武濱田成夫詩集ZK」学習研究社 2002 p28

海邊
- ◇「〔巌谷〕小波お伽全集 7」本の友社 1998 p409

海辺小景
- ◇「魂の配達―野村吉哉作品集」草思社 1983 p29

海べで
- ◇「西條八十童話集」小学館 1983 p433

海辺で
- ◇「西條八十童謡全集」修道社 1971 p129

海辺での貝ほり
- ◇「〔あらやゆきお〕創作童話 ざくろの詩」鳳書院 2012 p6

うみべのうた
- ◇「佐藤義美全集 1」佐藤義美全集刊行会 1974 p374

海辺の思出
- ◇「中村雨紅詩謡集」中村雨紅詩謡集刊行委員会 1971 p190

海辺の虹
- ◇「〔北原〕白秋全童謡集 1」岩波書店 1992 p363

海辺の墓
- ◇「中村雨紅詩謡集」中村雨紅詩謡集刊行委員会

作品名から引ける日本児童文学個人全集案内　111

うみへ

　　　　1971 p173
海辺の鋏
　◇「中村雨紅詩謡集」中村雨紅詩謡集刊行委員会
　　1971 p140
海辺の柱時計
　◇「長崎源之助全集 14」偕成社 1987 p219
海辺の放送スタジオ
　◇「〔矢ヶ崎則之〕童話集1「ねえねえ、兄ちゃん…」」レーヴック、星雲社（発売） 2011 p139
海べの町
　◇「佐藤義美全集 1」佐藤義美全集刊行会 1974 p445
海辺の町で
　◇「あまんきみこセレクション 5」三省堂 2009 p236
海辺の町のしゅんぞう先生
　◇「〔東風琴子〕童話集 3」ストーク 2012 p7
「海べの町」原田直友著
　◇「稗田童平全集 6」宝文館出版 1981 p142
うみべのむら
　◇「〔東君平〕おはようどうわ 6」講談社 1982 p57
海辺の村
　◇「壺井栄全集 11」文泉堂出版 1998 p20
海べの村の子供たち
　◇「壺井栄全集 9」文泉堂出版 1997 p296
海辺の宿
　◇「くんぺい魔法ばなし―魔法ばなし全集 2」サンリオ 2000 p38
海辺の別れ
　◇「いのち―みずかみかずよ全詩集」石風社 1995 p376
ウミヘビと神さま
　◇「椋鳩十の本 19」理論社 1982 p17
うみぼうず
　◇「〔木暮正夫〕日本のおばけ話・わらい話 2」岩崎書店 1986 p19
海坊主
　◇「〔山田野理夫〕おばけ文庫 5」太平出版社 1976（母と子の図書室）p65
うみぼうずと おひめさま
　◇「小川未明幼年童話文学全集 8」集英社 1966 p32
　◇「定本小川未明童話全集 16」講談社 1978 p234
　◇「定本小川未明童話全集 16」大空社 2002 p234
海坊主の話
　◇「土田耕平童話集」信濃毎日新聞社 1949 p170
　◇「土田耕平童話集 〔1〕」古今書院 1955 p79
海ぼうずのヒゲ
　◇「立原えりか作品集 2」思潮社 1972 p91
　◇「立原えりかのファンタジーランド 8」青土社 1980 p11
ウミホオズキ

　◇「〔東君平〕おはようどうわ 3」講談社 1982 p111
海ほおずき
　◇「定本小川未明童話全集 3」講談社 1977 p60
　◇「定本小川未明童話全集 3」大空社 2001 p60
海ホオズキの林
　◇「立原えりかのファンタジーランド 12」青土社 1980 p181
海ぼたる
　◇「定本小川未明童話全集 3」講談社 1977 p344
　◇「定本小川未明童話全集 3」大空社 2001 p344
海松太郎
　◇「〔巌谷〕小波お伽全集 9」本の友社 1998 p93
海山小唄
　◇「西條八十童謡全集」修道社 1971 p70
海よ
　◇「栗良平作品集 3」栗っ子の会 1990（栗っ子童話シリーズ）p22
海よ
　◇「〔坪井安〕はしれ子馬よ―童謡詩集」童謡研究・蜂の会 1999 p140
海ろくろっくび
　◇「〔山田野理夫〕おばけ文庫 5」太平出版社 1976（母と子の図書室）p117
海はいつも新しい
　◇「久保喬自選作品集 2」みどりの会 1994 p70
うみは うたいます
　◇「まど・みちお全詩集」理論社 1992 p545
海は大きなお母さん
　◇「中村雨紅詩謡集」中村雨紅詩謡集刊行委員会 1971 p93
海は しけたぞ
　◇「〔高橋一仁〕春のニシン場―童謡詩集」けやき書房 2003 p62
海は見えるか見えないか
　◇「神沢利子コレクション・普及版 1」あかね書房 2005 p81
　◇「神沢利子のおはなしの時間 3」ポプラ社 2011 p78
海は夕なぎ
　◇「巽聖歌作品集 下」巽聖歌作品集刊行委員会 1977 p183
うみは よんでる
　◇「巽聖歌作品集 下」巽聖歌作品集刊行委員会 1977 p92
うーむ
　◇「まど・みちお全詩集 続」理論社 2015 p305
うめ
　◇「斎藤隆介全集 4」岩崎書店 1982 p109
うめ
　◇「いのち―みずかみかずよ全詩集」石風社 1995 p136

梅
　◇「庄野英二全集 11」偕成社 1980 p390
梅
　◇「まど・みちお全詩集」理論社 1992 p534
　◇「まどさんの詩の本 11」理論社 1997 p86
(梅が)
　◇「稗田童平全集 8」宝文館出版 1982 p81
(梅が枝に)
　◇「稗田童平全集 8」宝文館出版 1982 p128
梅が咲いた
　◇「〔巌谷〕小波お伽全集 7」本の友社 1998 p415
うめが さけば
　◇「まど・みちお全詩集 続」理論社 2015 p175
埋め草詩抄
　◇「まど・みちお全詩集」理論社 1992 p70
梅崎春生を悼む。(二首)
　◇「稗田童平全集 4」宝文館出版 1980 p93
ファンタスティックペディグリー 梅さん
　◇「あたし今日から魔女!? えっ、うっそー!?―大橋むつお戯曲集」青雲書房 2005 p187
ウメさんとゴンタロ山
　◇「〔いけださぶろう〕読み聞かせ童話集」文芸社 1999 p32
梅島先生
　◇「〔巌谷〕小波お伽全集 15」本の友社 1998 p211
梅づけの皿
　◇「千葉省三童話全集 2」岩崎書店 1967 p59
うめずづけ
　◇「椋鳩十の本 23」理論社 1983 p262
梅津忠兵衛
　◇「怪談小泉八雲のこわ～い話 5」汐文社 2004 p65
梅津の長者
　◇「瑠璃の壺―森銑三童話集」三樹書房 1982 p454
埋めた金
　◇「花岡大学仏典童話全集 5」法蔵館 1979 p165
梅太郎くんと仲間たち
　◇「ともみのちょう戦―立花玲子童話集」青森県児童文学研究会 1997 p157
ウメとひょうし木
　◇「大石真児童文学全集 11」ポプラ社 1982 p95
ウメどろぼう
　◇「〔山田野理夫〕おばけ文庫 3」太平出版社 1976 (母と子の図書室) p39
梅にウグイス
　◇「〔比江島重孝〕宮崎のむかし話 1」鉱脈社 1998 p33
梅に鶯
　◇「中村雨紅詩謡集」中村雨紅詩謡集刊行委員会 1971 p97
ウメ盗っと

　◇「〔山田野理夫〕お笑い文庫 1」太平出版社 1977 (母と子の図書室) p24
うめのえだとたこ
　◇「斎田喬幼年劇全集 2」誠文堂新光社 1961 p386
ウメのき
　◇「〔東君平〕おはようどうわ 1」講談社 1982 p36
梅の木
　◇「森三郎童話選集 〔1〕」刈谷市教育委員会 1995 p88
うめの木 何本
　◇「稗田童平全集 3」宝文館出版 1979 p71
梅の木の雪
　◇「巽聖歌作品集 上」巽聖歌作品集刊行委員会 1977 p390
梅のさく庭
　◇「巽聖歌作品集 下」巽聖歌作品集刊行委員会 1977 p193
うめの はな
　◇「佐藤義美童謡集」さ・え・ら書房 1960 p90
　◇「佐藤義美全集 1」佐藤義美全集刊行会 1974 p192
うめの はな
　◇「まど・みちお全詩集」理論社 1992 p565
　◇「まどさんの詩の本 11」理論社 1997 p88
ウメ の はな
　◇「石森読本―石森延男児童文学選集 1年生」小学館 1977 p49
ウメの花
　◇「石森延男児童文学全集 1」学習研究社 1971 p7
　◇「石森延男児童文学全集 5」学習研究社 1971 p221
梅の花
　◇「花岡大学童話文学全集 5」法蔵館 1980 p67
梅の花が咲いた
　◇「山本瓔子詩集 I」新風舎 2003 p66
ウメの花さく
　◇「北畠八穂児童文学全集 4」講談社 1974 p228
梅の花咲く
　◇「全集灰谷健次郎の本 19」理論社 1987 p222
(梅の花に)
　◇「稗田童平全集 8」宝文館出版 1982 p84
うめのはなびら
　◇「浜田広介全集 11」集英社 1976 p80
梅の実
　◇「〔斎藤信夫〕子ども心を友として―童謡詩集」成東町教育委員会 1996 p48
梅林
　◇「いのち―みずかみかずよ全詩集」石風社 1995 p77
うめぼし
　◇「まど・みちお詩集 1」銀河社 1975 p6

うめほ

ウメボシ
　◇「椋鳩十全集 12」ポプラ社 1970 p146
　◇「椋鳩十の本 15」理論社 1982 p162
ウメボシたぬき
　◇「松谷みよ子全集 12」講談社 1972 p104
うめぼしちゃん
　◇「まど・みちお全詩集」理論社 1992 p661
梅干となった鬼の話
　◇「二反長半作品集 3」集英社 1979 p179
うめぼしのおかず
　◇「寺村輝夫のむかし話 〔4〕」あかね書房 1978 p84
うめぼしリモコン
　◇「まど・みちお全詩集 続」理論社 2015 p153
梅若丸
　◇「〔巌谷〕小波お伽全集 11」本の友社 1998 p67
敬いの手紙
　◇「与謝野晶子児童文学全集 3」春陽堂書店 2007 p165
うらうら おもて
　◇「まど・みちお全詩集」理論社 1992 p179
うら・おもて
　◇「壺井栄全集 11」文泉堂出版 1998 p70
浦上の旅人たち
　◇「今西祐行全集 10」偕成社 1990 p7
「浦上の旅人たち」について
　◇「今西祐行全集 15」偕成社 1989 p77
浦島
　◇「〔北原〕白秋全童謡集 4」岩波書店 1993 p266
（ウラシマソウの）
　◇「稗田菫平全集 2」宝文館出版 1979 p94
うらしまたろう
　◇「寺村輝夫のむかし話 〔8〕」あかね書房 1979 p6
浦島太郎
　◇「〔巌谷〕小波お伽全集 7」本の友社 1998 p381
浦島太郎
　◇「松谷みよ子のむかしむかし 8」講談社 1973 p121
浦島太郎（おとぎばなし）
　◇「西條八十童謡全集」修道社 1971 p190
浦島太郎の釣りざお
　◇「〔島崎〕藤村の童話 2」筑摩書房 1979 p154
うらしまたろう りゅうぐういき
　◇「佐藤義美全集 1」佐藤義美全集刊行会 1974 p358
集団ばなしうらしまたろう（1）
　◇「斎田喬幼年劇全集 1」誠文堂新光社 1962 p472
集団ばなしうらしまたろう（2）
　◇「斎田喬幼年劇全集 1」誠文堂新光社 1962 p498
集団ばなしうらしまたろう（3）
　◇「斎田喬幼年劇全集 1」誠文堂新光社 1962 p504
集団ばなしうらしまたろう（4）
　◇「斎田喬幼年劇全集 1」誠文堂新光社 1962 p516
浦島の太郎
　◇「今江祥智の本 10」理論社 1980 p178
　◇「今江祥智童話館 〔17〕」理論社 1987 p134
うらない
　◇「金子みすゞ童謡全集 5」JULA出版局 2004 p100
うらない
　◇「〔東君平〕おはようどうわ 8」講談社 1982 p207
うらなひ
　◇「新装版金子みすゞ全集 3」JULA出版局 1984 p74
占ひ
　◇「瑠璃の壺―森銑三童話集」三樹書房 1982 p389
売らない大工道具店
　◇「斎藤隆介全集 8」岩崎書店 1982 p295
うらなひ（童話）（ウィルデンブルーフによる）
　◇「鈴木三重吉童話全集 8」文泉堂書店 1975（日本文学全集・選集叢刊第5次）p167
うらないとくち言
　◇「〔下田喜久美〕遠くから来た旅人―詩集」リトル・ガリヴァー社 1998 p56
うらないと米のめし
　◇「寺村輝夫全童話 4」理論社 1997 p99
うらないのひみつ
　◇「寺村輝夫全童話 7」理論社 1999 p251
売卜（うらない）の名人
　◇「〔巌谷〕小波お伽全集 11」本の友社 1998 p367
占いの名人モコちゃん
　◇「サトウハチロー・ユーモア小説選 4」岩崎書店 1976 p5
うらなりかぼちゃ
　◇「斎田喬児童劇選集 〔7〕」牧書店 1955 p66
裏庭
　◇「校定新美南吉全集 8」大日本図書 1981 p128
　◇「新美南吉童話集 1」大日本図書 1982 p329
　◇「新美南吉童話集 1」大日本図書 2012 p329
裏のきび畑
　◇「校定新美南吉全集 8」大日本図書 1981 p8
　◇「新美南吉童話集 1」大日本図書 1982 p307
　◇「新美南吉童話集 1」大日本図書 2012 p307
浦の島太郎
　◇「奥田継夫ベストコレクション 10」ポプラ社 2002 p115
浦の神輿
　◇「新装版金子みすゞ全集 2」JULA出版局 1984 p89
　◇「金子みすゞ童謡全集 3」JULA出版局 2004

p136
うらみかさなる「真景累ケ渕」
   ◇「〔木暮正夫〕日本の怪奇ばなし 7」岩崎書店 1990 p70
うらみかさなる四谷怪談
   ◇「〔木暮正夫〕日本の怪奇ばなし 7」岩崎書店 1990
裏道づたい
   ◇「壺井栄全集 11」文泉堂出版 1998 p465
恨みます
   ◇「〔黒川良人〕犬の詩猫の詩―児童詩集」東洋出版 2000 p72
うらめしや
   ◇「星新一YAセレクション 10」理論社 2010 p49
裏山小山
   ◇「サトウハチロー童謡集」弥生書房 1977 p66
うら山のトビ
   ◇「椋鳩十の本 32」理論社 1989 p41
うら山の鳥
   ◇「浜田広介全集 11」集英社 1976 p100
売られた畑
   ◇「小川のせせらぎが聞こえるかい―中澤洋子童話集」中澤洋子 2010 p87
うられて いった くつ
   ◇「新美南吉全集 1」牧書店 1965 p88
売られていったくつ
   ◇「新美南吉童話選集 1」ポプラ社 2013 p108
売られていった靴
   ◇「新美南吉童話集 1」大日本図書 1982 p245
   ◇「新美南吉童話大全」講談社 1989 p290
   ◇「新美南吉童話集 1」大日本図書 2012 p245
売られていつた靴
   ◇「校定新美南吉全集 4」大日本図書 1980 p434
瓜子織姫
   ◇「稗田童平全集 5」宝文館出版 1980 p164
売り言葉に売り言葉
   ◇「阪田寛夫全詩集」理論社 2011 p498
うりこひめ
   ◇「寺村輝夫のむかし話〔10〕」あかね書房 1980 p26
うり子ひめ
   ◇「〔比江島重孝〕宮崎のむかし話 1」鉱脈社 1998 p36
瓜子姫
   ◇「〔比江島重孝〕宮崎のむかし話 1」鉱脈社 1998 p181
うりこひめとあまのじゃく
   ◇「松谷みよ子のむかしむかし 1」講談社 1973 p27
うりこひめとあまんじゃく
   ◇「〔木暮正夫〕日本のおばけ話・わらい話 14」岩崎書店 1987 p87

うりこひめと あまんじゃく
   ◇「西本鶏介のむかしむかし」小学館 2003 p149
うりこひめとあまんじゃくについて
   ◇「西本鶏介のむかしむかし」小学館 2003 p166
うりとなす
   ◇「〔島崎〕藤村の童話 3」筑摩書房 1979 p16
うりどろぼう
   ◇「浜田広介全集 10」集英社 1976 p92
瓜ぬすびと
   ◇「川崎大治民話選〔4〕」童心社 1975 p34
うりひめ
   ◇「坪田譲治幼年童話文学全集 7」集英社 1965 p128
うりひめことあまんじゃく
   ◇「北彰介作品集 3」青森県児童文学研究会 1990 p97
うりひめものがたり
   ◇「浜田広介全集 1」集英社 1975 p222
うりふたつ
   ◇「花岡大学童話文学全集 5」法蔵館 1980 p102
ウリ坊
   ◇「〔黒川良人〕犬の詩猫の詩―児童詩集」東洋出版 2000 p96
うるさい おにぎりたち
   ◇「まど・みちお全詩集 続」理論社 2015 p372
ウルシぬり
   ◇「〔山田野理夫〕おばけ文庫 3」太平出版 1976（母と子の図書室）p25
ウルブリヒト
   ◇「〔かこさとし〕お話こんにちは〔3〕」偕成社 1979 p129
愁ひ
   ◇「校定新美南吉全集 8」大日本図書 1981 p141
うれしい あまぐつ
   ◇「佐藤義美全集 1」佐藤義美全集刊行会 1974 p360
うれしいね
   ◇「佐藤義美童謡集」さ・え・ら書房 1960 p38
   ◇「佐藤義美全集 1」佐藤義美全集刊行会 1974 p177
うれしいひな祭り
   ◇「サトウハチロー童謡集」弥生書房 1977 p82
うれしさ
   ◇「佐藤義美童謡集」さ・え・ら書房 1960 p201
   ◇「佐藤義美全集 1」佐藤義美全集刊行会 1974 p102
うれたくるま
   ◇「花岡大学仏典童話全集 8」法蔵館 1979 p77
売れない店
   ◇「くんぺい魔法ばなし―魔法ばなし全集 1」サンリオ 2000 p140

熟麦のにおい
　◇「巽聖歌作品集 下」巽聖歌作品集刊行委員会 1977 p227
うろこ雲
　◇「花岡大学童話文学全集 1」法蔵館 1980 p45
うろこ雲
　◇「新修宮沢賢治全集 14」筑摩書房 1980 p38
〔鱗松のこずゑ氷雲にめぐり〕
　◇「新修宮沢賢治全集 7」筑摩書房 1980 p206
うわさ＜一幕 生活劇＞
　◇〔斎田喬〕学校劇代表作選 3」牧書店 1959 p75
うわさの鬼
　◇「谷口雅春童話集 2」日本教文社 1976 p23
うわさの天使
　◇「やなせたかし童謡詩集 〔1〕」フレーベル館 2000 p46
うわっぱりの あんちゃん
　◇「〔かこさとし〕お話こんにちは 〔3〕」偕成社 1979 p112
ウワバミ
　◇「〔山田野理夫〕おばけ文庫 4」太平出版社 1976（母と子の図書室）p87
うわばみたいじ
　◇「〔木暮正夫〕日本のおばけ話・わらい話 9」岩崎書店 1987 p4
ウワバミのかたきうち
　◇「〔柳家弁702〕らくご文庫 7」太平出版社 1987 p98
うわばみのさいなん
　◇「〔木暮正夫〕日本のおばけ話・わらい話 6」岩崎書店 1986 p58
上役の家
　◇「星新一ちょっと長めのショートショート 9」理論社 2006 p120
運
　◇「佐々木邦全集 2」講談社 1974 p349
（うんうんうなる）
　◇「稗田童平全集 8」宝文館出版 1982 p88
雲海さんの話
　◇「北川千代児童文学全集 下」講談社 1967 p237
運河　物語・川村孫兵衛重吉伝
　◇「今西祐行全集 11」偕成社 1990 p7
うんこく寺のかね
　◇「春よこいこい―高橋良和こころの童話選集」同朋舎出版 1995 p61
雲山寺のつりがね
　◇「おの・ちゅうこう初期作品集 〔4〕 氏神さま」崙書房 1975 p120
倦んだ歳月
　◇「全集版灰谷健次郎の本 22」理論社 1988 p146

運だめし
　◇「椋鳩十の本 16」理論社 1983 p82
うんちあかちゃん
　◇「いのち―みずかみかずよ全詩集」石風社 1995 p356
運転手
　◇「新修宮沢賢治全集 4」筑摩書房 1979 p170
運動
　◇「佐藤義美全集 1」佐藤義美全集刊行会 1974 p33
うんどうかい
　◇「今井誉次郎童話集子どもの村 〔1〕」国土社 1957 p48
うんどうかい
　◇「〔木暮正夫〕日本のおばけ話・わらい話 11」岩崎書店 1987 p31
うんどうかい
　◇「阪田寛夫全詩集」理論社 2011 p225
うんどうかい
　◇「〔東君平〕おはようどうわ 5」講談社 1982 p166
うんどうかい
　◇「まど・みちお全詩集 続」理論社 2015 p278
運動会
　◇「〔巌谷〕小波お伽全集 7」本の友社 1998 p319
運動会
　◇「〔黒川良人〕犬の詩猫の詩―児童詩集」東洋出版 2000 p119
運動会
　◇「武田信夫童話作品集」みちのく書房 1995 p489
運動会
　◇「〔山田野理夫〕お笑い文庫 10」太平出版社 1977（母と子の図書室）p141
うんどうかいの うた
　◇「佐藤義美全集 1」佐藤義美全集刊行会 1974 p356
運動会の前の日
　◇「〔村上のぶ子〕ここは小人の国―少年詩集」あしぶえ出版 2000 p80
運動ぎらい
　◇「安房直子コレクション 7」偕成社 2004 p238
うんどうする りんご
　◇「佐藤義美童謡集」さ・え・ら書房 1960 p226
　◇「ともだちシンフォニー―佐藤義美童謡集」JULA出版局 1990 p16
ウンドウ スル リンゴ
　◇「佐藤義美全集 1」佐藤義美全集刊行会 1974 p89
ウントコ爺さん
　◇「〔巌谷〕小波お伽全集 7」本の友社 1998 p271
うんのいいてっぽううち
　◇「〔木暮正夫〕日本のおばけ話・わらい話 8」岩崎書店 1987 p17

運の悪い男
　◇「星新一ショートショートセレクション 15」理論社 2004 p139
運命の木
　◇「〔佐海〕航南夜ばなし―童話集」佐海航南 1999 p222
運命の書
　◇「椋鳩十の本 18」理論社 1982 p101
運命のまばたき
　◇「星新一ショートショートセレクション 13」理論社 2003 p52
運命の別れ道―高知空襲ものがたり
　◇「〔市原麟一郎〕子どもに語る戦争たいけん物語 1」リーブル出版 2005 p75

【 え 】

絵
　◇「〔内海康子〕六月のカレンダー―詩集」けやき書房 1999 p96
江合川の主
　◇「〔山田野理夫〕おばけ文庫 7」太平出版社 1976 (母と子の図書室) p75
えいえんにゆたかに
　◇「まど・みちお詩集 6」銀河社 1975 p34
　◇「まど・みちお全詩集」理論社 1992 p493
　◇「まどさんの詩の本 14」理論社 1997 p90
映画館の灯
　◇「〔永松康男〕童話集 青いマント」永松康男 2012 p272
映画「虹をかける子どもたち」作中歌
　◇「阪田寛夫全詩集」理論社 2011 p814
映画「太陽の子」
　◇「全集版灰谷健次郎の本 19」理論社 1987 p102
映画の父ツァマ
　◇「〔北原〕白秋全童謡集 3」岩波書店 1992 p118
映画の中の雪
　◇「〔北原〕白秋全童謡集 3」岩波書店 1992 p56
えいがの夢
　◇「壺井栄全集 11」文泉堂出版 1998 p146
映画や芝居の馬たち
　◇「岡野薫子動物記 4」小峰書店 1986 p60
永久の楽（飼犬と盗賊）
　◇「〔巖谷〕小波お伽全集 14」本の友社 1998 p146
詩 永訣の朝
　◇「賢治の音楽室―宮沢賢治、作詞作曲の全作品＋詩と童話の朗読」小学館 2000 p20
永訣の朝

◇「新版・宮沢賢治童話全集 12」岩崎書店 1979 p127
◇「新修宮沢賢治全集 2」筑摩書房 1979 p164
◇「ジュニア文学館 宮沢賢治―写真・絵画集成 3」日本図書センター 1996 p54
◇「よくわかる宮沢賢治―イーハトーブ・ロマン II」学習研究社 1996 p224
エイコ
　◇「〔黒川良人〕犬の詩猫の詩―児童詩集」東洋出版 2000 p93
栄光ある敗北
　◇「戸川幸夫動物文学全集 5」冬樹社 1965 p179
（永劫の神経症の）
　◇「稗田童平全集 2」宝文館出版 1979 p90
栄公の誕生日
　◇「若松賤子創作童話全集」久山社 1995 （日本児童文化史叢書） p107
英国の旗
　◇「巽聖歌作品集 上」巽聖歌作品集刊行委員会 1977 p50
嬰児
　◇「新修宮沢賢治全集 3」筑摩書房 1979 p45
　◇「新修宮沢賢治全集 3」筑摩書房 1979 p322
永昌寺
　◇「〔島崎〕藤村の童話 2」筑摩書房 1979 p42
詠唱（四首）
　◇「稗田童平全集 4」宝文館出版 1980 p44
えいぞう淵
　◇「〔比江島重孝〕宮崎のむかし話 3」鉱脈社 2000 p168
永代橋がおちたとヨ
　◇「〔山田野理夫〕お笑い文庫 4」太平出版社 1977 （母と子の図書室） p72
H・Nのキーホールダー
　◇「〔川上文子〕七つのあかり―短篇童話集」教育報道社 1998 （教報ブックス） p73
英ちゃんの話
　◇「定本小川未明童話全集 9」講談社 1977 p282
　◇「定本小川未明童話全集 9」大空社 2001 p282
〔えい木偶のばう〕
　◇「新修宮沢賢治全集 4」筑摩書房 1979 p209
エイプリル＝フール
　◇「北畠八穂児童文学全集 1」講談社 1974 p43
エイブ・リンカーン
　◇「ジュニア版吉野源三郎全集 3」ポプラ社 1967 p5
　◇「吉野源三郎全集 4」ポプラ社 2000 p7
英本土上陸戦の前夜
　◇「海野十三全集 10」三一書房 1991 p463
英雄行進曲
　◇「少年倶楽部名作佐藤紅緑全集 上」講談社 1967 p199

えいゆ

英雄タヒチ・トテポ（パロディ）
　◇「横山健童謡選集 2」無明舎出版 1995 p86
英雄の末路
　◇「[巌谷]小波お伽全集 12」本の友社 1998 p298
栄養失調
　◇「壺井栄全集 11」文泉堂出版 1998 p337
ええかん
　◇「[比江島重孝]宮崎のむかし話 1」鉱脈社 1998 p248
絵をかくおじさん
　◇「西條八十童謡全集」修道社 1971 p193
画（え）をかく子供
　◇「西條八十童謡全集」修道社 1971 p194
えをかくときのうた
　◇「佐藤義美全集 1」佐藤義美全集刊行会 1974 p307
絵かきさん
　◇「斎田喬児童劇選集 〔4〕」牧書店 1954 p177
絵からとびだしたねこ
　◇「[木暮正夫]日本のおばけ話・わらい話 2」岩崎書店 1986 p30
画からぬけた馬
　◇「瑠璃の壺―森銑三童話集」三樹書房 1982 p120
絵からぬけた子ども
　◇「西條八十の童話と童謡」小学館 1981 p24
絵からぬけでるスズメ
　◇「[山田野理夫]お笑い文庫 2」太平出版社 1977（母と子の図書室）p31
江川太郎左衛門の話
　◇「小出正吾児童文学全集 4」審美社 2001 p335
えきいんさん
　◇「おはなしいっぱい―祐成智美童謡詩集」リーブル 1997 p62
駅員さんのいない駅
　◇「[村上のぶ子]ここは小人の国―少年詩集」あしぶえ出版 2000 p102
駅うら
　◇「与田凖一全集 2」大日本図書 1967 p106
エキサイト・アニマル
　◇「戸田幸夫動物文学全集 14」講談社 1977 p245
易者の子
　◇「土田耕平童話集 〔4〕」古今書院 1955 p56
駅長
　◇「新修宮沢賢治全集 6」筑摩書房 1980 p280
駅長さんと青いシグナル
　◇「大石真児童文学全集 11」ポプラ社 1982 p5
駅で見た子供
　◇「坪田譲治童話全集 6」岩崎書店 1986 p283
駅にとまった汽車のまどから
　◇「国分一太郎児童文学集 6」小峰書店 1967 p66

駅のちかく
　◇「壺井栄全集 10」文泉堂出版 1998 p408
えきのトイレ
　◇「[斎藤信夫]子ども心を友として―童謡詩集」成東町教育委員会 1996 p250
駅のホームで
　◇「まど・みちお全詩集」理論社 1992 p307
　◇「まどさんの詩の本 6」理論社 1996 p60
駅弁
　◇「庄野英二全集 4」偕成社 1979 p374
駅弁・ヴェガ（Vega）・X legged（ガニ股）
　◇「庄野英二全集 4」偕成社 1979 p374
江国香織
　◇「今江祥智の本 35」理論社 1990 p303
えくぼ
　◇「定本壺井栄児童文学全集 3」講談社 1979 p176
　◇「壺井栄全集 10」文泉堂出版 1998 p414
笑くぼの夢
　◇「中村雨紅詩謡集」中村雨紅詩謡集刊行委員会 1971 p192
江崎玲於奈
　◇「[かこさとし]お話こんにちは 〔12〕」偕成社 1980 p53
えさ台
　◇「まど・みちお詩集 6」銀河社 1975 p52
　◇「まど・みちお全詩集」理論社 1992 p494
　◇「まどさんの詩の本 13」理論社 1997 p68
餌のない針
　◇「定本小川未明童話全集 9」講談社 1977 p212
　◇「定本小川未明童話全集 9」大空社 2001 p212
絵師とゆうれい
　◇「岩永博史童話集 3」岩永博史 2012 p144
エジプトのつぼ
　◇「佐藤義美童謡集」さ・え・ら書房 1960 p266
　◇「佐藤義美全集 1」佐藤義美全集刊行会 1974 p277
　◇「ともだちシンフォニー―佐藤義美童謡集」JULA出版局 1990 p32
エジプトノツボ
　◇「佐藤義美全集 1」佐藤義美全集刊行会 1974 p124
　◇「佐藤義美全集 1」佐藤義美全集刊行会 1974 p345
江島屋騒動（一龍斎貞水編, 岡本和明文）
　◇「一龍斎貞水の歴史講談 1」フレーベル館 2000 p40
SOS
　◇「[北原]白秋全童謡集 3」岩波書店 1992 p30
絵姿女房
　◇「[比江島重孝]宮崎のむかし話 2」鉱脈社 1998 p87

エスカレーターは うごく かいだんです
　◇「与田凖一全集 3」大日本図書 1967 p35
S君のこと
　◇「全集版灰谷健次郎の本 19」理論社 1987 p90
エスさまになったマコチン
　◇「北畠八穂児童文学全集 1」講談社 1974 p189
S博士に
　◇「新修宮沢賢治全集 5」筑摩書房 1979 p250
　◇「新修宮沢賢治全集 5」筑摩書房 1979 p334
エスパニア調
　◇「椋鳩十の本 1」理論社 1982 p132
えぞいたちの女神
　◇「松谷みよ子のむかしむかし 5」講談社 1973 p140
エダシャクトリ
　◇「まど・みちお全詩集 続」理論社 2015 p136
枝にかかった金輪
　◇「坪田譲治童話全集 3」岩崎書店 1986 p175
枝の上のからす
　◇「坪田譲治名作選〔2〕ビワの実」小峰書店 2005 p96
枝の上のカラス
　◇「坪田譲治童話全集 9」岩崎書店 1986 p140
枝の人形
　◇「浜田広介全集 10」集英社 1976 p176
エダマメ
　◇「〔東君平〕おはようどうわ 3」講談社 1982 p101
越後の兄弟
　◇「川崎大治民話選〔3〕」童心社 1971 p210
越後屋
　◇「川崎大治民話選〔1〕」童心社 1968 p114
越前水仙
　◇「〔土田明子〕ちいさい星―母と子の詩集」らくだ出版 2002 p66
越前守と巾着切り（一龍斎貞水編, 岡本和明文）
　◇「一龍斎貞水の歴史講談 2」フレーベル館 2000 p58
越境
　◇「〔北原〕白秋全童謡集 3」岩波書店 1992 p301
えつさつさ
　◇「第二〔島木〕赤彦童謡集」第一書店 1948 p78
えっちゃんの長ぐつ
　◇「〔野村ゆき〕ねえ、おはなしして！―語り聞かせるお話集」東洋館 1998 p19
えっちゃんの森
　◇「あまんきみこ童話集 3」ポプラ社 2008 p113
えっちゃんはミスたぬき
　◇「あまんきみこセレクション 2」三省堂 2009 p41
えっちゅうふんどし
　◇「稗田菫平全集 5」宝文館出版 1980 p72

えっちら おっちら ゆうびんや
　◇「与田凖一全集 3」大日本図書 1967 p84
エッツクショウ
　◇「寺村輝夫のとんち話 2」あかね書房 1976 p88
エッフェル塔の春
　◇「椋鳩十の本 1」理論社 1982 p97
えっへん
　◇「まど・みちお全詩集」理論社 1992 p298
エツ料理
　◇「椋鳩十の本 22」理論社 1983 p58
（エーテルの）
　◇「稗田菫平全集 8」宝文館出版 1982 p57
エーデルワイス
　◇「阪田寛夫全詩集」理論社 2011 p349
えと
　◇「〔東君平〕おはようどうわ 3」講談社 1982 p214
江藤新平
　◇「〔かこさとし〕お話こんにちは〔11〕」偕成社 1980 p19
エト エト エエト
　◇「阪田寛夫全詩集」理論社 2011 p339
江戸からついてきた白犬（香川）
　◇「〔木暮正夫〕日本の怪奇ばなし 10」岩崎書店 1990 p89
エドガー＝P・スノー
　◇「〔かこさとし〕お話こんにちは〔4〕」偕成社 1979 p90
絵ときのくすりぶくろ
　◇「〔木暮正夫〕日本のおばけ話・わらい話 5」岩崎書店 1986 p84
江戸推理川柳抄
　◇「海野十三全集 別巻2」三一書房 1993 p244
江戸のおもちゃ屋
　◇「来栖良夫児童文学全集 4」岩崎書店 1983 p177
江戸のちまたの怪談奇談
　◇「〔木暮正夫〕日本の怪奇ばなし 6」岩崎書店 1989 p6
恵那山のふもと
　◇「〔島崎〕藤村の童話 4」筑摩書房 1979 p59
絵に片思い
　◇「佐藤義美全集 6」佐藤義美全集刊行会 1974 p466
えにしだ
　◇「壺井栄全集 4」文泉堂出版 1998 p481
（絵にそえて）
　◇「西條八十童謡全集」修道社 1971 p196
エノキとイヌ
　◇「〔山田野理夫〕おばけ文庫 6」太平出版社 1976（母と子の図書室）p147
榎の僧正

えのき

- ◇「森三郎童話選集 〔2〕」刈谷市教育委員会 1996 p93

えのきの実
- ◇〔島崎〕藤村の童話 2」筑摩書房 1979 p57
- ◇〔島崎〕藤村の童話 2」筑摩書房 1979 p59

絵具の空
- ◇「庄野英二全集 7」偕成社 1979 p293

エノケンがぼくの文化だった
- ◇「全版版灰谷健次郎の本 19」理論社 1987 p292

エノコログサ
- ◇「まど・みちお詩集 1」銀河社 1975 p48
- ◇「まど・みちお全詩集」理論社 1992 p455
- ◇「まど・みちお全詩集」理論社 1992 p596
- ◇「まどさんの詩の本 10」理論社 1996 p84
- ◇「まどさんの詩の本 10」理論社 1996 p86

えの ない えほん
- ◇「与田凖一全集 4」大日本図書 1967 p8

絵のなかの蝶
- ◇「いのち―みずかみかずよ全詩集」石風社 1995 p349

榎本武揚
- ◇「〔かこさとし〕お話こんにちは 〔5〕」偕成社 1979 p107

えはがき台湾
- ◇「まど・みちお全詩集」理論社 1992 p62

エバザコ
- ◇「椋鳩十の本 15」理論社 1982 p71

エビ
- ◇「まど・みちお全詩集」理論社 1992 p123
- ◇「まどさんの詩の本 7」理論社 1996 p72

エビス様と少年
- ◇「〔きよはらとしお〕優しくなれる童話集」ブイツーソリューション, 星雲社 (発売) 2009 p31

ゑびすさまの ゑのぐさがし
- ◇「平塚武二童話全集 2」童心社 1972 p113

えびすさまの えびすがお
- ◇「平塚武二童話全集 2」童心社 1972 p92

えびづるびっくらこ
- ◇「稗田菫平全集 3」宝文館出版 1979 p69

エビフライをおいかけろ
- ◇「角野栄子の小さなおばけシリーズ 〔8〕」ポプラ社 1982 p1

絵びら
- ◇「壺井栄全集 11」文泉堂出版 1998 p13

エピローグ
- ◇「阪田寛夫全詩集」理論社 2011 p523

エピローグ 家光一行最後の夜
- ◇「〔今坂柳二〕りゅうじフォークロア・world 5」ふるさと伝承研究会 2009 p109

エピローグ〔「飛翔―飛ぶ石の物語」〕
- ◇「阪田寛夫全詩集」理論社 2011 p693

エプロン
- ◇「〔東君平〕ひとくち童話 4」フレーベル館 1995 p10

エプロンをかけためんどり
- ◇「安房直子コレクション 7」偕成社 2004 p57

エヘンの橋
- ◇「坪田譲治童話全集 13」岩崎書店 1986 p13
- ◇「坪田譲治名作選 〔3〕 サバクの虹」小峰書店 2005 p76

エボ池の話
- ◇「〔今坂柳二〕りゅうじフォークロア・world 4」ふるさと伝承研究会 2008 p48

烏帽子落人
- ◇「稗田菫平全集 7」宝文館出版 1981 p173

烏帽子田栄一著「はなみずき」を読む
- ◇「稗田菫平全集 7」宝文館出版 1981 p128

えぼし山の赤鬼青鬼
- ◇「稗田菫平全集 5」宝文館出版 1980 p21

えほん
- ◇「〔東君平〕ひとくち童話 4」フレーベル館 1995 p14
- ◇「くんぺい魔法ばなし―魔法ばなし全集 3」サンリオ 2000 p182

絵本
- ◇「校定新美南吉全集 8」大日本図書 1981 p232

絵本『おばあちゃんちの おひるね』
- ◇「阪田寛夫全詩集」理論社 2011 p762

絵本からヒツジがとびだした
- ◇「犬飼馬鹿人旧作童話集」日本文化資料センター 1996 p28

絵本『けやきとけやこ』
- ◇「阪田寛夫全詩集」理論社 2011 p750

絵本「さるのひとりごと」
- ◇「松谷みよ子全エッセイ 1」筑摩書房 1989 p216

絵本『だくちる だくちる…はじめてのうた』
- ◇「阪田寛夫全詩集」理論社 2011 p765

絵本とどろぼう
- ◇「岩永博童話集 2」岩永博史 2005 p142

「絵本とは何か」とは何か
- ◇「今江祥智の本 22」理論社 1981 p137

絵本について
- ◇「那須辰造著作集 3」講談社 1980 p245

絵本のある風景
- ◇「今江祥智の本 35」理論社 1990 p87

絵本の構造を考えたい
- ◇「全集古田足日子どもの本 5」童心社 1993 p476

絵本の時間 絵本の部屋
- ◇「今江祥智の本 22」理論社 1981 p117

絵本のはなし

◇「宮口しづえ児童文学集 5」小峰書店 1969 p81
◇「宮口しづえ童話全集 1」筑摩書房 1979 p92
◇「宮口しづえ童話名作集」一草舎出版 2009 p9

絵本『ひかりが いった』
　◇「阪田寛夫全詩集」理論社 2011 p760

絵本『まちんと』のことなど
　◇「松谷みよ子全エッセイ 1」筑摩書房 1989 p240

「絵本論」
　◇「今江祥智の本 36」理論社 1990 p241

絵本は誰のためのものか
　◇「今江祥智の本 22」理論社 1981 p127

絵馬
　◇〔土田明子〕ちいさい星―母と子の詩集」らくだ出版 2002 p86

エマソン
　◇〔かこさとし〕お話こんにちは 〔2〕」偕成社 1979 p122

エマーソンの言葉
　◇「椋鳩十の本 29」理論社 1989 p208

エマナチオン
　◇「北彰作品集 2」青森県児童文学研究会 1990 p59

中学生のための詩集エミグラント牧歌
　◇「巽聖歌作品集 下」巽聖歌作品集刊行委員会 1977 p201

エミグラント牧歌
　◇「巽聖歌作品集 下」巽聖歌作品集刊行委員会 1977 p224

エミリアンの旅
　◇「豊島与志雄童話全集 4」八雲書店 1949 p109
　◇「豊島与志雄童話作品集 2」銀貨社 2000 p1

エメラルド
　◇「椋鳩十の本 1」理論社 1982 p45

絵文字
　◇「椋鳩十全集 24」ポプラ社 1980 p166
　◇「椋鳩十の本 16」理論社 1983 p91

絵文字の話
　◇〔かこさとし〕お話こんにちは 〔7〕」偕成社 1979 p88

獲物をにがした狩人
　◇「椋鳩十全集 6」ポプラ社 1969 p118

えらいおしょうさん
　◇〔柳家弁天〕らくご文庫 12」太平出版社 1987 p31

えらいこっちゃ
　◇〔斎藤信夫〕子ども心を友として―童謡詩集」成東町教育委員会 1996 p168

えらばれたむこ
　◇「花岡大学 続・仏典童話全集 1」法蔵館 1981 p63

エリカのジッタンバッタン
　◇「今西祐行全集 4」偕成社 1987 p191

エリカの花の道
　◇「山本瓔子詩集 I」新風舎 2003 p72

エリカの夢
　◇「ともみのちょう戦―立花玲子童話集」青森県児童文学研究会 1997 p124

エリザベスの家出
　◇「花岡大学童話文学全集 5」法蔵館 1980 p46

えりちゃんの赤いかさ
　◇〔木下容子〕ファンタジー傑作童話集 まほうのコンペイトー」おさひめ書房 2009 p171

エリナー・ファージョン
　◇「今江祥智の本 21」理論社 1981 p271

エーリヒ・ケストナーI
　◇「今江祥智の本 21」理論社 1981 p249

エーリヒ・ケストナーII
　◇「今江祥智の本 21」理論社 1981 p269

エルウィンさんへ
　◇「みずいろようちえん―出雲路猛雄童話集」坂神都 2012 p170

エルサレムの花
　◇〔島崎〕藤村の童話 1」筑摩書房 1979 p56

エルちゃん
　◇「犬飼馬鹿人旧作童話集」日本文化資料センター 1996 p45

エルちゃんのウサギ
　◇「犬飼馬鹿人旧作童話集」日本文化資料センター 1996 p53

〔エレキの雲がばしゃばしゃ飛んで〕
　◇「新修宮沢賢治全集 4」筑摩書房 1979 p253

〔エレキや鳥がばしゃばしゃ翔べよ〕
　◇「新修宮沢賢治全集 4」筑摩書房 1979 p104
　◇「新修宮沢賢治全集 4」筑摩書房 1979 p322

エレヂイ
　◇「阪田寛夫全詩集」理論社 2011 p848

エレベーター
　◇「くんぺい魔法ばなし―魔法ばなし全集 1」サンリオ 2000 p76

エレベーター
　◇「まど・みちお全詩集」理論社 1992 p180

エレベーターの じゅもん
　◇「おはなしいっぱい―祐成智美童謡詩集」リーブル 1997 p58

(エロシェンコ)
　◇「稗田菫平全集 8」宝文館出版 1982 p102

円
　◇「与田凖一全集 5」大日本図書 1967 p215

縁
　◇「佐々木邦全集 10」講談社 1975 p237

縁
　◇「壺井栄全集 2」文泉堂出版 1997 p272

延安脱走 生まれ故郷—北朝鮮よさらば
　　◇「〔市原麟一郎〕子どもに語る戦争たいけん物語 3」リーブル出版 2006 p137
宴会
　　◇「瑠璃の壺—森銑三童話集」三樹書房 1982 p176
宴会
　　◇「与田凖一全集 1」大日本図書 1967 p166
沿海州からモスクワまで
　　◇「庄野英二全集 10」偕成社 1979 p231
園外狼
　　◇「瑠璃の壺—森銑三童話集」三樹書房 1982 p203
えんがわの穴
　　◇「杉みき子選集 2」新潟日報事業社 2005 p237
えんぎ
　　◇「壺井栄名作集 7」ポプラ社 1965 p145
演技
　　◇「稗田童平全集 2」宝文館出版 1979 p21
縁起
　　◇「壺井栄全集 11」文泉堂出版 1998 p118
縁起かつぎ
　　◇「花岡大学童話文学全集 5」法蔵館 1980 p149
縁起かつぎの失敗
　　◇「〔西本鶏介〕日本の昔話—読みきかせお話集 2」小学館 2001 p102
遠近法の詩
　　◇「まど・みちお全詩集 続」理論社 2015 p459
遠山寺の和尚さんと狸
　　◇「〔浅野正男〕蝸牛の家—ある一教師のこころみ—童話集」日本図書刊行会, 近代文芸社 (発売) 1997 p103
演習の頃
　　◇「〔北原〕白秋全童謡集 2」岩波書店 1992 p375
塩水撰・浸種
　　◇「新修宮沢賢治全集 3」筑摩書房 1979 p28
　　◇「新修宮沢賢治全集 3」筑摩書房 1979 p317
えんそく
　　◇「石森読本—石森延男児童文学選集 1年生」小学館 1977 p116
えんそく
　　◇「斎田喬児童劇選集〔3〕」牧書店 1954 p262
えんそく
　　◇「佐藤義美童謡集」さ・え・ら書房 1960 p178
　　◇「佐藤義美全集 1」佐藤義美全集刊行会 1974 p213
えんそく
　　◇「〔東君平〕おはようどうわ 5」講談社 1982 p176
　　◇「〔東君平〕ひとくち童話 6」フレーベル館 1995 p14
遠足
　　◇「〔巌谷〕小波お伽全集 7」本の友社 1998 p426
　　◇「〔巌谷〕小波お伽全集 15」本の友社 1998 p110
遠足
　　◇「巽聖歌作品集 上」巽聖歌作品集刊行委員会 1977 p41
遠足
　　◇「まど・みちお全詩集」理論社 1992 p688
遠足許可
　　◇「ジュニア文学館 宮沢賢治—写真・絵画集成 3」日本図書センター 1996 p121
えんそく (生活劇)
　　◇「斎田喬幼年劇全集 2」誠文堂新光社 1961 p105
えんそくっていいな
　　◇「大石真児童文学全集 16」ポプラ社 1982 p141
遠足統率
　　◇「新修宮沢賢治全集 3」筑摩書房 1979 p243
　　◇「新修宮沢賢治全集 3」筑摩書房 1979 p404
えんそくのうた
　　◇「まど・みちお全詩集」理論社 1992 p157
遠足の歌
　　◇「〔巌谷〕小波お伽全集 7」本の友社 1998 p439
遠足の日 (日下部梅子)
　　◇「岡田泰三・日下部梅子童謡集」会津童詩会 1992 p76
遠足わらじ
　　◇「与田凖一全集 2」大日本図書 1967 p94
園中
　　◇「与謝野晶子児童文学全集 6」春陽堂書店 2007 p204
円朝のきわめつけ「怪談牡丹灯籠」
　　◇「〔木暮正夫〕日本の怪奇ばなし 7」岩崎書店 1990 p106
エンディング
　　◇「阪田寛夫全詩集」理論社 2011 p501
　　◇「阪田寛夫全詩集」理論社 2011 p897
遠藤登志子さんの語りによせて
　　◇「松谷みよ子全エッセイ 3」筑摩書房 1989 p86
えんどうの花はランプよ
　　◇「稗田童平全集 3」宝文館出版 1979 p17
えんとつ
　　◇「まど・みちお全詩集」理論社 1992 p98
　　◇「まどさんの詩の本 1」理論社 1994 p84
煙突雀
　　◇「〔北原〕白秋全童謡集 5」岩波書店 1993 p46
えんとつそうじ
　　◇「与田凖一全集 5」大日本図書 1967 p95
エントツそうじ
　　◇「与田凖一全集 2」大日本図書 1967 p34
煙突と旗
　　◇「北彰介作品集 4」青森県児童文学研究会 1991 p215

煙突と柳
　◇「定本小川未明童話全集 2」講談社 1976 p60
　◇「定本小川未明童話全集 2」大空社 2001 p60
煙突のある電車
　◇「別役実童話集 〔1〕」三一書房 1973 p7
えんとつのなかまたち
　◇「長い長いかくれんぼ―杉みき子自選童話集」新潟日報事業社 2001 p9
豌豆の芽
　◇「巽聖歌作品集 上」巽聖歌作品集刊行委員会 1977 p391
えんに いく みち
　◇「佐藤義美童謡集」さ・え・ら書房 1960 p32
　◇「佐藤義美全集 1」佐藤義美全集刊行会 1974 p175
縁日
　◇「巽聖歌作品集 上」巽聖歌作品集刊行委員会 1977 p517
縁日のかえり
　◇「まど・みちお全詩集 続」理論社 2015 p321
エンの行者とお薬師さま
　◇「〔今坂柳二〕りゅうじフォークロア・world 6」ふるさと伝承研究会 2012 p34
縁の下のビー玉
　◇「杉みき子選集 9」新潟日報事業社 2011 p110
燕麦（えんばく）… → "オート…"をも見よ
燕麦の山
　◇「巽聖歌作品集 上」巽聖歌作品集刊行委員会 1977 p194
えんぴつ
　◇「こやま峰子詩集 〔2〕」朔北社 2003 p34
えんぴつ
　◇「坪田譲治幼年童話文学全集 4」集英社 1965 p157
えんぴつ
　◇「まど・みちお全詩集 続」理論社 2015 p154
エンピツ
　◇「坪田譲治童話全集 9」岩崎書店 1986 p175
鉛筆
　◇「庄野英二全集 5」偕成社 1980 p164
鉛筆
　◇「まど・みちお全詩集」理論社 1992 p691
鉛筆から
　◇「与謝野晶子児童文学全集 3」春陽堂書店 2007 p213
えんぴつけずりも1年生
　◇「寺村輝夫童話全集 7」ポプラ社 1982 p67
　◇「寺村輝夫全集 7」理論社 1999 p520
えんぴつ写生
　◇「〔島崎〕藤村の童話 3」筑摩書房 1979 p68

えんぴつ太郎のぼうけん
　◇「佐藤さとる幼年童話自選集 2」ゴブリン書房 2003 p131
えんぴつ太郎の冒険
　◇「佐藤さとるファンタジー全集 8」講談社 1982 p257
　◇「佐藤さとるファンタジー全集 8」講談社, 復刊ドットコム（発売）2010 p257
エンピツと私
　◇「椋鳩十の本 28」理論社 1989 p173
鉛筆の悲しみ
　◇「太田博也童話集 5」小山書林 2008 p57
鉛筆の心
　◇「西條八十童謡全集」修道社 1971 p20
えんぴつびな
　◇「長崎源之助全集 18」偕成社 1987 p151
「えんぴつびな」について
　◇「長崎源之助全集 20」偕成社 1988 p195
炎飈（なつあらし）
　◇「椋鳩十の本 2」理論社 1982 p207
エンブダゴンの思い出ばなし
　◇「与田準一全集 5」大日本図書 1967 p31
遠方の友につかわす
　◇「新版・宮沢賢治童話全集 12」岩崎書店 1979 p44
遠方の母
　◇「定本小川未明童話全集 6」講談社 1977 p7
　◇「定本小川未明童話全集 6」大空社 2001 p7
煙幕
　◇「〔北原〕白秋全童謡集 3」岩波書店 1992 p78
えんまこおろぎの歌
　◇「〔高橋一仁〕春のニシン場―童謡詩集」けやき書房 2003 p54
閻魔裁判（さばき）鯰髯抜（なまずのひげぬき）
　◇「〔巌谷〕小波お伽全集 4」本の友社 1998 p409
閻魔さま
　◇「〔島木〕赤彦童謡集」第一書店 1947 p116
えんまさまのはなし
　◇「松谷みよ子のむかしむかし 6」講談社 1973 p111
閻魔堂
　◇「〔北原〕白秋全童謡集 2」岩波書店 1992 p33
閻魔と漣
　◇「〔巌谷〕小波お伽全集 14」本の友社 1998 p241
えんまになった権十じい
　◇「川崎大治民話選 〔2〕」童心社 1969 p232
閻魔の癇癪
　◇「〔北原〕白秋全童謡集 1」岩波書店 1992 p306
えんまの大病
　◇「川崎大治民話選 〔1〕」童心社 1968 p142

えんめ

延命パイプ（母の死）
　◇「阪田寛夫全詩集」理論社 2011 p122
えんりょ しないで
　◇「まど・みちお全詩集」理論社 1992 p622
　◇「まどさんの詩の本 5」理論社 1994 p48

【 お 】

を
　◇「くんぺい魔法ばなし―魔法ばなし全集 3」サンリオ 2000 p206
おあいこ
　◇〔木暮正夫〕日本のおばけ話・わらい話 7」岩崎書店 1986 p70
オアシス
　◇「星新一ショートショートセレクション 2」理論社 2001 p188
オアシス
　◇「椋鳩十の本 1」理論社 1982 p53
おあそび
　◇「北国翔子童話集 1」青森県児童文学研究会 2000 p39
「おーい、一緒に遊ぼうー…」
　◇〔矢ヶ崎則之〕童話集1「ねえねえ、兄ちゃん…」」レーヴック, 星雲社（発売）2011 p25
おいかけっこ ケッコー
　◇〔おうち・やすゆき〕こら！ しんぞう―童謡詩集」小峰書店 1996 p101
おい兄弟
　◇〔北原〕白秋全童謡集 3」岩波書店 1992 p107
お池騒動
　◇〔巖谷〕小波お伽全集 12」本の友社 1998 p339
〔おい けとばすな〕
　◇「新修宮沢賢治全集 4」筑摩書房 1979 p94
　◇「新修宮沢賢治全集 4」筑摩書房 1979 p320
お池の雨
　◇「与謝野晶子児童文学全集 2」春陽堂書店 2007 p218
お池の鯉
　◇〔巖谷〕小波お伽全集 7」本の友社 1998 p412
おいこし
　◇〔木暮正夫〕日本のおばけ話・わらい話 7」岩崎書店 1986 p11
おいしい秋のうた
　◇〔おうち・やすゆき〕こら！ しんぞう―童謡詩集」小峰書店 1996 p56
おいしいあま酒
　◇〔西本鶏介〕新日本昔ばなし――一日一話・読みきかせ 1」小学館 1997 p60
おいしいおにぎりをたべるには
　◇「今西祐行全集 2」偕成社 1987 p181
おいしいカップケーキのつくりかた
　◇「立原えりかのファンタジーランド 16」青土社 1981 p75
おいしいトラカツをたべるまで
　◇「筒井敬介童話全集 1」フレーベル館 1983 p71
おいしいな
　◇「いのち―みずかみかずよ全詩集」石風社 1995 p265
おいしいナシつくり
　◇「今井誉次郎童話集子どもの村 〔4〕」国土社 1957 p15
おいしい花
　◇「今江祥智の本 12」理論社 1980 p77
　◇「今江祥智童話館 〔1〕」理論社 1986 p32
　◇「今江祥智ショートファンタジー 1」理論社 2004 p61
おいしい春いっぱい
　◇「山本瓔子詩集 II」新風舎 2003 p54
おいしいものがすきなくまさん
　◇「松谷みよ子全集 7」講談社 1971 p122
　◇「松谷みよ子おはなし集 1」ポプラ社 2010 p93
お医者ごっこ
　◇「西條八十童謡全集」修道社 1971 p197
おいしゃさん
　◇「阪田寛夫全詩集」理論社 2011 p378
おいだされた わかもの
　◇「花岡大学仏典童話全集 7」法蔵館 1979 p57
老いたるつばさ
　◇「戸川幸夫・子どものための動物物語 7」国土社 1967 p43
老いたる翼
　◇「戸川幸夫動物文学全集 5」冬樹社 1965 p89
オイチニの兵隊さん
　◇「かもめの水兵さん―武内俊子伝記と作品集」講談社出版サービスセンター 1977 p178
オイデ オイデ
　◇「佐藤義美全集 1」佐藤義美全集刊行会 1974 p343
「おいで おいで」までの道
　◇「松谷みよ子全エッセイ 1」筑摩書房 1989 p295
老いて思う家
　◇「松谷みよ子全エッセイ 1」筑摩書房 1989 p158
おいてきぼりにされた朝
　◇「もりやまみやこ童話選 2」ポプラ社 2009 p22
おいてけぼり
　◇「巽聖歌作品集 上」巽聖歌作品集刊行委員会 1977 p67

おーいでてこーい
　◇「星新一ショートショートセレクション 1」理論社 2001 p7
　◇「〔星新一〕おーいでてこーい―ショートショート傑作選」講談社 2004（講談社青い鳥文庫）p4

おいで、もんしろ蝶
　◇「くどうなおこ詩集○」童話屋 1996 p114

おいでよ 海に
　◇「立原えりかのファンタジーランド 11」青土社 1980 p43

〔老いては冬の孔雀守る〕
　◇「新修宮沢賢治全集 6」筑摩書房 1980 p79
　◇「新修宮沢賢治全集 6」筑摩書房 1980 p371

おいとけぼり
　◇「〔木暮正夫〕日本のおばけ話・わらい話 3」岩崎書店 1986 p11

お糸小糸
　◇「浜田広介全集 1」集英社 1975 p62

老いと死をめぐって
　◇「今江祥智の本 36」理論社 1990 p313

おいなりさん
　◇「〔中山尚美〕おふろの中で―詩集」アイ企画 1996 p58

オイノ森とざる森, ぬすと森（宮沢賢治作, 若林一郎脚色）
　◇「宮沢賢治童話劇集 2」東京書籍 1981（東書児童劇シリーズ）p57

狼森と笊森、盗森
　◇「新版・宮沢賢治童話全集 6」岩崎書店 1978 p85
　◇「新修宮沢賢治全集 13」筑摩書房 1980 p21
　◇「宮沢賢治童話集 1」講談社 1985（講談社青い鳥文庫）p138
　◇「〔宮沢〕賢治童話」翔泳社 1995 p64
　◇「ジュニア文学館 宮沢賢治―写真・絵画集成 2」日本図書センター 1996 p180
　◇「よくわかる宮沢賢治―イーハトーブ・ロマン I」学習研究社 1996 p140
　◇「〔宮沢賢治〕注文の多い料理店―イーハトーヴ童話集」岩波書店 2000（岩波少年文庫）p31
　◇「宮沢賢治20選」春陽堂書店 2008（名作童話）p133
　◇「宮沢賢治童話集珠玉選〔1〕」講談社 2009 p212

狼森のまんなかで
　◇「あまの川―宮沢賢治童謡集」筑摩書房 2001 p63

おいのり
　◇「〔東君平〕ひとくち童話 1」フレーベル館 1995 p26
　◇「〔東君平〕ひとくち童話 4」フレーベル館 1995 p24

オイノリ
　◇「阪田寛夫全詩集」理論社 2011 p18

おいはぎ
　◇「川崎大治民話選〔1〕」童心社 1968 p126

おいはぎと刀
　◇「寺村輝夫のとんち話 3」あかね書房 1976 p100

おいはぎのほしいもの
　◇「〔柳家弁天〕らくご文庫 11」太平出版社 1987 p81

おいものねあげ
　◇「浜田広介全集 11」集英社 1976 p100

おいらどこの子お江戸の子
　◇「筒井敬介童話全集 6」フレーベル館 1983 p121

おいらはおいらのもん
　◇「神沢利子コレクション・普及版 3」あかね書房 2006 p39

おいらはひとつ目こぞう
　◇「筒井敬介童話全集 4」フレーベル館 1983 p153

追分
　◇「〔北原〕白秋全童謡集 2」岩波書店 1992 p365

応援歌
　◇「新修宮沢賢治全集 7」筑摩書房 1980 p340

王冠印手帳
　◇「新修宮沢賢治全集 15」筑摩書房 1980 p215

<「王冠印手帳」より>
　◇「新修宮沢賢治全集 7」筑摩書房 1980 p242

扇
　◇「椋鳩十全集 12」ポプラ社 1970 p31
　◇「椋鳩十の本 15」理論社 1982 p33

おうきくなつたら
　◇「〔巌谷〕小波お伽全集 7」本の友社 1998 p371

扇の中の娘さん
　◇「〔西本鶏介〕日本の昔話―読みきかせお話集 1」小学館 1999 p36

応挙寺
　◇「椋鳩十の本 22」理論社 1983 p50

王侯と農奴
　◇「今江祥智の本 34」理論社 1990 p143

黄金（おうごん）… → "きん…"をも見よ

黄金（おうごん）… → "こがね…"をも見よ

黄金怪獣
　◇「少年探偵江戸川乱歩全集 25」ポプラ社 1970 p5

黄金仮面
　◇「少年探偵江戸川乱歩全集 27」ポプラ社 1970 p7

黄金機会
　◇「若松賤子創作童話全集」久山社 1995（日本児童文化史叢書）p33

黄金狂時代の町
　◇「椋鳩十の本 31」理論社 1989 p140

黄金幻想―世界詩人ヨネ・ノグチ
　◇「稗田菫平全集 6」宝文館出版 1981 p71

黄金鳥

おうこ

◇「鈴木三重吉童話全集 1」文泉堂書店 1975（日本文学全集・選集叢刊第5次）p191
◇「鈴木三重吉童話集」岩波書店 1996（岩波文庫）p21

黄金の曙
◇「戸川幸夫動物文学全集 6」冬樹社 1965 p329

黄金の怪獣
◇「少年探偵・江戸川乱歩 26」ポプラ社 1999 p5
◇「文庫版 少年探偵・江戸川乱歩 26」ポプラ社 2005 p5

黄金の国をもとめて
◇「〔たかしよいち〕世界むかしむかし探検 6」国土社 1996 p54

黄金の鯉をつくった男
◇「戸川幸夫動物文学全集 15」講談社 1977 p185

黄金の谷
◇「〔巌谷〕小波お伽全集 9」本の友社 1998 p169

黄金の卵
◇「〔巌谷〕小波お伽全集 11」本の友社 1998 p329

黄金のつばさ・火のつばさ
◇「カエルの日曜日―末永泉童話集」勝どき書房、星雲社（発売）2007 p21

黄金の虎
◇「少年探偵江戸川乱歩全集 26」ポプラ社 1970 p134
◇「少年探偵・江戸川乱歩 24」ポプラ社 1999 p130
◇「文庫版 少年探偵・江戸川乱歩 24」ポプラ社 2005 p129

黄金のピン子
◇「〔巌谷〕小波お伽全集 8」本の友社 1998 p411

黄金の富士
◇「〔巌谷〕小波お伽全集 3」本の友社 1998 p211

黄金の惑星
◇「星新一ショートショートセレクション 3」理論社 2002 p177

黄金豹
◇「少年探偵江戸川乱歩全集 12」ポプラ社 1964 p5
◇「少年探偵・江戸川乱歩 13」ポプラ社 1998 p5
◇「文庫版 少年探偵・江戸川乱歩 13」ポプラ社 2005 p5

黄金密使
◇「山田風太郎少年小説コレクション 1」論創社 2012 p7

王さまウソ・ホント
◇「〔寺村輝夫〕ぼくは王さま全1冊」理論社 1985 p51

王さまうちゅうじん
◇「〔寺村輝夫〕ぼくは王さま全1冊」理論社 1985 p219

王さまうらない大あたり
◇「寺村輝夫全童話 2」理論社 1997 p468

王さまおかえりなさい
◇「寺村輝夫童話 2」理論社 1997 p643

王さまおひめさま
◇「〔寺村輝夫〕ぼくは王さま全1冊」理論社 1985 p555

王さまかいぞくせん
◇「〔寺村輝夫〕ぼくは王さま全1冊」理論社 1985 p663
◇「〔寺村輝夫〕ぼくは王さま全1冊」理論社 1985 p665
◇「寺村輝夫全童話 1」理論社 1996 p591
◇「寺村輝夫の王さまシリーズ 11」理論社 1999 p8

王さまきえたゆびわ
◇「寺村輝夫全童話 2」理論社 1997 p387

王さまけんちゃん
◇「来栖良夫児童文学全集 1」岩崎書店 1983 p108

王さまサーカス
◇「〔寺村輝夫〕ぼくは王さま全1冊」理論社 1985 p101

王さましかの ねがい
◇「花岡大学仏典童話全集 6」法蔵館 1979 p86

王さましょうぼうたい
◇「〔寺村輝夫〕ぼくは王さま全1冊」理論社 1985 p612
◇「寺村輝夫全童話 1」理論社 1996 p546
◇「寺村輝夫の王さまシリーズ 7」理論社 1998 p121

王さまスパイじけん
◇「寺村輝夫全童話 2」理論社 1997 p440

王さまダイマの手紙
◇「寺村輝夫全童話 2」理論社 1997 p550

王さまタクシー
◇「〔寺村輝夫〕ぼくは王さま全1冊」理論社 1985 p483
◇「寺村輝夫全童話 1」理論社 1996 p572
◇「寺村輝夫の王さまシリーズ 8」理論社 1998 p113

王さまたまごやき
◇「〔寺村輝夫〕ぼくは王さま全1冊」理論社 1985 p13

王さまたんけんたい
◇「寺村輝夫童話全集 5」ポプラ社 1982 p143
◇「〔寺村輝夫〕ぼくは王さま全1冊」理論社 1985 p387
◇「〔寺村輝夫〕ぼくは王さま全1冊」理論社 1985 p389
◇「寺村輝夫全童話 1」理論社 1996 p410
◇「寺村輝夫の王さまシリーズ 7」理論社 1998 p17

王さまでかけましょう
◇「寺村輝夫童話全集 3」ポプラ社 1982 p207
◇「〔寺村輝夫〕ぼくは王さま全1冊」理論社 1985 p132

◇「寺村輝夫全童話 1」理論社 1996 p406
◇「寺村輝夫の王さまシリーズ 7」理論社 1998 p7

王さま電話です
◇「寺村輝夫おはなしプレゼント 3」講談社 1994 p85
◇「寺村輝夫全童話 2」理論社 1997 p651

王さまどうぶつえん
◇「寺村輝夫童話全集 2」ポプラ社 1982 p59
◇「〔寺村輝夫〕ぼくは王さま全1冊」理論社 1985 p141
◇「〔寺村輝夫〕ぼくは王さま全1冊」理論社 1985 p143

王さま動物園
◇「寺村輝夫全童話 1」理論社 1996 p149
◇「寺村輝夫の王さまシリーズ 2」理論社 1998 p129

王さまとうめいにんげん
◇「〔寺村輝夫〕ぼくは王さま全1冊」理論社 1985 p257

おうさまと くつや
◇「新美南吉全集 1」牧書店 1965 p26

王さまと靴屋
◇「校定新美南吉全集 4」大日本図書 1980 p355
◇「新美南吉童話集 1」大日本図書 1982 p204
◇「新美南吉童話大全」講談社 1989 p290
◇「新美南吉童話集 1」大日本図書 2012 p204

王さまとナツメ売りのむすめ
◇「花岡大学仏典童話全集 2」法蔵館 1979 p24

王様とパスタ〈エリイナア・ファーヂョン〉
◇「校定新美南吉全集 9」大日本図書 1981 p491

王さまなくした時間
◇「寺村輝夫全童話 2」理論社 1997 p495

王さまなぜなぜ戦争
◇「寺村輝夫全童話 2」理論社 1997 p523

王さまなぞのピストル
◇「寺村輝夫全童話 2」理論社 1997 p359

王さまにえらばれたおうむ
◇「花岡大学 続・仏典童話全集 1」法蔵館 1981 p184

王さまニセモノ
◇「〔寺村輝夫〕ぼくは王さま全1冊」理論社 1985 p593

王さまになった象使いの男
◇「花岡大学仏典童話全集 3」法蔵館 1979 p74

王様のお馬
◇「新装版金子みすゞ全集 1」JULA出版局 1984 p138
◇「金子みすゞ童謡全集 1」JULA出版局 2003 p70

王さまの感心された話
◇「定本小川未明童話全集 1」講談社 1976 p279
◇「定本小川未明童話全集 1」大空社 2001 p279

王さまの キンカ
◇「佐藤義美全集 3」佐藤義美全集刊行会 1973 p270

王さまのくいしんぼう
◇「〔寺村輝夫〕ぼくは王さま全1冊」理論社 1985 p443
◇「寺村輝夫全童話 1」理論社 1996 p479
◇「寺村輝夫の王さまシリーズ 6」理論社 1998 p103

王様の幸福
◇「今井誉次郎童話集子どもの村 〔6〕」国土社 1957 p50

王さまの子どもになってあげる
◇「佐藤義美全集 3」佐藤義美全集刊行会 1973 p395
◇「佐藤義美全集 3」佐藤義美全集刊行会 1973 p397

王さまのために働きたい
◇「犬飼馬鹿人旧作童話集」日本文化資料センター 1996 p108

王さまの血
◇「花岡大学仏典童話全集 1」法蔵館 1979 p70

王さまの話I
◇「寺村輝夫童話全集 1」ポプラ社 1982

王さまの話II
◇「寺村輝夫童話全集 2」ポプラ社 1982

王さまの話III
◇「寺村輝夫童話全集 3」ポプラ社 1982

王さまの話IV
◇「寺村輝夫童話全集 4」ポプラ社 1982

王さまの話V
◇「寺村輝夫童話全集 5」ポプラ社 1982

王さまのハンケチにはロバのししゅうがしてある
◇「与田準一全集 5」大日本図書 1967 p190

王様のヒゲ
◇「斎藤隆介全集 1」岩崎書店 1982 p140

王さまの服
◇「星新一ショートショートセレクション 8」理論社 2002 p132

王さまの耳
◇「巽聖歌作品集 上」巽聖歌作品集刊行委員会 1977 p108

王さまパトロール
◇「〔寺村輝夫〕ぼくは王さま全1冊」理論社 1985 p473
◇「寺村輝夫全童話 1」理論社 1996 p523
◇「寺村輝夫の王さまシリーズ 8」理論社 1998 p59

王さまびっくり
◇「寺村輝夫童話全集 2」ポプラ社 1982 p83
◇「〔寺村輝夫〕ぼくは王さま全1冊」理論社 1985 p201

おうさ

◇「寺村輝夫全童話 1」理論社 1996 p243
◇「寺村輝夫の王さまシリーズ 9」理論社 1998 p85

王さまひみつのボタン
◇「寺村輝夫全童話 2」理論社 1997 p663

王さま魔女のひみつ
◇「寺村輝夫全童話 2」理論社 1997 p605

王さま魔法が大すき
◇「寺村輝夫全童話 2」理論社 1997 p635

王さま魔法ゲーム
◇「寺村輝夫全童話 2」理論社 1997 p577

王さままほうつかい
◇〔寺村輝夫〕ぼくは王さま全1冊」理論社 1985 p293

王さまめいたんてい
◇「寺村輝夫童話全集 5」ポプラ社 1982 p83
◇〔寺村輝夫〕ぼくは王さま全1冊」理論社 1985 p465
◇〔寺村輝夫〕ぼくは王さま全1冊」理論社 1985 p467
◇「寺村輝夫全童話 1」理論社 1996 p315
◇「寺村輝夫の王さまシリーズ 5」理論社 1998 p91

王さまめだまやき
◇〔寺村輝夫〕ぼくは王さま全1冊」理論社 1985 p625

王さまゆめのなか
◇〔寺村輝夫〕ぼくは王さま全1冊」理論社 1985 p499

王さまゆめのひまわり
◇「寺村輝夫全童話 2」理論社 1997 p413

王さまレストラン
◇〔寺村輝夫〕ぼくは王さま全1冊」理論社 1985 p427
◇〔寺村輝夫〕ぼくは王さま全1冊」理論社 1985 p429
◇「寺村輝夫全童話 1」理論社 1996 p453
◇「寺村輝夫の王さまシリーズ 6」理論社 1998 p39

王さまわすれんぼ
◇〔寺村輝夫〕ぼくは王さま全1冊」理論社 1985 p179

王子さまは お釈迦さま
◇〔松本光華〕民話風法華経童話 1」中外日報社〔中外印刷出版〕1988 p1

唖蟬（おうしぜみ）
◇「金子みすゞ童謡全集 5」JULA出版局 2004 p42

唖蟬（おふしぜみ）
◇「新装版金子みすゞ全集 3」JULA出版局 1984 p26

唖（おふし）の皇子
◇「鈴木三重吉童話全集 7」文泉堂書店 1975（日本文学全集・選集叢刊第5次）p88

唖の王妃
◇「鈴木三重吉童話全集 1」文泉堂書店 1975（日本文学全集・選集叢刊第5次）p384

王子の狐（林家木久蔵編、岡本和明文）
◇「林家木久蔵の子ども落語 2」フレーベル館 1998 p60

王舎城の兄弟
◇「花岡大学仏典童話全集 3」法蔵館 1979 p114

王者の座
◇「椋鳩十全集 5」ポプラ社 1969 p6
◇「椋鳩十の本 12」理論社 1983 p107

王子山
◇「新装版金子みすゞ全集 3」JULA出版局 1984 p181
◇「金子みすゞ童謡集」角川春樹事務所 1998（ハルキ文庫）p160
◇「金子みすゞ童話全集 6」JULA出版局 2004 p78

奥州路
◇「魂の配達―野村吉哉作品集」草思社 1983 p295

鶯宿温泉
◇「巽聖歌作品集 上」巽聖歌作品集刊行委員会 1977 p373

〔鶯宿はこの月の夜を雪ふるらし〕
◇「新修宮沢賢治全集 6」筑摩書房 1980 p118
◇「新修宮沢賢治全集 6」筑摩書房 1980 p391

王春の話
◇「坪田譲治童話全集 5」岩崎書店 1986 p153

王女
◇「椋鳩十の本 1」理論社 1982 p95

王将連盟
◇「佐々木邦全集 補巻5」講談社 1975 p5

王女さま
◇「新装版金子みすゞ全集 3」JULA出版局 1984 p153

王女さまよりも＜一まく 音楽舞踊劇＞
◇〔斎田喬〕学校劇代表作選 1」牧書店 1959 p21

王女さまよりも（音楽舞踊劇）
◇「斎田喬幼年劇全集 1」誠文堂新光社 1962 p447

王女さまはあたし（一場）
◇「筒井敬介児童劇集 2」東京書籍 1982（東書児童劇シリーズ）p27

王女のをどり
◇「鈴木三重吉童話全集 2」文泉堂書店 1975（日本文学全集・選集叢刊第5次）p374

おうた
◇〔北原〕白秋全童謡集 1」岩波書店 1992 p339

応対
◇「星新一ショートショートセレクション 11」理論社 2003 p80

おうだんほどうの うた
◇「まど・みちお全詩集」理論社 1992 p629

おうち

◇「小出正吾児童文学全集 2」審美社 2000 p79

棟(アフチ)
　◇「椋鳩十の本 21」理論社 1982 p160

おうちを とびだした せつおくん
　◇「今井誉次郎童話集子どもの村 〔2〕」国土社 1957 p69

おうちが高く のびるといいな
　◇「おはなしいっぱい―祐成智美童謡詩集」リーブル 1997 p246

おうちがよんでいる
　◇「松谷みよ子全集 13」講談社 1972 p154

お家のお犬
　◇「西條八十童謡全集」修道社 1971 p199

お家の御飯
　◇「〔厳谷〕小波お伽全集 14」本の友社 1998 p287

おうちの溜池 三吉のはなし
　◇「〔北原〕白秋全童謡集 2」岩波書店 1992 p213

お家のないお魚
　◇「新装版金子みすゞ全集 1」JULA出版局 1984 p163
　◇「金子みすゞ童謡全集 2」JULA出版局 2003 p104

おうつし
　◇「横山健童謡選集 2」無明舎出版 1995 p125

嘔吐
　◇「北彰介作品集 4」青森県児童文学研究会 1991 p173

附録 櫻桃長者
　◇「〔厳谷〕小波お伽全集 3」本の友社 1998 p455

王とり王子
　◇「厳谷小波お伽噺文庫 〔3〕」大和書房 1976 p167

おうどん ちゅるちゅる
　◇「おはなしいっぱい―祐成智美童謡詩集」リーブル 1997 p22

王になりそこねた狐
　◇「土田耕平童話集」信濃毎日新聞社 1949 p95
　◇「土田耕平童話集 〔5〕」古今書院 1955 p17

王のミイラの作り方
　◇「〔たかしよいち〕世界むかしむかし探検 2」国土社 1994 p35

王ハリスチャンドラ
　◇「鈴木三重吉童話全集 6」文泉堂出版 1975（日本文学全集・選集叢刊第5次）p428

大人山
　◇「〔厳谷〕小波お伽全集 10」本の友社 1998 p233

お馬
　◇「鈴木三重吉童話全集 5」文泉堂出版 1975（日本文学全集・選集叢刊第5次）p223

お馬
　◇「坪田譲治自選童話集」実業之日本社 1971 p112
　◇「坪田譲治童話全集 2」岩崎書店 1986 p17

◇「坪田譲治名作選 〔1〕魔法」小峰書店 2005 p58

お馬
　◇「浜田広介全集 11」集英社 1976 p25

お馬あそび
　◇「斎田喬児童劇選集 〔3〕」牧書店 1954 p206

お馬あそび(生活劇)
　◇「斎田喬幼年劇全集 2」誠文堂新光社 1961 p509

お馬暑かろ
　◇「〔北原〕白秋全童謡集 1」岩波書店 1992 p82

おうま ありがと
　◇「佐藤義美全集 1」佐藤義美全集刊行会 1974 p384

お馬をひいて(日下部梅子)
　◇「岡田泰三・日下部梅子童謡集」会津童詩会 1992 p110

逢う魔が時
　◇「小出正吾児童文学全集 3」審美社 2000 p177

お馬さむいか
　◇「巽聖歌作品集 上」巽聖歌作品集刊行委員会 1977 p140

おうまさん おうまさん
　◇「巽聖歌作品集 下」巽聖歌作品集刊行委員会 1977 p33

お馬づくし
　◇「〔厳谷〕小波お伽全集 7」本の友社 1998 p298

お馬でまいろう
　◇「〔山田野理夫〕お笑い文庫 6」太平出版社 1977（母と子の図書室）p104

お馬とお舟
　◇「〔厳谷〕小波お伽全集 7」本の友社 1998 p432

お馬の行水
　◇「佐藤義美全集 1」佐藤義美全集刊行会 1974 p332

お馬の眼に
　◇「与田凖一全集 1」大日本図書 1967 p33

お馬の湯
　◇「〔北原〕白秋全童謡集 4」岩波書店 1993 p40

おうまの ゆめ
　◇「小川未明幼年童話文学全集 3」集英社 1965 p12
　◇「定本小川未明童話全集 15」講談社 1978 p7
　◇「定本小川未明童話全集 15」大空社 2002 p7

お馬乗り
　◇「〔北原〕白秋全童謡集 1」岩波書店 1992 p138

近江路のコントラ・プンクト―堯孝の古歌と鉄道唱歌による
　◇「阪田寛夫全詩集」理論社 2011 p578

近江の刀かじ
　◇「島崎〕藤村の童話 4」筑摩書房 1979 p77

おうむ
　◇「庄野英二全集 9」偕成社 1979 p49

おうむ

◇「庄野英二全集 4」偕成社 1979 p278

オウム
◇「まど・みちお全詩集」理論社 1992 p95
◇「まどさんの詩の本 1」理論社 1994 p80

鸚鵡岩
◇「〔巌谷〕小波お伽全集 9」本の友社 1998 p399

応夢山定光寺
◇「椋鳩十の本 22」理論社 1983 p107

童謡集「鸚鵡と時計」
◇「西條八十童謡全集」修道社 1971 p9

おうむと まほうつかい
◇「佐藤義美全集 5」佐藤義美全集刊行会 1973 p79
◇「佐藤義美全集 5」佐藤義美全集刊行会 1973 p465

オウムとワニ
◇「坪田譲治自選童話集」実業之日本社 1971 p361
◇「坪田譲治童話全集 6」岩崎書店 1986 p43

おうむのいえ
◇「庄野英二全集 5」偕成社 1980 p439

おうむの王さま
◇「花岡大学仏典童話全集 5」法蔵館 1979 p179

おうむのお早
◇「浜田広介全集 11」集英社 1976 p101

おうむの片足
◇「鈴木三重吉童話全集 1」文泉堂書店 1975（日本文学全集・選集叢刊第5次）p332

おうむの しょうぼう
◇「花岡大学仏典童話全集 6」法蔵館 1979 p46

おうむのしろちゃん ねこのしろちゃん
◇「椋鳩十の本 26」理論社 1989 p234

おうむの使い
◇「花岡大学 続・仏典童話全集 2」法蔵館 1981 p66

王略帖
◇「瑠璃の壺―森銑三童話集」三樹書房 1982 p171

お江戸の娘
◇「今江祥智の本 34」理論社 1990 p86

お江戸は火事だ
◇「定本小川未明童話全集 3」講談社 1977 p399
◇「定本小川未明童話全集 3」大空社 2001 p399

オーエン
◇「〔かこさとし〕お話こんにちは〔2〕」偕成社 1979 p85

大あばれムーニャン
◇「山中恒よみもの文庫 14」理論社 1999 p57

大荒磯崎にて
◇「与謝野晶子児童文学全集 6」春陽堂書店 2007 p122

大あらし
◇「〔柳家弁天〕らくご文庫 1」太平出版社 1987 p71

大石と村人
◇「平成に生まれた昔話―〔村瀬〕神太郎童話集」文芸社 1999 p32

大石兵六狐退治
◇「〔巌谷〕小波お伽全集 1」本の友社 1998 p1

大石真
◇「今江祥智の本 35」理論社 1990 p241

大いたち
◇「鈴木三重吉童話全集 4」文泉堂書店 1975（日本文学全集・選集叢刊第5次）p313

大分の「鬼の刀鍛冶」
◇「松谷みよ子全エッセイ 2」筑摩書房 1989 p192

大いに働け（車力と力神）
◇「〔巌谷〕小波お伽全集 14」本の友社 1998 p106

オオイヌノフグリ
◇「〔東君平〕おはようどうわ 3」講談社 1982 p50

大井冷光を憶う
◇「稗田菫平全集 4」宝文館出版 1980 p121

大ウシ
◇「〔山田野理夫〕おばけ文庫 4」太平出版社 1976（母と子の図書室）p40

大うみがめの見たものは
◇「浜田広介全集 3」集英社 1975 p87

大江の天主堂
◇「椋鳩十の本 22」理論社 1983 p154

大岡越前守
◇「新美南吉全集 4」牧書店 1965 p199
◇「校定新美南吉全集 4」大日本図書 1980 p9

大男綺談
◇「椋鳩十の本 34」理論社 1989 p270

大男と大女
◇「鈴木三重吉童話全集 4」文泉堂書店 1975（日本文学全集・選集叢刊第5次）p357

大男と小男
◇「豊島与志雄童話全集 3」八雲書店 1948 p47

大おとこと小人
◇「佐藤さとる全集 1」講談社 1972 p27

大男と小人
◇「佐藤さとるファンタジー全集 14」講談社 1983 p5
◇「佐藤さとるファンタジー全集 14」講談社, 復刊ドットコム（発売）2011 p5

大男のお帽子
◇「笑った泣き地蔵―御田慶子童話選集」たま出版 2007 p9

大男の国へ行った牛若丸と弁慶
◇「〔西本鶏介〕新日本昔ばなし――日一話・読みきかせ 2」小学館 1997 p34

大男のくれたにじ
◇「神沢利子のおはなしの時間 3」ポプラ社 2011 p34

大男のくれたニジ
　◇「神沢利子コレクション・普及版 3」あかね書房 2006 p207
おお おとこのこ
　◇「〔おうち・やすゆき〕こら！ しんぞう―童謡詩集」小峰書店 1996 p30
巨男の話
　◇「校定新美南吉全集 2」大日本図書 1980 p418
　◇「新美南吉童話集 1」大日本図書 1982 p25
　◇「新美南吉童話大全」講談社 1989 p49
　◇「新美南吉童話傑作選 〔3〕 ごん狐」小峰書店 2004 p65
　◇「新美南吉童話選集 1」大日本図書 2012 p25
　◇「新美南吉童話選集 4」ポプラ社 2013 p117
大男ものがたり
　◇「西條八十童話集」小学館 1983 p243
大男雪ふらせ
　◇「神沢利子コレクション・普及版 3」あかね書房 2006 p230
大おにたいじ
　◇「石森延男児童文学全集 4」学習研究社 1971 p92
大女の話
　◇「佐々木邦全集 2」講談社 1974 p373
大ガエル
　◇「〔山田野理夫〕おばけ文庫 2」太平出版社 1976 （母と子の図書室）p70
大がかあの話
　◇「坪田譲治童話全集 13」岩崎書店 1986 p256
おおカスピ！
　◇「庄野英二全集 10」偕成社 1979 p282
おおかぜあらし
　◇「〔東君平〕おはようどうわ 4」講談社 1982 p163
　◇「東君平のおはようどうわ 3」新日本出版社 2010 p24
大風の太郎
　◇「巽聖歌作品集 下」巽聖歌作品集刊行委員会 1977 p164
大かぼちゃ
　◇「寺村輝夫のむかし話 〔4〕」あかね書房 1978 p100
おおかみ
　◇「杉みき子選集 2」新潟日報事業社 2005 p180
狼
　◇「鈴木三重吉童話全集 4」文泉堂書店 1975 （日本文学全集・選集叢刊第5次）p318
オオカミ石
　◇「〔山田野理夫〕おばけ文庫 3」太平出版社 1976 （母と子の図書室）p47
おおかみおじさんがおひるをたべそこねたはなし
　◇「千葉省三童話全集 4」岩崎書店 1968 p127

おおかみをだましたおじいさん
　◇「小川未明幼年童話文学全集 1」集英社 1965 p129
　◇「定本小川未明童話全集 4」講談社 1977 p146
　◇「小川未明童話集」岩波書店 1996 （岩波文庫）p198
　◇「定本小川未明童話全集 4」大空社 2001 p146
狼おやじ
　◇「阪田寛夫全詩集」理論社 2011 p220
おおかみが でた
　◇「佐藤義美全集 4」佐藤義美全集刊行会 1974 p303
オオカミグーのはずかしいひみつ
　◇「〔きむらゆういち〕おはなしのへや 3」ポプラ社 2012 p5
オオカミ作家とよばれるわけは？―あとがきにかえて
　◇「〔きむらゆういち〕おはなしのへや 1」ポプラ社 2012 p148
狼隊の少年
　◇「大仏次郎少年少女のための作品集 1」講談社 1967 p215
オオカミとおじいさんのお話
　◇「〔佐々木春奈〕あなたの脳を休める童話集 大人も子どもも楽しめる童話集」日本文学館 2009 p54
狼と樫の木
　◇「ある手品師の話―小熊秀雄童話集」晶文社 1976 p21
　◇「小熊秀雄童話集」創風社 2001 p17
おおかみと 子ひつじ
　◇「ひろすけ幼年童話文学全集 8」集英社 1961 p88
狼と庄屋どん
　◇「〔比江島重孝〕宮崎のむかし話 2」鉱脈社 1998 p246
おおかみと人
　◇「定本小川未明童話全集 2」講談社 1976 p203
　◇「定本小川未明童話全集 2」大空社 2001 p203
おおかみとひよこ
　◇「岩永博史童話集 1」岩永博史 2001 p16
狼と山犬
　◇「戸川幸夫動物文学全集 10」冬樹社 1966 p95
狼と弓
　◇「浜田広介全集 10」集英社 1976 p243
狼捕り三十郎
　◇「戸川幸夫動物文学全集 10」講談社 1977 p184
オオカミの石
　◇「椋鳩十の本 26」理論社 1989 p112
オオカミの大しくじり
　◇「川崎大治民話選 〔1〕」童心社 1968 p12
狼の軌跡
　◇「戸川幸夫動物文学全集 12」講談社 1977 p3

おおか

狼の殺した魚
　◇「瑠璃の壺―森銑三童話集」三樹書房 1982 p177
オオカミのしっぱい
　◇「〔木暮正夫〕日本のおばけ話・わらい話 6」岩崎書店 1986 p4
狼の断食
　◇「土田耕平童話集 〔3〕」古今書院 1955 p50
オオカミのぬかよろこび
　◇「〔木暮正夫〕日本のおばけ話・わらい話 6」岩崎書店 1986 p63
狼の碑
　◇「戸川幸夫動物文学全集 9」講談社 1976 p115
おおかみのびっくり
　◇「浜田広介全集 3」集英社 1975 p34
オオカミの船
　◇「立原えりか作品集 5」思潮社 1973 p83
　◇「立原えりかのファンタジーランド 1」青土社 1980 p77
おおかみのまゆげ
　◇「松谷みよ子全集 6」講談社 1972 p121
おおかみもいっしょ
　◇「斎田喬児童劇選集 〔6〕」牧書店 1954 p114
おおかみもいっしょに
　◇「斎田喬幼年劇全集 2」誠文堂新光社 1961 p349
狼は何を食べたか
　◇「浜田広介全集 2」集英社 1975 p56
大烏
　◇「鈴木三重吉童話全集 3」文泉堂書店 1975（日本文学全集・選集叢刊第5次）p134
大川の泳ぎ場
　◇「坪田譲治童話全集 13」岩崎書店 1986 p67
大きい1年生と小さな2年生
　◇「全集古田足日子どもの本 2」童心社 1993 p7
おおきい木
　◇「まど・みちお全詩集」理論社 1992 p260
　◇「まどさんの詩の本 5」理論社 1994 p78
おおきいぞうさん ちいさいぞうさん
　◇「まど・みちお全詩集」理論社 1992 p232
おおきい ちいさい（お母さんと手を較べる歌）
　◇「阪田寛夫全詩集」理論社 2011 p447
大きい同士
　◇「〔黒川良人〕犬の詩猫の詩―児童詩集」東洋出版 2000 p32
おおきいのにね
　◇「りらりらりらわたしの絵本―富永佳与子こどものうた作品集」国土社 1994 p10
大きいブラオ
　◇「庄野英二全集 4」偕成社 1979 p56
おおきい わ
　◇「佐藤義美童謡集」さ・え・ら書房 1960 p20

　◇「佐藤義美全集 1」佐藤義美全集刊行会 1974 p171
大きいんだよ
　◇「まど・みちお全詩集」理論社 1992 p55
おおきくなあれ
　◇「阪田寛夫全詩集」理論社 2011 p358
大きくなったら
　◇「もりやままみやこ童話選 1」ポプラ社 2009 p117
大きくなったら
　◇「壺井栄名作集 7」ポプラ社 1965 p43
　◇「定本壺井栄児童文学全集 1」講談社 1979 p164
　◇「壺井栄全集 9」文泉堂出版 1997 p445
大きくなるよ
　◇「与田準一全集 1」大日本図書 1967 p92
大きくな〜れ
　◇「〔中山正宏〕大きくな〜れ―童話集」日本図書刊行会 1996 p8
大キジ
　◇「〔山田野理夫〕おばけ文庫 4」太平出版社 1976（母と子の図書室）p42
大きなアップルパイ
　◇「まど・みちお詩集 3」銀河社 1975 p22
　◇「まど・みちお全詩集」理論社 1992 p473
　◇「まどさんの詩の本 9」理論社 1996 p74
おおきな いぬごや
　◇「阪田寛夫全詩集」理論社 2011 p393
大きな岩
　◇「まど・みちお詩集 6」銀河社 1975 p44
　◇「まど・みちお全詩集」理論社 1992 p495
　◇「まどさんの詩の本 14」理論社 1997 p28
大きな乳母車
　◇「阪田寛夫全詩集」理論社 2011 p546
大きな海
　◇「巽聖歌作品集 上」巽聖歌作品集刊行委員会 1977 p327
大きなウミドリ
　◇「庄野英二自選短篇童話集」編集工房ノア 1986 p71
大きな海の話
　◇「〔かこさとし〕お話こんにちは 〔4〕」偕成社 1979 p72
おおきな おいも おおきな ゆりのね
　◇「巽聖歌作品集 下」巽聖歌作品集刊行委員会 1977 p83
大きなおうと
　◇「定本小川未明童話全集 8」講談社 1977 p164
　◇「定本小川未明童話集 8」大空社 2001 p164
おおきな おちゃわん ちいさな おちゃわん
　◇「巽聖歌作品集 下」巽聖歌作品集刊行委員会 1977 p21
大きなお話

◇「小出正吾児童文学全集 3」審美社 2000 p311
大きなお風呂
◇「新装版金子みすゞ全集 3」JULA出版局 1984 p204
◇「金子みすゞ童謡全集 6」JULA出版局 2004 p108
大きなおべんとう
◇「武田亜公童話集 1」秋田文化出版社 1978 p67
大きなかしの木
◇「定本小川未明童話全集 5」講談社 1977 p13
◇「定本小川未明童話全集 5」大空社 2001 p13
大きなかに
◇「定本小川未明童話全集 3」講談社 1977 p25
◇「定本小川未明童話全集 3」大空社 2001 p25
◇「小川未明童話集」世界文化社 2004（心に残るロングセラー）p68
大きな かに
◇「坪田譲治幼年童話文学全集 8」集英社 1965 p127
大きな蟹
◇「小川未明30選」春陽堂書店 2009（名作童話）p102
大きなかぶ
◇「寺村輝夫のむかし話〔5〕」あかね書房 1978 p30
大きな木がほしい
◇「佐藤さとる全集 2」講談社 1972 p77
◇「佐藤さとるファンタジー全集 14」講談社 1983 p97
◇「佐藤さとるファンタジー全集 14」講談社, 復刊ドットコム（発売）2011 p97
大きな木がほしい
◇「いのち―みずかみかずよ全詩集」石風社 1995 p444
大きな木にすむ小さな神さま
◇「今西祐行全集 3」偕成社 1987 p111
大きな木の実の
◇「阪田寛夫全詩集」理論社 2011 p648
大きなきんぎょ
◇「今江祥智童話館〔2〕」理論社 1986 p214
大きなくすの木
◇「〔村上のぶ子〕ここは小人の国―少年詩集」あしぶえ出版 2000 p38
大きなくもと金もくせいと銀もくせい
◇「かとうむつこ童話集 3」東京図書出版会, リフレ出版（発売）2006 p27
大きな鯉
◇「巽聖歌作品集 下」巽聖歌作品集刊行委員会 1977 p216
大きなこいのぼり
◇「武田信夫童話作品集」みちのく書房 1995 p476

大きな蝙蝠傘
◇「春―〔竹久〕夢二童話集」ノーベル書房 1977 p105
大きな呼吸
◇「いのち―みずかみかずよ全詩集」石風社 1995 p41
大きな心
◇「花岡大学仏典童話全集 2」法蔵館 1979 p7
大きな魚の食べっぷり
◇「今江祥智の本 26」理論社 1991 p5
大きなシイの木
◇「大石真児童文学全集 11」ポプラ社 1982 p67
大きな巣箱の小さなお話
◇「横山健童謡選集 2」無明舎出版 1995 p36
〔**大きな西洋料理店のやうに思はれる**〕
◇「新修宮沢賢治全集 7」筑摩書房 1980 p269
大きな世界地図
◇「〔あらやゆきお〕創作童話 ざくろの詩」鳳書院 2012 p70
大きな 象
◇「花岡大学仏典童話全集 7」法蔵館 1979 p80
大きな空
◇「巽聖歌作品集 下」巽聖歌作品集刊行委員会 1977 p234
大きな大根
◇「斎田喬児童劇選集〔4〕」牧書店 1954 p213
おおきな たまご
◇「阪田寛夫全詩集」理論社 2011 p129
大きなタマゴ
◇「坪田譲治童話全集 7」岩崎書店 1986 p79
大きな小さいぞう
◇「寺村輝夫全集 3」理論社 1997 p31
大きな手
◇「春―〔竹久〕夢二童話集」ノーベル書房 1977 p113
大きな手
◇「花岡大学仏典童話全集 3」法蔵館 1979 p85
大きな手籠
◇「新装版金子みすゞ全集 3」JULA出版局 1984 p83
◇「金子みすゞ童謡全集 5」JULA出版局 2004 p112
五・六年生のための詩とうた **大きな天には**
◇「巽聖歌作品集 下」巽聖歌作品集刊行委員会 1977 p153
大きなトンネル 小さなトンネル
◇「まど・みちお全詩集」理論社 1992 p180
大きなはた
◇「〔木暮正夫〕日本のおばけ話・わらい話 11」岩崎書店 1987 p33

大きなパーテー
　◇「巽聖歌作品集　下」巽聖歌作品集刊行委員会
　　1977 p108
大きな人
　◇「花岡大学仏典童話集 2」佼成出版社 2006 p41
(大きな蕗の)
　◇「槇田童平全集 8」宝文館出版 1982 p65
おおきなふね
　◇「〔橘かおる〕考える童話シリーズ短篇集 1」新風
　　舎 1996 p32
巨きな帽子
　◇「西條八十童謡全集」修道社 1971 p90
大きな朴の木
　◇「安房直子コレクション 7」偕成社 2004 p189
おおきなポケット
　◇「阪田寛夫全詩集」理論社 2011 p247
大きな本
　◇「北彰介作品集 4」青森県児童文学研究会 1991
　　p120
大きな　ます
　◇「巽聖歌作品集　下」巽聖歌作品集刊行委員会
　　1977 p75
おおきな　ますく
　◇「阪田寛夫全詩集」理論社 2011 p360
大きな耳を持った王様
　◇「〔大澤英子〕心の中のひみつ—法華経をもとにし
　　た創作物語集」文芸社 1999 p138
大きな目
　◇「阪田寛夫全詩集」理論社 2011 p516
大きな文字
　◇「新装版金子みすゞ全集 1」JULA出版局 1984
　　p120
　◇「〔金子〕みすゞ詩画集 〔6〕」春陽堂書店 2001
　　p46
　◇「金子みすゞ童謡全集 2」JULA出版局 2003 p40
大きなもの
　◇「坪田譲治幼年童話文学全集 3」集英社 1965
　　p125
　◇「坪田譲治童話全集 9」岩崎書店 1986 p31
大きなもの
　◇「椋鳩十の本 21」理論社 1982 p20
おおきな　ものとは
　◇「巽聖歌作品集　下」巽聖歌作品集刊行委員会
　　1977 p13
大きなものは
　◇「巽聖歌作品集　下」巽聖歌作品集刊行委員会
　　1977 p168
　◇「巽聖歌作品集　下」巽聖歌作品集刊行委員会
　　1977 p171
大きなモミの木
　◇「庄野英二全集 5」偕成社 1980 p415

おおきな山，小さな山
　◇「巽聖歌作品集　上」巽聖歌作品集刊行委員会
　　1977 p503
巨きな百合
　◇「西條八十童謡全集」修道社 1971 p111
大きな夜
　◇「巽聖歌作品集　下」巽聖歌作品集刊行委員会
　　1977 p107
大食い
　◇「椋鳩十全集 12」ポプラ社 1970 p214
大口真神
　◇「〔野村ゆき〕ねえ、おはなしして！—語り聞かせ
　　るお話集」東洋出版 1998 p150
オオクニヌシノミコト
　◇「〔山田野理夫〕お笑い文庫 11」太平出版社 1977
　　(母と子の図書室)」p61
大久保利通
　◇「〔かこさとし〕お話こんにちは 〔5〕」偕成社
　　1979 p53
大隈重信
　◇「〔かこさとし〕お話こんにちは 〔11〕」偕成社
　　1980 p62
大熊手〔独逸〕
　◇「〔巌谷〕小波お伽全集 15」本の友社 1998 p373
大食らいの三太郎
　◇「川崎大治民話選 〔1〕」童心社 1968 p192
大蔵永常
　◇「筑波常治伝記物語全集 1」国土社 1969 p5
大ケチさん
　◇「〔山田野理夫〕お笑い文庫 5」太平出版社 1977
　　(母と子の図書室)」p34
大けな話
　◇「〔比江島重孝〕宮崎のむかし話 3」鉱脈社 2000
　　p145
大けな話ぐら
　◇「〔比江島重孝〕宮崎のむかし話 1」鉱脈社 1998
　　p242
大けねぐら
　◇「〔比江島重孝〕宮崎のむかし話 2」鉱脈社 1998
　　p269
大河内正敏
　◇「〔かこさとし〕お話こんにちは 〔9〕」偕成社
　　1979 p23
大声小声
　◇「川崎大治民話選 〔1〕」童心社 1968 p94
大阪しゃれことば二十二題
　◇「〔山田野理夫〕お笑い文庫 9」太平出版社 1977
　　(母と子の図書室)」p12
大阪のあわてもん
　◇「二反長半作品集 3」集英社 1979 p128
大阪の家

大阪の亀
　◇「与謝野晶子児童文学全集 5」春陽堂書店 2007 p46
　◇「やなせたかし童謡詩集 〔2〕」フレーベル館 2000 p80

大阪の塩
　◇「壺井栄名作集 7」ポプラ社 1965 p109

大阪の塩（A-小説）
　◇「壺井栄全集 2」文泉堂出版 1997 p486

大阪の塩（B-随筆）
　◇「壺井栄全集 11」文泉堂出版 1998 p139

大酒のみ
　◇「〔柳家弁天〕らくご文庫 11」太平出版社 1987 p53

大酒のみ
　◇「〔山田野理夫〕お笑い文庫 1」太平出版社 1977（母と子の図書室）p92

大酒飲み（その一）
　◇「瑠璃の壺―森銑三童話集」三樹書房 1982 p212

大酒飲み（その二）
　◇「瑠璃の壺―森銑三童話集」三樹書房 1982 p213

大里峠の蛇骨（新潟）
　◇「〔木暮正夫〕日本の怪奇ばなし 9」岩崎書店 1990 p126

大里峠の大蛇
　◇「松谷みよ子のむかしむかし 9」講談社 1973 p39

おおさむ こさむ
　◇「まど・みちお全詩集」理論社 1992 p261

オホサム コサム
　◇「〔北原〕白秋全童謡集 3」岩波書店 1992 p162

大寒, 小寒
　◇「〔北原〕白秋全童謡集 1」岩波書店 1992 p78

大寒小寒
　◇「〔北原〕白秋全童謡集 4」岩波書店 1993 p204

大寒小寒
　◇「土田耕平童話集 〔2〕」古今書院 1955 p10

大寒小寒
　◇「中村雨紅詩謡集」中村雨紅詩謡集刊行委員会 1971 p254

大沢温泉にて
　◇「巽聖歌作品集 下」巽聖歌作品集刊行委員会 1977 p265

おおさわぎ
　◇「〔東君平〕ひとくち童話 5」フレーベル館 1995 p34

大さわぎ, しろうと芝居
　◇「〔柳家弁天〕らくご文庫 12」太平出版社 1987 p55

大汐の海
　◇「巽聖歌作品集 下」巽聖歌作品集刊行委員会 1977 p175

大鹿村
　◇「椋鳩十の本 20」理論社 1983 p21

大獅子山中（四首）
　◇「稗田菫平全集 4」宝文館出版 1980 p40

大島ツムギ
　◇「椋鳩十の本 21」理論社 1982 p251

大島の子供たち
　◇「椋鳩十の本 21」理論社 1982 p261

大島の野犬
　◇「戸川幸夫動物文学全集 15」講談社 1977 p286

大鈴小鈴
　◇「鈴木三重吉童話全集 7」文泉堂書店 1975（日本文学全集・選集叢刊第5次）p157

大隅半島を恋う動物たち
　◇「椋鳩十の本 16」理論社 1983 p200

おおずもう
　◇「まど・みちお全詩集 続」理論社 2015 p258

おおそうじ
　◇「〔東君平〕おはようどうわ 1」講談社 1982 p208

大そうじ
　◇「杉みき子選集 2」新潟日報事業社 2005 p145

大掃除
　◇「赤座憲久少年詩集シリーズ 1」じゃこめてい出版 1977 p27

おおそうじのひ
　◇「〔東君平〕おはようどうわ 6」講談社 1982 p215

大空
　◇「鈴木三重吉童話全集 1」文泉堂書店 1975（日本文学全集・選集叢刊第5次）p344

大空いっぱいに
　◇「椋鳩十全集 19」ポプラ社 1980 p150

大空を飛ぶ紙ヒコーキ
　◇「〔大野憲三〕創作童話」一粒書房 2012 p5

大空高く
　◇「住井すゑジュニア文学館 6」汐文社 1999 p139

大空にある地獄〔翻訳〕
　◇「海野十三全集 別巻1」三一書房 1991 p405

大空に生きる
　◇「椋鳩十全集 4」ポプラ社 1969 p5

大空に浮んだ大宝塔
　◇「〔松本光華〕民話風法華経童話 12」中外日報社〔中外印刷出版〕1990 p1

大太鼓
　◇「椋鳩十の本 8」理論社 1982 p39

大平峠
　◇「椋鳩十の本 20」理論社 1983 p19

大高源吾の墓
　◇「椋鳩十の本 22」理論社 1983 p110

おおTAKARAZUKA1984

おおた

◇「阪田寛夫全詩集」理論社 2011 p75

大だこ退治
◇「〔厳谷〕小波お伽全集 9」本の友社 1998 p137

大ダコのしっぱい
◇「〔木暮正夫〕日本のおばけ話・わらい話 7」岩崎書店 1986 p54

大ダコのゆかげん
◇「〔木暮正夫〕日本のおばけ話・わらい話 8」岩崎書店 1987 p51

おおだすかり
◇「〔東君平〕ひとくち童話 1」フレーベル館 1995 p44

大津事件と裁判官
◇「来栖良夫児童文学全集 4」岩崎書店 1983 p57

大峠の狐
◇「氏原大作全集 4」条例出版 1977 p381

大戸の刀きず
◇「坪田譲治童話全集 13」岩崎書店 1986 p253

大泊港
◇「新装版金子みすゞ全集 3」JULA出版局 1984 p188
◇「金子みすゞ童謡集」角川春樹事務所 1998（ハルキ文庫）p168
◇「金子みすゞ童謡集 6」JULA出版局 2004 p86

大鳥池のアヒル
◇「〔小川路人〕動物童話 草笛をふくカッパ」文芸社 2011 p42

大とり大えび
◇「寺村輝夫のむかし話 〔4〕」あかね書房 1978 p60

オオトリとエビとカメ
◇「〔木暮正夫〕日本のおばけ話・わらい話 8」岩崎書店 1987 p30

大どろぼう
◇「鈴木三重吉童話全集 3」文泉堂書店 1975（日本文学全集・選集叢刊第5次）p149

大ドロボーと大僧正
◇「〔今坂柳二〕りゅうじフォークロア・world 2」ふるさと伝承研究会 2007 p69

おおなみ
◇「〔東君平〕ひとくち童話 4」フレーベル館 1995 p42

大ナミ 小ナミ
◇「佐藤義美全集 1」佐藤義美全集刊行会 1974 p117
◇「佐藤義美全集 1」佐藤義美全集刊行会 1974 p119

大波の日
◇「佐藤義美全集 2」佐藤義美全集刊行会 1973 p277

オオナムジ、根の国へ
◇「松谷みよ子のむかしむかし 4」講談社 1973 p72

大にゅうどう
◇「坪田譲治幼年童話文学全集 5」集英社 1965 p47

大入道
◇「坪田譲治童話全集 4」岩崎書店 1986 p37

大荷はうち
◇「壺井栄名作集 1」ポプラ社 1965 p61
◇「定本壺井栄児童文学全集 1」講談社 1979 p117
◇「壺井栄全集 9」文泉堂出版 1997 p121

大野新詩集「階段」
◇「稗田童平全集 6」宝文館出版 1981 p146

大野新詩集「藁のひかり」に
◇「稗田童平全集 7」宝文館出版 1981 p117

大野弁吉 上の巻
◇「かつおきんや作品集 11」アリス館牧新社 1975 p1

大野弁吉 下の巻
◇「かつおきんや作品集 14」アリス館牧新社 1976 p1

大馬鹿仙人
◇「谷口雅春童話集 2」日本教文社 1976 p64

大ばかめ
◇「〔比江島重孝〕宮崎のむかし話 1」鉱脈社 1998 p273

おおばこ
◇「いのち―みずかみかずよ全詩集」石風社 1995 p20

「オオバコ」
◇「まど・みちお詩集 5」銀河社 1975 p54
◇「まど・みちお全詩集」理論社 1992 p517

オオバコ
◇「まど・みちお詩集 1」銀河社 1975 p54
◇「まど・みちお全詩集」理論社 1992 p455
◇「まどさんの詩の本 10」理論社 1996 p74

おおばこのきもち
◇「〔橘かおる〕考える童話シリーズ短篇集 1」新風舎 1996 p56

おお はずかしいや！
◇「まど・みちお全詩集 続」理論社 2015 p176

大番頭小番頭
◇「佐々木邦全集 3」講談社 1974 p119

大挽き善六
◇「小出正吾児童文学全集 3」審美社 2000 p321

大毬小毬
◇「西條八十童謡全集」修道社 1971 p76

おおみずと かえる
◇「佐藤義美全集 3」佐藤義美全集刊行会 1973 p180

おおみそか
◇「〔東君平〕おはようどうわ 1」講談社 1982 p210

大みそか作戦
　◇「〔柳家弁天〕らくご文庫 2」太平出版社 1987 p98
おおみそかと元日
　◇「〔金子〕みすゞ詩画集 〔7〕」春陽堂書店 2002 p4
大晦日と元日
　◇「新装版金子みすゞ全集 3」JULA出版局 1984 p106
　◇「金子みすゞ童謡全集 5」JULA出版局 2004 p140
大耳の埴輪は笑ふ
　◇「杉みき子選集 10」新潟日報事業社 2011 p139
おおむかしの日本は無人島？
　◇「〔たかしよいち〕世界むかしむかし探検 1」国土社 1993 p63
大もりいっちょう
　◇「長崎源之助全集 18」偕成社 1987 p141
大森彦七
　◇「〔巌谷〕小波お伽全集 11」本の友社 1998 p187
おおやさんはねこ
　◇「三木卓童話作品集 5」大日本図書 2000 p5
大山郁夫
　◇「〔かこさとし〕お話こんにちは 〔6〕」偕成社 1979 p91
大雪の日のできごと
　◇「来栖良夫児童文学全集 4」岩崎書店 1983 p5
大雪の よれよれぼうさま
　◇「〔かこさとし〕お話こんにちは 〔10〕」偕成社 1980 p62
おおるり（五首）
　◇「稗田菫平全集 4」宝文館出版 1980 p56
大ワシ
　◇「いのち―みずかみかずよ全詩集」石風社 1995 p178
大わしカガリ
　◇「杉みき子選集 4」新潟日報事業社 2008 p143
大ワシとサル
　◇「椋鳩十全集 6」ポプラ社 1969 p111
　◇「椋鳩十まるごと動物ものがたり 9」理論社 1996 p144
大鷲と二人の兄弟―ニューギニア（パプア島）のお話
　◇「小出正吾児童文学全集 4」審美社 2001 p261
おゝんおんおん
　◇「鈴木三重吉童話全集 2」文泉堂書店 1975 （日本文学全集・選集叢刊第5次）p244
丘
　◇「新修宮沢賢治全集 6」筑摩書房 1980 p236
　◇「新修宮沢賢治全集 6」筑摩書房 1980 p424
お母さま
　◇「〔北原〕白秋全童謡集 2」岩波書店 1992 p447

◇「〔北原〕白秋全童謡集 2」岩波書店 1992 p448
お母さまは太陽
　◇「定本小川未明童話全集 5」講談社 1977 p246
　◇「定本小川未明童話全集 5」大空社 2001 p246
おかあさん
　◇「大石真児童文学全集 10」ポプラ社 1982 p41
おかあさん
　◇「小川未明幼年童話文学全集 4」集英社 1966 p6
おかあさん
　◇「西條八十童謡全集」修道社 1971 p200
おかあさん
　◇「斎田喬児童劇選集 〔2〕」牧書店 1954 p123
おかあさん
　◇「佐藤義美童謡集」さ・え・ら書房 1960 p40
　◇「佐藤義美全集 1」佐藤義美全集刊行会 1974 p177
おかあさん
　◇「〔高崎乃理子〕妖精の好きな木―詩集」かど創房 1998 p40
おかあさん
　◇「坪田譲治幼年童話文学全集 4」集英社 1965 p8
　◇「坪田譲治自選童話集」実業之日本社 1971 p83
　◇「坪田譲治童話全集 1」岩崎書店 1986 p117
おかあさん
　◇「〔東君平〕おはようどうわ 2」講談社 1982 p183
　◇「〔東君平〕ひとくち童話 1」フレーベル館 1995 p20
　◇「〔東君平〕ひとくち童話 3」フレーベル館 1995 p54
　◇「東君平のおはようどうわ 3」新日本出版社 2010 p68
おかあさん
　◇「まど・みちお全詩集」理論社 1992 p595
　◇「まどさんの詩の本 12」理論社 1997 p8
お母さん
　◇「定本小川未明童話全集 3」講談社 1977 p402
　◇「定本小川未明童話全集 12」講談社 1977 p49
　◇「定本小川未明童話全集 12」大空社 2002 p49
お母さん
　◇「西條八十の童詩と童謡」小学館 1981 p79
お母さん
　◇「阪田寛夫全詩集」理論社 2011 p478
お母さん
　◇「杉みき子選集 2」新潟日報事業社 2005 p128
おかあさん ありがとう
　◇「西條八十童謡全集」修道社 1971 p218
おかあさん ありがとう
　◇「異聖歌作品集 下」異聖歌作品集刊行委員会 1977 p59
お母さんへの子守唄
　◇「阪田寛夫全詩集」理論社 2011 p772

おかあ

お母さんを売る店
　◇「北川千代児童文学全集 下」講談社 1967 p56
おかあさんをさがすうた
　◇「阪田寛夫全詩集」理論社 2011 p300
おかあさんおめでとう
　◇〔神沢利子〕くまの子ウーフの童話集 2」ポプラ社 2001 p65
　◇「神沢利子のおはなしの時間 1」ポプラ社 2011 p75
おかあさんがあむセーター
　◇「山本瓔子詩集 II」新風舎 2003 p68
お母さんがいっぱい
　◇「今江祥智童話館 〔12〕」理論社 1987 p212
お母さんがほしい
　◇「阪田寛夫全詩集」理論社 2011 p319
おかあさん、げんきですか。
　◇「後藤竜二童話集 4」ポプラ社 2013 p5
おかあさんたち
　◇「新美南吉全集 1」牧書店 1965 p45
お母さんたち
　◇「新美南吉童話集 1」大日本図書 1982 p93
　◇「新美南吉童話大全」講談社 1989 p292
　◇「新美南吉童話集 1」大日本図書 2012 p93
　◇「新美南吉童話選集 1」ポプラ社 2013 p6
お母さん達
　◇「校定新美南吉全集 3」大日本図書 1980 p162
おかあさんと いっしょ
　◇「佐藤義美全集 1」佐藤義美全集刊行会 1974 p416
おかあさんとこども あとがき
　◇「北川千代児童文学全集 下」講談社 1967 p319
おかあさんとこども まえがき
　◇「北川千代児童文学全集 下」講談社 1967 p318
おかあさんと花
　◇「浜田広介全集 5」集英社 1976 p189
おかあさんと めんどり
　◇「ひろすけ幼年童話文学全集 8」集英社 1961 p10
お母さんになったつもり
　◇「もりやまみやこ童話選 2」ポプラ社 2009 p51
おかあさんのいない誕生日
　◇「武田信夫童話作品集」みちのく書房 1995 p455
お母さんの祈り
　◇「〔大澤英子〕心の中のひみつ―法華経をもとにした創作物語集」文芸社 1999 p126
おかあさんのえぷろん
　◇「斎田喬児童劇選集 〔6〕」牧書店 1954 p218
おかあさんのエプロン
　◇「石森延男児童文学全集 7」学習研究社 1971 p108
おかあさんのえぷろん(生活劇)
　◇「斎田喬幼年劇全集 1」誠文堂新光社 1962 p99
おかあさんの おちち
　◇「小川未明幼年童話文学全集 3」集英社 1965 p27
お母さんのお乳
　◇「定本小川未明童話全集 5」講談社 1977 p348
　◇「定本小川未明童話全集 5」大空社 2001 p348
お母さんのお友達
　◇「〔永松康男〕童話集 青いマント」永松康男 2012 p35
おかあさんのおむかえ＜一まく 童話劇＞
　◇「〔斎田喬〕学校劇代表作選 1」牧書店 1959 p171
お母さんのおむかえ(童話劇)
　◇「斎田喬幼年劇全集 3」誠文堂新光社 1962 p255
お母さんの思い出
　◇「土田耕平童話集」信濃毎日新聞社 1949 p137
　◇「土田耕平童話集 〔3〕」古今書院 1955 p93
お母さんの外出
　◇「北川千代児童文学全集 下」講談社 1967 p163
おかあさんの顔
　◇「長崎源之助全集 14」偕成社 1987 p12
おかあさんのかみ
　◇「立原えりか作品集 2」思潮社 1972 p33
　◇「立原えりかのファンタジーランド 16」青土社 1981 p49
おかあさんの紙びな
　◇「長崎源之助全集 18」偕成社 1987 p159
「お母さんの紙びな」について
　◇「長崎源之助全集 20」偕成社 1988 p134
お母さんのかんざし
　◇「定本小川未明童話全集 7」講談社 1977 p136
　◇「定本小川未明童話全集 7」大空社 2001 p136
おかあさんの こえ
　◇「巽聖歌作品集 上」巽聖歌作品集刊行委員会 1977 p506
お母さんの子ども
　◇「〔村上のぶ子〕ここは小人の国―少年詩集」あしぶえ出版 2000 p72
おかあさんの さいふ
　◇「小川未明幼年童話文学全集 7」集英社 1966 p124
お母さんのさいふ
　◇「定本小川未明童話全集 8」講談社 1977 p159
　◇「定本小川未明童話全集 8」大空社 2001 p159
おかあさんの字引き
　◇「坪田譲治童話全集 8」岩崎書店 1986 p199
おかあさんのスリッパ
　◇「後藤竜二童話集 4」ポプラ社 2013 p57
お母さんの卒業式
　◇「赤川次郎セレクション 10」ポプラ社 2008 p128
お母さんの宝もの

おかし

　　◇「佐藤さとるファンタジー全集 14」講談社 1983 p205
　　◇「佐藤さとるファンタジー全集 14」講談社, 復刊ドットコム (発売) 2011 p205
おかあさんのたすけ
　　◇「石森延男児童文学全集 6」学習研究社 1971 p155
お母さんのたちばなし
　　◇「パパとボクとネコ—山口紀代子童謡詩集」音楽舎 2003 p100
おかあさんのたんじょう日
　　◇「大石真児童文学全集 11」ポプラ社 1982 p57
お母さんのツノ
　　◇「おはなしの森—きはらみちこ童話集」熊本日日新聞情報文化センター 1999 p10
おかあさんの手
　　◇「大石真児童文学全集 11」ポプラ社 1982 p11
お母さんの手
　　◇「〔中山正宏〕大きくな～れ—童話集」日本図書刊行会 1996 p43
おかあさんのてのひら
　　◇「壺井栄名作集 3」ポプラ社 1965 p6
　　◇「定本壺井栄児童文学全集 3」講談社 1979 p225
お母さんのてのひら
　　◇「壺井栄全集 9」文泉堂出版 1997 p418
お母さん仏(のの)さま
　　◇「〔北原〕白秋全童謡集 1」岩波書店 1992 p291
おかあさんの話から
　　◇「大石真児童文学全集 8」ポプラ社 1982 p97
おかあさんの はばとび
　　◇「今井誉次郎童話集子どもの村 〔1〕」国土社 1957 p28
お母さんのひきがえる
　　◇「定本小川未明童話全集 5」講談社 1977 p143
　　◇「定本小川未明童話全集 5」大空社 2001 p143
おかあさんの目
　　◇「あまんきみこ童話集 5」ポプラ社 2008 p43
　　◇「あまんきみこ童話集 5」ポプラ社 2008 p44
　　◇「あまんきみこセレクション 2」三省堂 2009 p83
おかあさん バイバイ
　　◇「巽聖歌作品集 下」巽聖歌作品集刊行委員会 1977 p51
お母さんはえらいな
　　◇「定本小川未明童話全集 10」講談社 1977 p71
　　◇「定本小川未明童話全集 10」大空社 2001 p71
おかいはふくふく
　　◇「阪田寛夫全詩集」理論社 2011 p288
おかえり パパ!
　　◇「阪田寛夫全詩集」理論社 2011 p311
〔丘々はいまし鋳型を出でしさまして〕
　　◇「新修宮沢賢治全集 7」筑摩書房 1980 p209

お鏡
　　◇「〔北原〕白秋全童謡集 5」岩波書店 1993 p70
岡潔
　　◇「〔かこさとし〕お話こんにちは 〔1〕」偕成社 1979 p94
お籠に
　　◇「〔北原〕白秋全童謡集 2」岩波書店 1992 p439
お籠の婆さん
　　◇「〔北原〕白秋全童謡集 1」岩波書店 1992 p158
岡咲先生
　　◇「与田凖一全集 4」大日本図書 1967 p225
おかし
　　◇「〔金子〕みすゞ詩画集 〔6〕」春陽堂書店 2001 p30
お菓子
　　◇「新装版金子みすゞ全集 2」JULA出版局 1984 p28
　　◇「〔金子〕みすゞ詩画集 〔2〕」春陽堂書店 1997
　　◇「金子みすゞ童謡集」角川春樹事務所 1998 (ハルキ文庫) p84
　　◇「金子みすゞ童謡全集 3」JULA出版局 2004 p50
おかしい
　　◇「まど・みちお全詩集 続」理論社 2015 p202
おかしいな
　　◇「与田凖一全集 1」大日本図書 1967 p96
おかしいまちがい
　　◇「小川未明幼年童話文学全集 2」集英社 1965 p39
　　◇「定本小川未明童話全集 2」講談社 1976 p333
　　◇「定本小川未明童話全集 2」大空社 2001 p333
お菓子買ひ
　　◇「金子みすゞ童謡全集 2」JULA出版局 2003 p164
お菓子買ひ
　　◇「新装版金子みすゞ全集 1」JULA出版局 1984 p205
お菓子たべると
　　◇「まど・みちお全詩集」理論社 1992 p597
　　◇「まどさんの詩の本 6」理論社 1996 p70
をかしな雨
　　◇「巽聖歌作品集 上」巽聖歌作品集刊行委員会 1977 p427
おかしなうそつきやさん
　　◇「角野栄子のちいさなどうわたち 2」ポプラ社 2007 p5
おかしな おかしな みじかいお話
　　◇「〔かこさとし〕お話こんにちは 〔3〕」偕成社 1979 p76
おかしなおじさん
　　◇「杉みき子選集 2」新潟日報事業社 2005 p182
おかしな青年
　　◇「星新一YAセレクション 8」理論社 2009 p127

おかし

おかしな象
　◇「お噺の卵―武井武雄童話集」講談社 1976（講談社文庫）p158
おかしな玉
　◇「椋鳩十全集 26」ポプラ社 1981 p176
おかしなハダカの男の子
　◇「かつおきんや作品集 16」偕成社 1983 p7
おかしな話
　◇「壺井栄名作集 1」ポプラ社 1965 p21
　◇「定本壺井栄児童文学全集 3」講談社 1979 p171
　◇「壺井栄全集 10」文泉堂出版 1998 p398
おかしなめんどり
　◇「浜田広介全集 4」集英社 1976 p140
おかしなヤンボ
　◇「寺村輝夫童話全集 9」ポプラ社 1982 p145
　◇「寺村輝夫おはなしプレゼント 1」講談社 1994 p25
　◇「寺村輝夫全童話 3」理論社 1997 p33
お菓子ねだり
　◇「〔北原〕白秋全童謡集 2」岩波書店 1992 p205
お菓子の家
　◇「西條八十童謡全集」修道社 1971 p28
おかしの汽車
　◇「西條八十の童話と童謡」小学館 1981 p93
お菓子の汽車
　◇「西條八十童謡全集」修道社 1971 p44
おかしのなる木（童話劇）
　◇「斎田喬幼年劇全集 2」誠文堂新光社 1961 p129
おかしやさんに なりたいな
　◇「まど・みちお全詩集」理論社 1992 p321
おかず
　◇「〔東君平〕ひとくち童話 5」フレーベル館 1995 p38
お風邪
　◇「新装版金子みすゞ全集 3」JULA出版局 1984 p227
　◇「金子みすゞ童謡集 6」JULA出版局 2004 p136
おかせぎで
　◇「杉みき子選集 2」新潟日報事業社 2005 p146
緒方洪庵
　◇「〔かこさとし〕お話こんにちは 〔4〕」偕成社 1979 p55
お雷様（かだつつあま）
　◇「国分一太郎文学集 6」小峰書店 1967 p140
丘で
　◇「金子みすゞ童謡集 6」JULA出版局 2004 p118
（丘に）
　◇「稗田童平全集 8」宝文館出版 1982 p64

丘に帰りて
　◇「〔斎藤信夫〕子ども心を友として―童謡詩集」成東町教育委員会 1996 p130
〔丘にたてがみのごとく〕
　◇「新修宮澤賢治全集 7」筑摩書房 1980 p243
お金
　◇「〔山田野理夫〕お笑い文庫 10」太平出版社 1977（母と子の図書室）p26
おかねをひろう
　◇「寺村輝夫のむかし話 〔5〕」あかね書房 1978 p32
お金がふえて，こまったこまった
　◇「〔柳家弁天〕らくご文庫 3」太平出版社 1987 p111
お金のねうち
　◇「壺井栄全集 11」文泉堂出版 1998 p203
お金のわきだすつぼ
　◇「〔西本鶏介〕新日本昔ばなし――一日一話・読みきかせ 2」小学館 1997 p6
お金持ちになった金兵衛さん
　◇「〔西本鶏介〕新日本昔ばなし――一日一話・読みきかせ 3」小学館 1997 p18
お金持ちのしんぱい
　◇「〔柳家弁天〕らくご文庫 6」太平出版社 1987 p66
おかのいえ
　◇「〔東君平〕おはようどうわ 8」講談社 1982 p136
岡の家
　◇「鈴木三重吉童話全集 5」文泉堂出版 1975（日本文学全集・選集叢刊第5次）p349
　◇「鈴木三重吉童話集」岩波書店 1996（岩波文庫）p131
おかの上
　◇「巽聖歌作品集 上」巽聖歌作品集刊行委員会 1977 p519
丘の上
　◇「西條八十童謡全集」修道社 1971 p117
　◇「西條八十童話集」小学館 1983 p424
おかの 上で
　◇「佐藤義美全集 4」佐藤義美全集刊行会 1974 p284
丘の上で
　◇「新装版金子みすゞ全集 3」JULA出版局 1984 p212
　◇「みすゞさん―童謡詩人・金子みすゞの優しさ探しの旅 2」春陽堂書店 1998
丘の上で
　◇「杉みき子選集 10」新潟日報事業社 2011 p213
丘の上のいっけんや
　◇「〔東風琴子〕童話集 3」ストーク 2012 p39
丘の上の学校

丘の上の教会
◇「阪田寛夫全詩集」理論社 2011 p50
おかの上のきりん
◇「ひろすけ幼年童話文学全集 5」集英社 1962 p10
◇「浜田広介全集 6」集英社 1976 p152
丘の上の小さな家
◇「安房直子コレクション 4」偕成社 2004 p155
岡のかなた
◇「土田耕平童話集」信濃毎日新聞社 1949 p81
◇「土田耕平童話集〔2〕」古今院 1955 p22
丘の眩惑
◇「新修宮沢賢治全集 2」筑摩書房 1979 p15
丘の寺院
◇「螢の河・源流へ―伊藤桂一作品集」講談社 2000（講談社文芸文庫）p43
丘の下
◇「定本小川未明童話全集 12」講談社 1977 p29
◇「定本小川未明童話全集 12」大空社 2002 p29
丘の職人
◇「椋鳩十全集 11」ポプラ社 1970 p26
丘の銅像
◇「新美南吉全集 1」牧書店 1965 p247
◇「校定新美南吉全集 5」大日本図書 1980 p30
◇「新美南吉童話集 1」大日本図書 1982 p271
◇「新美南吉童話大全」講談社 1989 p53
◇「新美南吉童話集 1」大日本図書 2012 p271
丘のはたけ（岡田泰三）
◇「岡田泰三・日下部梅子童謡集」会津童詩会 1992 p29
◇「岡田泰三・日下部梅子童謡集」会津童詩会 1992 p64
丘の向う
◇「千葉省三童話全集 3」岩崎書店 1967 p223
おかの野犬
◇「椋鳩十動物童話集 13」小峰書店 1991 p5
丘の野犬
◇「椋鳩十全集 5」ポプラ社 1969 p188
◇「椋鳩十まるごと動物ものがたり 3」理論社 1996 p5
◇「椋鳩十名作選 4」理論社 2010 p89
おカバさま
◇「星新一ちょっと長めのショートショート 10」理論社 2007 p203
岡林信康
◇「今江祥智の本 21」理論社 1981 p121
岡部伊都子さんと
◇「全集版灰谷健次郎の本 24」理論社 1988 p171
おかまの唄
◇「定本小川未明童話全集 13」講談社 1977 p190
◇「定本小川未明童話全集 13」大空社 2002 p190

おがまれたへいたい
◇「花岡大学童話文学全集 3」法蔵館 1980 p268
お神さん
◇「〔山田野理夫〕お笑い文庫 11」太平出版社 1977（母と子の図書室）p12
おがみ祭り
◇「椋鳩十の本 21」理論社 1982 p267
おかめ
◇「斎藤隆介全集 3」岩崎書店 1982 p123
狂言くずしおかめ（一幕八場）
◇「北彰介作品集 5」青森県児童文学研究会 1991 p218
おかめさん
◇「ビートたけし傑作集 少年編 2」金の星社 2010 p119
おかめとひょっとこ
◇「斎藤隆介全集 3」岩崎書店 1982 p183
おかめどんぐり
◇「定本小川未明童話全集 10」講談社 1977 p38
◇「定本小川未明童話全集 10」大空社 2001 p38
お亀の話
◇「怪談小泉八雲のこわ～い話 10」汐文社 2009 p35
おかめ・ひょっとこ
◇「斎藤隆介全集 1」岩崎書店 1982 p113
岡本かの子「散華抄」
◇「松谷みよ子エッセイ 3」筑摩書房 1989 p110
岡本良雄はなぜ童話をかいたか
◇「佐藤義美全集 6」佐藤義美全集刊行会 1974 p414
おかゆもくすり
◇「〔柳家弁天〕らくご文庫 11」太平出版社 1987 p27
オカリナ・トモちゃん
◇「〔いけださぶろう〕読み聞かせ童話集」文芸社 1999 p185
おがわ
◇「〔東君平〕ひとくち童話 6」フレーベル館 1995 p20
小川と魚と
◇「椋鳩十の本 23」理論社 1983 p217
丘はぬくとい
◇「まど・みちお全詩集 続」理論社 2015 p320
小川の葦
◇「坪田譲治自選童話集」実業之日本社 1971 p63
◇「坪田譲治童話全集 1」岩崎書店 1986 p75
◇「坪田譲治名作選〔1〕魔法」小峰書店 2005 p34
小川の夏
◇「魂の配達―野村吉哉作品集」草思社 1983 p205
おがわのなまえ
◇「阪田寛夫全詩集」理論社 2011 p198

小川のほとり
　◇「魂の配達―野村吉哉作品集」草思社 1983 p286
訪問記 小川未明氏に訊く―少年文学をどこに求める？（小川未明、高崎能樹対談）
　◇「定本小川未明童話全集 別巻」大空社 2002 p13
小川未明先生
　◇「椋鳩十の本 24」理論社 1983 p176
小川未明先生に訊く―創作童話の座談会（小川未明、奈街三郎、塚原健二郎、与田準一、国分一太郎、菅忠道、周郷博、佐藤義美、巽聖歌）
　◇「定本小川未明童話全集 別巻」大空社 2002 p22
小川未明論
　◇「坪田譲治童話全集 8」岩崎書店 1986 p271
おかんぎつね
　◇「寺村輝夫童話全集 14」ポプラ社 1982 p43
お勘定
　◇「今江祥智童話館 〔15〕」理論社 1987 p73
お勘定
　◇「新装版金子みすゞ全集 3」JULA出版局 1984 p61
　◇「〔金子〕みすゞ詩画集 〔2〕」春陽堂書店 1997
　◇「金子みすゞ童話集 5」JULA出版局 2004 p86
拝んで拝んで拝みぬき―我れ深く汝等を敬う
　◇「松本光華」民話風法華経童話 21」中外日報社〔中外印刷出版〕 1992 p1
沖
　◇「〔北原〕白秋全童謡集 2」岩波書店 1992 p395
　◇「〔北原〕白秋全童謡集 4」岩波書店 1993 p136
沖揚平ものがたり
　◇「ともみのちょう戦―立花玲子童話集」青森県児童文学研究会 1997 p181
オキアンコウ
　◇「今江祥智の本 4」理論社 1980 p142
　◇「今江祥智童話館 〔11〕」理論社 1987 p172
おきくと おとうと
　◇「小川未明幼年童話文学全集 5」集英社 1966 p102
おきくと弟
　◇「定本小川未明童話全集 8」講談社 1977 p225
　◇「定本小川未明童話全集 8」大空社 2001 p225
お菊の縫物
　◇「室生犀星童話全集 3」創林社 1978 p169
お菊のゆうれい番町皿屋敷
　◇「〔木暮正夫〕日本の怪奇ばなし 6」岩崎書店 1989
沖君
　◇「庄野英二全集 11」借成社 1980 p285
おきさきさまはビスケット
　◇「立原えりか作品集 2」思潮社 1972 p153
　◇「立原えりかのファンタジーランド 7」青土社 1980 p83

オキザリスの花
　◇「いのち―みずかみかずよ全詩集」石風社 1995 p34
おきたよ おきた
　◇「まど・みちお全詩集」理論社 1992 p135
翁久允さんの一周忌に―その全集十巻の完結を見る
　◇「稗田童平全集 4」宝文館出版 1980 p115
翁久允氏の胸像建設を前に
　◇「稗田童平全集 4」宝文館出版 1980 p116
翁久允の青春譜―「翁久允研究抄」の一齣
　◇「稗田童平全集 7」宝文館出版 1981 p39
おきなぐさ
　◇「新版・宮沢賢治童話全集 1」岩崎書店 1978 p103
　◇「新修宮沢賢治全集 2」筑摩書房 1979 p38
　◇「新修宮沢賢治全集 9」筑摩書房 1979 p231
　◇「宮沢賢治童話集 1」講談社 1985（講談社青い鳥文庫）p64
　◇「宮沢賢治童話集珠玉選 〔1〕」講談社 2009 p136
おきな草
　◇「〔村上のぶ子〕ここは小人の国―少年詩集」あしぶえ出版 2000 p28
翁草
　◇「巽聖歌作品集 上」巽聖歌作品集刊行委員会 1977 p386
（翁先生）
　◇「稗田童平全集 8」宝文館出版 1982 p112
翁と魚
　◇「おの・ちゅうこう初期作品集 〔1〕牧歌的風景」蕾書房 1975 p49
〔翁面 おもてとなして世経るなど〕
　◇「新修宮沢賢治全集 6」筑摩書房 1980 p140
　◇「新修宮沢賢治全集 6」筑摩書房 1980 p400
沖縄を迎える心
　◇「椋鳩十の本 23」理論社 1983 p110
沖縄紀行
　◇「石森延男児童文学全集 15」学習研究社 1971 p28
沖縄とわたしと本
　◇「全集版灰谷健次郎の本 21」理論社 1988 p144
沖縄につながる海
　◇「全集版灰谷健次郎の本 21」理論社 1988 p32
沖縄の木
　◇「椋鳩十の本 32」理論社 1989 p181
沖縄の子どもたち
　◇「全集版灰谷健次郎の本 22」理論社 1988 p182
沖縄の小学生
　◇「今西祐行全集 15」借成社 1989 p97
沖縄の空
　◇「全集版灰谷健次郎の本 17」理論社 1987 p114

おくや

沖縄のハブ
　◇「椋鳩十の本 6」理論社 1982 p241
沖縄の人びと
　◇「椋鳩十の本 21」理論社 1982 p281
沖縄風疹児
　◇「全集版灰谷健次郎の本 19」理論社 1987 p284
お気に入りのお妃
　◇「瑠璃の壺―森銑三童話集」三樹書房 1982 p176
お気に入りの服
　◇「杉みき子選集 2」新潟日報事業社 2005 p174
おぎゃあ
　◇「阪田寛夫全詩集」理論社 2011 p82
お客がまってる
　◇「巽聖歌作品集 下」巽聖歌作品集刊行委員会 1977 p141
お経
　◇「阪田寛夫全詩集」理論社 2011 p179
お経をよむ木仏
　◇「川崎大治民話選〔3〕」童心社 1971 p136
オキレの角は
　◇「あまの川―宮沢賢治童謡集」筑摩書房 2001 p42
荻原井泉水
　◇「〔かこさとし〕お話こんにちは〔3〕」偕成社 1979 p75
おきんとおたぬきさま
　◇「筒井敬介全集 2」フレーベル館 1984 p159
おぎんのたくらみ
　◇「かつおきんや作品集 16」偕成社 1983 p77
お釘が減れば
　◇「〔北原〕白秋全童謡集 1」岩波書店 1992 p154
奥さまと女乞食
　◇「定本小川未明童話全集 6」講談社 1977 p287
　◇「定本小川未明童話全集 6」大空社 2001 p287
奥さまの耳飾り
　◇「安房直子コレクション 6」偕成社 2004 p89
おくさんがこわい
　◇「〔柳家弁天〕らくご文庫 11」太平出版社 1987 p29
奥さんについて
　◇「阪田寛夫全詩集」理論社 2011 p118
屋上できいた話
　◇「杉みき子選集 1」新潟日報事業社 2005 p97
屋上の鶏
　◇「稗田菫平全集 7」宝文館出版 1981 p146
奥付読み
　◇「今江祥智の本 34」理論社 1990 p223
お薬
　◇「〔島崎〕藤村の童話 1」筑摩書房 1979 p162
おくすりを のむとき ぼくは うたう
　◇「与田凖一全集 1」大日本図書 1967 p238

おくすり紙
　◇「北彰介作品集 1」青森県児童文学研究会 1990 p48
おくちを あいて
　◇「巽聖歌作品集 下」巽聖歌作品集刊行委員会 1977 p22
お沓を穿かしよ
　◇「〔北原〕白秋全童謡集 1」岩波書店 1992 p208
送って当るパラシュートロケット
　◇「ビートたけし傑作集 少年編 1」金の星社 2010 p28
お靴とお菓子
　◇「西條八十童謡全集」修道社 1971 p244
お靴の中に
　◇「〔北原〕白秋全童謡集 1」岩波書店 1992 p132
オクッポーと十郎清水のはなし
　◇「〔今坂柳二〕りゅうじフォークロア・world 2」ふるさと伝承研究会 2007 p119
おくてのけいとう
　◇「いのち―みずかみかずよ全詩集」石風社 1995 p68
〔奥中山の補充部にては〕
　◇「新修宮沢賢治全集 7」筑摩書房 1980 p249
おくに
　◇「庄野英二全集 5」偕成社 1980 p176
お国のためだがまんしろ
　◇「寺村輝夫全童話 別1」理論社 2007 p589
奥の手
　◇「赤川次郎ショートショートシリーズ 3」理論社 2010 p138
奥歯がいたむ日
　◇「〔坪井安〕はしれ子馬よ―童謡詩集」童謡研究・蜂の会 1999 p139
おくびょう
　◇「〔島崎〕藤村の童話 3」筑摩書房 1979 p46
おくびょうな男とゆうがおおばけ
　◇「〔木暮正夫〕日本のおばけ話・わらい話 1」岩崎書店 1986 p58
臆病木兎
　◇「〔巖谷〕小波お伽全集 10」本の友社 1998 p453
おくびょうものの長ズボン
　◇「大石真児童文学全集 8」ポプラ社 1982 p53
おくまの歌
　◇「椋鳩十全集 11」ポプラ社 1970 p30
奥美濃、新四郎屋敷
　◇「松谷みよ子全エッセイ 2」筑摩書房 1989 p103
奥山
　◇「おの・ちゅうこう初期作品集〔1〕牧歌の風景」崙書房 1975 p5
奥山に燃える火

作品名から引ける日本児童文学個人全集案内　143

おくら

お蔵の煤掃
　◇「与謝野晶子児童文学全集 2」春陽堂書店 2007 p265

贈られた馬
　◇「瑠璃の壺―森銑三童話集」三樹書房 1982 p180

おくり
　◇「〔比江島重孝〕宮崎のむかし話 3」鉱脈社 2000 p214

おくりスズメ
　◇「〔山田野理夫〕おばけ文庫 2」太平出版社 1976（母と子の図書室）p153

おくりちょうちん
　◇「〔山田野理夫〕おばけ文庫 9」太平出版社 1976（母と子の図書室）p113

送り猫
　◇「松谷みよ子全エッセイ 3」筑摩書房 1989 p217

おくり火
　◇「なっちゃんと魔法の葉っぱ―天城健太郎作品集」今日の話題社 2007 p273

おくりもの
　◇「〔木暮正夫〕日本のおばけ話・わらい話 11」岩崎書店 1987 p17

おくりもの
　◇「立原えりか作品集 5」思潮社 1973 p113
　◇「立原えりかのファンタジーランド 3」青土社 1980 p63

贈りもの
　◇「与謝野晶子児童文学全集 2」春陽堂書店 2007 p130

贈り物について
　◇「阪田寛夫全詩集」理論社 2011 p100

おくることば
　◇「〔中山尚美〕おふろの中で―詩集」アイ企画 1996 p28

贈ることば
　◇「長崎源之助全集 20」偕成社 1988 p11

おくれ七夕
　◇「今江祥智童話館 〔9〕」理論社 1987 p91

おくれてきた少年
　◇「杉みき子選集 4」新潟日報事業社 2008 p135

遅れてきた走者
　◇「全集版灰谷健次郎の本 21」理論社 1988 p91

おくれ時計
　◇「西條八十童謡全集」修道社 1971 p202

おけしょうとおそうじ
　◇「浜田広介全集 3」集英社 1975 p211

オーケストラ物語
　◇「今江祥智の本 31」理論社 1990 p7

お血脈（林家木久蔵編，岡本和明文）

　◇「林家木久蔵の子ども落語 2」フレーベル館 1998 p182

おけちみゃくの印
　◇「川崎大治民話選 〔4〕」童心社 1975 p182

桶狭間の合戦（一龍斎貞水編，岡本和明文）
　◇「一龍斎貞水の歴史講談 3」フレーベル館 2000 p192

桶屋甚八のはなし
　◇「庄野英二全集 6」偕成社 1979 p425
　◇「庄野英二自選短篇童話集」編集工房ノア 1986 p179

オケラ
　◇「今井誉次郎童話集子どもの村 〔2〕」国土社 1957 p98

オケラサント アリサン
　◇「まど・みちお全詩集」理論社 1992 p69

おけらになった話
　◇「定本小川未明童話全集 5」講談社 1977 p228
　◇「定本小川未明童話全集 5」大空社 2001 p228

おけらのうた
　◇「室生犀星童話全集 2」創林社 1978 p37

おコイ河童とクボタロー河童
　◇「〔今坂柳二〕りゅうじフォークロア・world 4」ふるさと伝承研究会 2008 p135

お庚申と清八じいさん
　◇「〔今坂柳二〕りゅうじフォークロア・world 1」ふるさと伝承研究会 2006 p141

おこさまランチがにげだした
　◇「角野栄子の小さなおばけシリーズ 〔20〕」ポプラ社 1987 p1

オコゼとカレイの恋物語
　◇「立原えりかのファンタジーランド 11」青土社 1980 p84

おごそか（五首）
　◇「稗田菫平全集 4」宝文館出版 1980 p51

お答
　◇「今西祐行全集 15」偕成社 1989 p58

おこった頭
　◇「花岡大学童話文学全集 3」法蔵館 1980 p44

おこった石どうろう
　◇「川崎大治民話選 〔3〕」童心社 1971 p154

おこったうさぎ，おこったたぬき
　◇「松谷みよ子のむかしむかし 9」講談社 1973 p25

怒った時の言（乳母と狼）
　◇「〔巌谷〕小波お伽全集 14」本の友社 1998 p130

おこった人形たち
　◇「二反長半作品集 3」集英社 1979 p207

おこった鳩
　◇「谷口雅春童話集 2」日本教文社 1976 p17

おこってるな

◇「阪田寛夫全詩集」理論社 2011 p301

おこってる わらってる
◇「まど・みちお全詩集」理論社 1992 p261

お琴の音色
◇〔山田野理夫〕おばけ文庫 1」太平出版社 1976（母と子の図書室）p78

おコメ
◇〔東君平〕おはようどうわ 1」講談社 1982 p54

お米の味見
◇〔柳家弁天〕らくご文庫 12」太平出版社 1987 p53

お米の七粒
◇〔北原〕白秋全童謡集 2」岩波書店 1992 p231

おこもり
◇「宮口しづえ童話全集 6」筑摩書房 1979 p153
◇「宮口しづえ童話名作集」一草舎出版 2009 p184

おこらなくなったカマキリ
◇「岩永博史童話集 2」岩永博史 2005 p121

「おこり抄」相馬大著
◇「稗田童平全集 6」宝文館出版 1981 p140

おこり屋ポーゼル
◇「太田博也童話集 4」小山書林 2008 p54

おこりんぼ
◇〔東君平〕おはようどうわ 4」講談社 1982 p121
◇〔東君平〕ひとくち童話 3」フレーベル館 1995 p28
◇「東君平のおはようどうわ 2」新日本出版社 2010 p31

おこりんぼ
◇「与田凖一全集 1」大日本図書 1967 p44

おこりんぼう
◇「ふしぎな泉―うえだまさし童話集」そうぶん社出版 1995 p55

おこりんぼロロくん、こんばんは
◇〔東野りえ〕ひぐらしエンピツ―童話集」国文社 1997 p17

おこるおかあさん
◇「山本瓔子詩集 II」新風舎 2003 p13

怒ることは
◇「山本瓔子詩集 I」新風舎 2003 p74

驕る者わ敗る（熊と蜂巣）
◇〔巖谷〕小波お伽全集 14」本の友社 1998 p151

おごれる女
◇「全集灰谷健次郎の本 22」理論社 1988 p104

おこうり小山
◇〔北原〕白秋全童謡集 2」岩波書店 1992 p91

おこんぎつね
◇「寺村輝夫のむかし話〔7〕」あかね書房 1979 p76

おさかな

◇「みすゞさん―童謡詩人・金子みすゞの優しさ探しの旅 1」春陽堂書店 1997
◇「金子みすゞ童謡全集 1」JULA出版局 2003 p12

お魚
◇「新装版金子みすゞ全集 1」JULA出版局 1984 p5
◇〔金子〕みすゞ詩画集〔1〕」春陽堂書店 1996
◇「金子みすゞ童謡集」角川春樹事務所 1998（ハルキ文庫）p11
◇〔金子〕みすゞ詩画集〔5〕」春陽堂書店 2001 p22

お魚になった娘
◇「西條八十童話集」小学館 1983 p188

おさかなのたび
◇「岩永博史童話集 1」岩永博史 2001 p59

おさかなの手紙
◇「別役実童話集〔5〕」三一書房 1984 p6

お魚の春
◇「新装版金子みすゞ全集 1」JULA出版局 1984 p179
◇「金子みすゞ童謡全集 2」JULA出版局 2003 p124

おさかなみたいなふんすい
◇「山本瓔子詩集 II」新風舎 2003 p23

おさかべひめ
◇〔木暮正夫〕日本のおばけ話・わらい話 18」岩崎書店 1988 p68

刑部姫（おさかべひめ）
◇「松谷みよ子のむかしむかし 10」講談社 1973 p96

尾崎士郎
◇〔かこさとし〕お話こんにちは〔11〕」偕成社 1980 p22

お先に失礼
◇「阪田寛夫全詩集」理論社 2011 p866

尾崎行雄
◇〔かこさとし〕お話こんにちは〔8〕」偕成社 1979 p88

おさくの話
◇「定本小川未明童話全集 6」講談社 1977 p268
◇「定本小川未明童話全集 6」大空社 2001 p268

おさけ
◇〔東君平〕おはようどうわ 2」講談社 1982 p112

「お酒をのむべからず」―小狐紺三郎のうた
◇「あまの川―宮沢賢治童話集」筑摩書房 2001 p94

お酒によわいひと
◇〔柳家弁天〕らくご文庫 2」太平出版社 1987 p28

おさげの騎士（ナイト）
◇「山中恒児童よみもの選集 15」読売新聞社 1984 p5

おさそひ

おさつ

◇「〔北原〕白秋全童謡集 4」岩波書店 1993 p238

お札くずし
◇「赤川次郎ショートショートシリーズ 1」理論社 2009 p94

おさつ・そうめん・ごもくずし
◇「壺井栄全集 11」文泉堂出版 1998 p319

幼い心のなかを
◇「松谷みよ子全エッセイ 1」筑摩書房 1989 p199

幼い子どもと本と
◇「椋鳩十の本 25」理論社 1983 p218

幼い魂の抵抗
◇「全集版灰谷健次郎の本 19」理論社 1987 p116

幼いときのおもいで
◇「お噺の卵―武井武雄童話集」講談社 1976（講談社文庫）p3

おさないともだちに
◇「立原えりかのファンタジーランド 16」青土社 1981

幼い人と空想を共有してすすむ（いぬいとみこ、神宮輝夫）
◇「〔神宮輝夫〕現代児童文学作家対談 6」偕成社 1990 p9

幼い日の花
◇「松谷みよ子全エッセイ 1」筑摩書房 1989 p44

幼い者の悲しみ
◇「椋鳩十の本 18」理論社 1982 p83

稚き蝸牛
◇「校定新美南吉全集 8」大日本図書 1981 p144

幼き頃のスケッチ
◇「田山花袋作品集 2」館林市教育委員会文化振興課 1997 p23

をさなき灯台守
◇「春一〔竹久〕夢二童話集」ノーベル書房 1977 p129

幼き日
◇「定本小川未明童話全集 6」講談社 1977 p98
◇「定本小川未明童話全集 6」大空社 2001 p98

幼き日の思い出
◇「松谷みよ子全エッセイ 1」筑摩書房 1989 p14

幼き日の友・植物
◇「今西祐行全集 15」偕成社 1989 p170

幼きものに―海のみやげ
◇「〔島崎〕藤村の童話 1」筑摩書房 1979 p1

幼き者の旗
◇「氏原大作全集 1」条例出版 1977 p7

幼なごころの
◇「稗田童平全集 1」宝文館出版 1978 p37

幼子の言葉
◇「土田耕平童話集 〔4〕」古今院 1955 p48

おさな妻
◇「富島健夫青春文学選集 14」集英社 1972 p5

幼友だち
◇「定本小川未明童話全集 11」講談社 1977 p65
◇「定本小川未明童話全集 11」大空社 2002 p65

幼なじみ
◇「〔永松康男〕童話集 青いマント」永松康男 2012 p82

幼ものがたり
◇「あまんきみこセレクション 5」三省堂 2009 p44

おさなものがたり―少年の日
◇「〔島崎〕藤村の童話 3」筑摩書房 1979 p1

お寒い朝
◇「中村雨紅詩謡集」中村雨紅詩謡集刊行委員会 1971 p120

おさやん
◇「与謝野晶子児童文学全集 5」春陽堂書店 2007 p170

お皿
◇「〔北原〕白秋全童謡集 4」岩波書店 1993 p80

おさらい帳
◇「定本小川未明童話全集 10」講談社 1977 p313
◇「定本小川未明童話全集 10」大空社 2001 p313

おさらい横町
◇「サトウハチロー・ユーモア小説選 11」岩崎書店 1978 p5

おさらたち
◇「おはなしいっぱい―祐成智美童謡詩集」リーブル 1997 p92

お皿の祭
◇「西條八十童謡全集」修道社 1971 p59

お猿
◇「与謝野晶子児童文学全集 6」春陽堂書店 2007 p74

オサル
◇「巽聖歌作品集 上」巽聖歌作品集刊行委員会 1977 p141

オサルガ ニヒキ
◇「まど・みちお全詩集」理論社 1992 p74

おさるが ふくを きて
◇「佐藤義美童謡集」さ・え・ら書房 1960 p112
◇「佐藤義美全集 1」佐藤義美全集刊行会 1974 p198

おさるが ふねを かきました
◇「まど・みちお全詩集」理論社 1992 p106
◇「まどさんの詩の本 5」理論社 1994 p18

お猿さんのかたきうち
◇「土田耕平童話集 〔1〕」古今院 1955 p71

お猿さんのフラダンス
◇「横山健童謡選集 2」無明舎出版 1995 p91

お猿三匹
◇「浜田広介全集 11」集英社 1976 p51

おさるとかえる
　◇「浜田広介全集 2」集英社 1975 p205
オサルトカンガルー
　◇「かもめの水兵さん―武内俊子伝記と作品集」講談社出版サービスセンター 1977 p137
おさるのキーキ
　◇「ネーとなかま―小笹正子の童話集」七つ森書館 2006 p92
おさるのこいのぼり
　◇「長崎源之助全集 17」偕成社 1987 p113
おさるのしくじり
　◇「千葉省三童話全集 4」岩崎書店 1968 p135
おさるの写真屋
　◇「斎藤喬児童劇選集 〔4〕」牧書店 1954 p164
おさるの村長さん
　◇「土田明子詩集 1」かど創房 1986 p6
おさるの大しょう
　◇「浜田広介全集 3」集英社 1975 p72
おさるの でんしゃ
　◇「佐藤義美全集 4」佐藤義美全集刊行会 1974 p370
おさるのでんしゃ
　◇「長崎源之助全集 17」偕成社 1987 p125
おさるのパンク
　◇「庄野英二全集 5」偕成社 1980 p103
おさるの虫ぼし
　◇「浜田広介全集 4」集英社 1976 p145
おさるの めがね
　◇「佐藤義美全集 1」佐藤義美全集刊行会 1974 p311
おさるの やきゅう
　◇「まど・みちお全詩集」理論社 1992 p140
　◇「まどさんの詩の本 5」理論社 1994 p16
オサルノ ヤキュウ
　◇「まど・みちお全詩集」理論社 1992 p74
おさるの ゆうびん
　◇「まど・みちお全詩集」理論社 1992 p141
オサルノ ラクガキ
　◇「まど・みちお全詩集」理論社 1992 p72
　◇「まど・みちお全詩集」理論社 1992 p74
お散歩
　◇〔北原〕白秋全童謡集 5」岩波書店 1993 p68
おしあいまつり
　◇「千葉省三童話全集 4」岩崎書店 1968 p209
お幸せに
　◇「長崎源之助全集 20」偕成社 1988 p51
おじいさん
　◇「奥田継夫ベストコレクション 10」ポプラ社 2002 p32
おじいさん
　◇「かきおきびより―坂本遼児童文学集」駒込書房 1982 p187
おじいさん
　◇「くんぺい魔法ばなし―魔法ばなし全集 1」サンリオ 2000 p170
おじいさん
　◇「まど・みちお詩集 3」銀河社 1975 p26
　◇「まど・みちお全詩集」理論社 1992 p474
　◇「まどさんの詩の本 12」理論社 1997 p48
おじいさんおばあさん
　◇「斎藤隆介全集 1」岩崎書店 1982 p176
おじいさんおばあさん
　◇「坪田譲治名作選 〔3〕 サバクの虹」小峰書店 2005 p22
おじいさんおばあさん
　◇「まど・みちお全詩集」理論社 1992 p131
おじいさんが すてたら
　◇「小川未明幼年童話文学全集 4」集英社 1966 p104
おじいさんが捨てたら
　◇「定本小川未明童話全集 10」講談社 1977 p32
　◇「定本小川未明童話全集 10」大空社 2001 p32
お祖父さんからお手紙
　◇「〔島崎〕藤村の童話 3」筑摩書房 1979 p31
　◇「〔島崎〕藤村の童話 3」筑摩書房 1979 p33
お祖父さん, さようなら
　◇「〔島崎〕藤村の童話 3」筑摩書房 1979 p67
おじいさんとウサギ
　◇「坪田譲治童話全集 10」岩崎書店 1986 p33
おぢいさんとお馬
　◇「鈴木三重吉童話全集 5」文泉堂書店 1975（日本文学全集・選集叢刊第5次）p62
おじいさんとおばあさん
　◇「川崎大治民話選 〔1〕」童心社 1968 p96
おじいさんとおばあさん
　◇「坪田譲治幼年童話文学全集 2」集英社 1965 p174
　◇「坪田譲治童話全集 9」岩崎書店 1986 p172
おぢいさんとおばあさん
　◇「鈴木三重吉童話全集 5」文泉堂書店 1975（日本文学全集・選集叢刊第5次）p251
お祖父さんとお祖母さんのおせんべつ
　◇「〔島崎〕藤村の童話 2」筑摩書房 1979 p137
おじいさんと おばあさんの おはなし
　◇「平塚武二童話全集 2」童心社 1972 p77
おじいさんとくわ

おしい

- ◇「小川未明幼年童話文学全集 3」集英社 1965 p74
- ◇「定本小川未明童話全集 4」講談社 1977 p98
- ◇「定本小川未明童話全集 4」大空社 2001 p98

おじいさんと子ぐま
- ◇「ひろすけ幼年童話文学全集 4」集英社 1962 p140
- ◇「浜田広介全集 3」集英社 1975 p136

おぢいさんと小人
- ◇「鈴木三重吉童話全集 3」文泉堂書店 1975（日本文学全集・選集叢刊第5次）p84

おぢいさんと三人のむこ
- ◇「鈴木三重吉童話全集 4」文泉堂書店 1975（日本文学全集・選集叢刊第5次）p332

おぢいさんと三人のわるもの
- ◇「鈴木三重吉童話全集 3」文泉堂書店 1975（日本文学全集・選集叢刊第5次）p312

おじいさんと死に神
- ◇「ひろすけ幼年童話文学全集 8」集英社 1961 p209
- ◇「浜田広介全集 10」集英社 1976 p131

おじいさんと竹のとび
- ◇「浜田広介全集 2」集英社 1975 p110

おじいさんとトーテムポール
- ◇「岩永博史童話集 1」岩永博史 2001 p26

おじいさんとハトポッポ
- ◇「〔斎藤信夫〕子ども心を友として―童謡詩集」成東町教育委員会 1996 p218

おじいさんの家
- ◇「定本小川未明童話全集 1」講談社 1976 p189
- ◇「定本小川未明童話全集 1」大空社 2001 p189

おじいさんの石
- ◇「佐藤さとる全集 7」講談社 1973 p61
- ◇「佐藤さとるファンタジー全集 14」講談社 1983 p91
- ◇「佐藤さとるファンタジー全集 14」講談社, 復刊ドットコム（発売）2011 p91

〔おぢいさんの顔は〕
- ◇「新修宮沢賢治全集 5」筑摩書房 1979 p63

お祖父さんの鏡
- ◇「〔島崎〕藤村の童話 3」筑摩書房 1979 p63

おじいさんのかぼちゃ
- ◇「長崎源之助全集 17」偕成社 1987 p147

おじいさんの薬
- ◇「いのち―みずかみかずよ全詩集」石風社 1995 p221

おじいさんの 散歩
- ◇「〔東君平〕ひとくち童話 2」フレーベル館 1995 p68

お祖父さんの上京
- ◇「〔島崎〕藤村の童話 3」筑摩書房 1979 p62

お祖父さんの好きな御幣餅
- ◇「〔島崎〕藤村の童話 2」筑摩書房 1979 p102

おじいさんの凧
- ◇「〔永松康男〕童話集 青いマント」永松康男 2012 p163

おじいさんの手紙
- ◇「国分一太郎児童文学集 5」小峰書店 1967 p203

おじいさんのところへ
- ◇「神沢利子コレクション・普及版 3」あかね書房 2006 p70

おじいさんのとんち
- ◇「ひろすけ幼年童話文学全集 12」集英社 1962 p23
- ◇「浜田広介全集 10」集英社 1976 p11

おじいさんの畑
- ◇「いのち―みずかみかずよ全詩集」石風社 1995 p220

おじいさんの話
- ◇「〔小田野〕友之童話集」文芸社 2009 p121

おじいさんの ぼうし
- ◇「〔東君平〕ひとくち童話 5」フレーベル館 1995 p8
- ◇「〔東君平〕ひとくち童話 5」フレーベル館 1995 p58

おじいさんのメガネ
- ◇「坪田譲治童話全集 6」岩崎書店 1986 p63

おじいさんのランプ
- ◇「新美南吉全集 3」牧書店 1965 p19
- ◇「新美南吉童話集 2」大日本図書 1982 p5
- ◇「新美南吉童話集大全」講談社 1989 p59
- ◇「新美南吉童話集」岩波書店 1996（岩波文庫）p140
- ◇「新美南吉童話集」世界文化社 2004（心に残るロングセラー）p78
- ◇「新美南吉童話傑作選〔1〕おじいさんのランプ」小峰書店 2004 p113
- ◇「新美南吉30選」春陽堂書店 2009（名作童話）p127
- ◇「新美南吉童話集 2」大日本図書 2012 p5
- ◇「新美南吉童話選集 4」ポプラ社 2013 p5

おじいさんのランプ（新美南吉作, 上地ちづ子脚色）
- ◇「新美南吉童話劇集 1」東京書籍 1981（東書児童劇シリーズ）p183

おぢいさんのランプ
- ◇「校定新美南吉全集 2」大日本図書 1980 p165

おじいちゃん
- ◇「〔中山尚美〕おふろの中で―詩集」アイ企画 1996 p62

おじいちゃんの牛たち
- ◇「おはなしの森―きはらみちこ童話集」熊本日日新聞情報文化センター 1999 p36

おじいちゃんの おばけ話

◇「〔かこさとし〕お話こんにちは 〔5〕」偕成社 1979 p22

おじいちゃんの顔
◇「まど・みちお全詩集」理論社 1992 p372
◇「まどさんの詩の本 12」理論社 1997 p46

おじいちゃんの スズメ
◇「まど・みちお全詩集」理論社 1992 p647

おじいちゃんのはげ頭
◇「まど・みちお全詩集」理論社 1992 p647
◇「まどさんの詩の本 12」理論社 1997 p44

おじいちゃんの へんてこうた あさの しごと
◇「阪田寛夫全詩集」理論社 2011 p252

おじいちゃんの へんてこうた あさ・ひる・よる
◇「阪田寛夫全詩集」理論社 2011 p250

おじいちゃんの へんてこうた あめのひの おきょう
◇「阪田寛夫全詩集」理論社 2011 p253

おじいちゃんの へんてこうた いもじろう いもうた
◇「阪田寛夫全詩集」理論社 2011 p254

おじいちゃんの へんてこうた いろは おんど
◇「阪田寛夫全詩集」理論社 2011 p255

おじいちゃんの へんてこうた ななじゅうさんサイ
◇「阪田寛夫全詩集」理論社 2011 p258

おじいちゃんの へんてこうた ひみつ
◇「阪田寛夫全詩集」理論社 2011 p260

おじいちゃんの へんてこうた へんな はつゆめ
◇「阪田寛夫全詩集」理論社 2011 p259

おじいちゃんの へんてこうた みのどーり
◇「阪田寛夫全詩集」理論社 2011 p251

おじいちゃんの へんてこうた ゆうやけに よばれて
◇「阪田寛夫全詩集」理論社 2011 p256

おじいちゃんの法事―地獄と極楽浄土のお話
◇「〔大澤英子〕心の中のひみつ―法華経をもとにした創作物語集」文芸社 1999 p159

おじいちゃんは仮面ライダー
◇「ほんとはね、―かわしませいご童話集」文芸社 2008 p17

おじいとおばあの声
◇「宮口しづえ児童文学集 4」小峰書店 1969 p192
◇「宮口しづえ童話全集 7」筑摩書房 1979 p55

おじいと ねずみの しあわせ
◇「花岡大学仏典童話全集 6」法蔵館 1979 p238

おじいの話十二か月
◇「花岡大学仏典童話全集 5」法蔵館 1979 p149

おし入れにいれられたモモちゃん
◇「松谷みよ子全集 13」講談社 1972 p2

おしいれのたっくん
◇「〔東野りえ〕ひぐらしエンピツ―童話集」国文社 1997 p28

おしいれのぼうけん
◇「全集古田足日子どもの本 5」童心社 1993 p7

教え子を殺したくない
◇「寺村輝夫全童話 別1」理論社 2007 p457

教え子からの手紙
◇「全集版灰谷健次郎の本 22」理論社 1988 p209

おしえて下さい
◇「阪田寛夫全詩集」理論社 2011 p534

教えることと学ぶこと（灰谷健次郎，林竹二）
◇「全集版灰谷健次郎の本 16」理論社 1987 p5

教えるということ
◇「全集版灰谷健次郎の本 17」理論社 1987 p204

おしえるな！
◇「〔柳家弁天〕らくご文庫 9」太平出版社 1987 p73

牡鹿の書
◇「稗田菫平全集 1」宝文館出版 1978 p65

牡鹿の使ひ
◇「稗田菫平全集 1」宝文館出版 1978 p62

雄じかの目
◇「川崎大治民話選 〔2〕」童心社 1969 p38

おじぎ草
◇「中村雨紅詩謡集」中村雨紅詩謡集刊行委員会 1971 p53

おしくらまんじゅう
◇「岡本良雄童話文学全集 3」講談社 1964 p271

おしくらまんじゅう
◇「佐藤義美童謡集」さ・え・ら書房 1960 p104
◇「佐藤義美全集 1」佐藤義美全集刊行会 1974 p196

おしくらまんじゅう
◇「筒井敬介童話全集 10」フレーベル館 1983 p7

おしごと しました
◇「まど・みちお全詩集」理論社 1992 p168

おじさん
◇「〔永松康男〕童話集 青いマント」永松康男 2012 p12

おじさん・おばさん
◇「阪田寛夫全詩集」理論社 2011 p124

おじさんだいすき
◇「松谷みよ子全集 10」講談社 1972 p107

おじさんとうりん坊
◇「松谷みよ子全集 12」講談社 1972 p60

をぢさん（童話）（チリコフによる）
◇「鈴木三重吉童話全集 8」文泉堂書店 1975（日

おしさ

おじさんと おじさんが
　◇「まど・みちお全詩集」理論社 1992 p233
おじさんによろしく
　◇「今江祥智の本 3」理論社 1980 p117
おじさんの うち
　◇「定本小川未明童話全集 16」講談社 1978 p217
　◇「定本小川未明童話全集 16」大空社 2002 p217
伯父さんの床屋
　◇〔島崎〕藤村の童話 2」筑摩書房 1979 p138
おじさんの発明
　◇「坪田譲治童話全集 5」岩崎書店 1986 p23
おじさんの話
　◇「松谷みよ子全集 12」講談社 1972 p1
おじさんのひげ
　◇〔島崎〕藤村の童話 3」筑摩書房 1979 p109
お獅子
　◇「定本小川未明童話全集 9」講談社 1977 p243
　◇「定本小川未明童話全集 9」大空社 2001 p243
お師匠さま
　◇「与謝野晶子児童文学全集 4」春陽堂書店 2007 p194
お師匠さん／屏風と障子／西瓜灯籠
　◇「与謝野晶子児童文学全集 5」春陽堂書店 2007 p101
お地蔵さま
　◇「坪田譲治童話全集 10」岩崎書店 1986 p103
おじぞうさま，こんにちは
　◇「宮口しづえ児童文学集 4」小峰書店 1969 p8
お地蔵さまこんにちは
　◇「杉みき子選集 9」新潟日報事業社 2011 p249
おじぞうさまと鬼
　◇「長い長いかくれんぼ―杉みき子自選童話集」新潟日報事業社 2001 p35
お地蔵さまのくれたクマ
　◇「星新一ショートショートセレクション 11」理論社 2003 p153
おじぞうさん
　◇「斎田喬児童劇選集 〔5〕」牧書店 1954 p62
おじぞうさん（童話劇）
　◇「斎田喬幼年劇全集 3」誠文堂新光社 1962 p357
おじぞうさんのたんじょうび（童話劇）
　◇「斎田喬幼年劇全集 3」誠文堂新光社 1962 p141
お地蔵さんは知らん顔
　◇「中村雨紅詩謡集」中村雨紅詩謡集刊行委員会 1971 p192
おしっこ
　◇「〔黒川良人〕犬の詩猫の詩―児童詩集」東洋出版 2000 p116
おしっこ

　◇「まど・みちお全詩集」理論社 1992 p548
　◇「まどさんの詩の本 6」理論社 1996 p40
オシッコ
　◇「まど・みちお全詩集 続」理論社 2015 p232
おしどり
　◇「怪談小泉八雲のこわ〜い話 10」汐文社 2009 p3
おしどり
　◇「新美南吉全集 1」牧書店 1965 p301
　◇「新美南吉童話集 3」大日本図書 1982 p117
　◇「新美南吉童話大全」講談社 1989 p70
　◇「新美南吉童話集 3」大日本図書 2012 p117
オシドリ
　◇「まど・みちお全詩集」理論社 1992 p96
　◇「まどさんの詩の本 1」理論社 1994 p24
鴛鴦
　◇「校定新美南吉全集 5」大日本図書 1980 p321
鴛鴦の詩
　◇「稗田菫平全集 1」宝文館出版 1978 p27
おしになった娘
　◇「松谷みよ子全集 4」講談社 1972 p147
叔父の歌（詩一篇・二首）
　◇「稗田菫平全集 8」宝文館出版 1982 p196
おしのこじき
　◇「川崎大治民話選 〔1〕」童心社 1968 p68
啞の鶏
　◇「〔巌谷〕小波お伽全集 3」本の友社 1998 p141
お芝居
　◇「壷井栄全集 4」文泉堂出版 1998 p9
おしばいごっこでおるすばん
　◇「岡本良雄童話文学全集 3」講談社 1964 p268
おしピン
　◇「まど・みちお全詩集 続」理論社 2015 p122
おしボタン
　◇「佐藤義美全集 5」佐藤義美全集刊行会 1973 p236
おしぼり
　◇「こやま峰子詩集 〔2〕」朔北社 2003 p22
おしまい
　◇「〔北原〕白秋全童謡集 1」岩波書店 1992 p213
おしまいに〔きみとぼくとそしてあいつ〕
　◇「今江祥智の本 2」理論社 1980 p62
おしまいに〔人間なんて知らないよ〕
　◇「今江祥智の本 4」理論社 1980 p135
　◇「今江祥智童話館 〔11〕」理論社 1987 p230
〔おしまひは〕
　◇「新修宮沢賢治全集 4」筑摩書房 1979 p20
惜しみ木
　◇「〔比江島重孝〕宮崎のむかし話 1」鉱脈社 1998 p85
オシメちゃんは六年生

おしめり
　◇「〔北原〕白秋全童謡集 2」岩波書店 1992 p63
お釈迦さま
　◇「浜田広介全集 11」集英社 1976 p25
お釈迦さまのあかり
　◇「〔島崎〕藤村の童話 1」筑摩書房 1979 p52
お釈迦さまの大予言─法華の名字を顕わす者は
　◇「〔松本光華〕民話風法華経童話 27」中外印刷出版 1993 p1
おしゃかさまの童話
　◇「谷口雅春童話集 2」日本教文社 1976 p5
おしゃべり
　◇「椋鳩十の本 15」理論社 1982 p247
おしやべり
　◇「〔北原〕白秋全童謡集 1」岩波書店 1992 p168
おしやべり
　◇「鈴木三重吉童話全集 4」文泉堂書店 1975（日本文学全集・選集叢刊第5次）p328
おしゃべりおうむ
　◇「庄野英二全集 4」偕成社 1979 p283
おしゃべりがめ
　◇「花岡大学仏典童話全集 8」法蔵館 1979 p103
おしゃべりくらげ
　◇「あまんきみこ童話集 5」ポプラ社 2008 p67
　◇「あまんきみこセレクション 3」三省堂 2009 p131
おしゃべり すいとう
　◇「まど・みちお全詩集」理論社 1992 p106
おしゃべり大臣
　◇「花岡大学仏典童話新作集 3」法蔵館 1984 p74
おしゃべりなたまごやき
　◇「寺村輝夫童話集 1」ポプラ社 1982 p29
　◇「〔寺村輝夫〕ぼくは王さま全1冊」理論社 1985 p24
　◇「寺村輝夫全童話 1」理論社 1996 p93
　◇「寺村輝夫の王さまシリーズ 2」理論社 1998 p7
おしゃべりネズミのてがみ
　◇「なるみやますみ童話コレクション 〔4〕」ひくまの出版 1996 p1
おしやべりばあさん
　◇「鈴木三重吉童話全集 1」文泉堂書店 1975（日本文学全集・選集叢刊第5次）p130
おしゃべり ふうせん
　◇「まど・みちお全詩集」理論社 1992 p381
おしゃべりペリカン
　◇「寺村輝夫全童話 3」理論社 1997 p10
おしゃべりペリカン─アフリカのなかまたち
　◇「寺村輝夫おはなしプレゼント 2」講談社 1994 p50
おしゃべり星
　◇「佐藤義美全集 3」佐藤義美全集刊行会 1973 p155
おしゃべりゆわかし
　◇「佐藤さとる全集 1」講談社 1972 p1
　◇「佐藤さとる幼年童話自選集 4」ゴブリン書房 2004 p5
おしゃべり湯わかし
　◇「佐藤さとるファンタジー全集 8」講談社 1982 p139
　◇「佐藤さとるファンタジー全集 8」講談社, 復刊ドットコム（発売）2010 p139
「おしゃべりゆわかし」・あとがき
　◇「佐藤さとるファンタジー全集 16」講談社 1983 p196
　◇「佐藤さとるファンタジー全集 16」講談社, 復刊ドットコム（発売）2011 p196
おしゃれがしたい
　◇「大石真児童文学全集 8」ポプラ社 1982 p20
おしゃれさん
　◇「大石真児童文学全集 11」ポプラ社 1982 p139
おしゃれ正太郎
　◇「戸川幸夫動物文学全集 8」冬樹社 1966 p87
　◇「戸川幸夫動物文学全集 7」講談社 1977 p74
おしゃれトンボ
　◇「石森延男児童文学全集 2」学習研究社 1971 p83
　◇「石森読本─石森延男児童文学選集 5年生」小学館 1977 p176
おしゃれな くも
　◇「〔かこさとし〕お話こんにちは 〔5〕」偕成社 1979 p40
おしゃれなパセリ
　◇「山本瓔子詩集 II」新風舎 2003 p50
お俊ざんげ
　◇「氏原大作全集 4」条例出版 1977 p348
おしょうがつ
　◇「阪田寛夫全詩集」理論社 2011 p433
おしょうがつ
　◇「〔東君平〕おはようどうわ 3」講談社 1982 p8
おしょうがつ
　◇「まど・みちお全詩集」理論社 1992 p164
　◇「まど・みちお全詩集」理論社 1992 p262
お正月
　◇「〔巌谷〕小波お伽全集 7」本の友社 1998 p419
お正月
　◇「〔竹久〕夢二童謡集」ノーベル書房 1975（浪漫文庫）p19
お正月
　◇「巽聖歌作品集 下」巽聖歌作品集刊行委員会 1977 p148

お正月
　◇「くんぺい魔法ばなし─魔法ばなし全集 3」サンリオ 2000 p198
おしょうがつ いいな
　◇「まど・みちお全詩集」理論社 1992 p187
お正月がきました
　◇「犬飼馬鹿人旧作童話集」日本文化資料センター 1996 p68
おしょうがつさん
　◇「まど・みちお全詩集」理論社 1992 p262
お正月さん
　◇「今江祥智童話集〔12〕」理論社 1987 p122
　◇「今江祥智の本 32」理論社 1991 p7
お正月さん
　◇「西條八十童謡全集」修道社 1971 p204
　◇「西條八十童謡全集」修道社 1971 p205
お正月さん
　◇「マッチ箱の中─三鎌よし子童謡集」しもつけ文学会 1998 p8
おしょうがつさん どこへ きた
　◇「巽聖歌作品集 下」巽聖歌作品集刊行委員会 1977 p174
お正月さんの歌
　◇「西條八十童謡全集」修道社 1971 p206
お正月だから
　◇「まど・みちお全詩集 続」理論社 2015 p374
お正月(稚兒遊七面相)
　◇〔巖谷〕小波お伽全集 10」本の友社 1998 p415
お正月と月
　◇「新装版金子みすゞ全集 1」JULA出版局 1984 p102
　◇「金子みすゞ童謡全集 2」JULA出版局 2003 p14
お正月どん
　◇「阪田寛夫全詩集」理論社 2011 p423
おしょうがつ なぞなぞ
　◇「阪田寛夫全詩集」理論社 2011 p373
おしょうがつの あさ
　◇「阪田寛夫全詩集」理論社 2011 p748
お正月のかつぎやさん
　◇「〔柳家弁天〕らくご文庫 5」太平出版社 1987 p47
お正月はまるいもの
　◇「浜田広介全集 2」集英社 1975 p116
お嬢さん
　◇「新装版金子みすゞ全集 2」JULA出版局 1984 p162
　◇「金子みすゞ童謡全集 4」JULA出版局 2004 p170
和尚さんおかわり
　◇「川崎大治民話選〔4〕」童心社 1975 p88
和尚さんと小僧さん

和尚さんと村の子供たち
　◇「魂の配達─野村吉哉作品集」草思社 1983 p212
和尚さんの頭
　◇「〔山田野理夫〕お笑い文庫 7」太平出版社 1977 (母と子の図書室) p98
　◇「〔山田野理夫〕お笑い文庫 10」太平出版社 1977 (母と子の図書室) p141
和尚さんの知恵
　◇「谷口雅春童話集 5」日本教文社 1977 p10
おしょうさんのてんしき
　◇「〔西本鶏介〕新日本昔ばなし──一日一話・読みきかせ 1」小学館 1997 p22
和尚と小僧たち
　◇「〔山田野理夫〕お笑い文庫 8」太平出版社 1977 (母と子の図書室) p31
おしょうのやくそく
　◇「〔木暮正夫〕日本のおばけ話・わらい話 15」岩崎書店 1987 p35
おしら神 その一
　◇「〔山田野理夫〕おばけ文庫 1」太平出版社 1976 (母と子の図書室) p35
おしら神 その二
　◇「〔山田野理夫〕おばけ文庫 1」太平出版社 1976 (母と子の図書室) p40
おしりをチクンとささないで
　◇「角野栄子のちいさなどうわたち 5」ポプラ社 2007 p87
おしりをつねってくれ
　◇「〔柳家弁天〕らくご文庫 5」太平出版社 1987 p12
おしり切り
　◇「〔山田野理夫〕お笑い文庫 10」太平出版社 1977 (母と子の図書室) p71
おしりの笛太鼓
　◇「〔山田野理夫〕お笑い文庫 8」太平出版社 1977 (母と子の図書室) p116
おしるこ屋でござる
　◇「〔柳家弁天〕らくご文庫 3」太平出版社 1987 p34
おしろい女
　◇「〔山田野理夫〕おばけ文庫 7」太平出版社 1976 (母と子の図書室) p82
おしろい花
　◇「〔吉田享子〕おしゃべりな星─少年少女詩集」らくだ出版 2001 p1
オシロイバナ
　◇「〔東君平〕おはようどうわ 6」講談社 1982 p144
〔おしろいばなは十月に〕
　◇「新修宮沢賢治全集 7」筑摩書房 1980 p185
おしろいばば

　◇「〔北原〕白秋全童謡集 4」岩波書店 1993 p297

◇「〔山田野理夫〕おばけ文庫 7」太平出版社 1976（母と子の図書室）p84

おしろへのかいだん
◇「今江祥智の本 14」理論社 1980 p33
◇「今江祥智童話館 〔6〕」理論社 1986 p27

お城の時計が十二打つ時
◇「米田孝童話劇・学校劇脚本選集―イワンの馬鹿ほか」共同文化社 1997 p37

おす！
◇「阪田寛夫全詩集」理論社 2011 p507

おすまおばしゃん
◇「戸川幸夫創作童話集 1」国土社 1972 p38

おスマばあさん
◇「川崎大治民話選 〔4〕」童心社 1975 p228

おすもうくまちゃん
◇「佐藤義美童謡集」さ・え・ら書房 1960 p56
◇「佐藤義美全集 1」佐藤義美全集刊行会 1974 p182
◇「ともだちシンフォニー――佐藤義美童謡集」JULA出版局 1990 p50

おすもとこすも
◇「浜田広介全集 11」集英社 1976 p55

お清書
◇「西條八十童謡全集」修道社 1971 p142

お清書奉納
◇「与田準一全集 2」大日本図書 1967 p80

お世辞の巧い人（狐と鴉）
◇「〔巌谷〕小波お伽全集 14」本の友社 1998 p117

おせっかい
◇「星新一ショートショートセレクション 6」理論社 2002 p53

お説教
◇「庄野英二全集 6」偕成社 1979 p181

おせん
◇「斎藤隆介全集 4」岩崎書店 1982 p130

オセンコハナビ
◇「佐藤義美全集 1」佐藤義美全集刊行会 1974 p128

おせんたく
◇「石森延男児童文学全集 5」学習研究社 1971 p273

おせんたく
◇「松谷みよ子全集 3」講談社 1971 p81

おせんの谷
◇「稗田童平全集 5」宝文館出版 1980 p40

おせんべいが やけた
◇「まど・みちお全詩集」理論社 1992 p233

おせんべちょうだいね
◇「松谷みよ子全集 6」講談社 1972 p11

おそうじ
◇「杉みき子選集 2」新潟日報事業社 2005 p97

お葬式
◇「杉みき子選集 2」新潟日報事業社 2005 p164

おそうじとうばん
◇「与田準一全集 1」大日本図書 1967 p224

おそうじは あした
◇「りらりらりらわたしの絵本―富永佳与子こどものうた作品集」国土社 1994 p48

おそうめん
◇「鈴木三重吉童話全集 3」文泉堂書店 1975（日本文学全集・選集叢刊第5次）p263

おそ咲きの朝顔
◇「いのち―みずかみかずよ全詩集」石風社 1995 p58

おそなえもち
◇「〔東君平〕おはようどうわ 6」講談社 1982 p8

おそまつさま
◇「阪田寛夫全詩集」理論社 2011 p86

お染
◇「森三郎童話選集 〔1〕」刈谷市教育委員会 1995 p49

おそよのカメ岩
◇「かつおきんや作品集 17」偕成社 1983 p191

お空、お空。お空のちちは
◇「あまの川―宮沢賢治童謡集」筑摩書房 2001 p24

おそらは あおく
◇「巽聖歌作品集 下」巽聖歌作品集刊行委員会 1977 p19

お空は紫
◇「〔北原〕白秋全童謡集 4」岩波書店 1993 p158

恐山
◇「〔山田野理夫〕おばけ文庫 2」太平出版社 1976（母と子の図書室）p158

おそれながらバーツ
◇「川崎大治民話選 〔1〕」童心社 1968 p54

恐ろしい記憶
◇「松谷みよ子全エッセイ 1」筑摩書房 1989 p30

おそろしいものなんだ
◇「今江祥智童話館 〔9〕」理論社 1987 p119
◇「今江祥智ショートファンタジー 1」理論社 2004 p33

おそろしい雪女
◇「〔西本鶏介〕新日本昔ばなし――一日一話・読みきかせ 2」小学館 1997 p88

おそろしき一夜
◇「千葉省三童話全集 6」岩崎書店 1968 p209

恐しき通夜
◇「海野十三全集 1」三一書房 1990 p267

おそろしすさまじ酒呑童子
◇「〔木暮正夫〕日本の怪奇ばなし 3」岩崎書店 1990

おそろしやの ようふくだんす
　　◇「阪田寛夫全詩集」理論社 2011 p207
おたがいさま
　　◇「〔今坂柳二〕りゅうじフォークロア・world 3」
　　　ふるさと伝承研究会 2007 p30
（小高根さんと）
　　◇「稗田童平全集 8」宝文館出版 1982 p103
小高根二郎氏を囲む夕べに寄せて
　　◇「稗田童平全集 7」宝文館出版 1981 p122
お宝ぽつぽ
　　「巽聖歌作品集 上」巽聖歌作品集刊行委員会
　　　1977 p429
オタキサンの花
　　◇「〔かこさとし〕お話こんにちは 〔2〕」偕成社
　　　1979 p130
織田作之助
　　◇「〔かこさとし〕お話こんにちは 〔7〕」偕成社
　　　1979 p126
おだてりゃブタも木にのぼるーか
　　◇「今江祥智の本 20」理論社 1981 p84
織田信長
　　◇「〔北原〕白秋全童謡集 2」岩波書店 1992 p281
織田信長
　　◇「筑波常治伝記物語全集 14」国土社 1970 p1
織田信長について
　　◇「筑波常治伝記物語全集 14」国土社 1970 p199
おたばこ入れ
　　「川崎大治民話選 〔1〕」童心社 1968 p154
おだまき
　　「稗田童平全集 4」宝文館出版 1980 p86
おたまギツネ
　　「稗田童平全集 5」宝文館出版 1980 p105
（苧環の）
　　「稗田童平全集 8」宝文館出版 1982 p70
おだまきの花
　　◇「いのち―みずかみかずよ全詩集」石風社 1995
　　　p26
（おだまきの花を摘み）
　　◇「稗田童平全集 2」宝文館出版 1979 p89
（苧環の花に）
　　◇「稗田童平全集 8」宝文館出版 1982 p70
おだまき（四首）
　　◇「稗田童平全集 4」宝文館出版 1980 p43
おたまじゃくし
　　◇「佐藤義美童謡集」さ・え・ら書房 1960 p124
　　◇「佐藤義美全集 1」佐藤義美全集刊行会 1974
　　　p199
　　◇「佐藤義美全集 1」佐藤義美全集刊行会 1974
　　　p291
おたまじゃくし

◇「杉みき子選集 2」新潟日報事業社 2005 p39
おたまじゃくし
　　◇「壺井栄名作集 2」ポプラ社 1965 p95
　　◇「壺井栄全集 10」文泉堂出版 1998 p41
おたまじゃくし
　　◇「〔北原〕白秋全童謡集 2」岩波書店 1992 p381
おたまじゃくし
　　◇「〔島木〕赤彦童謡集」第一書店 1947 p82
お玉じやくし
　　◇「〔北原〕白秋全童謡集 3」岩波書店 1992 p346
オタマジャクシ
　　「地球のかぞく―石原一輝童謡詩集」群青社 2001
　　　p30
オタマジャクシ
　　◇「定本壺井栄児童文学全集 3」講談社 1979 p204
オタマジャクシ
　　◇「〔東君平〕おはようどうわ 1」講談社 1982 p102
おたまじゃくしせんそう
　　「佐藤義美全集 3」佐藤義美全集刊行会 1973
　　　p121
おたまじゃくしとかたつむり
　　「ひとしずくのなみだ―宮下木花11歳童話集」銀
　　　の鈴社 2006（小さな鈴シリーズ）p16
おたまじゃくしのおとうさん
　　◇「ひろすけ幼年童話文学全集 4」集英社 1962 p38
　　◇「浜田広介全集 3」集英社 1975 p183
おたまじゃくしはきょうだいばかり
　　◇「〔坪井安〕はしれ子馬よ―童謡詩集」童謡研究・
　　　蜂の会 1999 p14
おたまとおすぎ
　　◇「〔比江島重孝〕宮崎のむかし話 2」鉱脈社 1998
　　　p132
お玉ぼう
　　◇「中村雨紅詩謡集」中村雨紅詩謡集刊行委員会
　　　1971 p186
おたより
　　◇「巽聖歌作品集 上」巽聖歌作品集刊行委員会
　　　1977 p32
お団子ころがれ
　　◇「西條八十童謡全集」修道社 1971 p208
おたんじよう日
　　◇「鈴木三重吉童話全集 5」文泉堂書店 1975（日
　　　本文学全集・選集叢刊第5次）p115
落合恵子
　　◇「今江祥智の本 35」理論社 1990 p197
落合恵子さんと
　　◇「全版灰谷健次郎の本 24」理論社 1988 p183
お千久さんの夢
　　◇「壺井栄全集 6」文泉堂出版 1998 p21
落下清水に

◇「稗田菫平全集 3」宝文館出版 1979 p57
おちごさん
　　◇「杉みき子選集 2」新潟日報事業社 2005 p116
落ちこぼれ教師
　　◇「全集版灰谷健次郎の本 22」理論社 1988 p220
落ちた偶像
　　◇「赤川次郎セレクション 10」ポプラ社 2008 p123
落ちたつばき
　　◇「〔北原〕白秋全童謡集 2」岩波書店 1992 p432
お乳の川
　　◇「新装版金子みすゞ全集 1」JULA出版局 1984 p139
　　◇「金子みすゞ童謡全集 2」JULA出版局 2003 p72
おちちの ごちそう
　　◇「花岡大学仏典童話全集 6」法蔵館 1979 p60
落椿
　　◇「〔斎藤信夫〕子ども心を友として―童謡詩集」成東町教育委員会 1996 p30
落ちてゆく
　　◇「壺井栄全集 7」文泉堂出版 1998 p292
おちば
　　◇「赤座憲久少年詩集シリーズ 1」じゃこめてい出版 1977 p12
おちば
　　◇「〔内海康子〕六月のカレンダー――詩集」けやき書房 1999 p118
おちば
　　◇「佐藤義美全集 1」佐藤義美全集刊行会 1974 p381
おちば
　　◇「〔東君平〕おはようどうわ 2」講談社 1982 p168
　　◇「〔東君平〕ひとくち童話 4」フレーベル館 1995 p66
　　◇「東君平のおはようどうわ 3」新日本出版社 2010 p50
おちば
　　◇「まど・みちお全詩集」理論社 1992 p133
　　◇「まど・みちお全詩集」理論社 1992 p216
　　◇「まど・みちお全詩集 続」理論社 2015 p420
おちば
　　◇「いのち―みずかみかずよ全詩集」石風社 1995 p162
おちば
　　◇「パパとボクとネコ―山口紀代子童謡詩集」音楽舎 2003 p62
落葉
　　◇「新装版金子みすゞ全集 3」JULA出版局 1984 p149
　　◇「金子みすゞ童謡集」角川春樹事務所 1998（ハルキ文庫）p48
　　◇「金子みすゞ童謡全集 6」JULA出版局 2004 p32

落葉
　　◇「〔北原〕白秋全童謡集 2」岩波書店 1992 p378
落葉
　　◇「西條八十童謡全集」修道社 1971 p68
　　◇「西條八十童謡全集」修道社 1971 p203
　　◇「西條八十童話集」小学館 1983 p411
落葉
　　◇「庄野英二全集 5」偕成社 1980 p199
落葉
　　◇「中村雨紅詩謡集」中村雨紅詩謡集刊行委員会 1971 p118
落葉
　　◇「新美南吉全集 6」牧書店 1965 p58
　　◇「校定新美南吉全集 8」大日本図書 1981 p157
　　◇「校定新美南吉全集 9」大日本図書 1981 p563
落葉
　　◇「まど・みちお全詩集」理論社 1992 p575
　　◇「まどさんの詩の本 9」理論社 1996 p24
おちばを ふみたい
　　◇「阪田寛夫全集」理論社 2011 p209
おちばが ちるよ
　　◇「まど・みちお全詩集」理論社 1992 p335
落ち葉とノーチラス号
　　◇「佐藤義美童謡集」さ・え・ら書房 1960 p236
　　◇「佐藤義美全集 1」佐藤義美全集刊行会 1974 p253
　　◇「ともだちシンフォニー――佐藤義美童謡集」JULA出版局 1990 p142
落葉と私
　　◇「中村雨紅詩謡集」中村雨紅詩謡集刊行委員会 1971 p151
（落葉に）
　　◇「稗田菫平全集 8」宝文館出版 1982 p25
おちばのうた
　　◇「佐藤義美童謡集」さ・え・ら書房 1960 p78
　　◇「佐藤義美全集 1」佐藤義美全集刊行会 1974 p189
　　◇「ともだちシンフォニー――佐藤義美童謡集」JULA出版局 1990 p54
おちばのうた
　　◇「まど・みちお全詩集」理論社 1992 p593
おち葉の歌
　　◇「〔斎藤信夫〕子ども心を友として―童謡詩集」成東町教育委員会 1996 p230
落ち葉の歌
　　◇「まど・みちお全詩集 続」理論社 2015 p374
落葉のカルタ
　　◇「新装版金子みすゞ全集 3」JULA出版局 1984 p56
　　◇「金子みすゞ童謡全集 5」JULA出版局 2004 p78
落葉の蝶

おちは

◇「山本瓔子詩集 I」新風舎 2003 p146

落葉の中で
◇「横山健童謡選集 2」無明舎出版 1995 p22

よびかけおちばのバッヂ
◇「斎田喬幼年劇全集 2」誠文堂新光社 1961 p410

おちばのまち
◇「〔関根栄一〕はしるふじさん―童謡集」小峰書店 1998 p54

おちばのみこし (生活劇)
◇「斎田喬幼年劇全集 2」誠文堂新光社 1961 p339

おちばのみち
◇「浜田広介全集 11」集英社 1976 p101

お伽歌劇 落葉の宮〔冬〕
◇「〔巌谷〕小波お伽全集 7」本の友社 1998 p121

おちばの ゆうびん
◇「まど・みちお全詩集」理論社 1992 p101

おちば ひらひら
◇「まど・みちお全詩集」理論社 1992 p159

落ち葉まつり<一まく 童話劇>
◇「〔斎田喬〕学校劇代表作選 2」牧書店 1959 p213

おちば (みじかいおしばい)
◇「斎田喬幼年劇全集 2」誠文堂新光社 1961 p293

よびかけおちばやき
◇「斎田喬幼年劇全集 2」誠文堂新光社 1961 p424

落ち葉よ
◇「地球のかぞく―石原一輝童謡詩集」群青社 2001 p82

落穂ひろひ
◇「〔北原〕白秋全童謡集 1」岩波書店 1992 p316

お茶をつくる家
◇「〔島崎〕藤村の童話」筑摩書房 1979 p46

お茶をどうぞ
◇「〔おうち・やすゆき〕こら！ しんぞう―童謡詩集」小峰書店 1996 p114

お茶菓子
◇「椋鳩十全集 12」ポプラ社 1970 p69
◇「椋鳩十の本 15」理論社 1982 p80

お茶けで花見
◇「〔山田野理夫〕お笑い文庫 2」太平出版社 1977 (母と子の図書室) p66

お茶づけ
◇「〔山田野理夫〕お笑い文庫 1」太平出版社 1977 (母と子の図書室) p104

お茶漬さらさら
◇「阪田寛夫全詩集」理論社 2011 p787

おちゃと じいちゃん
◇「〔関根栄一〕はしるふじさん―童謡詩集」小峰書店 1998 p193

お茶の会
◇「〔山田野理夫〕お笑い文庫 1」太平出版社 1977 (母と子の図書室) p110

お茶の幸福
◇「やなせたかし童謡詩集 〔3〕」フレーベル館 2001 p32

お茶の花
◇「中村雨紅詩謡集」中村雨紅詩謡集刊行委員会 1971 p117

お茶の一とき
◇「壺井栄全集 11」文泉堂出版 1998 p283

お茶の実
◇「〔北原〕白秋全童謡集 2」岩波書店 1992 p472

お茶の実
◇「〔斎藤信夫〕子ども心を友として―童謡詩集」成東町教育委員会 1996 p10

おちゃわん
◇「〔東君平〕ひとくち童話 3」フレーベル館 1995 p48

おちゃわん
◇「まど・みちお全詩集」理論社 1992 p100
◇「まどさんの詩の本 4」理論社 1994 p46

お中元
◇「杉みき子選集 2」新潟日報事業社 2005 p212

御中元
◇「椋鳩十全集 12」ポプラ社 1970 p25
◇「椋鳩十の本 15」理論社 1982 p27

落ちるものは
◇「〔比江島重孝〕宮崎のむかし話 2」鉱脈社 1998 p28

お鎮守さまへとまったこと
◇「千葉省三童話全集 3」岩崎書店 1967 p135

お朔日 (ついたち)
◇「新装版金子みすゞ全集 3」JULA出版局 1984 p223
◇「金子みすゞ童謡全集 6」JULA出版局 2004 p130

おつかい
◇「今井誉次郎童話集子どもの村 〔1〕」国土社 1957 p10

おつかい
◇「〔東風琴子〕童話集 3」ストーク 2012 p125

おつかい
◇「〔東君平〕ひとくち童話 2」フレーベル館 1995 p52
◇「〔東君平〕ひとくち童話 2」フレーベル館 1995 p62

お使い
◇「金子みすゞ童謡集」角川春樹事務所 1998 (ハルキ文庫) p92
◇「金子みすゞ童謡全集 3」JULA出版局 2004 p44

お使ひ
◇「新装版金子みすゞ全集 2」JULA出版局 1984

p24
おつかいさん
　◇「筒井敬介おはなし本 1」小峰書店 2006 p17
お使ひに
　◇「巽聖歌作品集 上」巽聖歌作品集刊行委員会 1977 p33
お使いのかえり（岡田泰三）
　◇「岡田泰三・日下部梅子童謡集」会津童詩会 1992 p48
御使イノ烏
　◇「〔今坂柳二〕りゅうじフォークロア・world 3」ふるさと伝承研究会 2007 p133
おつかいの　みち
　◇「巽聖歌作品集 下」巽聖歌作品集刊行委員会 1977 p58
おつかい　ばったり
　◇「阪田寛夫全詩集」理論社 2011 p290
おつかいへっちゃら
　◇「後藤竜二童話集 5」ポプラ社 2013 p39
おつかいは　ぼく　ひとりで
　◇「巽聖歌作品集 下」巽聖歌作品集刊行委員会 1977 p56
おっかけっこ
　◇「阪田寛夫全詩集」理論社 2011 p341
おつきさま
　◇「〔谷山浩子〕おひさまにキッス—お話の贈りもの」小学館 1997（おひさまのほん）p10
おつきさま
　◇「〔東君平〕おはようどうわ 1」講談社 1982 p142
　◇「東君平のおはようどうわ 3」新日本出版社 2010 p9
お月さま
　◇「〔厳谷〕小波お伽全集 7」本の友社 1998 p307
お月さま
　◇「〔北原〕白秋全童謡集 2」岩波書店 1992 p166
お月さま
　◇「佐藤義美全集 1」佐藤義美全集刊行会 1974 p339
お月さま
　◇「第二〔島木〕赤彦童謡集」第一書店 1948 p75
お月さま
　◇「中村雨紅詩謡集」中村雨紅詩謡集刊行委員会 1971 p114
お月さま
　◇「浜田広介全集 11」集英社 1976 p25
お月さま
　◇「〔東君平〕ひとくち童話 5」フレーベル館 1995 p50
お月さま
　◇「山本瓔子詩集 II」新風舎 2003 p35
お月様
　◇「〔竹久〕夢二童謡集」ノーベル書房 1975（浪漫文庫）p63
おつきさまへ
　◇「まど・みちお全詩集 続」理論社 2015 p307
お月さまを
　◇「新美南吉全集 6」牧書店 1965 p246
　◇「校定新美南吉全集 8」大日本図書 1981 p24
お月さまが助けた男の子
　◇「〔西本鶏介〕日本の昔話—読みきかせお話集 1」小学館 1999 p120
お月さまからいただいた夢
　◇「稗田童平全集 8」宝文館出版 1982 p177
お月さまと油買い
　◇「椋鳩十の本 20」理論社 1983 p148
お月さまとカリ
　◇「岡本良雄童話文学全集 3」講談社 1964 p296
お月さまと雲
　◇「ひろすけ幼年童話文学全集 3」集英社 1962 p146
　◇「浜田広介全集 7」集英社 1976 p244
お月さまとこいの子
　◇「浜田広介全集 1」集英社 1975 p71
お月さまとこうもり
　◇「松谷みよ子全集 13」講談社 1972 p120
お月さまと子供
　◇「マッチ箱の中—三鎌よし子童謡集」しもつけ文学会 1998 p40
お月さまと　ぞう
　◇「定本小川未明童話全集 16」講談社 1978 p7
　◇「定本小川未明童話全集 16」大空社 2002 p7
お月さまと馬賊
　◇「ある手品師の話—小熊秀雄童話集」晶文社 1976 p81
　◇「小熊秀雄童話集」創風社 2001 p67
お月さまと　ひごいの　子
　◇「ひろすけ幼年童話文学全集 2」集英社 1962 p76
おつきさまとふうせんだま
　◇「浜田広介全集 8」集英社 1976 p227
お月さまと　むしたち
　◇「小川未明幼年童話文学全集 5」集英社 1966 p6
お月さまと　虫たち
　◇「定本小川未明童話全集 15」講談社 1978 p40
　◇「定本小川未明童話全集 15」大空社 2002 p40
お月さまに
　◇「横山健童謡選集 2」無明舎出版 1995 p66
お月さまにこしかけた話
　◇「西條八十童話集」小学館 1983 p35
おつきさまになりたい
　◇「三木卓童話作品集 2」大日本図書 2000 p123
「おつきさまになりたい 初出」あとがきより

おつき

お月さまのあかるいかげ
　◇「浜田広介全集 8」集英社 1976 p53
お月さまの唄
　◇「新装版金子みすゞ全集 2」JULA出版局 1984 p12
　◇「金子みすゞ童謡全集 3」JULA出版局 2004 p26
お月様の唄
　◇「豊島与志雄童話全集 4」八雲書店 1949 p71
　◇「豊島与志雄童話選集・郷土篇」双文社出版 1982 p34
　◇「豊島与志雄童話集」海鳥社 1990 p68
お月さまのきもの
　◇「浜田広介全集 2」集英社 1975 p25
お月さまのごさいなん
　◇「浜田広介全集 2」集英社 1975 p162
お月さまの中のお仁が
　◇「〔北原〕白秋全童謡集 1」岩波書店 1992 p144
お月さまの見たどうぶつえん
　◇「椋鳩十学年別童話 〔3〕」理論社 1990 p23
お月さま光る
　◇「〔北原〕白秋全童謡集 1」岩波書店 1992 p203
おつきさま みていてね
　◇「まど・みちお全詩集」理論社 1992 p179
おつきさん
　◇「佐藤義美童謡集」さ・え・ら書房 1960 p72
　◇「佐藤義美全集 1」佐藤義美全集刊行会 1974 p187
お月さん
　◇「新装版金子みすゞ全集 3」JULA出版局 1984 p96
　◇「金子みすゞ童謡全集 5」JULA出版局 2004 p130
お月さん
　◇「西條八十童謡全集」修道社 1971 p137
おつきさん おつきさん まんまるまるるるん
　◇「あまの川―宮沢賢治童謡集」筑摩書房 2001 p80
お月さんとねえや
　◇「新装版金子みすゞ全集 3」JULA出版局 1984 p40
　◇「金子みすゞ童謡全集 5」JULA出版局 2004 p58
お月さんと坊や
　◇「サトウハチロー童謡集」弥生書房 1977 p22
お月さんのおとなり
　◇「佐藤義美童謡集」さ・え・ら書房 1960 p215
　◇「ともだちシンフォニー―佐藤義美童謡集」JULA出版局 1990 p22
お月さんのお隣
　◇「佐藤義美全集 1」佐藤義美全集刊行会 1974 p82
おつきさんの かんそく
　◇「巽聖歌作品集 下」巽聖歌作品集刊行会 1977 p67
お月さんふたつ―おばあさんのおしゃべり（1）
　◇「来栖良夫児童文学全集 2」岩崎書店 1983 p258
「お月さんももいろ」に息を吹きこむまで
　◇「松谷みよ子全エッセイ 1」筑摩書房 1989 p243
お月さんはきつねがすき？
　◇「〔神沢利子〕くまの子ウーフの童話集 2」ポプラ社 2001 p75
お月灘もも色
　◇「今井誉次郎童話集子どもの村 〔5〕」国土社 1957 p64
お月見
　◇「〔北原〕白秋全童謡集 1」岩波書店 1992 p368
お月見
　◇「〔東君平〕ひとくち童話 5」フレーベル館 1995 p62
お月見のお客様
　◇「与謝野晶子児童文学全集 2」春陽堂書店 2007 p230
お月夜
　◇「〔北原〕白秋全童謡集 1」岩波書店 1992 p122
　◇「〔北原〕白秋全童謡集 2」岩波書店 1992 p382
　◇「〔北原〕白秋全童謡集 5」岩波書店 1993 p100
お月夜
　◇「佐藤義美童謡集」さ・え・ら書房 1960 p253
　◇「佐藤義美全集 1」佐藤義美全集刊行会 1974 p97
　◇「ともだちシンフォニー―佐藤義美童謡集」JULA出版局 1990 p30
お月夜
　◇「巽聖歌作品集 上」巽聖歌作品集刊行会 1977 p19
お月夜
　◇「椋鳩十の本 1」理論社 1982 p56
　◇「椋鳩十の本 1」理論社 1982 p57
お月夜とおしどり
　◇「椋鳩十学年別童話 〔8〕」理論社 1991 p30
お月夜とオシドリ
　◇「椋鳩十全集 8」ポプラ社 1969 p76
　◇「椋鳩十の本 14」理論社 1983 p157
お月夜と畑ネズミ
　◇「椋鳩十全集 8」ポプラ社 1969 p132
お月よのいぬ
　◇「浜田広介全集 6」集英社 1976 p237
おっこちゃんとタンタンうさぎ
　◇「あまんきみこ童話集 4」ポプラ社 2008 p5
おっこったん まんきんたん
　◇「〔柳家弁天〕らくご文庫 10」太平出版社 1987 p12
乙骨淑子
　◇「今江祥智の本 21」理論社 1981 p35

◇「今江祥智の本 35」理論社 1990 p213
おっことさないものなんだ？
◇「〔神沢利子〕くまの子ウーフの童話集 1」ポプラ社 2001 p89
◇「神沢利子のおはなしの時間 1」ポプラ社 2011 p31
音ちゃんは豆を煮ていた
◇「新美南吉全集 5」牧書店 1965 p207
音ちゃんは豆を煮てゐた
◇「校定新美南吉全集 3」大日本図書 1980 p235
おっちょこちょい
◇「〔東君平〕おはようどうわ 2」講談社 1982 p159
おっちょこちょいの見栄っ張り
◇「まど・みちお全詩集 続」理論社 2015 p469
おっとあぶないペロペロキャンディ
◇「きむらゆういちおはなしのへや 1」ポプラ社 2012 p100
おっとせい
◇「阪田寛夫全詩集」理論社 2011 p279
おっとせい
◇「土田明子詩集 1」かど創房 1986 p36
おっとっとっとっ！
◇「与田凖一全集 3」大日本図書 1967 p242
オット博士のおばけやさん
◇「寺村輝夫全童話 6」理論社 1998 p302
オット博士のおふろやさん
◇「寺村輝夫全童話 6」理論社 1998 p314
オット博士のたまごやさん
◇「寺村輝夫全童話 6」理論社 1998 p308
オット博士のはんぶんけしゴム
◇「寺村輝夫全童話 6」理論社 1998 p320
おっぱい
◇「定本小川未明童話全集 16」講談社 1978 p31
◇「定本小川未明童話全集 16」大空社 2002 p31
おっぱいあかちゃん
◇「いのち―みずかみかずよ全詩集」石風社 1995 p359
おっぱしょ石
◇「〔山田野理夫〕おばけ文庫 3」太平出版社 1976（母と子の図書室）p59
おつぴらき
◇「〔北原〕白秋全童謡集 2」岩波書店 1992 p211
オツベルと象
◇「新版・宮沢賢治童話全集 7」岩崎書店 1978 p5
◇「新修宮沢賢治全集 13」筑摩書房 1980 p207
◇「宮沢賢治童話集 3」講談社 1985（講談社青い鳥文庫）p7
◇「〔宮沢〕賢治童話」翔泳社 1995 p440
◇「ジュニア文学館 宮沢賢治―写真・絵画集成 2」日本図書センター 1996 p207
◇「よくわかる宮沢賢治―イーハトーブ・ロマン II」

学習研究社 1996 p396
◇「宮沢賢治童話集」世界文化社 2004（心に残るロングセラー）p48
◇「宮沢賢治のおはなし 10」岩崎書店 2005 p1
◇「宮沢賢治童話集珠玉選 〔3〕」講談社 2009 p111
オッペルと象―ある牛飼がものがたる
◇「猫の事務所―宮沢賢治童話選」シグロ 1999 p70
オツベルと象（人形劇）（宮沢賢治作、荒木昭夫脚色）
◇「宮沢賢治童話劇集 2」東京書籍 1981（東書児童劇シリーズ）p109
おつむてんてん
◇「浜田広介全集 11」集英社 1976 p64
おであひ
◇「〔北原〕白秋全童謡集 5」岩波書店 1993 p142
お手あげ
◇「〔山田野理夫〕お笑い文庫 1」太平出版社 1977（母と子の図書室）p82
おできの神さま
◇「岡本良雄童話文学全集 2」講談社 1964 p88
おでこの たんこぶ
◇「まど・みちお全詩集」理論社 1992 p301
◇「まどさんの詩の本 6」理論社 1996 p44
おてだま
◇「〔北原〕白秋全童謡集 4」岩波書店 1993 p242
おてつだい
◇「〔東君平〕ひとくち童話 2」フレーベル館 1995 p24
おてつだい
◇「いのち―みずかみかずよ全詩集」石風社 1995 p290
おててあらいの うた
◇「佐藤義美全集 1」佐藤義美全集刊行会 1974 p350
オテテト アンヨ
◇「まど・みちお全詩集」理論社 1992 p76
オテテ ノ ホタル
◇「まど・みちお全詩集」理論社 1992 p34
お掌の林檎
◇「〔北原〕白秋全童謡集 1」岩波書店 1992 p280
お手本の詩などけとばしていく話
◇「全集版灰谷健次郎の本 15」理論社 1988 p172
お寺の火事
◇「〔山田野理夫〕お笑い文庫 8」太平出版社 1977（母と子の図書室）p98
お寺の小僧さん
◇「〔島崎〕藤村の童話 4」筑摩書房 1979 p41
お寺の伝説
◇「星新一ショートショートセレクション 9」理論社 2003 p87

おてら

お寺物語
- 「〔かこさとし〕お話こんにちは 〔2〕」偕成社 1979 p108

お天気を作る店
- 「米田孝童話劇・学校劇脚本選集―イワンの馬鹿 ほか」共同文化社 1997 p7

お天気 神さま
- 「パパとボクとネコ―山口紀代子童謡詩集」音楽舎 2003 p22

お天気屋
- 「〔山田野理夫〕お笑い文庫 1」太平出版社 1977 (母と子の図書室) p44

おてんきやのじどうはんばいき
- 「岩永博史童話集 1」岩永博史 2001 p42

おてんとうさま
- 「寺村輝夫のむかし話 〔5〕」あかね書房 1978 p88

おてんとう様の匂い
- 「椋鳩十の本 24」理論社 1983 p10

おてんとうさんの なみだ
- 「さくらゆき―さとうじゅんこ童詩集」えんじゅの会 1997 p134

おてんとさまのせいにしろ
- 「〔柳家弁天〕らくご文庫 11」太平出版社 1987 p58

おてんとさんの唄
- 「新装版金子みすゞ全集 2」JULA出版局 1984 p48
- 「金子みすゞ童謡全集 3」JULA出版局 2004 p78

おてんば娘日記
- 「佐々木邦全集 補巻4」講談社 1975 p3

おでん屋台にて―あとがきにかえて
- 「きむらゆういちおはなしのへや 5」ポプラ社 2012 p148

おと
- 「与田準一全集 1」大日本図書 1967 p188

燕麦(オート)… → "えんばく…"をも見よ

音
- 「〔北原〕白秋全童謡集 4」岩波書店 1993 p86

音
- 「長い長いかくれんぼ―杉みき子自選童話集」新潟日報事業社 2001 p22

音
- 「むぎぶえ笛太―文館輝子童話集」越野智、ブックヒルズ(所沢) 1999 p4

音
- 「まど・みちお全詩集」理論社 1992 p308
- 「まどさんの詩の本 2」理論社 1994 p252
- 「まど・みちお詩集 〔2〕」すえもりブックス 1998 p24

おとうか坂の塚山

「〔今坂柳二〕りゅうじフォークロア・world 6」ふるさと伝承研究会 2012 p88

おとうさん
- 「地球のかぞく―石原一輝童謡詩集」群青社 2001 p54

おとうさん
- 「阪田寛夫全詩集」理論社 2011 p312

おとうさん
- 「〔東君平〕ひとくち童話 3」フレーベル館 1995 p16

おとうさん
- 「まど・みちお全詩集」理論社 1992 p382
- 「まど・みちお全詩集」理論社 1992 p562
- 「まどさんの詩の本 12」理論社 1997 p28
- 「まどさんの詩の本 12」理論社 1997 p30

おとうさんをどうしておとうさんというのですか
- 「全集版灰谷健次郎の本 21」理論社 1988 p39

おとうさんおもいのはと
- 「〔西本鶏介〕日本の昔話―読みきかせお話集 2」小学館 2001 p120

おとうさん かいしゃ
- 「巽聖歌作品集 上」巽聖歌作品集刊行委員会 1977 p479

おとうさんが かえったら
- 「定本小川未明童話全集 16」講談社 1978 p227
- 「定本小川未明童話全集 16」大空社 2002 p227

おとうさん社長
- 「住井すゑ わたしの少年少女物語 2」労働旬報社 1989 p125

おとうさんとおかあさん
- 「浜田広介全集 5」集英社 1976 p100

おとうさんの あしおと
- 「阪田寛夫全詩集」理論社 2011 p432

おとうさんの おとうさん
- 「巽聖歌作品集 上」巽聖歌作品集刊行委員会 1977 p222

お父さんのお星さま
- 「〔いけださぶろう〕読み聞かせ童話集」文芸社 1999 p56

お父さんのおまじない
- 「いのち―みずかみかずよ全詩集」石風社 1995 p260

おとうさんの おまね
- 「定本小川未明童話全集 15」講談社 1978 p132
- 「定本小川未明童話全集 15」大空社 2002 p132

おとうさんのかぜ
- 「〔東君平〕おはようどうわ 6」講談社 1982 p54

おとうさんのきもち
- 「与田準一全集 2」大日本図書 1967 p196

おとうさんのくるま

おとこ

◇「筒井敬介童話全集 5」フレーベル館 1983 p167
◇「筒井敬介おはなし本 1」小峰書店 2006 p77

おとうさんの小づかい
◇「住井すゑ わたしの少年少女物語 〔1〕」労働旬報社 1989 p110

お父さんの仕事
◇「北川千代児童文学全集 下」講談社 1967 p69

おとうさんの手紙
◇「花岡大学童話文学全集 3」法蔵館 1980 p221
◇「花岡大学童話文学全集 3」法蔵館 1980 p238

おとうさんの にぎりめし
◇「〔かこさとし〕お話こんにちは 〔2〕」偕成社 1979 p24

おとうさんの話
◇「坪田譲治童話全集 13」岩崎書店 1986 p81

お父さんの見た人形
◇「定本小川未明童話全集 6」講談社 1977 p27
◇「定本小川未明童話全集 6」大空社 2001 p27

お父さんの村 この物語について
◇「北川千代児童文学全集 下」講談社 1967 p315

おとうさんも おかあさんも
◇「巽聖歌作品集 上」巽聖歌作品集刊行委員会 1977 p513

おとうちゃんと遊ぶ<一幕 生活諷刺劇>
◇「〔斎田喬〕学校劇代表作選 3」牧書店 1959 p143

おとうちゃんのトマト
◇「螢一白木恵美子童話集」東銀座出版社 1997 p36

おとうと
◇「〔木暮正夫〕日本のおばけ話・わらい話 11」岩崎書店 1987 p45

弟
◇「新美南吉全集 6」牧書店 1965 p30
◇「校定新美南吉全集 8」大日本図書 1981 p216

弟
◇「まど・みちお全詩集」理論社 1992 p382
◇「まどさんの詩の本 12」理論社 1997 p58

弟
◇「宮口しづえ児童文学集 5」小峰書店 1969 p147
◇「宮口しづえ童話全集 1」筑摩書房 1979 p166
◇「宮口しづえ童話名作集」一草舎出版 2009 p51

弟
◇「森三郎童話選集 〔2〕」刈谷市教育委員会 1996 p77

おとうとねずみチロの話
◇「もりやまみやこ童話選 3」ポプラ社 2009 p49

おとうとねずみチロは元気
◇「もりやまみやこ童話選 3」ポプラ社 2009 p73

弟のいちご
◇「巽聖歌作品集 上」巽聖歌作品集刊行委員会 1977 p226

弟の顔
◇「石森延男児童文学全集 2」学習研究社 1971 p214

弟の誕生
◇「〔北原〕白秋全童謡集 1」岩波書店 1992 p284

弟の秘密
◇「川端康成少年少女小説集」中央公論社 1968 p55

弟のやっこだこ
◇「花岡大学童話文学全集 4」法蔵館 1980 p147

おとうふや
◇「〔東君平〕ひとくち童話 2」フレーベル館 1995 p14

お伽小唄
◇「〔巌谷〕小波お伽全集 7」本の友社 1998 p377

お伽史詩
◇「〔巌谷〕小波お伽全集 7」本の友社 1998 p165

おとぎ芝居
◇「小出正吾児童文学全集 3」審美社 2000 p135

お伽十二支
◇「巌谷小波お伽噺文庫 〔1〕」大和書房 1976 p69
◇「〔巌谷〕小波お伽全集 6」本の友社 1998 p209

お伽唱歌
◇「〔巌谷〕小波お伽全集 7」本の友社 1998 p255

お伽太閤記
◇「〔巌谷〕小波お伽全集 6」本の友社 1998 p97

お伽噺
◇「新美南吉全集 6」牧書店 1965 p205
◇「校定新美南吉全集 8」大日本図書 1981 p417

おとぎ話をどうみるべきか
◇「浜田広介全集 12」集英社 1976 p66

お伽丸(日本)
◇「〔巌谷〕小波お伽全集 15」本の友社 1998 p301

オトギリ草や汽車の音
◇「今西祐行全集 15」偕成社 1989 p167

おとくの奉公ぶり
◇「与謝野晶子児童文学全集 5」春陽堂書店 2007 p144

お時計屋ポーチュ
◇「太田博也半世紀名作選 1」叢文社 1984 p161
◇「太田博也童話集 3」小山書林 2007 p105

男
◇「くんぺい魔法ばなし―魔法ばなし全集 1」サンリオ 2000 p36

男組と女組
◇「ネーとなかま―小笹正子の童話集」七つ森書館 2006 p21

男たちの現状について
◇「阪田寛夫全詩集」理論社 2011 p115

男だろ
◇「くんぺい魔法ばなし―魔法ばなし全集 1」サン

おとこ

　　◇リオ　2000　p98

男と女
　　◇「全集版灰谷健次郎の本 19」理論社　1987　p96

男と女と荷車
　　◇「川端康成少年少女小説集」中央公論社　1968　p199

男の歌・女の歌
　　◇「氏原大作全集 4」条例出版　1977　p391

男の歌 人間の歌―イヴ・モンタンの復活
　　◇「今江祥智の本 36」理論社　1990　p155

お床の置物
　　◇「〔北原〕白秋全童謡集 2」岩波書店　1992　p202

おとこのこ
　　◇「〔東君平〕おはようどうわ 2」講談社　1982　p72

おとこの子
　　◇「阪田寛夫全詩集」理論社　2011　p236

男の子なら
　　◇「新装版金子みすゞ全集 3」JULA出版局　1984　p135
　　◇「金子みすゞ童謡集」角川春樹事務所　1998　(ハルキ文庫)　p76
　　◇「金子みすゞ童謡全集 6」JULA出版局　2004　p12

おとこのこマーチ
　　◇「〔おうち・やすゆき〕こら！ しんぞう―童謡詩集」小峰書店　1996　p36

男の子はクチャクチャ
　　◇「やなせたかし童謡詩集〔2〕」フレーベル館　2000　p50

男の匂い
　　◇「阪田寛夫全詩集」理論社　2011　p778

男の料理心得帖
　　◇「寺村輝夫全童話 別2」理論社　2012　p353

おとしあな
　　◇「むぎぶえ笛太―文館輝子童話集」越野智, ブックヒルズ(所沢)　1999　p135

落し穴
　　◇「くんぺい魔法ばなし―魔法ばなし全集 3」サンリオ　2000　p58

落とし穴
　　◇「〔高崎乃理子〕妖精の好きな木―詩集」かど創房　1998　p50

落した一銭銅貨
　　◇「校定新美南吉全集 4」大日本図書　1980　p404

落とした一銭銅貨
　　◇「新美南吉童話集 1」大日本図書　1982　p228
　　◇「新美南吉童話大全」講談社　1989　p293
　　◇「新美南吉童話集 1」大日本図書　2012　p228

おとした 一せんの おかね
　　◇「新美南吉全集 1」牧書店　1965　p163

おとしたのはだあれ
　　◇「杉みき子選集 7」新潟日報事業社　2009　p125

お年玉
　　◇「〔巌谷〕小波お伽全集 14」本の友社　1998　p333

お年玉
　　◇「定本壺井栄児童文学全集 1」講談社　1979　p219

お年玉と子ども
　　◇「椋鳩十の本 25」理論社　1983　p226

お年玉と新聞紙だこ
　　◇「ビートたけし傑作集 少年編 1」金の星社　2010　p136

お年玉(A―児童・克子もの)
　　◇「壺井栄全集 9」文泉堂出版　1997　p420

お年玉(B―児童・大ちゃんもの)
　　◇「壺井栄全集 9」文泉堂出版　1997　p424

おとしもの
　　◇「〔東君平〕ひとくち童話 5」フレーベル館　1995　p30

おとしもの
　　◇「椋鳩十全集 12」ポプラ社　1970　p38

落しもの
　　◇「椋鳩十の本 15」理論社　1982　p39

オートジャイロ
　　◇「〔北原〕白秋全童謡集 3」岩波書店　1992　p148
　　◇「〔北原〕白秋全童謡集 4」岩波書店　1993　p224

訪れた幸福
　　◇「住井すゑ わたしの少年少女物語〔1〕」労働旬報社　1989　p134

おたちばな媛
　　◇「浜田広介全集 11」集英社　1976　p138

音立てて
　　◇「阪田寛夫全詩集」理論社　2011　p33

おとっつぁんの短歌
　　◇「石森延男児童文学全集 11」学習研究社　1971　p286

おとっつあんは
　　◇「中村雨紅詩謡集」中村雨紅詩謡集刊行委員会　1971　p155

おどってくる はねてくる
　　◇「巽聖歌作品集 上」巽聖歌作品集刊行委員会　1977　p526

音と死
　　◇「〔山野理夫〕おばけ文庫 7」太平出版社　1976　(母と子の図書室)　p140

〔一昨年四月来たときは〕
　　◇「新修宮沢賢治全集 4」筑摩書房　1979　p63
　　◇「新修宮沢賢治全集 4」筑摩書房　1979　p316

おとな観察記録
　　◇「全集版灰谷健次郎の本 15」理論社　1988　p62

大人←→子ども
　　◇「今江祥智の本 36」理論社　1990　p39

おとなしくなった ぞう

◇「花岡大学仏典童話全集 6」法蔵館 1979 p166

おとなしすぎる
　◇「今江祥智の本 12」理論社 1980 p72
　◇「今江祥智童話館 〔3〕」理論社 1986 p50

おとなでもブルブルようかい話
　◇〔木暮正夫〕日本のおばけ話・わらい話 20」岩崎書店 1988

おとなと こども
　◇「まど・みちお全詩集 続」理論社 2015 p250

おとなと子ども
　◇「千葉省三童話全集 1」岩崎書店 1967 p83

おとなと子供
　◇〔島崎〕藤村の童話 3」筑摩書房 1979 p66

大人について
　◇「まど・みちお全詩集」理論社 1992 p686

「おとなになる旅」
　◇「全集版灰谷健次郎の本 21」理論社 1988 p263

大人のおもちゃ
　◇「金子みすゞ童謡全集 2」JULA出版局 2003 p114

大人のおもちゃ
　◇「新装版金子みすゞ全集 1」JULA出版局 1984 p147
　◇「新装版金子みすゞ全集 1」JULA出版局 1984 p171

おとなのけんか
　◇「来栖良夫児童文学全集 1」岩崎書店 1983 p98

大人の時間 子どもの時間
　◇「今江祥智の本 22」理論社 1981 p7

大人の視座 子どもの視座
　◇「今江祥智の本 22」理論社 1981 p186

大人の童話
　◇「校定新美南吉全集 7」大日本図書 1980 p64

おとなのはじめ
　◇〔斎藤信夫〕子ども心を友として—童謡詩集」成東町教育委員会 1996 p254

おとなマーチ
　◇「阪田寛夫全詩集」理論社 2011 p302

おとなも子どもも
　◇「壺井栄名作集 1」ポプラ社 1965 p147
　◇「壺井栄全集 10」文泉堂 1998 p556

お隣さん
　◇「西條八十童謡全集」修道社 1971 p131

お隣の英雄
　◇「佐々木邦全集 補巻4」講談社 1975 p297

おとなりのはと
　◇「浜田広介全集 7」集英社 1976 p124

お隣りの人たち
　◇〔島崎〕藤村の童話 2」筑摩書房 1979 p103

音ぬすみ

◇〔山田野理夫〕おばけ文庫 7」太平出版社 1976（母と子の図書室）p50

音の世界
　◇「石森延男児童文学全集 15」学習研究社 1971 p41

〔燕麦（オート）の種子をこぼせば〕
　◇「新修宮沢賢治全集 4」筑摩書房 1979 p66
　◇「新修宮沢賢治全集 4」筑摩書房 1979 p317

音のゆくえ
　◇「壺井栄全集 2」文泉堂出版 1997 p313

オートバイ
　◇「庄野英二全集 6」偕成社 1979 p225

燕麦（オート）播き
　◇「新修宮沢賢治全集 4」筑摩書房 1979 p76
　◇「新修宮沢賢治全集 4」筑摩書房 1979 p318

おとまり
　◇〔東君平〕おはようどうわ 6」講談社 1982 p42

おとむらい
　◇「浜田広介全集 3」集英社 1975 p67

お葬いごっこ
　◇「金子みすゞ童謡全集 2」JULA出版局 2003 p80

お葬ひごつこ
　◇「新装版金子みすゞ全集 1」JULA出版局 1984 p145

おとむらいの日
　◇「金子みすゞ童謡全集 1」JULA出版局 2003 p156

おとむらひの日
　◇「新装版金子みすゞ全集 1」JULA出版局 1984 p71
　◇「新装版金子みすゞ全集 1」JULA出版局 1984 p96

少女（おとめ）…→"しょうじょ…"をも見よ

少女子の花
　◇「与謝野晶子児童文学全集 6」春陽堂書店 2007 p128

乙女岬
　◇〔巌谷〕小波お伽全集 13」本の友社 1998 p231

少女（おとめ）の歌
　◇「佐藤一英「童話・童謡集」」一宮市立萩原小学校 2003 p41

少女（おとめ）ぶり
　◇「校定新美南吉全集 8」大日本図書 1981 p451

おともだち
　◇「石森読本—石森延男児童文学選集 3年生」小学館 1977 p149

おトラさまとイノコさま
　◇〔今坂柳二〕りゅうじフォークロア・world 2」ふるさと伝承研究会 2007 p75

おどり
　◇「平塚武二童話全集 4」童心社 1972 p171

おとり

おどりがにの話
◇「二反長半作品集 3」集英社 1979 p214

おとり烏・上
◇「与謝野晶子児童文学全集 3」春陽堂書店 2007 p123

おとり烏・下
◇「与謝野晶子児童文学全集 3」春陽堂書店 2007 p130

をどりこ草（日下部梅子）
◇「岡田泰三・日下部梅子童謡集」会津童詩会 1992 p73

踊と歌
◇「中村雨紅詩謡集」中村雨紅詩謡集刊行委員会 1971 p38

おどり人形
◇「金子みすゞ童謡全集 6」JULA出版局 2004 p140

をどり人形
◇「新装版金子みすゞ全集 3」JULA出版局 1984 p231

おとりのキジ
◇「〔木暮正夫〕日本のおばけ話・わらい話 9」岩崎書店 1987 p19

おとりの辞書
◇「国分一太郎児童文学集 1」小峰書店 1967 p217

踊のたき火
◇「鈴木三重吉童話全集 3」文泉堂書店 1975（日本文学全集・選集叢刊第5次）p94

おどる さかな
◇「坪田譲治幼年童話文学全集 1」集英社 1964 p120

おどる魚
◇「坪田譲治自選童話集」実業之日本社 1971 p254
◇「坪田譲治童話全集 3」岩崎書店 1986 p81

おどるしかばね
◇「〔木暮正夫〕日本のおばけ話・わらい話 17」岩崎書店 1988 p27

おどるドンモ
◇「サトウハチロー・ユーモア小説選 16」岩崎書店 1979 p7

おどるノミの子
◇「〔山田野理夫〕お笑い文庫 3」太平出版社 1977（母と子の図書室）p39

おどろ
◇「小川未明幼年童話文学全集 7」集英社 1966 p133
◇「定本小川未明童話全集 13」大空社 2002 p34

おどろきということ
◇「全集古田足日子どもの本 2」童心社 1993 p374

おとろし話
◇「〔かこさとし〕お話こんにちは 〔11〕」偕成社 1980 p112

同い年
◇「栗良平作品集 1」栗っ子の会 1988（栗っ子童話シリーズ）p31

同い年
◇「壺井栄全集 2」文泉堂出版 1997 p218

おなか
◇「〔東君平〕おはようどうわ 1」講談社 1982 p86

おなかがすいたぞう
◇「寺村輝夫童話全集 9」ポプラ社 1982 p197
◇「寺村輝夫全童話 3」理論社 1997 p325

女影小袖
◇「〔今坂柳二〕りゅうじフォークロア・world 6」ふるさと伝承研究会 2012 p113

おなかすいたヨー
◇「〔黒川良人〕犬の詩猫の詩—児童詩集」東洋出版 2000 p134

おなかのいたいかたつむり
◇「筒井敬介童話全集 2」フレーベル館 1984 p7

おなかの上の汽車ポッポ
◇「桃色のダブダブさん—松田解子童話集」新日本出版社 2004 p69

おなかの皮
◇「鈴木三重吉童話全集 2」文泉堂書店 1975（日本文学全集・選集叢刊第5次）p348

おなかの かわが やぶれた かえる
◇「西本鶏介のむかしむかし」小学館 2003 p95

おなかの皮がやぶれたかえる
◇「〔西本鶏介〕新日本昔ばなし——日一話・読みきかせ」小学館 1997 p12

おなかのかわがやぶれたかえるについて
◇「西本鶏介のむかしむかし」小学館 2003 p112

お腹の写真
◇「与謝野晶子児童文学全集 2」春陽堂書店 2007 p202

おなかのすいたコン
◇「松谷みよ子おはなし集 2」ポプラ社 2010 p50

おなかの大きい小母さん
◇「まど・みちお全詩集 続」理論社 2015 p123

おなかの徳利
◇「〔山田野理夫〕おばけ文庫 10」太平出版 1976（母と子の図書室）p56

おなかのへるうた
◇「阪田寛夫全詩集」理論社 2011 p295

同じ根っこの日本人
◇「松谷みよ子全エッセイ 2」筑摩書房 1989 p251

おなじ畑とちがつた畑
◇「今井誉次郎童話集子どもの村 〔4〕」国土社 1957 p25

おなじ夕方
◇「阪田寛夫全詩集」理論社 2011 p160

おなべとおさらとカーテン
　◇「村山籌子作品集 1」JULA出版局 1997 p12
おなべ屋さん、さすが！
　◇「〔柳家弁天〕らくご文庫 8」太平出版社 1987 p29
おなら
　◇「まど・みちお全詩集 続」理論社 2015 p154
オナラぐらし
　◇「まど・みちお全詩集 続」理論社 2015 p203
おならちゃん
　◇「まど・みちお全詩集 続」理論社 2015 p198
おならのいましめ
　◇「〔山田野理夫〕お笑い文庫 1」太平出版社 1977（母と子の図書室）p115
おならのこうぎ
　◇「全集版灰谷健次郎の本 15」理論社 1988 p35
おならは えらい
　◇「まど・みちお全詩集」理論社 1992 p642
　◇「まどさんの詩の本 8」理論社 1996 p46
鬼
　◇「今江祥智の本 10」理論社 1980 p120
　◇「今江祥智童話館 〔8〕」理論社 1987 p174
　◇「今江祥智ショートファンタジー 5」理論社 2005 p47
鬼
　◇「〔島崎〕藤村の童話 1」筑摩書房 1979 p181
お兄さんが兵隊に
　◇「〔あらやゆきお〕創作童話 ざくろの詩」鳳書院 2012 p54
おにいたん
　◇「今江祥智の本 20」理論社 1981 p9
　◇「今江祥智童話館 〔8〕」理論社 1987 p67
おにいちゃん
　◇「〔木暮正夫〕日本のおばけ話・わらい話 11」岩崎書店 1987 p91
おにいちゃん
　◇「後藤竜二童話集 4」ポプラ社 2013 p75
おにいちゃん
　◇「〔中山尚美〕おふろの中で―詩集」アイ企画 1996 p8
おにいちゃんと犬
　◇「犬飼馬鹿人旧作童話集」日本文化資料センター 1996 p40
おにいちゃんになったから
　◇「〔坪井安〕はしれ子馬よ―童謡詩集」童謡研究・蜂の会 1999 p138
お兄ちゃんになりたい
　◇「みんな家族―他8編―あづましん児童文学短編集」愛生社 2001 p61
おにいちゃんのくいしんぼう
　◇「犬飼馬鹿人旧作童話集」日本文化資料センター 1996 p36
お兄ちゃんの長～い一日
　◇「ほんとはね、―かわしませいご童話集」文芸社 2008 p77
鬼を飼うゴロ
　◇「北畠八穂児童文学全集 6」講談社 1975 p5
鬼を飼う娘
　◇「さねとうあきら創作民話集 被差別部落 1」明石書店 1988 p26
鬼が
　◇「星新一ショートショートセレクション 8」理論社 2002 p170
鬼がくるなら
　◇「りりらりらわたしの絵本―富永佳与子こどものうた作品集」国土社 1994 p64
鬼が島
　◇「中村雨紅詩謡集」中村雨紅詩謡集刊行委員会 1971 p36
おにがしまへ
　◇「大石真児童文学全集 16」ポプラ社 1982 p165
おにがしまに いく ふね
　◇「佐藤義美全集 5」佐藤義美全集刊行会 1973 p37
鬼が城
　◇「〔巌谷〕小波お伽全集 9」本の友社 1998 p9
鬼が創った山
　◇「〔山村義盛〕童話集」山村義盛 1997 p21
鬼がっ原の一つ目
　◇「川崎大治民話選 〔2〕」童心社 1969 p176
鬼が泣いた
　◇「りりらりらわたしの絵本―富永佳与子こどものうた作品集」国土社 1994 p68
おにが やい やい
　◇「阪田寛夫全詩集」理論社 2011 p187
鬼瓦
　◇「〔巌谷〕小波お伽全集 12」本の友社 1998 p15
オニ来たァ！
　◇「斎藤隆介全集 3」岩崎書店 1982 p290
おにぎり
　◇「石森延男児童文学全集 5」学習研究社 1971 p166
　◇「石森読本―石森延男児童文学選集 1年生」小学館 1977 p134
おにぎり
　◇「室生犀星童話全集 1」創林社 1978 p113
おにぎり ころりん
　◇「まど・みちお全詩集」理論社 1992 p226
　◇「まどさんの詩の本 5」理論社 1994 p60
おにぎりの歌
　◇「稗田童平全集 3」宝文館出版 1979 p48
おにぎりはラグビーボール
　◇「螢―白木恵委子童話集」東銀座出版社 1997 p83

おにこ

鬼ごっこ
　◇「中村雨紅詩謡集」中村雨紅詩謡集刊行委員会
　　1971 p62
鬼ごっこ子ごっこ
　◇「浜田広介全集 11」集英社 1976 p102
おにごっこしましょう
　◇「阪田寛夫全詩集」理論社 2011 p637
鬼ごっこするもの
　◇「新美南吉全集 6」牧書店 1965 p261
鬼ごつこするもの
　◇「校定新美南吉全集 8」大日本図書 1981 p436
おにごっこだいすき
　◇「今江祥智の本 16」理論社 1980 p148
　◇「今江祥智童話館 〔1〕」理論社 1986 p43
　◇「今江祥智ショートファンタジー 3」理論社 2004
　　p21
おにさんは どこにいる
　◇「今西祐行絵ぶんこ 6」あすなろ書房 1984 p3
　◇「今西祐行全集 3」偕成社 1987 p207
鬼退治
　◇「あたまでっかち―下村千秋童話選集」阿見町教
　　育委員会,講談社出版サービスセンター（製作）
　　1997 p45
おにたのぼうし
　◇「あまんきみこ童話集 1」ポプラ社 2008 p5
　◇「あまんきみこセレクション 4」三省堂 2009 p92
童謡おにとあそさん
　◇「〔山村義盛〕童話集」山村義盛 1997 p23
鬼と按摩
　◇「〔巌谷〕小波お伽全集 14」本の友社 1998 p265
鬼と箸
　◇「〔巌谷〕小波お伽全集 14」本の友社 1998 p229
おにとだいく
　◇「寺村輝夫のむかし話 〔3〕」あかね書房 1977
　　p84
鬼との一夜
　◇「花岡大学仏典童話新作集 3」法蔵館 1984 p53
鬼とは何ぞ
　◇「阪田寛夫全詩集」理論社 2011 p643
おにのあかべえ
　◇「寺村輝夫童話全集 14」ポプラ社 1982 p5
　◇「寺村輝夫どうわの本 10」ポプラ社 1985 p7
おにの赤べえ
　◇「寺村輝夫全童話 4」理論社 1997 p7
おの あらそい
　◇「花岡大学仏典童話全集 6」法蔵館 1979 p73
おにの いけ
　◇「花岡大学仏典童話全集 6」法蔵館 1979 p161
おにの石だん
　◇「寺村輝夫のむかし話 〔3〕」あかね書房 1977
　　p22
鬼の岩屋
　◇「〔比江島重孝〕宮崎のむかし話 2」鉱脈社 1998
　　p219
鬼のうで
　◇「川崎大治民話選 〔2〕」童心社 1969 p166
おにのおやかた
　◇「寺村輝夫のむかし話 〔3〕」あかね書房 1977
　　p32
鬼の恩返し
　◇「〔うえ山のぼる〕夢と希望の童話集」文芸社
　　2011 p17
鬼のかたなかじ
　◇「松谷みよ子のむかしむかし 3」講談社 1973
　　p137
鬼の刀鍛冶（埼玉）
　◇「〔木暮正夫〕日本の怪奇ばなし 9」岩崎書店
　　1990 p85
「おにのかたなかじ」のこと
　◇「松谷みよ子全エッセイ 2」筑摩書房 1989 p189
おにのギター
　◇「佐藤義美童謡集」さ・え・ら書房 1960 p262
　◇「佐藤義美全集 1」佐藤義美全集刊行会 1974
　　p273
　◇「ともだちシンフォニー――佐藤義美童謡集」JULA
　　出版局 1990 p104
おにの小づち
　◇「寺村輝夫のむかし話 〔3〕」あかね書房 1977
　　p68
鬼の子太郎
　◇「奥田継夫ベストコレクション 10」ポプラ社
　　2002 p108
鬼の子供
　◇「与謝野晶子児童文学全集 2」春陽堂書店 2007
　　p185
おにの子フウタ
　◇「もりやまみやこ童話選 4」ポプラ社 2009 p47
鬼の子守唄
　◇「阪田寛夫全詩集」理論社 2011 p298
おにのじんべえどん
　◇「寺村輝夫のむかし話 〔3〕」あかね書房 1977
　　p56
オニのたまご
　◇「〔木暮正夫〕日本のおばけ話・わらい話 5」岩崎
　　書店 1986 p92
鬼の角
　◇「〔巌谷〕小波お伽全集 3」本の友社 1998 p390
鬼の名前
　◇「与謝野晶子児童文学全集 4」春陽堂書店 2007
　　p201
おにのにお

◇「寺村輝夫童話全集 14」ポプラ社 1982 p61
◇「寺村輝夫全童話 4」理論社 1997 p25

おにのにんじん
◇「寺村輝夫のむかし話 〔3〕」あかね書房 1977 p6

おにのはなし
◇「佐藤さとる全集 5」講談社 1974 p151

おにのはなし
◇「寺村輝夫のむかし話 〔3〕」あかね書房 1977

鬼の話
◇「佐藤さとるファンタジー全集 13」講談社 1983 p101
◇「佐藤さとるファンタジー全集 13」講談社, 復刊ドットコム (発売) 2011 p101

鬼のヘラ
◇「浜田広介全集 9」集英社 1976 p80

おにのむこどん
◇「寺村輝夫のむかし話 〔3〕」あかね書房 1977 p94

鬼の目玉
◇「松谷みよ子おはなし集 5」ポプラ社 2010 p117

鬼の面
◇「北彰介作品集 2」青森県児童文学研究会 1990 p101

鬼の面をかぶったら
◇〔西本鶏介〕新日本昔ばなし——一日一話・読みきかせ 2」小学館 1997 p78

鬼の宿
◇〔巌谷〕小波お伽全集 10」本の友社 1998 p43

鬼の留守
◇〔巌谷〕小波お伽全集 13」本の友社 1998 p386

鬼の笑い
◇「阪田寛夫全詩集」理論社 2011 p544

鬼八と火たきの神事 (熊本)
◇〔木暮正夫〕日本の怪奇ばなし 10」岩崎書店 1990 p125

鬼ばば
◇「北彰介作品集 3」青森県児童文学研究会 1990 p131

鬼火
◇〔山田野理夫〕おばけ文庫 6」太平出版社 1976 (母と子の図書室) p118

鬼笛の話
◇「二反長半作品集 3」集英社 1979 p113

鬼豆福豆
◇〔坪井安〕はしれ子馬よ—童謡詩集」童謡研究・蜂の会 1999 p26

鬼味噌
◇「新装版金子みすゞ全集 1」JULA出版局 1984 p68
◇「金子みすゞ童謡集」角川春樹事務所 1998 (ハルキ文庫) p61

◇「金子みすゞ童謡全集 1」JULA出版局 2003 p110

鬼もち
◇「むぎぶえ笛太—文館輝子童話集」越野智, ブックヒルズ (所沢) 1999 p142

おにやかた
◇〔かこさとし〕お話こんにちは 〔10〕」偕成社 1980 p44

鬼夜叉ブルース—テレビ映画「海の次郎丸」主題歌
◇「阪田寛夫全詩集」理論社 2011 p808

鬼山
◇「ネーとなかま—小笹正子の童話集」七つ森書館 2006 p63

オニヤンマ
◇「まど・みちお全詩集 続」理論社 2015 p257

オニヤンマと川遊び
◇「ビートたけし傑作集 少年編 1」金の星社 2010 p100

おにやんまのうた
◇「室生犀星童話全集 2」創林社 1978 p44

おに六の はなし
◇「坪田譲治幼年童話文学全集 6」集英社 1964 p90

鬼は内…
◇「今江祥智童話館 〔8〕」理論社 1987 p127

鬼は鬼でも
◇「りらりらりらわたしの絵本—富永佳与子こどものうた作品集」国土社 1994 p66

おにはそと
◇〔坪井安〕はしれ子馬よ—童謡詩集」童謡研究・蜂の会 1999 p128

おにはそと
◇「長崎源之助全集 18」偕成社 1987 p45

オニはそと
◇〔東君平〕おはようどうわ 1」講談社 1982 p32
◇「東君平のおはようどうわ 4」新日本出版社 2010 p15

おにわのあんよ
◇「浜田広介全集 11」集英社 1976 p102

おにわのダリア
◇〔斎藤信夫〕子ども心を友として—童謡詩集」成東町教育委員会 1996 p268

お庭の船
◇「石森延男児童文学全集 4」学習研究社 1971 p141

お庭の夢
◇〔北原〕白秋全童謡集 2」岩波書店 1992 p465

おにわらい
◇「杉みき子選集 7」新潟日報事業社 2009 p205

お人形
◇「鈴木三重吉童話全集 2」文泉堂書店 1975 (日

おにん

本文学全集・選集叢刊第5次」p358
お人形さんとタマ公
◇「かもめの水兵さん―武内俊子伝記と作品集」講談社出版サービスセンター 1977 p126
お人形たちは夜
◇「立原えりかのファンタジーランド 9」青土社 1980 p141
お人形の歌
◇「松田瓊子全集 1」大空社 1997 p1
お人形の 毛糸
◇「与田凖一全集 1」大日本図書 1967 p212
お人形焼く家
◇「〔北原〕白秋全童謡集 1」岩波書店 1992 p69
尾根
◇「北彰介作品集 4」青森県児童文学研究会 1991 p153
おねえさん
◇「阪田寛夫全詩集」理論社 2011 p453
おねえさん
◇「〔東君平〕おはようどうわ 8」講談社 1982 p34
おねえさん
◇「まど・みちお全詩集」理論社 1992 p573
◇「まどさんの詩の本 12」理論社 1997 p54
おねえさんといっしょ
◇「筒井敬介童話全集 5」フレーベル館 1983 p7
おねえちゃん
◇「みずいろようちえん―出雲路猛雄童話集」坂神都 2012 p147
おねえちゃんと いわれて
◇「小川未明幼年童話文学全集 2」集英社 1965 p179
お姉ちゃんといわれて
◇「定本小川未明童話全集 14」講談社 1977 p107
◇「定本小川未明童話全集 14」大空社 2002 p107
おねえちゃんはしゃしょうさん
◇「長崎源之助全集 16」偕成社 1988 p87
お願い
◇「星新一YAセレクション 6」理論社 2009 p159
おねがい けんちゃん
◇「おはなしいっぱい―祐成智美童謡詩集」リーブル 1997 p16
おねしょはこころのなみだ
◇「〔星野のの〕木の葉のぞうり」文芸社 2000 p43
おねどこ
◇「〔北原〕白秋全童謡集 2」岩波書店 1992 p204
おねぼうですね
◇「山本瓔子詩集 II」新風舎 2003 p74
おねぼうなじゃがいもさん
◇「村山籌子作品集 1」JULA出版局 1997 p17
お寝着

◇「新装版金子みすゞ全集 3」JULA出版局 1984 p243
◇「みすゞさん―童謡詩人・金子みすゞの優しさ探しの旅 2」春陽堂書店 1998
◇「金子みすゞ童謡全集 6」JULA出版局 2004 p158
おねんねお舟
◇「新装版金子みすゞ全集 1」JULA出版局 1984 p189
◇「金子みすゞ童謡全集 2」JULA出版局 2003 p142
おねんね, ねんね
◇「〔北原〕白秋全童謡集 2」岩波書店 1992 p94
お能けんぶつ
◇「川崎大治民話選 〔3〕」童心社 1971 p109
尾上柴舟
◇「〔かこさとし〕お話こんにちは 〔5〕」偕成社 1979 p86
おのこ おみな
◇「阪田寛夫全詩集」理論社 2011 p12
おの字
◇「〔山田野理夫〕お笑い文庫 8」太平出版社 1977（母と子の図書室）p40
おの字と ぼうし
◇「与田凖一全集 1」大日本図書 1967 p200
おのぞみの結末
◇「星新一ちょっと長めのショートショート 5」理論社 2006 p63
尾のないライオン
◇「戸川幸夫動物文学全集 4」講談社 1976 p324
自己を知れ（狂犬と鈴）
◇「〔巌谷〕小波お伽全集 14」本の友社 1998 p34
己に出づる者わ己に帰る
◇「〔巌谷〕小波お伽全集 14」本の友社 1998 p272
おばあさまとおひなさま
◇「宮口しづえ児童文学集 5」小峰書店 1969 p99
◇「宮口しづえ童話全集 1」筑摩書房 1979 p113
お祖母様と浄瑠璃
◇「新装版金子みすゞ全集 1」JULA出版局 1984 p221
◇「金子みすゞ童謡全集 2」JULA出版局 2003 p189
お祖母様の病気
◇「新装版金子みすゞ全集 3」JULA出版局 1984 p200
◇「金子みすゞ童謡全集 6」JULA出版局 2004 p100
おばあさん
◇「〔東君平〕おはようどうわ 1」講談社 1982 p88
おばあさん
◇「まど・みちお詩集 3」銀河社 1975 p28
◇「まど・みちお全詩集」理論社 1992 p475

おばあさん
　◇「宮口しづえ童話全集 8」筑摩書房 1979 p43
おばあさん
　◇「森三郎童話選集〔2〕」刈谷市教育委員会 1996 p228
お婆さんとうさぎ
　◇「鈴木三重吉童話全集 3」文泉堂書店 1975（日本文学全集・選集叢刊第5次）p249
おばあさんと馬
　◇「花岡大学 続・仏典童話全集 1」法蔵館 1981 p29
　◇「花岡大学仏典童話新作集 1」法蔵館 1984 p29
おばあさんと鬼
　◇「森三郎童話選集〔1〕」刈谷市教育委員会 1995 p165
おばあさんと黒ねこ
　◇「定本小川未明童話全集 5」講談社 1977 p274
　◇「定本小川未明童話全集 5」大空社 2001 p274
おばあさんとだんごと鬼の話
　◇「怪談小泉八雲のこわ〜い話 10」汐文社 2009 p107
おばあさんとツェッペリン
　◇「定本小川未明童話全集 6」講談社 1977 p230
　◇「定本小川未明童話全集 6」大空社 2001 p230
お婆さんと息子
　◇「〔北原〕白秋全童謡集 1」岩波書店 1992 p172
おばあさんと夢見童子
　◇「〔川上文子〕七つのあかり―短篇童話集」教育報道社 1998（教報ブックス）p113
おばあさんに逃げられたおじいさん
　◇「〔西本鶏介〕日本の昔話―読みきかせお話集 1」小学館 1999 p60
おばあさんの縁談
　◇「〔山田野理夫〕お笑い文庫 8」太平出版社 1977（母と子の図書室）p39
おばあさんのおきゃくさん
　◇「浜田広介全集 10」集英社 1976 p22
お祖母さんのお年玉
　◇「与謝野晶子児童文学全集 2」春陽堂書店 2007 p271
お祖母さんのかぎ
　◇「〔島崎〕藤村の童話 2」筑摩書房 1979 p100
おばあさんの子ども
　◇「夢見る窓―冬村勇陽童話集」北雪新書 2004 p12
おばあさんのたより
　◇「いのち―みずかみかずよ全詩集」石風社 1995 p308
おばあさんの誕生日
　◇「壺井栄名作集 7」ポプラ社 1965 p84
　◇「定本壺井栄児童文学全集 1」講談社 1979 p257
　◇「壺井栄全集 9」文泉堂出版 1997 p241
おばあさんのちえ
　◇「〔木暮正夫〕日本のおばけ話・わらい話 12」岩崎書店 1987 p56
おばあさんの手
　◇「いのち―みずかみかずよ全詩集」石風社 1995 p310
　◇「いのち―みずかみかずよ全詩集」石風社 1995 p311
おばあさんのとんち
　◇「浜田広介全集 9」集英社 1976 p87
おばあさんの花
　◇「浜田広介全集 2」集英社 1975 p58
おばあさんの花
　◇「いのち―みずかみかずよ全詩集」石風社 1995 p96
おばあさんのはなし
　◇「千葉省三童話全集 3」岩崎書店 1967 p157
おばあさんの花火
　◇「杉みき子選集 1」新潟日報事業社 2005 p201
おばあさんのひこうき
　◇「佐藤さとる全集 1」講談社 1972 p83
おばあさんの飛行機
　◇「佐藤さとるファンタジー全集 8」講談社 1982 p5
　◇「佐藤さとるファンタジー全集 8」講談社, 復刊ドットコム（発売）2010 p5
おばあさんのほくろ
　◇「花岡大学仏典童話全集 2」法蔵館 1979 p159
おばあさんは星の夢人
　◇「〔村上のぶ子〕ここは小人の国―少年詩集」あしぶえ出版 2000 p62
おばあちゃん
　◇「まど・みちお全詩集」理論社 1992 p383
　◇「まどさんの詩の本 12」理論社 1997 p50
　◇「まどさんの詩の本 12」理論社 1997 p52
おばあちゃんがおうちだったはなし
　◇「神沢利子コレクション・普及版 5」あかね書房 2006 p90
おばあちゃんがカヤネズミだったはなし
　◇「神沢利子コレクション・普及版 5」あかね書房 2006 p55
おばあちゃんが汽車だったはなし
　◇「神沢利子コレクション・普及版 5」あかね書房 2006 p32
おばあちゃんどこにいますか
　◇「もりやまみやこ童話選 5」ポプラ社 2009 p103
おばあちゃんとこねこ
　◇「〔坪井安〕はしれ子馬よ―童謡詩集」童謡研究・蜂の会 1999 p80
おばあちゃんと自転車
　◇「〔永田允子〕わすれな草―童話集」講談社出版サービスセンター 1997 p27

おはあ

おばあちゃんとつばめ
　◇「今西祐行全集 6」偕成社 1988 p145
おばあちゃんとわたしのふしぎな冬
　◇「杉みき子選集 7」新潟日報事業社 2009 p229
おばあちゃんのおうち
　◇「〔坪井安〕はしれ子馬よ―童謡詩集」童謡研究・蜂の会 1999 p136
おばあちゃんのおみやげ
　◇「角野栄子のちいさなどうわたち 5」ポプラ社 2007 p39
おばあちゃんの時計をさがせ
　◇「〔塩見治子〕短編童話集 本のむし」早稲田童話塾 2013 p177
おばあちゃんのなかに
　◇「阪田寛夫全詩集」理論社 2011 p881
おばあちゃんの人形
　◇「〔川田進〕短編少年文芸作品集 もう一人のぼく」せんしん出版 2010 p122
おばあちゃんの白もくれん
　◇「杉みき子選集 1」新潟日報事業社 2005 p263
おばあちゃんのビヤホールはこわいよ
　◇「松谷みよ子おはなし集 4」ポプラ社 2010 p47
おばあちゃんのポスト
　◇「杉みき子選集 7」新潟日報事業社 2009 p217
おばあちゃんの森
　◇「〔山中基義〕あたたかい雪―童話作品集」文芸社 2004 p47
おばあちゃんの雪段
　◇「杉みき子選集 3」新潟日報事業社 2006 p89
おばあちゃんの雪見どり
　◇「長い長いかくれんぼ―杉みき子自選童話集」新潟日報事業社 2001 p72
おばあちゃん、ゆうびんです
　◇「杉みき子選集 7」新潟日報事業社 2009 p31
おばあちゃん、雪女に会う
　◇「杉みき子選集 8」新潟日報事業社 2010 p211
おばかさん
　◇「来栖良夫児童文学全集 1」岩崎書店 1983 p155
オバカチャン
　◇「平塚武二童話全集 1」童心社 1972 p173
お墓参りの道
　◇「〔島崎〕藤村の童話 2」筑摩書房 1979 p107
伯母ヶ峰の一本たたら（奈良）
　◇「〔木暮正夫〕日本の怪奇ばなし 10」岩崎書店 1990 p52
おはぎを たべたのは だれ
　◇「西本鶏介のむかしむかし」小学館 2003 p131
おはぎをたべたのはだれについて
　◇「西本鶏介のむかしむかし」小学館 2003 p148
おはぎをつくるおばけ
　◇「〔西本鶏介〕新日本昔ばなし―一日一話・読みきかせ 2」小学館 1997 p28
おはぎのかなしみ
　◇「宮口しづえ童話全集 6」筑摩書房 1979 p106
　◇「宮口しづえ童話名作集」一草舎出版 2009 p145
おはぐろ
　◇「稗田菫平全集 3」宝文館出版 1979 p61
おはぐろ蜻蛉
　◇「〔竹久〕夢二童謡集」ノーベル書房 1975（浪漫文庫）p17
お化け
　◇「杉みき子選集 2」新潟日報事業社 2005 p204
お化うさぎ
　◇「与謝野晶子児童文学全集 2」春陽堂書店 2007 p45
お化け煙突
　◇「阪田寛夫全詩集」理論社 2011 p346
おばけおばけ でたあ
　◇「大川悦生・おばけの本 1」ポプラ社 1981 p1
おばけ雲
　◇「来栖良夫児童文学全集 2」岩崎書店 1983 p49
おばけごっこ
　◇「山本瓔子詩集 II」新風舎 2003 p17
おばけさん なにをたべますか？
　◇「大川悦生・おばけの本 10」ポプラ社 1983 p1
おばけじかん どろどろ
　◇「大川悦生・おばけの本 4」ポプラ社 1981 p1
おばけたいじ
　◇「来栖良夫児童文学全集 1」岩崎書店 1983 p56
おばけ たいじ
　◇「花岡大学仏典童話全集 7」法蔵館 1979 p136
オバケちゃんと走るおばあさん
　◇「松谷みよ子おはなし集 4」ポプラ社 2010 p6
お化けとまちがえた話
　◇「定本小川未明童話集 5」講談社 1977 p267
　◇「定本小川未明童話集 5」大空社 2001 p267
オバケとモモちゃん
　◇「松谷みよ子全集 10」講談社 1972 p45
おばけとゆうれい
　◇「坪田譲治童話全集 8」岩崎書店 1986 p183
おばけトンボ
　◇「与田準一全集 4」大日本図書 1967 p233
おばけなら いうだろ
　◇「まど・みちお全詩集」理論社 1992 p384
　◇「まどさんの詩の本 8」理論社 1996 p86
おばけのアッチ こどもプールのまき
　◇「角野栄子の小さなおばけシリーズ〔15〕」ポプラ社 1985 p1
おばけのアッチ スーパーマーケットのまき
　◇「角野栄子の小さなおばけシリーズ〔13〕」ポプ

おばけのアッチ ねんねんねんね
　◇「角野栄子の小さなおばけシリーズ 〔7〕」ポプラ社 1981 p1
おばけのアッチのあるかないかわからないごちそう
　◇「角野栄子の小さなおばけシリーズ 〔23〕」ポプラ社 1996 p1
おばけのアッチのおばけカレー
　◇「角野栄子の小さなおばけシリーズ 〔22〕」ポプラ社 1996 p1
おばけの絵
　◇「石森延男児童文学全集 11」学習研究社 1971 p245
　◇「石森延男児童文学全集 11」学習研究社 1971 p263
　◇「石森読本—石森延男児童文学選集 4年生」小学館 1977 p132
おばけのかんづめ
　◇「佐藤さとる全集 5」講談社 1974 p177
お化けのかんづめ
　◇「佐藤さとるファンタジー全集 6」講談社 1982 p87
　◇「佐藤さとるファンタジー全集 6」講談社, 復刊ドットコム (発売) 2010 p87
おばけのくにのドア
　◇「大川悦生・おばけの本 8」ポプラ社 1982 p1
おばけのコッチ あかちゃんのまき
　◇「角野栄子の小さなおばけシリーズ 〔9〕」ポプラ社 1982 p1
おばけのコッチ ピピピ
　◇「角野栄子の小さなおばけシリーズ 〔4〕」ポプラ社 1980 p1
　◇「角野栄子のちいさなどうわたち 1」ポプラ社 2007 p43
おばけの正体
　◇「椋鳩十の本 32」理論社 1989 p138
お化けの世界
　◇「坪田譲治童話全集 11」岩崎書店 1986 p37
　◇「坪田譲治名作選 〔4〕風の中の子供」小峰書店 2005 p41
おばけのソッチ 1年生のまき
　◇「角野栄子の小さなおばけシリーズ 〔10〕」ポプラ社 1983 p1
おばけのソッチ およめさんのまき
　◇「角野栄子の小さなおばけシリーズ 〔18〕」ポプラ社 1986 p1
おばけのソッチ ぞびぞびぞー
　◇「角野栄子の小さなおばけシリーズ 〔5〕」ポプラ社 1980 p1
　◇「角野栄子のちいさなどうわたち 1」ポプラ社 2007 p81

おばけのソッチ ねこちゃんのまき
　◇「角野栄子の小さなおばけシリーズ 〔21〕」ポプラ社 1991 p1
おばけのソッチ ラーメンをどうぞ
　◇「角野栄子の小さなおばけシリーズ 〔16〕」ポプラ社 1985 p1
おばけのチミとセンタクバサミ
　◇「佐藤さとる幼年童話自選集 2」ゴブリン書房 2003 p169
お化けのでる山
　◇「春よこいこい—高橋良和こころの童話選集」同朋舎出版 1995 p75
おばけのヌーさん
　◇「ひとしずくのなみだ—宮下木花11歳童話集」銀の鈴社 2006 (小さな鈴シリーズ) p63
おばけのはなし
　◇「寺村輝夫のむかし話 〔1〕」あかね書房 1977
おバクの話
　◇「佐藤さとるファンタジー全集 16」講談社 1983 p66
　◇「佐藤さとるファンタジー全集 16」講談社, 復刊ドットコム (発売) 2011 p66
おばけのはなし (2)
　◇「寺村輝夫のむかし話 〔6〕」あかね書房 1979
おばけのはなし (3)
　◇「寺村輝夫のむかし話 〔7〕」あかね書房 1979
おばけのピピのぼうけん
　◇「大川悦生・おばけの本 7」ポプラ社 1981 p1
おばけばなし
　◇「千葉省三童話全集 3」岩崎書店 1967 p185
おばけものがたり
　◇「立原えりか作品集 3」思潮社 1973 p15
　◇「立原えりかのファンタジーランド 2」青土社 1980 p4
おばけやしき
　◇「斎田喬児童劇選集 〔1〕」牧書店 1954 p119
おばけロケット1ごう
　◇「筒井敬介童話全集 3」フレーベル館 1983 p7
(おばこ節)
　◇「第二〔島木〕赤彦童謡集」第一書店 1948 p105
をばさまと菊
　◇「佐藤義美全集 1」佐藤義美全集刊行会 1974 p95
おばさん
　◇「まど・みちお詩集 3」銀河社 1975 p30
　◇「まど・みちお全詩集」理論社 1992 p476
おばさんということば
　◇「松谷みよ子全エッセイ 3」筑摩書房 1989 p167
伯母さんの襟巻
　◇「与謝野晶子児童文学全集 2」春陽堂書店 2007 p109
おはじき

おはし

おはし
　◇「新装版金子みすゞ全集 1」JULA出版局 1984 p121
　◇「金子みすゞ童謡全集 2」JULA出版局 2003 p42

おはじきの木
　◇「あまんきみこ童話集 5」ポプラ社 2008 p82
　◇「あまんきみこセレクション 1」三省堂 2009 p148

小幡城のお菊（群馬）
　◇「〔木暮正夫〕日本の怪奇ばなし 9」岩崎書店 1990 p71

お花
　◇「〔山田野理夫〕おばけ文庫 3」太平出版社 1976（母と子の図書室）p32

尾花
　◇「壺井栄名作集 9」ポプラ社 1965 p148
　◇「壺井栄全集 4」文泉堂出版 1998 p439
　◇「壺井栄全集 6」文泉堂出版 1998 p466

お花をいただいても
　◇「巽聖歌作品集 下」巽聖歌作品集刊行委員会 1977 p115

おはなをかじられたおねこさん
　◇「村山籌子作品集 1」JULA出版局 1997 p22

お花が咲いたら
　◇「〔斎藤信夫〕子ども心を友として—童謡詩集」成東町教育委員会 1996 p76

おはなし
　◇「〔巌谷〕小波お伽全集 14」本の友社 1998 p391

おはなし
　◇「新装版金子みすゞ全集 1」JULA出版局 1984 p113
　◇「金子みすゞ童謡全集 2」JULA出版局 2003 p32

おはなし
　◇「阪田寛夫全詩集」理論社 2011 p490

おはなし
　◇「〔中山尚美〕おふろの中で—詩集」アイ企画 1996 p76

おはなし いっぱい
　◇「おはなしいっぱい—祐成智美童謡詩集」リーブル 1997 p30

「おはなし」を失った母親
　◇「椋鳩十の本 25」理論社 1983 p217

お話ぐまの話
　◇「〔かこさとし〕お話こんにちは 〔2〕」偕成社 1979 p40

お話ずき
　◇「鈴木三重吉童話全集 3」文泉堂出版 1975（日本文学全集・選集叢刊第5次）p274

おはなしだいすき
　◇「いのち—みずかみかずよ全詩集」石風社 1995 p292

おはなし電気学（抄）
　◇「海野十三全集 別巻1」三一書房 1991 p219

『お話の木』を主宰するに当たりて宣言す
　◇「定本小川未明童話全集 11」講談社 1977 p356
　◇「定本小川未明童話全集 11」大空社 2002 p356

お噺の卵
　◇「お噺の卵—武井武雄童話集」講談社 1976（講談社文庫）p15

おはなし はじまり
　◇「まど・みちお全詩集」理論社 1992 p153

おはなし ふたつ
　◇「〔東君平〕ひとくち童話 6」フレーベル館 1995 p24

おはなしぽっちり
　◇「もりやまみやこ童話選 3」ポプラ社 2009 p5

お花だったら
　◇「〔金子〕みすゞ詩画集 〔2〕」春陽堂書店 1997
　◇「〔金子〕みすゞ詩画集 〔3〕」春陽堂書店 2000
　◇「金子みすゞ童謡全集 3」JULA出版局 2004 p206
　◇「〔金子みすゞ〕花の詩集 1」JULA出版局 2004 p10

お花だつたら
　◇「新装版金子みすゞ全集 2」JULA出版局 1984 p138

お花のアーチ
　◇「〔北原〕白秋全童謡集 3」岩波書店 1992 p326

おはなの あぱーと
　◇「巽聖歌作品集 下」巽聖歌作品集刊行委員会 1977 p65

おはなの あぱーと あまい みつ あるの
　◇「巽聖歌作品集 下」巽聖歌作品集刊行委員会 1977 p63

お花のお見舞い天使のお見舞い—病院の夜
　◇「かとうむつこ童話集 1」東京図書出版会, リフレ出版（発売）2003 p65

お花の家庭
　◇「〔北原〕白秋全童謡集 1」岩波書店 1992 p373

お花の手紙
　◇「〔斎藤信夫〕子ども心を友として—童謡詩集」成東町教育委員会 1996 p132

お花の番兵さん
　◇「〔斎藤信夫〕子ども心を友として—童謡詩集」成東町教育委員会 1996 p70

お花のリレー
　◇「山本瓔子詩集 II」新風舎 2003 p84

おはなみ
　◇「〔東君平〕おはようどうわ 5」講談社 1982 p61
　◇「〔東君平〕ひとくち童話 6」フレーベル館 1995 p60

お花見
　◇「〔巌谷〕小波お伽全集 7」本の友社 1998 p439

お花見
　◇「かきおきびより―坂本遼児童文学集」駒込書房 1982 p60

お花見のかたきうち
　◇「〔柳家弁天〕らくご文庫 9」太平出版社 1987 p31

お花はね
　◇「山本瓔子詩集 II」新風舎 2003 p16

おばばのつけもの
　◇「春よこいこい―高橋良和こころの童話選集」同朋舎出版 1995 p180

伯母峰の一本足
　◇「松谷みよ子のむかしむかし 6」講談社 1973 p104

おはよう
　◇「西條八十の童話と童謡」小学館 1981 p97

おはよう
　◇「阪田寛夫全詩集」理論社 2011 p78
　◇「阪田寛夫全詩集」理論社 2011 p170

おはよう
　◇「いのち―みずかみかずよ全詩集」石風社 1995 p280

おはよう朝顔
　◇「〔巌谷〕小波お伽全集 3」本の友社 1998 p129

おはよう おやすみ
　◇「まど・みちお全詩集」理論社 1992 p200
　◇「まど・みちお全詩集」理論社 1992 p234
　◇「まど・みちお詩集〔2〕」すえもりブックス 1998 p30

おはよう大ちゃん
　◇「大石真児童文学全集 9」ポプラ社 1982 p5

おはようたっちゃん
　◇「筒井敬介童話全集 1」フレーベル館 1983 p155
　◇「筒井敬介おはなし本 1」小峰書店 2006 p61

おはよう！　超特急
　◇「阪田寛夫全詩集」理論社 2011 p338

おはよう真知子
　◇「吉田としジュニアロマン選集 1」国土社 1971 p1

おはよう（みじかいおしばい）
　◇「斎田喬幼年劇全集 1」誠文堂新光社 1962 p511

おはら節
　◇「椋鳩十の本 23」理論社 1983 p264

お針見つけたら
　◇「〔北原〕白秋全童謡集 1」岩波書店 1992 p156

お晩さん
　◇「〔北原〕白秋全童謡集 2」岩波書店 1992 p420

おひさま
　◇「地球のかぞく―石原一輝童謡詩集」群青社 2001 p68

おひさま

◇「さくらゆき―さとうじゅんこ童詩集」えんじゅの会 1997 p98

お日さま
　◇「鈴木三重吉童話全集 2」文泉堂書店 1975（日本文学全集・選集叢刊第5次）p391

お日さまうね　雨さまうね
　◇「与田準一全集 3」大日本図書 1967 p173

おひさまおねむく
　◇「〔北原〕白秋全童謡集 5」岩波書店 1993 p99

お日さま おねんね
　◇「稗田童平全集 7」宝文館出版 1979 p49

お日さまお日さま
　◇「松谷みよ子全集 1」講談社 1971 p125

お日さまをむかえに行った鳥たち
　◇「〔西本鶏介〕新日本昔ばなし――一日一話・読みきかせ 3」小学館 1997 p52

お日様が見つけたもの
　◇「佐藤一英「童話・童謡集」」一宮市立萩原小学校 2003 p34

お日さまがわらった
　◇「稗田童平全集 3」宝文館出版 1979 p68

おひさまこんにちは
　◇「〔谷山浩子〕おひさまにキッス―お話の贈りもの」小学館 1997（おひさまのほん）p4

お日さまさん ありがとう
　◇「稗田童平全集 8」宝文館出版 1982 p136

お日様好きとお月様好き
　◇「与謝野晶子児童文学全集 2」春陽堂書店 2007 p245

お日さまどうしたの
　◇「松谷みよ子全集 11」講談社 1972 p1

お日さまとかみなり
　◇「ひろすけ幼年童話文学全集 7」集英社 1962 p96
　◇「浜田広介全集 8」集英社 1976 p56

お日さまとつゆの玉
　◇「ひろすけ幼年童話文学全集 7」集英社 1962 p46
　◇「浜田広介全集 6」集英社 1976 p153

お日さまとむすめ
　◇「ひろすけ幼年童話文学全集 3」集英社 1962 p45
　◇「浜田広介全集 1」集英社 1975 p76

おひさま にこにこ
　◇「まど・みちお全詩集」理論社 1992 p201

お日さまのうた
　◇「椋鳩十全集 16」ポプラ社 1980 p138
　◇「椋鳩十の本 14」理論社 1983 p81

お日さまの、お通りみちを
　◇「あまの川―宮沢賢治童謡集」筑摩書房 2001 p18

お日さまの子ども
　◇「ひろすけ幼年童話文学全集 4」集英社 1962 p16
　◇「浜田広介全集 4」集英社 1976 p41

おひさ

お日さまのパン
- ◇「ひろすけ幼年童話文学全集 1」集英社 1961 p160
- ◇「浜田広介全集 7」集英社 1976 p245

おひさまはだかんぼ
- ◇「〔神沢利子〕くまの子ウーフの童話集 2」ポプラ社 2001 p53

おひさまパン
- ◇「虹の歌―宮下木花童話集」銀の鈴社 2013 p5

おひさまひかれ
- ◇「あまんきみこセレクション 1」三省堂 2009 p25

お日さま ゆうびん
- ◇「まど・みちお全詩集」理論社 1992 p56

お日さまはいつでも
- ◇「松谷みよ子全集 3」講談社 1971 p13
- ◇「松谷みよ子おはなし集 2」ポプラ社 2010 p62

お日さん、雨さん
- ◇「新装版金子みすゞ全集 2」JULA出版局 1984 p84
- ◇「金子みすゞ童謡集」角川春樹事務所 1998 (ハルキ文庫) p187
- ◇「〔金子〕みすゞ詩画集 〔5〕」春陽堂書店 2001 p34
- ◇「金子みすゞ童謡全集 3」JULA出版局 2004 p128
- ◇「〔金子みすゞ〕花の詩集 1」JULA出版局 2004 p4

おひなさま
- ◇「壺井栄全集 11」文泉堂出版 1998 p169

おひなさま
- ◇「〔東君平〕おはようどうわ 1」講談社 1982 p50
- ◇「〔東君平〕ひとくち童話 4」フレーベル館 1995 p54
- ◇「東君平のおはようどうわ 1」新日本出版社 2010 p9

おびな様
- ◇「〔巌谷〕小波お伽全集 3」本の友社 1998 p180

おひなさま (生活劇)
- ◇「斎田喬幼年劇全集 3」誠文堂新光社 1962 p197

お姫さまをたべた大男
- ◇「立原えりか作品集 4」思潮社 1973 p119
- ◇「立原えりかのファンタジーランド 8」青土社 1980 p21

おひめさまとアイスクリーム
- ◇「大石真児童文学全集 16」ポプラ社 1982 p49

お姫さまと乞食の女
- ◇「定本小川未明童話全集 3」講談社 1977 p234
- ◇「定本小川未明童話全集 3」大空社 2001 p234

おひゃくしょう
- ◇「〔東君平〕おはようどうわ 2」講談社 1982 p178

おひゃくしょうさん がいないと
- ◇「まど・みちお全詩集」理論社 1992 p263

おひゃくしょうと どろぼう
- ◇「今井誉次郎童話集子どもの村 〔2〕」国土社 1957 p11

おひゃくしょうの 子ども
- ◇「今井誉次郎童話集子どもの村 〔2〕」国土社 1957 p21

お百姓の苗字
- ◇「〔島崎〕藤村の童話 2」筑摩書房 1979 p72

お百草
- ◇「〔島崎〕藤村の童話 2」筑摩書房 1979 p68

お日和 (岡田泰三)
- ◇「岡田泰三・日下部梅子童謡集」会津童詩会 1992 p54

お日和
- ◇「〔北原〕白秋全童謡集 2」岩波書店 1992 p337

おひる
- ◇「〔北原〕白秋全童謡集 4」岩波書店 1993 p28

お昼寝
- ◇「〔北原〕白秋全童謡集 1」岩波書店 1992 p240

おひるねだあれ
- ◇「北彰介作品集 1」青森県児童文学研究会 1990 p50

お昼食(ひる)待つ間
- ◇「まど・みちお全詩集」理論社 1992 p48

おひる休み
- ◇「新装版金子みすゞ全集 2」JULA出版局 1984 p206
- ◇「金子みすゞ童謡全集 4」JULA出版局 2004 p90

オービル=ライト
- ◇「〔かこさとし〕お話こんにちは 〔5〕」偕成社 1979 p85

オフェリヤ
- ◇「椋鳩十の本 1」理論社 1982 p129

おふくろ
- ◇「阪田寛夫全詩集」理論社 2011 p782

おふくろさん
- ◇「今江祥智の本 21」理論社 1981 p339

おふくろさんの一品料理
- ◇「今江祥智の本 34」理論社 1990 p73

おふくろのいくつもの顔
- ◇「今江祥智の本 34」理論社 1990 p9

おぶさり
- ◇「〔山田野理夫〕おばけ文庫 3」太平出版社 1976 (母と子の図書室) p74

おふだのききめ
- ◇「〔柳家弁天〕らくご文庫 7」太平出版社 1987 p96

お仏壇
- ◇「新装版金子みすゞ全集 2」JULA出版局 1984 p233

◇「金子みすゞ童謡全集 4」JULA出版局 2004 p132

オブドウノ ウタ
◇「まど・みちお全詩集」理論社 1992 p73

おふとん
◇「庄野英二全集 6」偕成社 1979 p175
◇「庄野英二全集 5」偕成社 1980 p206

おふとんがないから
◇「サトウハチロー童謡集」弥生書房 1977 p8

お船で来た人
◇「西條八十童謡全集」修道社 1971 p209

オフネノ エ
◇「まど・みちお全詩集」理論社 1992 p72

お船の正月
◇「〔北原〕白秋全童謡集 3」岩波書店 1992 p399

おふねのともだち
◇「壺井栄全集 9」文泉堂出版 1997 p152

お船の友だち
◇「定本壺井栄児童文学全集 1」講談社 1979 p285

お舟の三日月
◇「中村雨紅詩謡集」中村雨紅詩謡集刊行委員会 1971 p61

おふゆ捕物帳
◇「かつおきんや作品集 13」アリス館牧新社 1976 p29
◇「かつおきんや作品集 14」偕成社 1982 p27

"お古い"生き方といわれても
◇「今江祥智の本 34」理論社 1990 p245

おふるのランドセル
◇「〔高橋一仁〕春のニシン場―童謡詩集」けやき書房 2003 p132

おふろ
◇「〔金子〕みすゞ詩画集 〔7〕」春陽堂書店 2002 p18

おふろ
◇「〔東君平〕おはようどうわ 1」講談社 1982 p42
◇「東君平のおはようどうわ 5」新日本出版社 2010 p65

お風呂
◇「新装版金子みすゞ全集 3」JULA出版局 1984 p140
◇「金子みすゞ童謡全集 6」JULA出版局 2004 p18

おふろが わいたよ
◇「まど・みちお全詩集」理論社 1992 p234

おふろ ジャブ ジャブ
◇「佐藤義美全集 1」佐藤義美全集刊行会 1974 p450
◇「ともだちシンフォニー――佐藤義美童謡集」JULA出版局 1990 p40

おふろだいすき
◇「いのち―みずかみかずよ全詩集」石風社 1995 p357

おふろ大好き
◇「〔谷山浩子〕おひさまにキッス―お話の贈りもの」小学館 1997 （おひさまのほん）p36

おふろの おさかな
◇「佐藤義美童謡集」さ・え・ら書房 1960 p42
◇「佐藤義美全集 1」佐藤義美全集刊行会 1974 p178

おふろの中で
◇「〔中山尚美〕おふろの中で―詩集」アイ企画 1996 p10

お風呂場で
◇「巽聖歌作品集 上」巽聖歌作品集刊行委員会 1977 p364

おふろもらい
◇「千葉省三童話全集 1」岩崎書店 1967 p45

おふろやさんへいく道
◇「松谷みよ子全集 2」講談社 1971 p39

おへそに太陽を
◇「山中恒児童よみもの選集 13」読売新聞社 1984 p5
◇「山中恒よみもの文庫 3」理論社 1996 p7

オベベ沼の妖怪
◇「水木しげるのふしぎ妖怪ばなし 7」メディアファクトリー 2009 p46

オペラ「マントヒヒ幻想」
◇「庄野英二全集 4」偕成社 1979 p383

オベン神
◇「〔山田野理夫〕お笑い文庫 11」太平出版社 1977 （母と子の図書室）p57

お返事
◇「〔巖谷〕小波お伽全集 14」本の友社 1998 p307

おべんとう
◇「西條八十童謡全集」修道社 1971 p211

おべんとう
◇「斎田喬幼年劇全集 2」誠文堂新光社 1961 p393

おべんとう
◇「阪田寛夫全詩集」理論社 2011 p131
◇「阪田寛夫全詩集」理論社 2011 p412
◇「阪田寛夫全詩集」理論社 2011 p483

おべんとう
◇「壺井栄名作集 7」ポプラ社 1965 p57
◇「定本壺井栄児童文学全集 1」講談社 1979 p196
◇「壺井栄全集 9」文泉堂出版 1997 p472

おべんとう
◇「〔東君平〕ひとくち童話 5」フレーベル館 1995 p14
◇「〔東君平〕ひとくち童話 5」フレーベル館 1995 p52

おべんとうづくり
◇「石森読本―石森延男児童文学選集 3年生」小学

館 1977 p112
お弁当の時間
　◇「壺井栄全集 9」文泉堂出版 1997 p344
おべんとうのはなし
　◇「坪田譲治童話全集 9」岩崎書店 1986 p187
おべんとうやりに
　◇「与田凖一全集 1」大日本図書 1967 p66
オボ
　◇「〔山田野理夫〕おばけ文庫 4」太平出版社 1976（母と子の図書室）p18
お坊さま
　◇「新装版金子みすゞ全集 2」JULA出版局 1984 p87
　◇「金子みすゞ童謡全集 3」JULA出版局 2004 p134
お坊さま
　◇「〔北原〕白秋全童謡集 2」岩波書店 1992 p151
覚え書き・遊び惚ける
　◇「寺村輝夫全童話 6」理論社 1998 p612
覚え書き・いちごぶーらんさあがった
　◇「寺村輝夫全童話 4」理論社 1997 p544
覚え書き・これこそ『ぼくは王さま』
　◇「寺村輝夫全童話 1」理論社 1996 p670
覚え書き・これもまた『ぼくは王さま』
　◇「寺村輝夫全童話 2」理論社 1997 p676
覚え書「死の国からのバトン」
　◇「松谷みよ子全エッセイ 1」筑摩書房 1989 p257
覚え書き・ソウェト潜入記 その後
　◇「寺村輝夫全童話 8」理論社 2000 p554
覚え書き・ぞうへのこだわり
　◇「寺村輝夫全童話 3」理論社 1997 p568
覚え書き・幼年童話とぼく
　◇「寺村輝夫全童話 7」理論社 1999 p612
覚え書き・リアリズム童話とぼく
　◇「寺村輝夫全童話 5」理論社 1998 p562
おぼえ太郎とわすれ太郎
　◇「ふしぎな泉―うえだまさし童話集」そうぶん社出版 1995 p15
おぼえてる
　◇「佐藤義美全集 1」佐藤義美全集刊行会 1974 p109
おぼえてるわ
　◇「さくらゆき―さとうじゅんこ童詩集」えんじゅの会 1997 p122
オボを祀る
　◇「巽聖歌作品集 上」巽聖歌作品集刊行委員会 1977 p205
おぼさりてえ
　◇「川崎大治民話選 〔2〕」童心社 1969 p104
おほしさま

◇「小川未明幼年童話文学全集 6」集英社 1966 p6
◇「定本小川未明童話全集 16」講談社 1978 p274
◇「定本小川未明童話全集 16」大空社 2002 p274
おほしさま
　◇「まど・みちお全詩集」理論社 1992 p557
お星さま
　◇「定本小川未明童話全集 3」講談社 1977 p397
　◇「定本小川未明童話全集 3」大空社 2001 p397
お星さまになったたいこ
　◇「松谷みよ子全集 4」講談社 1972 p127
お星さまの街
　◇「別役実童話集 〔1〕」三一書房 1973 p145
お星さま ひろった
　◇「パパとボクとネコ―山口紀代子童謡詩集」音楽舎 2003 p28
お星さまは、いかがです？
　◇「〔林原玉枝〕星の花束を―童話集」てらいんく 2009 p19
お星さん落し
　◇「西條八十童謡全集」修道社 1971 p212
オホーツク海
　◇「いのち―みずかみかずよ全詩集」石風社 1995 p417
オホーツクの鷲
　◇「戸川幸夫動物文学全集 14」講談社 1977 p204
オホーツク挽歌
　◇「新修宮沢賢治全集 2」筑摩書房 1979 p185
　◇「新修宮沢賢治全集 2」筑摩書房 1979 p204
　◇「ジュニア文学館 宮沢賢治―写真・絵画集成 3」日本図書センター 1996 p66
オーホーツク老人
　◇「戸川幸夫動物文学全集 5」冬樹社 1965 p7
オホーツク老人
　◇「戸川幸夫動物文学全集 2」講談社 1976 p283
おほりのそば
　◇「〔金子〕みすゞ詩画集 〔6〕」春陽堂書店 2001 p28
お堀のそば
　◇「新装版金子みすゞ全集 1」JULA出版局 1984 p142
　◇「金子みすゞ童謡全集 2」JULA出版局 2003 p76
溺れかけた兄妹
　◇「有島武郎童話集」角川書店 1952（角川文庫）p17
おぼろ月
　◇「花岡大学童話文学全集 5」法蔵館 1980 p205
おぼろ月夜
　◇「長い長いかくれんぼ―杉みき子自選童話集」新潟日報事業社 2001 p19
おぼろ月夜にさそわれて
　◇「武田信夫童話作品集」みちのく書房 1995 p405

朧夜
　◇「巽聖歌作品集　上」巽聖歌作品集刊行委員会
　　1977 p387
おぼんの来る日
　◇「武田亜公童話集　4」秋田文化出版社　1978 p109
お盆花
　◇「浜田広介全集　11」集英社　1976 p26
おまいり遊び
　◇「中村雨紅詩謡集」中村雨紅詩謡集刊行委員会
　　1971 p46
おまえじゃないよ
　◇「〔山田野理夫〕お笑い文庫　1」太平出版社　1977
　　（母と子の図書室）p42
おまえはだれか
　◇「〔比江島重孝〕宮崎のむかし話　3」鉱脈社　2000
　　p237
おまき戸
　◇「〔比江島重孝〕宮崎のむかし話　3」鉱脈社　2000
　　p174
おまけのおつり
　◇「旅だち―内藤哲彦児童文学作品集」境文化研究
　　所　2007 p114
おまけのカード
　◇「松谷みよ子全エッセイ　3」筑摩書房　1989 p329
おまけのじかん
　◇「あまんきみこ童話集　4」ポプラ社　2008 p119
おまけの時間
　◇「あまんきみこセレクション　3」三省堂　2009
　　p211
おまけはいはい
　◇「〔柳家弁天〕らくご文庫　6」太平出版社　1987
　　p68
おまじない
　◇「杉みき子選集　2」新潟日報事業社　2005 p112
おまじないのききめ
　◇「〔木暮正夫〕日本のおばけ話・わらい話　16」岩
　　崎書店　1988 p20
おまちどおさま
　◇「阪田寛夫全詩集」理論社　2011 p80
於松のゆうれい
　◇「〔山田野理夫〕おばけ文庫　8」太平出版社　1976
　　（母と子の図書室）p48
おまつり
　◇「稗田童平全集　3」宝文館出版　1979 p60
おまつり
　◇「〔東君平〕おはようどうわ　1」講談社　1982 p148
おまつり
　◇「〔東君平〕ひとくち童話　2」フレーベル館　1995
　　p18
おまつり
　◇「まど・みちお全詩集」理論社　1992 p555
　◇「まどさんの詩の本　8」理論社　1996 p66

おまつり
　◇「村山籌子作品集　3」JULA出版局　1998 p74
お祭
　◇「〔北原〕白秋全童謡集　1」岩波書店　1992 p19
お祭り
　◇「小出正吾児童文学全集　2」審美社　2000 p65
お祭り
　◇「武田信夫童話作品集」みちのく書房　1995 p473
お祭り
　◇「立原えりかのファンタジーランド　12」青土社
　　1980 p45
お祭り
　◇「中村雨紅詩謡集」中村雨紅詩謡集刊行委員会
　　1971 p55
お祭りをみた金魚
　◇「〔佐々木千鶴子〕動物村のこうみんかん―台所か
　　らのひとり言　童話集」朝日新聞社西部開発室編
　　集出版センター　1996 p59
お祭りうんこ
　◇「川崎大治民話選　〔1〕」童心社　1968 p214
オマツリ・ケンタ
　◇「二反長半作品集　1」集英社　1979 p179
お祭すぎ
　◇「新装版金子みすゞ全集　1」JULA出版局　1984
　　p40
　◇「金子みすゞ童謡全集　1」JULA出版局　2003 p62
お祭りの日
　◇「石森延男児童文学全集　2」学習研究社　1971
　　p189
　◇「石森読本―石森延男児童文学選集　3年生」小学
　　館　1977 p206
お窓の小父さん
　◇「〔北原〕白秋全童謡集　4」岩波書店　1993 p182
お窓のそと
　◇「〔北原〕白秋全童謡集　2」岩波書店　1992 p144
お窓の花
　◇「〔北原〕白秋全童謡集　4」岩波書店　1993 p179
おままごと
　◇「佐藤義美童謡集」さ・え・ら書房　1960 p180
　◇「佐藤義美全集　1」佐藤義美全集刊行会　1974
　　p214
おまはりさん
　◇「〔北原〕白秋全童謡集　4」岩波書店　1993 p184
お巡りさん
　◇「椋鳩十の本　18」理論社　1982 p222
おまんが　べに
　◇「巽聖歌作品集　上」巽聖歌作品集刊行委員会
　　1977 p311
おまんじゅう
　◇「石森延男児童文学全集　11」学習研究社　1971
　　p250

おみか

おみかん
　◇「まど・みちお全詩集 続」理論社 2015 p343

おみこしワッショイ
　◇「〔永田允子〕わすれな草―童話集」講談社出版サービスセンター 1997 p57

おみごとなつきあい
　◇「椋鳩十の本 18」理論社 1982 p236

お店ごっこ
　◇「みすゞさん―童謡詩人・金子みすゞの優しさ探しの旅 2」春陽堂書店 1998
　◇「金子みすゞ童謡全集 6」JULA出版局 2004 p64

お店ごつこ
　◇「新装版金子みすゞ全集 3」JULA出版局 1984 p171

お店の電話
　◇「中村雨紅詩謡集」中村雨紅詩謡集刊行委員会 1971 p144

おみせやごっこ
　◇「岡本良雄童話文学全集 3」講談社 1964 p289

おみつの墓
　◇「〔山田野理夫〕おばけ文庫 9」太平出版社 1976（母と子の図書室）p90

オミナエシ
　◇「庄野英二全集 11」偕成社 1980 p383

女郎花―あわてものの早合点
　◇「立原えりかのファンタジーランド 4」青土社 1980 p52

おみまいのはりがね
　◇「〔柳家弁天〕らくご文庫 2」太平出版社 1987 p47

お耳のくすり
　◇「鈴木三重吉童話全集 5」文泉堂書店 1975（日本文学全集・選集叢刊第5次）p193

お耳のなかのピアノ
　◇「桃色のダブダブさん―松田解子童話集」新日本出版社 2004 p127

おみやげ
　◇「〔巌谷〕小波お伽全集 13」本の友社 1998 p177

おみやげ
　◇「鈴木三重吉童話全集 4」文泉堂書店 1975（日本文学全集・選集叢刊第5次）p375

おみやげ
　◇「定本壺井栄児童文学全集 1」講談社 1979 p62
　◇「壺井栄全集 9」文泉堂書店 1997 p39

おみやげ
　◇「まど・みちお全詩集」理論社 1992 p346
　◇「まどさんの詩の本 6」理論社 1996 p28

おみやげ
　◇「椋鳩十全集 12」ポプラ社 1970 p96

お土産
　◇「椋鳩十の本 15」理論社 1982 p107

おみやげを持って
　◇「星新一ショートショートセレクション 14」理論社 2004 p7

おみやげのハーモニカ
　◇「〔永松康男〕童話集 青いマント」永松康男 2012 p249

おみやげ三つ
　◇「西條八十童謡全集」修道社 1971 p213
　◇「西條八十の童話と童謡」小学館 1981 p82

おみやのいしだん
　◇「まど・みちお全詩集 続」理論社 2015 p155

お宮の石だん
　◇「まど・みちお詩集 4」銀河社 1974 p6
　◇「まど・みちお全詩集」理論社 1992 p418

お宮参り
　◇「〔坪井安〕はしれ子馬よ―童謡詩集」童謡研究・蜂の会 1999 p18

おむかい
　◇「与謝野晶子児童文学全集 4」春陽堂書店 2007 p114

お迎え
　◇「与謝野晶子児童文学全集 4」春陽堂書店 2007 p278

おむかえ
　◇「おはなしの森―きはらみちこ童話集」熊本日日新聞情報文化センター 1999 p30

おむかえ
　◇「佐藤義美童謡集」さ・え・ら書房 1960 p62
　◇「佐藤義美全集 1」佐藤義美全集刊行会 1974 p185

オムくんをかわいがろう
　◇「寺村輝夫童話 7」理論社 1999 p500

オムくんトムくん
　◇「寺村輝夫童話全集 7」ポプラ社 1982 p5
　◇「寺村輝夫全童話 7」理論社 1999 p443

オムくんのさんぽ
　◇「寺村輝夫全童話 7」理論社 1999 p507

オムくんの話Ⅰ
　◇「寺村輝夫童話全集 6」ポプラ社 1982

オムくんの話Ⅱ
　◇「寺村輝夫童話全集 7」ポプラ社 1982

オムくんは一年生
　◇「寺村輝夫全童話 7」理論社 1999 p517

おむすび（岡田泰三）
　◇「岡田泰三・日下部梅子童謡集」会津童詩会 1992 p14

おむすびキュッキュッ
　◇「パパとボクとネコ―山口紀代子童謡詩集」音楽舎 2003 p14

おむすびころりん
　◇「〔北原〕白秋全童謡集 4」岩波書店 1993 p270

おもい

おめがねで（日下部梅子）
　◇「岡田泰三・日下部梅子童謡集」会津童詩会　1992　p107
おめざ
　◇「与田準一全集　1」大日本図書　1967　p124
おめざめ
　◇「浜田広介全集　11」集英社　1976　p103
おめでとう
　◇「まど・みちお全詩集 続」理論社　2015　p42
おめでとう—誕生日の夕べの歌
　◇「阪田寛夫全詩集」理論社　2011　p84
お目目がつぶれちゃう
　◇〔黒川良人〕犬の詩猫の詩—児童詩集」東洋出版　2000　p147
お面とりんご
　◇「定本小川未明童話全集　10」講談社　1977　p317
　◇「定本小川未明童話全集　10」大空社　2001　p317
お面持ち
　◇〔北原〕白秋全童謡集　1」岩波書店　1992　p147
思いあがったきつね
　◇「花岡大学仏典童話全集　4」法蔵館　1979　p95
　◇「花岡大学 続・仏典童話全集　2」法蔵館　1981　p178
思いを詩に托して　中条雅二先生に捧ぐ
　◇「さくらゆき—さとうじゅんこ童詩集」えんじゅの会　1997　p8
思い思いに
　◇〔島崎〕藤村の童話　3」筑摩書房　1979　p101
　◇〔島崎〕藤村の童話　3」筑摩書房　1979　p103
おもいがけないねんがじょう
　◇「浜田広介全集　8」集英社　1976　p103
思いだしわらい
　◇「今江祥智童話館　〔7〕」理論社　1986　p129
思いだす
　◇「今江祥智の本　19」理論社　1981　p94
　◇「今江祥智童話館　〔12〕」理論社　1987　p94
思い出せなかった事
　◇「太田博也童話集　5」小山書林　2008　p140
思いちがえて
　◇「立原えりかのファンタジーランド　10」青土社　1980　p55
おもいで
　◇「ひばりのす—木下夕爾児童詩集」光書房　1998　p26
おもいで
　◇「西條八十童謡全集」修道社　1971　p87
おもいで
　◇〔中山尚美〕おふろの中で—詩集」アイ企画　1996　p56
詩歌小品集おもいで
　◇「松瓊子全集　5」大空社　1997　p7
詩歌小品集おもいで続
　◇「松瓊子全集　5」大空社　1997　p105
おもいで
　◇「やなせたかし童謡詩集　〔3〕」フレーベル館　2001　p64
おもひで
　◇「若松賤子創作童話全集」久山社　1995（日本児童文化史叢書）p138
思い出（日下部梅子）
　◇「岡田泰三・日下部梅子童謡集」会津童詩会　1992　p89
思い出
　◇「国分一太郎児童文学集　6」小峰書店　1967　p11
思出
　◇「中村雨紅詩謡集」中村雨紅詩謡集刊行委員会　1971　p184
思い出行きの電車にのって
　◇「なるみやますみ童話コレクション　〔2〕」ひくまの出版　1995　p1
思い出をしるす
　◇「松瓊子全集　5」大空社　1997　p27
お・も・い・でクラブ
　◇「ろくでなしという名のポーリー—もとさこみつる短編童話集」早稲田童話塾　2012　p203
思い出じいさん
　◇「斎田喬児童劇選集　〔8〕」牧書店　1955　p253
おもいてっぽう
　◇「浜田広介全集　3」集英社　1975　p213
思い出の楽譜
　◇「螢一白木恵委子童話集」東銀座出版社　1997　p46
思い出のツユグサ
　◇「椋鳩十の本　19」理論社　1982　p155
思い出のトロイメライ
　◇「住井すゑジュニア文学館　5」汐文社　1999　p55
思い出ベンチ
　◇「パパとボクとネコ—山口紀代子童謡詩集」音楽舎　2003　p94
思い出より
　◇「ジュニア版吉野源三郎全集　2」ポプラ社　1967　p225
思ひ出は
　◇「杉みき子選集　10」新潟日報事業社　2011　p58
おもいどおり
　◇〔山田野理夫〕お笑い文庫　1」太平出版社　1977（母と子の図書室）p76
重い荷物
　◇〔巌谷〕小波お伽全集　14」本の友社　1998　p372
思いやり
　◇「川崎大治民話選　〔1〕」童心社　1968　p118

おもう

思うこと
　◇「椋鳩十の本 23」理論社 1983 p13
おもかげ
　◇「杉みき子選集 10」新潟日報事業社 2011 p54
重さ
　◇「北彰介作品集 4」青森県児童文学研究会 1991 p191
おもしろい数え方
　◇「今井誉次郎童話集子どもの村〔6〕」国土社 1957 p38
おもしろい動物たち
　◇「今井誉次郎童話集子どもの村〔4〕」国土社 1957 p33
おもしろかった
　◇「まど・みちお全詩集 続」理論社 2015 p203
おもしろやま
　◇「佐藤義美全集 5」佐藤義美全集刊行会 1973 p62
おもしろ山
　◇「佐藤義美全集 5」佐藤義美全集刊行会 1973 p422
おもしろ山のクマ
　◇「武田信夫童話作品集」みちのく書房 1995 p167
重たい買物籠
　◇「あまんきみこセレクション 5」三省堂 2009 p231
おもたいさいふ
　◇「〔木暮正夫〕日本のおばけ話・わらい話 14」岩崎書店 1987 p68
「重たい手」天野忠著
　◇「稗田童平全集 6」宝文館出版 1981 p138
おもだか
　◇「壺井栄全集 6」文泉堂出版 1998 p479
重たくなった薬師さま
　◇「〔今坂柳二〕りゅうじフォークロア・world 3」ふるさと伝承研究会 2007 p17
おもち
　◇「〔東君平〕おはようどうわ 5」講談社 1982 p12
　◇「〔東君平〕ひとくち童話 6」フレーベル館 1995 p50
　◇「東君平のおはようどうわ 4」新日本出版社 2010 p50
おもち
　◇「まど・みちお全詩集」理論社 1992 p354
おもちをやいたら
　◇「地球のかぞく―石原一輝童謡詩集」群青社 2001 p56
おもちつき
　◇「〔東君平〕ひとくち童話 4」フレーベル館 1995 p50
　◇「〔東君平〕ひとくち童話 5」フレーベル館 1995 p54

おもちつき
　◇「まど・みちお全詩集」理論社 1992 p119
おもちの うた
　◇「佐藤義美童謡集」さ・え・ら書房 1960 p102
　◇「佐藤義美全集 1」佐藤義美全集刊行会 1974 p195
玩具（おもちゃ）… → "がんぐ…"をも見よ
玩具（おもちゃ）
　◇「中村雨紅詩謡集」中村雨紅詩謡集刊行委員会 1971 p52
おもちゃ店
　◇「定本小川未明童話全集 3」講談社 1977 p401
　◇「定本小川未明童話全集 3」大空社 2001 p401
おもちゃの おうち
　◇「佐藤義美童謡集」さ・え・ら書房 1960 p30
　◇「佐藤義美全集 1」佐藤義美全集刊行会 1974 p174
おもちゃのお馬
　◇「西條八十童謡全集」修道社 1971 p214
玩具（おもちゃ）の汽缶車
　◇「春一〔竹久〕夢二童話集」ノーベル書房 1977 p73
おもちゃの汽車
　◇「巽聖歌作品集 上」巽聖歌作品集刊行委員会 1977 p234
おもちゃの汽車
　◇「かもめの水兵さん―武内俊子伝記と作品集」講談社出版サービスセンター 1977 p200
おもちゃのきんぎょ
　◇「ひろすけ幼年童話文学全集 4」集英社 1962 p87
　◇「浜田広介全集 2」集英社 1975 p222
おもちゃの くに
　◇「与田凖一全集 3」大日本図書 1967 p5
おもちゃの くにの おんがくかい
　◇「阪田寛夫全詩集」理論社 2011 p365
玩具のけしき
　◇「〔北原〕白秋全童謡集 3」岩波書店 1992 p36
おもちゃの小鳥
　◇「浜田広介全集 5」集英社 1976 p228
おもちゃの裁判
　◇「北風のくれたテーブルかけ―久保田万太郎童話劇集」東京書籍 1981（東書児童劇シリーズ）p55
おもちゃの しゃこ
　◇「佐藤義美全集 1」佐藤義美全集刊行会 1974 p352
おもちゃの ぞうさん
　◇「佐藤義美童謡集」さ・え・ら書房 1960 p43
　◇「佐藤義美全集 1」佐藤義美全集刊行会 1974 p179
おもちゃの谷
　◇「小出正吾児童文学全集 4」審美社 2001 p31

おやこ

おもちゃのない子が
◇「〔金子〕みすゞ詩画集 〔4〕」春陽堂書店 2000 p48

玩具(おもちゃ)のない子が
◇「新装版金子みすゞ全集 3」JULA出版局 1984 p245
◇「金子みすゞ童謡全集 6」JULA出版局 2004 p160

童謡集おもちゃの鍋
◇「巽聖歌作品集 上」巽聖歌作品集刊行委員会 1977 p275

おもちゃの鍋
◇「巽聖歌作品集 上」巽聖歌作品集刊行委員会 1977 p207
◇「巽聖歌作品集 上」巽聖歌作品集刊行委員会 1977 p300

玩具(おもちゃ)の舟
◇「西條八十童謡全集」修道社 1971 p31

おもちゃのボート
◇「中村雨紅詩謡集」中村雨紅詩謡集刊行委員会 1971 p62

オモチャノ マチ
◇「〔北原〕白秋全童謡集 3」岩波書店 1992 p142

おもちゃのラッパ(体操のうた)
◇「阪田寛夫全詩集」理論社 2011 p305

おもちゃ屋
◇「庄野英二全集 11」偕成社 1980 p295

オモチャヤサン
◇「佐藤義美全集 2」佐藤義美全集刊行会 1973 p55

おもちゃは野にも畑にも
◇「〔島崎〕藤村の童話 2」筑摩書房 1979 p86

おもちは なぜ ふくれるの
◇「今西祐行絵ぶんこ 4」あすなろ書房 1984 p3
◇「今西祐行全集 3」偕成社 1987 p191

思ったこと
◇「カエルとお月さま—後藤楢根「作品集」」由布市教育委員会 2006 p93

表と内
◇「おの・ちゅうこう初期作品集 〔2〕 日本の教室は明るい」崙書房 1975 p54

お守りのお里
◇「中村雨紅詩謡集」中村雨紅詩謡集刊行委員会 1971 p108

思わないとは思わない
◇「みずいろようちえん—出雲路猛雄童話集」坂神都 2012 p180

思わぬ効果
◇「星新一ショートショートセレクション 3」理論社 2002 p68

親芋子芋
◇「浜田広介全集 11」集英社 1976 p171

親牛子の牛
◇「〔北原〕白秋全童謡集 2」岩波書店 1992 p68

おやうしと 子うし
◇「定本小川未明童話全集 15」講談社 1978 p71
◇「定本小川未明童話全集 15」大空社 2002 p71

おやうまこうま
◇「浜田広介全集 11」集英社 1976 p103

おやかんとおなべとフライパンのけんか
◇「村山籌子作品集 1」JULA出版局 1997 p44

親木と若木
◇「定本小川未明童話全集 5」講談社 1977 p128
◇「定本小川未明童話全集 5」大空社 2001 p128

オヤクソク
◇「かもめの水兵さん—武内俊子伝記と作品集」講談社出版サービスセンター 1977 p138

親子岩
◇「石森延男児童文学全集 4」学習研究社 1971 p39

親子牛
◇「石森延男児童文学全集 8」学習研究社 1971 p5

おやこカバ
◇「〔東君平〕おはようどうわ 1」講談社 1982 p8

親子ツバメ
◇「石森延男児童文学全集 2」学習研究社 1971 p22

親子でよっぱらい
◇「〔柳家弁天〕らくご文庫 12」太平出版社 1987 p32

親子読書を始めた頃
◇「椋鳩十の本 25」理論社 1983 p163

父子(おやこ)二代トロ屋常吉
◇「斎藤隆介全集 9」岩崎書店 1982 p91

親子の明文盲
◇「〔巌谷〕小波お伽全集 14」本の友社 1998 p271

親子の軍馬
◇「氏原大作全集 1」条例出版 1977 p213

親子の詩「どうしてなの?」
◇「みんな家族—他8編—あづましん児童文学短編集」愛生社 2001 p127

親子の支那人
◇「巽聖歌作品集 上」巽聖歌作品集刊行委員会 1977 p437

親子のぞうの話
◇「〔かこさとし〕お話こんにちは 〔11〕」偕成社 1980 p64

親子のタヌキ
◇「椋鳩十全集 9」ポプラ社 1970 p36

おやこのはり
◇「西條八十の童話と童謡」小学館 1981 p85

親子の針
◇「西條八十童謡全集」修道社 1971 p153

親子のふくろう

作品名から引ける日本児童文学個人全集案内 **181**

おやこ

- ◇「〔かこさとし〕お話こんにちは 〔4〕」偕成社 1979 p112

おやこの水もぐり
- ◇「西條八十の童話と童謡」小学館 1981 p50

親子鳩
- ◇「浜田広介全集 11」集英社 1976 p104

親こぶしの花ひらくもとに
- ◇「国分一太郎児童文学集 6」小峰書店 1967 p71

親ざる子ざる
- ◇「土田耕平童話集」信濃毎日新聞社 1949 p30

親猿子猿
- ◇「土田耕平童話集 〔2〕」古今書院 1955 p56

おやしきねこのぼうけん
- ◇「〔かこさとし〕お話こんにちは 〔1〕」偕成社 1979 p78

おやじさまあり
- ◇「川崎大治民話選 〔1〕」童心社 1968 p38

おやじの形見
- ◇「ビートたけし傑作集 少年編 1」金の星社 2010 p148

おやじの部屋
- ◇「今江祥智の本 34」理論社 1990 p76

おやすみ
- ◇「くどうなおこ詩集○」童話屋 1996 p156

おやすみ
- ◇「阪田寛夫全詩集」理論社 2011 p507
- ◇「阪田寛夫全詩集」理論社 2011 p833

おやすみ
- ◇「まど・みちお全詩集 続」理論社 2015 p326

おやすみ
- ◇「いのち―みずかみかずよ全詩集」石風社 1995 p363

おやすみドン
- ◇「筒井敬介童話全集 1」フレーベル館 1983 p25
- ◇「筒井敬介おはなし本 2」小峰書店 2006 p93

おやすみなさい
- ◇「かもめの水兵さん―武内俊子伝記と作品集」講談社出版サービスセンター 1977 p185

おやすみなさい お母さん
- ◇「阪田寛夫全詩集」理論社 2011 p783

おやすみなさいちょうちょうさん（テーブルしばい）
- ◇「斎田喬幼年劇全集 2」誠文堂新光社 1961 p139

おやすみなさい（童話劇）
- ◇「斎田喬幼年劇全集 2」誠文堂新光社 1961 p171

おやすみなさい―放送詩
- ◇「北彰介作品集 4」青森県児童文学研究会 1991 p48

おやすみ ぼくチン―生まれなかった子供への子守唄

- ◇「阪田寛夫全詩集」理論社 2011 p479

おやつ
- ◇「杉みき子選集 2」新潟日報事業社 2005 p72

おやつ
- ◇「〔東君平〕おはようどうわ 2」講談社 1982 p22
- ◇「〔東君平〕ひとくち童話 3」フレーベル館 1995 p46
- ◇「東君平のおはようどうわ 5」新日本出版社 2010 p78

おやつ
- ◇「与田準一全集 1」大日本図書 1967 p98

おやつ（テーブルしばい）
- ◇「斎田喬幼年劇全集 2」誠文堂新光社 1961 p287

おやつのとき
- ◇「巽聖歌作品集 上」巽聖歌作品集刊行委員会 1977 p300

おやつの ミルク
- ◇「まど・みちお全詩集」理論社 1992 p264
- ◇「まどさんの詩の本 15」理論社 1997 p16

お宿を訪ねたおじいさん
- ◇「浜田広介全集 4」集英社 1976 p146

親と子と孫
- ◇「瑠璃の壺―森銑三童話集」三樹書房 1982 p207

親鳥子鳥
- ◇「佐々木邦全集 1」講談社 1974 p295

親鳥の愛
- ◇「〔島崎〕藤村の童話 1」筑摩書房 1979 p121

親なし鴨
- ◇「新装版金子みすゞ全集 1」JULA出版局 1984 p131
- ◇「金子みすゞ童謡全集 2」JULA出版局 2003 p58

親ねこが残りの牛乳をなめた
- ◇「巽聖歌作品集 上」巽聖歌作品集刊行委員会 1977 p535

親の愛 子の愛
- ◇「戸川幸夫動物文学全集 15」講談社 1977 p207

親の恩
- ◇「〔巌谷〕小波お伽全集 7」本の友社 1998 p387

親の恩
- ◇「川崎大治民話選 〔1〕」童心社 1968 p241

おやの がん
- ◇「巽聖歌作品集 上」巽聖歌作品集刊行委員会 1977 p510

親馬鹿の記
- ◇「氏原大作全集 2」条例出版 1977 p171

親不孝なイソクツキ
- ◇「ある手品師の話―小熊秀雄童話集」晶文社 1976 p133
- ◇「小熊秀雄童話集」創風社 2001 p111

雄山
- ◇「巽聖歌作品集 下」巽聖歌作品集刊行委員会

お山が火事だ
　◇「中村雨紅詩謡集」中村雨紅詩謡集刊行委員会 1971 p27
お山が晴れた
　◇「みずいろようちえん―出雲路猛雄童話集」坂神都 2012 p64
おやまのあらし
　◇「〔橘かおる〕考える童話シリーズ短篇集 1」新風舎 1996 p24
お山のあられ
　◇「〔北原〕白秋全童謡集 2」岩波書店 1992 p85
オ山ノウエカラ
　◇「西條八十童謡全集」修道社 1971 p215
お山のうた
　◇「〔北原〕白秋全童謡集 2」岩波書店 1992 p81
お山のおさる（音楽劇）
　◇「斎田喬幼年劇全集 1」誠文堂新光社 1962 p163
お山の烏
　◇「野口雨情童謡集」弥生書房 1993 p46
お山の行者
　◇「〔島木〕赤彦童謡集」第一書房 1947 p54
お山の熊ちゃん
　◇「マッチ箱の中―三鎌よし子童謡集」しもつけ文学会 1998 p10
お山のクリスマス
　◇「小出正吾児童文学全集 2」審美社 2000 p313
お山の子ぐま
　◇「浜田広介全集 8」集英社 1976 p13
お山の爺さん
　◇「豊島与志雄童話全集 2」八雲書店 1948 p83
　◇「豊島与志雄童話選集・郷土篇」双文社出版 1982 p70
　◇「豊島与志雄童話集」海鳥社 1990 p137
お山の鹿
　◇「〔竹久〕夢二童謡集」ノーベル書房 1975（浪漫文庫）p235
お山の先生
　◇「与謝野晶子児童文学全集 4」春陽堂書店 2007 p150
お山のたいしょう
　◇「西條八十の童話と童謡」小学館 1981 p84
　◇「西條八十童話」小学館 1983 p404
お山の大将
　◇「〔北原〕白秋全童謡集 1」岩波書店 1992 p206
　◇「〔北原〕白秋全童謡集 4」岩波書店 1993 p232
お山の大将
　◇「西條八十童謡全集」修道社 1971 p46
お山の大将
　◇「斎田喬児童劇選集 〔3〕」牧書店 1954 p147
　1977 p121
お山の大将乃公一人
　◇「〔巌谷〕小波お伽全集 15」本の友社 1998 p48
お山のたいしょう（放送劇）
　◇「斎田喬幼年劇全集 1」誠文堂新光社 1962 p399
お山のたより（日下部梅子）
　◇「岡田泰三・日下部梅子童謡集」会津童詩会 1992 p91
お山の便り
　◇「横山健童謡選集 2」無明舎出版 1995 p12
お山の夏
　◇「佐藤義美全集 1」佐藤義美全集刊行会 1974 p321
お山のばくはつ
　◇「壺井栄名作集 1」ポプラ社 1965 p141
　◇「壺井栄全集 10」文泉堂出版 1998 p553
お山の広つぱ
　◇「巽聖歌作品集 上」巽聖歌作品集刊行委員会 1977 p29
お山の古寺
　◇「中村雨紅詩謡集」中村雨紅詩謡集刊行委員会 1971 p96
お山のゆりの根
　◇「壺井栄名作集 1」ポプラ社 1965 p142
　◇「壺井栄全集 10」文泉堂出版 1998 p554
お山の駱駝
　◇「西條八十童謡全集」修道社 1971 p216
お山の童子（わらし）と八人の赤ん坊
　◇「北畠八穂児童文学全集 3」講談社 1975 p5
おやゆびのうた
　◇「〔斎藤信夫〕子ども心を友として―童謡詩集」成東町教育委員会 1996 p240
おやゆびひめ
　◇「ひろすけ幼年童話文学全集 9」集英社 1962 p10
親はいくら？
　◇「〔柳家弁天〕らくご文庫 6」太平出版社 1987 p47
親はオロオロ、子はキョロキョロ
　◇「寺村輝夫全童話 別1」理論社 2007 p235
親は子に育てられる
　◇「寺村輝夫全童話 別1」理論社 2007 p197
親は　どこへいった
　◇「いのち―みずかみかずよ全詩集」石風社 1995 p330
親はフツツカでも
　◇「松谷みよ子全エッセイ 3」筑摩書房 1989 p188
お夕はん
　◇「まど・みちお全詩集」理論社 1992 p48
お湯売り
　◇「巽聖歌作品集 上」巽聖歌作品集刊行委員会 1977 p296

おゆき

お雪
　◇「斎藤隆介全集 3」岩崎書店 1982 p61

お湯の川
　◇「椋鳩十の本 16」理論社 1983 p198

およびの町内
　◇「北畠八穂児童文学全集 4」講談社 1974 p223

泳いでる少女達
　◇「魂の配達―野村吉哉作品集」草思社 1983 p28

およぐかみそり
　◇「〔木暮正夫〕日本のおばけ話・わらい話 15」岩崎書店 1987 p30

泳ぐとき
　◇「〔内海康子〕六月のカレンダー―詩集」けやき書房 1999 p50

およぐと ささされる あぶないぞ
　◇「巽聖歌作品集 下」巽聖歌作品集刊行委員会 1977 p120

およげおよげ
　◇「筒井敬介おはなし本 1」小峰書店 2006 p46

およげないかえる
　◇「筒井敬介童話全集 2」フレーベル館 1984 p55

およげや およげ
　◇「阪田寛夫全詩集」理論社 2011 p680

およつぎさま
　◇「かつおきんや作品集 12」偕成社 1982 p203

及ばぬ競走（蛙と牛）
　◇「〔巌谷〕小波お伽全集 14」本の友社 1998 p32

お嫁入り
　◇「〔北原〕白秋全童謡集 2」岩崎書店 1992 p421

お嫁入りしたぼたん
　◇「いのち―みずかみかずよ全詩集」石風社 1995 p86

お嫁くらべ
　◇「鈴木三重吉童話全集 4」文泉堂書店 1975（日本文学全集・選集叢刊第5次）p151

およめさん
　◇「杉みき子選集 2」新潟日報事業社 2005 p86

およめさんごっこ
　◇「佐藤義美童謡集」さ・え・ら書房 1960 p166
　◇「佐藤義美全集 1」佐藤義美全集刊行会 1974 p210

お嫁さんさがし
　◇「岩永博史童話集 3」岩永博史 2012 p39

お嫁さんの自画像
　◇「ある手品師の話―小熊秀雄童話集」晶文社 1976 p107
　◇「小熊秀雄童話集」創風社 2001 p89

およめさんはゆうれい
　◇「大川悦生・おばけの本 6」ポプラ社 1981 p1

おらえの春コ

　◇「〔髙橋一仁〕春のニシン場―童謡詩集」けやき書房 2003 p44

おらびそうけ
　◇「〔山田野理夫〕おばけ文庫 2」太平出版社 1976（母と子の図書室）p16

おらほのうめぇもの
　◇「横山健童謡選集 2」無明舎出版 1995 p44

阿蘭陀医者
　◇「〔北原〕白秋全童謡集 2」岩波書店 1992 p284

オランダ芋
　◇「栗良平作品集 1」栗っ子の会 1988（栗っ子童話シリーズ）p26

阿蘭陀船（手まりうた）
　◇「〔北原〕白秋全童謡集 2」岩波書店 1992 p345

オランダとけいと が
　◇「室生犀星童話全集 1」創林社 1978 p25
　◇「室生犀星童話全集 2」創林社 1978 p85

オランダの観光地
　◇「椋鳩十の本 22」理論社 1983 p186

オランダの花市場
　◇「椋鳩十の本 22」理論社 1983 p202

オランダの風車
　◇「椋鳩十の本 22」理論社 1983 p266

オリオン写真館
　◇「安房直子コレクション 2」偕成社 2004 p199

オリオン星座
　◇「氏原大作全集 4」条例出版 1977 p27

おりかえしうんてんの新幹線
　◇「おはなしいっぱい―祐成智美童謡詩集」リーブル 1997 p66

おりがみ
　◇「〔東君平〕ひとくち童話 4」フレーベル館 1995 p6

折紙あそび
　◇「新装版金子みすゞ全集 2」JULA出版局 1984 p92
　◇「金子みすゞ童謡集」角川春樹事務所 1998（ハルキ文庫）p148
　◇「金子みすゞ童謡全集 3」JULA出版局 2004 p140

おりがみじゃぶじゃぶ
　◇「来栖良夫児童文学全集 1」岩崎書店 1983 p13

おりがみの おひなさま
　◇「阪田寛夫全詩集」理論社 2011 p214

おりがみのできた日
　◇「今江祥智童話館 〔6〕」理論社 1986 p133
　◇「今江祥智ショートファンタジー 4」理論社 2005 p113

おりがみの やっこさん
　◇「与田凖一全集 1」大日本図書 1967 p240

おりこういぬ

おりか

おりこう王さまおとしもの
　◇「〔寺村輝夫〕ちいさな王さまシリーズ 4」理論社 1986 p1
　◇「寺村輝夫全童話 2」理論社 1997 p62
おりこうさん
　◇「〔柳家弁天〕らくご文庫 3」太平出版社 1987 p99
お悧巧さん
　◇「〔北原〕白秋全童謡集 1」岩波書店 1992 p168
おりづる
　◇「まど・みちお全詩集 続」理論社 2015 p409
おりづるとつむじ風
　◇「〔佐々木千鶴子〕動物村のこうみんかん―台所からのひとり言 童話集」朝日新聞社西部開発室編集出版センター 1996 p35
折り畳まれる驢馬
　◇「瑠璃の壺―森銑三童話集」三樹書房 1982 p82
おりの中のサル
　◇「椋鳩十まるごと動物ものがたり 9」理論社 1996 p32
　◇「椋鳩十名作選 3」理論社 2010 p97
オリの中のサル
　◇「椋鳩十全集 26」ポプラ社 1981 p155
オリーブ
　◇「庄野英二全集 4」偕成社 1979 p261
オリーブ
　◇「壺井栄名作集 9」ポプラ社 1965 p24
　◇「壺井栄全集 6」文泉堂出版 1998 p384
オリーブにふく風
　◇「定本壺井栄児童文学全集 4」講談社 1980 p166
オリーブに吹く風
　◇「壺井栄名作集 3」ポプラ社 1965 p105
　◇「壺井栄全集 10」文泉堂出版 1998 p190
　◇「壺井栄全集 10」文泉堂出版 1998 p221
オリーブの祭典
　◇「壺井栄全集 11」文泉堂出版 1998 p196
おりょう三郎平
　◇「かつおきんや作品集 6」牧書店〔アリス館牧新社〕 1972 p267
　◇「かつおきんや作品集 17」偕成社 1983 p145
オルガンと合唱の組曲「大演奏会」―大中寅二追悼作品
　◇「阪田寛夫全詩集」理論社 2011 p894
オルゴールのうた
　◇「佐藤一英〔童話・童謡集〕」一宮市立萩原小学校 2003 p33
おるす
　◇「〔北原〕白秋全童謡集 5」岩波書店 1993 p77
お留守居（日下部梅子）

　◇「岡田泰三・日下部梅子童謡集」会津童詩会 1992 p96
お留守の玩具屋
　◇「西條八十童謡全集」修道社 1971 p122
おるすばん
　◇「今江祥智の本 19」理論社 1981 p38
　◇「今江祥智童話館〔16〕」理論社 1987 p95
おるすばん
　◇「〔斎藤信夫〕子ども心を友として―童謡詩集」成東町教育委員会 1996 p210
おるすばん
　◇「〔かもめの水兵さん―武内俊子伝記と作品集〕講談社出版サービスセンター 1977 p183
おるすばん
　◇「定本壺井栄児童文学全集 1」講談社 1979 p182
　◇「壺井栄全集 9」文泉堂出版 1997 p139
おるすばん
　◇「松谷みよ子全集 3」講談社 1971 p91
　◇「松谷みよ子おはなし集 1」ポプラ社 2010 p55
お留守番
　◇「〔巌谷〕小波お伽全集 13」本の友社 1998 p62
お留守番
　◇「〔黒川良人〕犬の詩猫の詩―児童詩集」東洋出版 2000 p36
お留守番
　◇「与謝野晶子児童文学全集 2」春陽堂書店 2007 p62
　◇「与謝野晶子児童文学全集 4」春陽堂書店 2007 p257
オルフィスに
　◇「稗田童平全集 2」宝文館出版 1979 p43
オルフォイス（ロダン展白鶴美術館）（三首）
　◇「稗田童平全集 4」宝文館出版 1980 p35
オーレ！
　◇「まど・みちお全詩集 続」理論社 2015 p287
お礼の舟
　◇「与謝野晶子児童文学全集 4」春陽堂書店 2007 p250
お礼回り
　◇「〔島崎〕藤村の童話 1」筑摩書房 1979 p141
御礼饅頭
　◇「〔巌谷〕小波お伽全集 9」本の友社 1998 p357
「おれを入れて五人」
　◇「瑠璃の壺―森銑三童話集」三樹書房 1982 p185
俺王
　◇「こども用三代目魚武濱田成夫詩集ZK」学習研究社 2002 p16
俺王01
　◇「こども用三代目魚武濱田成夫詩集ZK」学習研究社 2002 p40
おれがあいつであいつがおれで

作品名から引ける日本児童文学個人全集案内　185

おれか

◇「山中恒よみもの文庫 11」理論社 1998 p7

おれがいない
◇「川崎大治民話選 〔1〕」童心社 1968 p132

俺がお父は
◇「〔北原〕白秋全童謡集 1」岩波書店 1992 p199

俺から俺への拍手
◇「こども用三代目魚武濱田成夫詩集ZK」学習研究社 2002 p58

折れ牙
◇「戸川幸夫動物文学全集 12」講談社 1977 p113

俺だけがこげる俺の屁
◇「こども用三代目魚武濱田成夫詩集ZK」学習研究社 2002 p24

おれたち くじら
◇「阪田寛夫全詩集」理論社 2011 p680

おれたちのおふくろ
◇「今江祥智の本 7」理論社 1981 p5

折れた弓
◇「住井すゑ わたしの童話」労働旬報社 1988 p9

俺の今日
◇「こども用三代目魚武濱田成夫詩集ZK」学習研究社 2002 p56

俺の墜落
◇「椋鳩十の本 1」理論社 1982 p103

俺の名前をあのコに書いてほしい
◇「こども用三代目魚武濱田成夫詩集ZK」学習研究社 2002 p30

おれのはなのあなに
◇「今井誉次郎童話集子どもの村 〔4〕」国土社 1957 p34

おれの負けだ
◇「花岡大学仏典童話全集 2」佼成出版社 2006 p17

オレもしかして
◇「〔藤井則行〕祭りの宵に―童話集」創栄出版 1995 p117

おれは、いったいだれだろう
◇「〔柳家弁天〕らくご文庫 5」太平出版社 1968 p81

〔おれはいままで〕
◇「新修宮沢賢治全集 5」筑摩書房 1979 p201

おれはオーだぞ
◇「今江祥智の本 13」理論社 1980 p68
◇「今江祥智童話館 〔4〕」理論社 1986 p140
◇「今江祥智ショートファンタジー 2」理論社 2004 p69

おれは海賊
◇「久保喬自選作品集 2」みどりの会 1994 p187

おれは、かみさま
◇「今江祥智の本 20」理論社 1981 p50

おれは神さま
◇「今江祥智童話館 〔6〕」理論社 1986 p227

おれはスパイじゃない
◇「寺村輝夫全童話 別1」理論社 2007 p360

おれは だれだろう
◇「〔山田野理夫〕お笑い文庫 2」太平出版社 1977 （母と子の図書室）p52

オレは無学だ
◇「まど・みちお全詩集 続」理論社 2015 p287

おれはもうダメだ
◇「阪田寛夫全詩集」理論社 2011 p88

オレンジの木
◇「〔鈴木裕美〕短編童話集 童話のじかん」文芸社 2008 p11

俺んちより貧乏だった友だち
◇「ビートたけし傑作集 少年編 1」金の星社 2010 p106

オレンテ山の赤い花
◇「太田博也童話集 4」小山書林 2008 p27

オレンテ山の女こじき
◇「太田博也童話集 4」小山書林 2008 p13

おろかな争い
◇「花岡大学 続・仏典童話全集 1」法蔵館 1981 p103

愚かな馬の話
◇「〔島崎〕藤村の童話 3」筑摩書房 1979 p85

おろかな王さま
◇「花岡大学 続・仏典童話全集 2」法蔵館 1981 p17

おろかな夫婦
◇「花岡大学仏典童話全集 5」法蔵館 1979 p74

おろかものはだれか
◇「花岡大学 続・仏典童話全集 2」法蔵館 1981 p156

おろしがね
◇「まど・みちお全詩集 続」理論社 2015 p73

大蛇（おろち）… → "だいじゃ…"をも見よ

大蛇橋
◇「〔巌谷〕小波お伽全集 9」本の友社 1998 p309

おろちもまいったあばれ神スサノオ
◇「〔木暮正夫〕日本の怪奇ばなし 1」岩崎書店 1989

オロチョン
◇「〔北原〕白秋全童謡集 5」岩波書店 1993 p127

オーロラ
◇「土田明子詩集 2」かど創房 1986 p20

オーロラペンギンちゃん
◇「今江祥智童話館 〔8〕」理論社 1987 p80
◇「今江祥智の本 30」理論社 1990 p85
◇「今江祥智ショートファンタジー 1」理論社 2004 p106

おろろんぎつねのまごぎつね
◇「松谷みよ子全集 9」講談社 1972 p71

お別れ
　◇「〔島崎〕藤村の童話 1」筑摩書房 1979 p168
　◇「〔島崎〕藤村の童話 2」筑摩書房 1979 p140
おわかれにきたむすめ
　◇「〔木暮正夫〕日本のおばけ話・わらい話 18」岩崎書店 1988 p48
おわかれの うた
　◇「佐藤義美全集 1」佐藤義美全集刊行会 1974 p376
おはつけるな
　◇「寺村輝夫のむかし話 〔5〕」あかね書房 1978 p44
終わったね夏
　◇「〔内海康子〕六月のカレンダー―詩集」けやき書房 1999 p60
お詫
　◇「巽聖歌作品集 上」巽聖歌作品集刊行委員会 1977 p411
おわらない祭り
　◇「立原えりかのファンタジーランド 12」青土社 1980
おわりとはじまりと…
　◇「今江祥智の本 15」理論社 1980 p50
おわりに 童話はみんなへの応援歌
　◇「かとうむつこ童話集 2」東京図書出版会, リフレ出版(発売) 2004 p90
おわりに 私たちは、もともと誰でもが温かい心を持っている
　◇「かとうむつこ童話集 3」東京図書出版会, リフレ出版(発売) 2006 p110
終りの言葉〔詩集「夕の花園」〕
　◇「椋鳩十の本 1」理論社 1982 p86
おわりのない物語
　◇「人魚―北村寿夫童話選集」宝文館 1955 p25
おわりのはなし
　◇「あまんきみこ童話集 4」ポプラ社 2008 p94
おわりよければ…
　◇「今江祥智の本 30」理論社 1990 p54
恩を仇(農夫と蛇)
　◇「〔巌谷〕小波お伽全集 14」本の友社 1998 p97
恩をかえしたニワトリ
　◇「北彰介作品集 3」青森県児童文学研究会 1990 p263
恩をわすれない
　◇「花岡大学仏典童話新作集 1」法蔵館 1984 p45
恩を忘れるな(山羊と葡萄)
　◇「〔巌谷〕小波お伽全集 14」本の友社 1998 p30
恩返し(獅子と鼠)
　◇「〔巌谷〕小波お伽全集 14」本の友社 1998 p24
おんがく
　◇「まど・みちお全詩集」理論社 1992 p635

音楽あいさつ
　◇「〔山田野理夫〕お笑い文庫 6」太平出版社 1977 (母と子の図書室) p78
音楽母さん
　◇「今江祥智童話館 〔12〕」理論社 1987 p192
音楽が聞こえてくる家
　◇「岩永博史童話集 2」岩永博史 2005 p156
音楽詩劇「イシキリ―私のキリスト」
　◇「阪田寛夫全詩集」理論社 2011 p596
音楽室のおばけ
　◇「〔木下容子〕ファンタジー傑作童話集 まほうのコンベイトー」おさひめ書房 2009 p83
音楽時計
　◇「室生犀星童話全集 3」創林社 1978 p136
音楽と童謡作家
　◇「佐藤義美全集 6」佐藤義美全集刊行会 1974 p324
音楽の島
　◇「二反長半作品集 1」集英社 1979 p107
おんがくの つぶつぶ
　◇「まど・みちお全詩集」理論社 1992 p551
隠形の術
　◇「瑠璃の壺―森銑三童話集」三樹書房 1982 p287
恩師
　◇「佐々木邦全集 補巻5」講談社 1975 p183
温室
　◇「中村雨紅詩謡集」中村雨紅詩謡集刊行委員会 1971 p133
恩師について
　◇「阪田寛夫全詩集」理論社 2011 p107
おん正, 正月
　◇「〔北原〕白秋全童謡集 3」岩波書店 1992 p398
オンシャウ シャウグヮツ
　◇「〔北原〕白秋全童謡集 3」岩波書店 1992 p166
恩人
　◇「まど・みちお全詩集 続」理論社 2015 p259
おんせん
　◇「〔東君平〕おはようどうわ 1」講談社 1982 p24
温泉へ出かけたすずめ
　◇「定本小川未明童話全集 6」講談社 1977 p57
　◇「定本小川未明童話全集 6」大空社 2001 p57
温泉町
　◇「中村雨紅詩謡集」中村雨紅詩謡集刊行委員会 1971 p119
温泉町らしい詩を
　◇「椋鳩十の本 23」理論社 1983 p157
温泉宿
　◇「〔島崎〕藤村の童話 2」筑摩書房 1979 p159
温泉宿の客のうしろに…(長野)
　◇「〔木暮正夫〕日本の怪奇ばなし 9」岩崎書店

おんた

1990 p116
オンタケのアゲハチョウ
　◇「宮口しづえ児童文学集 4」小峰書店 1969 p120
　◇「宮口しづえ童話名作集」一草舎出版 2009 p120
オンタケの子ら
　◇「宮口しづえ児童文学集 4」小峰書店 1969 p5
　◇「宮口しづえ童話全集 5」筑摩書房 1979 p9
御嶽参り
　◇〔島崎〕藤村の童話 2」筑摩書房 1979 p65
御田の雀
　◇「〔巌谷〕小波お伽全集 9」本の友社 1998 p65
おんたまに―柊新也におくる
　◇「阪田寛夫全詩集」理論社 2011 p844
おんちょろちょろ
　◇「沼田曜一の親子劇場 2」あすなろ書房 1995 p19
おんちょろり，ねずみきょう
　◇「〔木暮正夫〕日本のおばけ話・わらい話 4」岩崎書店 1986 p74
音読と黙読の問題
　◇「椋鳩十の本 25」理論社 1983 p151
おんどりたまごのオムレツ
　◇「寺村輝夫童話全集 13」ポプラ社 1982 p113
　◇「寺村輝夫全童話 6」理論社 1998 p378
雄鶏と妹（岡田泰三）
　◇「岡田泰三・日下部梅子童謡集」会津童詩会 1992 p126
おんどりとワン
　◇「浜田広介全集 3」集英社 1975 p188
おんどりの冒険
　◇「〔島崎〕藤村の童話 2」筑摩書房 1979 p93
おんどり めんどり
　◇「まど・みちお全詩集」理論社 1992 p558
　◇「まどさんの詩の本 13」理論社 1997 p42
おんな
　◇「阪田寛夫全詩集」理論社 2011 p855
女
　◇「北彰介作品集 4」青森県児童文学研究会 1991 p285
女
　◇「全集版灰谷健次郎の本 22」理論社 1988 p33
女
　◇「新修宮沢賢治全集 14」筑摩書房 1980 p37
女共産党士
　◇「阪田寛夫全詩集」理論社 2011 p843
女坂
　◇「松谷みよ子全エッセイ 3」筑摩書房 1989 p308
女詩人における感情革命―わが与謝野晶子
　◇「稗田童平全集 6」宝文館出版 1981 p61
おんなじ やさい
　◇「まど・みちお全詩集」理論社 1992 p354

女達よ！ どこへ行ったか？
　◇「椋鳩十の本 1」理論社 1982 p140
女というものは
　◇「壺井栄全集 11」文泉堂出版 1998 p316
女とくらし
　◇「松谷みよ子全エッセイ 3」筑摩書房 1989 p166
女ともだち
　◇〔吉田享子〕おしゃべりな星―少年少女詩集」らくだ出版 2001 p56
（女の）
　◇「稗田童平全集 8」宝文館出版 1982 p103
女の会話
　◇「〔中山尚美〕おふろの中で―詩集」アイ企画 1996 p68
おんなのこ
　◇「阪田寛夫全詩集」理論社 2011 p881
おんなのこ
　◇「まど・みちお全詩集 続」理論社 2015 p42
女の子
　◇「今江祥智の本 14」理論社 1980 p27
　◇「今江祥智童話館 〔16〕」理論社 1987 p176
　◇「今江祥智ショートファンタジー 2」理論社 2004 p106
女の子
　◇「新装版金子みすゞ全集 2」JULA出版局 1984 p11
　◇「〔金子〕みすゞ詩画集 〔1〕」春陽堂書店 1996
　◇「金子みすゞ童謡集」角川春樹事務所 1998（ハルキ文庫）p64
　◇「金子みすゞ童謡全集 3」JULA出版局 2004 p24
女の子
　◇「松田瓊子全集 5」大空社 1997 p86
女の子
　◇「まど・みちお詩集 3」銀河社 1975 p48
　◇「まど・みちお全詩集」理論社 1992 p476
　◇「まど・みちお全詩集」理論社 1992 p686
　◇「まどさんの詩の本 12」理論社 1997 p56
女の子
　◇「〔山田野理夫〕おばけ文庫 3」太平出版社 1976（母と子の図書室）p139
おんなのこと お月さま
　◇「与田凖一全集 1」大日本図書 1967 p210
女の子とシャボン玉
　◇「〔春名こうじ〕夢の国への招待状」新風舎 1997 p27
女の子とライオン
　◇「今江祥智の本 12」理論社 1980 p37
　◇「今江祥智童話館 〔4〕」理論社 1986 p89
　◇「今江祥智ショートファンタジー 3」理論社 2004 p137
女の子の着物

女の魚売り
　◇「定本小川未明童話全集 2」講談社 1976 p250
　◇「定本小川未明童話全集 2」大空社 2001 p250
女の正月
　◇「壺井栄全集 11」文泉堂出版 1998 p132
女の大将
　◇「与謝野晶子児童文学全集 2」春陽堂書店 2007 p14
女の旅
　◇「壺井栄全集 11」文泉堂出版 1998 p263
女の日
　◇「氏原大作全集 3」条例出版 1976 p108
女の碑
　◇「氏原大作全集 3」条例出版 1976 p407
女の人
　◇「くんぺい魔法ばなし―魔法ばなし全集 1」サンリオ 2000 p64
女の部屋
　◇「井上ひさしジュニア文学館 1」汐文社 1998 p79
女猟師、おかね
　◇「松谷みよ子のむかしむかし 7」講談社 1973 p81
女は鬼になる
　◇「阪田寛夫全集」理論社 2011 p638
（女は立て膝で）
　◇「稗田菫平全集 2」宝文館出版 1979 p102
おんにょろにょろ
　◇「松谷みよ子全集 10」講談社 1972 p53
　◇「松谷みよ子おはなし 1」ポプラ社 2010 p100
「御」の字
　◇「壺井栄全集 11」文泉堂出版 1998 p189
乳母日傘
　◇「達崎龍全童謡ホロホロ鳥」あい書林 1983 p40
恩原山の岩観音
　◇「〔岡田文正〕短編作品集 ボク、強い子になりたい」ウインかもがわ, かもがわ出版（発売）2009 p49
おんぼろ寺のかにもんどう
　◇「木暮正夫」日本のおばけ話・わらい話 2」岩崎書店 1986 p11
おんぼろ どけい
　◇「いのち―みずかみかずよ全詩集」石風社 1995 p238
おんぼろピアノ
　◇「阪田寛夫全集」理論社 2011 p351
おんもら鬼
　◇「〔山田野理夫〕おばけ文庫 2」太平出版 1976 （母と子の図書室）p81
御休処（おんやすみどころ）
　◇「〔島崎〕藤村の童話 2」筑摩書房 1979 p151

　◇「まど・みちお全詩集」理論社 1992 p687

【 か 】

か
　◇「北彰介作品集 3」青森県児童文学研究会 1990 p125
か
　◇「浜田広介全集 11」集英社 1976 p105
が
　◇「いのち―みずかみかずよ全詩集」石風社 1995 p192
カ
　◇「〔東君平〕おはようどうわ 6」講談社 1982 p135
カ
　◇「まど・みちお詩集 2」銀河社 1975 p8
　◇「まど・みちお全詩集」理論社 1992 p322
　◇「まど・みちお全詩集」理論社 1992 p434
　◇「まどさんの詩の本 3」理論社 1994 p20
　◇「まどさんの詩の本 3」理論社 1994 p24
　◇「まど・みちお全詩集 続」理論社 2015 p11
　◇「まど・みちお全詩集 続」理論社 2015 p14
　◇「まど・みちお全詩集 続」理論社 2015 p17
　◇「まど・みちお全詩集 続」理論社 2015 p43
　◇「まど・みちお全詩集 続」理論社 2015 p44
　◇「まど・みちお全詩集 続」理論社 2015 p98
　◇「まど・みちお全詩集 続」理論社 2015 p99
　◇「まど・みちお全詩集 続」理論社 2015 p100
　◇「まど・みちお全詩集 続」理論社 2015 p101
　◇「まど・みちお全詩集 続」理論社 2015 p123
　◇「まど・みちお全詩集 続」理論社 2015 p176
　◇「まど・みちお全詩集 続」理論社 2015 p260
蚊
　◇「こやま峰子詩集〔1〕」朔北社 2003 p12
蚊
　◇「杉みき子選集 2」新潟日報事業社 2005 p42
蚊
　◇「全集版灰谷健次郎の本 22」理論社 1988 p8
蚊
　◇「まど・みちお全詩集」理論社 1992 p49
　◇「まど・みちお全詩集」理論社 1992 p559
　◇「まどさんの詩の本 7」理論社 1996 p88
蛾
　◇「〔北原〕白秋全童謡集 2」岩波書店 1992 p464
蛾
　◇「壺井栄全集 7」文泉堂出版 1998 p64
蛾
　◇「まど・みちお全詩集」理論社 1992 p22
がァがァ, 鷲鳥

◇「〔北原〕白秋全童謡集 1」岩波書店 1992 p201

カアカア カラス
◇「佐藤義美全集 2」佐藤義美全集刊行会 1973 p53

カアカア鳥
◇「〔巌谷〕小波お伽全集 7」本の友社 1998 p336

カア公爵
◇「お噺の卵―武井武雄童話集」講談社 1976（講談社文庫）p125

ガアコの卒業祝賀会
◇「新美南吉全集 2」牧書店 1965 p215
◇「新美南吉童話劇集 1」東京書籍 1981（東書児童劇シリーズ）p61

ガア子の卒業祝賀会
◇「校定新美南吉全集 9」大日本図書 1981 p68
◇「新美南吉童話集 3」大日本図書 1982 p237
◇「新美南吉童話大全」講談社 1989 p334
◇「新美南吉童話集 3」大日本図書 2012 p237

母（カア）さまたづねて
◇「〔北原〕白秋全童謡集 5」岩波書店 1993 p101

母さまは（日下部梅子）
◇「岡田泰三・日下部梅子童謡集」会津童詩会 1992 p112

かあさん
◇「〔坪井安〕はしれ子馬よ―童謡詩集」童謡研究・蜂の会 1999 p10

母さんがいないと
◇「西條八十童謡全集」修道社 1971 p219

かあさんが いなかったら
◇「与田準一全集 1」大日本図書 1967 p246

かあさんここよ
◇「浜田広介全集 11」集英社 1976 p54

母さん里
◇「野口雨情童謡集」弥生書房 1993 p39

母さん凧
◇「赤い自転車―松延いさお自選童話集」〔熊本〕松延猪雄 1993 p54

母さんたずねて
◇「〔斎藤信夫〕子ども心を友として―童謡詩集」成東町教育委員会 1996 p68

かあさんと ふたりだけで
◇「まど・みちお全詩集」理論社 1992 p139

かあさんどりのいったこと
◇「ひろすけ幼年童話文学全集 2」集英社 1962 p16
◇「浜田広介全集 3」集英社 1975 p242

母さんとわたし
◇「西條八十童話集」小学館 1983 p387

母さんと私
◇「西條八十童謡全集」修道社 1971 p229

母さん泣いてるね
◇「中村雨紅詩語集」中村雨紅詩語集刊行委員会 1971 p143

母さんに似たひと
◇「西條八十童謡全集」修道社 1971 p227

かあさんの歌
◇「新美南吉全集 6」牧書店 1965 p243

母さんのウタ
◇「サトウハチロー童謡集」弥生書房 1977 p76

母さんの歌
◇「〔鈴木桂子〕親子で語り合う詩集 1」クロスロード 1997 p24

母さんの歌
◇「校定新美南吉全集 8」大日本図書 1981 p54

母さんの家
◇「西條八十童謡全集」修道社 1971 p221

かあさんの おかお
◇「まど・みちお全詩集」理論社 1992 p128

母さんのお写真
◇「西條八十童謡全集」修道社 1971 p222

母さんのお使い
◇「西條八十童謡全集」修道社 1971 p224

かあさんの顔
◇「与田準一全集 1」大日本図書 1967 p248

母さんの影法師
◇「〔斎藤信夫〕子ども心を友として―童謡詩集」成東町教育委員会 1996 p90

母さんのこもりうた
◇「〔川上文子〕七つのあかり―短篇童話集」教育報道社 1998（教報ブックス）p53

母さんの里
◇「〔島木〕赤彦童謡集」第一書店 1947 p12

母さんの手
◇「西條八十童謡全集」修道社 1971 p225

母さんの名
◇「西條八十童謡全集」修道社 1971 p226

かあさんのにおい
◇「佐藤一英「童話・童謡集」」一宮市立萩原小学校 2003 p40

母さんの眼
◇「西條八十童謡全集」修道社 1971 p50

母さんの目
◇「西條八十童話集」小学館 1983 p428

かあさんぶたと おおかみ
◇「ひろすけ幼年童話文学全集 8」集英社 1961 p159

母さん星
◇「カエルとお月さま―後藤楢根「作品集」」由布市教育委員会 2006 p94

かあちゃん
◇「松谷みよ子全集 3」講談社 1971 p155

母ちゃん
◇「坪田譲治名作選 〔1〕魔法」小峰書店 2005 p98

かいこ

母ちゃん、スイッチを切る
　◇「杉みき子選集 4」新潟日報事業社 2008 p256
かあちゃんのカレーは日本一
　◇「〔神沢利子〕くまの子ウーフの童話集 3」ポプラ社 2001 p91
かあちゃん許せ（灰谷記）
　◇「全集版灰谷健次郎の本 23」理論社 1988 p205
甲斐犬
　◇「〔黒川良人〕犬の詩猫の詩—児童詩集」東洋出版 2000 p33
開花
　◇「いのち—みずかみかずよ全詩集」石風社 1995 p54
　◇「いのち—みずかみかずよ全詩集」石風社 1995 p55
「開花期」森菊蔵著
　◇「稗田菫平全集 6」宝文館出版 1981 p141
かいがら
　◇「〔内海康子〕六月のカレンダー—詩集」けやき書房 1999 p63
かいがら
　◇「〔東君平〕おはようどうわ 6」講談社 1982 p78
貝がら
　◇「大石真児童文学全集 10」ポプラ社 1982 p143
貝がら
　◇「浜田広介全集 11」集英社 1976 p140
貝殻
　◇「新美南吉全集 6」牧書店 1965 p12
　◇「校定新美南吉全集 8」大日本図書 1981 p458
　◇「新美南吉童話傑作選 〔6〕花をうめる」小峰書店 2004 p178
かいがら草
　◇「いのち—みずかみかずよ全詩集」石風社 1995 p28
かいがらさん
　◇「まど・みちお全詩集」理論社 1992 p176
貝殻少女
　◇「稗田菫平全集 2」宝文館出版 1979 p30
貝殻のうた
　◇「〔土田明子〕ちいさい星—母と子の詩集」らくだ出版 2002 p100
貝がらのなかからひとつの歌がきこえてくる
　◇「花岡大学童話文学全集 4」法蔵館 1980 p126
貝がらの町
　◇「二反長半作品集 1」集英社 1979 p11
かいがん
　◇「〔北原〕白秋全童謡集 4」岩波書店 1993 p138
海岸線
　◇「佐藤義美全集 1」佐藤義美全集刊行会 1974 p34
海岸でひろったふしぎな骨
　◇「〔たかしよいち〕世界むかしむかし探検 1」国土社 1993 p49
海岸のさわぎ
　◇「星新一YAセレクション 9」理論社 2009 p39
外観より心（燕と鴉）
　◇「〔巌谷〕小波お伽全集 14」本の友社 1998 p144
階級芸術独語—労働者の見たるプロレタリア芸術
　◇「魂の配達—野村吉哉作品集」草思社 1983 p312
怪魚
　◇「〔山田野理夫〕おばけ文庫 5」太平出版 1976（母と子の図書室）p134
海峡
　◇「北彰介作品集 4」青森県児童文学研究会 1991 p62
懐郷帰雁
　◇「中村雨紅詩謡集」中村雨紅詩謡集刊行委員会 1971 p169
海峡に歌う
　◇「北彰介作品集 4」青森県児童文学研究会 1991 p92
怪奇四十面相
　◇「少年探偵江戸川乱歩全集 7」ポプラ社 1964 p5
　◇「少年探偵・江戸川乱歩 8」ポプラ社 1998 p5
　◇「文庫版 少年探偵・江戸川乱歩 8」ポプラ社 2005 p5
会議は踊るほうがよい
　◇「今江祥智の本 34」理論社 1990 p215
海軍魂
　◇「〔北原〕白秋全童謡集 4」岩波書店 1993 p334
会計屋
　◇「新修宮沢賢治全集 6」筑摩書房 1980 p217
快傑黒頭巾
　◇「高垣眸全集 3」桃源社 1971 p123
かいけつ 白ずきん
　◇「〔かこさとし〕お話こんにちは 〔7〕」偕成社 1979 p112
会見
　◇「新修宮沢賢治全集 5」筑摩書房 1979 p96
　◇「新修宮沢賢治全集 5」筑摩書房 1979 p298
　◇「ジュニア文学館 宮沢賢治—写真・絵画集成 3」日本図書センター 1996 p170
外見
　◇「星新一ちょっと長めのショートショート 2」理論社 2005 p195
かいこ
　◇「〔永松康男〕童話集 青いマント」永松康男 2012 p109
蚕
　◇「国分一太郎児童文学集 6」小峰書店 1967 p138
　◇「国分一太郎児童文学集 6」小峰書店 1967 p142
邂逅

かいこ

開校記念日
　◇「おの・ちゅうこう初期作品集〔1〕牧歌的風景」崙書房 1975 p71

開校記念日
　◇「川端康成少年少女小説集」中央公論社 1968 p27

艾孝子
　◇「瑠璃の壺—森銑三童話集」三樹書房 1982 p324

詩集『悔悟詩集』
　◇「阪田寛夫全詩集」理論社 2011 p100

ガイコツ
　◇「〔山田野理夫〕おばけ文庫 5」太平出版社 1976（母と子の図書室）p92

骸骨が棲んだ島
　◇「首なし男—堀英男短編集」教育報道社 2000（教報ブックス）p45

骸骨館
　◇「海野十三全集 12」三一書房 1990 p21

骸骨の島
　◇「鈴木三重吉童話全集 1」文泉堂書店 1975（日本文学全集・選集叢刊第5次）p121

骸骨物語
　◇「戸田幸夫動物文学全集 15」講談社 1977 p238

カイコのはなし
　◇「椋鳩十の本 19」理論社 1982 p96

開墾
　◇「新版・宮沢賢治童話全集 12」岩崎書店 1979 p175
　◇「新修宮沢賢治全集 4」筑摩書房 1979 p61
　◇「新修宮沢賢治全集 6」筑摩書房 1980 p258

開墾地
　◇「新修宮沢賢治全集 6」筑摩書房 1980 p201

開墾地検察
　◇「新修宮沢賢治全集 4」筑摩書房 1979 p100
　◇「新修宮沢賢治全集 4」筑摩書房 1979 p321

開墾地落上
　◇「新修宮沢賢治全集 6」筑摩書房 1980 p117
　◇「新修宮沢賢治全集 6」筑摩書房 1980 p390

貝細工
　◇「壺井栄全集 6」文泉堂出版 1998 p437

かいさつ口
　◇「与田凖一全集 3」大日本図書 1967 p210

会社の女の子
　◇「阪田寛夫全詩集」理論社 2011 p635

かいじゅう
　◇「〔東君平〕おはようどうわ 8」講談社 1982 p54

かいじゅうが出たゾ
　◇「春よこいこい—高橋良和こころの童話選集」同朋舎出版 1995 p40

怪獣コダ
　◇「花岡大学仏典童話全集 1」法蔵館 1979 p142
　◇「花岡大学仏典童話集 3」佼成出版社 2006 p98

かいじゅうゴミイのしゅうげき
　◇「筒井康隆全童話」角川書店 1976（角川文庫）p5
　◇「筒井康隆SFジュブナイルセレクション 1」金の星社 2010 p5

かいじゅうでんとう
　◇「きむらゆういちおはなしのへや 4」ポプラ社 2012 p44

怪じゅうと友だちになっちゃった
　◇「犬飼馬鹿人旧作童話集」日本文化資料センター 1996 p23

かいじゅうの森
　◇「寺村輝夫全童話 5」理論社 1998 p312

かいじゅうムズング
　◇「寺村輝夫童話全集 12」ポプラ社 1982 p125
　◇「寺村輝夫全童話 4」理論社 1997 p381

怪獣ランドセルゴン
　◇「大石真児童文学全集 5」ポプラ社 1982 p191

海上アルプス
　◇「椋鳩十全集 21」ポプラ社 1980 p105

会食
　◇「井上ひさしジュニア文学館 1」汐文社 1998 p197

会食
　◇「新修宮沢賢治全集 5」筑摩書房 1979 p114
　◇「新修宮沢賢治全集 5」筑摩書房 1979 p304

海蝕台地
　◇「新修宮沢賢治全集 3」筑摩書房 1979 p41
　◇「新修宮沢賢治全集 3」筑摩書房 1979 p321

開曙の微風（岡田泰三）
　◇「岡田泰三・日下部梅子童謡集」会津童詩会 1992 p129

怪人二十面相
　◇「少年探偵江戸川乱歩全集 1」ポプラ社 1964 p5
　◇「少年探偵・江戸川乱歩 1」ポプラ社 1998 p5
　◇「文庫版 少年探偵・江戸川乱歩 1」ポプラ社 2005 p5

海神の怒り
　◇「中村雨紅詩謡集」中村雨紅詩謡集刊行委員会 1971 p176

（外人墓地に）
　◇「稗田菫平全集 8」宝文館出版 1982 p128

海図
　◇「庄野英二全集 11」偕成社 1980 p34

かいすいよく
　◇「〔東君平〕ひとくち童話 2」フレーベル館 1995 p34

海水浴
　◇「〔かこさとし〕お話こんにちは〔4〕」偕成社 1979 p76

怪星ガン
　◇「海野十三全集 13」三一書房 1992 p271

解説―池田小菊
　◇「壺井栄全集 11」文泉堂出版 1998 p442
カイゼルひげの銅像群―選挙風景
　◇「北彰介作品集 4」青森県児童文学研究会 1991 p209
怪船卯三丸
　◇「〔巌谷〕小波お伽全集 1」本の友社 1998 p161
凱旋歓迎の歌
　◇「〔巌谷〕小波お伽全集 7」本の友社 1998 p452
回想の室生犀星
　◇「稗田菫平全集 2」宝文館出版 1979 p149
海賊ウミスズメ
　◇「北畠八穂児童文学全集 1」講談社 1974 p97
かいぞくオネション
　◇「山下明生・童話の島じま 1」あかね書房 2012 p29
「海賊」創刊のころ
　◇「安房直子コレクション 1」偕成社 2004 p324
かいぞくでぶっちょん
　◇「筒井敬介童話全集 3」フレーベル館 1983 p115
海賊島探検株式会社
　◇「全集古田足日子どもの本 9」童心社 1993 p7
海賊の歌がきこえる
　◇「今江祥智の本 3」理論社 1980 p167
海賊岬の宝
　◇「北彰介作品集 2」青森県児童文学研究会 1990 p93
開拓地
　◇「巽聖歌作品集 上」巽聖歌作品集刊行委員会 1977 p256
書いたワンワン
　◇「西條八十童謡全集」修道社 1971 p230
かいだん
　◇「まど・みちお全詩集」理論社 1992 p624
　◇「まどさんの詩の本 4」理論社 1994 p10
　◇「まどさんの詩の本 4」理論社 1994 p12
　◇「まどさんの詩の本 4」理論社 1994 p14
　◇「まど・みちお全詩集 続」理論社 2015 p61
怪談
　◇「〔山田野理夫〕お笑い文庫 10」太平出版社 1977（母と子の図書室）p142
階段
　◇「海野十三全集 1」三一書房 1990 p141
階段
　◇「いのち―みずかみかずよ全詩集」石風社 1995 p303
かいだんのおりかた
　◇「〔木暮正夫〕日本のおばけ話・わらい話 5」岩崎書店 1986 p62
階段の怪談
　◇「〔かこさとし〕お話こんにちは 〔2〕」偕成社 1979 p90
怪談牡丹灯篭（一龍斎貞水編, 三遊亭円朝作, 岡本和明文）
　◇「一龍斎貞水の歴史講談 1」フレーベル館 2000 p70
かいだん・I
　◇「まど・みちお全詩集」理論社 1992 p308
かいだん・II
　◇「まど・みちお全詩集」理論社 1992 p309
懐中育ち
　◇「〔巌谷〕小波お伽全集 15」本の友社 1998 p15
懐中時計
　◇「まど・みちお全詩集」理論社 1992 p20
怪鳥うぶめのなぞ
　◇「水木しげるのふしぎ妖怪ばなし 7」メディアファクトリー 2009 p4
怪鳥艇
　◇「海野十三集 2」桃源社 1980 p107
　◇「海野十三全集 9」三一書房 1988 p169
カイツブリばんざい
　◇「椋鳩十全集 1」ポプラ社 1969 p32
　◇「椋鳩十まるごと動物ものがたり 11」理論社 1995 p36
　◇「椋鳩十名作選 1」理論社 2010 p59
カイツブリ万歳
　◇「椋鳩十の本 10」理論社 1982 p145
　◇「椋鳩十学年別童話 〔14〕」理論社 1995 p53
かいてい
　◇「〔東君平〕おはようどうわ 3」講談社 1982 p76
海底かんそく船
　◇「巽聖歌作品集 下」巽聖歌作品集刊行委員会 1977 p102
海底大陸
　◇「海野十三集 2」桃源社 1980 p1
　◇「海野十三全集 4」三一書房 1989 p275
海底電信の話
　◇「若松賤子創作童話全集」久山社 1995（日本児童文化史叢書）p81
海底都市
　◇「海野十三全集 13」三一書房 1992 p5
海底の魔術師
　◇「少年探偵江戸川乱歩全集 21」ポプラ社 1970 p5
　◇「少年探偵・江戸川乱歩 12」ポプラ社 1998 p5
　◇「文庫版 少年探偵・江戸川乱歩 12」ポプラ社 2005 p5
回転
　◇「いのち―みずかみかずよ全詩集」石風社 1995 p224
廻転
　◇「魂の配達―野村吉哉作品集」草思社 1983 p84

かいて

回転だっこく機の発明
- ◇「今井誉次郎童話集子どもの村 〔5〕」国土社 1957 p46

回転木馬の夢
- ◇「岩永博史童話集 3」岩永博史 2012 p31

海道
- ◇「夢見る窓―冬村勇陽童話集」北雪新書 2004 p232

外套
- ◇「巽聖歌作品集 上」巽聖歌作品集刊行委員会 1977 p468

外套
- ◇「校定新美南吉全集 8」大日本図書 1981 p142

怪塔王
- ◇「海野十三全集 6」三一書房 1989 p23

街灯の光
- ◇「平成に生まれた昔話―〔村瀬〕神太郎童話集」文芸社 1999 p156

貝と月
- ◇「新装版金子みすゞ全集 3」JULA出版局 1984 p117
- ◇「金子みすゞ童謡全集 5」JULA出版局 2004 p156

かいなんぼう
- ◇「〔山田野理夫〕おばけ文庫 1」太平出版社 1976 (母と子の図書室) p152

貝になった子ども
- ◇「松谷みよ子全集 1」講談社 1971 p1

かいねこ タマ
- ◇「まど・みちお全詩集 続」理論社 2015 p155

かいのうた
- ◇「いのち―みずかみかずよ全詩集」石風社 1995 p184

貝のうた
- ◇「稗田童平全集 3」宝文館出版 1979 p77

貝のうた
- ◇「いのち―みずかみかずよ全詩集」石風社 1995 p348

貝の花
- ◇「阪田寛夫全詩集」理論社 2011 p24

かいの はなし
- ◇「坪田譲治幼年童話文学全集 5」集英社 1965 p93

貝の話
- ◇「坪田譲治童話全集 6」岩崎書店 1986 p75

貝のはらわた
- ◇「〔柳家弁太〕らくご文庫 5」太平出版社 1987 p32

貝の火
- ◇「新版・宮沢賢治童話全集 3」岩崎書店 1978 p5
- ◇「新修宮沢賢治全集 8」筑摩書房 1979 p49
- ◇「宮沢賢治動物童話集 1」シグロ 1995 p89
- ◇「〔宮沢〕賢治童話」翔泳社 1995 p10
- ◇「宮沢賢治童話集 4」講談社 1995 (講談社青い鳥文庫) p22
- ◇「ジュニア文学館 宮沢賢治―写真・絵画集成 2」日本図書センター 1996 p13
- ◇「よくわかる宮沢賢治―イーハトーブ・ロマン I」学習研究社 1996 p232
- ◇「齋藤孝のイッキによめる！ 小学生のための宮沢賢治」講談社 2007 p229
- ◇「学校放送劇舞台劇脚本集 宮沢賢治名作童話」東洋書院 2008 p143
- ◇「宮沢賢治童話集珠玉選 〔4〕」講談社 2009 p62

貝の火(宮沢賢治作, 岡田陽脚色)
- ◇「宮沢賢治童話劇集 1」東京書籍 1981 (東書児童劇シリーズ) p157

貝のふえ
- ◇「まど・みちお全詩集」理論社 1992 p309

かいばの麦
- ◇「花岡大学仏典童話全集 4」法蔵館 1979 p7

貝原益軒
- ◇「〔かこさとし〕お話こんにちは 〔8〕」偕成社 1979 p55

解氷
- ◇「石森延男児童文学全集 5」学習研究社 1971 p202

怪猫
- ◇「椋鳩十の本 7」理論社 1983 p121

かいひろい
- ◇「佐藤義美童謡集」さ・え・ら書房 1960 p115
- ◇「佐藤義美童謡集」さ・え・ら書房 1960 p118
- ◇「佐藤義美全集 1」佐藤義美全集刊行会 1974 p199
- ◇「ともだちシンフォニー―佐藤義美童謡集」JULA出版局 1990 p64

かいひろい
- ◇「〔東君平〕おはようどうわ 6」講談社 1982 p140
- ◇「東君平のおはようどうわ 2」新日本出版社 2010 p68

貝ふき旦次
- ◇「松谷みよ子のむかしむかし 7」講談社 1973 p61

かいぶつトンボのおどろきばなし
- ◇「かこさとし大自然のふしぎえほん 9」小峰書店 2002 p1

蓋平
- ◇「〔北原〕白秋全童謡集 3」岩波書店 1992 p206

外貌の美(孔雀と鶴)
- ◇「〔巌谷〕小波お伽全集 14」本の友社 1998 p84

怪ぼたん
- ◇「〔巌谷〕小波お伽全集 8」本の友社 1998 p167

貝ボタン
- ◇「巽聖歌作品集 上」巽聖歌作品集刊行委員会 1977 p487

カイムのいずみ
◇「椋鳩十全集 9」ポプラ社 1970 p158
かいもの
◇「〔東君平〕ひとくち童話 5」フレーベル館 1995 p18
買物
◇「庄野英二全集 6」偕成社 1979 p167
買い物ママさん
◇「横山健童謡選集 2」無明舎出版 1995 p89
開聞岳あたり
◇「椋鳩十の本 21」理論社 1982 p212
がいらいごじてん
◇「まど・みちお詩集 5」銀河社 1975 p6
◇「まど・みちお全詩集」理論社 1992 p517
◇「まどさんの詩の本 2」理論社 1994 p90
怪力藤左どん
◇「松谷みよ子のむかしむかし 7」講談社 1973 p114
海流農園
◇「全集版灰谷健次郎の本 22」理論社 1988 p127
薤露青
◇「新修宮沢賢治全集 3」筑摩書房 1979 p128
◇「ジュニア文学館 宮沢賢治―写真・絵画集成 3」日本図書センター 1996 p117
カイロ団長
◇「新版・宮沢賢治童話全集 5」岩崎書店 1978 p5
◇「新修宮沢賢治全集 8」筑摩書房 1979 p225
◇「〔宮沢〕賢治童話」翔永社 1995 p159
◇「ジュニア文学館 宮沢賢治―写真・絵画集成 2」日本図書センター 1996 p40
会話
◇「井上ひさしジュニア文学館 1」汐文社 1998 p181
会話
◇「北彰介作品集 4」青森県児童文学研究会 1991 p182
会話
◇「〔黒川良人〕犬の詩猫の詩―児童詩集」東洋出版 2000 p106
会話を聞いて
◇「〔黒川良人〕犬の詩猫の詩―児童詩集」東洋出版 2000 p155
ガウス
◇「〔かこさとし〕お話こんにちは 〔1〕」偕成社 1979 p129
カウント＝ベーシー
◇「〔かこさとし〕お話こんにちは 〔5〕」偕成社 1979 p87
かえっていったさるたち
◇「三木卓童話作品集 1」大日本図書 2000 p103
かえってきた大おとこ
◇「佐藤さとる全集 1」講談社 1972 p53
帰ってきた大男
◇「佐藤さとるファンタジー全集 13」講談社 1983 p11
◇「佐藤さとるファンタジー全集 13」講談社, 復刊ドットコム (発売) 2011 p11
かえってきた弟
◇「花岡大学仏典童話全集 5」法蔵館 1979 p47
帰ってきたこいのぼり
◇「岩永博史童話集 3」岩永博史 2012 p123
帰ってきた死者
◇「怪談小泉八雲のこわ～い話 6」汐文社 2009 p107
かえってきた自転車
◇「春よこいこい―高橋良和こころの童話選集」同朋舎出版 1995 p55
帰ってきた調市（東京）
◇「〔木暮正夫〕日本の怪奇ばなし 9」岩崎書店 1990 p97
かえってきた つばめ
◇「佐藤義美全集 1」佐藤義美全集刊行会 1974 p299
かえってきたツバメ
◇「〔東君平〕おはようどうわ 4」講談社 1982 p70
◇「東君平のおはようどうわ 1」新日本出版社 2010 p31
帰ってきたつばめ
◇「〔大澤英子〕心の中のひみつ―法華経をもとにした創作物語集」文芸社 1999 p20
かえってきたなきがら
◇「〔木暮正夫〕日本のおばけ話・わらい話 18」岩崎書店 1988 p59
かえってきたネッシーのおむこさん
◇「角野栄子のちいさなどうわたち 4」ポプラ社 2007 p57
かえってきた白鳥
◇「花岡大学童話文学全集 4」法蔵館 1980 p110
帰ってきたピョコ太
◇「〔小川路人〕動物童話 草笛をふくカッパ」文芸社 2011 p76
帰って来た船のり
◇「二反長半作品集 1」集英社 1979 p110
帰ってきたゆめじぞう
◇「〔今坂柳二〕りゅうじフォークロア・world 6」ふるさと伝承研究会 2012 p118
帰って来たランナー
◇「夢見る窓―冬村勇陽童話集」北雪新書 2004 p46
帰ってこないねこ
◇「松谷みよ子全集 12」講談社 1972 p148
「帰つて細君に遺る」
◇「瑠璃の壺―森銑三童話集」三樹書房 1982 p154

かえて

楓の葉が一枚
　◇「〔巌谷〕小波お伽全集 3」本の友社 1998 p88
かえでのひこうき
　◇「〔下田喜久美〕遠くから来た旅人—詩集」リトル・ガリヴァー社 1998 p17
かえらないネコ
　◇「〔山田野理夫〕おばけ文庫 4」太平出版社 1976 （母と子の図書室）p78
帰らぬ兄 序
　◇「北川千代児童文学全集 下」講談社 1967 p300
返らぬ鷺
　◇「浜田広介全集 11」集英社 1976 p227
かえらぬ魂は
　◇「いのち—みずかみかずよ全詩集」石風社 1995 p302
還らぬ偵察機
　◇「〔北原〕白秋全童謡集 4」岩波書店 1993 p346
かえらぬ船
　◇「花岡大学仏典童話全集 4」法蔵館 1979 p71
帰り
　◇「国分一太郎児童文学集 6」小峰書店 1967 p183
帰りたい
　◇「おはなしの森—きはらみちこ童話集」熊本日日新聞情報文化センター 1999 p18
返り花
　◇「〔北原〕白秋全童謡集 2」岩波書店 1992 p198
かえりみち
　◇「西條八十童謡全集」修道社 1971 p159
かえりみち
　◇「いのち—みずかみかずよ全詩集」石風社 1995 p242
かえり道
　◇「ネーとなかま—小笹正子の童話集」七つ森書館 2006 p11
かへりみち
　◇「阪田寛夫全詩集」理論社 2011 p848
帰り道
　◇「〔内海康介〕六月のカレンダー—詩集」けやき書房 1999 p70
帰り道
　◇「おはなしの森—きはらみちこ童話集」熊本日日新聞情報文化センター 1999 p26
帰り道
　◇「マッチ箱の中—三鎌よし子童謡集」しもつけ文学会 1998 p83
かえる
　◇「あづましん童話集—子供たちの心を育てる」新風舎 1999 p68
かえる
　◇「杉みき子選集 2」新潟日報事業社 2005 p41

かえる
　◇「坪田譲治幼年童話文学全集 4」集英社 1965 p80
かへる
　◇「〔北原〕白秋全童謡集 4」岩波書店 1993 p37
カエル
　◇「国分一太郎児童文学集 6」小峰書店 1967 p172
カエル
　◇「坪田譲治童話全集 9」岩崎書店 1986 p103
カエル
　◇「まど・みちお全詩集」理論社 1992 p667
蛙
　◇「新装版金子みすゞ全集 3」JULA出版局 1984 p272
　◇「〔金子〕みすゞ詩画集 〔4〕」春陽堂書店 2000 p30
蛙
　◇「坪田譲治名作選 〔1〕魔法」小峰書店 2005 p10
蛙
　◇「森三郎童話選集 〔2〕」刈谷市教育委員会 1996 p235
蛙
　◇「瑠璃の壺—森銑三童話集」三樹書房 1982 p268
（蛙が）
　◇「稗田菫平全集 8」宝文館出版 1982 p66
かえるが ないてる
　◇「まど・みちお全詩集」理論社 1992 p174
帰る雁
　◇「野口雨情童謡集」弥生書房 1993 p69
変える気魄
　◇「斎藤隆介全集 3」岩崎書店 1982 p280
帰る頃
　◇「巽聖歌作品集 上」巽聖歌作品集刊行委員会 1977 p454
かえるさんとこおろぎさん
　◇「村山籌子作品集 2」JULA出版局 1998 p14
帰るつばくら
　◇「浜田広介全集 11」集英社 1976 p105
かえるつばめ
　◇「ひろすけ幼年童話文学全集 2」集英社 1962 p162
　◇「浜田広介全集 2」集英社 1975 p224
帰る燕
　◇「西條八十童謡全集」修道社 1971 p102
カエルとお月さま
　◇「カエルとお月さま—後藤栖根「作品集」」由布市教育委員会 2006 p7
かえるとじしゃく
　◇「みずいろようちえん—出雲路猛雄童話集」坂神都 2012 p44
かえるとたまごととっくり

蛙と卵と徳利
◇「稗田菫平全集 5」宝文館出版 1980 p166
カエルとドジョウ
◇「今井誉次郎童話集子どもの村 〔3〕」国土社 1957 p26
カエルとハガキ
◇「坪田譲治童話全集 9」岩崎書店 1986 p218
カエルとヘビ
◇「ふしぎな泉―うえだまさし童話集」そうぶん社出版 1995 p51
カエルとヘビ
◇「〔東君平〕おはようどうわ 8」講談社 1982 p162
◇「東君平のおはようどうわ 3」新日本出版社 2010 p81
カエルになったっていいや
◇「小川のせせらぎが聞こえるかい―中澤洋子童話集」中澤洋子 2010 p17
かえるのアパート
◇「佐藤さとる幼年童話自選集 3」ゴブリン書房 2003 p5
カヘルノイエ
◇「佐藤義美全集 2」佐藤義美全集刊行会 1973 p30
かえるのうた
◇「まど・みちお全詩集」理論社 1992 p174
蛙のうた
◇「室生犀星童話全集 2」創林社 1978 p48
蛙の唄
◇「豊田三郎童話集」草加市立川柳小学校 1993 p56
蛙の歌
◇「〔巖谷〕小波お伽全集 7」本の友社 1998 p430
カエルのお伊勢まいり
◇「〔山田野理夫〕お笑い文庫 7」太平出版社 1977 （母と子の図書室）p12
かえるのおいわい
◇「浜田広介全集 8」集英社 1976 p142
カエルの王様のお話
◇「〔佐々木春奈〕あなたの脳を休める童話集 大人も子どもも楽しめる童話集」日本文学館 2009 p48
蛙のおうつり
◇「西條益美代表作品選集 1」南海ブックス 1981 p35
蛙のお舟
◇「与謝野晶子児童文学全集 2」春陽堂書店 2007 p116
かえるのかけっこ
◇「浜田広介全集 3」集英社 1975 p243
かえるのがっこう
◇「浜田広介全集 11」集英社 1976 p84
蛙の学校
◇「中村雨紅詩謡集」中村雨紅詩謡集刊行委員会 1971 p41
蛙の木のぼり
◇「浜田広介全集 11」集英社 1976 p106
かえるのきょうだい
◇「浜田広介全集 7」集英社 1976 p49
かえるの京まいり
◇「松谷みよ子のむかしむかし 1」講談社 1973 p87
童話カエルの勲章
◇「あづましん童話集―子供たちの心を育てる」新風舎 1999 p21
かえるの見学
◇「〔島崎〕藤村の童話 4」筑摩書房 1979 p191
蛙の子
◇「〔巖谷〕小波お伽全集 7」本の友社 1998 p431
カエルのこども
◇「〔東君平〕おはようどうわ 4」講談社 1982 p80
◇「東君平のおはようどうわ 1」新日本出版社 2010 p37
かえるのゴムぐつ
◇「新版・宮沢賢治童話全集 2」岩崎書店 1978 p57
蛙のゴム靴
◇「新修宮沢賢治全集 11」筑摩書房 1979 p223
◇「〔宮沢〕賢治童話」翔泳社 1995 p57
かえるのコーラス
◇「佐藤義美童謡集」さ・え・ら書房 1960 p213
◇「佐藤義美全集 1」佐藤義美全集刊行会 1974 p231
かえるのしゅくだい（みじかいおしばい）
◇「斎田喬幼年劇全集 2」誠文堂新光社 1961 p301
蛙の消滅
◇「新修宮沢賢治全集 11」筑摩書房 1979 p277
かえるのしんぱい
◇「ひろすけ幼年童話文学全集 6」集英社 1962 p23
◇「浜田広介全集 3」集英社 1975 p244
蛙の相撲
◇「中村雨紅詩謡集」中村雨紅詩謡集刊行委員会 1971 p98
カエルの斉唱
◇「椋鳩十の本 17」理論社 1982 p125
蛙の玉取り
◇「〔巖谷〕小波お伽全集 3」本の友社 1998 p51
かえるのちえ
◇「花園大学 続・仏典童話全集 1」法蔵館 1981 p98
蛙のドタ靴
◇「中村雨紅詩謡集」中村雨紅詩謡集刊行委員会 1971 p54
蛙の殿御
◇「〔北原〕白秋全童謡集 1」岩波書店 1992 p189
カエルのなきごえ
◇「浜田広介全集 7」集英社 1976 p86

かえる

蛙の鳴く頃
◇「小出正吾児童文学全集 1」審美社 2000 p375

カエルの日曜日
◇「カエルの日曜日―末永泉童話集」勝どき書房、星雲社(発売) 2007 p7

カエルの庭
◇「椋鳩十の本 19」理論社 1982 p89

カエルのはなし
◇「地球のかぞく―石原一輝童謡詩集」群青社 2001 p22

蛙の腹綿
◇〔巌谷〕小波お伽全集 12」本の友社 1998 p58

蛙の萬歳
◇〔巌谷〕小波お伽全集 3」本の友社 1998 p125

蛙の笛
◇〔斎藤信夫〕子ども心を友として―童謡詩集」成東町教育委員会 1996 p94

蛙のフライ
◇「魂の配達―野村吉哉作品集」草思社 1983 p45

蛙の兵隊
◇「巽聖歌作品集 上」巽聖歌作品集刊行委員会 1977 p434

カエルのぼたもち
◇〔木暮正夫〕日本のおばけ話・わらい話 6」岩崎書店 1986 p11

かえるのボート・レース
◇「かもめの水兵さん―武内俊子伝記と作品集」講談社出版サービスセンター 1977 p132

蛙の道づれ
◇〔巌谷〕小波お伽全集 3」本の友社 1998 p24

蛙の宮
◇〔巌谷〕小波お伽全集 3」本の友社 1998 p260

カエルのむこえらび
◇〔木暮正夫〕日本のおばけ話・わらい話 16」岩崎書店 1988 p8

かえるのむこさん
◇「浜田広介全集 11」集英社 1976 p64

カエルの目だま
◇〔木暮正夫〕日本のおばけ話・わらい話 14」岩崎書店 1987 p71

かえるぼたもち
◇「寺村輝夫のむかし話〔12〕」あかね書房 1982 p78

かえるは かえる
◇「まど・みちお全詩集 続」理論社 2015 p177

蛙(かえる)
◇「金子みすゞ童謡全集 6」JULA出版局 2004 p196

かへろかへろ
◇〔北原〕白秋全童謡集 2」岩波書店 1992 p407

火焔太鼓(林家木久蔵編、岡本和明文)
◇「林家木久蔵の子ども落語 5」フレーベル館 1999 p50

かお
◇〔おうち・やすゆき〕こら！ しんぞう―童謡詩集」小峰書店 1996 p12

かお
◇「まど・みちお全詩集 続」理論社 2015 p198

かお
◇「流れ星―やまもとけいこ童話集」新風舎 2001(アルファドラシリーズ) p10

ガオー
◇「阪田寛夫全詩集」理論社 2011 p905

顔
◇「おの・ちゅうこう初期作品集〔1〕牧歌的風景」嵩書房 1975 p8

顔
◇「阪田寛夫全詩集」理論社 2011 p564

顔
◇「鈴木三重吉童話全集 5」文泉堂書店 1975(日本文学全集・選集叢刊第5次) p265

顔
◇〔坪井安〕はしれ子馬よ―童謡詩集」童謡研究・蜂の会 1999 p76

顔
◇「まど・みちお全詩集 続」理論社 2015 p45
◇「まど・みちお全詩集 続」理論社 2015 p124
◇「まど・みちお全詩集 続」理論社 2015 p260

顔あそび
◇〔北原〕白秋全童謡集 1」岩波書店 1992 p211
◇〔北原〕白秋全童謡集 5」岩波書店 1993 p45

顔あらえ
◇「まど・みちお詩集 3」銀河社 1975 p52
◇「まど・みちお全詩集」理論社 1992 p477
◇「まどさんの詩の本 8」理論社 1996 p56

顔を語る
◇「壺井栄全集 11」文泉堂出版 1998 p69

顔が 見たい
◇「まど・みちお全詩集」理論社 1992 p309
◇「まどさんの詩の本 8」理論社 1996 p74

かおだけなんとか
◇「りらりらりらわたしの絵本―富永佳与子こどものうた作品集」国土社 1994 p38

蚊をたたいたら
◇「まど・みちお全詩集 続」理論社 2015 p322

顔にだまされるな
◇「戸川幸夫動物文学全集 15」講談社 1977 p205

顔のうえの軌道
◇〔星新一〕おーいでてこーい―ショートショート傑作選」講談社 2004(講談社青い鳥文庫) p103

◇「星新一YAセレクション 3」理論社 2008 p77
顔の中のドラマ
　◇「まど・みちお詩集 3」銀河社 1975 p8
　◇「まど・みちお全詩集」理論社 1992 p478
　◇「まどさんの詩の本 8」理論社 1996 p82
顔のはなしと新しい仲間
　◇「全集版灰谷健次郎の本 18」理論社 1987 p144
かおり
　◇「こやま峰子詩集 〔3〕」朔北社 2003 p32
カが生きている話
　◇「浜田広介全集 8」集英社 1976 p159
カが一ぴき
　◇「まど・みちお全詩集」理論社 1992 p384
　◇「まどさんの詩の本 3」理論社 1994 p22
カ、カ、カ、カ大合戦
　◇「〔柳家弁天〕らくご文庫 12」太平出版社 1987 p94
科学が臍を曲げた話
　◇「海野十三全集 別巻1」三一書房 1991 p271
科学時潮
　◇「海野十三全集 別巻2」三一書房 1993 p237
かがくしゃ
　◇「〔木暮正夫〕日本のおばけ話・わらい話 11」岩崎書店 1987 p41
科学者と夜店商人
　◇「海野十三全集 別巻2」三一書房 1993 p168
科学者ばかりの未来戦争座談会（隈部一雄、田辺平学、竹内時男、川原田政太郎、林髞、海野十三司会）
　◇「海野十三全集 別巻1」三一書房 1991 p467
科学小説の作り方
　◇「海野十三全集 別巻1」三一書房 1991 p187
科学探偵
　◇「海野十三全集 別巻1」三一書房 1991 p325
科学に関する流言
　◇「新修宮沢賢治全集 4」筑摩書房 1979 p255
化学ノ骨組ミ
　◇「新修宮沢賢治全集 15」筑摩書房 1980 p481
カが三びき
　◇「まど・みちお全詩集 続」理論社 2015 p288
かかし
　◇「〔木暮正夫〕日本のおばけ話・わらい話 11」岩崎書店 1987 p85
かかし
　◇「斎田喬児童劇選集 〔1〕」牧書店 1954 p173
　◇「斎田喬幼年劇全集 2」誠文堂新光社 1961 p374
かかし
　◇「〔島崎〕藤村の童話 4」筑摩書房 1979 p35
案山子
　◇「中村雨紅詩謡集」中村雨紅詩謡集刊行委員会 1971 p111
かかしくん
　◇「まど・みちお全詩集 続」理論社 2015 p365
かかし草
　◇「〔みずきえり〕童話集 ピープ」日本文学館 2008 p95
案山子太郎鳴子之助
　◇「〔巌谷〕小波お伽全集 12」本の友社 1998 p165
案山子と海
　◇「西條八十童謡全集」修道社 1971 p67
案山子の謙三郎
　◇「〔大野憲三〕創作童話」一粒書房 2012 p21
かかしのみずあび
　◇「岩永博史童話集 1」岩永博史 2001 p24
かかしのよろこび
　◇「浜田広介全集 5」集英社 1976 p242
かかしのわらい
　◇「浜田広介全集 7」集英社 1976 p87
かがみ
　◇「川崎大治民話選 〔1〕」童心社 1968 p24
かがみ
　◇「こやま峰子詩集 〔2〕」朔北社 2003 p24
かがみ
　◇「まど・みちお詩集 4」銀河社 1974 p16
　◇「まど・みちお全詩集」理論社 1992 p124
　◇「まど・みちお全詩集」理論社 1992 p419
　◇「まど・みちお全詩集」理論社 1992 p576
　◇「まど・みちお全詩集」理論社 1992 p640
　◇「まどさんの詩の本 4」理論社 1994 p52
　◇「まどさんの詩の本 4」理論社 1994 p54
　◇「まどさんの詩の本 4」理論社 1994 p56
　◇「まどさんの詩の本 9」理論社 1996 p10
　◇「まど・みちお全詩集 続」理論社 2015 p73
鏡
　◇「おの・ちゅうこう初期作品集 〔1〕 牧歌的風景」嵩書房 1975 p6
鏡
　◇「〔北原〕白秋全童謡集 3」岩波書店 1992 p394
鏡
　◇「星新一YAセレクション 2」理論社 2008 p97
鏡池のがらっぱ（鹿児島）
　◇「〔木暮正夫〕日本の怪奇ばなし 10」岩崎書店 1990 p139
鏡岩
　◇「〔巌谷〕小波お伽全集 2」本の友社 1998 p285
カガミジシ
　◇「椋鳩十全集 14」ポプラ社 1979 p5
　◇「椋鳩十の本 13」理論社 1983 p7
かがみのうた
　◇「稗田莵平全集 3」宝文館出版 1979 p46

かかみ

かがみのおく
　◇「椋鳩十全集 11」ポプラ社 1970 p213
鏡の乙女
　◇「怪談小泉八雲のこわ〜い話 8」汐文社 2009 p31
鏡の女
　◇「瑠璃の壺―森銑三童話集」三樹書房 1982 p104
鏡の中の女
　◇「稗田菫平全集 2」宝文館出版 1979 p48
鏡の中の話
　◇「別役実童話集〔3〕」三一書房 1977 p85
かがみは 一けんや
　◇「まど・みちお全詩集」理論社 1992 p326
　◇「まどさんの詩の本 15」理論社 1997 p50
かがやきさん
　◇「〔東君平〕おはようどうわ 2」講談社 1982 p12
　◇「東君平のおはようどうわ 4」新日本出版社 2010 p56
かがやくからす
　◇「花岡大学仏典童話全集 1」法蔵館 1979 p123
輝く太陽
　◇「〔北原〕白秋全童謡集 3」岩波書店 1992 p7
　◇「〔北原〕白秋全童謡集 3」岩波書店 1992 p8
ガーガラ ガーガラ
　◇「阪田寛夫全詩集」理論社 2011 p702
かぎ針
　◇「鈴木三重吉童話全集 4」文泉堂書店 1975（日本文学全集・選集叢刊第5次）p260
ガガーリン
　◇「巽聖歌作品集 下」巽聖歌作品集刊行委員会 1977 p113
花冠の歌
　◇「稗田菫平全集 1」宝文館出版 1978 p24
ガガンボ
　◇「まど・みちお詩集 2」銀河社 1975 p12
　◇「まど・みちお全詩集」理論社 1992 p434
　◇「まどさんの詩の本 3」理論社 1994 p86
かき
　◇「庄野英二全集 4」偕成社 1979 p207
かき
　◇「土田耕平童話集」信濃毎日新聞社 1949 p103
かき
　◇「〔東君平〕ひとくち童話 6」フレーベル館 1995 p38
かき
　◇「まど・みちお詩集」理論社 1992 p107
カキ
　◇「石森延男児童文学全集 2」学習研究社 1971 p265
カキ
　◇「まど・みちお全詩集」理論社 1992 p310

　◇「まどさんの詩の本 10」理論社 1996 p52
カキ
　◇「椋鳩十の本 23」理論社 1983 p190
柿
　◇「斎田喬児童劇選集〔3〕」牧書店 1954 p97
柿
　◇「〔島崎〕藤村の童話 1」筑摩書房 1979 p73
柿
　◇「土田耕平童話集〔3〕」古今書院 1955 p22
柿
　◇「壺井栄名作集 2」ポプラ社 1965 p236
柿
　◇「野口雨情童謡集」弥生書房 1993 p42
鍵
　◇「くんぺい魔法ばなし―魔法ばなし全集 2」サンリオ 2000 p110
鍵
　◇「星新一ショートショートセレクション 3」理論社 2002 p117
　◇「〔星新一〕おーいでてこーい―ショートショート傑作選」講談社 2004（講談社青い鳥文庫）p208
かぎあな
　◇「こやま峰子詩集〔3〕」朔北社 2003 p6
柿色の紙風船
　◇「海野十三全集 2」三一書房 1991 p167
花卉植付・開花期一覧表
　◇「新修宮沢賢治全集 15」筑摩書房 1980 p526
かきおきびより
　◇「かきおきびより―坂本遼児童文学集」駒込書房 1982 p82
カキ男
　◇「〔山田野理夫〕おばけ文庫 6」太平出版社 1976（母と子の図書室）p35
鍵から抜け出した女
　◇「海野十三全集 2」三一書房 1991 p401
がぎぐげごの うた
　◇「まど・みちお全詩集 続」理論社 2015 p421
がぎぐげぱっぴのうた
　◇「〔関根栄一〕はしるふじさん―童謡集」小峰書店 1998 p110
かきくずし
　◇「まど・みちお詩集 4」銀河社 1974 p40
　◇「まど・みちお全詩集」理論社 1992 p327
柿・くるみ・栗・きのこ
　◇「西條八十童謡全集」修道社 1971 p231
かきさかれし小さき半身の歌へる
　◇「松田瓊子全集 5」大空社 1997 p114
柿ずし
　◇「庄野英二全集 11」偕成社 1980 p132

かき（生活劇）
　◇「斎田喬幼年劇全集 2」誠文堂新光社 1961 p219
かきぞめ
　◇〔東君平〕おはようどうわ 2」講談社 1982 p8
　◇〔東君平〕おはようどうわ 7」講談社 1982 p8
柿大将
　◇「〔巌谷〕小波お伽全集 12」本の友社 1998 p143
かきとこども
　◇「佐藤一英「童話・童謡集」」一宮市立萩原小学校 2003 p32
カギとハガキ
　◇「国分一太郎児童文学集 1」小峰書店 1967 p88
柿とバナナ
　◇「魂の配達—野村吉哉作品集」草思社 1983 p178
かきとラッパ
　◇「花岡大学童話文学全集 3」法蔵館 1980 p276
カキとり
　◇「北国翔子童話集 1」青森県児童文学研究会 2000 p2
かきどろぼう
　◇「〔木暮正夫〕日本のおばけ話・わらい話 4」岩崎書店 1986 p18
かきどろぼう
　◇「花岡大学童話文学全集 4」法蔵館 1980 p12
カキどろぼう
　◇「〔柳家弁天〕らくご文庫 11」太平出版社 1987 p79
柿盗人
　◇「〔巌谷〕小波お伽全集 14」本の友社 1998 p272
柿ぬすびと
　◇「川崎大治民話選〔1〕」童心社 1968 p238
柿ぬすびと＜一まく 生活劇＞
　◇「〔斎田喬〕学校劇代表作選 2」牧書店 1959 p157
垣根
　◇「新美南吉全集 6」牧書店 1965 p106
　◇「校定新美南吉全集 8」大日本図書 1981 p182
　◇「新美南吉童話集 1」大日本図書 1982 p333
　◇「新美南吉童話集 1」大日本図書 2012 p333
かきねとおじいさん
　◇「岡本良雄童話文学全集 1」講談社 1964 p261
がき寝ろ八時
　◇「国分一太郎児童文学集 6」小峰書店 1967 p156
カキのき
　◇〔東君平〕おはようどうわ 5」講談社 1982 p198
　◇「東君平のおはようどうわ 4」新日本出版社 2010 p59
柿の木
　◇「〔島木〕赤彦童謡集」第一書店 1947 p91
柿の木
　◇「〔鈴木桂子〕親子で語り合う詩集 2」クロスロード 1999 p36
柿の木
　◇「壺井栄全集 2」文泉堂出版 1997 p84
柿の木
　◇「魂の配達—野村吉哉作品集」草思社 1983 p22
柿の木
　◇「松谷みよ子全エッセイ 1」筑摩書房 1989 p84
カキの木と少年
　◇「坪田譲治童話全集 6」岩崎書店 1986 p227
柿の木のある家
　◇「壺井栄名作集 2」ポプラ社 1965 p6
　◇「定本壺井栄児童文学全集 1」講談社 1979 p7
　◇「壺井栄全集 10」文泉堂出版 1998 p72
童話集「柿の木のある家」
　◇「魂の配達—野村吉哉作品集」草思社 1983 p163
柿の木のある家
　◇「魂の配達—野村吉哉作品集」草思社 1983 p193
かきの木のうた
　◇「〔坪井安〕はしれ子馬よ—童謡詩集」童謡研究・蜂の会 1999 p42
かきの木の下
　◇「浜田広介全集 5」集英社 1976 p43
柿の木の下で死んだ兵隊さん
　◇「〔今坂柳二〕りゅうじフォークロア・world 1」ふるさと伝承research会 2006 p83
ガキの死
　◇「魂の配達—野村吉哉作品集」草思社 1983 p53
　◇「魂の配達—野村吉哉作品集」草思社 1983 p56
かきのじゅくし
　◇「今井誉次郎童話集子どもの村〔1〕」国土社 1957 p38
柿の甚七
　◇「坪田譲治童話全集 5」岩崎書店 1986 p173
柿の根
　◇「いのち—みずかみかずよ全詩集」石風社 1995 p442
柿の葉ずし
　◇「花岡大学童話文学全集 5」法蔵館 1980 p240
かきのはっぱのてがみ
　◇「松谷みよ子全集 3」講談社 1971 p63
カキのはな
　◇〔東君平〕おはようどうわ 6」講談社 1982 p90
　◇「東君平のおはようどうわ 1」新日本出版社 2010 p68
柿の花
　◇「いのち—みずかみかずよ全詩集」石風社 1995 p112
かきのみ
　◇「さくらゆき—さとうじゅんこ童詩集」えんじゅの会 1997 p46

かきの

かきの実
◇「今西祐行全集 2」偕成社 1987 p61
かきの実
◇「与田凖一全集 2」大日本図書 1967 p88
カキのみ
◇〔東君平〕おはようどうわ 8」講談社 1982 p158
カキの実
◇「今西祐行絵ぶんこ 9」あすなろ書房 1985 p29
柿のみ
◇「マッチ箱の中—三鎌よし子童謡集」しもつけ文学会 1998 p52
柿の実
◇「小出正吾児童文学全集 2」審美社 2000 p373
柿の実
◇〔下田喜久美〕遠くから来た旅人—詩集」リトル・ガリヴァー社 1998 p73
かきのみのいったこと
◇「浜田広介全集 3」集英社 1975 p137
かきのみ（よびかけ）
◇「斎田喬幼年劇全集 2」誠文堂新光社 1961 p169
餓鬼の目
◇「花岡大学仏典童話全集 5」法蔵館 1979 p40
がきのめし
◇「壺井栄名作集 2」ポプラ社 1965 p104
◇「定本壺井栄児童文学全集 1」講談社 1979 p66
餓鬼の飯（A–児童）
◇「壺井栄全集 9」文泉堂出版 1997 p19
かきむかし
◇〔かこさとし〕お話こんにちは 〔8〕」偕成社 1979 p128
柿もぎ
◇〔北原〕白秋全童謡集 4」岩波書店 1993 p192
茄弓堂句鈔
◇「那須辰造著作集 2」講談社 1980 p268
歌曲集「魚とオレンジ」
◇「阪田寛夫全詩集」理論社 2011 p563
カキはみていた
◇「壺井栄全集 10」文泉堂出版 1998 p387
カキは見ていた
◇「定本壺井栄児童文学全集 3」講談社 1979 p185
柿は見ていた
◇「壺井栄名作集 7」ポプラ社 1965 p97
書割の月
◇「巽聖歌作品集 下」巽聖歌作品集刊行委員会 1977 p287
花童うた
◇「稗田菫平集 1」宝文館出版 1978 p15
家具アパートの椅子工父子—平沢鶴之助さん章光さん
◇「斎藤隆介全集 10」岩崎書店 1982 p199

学園祭
◇「小川のせせらぎが聞こえるかい—中澤洋子童話集」中澤洋子 2010 p75
学げい会のげき
◇「阪田寛夫全詩集」理論社 2011 p165
かくし男とかくし女
◇「花岡大学仏典童話全集 3」法蔵館 1979 p180
楽師グッティラ物語
◇「坪田譲治童話全集 8」岩崎書店 1986 p77
かくしたおかね
◇「寺村輝夫のとんち話 3」あかね書房 1976 p94
学者アラムハラドの見た着物
◇「新修宮沢賢治全集 10」筑摩書房 1979 p173
鶴心堂表具ばなし
◇「斎藤隆介全集 8」岩崎書店 1982 p225
がくたい
◇「まど・みちお全詩集」理論社 1992 p252
楽隊
◇「新装版金子みすゞ全集 1」JULA出版局 1984 p12
◇「新装版金子みすゞ全集 1」JULA出版局 1984 p91
◇「金子みすゞ童謡全集 1」JULA出版局 2003 p22
〔かくてぞわがおもて〕
◇「新修宮沢賢治全集 7」筑摩書房 1980 p226
確認
◇「星新一ちょっと長めのショートショート 10」理論社 2007 p7
額のなか
◇「新装版金子みすゞ全集 3」JULA出版局 1984 p128
◇「金子みすゞ童謡全集 5」JULA出版局 2004 p168
〔かくばかり天椀すみて〕
◇「新修宮沢賢治全集 7」筑摩書房 1980 p216
角兵衛獅子
◇「大仏次郎少年少女のための作品集 1」講談社 1967 p5
角兵衛獅子の大鼓
◇「川崎大治民話選 〔1〕」童心社 1968 p234
かくまきの歌
◇「杉みき子選集 1」新潟日報事業社 2005 p29
かくまきの歌
◇〔高橋一仁〕春のニシン場—童謡詩集」けやき書房 2003 p118
〔かくまでに〕
◇「新修宮沢賢治全集 6」筑摩書房 1980 p300
座談会「革命的ロマンチシズム」をめぐって（岸武雄、北川幸比古、藤田のぼる、斎藤隆介）
◇「斎藤隆介全集 6」岩崎書店 1982 p191

家具木工の二郎さん
　◇「斎藤隆介全集 8」岩崎書店 1982 p157
学問のうた
　◇「〔北原〕白秋全童謡集 1」岩波書店 1992 p331
かぐやひめ
　◇「浜田広介全集 11」集英社 1976 p171
かぐや姫
　◇「〔巌谷〕小波お伽全集 11」本の友社 1998 p151
かぐや姫
　◇「〔北原〕白秋全童謡集 1」岩波書店 1992 p318
かぐや姫
　◇「鈴木三重吉童話全集 1」文泉堂書店 1975（日本文学全集・選集叢刊第5次）p1
かぐやひめ―おはなしのうたの二
　◇「新装版金子みすゞ全集 1」JULA出版局 1984 p16
　◇「金子みすゞ童謡集」角川春樹事務所 1998（ハルキ文庫）p138
　◇「金子みすゞ童謡全集 1」JULA出版局 2003 p30
書く、読む、待つ。
　◇「今江祥智の本 36」理論社 1990 p299
かくれ家
　◇「星新一ショートショートセレクション 5」理論社 2002 p133
角礫行進歌
　◇「新修宮沢賢治全集 7」筑摩書房 1980 p338
カクレ草
　◇「〔柳家弁天〕らくご文庫 8」太平出版社 1987 p51
かくれ里
　◇「松谷みよ子のむかしむかし 3」講談社 1973 p23
　◇「松谷みよ子全エッセイ 2」筑摩書房 1989 p265
かくれざとの はなし
　◇「坪田譲治幼年童話文学全集 7」集英社 1965 p50
かくればば
　◇「〔山田野理夫〕おばけ文庫 3」太平出版社 1976（母と子の図書室）p70
隠れマントウ
　◇「〔巌谷〕小波お伽全集 5」本の友社 1998 p303
かくれんぼ
　◇「あまんきみこ童話集 5」ポプラ社 2008 p120
ひとくちばなしかくれんぼ
　◇「今井誉次郎童話集子どもの村 〔2〕」国土社 1957 p55
かくれんぼ
　◇「今江祥智の本 16」理論社 1980 p153
　◇「今江祥智童話館 〔1〕」理論社 1986 p158
かくれんぼ
　◇「〔巌谷〕小波お伽全集 7」本の友社 1998 p407
かくれんぼ
　◇「〔内海康子〕六月のカレンダー―詩集」けやき書房 1999 p76
かくれんぼ
　◇「定本小川未明童話全集 15」講談社 1978 p130
　◇「定本小川未明童話全集 15」大空社 2002 p130
かくれんぼ
　◇「新装版金子みすゞ全集 1」JULA出版局 1984 p104
　◇「金子みすゞ童謡全集 2」JULA出版局 2003 p18
かくれんぼ
　◇「神沢利子コレクション 4」あかね書房 1994 p7
　◇「神沢利子コレクション・普及版 4」あかね書房 2006 p7
かくれんぼ
　◇「ひばりのす―木下夕爾児童詩集」光書房 1998 p36
かくれんぼ
　◇「西條八十童謡全集」修道社 1971 p88
よびかけかくれんぼ
　◇「斎田喬幼年劇全集 2」誠文堂新光社 1961 p480
かくれんぼ
　◇「斎田喬児童劇選集 〔2〕」牧書店 1954 p87
かくれんぼ
　◇「佐藤さとるファンタジー全集 14」講談社 1983 p233
　◇「佐藤さとるファンタジー全集 14」講談社, 復刊ドットコム（発売）2011 p233
かくれんぼ
　◇「杉みき子選集 7」新潟日報事業社 2009 p251
かくれんぼ
　◇「立原えりか作品集 5」思潮社 1973 p127
　◇「立原えりかのファンタジーランド 7」青土社 1980 p61
かくれんぼ
　◇「巽聖歌作品集 上」巽聖歌作品集刊行委員会 1977 p230
　◇「巽聖歌作品集 下」巽聖歌作品集刊行委員会 1977 p93
かくれんぼ
　◇「坪田譲治童話全集 4」岩崎書店 1986 p107
　◇「坪田譲治名作選 〔2〕ビワの実」小峰書店 2005 p28
かくれんぼ
　◇「中村雨紅詩集」中村雨紅詩謡集刊行委員会 1971 p29
かくれんぼ
　◇「〔中山尚美〕おふろの中で―詩集」アイ企画 1996 p18
かくれんぼ
　◇「稗田童平全集 3」宝文館出版 1979 p68
かくれんぼ
　◇「〔東君平〕おはようどうわ 4」講談社 1982 p8

かくれ

- ◇「〔東君平〕ひとくち童話 4」フレーベル館 1995 p28
- ◇「〔東君平〕ひとくち童話 6」フレーベル館 1995 p22
- ◇「東君平のおはようどうわ 4」新日本出版社 2010 p37

かくれんぼ
- ◇「まど・みちお全詩集 続」理論社 2015 p46

かくれんぼ
- ◇「村山籌子作品集 2」JULA出版局 1998 p84

かくれんぼ
- ◇「〔吉田享子〕おしゃべりな星―少年少女詩集」らくだ出版 2001 p9

かくれんぼ
- ◇「与田凖一全集 1」大日本図書 1967 p64

かくれんぼう
- ◇「新装版金子みすゞ全集 3」JULA出版局 1984 p266

かくれんぼう
- ◇「みすゞさん―童謡詩人・金子みすゞの優しさ探しの旅 2」春陽堂書店 1998
- ◇「金子みすゞ童謡全集 6」JULA出版局 2004 p190

かくれんぼう
- ◇「まど・みちお全詩集」理論社 1992 p385
- ◇「まどさんの詩の本 12」理論社 1997 p74
- ◇「まど・みちお全詩集 続」理論社 2015 p261

かくれんぼ王子
- ◇「佐藤義美全集 4」佐藤義美全集刊行会 1974 p398

かくれんぼコアラちゃん
- ◇「横山健童謡選集 2」無明舎出版 1995 p88

かくれんぼトランプ
- ◇「今江祥智童話館 〔10〕」理論社 1987 p20
- ◇「今江祥智ショートファンタジー 3」理論社 2004 p43

かくれんぼ（みじかいおしばい）
- ◇「斎田喬幼年劇全集 3」誠文堂新光社 1962 p105

かぐわしい秋
- ◇「巽聖歌作品集 下」巽聖歌作品集刊行委員会 1977 p206

かげ
- ◇「阪田寛夫全詩集」理論社 2011 p162

かげ
- ◇「新美南吉全集 1」牧書店 1965 p70
- ◇「校定新美南吉全集 4」大日本図書 1980 p438
- ◇「新美南吉童話集 1」大日本図書 1982 p247
- ◇「新美南吉童話大全」講談社 1989 p294
- ◇「新美南吉童話傑作選 〔5〕子どものすきな神さま」小峰書店 2004 p47
- ◇「新美南吉童話集 1」大日本図書 2012 p247
- ◇「新美南吉童話選集 1」ポプラ社 2013 p111

かげ
- ◇「〔東君平〕おはようどうわ 7」講談社 1982 p15

かげ
- ◇「いのち―みずかみかずよ全詩集」石風社 1995 p212

影
- ◇「北彰介作品集 1」青森県児童文学研究会 1990 p52
- ◇「北彰介作品集 4」青森県児童文学研究会 1991 p229

影
- ◇「巽聖歌作品集 上」巽聖歌作品集刊行委員会 1977 p126

影
- ◇「長崎源之助全集 14」偕成社 1987 p191

影
- ◇「浜田広介全集 11」集英社 1976 p189

影
- ◇「与田凖一全集 1」大日本図書 1967 p140

崖
- ◇「北彰介作品集 4」青森県児童文学研究会 1991 p154

崖
- ◇「稗田童平全集 2」宝文館出版 1979 p42

かけあし
- ◇「〔東君平〕ひとくち童話 2」フレーベル館 1995 p60

筧の水が
- ◇「稗田童平全集 3」宝文館出版 1979 p92

どうようかげえ
- ◇「ひろすけ幼年童話文学全集 4」集英社 1962 p170

かげ絵
- ◇「石森延男児童文学全集 5」学習研究社 1971 p160

かげ絵
- ◇「浜田広介全集 11」集英社 1976 p27

影絵
- ◇「校定新美南吉全集 8」大日本図書 1981 p346

影絵
- ◇「星新一YAセレクション 1」理論社 2008 p7

影絵―ソログープによる
- ◇「新美南吉全集 6」牧書店 1965 p260

影男
- ◇「少年探偵江戸川乱歩全集 36」ポプラ社 1971 p6

かげをなめられたモモちゃん
- ◇「松谷みよ子全集 13」講談社 1972 p12

影おんな
- ◇「〔山田野理夫〕おばけ文庫 1」太平出版社 1976 （母と子の図書室）p139

影くう女
　◇「〔山田野理夫〕おばけ文庫 4」太平出版社 1976
　　（母と子の図書室）p152
蔭口を云ふな（獅子と狐と狼）
　◇「〔巌谷〕小波お伽全集 14」本の友社 1998 p122
崖下の床屋
　◇「新修宮沢賢治全集 6」筑摩書房 1980 p60
　◇「新修宮沢賢治全集 6」筑摩書房 1980 p362
カケスの かけっこ
　◇「まど・みちお全詩集 続」理論社 2015 p428
かけすの逃げた話
　◇「室生犀星童話全集 1」創林社 1978 p116
「書けそうだ」という幻想
　◇「長崎源之助全集 20」偕成社 1988 p116
駈け出した木偶坊
　◇「浜田広介全集 2」集英社 1975 p172
缺けたる天に
　◇「阪田寛夫全詩集」理論社 2011 p489
かけつくら
　◇「鈴木三重吉童話全集 1」文泉堂書店 1975（日本文学全集・選集叢刊第5次）p336
駈けっこ
　◇「金子みすゞ童謡全集 2」JULA出版局 2003 p218
駈けつこ
　◇「新装版金子みすゞ全集 1」JULA出版局 1984 p240
かげどうろう
　◇「浜田広介全集 11」集英社 1976 p66
影（童話）（ソログーブによる）
　◇「鈴木三重吉童話全集 8」文泉堂書店 1975（日本文学全集・選集叢刊第5次）p311
影と取り引きした侍
　◇「岩永博史童話集 2」岩永博史 2005 p115
影取池（神奈川）
　◇「〔木暮正夫〕日本の怪奇ばなし 9」岩崎書店 1990 p107
書けない日記
　◇「北川千代児童文学全集 下」講談社 1967 p98
かげのうた
　◇「稗田童平全集 3」宝文館出版 1979 p46
影のクルミ
　◇「阪田寛夫全詩集」理論社 2011 p73
影の幸福
　◇「やなせたかし童謡詩集 〔3〕」フレーベル館 2001 p20
崖の花
　◇「山本瓔子詩集 I」新風舎 2003 p106
影の幅
　◇「現代語訳久留島武彦童話集 くるしまどうわ」玖珠町立わらべの館 2004 p1
かげのふみっこ
　◇「ひろすけ幼年童話文学全集 5」集英社 1962 p30
　◇「浜田広介全集 3」集英社 1975 p191
桟橋（かけはし）… →"さんばし…"をも見よ
桟（かけはし）の句
　◇「土田耕平童話集 〔4〕」古今書院 1955 p78
桟橋（かけはし）のさる
　◇「〔島崎〕藤村の童話 2」筑摩書房 1979 p155
かけひき
　◇「怪談小泉八雲のこわ〜い話 7」汐文社 2009 p117
かげふみ
　◇「阪田寛夫全詩集」理論社 2011 p191
かげふみ
　◇「〔東君平〕おはようどうわ 2」講談社 1982 p15
カゲフミ
　◇「佐藤義美全集 1」佐藤義美全集刊行会 1974 p159
影ふみ
　◇「かもめの水兵さん―武内俊子伝記と作品集」講談社出版サービスセンター 1977 p175
かげぼうし
　◇「佐藤義美全集 1」佐藤義美全集刊行会 1974 p437
かげぼうし
　◇「浜田広介全集 11」集英社 1976 p71
かげ法師
　◇「西條八十童話集」小学館 1983 p407
影ぼふし
　◇「〔北原〕白秋全童謡集 1」岩波書店 1992 p275
影法師
　◇「〔巌谷〕小波お伽全集 12」本の友社 1998 p87
影法師
　◇「第二〔島木〕赤彦童謡集」第一書房 1948 p87
影法師
　◇「豊島与志雄童話選集・郷土篇」双文社出版 1982 p25
　◇「豊島与志雄童話集」海烏社 1990 p128
影法師
　◇「椋鳩十の本 20」理論社 1983 p187
　◇「椋鳩十の本 31」理論社 1989 p17
かげぼうしがきえるとき
　◇「奥田継夫ベストコレクション 4」ポプラ社 2001 p197
影法師（子どものための詩五篇）
　◇「椋鳩十の本 31」理論社 1989 p7
かげぼうしのへんじ
　◇「〔木暮正夫〕日本のおばけ話・わらい話 4」岩崎書店 1986 p41

かけほ

影ぼうしはどこへ行った？
◇「奥田継夫ベストコレクション 4」ポプラ社 2001 p7

かけられないメガネ
◇「くんぺい魔法ばなし―魔法ばなし全集 2」サンリオ 2000 p106

〔翔けりゆく冬のフエノール〕
◇「新修宮沢賢治全集 6」筑摩書房 1980 p20

陽炎
◇「〔北原〕白秋全童謡集 1」岩波書店 1992 p365

蜉蝣
◇「お噺の卵―武井武雄童話集」講談社 1976（講談社文庫）p80

かげろう（五首）
◇「稗田童平全集 4」宝文館出版 1980 p52

陽炎の春
◇「達崎龍全童謡ホロホロ鳥」あい書林 1983 p66

影ワニ
◇「〔山田野理夫〕おばけ文庫 5」太平出版社 1976（母と子の図書室）p47

かごいっぱいの花
◇「花岡大学仏典童話全集 2」法蔵館 1979 p19

<「歌稿」余白より>
◇「新修宮沢賢治全集 7」筑摩書房 1980 p183

過去への旅路
◇「〔大野憲三〕創作童話」一粒書房 2012 p181

かごかき
◇「新美南吉全集 1」牧書店 1965 p33
◇「新美南吉童話集 1」大日本図書 1982 p120
◇「新美南吉童話大全」講談社 1989 p295
◇「新美南吉童話集 1」大日本図書 2012 p120

カゴかき
◇「〔山田野理夫〕お笑い文庫 1」太平出版社 1977（母と子の図書室）p36

カゴカキ
◇「校定新美南吉全集 4」大日本図書 1980 p221

鹿児島一のキツネ
◇「椋鳩十の本 16」理論社 1983 p157

鹿児島・小原節
◇「椋鳩十の本 21」理論社 1982 p167

鹿児島三下り
◇「椋鳩十の本 23」理論社 1983 p267

鹿児島「食べる・見る・聞く」
◇「椋鳩十の本 29」理論社 1989 p41

鹿児島の二つの島
◇「椋鳩十の本 29」理論社 1989 p125

鹿児島の冬
◇「椋鳩十の本 21」理論社 1982 p156

鹿児島の民話
◇「椋鳩十の本 16」理論社 1983 p160

鹿児島方言
◇「椋鳩十の本 21」理論社 1982 p163

鹿児島よさこい
◇「椋鳩十の本 23」理論社 1983 p268

鹿児島湾（1）
◇「椋鳩十の本 21」理論社 1982 p51

鹿児島湾（2）
◇「椋鳩十の本 21」理論社 1982 p59

過去情炎
◇「新修宮沢賢治全集 2」筑摩書房 1979 p257

籠にためた月の光
◇「瑠璃の壺―森銑三童話集」三樹書房 1982 p355

加古の跡
◇「土田耕平童話集 〔4〕」古今書院 1955 p86

籠の木鼠
◇「浜田広介全集 11」集英社 1976 p140

籠の中の鳥
◇「〔佐々木春奈〕あなたの脳を休める童話集 大人も子どもも楽しめる童話集」日本文学館 2009 p121

カゴの舟
◇「〔山田野理夫〕お笑い文庫 1」太平出版社 1977（母と子の図書室）p94

かごの目白
◇「浜田広介全集 3」集英社 1975 p245

カゴメ カゴメ
◇「巽聖歌作品集 上」巽聖歌作品集刊行委員会 1977 p477

篭屋の留吉
◇「〔中山正宏〕大きくな〜れ―童話集」日本図書刊行会 1996 p98

カゴはいきます東海道
◇「〔山田野理夫〕お笑い文庫 12」太平出版社 1977（母と子の図書室）p66

かさ
◇「〔東君平〕おはようどうわ 5」講談社 1982 p119
◇「〔東君平〕ひとくち童話 5」フレーベル館 1995 p22
◇「東君平のおはようどうわ 5」新日本出版社 2010 p50

かさ
◇「まど・みちお全詩集 続」理論社 2015 p74

かざあな・かじろう
◇「〔かこさとし〕お話こんにちは 〔4〕」偕成社 1979 p4

かさをかしてあげたあひるさん
◇「村山籌子作品集 2」JULA出版局 1998 p26

笠雲
◇「〔高橋一仁〕春のニシン場―童謡詩集」けやき書房 2003 p166

かざぐるま

◇「定本小川未明童話全集 14」講談社 1977 p251
◇「定本小川未明童話全集 14」大空社 2002 p251
かざぐるま
◇「まど・みちお全詩集」理論社 1992 p334
かざぐるまをまわす かぜ
◇「平塚武二童話全集 1」童心社 1972 p225
かざぐるまと紙ふうせん（童話劇）
◇「斎田喬幼年劇全集 3」誠文堂新光社 1962 p159
鵲が一羽よ
◇「〔北原〕白秋全童謡集 1」岩波書店 1992 p183
鵲の巣
◇「〔北原〕白秋全童謡集 3」岩波書店 1992 p205
かささぎの卵
◇「巌谷小波お伽噺文庫 〔3〕」大和書房 1976 p222
かささぎ物語
◇「森三郎童話選集 〔1〕」刈谷市教育委員会 1995 p103
笠沙のお宮
◇「鈴木三重吉童話全集 7」文泉堂書店 1975（日本文学全集・選集叢刊第5次）p54
かさじぞう
◇「寺村輝夫のむかし話 〔9〕」あかね書房 1980 p30
かさ地蔵
◇「浜田広介全集 9」集英社 1976 p92
かさ地蔵
◇「水木しげるのふしぎ妖怪ばなし 8」メディアファクトリー 2009 p52
笠じぞう
◇「斎藤隆介全集 3」岩崎書店 1982 p32
笠地蔵
◇「松谷みよ子全エッセイ 2」筑摩書房 1989 p151
笠地蔵さま
◇「二反長半作品集 3」集英社 1979 p25
カザーチカ
◇「巽聖歌作品集 上」巽聖歌作品集刊行委員会 1977 p294
カザチョンカ
◇「巽聖歌作品集 上」巽聖歌作品集刊行委員会 1977 p293
重なった情景
◇「星新一ちょっと長めのショートショート 4」理論社 2006 p7
重なる風景
◇「松谷みよ子全エッセイ 3」筑摩書房 1989 p343
かさのうた
◇「〔おうち・やすゆき〕こら！ しんぞう―童謡詩集」小峰書店 1996 p52
かさの うた
◇「まど・みちお全詩集」理論社 1992 p369

◇「まど・みちお詩集 〔2〕」すえもりブックス 1998 p14
傘のうち
◇「〔北原〕白秋全童謡集 2」岩波書店 1992 p473
かさの行列
◇「かもめの水兵さん―武内俊子伝記と作品集」講談社出版サービスセンター 1977 p185
かさぶた
◇「瑠璃の壺―森銑三童話集」三樹書房 1982 p219
風祭金太郎
◇「今西祐行全集 4」偕成社 1987 p109
風見
◇「庄野英二全集 4」偕成社 1979 p195
風見煙突
◇「巽聖歌作品集 上」巽聖歌作品集刊行委員会 1977 p47
風見鶏
◇「〔村上のぶ子〕ここは小人の国―少年詩集」あしぶえ出版 2000 p6
風見鶏のいる写真館
◇「杉みき子選集 9」新潟日報事業社 2011 p234
かさやのかさうり
◇「寺村輝夫のむかし話 〔5〕」あかね書房 1978 p8
笠谷幸生
◇「〔かこさとし〕お話こんにちは 〔5〕」偕成社 1979 p82
飾り職最後の人
◇「斎藤隆介全集 8」岩崎書店 1982 p191
飾り窓
◇「立原えりかのファンタジーランド 15」青土社 1980 p167
かざりもの
◇「杉みき子選集 2」新潟日報事業社 2005 p108
火山島
◇「石森延男児童文学全集 5」学習研究社 1971 p299
火山島要塞（抄）
◇「海野十三全集 10」三一書房 1991 p215
火山と萬年青
◇「〔巌谷〕小波お伽全集 14」本の友社 1998 p223
火事
◇「定本小川未明童話全集 13」講談社 1977 p169
◇「定本小川未明童話全集 13」大空社 2002 p169
火事
◇「まど・みちお詩集 3」銀河社 1975 p36
◇「まど・みちお全詩集」理論社 1992 p479
◇「まどさんの詩の本 8」理論社 1996 p26
火事
◇「椋鳩十全集 12」ポプラ社 1970 p120
◇「椋鳩十の本 15」理論社 1982 p128

作品名から引ける日本児童文学個人全集案内　207

かし

火事
　◇「与謝野晶子児童文学全集 5」春陽堂書店 2007 p117

カシオペヤの子
　◇「宮口しづえ児童文学集 4」小峰書店 1969 p13

かじか
　◇「巽聖歌作品集 下」巽聖歌作品集刊行委員会 1977 p132

カジカ
　◇「岡本良雄童話文学全集 1」講談社 1964 p111

かじか沢
　◇「〔山田野理夫〕おばけ文庫 11」太平出版社 1976 （母と子の図書室）p93

かじかすくい
　◇「〔島崎〕藤村の童話 2」筑摩書房 1979 p98

かじかとどじょうときんぎょ
　◇「〔木暮正夫〕日本のおばけ話・わらい話 16」岩崎書店 1988 p51

かじかびょうぶ
　◇「川崎大治民話選〔2〕」童心社 1969 p148

旗魚
　◇「佐藤義美全集 1」佐藤義美全集刊行会 1974 p76

加治木まんじゅう
　◇「椋鳩十全集 24」ポプラ社 1980 p40
　◇「椋鳩十の本 16」理論社 1983 p49

花軸（三首）
　◇「稗田菫平全集 4」宝文館出版 1980 p32

かしこい 男
　◇「ひろすけ幼年童話文学全集 8」集英社 1961 p40

かしこいカニ
　◇「〔木暮正夫〕日本のおばけ話・わらい話 11」岩崎書店 1987 p21

かしこいこ たすけあうこ
　◇「今井誉次郎童話集子どもの村〔1〕」国土社 1957 p21

かしこい子ども
　◇「川崎大治民話選〔4〕」童心社 1975 p221

かしこい 子どもうさぎ
　◇「花岡大学仏典童話全集 6」法藏館 1979 p116

かしこい小りす
　◇「浜田広介全集 6」集英社 1976 p11

かしこいつばめ
　◇「浜田広介全集 8」集英社 1976 p82

賢淵
　◇「松谷みよ子のむかしむかし 9」講談社 1973 p102

かじさわぎ
　◇「寺村輝夫のとんち話 2」あかね書房 1976 p18

火事さん、ありがとう
　◇「〔柳家弁天〕らくご文庫 6」太平出版社 1987

p95

果実
　◇「稗田菫平全集 1」宝文館出版 1978 p140

夏日幻想
　◇「那須辰造著作集 2」講談社 1980 p67

果実の思い出
　◇「坪田譲治童話全集 5」岩崎書店 1986 p255

火事とポチ
　◇「有島武郎童話集」角川書店 1952（角川文庫）p63

かしと娘
　◇「西條八十童話集」小学館 1983 p375

かしどりのあいさつ
　◇「〔島崎〕藤村の童話 4」筑摩書房 1979 p130

樫の木槌
　◇「巽聖歌作品集 上」巽聖歌作品集刊行委員会 1977 p88

かしの木のいったこと
　◇「浜田広介全集 8」集英社 1976 p165

樫の木の夢
　◇「浜田広介全集 10」集英社 1976 p177

かしの木ホテル
　◇「久保喬自選作品集 3」みどりの会 1994 p100

火事のしらせ
　◇「松谷みよ子のむかしむかし 10」講談社 1973 p132

かじのしらせかた
　◇「〔木暮正夫〕日本のおばけ話・わらい話 9」岩崎書店 1987 p50

火事の引っ越し
　◇「〔山田野理夫〕お笑い文庫 1」太平出版社 1977 （母と子の図書室）p146

火事の水
　◇「花岡大学童話文学全集 5」法藏館 1980 p40

樫の実のよに
　◇「巽聖歌作品集 上」巽聖歌作品集刊行委員会 1977 p108

菓子引揚機
　◇「魂の配達―野村吉哉作品集」草思社 1983 p145

貸間札
　◇「魂の配達―野村吉哉作品集」草思社 1983 p55

かしゃ
　◇「〔山田野理夫〕おばけ文庫 3」太平出版社 1976 （母と子の図書室）p94

かしや
　◇「椋鳩十全集 11」ポプラ社 1970 p142

かぢや
　◇「〔北原〕白秋全童謡集 5」岩波書店 1993 p23

鍛冶屋さん
　◇「〔北原〕白秋全童謡集 5」岩波書店 1993 p12

ガジャ柴の花(一幕)
　　◇「北彰介作品集 5」青森県児童文学研究会 1991 p142
臥蛇島
　　◇「椋鳩十の本 21」理論社 1982 p273
カジヤード
　　◇「戸川幸夫動物文学全集 4」講談社 1976 p174
貨車と赤うし
　　◇「与田凖一全集 2」大日本図書 1967 p108
火車になった猫
　　◇〔比江島重孝〕宮崎のむかし話 3」鉱脈社 2000 p135
ガシャに負けた十郎さま
　　◇「〔今坂柳二〕りゅうじフォークロア・world 2」ふるさと伝承研究会 2007 p139
鍛冶屋の子
　　◇「新美南吉童話集 2」大日本図書 1982 p85
　　◇「新美南吉童話大全」講談社 1989 p75
　　◇「新美南吉童話集 2」大日本図書 2012 p85
果樹園
　　◇「佐藤義美全集 1」佐藤義美全集刊行会 1974 p42
果樹園
　　◇「稗田童平全集 1」宝文館出版 1978 p31
賀頌
　　◇「与謝野晶子児童文学全集 6」春陽堂書店 2007 p119
仮象(五首)
　　◇「稗田童平全集 4」宝文館出版 1980 p72
花礁陣抄(かしょうじんしょう)(短歌四首)
　　◇「まど・みちお全詩集 続」理論社 2015 p361
〔賀頌〕(文化学院祝歌)
　　◇「与謝野晶子児童文学全集 6」春陽堂書店 2007 p120
仮象(四首)
　　◇「稗田童平全集 4」宝文館出版 1980 p40
頭ばなし恋も忠義も
　　◇「斎藤隆介全集 9」岩崎書店 1982 p113
柏野大納言
　　◇「森三郎童話選集 〔2〕」刈谷市教育委員会 1996 p178
かしはばやしの夜
　　◇「新修宮沢賢治全集 13」筑摩書房 1980 p87
　　◇「よくわかる宮沢賢治―イーハトーブ・ロマン I」学習研究社 1996 p152
かしわばやしの夜
　　◇「新版・宮沢賢治童話全集 6」岩崎書店 1978 p123
　　◇「〔宮沢〕賢治童話」翔泳社 1995 p28
　　◇「〔宮沢賢治〕注文の多い料理店―イーハトーヴ童話集」岩波書店 2000 (岩波少年文庫) p127
　　◇「宮沢賢治20選」春陽堂書店 2008 (名作童話) p158
かしわ林の夜
　　◇「学校放送劇舞台劇脚本集 宮沢賢治名作童話」東洋書院 2008 p217
かしはばやしの夜〔初期形〕
　　◇「新修宮沢賢治全集 13」筑摩書房 1980 p322
かしわもち
　　◇「寺村輝夫のむかし話 〔5〕」あかね書房 1978 p26
かしわ餅,うれしいな
　　◇「巽聖歌作品集 下」巽聖歌作品集刊行委員会 1977 p150
果心居士
　　◇「怪談小泉八雲のこわ〜い話 3」汐文社 2004 p79
かず
　　◇「まど・みちお全詩集」理論社 1992 p386
　　◇「まどさんの詩の本 14」理論社 1997 p84
　　◇「まど・みちお全詩集 続」理論社 2015 p199
カズ
　　◇「佐藤義美全集 1」佐藤義美全集刊行会 1974 p123
仮睡
　　◇「稗田童平全集 1」宝文館出版 1978 p13
かすかな
　　◇「まど・みちお全詩集」理論社 1992 p648
　　◇「まどさんの詩の本 14」理論社 1997 p78
和子と子ネコ
　　◇「武田信夫童話作品集」みちのく書房 1995 p437
上総(かずさ)行きの船が出るころ
　　◇「〔島崎〕藤村の童話 4」筑摩書房 1979 p107
カステラ
　　◇「〔北原〕白秋全童謡集 1」岩波書店 1992 p286
カステラへらずぐち
　　◇「まど・みちお全詩集 続」理論社 2015 p220
カステラまんじゅう
　　◇「花岡大学仏典童話全集 5」法蔵館 1979 p193
かずのうた
　　◇「阪田寛夫全詩集」理論社 2011 p347
かずのほん
　　◇「北国翔子童話集 1」青森県児童文学研究会 2000 p49
カスピ海物語
　　◇「庄野英二全集 5」偕成社 1980 p333
霞
　　◇「壺井栄全集 8」文泉堂出版 1998 p408
霞網
　　◇「巽聖歌作品集 上」巽聖歌作品集刊行委員会 1977 p38
香澄(続・紫苑の園)
　　◇「松田瓊子全集 3」大空社 1997 p247

かすみ

霞のなか
　◇「〔北原〕白秋全童謡集 2」岩波書店 1992 p390
絣の着物
　◇「壺井栄全集 2」文泉堂出版 1997 p471
かぜ
　◇「杉みき子選集 2」新潟日報事業社 2005 p245
かぜ
　◇「〔東君平〕おはようどうわ 1」講談社 1982 p172
　◇「〔東君平〕ひとくち童話 1」フレーベル館 1995 p48
　◇「〔東君平〕ひとくち童話 6」フレーベル館 1995 p30
　◇「東君平のおはようどうわ 4」新日本出版社 2010 p24
かぜ
　◇「まど・みちお全詩集」理論社 1992 p355
かぜ
　◇「村山籌子作品集 3」JULA出版局 1998 p42
ガーゼ
　◇「まど・みちお詩集 4」銀河社 1974 p22
　◇「まど・みちお全詩集」理論社 1992 p418
　◇「まどさんの詩の本 4」理論社 1994 p90
風
　◇「定本小川未明童話全集 7」講談社 1977 p231
　◇「定本小川未明童話全集 7」大空社 2001 p231
風
　◇「新装版金子みすゞ全集 2」JULA出版局 1984 p61
　◇「〔金子〕みすゞ詩画集 〔6〕」春陽堂書店 2001 p52
　◇「金子みすゞ童謡全集 3」JULA出版局 2004 p98
風
　◇「〔北原〕白秋全童謡集 2」岩波書店 1992 p448
風
　◇「〔島木〕赤彦童謡集」第一書店 1947 p62
風
　◇「「鈴木桂子」親子で語り合う詩集 1」クロスロード 1997 p38
風
　◇「〔竹久〕夢二童謡集」ノーベル書房 1975（浪漫文庫）p71
　◇「春一〔竹久〕夢二童話集」ノーベル書房 1977 p85
風
　◇「巽聖歌作品集 上」巽聖歌作品集刊行委員会 1977 p34
　◇「巽聖歌作品集 上」巽聖歌作品集刊行委員会 1977 p237
風
　◇「〔坪井安〕はしれ子馬よ―童謡詩集」童謡研究・蜂の会 1999 p28
風

　◇「中村雨紅詩謡集」中村雨紅詩謡集刊行委員会 1971 p19
風
　◇「新美南吉全集 6」牧書店 1965 p254
　◇「校定新美南吉全集 9」大日本図書 1981 p542
　◇「校定新美南吉全集 9」大日本図書 1981 p568
　◇「校定新美南吉全集 別巻2」大日本図書 1983 p10
風
　◇「まど・みちお全詩集」理論社 1992 p648
　◇「まどさんの詩の本 9」理論社 1996 p48
風
　◇「宮口しづえ児童文学集 5」小峰書店 1969 p174
風
　◇「与田準一全集 2」大日本図書 1967 p90
火星
　◇「与田準一全集 2」大日本図書 1967 p42
火星探険
　◇「海野十三全集 11」三一書房 1988 p119
火星のりんご
　◇「松谷みよ子全集 4」講談社 1972 p47
火星兵団
　◇「海野十三全集 1」桃源社 1980 p1
　◇「海野十三全集 8」三一書房 1989 p81
風をよびとめて
　◇「立原えりかのファンタジーランド 7」青土社 1980
（風が）
　◇「稗田童平全集 8」宝文館出版 1982 p48
風がいうたよ
　◇「巽聖歌作品集 下」巽聖歌作品集刊行委員会 1977 p184
風が生まれる
　◇「横山健童謡選集 2」無明舎出版 1995 p54
（風がおもてで呼んでいる）
　◇「新版・宮沢賢治童話全集 12」岩崎書店 1979 p214
〔風がおもてで呼んでゐる〕
　◇「新修宮沢賢治全集 5」筑摩書房 1979 p266
　◇「新修宮沢賢治全集 5」筑摩書房 1979 p335
　◇「ジュニア文学館 宮沢賢治―写真・絵画集成 3」日本図書センター 1996 p165
かぜが かがやく（あしたは にゅうがくしき）
　◇「巽聖歌作品集 下」巽聖歌作品集刊行委員会 1977 p64
〔かぜがくれば〕
　◇「新修宮沢賢治全集 3」筑摩書房 1979 p151
風がそういった
　◇「与田準一全集 1」大日本図書 1967 p170
風が立つ
　◇「いのち―みずかみかずよ全詩集」石風社 1995 p166

風が鳴る
　◇「巽聖歌作品集　上」巽聖歌作品集刊行委員会
　　1977 p406
風が鳴るとき
　◇「〔吉田とし〕青春ロマン選集 3」理論社 1976
　　p221
風が乗る船
　◇「立原えりかのファンタジーランド 7」青土社
　　1980 p37
〔風が吹き風が吹き〕
　◇「新修宮沢賢治全集 3」筑摩書房 1979 p239
　◇「新修宮沢賢治全集 3」筑摩書房 1979 p403
風が吹きや
　◇「〔北原〕白秋全童謡集 1」岩波書店 1992 p130
風がふく日
　◇「佐藤義美童謡集」さ・え・ら書房 1960 p244
化石
　◇「〔宗左近〕梟の駅長さん―童謡集」思潮社 1998
　　p64
化石
　◇「いのち―みずかみかずよ全詩集」石風社 1995
　　p131
化石の花サギスゲ
　◇「〔村上のぶ子〕ここは小人の国―少年詩集」あし
　　ぶえ出版 2000 p32
風切る翼
　◇「きむらゆういちおはなしのへや 5」ポプラ社
　　2012 p47
風桜
　◇「新修宮沢賢治全集 6」筑摩書房 1980 p40
かぜさん
　◇「さくらゆき―さとうじゅんこ童詩集」えんじゅ
　　の会 1997 p30
かぜさん
　◇「佐藤義美全集 4」佐藤義美全集刊行会 1974
　　p253
風そよぐ
　◇「壺井栄全集 7」文泉堂出版 1998 p134
風だけが叫ぶ
　◇「定本小川未明童話全集 9」講談社 1977 p218
　◇「定本小川未明童話全集 9」大空社 2001 p218
風ダヌキ
　◇「〔山田野理夫〕おばけ文庫 4」太平出版社 1976
　　（母と子の図書室）p67
風と海
　◇「星新一ショートショートセレクション 7」理論
　　社 2002 p99
風と木 からすときつね
　◇「定本小川未明童話全集 5」講談社 1977 p320
　◇「定本小川未明童話全集 5」大空社 2001 p320
風と木の話

　◇「小出正吾児童文学全集 2」審美社 2000 p95
風とけむり
　◇「浜田広介全集 2」集英社 1975 p225
風と少女
　◇「杉みき子選集 3」新潟日報事業社 2006 p21
風と杉
　◇「新修宮沢賢治全集 3」筑摩書房 1979 p144
風と たいよう
　◇「ひろすけ幼年童話文学全集 8」集英社 1961
　　p226
風と梨の木
　◇「石のロバ―浅野都作品集」新風舎 2007 p60
風と花びら
　◇「平塚武二童話全集 4」童心社 1972 p35
風と反感
　◇「新修宮沢賢治全集 3」筑摩書房 1979 p212
　◇「新修宮沢賢治全集 3」筑摩書房 1979 p392
かぜと ひかり
　◇「阪田寛夫全詩集」理論社 2011 p466
風と ふえ
　◇「ひろすけ幼年童話文学全集 6」集英社 1962 p85
風と笛
　◇「〔北原〕白秋全童謡集 4」岩波書店 1993 p1
風ト二ツノ噴水
　◇「佐藤義美全集 1」佐藤義美全集刊行会 1974 p42
風七題
　◇「定本小川未明童話全集 14」講談社 1977 p85
　◇「定本小川未明童話全集 14」大空社 2002 p85
風に立つ子
　◇「〔鈴木桂子〕親子で語り合う詩集 2」クロスロー
　　ド 1999 p32
風にとんだでっかいまんじゅう
　◇「〔西本鶏介〕新日本昔ばなし――一日一話・読みき
　　かせ 2」小学館 1997 p74
風になって
　◇「安房直子コレクション 7」偕成社 2004 p125
風にふかれて
　◇「今江祥智の本 16」理論社 1980 p200
　◇「今江祥智童話館〔3〕」理論社 1986 p155
　◇「今江祥智ショートファンタジー 4」理論社 2005
　　p139
風に吹かれる花
　◇「定本小川未明童話全集 8」講談社 1977 p311
　◇「定本小川未明童話全集 8」大空社 2001 p311
風に眼がある
　◇「〔北原〕白秋全童謡集 4」岩波書店 1993 p67
かぜにもらったゆめ
　◇「佐藤さとるファンタジー全集 13」講談社 1983
　　p275
　◇「佐藤さとるファンタジー全集 13」講談社, 復刊

かせの

　　　　ドットコム（発売）2011 p275
かぜのいたずら
　◇「浜田広介全集 3」集英社 1975 p74
風のいたずら
　◇「千葉省三童話全集 4」岩崎書店 1968 p147
風のいたずら
　◇「マッチ箱の中―三鎌よし子童謡集」しもつけ文学会 1998 p35
風のいのちごい
　◇「ひろすけ幼年童話文学全集 12」集英社 1962 p97
　◇「浜田広介全集 10」集英社 1976 p87
かぜのいろ
　◇「パパとボクとネコ―山口紀代子童謡詩集」音楽舎 2003 p64
風の色
　◇「宮口しづえ童話全集 7」筑摩書房 1979 p40
　◇「宮口しづえ童話名作集」一草舎出版 2009 p263
風のうた＜一まく　童話劇＞
　◇「斎藤喬学校劇代表作選 1」牧書店 1959 p155
風のうた（童話劇）
　◇「斎藤喬幼年劇全集 1」誠文堂新光社 1962 p271
風のおたのみ
　◇「ひろすけ幼年童話文学全集 4」集英社 1962 p158
　◇「浜田広介全集 8」集英社 1976 p25
風のおと
　◇「〔土田明子〕ちいさい星―母と子の詩集」らくだ出版 2002 p48
風のお話
　◇「犬飼馬鹿人旧作童集」日本文化資料センター 1996 p145
風のお土産
　◇「巽聖歌作品集 上」巽聖歌作品集刊行委員会 1977 p377
風のおよめさん
　◇「立原えりか作品集 6」思潮社 1973 p49
　◇「立原えりかのファンタジーランド 3」青土社 1980 p79
風の神
　◇「斎藤隆介全集 3」岩崎書店 1982 p120
かぜの神送り
　◇「川崎大治民話選 〔1〕」童心社 1968 p139
風邪の神さま
　◇「〔北原〕白秋全童謡集 4」岩波書店 1993 p104
風邪の神さま
　◇「巽聖歌作品集 上」巽聖歌作品集刊行委員会 1977 p84
風の神さま 土の神さま
　◇「北彰介作品集 1」青森県児童文学研究会 1990 p112

風の神の子
　◇「与謝野晶子児童文学全集 2」春陽堂書店 2007 p258
風の兄弟
　◇「巽聖歌作品集 下」巽聖歌作品集刊行委員会 1977 p164
風のくちぶえ
　◇「地球のかぞく―石原一輝童謡詩集」群青社 2001 p62
風の首輪
　◇「今江祥智の本 15」理論社 1980 p88
　◇「今江祥智童話館 〔15〕」理論社 1987 p112
風の来る道
　◇「〔北原〕白秋全童謡集 4」岩波書店 1993 p133
風のくれた萩の花
　◇「山本瓔子詩集 II」新風舎 2003 p58
風の研究
　◇「別役実童話集 〔6〕」三一書房 1988 p7
かぜのこ
　◇「〔東君平〕おはようどうわ 6」講談社 1982 p163
風の子
　◇「〔巌谷〕小波お伽全集 3」本の友社 1998 p74
風の子
　◇「〔斎藤信夫〕子ども心を友として―童謡詩集」成東町教育委員会 1996 p64
風の子
　◇「阪田寛夫全詩集」理論社 2011 p383
風の子
　◇「壺井栄名作集 1」ポプラ社 1965 p178
　◇「定本壺井栄児童文学全集 4」講談社 1980 p203
　◇「壺井栄全集 9」文泉堂出版 1997 p297
　◇「壺井栄全集 10」文泉堂出版 1998 p225
　◇「壺井栄全集 10」文泉堂出版 1998 p492
かぜのこちゃん
　◇「まど・みちお全詩集」理論社 1992 p355
かぜの 子と おひなさま
　◇「小川未明幼年童話文学全集 5」集英社 1966 p77
風の 子と おひなさま
　◇「定本小川未明童話全集 15」講談社 1978 p90
　◇「定本小川未明童話全集 15」大空社 2002 p90
かぜの子とたき火
　◇「佐藤さとる全集 2」講談社 1972 p57
風の子と焚き火
　◇「佐藤さとるファンタジー全集 13」講談社 1983 p19
　◇「佐藤さとるファンタジー全集 13」講談社,復刊ドットコム（発売）2011 p19
風の子供
　◇「くんぺい魔法ばなし―魔法ばなし全集 2」サンリオ 2000 p50
風の子 雪の子

◇「西條八十童謡全集」修道社 1971 p233
◇「西條八十の童話と童謡」小学館 1981 p80

風の五郎
　◇「巽聖歌作品集 下」巽聖歌作品集刊行委員会 1977 p167

風のさぶろう
　◇「〔山田野理夫〕おばけ文庫 3」太平出版社 1976（母と子の図書室）p31

風の三郎
　◇「巽聖歌作品集 下」巽聖歌作品集刊行委員会 1977 p166

風の寒い世の中へ
　◇「定本小川未明童話全集 5」講談社 1977 p119
　◇「定本小川未明童話全集 5」大空社 2001 p119

かぜのしっぱい
　◇「〔東君平〕おはようどうわ 1」講談社 1982 p128

風の四郎
　◇「巽聖歌作品集 下」巽聖歌作品集刊行委員会 1977 p166

風の二郎
　◇「巽聖歌作品集 下」巽聖歌作品集刊行委員会 1977 p165

風の鈴蘭
　◇「浜田広介全集 11」集英社 1976 p173

かぜのセーター
　◇「石森読本―石森延男児童文学選集 3年生」小学館 1977 p97

風のそうだん
　◇「地球のかぞく―石原一輝童謡詩集」群青社 2001 p50

風邪のとき
　◇「巽聖歌作品集 上」巽聖歌作品集刊行委員会 1977 p241

かぜのなかのおかあさん
　◇「阪田寛夫全詩集」理論社 2011 p444

風の中の子供
　◇「坪田譲治童話全集 11」岩崎書店 1986 p179
　◇「坪田譲治名作選 〔4〕風の中の子供」小峰書店 2005 p85

風の中のモモコ
　◇「松谷みよ子全集 9」講談社 1972 p75

かぜの中のモモちゃん
　◇「松谷みよ子全集 7」講談社 1971 p162

かぜのにおい
　◇「浜田広介全集 11」集英社 1976 p80

かぜの におい
　◇「〔東君平〕ひとくち童話 6」フレーベル館 1995 p6

風の伯爵夫人
　◇「土田明子詩集 3」かど創房 1986 p28

風の橋

◇「杉みき子選集 8」新潟日報事業社 2010 p241

風のバラード―テレビドラマ「いまに陽が昇る」主題歌
　◇「阪田寛夫全詩集」理論社 2011 p805

かぜのばん
　◇「〔東君平〕おはようどうわ 2」講談社 1982 p194

かぜの ひ
　◇「〔東君平〕ひとくち童話 4」フレーベル館 1995 p40

かぜの日
　◇「与田凖一全集 1」大日本図書 1967 p112

風の日（日下部梅子）
　◇「岡田泰三・日下部梅子童謡集」会津童詩会 1992 p103

風の日雪の日
　◇「米田孝童話劇・学校劇脚本選集―イワンの馬鹿ほか」共同文化社 1997 p173

風の吹いた日
　◇「浜田広介全集 3」集英社 1975 p69

風のふえ
　◇「浜田広介全集 2」集英社 1975 p176

風の笛
　◇「地球のかぞく―石原一輝童謡詩集」群青社 2001 p88

かぜのふくひ
　◇「いのち―みずかみかずよ全詩集」石風社 1995 p123

風のふく日
　◇「佐藤義美全集 1」佐藤義美全集刊行会 1974 p94

風の吹く日
　◇「くんぺい魔法ばなし―魔法ばなし全集 3」サンリオ 2000 p100

風の吹く日は
　◇「中村雨紅詩謡集」中村雨紅詩謡集刊行委員会 1971 p183

風の吹く夜は
　◇「おの・ちゅうこう初期作品集 〔1〕 牧歌的風景」崙書房 1975 p112

風の古里
　◇「浜田広介全集 11」集英社 1976 p141

風のプレリュード
　◇「山本瓔子詩集 I」新風舎 2003 p104

風の偏倚
　◇「新修宮沢賢治全集 2」筑摩書房 1979 p243
　◇「ジュニア文学館 宮沢賢治―写真・絵画集成 3」日本図書センター 1996 p81

風の又三郎
　◇「新版・宮沢賢治童話全集 9」岩崎書店 1979 p101
　◇「新修宮沢賢治全集 12」筑摩書房 1980 p163
　◇「宮沢賢治童話集 2」講談社 1985（講談社い

鳥文庫」p141
- ◇「[宮沢] 賢治童話」翔泳社 1995 p358
- ◇「ジュニア文学館 宮沢賢治—写真・絵画集成 2」日本図書センター 1996 p143
- ◇「よくわかる宮沢賢治—イーハトーブ・ロマン II」学習研究社 1996 p36
- ◇「宮沢賢治傑作集」世界文化社 2006（心に残るロングセラー）p8
- ◇「宮沢賢治童話傑作選〔3〕風の又三郎」偕成社 2007 p1
- ◇「学校放送劇舞台劇脚本集 宮沢賢治名作童話」東洋書院 2008 p173
- ◇「宮沢賢治20選」春陽堂書店 2008（名作童話）p225
- ◇「宮沢賢治童話集珠玉選〔2〕」講談社 2009 p7

風の又三郎（宮沢賢治作, 筒井敬介脚色）
- ◇「宮沢賢治童話劇集 1」東京書籍 1981（東書児童劇シリーズ）p209

風野又三郎
- ◇「新修宮沢賢治全集 9」筑摩書房 1979 p61

「風の又三郎」（詩のみ抜粋）
- ◇「齋藤孝のイッキによめる！小学生のための宮沢賢治」講談社 2007 p14

風のむこう
- ◇「山本瓔子詩集 I」新風舎 2003 p100

風のめぐるとき
- ◇「山本瓔子詩集 I」新風舎 2003 p18

風のローラースケート
- ◇「安房直子コレクション 3」偕成社 2004 p129

かぜひいて ゴジラ
- ◇「りらりらりらわたしの絵本—富永佳与子こどものうた作品集」国土社 1994 p32

かぜひき
- ◇「[東君平] おはようどうわ 5」講談社 1982 p34

かぜひき雀
- ◇「[北原] 白秋全童謡集 1」岩波書店 1992 p45

かぜひきポーちゃん（童話劇）
- ◇「斎田喬幼年劇全集 2」誠文堂新光社 1961 p295

風ふき鳥
- ◇「定本小川未明童話全集 3」講談社 1977 p407
- ◇「定本小川未明童話全集 3」大空社 2001 p407

風ふく季節
- ◇「氏原大作全集 4」条例出版 1977 p249

風吹く夜の子守唄
- ◇「阪田寛夫全詩集」理論社 2011 p863

風まかせ
- ◇「今江祥智の本 13」理論社 1980 p78
- ◇「今江祥智童話館〔5〕」理論社 1986 p154

かぜも みのため さやのため
- ◇「与田凖一全集 3」大日本図書 1967 p189

風屋福右衛門
- ◇「[巌谷] 小波お伽全集 12」本の友社 1998 p101

風矢来（日下部梅子）
- ◇「岡田泰三・日下部梅子童謡集」会津童詩会 1992 p132

風よ吹け吹け
- ◇「[北原] 白秋全童謡集 1」岩波書店 1992 p156
- ◇「[北原] 白秋全童謡集 3」岩波書店 1992 p53

風よろん
- ◇「かもめの水兵さん—武内俊子伝記と作品集」講談社出版サービスセンター 1977 p163

風は
- ◇「[北原] 白秋全童謡集 4」岩波書店 1993 p69

風は（日下部梅子）
- ◇「岡田泰三・日下部梅子童謡集」会津童詩会 1992 p114

風はささやく
- ◇「定本小川未明童話全集 13」講談社 1977 p345
- ◇「定本小川未明童話全集 13」大空社 2002 p345

風は白けて
- ◇「巽聖歌作品集 下」巽聖歌作品集刊行委員会 1977 p299

風は近道
- ◇「巽聖歌作品集 上」巽聖歌作品集刊行委員会 1977 p142

花箋
- ◇「まど・みちお全詩集 続」理論社 2015 p344

風（A–小説・光子もの）
- ◇「壺井栄全集 2」文泉堂出版 1997 p25

風（B–小説・茂緒もの）
- ◇「壺井栄全集 6」文泉堂出版 1998 p70

仮装
- ◇「[山田野理夫] お笑い文庫 10」太平版出版 1977（母と子の図書室）p25

火葬国風景
- ◇「海野十三全集 3」三一書房 1988 p81

かぞえうた
- ◇「佐藤義美童謡集」さ・え・ら書房 1960 p195
- ◇「佐藤義美全集 1」佐藤義美全集刊行会 1974 p219

かぞえたくなる
- ◇「まど・みちお全詩集」理論社 1992 p566

家族
- ◇「今江祥智の本 34」理論社 1990 p83

家族
- ◇「与田凖一全集 2」大日本図書 1967 p233

家族会議
- ◇「北彰介作品集 4」青森県児童文学研究会 1991 p194

家族について
- ◇「阪田寛夫全詩集」理論社 2011 p102

家族の肖像
　◇「今江祥智の本 34」理論社 1990 p7
ガソリン・スタンド
　◇「〔北原〕白秋全童謡集 3」岩波書店 1992 p93
肩
　◇「氏原大作全集 2」条例出版 1977 p187
片足ガラスとおんどりラッパ
　◇「椋鳩十の本 30」理論社 1989 p49
かた足じょろう
　◇「〔山田野理夫〕おばけ文庫 2」太平出版社 1976 (母と子の図書室) p95
片足スズメ
　◇「椋鳩十動物童話集 11」小峰書店 1991 p36
かたあしずもう
　◇「巽聖歌作品集 下」巽聖歌作品集刊行委員会 1977 p34
かたあし つるさん
　◇「まど・みちお全詩集」理論社 1992 p154
片あしの母スズメ
　◇「椋鳩十名作選 1」理論社 2010 p27
片脚の母雀
　◇「椋鳩十の本 10」理論社 1982 p46
片足の母スズメ
　◇「椋鳩十全集 1」ポプラ社 1969 p20
　◇「椋鳩十学年別童話 〔12〕」理論社 1995 p48
　◇「椋鳩十まるごと動物ものがたり 12」理論社 1996 p133
かたい大きな手
　◇「定本小川未明童話全集 14」講談社 1977 p31
　◇「定本小川未明童話全集 14」大空出版 2002 p31
花袋追想
　◇「稗田童平全集 8」宝文館出版 1982 p117
片田舎にあった話
　◇「定本小川未明童話全集 5」講談社 1977 p241
　◇「定本小川未明童話全集 5」大空出版 2001 p241
〔堅い瓔珞はまっすぐに下に垂れます〕
　◇「新修宮沢賢治全集 2」筑摩書房 1979 p276
かたえくぼのうた
　◇「花岡大学童話文学全集 4」法蔵館 1980 p234
片えだのキク
　◇「〔山田野理夫〕おばけ文庫 6」太平出版社 1976 (母と子の図書室) p150
片思い
　◇「浜田広介全集 11」集英社 1976 p173
堅香子
　◇「稗田童平全集 7」宝文館出版 1981 p162
堅香子の花
　◇「石のロバ―浅野都作品集」新風舎 2007 p188
かたかたおどりがはじまった
　◇「宮口しづえ童話全集 6」筑摩書房 1979 p188

　◇「宮口しづえ童話名作集」一草舎出版 2009 p214
ガタガタふるえるゆうれい話
　◇「〔木暮正夫〕日本のおばけ話・わらい話 18」岩崎書店 1988
カタカナ幻想
　◇「新美南吉全集 6」牧書店 1965 p162
　◇「校定新美南吉全集 8」大日本図書 1981 p116
カタカナ ドウブツエン
　◇「まど・みちお全詩集」理論社 1992 p67
かたきうち
　◇「星新一YAセレクション 7」理論社 2009 p88
かたくり(五首)
　◇「稗田童平全集 4」宝文館出版 1980 p53
かたぐるま
　◇「杉みき子選集 2」新潟日報事業社 2005 p11
肩ぐるま
　◇「〔北原〕白秋全童謡集 1」岩波書店 1992 p97
肩ごしに聞く母の話
　◇「椋鳩十の本 25」理論社 1983 p214
かたづけ母さん
　◇「今江祥智童話館 〔12〕」理論社 1987 p134
かたづけ チャオ
　◇「阪田寛夫全集」理論社 2011 p387
かたすみの人間賛歌
　◇「全集版灰谷健次郎の本 20」理論社 1987 p92
かたすみの満月
　◇「花岡大学童話文学全集 2」法蔵館 1980 p153
　◇「花岡大学童話文学全集 2」法蔵館 1980 p215
かたたたき
　◇「西條八十の童話と童謡」小学館 1981 p78
　◇「西條八十童話集」小学館 1983 p408
かたたたき
　◇「佐藤義美全集 4」佐藤義美全集刊行会 1974 p265
肩たたき
　◇「西條八十童謡全集」修道社 1971 p128
かたたたき たかた
　◇「阪田寛夫全集」理論社 2011 p406
かたたたきの たたきかた
　◇「阪田寛夫全集」理論社 2011 p231
驟雨
　◇「新修宮沢賢治全集 6」筑摩書房 1980 p44
　◇「新修宮沢賢治全集 6」筑摩書房 1980 p355
〔驟雨(カダチ)はそそぎ
　◇「新修宮沢賢治全集 4」筑摩書房 1979 p19
　◇「新修宮沢賢治全集 4」筑摩書房 1979 p305
驟雨(かだち)はそそぎ
　◇「新版・宮沢賢治童話全集 12」岩崎書店 1979 p174
かたつぶり

かたつ

かたつ
 ◇「那須辰造著作集 1」講談社 1980 p201
かたつむり
 ◇「鈴木三重吉童話全集 5」文泉堂書店 1975（日本文学全集・選集叢刊第5次）p302
かたつむり
 ◇「土田明子詩集 3」かど創房 1986 p30
かたつむり
 ◇「〔中山尚美〕おふろの中で―詩集」アイ企画 1996 p26
かたつむり
 ◇「浜田広介全集 11」集英社 1976 p106
カタツムリ
 ◇「坪田譲治童話全集 11」岩崎書店 1986 p75
カタツムリ
 ◇「〔東君平〕おはようどうわ 6」講談社 1982 p85
カタツムリ
 ◇「〔山田野理夫〕おばけ文庫 4」太平出版社 1976（母と子の図書室）p66
蝸牛（かたつむり）… → "ででむし…"をも見よ
蝸牛
 ◇「校定新美南吉全集 8」大日本図書 1981 p365
かたつむり（ことばあそび）
 ◇「横山健童謡選集 2」無明舎出版 1995 p47
かたつむり角出せば
 ◇「まど・みちお全詩集」理論社 1992 p10
かたつむりとジェット機
 ◇「佐藤義美童謡集」さ・え・ら書房 1960 p205
 ◇「佐藤義美全集 1」佐藤義美全集刊行会 1974 p225
かたつむりのうた
 ◇「阪田寛夫全詩集」理論社 2011 p413
かたつむりのうた
 ◇「新美南吉童話集 1」牧書店 1965 p68
 ◇「新美南吉童話集 1」大日本図書 1982 p113
 ◇「新美南吉童話大全」講談社 1989 p296
 ◇「新美南吉童話集 1」大日本図書 2012 p113
かたつむりのうた
 ◇「室生犀星童話全集 2」創林社 1978 p25
かたつむりの歌
 ◇「新美南吉童話選集 1」ポプラ社 2013 p27
カタツムリノウタ
 ◇「校定新美南吉全集 4」大日本図書 1980 p208
蝸牛の唄
 ◇「西條八十童謡全集」修道社 1971 p108
カタツムリの遠足
 ◇「中村雨紅詩謡集」中村雨紅詩謡集刊行委員会 1971 p146
かたつむりのから
 ◇「ひろすけ幼年童話文学全集 2」集英社 1962 p26
 ◇「浜田広介全集 3」集英社 1975 p246

かたつむりの死
 ◇「土田耕平童話集 〔1〕」古今書院 1955 p51
かたつむりの大群
 ◇「巽聖歌作品集 下」巽聖歌作品集刊行委員会 1977 p306
かたつむり ぷんぷん
 ◇「くどうなおこ詩集○」童話屋 1996 p30
片時
 ◇「与謝野晶子児童文学全集 6」春陽堂書店 2007 p142
刀がおちた目じるし
 ◇「〔柳家弁天〕らくご文庫 8」太平出版社 1987 p88
刀のさしかた
 ◇「〔柳家弁天〕らくご文庫 7」太平出版社 1987 p53
刀の銘
 ◇「〔柳家弁天〕らくご文庫 4」太平出版社 1987 p47
かたなふり
 ◇「〔山田野理夫〕おばけ文庫 3」太平出版社 1976（母と子の図書室）p119
かたなはとおさぬ
 ◇「寺村輝夫のとんち話 1」あかね書房 1976 p88
勝たぬ横綱
 ◇「椋鳩十の本 8」理論社 1982 p7
肩の上の秘書
 ◇「星新一ショートショートセレクション 1」理論社 2001 p82
 ◇「〔星新一〕おーいでてこーい―ショートショート傑作選」講談社 2004（講談社青い鳥文庫）p19
かたばみ
 ◇「新装版金子みすゞ全集 3」JULA出版局 1984 p115
 ◇「〔金子〕みすゞ詩画集 〔6〕」春陽堂書店 2001 p40
 ◇「金子みすゞ童謡全集 5」JULA出版局 2004 p152
かたばみ
 ◇「いのち―みずかみかずよ全詩集」石風社 1995 p22
片まわり
 ◇「椋鳩十の本 23」理論社 1983 p128
かたみの鈴
 ◇「浜田広介全集 11」集英社 1976 p107
片耳の大しか
 ◇「椋鳩十学年別童話 〔10〕」理論社 1991 p5
片耳の大シカ
 ◇「椋鳩十全集 2」ポプラ社 1969 p18
 ◇「椋鳩十動物童話集 1」小峰書店 1990 p6
 ◇「椋鳩十まるごと動物ものがたり 8」理論社 1996 p121

かちか

片耳の大鹿
　◇「椋鳩十の本 11」理論社 1983 p7
　◇「椋鳩十の本 11」理論社 1983 p8
かたむいた天守閣（長野）
　◇〔木暮正夫〕日本の怪奇ばなし 9」岩崎書店 1990 p122
片目とじて
　◇「杉みき子選集 2」新潟日報事業社 2005 p196
かた目の おじいさん
　◇「坪田譲治幼年童話文学全集 7」集英社 1965 p145
かた目のかめ
　◇「花岡大学仏典童話全集 5」法藏館 1979 p207
片目のごあいさつ
　◇「定本小川未明童話全集 10」講談社 1977 p294
　◇「定本小川未明童話全集 10」大空社 2001 p294
片目のシン
　◇「椋鳩十まるごと動物ものがたり 7」理論社 1995 p73
片眼の象
　◇〔北原〕白秋全童謡集 2」岩波書店 1992 p291
かた雪
　◇「国分一太郎児童文学集 6」小峰書店 1967 p112
かたらい
　◇「横山健童謡選集 2」無明舎出版 1995 p24
語り合わせ
　◇「松谷みや子全エッセイ 2」筑摩書房 1989 p267
カタリ，トントン
　◇〔北原〕白秋全童謡集 5」岩波書店 1993 p111
語り部考—岩崎さんのこと
　◇「松谷みよ子全エッセイ 3」筑摩書房 1989 p91
語るという形式にたいへん惹かれます（安房直子，神宮輝夫）
　◇〔神宮輝夫〕現代児童文学作家対談 9」偕成社 1992 p101
語るよろこびと聞くよろこびを
　◇〔西本鶏介〕日本の昔話—読みきかせお話集 1」小学館 1999 p126
ガタロー探検
　◇「二反長半作品集 1」集英社 1979 p205
片輪者
　◇「有島武郎童話集」角川書店 1952（角川文庫）p54
花だん
　◇「杉みき子選集 2」新潟日報事業社 2005 p150
花譚
　◇「椋鳩十の本 1」理論社 1982 p170
花壇関係メモ
　◇「新修宮沢賢治全集 15」筑摩書房 1980 p529

花壇工作
　◇「新修宮沢賢治全集 14」筑摩書房 1980 p144
ガタンコガタンコ シュウフッフッー軽便鉄道の一番列車のうた
　◇「あまの川—宮沢賢治童謡集」筑摩書房 2001 p102
花壇設計
　◇「新修宮沢賢治全集 15」筑摩書房 1980 p522
花壇にウンコ
　◇〔黒川良人〕犬の詩猫の詩—児童詩集」東洋出版 2000 p123
花壇に豚
　◇〔北原〕白秋全童謡集 1」岩波書店 1992 p134
勝ち運負け運
　◇「佐々木邦全集 3」講談社 1974 p303
かちかちやま
　◇〔松谷みよ子〕日本むかし話 3」フレーベル館 2002 p1
　◇〔松谷みよ子〕日本むかし話 愛蔵版〔3〕」フレーベル館 2003 p1
かちかち山
　◇「ひろすけ幼年童話文学全集 11」集英社 1962 p78
　◇「浜田広介全集 11」集英社 1976 p107
かちかち山
　◇「松谷みよ子のむかしむかし 2」講談社 1973 p106
カチカチ山
　◇〔巌谷〕小波お伽全集 7」本の友社 1998 p305
カチカチ山
　◇「寺村輝夫のむかし話〔10〕」あかね書房 1980 p46
かちかち山狸の記念碑
　◇〔巌谷〕小波お伽全集 11」本の友社 1998 p305
かちかち山（童話劇）
　◇「斎田喬幼年劇全集 1」誠文堂新光社 1962 p289
カチカチ山ノ川シモ
　◇「異聖歌作品集 上」異聖歌作品集刊行委員会 1977 p115
かちかち山のすぐそばで
　◇「筒井敬介童話全集 4」フレーベル館 1983 p53
　◇「筒井敬介おはなし本 3」小峰書店 2006 p87
かちかち山のすぐそばで（五場）
　◇「筒井敬介児童劇集 1」東京書籍 1982（東書児童劇シリーズ）p151
かちかち山の春
　◇〔北原〕白秋全童謡集 2」岩波書店 1992 p16
かちかち山の春
　◇「ひろすけ幼年童話文学全集 1」集英社 1961 p28
　◇「浜田広介全集 4」集英社 1976 p13
かちかち山の夕焼

かちく
◇「[北原] 白秋全童謡集 2」岩波書店 1992 p17

かちくの学校
◇「今井誉次郎童話集子どもの村 〔3〕」国土社 1957 p44

家畜の群
◇「まど・みちお全詩集 続」理論社 2015 p408

かちくのものがたり
◇「今井誉次郎童話集子どもの村 〔3〕」国土社 1957 p43

鵞鳥
◇「野口雨情童謡集」弥生書房 1993 p61

花鳥（三首）
◇「稗田童平全集 4」宝文館出版 1980 p18

がちょうさんと犬さんのしっぱい
◇「村山籌子作品集 3」JULA出版局 1998 p21

花鳥図譜・七月
◇「ジュニア文学館 宮沢賢治―写真・絵画集成 3」日本図書センター 1996 p176

花鳥図譜十一月
◇「新修宮沢賢治全集 7」筑摩書房 1980 p306

花鳥図譜 雀
◇「新修宮沢賢治全集 7」筑摩書房 1980 p290

花鳥図譜 第十一月
◇「新修宮沢賢治全集 7」筑摩書房 1980 p308

花鳥図譜, 八月, 早池峯山巓
◇「新修宮沢賢治全集 7」筑摩書房 1980 p296
◇「ジュニア文学館 宮沢賢治―写真・絵画集成 3」日本図書センター 1996 p178

花鳥図譜, 八月, 早池峯山巓〔先駆形〕
◇「新修宮沢賢治全集 7」筑摩書房 1980 p396

家長制度
◇「新修宮沢賢治全集 14」筑摩書房 1980 p16

課長代理の塗装工
◇「斎藤隆介全集 10」岩崎書店 1982 p73

鵞鳥と三番叟
◇「[巌谷] 小波お伽全集 14」本の友社 1998 p247

がちょうのうた
◇「浜田広介全集 11」集英社 1976 p85

がちょうのジェルソミナおばさん
◇「阪田寛夫全詩集」理論社 2011 p363

がちょうのたんじょうび
◇「新美南吉全集 1」牧書店 1965 p82
◇「新美南吉童話集 1」大日本図書 1982 p176
◇「新美南吉童話大全」講談社 1989 p297
◇「新美南吉童話傑作選 〔4〕 がちょうのたんじょうび」小峰書店 2004 p5
◇「新美南吉童話集 1」大日本図書 2012 p176

がちょうのたんじょう日
◇「新美南吉童話集」世界文化社 2004（心に残るロングセラー）p115

「新美南吉童話選集 1」ポプラ社 2013 p62

ガチョウノ タンジョウビ
◇「校定新美南吉全集 4」大日本図書 1980 p312

鵞鳥の坊や
◇「与謝野晶子児童文学全集 6」春陽堂書店 2007 p78

鵞鳥の料理
◇「瑠璃の壺―森銑三童話集」三樹書房 1982 p187

ガチョウ牧場
◇「庄野英二全集 4」偕成社 1979 p367

カツィール
◇「[かこさとし] お話こんにちは 〔2〕」偕成社 1979 p87

カツオ漁船
◇「巽聖歌作品集 下」巽聖歌作品集刊行委員会 1977 p99

カツオのなき声？
◇「〔柳家弁天〕らくご文庫 4」太平出版社 1987 p49

カツオの番
◇「〔柳家弁天〕らくご文庫 6」太平出版社 1987 p65

カツオぶし
◇「椋鳩十の本 23」理論社 1983 p251

カツオブシ
◇「椋鳩十全集 12」ポプラ社 1970 p28

カツオ節
◇「椋鳩十の本 15」理論社 1982 p30

カツオぶしの絵
◇「〔木暮正夫〕日本のおばけ話・わらい話 5」岩崎書店 1986 p82

閣下
◇「佐々木邦全集 補巻5」講談社 1975 p135

がっきあそび
◇「阪田寛夫全詩集」理論社 2011 p373

がっきがすきなこども
◇「岩永博史童話集 1」岩永博史 2001 p74

かつぎこまれた棺おけ（岡山）
◇「〔木暮正夫〕日本の怪奇ばなし 10」岩崎書店 1990 p71

楽器の生命
◇「定本小川未明童話全集 4」講談社 1977 p184
◇「定本小川未明童話全集 4」大空社 2001 p184

かつぎや（林家木久蔵編, 岡本和明文）
◇「林家木久蔵の子ども落語 4」フレーベル館 1998 p148

楽器屋の窓
◇「阪田寛夫全詩集」理論社 2011 p41

カッコいい
◇「庄野英二全集 6」偕成社 1979 p213

かっこう
　◇「斎藤隆介全集 3」岩崎書店 1982 p138
かっこう
　◇「松谷みよ子全集 4」講談社 1972 p59
カッコウ
　◇「〔東君平〕おはようどうわ 2」講談社 1982 p96
学校
　◇「新装版金子みすゞ全集 2」JULA出版局 1984 p212
　◇「金子みすゞ童謡全集 4」JULA出版局 2004 p96
学校うらのけっとう
　◇「大石真児童文学全集 8」ポプラ社 1982 p13
学校へ
　◇「佐藤一英「童話・童謡集」」一宮市立萩原小学校 2003 p39
学校へ通う道
　◇「〔島崎〕藤村の童話 3」筑摩書房 1979 p163
学校へゆくみち
　◇「新装版金子みすゞ全集 2」JULA出版局 1984 p124
　◇「金子みすゞ童謡全集 3」JULA出版局 2004 p184
学校へ行く道
　◇「阪田寛夫全詩集」理論社 2011 p345
学校へゆく勇ちゃん
　◇「定本小川未明童話全集 9」講談社 1977 p323
　◇「定本小川未明童話全集 9」大空社 2001 p323
学校かへり
　◇「巽聖歌作品集 上」巽聖歌作品集刊行委員会 1977 p480
学校がえり
　◇「佐藤義美童謡集」さ・え・ら書房 1960 p219
　◇「佐藤義美全集 1」佐藤義美全集刊行会 1974 p236
学校がへり
　◇「巽聖歌作品集 上」巽聖歌作品集刊行委員会 1977 p239
学校がえりの橋の上
　◇「いのち—みずかみかずよ全詩集」石風社 1995 p251
学校がよひ
　◇「〔北原〕白秋全童謡集 2」岩波書店 1992 p116
学校生徒
　◇「〔島崎〕藤村の童話 1」筑摩書房 1979 p117
　◇「〔島崎〕藤村の童話 1」筑摩書房 1979 p119
学校って何だ
　◇「あづましん童話集—子供たちの心を育てる」新風舎 1999 p72
カッコウどり
　◇「〔木暮正夫〕日本のおばけ話・わらい話 14」岩崎書店 1987 p75

郭公鳥の時計〈ロナルド・ペトリー〉
　◇「校定新美南吉全集 9」大日本図書 1981 p551
「学校に教育をとりもどすために」
　◇「全集版灰谷健次郎の本 21」理論社 1988 p208
学校に住んでいたいたち
　◇「坪田譲治童話全集 13」岩崎書店 1986 p49
学校について
　◇「阪田寛夫全詩集」理論社 2011 p107
学校の牛
　◇「花岡大学童話文学全集 4」法蔵館 1980 p164
カッコウのおふね
　◇「北畠八穂児童文学全集 4」講談社 1974 p230
学校の さくらの木
　◇「小川未明幼年童話文学全集 5」集英社 1966 p83
学校の桜の木
　◇「定本小川未明童話全集 10」講談社 1977 p216
　◇「定本小川未明童話全集 10」大空社 2001 p216
学校のろうか
　◇「石森延男児童文学全集 5」学習研究社 1971 p137
　◇「石森読本—石森延男児童文学選集 2年生」小学館 1977 p137
学校一人におくる
　◇「新装版金子みすゞ全集 3」JULA出版局 1984 p248
　◇「金子みすゞ童謡全集 6」JULA出版局 2004 p164
学校は子供のふるさと
　◇「おの・ちゅうこう初期作品集 〔2〕 日本の教室は明るい」崙書房 1975 p65
カッコー間奏曲
　◇「杉みき子選集 9」新潟日報事業社 2011 p220
かつこ鳥
　◇「〔北原〕白秋全童謡集 1」岩波書店 1992 p188
カッコ鳥
　◇「野口雨情童謡集」弥生書房 1993 p34
（　）のうた
　◇「〔坪井安〕はしれ子馬よ—童謡詩集」童謡研究・蜂の会 1999 p11
勝五郎の転生記
　◇「怪談小泉八雲のこわ〜い話 8」汐文社 2009 p69
かっこわるくてもいい, 戦争はごめんだ
　◇「松谷みよ子全エッセイ 1」筑摩書房 1989 p155
活字
　◇「〔島崎〕藤村の童話 3」筑摩書房 1979 p26
合唱
　◇「新美南吉全集 6」牧書店 1965 p97
　◇「校定新美南吉全集 8」大日本図書 1981 p159
合唱組曲「遠足」
　◇「阪田寛夫全詩集」理論社 2011 p481

かつし

合唱組曲「恋の戯歌」より
　　◇「阪田寛夫全詩集」理論社 2011 p872
合唱組曲「笑いの嬉遊曲」
　　◇「阪田寛夫全詩集」理論社 2011 p542
合唱団のバカ
　　◇「阪田寛夫全詩集」理論社 2011 p541
合唱と独唱「おおさかカンタータ」より
　　◇「阪田寛夫全詩集」理論社 2011 p554
渇水と座禅
　　◇「新修宮沢賢治全集 3」筑摩書房 1979 p266
　　◇「新修宮沢賢治全集 3」筑摩書房 1979 p415
勝手にしゃべる女
　　◇「赤川次郎セレクション 10」ポプラ社 2008 p78
かってに ものたちと
　　◇「まど・みちお全詩集 続」理論社 2015 p74
飼ってもいいィ
　　◇「〔黒川良人〕犬の詩猫の詩―児童詩集」東洋出版 2000 p128
勝つても驕るな（二羽の闘鶏）
　　◇「〔巖谷〕小波お伽全集 14」本の友社 1998 p176
月天讚歌（擬古調）
　　◇「新修宮沢賢治全集 6」筑摩書房 1980 p227
月天子
　　◇「新修宮沢賢治全集 7」筑摩書房 1980 p202
　　◇「ジュニア文学館 宮沢賢治―写真・絵画集成 3」日本図書センター 1996 p174
活動写真
　　◇「西條八十童謡全集」修道社 1971 p123
活動写真
　　◇「まど・みちお全詩集」理論社 1992 p687
かっぱ
　　◇「北彰介作品集 3」青森県児童文学研究会 1990 p127
河童
　　◇「今江祥智の本 10」理論社 1980 p132
　　◇「今江祥智童話館 〔17〕」理論社 1987 p88
河童
　　◇「阪田寛夫全詩集」理論社 2011 p12
河童
　　◇「二反長半作品集 1」集英社 1979 p57
カッパ その一
　　◇「〔山田野理夫〕おばけ文庫 7」太平出版社 1976（母と子の図書室） p69
カッパ その二
　　◇「〔山田野理夫〕おばけ文庫 7」太平出版社 1976（母と子の図書室） p71
河童とクマさん
　　◇「〔今坂柳二〕りゅうじフォークロア・world 6」ふるさと伝承研究会 2012 p20
かっぱとしんじゅ

　　◇「浜田広介全集 10」集英社 1976 p242
かっぱとドンコツ
　　◇「坪田譲治童話全集 13」岩崎書店 1986 p7
かっぱと平九郎
　　◇「浜田広介全集 9」集英社 1976 p32
かっぱとほうせんか
　　◇「松谷みよ子全集 4」講談社 1972 p135
カッパと三日月
　　◇「佐藤さとるファンタジー全集 6」講談社 1982 p237
　　◇「佐藤さとる幼年童話自選集 2」ゴブリン書房 2003 p155
　　◇「佐藤さとるファンタジー全集 6」講談社, 復刊ドットコム（発売） 2010 p237
かっぱに出会った話
　　◇「坪田譲治童話全集 13」岩崎書店 1986 p73
かっぱの生きばり
　　◇「寺村輝夫のむかし話 〔6〕」あかね書房 1979 p14
かっぱのいずみ
　　◇「寺村輝夫のむかし話 〔1〕」あかね書房 1977 p44
かっぱのおたから
　　◇「松谷みよ子のむかしむかし 3」講談社 1973 p51
かっぱのかめ
　　◇「沼田曜一の親子劇場 1」あすなろ書房 1995 p87
カッパのくすり
　　◇「〔山田野理夫〕おばけ文庫 7」太平出版社 1976（母と子の図書室） p107
かっぱのサルマタ
　　◇「住井すゑ わたしの童話」労働旬報社 1988 p57
カッパの大三
　　◇「もういちど飛んで―蛍大介作品集」七賢出版 1994 p5
河童のつり
　　◇「川崎大治民話選 〔4〕」童心社 1975 p112
かっぱのてがみ
　　◇「寺村輝夫のむかし話 〔7〕」あかね書房 1979 p96
かっぱのねんぐ
　　◇「川崎大治民話選 〔2〕」童心社 1969 p142
かっぱの はなし
　　◇「坪田譲治幼年童話文学全集 1」集英社 1964 p30
河童の話
　　◇「坪田譲治自選童話集」実業之日本社 1971 p9
　　◇「坪田譲治童話全集 1」岩崎書店 1986 p5
　　◇「坪田譲治名作選 〔1〕魔法」小峰書店 2005 p14
河童のピエロ
　　◇「西條益美代表作品選集 1」南海ブックス 1981 p92
河童の秘法

◇「北彰介作品集 3」青森県児童文学研究会 1990
　　　p247
かっぱのひょうたん
　　◇「寺村輝夫童話全集 14」ポプラ社 1982 p191
　　◇「寺村輝夫どうわの本 5」ポプラ社 1984 p9
　　◇「寺村輝夫全童話 4」理論社 1997 p28
カッパの笛
　　◇「斎藤隆介全集 1」岩崎書店 1982 p21
かっぱのふん
　　◇「坪田譲治童話全集 13」岩崎書店 1986 p214
　　◇「坪田譲治名作選〔3〕サバクの虹」小峰書店
　　　2005 p94
カッパのへ
　　◇「かつおきんや作品集 16」偕成社 1983 p109
河童の祭
　　◇「野口雨情童謡集」弥生書房 1993 p32
カッパの水汲み
　　◇「〔今坂柳二〕りゅうじフォークロア・world 1」
　　　ふるさと伝承研究会 2006 p47
かっぱの妙薬
　　◇「川崎大治民話選〔3〕」童心社 1971 p46
かっぱ橋
　　◇「小出正吾児童文学全集 2」審美社 2000 p25
カッパぶち
　　◇「椋鳩十全集 25」ポプラ社 1981 p170
カッパぶちとあかまださん
　　◇「浜田広介全集 6」集英社 1976 p215
カッパは野球がすきなんだ
　　◇「土田明子詩集 1」かど創房 1986 p22
勝つまでは
　　◇「壺井栄全集 2」文泉堂出版 1997 p483
かつみくんのうばぐるま
　　◇「長崎源之助全集 17」偕成社 1987 p185
かつらぎ（五首）
　　◇「稗田菫平全集 4」宝文館出版 1980 p62
カツラの大木
　　◇「石森延男児童文学全集 2」学習研究社 1971 p71
桂瑞木（一首）
　　◇「稗田菫平全集 4」宝文館出版 1980 p16
樺三千代詩集「人を恋うる時」に
　　◇「稗田菫平全集 7」宝文館出版 1981 p107
家庭
　　◇「稗田菫平全集 8」宝文館出版 1982 p106
河堤
　　◇「巽聖歌作品集 上」巽聖歌作品集刊行委員会
　　　1977 p359
家庭教師
　　◇「〔巌谷〕小波お伽全集 14」本の友社 1998 p394
家庭三代記
　　◇「佐々木邦全集 7」講談社 1975 p283

カディスのまつり
　　◇「横山健童謡選集 1」無明舎出版 1995 p70
家庭の楽しみ（鷹と軍鶏）
　　◇「〔巌谷〕小波お伽全集 14」本の友社 1998 p156
「家庭薬局」
　　◇「今江祥智の本 36」理論社 1990 p252
カーテン
　　◇「〔内海康子〕六月のカレンダー──詩集」けやき書
　　　房 1999 p64
カーテンのすきまから、こんにちは
　　◇「宮口しづえ児童文学集 4」小峰書店 1969 p47
カード
　　◇「星新一YAセレクション 9」理論社 2009 p125
蛾とアーク灯
　　◇「新美南吉全集 1」牧書店 1965 p241
　　◇「校定新美南吉全集 5」大日本図書 1980 p25
かとうきよまさ
　　◇「巽聖歌作品集 上」巽聖歌作品集刊行委員会
　　　1977 p219
加藤清正
　　◇「〔巌谷〕小波お伽全集 7」本の友社 1998 p185
加藤清正のアゴ髯
　　◇「魂の配達─野村吉哉作品集」草思社 1983 p75
過渡期の混乱
　　◇「星新一ショートショートセレクション 10」理論
　　　社 2003 p66
蚊と大佛
　　◇「〔巌谷〕小波お伽全集 14」本の友社 1998 p210
蛾と蝶
　　◇「まど・みちお全詩集」理論社 1992 p22
カドチンのエッチ大戦争
　　◇「全集版灰谷健次郎の本 9」理論社 1988 p45
門出
　　◇「庄野英二全集 11」偕成社 1980 p276
角の乾物屋の──わがもとの家、まことにかく
　ありき
　　◇「新装版金子みすゞ全集 3」JULA出版局 1984
　　　p206
　　◇「金子みすゞ童謡集」角川春樹事務所 1998（ハル
　　　キ文庫）p172
　　◇「金子みすゞ童謡全集 6」JULA出版局 2004
　　　p110
門松
　　◇「〔山田野理夫〕おばけ文庫 6」太平出版社 1976
　　　（母と子の図書室）p126
門松売り
　　◇「斎藤隆介全集 3」岩崎書店 1982 p48
門松草紙
　　◇「〔巌谷〕小波お伽全集 9」本の友社 1998 p53
門松の話

かとる

◇「〔かこさとし〕お話こんにちは 〔9〕」偕成社 1979 p126

ガドルフの百合
◇「新版・宮沢賢治童話全集 4」岩崎書店 1978 p137
◇「新修宮沢賢治全集 10」筑摩書房 1979 p185
◇「〔宮沢〕賢治童話」翔泳社 1995 p317

カトレア
◇「庄野英二全集 9」偕成社 1979 p66

カトンボ
◇「〔北原〕白秋全童謡集 5」岩波書店 1993 p35

角ン童子
◇「佐藤さとるファンタジー全集 13」講談社 1983 p53
◇「佐藤さとるファンタジー全集 13」講談社, 復刊ドットコム(発売) 2011 p53

蚊とんぼのうた
◇「室生犀星童話全集 2」創林社 1978 p12

かなえられない希望
◇「やなせたかし童謡詩集 〔1〕」フレーベル館 2000 p18

かなかな
◇「阪田寛夫全詩集」理論社 2011 p87

カナカナ
◇「まど・みちお詩集 2」銀河社 1975 p10
◇「まど・みちお全詩集」理論社 1992 p435
◇「まど・みちおの詩の本 3」翔社 1994 p42

かなかなぜみ
◇「佐藤義美童謡集」さ・え・ら書房 1960 p217
◇「佐藤義美童謡集」さ・え・ら書房 1960 p252
◇「佐藤義美全集 1」佐藤義美全集刊行会 1974 p235
◇「佐藤義美全集 1」佐藤義美全集刊行会 1974 p263
◇「佐藤義美全集 1」佐藤義美全集刊行会 1974 p396
◇「ともだちシンフォニー——佐藤義美童謡集」JULA出版局 1990 p100

かなかな蟬
◇「〔北原〕白秋全童謡集 2」岩波書店 1992 p41

かなかな蟬
◇「浜田広介全集 5」集英社 1976 p87

かなかなのうた
◇「いのちーみずかみかずよ全詩集」石風社 1995 p151

カナカナよ
◇「まど・みちお全詩集 続」理論社 2015 p178

かなぐつ屋のおっさん
◇「巽聖歌作品集 上」巽聖歌作品集刊行委員会 1977 p214

(悲しい)
◇「稗田童平全集 8」宝文館出版 1982 p44

かなしいかがみさん
◇「岩永博史童話集 1」岩永博史 2001 p79

かなしいこと
◇「松田瓊子全集 5」大空社 1997 p64

(かなしい琴を)
◇「稗田童平全集 8」宝文館出版 1982 p23

かなしいこととは
◇「北彰介作品集 4」青森県児童文学研究会 1991 p176

かなしい塩うり
◇「〔柳家弁天〕らくご文庫 11」太平出版社 1987 p110

かなしい虹のいろにぬれて
◇「稗田童平全集 1」宝文館出版 1978 p72

悲しい番地
◇「太田博也童話集 5」小山書林 2008 p174

悲しい復讐
◇「椋鳩十の本 18」理論社 1982 p231

かなしいゆびわ
◇「長崎源之助全集 20」偕成社 1988 p145

かなしいらいおん
◇「別役実童話集 〔3〕」三一書房 1977 p73

悲しき絶叫
◇「戸川幸夫動物文学全集 4」講談社 1976 p126

哀しき人
◇「全集版灰谷健次郎の本 22」理論社 1988 p49

かなし 十六
◇「佐藤義美全集 5」佐藤義美全集刊行会 1973 p232

悲しみ
◇「くんぺい魔法ばなし——魔法ばなし全集 2」サンリオ 2000 p84

かなしみのきえる峠
◇「やなせたかし童謡詩集 〔2〕」フレーベル館 2000 p58

かなしみの仲間
◇「北彰介作品集 4」青森県児童文学研究会 1991 p220

悲しみは黄金の果実
◇「稗田童平全集 1」宝文館出版 1978 p31

悲しむべき教師
◇「おの・ちゅうこう初期作品集 〔2〕 日本の教室は明るい」崙書房 1975 p67

悲しむべきこと
◇「星新一ショートショートセレクション 12」理論社 2003 p82

かなづち
◇「新美南吉全集 1」牧書店 1965 p19
◇「新美南吉童話集 1」大日本図書 1982 p117
◇「新美南吉童話大全」講談社 1989 p298
◇「新美南吉童話集 1」大日本図書 2012 p117

カナヅチ
  ◇「校定新美南吉全集 4」大日本図書 1980 p215
カナヅチ
  ◇「椋鳩十全集 12」ポプラ社 1970 p41
  ◇「椋鳩十の本 15」理論社 1982 p42
金づち
  ◇「岡本良雄童話文学全集 1」講談社 1964 p124
かなちょろ
  ◇「杉みき子選集 2」新潟日報事業社 2005 p44
加奈のマングース
  ◇「戸川幸夫動物文学全集 5」講談社 1976 p335
カナブン
  ◇「〔東君平〕おはようどうわ 7」講談社 1982 p146
カナブンのお家
  ◇「〔鈴木裕美〕短編童話集 童話のじかん」文芸社 2008 p31
金谷山頂にて
  ◇「杉みき子選集 9」新潟日報事業社 2011 p53
カナリアのかご
  ◇「西條八十童話集」小学館 1983 p59
かなりや
  ◇「西條八十童謡全集」修道社 1971 p12
かなりや
  ◇「佐藤義美全集 4」佐藤義美全集刊行会 1974 p229
カナリヤ
  ◇「西條八十の童話と童謡」小学館 1981 p74
  ◇「西條八十童話集」小学館 1983 p386
カナリヤと大助
  ◇「大石真児童文学全集 1」ポプラ社 1982 p73
かなりや物語
  ◇「鈴木三重吉童話全集 3」文泉堂書店 1975（日本文学全集・選集叢刊第5次）p364
かなりや（よびかけ）
  ◇「斎田喬幼年劇全集 2」誠文堂新光社 1961 p25
かに
  ◇「〔東君平〕ひとくち童話 5」フレーベル館 1995 p42
かに
  ◇「まど・みちお全詩集」理論社 1992 p264
  ◇「まど・みちお全詩集」理論社 1992 p554
  ◇「まど・みちお全詩集 続」理論社 2015 p395
カニ
  ◇「坪田譲治童話全集 4」岩崎書店 1986 p179
カニ
  ◇「くんぺい魔法ばなし―魔法ばなし全集 1」サンリオ 2000 p174
カニ
  ◇「まど・みちお全詩集」理論社 1992 p95
  ◇「まど・みちお全詩集」理論社 1992 p597

◇「まど・みちお全詩集」理論社 1992 p667
◇「まどさんの詩の本 1」理論社 1994 p32
カニ
  ◇「椋鳩十の本 23」理論社 1983 p229
カニ？
  ◇「まど・みちお全詩集 続」理論社 2015 p428
蟹
  ◇「まど・みちお全詩集」理論社 1992 p83
カニをだましたカエル
  ◇「武田信夫童話作品集」みちのく書房 1995 p116
カニをのせた汽車―根室から釧路へ
  ◇「いのち―みずかみかずよ全詩集」石風社 1995 p419
かにかくに
  ◇「阪田寛夫全詩集」理論社 2011 p37
蟹が島
  ◇「〔巌谷〕小波お伽全集 2」本の友社 1998 p199
かにかに 子がに
  ◇「横山健童謡選集 1」無明舎出版 1995 p98
蟹こそこそ
  ◇「松谷みよ子全エッセイ 2」筑摩書房 1989 p183
カニサンオメメ
  ◇「〔斎藤信夫〕子ども心を友として―童謡詩集」成東町教育委員会 1996 p92
かにと 子すずめ
  ◇「小川未明幼年童話文学全集 4」集英社 1966 p18
  ◇「定本小川未明童話全集 15」講談社 1978 p194
  ◇「定本小川未明童話全集 15」大空社 2002 p194
カニとじいさん
  ◇「浜田広介全集 9」集英社 1976 p97
カニと太陽
  ◇「椋鳩十全集 26」ポプラ社 1981 p146
  ◇「椋鳩十の本 23」理論社 1983 p202
カニとナマコ
  ◇「柳家弁天」らくご文庫 3」太平出版社 1987 p76
かにと へび
  ◇「ひろすけ幼年童話文学全集 8」集英社 1961 p104
蟹について（江戸子守唄のフシで）
  ◇「阪田寛夫全詩集」理論社 2011 p103
かにのあわふき
  ◇「浜田広介全集 3」集英社 1975 p214
かにの力
  ◇「室生犀星童話全集 2」創林社 1978 p32
かにの王子
  ◇「鈴木三重吉童話全集 2」文泉堂書店 1975（日本文学全集・選集叢刊第5次）p24
蟹のお宿
  ◇「〔北原〕白秋全童謡集 2」岩波書店 1992 p19

かにの

かにの子供
◇「〔島崎〕藤村の童話 3」筑摩書房 1979 p145
◇「〔島崎〕藤村の童話 3」筑摩書房 1979 p147

カニの子のさんぽ
◇「椋鳩十集 10」ポプラ社 1970 p32
◇「椋鳩十動物童話集 4」小峰書店 1990 p76

かにのシャボンダマ
◇「佐藤義美全集 1」佐藤義美全集刊行会 1974 p290

かにのしょうばい
◇「新美南吉全集 1」牧書店 1965 p171
◇「新美南吉童話選集 1」ポプラ社 2013 p99

蟹のしやうばい
◇「校定新美南吉全集 4」大日本図書 1980 p414

蟹のしょうばい
◇「新美南吉童話集 1」大日本図書 1982 p235
◇「新美南吉童話大全」講談社 1989 p299
◇「新美南吉童話集 1」大日本図書 2012 p235

かにのしょうばい〔ちいさなかげえげき〕(新美南吉作、森田博脚色)
◇「新美南吉童話劇集 2」東京書籍 1982（東書児童劇シリーズ）p73

かにの体操
◇「浜田広介全集 5」集英社 1976 p11

かにの湯治
◇「松谷みよ子のむかしむかし 9」講談社 1973 p9

かにのとこやさんのしっぱい
◇「岩永博史童話集 1」岩永博史 2001 p35

カニのドーナッツ屋さん
◇「庄野英二全集 5」偕成社 1980 p222

蟹の鋏砥ぎ
◇「中村雨紅詩謡集」中村雨紅詩謡集刊行委員会 1971 p56

カニのふんどし
◇「〔木暮正夫〕日本のおばけ話・わらい話 5」岩崎書店 1986 p47

蟹の褌
◇「稗田童平全集 5」宝文館出版 1980 p166

かにの道づれさん
◇「花岡大学 続・仏典童話全集 1」法蔵館 1981 p81

カニの娘カーナとドジョウの友情
◇「カエルの日曜日―末永泉童話集」勝どき書房、星雲社（発売）2007 p13

カニの山のぼり
◇「斎藤隆介全集 2」岩崎書店 1982 p113

蟹間答（山梨）
◇「〔木暮正夫〕日本の怪奇ばなし 9」岩崎書店 1990 p112

カヌヒモトのおもいで
◇「国分一太郎児童文学集 5」小峰書店 1967 p178

鐘
◇「今西祐行全集 4」偕成社 1987 p57

鐘
◇「定本小川未明童話全集 7」講談社 1977 p39
◇「定本小川未明童話全集 7」大空社 2001 p39

鐘
◇「佐藤義美全集 1」佐藤義美全集刊行会 1974 p337

鐘
◇「〔島崎〕藤村の童話 1」筑摩書房 1979 p160

鐘
◇「森三郎童話選集 〔2〕」刈谷市教育委員会 1996 p85

〔鐘うてば白木のひのき〕
◇「新修宮沢賢治全集 6」筑摩書房 1980 p91
◇「新修宮沢賢治全集 6」筑摩書房 1980 p376

金がかたき
◇「川崎大治民話選 〔1〕」童心社 1968 p117

カーネギー図書館
◇「椋鳩十の本 22」理論社 1983 p243

金子みゞさんのこと
◇「あまんきみこセレクション 5」三省堂 2009 p177

カーネーション
◇「庄野英二全集 9」偕成社 1979 p33

カーネーション
◇「壺井栄名作集 9」ポプラ社 1965 p99
◇「壺井栄全集 6」文泉堂出版 1998 p403

カーネーション
◇「長崎源之助全集 14」偕成社 1987 p235

金ための秘法
◇「椋鳩十集 12」ポプラ社 1970 p47
◇「椋鳩十の本 15」理論社 1982 p48

鐘と旅僧
◇「定本小川未明童話全集 9」講談社 1977 p319
◇「定本小川未明童話全集 9」大空社 2001 p319

金などなんの役にもたたない
◇「花岡大学 続・仏典童話全集 1」法蔵館 1981 p18

金にえんのあるお話
◇「石森延男児童文学全集 5」学習研究社 1971 p213

鐘の底を
◇「北彰介作品集 4」青森県児童文学研究会 1991 p120

かねのとりい
◇「〔木暮正夫〕日本のおばけ話・わらい話 9」岩崎書店 1987 p80

金の實る木
◇「〔巌谷〕小波お伽全集 11」本の友社 1998 p385

鐘の音（随想）

鐘のひびき
　◇「中村雨紅詩謡集」中村雨紅詩謡集刊行委員会 1971 p83
　◇「石森読本—石森延男児童文学選集 6年生」小学館 1977 p137

鐘のゆくえ
　◇「千葉省三童話全集 6」岩崎書店 1968 p93

金箱のかぎ
　◇「川崎大治民話選 〔1〕」童心社 1968 p110

金もうけ地蔵
　◇「椋鳩十全集 12」ポプラ社 1970 p34
　◇「椋鳩十の本 15」理論社 1982 p36

金もうけの法
　◇「椋鳩十の本 16」理論社 1983 p118

かねも 戦地へ いきました
　◇「定本小川未明童話全集 16」講談社 1978 p188
　◇「定本小川未明童話全集 16」大空社 2002 p188

金持ちと鶏
　◇「定本小川未明童話全集 1」講談社 1976 p247
　◇「定本小川未明童話全集 1」大空社 2001 p247

金持ちと貧乏人
　◇「川崎大治民話選 〔1〕」童心社 1968 p44

〔かの iodine の雲のかた〕
　◇「新修宮沢賢治全集 7」筑摩書房 1980 p230

かの いろいろ
　◇「阪田寛夫全詩集」理論社 2011 p228

鹿野山を越えて
　◇「〔島崎〕藤村の童話 4」筑摩書房 1979 p108

カのオナラ
　◇「まど・みちお全詩集 続」理論社 2015 p233

鹿乃子錦石
　◇「北彰介作品集 4」青森県児童文学研究会 1991 p268

かのこゆり
　◇「いのち—みずかみかずよ全詩集」石風社 1995 p435

彼女のそば
　◇「〔黒川良人〕犬の詩猫の詩—児童詩集」東洋出版 2000 p42

彼女ノ火—フルサト詩篇
　◇「稗田菫平全集 8」宝文館出版 1982 p42

カバ
　◇「まど・みちお全詩集」理論社 1992 p121

詩カバ
　◇「椋鳩十動物童話集 4」小峰書店 1990 p42

カバ
　◇「椋鳩十の本 23」理論社 1983 p230

河馬
　◇「巽聖歌作品集 上」巽聖歌作品集刊行委員会 1977 p54

カーバイト倉庫
　◇「新修宮沢賢治全集 2」筑摩書房 1979 p17
　◇「ジュニア文学館 宮沢賢治—写真・絵画集成 3」日本図書センター 1996 p22

かばがとんだ
　◇「寺村輝夫全童話 3」理論社 1997 p9

カバがとんだ—アフリカのなかまたち
　◇「寺村輝夫おはなしプレゼント 1」講談社 1994 p36

かばくん
　◇「いのち—みずかみかずよ全詩集」石風社 1995 p175

かばさん
　◇「〔東君平〕ひとくち童話 4」フレーベル館 1995 p64

カバシラ
　◇「まど・みちお全詩集 続」理論社 2015 p289

〔樺と楢との林のなかで〕
　◇「新修宮沢賢治全集 7」筑摩書房 1980 p217

カバの うどんこ
　◇「まど・みちお全詩集」理論社 1992 p311
　◇「まどさんの詩の本 12」理論社 1997 p70

カバのはなし
　◇「おはなしいっぱい—祐成智美童謡詩集」リーブル 1997 p12

かばのふき雨
　◇「ひろすけ幼年童話文学全集 5」集英社 1962 p18
　◇「浜田広介全集 4」集英社 1976 p148

かば もりをゆく
　◇「椋鳩十の本 26」理論社 1989 p247

かば森をゆく
　◇「椋鳩十学年別童話 〔1〕」理論社 1990 p5

カバは こいよ
　◇「まど・みちお詩集 5」銀河社 1975 p12

カバはこいよ—読みたい人は下からもどうぞ
　◇「まど・みちお全詩集」理論社 1992 p518
　◇「まどさんの詩の本 2」理論社 1994 p74

カバはセロをひいています
　◇「庄野英二全集 5」偕成社 1980 p204

カバン
　◇「佐藤ふさゑの本 2」てらいんく 2011 p75

鞄の街
　◇「氏原大作全集 2」条例出版 1977 p136

鞄らしくない鞄
　◇「海野十三全集 13」三一書房 1992 p231

カバン旅行
　◇「〔巌谷〕小波お伽全集 10」本の友社 1998 p438

カピ
　◇「くんぺい魔法ばなし—魔法ばなし全集 3」サンリオ 2000 p80

かひん

花瓶
◇「〔北原〕白秋全童謡集 5」岩波書店 1993 p50

蕪を洗ふ
◇「新修宮沢賢治全集 5」筑摩書房 1979 p49

かぶをつける家
◇「〔島崎〕藤村の童話 4」筑摩書房 1979 p49

がぶがぶ,むしやむしや
◇「〔北原〕白秋全童謡集 1」岩波書店 1992 p196

株式会社
◇「国分一太郎児童文学集 1」小峰書店 1967 p151

ガブダブ物語
◇「サトウハチロー・ユーモア小説選 13」岩崎書店 1978 p5

かぶとの梅
◇「氏原大作全集 2」条例出版 1977 p34

兜の鍬形
◇「ジュニア版吉野源三郎全集 2」ポプラ社 1967 p88
◇「吉野源三郎全集 2」ポプラ社 2000 p118

かぶと虫
◇「新美南吉全集 3」牧書店 1965 p219

かぶと虫
◇「ひろすけ幼年童話文学全集 9」集英社 1962 p146
◇「浜田広介全集 10」集英社 1976 p189
◇「浜田広介全集 11」集英社 1976 p27

かぶとむしのうた
◇「室生犀星童話全集 2」創林社 1978 p24

かぶとむしのかぶと
◇「浜田広介全集 4」集英社 1976 p14

株主の他は入館お断り
◇「椋鳩十の本 31」理論社 1989 p190

カブ焼き甚四郎
◇「斎藤隆介全集 1」岩崎書店 1982 p29

ガブリエル=リップマン
◇「〔かこさとし〕お話こんにちは 〔5〕」偕成社 1979 p71

かぶれ
◇「〔木暮正夫〕日本のおばけ話・わらい話 11」岩崎書店 1987 p67

花粉
◇「庄野英二全集 6」偕成社 1979 p172

壁
◇「阪田寛夫全詩集」理論社 2011 p248

壁に画いた鶴
◇「瑠璃の壺—森銑三童話集」三樹書房 1982 p14

かべぬりおばけ
◇「寺村輝夫のむかし話 〔7〕」あかね書房 1979 p6

壁の章
◇「北彰介作品集 4」青森県児童文学研究会 1991

p16

かべの蝶
◇「いのち—みずかみかずよ全詩集」石風社 1995 p190

かべの つる
◇「坪田譲治幼年童話文学全集 7」集英社 1965 p175

かべの中
◇「佐藤さとる全集 5」講談社 1974 p145

壁の中
◇「佐藤さとるファンタジー全集 14」講談社 1983 p249
◇「佐藤さとるファンタジー全集 14」講談社,復刊ドットコム(発売) 2011 p249

かべのなかから…
◇「〔木暮正夫〕日本のおばけ話・わらい話 18」岩崎書店 1988 p31

ガーベラ
◇「まど・みちお全詩集 続」理論社 2015 p17

家宝の皿
◇「川崎大治民話選 〔3〕」童心社 1971 p150

家宝の手
◇「住井すゑジュニア文学館 3」汐文社 1999 p91

かぼそき足して
◇「巽聖歌作品集 下」巽聖歌作品集刊行委員会 1977 p293

かぼちゃ
◇「地球のかぞく—石原一輝童謡詩集」群青社 2001 p10

かぼちゃ
◇「いのち—みずかみかずよ全詩集」石風社 1995 p130

カボチャ
◇「庄野英二全集 11」偕成社 1980 p400

カボチャ
◇「まど・みちお全詩集」理論社 1992 p97
◇「まどさんの詩の本 1」理論社 1994 p34

カボチャ
◇「椋鳩十の本 18」理論社 1982 p182
◇「椋鳩十の本 23」理論社 1983 p191

カボチャ
◇「〔山田野理夫〕おばけ文庫 8」太平出版社 1976 (母と子の図書室) p38

カボチャをくわん
◇「〔比江島重孝〕宮崎のむかし話 2」鉱脈社 1998 p226

南瓜つ食ひ
◇「〔北原〕白秋全童謡集 1」岩波書店 1992 p153

かぼちゃになったあわのたね
◇「西本鶏介〕新日本昔ばなし——日一話・読みきかせ 3」小学館 1997 p48

カボチャのこころ
  ◇「みずいろようちえん―出雲路猛雄童話集」坂神都 2012 p151
かぼちゃの馬車
  ◇「星新一YAセレクション 7」理論社 2009 p166
かぼちやの花
  ◇〔巖谷〕小波お伽全集 7」本の友社 1998 p400
かぼちゃへび
  ◇「寺村輝夫のむかし話 〔7〕」あかね書房 1979 p52
かぼちゃ屋(林家木久蔵編, 岡本和明文)
  ◇「林家木久蔵の子ども落語 6」フレーベル館 1999 p180
ガマ
  ◇〔山田野理夫〕おばけ文庫 4」太平出版社 1976 (母と子の図書室) p53
釜石よりの帰り
  ◇「新修宮沢賢治全集 6」筑摩書房 1980 p268
  ◇「新修宮沢賢治全集 6」筑摩書房 1980 p431
かまがだいじ
  ◇「川崎大治民話選 〔1〕」童心社 1968 p198
カマキリ
  ◇〔東君平〕おはようどうわ 2」講談社 1982 p120
  ◇「東君平のおはようどうわ 2」新日本出版社 2010 p12
カマキリ
  ◇「まど・みちお全詩集」理論社 1992 p94
  ◇「まどさんの詩の本 1」理論社 1994 p12
かまきりさん
  ◇「まど・みちお全詩集」理論社 1992 p356
かまきり先生とかんかん帽
  ◇「浜田広介全集 4」集英社 1976 p149
かまきりとジョン
  ◇「定本小川未明童話全集 9」講談社 1977 p249
  ◇「定本小川未明童話全集 9」大空社 2001 p249
かまきりと玉虫
  ◇〔島崎〕藤村の童話 3」筑摩書房 1979 p135
かまきりのうた
  ◇「室生犀星童話全集 2」創林社 1978 p53
かまきりの踊
  ◇〔巖谷〕小波お伽全集 3」本の友社 1998 p63
かまきりのかま
  ◇「ひろすけ幼年童話文学全集 4」集英社 1962 p77
  ◇「浜田広介全集 4」集英社 1976 p15
カマキリの子
  ◇「まど・みちお詩集 2」銀河社 1975 p30
  ◇「まど・みちお全詩集」理論社 1992 p435
  ◇「まどさんの詩の本 3」理論社 1994 p68
カマキリのタマゴ
  ◇〔東君平〕おはようどうわ 4」講談社 1982 p75

◇「東君平のおはようどうわ 1」新日本出版社 2010 p34
カマキリの幼虫たち
  ◇「ほんとはね、―かわしませいご童話集」文芸社 2008 p67
かまくら
  ◇「斎藤隆介全集 4」岩崎書店 1982 p15
かまくら
  ◇〔高橋一仁〕春のニシン場―童謡詩集」けやき書房 2003 p110
かまくらかまくら雪の家
  ◇「あまんきみこセレクション 4」三省堂 2009 p136
(鎌倉宮へ)
  ◇「稗田童平全集 8」宝文館出版 1982 p128
かまくらごっこ
  ◇「阪田寛夫全詩集」理論社 2011 p647
かまくらの なか
  ◇「巽聖歌作品集 下」巽聖歌作品集刊行委員会 1977 p75
かまくらの夜
  ◇「斎藤隆介全集 3」岩崎書店 1982 p87
かまくらは水神様のやすみ場所
  ◇「武田信夫童話作品集」みちのく書房 1995 p464
ガマズミ
  ◇「巽聖歌作品集 下」巽聖歌作品集刊行委員会 1977 p109
咬ませ犬
  ◇「戸川幸夫動物文学全集 1」冬樹社 1965 p115
  ◇「戸川幸夫動物文学全集 6」講談社 1977 p212
かまど神
  ◇〔山田野理夫〕おばけ文庫 1」太平出版社 1976 (母と子の図書室) p147
かまどのけむり
  ◇「石森延男児童文学全集 6」学習研究社 1971 p161
竈の小猿
  ◇「瑠璃の壺―森銑三童話集」三樹書房 1982 p382
蝦蟇と眼鏡
  ◇「与謝野晶子児童文学全集 6」春陽堂書店 2007 p48
かまどろぼう
  ◇〔木暮正夫〕日本のおばけ話・わらい話 4」岩崎書店 1986 p22
がまの油(林家木久蔵編, 岡本和明文)
  ◇「林家木久蔵の子ども落語 6」フレーベル館 1999 p106
がまの げいとう
  ◇「坪田譲治幼年童話文学全集 4」集英社 1965 p167
ガマのげいとう

かまの

ガマの穂
◇「坪田譲治童話全集 9」岩崎書店 1986 p165
◇「椋鳩十の本 18」理論社 1982 p178
◇「椋鳩十の本 23」理論社 1983 p181

がまの道連れ
◇「〔島崎〕藤村の童話 3」筑摩書房 1979 p178

がまの ゆめ
◇「坪田譲治幼年童話文学全集 2」集英社 1965 p63

ガマのゆめ
◇「坪田譲治童話全集 7」岩崎書店 1986 p73
◇「坪田譲治名作選 〔3〕サバクの虹」小峰書店 2005 p16

カマボコに歯のあと
◇「今井誉次郎童話集子どもの村 〔4〕」国土社 1957 p52

がまほとけ（蟇仏）
◇「花岡大学仏典童話全集 1」法蔵館 1979 p20

紙
◇「まど・みちお全詩集 続」理論社 2015 p18

神
◇「新美南吉全集 6」牧書店 1965 p257
◇「校定新美南吉全集 8」大日本図書 1981 p309

神
◇「松谷みよ子全エッセイ 2」筑摩書房 1989 p259

紙を切る
◇「全集版灰谷健次郎の本 22」理論社 1988 p9

神かくし
◇「松谷みよ子全エッセイ 2」筑摩書房 1989 p284

神隠し三人娘
◇「赤川次郎セレクション 4」ポプラ社 2008 p5

神が天地をお造りになった話
◇「谷口雅春童話集 4」日本教文社 1976 p3
◇「谷口雅春童話集 4」日本教文社 1976 p5

ガミガミおばさんのしっぱい
◇「筒井敬介童話全集 1」フレーベル館 1983 p95

ガミガミじいさん
◇「〔東君平〕おはようどうわ 5」講談社 1982 p48
◇「東君平のおはようどうわ 1」新日本出版社 2010 p46

神がみの奇行と栄光
◇「〔木暮正夫〕日本の怪奇ばなし 1」岩崎書店 1989 p44

神々の里 高千穂町
◇「椋鳩十の本 29」理論社 1989 p46

神々の作法
◇「星新一ショートショートセレクション 1」理論社 2001 p184

神がみの対決
◇「〔木暮正夫〕日本の怪奇ばなし 1」岩崎書店 1989 p80

神がみのたたり
◇「〔木暮正夫〕日本の怪奇ばなし 1」岩崎書店 1989 p106

神がみの誕生と怪奇
◇「〔木暮正夫〕日本の怪奇ばなし 1」岩崎書店 1989 p10

神から悪魔へ
◇「〔黒川良人〕犬の詩猫の詩―児童詩集」東洋出版 2000 p137

髪刈り
◇「〔北原〕白秋全童謡集 2」岩波書店 1992 p199

かみきりあま
◇「〔山田野理夫〕おばけ文庫 5」太平出版社 1976（母と子の図書室）p120

かみきり虫
◇「浜田広介全集 11」集英社 1976 p108

かみくずのしんぱい
◇「浜田広介全集 3」集英社 1975 p217

カミサマ
◇「阪田寛夫全詩集」理論社 2011 p18

神さま
◇「杉みき子選集 2」新潟日報事業社 2005 p170

神さま
◇「椋鳩十の本 18」理論社 1982 p255

神さまを信じないおおかみ
◇「さちいさや童話集―心の中に愛の泉がわいてくる」近代文芸社 1995 p27

神さまがゐる
◇「巽聖歌作品集 上」巽聖歌作品集刊行委員会 1977 p218

神様からいたゞいた馬
◇「瑠璃の壺―森銑三童話集」三樹書房 1982 p357

神さまと みつばち
◇「ひろすけ幼年童話文学全集 8」集英社 1961 p17

神さまと竜宮の話
◇「谷口雅春童話集 3」日本教文社 1976 p1

神様に与ふ
◇「魂の配達―野村吉哉作品集」草思社 1983 p84

かみさまにおなら
◇「全集版灰谷健次郎の本 15」理論社 1988 p210

神さまにげだす（その一）
◇「犬飼馬鹿人旧作童話集」日本文化資料センター 1996 p92

神さまにげだす（その二）
◇「犬飼馬鹿人旧作童話集」日本文化資料センター 1996 p96

神さまになったホウオウ
◇「石森延男児童文学全集 4」学習研究社 1971 p201

神さまにまちがいなし

神さまによろしく
◇「今江祥智の本 13」理論社 1980 p82
◇「今江祥智の本 22」理論社 1981 p37
◇「今江祥智童話館〔7〕」理論社 1986 p15

神さまのあと
◇「稗田菫平全集 3」宝文館出版 1979 p10

神さまのおつげ
◇「今井誉次郎童話集子どもの村〔5〕」国土社 1957 p117

神様のお罰
◇「瑠璃の壺―森銑三童話集」三樹書房 1982 p249

神さまのお礼
◇「〔山田野理夫〕お笑い文庫 11」太平出版社 1977（母と子の図書室）p59

神様のくれた実
◇「全集版灰谷健次郎の本 21」理論社 1988 p15

神様のダイヤモンド
◇「赤い自転車―松延いさお自選童話集」〔熊本〕松延猪雄 1993 p5

神様の玉
◇「与謝野晶子児童文学全集 3」春陽堂書店 2007 p53

神さまの使い
◇「北彰介作品集 1」青森県児童文学研究会 1990 p98

神様の布団
◇「あたまでっかち―下村千秋童話選集」阿見町教育委員会, 講談社出版サービスセンター（製作）1997 p37

神さまのマーカーペン
◇「〔いけださぶろう〕読み聞かせ童話集」文芸社 1999 p133

かみさまは だれにでも
◇「巽聖歌作品集 下」巽聖歌作品集刊行委員会 1977 p36

かみさまは だれにも おめぐみを
◇「巽聖歌作品集 下」巽聖歌作品集刊行委員会 1977 p35

カミサンと鼠
◇「戸川幸夫動物文学全集 7」講談社 1977 p294

かみしばい
◇「浜田広介全集 11」集英社 1976 p81

かみしばい
◇「まど・みちお全詩集」理論社 1992 p265

紙芝居
◇「〔北原〕白秋全童謡集 4」岩波書店 1993 p233

紙芝居と三角アメ
◇「ビートたけし傑作集 少年編 1」金の星社 2010 p52

紙芝居屋さん

◇「〔永松康男〕童話集 青いマント」永松康男 2012 p30

カミソリ
◇「〔比江島重孝〕宮崎のむかし話 1」鉱脈社 1998 p168

かみそりギツネ
◇「〔木暮正夫〕日本のおばけ話・わらい話 13」岩崎書店 1987 p37

神たちへの反吐
◇「稗田菫平全集 2」宝文館出版 1979 p28

神太郎
◇「平成に生まれた昔話―〔村瀬〕神太郎童話集」文芸社 1999 p64

かみちゃま，かみちゃま
◇「松谷みよ子全集 7」講談社 1971 p126

紙で切った象
◇「与謝野晶子児童文学全集 6」春陽堂書店 2007 p58

紙鉄砲
◇「新装版金子みすゞ全集 3」JULA出版局 1984 p59
◇「金子みすゞ童謡全集 5」JULA出版局 2004 p84

かみどこやのだいこんさん
◇「村山籌子作品集 1」JULA出版局 1997 p33

神と人間
◇「魂の配達―野村古哉作品集」草思社 1983 p16

かみなり
◇「〔東君平〕おはようどうわ 1」講談社 1982 p92

かみなり
◇「いのち―みずかみかずよ全詩集」石風社 1995 p293

神鳴
◇「今江祥智の本 10」理論社 1980 p130
◇「今江祥智童話館〔17〕」理論社 1987 p41

雷
◇「海野十三全集 5」三一書房 1989 p9

雷
◇「〔竹久〕夢二童謡集」ノーベル書房 1975（浪漫文庫）p73

カミナリ，あっちへいけ
◇「全集版灰谷健次郎の本 18」理論社 1987 p152

かみなり石
◇「もういちど飛んで―蛍大介作品集」七賢出版 1994 p28

かみなりがへそをとる話
◇「二反長半作品集 3」集英社 1979 p132

雷ぎらい
◇「川崎大治民話選〔4〕」童心社 1975 p108

かみなりぐも
◇「〔東君平〕おはようどうわ 6」講談社 1982 p100

かみなり ごろごろ
　◇「まど・みちお全詩集」理論社 1992 p202
かみなりゴロゴロ
　◇「斎田喬児童劇選集〔5〕」牧書店 1954 p163
かみなりゴロゴロ（生活劇）
　◇「斎田喬幼年劇全集 1」誠文堂新光社 1962 p473
カミナリさま
　◇「〔東君平〕おはようどうわ 4」講談社 1982 p142
　◇「東君平のおはようどうわ 2」新日本出版社 2010 p21
雷様
　◇「〔巌谷〕小波お伽全集 14」本の友社 1998 p382
かみなりさまのふんどし
　◇「北彰介作品集 3」青森県児童文学研究会 1990 p129
カミナリさん
　◇「石森読本—石森延男児童文学選集 3年生」小学館 1977 p82
かみなりさんのおとしもの
　◇「あまんきみこセレクション 1」三省堂 2009 p227
かみなりさんのやくそく
　◇「松谷みよ子のむかしむかし 8」講談社 1973 p85
かみなりさんは
　◇「まど・みちお全詩集」理論社 1992 p593
かみなりじいさま
　◇「寺村輝夫全童話 4」理論社 1997 p103
かみなりトッケポ
　◇「寺村輝夫全童話 7」理論社 1999 p305
かみなりドドーン！
　◇「後藤竜二童話集 2」ポプラ社 2013 p111
かみなりと花ふぶき
　◇「岡本良雄童話文学全集 1」講談社 1964 p211
雷と枕
　◇「〔巌谷〕小波お伽全集 14」本の友社 1998 p206
雷と鷺
　◇「〔巌谷〕小波お伽全集 14」本の友社 1998 p219
雷にわか
　◇「〔山田野理夫〕お笑い文庫 10」太平出版社 1977（母と子の図書室）p143
雷の生捕
　◇「〔巌谷〕小波お伽全集 11」本の友社 1998 p169
神鳴りの親子げんか
　◇「巽聖歌作品集 上」巽聖歌作品集刊行委員会 1977 p511
かみなりのことそよかぜ
　◇「花岡大学童話文学全集 4」法蔵館 1980 p293
かみなりのたまご
　◇「〔木暮正夫〕日本のおばけ話・わらい話 16」岩崎書店 1988 p59

雷の太郎
　◇「〔大野憲三〕創作童話」一粒書房 2012 p84
雷の臍
　◇「〔巌谷〕小波お伽全集 12」本の友社 1998 p81
雷の味噌づけ
　◇「椋鳩十全集 24」ポプラ社 1980 p108
雷の味噌漬け
　◇「椋鳩十の本 16」理論社 1983 p43
かみなりむすめ
　◇「斎藤隆介全集 4」岩崎書店 1982 p57
雷門の大ちょうちん
　◇「〔柳家弁天〕らくご文庫 8」太平出版社 1987 p52
紙人形
　◇「今江祥智の本 13」理論社 1980 p88
　◇「今江祥智童話館〔8〕」理論社 1987 p184
　◇「今江祥智ショートファンタジー 3」理論社 2004 p73
紙ねん土
　◇「佐藤義美全集 5」佐藤義美全集刊行会 1973 p57
紙の上
　◇「佐藤義美全集 6」佐藤義美全集刊行会 1974 p277
神の馬
　◇「巌谷小波お伽噺文庫〔4〕」大和書房 1976 p185
紙のお月さま
　◇「今江祥智の本 29」理論社 1990 p95
かみのけ
　◇「〔東君平〕ひとくち童話 2」フレーベル館 1995 p16
髪の毛
　◇「佐々木邦全集 補巻5」講談社 1975 p198
かみの毛座の話
　◇「〔かこさとし〕お話こんにちは〔2〕」偕成社 1979 p54
カミノ毛譚
　◇「椋鳩十の本 1」理論社 1982 p162
神のしもべ
　◇「鈴木三重吉童話全集 4」文泉堂書店 1975（日本文学全集・選集叢刊第5次）p439
紙の城
　◇「星新一YAセレクション 10」理論社 2010 p176
神の炬火（たいまつ）
　◇「北彰介作品集 4」青森県児童文学研究会 1991 p79
紙の砦
　◇「赤川次郎セレクション 5」ポプラ社 2008 p55
神の遺せしもの
　◇「〔渡部毅彦〕お母さんのための童話集」花伝社，共栄書房（発売）1997 p146

かみのふんどし
　◇「〔木暮正夫〕日本のおばけ話・わらい話 6」岩崎書店 1986 p46

紙の星
　◇「新装版金子みすゞ全集 3」JULA出版局 1984 p276
　◇「金子みすゞ童謡全集 6」JULA出版局 2004 p200

かみひこうき
　◇「阪田寛夫全詩集」理論社 2011 p190

紙ひこうき
　◇「やなせたかし童謡詩集 〔1〕」フレーベル館 2000 p100

紙一重
　◇「壺井栄全集 5」文泉堂出版 1997 p387

紙びな教室のマコチン先生
　◇「北畠八穂児童文学全集 1」講談社 1974 p201

紙雛と高砂
　◇「巌谷」小波お伽全集 12」本の友社 1998 p284

かみふうせん
　◇「まど・みちお全詩集 続」理論社 2015 p156

紙ふうせん
　◇「新装版金子みすゞ全集 2」JULA出版局 1984 p253
　◇「金子みすゞ童謡全集 4」JULA出版局 2004 p160

紙風船
　◇「花岡大学童話文学全集 4」法蔵館 1980 p153

紙袋に入ってたクリスマスセット
　◇「ビートたけし傑作集 少年編 1」金の星社 2010 p130

かみまい（紙舞）
　◇「〔山田野理夫〕おばけ文庫 1」太平出版社 1976（母と子の図書室）p95

髪ゆい
　◇「国分一太郎児童文学集 6」小峰書店 1967 p168

髪結いの親子
　◇「〔島崎〕藤村の童話 4」筑摩書房 1979 p54

神は弱いものを助けた
　◇「定本小川未明童話全集 2」講談社 1976 p154
　◇「定本小川未明童話全集 2」大空社 2001 p154

ガムがおなかで
　◇「おはなしの森—きはらみちこ童話集」熊本日日新聞情報文化センター 1999 p8

ガムかむひと
　◇「まど・みちお全詩集 続」理論社 2015 p92

ガムガン山
　◇「斎藤隆介全集 1」岩崎書店 1982 p199

ガムたちのたび
　◇「夢見る窓—冬村勇陽童話集」北雪新書 2004 p180

かめ
　◇「〔内海康子〕六月のカレンダー—詩集」けやき書房 1999 p56

かめ
　◇「〔東君平〕ひとくち童話 6」フレーベル館 1995 p12

カメ
　◇「阪田寛夫全詩集」理論社 2011 p276

カメ
　◇「〔東君平〕おはようどうわ 6」講談社 1982 p180
　◇「東君平のおはようどうわ 3」新日本出版社 2010 p53

カメ
　◇「まど・みちお全詩集」理論社 1992 p122
　◇「まどさんの詩の本 1」理論社 1994 p74

カメ石とサメ石
　◇「北彰介作品集 3」青森県児童文学研究会 1990 p211

かめがくびをひっこめるわけ
　◇「花岡大学仏典童話全集 8」法蔵館 1979 p70

かめきち つる子なかよしきょうだい
　◇「斎田喬児童劇選集 〔5〕」牧書店 1954 p84

かめきちつる子なかよしきょうだい（生活劇）
　◇「斎田喬幼年劇全集 2」誠文堂新光社 1961 p361

カメさん、遊びましょ
　◇「全集版灰谷健次郎の本 21」理論社 1988 p156

かめ千びき
　◇「来栖良夫児童文学全集 1」岩崎書店 1983 p41

かめと いのしし
　◇「坪田譲治幼年童話文学全集 8」集英社 1965 p147

かめと うさぎ
　◇「佐藤義美全集 4」佐藤義美全集刊行会 1974 p459

かめとおおかみ
　◇「浜田広介全集 10」集英社 1976 p83

カメの足とイノシシのくび
　◇「〔木暮正夫〕日本のおばけ話・わらい話 14」岩崎書店 1987 p46

亀の命
　◇「巌谷」小波お伽全集 3」本の友社 1998 p287

かめの恩がえし
　◇「花岡大学仏典童話全集 8」法蔵館 1979 p113

亀のきた日
　◇「壺井栄全集 10」文泉堂出版 1998 p287

かめの こうら
　◇「花岡大学仏典童話全集 6」法蔵館 1979 p196

かめのこせんべい
　◇「長崎源之助全集 18」偕成社 1987 p133

かめの子と人形

かめの

かめの
- ◇「定本小川未明童話全集 8」講談社 1977 p147
- ◇「定本小川未明童話全集 8」大空社 2001 p147

かめのこねかそ
- ◇「浜田広介全集 11」集英社 1976 p108

かめのこの くび
- ◇「ひろすけ幼年童話文学全集 1」集英社 1961 p74

かめのこの首
- ◇「浜田広介全集 2」集英社 1975 p226

カメの子パブの旅
- ◇「久保喬自選作品集 2」みどりの会 1994 p157

かめのスケート
- ◇「ひろすけ幼年童話文学全集 7」集英社 1962 p189
- ◇「浜田広介全集 3」集英社 1975 p218

カメのせなか
- ◇「〔木暮正夫〕日本のおばけ話・わらい話 14」岩崎書店 1987 p59

かめのひるね
- ◇「浜田広介全集 2」集英社 1975 p227

かめのほうや
- ◇「くどうなおこ詩集○」童話屋 1996 p74

カメラ
- ◇「くんぺい魔法ばなし―魔法ばなし全集 3」サンリオ 2000 p128

カメラを扱ったスパイ小説
- ◇「海野十三全集 別巻1」三一書房 1991 p386

カメラ談義
- ◇「海野十三全集 別巻1」三一書房 1991 p385

カメラの中はアフリカ
- ◇「寺村輝夫童話全集 6」ポプラ社 1982 p89
- ◇「寺村輝夫全童話 7」理論社 1999 p589

カメラマン
- ◇「石森延男児童文学全集 11」学習研究社 1971 p148

カメレオン
- ◇「土田明子詩集 1」かど創房 1986 p10

カメレオン
- ◇「まど・みちお全詩集」理論社 1992 p534
- ◇「まどさんの詩の本 7」理論社 1996 p78

カメレオンの王さま
- ◇「浜田広介全集 10」集英社 1976 p111

カメレオンのじまん
- ◇「寺村輝夫全童話 3」理論社 1997 p13

仮面の恐怖王
- ◇「少年探偵江戸川乱歩全集 16」ポプラ社 1970 p5
- ◇「少年探偵・江戸川乱歩 22」ポプラ社 1999 p5
- ◇「文庫版 少年探偵・江戸川乱歩 22」ポプラ社 2005 p5

鴨
- ◇「巽聖歌作品集 上」巽聖歌作品集刊行委員会 1977 p236

蒲生氏郷・名月若松城(一龍斎貞水編, 岡本和明文)
- ◇「一龍斎貞水の歴史講談 5」フレーベル館 2001 p140

かもうち三太
- ◇「二反長半作品集 3」集英社 1979 p54

かもうちのはなし
- ◇「花岡大学童話文学全集 4」法蔵館 1980 p105

加茂川心中(若き鼠とその愛人の死)
- ◇「魂の配達―野村吉哉作品集」草思社 1983 p40

(鴨川の)
- ◇「稗田童平全集 2」宝文館出版 1979 p98

カモさそい
- ◇「〔山田野理夫〕おばけ文庫 7」太平出版社 1976 (母と子の図書室) p159

カモシカ
- ◇「戸川幸夫・子どものための動物物語 10」国土社 1967 p79
- ◇「戸川幸夫動物文学全集 15」講談社 1977 p259

かもしか学園
- ◇「戸川幸夫動物文学全集 4」冬樹社 1965 p9
- ◇「戸川幸夫・子どものための動物物語 12」国土社 1969 p5
- ◇「戸川幸夫動物文学全集 11」講談社 1977 p205

カモシカのうた
- ◇「稗田童平全集 8」宝文館出版 1982 p188

カモシカの歌
- ◇「稗田童平全集 3」宝文館出版 1979 p54

カモシカ村の春
- ◇「稗田童平全集 3」宝文館出版 1979 p149

カモシシ(四首)
- ◇「稗田童平全集 4」宝文館出版 1980 p45

鴨たちの話
- ◇「杉みき子選集 10」新潟日報事業社 2011 p64

かもつれっしゃ
- ◇「庄野英二全集 5」偕成社 1980 p143

かもと月
- ◇「浜田広介全集 10」集英社 1976 p240

鴨と月
- ◇「〔北原〕白秋全童謡集 2」岩波書店 1992 p423

鴨とひょうたん
- ◇「〔佐海〕航南夜ばなし―童話集」佐海航南 1999 p123

かもとりごんべえ
- ◇「寺村輝夫のむかし話 〔4〕」あかね書房 1978 p46

カモとりごんべえ
- ◇「〔木暮正夫〕日本のおばけ話・わらい話 8」岩崎書店 1987 p4

鴨取権兵衛
　◇「〔北原〕白秋全童謡集 4」岩波書店 1993 p283
カモとり半ぴどん
　◇「〔比江島重孝〕宮崎のむかし話 1」鉱脈社 1998 p214
鴨と猟師
　◇「〔北原〕白秋全童謡集 4」岩波書店 1993 p73
鴨のお裁き（一龍斎貞水編，岡本和明文）
　◇「一龍斎貞水の歴史講談 2」フレーベル館 2000 p194
鴨の越えてく
　◇「巽聖歌作品集 上」巽聖歌作品集刊行委員会 1977 p42
鴨の氷滑り
　◇「与謝野晶子児童文学全集 3」春陽堂書店 2007 p74
鴨の吸い物
　◇「椋鳩十全集 24」ポプラ社 1980 p62
鴨の吸物
　◇「椋鳩十の本 16」理論社 1983 p124
かものひっこし
　◇「椋鳩十学年別童話 〔1〕」理論社 1990 p48
カモのひっこし
　◇「椋鳩十全集 8」ポプラ社 1969 p92
　◇「椋鳩十の本 14」理論社 1983 p150
鴨の道
　◇「校定新美南吉全集 8」大日本図書 1981 p296
かものゆうじょう
　◇「椋鳩十学年別童話 〔5〕」理論社 1990 p72
カモの友情
　◇「椋鳩十全集 10」ポプラ社 1970 p6
　◇「椋鳩十動物童話集 9」小峰書店 1990 p6
かものゆめ
　◇「川崎大治民話選 〔1〕」童心社 1968 p84
かもめ
　◇「〔島崎〕藤村の童話 1」筑摩書房 1979 p27
かもめ
　◇「寺村輝夫のむかし話 〔4〕」あかね書房 1978 p24
鷗
　◇「巽聖歌作品集 上」巽聖歌作品集刊行委員会 1977 p378
カモメがくれた三角の海
　◇「山下明生・童話の島じま 5」あかね書房 2012 p37
かもめじま
　◇「巽聖歌作品集 上」巽聖歌作品集刊行委員会 1977 p307
鷗の唄
　◇「佐藤義美全集 1」佐藤義美全集刊行会 1974 p105

カモメのことづけ
　◇「杉みき子選集 4」新潟日報事業社 2008 p162
鷗の卵
　◇「〔北原〕白秋全童謡集 4」岩波書店 1993 p75
鷗の塔
　◇「〔北原〕白秋全童謡集 2」岩波書店 1992 p385
　◇「〔北原〕白秋全童謡集 2」岩波書店 1992 p386
かもめは みゅーみゅー
　◇「阪田寛夫全詩集」理論社 2011 p277
かも猟
　◇「戸川幸夫創作童話集 1」国土社 1972 p85
かや
　◇「杉みき子選集 2」新潟日報事業社 2005 p221
蚊帳
　◇「新装版金子みすゞ全集 1」JULA出版局 1984 p224
　◇「金子みすゞ童謡全集 2」JULA出版局 2003 p194
〔萱草芽をだすどてと坂〕
　◇「新修宮沢賢治全集 4」筑摩書房 1979 p222
火薬船
　◇「海野十三全集 9」三一書房 1988 p257
火薬と紙幣
　◇「新修宮沢賢治全集 2」筑摩書房 1979 p254
萱しょい
　◇「国分一太郎児童文学集 6」小峰書店 1967 p155
蜩つり草
　◇「巽聖歌作品集 上」巽聖歌作品集刊行委員会 1977 p435
カヤトとサヤト
　◇「大石真児童文学全集 11」ポプラ社 1982 p169
蚊帳のかわり
　◇「〔山田野理夫〕お笑い文庫 1」太平出版社 1977（母と子の図書室）p47
榧の木とへくそかずら（大分）
　◇「〔木暮正夫〕日本の怪奇ばなし 10」岩崎書店 1990 p130
どうようかやの 木に
　◇「ひろすけ幼年童話文学全集 5」集英社 1962 p178
かやの木に
　◇「浜田広介全集 11」集英社 1976 p94
かやの木山の
　◇「〔北原〕白秋全童謡集 2」岩波書店 1992 p82
かやのなか
　◇「マッチ箱の中―三鎌よし子童謡集」しもつけ文学会 1998 p30
かやの実
　◇「〔北原〕白秋全童謡集 1」岩波書店 1992 p74
カヤブキの家

かやや

萱山（二首）
　◇「稲田童平全集 4」宝文館出版 1980 p34
粥
　◇「巽聖歌作品集 上」巽聖歌作品集刊行委員会 1977 p93
かゆいのは―せなかのお灸
　◇「いのち―みずかみかずよ全詩集」石風社 1995 p252
かゆのでるなべ
　◇「ひろすけ幼年童話文学全集 10」集英社 1962 p40
　◇「浜田広介全集 10」集英社 1976 p149
カヨ
　◇「まど・みちお全詩集 続」理論社 2015 p124
通い猫三代
　◇「今江祥智の本 34」理論社 1990 p157
火曜日
　◇「巽聖歌作品集 上」巽聖歌作品集刊行委員会 1977 p485
加代ちゃん
　◇「中村雨紅詩謡集」中村雨紅詩謡集刊行委員会 1971 p189
からいクスリ
　◇「〔山田野理夫〕お笑い文庫 1」太平出版社 1977 （母と子の図書室）p70
空威張
　◇「〔北原〕白秋全童謡集 1」岩波書店 1992 p326
からいぼう
　◇「阪田寛夫全詩集」理論社 2011 p683
からかねのつる
　◇「浜田広介全集 1」集英社 1975 p137
からかねの樋
　◇「壺井栄全集 4」文泉堂出版 1998 p256
からかみの引き手
　◇「杉みき子選集 2」新潟日報事業社 2005 p142
からからがえる
　◇「浜田広介全集 11」集英社 1976 p27
がらがらがっちゃん
　◇「来栖良夫児童文学全集 1」岩崎書店 1983 p135
カラカラカラ
　◇「まど・みちお全詩集 続」理論社 2015 p204
からからと鳴る日々
　◇「阪田寛夫全詩集」理論社 2011 p58
カラカラ鳴る海
　◇「定本小川未明童話全集 5」講談社 1977 p83
　◇「定本小川未明童話全集 5」大空社 2001 p83
ガラガラ舟
　◇「椋鳩十の本 21」理論社 1982 p222
がらくたおばけ

　◇「〔木暮正夫〕日本のおばけ話・わらい話 2」岩崎書店 1986 p40
韓国岳
　◇「椋鳩十の本 22」理論社 1983 p169
カラクン鳥
　◇「巽聖歌作品集 上」巽聖歌作品集刊行委員会 1977 p60
からさわ・かきた
　◇「〔かこさとし〕お話こんにちは 〔12〕」偕成社 1980 p94
からす
　◇「定本小川未明童話全集 12」講談社 1977 p92
　◇「定本小川未明童話全集 12」大空社 2002 p92
からす
　◇「こやま峰子詩集 〔1〕」朔北社 2003 p28
よびかけからす
　◇「斎田喬幼年劇全集 2」誠文堂新光社 1961 p144
からす
　◇「阪田寛夫全詩集」理論社 2011 p13
からす
　◇「佐藤義美全集 1」佐藤義美全集刊行会 1974 p340
からす
　◇「第二〔島木〕赤彦童謡集」第一書店 1948 p95
からす
　◇「杉みき子選集 2」新潟日報事業社 2005 p57
からす
　◇「校定新美南吉全集 8」大日本図書 1981 p6
カラス
　◇「〔東君平〕おはようどうわ 7」講談社 1982 p131
カラス
　◇「まど・みちお全詩集」理論社 1992 p386
　◇「まどさんの詩の本 13」理論社 1997 p80
　◇「まど・みちお全詩集 続」理論社 2015 p41
烏
　◇「新修宮沢賢治全集 3」筑摩書房 1979 p39
硝子
　◇「新装版金子みすゞ全集 1」JULA出版局 1984 p133
　◇「〔金子〕みすゞ詩画集 〔1〕」春陽堂書店 1996
　◇「金子みすゞ童謡全集 2」JULA出版局 2003 p60
鴉
　◇「阪田寛夫全詩集」理論社 2011 p847
からすうり
　◇「さくらゆき―さとうじゅんこ童詩集」えんじゅの会 1997 p114
カラスウリ
　◇「〔東君平〕おはようどうわ 3」講談社 1982 p193
　◇「東君平のおはようどうわ 3」新日本出版社 2010 p72
カラス売り

からす

◇「寺村輝夫のとんち話 2」あかね書房 1976 p26
からす追い
　◇「花岡大学童話文学全集 5」法蔵館 1980 p260
「カラスを飼う少年」
　◇「稗田童平全集 8」宝文館出版 1982 p154
カラスを飼う少年
　◇「稗田童平全集 8」宝文館出版 1982 p154
(鴉が)
　◇「稗田童平全集 8」宝文館出版 1982 p66
烏貝
　◇「浜田広介全集 11」集英社 1976 p141
からすかきの木
　◇「寺村輝夫のむかし話〔5〕」あかね書房 1978 p78
からすがもちをふんづけました
　◇「浜田広介全集 8」集英社 1976 p27
からす、からす
　◇「杉みき子選集 2」新潟日報事業社 2005 p84
烏川
　◇「おの・ちゅうこう初期作品集〔1〕牧歌的風景」崙書房 1975 p68
からすカンザブロウ
　◇「平塚武二童話全集 2」童心社 1972 p129
ガラスこぞう
　◇「久保喬自選作品集 1」みどりの会 1994 p92
カラス坂の馬頭さん
　◇「〔今坂柳二〕りゅうじフォークロア・world 6」ふるさと伝承研究会 2012 p72
カラスさまざま
　◇「椋鳩十の本 17」理論社 1982 p91
カラス族
　◇「椋鳩十の本 19」理論社 1982 p200
からす・点
　◇「〔下田喜久美〕遠くから来た旅人―詩集」リトル・ガリヴァー社 1998 p81
烏天狗・大天狗
　◇「斎藤隆介全集 3」岩崎書店 1982 p173
からすとうさぎ
　◇「小川未明幼年童話文学全集 7」集英社 1966 p12
　◇「定本小川未明童話全集 11」講談社 1977 p167
　◇「定本小川未明童話全集 11」大空社 2002 p167
からすとかがし
　◇「定本小川未明童話全集 10」講談社 1977 p42
　◇「定本小川未明童話全集 10」大空社 2001 p42
からすとくじゃく
　◇「花岡大学仏典童話全集 8」法蔵館 1979 p39
からすとくじゃく
　◇「ひろすけ幼年童話文学全集 8」集英社 1961 p54
からすと けんか
　◇「佐藤義美童謡集」さ・え・ら書房 1960 p218

◇「佐藤義美全集 1」佐藤義美全集刊行会 1974 p236
鴉どこ行た
　◇「〔北原〕白秋全童謡集 2」岩波書店 1992 p222
烏と地蔵さん
　◇「野口雨情童謡集」弥生書房 1993 p24
烏と新聞
　◇「〔巌谷〕小波お伽全集 14」本の友社 1998 p262
からすとたにし
　◇「松谷みよ子のむかしむかし 3」講談社 1973 p95
カラスとタニシ
　◇「稗田童平全集 3」宝文館出版 1979 p73
からすと つぼの 水
　◇「ひろすけ幼年童話文学全集 8」集英社 1961 p44
カラスとドジョウ
　◇「坪田譲治童話全集 9」岩崎書店 1986 p234
カラスとトンビ
　◇「椋鳩十の本 20」理論社 1983 p146
烏となる
　◇「魂の配達―野木吉哉作品集」草思社 1983 p45
　◇「魂の配達―野木吉哉作品集」草思社 1983 p46
からすと はまぐり
　◇「ひろすけ幼年童話文学全集 8」集英社 1961 p176
烏と豚
　◇「〔北原〕白秋全童謡集 5」岩波書店 1993 p61
硝子と文字
　◇「新装版金子みすゞ全集 3」JULA出版局 1984 p95
　◇「〔金子〕みすゞ詩画集〔2〕」春陽堂書店 1997
　◇「〔金子〕みすゞ詩画集〔7〕」春陽堂書店 2002 p14
　◇「金子みすゞ童謡全集 5」JULA出版局 2004 p128
ガラスにかくんだ
　◇「西條益美代表作品選集 1」南海ブックス 1981 p50
からすになった子ども
　◇「ひろすけ幼年童話文学全集 3」集英社 1962 p30
　◇「浜田広介全集 1」集英社 1975 p185
からす＜二場 生活劇＞
　◇「〔斎田喬〕学校劇代表作選 3」牧書店 1959 p27
烏猫
　◇「野口雨情童謡集」弥生書房 1993 p30
からすねこと ペルシャねこ
　◇「小川未明幼年童話文学全集 6」集英社 1966 p93
　◇「定本小川未明童話全集 16」講談社 1978 p59
　◇「定本小川未明童話全集 16」大空社 2002 p59
絵ばなしカラスのあかちゃん(1)
　◇「斎田喬幼年劇全集 1」誠文堂新光社 1962 p6
絵ばなしカラスのあかちゃん(2)

からす

絵ばなし カラスのあかちゃん (2)
　◇「斎田喬幼年劇全集 1」誠文堂新光社 1962 p10
絵ばなし カラスのあかちゃん (3)
　◇「斎田喬幼年劇全集 1」誠文堂新光社 1962 p14
絵ばなし カラスのあかちゃん (4)
　◇「斎田喬幼年劇全集 1」誠文堂新光社 1962 p38
絵ばなし カラスのあかちゃん (5)
　◇「斎田喬幼年劇全集 1」誠文堂新光社 1962 p48
絵ばなし カラスのあかちゃん (6)
　◇「斎田喬幼年劇全集 1」誠文堂新光社 1962 p52
絵ばなし カラスのあかちゃん (7)
　◇「斎田喬幼年劇全集 1」誠文堂新光社 1962 p66
絵ばなし カラスのあかちゃん (8)
　◇「斎田喬幼年劇全集 1」誠文堂新光社 1962 p120
絵ばなし カラスのあかちゃん (9)
　◇「斎田喬幼年劇全集 1」誠文堂新光社 1962 p134
絵ばなし カラスのあかちゃん (10)
　◇「斎田喬幼年劇全集 1」誠文堂新光社 1962 p144
絵ばなし カラスのあかちゃん (11)
　◇「斎田喬幼年劇全集 1」誠文堂新光社 1962 p212
絵ばなし カラスのあかちゃん (12)
　◇「斎田喬幼年劇全集 1」誠文堂新光社 1962 p258
絵ばなし カラスのあかちゃん (13)
　◇「斎田喬幼年劇全集 1」誠文堂新光社 1962 p270
絵ばなし カラスのあかちゃん (14)
　◇「斎田喬幼年劇全集 1」誠文堂新光社 1962 p288
絵ばなし カラスのあかちゃん (15)
　◇「斎田喬幼年劇全集 1」誠文堂新光社 1962 p336
絵ばなし カラスのあかちゃん (16)
　◇「斎田喬幼年劇全集 1」誠文堂新光社 1962 p340
烏のあたま
　◇「浜田広介全集 11」集英社 1976 p52
鴉のいる島
　◇「室生犀星童話全集 3」創林社 1978 p277
カラスのいるゆうびん局
　◇「杉みき子選集 5」新潟日報事業社 2008 p7
からすのうた
　◇「室生犀星童話全集 2」創林社 1978 p69
からすの歌
　◇「定本小川未明童話全集 9」講談社 1977 p355
　◇「定本小川未明童話全集 9」大空社 2001 p355
カラスのうた
　◇「佐藤義美全集 1」佐藤義美全集刊行会 1974 p306
　◇「ともだちシンフォニー――佐藤義美童謡集」JULA出版局 1990 p81
　◇「ともだちシンフォニー――佐藤義美童謡集」JULA出版局 1990 p94
からすの唄うたい
　◇「定本小川未明童話全集 4」講談社 1977 p333
　◇「定本小川未明童話全集 4」大空社 2001 p333

からすのえだゆすり
　◇「ひろすけ幼年童話文学全集 3」集英社 1962 p142
　◇「浜田広介全集 8」集英社 1976 p28
からすの王さま
　◇「戸川幸夫・動物ものがたり 4」金の星社 1976 p5
烏の小母さん
　◇「野口雨情童謡集」弥生書房 1993 p23
からすのかあかあ
　◇「浜田広介全集 6」集英社 1976 p123
からすの かいぎ
　◇「佐藤義美全集 2」佐藤義美全集刊行会 1973 p321
カラスの かいぎ
　◇「佐藤義美全集 3」佐藤義美全集刊行会 1973 p140
からすのかんざぶろう
　◇「大石真児童文学全集 14」ポプラ社 1982 p59
からすの着物
　◇「鈴木三重吉童話全集 4」文泉堂書店 1975 （日本文学全集・選集叢刊第5次）p352
烏の行水
　◇「〔巌谷〕小波お伽全集 12」本の友社 1998 p73
カラスのクー
　◇「〔永松康男〕童話集 青いマント」永松康男 2012 p59
烏の小太郎
　◇「〔巌谷〕小波お伽全集 10」本の友社 1998 p389
からすの子わかれ
　◇「久保喬自選作品集 3」みどりの会 1994 p120
からすのせんたく
　◇「浜田広介全集 4」集英社 1976 p16
烏の洗たく
　◇「浜田広介全集 11」集英社 1976 p109
からすの手紙
　◇「浜田広介全集 1」集英社 1975 p76
烏の手紙
　◇「西條八十童謡全集」修道社 1971 p39
からすのてがら
　◇「鈴木三重吉童話全集 2」文泉堂書店 1975 （日本文学全集・選集叢刊第5次）p382
硝子のなか
　◇「新装版金子みすゞ全集 3」JULA出版局 1984 p110
　◇「金子みすゞ童謡全集 5」JULA出版局 2004 p144
ガラスの中のお月さま
　◇「久保喬自選作品集 3」みどりの会 1994 p105
からすの名前
　◇「西條八十童謡全集」修道社 1971 p234

ガラスの猫
  ◇「〔あまのまお〕おばあちゃんの不思議な箱—童話集」健友館 2000 p21
ガラスの花
  ◇「星新一ショートショートセレクション 3」理論社 2002 p78
からすの話
  ◇「松谷みよ子全集 12」講談社 1972 p78
ガラスの花嫁さん
  ◇「長崎源之助全集 6」偕成社 1987 p175
からすの北斗七星
  ◇「新版・宮沢賢治童話全集 5」岩崎書店 1978 p115
  ◇「宮沢賢治童話集 2」講談社 1985（講談社青い鳥文庫）p94
  ◇「〔宮沢賢治〕注文の多い料理店—イーハトーヴ童話集」岩波書店 2000（岩波少年文庫）p71
  ◇「宮沢賢治童話集珠玉選〔2〕」講談社 2009 p174
烏の北斗七星
  ◇「新修宮沢賢治全集 13」筑摩書房 1980 p49
  ◇「〔宮沢〕賢治童話」翔泳社 1995 p83
  ◇「ジュニア文学館 宮沢賢治—写真・絵画集成 2」日本図書センター 1996 p198
  ◇「よくわかる宮沢賢治—イーハトーブ・ロマン Ⅰ」学習研究社 1996 p192
鴉のまつり
  ◇「杉みき子選集 10」新潟日報事業社 2011 p166
からすの湖
  ◇「〔かこさとし〕お話こんにちは〔6〕」偕成社 1979 p62
カラスの道あんない
  ◇「石森延男児童文学全集 6」学習研究社 1971 p116
ガラスのメリーゴーラウンド
  ◇「別役実童話集〔4〕」三一書房 1979 p40
烏のもらひ子
  ◇「鈴木三重吉童話全集 3」文泉堂出版 1975（日本文学全集・選集叢刊第5次）p252
玻璃（がらす）の山
  ◇「西條八十童謡全集」修道社 1971 p93
硝子ノ歪ミ
  ◇「校定新美南吉全集 8」大日本図書 1981 p158
カラスの礼儀
  ◇「坪田譲治童話全集 8」岩崎書店 1986 p189
ガラスのレコード
  ◇「立原えりかのファンタジーランド 14」青土社 1980 p35
カラス百態
  ◇「椋鳩十の本 6」理論社 1982 p127
烏百態
  ◇「新修宮沢賢治全集 6」筑摩書房 1980 p222

ガラスふき
  ◇「新装版金子みすゞ全集 2」JULA出版局 1984 p275
  ◇「金子みすゞ童謡全集 4」JULA出版局 2004 p192
硝子ふく家
  ◇「〔北原〕白秋全童謡集 3」岩波書店 1992 p98
ガラス窓の河骨
  ◇「定本小川未明童話全集 6」講談社 1977 p179
  ◇「定本小川未明童話全集 6」大空社 2001 p179
カラスものがたり
  ◇「椋鳩十全集 7」ポプラ社 1969 p184
  ◇「椋鳩十動物童話集 2」小峰書店 1990 p40
カラスはカラス
  ◇「椋鳩十全集 24」ポプラ社 1980 p84
  ◇「椋鳩十の本 16」理論社 1983 p100
カラスはくろくてそうろ
  ◇「稗田菫平全集 3」宝文館出版 1979 p72
からだ
  ◇「まど・みちお全詩集 続」理論社 2015 p221
  ◇「まど・みちお全詩集 続」理論社 2015 p253
  ◇「まど・みちお全詩集 続」理論社 2015 p274
からたち
  ◇「巽聖歌作品集 上」巽聖歌作品集刊行委員会 1977 p30
からたち
  ◇「壺井栄全集 6」文泉堂出版 1998 p447
からたちの花
  ◇「〔北原〕白秋全童謡集 2」岩波書店 1992 p127
  ◇「〔北原〕白秋全童謡集 2」岩波書店 1992 p454
からたちの花<四景 音楽詩劇>
  ◇「〔斎田喬〕学校劇代表作選 2」牧書店 1959 p201
からだの役目
  ◇「まど・みちお全詩集 続」理論社 2015 p156
からだも心だ
  ◇「まど・みちお全詩集 続」理論社 2015 p261
ガラッパ駒ひき
  ◇「斎藤隆介全集 2」岩崎書店 1982 p81
からっぽ
  ◇「まど・みちお全詩集 6」銀河社 1975 p16
空っぽ
  ◇「金子みすゞ童謡全集 3」JULA出版局 2004 p198
空つぽ
  ◇「新装版金子みすゞ全集 2」JULA出版局 1984 p133
からっぽとは
  ◇「まど・みちお全詩集」理論社 1992 p495
からっぽの牛乳びん
  ◇「やなせたかし童謡詩集〔2〕」フレーベル館 2000 p102

からつ

カラッポの話
- ◇「佐藤さとるファンタジー全集 6」講談社 1982 p99
- ◇「佐藤さとる幼年童話自選集 3」ゴブリン書房 2003 p21
- ◇「佐藤さとるファンタジー全集 6」講談社、復刊ドットコム(発売) 2010 p99

「カラッポのはなし」・あとがき
- ◇「佐藤さとるファンタジー全集 16」講談社 1983 p209
- ◇「佐藤さとるファンタジー全集 16」講談社、復刊ドットコム(発売) 2011 p209

柄にない話 (A-随筆)
- ◇「壺井栄全集 11」文泉堂出版 1998 p115

柄にない話 (B-随筆)
- ◇「壺井栄全集 11」文泉堂出版 1998 p496

からねんぶつ
- ◇「〔比江島重孝〕宮崎のむかし話 3」鉱脈社 2000 p59

カラの巣
- ◇「〔比江島重孝〕宮崎のむかし話 1」鉱脈社 1998 p66

カラの旅
- ◇「石森読本―石森延男児童文学選集 6年生」小学館 1977 p184

からの たると おばあさん
- ◇「ひろすけ幼年童話文学全集 8」集英社 1961 p220

枯野(からの)というふね
- ◇「松谷みよ子のむかしむかし 5」講談社 1973 p87

ガラパゴス群島
- ◇「戸川幸夫動物文学全集 9」講談社 1976 p3

行商隊 (カラバン)
- ◇「新装版金子みすゞ全集 2」JULA出版局 1984 p7
- ◇「金子みすゞ童謡全集 3」JULA出版局 2004 p18

樺太鉄道
- ◇「新修宮沢賢治全集 2」筑摩書房 1979 p213

樺太の春
- ◇「〔北原〕白秋全童謡集 2」岩波書店 1992 p360

樺太の春
- ◇「斎藤隆介全集 4」岩崎書店 1982 p241

ガラマさどん
- ◇「佐々木邦全集 5」講談社 1975 p3

〔落葉松の方陣は〕
- ◇「新修宮沢賢治全集 3」筑摩書房 1979 p154
- ◇「新修宮沢賢治全集 3」筑摩書房 1979 p363

からまつ原
- ◇「〔北原〕白秋全童謡集 2」岩波書店 1992 p370

(苧麻の)
- ◇「稗田童平全集 8」宝文館出版 1982 p71

(カラムシの花に)
- ◇「稗田童平全集 2」宝文館出版 1979 p96

からりこ
- ◇「〔北原〕白秋全童謡集 2」岩波書店 1992 p373

カラリンおばけ
- ◇「〔木暮正夫〕日本のおばけ話・わらい話 19」岩崎書店 1988 p4

からんころんぼたん灯籠
- ◇「〔木暮正夫〕日本の怪奇ばなし 5」岩崎書店 1989

カランバの鬼
- ◇「花岡大学仏典童話全集 2」法蔵館 1979 p33

がらんぴの さきの みさきの
- ◇「巽聖歌作品集 下」巽聖歌作品集刊行委員会 1977 p129

雁(かり)… → "がん…"をも見よ

かりうど
- ◇「新装版金子みすゞ全集 2」JULA出版局 1984 p43

かりうど
- ◇「〔北原〕白秋全童謡集 4」岩波書店 1993 p279

かりうどカイデウラ
- ◇「花岡大学仏典童話全集 5」法蔵館 1979 p138

かりうどとおばけ虫
- ◇「〔木暮正夫〕日本のおばけ話・わらい話 20」岩崎書店 1988 p12

かりがね
- ◇「稗田童平全集 5」宝文館出版 1980 p29

かりがね温泉
- ◇「氏原大作全集 2」条例出版 1977 p327

かりこ坊のたたり
- ◇「〔比江島重孝〕宮崎のむかし話 1」鉱脈社 1998 p30

(仮りそめにも)
- ◇「稗田童平全集 8」宝文館出版 1982 p60

刈田
- ◇「巽聖歌作品集 上」巽聖歌作品集刊行委員会 1977 p364

借りたお金
- ◇「〔辻弘司〕創作短篇童話集 マガダ国の悲劇・鍋の蓋他」日本文学館 2006 p93

借りた本
- ◇「庄野英二全集 9」偕成社 1979 p94

狩の唄
- ◇「椋鳩十の本 1」理論社 1982 p96

雁の童子
- ◇「新版・宮沢賢治童話全集 11」岩崎書店 1979 p61
- ◇「新修宮沢賢治全集 10」筑摩書房 1979 p105
- ◇「宮沢賢治童話集 3」講談社 1985 (講談社青い鳥文庫) p39
- ◇「〔宮沢〕賢治童話」翔泳社 1995 p304
- ◇「ジュニア文学館 宮沢賢治―写真・絵画集成 2」

日本図書センター 1996 p95
◇「学校放送劇舞台劇脚本集 宮沢賢治名作童話」東洋書院 2008 p191
◇「宮沢賢治童話集珠玉選 〔3〕」講談社 2009 p129

我利馬の船出
◇「全集版灰谷健次郎の本 3」理論社 1988 p5

狩谷棭斎
◇「〔かこさとし〕お話こんにちは 〔9〕」偕成社 1979 p18

雁宿公園
◇「巽聖歌作品集 下」巽聖歌作品集刊行委員会 1977 p305

かりゅうど
◇「金子みすゞ童謡集」角川春樹事務所 1998 (ハルキ文庫) p74
◇「金子みすゞ童謡全集 3」JULA出版局 2004 p71

かりゅうどさん
◇「浜田広介全集 11」集英社 1976 p109

かりゅうどとくま
◇「小川未明幼年童話文学全集 5」集英社 1966 p117

かりゅうどとねこまた
◇「〔木暮正夫〕日本のおばけ話・わらい話 3」岩崎書店 1986 p85

かりゅうどとハクチョウ
◇「岩永博史童話集 2」岩永博史 2005 p72

狩人の親子
◇「〔比江島重孝〕宮崎のむかし話 2」鉱脈社 1998 p105

狩人のしきたり
◇「椋鳩十の本 26」理論社 1989 p59

狩人ばなし
◇「椋鳩十の本 11」理論社 1983 p105

ガリレオ＝ガリレイ
◇「〔かこさとし〕お話こんにちは 〔11〕」偕成社 1980 p61

花梨まで
◇「今江祥智の本 34」理論社 1990 p255

かるい帰り道
◇「川崎大治民話選 〔4〕」童心社 1975 p131

軽井沢の春
◇「〔斎藤信夫〕子ども心を友として─童謡詩集」成東町教育委員会 1996 p224

かるがもじゃないよ
◇「りらりらりらわたしの絵本─富永佳与子こどものうた作品集」国土社 1994 p80

カルカヤ
◇「椋鳩十の本 23」理論社 1983 p188

「かるかん」と「これもち」
◇「椋鳩十の本 21」理論社 1982 p186

かるた
◇「新装版金子みすゞ全集 1」JULA出版局 1984 p109
◇「金子みすゞ童謡全集 2」JULA出版局 2003 p26

かるた
◇「西條八十童謡全集」修道社 1971 p118

かるたの王さま
◇「鈴木三重吉童話全集 4」文泉堂書店 1975 (日本文学全集・選集叢刊第5次) p393

カルテ
◇「〔吉田享子〕おしゃべりな星─少年少女詩集」らくだ出版 2001 p62

軽卒(かるはずみ)(二匹の蛙)
◇「〔巖谷〕小波お伽全集 14」本の友社 1998 p65

ガルメ星のどく
◇「寺村輝夫童話全集 4」ポプラ社 1982 p41
◇「〔寺村輝夫〕ぼくは王さま全1冊」理論社 1985 p247
◇「寺村輝夫全童話 1」理論社 1996 p181
◇「寺村輝夫の王さまシリーズ 3」理論社 1998 p61

カルメン
◇「椋鳩十の本 1」理論社 1982 p142

カルロ＝コローディ
◇「〔かこさとし〕お話こんにちは 〔8〕」偕成社 1979 p93

かるわざしと やまぶしと いしゃ
◇「西本鶏介のむかしむかし」小学館 2003 p203

かるわざしとやまぶしといしゃについて
◇「西本鶏介のむかしむかし」小学館 2003 p221

王余魚沢(かれいざわ)
◇「北彰介作品集 3」青森県児童文学研究会 1990 p301

華麗なる秋の一日
◇「全集版灰谷健次郎の本 19」理論社 1987 p206

華麗なる透明人間の華麗なる孤独
◇「全集版灰谷健次郎の本 20」理論社 1987 p198

鰈のうた
◇「室生犀星童話全集 2」創林社 1978 p75

カレ木ニ サクラ
◇「佐藤義美全集 1」佐藤義美全集刊行会 1974 p145

カレ木ニ ハナ
◇「佐藤義美全集 1」佐藤義美全集刊行会 1974 p143

枯れ木の鳥
◇「〔巖谷〕小波お伽全集 7」本の友社 1998 p424

〔かれ草の雪とけたれば〕
◇「新修宮沢賢治全集 6」筑摩書房 1980 p83

枯野
◇「壺井栄全集 5」文泉堂出版 1997 p456

「枯野の夢」と「夏の原」
◇「那須辰造著作集 2」講談社 1980 p221

かれの

カレーの日
◇「いのち―みずかみかずよ全詩集」石風社 1995 p236

枯葉
◇「今江祥智童話館 〔13〕」理論社 1987 p246
◇「今江祥智ショートファンタジー 4」理論社 2005 p169

枯葉
◇「いのち―みずかみかずよ全詩集」石風社 1995 p160

かれ葉の道のゆびきりゲンマン
◇「与田準一全集 4」大日本図書 1967 p238

カレーパンでやっつけよう
◇「角野栄子の小さなおばけシリーズ 〔11〕」ポプラ社 1983 p1

カレーライスのお父さん
◇「みずいろようちえん―出雲路猛雄童話集」坂神都 2012 p185

カレーライスはこわいぞ
◇「角野栄子の小さなおばけシリーズ 〔3〕」ポプラ社 1979 p1

かれらわかもの
◇「まど・みちお全詩集 続」理論社 2015 p193

カレリヤ島
◇「庄野英二全集 4」偕成社 1979 p303

かれは樹の内部に住んで
◇「稗田童平全集 2」宝文館出版 1979 p14

カレンダー
◇「〔内海康子〕六月のカレンダー―詩集」けやき書房 1999 p38

カレンダー
◇「こやま峰子詩集 〔2〕」朔北社 2003 p20

カレンダー
◇「〔吉田享子〕おしゃべりな星―少年少女詩集」らくだ出版 2001 p26

カレンダーは日ようび
◇「〔寺村輝夫〕ぼくは王さま全1冊」理論社 1985 p157

カレンダーは日よう日
◇「寺村輝夫童話全集 2」ポプラ社 1982 p97
◇「寺村輝夫全童話 1」理論社 1996 p249
◇「寺村輝夫の王さまシリーズ 4」理論社 1998 p33

カロウヮ（牛）
◇「〔北原〕白秋全童謡集 5」岩波書店 1993 p54

かわ
◇「さくらゆき―さとうじゅんこ童詩集」えんじゅの会 1997 p106

かわ
◇「〔東君平〕ひとくち童話 6」フレーベル館 1995 p18

河
◇「北彰介作品集 4」青森県児童文学研究会 1991 p300

川
◇「杉みき子選集 2」新潟日報事業社 2005 p277

川
◇「〔鈴木桂子〕親子で語り合う詩集 1」クロスロード 1997 p12

川
◇「新美南吉全集 2」牧書店 1965 p85
◇「新美南吉童話集 2」大日本図書 1982 p139
◇「新美南吉童話大全」講談社 1989 p78
◇「新美南吉童話傑作選 〔6〕 花をうめる」小峰書店 2004 p55
◇「新美南吉30選」春陽堂書店 2009（名作童話）p69
◇「新美南吉童話集 2」大日本図書 2012 p139
◇「新美南吉童話選集 4」ポプラ社 2013 p89

川
◇「与田準一全集 1」大日本図書 1967 p184

川あかご
◇「〔山田野理夫〕おばけ文庫 7」太平出版社 1976（母と子の図書室）p63

川あそび
◇「佐藤義美全集 2」佐藤義美全集刊行会 1973 p180

可愛いお友達
◇「〔巌谷〕小波お伽全集 7」本の友社 1998 p410

かわいいかくれんぼ
◇「サトウハチロー童謡集」弥生書房 1977 p10

かわいいくつ
◇「浜田広介全集 11」集英社 1976 p88

かわいい剣士
◇「横山健童謡選集 1」無明舎出版 1995 p40

可愛いい小蜘蛛
◇「与謝野晶子児童文学全集 6」春陽堂書店 2007 p52

かわいい こねこ
◇「阪田寛夫全詩集」理論社 2011 p264

かわいい子ねこが…
◇「大石真児童文学全集 14」ポプラ社 1982 p49

かわいい相談
◇「〔斎藤信夫〕子ども心を友として―童謡詩集」成東町教育委員会 1996 p106

かはいい小猫（チビネコ）
◇「〔北原〕白秋全童謡集 1」岩波書店 1992 p150

可愛い手
◇「壺井栄全集 3」文泉堂出版 1997 p20

かわいい泥棒
◇「全集版灰谷健次郎の本 19」理論社 1987 p167

可愛い人
◇「浜田広介全集 11」集英社 1976 p174

かわいいやぎさん
　◇「村山籌子作品集 3」JULA出版局 1998 p48
かわいそうなあくま
　◇「ひろすけ幼年童話文学全集 12」集英社 1962 p46
　◇「浜田広介全集 10」集英社 1976 p47
かわいそうなきつね
　◇「松谷みよ子全集 12」講談社 1972 p168
可哀そうな市長さん
　◇「別役実童話集 〔1〕」三一書房 1973 p201
かわいそうな どうぶつえん
　◇「与田準一全集 4」大日本図書 1967 p74
［コマ絵童話］いぬ・ねこ・ねずみ・それとだれかかわいそうなまいご
　◇「佐藤さとる幼年童話自選集 3」ゴブリン書房 2003 p133
かわいそうなやばん人
　◇「平塚武二童話全集 3」童心社 1972 p19
河井老のユートピア
　◇「氏原大作全集 4」条例出版 1977 p414
かはうそ
　◇「鈴木三重吉童話全集 1」文泉堂書店 1975 （日本文学全集・選集叢刊第5次） p311
かわうそのあかんぼう
　◇「ひろすけ幼年童話文学全集 12」集英社 1962 p54
　◇「浜田広介全集 10」集英社 1976 p102
カワウソの海
　◇「椋鳩十全集 20」ポプラ社 1980 p5
カワウソ流氷の旅
　◇「河合雅雄の動物記 2」フレーベル館 2000 p6
川へおちたたまねぎさん
　◇「村山籌子作品集 3」JULA出版局 1998 p79
川へふなをにがす
　◇「定本小川未明童話全集 14」講談社 1977 p123
　◇「定本小川未明童話全集 14」大空社 2002 p123
川をこえたしゃぼん玉
　◇「浜田広介全集 3」集英社 1975 p140
川をのぼるサケ
　◇「椋鳩十全集 10」ポプラ社 1970 p256
かわをむいたら
　◇「いのち―みずかみかずよ全詩集」石風社 1995 p278
川をわたってきた男の顔
　◇「花岡大学仏典童話全集 3」法蔵館 1979 p139
〔乾かぬ赤きチョークもて〕
　◇「新修宮沢賢治全集 6」筑摩書房 1980 p145
　◇「新修宮沢賢治全集 6」筑摩書房 1980 p402
川上
　◇「〔北原〕白秋全童謡集 2」岩波書店 1992 p15

川上と川下
　◇「〔山田野理夫〕お笑い文庫 1」太平出版社 1977 （母と子の図書室） p48
〔川が南の風に逆って流れてゐるので〕
　◇「新修宮沢賢治全集 4」筑摩書房 1979 p223
川上梟師
　◇「魂の配達―野村吉哉作品集」草思社 1983 p290
川上眉山
　◇「〔かこさとし〕お話こんにちは 〔12〕」偕成社 1980 p22
川狩り
　◇「浜田広介全集 11」集英社 1976 p55
渇き歌
　◇「稗田童平全集 1」宝文館出版 1978 p150
河岸（日下部梅子）
　◇「岡田泰三・日下部梅子童謡集」会津童詩会 1992 p90
河窪
　◇「巽聖歌作品集 上」巽聖歌作品集刊行委員会 1977 p358
　◇「巽聖歌作品集 上」巽聖歌作品集刊行委員会 1977 p457
川越綴子「朝のかがみ」
　◇「稗田童平全集 6」宝文館出版 1981 p146
川魚のアメ煮
　◇「椋鳩十の本 22」理論社 1983 p140
川さらい
　◇「浜田広介全集 11」集英社 1976 p110
川ざらいと、ぬけあな探検
　◇「坪田譲治童話全集 13」岩崎書店 1986 p266
川島誠
　◇「今江祥智の本 35」理論社 1990 p286
〔川しろじろとまじはりて〕
　◇「新修宮沢賢治全集 6」筑摩書房 1980 p39
　◇「新修宮沢賢治全集 6」筑摩書房 1980 p353
川づくし
　◇「阪田寛夫全詩集」理論社 2011 p63
かわずの声
　◇「〔島崎〕藤村の童話 4」筑摩書房 1979 p13
かはづの鳴く音
　◇「〔北原〕白秋全童謡集 4」岩波書店 1993 p36
カワズのはなし
　◇「坪田譲治童話全集 9」岩崎書店 1986 p215
川づり
　◇「石森延男児童文学全集 11」学習研究社 1971 p38
　◇「石森読本―石森延男児童文学選集 5年生」小学館 1977 p47
かわせみ
　◇「与田準一全集 1」大日本図書 1967 p71

かわせ

カワセミとにじ
　◇「椋鳩十全集 3」ポプラ社 1969 p158
川田順翁の死去を悼む。(五首)
　◇「稗田菫平全集 4」宝文館出版 1980 p94
川田順と立山の歌
　◇「稗田菫平全集 7」宝文館出版 1981 p24
かわたれどき
　◇「阪田寛夫全詩集」理論社 2011 p858
がわ太郎つり
　◇「〔比江島重孝〕宮崎のむかし話 2」鉱脈社 1998 p12
かわった あみもの
　◇「〔かこさとし〕お話こんにちは 〔8〕」偕成社 1979 p58
かわった食べもの
　◇「椋鳩十の本 17」理論社 1982 p147
かわったちゅうもん
　◇「〔木暮正夫〕日本のおばけ話・わらい話 16」岩崎書店 1988 p38
ガワッパをまかす
　◇「寺村輝夫のとんち話 3」あかね書房 1976 p40
河っぷち
　◇「巽聖歌作品集 上」巽聖歌作品集刊行委員会 1977 p415
川つぶち
　◇「〔北原〕白秋全童謡集 4」岩波書店 1993 p146
カハト ウミ
　◇「佐藤義美全集 1」佐藤義美全集刊行会 1974 p349
革トランク
　◇「新版・宮沢賢治童話全集 8」岩崎書店 1978 p49
　◇「新修宮沢賢治全集 9」筑摩書房 1979 p223
　◇「宮沢賢治20選」春陽堂書店 2008（名作童話）p30
川ながし
　◇「〔山田野理夫〕おばけ文庫 3」太平出版社 1976（母と子の図書室）p124
川中島の戦い（一龍斎貞水編、岡本和明文）
　◇「一龍斎貞水の歴史講談 4」フレーベル館 2000 p138
川におちたあ
　◇「椋鳩十全集 25」ポプラ社 1981 p180
川によせて
　◇「阪田寛夫全詩集」理論社 2011 p48
川のアキツ
　◇「浜田広介全集 11」集英社 1976 p111
川のうた
　◇「神沢利子コレクション 5」あかね書房 1994 p231
　◇「神沢利子コレクション・普及版 5」あかね書房 2006 p231

川のうた
　◇「阪田寛夫全詩集」理論社 2011 p831
川の歌
　◇「佐藤義美全集 1」佐藤義美全集刊行会 1974 p442
川のおふろへはいったホトケサマ
　◇「宮口しづえ児童文学集 4」小峰書店 1969 p112
川のお水が
　◇「山本瓔子詩集 II」新風舎 2003 p14
川の神さま
　◇「巽聖歌作品集 上」巽聖歌作品集刊行委員会 1977 p220
川のきんぶな
　◇「浜田広介全集 6」集英社 1976 p154
川の魚
　◇「〔山田野理夫〕おばけ文庫 7」太平出版社 1976（母と子の図書室）p148
川の字の昼寝
　◇「川崎大治民話選 〔1〕」童心社 1968 p228
川の少女
　◇「〔巌谷〕小波お伽全集 11」本の友社 1998 p343
川の中にも町がある
　◇「〔坪井安〕はしれ子馬よ―童謡詩集」童謡研究・蜂の会 1999 p104
川の中のピアノ
　◇「阪田寛夫全詩集」理論社 2011 p681
川の流れを忘れしめよ
　◇「稗田菫平全集 2」宝文館出版 1979 p9
川の坊主
　◇「〔比江島重孝〕宮崎のむかし話 2」鉱脈社 1998 p129
川の水
　◇「石森延男児童文学全集 4」学習研究社 1971 p145
川の水
　◇「星新一ショートショートセレクション 9」理論社 2003 p35
川の水
　◇「与謝野晶子児童文学全集 4」春陽堂書店 2007 p264
川の向う（岡田泰三）
　◇「岡田泰三・日下部梅子童謡集」会津童詩会 1992 p124
かはばた
　◇「新修宮沢賢治全集 2」筑摩書房 1979 p39
川ばたの蛙
　◇「浜田広介全集 3」集英社 1975 p76
川ばたのかわおそ
　◇「浜田広介全集 4」集英社 1976 p208
川ばたのげんごろう

◇「浜田広介全集 6」集英社 1976 p232
川端康成
　◇「〔かこさとし〕お話こんにちは 〔3〕」偕成社 1979 p58
川光る
　◇「〔斎藤信夫〕子ども心を友として―童謡詩集」成東町教育委員会 1996 p182
川干と胴じり網
　◇「坪田譲治童話全集 13」岩崎書店 1986 p111
川べで
　◇「西條八十童話集」小学館 1983 p376
川辺の夕ぐれ
　◇「西條八十童謡全集」修道社 1971 p141
川べりの春
　◇「達崎龍全童謡ホロホロ鳥」あい書林 1983 p72
かわほりのうた
　◇「室生犀星童話全集 2」創林社 1978 p26
河水の話
　◇「定本小川未明童話全集 4」講談社 1977 p7
　◇「定本小川未明童話全集 4」大空社 2001 p7
川水の はなし
　◇「小川未明幼年童話文学全集 3」集英社 1965 p109
かわらあて
　◇「〔かこさとし〕お話こんにちは 〔12〕」偕成社 1980 p24
瓦を飛ばす法
　◇「瑠璃の壺―森銑三童話集」三樹書房 1982 p239
川原田政太郎博士
　◇「海野十三全集 別巻1」三一書房 1991 p372
河原千鳥
　◇「野口雨情童謡集」弥生書房 1993 p55
川原で（岡田泰三）
　◇「岡田泰三・日下部梅子童謡集」会津童詩会 1992 p60
変らない信号
　◇「くんぺい魔法ばなし―魔法ばなし全集 3」サンリオ 2000 p18
川原の田んぼ
　◇「おの・ちゅうこう初期作品集 〔4〕 氏神さま」崙書房 1975 p104
河原坊（山脚の黎明）
　◇「新修宮沢賢治全集 3」筑摩書房 1979 p284
かわりしゃべり
　◇「〔山田野理夫〕おばけ文庫 3」太平出版社 1976（母と子の図書室）p41
変わる
　◇「松谷みよ子全エッセイ 3」筑摩書房 1989 p247
変わるということ
　◇「全集版灰谷健次郎の本 17」理論社 1987 p219

川は流れている
　◇「与田準一全集 2」大日本図書 1967 p134
川はながれる
　◇「坪田譲治幼年童話文学全集 1」集英社 1964 p86
　◇「坪田譲治童話全集 9」岩崎書店 1986 p30
川〈A〉
　◇「校定新美南吉全集 5」大日本図書 1980 p337
川〈B〉
　◇「校定新美南吉全集 2」大日本図書 1980 p7
がん
　◇「定本小川未明童話全集 10」講談社 1977 p246
　◇「定本小川未明童話全集 10」大空社 2001 p246
カーン
　◇「〔北原〕白秋全童謡集 4」岩波書店 1993 p212
雁（がん）… → "かり…"をも見よ
雁
　◇「〔巌谷〕小波お伽全集 7」本の友社 1998 p426
雁
　◇「斎田喬児童劇選集 〔2〕」牧書店 1954 p245
看痾
　◇「新修宮沢賢治全集 6」筑摩書房 1980 p271
棺桶の花嫁
　◇「海野十三全集 4」三一書房 1989 p127
旱害地帯
　◇「新版・宮沢賢治童話全集 12」岩崎書店 1979 p216
　◇「新修宮沢賢治全集 6」筑摩書房 1980 p90
考えこじき
　◇「定本小川未明童話全集 13」講談社 1977 p303
　◇「定本小川未明童話全集 13」大空社 2002 p303
考えたことがない
　◇「まど・みちお全詩集 続」理論社 2015 p423
考えない人
　◇「富島健夫青春文学選集 4」集英社 1971 p203
かんがえぶかい からす
　◇「平塚武二童話全集 2」童心社 1972 p44
考え物
　◇「〔巌谷〕小波お伽全集 13」本の友社 1998 p118
考える葦
　◇「石森延男児童文学全集 15」学習研究社 1971 p191
がんが きてたと
　◇「巽聖歌作品集 上」巽聖歌作品集刊行委員会 1977 p509
がんがしぎからきいたこと
　◇「浜田広介全集 8」集英社 1976 p29
ガンガラ洞（あな）
　◇「北彰介作品集 1」青森県児童文学研究会 1990 p42
カンカラカン

かんか

◇「野口雨情童謡集」弥生書房 1993 p17

がんがらがんの雁
◇「〔巌谷〕小波お伽全集 12」本の友社 1998 p7

カンカラ大行進
◇「横山健童謡選集 2」無明舎出版 1995 p92

かんからちんのおうま
◇「〔関根栄一〕はしるふじさん―童謡集」小峰書店 1998 p128

ガンガラ浜
◇「〔高橋一仁〕春のニシン場―童謡詩集」けやき書房 2003 p70

かんがるー
◇「まど・みちお全詩集」理論社 1992 p219
◇「まどさんの詩の本 2」理論社 1994 p22
◇「まどさんの詩の本 5」理論社 1994 p34

カンガルー
◇「巽聖歌作品集 上」巽聖歌作品集刊行委員会 1977 p50

かんがるうのかわめくり
◇「別役実童話集 〔3〕」三一書房 1977 p68

カンガルーの赤ちゃん
◇「〔久高895〕チンチンコバカマ」新風舎 1998 p15

カンガルーの大わらい
◇「ひろすけ幼年童話文学全集 5」集英社 1962 p24
◇「浜田広介全集 4」集英社 1976 p151

カンガルーのおじいさん
◇「庄野英二全集 5」偕成社 1980 p209

カンガルーの かあさん
◇「巽聖歌作品集 下」巽聖歌作品集刊行委員会 1977 p33

カンガルーのくびかざり
◇「大石真児童文学全集 15」ポプラ社 1982 p19

カンカン虫
◇「庄野英二全集 9」偕成社 1979 p85

カンカン山
◇「斎藤隆介全集 3」岩崎書店 1982 p205

がんぎの下で
◇「杉みき子選集 10」新潟日報事業社 2011 p22

「寒峡」巻初の数首に就て
◇「新修宮沢賢治全集 15」筑摩書房 1980 p585

玩具（がんぐ）… → "おもちゃ…"をも見よ

玩具合戦
◇「〔巌谷〕小波お伽全集 12」本の友社 1998 p29

玩具店にて
◇「坪田譲治童話全集 4」岩崎書店 1986 p99

玩具の窟
◇「〔巌谷〕小波お伽全集 12」本の友社 1998 p339

玩具の馬
◇「〔北原〕白秋全童謡集 1」岩波書店 1992 p204

玩具の沙漠

◇「椋鳩十の本 1」理論社 1982 p154

玩具の町
◇「〔北原〕白秋全童謡集 4」岩波書店 1993 p218

岩頸列
◇「新修宮沢賢治全集 6」筑摩書房 1980 p103

早俭
◇「新修宮沢賢治全集 6」筑摩書房 1980 p78

漢口へ移っていく子に
◇「新美南吉全集 6」牧書店 1965 p158

観光客五千万人
◇「椋鳩十の本 20」理論社 1983 p238

観光列車
◇「石森延男児童文学全集 15」学習研究社 1971 p5
◇「石森延男児童文学全集 15」学習研究社 1971 p147

寒肥散らし
◇「国分一太郎児童文学集 6」小峰書店 1967 p162

かん子ぎつね
◇「北彰介作品集 3」青森県児童文学研究会 1990 p89

がんこ同士
◇「〔柳家弁天〕らくご文庫 4」太平出版社 1987 p93

閑古鳥
◇「佐藤義美全集 1」佐藤義美全集刊行会 1974 p330

閑呼鳥
◇「佐藤義美全集 1」佐藤義美全集刊行会 1974 p338

閑古鳥啼く頃
◇「巽聖歌作品集 上」巽聖歌作品集刊行委員会 1977 p339
◇「巽聖歌作品集 上」巽聖歌作品集刊行委員会 1977 p353

がんこばあちゃん―テレビドラマ「がんこばあちゃん」テーマソング
◇「阪田寛夫全詩集」理論社 2011 p804

看護婦サン
◇「かもめの水兵さん―武内俊子伝記と作品集」講談社出版サービスセンター 1977 p167

冠婚葬祭博士
◇「佐々木邦全集 補巻5」講談社 1975 p308

関西のうどん
◇「壺井栄全集 11」文泉堂出版 1998 p137

勘作ばなし
◇「松谷みよ子のむかしむかし 7」講談社 1973 p69

かんざし
◇「新装版金子みすゞ全集 1」JULA出版局 1984 p241
◇「金子みすゞ童謡全集 2」JULA出版局 2003 p220

かんざし
◇「壺井栄全集 5」文泉堂出版 1997 p144
かんざし
◇「新美南吉全集 1」牧書店 1965 p109
◇「新美南吉童話集 1」大日本図書 1982 p179
◇「新美南吉童話大全」講談社 1989 p300
◇「新美南吉童話集 1」大日本図書 2012 p179
◇「新美南吉童話選集 1」ポプラ社 2013 p66
カンザシ
◇「校定新美南吉全集 4」大日本図書 1980 p318
簪
◇「森三郎童話選集 〔1〕」刈谷市教育委員会 1995 p180
かんざしのいずみ
◇「〔山田野理夫〕おばけ文庫 7」太平出版社 1976 (母と子の図書室) p15
神沢利子
◇「今江祥智の本 35」理論社 1990 p221
寒山拾得
◇「土田耕平童話集 〔5〕」古今院 1955 p29
かんじ
◇「まど・みちお全詩集 続」理論社 2015 p157
ガンジー
◇「〔北原〕白秋全童謡集 4」岩波書店 1993 p386
監視員
◇「星新一ショートショートセレクション 8」理論社 2002 p16
かんじかねもち
◇「まど・みちお全詩集 続」理論社 2015 p427
ガンジス河の河馬
◇「魂の配達―野村吉哉作品集」草思社 1983 p36
元日
◇「新装版金子みすゞ全集 2」JULA出版局 1984 p152
◇「金子みすゞ童謡全集 4」JULA出版局 2004 p12
元日
◇「〔北原〕白秋全童謡集 5」岩波書店 1993 p72
漢字のおけいこ
◇「阪田寛夫全詩集」理論社 2011 p287
感謝をこめて
◇「小川のせせらぎが聞こえるかい―中澤洋子童話集」中澤洋子 2010 p150
かんしゃくだま
◇「〔東君平〕おはようどうわ 3」講談社 1982 p145
◇「東君平のおはようどうわ 5」新日本出版社 2010 p56
含羞
◇「全集版灰谷健次郎の本 22」理論社 1988 p12
詩集『含羞詩集』
◇「阪田寛夫全詩集」理論社 2011 p77

感傷
◇「壺井栄名作集 7」ポプラ社 1965 p228
感情
◇「室生犀星童話全集 2」創林社 1978 p281
「感傷雑詠」折り折りの歌
◇「稗田菫平全集 4」宝文館出版 1980 p93
寛城子
◇「〔北原〕白秋全童謡集 3」岩波書店 1992 p276
感傷的なうた
◇「阪田寛夫全詩集」理論社 2011 p39
「感傷秘曲」(初期詩篇抄)
◇「稗田菫平全集 8」宝文館出版 1982 p19
感傷―右文覚え書
◇「壺井栄全集 6」文泉堂出版 1998 p258
かんしんなおうむ
◇「花岡大学仏典童話全集 8」法蔵館 1979 p139
感心立派！
◇「まど・みちお全詩集 続」理論社 2015 p289
かんすけとおじいさん
◇「〔佐々木千鶴子〕動物村のこうみんかん―台所からのひとり言 童話集」朝日新聞社西部開発室編集出版センター 1996 p83
寒雀
◇「新美南吉全集 6」牧書店 1965 p18
かんすにばけたたぬき
◇「松谷みよ子のむかしむかし 2」講談社 1973 p139
感性は教えられるのか, ということから
◇「全集古田足日子どもの本 2」童心社 1993 p368
間奏曲
◇「阪田寛夫全詩集」理論社 2011 p540
◇「阪田寛夫全詩集」理論社 2011 p895
乾燥時代
◇「星新一ショートショートセレクション 2」理論社 2001 p127
乾燥食品
◇「〔黒川良人〕犬の詩猫の詩―児童詩集」東洋出版 2000 p66
元祖佃煮屋のおかみさん 小林たけ(東京都・佃島)
◇「斎藤隆介全集 11」岩崎書店 1982 p33
神田川の大水
◇「川崎大治民話選 〔1〕」童心社 1968 p145
神田の夜
◇「新修宮沢賢治全集 7」筑摩書房 1980 p144
寒卵
◇「与田凖一全集 2」大日本図書 1967 p92
勘太郎のゆうれい
◇「〔山田野理夫〕おばけ文庫 8」太平出版社 1976 (母と子の図書室) p92

かんた

元旦
　◇「巽聖歌作品集 下」巽聖歌作品集刊行委員会 1977 p245
クヮンタン沖の思ひ出
　◇「〔北原〕白秋全童謡集 4」岩波書店 1993 p341
かんだんけいの うた
　◇「佐藤義美全集 1」佐藤義美全集刊行会 1974 p378
元旦の雪
　◇「巽聖歌作品集 下」巽聖歌作品集刊行委員会 1977 p222
ガンちゃん
　◇「壺井栄全集 1」文泉堂出版 1997 p354
かんちゃんと テス
　◇「佐藤義美全集 5」佐藤義美全集刊行会 1973 p454
閑中閑あり
　◇「赤川次郎ショートショートシリーズ 1」理論社 2009 p118
間諜座事件
　◇「海野十三全集 2」三一書房 1991 p53
官庁の建物
　◇「椋鳩十の本 22」理論社 1983 p194
寒つばき
　◇「壺井栄名作集 3」ポプラ社 1965 p94
寒ツバキ
　◇「定本壺井栄児童文学全集 1」講談社 1979 p278
寒つばき（一）
　◇「壺井栄名作集 9」ポプラ社 1965 p104
寒つばき（二）
　◇「壺井栄名作集 9」ポプラ社 1965 p109
寒椿（A−児童・美根子もの）
　◇「壺井栄全集 9」文泉堂出版 1997 p259
寒つばき（B−小説・房子もの）
　◇「壺井栄全集 4」文泉堂出版 1998 p436
寒椿（C−小説・三津子もの）
　◇「壺井栄全集 6」文泉堂出版 1998 p315
カンテラ
　◇「新美南吉全集 6」牧書店 1965 p242
　◇「校定新美南吉全集 8」大日本図書 1981 p53
　◇「新美南吉童話集 1」大日本図書 1982 p321
　◇「新美南吉童話集 1」大日本図書 2012 p321
かんてん
　◇「阪田寛夫全詩集」理論社 2011 p261
感電の話
　◇「海野十三全集 別巻1」三一書房 1991 p235
寒天坊
　◇「〔巖谷〕小波お伽全集 3」本の友社 1998 p167
関東軍をねぎらふ歌
　◇「〔北原〕白秋全童謡集 3」岩波書店 1992 p308

感動ということ
　◇「椋鳩十の本 25」理論社 1983 p10
感動と運命
　◇「椋鳩十の本 28」理論社 1989 p92
感動と興味から
　◇「椋鳩十の本 27」理論社 1989 p58
感動と心
　◇「椋鳩十の本 28」理論社 1989 p153
雁と燕
　◇「西條八十童謡全集」修道社 1971 p235
カンナ
　◇「まど・みちお全詩集 続」理論社 2015 p12
カンナカムイ
　◇「石森延男児童文学全集 4」学習研究社 1971 p17
かんなくづの笛
　◇「〔北原〕白秋全童謡集 2」岩波書店 1992 p128
かんなと かんなくず
　◇「まど・みちお全詩集 続」理論社 2015 p75
カンナぶし
　◇「山中恒児童よみもの選集 11」読売新聞社 1980 p5
カンナムンダと白い象
　◇「花岡大学 続・仏典童話全集 1」法藏館 1981 p189
官女
　◇「〔山田野理夫〕おばけ文庫 8」太平出版社 1976（母と子の図書室）p29
肝抜き泥棒
　◇「〔中山正宏〕大きくな〜れ―童話集」日本図書刊行会 1996 p64
寒のあめ
　◇「新装版金子みすゞ全集 2」JULA出版局 1984 p191
　◇「金子みすゞ童謡集」角川春樹事務所 1998（ハルキ文庫）p190
　◇「金子みすゞ童謡全集 4」JULA出版局 2004 p68
雁の親子
　◇「〔巖谷〕小波お伽全集 3」本の友社 1998 p47
雁のつぶて
　◇「〔巖谷〕小波お伽全集 8」本の友社 1998 p153
ガンのなかま
　◇「石森延男児童文学全集 2」学習研究社 1971 p7
がんのながれ木
　◇「ひろすけ幼年童話文学全集 2」集英社 1962 p168
　◇「浜田広介全集 4」集英社 1976 p16
詩劇 観音
　◇「北彰介作品集 4」青森県児童文学研究会 1991 p329
観音さま
　◇「〔比江島重孝〕宮崎のむかし話 2」鉱脈社 1998

観音さまと大男
　◇「〔今坂柳二〕りゅうじフォークロア・world 1」ふるさと伝承研究会 2006 p153
かんのんさまの片もも肉
　◇「二反長半作品集 3」集英社 1979 p110
観音さまの子育て
　◇「〔西本鶏介〕日本の昔話―読みきかせお話集 2」小学館 2001 p72
観音霊験記
　◇「谷口雅春童話集 5」日本教文社 1977 p111
悍馬
　◇「新修宮沢賢治全集 4」筑摩書房 1979 p90
カンパイ！
　◇「阪田寛夫全詩集」理論社 2011 p80
寒梅
　◇「いのち―みずかみかずよ全詩集」石風社 1995 p76
カンパーイのビールは「びわの実会」の味
　◇「松谷みよ子エッセイ 3」筑摩書房 1989 p23
がんばるタッちゃん
　◇「〔野村ゆき〕ねえ、おはなしして！―語り聞かせるお話集」東洋出版 1998 p38
がんばれオムくん
　◇「寺村輝夫童話全集 6」ポプラ社 1982 p139
　◇「寺村輝夫全童話 7」理論社 1999 p538
がんばれ、がんばれ
　◇「あまんきみこセレクション 1」三省堂 2009 p174
がんばれ小馬
　◇「武田亜公童話集 5」秋田文化出版社 1978 p41
頑張れ若原選手
　◇「海野十三全集 別巻1」三一書房 1991 p379
管飯寺
　◇「石森延男児童文学全集 4」学習研究社 1971 p149
甲板の日光浴
　◇「庄野英二全集 10」偕成社 1979 p220
かんばんのもち
　◇「〔木暮正夫〕日本のおばけ話・わらい話 6」岩崎書店 1986 p83
悍馬〔一〕
　◇「新修宮沢賢治全集 6」筑摩書房 1980 p16
　◇「新修宮沢賢治全集 6」筑摩書房 1980 p339
悍馬〔二〕
　◇「新修宮沢賢治全集 6」筑摩書房 1980 p124
かんぺう
　◇「〔北原〕白秋全童謡集 4」岩波書店 1993 p54
看病
　◇「〔山田野理夫〕お笑い文庫 1」太平出版社 1977（母と子の図書室）p57

p78

カンビン
　◇「庄野英二全集 6」偕成社 1979 p116
（寒風の）
　◇「稗田菫平全集 8」宝文館出版 1982 p129
雁ぶろ
　◇「斎藤隆介全集 3」岩崎書店 1982 p96
雁風呂
　◇「〔北原〕白秋全童謡集 4」岩波書店 1993 p92
観兵式
　◇「〔巌谷〕小波お伽全集 7」本の友社 1998 p354
願望
　◇「おの・ちゅうこう初期作品集〔1〕牧歌的風景」崙書房 1975 p54
願望
　◇「星新一ちょっと長めのショートショート 1」理論社 2005 p150
（寒牡丹の）
　◇「稗田菫平全集 8」宝文館出版 1982 p128
かんまおに
　◇「異聖歌作品集 下」異聖歌作品集刊行委員会 1977 p89
巻末記〔じぞうさま〕
　◇「千葉省三童話全集 3」岩崎書店 1967 p228
巻末記〔ねぎ坊主〕
　◇「千葉省三童話全集 3」岩崎書店 1967 p115
巻末手記〔波の子守唄〕
　◇「新装版金子みすゞ全集 3」JULA出版局 1984 p280
巻末に〔象の子〕
　◇「〔北原〕白秋全童謡集 2」岩波書店 1992 p299
巻末に〔二重虹〕
　◇「〔北原〕白秋全童謡集 2」岩波書店 1992 p241
巻末に〔まざあ・ぐうす〕
　◇「〔北原〕白秋全童謡集 1」岩波書店 1992 p215
巻末に〔祭の笛〕
　◇「〔北原〕白秋全童謡集 1」岩波書店 1992 p383
冠毛のうた
　◇「稗田菫平全集 1」宝文館出版 1978 p28
関門海底トンネル
　◇「〔北原〕白秋全童謡集 4」岩波書店 1993 p378
勧誘
　◇「星新一YAセレクション 8」理論社 2009 p172
咸陽宮
　◇「土田耕平童話集〔1〕」古今書院 1955 p137
観覧車
　◇「いのち―みずかみかずよ全詩集」石風社 1995 p343
〔甘藍の球は弾けて〕
　◇「新修宮沢賢治全集 6」筑摩書房 1980 p215
　◇「新修宮沢賢治全集 6」筑摩書房 1980 p423

橄欖の実
　◇「まど・みちお全詩集」理論社 1992 p20
巌流島（林家木久蔵編,岡本和明文）
　◇「林家木久蔵の子ども落語 1」フレーベル館 1998 p172
甘露姫
　◇〔厳谷〕小波お伽全集 8」本の友社 1998 p41

【き】

き
　◇「まど・みちお全詩集」理論社 1992 p562
　◇「まど・みちお全詩集 続」理論社 2015 p221
キ
　「阪田寛夫全詩集」理論社 2011 p277
黄
　◇「まど・みちお全詩集 続」理論社 2015 p101
樹
　◇「カエルとお月さま―後藤楢根「作品集」」由布市教育委員会 2006 p96
樹
　◇「星新一ショートショートセレクション 10」理論社 2003 p141
樹
　◇「まど・みちお全詩集」理論社 1992 p16
木
　◇「地球のかぞく―石原一輝童謡詩集」群青社 2001 p78
木
　◇「新装版金子みすゞ全集 1」JULA出版局 1984 p90
　◇「新装版金子みすゞ全集 2」JULA出版局 1984 p117
　◇「〔金子〕みすゞ詩画集〔2〕」春陽堂書店 1997
　◇「みすゞさん―童謡詩人・金子みすゞの優しさ探しの旅 1」春陽堂書店 1997
　◇「金子みすゞ童謡集」角川春樹事務所 1998（ハルキ文庫）p109
　◇「〔金子〕みすゞ詩画集〔3〕」春陽堂書店 2000
　◇「〔金子〕みすゞ詩画集〔4〕」春陽堂書店 2000 p18
　◇「金子みすゞ童謡全集 1」JULA出版局 2003 p146
　◇「金子みすゞ童謡全集 3」JULA出版局 2004 p176
木
　◇「新美南吉全集 6」牧書店 1965 p154
　◇「校定新美南吉全集 8」大日本図書 1981 p383
　◇「新美南吉童話傑作選〔6〕花をうめる」小峰書店 2004 p175
木
　◇「まど・みちお全詩集」理論社 1992 p387
　◇「まど・みちお全詩集」理論社 1992 p635
　◇「まどさんの詩の本 10」理論社 1996 p8
　◇「まどさんの詩の本 10」理論社 1996 p10
　◇「まど・みちお全詩集 続」理論社 2015 p18
ぎいぎい虫
　◇「新美南吉全集 6」牧書店 1965 p172
　◇「校定新美南吉全集 8」大日本図書 1981 p98
ぎいこんのこぎり
　◇「まど・みちお全詩集」理論社 1992 p235
きいだ川
　◇「〔比江島重孝〕宮崎のむかし話 3」鉱脈社 2000 p183
木いちご
　◇「小出正吾児童文学全集 1」審美社 2000 p359
木苺（岡田泰三）
　◇「岡田泰三・日下部梅子童謡集」会津童詩会 1992 p32
木苺
　◇「庄野英二全集 11」偕成社 1980 p101
木苺の白花
　◇「稗田童平全集 1」宝文館出版 1978 p15
きいろい嵐
　◇「戸川幸夫・子どものための動物物語 13」国土社 1969 p5
黄色い嵐
　◇「戸川幸夫動物文学全集 4」冬樹社 1965 p179
黄色い海
　◇「〔島崎〕藤村の童話 1」筑摩書房 1979 p30
きいろいおさつ
　◇「〔斎藤信夫〕子ども心を友として―童謡詩集」成東町教育委員会 1996 p152
黄色いかさとちあきちゃん
　◇「全版灰谷健次郎の本 15」理論社 1988 p255
きいろいきいろい歌
　◇「サトウハチロー童謡集」弥生書房 1977 p24
黄色い蝶・白い蝶
　◇「カエルの日曜日―末永泉童話集」勝どき書房, 星雲社（発売）2007 p45
黄いろい包み
　◇「壺井栄名作集 1」ポプラ社 1965 p32
黄色い包み
　◇「定本壺井栄児童文学全集 3」講談社 1979 p182
　◇「壺井栄全集 10」文泉堂出版 1998 p418
きいろいばけつ
　◇「もりやまみやこ童話選 1」ポプラ社 2009 p5
きいろいパレード
　◇「〔関根栄一〕はしるふじさん―童謡集」小峰書店

黄色いミシン
　◇「〔鈴木裕美〕短編童話集 童話のじかん」文芸社 2008 p61
黄色なツル
　◇「石森延男児童文学全集 2」学習研究社 1971 p174
〔黄いろな花もさき〕
　◇「新修宮沢賢治全集 4」筑摩書房 1979 p23
　◇「新修宮沢賢治全集 4」筑摩書房 1979 p307
黄色な風船
　◇「石森延男児童文学全集 5」学習研究社 1971 p5
黄色な水着
　◇「石森延男児童文学全集 5」学習研究社 1971 p260
〔黄いろにうるむ雪ぞらに〕
　◇「新修宮沢賢治全集 5」筑摩書房 1979 p227
　◇「新修宮沢賢治全集 5」筑摩書房 1979 p331
黄色の土瓶・上
　◇「与謝野晶子児童文学全集 2」春陽堂書店 2007 p278
黄色の土瓶・下
　◇「与謝野晶子児童文学全集 2」春陽堂書店 2007 p285
黄いろのトマト
　◇「新版・宮沢賢治童話全集 2」岩崎書店 1978 p129
　◇「新修宮沢賢治全集 9」筑摩書房 1979 p239
　◇「〔宮沢〕賢治童話」翔泳社 1995 p296
黄色のバラ
　◇「いのち―みずかみかずよ全詩集」石風社 1995 p126
消えたイチゴ
　◇「笑った泣き地蔵―御田慶子童話選集」たま出版 2007 p111
消えた美しい不思議なにじ
　◇「定本小川未明童話全集 2」講談社 1976 p107
　◇「定本小川未明童話全集 2」大空社 2001 p107
消えた男
　◇「北国翔子童話集 2」青森県児童文学研究会 2010 p102
きえたキツネ
　◇「椋鳩十の本 14」理論社 1983 p118
　◇「椋鳩十動物童話集 3」小峰書店 1990 p6
消えたきつね
　◇「椋鳩十学年別童話〔8〕」理論社 1991 p63
消えたキツネ
　◇「椋鳩十全集 7」ポプラ社 1969 p172
　◇「椋鳩十まるごと動物ものがたり 6」理論社 1996 p128
消えた神戸タワー
　◇「全集版灰谷健次郎の本 21」理論社 1988 p105
消えた五人の小学生
　◇「大石真児童文学全集 6」ポプラ社 1982 p113
きえた小判
　◇「〔木暮正夫〕日本のおばけ話・わらい話 1」岩崎書店 1986 p85
消えた時間
　◇「寺村輝夫童話全集 18」ポプラ社 1982
消えた大金
　◇「星新一ちょっと長めのショートショート 10」理論社 2007 p119
きえたとのさま
　◇「今江祥智の本 13」理論社 1980 p15
　◇「今江祥智童話館〔2〕」理論社 1986 p88
消えた二ページ
　◇「寺村輝夫童話全集 18」ポプラ社 1982 p5
　◇「寺村輝夫全童話 2」理論社 1997 p263
消えた林
　◇「椋鳩十の本 23」理論社 1983 p33
消えた部落
　◇「椋鳩十の本 3」理論社 1982 p236
消えた北京原人のなぞ
　◇「〔たかしよいち〕世界むかしむかし探検 5」国土社 1994 p13
消えたマホウ
　◇「おはなしの森―きはらみちこ童話集」熊本日日新聞情報文化センター 1999 p16
消えた野犬
　◇「椋鳩十全集 5」ポプラ社 1969 p108
　◇「椋鳩十まるごと動物ものがたり 3」理論社 1996 p112
きえたろうそく
　◇「西條八十の童話と童謡」小学館 1981 p18
きえていく時間
　◇「奥田継夫ベストコレクション 10」ポプラ社 2002 p213
消えていった果心居士
　◇「川崎大治民話選〔3〕」童心社 1971 p129
きえない こえ
　◇「花岡大学仏典童話全集 7」法蔵館 1979 p130
きえない ともしび
　◇「花岡大学仏典童話全集 6」法蔵館 1979 p34
消えない虹
　◇「〔下田喜久美〕遠くから来た旅人―詩集」リトル・ガリヴァー社 1998 p78
きえないはなび
　◇「新美南吉全集 1」牧書店 1965 p59
　◇「校定新美南吉全集 4」大日本図書 1980 p459
　◇「新美南吉童話集 1」大日本図書 1982 p268
　◇「新美南吉童話大全」講談社 1989 p301
　◇「新美南吉童話集 1」大日本図書 2012 p268

きえな

消えない灯
　◇『花岡大学仏典童話集 2』佼成出版社 2006 p88
消えゆく "主人の座"
　◇『斎藤隆介全集 3』岩崎書店 1982 p265
消え行く東京の動物
　◇『戸川幸夫動物文学全集 15』講談社 1977 p220
消えるものひらくもの
　◇『杉みき子選集 9』新潟日報事業社 2011 p8
奇縁友禅染め（一龍斎貞水編、岡本和明文）
　◇『一龍斎貞水の歴史講談 2』フレーベル館 2000 p152
木をうえる
　◇『佐藤義美全集 1』佐藤義美全集刊行会 1974 p445
樹を伐って果を求む
　◇『谷口雅春童話集 2』日本教文社 1976 p61
記憶の隙間
　◇『今江祥智の本 34』理論社 1990 p129
　◇『今江祥智の本 34』理論社 1990 p131
記憶法
　◇『〔巌谷〕小波お伽全集 14』本の友社 1998 p380
木をたべる子ども
　◇『柳家弁天』らくご文庫 10』太平出版社 1987 p34
気を強く持て（兎と蛙）
　◇『〔巌谷〕小波お伽全集 14』本の友社 1998 p73
祇園社
　◇『新装版金子みすゞ全集 3』JULA出版局 1984 p189
　◇『金子みすゞ童謡集』角川春樹事務所 1998（ハルキ文庫）p157
　◇『金子みすゞ童謡全集 6』JULA出版局 2004 p88
機会
　◇『星新一YAセレクション 6』理論社 2009 p7
機会
　◇『新修宮沢賢治全集 6』筑摩書房 1980 p246
機械になったこども
　◇『国分一太郎児童文学集 1』小峰書店 1967 p22
機械のある街
　◇『別役実童話集 〔1〕』三一書房 1973 p32
企画書のワルツ
　◇『阪田寛夫全詩集』理論社 2011 p592
飢餓陣営
　◇『新修宮沢賢治全集 14』筑摩書房 1980 p188
　◇『宮沢賢治童話劇集 1』東京書籍 1981（東書児童劇シリーズ）p11
　◇『よくわかる宮沢賢治―イーハトーブ・ロマン II』学習研究社 1996 p122
　◇『脚本集・宮沢賢治童話劇場 1』国土社 1996 p210
飢餓陣営〔楽譜〕
　◇『脚本集・宮沢賢治童話劇場 1』国土社 1996 p262
〔饑餓陣営のたそがれの中〕
　◇『新修宮沢賢治全集 7』筑摩書房 1980 p346
木かぞえ
　◇『〔山田野理夫〕おばけ文庫 6』太平出版社 1976（母と子の図書室）p160
気がつくことがある
　◇『まど・みちお全詩集 続』理論社 2015 p145
飢餓の大地三本木原
　◇『鈴木喜代春児童文学選集 2』らくだ出版 2009 p1
飢餓の街
　◇『壺井栄全集 11』文泉堂出版 1998 p405
気軽な粉屋
　◇『〔北原〕白秋全童謡集 1』岩波書店 1992 p157
旗艦
　◇『〔北原〕白秋全童謡集 4』岩波書店 1993 p338
義眼（入れ眼）
　◇『花岡大学童話文学全集 1』法蔵館 1980 p13
機関車
　◇『鈴木三重吉童話全集 5』文泉堂書店 1975（日本文学全集・選集叢刊第5次）p98
きかんしゃウフルーごう
　◇『寺村輝夫童話全集 11』ポプラ社 1982 p181
機関車くん
　◇『来栖良夫児童文学全集 3』岩崎書店 1983 p183
機関車と月のはなし
　◇『千葉省三童話全集 1』岩崎書店 1967 p35
キカンシャト ミヅ
　◇『佐藤義美全集 1』佐藤義美全集刊行会 1974 p348
きくわんしゃの家族
　◇『〔北原〕白秋全童謡集 4』岩波書店 1993 p173
汽関車の夢
　◇『〔北原〕白秋全童謡集 3』岩波書店 1992 p80
きかんしゃノンがはしります
　◇『寺村輝夫おはなしプレゼント 2』講談社 1994 p95
　◇『寺村輝夫全童話 3』理論社 1997 p174
機関車ブナ号
　◇『西條益美代表作品選集 1』南海ブックス 1981 p99
きかんしゃ やえもん
　◇『阪田寛夫全詩集』理論社 2011 p438
きかんぼ がんこ
　◇『巽聖歌作品集 下』巽聖歌作品集刊行委員会 1977 p15
危機
　◇『星新一ショートショートセレクション 15』理論社 2004 p44

樹木希林さんと
　◇「全集版灰谷健次郎の本 23」理論社 1988 p185

雉子 (きぎす)
　◇「佐藤義美全集 1」佐藤義美全集刊行会 1974 p101
　◇「佐藤義美全集 1」佐藤義美全集刊行会 1974 p324

聴耳
　◇「松谷みよ子全エッセイ 2」筑摩書房 1989 p269

ききみみずきん
　◇「坪田譲治幼年童話文学全集 6」集英社 1964 p68

きき耳ずきん
　◇「寺村輝夫のむかし話 〔12〕」あかね書房 1982 p84

聞き耳ぼうや
　◇「くんぺい魔法ばなし—魔法ばなし全集 3」サンリオ 2000 p120

ききめは？
　◇「〔山田野理夫〕お笑い文庫 1」太平出版社 1977 (母と子の図書室) p96

気球結婚式
　◇「夢見る窓—冬村勇陽童話集」北雪新書 2004 p40

帰郷
　◇「螢の河・源流へ—伊藤桂一作品集」講談社 2000 (講談社文芸文庫) p79

帰郷
　◇「壺井栄全集 1」文泉堂出版 1997 p374

帰郷
　◇「新美南吉全集 5」牧書店 1965 p175
　◇「校定新美南吉全集 6」大日本図書 1980 p379
　◇「校定新美南吉全集 8」大日本図書 1981 p197

帰郷
　◇「浜田広介全集 11」集英社 1976 p194

帰郷
　◇「星新一ショートショートセレクション 12」理論社 2003 p169

ききょうのつぼみ
　◇「おはなしいっぱい—祐成智美童謡詩集」リーブル 1997 p48

帰郷の手続き
　◇「星新一ショートショートセレクション 5」理論社 2002 p186

桔梗の花
　◇「斎藤隆介全集 3」岩崎書店 1982 p160

桔梗の花に寄せる歌
　◇「稗田菫平全集 1」宝文館出版 1978 p10

帰郷の日
　◇「〔島崎〕藤村の童話 4」筑摩書房 1979 p132

企業の秘密
　◇「星新一YAセレクション 9」理論社 2009 p146

木樵 (きこり) の太郎

　◇「〔島木〕赤彦童謡集」第一書店 1947 p97

きく
　◇「佐藤義美全集 1」佐藤義美全集刊行会 1974 p391

菊
　◇「庄野英二全集 9」偕成社 1979 p53

菊
　◇「稗田菫平全集 1」宝文館出版 1978 p22

聞く
　◇「阪田寛夫全詩集」理論社 2011 p873

キクイタダキ
　◇「椋鳩十全集 11」ポプラ社 1970 p80

ぎくがく 笑うバカ
　◇「まど・みちお全詩集」理論社 1992 p387
　◇「まどさんの詩の本 12」理論社 1997 p80

菊ケ浜
　◇「氏原大作全集 4」条例出版 1977 p276

KIKUJIRO
　◇「ビートたけし傑作集 少年編 3」金の星社 2010 p67

木屑ひろい
　◇「金子みすゞ童謡全集 6」JULA出版局 2004 p186

木屑ひろひ
　◇「新装版金子みすゞ全集 3」JULA出版局 1984 p262

菊—育ちがちがいます
　◇「立原えりかのファンタジーランド 4」青土社 1980 p55

菊池寛について
　◇「魂の配達—野村吉哉作品集」草思社 1983 p345

木靴
　◇「〔北原〕白秋全童謡集 5」岩波書店 1993 p70

木靴人形
　◇「横山健童謡選集 1」無明舎出版 1995 p78

菊の着物
　◇「与謝野晶子児童文学全集 3」春陽堂書店 2007 p59

菊のこころ
　◇「住井すゑジュニア文学館 4」汐文社 1999 p145

菊の爺さん
　◇「〔巌谷〕小波お伽全集 3」本の友社 1998 p27

キクの正義
　◇「北川千代児童文学全集 下」講談社 1967 p131

キクのなまえ
　◇「まど・みちお全詩集 続」理論社 2015 p46

きくの はな
　◇「佐藤義美全集 1」佐藤義美全集刊行会 1974 p376

きくのはな

きくの

菊の花
　◇「まど・みちお全詩集」理論社 1992 p120
　◇「まど・みちお全詩集」理論社 1992 p184
　◇「まど・みちお全詩集」理論社 1992 p666
　◇「まどさんの詩の本 11」理論社 1997 p76
　◇「まどさんの詩の本 11」理論社 1997 p78
菊の花
　◇「北川千代児童文学全集 上」講談社 1967 p135
きくの話
　◇「平塚武二童話全集 5」童心社 1972 p221
菊の花の国
　◇「〔島崎〕藤村の童話 1」筑摩書房 1979 p75
菊のファンタジー
　◇「山本瓔子詩集 I」新風舎 2003 p92
菊の紋
　◇「〔巖谷〕小波お伽全集 12」本の友社 1998 p1
気くばりにつつまれて
　◇「松谷みよ子全エッセイ 1」筑摩書房 1989 p153
菊日和
　◇「稗田童平全集 7」宝文館出版 1981 p181
聞く耳
　◇「花岡大学仏典童話新作集 2」法蔵館 1984 p25
喜劇役者〈A〉
　◇「校定新美南吉全集 7」大日本図書 1980 p9
喜劇役者〈B〉
　◇「校定新美南吉全集 7」大日本図書 1980 p15
鬼言（幻聴）
　◇「新修宮沢賢治全集 3」筑摩書房 1979 p298
　◇「新修宮沢賢治全集 3」筑摩書房 1979 p428
紀元節
　◇「〔巖谷〕小波お伽全集 7」本の友社 1998 p438
〔気圏ときに海のごときことあり〕
　◇「新修宮沢賢治全集 7」筑摩書房 1980 p221
貴工場に対する献策
　◇「新修宮沢賢治全集 15」筑摩書房 1980 p535
きこえてくる
　◇「まど・みちお全詩集 6」銀河社 1975 p8
　◇「まど・みちお全詩集」理論社 1992 p496
　◇「まどさんの詩の本 9」理論社 1996 p12
聞こえてくる
　◇「まど・みちお全詩集 続」理論社 2015 p406
きこえないかなあ
　◇「〔柳家弁天〕らくご文庫 9」太平出版社 1987 p75
きこえないとき
　◇「いのち―みずかみかずよ全詩集」石風社 1995 p312
きこえますよ
　◇「いのち―みずかみかずよ全詩集」石風社 1995 p96
聞こえる
　◇「〔鈴木桂子〕親子で語り合う詩集 2」クロスロード 1999 p30
きこえるかな
　◇「〔山田野理夫〕お笑い文庫 1」太平出版社 1977（母と子の図書室）p39
きこえるね
　◇「りらりらりらわたしの絵本―富永佳与子こどものうた作品集」国土社 1994 p19
疑獄元兇
　◇「新修宮沢賢治全集 14」筑摩書房 1980 p170
鬼谷仙人
　◇「椋鳩十の本 1」理論社 1982 p226
鬼語四
　◇「新修宮沢賢治全集 4」筑摩書房 1979 p252
木樵小屋のサンタクロース
　◇「北川千代児童文学全集 下」講談社 1967 p42
きこりとアリ王
　◇「稗田童平全集 5」宝文館出版 1980 p8
きこりとぐみの木
　◇「ひろすけ幼年童話文学全集 4」集英社 1962 p64
　◇「浜田広介全集 6」集英社 1976 p222
きこりとつぐみ
　◇「北彰介作品集 1」青森県児童文学研究会 1990 p130
木こりと猟師
　◇「〔佐々木春奈〕あなたの脳を休める童話集 大人も子どもも楽しめる童話集」日本文学館 2009 p38
木こりのじまんばなし
　◇「〔柳家弁天〕らくご文庫 2」太平出版社 1987 p26
木こりの修練
　◇「川崎大治民話選 〔3〕」童心社 1971 p196
きこりのばけものたいじ
　◇「〔木暮正夫〕日本のおばけ話・わらい話 19」岩崎書店 1988 p9
きこりの夢
　◇「土田耕平童話集」信濃毎日新聞社 1949 p5
キジ
　◇「庄野英二全集 11」偕成社 1980 p134
技師
　◇「巽聖歌作品集 上」巽聖歌作品集刊行委員会 1977 p65
雉
　◇「稗田童平全集 1」宝文館出版 1978 p52
雉子
　◇「稗田童平全集 7」宝文館出版 1981 p153
雉子射ち爺さん
　◇「〔北原〕白秋全童謡集 1」岩波書店 1992 p313
岸うつ波
　◇「壺井栄全集 5」文泉堂出版 1997 p234

（雉子が）
　◇「稗田菫平全集 8」宝文館出版 1982 p109
キジかカラスか
　◇「〔比江島重孝〕宮崎のむかし話 3」鉱脈社 2000 p240
儀式
　◇「星新一YAセレクション 4」理論社 2009 p75
雉ぐるま
　◇「〔北原〕白秋全童謡集 1」岩波書店 1992 p52
岸田今日子
　◇「今江祥智の本 35」理論社 1990 p193
岸田国士
　◇「〔かこさとし〕お話こんにちは 〔8〕」偕成社 1979 p19
岸田劉生
　◇「〔かこさとし〕お話こんにちは 〔3〕」偕成社 1979 p110
気質のちがい
　◇「椋鳩十の本 22」理論社 1983 p200
雉と雀 動物園所見
　◇「〔北原〕白秋全童謡集 3」岩波書店 1992 p365
キジとヤマバト
　◇「椋鳩十動物童話集 1」小峰書店 1990 p39
　◇「椋鳩十まるごと動物ものがたり 11」理論社 1995 p149
キジと山バト
　◇「椋鳩十全集 1」ポプラ社 1969 p78
　◇「椋鳩十学年別童話 〔14〕」理論社 1995 p97
　◇「椋鳩十名作選 1」理論社 2010 p42
雉と山鳩
　◇「椋鳩十の本 10」理論社 1982 p99
雉子（二章）
　◇「稗田菫平全集 1」宝文館出版 1978 p78
雉子の尾
　◇「〔北原〕白秋全童謡集 1」岩波書店 1992 p79
キジのおつかい
　◇「石森延男児童文学全集 6」学習研究社 1971 p79
雉のお使
　◇「鈴木三重吉童話全集 7」文泉堂出版 1975（日本文学全集・選集叢刊第5号）p45
岸の野ばら
　◇「横山健童謡選集 1」無明舎出版 1995 p110
雉子の話
　◇「怪談小泉八雲のこわ〜い話 9」汐文社 2009 p115
きじのむらのひなまつり
　◇「浜田広介全集 4」集英社 1976 p42
どうようきじの ゆめ
　◇「ひろすけ幼年童話文学全集 7」集英社 1962 p130

きじのゆめ
　◇「浜田広介全集 11」集英社 1976 p96
キジバト
　◇「くんぺい魔法ばなし―魔法ばなし全集 2」サンリオ 2000 p126
キジバト
　◇「まど・みちお全詩集」理論社 1992 p598
　◇「まどさんの詩の本 13」理論社 1997 p34
　◇「まど・みちお全詩集 続」理論社 2015 p102
黄島白島
　◇「〔巌谷〕小波お伽全集 6」本の友社 1998 p325
木島始
　◇「今江祥智の本 21」理論社 1981 p151
キジムン
　◇「〔山田野理夫〕おばけ文庫 6」太平出版社 1976（母と子の図書室）p14
汽車
　◇「石森延男児童文学全集 5」学習研究社 1971 p222
汽車
　◇「〔巌谷〕小波お伽全集 7」本の友社 1998 p411
汽車
　◇「新美南吉全集 6」牧書店 1965 p197
汽車
　◇「新修宮沢賢治全集 4」筑摩書房 1979 p153
騎士屋
　◇「土田耕平童話集 〔2〕」古今書院 1955 p7
きしゃイヌ
　◇「坪田譲治童話全集 9」岩崎書店 1986 p58
汽車が来てゐる
　◇「巽聖歌作品集 上」巽聖歌作品集刊行委員会 1977 p124
汽車汽車走れ
　◇「〔北原〕白秋全童謡集 5」岩波書店 1993 p42
汽車奇談
　◇「定本小川未明童話全集 7」講談社 1977 p326
　◇「定本小川未明童話全集 7」大空社 2001 p326
汽車ごっこ
　◇「阪田寛夫全詩集」理論社 2011 p171
汽車と鉄橋
　◇「巽聖歌作品集 上」巽聖歌作品集刊行委員会 1977 p233
汽車になりたい
　◇「西條八十童謡全集」修道社 1971 p236
汽車にのった仔牛
　◇「庄野英二全集 5」偕成社 1980 p49
きしゃにのって
　◇「与田凖一全集 3」大日本図書 1967 p205
汽車にのって
　◇「パパとボクとネコ―山口紀代子童謡詩集」音楽

きしゃ

汽車のおしゃべり
◇「かもめの水兵さん―武内俊子伝記と作品集」講談社出版サービスセンター 1977 p189

汽車のけむり
◇「ひばりのす―木下夕爾児童詩集」光書房 1998 p14

汽車の旅
◇「〔巖谷〕小波お伽全集 7」本の友社 1998 p441

汽車のなかで
◇「石森延男児童文学全集 5」学習研究社 1971 p170
◇「石森読本―石森延男児童文学選集 5年生」小学館 1977 p98

汽車の中で(日下部梅子)
◇「岡田泰三・日下部梅子童謡集」会津童詩会 1992 p85

汽車の中で見たお話
◇「定本小川未明童話全集 9」講談社 1977 p254
◇「定本小川未明童話全集 9」大空社 2001 p254

汽車の 中の くまと にわとり
◇「小川未明幼年童話文学全集 6」集英社 1966 p63

汽車の中のくまと鶏
◇「定本小川未明童話全集 3」講談社 1977 p54
◇「定本小川未明童話全集 3」大空社 2001 p54

「汽車の婆」の話
◇「北川千代児童文学全集 下」講談社 1967 p87

きしゃのひよこ
◇「浜田広介全集 2」集英社 1975 p177

汽車の窓から
◇「新装版金子みすゞ全集 3」JULA出版局 1984 p142
◇「みすゞさん―童謡詩人・金子みすゞの優しさ探しの旅 2」春陽堂書店 1998
◇「金子みすゞ童謡全集 6」JULA出版局 2004 p22

汽車の窓から
◇「中村雨紅詩謡集」中村雨紅詩謡集刊行委員会 1971 p106

きしゃ ぽっぽ
◇「佐藤義美全集 1」佐藤義美全集刊行会 1974 p395

汽車ポッポ
◇「中村雨紅詩謡集」中村雨紅詩謡集刊行委員会 1971 p137

木地山ぼっこ―工人・小椋久太郎氏に
◇「〔高橋一仁〕春のニシン場―童謡詩集」けやき書舎 2003 p124

汽車みち
◇「〔北原〕白秋全童謡集 4」岩波書店 1993 p170

汽車道いなご
◇「国分一太郎児童文学集 6」小峰書店 1967 p103

汽車は一日
◇「巽聖歌作品集 下」巽聖歌作品集刊行委員会 1977 p175
◇「巽聖歌作品集 下」巽聖歌作品集刊行委員会 1977 p179

汽車は走る
◇「定本小川未明童話全集 13」講談社 1977 p91
◇「定本小川未明童話全集 13」大空社 2002 p91

汽車〈A〉
◇「校定新美南吉全集 8」大日本図書 1981 p12

汽車〈B〉
◇「校定新美南吉全集 8」大日本図書 1981 p420

紀州(林家木久蔵編,岡本和明文)
◇「林家木久蔵の子ども落語 1」フレーベル館 1998 p6

起重機
◇「〔北原〕白秋全童謡集 5」岩波書店 1993 p40

紀州のおふかさん
◇「与謝野晶子児童文学全集 5」春陽堂書店 2007 p187

紀州のとのさまがまとめさせた奇書
◇「〔木暮正夫〕日本の怪奇ばなし 6」岩崎書店 1989 p79

寄宿舎の出来事
◇「北川千代児童文学全集 上」講談社 1967 p122

奇術
◇「瑠璃の壺―森銑三童話集」三樹書房 1982 p312

鬼女
◇「阪田寛夫全詩集」理論社 2011 p42

希少価値
◇「椋鳩十の本 23」理論社 1983 p21

気象台
◇「与田準一全集 1」大日本図書 1967 p84

寄進
◇「〔山田野理夫〕おばけ文庫 8」太平出版社 1976 (母と子の図書室) p88

奇人群像
◇「佐々木邦全集 4」講談社 1975 p113

きしんぼう
◇「〔山田野理夫〕おばけ文庫 6」太平出版社 1976 (母と子の図書室) p42

傷
◇「井上ひさしジュニア文学館 1」汐文社 1998 p109

きずあと
◇「国分一太郎児童文学集 5」小峰書店 1967 p222

きすげ
◇「庄野英二全集 11」偕成社 1980 p131

木づな
◇「マッチ箱の中―三鎌よし子童謡集」しもつけ文学会 1998 p76

傷ついた白馬
　◇「戸川幸夫動物文学全集 15」講談社 1977 p250
絆
　◇「山本瓔子詩集 I」新風舎 2003 p120
絆について
　◇「阪田寛夫全詩集」理論社 2011 p113
帰省
　◇「〔巖谷〕小波お伽全集 15」本の友社 1998 p136
帰省
　◇「おの・ちゅうこう初期作品集 〔1〕 牧歌的風景」崙書房 1975 p106
帰省
　◇「校定新美南吉全集 8」大日本図書 1981 p362
犠牲者
　◇「谷口雅春童話集 2」日本教文社 1976 p51
奇蹟
　◇「魂の配達―野村吉哉作品集」草思社 1983 p55
奇跡の階段
　◇「〔大野憲三〕創作童話」一粒書房 2012 p252
季節を織る
　◇「山本瓔子詩集 I」新風舎 2003 p56
季節外の歌
　◇「佐藤義美全集 1」佐藤義美全集刊行会 1974 p307
季節のおりめ
　◇「椋鳩十の本 17」理論社 1982 p30
季節の風
　◇「いのち―みずかみかずよ全詩集」石風社 1995 p266
季節の天使
　◇「やなせたかし童謡詩集 〔1〕」フレーベル館 2000 p64
季節の駱駝
　◇「巽聖歌作品集 下」巽聖歌作品集刊行委員会 1977 p215
　◇「巽聖歌作品集 下」巽聖歌作品集刊行委員会 1977 p218
きせるおさめ
　◇「川崎大治民話選 〔1〕」童心社 1968 p49
きせるのやに
　◇「〔比江島重孝〕宮崎のむかし話 2」鉱脈社 1998 p8
偽善の仮面（狼と羊飼）
　◇「〔巖谷〕小波お伽全集 14」本の友社 1998 p63
汽船の中の父と子
　◇「定本小川未明童話全集 4」講談社 1977 p263
　◇「定本小川未明童話全集 4」大空社 2001 p263
木曽
　◇「第二〔島木〕赤彦童謡集」第一書店 1948 p81
木曽馬
　◇「〔島崎〕藤村の童話 2」筑摩書房 1979 p64
木曽川
　◇「〔島崎〕藤村の童話 2」筑摩書房 1979 p149
奇賊悲願―烏啼天駆シリーズ・3
　◇「海野十三全集 12」三一書房 1990 p415
奇賊は支払う―烏啼天駆シリーズ・1
　◇「海野十三全集 12」三一書房 1990 p391
木曽のお猿
　◇「巽聖歌作品集 上」巽聖歌作品集刊行委員会 1977 p119
木曽のカイヘイさ
　◇「宮口しづえ童話全集 8」筑摩書房 1979 p147
木曽のはえ
　◇「〔島崎〕藤村の童話 4」筑摩書房 1979 p167
　◇「〔島崎〕藤村の童話 2」筑摩書房 1979 p62
木曽の焼き米
　◇「〔島崎〕藤村の童話 2」筑摩書房 1979 p127
木曽節を唄ふ先生
　◇「魂の配達―野村吉哉作品集」草思社 1983 p31
期待
　◇「星新一ちょっと長めのショートショート 1」理論社 2005 p164
期待される老人像
　◇「今江祥智の本 22」理論社 1981 p43
キタイスカヤ
　◇「〔北原〕白秋全童謡集 3」岩波書店 1992 p284
〔北いっぱいの星ぞらに〕
　◇「新修宮沢賢治全集 3」筑摩書房 1979 p132
　◇「新修宮沢賢治全集 3」筑摩書房 1979 p356
稀代の秘書
　◇「魂の配達―野村吉哉作品集」草思社 1983 p50
北へ
　◇「〔内海康子〕六月のカレンダー―詩集」けやき書房 1999 p36
北へ
　◇「岡本良雄童話文学全集 1」講談社 1964 p94
北へいく雲
　◇「巽聖歌作品集 上」巽聖歌作品集刊行委員会 1977 p304
北へ帰る
　◇「戸川幸夫動物文学全集 1」冬樹社 1965 p205
　◇「戸川幸夫・子どものための動物物語 6」国土社 1967 p165
　◇「戸川幸夫動物文学全集 3」講談社 1976 p311
ギターをひいてみませんか
　◇「今江祥智の本 20」理論社 1981 p91
きたかぜ
　◇「〔東君平〕おはようどうわ 4」講談社 1982 p26
北風
　◇「夢見る窓―冬村勇陽童話集」北雪新書 2004

きたか

　　　p244
北風
　◇「マッチ箱の中―三鎌よし子童謡集」しもつけ文学会 1998 p56
北風を見た子
　◇「あまんきみこセレクション 4」三省堂 2009 p245
きたかぜが ふくと
　◇「まど・みちお全詩集 続」理論社 2015 p384
きたかぜこぞう
　◇「まど・みちお全詩集 続」理論社 2015 p364
きたかぜどおりのおじいさん
　◇「杉みき子選集 7」新潟日報事業社 2009 p49
北風と太陽
　◇「阪田寛夫全詩集」理論社 2011 p520
北風と鶴野博士
　◇「太田博也童話集 5」小山書林 2008 p63
北風と人の魂
　◇「岩永博史童話集 2」岩永博史 2005 p79
北風なんかさむくない
　◇「大石真児童文学全集 8」ポプラ社 1982 p84
北風なんかにまけないぞ
　◇「犬飼馬鹿人旧作童話集」日本文化資料センター 1996 p58
北風にたこは上がる
　◇「定本小川未明童話全集 11」講談社 1977 p202
　◇「定本小川未明童話全集 11」大空社 2002 p202
北風の唄
　◇「新装版金子みすゞ全集 2」JULA出版局 1984 p144
　◇「金子みすゞ童謡全集 3」JULA出版局 2004 p214
北風のくれたテーブルかけ
　◇「北風のくれたテーブルかけ―久保田万太郎童話劇集」東京書籍 1981（東書児童劇シリーズ）p153
北風の庭
　◇「浜田広介全集 6」集英社 1976 p225
北風の夕まぐれ
　◇「立原えりかのファンタジーランド 1」青土社 1980 p135
北風のわすれたハンカチ
　◇「安房直子コレクション 1」偕成社 2004 p271
きたかぜ ぱくぱく
　◇「阪田寛夫全詩集」理論社 2011 p319
きたかぜ ぴゅうぴゅう
　◇「まど・みちお全詩集」理論社 1992 p265
北風吹けば
　◇「〔北原〕白秋全童謡集 1」岩波書店 1992 p205
きたかぜよ
　◇「巽聖歌作品集 上」巽聖歌作品集刊行委員会 1977 p502
きたかぜ ほうや
　◇「まど・みちお全詩集 続」理論社 2015 p386
北風マーチ
　◇「佐藤義美童謡集」さ・え・ら書房 1960 p223
　◇「佐藤義美全集 1」佐藤義美全集刊行会 1974 p241
きたかぜはさむくない
　◇「佐藤義美全集 2」佐藤義美全集刊行会 1973 p227
北風は芽を
　◇「筒井敬介童話全集 11」フレーベル館 1983 p209
〔北上川は熒気をながしヽ〕
　◇「新修宮沢賢治全集 3」筑摩書房 1979 p121
　◇「新修宮沢賢治全集 3」筑摩書房 1979 p351
北上山地の春
　◇「新修宮沢賢治全集 3」筑摩書房 1979 p60
　◇「新修宮沢賢治全集 3」筑摩書房 1979 p329
北から来た汽車
　◇「小出正吾児童文学全集 2」審美社 2000 p59
北川冬彦氏の場合
　◇「佐藤義美全集 6」佐藤義美全集刊行会 1974 p278
来た来た
　◇「〔北原〕白秋全童謡集 4」岩波書店 1993 p157
きたきた きたきた
　◇「まど・みちお全詩集 続」理論社 2015 p143
来た来た春が
　◇「〔北原〕白秋全童謡集 3」岩波書店 1992 p403
キタキツネ
　◇「土田明子詩集 1」かど創房 1986 p8
キタキツネのうた
　◇「戸川幸夫・動物ものがたり 12」金の星社 1979 p5
北狐の挽歌
　◇「戸川幸夫動物文学全集 10」講談社 1977 p207
キタキツネ物語
　◇「〔藤原英司〕日本の動物物語シリーズ 〔7〕」佑学社 1987 p7
木田金次郎さん
　◇「石森延男児童文学全集 15」学習研究社 1971 p93
きたぐに
　◇「〔東君平〕おはようどうわ 1」講談社 1982 p38
きたぐにのてがみ
　◇「〔東君平〕おはようどうわ 8」講談社 1982 p46
　◇「東君平のおはようどうわ 1」新日本出版社 2010 p90
北ぐにの春
　◇「巽聖歌作品集 上」巽聖歌作品集刊行委員会 1977 p496

北里柴三郎
　　◇「〔かこさとし〕お話こんにちは 〔9〕」偕成社 1979 p87
キタジイと木曽馬
　　◇「宮口しづえ童話全集 8」筑摩書房 1979 p166
〔北ぞらのちぢれ羊から〕
　　◇「新修宮沢賢治全集 7」筑摩書房 1980 p374
歌 北ぞらのちぢれ羊から
　　◇「賢治の音楽室―宮沢賢治、作詞作曲の全作品＋詩と童話の朗読」小学館 2000 p18
木たちは
　　◇「杉みき子選集 10」新潟日報事業社 2011 p16
北と南
　　◇「与謝野晶子児童文学全集 3」春陽堂書店 2007 p67
北と南の炎
　　◇「椋鳩十の本 24」理論社 1983 p38
きたないやりのもちかた
　　◇「〔柳家弁天〕らくご文庫 12」太平出版社 1987 p74
北の海
　　◇「〔北原〕白秋全童謡集 5」岩波書店 1993 p58
北の海の白い十字架
　　◇「鈴木喜代春児童文学選集 7」らくだ出版 2009 p7
北の教室
　　◇「巽聖歌作品集 下」巽聖歌作品集刊行委員会 1977 p247
北の国から
　　◇「〔全集版灰谷健次郎の本 19〕理論社 1987 p225
「北の国から」について、また
　　◇「今江祥智の本 35」理論社 1990 p182
放送詩 北の国の黒い語り部
　　◇「北彰介作品集 4」青森県児童文学研究会 1991 p363
北の国のはなし
　　◇「定本小川未明童話全集 2」講談社 1976 p53
　　◇「定本小川未明童話全集 2」大空社 2001 p53
北のこどもは知っている
　　◇「北畠八穂児童文学全集 4」講談社 1974 p228
北野さきさん死去
　　◇「ビートたけし傑作集 少年編 3」金の星社 2010 p111
北の少女
　　◇「定本小川未明童話全集 6」講談社 1977 p134
　　◇「定本小川未明童話全集 6」大空社 2001 p134
北の春
　　◇「定本小川未明童話全集 9」講談社 1977 p232
　　◇「定本小川未明童話全集 9」大空社 2001 p232
北の不思議な話
　　◇「定本小川未明童話全集 6」講談社 1977 p21
　　◇「定本小川未明童話全集 6」大空社 2001 p21
北の街に鐘は鳴る
　　◇「阪田寛夫全詩集」理論社 2011 p94
北の満月―北海道
　　◇「北彰介作品集 4」青森県児童文学研究会 1991 p249
北の港
　　◇「〔高橋一仁〕春のニシン場―童謡詩集」けやき書房 2003 p80
北原白秋
　　◇「〔かこさとし〕お話こんにちは 〔10〕」偕成社 1980 p124
北村透谷
　　◇「〔かこさとし〕お話こんにちは 〔8〕」偕成社 1979 p70
北山花作のはなし
　　◇「小出正吾児童文学全集 2」審美社 2000 p135
キタローじいさんとサル待ちの話
　　◇「〔今坂柳二〕りゅうじフォークロア・world 3」ふるさと伝承研究会 2007 p11
「ギタンジャリ」を読む―タゴールの思想詩にふれて
　　◇「稗田童平全集 8」宝文館出版 1982 p228
気ちがひ家族
　　◇「〔北原〕白秋全童謡集 1」岩波書店 1992 p174
気違ひじみたところ
　　◇「瑠璃の壺―森銑三童話集」三樹書房 1982 p217
吉助のしり
　　◇「かつおきんや作品集 13」アリス館牧新社 1976 p67
　　◇「かつおきんや作品集 14」偕成社 1982 p61
吉と凶
　　◇「星新一ショートショートセレクション 7」理論社 2002 p143
貴重な研究
　　◇「星新一ショートショートセレクション 15」理論社 2004 p31
ぎっこんばったん
　　◇「中村雨紅詩集」中村雨紅詩謡集刊行委員会 1971 p132
ギッコンバッタン
　　◇「村山籌子作品集 1」JULA出版局 1997 p41
喫茶店とブティックの街で
　　◇「佐藤ふさをの本 2」てらいんく 2011 p105
ギッタンバッコ
　　◇「北国翔子童話集 1」青森県児童文学研究会 2000 p20
　　◇「北国翔子童話集 2」青森県児童文学研究会 2010 p3
ギッタンバッコ2

きつた

きつた
　◇「北国翔子童話集 2」青森県児童文学研究会 2010 p5

ギッタンバッコ2 カエルあそび
　◇「北国翔子童話集 2」青森県児童文学研究会 2010 p80

吉四六さん
　◇「寺村輝夫のとんち話 2」あかね書房 1976

きっちょむさんの家
　◇〔比江島重孝〕宮崎のむかし話 3」鉱脈社 2000 p229

吉四六さんのお返しの屁
　◇「〔野呂祐介〕吉四六劇団の吉四六さん話名作集」葉文館出版 1998 p8

吉四六さんの天のぼり
　◇「〔野呂祐介〕吉四六劇団の吉四六さん話名作集」葉文館出版 1998 p14

きっちょむさんの話
　◇「小出正吾児童文学全集 3」審美社 2000 p365

きっちょむどんの名馬
　◇「〔比江島重孝〕宮崎のむかし話 3」鉱脈社 2000 p233

吉四六ばなし
　◇「〔山田野理夫〕お笑い文庫 10」太平出版社 1977（母と子の図書室）p89

ぎっちらこの舟歌
　◇「阪田寛夫全詩集」理論社 2011 p495

きつ、き
　◇「鈴木三重吉童話全集 3」文泉堂書店 1975（日本文学全集・選集叢刊第5次）p277

きつつき
　◇「坪田譲治幼年童話文学全集 1」集英社 1964 p60

キツツキ
　◇「坪田譲治童話全集 9」岩崎書店 1986 p121

キツツキ
　◇「〔東君平〕おはようどうわ 2」講談社 1982 p66
　◇「東君平のおはようどうわ 1」新日本出版社 2010 p78

啄木鳥（岡田泰三）
　◇「岡田泰三・日下部梅子童謡集」会津童詩会 1992 p21
　◇「岡田泰三・日下部梅子童謡集」会津童詩会 1992 p137

啄木鳥（日下部梅子）
　◇「岡田泰三・日下部梅子童謡集」会津童詩会 1992 p97

啄木鳥
　◇「与謝野晶子児童文学全集 6」春陽堂書店 2007 p70

木つつき
　◇「新美南吉全集 6」牧書店 1965 p271
　◇「校定新美南吉全集 8」大日本図書 1981 p438

きつつき コツン
　◇「佐藤義美童謡集」さ・え・ら書房 1960 p170

キツツキ コツン
　◇「佐藤義美全集 1」佐藤義美全集刊行会 1974 p135

きつつきと ライオン
　◇「花岡大学仏典童話全集 6」法蔵館 1979 p138

木つつき 鳥
　◇「〔島木〕赤彦童謡集」第一書店 1947 p18

キツツキのうた
　◇「稗田童平全集 3」宝文館出版 1979 p50

啄木鳥のうた
　◇「室生犀星童話全集 2」創林社 1978 p57

きつつきのくる家
　◇「佐藤義美全集 2」佐藤義美全集刊行会 1973 p153
　◇「佐藤義美全集 2」佐藤義美全集刊行会 1973 p206

きつつきのみつけたたから
　◇「〔神沢利子〕くまの子ウーフの童話集 1」ポプラ社 2001 p51

啄木鳥（四首）
　◇「稗田童平全集 4」宝文館出版 1980 p25

きって
　◇「斎田喬幼年劇全集 2」誠文堂新光社 1961 p404

切手
　◇「庄野英二全集 6」偕成社 1979 p178

切手
　◇「〔山田野理夫〕おばけ文庫 10」太平出版社 1976（母と子の図書室）p66

キッテのゆめ
　◇「〔東君平〕おはようどうわ 1」講談社 1982 p22

切手ぼうや
　◇「桃色のダブダブさん―松田解子童話集」新日本出版社 2004 p97

きっと帰ってくるぞ
　◇「犬飼馬鹿人旧作童話集」日本文化資料センター 1996 p65

きつね
　◇「あたまでっかち―下村千秋童話選集」阿見町教育委員会, 講談社出版サービスセンター（製作）1997 p167

きつね
　◇「新美南吉童話選集 2」ポプラ社 2013 p43

きつね
　◇「浜田広介全集 2」集英社 1975 p227

キツネ
　◇「坪田譲治童話全集 2」岩崎書店 1986 p227

キツネ
　◇「戸川幸夫動物文学全集 15」講談社 1977 p278

きつね

キツネ
　◇「稗田菫平全集 7」宝文館出版 1981 p154
キツネ
　◇「〔東君平〕おはようどうわ 2」講談社 1982 p190
　◇「東君平のおはようどうわ 3」新日本出版社 2010 p87
キツネ
　◇「まど・みちお全詩集」理論社 1992 p668
　◇「まど・みちお全詩集 続」理論社 2015 p47
キツネ
　◇「〔山田野理夫〕お笑い文庫 1」太平出版社 1977（母と子の図書室）p121
狐
　◇「巽聖歌作品集 上」巽聖歌作品集刊行委員会 1977 p382
狐
　◇「戸川幸夫動物文学全集 10」冬樹社 1966 p247
　◇「戸川幸夫動物文学全集 13」講談社 1976 p307
狐
　◇「新美南吉全集 3」牧書店 1965 p229
　◇「校定新美南吉全集 2」大日本図書 1980 p288
　◇「新美南吉童話集 2」大日本図書 1982 p67
　◇「新美南吉童話大全」講談社 1989 p85
　◇「新美南吉童話集」岩波書店 1996（岩波文庫）p293
　◇「新美南吉童話傑作選〔3〕ごん狐」小峰書店 2004 p39
　◇「新美南吉30選」春陽堂書店 2009（名作童話）p177
　◇「新美南吉童話集 2」大日本図書 2012 p67
狐（新美南吉作, 小池タミ子脚色）
　◇「新美南吉童話劇集 2」東京書籍 1982（東書児童劇シリーズ）p139
狐
　◇「稗田菫平全集 1」宝文館出版 1978 p87
狐
　◇「森三郎童話選集〔1〕」刈谷市教育委員会 1995 p9
きつね雨（俳句百二首）
　◇「椋鳩十の本 31」理論社 1989 p37
きつねうどん
　◇「阪田寛夫全詩集」理論社 2011 p128
きつねうどん
　◇「花岡大学童話文学全集 5」法蔵館 1980 p179
きつねをおがんだ人たち
　◇「定本小川未明童話全集 14」講談社 1977 p167
　◇「定本小川未明童話全集 14」大空社 2002 p167
キツネをかんげきさせたまんじゅうや
　◇「椋鳩十の本 30」理論社 1989 p70
キツネをだました話
　◇「北彰介作品集 3」青森県児童文学研究会 1990 p75

キツネをばかしてやろう
　◇「〔山田野理夫〕お笑い文庫 3」太平出版社 1977（母と子の図書室）p92
きつね温泉
　◇「花岡大学童話文学全集 6」法蔵館 1980 p7
キツネが
　◇「くんぺい魔法ばなし—魔法ばなし全集 3」サンリオ 2000 p108
きつねが正一位
　◇「二反長半作品集 3」集英社 1979 p73
きつねがとどけたじゅず
　◇「春よこいこい—高橋良和こころの童話選集」同朋舎出版 1995 p175
キツネがみつけたへんな本（一場）
　◇「筒井敬介児童劇集 3」東京書籍 1982（東書児童劇シリーズ）p9
狐から奪った紙
　◇「瑠璃の壺—森銑三童話集」三樹書房 1982 p129
キツネ狩り
　◇「坪田譲治自選童話集」実業之日本社 1971 p148
　◇「坪田譲治童話全集 2」岩崎書店 1986 p67
狐狩り
　◇「坪田譲治名作選〔2〕ビワの実」小峰書店 2005 p10
きつね—葛の葉とガーネットさんに
　◇「阪田寛夫全詩集」理論社 2011 p174
きつね小僧
　◇「星新一YAセレクション 9」理論社 2009 p79
狐こんこん狐の子
　◇「あまの川—宮沢賢治童謡集」筑摩書房 2001 p96
きつね雑感
　◇「あまんきみこセレクション 5」三省堂 2009 p144
キツネザルの森
　◇「戸川幸夫動物文学全集 14」講談社 1977 p184
きつね三吉
　◇「佐藤さとる全集 6」講談社 1973 p107
　◇「佐藤さとるファンタジー全集 6」講談社 1982 p67
　◇「佐藤さとる幼年童話自選集 4」ゴブリン書房 2004 p33
　◇「佐藤さとるファンタジー全集 6」講談社, 復刊ドットコム（発売）2010 p67
きつねざんぶり
　◇「寺村輝夫全童話 4」理論社 1997 p93
キツネざんぶり
　◇「寺村輝夫どうわの本 1」ポプラ社 1983 p99
キツネたいまつ
　◇「〔山田野理夫〕おばけ文庫 6」太平出版社 1976（母と子の図書室）p105

きつね

狐という字
  ◇「〔比江島重孝〕宮崎のむかし話 2」鉱脈社 1998 p151

狐と鬼瓦
  ◇「〔巖谷〕小波お伽全集 14」本の友社 1998 p185

きつねと おめん
  ◇「ひろすけ幼年童話文学全集 8」集英社 1961 p168

きつねとおんどり
  ◇「ひろすけ幼年童話文学全集 8」集英社 1961 p154
  ◇「浜田広介全集 3」集英社 1975 p35

きつねとがちょう
  ◇「ひろすけ幼年童話文学全集 10」集英社 1962 p78
  ◇「浜田広介全集 10」集英社 1976 p151

きつねと かっぱ
  ◇「坪田譲治幼年童話文学全集 2」集英社 1965 p193

キツネとカッパ
  ◇「坪田譲治童話全集 3」岩崎書店 1986 p87

きつねとかねの音
  ◇「今西祐行全集 3」偕成社 1987 p35

きつねとかわうそ
  ◇「坪田譲治幼年童話文学全集 6」集英社 1964 p54

きつねとかわうそ
  ◇「稗田菫平全集 8」宝文館出版 1982 p139

きつねとかわうそ
  ◇「松谷みよ子のむかしむかし 1」講談社 1973 p2

キツネとカワウソ
  ◇「坪田譲治童話全集 10」岩崎書店 1986 p22

キツネとカワウソ
  ◇「浜田広介全集 9」集英社 1976 p102

キツネとカワウソ
  ◇「〔山田野理夫〕おばけ文庫 4」太平出版社 1976（母と子の図書室）p81

狐と啄木鳥
  ◇「土田耕平童話集 〔3〕」古今書院 1955 p62

きつねと くまの はなし
  ◇「坪田譲治幼年童話文学全集 7」集英社 1965 p183

きつねと こぞうさん
  ◇「坪田譲治幼年童話文学全集 8」集英社 1965 p139

狐と地藏尊
  ◇「〔巖谷〕小波お伽全集 14」本の友社 1998 p230

きつねと たぬき
  ◇「坪田譲治幼年童話文学全集 7」集英社 1965 p159

きつねとたぬき
  ◇「浜田広介全集 3」集英社 1975 p140

狐と狸の相談
  ◇「健太と大天狗—片山貞一創作童話集」あさを社 2007 p105

きつねと たぬきの ばけくらべ
  ◇「西本鶏介のむかしむかし」小学館 2003 p59

きつねとたぬきのばけくらべについて
  ◇「西本鶏介のむかしむかし」小学館 2003 p76

キツネとタヌキのばけばけ話
  ◇「〔木暮正夫〕日本のおばけ話・わらい話 13」岩崎書店 1987

きつねとたんぽぽ
  ◇「松谷みよ子全集 10」講談社 1972 p81

きつねとたんぽぽ（松谷みよ子）
  ◇「佐藤さとるファンタジー全集 16」講談社 1983 p221

きつねとチョウとアカヤシオの花
  ◇「きつねとチョウとアカヤシオの花—横野幸一童話集」横野幸一,静岡新聞社（発売）2006 p7

きつねと つるべ
  ◇「花園大学仏典童話全集 7」法蔵館 1979 p66

キツネとてがみ
  ◇「〔山田野理夫〕おばけ文庫 4」太平出版社 1976（母と子の図書室）p134

きつねと 鳥のす
  ◇「寺村輝夫全童話 3」理論社 1997 p12

きつねとなの花
  ◇「稗田菫平全集 8」宝文館出版 1982 p134

きつねと人形しばい
  ◇「二反長半作品集 3」集英社 1979 p65

キツネト ヒカウキ
  ◇「佐藤義美全集 2」佐藤義美全集刊行会 1973 p37

狐と風船玉
  ◇「西條八十童謡全集」修道社 1971 p237

きつねとぶどう
  ◇「阪田寛夫全詩集」理論社 2011 p521

きつねとぶどう
  ◇「坪田譲治幼年童話文学全集 2」集英社 1965 p8
  ◇「坪田譲治名作選 〔2〕ビワの実」小峰書店 2005 p92

キツネとブドウ
  ◇「坪田譲治童話全集 9」岩崎書店 1986 p133

キツネにされた主人
  ◇「〔山田野理夫〕お笑い文庫 6」太平出版社 1977（母と子の図書室）p89

狐に誑かされた話
  ◇「〔辻司〕創作短篇童話集 マガダ国の悲劇・鍋の蓋他」日本文学館 2006 p2

狐に化された話
  ◇「土田耕平童話集 〔5〕」古今書院 1955 p50

狐女房

きつね

キツネに笑われた権十郎
　◇「斎藤隆介全集 12」岩崎書店 1982 p181
キツネに笑われた権十郎
　◇「武田信夫童話作品集」みちのく書房 1995 p218
キツネの赤んぼ
　◇「稗田童平全集 5」宝文館出版 1980 p109
キツネのあさめし
　◇「〔東君平〕おはようどうわ 6」講談社 1982 p50
　◇「東君平のおはようどうわ 5」新日本出版社 2010 p18
きつねのあぶら
　◇「寺村輝夫のむかし話 〔7〕」あかね書房 1979 p70
狐の油買い
　◇「中村雨紅詩謡集」中村雨紅詩謡集刊行委員会 1971 p142
きつねのあまさん
　◇「寺村輝夫のむかし話 〔6〕」あかね書房 1979 p24
狐のうた
　◇「あまの川―宮沢賢治童謡集」筑摩書房 2001 p71
きつねのお客さま
　◇「あまんきみこセレクション 3」三省堂 2009 p95
狐のお舌
　◇「〔北原〕白秋全童謡集 3」岩波書店 1992 p388
きつねの おつかい
　◇「新美南吉全集 1」牧書店 1965 p160
きつねの おばさん
　◇「小川未明幼年童話文学全集 3」集英社 1965 p51
　◇「定本小川未明童話全集 15」講談社 1978 p150
　◇「定本小川未明童話全集 15」大空社 2002 p150
キツネのおんがえし
　◇「〔比江島重孝〕宮崎のむかし話 3」鉱脈社 2000 p223
狐の恩返し
　◇「〔佐海〕航南夜ばなし―童話集」佐海航南 1999 p23
キツネのかさ
　◇「〔東君平〕おはようどうわ 1」講談社 1982 p108
狐のカズ
　◇「〔大野憲三〕創作童話」一粒書房 2012 p50
狐の学校
　◇「西條八十童謡全集」修道社 1971 p239
狐の学校の生徒のうた
　◇「あまの川―宮沢賢治童謡集」筑摩書房 2001 p100
きつねのかみさま
　◇「あまんきみこ童話集 4」ポプラ社 2008 p109
　◇「あまんきみこセレクション 2」三省堂 2009 p89
狐の神さま
　◇「浜田広介全集 2」集英社 1975 p28

きつねの川わたり
　◇「〔かこさとし〕お話こんにちは 〔9〕」偕成社 1979 p4
キツネノカンザシ
　◇「椋鳩十の本 20」理論社 1983 p205
きつねの きしゃごっこ
　◇「平塚武二童話全集 2」童心社 1972 p102
きつねの家来
　◇「土田耕平童話集」信濃毎日新聞社 1949 p58
狐の家来
　◇「土田耕平童話集 〔1〕」古今書院 1955 p5
きつねの子
　◇「浜田広介全集 11」集英社 1976 p60
きつねの こたえ
　◇「ひろすけ幼年童話文学全集 8」集英社 1961 p171
狐の子供
　◇「与謝野晶子児童文学全集 5」春陽堂書店 2007 p122
きつねの子のひろった定期券
　◇「松谷みよ子全集 4」講談社 1972 p87
きつねの さいころ
　◇「坪田譲治幼年童話文学全集 4」集英社 1965 p30
キツネのさいころ
　◇「坪田譲治童話全集 9」岩崎書店 1986 p27
　◇「坪田譲治名作選 〔2〕 ビワの実」小峰書店 2005 p66
キツネのさいなん
　◇「〔木暮正夫〕日本のおばけ話・わらい話 13」岩崎書店 1987 p53
狐の裁判
　◇「巌谷小波お伽噺文庫 〔3〕」大和書房 1976 p38
きつねのサン
　◇「〔鈴木裕美〕短編童話集 童話のじかん」文芸社 2008 p47
キツネのしかえし
　◇「〔木暮正夫〕日本のおばけ話・わらい話 13」岩崎書店 1987 p31
キツネのしっぱい
　◇「〔木暮正夫〕日本のおばけ話・わらい話 13」岩崎書店 1987 p66
きつねのしっぽ
　◇「住井すゑジュニア文学館 6」汐文社 1999 p167
きつねのじてんしゃ
　◇「長崎源之助全集 18」偕成社 1987 p73
きつねの写真
　◇「あまんきみこセレクション 2」三省堂 2009 p96
キツネのしりあぶり
　◇「今井誉次郎童話集子どもの村 〔5〕」国土社 1957 p31

作品名から引ける日本児童文学個人全集案内　261

きつね

きつねのしりお
　◇「浜田広介全集 6」集英社 1976 p181

キツネの頭巾
　◇〔山田野理夫〕お笑い文庫 8」太平出版社 1977（母と子の図書室）p51

きつねの世界
　◇「花岡大学童話文学全集 2」法蔵館 1980 p155

きつねのたいこ
　◇「沼田曜一の親子劇場 3」あすなろ書房 1996 p87

キツネの茶釜
　◇〔山田野理夫〕お笑い文庫 7」太平出版社 1977（母と子の図書室）p74

きつねのちょうちん
　◇「きつねとチョウとアカヤシオの花—横野幸一童話集」横野幸一，静岡新聞社（発売）2006 p28

キツネのちょうちん
　◇〔林原玉枝〕不思議な鳥」けやき書房 1996（ふれ愛ブックス）p44

狐の提灯
　◇「森三郎童話選集 〔2〕」刈谷市教育委員会 1996 p217

狐のつかい
　◇「新美南吉童話集 1」大日本図書 1982 p232
　◇「新美南吉童話大全」講談社 1989 p302
　◇「新美南吉童話傑作選 〔5〕子どものすきな神さま」小峰書店 2004 p17
　◇「新美南吉30選」春陽堂書店 2009（名作童話）p307
　◇「新美南吉童話集 1」大日本図書 2012 p232

狐のつかひ
　◇「校定新美南吉全集 4」大日本図書 1980 p408

キツネの手紙
　◇「夢見る窓—冬村勇陽童話集」北雪新書 2004 p124

キツネの友だち
　◇「浜田広介全集 9」集英社 1976 p106

狐のなかうど
　◇「鈴木三重吉童話全集 1」文泉堂書店 1975（日本文学全集・選集叢刊第5次）p262

きつねのはぶらし
　◇「長崎源之助全集 18」偕成社 1987 p57

きつねの飛脚
　◇「松谷みよ子のむかしむかし 9」講談社 1973 p69

きつねの ふく
　◇「佐藤義美全集 3」佐藤義美全集刊行会 1973 p24

キツネの冬学校
　◇〔かこさとし〕お話こんにちは 〔11〕」偕成社 1980 p96

狐のぼたん
　◇「稗田童平全集 1」宝文館出版 1978 p41

きつねのほら穴
　◇「花岡大学仏典童話全集 5」法蔵館 1979 p171

キツネのまじない
　◇「武田信夫童話作品集」みちのく書房 1995 p47

きつねの窓
　◇「安房直子コレクション 1」偕成社 2004 p33

きつねの身の上話
　◇〔島崎〕藤村の童話 2」筑摩書房 1979 p73

きつねの夕食会
　◇「安房直子コレクション 3」偕成社 2004 p9

きつねのよめいり
　◇「稗田童平全集 3」宝文館出版 1979 p62

きつねのよめいり
　◇「松谷みよ子全集 4」講談社 1972 p143

キツネのよめ入り
　◇〔山田野理夫〕お笑い文庫 8」太平出版社 1977（母と子の図書室）p67

狐の渡
　◇「土田耕平童話集 〔4〕」古今書院 1955 p70

狐火街道
　◇「さねとうあきら創作民話集 被差別部落 1」明石書店 1988 p84

きつねみちは天のみち
　◇「あまんきみこ童話集 1」ポプラ社 2008 p17
　◇「あまんきみこセレクション 2」三省堂 2009 p189

きつねもおりこう
　◇「浜田広介全集 2」集英社 1975 p61

きつねものがたり
　◇「椋鳩十学年別童話 〔7〕」理論社 1991 p99

キツネものがたり
　◇「椋鳩十全集 17」ポプラ社 1980 p82

きつね山の赤い花
　◇「安房直子コレクション 3」偕成社 2004 p63

キツネ罠
　◇「椋鳩十の本 6」理論社 1982 p102

キツネはなに色？
　◇〔柳家弁天〕らくご文庫 1」太平文庫 1987 p96

キツネは化かすか
　◇「戸川幸夫動物文学全集 15」講談社 1977 p206

きっぷうりば
　◇「与田準一全集 3」大日本図書 1967 p206

きつぷ きりましょ
　◇「かもめの水兵さん—武内俊子伝記と作品集」講談社出版サービスセンター 1977 p204

きっぷばさみのうた
　◇「佐藤義美全集 1」佐藤義美全集刊行会 1974 p294
　◇「ともだちシンフォニー—佐藤義美童謡集」JULA出版局 1990 p42

機転
　◇「瑠璃の壺―森銑三童話集」三樹書房 1982 p332
木戸逸郎詩集「死者の季節」を読む
　◇「稗田童平全集 7」宝文館出版 1981 p136
機動演習
　◇「〔北原〕白秋全童謡集 4」岩波書店 1993 p96
軌道をゆるやかに
　◇「椋鳩十の本 24」理論社 1983 p91
キド効果
　◇「海野十三全集 2」三一書房 1991 p67
〔黄と橙の服なせし〕
　◇「新修宮沢賢治全集 7」筑摩書房 1980 p240
木と鳥になった姉妹
　◇「定本小川未明童話全集 2」講談社 1976 p143
　◇「定本小川未明童話全集 2」大空社 2001 p143
きなこの ついた おかお
　◇「定本小川未明童話全集 15」講談社 1978 p154
　◇「定本小川未明童話全集 15」大空社 2002 p154
きなこのへ
　◇「寺村輝夫のむかし話 〔5〕」あかね書房 1978 p108
団仔(ギナ)さん
　◇「まど・みちお全詩集」理論社 1992 p31
ギナさんアルバム
　◇「まど・みちお全詩集」理論社 1992 p46
ギナの家
　◇「まど・みちお全詩集」理論社 1992 p47
キナバルの雪
　◇「庄野英二全集 10」偕成社 1979 p9
　◇「庄野英二全集 10」偕成社 1979 p97
着なれたやつ
　◇「いのち―みずかみかずよ全詩集」石風社 1995 p261
気にいらない鉛筆
　◇「定本小川未明童話全集 10」講談社 1977 p88
　◇「定本小川未明童話全集 10」大空社 2001 p88
気にかかること
　◇「庄野英二全集 6」偕成社 1979 p179
気にしなくても いいよ
　◇「山本瓔子詩集 I」新風舎 2003 p52
木についての牧歌
　◇「まど・みちお全詩集 続」理論社 2015 p360
木につながれて
　◇「〔黒川良人〕犬の詩猫の詩―児童詩集」東洋出版 2000 p75
木に上った子供
　◇「定本小川未明童話全集 2」講談社 1976 p260
　◇「定本小川未明童話全集 2」大空社 2001 p260
絹
　◇「〔島崎〕藤村の童話 1」筑摩書房 1979 p78

団仔(ギヌァ)
　◇「まど・みちお全詩集」理論社 1992 p37
絹糸のうた
　◇「武田信夫童話作品集」みちのく書房 1995 p181
絹糸の草履
　◇「北川千代児童文学全集 上」講談社 1967 p149
絹糸の草履 序
　◇「北川千代児童文学全集 下」講談社 1967 p303
きぬぐつとインコ
　◇「西條八十の童話と童謡」小学館 1981 p10
絹の帆
　◇「新装版金子みすゞ全集 3」JULA出版局 1984 p118
　◇「金子みすゞ童謡全集 5」JULA出版局 2004 p158
木ねずみ
　◇「与田準一全集 1」大日本図書 1967 p74
キネマの街
　◇「新装版金子みすゞ全集 2」JULA出版局 1984 p33
　◇「金子みすゞ童謡全集 3」JULA出版局 2004 p56
紀念写真
　◇「新修宮沢賢治全集 6」筑摩書房 1980 p97
　◇「新修宮沢賢治全集 6」筑摩書房 1980 p378
記念写真
　◇「井上ひさしジュニア文学館 1」汐文社 1998 p123
記念写真
　◇「庄野英二全集 11」偕成社 1980 p347
記念写真
　◇「星新一ショートショートセレクション 13」理論社 2003 p146
記念碑
　◇「坪田譲治童話全集 6」岩崎書店 1986 p175
きの あかちゃん
　◇「佐藤義美全集 1」佐藤義美全集刊行会 1974 p424
木の足
　◇「花岡大学童話文学全集 4」法蔵館 1980 p81
木のある風景
　◇「杉みき子選集 3」新潟日報事業社 2006 p183
気のいい火山弾
　◇「新版・宮沢賢治童話全集 2」岩崎書店 1978 p79
　◇「新修宮沢賢治全集 8」筑摩書房 1979 p137
　◇「宮沢賢治童話集 2」講談社 1985（講談社青い鳥文庫）p7
　◇「〔宮沢〕賢治童話」翔泳社 1995 p93
　◇「よくわかる宮沢賢治―イーハトーブ・ロマン I」学習研究社 1996 p98
　◇「猫の事務所―宮沢賢治童話選」シグロ 1999 p130

きのい

◇「齋藤孝のイッキによめる！ 小学生のための宮沢賢治」講談社 2007 p57
◇「宮沢賢治童話集珠玉選 〔2〕」講談社 2009 p124

気のいいどろぼう
◇「松谷みよ子のむかしむかし 7」講談社 1973 p87

木のいくさ
◇「〔山田野理夫〕おばけ文庫 6」太平出版社 1976（母と子の図書室）p138

木の椅子
◇「校定新美南吉全集 8」大日本図書 1981 p291

木の上
◇「与田凖一全集 2」大日本図書 1967 p236

木の上でおるすばん
◇「壺井栄名作集 1」ポプラ社 1965 p83
◇「定本壺井栄児童文学全集 4」講談社 1980 p24
◇「壺井栄全集 10」文泉堂出版 1998 p177

木の上と下のはなし
◇「小川未明幼年童話文学全集 5」集英社 1966 p15

木の上と下の話
◇「定本小川未明童話全集 13」講談社 1977 p52
◇「定本小川未明童話全集 13」大空社 2002 p52

木の上にベッド
◇「寺村輝夫童話全集 1」ポプラ社 1982 p201
◇「〔寺村輝夫〕ぼくは王さま全1冊」理論社 1985 p213
◇「寺村輝夫全童話 1」理論社 1996 p100
◇「寺村輝夫の王さまシリーズ 2」理論社 1998 p25

木の 上の 小ばた
◇「ひろすけ幼年童話文学全集 5」集英社 1962 p74

木の上のはた
◇「浜田広介全集 8」集英社 1976 p143

きのうを あしたに かえるおと
◇「〔おうち・やすゆき〕こら！ しんぞう―童謡詩集」小峰書店 1996 p92

きのう きょう
◇「まど・みちお全詩集 続」理論社 2015 p204

樹の歌（四首）
◇「稗田菫平全集 4」宝文館出版 1980 p39

（昨日の）
◇「稗田菫平全集 2」宝文館出版 1982 p45

きのうの買物―ある小母さんのひとりごと
◇「まどさんの詩の本 8」理論社 1996 p22

きのうの買物―ある主婦のひとりごと
◇「まど・みちお全詩集」理論社 1992 p349

きのうの山車
◇「金子みすゞ童謡全集 2」JULA出版局 2003 p224

きのふの山車
◇「新装版金子みすゞ全集 1」JULA出版局 1984 p203
◇「新装版金子みすゞ全集 1」JULA出版局 1984

p243

昨日のリボン
◇「〔巖谷〕小波お伽全集 14」本の友社 1998 p342

きのう別れた人のように
◇「松谷みよ子全エッセイ 3」筑摩書房 1989 p101

きのえだ 1ぽん
◇「まど・みちお全詩集」理論社 1992 p132

木のえだのボール
◇「ひろすけ幼年童話文学全集 1」集英社 1961 p36
◇「浜田広介全集 3」集英社 1975 p141

きのおうさ
◇「浜田広介全集 11」集英社 1976 p77

木のかげ
◇「巽聖歌作品集 上」巽聖歌作品集刊行委員会 1977 p100

きのこ
◇「〔東君平〕ひとくち童話 6」フレーベル館 1995 p40

きのこ
◇「まど・みちお全詩集」理論社 1992 p266

茸
◇「〔宗左近〕梟の駅長さん―童謡集」思潮社 1998 p66

キノコがり
◇「〔東君平〕おはようどうわ 1」講談社 1982 p190

きのこきのこきのこ
◇「今江祥智の本 10」理論社 1980 p152
◇「今江祥智童話館 〔2〕」理論社 1986 p48
◇「今江祥智ショートファンタジー 2」理論社 2004 p51

木のこしかけ
◇「室生犀星童話全集 2」創林社 1978 p237

木菌（きのこ）太夫
◇「〔巖谷〕小波お伽全集 5」本の友社 1998 p97

きのことり
◇「浜田広介全集 11」集英社 1976 p111

きのこ取りのおじいさん
◇「浜田広介全集 7」集英社 1976 p32

きのこのうた
◇「稗田菫平全集 3」宝文館出版 1979 p78

きのこのおどり
◇「来栖良夫児童文学全集 1」岩崎書店 1983 p202

きのこのかさ
◇「浜田広介全集 7」集英社 1976 p243

きのこのばけもの
◇「〔木暮正夫〕日本のおばけ話・わらい話 1」岩崎書店 1986 p36

きのこのばけもの
◇「〔西本鶏介〕新日本昔ばなし――日一話・読みきかせ 2」小学館 1997 p116

きのこのフェスティバル
　◇「横山健童謡選集 1」無明舎出版 1995 p82
木の字たち
　◇「まど・みちお全詩集 続」理論社 2015 p205
木の下のあみ
　◇「浜田広介全集 1」集英社 1975 p240
木の下の宝
　◇「坪田譲治自選童話集」実業之日本社 1971 p51
　◇「坪田譲治童話全集 1」岩崎書店 1986 p61
木の下のちょうちん
　◇「浜田広介全集 4」集英社 1976 p153
木下夕爾氏の「児童詩集」に
　◇「稗田菫平全集 6」宝文館出版 1981 p144
きのじ ゆめものがたり
　◇「阪田寛夫全詩集」理論社 2011 p230
樹の正面
　◇「佐藤義美全集 1」佐藤義美全集刊行会 1974 p29
　◇「佐藤義美全集 1」佐藤義美全集刊行会 1974 p30
木のてっぺんの うさぎ
　◇「佐藤義美全集 4」佐藤義美全集刊行会 1974 p361
気の毒なドン氏
　◇「太田博也童話集 5」小山書林 2008 p107
木の涙
　◇「〔久高明子〕チンチンコバカマ」新風舎 1998 p7
キノハ
　◇「〔北原〕白秋全童謡集 5」岩波書店 1993 p37
きのはっぱと でんしゃ
　◇「佐藤義美全集 5」佐藤義美全集刊行会 1973 p13
気の早い 春風さん
　◇「パパとボクとネコ―山口紀代子童謡詩集」音楽舎 2003 p18
木の羊
　◇「巽聖歌作品集 上」巽聖歌作品集刊行委員会 1977 p67
きのぼり おさる
　◇「佐藤義美童謡集」さ・え・ら書房 1960 p88
キノボリ オサル
　◇「佐藤義美全集 1」佐藤義美全集刊行会 1974 p137
木ノボリオサル
　◇「佐藤義美全集 1」佐藤義美全集刊行会 1974 p153
きのぼり くまのこ
　◇「佐藤義美全集 1」佐藤義美全集刊行会 1974 p170
木のぼり小僧
　◇「サトウハチロー童謡集」弥生書房 1977 p68
木のぼり太右衛門
　◇「西條八十童謡全集」修道社 1971 p37
木のぼりのお猿
　◇「〔北原〕白秋全童謡集 1」岩波書店 1992 p124
木登りの代わりに
　◇「〔島崎〕藤村の童話 3」筑摩書房 1979 p27
木のまたてがみとまっくろてがみ
　◇「〔木暮正夫〕日本のおばけ話・わらい話 12」岩崎書店 1987 p44
きの まつり
　◇「新美南吉全集 1」牧書店 1965 p50
木の祭
　◇「校定新美南吉全集 3」大日本図書 1980 p166
　◇「新美南吉童話傑作選〔4〕がちょうのたんじょうび」小峰書店 2004 p21
木の祭り
　◇「新美南吉童話集 1」大日本図書 1982 p97
　◇「新美南吉童話大全」講談社 1989 p302
　◇「〔新美南吉〕でんでんむしのかなしみ」大日本図書 1999 p18
　◇「新美南吉童話集 1」大日本図書 2012 p97
　◇「新美南吉童話選集 1」ポプラ社 2013 p11
木のみ
　◇「浜田広介全集 11」集英社 1976 p67
木の実（きのみ）… → "このみ…"をも見よ
木の実号
　◇「佐藤義美童謡集」さ・え・ら書房 1960 p225
　◇「ともだちシンフォニー―佐藤義美童謡集」JULA出版局 1990 p28
木ノミ号
　◇「佐藤義美全集 1」佐藤義美全集刊行会 1974 p125
　◇「佐藤義美全集 1」佐藤義美全集刊行会 1974 p151
木の実と子供
　◇「新装版金子みすゞ全集 1」JULA出版局 1984 p211
　◇「金子みすゞ童謡全集 2」JULA出版局 2003 p174
木の実採り
　◇「〔北原〕白秋全童謡集 2」岩波書店 1992 p54
木の実は熟れ
　◇「阪田寛夫全詩集」理論社 2011 p527
木のめ 草のめ
　◇「石森延男児童文学全集 11」学習研究社 1971 p7
　◇「石森読本―石森延男児童文学選集 4年生」小学館 1977 p7
木の芽どき
　◇「〔北原〕白秋全童謡集 2」岩波書店 1992 p442
木の夢
　◇「佐藤義美全集 1」佐藤義美全集刊行会 1974 p74
木の霊
　◇「椋鳩十の本 23」理論社 1983 p39

牙王物語
　◇「戸川幸夫動物文学全集 3」冬樹社 1965 p9
　◇「戸川幸夫動物文学全集 5」講談社 1976 p3
牙王物語（上）
　◇「戸川幸夫・子どものための動物物語 14」国土社 1969 p5
牙王物語（下）
　◇「戸川幸夫・子どものための動物物語 15」国土社 1969 p5
きばをなくすと（小沢正）
　◇「佐藤さとるファンタジー全集 16」講談社 1983 p222
木場ぐらし七十年
　◇「斎藤隆介全集 9」岩崎書店 1982 p219
騎馬戦
　◇「〔北原〕白秋全童謡集 4」岩波書店 1993 p211
ギバという魔女
　◇「松谷みよ子のむかしむかし 6」講談社 1973 p92
木原孝一氏来富のこと
　◇「稗田童平全集 7」宝文館出版 1981 p112
きびしい母
　◇「戸川幸夫創作童話集 1」国土社 1972 p77
きびだんご
　◇「川崎大治民話選 〔1〕」童心社 1968 p178
奇病
　◇「星新一ショートショートセレクション 6」理論社 2002 p186
寄付ぎらい
　◇「全集版灰谷健次郎の本 21」理論社 1988 p154
寄付金
　◇「室生犀星童話全集 2」創林社 1978 p177
鬼仏洞事件
　◇「海野十三全集 7」三一書房 1990 p397
奇物変物
　◇「佐々木邦全集 4」講談社 1975 p287
木舟石舟
　◇「〔巌谷〕小波お伽全集 7」本の友社 1998 p259
貴船の料亭
　◇「椋鳩十の本 22」理論社 1983 p56
きぶん
　◇「〔おうち・やすゆき〕こら！ しんぞう一童謡集」小峰書店 1996 p23
希望
　◇「定本小川未明童話全集 10」講談社 1977 p153
　◇「定本小川未明童話全集 10」大空社 2001 p153
希望エキス
　◇「やなせたかし童謡詩集 〔1〕」フレーベル館 2000 p16
希望への橋
　◇「全集版灰谷健次郎の本 19」理論社 1987 p120
希望への道
　◇「全集版灰谷健次郎の本 17」理論社 1987 p104
喜峰口関門の戦闘（実話）
　◇「鈴木三重吉童話全集 8」文泉堂書店 1975（日本文学全集・選集叢刊第5次）p480
希望の青空
　◇「横山健童謡選集 1」無明舎出版 1995 p104
希望の歌
　◇「やなせたかし童謡詩集 〔1〕」フレーベル館 2000 p8
希望のかたち
　◇「やなせたかし童謡詩集 〔1〕」フレーベル館 2000 p24
希望の砂
　◇「やなせたかし童謡詩集 〔1〕」フレーベル館 2000 p14
希望の扉について
　◇「阪田寛夫全詩集」理論社 2011 p106
希望の火
　◇「やなせたかし童謡詩集 〔1〕」フレーベル館 2000 p28
希望岬
　◇「やなせたかし童謡詩集 〔1〕」フレーベル館 2000 p10
「木仏さまと金仏さま」より
　◇「稗田童平全集 5」宝文館出版 1980 p141
木ほとけちょうじゃ
　◇「坪田譲治幼年童話文学全集 8」集英社 1965 p188
木仏長者
　◇「坪田譲治童話全集 10」岩崎書店 1986 p189
木仏長者
　◇「二反長半作品集 3」集英社 1979 p39
きまえがいい魔女と兵隊さん
　◇「ろくでなしという名のポーリー――もとさこみつる短編童話集」早稲田童話塾 2012 p101
気前のいい家
　◇「星新一ショートショートセレクション 1」理論社 2001 p46
気まぐれ時計
　◇「西條八十童謡全集」修道社 1971 p241
気まぐれな思想家
　◇「新美南吉全集 6」牧書店 1965 p165
気まぐれな星
　◇「星新一ショートショートセレクション 15」理論社 2004 p7
気まぐれの人形師
　◇「定本小川未明童話全集 2」講談社 1976 p238
　◇「定本小川未明童話全集 2」大空社 2001 p238
　◇「小川未明30選」春陽堂書店 2009（名作童話）p92

キマブコのウドンコ
　◇「杉みき子選集 8」新潟日報事業社 2010 p73
きま、馬
　◇「〔巖谷〕小波お伽全集 3」本の友社 1998 p344
きまもり
　◇「杉みき子選集 3」新潟日報事業社 2006 p13
きまりことば
　◇「阪田寛夫全詩集」理論社 2011 p230
（君いとけなし）
　◇「稗田菫平全集 8」宝文館出版 1982 p20
〔玉蜀黍(きみ)を播きやめ環にならべ〕
　◇「新修宮沢賢治全集 6」筑摩書房 1980 p50
　◇「新修宮沢賢治全集 6」筑摩書房 1980 p358
きみが心は
　◇「富島健夫青春文学選集 2」集英社 1971 p199
きみが本のむし
　◇「〔塩見治子〕短編童話集 本のむし」早稲田童話塾 2013 p7
きみからとび出せ
　◇「全集版灰谷健次郎の本 7」理論社 1989 p7
君死にたもうことなかれ
　◇「与謝野晶子児童文学全集 6」春陽堂書店 2007 p186
きみたちは太陽さ
　◇「阪田寛夫全詩集」理論社 2011 p329
君たちはどう生きるか
　◇「ジュニア版吉野源三郎全集 1」ポプラ社 1967 p5
　◇「吉野源三郎全集 1」ポプラ社 2000 p5
キミちゃんとカッパのはなし
　◇「神沢利子コレクション 4」あかね書房 1994 p99
　◇「神沢利子コレクション・普及版 4」あかね書房 2006 p99
　◇「神沢利子のおはなしの時間 5」ポプラ社 2011 p57
君とあおぐ星
　◇「阪田寛夫全詩集」理論社 2011 p235
きみと歩くとき
　◇「阪田寛夫全詩集」理論社 2011 p786
きみとぼく
　◇「今江祥智の本 19」理論社 1981 p183
　◇「今江祥智童話館 〔4〕」理論社 1986 p178
きみとぼくとそしてあいつ
　◇「今江祥智の本 2」理論社 1980 p7
（君にかく）
　◇「稗田菫平全集 8」宝文館出版 1982 p110
〔きみにならびて野にたてば〕
　◇「新修宮沢賢治全集 6」筑摩書房 1980 p30
　◇「新修宮沢賢治全集 6」筑摩書房 1980 p348
　◇「ジュニア文学館 宮沢賢治─写真・絵画集成 3」日本図書センター 1996 p184

君の おうまさん
　◇「こども用三代目魚武濱田成夫詩集ZK」学習研究社 2002 p52
君の手紙を読んで
　◇「おの・ちゅうこう初期作品集 〔1〕 牧歌的風景」嵩書房 1975 p131
君の扉の向こう側
　◇「〔矢ヶ崎則之〕童話集1「ねえねえ、兄ちゃん…」レーヴック, 星雲社（発売） 2011 p85
きみまつと─万葉集より
　◇「阪田寛夫全詩集」理論社 2011 p785
君よ
　◇「おの・ちゅうこう初期作品集 〔1〕 牧歌的風景」嵩書房 1975 p132
きみょうな男
　◇「〔山田野理夫〕お笑い文庫 3」太平出版社 1977（母と子の図書室）p75
奇妙な社員
　◇「星新一YAセレクション 5」理論社 2009 p111
奇妙な旅行
　◇「星新一ショートショートセレクション 4」理論社 2002 p106
きみらのせいではない─岩手のおやじより（近ごろの詩5）
　◇「国分一太郎児童文学集 6」小峰書店 1967 p53
君はいまいちばん美しいのに
　◇「やなせたかし童謡詩集 〔3〕」フレーベル館 2001 p88
きみはその日
　◇「吉田としジュニアロマン選集 7」国土社 1972 p1
君はだあれ
　◇「〔坪井安〕はしれ子馬よ─童謡詩集」童謡研究・蜂の会 1999 p58
きみはダックス先生がきらいか
　◇「全集版灰谷健次郎の本 12」理論社 1987 p125
　◇「灰谷健次郎童話館 〔9〕」理論社 1994 p5
きみはタヌキモを知っているか─食中植物とぼくたちの関係
　◇「かこさとし大自然のふしぎえほん 2」小峰書店 1999 p1
きみはポパイになれるか
　◇「長崎源之助全集 11」偕成社 1986 p7
君は夕焼けを見たか
　◇「阪田寛夫全詩集」理論社 2011 p456
木村長門守・大坂の陣（一龍斎貞水編, 岡本和明文）
　◇「一龍斎貞水の歴史講談 5」フレーベル館 2001 p210
きむらの裁判─あとがきにかえて
　◇「きむらゆういちおはなしのへや 4」ポプラ社

きめん

2012 p148
奇面城の秘密
◇「少年探偵江戸川乱歩全集 11」ポプラ社 1964 p5
◇「少年探偵・江戸川乱歩 18」ポプラ社 1999 p5
◇「文庫版 少年探偵・江戸川乱歩 18」ポプラ社 2005 p5
肝を冷した話
◇「椋鳩十の本 9」理論社 1982 p164
きもだめし
◇「〔かこさとし〕お話こんにちは 〔5〕」偕成社 1979 p128
肝だめし
◇「かつおきんや作品集 13」アリス館牧新社 1976 p109
◇「かつおきんや作品集 14」偕成社 1982 p99
きもだめしのばん
◇「〔木暮正夫〕日本のおばけ話・わらい話 19」岩崎書店 1988 p56
気もち
◇「山本瓔子詩集 II」新風舎 2003 p11
きもっ玉の太いおむこさん
◇「〔西本鶏介〕新日本昔ばなし——一日一話・読みきかせ 1」小学館 1997 p112
膽取り
◇「〔巖谷〕小波お伽全集 9」本の友社 1998 p41
着物
◇「〔山田野理夫〕おばけ文庫 8」太平出版社 1976 （母と子の図書室）p110
きものをぬぐ
◇「寺村輝夫のむかし話 〔5〕」あかね書房 1978 p38
着物がほしいわ
◇「〔比江島重孝〕宮崎のむかし話 2」鉱脈社 1998 p15
着物の生る木
◇「若松賤子創作童話全集」久山社 1995 （日本児童文化史叢書）p117
疑
◇「星新一ちょっと長めのショートショート 3」理論社 2005 p111
疑問の金塊
◇「海野十三全集 2」三一書房 1991 p225
きゃきゅきょのうた
◇「まど・みちお全詩集 続」理論社 2015 p421
客好き
◇「瑠璃の壺—森銑三童話集」三樹書房 1982 p224
客分
◇「壺井栄全集 2」文泉堂出版 1997 p337
逆ベその話
◇「壺井栄全集 11」文泉堂出版 1998 p357
ギャハッとゆかいなわらい話

◇「〔木暮正夫〕日本のおばけ話・わらい話 7」岩崎書店 1986
キャベツ
◇「まど・みちお全詩集」理論社 1992 p121
キャベツとイネとジャガイモ
◇「今井誉次郎童話集子どもの村 〔5〕」国土社 1957 p21
きゃべつのおじさん
◇「室生犀星童話全集 2」創林社 1978 p265
キャベツの お山へ
◇「巽聖歌作品集 上」巽聖歌作品集刊行委員会 1977 p282
ギヤマンの虹を大衆へ
◇「斎藤隆介全集 8」岩崎書店 1982 p179
きゃらめるでんしゃ
◇「坪田譲治幼年童話文学全集 1」集英社 1964 p82
キャラメル電車
◇「坪田譲治童話全集 9」岩崎書店 1986 p126
キャラメルの思い出
◇「パパとボクとネコ—山口紀代子童謡詩集」音楽舎 2003 p96
木やりをうたうきつね
◇「松谷みよ子全集 12」講談社 1972 p18
◇「松谷みよ子おはなし集 4」ポプラ社 2010 p105
ギャングのテスト
◇「全集版灰谷健次郎の本 15」理論社 1988 p11
キャンデー
◇「来栖良夫児童文学全集 1」岩崎書店 1983 p127
キャンプに
◇「巽聖歌作品集 下」巽聖歌作品集刊行委員会 1977 p248
求愛のテクニック
◇「戸川幸夫動物文学全集 15」講談社 1977 p217
牛街道
◇「〔今జ柳二〕りゅうじフォークロア・world 3」ふるさと伝承研究会 2007 p75
九官鳥
◇「与謝野晶子児童文学全集 6」春陽堂書店 2007 p18
九軍神
◇「〔北原〕白秋全童謡集 4」岩波書店 1993 p336
吸血鬼はお年ごろ
◇「赤川次郎ミステリーコレクション 5」岩崎書店 2002 p8
救護隊
◇「鈴木三重吉童話全集 6」文泉堂書店 1975 （日本文学全集・選集叢刊第5次）p302
求婚三銃士
◇「佐々木邦全集 7」講談社 1975 p3
旧師
◇「氏原大作全集 4」条例出版 1977 p455

九十九人の罪びと
　◇「太田博也童話集 5」小山書林 2008 p130
九十に四年の指物師
　◇「斎藤隆介全集 8」岩崎書店 1982 p45
九州まわり舞台
　◇「椋鳩十の本 29」理論社 1989 p55
救助
　◇「星新一ショートショートセレクション 15」理論社 2004 p158
求職
　◇「魂の配達―野村吉哉作品集」草思社 1983 p93
救助犬（一）
　◇「〔黒川良人〕犬の詩猫の詩―児童詩集」東洋出版 2000 p53
救助犬（二）
　◇「〔黒川良人〕犬の詩猫の詩―児童詩集」東洋出版 2000 p54
久助くんの話
　◇「新美南吉童話選集 3」ポプラ社 2013 p113
久助君の話
　◇「新美南吉全集 2」牧書店 1965 p57
　◇「校定新美南吉全集 2」大日本図書 1980 p121
　◇「新美南吉童話集 2」大日本図書 1982 p127
　◇「新美南吉童話大全」講談社 1989 p92
　◇「新美南吉童話集」岩波書店 1996（岩波文庫）p69
　◇「新美南吉童話傑作選〔6〕花をうめる」小峰書店 2004 p27
　◇「新美南吉30選」春陽堂書店 2009（名作童話）p42
　◇「新美南吉童話集 2」大日本図書 2012 p127
救世主の死
　◇「魂の配達―野村吉哉作品集」草思社 1983 p39
救世主物語
　◇「魂の配達―野村吉哉作品集」草思社 1983 p36
　◇「魂の配達―野村吉哉作品集」草思社 1983 p37
休息
　◇「新修宮沢賢治全集 2」筑摩書房 1979 p36
　◇「新修宮沢賢治全集 3」筑摩書房 1979 p35
　◇「新修宮沢賢治全集 3」筑摩書房 1979 p47
　◇「新修宮沢賢治全集 3」筑摩書房 1979 p320
　◇「新修宮沢賢治全集 3」筑摩書房 1979 p323
　◇「新修宮沢賢治全集 4」筑摩書房 1979 p24
　◇「新修宮沢賢治全集 4」筑摩書房 1979 p307
　◇「新修宮沢賢治全集 5」筑摩書房 1979 p127
　◇「新修宮沢賢治全集 5」筑摩書房 1979 p309
級長の探偵
　◇「川端康成少年少女小説集」中央公論社 1968 p3
旧東海道
　◇「椋鳩十の本 17」理論社 1982 p169
杞憂について
　◇「阪田寛夫全詩集」理論社 2011 p115
ぎゅうにゅう
　◇「〔木暮正夫〕日本のおばけ話・わらい話 11」岩崎書店 1987 p38
牛乳駅
　◇「花岡大学童話文学全集 4」法蔵館 1980 p59
牛乳が一本
　◇「まど・みちお全詩集」理論社 1992 p535
ぎゅうにゅうがかり
　◇「いのち―みずかみかずよ全詩集」石風社 1995 p231
ぎゅうにゅうどろぼう
　◇「来栖良夫児童文学全集 1」岩崎書店 1983 p176
牛乳の唄
　◇「与田凖一全集 2」大日本図書 1967 p44
牛乳のゆくえ
　◇「まど・みちお全詩集 続」理論社 2015 p75
牛乳びんの
　◇「稗田薫平全集 3」宝文館出版 1979 p92
牛乳ぶろ
　◇「花岡大学童話文学全集 5」法蔵館 1980 p91
牛乳屋さん
　◇「かもめの水兵さん―武内俊子伝記と作品集」講談社出版サービスセンター 1977 p202
牛乳屋さんにたすけられた赤ちゃんのお話
　◇「壺井栄名作集 1」ポプラ社 1965 p128
　◇「壺井栄全集 10」文泉堂出版 1998 p546
ぎゅうにゅう ゆうびん しんぶん
　◇「まど・みちお全詩集」理論社 1992 p237
キュウピイさん
　◇「〔中村雨紅詩謡集〕中村雨紅詩謡集刊行委員会 1971 p69
九尾の狐
　◇「〔巌谷〕小波お伽全集 11」本の友社 1998 p203
急病のとき
　◇「〔山田野理夫〕お笑い文庫 1」太平出版社 1977（母と子の図書室）p100
九兵衛とふしぎなはえ（京都）
　◇「〔木暮正夫〕日本の怪奇ばなし 10」岩崎書店 1990 p37
旧満州
　◇「あまんきみこセレクション 5」三省堂 2009 p166
キュウリがな
　◇「まど・みちお全詩集 続」理論社 2015 p194
キュウリさん
　◇「まど・みちお全詩集 続」理論社 2015 p19
丘陵地を過ぎる
　◇「新修宮沢賢治全集 3」筑摩書房 1979 p19
　◇「新修宮沢賢治全集 3」筑摩書房 1979 p314

きゅこ

◇「ジュニア文学館 宮沢賢治—写真・絵画集成 3」日本図書センター 1996 p106

キューコン会館展望台
◇「くんぺい魔法ばなし—魔法ばなし全集 1」サンリオ 2000 p156

きゅっ きゅっ きゅっ
◇「佐藤義美全集 4」佐藤義美全集刊行会 1974 p262

キュッキュ の ぞうり
◇「巽聖歌作品集 上」巽聖歌作品集刊行委員会 1977 p479

きゅっと あけて
◇「まど・みちお全詩集」理論社 1992 p267

キューピーちゃん
◇「大石真児童文学全集 11」ポプラ社 1982 p79

キューピーちゃん
◇「佐藤義美童謡集」さ・え・ら書房 1960 p82
◇「佐藤義美全集 1」佐藤義美全集刊行会 1974 p190

今日（きょう）… →"こんにち…"をも見よ
今日
◇「くどうなおこ詩集○」童話屋 1996 p174

今日
◇「まど・みちお全詩集 続」理論社 2015 p102
◇「まど・みちお全詩集 続」理論社 2015 p125

きょういく
◇〔中山尚美〕おふろの中で—詩集」アイ企画 1996 p16

「教育対談—いま必要なことは」
◇「全集灰谷健次郎の本 21」理論社 1988 p199

「教育勅語」の絵本
◇「松谷みよ子全エッセイ 3」筑摩書房 1989 p256

教育について
◇「阪田寛夫全詩集」理論社 2011 p102

教育の中の絶望と希望
◇「全集灰谷健次郎の本 19」理論社 1987 p11

教育ふうのことの
◇「椋鳩十の本 18」理論社 1982 p77

教員の初任給
◇「全集灰谷健次郎の本 19」理論社 1987 p288

饗宴
◇「新修宮沢賢治全集 4」筑摩書房 1979 p27
◇「新修宮沢賢治全集 4」筑摩書房 1979 p308
◇「新修宮沢賢治全集 6」筑摩書房 1980 p197

今日をけとばせ
◇「全集灰谷健次郎の本 6」理論社 1989 p127

〔仰臥し右のあしうらを〕
◇「新修宮沢賢治全集 7」筑摩書房 1980 p201

（鏡花慕情）
◇「稗田菫平全集 2」宝文館出版 1979 p121

今日から起きます
◇「いのち—みずかみかずよ全詩集」石風社 1995 p454

きょうから大すき
◇「筒井敬介童話全集 1」フレーベル館 1983 p107

きょうから ともだち
◇「まど・みちお全詩集」理論社 1992 p267

きょうからべんとう
◇「国分一太郎児童文学集 6」小峰書店 1967 p105

京祇園・中村楼「わらべ唄」
◇「稗田菫平全集 7」宝文館出版 1981 p114

行儀作法
◇「川崎大治民話選 〔1〕」童心社 1968 p28

行儀のよい動物
◇「阪田寛夫全詩集」理論社 2011 p182

暁穹への嫉妬
◇「新修宮沢賢治全集 3」筑摩書房 1979 p192
◇「新修宮沢賢治全集 3」筑摩書房 1979 p385

〔今日こそわたくしは〕
◇「新修宮沢賢治全集 4」筑摩書房 1979 p103
◇「新修宮沢賢治全集 4」筑摩書房 1979 p251
◇「ジュニア文学館 宮沢賢治—写真・絵画集成 3」日本図書センター 1996 p136

京子ちゃんの手紙
◇「長崎源之助全集 20」偕成社 1988 p16

杏子のロマンス
◇「北川千代児童文学全集 上」講談社 1967 p213

杏子のロマンス 序
◇「北川千代児童文学全集 下」講談社 1967 p321

教材としての「きつねの恋」
◇「安房直子コレクション 1」偕成社 2004 p307

教材用絵図
◇「新修宮沢賢治全集 15」筑摩書房 1980 p494

行司
◇〔下田喜久美〕遠くから来た旅人—詩集」リトル・ガリヴァー社 1998 p80

「教師たちとの出会い」
◇「全集灰谷健次郎の本 21」理論社 1988 p175

きょうしつ
◇「こやま峰子詩集 〔3〕」朔北社 2003 p18

教室抄
◇「おの・ちゅうこう初期作品集 〔2〕 日本の教室は明るい」嵩書房 1975 p5

教室二〇五号
◇「大石真児童文学全集 2」ポプラ社 1982 p5

教室の大きなストーブ
◇〔あらやゆきお〕創作童話 ざくろの詩」鳳書院 2012 p102

教師と子供
◇「定本小川未明童話全集 2」講談社 1976 p68

教師の汚職
　◇「全集版灰谷健次郎の本 20」理論社 1987 p178
教師の幸福
　◇「全集版灰谷健次郎の本 22」理論社 1988 p192
教師の傲慢
　◇「全集版灰谷健次郎の本 22」理論社 1988 p180
教師のことばと指導
　◇「椋鳩十の本 27」理論社 1989 p103
教師の仕事
　◇「全集版灰谷健次郎の本 22」理論社 1988 p208
経師屋と風の神
　◇〔巌谷〕小波お伽全集 14」本の友社 1998 p218
行者とぼうさま
　◇〔今坂柳二〕りゅうじフォークロア・world 1」ふるさと伝承研究会 2006 p27
「郷愁」小高根二郎著
　◇「稗田菫平全集 6」宝文館出版 1981 p138
郷愁のおおさか―「淀に流れる歌声」より「序詞」と「橋づくし」
　◇「阪田寛夫全詩集」理論社 2011 p554
郷愁の詩歌―藤村と啄木
　◇「稗田菫平全集 4」宝文館出版 1980 p130
行商
　◇〔島崎〕藤村の童話 4」筑摩書房 1979 p158
行商人たち
　◇「戸川幸夫創作童話集 1」国土社 1972 p30
教師はお友達の中にも
　◇〔島崎〕藤村の童話 4」筑摩書房 1979 p99
　◇〔島崎〕藤村の童話 4」筑摩書房 1979 p101
行水
　◇〔島木〕赤彦童謡集」第一書店 1947 p59
行水
　◇「壺井栄全集 11」文泉堂出版 1998 p145
教祖
　◇「氏原大作全集 4」条例出版 1977 p447
きょうそう
　◇〔東君平〕おはようどうわ 1」講談社 1982 p90
キャウソウ
　◇〔佐藤義美全集 2」佐藤義美全集刊行会 1973 p50
けふぞ観兵式
　◇〔北原〕白秋全童謡集 4」岩波書店 1993 p352
きょうだい
　◇「千葉省三童話全集 1」岩崎書店 1967 p169
きょうだい
　◇〔東君平〕おはようどうわ 1」講談社 1982 p176
兄弟
　◇「今江祥智の本 10」理論社 1980 p89
　◇「今江祥智童話館 〔17〕」理論社 1987 p44
　◇「定本小川未明童話全集 2」大空社 2001 p68
兄弟
　◇〔島木〕赤彦童謡集」第一書店 1947 p70
兄弟
　◇「まど・みちお全詩集」理論社 1992 p61
きょうだいグマの復讐
　◇「河合雅雄の動物記 4」フレーベル館 2005 p155
きょうだいげんか
　◇「壺井栄全集 11」文泉堂出版 1998 p331
兄弟げんか
　◇「花岡大学童話文学全集 5」法蔵館 1980 p284
兄弟喧嘩
　◇「壺井栄全集 11」文泉堂出版 1998 p62
きょうだいげんかを
　◇「阪田寛夫全詩集」理論社 2011 p454
姉妹杉
　◇〔巌谷〕小波お伽全集 2」本の友社 1998 p89
きょうだいとおにばば
　◇〔木暮正夫〕日本のおばけ話・わらい話 19」岩崎書店 1988 p38
きょうだいの のねずみ
　◇「小川未明幼年童話文学全集 1」集英社 1965 p123
　◇「定本小川未明童話全集 16」講談社 1978 p55
　◇「定本小川未明童話全集 16」大空社 2002 p55
兄弟の話
　◇〔島崎〕藤村の童話 2」筑摩書房 1979 p162
兄弟の部屋
　◇「庄野英二全集 9」偕成社 1979 p327
姉妹（きょうだい）の山
　◇〔山田野理夫〕おばけ文庫 2」太平出版社 1976（母と子の図書室）p82
きょうだいの 山ばと
　◇「小川未明幼年童話文学全集 8」集英社 1966 p190
兄弟のやまばと
　◇「定本小川未明童話全集 4」講談社 1977 p310
　◇「小川未明童話集」岩波書店 1996（岩波文庫）p245
　◇「定本小川未明童話全集 4」大空社 2001 p310
兄弟の山鳩
　◇「小川未明30選」春陽堂書店 2009（名作童話）p204
兄弟不動
　◇〔今坂柳二〕りゅうじフォークロア・world 2」ふるさと伝承研究会 2007 p47
兄弟星
　◇〔巌谷〕小波お伽全集 4」本の友社 1998 p235
兄弟星（その一）
　◇〔比江島重孝〕宮崎のむかし話 2」鉱脈社 1998 p61
兄弟星（その二）

きよう

- ◇「〔比江島重孝〕宮崎のむかし話 2」鉱脈社 1998 p64
- キョウチクトウ
  - ◇「〔東君平〕おはようどうわ 6」講談社 1982 p149
- キョウチクトウ
  - ◇「いのち―みずかみかずよ全詩集」石風社 1995 p376
- （夾竹桃）
  - 「稗田菫平全集 2」宝文館出版 1979 p99
- 夾竹桃（京都カソリック協会）（一首）
  - ◇「稗田菫平全集 4」宝文館出版 1980 p22
- 夾竹桃―たくまない凶器
  - ◇「立原えりかのファンタジーランド 4」青土社 1980 p40
- 夾竹桃―若松の脇田海岸
  - ◇「いのち―みずかみかずよ全詩集」石風社 1995 p391
- 共通語と生活語
  - 「椋鳩十の本 18」理論社 1982 p128
  - 「椋鳩十の本 33」理論社 1989 p182
- 今日と明日のあいだ
  - ◇「いのち―みずかみかずよ全詩集」石風社 1995 p341
- きょうという日
  - ◇「星新一YAセレクション 7」理論社 2009 p191
- 共同作業
  - 「花岡大学童話文学全集 5」法蔵館 1980 p168
- 共同風呂
  - 「椋鳩十の本 21」理論社 1982 p213
- 今日の一日
  - ◇「山本瓔子詩集 I」新風舎 2003 p76
- 京の海・今日の海
  - ◇「今江祥智の本 34」理論社 1990 p241
- 京のかえる
  - ◇「寺村輝夫のむかし話 〔5〕」あかね書房 1978 p24
- 京のカエルとなにわのカエル
  - 「〔木暮正夫〕日本のおばけ話・わらい話 6」岩崎書店 1986 p22
- 京之介の絵
  - ◇「与謝野晶子児童文学全集 6」春陽堂書店 2007 p104
- 今日の電車
  - ◇「阪田寛夫全詩集」理論社 2011 p34
- 今日の人
  - ◇「壺井栄全集 5」文泉堂出版 1997 p468
- きょうの ママ
  - ◇「〔おうち・やすゆき〕こら！ しんぞう―童謡詩集」小峰書店 1996 p25
- 今日のよろこび
  - ◇「阪田寛夫全詩集」理論社 2011 p158

- 恐怖
  - ◇「巽聖歌作品集 下」巽聖歌作品集刊行委員会 1977 p280
- 恐怖の口笛
  - ◇「海野十三全集 2」三一書房 1991 p245
- きょうふの昆虫軍団
  - ◇「水木しげるのふしぎ妖怪ばなし 5」メディアファクトリー 2008 p4
- 恐怖の魔王
  - ◇「少年探偵江戸川乱歩全集 40」ポプラ社 1972 p5
- 恐怖は櫛の歯を見せて
  - ◇「稗田菫平全集 2」宝文館出版 1979 p16
- 暁眠
  - ◇「新修宮沢賢治全集 6」筑摩書房 1980 p77
- 今日も一日
  - ◇「山本瓔子詩集 I」新風舎 2003 p76
- きょうもせかいのどこかで
  - ◇「〔塩見治у〕短編童話集 本のむし」早稲田童話塾 2013 p167
- きょうも天気
  - ◇「まど・みちお全詩集 続」理論社 2015 p41
- 〔今日もまたしやうがないな〕
  - ◇「新修宮沢賢治全集 3」筑摩書房 1979 p207
  - ◇「新修宮沢賢治全集 3」筑摩書房 1979 p390
- きょうも山はなだれる
  - ◇「戸川幸夫・子どものための動物物語 4」国土社 1967 p89
- 今日も山は傾れる
  - ◇「戸川幸夫動物文学全集 6」冬樹社 1965 p221
  - ◇「戸川幸夫動物文学全集 10」講談社 1977 p268
- 経文のききめ
  - ◇「〔比江島重孝〕宮崎のむかし話 3」鉱脈社 2000 p123
- 共軛回転弾―金博士シリーズ・11
  - ◇「海野十三全集 10」三一書房 1991 p137
- 峡野早春
  - ◇「新修宮沢賢治全集 6」筑摩書房 1980 p108
  - ◇「新修宮沢賢治全集 6」筑摩書房 1980 p384
- 歳時記 今日より始まる
  - ◇「椋鳩十の本 23」理論社 1983
- 郷里へ（猪瀬とく）
  - ◇「岡田泰三・日下部梅子童謡集」会津童詩会 1992 p162
- 共立薬科大学
  - ◇「与謝野晶子児童文学全集 6」春陽堂書店 2007 p164
- 郷里の夏
  - ◇「椋鳩十の本 28」理論社 1989 p17
- 恐竜ガラポン現る
  - ◇「赤い自転車―松延いさお自選童話集」〔熊本〕松延猪雄 1993 p115

恐竜艇の冒険
　◇「海野十三全集 13」三一書房 1992 p113
恐竜島
　◇「海野十三全集 12」三一書房 1990 p273
協力的な男
　◇「星新一ショートショートセレクション 13」理論社 2003 p112
きょうはいい日
　◇「〔神沢利子〕くまの子ウーフの童話集 3」ポプラ社 2001 p29
〔今日は一日あかるくにぎやかな雪降りです〕
　◇「新修宮沢賢治全集 4」筑摩書房 1979 p161
　◇「ジュニア文学館 宮沢賢治―写真・絵画集成 3」日本図書センター 1996 p148
きょうは お天気
　◇「西條八十童謡全集」修道社 1971 p242
ケフハ タイセウホウタイビ
　◇「〔北原〕白秋全童謡集 3」岩波書店 1992 p152
きょうは なにいろ
　◇「阪田寛夫全詩集」理論社 2011 p414
きょうは何日？
　◇「まど・みちお全詩集 続」理論社 2015 p158
今日は八の日―大詔奉戴日の歌
　◇「〔北原〕白秋全童謡集 4」岩波書店 1993 p120
魚介
　◇「室生犀星童話全集 2」創林社 1978 p198
曲馬団の「トッテンカン」
　◇「あたまでっかち―下村千秋童話選集」阿見町教育委員会, 講談社出版サービスセンター（製作）1997 p140
曲馬の小屋
　◇「新装版金子みすゞ全集 1」JULA出版局 1984 p218
　◇「金子みすゞ童謡全集 2」JULA出版局 2003 p184
極北をかけるトナカイ
　◇「河合雅雄の動物記 6」フレーベル館 2008 p5
ぎょくらんの花
　◇「まど・みちお全詩集」理論社 1992 p26
巨鯨の海
　◇「戸川幸夫動物文学全集 4」講談社 1976 p3
（漁港の街は）
　◇「稗田童平全集 8」宝文館出版 1982 p125
きよこちゃんの涙と笑いI
　◇「全集版灰谷健次郎の本 18」理論社 1987 p168
きよこちゃんの涙と笑いII
　◇「全集版灰谷健次郎の本 18」理論社 1987 p176
きよこちゃんの涙と笑いIII
　◇「全集版灰谷健次郎の本 18」理論社 1987 p184
清作のうた

◇「あまの川―宮沢賢治童謡集」筑摩書房 2001 p76
御璽のはひつた石
　◇「瑠璃の壺―森銑三童話集」三樹書房 1982 p242
「御者パエトーン」のことなど
　◇「稗田童平全集 2」宝文館出版 1979 p143
巨匠
　◇「赤川次郎セレクション 10」ポプラ社 2008 p18
虚飾を避けよ（烏と孔雀）
　◇「〔巌谷〕小波お伽全集 14」本の友社 1998 p88
虚飾は無益（獅子の皮着た驢馬）
　◇「〔巌谷〕小波お伽全集 14」本の友社 1998 p127
巨杉亡びず
　◇「椋鳩十の本 29」理論社 1989 p110
清洲城の三日普請（一龍斎貞水編, 岡本和明文）
　◇「一龍斎貞水の歴史講談 3」フレーベル館 2000 p136
拒絶
　◇「稗田童平全集 2」宝文館出版 1979 p20
虚像の姫
　◇「星新一ちょっと長めのショートショート 2」理論社 2005 p180
巨大台風
　◇「まど・みちお全詩集 続」理論社 2015 p275
清谷稲荷と白ギツネ
　◇「〔今坂柳二〕りゅうじフォークロア・world 4」ふるさと伝承研究会 2008 p36
虚誕くらべ
　◇「〔巌谷〕小波お伽全集 14」本の友社 1998 p267
きよちゃんが泣くから泣きやもうね
　◇「全集版灰谷健次郎の本 18」理論社 1987 p128
きよちゃんはやぎがかり
　◇「長崎源之助全集 17」偕成社 1987 p7
巨豚
　◇「新修宮沢賢治全集 6」筑摩書房 1980 p125
　◇「新修宮沢賢治全集 6」筑摩書房 1980 p395
去年
　◇「新装版金子みすゞ全集 3」JULA出版局 1984 p108
　◇「金子みすゞ童謡全集 5」JULA出版局 2004 p142
去年の今ごろ
　◇「壺井栄全集 11」文泉堂出版 1998 p468
去年の外套
　◇「新美南吉全集 6」牧書店 1965 p37
　◇「校定新美南吉全集 8」大日本図書 1981 p337
きょねんのかえる
　◇「いのち―みずかみかずよ全詩集」石風社 1995 p185
きょねんの き
　◇「新美南吉全集 1」牧書店 1965 p78

きよね

去年の木
- ◇「校定新美南吉全集 4」大日本図書 1980 p377
- ◇「新美南吉童話集 1」大日本図書 1982 p213
- ◇「新美南吉童話大全」講談社 1989 p304
- ◇「新美南吉童話集」世界文化社 2004（心に残るロングセラー）p124
- ◇「新美南吉童話傑作選〔4〕がちょうのたんじょうび」小峰書店 2004 p33
- ◇「新美南吉30選」春陽堂書店 2009（名作童話）p304
- ◇「新美南吉童話集 1」大日本図書 2012 p213
- ◇「新美南吉童話選集 1」ポプラ社 2013 p85

去年のきょう―大震記念日に
- ◇「金子みすゞ童謡全集 3」JULA出版局 2004 p46

去年のけふ―大震記念日に
- ◇「新装版金子みすゞ全集 2」JULA出版局 1984 p26

魚粉
- ◇「阪田寛夫全詩集」理論社 2011 p887

清水焼五十年 東シカ（京都府）
- ◇「斎藤隆介全集 11」岩崎書店 1982 p185

虚無に浮んだ口唇
- ◇「椋鳩十の本 1」理論社 1982 p156

虚名
- ◇「壺井栄全集 11」文泉堂出版 1998 p176

距離
- ◇「巽聖歌作品集 下」巽聖歌作品集刊行委員会 1977 p282

ギョロリちゃん
- ◇「ネーとなかま―小笹正子の童話集」七つ森書館 2006 p115

気弱な日々
- ◇「くんぺい魔法ばなし―魔法ばなし全集 2」サンリオ 2000 p138

ギョーン, ギョーン
- ◇「達崎龍全童謡ホロホロ鳥」あい書林 1983 p52

きらいなあいつ―テレビ番組「ちびっこのどじまん」テーマソング
- ◇「阪田寛夫全詩集」理論社 2011 p821

きらめく星座＜三場 童話劇＞
- ◇「〔斎田喬〕学校劇代表作選 3」牧書店 1959 p209

キラリ・バシッ・ビューン・ドサッ
- ◇「〔野村ゆき〕ねえ、おはなしして！―語り聞かせるお話集」東洋社 1998 p158

切られた小指
- ◇「花岡大学仏典童話新作集 2」法蔵館 1984 p18

きられたポプラ
- ◇「いのち―みずかみかずよ全詩集」石風社 1995 p117

きらわれる
- ◇「まど・みちお全詩集 続」理論社 2015 p64

きらわれるのは嫌だ
- ◇「巽聖歌作品集 下」巽聖歌作品集刊行委員会 1977 p233

霧
- ◇「〔北原〕白秋全童謡集 4」岩波書店 1993 p72

切り石
- ◇「新装版金子みすゞ全集 1」JULA出版局 1984 p192
- ◇「金子みすゞ童謡全集 2」JULA出版局 2003 p146

きりがない話
- ◇「〔山田野理夫〕お笑い文庫 10」太平出版社 1977（母と子の図書室）p94

〔霧がひどくて手が凍えるな〕
- ◇「新修宮沢賢治全集 4」筑摩書房 1979 p32
- ◇「新修宮沢賢治全集 4」筑摩書房 1979 p309

きりぎりす
- ◇「西條八十童謡全集」修道社 1971 p25

きりぎりす
- ◇「中村雨紅詩謡集」中村雨紅詩謡集刊行委員会 1971 p183

キリギリス
- ◇「〔東君平〕おはようどうわ 3」講談社 1982 p138

キリギリス
- ◇「椋鳩十の本 19」理論社 1982 p54

蟋蟀
- ◇「巽聖歌作品集 上」巽聖歌作品集刊行委員会 1977 p428

きりぎりすのかいもの
- ◇「村山籌子作品集 1」JULA出版局 1997 p63

きりぎりすの山登り
- ◇「新装版金子みすゞ全集 3」JULA出版局 1984 p278
- ◇「金子みすゞ童謡集」角川春樹事務所 1998（ハルキ文庫）p201
- ◇「金子みすゞ童謡全集 6」JULA出版局 2004 p203

キリコとお正月
- ◇「椋鳩十の本 23」理論社 1983 p246

キリシタンのゆうれい
- ◇「〔山田野理夫〕おばけ文庫 8」太平出版社 1976（母と子の図書室）p150

霧島
- ◇「阪田寛夫全詩集」理論社 2011 p799

キリストきこり
- ◇「西條益美代表作品選集 1」南海ブックス 1981 p28

基督再臨
- ◇「新修宮沢賢治全集 4」筑摩書房 1979 p225
- ◇「新修宮沢賢治全集 4」筑摩書房 1979 p332

キリストと一つになったおじいさま

きりん

◇「みずいろようちえん―出雲路猛雄童話集」坂神都 2012 p192

キリストの誕生
◇「浜田広介全集 8」集英社 1976 p218

切りたて越
◇「〔比江島重孝〕宮崎のむかし話 2」鉱脈社 1998 p258

霧太郎
◇「もういちど飛んで―蛍大介作品集」七賢出版 1994 p18

きりたんぽ
◇「〔高橋一仁〕春のニシン場―童謡詩集」けやき書房 2003 p106

キリと キリン
◇「まど・みちお全詩集 続」理論社 2015 p64

霧と少女と
◇「浜田広介全集 11」集英社 1976 p142

霧とマッチ
◇「新修宮沢賢治全集 2」筑摩書房 1979 p109

きりなし
◇「まど・みちお全詩集 続」理論社 2015 p307

キリならば
◇「まど・みちお全詩集 続」理論社 2015 p76

〔霧のあめと 雲の明るい磁器〕
◇「新修宮沢賢治全集 7」筑摩書房 1980 p265

桐の木
◇「坪井譲治童話全集 11」岩崎書店 1986 p105

きりの木の鈴
◇「〔浜田広介全集 6」集英社 1976 p183

きりのきのみ
◇「浜田広介全集 4」集英社 1976 p17

桐の木はどうなった
◇「壺井栄全集 7」文泉堂出版 1998 p336

桐の下駄
◇「阪田寛夫全集」理論社 2011 p23

霧の里（一幕）
◇「北彰介作品集 5」青森県児童文学研究会 1991 p256

きりのないおばけよっつ
◇「〔山田野理夫〕おばけ文庫 12」太平出版社 1976（母と子の図書室）p158

きりのないはなし
◇「〔山田野理夫〕おばけ文庫 4」太平出版社 1976（母と子の図書室）p52
◇「〔山田野理夫〕おばけ文庫 8」太平出版社 1976（母と子の図書室）p142

霧のなかをくだる―塚原温泉より
◇「いのち―みずかみかずÀ全詩集」石風社 1995 p426

霧の中のぶらんこ
◇「あまんきみこセレクション 1」三省堂 2009 p211

桐の花
◇「石森延男児童文学全集 11」学習研究社 1971 p143
◇「石森延男児童文学全集 11」学習研究社 1971 p189

桐の花の
◇「稗田童平全集 3」宝文館出版 1979 p93

桐の花―放送詩
◇「北彰介作品集 4」青森県児童文学研究会 1991 p41

霧の星で
◇「星新一YAセレクション 2」理論社 2008 p193

霧の街
◇「壺井栄全集 1」文泉堂出版 1997 p441

桐の実熟れて
◇「おの・ちゅうこう初期作品集〔2〕日本の教室は明るい」崙書房 1975 p63

きりの村
◇「今江祥智の本 14」理論社 1980 p23
◇「今江祥智童話館〔8〕」理論社 1987 p111
◇「今江祥智ショートファンタジー 3」理論社 2004 p154

霧の村
◇「あまんきみこセレクション 2」三省堂 2009 p27

霧の夜です
◇「サトウハチロー童謡集」弥生書房 1977 p30

霧の夜の忘れ物
◇「赤川次郎セレクション 3」ポプラ社 2008 p163

剪り花
◇「佐藤義美全集 1」佐藤義美全集刊行会 1974 p93

きりふき（五首）
◇「稗田童平全集 4」宝文館出版 1980 p56

〔霧降る萱の細みちに〕
◇「新修宮沢賢治全集 6」筑摩書房 1980 p179
◇「新修宮沢賢治全集 6」筑摩書房 1980 p415

キリマンジャロの雪
◇「庄野英二全集 6」偕成社 1979 p186

きりょう自慢
◇「川崎大治民話選〔1〕」童心社 1968 p107

きりん
◇「こやま峰子詩集〔1〕」朔北社 2003 p42

きりん
◇「まど・みちお全詩集」理論社 1992 p220
◇「まどさんの詩の本 7」理論社 1996 p54

キリン
◇「まど・みちお詩集〔1〕」すえもりブックス 1992 p22
◇「まど・みちお全詩集」理論社 1992 p93
◇「まど・みちお全詩集」理論社 1992 p121
◇「まど・みちお全詩集」理論社 1992 p322

きりん

きりん
- ◇「まど・みちお全詩集」理論社 1992 p599
- ◇「まど・みちお全詩集」理論社 1992 p625
- ◇「まどさんの詩の本 7」理論社 1996 p44
- ◇「まどさんの詩の本 7」理論社 1996 p46
- ◇「まどさんの詩の本 7」理論社 1996 p48
- ◇「まどさんの詩の本 7」理論社 1996 p50
- ◇「まどさんの詩の本 7」理論社 1996 p52

詩キリン
- ◇「椋鳩十動物童話集 5」小峰書店 1990 p82

キリン
- ◇「椋鳩十の本 23」理論社 1983 p231

麒麟
- ◇「巽聖歌作品集 上」巽聖歌作品集刊行委員会 1977 p52

きりんさん
- ◇「まど・みちお全詩集」理論社 1992 p138
- ◇「まどさんの詩の本 15」理論社 1997 p20

キリンさん
- ◇「まど・みちお全詩集」理論社 1992 p537
- ◇「まどさんの詩の本 15」理論社 1997 p22

きりんさん きりんさん
- ◇「まど・みちお全詩集 続」理論社 2015 p377

きりんさんのごはん
- ◇「〔関根栄一〕はしるふじさん―童謡集」小峰書店 1998 p10

きりんさんの でんわ
- ◇「まど・みちお全詩集」理論社 1992 p136
- ◇「まどさんの詩の本 15」理論社 1997 p18

「きりん」にかけた青春
- ◇「全集版灰谷健次郎の本 21」理論社 1988 p122

キリンの詩
- ◇「椋鳩十の本 14」理論社 1983 p91

「きりん」の幼い戦士たち
- ◇「全集版灰谷健次郎の本 17」理論社 1987 p22

キリンのくび
- ◇「寺村輝夫おはなしプレゼント 4」講談社 1994 p58

キリンの宝もの
- ◇「犬飼馬鹿人旧作童話集」日本文化資料センター 1996 p216

きりんのトム
- ◇「寺村輝夫童話全集 8」ポプラ社 1982 p93
- ◇「寺村輝夫全童話 3」理論社 1997 p119

キリンのびょうき
- ◇「大石真児童文学全集 15」ポプラ社 1982 p41

「きりん」よ、起これ
- ◇「全集版灰谷健次郎の本 19」理論社 1987 p59

きりんは きりん
- ◇「まど・みちお全詩集 続」理論社 2015 p424

きれいずきなカミナリ
- ◇「〔柳家弁天〕らくご文庫 10」太平出版社 1987 p36

綺麗好きのお神さん
- ◇「〔北原〕白秋全童謡集 1」岩波書店 1992 p179

きれいな糸
- ◇「浜田広介全集 10」集英社 1976 p240

きれいなきれいな町
- ◇「定本小川未明童話全集 10」講談社 1977 p287
- ◇「定本小川未明童話全集 10」大空社 2001 p287

綺麗な頸巻
- ◇「〔北原〕白秋全童謡集 1」岩波書店 1992 p149

きれいなむすめ
- ◇「石森延男児童文学全集 4」学習研究社 1971 p119

きれいなもの
- ◇「まど・みちお全詩集」理論社 1992 p643

きれいにあらってあげましょう (テーブルしばい)
- ◇「斎田喬幼年劇全集 1」誠文堂新光社 1962 p411

帰路
- ◇「星新一ショートショートセレクション 11」理論社 2003 p202

記録文学覚え書
- ◇「椋鳩十の本 24」理論社 1983 p79

木は
- ◇「まど・みちお全詩集 続」理論社 2015 p234

疑惑
- ◇「赤川次郎ショートショートシリーズ 1」理論社 2009 p140

木はやはり悠々と陽をあびて
- ◇「阪田寛夫全詩集」理論社 2011 p893

黄金 (きん)… → "おうごん…"をも見よ

黄金 (きん)… → "こがね…"をも見よ

金色 (きんいろ)… → "こんじき…"をも見よ

金色の明るい町に
- ◇「〔矢﨑節之〕童話集1「ねえねえ、兄ちゃん…」」レーヴック, 星雲社 (発売) 2011 p121

金色の足あと
- ◇「椋鳩十学年別童話 〔11〕」理論社 1995 p95
- ◇「椋鳩十まるごと動物ものがたり 6」理論社 1996 p200
- ◇「椋鳩十名作選 3」理論社 2010 p5

金色の川
- ◇「椋鳩十学年別童話 〔10〕」理論社 1991 p61
- ◇「椋鳩十名作選 3」理論社 2010 p115

金色の雲
- ◇「瑠璃の壺―森銑三童話集」三樹書房 1982 p238

金色の子猫
- ◇「武田信夫童話作品集」みちのく書房 1995 p307

銀色の魚

きんき

◇「〔島崎〕藤村の童話 1」筑摩書房 1979 p176

きんいろのしか
◇「花岡大学仏典童話全集 6」法蔵館 1979 p20

ぎんいろの巣
◇「椋鳩十全集 17」ポプラ社 1980 p46
◇「椋鳩十の本 14」理論社 1983 p62
◇「椋鳩十名作選 1」理論社 2010 p114

銀色の巣
◇「椋鳩十学年別童話 〔9〕」理論社 1991 p28
◇「椋鳩十まるごと動物ものがたり 12」理論社 1996 p5

きんいろの太陽がもえる朝に
◇「やなせたかし童謡詩集 〔1〕」フレーベル館 2000 p92

金色の蝶
◇「きつねとチョウとアカヤシオの花―横野幸一童話集」横野幸一, 静岡新聞社(発売) 2006 p81

銀色のつばさ
◇「〔木下容子〕ファンタジー傑作童話集 まほうのコンペイトー」おさひめ書房 2009 p215

金いろの花びら
◇「立原えりかのファンタジーランド 4」青土社 1980 p99

金色のピン
◇「星新一ちょっと長めのショートショート 5」理論社 2006 p185

ぎんいろのふえ
◇「花岡大学童話文学全集 4」法蔵館 1980 p229

金色のボタン
◇「定本小川未明童話全集 12」講談社 1977 p161
◇「定本小川未明童話全集 12」大空社 2002 p161

金色の実
◇「山本瓔子詩集 I」新風舎 2003 p12

銀色のモッフー
◇「〔佐々木春奈〕あなたの脳を休める童話集 大人も子どもも楽しめる童話集」日本文学館 2009 p24

金色の矢
◇「阪田寛夫全集」理論社 2011 p488

銀色のラッパ
◇「花岡大学童話文学全集 3」法蔵館 1980 p249

銀を過ぎる歌
◇「稗田童平全集 8」宝文館出版 1982 p37

銀河
◇「佐藤義美全集 1」佐藤義美全集刊行会 1974 p41

金貨一枚
◇「〔西條八十〕童話集」小学館 1983 p306

金華山
◇「〔高橋一仁〕春のニシン場―童謡詩集」けやき書房 2003 p86

金が出ずに、なしの産まれた話
◇「定本小川未明童話全集 7」講談社 1977 p118

◇「定本小川未明童話全集 7」大空社 2001 p118

銀河鉄道の夜
◇「新版・宮沢賢治童話全集 11」岩崎書店 1979 p81
◇「新修宮沢賢治全集 12」筑摩書房 1980 p91
◇「宮沢賢治童話集 3」講談社 1985 (講談社青い鳥文庫) p107
◇「〔宮沢〕賢治童話」翔泳社 1995 p462
◇「ジュニア文学館 宮沢賢治―写真・絵画集成 2」日本図書センター 1996 p113
◇「よくわかる宮沢賢治―イーハトーブ・ロマン I」学research社 1996 p434
◇「宮沢賢治童話傑作選 2」偕成社 2000 p2
◇「宮沢賢治傑作集」世界文化社 2006 (心に残るロングセラー) p67
◇「齋藤孝のイッキによめる! 小学生のための宮沢賢治」講談社 2007 p197
◇「学校放送劇舞台劇脚本集 宮沢賢治名作童話」東洋書院 2008 p93
◇「宮沢賢治童話集珠玉選 〔3〕」講談社 2009 p7

銀河鉄道の夜〔初期形〕
◇「新修宮沢賢治全集 12」筑摩書房 1980 p258

銀河鉄道の夜(第三次稿)
◇「ジュニア文学館 宮沢賢治―写真・絵画集成 2」日本図書センター 1996 p141

銀河の蛙
◇「稗田童平全集 3」宝文館出版 1979 p12

銀河の下の町
◇「定本小川未明童話全集 10」講談社 1977 p261
◇「定本小川未明童話全集 10」大空社 2001 p261

銀貨や銅貨を金貨に
◇「〔島崎〕藤村の童話 3」筑摩書房 1979 p217

きんかんのうた
◇「いのち―みずかみかずよ全詩集」石風社 1995 p225

キンカンの実
◇「〔吉田享子〕おしゃべりな星―少年少女詩集」らくだ出版 2001 p38

近眼物語
◇「あまんきみこセレクション 5」三省堂 2009 p221

銀ギツネ
◇「石森延男児童文学全集 2」学習研究社 1971 p61

きんぎょ
◇「〔東君平〕ひとくち童話 2」フレーベル館 1995 p44

きんぎょ
◇「まど・みちお全詩集」理論社 1992 p177

キンギョ
◇「石森延男児童文学全集 2」学習研究社 1971 p97

キンギョ
◇「〔東君平〕おはようどうわ 6」講談社 1982 p116

作品名から引ける日本児童文学個人全集案内 **277**

きんき

◇「東君平のおはようどうわ 2」新日本出版社 2010 p62

キンギョ
◇「まど・みちお全詩集」理論社 1992 p122
◇「まどさんの詩の本 1」理論社 1994 p72

金魚
◇「新装版金子みすゞ全集 2」JULA出版局 1984 p95
◇「〔金子〕みすゞ詩画集 〔2〕」春陽堂書店 1997
◇「金子みすゞ童謡全集 3」JULA出版局 2004 p146

金魚
◇「〔北原〕白秋全童謡集 1」岩波書店 1992 p28
◇「〔北原〕白秋全童謡集 5」岩波書店 1993 p30

金魚
◇「〔島崎〕藤村の童話 3」筑摩書房 1979 p23

金魚
◇「庄野英二全集 6」偕成社 1979 p182

金魚
◇「武田亜公童話集 3」秋田文化出版社 1978 p41

金魚
◇「巽聖歌作品集 上」巽聖歌作品集刊行委員会 1977 p487

金魚
◇「田山花袋作品集 1」館林市教育委員会文化振興課 1997 p21

金魚
◇「新美南吉全集 6」牧書店 1965 p170
◇「校定新美南吉全集 8」大日本図書 1981 p93

金魚
◇「浜田広介全集 11」集英社 1976 p112

金魚
◇「まど・みちお全詩集 続」理論社 2015 p431

近況
◇「今西祐行全集 15」偕成社 1989 p201

金魚売
◇「〔島木〕赤彦童謡集」第一書店 1947 p87

金魚売り
◇「定本小川未明童話全集 5」講談社 1977 p327
◇「定本小川未明童話全集 5」大空社 2001 p327

金魚銀魚
◇「〔巖谷〕小波お伽全集 12」本の友社 1998 p137

金魚すくい
◇「庄野英二全集 6」偕成社 1979 p180

きんぎょと お月さま
◇「小川未明幼年童話文学全集 1」集英社 1965 p119
◇「定本小川未明童話全集 15」講談社 1978 p179
◇「定本小川未明童話全集 15」大空社 2002 p179

金魚と雀
◇「魂の配達―野村吉哉作品集」草思社 1983 p72

金魚のうた
◇「室生犀星童話全集 2」創林社 1978 p46

金魚のお使
◇「与謝野晶子児童文学全集 2」春陽堂書店 2007 p34

金魚のお墓
◇「新装版金子みすゞ全集 2」JULA出版局 1984 p160
◇「金子みすゞ童話集」角川春樹事務所 1998（ハルキ文庫）p124
◇「金子みすゞ童謡全集 4」JULA出版局 2004 p22

きんぎょの日がさ
◇「ひろすけ幼年童話文学全集 4」集英社 1962 p80
◇「浜田広介全集 3」集英社 1975 p192

金魚のるすばん
◇「〔久高明子〕チンチンコバカマ」新風舎 1998 p23

金魚ばち
◇「西條八十童話集」小学館 1983 p440

キンギョやさん
◇「〔東君平〕おはようどうわ 8」講談社 1982 p101

金魚屋さん
◇「中村雨紅詩謡集」中村雨紅詩謡集刊行委員会 1971 p140

金銀小判
◇「定本小川未明童話全集 2」講談社 1976 p198
◇「定本小川未明童話全集 2」大空社 2001 p198

金銀法師
◇「おの・ちゅうこう初期作品集 〔1〕牧歌の風景」崙書房 1975 p118

キングコングちゃん
◇「今江祥智の本 2」理論社 1980 p10
◇「今江祥智童話館 〔7〕」理論社 1986 p113

キングコングとくつみがき
◇「岡本良雄童話文学全集 2」講談社 1964 p130

銀ぐさりの芽
◇「佐藤義美全集 1」佐藤義美全集刊行会 1974 p99

キングズリ
◇「〔かこさとし〕お話こんにちは 〔3〕」偕成社 1979 p59

金毛の大ぐま
◇「戸川幸夫・動物ものがたり 13」金の星社 1979 p5

金権先生
◇「佐々木邦全集 9」講談社 1975 p189

銀行日誌手帳
◇「新修宮沢賢治全集 15」筑摩書房 1980 p251

＜「銀行日誌手帳」より＞
◇「新修宮沢賢治全集 7」筑摩書房 1980 p248

銀工の子
◇「瑠璃の壺―森銑三童話集」三樹書房 1982 p197

金婚式
◇「阪田寛夫全詩集」理論社 2011 p275
金策
◇「新修宮沢賢治全集 4」筑摩書房 1979 p113
◇「新修宮沢賢治全集 4」筑摩書房 1979 p324
銀作
◇「森三郎童話選集 〔2〕」刈谷市教育委員会 1996 p148
〔金策も尽きはてたいまごろ〕
◇「新修宮沢賢治全集 4」筑摩書房 1979 p267
銀座の石工人
◇「佐藤義美全集 1」佐藤義美全集刊行会 1974 p58
銀座の叢林
◇「佐藤義美全集 1」佐藤義美全集刊行会 1974 p75
銀座の鳶—も組の中村達太郎さん
◇「斎藤隆介全集 10」岩崎書店 1982 p159
きんさんぎんさん百年の物語
◇「〔綾野まさる〕ハートのドキュメンタル童話 〔3〕」ハート出版 2001 p4
金鵄勲章
◇「浜田広介全集 11」集英社 1976 p112
金鵄勲章と徳利
◇「氏原大作全集 1」条例出版 1977 p241
金鵄太郎
◇「〔巌谷〕小波お伽全集 5」本の友社 1998 p33
◇「〔巌谷〕小波お伽全集 10」本の友社 1998 p343
金翅鳥（岡田泰三）
◇「岡田泰三・日下部梅子童謡集」会津童詩会 1992 p10
近日息子（林家木久蔵編、岡本和明文）
◇「林家木久蔵の子ども落語 3」フレーベル館 1998 p210
近日息子
◇「〔山田野理夫〕お笑い文庫 5」太平出版社 1977 （母と子の図書室）p152
金字の負債（おいめ）
◇「北彰介作品集 4」青森県児童文学研究会 1991 p84
銀蛇の窟
◇「高垣眸全集 1」桃源社 1970 p1
禁酒
◇「〔柳家弁天〕らくご文庫 4」太平出版社 1987 p95
金州
◇「〔北原〕白秋全童謡集 3」岩波書店 1992 p200
禽獣歌
◇「稗田菫平全集 8」宝文館出版 1982 p38
金州城
◇「〔北原〕白秋全童謡集 3」岩波書店 1992 p201
金州天斉廟

◇「〔北原〕白秋全童謡集 3」岩波書店 1992 p202
禁酒番屋（林家木久蔵編、岡本和明文）
◇「林家木久蔵の子ども落語 1」フレーベル館 1998 p26
キンショキショキ
◇「豊島与志雄童話全集 2」八雲書店 1948 p53
◇「豊島与志雄童話選集・郷土篇」双文社出版 1982 p100
◇「豊島与志雄童話集」海鳥社 1990 p82
金星
◇「まどさんの詩の本 14」理論社 1997 p60
ぎんせかい
◇「〔東君平〕おはようどうわ 8」講談社 1982 p37
きんせんか
◇「いのち—みずかみかずよ全詩集」石風社 1995 p40
金銭と悩み
◇「星新一ショートショートセレクション 7」理論社 2002 p75
金属人間
◇「海野十三全集 12」三一書房 1990 p183
「近代聖書」山本格郎著
◇「稗田菫平全集 6」宝文館出版 1981 p139
銀ダイの少女
◇「久保喬自選作品集 2」みどりの会 1994 p113
キンタマと茶釜
◇「〔山田野理夫〕お笑い文庫 7」太平出版社 1977 （母と子の図書室）p79
金太郎
◇「今江祥智の本 10」理論社 1980 p186
◇「今江祥智童話館 〔17〕」理論社 1987 p97
金太郎
◇「〔巌谷〕小波お伽全集 7」本の友社 1998 p379
金太郎
◇「定本壺井栄児童文学全集 3」講談社 1979 p187
◇「壺井栄全集 10」文泉堂出版 1998 p381
金太郎
◇「松谷みよ子のむかしむかし 10」講談社 1973 p40
金たろうあめ
◇「稗田菫平全集 3」宝文館出版 1979 p66
金太郎のサーカス
◇「庄野英二全集 5」偕成社 1980 p161
禁断の網（一龍斎貞水編、岡本和明文）
◇「一龍斎貞水の歴史講談 2」フレーベル館 2000 p40
禁断の魚
◇「室生犀星童話全集 3」創林社 1978 p5
きんちゃくきりに、ごようじん
◇「〔木暮正夫〕日本のおばけ話・わらい話 5」岩崎

きんち

書店 1986 p75
金ちゃん蛍
　◇「与謝野晶子児童文学全集 2」春陽堂書店 2007 p7
金的
　◇「小出正吾児童文学全集 1」審美社 2000 p309
＜ぎんどろ山荘＞のなかへ（いぬいとみこ）
　◇「佐藤さとるファンタジー全集 16」講談社 1983 p221
ギンナン
　◇「〔東君平〕おはようどうわ 2」講談社 1982 p202
ぎんなんの木
　◇「佐藤義美童謡集」さ・え・ら書房 1960 p214
　◇「佐藤義全集 1」佐藤義美全集刊行会 1974 p233
　◇「ともだちシンフォニー——佐藤義美童謡集」JULA出版局 1990 p138
銀杏の木
　◇「椋鳩十の本 23」理論社 1983 p32
黄金(きん)の秋
　◇「椋鳩十の本 2」理論社 1982 p62
金の雨
　◇「浜田広介全集 11」集英社 1976 p28
銀の泉
　◇「鈴木三重吉童話全集 3」文泉堂書店 1975（日本文学全集・選集叢刊第5次）p114
金の糸巻
　◇「〔巌谷〕小波お伽全集 8」本の友社 1998 p13
金の魚
　◇「定本小川未明童話全集 1」講談社 1976 p338
　◇「定本小川未明童話全集 1」大空社 2001 p338
金の牛
　◇「石森延男児童文学全集 4」学習研究社 1971 p256
金の牛
　◇「斎藤隆介全集 3」岩崎書店 1982 p29
金の馬
　◇「石森延男児童文学全集 4」学習研究社 1971 p189
金の梅・銀の梅
　◇「坪田譲治童話全集 7」岩崎書店 1986 p43
　◇「坪田譲治名作選 〔3〕サバクの虹」小峰書店 2005 p6
金のうり
　◇「松谷みよ子のむかしむかし 10」講談社 1973 p79
銀の上着（児童劇）
　◇「鈴木三重吉童話全集 5」文泉堂書店 1975（日本文学全集・選集叢刊第5次）p79
銀の王妃
　◇「鈴木三重吉童話全集 4」文泉堂書店 1975（日本文学全集・選集叢刊第5次）p218
金のお好きな王さま
　◇「新装版金子みすゞ全集 2」JULA出版局 1984 p178
　◇「金子みすゞ童謡全集 4」JULA出版局 2004 p52
金のおのと人形
　◇「定本小川未明童話全集 8」講談社 1977 p334
　◇「定本小川未明童話全集 8」大空社 2001 p334
金のかぶと
　◇「坪田譲治自選童話集」実業之日本社 1971 p412
　◇「坪田譲治童話全集 8」岩崎書店 1986 p5
金のかま
　◇「花岡大学仏典童話全集 8」法蔵館 1979 p33
銀の鎌
　◇「〔巌谷〕小波お伽全集 3」本の友社 1998 p120
きんの かんむり
　◇「花岡大学仏典童話全集 6」法蔵館 1979 p216
金のかんむり
　◇「花岡大学仏典童話全集 2」佼成出版社 2006 p5
銀のくじゃく
　◇「安房直子コレクション 6」偕成社 2004 p283
銀の口紅
　◇「〔佐々木春奈〕あなたの脳を休める童話集 大人も子どもも楽しめる童話集」日本文学館 2009 p131
金の靴
　◇「瑠璃の壺——森銑三童話集」三樹書房 1982 p347
金の靴を
　◇「浜田広介全集 2」集英社 1975 p28
銀の首輪
　◇「石森延男児童文学全集 4」学習研究社 1971 p220
金のくるみ
　◇「浜田広介全集 10」集英社 1976 p16
金の子ども
　◇「石森延男児童文学全集 4」学習研究社 1971 p167
黄金(きん)の小鳥
　◇「新装版金子みすゞ全集 3」JULA出版局 1984 p146
　◇「金子みすゞ童謡全集 6」JULA出版局 2004 p28
金のことり
　◇「あまんきみこ童話集 1」ポプラ社 2008 p131
金の小鳥
　◇「あまんきみこセレクション 3」三省堂 2009 p144
金の城
　◇「鈴木三重吉童話全集 3」文泉堂書店 1975（日本文学全集・選集叢刊第5次）p289
金のストロー
　◇「いのち—みずかみかずよ全詩集」石風社 1995

p147
金の象
　◇「花岡大学仏典童話全集 8」法蔵館 1979 p127
金の卵
　◇「斎藤隆介全集 3」岩崎書店 1982 p129
きんのたまごが6つある
　◇「寺村輝夫童話全集 3」ポプラ社 1982 p201
　◇「〔寺村輝夫〕ぼくは王さま全1冊」理論社 1985 p215
金のたまごが6つある
　◇「寺村輝夫全童話 1」理論社 1996 p106
金の卵銀の羽根
　◇「〔佐海〕航南夜ばなし―童話集」佐海航南 1999 p86
金の力
　◇「星新一ショートショートセレクション 3」理論社 2002 p160
銀のつえ
　◇「定本小川未明童話全集 5」講談社 1977 p250
　◇「定本小川未明童話全集 5」大空社 2001 p250
銀のつばさ
　◇「巽聖歌作品集 上」巽聖歌作品集刊行委員会 1977 p217
金の鳥居
　◇「川崎大治民話選 〔4〕」童心社 1975 p160
金のドングリ
　◇「〔あまのまお〕おばあちゃんの不思議な箱―童話集」健友館 2000 p48
金のなすび
　◇「〔木暮正夫〕日本のおばけ話・わらい話 15」岩崎書店 1987 p68
金のなる木
　◇「〔西本鶏介〕日本の昔話―読みきかせお話集 1」小学館 1999 p42
金のなる木
　◇「〔比江島重孝〕宮崎のむかし話 1」鉱脈社 1998 p217
金の鋏
　◇「浜田広介全集 11」集英社 1976 p50
きんの 羽
　◇「花岡大学仏典童話全集 6」法蔵館 1979 p201
きんの光のなかに
　◇「まど・みちお全詩集 続」理論社 2015 p409
銀の笛と金の毛皮
　◇「豊島与志雄童話全集 4」八雲書店 1949 p5
　◇「豊島与志雄童話集」海鳥社 1990 p22
金のべここ
　◇「松谷みよ子のむかしむかし 7」講談社 1973 p94
金の蛇
　◇「鈴木三重吉童話全集 2」文泉堂書店 1975（日本文学全集・選集叢刊第5次）p90

銀のペンセル
　◇「定本小川未明童話全集 7」講談社 1977 p143
　◇「定本小川未明童話全集 7」大空社 2001 p143
金の鳳凰
　◇「瑠璃の壺―森銑三童話集」三樹書房 1982 p6
金の仏様の像
　◇「瑠璃の壺―森銑三童話集」三樹書房 1982 p273
金のまり
　◇「鈴木三重吉童話全集 2」文泉堂書店 1975（日本文学全集・選集叢刊第5次）p191
金の麦
　◇「花岡大学仏典童話集 1」法蔵館 1979 p82
　◇「花岡大学仏典童話集 1」佼成出版社 2006 p105
金の目銀の目
　◇「豊島与志雄童話集」海鳥社 1990 p248
金の目と銀の目の一つ目入道（山形）
　◇「〔木暮正夫〕日本の怪奇ばなし 9」岩崎書店 1990 p45
〔銀のモナドのちらばる虚空〕
　◇「新修宮沢賢治全集 4」筑摩書房 1979 p239
金の桃・泥の桃
　◇「〔巌谷〕小波お伽全集 15」本の友社 1998 p265
銀の矢、くるみの木の矢
　◇「松谷みよ子全集 12」講談社 1972 p66
金の輪
　◇「定本小川未明童話全集 1」講談社 1976 p222
　◇「小川未明童話集」岩波書店 1996（岩波文庫）p40
　◇「定本小川未明童話全集 1」大空社 2001 p222
　◇「小川未明童話集」世界文化社 2004（心に残るロングセラー）p54
　◇「小川未明30選」春陽堂書店 2009（名作童話）p23
金のわの大蛇
　◇「〔比江島重孝〕宮崎のむかし話 3」鉱脈社 2000 p203
金歯
　◇「定本小川未明童話全集 11」講談社 1977 p338
　◇「定本小川未明童話全集 11」大空社 2002 p338
「銀盃羽化せり矣」
　◇「瑠璃の壺―森銑三童話集」三樹書房 1982 p188
金ばえ
　◇「浜田広介全集 11」集英社 1976 p156
金馬将軍
　◇「巌谷小波お伽噺文庫 〔4〕」大和書房 1976 p203
きんぴかのやかん
　◇「〔木暮正夫〕日本のおばけ話・わらい話 13」岩崎書店 1987 p26
きんぷくりんととっぴんしゃん
　◇「〔西本鶏介〕新日本昔ばなし――一日一話・読みきかせ 2」小学館 1997 p102

きんへ

「菫平句抄」
　◇『稗田菫平全集 4』宝文館出版 1980 p96
勤勉（葡萄畑の宝）
　◇「〔厳谷〕小波お伽全集 14」本の友社 1998 p3
キンポウゲ
　◇「今井誉次郎童話集子どもの村 〔2〕」国土社 1957 p100
キンポーゲ
　◇「椋鳩十の本 18」理論社 1982 p180
金明竹（林家木久蔵編, 岡本和明文）
　◇「林家木久蔵の子ども落語 4」フレーベル館 1998 p182
きんもくせい
　◇「地球のかぞく―石原一輝童謡詩集」群青社 2001 p48
きんもくせい
　◇「さくらゆき―さとうじゅんこ童詩集」えんじゅの会 1997 p49
きんもくせい
　◇「〔鈴木桂子〕親子で語り合う詩集 2」クロスロード 1999 p10
きんもくせい
　◇「いのち―みずかみかずよ全詩集」石風社 1995 p116
キンモクセイ
　◇「〔東君平〕おはようどうわ 7」講談社 1982 p172
金もくせいの咲く夜に
　◇「〔坪井安〕はしれ子馬よ―童謡詩集」童謡研究・蜂の会 1999 p126
「ぎんやんま」あとがき
　◇『稗田菫平全集 3』宝文館出版 1979 p94
新編「ぎんやんま」全
　◇『稗田菫平全集 3』宝文館出版 1979 p84
勤労（黄金の卵）
　◇「〔厳谷〕小波お伽全集 14」本の友社 1998 p149
勤労作業
　◇「巽聖歌作品集 上」巽聖歌作品集刊行委員会 1977 p206
（菌は）
　◇『稗田菫平全集 8』宝文館出版 1982 p52

【く】

くいくい くぎぬき―バード・テーブルのうた
　◇「まど・みちお全詩集」理論社 1992 p115
くいしんぼ
　◇「〔東君平〕ひとくち童話 1」フレーベル館 1995 p36
くいしんぼう
　◇「今江祥智の本 16」理論社 1980 p164
　◇「今江祥智童話館 〔8〕」理論社 1987 p54
　◇「今江祥智ショートファンタジー 2」理論社 2004 p93
食いしんぼうカラス
　◇「〔東野りえ〕ひぐらしエンピツ―童話集」国文社 1997 p34
くいしんぼうのロボット
　◇「全集古田足日子どもの本 1」童心社 1993 p107
くいしんぼうも, わるくない―にいさんの話
　◇「今江祥智の本 2」理論社 1980 p104
くいしんぼ神さま
　◇「犬飼馬鹿人旧作童話集」日本文化資料センター 1996 p88
くいしんぼデカ
　◇「椋鳩十全集 10」ポプラ社 1970 p240
くいしんぼムーニャン
　◇「山中恒よみもの文庫 14」理論社 1999 p101
食いだめ
　◇「〔山田野理夫〕お笑い文庫 1」太平出版社 1977（母と子の図書室）p111
食いつけないもの
　◇「戸川幸夫動物文学全集 15」講談社 1977 p209
くいな
　◇「浜田広介全集 11」集英社 1976 p113
空海
　◇「〔かこさとし〕お話こんにちは 〔3〕」偕成社 1979 p74
くふかくわれるか
　◇「佐藤義美全集 1」佐藤義美全集刊行会 1974 p57
くうき
　◇「いのち―みずかみかずよ全詩集」石風社 1995 p246
空気
　◇「まど・みちお詩集 6」銀河社 1975 p10
　◇「まど・みちお全詩集」理論社 1992 p497
　◇「まど・みちお全詩集」理論社 1992 p649
　◇「まどさんの詩の本 9」理論社 1996 p44
　◇「まどさんの詩の本 9」理論社 1996 p46
空気
　◇「与田凖一全集 1」大日本図書 1967 p158
空気入れ
　◇「新美南吉全集 2」牧書店 1965 p15
空気男
　◇「海野十三全集 6」三一書房 1989 p15
空気銃
　◇「〔厳谷〕小波お伽全集 9」本の友社 1998 p1
空気食堂
　◇「長い長いかくれんぼ―杉みき子自選童話集」新潟日報事業社 2001 p25

空気と菓子鉢
◇「[巌谷]小波お伽全集 14」本の友社 1998 p238
空気ポンプ
◇「校定新美南吉全集 6」大日本図書 1980 p71
◇「新美南吉童話集 2」大日本図書 1982 p111
◇「新美南吉童話大全」講談社 1989 p96
◇「新美南吉童話傑作選 〔6〕花をうめる」小峰書店 2004 p5
◇「新美南吉童話集 2」大日本図書 2012 p111
◇「新美南吉童話選集 2」ポプラ社 2013 p21
空谷
◇「阪田寛夫全詩集」理論社 2011 p30
空襲下の日本
◇「海野十三全集 3」三一書房 1988 p21
空襲警報
◇「海野十三全集 4」三一書房 1989 p61
空襲葬送曲
◇「海野十三全集 1」三一書房 1990 p317
空席
◇「赤川次郎セレクション 10」ポプラ社 2008 p96
空想植物園
◇「庄野英二全集 11」偕成社 1980 p367
空想する姿(童話の世界と子どもの世界3)
◇「佐藤さとる全集 6」講談社 1973 p183
空想パイロット
◇「佐藤さとるファンタジー全集 16」講談社 1983 p38
◇「佐藤さとるファンタジー全集 16」講談社, 復刊ドットコム(発売) 2011 p38
空族館
◇「[林原玉枝]不思議な鳥」けやき書房 1996 (ふれ愛ブックス) p22
ぐうたら道中記
◇「佐々木邦全集 5」講談社 1975 p175
空中の象
◇「花岡大学仏典童話全集 3」法蔵館 1979 p99
空中の街
◇「久保喬自選作品集 1」みどりの会 1994 p46
空中の私
◇「佐藤義美全集 1」佐藤義美全集刊行会 1974 p33
空中漂流一週間
◇「海野十三全集 6」三一書房 1989 p293
空中ぶらんこ
◇「岡本良雄童話文学全集 2」講談社 1964 p237
空中ブランコ
◇「[中山尚美]おふろの中で—詩集」アイ企画 1996 p64
空中ブランコのりのキキ
◇「別役実童話集 〔2〕」三一書房 1975 p21
空中墳墓
◇「海野十三全集 1」三一書房 1990 p63
空中楼閣の話
◇「海野十三全集 別巻2」三一書房 1993 p176
空念と乞食
◇「[中山正宏]大きくな～れ—童話集」日本図書刊行会 1996 p81
空明と傷痍
◇「新修宮沢賢治全集 3」筑摩書房 1979 p9
◇「新修宮沢賢治全集 3」筑摩書房 1979 p308
寓話
◇「佐藤さとるファンタジー全集 10」講談社 1983 p169
◇「佐藤さとるファンタジー全集 10」講談社, 復刊ドットコム(発売) 2011 p169
寓話
◇「新美南吉全集 6」牧書店 1965 p138
◇「校定新美南吉全集 8」大日本図書 1981 p367
寓話の動物学
◇「戸川幸夫動物文学全集 15」講談社 1977 p210
寓話ふうのことの
◇「椋鳩十の本 18」理論社 1982 p9
「クオレ」
◇「全集版灰谷健次郎の本 21」理論社 1988 p226
苦学
◇「瑠璃の壺—森銑三童話集」三樹書房 1982 p192
クカクカ族のミイラ作り
◇「[たかしよいち]世界むかしむかし探検 2」国土社 1994 p11
九月
◇「阪田寛夫全詩集」理論社 2011 p99
九月
◇「庄野英二全集 8」偕成社 1980 p223
九月
◇「新修宮沢賢治全集 3」筑摩書房 1979 p294
◇「新修宮沢賢治全集 3」筑摩書房 1979 p427
くがつが きたよ
◇「まど・みちお全集」理論社 1992 p334
9月・たくちゃんがみた うま
◇「阪田寛夫全詩集」理論社 2011 p206
〔九月なかばとなりて〕
◇「新修宮沢賢治全集 7」筑摩書房 1980 p222
九月のうた
◇「西條八十童話集」小学館 1983 p429
九月の海は
◇「[坪井安]はしれ子馬よ—童謡詩集」童謡研究・蜂の会 1999 p124
クーがブーになったわけ
◇「松谷みよ子全集 7」講談社 1971 p8
茎
◇「稗田童平全集 1」宝文館出版 1978 p140

くぎと
　◇「稗田菫平全集 2」宝文館出版 1979 p57
くぎと　ねじくぎ
　◇「まど・みちお全詩集 続」理論社 2015 p76
クギヌキ
　◇「まど・みちお全詩集 続」理論社 2015 p158
くぎのおと
　◇「〔東君平〕おはようどうわ 5」講談社 1982 p157
クク
　◇「阪田寛夫全詩集」理論社 2011 p218
くくっ
　◇「〔中山尚美〕おふろの中で—詩集」アイ企画 1996 p38
括り猿（南洋）
　◇「〔巖谷〕小波お伽全集 15」本の友社 1998 p329
グーくんのこいのぼり
　◇「ひとしずくのなみだ—宮下木花11歳童話集」銀の鈴社 2006（小さな鈴シリーズ）p39
グーくんのザリガニ
　◇「ひとしずくのなみだ—宮下木花11歳童話集」銀の鈴社 2006（小さな鈴シリーズ）p33
クコ
　◇「椋鳩十の本 19」理論社 1982 p161
草
　◇「〔高崎乃理子〕妖精の好きな木—詩集」かど創房 1998 p58
草
　◇「新美南吉全集 3」牧書店 1965 p123
　◇「新美南吉全集 6」牧書店 1965 p126
　◇「校定新美南吉全集 2」大日本図書 1980 p279
　◇「校定新美南吉全集 8」大日本図書 1981 p279
　◇「新美南吉童話集 2」大日本図書 1982 p237
　◇「新美南吉童話大全」講談社 1989 p102
　◇「新美南吉童話集 2」大日本図書 2012 p237
草
　◇「やなせたかし童謡詩集 〔3〕」フレーベル館 2001 p58
草いきれ
　◇「〔北原〕白秋全童謡集 2」岩波書店 1992 p435
くさい商法
　◇「川崎大治民話選 〔4〕」童心社 1975 p44
くさいっぽん
　◇「まど・みちお全詩集」理論社 1992 p357
　◇「まどさんの詩の本 10」理論社 1996 p64
くさい　ぶた
　◇「花岡大学仏典童話全集 7」法蔵館 1979 p34
草入水晶
　◇「北彰介作品集 4」青森県児童文学研究会 1991 p272
くさいろのマフラー
　◇「後藤竜二童話集 3」ポプラ社 2013 p79

（草を）
　◇「稗田菫平全集 8」宝文館出版 1982 p65
草を分けて
　◇「定本小川未明童話全集 11」講談社 1977 p32
　◇「定本小川未明童話全集 11」大空社 2002 p32
くさかった
　◇「寺村輝夫のむかし話 〔5〕」あかね書房 1978 p34
くさかりじいさん
　◇「〔木暮正夫〕日本のおばけ話・わらい話 16」岩崎書店 1988 p16
草木が枯れたら
　◇「北彰介作品集 1」青森県児童文学研究会 1990 p67
草桔梗
　◇「壺井栄全集 6」文泉堂出版 1998 p460
草木によせて
　◇「椋鳩十の本 23」理論社 1983 p161
草切節
　◇「椋鳩十の本 23」理論社 1983 p266
草くい坊さん
　◇「〔川田進〕短編少年文芸作品集 もう一人のぼく」せんしん出版 2010 p168
くさくないニンニク
　◇「浜田広介全集 7」集英社 1976 p230
草たち
　◇「まど・みちお全詩集 続」理論社 2015 p399
草たば
　◇「椋鳩十全集 24」ポプラ社 1980 p143
　◇「椋鳩十の本 16」理論社 1983 p121
草堤
　◇「〔北原〕白秋全童謡集 4」岩波書店 1993 p70
くさっぱら
　◇「まど・みちお全詩集 続」理論社 2015 p377
草っ原
　◇「与田凖一全集 1」大日本図書 1967 p146
草摘みに
　◇「〔島崎〕藤村の童話 2」筑摩書房 1979 p33
草とトンカツ
　◇「浜田広介全集 7」集英社 1976 p70
草にだけ世界は声を放つ
　◇「稗田菫平全集 2」宝文館出版 1979 p11
草に寝て
　◇「〔北原〕白秋全童謡集 2」岩波書店 1992 p427
草の命
　◇「花岡大学仏典童話全集 1」法蔵館 1979 p7
「草の宴抄」全
　◇「稗田菫平全集 4」宝文館出版 1980 p38
草の宴（四首）
　◇「稗田菫平全集 4」宝文館出版 1980 p41

草の女
　◇「稗田菫平全集 1」宝文館出版 1978 p140
どうよう　草の　かげ
　◇「ひろすけ幼年童話文学全集 4」集英社 1962 p36
草のかげ
　◇「浜田広介全集 11」集英社 1976 p28
草のかまきり
　◇「浜田広介全集 11」集英社 1976 p29
草の子
　◇「浜田広介全集 11」集英社 1976 p30
「草の城壁」松永伍一著
　◇「稗田菫平全集 6」宝文館出版 1981 p142
草の巣
　◇「巽聖歌作品集 上」巽聖歌作品集刊行委員会 1977 p25
草のたね
　◇「氏原大作全集 1」条例出版 1977 p357
くさ　の　つゆ
　◇「巽聖歌作品集 上」巽聖歌作品集刊行委員会 1977 p209
くさのとげ
　◇「浜田広介全集 2」集英社 1975 p228
草の名
　◇「新装版金子みすゞ全集 2」JULA出版局 1984 p163
　◇「〔金子〕みすゞ詩画集 〔3〕」春陽堂書店 2000
　◇「金子みすゞ童謡全集 4」JULA出版局 2004 p28
くさの　なまえ
　◇「まど・みちお全詩集」理論社 1992 p554
　◇「まどさんの詩の本 10」理論社 1996 p66
草のなまえ
　◇「まど・みちお全詩集 続」理論社 2015 p126
草のねじ花
　◇「浜田広介全集 11」集英社 1976 p30
草の橋
　◇「浜田広介全集 11」集英社 1976 p113
くさの　はっぱ
　◇「まど・みちお全詩集」理論社 1992 p202
草の花
　◇「まど・みちお全詩集」理論社 1992 p388
　◇「まどさんの詩の本 11」理論社 1997 p12
草の飛行
　◇「〔下田喜久美〕遠くから来た旅人―詩集」リトル・ガリヴァー社 1998 p88
草の噴水
　◇「稗田菫平全集 1」宝文館出版 1978 p154
草の実（岡田泰三）
　◇「岡田泰三・日下部梅子童謡集」会津童詩会 1992 p33
草の実（日下部梅子）

　◇「岡田泰三・日下部梅子童謡集」会津童詩会 1992 p79
草の実
　◇「佐藤義美童謡集」さ・え・ら書房 1960 p220
　◇「佐藤義美全集 1」佐藤義美全集刊行会 1974 p91
　◇「ともだちシンフォニー―佐藤義美童謡集」JULA出版局 1990 p20
草の実
　◇「まど・みちお全詩集 続」理論社 2015 p159
草の実
　◇「いのち―みずかみかずよ全詩集」石風社 1995 p298
くさのめ
　◇「〔東君平〕ひとくち童話 2」フレーベル館 1995 p38
草の芽
　◇「阪田寛夫全詩集」理論社 2011 p783
草のめがでた
　◇「巽聖歌作品集 下」巽聖歌作品集刊行委員会 1977 p144
くさのめちゃん
　◇「まど・みちお全詩集 続」理論社 2015 p159
草花のたねまき
　◇「中村雨紅詩謡集」中村雨紅詩謡集刊行委員会 1971 p146
くさはら
　◇「まど・みちお全詩集」理論社 1992 p389
草原（くさはら）…→"そうげん…"をも見よ
草原の夢
　◇「定本小川未明童話全集 7」講談社 1977 p196
　◇「定本小川未明童話全集 7」大空社 2001 p196
草光る
　◇「〔斎藤信夫〕子ども心を友として―童謡詩集」成東町教育委員会 1996 p180
草笛
　◇「〔内海康子〕六月のカレンダー―詩集」けやき書房 1999 p74
草笛
　◇「武田信夫童話作品集」みちのく書房 1995 p203
草笛をふくカッパ
　◇「〔小川路人〕動物童話 草笛をふくカッパ」文芸社 2011 p4
草笛について
　◇「阪田寛夫全詩集」理論社 2011 p114
草笛ふけば
　◇「マッチ箱の中―三鎌よし子童謡集」しもつけ文学会 1998 p19
（草むらに）
　◇「稗田菫平全集 8」宝文館出版 1982 p49
草むらの目
　◇「椋鳩十の本 6」理論社 1982 p163

くさも

くさもち
　◇「庄野英二全集 5」偕成社 1980 p149
草もち
　◇「〔北原〕白秋全童謡集 5」岩波書店 1993 p112
草餅
　◇「〔北原〕白秋全童謡集 4」岩波書店 1993 p45
くさもち ぺったん
　◇「巽聖歌作品集 下」巽聖歌作品集刊行委員会 1977 p32
草もみぢ
　◇「〔北原〕白秋全童謡集 1」岩波書店 1992 p266
草や木のうた
　◇「〔北原〕白秋全童謡集 2」岩波書店 1992 p73
草山
　◇「新装版金子みすゞ全集 1」JULA出版局 1984 p177
　◇「〔金子〕みすゞ詩画集 〔4〕」春陽堂書店 2000 p36
　◇「金子みすゞ童謡全集 2」JULA出版局 2003 p122
鎖
　◇「戸川幸夫動物文学全集 6」講談社 1977 p236
腐りかけた月
　◇「魂の配達―野村吉哉作品集」草思社 1983 p96
鎖の村
　◇「戸川幸夫動物文学全集 5」講談社 1976 p286
草分けの家具デザイナー
　◇「斎藤隆介全集 9」岩崎書店 1982 p183
クシ
　◇「まど・みちお全詩集 続」理論社 2015 p20
櫛がほしい
　◇「〔比江島重孝〕宮崎のむかし話 3」鉱脈社 2000 p132
(クシけずる)
　◇「稗田童平全集 8」宝文館出版 1982 p87
くじけなかった若い男
　◇「花岡大学 続・仏典童話全集 2」法蔵館 1981 p38
ぐじとタラ
　◇「阪田寛夫全詩集」理論社 2011 p285
くじびき
　◇「〔柳家弁天〕らくご文庫 7」太平出版社 1987 p37
串本
　◇「庄野英二全集 4」偕成社 1979 p295
串本の海
　◇「庄野英二全集 11」偕成社 1980 p51
くじゃく
　◇「こやま峰子詩集 〔1〕」朔北社 2003 p32
クジャク
　◇「まど・みちお詩集 〔1〕」すえもりブックス 1992 p10
　◇「まど・みちお全詩集」理論社 1992 p223
　◇「まどさんの詩の本 13」理論社 1997 p10
クジャク
　◇「椋鳩十の本 23」理論社 1983 p226
孔雀
　◇「新修宮沢賢治全集 7」筑摩書房 1980 p152
孔雀印手帳
　◇「新修宮沢賢治全集 15」筑摩書房 1980 p135
<「孔雀印手帳」より>
　◇「新修宮沢賢治全集 7」筑摩書房 1980 p230
孔雀と少年
　◇「赤道祭―小出正吾童話選集」審美社 1986 p25
クジャクのいる町
　◇「大石真児童文学全集 1」ポプラ社 1982 p93
くしゃみ
　◇「稗田童平全集 3」宝文館出版 1979 p89
くしゃみ
　◇「〔東君平〕おはようどうわ 4」講談社 1982 p20
くしゃみ
　◇「星新一ちょっと長めのショートショート 10」理論社 2007 p149
くしゃみ
　◇「まど・みちお全詩集」理論社 1992 p151
くしゃみ
　◇「与田凖一全集 1」大日本図書 1967 p211
くしゃみとあくび
　◇「北彰介作品集 4」青森県児童文学研究会 1991 p193
くしゃみの うた
　◇「まど・みちお全詩集」理論社 1992 p203
くしゃみライオン
　◇「寺村輝夫童話全集 9」ポプラ社 1982 p155
　◇「寺村輝夫全童話 3」理論社 1997 p49
九十九島
　◇「〔北原〕白秋全童謡集 1」岩波書店 1992 p91
九十九里浜
　◇「〔高橋一仁〕春のニシン場―童謡詩集」けやき書房 2003 p72
九十九里浜の夜
　◇「〔斎藤信夫〕子ども心を友として―童謡詩集」成東町教育委員会 1996 p170
苦渋に満ちて
　◇「全集版灰谷健次郎の本 19」理論社 1987 p107
くじらが空を とんでいく
　◇「パパとボクとネコ―山口紀代子童謡詩集」音楽舎 2003 p52
鯨裁き (一龍斎貞水編, 岡本和明文)
　◇「一龍斎貞水の歴史講談 2」フレーベル館 2000 p6

鯨小学校
- ◇「松谷みよ子全集 12」講談社 1972 p2
- ◇「松谷みよ子おはなし集 4」ポプラ社 2010 p94

くじら太郎（創作民話）
- ◇「北彰介作品集 3」青森県児童文学研究会 1990 p135

くじらつり
- ◇「佐藤義美全集 3」佐藤義美全集刊行会 1973 p169
- ◇「佐藤義美全集 3」佐藤義美全集刊行会 1973 p172
- ◇「佐藤義美全集 3」佐藤義美全集刊行会 1973 p433

クジラとナマコ
- ◇「〔山田野理夫〕お笑い文庫 10」太平出版社 1977（母と子の図書室）p55

くじらと にゅうどうぐも
- ◇「まど・みちお全詩集 続」理論社 2015 p375

鯨捕り
- ◇「新装版金子みすゞ全集 3」JULA出版局 1984 p191
- ◇「新装版金子みすゞ全集 3」JULA出版局 1984 p201
- ◇「金子みすゞ童謡集」角川春樹事務所 1998（ハルキ文庫）p28
- ◇「金子みすゞ童謡全集 6」JULA出版局 2004 p102

（鯨の）
- ◇「稗田童平全集 8」宝文館出版 1982 p57

くじらのお星さま
- ◇「立原えりか作品集 2」思潮社 1972 p109
- ◇「立原えりかのファンタジーランド 1」青土社 1980 p53

くじらのオムレツ
- ◇「〔寺村輝夫〕ぼくは王さま全1冊」理論社 1985 p40
- ◇「寺村輝夫全童話 1」理論社 1996 p460
- ◇「寺村輝夫の王さまシリーズ 6」理論社 1998 p57

くじらの子守唄
- ◇「阪田寛夫全詩集」理論社 2011 p432

くじらのしおふき
- ◇「地球のかぞく―石原一輝童謡詩集」群青社 2001 p20

くじらのしゃぼんだま
- ◇「寺村輝夫童話全集 8」ポプラ社 1982 p75
- ◇「寺村輝夫全童話 3」理論社 1997 p97

くじらのズボン
- ◇「寺村輝夫全童話 1」理論社 1996 p103
- ◇「寺村輝夫の王さまシリーズ 8」理論社 1998 p51

クジラのズボン
- ◇「寺村輝夫童話全集 1」ポプラ社 1982 p207
- ◇「〔寺村輝夫〕ぼくは王さま全1冊」理論社 1985 p154

くじらの取れた話
- ◇「〔島崎〕藤村の童話 1」筑摩書房 1979 p185

くじらの墓
- ◇「氏原大作全集 4」条例出版 1977 p385

鯨の法要（山口）
- ◇「〔木暮正夫〕日本の怪奇ばなし 10」岩崎書店 1990 p79

鯨法会
- ◇「新装版金子みすゞ全集 3」JULA出版局 1984 p221
- ◇「金子みすゞ童謡集」角川春樹事務所 1998（ハルキ文庫）p26
- ◇「金子みすゞ童謡全集 6」JULA出版局 2004 p128

苦心の学友
- ◇「佐々木邦全集 9」講談社 1975 p3

くずかご
- ◇「まど・みちお全詩集 続」理論社 2015 p48

ぐずがたの うた
- ◇「与田準一全集 3」大日本図書 1967 p141

ぐづぐづしてるとこのとほり
- ◇「鈴木三重吉童話全集 1」文泉堂書店 1975（日本文学全集・選集叢刊第5次）p348

クスクスゆかいなわらい話
- ◇「〔木暮正夫〕日本のおばけ話・わらい話 5」岩崎書店 1986

グスコーブドリの伝記
- ◇「新版・宮沢賢治童話全集 11」岩崎書店 1979 p5
- ◇「新修宮沢賢治全集 13」筑摩書房 1980 p263
- ◇「〔宮沢〕賢治童話」翔泳社 1995 p506
- ◇「宮沢賢治童話 4」講談社 1995（講談社青い鳥文庫）p100
- ◇「ジュニア文学館 宮沢賢治―写真・絵画集成 2」日本図書センター 1996 p217
- ◇「よくわかる宮沢賢治―イーハトーブ・ロマン II」学習研究社 1996 p454
- ◇「学校放送劇舞台劇脚本集 宮沢賢治名作童話」東洋書院 2008 p267
- ◇「宮沢賢治20選」春陽堂書店 2008（名作童話）p181
- ◇「宮沢賢治童話集珠玉選 〔4〕」講談社 2009 p110

グスコーブドリの伝記（宮沢賢治作、ふじたあさや脚色）
- ◇「宮沢賢治童話劇集 2」東京書籍 1981（東書児童劇シリーズ）p169

グスコンブドリの伝記
- ◇「新修宮沢賢治全集 13」筑摩書房 1980 p357

ぐずてつ物語
- ◇「〔かこさとし〕お話こんにちは 〔3〕」偕成社 1979 p40

楠さん

くすの

◇「与謝野晶子児童文学全集 5」春陽堂書店 2007 p165

楠木正成と月
◇「魂の配達―野村吉哉作品集」草思社 1983 p43

楠木正行
◇「魂の配達―野村吉哉作品集」草思社 1983 p78

クスの新芽
◇「いのち―みずかみかずよ全詩集」石風社 1995 p91

葛の葉
◇「松谷みよ子のむかしむかし 9」講談社 1973 p104

くずの葉ギツネ
◇「稗田童平全集 5」宝文館出版 1980 p148

葛の葉ぎつね
◇「二反長半作品集 3」集英社 1979 p140

クズの花
◇「椋鳩十の本 23」理論社 1983 p187

葛の花
◇「稗田童平全集 1」宝文館出版 1978 p26
◇「稗田童平全集 7」宝文館出版 1981 p168

グースベリー
◇「巽聖歌作品集 上」巽聖歌作品集刊行委員会 1977 p529

グスベリ
◇「石森延男児童文学全集 11」学習研究社 1971 p5
◇「石森延男児童文学全集 11」学習研究社 1971 p77
◇「石森読本―石森延男児童文学選集 5年生」小学館 1977 p162

くすり
◇「椋鳩十全集 12」ポプラ社 1970 p150

薬
◇「椋鳩十の本 15」理論社 1982 p180

薬売り
◇「定本小川未明童話全集 1」講談社 1976 p255
◇「定本小川未明童話全集 1」大空社 2001 p255

薬売りの少年
◇「定本小川未明童話全集 11」講談社 1977 p213
◇「定本小川未明童話全集 11」大空社 2002 p213

くすり(近ごろの詩4)
◇「国分一太郎児童文学集 6」小峰書店 1967 p51

くすりとり
◇「浜田広介全集 11」集英社 1976 p174

薬とり
◇「西條八十童謡全集」修道社 1971 p119

くすりのききすぎ
◇「〔木暮正夫〕日本のおばけ話・わらい話 7」岩崎書店 1986 p27

ぐずりの ぐちさん
◇「まど・みちお全詩集 続」理論社 2015 p427

くすりびん
◇「〔北原〕白秋全童謡集 4」岩波書店 1993 p198

九頭竜の話
◇「〔かこさとし〕お話こんにちは 〔9〕」偕成社 1979 p72

崩れる鬼影
◇「海野十三全集 8」三一書房 1989 p5

くせ
◇「阪田寛夫全詩集」理論社 2011 p411

くせのある字―大石さんのこと
◇「佐藤さとるファンタジー全集 16」講談社 1983 p157
◇「佐藤さとるファンタジー全集 16」講談社, 復刊ドットコム(発売) 2011 p157

癖ノ背景
◇「佐藤義美全集 1」佐藤義美全集刊行会 1974 p49
◇「佐藤義美全集 1」佐藤義美全集刊行会 1974 p53

くそたれ女
◇「〔山田野理夫〕おばけ文庫 3」太平出版社 1976 (母と子の図書室) p35

クソともおもわない
◇「〔柳家弁天〕らくご文庫 9」太平出版社 1987 p97

くたくたくった
◇「寺村輝夫のとんち話 1」あかね書房 1976 p46

くだけごめのふくろ
◇「花岡大学仏典童話新作集 1」法蔵館 1984 p89

くだけ米のふくろ
◇「花岡大学仏典童話集 2」佼成出版社 2006 p108

くだけた牙
◇「戸川幸夫・子どものための動物物語 3」国土社 1967 p5

砕けた牙
◇「戸川幸夫動物文学全集 6」冬樹社 1965 p7
◇「戸川幸夫動物文学全集 10」講談社 1977 p225

クダサイナ
◇「まど・みちお全詩集」理論社 1992 p67

くたばれかあちゃん!
◇「山中恒児童よみもの選集 4」読売新聞社 1977 p5
◇「山中恒よみもの文庫 1」理論社 1995 p7

管笛
◇「定本小川未明童話全集 3」講談社 1977 p399
◇「定本小川未明童話全集 3」大空社 2001 p399

くだもの
◇「〔東君平〕おはようどうわ 5」講談社 1982 p44

果物
◇「〔巌谷〕小波全お伽全集 7」本の友社 1998 p423

くだものの話
◇「〔かこさとし〕お話こんにちは 〔7〕」偕成社 1979 p36

くだものの山
　◇「花岡大学仏典童話新作集 3」法蔵館 1984 p7
よびかけくだものや
　◇「斎田喬幼年劇全集 2」誠文堂新光社 1961 p520
くだものやさん
　◇「阪田寛夫全詩集」理論社 2011 p371
くだものやさんの みせに
　◇「まど・みちお全詩集」理論社 1992 p253
クダン
　◇〔山田野理夫〕おばけ文庫 4」太平出版社 1976（母と子の図書室）p17
くち
　◇「まど・みちお全詩集」理論社 1992 p650
　◇「まどさんの詩の本 8」理論社 1996 p50
グチ
　◇「まど・みちお全詩集 続」理論社 2015 p222
口あけ儀式
　◇「まど・みちお全詩集 続」理論社 2015 p254
愚痴を云うな（驢馬と尾長猿と土鼠）
　◇〔巌谷〕小波お伽全集 14」本の友社 1998 p39
朽木
　◇「椋鳩十の本 2」理論社 1982 p14
口・口・口
　◇「阪田寛夫全詩集」理論社 2011 p164
くちげんか
　◇〔坪井安〕はしれ子馬よ―童謡詩集」童謡研究・蜂の会 1999 p118
くちごもりつつ―なぜ書くか、私の児童文学
　◇「あまんきみこセレクション 5」三省堂 2009 p187
口先ばかりの船長
　◇「谷口雅春童話集 2」日本教文社 1976 p20
くちすべりうた
　◇「まど・みちお全詩集」理論社 1992 p518
くちすべりうた1
　◇「まど・みちお全詩集 5」銀河社 1975 p8
くちすべりうた2
　◇「まど・みちお全詩集 5」銀河社 1975 p9
「くちたんぼのんのんき」
　◇「全集灰谷健次郎の本 21」理論社 1988 p270
言（くち）と行（山岳の鳴動）
　◇〔巌谷〕小波お伽全集 14」本の友社 1998 p128
くちと くうきと くちぶえ
　◇「平塚武二童話全集 2」童心社 1972 p80
くちなし
　◇「阪田寛夫全詩集」理論社 2011 p24
　◇「阪田寛夫全詩集」理論社 2011 p477
くちなし
　◇「さくらゆき―さとうじゅんこ童詩集」えんじゅの会 1997 p117

くちなし
　◇「壺井栄全集 6」文泉堂出版 1998 p463
くちなし
　◇「いのち―みずかみかずよ全詩集」石風社 1995 p130
山梔子（くちなし）
　◇「巽聖歌作品集 上」巽聖歌作品集刊行委員会 1977 p366
くちなしのはな
　◇「いのち―みずかみかずよ全詩集」石風社 1995 p109
くちなし1
　◇「いのち―みずかみかずよ全詩集」石風社 1995 p110
くちなし2
　◇「いのち―みずかみかずよ全詩集」石風社 1995 p111
くちはなび
　◇〔東君平〕おはようどうわ 8」講談社 1982 p144
くちひげ
　◇「まど・みちお全詩集」理論社 1992 p341
くちびるを縫う
　◇「松谷みよ子全集 12」講談社 1972 p48
くちびる たいそう
　◇「まど・みちお全詩集」理論社 1992 p357
　◇「まどさんの詩の本 2」理論社 1994 p54
くちびるに歌を持て
　◇「あまんきみこセレクション 5」三省堂 2009 p21
くちぶえ
　◇「庄野英二全集 5」偕成社 1980 p158
くちぶえ
　◇「いのち―みずかみかずよ全詩集」石風社 1995 p262
口笛
　◇「杉みき子選集 2」新潟日報事業社 2005 p247
　◇「杉みき子選集 10」新潟日報事業社 2011 p92
口笛をふく子
　◇「あまんきみこセレクション 3」三省堂 2009 p227
口笛を吹くねこ
　◇「佐藤さとるファンタジー全集 10」講談社 1983 p197
　◇「佐藤さとるファンタジー全集 10」講談社, 復刊ドットコム（発売）2011 p197
くちべに
　◇「稗田菫平全集 3」宝文館出版 1979 p60
口紅紙
　◇「おの・ちゅうこう初期作品集〔1〕牧歌的風景」崙書房 1975 p84
口真似―父さんのない子の唄
　◇「新装版金子みすゞ全集 1」JULA出版局 1984

p196
◇「金子みすゞ童謡集」角川春樹事務所 1998（ハルキ文庫）p62
◇「金子みすゞ童謡全集 2」JULA出版局 2003 p154

愚直列伝
◇「氏原大作全集 2」条例出版 1977 p296

クチン
◇「庄野英二全集 10」偕成社 1979 p141

くつ
◇「〔東君平〕ひとくち童話 4」フレーベル館 1995 p52

くつ
◇「〔山田野理夫〕おばけ文庫 11」太平出版社 1976 （母と子の図書室）p105

くつ いくつ
◇「まど・みちお全詩集」理論社 1992 p650
◇「まどさんの詩の本 2」理論社 1994 p72

靴が帰る
◇「松谷みよ子全エッセイ 1」筑摩書房 1989 p203

くつが なる
◇「佐藤義美全集 4」佐藤義美全集刊行会 1974 p217

クックコック
◇「〔北原〕白秋全童謡集 3」岩波書店 1992 p406

グツグツさん
◇「〔山田野理夫〕お笑い文庫 10」太平出版社 1977 （母と子の図書室）p78

クックの変身
◇「花岡大学仏典童話全集 4」法蔵館 1979 p164

くつした
◇「まど・みちお全詩集 続」理論社 2015 p77

屈折率
◇「新修宮沢賢治全集 2」筑摩書房 1979 p12
◇「ジュニア文学館 宮沢賢治―写真・絵画集成 3」日本図書センター 1996 p21

クッチャベロの赤いペン
◇「〔佐々木春央〕あなたの脳を休める童話集 大人も子どもも楽しめる童話集」日本文学館 2009 p118

グッド・イヴニング
◇「阪田寛夫全詩集」理論社 2011 p79

くつとキュウリとタイ
◇「〔木暮正夫〕日本のおばけ話・わらい話 16」岩崎書店 1988 p43

クツトクさん
◇「平塚武二童話全集 5」童心社 1972 p185

靴と地球
◇「佐藤義美全集 6」佐藤義美全集刊行会 1974 p462

靴と蝶類詩集
◇「巽聖歌作品集 下」巽聖歌作品集刊行委員会 1977 p288

靴と帽子
◇「〔北原〕白秋全童謡集 3」岩波書店 1992 p99

くつのあと
◇「西條八十童話集」小学館 1983 p406

靴の家
◇「西條八十童謡全集」修道社 1971 p245

靴のうらにでも聞いてくれ
◇「阪田寛夫全詩集」理論社 2011 p873

くつのかたかた
◇「浜田広介全集 6」集英社 1976 p184

靴の工場
◇「与田準一全集 1」大日本図書 1967 p151

グッバイ
◇「佐藤義美童謡集」さ・え・ら書房 1960 p144
◇「佐藤義美全集 1」佐藤義美全集刊行会 1974 p203
◇「佐藤義美全集 1」佐藤義美全集刊行会 1974 p406
◇「ともだちシンフォニー―佐藤義美童謡集」JULA出版局 1990 p52

ぐっぱいの うた
◇「佐藤義美全集 4」佐藤義美全集刊行会 1974 p269

くつべら
◇「まど・みちお全詩集 続」理論社 2015 p77
◇「まど・みちお全詩集 続」理論社 2015 p78
◇「まど・みちお全詩集 続」理論社 2015 p103

靴みがき
◇「庄野英二全集 6」偕成社 1979 p199

靴みがき
◇「巽聖歌作品集 上」巽聖歌作品集刊行委員会 1977 p127

靴屋さん
◇「〔北原〕白秋全童謡集 1」岩波書店 1992 p148

くつやさんと一寸法師
◇「土田耕平童話集」信濃毎日新聞社 1949 p89

靴屋さんと一寸法師
◇「土田耕平童話集 〔3〕」古今書院 1955 p54

くつ屋の絵かきさん
◇「石森読本―石森延男児童文学選集 5年生」小学館 1977 p76

クツは
◇「まど・みちお全詩集 続」理論社 2015 p234

愚弟賢兄
◇「佐々木邦全集 4」講談社 1975 p3

工藤直子―について何度でも言いたいこと
◇「今江祥智の本 35」理論社 1990 p270

工藤直子の仕事について，また
◇「今江祥智の本 35」理論社 1990 p277

久渡寺の白ギツネ（創作民話）
　◇「北彰介作品集 3」青森県児童文学研究会 1990 p150
放送劇 久渡寺の話
　◇「北彰介作品集 2」青森県児童文学研究会 1990 p180
クーとジャム
　◇「松谷みよ子全集 9」講談社 1972 p137
グーとラーラのおてつだい
　◇「〔東風琴子〕童話集 2」ストーク 2006 p93
国うみ
　◇「松谷みよ子のむかしむかし 4」講談社 1973 p2
国木田独歩
　◇「〔かこさとし〕お話こんにちは 〔4〕」偕成社 1979 p70
国びき
　◇「松谷みよ子のむかしむかし 4」講談社 1973 p56
国引
　◇「〔北原〕白秋全童謡集 4」岩波書店 1993 p249
　◇「〔北原〕白秋全童謡集 4」岩波書店 1993 p286
国ゆずり
　◇「石森延男児童文学全集 6」学習研究社 1971 p83
国ゆずり
　◇「松谷みよ子のむかしむかし 4」講談社 1973 p118
国世と少女達
　◇「与謝野晶子児童文学全集 5」春陽堂書店 2007 p18
九人の黒んぼ
　◇「西條八十童謡全集」修道社 1971 p95
くぬぎ枯葉
　◇「〔島木〕赤彦童謡集」第一書房 1947 p26
くぬぎの木
　◇「平塚武二童話全集 5」童心社 1972 p89
クヌート＝ハムスン
　◇「〔かこさとし〕お話こんにちは 〔5〕」偕成社 1979 p21
クねずみ
　◇「宮沢賢治動物童話集 1」シグロ 1995 p21
　◇「〔宮沢〕賢治童話」翔泳社 1995 p153
苦悩のむこうの世界はだれにも見えないⅠ
　◇「全集版灰谷健次郎の本 18」理論社 1987 p74
苦悩のむこうの世界はだれにも見えないⅡ
　◇「全集版灰谷健次郎の本 18」理論社 1987 p82
苦悩のむこうの世界はだれにも見えないⅢ
　◇「全集版灰谷健次郎の本 18」理論社 1987 p89
くばられる朝
　◇「与田凖一全集 2」大日本図書 1967 p26
首
　◇「奥田継夫ベストコレクション 10」ポプラ社 2002 p27
首
　◇「北彰介作品集 4」青森県児童文学研究会 1991 p228
首売り
　◇「川崎大治民話選 〔1〕」童心社 1968 p122
首を売ります
　◇「〔山田野理夫〕お笑い文庫 3」太平出版社 1977（母と子の図書室）p142
頸飾り
　◇「定本小川未明童話全集 7」講談社 1977 p169
　◇「定本小川未明童話全集 7」大空社 2001 p169
首かざりぬすっと
　◇「花岡大学仏典童話全集 1」法蔵館 1979 p56
首がついてた辰次郎
　◇「斎藤隆介全集 8」岩崎書店 1982 p271
首切り問答
　◇「佐々木邦全集 補巻5」講談社 1975 p255
首きれうま
　◇「松谷みよ子のむかしむかし 10」講談社 1973 p111
くびきれウマ その一
　◇「〔山田野理夫〕おばけ文庫 4」太平出版社 1976（母と子の図書室）p12
くびきれウマ その二
　◇「〔山田野理夫〕おばけ文庫 4」太平出版社 1976（母と子の図書室）p13
くびきれウマ その三
　◇「〔山田野理夫〕おばけ文庫 4」太平出版社 1976（母と子の図書室）p14
首車
　◇「〔巖谷〕小波お伽全集 3」本の友社 1998 p83
くびぢょうちん
　◇「〔木暮正夫〕日本のおばけ話・わらい話 4」岩崎書店 1986 p80
くびちょうちん
　◇「〔山田野理夫〕おばけ文庫 10」太平出版社 1976 p47
首なし男
　◇「首なし男―堀英男短編集」教育報社 2000（教報ブックス）p5
首なし行列
　◇「松谷みよ子のむかしむかし 10」講談社 1973 p19
首なしの武士行列
　◇「稗田薫平全集 5」宝文館出版 1980 p126
首ぬけ獅子
　◇「〔山田野理夫〕お笑い文庫 11」太平出版社 1977（母と子の図書室）p91
首まきグマ
　◇「今江祥智童話館 〔9〕」理論社 1987 p180

首輪
  ◇「星新一YAセレクション 4」理論社 2009 p128
首輪を外して
  ◇「〔黒川良人〕犬の詩猫の詩―児童詩集」東洋出版 2000 p121
くびわの ない いぬ
  ◇「定本小川未明童話全集 16」講談社 1978 p301
  ◇「定本小川未明童話全集 16」大空社 2002 p301
久部良割
  ◇「椋鳩十の本 21」理論社 1982 p302
クーヘン村へようこそ
  ◇「健太と大天狗―片山貞一創作童話集」あさを社 2007 p109
クボ稲荷の井戸
  ◇「〔今坂柳二〕りゅうじフォークロア・world 4」ふるさと伝承研究会 2008 p31
久保田の坂
  ◇「庄野英二全集 9」偕成社 1979 p259
九品仏幼稚園園歌
  ◇「佐藤義美全集 1」佐藤義美全集刊行会 1974 p456
くま
  ◇「かつおきんや作品集 3」牧書店〔アリス館牧新社〕1972 p149
くま
  ◇「坪田譲治幼年童話文学全集 2」集英社 1965 p118
クマ
  ◇「かつおきんや作品集 13」偕成社 1982 p155
クマ
  ◇「坪田譲治童話全集 3」岩崎書店 1986 p23
熊
  ◇「神沢利子コレクション・普及版 5」あかね書房 2006 p184
熊
  ◇「巽聖歌作品集 上」巽聖歌作品集刊行委員会 1977 p56
熊
  ◇「戸川幸夫動物文学全集 1」冬樹社 1965 p171
  ◇「戸川幸夫動物文学全集 10」冬樹社 1966 p167
  ◇「戸川幸夫動物文学全集 3」講談社 1976 p332
  ◇「戸川幸夫動物文学全集 13」講談社 1976 p245
熊
  ◇「新美南吉全集 6」牧書店 1965 p239
  ◇「校定新美南吉全集 8」大日本図書 1981 p40
  ◇「新美南吉童話集 1」大日本図書 1982 p315
  ◇「新美南吉童話集 1」大日本図書 2012 p315
熊
  ◇「椋鳩十の本 9」理論社 1982 p79
くまいちごの花
  ◇「稗田菫平全集 3」宝文館出版 1979 p35

くま一ぴきぶんはねずみ百ぴきぶんか
  ◇「〔神沢利子〕くまの子ウーフの童話集 1」ポプラ社 2001 p117
  ◇「神沢利子のおはなしの時間 1」ポプラ社 2011 p57
くま一ぴきぶんは、ねずみ百ぴきぶんか
  ◇「神沢利子コレクション・普及版 1」あかね書房 2005 p120
熊犬物語
  ◇「戸川幸夫動物文学全集 6」冬樹社 1965 p39
  ◇「戸川幸夫動物文学全集 9」講談社 1976 p198
熊うち
  ◇「おの・ちゅうこう初期作品集 〔4〕氏神さま」嵩書房 1975 p175
クマおじさん
  ◇「今江祥智の本 30」理論社 1990 p42
くまが さるから きいた 話
  ◇「ひろすけ幼年童話文学全集 3」集英社 1962 p150
くまがさるから聞いた話
  ◇「浜田広介全集 5」集英社 1976 p44
クマが めを さました
  ◇「佐藤義美全集 3」佐藤義美全集刊行会 1973 p388
くまくま森
  ◇「北彰介作品集 2」青森県児童文学研究会 1990 p22
くま ここに ねむる いい くまだった
  ◇「佐藤義美全集 5」佐藤義美全集刊行会 1973 p162
くまさん
  ◇「まど・みちお全詩集」理論社 1992 p358
  ◇「まどさんの詩の本 5」理論社 1994 p10
  ◇「まどさんの詩の本 7」理論社 1996 p64
くまさん おつかい
  ◇「佐藤義美童謡集」さ・え・ら書房 1960 p120
クマサン オツカヒ
  ◇「佐藤義美全集 1」佐藤義美全集刊行会 1974 p149
熊さんの笛
  ◇「定本小川未明童話全集 6」講談社 1977 p316
  ◇「定本小川未明童話全集 6」大空社 2001 p316
熊さんはつらいよ
  ◇「〔山田野理夫〕お笑い文庫 5」太平出版社 1977（母と子の図書室）p92
クマじるしのズボン
  ◇「今江祥智の本 30」理論社 1990 p95
くましんし
  ◇「あまんきみこ童話集 2」ポプラ社 2008 p26
  ◇「あまんきみこセレクション 4」三省堂 2009 p9
熊助くん

◇「小出正吾児童文学全集 2」審美社 2000 p317

くまぜみ
◇「いのち―みずかみかずよ全詩集」石風社 1995 p194

くま先生と子ぐまのせいと
◇「浜田広介全集 3」集英社 1975 p143

クマソたいじ
◇「石森延男児童文学全集 6」学習研究社 1971 p140

熊旦那
◇「今江祥智の本 10」理論社 1980 p162
◇「今江祥智童話館〔17〕」理論社 1987 p61

熊ちゃん
◇「今江祥智の本 14」理論社 1980 p56
◇「今江祥智童話館〔10〕」理論社 1987 p7
◇「今江祥智ショートファンタジー 3」理論社 2004 p7

くまちゃん さよなら
◇「佐藤義美全集 3」佐藤義美全集刊行会 1973 p188

くまと犬
◇「浜田広介全集 3」集英社 1975 p35

クマと かりうど
◇「巽聖歌作品集 下」巽聖歌作品集刊行委員会 1977 p138

くまときつね
◇「浜田広介全集 3」集英社 1975 p77

クマとキツネ
◇「浜田広介全集 9」集英社 1976 p110

熊と狐
◇「〔巌谷〕小波お伽全集 3」本の友社 1998 p337

くまときつねのしりおのはなし
◇「浜田広介全集 10」集英社 1976 p38

くまとくまの子の話
◇「室生犀星童話全集 2」創林社 1978 p252

クマと健ちゃん
◇「桃色のダブダブさん―松田解子童話集」新日本出版社 2004 p87

クマと死んだふり
◇「戸川幸夫動物文学全集 15」講談社 1977 p231

クマとスズメバチ
◇「椋鳩十まるごと動物ものがたり 5」理論社 1995 p92

クマと台風
◇「戸川幸夫動物文学全集 15」講談社 1977 p309

くまと たびびと
◇「ひろすけ幼年童話文学全集 8」集英社 1961 p114

熊との出会い
◇「〔野口法蔵〕ホーミタクヤセン―童話集」新潟大学医学部よろず医療研究会ラダック基金 1996 p15

クマと娘
◇「戸川幸夫動物文学全集 15」講談社 1977 p310

熊少女橋
◇「〔巌谷〕小波お伽全集 8」本の友社 1998 p123

くまにされたなまけ者
◇「〔西本鶏介〕新日本昔ばなし――一日一話・読みきかせ 1」小学館 1997 p122

熊にまたがり
◇「阪田寛夫全詩集」理論社 2011 p11
◇「阪田寛夫全詩集」理論社 2011 p475

熊のうた
◇「室生犀星童話全集 2」創林社 1978 p68

クマのおじいさん
◇「〔東君平〕おはようどうわ 1」講談社 1982 p76

くまのおすもう
◇「横山健童謡選集 1」無明舎出版 1995 p95

くまのおや子
◇「椋鳩十の本 26」理論社 1989 p31
◇「椋鳩十学年別童話〔2〕」理論社 1990 p75

クマの親子
◇「椋鳩十まるごと動物ものがたり 5」理論社 1995 p5

くまの恩をわすれた猟師
◇「〔西本鶏介〕日本の昔話―読みきかせお話集 2」小学館 2001 p54

くまの くだものや
◇「阪田寛夫全詩集」理論社 2011 p132

クマのくつや
◇「岡本良雄童話文学全集 3」講談社 1964 p238

クマのくび
◇「〔山田野理夫〕おばけ文庫 4」太平出版社 1976（母と子の図書室）p65

クマの毛皮
◇「戸川幸夫動物文学全集 15」講談社 1977 p314

熊野犬
◇「椋鳩十全集 6」ポプラ社 1969 p74
◇「椋鳩十学年別童話〔14〕」理論社 1995 p5
◇「椋鳩十まるごと動物ものがたり 2」理論社 1995 p91
◇「椋鳩十名作選 4」理論社 2010 p46

くまのこ
◇「佐藤義美童謡集」さ・え・ら書房 1960 p16

くまのこ
◇「新美南吉全集 1」牧書店 1965 p129
◇「校定新美南吉全集 4」大日本図書 1980 p456
◇「新美南吉童話集 1」大日本図書 1982 p265
◇「新美南吉童話大全」講談社 1989 p305
◇「新美南吉童話集 1」大日本図書 2012 p265

くまの こ
◇「まど・みちお全詩集」理論社 1992 p102

くまの

くまの子
　◇「佐藤義美童謡集」さ・え・ら書房 1960 p130
クマノコ
　◇「〔北原〕白秋全童謡集 5」岩波書店 1993 p56
クマノ子
　◇「佐藤義美全集 1」佐藤義美全集刊行会 1974 p87
くまの子ウーフ
　◇「神沢利子コレクション 1」あかね書房 1994 p95
　◇「神沢利子コレクション・普及版 1」あかね書房 2005 p95
くまのこちゃん
　◇「佐藤義美童謡集」さ・え・ら書房 1960 p98
　◇「佐藤義美全集 1」佐藤義美全集刊行会 1974 p194
くまの こと さると みいちゃん
　◇「佐藤義美全集 5」佐藤義美全集刊行会 1973 p487
くまのことはちみつ
　◇「浜田広介全集 4」集英社 1976 p18
クマの子の なみだ
　◇「佐藤義美全集 3」佐藤義美全集刊行会 1973 p91
クマの子の春
　◇「佐藤義美全集 5」佐藤義美全集刊行会 1973 p203
くまの子 ヤホー
　◇「佐藤義美童謡集」さ・え・ら書房 1960 p198
　◇「佐藤義美全集 1」佐藤義美全集刊行会 1974 p219
　◇「ともだちシンフォニー──佐藤義美童謡集」JULA出版局 1990 p68
熊のしっぽはなぜ短い
　◇「斎藤隆介全集 1」岩崎書店 1982 p35
クマノ神社とツチ
　◇「〔今坂柳二〕りゅうじフォークロア・world 3」ふるさと伝承研究会 2007 p113
熊野神社の鬼退治
　◇「椋鳩十の本 23」理論社 1983 p276
クマの出る里
　◇「椋鳩十の本 28」理論社 1989 p117
くまのなく声
　◇「松谷みよ子全集 12」講談社 1972 p72
クマの値うち
　◇「戸川幸夫動物文学全集 15」講談社 1977 p311
熊の火
　◇「安房直子コレクション 5」偕成社 2004 p99
熊野風土記
　◇「那須辰造著作集 2」講談社 1980 p21
熊のポポと源じい
　◇「屋根裏のピアノ─米島末次童話集」エディターハウス 2011 p16

くまのやすみば
　◇「浜田広介全集 5」集英社 1976 p197
くまばち
　◇「〔坪井安〕はしれ子馬よ─童謡詩集」童謡研究・蜂の会 1999 p120
詩クマバチ
　◇「椋鳩十動物童話集 8」小峰書店 1990 p100
クマバチ
　◇「椋鳩十の本 23」理論社 1983 p228
クマバチそうどう
　◇「椋鳩十全集 7」ポプラ社 1969 p20
　◇「椋鳩十動物童話集 6」小峰書店 1990 p63
　◇「椋鳩十まるごと動物ものがたり 10」理論社 1995 p90
クマほえる
　◇「椋鳩十全集 17」ポプラ社 1980 p208
　◇「椋鳩十まるごと動物ものがたり 5」理論社 1995 p60
　◇「椋鳩十名作選 2」理論社 2010 p121
熊牧場
　◇「椋鳩十の本 22」理論社 1983 p74
熊娘
　◇「巌谷小波お伽噺文庫 〔3〕」大和書房 1976 p137
熊本は山国だから
　◇「椋鳩十の本 23」理論社 1983 p55
〔熊はしきりにもどかしがって〕
　◇「新修宮沢賢治全集 5」筑摩書房 1979 p162
　◇「新修宮沢賢治全集 5」筑摩書房 1979 p314
久美
　◇「吉田としジュニアロマン選集 4」国土社 1972
自筆童謡集 茱萸
　◇「巽聖歌作品集 上」巽聖歌作品集刊行委員会 1977 p401
茱萸
　◇「巽聖歌作品集 上」巽聖歌作品集刊行委員会 1977 p425
組歌「日本のこども」
　◇「阪田寛夫全詩集」理論社 2011 p175
組詩「川と少年」
　◇「阪田寛夫全詩集」理論社 2011 p145
組詩「草と木のうた」
　◇「阪田寛夫全詩集」理論社 2011 p22
組詩「くだもの」「いそっぷものがたり」より
　◇「阪田寛夫全詩集」理論社 2011 p132
組詩「歳月」
　◇「阪田寛夫全詩集」理論社 2011 p30
組詩「三年生」
　◇「阪田寛夫全詩集」理論社 2011 p160
組詩「どうぶつたちの みるゆめは」
　◇「阪田寛夫全詩集」理論社 2011 p240

組詩「日曜学校のころ」
　　◇「阪田寛夫全詩集」理論社 2011 p18
組詩「日本のユーレイ」
　　◇「阪田寛夫全詩集」理論社 2011 p26
組詩「ひっこしこし」
　　◇「阪田寛夫全詩集」理論社 2011 p150
組詩「ひまごとひいじいちゃん」
　　◇「阪田寛夫全詩集」理論社 2011 p170
組詩「ほんとこうた・へんてこうた」
　　◇「阪田寛夫全詩集」理論社 2011 p250
組詩「まわる　まわる　うた」
　　◇「阪田寛夫全詩集」理論社 2011 p192
組詩「わたしの動物園」
　　◇「阪田寛夫全詩集」理論社 2011 p11
クミの絵のてんらん会
　　◇「与田凖一全集 4」大日本図書 1967 p158
「クミの絵のてんらん会」のこと
　　◇「今西祐行全集 15」偕成社 1989 p150
ぐみの実
　　◇「北彰介作品集 1」青森県児童文学研究会 1990 p82
ぐみの実
　　◇「〔土田明子〕ちいさい星―母と子の詩集」らくだ出版 2002 p76
ぐみの実
　　◇「稗田童平全集 3」宝文館出版 1979 p68
グミのみ
　　◇「〔東君平〕おはようどうわ 4」講談社 1982 p114
茱萸原
　　◇「巽聖歌作品集 上」巽聖歌作品集刊行委員会 1977 p20
共命鳥の話
　　◇「土田耕平童話集 〔1〕」古今書院 1955 p43
久米仙人
　　◇「椋鳩十の本 1」理論社 1982 p237
久米正雄
　　◇「〔かこさとし〕お話こんにちは 〔8〕」偕成社 1979 p92
くも
　　◇「浜田広介全集 11」集英社 1976 p114
くも
　　◇「〔東君平〕ひとくち童話 6」フレーベル館 1995 p8
雲
　　◇「あまんきみこセレクション 2」三省堂 2009 p271
雲
　　◇「おの・ちゅうこう初期作品集 〔1〕牧歌的風景」崙書房 1975 p38
雲

◇「新装版金子みすゞ全集 1」JULA出版局 1984 p6
◇「新装版金子みすゞ全集 2」JULA出版局 1984 p86
◇「〔金子〕みすゞ詩画集 〔1〕」春陽堂書店 1996
◇「金子みすゞ童謡全集 1」JULA出版局 2003 p14
◇「金子みすゞ童謡全集 3」JULA出版局 2004 p132
雲
　　◇「北彰介作品集 4」青森県児童文学研究会 1991 p35
雲
　　◇「〔島木〕赤彦童謡集」第一書店 1947 p113
雲
　　◇「巽聖歌作品集 上」巽聖歌作品集刊行委員会 1977 p306
雲
　　◇「新美南吉全集 6」牧書店 1965 p189
　　◇「新美南吉童話集 1」大日本図書 1982 p331
　　◇「新美南吉童話集 1」大日本図書 2012 p331
雲
　　◇「まど・みちお全詩集」理論社 1992 p546
　　◇「まどさんの詩の本 14」理論社 1997 p32
雲
　　◇「新修宮沢賢治全集 3」筑摩書房 1979 p147
　　◇「新修宮沢賢治全集 3」筑摩書房 1979 p362
　　◇「新修宮沢賢治全集 5」筑摩書房 1979 p140
蜘蛛
　　◇「巽聖歌作品集 上」巽聖歌作品集刊行委員会 1977 p442
雲あがる山
　　◇「斎藤隆介全集 12」岩崎書店 1982 p120
〔雲を濾し〕
　　◇「新修宮沢賢治全集 6」筑摩書房 1980 p230
(雲を狙撃し)
　　◇「稗田童平全集 2」宝文館出版 1979 p92
蜘蛛男
　　◇「少年探偵江戸川乱歩全集 42」ポプラ社 1973 p5
蜘蛛男（江戸川乱歩作、中島河太郎文）
　　◇「少年版江戸川乱歩選集 〔1〕」講談社 1970 p1
雲をよぶおじいさん
　　◇「住井すゑ わたしの少年少女物語 〔1〕」労働旬報社 1989 p56
雲を笑いとばして
　　◇「今江祥智の本 25」理論社 1991 p5
クモおんなのおやこ
　　◇「〔木暮正夫〕日本のおばけ話・わらい話 3」岩崎書店 1986 p26
雲が
　　◇「校定新美南吉全集 8」大日本図書 1981 p366
〔雲影滑れる山のこなた〕
　　◇「新版・宮沢賢治童話全集 12」岩崎書店 1979

くもか

p200
◇「新修宮沢賢治全集 7」筑摩書房 1980 p232

蜘蛛合戦
◇「椋鳩十の本 16」理論社 1983 p186

曇った日
◇「まど・みちお全詩集」理論社 1992 p26

くも（童話）（チリコフ）
◇「鈴木三重吉童話全集 8」文泉堂書店 1975（日本文学全集・選集叢刊第5次）p187

くもと かきのは
◇「小川未明幼年童話文学全集 6」集英社 1966 p120

くもとかきの葉
◇「定本小川未明童話全集 8」講談社 1977 p183
◇「定本小川未明童話全集 8」大空社 2001 p183

雲とかけすとおじいさん
◇「今西祐行全集 2」偕成社 1987 p87

雲と かけっこ
◇「佐藤義美童謡集」さ・え・ら書房 1960 p218

雲とかけつこ
◇「佐藤義美全集 1」佐藤義美全集刊行会 1974 p90

くもと草
◇「定本小川未明童話全集 3」講談社 1977 p271
◇「定本小川未明童話全集 3」大空社 2001 p271

雲と子守歌
◇「定本小川未明童話全集 13」講談社 1977 p268
◇「定本小川未明童話全集 13」大空社 2002 p268

蜘蛛となめくぢと狸
◇「新修宮沢賢治全集 8」筑摩書房 1979 p3

雲とはんのき
◇「新修宮沢賢治全集 2」筑摩書房 1979 p232

雲取谷の少年忍者
◇「全集古田足日子どもの本 11」童心社 1993 p7

雲ニ於ケル反彩層
◇「佐藤義美全集 1」佐藤義美全集刊行会 1974 p48

〔くもにつらなるでこぼこがらす〕
◇「新修宮沢賢治全集 6」筑摩書房 1980 p315

くもになったおひめさま
◇「川崎大治民話選 〔3〕」童心社 1971 p28

雲にのろう
◇「稗田童平全集 3」宝文館出版 1979 p81

くもの糸
◇「齋藤孝のイッキによめる！小学生のための芥川龍之介」講談社 2009 p9

くもの糸
◇「川崎大治民話選 〔2〕」童心社 1969 p22

くもの糸
◇「〔佐海〕航南夜ばなし―童話集」佐海航南 1999 p61

くもの糸
◇「寺村輝夫のむかし話 〔7〕」あかね書房 1979 p46

くもの糸
◇「沼田曜一の親子劇場 1」あすなろ書房 1995 p33

雲の色
◇「新装版金子みすゞ全集 1」JULA出版局 1984 p188
◇「金子みすゞ童謡全集 2」JULA出版局 2003 p140

雲の上
◇「土田耕平童話集 〔3〕」古今院 1955 p86

雲の上からさようなら
◇「〔山田野理夫〕お笑い文庫 4」太平出版社 1977（母と子の図書室）p153

雲の唄
◇「椋鳩十の本 3」理論社 1982 p42

雲の歌
◇「〔北原〕白秋全童謡集 1」岩波書店 1992 p350

雲のうみ
◇「パパとボクとネコ―山口紀代子童謡詩集」音楽舎 2003 p30

くものおじさんの結婚式
◇「土田明子詩集 1」かど創房 1986 p24

クモのおみせ
◇「〔東君平〕おはようどうわ 3」講談社 1982 p158

雲のかたち
◇「北彰介作品集 1」青森県児童文学研究会 1990 p122

雲の学校
◇「椋鳩十の本 26」理論社 1989 p125

くもの子
◇「〔北原〕白秋全童謡集 5」岩波書店 1993 p148

蜘蛛の子
◇「浜田広介全集 11」集英社 1976 p30

雲のこども
◇「新装版金子みすゞ全集 2」JULA出版局 1984 p132
◇「金子みすゞ童謡全集 3」JULA出版局 2004 p196

雲の子ども
◇「岡本良雄童話文学全集 3」講談社 1964 p310

雲の絨毯
◇「土田明子詩集 3」かど創房 1986 p24

雲の信号
◇「新修宮沢賢治全集 2」筑摩書房 1979 p30
◇「ジュニア文学館 宮沢賢治―写真・絵画集成 3」日本図書センター 1996 p41
◇「〔宮沢賢治〕注文の多い料理店―イーハトーヴ童話集」岩波書店 2000（岩波少年文庫）p203

くもの巣
◇「杉みき子選集 2」新潟日報事業社 2005 p48

くものすとはち
  ◇「小川未明幼年童話文学全集 4」集英社 1966 p28
雲の世界にいったお母さん
  ◇「〔塩沢朝子〕わたしの童話館 1」プロダクト・エル 1986 p27
雲のたんじょう日
  ◇「立原えりか作品集 2」思潮社 1972 p59
  ◇「立原えりかのファンタジーランド 3」青土社 1980 p159
くものてじな
  ◇「巽聖歌作品集 上」巽聖歌作品集刊行委員会 1977 p516
くもの電気やさん
  ◇「長い長いかくれんぼ―杉みき子自選童話集」新潟日報事業社 2001 p56
雲の中のにじ
  ◇「庄野英二全集 2」偕成社 1979 p7
雲の飛行船
  ◇「佐藤義美全集 1」佐藤義美全集刊行会 1974 p85
  ◇「佐藤義美全集 1」佐藤義美全集刊行会 1974 p88
くものびっくり
  ◇「浜田広介全集 3」集英社 1975 p222
くものぶらんこ
  ◇「浜田広介全集 6」集英社 1976 p126
くものまほうつかい
  ◇「巽聖歌作品集 下」巽聖歌作品集刊行委員会 1977 p29
雲の山
  ◇「〔巖谷〕小波お伽全集 7」本の友社 1998 p424
雲のわくころ
  ◇「定本小川未明童話全集 14」講談社 1977 p240
  ◇「定本小川未明童話全集 14」大空社 2002 p240
雲ひくき峠等(銀稿)
  ◇「新修宮沢賢治全集 1」筑摩書房 1980 p267
〔雲ふかく 山裳を曳けば〕
  ◇「新修宮沢賢治全集 6」筑摩書房 1980 p266
  ◇「新修宮沢賢治全集 6」筑摩書房 1980 p430
くもふり
  ◇「〔山田野理夫〕おばけ文庫 5」太平出版社 1976 (母と子の図書室) p111
曇のち晴(一幕)
  ◇「北彰介作品集 5」青森県児童文学研究会 1991 p119
曇り日
  ◇「壺井栄全集 4」文泉堂出版 1998 p299
曇り日(横山健, 信太たかし俳句)
  ◇「横山健童謡選集 2」無明舎出版 1995 p40
曇日
  ◇「新美南吉全集 6」牧書店 1965 p60
  ◇「校定新美南吉全集 8」大日本図書 1981 p153

くもりびだった
  ◇「まど・みちお全詩集 続」理論社 2015 p290
曇り日の
  ◇「校定新美南吉全集 8」大日本図書 1981 p385
(曇日の)
  ◇「稗田童平全集 8」宝文館出版 1982 p64
曇れる日の山
  ◇「北彰介作品集 4」青森県児童文学研究会 1991 p288
雲はおっとり
  ◇「巽聖歌作品集 上」巽聖歌作品集刊行委員会 1977 p117
くもんこの話
  ◇「あまんきみこ童話集 5」ポプラ社 2008 p6
  ◇「あまんきみこセレクション 1」三省堂 2009 p105
雲ん天切り
  ◇「〔比江島重孝〕宮崎のむかし話 1」鉱脈社 1998 p203
雲〈A〉
  ◇「校定新美南吉全集 8」大日本図書 1981 p134
雲〈B〉
  ◇「校定新美南吉全集 8」大日本図書 1981 p460
くやしい歌
  ◇「サトウハチロー童謡集」弥生書房 1977 p62
くやしい王さまがいこつじけん
  ◇「〔寺村輝夫〕ちいさな王さまシリーズ 6」理論社 1987 p1
  ◇「寺村輝夫全童話 2」理論社 1997 p90
くやしかった運動会
  ◇「ビートたけし傑作集 少年編 1」金の星社 2010 p118
くやしがった山んば
  ◇「〔西本鶏介〕新日本昔ばなし――一日一話・読みきかせ 3」小学館 1997 p40
悔しさ起き上がり
  ◇「〔中山正宏〕大きくな〜れ―童話集」日本図書刊行会 1996 p11
悔し涙
  ◇「〔巖谷〕小波お伽全集 9」本の友社 1998 p47
くやみのくしゃみ
  ◇「〔山田野理夫〕お笑い文庫 3」太平出版社 1977 (母と子の図書室) p82
昏い秋
  ◇「新修宮沢賢治全集 3」筑摩書房 1979 p164
  ◇「新修宮沢賢治全集 3」筑摩書房 1979 p367
暗い暗い子守唄
  ◇「阪田寛夫全詩集」理論社 2011 p645
グライダー
  ◇「岡本良雄童話文学全集 3」講談社 1964 p266
グライダー

くらい

◇「〔北原〕白秋全童謡集 3」岩波書店 1992 p88
◇「〔北原〕白秋全童謡集 3」岩波書店 1992 p147

暗い地球―朝鮮半島に戦火広がる
◇「北彰介作品集 4」青森県児童文学研究会 1991 p206

〔暗い月あかりの雪のなかに〕
◇「新修宮沢賢治全集 4」筑摩書房 1979 p163

暗い土の中でおこなわれたこと
◇「椋鳩十全集 2」ポプラ社 1969 p6
◇「椋鳩十の本 14」理論社 1983 p129
◇「椋鳩十動物童話集 12」小峰書店 1991 p82
◇「椋鳩十まるごと動物ものがたり 10」理論社 1995 p28

くらいのはらで…
◇「松谷みよ子全集 13」講談社 1972 p146

暗いピンクの未来
◇「筒井康隆SFジュブナイルセレクション 2」金の星社 2010 p5

くらいふしあな
◇「〔木暮正夫〕日本のおばけ話・わらい話 13」岩崎書店 1987 p21

暗い星くずに
◇「稗田童平全集 3」宝文館出版 1979 p56

くらかけの雪
◇「新修宮沢賢治全集 2」筑摩書房 1979 p13
◇「ジュニア文学館 宮沢賢治―写真・絵画集成 3」日本図書センター 1996 p22

くらかけ山の熊
◇「立松和平ファンタジー選集 1」フレーベル館 1997 p5

〔くらかけ山の雪〕
◇「新修宮沢賢治全集 7」筑摩書房 1980 p200

詩 くらかけ山の雪
◇「賢治の音楽室―宮沢賢治、作詞作曲の全作品＋詩と童話の朗読」小学館 2000 p26

くらがり峠
◇「今西祐行全集 8」偕成社 1988 p203

クラーク
◇「〔かこさとし〕お話こんにちは 〔4〕」偕成社 1979 p129

クラーク先生
◇「石森延男児童文学全集 15」学習研究社 1971 p108

くらくらしちゃった
◇「今江祥智童話館 〔1〕」理論社 1986 p229

海月 〈くらげ〉
◇「〔竹久〕夢二童謡集」ノーベル書房 1975 （浪漫文庫）p40

海月と蟹
◇「〔巌谷〕小波お伽全集 14」本の友社 1998 p252

くらげとくじらの話
◇「室生犀星童話全集 1」創林社 1978 p127

くらげになる日
◇「全集灰谷健次郎の本 21」理論社 1988 p101

くらげのうた
◇「パパとボクとネコ―山口紀代子童謡詩集」音楽舎 2003 p24

くらげの おつかい
◇「ひろすけ幼年童話文学全集 11」集英社 1962 p168

くらげのお使い
◇「沼田曜一の親子劇場 3」あすなろ書房 1996 p5

くらげの おばさん
◇「小川未明幼年童話文学全集 2」集英社 1965 p66
◇「定本小川未明童話全集 15」講談社 1978 p312
◇「定本小川未明童話全集 15」大空社 2002 p312

クラゲのふしぎびっくりばなし
◇「かこさとし大自然のふしぎえほん 5」小峰書店 2000 p1

くらげ ほねなし
◇「坪田譲治幼年童話文学全集 6」集英社 1964 p152

くらげほねなし
◇「寺村輝夫のむかし話 〔4〕」あかね書房 1978 p90

クラゲ骨なし
◇「坪田譲治童話全集 10」岩崎書店 1986 p85

くらし言葉
◇「斎藤隆介全集 5」岩崎書店 1982 p215

くらしの中から
◇「松谷みよ子全エッセイ 3」筑摩書房 1989 p137

グラドス・アド・パルナッスム博士
◇「今江祥智の本 20」理論社 1981 p37
◇「今江祥智童話館 〔6〕」理論社 1986 p67

クラナのしくじり
◇「花岡大学 続・仏典童話全集 1」法蔵館 1981 p93

蔵の番人
◇「瑠璃の壺―森銑三童話集」三樹書房 1982 p160

クラブ
◇「〔久高明子〕チンチンコバカマ」新風舎 1998 p39

クラマ博士のなぜ
◇「山中恒よみもの文庫 6」理論社 1997 p7

鞍馬山
◇「魂の配達―野村吉哉作品集」草思社 1983 p294

グラムくん
◇「佐藤さとる全集 6」講談社 1973 p125
◇「佐藤さとるファンタジー全集 14」講談社 1983 p237
◇「佐藤さとるファンタジー全集 14」講談社, 復刊ドットコム（発売）2011 p237

倉本聰
◇「今江祥智の本 21」理論社 1981 p125

倉本聰—について何度でも言いたいこと
　◇「今江祥智の本 35」理論社 1990 p176
倉やしきのジロヘイ名主
　◇「〔今坂柳二〕りゅうじフォークロア・world 1」ふるさと伝承研究会 2006 p119
暗闇で打つ碁
　◇「瑠璃の壺—森銑三童話集」三樹書房 1982 p101
くらやみの庭
　◇「まど・みちお全詩集」理論社 1992 p35
くらやみのむこうがわ
　◇「今江祥智の本 19」理論社 1981 p117
　◇「今江祥智童話館 〔12〕」理論社 1987 p51
クラリネットを吹く男
　◇「定本小川未明童話全集 12」講談社 1977 p127
　◇「定本小川未明童話全集 12」大空社 2002 p127
蔵は古いが
　◇「住井すゑジュニア文学館 3」汐文社 1999 p145
くらわらし
　◇「〔山田野理夫〕おばけ文庫 1」太平出版社 1976（母と子の図書室）p55
グランド・キャニオン
　◇「椋鳩十の本 31」理論社 1989 p149
グランド・キャニヨン
　◇「椋鳩十の本 22」理論社 1983 p216
グランド電柱
　◇「新修宮沢賢治全集 2」筑摩書房 1979 p107
　◇「新修宮沢賢治全集 2」筑摩書房 1979 p129
グランド・ホテル
　◇「佐藤義美全集 1」佐藤義美全集刊行会 1974 p78
くり
　◇「〔金子〕みすゞ詩画集 〔6〕」春陽堂書店 2001 p18
くり
　◇「さくらゆき—さとうじゅんこ童詩集」えんじゅの会 1997 p72
クーリー
　◇「石森延男児童文学全集 5」学習研究社 1971 p210
クリ
　◇「椋鳩十全集 12」ポプラ社 1970 p160
苦力（クーリー）
　◇「〔北原〕白秋全童謡集 3」岩波書店 1992 p190
栗
　◇「新装版金子みすゞ全集 1」JULA出版局 1984 p38
　◇「金子みすゞ童謡全集 1」JULA出版局 2003 p58
栗
　◇「花岡大学童話文学全集 5」法蔵館 1980 p26
栗
　◇「椋鳩十の本 15」理論社 1982 p196

くり返しくり返し
　◇「あまんきみこセレクション 5」三省堂 2009 p249
くりが おちた
　◇「まど・みちお全詩集」理論社 1992 p268
くりくり坊主
　◇「〔巖谷〕小波お伽全集 7」本の友社 1998 p263
くりげの馬
　◇「土田耕平童話集」信濃毎日新聞社 1949 p11
栗毛の馬
　◇「土田耕平童話集 〔3〕」古今書院 1955 p66
栗毛の馬です
　◇「〔坪井安〕はしれ子馬よ—童謡詩集」童謡研究・蜂の会 1999 p20
くり毛の馬—ふるさとの山・皿倉山
　◇「いのち—みずかみかずよ全詩集」石風社 1995 p401
クリごはん
　◇「〔東君平〕おはようどうわ 7」講談社 1982 p156
栗水兵戦記（抄）
　◇「海音寺十三全集 10」三一書房 1991 p151
クリスチャン＝エイクマン
　◇「〔かこさとし〕お話こんにちは 〔5〕」偕成社 1979 p54
クリスチャン大工物語
　◇「斎藤隆介全集 9」岩崎書店 1982 p17
（クリストの）
　◇「稗田童平全集 2」宝文館出版 1979 p99
クリスマス
　◇「浜田広介全集 11」集英社 1976 p114
クリスマス・イブの ちいさなお話
　◇「りらりらりらわたしの絵本—富永佳与子こどものうた作品集」国土社 1994 p58
クリスマス・イブの出来事
　◇「星新一ショートショートセレクション 13」理論社 2003 p104
クリスマスが来やすわい
　◇「〔北原〕白秋全童謡集 1」岩波書店 1992 p144
クリスマス＝キャロル
　◇「庄野英二全集 9」偕成社 1979 p16
くりすます・クイズ
　◇「阪田寛夫全詩集」理論社 2011 p452
くりすます・くりすません
　◇「阪田寛夫全詩集」理論社 2011 p907
クリスマスだから
　◇「阪田寛夫全詩集」理論社 2011 p419
クリスマスツリー
　◇「〔谷山浩子〕おひさまにキッス—お話の贈りもの」小学館 1997（おひさまのほん）p44
クリスマスとは何でござる？

くりす

クリスマスなんて知らないよ
- ◇「阪田寛夫全詩集」理論社 2011 p867

クリスマスなんて知らないよ
- ◇「今江祥智の本 19」理論社 1981 p35
- ◇「今江祥智童話館 〔6〕」理論社 1986 p98

クリスマスについて
- ◇「阪田寛夫全詩集」理論社 2011 p106

クリスマスにはワニをどうぞ
- ◇「今江祥智の本 19」理論社 1981 p16
- ◇「今江祥智童話館 〔9〕」理論社 1987 p154
- ◇「今江祥智ショートファンタジー 1」理論社 2004 p70

クリスマスの朝
- ◇「〔永松康男〕童話集 青いマント」永松康男 2012 p261

クリスマスの贈物
- ◇「春―〔竹久〕夢二童話集」ノーベル書房 1977 p19

クリスマスの思い出
- ◇「阪田寛夫全詩集」理論社 2011 p20

クリスマスの虹
- ◇「〔塩見治子〕短編童話集 本のむし」早稲田童話塾 2013 p131

クリスマスの話
- ◇「〔かこさとし〕お話こんにちは 〔9〕」偕成社 1979 p104

クリスマスの晩
- ◇「〔北原〕白秋全童謡集 3」岩波書店 1992 p422

クリスマスの晩
- ◇「ひばりのす―木下夕爾児童詩集」光書房 1998 p46

クリスマスの夜
- ◇「〔佐々木春奈〕あなたの脳を休める童話集 大人も子どもも楽しめる童話集」日本文学館 2009 p98

クリスマス・プレゼント
- ◇「新美南吉全集 6」牧書店 1965 p40

くりすませ
- ◇「阪田寛夫全詩集」理論社 2011 p892

クリップ
- ◇「まど・みちお全詩集 続」理論社 2015 p79

栗と柿と絵本
- ◇「新装版金子みすゞ全集 3」JULA出版局 1984 p195
- ◇「金子みすゞ童謡全集 6」JULA出版局 2004 p94

栗と小栗鼠
- ◇「〔北原〕白秋全童謡集 1」岩波書店 1992 p98

栗と鳶
- ◇「〔巌谷〕小波お伽全集 14」本の友社 1998 p204

くりのおてがら
- ◇「浜田広介全集 6」集英社 1976 p29

クリのき
- ◇「〔東君平〕おはようどうわ 8」講談社 1982 p170

- ◇「東君平のおはようどうわ 3」新日本出版社 2010 p84

栗の木
- ◇「〔よこやまさおり〕夏休み」新風舎 1999（新風選書）p17

栗の木死んだ―タネリのでまかせのうた 3
- ◇「あまの川―宮沢賢治童話集」筑摩書房 2001 p55

くりの木のえだ
- ◇「今井誉次郎童話集子どもの村 〔4〕」国土社 1957 p20

栗の木の幹
- ◇「巽聖歌作品集 上」巽聖歌作品集刊行委員会 1977 p173
- ◇「巽聖歌作品集 上」巽聖歌作品集刊行委員会 1977 p174

〔栗の木花さき〕
- ◇「新修宮沢賢治全集 4」筑摩書房 1979 p269

くりのきょうだい
- ◇「ひろすけ幼年童話文学全集 4」集英社 1962 p121
- ◇「浜田広介全集 4」集英社 1976 p208

くりの子供
- ◇「〔島崎〕藤村の童話 4」筑摩書房 1979 p18

くりの ごはん
- ◇「巽聖歌作品集 上」巽聖歌作品集刊行委員会 1977 p515

栗野岳の主
- ◇「椋鳩十全集 1」ポプラ社 1969 p44
- ◇「椋鳩十の本 10」理論社 1982 p169
- ◇「椋鳩十動物童話集 4」小峰書店 1990 p6
- ◇「椋鳩十学年別童話 〔13〕」理論社 1995 p40
- ◇「椋鳩十まるごと動物ものがたり 7」理論社 1995 p101
- ◇「椋鳩十名作選 5」理論社 2014 p79

くりのとのさま
- ◇「浜田広介全集 11」集英社 1976 p17

栗の花
- ◇「椋鳩十の本 2」理論社 1982 p229

（栗の花が）
- ◇「稗田菫平全集 2」宝文館出版 1979 p95

栗の花―仕返しされた子どもたち
- ◇「立原えりかのファンタジーランド 4」青十社 1980 p29

（栗の花に）
- ◇「稗田菫平全集 8」宝文館出版 1982 p71

（栗の穂が）
- ◇「稗田菫平全集 8」宝文館出版 1982 p70

よびかけくりのみ
- ◇「斎田喬幼年劇全集 2」誠文堂新光社 1961 p348

くりのみ
- ◇「〔東君平〕ひとくち童話 5」フレーベル館 1995

p12

くりの実
　◇「北彰介作品集 3」青森県児童文学研究会 1990 p120

くりの実
　◇「稗田童平全集 3」宝文館出版 1979 p76

クリのみ
　◇「椋鳩十全集 25」ポプラ社 1981 p160

クリの実
　◇「椋鳩十全集 11」ポプラ社 1970 p42
　◇「椋鳩十の本 32」理論社 1989 p21

栗の実
　◇「中村雨紅詩謡集」中村雨紅詩謡集刊行委員会 1971 p28

くりの実コロコロ
　◇「栗良平作品集 1」栗っ子の会 1988（栗っ子童話シリーズ）p31

クリのむし
　◇〔東君平〕おはようどうわ 5」講談社 1982 p152

栗の山
　◇「〔巌谷〕小波お伽全集 8」本の友社 1998 p85

くりひろい
　◇「〔東君平〕ひとくち童話 5」フレーベル館 1995 p44

クリひろい
　◇「〔東君平〕おはようどうわ 1」講談社 1982 p164

クリヒロヒ
　◇「〔北原〕白秋全童謡集 3」岩波書店 1992 p155

クリ ヒロヒ
　◇「かもめの水兵さん―武内俊子伝記と作品集」講談社出版サービスセンター 1977 p192

栗ひろひ
　◇「〔北原〕白秋全童謡集 3」岩波書店 1992 p416

栗拾い
　◇「中村雨紅詩謡集」中村雨紅詩謡集刊行委員会 1971 p104

栗拾い
　◇「浜田広介全集 11」集英社 1976 p31

クリミヤの灯
　◇「氏原大作全集 4」条例出版 1977 p499

グリムのぶどう
　◇「西條益美代表作品選集 1」南海ブックス 1981 p22

くりめしの好きな橘翁さま
　◇「〔島崎〕藤村の童話 4」筑摩書房 1979 p154

栗本先生
　◇「〔島崎〕藤村の童話 4」筑摩書房 1979 p88

厨川停車場
　◇「新修宮沢賢治全集 2」筑摩書房 1979 p279

グリーンウインド
　◇「〔渡部毅彦〕お母さんのための童話集」花伝社, 共栄書房（発売）1997 p70

グリーンランド
　◇「土田明子詩集 2」かど創房 1986 p36

狂い角
　◇「戸川幸夫動物文学全集 5」冬樹社 1965 p133
　◇「戸川幸夫動物文学全集 4」講談社 1976 p278

狂い撫子
　◇「〔巌谷〕小波お伽全集 2」本の友社 1998 p399

くるくるのひみつ
　◇「寺村輝夫全童話 3」理論社 1997 p122

クルクルのひみつ
　◇「寺村輝夫童話全集 8」ポプラ社 1982 p147

ぐるぐる廻り
　◇「〔北原〕白秋全童謡集 2」岩波書店 1992 p236

グルグルまわる家
　◇「〔山田野理夫〕お笑い文庫 5」太平出版社 1977（母と子の図書室）p27

ぐるぐるまわる馬
　◇「花岡大学仏典童話全集 3」法蔵館 1979 p192

くるくるマンボ
　◇「阪田寛夫全詩集」理論社 2011 p367

来島水軍の根城
　◇「椋鳩十の本 22」理論社 1983 p138

苦しみの栖
　◇「新美南吉全集 6」牧書店 1965 p101

クールベ
　◇「〔かこさとし〕お話こんにちは 〔3〕」偕成社 1979 p57

車
　◇「新版・宮沢賢治童話全集 4」岩崎書店 1978 p17
　◇「新修宮沢賢治全集 11」筑摩書房 1979 p21
　◇「〔宮沢〕賢治童話」翔泳社 1995 p542

車がきたよ
　◇「〔黒川良人〕犬の詩猫の詩―児童詩集」東洋出版 2000 p114

車がわらう
　◇「久保喬自選作品集 1」みどりの会 1994 p14

車好き
　◇「〔黒川良人〕犬の詩猫の詩―児童詩集」東洋出版 2000 p111

くるまのあとおし
　◇「浜田広介全集 11」集英社 1976 p115

車のいろは空のいろ
　◇「あまんきみこ童話集 2」ポプラ社 2008 p5

車の客
　◇「星新一YAセレクション 8」理論社 2009 p193

くるまの窓の子犬
　◇「まど・みちお全詩集 続」理論社 2015 p178

車よ走れ

くるみ

くるみ
- ◇「あづましん童話集―子供たちの心を育てる」新風舎 1999 p74

くるみ
- ◇「北彰介作品集 1」青森県児童文学研究会 1990 p24

くるみ
- ◇「与田凖一全集 1」大日本図書 1967 p190

胡桃
- ◇「〔北原〕白秋全童謡集 1」岩波書店 1992 p125
- ◇「〔北原〕白秋全童謡集 3」岩波書店 1992 p322

胡桃
- ◇「サトウハチロー童謡集」弥生書房 1977 p23

胡桃
- ◇「巽聖歌作品集 上」巽聖歌作品集刊行委員会 1977 p103

胡桃
- ◇「浜田広介全集 11」集英社 1976 p31

胡桃
- ◇「稗田童平全集 2」宝文館出版 1979 p43
- ◇「稗田童平全集 8」宝文館出版 1982 p36

くるみいろの時間
- ◇「今江祥智の本 15」理論社 1980 p134
- ◇「今江祥智童話館 〔15〕」理論社 1987 p230

(胡桃が熟れている)
- ◇「稗田童平全集 2」宝文館出版 1979 p91

くるみたろう
- ◇「佐藤さとるファンタジー全集 12」講談社 1982 p223
- ◇「佐藤さとる幼年童話自選集 1」ゴブリン書房 2003 p83
- ◇「佐藤さとるファンタジー全集 12」講談社, 復刊ドットコム(発売) 2011 p223

クルミトー
- ◇「〔東君平〕おはようどうわ 1」講談社 1982 p98

くるみとり
- ◇「浜田広介全集 2」集英社 1975 p209

胡桃のうた
- ◇「稗田童平全集 3」宝文館出版 1979 p14

胡桃の木一本
- ◇「与田凖一全集 2」大日本図書 1967 p66

(胡桃の樹を)
- ◇「稗田童平全集 8」宝文館出版 1982 p81

胡桃の木となめくじ
- ◇「浜田広介全集 2」集英社 1975 p120

くるみの木, ぬれて立ってる
- ◇「稗田童平全集 8」宝文館出版 1982 p180

くるみの木のうた
- ◇「あまの川―宮沢賢治童謡集」筑摩書房 2001 p73

くるみの木のふくろう
- ◇「浜田広介全集 8」集英社 1976 p84

胡桃の樹かげ
- ◇「稗田童平全集 1」宝文館出版 1978 p42

胡桃の琴
- ◇「稗田童平全集 8」宝文館出版 1982 p32

胡桃の琴(九章)
- ◇「稗田童平全集 1」宝文館出版 1978 p100

「胡桃の琴」拾遺
- ◇「稗田童平全集 8」宝文館出版 1982 p29

「胡桃の琴」抄
- ◇「稗田童平全集 1」宝文館出版 1978 p89

(胡桃の実の)
- ◇「稗田童平全集 8」宝文館出版 1982 p32

くるみの森
- ◇「稗田童平全集 8」宝文館出版 1982 p180

くるみパン
- ◇「千葉省三童話全集 4」岩崎書店 1968 p177

(胡桃村の)
- ◇「稗田童平全集 8」宝文館出版 1982 p104

クルミもち
- ◇「〔山田野理夫〕おばけ文庫 8」太平出版社 1976 (母と子の図書室) p98

クルミは
- ◇「まど・みちお全詩集 続」理論社 2015 p235

くれがた
- ◇「新装版金子みすゞ全集 1」JULA出版局 1984 p162
- ◇「新装版金子みすゞ全集 3」JULA出版局 1984 p226
- ◇「金子みすゞ童謡全集 2」JULA出版局 2003 p102
- ◇「金子みすゞ童謡全集 6」JULA出版局 2004 p134

くれがたのあわてもの
- ◇「ひろすけ幼年童話文学全集 1」集英社 1961 p81
- ◇「浜田広介全集 2」集英社 1975 p121

呉くみ子さん
- ◇「〔島崎〕藤村の童話 4」筑摩書房 1979 p87

クレクレおじさん
- ◇「犬飼馬鹿人旧作童話集」日本文化資料センター 1996 p104

グレゴール=ヨハン=メンデル
- ◇「〔かこさとし〕お話こんにちは 〔4〕」偕成社 1979 p94

暮坂峠
- ◇「中村雨紅詩謡集」中村雨紅詩謡集刊行委員会 1971 p185

〔暮れちかい 吹雪の底の店さきに〕
- ◇「新修宮沢賢治全集 3」筑摩書房 1979 p216
- ◇「新修宮沢賢治全集 3」筑摩書房 1979 p393

くれない(五首)
- ◇「稗田童平全集 4」宝文館出版 1980 p54

くれないの花
　◇「〔比江島重孝〕宮崎のむかし話 1」鉱脈社 1998 p120
暮れなずむ金色の峰
　◇「椋鳩十の本 28」理論社 1989 p13
暮れに届いた「怠け賃」
　◇「椋鳩十の本 29」理論社 1989 p141
暮れの二十五日
　◇「阪田寛夫全詩集」理論社 2011 p62
くれの まち
　◇「まど・みちお全詩集」理論社 1992 p191
クレパスの空
　◇「〔塩見治子〕短編童話集 本のむし」早稲田童話塾 2013 p217
クレムリンの中のレストラン
　◇「庄野英二全集 10」偕成社 1979 p356
クレヨン
　◇「石森延男児童文学全集 5」学習研究社 1971 p131
　◇「石森読本―石森延男児童文学選集 2年生」小学館 1977 p118
　◇「石森読本―石森延男児童文学選集 3年生」小学館 1977 p124
クレヨン
　◇「杉みき子選集 2」新潟日報事業社 2005 p227
クレヨン
　◇「〔鈴木桂子〕親子で語り合う詩集 2」クロスロード 1999 p24
クレヨンちゃん
　◇「まど・みちお全詩集」理論社 1992 p126
　◇「まどさんの詩の本 5」理論社 1994 p62
クレヨン ドドーン
　◇「松谷みよ子全集 13」講談社 1972 p74
クレヨンのけんか
　◇「久保喬自選作品集 3」みどりの会 1994 p115
クレヨンの箱
　◇「山本瓔子詩集 II」新風舎 2003 p46
クレーン
　◇「〔北原〕白秋全童謡集 4」岩波書店 1993 p135
「クレーン男」
　◇「全集版灰谷健次郎の本 21」理論社 1988 p214
くろ
　◇「まど・みちお全詩集 続」理論社 2015 p126
黒蟻
　◇「稗田童平全集 1」宝文館出版 1978 p35
黒い悪魔
　◇「〔大澤英子〕心の中のひみつ―法華経をもとにした創作物語集」文芸社 1999 p116
黒いエレベータァ
　◇「椋鳩十の本 1」理論社 1982 p108

黒い牡牛
　◇「鈴木三重吉童話全集 1」文泉堂書店 1975（日本文学全集・選集叢刊第5次）p163
黒いお家
　◇「〔島崎〕藤村の童話 3」筑摩書房 1979 p19
黒いおまわりさん
　◇「〔島崎〕藤村の童話 1」筑摩書房 1979 p183
黒いおめめとおかあさんうし
　◇「松谷みよ子全集 9」講談社 1972 p117
黒い影
　◇「定本小川未明童話全集 8」大空社 2001 p301
黒い河
　◇「富島健夫青春文学選集 1」集英社 1971 p5
黒いきこりと白いきこり
　◇「ひろすけ幼年童話文学全集 4」集英社 1962 p172
　◇「浜田広介全集 1」集英社 1975 p186
黒い騎士
　◇「鈴木三重吉童話全集 1」文泉堂書店 1975（日本文学全集・選集叢刊第5次）p137
黒い着物を着た人
　◇「太田博也童話集 6」小山書林 2009 p191
黒いギャング
　◇「椋鳩十全集 3」ポプラ社 1969 p184
　◇「椋鳩十の本 6」理論社 1982 p49
黒いきんぎょと赤いそり
　◇「松谷みよ子全集 2」講談社 1971 p75
黒い激流
　◇「戸川幸夫動物文学全集 6」講談社 1977 p128
黒い小犬
　◇「大石真児童文学全集 14」ポプラ社 1982 p21
黒い小鳥
　◇「鈴木三重吉童話全集 4」文泉堂書店 1975（日本文学全集・選集叢刊第5次）p68
黒い小猫
　◇「鈴木三重吉童話全集 5」文泉堂書店 1975（日本文学全集・選集叢刊第5次）p310
黒い沙漠
　◇「鈴木三重吉童話全集 2」文泉堂書店 1975（日本文学全集・選集叢刊第5次）p154
黒い背びれ
　◇「戸川幸夫・子どものための動物物語 3」国土社 1967 p165
黒い背鰭
　◇「戸川幸夫動物文学全集 2」冬樹社 1965 p171
　◇「戸川幸夫動物文学全集 2」講談社 1976 p346
黒い小さな牝鳥は
　◇「校定新美南吉全集 9」大日本図書 1981 p543
黒いチューリップ
　◇「魂の配達―野村吉哉作品集」草思社 1983 p23

作品名から引ける日本児童文学個人全集案内　303

くろい

黒いチューリップ
　◇「与田凖一全集 2」大日本図書 1967 p150
黒いちょう
　◇「松谷みよ子おはなし集 3」ポプラ社 2010 p83
黒い蝶
　◇「松谷みよ子全集 2」講談社 1971 p1
黒いちょうちょう
　◇「〔島崎〕藤村の童話 2」筑摩書房 1979 p77
黒いちょうとお母さん
　◇「定本小川未明童話全集 10」講談社 1977 p7
　◇「定本小川未明童話全集 10」大空社 2001 p7
黒いつぼのけもの
　◇「〔山田野理夫〕おばけ文庫 4」太平出版社 1976（母と子の図書室）p120
黒い手(「因果話」より)
　◇「怪談小泉八雲のこわ～い話 6」汐文社 2009 p47
黒い塔
　◇「定本小川未明童話全集 1」講談社 1976 p200
　◇「定本小川未明童話全集 1」大空社 2001 p200
黒い鳥
　◇「鈴木三重吉童話全集 3」文泉堂書店 1975（日本文学全集・選集叢刊第5次）p157
黒い野原の赤い幻
　◇「太田博也半世紀名作選 1」叢文社 1984 p11
黒い馬車
　◇「あまんきみこセレクション 2」三省堂 2009 p290
黒い馬車
　◇「今江祥智の本 17」理論社 1981 p7
　◇「今江祥智童話館 〔16〕」理論社 1987 p22
黒い旗物語
　◇「定本小川未明童話全集 1」講談社 1976 p50
　◇「定本小川未明童話全集 1」大空社 2001 p50
黒い花びら
　◇「今江祥智の本 13」理論社 1980 p216
　◇「今江祥智童話館 〔5〕」理論社 1986 p189
黒いピーター・パン
　◇「今江祥智の本 18」理論社 1981 p148
　◇「今江祥智童話館 〔15〕」理論社 1987 p29
黒い人と赤いそり
　◇「定本小川未明童話全集 3」講談社 1977 p276
　◇「定本小川未明童話全集 3」大空社 2001 p276
　◇「小川未明童話集」世界文化社 2004（心に残るロングセラー）p258
黒い人と赤い橇
　◇「小川未明30選」春陽堂書店 2009（名作童話）p147
黒い服の男
　◇「星新一YAセレクション 8」理論社 2009 p7
黒いブランコ乗り
　◇「別役実童話集 〔4〕」三一書房 1979 p31

黒いへびのおかげで
　◇「花岡大学仏典童話全集 2」法蔵館 1979 p72
黒い棒
　◇「星新一ショートショートセレクション 12」理論社 2003 p101
黒い帽子
　◇「佐藤義美全集 1」佐藤義美全集刊行会 1974 p72
黒い帽子
　◇「浜田広介全集 4」集英社 1976 p154
黒い帽子
　◇「くんぺい魔法ばなし―魔法ばなし全集 2」サンリオ 2000 p54
黒い魔女
　◇「少年探偵江戸川乱歩全集 33」ポプラ社 1970 p5
くろい めがねの おじさん
　◇「定本小川未明童話全集 15」講談社 1978 p290
　◇「定本小川未明童話全集 15」大空社 2002 p290
黒い服のふちの女
　◇「太田博也童話集 5」小山書林 2008 p191
黒い門
　◇「小出正吾児童文学全集 2」審美社 2000 p345
黒い門
　◇「花岡大学童話文学全集 1」法蔵館 1980 p83
黒い郵便船
　◇「別役実童話集 〔2〕」三一書房 1975 p43
黒い羅紗帽
　◇「稗田童平全集 8」宝文館出版 1982 p113
黒い流星
　◇「戸川幸夫動物文学全集 8」講談社 1976 p210
九郎右ヱ門
　◇「斎藤隆介全集 3」岩崎書店 1982 p164
九郎さまの話
　◇「北彰介作品集 2」青森県児童文学研究会 1990 p40
苦労の御破算
　◇「壺井栄全集 11」文泉堂出版 1998 p289
苦労の末
　◇「壺井栄全集 11」文泉堂出版 1998 p327
くろをさがしに まちへもどった
　◇「阪田寛夫全詩集」理論社 2011 p155
くろがいません
　◇「阪田寛夫全詩集」理論社 2011 p155
くろがね(神戸港にて)(四首)
　◇「稗田童平全集 4」宝文館出版 1980 p36
黒金座主と北谷王子(沖縄)
　◇「〔木暮正夫〕日本の怪奇ばなし 10」岩崎書店 1990 p144
くろがね天狗
　◇「海野十三全集 4」三一書房 1989 p115
くろがねのとびら

◇「杉みき子選集 2」新潟日報事業社 2005 p256
黒髪庵を訪ねて
　◇「稗田菫平全集 4」宝文館出版 1980 p134
黒髪綺談
　◇「氏原大作全集 2」条例出版 1977 p163
黒神の嘆き
　◇「北彰介作品集 3」青森県児童文学研究会 1990 p285
黒髪山
　◇「斎藤隆介全集 3」岩崎書店 1982 p197
（黒き蝶）
　◇「稗田菫平全集 8」宝文館出版 1982 p63
黒くなつた鼻の先
　◇「瑠璃の壺―森銑三童話集」三樹書房 1982 p192
黒雲
　◇「川崎大治民話選〔2〕」童心社 1969 p48
黒猿
　◇「鈴木三重吉童話全集 4」文泉堂書店 1975（日本文学全集・選集叢刊第5次）p354
黒潮三郎
　◇「久保喬自選作品集 2」みどりの会 1994 p203
黒潮の上
　◇「魂の配達―野村吉哉作品集」草思社 1983 p33
黒島伝治のこと・その他
　◇「壺井栄全集 11」文泉堂出版 1998 p450
黒将軍快々譚
　◇「少年倶楽部名作佐藤紅緑全集 上」講談社 1967 p505
くろ助
　◇「来栖良夫児童文学全集 4」岩崎書店 1983 p79
十字語（クロス・ワード）の夜
　◇「達崎龍全童謡ホロホロ鳥」あい書林 1983 p30
黒大将
　◇「〔巌谷〕小波お伽全集 15」本の友社 1998 p139
黒太の願い
　◇「小川のせせらぎが聞こえるかい―中澤洋子童話集」中澤洋子 2010 p25
絵ばなしくろちゃんの冬ごもり（1）
　◇「斎田喬幼年劇全集 3」誠文堂新光社 1962 p22
絵ばなしくろちゃんの冬ごもり（2）
　◇「斎田喬幼年劇全集 3」誠文堂新光社 1962 p64
絵ばなしくろちゃんの冬ごもり（3）
　◇「斎田喬幼年劇全集 3」誠文堂新光社 1962 p96
絵ばなしくろちゃんの冬ごもり（4）
　◇「斎田喬幼年劇全集 3」誠文堂新光社 1962 p102
絵ばなしくろちゃんの冬ごもり（5）
　◇「斎田喬幼年劇全集 3」誠文堂新光社 1962 p108
絵ばなしくろちゃんの冬ごもり（6）
　◇「斎田喬幼年劇全集 3」誠文堂新光社 1962 p120
絵ばなしくろちゃんの冬ごもり（7）
　◇「斎田喬幼年劇全集 3」誠文堂新光社 1962 p130
絵ばなしくろちゃんの冬ごもり（8）
　◇「斎田喬幼年劇全集 3」誠文堂新光社 1962 p148
絵ばなしくろちゃんの冬ごもり（9）
　◇「斎田喬幼年劇全集 3」誠文堂新光社 1962 p158
絵ばなしくろちゃんの冬ごもり（10）
　◇「斎田喬幼年劇全集 3」誠文堂新光社 1962 p174
絵ばなしくろちゃんの冬ごもり（11）
　◇「斎田喬幼年劇全集 3」誠文堂新光社 1962 p180
絵ばなしくろちゃんの冬ごもり（12）
　◇「斎田喬幼年劇全集 3」誠文堂新光社 1962 p186
絵ばなしくろちゃんの冬ごもり（13）
　◇「斎田喬幼年劇全集 3」誠文堂新光社 1962 p196
絵ばなしくろちゃんの冬ごもり（14）
　◇「斎田喬幼年劇全集 3」誠文堂新光社 1962 p204
絵ばなしくろちゃんの冬ごもり（15）
　◇「斎田喬幼年劇全集 3」誠文堂新光社 1962 p222
絵ばなしくろちゃんの冬ごもり（16）
　◇「斎田喬幼年劇全集 3」誠文堂新光社 1962 p230
〔黒つちからたつ〕
　◇「新修宮沢賢治全集 4」筑摩書房 1979 p184
黒手組
　◇「少年探偵江戸川乱歩全集 40」ポプラ社 1972 p170
〔黒と白との細胞のあらゆる順列をつくり〕
　◇「新修宮沢賢治全集 4」筑摩書房 1979 p187
クロード＝ドビュッシー
　◇「〔かこさとし〕お話こんにちは〔5〕」偕成社 1979 p102
クロとハナぼう
　◇「桃色のダブダブさん―松田解子童話集」新日本出版社 2004 p33
クロとぼく
　◇「まど・みちお全詩集」理論社 1992 p373
　◇「まどさんの詩の本 7」理論社 1996 p12
くろねこ
　◇「稗田菫平全集 3」宝文館出版 1979 p63
黒猫の家
　◇「坪田譲治童話全集 1」岩崎書店 1986 p83
黒猫物語
　◇「浜田広介全集 1」集英社 1975 p11
黒ねこ四代
　◇「松谷みよ子全集 4」講談社 1972 p1
クロの死
　◇「〔黒川良人〕犬の詩猫の詩―児童詩集」東洋出版 2000 p101
クロのひみつ
　◇「椋鳩十全集 25」ポプラ社 1981 p128
　◇「椋鳩十まるごと動物ものがたり 2」理論社 1995 p37

黒のまほう
　◇「今江祥智の本 19」理論社 1981 p135
　◇「今江祥智童話館 〔10〕」理論社 1987 p143
クロのやさしい時間
　◇「筒井敬介童話全集 7」フレーベル館 1984 p115
クロパトキン
　◇「〔北原〕白秋全童謡集 3」岩波書店 1992 p226
クローバ＝ロード
　◇「庄野英二全集 6」偕成社 1979 p171
黒姫物語
　◇「松谷みよ子全エッセイ 2」筑摩書房 1989 p9
黒豹のある日の話
　◇「浜田広介全集 4」集英社 1976 p155
グローブ
　◇「壺井栄全集 10」文泉堂出版 1998 p173
グローブがほしい
　◇「佐藤義美全集 2」佐藤義美全集刊行会 1973 p393
黒覆面の寺男
　◇「川崎大治民話選 〔4〕」童心社 1975 p103
グローブじけん
　◇「佐藤義美全集 2」佐藤義美全集刊行会 1973 p371
　◇「佐藤義美全集 2」佐藤義美全集刊行会 1973 p373
黒ぶた
　◇「巽聖歌作品集 上」巽聖歌作品集刊行委員会 1977 p290
黒豚小豚
　◇「〔北原〕白秋全童謡集 3」岩波書店 1992 p219
黒ぶだう
　◇「新修宮沢賢治全集 11」筑摩書房 1979 p15
黒ぶどう
　◇「庄野英二全集 11」偕成社 1980 p339
黒ぶどう
　◇「新版・宮沢賢治童話全集 2」岩崎書店 1978 p49
黒部の浦島
　◇「稗田童平全集 5」宝文館出版 1980 p167
くろべのかくれ里
　◇「稗田童平全集 5」宝文館出版 1980 p26
黒部の木こり源助
　◇「松谷みよ子のむかしむかし 7」講談社 1973 p107
黒部の秋色
　◇「稗田童平全集 7」宝文館出版 1981 p108
「黒部の花よめ」より
　◇「稗田童平全集 5」宝文館出版 1980 p35
くろぼう
　◇「〔山田野理夫〕おばけ文庫 3」太平出版社 1976（母と子の図書室）p84

黒ぼたん
　◇「椋鳩十の本 16」理論社 1983 p25
黒ものがたり
　◇「椋鳩十全集 1」ポプラ社 1969 p136
　◇「椋鳩十の本 10」理論社 1982 p65
　◇「椋鳩十動物童話集 9」小峰書店 1990 p24
　◇「椋鳩十学年別童話 〔12〕」理論社 1995 p5
　◇「椋鳩十まるごと動物ものがたり 1」理論社 1995 p69
　◇「椋鳩十名作選 4」理論社 2010 p29
黒焼き
　◇「椋鳩十の本 16」理論社 1983 p19
畔柳二美
　◇「壺井栄全集 11」文泉堂出版 1998 p448
黒山たんけん
　◇「岡本良雄童話文学全集 2」講談社 1964 p168
くろゆりの花
　◇「稗田童平全集 5」宝文館出版 1980 p33
くろんぼさんは いいね
　◇「佐藤義美全集 1」佐藤義美全集刊行会 1974 p388
黒んぼと花
　◇「浜田広介全集 1」集英社 1975 p241
食わずぎらい
　◇「全集版灰谷健次郎の本 21」理論社 1988 p100
食わず女房
　◇「沼田曜一の親子劇場 1」あすなろ書房 1995 p19
食わず女房
　◇「〔比江島重孝〕宮崎のむかし話 1」鉱脈社 1998 p189
食わず女房
　◇「稗田童平全集 5」宝文館出版 1980 p167
くわずのイモ
　◇「〔比江島重孝〕宮崎のむかし話 2」鉱脈社 1998 p216
秋の夜のむかしがたり 食わず嫁コ
　◇「〔野村ゆき〕ねえ、おはなしして！一語り聞かせるお話集」東洋出版 1998 p189
クワとシャベル
　◇「長崎源之助全集 14」偕成社 1987 p10
くわの怒った話
　◇「定本小川未明童話全集 1」講談社 1976 p361
　◇「定本小川未明童話全集 1」大空社 2001 p361
くわの木ばたけの小径
　◇「稗田童平全集 3」宝文館出版 1979 p70
桑の葉
　◇「庄野英二全集 11」偕成社 1980 p273
桑の実
　◇「新装版金子みすゞ全集 1」JULA出版局 1984 p137
　◇「金子みすゞ童謡全集 2」JULA出版局 2003 p68

桑畑の灯
　◇「新美南吉全集 6」牧書店 1965 p114
　◇「校定新美南吉全集 8」大日本図書 1981 p258
くわばらくわばら
　◇〔比江島重孝〕宮崎のむかし話 2」鉱脈社 1998 p90
軍艦旗・水中花
　◇「寺村輝夫全童話 別1」理論社 2007 p496
軍艦旗の下に（抄）
　◇「海野十三全集 別巻1」三一書房 1991 p77
軍艦献納
　◇「壺井栄全集 2」文泉堂出版 1997 p349
軍艦日向
　◇〔北原〕白秋全童謡集 4」岩波書店 1993 p134
軍国少女の敗戦
　◇「松谷みよ子全エッセイ 1」筑摩書房 1989 p61
勲章
　◇「花岡大学童話文学全集 3」法蔵館 1980 p136
群青色のカンバス
　◇「赤川次郎ミステリーコレクション 第2期 16」岩崎書店 2005 p5
くんしょうを胸に
　◇〔川田進〕短編少年文芸作品集 もう一人のぼく」せんしん出版 2010 p94
軍事連鎖劇
　◇「新修宮沢賢治全集 6」筑摩書房 1980 p107
〔郡属伊原忠右エ門〕
　◇「新修宮沢賢治全集 6」筑摩書房 1980 p206
訓導
　◇「新修宮沢賢治全集 6」筑摩書房 1980 p225
　◇「新修宮沢賢治全集 6」筑摩書房 1980 p423
クンねずみ
　◇「新版・宮沢賢治童話全集 1」岩崎書店 1978 p47
　◇「新修宮沢賢治全集 8」筑摩書房 1979 p173
　◇「宮沢賢治童話集 1」講談社 1985（講談社青い鳥文庫）p99
　◇「宮沢賢治童話集珠玉選〔1〕」講談社 2009 p55
軍馬（ぐんば）… → "いくさうま…"をも見よ
軍馬
　◇〔北原〕白秋全童謡集 3」岩波書店 1992 p109
軍馬を見た！
　◇「岡野薫子動物記 4」小峰書店 1986 p11
軍馬南進
　◇〔北原〕白秋全童謡集 4」岩波書店 1993 p358
軍馬補充部主事
　◇「新修宮沢賢治全集 5」筑摩書房 1979 p157
　◇「新修宮沢賢治全集 5」筑摩書房 1979 p313
クンやんぶしとテングのうちわ
　◇〔今坂柳二〕りゅうじフォークロア・world 4」ふるさと伝承研究会 2008 p81

軍用鮫
　◇「海野十三全集 7」三一書房 1990 p307
軍用鼠
　◇「海野十三全集 4」三一書房 1989 p175
訓練
　◇「巽聖歌作品集 下」巽聖歌作品集刊行委員会 1977 p147

【け】

（毛）
　◇「稗田童平全集 8」宝文館出版 1982 p51
毛足のばけもの（愛知）
　◇〔木暮正夫〕日本の怪奇ばなし 10」岩崎書店 1990 p24
警戒（獅子と驢馬と狐）
　◇〔巌谷〕小波お伽全集 14」本の友社 1998 p159
鶏群の一鶴
　◇〔巌谷〕小波お伽全集 15」本の友社 1998 p1
芸犬とは
　◇〔黒川良人〕犬の詩猫の詩―児童詩集」東洋出版 2000 p63
経験の價（犬と肉切り）
　◇〔巌谷〕小波お伽全集 14」本の友社 1998 p40
経験の功能（猫と鼠）
　◇〔巌谷〕小波お伽全集 14」本の友社 1998 p45
恵子
　◇「吉田としジュニアロマン選集 2」国土社 1971
囈語
　◇「新修宮沢賢治全集 4」筑摩書房 1979 p111
　◇「新修宮沢賢治全集 4」筑摩書房 1979 p112
　◇「新修宮沢賢治全集 4」筑摩書房 1979 p265
囈語（一〇七五）
　◇「ジュニア文学館 宮沢賢治―写真・絵画集成 3」日本図書センター 1996 p136
囈語（一〇七六）
　◇「ジュニア文学館 宮沢賢治―写真・絵画集成 3」日本図書センター 1996 p136
谿谷の春
　◇「北彰介作品集 4」青森県児童文学研究会 1991 p104
恵子とぬいぐるみ
　◇「武田信夫童話作品集」みちのく書房 1995 p190
警察犬（一）
　◇〔黒川良人〕犬の詩猫の詩―児童詩集」東洋出版 2000 p46
警察犬（二）
　◇〔黒川良人〕犬の詩猫の詩―児童詩出版

けいさ

2000 p47
警察犬（三）
　◇「〔黒川良人〕犬の詩猫の詩―児童詩集」東洋出版 2000 p48
薊子訓の死
　◇「瑠璃の壺―森銑三童話集」三樹書房 1982 p309
刑事と称する男
　◇「星新一ちょっと長めのショートショート 6」理論社 2006 p157
「卿且く去れ」
　◇「瑠璃の壺―森銑三童話集」三樹書房 1982 p182
〈形象の〉
　◇「稗田童平全集 8」宝文館出版 1982 p57
形象の翼
　◇「稗田童平全集 6」宝文館出版 1981 p148
けいちつ
　◇「〔東君平〕おはようどうわ 4」講談社 1982 p44
啓蟄
　◇「いのち―みずかみかずよ全詩集」石風社 1995 p137
ケイちゃんと，かきのたね
　◇「坪田譲治童話全集 13」岩崎書店 1986 p203
けいと
　◇「森三郎童話選集 〔2〕」刈谷市教育委員会 1996 p58
けいとあみ
　◇「〔斎藤信夫〕子ども心を友として―童謡詩集」成東町教育委員会 1996 p242
けいとう
　◇「〔内海康子〕六月のカレンダー―詩集」けやき書房 1999 p62
鶏頭
　◇「〔北原〕白秋全童謡集 1」岩波書店 1992 p273
鶏頭―付け焼き刃は不幸のもと
　◇「立原えりかのファンタジーランド 4」青土社 1980 p44
けいとう畑
　◇「〔下田喜久美〕遠くから来た旅人―詩集」リトル・ガリヴァー社 1998 p49
競馬について
　◇「阪田寛夫全詩集」理論社 2011 p33
景品
　◇「星新一ショートショートセレクション 15」理論社 2004 p109
敬服すべき一生
　◇「星新一ショートショートセレクション 5」理論社 2002 p76
K夫人に
　◇「椋鳩十の本 1」理論社 1982 p53
　◇「椋鳩十の本 1」理論社 1982 p55
兄妹像手帳

　◇「新修宮沢賢治全集 15」筑摩書房 1980 p71
＜「兄妹像手帳」より＞
　◇「新修宮沢賢治全集 7」筑摩書房 1980 p206
刑務所の囚人が作った本棚
　◇「松谷みよ子全エッセイ 1」筑摩書房 1989 p17
刑務所の隣の家
　◇「阪田寛夫全詩集」理論社 2011 p892
契約時代
　◇「星新一ちょっと長めのショートショート 1」理論社 2005 p107
計略と結果
　◇「星新一ちょっと長めのショートショート 5」理論社 2006 p149
鳰（けえつぐり）
　◇「〔北原〕白秋全童謡集 5」岩波書店 1993 p14
毛を切った
　◇「〔黒川良人〕犬の詩猫の詩―児童詩集」東洋出版 2000 p11
けが
　◇「西條八十の童話と童謡」小学館 1981 p88
　◇「西條八十童話集」小学館 1983 p399
けが
　◇「与田準一全集 1」大日本図書 1967 p114
怪我
　◇「西條八十童謡全集」修道社 1971 p33
けがをした大かぜくん
　◇「村山籌子作品集 2」JULA出版局 1998 p19
怪我兄弟
　◇「〔巌谷〕小波お伽全集 9」本の友社 1998 p35
けがした指
　◇「新装版金子みすゞ全集 3」JULA出版局 1984 p144
　◇「金子みすゞ童話全集 6」JULA出版局 2004 p24
ケーキ
　◇「くんぺい魔法ばなし―魔法ばなし全集 3」サンリオ 2000 p84
ケーキをどうぞ
　◇「佐藤ふさゑの本 2」てらいんく 2011 p17
激情の歌
　◇「稗田童平全集 1」宝文館出版 1978 p153
劇場の悲劇
　◇「〔たかしよいち〕世界むかしむかし探検 3」国土社 1994 p95
「劇」ばけそこなったむじなの子
　◇「石のロバ―浅野都作品集」新風舎 2007 p138
激浪の中，舳先を立てて
　◇「全集灰谷健次郎の本 18」理論社 1987 p33
華厳の滝
　◇「椋鳩十の本 22」理論社 1983 p79
ケサちゃんのお花ばたけ

今朝の寒さ
　◇「〔巌谷〕小波お伽全集 7」本の友社 1998 p446
今朝のニュース
　◇「まど・みちお全詩集 続」理論社 2015 p291
〔けさホーと縄とをになひ〕
　◇「新修宮沢賢治全集 4」筑摩書房 1979 p196
ケサラン・パサラン
　◇「土田明子詩集 3」かど創房 1986 p38
けしからん朝
　◇「花岡大学童話文学全集 2」法蔵館 1980 p285
けしき
　◇〔東君平〕おはようどうわ 6」講談社 1982 p198
けしき
　◇「まど・みちお詩集 6」銀河社 1975 p4
　◇「まど・みちお全詩集」理論社 1992 p498
　◇「まど・みちお全詩集」理論社 1992 p577
　◇「まど・みちお全詩集 続」理論社 2015 p127
けしくず
　◇「まど・みちお全詩集 続」理論社 2015 p160
けしごむ
　◇「まどさんの詩の本 4」理論社 1994 p64
けしゴム
　◇「まど・みちお詩集 4」銀河社 1974 p60
　◇「まど・みちお全詩集」理論社 1992 p98
　◇「まど・みちお全詩集」理論社 1992 p420
　◇「まどさんの詩の本 1」理論社 1994 p88
消し相撲の名人
　◇「〔比江島重孝〕宮崎のむかし話 2」鉱脈社 1998 p36
けしつぶうた
　◇「まど・みちお全詩集」理論社 1992 p94
罌粟—罪びとつくり
　◇「立原えりかのファンタジーランド 4」青土社 1980 p22
詩集 罌粟と鶫
　◇「巽聖歌作品集 上」巽聖歌作品集刊行委員会 1977 p269
けしの圃
　◇「定本小川未明童話全集 2」講談社 1976 p213
　◇「定本小川未明童話全集 2」大空社 2001 p213
けしの花
　◇「北彰介作品集 1」青森県児童文学研究会 1990 p80
けしの花
　◇「杉みき子選集 2」新潟日報事業社 2005 p260
けしの花
　◇「坪田譲治童話全集 4」岩崎書店 1986 p191
化粧
　◇「宮口しづえ童話全集 8」筑摩書房 1979 p21
　◇「宮口しづえ童話名作集」一草舎出版 2009 p277

　◇「北彰介作品集 4」青森県児童文学研究会 1991 p174
ゲス
　◇「斎藤隆介全集 2」岩崎書店 1982 p19
下水道の山窩
　◇「椋鳩十の本 3」理論社 1982 p279
ケストナー生誕九十年
　◇「今江祥智の本 36」理論社 1990 p36
げた
　◇「まど・みちお全詩集」理論社 1992 p125
　◇「まどさんの詩の本 1」理論社 1994 p66
けたうち武左衛門
　◇「来栖良夫児童文学全集 4」岩崎書店 1983 p35
よびかけげたうらない
　◇「斎藤喬幼年劇全集 2」誠文堂新光社 1961 p448
探偵会話 下駄を探せ
　◇「海野十三全集 別巻2」三一書房 1993 p240
げた合戦
　◇「水木しげるのふしぎ妖怪ばなし 3」メディアファクトリー 2008 p58
げただの，ぞうりだの
　◇〔山田野理夫〕おばけ文庫 1」太平出版社 1976（母と子の図書室）p105
げたつり
　◇「椋鳩十全集 12」ポプラ社 1970 p188
下駄つり
　◇「椋鳩十の本 15」理論社 1982 p223
げたとぞうりをはいた男の子
　◇〔西本鶏介〕新日本昔ばなし—一日一話・読みきかせ 1」小学館 1997 p80
げたにばける
　◇「新美南吉全集 1」牧書店 1965 p74
　◇「新美南吉童話集 1」大日本図書 1982 p185
　◇「新美南吉童話大全」講談社 1989 p306
　◇「新美南吉童話集 1」大日本図書 2012 p185
　◇「新美南吉童話選集 1」ポプラ社 2013 p69
ゲタニ バケル
　◇「校定新美南吉全集 4」大日本図書 1980 p329
下駄の上の卵〔上〕
　◇「井上ひさしジュニア文学館 9」汐文社 1999 p5
下駄の上の卵〔下〕
　◇「井上ひさしジュニア文学館 10」汐文社 1999 p5
げたのうた
　◇「阪田寛夫全詩集」理論社 2011 p879
下駄の歯菓子
　◇「椋鳩十の本 15」理論社 1982 p241
げたばこ
　◇「まど・みちお詩集 5」銀河社 1975 p56
　◇「まど・みちお全詩集」理論社 1992 p519
　◇「まどさんの詩の本 2」理論社 1994 p52

けたは

下駄箱さん
  ◇「高橋敏彦童話集」ノヴィス 2000（ノヴィス叢書）p68
毛玉とり
  ◇「松谷みよ子全エッセイ 1」筑摩書房 1989 p299
けだもの
  ◇「〔渡部毅彦〕お母さんのための童話集」花伝社、共栄書房（発売）1997 p153
けだもの運動会
  ◇「新修宮沢賢治全集 8」筑摩書房 1979 p187
けだものの道
  ◇「椋鳩十の本 32」理論社 1989 p63
けちくさい話
  ◇「壺井栄全集 11」文泉堂出版 1998 p250
けちくらべ
  ◇「〔木暮正夫〕日本のおばけ話・わらい話 7」岩崎書店 1986 p66
ケチケチ ケチ兵衛さん
  ◇「〔山田野理夫〕お笑い文庫 2」太平出版社 1977（母と子の図書室）p140
けちな願い
  ◇「星新一ショートショートセレクション 13」理論社 2003 p7
けちのかなづち
  ◇「寺村輝夫のむかし話 〔5〕」あかね書房 1978 p98
けち兵衛さんのおそうしき
  ◇「〔柳家弁天〕らくご文庫 2」太平出版社 1987 p30
ケチ六
  ◇「斎藤隆介全集 4」岩崎書店 1982 p66
ケチは死ねない
  ◇「〔山田野理夫〕お笑い文庫 1」太平出版社 1977（母と子の図書室）p22
けちんぼうの買ったあめだま
  ◇「〔西本鶏介〕日本の昔話—読みきかせお話集 2」小学館 2001 p48
ケチンボおじさん
  ◇「犬飼馬鹿人旧作童話集」日本文化資料センター 1996 p101
決意
  ◇「稗田童平全集 8」宝文館出版 1982 p105
ケッカイ
  ◇「〔山田野理夫〕おばけ文庫 4」太平出版社 1976（母と子の図書室）p19
月下の雪
  ◇「花岡大学童話文学全集 5」法蔵館 1980 p32
月下美人
  ◇「いのち—みずかみかずよ全詩集」石風社 1995 p56
月下美人の花ひらく

◇「山本瓔子詩集 I」新風舎 2003 p108
月給日
  ◇「壺井栄全集 1」文泉堂出版 1997 p36
月光
  ◇「おの・ちゅうこう初期作品集 〔1〕 牧歌的風景」崙書房 1975 p150
月光
  ◇「佐藤義美全集 1」佐藤義美全集刊行会 1974 p45
月光曲
  ◇「〔北原〕白秋全童謡集 2」岩波書店 1992 p315
月光（詩一篇）
  ◇「稗田童平全集 8」宝文館出版 1982 p200
月光のつらら
  ◇「山本瓔子詩集 I」新風舎 2003 p70
月光のなか
  ◇「稗田童平全集 3」宝文館出版 1979 p35
〔月光の鉛のなかに〕
  ◇「新修宮沢賢治全集 6」筑摩書房 1980 p235
月光 一
  ◇「稗田童平全集 2」宝文館出版 1979 p131
月光 二
  ◇「稗田童平全集 2」宝文館出版 1979 p131
ケッコン
  ◇「阪田寛夫全詩集」理論社 2011 p566
結婚記念日
  ◇「壺井栄全集 11」文泉堂出版 1998 p253
結婚式
  ◇「くんぺい魔法ばなし—魔法ばなし全集 1」サンリオ 2000 p112
結婚式にとび入り
  ◇「椋鳩十の本 22」理論社 1983 p204
結婚するべからず
  ◇「椋鳩十の本 18」理論社 1982 p31
結婚について
  ◇「阪田寛夫全詩集」理論社 2011 p105
けっこんのおはなし
  ◇「〔斎藤信夫〕子ども心を友として—童謡詩集」成東町教育委員会 1996 p194
結婚ばなし
  ◇「椋鳩十の本 25」理論社 1983 p200
結婚披露の祝辞について
  ◇「阪田寛夫全詩集」理論社 2011 p116
傑作
  ◇「まど・みちお全詩集 続」理論社 2015 p262
月しゃのふくろをなくしたあひるさん
  ◇「村山籌子作品集 3」JULA出版局 1998 p62
けっしょうてんはサクラ山＜一まく 童話劇＞
  ◇「〔斎田喬〕学校劇代表作選 1」牧書店 1959 p113
けっしょうてんはサクラ山（童話劇）

◇「斎田喬幼年劇全集 1」誠文堂新光社 1962 p341
月世界征服の第一歩
　◇「巽聖歌作品集 下」巽聖歌作品集刊行委員会 1977 p197
月世界探険記
　◇「海野十三全集 8」三一書房 1989 p45
月世界の征服
　◇「巽聖歌作品集 下」巽聖歌作品集刊行委員会 1977 p194
欠損家庭？
　◇「全集版灰谷健次郎の本 22」理論社 1988 p168
決断
　◇「全集版灰谷健次郎の本 22」理論社 1988 p197
けっつぶり
　◇「巽聖歌作品集 上」巽聖歌作品集刊行委員会 1977 p430
決闘
　◇「新美南吉全集 2」牧書店 1965 p1
　◇「校定新美南吉全集 5」大日本図書 1980 p367
　◇「新美南吉童話集 2」大日本図書 1982 p95
　◇「新美南吉童話大全」講談社 1989 p106
　◇「新美南吉童話集 2」大日本図書 2012 p95
潔癖
　◇「瑠璃の壺—森銑三童話集」三樹書房 1982 p230
「月明記」抄
　◇「稗田童平全集 2」宝文館出版 1979 p128
月面着陸
　◇「巽聖歌作品集 下」巽聖歌作品集刊行委員会 1977 p266
月曜
　◇「こども用三代目魚武濱田成夫詩集ZK」学習研究社 2002 p14
月曜日
　◇「魂の配達—野村吉哉作品集」草思社 1983 p237
げつようびが つきから
　◇「まど・みちお全詩集」理論社 1992 p368
　◇「まどさんの詩の本 15」理論社 1997 p46
ゲーテ
　◇「〔かこさとし〕お話こんにちは 〔5〕」偕成社 1979 p124
夏油温泉
　◇「巽聖歌作品集 下」巽聖歌作品集刊行委員会 1977 p307
ケートさん
　◇「石森延男児童文学全集 15」学習研究社 1971 p101
下男
　◇「まど・みちお全詩集 続」理論社 2015 p438
けぬき
　◇「まど・みちお全詩集 続」理論社 2015 p127
毛ぬき

◇「まど・みちお詩集 4」銀河社 1974 p48
　◇「まど・みちお全詩集」理論社 1992 p420
　◇「まどさんの詩の本 4」理論社 1994 p68
けぬきは きぬけ
　◇「まど・みちお全詩集 続」理論社 2015 p70
ケネディ
　◇「〔かこさとし〕お話こんにちは 〔2〕」偕成社 1979 p127
毛のぬくもり
　◇「花岡大学 続・仏典童話全集 2」法蔵館 1981 p85
気配
　◇「北彰介作品集 4」青森県児童文学研究会 1991 p308
毛はえぐすり
　◇「川崎大治民話選 〔1〕」童心社 1968 p209
ゲハゲハゆかいなわらい話
　◇「〔木暮正夫〕日本のおばけ話・わらい話 6」岩崎書店 1986
下品な庭
　◇「椋鳩十の本 23」理論社 1983 p171
下品な人（獅子と驢馬）
　◇「〔巌谷〕小波お伽全集 14」本の友社 1998 p53
ケープタウン
　◇「土田明子詩集 2」かど創房 1986 p16
ケーブルカー
　◇「西條八十童謡全集」修道社 1971 p246
けむし
　◇「〔高橋一仁〕春のニシン場—童謡詩集」けやき書房 2003 p138
けむし
　◇「与田凖一全集 1」大日本図書 1967 p258
ケムシ
　◇「まど・みちお全詩集」理論社 1992 p94
　◇「まどさんの詩の本 1」理論社 1994 p10
毛虫
　◇「まど・みちお全詩集」理論社 1992 p577
　◇「まどさんの詩の本 7」理論社 1996 p86
毛蟲退治
　◇「〔巌谷〕小波お伽全集 2」本の友社 1998 p129
毛虫と喧嘩
　◇「戸川幸夫動物文学全集 15」講談社 1977 p198
ケムシーとの夏
　◇「〔いけださぶろう〕読み聞かせ童話集」文芸社 1999 p153
毛虫とみみず
　◇「杉みき子選集 2」新潟日報事業社 2005 p190
毛虫なんかこわくない
　◇「武田信夫童話作品集」みちのく書房 1995 p492
毛虫のうた
　◇「室生犀星童話全集 2」創林社 1978 p34

毛虫ら＜一幕 童話劇＞
　◇「〔斎田喬〕学校劇代表作選 3」牧書店 1959 p45
けむり
　◇「まど・みちお全詩集」理論社 1992 p341
　◇「まどさんの詩の本 10」理論社 1996 p26
煙
　◇「那須辰造著作集 1」講談社 1980 p210
煙
　◇「魂の配達―野村吉哉作品集」草思社 1983 p72
煙
　◇「新修宮沢賢治全集 4」筑摩書房 1979 p45
煙り雨
　◇「佐藤義美全集 1」佐藤義美全集刊行会 1974 p107
けむり仙人
　◇「椋鳩十全集 19」ポプラ社 1980 p67
　◇「椋鳩十の本 14」理論社 1983 p209
　◇「椋鳩十学年別童話 〔8〕」理論社 1991 p5
けむりと きょうだい
　◇「小川未明幼年童話文学全集 2」集英社 1965 p104
煙と兄弟
　◇「定本小川未明童話全集 14」講談社 1977 p172
　◇「定本小川未明童話全集 14」大空社 2002 p172
「けむり」と「ねむり」
　◇「まど・みちお詩集 5」銀河社 1975 p50
　◇「まど・みちお全詩集」理論社 1992 p520
　◇「まどさんの詩の本 2」理論社 1994 p28
煙のゆくえ
　◇「壺井栄全集 10」文泉堂出版 1998 p315
〔けむりは時に丘丘の〕
　◇「新修宮沢賢治全集 6」筑摩書房 1980 p73
煙はどこへ
　◇「壺井栄全集 9」文泉堂出版 1997 p375
ゲームはおしまい
　◇「赤川次郎セレクション 2」ポプラ社 2008 p5
けもの泥
　◇「戸川幸夫動物文学全集 6」冬樹社 1965 p137
獣のうた
　◇「〔北原〕白秋全童謡集 2」岩波書店 1992 p61
けもののかわ
　◇「寺村輝夫のとんち話 1」あかね書房 1976 p16
けもののかわはたたかれる
　◇「〔木暮正夫〕日本のおばけ話・わらい話 15」岩崎書店 1987 p76
けものの国へ
　◇「戸川幸夫動物文学全集 14」講談社 1977 p3
けもののくび
　◇「〔山田野理夫〕おばけ文庫 4」太平出版社 1976 （母と子の図書室）p142

けものみち
　◇「今江祥智の本 19」理論社 1981 p159
　◇「今江祥智童話館 〔9〕」理論社 1987 p108
けやき
　◇「阪田寛夫全詩集」理論社 2011 p227
けやき
　◇「いのち―みずかみかずよ全詩集」石風社 1995 p103
けやき
　◇「山本瓔子詩集 Ⅰ」新風舎 2003 p32
ケヤキ
　◇「まど・みちお詩集 1」銀河社 1975 p16
　◇「まど・みちお全詩集」理論社 1992 p456
　◇「まど・みちお全詩集」理論社 1992 p536
　◇「まど・みちお全詩集」理論社 1992 p631
　◇「まどさんの詩の本 10」理論社 1996 p36
　◇「まどさんの詩の本 10」理論社 1996 p38
　◇「まどさんの詩の本 10」理論社 1996 p40
ケヤキ並木
　◇「いのち―みずかみかずよ全詩集」石風社 1995 p284
ケヤキ並木の駅まえは
　◇「いのち―みずかみかずよ全詩集」石風社 1995 p145
けやきのうた
　◇「杉みき子選集 10」新潟日報事業社 2011 p108
けやきのこぶの妖精
　◇「〔渡部毅彦〕お母さんのための童話集」花伝社, 共栄書房（発売）1997 p98
ケヤキの新芽
　◇「いのち―みずかみかずよ全詩集」石風社 1995 p92
欅の早春
　◇「巽聖歌作品集 上」巽聖歌作品集刊行委員会 1977 p525
けやきの太郎
　◇「阪田寛夫全詩集」理論社 2011 p304
家来三びき
　◇「巖谷小波お伽噺文庫 〔4〕」大和書房 1976 p138
けらけら女
　◇「〔山田野理夫〕おばけ文庫 3」太平出版社 1976 （母と子の図書室）p101
ゲラダヒヒの星
　◇「河合雅雄の動物記 1」フレーベル館 1997 p6
げらっくすノート
　◇「筒井敬介童話全集 11」フレーベル館 1983 p101
ゲルバー
　◇「〔かこさとし〕お話こんにちは 〔1〕」偕成社 1979 p55
けれど あのかたは
　◇「まど・みちお詩集 5」銀河社 1975 p14

けれど そこ
　◇「〔宗左近〕梟の駅長さん―童謡集」思潮社 1998 p12
ケロ太
　◇「土田明子詩集 1」かど創房 1986 p48
「ケロ」の想い出
　◇「〔佐海〕航南夜ばなし―童話集」佐海航南 1999 p55
けろんの おはなし
　◇「まど・みちお全詩集」理論社 1992 p75
険しい花
　◇「佐藤義美全集 1」佐藤義美全集刊行会 1974 p24
原猿への幻想
　◇「戸川幸夫動物文学全集 1」講談社 1976 p321
けんか
　◇「今井誉次郎童話集子どもの村〔1〕」国土社 1957 p6
けんか
　◇「北彰介作品集 4」青森県児童文学研究会 1991 p175
けんか
　◇「千葉省三童話全集 3」岩崎書店 1967 p29
けんか
　◇「壺井栄名作集 7」ポプラ社 1965 p138
けんか
　◇「まど・みちお全詩集」理論社 1992 p651
　◇「まどさんの詩の本 8」理論社 1996 p54
喧嘩
　◇「壺井栄全集 11」文泉堂出版 1998 p61
献歌
　◇「北彰介作品集 4」青森県児童文学研究会 1991 p57
懸崖の痛み
　◇「稗田童平全集 1」宝文館出版 1978 p117
「けんかえれじい」
　◇「今江祥智の本 36」理論社 1990 p250
けんかを わすれた はなし
　◇「定本小川未明童話全集 15」講談社 1978 p134
　◇「定本小川未明童話全集 15」大空社 2002 p134
けんかがうつる
　◇「寺村輝夫のとんち話 2」あかね書房 1976 p46
けんかぎらいの けんじゅつつかい
　◇「平塚武二童話全集 2」童心社 1972 p86
けんかけんか
　◇「大石真児童文学全集 16」ポプラ社 1982 p117
喧嘩さまざま
　◇「壺井栄全集 11」文泉堂出版 1998 p63
喧嘩三代記
　◇「佐々木邦全集 補巻1」講談社 1975 p297

けんかタロウとけんかジロウ
　◇「坪田譲治童話全集 9」岩崎書店 1986 p161
現下に於ける童話の使命
　◇「定本小川未明童話全集 13」講談社 1977 p354
　◇「定本小川未明童話全集 13」大空社 2002 p354
喧嘩に負けて
　◇「校定新美南吉全集 8」大日本図書 1981 p2
　◇「新美南吉童話傑作選〔6〕花をうめる」小峰書店 2004 p154
けんかの後
　◇「森三郎童話選集〔2〕」刈谷市教育委員会 1996 p70
喧嘩のあと
　◇「新装版金子みすゞ全集 1」JULA出版局 1984 p125
　◇「金子みすゞ童謡集」角川春樹事務所 1998（ハルキ文庫）p66
　◇「金子みすゞ童謡全集 2」JULA出版局 2003 p50
けんかのあとのごめんなさい
　◇「もりやまみやこ童話選 3」ポプラ社 2009 p102
けんかのすすめ
　◇「全集版灰谷健次郎の本 15」理論社 1988 p20
けんかのたね
　◇「〔野村ゆき〕ねえ、おはなしして！―語り聞かせるお話集」東洋出版 1998 p3
けんかのつづきを
　◇「〔坪井安〕はしれ子馬よ―童謡詩集」童謡研究・蜂の会 1999 p132
けんか山（創作民話）
　◇「北彰介作品集 3」青森県児童文学研究会 1990 p310
けんかやれやれ
　◇「〔斎藤信夫〕子ども心を友として―童謡詩集」成東町教育委員会 1996 p260
玄関の対話
　◇「巽聖歌作品集 下」巽聖歌作品集刊行委員会 1977 p310
げんかんのメロン
　◇「まど・みちお全詩集 続」理論社 2015 p160
玄関番
　◇「〔島崎〕藤村の童話 4」筑摩書房 1979 p113
県技師の秋稲に対するレシタティヴ
　◇「新修宮沢賢治全集 7」筑摩書房 1980 p208
県技師の雲に対するステートメント
　◇「新修宮沢賢治全集 4」筑摩書房 1979 p106
　◇「新修宮沢賢治全集 4」筑摩書房 1979 p322
源吉じいさんとキツネ
　◇「なるみやますみ童話コレクション〔3〕」ひくまの出版 1995 p1
けんきちのホームラン
　◇「岡本良雄童話文学全集 2」講談社 1964 p101

けんき

元気なおくさんの知恵
　◇「阪田寛夫全詩集」理論社 2011 p729
げんきな こども
　◇「佐藤義美全集 1」佐藤義美全集刊行会 1974 p447
げんきなこども
　◇「浜田広介全集 4」集英社 1976 p18
青森県子どもの歌 元気な子供
　◇「北国翔子童話集 2」青森県児童文学研究会 2010 p114
げんきな七・五・三
　◇「阪田寛夫全詩集」理論社 2011 p333
げんきな タンポポ
　◇「まど・みちお全詩集 続」理論社 2015 p179
げんきなマーチ
　◇「やなせたかし童謡詩集〔2〕」フレーベル館 2000 p24
元気に笑ぇ
　◇「阪田寛夫全詩集」理論社 2011 p342
元気のさかだち
　◇「三木卓童話作品集 4」大日本図書 2000 p7
元気のもと
　◇「おはなしの森―きはらみちこ童話集」熊本日日新聞情報文化センター 1999 p20
元気マーチ―石川国体テーマソング
　◇「阪田寛夫全詩集」理論社 2011 p826
牽牛
　◇「阪田寛夫全詩集」理論社 2011 p16
元気、わくわく
　◇「あまんきみこ童話集 3」ポプラ社 2008 p71
献句（三句）
　◇「稗田菫平全集 4」宝文館出版 1980 p101
げんくろうどんのかっぱつり
　◇「〔木暮正夫〕日本のおばけ話・わらい話 10」岩崎書店 1987 p22
げんげ
　◇「〔巌谷〕小波お伽全集 7」本の友社 1998 p420
げんげ
　◇「新装版金子みすゞ全集 2」JULA出版局 1984 p249
　◇「〔金子〕みすゞ詩画集〔1〕」春陽堂書店 1996
　◇「金子みすゞ童謡集」角川春樹事務所 1998（ハルキ文庫）p46
　◇「金子みすゞ童謡全集 4」JULA出版局 2004 p154
　◇「〔金子みすゞ〕花の詩集 1」JULA出版局 2004 p12
紫雲英（げんげ）
　◇「壺井栄全集 6」文泉堂出版 1998 p441
げんげ草
　◇「〔北原〕白秋全童謡集 1」岩波書店 1992 p241

げんげ田 子もりうた 二章
　◇「〔北原〕白秋全童謡集 2」岩波書店 1992 p198
げんげに鴉
　◇「〔北原〕白秋全童謡集 3」岩波書店 1992 p363
げんげの畑
　◇「〔北原〕白秋全童謡集 1」岩波書店 1992 p100
げんげの花
　◇「巽聖歌作品集 上」巽聖歌作品集刊行委員会 1977 p360
げんげの葉のうた
　◇「〔金子〕みすゞ詩画集 〔4〕」春陽堂書店 2000 p40
げんげの葉の唄
　◇「新装版金子みすゞ全集 2」JULA出版局 1984 p168
　◇「金子みすゞ童謡全集 4」JULA出版局 2004 p34
げんげ畑
　◇「新装版金子みすゞ全集 1」JULA出版局 1984 p41
　◇「〔金子〕みすゞ詩画集 〔3〕」春陽堂書店 2000
　◇「金子みすゞ童謡全集 1」JULA出版局 2003 p64
ケンケン雉よ
　◇「浜田広介全集 11」集英社 1976 p115
どうようけんけん 毛むし
　◇「ひろすけ幼年童話文学全集 1」集英社 1961 p46
けんけん毛虫
　◇「浜田広介全集 11」集英社 1976 p14
ケンケン・トントン江戸にいく―3月・江戸の2月
　◇「〔にしもとあけみ〕江戸からきた小鬼のコーニョ―連作童話集」早稲田童話塾 2012 p31
ケンケン・トントン捕り物をてつだう―7月・江戸の6月
　◇「〔にしもとあけみ〕江戸からきた小鬼のコーニョ―連作童話集」早稲田童話塾 2012 p131
原稿を書く場所
　◇「海野十三全集 別巻1」三一書房 1991 p327
健康な犬
　◇「星新一ショートショートセレクション 6」理論社 2002 p140
ゲンゴロー
　◇「土田明子詩集 3」かど創房 1986 p36
げんごろう
　◇「〔東君平〕ひとくち童話 1」フレーベル館 1995 p54
ゲンゴロウ
　◇「〔東君平〕おはようどうわ 6」講談社 1982 p128
げんごろう（つなひき）
　◇「浜田広介全集 11」集英社 1976 p116
現在
　◇「星新一ショートショートセレクション 11」理論

けんさつ
◇「与田凖一全集 3」大日本図書 1967 p216
源さんのバス
◇「きつねとチョウとアカヤシオの花―横野幸一童話集」横野幸一, 静岡新聞社（発売）2006 p20
源じいさんとネコと犬
◇「〔東風琴子〕童話集 1」ストーク 2002 p51
ゲンジイさんの子の刻まいり
◇「〔今坂柳二〕りゅうじフォークロア・world 2」ふるさと伝承研究会 2007 p90
げんじさま
◇「〔髙橋一仁〕春のニシン場―童謡詩集」けやき書房 2003 p58
現実
◇「星新一ちょっと長めのショートショート 8」理論社 2006 p37
現実を肯定的に捉えて生きていくのが好き（斉藤洋, 神宮輝夫）
◇「〔神宮輝夫〕現代児童文学作家対談 8」偕成社 1992 p121
現実と空想
◇「坪田譲治童話全集 2」岩崎書店 1986 p260
賢治童話への理解
◇「佐藤義美全集 6」佐藤義美全集刊行会 1974 p377
原始の島
◇「椋鳩十の本 22」理論社 1983 p47
賢治の墓
◇「巽聖歌作品集 上」巽聖歌作品集刊行委員会 1977 p532
原子爆弾と地球防衛
◇「海野十三全集 別巻1」三一書房 1991 p303
「原始」森一郎著
◇「稗田童平全集 6」宝文館出版 1981 p139
虔十公園林
◇「新版・宮沢賢治童話全集 8」岩崎書店 1978 p5
◇「新修宮沢賢治全集 11」筑摩書房 1979 p47
◇「宮沢賢治童話集 2」講談社 1985 （講談社青い鳥文庫）p79
◇「〔宮沢〕賢治童話」翔泳社 1995 p227
◇「ジュニア文学館 宮沢賢治―写真・絵画集成 2」日本図書センター 1996 p101
◇「よくわかる宮沢賢治―イーハトーブ・ロマン II」学習研究社 1996 p310
◇「猫の事務所―宮沢賢治童話選」シグロ 1999 p96
◇「宮沢賢治童話集」世界文化社 2004 （心に残るロングセラー）p134
◇「宮沢賢治のおはなし 6」岩崎書店 2005 p3
◇「学校放送劇舞台劇脚本集 宮沢賢治名作童話」東洋書院 2008 p287
◇「宮沢賢治童話集珠玉選〔2〕」講談社 2009 p158

厳粛な儀式
◇「星新一YAセレクション 7」理論社 2009 p126
剣術のセンセイ
◇「〔柳家弁天〕らくご文庫 4」太平出版社 1987 p71
現象
◇「星新一ショートショートセレクション 8」理論社 2002 p121
元宵節
◇「〔北原〕白秋全童謡集 3」岩波書店 1992 p231
原子力少年
◇「海野十三全集 別巻2」三一書房 1993 p431
原子力と平和
◇「ジュニア版吉野源三郎全集 2」ポプラ社 1967 p194
◇「吉野源三郎全集 3」ポプラ社 2000 p112
玄心さあ祭り
◇「椋鳩十の本 23」理論社 1983 p277
謙助
◇「阪田寛夫全詩集」理論社 2011 p475
犬政の犬
◇「椋鳩十の本 9」理論社 1982 p8
原生林に住む町長さん
◇「椋鳩十の本 29」理論社 1989 p31
幻想
◇「新修宮沢賢治全集 6」筑摩書房 1980 p184
幻想曲―春に
◇「いのち―みずかみかずよ全詩集」石風社 1995 p336
源三じいさんの魚釣り
◇「〔浅野正男〕蝸牛の家―ある一教師のこころみ―童話集」日本図書刊行会, 近代文芸社（発売）1997 p159
幻想小曲
◇「庄野英二全集 4」偕成社 1979 p301
現代「甘やかし」考
◇「全集灰谷健次郎の本 21」理論社 1988 p37
現代児童文学史への視点
◇「全集古田足日子どもの本 4」童心社 1993 p400
「現代児童文学の世界」
◇「全集灰谷健次郎の本 21」理論社 1988 p216
現代大衆児童文学の創造
◇「全集古田足日子どもの本 11」童心社 1993 p376
現代童謡における古謡の香気―八十童謡の意味するもの
◇「〔坪井安〕はしれ子馬よ―童謡詩集」童謡研究・蜂の会 1999 p160
現代の児童文学短評
◇「坪田譲治童話全集 9」岩崎書店 1986 p255
現代のジプシイ

けんた

- ◇「椋鳩十の本 22」理論社 1983 p233

現代の神謡
- ◇「北彰介作品集 4」青森県児童文学研究会 1991 p311

現代のファンタジィを＝児童文学時評'68
- ◇「全集古田足日子どもの本 6」童心社 1993 p364

現代の民話を求めて
- ◇「松谷みよ子全エッセイ 2」筑摩書房 1989 p235

現代民話への示唆を受けて―木下順二氏との出会い
- ◇「松谷みよ子全エッセイ 3」筑摩書房 1989 p31

「現代民話考」を完結して―その悲惨と笑い
- ◇「松谷みよ子全エッセイ 1」筑摩書房 1989 p288

ケン太くんの宝物
- ◇「〔春名こうじ〕夢の国への招待状」新風舎 1997 p41

健太と大天狗
- ◇「健太と大天狗―片山貞一創作童話集」あさを社 2007 p134

ケン太と父親(オド)
- ◇「栗良平作品集 1」栗っ子の会 1988（栗っ子童話シリーズ）p2

健太とクチボソ
- ◇「健太と大天狗―片山貞一創作童話集」あさを社 2007 p95

健太と光太
- ◇「〔浅野正男〕蝸牛の家―ある一教師のこころみ―童話集」日本図書刊行会, 近代文芸社（発売）1997 p17

健太と光太の魚つり
- ◇「〔浅野正男〕蝸牛の家―ある一教師のこころみ―童話集」日本図書刊行会, 近代文芸社（発売）1997 p33

健太の三年二組
- ◇「〔浅野正男〕蝸牛の家―ある一教師のこころみ―童話集」日本図書刊行会, 近代文芸社（発売）1997 p45

源太郎ばばあ
- ◇「稗田童平全集 5」宝文館出版 1980 p68

建築
- ◇「椋鳩十全集 12」ポプラ社 1970 p66
- ◇「椋鳩十の本 15」理論社 1982 p77

建築家サットル氏
- ◇「長崎源之助全集 20」偕成社 1988 p84

建築物
- ◇「佐藤義美全集 1」佐藤義美全集刊行会 1974 p60

ケンチとユリのあおい海
- ◇「長崎源之助全集 11」偕成社 1986 p153

けんちゃんと かぶと虫
- ◇「〔かこさとし〕お話こんにちは 〔5〕」偕成社 1979 p72

健ちゃんの贈り物
- ◇「赤川次郎ショートショートシリーズ 2」理論社 2009 p44

けんちゃんのおばけ
- ◇「全集版灰谷健次郎の本 11」理論社 1988 p75
- ◇「灰谷健次郎童話館 〔1〕」理論社 1994 p5

ケンちゃんのべえごま
- ◇「住井すゑジュニア文学館 4」汐文社 1999 p37

ケンチヤンノユウキ
- ◇「かもめの水兵さん―武内俊子伝記と作品集」講談社出版サービスセンター 1977 p154

建長寺の山門（神奈川）
- ◇「〔木暮正夫〕日本の怪奇ばなし 9」岩崎書店 1990 p100

犬つくをどり
- ◇「若松賤子創作童話全集」久山社 1995（日本児童文化史叢書）p59

剣付け鶏
- ◇「椋鳩十の本 9」理論社 1982 p192

原点は樺太での子ども時代…(神沢利子, 神宮輝夫)
- ◇「〔神宮輝夫〕現代児童文学作家対談 6」偕成社 1990 p139

ゲンとイズミ
- ◇「宮口しづえ児童文学集 3」小峰書店 1969 p5
- ◇「宮口しづえ童話全集 4」筑摩書房 1979 p3

県道
- ◇「新修宮沢賢治全集 6」筑摩書房 1980 p299
- ◇「新修宮沢賢治全集 6」筑摩書房 1980 p439

幻灯
- ◇「新装版金子みすゞ全集 1」JULA出版局 1984 p140
- ◇「金子みすゞ童謡全集 2」JULA出版局 2003 p74

剣道一直線
- ◇「〔大野憲三〕創作童話」一粒書房 2012 p193

幻燈会
- ◇「〔巌谷〕小波お伽全集 10」本の友社 1998 p415

遣唐船は還る
- ◇「阪田寛夫全詩集」理論社 2011 p10

ゲンと不動明王
- ◇「宮口しづえ児童文学集 1」小峰書店 1969 p5
- ◇「宮口しづえ童話全集 2」筑摩書房 1979 p3

ゲンのいた谷
- ◇「長崎源之助全集 3」偕成社 1987 p7

剣の定八
- ◇「〔今坂柳二〕りゅうじフォークロア・world 3」ふるさと伝承研究会 2007 p81

健之介の畑
- ◇「与謝野晶子児童文学全集 6」春陽堂書店 2007 p106

剣の湯

◇「健太と大天狗―片山貞一創作童話集」あさを社 2007 p148

剣舞(けんばい)の歌
◇「新修宮沢賢治全集 7」筑摩書房 1980 p354

源八ヒノキ
◇「北彰介作品集 3」青森県児童文学研究会 1990 p235

ケンパであそぼう
◇「阪田寛夫全詩集」理論社 2011 p383

原風景に映るセピア色の世界―酒谷川
◇「あまんきみこセレクション 5」三省堂 2009 p290

見物人雑感
◇「海野十三全集 別巻2」三一書房 1993 p569

歌 剣舞の歌
◇「賢治の音楽室―宮沢賢治、作詞作曲の全作品＋詩と童話の朗読」小学館 2000 p34

げんべい(日下部梅子)
◇「岡田泰三・日下部梅子童謡集」会津童詩会 1992 p133

ケン坊とサンタクロース
◇「栗良平作品集 2」栗っ子の会 1988（栗っ子童話シリーズ）p18

ケン坊のマーチが聞こえる
◇「栗良平作品集 3」栗っ子の会 1990（栗っ子童話シリーズ）p2

ケンポナシ
◇〔東君平〕おはようどうわ 7」講談社 1982 p188

ケンムン・ケンとあそんだ海
◇〔山下明生・童話の島じま 3」あかね書房 2012 p79

ケンムンとイッシャ
◇「松谷みよ子のむかしむかし 6」講談社 1973 p71

賢明な女性たち
◇「星新一ちょっと長めのショートショート 3」理論社 2005 p156

倹約なおばあさん
◇〔島崎〕藤村の童話 3」筑摩書房 1979 p43

原野の子授け地蔵
◇〔今坂柳二〕りゅうじフォークロア・world 6」ふるさと伝承研究会 2012 p55

権利金
◇「星新一YAセレクション 6」理論社 2009 p14

源流へ
◇「螢の河・源流へ―伊藤桂一作品集」講談社 2000（講談社文芸文庫）p135

権力と心と
◇「椋鳩十の本 29」理論社 1989 p67

元禄お犬さわぎ
◇「星新一YAセレクション 10」理論社 2010 p87

元禄飲み友達

◇「氏原大作全集 4」条例出版 1977 p260

原話と再話をめぐって
◇「松谷みよ子全エッセイ 2」筑摩書房 1989 p33

【こ】

孤
◇「北彰介作品集 4」青森県児童文学研究会 1991 p235

子
◇「まど・みちお全詩集」理論社 1992 p49

ごあいさつ
◇「くどうなおこ詩集○」童話屋 1996 p172

ごあいさつ
◇「庄野英二全集 6」偕成社 1979 p212

ごあいさつ
◇〔山田野理夫〕お笑い文庫 1」太平出版社 1977（母と子の図書室）p15
◇〔山田野理夫〕お笑い文庫 1」太平出版社 1977（母と子の図書室）p25

ごあいさつはすごいぞ
◇「きむらゆういちおはなしのへや 4」ポプラ社 2012 p5

小悪魔ピッピキの話
◇「お噺の卵―武井武雄童話集」講談社 1976（講談社文庫）p37

コアラの くに
◇「まど・みちお全詩集」理論社 1992 p667

古安城聞書
◇「校定新美南吉全集 9」大日本図書 1981 p640

こい
◇〔巌谷〕小波お伽全集 7」本の友社 1998 p421

こい
◇「坪田譲治幼年童話文学全集 3」集英社 1965 p85

コイ
◇「坪田譲治童話全集 1」岩崎書店 1986 p161

鯉
◇「新美南吉全集 6」牧書店 1965 p194
◇「校定新美南吉全集 8」大日本図書 1981 p415

恋
◇「新修宮沢賢治全集 6」筑摩書房 1980 p239
◇「新修宮沢賢治全集 6」筑摩書房 1980 p425

こいうた
◇「阪田寛夫全詩集」理論社 2011 p15

恋唄
◇「立原えりかのファンタジーランド 10」青土社 1980 p153

こいう

恋歌
- ◇「新美南吉全集 6」牧書店 1965 p8
- ◇「校定新美南吉全集 8」大日本図書 1981 p318

恋占い
- ◇「赤川次郎ミステリーコレクション 第2期 20」岩崎書店 2005 p5

恋がいっぱい
- ◇「星新一ちょっと長めのショートショート 2」理論社 2005 p141

鯉が窪のテングつぶて
- ◇「［今坂柳二］りゅうじフォークロア・world 4」ふるさと伝承研究会 2008 p129

恋敵ジロフォンを撃つ
- ◇「新修宮沢賢治全集 7」筑摩書房 1980 p154

〔濃い雲が こきれ〕
- ◇「新修宮沢賢治全集 4」筑摩書房 1979 p29

ごいごい怨み歌
- ◇「阪田寛夫全詩集」理論社 2011 p645

来い 来い 来い
- ◇「西條八十童謡全集」修道社 1971 p156

来い来い緋鯉
- ◇「［巌谷］小波お伽全集 7」本の友社 1998 p326

コイコク
- ◇「椋鳩十全集 12」ポプラ社 1970 p194

鯉コク
- ◇「椋鳩十の本 15」理論社 1982 p229

ゴイサギの かなしみ
- ◇「阪田寛夫全詩集」理論社 2011 p265

ごいさぎの卵
- ◇「花岡大学童話文学全集 6」法蔵館 1980 p78

五位さま
- ◇「［巌谷］小波お伽全集 9」本の友社 1998 p29

「五位山点摘抄」昭和二十年（七首）
- ◇「稗田童平全集 4」宝文館出版 1980 p90

碁石
- ◇「瑠璃の壺―森銑三童話集」三樹書房 1982 p284

碁石を呑んだ八つちやん
- ◇「有島武郎童話集」角川書店 1952（角川文庫）p29

恋し父母
- ◇「千葉省三童話全集 6」岩崎書店 1968 p117

小石とみそさざい
- ◇「佐藤義美全集 1」佐藤義美全集刊行会 1974 p97

小石の包
- ◇「瑠璃の壺―森銑三童話集」三樹書房 1982 p241

五位杉
- ◇「［巌谷］小波お伽全集 5」本の友社 1998 p369

恋するくじら
- ◇「くどうなおこ詩集○」童話屋 1996 p142

ゴイチ
- ◇「〔東君平〕おはようどうわ 4」講談社 1982 p51
- ◇「東君平のおはようどうわ 1」新日本出版社 2010 p28

五一車
- ◇「中村雨紅詩謡集」中村雨紅詩謡集刊行委員会 1971 p21

鯉と少女
- ◇「岩永博史童話集 2」岩永博史 2005 p84

恋と少年
- ◇「富島健夫青春文学選集 13」集英社 1971 p5

恋と病熱
- ◇「新修宮沢賢治全集 2」筑摩書房 1979 p20
- ◇「ジュニア文学館 宮沢賢治―写真・絵画集成 3」日本図書センター 1996 p22

コイとフナ
- ◇「〔山田野理夫〕お笑い文庫 1」太平出版社 1977（母と子の図書室）p88

鯉になつてみた人
- ◇「瑠璃の壺―森銑三童話集」三樹書房 1982 p108

こいぬ
- ◇「〔北原〕白秋全童謡集 5」岩波書店 1993 p168

こいぬ
- ◇「かもめの水兵さん―武内俊子伝記と作品集」講談社出版サービスセンター 1977 p196

こいぬ
- ◇「〔東君平〕ひとくち童話 1」フレーベル館 1995 p32

こいぬ
- ◇「まど・みちお全詩集」理論社 1992 p297

こいぬ
- ◇「村山籌子作品集 2」JULA出版局 1998 p42

コイヌ
- ◇「〔東君平〕おはようどうわ 6」講談社 1982 p82

仔犬
- ◇「〔島木〕赤彦童謡集」第一書店 1947 p14

小犬
- ◇「鈴木三重吉童話全集 5」文泉堂書店 1975（日本文学全集・選集叢刊第5次）p39

小犬
- ◇「魂の配達―野村吉哉作品集」草思社 1983 p89

子犬がこわい一年生
- ◇「全集古田足日子どもの本 4」童心社 1993 p105

子犬がわが家へ
- ◇「〔黒川良人〕犬の詩猫の詩―児童詩集」東洋出版 2000 p15

子犬と子鴉
- ◇「〔北原〕白秋全童謡集 2」岩波書店 1992 p215

こいぬとこねこ
- ◇「浜田広介全集 2」集英社 1975 p212

コイヌとスズメ

こいぬの ちびくん
　◇「まど・みちお全詩集」理論社 1992 p359
小犬のちびすけ
　◇「村山籌子作品集 1」JULA出版局 1997 p58
こいぬのひげ
　◇「浜田広介全集 8」集英社 1976 p104
小犬のブッチ
　◇「くんぺい魔法ばなし―魔法ばなし全集 3」サンリオ 2000 p50
子イヌのぺーちゃん
　◇「定本壺井栄児童文学全集 3」講談社 1979 p159
小犬のぺーちゃん
　◇「壺井栄全集 10」文泉堂出版 1998 p375
子犬ヨチヨチ
　◇「〔黒川良人〕犬の詩猫の詩―児童詩集」東洋出版 2000 p35
鯉のいのち
　◇「松谷みよ子全エッセイ 3」筑摩書房 1989 p222
コイのうま煮
　◇「椋鳩十の本 20」理論社 1983 p160
恋の切れ目
　◇「くんぺい魔法ばなし―魔法ばなし全集 3」サンリオ 2000 p42
鯉のくれた玉
　◇「瑠璃の壺―森銑三童話集」三樹書房 1982 p10
コイのしつれん
　◇「〔木暮正夫〕日本のおばけ話・わらい話 11」岩崎書店 1987 p15
恋の忍術
　◇「阪田寛夫全詩集」理論社 2011 p788
コイのはなし
　◇「椋鳩十の本 19」理論社 1982 p60
コイのひげそり
　◇「〔山田野理夫〕お笑い文庫 9」太平出版社 1977（母と子の図書室）p50
こいのぼり
　◇「こやま峰子詩集〔2〕」朔北社 2003 p28
こいのぼり
　◇「〔島崎〕藤村の童話 3」筑摩書房 1979 p114
こいのぼり
　◇「杉みき子選集 2」新潟日報事業社 2005 p219
こいのぼり
　◇「まど・みちお全詩集」理論社 1992 p268
コヒノボリ
　◇「〔北原〕白秋全童謡集 3」岩波書店 1992 p140
鯉のぼり
　◇「〔北原〕白秋全童謡集 3」岩波書店 1992 p411
鯉のぼり
　◇「かもめの水兵さん―武内俊子伝記と作品集」講談社出版サービスセンター 1977 p180
鯉のぼり
　◇「浜田広介全集 11」集英社 1976 p32
鯉幟
　◇「中村雨紅詩謡集」中村雨紅詩謡集刊行委員会 1971 p98
コイのぼりがこわかった
　◇「今江祥智の本 2」理論社 1980 p18
　◇「今江祥智童話館〔7〕」理論社 1986 p156
コイのぼり空にながれて
　◇「今江祥智童話館〔10〕」理論社 1987 p137
こいのぼりと鶏
　◇「定本小川未明童話全集 4」講談社 1977 p164
　◇「定本小川未明童話全集 4」大空社 2001 p164
こいのぼりのそら
　◇「〔寺村輝夫〕ぼくは王さま全1冊」理論社 1985 p181
こいのぼりの空
　◇「寺村輝夫童話全集 5」ポプラ社 1982 p109
　◇「寺村輝夫全童話 1」理論社 1996 p391
　◇「寺村輝夫の王さまシリーズ 5」理論社 1998 p125
恋の復誦（レフレーン）
　◇「北彰介作品集 4」青森県児童文学研究会 1991 p81
恋人よ
　◇「おの・ちゅうこう初期作品集〔1〕牧歌的風景」嵩書房 1975 p139
恋文
　◇「椋鳩十の本 15」理論社 1982 p189
小岩井農場
　◇「新修宮沢賢治全集 2」筑摩書房 1979 p63
　◇「新修宮沢賢治全集 2」筑摩書房 1979 p64
　◇「ジュニア文学館 宮沢賢治―写真・絵画集成 3」日本図書センター 1996 p42
小岩井農場（先駆形）
　◇「新修宮沢賢治全集 2」筑摩書房 1979 p312
小岩井農場〈パート1〉
　◇「ジュニア文学館 宮沢賢治―写真・絵画集成 3」日本図書センター 1996 p42
詩 小岩井農場 パート一
　◇「賢治の音楽室―宮沢賢治、作詞作曲の全作品＋詩と童話の朗読」小学館 2000 p62
小岩井農場 パート二
　◇「よくわかる宮沢賢治―イーハトーブ・ロマン II」学習研究社 1996 p182
小岩井農場〈パート4〉
　◇「ジュニア文学館 宮沢賢治―写真・絵画集成 3」日本図書センター 1996 p45
小岩井農場〈パート9〉
　◇「ジュニア文学館 宮沢賢治―写真・絵画集成 3」

こいわ

　　　　日本図書センター 1996 p48
小岩井農場 パート九
　◇「よくわかる宮沢賢治―イーハトーブ・ロマン II」学習研究社 1996 p185
劫
　◇「巽聖歌作品集 下」巽聖歌作品集刊行委員会 1977 p306
〔高圧線は こともなく〕
　◇「新修宮沢賢治全集 7」筑摩書房 1980 p223
興亜の晴れ衣
　◇「氏原大作全集 1」条例出版 1977 p221
興安嶺
　◇「〔北原〕白秋全童謡集 3」岩波書店 1992 p279
行為
　◇「稗田童平全集 2」宝文館出版 1979 p58
幸運
　◇「〔大澤英子〕心の中のひみつ―法華経をもとにした創作物語集」文芸社 1999 p265
幸運の公式
　◇「星新一ショートショートセレクション 7」理論社 2002 p41
幸運のベル
　◇「星新一ショートショートセレクション 12」理論社 2003 p155
幸運の黒子
　◇「海野十三全集 2」三一書房 1991 p7
幸運の未来
　◇「星新一ちょっと長めのショートショート 9」理論社 2006 p169
耕耘部の時計
　◇「新版・宮沢賢治童話全集 10」岩崎書店 1979 p63
　◇「新修宮沢賢治全集 10」筑摩書房 1979 p287
こうえん
　◇「〔東君平〕おはようどうわ 6」講談社 1982 p24
公園
　◇「中村雨紅詩謡集」中村雨紅詩謡集刊行委員会 1971 p132
公園サヨナラ
　◇「まど・みちお全詩集」理論社 1992 p42
公園と遊園地
　◇「椋鳩十の本 22」理論社 1983 p188
こうえんのいけ
　◇「〔東君平〕おはようどうわ 7」講談社 1982 p63
公園の男
　◇「星新一YAセレクション 4」理論社 2009 p167
こうえんの ことり
　◇「平塚武二童話全集 2」童心社 1972 p90
公園の中の街
　◇「赤座憲久少年詩集シリーズ 1」じゃこめてい出版 1977 p54

公園の花と毒蛾
　◇「定本小川未明童話全集 3」講談社 1977 p97
　◇「定本小川未明童話全集 3」大空社 2001 p97
公園はわたしの学校（林初江）
　◇「北国翔子童話集 2」青森県児童文学研究会 2010 p14
黄河
　◇「氏原大作全集 2」条例出版 1977 p116
こうかい
　◇「戸川幸夫創作童話集 2」国土社 1972 p75
後悔
　◇「庄野英二全集 11」偕成社 1980 p312
郊外
　◇「新修宮沢賢治全集 3」筑摩書房 1979 p181
　◇「新修宮沢賢治全集 3」筑摩書房 1979 p380
豪快な気象
　◇「椋鳩十の本 21」理論社 1982 p28
郊外ノンフィクションの構想
　◇「全集古田足日子どもの本 8」童心社 1993 p345
校歌をつくる
　◇「佐藤さとるファンタジー全集 16」講談社 1983 p42
　◇「佐藤さとるファンタジー全集 16」講談社, 復刊ドットコム（発売）2011 p42
甲賀三郎・根の国の物語
　◇「全集古田足日子どもの本 別巻」童心社 1993 p7
高架線
　◇「〔北原〕白秋全童謡集 4」岩波書店 1993 p172
高架線
　◇「新修宮沢賢治全集 7」筑摩書房 1980 p133
黄花帖
　◇「稗田童平全集 8」宝文館出版 1982 p58
豪華な食べもの
　◇「椋鳩十の本 29」理論社 1989 p90
〔光環ができ〕
　◇「新修宮沢賢治全集 4」筑摩書房 1979 p215
紅顔美談
　◇「少年倶楽部名作佐藤紅緑全集 下」講談社 1967 p655
後記〔葦の女〕
　◇「稗田童平全集 1」宝文館出版 1978 p155
講義案内
　◇「新修宮沢賢治全集 15」筑摩書房 1980 p510
後記・オクッボーが鳴くから
　◇「〔今坂柳二〕りゅうじフォークロア・world 3」ふるさと伝承研究会 2007 p147
興義和尚の話
　◇「怪談小泉八雲のこわ～い話 8」汐文社 2009 p99
好奇心の文法
　◇「今江祥智の本 36」理論社 1990 p179

好奇心は屈折していく
　◇「石森延男児童文学全集 11」学習研究社 1971 p174
後記〔雀の木〕
　◇「佐藤義美全集 1」佐藤義美全集刊行会 1974 p114
幸吉とヂロー
　◇「あたまでっかち―下村千秋童話選集」阿見町教育委員会, 講談社出版サービスセンター (製作) 1997 p185
後記〔月と胡桃〕
　◇〔北原〕白秋全童謡集 2」岩波書店 1992 p487
後記〔聾のあざみ〕
　◇「稗田菫平全集 2」宝文館出版 1979 p50
後記・昔ばなしと「語り」
　◇「〔今坂柳二〕りゅうじフォークロア・world 4」ふるさと伝承研究会 2008 p148
後記〔童謡集雪と驢馬〕
　◇「巽聖歌作品集 上」巽聖歌作品集刊行委員会 1977 p69
交響曲「大阪」より
　◇「阪田寛夫全詩集」理論社 2011 p517
交響曲・ゴネリ
　◇「〔吉田とし〕青春ロマン選集 5」理論社 1977 p149
紅玉
　◇「後藤竜二童話集 3」ポプラ社 2013 p63
子うぐいすと母うぐいす
　◇「定本小川未明童話集 10」講談社 1977 p283
　◇「定本小川未明童話集 10」大空社 2001 p283
航空母艦
　◇「〔北原〕白秋全童謡集 3」岩波書店 1992 p32
　◇「〔北原〕白秋全童謡集 4」岩波書店 1993 p411
航空母艦
　◇「かもめの水兵さん―武内俊子伝記と作品集」講談社出版サービスセンター 1977 p198
航空路
　◇「与田凖一全集 1」大日本図書 1967 p86
行軍将棋
　◇「新装版金子みすゞ全集 1」JULA出版局 1984 p67
　◇「金子みすゞ童謡全集 1」JULA出版局 2003 p108
高原
　◇「新版・宮沢賢治童話全集 12」岩崎書店 1979 p124
　◇「新修宮沢賢治全集 2」筑摩書房 1979 p118
　◇「宮沢賢治童話集 2」講談社 1985 (講談社青い鳥文庫) p4
　◇「ジュニア文学館 宮沢賢治―写真・絵画集成 3」日本図書センター 1996 p51
　◇〔宮沢賢治〕注文の多い料理店―イーハトーヴ童話集」岩波書店 2000 (岩波少年文庫) p205
　◇「宮沢賢治童話集珠玉選 〔2〕」講談社 2009 p4
矚原淑女
　◇「ジュニア文学館 宮沢賢治―写真・絵画集成 3」日本図書センター 1996 p114
高原にとまった汽車
　◇「松谷みよ子全集 3」講談社 1971 p53
　◇「松谷みよ子おはなし集 2」ポプラ社 2010 p107
高原のいす―塚原高原
　◇「いのち―みずかみかずを全詩集」石風社 1995 p428
高原の歌
　◇「北彰介作品集 4」青森県児童文学研究会 1991 p105
高原の歌
　◇「巽聖歌作品集 下」巽聖歌作品集刊行委員会 1977 p249
〔高原の空線もなだらに暗く〕
　◇「新修宮沢賢治全集 5」筑摩書房 1979 p206
高原の草笛
　◇「氏家大作全集 4」条例出版 1977 p428
高原の春
　◇「千葉省三童話全集 2」岩崎書店 1967 p109
講後
　◇「新修宮沢賢治全集 6」筑摩書房 1980 p174
孝行岩
　◇「〔巖谷〕小波お伽全集 10」本の友社 1998 p111
高校時代の読書
　◇「椋鳩十の本 27」理論社 1989 p67
工高卒のタイル工
　◇「斎藤隆介全集 10」岩崎書店 1982 p17
孝行糖 (林家木久蔵編, 岡本和明文)
　◇「林家木久蔵の子ども落語 3」フレーベル館 1998 p116
高校の諸君へ―時代に目ざめるということ
　◇「ジュニア版吉野源三郎全集 2」ポプラ社 1967 p270
　◇「吉野源三郎全集 3」ポプラ社 2000 p194
孝行息子と王様
　◇「谷口雅春童話集 5」日本教文社 1977 p53
皎―五月六日 夜
　◇「阪田寛夫全詩集」理論社 2011 p832
広告狩人
　◇「今江祥智の本 34」理論社 1990 p238
広告塔
　◇「新装版金子みすゞ全集 3」JULA出版局 1984 p216
　◇「金子みすゞ童謡全集 6」JULA出版局 2004 p122
甲子とネコ
　◇「定本壺井栄児童文学全集 1」講談社 1979 p44

こうこ

甲子と猫
　◇「壺井栄全集 9」文泉堂出版 1997 p42

交際の道（鷹と農夫）
　◇「〔巌谷〕小波お伽全集 14」本の友社 1998 p120

子うさぎと ははうさぎ
　◇「定本小川未明童話全集 16」講談社 1978 p276
　◇「定本小川未明童話全集 16」大空社 2002 p276

子うさぎと 母うさぎ
　◇「小川未明幼年童話文学全集 8」集英社 1966 p26

こうさぎのジャムつくり
　◇「もりやまみやこ童話選 2」ポプラ社 2009 p86

子うさぎの ちえ
　◇「花岡大学仏典童話全集 6」法蔵館 1979 p26

交錯
　◇「星新一ショートショートセレクション 8」理論社 2002 p85

黄沙鈔—松岡譲回想詩集
　◇「稗田菫平全集 8」宝文館出版 1982 p96

鉱山駅
　◇「新修宮沢賢治全集 4」筑摩書房 1979 p261

こうし
　◇「新美南吉全集 1」牧書店 1965 p23

公子
　◇「新修宮沢賢治全集 6」筑摩書房 1980 p120
　◇「新修宮沢賢治全集 6」筑摩書房 1980 p392

仔牛
　◇「達崎龍全童謡ホロホロ鳥」あい書林 1983 p14

仔牛
　◇「巽聖歌作品集 上」巽聖歌作品集刊行委員会 1977 p345

仔牛
　◇「校定新美南吉全集 4」大日本図書 1980 p249
　◇「校定新美南吉全集 8」大日本図書 1981 p72
　◇「新美南吉童話集 1」大日本図書 1982 p133
　◇「新美南吉童話大全」講談社 1989 p307
　◇「新美南吉童話集 1」大日本図書 2012 p133

子うし
　◇「与田凖一全集 1」大日本図書 1967 p55

子牛
　◇「新美南吉全集 6」牧書店 1965 p253
　◇「新美南吉童話選集 1」ポプラ社 2013 p38

仔牛がうまれる
　◇「〔土田明日〕ちいさい星—母と子の詩集」らくだ出版 2002 p94

孔子様の馬
　◇「瑠璃の壺—森銑三童話集」三樹書房 1982 p151
　◇「瑠璃の壺—森銑三童話集」三樹書房 1982 p159

孔子様のお弟子
　◇「瑠璃の壺—森銑三童話集」三樹書房 1982 p234

こうした事実があったら
　◇「定本小川未明童話全集 9」講談社 1977 p223
　◇「定本小川未明童話全集 9」大空社 2001 p223

こうしてお友だちとなりました
　◇「定本小川未明童話全集 9」講談社 1977 p268
　◇「定本小川未明童話全集 9」大空社 2001 p268

こうして踊ろうよ
　◇「阪田寛夫全詩集」理論社 2011 p357

こうして豆は煮えました
　◇「北風のくれたテーブルかけ—久保田万太郎童話劇集」東京書籍 1981（東書児童劇シリーズ）p189

子牛とくさぶえ
　◇「二反長半作品集 1」集英社 1979 p174

仔牛とはりねずみ
　◇「庄野英二全集 5」偕成社 1980 p30

格子なき牢獄
　◇「花岡大学童話文学全集 5」法蔵館 1980 p216

小牛になった花よめ
　◇「二反長半作品集 3」集英社 1979 p232

子牛のつの
　◇「ひろすけ幼年童話文学全集 5」集英社 1962 p49
　◇「浜田広介全集 4」集英社 1976 p19

子牛のなかま
　◇「二反長半作品集 1」集英社 1979 p211

子牛のはなし
　◇「花岡大学童話文学全集 4」法蔵館 1980 p17

こうしのわらじ
　◇「浜田広介全集 3」集英社 1975 p38

孔子廟
　◇「〔北原〕白秋全童謡集 5」岩波書店 1993 p80

孔子廟, 関帝廟
　◇「〔北原〕白秋全童謡集 3」岩波書店 1992 p232

「孔子廟」の擬音語
　◇「まど・みちお全詩集 続」理論社 2015 p465

こうしゃほうのへいたい
　◇「花岡大学童話文学全集 3」法蔵館 1980 p304

公衆食堂（須田町）
　◇「新修宮沢賢治全集 7」筑摩書房 1980 p151

公主嶺
　◇「〔北原〕白秋全童謡集 3」岩波書店 1992 p236

仔牛 よい角
　◇「校定新美南吉全集 8」大日本図書 1981 p298

子牛よい角
　◇「新美南吉全集 6」牧書店 1965 p267

工場
　◇「巽聖歌作品集 上」巽聖歌作品集刊行委員会 1977 p45

強情灸（林家木久蔵編, 岡本和明文）
　◇「林家木久蔵の子ども落語 6」フレーベル館 1999 p114

工場独白
　◇「魂の配達―野村吉哉作品集」草思社 1983 p69
工場のある街
　◇「別役実童話集〔1〕」三一書房 1973 p109
工場の長靴
　◇「〔北原〕白秋全童謡集 4」岩波書店 1993 p176
神代（こうじろ）の町
　◇「椋鳩十の本 21」理論社 1982 p233
庚申
　◇「新修宮沢賢治全集 6」筑摩書房 1980 p153
更新会
　◇「氏原大作全集 4」条例出版 1977 p399
こうしんさま
　◇「巽聖歌作品集 下」巽聖歌作品集刊行委員会 1977 p78
興信所
　◇「星新一ちょっと長めのショートショート 1」理論社 2005 p122
好人物
　◇「佐々木邦全集 補巻5」講談社 1975 p85
洪水
　◇「斎田喬児童劇選集〔7〕」牧書店 1955 p23
洪水大陸を呑む
　◇「海野十三全集 11」三一書房 1988 p327
洪水の話
　◇「松谷みよ子全集 12」講談社 1972 p38
〔甲助 今朝まだくらぁに〕
　◇「新修宮沢賢治全集 4」筑摩書房 1979 p55
　◇「新修宮沢賢治全集 4」筑摩書房 1979 p314
構成派の芸術について―あらゆる新傾向芸術の極地
　◇「魂の配達―野村吉哉作品集」草思社 1983 p307
〔洪積世が了って〕
　◇「新修宮沢賢治全集 4」筑摩書房 1979 p180
　◇「ジュニア文学館 宮沢賢治―写真・絵画集成 3」日本図書センター 1996 p148
〔洪積の台のはてなる〕
　◇「新修宮沢賢治全集 6」筑摩書房 1980 p208
　◇「新修宮沢賢治全集 6」筑摩書房 1980 p421
鉱染とネクタイ
　◇「新修宮沢賢治全集 3」筑摩書房 1979 p268
構想・梗概メモ
　◇「新修宮沢賢治全集 15」筑摩書房 1980 p406
高倉寺のイタズラ龍王
　◇「〔今坂柳二〕りゅうじフォークロア・world 2」ふるさと伝承研究会 2007 p145
構想力と持続力
　◇「今江祥智の本 36」理論社 1990 p136
高速道路の歌
　◇「佐藤義美全集 1」佐藤義美全集刊行会 1974 p368

クヮウタイシサマ オウマレナッタ
　◇「〔北原〕白秋全童謡集 3」岩波書店 1992 p131
皇太子さまお生れなつた
　◇「〔北原〕白秋全童謡集 4」岩波書店 1993 p123
皇太子殿下を拝す
　◇「新版・宮沢賢治童話全集 12」岩崎書店 1979 p45
合田忠是君
　◇「坪田譲治自選童話集」実業之日本社 1971 p71
　◇「坪田譲治童話全集 1」岩崎書店 1986 p105
光太のザリガニ捕り
　◇「〔浅野正男〕蝸牛の家―ある一教師のこころみ―童話集」日本図書刊行会, 近代文芸社（発売）1997 p61
光太夫オロシャばなし
　◇「来栖良夫児童文学全集 8」岩崎書店 1983 p1
降誕祭
　◇「阪田寛夫全詩集」理論社 2011 p854
降誕祭の前夜
　◇「新美南吉全集 6」牧書店 1965 p42
高知の鵜匠
　◇「椋鳩十の本 22」理論社 1983 p34
こうちゃ
　◇「石森延男児童文学全集 1」学習研究社 1971 p111
　◇「石森読本―石森延男児童文学選集 1年生」小学館 1977 p122
光ちゃんとおかあさん
　◇「千葉省三童話全集 4」岩崎書店 1968 p155
校長先生合格！
　◇「〔藤井則行〕祭りの宵に―童話集」創栄出版 1995 p95
こうちょう先生は やさしい
　◇「定本小川未明童話全集 16」講談社 1978 p61
　◇「定本小川未明童話全集 16」大空社 2002 p61
校長の演説（筆記）
　◇「〔巌谷〕小波お伽全集 15」本の友社 1998 p65
こうつうしんごう
　◇「こやま峰子詩集〔2〕」朔北社 2003 p14
校庭
　◇「新修宮沢賢治全集 6」筑摩書房 1980 p256
　◇「新修宮沢賢治全集 6」筑摩書房 1980 p427
皇帝をいけどれ！
　◇「〔たかしよいち〕世界むかしむかし探検 6」国土社 1996 p22
校庭のシシ
　◇「椋鳩十の本 13」理論社 1983 p173
行動
　◇「佐藤義美全集 1」佐藤義美全集刊行会 1974 p75

こうと

高等数学公式集
　◇「新修宮沢賢治全集 15」筑摩書房 1980 p592

高度な文明
　◇「星新一ショートショートセレクション 11」理論社 2003 p7

こうなご
　◇「さくらゆき―さとうじゅんこ童詩集」えんじゅの会 1997 p111

鴻池カッパ
　◇〔山田野理夫〕おばけ文庫 7」太平出版社 1976（母と子の図書室）p27

河野貴美子
　◇「今江祥智の本 35」理論社 1990 p283

こうのとり
　◇「阪田寛夫全詩集」理論社 2011 p531

こうの鳥
　◇「鈴木三重吉童話全集 3」文泉堂書店 1975（日本文学全集・選集叢刊第5次）p204

鵠が鳴く
　◇「巽聖歌作品集 上」巽聖歌作品集刊行委員会 1977 p345

コウノトリのおばさんの手助け
　◇「岩永博史童話集 3」岩永博史 2012 p72

業の花びら
　◇「ジュニア文学館 宮沢賢治―写真・絵画集成 3」日本図書センター 1996 p119

業の夜
　◇「北彰介作品集 4」青森県児童文学研究会 1991 p73

紅梅
　◇「石森延男児童文学全集 2」学習研究社 1971 p112

（紅梅が）
　◇「稗田童平全集 2」宝文館出版 1979 p110

紅梅鈔―永遠に愛しきは紅梅
　◇「稗田童平全集 8」宝文館出版 1982 p126

紅梅草紙
　◇〔巌谷〕小波お伽全集 8」本の友社 1998 p115

紅白のもち
　◇「石森延男児童文学全集 11」学習研究社 1971 p255

紅白牡丹草紙
　◇〔巌谷〕小波お伽全集 8」本の友社 1998 p57

坑夫
　◇「新美南吉全集 5」牧書店 1965 p1
　◇「校定新美南吉全集 5」大日本図書 1980 p7

幸福
　◇「北川千代児童文学全集 上」講談社 1967 p169

幸福
　◇「新美南吉全集 6」牧書店 1965 p74
　◇「新美南吉全集 6」牧書店 1965 p202

幸福への道
　◇「谷口雅春童話集 2」日本教文社 1976 p128

幸福を追う少女と砥石
　◇〔下田喜久美〕遠くから来た旅人―詩集」リトル・ガリヴァー社 1998 p76

幸福がみえるとき
　◇「やなせたかし童謡詩集〔3〕」フレーベル館 2001 p26

幸福城
　◇〔巌谷〕小波お伽全集 11」本の友社 1998 p451

幸福な家
　◇「住井すゑ わたしの少年少女物語 2」労働旬報社 1989 p31

幸福な王子
　◇「別役実童話集〔3〕」三一書房 1977 p131

幸福な體（駱駝と氏神）
　◇〔巌谷〕小波お伽全集 14」本の友社 1998 p115

幸福な国へ
　◇「今井誉次郎童話集子どもの村〔6〕」国土社 1957 p41

幸福に暮らした二人
　◇「定本小川未明童話全集 3」講談社 1977 p155
　◇「定本小川未明童話全集 3」大空社 2001 p155

幸福の家
　◇「立原えりか作品集 1」思潮社 1972 p171
　◇「立原えりかのファンタジーランド 10」青土社 1980 p33

幸福のくる日
　◇「斎田喬児童劇選集〔8〕」牧書店 1955 p122

幸福の幻想
　◇「全集版灰谷健次郎の本 21」理論社 1988 p24

幸福のつえ
　◇「住井すゑジュニア文学館 6」汐文社 1999 p7

幸福の鳥
　◇「定本小川未明童話全集 6」講談社 1977 p41
　◇「定本小川未明童話全集 6」大空社 2001 p41

幸福の筐
　◇「北川千代児童文学全集 下」講談社 1967 p32

幸福のはさみ
　◇「定本小川未明童話全集 3」講談社 1977 p328
　◇「定本小川未明童話全集 3」大空社 2001 p328

幸福ものはだれ
　◇「谷口雅春童話集 5」日本教文社 1977 p5

幸福〈A〉
　◇「校定新美南吉全集 8」大日本図書 1981 p354

幸福〈B〉
　◇「校定新美南吉全集 8」大日本図書 1981 p422

神戸
　◇「全集版灰谷健次郎の本 22」理論社 1988 p157

幸平じいさんと馬車

工兵魂
◇「〔北原〕白秋全童謡集 4」岩波書店 1993 p357

神戸人の市場自慢
◇「全集版灰谷健次郎の本 21」理論社 1988 p90

神戸にて
◇「与謝野晶子児童文学全集 6」春陽堂書店 2007 p85

神戸の中華料理
◇「椋鳩十の本 22」理論社 1983 p26

工房
◇「新美南吉全集 6」牧書店 1965 p186
◇「校定新美南吉全集 8」大日本図書 1981 p413

弘法の清水
◇「稗田童平全集 5」宝文館出版 1980 p168

香木の涙
◇「笑った泣き地蔵―御田慶子童話選集」たま出版 2007 p14

耕母黄昏
◇「新修宮沢賢治全集 7」筑摩書房 1980 p366

仔馬
◇「巽聖歌作品集 上」巽聖歌作品集刊行委員会 1977 p482

仔馬
◇「椋鳩十の本 15」理論社 1982 p104

子馬
◇「椋鳩十全集 12」ポプラ社 1970 p93

小馬
◇「鈴木三重吉童話全集 5」文泉堂書店 1975（日本文学全集・選集叢刊第5次）p93

小馬
◇「椋鳩十の本 1」理論社 1982 p81

（小馬が）
◇「稗田童平全集 8」宝文館出版 1982 p52

仔馬と太鼓
◇「春よこいこい―高橋良和こころの童話選集」同朋舎出版 1995 p112

好摩の土
◇「新修宮沢賢治全集 1」筑摩書房 1980 p285

小馬の話（動物童話）（エイ・ボンサーによる）
◇「鈴木三重吉童話全集 8」文泉堂書店 1975（日本文学全集・選集叢刊第5次）p336

子馬のポピーの物語
◇「〔大澤英子〕心の中のひみつ―法華経をもとにした創作物語集」文芸社 1999 p46

仔馬の道ぐさ
◇「〔北原〕白秋全童謡集 1」岩波書店 1992 p85

子馬の夢
◇「〔斎藤信夫〕子ども心を友として―童謡詩集」成東町教育委員会 1996 p66

◇「千葉省三童話全集 3」岩崎書店 1967 p167

こうま ポッカ ポッカ
◇「佐藤義美童謡集」さ・え・ら書房 1960 p54
◇「佐藤義美全集 1」佐藤義美全集刊行会 1974 p182

子うまは ふるい いどの なかに おちたのに
◇「佐藤義美全集 2」佐藤義美全集刊行会 1973 p121

ごうまんな客
◇「星新一YAセレクション 3」理論社 2008 p53

高慢の報（驢馬と軍馬）
◇「〔巌谷〕小波お伽全集 14」本の友社 1998 p52

子うみ石
◇「〔山田野理夫〕おばけ文庫 3」太平出版社 1976（母と子の図書室）p105

こうも近くみえる
◇「北彰介作品集 4」青森県児童文学研究会 1991 p108

こうもり
◇「浜田広介全集 11」集英社 1976 p116

コウモリ親子
◇「ふしぎな泉―うえだまさし童話集」そうぶん社出版 1995 p46

こうもり傘
◇「森三郎童話選集〔2〕」刈谷市教育委員会 1996 p62

こうもりがさのてんぐさん
◇「松谷みよ子全集 12」講談社 1972 p8
◇「松谷みよ子のむかしむかし 6」講談社 1973 p41

こうもり来い
◇「中村雨紅詩集」中村雨紅詩謡集刊行委員会 1971 p99

コウモリの歌
◇「〔渡部穀彦〕お母さんのための童話集」花伝社, 共栄書房（発売）1997 p89

こうもりぶた
◇「阪田寛夫全詩集」理論社 2011 p183

曠野
◇「定本小川未明童話全集 10」講談社 1977 p164
◇「定本小川未明童話全集 10」大空社 2001 p164

高安犬の話
◇「戸川幸夫動物文学全集 14」講談社 1977 p144

こうやす犬ものがたり
◇「戸川幸夫・動物ものがたり 1」金の星社 1976 p9

高安犬物語
◇「戸川幸夫動物文学全集 1」冬樹社 1965 p11
◇「戸川幸夫・子どものための動物物語 1」国土社 1967 p5
◇「戸川幸夫動物文学全集 1」講談社 1976 p138

荒野の人と二羽の鶉
◇「浜田広介全集 4」集英社 1976 p78

こうや

曠野の笛
 ◇「千葉省三童話全集 6」岩崎書店 1968 p145
豪遊
 ◇「椋鳩十全集 12」ポプラ社 1970 p103
 ◇「椋鳩十の本 15」理論社 1982 p113
紅葉(こうよう)… → "もみじ…"をも見よ
紅葉の話
 ◇「〔かこさとし〕お話こんにちは 〔8〕」偕成社 1979 p36
こうらかーめん
 ◇「阪田寛夫全詩集」理論社 2011 p244
こうらかーめんの ゆめ
 ◇「阪田寛夫全詩集」理論社 2011 p244
合理主義者
 ◇「星新一ショートショートセレクション 11」理論社 2003 p127
高粱がら
 ◇「〔北原〕白秋全童謡集 3」岩波書店 1992 p211
高粱みのる
 ◇「〔北原〕白秋全童謡集 3」岩波書店 1992 p210
こうろぎの
 ◇「佐藤一英「童話・童謡集」一宮市立萩原小学校 2003 p38
購和飯
 ◇「〔巌谷〕小波お伽全集 12」本の友社 1998 p418
こえ
 ◇「与田凖一全集 2」大日本図書 1967 p188
声
 ◇「新装版金子みすゞ全集 2」JULA出版局 1984 p260
 ◇「金子みすゞ童謡全集 4」JULA出版局 2004 p168
声
 ◇「全集版灰谷健次郎の本 8」理論社 1987 p67
 ◇「全集版灰谷健次郎の本 22」理論社 1988 p151
声
 ◇「星新一YAセレクション 7」理論社 2009 p22
声
 ◇「まど・みちお全詩集 続」理論社 2015 p262
こえをかけろ
 ◇「〔比江島重孝〕宮崎のむかし話 1」鉱脈社 1998 p158
声を出して読む
 ◇「あまんきみこセレクション 5」三省堂 2009 p99
〔屓肥(こえ)をになひていくそたび〕
 ◇「新修宮沢賢治全集 5」筑摩書房 1980 p137
 ◇「新修宮沢賢治全集 6」筑摩書房 1980 p399
小枝を ゆする
 ◇「稗田童平全集 3」宝文館出版 1979 p50
声と足あと
 ◇「〔北原〕白秋全童謡集 3」岩波書店 1992 p367
声と笛の音のたたり
 ◇「〔山田野理夫〕おばけ文庫 7」太平出版社 1976 (母と子の図書室) p136
声の顔
 ◇「まど・みちお詩集 5」銀河社 1975 p30
 ◇「まど・みちお全詩集」理論社 1992 p521
 ◇「まどさんの詩の本 12」理論社 1997 p76
五右衛門風
 ◇「千葉省三童話全集 1」岩崎書店 1967 p49
ゴエモンにはまけないぞ
 ◇「〔柳家弁天〕らくご文庫 1」太平出版社 1987 p12
五右衛門の親
 ◇「かつおきんや作品集 6」牧書店〔アリス館牧新社〕1972 p123
 ◇「かつおきんや作品集 17」偕成社 1983 p107
故園歌(九首)
 ◇「稗田童平全集 4」宝文館出版 1980 p13
ご縁について
 ◇「阪田寛夫全詩集」理論社 2011 p111
故園の情
 ◇「坪田譲治童話全集 1」岩崎書店 1986 p259
ゴオサムの三悧巧
 ◇「〔北原〕白秋全童謡集 1」岩波書店 1992 p173
子を産んだ
 ◇「〔黒川良人〕犬の詩猫の詩—児童詩集」東洋出版 2000 p34
凍った時間
 ◇「星新一ちょっと長めのショートショート 2」理論社 2005 p79
〔凍ったその小さな川に沿って〕
 ◇「新修宮沢賢治全集 4」筑摩書房 1979 p157
小男の使者
 ◇「瑠璃の壺—森銑三童話集」三樹書房 1982 p156
小鬼
 ◇「星新一ショートショートセレクション 10」理論社 2003 p48
小鬼がくるとき
 ◇「佐藤さとるファンタジー全集 14」講談社 1983 p137
 ◇「佐藤さとるファンタジー全集 14」講談社, 復刊ドットコム(発売) 2011 p137
小おにのしゃしんや
 ◇「北畠八穂児童文学全集 4」講談社 1974 p224
こおり
 ◇「〔東君平〕おはようどうわ 2」講談社 1982 p18
 ◇「〔東君平〕ひとくち童話 3」フレーベル館 1995 p24
氷滑り(岡田泰三)
 ◇「岡田泰三・日下部梅子童謡集」会津童詩会 1992

氷と後光〔習作〕
　◇「新修宮沢賢治全集 11」筑摩書房 1979 p29
〔氷のかけらが〕
　◇「新修宮沢賢治全集 4」筑摩書房 1979 p155
氷の牙
　◇「戸川幸夫動物文学全集 8」講談社 1976 p244
氷の国の春
　◇「小出正吾児童文学全集 4」審美社 2001 p21
氷の花〔資料作品〕
　◇「全集古田足日子どもの本 6」童心社 1993 p342
氷のひわれめ
　◇「〔北原〕白秋全童謡集 4」岩波書店 1993 p99
氷水と焼芋
　◇「〔厳谷〕小波お伽全集 14」本の友社 1998 p253
郡山城の人ばしら
　◇「松谷みよ子のむかしむかし 10」講談社 1973 p135
こおれ冬よ
　◇「まど・みちお全詩集」理論社 1992 p185
氷れるナイアスの腕
　◇「稗田菫平全集 2」宝文館出版 1979 p27
こおろぎ
　◇「みすゞさん―童謡詩人・金子みすゞの優しさ探しの旅 1」春陽堂書店 1997
　◇「金子みすゞ童謡全集 1」JULA出版局 2003 p86
こおろぎ
　◇「国分一太郎児童文学集 6」小峰書店 1967 p173
こおろぎ
　◇「西條八十童謡全集」修道社 1971 p69
こおろぎ
　◇「〔島崎〕藤村の童話 3」筑摩書房 1979 p161
こおろぎ
　◇「中村雨紅詩謡集」中村雨紅詩謡集刊行委員会 1971 p112
こおろぎ
　◇「新美南吉全集 6」牧書店 1965 p146
こほろぎ
　◇「おの・ちゅうこう初期作品集〔1〕牧歌的風景」崙書房 1975 p16
　◇「おの・ちゅうこう初期作品集〔1〕牧歌的風景」崙書房 1975 p146
こほろぎ
　◇「新装版金子みすゞ全集 1」JULA出版局 1984 p55
こほろぎ
　◇「〔北原〕白秋全童謡集 2」岩波書店 1992 p269
　◇「〔北原〕白秋全童謡集 3」岩波書店 1992 p350
こほろぎ
　◇「校定新美南吉全集 8」大日本図書 1981 p374

コオロギ
　◇「国分一太郎児童文学集 6」小峰書店 1967 p178
コオロギ
　◇「〔東君平〕おはようどうわ 5」講談社 1982 p144
コオロギ
　◇「まど・みちお詩集 2」銀河社 1975 p4
　◇「まど・みちお全詩集」理論社 1992 p436
　◇「まどさんの詩の本 3」理論社 1994 p44
コオロギ
　◇「椋鳩十の本 19」理論社 1982 p151
コオロギが
　◇「まど・みちお全詩集」理論社 1992 p599
こおろぎでんわ
　◇「いのち―みずかみかずよ全詩集」石風社 1995 p200
こおろぎとおきゃくさま
　◇「佐藤さとる全集 2」講談社 1972 p43
　◇「佐藤さとる幼年童話自選集 2」ゴブリン書房 2003 p13
こおろぎとお客さま
　◇「佐藤さとるファンタジー全集 12」講談社 1982 p9
　◇「佐藤さとるファンタジー全集 12」講談社, 復刊ドットコム（発売）2011 p9
こおろぎとおじいさん
　◇「〔西本鶏介〕新日本昔ばなし――日一話・読みきかせ 1」小学館 1997 p38
コオロギ　なくよ
　◇「まど・みちお全詩集」理論社 1992 p591
　◇「まどさんの詩の本 3」理論社 1994 p48
こおろぎの足
　◇「浜田広介全集 11」集英社 1976 p89
こおろぎの唄
　◇「西條八十童謡全集」修道社 1971 p106
こおろぎの歌
　◇「壺井栄全集 11」文泉堂出版 1998 p188
こおろぎのうた　一
　◇「室生犀星童話全集 2」創林社 1978 p54
こおろぎのうた　二
　◇「室生犀星童話全集 2」創林社 1978 p55
こおろぎのたき火
　◇「ひろすけ幼年童話文学全集 7」集英社 1962 p154
　◇「浜田広介全集 8」集英社 1976 p105
こおろぎのちえ
　◇「浜田広介全集 5」集英社 1976 p83
こおろぎのつえ
　◇「ひろすけ幼年童話文学全集 6」集英社 1962 p74
　◇「浜田広介全集 6」集英社 1976 p188
こおろぎの話
　◇「室生犀星童話全集 3」創林社 1978 p63

こおろ

コオロギの夜
  ◇「まど・みちお全詩集」理論社 1992 p600
  ◇「まどさんの詩の本 3」理論社 1994 p46
こほろぎ村の
  ◇「達崎龍全童謡ホロホロ鳥」あい書林 1983 p48
誤解
  ◇「椋鳩十の本 23」理論社 1983 p14
誤解されていたカワウソ
  ◇「戸川幸夫動物文学全集 15」講談社 1977 p244
小貝の花嫁
  ◇「瑠璃の壺―森銑三童話集」三樹書房 1982 p23
コガキの木にまつわる話
  ◇「椋鳩十まるごと動物ものがたり 7」理論社 1995 p37
こかげ
  ◇「[東君平] おはようどうわ 2」講談社 1982 p138
  ◇「東君平のおはようどうわ 5」新日本出版社 2010 p40
木かげ
  ◇「壺井栄全集 4」文泉堂出版 1998 p218
木かげ
  ◇「いのち―みずかみかずよ全詩集」石風社 1995 p387
木かげの学校
  ◇「巽聖歌作品集 上」巽聖歌作品集刊行委員会 1977 p286
「コカコーラ・レッスン」
  ◇「全集版灰谷健次郎の本 21」理論社 1988 p207
コーカサスの雪嶺
  ◇「庄野英二全集 10」偕成社 1979 p318
コーカサスの禿鷹
  ◇「豊島与志雄童話選集・郷土篇」双文社出版 1982 p135
  ◇「豊島与志雄童話集」海凪社 1990 p223
コーカサスの鷲
  ◇「豊島与志雄童話全集 3」八雲書店 1948 p81
「コーカサスの鷲・豊島与志雄童話全集第3巻」あとがき
  ◇「豊島与志雄童話選集・郷土篇」双文社出版 1982 p169
新編「五箇山中抄」全
  ◇「稗田菫平全集 4」宝文館出版 1980 p63
御家中むがしこ
  ◇「北彰介作品集 3」青森県児童文学研究会 1990 p267
ごがつ
  ◇「阪田寛夫全詩集」理論社 2011 p435
五月
  ◇「庄野英二全集 8」偕成社 1980 p58
五月
  ◇「巽聖歌作品集 上」巽聖歌作品集刊行委員会 1977 p101
五月
  ◇「椋鳩十の本 1」理論社 1982 p25
五月
  ◇「パパとボクとネコ―山口紀代子童謡詩集」音楽舎 2003 p46
五月あやめ
  ◇「阪田寛夫全詩集」理論社 2011 p560
5月・うたのなかのでこぼう
  ◇「阪田寛夫全詩集」理論社 2011 p199
五月です
  ◇「[坪井安] はしれ子馬よ―童謡詩集」童謡研究・蜂の会 1999 p108
五月とボヘミアン
  ◇「椋鳩十の本 1」理論社 1982 p29
五月なかばの
  ◇「校定新美南吉全集 8」大日本図書 1981 p261
五月の唄
  ◇「達崎龍全童謡ホロホロ鳥」あい書林 1983 p38
ごがつの かぜ
  ◇「まど・みちお全詩集」理論社 1992 p359
ごがつのかぜを
  ◇「[東君平] おはようどうわ 5」講談社 1982
五月の風は
  ◇「巽聖歌作品集 上」巽聖歌作品集刊行委員会 1977 p218
五月の川の なか
  ◇「小川未明幼年童話文学全集 3」集英社 1965 p6
五月の 川の 中
  ◇「定本小川未明童話全集 15」講談社 1978 p53
  ◇「定本小川未明童話全集 15」大空社 2002 p53
五月の樹々
  ◇「阪田寛夫全詩集」理論社 2011 p774
五月の声
  ◇「[北原] 白秋全童謡集 1」岩波書店 1992 p252
五がつのコネコ
  ◇「[東君平] おはようどうわ 5」講談社 1982 p77
五月の詩
  ◇「[坪井安] はしれ子馬よ―童謡詩集」童謡研究・蜂の会 1999 p31
五月の少年雑誌
  ◇「全集古田足日子どもの本 13」童心社 1993 p431
五月のそら
  ◇「いのち―みずかみかずよ全詩集」石風社 1995 p143
五月の空
  ◇「[吉田享子] おしゃべりな星―少年少女詩集」らくだ出版 2001 p20
五月のたいざんぼく

五月の太陽
　◇「新美南吉全集 6」牧書店 1965 p113
　◇「校定新美南吉全集 8」大日本図書 1981 p250

五月の田うえ
　◇「〔高橋一仁〕春のニシン場―童謡詩集」けやき書房 2003 p94

五月の野で
　◇「佐藤義美全集 1」佐藤義美全集刊行会 1974 p412

五月の薔薇
　◇「校定新美南吉全集 8」大日本図書 1981 p243
　◇「新美南吉童話傑作選 〔6〕 花をうめる」小峰書店 2004 p171

五月の星は
　◇「新美南吉全集 6」牧書店 1965 p112
　◇「校定新美南吉全集 8」大日本図書 1981 p241

五月の蜜蜂
　◇「〔北原〕白秋全童謡集 1」岩波書店 1992 p187

五月（四首）
　◇「稗田童平全集 4」宝文館出版 1980 p41

小ガニとふねの火
　◇「岡本良雄童話文学全集 3」講談社 1964 p260

子がにのげいとう
　◇「浜田広介全集 3」集英社 1975 p146

どうよう 子がにの はさみ
　◇「ひろすけ幼年童話文学全集 6」集英社 1962 p54

子がにのはさみ
　◇「浜田広介全集 11」集英社 1976 p56

黄金（こがね）… → "おうごん…"をも見よ

黄金（こがね）… → "きん…"をも見よ

コガネといっしょに
　◇「杉みき子選集 4」新潟日報事業社 2008 p215

こがねのいなたば
　◇「ひろすけ幼年童話文学全集 1」集英社 1961 p174
　◇「浜田広介全集 1」集英社 1975 p79

黄金（こがね）の島
　◇「椋鳩十全集 21」ポプラ社 1980 p6

黄金の筒井
　◇「瑠璃の壺―森銑三童話集」三樹書房 1982 p428

こがねのつぼ
　◇「川崎大治民話選 〔3〕」童心社 1971 p235

黄金のつぼ
　◇「〔比江島重孝〕宮崎のむかし話 3」鉱脈社 2000 p21

こがねの舟
　◇「あまんきみこ童話集 5」ポプラ社 2008 p5
　◇「あまんきみこセレクション 2」三省堂 2009 p146

黄金の船
　◇「巌谷小波お伽噺文庫 〔5〕」大和書房 1976 p193

こがね丸
　◇「巌谷小波お伽噺文庫 〔1〕」大和書房 1976 p9
　◇「〔巌谷〕小波お伽全集 6」本の友社 1998 p159

こがね虫がいない
　◇「稗田童平全集 3」宝文館出版 1979 p67

こがね虫は金持ちではない
　◇「くんぺい魔法ばなし―魔法ばなし全集 1」サンリオ 2000 p14

黄金もち
　◇「〔山田野理夫〕おばけ文庫 11」太平出版社 1976（母と子の図書室）p33

ごかほうの縁
　◇「壺井栄全集 11」文泉堂出版 1998 p268

古賀政男
　◇「〔かこさとし〕お話こんにちは 〔8〕」偕成社 1979 p86

五箇山ぐらし―続 天保の人びと
　◇「かつおきんや作品集 4」牧書店〔アリス館牧新社〕1972 p1
　◇「かつおきんや作品集 2」偕成社 1982 p7

五箇山の春
　◇「稗田童平全集 7」宝文館出版 1981 p159

こがらし
　◇「〔北原〕白秋全童謡集 1」岩波書店 1992 p302

木枯し
　◇「魂の配達―野村吉哉作品集」草思社 1983 p86

古枯らしをいく
　◇「与田凖一全集 2」大日本図書 1967 p182

こがらしの ふく ばん
　◇「定本小川未明童話全集 16」講談社 1978 p19
　◇「定本小川未明童話全集 16」大空社 2002 p19

木枯らし娘
　◇「立原えりかのファンタジーランド 7」青土社 1980 p51

子鴉
　◇「〔北原〕白秋全童謡集 2」岩波書店 1992 p207

ゴーガン
　◇「〔かこさとし〕お話こんにちは 〔3〕」偕成社 1979 p38

子雉
　◇「巽聖歌作品集 上」巽聖歌作品集刊行委員会 1977 p18

小菊
　◇「中村雨紅詩謡集」中村雨紅詩謡集刊行委員会 1971 p163

子ぎつね
　◇「斎田喬児童劇選集 〔4〕」牧書店 1954 p264

子狐

こきつ

（続き）
- ◇「鈴木三重吉童話全集 1」文泉堂書店 1975（日本文学全集・選集叢刊第5次）p306

小ぎつね 小うさぎ お月さまのうた
- ◇「稗田菫平全集 3」宝文館出版 1979 p26

子ぎつねコン
- ◇「松谷みよ子全集 4」講談社 1972 p71

子ぎつねのおふりそで
- ◇「浜田広介全集 4」集英社 1976 p243

子ぎつねものがたり
- ◇「戸川幸夫・動物ものがたり 9」金の星社 1977 p5

ゴキとブリ
- ◇「ふしぎな泉―うえだまさし童話集」そうぶん社出版 1995 p11

ごきぶり
- ◇「まど・みちお全詩集 続」理論社 2015 p263

ごきぶり
- ◇「いのち―みずかみかずよ全詩集」石風社 1995 p205

ゴキブリ
- ◇「まど・みちお全詩集」理論社 1992 p651
- ◇「まどさんの詩の本 7」理論社 1996 p84

ゴキブリの洋行
- ◇「戸川幸夫動物文学全集 7」講談社 1977 p236

小気味よく焼けたる肩を
- ◇「杉みき子選集 10」新潟日報事業社 2011 p42

ゴーギャンに
- ◇「阪田寛夫全集」理論社 2011 p31

故宮
- ◇「巽聖歌作品集 上」巽聖歌作品集刊行委員会 1977 p254

故郷（こきょう）… → "ふるさと…"をも見よ

故郷と歳末
- ◇「椋鳩十の本 20」理論社 1983 p228

故郷のにおい
- ◇「壺井栄全集 9」文泉堂出版 1997 p147

子嫌い
- ◇「〔巌谷〕小波お伽全集 14」本の友社 1998 p362

こくうダイコ
- ◇「〔山田野理夫〕おばけ文庫 5」太平出版社 1976（母と子の図書室）p25

黒王白象
- ◇「〔巌谷〕小波お伽全集 9」本の友社 1998 p201

黒溝台
- ◇「巽聖歌作品集 上」巽聖歌作品集刊行委員会 1977 p252

国語教科書攻撃で思うこと
- ◇「全集古田足日子どもの本 9」童心社 1993 p339

国語綴方帳
- ◇「新修宮沢賢治全集 15」筑摩書房 1980 p445

＜国語綴方帳＞より
- ◇「新版・宮沢賢治童話全集 12」岩崎書店 1979 p44

国際殺人団の崩壊
- ◇「海野十三全集 1」三一書房 1990 p169

告示
- ◇「北彰介作品集 4」青森県児童文学研究会 1991 p199

黒人
- ◇「〔島崎〕藤村の童話 1」筑摩書房 1979 p54

黒人の運転手
- ◇「椋鳩十の本 31」理論社 1989 p73

国柱会
- ◇「新修宮沢賢治全集 6」筑摩書房 1980 p263

国土
- ◇「新修宮沢賢治全集 6」筑摩書房 1980 p129

国道
- ◇「新修宮沢賢治全集 3」筑摩書房 1979 p303
- ◇「新修宮沢賢治全集 3」筑摩書房 1979 p428

極道八べえの死
- ◇「〔今坂柳二〕りゅうじフォークロア・world 1」ふるさと伝承研究会 2006 p79

ごくどうもんと さんぞく
- ◇「〔かこさとし〕お話こんにちは 〔8〕」偕成社 1979 p40

告白
- ◇「あまんきみこセレクション 5」三省堂 2009 p142

黒板
- ◇「まど・みちお全詩集」理論社 1992 p683

こくばんと子どもたち
- ◇「ひろすけ幼年童話文学全集 1」集英社 1961 p18
- ◇「浜田広介全集 8」集英社 1976 p30

こくばんふき
- ◇「与田凖一全集 2」大日本図書 1967 p18

極秘の室
- ◇「星新一ショートショートセレクション 5」理論社 2002 p124

告別
- ◇「赤川次郎セレクション 10」ポプラ社 2008 p137

告別
- ◇「新版・宮沢賢治童話全集 12」岩崎書店 1979 p133
- ◇「新修宮沢賢治全集 3」筑摩書房 1979 p299
- ◇「ジュニア文学館 宮沢賢治―写真・絵画集成 3」日本図書センター 1996 p128

国宝の落書き
- ◇「椋鳩十の本 23」理論社 1983 p130

小熊
- ◇「鈴木三重吉童話全集 5」文泉堂書店 1975（日本文学全集・選集叢刊第5次）p342

小熊が空へ上つた話
　◇「鈴木三重吉童話全集 4」文泉堂出版 1975（日本文学全集・選集叢刊第5次）p324

子熊座
　◇「壺井栄全集 11」文泉堂出版 1998 p97

こぐまさんのかんがえちがい
　◇「村山籌子作品集 3」JULA出版局 1998 p32

こぐまとみつばち
　◇「浜田広介全集 8」集英社 1976 p230

子ぐまの おとしもの
　◇「北国翔子童話集 1」青森県児童文学研究会 2000 p8

子グマのぎんぼうず
　◇「椋鳩十全集 10」ポプラ社 1970 p260

子ぐまのたんじょう日
　◇「斎田喬児童劇選集〔3〕」牧書店 1954 p242

こぐまのたんじょう日（舞踊劇）
　◇「斎田喬幼年劇全集 1」誠文堂新光社 1962 p53

子熊のムック
　◇〔山部京子〕12の動物ものがたり」文芸社 2008 p14

子ぐもの祈り
　◇「現代語訳久留島武彦童話集 くるしまどうわ」玖珠町立わらべの館 2004 p15

小暗い沢
　◇「巽聖歌作品集 上」巽聖歌作品集刊行委員会 1977 p261

ごくらく
　◇〔山田野理夫〕おばけ文庫 9」太平出版社 1976（母と子の図書室）p98

ごくらくいけの かも
　◇「花岡大学仏典童話全集 6」法蔵館 1979 p9

ごくらく池のカモ
　◇「花岡大学仏典童話集 1」佼成出版社 2006 p17

極楽を見た王様の話
　◇「西條八十童話集」小学館 1983 p99

ごくらくこたつ
　◇〔東君平〕おはようどうわ 7」講談社 1982 p198

ごくらく三次
　◇「山中恒児童よみもの選集 18」読売新聞社 1988 p5

極楽寺
　◇「新装版金子みすゞ全集 3」JULA出版局 1984 p185
　◇「金子みすゞ童謡集」角川春樹事務所 1998（ハルキ文庫）p164
　◇「金子みすゞ童話全集 6」JULA出版局 2004 p82

極楽島
　◇〔巌谷〕小波お伽全集 10」本の友社 1998 p181

極楽のくだもの
　◇「椋鳩十全集 11」ポプラ社 1970 p207

極楽横丁
　◇「壺井栄全集 6」文泉堂出版 1998 p218

国立公園候補地に関する意見
　◇「新修宮沢賢治全集 3」筑摩書房 1979 p253
　◇「新修宮沢賢治全集 3」筑摩書房 1979 p408

コクリばばあ
　◇〔山田野理夫〕おばけ文庫 2」太平出版社 1976（母と子の図書室）p134

黒竜江
　◇〔北原〕白秋全童謡集 3」岩波書店 1992 p306

〔黒緑の森のひまびま〕
　◇「新修宮沢賢治全集 7」筑摩書房 1980 p218

コクワの実
　◇「石森延男児童文学全集 11」学習研究社 1971 p282

苔
　◇「まど・みちお全詩集 続」理論社 2015 p351

コケコウ王
　◇〔巌谷〕小波お伽全集 11」本の友社 1998 p413

コケコッコー
　◇「くんぺい魔法ばなし―魔法ばなし全集 1」サンリオ 2000 p18

こけこっこう
　◇「まど・みちお全詩集」理論社 1992 p566
　◇「まどさんの詩の本 13」理論社 1997 p46

コケコツコ踊
　◇〔北原〕白秋全童謡集 1」岩波書店 1992 p170

コケコッコー（童話劇）
　◇「斎田喬幼年劇全集 1」誠文堂新光社 1962 p135

コケコッコの親分
　◇「山中恒ユーモア選集 2」国土社 1974 p1

こけこっこの花
　◇「石森延男児童文学全集 11」学習研究社 1971 p275

こけ子とこっ子
　◇「与謝野晶子児童文学全集 2」春陽堂書店 2007 p146

こけし人形
　◇「新美南吉全集 6」牧書店 1965 p249

こけしの歌
　◇〔松谷みよ子全集 2」講談社 1971 p47

こけしのふるさと
　◇「横山健童謡選集 1」無明舎出版 1995 p36

こけしの嫁入り
　◇「横山健童謡選集 1」無明舎出版 1995 p22

こけつこ
　◇〔北原〕白秋全童謡集 5」岩波書店 1993 p50

苔人形
　◇「校定新美南吉全集 8」大日本図書 1981 p43

古語

ここ

◇「巽聖歌作品集 下」巽聖歌作品集刊行委員会 1977 p285

『午後』
◇「阪田寛夫全詩集」理論社 2011 p848

ココア色の屋上
◇「巽聖歌作品集 下」巽聖歌作品集刊行委員会 1977 p188
◇「巽聖歌作品集 下」巽聖歌作品集刊行委員会 1977 p191

午後一時
◇「〔北原〕白秋全童謡集 1」岩波書店 1992 p264

午後一時五分
◇「花岡大学童話文学全集 1」法蔵館 1980 p51

五合庵への道
◇「稗田菫平全集 4」宝文館出版 1980 p128

(五合庵に)
◇「稗田菫平全集 8」宝文館出版 1982 p107

お伽劇 五光の瀧〔夏〕
◇「〔巌谷〕小波お伽全集 7」本の友社 1998 p37

ここへすわるは
◇「浜田広介全集 11」集英社 1976 p85

五穀と肉類
◇「瑠璃の壺―森銑三童話集」三樹書房 1982 p175

故国はなれて一万六千キロ―シベリア抑留ものがたり
◇「〔市原麟一郎〕子どもに語る戦争たいけん物語 1」リーブル出版 2005 p205

ココクリコ・カリコものがたり
◇「別役実童話集 〔6〕」三一書房 1988 p47

枯骨
◇「阪田寛夫全詩集」理論社 2011 p851

小言幸兵衛さん
◇「〔柳家弁天〕らくご文庫 3」太平出版社 1987 p101

(ここに)
◇「稗田菫平全集 2」宝文館出版 1979 p113

午後の海辺で
◇「横山健童謡選集 2」無明舎出版 1995 p62

九重織り誕生ばなし
◇「斎藤隆介全集 9」岩崎書店 1982 p123

九重の里と朝日長者
◇「椋鳩十の本 16」理論社 1983 p183

午後の恐竜
◇「星新一ショートショートセレクション 14」理論社 2004 p172
◇「〔星新一〕おーいでてこーい―ショートショート傑作選」講談社 2004 (講談社青い鳥文庫) p175

ここの砂川
◇「浜田広介全集 11」集英社 1976 p117

午後の出来事
◇「星新一ショートショートセレクション 5」理論社 2002 p32

こゝろ
◇「新修宮沢賢治全集 5」筑摩書房 1979 p18
◇「新修宮沢賢治全集 6」筑摩書房 1980 p196

こころ
◇「新装版金子みすゞ全集 3」JULA出版局 1984 p138
◇「みすゞさん―童謡詩人・金子みすゞの優しさ探しの旅 1」春陽堂書店 1997
◇「〔金子〕みすゞ詩画集 〔4〕」春陽堂書店 2000 p44
◇「金子みすゞ童謡全集 6」JULA出版局 2004 p16

こころ
◇「阪田寛夫全詩集」理論社 2011 p880

こころ
◇「〔坪井安〕はしれ子馬よ―童謡詩集」童謡研究・蜂の会 1999 p86

心
◇「くどうなおこ詩集○」童話屋 1996 p170

心うつろなるときのうた
◇「校定新美南吉全集 8」大日本図書 1981 p81

心を入れかえたどろぼう
◇「〔西本鶏介〕新日本昔ばなし――日一話・読みかせ 1」小学館 1997 p102

心を入れ替えて
◇「〔島崎〕藤村の童話 4」筑摩書房 1979 p106

心を刻んだ記念碑
◇「今西祐行全集 15」偕成社 1989 p75

心をみがく
◇「花岡大学仏典童話新作集 3」法蔵館 1984 p102

心を豊かにしてくれる私の森の家
◇「安房直子コレクション 5」偕成社 2004 p333

心さえまっすぐなら
◇「今井誉次郎童話集子どもの村 〔3〕」国土社 1957 p90

「子殺しの時代」を生んだもの
◇「椋鳩十の本 28」理論社 1989 p80

心って
◇「〔中山正宏〕大きくな〜れ―童話集」日本図書刊行会 1996 p109

心で見る
◇「椋鳩十の本 29」理論社 1989 p175

心と命
◇「椋鳩十の本 29」理論社 1989 p200

心遠ければ
◇「壺井栄全集 7」文泉堂出版 1998 p122

心と心への橋
◇「椋鳩十の本 27」理論社 1989 p139

心と知識について

こころ

◇「椋鳩十の本 27」理論社 1989 p127
心と読書
◇「椋鳩十の本 25」理論社 1983 p25
心と物象
◇「新修宮沢賢治全集 1」筑摩書房 1980 p280
心ならずも
◇「今江祥智童話館 〔15〕」理論社 1987 p7
(こころに)
◇「稗田童平全集 8」宝文館出版 1982 p62
心に王冠を
◇「富島健夫青春文学選集 14」集英社 1972 p205
心に金の鈴を
◇「椋鳩十の本 18」理論社 1982 p92
心にしっかりと
◇「椋鳩十の本 27」理論社 1989 p122
心に残った先生
◇「庄野英二全集 11」偕成社 1980 p354
心に残る町
◇「椋鳩十全集 9」ポプラ社 1970 p218
読書論 心に炎を
◇「椋鳩十の本 25」理論社 1983
心の握手
◇「石森延男児童文学全集 15」学習研究社 1971 p184
心のアンテナ
◇「佐々木邦全集 補巻5」講談社 1975 p294
心のいたみ
◇「花岡大学仏典童話新作集 1」法蔵館 1984 p98
こころの歌
◇「北彰介作品集 4」青森県児童文学研究会 1991 p126
心の会話
◇「くんぺい魔法ばなし―魔法ばなし全集 3」サンリオ 2000 p60
〔こゝろの影を恐るなと〕
◇「新修宮沢賢治全集 6」筑摩書房 1980 p321
心の散歩の書
◇「椋鳩十の本 18」理論社 1982 p110
ココロの身長
◇「こども用三代目魚武濱田成夫詩集ZK」学習研究社 2002 p10
心の姿
◇「平成に生まれた昔話―〔村瀬〕神太郎童話集」文芸社 1999 p145
心の谷間に橋を
◇「椋鳩十の本 27」理論社 1989 p28
心の壺
◇「〔中山正宏〕大きくな〜れ―童話集」日本図書刊行会 1996 p73
こころのつぼみ

◇「〔斎藤信夫〕子ども心を友として―童謡詩集」成東町教育委員会 1996 p188
心の手風琴
◇「二反長半作品集 1」集英社 1979 p148
心の途中下車
◇「椋鳩十の本 23」理論社 1983 p124
「心の中にもっている問題」
◇「今江祥智の本 36」理論社 1990 p261
心の中の秘密
◇「〔大澤英子〕心の中のひみつ―法華経をもとにした創作物語集」文芸社 1999 p238
心のなかの宝石
◇「花岡大学仏典童話全集 4」法蔵館 1979 p89
心の花びら
◇「〔斎藤信夫〕子ども心を友として―童謡詩集」成東町教育委員会 1996 p134
心の風船
◇「地球のかぞく―石原一輝童謡詩集」群青社 2001 p90
心のふるさと
◇「椋鳩十の本 28」理論社 1989 p10
心のボタン
◇「くんぺい魔法ばなし―魔法ばなし全集 3」サンリオ 2000 p174
心のほのお
◇「椋鳩十の本 25」理論社 1983 p123
心の満月
◇「花岡大学仏典童話全集 8」法蔵館 1979 p63
心の芽
◇「定本小川未明童話全集 13」講談社 1977 p258
◇「定本小川未明童話全集 13」大空社 2002 p258
心の持ち様(若者と猫)
◇「〔巌谷〕小波お伽全集 14」本の友社 1998 p128
心の夕刊<―まく 生活劇>
◇「〔斎田喬〕学校劇代表作選 2」牧書店 1959 p17
心の豊かさで知識を得る
◇「椋鳩十の本 25」理論社 1983 p174
心の歴史
◇「佐々木邦全集 10」講談社 1975 p107
心細い日の歌
◇「やなせたかし童謡詩集 〔3〕」フレーベル館 2001 p52
こころよい人生
◇「星新一YAセレクション 1」理論社 2008 p71
心は大空を泳ぐ
◇「定本小川未明童話全集 14」講談社 1977 p229
◇「定本小川未明童話全集 14」大空社 2002 p229
心はどこに
◇「やなせたかし童謡詩集 〔2〕」フレーベル館 2000 p78

作品名から引ける日本児童文学個人全集案内 333

ここわ

ここは京都よ
◇「〔斎藤信夫〕子ども心を友として―童謡詩集」成東町教育委員会 1996 p176

ここは小人の国
◇「〔村上のぶ子〕ここは小人の国―少年詩集」あしぶえ出版 2000 p22

ゴゴン、ゴーゴー――本線シグナル付きの電信柱のでたらめうた
◇「あまの川―宮沢賢治童謡集」筑摩書房 2001 p104

御婚礼
◇「〔北原〕白秋全童謡集 1」岩波書店 1992 p180

ゴザ
◇「〔山田野理夫〕おばけ文庫 8」太平出版社 1976（母と子の図書室）p123

小細工の失策（婆さんと婢僕）
◇「〔巌谷〕小波お伽全集 14」本の友社 1998 p81

御座いましたか関助
◇「椋鳩十の本 32」理論社 1989 p154

五左衛門じいと山伏
◇「かつおきんや作品集 8」牧書店〔アリス館牧新社〕 1973 p119
◇「かつおきんや作品集 18」偕成社 1983 p99

子さがしのリス（一幕）
◇「浜田広介全集 3」集英社 1975 p94

小作調停官
◇「新修宮沢賢治全集 7」筑摩書房 1980 p206

こざくら・こさぶろう
◇「〔かこさとし〕お話こんにちは 〔1〕」偕成社 1979 p56

ござぼうしん
◇「国分一太郎児童文学集 6」小峰書店 1967 p120

小雨
◇「くんぺい魔法ばなし―魔法ばなし全集 3」サンリオ 2000 p104

こさめぼう
◇「〔山田野理夫〕おばけ文庫 2」太平出版社 1976（母と子の図書室）p104

小ざるとおかあさん
◇「氏原大作集 4」条例出版 1977 p96

子ざると母ざる
◇「小川未明幼年童話文学全集 2」集英社 1965 p91
◇「定本小川未明童話全集 11」講談社 1977 p142
◇「定本小川未明童話全集 11」大空社 2002 p142

子ざるのお正月
◇「ひろすけ幼年童話文学全集 1」集英社 1961 p156
◇「浜田広介全集 4」集英社 1976 p44

子ざるのかげぼうし
◇「ひろすけ幼年童話文学全集 7」集英社 1962 p52
◇「浜田広介全集 4」集英社 1976 p45

◇「浜田広介童話集」世界文化社 2006（心に残るロングセラー）p110

こざるの たんこぶ
◇「まど・みちお全詩集」理論社 1992 p165

子猿の知恵
◇「〔小国〕友之童話集」文芸社 2009 p77

子ざるの橋わたり
◇「ひろすけ幼年童話文学全集 1」集英社 1961 p14
◇「浜田広介全集 4」集英社 1976 p156

子ざるのブランコ
◇「ひろすけ幼年童話文学全集 3」集英社 1962 p88
◇「浜田広介全集 5」集英社 1976 p57

こザルのべんきょう
◇「〔東君平〕おはようどうわ 4」講談社 1982 p104
◇「東君平のおはようどうわ 5」新日本出版社 2010 p15

子ザルひよし
◇「椋鳩十全集 7」ポプラ社 1969 p38
◇「椋鳩十動物童話集 7」小峰書店 1990 p57
◇「椋鳩十まるごと動物ものがたり 9」理論社 1996 p109

故山詩集
◇「稗田菫平全集 8」宝文館出版 1982 p66

（故山は）
◇「稗田菫平全集 8」宝文館出版 1982 p69

古寺（こじ）… →"ふるでら…"を見よ

腰折雀（こしをれすずめ）
◇「〔北原〕白秋全童謡集 4」岩波書店 1993 p261

仔鹿（岡田泰三）
◇「岡田泰三・日下部梅子童謡集」会津童詩会 1992 p36

仔鹿
◇「校定新美南吉全集 8」大日本図書 1981 p266

こしかけと手をけ
◇「鈴木三重吉童話全集 5」文泉堂書店 1975（日本文学全集・選集叢刊第5次）p199

来し方の記
◇「椋鳩十の本 20」理論社 1983 p39

小鹿に
◇「稗田菫平全集 1」宝文館出版 1978 p82

子ジカのホシタロウ
◇「椋鳩十全集 2」ポプラ社 1969 p158
◇「椋鳩十動物童集 5」小峰書店 1990 p84

子じかの目
◇「花岡大学童話文学全集 4」法蔵館 1980 p22

子じかほしたろう
◇「椋鳩十学年別童話 〔6〕」理論社 1990 p5

子ジカほしたろう
◇「椋鳩十まるごと動物ものがたり 8」理論社 1996 p5

乞食ザル
  ◇「椋鳩十の本 16」理論社 1983 p229
こじき詩人（山頭火ものがたり）
  ◇「かきおきびより―坂本遼児童文学集」駒込書房 1982 p71
コシキ島記
  ◇「椋鳩十の本 19」理論社 1982 p211
乞食仙人
  ◇「椋鳩十の本 1」理論社 1982 p230
五色台の松
  ◇「高橋敏彦童話集」ノヴィス 2000（ノヴィス叢書）p86
乞食と狸
  ◇「〔巌谷〕小波お伽全集 14」本の友社 1998 p255
こじきになった男
  ◇「〔比江島重孝〕宮崎のむかし話 2」鉱脈社 1998 p111
乞食の王子
  ◇「鈴木三重吉童話全集 7」文泉堂書店 1975（日本文学全集・選集叢刊第5次）p458
こじきのくれた手ぬぐい
  ◇「松谷みよ子のむかしむかし 3」講談社 1973 p33
乞食の子
  ◇「鈴木三重吉童話全集 5」文泉堂書店 1975（日本文学全集・選集叢刊第5次）p287
こじきのこけし
  ◇「松谷みよ子全集 3」講談社 1971 p75
五色の玉子
  ◇「鈴木三重吉童話全集 2」文泉堂書店 1975（日本文学全集・選集叢刊第5次）p217
五色のハンケチ
  ◇「〔巌谷〕小波お伽全集 2」本の友社 1998 p431
五色の羊
  ◇「〔巌谷〕小波お伽全集 11」本の友社 1998 p349
乞食の帽子
  ◇「北彰介作品集 1」青森県児童文学研究会 1990 p28
こじきマコチン
  ◇「北畠八穂児童文学全集 1」講談社 1974 p152
古事記物語
  ◇「鈴木三重吉童話全集 7」文泉堂書店 1975（日本文学全集・選集叢刊第5次）p1
こしぎんちゃく
  ◇「定本壺井栄児童文学全集 1」講談社 1979 p223
腰ぎんちゃく
  ◇「壺井栄名作集 3」ポプラ社 1965 p58
  ◇「壺井栄全集 10」文泉堂出版 1998 p23
小獅子小孔雀
  ◇「坪田譲治童話全集 5」岩崎書店 1986 p117
小獅子小孔雀（坪田譲治）

◇「佐藤さとるファンタジー全集 16」講談社 1983 p221
越の国の女たち
  ◇「稗田童平全集 5」宝文館出版 1980 p156
高志の国の神いくさ
  ◇「稗田童平全集 5」宝文館出版 1980 p169
腰のぬけた犬
  ◇「戸川幸夫動物文学全集 15」講談社 1977 p287
腰弁の気ばらし
  ◇「魂の配達―野村吉哉作品集」草思社 1983 p22
小島輝正
  ◇「今江祥智の本 35」理論社 1990 p153
孤児ミギー
  ◇「定本壺井栄児童文学全集 4」講談社 1980 p245
怒（ごしゃ）ぎの弥八
  ◇「戸川幸夫動物文学全集 8」冬樹社 1966 p110
  ◇「戸川幸夫動物文学全集 7」講談社 1977 p95
御朱印船
  ◇「〔北原〕白秋全童謡集 4」岩波書店 1993 p408
五十一番めのザボン
  ◇「与田凖一全集 6」大日本図書 1967 p5
五十音
  ◇「〔北原〕白秋全童謡集 1」岩波書店 1992 p335
50人の仲間と遺跡発掘に汗（林初江）
  ◇「北国翔子童話集 2」青森県児童文学研究会 2010 p19
五十年前がそのまま
  ◇「椋鳩十の本 28」理論社 1989 p178
コジュケイ
  ◇「まど・みちお全詩集」理論社 1992 p600
  ◇「まどさんの詩の本 13」理論社 1997 p38
五十銭銀貨
  ◇「北川千代児童文学全集 下」講談社 1967 p273
五十銭銀貨
  ◇「鈴木三重吉童話全集 4」文泉堂書店 1975（日本文学全集・選集叢刊第5次）p402
ごしょウサギ
  ◇「今江祥智童話館〔1〕」理論社 1986 p146
  ◇「今江祥智の本 30」理論社 1990 p30
  ◇「今江祥智ショートファンタジー 2」理論社 2004 p140
湖上の旅
  ◇「石森延男児童文学全集 2」学習研究社 1971 p179
五条の橋を切り落とす
  ◇「〔西本鶏介〕日本の昔話―読みきかせお話集 1」小学館 1999 p6
湖上の宿
  ◇「庄野英二全集 6」偕成社 1979 p158
古城の老婆

こしよ

◇「谷口雅春童話集 4」日本教文社 1976 p33

五条橋
◇「魂の配達―野村吉哉作品集」草思社 1983 p295

拵へごと
◇「瑠璃の壺―森銑三童話集」三樹書房 1982 p233

ゴジラの商売
◇〔林原玉枝〕不思議な鳥」けやき書房 1996（ふれ愛ブックス）p12

ご神火じぞう
◇〔今坂柳二〕りゅうじフォークロア・world 2」ふるさと伝承研究会 2007 p12

湖水
◇「与田凖一全集 2」大日本図書 1967 p248

湖水の女
◇「鈴木三重吉童話全集 2」文泉堂書店 1975（日本文学全集・選集叢刊第5次）p67
◇「鈴木三重吉童話集」岩波書店 1996（岩波文庫）p7

湖水の鐘
◇「鈴木三重吉童話全集 2」文泉堂書店 1975（日本文学全集・選集叢刊第5次）p1
◇「鈴木三重吉童話集」岩波書店 1996（岩波文庫）p76

湖水の野鳥たち
◇「椋鳩十の本 32」理論社 1989 p99

こずえ
◇「まど・みちお全詩集」理論社 1992 p630
◇「まどさんの詩の本 9」理論社 1996 p76

梢
◇〔北原〕白秋全童謡集 2」岩波書店 1992 p445

梢
◇「まど・みちお詩集 1」銀河社 1975 p18
◇「まど・みちお全詩集」理論社 1992 p457
◇「まどさんの詩の本 10」理論社 1996 p12

〔梢あちこち繁くして〕
◇「新修宮沢賢治全集 7」筑摩書房 1980 p243

梢に雲は
◇「巽聖歌作品集 上」巽聖歌作品集刊行委員会 1977 p142

梢に春が
◇「北彰介作品集 1」青森県児童文学研究会 1990 p58

小遣ひ帳
◇「若松賤子創作童話全集」久山社 1995（日本児童文化史叢書）p126

小杉放庵
◇「〔かこさとし〕お話こんにちは 〔9〕」偕成社 1979 p128

こスズメ
◇〔東君平〕おはようどうわ 2」講談社 1982 p84
◇〔東君平〕おはようどうわ 6」講談社 1982 p187

◇〔東君平〕のおはようどうわ 5」新日本出版社 2010 p84

子すずめと電線
◇「長い長いかくれんぼ―杉みき子自選童話集」新潟日報事業社 2001 p12

こすずめとなのはな
◇「三木卓童話作品集 3」大日本図書 2000 p187

小雀の日記
◇「浜田広介全集 8」集英社 1976 p210

こづつみ
◇〔東君平〕おはようどうわ 8」講談社 1982 p174

小包ひっさげて
◇「まど・みちお全詩集」理論社 1992 p601
◇「まどさんの詩の本 6」理論社 1996 p62

子捨ての話
◇「怪談小泉八雲のこわ〜い話 9」汐文社 2009 p3

（小泉山から）
◇〔島木〕赤彦童謡集」第一書店 1947 p122

こすもす
◇「佐藤義美全集 1」佐藤義美全集刊行会 1974 p436

コスモス
◇「今西祐行全集 15」偕成社 1989 p170

コスモス
◇「阪田寛夫全詩集」理論社 2011 p23

コスモス
◇「佐藤義美童話集」さ・え・ら書房 1960 p255
◇「佐藤義美全集 2」佐藤義美全集刊行会 1973 p232
◇「佐藤義美全集 1」佐藤義美全集刊行会 1974 p266
◇「ともだちシンフォニー――佐藤義美童謡集」JULA出版局 1990 p118

コスモス
◇「〔鈴木桂子〕親子で語り合う詩集 2」クロスロード 1999 p22

コスモス
◇「〔東君平〕ひとくち童話 6」フレーベル館 1995 p66

コスモス
◇「松田瓊子全集 5」大空社 1997 p107

コスモス
◇「まど・みちお全詩集」理論社 1992 p592
◇「まどさんの詩の本 5」理論社 1994 p76
◇「まど・みちお全詩集 続」理論社 2015 p104

コスモス
◇「いのち―みずかみかずよ全詩集」石風社 1995 p64

コスモスが さいた
◇「まど・みちお全詩集」理論社 1992 p545

コスモスがすき

こそた

「パパとボクとネコ―山口紀代子童謡詩集」音楽舎 2003 p32

コスモスさんからおでんわです
◇「杉みき子選集 7」新潟日報事業社 2009 p197

コスモスたちの話
◇「〔かこさとし〕お話こんにちは 〔7〕」偕成社 1979 p108

コスモスとひまわり
◇「ひろすけ幼年童話文学全集 7」集英社 1962 p109
◇「浜田広介全集 6」集英社 1976 p188

コスモスのうた
◇「まど・みちお全詩集」理論社 1992 p416
◇「まどさんの詩の本 11」理論社 1997 p64

コスモスの国
◇「庄野英二全集 6」偕成社 1979 p184

こすもすの しげみに
◇「りらりらりらわたしの絵本―富永佳与子こどものうた作品集」国土社 1994 p6

コスモスの花
◇「赤道祭―小出正吾童話選集」審美社 1986 p189
◇「小出正吾児童文学全集 2」審美社 2000 p227

コスモスの花
◇「与謝野晶子児童文学全集 6」春陽堂書店 2007 p192

コスモスの花の高さ
◇「山本瓔子詩集 I」新風舎 2003 p50

ごせいえん
◇「〔木暮正夫〕日本のおばけ話・わらい話 11」岩崎書店 1987 p59

個性観察簿
◇「おの・ちゅうこう初期作品集 〔2〕 日本の教室は明るい」崙書房 1975 p27

瞽女唄を訪ねて
◇「松谷みよ子全エッセイ 3」筑摩書房 1989 p296

孤絶
◇「稗田菫平全集 8」宝文館出版 1982 p33

瞽女宿再現
◇「松谷みよ子全エッセイ 3」筑摩書房 1989 p299

五銭のあたま
◇「定本小川未明童話全集 5」講談社 1977 p343
◇「定本小川未明童話全集 5」大空社 2001 p343

〔午前の仕事のなかばを充たし〕
◇「新修宮沢賢治全集 4」筑摩書房 1979 p213

五銭白銅貨
◇「魂の配達―野村吉哉作品集」草思社 1983 p71

ごぜんれじはん
◇「松谷みよ子全集 4」講談社 1972 p79

コソ
◇「まど・みちお全詩集 続」理論社 2015 p308

こぞうさんのおきょう
◇「新美南吉全集 1」牧書店 1965 p8
◇「校定新美南吉全集 4」大日本図書 1980 p443
◇「新美南吉童話集 1」大日本図書 1982 p251
◇「新美南吉童話大全」講談社 1989 p308
◇「新美南吉童話傑作選 〔4〕 がちょうのたんじょうび」小峰書店 2004 p13
◇「新美南吉30選」春陽堂書店 2009 (名作童話) p291
◇「新美南吉童話集 1」大日本図書 2012 p251

こぞうさんのお経
◇「新美南吉童話選集 1」ポプラ社 2013 p115

こぞうさんのおきょう〔ちいさなかげえげき〕
(新美南吉作、森田博脚色)
◇「新美南吉童話劇集 2」東京書籍 1982 (東書児童劇シリーズ) p70

こぞうと鬼ばば
◇「浜田広介全集 9」集英社 1976 p116

小僧と時計
◇「〔斎藤信夫〕子ども心を友として―童謡詩集」成東町教育委員会 1996 p56

こぞうの歌よみ
◇「〔比江島重孝〕宮崎のむかし話 2」鉱脈社 1998 p196

小僧の王子
◇「鈴木三重吉童話全集 3」文泉堂書店 1975 (日本文学全集・選集叢刊第5次) p175

こぞうのパウのだいぼうけん
◇「きむらゆういちおはなしのへや 3」ポプラ社 2012 p59

こぞうのパウのたたかい
◇「きむらゆういちおはなしのへや 3」ポプラ社 2012 p97

こぞうのパウのたびだち
◇「きむらゆういちおはなしのへや 3」ポプラ社 2012 p18

子ぞうのブローくん
◇「寺村輝夫童話全集 10」ポプラ社 1982 p5
◇「寺村輝夫どうわの本 8」ポプラ社 1985 p9

子ゾウのブローくん
◇「寺村輝夫全童話 3」理論社 1997 p258

小僧の水まき
◇「〔山田理大〕お笑い文庫 8」太平出版社 1977 (母と子の図書室) p29

子ゾウ・ロッドの冒険
◇「河合雅雄の動物記 7」フレーベル館 2011 p5

子育て日記
◇「北国翔子童話集 2」青森県児童文学研究会 2010 p45

子そだてゆうれい
◇「〔木暮正夫〕日本のおばけ話・わらい話 3」岩崎

こそた

子育て幽霊
　　◇「松谷みよ子全エッセイ 2」筑摩書房 1989 p177
こぞっこ まだдадが
　　◇「北彰介作品集 3」青森県児童文学研究会 1990 p103
碁(その一)
　　◇「瑠璃の壺―森銑三童話集」三樹書房 1982 p224
碁(その二)
　　◇「瑠璃の壺―森銑三童話集」三樹書房 1982 p225
碁(その三)
　　◇「瑠璃の壺―森銑三童話集」三樹書房 1982 p226
御大典記念手帳
　　◇「新修宮沢賢治全集 15」筑摩書房 1980 p187
古代の神々
　　◇「星新一ちょっと長めのショートショート 6」理論社 2006 p115
古代の天皇と怪奇のさまざま
　　◇〔木暮正夫〕日本の怪奇ばなし 2」岩崎書店 1989 p6
古代の秘法
　　◇「星新一YAセレクション 5」理論社 2009 p122
こたえはひとつだけ
　　◇「立原えりかのファンタジーランド 16」青土社 1981 p25
子だから観音
　　◇「〔比江島重孝〕宮崎のむかし話 3」鉱脈社 2000 p99
子澤山
　　◇〔巌谷〕小波お伽全集 14」本の友社 1998 p375
ゴーダ星のメロディー――星からのメッセージ II
　　◇「土田明子詩集 3」かど創房 1986 p16
木立の
　　◇「巽聖歌作品集 上」巽聖歌作品集刊行委員会 1977 p46
こたつ
　　◇「地球のかぞく―石原一輝童謡詩集」群青社 2001 p60
こたつ
　　◇「川崎大治民話選 〔1〕」童心社 1968 p242
こたつ
　　◇「〔東君平〕おはようどうわ 2」講談社 1982 p204
子だって
　　◇「椋鳩十の本 31」理論社 1989 p10
こたつで あやとり
　　◇「阪田寛夫全詩集」理論社 2011 p214
こたつネコ
　　◇「〔東君平〕おはようどうわ 8」講談社 1982 p195
　　◇「東君平のおはようどうわ 4」新日本出版社 2010 p62

子ぬきタンタ化け話
　　◇「もりやまみやこ童話選 4」ポプラ社 2009 p5
子ダヌキとかあさんダヌキ
　　◇「〔かこさとし〕お話こんにちは 〔5〕」偕成社 1979 p58
子だぬきのびっくり
　　◇「浜田広介全集 3」集英社 1975 p193
こだま
　　◇「石森延男児童文学全集 11」学習研究社 1971 p15
こだま
　　◇「西條八十童話集」小学館 1983 p405
よびかけこだま
　　◇「斎田喬幼年劇全集 3」誠文堂新光社 1962 p498
こだま
　　◇「与田凖一全集 2」大日本図書 1967 p50
木霊
　　◇「おの・ちゅうこう初期作品集 〔1〕 牧歌的風景」嵩書房 1975 p26
木霊
　　◇「〔下田喜久美〕遠くから来た旅人―詩集」リトル・ガリヴァー社 1998 p58
谺
　　◇「西條八十童謡全集」修道社 1971 p247
こだまごう
　　◇「巽聖歌作品集 下」巽聖歌作品集刊行委員会 1977 p53
こだまでしょうか
　　◇「〔金子〕みすゞ詩集 〔1〕」春陽堂書店 1996
　　◇「みすゞさん―童謡詩人・金子みすゞの優しさ探しの旅 1」春陽堂書店 1997
　　◇「〔金子〕みすゞ詩画集 〔6〕」春陽堂書店 2001 p12
　　◇「金子みすゞ童謡全集 6」JULA出版局 2004 p148
こだまでせうか
　　◇「新装版金子みすゞ全集 3」JULA出版局 1984 p237
こだま峠
　　◇「斎藤隆介全集 1」岩崎書店 1982 p76
こだまぬき
　　◇「〔山田野理夫〕おばけ文庫 6」太平出版社 1976（母と子の図書室）p46
木魂の靴
　　◇「お噺の卵―武井武雄童話集」講談社 1976（講談社文庫）p44
こたろうさんのてがら
　　◇「浜田広介全集 4」集英社 1976 p212
こだわり
　　◇「横山健童謡選集 2」無明舎出版 1995 p100

（コタン・コロ・カムイ）
  ◇「稗田菫平全集 2」宝文館出版 1979 p99
コタンの口笛
  ◇「石森延男児童文学全集 12」学習研究社 1971 p5
東風君
  ◇「氏原大作全集 4」条例出版 1977 p449
ごちそうができたよ
  ◇「神沢利子のおはなしの時間 2」ポプラ社 2011 p110
ごちそう島漂流記
  ◇「庄野英二全集 3」偕成社 1979 p63
ごちゃごちゃの間
  ◇「庄野英二全集 4」偕成社 1979 p234
ごちゅうもん
  ◇「阪田寛夫全詩集」理論社 2011 p743
コチョウガイ
  ◇「立原えりか作品集 2」思潮社 1972 p117
  ◇「立原えりかのファンタジーランド 1」青土社 1980 p59
胡蝶と鯉
  ◇「坪田譲治自選童話集」実業之日本社 1971 p310
  ◇「坪田譲治童話全集 5」岩崎書店 1986 p203
こちらポポーロ島応答せよ
  ◇「乙骨淑子の本 3」理論社 1986 p7
国会演壇を彫った人
  ◇「斎藤隆介全集 8」岩崎書店 1982 p167
骨骸奇談
  ◇「戸川幸夫動物文学全集 14」講談社 1977 p143
国家機密
  ◇「星新一ショートショートセレクション 3」理論社 2002 p47
国境を越えて
  ◇「椋鳩十の本 31」理論社 1989 p102
国境のたんぽぽ―中・高校生のために
  ◇「米田孝童話劇・学校劇脚本選集―イワンの馬鹿ほか」共同文化社 1997 p79
骨琴
  ◇「いのち―みずかみかずよ全詩集」石風社 1995 p131
コッククロフト
  ◇〔かこさとし〕お話こんにちは 〔2〕」偕成社 1979 p125
コックの天使
  ◇「やなせたかし童謡詩集 〔1〕」フレーベル館 2000 p40
コックのポルカ
  ◇「阪田寛夫全詩集」理論社 2011 p315
こつくり
  ◇「巽聖歌作品集 上」巽聖歌作品集刊行委員会 1977 p460

コックリ御殿
  ◇〔巌谷〕小波お伽全集 1」本の友社 1998 p325
コックリさまがいた頃
  ◇〔今坂柳二〕りゅうじフォークロア・world 6」ふるさと伝承研究会 2012 p50
黒鍵は恋してる
  ◇「赤川次郎ミステリーコレクション 第2期 19」岩崎書店 2005 p5
ごっこ
  ◇「石森延男児童文学全集 11」学習研究社 1971 p185
ごっこあそび
  ◇「いのち―みずかみかずよ全詩集」石風社 1995 p294
こつそりした仕事
  ◇「巽聖歌作品集 上」巽聖歌作品集刊行委員会 1977 p182
こっちへむけ
  ◇「斎田喬児童劇選集 〔7〕」牧書店 1955 p43
こっちから きつねが
  ◇「まど・みちお全詩集」理論社 1992 p236
こっちさがい その一
  ◇〔山田野理夫〕おばけ文庫 3」太平出版社 1976（母と子の図書室）p26
こっちさがい その二
  ◇〔山田野理夫〕おばけ文庫 3」太平出版社 1976（母と子の図書室）p28
こっちと むこう
  ◇「まど・みちお全詩集」理論社 1992 p342
  ◇「まどさんの詩の本 12」理論社 1997 p68
〔こっちの顔と〕
  ◇「新修宮沢賢治全集 5」筑摩書房 1979 p57
  ◇「新修宮沢賢治全集 5」筑摩書房 1979 p288
  ◇「ジュニア文学館 宮沢賢治―写真・絵画集成 3」日本図書センター 1996 p169
こっちの ては
  ◇「まど・みちお全詩集」理論社 1992 p237
こっつんこ
  ◇「まど・みちお全詩集」理論社 1992 p190
木っ端仏
  ◇〔高橋一仁〕春のニシン場―童謡詩集」けやき書房 2003 p164
コップ
  ◇「まど・みちお全詩集 4」銀河社 1974 p62
  ◇「まど・みちお全詩集」理論社 1992 p421
  ◇「まど・みちお全詩集 続」理論社 2015 p79
コップくん
  ◇「まど・みちお全詩集」理論社 1992 p112
  ◇「まどさんの詩の本 4」理論社 1994 p42
コップト ブラッシ
  ◇〔北原〕白秋全童謡集 3」岩波書店 1992 p170

こつふ

小粒になつて
　◇「稗田童平全集 1」宝文館出版 1978 p58
コップの海
　◇「三木卓童話作品集 1」大日本図書 2000 p88
コッペ・パンさいばん
　◇「佐藤義美全集 3」佐藤義美全集刊行会 1973 p84
コッペパンはきつねいろ
　◇「松谷みよ子全集 11」講談社 1972 p27
骨片非情
　◇「稗田童平全集 1」宝文館出版 1978 p148
湖底の鏡
　◇「石森延男児童文学全集 4」学習研究社 1971 p213
湖笛
　◇「あまんきみこセレクション 3」三省堂 2009 p296
ごてしん同志
　◇「〔野呂祐吉〕吉四六劇団の吉四六さん話名作集」薬文館出版 1998 p26
コテと暮して七十年
　◇「斎藤隆介全集 9」岩崎書店 1982 p61
こでまり
　◇「土田明子詩集 5」かど創房 1987 p55
こでまり
　◇「壺井栄名作集 9」ポプラ社 1965 p119
　◇「壺井栄全集 6」文泉堂出版 1998 p421
個点集落
　◇「椋鳩十の本 20」理論社 1983 p165
御殿の桜
　◇「新装版金子みすゞ全集 1」JULA出版局 1984 p219
　◇「金子みすゞ童謡全集 2」JULA出版局 2003 p186
琴失はず
　◇「稗田童平全集 1」宝文館出版 1978 p25
後藤新平
　◇「〔かこさとし〕お話こんにちは 〔3〕」偕成社 1979 p22
孤島の野犬
　◇「椋鳩十全集 5」ポプラ社 1969 p5
コト・カトラさんの≪幻想植物園≫
　◇「別役実童話集 〔5〕」三一書房 1984 p60
孤独
　◇「稗田童平全集 2」宝文館出版 1979 p22
孤独ということ
　◇「椋鳩十の本 28」理論社 1989 p101
孤独と風童
　◇「新修宮沢賢治全集 3」筑摩書房 1979 p188
　◇「新修宮沢賢治全集 3」筑摩書房 1979 p384
　◇「ジュニア文学館 宮沢賢治—写真・絵画集成 3」

日本図書センター 1996 p122
孤独な子ども
　◇「全集版灰谷健次郎の本 22」理論社 1988 p213
孤独の幸福
　◇「やなせたかし童謡詩集 〔3〕」フレーベル館 2001 p18
孤独の吠え声
　◇「戸川幸夫動物文学全集 2」冬樹社 1965 p7
　◇「戸川幸夫動物文学全集 1」講談社 1976 p3
今年の童話と童謡
　◇「浜田広介全集 12」集英社 1976 p12
今年の春
　◇「〔北原〕白秋全童謡集 4」岩波書店 1993 p160
ことしも十九
　◇「松谷みよ子のむかしむかし 6」講談社 1973 p11
ことしゃみせん
　◇「〔木暮正夫〕日本のおばけ話・わらい話 7」岩崎書店 1986 p41
今年六月
　◇「阪田寛夫全詩集」理論社 2011 p121
ことしは なにを
　◇「佐藤義美全集 1」佐藤義美全集刊行会 1974 p369
言魂
　◇「椋鳩十の本 1」理論社 1982 p184
古都にて―七月二十五日 記
　◇「阪田寛夫全詩集」理論社 2011 p834
琴の音
　◇「花岡大学仏典童話全集 8」法蔵館 1979 p60
琴の音
　◇「〔山田野理夫〕おばけ文庫 7」太平出版社 1976 （母と子の図書室） p114
琴の名人
　◇「浜田広介全集 5」集英社 1976 p92
ことば
　◇「〔内海康子〕六月のカレンダー――詩集」けやき書房 1999 p30
ことば
　◇「まど・みちお全詩集」理論社 1992 p323
　◇「まどさんの詩の本 2」理論社 1994 p30
コトバ
　◇「巽聖歌作品集 下」巽聖歌作品集刊行委員会 1977 p149
言葉（岡田泰三）
　◇「岡田泰三・日下部梅子童謡集」会津童詩会 1992 p126
言葉
　◇「〔北原〕白秋全童謡集 1」岩波書店 1992 p332
　◇「〔北原〕白秋全童謡集 4」岩波書店 1993 p345
（言葉を）

こども

　　◇「稲田董平全集 8」宝文館出版 1982 p45
言葉を岩に置き換えて
　　◇「稲田董平全集 2」宝文館出版 1979 p8
言葉をかけよう
　　◇「阪田寛夫全詩集」理論社 2011 p627
ことばをしゃべる犬
　　◇「大石真児童文学全集 15」ポプラ社 1982 p183
言葉がポトリポトリと落ちていく
　　◇「全集版灰谷健次郎の本 18」理論社 1987 p136
ことば・詩・方言
　　◇「今江祥智の本 22」理論社 1981 p22
言葉と手垢
　　◇「松谷みよ子全エッセイ 3」筑摩書房 1989 p239
言葉と私
　　◇「安房直子コレクション 6」偕成社 2004 p335
コトバノイエ まえがき
　　◇「北川千代児童文学全集 下」講談社 1967 p310
コトバのお寺の
　　◇「阪田寛夫全詩集」理論社 2011 p64
ことばの大発明家
　　◇「全集版灰谷健次郎の本 15」理論社 1988 p128
言葉のない物語—幻灯のための台本
　　◇「別役実童話集 〔6〕」三一書房 1988 p93
ことばのふしぎ
　　◇「赤壁憲久少年詩集シリーズ 1」じゃこめてい出版 1977 p43
　　◇「赤壁憲久少年詩集シリーズ 1」じゃこめてい出版 1977 p44
子供
　　◇〔北原〕白秋全童謡集 2」岩波書店 1992 p156
子供
　　◇「魂の配達—野村吉哉作品集」草思社 1983 p62
子ども筏師
　　◇「横山健童謡選集 1」無明舎出版 1995 p50
子どもウグイス
　　◇「石森延男児童文学全集 1」学習研究社 1971 p52
こどもへ
　　◇「北彰介作品集 4」青森県児童文学研究会 1991 p161
こどもへの交響詩「飛翔—飛ぶ石の物語」
　　◇「阪田寛夫全詩集」理論社 2011 p686
子供をさとす
　　◇「おの・ちゅうこう初期作品集 〔2〕日本の教室は明るい」崙書房 1975 p48
子どもを頼み申します
　　◇「全集版灰谷健次郎の本 21」理論社 1988 p170
子どもを見つめる,自分を見つめる
　　◇「全集版灰谷健次郎の本 18」理論社 1987 p42
子どもを見る目を問い直そう
　　◇「全集古田足日子どもの本 10」童心社 1993 p452

子どもを読む
　　◇「今江祥智の本 36」理論社 1990 p9
「子どもが危ない」
　　◇「全集版灰谷健次郎の本 21」理論社 1988 p220
子どもが危ない！
　　◇「全集版灰谷健次郎の本 20」理論社 1987 p181
子どもがおらん
　　◇〔比江島重孝〕宮崎のむかし話 3」鉱脈社 2000 p71
子供が寝てから
　　◇「定本小川未明童話全集 9」講談社 1977 p337
　　◇「定本小川未明童話全集 9」大空社 2001 p337
子どもが本を読むことの意味を考える
　　◇「全集古田足日子どもの本 9」童心社 1993 p346
子どもから子どもたちへ
　　◇「今江祥智の本 36」理論社 1990 p274
子どもからの手紙
　　◇「松谷みよ子全エッセイ 1」筑摩書房 1989 p283
こどもがわらうとき
　　◇「阪田寛夫全詩集」理論社 2011 p814
子供記
　　◇「室生犀星童話全集 2」創林社 1978 p120
こども牛乳屋さん
　　◇「二反長半作品集 1」集英社 1979 p16
子供心とおとな心
　　◇「坪田譲治童話全集 9」岩崎書店 1986 p269
子どもさざえと青い空
　　◇「ひろすけ幼年童話文学全集 4」集英社 1962 p97
　　◇「浜田広介全集 4」集英社 1976 p157
子供四十八景
　　◇〔巌谷〕小波お伽全集 14」本の友社 1998 p280
こどもじぞう
　　◇「坪田譲治幼年童話文学全集 5」集英社 1965 p106
　　◇「坪田譲治童話全集 7」岩崎書店 1986 p35
　　◇「坪田譲治名作選 〔3〕サバクの虹」小峰書店 2005 p48
子ども時代の体験がぼくの原石です（奥田継夫,神宮輝久）
　　◇〔神宮輝夫〕現代児童文学作家対談 10」偕成社 1992 p9
子ども十二ヵ月
　　◇「坪田譲治童話全集 13」岩崎書店 1986 p131
子供スキーで
　　◇〔北原〕白秋全童謡集 5」岩波書店 1993 p149
子ども大将
　　◇「坪田譲治童話全集 13」岩崎書店 1986 p27
子どもたちへの熱いメッセージ
　　◇「長崎源之助全集 20」偕成社 1988 p60
こどもたちへの応援歌

こども

◇「かとうむつこ童話集 1」東京図書出版会、リフレ出版（発売） 2003 p87

子供たちへの責任
◇「定本小川未明童話全集 14」講談社 1977 p290
◇「定本小川未明童話全集 14」大空社 2002 p290

子どもたちをふるえあがらせた口さけ女
◇〔木暮正夫〕日本の怪奇ばなし 8」岩崎書店 1990 p119

子どもたちと沖縄とやさしさと
◇「全集版灰谷健次郎の本 20」理論社 1987 p224

子供たちに
◇「おの・ちゅうこう初期作品集〔2〕日本の教室は明るい」崙書房 1975 p57

子どもたちに何を語るか
◇「全集古田足日子どもの本 13」童心社 1993 p443

子どもたちの手紙にはげまされてきた
◇「全集古田足日子どもの本 13」童心社 1993 p436

子供達の入学
◇「与謝野晶子児童文学全集 6」春陽堂書店 2007 p239

こどもたちはこんなして大きくなるんだよ
◇「かとうむつこ童話集 3」東京図書出版会、リフレ出版（発売） 2006 p41

こどもって…―あとがきにかえて
◇「きむらゆういちおはなしのへや 3」ポプラ社 2012 p148

子どもと いぬと さかな
◇「定本小川未明童話全集 16」講談社 1978 p148
◇「定本小川未明童話全集 16」大空社 2002 p148

子どもと うぐいす
◇「ひろすけ幼年童話文学全集 3」集英社 1962 p40

子供どうし
◇「定本小川未明童話全集 12」講談社 1977 p309
◇「定本小川未明童話全集 12」大空社 2002 p309

子どもと馬
◇「庄野英二全集 6」偕成社 1979 p420

子供と馬の話
◇「定本小川未明童話全集 4」講談社 1977 p40
◇「定本小川未明童話全集 4」大空社 2001 p40

子どもと大男
◇「鈴木三重吉童話全集 3」文泉堂書店 1975（日本文学全集・選集叢刊第5次）p403

「こども」と「おとな」
◇「あまんきみこセレクション 5」三省堂 2009 p226

子どもとお話
◇「椋鳩十の本 27」理論社 1989 p134

子どもと かえる
◇「ひろすけ幼年童話文学全集 8」集英社 1961 p222

子どもとからす
◇「浜田広介全集 3」集英社 1975 p38

子供と教師
◇「おの・ちゅうこう初期作品集〔2〕日本の教室は明るい」崙書房 1975 p29

子供と小石
◇「浜田広介全集 1」集英社 1975 p242

こどもとこおろぎ
◇「西條八十童謡全集」修道社 1971 p249

子どもと詩
◇「佐藤義美全集 6」佐藤義美全集刊行会 1974 p308

子供と白犬
◇「与謝野晶子児童文学全集 3」春陽堂書店 2007 p255

子どもとテレビ
◇「全集版灰谷健次郎の本 19」理論社 1987 p94

子どもと読書
◇「椋鳩十の本 25」理論社 1983 p59

子どもと読書（講演）
◇「椋鳩十の本 27」理論社 1989 p167

子どもと図書館の利用
◇「椋鳩十の本 25」理論社 1983 p86

こどもとトラック
◇「武田亜公童話集 5」秋田文化出版社 1978 p15

子供と猫
◇「与謝野晶子児童文学全集 3」春陽堂書店 2007 p182

子供とねずみ
◇「浜田広介全集 11」集英社 1976 p74

子どもとのであいから絵本が生まれる
◇「長崎源之助全集 20」偕成社 1988 p139

子どもと乗りもの
◇「椋鳩十の本 24」理論社 1983 p12

子どもと離れられない
◇「おの・ちゅうこう初期作品集〔2〕日本の教室は明るい」崙書房 1975 p52

子どもとぼく
◇「全集版灰谷健次郎の本 22」理論社 1988 p115

子供と虫
◇「定本小川未明童話全集 9」講談社 1977 p237
◇「定本小川未明童話全集 9」大空社 2001 p237

こどもともくば
◇「浜田広介全集 11」集英社 1976 p71

子供と潜水夫（もぐり）と月と
◇「新装版金子みすゞ全集 3」JULA出版局 1984 p70
◇「金子みすゞ童話全集 5」JULA出版局 2004 p96

子どもと山と
◇「椋鳩十の本 28」理論社 1989 p162

子供と読んだたくさんの絵本

こども

こどもとんび
　◇「花岡大学童話文学全集 6」法藏館 1980 p197

「子どもにきかせる話」あとがき
　◇「佐藤義美全集 6」佐藤義美全集刊行会 1974 p395

子どもについて
　◇「阪田寛夫全詩集」理論社 2011 p107

子どもにとってよい本とは
　◇「椋鳩十の本 25」理論社 1983 p108

子どもになったおばあちゃん
　◇「みずいろようちえん―出雲路猛雄童話集」坂神都 2012 p165

子どもになりたいパパとおとなになりたいぼく
　◇「全集版灰谷健次郎の本 11」理論社 1988 p173
　◇「灰谷健次郎童話館〔2〕」理論社 1994 p5

子どもに文学はなぜ必要か
　◇「佐藤義美全集 6」佐藤義美全集刊行会 1974 p408

こどもに負けたおとな
　◇「二反長半作品集 3」集英社 1979 p20

子どもに学ぶ
　◇「全集版灰谷健次郎の本 22」理論社 1988 p221

子どもに読む習慣を
　◇「庄野英二全集 11」偕成社 1980 p144

子供の秋
　◇「〔北原〕白秋全童謡集 2」岩波書店 1992 p143

こどもの朝
　◇「〔斎藤信夫〕子ども心を友として―童謡詩集」成東町教育委員会 1996 p124

子供の言いぶん
　◇「椋鳩十の本 18」理論社 1982 p207

こどもの椅子
　◇「西條八十童謡全集」修道社 1971 p148

コドモのいない社会
　◇「佐藤義美全集 6」佐藤義美全集刊行会 1974 p455

子供の歌
　◇「中村雨紅詩謡集」中村雨紅詩謡集刊行委員会 1971 p97

子どものうたの歌
　◇「阪田寛夫全詩集」理論社 2011 p222

子どものうたの未来像
　◇「佐藤義美全集 6」佐藤義美全集刊行会 1974 p327

「子どもの宇宙」
　◇「今江祥智の本 36」理論社 1990 p257

子どものお医者
　◇「〔北原〕白秋全童謡集 2」岩波書店 1992 p145

子供のお友達の一
　◇「〔島崎〕藤村の童話 4」筑摩書房 1979 p211

子供のお友達の二
　◇「〔島崎〕藤村の童話 4」筑摩書房 1979 p212

子供のお友達の三
　◇「〔島崎〕藤村の童話 4」筑摩書房 1979 p213

子どもの踊り
　◇「全集版灰谷健次郎の本 21」理論社 1988 p160

子供の踊
　◇「与謝野晶子児童文学全集 6」春陽堂書店 2007 p10

子どもの可能性
　◇「全集版灰谷健次郎の本 21」理論社 1988 p166

コドモノカミサマ
　◇「巽聖歌作品集 上」巽聖歌作品集刊行委員会 1977 p151

子どもの神さま
　◇「北彰介作品集 1」青森県児童文学研究会 1990 p86

子供の環境
　◇「おの・ちゅうこう初期作品集〔2〕日本の教室は明るい」崙書房 1975 p11

子どもの感性にゆさぶられて
　◇「松谷みよ子全エッセイ 1」筑摩書房 1989 p145

子どもの国からの挨拶
　◇「今江祥智の本 22」理論社 1981 p57

「こどものくに名作選2ねん」あとがき
　◇「佐藤義美全集 6」佐藤義美全集刊行会 1974 p403

こどものくま
　◇「まど・みちお全詩集」理論社 1992 p104

子供の熊
　◇「〔北原〕白秋全童謡集 3」岩波書店 1992 p302

子供の来る日（日下部梅子）
　◇「岡田泰三・日下部梅子童謡集」会津童詩会 1992 p80

子どものけなげさ
　◇「全集版灰谷健次郎の本 21」理論社 1988 p157

子供のけんか
　◇「坪田譲治童話全集 3」岩崎書店 1986 p257

子供の喧嘩
　◇「壺井栄全集 11」文泉堂出版 1998 p61

子どもの幸福
　◇「与田準一全集 2」大日本図書 1967 p226

子どもの心を作る母の声
　◇「椋鳩十の本 28」理論社 1989 p120

こどもの頃
　◇「くんぺい魔法ばなし―魔法ばなし全集 2」サンリオ 2000 p198

（子どもの頃）

◇「稗田童平全集 8」宝文館出版 1982 p108
子供のころ
　◇「庄野英二全集 9」偕成社 1979 p347
子どものころの思い出
　◇「北国翔子童話集 2」青森県児童文学研究会 2010 p10
子どもの時間
　◇「寺村輝夫童話全集 17」ポプラ社 1982
子どもの時間のおしまい
　◇「今江祥智の本 2」理論社 1980 p123
子どもの時間のはじまり
　◇「今江祥智の本 2」理論社 1980 p65
子供の四季
　◇「坪田譲治童話全集 12」岩崎書店 1986 p1
子どもの詩にみる父の像
　◇「全集灰谷健次郎の本 19」理論社 1987 p63
子供の時分の話
　◇「定本小川未明童話全集 1」講談社 1976 p210
　◇「定本小川未明童話全集 1」大空社 2001 p210
子どもの自立、子どもの反抗
　◇「寺村輝夫全童話 別1」理論社 2007 p219
子どもの水兵
　◇「鈴木三重吉童話全集 5」文泉堂書店 1975（日本文学全集・選集叢刊第5次）p51
こどもの すきな かみさま
　◇「新美南吉童話集 1」牧書店 1965 p115
こどものすきな神さま（新美南吉作、小池タミ子脚色）
　◇「新美南吉童話劇集 1」東京書籍 1981（東書児童劇シリーズ）p121
子どものすきな神さま
　◇「新美南吉童話集 1」大日本図書 1982 p208
　◇「新美南吉童話大全」講談社 1989 p309
　◇「新美南吉童話傑作選〔5〕子どものすきな神さま」小峰書店 2004 p5
　◇「新美南吉童話集 1」大日本図書 2012 p208
　◇「新美南吉童話選集 1」ポプラ社 2013 p78
子供のすきな神さま
　◇「校定新美南吉全集 4」大日本図書 1980 p367
　◇「新美南吉30選」春陽堂書店 2009（名作童話）p297
子どもの好きなサンタクロース
　◇「みずいろようちえん―出雲路猛雄童話集」坂神都 2012 p134
コドモノ ゾウサン
　◇「まど・みちお全詩集」理論社 1992 p68
子どもの大工
　◇「〔北原〕白秋全童謡集 2」岩波書店 1992 p123
子供のための放送劇 『虫と兄妹』
　◇「米田孝童話劇・学校劇脚本選集―イワンの馬鹿ほか」共同文化社 1997 p99

子供のためのミュージカル「ぼくらのうちは汽車ぽっぽ」より
　◇「阪田寛夫全詩集」理論社 2011 p614
子どもの地球
　◇「佐藤義美童謡集」さ・え・ら書房 1960 p231
　◇「佐藤義美全集 1」佐藤義美全集刊行会 1974 p247
こどものデッキ
　◇「庄野英二全集 5」偕成社 1980 p11
子供のデッキ
　◇「庄野英二全集 5」偕成社 1980 p129
子供の傳道
　◇「〔巌谷〕小波お伽全集 14」本の友社 1998 p344
子供の時に読んだ本
　◇「全集古田足日子どもの本 3」童心社 1993 p416
子供の時計
　◇「新装版金子みすゞ全集 1」JULA出版局 1984 p126
　◇「金子みすゞ童謡全集 2」JULA出版局 2003 p52
子供の床屋
　◇「定本小川未明童話全集 10」講談社 1977 p270
　◇「定本小川未明童話全集 10」大空社 2001 p270
子供の隣り
　◇「全集灰谷健次郎の本 8」理論社 1987 p137
　◇「全集灰谷健次郎の本 8」理論社 1987 p271
子供の夏
　◇「〔北原〕白秋全童謡集 2」岩波書店 1992 p121
子どものはた
　◇「佐藤義美童謡集」さ・え・ら書房 1960 p229
　◇「佐藤義美全集 1」佐藤義美全集刊行会 1974 p244
　◇「ともだちシンフォニー―佐藤義美童謡集」JULA出版局 1990 p102
子供の春
　◇「〔北原〕白秋全童謡集 2」岩波書店 1992 p107
こどものひ
　◇「阪田寛夫全詩集」理論社 2011 p418
子供の日
　◇「壺井栄全集 11」文泉堂出版 1998 p180
子どもの日の歌
　◇「佐藤義美童謡集」さ・え・ら書房 1900 p200
　◇「佐藤義美全集 1」佐藤義美全集刊行会 1974 p222
子どもの表現
　◇「全集灰谷健次郎の本 22」理論社 1988 p218
子どもの不幸
　◇「全集灰谷健次郎の本 22」理論社 1988 p212
子供の冬
　◇「〔北原〕白秋全童謡集 2」岩波書店 1992 p155
子どもの文化

こども

◇「全集古田足日子どもの本 3」童心社 1993 p423

子供の部屋
◇「星新一ショートショートセレクション 11」理論社 2003 p16

子どもノーベル賞
◇「全集版灰谷健次郎の本 15」理論社 1988 p69

子どもの法律
◇「北彰介作品集 1」青森県児童文学研究会 1990 p89

子どもの本が売れないとき
◇「全集版灰谷健次郎の本 21」理論社 1988 p158

子どもの本棚
◇「庄野英二全集 10」偕成社 1979 p264

子どもの本にかかわるきびしさ
◇「今江祥智の本 22」理論社 1981 p178

子どもの本の狩人
◇「今江祥智の本 36」理論社 1990 p7
◇「今江祥智の本 36」理論社 1990 p44

子供の村
◇〔北原〕白秋全童謡集 2」岩波書店 1992 p97
◇〔北原〕白秋全童謡集 2」岩波書店 1992 p104

子どもの村カルタ
◇「今井誉次郎童話集子どもの村 〔6〕」国土社 1957 p63

子どもの目
◇「まど・みちお全詩集 続」理論社 2015 p407

子供の夜話
◇〔北原〕白秋全童謡集 2」岩波書店 1992 p169

子供の憂鬱
◇「坪田譲治童話全集 11」岩崎書店 1986 p31

子どもの夢で走る鉄道
◇〔うえ山のぼる〕夢と希望の童話集」文芸社 2011 p27

子供の論理學
◇〔巖谷〕小波お伽全集 14」本の友社 1998 p277

子供の私が見た静岡大空襲
◇「きつねとチョウとアカヤシオの花―横野幸一童話集」横野幸一, 静岡新聞社 (発売) 2006 p84

子ども博に―ある社の北陸子ども博のために
◇「稗田童平全集 8」宝文館出版 1982 p186

子ども離れの子ども見くびり
◇「全集版灰谷健次郎の本 22」理論社 1988 p223

子ども服の店『ピッコロ』
◇〔東風琴平〕童話集 3」ストーク 2012 p73

子ども部屋から
◇「あまんきみこセレクション 5」三省堂 2009 p83

子ども部屋 (劇)
◇「千葉省三童話全集 1」岩崎書店 1967 p147

コドモ翼賛会ノ歌
◇「かもめの水兵さん―武内俊子伝記と作品集」講談社出版サービスセンター 1977 p168

こどもままわり
◇〔東君平〕おはようどうわ 5」講談社 1982 p214

子供よ (六年)
◇「佐藤一英「童話・童謡集」」一宮市立萩原小学校 2003 p42

こども理髪師
◇「花岡大学仏典童話全集 5」法蔵館 1979 p30

子どもロバの話
◇「石のロバ―浅野都作品集」新風舎 2007 p200

子どもは遊びの天才です (中川李枝子, 神宮輝夫)
◇〔神宮輝夫〕現代児童文学作家対談 3」偕成社 1988 p177

子どもはあそんでる
◇「新美南吉全集 6」牧書店 1965 p235
◇「校定新美南吉全集 8」大日本図書 1981 p26

こどもは かぜのこ
◇「まど・みちお全詩集」理論社 1992 p185

子供わ風の子
◇〔巖谷〕小波お伽全集 7」本の友社 1998 p445

子供は悲しみを知らず
◇「定本小川未明童話全集 13」講談社 1977 p285
◇「定本小川未明童話全集 13」大空社 2002 p285

子供は虐待に黙従す
◇「定本小川未明童話全集 6」講談社 1977 p374
◇「定本小川未明童話全集 6」大空社 2001 p374

子供は正直
◇「おの・ちゅうこう初期作品集 〔2〕 日本の教室は明るい」崙書房 1975 p37

子どもはすばらしい人間の原型 (灰谷健次郎, 神宮輝夫)
◇〔神宮輝夫〕現代児童文学作家対談 7」偕成社 1992 p279

子どもは損
◇「新美南吉全集 6」牧書店 1965 p116

子どもは通俗という橋を渡る (砂田弘, 神宮輝夫)
◇〔神宮輝夫〕現代児童文学作家対談 10」偕成社 1992 p151

子供はばかでなかった
◇「定本小川未明童話全集 8」講談社 1977 p250
◇「定本小川未明童話全集 8」大空社 2001 p250

子どもは見ている
◇「全集版灰谷健次郎の本 22」理論社 1988 p185

子どもは無限の語り口をもっています (松谷みよ子, 神宮輝夫)
◇〔神宮輝夫〕現代児童文学作家対談 6」偕成社 1990 p263

子ども・わらべ唄・民話

ことり

ことり
- ◇「〔東君平〕おはようどうわ 7」講談社 1982 p66
- ◇「〔東君平〕ひとくち童話 5」フレーベル館 1995 p10
- ◇「〔東君平〕ひとくち童話 5」フレーベル館 1995 p16

ことり
- ◇「まど・みちお詩集 〔1〕」すえもりブックス 1992 p6
- ◇「まど・みちお全詩集」理論社 1992 p203
- ◇「まど・みちお全詩集」理論社 1992 p555
- ◇「まどさんの詩の本 5」理論社 1994 p26
- ◇「まどさんの詩の本 13」理論社 1997 p52
- ◇「まど・みちお全詩集 続」理論社 2015 p397

小鳥（岡田泰三）
- ◇「岡田泰三・日下部梅子童謡集」会津童詩会 1992 p13

小鳥
- ◇「庄野英二全集 5」偕成社 1980 p200

小鳥
- ◇「〔高崎乃理子〕妖精の好きな木—詩集」かど創房 1998 p12

小鳥
- ◇「巽聖歌作品集 上」巽聖歌作品集刊行委員会 1977 p484

小鳥
- ◇「魂の配達―野村吉哉作品集」草思社 1983 p25

小鳥
- ◇「くんぺい魔法ばなし―魔法ばなし全集 3」サンリオ 2000 p54

小鳥が ないた
- ◇「まど・みちお全詩集」理論社 1992 p192
- ◇「まどさんの詩の本 5」理論社 1994 p22
- ◇「まどさんの詩の本 13」理論社 1997 p58

ことりが なくよ
- ◇「まど・みちお全詩集」理論社 1992 p331

子取が淵
- ◇「〔巌谷〕小波お伽全集 12」本の友社 1998 p233

小鳥が降る日
- ◇「立原えりかのファンタジーランド 9」青土社 1980 p101

小鳥くる
- ◇「庄野英二全集 6」偕成社 1979 p170

小鳥精進・酒精進
- ◇「小出正吾児童文学全集 3」審美社 2000 p315

小鳥たち
- ◇「まど・みちお全詩集」理論社 1992 p568
- ◇「まどさんの詩の本 13」理論社 1997 p56

小鳥たちと春風さん
- ◇「桃色のダブダブさん―松田解子童話集」新日本出版社 2004 p115

小鳥たちのコンチェルト
- ◇「〔山部京子〕12の動物ものがたり」文芸社 2008 p44

小鳥たちの道
- ◇「まど・みちお全詩集 続」理論社 2015 p400

ことりとカーテン
- ◇「岩永博史童話集 2」岩永博史 2005 p127

ことりと きょうだい
- ◇「小川未明幼年童話文学全集 1」集英社 1965 p107

小鳥と兄妹
- ◇「定本小川未明童話全集 5」講談社 1977 p356
- ◇「定本小川未明童話全集 5」大空社 2001 p356

ことりと子ども
- ◇「浜田広介全集 3」集英社 1975 p41

ことりと こりす
- ◇「まど・みちお全詩集」理論社 1992 p117

小鳥と三平
- ◇「坪田譲治幼年童話文学全集 3」集英社 1965 p8
- ◇「坪田譲治童話全集 9」岩崎書店 1986 p89

小鳥と時計
- ◇「西條八十童話集」小学館 1983 p438

小鳥に
- ◇「校定新美南吉全集 8」大日本図書 1981 p83

小鳥の朝
- ◇「庄野英二全集 6」偕成社 1979 p211

小鳥の家
- ◇「〔北原〕白秋全童謡集 5」岩波書店 1993 p136

小鳥の家 作者のことば
- ◇「北川千代児童文学全集 下」講談社 1967 p321

ことりのうた
- ◇「佐藤義美全集 1」佐藤義美全集刊行会 1974 p366
- ◇「佐藤義美全集 1」佐藤義美全集刊行会 1974 p379

小鳥のうた
- ◇「与田準一全集 1」大日本図書 1967 p218

小鳥の唄
- ◇「浜田広介全集 11」集英社 1976 p13

小鳥の歌
- ◇「〔巌谷〕小波お伽全集 7」本の友社 1998 p411

小鳥の歌ひ手
- ◇「〔北原〕白秋全童謡集 1」岩波書店 1992 p376

ことりのおうち
- ◇「浜田広介全集 7」集英社 1976 p36

小鳥の踊り
- ◇「かもめの水兵さん―武内俊子伝記と作品集」講談社出版サービスセンター 1977 p183

小鳥のくる柿の木

こにん

◇「庄野英二全集 5」偕成社 1980 p202
小鳥の声
◇「まど・みちお全詩集 続」理論社 2015 p145
ことりの さくせん
◇「〔東君平〕ひとくち童話 6」フレーベル館 1995 p36
小鳥の巣
◇「与謝野晶子児童文学全集 6」春陽堂書店 2007 p136
小鳥のすばこ
◇「斎田喬児童劇選集〔4〕」牧書店 1954 p144
小鳥の先達
◇「〔島崎〕藤村の童話 2」筑摩書房 1979 p119
ことりの みずのみば
◇「佐藤義美全集 1」佐藤義美全集刊行会 1974 p388
小鳥の森
◇「庄野英二全集 5」偕成社 1980 p141
ことりのやど
◇「坪田譲治幼年童話文学全集 5」集英社 1965 p14
◇「坪田譲治童話全集 9」岩崎書店 1986 p42
ことりやの とりさん
◇「佐藤義美全集 1」佐藤義美全集刊行会 1974 p309
◇「ともだちシンフォニー――佐藤義美童謡集」JULA出版局 1990 p35
◇「ともだちシンフォニー――佐藤義美童謡集」JULA出版局 1990 p36
小鳥や花たちのお母さま
◇「稗田童平全集 3」宝文館出版 1979 p28
小鳥よ
◇「まど・みちお全詩集」理論社 1992 p633
◇「まどさんの詩の本 13」理論社 1997 p54
ことりは いいね
◇「パパとボクとネコ―山口紀代子童謡詩集」音楽舎 2003 p20
小鳥は空に
◇「斎田喬児童劇選集〔2〕」牧書店 1954 p181
子とろ 子とろ
◇「かもめの水兵さん―武内俊子伝記と作品集」講談社出版サービスセンター 1977 p194
(ことわざにも)
◇「稗田童平全集 2」宝文館出版 1979 p94
こないだ
◇「まど・みちお全詩集 続」理論社 2015 p309
子なきじじ
◇「〔山田野理夫〕おばけ文庫 2」太平出版社 1976 (母と子の図書室) p22
「子撫川流域抄」より昭和三十三年 (五首)
◇「稗田童平全集 4」宝文館出版 1980 p92
粉ひきポール

◇「阪田寛夫全詩集」理論社 2011 p373
粉屋のサライテ
◇「太田博也童話集 7」小山書林 2012 p155
粉屋の娘
◇「庄野英二全集 6」偕成社 1979 p173
粉雪
◇「新装版金子みすゞ全集 1」JULA出版局 1984 p159
◇「金子みすゞ童謡全集 2」JULA出版局 2003 p98
粉雪
◇「稗田童平全集 8」宝文館出版 1982 p183
粉雪のドア
◇「やなせたかし童謡詩集〔2〕」フレーベル館 2000 p106
コナン=ドイル
◇「〔かこさとし〕お話こんにちは〔2〕」偕成社 1979 p107
コーニョ金屋のキョンキョンをみつける―5月・江戸の4月
◇「〔にしもとあけみ〕江戸からきた小鬼のコーニョ一連作童話集」早稲田童話塾 2012 p83
コーニョこそどろ兵六をとらえる―4月・江戸の3月
◇「〔にしもとあけみ〕江戸からきた小鬼のコーニョ一連作童話集」早稲田童話塾 2012 p57
コーニョ地震の江戸を飛びまわる―11月・江戸の10月
◇「〔にしもとあけみ〕江戸からきた小鬼のコーニョ一連作童話集」早稲田童話塾 2012 p229
コーニョ新幹線にのる―6月・江戸の5月
◇「〔にしもとあけみ〕江戸からきた小鬼のコーニョ一連作童話集」早稲田童話塾 2012 p107
コーニョ、トントンをさがす―2月・江戸の1月
◇「〔にしもとあけみ〕江戸からきた小鬼のコーニョ一連作童話集」早稲田童話塾 2012 p5
コーニョ飛行機で大阪にいく―9月・江戸の8月
◇「〔にしもとあけみ〕江戸からきた小鬼のコーニョ一連作童話集」早稲田童話塾 2012 p179
コーニョ薬研堀のおかつをたすける―8月・江戸の7月
◇「〔にしもとあけみ〕江戸からきた小鬼のコーニョ一連作童話集」早稲田童話塾 2012 p155
小庭のいこい
◇「浜田広介全集 12」集英社 1976 p219
小庭の隠居次郎吉ばなし
◇「斎藤隆介全集 9」岩崎書店 1982 p133
5にんきょうだい
◇「〔東君平〕ひとくち童話 4」フレーベル館 1995 p20
五人連れの幽霊

こにん

五人でつくったざっし
　◇「瑠璃の壺—森銑三童話集」三樹書房 1982 p276
　◇「与田凖一全集 4」大日本図書 1967 p250

五人の子供が歩いていた
　◇「〔坪井安〕はしれ子馬よ—童謡詩集」童謡研究・蜂の会 1999 p155

五人の座頭
　◇「稗田童平全集 5」宝文館出版 1980 p116

五人の忍者
　◇「阪田寛夫全詩集」理論社 2011 p356

五人の美女と王子
　◇「〔佐々木春奈〕あなたの脳を休める童話集 大人も子どもも楽しめる童話集」日本文学館 2009 p76

五人の悪者
　◇「太田博也童話集 7」小山書林 2012 p141

五人ばやし
　◇「今江祥智の本 14」理論社 1980 p67
　◇「今江祥智童話館 〔6〕」理論社 1986 p124

五人ばやし
　◇「斎田喬児童劇選集 〔5〕」牧書店 1954 p153

五人ばやしソング
　◇「〔関根栄一〕はしるふじさん—童謡集」小峰書店 1998 p140

五人ばやし(童話劇)
　◇「斎田喬幼年劇全集 3」誠文堂新光社 1962 p307

五人囃子のお散歩
　◇「与謝野晶子児童文学全集 3」春陽堂書店 2007 p6

こぬか雨
　◇「〔北原〕白秋全童謡集 1」岩波書店 1992 p239

小沼(日下部梅子)
　◇「岡田泰三・日下部梅子童話集」会津童詩会 1992 p88

こねこ
　◇「くんぺい魔法ばなし—魔法ばなし全集 2」サンリオ 2000 p166

コネコ
　◇「〔東君平〕おはようどうわ 8」講談社 1982 p131
　◇「東君平のおはようどうわ 2」新日本出版社 2010 p87

仔猫
　◇「〔島木〕赤彦童謡集」第一書房 1947 p20

子ねこ
　◇「坪田譲治幼年童話文学全集 2」集英社 1965 p85

子ねこ
　◇「稗田童平全集 3」宝文館出版 1979 p90

子ねこ
　◇「与田凖一全集 2」大日本図書 1967 p28

子ネコ
　◇「坪田譲治童話全集 9」岩崎書店 1986 p80

子ネコ
　◇「まど・みちお全詩集」理論社 1992 p389
　◇「まどさんの詩の本 7」理論社 1996 p22

子猫
　◇「与謝野晶子児童文学全集 6」春陽堂書店 2007 p91

小猫
　◇「〔北原〕白秋全童謡集 3」岩波書店 1992 p374

子ねこを もらった はなし
　◇「小川未明幼年童話文学全集 3」集英社 1965 p35
　◇「定本小川未明童話全集 15」講談社 1978 p120
　◇「定本小川未明童話全集 15」大空社 2002 p120

小ねこが見たこと
　◇「大仏次郎少年少女のための作品集 2」講談社 1967 p349

こねこちゃんはどこへ
　◇「神沢利子コレクション 2」あかね書房 1994 p211
　◇「神沢利子コレクション・普及版 2」あかね書房 2005 p211

こねことかえる
　◇「浜田広介全集 3」集英社 1975 p148

子猫の遠足
　◇「西條八十童謡全集」修道社 1971 p250

こねこのおふろ
　◇「〔坪井安〕はしれ子馬よ—童謡詩集」童謡研究・蜂の会 1999 p88

子ねこの かくれんぼ
　◇「坪田譲治幼年童話文学全集 1」集英社 1964 p8

子ネコのかくれんぼ
　◇「坪田譲治童話全集 9」岩崎書店 1986 p117

こねこのからだはコンピューター
　◇「〔坪井安〕はしれ子馬よ—童謡詩集」童謡研究・蜂の会 1999 p60

子猫の兄弟
　◇「〔坪井安〕はしれ子馬よ—童謡詩集」童謡研究・蜂の会 1999 p64

子猫の小鈴
　◇「中村雨紅詩謡集」中村雨紅詩謡集刊行委員会 1971 p65

こねこのしっぽ
　◇「〔坪井安〕はしれ子馬よ—童謡詩集」童謡研究・蜂の会 1999 p68

こねこのポーズ
　◇「〔坪井安〕はしれ子馬よ—童謡詩集」童謡研究・蜂の会 1999 p54

こねこの みけ
　◇「与田凖一全集 3」大日本図書 1967 p29

子ねこの目
　◇「浜田広介全集 11」集英社 1976 p78

こねこのゆめ

◇「いちばん大切な願いごと―宮下木花12歳童話集」銀の鈴社 2007（小さな鈴シリーズ）p36

こねこのルナ
◇「神沢利子コレクション 4」あかね書房 1994 p29
◇「神沢利子コレクション・普及版 4」あかね書房 2006 p29
◇「神沢利子のおはなしの時間 5」ポプラ社 2011 p5

小ねこはなにを知ったか
◇「定本小川未明童話全集 5」講談社 1977 p368
◇「定本小川未明童話全集 5」大空社 2001 p368

小鼠
◇「鈴木三重吉童話全集 1」文泉堂書店 1975（日本文学全集・選集叢刊第5巻）p329

子ねずみと子ねこ
◇「浜田広介全集 2」集英社 1975 p228

子ネズミと禿頭
◇「谷口雅春童話集 2」日本教文社 1976 p102

子ネズミのお祝い
◇「浜田広介全集 8」集英社 1976 p87

子ねずみのドライブ
◇「〔佐々木千鶴子〕動物村のこうみんかん―台所からのひとり言 童話集」朝日新聞社西部開発室編 集出版センター 1996 p7

子ねずみのゆめさがし
◇「平塚武二童話全集 1」童心社 1972 p168

ゴネリが咲いた
◇「〔吉田とし〕青春ロマン選集 5」理論社 1977 p5

五年生
◇「阪田寛夫全集」理論社 2011 p136

五年生の詩
◇「佐藤義美全集 6」佐藤義美全集刊行会 1974 p143

〔このあるものが〕
◇「新修宮沢賢治全集 7」筑摩書房 1980 p313

〔この医者はまだ若いので〕
◇「新修宮沢賢治全集 7」筑摩書房 1979 p123

この一冊
◇「今江祥智の本 35」理論社 1990 p176
◇「今江祥智の本 35」理論社 1990 p228

このお話について〔ぷーくま うーくま〕
◇「佐藤義美全集 3」佐藤義美全集刊行会 1973 p378

このおひる
◇「まど・みちお全詩集」理論社 1992 p62

この樹の下で
◇「阪田寛夫全集」理論社 2011 p180

このきのなまえは クリスマス
◇「阪田寛夫全集」理論社 2011 p212

この子をどうすんべえ
◇「〔今坂柳二〕りゅうじフォークロア・world 6」ふるさと伝承研究会 2012 p67

この心さわぐ冒険 愛
◇「奥田継夫ベストコレクション 6」ポプラ社 2002 p5

この子にも百文
◇「川崎大治民話選 〔1〕」童心社 1968 p176

このこ ネコのこ
◇「まど・みちお全詩集 続」理論社 2015 p197

この頃
◇「まど・みちお全詩集 続」理論社 2015 p291

このごろの神さま
◇「土田明子詩集 3」かど創房 1986 p42

このごろの にじ
◇「まど・みちお全詩集 続」理論社 2015 p179

この先ゆきどまり
◇「佐藤さとるファンタジー全集 13」講談社 1983 p115
◇「佐藤さとるファンタジー全集 13」講談社, 復刊ドットコム（発売）2011 p115

この空の青さよ
◇「山本瓔子詩集 I」新風舎 2003 p118

この地球の船で―'71全国フォーク音楽祭作曲課題曲
◇「阪田寛夫全集」理論社 2011 p796

（この壺は）
◇「稗田菫平全集 8」宝文館出版 1982 p84

このてがしわ
◇「〔下田喜久美〕遠くから来た旅人―詩集」リトル・ガリヴァー社 1998 p32

〔このとき山地はなほ海とも見え〕
◇「新修宮沢賢治全集 7」筑摩書房 1980 p239

この土地の人たち
◇「まど・みちお全詩集」理論社 1992 p14

個の能力と感動と
◇「椋鳩十の本 32」理論社 1989 p210

木の葉
◇「〔山田野理夫〕おばけ文庫 6」太平出版社 1976（母と子の図書室）p142

木の葉がに
◇「坪田譲治童話全集 13」岩崎書店 1986 p99

木の葉聖書
◇「阪田寛夫全集」理論社 2011 p223

木の葉仙人
◇「土田耕平童話集 〔2〕」古今書院 1955 p97

この花
◇「まど・みちお全詩集」理論社 1992 p327

コノハナサクヤヒメ
◇「松谷みよ子のむかしむかし 4」講談社 1973 p138

この花の影

このは

- ◇「吉田とし ジュニアロマン選集 6」国土社 1972 p1

木の はの おふね
- ◇「佐藤義美全集 4」佐藤義美全集刊行会 1974 p250

木の葉のお船
- ◇「野口雨情童謡集」弥生書房 1993 p84

木の葉の魚
- ◇「安房直子コレクション 6」偕成社 2004 p73

木の葉のぞうり
- ◇「〔星野のの〕木の葉のぞうり」文芸社 2000 p27

木のはの ふね
- ◇「佐藤義美全集 1」佐藤義美全集刊行会 1974 p401

木の葉のボート
- ◇「新装版金子みすゞ全集 1」JULA出版局 1984 p122
- ◇「金子みすゞ童謡全集 2」JULA出版局 2003 p44

木の葉のように
- ◇「壺井栄全集 2」文泉堂出版 1997 p410

木の葉はみんな
- ◇「巽聖歌作品集 上」巽聖歌作品集刊行委員会 1977 p522

〔このひどい雨のなかで〕
- ◇「新修宮沢賢治全集 5」筑摩書房 1979 p74

この豚、ちび助
- ◇「〔北原〕白秋全童謡集 1」岩波書店 1992 p208

この船じごく行き
- ◇「山中恒よみもの文庫 2」理論社 1995 p7

この呼鈴(ベル)
- ◇「〔北原〕白秋全童謡集 1」岩波書店 1992 p212

この本のおしまひに〔子供の村〕
- ◇「〔北原〕白秋全童謡集 2」岩波書店 1992 p183

この本の幸福
- ◇「やなせたかし童謡詩集 〔3〕」フレーベル館 2001 p8

木の実(このみ)… → "きのみ…"をも見よ

木の実(岡田泰三)
- ◇「岡田泰三・日下部梅子童謡集」会津童詩会 1992 p11

木(こ)の実
- ◇「〔竹久〕夢二童謡集」ノーベル書房 1975 (浪漫文庫) p75

このみち
- ◇「新装版金子みすゞ全集 2」JULA出版局 1984 p236
- ◇「〔金子〕みすゞ詩画集 〔4〕」春陽堂書店 2000 p28
- ◇「金子みすゞ童謡全集 4」JULA出版局 2004 p136

この道

- ◇「〔北原〕白秋全童謡集 2」岩波書店 1992 p453

この道
- ◇「斎田喬児童劇選集 〔7〕」牧書店 1955 p193

この道
- ◇「巽聖歌作品集 上」巽聖歌作品集刊行委員会 1977 p112

この道行ったら
- ◇「横山健童謡選集 2」無明舎出版 1995 p20

この道通って
- ◇「壺井栄全集 11」文泉堂出版 1998 p134

〔このみちの醸すがごとく〕
- ◇「新修宮沢賢治全集 6」筑摩書房 1980 p279
- ◇「新修宮沢賢治全集 6」筑摩書房 1980 p434

(この宮の)
- ◇「稗田童平全集 8」宝文館出版 1982 p108

(この村では)
- ◇「稗田童平全集 8」宝文館出版 1982 p69

〔この森を通りぬければ〕
- ◇「新修宮沢賢治全集 3」筑摩書房 1979 p114
- ◇「新修宮沢賢治全集 3」筑摩書房 1979 p349

〔この夜半おどろきさめ〕
- ◇「新修宮沢賢治全集 7」筑摩書房 1980 p194
- ◇「ジュニア文学館 宮沢賢治―写真・絵画集成 3」日本図書センター 1996 p172

この山
- ◇「〔北原〕白秋全童謡集 1」岩波書店 1992 p300

この やま ひかる
- ◇「阪田寛夫全詩集」理論社 2011 p443

この指超特急
- ◇「阪田寛夫全詩集」理論社 2011 p331

このゆびとまれ
- ◇「いのち―みずかみかずよ全詩集」石風社 1995 p297

このよでは
- ◇「まど・みちお全詩集 続」理論社 2015 p128

この世の旅
- ◇「〔島崎〕藤村の童話 3」筑摩書房 1979 p108

この世の旅のはじめに
- ◇「〔島崎〕藤村の童話 4」筑摩書房 1979 p76

この世の風俗は
- ◇「稗田童平全集 2」宝文館出版 1979 p28

この老木に
- ◇「北彰介作品集 4」青森県児童文学研究会 1991 p121

小箱
- ◇「くんぺい魔法ばなし―魔法ばなし全集 3」サンリオ 2000 p64

小箱の紙
- ◇「椋鳩十全集 24」ポプラ社 1980 p10
- ◇「椋鳩十の本 16」理論社 1983 p34

こばなし（狂言風に、関西アクセントで）
　◇「阪田寛夫全詩集」理論社 2011 p543
小林謙詩集を読む
　◇「稗田菫平全集 7」宝文館出版 1981 p119
小林のおかあさん
　◇「壺井栄全集 11」文泉堂出版 1998 p455
コバルト山地
　◇「新修宮沢賢治全集 2」筑摩書房 1979 p18
　◇「新修宮沢賢治全集 6」筑摩書房 1980 p89
　◇「新修宮沢賢治全集 6」筑摩書房 1980 p375
ごはん
　◇「松谷みよ子全エッセイ 3」筑摩書房 1989 p258
ごはんをたべないおよめさん
　◇「〔木暮正夫〕日本のおばけ話・わらい話 20」岩崎書店 1988 p73
ごはんを もぐもぐ
　◇「まどさんの詩の本 5」理論社 1994 p70
ごはんを もぐもぐもぐ
　◇「まど・みちお全詩集」理論社 1992 p158
小判をよぶ太鼓
　◇「〔山田野理夫〕お笑い文庫 4」太平出版社 1977（母と子の図書室）p109
小判釣り
　◇「〔山田野理夫〕お笑い文庫 1」太平出版社 1977（母と子の図書室）p40
小ばんにしょうべん
　◇「寺村輝夫のむかし話 〔5〕」あかね書房 1978 p90
小ばんについていったお金
　◇「〔西本鶏介〕新日本昔ばなし――一日一話・読みきかせ 1」小学館 1997 p108
湖畔の夏
　◇「松田瓊子全集 4」大空社 1997 p363
こばんのむしほし
　◇「西本鶏介のむかしむかし」小学館 2003 p5
小ばんの虫ぼし
　◇「〔西本鶏介〕新日本昔ばなし――一日一話・読みきかせ 3」小学館 1997 p60
小判の虫ぼし
　◇「松谷みよ子のむかしむかし 3」講談社 1973 p2
こばんのむしぼしについて
　◇「西本鶏介のむかしむかし」小学館 2003 p22
コーヒーを飲むと
　◇「阪田寛夫全詩集」理論社 2011 p344
五ひきのウサギ
　◇「石森延男児童文学全集 1」学習研究社 1971 p155
　◇「石森読本―石森延男児童文学選集 3年生」小学館 1977 p178
木びきのぜん六
　◇「浜田広介全集 9」集英社 1976 p60

五ひきのやもり
　◇「浜田広介全集 3」集英社 1975 p194
こひつじ
　◇「松田瓊子全集 4」大空社 1997 p135
子ヒツジ
　◇「石森延男児童文学全集 11」学習研究社 1971 p253
子羊
　◇「浜田広介全集 11」集英社 1976 p142
こびと
　◇「くんぺい魔法ばなし―魔法ばなし全集 2」サンリオ 2000 p178
小人コロポックルはほんとうにいたか
　◇「〔たかしよいち〕世界むかしむかし探検 1」国土社 1993 p22
小人と巨人の話
　◇「〔かこさとし〕お話こんにちは 〔6〕」偕成社 1979 p56
小人と鍋
　◇「鈴木三重吉童話全集 3」文泉堂書店 1975（日本文学全集・選集叢刊第5次）p246
小人との出会い――針箱の中の小人
　◇「安房直子コレクション 4」偕成社 2004 p311
小人と私
　◇「安房直子コレクション 4」偕成社 2004 p312
小人の家
　◇「中村雨紅詩謡集」中村雨紅詩謡集刊行委員会 1971 p121
小人の歌
　◇「校定新美南吉全集 9」大日本図書 1981 p565
小人の王様
　◇「西條八十童謡全集」修道社 1971 p252
こびとの おじさん
　◇「巽聖歌作品集 下」巽聖歌作品集刊行委員会 1977 p63
小人のお丹さん
　◇「与謝野晶子児童文学全集 3」春陽堂書店 2007 p284
こびとのおやど
　◇「北畠八穂児童文学全集 4」講談社 1974 p230
小人の おんがえし
　◇「定本小川未明童話全集 15」講談社 1978 p228
　◇「定本小川未明童話全集 15」大空社 2002 p228
こびとの神
　◇「松谷みよ子のむかしむかし 4」講談社 1973 p100
小人のごちそう
　◇「浜田広介全集 3」集英社 1975 p79
小人の地獄
　◇「西條八十童謡全集」修道社 1971 p18

こひと

こびとのせんたく日
◇「北畠八穂児童文学全集 4」講談社 1974 p224

こびとの つづみ
◇「今西祐行絵ぶんこ 4」あすなろ書房 1984 p39

小びとのつづみ
◇「今西祐行全集 1」偕成社 1988 p107

小人の願
◇「瑠璃の壺―森銑三童話集」三樹書房 1982 p35

こびとの ばいきん
◇「巽聖歌作品集 下」巽聖歌作品集刊行委員会 1977 p14

こびとのピコ
◇「寺村輝夫童話全集 6」ポプラ社 1982 p5
◇「寺村輝夫童話集 7」理論社 1999 p566

小人のひっこし
◇「西條八十童謡全集」修道社 1971 p253

小人のボーゲンソンさんとセリムの奥さん
◇「斎藤隆介全集 12」岩崎書店 1982 p232

小人の指
◇「校定新美南吉全集 9」大日本図書 1981 p565

小人鼻助
◇「巌谷小波お伽噺文庫 〔4〕」大和書房 1976 p41
◇「(巌谷) 小波お伽全集 10」本の友社 1998 p353

コーヒーの歌―チャイコフスキー バレエ組曲「胡桃割り人形」より
◇「阪田寛夫全詩集」理論社 2011 p296

ゴビの沙漠と花火
◇「椋鳩十の本 1」理論社 1982 p117

コーヒーはこびの記
◇「長崎源之助全集 20」偕成社 1988 p191

コーヒー畑
◇「今江祥智童話館 〔16〕」理論社 1987 p141

五百坂のきつね
◇「〔比江島重孝〕宮崎のむかし話 2」鉱脈社 1998 p158

五百台の馬車の音
◇「花園大学仏典童話全集 4」法蔵館 1979 p55

五ひゃっぽんの 矢
◇「花園大学仏典童話全集 6」法蔵館 1979 p151

胡獱海流
◇「戸川幸夫動物文学全集 12」講談社 1977 p67

こぶ あげる
◇「まど・みちお全詩集」理論社 1992 p125

古風な愛
◇「星新一YAセレクション 7」理論社 2009 p7

〔古風な士族町をこめた浅黄いろのもやのなかに〕
◇「ジュニア文学館 宮沢賢治―写真・絵画集成 3」日本図書センター 1996 p133

こぶを とられた
◇「巽聖歌作品集 上」巽聖歌作品集刊行委員会 1977 p302

こぶし
◇「今江祥智の本 15」理論社 1980 p79
◇「今江祥智童話集 〔13〕」理論社 1987 p112

こぶし
◇「いのち―みずかみかずよ全詩集」石風社 1995 p79

辛夷
◇「巽聖歌作品集 上」巽聖歌作品集刊行委員会 1977 p28

〔こぶしの咲き〕
◇「新修宮沢賢治全集 4」筑摩書房 1979 p233
◇「ジュニア文学館 宮沢賢治―写真・絵画集成 3」日本図書センター 1996 p149

辛夷の蒼に
◇「稗田童平全集 1」宝文館出版 1978 p95

辛夷の花(日下部梅子)
◇「岡田泰三・日下部梅子童謡集」会津童詩会 1992 p133

こぶしの花咲いて
◇「住井すゑジュニア文学館 5」汐文社 1999 p39

コブシの村
◇「庄野英二全集 6」偕成社 1979 p71

辛夷花に(二章)
◇「稗田童平全集 1」宝文館出版 1978 p79

コブタ
◇「〔東君平〕おはようどうわ 1」講談社 1982 p154

子ブタ
◇「まど・みちお詩集 2」銀河社 1975 p56
◇「まど・みちお全詩集」理論社 1992 p437

コブタさんたち
◇「石のロバー浅野都作品集」新風舎 2007 p36

こぶたの うた
◇「まど・みちお全詩集」理論社 1992 p103

こぶたのかけっこ
◇「大石真児童文学全集 16」ポプラ社 1982 p123

子ブタの かずと おっぱいの かず
◇「今井誉次郎童話集子どもの村 〔2〕」国土社 1957 p107

コブタのすもう
◇「〔東君平〕おはようどうわ 1」講談社 1982 p16

小ぶたの たび
◇「定本小川未明童話全集 15」講談社 1978 p109
◇「定本小川未明童話全集 15」大空社 2002 p109

こぶたのとことこ
◇「浜田広介全集 2」集英社 1975 p213

こぶたのブブが ラッパをふく
◇「まど・みちお全詩集」理論社 1992 p251

こぶたのペエくん
　◇「まどさんの詩の本 5」理論社 1994 p32
　◇「浜田広介全集 6」集英社 1976 p240

こぶたブンタのネコフンジャッタ
　◇「もりやまみやこ童話選 3」ポプラ社 2009 p27

古物商
　◇「椋鳩十の本 1」理論社 1982 p90

こぶとダンゴ
　◇「〔山田野理夫〕お笑い文庫 7」太平出版社 1977（母と子の図書室）p63

こぶとり
　◇「ひろすけ幼年童話文学全集 11」集英社 1962 p182

こぶとり
　◇「松谷みよ子のむかしむかし 2」講談社 1973 p31
　◇「〔松谷みよ子〕日本むかし話 7」フレーベル館 2003 p1
　◇「〔松谷みよ子〕日本むかし話 愛蔵版〔7〕」フレーベル館 2003 p1

こぶとり―おはなしのうたの一
　◇「新装版金子みすゞ全集 1」JULA出版局 1984 p15
　◇「金子みすゞ童謡集」角川春樹事務所 1998（ハルキ文庫）p136
　◇「〔金子〕みすゞ詩画集〔7〕」春陽堂書店 2002 p36
　◇「金子みすゞ童謡全集」JULA出版局 2003 p28

瘤とり爺
　◇「〔北原〕白秋全童謡集 2」岩波書店 1992 p25

こぶとりじいさん
　◇「〔木暮正夫〕日本のおばけ話・わらい話 11」岩崎書店 1987 p25

こぶとりじいさん
　◇「寺村輝夫のむかし話〔10〕」あかね書房 1980 p6

子ぶなと子ねこ
　◇「ひろすけ幼年童話文学全集 1」集英社 1961 p42
　◇「浜田広介全集 6」集英社 1976 p190

子ぶなのきょうだい
　◇「〔佐々木千鶴子〕動物村のこうみんかん―台所からのひとり言 童話集」朝日新聞社西部開発室編集出版センター 1996 p67

小舟
　◇「くんぺい魔法ばなし―魔法ばなし全集 1」サンリオ 2000 p128

小舟のゴロウ
　◇「久保喬自選作品集 2」みどりの会 1994 p86

こぶのある木
　◇「稗田薫平全集 3」宝文館出版 1979 p69

古墳怪盗団
　◇「山田風太郎少年小説コレクション 1」論創社 2012 p67

子分たち
　◇「星新一ちょっと長めのショートショート 6」理論社 2006 p200

吾平とよくばり夫婦
　◇「平成に生まれた昔話―〔村瀬〕神太郎童話集」文芸社 1999 p130

五平どん五つばなし
　◇「寺村輝夫どうわの本 1」ポプラ社 1983 p1

五平どん五つ話
　◇「寺村輝夫全童話 4」理論社 1997 p66

五平どんつづきの五つ話
　◇「寺村輝夫全童話 4」理論社 1997 p99

五平餅
　◇「椋鳩十の本 20」理論社 1983 p157

こヘビ
　◇「〔東君平〕おはようどうわ 1」講談社 1982 p74
　◇「東君平のおはようどうわ 1」新日本出版社 2010 p24

ゴボウ
　◇「まど・みちお全詩集」理論社 1992 p120
　◇「まどさんの詩の本 1」理論社 1994 p42

小坊主の行列
　◇「花岡大学童話文学全集 5」法蔵館 1980 p51

ごぼうとだいこん
　◇「村山籌子作品集 2」JULA出版局 1998 p58

子ほめ（林家木久蔵編、岡本和明文）
　◇「林家木久蔵の子ども落語 4」フレーベル館 1998 p128

こぼれたミルク
　◇「阪田寛夫全詩集」理論社 2011 p459

こぼれる，こぼれる
　◇「〔木暮正夫〕日本のおばけ話・わらい話 10」岩崎書店 1987 p55

こぼれるこぼれる
　◇「川崎大治民話選〔4〕」童心社 1975 p137

こぼれる砂に
　◇「稗田薫平全集 2」宝文館出版 1979 p42

ご本（岡田泰三）
　◇「岡田泰三・日下部梅子童謡集」会津童詩会 1992 p68

御本
　◇「新装版金子みすゞ全集 2」JULA出版局 1984 p279
　◇「金子みすゞ童謡全集 4」JULA出版局 2004 p196

御本と海
　◇「新装版金子みすゞ全集 1」JULA出版局 1984 p237
　◇「〔金子〕みすゞ詩画集〔2〕」春陽堂書店 1997
　◇「金子みすゞ童謡集」角川春樹事務所 1998（ハルキ文庫）p16

こほん

◇「金子みすゞ童謡全集 2」JULA出版局 2003 p214

五ほんの ゆび
◇「まど・みちお全詩集 続」理論社 2015 p205

こま
◇「定本小川未明童話全集 12」講談社 1977 p72
◇「定本小川未明童話全集 12」大空社 2002 p72

こま
◇「こやま峰子詩集 〔2〕」朔北社 2003 p8

こま
◇「まど・みちお詩集 4」銀河社 1974 p52
◇「まど・みちお全詩集」理論社 1992 p422
◇「まどさんの詩の本 6」理論社 1996 p52

こま
◇「いのち―みずかみかずよ全詩集」石風社 1995 p244

コマ
◇「坪田譲治童話全集 11」岩崎書店 1986 p27
◇「坪田譲治名作選 〔4〕 風の中の子供」小峰書店 2005 p19

コマ
◇「戸川幸夫動物文学全集 12」講談社 1977 p243

コマ
◇「与田準一全集 2」大日本図書 1967 p98

独楽
◇「〔島木〕赤彦童謡集」第一書店 1947 p101

独楽
◇「巽聖歌作品集 上」巽聖歌作品集刊行委員会 1977 p422

コマイヌ
◇「〔山田野理夫〕おばけ文庫 4」太平出版社 1976（母と子の図書室）p140

駒ケ岳
◇「新修宮沢賢治全集 2」筑摩書房 1979 p292

小牧・長久手の戦い（一龍斎貞水編、岡本和明文）
◇「一龍斎貞水の歴史講談 4」フレーベル館 2000 p226

こまぐさ
◇「小出正吾児童文学全集 4」審美社 2001 p9

ごまだらカミキリ
◇「いのち―みずかみかずよ全詩集」石風社 1995 p196

小松小緑
◇「〔巌谷〕小波お伽全集 8」本の友社 1998 p109

こまったおばさんそれからどうした
◇「寺村輝夫おはなしプレゼント 3」講談社 1994 p5
◇「寺村輝夫全童話 6」理論社 1998 p271

こまった かおの むしゃにんぎょう
◇「小川未明幼年童話文学全集 6」集英社 1966 p55
◇「定本小川未明童話全集 15」講談社 1978 p162

◇「定本小川未明童話全集 15」大空社 2002 p162

こまったくま
◇「浜田広介全集 3」集英社 1975 p149

こまった子ぐま こまった子りす
◇「〔かこさとし〕お話こんにちは 〔9〕」偕成社 1979 p130

こまったさんのオムレツ
◇「寺村輝夫全童話 6」理論社 1998 p38

こまったさんのカレーライス
◇「寺村輝夫全童話 6」理論社 1998 p19

こまったさんのグラタン
◇「寺村輝夫全童話 6」理論社 1998 p57

こまったさんのコロッケ
◇「寺村輝夫全童話 6」理論社 1998 p77

こまったさんのサラダ
◇「寺村輝夫全童話 6」理論社 1998 p48

こまったさんのサンドイッチ
◇「寺村輝夫全童話 6」理論社 1998 p67

こまったさんのシチュー
◇「寺村輝夫全童話 6」理論社 1998 p99

こまったさんのスパゲティ
◇「寺村輝夫全童話 6」理論社 1998 p9

こまったさんのハンバーグ
◇「寺村輝夫全童話 6」理論社 1998 p28

こまったさんのラーメン
◇「寺村輝夫全童話 6」理論社 1998 p88

こまったとのさま
◇「浜田広介全集 2」集英社 1975 p214

こまったむすこ
◇「〔木暮正夫〕日本のおばけ話・わらい話 5」岩崎書店 1986 p55

こまってしまったうどん屋さん
◇「〔柳家弁天〕らくご文庫 4」太平出版社 1987 p30

こまってる
◇「いのち―みずかみかずよ全詩集」石風社 1995 p257

小松原
◇「新装版金子みすゞ全集 3」JULA出版局 1984 p183
◇「金子みすゞ童謡集」角川春樹事務所 1998（ハルキ文庫）p162
◇「金子みすゞ童謡全集 6」JULA出版局 2004 p80

こまと珍念
◇「川崎大治民話選 〔3〕」童心社 1971 p33

こま鳥
◇「鈴木三重吉童話全集 2」文泉堂書店 1975（日本文学全集・選集叢刊第5次）p341

駒鳥
◇「中村雨紅詩謡集」中村雨紅詩謡集刊行委員会

駒鳥温泉
　◇「川端康成少年少女小説集」中央公論社 1968 p121
こまどりと酒
　◇「定本小川未明童話全集 4」講談社 1977 p66
　◇「小川未明童話集」岩波書店 1996（岩波文庫） p185
　◇「定本小川未明童話全集 4」大空社 2001 p66
こまどりの赤い胸毛
　◇「浜田広介全集 10」集英社 1976 p31
駒鳥のお葬式
　◇「〔北原〕白秋全童謡集 1」岩波書店 1992 p119
駒鳥の都
　◇「新装版金子みすゞ全集 2」JULA出版局 1984 p59
　◇「金子みすゞ童謡全集 3」JULA出版局 2004 p94
ゴマの種子
　◇「椋鳩十の本 15」理論社 1982 p125
ゴマのたね
　◇「椋鳩十全集 12」ポプラ社 1970 p116
独楽の実
　◇「新装版金子みすゞ全集 2」JULA出版局 1984 p149
　◇「新装版金子みすゞ全集 2」JULA出版局 1984 p165
　◇「金子みすゞ童謡全集 4」JULA出版局 2004 p30
こままわし
　◇「石森延男児童文学全集 5」学習研究社 1971 p247
　◇「石森読本―石森延男児童文学選集 5年生」小学館 1977 p153
こままわし
　◇「稗田童平全集 8」宝文館出版 1982 p137
ごまめ
　◇「くどうなおこ詩集〇」童話屋 1996 p96
ごまめのうた
　◇「今江祥智の本 10」理論社 1980 p21
　◇「今江祥智童話館 〔8〕」理論社 1987 p190
コマ山の狼とジンベエだんな
　◇「〔今坂柳二〕りゅうじフォークロア・world 6」ふるさと伝承研究会 2012 p137
コマヨの子もりうた
　◇「宮口しづえ児童文学集 5」小峰書店 1969 p161
　◇「宮口しづえ童話全集 7」筑摩書房 1979 p160
ゴミ運搬車
　◇「まど・みちお全詩集」理論社 1992 p603
　◇「まどさんの詩の本 9」理論社 1996 p88
ごみだらけの豆
　◇「定本小川未明童話全集 4」講談社 1977 p346
　◇「定本小川未明童話全集 4」大空社 2001 p346

小みち（二瓶とく）
　◇「岡田泰三・日下部梅子童謡集」会津童詩会 1992 p158
小径に娘
　◇「〔北原〕白秋全童謡集 1」岩波書店 1992 p139
小湊へ
　◇「〔島崎〕藤村の童話 4」筑摩書房 1979 p111
五味の木カクテル
　◇「笑った泣き地蔵―御田慶子童話選集」たま出版 2007 p73
小宮山量平さんと
　◇「全集版灰谷健次郎の本 24」理論社 1988 p7
ゴミは　かかる
　◇「まど・みちお全詩集」理論社 1992 p602
　◇「まどさんの詩の本 14」理論社 1997 p76
狐民譚
　◇「稗田童平全集 7」宝文館出版 1981 p166
小麦
　◇「巽聖歌作品集 上」巽聖歌作品集刊行委員会 1977 p90
小麦色の仲間たち
　◇「早乙女勝元小説選集 7」理論社 1977 p1
コムギとアズキ
　◇「今井誉次郎童話集子どもの村〔4〕」国土社 1957 p70
小麦の国
　◇「今江祥智の本 15」理論社 1980 p12
小麦のなかの小人
　◇「新美南吉全集 6」牧書店 1965 p262
小麦の中の小人
　◇「校定新美南吉全集 9」大日本図書 1981 p563
小麦のほ
　◇「国分一太郎児童文学集 6」小峰書店 1967 p98
ゴム靴
　◇「〔北原〕白秋全童謡集 3」岩波書店 1992 p90
ゴムだん
　◇「〔東君平〕おはようどうわ 7」講談社 1982 p55
　◇「東君平のおはようどうわ 2」新日本出版社 2010 p75
ゴム長ちがい
　◇「与田準一全集 4」大日本図書 1967 p128
ゴムの長靴ゴムマント
　◇「中村雨紅詩謡集」中村雨紅詩謡集刊行委員会 1971 p123
ゴム毬
　◇「巽聖歌作品集 上」巽聖歌作品集刊行委員会 1977 p464
米を三ふくろ
　◇「寺村輝夫のむかし話〔4〕」あかね書房 1978 p10

こめか

米がきらい
　◇「寺村輝夫のとんち話 3」あかね書房 1976 p24
こめかし
　◇「〔山田野理夫〕おばけ文庫 7」太平出版社 1976（母と子の図書室）p26
こめくわぬよめさん
　◇「寺村輝夫のむかし話 〔1〕」あかね書房 1977 p68
米子と豆子
　◇「北彰介作品集 3」青森県児童文学研究会 1990 p92
米搗虫
　◇「中村雨紅詩謡集」中村雨紅詩謡集刊行委員会 1971 p64
米つき虫の言い草
　◇「〔島崎〕藤村の童話 3」筑摩書房 1979 p136
米つけ馬
　◇「国分一太郎児童文学集 6」小峰書店 1967 p160
こめとぎばば
　◇「〔山田野理夫〕おばけ文庫 7」太平出版社 1976（母と子の図書室）p40
米の水
　◇「〔北原〕白秋全童謡集 5」岩波書店 1993 p10
こめのめし
　◇「寺村輝夫のとんち話 2」あかね書房 1976 p82
米福糠福
　◇「稗田童平全集 5」宝文館出版 1980 p141
ゴメン下サイ
　◇「阪田寛夫全詩集」理論社 2011 p83
ごめんなさい
　◇「いのち―みずかみかずよ全詩集」石風社 1995 p206
ごめんね
　◇「いのち―みずかみかずよ全詩集」石風社 1995 p183
ごめんね
　◇「いちばん大切な願いごと―宮下木花12歳童話集」銀の鈴社 2007（小さな鈴シリーズ）p17
ごめんね ごめんね
　◇「おはなしいっぱい―祐成智美童謡詩集」リーブル 1997 p70
五目ずし
　◇「壺井栄全集 2」文泉堂出版 1997 p243
五目ならべ
　◇「斎田喬児童劇選集 〔2〕」牧書店 1954 p226
子持大黒
　◇「〔巌谷〕小波お伽全集 6」本の友社 1998 p209
子守
　◇「〔斎藤信夫〕子ども心を友として―童謡詩集」成東町教育委員会 1996 p18
子守
　◇「〔島木〕赤彦童謡集」第一書店 1947 p16
子守
　◇「庄野英二全集 11」偕成社 1980 p314
子守
　◇「巽聖歌作品集 上」巽聖歌作品集刊行委員会 1977 p432
こもりうた
　◇「佐藤義美童謡集」さ・え・ら書房 1960 p267
　◇「佐藤義美全集 1」佐藤義美全集刊行会 1974 p278
　◇「佐藤義美全集 4」佐藤義美全集刊行会 1974 p240
子もりうた
　◇「今井誉次郎童話集子どもの村 〔5〕」国土社 1957 p62
子もりうた
　◇「定本小川未明童話全集 3」講談社 1977 p397
　◇「定本小川未明童話全集 3」大空社 2001 p397
子守りうた
　◇「〔鈴木桂子〕親子で語り合う詩集 2」クロスロード 1999 p42
子守唄
　◇「〔北原〕白秋全童謡集 3」岩波書店 1992 p281
子守唄
　◇「〔竹久〕夢二童謡集」ノーベル書房 1975（浪漫文庫）p94
子守唄
　◇「巽聖歌作品集 下」巽聖歌作品集刊行委員会 1977 p309
子守唄
　◇「〔永田允子〕わすれな草―童話集」講談社出版サービスセンター 1997 p67
子守唄
　◇「椋鳩十の本 20」理論社 1983 p146
子守歌
　◇「壺井栄全集 7」文泉堂出版 1998 p27
子守唄クラブ
　◇「サトウハチロー・ユーモア小説選 17」岩崎書店 1979 p5
こもりうた（しつけうた1）
　◇「〔おうち・やすゆき〕こら！ しんぞう―童謡詩集」小峰書店 1996 p68
こもりうた ちいさな旅
　◇「りらりらりらわたしの絵本―富永佳与子こどものうた作品集」国土社 1994 p54
子もりうた 一
　◇「与田凖一全集 1」大日本図書 1967 p126
子もりうた 二
　◇「与田凖一全集 1」大日本図書 1967 p128
子もりうた 三

子守する子
　◇「与田凖一全集 1」大日本図書 1967 p130
子守する子
　◇「国分一太郎児童文学集 6」小峰書店 1967 p143
子守つ子（チエホフによる）
　◇「鈴木三重吉童話全集 8」文泉堂書店 1975（日本文学全集・選集叢刊第5次）p292
木もりのかき
　◇「春よこいこい―高橋良和こころの童話選集」同朋舎出版 1995 p124
子やぎのたんじょう
　◇「小出正吾児童文学全集 2」審美社 2000 p167
子安明神
　◇「〔巌谷〕小波お伽全集 2」本の友社 1998 p47
小山喜代野さんの碑銘
　◇「〔島崎〕藤村の童話 4」筑摩書房 1979 p209
湖山長者
　◇「松谷みよ子のむかしむかし 10」講談社 1973 p128
湖山長者（鳥取）
　◇「〔木暮正夫〕日本の怪奇ばなし 10」岩崎書店 1990 p62
小雪の無念
　◇「〔中山正宏〕大きくな～れ―童話集」日本図書刊行会 1996 p24
（小雪はららぎ）
　◇「稗田童平全集 8」宝文館出版 1982 p129
小雪姫
　◇「〔巌谷〕小波お伽全集 8」本の友社 1998 p383
ごゆっくり
　◇「〔木暮正夫〕日本のおばけ話・わらい話 5」岩崎書店 1986 p87
こよいあなたは ときいろの―柏の木大王のうた
　◇「あまの川―宮沢賢治童謡集」筑摩書房 2001 p66
〔今宵南の風吹けば〕
　◇「新修宮沢賢治全集 5」筑摩書房 1979 p245
御用象騒動記
　◇「戸川幸夫動物文学全集 7」講談社 1977 p308
ご用邸ギツネ
　◇「戸川幸夫・子どものための動物物語 5」国土社 1967 p55
御用邸狐
　◇「戸川幸夫動物文学全集 5」冬樹社 1965 p203
　◇「戸川幸夫動物文学全集 1」講談社 1976 p240
五葉の松子
　◇「〔巌谷〕小波お伽全集 8」本の友社 1998 p189
暦
　◇「壺井栄全集 1」文泉堂出版 1997 p178
「暦」その他についての雑談
　◇「壺井栄全集 11」文泉堂出版 1998 p39

こよみと時計
　◇「〔金子〕みすゞ詩画集 〔3〕」春陽堂書店 2000
暦と時計
　◇「新装版金子みすゞ全集 2」JULA出版局 1984 p90
　◇「金子みすゞ童話全集 3」JULA出版局 2004 p138
こよりの犬
　◇「戸川幸夫動物文学全集 15」講談社 1977 p201
　◇「戸川幸夫動物文学全集 15」講談社 1977 p281
こら！ しんぞう
　◇「〔おうち・やすゆき〕こら！ しんぞう―童謡詩集」小峰書店 1996 p6
〔こらはみな手を引き交へて〕
　◇「新修宮沢賢治全集 6」筑摩書房 1980 p19
　◇「新修宮沢賢治全集 6」筑摩書房 1980 p342
ゴリ雄たちの願いごと
　◇「〔矢ヶ崎則之〕童話集1「ねえねえ、兄ちゃん…」」レーヴック, 星雲社（発売） 2011 p99
こりこり物語
　◇「鈴木三重吉童話全集 1」文泉堂書店 1975（日本文学全集・選集叢刊第5次）p97
コリシーアムの闘技
　◇「鈴木三重吉童話全集 6」文泉堂書店 1975（日本文学全集・選集叢刊第5次）p98
凝り性の建具屋
　◇「斎藤隆介全集 10」岩崎書店 1982 p61
こりすの家
　◇「〔下田喜久美〕遠くから来た旅人―詩集」リトル・ガリヴァー社 1998 p21
こりすのおかあさん
　◇「浜田広介全集 1」集英社 1975 p83
小りすの おかあさん
　◇「ひろすけ幼年童話文学全集 6」集英社 1962 p40
こりすのスキー
　◇「浜田広介全集 11」集英社 1976 p81
小りすのはつなめ
　◇「ひろすけ幼年童話文学全集 5」集英社 1962 p94
　◇「浜田広介全集 6」集英社 1976 p191
小りすの話
　◇「ひろすけ幼年童話文学全集 2」集英社 1962 p172
　◇「浜田広介全集 2」集英社 1975 p229
五竜背
　◇「〔北原〕白秋全童謡集 3」岩波書店 1992 p246
五両と五分
　◇「川崎大治民話選 〔1〕」童心社 1968 p100
五両引く一両
　◇「椋鳩十の本 15」理論社 1982 p165
ゴリラ記
　◇「戸川幸夫動物文学全集 9」冬樹社 1966 p193

こりら

- ◇「戸川幸夫・子どものための動物物語 7」国土社 1967 p93
- ◇「戸川幸夫動物文学全集 6」講談社 1977 p67

ゴリラの学校（一場）
- ◇「筒井敬介児童劇集 2」東京書籍 1982（東書児童劇シリーズ）p87

ゴリラのバナナ
- ◇「寺村輝夫全童話 3」理論社 1997 p10

ゴリラのバナナ―アフリカのなかまたち
- ◇「寺村輝夫おはなしプレゼント 1」講談社 1994 p40

ゴリラの星
- ◇「やなせたかし童謡詩集 〔1〕」フレーベル館 2000 p80

ゴリラのりらちゃん
- ◇「神沢利子のおはなしの時間 3」ポプラ社 2011 p94

五輪峠
- ◇「新修宮沢賢治全集 3」筑摩書房 1979 p13
- ◇「新修宮沢賢治全集 3」筑摩書房 1979 p310
- ◇「新修宮沢賢治全集 6」筑摩書房 1980 p26
- ◇「新修宮沢賢治全集 6」筑摩書房 1980 p345

（ゴルギァスの）
- ◇「稗田童平全集 2」宝文館出版 1979 p89

ごるちゃんがうまれたよ
- ◇「神沢利子のおはなしの時間 3」ポプラ社 2011 p123

ゴールデン・バット事件
- ◇「海野十三全集 2」三一書房 1991 p141

ごーるど
- ◇「こども用三代目魚武濱田成夫詩集ZK」学習研究社 2002 p36

コルプス先生汽車へのる
- ◇「筒井敬介童話全集 9」フレーベル館 1983 p7

コルプス先生動物園へ行く（三場）
- ◇「筒井敬介児童劇集 2」東京書籍 1982（東書児童劇シリーズ）p143

コルプス先生とかばくん
- ◇「筒井敬介童話全集 1」フレーベル館 1983 p191

コルプス先生とこたつねこ
- ◇「筒井敬介童話全集 1」フレーベル館 1983 p137
- ◇「筒井敬介おはなし本 1」小峰書店 2006 p115

コルプス先生馬車へのる
- ◇「筒井敬介童話全集 9」フレーベル館 1983 p111

「コルボウ詩集」（一九五三年版）
- ◇「稗田童平全集 6」宝文館出版 1981 p140

コール老王
- ◇「〔北原〕白秋全童謡集 1」岩波書店 1992 p133

これからの出来事
- ◇「星新一ショートショートセレクション 11」理論社 2003 p115

コレクター
- ◇「星新一ちょっと長めのショートショート 7」理論社 2006 p145

これ，これ，小意気な
- ◇「〔北原〕白秋全童謡集 1」岩波書店 1992 p183

これしかないの
- ◇「いのち―みずかみかずよ全詩集」石風社 1995 p307

「これだけで十分」
- ◇「瑠璃の壺―森銑三童話集」三樹書房 1982 p189

これ，だれの足？
- ◇「稗田童平全集 3」宝文館出版 1979 p130

これでいいの
- ◇「〔黒川良人〕犬の詩猫の詩―児童詩集」東洋出版 2000 p145

これでいいのですか
- ◇「〔黒川良人〕犬の詩猫の詩―児童詩集」東洋出版 2000 p76

これでだいじょうぶ
- ◇「〔柳家弁天〕らくご文庫 7」太平出版社 1987 p71

これという
- ◇「まど・みちお全詩集 続」理論社 2015 p292

〔これらは素樸なアイヌ風の木柵であります〕
- ◇「新修宮沢賢治全集 4」筑摩書房 1979 p247
- ◇「ジュニア文学館 宮沢賢治―写真・絵画集成 3」日本図書センター 1996 p151

これはしたり
- ◇「椋鳩十の本 18」理論社 1982 p204

これはナルホドきっちょむ話
- ◇「〔木暮正夫〕日本のおばけ話・わらい話 9」岩崎書店 1987

これはなんどり
- ◇「〔比江島重孝〕宮崎のむかし話 1」鉱脈社 1998 p73

これはわたしのおうち
- ◇「村山籌子作品集 3」JULA出版局 1998 p44

五郎くんのだんごの木
- ◇「浜田広介全集 7」集英社 1976 p119

五郎とボサこう
- ◇「岡本良椎童話文学全集 3」講談社 1064 p253

五郎のおきあがり小法師
- ◇「二反長半作品集 3」集英社 1979 p225

五郎のおつかい
- ◇「松谷みよ子全集 1」講談社 1971 p97

ゴロエモ坂
- ◇「〔今柳柳二〕りゅうじフォークロア・world 3」ふるさと伝承研究会 2007 p99

ころがりお月さん
- ◇「西條八十童謡全集」修道社 1971 p255

ころがるいも
　◇「寺村輝夫のむかし話〔5〕」あかね書房 1978 p61

ころがるもの
　◇「平塚武二童話全集 1」童心社 1972 p24

ころころお菓子
　◇「鈴木三重吉童話全集 3」文泉堂書店 1975（日本文学全集・選集叢刊第5次）p270

ころころ蛙
　◇「〔北原〕白秋全童謡集 2」岩波書店 1992 p111

ころころ蛙―父の詩
　◇「〔北原〕白秋全童謡集 4」岩波書店 1993 p34

コロコロ コマ
　◇「佐藤義美全集 1」佐藤義美全集刊行会 1974 p127

ころころころ橋
　◇「〔北原〕白秋全童謡集 4」岩波書店 1993 p294

コロコロちゃんはおいしそう
　◇「きむらゆういちおはなしのへや 5」ポプラ社 2012 p119

ころころ帽子
　◇「〔北原〕白秋全童謡集 3」岩波書店 1992 p328

ゴロゴロ まんきんたん
　◇「〔山田野理夫〕お笑い文庫 2」太平出版社 1977（母と子の図書室）p90

殺し屋
　◇「花岡大学童話文学全集 5」法蔵館 1980 p73

殺し屋ですのよ
　◇「星新一YAセレクション 2」理論社 2008 p29

ころしやのロック
　◇「阪田寛夫全詩集」理論社 2011 p681

ころすけくんは二年生
　◇「岡本良雄童話文学全集 3」講談社 1964 p232

五郎助の話
　◇「与謝野晶子児童文学全集 3」春陽堂書店 2007 p221

五郎助奉公
　◇「斎藤隆介全集 2」岩崎書店 1982 p28

ごろぜみ
　◇「新美南吉全集 6」牧書店 1965 p241
　◇「校定新美南吉全集 8」大日本図書 1981 p47
　◇「新美南吉童話集 1」大日本図書 1982 p318
　◇「新美南吉童話傑作選〔6〕花をうめる」小峰書店 2004 p160
　◇「新美南吉童話集 1」大日本図書 2012 p318

ゴロちゃんが きた日
　◇「〔かこさとし〕お話こんにちは〔8〕」偕成社 1979 p4

ころっけ ころりん
　◇「巽聖歌作品集 上」巽聖歌作品集刊行委員会 1977 p212

コロッケ町のぼく
　◇「筒井敬介童話全集 3」フレーベル館 1983 p45

コロツセウムの地下室
　◇「佐藤義美全集 1」佐藤義美全集刊行会 1974 p61

コロティス
　◇「今江祥智の本 4」理論社 1980 p40
　◇「今江祥智童話集〔11〕」理論社 1987 p62

ゴローの子守り
　◇「〔佐々木千鶴子〕動物村のこうみんかん一台所からのひとり言 童話集」朝日新聞社西部開発室編集出版センター 1996 p75

哥路の冒険
　◇「〔北原〕白秋全童謡集 2」岩波書店 1992 p227

ころび しょうがつ
　◇「阪田寛夫全詩集」理論社 2011 p185

コロボックル
　◇「巽聖歌作品集 上」巽聖歌作品集刊行委員会 1977 p190

コロボックルとかみのひこうき
　◇「佐藤さとる全集 3」講談社 1972 p65

コロボックルと紙の飛行機
　◇「佐藤さとるファンタジー全集 7」講談社 1983 p121
　◇「佐藤さとるファンタジー全集 7」講談社, 復刊ドットコム（発売）2010 p121

コロボックルととけい
　◇「佐藤さとる全集 3」講談社 1972 p59

コロボックルと時計
　◇「佐藤さとるファンタジー全集 7」講談社 1983 p115
　◇「佐藤さとるファンタジー全集 7」講談社, 復刊ドットコム（発売）2010 p115

コロボックルのトコちゃん
　◇「佐藤さとる全集 3」講談社 1972 p71
　◇「佐藤さとるファンタジー全集 7」講談社 1983 p127
　◇「佐藤さとるファンタジー全集 7」講談社, 復刊ドットコム（発売）2010 p127

コロモダコ
　◇「〔山田野理夫〕おばけ文庫 5」太平出版社 1976（母と子の図書室）p51

衣の館
　◇「巽聖歌作品集 下」巽聖歌作品集刊行委員会 1977 p209

コロよ安らかに
　◇「〔黒川良人〕犬の詩猫の詩―児童詩集」東洋出版 2000 p85

コロラドの月
　◇「土田明子詩集 2」かど創房 1986 p28

ころりん たまご
　◇「まど・みちお全詩集」理論社 1992 p204

ころりんと
　◇「まど・みちお全詩集」理論社 1992 p78
ころは万寿
　◇「坪田譲治童話全集 8」岩崎書店 1986 p205
ごろん
　◇「さくらゆき―さとうじゅんこ童詩集」えんじゅの会 1997 p68
ゴロンコタン
　◇〔黒川良人〕犬の詩猫の詩―児童詩集」東洋出版 2000 p18
ころんだ所
　◇「新装版金子みすゞ全集 1」JULA出版局 1984 p115
　◇「金子みすゞ童謡集」角川春樹事務所 1998（ハルキ文庫）p143
　◇「金子みすゞ童謡全集 2」JULA出版局 2003 p34
コロンビア氷原
　◇「椋鳩十の本 22」理論社 1983 p261
コロンブス物語
　◇「全集古田足日子どもの本 12」童心社 1993 p7
こわァーい話
　◇「斎藤隆介全集 3」岩崎書店 1982 p261
こわい
　◇「今江祥智の本 10」理論社 1980 p157
　◇「今江祥智童話館〔17〕」理論社 1987 p160
こわい
　◇〔山田野理夫〕お笑い文庫 1」太平出版社 1977（母と子の図書室）p97
こわい雨もり
　◇「浜田広介全集 9」集英社 1976 p123
こわいおしばい
　◇「斎田喬児童劇選集〔3〕」牧書店 1954 p227
こわいおしばい（童話劇）
　◇「斎田喬幼年劇全集 1」誠文堂新光社 1962 p231
こわいとき
　◇〔内海康子〕六月のカレンダー―詩集」けやき書房 1999 p14
こわいばん
　◇「いのち―みずかみかずよ全詩集」石風社 1995 p246
こわい魔女
　◇「石森延男児童文学全集 6」学習研究社 1971 p12
こわいものはうまいもの
　◇〔山田野理夫〕お笑い文庫 6」太平出版社 1977（母と子の図書室）p44
こわい夢
　◇「杉みき子選集 2」新潟日報事業社 2005 p127
子はかすがい（林家木久蔵編、岡本和明文）
　◇「林家木久蔵の子ども落語 3」フレーベル館 1998 p130
こわがり こけこ

◇「阪田寛夫全詩集」理論社 2011 p243
こわがり こけこの ゆめ
　◇「阪田寛夫全詩集」理論社 2011 p243
こわがりゴンタ
　◇〔佐々木千鶴子〕動物村のこうみんかん―台所からのひとり言 童話集」朝日新聞社西部開発室編集出版センター 1996 p53
こわがりのときの いるか
　◇「くどうなおこ詩集○」童話屋 1996 p98
こわがりやのゆうれい
　◇「大川悦生・おばけの本 2」ポプラ社 1981 p1
こわくはないぞ
　◇「寺村輝夫おはなしプレゼント 4」講談社 1994 p101
　◇「寺村輝夫全童話 7」理論社 1999 p504
小分け
　◇「椋鳩十全集 12」ポプラ社 1970 p201
　◇「椋鳩十の本 15」理論社 1982 p235
こわさ一ばん「東海道四谷怪談」
　◇〔木暮正夫〕日本の怪奇ばなし 7」岩崎書店 1990 p6
こわされた花びん
　◇〔木下容子〕ファンタジー傑作童話集 まほうのコンペイトー」おさひめ書房 2009 p99
怖すぎる約束
　◇〔西本鶏介〕日本の昔話―読みきかせお話集 1」小学館 1999 p90
〔こはドロミット洞窟の〕
　◇「新修宮沢賢治全集 6」筑摩書房 1980 p282
　◇「新修宮沢賢治全集 6」筑摩書房 1980 p435
五羽のカラス
　◇「みずいろようちえん―出雲路猛雄童話集」坂神都 2012 p212
5わのはと
　◇〔山村義盛〕童話集」山村義盛 1997 p1
こはれ帽子（しゃっぽ）
　◇「新装版金子みすゞ全集 3」JULA出版局 1984 p63
こわれ帽子
　◇「金子みすゞ童謡全集 5」JULA出版局 2004 p88
こわれたお月さま
　◇「みずいろようちえん―出雲路猛雄童話集」坂神都 2012 p142
こわれたせともの
　◇〔木暮正夫〕日本のおばけ話・わらい話 13」岩崎書店 1987 p9
壊れたバリコン
　◇「海野十三全集 1」三一書房 1990 p51
渾河
　◇〔北原〕白秋全童謡集 3」岩波書店 1992 p220
根気強い不精者

◇「椋鳩十の本 29」理論社 1989 p52
ごんぎつね
◇「新美南吉全集 1」牧書店 1965 p219
◇「新美南吉童話集」世界文化社 2004（心に残るロングセラー）p17
◇「新美南吉童話選集 3」ポプラ社 2013 p5
ごんぎつね（新美南吉作，冨田博之脚色）
◇「新美南吉童話劇集 1」東京書籍 1981（東書児童劇シリーズ）p159
ごん狐
◇「校定新美南吉全集 3」大日本図書 1980 p7
◇「新美南吉童話集 1」大日本図書 1982 p77
◇「新美南吉童話大全」講談社 1989 p111
◇「新美南吉童話集」岩波書店 1996（岩波文庫）p9
◇「新美南吉童話傑作選〔3〕ごん狐」小峰書店 2004 p19
◇「新美南吉30選」春陽堂書店 2009（名作童話）p25
◇「新美南吉童話集 1」大日本図書 2012 p77
金剛院正信さま
◇「北彰介作品集 3」青森県児童文学研究会 1990 p254
金剛院とキツネ
◇「坪田譲治童話全集 10」岩崎書店 1986 p225
金剛山の戦い（一龍斎貞水編，岡本和明文）
◇「一龍斎貞水の歴史講談 4」フレーベル館 2000 p106
金剛のきね
◇「花岡大学仏典童話全集 4」法蔵館 1979 p34
今後を童話作家に
◇「定本小川未明童話全集 5」講談社 1977 p415
こんこのお寺
◇「〔北原〕白秋全童謡集 2」岩波書店 1992 p84
コンコラリューバー
◇「〔東君平〕おはようどうわ 4」講談社 1982 p145
ごんごろ鐘
◇「新美南吉全集 3」牧書店 1965 p1
◇「校定新美南吉全集 2」大日本図書 1980 p86
◇「新美南吉童話集 2」大日本図書 1982 p47
◇「新美南吉童話大全」講談社 1989 p119
◇「新美南吉童話集」岩波書店 1996（岩波文庫）p119
◇「新美南吉30選」春陽堂書店 2009（名作童話）p110
◇「新美南吉童話集 2」大日本図書 2012 p47
こんころころりん
◇「〔北原〕白秋全童謡集 4」岩波書店 1993 p268
コンコン小兎
◇「中村雨紅詩謡集」中村雨紅詩謡集刊行委員会 1971 p44
こんこん こぎつねの
◇「巽聖歌作品集 上」巽聖歌作品集刊行委員会 1977 p280
こんこん小ぎつね
◇「浜田広介全集 11」集英社 1976 p32
こんこん こども
◇「まど・みちお全詩集」理論社 1992 p219
こんこん小松
◇「〔北原〕白秋全童謡集 2」岩波書店 1992 p86
コンコン小山
◇「〔巌谷〕小波お伽全集 3」本の友社 1998 p162
こんこん小山の
◇「〔北原〕白秋全童謡集 1」岩波書店 1992 p250
こんこん小雪
◇「中村雨紅詩謡集」中村雨紅詩謡集刊行委員会 1971 p32
ゴンザレスとリス
◇「健太と大天狗―片山貞一創作童話集」あさを社 2007 p12
ごんじいさんとかっぱの子
◇「松谷みよ子全集 6」講談社 1972 p113
金色（こんじき）… → "きんいろ…"をも見よ
コンジキ王のほどこし
◇「花岡大学仏典童話全集 1」法蔵館 1979 p190
金色の足あと
◇「椋鳩十全集 2」ポプラ社 1969 p52
◇「椋鳩十動物童話集 8」小峰書店 1990 p6
金色の足跡
◇「椋鳩十の本 10」理論社 1982 p29
金色の足跡〔わたしの作品をめぐって〕
◇「椋鳩十の本 24」理論社 1983 p137
金色の川
◇「椋鳩十全集 1」ポプラ社 1969 p106
◇「椋鳩十の本 10」理論社 1982 p133
◇「椋鳩十動物童話集 11」小峰書店 1991 p6
◇「椋鳩十まるごと動物ものがたり 10」理論社 1995 p5
金色の里
◇「椋鳩十全集 11」ポプラ社 1970 p176
金色のしぶき
◇「椋鳩十の本 32」理論社 1989 p112
金色の谷
◇「椋鳩十の本 20」理論社 1983 p175
金色のヘビ
◇「椋鳩十全集 6」ポプラ社 1969 p131
今昔ばなし抱合(サンドイッチ)兵団―金博士シリーズ・4
◇「海野十三全集 10」三一書房 1991 p43
今昔物語について
◇「阪田寛夫全詩集」理論社 2011 p120
ごんすけのおつかい
◇「〔木暮正夫〕日本のおばけ話・わらい話 6」岩崎

こんす

書店 1986 p35
ごんすけやまの北風小僧
　◇「なっちゃんと魔法の葉っぱ―天城健太郎作品集」今日の話題社 2007 p83
混声合唱「生きる」
　◇「阪田寛夫全詩集」理論社 2011 p528
混声合唱曲過ぎゆくものを悼む哀歌「駅にて」
　◇「阪田寛夫全詩集」理論社 2011 p502
混声合唱組曲「青い木の実」
　◇「阪田寛夫全詩集」理論社 2011 p524
混声合唱組曲「アビと漁師」
　◇「阪田寛夫全詩集」理論社 2011 p53
混声合唱組曲「ウェンズデー」
　◇「阪田寛夫全詩集」理論社 2011 p582
混声合唱組曲「北廻船」
　◇「阪田寛夫全詩集」理論社 2011 p571
混声合唱組曲「飛んでゆきましょう」
　◇「阪田寛夫全詩集」理論社 2011 p558
混声合唱と打楽器のための組曲「イソップ物語」
　◇「阪田寛夫全詩集」理論社 2011 p519
混声合唱のためのスケッチ「夢」
　◇「阪田寛夫全詩集」理論社 2011 p531
コン・セブリ島
　◇「別役実童話集　〔5〕」三一書房 1984 p59
コン・セブリ島の魔法使い
　◇「別役実童話集　〔5〕」三一書房 1984 p97
ごんぞう虫になったおじさん
　◇〔西本鶏介〕日本の昔話―読みきかせお話集 2」小学館 2001 p78
コン太とおふくばあさん
　◇「きつねとチョウとアカヤシオの花―横野幸一童話集」横野幸一, 静岡新聞社（発売）2006 p12
コン太のシッポ物語
　◇「今西祐行全集 5」偕成社 1990 p111
コンちゃん
　◇「戸川幸夫動物文学全集 9」冬樹社 1966 p179
　◇「戸川幸夫・子どものための動物物語 4」国土社 1967 p149
昆虫
　◇「庄野英二全集 6」偕成社 1979 p272
昆虫学者さま・えっへん
　◇〔塩見治子〕短編童話集 本のむし」早稲田童話塾 2013 p61
こんちゅうのうんどうかい
　◇「今井誉次郎童話集子どもの村　〔4〕」国土社 1957 p106
昆虫のブルース
　◇「阪田寛夫全詩集」理論社 2011 p37
近藤富蔵

　◇「筑波常治伝記物語全集 4」国土社 1969 p5
紺と黄のいろどり
　◇「壺井栄全集 6」文泉堂出版 1998 p269
コンとポン
　◇「松谷みよ子全集 6」講談社 1972 p37
コンドル
　◇「戸川幸夫動物文学全集 6」冬樹社 1965 p89
　◇「戸川幸夫動物文学全集 9」講談社 1976 p179
こんどは お前が泣くばんさ
　◇「阪田寛夫全詩集」理論社 2011 p871
こんどは私の番です
　◇「阪田寛夫全詩集」理論社 2011 p872
混沌
　◇「稗田童平全集 1」宝文館出版 1978 p116
こんな王さまこんないしゃ
　◇「花岡大学仏典童話全集 8」法蔵館 1979 p22
こんなかお
　◇〔木暮正夫〕日本のおばけ話・わらい話 2」岩崎書店 1986 p35
こんな顔とちがいますか
　◇〔西本鶏介〕新日本昔ばなし――一日一話・読みきかせ 1」小学館 1997 p64
こんなくらいばん…
　◇〔木暮正夫〕日本のおばけ話・わらい話 3」岩崎書店 1986 p50
こんな時代が
　◇「星新一ショートショートセレクション 11」理論社 2003 p60
こんな所に
　◇「まど・みちお詩集 3」銀河社 1975 p10
　◇「まど・みちお全詩集」理論社 1992 p479
　◇「まどさんの詩の本 8」理論社 1996 p10
こんなにたしかに
　◇「まど・みちお詩集 6」銀河社 1975 p60
　◇「まど・みちお全詩集」理論社 1992 p498
　◇「まどさんの詩の本 14」理論社 1997 p18
〔こんなにも切なく〕
　◇「新修宮沢賢治全集 5」筑摩書房 1979 p269
今日（こんにち）…→"きょう…"をも見よ
今日の山犬
　◇「戸川幸夫動物文学全集 14」講談社 1977 p140
こんにちは
　◇「阪田寛夫全詩集」理論社 2011 p505
こんにゃく
　◇〔木暮正夫〕日本のおばけ話・わらい話 11」岩崎書店 1987 p47
こんにゃく
　◇「杉みき子選集 2」新潟日報事業社 2005 p135
こんにゃくえんま
　◇「川崎大治民話選　〔2〕」童心社 1969 p116

こんにゃく閻魔
　◇「今江祥智の本 10」理論社 1980 p81
こんにゃくととうふ
　◇「浜田広介全集 9」集英社 1976 p128
〔こんにゃくの〕
　◇「新修宮沢賢治全集 6」筑摩書房 1980 p200
こんにゃく問答（林家木久蔵編、岡本和明文）
　◇「林家木久蔵の子ども落語 4」フレーベル館 1998 p206
コンのしっぱい
　◇「松谷みよ子全集 10」講談社 1972 p91
　◇「松谷みよ子おはなし集 2」ポプラ社 2010 p30
コンのしっぽはせかいいいち
　◇「あまんきみこ童話集 1」ポプラ社 2008 p108
コンのしっぽは世界一
　◇「あまんきみこセレクション 1」三省堂 2009 p199
紺の背広
　◇「壺井栄全集 3」文泉堂出版 1997 p447
コンパス
　◇「〔北原〕白秋全童謡集 5」岩波書店 1993 p116
コンパス かりて
　◇「まど・みちお全詩集 続」理論社 2015 p40
今晩は
　◇「阪田寛夫全詩集」理論社 2011 p92
こんばんはたたりさま
　◇「山中恒よみもの文庫 18」理論社 2001 p7
今晩はッス
　◇「国分一太郎児童文学集 6」小峰書店 1967 p145
こんび太郎
　◇「今江祥智の本 10」理論社 1980 p190
　◇「今江祥智童話館〔17〕」理論社 1987 p116
こんびの太郎
　◇「二反長半作品集 3」集英社 1979 p43
こんぶとり
　◇「〔高橋一仁〕春のニシン場—童謡詩集」けやき書房 2003 p76
金平糖の夢
　◇「みすゞさん—童謡詩人・金子みすゞの優しさ探しの旅 2」春陽堂書店 1998
金米糖の夢
　◇「新装版金子みすゞ全集 2」JULA出版局 1984 p255
　◇「金子みすゞ童謡全集 4」JULA出版局 2004 p162
ごんべえさんのたねまき
　◇「〔木暮正夫〕日本のおばけ話・わらい話 16」岩崎書店 1988 p10
権兵衛ダヌキ
　◇「〔山田野理夫〕おばけ文庫 11」太平出版社 1976（母と子の図書室）p73

権兵衛狸（林家木久蔵編、岡本和明文）
　◇「林家木久蔵の子ども落語 2」フレーベル館 1998 p6
ごんべえと かも
　◇「坪田譲治幼年童話文学全集 7」集英社 1965 p106
権兵衛とカモ
　◇「坪田譲治童話全集 10」岩崎書店 1986 p27
　◇「坪田譲治名作選〔1〕魔法」小峰書店 2005 p130
ゴンボの教室
　◇「寺村輝夫童話全集 16」ポプラ社 1982 p111
　◇「寺村輝夫全童話 5」理論社 1998 p54
, （コンマ）と .（ピリオド）
　◇「西條八十童話集」小学館 1983 p416
こんもり山
　◇「巽聖歌作品集 上」巽聖歌作品集刊行委員会 1977 p381
今夜のお月さま
　◇「〔北原〕白秋全童謡集 1」岩波書店 1992 p90
今夜の大根
　◇「松谷みよ子全エッセイ 2」筑摩書房 1989 p263
〔こんやは暖かなので〕
　◇「新修宮沢賢治全集 4」筑摩書房 1979 p166
こんやはおつきみ
　◇「〔関根栄一〕はしるふじさん—童謡集」小峰書店 1998 p138
こんやはおまつり
　◇「杉みき子選集 7」新潟日報事業社 2009 p67
今夜は食べほうだい！—おおかみ・ゴンノスケの腹ペコ日記
　◇「きむらゆういちおはなしのへや 1」ポプラ社 2012 p33
こんやは よみや
　◇「巽聖歌作品集 下」巽聖歌作品集刊行委員会 1977 p132
婚礼の宿
　◇「〔山田野理夫〕お笑い文庫 12」太平出版社 1977（母と子の図書室）p100

【さ】

さあ、これから夏休み
　◇「ネーとなかま—小笹正子の童話集」七つ森書館 2006 p150
さあ しゅっぱつ
　◇「阪田寛夫全詩集」理論社 2011 p151
さあ 手をくんで

さあと

「阪田寛夫全詩集」理論社 2011 p455

サア何うだ!?
◇「〔巌谷〕小波お伽全集 9」本の友社 1998 p233

サアナさんのオルゴール
◇「寺村輝夫おはなしプレゼント 2」講談社 1994 p58
◇「寺村輝夫全童話 6」理論社 1998 p405

サアナさんわすれもの
◇「寺村輝夫おはなしプレゼント 2」講談社 1994 p81
◇「寺村輝夫全童話 6」理論社 1998 p413

さあゆけ！ロボット
◇「大石真児童文学全集 13」ポプラ社 1982 p5

〔さあれ十月イーハトーブは〕
◇「新修宮沢賢治全集 7」筑摩書房 1980 p228

サイうり
◇「〔木暮正夫〕日本のおばけ話・わらい話 11」岩崎書店 1987 p87

西園寺公望
◇「〔かこさとし〕お話こんにちは 〔7〕」偕成社 1979 p107

再会
◇「赤川次郎ショートショートシリーズ 3」理論社 2010 p42

再会
◇「かきおきびより―坂本遼児童文学集」駒込書房 1982 p107

再会
◇「くんぺい魔法ばなし―魔法ばなし全集 3」サンリオ 2000 p132

サイカチ図書館
◇「岡本良雄童話文学全集 2」講談社 1964 p203

さいかち淵
◇「新修宮沢賢治全集 10」筑摩書房 1979 p297

早莢(さいかち)部落
◇「巽聖歌作品集 下」巽聖歌作品集刊行委員会 1977 p260

さいかち虫
◇「〔北原〕白秋全童謡集 2」岩波書店 1992 p45

西行のもどり橋
◇「土田耕平童話集 〔5〕」古今書院 1955 p83

細菌人間
◇「筒井康隆SFジュブナイルセレクション 4」金の星社 2010 p5

サイクリング リンリン
◇「阪田寛夫全詩集」理論社 2011 p402

歳月
◇「杉みき子選集 10」新潟日報事業社 2011 p76

歳月…
◇「カエルの日曜日―末永泉童話集」勝どき書房、星雲社（発売）2007 p31

最高裁判所（近ごろの詩1）
◇「国分一太郎児童文学集 6」小峰書店 1967 p41

西郷隆盛
◇「〔かこさとし〕お話こんにちは 〔9〕」偕成社 1979 p50

西郷隆盛
◇「筑波常治伝記物語全集 6」国土社 1968 p5

最高の作戦
◇「星新一YAセレクション 3」理論社 2008 p70

最高のぜいたく
◇「星新一ショートショートセレクション 12」理論社 2003 p128

西郷びいき
◇「椋鳩十の本 21」理論社 1982 p125

さいごのあとがき・童話雑誌「のん」より
◇「寺村輝夫全童話 別2」理論社 2012 p538

さいごのおおかみ
◇「戸川幸夫・動物ものがたり 15」金の星社 1980 p5

最後の女
◇「椋鳩十の本 34」理論社 1989 p103

最後の課業
◇「鈴木三重吉童話全集 5」文泉堂書店 1975（日本文学全集・選集叢刊第5次）p355

最後の航海
◇「庄野英二自選短篇童話集」編集工房ノア 1986 p301

最後の胡弓ひき
◇「新美南吉全集 2」牧書店 1965 p29
◇「新美南吉童話集 2」大日本図書 1982 p311
◇「新美南吉童話大全」講談社 1989 p127
◇「新美南吉童話傑作選 〔1〕おじいさんのランプ」小峰書店 2004 p61
◇「新美南吉童話集 2」大日本図書 2012 p311

最後の胡弓弾き
◇「校定新美南吉全集 3」大日本図書 1980 p172
◇「新美南吉童話集」岩波書店 1996（岩波文庫）p35

「最後の子どもたち」
◇「今江祥智の本 36」理論社 1990 p235

最後の事業
◇「星新一ちょっと長めのショートショート 4」理論社 2006 p166

最後の地球人
◇「〔星新一〕おーいでてこーい―ショートショート傑作選」講談社 2004（講談社青い鳥文庫）p36

さいごの蝶
◇「立原えりかのファンタジーランド 1」青土社 1980 p71

最後の手紙
◇「よくわかる宮沢賢治―イーハトーブ・ロマン II」

さいごのばん
　◇「いのち―みずかみかずよ全詩集」石風社 1995 p201
最後のビワ
　◇「全集版灰谷健次郎の本 21」理論社 1988 p140
さいごのワシ
　◇「椋鳩十全集 17」ポプラ社 1980 p70
最後のわし
　◇「椋鳩十学年別童話〔9〕」理論社 1991 p98
最後のワシ
　◇「椋鳩十まるごと動物ものがたり 11」理論社 1995 p200
さいころ
　◇「くんぺい魔法ばなし―魔法ばなし全集 2」サンリオ 2000 p46
サイコロの名人
　◇「来栖良夫児童文学全集 6」岩崎書店 1983 p175
ざいさん
　◇「〔東君平〕おはようどうわ 3」講談社 1982 p40
　◇「東君平のおはようどうわ 1」新日本出版社 2010 p18
歳時記
　◇「那須辰造著作集 2」講談社 1980 p121
祭日〔一〕
　◇「新修宮沢賢治全集 6」筑摩書房 1980 p61
　◇「新修宮沢賢治全集 6」筑摩書房 1980 p363
祭日〔二〕
　◇「新修宮沢賢治全集 6」筑摩書房 1980 p270
　◇「新修宮沢賢治全集 6」筑摩書房 1980 p432
済州島の春
　◇「庄野英二全集 10」偕成社 1979 p181
最小人間の怪
　◇「海野十三全集 別巻2」三一書房 1993 p197
罪障のあかし
　◇「北彰介作品集 4」青森県児童文学研究会 1991 p75
さいしょの人間
　◇「人魚―北村寿夫童話選集」宝文館 1955 p87
最初の悲哀
　◇「春―〔竹久〕夢二童話集」ノーベル書房 1977 p123
(犀尊と並んで)
　◇「稗田童平全集 2」宝文館出版 1979 p104
さいたカキノミ
　◇「まど・みちお全詩集 続」理論社 2015 p161
さいた さいた
　◇「まど・みちお全詩集」理論社 1992 p269
咲いた花なら
　◇「中村雨紅詩謡集」中村雨紅詩謡集刊行委員会 1971 p193

最澄
　◇「〔かこさとし〕お話こんにちは〔5〕」偕成社 1979 p83
斎藤さんの羽織のひも
　◇「〔島崎〕藤村の童話 4」筑摩書房 1979 p206
斎藤茂吉
　◇「〔かこさとし〕お話こんにちは〔4〕」偕成社 1979 p125
斎藤隆介
　◇「今江祥智の本 35」理論社 1990 p207
斎藤隆介さんのこと
　◇「松谷みよ子全エッセイ 3」筑摩書房 1989 p70
対談 斎藤隆介の文学と思想(神宮輝夫, 斎藤隆介)
　◇「斎藤隆介全集 7」岩崎書店 1982 p245
斎藤隆介Ⅰ
　◇「今江祥智の本 21」理論社 1981 p175
斎藤隆介Ⅱ
　◇「今江祥智の本 21」理論社 1981 p178
西都原古墳
　◇「椋鳩十の本 21」理論社 1982 p235
災難の除け方(蝙蝠と鼬)
　◇「〔巌谷〕小波お伽全集 14」本の友社 1998 p67
再認識
　◇「星新一YAセレクション 4」理論社 2009 p34
才能
　◇「星新一YAセレクション 1」理論社 2008 p55
さいの にせ王さま
　◇「花岡大学仏典童話全集 7」法蔵館 1979 p170
栽培のくふう
　◇「今井誉次郎童話集子どもの村〔5〕」国土社 1957 p67
采薇翁
　◇「瑠璃の壺―森銑三童話集」三樹書房 1982 p93
砕氷船「宗谷」
　◇「巽聖歌作品集 下」巽聖歌作品集刊行委員会 1977 p103
裁縫箱
　◇「壺井栄名作集 10」ポプラ社 1965 p184
　◇「壺井栄全集 2」文泉堂出版 1997 p75
催眠太郎
　◇「〔巌谷〕小波お伽全集 5」本の友社 1998 p331
材木
　◇「〔島崎〕藤村の童話 1」筑摩書房 1979 p79
材料
　◇「千葉省三童話全集 2」岩崎書店 1967 p193
サイロは 大きい
　◇「巽聖歌作品集 下」巽聖歌作品集刊行委員会 1977 p142

さいわ

「幸」の一文字
- ◇「あまんきみこセレクション 5」三省堂 2009 p103

再話の方法
- ◇「松谷みよ子全エッセイ 2」筑摩書房 1989 p83

サイン狂時代
- ◇「壺井栄全集 11」文泉堂出版 1998 p220

流氷 (ザエ)
- ◇「新修宮沢賢治全集 6」筑摩書房 1980 p27
- ◇「新修宮沢賢治全集 6」筑摩書房 1980 p345
- ◇「ジュニア文学館 宮沢賢治―写真・絵画集成 3」日本図書センター 1996 p183

蔵王のちょう
- ◇「川崎大治民話選 〔2〕」童心社 1969 p17

竿につけたふんどし
- ◇「瑠璃の壺―森銑三童話集」三樹書房 1982 p186

坂
- ◇「西條八十童謡全集」修道社 1971 p77

さかあがり
- ◇「パパとボクとネコ―山口紀代子童謡詩集」音楽舎 2003 p12

堺の市街
- ◇「与謝野晶子児童文学全集 5」春陽堂書店 2007 p133

境の谷
- ◇「〔比江島重孝〕宮崎のむかし話 2」鉱脈社 1998 p255

酒甕
- ◇「瑠璃の壺―森銑三童話集」三樹書房 1982 p214
- ◇「瑠璃の壺―森銑三童話集」三樹書房 1982 p291

酒倉
- ◇「定本小川未明童話全集 1」講談社 1976 p234
- ◇「定本小川未明童話全集 1」大空社 2001 p234

逆時計
- ◇「〔巌谷〕小波お伽全集 3」本の友社 1998 p150

さかさのかいだん
- ◇「寺村輝夫のむかし話 〔5〕」あかね書房 1978 p20

さかさの目
- ◇「寺村輝夫のむかし話 〔4〕」あかね書房 1978 p68

さかさはしら
- ◇「〔山田野理夫〕おばけ文庫 1」太平出版社 1976 （母と子の図書室）p98

さかさぼうき
- ◇「〔山田野理夫〕お笑い文庫 1」太平出版社 1977 （母と子の図書室）p140

さかさま世界の少女
- ◇「いちばん大切な願いごと―宮下木花12歳童話集」銀の鈴社 2007 （小さな鈴シリーズ）p77

さかさまのかめ
- ◇「〔木暮正夫〕日本のおばけ話・わらい話 6」岩崎書店 1986 p15

さかさまのたこ
- ◇「浜田広介全集 5」集英社 1976 p244

「さかさまライオン」のこと
- ◇「今江祥智の本 35」理論社 1990 p289

さかさわらし
- ◇「〔山田野理夫〕おばけ文庫 3」太平出版社 1976 （母と子の図書室）p141

坂下咲子
- ◇「壺井栄全集 2」文泉堂出版 1997 p281

探したシャッポ
- ◇「浜田広介全集 8」集英社 1976 p212

さがしてるさがしてる
- ◇「サトウハチロー童謡集」弥生書房 1977 p12

さがし虫
- ◇「くんぺい魔法ばなし―魔法ばなし全集 1」サンリオ 2000 p42

さがしもの
- ◇「土田耕平童話集 〔3〕」古今院 1955 p17

サーカス
- ◇「杉みき子選集 2」新潟日報事業社 2005 p70

杯と蟹の鋏
- ◇「瑠璃の壺―森銑三童話集」三樹書房 1982 p218

盃の鳥
- ◇「瑠璃の壺―森銑三童話集」三樹書房 1982 p90

さかずきの輪廻
- ◇「定本小川未明童話全集 4」講談社 1977 p210
- ◇「小川未明童話集」岩波書店 1996 （岩波文庫）p161
- ◇「定本小川未明童話全集 4」大空社 2001 p210

サーカス小屋の動物たち
- ◇「武田信夫童話作品集」みちのく書房 1995 p62

さかずし
- ◇「椋鳩十の本 23」理論社 1983 p256

サーカスの怪人
- ◇「文庫版 少年探偵・江戸川乱歩 15」ポプラ社 2005 p5

サーカスにはいった王さま
- ◇「寺村輝夫童話全集 1」ポプラ社 1982 p157
- ◇「〔寺村輝夫〕ぼくは王さま全1冊」理論社 1985 p103
- ◇「寺村輝夫全童話 1」理論社 1996 p69
- ◇「寺村輝夫の王さまシリーズ 9」理論社 1998 p101

サーカスの犬
- ◇「戸川幸夫動物文学全集 15」講談社 1977 p282

サーカスの怪人
- ◇「少年探偵江戸川乱歩全集 13」ポプラ社 1964 p5
- ◇「少年探偵・江戸川乱歩 15」ポプラ社 1999 p5

サーカスの風

さかな

　◇「戸川幸夫動物文学全集 7」冬樹社 1966 p189
　◇「戸川幸夫動物文学全集 11」講談社 1977 p3

サーカスの少年
　◇「定本小川未明童話全集 6」講談社 1977 p366
　◇「定本小川未明童話全集 6」大空社 2001 p366

サーカスの ゾウ
　◇「佐藤義美全集 3」佐藤義美全集刊行会 1973 p277

サーカスの旅
　◇「星新一ショートショートセレクション 11」理論社 2003 p195

サーカスの月
　◇「阪田寛夫全詩集」理論社 2011 p901

サーカスの旗が立つ
　◇「長崎源之助全集 7」偕成社 1987 p153

さかだち
　◇「庄野英二全集 11」偕成社 1980 p317

さかだち
　◇「いのち―みずかみかずよ全詩集」石風社 1995 p240

さか立ち小僧さん
　◇「定本小川未明童話全集 14」講談社 1977 p127
　◇「定本小川未明童話全集 14」大空社 2002 p127

さかだち したら
　◇「阪田寛夫全詩集」理論社 2011 p343

さかた ひろお
　◇「阪田寛夫全詩集」理論社 2011 p292

酒樽
　◇「椋鳩十の本 16」理論社 1983 p97

下がったりなめたり
　◇〔山田野理夫〕おばけ文庫 1」太平出版社 1976（母と子の図書室）

坂とバラの日々
　◇「今江祥智の本 15」理論社 1980 p46
　◇「今江祥智童話館 〔15〕」理論社 1987 p68

さかな
　◇〔東君平〕ひとくち童話 5」フレーベル館 1995 p20

さかな
　◇「まど・みちお全詩集」理論社 1992 p270
　◇「まど・みちお全詩集」理論社 1992 p559
　◇「まどさんの詩の本 7」理論社 1996 p82

魚（さかな）… →"うお…"をも見よ

魚
　◇「巽聖歌作品集 上」巽聖歌作品集刊行委員会 1977 p375

魚
　◇「椋鳩十の本 1」理論社 1982 p88

さかな石ゆうれいばなし
　◇「奥田継夫ベストコレクション 7」ポプラ社 2002 p177

サカナイワ
　◇「宮口しづえ児童文学集 4」小峰書店 1969 p98

さかな売りときつね
　◇「川崎大治民話選 〔3〕」童心社 1971 p98

魚売りの小母さんに
　◇「新装版金子みすゞ全集 1」JULA出版局 1984 p206
　◇「金子みすゞ童謡全集 2」JULA出版局 2003 p166
　◇〔金子みすゞ〕花の詩集 1」JULA出版局 2004 p8

魚をたべる
　◇「土田明子詩集 3」かど創房 1986 p44

魚を食べる
　◇「まど・みちお全詩集」理論社 1992 p672

（魚を積んだ）
　◇「稗田菫平全集 8」宝文館出版 1982 p125

魚つり
　◇「佐藤一英「童話・童謡集」」一宮市立萩原小学校 2003 p37

さかなとしょうとつ
　◇「佐藤義美童謡集」さ・え・ら書房 1960 p197
　◇「佐藤義美童謡集」さ・え・ら書房 1960 p234
　◇「佐藤義美全集 1」佐藤義美全集刊行会 1974 p250

さかなと ともだち
　◇「佐藤義美全集 3」佐藤義美全集刊行会 1973 p183

魚と幼女
　◇「稗田菫平全集 1」宝文館出版 1978 p37

さかなになったわかもののはなし
　◇「岩永博史童話集 1」岩永博史 2001 p116

魚女房
　◇〔山田野理夫〕おばけ文庫 5」太平出版社 1976（母と子の図書室）p78

さかなにはなぜしたがない
　◇〔神沢利子〕くまの子ウーフの童話集 1」ポプラ社 2001 p7

サカナノイキ
　◇〔北原〕白秋全童謡集 5」岩波書店 1993 p29

魚のいる風景
　◇「杉みき子選集 9」新潟日報事業社 2011 p132

さかなの からだ
　◇「まど・みちお全詩集」理論社 1992 p561

魚のこない海
　◇「北川千代児童文学全集 下」講談社 1967 p265

さかなの子守唄
　◇「阪田寛夫全詩集」理論社 2011 p472

魚の種子
　◇〔伊藤紀子〕雪の皮膚―川柳作品集」伊藤紀子

さかな

1999 p87

魚のなかの基督
◇「北彰介作品集 4」青森県児童文学研究会 1991 p72

魚の花
◇「まど・みちお全詩集 続」理論社 2015 p333

さかなの日
◇「阪田寛夫全詩集」理論社 2011 p582

さかなのほね
◇「浜田広介全集 2」集英社 1975 p216

魚のように
◇「まど・みちお全詩集」理論社 1992 p19

魚の嫁入り
◇「新装版金子みすゞ全集 1」JULA出版局 1984 p193
◇「金子みすゞ童謡全集 2」JULA出版局 2003 p148

魚や
◇「〔北原〕白秋全童謡集 4」岩波書店 1993 p195

坂のある風景
◇「杉みき子選集 3」新潟日報事業社 2006 p103

嵯峨野(九首)
◇「稗田菫平全集 4」宝文館出版 1980 p37

さかの車
◇「浜田広介全集 2」集英社 1975 p231

佐賀のばけねこ
◇「川崎大治民話選 〔2〕」童心社 1969 p216

溯り鮒
◇「螢の河・源流へ―伊藤桂一作品集」講談社 2000(講談社文芸文庫) p103

逆巻大明神
◇「〔比江島重孝〕宮崎のむかし話 2」鉱脈社 1998 p263

坂みち
◇「長い長いかくれんぼ―杉みき子自選童話集」新潟日報事業社 2001 p63

坂道
◇「壺井栄名作集 4」ポプラ社 1965 p6
◇「定本壺井栄児童文学全集 4」講談社 1980 p7
◇「壺井栄全集 10」文泉堂出版 1998 p204

坂道
◇「新美南吉全集 5」牧書店 1965 p219
◇「校定新美南吉全集 3」大日本図書 1980 p277

坂道下
◇「〔内海康子〕六月のカレンダー―詩集」けやき書房 1999 p48

さかむけ
◇「新装版金子みすゞ全集 1」JULA出版局 1984 p39
◇「〔金子〕みすゞ詩画集 〔7〕」春陽堂書店 2002 p24

◇「金子みすゞ童謡全集 1」JULA出版局 2003 p60

坂本竜馬
◇「〔かこさとし〕お話こんにちは 〔8〕」偕成社 1979 p56

坂本竜馬
◇「筑波常治伝記物語全集 8」国土社 1969 p5

酒屋のワン公
◇「定本小川未明童話全集 6」講談社 1977 p91
◇「小川未明童話集」岩波書店 1996 (岩波文庫) p304
◇「定本小川未明童話全集 6」大空社 2001 p91
◇「小川未明30選」春陽堂書店 2009 (名作童話) p240

下がり
◇「〔山田野理夫〕おばけ文庫 6」太平出版社 1976 (母と子の図書室) p24

サガレンと八月
◇「新修宮沢賢治全集 10」筑摩書房 1979 p277

左官の全国青年部長
◇「斎藤隆介全集 10」岩崎書店 1982 p95

さかんやさん
◇「まど・みちお全詩集 続」理論社 2015 p20

SAKI
◇「ビートたけし傑作集 少年編 3」金の星社 2010 p5

鷺
◇「〔北原〕白秋全童謡集 5」岩波書店 1993 p13

鷺
◇「巽聖歌作品集 上」巽聖歌作品集刊行委員会 1977 p425

鷺
◇「浜田広介全集 11」集英社 1976 p33

鷺を鷺
◇「〔巌谷〕小波お伽全集 3」本の友社 1998 p255

サギソウ
◇「椋鳩十の本 19」理論社 1982 p158

サギ草
◇「椋鳩十全集 11」ポプラ社 1970 p89

〔さき立つ名誉村長は〕
◇「新修宮沢賢治全集 6」筑摩書房 1980 p48

左義長
◇「〔北原〕白秋全童謡集 4」岩波書店 1993 p59

さぎとかに
◇「浜田広介全集 10」集英社 1976 p241

サギ(鷺)とさぎ(詐欺)―さぎの生態
◇「横山健童謡選集 2」無明舎出版 1995 p106

鷺と鶴
◇「〔北原〕白秋全童謡集 1」岩波書店 1992 p324

鷺と鶴と蝸牛のうた
◇「〔北原〕白秋全童謡集 1」岩波書店 1992 p323

さぎのおどり
　◇「巌谷小波お伽噺文庫〔3〕」大和書房 1976 p210
鷺の子
　◇「〔北原〕白秋全童謡集 2」岩波書店 1992 p405
サギの飛ぶ町
　◇「椋鳩十の本 22」理論社 1983 p130
〔サキノハカといふ黒い花といっしょに〕
　◇「新修宮沢賢治全集 4」筑摩書房 1979 p234
鷺宮二十年
　◇「壺井栄全集 11」文泉堂出版 1998 p279
鷺宮二丁目
　◇「壺井栄全集 2」文泉堂出版 1997 p267
佐喜浜の鍛冶屋のばば（高知）
　◇「〔木暮正夫〕日本の怪奇ばなし 10」岩崎書店 1990 p99
鷺むすめ
　◇「〔北原〕白秋全童謡集 2」岩波書店 1992 p177
砂丘
　◇「北彰介作品集 4」青森県児童文学研究会 1991 p32
砂丘の鬼
　◇「来栖良夫児童文学全集 6」岩崎書店 1983 p69
作業
　◇「〔北原〕白秋全童謡集 3」岩波書店 1992 p13
〔鷺はひかりのそらに餓ゑ〕
　◇「新修宮沢賢治全集 6」筑摩書房 1980 p214
柵
　◇「椋鳩十の本 1」理論社 1982 p111
佐久ことば
　◇「〔島崎〕藤村の童話 4」筑摩書房 1979 p188
（索索五合庵）
　◇「稗田薫平全集 8」宝文館出版 1982 p107
作爺さんの乗合馬車
　◇「高橋敏彦童話集」ノヴィス 2000（ノヴィス叢書）p78
作詞＝里小唄
　◇「椋鳩十の本 23」理論社 1983 p282
作者から＝詩集のあとに〔詩集「駿馬」〕
　◇「椋鳩十の本 1」理論社 1982 p14
作者と作中人物
　◇「壺井栄全集 11」文泉堂出版 1998 p43
作者の意図と読者と
　◇「椋鳩十の本 18」理論社 1982 p120
作者の言葉〔火星兵団〕
　◇「海野十三集 1」桃源社 1980 p（1）
さくせん
　◇「〔東君平〕おはようどうわ 2」講談社 1982 p80
サクソニーの梅
　◇「〔島崎〕藤村の童話 4」筑摩書房 1979 p102

作の祝い火
　◇「国分一太郎児童文学集 6」小峰書店 1967 p110
さく菌の
　◇「校定新美南吉全集 8」大日本図書 1981 p149
作品断章
　◇「新修宮沢賢治全集 15」筑摩書房 1980 p404
作品について〔中学生のための詩集エミグラント牧歌〕
　◇「巽聖歌作品集 下」巽聖歌作品集刊行委員会 1977 p268
作品の主人公について
　◇「椋鳩十の本 18」理論社 1982 p116
作品の中の私
　◇「椋鳩十の本 18」理論社 1982 p113
作品はいい気持ちラインでないと（角野栄子，神宮輝夫）
　◇「〔神宮輝夫〕現代児童文学作家対談 3」偕成社 1988 p9
作品は海から生まれた（山下明生，神宮輝夫）
　◇「〔神宮輝夫〕現代児童文学作家対談 2」偕成社 1988 p171
作文
　◇「〔永松康男〕童話集 青いマント」永松康男 2012 p214
作物をだます話
　◇「今井誉次郎童話集子どもの村〔6〕」国土社 1957 p141
作物つくり
　◇「今井誉次郎童話集子どもの村〔4〕」国土社 1957 p5
さくら
　◇「〔巌谷〕小波お伽全集 7」本の友社 1998 p401
さくら
　◇「西條八十童謡全集」修道社 1971 p113
さくら
　◇「佐藤義美童謡集」さ・え・ら書房 1960 p128
さくら
　◇「〔鈴木桂子〕親子で語り合う詩集 1」クロスロード 1997 p10
さくら
　◇「〔竹久〕夢二童謡集」ノーベル書房 1975（浪漫文庫）p9
さくら
　◇「壺井栄全集 4」文泉堂出版 1998 p403
　◇「壺井栄全集 6」文泉堂出版 1998 p450
さくら
　◇「〔東君平〕ひとくち童話 6」フレーベル館 1995 p62
さくら
　◇「まど・みちお全詩集」理論社 1992 p578
　◇「まどさんの詩の本 11」理論社 1997 p20

さくら

さくら
　◇「いのち―みずかみかずよ全詩集」石風社 1995 p85
サクラ
　◇「佐藤義美全集 1」佐藤義美全集刊行会 1974 p123
サクラ
　◇「〔東君平〕おはようどうわ 3」講談社 1982 p58
桜
　◇「庄野英二全集 9」偕成社 1979 p255
サクラ石
　◇「〔山田野理夫〕おばけ文庫 3」太平出版社 1976（母と子の図書室）p106
桜をありがとう丸山先生
　◇「ともみのちょう戦―立花玲子童話集」青森県児童文学研究会 1997 p70
さくら貝
　◇「くんぺい魔法ばなし―魔法ばなし全集 2」サンリオ 2000 p62
さくら貝のうた
　◇「稗田童平全集 8」宝文館出版 1982 p177
さくらがさいたら
　◇「佐藤義美全集 1」佐藤義美全集刊行会 1974 p289
　◇「佐藤義美全集 1」佐藤義美全集刊行会 1974 p398
桜子
　◇「今西祐行絵ぶんこ 12」あすなろ書房 1985 p21
　◇「今西祐行全集 4」偕成社 1987 p35
さくら子とおじいさん
　◇「今西祐行全集 2」偕成社 1987 p217
童謡集さくら咲く国 抄
　◇「巽聖歌作品集 上」巽聖歌作品集刊行委員会 1977 p201
さくら さくら
　◇「阪田寛夫全詩集」理論社 2011 p178
さくら さくら
　◇「おはなしいっぱい―祐成智美童謡詩集」リーブル 1997 p44
桜島
　◇「椋鳩十の本 23」理論社 1983 p26
桜島大根
　◇「椋鳩十の本 23」理論社 1983 p259
桜島と城山
　◇「椋鳩十の本 21」理論社 1982 p99
さくら草
　◇「中村雨紅詩謡集」中村雨紅詩謡集刊行委員会 1971 p33
さくら草
　◇「与謝野晶子児童文学全集 4」春陽堂書店 2007 p88

佐倉宗吾と甚兵衛渡し（千葉）
　◇「〔木暮正夫〕日本の怪奇ばなし 9」岩崎書店 1990 p88
サクラ団地の夏まつり
　◇「全集古田足日子どもの本 3」童心社 1993 p309
サクラ町少年探偵団
　◇「大石真児童文学全集 1」ポプラ社 1982 p131
桜と金魚
　◇「中村雨紅詩謡集」中村雨紅詩謡集刊行委員会 1971 p90
さくらとテニス
　◇「〔北原〕白秋全童謡集 3」岩波書店 1992 p71
桜鳥の卵
　◇「巽聖歌作品集 上」巽聖歌作品集刊行委員会 1977 p424
桜並木の楓の木
　◇「やなせたかし童謡詩集〔3〕」フレーベル館 2001 p74
桜にまつわる話
　◇「浜田広介全集 12」集英社 1976 p215
（さくらの）
　◇「稗田童平全集 8」宝文館出版 1982 p59
さくらのうた
　◇「まど・みちお全詩集」理論社 1992 p270
さくらの木
　◇「新装版金子みすゞ全集 2」JULA出版局 1984 p208
　◇「金子みすゞ童謡集」角川春樹事務所 1998（ハルキ文庫）p44
　◇「金子みすゞ童謡全集 4」JULA出版局 2004 p92
　◇「〔金子みすゞ〕花の詩集 1」JULA出版局 2004 p7
サクラのき
　◇「〔東君平〕おはようどうわ 4」講談社 1982 p56
サクラの木
　◇「岡本良雄童話文学全集 1」講談社 1964 p102
さくらの季節
　◇「地球のかぞく―石原一輝童謡詩集」群青社 2001 p84
さくらの木の植えかえ
　◇「与田凖一全集 2」大日本図書 1967 p118
櫻の木の下で
　◇「阪田寛夫全詩集」理論社 2011 p224
桜の賢治碑
　◇「巽聖歌作品集 上」巽聖歌作品集刊行委員会 1977 p531
櫻の草紙
　◇「〔巌谷〕小波お伽全集 2」本の友社 1998 p113
さくらの花
　◇「佐藤義美童謡集」さ・え・ら書房 1960 p200
　◇「佐藤義美全集 1」佐藤義美全集刊行会 1974

さくろ

p221
さくらの花がさくみちで
◇「佐藤義美童謡集」さ・え・ら書房 1960 p199
◇「佐藤義美全集 1」佐藤義美全集刊行会 1974 p221
さくらの はなさん
◇「まど・みちお全詩集」理論社 1992 p126
さくらの はなの とんねる
◇「佐藤義美全集 3」佐藤義美全集刊行会 1973 p178
さくらの はなびら
◇「まど・みちお全詩集」理論社 1992 p553
◇「まどさんの詩の本 11」理論社 1997 p22
さくらの花びら
◇「さちいさや童話集―心の中に愛の泉がわいてくる」近代文芸社 1995 p34
桜の花びら
◇「宮口しづえ童話全集 8」筑摩書房 1979 p16
櫻の蟲
◇「〔巌谷〕小波お伽全集 3」本の友社 1998 p16
さくら花
◇「浜田広介全集 11」集英社 1976 p143
桜―花びらの雨が降る日は
◇「立原えりかのファンタジーランド 4」青土社 1980 p19
さくら姫
◇「豊田三郎童話集」草加市立川柳小学校 1993 p4
さくら ファンタジー
◇「パパとボクとネコ―山口紀代子童謡詩集」音楽舎 2003 p76
サクラふぶき
◇「佐藤義美全集 5」佐藤義美全集刊行会 1973 p223
桜ふぶき
◇「いのち―みずかみかずよ全詩集」石風社 1995 p458
桜町小の純情トリオ
◇「サトウハチロー・ユーモア小説選 18」岩崎書店 1979 p5
桜まつり
◇「椋鳩十の本 31」理論社 1989 p76
桜丸
◇「斎藤隆介全集 3」岩崎書店 1982 p108
さくらみち
◇「いのち―みずかみかずよ全詩集」石風社 1995 p84
さくらゆき
◇「さくらゆき―さとうじゅんこ童詩集」えんじゅの会 1997 p138
さくらんぼ
◇「佐藤義美全集 1」佐藤義美全集刊行会 1974 p101
◇「佐藤義美全集 1」佐藤義美全集刊行会 1974 p370
さくらんぼ
◇「杉みき子選集 2」新潟日報事業社 2005 p188
サクランボ
◇「まど・みちお全詩集 1」銀河社 1975 p2
◇「まど・みちお全詩集」理論社 1992 p458
桜んぼ
◇「小出正吾児童文学全集 2」審美社 2000 p151
サクランバウ ノ ナツ
◇「巽聖歌作品集 上」巽聖歌作品集刊行委員会 1977 p163
さくらんぼクラブにクロがきた
◇「全集古田足日子どもの本 4」童心社 1993 p11
さくらんぼクラブのおばけ大会
◇「全集古田足日子どもの本 2」童心社 1993 p229
サクランボのみのるころ
◇「今江祥智童話集 〔10〕」理論社 1987 p85
さくらんぼは赤い
◇「武田亜公童話集 5」秋田文化出版社 1978 p33
さくらんぼは おいしいね
◇「巽聖歌作品集 上」巽聖歌作品集刊行委員会 1977 p304
◇「巽聖歌作品集 下」巽聖歌作品集刊行委員会 1977 p17
よびかけさくらんぼ (1)
◇「斎田喬幼年劇全集 1」誠文堂新光社 1962 p410
よびかけさくらんぼ (2)
◇「斎田喬幼年劇全集 1」誠文堂新光社 1962 p432
さぐるみ (日下部梅子)
◇「岡田泰三・日下部梅子童謡集」会津童詩会 1992 p92
ざくろ
◇「新装版金子みすゞ全集 2」JULA出版局 1984 p189
◇「金子みすゞ童謡集」角川春樹事務所 1998 (ハルキ文庫) p112
◇「金子みすゞ童謡全集 4」JULA出版局 2004 p64
ざくろ
◇「住井すゑジュニア文学館 4」汐文社 1999 p105
ざくろ
◇「壺井栄全集 4」文泉堂出版 1998 p486
ざくろ
◇「いのち―みずかみかずよ全詩集」石風社 1995 p114
ザクロくんありがとう
◇「まど・みちお全詩集 続」理論社 2015 p206
ざくろざくざく
◇「山本瓔子詩集 II」新風舎 2003 p26
柘榴の葉と蟻

さくろ

ざくろの花
- ◇「新装版金子みすゞ全集 3」JULA出版局 1984 p155
- ◇「金子みすゞ童謡全集 6」JULA出版局 2004 p40

ざくろの花
- ◇「巽聖歌作品集 上」巽聖歌作品集刊行委員会 1977 p467

ザクロの花
- ◇「椋鳩十の本 19」理論社 1982 p132

柘榴の花
- ◇「巽聖歌作品集 上」巽聖歌作品集刊行委員会 1977 p441

酒
- ◇「椋鳩十全集 12」ポプラ社 1970 p164
- ◇「椋鳩十の本 15」理論社 1982 p199
- ◇「椋鳩十の本 23」理論社 1983 p238

酒
- ◇「瑠璃の壺―森銑三童話集」三樹書房 1982 p210

酒買船
- ◇「新修宮沢賢治全集 4」筑摩書房 1979 p68

酒かす
- ◇「〔山田野理夫〕お笑い文庫 8」太平出版社 1977（母と子の図書室）p137

酒壺
- ◇「瑠璃の壺―森銑三童話集」三樹書房 1982 p214

酒とサクランボ
- ◇「長崎源之助全集 20」偕成社 1988 p108

酒と煙草
- ◇「〔巌谷〕小波お伽全集 14」本の友社 1998 p237

酒と光
- ◇「おの・ちゅうこう初期作品集〔1〕牧歌的風景」崙書房 1975 p17

酒に漬けた肉
- ◇「瑠璃の壺―森銑三童話集」三樹書房 1982 p211

酒の雨
- ◇「瑠璃の壺―森銑三童話集」三樹書房 1982 p31

さけの大介・小介
- ◇「松谷みよ子のむかしむかし 9」講談社 1973 p51

鮭の恩がえし
- ◇「稗田童平全集 5」宝文館出版 1980 p169

酒のない酒場
- ◇「赤川次郎ショートショートシリーズ 1」理論社 2009 p82

酒の飲み方
- ◇「椋鳩十の本 23」理論社 1983 p240

さけめに落ちたふしぎな骨
- ◇「〔たかしよいち〕世界むかしむかし探検 1」国土社 1993 p99

サケ物語
- ◇「〔藤原英司〕日本の動物物語シリーズ〔6〕」佑学社 1986 p9

酒は飲むべかりける
- ◇「椋鳩十全集 12」ポプラ社 1970 p18
- ◇「椋鳩十の本 15」理論社 1982 p21

三五平の夢
- ◇「〔山田野理夫〕お笑い文庫 7」太平出版社 1977（母と子の図書室）p89

サザエ売り
- ◇「寺村輝夫のとんち話 2」あかね書房 1976 p50

サザエおに
- ◇「〔山田野理夫〕おばけ文庫 5」太平出版社 1976（母と子の図書室）p71

栄螺三郎
- ◇「〔巌谷〕小波お伽全集 5」本の友社 1998 p63

さざえのお家
- ◇「新装版金子みすゞ全集 2」JULA出版局 1984 p190
- ◇「金子みすゞ童謡全集 4」JULA出版局 2004 p66

栄螺の夢
- ◇「〔北原〕白秋全童謡集 2」岩波書店 1992 p119

佐々木さんと「片耳の大鹿」
- ◇「椋鳩十の本 24」理論社 1983 p194

佐々木さんの話
- ◇「椋鳩十全集 6」ポプラ社 1969 p104
- ◇「椋鳩十の本 11」理論社 1983 p148

佐々木政談（林家木久蔵編、岡本和明文）
- ◇「林家木久蔵の子ども落語 3」フレーベル館 1998 p20

佐佐木信綱
- ◇「〔かこさとし〕お話こんにちは〔3〕」偕成社 1979 p20

さざなみ
- ◇「〔北原〕白秋全童謡集 2」岩波書店 1992 p388

さざ波
- ◇「石森延男児童文学全集 5」学習研究社 1971 p254

さざなみや
- ◇「阪田寛夫全詩集」理論社 2011 p892

漣は
- ◇「〔北原〕白秋全童謡集 2」岩波書店 1992 p310

ササのちまき
- ◇「稗田童平全集 5」宝文館出版 1980 p128

笹の葉の船
- ◇「瑠璃の壺―森銑三童話集」三樹書房 1982 p66

ささぶね
- ◇「阪田寛夫全詩集」理論社 2011 p188

ささぶね
- ◇「さくらゆき―さとうじゅんこ童詩集」えんじゅの会 1997 p136

ささぶね
- ◇「佐藤義美全集 1」佐藤義美全集刊行会 1974

p423
ささぶね
　◇「杉みき子選集 2」新潟日報事業社 2005 p74
笹舟
　◇「山本瓔子詩集 I」新風舎 2003 p138
ささぶねしゅっぱつ
　◇「佐藤義美全集 1」佐藤義美全集刊行会 1974 p424
笹舟草紙
　◇〔巌谷〕小波お伽全集 8」本の友社 1998 p319
ささやき
　◇「星新一ショートショートセレクション 5」理論社 2002 p22
笹屋の幸ちゃん
　◇「壺井栄全集 8」文泉堂出版 1998 p441
さざんか
　◇「壺井栄名作集 3」ポプラ社 1965 p86
　◇「壺井栄名作集 9」ポプラ社 1965 p125
さざんか
　◇「いのち—みずかみかずよ全詩集」石風社 1995 p125
サザンカ
　◇「定本壺井栄児童文学全集 1」講談社 1979 p273
サザンカ
　◇「〔東君平〕おはようどうわ 6」講談社 1982 p184
サザンカ
　◇「まど・みちお詩集 1」銀河社 1975 p36
　◇「まど・みちお全詩集」理論社 1992 p458
　◇「まどさんの詩の本 11」理論社 1997 p84
　◇「まど・みちお全詩集 続」理論社 2015 p104
山茶花
　◇「新装版金子みすゞ全集 2」JULA出版局 1984 p135
　◇「〔金子〕みすゞ詩画集〔7〕」春陽堂書店 2002 p10
　◇「金子みすゞ童謡全集 3」JULA出版局 2004 p202
山茶花
　◇「〔北原〕白秋全童謡集 2」岩波書店 1992 p380
山茶花
　◇「巽聖歌作品集 上」巽聖歌作品集刊行委員会 1977 p470
三々が九太郎
　◇〔巌谷〕小波お伽全集 15」本の友社 1998 p185
サザンカさいた
　◇「〔斎藤信夫〕子ども心を友として—童謡詩集」成東町教育委員会 1996 p234
さざんかの花咲く道で
　◇「壺井栄全集 10」文泉堂出版 1998 p413
サザンカの道で
　◇「定本壺井栄児童文学全集 3」講談社 1979 p180

山茶花—冬将軍の道しるべ
　◇「立原えりかのファンタジーランド 4」青土社 1980 p63
山茶花(A–児童・正子もの)
　◇「壺井栄全集 9」文泉堂出版 1997 p254
山茶花(B–小説・梅子もの)
　◇「壺井栄全集 4」文泉堂出版 1998 p424
ざしき
　◇「庄野英二全集 4」偕成社 1979 p240
座敷から出す術
　◇「瑠璃の壺—森銑三童話集」三樹書房 1982 p240
ざしきの毛皮
　◇「浜田広介全集 8」集英社 1976 p106
ざしきぼっこのはなし
　◇「宮沢賢治のおはなし 6」岩崎書店 2005 p59
ざしき童子のはなし
　◇「新版・宮沢賢治童話全集 6」岩崎書店 1978 p65
　◇「新修宮沢賢治全集 13」筑摩書房 1980 p219
　◇「〔宮沢〕賢治童話」翔泳社 1995 p198
　◇「よくわかる宮沢賢治—イーハトーブ・ロマン I」学習研究社 1996 p220
　◇「宮沢賢治20選」春陽堂書店 2008（名作童話）p177
ざしきわらし
　◇「松谷みよ子のむかしむかし 6」講談社 1973 p86
ざしきわらし その一
　◇「〔山田野理夫〕おばけ文庫 1」太平出版社 1976（母と子の図書室）p43
ざしきわらし その二
　◇「〔山田野理夫〕おばけ文庫 1」太平出版社 1976（母と子の図書室）p47
ざしきわらし その三
　◇「〔山田野理夫〕おばけ文庫 1」太平出版社 1976（母と子の図書室）p50
ざしきわらし その四
　◇「〔山田野理夫〕おばけ文庫 1」太平出版社 1976（母と子の図書室）p51
左慈と曹操
　◇「土田耕平童話集〔3〕」古今書院 1955 p44
さしひき
　◇「〔山田野理夫〕お笑い文庫 1」太平出版社 1977（母と子の図書室）p33
指物師恒造放談
　◇「斎藤隆介全集 8」岩崎書店 1982 p33
さしもの夜話
　◇「斎藤隆介全集 9」岩崎書店 1982 p71
さすがに剣術のセンセイ
　◇「〔柳家弁天〕らくご文庫 6」太平出版社 1987 p48
さすが, 武士の妻
　◇「〔柳家弁天〕らくご文庫 12」太平出版社 1987

さすか

p34
さづかり物
◇「鈴木三重吉童話全集 1」文泉堂書店 1975（日本文学全集・選集叢刊第5次）p230
坐禅
◇「椋鳩十の本 16」理論社 1983 p112
座禅
◇「椋鳩十全集 24」ポプラ社 1980 p54
左膳ガラス
◇「戸川幸夫・子どものための動物物語 9」国土社 1967 p71
左膳鴉
◇「戸川幸夫動物文学全集 5」冬樹社 1965 p45
◇「戸川幸夫動物文学全集 6」講談社 1977 p194
听（さそう）
◇「北彰介作品集 3」青森県児童文学研究会 1990 p304
サソリと蜘蛛の話
◇「戸川幸夫動物文学全集 14」講談社 1977 p151
サソリの恩がえし
◇「石森延男児童文学全集 4」学習研究社 1971 p135
座卓
◇「佐藤ふさゑの本 2」てらいんく 2011 p5
定ちゃんの手紙
◇「千葉省三童話全集 2」岩崎書店 1967 p87
さち子とマッチ
◇「石森延男児童文学全集 5」学習研究社 1971 p148
サチコ勇気が必要だ
◇「ともみのちょう戦—立花玲子童話集」青森県児童文学研究会 1997 p1
祐宮（さちのみや）さま（御実話）
◇「鈴木三重吉童話全集 8」文泉堂書店 1975（日本文学全集・選集叢刊第5次）p476
サーチライト
◇「〔北原〕白秋全童謡集 3」岩波書店 1992 p87
サッカー
◇「〔東君平〕ひとくち童話 2」フレーベル館 1995 p28
作家誕生
◇「赤川次郎ショートショートシリーズ 2」理論社 2009 p115
サッカーボールの長い旅
◇「夢見る窓—冬村勇陽童話集」北雪新書 2004 p58
雑感二三
◇「魂の配達—野村吉哉作品集」草思社 1983 p353
サツキの歌
◇「壺井栄名作集 1」ポプラ社 1965 p155
◇「定本壺井栄児童文学全集 2」講談社 1979 p285
◇「壺井栄全集 10」文泉堂出版 1998 p150

五月橋—俳句の気分って？
◇「〔下田喜久美〕遠くから来た旅人—詩集」リトル・ガリヴァー社 1998 p60
雑居家族
◇「壺井栄全集 7」文泉堂出版 1998 p7
作品
◇「庄野英二全集 6」偕成社 1979 p200
作曲家マコチン
◇「北畠八穂児童文学全集 1」講談社 1974 p165
サッキハゴメンネ
◇「みずいろようちえん—出雲路猛雄童話集」坂神都 2012 p98
〔さっきは陽が〕
◇「新修宮沢賢治全集 4」筑摩書房 1979 p250
ザックリン ブックリン
◇「まど・みちお全詩集」理論社 1992 p162
さっさか大阪
◇「阪田寛夫全詩集」理論社 2011 p393
ザッ、ザ、ザ、ザザァザ
◇「あまの川—宮沢賢治童謡集」筑摩書房 2001 p30
さっさの とのさん
◇「稗田童平全集 3」宝文館出版 1979 p64
雑誌こそ新しい文学を生みだす（前川康男，神宮輝夫）
◇「〔神宮輝夫〕現代児童文学作家対談 4」偕成社 1988 p235
殺人の涯
◇「海野十三全集 1」三一書房 1990 p313
雑草
◇「新修宮沢賢治全集 4」筑摩書房 1979 p197
雑草
◇「椋鳩十の本 23」理論社 1983 p167
雑草たちの詩
◇「与田凖一全集 2」大日本図書 1967 p178
雑草のはなし
◇「椋鳩十の本 19」理論社 1982 p130
サッちゃん
◇「阪田寛夫全詩集」理論社 2011 p294
札幌市
◇「新修宮沢賢治全集 4」筑摩書房 1979 p62
◇「新修宮沢賢治全集 4」筑摩書房 1979 p315
◇「ジュニア文学館 宮沢賢治—写真・絵画集成 3」日本図書センター 1996 p132
サッポロ2月午後8時—札幌オリンピックの歌（応募作）
◇「阪田寛夫全詩集」理論社 2011 p825
サッポロの夏
◇「巽聖歌作品集 下」巽聖歌作品集刊行委員会 1977 p240
さつまいも

◇「壺井栄全集 11」文泉堂出版 1998 p319
サツマイモ
　◇「まど・みちお全詩集」理論社 1992 p96
　◇「まどさんの詩の本 1」理論社 1994 p36
サツマイモのはなし
　◇「宮口しづえ児童文学集 5」小峰書店 1969 p188
　◇「宮口しづえ童話全集 8」筑摩書房 1979 p51
　◇「宮口しづえ童話名作集」一草舎出版 2009 p284
薩摩女考
　◇「椋鳩十の本 21」理論社 1982 p128
さつま気質
　◇「椋鳩十の本 21」理論社 1982 p12
さつま歳時記
　◇「椋鳩十の本 21」理論社 1982 p153
薩摩汁
　◇「椋鳩十全集 24」ポプラ社 1980 p26
薩摩ソバ
　◇「椋鳩十の本 21」理論社 1982 p194
薩摩っぽ気質と私
　◇「椋鳩十の本 29」理論社 1989 p152
「さつま」という料理
　◇「椋鳩十の本 21」理論社 1982 p209
薩摩鶏献上
　◇「椋鳩十の本 9」理論社 1982 p205
さつま日本一
　◇「椋鳩十の本 21」理論社 1982 p11
さつまの味
　◇「椋鳩十の本 21」理論社 1982 p185
薩摩のからいも
　◇「椋鳩十の本 21」理論社 1982 p75
薩摩の経済民話
　◇「椋鳩十の本 16」理論社 1983 p163
薩摩の正月料理
　◇「椋鳩十の本 21」理論社 1982 p202
薩摩の武士
　◇「〔山田野理夫〕お笑い文庫 10」太平出版社 1977（母と子の図書室）p133
薩摩のやきもの
　◇「椋鳩十の本 18」理論社 1982 p165
薩摩のわらべ歌
　◇「椋鳩十の本 21」理論社 1982 p174
サツマ・ハヤト
　◇「小出正吾児童文学全集 1」審美社 2000 p113
薩摩隼人
　◇「椋鳩十の本 16」理論社 1983 p40
さつまびと
　◇「椋鳩十の本 21」理論社 1982 p121
雑メモ
　◇「新修宮沢賢治全集 15」筑摩書房 1980 p437

砂鉄の歌
　◇「稗田菫平全集 1」宝文館出版 1978 p128
さといも　さらっと
　◇「まど・みちお全詩集 続」理論社 2015 p180
サトイモばたけ
　◇「地球のかぞく―石原一輝童謡詩集」群青社 2001 p44
砂糖
　◇「国分一太郎児童文学集 3」小峰書店 1967 p208
佐藤紅緑
　◇「〔かこさとし〕お話こんにちは 〔4〕」偕成社 1979 p23
「佐藤さとる全集第十二巻」・あとがき
　◇「佐藤さとるファンタジー全集 16」講談社 1983 p228
　◇「佐藤さとるファンタジー全集 16」講談社, 復刊ドットコム（発売）2011 p228
砂糖地獄
　◇「〔巌谷〕小波お伽全集 10」本の友社 1998 p456
砂糖のかくしどこ
　◇「若松賤子創作童話全集」久山社 1995（日本児童文化史叢書）p77
座頭の木
　◇「松谷みよ子のむかしむかし 1」講談社 1973 p154
佐藤春夫,三好達治追悼
　◇「稗田菫平全集 2」宝文館出版 1979 p139
佐渡ケ嶋
　◇「おの・ちゅうこう初期作品集 〔1〕牧歌的風景」崙書房 1975 p88
里恋抄
　◇「氏原大作全集 3」条例出版 1976 p94
里ごころ
　◇「〔北原〕白秋全童謡集 1」岩波書店 1992 p86
里ことば
　◇「〔島崎〕藤村の童話 4」筑摩書房 1979 p61
里の秋
　◇「〔斎藤信夫〕子ども心を友として―童謡詩集」成東町教育委員会 1996 p88
里の小川
　◇「〔斎藤信夫〕子ども心を友として―童謡詩集」成東町教育委員会 1996 p20
里のお正月
　◇「定本壺井栄児童文学全集 2」講談社 1979 p247
佐渡の島
　◇「西條八十童謡全集」修道社 1971 p256
さとの　はる,やまの　はる
　◇「新美南吉全集 1」牧書店 1965 p375
里の春、山の春
　◇「校定新美南吉全集 4」大日本図書 1980 p399

さとや

◇「新美南吉童話集 1」大日本図書 1982 p225
◇「新美南吉童話大全」講談社 1989 p310
◇「〔新美南吉〕でんでんむしのかなしみ」大日本図書 1999 p12
◇「新美南吉童話傑作選 〔7〕赤いろうそく」小峰書店 2004 p41
◇「新美南吉30選」春陽堂書店 2009（名作童話）p301
◇「新美南吉童話集 1」大日本図書 2012 p225
◇「新美南吉童話選集 1」ポプラ社 2013 p94

里山の秋
◇「〔鈴木桂子〕親子で語り合う詩集 2」クロスロード 1999 p12

さとりのばけもの
◇「〔木暮正夫〕日本のおばけ話・わらい話 1」岩崎書店 1986 p8

さとりのばけもの
◇「ひろすけ幼年童話文学全集 11」集英社 1962 p223

SATORU考
◇「佐藤さとるファンタジー全集 16」講談社 1983 p14
◇「佐藤さとるファンタジー全集 16」講談社, 復刊ドットコム（発売）2011 p14

サトル島の話
◇「佐藤さとるファンタジー全集 16」講談社 1983 p54
◇「佐藤さとるファンタジー全集 16」講談社, 復刊ドットコム（発売）2011 p54

さとるのじてんしゃ
◇「大石真児童文学全集 12」ポプラ社 1982 p5

里わらべ
◇「横山健童謡選集 1」無明舎出版 1995 p12

さなぎ
◇「浜田広介全集 11」集英社 1976 p34

さなぎ
◇「くんぺい魔法ばなし―魔法ばなし全集 1」サンリオ 2000 p186

さなぎ
◇「いのち―みずかみかずよ全詩集」石風社 1995 p189

さなぎとくも
◇「岩永博史童話集 2」岩永博史 2005 p53

真田小僧（林家木久蔵編, 岡本和明文）
◇「林家木久蔵の子ども落語 3」フレーベル館 1998 p56

真田幸村・大坂の決戦（一龍斎貞水編, 岡本和明文）
◇「一龍斎貞水の歴史講談 5」フレーベル館 2001 p180

狭野神社
◇「椋鳩十の本 21」理論社 1982 p238

さばをたべる
◇「与田準一全集 2」大日本図書 1967 p116

裁き
◇「健太と大天狗―片山貞一創作童話集」あさを社 2007 p54

沙漠
◇「椋鳩十の本 1」理論社 1982 p136

沙漠と海
◇「椋鳩十の本 1」理論社 1982 p157

沙漠の家
◇「〔北原〕白秋全童謡集 3」岩波書店 1992 p260

砂漠の歌まつり
◇「横山健童謡選集 1」無明舎出版 1995 p73

砂漠の樹
◇「〔高崎乃理子〕妖精の好きな木―詩集」かど創房 1998 p92

砂漠の神殿とミイラ
◇「〔たかしよいち〕世界むかしむかし探検 6」国土社 1996 p84

沙漠の地平線
◇「〔北原〕白秋全童謡集 3」岩波書店 1992 p266

さばくの中にて
◇「坪田譲治童話全集 3」岩崎書店 1986 p157

砂漠の中の柔道場
◇「椋鳩十の本 31」理論社 1989 p157

砂漠の中の町
◇「椋鳩十の本 31」理論社 1989 p162

さばくの にじ
◇「坪田譲治幼年童話文学全集 4」集英社 1965 p131

サバクの虹
◇「坪田譲治自選童話集」実業之日本社 1971 p393
◇「坪田譲治童話全集 6」岩崎書店 1986 p79
◇「坪田譲治名作選 〔3〕サバクの虹」小峰書店 2005 p28

さばくのひみつ
◇「山田風太郎少年小説コレクション 1」論創社 2012 p101

砂漠の星で
◇「星新一ショートショートセレクション 15」理論社 2004 p184

砂漠の町
◇「庄野英二全集 9」偕成社 1979 p104

砂漠の町とサフラン酒
◇「定本小川未明童話全集 5」講談社 1977 p147
◇「小川未明童話集」岩波書店 1996（岩波文庫）p215
◇「定本小川未明童話全集 5」大空社 2001 p147

砂漠の町の柔道
◇「椋鳩十の本 22」理論社 1983 p241

沙漠の街のX探偵

◇「別役実童話集 〔6〕」三一書房 1988 p119

さば むぶ いびび
◇「阪田寛夫全詩集」理論社 2011 p747

サハラ沙漠
◇「土田明子詩集 2」かど創房 1986 p42

サハリンから土佐へ―樺太ひきあげものがたり
◇「〔市原麟一郎〕子どもに語る戦争たいけん物語 1」リーブル出版 2005 p173

サバンナに挽歌に暮れる
◇「戸川幸夫動物文学全集 8」講談社 1976 p259

ザビエル
◇「〔かこさとし〕お話こんにちは 〔1〕」偕成社 1979 p38

寂しい大男
◇「〔新保章〕空のおそうじ屋さん」新風舎 1997 p7

さびしいお母さん
◇「定本小川未明童話全集 11」講談社 1977 p12
◇「定本小川未明童話全集 11」大空社 2002 p12

淋しいおさかな
◇「別役実童話集 〔1〕」三一書房 1973 p86

さびしいおじいさんたち
◇「定本小川未明童話全集 7」講談社 1977 p284
◇「定本小川未明童話全集 7」大空社 2001 p284

寂しい旅人
◇「西條八十童謡全集」修道社 1971 p38

さびしいとき
◇「新装版金子みすゞ全集 2」JULA出版局 1984 p176
◇「〔金子〕みすゞ詩画集 〔7〕」春陽堂書店 2002 p44
◇「金子みすゞ童謡全集 4」JULA出版局 2004 p48

さびしい人たちのうた
◇「〔北原〕白秋全童謡集 1」岩波書店 1992 p305

さびしい日向の蝶番
◇「巽聖歌作品集 上」巽聖歌作品集刊行委員会 1977 p95

さびしい路
◇「佐藤義美全集 1」佐藤義美全集刊行会 1974 p112

寂しきヴキオリン弾き
◇「魂の配達―野村吉哉作品集」草思社 1983 p358

寂しき魚
◇「室生犀星童話全集 3」創林社 1978 p35

寂しきときは
◇「新美南吉全集 6」牧書店 1965 p62

淋しきときハ
◇「校定新美南吉全集 8」大日本図書 1981 p140

さびしき薔薇
◇「浜田広介全集 11」集英社 1976 p143

サービス
◇「星新一ちょっと長めのショートショート 9」理論社 2006 p197

さびたかぎ
◇「長崎源之助全集 13」偕成社 1986 p237

さびたナイフ
◇「今江祥智の本 13」理論社 1980 p157
◇「今江祥智童話館 〔5〕」理論社 1986 p72
◇「今江祥智ショートファンタジー 5」理論社 2005 p168

さびれた砂山
◇「〔北原〕白秋全童謡集 4」岩波書店 1993 p142

サファリと魔法の国＝ケニア・カンバ族の村滞在記
◇「寺村輝夫全童話 8」理論社 2000 p181

サファリパーク
◇「椋鳩十の本 22」理論社 1983 p162

サブチヤンノ望遠鏡
◇「かもめの水兵さん―武内俊子伝記と作品集」講談社出版サービスセンター 1977 p141

サフランの歌
◇「松田瓊子全集 2」大空社 1997 p401

さふらんの丘
◇「校定新美南吉全集 9」大日本図書 1981 p564

サフランの丘
◇「新美南吉全集 6」牧書店 1965 p262

三郎さと林檎
◇「国分一太郎児童文学集 6」小峰書店 1967 p190

三郎とからすてんぐ
◇「今江祥智の本 20」理論社 1981 p33
◇「今江祥智童話館 〔2〕」理論社 1986 p188

三郎と白いガチョウ
◇「椋鳩十全集 8」ポプラ社 1969 p6

三郎と白い鷲鳥
◇「椋鳩十の本 10」理論社 1982 p182

三郎とべこ
◇「武田信夫童話作品集」みちのく書房 1995 p224

ざぶーんどたり
◇「神沢利子コレクション・普及版 3」あかね書房 2006 p129

サボウ
◇「〔北原〕白秋全童謡集 2」岩波書店 1992 p342

サボテン
◇「巽聖歌作品集 上」巽聖歌作品集刊行委員会 1977 p51

サボテン
◇「まど・みちお全詩集」理論社 1992 p622
◇「まどさんの詩の本 15」理論社 1997 p80

サボテン酒
◇「椋鳩十の本 22」理論社 1983 p214

さほて

サボテンのうた
　◇「まど・みちお全詩集」理論社 1992 p299
サボテンの花
　◇「まど・みちお詩集 1」銀河社 1975 p34
　◇「まど・みちお全詩集」理論社 1992 p459
　◇「まどさんの詩の本 11」理論社 1997 p70
サボテンの花
　◇「やなせたかし童謡詩集〔3〕」フレーベル館 2001 p42
仙人掌の母
　◇「浜田広介全集 11」集英社 1976 p144
佐保のほそみち
　◇「那須辰造著作集 2」講談社 1980 p172
ザボン
　◇「西條八十童謡全集」修道社 1971 p258
ザボン
　◇「与田準一全集 1」大日本図書 1967 p68
朱欒（ざぼん）のうた
　◇「今西祐行全集 15」偕成社 1989 p142
さまざまな生い立ち
　◇「定本小川未明童話全集 6」講談社 1977 p68
　◇「定本小川未明童話全集 6」大空社 2001 p68
さまざまな悩み（或る友人の話）
　◇「校定新美南吉全集 7」大日本図書 1980 p79
サマーセーター
　◇「〔吉田享子〕おしゃべりな星―少年少女詩集」らくだ出版 2001 p22
夏時間（サマータイム）
　◇「奥田継夫ベストコレクション 3」ポプラ社 2001 p7
さまよう犬
　◇「星新一ショートショートセレクション 3」理論社 2002 p99
さみしい王女
　◇「新装版金子みすゞ全集 3」JULA出版局 1984 p45
　◇「金子みすゞ童謡全集 5」JULA出版局 2004 p64
さみしい さしみ
　◇「阪田寛夫全詩集」理論社 2011 p232
（さみしい冬の夜）
　◇「稗田童平全集 8」宝文館出版 1982 p32
さみしがりやの秋だから
　◇「いのち―みずかみかずよ全詩集」石風社 1995 p156
さみしき仔羊の群
　◇「稗田童平全集 1」宝文館出版 1978 p32
さみしくないよ
　◇「後藤竜二童話集 3」ポプラ社 2013 p121
さみしんぼ
　◇「〔吉田享子〕おしゃべりな星―少年少女詩集」らくだ出版 2001 p32
さみだれ
　◇「達崎龍全童謡ホロホロ鳥」あい書林 1983 p8
五月雨
　◇「浜田広介全集 11」集英社 1976 p144
さみだれ（五首）
　◇「稗田童平全集 4」宝文館出版 1980 p58
さむいうた
　◇「阪田寛夫全詩集」理論社 2011 p397
寒い歌
　◇「中村雨紅詩謡集」中村雨紅詩謡集刊行委員会 1971 p42
寒いお山のうた
　◇「〔北原〕白秋全童謡集 1」岩波書店 1992 p293
寒い国
　◇「川崎大治民話選〔1〕」童心社 1968 p75
さむい 子もりうた
　◇「ひろすけ幼年童話文学全集 3」集英社 1962 p186
さむい子もり歌
　◇「浜田広介全集 2」集英社 1975 p178
寒い母
　◇「斎藤隆介全集 12」岩崎書店 1982 p7
寒い林
　◇「〔北原〕白秋全童謡集 2」岩波書店 1992 p377
さむい ひ
　◇「〔東君平〕ひとくち童話 3」フレーベル館 1995 p52
寒い日
　◇「巽聖歌作品集 上」巽聖歌作品集刊行委員会 1977 p466
寒い日
　◇「中村雨紅詩謡集」中村雨紅詩謡集刊行委員会 1971 p158
寒い日のこと
　◇「定本小川未明童話全集 6」講談社 1977 p217
　◇「定本小川未明童話全集 6」大空社 2001 p217
さむい街
　◇「くんぺい魔法ばなし―魔法ばなし全集 2」サンリオ 2000 p70
寒い夜更に
　◇「まど・みちお全詩集 続」理論社 2015 p322
寒い山
　◇「〔北原〕白秋全童謡集 2」岩波書店 1992 p376
さむがり王さまおばけの子
　◇「〔寺村輝夫〕ちいさな王さまシリーズ 5」理論社 1987 p1
　◇「寺村輝夫全童話 2」理論社 1997 p76
さむがり権現
　◇「〔今坂柳二〕りゅうじフォークロア・world 1」

ふるさと伝承研究会 2006 p67
サムガリ、サビシガリ、フルエンズ
◇「やなせたかし童謡詩集〔3〕」フレーベル館 2001 p98
さむがりさん
◇「まど・みちお全詩集」理論社 1992 p204
寒がりの寝ぞう
◇「まど・みちお全詩集 続」理論社 2015 p181
寒くなる前の話
◇「定本小川未明童話全集 8」講談社 1977 p105
◇「定本小川未明童話全集 8」大空社 2001 p105
さむくん・あつくん
◇「阪田寛夫全詩集」理論社 2011 p436
侍
◇「今江祥智の本 10」理論社 1980 p94
◇「今江祥智童話館〔17〕」理論社 1987 p72
さむらいになったおけやの小僧さん
◇「〔西本鶏介〕日本の昔話—読みきかせお話集 2」小学館 2001 p114
さむらいのこころがけ
◇「〔柳家弁天〕らくご文庫 12」太平出版社 1987 p73
侍の妻
◇「〔山田野理夫〕お笑い文庫 3」太平出版社 1977（母と子の図書室）p140
サメそば
◇「椋鳩十の本 18」理論社 1982 p46
鮫どんとキジムナー
◇「松谷みよ子のむかしむかし 8」講談社 1973 p117
サメの倉庫には…
◇「立原えりかのファンタジーランド 11」青土社 1980 p121
鮫人の恩返し
◇「怪談小泉八雲のこわ〜い話 9」汐文社 2009 p87
さもないと
◇「星新一ショートショートセレクション 9」理論社 2003 p141
サーモビリーの戦
◇「鈴木三重吉童話全集 6」文泉堂書店 1975（日本文学全集・選集叢刊第5次）p126
さやえんどうと「都の西北」
◇「今西祐行全集 15」偕成社 1989 p175
さやからとびでた五つの豆（二場）
◇「筒井敬介児童劇集 2」東京書籍 1982（東書児童劇シリーズ）p75
サヤスカウサギン
◇「奥田継夫ベストコレクション 10」ポプラ社 2002 p14
狭山地方のことわざ話
◇「〔今坂柳二〕りゅうじフォークロア・world 2」

ふるさと伝承研究会 2007 p150
さやま茶のはじまり
◇「〔今坂柳二〕りゅうじフォークロア・world 3」ふるさと伝承研究会 2007 p61
左右対称
◇「赤川次郎セレクション 10」ポプラ社 2008 p64
早百合姫と黒百合
◇「稗田童平全集 5」宝文館出版 1980 p170
さよ、いるか
◇「寺村輝夫のむかし話〔6〕」あかね書房 1979 p64
さようなよま
◇「〔比江島重孝〕宮崎のむかし話 3」鉱脈社 2000 p85
さようなら
◇「国分一太郎児童文学集 6」小峰書店 1967 p21
さようなら
◇「斎藤隆介全集 3」岩崎書店 1982 p180
さようなら
◇「〔島崎〕藤村の童話 2」筑摩書房 1979 p142
さようなら
◇「〔下田喜久美〕遠くから来た旅人—詩集」リトル・ガリヴァー社 1998 p45
さようなら
◇「〔坪井安〕はしれ子馬よ—童謡詩集」童謡研究・蜂の会 1999 p34
さようなら
◇「まど・みちお全詩集」理論社 1992 p672
さようなら
◇「いのち—みずかみかずよ全詩集」石風社 1995 p152
さようなら熊
◇「神沢利子コレクション 5」あかね書房 1994 p207
◇「神沢利子コレクション・普及版 5」あかね書房 2006 p207
さようなら なつ
◇「〔東君平〕おはようどうわ 1」講談社 1982 p150
さようならのあと
◇「〔下田喜久美〕遠くから来た旅人—詩集」リトル・ガリヴァー社 1998 p47
さようなら—放送詩
◇「北彰作品集 4」青森県児童文学研究会 1991 p43
小夜と鬼の子
◇「安房直子コレクション 7」偕成社 2004 p169
さよなら
◇「新装版金子みすゞ全集 1」JULA出版局 1984 p232
◇「新装版金子みすゞ全集 2」JULA出版局 1984 p210

さよな

◇「〔金子〕みすゞ詩画集〔2〕」春陽堂書店 1997
◇「金子みすゞ童謡全集 2」JULA出版局 2003 p208
◇「金子みすゞ童謡全集 4」JULA出版局 2004 p94

さよなら
◇「〔北原〕白秋全童謡集 4」岩波書店 1993 p247

さよなら
◇「阪田寛夫全詩集」理論社 2011 p79
◇「阪田寛夫全詩集」理論社 2011 p395
◇「阪田寛夫全詩集」理論社 2011 p868

さよならを言うときも
◇「杉みき子選集 10」新潟日報事業社 2011 p66

さよならを言わないで
◇「杉みき子選集 4」新潟日報事業社 2008 p94

さよならおちば
◇「〔東君平〕おはようどうわ 5」講談社 1982 p169

さよならおばけの子
◇「大川悦生・おばけの本 9」ポプラ社 1982 p1

さよなら かぐや姫
◇「阪田寛夫全詩集」理論社 2011 p620

さよならからみきほうはうまれた
◇「全集版灰谷健次郎の本 11」理論社 1988 p87
◇「灰谷健次郎童話館〔6〕」理論社 1994 p5

さよならコガネ
◇「杉みき子選集 4」新潟日報事業社 2008 p278

さよなら子どもの時間
◇「今江祥智の本 2」理論社 1980 p63

さよなら さよなら
◇「西條八十童謡全集」修道社 1971 p259

さよならさよならさようなら
◇「もりやまみやこ童話選 2」ポプラ社 2009 p115

さよなら三月
◇「阪田寛夫全詩集」理論社 2011 p559

さよなら三丁目
◇「〔斎藤信夫〕子ども心を友として―童謡詩集」成東町教育委員会 1996 p62

さよならの歌
◇「あまんきみこセレクション 3」三省堂 2009 p168

さよならの歌
◇「阪田寛夫全詩集」理論社 2011 p620

さよならの学校
◇「今江祥智童話館〔13〕」理論社 1987 p240

サヨナラの小唄
◇「阪田寛夫全詩集」理論社 2011 p770

さよならの日までに
◇「宮川ひろの学校シリーズ 5」ポプラ社 2004 p1

さよなら はくちょう
◇「佐藤義美全集 1」佐藤義美全集刊行会 1974 p382

さよなら またあした
◇「パパとボクとネコ―山口紀代子童謡詩集」音楽舎 2003 p106

さよなら未明―日本近代童話の本質
◇「全集古田足日子どもの本 1」童心社 1993 p327

さよなら ようちえん
◇「佐藤義美童謡集」さ・え・ら書房 1960 p44
◇「佐藤義美全集 1」佐藤義美全集刊行会 1974 p179

さよ姫物語
◇「瑠璃の壺―森銑三童話集」三樹書房 1982 p465

さより
◇「〔北原〕白秋全童謡集 4」岩波書店 1993 p79

さら
◇「まど・みちお全詩集 続」理論社 2015 p80

皿
◇「まど・みちお全詩集」理論社 1992 p546
◇「まどさんの詩の本 4」理論社 1994 p40

(皿あり)
◇「稗田菫平全集 8」宝文館出版 1982 p85

さら小僧
◇「水木しげるのふしぎ妖怪ばなし 2」メディアファクトリー 2007 p38

さらさら小川
◇「西條八十の童話と童謡」小学館 1981 p94

晒木綿
◇「壺井栄全集 4」文泉堂出版 1998 p121

さらだの はっぱ
◇「阪田寛夫全詩集」理論社 2011 p448

皿の中のお庭
◇「〔北原〕白秋全童謡集 2」岩波書店 1992 p265

さらば死神よ―高知空襲ものがたり
◇「〔市原麟一郎〕子どもに語る戦争たいけん物語 2」リーブル出版 2005 p81

(さらばよき暁よ)
◇「稗田菫平全集 8」宝文館出版 1982 p20

火竜(サラマンドラ)
◇「北彰介作品集 4」青森県児童文学研究会 1991 p259

ざらめ
◇「まど・みちお全詩集」理論社 1992 p390

ざらめ雪
◇「国分一太郎児童文学集 6」小峰書店 1967 p129

皿屋敷(林家木久蔵編、岡本和明文)
◇「林家木久蔵の子ども落語 2」フレーベル館 1998 p76

皿屋敷
◇「〔山田野理夫〕おばけ文庫 1」太平出版社 1976(母と子の図書室)p122
◇「〔山田野理夫〕おばけ文庫 12」太平出版社 1976

（母と子の図書室）p85
さらやしきのゆうれい
　　◇「〔木暮正夫〕日本のおばけ話・わらい話 17」岩崎書店 1988 p88
さらわれた！
　　◇「かつおきんや作品集 16」偕成社 1983 p183
さらわれた おにんぎょう
　　◇「ひろすけ幼年童話文学全集 4」集英社 1962 p130
さらわれたお人形
　　◇「浜田広介全集 2」集英社 1975 p64
サランペ
　　◇「石森延男児童文学全集 4」学習研究社 1971 p45
ザリガニ
　　◇「こやま峰子詩集 〔1〕」朔北社 2003 p26
ザリガニ
　　◇「〔東君平〕おはようどうわ 8」講談社 1982 p74
　　◇「東君平のおはようどうわ 5」新日本出版社 2010 p34
ざりがにくん
　　◇「おはなしいっぱい─祐成智美童謡詩集」リーブル 1997 p38
ザリガニとサワガニ
　　◇「みずいろようちえん─出雲路猛雄童話集」坂神都 2012 p207
去りゆく人に
　　◇「新美南吉全集 6」牧書店 1965 p22
　　◇「校定新美南吉全集 8」大日本図書 1981 p189
さる
　　◇「与田準一全集 2」大日本図書 1967 p60
猿
　　◇「戸川幸夫動物文学全集 10」冬樹社 1966 p133
　　◇「戸川幸夫動物文学全集 15」講談社 1977 p177
猿
　　◇「森三郎童話選集 〔2〕」刈谷市教育委員会 1996 p221
サル異変
　　◇「椋鳩十の本 6」理論社 1982 p76
　　◇「椋鳩十まるごと動物ものがたり 9」理論社 1996 p198
サルオガセ
　　◇「庄野英二全集 11」偕成社 1980 p409
サルカイギ
　　◇「まど・みちお全詩集」理論社 1992 p72
サルが うんてんする でんしゃ
　　◇「佐藤義美全集 3」佐藤義美全集刊行会 1973 p115
サルが書いた本
　　◇「久保喬自選作品集 1」みどりの会 1994 p183
さるが くる かきの木
　　◇「佐藤義美童謡集」さ・え・ら書房 1960 p182

　　◇「佐藤義美全集 1」佐藤義美全集刊行会 1974 p215
さるかに
　　◇「ひろすけ幼年童話文学全集 11」集英社 1962 p31
　　◇「浜田広介全集 9」集英社 1976 p227
さるかに
　　◇「松谷みよ子のむかしむかし 1」講談社 1973 p109
　　◇「〔松谷みよ子〕日本むかし話 2」フレーベル館 2002 p1
　　◇「〔松谷みよ子〕日本むかし話 愛蔵版 〔2〕」フレーベル館 2003 p1
サルカニ合戦
　　◇「庄野英二全集 11」偕成社 1980 p304
猿蟹合戦
　　◇「中村雨紅詩謡集」中村雨紅詩謡集刊行委員会 1971 p124
さるかにばなし
　　◇「寺村輝夫のむかし話 〔9〕」あかね書房 1980 p6
さる神ばなし
　　◇「来栖良夫児童文学全集 2」岩崎書店 1983 p286
さるくんと ひろしさん
　　◇「佐藤義美全集 5」佐藤義美全集刊行会 1973 p109
サルくんのスキー
　　◇「〔藤井則行〕祭りの宵に─童話集」創栄出版 1995 p110
猿酒
　　◇「戸川幸夫動物文学全集 15」講談社 1977 p321
猿沢の池
　　◇「〔北原〕白秋全童謡集 4」岩波書店 1993 p16
さるじぞう
　　◇「沼田曜一の親子劇場 2」あすなろ書房 1995 p69
さる地蔵
　　◇「二反長半作品集 3」集英社 1979 p36
さるすべり
　　◇「いのち─みずかみかずよ全詩集」石風社 1995 p108
サルスベリ
　　◇「〔東君平〕おはようどうわ 4」講談社 1982 p154
　　◇「東君平のおはようどうわ 2」新日本出版社 2010 p37
サルスベリ
　　◇「まど・みちお全詩集」理論社 1992 p603
　　◇「まどさんの詩の本 10」理論社 1996 p42
百日紅(さるすべり)
　　◇「松谷みよ子全エッセイ 3」筑摩書房 1989 p227
さるすべりの花と人魚
　　◇「稗田菫平全集 3」宝文館出版 1979 p13
「さるすべりの花と人魚」全

さるた

◇「稗田菫平全集 3」宝文館出版 1979 p8

猿田彦
◇「巽聖歌作品集 上」巽聖歌作品集刊行委員会 1977 p186

ザルつくりのサル
◇〔東君平〕おはようどうわ 1」講談社 1982 p12
◇「東君平のおはようどうわ 4」新日本出版社 2010 p6

猿と園丁
◇「谷口雅春童話集 2」日本教文社 1976 p99

さると おじぞうさま
◇「坪田譲治幼年童話文学全集 6」集英社 1964 p130

サルとお地蔵さま
◇「坪田譲治名作選 〔2〕 ビワの実」小峰書店 2005 p184

さるとかえる
◇「浜田広介全集 9」集英社 1976 p39

サルとカエル
◇〔山田野理夫〕お笑い文庫 8」太平出版社 1977（母と子の図書室）p12

さるとかえるのもち争い
◇「沼田曜一の親子劇場 3」あすなろ書房 1996 p49

さると かき
◇「佐藤義美童謡集」さ・え・ら書房 1960 p165
◇「佐藤義美全集 1」佐藤義美全集刊行会 1974 p209
◇「ともだちシンフォニー——佐藤義美童謡集」JULA出版局 1990 p62

猿と蟹
◇〔竹久〕夢二童謡集」ノーベル書房 1975（浪漫文庫）p37

さると かにの こうば
◇「与田凖一全集 3」大日本図書 1967 p41

さるとかにのよりあいもち
◇「松谷みよ子のむかしむかし 2」講談社 1973 p73

猿と狐と兎
◇「土田耕平童話集 〔2〕」古今書院 1955 p52

さるとくま
◇「浜田広介全集 3」集英社 1975 p43

さるとさむらい
◇「新美南吉全集 1」牧書店 1965 p86
◇「新美南吉童話集 1」大日本図書 1982 p105
◇「新美南吉童話大全」講談社 1989 p311
◇「新美南吉童話集 1」大日本図書 2012 p105

サルト サムライ
◇「校定新美南吉全集 4」大日本図書 1980 p187

さる年
◇「壺井栄全集 11」文泉堂出版 1998 p175

ざるとたまごとだるまさん
◇〔木暮正夫〕日本のおばけ話・わらい話 16」岩崎書店 1988 p73

さると たまねぎ
◇「まど・みちお全詩集」理論社 1992 p271

さると トンネル
◇「佐藤義美全集 5」佐藤義美全集刊行会 1973 p40

さるとバナナのみ
◇「岩永博史童話集 1」岩永博史 2001 p62

猿飛佐吉
◇「魂の配達——野村吉哉作品集」草思社 1983 p77

猿と蛍の合戦——フィリピン民話
◇「小出正吾児童文学全集 4」審美社 2001 p253

さると豆
◇「浜田広介全集 10」集英社 1976 p240

サルトル
◇〔かこさとし〕お話こんにちは 〔3〕」偕成社 1979 p94

サルどろぼう
◇「今西祐行全集 4」偕成社 1987 p243

さると わに
◇「花岡大学仏典童話全集 6」法蔵館 1979 p174

さるに なった 一日
◇「佐藤義美全集 4」佐藤義美全集刊行会 1974 p314

猿の一年生
◇〔巖谷〕小波お伽全集 3」本の友社 1998 p105

さるの うえきや
◇「花岡大学仏典童話全集 6」法蔵館 1979 p133

猿のうつぼ
◇「稗田菫平全集 7」宝文館出版 1981 p142

猿の腕時計
◇〔巖谷〕小波お伽全集 3」本の友社 1998 p228

さるの おはなし
◇「まど・みちお全詩集」理論社 1992 p103

さるのおや子
◇「寺村輝夫童話全集 8」ポプラ社 1982 p125
◇「寺村輝夫全童話 3」理論社 1997 p112

猿のお礼
◇〔比江島重孝〕宮崎のむかし話 3」鉱脈社 2000 p46

猿の恩がえし
◇「二反長半作品集 3」集英社 1979 p160

サルの国 ツルの沼
◇「椋鳩十の本 16」理論社 1983 p209

さるのくりもぎ
◇「ひろすけ幼年童話文学全集 6」集英社 1962 p80
◇「浜田広介全集 2」集英社 1975 p232

さるのこしかけ
◇「新版・宮沢賢治童話全集 3」岩崎書店 1978 p103
◇「新修宮沢賢治全集 8」筑摩書房 1979 p101

さわか

◇「宮沢賢治動物童話集 2」シグロ 1995 p23
◇「〔宮沢〕賢治童話」翔泳社 1995 p124
◇「あまの川—宮沢賢治童謡集」筑摩書房 2001 p74

サルのコーラス
　◇「庄野英二全集 4」偕成社 1979 p320

サルノ三チャン
　◇「佐藤義美全集 2」佐藤義美全集刊行会 1973 p63

サルノ三チャン（絵本）
　◇「佐藤義美全集 2」佐藤義美全集刊行会 1973 p61

さるの　さんぱつ
　◇「与田凖一全集 3」大日本図書 1967 p39

サルのさんぺ
　◇「石森延男児童文学全集 1」学習研究社 1971 p25
　◇「石森読本—石森延男児童文学選集 1年生」小学館 1977 p160

さるの　しっぽ
　◇「佐藤義美全集 3」佐藤義美全集刊行会 1973 p18

サルノ シッポ
　◇「佐藤義美全集 2」佐藤義美全集刊行会 1973 p57

サルの島
　◇「椋鳩十の本 29」理論社 1989 p115

サルのつぎ木
　◇「今井誉次郎童話集子どもの村 〔4〕」国土社 1957 p6

さるのつなわたり
　◇「浜田広介全集 7」集英社 1976 p112

猿の手
　◇「鈴木三重吉童話全集 6」文泉堂書店 1975（日本文学全集・選集叢刊第5次）p380

さるのてぶくろ
　◇「花岡大学童話文学全集 4」法蔵館 1980 p265

さるの電車事件
　◇「佐藤義美全集 5」佐藤義美全集刊行会 1973 p205

さるの　とこ屋
　◇「〔かこさとし〕お話こんにちは 〔7〕」偕成社 1979 p92

さるの涙がかり
　◇「〔比江島重孝〕宮崎のむかし話 3」鉱脈社 2000 p164

サルの女房
　◇「稗田童平全集 5」宝文館出版 1980 p112

さるの　はし
　◇「花岡大学仏典童話全集 6」法蔵館 1979 p66

サルの橋
　◇「花岡大学仏典童話全集 3」佼成出版社 2006 p5

さるのフェスティバル
　◇「阪田寛夫全詩集」理論社 2011 p883

サルのむこどん
　◇「寺田輝夫のむかし話 〔10〕」あかね書房 1980 p94

サルのめがね
　◇「〔東君平〕おはようどうわ 2」講談社 1982 p156
　◇「東君平のおはようどうわ 3」新日本出版社 2010 p28

「サルの目ヒトの目」
　◇「全集版灰谷健次郎の本 21」理論社 1988 p200

猿の面
　◇「〔巌谷〕小波お伽全集 12」本の友社 1998 p126

さるのものまね
　◇「浜田広介全集 3」集英社 1975 p43

さるの　もんちゃん
　◇「佐藤義美全集 4」佐藤義美全集刊行会 1974 p410

さる羽織
　◇「〔島崎〕藤村の童話 2」筑摩書房 1979 p25

サルビア
　◇「いのち—みずかみかずよ全詩集」石風社 1995 p52

猿曳
　◇「〔島木〕赤彦童謡集」第一書店 1947 p49

サルピナ
　◇「吉田としジュニアロマン選集 5」国土社 1972

さるほどに
　◇「〔比江島重孝〕宮崎のむかし話 3」鉱脈社 2000 p15

サル正宗
　◇「坪田譲治童話全集 10」岩崎書店 1986 p151

猿蓑と猿楽集
　◇「稗田童平全集 7」宝文館出版 1981 p144

サルものがたり
　◇「椋鳩十学年別童話 〔11〕」理論社 1995 p83

さるはほとけさまだった
　◇「花岡大学 続・仏典童話全集 1」法蔵館 1981 p115

されどわれらが日々
　◇「くんぺい魔法ばなし—魔法ばなし全集 1」サンリオ 2000 p86

サレムじいさん
　◇「小出正吾児童文学全集 4」審美社 2001 p99

サロマ湖のワシ
　◇「戸川幸夫動物文学全集 15」講談社 1977 p272

サローヤン
　◇「〔かこさとし〕お話こんにちは 〔5〕」偕成社 1979 p127

サワガニ
　◇「椋鳩十の本 19」理論社 1982 p85

サワガニさん
　◇「地球のかぞく—石原一輝童謡詩集」群青社 2001 p70

作品名から引ける日本児童文学個人全集案内　383

さわち

沢地久枝さんと
　◇「全集版灰谷健次郎の本 24」理論社 1988 p113
〔さはやかに刈られる蘆や〕
　◇「新修宮沢賢治全集 4」筑摩書房 1979 p117
　◇「新修宮沢賢治全集 4」筑摩書房 1979 p324
さわよむどんの うなぎつり
　◇「坪田譲治幼年童話文学全集 6」集英社 1964 p114
沢右衛門どんのウナギつり
　◇「坪田譲治童話全集 10」岩崎書店 1986 p231
　◇「坪田譲治名作選 〔2〕ビワの実」小峰書店 2005 p188
さわらないで
　◇「いのち―みずかみかずよ全詩集」石風社 1995 p64
さわらびの
　◇「阪田寛夫全詩集」理論社 2011 p864
さわられると
　◇〔黒川良人〕犬の詩猫の詩―児童詩集」東洋出版 2000 p17
さわると秋がさびしがる
　◇「サトウハチロー童謡集」弥生書房 1977 p26
さわれ
　◇「斎藤隆介全集 10」岩崎書店 1982 p228
讃歌―アニールガティスとアフロディテに
　◇「稗田菫平全集 8」宝文館出版 1982 p200
三界一心
　◇「壺井栄全集 2」文泉堂出版 1997 p57
山窩艶笑記
　◇「椋鳩十の本 34」理論社 1989 p233
三角館の恐怖
　◇「少年探偵江戸川乱歩全集 46」ポプラ社 1973 p5
三角館の恐怖（江戸川乱歩作, 氷川瓏文）
　◇「少年版江戸川乱歩選集 〔5〕」講談社 1970 p1
三角形の恐怖
　◇「海野十三全集 1」三一書房 1990 p17
詩集「三角形の太陽」
　◇「魂の配達―野村吉哉作品集」草思社 1983 p35
三角形の太陽
　◇「魂の配達―野村吉哉作品集」草思社 1983 p39
三かくじょうぎ
　◇「まど・みちお全詩集 続」理論社 2015 p48
山岳党奇談
　◇「大仏次郎少年少女のための作品集 2」講談社 1967 p5
三角と四角
　◇〔巌谷〕小波お伽全集 12」本の友社 1998 p306
三角のおはぎ
　◇「春よこいこい―高橋良和こころの童話選集」同朋舎出版 1995 p192

三かく山
　◇「与田準一全集 3」大日本図書 1967 p222
さんかくりぼん
　◇〔東君平〕おはようどうわ 3」講談社 1982
参加すること
　◇「全集版灰谷健次郎の本 22」理論社 1988 p226
三かたげの話
　◇〔比江島重孝〕宮崎のむかし話 1」鉱脈社 1998 p140
〔山窩調〕より
　◇「椋鳩十の本 2」理論社 1982 p13
三月
　◇〔北原〕白秋全童謡集 2」岩波書店 1992 p367
三月
　◇「庄野英二全集 8」偕成社 1980 p394
三月
　◇「巽聖歌作品集 上」巽聖歌作品集刊行委員会 1977 p44
三月
　◇「新版・宮沢賢治童話全集 12」岩崎書店 1979 p176
　◇「新修宮沢賢治全集 5」筑摩書房 1979 p85
　◇「新修宮沢賢治全集 5」筑摩書房 1979 p296
三月
　◇「与田準一全集 2」大日本図書 1967 p142
三月, 風よ
　◇〔北原〕白秋全童謡集 1」岩波書店 1992 p146
三月さくら
　◇「斎藤隆介全集 3」岩崎書店 1982 p101
三月さんちゃん
　◇〔かこさとし〕お話こんにちは 〔12〕」偕成社 1980 p4
3月の歌
　◇「佐藤義美全集 1」佐藤義美全集刊行会 1974 p413
三月の空の下
　◇「定本小川未明童話全集 10」講談社 1977 p171
　◇「定本小川未明童話全集 10」大空社 2001 p171
三月の夕べ
　◇「松田瓊子全集 5」大空社 1997 p80
3月・はなちゃんがないた
　◇「阪田寛夫全詩集」理論社 2011 p196
山窩と登山者
　◇「椋鳩十の本 20」理論社 1983 p278
山窩とハイカア
　◇「椋鳩十の本 20」理論社 1983 p252
山窩の思い出
　◇「椋鳩十の本 20」理論社 1983 p273
山河の瀬
　◇「巽聖歌作品集 上」巽聖歌作品集刊行委員会

山窩の風呂
　◇「椋鳩十の本 19」理論社 1982 p171
山窩物の題材
　◇「椋鳩十の本 20」理論社 1983 p256
山果（四首）
　◇「稗田菫平全集 4」宝文館出版 1980 p31
三寒四温
　◇〔北原〕白秋全童謡集 3」岩波書店 1992 p282
さんかんび
　◇〔髙橋一仁〕春のニシン場―童謡詩集」けやき書房 2003 p136
珊吉の誕生祝い
　◇「北川千代児童文学全集 下」講談社 1967 p37
「残客はまつぴら」
　◇「瑠璃の壺―森銑三童話集」三樹書房 1982 p185
さんきゅう さんたくろーず
　◇「平塚武二童話全集 2」童心社 1972 p99
産業組合青年会
　◇「新修宮沢賢治全集 3」筑摩書房 1979 p165
　◇「新修宮沢賢治全集 3」筑摩書房 1979 p368
　◇「ジュニア文学館 宮沢賢治―写真・絵画集成 3」日本図書センター 1996 p119
山峡少年記
　◇「椋鳩十の本 20」理論社 1983 p75
三教図
　◇「瑠璃の壺―森銑三童話集」三樹書房 1982 p193
山欅の森（三首）
　◇「稗田菫平全集 4」宝文館出版 1980 p19
ざんげ
　◇「鈴木三重吉童話全集 6」文泉堂書店 1975（日本文学全集・選集叢刊第5次）p146
　◇「鈴木三重吉童話集」岩波書店 1996（岩波文庫）p188
残月抄
　◇「氏原大作全集 4」条例出版 1977 p345
サンコ
　◇「松谷みよ子全集 12」講談社 1972 p84
三コ
　◇「斎藤隆介全集 1」岩崎書店 1982 p94
珊瑚
　◇「鈴木三重吉童話全集 3」文泉堂書店 1975（日本文学全集・選集叢刊第5次）p324
酸虹
　◇「新修宮沢賢治全集 6」筑摩書房 1980 p105
　◇「新修宮沢賢治全集 6」筑摩書房 1980 p383
参考図書館というもの
　◇「椋鳩十の本 31」理論社 1989 p177
ざんこくさいばん
　◇「全集版灰谷健次郎の本 15」理論社 1988 p47

珊瑚樹
　◇〔〔北原〕白秋全童謡集 2」岩波書店 1992 p320
珊瑚樹の花
　◇「巽聖歌作品集 上」巽聖歌作品集刊行委員会 1977 p135
さんごの 海の 底で
　◇「花岡大学仏典童話全集 7」法蔵館 1979 p47
珊瑚のお玉
　◇〔〔巌谷〕小波お伽全集 8」本の友社 1998 p1
三五郎の刀
　◇「魂の配達―野村吉哉作品集」草思社 1983 p248
3才のころから
　◇「こども用三代目魚武濱田成夫詩集ZK」学習研究社 2002 p26
山菜（四首）
　◇「稗田菫平全集 4」宝文館出版 1980 p19
さんざし
　◇「壺井栄全集 6」文泉堂出版 1998 p457
山樝子売
　◇〔〔北原〕白秋全童謡集 3」岩波書店 1992 p215
さんざの馬子唄
　◇〔比江島重孝〕宮崎のむかし話 2」鉱脈社 1998 p21
さんさんと…
　◇「松谷みよ子全エッセイ 3」筑摩書房 1989 p171
ざんざんぶりの日
　◇「りらりらりらわたしの絵本―富永佳与子こどものうた作品集」国土社 1994 p86
三十石船
　◇〔山田野理夫〕お笑い文庫 9」太平出版社 1977（母と子の図書室）p125
三十石船舟唄
　◇「阪田寛夫全詩集」理論社 2011 p500
三十頭の牛
　◇「花岡大学 続・仏典童話全集 2」法蔵館 1981 p140
3じのおやつはきょうふのじかん
　◇「きむらゆういちおはなしのへや 1」ポプラ社 2012 p124
三時のバス
　◇「花岡大学童話文学全集 1」法蔵館 1980 p113
三姉妹探偵団 怪奇篇
　◇「赤川次郎ミステリーコレクション 第2期 14」岩崎書店 2004 p5
三姉妹探偵団 珠美・初恋編
　◇「赤川次郎ミステリーコレクション 4」岩崎書店 2002 p7
サン＝シモン
　◇〔かこさとし〕お話こんにちは 〔7〕」偕成社 1979 p86

さんし

三尺づらになれ
   ◇「〔比江島重孝〕宮崎のむかし話 1」鉱脈社 1998 p270

35年の「よろず」案内を警戒のこと
   ◇「海野十三全集 別巻2」三一書房 1993 p199

三十三のゆりの花
   ◇「松谷みよ子のむかしむかし 2」講談社 1973 p86

三十七度五分の自由
   ◇「阪田寛夫全詩集」理論社 2011 p844

三重宙返りの記
   ◇「海野十三全集 別巻1」三一書房 1991 p381

三十年後の世界
   ◇「海野十三全集 13」三一書房 1992 p151

三十年後の東京
   ◇「海野十三全集 13」三一書房 1992 p133

三十年も百年も
   ◇「壺井栄全集 7」文泉堂出版 1998 p469

さんじゅうまる おおきいな
   ◇「巽聖歌作品集 下」巽聖歌作品集刊行委員会 1977 p30

ざんしょ
   ◇「〔東君平〕おはようどうわ 7」講談社 1982 p159
   ◇「東君平のおはようどうわ 3」新日本出版社 2010 p40

山椒魚プロン＜一幕 童話劇＞
   ◇「〔斎田喬〕学校劇代表作選 3」牧書店 1959 p157

三条が池
   ◇「〔岡田文正〕短編作品集 ボク、強い子になりたい」ウインかもがわ, かもがわ出版(発売) 2009 p79

山樵小歌
   ◇「巽聖歌作品集 上」巽聖歌作品集刊行委員会 1977 p180

山椒太夫―柴刈りの厨子王のうた
   ◇「〔北原〕白秋全童謡集 4」岩波書店 1993 p289

三条中納言
   ◇「森三郎童話選集 〔2〕」刈谷市教育委員会 1996 p32

山椒の
   ◇「稗田菫平全集 3」宝文館出版 1979 p91

山椒の木
   ◇「野口雨情童謡集」弥生書房 1993 p14

山上の教訓
   ◇「今江祥智の本 34」理論社 1990 p152

山上の旗
   ◇「北川千代児童文学全集 下」講談社 1967 p79

山上の旗 あとがき
   ◇「北川千代児童文学全集 下」講談社 1967 p308

山上の旗 序〔昭和14年〕
   ◇「北川千代児童文学全集 下」講談社 1967 p308

山上の旗 序〔昭和22年〕
   ◇「北川千代児童文学全集 下」講談社 1967 p323

さんしょっ子
   ◇「安房直子コレクション 1」偕成社 2004 p9

さんすうこわいぞ
   ◇「〔柳家弁天〕らくご文庫 8」太平出版社 1987 p12

さんすうのじかんです
   ◇「寺村輝夫童話全集 4」ポプラ社 1982 p169
   ◇「〔寺村輝夫〕ぼくは王さま全1冊」理論社 1985 p587

算数の時間です
   ◇「寺村輝夫全童話 1」理論社 1996 p322
   ◇「寺村輝夫の王さまシリーズ 5」理論社 1998 p109

三すくみ
   ◇「〔巌谷〕小波お伽全集 12」本の友社 1998 p429

参星の別れの歌
   ◇「稗田菫平全集 1」宝文館出版 1978 p133

三千院のアナグマ
   ◇「椋鳩十まるごと動物ものがたり 10」理論社 1995 p120

三千院の正月
   ◇「椋鳩十の本 23」理論社 1983 p141

山草(四首)
   ◇「稗田菫平全集 4」宝文館出版 1980 p43

山ぞくとりでの宝
   ◇「全集古田足日子どもの本 9」童心社 1993 p247

サンソとマコチン
   ◇「北畠八穂児童文学全集 1」講談社 1974 p171

山村のモナカ屋
   ◇「椋鳩十の本 22」理論社 1983 p97

三代目
   ◇「壺井栄全集 7」文泉堂出版 1998 p384

聖(サンタ)エレーナの島
   ◇「今西祐行全集 8」偕成社 1988 p249

サンタクロース
   ◇「庄野英二全集 11」偕成社 1980 p296

サンタクロースへの手紙
   ◇「立原えりか作品集 4」思潮社 1973 p139
   ◇「立原えりかのファンタジーランド 12」青土社 1980 p83

サンタクロースが二月にやってきた
   ◇「今江祥智の本 12」理論社 1980 p48
   ◇「今江祥智童話館 〔1〕」理論社 1986 p132
   ◇「今江祥智ショートファンタジー 1」理論社 2004 p140

サンタクロースがよっぱらった
   ◇「長崎源之助全集 17」偕成社 1987 p173

サンタクロースきしゃにのって(童話劇)

さんに

サンタクロースと雪だるま
　◇「斎田喬幼年劇全集 2」誠文堂新光社 1961 p459

サンタクロースと雪だるま（音楽劇）
　◇「斎田喬幼年劇全集 2」誠文堂新光社 1961 p495

サンタクローズに プレゼント
　◇「ともだちシンフォニー―佐藤義美童謡集」JULA出版局 1990 p78

サンタクローズに プレゼントしたい
　◇「佐藤義美童謡集」さ・え・ら書房 1960 p256
　◇「佐藤義美全集 1」佐藤義美全集刊行会 1974 p267

サンタクローズの歌
　◇「佐藤義美童謡集」さ・え・ら書房 1960 p236
　◇「佐藤義美全集 1」佐藤義美全集刊行会 1974 p253

サンタクロースの十二ヵ月
　◇「阪田寛夫全詩集」理論社 2011 p225

サンタクロースは不思議だな
　◇「サトウハチロー童謡集」弥生書房 1977 p14

サンダーソニア
　◇「まど・みちお全詩集 続」理論社 2015 p105

サンタに会える日
　◇「横山健童謡選集 2」無明舎出版 1995 p26

サンタのおばあさん
　◇「おはなしの森―きはらみちこ童話集」熊本日日新聞情報文化センター 1999 p42

サンタの手紙
　◇〔野村ゆき〕ねえ、おはなしして！―語り聞かせるお話集」東洋出版 1998 p97

サンタ・マグノリア
　◇「あまの川―宮沢賢治童謡集」筑摩書房 2001 p56

サンタもパンダで大いそがし
　◇「犬飼馬鹿人旧作童話集」日本文化資料センター 1996 p193

三段式
　◇「星新一ショートショートセレクション 10」理論社 2003 p131

三段の構え
　◇「椋鳩十の本 18」理論社 1982 p242

山地の稜
　◇「新修宮沢賢治全集 14」筑摩書房 1980 p58

三丁目が戦争です
　◇「筒井康隆全童話」角川書店 1976（角川文庫）p93
　◇「筒井康隆SFジュブナイルセレクション 1」金の星社 2010 p101

サンテイモン
　◇〔北原〕白秋全童謡集 5」岩波書店 1993 p162

サン＝テグジュペリ
　◇〔かこさとし〕お話こんにちは 〔3〕」偕成社 1979 p128

さんてつでんしゃのうた
　◇〔関根栄一〕はしるふじさん―童謡集」小峰書店 1998 p84

サンドイッチのおふとん
　◇「山本瓔子詩集 II」新風舎 2003 p60

サンドイッチは夢のとき
　◇「奥田継夫ベストコレクション 10」ポプラ社 2002 p182

サンドウィッチのうた
　◇〔斎藤信夫〕子ども心を友として―童謡詩集」成東町教育委員会 1996 p248

山東の移民
　◇〔北原〕白秋全童謡集 3」岩波書店 1992 p206

三頭のクマ
　◇「椋鳩十まるごと動物ものがたり 5」理論社 1995 p196

三頭の熊
　◇「椋鳩十の本 7」理論社 1983 p71

三道楽の畳職
　◇「斎藤隆介全集 10」岩崎書店 1982 p49

三度の食
　◇「椋鳩十全集 12」ポプラ社 1970 p167
　◇「椋鳩十の本 15」理論社 1982 p205

三度目のショージキ
　◇「今江祥智童話館 〔12〕」理論社 1987 p63

三人王妃
　◇〔巌谷〕小波お伽全集 10」本の友社 1998 p243

三人かご
　◇「川崎大治民話選 〔1〕」童心社 1968 p246

三人兄弟
　◇「松谷みよ子おはなし集 5」ポプラ社 2010 p101

三人兄弟の医者と北守将軍
　◇「新修宮沢賢治全集 10」筑摩書房 1979 p123

三人兄弟の医者と北守将軍〔散文形〕
　◇「新修宮沢賢治全集 10」筑摩書房 1979 p315

三人姉妹
　◇〔巌谷〕小波お伽全集 8」本の友社 1998 p75

三人姉妹の結婚物語
　◇〔佐々木春奈〕あなたの脳を休める童話集 大人も子どもも楽しめる童話集」日本文学館 2009 p93

三人衆の花見
　◇「椋鳩十全集 12」ポプラ社 1970 p21
　◇「椋鳩十の本 15」理論社 1982 p24

三人道中
　◇「校定新美南吉全集 12」大日本図書 1981 p572

三人と 二つの りんご
　◇「定本小川未明童話全集 16」講談社 1978 p42
　◇「定本小川未明童話全集 16」大空社 2002 p42

三人とも字がかけないと…
　◇〔柳家弁天〕らくご文庫 3」太平出版社 1987 p77

さんに

三人と雪だるま
　◇「[かこさとし]お話こんにちは 〔11〕」偕成社 1980 p44
三人逃
　◇「[巌谷]小波お伽全集 5」本の友社 1998 p449
三人のうちの一人
　◇「花岡大学仏典童話全集 4」法蔵館 1979 p186
三人のお手伝いさん
　◇「戸川幸夫創作童話集 1」国土社 1972 p25
三人の神
　◇「石森延男児童文学全集 6」学習研究社 1971 p20
三人の神々
　◇「松谷みよ子のむかしむかし 4」講談社 1973 p19
三人の騎士
　◇「ある手品師の話—小熊秀雄童話集」晶文社 1976 p119
　◇「小熊秀雄童話集」創風社 2001 p99
三人のきもだめし
　◇「[木暮正夫]日本のおばけ話・わらい話 6」岩崎書店 1986 p90
三人の双生児
　◇「海野十三集 4」桃源社 1980 p277
　◇「海野十三全集 2」三一書房 1991 p313
三人の中学生の友だちへ
　◇「石森延男児童文学全集 15」学習研究社 1971 p292
三人のねがいごと
　◇「[西本鶏介]新日本昔ばなし——一日一話・読みきかせ 2」小学館 1997 p108
三人のふなのり
　◇「庄野英二全集 5」偕成社 1980 p225
三人の息子
　◇「[山田野理夫]お笑い文庫 8」太平出版社 1977（母と子の図書室）p78
三人の零点くん
　◇「岡本良雄童話文学全集 2」講談社 1964 p257
三人法師
　◇「那須辰造著作集 2」講談社 1980 p152
三人無筆（林家木久蔵編, 岡本和明文）
　◇「林家木久蔵の子ども落語 6」フレーベル館 1999 p30
三人桃太郎
　◇「今江祥智の本 10」理論社 1980 p195
　◇「今江祥智童話館 〔17〕」理論社 1987 p125
残念がりセミ
　◇「くんぺい魔法ばなし—魔法ばなし全集 1」サンリオ 2000 p24
三年生の詩
　◇「佐藤義美全集 6」佐藤義美全集刊行会 1974 p69
三年生の社会科童話 めじろこども会
　◇「佐藤義美全集 4」佐藤義美全集刊行会 1974 p273
三年生の みなさんへ〔よいこの童話 三年生〕
　◇「佐藤義美全集 3」佐藤義美全集刊行会 1973 p234
三年たったら
　◇「[比江島重孝]宮崎のむかし話 3」鉱脈社 2000 p56
三年ね太郎
　◇「寺村輝夫のむかし話 〔11〕」あかね書房 1981 p94
三年寝太郎
　◇「[比江島重孝]宮崎のむかし話 1」鉱脈社 1998 p27
三年前のノートから
　◇「校定新美南吉全集 8」大日本図書 1981 p120
　◇「新美南吉童話集 1」大日本図書 1982 p327
　◇「新美南吉童話集 1」大日本図書 2012 p327
ざんねんむねんの小判
　◇「[山田野理夫]お笑い文庫 3」太平出版社 1977（母と子の図書室）p108
三年め
　◇「[山田野理夫]おばけ文庫 12」太平出版社 1976（母と子の図書室）p141
三年よ
　◇「阪田寛夫全詩集」理論社 2011 p167
3の風景
　◇「佐藤義美全集 1」佐藤義美全集刊行会 1974 p61
サンパギータ
　◇「庄野英二全集 9」偕成社 1979 p46
桟橋（さんばし）… → "かけはし…"をも見よ
桟橋
　◇「壺井栄全集 4」文泉堂出版 1998 p194
さんぱつ
　◇「庄野英二全集 5」偕成社 1980 p175
三ばの子すずめ
　◇「ひろすけ幼年童話文学全集 7」集英社 1962 p24
　◇「浜田広介全集 2」集英社 1975 p233
三ばの にわとり
　◇「与田凖一全集 4」大日本図書 1967 p29
三ばの目じるし
　◇「ひろすけ幼年童話文学全集 12」集英社 1962 p16
　◇「浜田広介全集 10」集英社 1976 p100
三番べやの黒入道（石川）
　◇「[木暮正夫]日本の怪奇ばなし 10」岩崎書店 1990 p11
三番目の旅の衆(し)
　◇「今西祐行全集 4」偕成社 1987 p99
さんぴか
　◇「阪田寛夫全詩集」理論社 2011 p20

三匹猿
- ◇「〔巌谷〕小波お伽全集 3」本の友社 1998 p334
- ◇「〔巌谷〕小波お伽全集 6」本の友社 1998 p256

三びきのあまがえる
- ◇「浜田広介全集 4」集英社 1976 p159

三びきの あり
- ◇「小川未明幼年童話文学全集 1」集英社 1965 p34

三匹のあり
- ◇「定本小川未明童話全集 2」講談社 1976 p164
- ◇「定本小川未明童話全集 2」大空社 2001 p164

三びきの いぬ
- ◇「定本小川未明童話全集 15」講談社 1978 p205
- ◇「定本小川未明童話全集 15」大空社 2002 p205

三疋の犬の日記
- ◇「与謝野晶子児童文学全集 2」春陽堂書店 2007 p173

三びきの熊―イギリス民話より
- ◇「小出正吾児童文学全集 4」審美社 2001 p265

三びきの小豚
- ◇「鈴木三重吉童話全集 4」文泉堂書店 1975（日本文学全集・選集叢刊第5次）p303

三匹の子ブタの怪獣退治
- ◇「ふしぎな泉―うえだまさし童話集」そうぶん社出版 1995 p67

三匹の子ブタの旅
- ◇「ふしぎな泉―うえだまさし童話集」そうぶん社出版 1995 p63

三びきの たこの話
- ◇「〔かこさとし〕お話こんにちは〔5〕」偕成社 1979 p36

三びきのちょうちょう
- ◇「斎田喬児童劇選集〔5〕」牧書店 1954 p13

三びきのちょうちょう（童話劇）
- ◇「斎田喬幼年劇全集 3」誠文堂新光社 1962 p333

三びきの ぼうそうぞく
- ◇「〔かこさとし〕お話こんにちは〔8〕」偕成社 1979 p72

三びきのめだか
- ◇「住井すゑ わたしの少年少女物語〔1〕」労働旬報社 1989 p8

三びきのやぎ
- ◇「浜田広介全集 3」集英社 1975 p150

三びきの山羊
- ◇「小出正吾児童文学全集 2」審美社 2000 p131

三びきのライオンの子
- ◇「今江祥智の本 12」理論社 1980 p30
- ◇「今江祥智童話館〔1〕」理論社 1986 p16
- ◇「今江祥智ショートファンタジー 4」理論社 2005 p104

三百屋
- ◇「〔北原〕白秋全童謡集 1」岩波書店 1992 p154

三百両のもちにげ
- ◇「〔柳家弁天〕らくご文庫 5」太平出版社 1987 p78

サンフランシスコのアメリカ人
- ◇「かとうむつこ童話集 2」東京図書出版会, リフレ出版（発売）2004 p19

サンフランシスコのねこ ミミの物語
- ◇「かとうむつこ童話集 1」東京図書出版会, リフレ出版（発売）2003 p43

三平がえる
- ◇「坪田譲治幼年童話文学全集 1」集英社 1964 p104

三平ガエル
- ◇「坪田譲治童話全集 9」岩崎書店 1986 p94

三平の夏
- ◇「坪田譲治童話全集 4」岩崎書店 1986 p117

サン・ペエル橋のいぬ
- ◇「西條八十の童話と童謡」小学館 1981 p42

さんぽ
- ◇「〔東君平〕おはようどうわ 2」講談社 1982 p196
- ◇「東君平のおはようどうわ 4」新日本出版社 2010 p21

散歩
- ◇「まど・みちお全詩集 続」理論社 2015 p399

三方一両損（一龍斎貞水編, 岡本和明文）
- ◇「一龍斎貞水の歴史講談 2」フレーベル館 2000 p136

三方一両損（林家木久蔵編, 岡本和明文）
- ◇「林家木久蔵の子ども落語 1」フレーベル館 1998 p150

三宝みかん
- ◇「庄野英二全集 11」偕成社 1980 p135

さんぽするひとだま
- ◇「〔木暮正夫〕日本のおばけ話・わらい話 17」岩崎書店 1988 p47

さんぽするポスト
- ◇「長い長いかくれんぼ―杉みき子自選童話集」新潟日報事業社 2001 p77

散歩（童話）（ホーソンによる）
- ◇「鈴木三重吉童話全集 8」文泉堂書店 1975（日本文学全集・選集叢刊第5次）p157

さんぽにいこうよ
- ◇「佐藤さとる幼年童話自選集 1」ゴブリン書房 2003 p57

散歩にいこうよ
- ◇「佐藤さとるファンタジー全集 12」講談社 1982 p23
- ◇「佐藤さとるファンタジー全集 12」講談社, 復刊ドットコム（発売）2011 p23

三ぼんあしのいたち
- ◇「椋鳩十の本 14」理論社 1983 p102

三ぽん足のイタチ
◇「椋鳩十全集 10」ポプラ社 1970 p98
三本足のイタチ
◇「椋鳩十まるごと動物ものがたり 10」理論社 1995 p64
三本足のけだもの
◇「ひろすけ幼年童話文学全集 3」集英社 1962 p118
◇「浜田広介全集 5」集英社 1976 p50
三本のえんぴつ
◇「石森延男児童文学全集 5」学習研究社 1971 p223
三本のカキの木
◇「坪田譲治童話全集 6」岩崎書店 1986 p19
三本の木の絵
◇「杉みき子選集 3」新潟日報事業社 2006 p41
三本のマッチ
◇「長い長いかくれんぼ―杉みき子自選童話集」新潟日報事業社 2001 p6
三本柱
◇「国分一太郎児童文学集 6」小峰書店 1967 p194
さんま
◇「北彰介作品集 4」青森県児童文学研究会 1991 p14
三まいのおふだ
◇「寺村輝夫のむかし話 〔11〕」あかね書房 1981 p36
三まいのおふだ
◇「西本鶏介のむかしむかし」小学館 2003 p77
三枚のお札
◇「沼田曜一の親子劇場 1」あすなろ書房 1995 p39
三枚のお札（ふだ）
◇「瑠璃の壺―森銑三童話集」三樹書房 1982 p63
三まいのおふだについて
◇「西本鶏介のむかしむかし」小学館 2003 p94
夏の夜のむかしがたり 三枚の札コ
◇「〔野村ゆき〕ねえ、おはなしして！―語り聞かせるお話集」東洋出版 1998 p178
サンマ殿さま
◇「〔山田野理夫〕お笑い文庫 5」太平出版社 1977 （母と子の図書室）p64
三夜待ち
◇「壺井栄全集 1」文泉堂出版 1997 p263
三里番屋
◇「戸川幸夫・子どものための動物物語 8」国土社 1967 p87
◇「戸川幸夫創作童話集 2」国土社 1972 p4
◇「戸川幸夫動物文学全集 4」講談社 1976 p233
三里番屋のあざらし
◇「戸川幸夫・動物ものがたり 6」金の星社 1976 p5

三りん車
◇「鈴木三重吉童話全集 5」文泉堂書店 1975 （日本文学全集・選集叢刊第5次）p153
三輪車
◇「壺井栄名作集 1」ポプラ社 1965 p129
◇「壺井栄全集 10」文泉堂出版 1998 p547
三りんしゃ（生活劇）
◇「斎田喬幼年劇全集 2」誠文堂新光社 1961 p39
サンルームのひみつ
◇「〔坪井安〕はしれ子馬よ―童謡詩集」童謡研究・蜂の会 1999 p46
三連水車
◇「〔鈴木桂子〕親子で語り合う詩集 1」クロスロード 1997 p42
三羽の子ガラス
◇「河合雅雄の動物記 4」フレーベル館 2005 p5

【し】

じ
◇「〔東君平〕ひとくち童話 2」フレーベル館 1995 p54
試合
◇「土田耕平童話集 〔2〕」古今書院 1955 p73
試合
◇「〔柳家弁天〕らくご文庫 1」太平出版社 1987 p41
しあはせ
◇「新装版金子みすゞ全集 1」JULA出版局 1984 p215
しあわせ
◇「金子みすゞ童謡集」角川春樹事務所 1998 （ハルキ文庫）p198
◇「金子みすゞ童謡全集 2」JULA出版局 2003 p180
しあわせ
◇「西條八十童謡全集」修道社 1971 p261
しあわせ
◇「〔島崎〕藤村の童話 3」筑摩書房 1979 p79
◇「〔島崎〕藤村の童話 3」筑摩書房 1979 p81
しあわせがあつまるように
◇「山本瓔子詩集 1」新風舎 2003 p78
「幸せ」さんと「わざわい」さん
◇「〔大澤克己〕心の中のひみつ―法華経をもとにした創作物語集」文芸社 1999 p103
「幸せ」ってなんだろ？
◇「〔いけださぶろう〕読み聞かせ童話集」文芸社 1999 p102

幸せ時は
　◇「〔黒川良人〕犬の詩猫の詩─児童詩集」東洋出版 2000 p124

しあわせなやつ
　◇「星新一ショートショートセレクション 10」理論社 2003 p88

しあわせネコ
　◇「〔東君平〕おはようどうわ 6」講談社 1982 p45
　◇「東君平のおはようどうわ 1」新日本出版社 2010 p59

しあわせの角度
　◇「山本瓔子詩集 I」新風舎 2003 p114

しあわせの島
　◇「北川千代児童文学全集 下」講談社 1967 p82

しあわせのたね
　◇「立原えりかのファンタジーランド 10」青土社 1980 p135

幸せのバトン
　◇「〔きよはらとしお〕優しくなれる童話集」ブイツーソリューション, 星雲社 (発売) 2009 p113

幸せの四つ葉
　◇「〔永松康男〕童話集 青いマント」永松康男 2012 p232

幸せばかり
　◇「〔宗左近〕梟の駅長さん─童謡集」思潮社 1998 p82

しあわせはこぶエレベーター
　◇「〔木下容子〕ファンタジー傑作童話集 まほうのコンペイトー」おさひめ書房 2009 p23

しあはせもの
　◇「鈴木三重吉童話全集 4」文泉堂書店 1975 (日本文学全集・選集叢刊第5次) p342

示威運動
　◇「椋鳩十の本 1」理論社 1982 p115

ジィオスコリデースの薬
　◇「椋鳩十の本 1」理論社 1982 p209

新編「詩歌雑記」
　◇「稗田童平全集 4」宝文館出版 1980 p128

飼育
　◇「〔北原〕白秋全童謡集 3」岩波書店 1992 p14

「じいさま」の馬
　◇「〔佐海〕航南夜ばなし─童話集」佐海航南 1999 p15

じいさんぐまのよろこび
　◇「浜田広介全集 5」集英社 1976 p198

じいさん酒のんで
　◇「阪田寛夫全詩集」理論社 2011 p69

〔爺さんの眼はすかんぽのやうに赤く〕
　◇「新修宮沢賢治全集 5」筑摩書房 1979 p37
　◇「新修宮沢賢治全集 5」筑摩書房 1979 p286

爺さん婆さん
　◇「椋鳩十の本 23」理論社 1983 p270

シイソウ
　◇「〔北原〕白秋全童謡集 3」岩波書店 1992 p425

しいたげられた天才
　◇「定本小川未明童話全集 14」講談社 1977 p194
　◇「定本小川未明童話全集 14」大空社 2002 p194

じいちゃん
　◇「まど・みちお全詩集 続」理論社 2015 p129
　◇「まど・みちお全詩集 続」理論社 2015 p162

じいちゃんから いきなり
　◇「まど・みちお全詩集 続」理論社 2015 p62

じいちゃんの話
　◇「まど・みちお全詩集 続」理論社 2015 p33

石頭滾子 (シイトウコンズ)
　◇「異聖歌作品集 下」異聖歌作品集刊行委員会 1977 p254

シイの木
　◇「〔山田野理夫〕おばけ文庫 6」太平出版社 1976 (母と子の図書室) p17

しいの実
　◇「定本小川未明童話全集 9」講談社 1977 p306
　◇「定本小川未明童話全集 9」大空社 2001 p306

シイのみ
　◇「〔東君平〕おはようどうわ 6」講談社 1982 p175
　◇「東君平のおはようどうわ 3」新日本出版社 2010 p46

椎の実
　◇「〔北原〕白秋全童謡集 2」岩波書店 1992 p478

椎の実
　◇「高橋敏彦童話集」ノヴィス 2000 (ノヴィス叢書) p90

シイのみひろい
　◇「〔東君平〕おはようどうわ 5」講談社 1982 p184

爺婆の歌 (詩一篇・四首)
　◇「稗田童平全集 8」宝文館出版 1982 p195

しうんてん
　◇「〔北原〕白秋全童謡集 4」岩波書店 1993 p164

『ジェイン・エア』を読む (ブロンティ作)
　◇「松田瓊子全集 5」大空社 1997 p33

シェークスピア
　◇「〔かこさとし〕お話こんにちは 〔1〕」偕成社 1979 p110

ジェットきのうた
　◇「〔関根栄一〕はしるふじさん─童謡集」小峰書店 1998 p82

ジェット・コースター
　◇「まど・みちお全詩集」理論社 1992 p250

ジェームズ・サーバーI
　◇「今江祥智の本 21」理論社 1981 p275

ジェームズ・サーバーII

しえむ

- ◇「今江祥智の本 21」理論社 1981 p278

ジェームズ＝ワット
- ◇「〔かこさとし〕お話こんにちは 〔10〕」偕成社 1980 p94

塩
- ◇「巽聖歌作品集 上」巽聖歌作品集刊行委員会 1977 p266

次王丸と縫姫
- ◇「室生犀星童話全集 3」創林社 1978 p176

塩を載せた船
- ◇「定本小川未明童話全集 3」講談社 1977 p221
- ◇「定本小川未明童話全集 3」大空社 2001 p221

じをかいた えをかいた
- ◇「まど・みちお全詩集」理論社 1992 p339

汐がれ浜
- ◇「野口雨情童謡集」弥生書房 1993 p15

塩川先生
- ◇「宮口しづえ児童文学集 5」小峰書店 1969 p135
- ◇「宮口しづえ童話全集 1」筑摩書房 1979 p153
- ◇「宮口しづえ童話名作集」一草舎出版 2009 p46

潮騒をきく
- ◇「山本瓔子詩集 I」新風舎 2003 p16

しおざい─堀切峠展望台
- ◇「いのち─みずかみかずよ全詩集」石風社 1995 p404

塩ざけのうた
- ◇「国分一太郎児童文学集 6」小峰書店 1967 p85

詩を作る時の話
- ◇「〔斎藤信夫〕子ども心を友として─童謡詩集」成東町教育委員会 1996 p220

塩と酢
- ◇「瑠璃の壺─森銑三童話集」三樹書房 1982 p222

塩とローソクとシャボン
- ◇「阪田寛夫全詩集」理論社 2011 p630

塩のおむすび
- ◇「〔島崎〕藤村の童話 4」筑摩書房 1979 p51

塩原新小唄
- ◇「浜田広介全集 11」集英社 1976 p175

塩ふき臼
- ◇「斎藤隆介全集 3」岩崎書店 1982 p42

字をよんだペエ
- ◇「ひろすけ幼年童話文学全集 2」集英社 1962 p12
- ◇「浜田広介全集 1」集英社 1975 p192

しおり
- ◇「今江祥智の本 36」理論社 1990 p216

塩・ロウソク・シャボン
- ◇「阪田寛夫全詩集」理論社 2011 p61

紫苑
- ◇「壺井栄全集 4」文泉堂出版 1998 p433

しおんさくころ
- ◇「住井すゑ わたしの少年少女物語 〔1〕」労働旬報社 1989 p34

紫苑の咲く頃
- ◇「中村雨紅詩謡集」中村雨紅詩謡集刊行委員会 1971 p109

紫苑の園
- ◇「松田瓊子全集 3」大空社 1997 p1

シカ
- ◇「まど・みちお全詩集 続」理論社 2015 p162
- ◇「まど・みちお全詩集 続」理論社 2015 p163

（詩が─）
- ◇「稗田童平全集 8」宝文館出版 1982 p44

鹿
- ◇「巽聖歌作品集 上」巽聖歌作品集刊行委員会 1977 p338
- ◇「巽聖歌作品集 上」巽聖歌作品集刊行委員会 1977 p356

鹿
- ◇「戸川幸夫動物文学全集 13」講談社 1976 p302

鹿
- ◇「校定新美南吉全集 8」大日本図書 1981 p268

歯科医院
- ◇「新修宮沢賢治全集 6」筑摩書房 1980 p82
- ◇「新修宮沢賢治全集 6」筑摩書房 1980 p373

死骸にまたがった男
- ◇「怪談小泉八雲のこわ～い話 6」汐文社 2009 p3

死骸の色
- ◇「瑠璃の壺─森銑三童話集」三樹書房 1982 p195

しかえし
- ◇「〔東君平〕おはようどうわ 1」講談社 1982 p140

鹿をとったはなし
- ◇「千葉省三童話全集 3」岩崎書店 1967 p203

字が かけたよ
- ◇「与田準一全集 1」大日本図書 1967 p198

志賀潔
- ◇「〔かこさとし〕お話こんにちは 〔9〕」偕成社 1979 p85

四角いクラゲの子
- ◇「今江祥智の本 16」理論社 1980 p30
- ◇「今江祥智童話館 〔1〕」理論社 1986 p54
- ◇「今江祥智ショートファンタジー 2」理論社 2004 p82

しかくいこまど
- ◇「〔東君平〕おはようどうわ 4」講談社 1982

四角い虫のはなし
- ◇「佐藤さとる全集 4」講談社 1974 p169

四角い虫の話
- ◇「佐藤さとるファンタジー全集 6」講談社 1982 p51
- ◇「佐藤さとる幼年童話自選集 3」ゴブリン書房 2003 p47

◇「佐藤さとるファンタジー全集 6」講談社, 復刊ドットコム (発売) 2010 p51

四角な肩かけと猫
◇「壺井栄全集 11」文泉堂出版 1998 p11

四かくの まど
◇「佐藤義美童謡集」さ・え・ら書房 1960 p209
◇「佐藤義美全集 1」佐藤義美全集刊行会 1974 p228

四角ばけもの
◇「北彰介作品集 3」青森県児童文学研究会 1990 p43

四かくまち
◇「与田凖一全集 3」大日本図書 1967 p227

シカゴ市鹿児島県人会
◇「椋鳩十の本 31」理論社 1989 p115

(詩が詩に)
◇「稗田童平全集 8」宝文館出版 1982 p45

鹿政談 (林家木久蔵編, 岡本和明文)
◇「林家木久蔵の子ども落語 1」フレーベル館 1998 p136

自画像
◇「浜田広介全集 11」集英社 1976 p197

地下足袋
◇「壺井栄全集 3」文泉堂出版 1997 p89

鹿太郎
◇「壺井栄全集 10」文泉堂出版 1998 p188

四月
◇「新装版金子みすゞ全集 1」JULA出版局 1984 p82
◇「(金子) みすゞ詩画集 〔1〕」春陽堂書店 1996
◇「(金子) みすゞ詩画集 〔4〕」春陽堂書店 2000 p4
◇「金子みすゞ童謡全集 1」JULA出版局 2003 p132

四月
◇「阪田寛夫全詩集」理論社 2011 p220

四月
◇「庄野英二全集 8」偕成社 1980 p25

四月
◇「〔村上のぶ子〕ここは小人の国―少年詩集」あしぶえ出版 2000 p104

4月・おがわせんせいの おがわ
◇「阪田寛夫全詩集」理論社 2011 p197

叱つたあとで
◇「おの・ちゅうこう初期作品集 〔2〕 日本の教室は明るい」崙書房 1975 p36

四月一日
◇「坪田譲治童話全集 9」岩崎書店 1986 p54

叱つても子供は離れない
◇「おの・ちゅうこう初期作品集 〔2〕 日本の教室は明るい」崙書房 1975 p44

四月のあさの

◇「新美南吉全集 6」牧書店 1965 p272
◇「校定新美南吉全集 8」大日本図書 1981 p178
◇「新美南吉童話集 1」大日本図書 1982 p333
◇「新美南吉童話集 1」大日本図書 2012 p333

四月のあさの (再び)
◇「校定新美南吉全集 8」大日本図書 1981 p183

四月の うた
◇「阪田寛夫全詩集」理論社 2011 p391

四月のうた
◇「いのち―みずかみかずよ全詩集」石風社 1995 p142

四月バッカス
◇「阪田寛夫全詩集」理論社 2011 p559

鹿でも馬でもないもの
◇「〔西本鶏介〕新日本昔ばなし――一日一話・読みきかせ 2」小学館 1997 p94

鹿と楓
◇「〔巌谷〕小波お伽全集 14」本の友社 1998 p233

鹿の結婚式
◇「庄野英二全集 4」偕成社 1979 p9
◇「庄野英二全集 4」偕成社 1979 p11
◇「庄野英二自選短篇童話集」編集工房ノア 1986 p147

鹿の子を呼ぶうた
◇「あまの川―宮沢賢治童謡集」筑摩書房 2001 p98

鹿の角 (岡田泰三)
◇「岡田泰三・日下部梅子童謡集」会津童詩会 1992 p12

鹿の角
◇「壺井栄全集 11」文泉堂出版 1998 p14

しかの 肉
◇「花岡大学仏典童話全集 7」法蔵館 1979 p74

鹿の不寝番
◇「花岡大学童話文学全集 3」法蔵館 1980 p256

しかのふん
◇「阪田寛夫全詩集」理論社 2011 p283

しかの身の上話
◇「〔島崎〕藤村の童話 1」筑摩書房 1979 p36

鹿の群・猪の群
◇「鈴木三重吉童話全集 7」文泉堂書店 1975 (日本文学全集・選集叢刊第5次) p165

鹿の眼
◇「土田耕平童話集 〔1〕」古今書院 1955

屍を越えて
◇「壺井栄全集 1」文泉堂出版 1997 p11

しかばねをねらうむすめ
◇「〔木暮正夫〕日本のおばけ話・わらい話 3」岩崎書店 1986 p72

しがまの嫁っこ
◇「北彰介作品集 3」青森県児童文学研究会 1990 p40

しから

叱られた弟
　◇「巽聖歌作品集 上」巽聖歌作品集刊行委員会
　　1977 p409
しかられた帝釈天
　◇「花岡大学 続・仏典童話全集 2」法蔵館 1981 p94
しかられたときは
　◇〔山田野理夫〕お笑い文庫 1」太平出版社 1977
　　（母と子の図書室）p26
叱られた話
　◇「椋鳩十の本 18」理論社 1982 p27
しかられたゆうれい
　◇「〔木暮正夫〕日本のおばけ話・わらい話 17」岩
　　崎書店 1988 p51
叱られて
　◇「巽聖歌作品集 上」巽聖歌作品集刊行委員会
　　1977 p461
しかられなかった子のしかられかた
　◇「全集版灰谷健次郎の本 13」理論社 1988 p121
　◇「灰谷健次郎童話館 〔7〕」理論社 1994 p5
叱られ坊主
　◇「サトウハチロー童謡集」弥生書房 1977 p70
しかられるにいさん
　◇〔金子〕みすゞ詩画集 〔6〕」春陽堂書店 2001
　　p16
叱られる兄さん
　◇「新装版金子みすゞ全集 3」JULA出版局 1984
　　p93
　◇「金子みすゞ童謡全集 5」JULA出版局 2004
　　p124
字がワカラン
　◇「まど・みちお全詩集 続」理論社 2015 p293
じかん
　◇「こやま峰子詩集 〔3〕」朔北社 2003 p12
時間
　◇「〔内海康子〕六月のカレンダー―詩集」けやき書
　　房 1999 p12
時間
　◇「斎田喬児童劇選集 〔1〕」牧書店 1954 p140
時間
　◇「〔高崎乃理子〕妖精の好きな木―詩集」かど創房
　　1998 p68
時間
　◇「〔土田明子〕ちいさい星―母と子の詩集」らくだ
　　出版 2002 p44
時間
　◇「与田準一全集 1」大日本図書 1967 p194
じかんをたいせつに
　◇「斎田喬幼年劇全集 2」誠文堂新光社 1961 p401
時間遡行
　◇「今江祥智の本 34」理論社 1990 p232
時間の国のおじさん
　◇「三木卓童話作品集 2」大日本図書 2000 p191
しき
　◇「〔山田野理夫〕おばけ文庫 5」太平出版社 1976
　　（母と子の図書室）p60
四季一景
　◇「まど・みちお全詩集 続」理論社 2015 p339
四季おりおりに
　◇「椋鳩十の本 23」理論社 1983 p167
敷香
　◇「〔北原〕白秋全童謡集 2」岩波書店 1992 p354
指揮者は恋している
　◇「今江祥智童話館 〔13〕」理論社 1987 p18
式場
　◇「新修宮沢賢治全集 6」筑摩書房 1980 p139
　◇「新修宮沢賢治全集 6」筑摩書房 1980 p400
食人鬼
　◇「怪談小泉八雲のこわ～い話 2」汐文社 2004 p3
四季のうた
　◇「校定新美南吉全集 9」大日本図書 1981 p568
「四季」の終刊に思う
　◇「稗田菫平全集 2」宝文館出版 1979 p151
自給自足論
　◇「全集版灰谷健次郎の本 19」理論社 1987 p203
しくじった笑い神
　◇「〔山田野理夫〕お笑い文庫 11」太平出版社 1977
　　（母と子の図書室）p52
シグナル
　◇「杉みき子選集 2」新潟日報事業社 2005 p268
シグナルとシグナレス
　◇「新版・宮沢賢治童話全集 5」岩崎書店 1978 p47
　◇「新修宮沢賢治全集 13」筑摩書房 1980 p179
　◇「〔宮沢〕賢治童話」翔泳社 1995 p211
　◇「宮沢賢治童話集 4」講談社 1995（講談社青い
　　鳥文庫）p65
　◇「宮沢賢治20選」春陽堂書店 2008（名作童話）
　　p67
　◇「宮沢賢治童話集珠玉選 〔1〕」講談社 2009 p173
しくらーめん
　◇「〔塩見治子〕短編童話集 本のむし」早稲田童話塾
　　2013 p141
シクラメン
　◇「いのち―みずかみかずよ全詩集」石風社 1995
　　p70
しぐれ
　◇「西條八十童謡全集」修道社 1971 p145
時雨唄
　◇「野口雨情童謡集」弥生書房 1993 p48
しぐれる季節
　◇「巽聖歌作品集 下」巽聖歌作品集刊行委員会
　　1977 p283
しけ

◇「中村雨紅詩謡集」中村雨紅詩謡集刊行委員会 1971 p136

紫荊花
　◇「瑠璃の壺―森銑三童話集」三樹書房 1982 p393

重さん理事長チン談義
　◇「斎藤隆介全集 8」岩崎書店 1982 p259

茂次の登校
　◇「北川千代児童文学全集 下」講談社 1967 p141

しけだま
　◇「新装版金子みすゞ全集 2」JULA出版局 1984 p166
　◇「〔金子〕みすゞ詩画集 〔7〕」春陽堂書店 2002 p38
　◇「金子みすゞ童謡全集 4」JULA出版局 2004 p32

シゲと子狸
　◇「西條益美代表作品選集 1」南海ブックス 1981 p43

しげるくんの作文
　◇「岡本良雄童話文学全集 3」講談社 1964 p263

茂とおしゃべり消しゴム
　◇「きつねとチョウとアカヤシオの花―横野幸一童話集」横野幸一, 静岡新聞社(発売) 2006 p77

事件
　◇「新修宮沢賢治全集 5」筑摩書房 1979 p100
　◇「新修宮沢賢治全集 5」筑摩書房 1979 p299

試験のあと
　◇「庄野英二全集 6」偕成社 1979 p205

試験の時間
　◇「まど・みちお全詩集」理論社 1992 p58

時限爆弾奇譚―金博士シリーズ・8
　◇「海野十三全集 10」三一書房 1991 p97

自業自得(狐と鶴)
　◇「〔巌谷〕小波お伽全集 14」本の友社 1998 p149

私語を禁ず
　◇「赤川次郎セレクション 7」ポプラ社 2008 p77

じごくへいきたい
　◇「〔山田野理夫〕お笑い文庫 1」太平出版社 1977 (母と子の図書室) p93

じごくへおちたおしょうさん
　◇「〔西本鶏介〕新日本昔ばなし――日一話・読みきかせ 1」小学館 1997 p72

地獄街道
　◇「海野十三全集 2」三一書房 1991 p127

地獄からかえってきた男たち
　◇「北彰介作品集 3」青森県児童文学研究会 1990 p112

地獄山
　◇「斎藤隆介全集 3」岩崎書店 1982 p187

地獄島とロシア水兵
　◇「椋鳩十全集 26」ポプラ社 1981 p6

四国にて
　◇「松谷みよ子全エッセイ 3」筑摩書房 1989 p303

地獄の絵図
　◇「川崎大治民話選 〔3〕」童心社 1971 p124

地獄の仮面
　◇「少年探偵江戸川乱歩全集 32」ポプラ社 1970 p5

「四国の米を買いかねて」の話
　◇「全集版灰谷健次郎の本 15」理論社 1988 p195

地獄の使者
　◇「海野十三全集 11」三一書房 1988 p339

地獄の代官
　◇「高垣眸全集 4」桃源社 1971 p117

四国の旅役者
　◇「椋鳩十の本 18」理論社 1982 p154

地獄の道化師
　◇「少年探偵江戸川乱歩全集 35」ポプラ社 1971 p5

地獄変
　◇「齋藤孝のイッキによめる！ 小学生のための芥川龍之介」講談社 2009 p209

地獄満員
　◇「〔巌谷〕小波お伽全集 9」本の友社 1998 p439

じこしょうかい
　◇「まど・みちお全詩集 続」理論社 2015 p423

支笏の湖
　◇「異聖歌作品集 下」異聖歌作品集刊行委員会 1977 p140

シゴト オシゴト
　◇「まど・みちお全詩集」理論社 1992 p56

シゴトガスンダラ ―ブクダ
　◇「まど・みちお全詩集」理論社 1992 p57

しごとの におい
　◇「与田準一全集 3」大日本図書 1967 p74

仕事始め
　◇「赤川次郎ショートショートシリーズ 3」理論社 2010 p149

紫紺染について
　◇「新版・宮沢賢治童話全集 6」岩崎書店 1978 p53
　◇「新修宮沢賢治全集 11」筑摩書房 1979 p67
　◇「宮沢賢治20選」春陽堂書店 2008 (名作童話) p111

自在鍵
　◇「国分一太郎児童文学集 6」小峰書店 1967 p19

自作についてのおぼえがき
　◇「安房直子コレクション 7」偕成社 2004 p267

自作によせて
　◇「松谷みよ子全エッセイ 1」筑摩書房 1989 p161

思索メモ
　◇「新修宮沢賢治全集 15」筑摩書房 1980 p399

地酒
　◇「椋鳩十の本 15」理論社 1982 p92

しさつ

自殺宣言
  ◇「校定新美南吉全集 7」大日本図書 1980 p124
自殺未遂
  ◇「花岡大学童話文学全集 5」法蔵館 1980 p272
自殺未遂
  ◇「椋鳩十全集 12」ポプラ社 1970 p221
  ◇「椋鳩十の本 15」理論社 1982 p265
じさつや
  ◇「別役実童話集〔3〕」三一書房 1977 p181
志士
  ◇〔北原〕白秋全童謡集 3」岩波書店 1992 p291
指示
  ◇「星新一ショートショートセレクション 8」理論社 2002 p161
猪（しし）…→"いのしし…"をも見よ
シシイと五百人の商人
  ◇「花岡大学仏典童話全集 4」法蔵館 1979 p131
鹿踊り
  ◇「横山健童謡選集 1」無明舎出版 1995 p24
鹿踊のはじまり
  ◇「宮沢賢治動物童話集 2」シグロ 1995 p5
童話 鹿踊りのはじまり
  ◇「賢治の音楽室―宮沢賢治、作詞作曲の全作品＋詩と童話の朗読」小学館 2000 p36
鹿踊りのはじまり
  ◇「新版・宮沢賢治童話全集 6」岩崎書店 1978 p103
  ◇「新修宮沢賢治全集 13」筑摩書房 1980 p121
  ◇〔宮沢〕賢治童話」翔泳社 1995 p41
  ◇「よくわかる宮沢賢治―イーハトーブ・ロマン I」学習研究社 1996 p204
  ◇「〔宮沢賢治〕注文の多い料理店―イーハトーヴ童話集」岩波書店 2000（岩波少年文庫）p175
鹿踊りのはじまり（宮沢賢治作、川村光夫脚色）
  ◇「宮沢賢治童話劇集 2」東京書籍 1981（東書児童劇シリーズ）p9
獅子頭（印度）
  ◇〔巖谷〕小波お伽全集 15」本の友社 1998 p323
子子家庭は危機一髪
  ◇「赤川次郎ミステリーコレクション 6」岩崎書店 2002 p7
猪が鼻
  ◇〔巖谷〕小波お伽全集 6」本の友社 1998 p267
シシ狩りさまざま
  ◇「椋鳩十の本 13」理論社 1983 p199
シシ狩り物語
  ◇「椋鳩十の本 13」理論社 1983 p187
猪くったむくい
  ◇「戸川幸夫動物文学全集 15」講談社 1977 p225
しーしーしょんべんの歌

  ◇「阪田寛夫全詩集」理論社 2011 p709
事実
  ◇「星新一ちょっと長めのショートショート 7」理論社 2006 p202
事実と感想
  ◇「定本小川未明童話全集 5」講談社 1977 p412
事実と感想・今後を童話作家に
  ◇「定本小川未明童話全集 5」大空社 2001 p412
獅子と一角獣
  ◇「〔北原〕白秋全童謡集 1」岩波書店 1992 p147
獅子と大佛
  ◇〔巖谷〕小波お伽全集 14」本の友社 1998 p214
じじどばば
  ◇「壺井栄全集 11」文泉堂出版 1998 p296
シシと山の神
  ◇「椋鳩十の本 26」理論社 1989 p42
獅子の歌
  ◇「稗田童平全集 2」宝文館出版 1979 p59
「獅子の歌」全
  ◇「稗田童平全集 2」宝文館出版 1979 p54
猪（しし）の宮参り
  ◇「さねとうあきら創作民話集 被差別部落 1」明石書店 1988 p16
地芝居の愛しさ
  ◇「松谷みよ子全エッセイ 3」筑摩書房 1989 p249
じじばば
  ◇「佐藤義美童謡集」さ・え・ら書房 1960 p228
  ◇「佐藤義美全集 1」佐藤義美全集刊行会 1974 p244
〔ぢしばりの蔓〕
  ◇「新修宮沢賢治全集 4」筑摩書房 1979 p283
  ◇「新修宮沢賢治全集 4」筑摩書房 1979 p334
獅子まい
  ◇「浜田広介全集 11」集英社 1976 p52
シシまいのはじまり
  ◇「〔木暮正夫〕日本のおばけ話・わらい話 14」岩崎書店 1987 p28
しじみ
  ◇「〔東君平〕ひとくち童話 1」フレーベル館 1995 p66
しじみちょう
  ◇「いのち―みずかみかずよ全詩集」石風社 1995 p198
シジミチョウ
  ◇「まど・みちお全詩集」理論社 1992 p391
  ◇「まどさんの詩の本 3」理論社 1994 p90
しゞみ蝶〈A〉
  ◇「校定新美南吉全集 8」大日本図書 1981 p150
しじみ蝶〈B〉
  ◇「校定新美南吉全集 8」大日本図書 1981 p445

しん

蜆の龍宮行
　◇「〔巌谷〕小波お伽全集 3」本の友社 1998 p430
シジミひとつ
　◇「巽聖歌作品集 下」巽聖歌作品集刊行委員会 1977 p176
死者
　◇「松谷みよ子全エッセイ 2」筑摩書房 1989 p271
磁石
　◇「壺井栄全集 2」文泉堂出版 1997 p48
じしゃく宿
　◇「川崎大治民話選 〔1〕」童心社 1968 p108
死者の学園祭
　◇「赤川次郎ミステリーコレクション 1」岩崎書店 2002 p7
死者の影(「伊藤則資の話」より)
　◇「怪談小泉八雲のこわ〜い話 9」汐文社 2009 p27
死者の車
　◇「〔下田喜久美〕遠くから来た旅人―詩集」リトル・ガリヴァー社 1998 p82
死者の世界
　◇「松谷みよ子全エッセイ 2」筑摩書房 1989 p276
死者の発言
　◇「佐藤義美全集 6」佐藤義美全集刊行会 1974 p471
シシャモ
　◇「石森延男児童文学全集 4」学習研究社 1971 p47
柳葉魚(ししゃも)
　◇「中村雨紅詩謡集」中村雨紅詩謡集刊行委員会 1971 p156
死者は語らない
　◇「〔市原麟一郎〕子どもに語る戦争たいけん物語 5」リーブル出版 2008 p151
ししゅう
　◇「〔東君平〕ひとくち童話 3」フレーベル館 1995 p62
どうようしじゅうから
　◇「ひろすけ幼年童話文学全集 1」集英社 1961 p116
しじゅうから
　◇「浜田広介全集 11」集英社 1976 p20
詩シジュウカラ
　◇「椋鳩十動物童話集 8」小峰書店 1990 p74
シジュウカラ
　◇「椋鳩十の本 23」理論社 1983 p232
四十雀
　◇「椋鳩十の本 2」理論社 1982 p109
四十雀の宿
　◇「氏原大作全集 4」条例出版 1977 p48
詩集「逆光」を読む
　◇「稗田菫平全集 2」宝文館出版 1979 p153

詩集雑記
　◇「稗田菫平全集 6」宝文館出版 1981 p178
44ひきのねこ
　◇「阪田寛夫全詩集」理論社 2011 p391
詩集「白い雪の下でも」を読む―ひたすら真実詩を求めての半生
　◇「稗田菫平全集 2」宝文館出版 1979 p158
詩集「砂の花」を読む
　◇「稗田菫平全集 2」宝文館出版 1979 p147
四十不惑
　◇「佐々木邦全集 補巻5」講談社 1975 p390
詩集〔夕の花園〕より
　◇「椋鳩十の本 1」理論社 1982 p59
辞書
　◇「庄野英二全集 11」偕成社 1980 p38
自序・秋風のころ
　◇「〔今坂柳二〕りゅうじフォークロア・world 1」ふるさと伝承研究会 2006 p6
四条畷
　◇「中村雨紅詩謡集」中村雨紅詩謡集刊行委員会 1971 p172
紙上ハイキング
　◇「校定新美南吉全集 9」大日本図書 1981 p195
自序〔おはなし電気学〕
　◇「海野十三全集 別巻1」三一書房 1991 p220
辞書をひけば
　◇「阪田寛夫全詩集」理論社 2011 p53
自序・風よ 雲よ ありがとう
　◇「〔今坂柳二〕りゅうじフォークロア・world 4」ふるさと伝承研究会 2008 p6
自序その一〔山窩調〕
　◇「椋鳩十の本 2」理論社 1982 p3
自序その二〔鷲の唄〕
　◇「椋鳩十の本 2」理論社 1982 p5
自序〔蝶・おだまき抄〕
　◇「稗田菫平全集 4」宝文館出版 1980 p78
自序〔利賀山抄〕
　◇「稗田菫平全集 4」宝文館出版 1980 p48
自序・昔ばなし讃歌
　◇「〔今坂柳二〕りゅうじフォークロア・world 3」ふるさと伝承研究会 2007 p5
自序〔虫喰い算大会〕
　◇「海野十三全集 別巻1」三一書房 1991 p105
しじん
　◇「〔東君平〕おはようどうわ 3」講談社 1982 p210
詩人
　◇「校定新美南吉全集 8」大日本図書 1981 p3
詩人
　◇「全集版灰谷健次郎の本 22」理論社 1988 p118

作品名から引ける日本児童文学個人全集案内　397

ししん

(詩人─)
◇「稗田童平全集 8」宝文館出版 1982 p43

自信
◇「星新一YAセレクション 8」理論社 2009 p11

地震
◇「〔島崎〕藤村の童話 3」筑摩書房 1979 p157

地震
◇「花岡大学童話文学全集 5」法蔵館 1980 p62

地震
◇「〔村上のぶ子〕ここは小人の国─少年詩集」あしぶえ出版 2000 p106

詩人川口清とその生涯─「雲」その流れの涯に
◇「稗田童平全集 6」宝文館出版 1981 p124

〔四信五行に身をまもり〕
◇「新修宮沢賢治全集 5」筑摩書房 1979 p129

詩人コックさん
◇「石森延男児童文学全集 11」学習研究社 1971 p219

詩神顛落
◇「稗田童平全集 1」宝文館出版 1978 p132

詩人とこおろぎ
◇「〔永松康男〕童話集 青いマント」永松康男 2012 p51

詩人と山鳩との対話
◇「石のロバ─浅野都作品集」新風舎 2007 p80

(詩人とは)
◇「稗田童平全集 8」宝文館出版 1982 p44

自信にみちた生活
◇「星新一ちょっと長めのショートショート 8」理論社 2006 p158

(詩人の)
◇「稗田童平全集 8」宝文館出版 1982 p44

詩人の皿
◇「稗田童平全集 2」宝文館出版 1979 p31

詩人の仕事
◇「くんぺい魔法ばなし─魔法ばなし全集 1」サンリオ 2000 p202

詩人の真実なる態度
◇「校定新美南吉全集 9」大日本図書 1981 p596

詩人の旅
◇「くんぺい魔法ばなし─魔法ばなし全集 1」サンリオ 2000 p226

詩人の魂
◇「くんぺい魔法ばなし─魔法ばなし全集 1」サンリオ 2000 p90

自信のもち過ぎ
◇「戸川幸夫動物文学全集 15」講談社 1977 p216

詩神はわたしと共に
◇「稗田童平全集 1」宝文館出版 1978 p135

静か雨

◇「壺井栄全集 4」文泉堂出版 1998 p373

静かな家
◇「佐藤義美全集 1」佐藤義美全集刊行会 1974 p329

しずかな誓い
◇「いのち─みずかみかずよ全詩集」石風社 1995 p342

しずかな晩
◇「ひばりのす─木下夕爾児童詩集」光書房 1998 p32

しづかなものは
◇「浜田広介全集 11」集英社 1976 p145

しずかにしずかに(しつけうた2)
◇「〔おうち・やすゆき〕こら!しんぞう─童謡詩集」小峰書店 1996 p70

しずかもち
◇「〔山田野理夫〕おばけ文庫 7」太平出版社 1976 (母と子の図書室) p42

雫
◇「〔竹久〕夢二童謡集」ノーベル書房 1975 (浪漫文庫) p60

沈める
◇「全集版灰谷健次郎の本 22」理論社 1988 p29

しずもれる樹
◇「氏原大作全集 4」条例出版 1977 p529

詩聖カーリダーサに捧げる即興詩
◇「稗田童平全集 2」宝文館出版 1979 p132

私説・進化論
◇「戸川幸夫動物文学全集 14」講談社 1977 p275

自然が人を恵む話
◇「定本小川未明童話全集 7」講談社 1977 p61
◇「定本小川未明童話全集 7」大空出版 2001 p61

自然詩人西行の秀歌─その四季詠と恋歌
◇「稗田童平全集 6」宝文館出版 1981 p34

自然手帳
◇「椋鳩十の本 19」理論社 1982 p149

自然堂
◇「庄野英二全集 9」偕成社 1979 p191

慈善と見解(狐と烏)
◇「〔巌谷〕小波お伽全集 14」本の友社 1998 p37

自然・人間・作品
◇「椋鳩十の本 20」理論社 1983 p110

(自然の)
◇「稗田童平全集 8」宝文館出版 1982 p62

慈善の心得(狼と鶴)
◇「〔巌谷〕小波お伽全集 14」本の友社 1998 p134

自然の中で
◇「椋鳩十全集 11」ポプラ社 1970 p152

自然の中の動物
◇「戸川幸夫動物文学全集 15」講談社 1977 p252

自然のものは自然へ
  ◇「椋鳩十の本 23」理論社 1983 p69
自然礼賛
  ◇「椋鳩十の本 19」理論社 1982 p169
シソ
  ◇「まどさんの詩の本 1」理論社 1994 p40
シソ
  ◇「椋鳩十の本 19」理論社 1982 p153
地蔵裁判
  ◇〔比江島重孝〕宮崎のむかし話 1」鉱脈社 1998 p178
じぞうさま
  ◇「千葉省三童話全集 3」岩崎書店 1967 p103
じぞうさま（童話集）
  ◇「千葉省三童話全集 3」岩崎書店 1967 p117
地蔵さまとこま草の花
  ◇「武田信夫童話作品集」みちのく書房 1995 p377
じぞうさまとはたおり虫
  ◇「浜田広介全集 1」集英社 1975 p139
地蔵さまのずきん
  ◇「川崎大治民話選〔1〕」童心社 1968 p20
地蔵さんの手紙
  ◇〔山田野理夫〕お笑い文庫 6」太平出版社 1977（母と子の図書室）p138
冬の夜のむかしがたり 地蔵浄土
  ◇〔野村ゆき〕ねえ、おはなしして！一語り聞かせるお話集」東洋出版 1998 p195
〔地蔵堂の五本の巨杉(すぎ)が〕
  ◇「新修宮沢賢治全集 3」筑摩書房 1979 p235
  ◇「新修宮沢賢治全集 3」筑摩書房 1979 p401
地蔵のかさ賃
  ◇〔比江島重孝〕宮崎のむかし話 2」鉱脈社 1998 p108
地蔵の富さん聞き書抄
  ◇「斎藤隆介全集 8」岩崎書店 1982 p25
シソのくき
  ◇「まど・みちお全詩集」理論社 1992 p374
  ◇「まどさんの詩の本 10」理論社 1996 p70
紫蘇の葉豆の葉
  ◇「浜田広介全集 11」集英社 1976 p34
地だいこん
  ◇〔島崎〕藤村の童話 4」筑摩書房 1979 p181
時代・児童・作品
  ◇「定本小川未明童話全集 10」講談社 1977 p374
  ◇「定本小川未明童話全集 10」大空社 2001 p374
死体ばんざい
  ◇「星新一YAセレクション 1」理論社 2008 p172
舌をぬくおばけ
  ◇〔木暮正夫〕日本のおばけ話・わらい話 17」岩崎書店 1988 p40

舌切り牛の話
  ◇「佐藤ふさゑの本 1」てらいんく 2011 p19
したきりすずめ
  ◇「寺村輝夫のむかし話〔8〕」あかね書房 1979 p32
どうようしたきりすずめ
  ◇「ひろすけ幼年童話文学全集 3」集英社 1962 p28
したきりすずめ
  ◇「浜田広介全集 11」集英社 1976 p35
したきりすずめ
  ◇「松谷みよ子のむかしむかし 3」講談社 1973 p105
  ◇〔松谷みよ子〕日本むかし話 8」フレーベル館 2003 p1
  ◇〔松谷みよ子〕日本むかし話 愛蔵版〔8〕」フレーベル館 2003 p1
舌きりすずめ
  ◇「浜田広介全集 9」集英社 1976 p232
舌切りすずめ
  ◇「ひろすけ幼年童話文学全集 11」集英社 1962 p106
舌切り雀
  ◇「斎藤隆介全集 3」岩崎書店 1982 p111
舌切雀
  ◇〔巖谷〕小波お伽全集 7」本の友社 1998 p321
舌切雀
  ◇〔北原〕白秋全童謡集 1」岩波書店 1992 p48
したきりすずめ（音楽劇）
  ◇「斎田喬幼年劇全集 1」誠文堂新光社 1962 p175
舌切蛤
  ◇〔巖谷〕小波お伽全集 11」本の友社 1998 p297
（羊歯叢に）
  ◇「稗田童平全集 2」宝文館出版 1979 p95
自宅道順案内図
  ◇「新修宮沢賢治全集 15」筑摩書房 1980 p591
親しげな悪魔
  ◇「星新一ちょっと長めのショートショート 5」理論社 2006 p91
舌出し人形
  ◇〔北原〕白秋全童謡集 5」岩波書店 1993 p32
仕立屋の娘
  ◇「新美南吉全集 6」牧書店 1965 p48
  ◇「校定新美南吉全集 8」大日本図書 1981 p200
羊歯と泉
  ◇「稗田童平全集 3」宝文館出版 1979 p86
舌ベロおおかみ
  ◇「ネーとなかま―小笹正子の童話集」七つ森書館 2006 p58
下町
  ◇「全集版灰谷健次郎の本 22」理論社 1988 p203

下町の恋人たち
　◇「早乙女勝元小説選集 10」理論社 1977 p1
下町の故郷
　◇「早乙女勝元小説選集 1」理論社 1977 p1
下町の太陽
　◇「今江祥智の本 13」理論社 1980 p139
　◇「今江祥智童話館 〔5〕」理論社 1986 p63
字足らずの発句
　◇「〔今坂柳二〕りゅうじフォークロア・world 1」ふるさと伝承研究会 2006 p75
しだれ柳
　◇「いのち―みずかみかずよ全詩集」石風社 1995 p95
シダレヤナギ
　◇「まど・みちお全詩集」理論社 1992 p652
　◇「まどさんの詩の本 10」理論社 1996 p34
七月
　◇「庄野英二全集 8」偕成社 1980 p138
七月
　◇「全集版灰谷健次郎の本 22」理論社 1988 p19
七月七日
　◇「杉みき子選集 4」新潟日報事業社 2008 p12
七月になると私は悪夢のような大旅行を思い出す
　◇「佐藤さとるファンタジー全集 16」講談社 1983 p80
　◇「佐藤さとるファンタジー全集 16」講談社, 復刊ドットコム (発売) 2011 p80
七月の祝福
　◇「北畠八穂児童文学全集 4」講談社 1974 p226
7月・まいちゃんと うみのおんなのこ
　◇「阪田寛夫全詩集」理論社 2011 p203
しちごさん
　◇「まど・みちお全詩集」理論社 1992 p271
七五三のときのこと
　◇「松谷みよ子全エッセイ 3」筑摩書房 1989 p168
七五三の話
　◇「〔かこさとし〕お話こんにちは 〔8〕」偕成社 1979 p57
七五ソングI
　◇「阪田寛夫全詩集」理論社 2011 p635
七五ソングII
　◇「阪田寛夫全詩集」理論社 2011 p637
七度ギツネ
　◇「〔山田野理夫〕お笑い文庫 9」太平出版社 1977 (母と子の図書室) p22
七男太郎のよめ
　◇「松谷みよ子おはなし集 5」ポプラ社 2010 p83
七人 (しちにん)… → "ななにん…"をも見よ
七人兄弟
　◇「鈴木三重吉童話全集 2」文泉堂書店 1975 (日本文学全集・選集叢刊第5次) p254
七人の娘
　◇「花岡大学仏典童話全集 4」法蔵館 1979 p44
七人分
　◇「〔山田野理夫〕おばけ文庫 10」太平出版社 1976 (母と子の図書室) p33
七福神
　◇「平塚武二童話全集 5」童心社 1972 p97
シチメンチョウ
　◇「まど・みちお全詩集 5」銀河社 1975 p10
　◇「まど・みちお全詩集」理論社 1992 p522
　◇「まどさんの詩の本 2」理論社 1994 p34
七面鳥
　◇「〔北原〕白秋全童謡集 3」岩波書店 1992 p362
七面鳥さん
　◇「〔北原〕白秋全童謡集 5」岩波書店 1993 p14
しちめんちょうのうた
　◇「まど・みちお全詩集」理論社 1992 p205
　◇「まどさんの詩の本 13」理論社 1997 p12
七面鳥の踊
　◇「鈴木三重吉童話全集 3」文泉堂書店 1975 (日本文学全集・選集叢刊第5次) p231
しちめんちょうの輝き
　◇「浜田広介全集 8」集英社 1976 p89
質屋蔵
　◇「〔山田野理夫〕おばけ文庫 11」太平出版社 1976 (母と子の図書室) p51
シチュー
　◇「〔東君平〕おはようどうわ 7」講談社 1982 p28
　◇「くんぺい魔法ばなし―魔法ばなし全集 3」サンリオ 2000 p96
シチューはさめたけど…
　◇「きむらゆういちおはなしのへや 5」ポプラ社 2012 p93
市長さんと三の宮の鳥
　◇「氏原大作全集 1」条例出版 1977 p366
自重せよ (獅子の最後)
　◇「〔巌谷〕小波お伽全集 14」本の友社 1998 p165
しっかりしてよ 魚屋さん
　◇「〔山田野理夫〕お笑い文庫 5」太平出版社 1977 (母と子の図書室) p125
しっかり しろ!
　◇「まど・みちお全詩集」理論社 1992 p391
　◇「まどさんの詩の本 6」理論社 1996 p78
実感的道徳教育論
　◇「全集古田足日子どもの本 7」童心社 1993 p395
しっけい
　◇「〔北原〕白秋全童謡集 4」岩波書店 1993 p203
日月 (じつげつ) ボール
　◇「定本小川未明童話全集 7」講談社 1977 p342

してん

　　◇「定本小川未明童話全集 7」大空社 2001 p342
実験室小景
　　◇「新修宮沢賢治全集 4」筑摩書房 1979 p47
　　◇「新修宮沢賢治全集 4」筑摩書房 1979 p313
　　◇「ジュニア文学館 宮沢賢治―写真・絵画集成 3」日本図書センター 1996 p131
じっじっ じをかく
　　◇「まど・みちお全詩集 続」理論社 2015 p235
実習
　　◇「巽聖歌作品集 上」巽聖歌作品集刊行委員会 1977 p131
失職秘話
　　◇「椋鳩十の本 18」理論社 1982 p217
実践記録―小学校一年生の四月の情景（コラム）
　　◇「［川上文子］七つのあかり―短篇童話集」教育報道社 1998（教報ブックス）p137
「疾中」
　　◇「新修宮沢賢治全集 5」筑摩書房 1979 p231
「疾中」〔異稿〕
　　◇「新修宮沢賢治全集 5」筑摩書房 1979 p332
知ってんかい？ 白子さま
　　◇「［今坂柳二］りゅうじフォークロア・world 6」ふるさと伝承研究会 2012 p149
〔じつに古くさい南京袋で帆をはって〕
　　◇「新修宮沢賢治全集 4」筑摩書房 1979 p199
失敗
　　◇「庄野英二全集 9」偕成社 1979 p371
しっぺい太郎
　　◇「浜田広介全集 9」集英社 1976 p132
十法界の君
　　◇「［大澤英子］心の中のひみつ―法華経をもとにした創作物語集」文芸社 1999 p178
七宝のくつ
　　◇「花岡大学仏典童話新作集 1」法蔵館 1984 p66
十方のすべての国を救うため―迹化の菩薩へ総付嘱
　　◇「［松本光華］民話風法華経童話 23」中外印刷出版 1992 p1
しっぽエレジー
　　◇「今江祥智童話館〔16〕」理論社 1987 p223
しっぽを きって しまいましょう かちん
　　◇「佐藤義美全集 3」佐藤義美全集刊行会 1973 p226
しっぽを きって しまいましょう カチン
　　◇「佐藤義美全集 2」佐藤義美全集刊行会 1973 p187
しっぽをなくしたねずみさんのはなし
　　◇「村山籌子作品集 2」JULA出版局 1998 p64
尻尾をなくした日
　　◇「［山部京子］12の動物ものがたり」文芸社 2008 p81
尻尾くらべ
　　◇「［巌谷］小波お伽全集 3」本の友社 1998 p221
しっぽ釣り
　　◇「北彰介作品集 3」青森県児童文学研究会 1990 p49
しっぽと鬼ごっこ
　　◇「赤い自転車―松延いさお自選童話集」〔熊本〕松延猪雄 1993 p33
しっぽのあるおひめさま
　　◇「松谷みよ子全集 7」講談社 1971 p86
しっぽの効果
　　◇「戸川幸夫動物文学全集 15」講談社 1977 p219
しっぽのつり
　　◇「寺村輝夫のとんち話 3」あかね書房 1976 p12
しっぽのつり
　　◇「沼田曜一の親子劇場 3」あすなろ書房 1996 p15
しっぽのはえた人
　　◇「ふしぎな泉―うえだまさし童話集」そうぶん社出版 1995 p85
しつもん―うけこたえ
　　◇「まど・みちお全詩集 続」理論社 2015 p279
「実用数学要綱」ノート
　　◇「新修宮沢賢治全集 15」筑摩書房 1980 p345
失礼な顔
　　◇「佐藤義美全集 1」佐藤義美全集刊行会 1974 p38
　　◇「佐藤義美全集 1」佐藤義美全集刊行会 1974 p41
失恋
　　◇「くんぺい魔法ばなし―魔法ばなし全集 1」サンリオ 2000 p94
失恋物語
　　◇「椋鳩十の本 18」理論社 1982 p250
詩デー
　　◇「全集版灰谷健次郎の本 15」理論社 1988 p202
詩て, おもろいで
　　◇「全集版灰谷健次郎の本 15」理論社 1988 p91
しでひも
　　◇「庄野英二全集 6」偕成社 1979 p190
視点
　　◇「全集版灰谷健次郎の本 22」理論社 1988 p211
視点
　　◇「椋鳩十の本 23」理論社 1983 p37
じてんしゃ
　　◇「まど・みちお全詩集」理論社 1992 p156
ジテンシャ
　　◇「佐藤義美全集 2」佐藤義美全集刊行会 1973 p28
自転車
　　◇「椋鳩十の本 19」理論社 1982 p192
じてんしゃをはつめいした人

してん

じてん
- ◇「佐藤義美全集 2」佐藤義美全集刊行会 1973 p160

じてんしゃデンちゃん
- ◇「後藤竜二童話集 5」ポプラ社 2013 p101

自転車とバイクと
- ◇「まど・みちお全詩集 続」理論社 2015 p49

自転車乗り
- ◇「平塚武二童話全集 4」童心社 1972 p185

自転車物語
- ◇「新美南吉全集 5」牧書店 1965 p259
- ◇「校定新美南吉全集 6」大日本図書 1980 p100
- ◇「新美南吉童話集 3」大日本図書 1982 p195
- ◇「新美南吉童話大全」講談社 1989 p141
- ◇「新美南吉童話集 3」大日本図書 2012 p195

指導
- ◇「星新一ショートショートセレクション 14」理論社 2004 p18

自動改札 とおりゃんせ
- ◇「おはなしいっぱい―祐成智美童謡詩集」リーブル 1997 p56

児童合唱組曲「子供の情景」―東京放送児童合唱団員の詩とイメージにもとづく
- ◇「阪田寛夫全詩集」理論社 2011 p536

「児童詩集 たいようのおなら」
- ◇「全集版灰谷健次郎の本 21」理論社 1988 p197

自動車
- ◇「新装版金子みすゞ全集 3」JULA出版局 1984 p120
- ◇「金子みすゞ童謡全集 5」JULA出版局 2004 p160

自働車群夜となる
- ◇「新修宮沢賢治全集 7」筑摩書房 1980 p148

自動車とお文
- ◇「与謝野晶子児童文学全集 3」春陽堂書店 2007 p117

自動車につけたきず
- ◇「武田信夫童話作品集」みちのく書房 1995 p447

じどうしゃのかお
- ◇「ひろすけ幼年童話文学全集 2」集英社 1962 p10
- ◇「浜田広介全集 4」集英社 1976 p20

じどうしゃ ぶぶぶ
- ◇「まど・みちお全詩集」理論社 1992 p205

自動車ブンブン
- ◇「犬飼馬鹿人旧作童話集」日本文化資料センター 1996 p5

児童小説について
- ◇「那須辰造著作集 3」講談社 1980 p260

児童文学
- ◇「坪田譲治童話全集 7」岩崎書店 1986 p261

児童文学―昨日・今日・明日
- ◇「今江祥智の本 22」理論社 1981 p397

児童文学作家の喜び
- ◇「全集版灰谷健次郎の本 21」理論社 1988 p151

児童文学私見
- ◇「椋鳩十の本 24」理論社 1983 p76

児童文学というもの
- ◇「壺井栄全集 11」文泉堂出版 1998 p523

児童文学と子ども
- ◇「佐藤さとる全集 1」講談社 1972 p146

児童文学について
- ◇「壺井栄全集 11」文泉堂出版 1998 p517

児童文学の時間です
- ◇「今江祥智の本 22」理論社 1981 p291

児童文学の早春
- ◇「坪田譲治童話全集 5」岩崎書店 1986 p247

児童文学の動向
- ◇「定本小川未明童話全集 7」講談社 1977 p376
- ◇「定本小川未明童話全集 7」大空社 2001 p376

詩とくほん―小学生・詩の作り方
- ◇「佐藤義美全集 6」佐藤義美全集刊行会 1974 p11

志度市
- ◇「壺井栄全集 11」文泉堂出版 1998 p11

詩としてのエネルギー
- ◇「椋鳩十の本 22」理論社 1983 p223

しとしと ポタリ
- ◇「〔かこさとし〕お話こんにちは 〔3〕」偕成社 1979 p4

死と自由
- ◇「定本小川未明童話全集 8」講談社 1977 p301
- ◇「定本小川未明童話全集 8」大空社 2001 p301

(死と生との邂逅)
- ◇「稗田蕈平全集 8」宝文館出版 1982 p35

死と話した人
- ◇「定本小川未明童話全集 6」講談社 1977 p239
- ◇「定本小川未明童話全集 6」大空社 2001 p239

死と不平 (老人と死神)
- ◇「〔巌谷〕小波全伽全集 14」本の友社 1998 p176

樒子 (しどみ)
- ◇「巽聖歌作品集 上」巽聖歌作品集刊行委員会 1977 p22

シドロアンドモドロ
- ◇「やなせたかし童謡詩集 〔2〕」フレーベル館 2000 p48

詩とは なんでしょうか
- ◇「佐藤義美全集 6」佐藤義美全集刊行会 1974 p239

シートン
- ◇「〔かこさとし〕お話こんにちは 〔5〕」偕成社 1979 p57

シートンと狼たち
- ◇「戸川幸夫動物文学全集 12」講談社 1977 p264

シーナイフ
　◇「庄野英二全集 11」偕成社 1980 p179
品川女子学院
　◇「与謝野晶子児童文学全集 6」春陽堂書店 2007 p166
支那漢口へ移ってゆく子に
　◇「新美南吉童話集 1」大日本図書 1982 p338
　◇「新美南吉童話集 1」大日本図書 2012 p338
支那漢口へ移つてゆく子に
　◇「校定新美南吉全集 8」大日本図書 1981 p387
支那皿
　◇「巽聖歌作品集 下」巽聖歌作品集刊行委員会 1977 p281
地梨
　◇「国分一太郎児童文学集 6」小峰書店 1967 p122
シナ墨
　◇「庄野英二全集 11」偕成社 1980 p305
シナソバ
　◇「今井誉次郎童話集子どもの村 〔4〕」国土社 1957 p86
「死なない蛸」の作者
　◇「壺井栄全集 11」文泉堂出版 1998 p494
信濃歳時記
　◇「椋鳩十の本 20」理論社 1983 p145
随想集 信濃少年記
　◇「椋鳩十の本 20」理論社 1983
支那（中国）の墨
　◇「高橋敏彦童話集」ノヴィス 2000（ノヴィス叢書）p140
信濃動物記
　◇「椋鳩十の本 7」理論社 1983 p7
信濃のジプシー
　◇「椋鳩十の本 3」理論社 1982 p247
支那の花嫁さん
　◇「かもめの水兵さん―武内俊子伝記と作品集」講談社出版サービスセンター 1977 p186
信濃屋に迎えに
　◇「ビートたけし傑作集 少年編 1」金の星社 2010 p94
しなのゆきはら
　◇「与田凖一全集 2」大日本図書 1967 p238
支那の嫁入
　◇「まど・みちお全詩集 続」理論社 2015 p327
品物・道具
　◇「まど・みちお全詩集 続」理論社 2015 p65
次男坊
　◇「佐々木邦全集 2」講談社 1974 p3
死神（林家木久蔵編, 岡本和明文）
　◇「林家木久蔵の子ども落語 2」フレーベル館 1998 p118
死神
　◇「松谷みよ子全エッセイ 3」筑摩書房 1989 p158
死神
　◇〔山田野理夫〕おばけ文庫 10」太平出版社 1976（母と子の図書室）p17
死神どんぶら
　◇「斎藤隆介全集 1」岩崎書店 1982 p163
死にたがっている子ほど生きたがっている
　◇「全集版灰谷健次郎の本 19」理論社 1987 p52
死ニツイテ
　◇「阪田寛夫全詩集」理論社 2011 p111
字にならない考え
　◇「太田博也童話集 5」小山書林 2008 p44
（詩にも）
　◇「稗田菫平全集 8」宝文館出版 1982 p43
しにや
　◇「別役実童話集 〔3〕」三一書房 1977 p155
地主
　◇「新修宮沢賢治全集 5」筑摩書房 1979 p92
　◇「新修宮沢賢治全集 5」筑摩書房 1979 p297
死ぬなら今（林家木久蔵編, 岡本和明文）
　◇「林家木久蔵の子ども落語 2」フレーベル館 1998 p110
じねずみのおやこ
　◇「椋鳩十の本 14」理論社 1983 p53
じねずみの親子
　◇「椋鳩十学年別童話 〔4〕」理論社 1990 p37
ジネズミのおやこ
　◇「椋鳩十全集 17」ポプラ社 1980 p185
シネラリヤ
　◇「壺井栄全集 6」文泉堂出版 1998 p318
じねんじょと むぎの たね
　◇「与田凖一全集 4」大日本図書 1967 p27
（詩の―）
　◇「稗田菫平全集 8」宝文館出版 1982 p44
〔詩之家〕詞華集
　◇「椋鳩十の本 1」理論社 1982 p87
詩のうそ
　◇「全集版灰谷健次郎の本 15」理論社 1988 p145
詩の絵本『ちいとじいたん』
　◇「阪田寛夫全詩集」理論社 2011 p741
"し"の字ぎらい
　◇〔木暮正夫〕日本のおばけ話・わらい話 15」岩崎書店 1987 p58
しの字嫌い（林家木久蔵編, 岡本和明文）
　◇「林家木久蔵の子ども落語 4」フレーベル館 1998 p170
篠島のイワシ
　◇「椋鳩十の本 22」理論社 1983 p112
死の十字路

しのし

◇「少年探偵江戸川乱歩全集 39」ポプラ社 1972 p6

死の周辺から
◇「今江祥智の本 34」理論社 1990 p259

死の瞬間
◇「佐藤義美全集 1」佐藤義美全集刊行会 1974 p76

詩の生命を指示して現詩壇に与う
◇「浜田広介全集 12」集英社 1976 p9

信田の藪
◇「野口雨情童謡集」弥生書房 1993 p20

詩のツイスト
◇「全集灰谷健次郎の本 15」理論社 1988 p150

詩の作り方
◇「佐藤義美全集 6」佐藤義美全集刊行会 1974 p237

ジノデキルモミジ
◇「杉みき子選集 2」新潟日報事業社 2005 p68

詩のテストとらのまき
◇「全集灰谷健次郎の本 15」理論社 1988 p176

「詩ノート」
◇「新修宮沢賢治全集 4」筑摩書房 1979 p149

詩ノート
◇「新修宮沢賢治全集 15」筑摩書房 1980 p309

「詩ノート」〔異稿〕
◇「新修宮沢賢治全集 4」筑摩書房 1979 p332

市の中の独立した町
◇「椋鳩十の本 31」理論社 1989 p111

味爽(しののめ)―北海道
◇「北彰介作品集 4」青森県児童文学研究会 1991 p246

詩の美人コンテスト
◇「全集灰谷健次郎の本 15」理論社 1988 p182

しのびの術
◇「〔柳家弁天〕らくご文庫 2」太平出版社 1987 p66

忍びゆく影
◇「魂の配達―野村吉哉作品集」草思社 1983 p32

死の深みから生へ―丸木夫妻の世界
◇「松谷みよ子全エッセイ 3」筑摩書房 1989 p66

しのぶぐさ
◇「壺井栄名作集 9」ポプラ社 1965 p95
◇「壺井栄全集 4」文泉堂出版 1998 p477

死の舞台
◇「星新一YAセレクション 5」理論社 2009 p129

字の道
◇「〔土田明子〕ちいさい星―母と子の詩集」らくだ出版 2002 p75

詩のレンズは一万ばい
◇「全集灰谷健次郎の本 15」理論社 1988 p115

シバ
◇「〔黒川良人〕犬の詩猫の詩―児童詩集」東洋出版 2000 p22

芝居狂(きちがい)
◇「〔巌谷〕小波お伽全集 13」本の友社 1998 p206

しばいけんぶつ
◇「寺村輝夫のとんち話 2」あかね書房 1976 p32

芝居ごっこ
◇「千葉省三童話全集 2」岩崎書店 1967 p51

芝居小屋
◇「新装版金子みすゞ全集 1」JULA出版局 1984 p8
◇「金子みすゞ童謡全集 1」JULA出版局 2003 p16

支配者
◇「戸川幸夫動物文学全集 5」冬樹社 1965 p149
◇「戸川幸夫動物文学全集 3」講談社 1976 p322

しばゐのお猿
◇「かもめの水兵さん―武内俊子伝記と作品集」講談社出版サービスセンター 1977 p195

柴刈
◇「〔島木〕赤彦童謡集」第一書店 1947 p93

しば草
◇「〔金子〕みすゞ詩画集 〔4〕」春陽堂書店 2000 p20

芝草
◇「新装版金子みすゞ全集 2」JULA出版局 1984 p15
◇「金子みすゞ童謡集」角川春樹事務所 1998(ハルキ文庫) p40
◇「金子みすゞ童謡全集 3」JULA出版局 2004 p30

シバザクラ
◇「庄野英二全集 11」偕成社 1980 p395

四馬大尽
◇「〔巌谷〕小波お伽全集 9」本の友社 1998 p113

柴田香苗
◇「今江祥智の本 21」理論社 1981 p194

しばってもしばっても…
◇「〔木暮正夫〕日本のおばけ話・わらい話 4」岩崎書店 1986 p60

しばてんおりょう
◇「今江祥智の本 10」理論社 1980 p63
◇「今江祥智童話館 〔8〕」理論社 1987 p140
◇「今江祥智ショートファンタジー 4」理論社 2005 p47

芝生
◇「巽聖歌作品集 下」巽聖歌作品集刊行委員会 1977 p310

芝生
◇「新修宮沢賢治全集 2」筑摩書房 1979 p110

しばぶえ
◇「斎田喬児童劇選集 〔3〕」牧書店 1954 p72

しばぶえ(生活劇)
◇「斎田喬幼年劇全集 1」誠文堂新光社 1962 p199

〔しばらくだった〕

◇「新修宮沢賢治全集 5」筑摩書房 1979 p153
◇「ジュニア文学館 宮沢賢治―写真・絵画集成 3」日本図書センター 1996 p171

〔しばらくほうと西日に向ひ〕
◇「新修宮沢賢治全集 3」筑摩書房 1979 p158
◇「新修宮沢賢治全集 3」筑摩書房 1979 p366

しばられ地蔵（一龍斎貞水編、岡本和明文）
◇「一龍斎貞水の歴史講談 2」フレーベル館 2000 p120

縛られたあひる
◇「定本小川未明童話全集 11」講談社 1977 p237
◇「定本小川未明童話全集 11」大空社 2002 p237

しばられたるす番
◇「〔山田野理夫〕お笑い文庫 6」太平出版社 1977（母と子の図書室）p60

しばりまくら
◇「〔比江島重孝〕宮崎のむかし話 1」鉱脈社 1998 p91

ジーパン
◇「くんぺい魔法ばなし―魔法ばなし全集 2」サンリオ 2000 p10

紫尾の里
◇「椋鳩十の本 29」理論社 1989 p37

慈悲深い少女
◇「〔巌谷〕小波お伽全集 10」本の友社 1998 p67

辞表
◇「赤川次郎セレクション 10」ポプラ社 2008 p39

しびれ
◇「まど・みちお詩集 3」銀河社 1975 p18
◇「まど・みちお全詩集」理論社 1992 p392
◇「まど・みちお全詩集」理論社 1992 p480
◇「まどさんの詩の本 1」理論社 1994 p77

しびれ富士
◇「阪田寛夫全詩集」理論社 2011 p176

詩ひろい
◇「全集版灰谷健次郎の本 15」理論社 1988 p99

慈悲わ他の爲ならず
◇「〔巌谷〕小波お伽全集 15」本の友社 1998 p55

しぶいカー
◇「〔東君平〕おはようどうわ 1」講談社 1982 p202

しぶガキ
◇「〔東君平〕おはようどうわ 1」講談社 1982 p196

澁柿甘柿
◇「〔巌谷〕小波お伽全集 12」本の友社 1998 p327

至福のときに
◇「松谷みよ子全エッセイ 3」筑摩書房 1989 p151

志布志
◇「椋鳩十の本 21」理論社 1982 p240

渋民村へゆく
◇「壺井栄全集 11」文泉堂出版 1998 p247

しぶといやつ
◇「星新一ショートショートセレクション 2」理論社 2001 p64

渋谷道玄坂（A−小説）
◇「壺井栄全集 3」文泉堂出版 1997 p292

四分六
◇「椋鳩十の本 16」理論社 1983 p127

自分へ
◇「まど・みちお全詩集 続」理論社 2015 p309

自分を虐める人
◇「太田博也童話集 5」小山書林 2008 p148

自分勝手（獅子王と肉）
◇「〔巌谷〕小波お伽全集 14」本の友社 1998 p22

自分こそ盲人
◇「〔巌谷〕小波お伽全集 14」本の友社 1998 p275

詩文集「原籍地大万歳！」を読む
◇「稗田菫平全集 2」宝文館出版 1979 p155

じぶんで こまった ひゃくしょう
◇「小川未明幼年童話文学全集 1」集英社 1965 p96

自分で困った百姓
◇「定本小川未明童話全集 2」講談社 1976 p159
◇「定本小川未明童話全集 2」大空社 2001 p159

自分で自分に
◇「安房直子コレクション 7」偕成社 2004 p265

自分とみんなと
◇「与田凖一全集 5」大日本図書 1967 p82

自分の詩
◇「北彰介作品集 4」青森県児童文学研究会 1991 p59

自分の仕事（占星者（ほしうらない）と旅人）
◇「〔巌谷〕小波お伽全集 14」本の友社 1998 p55

自分の證人（森の番人と獅子）
◇「〔巌谷〕小波お伽全集 14」本の友社 1998 p180

自分の造った笛
◇「定本小川未明童話全集 2」講談社 1976 p224
◇「定本小川未明童話全集 2」大空社 2001 p224

自分の手（雲雀と百姓）
◇「〔巌谷〕小波お伽全集 14」本の友社 1998 p9

自分のなかの悪を見すえて書く（上野瞭、神宮輝夫）
◇「〔神宮輝夫〕現代児童文学作家対談 7」偕成社 1992 p185

自分の名前
◇「阪田寛夫全詩集」理論社 2011 p247

じぶんのひとだま
◇「〔山田野理夫〕おばけ文庫 8」太平出版社 1976（母と子の図書室）p148

じぶんの星
◇「吉田としジュニアロマン選集 2」国土社 1971 p5

しふん

自分の本のこと
　◇「今江祥智の本 36」理論社 1990 p283
自分の道をみつけること
　◇「長崎源之助全集 20」偕成社 1988 p104
自分のもの
　◇「西條八十童謡全集」修道社 1971 p262
紙幣
　◇「星新一ショートショートセレクション 12」理論社 2003 p73
四平街
　◇「〔北原〕白秋全童謡集 3」岩波書店 1992 p250
四平街から内蒙古まで
　◇「〔北原〕白秋全童謡集 3」岩波書店 1992 p249
シベリア原野
　◇「石森延男児童文学全集 2」学習研究社 1971 p54
シベリア地獄の旅―シベリア抑留ものがたり
　◇「〔市原麟一郎〕子どもに語る戦争たいけん物語 2」リーブル出版 2005 p5
シベリア物語
　◇「首なし男―堀英男短編集」教育報道社 2000（教報ブックス）p69
シベリウス
　◇「〔かこさとし〕お話こんにちは 〔9〕」偕成社 1979 p51
紙片
　◇「星新一ショートショートセレクション 13」理論社 2003 p129
思慕
　◇「稗田菫平全集 1」宝文館出版 1978 p12
詩法
　◇「佐藤義美全集 1」佐藤義美全集刊行会 1974 p71
寺宝
　◇「北彰介作品集 2」青森県児童文学研究会 1990 p46
しぼうこうこく
　◇「まど・みちお全詩集 続」理論社 2015 p207
詩法メモ
　◇「新修宮沢賢治全集 15」筑摩書房 1980 p401
しほちゃんのすいせん
　◇「今西祐行全集 1」偕成社 1988 p69
島
　◇「新美南吉童話集 1」大日本図書 1982 p317
　◇「新美南吉童話集 1」大日本図書 1982 p320
　◇「新美南吉童話傑作選 〔6〕花をうめる」小峰書店 2004 p161
　◇「新美南吉童話集 1」大日本図書 2012 p317
　◇「新美南吉童話集 1」大日本図書 2012 p320
島
　◇「やなせたかし童謡詩集 〔2〕」フレーベル館 2000 p16
しまうま

　◇「こやま峰子詩集 〔1〕」朔北社 2003 p44
シマウマ
　◇「まど・みちお詩集 〔1〕」すえもりブックス 1992 p20
　◇「まど・みちお全詩集」理論社 1992 p312
　◇「まどさんの詩の本 7」理論社 1996 p56
シマウマがむぎわらぼうしをかぶったら…
　◇「今江祥智の本 19」理論社 1981 p27
　◇「今江祥智童話館 〔8〕」理論社 1987 p41
　◇「今江祥智ショートファンタジー 5」理論社 2005 p82
しまうま・ブンダのかげ
　◇「寺村輝夫全童話 3」理論社 1997 p17
シマウマ・ブンダのかげ
　◇「寺村輝夫おはなしプレゼント 1」講談社 1994 p77
しまうま・ブンダの夜
　◇「寺村輝夫全童話 3」理論社 1997 p15
シマウマ・ブンダのよる
　◇「寺村輝夫おはなしプレゼント 1」講談社 1994 p84
島へゆく
　◇「全集版灰谷健次郎の本 19」理論社 1987 p9
島へ行く
　◇「全集版灰谷健次郎の本 19」理論社 1987 p81
島尾さんのこと
　◇「椋鳩十の本 29」理論社 1989 p148
島から
　◇「全集版灰谷健次郎の本 20」理論社 1987 p117
島木赤彦
　◇「〔かこさとし〕お話こんにちは 〔9〕」偕成社 1979 p84
島崎藤村
　◇「〔かこさとし〕お話こんにちは 〔11〕」偕成社 1980 p63
しましまおじさん
　◇「筒井敬介童話全集 2」フレーベル館 1984 p195
縞しまのチョッキ
　◇「今江祥智童話館 〔12〕」理論社 1987 p69
　◇「今江祥智の本 27」理論社 1991 p7
島津斉彬
　◇「〔かこさとし〕お話こんにちは 〔1〕」偕成社 1979 p127
島津斉彬
　◇「筑波常治伝記物語全集 5」国土社 1968 p5
島津義久
　◇「筑波常治伝記物語全集 17」国土社 1979 p1
島津義久について
　◇「筑波常治伝記物語全集 17」国土社 1979 p217
島だより
　◇「全集版灰谷健次郎の本 21」理論社 1988 p11

島探険記
　◇「椋鳩十の本 1」理論社 1982 p186
島ちゃび
　◇「全集版灰谷健次郎の本 19」理論社 1987 p175
しまったおおかみ
　◇「寺村輝夫のむかし話 〔4〕」あかね書房 1978 p26
しまったおじさんあわてもの
　◇「寺村輝夫童話全集 13」ポプラ社 1982 p71
　◇「寺村輝夫おはなしプレゼント 3」講談社 1994 p55
　◇「寺村輝夫全童話 6」理論社 1998 p289
しまったおじさんおとしもの
　◇「寺村輝夫童話全集 13」ポプラ社 1982 p83
　◇「寺村輝夫おはなしプレゼント 3」講談社 1994 p69
　◇「寺村輝夫全童話 6」理論社 1998 p282
しまったおじさん大しっぱい
　◇「寺村輝夫童話全集 13」ポプラ社 1982 p99
　◇「寺村輝夫全童話 6」理論社 1998 p295
しまったおじさんわすれもの
　◇「寺村輝夫童話全集 13」ポプラ社 1982 p57
　◇「寺村輝夫おはなしプレゼント 3」講談社 1994 p25
　◇「寺村輝夫全童話 6」理論社 1998 p275
島で暮らして＝一九八二年
　◇「全集版灰谷健次郎の本 20」理論社 1987 p119
島で暮らして＝一九八三年
　◇「全集版灰谷健次郎の本 20」理論社 1987 p130
島で暮す
　◇「全集版灰谷健次郎の本 19」理論社 1987 p151
　◇「全集版灰谷健次郎の本 19」理論社 1987 p153
しまトカゲ
　◇「椋鳩十の本 23」理論社 1983 p234
島ながし
　◇「佐藤義美全集 5」佐藤義美全集刊行会 1973 p227
島にて
　◇「阪田寛夫全詩集」理論社 2011 p48
島にて
　◇「全集版灰谷健次郎の本 22」理論社 1988 p87
しまになった大男
　◇「寺村輝夫童話全集 14」ポプラ社 1982 p55
しまになったごん
　◇「寺村輝夫おはなしプレゼント 4」講談社 1994 p47
島の一日
　◇「西條八十童謡全集」修道社 1971 p98
島の唄
　◇「達崎龍全童謡ホロホロ鳥」あい書林 1983 p34
島の合戦
　◇「川崎大治民話選〔3〕」童心社 1971 p59
島のカラス
　◇「椋鳩十の本 19」理論社 1982 p115
しまのきものをきたばけもの
　◇〔木暮正夫〕日本のおばけ話・わらい話 19」岩崎書店 1988 p25
島の漁夫
　◇「椋鳩十の本 23」理論社 1983 p53
島のくれ方の話
　◇「小川未明童話集」世界文化社 2004（心に残るロングセラー）p90
島の暮れ方の話
　◇「定本小川未明童話全集 3」講談社 1977 p338
　◇「定本小川未明童話全集 3」大空社 2001 p338
島の暮方の話
　◇「小川未明30選」春陽堂書店 2009（名作童話）p163
島のグロアック
　◇「西條八十童話集」小学館 1983 p149
島の結婚
　◇「椋鳩十の本 21」理論社 1982 p277
島のコオロギ
　◇〔斎藤信夫〕子ども心を友として―童謡詩集」成東町教育委員会 1996 p114
島の子供
　◇「西條八十童謡全集」修道社 1971 p263
島の子供は
　◇「達崎龍全童謡ホロホロ鳥」あい書林 1983 p63
島の坂道
　◇〔髙橋一仁〕春のニシン場―童謡詩集」けやき書房 2003 p64
島のシカたち
　◇「椋鳩十まるごと動物ものがたり 8」理論社 1996 p22
島の少年
　◇「千葉省三童話全集 2」岩崎書店 1967 p149
島の少年
　◇「椋鳩十全集 26」ポプラ社 1981 p149
島の宝
　◇〔巖谷〕小波お伽全集 5」本の友社 1998 p225
島の太吉
　◇「今西祐行全集 4」偕成社 1987 p235
島の野良犬
　◇「全集版灰谷健次郎の本 19」理論社 1987 p153
島の人とカラス
　◇「椋鳩十の本 29」理論社 1989 p27
島原の絵師
　◇「今西祐行全集 8」偕成社 1988 p9
島ひきおに
　◇「山下明生・童話の島じま 3」あかね書房 2012

しまひ

  p23
島ひきおにとケンムン
 ◇「山下明生・童話の島じま 3」あかね書房 2012 p39
島村抱月
 ◇「〔かこさとし〕お話こんにちは 〔10〕」偕成社 1980 p43
島めぐり
 ◇「椋鳩十の本 21」理論社 1982 p243
島物語・上
 ◇「全集版灰谷健次郎の本 6」理論社 1989 p5
島物語・下
 ◇「全集版灰谷健次郎の本 7」理論社 1989 p5
島山
 ◇「魂の配達―野村吉哉作品集」草思社 1983 p217
シマリス
 ◇「〔東君平〕おはようどうわ 3」講談社 1982 p108
 ◇「東君平のおはようどうわ 5」新日本出版社 2010 p28
シマリスのはる
 ◇「〔東君平〕おはようどうわ 7」講談社 1982 p50
 ◇「東君平のおはようどうわ 1」新日本出版社 2010 p81
〔島わにあらく潮騒を〕
 ◇「新修宮沢賢治全集 6」筑摩書房 1980 p327
 ◇「新修宮沢賢治全集 6」筑摩書房 1980 p443
じまん
 ◇「〔東君平〕おはようどうわ 3」講談社 1982 p69
 ◇「東君平のおはようどうわ 5」新日本出版社 2010 p9
じまんした高い煙突
 ◇「かもめの水兵さん―武内俊子伝記と作品集」講談社出版サービスセンター 1977 p130
自慢わ無益（狐と鰐）
 ◇「〔巌谷〕小波お伽全集 14」本の友社 1998 p135
島（A）
 ◇「新美南吉全集 6」牧書店 1965 p240
 ◇「校定新美南吉全集 8」大日本図書 1981 p45
島（B）
 ◇「新美南吉全集 6」牧書店 1965 p242
 ◇「校定新美南吉全集 8」大日本図書 1981 p50
汚点（しみ）
 ◇「井上ひさしジュニア文学館 11」汐文社 1998 p143
汚点（しみ）
 ◇「斎田喬児童劇選集 〔7〕」牧書店 1955 p221
しみ柿
 ◇「国分一太郎児童文学集 6」小峰書店 1967 p108
ジミー＝カーター
 ◇「〔かこさとし〕お話こんにちは 〔7〕」偕成社 1979 p18

地見屋さんて，なんだろう
 ◇「〔柳家弁天〕らくご文庫 5」太平出版社 1987 p66
凍み雪の日
 ◇「稗田童平全集 3」宝文館出版 1979 p104
自民党の国語教科書攻撃と児童文学中傷
 ◇「全集古田足日子どもの本 9」童心社 1993 p337
詩むかしむかし
 ◇「全集版灰谷健次郎の本 15」理論社 1988 p186
しめじのあるとこ
 ◇「巽聖歌作品集 上」巽聖歌作品集刊行委員会 1977 p495
自滅
 ◇「稗田童平全集 2」宝文館出版 1979 p22
しめわすれたまど
 ◇「浜田広介全集 8」集英社 1976 p166
じめん
 ◇「まど・みちお詩集 6」銀河社 1975 p18
 ◇「まど・みちお全詩集」理論社 1992 p499
 ◇「まどさんの詩の本 9」理論社 1996 p28
しもが ふった あさ
 ◇「佐藤義美全集 1」佐藤義美全集刊行会 1974 p387
霜枯れ
 ◇「達崎龍全童謡ホロホロ鳥」あい書林 1983 p25
〔霜枯れのトマトの気根〕
 ◇「新修宮沢賢治全集 6」筑摩書房 1980 p285
 ◇「新修宮沢賢治全集 6」筑摩書房 1980 p437
地もぐり豆
 ◇「住井すゑ わたしの少年少女物語 〔1〕」労働旬報社 1989 p42
霜月
 ◇「壺井栄全集 2」文泉堂出版 1997 p465
〔霜と聖さで畑の砂はいっぱいだ〕
 ◇「新修宮沢賢治全集 4」筑摩書房 1979 p152
霜の朝（岡田泰三）
 ◇「岡田泰三・日下部梅子童謡集」会津童詩会 1992 p55
霜の朝
 ◇「〔北原〕白秋全童謡集 2」岩波書店 1992 p424
霜の朝
 ◇「巽聖歌作品集 上」巽聖歌作品集刊行委員会 1977 p436
霜の朝
 ◇「小川のせせらぎが聞こえるかい―中澤洋子童話集」中澤洋子 2010 p97
霜の朝
 ◇「花岡大学童話文学全集 3」法蔵館 1980 p287
霜の朝―工藤直子さんへ
 ◇「まど・みちお全詩集 続」理論社 2015 p146

霜の花
  ◇「椋鳩十の本 2」理論社 1982 p76
霜の夜明け（日下部梅子）
  ◇「岡田泰三・日下部梅子童謡集」会津童詩会 1992 p70
「詩・monologue」
  ◇「稗田童平全集 8」宝文館出版 1982 p43
しもばしら
  ◇「〔東君平〕おはようどうわ 3」講談社 1982 p18
しもばしら
  ◇「まど・みちお全詩集」理論社 1992 p360
しもばしら
  ◇「椋鳩十全集 17」ポプラ社 1980 p20
霜ばしら
  ◇「北彰介作品集 1」青森県児童文学研究会 1990 p12
霜ばしら
  ◇「〔鈴木桂子〕親子で語り合う詩集 2」クロスロード 1999 p34
霜ばしら
  ◇「与謝野晶子児童文学全集 4」春陽堂書店 2007 p187
霜柱
  ◇「まど・みちお全詩集 続」理論社 2015 p418
しもばしらふみ
  ◇「まど・みちお全詩集」理論社 1992 p134
下村湖人
  ◇「〔かこさとし〕お話こんにちは 〔7〕」偕成社 1979 p20
しもやけ
  ◇「新装版金子みすゞ全集 3」JULA出版局 1984 p253
  ◇「金子みすゞ童謡全集 6」JULA出版局 2004 p174
しもやけウサギ（童話劇）
  ◇「斎田喬幼年劇全集 3」誠文堂新光社 1962 p97
しもやけが痛い
  ◇「〔島崎〕藤村の童話 3」筑摩書房 1979 p42
しもやけカンちゃん
  ◇「斎田喬児童劇選集 〔6〕」牧書店 1954 p134
しもやけカンちゃん（生活劇）
  ◇「斎田喬幼年劇全集 3」誠文堂新光社 1962 p109
しもやけ天使
  ◇「やなせたかし童謡詩集 〔1〕」フレーベル館 2000 p54
下湯旅情
  ◇「北彰介作品集 4」青森県児童文学研究会 1991 p148
霜夜
  ◇「国分一太郎児童文学集 6」小峰書店 1967 p126

霜夜（二瓶とく）
  ◇「岡田泰三・日下部梅子童謡集」会津童詩会 1992 p159
霜夜の兎
  ◇「浜田広介全集 11」集英社 1976 p60
霜夜のヤギ
  ◇「国分一太郎児童文学集 6」小峰書店 1967 p179
指紋
  ◇「星新一ショートショートセレクション 4」理論社 2002 p153
じゃあ またね
  ◇「山本瓔子詩集 II」新風舎 2003 p44
ヂャイアント
  ◇「鈴木三重吉童話全集 3」文泉堂書店 1975（日本文学全集・選集叢刊第5次）p216
ジャイアント・パンダ
  ◇「こやま峰子詩集 〔1〕」朔北社 2003 p36
しゃか
  ◇「阪田寛夫全詩集」理論社 2011 p270
社会への認識
  ◇「全集古田足日子どもの本 2」童心社 1993 p372
社会科母さん
  ◇「今江祥智童話館 〔12〕」理論社 1987 p153
社会主事 佐伯正氏
  ◇「新修宮沢賢治全集 6」筑摩書房 1980 p93
  ◇「新修宮沢賢治全集 6」筑摩書房 1980 p377
ジャガイモ
  ◇「〔東君平〕おはようどうわ 6」講談社 1982 p190
じゃがいもスリラー
  ◇「阪田寛夫全詩集」理論社 2011 p272
じゃがいものおしり
  ◇「浜田広介全集 4」集英社 1976 p161
じゃがいもの幸福
  ◇「やなせたかし童謡詩集 〔3〕」フレーベル館 2001 p24
じゃがいもの俵
  ◇「巽聖歌作品集 上」巽聖歌作品集刊行委員会 1977 p181
ジャガ薯の花
  ◇「中村雨紅詩謡集」中村雨紅詩謡集刊行委員会 1971 p152
じゃがいも畑のつづく道
  ◇「いのち─みずかみかずよ全詩集」石風社 1995 p258
ジャガ薯掘り
  ◇「中村雨紅詩謡集」中村雨紅詩謡集刊行委員会 1971 p123
ジャガイモムキ
  ◇「〔北原〕白秋全童謡集 3」岩波書店 1992 p146
シャカウ

釈迦の前生物語
　◇「谷口雅春童話集 4」日本教文社 1976 p123
(シャガの花さく)
　◇「稗田菫平全集 2」宝文館出版 1979 p90
豹(ジャガー)の眼
　◇「高垣眸全集 2」桃源社 1970 p209
ジャカランダのはな
　◇「まど・みちお全詩集 続」理論社 2015 p65
シャガールの絵の中の鳥
　◇「安房直子コレクション 6」偕成社 2004 p332
市役所の
　◇「杉みき子選集 10」新潟日報事業社 2011 p34
借銭
　◇「新美南吉全集 5」牧書店 1965 p91
弱点
　◇「星新一YAセレクション 2」理論社 2008 p158
尺とり虫
　◇「マッチ箱の中─三鷹よし子童謡集」しもつけ文学会 1998 p26
しゃくとりむしさん
　◇「まど・みちお全詩集」理論社 1992 p181
　◇「まどさんの詩の本 3」理論社 1994 p30
シャクナゲ
　◇「庄野英二全集 11」偕成社 1980 p381
曲見の狂女
　◇「那須辰造著作集 2」講談社 1980 p259
しゃくやく
　◇「新美南吉全集 5」牧書店 1965 p137
芍薬
　◇「校定新美南吉全集 6」大日本図書 1980 p261
ジャケット
　◇「庄野英二全集 6」偕成社 1979 p198
じゃこうえんどう(スイートピー)
　◇「壺井栄名作集 9」ポプラ社 1965 p174
麝香豌豆(スイートピー)
　◇「壺井栄全集 4」文泉堂出版 1998 p449
じゃこつばば
　◇「〔山田野理夫〕おばけ文庫 2」太平出版社 1976(母と子の図書室) p57
しゃこの おべっか
　◇「ひろすけ幼年童話文学全集 8」集英社 1961 p204
しゃしん
　◇「〔東君平〕ひとくち童話 3」フレーベル館 1995 p20
写真
　◇「杉みき子選集 2」新潟日報事業社 2005 p114
写真
　◇「壺井栄全集 11」文泉堂出版 1998 p485

写真機
　◇「与田凖一全集 1」大日本図書 1967 p144
「写真集 アンネフランク」
　◇「全集版灰谷健次郎の本 21」理論社 1988 p219
しゃしんやさん
　◇「小川未明幼年童話文学全集 6」集英社 1966 p10
　◇「定本小川未明童話全集 16」講談社 1978 p11
　◇「定本小川未明童話全集 16」大空社 2002 p11
しゃしんやさん
　◇「〔東君平〕ひとくち童話 3」フレーベル館 1995 p38
写真屋のクマさん
　◇「石森延男児童文学全集 2」学習研究社 1971 p41
　◇「石森読本─石森延男児童文学選集 4年生」小学館 1977 p60
邪推深き後家
　◇「若松賤子創作童話全集」久山社 1995 (日本児童文化史叢書) p93
「ジャズ」夏のはなしです
　◇「ジュニア文学館 宮沢賢治─写真・絵画集成 3」日本図書センター 1996 p125
ジャスパー
　◇「椋鳩十の本 22」理論社 1983 p251
写生に出かけた少年
　◇「定本小川未明童話全集 12」講談社 1977 p248
　◇「定本小川未明童話全集 12」大空社 2002 p248
遮断機と恋人たち
　◇「早乙女勝元小説選集 8」理論社 1977 p223
鯱鉾(印度洋)
　◇「〔巌谷〕小波お伽全集 15」本の友社 1998 p335
しゃちほこ立ちの先生
　◇「浜田広介全集 2」集英社 1975 p106
車中
　◇「新修宮沢賢治全集 3」筑摩書房 1979 p213
車中〔一〕
　◇「新修宮沢賢治全集 6」筑摩書房 1980 p46
　◇「新修宮沢賢治全集 6」筑摩書房 1980 p357
車中〔二〕
　◇「新修宮沢賢治全集 6」筑摩書房 1980 p115
　◇「新修宮沢賢治全集 6」筑摩書房 1980 p388
車中風景
　◇「壺井栄全集 11」文泉堂出版 1998 p178
社長秘書
　◇「佐々木邦全集 補巻5」講談社 1975 p191
シャツを下から
　◇「まど・みちお全詩集」理論社 1992 p604
　◇「まどさんの詩の本 6」理論社 1996 p20
借金
　◇「椋鳩十全集 12」ポプラ社 1970 p109
　◇「椋鳩十の本 15」理論社 1982 p119

借金（猿と狐）
- ◇「〔巌谷〕小波お伽全集 14」本の友社 1998 p43

ヂヤツク・スプラツトと
- ◇「〔北原〕白秋全童謡集 1」岩波書店 1992 p198

ヂヤツクとヂル
- ◇「〔北原〕白秋全童謡集 1」岩波書店 1992 p176

ジャックと豆の木
- ◇「ひろすけ幼年童話文学全集 12」集英社 1962 p154
- ◇「浜田広介全集 10」集英社 1976 p50

ジャックと豆の木
- ◇「星新一ショートショートセレクション 15」理論社 2004 p48

ジャックフルーツ
- ◇「庄野英二全集 11」偕成社 1980 p407

しゃっくり
- ◇「まど・みちお全詩集」理論社 1992 p97
- ◇「まどさんの詩の本 8」理論社 1996 p40

吃逆（しゃっくり）
- ◇「〔竹久〕夢二童謡集」ノーベル書房 1975（浪漫文庫）p84

しゃっくり侍
- ◇「川崎大治民話選 〔1〕」童心社 1968 p224

ジャック・ロンドンの道
- ◇「戸川幸夫動物文学全集 12」講談社 1977 p198

「赤光」から「白き山」まで
- ◇「稗田菫平全集 4」宝文館出版 1980 p132

シャツとミノムシ
- ◇「与田凖一全集 2」大日本図書 1967 p104

シャッポ
- ◇「〔山田野理夫〕お笑い文庫 7」太平出版社 1977（母と子の図書室）p50

シヤツポ
- ◇「〔竹久〕夢二童謡集」ノーベル書房 1975（浪漫文庫）p90

シャッポをぬぐ
- ◇「壺井栄全集 4」文泉堂出版 1998 p112

しゃっぽのうた
- ◇「あまの川―宮沢賢治童話集」筑摩書房 2001 p75

射的場
- ◇「〔北原〕白秋全童謡集 3」岩波書店 1992 p102

ジャーデン美術学校
- ◇「庄野英二全集 9」偕成社 1979 p87

シヤトル文壇と翁六渓
- ◇「稗田菫平全集 7」宝文館出版 1981 p41

シャナリシャナリと
- ◇「〔坪井安〕はしれ子馬よ―童謡詩集」童謡研究・蜂の会 1999 p70

蛇の目
- ◇「北彰介作品集 4」青森県児童文学研究会 1991 p221

ジャパン・一世
- ◇「椋鳩十の本 34」理論社 1989 p276

シャベルでホイ
- ◇「サトウハチロー童謡集」弥生書房 1977 p52

紗帽山
- ◇「〔北原〕白秋全童謡集 5」岩波書店 1993 p159

しゃぼんだま
- ◇「石森延男児童文学全集 1」学習研究社 1971 p9
- ◇「石森読本―石森延男児童文学選集 1年生」小学館 1977 p53

しゃぼんだま
- ◇「佐藤義美全集 4」佐藤義美全集刊行会 1974 p234

しゃぼんだま
- ◇「〔東君平〕おはようどうわ 3」講談社 1982 p72
- ◇「〔東君平〕おはようどうわ 6」講談社 1982 p32
- ◇「〔東君平〕ひとくち童話 2」フレーベル館 1995 p48

しゃぼんだま
- ◇「まど・みちお全詩集」理論社 1992 p129
- ◇「まどさんの詩の本 5」理論社 1994 p68
- ◇「まど・みちお全詩集 続」理論社 2015 p163
- ◇「まど・みちお全詩集 続」理論社 2015 p385

しゃぼん玉
- ◇「野口雨情童謡集」弥生書房 1993 p73

しゃぼん玉
- ◇「浜田広介全集 11」集英社 1976 p61

シャボン玉
- ◇「〔島崎〕藤村の童話 3」筑摩書房 1979 p155

シャボン玉
- ◇「豊島与志雄童話作品集 1」銀貨社 1999 p1

しゃぼん玉をとばす女の子
- ◇「〔東風琴子〕童話集 1」ストーク 2002 p7

しゃぼんだまとんだ
- ◇「〔東君平〕おはようどうわ 8」講談社 1982 p78

シャボン玉ネコちゃん
- ◇「犬飼馬鹿人旧作童話集」日本文化資料センター 1996 p31

しゃぼんだまのくびかざり
- ◇「寺村輝夫童話全集 1」ポプラ社 1982 p47
- ◇「〔寺村輝夫〕ぼくは王さま全1冊」理論社 1985 p53
- ◇「寺村輝夫全童話 1」理論社 1996 p19
- ◇「寺村輝夫の王さまシリーズ 1」理論社 1998 p35

シャボン玉の子どもたち
- ◇「三木卓童話作品集 1」大日本図書 2000 p119

しゃぼんだまのとびあるき
- ◇「浜田広介全集 3」集英社 1975 p44

シャボン玉の森
- ◇「あまんきみこセレクション 3」三省堂 2009 p69

しやほ

シャボンだまポルカ（運動会のうた）
　◇「阪田寛夫全詩集」理論社 2011 p377
邪魔な客
　◇「〔巌谷〕小波お伽全集 14」本の友社 1998 p292
じゃまビナ
　◇「〔山野野夫〕おばけ文庫 3」太平出版社 1976
　　（母と子の図書室）p118
三味ギツネ
　◇「〔山野野夫〕おばけ文庫 4」太平出版社 1976
　　（母と子の図書室）p130
シャミセンガイ
　◇「今江祥智の本 4」理論社 1980 p30
　◇「今江祥智童話館 〔11〕」理論社 1987 p44
しゃみせんの木
　◇「今西祐行全集 3」偕成社 1987 p93
しゃみせん山
　◇「寺村輝夫のむかし話 〔6〕」あかね書房 1979 p90
ジャムねこさん
　◇「松谷みよ子全集 9」講談社 1972 p89
　◇「松谷みよ子おはなし集 2」ポプラ社 2010 p16
シャムねこ先生、お元気？
　◇「あまんきみこ童話集 3」ポプラ社 2008 p41
シャムの山田長政
　◇「来栖良夫児童文学全集 6」岩崎書店 1983 p131
ヂャムプしに行こ
　◇「〔北原〕白秋全童謡集 3」岩波書店 1992 p50
ジャムやさん
　◇「阪田寛夫全詩集」理論社 2011 p408
写楽暗殺
　◇「今江祥智の本 11」理論社 1981 p5
"写楽ごっこ"の楽しさ
　◇「今江祥智の本 36」理論社 1990 p295
しゃらくさいじいさまの話
　◇「今江祥智童話館 〔8〕」理論社 1987 p165
シャラの木学校
　◇「国分一太郎児童文学集 5」小峰書店 1967 p5
「じゃりン子チエ」
　◇「全集版灰谷健次郎の本 21」理論社 1988 p193
シャルル＝ペロー
　◇「〔かこさとし〕お話こんにちは 〔10〕」偕成社 1980 p60
じゃれあい
　◇「〔黒川良人〕犬の詩猫の詩—児童詩集」東洋出版 2000 p118
しゃれこうべをつった男
　◇「〔木暮正夫〕日本のおばけ話・わらい話 18」岩崎書店 1988 p4
じゃれっこ
　◇「〔黒川良人〕犬の詩猫の詩—児童詩集」東洋出版 2000 p120
しゃれ番頭
　◇「〔山野野夫〕お笑い文庫 10」太平出版社 1977 （母と子の図書室）p148
しゃれ蛍
　◇「中村雨紅詩謡集」中村雨紅詩謡集刊行委員会 1971 p50
ジャンクション21
　◇「阪田寛夫全詩集」理論社 2011 p581
ジャンク船
　◇「まど・みちお全詩集」理論社 1992 p25
ジャングル・ジム
　◇「まど・みちお全詩集 続」理論社 2015 p366
ジャングルジム
　◇「こやま峰子詩集 〔2〕」朔北社 2003 p6
ジャングルジムの うた
　◇「まど・みちお全詩集」理論社 1992 p224
　◇「まどさんの詩の本 5」理論社 1994 p56
　◇「まど・みちお詩集 〔2〕」すえもりブックス 1998 p22
じゃんけん
　◇「阪田寛夫全詩集」理論社 2011 p744
じゃんけん
　◇「坪田譲治幼年童話文学全集 1」集英社 1964 p88
じゃんけん
　◇「〔東君平〕おはようどうわ 3」講談社 1982 p34
ジャンケン
　◇「坪田譲治自選童話集」実業之日本社 1971 p234
　◇「坪田譲治童話全集 3」岩崎書店 1986 p53
ヂャンケン
　◇「〔北原〕白秋全童謡集 5」岩波書店 1993 p166
じゃんけん おうさま
　◇「阪田寛夫全詩集」理論社 2011 p353
ジャンケン橋
　◇「森三郎童話選集 〔1〕」刈谷市教育委員会 1995 p200
じゃんけんねこ
　◇「佐藤さとる幼年童話自選集 2」ゴブリン書房 2003 p111
「じゃんけんねこ」・あとがき
　◇「佐藤さとるファンタジー全集 16」講談社 1983 p213
　◇「佐藤さとるファンタジー全集 16」講談社, 復刊ドットコム（発売）2011 p213
じゃんけんねこ—勝ち話
　◇「佐藤さとるファンタジー全集 10」講談社 1983 p183
　◇「佐藤さとるファンタジー全集 10」講談社, 復刊ドットコム（発売）2011 p183
じゃんけんねこ（佐藤さとる）
　◇「佐藤さとるファンタジー全集 16」講談社 1983

じゃんけんねこ―負け話
　◇「佐藤さとるファンタジー全集 10」講談社 1983 p177
　◇「佐藤さとるファンタジー全集 10」講談社, 復刊ドットコム（発売）2011 p177

じゃんけんぽい
　◇「巽聖歌作品集 上」巽聖歌作品集刊行委員会 1977 p208

じゃんけんぽん
　◇「〔久高明子〕チンチンコバカマ」新風舎 1998 p31

ジャンケンポン
　◇「横山健童謡選集 1」無明舎出版 1995 p100

ジャン＝コクトー
　◇「〔かこさとし〕お話こんにちは 〔4〕」偕成社 1979 p22

ジャン＝ドールトン
　◇「〔かこさとし〕お話こんにちは 〔6〕」偕成社 1979 p39

ジャンヌ＝ダルク
　◇「〔かこさとし〕お話こんにちは 〔10〕」偕成社 1980 p23

上海特急
　◇「〔北原〕白秋全童謡集 5」岩波書店 1993 p130

ジャン＝ピアジェ
　◇「〔かこさとし〕お話こんにちは 〔5〕」偕成社 1979 p52

ジャンプ一番
　◇「〔黒川良人〕犬の詩猫の詩―児童詩集」東洋出版 2000 p14

シャンプーは　こまる
　◇「りらりらりらわたしの絵本―富永佳与子こどものうた作品集」国土社 1994 p42

ジャンボ
　◇「庄野英二全集 6」偕成社 1979 p193

ジャンボ
　◇「椋鳩十の本 15」理論社 1982 p168

ジャン＝F＝ミレー
　◇「〔かこさとし〕お話こんにちは 〔7〕」偕成社 1979 p21

朱色の柿
　◇「花岡大学童話文学全集 5」法蔵館 1980 p290

朱色のカニ
　◇「花岡大学仏典童話集 2」佼成出版社 2006 p92

自由
　◇「定本小川未明童話全集 6」講談社 1977 p85
　◇「定本小川未明童話全集 6」大空社 2001 p85

〔十いくつかの夜とひる〕
　◇「新修宮沢賢治全集 7」筑摩書房 1980 p310

十一月
　◇「おの・ちゅうこう初期作品集 〔1〕 牧歌の風景」崙書房 1975 p9

十一月
　◇「庄野英二全集 8」偕成社 1980 p279

じゅういちがつじゅうにいち
　◇「こども用三代目魚武濱田成夫詩集ZK」学習研究社 2002 p38

11月・たみこせんせいの　へんじ
　◇「阪田寛夫全詩集」理論社 2011 p209

十一月の踊り子たち
　◇「いのち―みずかみかずよ全詩集」石風社 1995 p157

十一月三日
　◇「新版・宮沢賢治童話全集 12」岩崎書店 1979 p212

十一のむかしばなし
　◇「来栖良夫児童文学全集 2」岩崎書店 1983 p233

〔十一面観音さま〕
　◇「稗田童平全集 8」宝文館出版 1982 p127

シュウィッタース
　◇「〔かこさとし〕お話こんにちは 〔3〕」偕成社 1979 p93

十一本めのポプラ
　◇「長い長いかくれんぼ―杉みき子自選童話集」新潟日報事業社 2001 p137
　◇「杉みき子選集 6」新潟日報事業社 2009 p227

驟雨
　◇「椋鳩十の本 2」理論社 1982 p232

自由への脱出
　◇「戸川幸夫動物文学全集 3」講談社 1976 p212

10円玉
　◇「くんぺい魔法ばなし―魔法ばなし全集 2」サンリオ 2000 p114
　◇「くんぺい魔法ばなし―魔法ばなし全集 3」サンリオ 2000 p46

銃を高く
　◇「〔北原〕白秋全童謡集 4」岩波書店 1993 p354

自由をわれらに
　◇「新美南吉童話集 3」大日本図書 1982 p305
　◇「新美南吉童話大全」講談社 1989 p346
　◇「新美南吉童話集 3」大日本図書 2012 p305

自由を我等に
　◇「校定新美南吉全集 9」大日本図書 1981 p3
　◇「新美南吉童話劇集 2」東京書籍 1982（東書児童劇シリーズ）p11

集会案内
　◇「新修宮沢賢治全集 15」筑摩書房 1980 p508

獣歌（一首）
　◇「稗田童平全集 4」宝文館出版 1980 p20

秋海棠に思う
　◇「松谷みよ子全エッセイ 3」筑摩書房 1989 p234

自由ケ丘の狐

しゅう

修学旅行
　◇「戸川幸夫動物文学全集 7」講談社 1977 p268

修学旅行
　◇「庄野英二全集 11」偕成社 1980 p342

修学旅行
　◇「宮口しづえ児童文学集 5」小峰書店 1969 p140
　◇「宮口しづえ童話全集 1」筑摩書房 1979 p159

修学旅行復命書
　◇「新修宮沢賢治全集 15」筑摩書房 1980 p469

自由画検定委員
　◇「新修宮沢賢治全集 2」筑摩書房 1979 p306
　◇「ジュニア文学館 宮沢賢治―写真・絵画集成 3」日本図書センター 1996 p87

十か十一残しとけ
　◇「中村雨紅詩謡集」中村雨紅詩謡集刊行委員会 1971 p158

十月
　◇「庄野英二全集 8」偕成社 1980 p250

十月三十一日 晴
　◇「阪田寛夫全詩集」理論社 2011 p889

〔十月〕二十八日
　◇「新版・宮沢賢治童話全集 12」岩崎書店 1979 p211

十月のからす
　◇「阪田寛夫全詩集」理論社 2011 p221

十月の末
　◇「新版・宮沢賢治童話全集 1」岩崎書店 1978 p79
　◇「新修宮沢賢治全集 8」筑摩書房 1979 p265

十月二十日
　◇「新版・宮沢賢治童話全集 12」岩崎書店 1979 p210

10月・まっちんのあき
　◇「阪田寛夫全詩集」理論社 2011 p208

銃眼
　◇「〔北原〕白秋全童謡集 3」岩波書店 1992 p253

習慣（大鹿と小鹿
　◇「〔巌谷〕小波お伽全集 14」本の友社 1998 p101

祝儀不祝儀
　◇「阪田寛夫全詩集」理論社 2011 p81

秋魚
　◇「おの・ちゅうこう初期作品集 〔1〕 牧歌的風景」崙書房 1975 p12

住居
　◇「新修宮沢賢治全集 3」筑摩書房 1979 p297
　◇「新修宮沢賢治全集 3」筑摩書房 1979 p428

終業のベルが鳴る
　◇「新美南吉全集 6」牧書店 1965 p122
　◇「校定新美南吉全集 8」大日本図書 1981 p277

宗教風の恋
　◇「新修宮沢賢治全集 2」筑摩書房 1979 p236

秋月
　◇「おの・ちゅうこう初期作品集 〔1〕 牧歌的風景」崙書房 1975 p4

秋月下の歌
　◇「おの・ちゅうこう初期作品集 〔1〕 牧歌的風景」崙書房 1975 p20

秋郊漫歩記
　◇「千葉省三童話全集 2」岩崎書店 1967 p210

十五助
　◇「〔山田野理夫〕お笑い文庫 1」太平出版社 1977（母と子の図書室）p61

十五年前 十五年後
　◇「今江祥智の本 34」理論社 1990 p150

十五年目のお化け
　◇「〔おうち・やすゆき〕こら！ しんぞう―童謡詩集」小峰書店 1996 p106

十五夜
　◇「〔巌谷〕小波お伽全集 7」本の友社 1998 p413

十五夜
　◇「〔木暮正夫〕日本のおばけ話・わらい話 11」岩崎書店 1987 p70

十五やお月さま
　◇「斎田喬児童劇選集 〔5〕」牧書店 1954 p72

十五夜お月さま＜一まく 童話劇＞
　◇「〔斎田喬〕学校劇代表作選 1」牧書店 1959 p65

じゅうごやお月さま（童話劇）
　◇「斎田喬幼年劇全集 2」誠文堂新光社 1961 p17

十五やお月さま（童話劇）
　◇「斎田喬幼年劇全集 2」誠文堂新光社 1961 p91

十五夜お月さん
　◇「野口雨情童謡集」弥生書房 1993 p47

十五やさん
　◇「さくらゆき―さとうじゅんこ童詩集」えんじゅの会 1997 p44

十五やさん
　◇「巽聖歌作品集 上」巽聖歌作品集刊行委員会 1977 p211

十五夜の月
　◇「壺井栄名作集 3」ポプラ社 1965 p149
　◇「定本壺井栄児童文学全集 1」講談社 1979 p129
　◇「壺井栄全集 9」文泉堂出版 1997 p47

十五夜の月は
　◇「川崎大治民話選 〔4〕」童心社 1975 p95

十五夜村の
　◇「達崎龍全童謡ホロホロ鳥」あい書林 1983 p50

周五郎さんの読者のこと
　◇「今江祥智の本 35」理論社 1990 p141

秀才養子鑑
　◇「佐々木邦全集 補巻5」講談社 1975 p323

習作
　◇「新修宮沢賢治全集 2」筑摩書房 1979 p33

◇「ジュニア文学館 宮沢賢治—写真・絵画集成 3」
　　　　日本図書センター 1996 p41
十三湖のばば
　　　◇「鈴木喜代春児童文学選集 8」らくだ出版 2009
　　　　p7
十三歳の夏
　　　◇「乙骨淑子の本 5」理論社 1986 p1
十三砂山
　　　◇「北彰介作品集 1」青森県児童文学研究会 1990
　　　　p126
十三発めのたま
　　　◇「〔比江島重孝〕宮崎のむかし話 2」鉱脈社 1998
　　　　p175
十三夜
　　　◇「新装版金子みすゞ全集 3」JULA出版局 1984
　　　　p199
　　　◇「金子みすゞ童謡全集 6」JULA出版局 2004 p98
十三夜
　　　◇「〔辻弘二〕創作短篇童話集 マガダ国の悲劇・鍋の
　　　　蓋他」日本文学館 2006 p22
「十七八が二度候かよ」
　　　◇「壺井栄全集 10」文泉堂出版 1998 p355
秋日
　　　◇「まど・みちお全詩集 続」理論社 2015 p418
充実した毎日
　　　◇「北国翔子童話集 2」青森県児童文学研究会 2010
　　　　p25
ジュウシマツ
　　　◇「まど・みちお詩集 2」銀河社 1975 p44
　　　◇「まど・みちお全詩集」理論社 1992 p437
　　　◇「まどさんの詩の本 13」理論社 1997 p64
秀常寺の腰かけ石
　　　◇「〔今坂柳二〕りゅうじフォークロア・world 4」
　　　　ふるさと伝承研究会 2008 p55
鞦韆
　　　◇「巽聖歌作品集 上」巽聖歌作品集刊行委員会
　　　　1977 p454
鞦韆の唄
　　　◇「校定新美南吉全集 9」大日本図書 1981 p546
修繕屋
　　　◇「〔北原〕白秋全童謡集 1」岩波書店 1992 p327
従卒イワン
　　　◇「鈴木三重吉童話全集 6」文泉堂書店 1975（日
　　　　本文学全集・選集叢刊第5次）p42
自由大學
　　　◇「阪田寛夫全詩集」理論社 2011 p840
住宅問題
　　　◇「星新一YAセレクション 6」理論社 2009 p63
集団の力
　　　◇「戸川幸夫動物文学全集 15」講談社 1977 p325
集団の中の個

　　　◇「椋鳩十の本 18」理論社 1982 p78
修道院の裏庭
　　　◇「〔北原〕白秋全童謡集 2」岩波書店 1992 p341
修道院の前
　　　◇「〔北原〕白秋全童謡集 2」岩波書店 1992 p340
柔と剛と
　　　◇「瑠璃の壺—森銑三童話集」三樹書房 1982 p202
銃と獵犬
　　　◇「〔巌谷〕小波お伽全集 14」本の友社 1998 p200
17かいのおんなのこ
　　　◇「後藤竜二童話集 5」ポプラ社 2013 p5
十二月
　　　◇「庄野英二全集 8」偕成社 1980 p322
十二月二十五日について
　　　◇「阪田寛夫全詩集」理論社 2011 p112
十二月の苺
　　　◇「〔巌谷〕小波お伽全集 8」本の友社 1998 p373
十二月の旅人
　　　◇「立原えりかのファンタジーランド 12」青土社
　　　　1980 p75
12月・ゆめこおねえさんのクリスマス
　　　◇「阪田寛夫全詩集」理論社 2011 p211
十二歳の半年
　　　◇「北畠八穂児童文学全集 1」講談社 1974 p131
「衆に従はむ」
　　　◇「瑠璃の壺—森銑三童話集」三樹書房 1982 p173
十二支にネコがいないわけ
　　　◇「〔木暮正夫〕日本のおばけ話・わらい話 14」岩
　　　　崎書店 1987 p40
十二支のできたわけ
　　　◇「沼田曜一の親子劇場 3」あすなろ書房 1996 p25
十二支の話
　　　◇「〔かこさとし〕お話こんにちは 〔10〕」偕成社
　　　　1980 p40
十二竹
　　　◇「新装版金子みすゞ全集 3」JULA出版局 1984
　　　　p217
　　　◇「金子みすゞ童謡全集 6」JULA出版局 2004
　　　　p124
十二人のこびと
　　　◇「二反長半作品集 1」集英社 1979 p198
十二人の力士
　　　◇「花岡大学仏典童話全集 8」法蔵館 1979 p160
十二の きりかぶ
　　　◇「与田準一全集 4」大日本図書 1967 p48
12のつきのうた
　　　◇「〔関桜栄一〕はしるふじさん—童謡集」小峰書店
　　　　1998 p120
12の月のちいさなお話
　　　◇「もりやまみやこ童話選 3」ポプラ社 2009 p115

しゅう

十二の話
　◇「〔島崎〕藤村の童話 4」筑摩書房 1979 p203

十二の星（劇）
　◇「鈴木三重吉童話全集 5」文泉堂書店 1975（日本文学全集・選集叢刊第5次）p364

じゅうにんのいんであん
　◇「まど・みちお全詩集 続」理論社 2015 p378

十人の黒坊の子供
　◇「〔北原〕白秋全童謡集 1」岩波書店 1992 p140

10年間の集大成 初の童話集出版
　◇「北国翔子童話集 2」青森県児童文学研究会 2010 p35

十年後のラジオ界
　◇「海野十三全集 別巻2」三一書房 1993 p187

雌雄の光景
　◇「富島健夫青春文学選集 4」集英社 1971 p5

十の話
　◇「〔島崎〕藤村の童話 4」筑摩書房 1979 p9

重箱
　◇「かきおきびより—坂本遼児童文学集」駒込書房 1982 p217

重箱おばけ
　◇「川崎大治民話選 〔2〕」童心社 1969 p110

重箱ばば その一
　◇「〔山田野理夫〕おばけ文庫 3」太平出版社 1976（母と子の図書室）p14

重箱ばば その二
　◇「〔山田野理夫〕おばけ文庫 3」太平出版社 1976（母と子の図書室）p18

十八
　◇「くんぺい魔法ばなし—魔法ばなし全集 2」サンリオ 2000 p146

十八時の音楽浴
　◇「海野十三全集 4」三一書房 1989 p195

「十八時の音楽浴」の作者の言葉
　◇「海野十三全集 別巻1」三一書房 1991 p398

週番の練習
　◇「異聖歌作品集 下」異聖歌作品集刊行委員会 1977 p190

十枚の絵
　◇「北彰介作品集 1」青森県児童文学研究会 1990 p147

終末の日
　◇「星新一ショートショートセレクション 14」理論社 2004 p161

10万光年の追跡者
　◇「筒井康隆SFジュブナイルセレクション 5」金の星社 2010 p5

十万粒のなみだ
　◇「立原えりかのファンタジーランド 15」青土社 1980 p75

秋冥菊
　◇「いのち—みずかみかずよ全詩集」石風社 1995 p60

獣面人心
　◇「瑠璃の壺—森銑三童話集」三樹書房 1982 p209

終夜運転
　◇「赤川次郎セレクション 5」ポプラ社 2008 p5

重役候補
　◇「佐々木邦全集 2」講談社 1974 p383

秋陽
　◇「校定新美南吉全集 8」大日本図書 1981 p156
　◇「新美南吉童話傑作選 〔6〕 花をうめる」小峰書店 2004 p164

重要なシーン
　◇「星新一ショートショートセレクション 4」理論社 2002 p192

重要な任務
　◇「星新一ショートショートセレクション 10」理論社 2003 p7

十力の金剛石
　◇「新版・宮沢賢治童話全集 7」岩崎書店 1978 p129
　◇「新修宮沢賢治全集 8」筑摩書房 1979 p193
　◇「〔宮沢〕賢治童話」翔泳社 1995 p145

〔しゅうれえ をなごども〕
　◇「新修宮沢賢治全集 7」筑摩書房 1980 p188

十六角豆（ささげ）
　◇「野口雨情童謡集」弥生書房 1993 p12

「十六支にも蛇や鼠」
　◇「瑠璃の壺—森銑三童話集」三樹書房 1982 p184

十六日
　◇「新修宮沢賢治全集 14」筑摩書房 1980 p157

十六人谷の木こりと柳
　◇「稗田童平全集 5」宝文館出版 1980 p41

十六ミリ
　◇「〔北原〕白秋全童謡集 3」岩波書店 1992 p17

樹園
　◇「新修宮沢賢治全集 6」筑摩書房 1980 p167
　◇「新修宮沢賢治全集 6」筑摩書房 1980 p412

手簡
　◇「新修宮沢賢治全集 2」筑摩書房 1979 p273
　◇「ジュニア文学館 宮沢賢治—写真・絵画集成 3」日本図書センター 1996 p84

珠玉の世界
　◇「佐藤さとる全集 10」講談社 1974 p240

祝婚歌1
　◇「いのち—みずかみかずよ全詩集」石風社 1995 p364

祝婚歌2
　◇「いのち—みずかみかずよ全詩集」石風社 1995 p365

祝婚歌3
　◇「いのち—みずかみかずよ全詩集」石風社 1995 p366
祝婚歌4
　◇「いのち—みずかみかずよ全詩集」石風社 1995 p367
祝婚歌5
　◇「いのち—みずかみかずよ全詩集」石風社 1995 p368
祝婚歌6
　◇「いのち—みずかみかずよ全詩集」石風社 1995 p369
祝婚歌7
　◇「いのち—みずかみかずよ全詩集」石風社 1995 p370
祝婚歌8
　◇「いのち—みずかみかずよ全詩集」石風社 1995 p371
祝婚歌9
　◇「いのち—みずかみかずよ全詩集」石風社 1995 p372
祝婚歌10
　◇「いのち—みずかみかずよ全詩集」石風社 1995 p373
じゅくし
　◇「まど・みちお全詩集」理論社 1992 p392
　◇「まどさんの詩の本 6」理論社 1996 p38
祝辞
　◇「阪田寛夫全詩集」理論社 2011 p567
しゅくだい
　◇「阪田寛夫全詩集」理論社 2011 p898
しゅくだい
　◇〔東君平〕おはようどうわ 1」講談社 1982 p132
　◇「東君平のおはようどうわ 2」新日本出版社 2010 p24
宿題
　◇「定本小川未明童話全集 12」講談社 1977 p100
　◇「定本小川未明童話全集 12」大空社 2002 p100
宿題
　◇「まど・みちお全詩集」理論社 1992 p13
　◇「まど・みちお全詩集」理論社 1992 p30
宿題
　◇「椋鳩十の本 31」理論社 1989 p12
しゅくだい、なくします！
　◇「後藤竜二童話集 2」ポプラ社 2013 p83
宿題ひきうけ株式会社
　◇「全集古田足日子どもの本 7」童心社 1993 p7
祝電
　◇「北彰介作品集 4」青森県児童文学研究会 1991 p200
宿の子ども

　◇「千葉省三童話全集 3」岩崎書店 1967 p147
宿命
　◇「星新一ショートショートセレクション 3」理論社 2002 p60
熟慮の効能（鴉と水瓶）
　◇〔巌谷〕小波お伽全集 14」本の友社 1998 p77
寿限無（林家木久蔵編, 岡本和明文）
　◇「林家木久蔵の子ども落語 3」フレーベル館 1998 p96
ジュゲムの長助くん
　◇〔山田野理夫〕お笑い文庫 2」太平出版社 1977 （母と子の図書室）p148
主権妻権
　◇「佐々木邦全集 補巻3」講談社 1975 p3
しゅごの　てんしの　ように
　◇「巽聖歌作品集 下」巽聖歌作品集刊行委員会 1977 p35
ジュゴンはもどらない
　◇「立原えりかのファンタジーランド 11」青土社 1980 p135
（種子の）
　◇「稗田童平全集 8」宝文館出版 1982 p51
手術台
　◇「いのち—みずかみかずよ全詩集」石風社 1995 p455
手術のあとに
　◇「いのち—みずかみかずよ全詩集」石風社 1995 p450
手術は成功したけれど
　◇「阪田寛夫全詩集」理論社 2011 p720
首相の発言
　◇「全集版灰谷健次郎の本 22」理論社 1988 p162
主人の見舞い
　◇「いのち—みずかみかずよ全詩集」石風社 1995 p451
主人ひとすじ（忠犬ハチ公より）
　◇〔黒川良人〕犬の詩猫の詩—児童詩集」東洋出版 2000 p44
数珠玉
　◇「巽聖歌作品集 上」巽聖歌作品集刊行委員会 1977 p414
じゅずだまの話
　◇「みずいろようちえん—出雲路猛雄童話集」坂神都 2012 p115
首席と末席
　◇「佐々木邦全集 補巻5」講談社 1975 p212
受贈詩書への詩的答礼
　◇「稗田童平全集 6」宝文館出版 1981 p140
受贈詩書への答礼
　◇「稗田童平全集 6」宝文館出版 1981 p138
手段

しゅた

手段と価値と
　◇「椋鳩十の本 27」理論社 1989 p130

術を使う果心居士
　◇「川崎大治民話選　〔3〕」童心社 1971 p109

出荷期
　◇「巽聖歌作品集 下」巽聖歌作品集刊行委員会 1977 p257

出勤簿について
　◇「海野十三全集 別巻2」三一書房 1993 p192

出現と普及
　◇「星新一ショートショートセレクション 7」理論社 2002 p22

宿根草
　◇「壺井栄全集 3」文泉堂出版 1997 p458

宿根草種名備忘
　◇「新修宮沢賢治全集 15」筑摩書房 1980 p527

十歳で神童
　◇「〔厳谷〕小波お伽全集 15」本の友社 1998 p9

出征兵士を送る
　◇「松谷みよ子全エッセイ 1」筑摩書房 1989 p58

出世倶楽部
　◇「佐々木邦全集 補巻4」講談社 1975 p207

十銭
　◇「千葉省三童話全集 1」岩崎書店 1967 p25

出張
　◇「星新一ちょっと長めのショートショート 10」理論社 2007 p91

術つかいの徳次郎
　◇「松谷みよ子のむかしむかし 7」講談社 1973 p122

出発するのです
　◇「山本瓔子詩集 I」新風舎 2003 p134

出発前夜
　◇「庄野英二全集 10」偕成社 1979 p209

十分ぐらいかなしんだ
　◇「やなせたかし童謡詩集　〔2〕」フレーベル館 2000 p88

酒呑童子
　◇「川崎大治民話選　〔1〕」童心社 1968 p86

酒呑童子
　◇「松谷みよ子のむかしむかし 10」講談社 1973 p118

酒呑童子と頼光の四天王
　◇「〔木暮正夫〕日本の怪奇ばなし 3」岩崎書店 1990 p108

しゅてんどうじのくび
　◇「〔木暮正夫〕日本のおばけ話・わらい話 20」岩崎書店 1988 p84

朱塔（二首）
　◇「稗田菫平全集 4」宝文館出版 1980 p23

種痘のこと
　◇「松谷みよ子全エッセイ 3」筑摩書房 1989 p279

シュトレーゼマン
　◇「〔かこさとし〕お話こんにちは　〔2〕」偕成社 1979 p53

「しゅのばん」のばけもの
　◇「〔木暮正夫〕日本のおばけ話・わらい話 20」岩崎書店 1988 p19

主犯と共犯（囚われた喇叭手）
　◇「〔厳谷〕小波お伽全集 14」本の友社 1998 p155

ジュープシカ（娘）
　◇「〔北原〕白秋全童謡集 5」岩波書店 1993 p53

シューベルト
　◇「北彰介作品集 1」青森県児童文学研究会 1990 p70

シューマン
　◇「〔かこさとし〕お話こんにちは　〔3〕」偕成社 1979 p39

しゅみ
　◇「〔東君平〕おはようどうわ 6」講談社 1982 p104

寿命のろうそく
　◇「〔西本鶏介〕日本の昔話―読みきかせお話集 1」小学館 1999 p72

シュミラの杖
　◇「花岡大学仏典童話全集 3」法蔵館 1979 p92

呪文（四首）
　◇「稗田菫平全集 4」宝文館出版 1980 p76

ジュリアス＝シーザー
　◇「〔かこさとし〕お話こんにちは　〔4〕」偕成社 1979 p53

周梨槃特
　◇「〔久高明子〕チンチンコバカマ」新風舎 1998 p71

狩猟犬（一）
　◇「〔黒川良人〕犬の詩猫の詩―児童詩集」東洋出版 2000 p59

狩猟犬（二）
　◇「〔黒川良人〕犬の詩猫の詩―児童詩集」東洋出版 2000 p60

狩猟犬（三）
　◇「〔黒川良人〕犬の詩猫の詩―児童詩集」東洋出版 2000 p61

シュレディンガー
　◇「〔かこさとし〕お話こんにちは　〔5〕」偕成社 1979 p55

〔棕梠の葉やゝに痙攣し〕
　◇「新修宮沢賢治全集 6」筑摩書房 1980 p278

棕梠の穂
　◇「巽聖歌作品集 上」巽聖歌作品集刊行委員会 1977 p442

ジュン

◇「やなせたかし童謡詩集 〔2〕」フレーベル館 2000 p96

じゅんおくり
◇「鈴木三重吉童話全集 4」文泉堂書店 1975（日本文学全集・選集叢刊第5次）p307

循環
◇「佐藤義美全集 1」佐藤義美全集刊行会 1974 p40

巡業隊
◇「新修宮沢賢治全集 6」筑摩書房 1980 p66
◇「新修宮沢賢治全集 6」筑摩書房 1980 p366

じゅんくんのあいさつ
◇「〔川上文子〕七つのあかり―短篇童話集」教育報道社 1998（教報ブックス）p35

純潔の琴
◇「稗田童平全集 2」宝文館出版 1979 p27

春光呪詛
◇「新修宮沢賢治全集 2」筑摩書房 1979 p25

春谷暁臥
◇「新修宮沢賢治全集 3」筑摩書房 1979 p249
◇「新修宮沢賢治全集 3」筑摩書房 1979 p407

春日叙景
◇「校定新美南吉全集 8」大日本図書 1981 p424

春日瞑想
◇「氏原大作全集 4」条例出版 1977 p527

春日瞑想（二）
◇「氏原大作全集 4」条例出版 1977 p528

春章作中判
◇「新修宮沢賢治全集 6」筑摩書房 1980 p189
◇「新修宮沢賢治全集 6」筑摩書房 1980 p417

殉情詩人
◇「庄野英二全集 11」偕成社 1980 p363

純粋美考
◇「椋鳩十の本 1」理論社 1982 p157

純粋美の芸術
◇「椋鳩十の本 1」理論社 1982 p265

シュンセツセン
◇「巽聖歌作品集 上」巽聖歌作品集刊行委員会 1977 p164

春鳥哀歌
◇「北彰介作品集 4」青森県児童文学研究会 1991 p58

蠢動
◇「浜田広介全集 11」集英社 1976 p212

ジュンと秘密の友だち
◇「佐藤さとるファンタジー全集 10」講談社 1983 p5
◇「佐藤さとるファンタジー全集 10」講談社, 復刊ドットコム（発売）2011 p5

春曇吉日
◇「新修宮沢賢治全集 5」筑摩書房 1979 p146
◇「新修宮沢賢治全集 5」筑摩書房 1979 p311

順番
◇「斎田喬児童劇選集 〔7〕」牧書店 1955 p127

じゅんびたいそう
◇「まど・みちお全詩集」理論社 1992 p319

しゅんぶんの日
◇「まど・みちお全詩集」理論社 1992 p272

駿馬
◇「椋鳩十の本 1」理論社 1982 p17

春雷
◇「椋鳩十の本 23」理論社 1983 p35

春蘭
◇「巽聖歌作品集 上」巽聖歌作品集刊行委員会 1977 p343

巡礼
◇「新装版金子みすゞ全集 2」JULA出版局 1984 p99
◇「金子みすゞ童謡全集 3」JULA出版局 2004 p152

巡礼と花
◇「新装版金子みすゞ全集 2」JULA出版局 1984 p185
◇「金子みすゞ童謡全集 4」JULA出版局 2004 p60

しょいかご
◇「〔高橋一仁〕春のニシン場―童謡詩集」けやき書房 2003 p122

初一念
◇「瑠璃の壺―森銑三童話集」三樹書房 1982 p319

正一の町
◇「小出正吾児童文学全集 2」審美社 2000 p237

小英雄
◇「北風のくれたテーブルかけ―久保田万太郎童話劇集」東京書籍 1981（東書児童劇シリーズ）p259

唱歌
◇「阪田寛夫全詩集」理論社 2011 p280

障害者の「生」に学ぶ
◇「全集版灰谷健次郎の本 19」理論社 1987 p280

生姜入りパンを焼く日
◇「立原えりかのファンタジーランド 15」青土社 1980 p29

ショウガを からして しょうがない
◇「今井誉次郎童話集子どもの村 〔2〕」国土社 1957 p34

「壊歌」から「鹿門」へ
◇「稗田童平全集 2」宝文館出版 1979 p145

小学生のころ―ラジオ講演
◇「ジュニア版吉野源三郎全集 2」ポプラ社 1967 p226
◇「吉野源三郎全集 3」ポプラ社 2000 p146

正覚坊
◇「豊島与志雄童話全集 2」八雲書店 1948 p137

しょう

しょう
- ◇「豊島与志雄童話選集・郷土篇」双文社出版 1982 p120
- ◇「豊島与志雄童話集」海鳥社 1990 p147

松花江
- ◇「庄野英二全集 9」偕成社 1979 p29
- ◇「庄野英二自選短篇童話集」編集工房ノア 1986 p161

松花江にて
- ◇「巽聖歌作品集 上」巽聖歌作品集刊行委員会 1977 p263

唱歌室
- ◇「室生犀星童話全集 2」創林社 1978 p181

礁畫箋抄（しょうがせんしょう）（俳句八句）
- ◇「まど・みちお全詩集 続」理論社 2015 p361

正月
- ◇「壺井栄名作集 7」ポプラ社 1965 p113
- ◇「壺井栄全集 11」文泉堂出版 1998 p241

正月元日
- ◇「浜田広介全集 11」集英社 1976 p117

小学校
- ◇「与田凖一全集 1」大日本図書 1967 p147

小学校時代の私
- ◇「まど・みちお全詩集 続」理論社 2015 p463

小学校のころ
- ◇「松谷みよ子全エッセイ 1」筑摩書房 1989 p41

しょうがっこうの しんがっき
- ◇「平塚武二童話全集 4」童心社 1972 p110

正月こじき
- ◇「与田凖一全集 4」大日本図書 1967 p174

正月さん送りろ
- ◇「〔北原〕白秋全童謡集 5」岩波書店 1993 p180

正月の朝
- ◇「花岡大学童話文学全集 5」法蔵館 1980 p137

正月の歌
- ◇「北彰介作品集 4」青森県児童文学研究会 1991 p116

正月餅
- ◇「おの・ちゅうこう初期作品集 〔4〕氏神さま」崙書房 1975 p2

正月は
- ◇「巽聖歌作品集 上」巽聖歌作品集刊行委員会 1977 p233

正月はいいもんだ
- ◇「斎藤隆介全集 12」岩崎書店 1982 p107

商家に生れたあや子さん（一）
- ◇「与謝野晶子児童文学全集 5」春陽堂書店 2007 p149

商家に生れたあや子さん（二）
- ◇「与謝野晶子児童文学全集 5」春陽堂書店 2007 p154

ショウガにつけてたべる
- ◇「〔柳家弁天〕らくご文庫 3」太平出版社 1987 p31

ショウカノ レンシュウ
- ◇「まど・みちお全詩集」理論社 1992 p73

しょうがパンのぼうや—アメリカ、ニューイングランドのお話から
- ◇「小出正吾児童文学全集 4」審美社 2001 p277

(聖観音よ)
- ◇「稗田童平全集 8」宝文館出版 1982 p127

正願坊
- ◇「松谷みよ子のむかしむかし 9」講談社 1973 p58

しょうぎ
- ◇「〔内海康子〕六月のカレンダー—詩集」けやき書房 1999 p86

正吉
- ◇「浜田広介全集 11」集英社 1976 p184

庄吉じいさん
- ◇「〔島崎〕藤村の童話 2」筑摩書房 1979 p29

将棋仲間
- ◇「氏原大作全集 3」条例出版 1976 p101

将棋の殿様（林家木久蔵編、岡本和明文）
- ◇「林家木久蔵の子ども落語 1」フレーベル館 1998 p54

鍾馗の髯
- ◇「〔巌谷〕小波お伽全集 14」本の友社 1998 p316

"状況認識の文学教育"おぼえがき—児童文学と現在性
- ◇「全集古田足日子どもの本 13」童心社 1993 p448

小曲
- ◇「椋鳩十の本 1」理論社 1982 p79

焼金
- ◇「まど・みちお全詩集」理論社 1992 p46

将軍家の象
- ◇「椋鳩十の本 9」理論社 1982 p152

将軍さまのゾウ
- ◇「椋鳩十全集 9」ポプラ社 1970 p192

"将軍"の秘密
- ◇「戸川幸夫動物文学全集 1」講談社 1976 p301

象形抒情
- ◇「稗田童平全集 1」宝文館出版 1978 p118

「象形文字」中野繁雄著
- ◇「稗田童平全集 6」宝文館出版 1981 p139

条件
- ◇「星新一ちょっと長めのショートショート 4」理論社 2006 p182

条件つき
- ◇「椋鳩十の本 15」理論社 1982 p177

小言〔旧歌帖利賀山中抄〕
- ◇「稗田童平全集 8」宝文館出版 1982 p190

しよう

冗語
　◇「新修宮沢賢治全集 5」筑摩書房 1979 p150

正午
　◇「佐藤義美全集 1」佐藤義美全集刊行会 1974 p57

小公園
　◇「与田凖一全集 4」大日本図書 1967 p210

「小公子」の訳者
　◇「〔島崎〕藤村の童話 4」筑摩書房 1979 p116

大東亜戦争 少国民詩集
　◇「〔北原〕白秋全童謡集 4」岩波書店 1993 p307

証拠品
　◇「赤川次郎セレクション 10」ポプラ社 2008 p47

しょうじ
　◇「〔金子〕みすゞ詩画集〔7〕」春陽堂書店 2002 p42

小祠
　◇「新修宮沢賢治全集 6」筑摩書房 1980 p290
　◇「新修宮沢賢治全集 6」筑摩書房 1980 p438

障子
　◇「新装版金子みすゞ全集 1」JULA出版局 1984 p3
　◇「金子みすゞ童謡全集 1」JULA出版局 2003 p10

常識
　◇「怪談小泉八雲のこわ〜い話 5」汐文社 2004 p95

（正直爺犬…）
　◇「〔島木〕赤彦童謡集」第一書房 1947 p58

正直ぢいさん
　◇「鈴木三重吉童話全集 2」文泉堂書店 1975（日本文学全集・選集叢刊第5次）p272

しょうじき ショベル
　◇「まど・みちお全詩集」理論社 1992 p639
　◇「まどさんの詩の本 2」理論社 1994 p66

常識では考えられぬことが
　◇「椋鳩十の本 25」理論社 1983 p255

しょうじきな きこり
　◇「ひろすけ幼年童話文学全集 8」集英社 1961 p74

正直な子供の話
　◇「〔島崎〕藤村の童話 1」筑摩書房 1979 p124

しょうじきなへんじ
　◇「〔木暮正夫〕日本のおばけ話・わらい話 11」岩崎書店 1987 p36

正直の頭に神宿る（鐵の斧と金の斧）
　◇「〔巖谷〕小波お伽全集 14」本の友社 1998 p1

しようぢきもの
　◇「鈴木三重吉童話全集 5」文泉堂書店 1975（日本文学全集・選集叢刊第5次）p327

正直あめ
　◇「川崎大治民話選〔4〕」童心社 1975 p207

正二くんの時計
　◇「定本小川未明童話全集 12」講談社 1977 p183
　◇「定本小川未明童話全集 12」大空社 2002 p183

譲治追憶
　◇「松谷みよ子全エッセイ 3」筑摩書房 1989 p149

しょうじに うつる
　◇「巽聖歌作品集 上」巽聖歌作品集刊行委員会 1977 p302

障子の穴
　◇「川崎大治民話選〔1〕」童心社 1968 p58

しょうじはり
　◇「与田凖一全集 1」大日本図書 1967 p58

譲治昔話のこと
　◇「松谷みよ子全エッセイ 3」筑摩書房 1989 p13

摂折御文 僧俗御判
　◇「新修宮沢賢治全集 15」筑摩書房 1980 p600

少女（しょうじょ）… → "おとめ…"をも見よ

少女
　◇「くんぺい魔法ばなし—魔法ばなし全集 3」サンリオ 2000 p14

証城寺の狸囃子
　◇「野口雨情童謡集」弥生書房 1993 p86

小序〔翁久允の青春譜〕
　◇「稗田童平全集 7」宝文館出版 1981 p39

少女が鎌を研いでゐる
　◇「おの・ちゅうこう初期作品集〔1〕牧歌的風景」崙書房 1975 p66

少女がこなかったら
　◇「定本小川未明童話全集 6」講談社 1977 p120
　◇「定本小川未明童話全集 6」大空社 2001 p120

少女期にくださった最高の贈り物
　◇「あまんきみこセレクション 5」三省堂 2009 p89

少女クララ
　◇「石森読本—石森延男児童文学選集 6年生」小学館 1977 p45

少女軍
　◇「鈴木三重吉童話全集 6」文泉堂書店 1975（日本文学全集・選集叢刊第5次）p239

少女継走
　◇「おの・ちゅうこう初期作品集〔2〕日本の教室は明るい」崙書房 1975 p94

少女左右
　◇「佐藤義美全集 1」佐藤義美全集刊行会 1974 p50

「少女小説」のことなど
　◇「壺井栄全集 11」文泉堂出版 1998 p518

少女像
　◇「稗田童平全集 1」宝文館出版 1978 p63

少女像（一）
　◇「稗田童平全集 1」宝文館出版 1978 p29

少女像（二）
　◇「稗田童平全集 1」宝文館出版 1978 p30

少女像（三）
　◇「稗田童平全集 1」宝文館出版 1978 p30

しよう

少女たちへの歌
　◇「稗田菫平全集 1」宝文館出版 1978 p62
少女たちの冬
　◇「来栖良夫児童文学全集 5」岩崎書店 1983 p159
少女とえんぴつ
　◇「与田凖一全集 2」大日本図書 1967 p152
少女と蒲公英
　◇「与謝野晶子児童文学全集 4」春陽堂書店 2007 p132
少女と老兵士
　◇「定本小川未明童話全集 12」講談社 1977 p298
　◇「定本小川未明童話全集 12」大空社 2002 p298
少女に与ふる唄
　◇「稗田菫平全集 1」宝文館出版 1978 p29
少女の器
　◇「全集版灰谷健次郎の本 8」理論社 1987 p209
少女のお祈り
　◇「稗田菫平全集 1」宝文館出版 1978 p54
少女の像
　◇「富島健夫青春文学選集 4」集英社 1971 p297
少女のてのひらには
　◇「杉みき子選集 10」新潟日報事業社 2011 p40
少女のまど
　◇「大石真児童文学全集 10」ポプラ社 1982 p57
小序〔花行者〕
　◇「稗田菫平全集 8」宝文館出版 1982 p213
少女百面相
　◇「佐々木邦全集 補巻4」講談社 1975 p39
少女籠球競技
　◇「おの・ちゅうこう初期作品集〔2〕日本の教室は明るい」崙書房 1975 p78
小心者のタヌキ
　◇「戸川幸夫動物文学全集 15」講談社 1977 p223
正津川
　◇「北彰介作品集 3」青森県児童文学研究会 1990 p306
正雪の冷笑
　◇「魂の配達—野村吉哉作品集」草思社 1983 p80
昇仙峡の馬車馬
　◇「〔斎藤信夫〕子ども心を友として—童謡詩集」成東町教育委員会 1996 p192
省線電車の射撃手
　◇「海野十三全集 1」三一書房 1990 p205
小善のあやまち
　◇「〔大澤英子〕心の中のひみつ—法華経をもとにした創作物語集」文芸社 1999 p212
省線附近
　◇「魂の配達—野村吉哉作品集」草思社 1983 p65
肖像
　◇「新修宮沢賢治全集 6」筑摩書房 1980 p76

　◇「新修宮沢賢治全集 6」筑摩書房 1980 p370
消息
　◇「佐藤義美全集 1」佐藤義美全集刊行会 1974 p24
招待券
　◇「いのち—みずかみかずよ全詩集」石風社 1995 p165
正太樹をめぐる
　◇「坪田譲治童話全集 11」岩崎書店 1986 p17
　◇「坪田譲治名作選〔4〕風の中の子供」小峰書店 2005 p5
沼沢の鴉—北海道
　◇「北彰介作品集 4」青森県児童文学研究会 1991 p240
庄太とずぶぬれの小犬—くんくんと悲しい声で…
　◇「春よこいこい—高橋良和こころの童話選集」同朋舎出版 1995 p33
正太と　はち
　◇「坪田譲治幼年童話文学全集 2」集英社 1965 p145
正太とハチ
　◇「坪田譲治童話全集 1」岩崎書店 1986 p31
正太の馬
　◇「坪田譲治童話全集 11」岩崎書店 1986 p5
正太の　うみ
　◇「坪田譲治幼年童話文学全集 3」集英社 1965 p141
正太の海
　◇「坪田譲治童話全集 9」岩崎書店 1986 p7
　◇「坪田譲治名作選〔2〕ビワの実」小峰書店 2005 p6
正太の汽車
　◇「坪田譲治名作選〔1〕魔法」小峰書店 2005 p6
正太の冬休み
　◇「〔佐々木千鶴子〕動物村のこうみんかん一台所からのひとり言 童話集」朝日新聞社西部開発室編集出版センター 1996 p106
正太弓を作る
　◇「坪田譲治童話全集 11」岩崎書店 1986 p91
じょうだんじゃない
　◇「〔山田野理夫〕お笑い文庫 1」太平出版社 1977（母と子の図書室）p116
じょうだんではない
　◇「壷井栄全集 11」文泉堂出版 1998 p186
松竹梅
　◇「椋鳩十の本 16」理論社 1983 p79
正ちゃんとおかいこ
　◇「定本小川未明童話全集 10」講談社 1977 p299
　◇「定本小川未明童話全集 10」大空社 2001 p299
正ちゃんの鉄棒
　◇「定本小川未明童話全集 7」講談社 1977 p260

しよう

◇「定本小川未明童話全集 7」大空社 2001 p260

情緒欠乏時代
◇「椋鳩十の本 23」理論社 1983 p77

小敵も侮るな（獅子と蚊）
◇「〔巖谷〕小波お伽全集 14」本の友社 1998 p21

昇天
◇「斎藤隆介全集 3」岩崎書店 1982 p191

商店のある風景
◇「杉みき子選集 3」新潟日報事業社 2006 p125

小刀
◇「瑠璃の壺―森銑三童話集」三樹書房 1982 p283

小豆島
◇「壺井栄全集 11」文泉堂出版 1998 p298

小豆島と巡礼
◇「定本壺井栄児童文学全集 1」講談社 1979 p230

小豆島の話
◇「壺井栄名作集 7」ポプラ社 1965 p133

小豆島土産
◇「壺井栄全集 11」文泉堂出版 1998 p302

附録 衝突
◇「〔巖谷〕小波お伽全集 4」本の友社 1998 p441

証人
◇「星新一ショートショートセレクション 1」理論社 2001 p153

〔商人ら やみていぶせきわれをあざみ〕
◇「新修宮沢賢治全集 6」筑摩書房 1980 p155

少年
◇「〔鈴木桂子〕親子で語り合う詩集 1」クロスロード 1997 p44

少年
◇「新美南吉全集 6」牧書店 1965 p92
◇「校定新美南吉全集 8」大日本図書 1981 p227

少年
◇「稗田菫平全集 2」宝文館出版 1979 p32
◇「稗田菫平全集 3」宝文館出版 1979 p67

少年
◇「室生犀星童話全集 3」創林社 1978 p146

少年
◇「〔山田野理夫〕おばけ文庫 8」太平出版社 1976（母と子の図書室）p115

情念
◇「稗田菫平全集 2」宝文館出版 1979 p43

少年あめ屋
◇「与田凖一全集 2」大日本図書 1967 p110

少年―ある象像画より
◇「いのち―みずかみかずよ全詩集」石風社 1995 p276

少年駅伝夫
◇「鈴木三重吉童話全集 6」文泉堂出版 1975（日本文学全集・選集叢刊第5次）p81

◇「鈴木三重吉童話集」岩波書店 1996（岩波文庫）p209

少年王
◇「鈴木三重吉童話全集 6」文泉堂出版 1975（日本文学全集・選集叢刊第5次）p249

少年海員
◇「〔北原〕白秋全童謡集 4」岩波書店 1993 p399

少年期
◇「星新一ショートショートセレクション 7」理論社 2002 p54

少年騎馬隊
◇「〔北原〕白秋全童謡集 3」岩波書店 1992 p104

少年剣士
◇「おの・ちゅうこう初期作品集〔2〕日本の教室は明るい」嵩書房 1975 p89

少年合同体操
◇「おの・ちゅうこう初期作品集〔2〕日本の教室は明るい」嵩書房 1975 p84

少年工と飛行機
◇「武田亜公童話集 4」秋田文化出版社 1978 p67

少年国
◇「巖谷小波お伽噺文庫〔5〕」大和書房 1976 p65

少年鼓手
◇「坪田譲治童話全集 3」岩崎書店 1986 p125

少年讃歌
◇「少年倶楽部名作佐藤紅緑全集 上」講談社 1967 p11

少年詩集 抄
◇「巽聖歌作品集 上」巽聖歌作品集刊行委員会 1977 p169

少年詩人五章
◇「稗田菫平全集 2」宝文館出版 1979 p32

少年時代の体験をフィクションとして書く（皿海達哉, 神宮輝夫）
◇「〔神宮輝夫〕現代児童文学作家対談 8」偕成社 1992 p197

（少年シッタルタ）
◇「稗田菫平全集 8」宝文館出版 1982 p86

少年シマウマ
◇「石森読本―石森延男児童文学選集 6年生」小学館 1977 p105

少年島の人々
◇「斎田喬児童劇選集〔1〕」牧書店 1954 p206

少年少女合唱のための喜遊曲「日本のこども」より
◇「阪田寛夫全詩集」理論社 2011 p562

少年少女合唱のための小組曲「こどもの国」より
◇「阪田寛夫全詩集」理論社 2011 p568

少年少女の読物

しょう

◇「与謝野晶子児童文学全集 6」春陽堂書店 2007 p242

少年ズサコ
◇「稗田菫平全集 8」宝文館出版 1982 p160

少年旋盤工
◇「〔北原〕白秋全童謡集 4」岩波書店 1993 p395

少年像
◇「稗田菫平全集 1」宝文館出版 1978 p50

少年拓士
◇「〔北原〕白秋全童謡集 3」岩波書店 1992 p293

少年ダビデ
◇「小出正吾児童文学全集 4」審美社 2001 p223

少年探偵団
◇「少年探偵江戸川乱歩全集 3」ポプラ社 1964 p5
◇「少年探偵・江戸川乱歩 2」ポプラ社 1998 p5
◇「文庫版 少年探偵・江戸川乱歩 2」ポプラ社 2005 p5

少年探偵長
◇「海野十三全集 13」三一書房 1992 p417

少年と秋の日
◇「定本小川未明童話全集 10」講談社 1977 p221
◇「定本小川未明童話全集 10」大空社 2001 p221

少年とお母さん
◇「定本小川未明童話全集 8」講談社 1977 p119
◇「定本小川未明童話全集 8」大空社 2001 p119

少年とオリックス
◇「戸川幸夫動物文学全集 5」講談社 1976 p297

少年と少女
◇「〔島崎〕藤村の童話 1」筑摩書房 1979 p135

少年と虎
◇「戸川幸夫動物文学全集 5」講談社 1976 p241

少年とねこの子
◇「小川未明幼年童話文学全集 4」集英社 1966 p74
◇「定本小川未明童話全集 9」講談社 1977 p199
◇「定本小川未明童話全集 9」大空社 2001 p199

少年とハス
◇「石森読本—石森延男児童文学選集 5年生」小学館 1977 p116

少年とマンゴーの実
◇「花岡大学仏典童話全集 5」法蔵館 1979 p7

少年の石
◇「久保喬自選作品集 3」みどりの会 1994 p123

少年の犬、ムムの物語
◇「〔渡部毅彦〕お母さんのための童話集」花伝社、共栄書房(発売) 1997 p52

少年の歌
◇「〔北原〕白秋全童謡集 3」岩波書店 1992 p20

少年の海
◇「巽聖歌作品集 下」巽聖歌作品集刊行委員会 1977 p205

少年のおどろき
◇「国分一太郎児童文学集 1」小峰書店 1967 p182

少年の希望
◇「与田準一全集 2」大日本図書 1967 p222

少年のころ
◇「千葉省三童話全集 1」岩崎書店 1967 p133

少年の頃
◇「くんぺい魔法ばなし—魔法ばなし全集 2」サンリオ 2000 p74

少年の死
◇「別役実童話集 〔4〕」三一書房 1979 p47

少年野試合
◇「おの・ちゅうこう初期作品集 〔2〕 日本の教室は明るい」崙書房 1975 p81

少年の島
◇「佐藤義美全集 4」佐藤義美全集刊行会 1974 p372

少年の旅ギリシアの星
◇「久保喬自選作品集 3」みどりの会 1994 p5

少年の蝶
◇「巽聖歌作品集 上」巽聖歌作品集刊行委員会 1977 p527

少年の時
◇「奥田継夫ベストコレクション 5」ポプラ社 2002 p7

少年の日
◇「武田亜公童話集 4」秋田文化出版社 1978 p7

少年の瞳は
◇「杉みき子選集 10」新潟日報事業社 2011 p38

少年の日二景
◇「定本小川未明童話全集 13」講談社 1977 p34
◇「定本小川未明童話全集 13」大空社 2002 p34

少年の日の悲哀
◇「定本小川未明童話全集 1」講談社 1976 p88
◇「定本小川未明童話全集 1」大空社 2001 p88

少年の日・I
◇「まど・みちお全詩集」理論社 1992 p686

少年の日・II
◇「まど・みちお全詩集」理論社 1992 p687

少年の森
◇「与田準一全集 2」大日本図書 1967 p230

少年の遊学
◇「〔島崎〕藤村の童話 2」筑摩書房 1979 p133
◇「〔島崎〕藤村の童話 2」筑摩書房 1979 p135

少年・春
◇「春—〔竹久〕夢二童話集」ノーベル書房 1977 p179

少年飛行士
◇「〔北原〕白秋全童謡集 4」岩波書店 1993 p389
◇「〔北原〕白秋全童謡集 4」岩波書店 1993 p390

少年飛行兵
　◇「〔北原〕白秋全童謡集 3」岩波書店 1992 p105
「少年文学」とのへだたり
　◇「浜田広介全集 12」集英社 1976 p69
少年ヤポルの島
　◇「久保喬自選作品集 1」みどりの会 1994 p125
少年連盟
　◇「少年倶楽部名作佐藤紅緑全集 下」講談社 1967 p133
少年I
　◇「土田明子詩集 3」かど創房 1986 p48
少年II
　◇「土田明子詩集 3」かど創房 1986 p50
しょうばいなかま
　◇「〔木暮正夫〕日本のおばけ話・わらい話 15」岩崎書店 1987 p19
消費ブーム・怪物都市
　◇「全集古田足日子どもの本 4」童心社 1993 p394
商品
　◇「星新一ショートショートセレクション 3」理論社 2002 p36
賞品のうた
　◇「あまの川―宮沢賢治童謡集」筑摩書房 2001 p68
勝負
　◇「星新一YAセレクション 1」理論社 2008 p162
じょうふぎょう
　◇「松谷みよ子全集 3」講談社 1971 p69
勝負刀
　◇「〔巖谷〕小波お伽全集 12」本の友社 1998 p219
しょうぶの葉
　◇「〔島崎〕藤村の童話 3」筑摩書房 1979 p116
樵夫の六兵衛
　◇「魂の配達―野村吉哉作品集」草思社 1983 p261
しょうぶむすめ
　◇「稗田童平全集 5」宝文館出版 1980 p65
正平さんと飛行機
　◇「与謝野晶子児童文学全集 3」春陽堂書店 2007 p228
小便小僧
　◇「北彰介作品集 2」青森県児童文学研究会 1990 p27
掌篇むがしこ
　◇「北彰介作品集 3」青森県児童文学研究会 1990 p66
正坊とクロ
　◇「新美南吉全集 1」牧書店 1965 p207
　◇「校定新美南吉全集 3」大日本図書 1980 p119
　◇「新美南吉童話集 1」大日本図書 1982 p55
　◇「新美南吉童話集大全」講談社 1989 p147
　◇「新美南吉30選」春陽堂書店 2009（名作童話）p7
　◇「新美南吉童話集 1」大日本図書 2012 p55
　◇「新美南吉童話選集 2」ポプラ社 2013 p67
正坊とクロ―サーカス（新美南吉作, 若林一郎脚色）
　◇「新美南吉童話劇集 2」東京書籍 1982（東書児童劇シリーズ）p239
消麵虫
　◇「瑠璃の壺―森銑三童話集」三樹書房 1982 p351
縄文杉のとしは七千歳！
　◇「椋鳩十の本 29」理論社 1989 p157
小問題大問題
　◇「佐々木邦全集 補巻5」講談社 1975 p219
庄屋の嫁取り
　◇「椋鳩十の本 16」理論社 1983 p37
小勇士
　◇「坪田譲治童話全集 9」岩崎書店 1986 p76
「逍遥記」全
　◇「稗田童平全集 2」宝文館出版 1979 p110
小欲知足で佛と法に恋慕して―四法の成就と五つの懺悔
　◇「〔松本光華〕民話風法華経童話 29」中外印刷出版 1994 p1
上流
　◇「新版・宮沢賢治童話全集 12」岩崎書店 1979 p215
　◇「新修宮沢賢治全集 6」筑摩書房 1980 p10
精霊蜻蛉
　◇「〔竹久〕夢二童謡集」ノーベル書房 1975（浪漫文庫）p16
じょうるり半七
　◇「川崎大治民話選〔2〕」童心社 1969 p120
浄蓮滝の女郎ぐも（静岡）
　◇「〔木暮正夫〕日本の怪奇ばなし 9」岩崎書店 1990 p137
じょうろになったお姫さま
　◇「松谷みよ子全集 1」講談社 1971 p139
　◇「松谷みよ子おはなし集 3」ポプラ社 2010 p5
昭和新山
　◇「巽聖歌作品集 下」巽聖歌作品集刊行委員会 1977 p138
昭和神話の一こま
　◇「椋鳩十の本 19」理論社 1982 p179
昭和のモモ太郎
　◇「〔山田野理夫〕お笑い文庫 1」太平出版社 1977（母と子の図書室）p124
昭和も遠くなる
　◇「佐藤さとるファンタジー全集 16」講談社 1983 p93
　◇「佐藤さとるファンタジー全集 16」講談社, 復刊ドットコム（発売）2011 p93

しよお

女王さま
　◇「金子みすゞ童謡集」角川春樹事務所 1998（ハルキ文庫）p150
　◇「金子みすゞ童謡全集 6」JULA出版局 2004 p36
女王さま
　◇「杉みき子選集 2」新潟日報事業社 2005 p82
女王様の首
　◇「お噺の卵―武井武雄童話集」講談社 1976（講談社文庫）p166
初夏（しょか）… → "はつなつ…"をも見よ
初夏〔岡田泰三〕
　◇「岡田泰三・日下部梅子童謡集」会津童詩会 1992 p12
初夏
　◇「佐藤義美全集 1」佐藤義美全集刊行会 1974 p400
初夏
　◇「校定新美南吉全集 8」大日本図書 1981 p358
初夏
　◇「椋鳩十の本 1」理論社 1982 p32
初夏―四月三十日 種﨑にて
　◇「阪田寛夫全詩集」理論社 2011 p830
初夏叙情
　◇「椋鳩十の本 31」理論社 1989 p27
初夏抒情
　◇「新美南吉全集 6」牧書店 1965 p115
　◇「校定新美南吉全集 7」大日本図書 1981 p255
初夏随想
　◇「椋鳩十の本 23」理論社 1983 p143
初夏によせて
　◇「椋鳩十の本 20」理論社 1983 p152
初夏の不思議
　◇「定本小川未明童話全集 3」講談社 1977 p295
　◇「定本小川未明童話全集 3」大空社 2001 p295
初夏の夜明けに〔日下部梅子〕
　◇「岡田泰三・日下部梅子童謡集」会津童詩会 1992 p115
初夏のリズム
　◇「松田瓊子全集 5」大空社 1997 p96
死欲
　◇「椋鳩十の本 24」理論社 1983 p168
しょくいん
　◇「〔山田野理夫〕おばけ文庫 2」太平出版社 1976（母と子の図書室）p156
職員室
　◇「おの・ちゅうこう初期作品集〔2〕日本の教室は明るい」崙書房 1975 p101
職員室
　◇「新修宮沢賢治全集 6」筑摩書房 1980 p219
職員室近況極あらまし
　◇「校定新美南吉全集 9」大日本図書 1981 p230
〔職員室に，こっちが一足はひるやいなや〕
　◇「新修宮沢賢治全集 5」筑摩書房 1979 p177
　◇「新修宮沢賢治全集 5」筑摩書房 1979 p319
燭架に
　◇「稗田童平全集 1」宝文館出版 1978 p37
職業
　◇「星新一ショートショートセレクション 8」理論社 2002 p28
序〔草の宴抄〕
　◇「稗田童平全集 4」宝文館出版 1980 p38
ショクジセヨ
　◇「与田凖一全集 4」大日本図書 1967 p186
しょくじの あとは いつも うがい
　◇「巽聖歌作品集 下」巽聖歌作品集刊行委員会 1977 p56
食事の時間
　◇「阪田寛夫全詩集」理論社 2011 p273
食餌文化論
　◇「戸川幸夫動物文学全集 14」講談社 1977 p285
食事前の授業
　◇「星新一ショートショートセレクション 2」理論社 2001 p70
喰人鬼の噴水
　◇「立原えりか作品集 7」思潮社 1973 p15
　◇「立原えりかのファンタジーランド 6」青土社 1980 p3
燭台つきのピアノ
　◇「阪田寛夫全詩集」理論社 2011 p249
食堂車
　◇「巽聖歌作品集 上」巽聖歌作品集刊行委員会 1977 p105
序〔国引〕
　◇「〔北原〕白秋全童謡集 4」岩波書店 1993 p255
職人衆昔ばなし
　◇「斎藤隆介全集 8」岩崎書店 1982 p5
職人のおやじ
　◇「ビートたけし傑作集 少年編 1」金の星社 2010 p58
職人の先生
　◇「斎藤隆介全集 9」岩崎書店 1982 p231
燭の持ち方
　◇「瑠璃の壺―森銑三童話集」三樹書房 1982 p178
植物医師
　◇「新修宮沢賢治全集 14」筑摩書房 1980 p220
　◇「宮沢賢治童話劇集 1」東京書籍 1981（東書児童劇シリーズ）p33
　◇「脚本集・宮沢賢治童話劇場 1」国土社 1996 p224
植物医師〔初演形〕
　◇「新修宮沢賢治全集 14」筑摩書房 1980 p272

426　作品名から引ける日本児童文学個人全集案内

植物園
　◇「佐藤義美全集 1」佐藤義美全集刊行会 1974 p99
植物園で
　◇「巽聖歌作品集 上」巽聖歌作品集刊行委員会 1977 p483
植物園日記
　◇「佐藤義美全集 1」佐藤義美全集刊行会 1974 p52
しょくぶつえんの月
　◇「佐藤義美全集 2」佐藤義美全集刊行会 1973 p264
植物祭
　◇「杉みき子選集 10」新潟日報事業社 2011 p132
植物ノ生育ニ直接必要ナ因子
　◇「新修宮沢賢治全集 15」筑摩書房 1980 p486
しょくよくのあき
　◇「〔東君平〕おはようどうわ 2」講談社 1982 p186
食欲の秋
　◇「全集古田足日子どもの本 5」童心社 1993 p465
織簾相公
　◇「瑠璃の壺―森銑三童話集」三樹書房 1982 p191
処刑
　◇「〔星新一〕おーいでてこーい―ショートショート傑作選」講談社 2004（講談社青い鳥文庫）p51
　◇「星新一YAセレクション 2」理論社 2008 p112
処刑場
　◇「星新一ちょっと長めのショートショート 8」理論社 2006 p196
女傑の村―物語三つ
　◇「壺井栄全集 2」文泉堂出版 1997 p34
助言
　◇「星新一ショートショートセレクション 12」理論社 2003 p146
諸国猟人譚
　◇「戸川幸夫動物文学全集 8」冬樹社 1966 p11
　◇「戸川幸夫動物文学全集 7」講談社 1977 p3
序〔古事記物語〕
　◇「鈴木三重吉童話全集 7」文泉堂書店 1975（日本文学全集・選集叢刊第5次）p3
書後〔童謡集春の神さま〕
　◇「巽聖歌作品集 上」巽聖歌作品集刊行委員会 1977 p166
書斎
　◇「おの・ちゅうこう初期作品集〔1〕牧歌的風景」崙書房 1975 p40
書斎から
　◇「椋鳩十の本 23」理論社 1983 p83
書斎の幸福・書斎の不幸
　◇「今江祥智の本 34」理論社 1990 p228
書斎の効用
　◇「星新一ショートショートセレクション 9」理論社 2003 p24

序詩〔紅梅鈔〕
　◇「稗田菫平全集 8」宝文館出版 1982 p126
序詩〔子供の村〕
　◇「〔北原〕白秋全童謡集 2」岩波書店 1992 p103
序詩〔動物詩集〕
　◇「室生犀星童話全集 2」創林社 1978 p6
序詩〔飛ぶカモシカの春〕
　◇「稗田菫平全集 3」宝文館出版 1979 p44
序詩〔薔薇の豹〕
　◇「稗田菫平全集 8」宝文館出版 1982 p33
序詞〔日日の思い〕
　◇「椋鳩十の本 23」理論社 1983 p12
序詩〔二重虹〕
　◇「〔北原〕白秋全童謡集 2」岩波書店 1992 p193
序詩〔真少女抄〕
　◇「稗田菫平全集 4」宝文館出版 1980 p25
初秋（しょしゅう）… → "はつあき…"をも見よ
初秋
　◇「〔下田喜久美〕遠くから来た旅人―詩集」リトル・ガリヴァー社 1998 p70
初秋
　◇「巽聖歌作品集 上」巽聖歌作品集刊行委員会 1977 p230
初春
　◇「椋鳩十の本 31」理論社 1989 p22
序章
　◇「壺井栄全集 7」文泉堂出版 1998 p7
序章〔いななく高原〕
　◇「庄野英二全集 8」偕成社 1980 p9
抒情歌（九首）
　◇「稗田菫平全集 4」宝文館出版 1980 p9
抒情曲
　◇「稗田菫平全集 8」宝文館出版 1982 p21
抒情詩
　◇「椋鳩十の本 1」理論社 1982 p66
ジョージ＝ワシントン
　◇「〔かこさとし〕お話こんにちは〔11〕」偕成社 1980 p94
じょすじいの下駄
　◇「〔比江島重孝〕宮崎のむかし話 1」鉱脈社 1998 p267
序〔雀の木〕
　◇「佐藤義美全集 1」佐藤義美全集刊行会 1974 p81
女婿
　◇「佐々木邦全集 補巻5」講談社 1975 p142
女声合唱組曲「美しい訣れの朝」
　◇「阪田寛夫全詩集」理論社 2011 p476
女声合唱組曲「草の津」
　◇「阪田寛夫全詩集」理論社 2011 p578

しよせ

女声合唱組曲「遠い日のうた」
　◇「阪田寛夫全詩集」理論社 2011 p490
書生と古本屋
　◇「〔巌谷〕小波お伽全集 14」本の友社 1998 p259
除隊兵
　◇「新美南吉全集 5」牧書店 1965 p103
　◇「校定新美南吉全集 5」大日本図書 1980 p221
序〔注文の多い料理店〕
　◇「新修宮沢賢治全集 13」筑摩書房 1980 p5
序〔月と胡桃〕
　◇「〔北原〕白秋全童謡集 2」岩波書店 1992 p307
しょってやろう
　◇「寺村輝夫のとんち話 2」あかね書房 1976 p14
しょっぱい海
　◇「阪田寛夫全詩集」理論社 2011 p430
じょっぱり殿様
　◇「北彰介作品集 3」青森県児童文学研究会 1990 p267
初冬（しょとう）… → "はつふゆ…"をも見よ
初冬
　◇「校定新美南吉全集 8」大日本図書 1981 p384
初冬の空で
　◇「まど・みちお全詩集 続」理論社 2015 p406
初冬（四首）
　◇「稗田童平全集 4」宝文館出版 1980 p45
序として 兵士たちの手紙
　◇「〔今坂柳二〕りゅうじフォークロア・world 5」ふるさと伝承研究会 2009 p9
初七日
　◇「新修宮沢賢治全集 6」筑摩書房 1980 p31
　◇「新修宮沢賢治全集 6」筑摩書房 1980 p348
初任給二円也
　◇「壺井栄全集 11」文泉堂出版 1998 p287
書の国
　◇「〔金子〕みすゞ詩画集 〔1〕」春陽堂書店 1996
序〔春と修羅〕
　◇「新修宮沢賢治全集 2」筑摩書房 1979 p5
序〔春と修羅 第二集〕
　◇「新修宮沢賢治全集 3」筑摩書房 1979 p5
処方
　◇「星新一ショートショートセレクション 2」理論社 2001 p107
序〔北海人魚譚〕
　◇「稗田童平全集 8」宝文館出版 1982 p200
庶民の果て
　◇「椋鳩十の本 22」理論社 1983 p28
書物は野にも河原にも
　◇「〔島崎〕藤村の童話 4」筑摩書房 1979 p199
除夜

◇「〔山田野理夫〕お笑い文庫 1」太平出版社 1977（母と子の図書室）p154
序〔山瑞木抄〕
　◇「稗田童平全集 4」宝文館出版 1980 p15
ジョルジュ＝サンド
　◇「〔かこさとし〕お話こんにちは 〔4〕」偕成社 1979 p18
ショーロホフ
　◇「〔かこさとし〕お話こんにちは 〔2〕」偕成社 1979 p121
ジョン王さまのクリスマス
　◇「新美南吉全集 6」牧書店 1965 p263
ジョン王様のクリスマス〈A・A・ミルン〉
　◇「校定新美南吉全集 9」大日本図書 1981 p553
ショーンのネズミ
　◇「斎藤隆介全集 2」岩崎書店 1982 p88
ジョンの夢
　◇「〔春名こうじ〕夢の国への招待状」新風舎 1997 p7
ションベン稲荷（みちの二）
　◇「千葉省三童話全集 2」岩崎書店 1967 p161
地雷火
　◇「椋鳩十の本 1」理論社 1982 p241
地雷火童子
　◇「山田風太郎少年小説コレクション 2」論創社 2012 p83
地らいの花
　◇「〔いけださぶろう〕読み聞かせ童話集」文芸社 1999 p121
白梅
　◇「壺井栄名作集 9」ポプラ社 1965 p170
　◇「壺井栄全集 4」文泉堂出版 1998 p458
（白梅が）
　◇「稗田童平全集 2」宝文館出版 1979 p114
しらが
　◇「杉みき子選集 2」新潟日報事業社 2005 p248
白樺学園
　◇「小川のせせらぎが聞こえるかい—中澤洋子童話集」中澤洋子 2010 p33
シラカバの歌
　◇「椋鳩十の本 23」理論社 1983 p75
白樺の皮はぎ
　◇「〔北原〕白秋全童謡集 2」岩波書店 1992 p363
　◇「〔北原〕白秋全童謡集 2」岩波書店 1992 p364
しらかばの木
　◇「定本小川未明童話全集 7」講談社 1977 p177
　◇「定本小川未明童話全集 7」大空社 2002 p177
白樺の群れ
　◇「〔高瀬乃理子〕妖精の好きな木—詩集」かど創房 1998 p26

シラカバのゆめ
　◇「立原えりかのファンタジーランド 7」青土社 1980 p43
しらかべとみかん
　◇「斎田喬児童劇選集〔5〕」牧書店 1954 p1
しらかべとみかん（生活劇）
　◇「斎田喬幼年劇全集 2」誠文堂新光社 1961 p467
白壁のうち
　◇「定本小川未明童話全集 13」講談社 1977 p205
　◇「定本小川未明童話全集 13」大空社 2002 p205
白川和子さんと
　◇「全集版灰谷健次郎の本 23」理論社 1988 p49
白雲（二首）
　◇「稗田菫平全集 4」宝文館出版 1980 p19
思楽老コテばなし
　◇「斎藤隆介全集 8」岩崎書店 1982 p69
しらさぎ
　◇「〔斎藤信夫〕子ども心を友として―童謡詩集」成東町教育委員会 1996 p262
しらさぎ
　◇「佐藤義美童謡集」さ・え・ら書房 1960 p188
　◇「佐藤義美全集 1」佐藤義美全集刊行会 1974 p98
知らさぬが仏
　◇「川崎大治民話選〔3〕」童心社 1971 p180
白島
　◇「高橋敏彦童話集」ノヴィス 2000（ノヴィス叢書）p148
白洲の祝言（一龍斎貞水編, 岡本和明文）
　◇「一龍斎貞水の歴史講談 2」フレーベル館 2000 p84
しらせ その一
　◇「〔山田野理夫〕おばけ文庫 8」太平出版社 1976（母と子の図書室）p119
しらせ その二
　◇「〔山田野理夫〕おばけ文庫 8」太平出版社 1976（母と子の図書室）p120
白瀬矗
　◇「〔かこさとし〕お話こんにちは〔3〕」偕成社 1979 p60
白滝姫
　◇「〔山田野理夫〕お笑い文庫 8」太平出版社 1977（母と子の図書室）p42
お伽歌劇　白玉野〔秋〕
　◇「〔巌谷〕小波お伽全集 7」本の友社 1998 p77
知らない小母さん
　◇「新装版金子みすゞ全集 3」JULA出版局 1984 p233
　◇「〔金子〕みすゞ詩画集〔4〕」春陽堂書店 2000 p14
　◇「金子みすゞ童謡全集 6」JULA出版局 2004 p142

しらないまちで
　◇「やなせたかし童謡詩集〔2〕」フレーベル館 2000 p70
しらない まちの子
　◇「小川未明幼年童話文学全集 5」集英社 1966 p40
しらない 町の 子
　◇「定本小川未明童話全集 15」講談社 1978 p102
　◇「定本小川未明童話全集 15」大空社 2002 p102
知らないまに
　◇「まどみちお詩集 3」銀河社 1975 p38
　◇「まど・みちお全詩集」理論社 1992 p480
　◇「まどさんの詩の本 12」理論社 1997 p40
知らぬふりして
　◇「〔北原〕白秋全童謡集 4」岩波書店 1993 p181
しらぬまに
　◇「まど・みちお全詩集 続」理論社 2015 p236
白根葵
　◇「横山健童謡選集 2」無明舎出版 1995 p38
しらねさんが
　◇「まど・みちお全詩集 続」理論社 2015 p181
白根山の樹林
　◇「椋鳩十の本 22」理論社 1983 p86
シーラの目の中
　◇「太田博也童話集 4」小山書林 2008 p79
白禿大明神
　◇「〔佐海〕航南夜ばなし―童話集」佐海航南 1999 p80
白旗よわいや
　◇「〔巌谷〕小波お伽全集 12」本の友社 1998 p414
白羽の矢
　◇「異聖歌作品集 上」異聖歌作品集刊行委員会 1977 p78
　◇「異聖歌作品集 上」異聖歌作品集刊行委員会 1977 p81
シラヒゲさまと人魚姫
　◇「〔今坂柳二〕りゅうじフォークロア・world 6」ふるさと伝承研究会 2012 p82
シラヒゲ神社の由来
　◇「〔今坂柳二〕りゅうじフォークロア・world 2」ふるさと伝承研究会 2007 p34
白髯物語
　◇「〔巌谷〕小波お伽全集 11」本の友社 1998 p323
シラビソ峠と赤石山脈
　◇「椋鳩十の本 28」理論社 1989 p33
しらべにきたよ
　◇「三木卓童話作品集 2」大日本図書 2000 p167
「しらべにきたよ 初出」あとがきより
　◇「三木卓童話作品集 2」大日本図書 2000 p214
白骨温泉の味
　◇「椋鳩十の本 28」理論社 1989 p54

しらみ

しらみ
◇「川崎大治民話選 〔1〕」童心社 1968 p17

蝨(その一)
◇「瑠璃の壺―森銑三童話集」三樹書房 1982 p161

蝨(その二)
◇「瑠璃の壺―森銑三童話集」三樹書房 1982 p162

白雪ひめ
◇「ひろすけ幼年童話文学全集 10」集英社 1962 p167

(白ゆきや)
◇「稗田童平全集 2」宝文館出版 1979 p89

白百合
◇「佐藤義美全集 1」佐藤義美全集刊行会 1974 p108

白百合
◇「稗田童平全集 1」宝文館出版 1978 p55

白百合島
◇「新装版金子みすゞ全集 2」JULA出版局 1984 p65
◇「金子みすゞ童謡全集 3」JULA出版局 2004 p102

知られない、なにか待たれるもののうた
◇「〔北原〕白秋全童謡集 1」岩波書店 1992 p269

「芷蘭の薫り」の頃
◇「松谷みよ子全エッセイ 1」筑摩書房 1989 p50

シリ
◇「まど・みちお全詩集」理論社 1992 p119

しりあがり
◇「くんぺい魔法ばなし―魔法ばなし全集 1」サンリオ 2000 p152

しりをおさえろ
◇「寺村輝夫のむかし話 〔5〕」あかね書房 1978 p92

しりきれとんぼ
◇「椋鳩十の本 18」理論社 1982 p233

しりちがい
◇「〔木暮正夫〕日本のおばけ話・わらい話 4」岩崎書店 1986 p44

尻ちがい
◇「川崎大治民話選 〔1〕」童心社 1968 p26

自立する権利
◇「全集版灰谷健次郎の本 19」理論社 1987 p55

自立ということ
◇「全集版灰谷健次郎の本 22」理論社 1988 p225

しりとりあそび
◇「坪田譲治幼年童話文学全集 2」集英社 1965 p95
◇「坪田譲治童話全集 9」岩崎書店 1986 p22

しりとりうた
◇「まど・みちお全詩集」理論社 1992 p206
◇「まどさんの詩の本 2」理論社 1994 p64

しりの皮
◇「椋鳩十全集 12」ポプラ社 1970 p171

シリの皮
◇「椋鳩十の本 15」理論社 1982 p208

シリブカガシのどんぐり遊び
◇「今西祐行全集 15」偕成社 1989 p172

しりもちの池
◇「神沢利子のおはなしの時間 3」ポプラ社 2011 p103

しりやきの藤内さん
◇「松谷みよ子のむかしむかし 9」講談社 1973 p17

死霊
◇「怪談小泉八雲のこわ〜い話 7」汐文社 2009 p27

汁
◇「椋鳩十全集 12」ポプラ社 1970 p184
◇「椋鳩十の本 15」理論社 1982 p220

〔しるく流るゝ朝日を受た〕
◇「新修宮沢賢治全集 7」筑摩書房 1980 p231

しろ
◇「まど・みちお全詩集 続」理論社 2015 p129

城
◇「坪田譲治童話全集 7」岩崎書店 1986 p53

城
◇「椋鳩十の本 1」理論社 1982 p225

白
◇「齋藤孝のイッキによめる! 小学生のための芥川龍之介」講談社 2009 p115

「白」
◇「石森延男児童文学全集 11」学習研究社 1971 p209

白
◇「石森延男児童文学全集 15」学習研究社 1971 p53

城あと
◇「阪田寛夫全詩集」理論社 2011 p484

白い朝について
◇「阪田寛夫全詩集」理論社 2011 p101

白い朝の町で
◇「筒井敬介童話全集 11」フレーベル館 1983 p7

白いあし―美幌峠から斜里へ
◇「いのち―みずかみかずよ全詩集」石風社 1995 p416

白い一本の道
◇「富島健夫青春文学選集 3」集英社 1972 p175

白い狗(いぬ)の話
◇「〔島崎〕藤村の童話 4」筑摩書房 1979 p62

白い牛黒い牛
◇「〔北原〕白秋全童謡集 1」岩波書店 1992 p94

しろい馬
◇「〔北原〕白秋全童謡集 2」岩波書店 1992 p417

しろい

白いウマ
　◇「石森延男児童文学全集 2」学習研究社 1971 p184

白い馬のしっぽ
　◇「花岡大学 続・仏典童話全集 2」法蔵館 1981 p173

白いオウム
　◇「椋鳩十全集 3」ポプラ社 1969 p164
　◇「椋鳩十の本 9」理論社 1982 p178
　◇「椋鳩十学年別童話〔14〕」理論社 1995 p72
　◇「椋鳩十まるごと動物ものがたり 12」理論社 1996 p107

白いおくりもの
　◇「壺井栄名作集 1」ポプラ社 1965 p100
　◇「定本壺井栄児童文学全集 2」講談社 1979 p253
　◇「壺井栄全集 9」文泉堂出版 1997 p453

白いお部屋
　◇「松谷みよ子全集 1」講談社 1971 p33

白い貝がら
　◇「杉みき子選集 4」新潟日報事業社 2008 p207

白い影
　◇「定本小川未明童話全集 2」講談社 1976 p289
　◇「定本小川未明童話全集 2」大空社 2001 p289

白い風がふけば
　◇「いのち—みずかみかずよ全詩集」石風社 1995 p267

白い家族たち
　◇「立原えりか作品集 1」思潮社 1972 p75
　◇「立原えりかのファンタジーランド 3」青土社 1980 p117

白いカーネーション
　◇「栗良平作品集 3」栗っ子の会 1990（栗っ子童話シリーズ）p18

白い神さま
　◇「流れ星—やまもとけいこ童話集」新風舎 2001（アルファドラシリーズ）p32

白い鰈の話
　◇「ある手品師の話—小熊秀雄童話集」晶文社 1976 p53
　◇「小熊秀雄童話集」創風社 2001 p43

白い記憶
　◇「星新一YAセレクション 3」理論社 2008 p21

白いきつね
　◇「浜田広介全集 11」集英社 1976 p118

白いキツネ
　◇「石森延男児童文学全集 4」学習研究社 1971 p169

白い木のかげに
　◇「〔北原〕白秋全童謡集 1」岩波書店 1992 p96

白い牙
　◇「花岡大学仏典童話全集 7」法蔵館 1979 p217

白いキャンバス
　◇「いのち—みずかみかずよ全詩集」石風社 1995 p385

白いキャンバス
　◇「庄野英二全集 5」偕成社 1980 p184

白いくま
　◇「定本小川未明童話全集 5」講談社 1977 p101
　◇「定本小川未明童話全集 5」大空社 2001 p101

白い くも
　◇「定本小川未明童話全集 16」講談社 1978 p65
　◇「定本小川未明童話全集 16」大空社 2002 p65

白い雲
　◇「定本小川未明童話全集 11」講談社 1977 p271
　◇「定本小川未明童話全集 11」大空社 2002 p271

白い雲
　◇「花岡大学童話文学全集 3」法蔵館 1980 p263

白い雲
　◇「まど・みちお全詩集 続」理論社 2015 p130

白い くもと おにんぎょう
　◇「定本小川未明童話全集 15」講談社 1978 p74
　◇「定本小川未明童話全集 15」大空社 2002 p74

白い けしの たね
　◇「花岡大学仏典童話全集 7」法蔵館 1979 p196

白い小石
　◇「〔高崎乃理子〕妖精の好きな木—詩集」かど創房 1998 p72

白い小馬の小さい鈴の音
　◇「氏原大作全集 4」条例出版 1977 p351

白い子グマの物語
　◇「今江祥智の本 16」理論社 1980 p80
　◇「今江祥智童話館〔3〕」理論社 1986 p115
　◇「今江祥智ショートファンタジー 2」理論社 2004 p41

白いこだま
　◇「〔北原〕白秋全童謡集 2」岩波書店 1992 p326

白いこぶた
　◇「千葉省三童話全集 1」岩崎書店 1967 p101

白い狛犬
　◇「来栖良夫児童文学全集 5」岩崎書店 1983 p181

白いサーカス
　◇「今江祥智の本 12」理論社 1980 p55
　◇「今江祥智童話館〔6〕」理論社 1986 p84

白いサメ
　◇「椋鳩十全集 8」ポプラ社 1969 p64
　◇「椋鳩十学年別童話〔14〕」理論社 1995 p116

白いさるの神さま
　◇「戸川幸夫・動物ものがたり 3」金の星社 1976 p5

白いシカ
　◇「今江祥智の本 17」理論社 1981 p87

しろい

白い時間（処女作）
　◇「久保喬自選作品集 1」みどりの会 1994 p207
白い少女
　◇「花岡大学童話文学全集 1」法蔵館 1980 p133
白い城
　◇「室生犀星童話全集 2」創林社 1978 p189
白い白いお月さま
　◇〔北原〕白秋全童謡集 1」岩波書店 1992 p95
白い雀
　◇「小出正吾児童文学全集 1」審美社 2000 p123
白い砂山
　◇「浜田広介全集 11」集英社 1976 p61
白いセーター
　◇「いのち―みずかみかずよ全詩集」石風社 1995 p314
しろいセーターのおとこの子
　◇「杉みき子選集 7」新潟日報事業社 2009 p139
白い象
　◇「花岡大学仏典童話全集 7」法蔵館 1979 p238
白い球
　◇「椋鳩十の本 1」理論社 1982 p47
白いたまご
　◇「壺井栄名作集 3」ポプラ社 1965 p19
　◇「定本壺井栄児童文学全集 2」講談社 1979 p180
白い卵
　◇「壺井栄全集 9」文泉堂出版 1997 p506
白い血
　◇「花岡大学仏典童話全集 4」法蔵館 1979 p13
しろいつえ
　◇「こやま峰子詩集〔2〕」朔北社 2003 p42
白い月と蟷螂
　◇「〔塩見治子〕短編童話集 本のむし」早稲田童話塾 2013 p87
白いつばきのさく島
　◇「今西祐行全集 2」偕成社 1987 p77
白い椿のさく庭
　◇「今江祥智の本 32」理論社 1991 p45
白い椿の咲く庭
　◇「今江祥智童話館〔16〕」理論社 1987 p121
白いつぼみ
　◇「いのち―みずかみかずよ全詩集」石風社 1995 p97
白い手ぶくろ
　◇「杉みき子選集 5」新潟日報事業社 2008 p257
白い鳥
　◇「石森延男児童文学全集 2」学習研究社 1971 p326
白い鳥
　◇〔北原〕白秋全童謡集 1」岩波書店 1992 p96
白い鳥

　◇「来栖良夫児童文学全集 2」岩崎書店 1983 p297
白い鳥
　◇「鈴木三重吉童話全集 7」文泉堂書店 1975（日本文学全集・選集叢刊第5次）p103
白い鳥
　◇「花岡大学 続・仏典童話全集 2」法蔵館 1981 p209
白い鳥
　◇「新修宮沢賢治全集 2」筑摩書房 1979 p180
白い鳥
　◇「椋鳩十全集 19」ポプラ社 1980 p53
白い鳥黒い鳥
　◇「坪田譲治童話全集 4」岩崎書店 1986 p155
白いなみ白いなみイルカが行く
　◇「椋鳩十全集 17」ポプラ社 1980 p93
白い涙
　◇〔土田明子〕ちいさい星―母と子の詩集」らくだ出版 2002 p34
白いにぎりめし
　◇「かつおきんや作品集 3」牧書店〔アリス館牧新社〕1972 p65
　◇「かつおきんや作品集 13」偕成社 1982 p59
白い庭の忘れもの
　◇「りらりらりらわたしの絵本―富永佳与子こどものうた作品集」国土社 1994 p62
白いねこ みたい
　◇「りらりらりらわたしの絵本―富永佳与子こどものうた作品集」国土社 1994 p20
白い野バラと少年
　◇〔東風琴子〕童話集 1」ストーク 2002 p217
白いハト（岡野薫子）
　◇「佐藤さとるファンタジー全集 16」講談社 1983 p222
白い花
　◇「石森延男児童文学全集 5」学習研究社 1971 p180
白い花
　◇「斎藤隆介全集 2」岩崎書店 1982 p42
白い花
　◇「いのち―みずかみかずよ全詩集」石風社 1995 p98
白い花と赤い花
　◇「岡本良雄童話文学全集 3」講談社 1964 p297
白い花のさく木
　◇「杉みき子選集 7」新潟日報事業社 2009 p113
白い花の咲くころは
　◇「いのち―みずかみかずよ全詩集」石風社 1995 p146
白い花の天使
　◇〔きよはらとしお〕優しくなれる童話集」ブイツーソリューション, 星雲社（発売）2009 p5

しろい

白い羽根の謎
　◇「少年探偵江戸川乱歩全集 38」ポプラ社 1972 p5
しろいはハハハ（しつけうた4）
　◇「〔おうち・やすゆき〕こら！ しんぞう―童謡詩集」小峰書店 1996 p74
しろい バラ
　◇「まどさんの詩の本 11」理論社 1997 p66
白いバラと黒いバラ
　◇「〔鈴木裕美〕短編童話集 童話のじかん」文芸社 2008 p5
白い帆船
　◇「庄野英二全集 6」偕成社 1979 p223
　◇「庄野英二全集 6」偕成社 1979 p335
　◇「庄野英二自選短篇童話集」編集工房ノア 1986 p195
白い光
　◇「〔土田明子〕ちいさい星―母と子の詩集」らくだ出版 2002 p28
白いひげのおじいさん
　◇「花岡大学仏典童話新作集 2」法蔵館 1984 p128
白い飛行船の文化使節
　◇「別役実童話集 〔4〕」三一書房 1979 p154
白い風景
　◇「北彰介作品集 4」青森県児童文学研究会 1991 p25
　◇「北彰介作品集 4」青森県児童文学研究会 1991 p30
白い船
　◇「今江祥智の本 16」理論社 1980 p67
　◇「今江祥智童話館 〔7〕」理論社 1986 p68
白いペン・赤いボタン
　◇「筒井康隆SFジュブナイルセレクション 3」金の星社 2010 p5
白い帆
　◇「椋鳩十の本 1」理論社 1982 p91
白いぼうし
　◇「あまんきみこ童話集 2」ポプラ社 2008 p6
　◇「あまんきみこセレクション 2」三省堂 2009 p9
白いぼうし
　◇「〔金子〕みすゞ詩画集 〔7〕」春陽堂書店 2002 p22
白い帽子
　◇「新装版金子みすゞ全集 3」JULA出版局 1984 p102
　◇「みすゞさん―童謡詩人・金子みすゞの優しさ探しの旅 2」春陽堂書店 1998
　◇「金子みすゞ童謡全集 5」JULA出版局 2004 p136
白いボオト
　◇「〔西條八十童謡全集〕」修道社 1971 p91
白い本
　◇「大石真児童文学全集 14」ポプラ社 1982 p41
白いまいご札
　◇「杉みき子選集 9」新潟日報事業社 2011 p227
白い まほう
　◇「佐藤義美全集 1」佐藤義美全集刊行会 1974 p439
白い万華鏡
　◇「杉みき子選集 10」新潟日報事業社 2011 p78
白い道
　◇「〔鈴木桂子〕親子で語り合う詩集 2」クロスロード 1999 p20
白い道
　◇「くんぺい魔法ばなし―魔法ばなし全集 3」サンリオ 2000 p162
白い道
　◇「夢見る窓―冬村勇陽童話集」北雪新書 2004 p158
白い道
　◇「いのち―みずかみかずよ全詩集」石風社 1995 p421
しろいむくどり（童話劇）
　◇「斎田喬幼年劇全集 2」誠文堂新光社 1961 p411
白いもの
　◇「〔北原〕白秋全童謡集 2」岩波書店 1992 p319
白い門のある家
　◇「定本小川未明童話全集 5」講談社 1977 p258
　◇「定本小川未明童話全集 5」大空社 2001 p258
白い野犬
　◇「椋鳩十の本 6」理論社 1982 p189
白いやねから歌がきこえる
　◇「杉みき子選集 5」新潟日報事業社 2008 p131
白い 山
　◇「花岡大学仏典童話全集 6」法蔵館 1979 p109
しろいやみのはてで
　◇「きむらゆういちおはなしのへや 1」ポプラ社 2012 p20
白いゆき玉
　◇「浜田広介全集 3」集英社 1975 p82
白いユリ
　◇「椋鳩十の本 32」理論社 1989 p89
白いヨット
　◇「今江祥智童話館 〔4〕」理論社 1986 p27
白い夜の下で
　◇「戸川幸夫動物文学全集 5」講談社 1976 p321
白い夜のなかを
　◇「杉みき子選集 8」新潟日報事業社 2010 p141
シロイ ライン
　◇「巽聖歌作品集 上」巽聖歌作品集刊行委員会 1977 p135
白いリボン

しろい

白い列
　◇「〔北原〕白秋全童謡集 2」岩波書店 1992 p328
白いロケットがおりた街
　◇「別役実童話集 〔1〕」三一書房 1973 p235
しろいわたげ
　◇「地球のかぞく―石原一輝童謡詩集」群青社 2001 p38
白いワンピース
　◇「〔土田明子〕ちいさい星―母と子の詩集」らくだ出版 2002 p30
しろうさぎ
　◇「まど・みちお全詩集」理論社 1992 p566
　◇「まどさんの詩の本 7」理論社 1996 p26
白うさぎ（童話劇）
　◇「斎田喬幼年劇全集 2」誠文堂新光社 1961 p79
四郎ちゃんと おまんじゅう
　◇「定本小川未明童話全集 15」講談社 1978 p211
　◇「定本小川未明童話全集 15」大空社 2002 p211
素人鰻（林家木久蔵編、岡本和明文）
　◇「林家木久蔵の子ども落語 6」フレーベル館 1999 p164
次郎のたいこ
　◇「かつおきんや作品集 8」牧書店〔アリス館牧新社〕 1973 p35
　◇「かつおきんや作品集 18」偕成社 1983 p31
ジロウ・ブーチン日記
　◇「北畠八穂児童文学全集 1」講談社 1974 p5
次郎兵衛物語
　◇「那須辰造著作集 1」講談社 1980 p147
白馬シブキ
　◇「杉みき子選集 4」新潟日報事業社 2008 p168
シロウマとうげのとこやさん
　◇「杉みき子選集 1」新潟日報事業社 2005 p123
白馬と黒馬
　◇「石森延男児童文学全集 4」学習研究社 1971 p246
「次郎物語」の読みかた
　◇「佐藤義美全集 6」佐藤義美全集刊行会 1974 p409
しろ女
　◇「〔山田野理夫〕おばけ文庫 5」太平出版社 1976（母と子の図書室）p12
白か黒か
　◇「〔山田野理夫〕お笑い文庫 1」太平出版社 1977（母と子の図書室）p54
白かべの うち
　◇「小川未明幼年童話文学全集 2」集英社 1965 p74
白ギツネのギン
　◇「杉みき子選集 4」新潟日報事業社 2008 p241

シロクジャクのひこう
　◇「〔みずきえり〕童話集 ビープ」日本文学館 2008 p145
〔白く倒れし萱の間を〕
　◇「新修宮沢賢治全集 7」筑摩書房 1980 p213
白く光る雪の夢
　◇「椋鳩十の本 27」理論社 1989 p86
しろくま
　◇「佐藤義美童謡集」さ・え・ら書房 1960 p186
　◇「佐藤義美全集 1」佐藤義美全集刊行会 1974 p216
シロクマ
　◇「佐藤義美全集 1」佐藤義美全集刊行会 1974 p139
白熊
　◇「サトウハチロー童謡集」弥生書房 1977 p16
しろくま さよなら
　◇「佐藤義美全集 3」佐藤義美全集刊行会 1973 p383
シロクマ さよなら
　◇「佐藤義美全集 3」佐藤義美全集刊行会 1973 p108
「しろくま さよなら」と私
　◇「佐藤義美全集 6」佐藤義美全集刊行会 1974 p427
白熊のうた
　◇「室生犀星童話全集 2」創林社 1978 p83
白熊のお辞儀
　◇「西條八十童謡全集」修道社 1971 p265
しろくまの 子
　◇「定本小川未明童話全集 16」講談社 1978 p25
　◇「定本小川未明童話全集 16」大空社 2002 p25
シロ クロ アカ
　◇「まど・みちお全詩集 続」理論社 2015 p207
白黒グマができちゃった
　◇「犬飼馬鹿人旧作童話集」日本文化資料センター 1996 p125
シロ・クロ物語
　◇「豊島与志雄童話作品集 2」銀貨社 2000 p77
白うさぎと茶色うさぎ
　◇「〔佐々木春奈〕あなたの脳を休める童話集 大人も子どもも楽しめる童話集」日本文学館 2009 p45
白へびお竹とカッパの五郎
　◇「〔今坂柳二〕りゅうじフォークロア・world 1」ふるさと伝承研究会 2006 p17
白すみれとしいの木
　◇「定本小川未明童話全集 2」講談社 1976 p192
　◇「定本小川未明童話全集 2」大空社 2001 p192
〔白象があゆむ〕
　◇「稗田童平全集 8」宝文館出版 1982 p93
しろたえ（五首）

しろり

　　◇「稗田菫平全集 4」宝文館出版 1980 p61

白蒲公英(たんぽぽ)
　　◇「巽聖歌作品集 上」巽聖歌作品集刊行委員会 1977 p361

しろつつじ
　　◇「壺井栄全集 4」文泉堂出版 1998 p491

しろつめくさの ものがたり
　　◇「与田凖一全集 3」大日本図書 1967 p179

白と 赤
　　◇「佐藤義美全集 5」佐藤義美全集刊行会 1973 p220

シロと山のあばれもの
　　◇「来栖良夫児童文学全集 3」岩崎書店 1983 p5

しろなすのおや
　　◇「寺村輝夫のむかし話〔5〕」あかね書房 1978 p58

しろねこ
　　◇「〔東君平〕ひとくち童話 1」フレーベル館 1995 p12

白猫おみつ
　　◇「斎藤隆介全集 2」岩崎書店 1982 p33

白ねずみ
　　◇「坪田譲治幼年童話文学全集 4」集英社 1965 p85

白ネズミ
　　◇「坪田譲治自選童話集」実業之日本社 1971 p259
　　◇「坪田譲治童話全集 2」岩崎書店 1986 p199

白鼠の話
　　◇「豊島与志雄童話全集 2」八雲書店 1948 p99

城の堀と海の魚
　　◇「椋鳩十の本 22」理論社 1983 p64

白馬車
　　◇「椋鳩十の本 1」理論社 1982 p35

白鳩と烏と料理人
　　◇「谷口雅春童話集 2」日本教文社 1976 p93

白薔薇
　　◇「おの・ちゅうこう初期作品集〔1〕牧歌の風景」崙書房 1975 p58

(白薔薇の花に)
　　◇「稗田菫平全集 8」宝文館出版 1982 p32

白ヒツジの雲に
　　◇「北畠八穂児童文学全集 1」講談社 1974 p119

白ブタ
　　◇「石森延男児童文学全集 5」学習研究社 1971 p168
　　◇「石森読本―石森延男児童文学選集 1年生」小学館 1977 p140

白ぶたピイ
　　◇「今江祥智の本 19」理論社 1981 p7
　　◇「今江祥智童話館〔10〕」理論社 1987 p26
　　◇「今江祥智ショートファンタジー 4」理論社 2005 p36

白蛇(しろへび)… → "はくじゃ…"をも見よ

白蛇の死
　　◇「海野十三全集 1」三一書房 1990 p79

白眼がどこかで笑ってる
　　◇「戸川幸夫動物文学全集 12」講談社 1977 p162

しろもくれん
　　◇「みずいろようちえん―出雲路猛雄童話集」坂神都 2012 p72

城山賛歌
　　◇「椋鳩十の本 21」理論社 1982 p115

城山探検
　　◇「坪田譲治童話全集 1」岩崎書店 1986 p203

ジロリンタン大いに戦う
　　◇「サトウハチロー・ユーモア小説選 7」岩崎書店 1977 p29

ジロリンタンと納めの野球
　　◇「サトウハチロー・ユーモア小説選 1」岩崎書店 1976 p119

ジロリンタンとおてんとさま三つ
　　◇「サトウハチロー・ユーモア小説選 3」岩崎書店 1976 p49

ジロリンタンとおまじない
　　◇「サトウハチロー・ユーモア小説選 2」岩崎書店 1976 p135

ジロリンタンとオルゴール
　　◇「サトウハチロー・ユーモア小説選 6」岩崎書店 1977 p89

ジロリンタンとかやのテント
　　◇「サトウハチロー・ユーモア小説選 7」岩崎書店 1977 p129

ジロリンタンとカラスの子
　　◇「サトウハチロー・ユーモア小説選 1」岩崎書店 1976 p153

ジロリンタンとキジ猫
　　◇「サトウハチロー・ユーモア小説選 3」岩崎書店 1976 p5

ジロリンタンとコロッケ百個
　　◇「サトウハチロー・ユーモア小説選 6」岩崎書店 1977 p129

ジロリンタンとサンタクロース
　　◇「サトウハチロー・ユーモア小説選 2」岩崎書店 1976 p35

ジロリンタンとしかられ坊主
　　◇「サトウハチロー・ユーモア小説選 1」岩崎書店 1976 p29

ジロリンタンと出席簿
　　◇「サトウハチロー・ユーモア小説選 2」岩崎書店 1976 p5

ジロリンタンとしりとり遊び
　　◇「サトウハチロー・ユーモア小説選 3」岩崎書店 1976 p117

しろり

ジロリンタンとタコタコあがれのタコ
　◇「サトウハチロー・ユーモア小説選 2」岩崎書店 1976 p195
ジロリンタンとチャウチャウ坊や
　◇「サトウハチロー・ユーモア小説選 3」岩崎書店 1976 p83
ジロリンタンとチョンマゲクレヨンのやけあと
　◇「サトウハチロー・ユーモア小説選 6」岩崎書店 1977 p161
ジロリンタンと遠眼鏡病
　◇「サトウハチロー・ユーモア小説選 3」岩崎書店 1976 p159
ジロリンタンと二×二＝五
　◇「サトウハチロー・ユーモア小説選 7」岩崎書店 1977 p87
ジロリンタンとニックネーム
　◇「サトウハチロー・ユーモア小説選 1」岩崎書店 1976 p87
ジロリンタンと忍術使い
　◇「サトウハチロー・ユーモア小説選 6」岩崎書店 1977 p5
ジロリンタンとピピピンの神様
　◇「サトウハチロー・ユーモア小説選 7」岩崎書店 1977 p5
ジロリンタンともぐらこおろぎ
　◇「サトウハチロー・ユーモア小説選 7」岩崎書店 1977 p171
ジロリンタンの犬の名はどうきまったか
　◇「サトウハチロー・ユーモア小説選 6」岩崎書店 1977 p49
ジロリンタンの子守歌
　◇「サトウハチロー・ユーモア小説選 6」岩崎書店 1977 p183
ジロリンタンのトンチンカン週間
　◇「サトウハチロー・ユーモア小説選 7」岩崎書店 1977 p53
ジロリンタンの火の番
　◇「サトウハチロー・ユーモア小説選 1」岩崎書店 1976 p55
ジロリンタンのるすばん
　◇「サトウハチロー・ユーモア小説選 2」岩崎書店 1976 p165
白わびすけ
　◇「いのち―みずかみかずよ全詩集」石風社 1995 p72
私論・現代日本の幼年童話
　◇「全集古田足日子どもの本 2」童心社 1993 p377
シロンジの人喰虎
　◇「戸川幸夫動物文学全集 9」講談社 1976 p67
しわ
　◇「〔東君平〕おはようどうわ 2」講談社 1982 p60
(詩は)
　◇「稗田菫平全集 8」宝文館出版 1982 p43
(詩は愛ではない)
　◇「稗田菫平全集 8」宝文館出版 1982 p45
詩はあんまさん
　◇「全集版灰谷健次郎の本 15」理論社 1988 p95
しわくちゃ はなかみ
　◇「阪田寛夫全詩集」理論社 2011 p412
詩は答のない答案用紙
　◇「全集版灰谷健次郎の本 15」理論社 1988 p159
仕業也
　◇「くんぺい魔法ばなし―魔法ばなし全集 1」サンリオ 2000 p32
シワシワとツルピカ
　◇「やなせたかし童謡詩集 〔3〕」フレーベル館 2001 p90
詩は どう やって つくるか
　◇「佐藤義美全集 6」佐藤義美全集刊行会 1974 p253
シワンボ
　◇「椋鳩十の本 1」理論社 1982 p116
しわんぼう(畑に埋めた金)
　◇「〔巌谷〕小波お伽全集 14」本の友社 1998 p14
新伊蘇普物語
　◇「〔巌谷〕小波お伽全集 14」本の友社 1998 p185
新・おさな妻
　◇「富島健夫青春文学選集 10」集英社 1971 p133
深海魚と笑い声と
　◇「佐藤ふさゑの本 2」てらいんく 2011 p55
しんがっき
　◇「〔東君平〕おはようどうわ 7」講談社 1982 p152
新学期行進曲
　◇「海野十三全集 7」三一書房 1990 p375
新家庭双六
　◇「佐々木邦全集 補巻3」講談社 1975 p121
シンガポール
　◇「庄野英二全集 6」偕成社 1979 p244
シンガポールの二日間
　◇「庄野英二全集 10」偕成社 1979 p80
新川徳平くん
　◇「今西祐行全集 4」偕成社 1987 p147
成吉思汗(じんぎすかん)にて
　◇「巽聖歌作品集 下」巽聖歌作品集刊行委員会 1977 p253
真吉とお母さん
　◇「定本小川未明童話全集 10」講談社 1977 p102
　◇「定本小川未明童話全集 10」大空社 2001 p102
腎虚
　◇「阪田寛夫全詩集」理論社 2011 p878

しんし

新京
◇「〔北原〕白秋全童謡集 3」岩波書店 1992 p272
新京から国境まで
◇「〔北原〕白秋全童謡集 3」岩波書店 1992 p271
新郷土読本
◇「氏原大作全集 4」条例出版 1977 p345
しんきろう
◇「坪田譲治童話全集 3」岩崎書店 1986 p43
蜃気楼（地中海）
◇「〔巖谷〕小波お伽全集 15」本の友社 1998 p359
神功皇后
◇「〔巖谷〕小波お伽全集 11」本の友社 1998 p219
真空溶媒
◇「新修宮沢賢治全集 2」筑摩書房 1979 p41
◇「新修宮沢賢治全集 2」筑摩書房 1979 p42
新葛の葉ものがたり
◇「森三郎童話選集〔1〕」刈谷市教育委員会 1995 p97
ジングルベルのうた
◇「今西祐行全集 2」偕成社 1987 p149
（神経痛の首くくり）
◇「稗田童平全集 2」宝文館出版 1979 p96
「新月」と「園丁」を読む―タゴールの抒情詩にふれて
◇「稗田童平全集 8」宝文館出版 1982 p226
人工衛星
◇「異聖歌作品集 下」異聖歌作品集刊行委員会 1977 p159
振興策
◇「星新一ちょっと長めのショートショート 1」理論社 2005 p136
信号とツキミソウ
◇「大石真児童文学全集 11」ポプラ社 1982 p159
しんごうまち
◇「まど・みちお全詩集 続」理論社 2015 p208
新公冶長
◇「〔巖谷〕小波お伽全集 10」本の友社 1998 p431
深呼吸
◇「新美南吉全集 6」牧書店 1965 p232
◇「校定新美南吉全集 8」大日本図書 1981 p19
しんこじいさん
◇「石森延男児童文学全集 11」学習研究社 1971 p279
新瘤取物語
◇「〔巖谷〕小波お伽全集 11」本の友社 1998 p435
新五郎いなり
◇「〔比江島重孝〕宮崎のむかし話 2」鉱脈社 1998 p249
しんこんさん
◇「阪田寛夫全詩集」理論社 2011 p287

新婚道中記
◇「佐々木邦全集 2」講談社 1974 p393
震災―おばあさんに聞いた話
◇「佐藤一英「童話・童謡集」」一宮市立萩原小学校 2003 p24
シンザエモンの金比羅参り
◇「〔今坂柳二〕りゅうじフォークロア・world 3」ふるさと伝承研究会 2007 p120
伸作おじしゃん
◇「戸川幸夫創作童話集 1」国土社 1972 p50
新作の童謡に就て
◇「与謝野晶子児童文学全集 6」春陽堂書店 2007 p244
新猿蟹物語
◇「〔巖谷〕小波お伽全集 11」本の友社 1998 p277
深山（しんざん）… →"みやま…"をも見よ
仁さんと豚犬
◇「戸川幸夫動物文学全集 7」講談社 1977 p249
深山の秋
◇「定本小川未明童話全集 11」講談社 1977 p247
◇「定本小川未明童話全集 11」大空社 2002 p247
甚七おとぎばなし
◇「坪田譲治童話全集 5」岩崎書店 1986 p81
甚七むかしばなし
◇「坪田譲治童話全集 5」岩崎書店 1986 p103
真実
◇「おの・ちゅうこう初期作品集〔1〕牧歌の風景」葡書房 1975 p142
真実
◇「やなせたかし童謡詩集〔3〕」フレーベル館 2001 p82
真実の鏡
◇「〔佐々木春奈〕あなたの脳を休める童話集 大人も子どもも楽しめる童話集」日本文学館 2009 p104
しんじゅ
◇「坪田譲治幼年童話文学全集 4」集英社 1965 p38
真珠
◇「北彰介作品集 4」青森県児童文学研究会 1991 p275
真珠
◇「坪田譲治童話全集 2」岩崎書店 1986 p133
信州のおむかいさん―今西祐行氏
◇「松谷みよ子全エッセイ 3」筑摩書房 1989 p83
信州の草や木の葉
◇「壺井栄全集 11」文泉堂出版 1998 p333
真珠貝
◇「与謝野晶子児童文学全集 6」春陽堂書店 2007 p96
新宿

しんし

「くんぺい魔法ばなし―魔法ばなし全集 3」サンリオ 2000 p24

新宿まで
◇「井上ひさしジュニア文学館 1」汐文社 1998 p167

神樹（二首）
◇「稗田菫平全集 4」宝文館出版 1980 p24

真珠の網
◇「杉みき子選集 10」新潟日報事業社 2011 p14

しんじゅの ぎょうれつ
◇「まど・みちお全詩集 続」理論社 2015 p80

真珠の玉を
◇「稗田菫平全集 1」宝文館出版 1978 p58

しんじゅの ねうち
◇「花岡大学仏典童話全集 6」法蔵館 1979 p180

新春の歌
◇「与謝野晶子児童文学全集 6」春陽堂書店 2007 p126

「心象詩集」I
◇「稗田菫平全集 6」宝文館出版 1981 p146

詩 心象スケッチ「春と修羅」より・他
◇「新版・宮沢賢治童話全集 12」岩崎書店 1979 p124

じんじろべえ
◇「筒井敬介童話全集 6」フレーベル館 1983 p7

じんじろべえ（十場）
◇「筒井敬介児童劇集 3」東京書籍 1982（東書児童劇シリーズ）p129

しんしん
◇「さくらゆき―さとうじゅんこ童詩集」えんじゅの会 1997 p92

進水式
◇「〔内海康子〕六月のカレンダー―詩集」けやき書房 1999 p61

進水式
◇「豊田三郎童話集」草加市立川柳小学校 1993 p105

人生
◇「巽聖歌作品集 下」巽聖歌作品集刊行委員会 1977 p306

人生エンマ帳
◇「佐々木邦全集 10」講談社 1975 p339

新世紀について
◇「阪田寛夫全詩集」理論社 2011 p112

人生初年兵
◇「佐々木邦全集 補巻1」講談社 1975 p3

人生正会員
◇「佐々木邦全集 補巻5」講談社 1975 p352

人生と生活
◇「坪田譲治童話全集 8」岩崎書店 1986 p281

人生と文学
◇「魂の配達―野村吉哉作品集」草思社 1983 p357

人生なんてわからない
◇「佐藤さとるファンタジー全集 16」講談社 1983 p59

◇「佐藤さとるファンタジー全集 16」講談社, 復刊ドットコム（発売）2011 p59

新生の時
◇「北彰介作品集 4」青森県児童文学研究会 1991 p305

人生の年輪
◇「佐々木邦全集 補巻2」講談社 1975 p205

人生のレース
◇「やなせたかし童謡詩集 〔2〕」フレーベル館 2000 p20

人生紛失
◇「魂の配達―野村吉哉作品集」草思社 1983 p112

人生勉強
◇「壺井栄全集 3」文泉堂出版 1997 p124

親切
◇「椋鳩十の本 19」理論社 1982 p198

真説アニマル・セックス
◇「戸川幸夫動物文学全集 14」講談社 1977 p225

親切を尽せ（鳩と蟻）
◇「〔巌谷〕小波お伽全集 14」本の友社 1998 p160

親切な駅員さん
◇「〔あらやゆきお〕創作童話 ざくろの詩」鳳書院 2012 p78

しんせつな おじいさん
◇「坪田譲治幼年童話文学全集 6」集英社 1964 p47

しんせつなかめ
◇「ひろすけ幼年童話文学全集 1」集英社 1961 p78
◇「浜田広介全集 4」集英社 1976 p20

しんせつなふくろう
◇「浜田広介全集 8」集英社 1976 p33

親切なペンギン（一幕）
◇「浜田広介全集 3」集英社 1975 p101

（新雪の）
◇「稗田菫平全集 8」宝文館出版 1982 p129

親切屋甚兵衛
◇「別役実童話集 〔1〕」三一書房 1973 p224

親善キッズ
◇「星新一ちょっと長めのショートショート 7」理論社 2006 p190

新鮮ならぬ果物
◇「浜田広介全集 12」集英社 1976 p16

しんぞう
◇「〔東君平〕ひとくち童話 4」フレーベル館 1995 p18

心相

心臓
　◇「新修宮沢賢治全集 6」筑摩書房 1980 p75
　◇「新修宮沢賢治全集 6」筑摩書房 1980 p369
心臓
　◇「北彰介作品集 4」青森県児童文学研究会 1991 p169
心臓盗難―烏啼天駆シリーズ・2
　◇「海野十三全集 12」三一書房 1990 p401
人造人間エフ氏
　◇「海野十三全集 6」三一書房 1989 p229
人造人間事件
　◇「海野十三全集 5」三一書房 1989 p33
人造人間戦車の機密―金博士シリーズ・2
　◇「海野十三全集 10」三一書房 1991 p19
人造人間の秘密
　◇「海野十三全集 7」三一書房 1990 p351
人造物語
　◇「海野十三全集 別巻1」三一書房 1991 p291
人体解剖を看るの記
　◇「海野十三全集 別巻1」三一書房 1991 p207
しんたい けんさ
　◇「まど・みちお全詩集」理論社 1992 p172
身体検査とおんな色
　◇「ビートたけし傑作集 少年編 1」金の星社 2010 p17
寝台車の悪魔
　◇「赤川次郎ミステリーコレクション 第2期 18」岩崎書店 2005 p5
しんだいしゃの子守唄
　◇「〔関根栄一〕はしるふじさん―童謡集」小峰書店 1998 p88
死んだ子が卒業式に出た話―宮城県での聞書
　◇「松谷みよ子全エッセイ 2」筑摩書房 1989 p288
死んだスーパーマン
　◇「奥田継夫ベストコレクション 10」ポプラ社 2002 p54
死んだ妻のすがた
　◇「川崎大治民話選〔3〕」童心社 1971 p119
「新谷みよ」の話
　◇「北川千代児童文学全集 下」講談社 1967 p119
ジンタの音
　◇「小出正吾児童文学全集 3」審美社 2000 p91
死んだ人のはなし
　◇「〔山田野理夫〕おばけ文庫 2」太平出版社 1976 (母と子の図書室) p132
死んだふり
　◇「戸川幸夫動物文学全集 15」講談社 1977 p307
滲澹たる二月
　◇「阪田寛夫全詩集」理論社 2011 p30
新茶の季節
　◇「壺井栄全集 11」文泉堂出版 1998 p237

新ちゃんのおつかい
　◇「壺井栄全集 9」文泉堂出版 1997 p28
新ちゃんのお使い
　◇「定本壺井栄児童文学全集 1」講談社 1979 p143
仁ちゃんの泣きぼくろ
　◇「稗田菫平全集 8」宝文館出版 1982 p165
臣中第一
　◇「瑠璃の壺―森銑三童話集」三樹書房 1982 p190
じんちょうげ
　◇「さくらゆき―さとうじゅんこ童詩集」えんじゅの会 1997 p64
じんちょうげ
　◇「壺井栄名作集 9」ポプラ社 1965 p66
じんちょうげ
　◇「いのち―みずかみかずよ全詩集」石風社 1995 p136
沈丁花
　◇「阪田寛夫全詩集」理論社 2011 p524
沈丁花
　◇「壺井栄全集 6」文泉堂出版 1998 p326
新潮賞をうけて
　◇「壺井栄全集 11」文泉堂出版 1998 p42
新陳代謝
　◇「壺井栄全集 5」文泉堂出版 1997 p220
神通川のカッパ
　◇「稗田菫平全集 5」宝文館出版 1980 p52
新鶴第一小学校歌(岡田泰三)
　◇「岡田泰三・日下部梅子童謡集」会津童詩会 1992 p145
新鉄道唱歌「近畿」
　◇「与謝野晶子児童文学全集 6」春陽堂書店 2007 p213
おまけの話 死んでもいのちのあるクスリ―タケトラ、クラマ博士にあいにゆく
　◇「山中恒よみもの文庫 6」理論社 1997 p189
神童
　◇「赤川次郎セレクション 7」ポプラ社 2008 p5
振動魔
　◇「海野十三集 4」桃源社 1980 p221
　◇「海野十三全集 1」三一書房 1990 p247
新童話考
　◇「今江祥智の本 22」理論社 1981 p31
陣とり
　◇「斎田喬児童劇選集〔7〕」牧書店 1955 p52
陣取り遊び
　◇「石森延男児童文学全集 11」学習研究社 1971 p230
　◇「石森読本―石森延男児童文学選集 6年生」小学館 1977 p210
真に愛するなら

しんに

◇「定本小川未明童話全集 7」講談社 1977 p72
◇「定本小川未明童話全集 7」大空社 2001 p72

芯に火をともし
◇「稗田菫平全集 1」宝文館出版 1978 p49

侵入者との会話
◇「星新一ちょっと長めのショートショート 5」理論社 2006 p7

新入生
◇「〔巖谷〕小波お伽全集 13」本の友社 1998 p1

新入生
◇「〔北原〕白秋全童謡集 2」岩波書店 1992 p108

新入生（日下部梅子）
◇「岡田泰三・日下部梅子童謡集」会津童詩会 1992 p82

新・ねずみの嫁入り
◇「横山健童謡選集 2」無明舎出版 1995 p74

信念
◇「星新一YAセレクション 6」理論社 2009 p75

新年（三句）
◇「稗田菫平全集 4」宝文館出版 1980 p96

新年の海
◇「〔巖谷〕小波お伽全集 7」本の友社 1998 p438

新年の希望
◇「佐藤義美童謡集」さ・え・ら書房 1960 p257
◇「佐藤義美全集 1」佐藤義美全集刊行会 1974 p268

秦の始皇
◇「〔巖谷〕小波お伽全集 7」本の友社 1998 p206

（真の詩は）
◇「稗田菫平全集 8」宝文館出版 1982 p44

真の友人（二つの壺）
◇「〔巖谷〕小波お伽全集 14」本の友社 1998 p133

心配ごとがあったなら
◇「北彰介作品集 4」青森県児童文学研究会 1991 p45

心配だなあ
◇「〔野村ゆき〕ねえ、おはなしして！―語り聞かせるお話集」東洋出版 1998 p67

しんぱくの話
◇「定本小川未明童話全集 10」講談社 1977 p178
◇「定本小川未明童話全集 10」大空社 2001 p178

シンバくんのライオンカレー
◇「寺村輝夫童話全集 13」ポプラ社 1982 p179
◇「寺村輝夫全童話 3」理論社 1997 p164

新羽衣
◇「〔巖谷〕小波お伽全集 10」本の友社 1998 p446

新八犬傳
◇「〔巖谷〕小波お伽全集 6」本の友社 1998 p1

新花咲爺
◇「〔巖谷〕小波お伽全集 11」本の友社 1998 p287

じんばり英坎
◇「戸川幸夫動物文学全集 8」冬樹社 1966 p137
◇「戸川幸夫動物文学全集 7」講談社 1977 p120

審判
◇「新修宮沢賢治全集 5」筑摩書房 1979 p180
◇「新修宮沢賢治全集 5」筑摩書房 1979 p321

新ピストル発明家
◇「魂の配達―野村吉哉作品集」草思社 1983 p25

新肥料炭酸石灰
◇「新修宮沢賢治全集 15」筑摩書房 1980 p540

神風八幡船
◇「高垣眸全集 2」桃源社 1970 p113

新婦側控室
◇「井上ひさしジュニア文学館 1」汐文社 1998 p35

新風土記あおもり
◇「北彰介作品集 3」青森県児童文学研究会 1990 p295

しんぶん
◇「〔東君平〕ひとくち童話 3」フレーベル館 1995 p32

新聞
◇「〔北原〕白秋全童謡集 5」岩波書店 1993 p65

新聞
◇「くんぺい魔法ばなし―魔法ばなし全集 3」サンリオ 2000 p136

新聞
◇「まど・みちお全詩集」理論社 1992 p570
◇「まどさんの詩の本 6」理論社 1996 p86

しんぶん たたむと
◇「まど・みちお全詩集」理論社 1992 p604

新聞配達でがんばる
◇「〔あらやゆきお〕創作童話 ざくろの詩」鳳書院 2012 p86

神兵衛さんと見沼の竜神
◇「〔浅野正男〕蝸牛の家―ある一教師のこころみ―童話集」日本図書刊行会, 近代文芸社（発売） 1997 p137

じんべえさんの めんよう
◇「今井誉次郎童話集子どもの村 〔1〕」国土社 1957 p86

身辺雑記
◇「千葉省三童話全集 2」岩崎書店 1967 p191

神変不知火城
◇「山田風太郎少年小説コレクション 2」論創社 2012 p213

真坊と和尚さま
◇「定本小川未明童話全集 11」講談社 1977 p49
◇「定本小川未明童話全集 11」大空社 2002 p49

辛抱の徳（石汁）
◇「〔巖谷〕小波お伽全集 14」本の友社 1998 p181

新ほたる館物語

しんわ

◇「あさのあつこセレクション 7」ポプラ社 2008 p5

人民の, 人民による, 人民のための政治
◇「ジュニア版吉野源三郎全集 2」ポプラ社 1967 p134

人民の、人民による、人民のための政治—民主主義の政治について
◇「吉野源三郎全集 3」ポプラ社 2000 p42

神武天皇
◇「魂の配達—野村吉哉作品集」草思社 1983 p81

新村猛
◇「今江祥智の本 21」理論社 1981 p41

新芽の林の中
◇「佐藤義美全集 5」佐藤義美全集刊行会 1973 p208

信也くんと真くんの宇宙旅行
◇「笑った泣き地蔵—御田慶子童話選集」たま出版 2007 p81

新柳
◇「与謝野晶子児童文学全集 6」春陽堂書店 2007 p132

深夜の市長
◇「海野十三集 4」桃源社 1980 p1
◇「海野十三全集 3」三一書房 1988 p103

深夜の東京散歩
◇「海野十三全集 別巻1」三一書房 1991 p333

シンヤのわらい顔
◇「宮口しづえ児童文学集 4」小峰書店 1969 p201
◇「宮口しづえ童話全集 7」筑摩書房 1979 p144

しんゆう
◇〔東君平〕おはようどうわ 1」講談社 1982 p30
◇「東君平のおはようどうわ 4」新日本出版社 2010 p18

「親友記」
◇「全集版灰谷健次郎の本 21」理論社 1988 p242

親友のたのみ
◇「星新一ちょっと長めのショートショート 9」理論社 2006 p7

しんゆりの
◇「まど・みちお全詩集 続」理論社 2015 p209

信用ある製品
◇「星新一ショートショートセレクション 2」理論社 2001 p76

信用（鳶と鳩）
◇〔巖谷〕小波お伽全集 14」本の友社 1998 p56

信用の出来ぬ人（旅人と熊）
◇〔巖谷〕小波お伽全集 14」本の友社 1998 p153

人籟
◇「氏原大作全集 2」条例出版 1977 p206

親鸞

◇「〔かこさとし〕お話こんにちは 〔1〕」偕成社 1979 p16

真理を伝ふる美しき媒介物
◇「校定新美南吉全集 9」大日本図書 1981 p599

心理学
◇「くんぺい魔法ばなし—魔法ばなし全集 3」サンリオ 2000 p190

人力車夫の死
◇「椋鳩十の本 19」理論社 1982 p184

心理試験
◇「少年探偵江戸川乱歩全集 35」ポプラ社 1971 p197

（真理とは）
◇「稗田童平全集 8」宝文館出版 1982 p82

真理とは何か
◇「ジュニア版吉野源三郎全集 2」ポプラ社 1967 p79
◇「吉野源三郎全集 2」ポプラ社 2000 p107

森林軌道
◇「新修宮沢賢治全集 3」筑摩書房 1979 p202
◇「新修宮沢賢治全集 3」筑摩書房 1979 p389

森林鉄道
◇「北彰作品集 1」青森県児童文学研究会 1990 p22

しんるい
◇「宮口しづえ童話全集 6」筑摩書房 1979 p142

じんるいなんて！ 1
◇〔橘かおる〕考える童話シリーズ短篇集 2」新風舎 1997 p16

じんるいなんて！ 2
◇〔橘かおる〕考える童話シリーズ短篇集 2」新風舎 1997 p24

じんるいなんて！ 3
◇〔橘かおる〕考える童話シリーズ短篇集 2」新風舎 1997 p30

じんるいなんて！ 4
◇〔橘かおる〕考える童話シリーズ短篇集 2」新風舎 1997 p38

じんるいなんて！ 5
◇〔橘かおる〕考える童話シリーズ短篇集 2」新風舎 1997 p46

じんるいなんて！ 6
◇〔橘かおる〕考える童話シリーズ短篇集 2」新風舎 1997 p54

人類の灯
◇「氏原大作全集 2」条例出版 1977 p427

神話の息づいている里
◇「椋鳩十の本 32」理論社 1989 p201

【す】

スー
　◇「まど・みちお全詩集 続」理論社 2015 p310
図
　◇「まど・みちお全詩集 続」理論社 2015 p350
図案下書
　◇「新修宮沢賢治全集 3」筑摩書房 1979 p263
　◇「新修宮沢賢治全集 3」筑摩書房 1979 p413
酸い甘い五月の風
　◇「阪田寛夫全詩集」理論社 2011 p56
水泳
　◇「〔島崎〕藤村の童話 3」筑摩書房 1979 p140
すいえいたいかい
　◇「〔東君平〕おはようどうわ 2」講談社 1982 p133
　◇「東君平のおはようどうわ 2」新日本出版社 2010
水泳のはじめ
　◇「平塚武二童話全集 5」童心社 1972 p49
すいか
　◇「今井誉次郎童話集子どもの村 〔1〕」国土社 1957 p34
すいか
　◇「〔内海康子〕六月のカレンダー——詩集」けやき書房 1999 p52
すいか
　◇「佐藤義美全集 1」佐藤義美全集刊行会 1974 p360
　◇「ともだちシンフォニー——佐藤義美童謡集」JULA出版局 1990 p66
すいか
　◇「杉みき子選集 2」新潟日報事業社 2005 p17
すいか
　◇「〔関根栄一〕はしるふじさん——童謡集」小峰書店 1998 p38
すいか
　◇「まど・みちお全詩集 続」理論社 2015 p383
スイカ
　◇「〔東君平〕おはようどうわ 2」講談社 1982 p108
西瓜
　◇「松田瓊子全集 5」大空社 1997 p3
西瓜
　◇「森三郎童話選集 〔2〕」刈谷市教育委員会 1996 p164
すいかちょうちん
　◇「花岡大学童話文学全集 6」法蔵館 1980 p137

スイカと老人
　◇「浜田広介全集 9」集英社 1976 p141
すいかどろぼう
　◇「住井すゑ わたしの少年少女物語 〔1〕」労働旬報社 1989 p64
水瓜泥棒
　◇「魂の配達——野村吉哉作品集」草思社 1983 p60
西瓜泥棒（一幕）
　◇「北彰介作品集 5」青森県児童文学研究会 1991 p161
すいかのうた
　◇「まど・みちお全詩集 続」理論社 2015 p391
スイカの たね
　◇「まど・みちお全詩集」理論社 1992 p312
すいかのち
　◇「寺村輝夫のむかし話 〔5〕」あかね書房 1978 p42
すいかの昼寝
　◇「〔島崎〕藤村の童話 3」筑摩書房 1979 p154
スイカのめ
　◇「いのち——みずかみかずよ全詩集」石風社 1995 p39
スイカ畑にどろぼうが三人
　◇「佐藤ふさゑの本 1」てらいんく 2011 p49
西瓜番
　◇「小出正吾児童文学全集 1」審美社 2000 p39
すいか舟とジロウ
　◇「二反長半作品集 1」集英社 1979 p35
吸いがらの行方
　◇「椋鳩十の本 18」理論社 1982 p192
水牛
　◇「〔北原〕白秋全童謡集 5」岩波書店 1993 p160
水牛とかきと豚
　◇「鈴木三重吉童話全集 2」文泉堂書店 1975（日本文学全集・選集叢刊第5次）p387
スイギュウノ オジイサン
　◇「まど・みちお全詩集」理論社 1992 p63
スイギュウの島
　◇「椋鳩十の本 19」理論社 1982 p74
水禽（一首）
　◇「稗田童平全集 4」宝文館出版 1980 p18
水銀灯
　◇「与田凖一全集 4」大日本図書 1967 p215
水銀の精
　◇「瑠璃の壺——森銑三童話集」三樹書房 1982 p42
水銀のはなし
　◇「若松賤子創作童話全集」久山社 1995（日本児童文化史叢書）p101
（水月観音よ）
　◇「稗田童平全集 8」宝文館出版 1982 p127

すいせ

水源探し
◇「全集古田足日子どもの本 11」童心社 1993 p374

水源手記
◇「ジュニア文学館 宮沢賢治―写真・絵画集成 3」日本図書センター 1996 p111

水郷と花火
◇「巽聖歌作品集 上」巽聖歌作品集刊行委員会 1977 p534

ズイコーさま
◇〔今坂柳二〕りゅうじフォークロア・world 6」ふるさと伝承研究会 2012 p26

水車小屋
◇〔高橋一仁〕春のニシン場―童謡詩集」けやき書房 2003 p120

水車小屋の氷柱
◇「北彰介作品集 1」青森県児童文学研究会 1990 p136

水車船
◇〔北原〕白秋全童謡集 4」岩波書店 1993 p13

水車のした話
◇「定本小川未明童話全集 5」講談社 1977 p111
◇「定本小川未明童話全集 5」大空社 2001 p111

水車の屋根の十二人
◇「今井誉次郎童話集子どもの村 〔4〕」国土社 1957 p129

水車よ虹よ
◇「稗田童平全集 3」宝文館出版 1979 p15

水車は睡つた―美穂子のねむりに寄せて
◇「稗田童平全集 1」宝文館出版 1978 p108

水晶
◇「北彰介作品集 4」青森県児童文学研究会 1991 p270

水晶いろの
◇「稗田童平全集 1」宝文館出版 1978 p36

水晶球
◇「立原えりか作品集 1」思潮社 1972 p153
◇「立原えりかのファンタジーランド 9」青土社 1980 p33

水晶のおみやげ
◇〔島崎〕藤村の童話 2」筑摩書房 1979 p91

水上飛行機
◇「椋鳩十の本 18」理論社 1982 p225

水晶山の少年
◇「大仏次郎少年少女のための作品集 6」講談社 1970 p207

水神
◇〔山田野理夫〕おばけ文庫 7」太平出版社 1976（母と子の図書室）p132

水神さん
◇〔比江島重孝〕宮崎のむかし話 3」鉱脈社 2000 p201

ズイズイズッコロ橋
◇「西條八十童謡全集」修道社 1971 p273

すいすい す話
◇〔〔かこさとし〕お話こんにちは 〔4〕」偕成社 1979 p130

すいせん
◇「西條八十童話集」小学館 1983 p412

すいせん
◇「いのち―みずかみかずよ全詩集」石風社 1995 p12

スイセン
◇「まど・みちお全詩集」理論社 1992 p120
◇「まど・みちお全詩集」理論社 1992 p351
◇「まどさんの詩の本 1」理論社 1994 p44
◇「まどさんの詩の本 11」理論社 1997 p90
◇「まど・みちお全詩集 続」理論社 2015 p164

スイセン
◇「いのち―みずかみかずよ全詩集」石風社 1995 p13

水仙
◇「斎藤隆介全集 3」岩崎書店 1982 p77

水仙
◇「壺井栄名作集 9」ポプラ社 1965 p77
◇「壺井栄全集 6」文泉堂出版 1998 p395

〔水仙をかつぎ〕
◇「新修宮沢賢治全集 4」筑摩書房 1979 p218

すいせん月の四日
◇「宮沢賢治のおはなし 5」岩崎書店 2005 p1

水仙月の四日
◇「新版・宮沢賢治童話全集 5」岩崎書店 1978 p131
◇「新修宮沢賢治全集 13」筑摩書房 1980 p61
◇「宮沢賢治童話集 3」講談社 1985（講談社青い鳥文庫）p23
◇〔宮沢〕賢治童話」翔泳社 1995 p172
◇「ジュニア文学館 宮沢賢治―写真・絵画集成 2」日本図書センター 1996 p202
◇「よくわかる宮沢賢治―イーハトーブ・ロマン I」学習研究社 1996 p80
◇〔宮沢賢治〕注文の多い料理店―イーハトーヴ童話集」岩波書店 2000（岩波少年文庫）p89
◇「宮沢賢治童話集」世界文化社 2004（心に残るロングセラー）p98
◇「学校放送劇舞台劇脚本集 宮沢賢治名作童話」東洋書院 2008 p243
◇「宮沢賢治童話集珠玉選 〔3〕」講談社 2009 p206

水仙月の四日―雪童子のうた
◇「あまの川―宮沢賢治童謡集」筑摩書房 2001 p64

すいせんと太陽
◇「定本小川未明童話全集 7」講談社 1977 p83
◇「定本小川未明童話全集 7」大空社 2001 p83

すいせんのうた

すいせ

- ◇「〔関根栄一〕はしるふじさん—童謡集」小峰書店 1998 p32

すいせんのはな
- ◇「浜田広介全集 8」集英社 1976 p34

水仙の花
- ◇「まど・みちお全詩集 続」理論社 2015 p293

水そうのなかの子ども
- ◇「壺井栄名作集 1」ポプラ社 1965 p58

水そうの中の子供
- ◇「壺井栄全集 10」文泉堂出版 1998 p390

水槽の中の子ども
- ◇「定本壺井栄児童文学全集 3」講談社 1979 p189

すいぞくかん
- ◇「まど・みちお全詩集」理論社 1992 p562

水中に見る妻
- ◇「川崎大治民話選〔3〕」童心社 1971 p227

水中の小判
- ◇「川崎大治民話選〔1〕」童心社 1968 p112

水中の園
- ◇「室生犀星童話全集 2」創林社 1978 p273

垂直の旅
- ◇「〔宗左近〕梟の駅長さん—童謡集」思潮社 1998 p46

すいつこ すいつこ
- ◇「〔比江島重義〕宮崎のむかし話 1」鉱脈社 1998 p16

すいっちょ
- ◇「ひばりのす—木下夕爾児童詩集」光書房 1998 p20

スイッチョねこ
- ◇「大仏次郎少年少女のための作品集 2」講談社 1967 p323

すいっちょのひげ
- ◇「花岡大学童話文学全集 6」法蔵館 1980 p266

水底城
- ◇「〔巌谷〕小波お伽全集 10」本の友社 1998 p119

ずいてん
- ◇「斎藤隆介全集 1」岩崎書店 1982 p16

すいどう
- ◇「〔東君平〕ひとくち童話 5」フレーベル館 1995 p32

水稲苗代期に於ルチランチンノ肥効実験報告
- ◇「新修宮沢賢治全集 15」筑摩書房 1980 p475

すいどうの せん
- ◇「まど・みちお全詩集」理論社 1992 p155

水道のせん
- ◇「まど・みちお全詩集」理論社 1992 p351
- ◇「まどさんの詩の本 4」理論社 1994 p20

スイートピー
- ◇「壺井栄名作集 9」ポプラ社 1965 p54

- ◇「壺井栄全集 6」文泉堂出版 1998 p399

スイートピー
- ◇「いのち—みずかみかずよ全詩集」石風社 1995 p15
- ◇「いのち—みずかみかずよ全詩集」石風社 1995 p16

水難救助犬
- ◇「〔黒川良人〕犬の詩猫の詩—児童詩集」東洋出版 2000 p55

水盤の王さま
- ◇「定本小川未明童話全集 3」講談社 1977 p367
- ◇「定本小川未明童話全集 3」大空社 2001 p367

水部の線
- ◇「新修宮沢賢治全集 6」筑摩書房 1980 p203

水平線
- ◇「〔北原〕白秋全童謡集 3」岩波書店 1992 p59
- ◇「〔北原〕白秋全童謡集 3」岩波書店 1992 p60

水平線
- ◇「いのち—みずかみかずよ全詩集」石風社 1995 p406

水平線
- ◇「椋鳩十の本 1」理論社 1982 p28
- ◇「椋鳩十の本 1」理論社 1982 p89

水平線
- ◇「やなせたかし童謡詩集〔2〕」フレーベル館 2000 p44

水墨抄
- ◇「まど・みちお全詩集 続」理論社 2015 p354

スイミットウ
- ◇「まど・みちお詩集 1」銀河社 1975 p4
- ◇「まど・みちお全詩集」理論社 1992 p413

水蜜桃
- ◇「校定新美南吉全集 8」大日本図書 1981 p363

水蜜桃
- ◇「花岡大学童話文学全集 1」法蔵館 1980 p64

スイミットウの絵
- ◇「まど・みちお詩集 3」銀河社 1975 p62
- ◇「まど・みちお全詩集」理論社 1992 p481
- ◇「まどさんの詩の本 12」理論社 1997 p72

水明記
- ◇「稗田童平全集 4」宝文館出版 1980 p104

「水明記」全
- ◇「稗田童平全集 4」宝文館出版 1980 p104

スイリョク ハツデンショ
- ◇「佐藤義美全集 1」佐藤義美全集刊行会 1974 p346

すいれん
- ◇「いのち—みずかみかずよ全詩集」石風社 1995 p46

スイレン
- ◇「まど・みちお全詩集 続」理論社 2015 p105

すきか

水蓮と蛙のバレエ
　◇「横山健童謡選集 1」無明舎出版 1995 p87
すいれんのある池
　◇「いのち―みずかみかずよ全詩集」石風社 1995 p44
すいれんの花
　◇「花岡大学仏典童話全集 3」法蔵館 1979 p36
　◇「花岡大学童話文学全集 1」法蔵館 1980 p129
スイレンの花
　◇「石森延男児童文学全集 5」学習研究社 1971 p263
すいれん木
　◇「〔吉田享子〕おしゃべりな星―少年少女詩集」らくだ出版 2001 p40
すいれんは咲いたが
　◇「定本小川未明童話全集 10」講談社 1977 p13
　◇「定本小川未明童話全集 10」大空社 2001 p13
「水路を一つすぽんととんでふりかへり」
　◇「新修宮沢賢治全集 7」筑摩書房 1980 p248
スウェーデンの鉄鍋
　◇「庄野英二全集 11」偕成社 1980 p262
数学
　◇「〔北原〕白秋全童謡集 1」岩波書店 1992 p185
　◇「〔北原〕白秋全童謡集 1」岩波書店 1992 p341
数学の才能
　◇「星新一ショートショートセレクション 7」理論社 2002 p181
数字
　◇「新装版金子みすゞ全集 3」JULA出版局 1984 p239
　◇「〔金子〕みすゞ詩画集 〔7〕」春陽堂書店 2002 p50
　◇「金子みすゞ童謡全集 6」JULA出版局 2004 p150
すうじあそびのうた
　◇「まど・みちお全詩集」理論社 1992 p226
数字にみんな目をまわす
　◇「いのち―みずかみかずよ全詩集」石風社 1995 p234
すうすら すうすら
　◇「与田凖一全集 3」大日本図書 1967 p254
末枯れの花
　◇「椋鳩十の本 17」理論社 1982 p108
すえ切りの名人
　◇「松谷みよ子のむかしむかし 7」講談社 1973 p51
すえぶろ
　◇「石森延男児童文学全集 11」学習研究社 1971 p94
周防灘
　◇「いのち―みずかみかずよ全詩集」石風社 1995 p419

菅井先生
　◇「杉みき子選集 2」新潟日報事業社 2005 p156
スカイの金メダル
　◇「松谷みよ子全集 1」講談社 1971 p51
　◇「松谷みよ子おはなし集 3」ポプラ社 2010 p43
図画教室
　◇「おの・ちゅうこう初期作品集 〔2〕 日本の教室は明るい」崙書房 1975 p9
姿なき影
　◇「戸川幸夫動物文学全集 9」講談社 1976 p241
スカートがすき
　◇「まど・みちお全詩集」理論社 1992 p620
守柄（すから）の里
　◇「椋鳩十の本 16」理論社 1983 p192
〔すがれのち萱を〕
　◇「新修宮沢賢治全集 4」筑摩書房 1979 p254
　◇「ジュニア文学館 宮沢賢治―写真・絵画集成 3」日本図書センター 1996 p151
すかんぽ
　◇「新装版金子みすゞ全集 3」JULA出版局 1984 p270
　◇「金子みすゞ童謡全集 6」JULA出版局 2004 p194
すかんぽ
　◇「北彰介作品集 1」青森県児童文学研究会 1990 p84
すかんぽ
　◇「巽聖歌作品集 上」巽聖歌作品集刊行委員会 1977 p335
すかんぽの咲くころ
　◇「〔北原〕白秋全童謡集 3」岩波書店 1992 p334
スキー
　◇「〔北原〕白秋全童謡集 3」岩波書店 1992 p51
　◇「〔北原〕白秋全童謡集 5」岩波書店 1993 p105
スキー
　◇「杉みき子選集 2」新潟日報事業社 2005 p29
スキー
　◇「坪田譲治童話全集 1」岩崎書店 1986 p225
好き
　◇「阪田寛夫全詩集」理論社 2011 p88
杉
　◇「〔島木〕赤彦童謡集」第一書店 1947 p28
杉
　◇「庄野英二全集 9」偕成社 1979 p236
杉
　◇「新修宮沢賢治全集 5」筑摩書房 1979 p166
　◇「新修宮沢賢治全集 5」筑摩書房 1979 p315
スキイの唄
　◇「西條八十童謡全集」修道社 1971 p267
杉垣のうちそと

作品名から引ける日本児童文学個人全集案内　445

すきか

◇「杉みき子選集 10」新潟日報事業社 2011 p157

スキー カツイデ
◇「〔北原〕白秋全童謡集 5」岩波書店 1993 p138

過ぎ去った日の
◇「〔吉田享子〕おしゃべりな星―少年少女詩集」らくだ出版 2001 p66

スキー讃歌
◇「山本瓔子詩集 I」新風舎 2003 p62

杉地蔵
◇「夢見る窓―冬村勇陽童話集」北雪新書 2004 p26

過ぎし日のうた
◇「阪田寛夫全詩集」理論社 2011 p46

スキー場のカモシカ
◇「戸川幸夫動物文学全集 15」講談社 1977 p245

すき すき すき
◇「阪田寛夫全詩集」理論社 2011 p465

杉田玄白
◇「〔かこさとし〕お話こんにちは 〔6〕」偕成社 1979 p60

すきっぷ きっぷ
◇「まど・みちお全詩集」理論社 1992 p166

スキップ、スキップ
◇「あまんきみこ童話集 3」ポプラ社 2008 p6

スキップスキップ
◇「あまんきみこセレクション 1」三省堂 2009 p9

スキップだいすき
◇「阪田寛夫全詩集」理論社 2011 p372

スギでっぽう
◇「まど・みちお全詩集」理論社 1992 p393

すきどうし
◇「〔東君平〕おはようどうわ 1」講談社 1982 p215

杉と杉菜
◇「新装版金子みすゞ全集 2」JULA出版局 1984 p57
◇「金子みすゞ童謡全集 3」JULA出版局 2004 p92

杉なへ
◇「おの・ちゅうこう初期作品集 〔4〕 氏神さま」崙書房 1975 p9

好きな絵本ふたつ
◇「安房直子コレクション 7」偕成社 2004 p254

すきなお人形
◇「西條八十の童話と童謡」小学館 1981 p92

好きな名前
◇「西條八十童謡全集」修道社 1971 p266

好きなひと
◇「富島健夫青春文学選集 10」集英社 1971 p5

好きなものをむさぼる
◇「椋鳩十の本 32」理論社 1989 p216

すきのいいかた
◇「全集版灰谷健次郎の本 15」理論社 1988 p41

スギの木
◇「石森延男児童文学全集 1」学習研究社 1971 p96
◇「石森読本―石森延男児童文学選集 1年生」小学館 1977 p94

杉の木
◇「新装版金子みすゞ全集 2」JULA出版局 1984 p177
◇「金子みすゞ童謡全集 4」JULA出版局 2004 p50

杉の木の夢
◇「さちいさや童話集―心の中に愛の泉がわいてくる」近代文芸社 1995 p20

杉の木マーチ
◇「阪田寛夫全詩集」理論社 2011 p568

杉の子架け橋
◇「〔足立俊〕桃と赤おに」叢文社 1998 p15

杉の下で
◇「北彰介作品集 4」青森県児童文学研究会 1991 p151

(杉の新芽の)
◇「稗田童平集 2」宝文館出版 1979 p101

スギのすもうとり
◇「〔山田野理夫〕おばけ文庫 6」太平出版社 1976 (母と子の図書室) p128

杉林とイノシシ
◇「椋鳩十の本 29」理論社 1989 p34

すきまからきたキリスト
◇「北畠八穂児童文学全集 5」講談社 1975 p205

スギ丸太
◇「椋鳩十全集 12」ポプラ社 1970 p112

杉丸太
◇「椋鳩十の本 15」理論社 1982 p122

スギモリ稲荷とマツモリ稲荷
◇「〔今坂柳二〕りゅうじフォークロア・world 1」ふるさと伝承研究会 2006 p147

スキーヤー(岡田泰三)
◇「岡田泰三・日下部梅子童謡集」会津童詩会 1992 p62

すきやき
◇「椋鳩十の本 16」理論社 1983 p73

数奇屋談義
◇「斎藤隆介全集 9」岩崎書店 1982 p143

スギャンのめ山羊
◇「鈴木三重吉童話全集 5」文泉堂書店 1975 (日本文学全集・選集叢刊第5次) p28

すぎゆく水には春のくちづけ―子撫川に寄せる抒情
◇「稗田童平全集 1」宝文館出版 1978 p109

頭巾娘
◇「〔巌谷〕小波お伽全集 8」本の友社 1998 p101

救い

◇「いのち―みずかみかずよ全詩集」石風社 1995 p72
◇「いのち―みずかみかずよ全詩集」石風社 1995 p74

救いの火
　◇「[巌谷] 小波お伽全集 8」本の友社 1998 p439

スクスク
　◇「阪田寛夫全詩集」理論社 2011 p528

少彦名(すくなひこな)
　◇「[北原] 白秋全童謡集 4」岩波書店 1993 p288

ずぐり54号 編集特別企画 特集今年(一九九五)の私のプラン 私のプラン
　◇「北国翔子童話集 2」青森県児童文学研究会 2010 p33

すげかり
　◇「稗田菫平全集 3」宝文館出版 1979 p64

スケッチ
　◇「[東君平] ひとくち童話 4」フレーベル館 1995 p60

スケッチ
　◇「まど・みちお全詩集 続」理論社 2015 p332

スケート ノ ウタ
　◇「西條八十童謡全集」修道社 1971 p268

スケベエ大会
　◇「阪田寛夫全詩集」理論社 2011 p27

スケルッツォ―または原爆の印象
　◇「北彰介作品集 4」青森県児童文学研究会 1991 p226

すごいはやわざの男
　◇「[西本鶏介] 新日本昔ばなし――一日一話・読みきかせ 2」小学館 1997 p16

すごいよねずみくん
　◇「きむらゆういちおはなしのへや 5」ポプラ社 2012 p103

図工教科書
　◇「全集版灰谷健次郎の本 22」理論社 1988 p193

すこし長いあとがき
　◇「長い長いかくれんぼ―杉みき子自選童話集」新潟日報事業社 2001 p195

すこし昔の話
　◇「国分一太郎児童文学集 1」小峰書店 1967 p5

すこしわかった
　◇「[柳家弁天] らくご文庫 1」太平出版社 1987 p28

スコットランドの羊たち
　◇「石のロバ―浅野都作品集」新風舎 2007 p156

すごろく
　◇「佐藤義美全集 1」佐藤義美全集刊行会 1974 p401

双陸
　◇「瑠璃の壺―森銑三童話集」三樹書房 1982 p226

双六のうた
　◇「[北原] 白秋全童謡集 2」岩波書店 1992 p94

素盞鳴命
　◇「[巌谷] 小波お伽全集 11」本の友社 1998 p35

周参見(すさみ)の旅
　◇「庄野英二全集 6」偕成社 1979 p139

スジエモンソング
　◇「まど・みちお全詩集 続」理論社 2015 p294

鈴(すず)… → "りん…"をも見よ

鈴
　◇「かつおきんや作品集 13」アリス館牧新社 1976 p137
　◇「かつおきんや作品集 14」偕成社 1982 p125

すずおばあさんのハーモニカ
　◇「あまんきみこセレクション 3」三省堂 2009 p113

鈴かけ馬の歌
　◇「椋鳩十の本 23」理論社 1983 p267

すずかけ公園の雪まつり
　◇「あまんきみこ童話集 4」ポプラ社 2008 p76

すずかけ写真館
　◇「あまんきみこセレクション 4」三省堂 2009 p109

すずかけ通り三丁目
　◇「あまんきみこセレクション 2」三省堂 2009 p17

すずかけ通りのじてんしゃ屋
　◇「[東風琴子] 童話集 3」ストーク 2012 p133

鈴懸の木のお話
　◇「石のロバ―浅野都作品集」新風舎 2007 p74

涼風、小風
　◇「[北原] 白秋全童謡集 1」岩波書店 1992 p251

鈴が鳴る
　◇「定本小川未明童話全集 3」講談社 1977 p404
　◇「定本小川未明童話全集 3」大空社 2001 p404

すすき
　◇「[高崎乃理子] 妖精の好きな木―詩集」かど創房 1998 p24

すすき
　◇「中村雨紅詩謡集」中村雨紅詩謡集刊行委員会 1971 p116

すすき
　◇「[村上のぶ子] ここは小人の国―少年詩集」あしぶえ出版 2000 p36

ススキ
　◇「三木卓童話作品集 3」大日本図書 2000 p72

ススキ
　◇「椋鳩十の本 23」理論社 1983 p185

薄(すすき)
　◇「[北原] 白秋全童謡集 5」岩波書店 1993 p12

鱸

すすき

◇「〔北原〕白秋全童謡集 3」岩波書店 1992 p289

鈴木一郎氏の「女の海」に
◇「稗田菫平全集 6」宝文館出版 1981 p144

鈴木一郎著「黒い密教」を読む
◇「稗田菫平全集 7」宝文館出版 1981 p118

鈴木貫太郎
◇「〔かこさとし〕お話こんにちは 〔9〕」偕成社 1979 p107

鈴木喜代春 子どもにおくる私の先生の話 家までむかえにきてくれた
◇「北国翔子童話集 2」青森県児童文学研究会 2010 p44

鈴木喜代春 子どもの頃の私のあそび いしけん ぎっしょ
◇「北国翔子童話集 2」青森県児童文学研究会 2010 p43

〔す、きすがる、丘なみを〕
◇「新修宮沢賢治全集 6」筑摩書房 1980 p144

鈴木隆
◇「今江祥智の本 21」理論社 1981 p139
◇「今江祥智の本 35」理論社 1990 p238

ススキ原
◇「まど・みちお全詩集」理論社 1992 p605

よびかけすすきっぽ
◇「斎田喬幼年劇全集 2」誠文堂新光社 1961 p436

すすきとお日さま
◇「〔金子〕みすゞ詩画集 〔6〕」春陽堂書店 2001 p38

芒とお日さま
◇「新装版金子みすゞ全集 3」JULA出版局 1984 p43
◇「新装版金子みすゞ全集 3」JULA出版局 1984 p76
◇「金子みすゞ童謡全集 5」JULA出版局 2004 p102

すずきとさざえ
◇「〔西本鶏介〕新日本昔ばなし──一日一話・読みきかせ 2」小学館 1997 p46

すすきの海
◇「〔斎藤信夫〕子ども心を友として─童謡詩集」成東町教育委員会 1996 p146

ススキの波
◇「椋鳩十の本 22」理論社 1983 p167

すすきの ほ
◇「まど・みちお全詩集」理論社 1992 p652

ススキの穂
◇「椋鳩十全集 11」ポプラ社 1970 p6
◇「椋鳩十の本 28」理論社 1989 p23

すすきの矢
◇「椋鳩十の本 21」理論社 1982 p229

ススキ原

◇「まどさんの詩の本 10」理論社 1996 p80

鈴木三重吉
◇「〔かこさとし〕お話こんにちは 〔6〕」偕成社 1979 p130

すすき1
◇「いのち─みずかみかずよ全詩集」石風社 1995 p65

すすき2
◇「いのち─みずかみかずよ全詩集」石風社 1995 p66

すずしい背中
◇「まど・みちお詩集 3」銀河社 1975 p50
◇「まど・みちお全詩集」理論社 1992 p482
◇「まどさんの詩の本 6」理論社 1996 p58

すずしい夏
◇「〔北原〕白秋全童謡集 4」岩波書店 1993 p189

すずしいみどり
◇「いのち─みずかみかずよ全詩集」石風社 1995 p416

涼しそうなもの
◇「〔島崎〕藤村の童話 4」筑摩書房 1979 p166

すずねちゃん
◇「定本壺井栄児童文学全集 1」講談社 1979 p286
◇「壺井栄全集 10」文泉堂出版 1998 p446

ズーズネル村
◇「別役実童話集 〔5〕」三一書房 1984 p29

ズーズネル村の猫
◇「別役実童話集 〔5〕」三一書房 1984 p47

鈴の音
◇「〔坪井安〕はしれ子馬よ─童謡詩集」童謡研究・蜂の会 1999 p52

鈴の音
◇「中村雨紅詩謡集」中村雨紅詩謡集刊行委員会 1971 p46

鈴の話
◇「花岡大学童話文学全集 1」法蔵館 1980 p139

すずの へいたいさん
◇「佐藤義美全集 1」佐藤義美全集刊行会 1974 p452

すゝはき
◇「〔巌谷〕小波お伽全集 7」本の友社 1998 p437

すずみ台で
◇「西條八十童謡全集」修道社 1971 p270

すずむし
◇「いのち─みずかみかずよ全詩集」石風社 1995 p199

鈴虫
◇「中村雨紅詩謡集」中村雨紅詩謡集刊行委員会 1971 p109

すずむしおじさん
◇「〔関根栄一〕はしるふじさん─童謡集」小峰書店

1998 p20

鈴虫さん
◇「〔渡部毅彦〕お母さんのための童話集」花伝社,共栄書房(発売) 1997 p18

鈴虫(随想)
◇「中村雨紅詩謡集」中村雨紅詩謡集刊行委員会 1971 p160

鈴虫中納言
◇「阪田寛夫全詩集」理論社 2011 p275

すずむしと ほしのこ
◇「まど・みちお全詩集」理論社 1992 p272

すずめ
◇「小川未明幼年童話文学全集 6」集英社 1966 p97
◇「定本小川未明童話全集 13」講談社 1977 p129
◇「定本小川未明童話全集 13」大空社 2002 p129

すずめ
◇「こやま峰子詩集 〔1〕」朔北社 2003 p30

すずめ
◇「佐藤一英「童話・童謡集」」一宮市立萩原小学校 2003 p33

すずめ
◇「おはなしいっぱい—祐成智美童謡詩集」リーブル 1997 p50

すずめ
◇「〔東君平〕ひとくち童話 1」フレーベル館 1995 p58

すずめ
◇「まど・みちお全詩集」理論社 1992 p540
◇「まどさんの詩の本 13」理論社 1997 p78

スズメ
◇「佐藤義美全集 1」佐藤義美全集刊行会 1974 p392

スズメ
◇「庄野英二全集 6」偕成社 1979 p218

スズメ
◇「巽聖歌作品集 上」巽聖歌作品集刊行委員会 1977 p114

スズメ
◇「まど・みちお詩集 2」銀河社 1975 p40
◇「まど・みちお全詩集」理論社 1992 p438
◇「まどさんの詩の本 13」理論社 1997 p72

詩スズメ
◇「椋鳩十動物童話集 3」小峰書店 1990 p32

スズメ
◇「椋鳩十の本 23」理論社 1983 p233

雀
◇「新装版金子みすゞ全集 3」JULA出版局 1984 p3
◇「金子みすゞ童謡全集 5」JULA出版局 2004 p10

雀
◇「カエルとお月さま—後藤楢根「作品集」」由布市教育委員会 2006 p101

雀
◇「〔島木〕赤彦童謡集」第一書店 1947 p22

雀
◇「庄野英二全集 11」偕成社 1980 p74

雀
◇「新美南吉全集 5」牧書店 1965 p79
◇「校定新美南吉全集 5」大日本図書 1980 p172

雀
◇「まど・みちお全詩集」理論社 1992 p605
◇「まどさんの詩の本 13」理論社 1997 p74

雀追ひ 山椒太夫 その二
◇「〔北原〕白秋全童謡集 2」岩波書店 1992 p175

すずめを打つ
◇「定本小川未明童話全集 13」講談社 1977 p293
◇「定本小川未明童話全集 13」大空社 2002 p293

すずめが くるよ
◇「まど・みちお全詩集」理論社 1992 p273

雀がタンポポの花と
◇「稗田童平全集 3」宝文館出版 1979 p93

すずめがチュン
◇「あづましん童話集—子供たちの心を育てる」新風舎 1999 p66

すずめ孝行
◇「北彰介作品集 3」青森県児童文学研究会 1990 p80

雀さがし
◇「〔北原〕白秋全童謡集 2」岩波書店 1992 p20

すずめ大作戦
◇「健太と大天狗—片山貞一創作童話集」あさを社 2007 p90

すずめたずねて
◇「斎藤喬児童劇選集 〔3〕」牧書店 1954 p135

すずめたずねて(童話劇)
◇「斎藤喬幼年劇全集 1」誠文堂新光社 1962 p247

スズメとアオダイショウ
◇「椋鳩十全集 9」ポプラ社 1970 p22

雀といつしよに
◇「〔北原〕白秋全童謡集 2」岩波書店 1992 p232

スズメとウグイス
◇「石森延男児童文学全集 5」学習研究社 1971 p226

スズメと牛
◇「坪田譲治童話全集 9」岩崎書店 1986 p212

すずめと かに
◇「坪田譲治幼年童話文学全集 3」集英社 1965 p42

スズメとカニ
◇「坪田譲治自選童話集」実業之日本社 1971 p89
◇「坪田譲治童話全集 1」岩崎書店 1986 p171

スズメとキツツキ
◇「稗田童平全集 5」宝文館出版 1980 p124

すずめ

すずめとくまさん
　◇「浜田広介全集 8」集英社 1976 p60
雀と芥子
　◇「新装版金子みすゞ全集 2」JULA出版局 1984 p85
　◇「金子みすゞ童謡全集 3」JULA出版局 2004 p130
すずめと ともだち
　◇「佐藤義美童謡集」さ・え・ら書房 1960 p89
　◇「佐藤義美全集 1」佐藤義美全集刊行会 1974 p191
スズメとトンビ
　◇「稗田菫平全集 3」宝文館出版 1979 p74
すずめとひわの話
　◇「定本小川未明童話全集 7」講談社 1977 p159
　◇「定本小川未明童話全集 7」大空社 2001 p159
雀と牡丹
　◇「巽聖歌作品集 上」巽聖歌作品集刊行委員会 1977 p356
すずめとライオン
　◇「花岡大学仏典童話全集 8」法蔵館 1979 p81
すずめと 良介
　◇「坪田譲治幼年童話文学全集 4」集英社 1965 p70
スズメと良介
　◇「坪田譲治童話全集 9」岩崎書店 1986 p72
雀の赤いチョッキ
　◇「赤い自転車―松延いさお自選童話集」〔熊本〕松延裕雄 1993 p20
すずめの あかちゃん
　◇「巽聖歌作品集 上」巽聖歌作品集刊行委員会 1977 p514
雀のあたまは
　◇「〔北原〕白秋全童謡集 2」岩波書店 1992 p58
すずめの案内
　◇「〔島崎〕藤村の童話 1」筑摩書房 1979 p66
すずめの歌
　◇「新美南吉全集 6」牧書店 1965 p254
雀のうた
　◇「室生犀星童話全集 2」創林社 1978 p16
雀の歌
　◇「校定新美南吉全集 8」大日本図書 1981 p66
すずめのお医者
　◇「斎田喬児童劇選集 〔2〕」牧書店 1954 p261
すずめのおくりもの
　◇「安房直子コレクション 3」偕成社 2004 p31
雀のお手まり
　◇「〔北原〕白秋全童謡集 2」岩波書店 1992 p56
すずめのおにわ
　◇「松谷みよ子全集 3」講談社 1971 p113
雀のお花見
　◇「浜田広介全集 11」集英社 1976 p118
雀のお日和（ひより）
　◇「〔北原〕白秋全童謡集 5」岩波書店 1993 p20
雀の親子
　◇「〔北原〕白秋全童謡集 1」岩波書店 1992 p297
すずめのおやど
　◇「〔島崎〕藤村の童話 2」筑摩書房 1979 p9
　◇「〔島崎〕藤村の童話 2」筑摩書房 1979 p11
スズメのおやど
　◇「北国翔一童話集 1」青森県児童文学研究会 2000 p28
スズメのおやど
　◇「来栖良夫児童文学全集 6」岩崎書店 1983 p151
雀のお宿
　◇「〔巌谷〕小波お伽全集 3」本の友社 1998 p175
　◇「〔巌谷〕小波お伽全集 7」本の友社 1998 p434
雀のお宿
　◇「〔北原〕白秋全童謡集 1」岩波書店 1992 p50
　◇「〔北原〕白秋全童謡集 1」岩波書店 1992 p294
雀のお宿
　◇「佐藤義美全集 1」佐藤義美全集刊行会 1974 p325
雀のおやど―おはなしのうたの五
　◇「新装版金子みすゞ全集 1」JULA出版局 1984 p22
　◇「金子みすゞ童謡全集 1」JULA出版局 2003 p38
雀のかあさん
　◇「新装版金子みすゞ全集 1」JULA出版局 1984 p27
　◇「金子みすゞ童謡全集 1」JULA出版局 2003 p44
雀の学問
　◇「与謝野晶子児童文学全集 4」春陽堂書店 2007 p70
すずめの木
　◇「佐藤義美童謡集」さ・え・ら書房 1960 p228
雀の木
　◇「佐藤義美全集 1」佐藤義美全集刊行会 1974 p79
　◇「佐藤義美全集 1」佐藤義美全集刊行会 1974 p82
すずめの来る窓
　◇「〔島崎〕藤村の童話 3」筑摩書房 1979 p70
スズメの子
　◇「〔比江島重孝〕宮崎のむかし話 2」鉱脈社 1998 p207
雀の子
　◇「〔巌谷〕小波お伽全集 7」本の友社 1998 p440
すずめの こえ
　◇「〔東君平〕ひとくち童話 1」フレーベル館 1995 p62
すずめのこが はじめて とんで どこへ いったか
　◇「佐藤義美全集 5」佐藤義美全集刊行会 1973

すずめの コーラス
　◇「佐藤義美全集 1」佐藤義美全集刊行会 1974 p421
すずめの しょくどう
　◇「巽聖歌作品集 下」巽聖歌作品集刊行委員会 1977 p65
すずめの巣
　◇「定本小川未明童話全集 12」講談社 1977 p36
　◇「定本小川未明童話全集 12」大空社 2002 p36
すずめの巣
　◇「花岡大学 続・仏典童話全集 1」法蔵館 1981 p26
雀の巣
　◇「巽聖歌作品集 上」巽聖歌作品集刊行委員会 1977 p356
スズメの巣箱
　◇「椋鳩十全集 10」ポプラ社 1970 p14
　◇「椋鳩十動物童話集 1」小峰書店 1990 p66
すずめのすはこび
　◇「浜田広介全集 11」集英社 1976 p77
雀の戦争
　◇「カエルの日曜日―末永泉童話集」勝どき書房, 星雲社（発売） 2007 p53
スズメのそうしき
　◇「坪田譲治童話全集 9」岩崎書店 1986 p152
すずめの卵
　◇「新美南吉全集 6」牧書店 1965 p252
すずめのチュン
　◇「〔永松康男〕童話集 青いマント」永松康男 2012 p98
スズメのちゅんた
　◇「石森延男児童文学全集 1」学習研究社 1971 p62
　◇「石森読本―石森延男児童文学選集 2年生」小学館 1977 p38
スズメの長者
　◇「稗田童平全集 5」宝文館出版 1980 p11
スズメのつうやく
　◇「〔木暮正夫〕日本のおばけ話・わらい話 16」岩崎書店 1988 p56
スズメノ トナリグミ
　◇「〔北原〕白秋全童謡集 3」岩波書店 1992 p144
すずめの日記
　◇「松谷みよ子全集 3」講談社 1971 p105
雀の墓
　◇「新装版金子みすゞ全集 2」JULA出版局 1984 p222
　◇「金子みすゞ童謡全集 4」JULA出版局 2004 p112
スズメのばったら
　◇「武田信夫童話作品集」みちのく書房 1995 p253
すずめの はなし
　◇「坪田譲治幼年童話文学全集 3」集英社 1965 p136
スズメのはなし
　◇「坪田譲治童話全集 9」岩崎書店 1986 p98
すずめのはねつき
　◇「浜田広介全集 4」集英社 1976 p162
雀の悲嘆
　◇「魂の配達―野村吉哉作品集」草思社 1983 p14
すずめの日の丸
　◇「浜田広介全集 2」集英社 1975 p234
すずめの ひょうたん
　◇「坪田譲治幼年童話文学全集 7」集英社 1965 p119
雀のマラソン
　◇「カエルの日曜日―末永泉童話集」勝どき書房, 星雲社（発売） 2007 p94
スズメ百まで
　◇「佐藤義美全集 5」佐藤義美全集刊行会 1973 p229
すずめはどこじゃ
　◇「斎藤喜児童劇選集 〔5〕」牧書店 1954 p141
すずめはどこじゃ（音楽劇）
　◇「斎藤喜幼年劇全集 3」誠文堂新光社 1962 p343
すずめわな
　◇「巽聖歌作品集 下」巽聖歌作品集刊行委員会 1977 p131
　◇「巽聖歌作品集 下」巽聖歌作品集刊行委員会 1977 p135
雀〈B〉
　◇「校定新美南吉全集 8」大日本図書 1981 p253
鈴谷平原
　◇「新修宮沢賢治全集 2」筑摩書房 1979 p219
すずらん
　◇「〔北原〕白秋全童謡集 2」岩波書店 1992 p137
すずらん
　◇「いのち―みずかみかずよ全詩集」石風社 1995 p21
鈴蘭―香りの密室
　◇「立原えりかのファンタジーランド 4」青土社 1980 p26
すずらんの鈴
　◇「〔斎藤信夫〕子ども心を友として―童謡詩集」成東町教育委員会 1996 p112
硯（その一）
　◇「瑠璃の壺―森銑三童話集」三樹書房 1982 p168
硯（その二）
　◇「瑠璃の壺―森銑三童話集」三樹書房 1982 p169
スセリヒメ
　◇「石森延男児童文学全集 6」学習研究社 1971 p56
すそ野
　◇「土田耕平童話集 〔4〕」古今書院 1955

すその

裾野の火柱
◇「高垣眸全集 4」桃源社 1971 p165

裾野は暮れて
◇「壺井栄全集 6」文泉堂出版 1998 p205

スタア・アプル
◇「〔林原玉枝〕不思議な鳥」けやき書房 1996（ふれ愛ブックス）p32

すだち
◇「庄野英二全集 11」偕成社 1980 p133

巣立ちの歌 序
◇「北川千代児童文学全集 下」講談社 1967 p320

巣立ちの歌 第一部
◇「北川千代児童文学全集 上」講談社 1967 p245

巣立ちの歌 第二部
◇「北川千代児童文学全集 上」講談社 1967 p301

巣立ちの雀
◇「浜田広介全集 11」集英社 1976 p119

スダナ太子
◇「花岡大学仏典童話全集 2」法藏館 1979 p179

スターになりたかった真理ちゃんの場合
◇「〔大澤英子〕心の中のひみつ―法華経をもとにした創作物語集」文芸社 1999 p219

スターリン
◇「〔かこさとし〕お話こんにちは 〔9〕」偕成社 1979 p88

スタンレー探検隊に対する二人のコンゴー土人の演説
◇「新修宮沢賢治全集 6」筑摩書房 1980 p309

頭痛膏
◇「椋鳩十全集 11」ポプラ社 1970 p116

すっからかんのかん
◇「阪田寛夫全詩集」理論社 2011 p430

ズック靴とペリの話
◇「北彰介作品集 2」青森県児童文学研究会 1990 p65

ズッコケメリケンあねご
◇「山中恒ユーモア選集 4」国土社 1974 p1

＜ズッコケ＞は、ぼくの理想像（那須正幹、神宮輝夫）
◇「〔神宮輝夫〕現代児童文学作家対談 5」偕成社 1989 p9

すっこんすっこの栃だんご
◇「あまの川―宮沢賢治童謡集」筑摩書房 2001 p88

すってん けろり
◇「まど・みちお全詩集 続」理論社 2015 p236

すってんころりん すもうとり
◇「平塚武二童話全集 2」童心社 1972 p124

すっとび小僧
◇「椋鳩十の本 20」理論社 1983 p137

ずっと昔から

◇「〔黒川良人〕犬の詩猫の詩―児童詩集」東洋出版 2000 p28

素っ頓狂な南京さん
◇「〔北原〕白秋全童謡集 1」岩波書店 1992 p159

スッポンそうどう
◇「〔山田野理夫〕お笑い文庫 12」太平出版社 1977（母と子の図書室）p34

すっぽんと川魚商人
◇「二反長半作品集 3」集英社 1979 p169

すっぽんと小石
◇「浜田広介全集 2」集英社 1975 p181

スッポンのむすめ
◇「〔山田野理夫〕おばけ文庫 4」太平出版社 1976（母と子の図書室）p112

スティション
◇「与田凖一全集 1」大日本図書 1967 p54

童話 捨て犬ロッキー
◇「あづましん童話集―子供たちの心を育てる」新風舎 1999 p9

捨吉とすてイヌ
◇「定本壺井栄児童文学全集 2」講談社 1979 p234

捨吉とすて犬
◇「壺井栄名作品集 4」ポプラ社 1965 p46
◇「壺井栄全集 10」文泉堂出版 1998 p51

すてきな母さん
◇「サトウハチロー童謡集」弥生書房 1977 p18

すてきなご先祖さま
◇「今江祥智の本 18」理論社 1981 p51
◇「今江祥智童話館 〔10〕」理論社 1987 p113

すてきなサーカス
◇「平塚武二童話全集 1」童心社 1972 p192

すてきなしっぽ
◇「りらりらりらわたしの絵本―富永佳与子こどものうた作品集」国土社 1994 p26

すてきな ストーブ お日さん
◇「佐藤義美全集 1」佐藤義美全集刊行会 1974 p448

すてきなはっけん
◇「りらりらりらわたしの絵本―富永佳与子こどものうた作品集」国土社 1994 p46

素敵な附録
◇「あまんきみこセレクション 5」三省堂 2009 p270

すてきなゆうれい
◇「〔春名こうじ〕夢の国への招待状」新風舎 1997 p49

捨て子の王子―アファナーシェフ（ロシア）の童話より
◇「小出正吾児童文学全集 4」審美社 2001 p331

すてごの め
◇「まど・みちお全詩集 続」理論社 2015 p209

捨て子の問題
　◇「壺井栄全集 11」文泉堂出版 1998 p166
ステーションの柵に
　◇「異聖歌作品集 上」異聖歌作品集刊行委員会 1977 p124
ステッキの胼胝
　◇「校定新美南吉全集 8」大日本図書 1981 p275
捨てないで
　◇「〔黒川良人〕犬の詩猫の詩―児童詩集」東洋出版 2000 p140
己に心に迷いなく一六根清浄の功徳
　◇「〔松本光華〕民話風法華経童話 20」中外日報社〔中外印刷出版〕 1992 p1
すてねこ
　◇「花岡大学童話文学全集 5」法蔵館 1980 p9
捨て猫の母さん
　◇「〔村上のぶ子〕ここは小人の国―少年詩集」あしぶえ出版 2000 p56
すてられたキング
　◇「校定新美南吉全集 8」大日本図書 1981 p63
　◇「新美南吉童話集 1」大日本図書 1982 p324
　◇「新美南吉童話集 1」大日本図書 2012 p324
すてられた白い犬
　◇「大石真児童文学全集 8」ポプラ社 1982 p26
捨てられたんだ
　◇「〔黒川良人〕犬の詩猫の詩―児童詩集」東洋出版 2000 p73
捨てられて
　◇「〔黒川良人〕犬の詩猫の詩―児童詩集」東洋出版 2000 p151
捨てられる猫
　◇「異聖歌作品集 上」異聖歌作品集刊行委員会 1977 p434
すてる
　◇「今江祥智の本 34」理論社 1990 p218
捨てる神
　◇「星新一ショートショートセレクション 7」理論社 2002 p83
ファインファンタジーVステルスドラゴンとグリムの森
　◇「あたし今日から魔女!? えっ、うっそー!?―大橋むつお戯曲集」青雲書房 2005 p55
ステレンキョウ
　◇「川崎大治民話選 〔4〕」童心社 1975 p202
ストウ
　◇「〔かこさとし〕お話こんにちは 〔3〕」偕成社 1979 p61
須藤克三先生に指導をうけて
　◇「武田信夫童話作品集」みちのく書房 1995 p507
酢豆腐（林家木久蔵編、岡本和明文）
　◇「林家木久蔵の子ども落語 5」フレーベル館 1999 p74
すドウフのたべかた
　◇「〔柳家弁天〕らくご文庫 3」太平出版社 1987 p54
車止線(ストッパー)附近
　◇「北彰介作品集 4」青森県児童文学研究会 1991 p28
ストップ
　◇「与田凖一全集 3」大日本図書 1967 p235
ストーブ
　◇「かもめの水兵さん―武内俊子伝記と作品集」講談社出版サービスセンター 1977 p206
ストーブ
　◇「まど・みちお全詩集」理論社 1992 p164
ストーブたいてるお爺さん 動物園所見
　◇「〔北原〕白秋全童謡集 3」岩波書店 1992 p381
ストーブのまえで
　◇「あまんきみこセレクション 4」三省堂 2009 p61
ストライキ
　◇「北川千代児童文学全集 下」講談社 1967 p221
ストライキ
　◇「壺井栄全集 11」文泉堂出版 1998 p193
ストラビンスキー
　◇「〔かこさとし〕お話こんにちは 〔3〕」偕成社 1979 p78
ストロー
　◇「〔東君平〕おはようどうわ 7」講談社 1982 p89
　◇「東君平のおはようどうわ 1」新日本出版社 2010 p84
すな
　◇「与田凖一全集 1」大日本図書 1967 p187
すなあそび
　◇「北国翔子童話集 1」青森県児童文学研究会 2000 p23
すなおな心で信じる功徳―会座も在世も末法も
　◇「〔松本光華〕民話風法華経童話 18」中外日報社〔中外印刷出版〕 1992 p1
すなおな性格
　◇「星新一ちょっと長めのショートショート 3」理論社 2005 p7
すなおにあやまる
　◇「花岡大学仏典童話全集 5」法蔵館 1979 p219
素直に生きる老婆
　◇「壺井栄全集 11」文泉堂出版 1998 p299
砂かけばば
　◇「〔山田野理夫〕おばけ文庫 3」太平出版社 1976（母と子の図書室） p71
沙(すな)けむり
　◇「〔北原〕白秋全童謡集 3」岩波書店 1992 p259
巣なし鳥

すなに

すなに
　◇「浜田広介全集 11」集英社 1976 p35
砂に
　◇「稗田菫平全集 2」宝文館出版 1979 p42
砂の杏
　◇「稗田菫平全集 2」宝文館出版 1979 p30
砂の上の町
　◇「〔北原〕白秋全童謡集 3」岩波書店 1992 p41
砂の絵
　◇「阪田寛夫全詩集」理論社 2011 p816
すなの王国
　◇「みすゞさん—童謡詩人・金子みすゞの優しさ探しの旅 1」春陽堂書店 1997
　◇「〔金子〕みすゞ詩画集〔5〕」春陽堂書店 2001 p4
砂の王国
　◇「新装版金子みすゞ全集 1」JULA出版局 1984 p47
　◇「新装版金子みすゞ全集 1」JULA出版局 1984 p57
　◇「金子みすゞ童謡全集 1」JULA出版局 2003 p90
砂のお城の王女たち
　◇「赤川次郎セレクション 1」ポプラ社 2008 p5
すなの しろ
　◇「花岡大学仏典童話全集 7」法蔵館 1979 p200
すなのなかにきえたタンネさん
　◇「乙骨淑子の本 3」理論社 1986 p211
砂の宮
　◇「〔巌谷〕小波お伽全集 3」本の友社 1998 p1
砂まき
　◇「〔山田野理夫〕おばけ文庫 3」太平出版社 1976（母と子の図書室）p72
すなまんじゅう
　◇「村山籌子作品集 3」JULA出版局 1998 p16
砂山
　◇「〔北原〕白秋全童謡集 2」岩波書店 1992 p83
砂山の松
　◇「浜田広介全集 1」集英社 1975 p144
すねこすり
　◇「〔山田野理夫〕おばけ文庫 3」太平出版社 1976（母と子の図書室）p76
すね子太郎
　◇「〔比江島重孝〕宮崎のむかし話 1」鉱脈社 1998 p43
すねた時
　◇「金子みすゞ童謡全集 1」JULA出版局 2003 p148
スネに傷もつ身
　◇「松谷みよ子エッセイ 3」筑摩書房 1989 p214
スノードロップ—天使のつばさからこぼれた羽
　◇「立原えりかのファンタジーランド 4」青土社 1980 p74

スノードロップは雪の花
　◇「〔野村ゆき〕ねえ、おはなしして！—語り聞かせるお話集」東洋出版 1998 p76
スパゲッティがたべたいよう
　◇「角野栄子の小さなおばけシリーズ〔1〕」ポプラ社 1979 p1
　◇「角野栄子のちいさなどうわたち 1」ポプラ社 2007 p5
すばこのすずめ
　◇「椋鳩十学年別童話〔3〕」理論社 1990 p31
スパニョール座の人形劇
　◇「平塚武二童話全集 3」童心社 1972 p83
すばらしいおかあさん
　◇「椋鳩十の本 25」理論社 1983 p209
すばらしい思い出
　◇「椋鳩十の本 24」理論社 1983 p201
すばらしい銃
　◇「星新一ショートショートセレクション 5」理論社 2002 p59
すばらしい谷間
　◇「長崎源之助全集 20」偕成社 1988 p93
すばらしい手仕事の世界
　◇「斎藤隆介全集 10」岩崎書店 1982 p211
すばらしい天体
　◇「星新一YAセレクション 2」理論社 2008 p7
すばらしい星
　◇「星新一ショートショートセレクション 14」理論社 2004 p90
すばらしい万年筆
　◇「来栖良夫児童文学全集 2」岩崎書店 1983 p15
素晴らしき出会いから
　◇「全集版灰谷健次郎の本 18」理論社 1987 p9
昴
　◇「新修宮沢賢治全集 2」筑摩書房 1979 p247
スパルタの短い言葉
　◇「ジュニア版吉野源三郎全集 2」ポプラ社 1967 p76
　◇「吉野源三郎全集 2」ポプラ社 2000 p102
スバルの星
　◇「北彰介作品集 1」青森県児童文学研究会 1990 p96
スピン
　◇「まど・みちお詩集 3」銀河社 1975 p16
　◇「まど・みちお全詩集」理論社 1992 p483
スフィンクスを売る
　◇「椋鳩十の本 1」理論社 1982 p153
スプーンがおどった
　◇「まど・みちお全詩集 続」理論社 2015 p388
スペイン階段の少女
　◇「阪田寛夫全詩集」理論社 2011 p587

スペインのざくろ
　◇「〔島崎〕藤村の童話 1」筑摩書房 1979 p150
スペイン料理パエーリャ
　◇「土田明子詩集 2」かど創房 1986 p10
すべっていった
　◇「立原えりか作品集 1」思潮社 1972 p89
　◇「立原えりかのファンタジーランド 3」青土社 1980 p89
全ての衆生を救うため—観音さまの三十三身
　◇「〔松本光華〕民話風法華経童話 26」中外印刷出版 1993 p1
スペードベリー
　◇「〔かこさとし〕お話こんにちは 〔5〕」偕成社 1979 p126
すべりだい
　◇「佐藤義美全集 1」佐藤義美全集刊行会 1974 p464
すべり橋
　◇「〔北原〕白秋全童謡集 4」岩波書店 1993 p305
すほうの木
　◇「花岡大学 続・仏典童話全集 2」法藏館 1981 p199
スポーツ精神
　◇「壺井栄全集 11」文泉堂出版 1998 p167
ズボン
　◇「北彰介作品集 4」青森県児童文学研究会 1991 p171
ズボンじるしのクマ
　◇「今江祥智の本 28」理論社 1990 p29
ズボンとスカート
　◇「今江祥智の本 20」理論社 1981 p212
すみ
　◇「杉みき子選集 2」新潟日報事業社 2005 p233
墨
　◇「瑠璃の壺—森銑三童話集」三樹書房 1982 p202
スミイカ
　◇「くんぺい魔法ばなし—魔法ばなし全集 1」サンリオ 2000 p28
住井すゑさんと
　◇「全集版灰谷健次郎の本 23」理論社 1988 p209
隅田川
　◇「新修宮沢賢治全集 6」筑摩書房 1980 p168
炭と灰
　◇「浜田広介全集 4」集英社 1976 p21
スミトラ物語
　◇「豊島与志雄童話全集 3」八雲書店 1948 p191
　◇「豊島与志雄童話作品集 3」銀貨社 2000 p1
すみませんが切符を（テイツケット・プリーズ）〈D・H・ローレンス〉
　◇「校定新美南吉全集 9」大日本図書 1981 p358

炭焼煙
　◇「中村雨紅詩謡集」中村雨紅詩謡集刊行委員会 1971 p190
すみやきごっこ
　◇「千葉省三童話全集 4」岩崎書店 1968 p171
すみやき長者
　◇「松谷みよ子のむかしむかし 10」講談社 1973 p140
炭より安価な香木
　◇「谷口雅春童話集 2」日本教文社 1976 p55
すみれ
　◇「庄野英二全集 11」偕成社 1980 p392
すみれ
　◇「〔鈴木桂子〕親子で語り合う詩集 1」クロスロード 1997 p15
すみれ
　◇「壺井栄名作集 9」ポプラ社 1965 p45
　◇「壺井栄全集 6」文泉堂出版 1998 p330
すみれ
　◇「松田瓊子全集 5」大空社 1997 p9
すみれ
　◇「まど・みちお全詩集 続」理論社 2015 p106
スミレ
　◇「まど・みちお詩集 1」銀河社 1975 p44
　◇「まど・みちお全詩集」理論社 1992 p459
　◇「まどさんの詩の本 11」理論社 1997 p26
すみれ色の星と柿の木の誓い
　◇「カエルの日曜日—末永泉童話集」勝どき書房, 星雲社（発売）2007 p85
すみれ さく ころ
　◇「西條八十童謡全集」修道社 1971 p272
すみれ島
　◇「今西祐行全集 4」偕成社 1987 p45
すみれとうぐいすの話
　◇「定本小川未明童話全集 4」講談社 1977 p129
　◇「定本小川未明童話全集 4」大空社 2001 p129
すみれのねえさん
　◇「浜田広介全集 11」集英社 1976 p36
すみれの はな
　◇「まど・みちお全詩集」理論社 1992 p662
　◇「まどさんの詩の本 11」理論社 1997 p24
スミレの花さァくゥころォ…
　◇「今江祥智の本 20」理論社 1981 p17
　◇「今江祥智童話館 〔4〕」理論社 1986 p38
　◇「今江祥智ショートファンタジー 1」理論社 2004 p125
すみれの花さくころ
　◇「今江祥智の本 13」理論社 1980 p92
　◇「今江祥智童話館 〔2〕」理論社 1986 p61
　◇「今江祥智ショートファンタジー 4」理論社 2005 p7

すみれ

すみれの花のひらくとき―嫁ぐ日のすべての娘に
　◇「阪田寛夫全詩集」理論社 2011 p59
すみれのみつばち
　◇「佐藤義美全集 2」佐藤義美全集刊行会 1973 p218
すみればしょ
　◇「佐藤義美全集 3」佐藤義美全集刊行会 1973 p129
すもう
　◇「定本小川未明童話全集 15」講談社 1978 p125
　◇「定本小川未明童話全集 15」大空社 2002 p125
すもう
　◇「〔東君平〕ひとくち童話 2」フレーベル館 1995 p32
すもうけんぶつ
　◇「〔東君平〕おはようどうわ 1」講談社 1982 p95
すもう見物
　◇「川崎大治民話選 〔1〕」童心社 1968 p158
すもう見物
　◇「〔柳家弁天〕らくご文庫 6」太平出版社 1987 p26
スモッグのない日
　◇「いのち―みずかみかずよ全詩集」石風社 1995 p210
スモモ
　◇「〔山田野理夫〕おばけ文庫 6」太平出版社 1976（母と子の図書室）p154
すもももの花の国から
　◇「定本小川未明童話全集 4」講談社 1977 p232
　◇「定本小川未明童話全集 4」大空社 2001 p232
すももも ももも
　◇「阪田寛夫全詩集」理論社 2011 p646
スーラ
　◇「〔山田野理夫〕おばけ文庫 6」太平出版社 1976（母と子の図書室）p53
すらすらえんぴつ
　◇「筒井敬介おはなし本 1」小峰書店 2006 p7
すりうすひき
　◇「国分一太郎児童文学集 6」小峰書店 1967 p150
すり替え怪画―烏啼天駆シリーズ・5
　◇「海野十三全集 12」三一書房 1990 p443
ズリ山
　◇「〔高橋一仁〕春のニシン場―童謡詩集」けやき書房 2003 p46
スリッパ
　◇「〔北原〕白秋全童謡集 3」岩波書店 1992 p377
スリッパ
　◇「まど・みちお詩集 4」銀河社 1974 p30
　◇「まど・みちお詩集 4」銀河社 1974 p32
　◇「まど・みちお全詩集」理論社 1992 p423

　◇「まどさんの詩の本 4」理論社 1994 p70
　◇「まどさんの詩の本 4」理論社 1994 p72
ずる
　◇「りらりらりらわたしの絵本―富永佳与子こどものうた作品集」国土社 1994 p44
ずるい野犬
　◇「椋鳩十の本 6」理論社 1982 p175
掏る男
　◇「今江祥智の本 10」理論社 1980 p85
　◇「今江祥智童話館 〔17〕」理論社 1987 p53
駿河の賊
　◇「魂の配達―野村吉哉作品集」草思社 1983 p290
駿河屋事件（一龍斎貞水編, 岡本和明文）
　◇「一龍斎貞水の歴史講談 2」フレーベル館 2000 p206
ずるすけがらす
　◇「北彰介作品集 3」青森県児童文学研究会 1990 p77
鋭い目の男
　◇「星新一YAセレクション 4」理論社 2009 p19
するどい指
　◇「石森延男児童文学全集 15」学習研究社 1971 p23
　◇「石森読本―石森延男児童文学選集 6年生」小学館 1977 p36
するめ
　◇「まど・みちお全詩集」理論社 1992 p324
　◇「まどさんの詩の本 7」理論社 1996 p70
すれちがいの船
　◇「〔柳家弁天〕らくご文庫 8」太平出版社 1987 p67
スローモーション
　◇「椋鳩十の本 19」理論社 1982 p182
ズワイガニ
　◇「椋鳩十の本 22」理論社 1983 p122
諏訪優氏の「割れる夜」に
　◇「稗田童平全集 6」宝文館出版 1981 p143
すわり不動
　◇「北彰介作品集 3」青森県児童文学研究会 1990 p273
スワン
　◇「佐藤義美童謡集」さ・え・ら書房 1960 p205
　◇「佐藤義美全集 1」佐藤義美全集刊行会 1974 p226
スワン
　◇「まど・みちお詩集 〔1〕」すえもりブックス 1992 p8
　◇「まど・みちお全詩集」理論社 1992 p274
　◇「まど・みちお全詩集」理論社 1992 p606
　◇「まどさんの詩の本 13」理論社 1997 p16
　◇「まどさんの詩の本 13」理論社 1997 p18

スワン抒情
　◇「稗田童平全集 1」宝文館出版 1978 p130
スワンのうた
　◇「稗田童平全集 3」宝文館出版 1979 p28
すわんの かあさん
　◇「佐藤義美全集 1」佐藤義美全集刊行会 1974 p357
松花江（スンガリー）
　◇「〔北原〕白秋全童謡集 3」岩波書店 1992 p290
スンガリーの朝
　◇「石森延男児童文学全集 7」学習研究社 1971 p171
ずんぐり大将
　◇「小出正吾児童文学全集 2」審美社 2000 p173
寸言
　◇「今江祥智の本 22」理論社 1981 p353
ズンタ・ズンタ！―あるくときのうた
　◇「阪田寛夫全詩集」理論社 2011 p482
ずんべらぼう・甚次郎兵ヱ
　◇「斎藤隆介全集 12」岩崎書店 1982 p17

【　せ　】

世阿弥浅言
　◇「那須辰造著作集 2」講談社 1980 p230
晴一さんの兵隊
　◇「西條八十童話集」小学館 1983 p300
精いっぱい書きつづけた同人誌「海賊」
　◇「安房直子コレクション 1」偕成社 2004 p317
盛夏叙情1
　◇「椋鳩十の本 31」理論社 1989 p30
盛夏叙情2
　◇「椋鳩十の本 31」理論社 1989 p32
生活維持省
　◇「星新一YAセレクション 2」理論社 2008 p58
生活の流行
　◇「椋鳩十の本 24」理論社 1983 p263
青函れんらく
　◇「巽聖歌作品集 下」巽聖歌作品集刊行委員会 1977 p104
青函連絡船にて
　◇「巽聖歌作品集 下」巽聖歌作品集刊行委員会 1977 p235
せいぎのみかた
　◇「まど・みちお全詩集 続」理論社 2015 p165
税金ぎらい
　◇「星新一ショートショートセレクション 4」理論社 2002 p143
成形合板日本一の乾さん
　◇「斎藤隆介全集 10」岩崎書店 1982 p127
清潔に美しく光る心
　◇「椋鳩十の本 27」理論社 1989 p155
清潔法施行
　◇「新修宮沢賢治全集 4」筑摩書房 1979 p216
西湖の屍人
　◇「海野十三全集 1」三一書房 1990 p285
せいざ
　◇「〔東君平〕おはようどうわ 3」講談社 1982 p202
　◇「東君平のおはようどうわ 4」新日本出版社 2010 p28
星座
　◇「〔下田喜久美〕遠くから来た旅人―詩集」リトル・ガリヴァー社 1998 p150
星座占い
　◇「くんぺい魔法ばなし―魔法ばなし全集 1」サンリオ 2000 p206
生産体操
　◇「新修宮沢賢治全集 14」筑摩書房 1980 p259
政治家
　◇「新修宮沢賢治全集 4」筑摩書房 1979 p231
政治家の家
　◇「〔山田野理夫〕お笑い文庫 10」太平出版社 1977（母と子の図書室）p143
誠実の成熟
　◇「全集版灰谷健次郎の本 22」理論社 1988 p144
聖樹無限
　◇「稗田童平全集 1」宝文館出版 1978 p115
青春海流
　◇「富島健夫青春文学選集 5」集英社 1972 p193
「青春失恋記」
　◇「全集版灰谷健次郎の本 21」理論社 1988 p256
青春の歯車
　◇「早乙女勝元小説選集 9」理論社 1977 p1
青春の門
　◇「富島健夫青春文学選集 9」集英社 1971 p5
青少年団
　◇「〔北原〕白秋全童謡集 4」岩波書店 1993 p167
〔聖女のさまして ちかづけるもの〕
　◇「新修宮沢賢治全集 7」筑摩書房 1980 p197
聖書の話
　◇「小出正吾児童文学全集 4」審美社 2001 p239
聖書屋さん
　◇「今西祐行全集 4」偕成社 1987 p205
精神歌
　◇「新修宮沢賢治全集 7」筑摩書房 1980 p333
成層圏飛行と私のメモ
　◇「海野十三全集 別巻1」三一書房 1991 p277

せいそ

征三さんのユートピア
　◇「全集版灰谷健次郎の本 20」理論社 1987 p209

せいぞろい
　◇〔東君平〕おはようどうわ 8」講談社 1982 p42
　◇「東君平のおはようどうわ 1」新日本出版社 2010 p87

勢ぞろへ
　◇〔北原〕白秋全童謡集 4」岩波書店 1993 p229

せいたかノッポのエルちゃん
　◇「犬飼馬鹿人旧作童話集」日本文化資料センター 1996 p19

背高のっぽのかげぼうし
　◇「パパとボクとネコ―山口紀代子童謡詩集」音楽舎 2003 p66

生誕以前
　◇「稗田菫平全集 1」宝文館出版 1978 p129

生誕記―おさなぶり
　◇「まど・みちお全詩集 続」理論社 2015 p348

製炭小屋
　◇「新修宮沢賢治全集 6」筑摩書房 1980 p273
　◇「新修宮沢賢治全集 6」筑摩書房 1980 p434

生誕の愛―菜穂子誕生
　◇「稗田菫平全集 1」宝文館出版 1978 p130

成長しない子供たち―精神薄弱児の実態
　◇「壺井栄全集 11」文泉堂出版 1998 p430

晴天恣意
　◇「新修宮沢賢治全集 3」筑摩書房 1979 p24
　◇「新修宮沢賢治全集 3」筑摩書房 1979 p316
　◇「ジュニア文学館 宮沢賢治―写真・絵画集成 3」日本図書センター 1996 p107

青銅の魔人
　◇「少年探偵江戸川乱歩全集 4」ポプラ社 1964 p5
　◇「少年探偵・江戸川乱歩 5」ポプラ社 1998 p5
　◇「文庫版 少年探偵・江戸川乱歩 5」ポプラ社 2005 p5

生徒さん、こんにちは
　◇〔島崎〕藤村の童話 2」筑摩書房 1979 p76

生徒諸君に寄せる
　◇「新修宮沢賢治全集 4」筑摩書房 1979 p295
　◇〔宮沢賢治〕注文の多い料理店―イーハトーヴ童話集」岩波書店 2000（岩波少年文庫）p219

正と不正（蟹と蛇）
　◇〔巌谷〕小波お伽全集 14」本の友社 1998 p60

精度0.2の育児家具工場―魁木工の児玉一男さん
　◇「斎藤隆介全集 10」岩崎書店 1982 p135

〔聖なる窓〕
　◇「新修宮沢賢治全集 6」筑摩書房 1980 p296

青年とお城
　◇「星新一ショートショートセレクション 9」理論社 2003 p190

青年のために
　◇「ジュニア版吉野源三郎全集 2」ポプラ社 1967 p269

斉の国の盗人
　◇「瑠璃の壺―森銑三童話集」三樹書房 1982 p157

「生」の根源
　◇「全集版灰谷健次郎の本 19」理論社 1987 p114

精白に搗粉を用ふることの可否に就て
　◇「新修宮沢賢治全集 15」筑摩書房 1980 p542

青波の貝
　◇「北彰介作品集 4」青森県児童文学研究会 1991 p74

制服の母
　◇「住井すゑジュニア文学館 5」汐文社 1999 p23

征服の方法
　◇「星新一ショートショートセレクション 9」理論社 2003 p166

西部に生きる男
　◇「星新一ちょっと長めのショートショート 4」理論社 2006 p132

せいほうけい
　◇「こやま峰子詩集 〔3〕」朔北社 2003 p14

税務署長の冒険
　◇「新版・宮沢賢治童話全集 9」岩崎書店 1979 p31
　◇「新修宮沢賢治全集 11」筑摩書房 1979 p129
　◇〔宮沢〕賢治童話」翔泳社 1995 p232
　◇「猫の事務所―宮沢賢治童話選」シグロ 1999 p156

生命（せいめい）… → "いのち…"をも見よ

生命
　◇「巽聖歌作品集 下」巽聖歌作品集刊行委員会 1977 p248

生命
　◇「稗田菫平全集 2」宝文館出版 1979 p33

生命
　◇「いのち―みずかみかずよ全詩集」石風社 1995 p336

生命を守る勇気
　◇「椋鳩十の本 24」理論社 1983 p165

生命きとく
　◇「阪田寛夫全詩集」理論社 2011 p699

清明どきの駅長
　◇「新修宮沢賢治全集 3」筑摩書房 1979 p241
　◇「新修宮沢賢治全集 3」筑摩書房 1979 p403

（生命の）
　◇「稗田菫平全集 8」宝文館出版 1982 p51

生命の尊厳
　◇「全集版灰谷健次郎の本 21」理論社 1988 p162

生命の火
　◇「椋鳩十の本 23」理論社 1983 p206

聖夜
- ◇「立原えりか作品集 1」思潮社 1972 p121
- ◇「立原えりかのファンタジーランド 12」青土社 1980 p113

聖夜と犬について
- ◇「阪田寛夫全詩集」理論社 2011 p117

西洋セリと赤ナス
- ◇「今井誉次郎童話集子どもの村 〔3〕」国土社 1957 p64

西洋だこと六角だこ
- ◇「定本小川未明童話全集 11」講談社 1977 p179
- ◇「定本小川未明童話全集 11」大空社 2002 p179

西洋人形
- ◇「石森延男児童文学全集 11」学習研究社 1971 p189
- ◇「石森読本—石森延男児童文学選集 3年生」小学館 1977 p63

西洋の鳥
- ◇「椋鳩十の本 17」理論社 1982 p163

せいろむし
- ◇「椋鳩十の本 22」理論社 1983 p145

セイロン紅茶
- ◇「土田明子詩集 2」かど創房 1986 p14

世
- ◇「稗田童平全集 2」宝文館出版 1979 p34

せかいいち大きなケーキ
- ◇「全集古田足日子どもの本 5」童心社 1993 p33

「世界一」がすきな王さま
- ◇「花岡大学 続・仏典童話全集 1」法蔵館 1981 p13

世界一のはなし（創作民話）
- ◇「北彰介作品集 3」青森県児童文学研究会 1990 p178

世界一周
- ◇「阪田寛夫全詩集」理論社 2011 p369

世界をさかだちさせるマコチン
- ◇「北畠八穂児童文学全集 1」講談社 1974 p177

世界中にある窓が
- ◇「こども用三代目魚武濱田成夫詩集ZK」学習研究社 2002 p18

世界中の海が
- ◇「〔北原〕白秋全童謡集 1」岩波書店 1992 p194

世界中の王様
- ◇「新装版金子みすゞ全集 3」JULA出版局 1984 p1
- ◇「新装版金子みすゞ全集 3」JULA出版局 1984 p7
- ◇「〔金子〕みすゞ詩画集 〔7〕」春陽堂書店 2002 p48
- ◇「金子みすゞ童謡全集 5」JULA出版局 2004 p14

せかいちず
- ◇「こやま峰子詩集 〔3〕」朔北社 2003 p16

世界地図
- ◇「阪田寛夫全詩集」理論社 2011 p164

世界地図
- ◇「椋鳩十の本 1」理論社 1982 p33

世界でなにを見てきたか
- ◇「定本小川未明童話全集 8」講談社 1977 p17
- ◇「定本小川未明童話全集 8」大空社 2001 p17

世界同盟
- ◇「北川千代児童文学全集 下」講談社 1967 p28

「世界童謡集・日本編」あとがき
- ◇「佐藤義美全集 6」佐藤義美全集刊行会 1974 p340

Sekai Tokorodokoro
- ◇「石森延男児童文学全集 6」学習研究社 1971 p302

世界の航空路
- ◇「佐藤義美童謡集」さ・え・ら書房 1960 p259
- ◇「佐藤義美全集 1」佐藤義美全集刊行会 1974 p271

世界の珍
- ◇「椋鳩十の本 19」理論社 1982 p166

世界のはじまり
- ◇「鈴木三重吉童話全集 3」文泉堂書店 1975（日本文学全集・選集叢刊第5次）p241

世界のはてまで
- ◇「阪田寛夫全詩集」理論社 2011 p869

せかいびょういん まちあいしつ
- ◇「阪田寛夫全詩集」理論社 2011 p262

世界も歌をうたってる
- ◇「阪田寛夫全詩集」理論社 2011 p352

せかせか河とゆったり河
- ◇「浜田広介全集 10」集英社 1976 p20

倅実は父親
- ◇「瑠璃の壺—森銑三童話集」三樹書房 1982 p248

瀬川拓男さんのこと
- ◇「松谷みよ子全エッセイ 3」筑摩書房 1989 p57

セガンチーニのこと
- ◇「椋鳩十の本 24」理論社 1983 p219

せき
- ◇「〔東君平〕おはようどうわ 8」講談社 1982 p12

赤外線男
- ◇「海野十三集 4」桃源社 1980 p239
- ◇「海野十三全集 2」三一書房 1991 p85

石学生
- ◇「瑠璃の壺—森銑三童話集」三樹書房 1982 p203

関ヶ原むかしばなし
- ◇「来栖良夫児童文学全集 6」岩崎書店 1983 p117

赤心石
- ◇「瑠璃の壺—森銑三童話集」三樹書房 1982 p178

セキセイインコ
- ◇「坪田譲治童話全集 11」岩崎書店 1986 p83

セキセイインコ

◇「まど・みちお全詩集」理論社 1992 p28
◇「まどさんの詩の本 13」理論社 1997 p66

石像王子
◇「鈴木三重吉童話全集 1」文泉堂書店 1975（日本文学全集・選集叢刊第5次）p243

石炭
◇「巽聖歌作品集 上」巽聖歌作品集刊行委員会 1977 p251

せきたんのうた
◇「佐藤義美童謡集」さ・え・ら書房 1960 p110
◇「佐藤義美全集 1」佐藤義美全集刊行会 1974 p197

石柱
◇「星新一ショートショートセレクション 7」理論社 2002 p118

石庭詩集
◇「稗田菫平全集 8」宝文館出版 1982 p76

赤道
◇「〔島崎〕藤村の童話 1」筑摩書房 1979 p176

赤道祭
◇「赤道祭—小出正吾童話選集」審美社 1986 p7
◇「小出正吾児童文学全集 4」審美社 2001 p109

赤道南下（抄）
◇「海野十三全集 別巻1」三一書房 1991 p11

赤道の旅
◇「庄野英二全集 11」偕成社 1980 p153
◇「庄野英二全集 11」偕成社 1980 p216

石婆神
◇「瑠璃の壺—森銑三童話集」三樹書房 1982 p292

石版画像
◇「魂の配達—野村吉哉作品集」草思社 1983 p63

石廟
◇「〔北原〕白秋全童謡集 3」岩波書店 1992 p251

石斧
◇「北彰介作品集 4」青森県児童文学研究会 1991 p278

石仏の里
◇「いのち—みずかみかずよ全詩集」石風社 1995 p407

石仏恋歌
◇「全集版灰谷健次郎の本 22」理論社 1988 p62

石油としょうゆ
◇「国分一太郎児童文学集 6」小峰書店 1967 p68

赤耀館事件の真相
◇「海野十三全集 1」三一書房 1990 p93

〔積乱雲一つひかって翔けるころ〕
◇「新修宮沢賢治全集 4」筑摩書房 1979 p278

せきれい
◇「稗田菫平全集 3」宝文館出版 1979 p76

世間と人間

◇「佐々木邦全集 5」講談社 1975 p413

せすじゾクゾクようかい話
◇「〔木暮正夫〕日本のおばけ話・わらい話 19」岩崎書店 1988

セーター
◇「〔東君平〕おはようどうわ 7」講談社 1982 p194
◇「〔東君平〕ひとくち童話 3」フレーベル館 1995 p68

セーター動物園
◇「今江祥智童話館 〔6〕」理論社 1986 p76

セーターのあな
◇「今江祥智の本 12」理論社 1980 p21
◇「今江祥智童話館 〔3〕」理論社 1986 p25

セーターのうた
◇「佐藤義美童謡集」さ・え・ら書房 1960 p96
◇「佐藤義美全集 1」佐藤義美全集刊行会 1974 p193

せっかちおじさん
◇「まど・みちお全詩集 続」理論社 2015 p371

せっかちな捨吉
◇「〔中山正宏〕大きくな〜れ—童話集」日本図書刊行会 1996 p90

赤蝸房（せっかほう）付近
◇「庄野英二全集 9」偕成社 1979 p161

折檻法
◇「〔巌谷〕小波お伽全集 14」本の友社 1998 p325

雪峡
◇「新修宮沢賢治全集 6」筑摩書房 1980 p245
◇「新修宮沢賢治全集 6」筑摩書房 1980 p426

説教節・霊木ズイコーさま
◇「〔今坂柳二〕りゅうじフォークロア・world 5」ふるさと伝承研究会 2009 p82

設計
◇「庄野英二全集 4」偕成社 1979 p182

雪
◇「西條八十童謡全集」修道社 1971 p275

絶景かなわがふるさと
◇「花岡大学童話文学全集 5」法蔵館 1980 p36

せっけん
◇「まど・みちお全詩集」理論社 1992 p393
◇「まどさんの詩の本 4」理論社 1994 p82

せっけんさん
◇「まど・みちお全詩集」理論社 1992 p206

雪原の少年
◇「定本小川未明童話全集 9」講談社 1977 p7
◇「定本小川未明童話全集 9」大空社 2001 p7

せつ子さんの おてつだい
◇「今井誉次郎童話集子どもの村 〔2〕」国土社 1957 p76

殺生石
◇「松谷みよ子のむかしむかし 8」講談社 1973 p75

セツジンキ物語
　◇「石森延男児童文学全集 4」学習研究社 1971 p152
せっせっせ
　◇「阪田寛夫全詩集」理論社 2011 p382
　◇「阪田寛夫全詩集」理論社 2011 p491
せっせっせアッサイ
　◇「阪田寛夫全詩集」理論社 2011 p175
雪線
　◇「巽聖歌作品集 下」巽聖歌作品集刊行委員会 1977 p285
ぜったいええにおいのはず
　◇「こども用三代目魚武濱田成夫詩集ZK」学習研究社 2002 p22
「絶対に」は否定の副詞
　◇「阪田寛夫全詩集」理論社 2011 p148
接待役
　◇「瑠璃の壺―森銑三童話集」二樹書房 1982 p160
雪隠詰
　◇「海野十三全集 別巻1」三一書房 1991 p356
Z旗
　◇「〔北原〕白秋全童謡集 4」岩波書店 1993 p330
切腹浪人
　◇「川崎大治民話選 〔1〕」童心社 1968 p216
せつぶん
　◇「〔東君平〕ひとくち童話 1」フレーベル館 1995 p60
　◇「〔東君平〕ひとくち童話 3」フレーベル館 1995 p26
節分
　◇「〔山田野理夫〕お笑い文庫 1」太平出版社 1977（母と子の図書室）p19
節分と民話
　◇「松谷みよ子全エッセイ 2」筑摩書房 1989 p227
節分の夜
　◇「〔かこさとし〕お話こんにちは 〔11〕」偕成社 1980 p24
節分の夜
　◇「りらりらりらわたしの絵本―富永佳与子こどものうた作品集」国土社 1994 p70
節分の夜
　◇「いのち―みずかみかずよ全詩集」石風社 1995 p247
　◇「いのち―みずかみかずよ全詩集」石風社 1995 p272
接吻（ロダンの彫刻）（二首）
　◇「稗田菫平全集 4」宝文館出版 1980 p35
ぜっぺき
　◇「小出正吾児童文学全集 2」審美社 2000 p249
絶望のつなり
　◇「やなせたかし童謡詩集 〔1〕」フレーベル館 2000 p12
雪魔
　◇「海野十三全集 12」三一書房 1990 p5
節約はクサイ
　◇「椋鳩十の本 15」理論社 1982 p58
摂理
　◇「佐藤義美全集 1」佐藤義美全集刊行会 1974 p32
瀬戸内の小魚たち
　◇「壺井栄全集 11」文泉堂出版 1998 p324
瀬戸で
　◇「石森延男児童文学全集 15」学習研究社 1971 p36
セトとイークとアージャーと
　◇「〔東風琴子〕童話集 1」ストーク 2002 p115
せとないかい
　◇「佐藤義美全集 1」佐藤義美全集刊行会 1974 p430
瀬戸の雨
　◇「新装版金子みすゞ全集 1」JULA出版局 1984 p43
　◇「金子みすゞ童謡全集 1」JULA出版局 2003 p66
瀬戸のかじこ
　◇「来栖良夫児童文学全集 6」岩崎書店 1983 p5
背戸畑
　◇「巽聖歌作品集 上」巽聖歌作品集刊行委員会 1977 p373
〔せなうち痛み息熱く〕
　◇「新修宮沢賢治全集 6」筑摩書房 1980 p303
　◇「新修宮沢賢治全集 6」筑摩書房 1980 p440
せなかあぶり
　◇「松谷みよ子のむかしむかし 1」講談社 1973 p65
せなか時計にうで時計
　◇「筒井敬介童話全集 4」フレーベル館 1983 p191
背中の音
　◇「星新一YAセレクション 8」理論社 2009 p70
せなかの さかみち
　◇「阪田寛夫全詩集」理論社 2011 p370
背中のやつ
　◇「星新一YAセレクション 9」理論社 2009 p16
背中パチパチ
　◇「〔黒川良人〕犬の詩猫の詩―児童詩集」東洋出版 2000 p115
セナという鬼のしくじり
　◇「花岡大学 続・仏典童話全集 1」法藏館 1981 p44
銭
　◇「新美南吉全集 5」牧書店 1965 p267
　◇「校定新美南吉全集 3」大日本図書 1980 p328
銭形平次
　◇「〔坪井安〕はしれ子馬よ―童謡詩集」童謡研究・蜂の会 1999 p72

せにこ

銭五百貫
　◇「瑠璃の壺―森銑三童話集」三樹書房 1982 p264
銭になった鹿
　◇「二反長半作品集 3」集英社 1979 p164
銭の音
　◇〔山田野理夫〕おばけ文庫 7」太平出版社 1976
　　（母と子の図書室）p16
銭のねうち
　◇「椋鳩十全集 12」ポプラ社 1970 p174
　◇「椋鳩十の本 15」理論社 1982 p211
銭坊
　◇「校定新美南吉全集 2」大日本図書 1980 p383
　◇「新美南吉童話集 1」大日本図書 1982 p15
　◇「新美南吉童話大全」講談社 1989 p151
　◇「新美南吉童話集 1」大日本図書 2012 p15
背の荷物
　◇〔巌谷〕小波お伽全集 14」本の友社 1998 p309
せのび
　◇「いのち―みずかみかずよ全詩集」石風社 1995
　　p135
背の低いとがった男
　◇「定本小川未明童話全集 5」講談社 1977 p61
　◇「定本小川未明童話全集 5」大空社 2001 p61
ぜひ
　◇「やなせたかし童謡詩集 〔3〕」フレーベル館
　　2001 p96
施肥表 A
　◇「新修宮沢賢治全集 15」筑摩書房 1980 p520
施肥表 B
　◇「新修宮沢賢治全集 15」筑摩書房 1980 p521
背振山にしゃくなげのないわけ
　◇「松谷みよ子のむかしむかし 8」講談社 1973 p10
背骨曲り
　◇〔北原〕白秋全童謡集 1」岩波書店 1992 p200
せまい道
　◇「杉みき子選集 3」新潟日報事業社 2006 p53
狭き門
　◇「椋鳩十全集 12」ポプラ社 1970 p15
　◇「椋鳩十の本 15」理論社 1982 p18
せみ
　◇「〔巌谷〕小波お伽全集 7」本の友社 1998 p384
せみ
　◇「定本小川未明童話集 8」大空社 2001 p68
せみ
　◇「杉みき子選集 2」新潟日報事業社 2005 p46
せみ
　◇「まど・みちお全詩集 続」理論社 2015 p416
セミ
　◇「〔東君平〕おはようどうわ 4」講談社 1982 p150
セミ

　◇「まど・みちお詩集 2」銀河社 1975 p28
　◇「まど・みちお全詩集」理論社 1992 p375
　◇「まど・みちお全詩集」理論社 1992 p439
　◇「まどさんの詩の本 3」理論社 1994 p34
　◇「まどさんの詩の本 3」理論社 1994 p38
詩セミ
　◇「椋鳩十動物童話集 4」小峰書店 1990 p74
セミ
　◇「椋鳩十の本 23」理論社 1983 p228
蟬
　◇「まど・みちお全詩集 続」理論社 2015 p147
せみを鳴かせて
　◇「巽聖歌作品集 上」巽聖歌作品集刊行委員会
　　1977 p315
　◇「巽聖歌作品集 上」巽聖歌作品集刊行委員会
　　1977 p319
蟬を鳴かせて
　◇「巽聖歌作品集 上」巽聖歌作品集刊行委員会
　　1977 p173
セミおりの笛
　◇「稗田菫平全集 5」宝文館出版 1980 p128
せみが ほっぺに とまった
　◇「佐藤義美全集 1」佐藤義美全集刊行会 1974
　　p293
　◇「ともだちシンフォニー――佐藤義美童謡集」JULA
　　出版局 1990 p44
せみが よんだ
　◇「まど・みちお全詩集」理論社 1992 p590
　◇「まどさんの詩の本 3」理論社 1994 p36
セミごっこ（みじかいおしばい）
　◇「斎田喬幼年劇全集 1」誠文堂新光社 1962 p467
蟬しぐれ
　◇「新装版金子みすゞ全集 3」JULA出版局 1984
　　p38
　◇「金子みすゞ童謡全集 5」JULA出版局 2004 p56
せみ（生活劇）
　◇「斎田喬幼年劇全集 1」誠文堂新光社 1962 p517
セミたち
　◇「〔東君平〕おはようどうわ 1」講談社 1982 p116
　◇「東君平のおはようどうわ 5」新日本出版社 2010
　　p53
せみと正ちゃん
　◇「定本小川未明童話全集 9」講談社 1977 p245
　◇「定本小川未明童話全集 9」大空社 2001 p245
せみとぬけがら
　◇「三木卓童話作品集 3」大日本図書 2000 p176
「せみと蓮の花」
　◇「松谷みよ子全エッセイ 3」筑摩書房 1989 p136
せみとり
　◇「今井誉次郎童話集子どもの村 〔2〕」国土社 1957
　　p95

せみとり
◇「いのち―みずかみかずよ全詩集」石風社 1995 p193

せみになったきりぎりす
◇「ネーとなかま―小笹正子の童話集」七つ森書館 2006 p79

せみのうた
◇「佐藤義美童謡集」さ・え・ら書房 1960 p146
◇「佐藤義美全集 1」佐藤義美全集刊行会 1974 p204
◇「ともだちシンフォニー――佐藤義美童謡集」JULA出版局 1990 p56

せみのうた
◇「浜田広介全集 2」集英社 1975 p235

蟬の歌
◇「〔巌谷〕小波お伽全集 3」本の友社 1998 p396

蟬のおべべ
◇「新装版金子みすゞ全集 1」JULA出版局 1984 p173
◇「金子みすゞ童謡全集 2」JULA出版局 2003 p116

せみのおんがくかい（よびかけ）
◇「斎田喬幼年劇全集 1」誠文堂新光社 1962 p515

蟬のから
◇「浜田広介全集 11」集英社 1976 p14

セミの声
◇「佐藤義美全集 5」佐藤義美全集刊行会 1973 p201

蟬の声
◇「まど・みちお全詩集 続」理論社 2015 p408

せみの子守うた
◇「〔島崎〕藤村の童話 3」筑摩書房 1979 p133

せみの送別会
◇「〔島崎〕藤村の童話 4」筑摩書房 1979 p20

蟬のてつかぶと
◇「浜田広介全集 4」集英社 1976 p163

セミのなきがら
◇「〔吉田享子〕おしゃべりな星―少年少女詩集」らくだ出版 2001 p43

せみのぬけがら
◇「土田耕平童話集」信濃毎日新聞社 1949 p142

蟬のぬけがら
◇「土田耕平童話集 〔2〕」古今書院 1955 p26

せみの羽織
◇「〔島崎〕藤村の童話 3」筑摩書房 1979 p131

せむしの子
◇「西條八十童謡全集」修道社 1971 p276

ゼメリイの馬鹿
◇「鈴木三重吉童話全集 1」文泉堂書店 1975（日本文学全集・選集叢刊第5次）p78

セーラークルーに出会った夏
◇「安房直子コレクション 7」偕成社 2004 p241

セーラー服と機関銃
◇「赤川次郎ミステリーコレクション 3」岩崎書店 2002 p7

芹々牛蒡（せりせりごんぼ）
◇「壺井栄全集 9」文泉堂出版 1997 p318
◇「壺井栄全集 10」文泉堂出版 1998 p239

セリ摘みの頃
◇「松谷みよ子全エッセイ 1」筑摩書房 1989 p47

セルゲ・ポリアコフ「無題」
◇「まど・みちお全詩集 続」理論社 2015 p453

セルロイド人形を売る少年
◇「おの・ちゅうこう初期作品集 〔2〕 日本の教室は明るい」崙書房 1975 p18

セレナーデ 恋歌
◇「新修宮沢賢治全集 6」筑摩書房 1980 p212
◇「新修宮沢賢治全集 6」筑摩書房 1980 p422

ゼロ
◇「石森延男児童文学全集 11」学習研究社 1971 p176

セロひきのゴーシュ
◇「新版・宮沢賢治童話全集 8」岩崎書店 1978 p19
◇「宮沢賢治童話集 1」講談社 1985（講談社青い鳥文庫）p174
◇「宮沢賢治童話集」世界文化社 2004（心に残るロングセラー）p148
◇「宮沢賢治のおはなし 9」岩崎書店 2005 p1
◇「宮沢賢治童話集珠玉選 〔4〕」講談社 2009 p7

セロ弾きのゴーシュ
◇「新修宮沢賢治全集 12」筑摩書房 1980 p233
◇「〔宮沢〕賢治童話」翔泳社 1995 p531
◇「ジュニア文学館 宮沢賢治―写真・絵画集成 2」日本図書センター 1996 p235
◇「よくわかる宮沢賢治―イーハトーブ・ロマン II」学習研究社 1996 p356
◇「猫の事務所―宮沢賢治童話選」シグロ 1999 p39
◇「学校放送劇舞台劇脚本集 宮沢賢治名作童話」東洋館出版 2008 p33
◇「宮沢賢治20選」春陽堂書店 2008（名作童話）p281

セロ弾きのゴーシュ（人形劇）（宮沢賢治作, 森田博脚色）
◇「宮沢賢治童話劇集 2」東京書籍 1981（東書児童劇シリーズ）p85

セロ弾きのゴーシュの家
◇「巽聖歌作品集 上」巽聖歌作品集刊行委員会 1977 p533

セロ弾きのゴーシュ余話
◇「別役実童話集 〔4〕」三一書房 1979 p89

せわやき巡礼
◇「〔山田野理夫〕おばけ文庫 10」太平出版社 1976（母と子の図書室）p39

せんい

千一夜物語の物語
　◇「平塚武二童話全集 6」童心社 1972 p140
善意と明るさと
　◇「佐藤義美全集 6」佐藤義美全集刊行会 1974 p445
戦艦ポチョムキン
　◇「今江祥智の本 19」理論社 1981 p166
　◇「今江祥智童話館 〔10〕」理論社 1987 p36
　◇「今江祥智ショートファンタジー 5」理論社 2005 p155
前鬼後鬼
　◇〔山田野理夫〕おばけ文庫 2」太平出版社 1976（母と子の図書室）p85
善鬼呪禁
　◇「新修宮沢賢治全集 3」筑摩書房 1979 p169
　◇「新修宮沢賢治全集 3」筑摩書房 1979 p373
仙吉じいさんの話
　◇「岡本良雄童話文学全集 2」講談社 1964 p39
善諧駅
　◇「瑠璃の壺―森銑三童話集」三樹書房 1982 p158
一九五〇年の殺人
　◇「海野十三全集 5」三一書房 1989 p5
一九三一年度極東ビヂテリアン大会見聞録
　◇「新修宮沢賢治全集 10」筑摩書房 1979 p310
（一九二九年二月）
　◇「新修宮沢賢治全集 5」筑摩書房 1979 p278
選挙
　◇「新修宮沢賢治全集 6」筑摩書房 1980 p59
　◇「新修宮沢賢治全集 6」筑摩書房 1980 p362
仙境
　◇「椋鳩十の本 3」理論社 1982 p86
せんきょゼミ
　◇「阪田寛夫全詩集」理論社 2011 p317
（鮮魚の）
　◇「稗田童平全集 8」宝文館出版 1982 p125
浅間さまの話
　◇〔今坂柳二〕りゅうじフォークロア・world 3」ふるさと伝承研究会 2007 p68
千軒岳
　◇「石森延男児童文学全集 13」学習研究社 1971 p5
善光寺のおつかいの牛
　◇〔西本鶏介〕日本の昔話―読みきかせお話集 1」小学館 1999 p84
せんこうそば
　◇〔木暮正夫〕日本のおばけ話・わらい話 6」岩崎書店 1986 p42
センコウハナビ
　◇「まど・みちお全詩集 続」理論社 2015 p182
線香花火
　◇「壺井栄全集 11」文泉堂出版 1998 p65

線香花火
　◇「新美南吉全集 6」牧書店 1965 p271
　◇「校定新美南吉全集 8」大日本図書 1981 p238
線香花火
　◇「花岡大学童話文学全集 6」法蔵館 1980 p99
線香花火
　◇「いのち―みずかみかずよ全詩集」石風社 1995 p148
全国怪談めぐり西日本編 佐賀の化け猫
　◇〔木暮正夫〕日本の怪奇ばなし 10」岩崎書店 1990
全国怪談めぐり東日本編 安達が原の鬼ばば
　◇〔木暮正夫〕日本の怪奇ばなし 9」岩崎書店 1990
千石田長者
　◇「松谷みよ子のむかしむかし 10」講談社 1973 p47
千石なりの豆の木
　◇「稗田童平全集 5」宝文館出版 1980 p121
戦国のみなし子たち
　◇「久保喬自選作品集 3」みどりの会 1994 p241
仙石原の七月
　◇「佐藤さとるファンタジー全集 13」講談社 1983 p286
　◇「佐藤さとるファンタジー全集 13」講談社, 復刊ドットコム（発売）2011 p286
戦国武士
　◇「全集古田足日子どもの本 11」童心社 1993 p195
全国モーターボート競走会連合会会歌
　◇「佐藤義美全集 1」佐藤義美全集刊行会 1974 p459
善根鈍根
　◇「佐々木邦全集 補巻5」講談社 1975 p240
戦災児
　◇「壺井栄全集 9」文泉堂出版 1997 p328
仙崎八景
　◇「新装版金子みすゞ全集 3」JULA出版局 1984 p175
戦士の休息
　◇「今江祥智の本 36」理論社 1990 p31
千字文
　◇「瑠璃の壺―森銑三童話集」三樹書房 1982 p163
前車の轉覆（獅子の病気と狐）
　◇〔巌谷〕小波お伽全集 14」本の友社 1998 p105
全集
　◇「全集版灰谷健次郎の本 22」理論社 1988 p200
千手観音
　◇「川崎大治民話選 〔1〕」童心社 1968 p76
仙術修行
　◇「瑠璃の壺―森銑三童話集」三樹書房 1982 p144
　◇「瑠璃の壺―森銑三童話集」三樹書房 1982 p367

〔船首マストの上に来て〕
　◇「新修宮沢賢治全集 7」筑摩書房 1980 p277
浅春感傷
　◇「校定新美南吉全集 8」大日本図書 1981 p138
戦場が火
　◇「〔山田野理夫〕おばけ文庫 6」太平出版社 1976（母と子の図書室）p132
せん女ヶ池の二つの物語
　◇「〔今坂柳二〕りゅうじフォークロア・world 6」ふるさと伝承研究会 2012 p103
戦時旅行鞄―金博士シリーズ・6
　◇「海野十三全集 10」三一書房 1991 p69
鮮人鼓して過ぐ
　◇「新修宮沢賢治全集 7」筑摩書房 1980 p250
せんすいてい　ごっこ
　◇「〔かこさとし〕お話こんにちは 〔6〕」偕成社 1979 p80
潜水飛行艇飛魚号（一）
　◇「海野十三全集 別巻2」三一書房 1993 p541
潜水飛行艇飛魚号（二）
　◇「海野十三全集 別巻2」三一書房 1993 p553
善助が村にやってきた
　◇「佐藤ふさゑの本 1」てらいんく 2011 p5
善助の家
　◇「佐藤ふさゑの本 1」てらいんく 2011 p127
せんすと　うちわ
　◇「平塚武二童話全集 1」童心社 1972 p111
先生
　◇「〔北原〕白秋全童謡集 1」岩波書店 1992 p314
先生
　◇「庄野英二全集 11」偕成社 1980 p307
先生
　◇「全集古田足日子どもの本 5」童心社 1993 p473
先生
　◇「まど・みちお詩集 3」銀河社 1975 p40
　◇「まど・みちお全詩集」理論社 1992 p483
　◇「まどさんの詩の本 12」理論社 1997 p90
センセイ　キノコ
　◇「今井誉次郎童話集子どもの村 〔3〕」国土社 1957 p112
せんせいけらいになれ
　◇「全集版灰谷健次郎の本 15」理論社 1988 p7
先生志願
　◇「奥田継夫ベストコレクション 7」ポプラ社 2002 p5
せん生とくま
　◇「浜田広介全集 3」集英社 1975 p46
全盛と衰亡
　◇「戸川幸夫動物文学全集 15」講談社 1977 p212
せんせいと　なかよし
　◇「今井誉次郎童話集子どもの村 〔2〕」国土社 1957 p99
先生と父兄の みなさんへ〔よいこの童話 三年生〕
　◇「佐藤義美全集 3」佐藤義美全集刊行会 1973 p233
せんせいについて
　◇「阪田寛夫全詩集」理論社 2011 p114
（先生の）
　◇「稗田童平全集 8」宝文館出版 1982 p110
（先生のインドの）
　◇「稗田童平全集 8」宝文館出版 1982 p83
（先生の絵を）
　◇「稗田童平全集 8」宝文館出版 1982 p83
（先生の絵の）
　◇「稗田童平全集 8」宝文館出版 1982 p84
先生のおくりもの
　◇「あまんきみこセレクション 5」三省堂 2009 p72
先生のおみやげ
　◇「岡本良雄童話文学全集 2」講談社 1964 p123
先生の顔
　◇「春―〔竹久〕夢二童話集」ノーベル書房 1977 p91
せんせいのこ
　◇「新美南吉全集 1」牧書店 1965 p105
　◇「新美南吉童話集 1」大日本図書 1982 p123
　◇「新美南吉童話大全」講談社 1989 p312
　◇「新美南吉童話集 1」大日本図書 2012 p123
センセイノ　コ
　◇「校定新美南吉全集 4」大日本図書 1980 p228
先生の写真
　◇「宮口しづえ児童文学集 5」小峰書店 1969 p210
　◇「宮口しづえ童話全集 8」筑摩書房 1979 p57
先生の肖像二つ
　◇「浜田広介全集 12」集英社 1976 p222
先生の手
　◇「石森延男児童文学全集 5」学習研究社 1971 p134
先生ばんざい
　◇「岡本良雄童話文学全集 2」講談社 1964 p94
先生はなぜ
　◇「阪田寛夫全詩集」理論社 2011 p540
先生んとこ
　◇「〔北原〕白秋全童謡集 4」岩波書店 1993 p188
前世占い
　◇「くんぺい魔法ばなし―魔法ばなし全集 2」サンリオ 2000 p162
"戦争をどう教えるか"論
　◇「全集古田足日子どもの本 7」童心社 1993 p388
せんさうごつこ

せんそ

◇「かもめの水兵さん―武内俊子伝記と作品集」講談社出版サービスセンター 1977 p172

戦争と子供と児童文化と
◇「今江祥智の本 36」理論社 1990 p287

戦争と人間のいのち
◇「来栖良夫児童文学全集 10」岩崎書店 1983 p1

戦争のくれた赤ん坊
◇「壺井栄全集 3」文泉堂出版 1997 p73

戦争のない時代を！
◇「ジュニア版吉野源三郎全集 2」ポプラ社 1967 p179

戦争のない時代を！―現代の戦争について―朝鮮戦争の最中に
◇「吉野源三郎全集 3」ポプラ社 2000 p94

戦争の話
◇「〔島崎〕藤村の童話 1」筑摩書房 1979 p155
◇「〔島崎〕藤村の童話 1」筑摩書房 1979 p157

戦争，また戦争のなかで
◇「〔木暮正夫〕日本の怪奇ばなし 8」岩崎書店 1990 p79

戦争はしたくない
◇「佐藤義美全集 6」佐藤義美全集刊行会 1974 p421

戦争はぼくをおとなにした
◇「定本小川未明童話全集 13」講談社 1977 p332
◇「定本小川未明童話全集 13」大空社 2002 p332

先祖伝来の槍
◇「今井誉次郎童話集子どもの村〔5〕」国土社 1957 p100

千艘万艘のおじさん
◇「定本壺井栄児童文学全集 3」講談社 1979 p169
◇「壺井栄全集 10」文泉堂出版 1998 p392

川内の綱引き
◇「椋鳩十の本 21」理論社 1982 p226

仙台の宿
◇「〔島崎〕藤村の童話 4」筑摩書房 1979 p135

川内幼稚園
◇「与謝野晶子児童文学全集 6」春陽堂店 2007 p168

洗濯
◇「巽聖歌作品集 上」巽聖歌作品集刊行委員会 1977 p223

せんたくき
◇「こやま峰子詩集〔2〕」朔北社 2003 p26

せんたくきのおうえんか
◇「旅だち―内藤哲彦児童文学作品集」境文化研究所 2007 p150

せんたくの せかいせんしゅ
◇「平塚武二童話全集 2」童心社 1972 p121

せんたくばさみ
◇「まど・みちお全詩集 続」理論社 2015 p81

せんたくやとがちょうさん
◇「村山籌子作品集 1」JULA出版局 1997 p73

せんたくやの, ろ馬
◇「鈴木三重吉童話全集 2」文泉堂書店 1975（日本文学全集・選集叢刊第5次）p56

善太と汽車
◇「坪田譲治自選童話集」実業之日本社 1971 p20
◇「坪田譲治童話全集 1」岩崎書店 1986 p17

善太と三平
◇「坪田譲治幼年童話文学全集 3」集英社 1965 p7
◇「坪田譲治自選童話集」実業之日本社 1971 p271
◇「坪田譲治童話全集 4」岩崎書店 1986 p63

善太の四季
◇「坪田譲治童話全集 4」岩崎書店 1986 p217

善太の 手がみ
◇「坪田譲治幼年童話文学全集 3」集英社 1965 p25

善太の手紙
◇「坪田譲治童話全集 3」岩崎書店 1986 p153

善太漂流記
◇「坪田譲治童話全集 3」岩崎書店 1986 p5

善玉悪玉
◇「〔巌谷〕小波お伽全集 11」本の友社 1998 p339

仙太郎大工自慢ばなし
◇「斎藤隆介全集 8」岩崎書店 1982 p17

せんだん
◇「校定新美南吉全集 別巻2」大日本図書 1983 p9

センダングサ
◇「〔東君平〕おはようどうわ 3」講談社 1982 p180
◇「東君平のおはようどうわ 3」新日本出版社 2010 p62

栴檀の花
◇「巽聖歌作品集 上」巽聖歌作品集刊行委員会 1977 p440

ゼンちゃんの花
◇「今西祐行全集 4」偕成社 1987 p223

船長さん
◇「サトウハチロー童謡集」弥生書房 1977 p74

船長さんと鳩
◇「浜田広介全集 5」集英社 1976 p104

船長の冒険
◇「鈴木三重吉童話全集 6」文泉堂書店 1975（日本文学全集・選集叢刊第5次）p222

剪定鋏
◇「壺井栄全集 2」文泉堂書店 1997 p101

船頭さん, だいじょうぶかい
◇「〔柳家弁天〕らくご文庫 1」太平社書店 1987 p74

セント・クレメンツの鐘
◇「〔北原〕白秋全童謡集 1」岩波書店 1992 p135

せんめ

船頭(せんど)の子
  ◇「西條八十童謡全集」修道社 1971 p133
セント・ヘレナの島
  ◇「〔島崎〕藤村の童話 1」筑摩書房 1979 p178
千富の一本松(林初江)
  ◇「北国翔子童話集 2」青森県児童文学研究会 2010 p17
せんと竜造
  ◇「戸川幸夫創作童話集 1」国土社 1972 p19
「センナじいとくま」覚え書き
  ◇「松谷みよ子全エッセイ 1」筑摩書房 1989 p221
千成りほおずき
  ◇「土田明子詩集 4」かど創房 1987 p22
千日酒
  ◇「瑠璃の壺─森銑三童話集」三樹書房 1982 p26
仙女と村の男
  ◇「岩永博史童話集 2」岩永博史 2005 p16
仙女のおくりもの─ペロー(フランス)のお話
  ◇「小出正吾児童文学全集 4」審美社 2001 p325
仙人
  ◇「齋藤孝のイッキによめる！小学生のための芥川龍之介」講談社 2009 p27
仙人
  ◇「新装版金子みすゞ全集 2」JULA出版局 1984 p224
  ◇「〔金子〕みすゞ詩画集〔3〕」春陽堂書店 2000
  ◇「金子みすゞ童謡全集 4」JULA出版局 2004 p116
仙人
  ◇「椋鳩十の本 1」理論社 1982 p235
善人
  ◇「佐々木邦全集 2」講談社 1974 p358
仙人「栖閣」の話
  ◇「室生犀星童話全集 3」創林社 1978 p90
仙人とサル
  ◇「浜田広介全集 8」集英社 1976 p168
仙人の家
  ◇「〔柳家弁天〕らくご文庫 9」太平出版 1987 p49
仙人の話
  ◇「松谷みよ子全集 12」講談社 1972 p154
仙人の指
  ◇「川崎大治民話選〔1〕」童心社 1968 p90
仙人松の願い
  ◇「みんな家族―他8編―あづましん児童文学短編集」愛生社 2001 p69
仙人寄席
  ◇「〔山田野理夫〕お笑い文庫 11」太平出版社 1977 (母と子の図書室) p110
千年生きた目一つ

  ◇「〔北畠八穂〕児童文学全集 2」講談社 1974 p191
千年後の世界
  ◇「海野十三全集 7」三一書房 1990 p447
せんねん まんねん
  ◇「まど・みちお全詩集」理論社 1992 p375
  ◇「まどさんの詩の本 10」理論社 1996 p60
千年萬年
  ◇「〔巖谷〕小波お伽全集 9」本の友社 1998 p105
専売公社のタバコ
  ◇「〔山田野理夫〕お笑い文庫 10」太平出版社 1977 (母と子の図書室) p140
先輩後輩─今西さんのこと
  ◇「佐藤さとるファンタジー全集 16」講談社 1983 p154
  ◇「佐藤さとるファンタジー全集 16」講談社, 復刊ドットコム(発売) 2011 p154
先輩にならって
  ◇「星新一YAセレクション 9」理論社 2009 p184
千羽づる
  ◇「小川未明幼年童話文学全集 7」集英社 1966 p97
千羽鶴
  ◇「定本小川未明童話全集 6」講談社 1977 p211
  ◇「定本小川未明童話全集 6」大空社 2001 p211
千びき おおかみ
  ◇「坪田譲治幼年童話文学全集 8」集英社 1965 p177
千びきおおかみと, かじやのばば
  ◇「〔木暮正夫〕日本のおばけ話・わらい話 19」岩崎書店 1988 p30
千匹猿
  ◇「〔北原〕白秋全童謡集 2」岩波書店 1992 p70
扇風器(せんぷうき)
  ◇「横山健童謡選集 2」無明舎出版 1995 p104
扇風機
  ◇「校定新美南吉全集 8」大日本図書 1981 p56
全部が俺で できている
  ◇「こども用三代目魚武濱田成夫詩集ZK」学習研究社 2002 p6
煎餅車
  ◇「〔巖谷〕小波お伽全集 3」本の友社 1998 p300
煎餅と子供
  ◇「まど・みちお全詩集」理論社 1992 p672
ぜんべじいさん
  ◇「石森延男児童文学全集 1」学習研究社 1971 p168
千本木川
  ◇「土田耕平童話集〔3〕」古今書院 1955 p33
せんめんきの魚
  ◇「〔かこさとし〕お話こんにちは〔7〕」偕成社 1979 p22

前夜の合唱
◇「氏原大作全集 1」条例出版 1977 p256
戦友
◇「定本小川未明童話全集 13」講談社 1977 p161
◇「定本小川未明童話全集 13」大空社 2002 p161
戦友
◇「長崎源之助全集 14」偕成社 1987 p63
千里眼物語
◇「カエルとお月さま――後藤楢根「作品集」」由布市教育委員会 2006 p63
せんりのくつ
◇「西本鶏介のむかしむかし」小学館 2003 p113
せんりのくつについて
◇「西本鶏介のむかしむかし」小学館 2003 p130
前略 鳥越信様
◇「今江祥智の本 36」理論社 1990 p231
川柳あかさたな
◇「阪田寛夫全詩集」理論社 2011 p233
川柳に生きる百歳 諸田つやの（千葉県）
◇「斎藤隆介全集 11」岩崎書店 1982 p21
川柳もどき――屁のカッパー
◇「まど・みちお全詩集 続」理論社 2015 p295
善良な市民同盟
◇「星新一YAセレクション 3」理論社 2008 p114
千りょうのミカン
◇「〔木暮正夫〕日本のおばけ話・わらい話 8」岩崎書店 1987 p63
千両箱の昼寝
◇「川崎大治民話選〔4〕」童心社 1975 p53
千両みかん（林家木久蔵編、岡本和明文）
◇「林家木久蔵の子ども落語 6」フレーベル館 1999 p76
千両役者
◇「花岡大学童話文学全集 5」法蔵館 1980 p107
〔線路づたひの 雲くらく〕
◇「新修宮沢賢治全集 7」筑摩書房 1980 p186
線路とみつばち
◇「岩永博史童話集 3」岩永博史 2012 p26
せんろの上を走らない電車
◇「こども用三代目魚武濱田成夫詩集ZK」学習研究社 2002 p12

【 そ 】

ザウ
◇「佐藤義美全集 1」佐藤義美全集刊行会 1974 p145

詩ゾウ
◇「椋鳩十動物童話集 2」小峰書店 1990 p38
ゾウ
◇「椋鳩十の本 23」理論社 1983 p230
象
◇「新装版金子みすゞ全集 2」JULA出版局 1984 p197
◇「みすゞさん――童謡詩人・金子みすゞの優しさ探しの旅 2」春陽堂書店 1998
◇「金子みすゞ童謡全集 4」JULA出版局 2004 p76
象
◇「西條八十童謡全集」修道社 1971 p105
象
◇「戸川幸夫動物文学全集 10」講談社 1977 p286
象
◇「新美南吉全集 6」牧書店 1965 p270
◇「校定新美南吉全集 8」大日本図書 1981 p334
ソウェト潜入記
◇「寺村輝夫全童話 8」理論社 2000 p383
僧園
◇「新修宮沢賢治全集 6」筑摩書房 1980 p267
◇「新修宮沢賢治全集 6」筑摩書房 1980 p431
象を撃つ
◇「戸川幸夫動物文学全集 12」講談社 1977 p141
喪家の狗
◇「富島健夫青春文学選集 4」集英社 1971 p185
さうか, わかつた
◇「〔北原〕白秋全童謡集 4」岩波書店 1993 p409
さうか, わかつた（別稿）
◇「〔北原〕白秋全童謡集 4」岩波書店 1993 p410
双眼鏡
◇「星新一ショートショートセレクション 9」理論社 2003 p117
雑木林
◇「椋鳩十全集 11」ポプラ社 1970 p180
◇「椋鳩十の本 29」理論社 1989 p135
雑木林にて
◇「おの・ちゅうこう初期作品集〔1〕 牧歌的風景」崙書房 1975 p136
ぞうきん
◇「まど・みちお詩集 4」銀河社 1974 p26
◇「まど・みちお全詩集」理論社 1992 p423
◇「まどさんの詩の本 4」理論社 1994 p86
ぞうきんとおとしだま
◇「〔木暮正夫〕日本のおばけ話・わらい話 15」岩崎書店 1987 p9
「装景手記」
◇「新修宮沢賢治全集 7」筑摩書房 1980 p165
装景手記
◇「新修宮沢賢治全集 7」筑摩書房 1980 p167

装景手記〔先駆形〕
　◇「新修宮沢賢治全集 7」筑摩書房 1980 p390
装景手記手帳
　◇「新修宮沢賢治全集 15」筑摩書房 1980 p279
「装景手記」ノート
　◇「新修宮沢賢治全集 15」筑摩書房 1980 p309
＜「装景手記ノート」より＞
　◇「新修宮沢賢治全集 7」筑摩書房 1980 p249
象牙色の月
　◇「椋鳩十の本 1」理論社 1982 p92
草原（そうげん）… → "くさはら…"をも見よ
草原
　◇「新装版金子みすゞ全集 1」JULA出版局 1984 p59
　◇「〔金子〕みすゞ詩画集 〔3〕」春陽堂書店 2000
　◇「金子みすゞ童謡全集 1」JULA出版局 2003 p94
草原
　◇「松谷みよ子全集 3」講談社 1971 p131
草原の鹿
　◇「山本瓔子詩集 I」新風舎 2003 p140
草原の夜
　◇「新装版金子みすゞ全集 2」JULA出版局 1984 p201
　◇「金子みすゞ童謡集」角川春樹事務所 1998（ハルキ文庫）p106
　◇「〔金子〕みすゞ詩画集 〔6〕」春陽堂書店 2001 p14
　◇「金子みすゞ童謡全集 4」JULA出版局 2004 p84
　◇「〔金子みすゞ〕花の詩集 1」JULA出版局 2004 p24
草原の別れ
　◇「阪田寛夫全詩集」理論社 2011 p58
倉庫
　◇「まど・みちお全詩集 続」理論社 2015 p325
創作オペラ「吉四六昇天」
　◇「阪田寛夫全詩集」理論社 2011 p650
創作童話への期待
　◇「佐藤義美全集 6」佐藤義美全集刊行会 1974 p453
創作の背景
　◇「屋根裏のピアノ―米島末次童話集」エディターハウス 2011 p39
対談「創作民話」をめぐって―民話と「創作民話」の文学的課題（古田足日，斎藤隆介）
　◇「斎藤隆介全集 2」岩崎書店 1982 p163
創作メモ
　◇「新修宮沢賢治全集 15」筑摩書房 1980 p404
ぞうさん
　◇「佐藤義美全集 4」佐藤義美全集刊行会 1974 p220

ぞうさん
　◇「まど・みちお詩集 〔1〕」すえもりブックス 1992 p18
　◇「まど・みちお全詩集」理論社 1992 p99
　◇「まどさんの詩の本 5」理論社 1994 p12
ザウサン キモノ
　◇「佐藤義美全集 1」佐藤義美全集刊行会 1974 p135
象さん 動物園所見
　◇「〔北原〕白秋全童謡集 3」岩波書店 1992 p379
ぞうさんに のれたら
　◇「さくらゆき―さとうじゅんこ童詩集」えんじゅの会 1997 p40
象サンノオ鼻
　◇「かもめの水兵さん―武内俊子伝記と作品集」講談社出版サービスセンター 1977 p177
ぞうさんのおもり
　◇「松谷みよ子全集 4」講談社 1972 p97
ぞうさんの きもの
　◇「佐藤義美童謡集」さ・え・ら書房 1960 p92
ぞうさん ののんと
　◇「稗田菫平全集 3」宝文館出版 1979 p31
ぞうさんのハナクソどこにあるの
　◇「全集灰谷健次郎の本 18」理論社 1987 p192
ぞうさんの め
　◇「〔斎藤信夫〕子ども心を友として―童謡詩集」成東町教育委員会 1996 p138
そうしき
　◇「まど・みちお全詩集 続」理論社 2015 p106
葬式
　◇「新美南吉全集 6」牧書店 1965 p10
　◇「校定新美南吉全集 8」大日本図書 1981 p461
相思樹
　◇「庄野英二全集 9」偕成社 1979 p91
相思樹の手
　◇「まど・みちお全詩集 続」理論社 2015 p330
そう七どんのべんとう
　◇「〔比江島重孝〕宮崎のむかし話 3」鉱脈社 2000 p254
そうじの後かたづけ
　◇「〔あらやゆきお〕創作童話 ざくろの詩」鳳書院 2012 p46
早春
　◇「新装版金子みすゞ全集 3」JULA出版局 1984 p250
　◇「〔金子〕みすゞ詩画集 〔4〕」春陽堂書店 2000 p50
　◇「金子みすゞ童謡全集 6」JULA出版局 2004 p168
早春
　◇「巽聖歌作品集 下」巽聖歌作品集刊行委員会

1977 p267
早春
　◇「中村雨紅詩謡集」中村雨紅詩謡集刊行委員会 1971 p166
早春
　◇「宮口しづえ児童文学集 4」小峰書店 1969 p146
早春
　◇「新修宮沢賢治全集 6」筑摩書房 1980 p86
　◇「新修宮沢賢治全集 6」筑摩書房 1980 p374
早春
　◇「椋鳩十の本 1」理論社 1982 p48
早春花（二首）
　◇「稗田童平全集 4」宝文館出版 1980 p17
早春独白
　◇「新修宮沢賢治全集 3」筑摩書房 1979 p32
　◇「新修宮沢賢治全集 3」筑摩書房 1979 p318
　◇「ジュニア文学館 宮沢賢治―写真・絵画集成 3」日本図書センター 1996 p109
早春の賦
　◇「校定新美南吉全集 8」大日本図書 1981 p139
早春のファンファーレ
　◇「いのち―みずかみかずよ全詩集」石風社 1995 p136
早春の道
　◇「新美南吉全集 6」牧書店 1965 p78
　◇「校定新美南吉全集 8」大日本図書 1981 p166
喪神
　◇「稗田童平全集 1」宝文館出版 1978 p33
増水
　◇「新版・宮沢賢治童話全集 12」岩崎書店 1979 p179
　◇「新修宮沢賢治全集 4」筑摩書房 1979 p21
　◇「新修宮沢賢治全集 4」筑摩書房 1979 p306
ぞうすいの神
　◇「〔比江島重孝〕宮崎のむかし話 3」鉱脈社 2000 p82
ぞうすいのやつ
　◇「〔柳家弁序〕らくご文庫 11」太平出版社 1987 p108
創成川
　◇「石森延男児童文学全集 11」学習研究社 1971 p298
創生記
　◇「新美南吉全集 6」牧書店 1965 p80
　◇「校定新美南吉全集 8」大日本図書 1981 p172
創生記―再び
　◇「校定新美南吉全集 8」大日本図書 1981 p228
蒼生の暦
　◇「氏原大作全集 3」条例出版 1976 p5
（漱石山房に）
　◇「稗田童平全集 8」宝文館出版 1982 p97
造船
　◇「〔北原〕白秋全童謡集 4」岩波書店 1993 p397
草々記
　◇「稗田童平全集 8」宝文館出版 1982 p48
想像のなか
　◇「星新一YAセレクション 1」理論社 2008 p85
想像力が事実をこえるとき
　◇「全集版灰谷健次郎の本 19」理論社 1987 p297
宗達おじさん
　◇「夢見る窓―冬村勇陽童話集」北雪新書 2004 p150
そうだ村の村長さん
　◇「阪田寛夫全詩集」理論社 2011 p233
装置の時代
　◇「星新一ショートショートセレクション 12」理論社 2003 p64
装置一一〇番
　◇「星新一ショートショートセレクション 6」理論社 2002 p76
早朝マラソン
　◇「赤川次郎ショートショートシリーズ 2」理論社 2009 p18
象使いのボスコ
　◇「戸川幸夫動物文学全集 5」冬樹社 1965 p105
　◇「戸川幸夫動物文学全集 9」講談社 1976 p218
ぞうとくじら
　◇「浜田広介全集 3」集英社 1975 p153
象と芥子人形
　◇「西條八十童謡全集」修道社 1971 p41
象と猿と鳥
　◇「椋鳩十の本 19」理論社 1982 p216
ぞうと さるの てがみ
　◇「佐藤義美全集 2」佐藤義美全集刊行会 1973 p293
　◇「佐藤義美全集 2」佐藤義美全集刊行会 1973 p304
象と旅人
　◇「土田耕平童話集 〔4〕」古今院 1955 p5
ゾウと とのさまがえる
　◇「稗田童平全集 3」宝文館出版 1979 p127
ぞうとねずみ
　◇「村山籌子作品集 3」JULA出版局 1998 p6
象と坊さまの話
　◇「谷口雅春童話集 2」日本教文社 1976 p82
象と豆
　◇「〔巌谷〕小波お伽全集 14」本の友社 1998 p249
ぞうとりんご
　◇「松谷みよ子全集 3」講談社 1971 p1
ぞうとは どのようなものか
　◇「花岡大学仏典童話全集 6」法蔵館 1979 p76

そうめ

遭難
　◇「星新一ショートショートセレクション 3」理論社 2002 p146

雑煮
　◇「庄野英二全集 11」偕成社 1980 p105

象の居るアパート
　◇「別役実童話集〔1〕」三一書房 1973 p18

ぞうの インディラ
　◇「〔高橋」〕春のニシン場—童謡詩集」けやき書房 2003 p20

ぞうの うた
　◇「佐藤義美全集 1」佐藤義美全集刊行会 1974 p353

ぞうのうた
　◇「稗田童平全集 3」宝文館出版 1979 p77

ぞうの エレちゃん
　◇「巽聖歌作品集 下」巽聖歌作品集刊行委員会 1977 p79

ぞうの王さま
　◇「戸川幸夫・動物ものがたり 11」金の星社 1979 p5

ぞうのおうち
　◇「佐藤義美全集 1」佐藤義美全集刊行会 1974 p305

象のお散歩 動物園所見
　◇「〔北原〕白秋全童謡集 3」岩波書店 1992 p380

ゾウのおしり
　◇「〔東君平〕おはようどうわ 2」講談社 1982 p50

ゾウのおふとん
　◇「立原えりかのファンタジーランド 16」青土社 1981 p7

象の子
　◇「〔北原〕白秋全童謡集 2」岩波書店 1992 p245
　◇「〔北原〕白秋全童謡集 2」岩波書店 1992 p255
　◇「〔北原〕白秋全童謡集 2」岩波書店 1992 p290

象の子
　◇「巽聖歌作品集 上」巽聖歌作品集刊行委員会 1977 p309

ゾウの子とチョコレート
　◇「稗田童平全集 8」宝文館出版 1982 p147

象の子の話
　◇「〔北原〕白秋全童謡集 2」岩波書店 1992 p251

ぞうの子ひょうの子
　◇「与田準一全集 1」大日本図書 1967 p116

ぞうの コラム
　◇「与田準一全集 3」大日本図書 1967 p95

象の子は
　◇「〔北原〕白秋全童謡集 2」岩波書店 1992 p401

ゾウの旅
　◇「椋鳩十全集 7」ポプラ社 1969 p60
　◇「椋鳩十動物童話集 9」小峰書店 1990 p79

ぞうのたまごのたまごやき
　◇「寺村輝夫童話全集 1」ポプラ社 1982 p5
　◇「〔寺村輝夫〕ぼくは王さま全1冊」理論社 1985 p15
　◇「寺村輝夫全童話 1」理論社 1996 p9
　◇「寺村輝夫の王さまシリーズ 1」理論社 1998 p7

ゾウのチョッキ
　◇「大石真児童文学全集 16」ポプラ社 1982 p129

ゾウのつくだに
　◇「〔柳家弁天〕らくご文庫 11」太平出版社 1987 p82

〔僧の妻面膨れたる〕
　◇「新修宮沢賢治全集 6」筑摩書房 1980 p49
　◇「新修宮沢賢治全集 6」筑摩書房 1980 p357

ぞうのバイちゃん
　◇「佐藤義美全集 3」佐藤義美全集刊行会 1973 p313
　◇「佐藤義美全集 5」佐藤義美全集刊行会 1973 p245

象の バイちゃん
　◇「佐藤義美全集 2」佐藤義美全集刊行会 1973 p349

象の 鼻
　◇「新装版金子みすゞ全集 3」JULA出版局 1984 p31
　◇「金子みすゞ童話全集 5」JULA出版局 2004 p48

象の 鼻
　◇「鈴木三重吉童話全集 3」文泉堂書店 1975（日本文学全集・選集叢刊第5次）p50

象の 鼻
　◇「巽聖歌作品集 上」巽聖歌作品集刊行委員会 1977 p61

象の 鼻
　◇「野口雨情童謡集」弥生書房 1993 p63

象の花子さん
　◇「壺井栄全集 10」文泉堂出版 1998 p445

ゾウのブランコ
　◇「大石真児童文学全集 16」ポプラ社 1982 p159

象のワンヤン
　◇「豊島与志雄童話全集 2」八雲書店 1948 p197

想夫恋
　◇「椋鳩十の本 21」理論社 1982 p172
　◇「椋鳩十の本 23」理論社 1983 p265

奏鳴的説明
　◇「新修宮沢賢治全集 3」筑摩書房 1979 p217
　◇「新修宮沢賢治全集 3」筑摩書房 1979 p394
　◇「ジュニア文学館 宮沢賢治—写真・絵画集成 3」日本図書センター 1996 p125

そうめん
　◇「壺井栄全集 11」文泉堂出版 1998 p320

そうめん流し

作品名から引ける日本児童文学個人全集案内　471

そうめ

そうめん
◇「そうめん流し―にのまえりょう童話集」新風舎 2002 p6

そうめんの大好きな…
◇「松谷みよ子全エッセイ 3」筑摩書房 1989 p44

相聞歌
◇「北彰介作品集 4」青森県児童文学研究会 1991 p53
◇「北彰介作品集 4」青森県児童文学研究会 1991 p54

(惣門の)
◇「稗田菫平全集 8」宝文館出版 1982 p126

宗谷〔一〕
◇「新修宮沢賢治全集 6」筑摩書房 1980 p272
◇「新修宮沢賢治全集 6」筑摩書房 1980 p433

宗谷〔二〕
◇「新修宮沢賢治全集 6」筑摩書房 1980 p274

宗谷挽歌
◇「新修宮沢賢治全集 2」筑摩書房 1979 p297

双用スキの発明
◇「今井誉次郎童話集子どもの村〔5〕」国土社 1957 p53

さうらんえ
◇「〔北原〕白秋全童謡集 2」岩波書店 1992 p399

ぞうり
◇「椋鳩十の本 15」理論社 1982 p156

ぞうり かくし
◇「〔かこさとし〕お話こんにちは〔7〕」偕成社 1979 p72

創立40周年を祝う会
◇「北国翔子童話集 2」青森県児童文学研究会 2010 p42

ぞうりとり
◇「〔山田野理夫〕お笑い文庫 1」太平出版社 1977 (母と子の図書室) p98

草履虫
◇「中村雨紅詩謡集」中村雨紅詩謡集刊行委員会 1971 p59

葬列の琴
◇「稗田菫平全集 2」宝文館出版 1979 p27

葬列(四首)
◇「稗田菫平全集 4」宝文館出版 1980 p75

挿話
◇「那須辰造著作集 1」講談社 1980 p134

ぞうは こまった
◇「まど・みちお全詩集」理論社 1992 p328
◇「まどさんの詩の本 7」理論社 1996 p42

挿話集
◇「椋鳩十の本 1」理論社 1982 p232

ゾウ1
◇「まど・みちお全詩集」理論社 1992 p94

ゾウ2
◇「まど・みちお全詩集」理論社 1992 p94

副島種臣
◇「〔かこさとし〕お話こんにちは〔6〕」偕成社 1979 p54

疎開の村
◇「与田凖一全集 2」大日本図書 1967 p76

曾我兄弟
◇「〔巌谷〕小波お伽全集 7」本の友社 1998 p300

曾我物語
◇「氏原大作全集 4」条例出版 1977 p170

続鮎吉, 船吉, 春吉
◇「室生犀星童話全集 1」創林社 1978 p195

「そくい」と「そろばん」
◇「平塚武二童話全集 2」童心社 1972 p56

続職人衆昔ばなし
◇「斎藤隆介全集 9」岩崎書店 1982 p5

即身仏
◇「〔たかしよいち〕世界むかしむかし探検 2」国土社 1994 p100

続赤蝸房(せっかぼう)付近
◇「庄野英二全集 9」偕成社 1979 p200

「続々・人と作品」
◇「稗田菫平全集 7」宝文館出版 1981 p100

続父母の記
◇「千葉省三童話全集 6」岩崎書店 1968 p249

俗中之雅
◇「椋鳩十の本 28」理論社 1989 p176

速度
◇「佐藤義美全集 1」佐藤義美全集刊行会 1974 p35

賊の洞穴
◇「坪田譲治童話全集 5」岩崎書店 1986 p37

「続・人と作品」
◇「稗田菫平全集 6」宝文館出版 1981 p154

「続北方の詩」高島高著
◇「稗田菫平全集 6」宝文館出版 1981 p138

続 未来少年(高木彬光作)
◇「海野十三全集 別巻2」三一書房 1993 p353

遡江艦隊
◇「〔北原〕白秋全童謡集 3」岩波書店 1992 p29

祖国復帰を祈る 伊波エミ(沖縄県)
◇「斎藤隆介全集 11」岩崎書店 1982 p159

そこそこ入道
◇「〔比江島重孝〕宮崎のむかし話 3」鉱脈社 2000 p78

そこつのかさうり
◇「〔木暮正夫〕日本のおばけ話・わらい話 6」岩崎書店 1986 p7

粗忽の釘(林家木久蔵編, 岡本和明文)
◇「林家木久蔵の子ども落語 5」フレーベル館 1999

p36
粗忽の使者（林家木久蔵編, 岡本和明文）
◇「林家木久蔵の子ども落語 1」フレーベル館 1998 p116
底なし谷のカモシカ
◇「椋鳩十全集 6」ポプラ社 1969 p6
◇「椋鳩十の本 11」理論社 1983 p59
◇「椋鳩十学年別童話 〔11〕」理論社 1995 p28
◇「椋鳩十まるごと動物ものがたり 8」理論社 1996 p63
◇「椋鳩十名作選 5」理論社 2014 p54
底なしの沼
◇「星新一ショートショートセレクション 6」理論社 2002 p114
底なしの弁天池
◇〔今坂柳二〕りゅうじフォークロア・world 6」ふるさと伝承研究会 2012 p131
そこなしひしゃくののこのこざえもん
◇〔木暮正夫〕日本のおばけ話・わらい話 12」岩崎書店 1987 p22
そこなし森の話
◇「佐藤さとる全集 8」講談社 1973 p195
◇「佐藤さとるファンタジー全集 6」講談社 1982 p5
◇「佐藤さとるファンタジー全集 6」講談社, 復刊ドットコム（発売）2010 p5
そこにある木たち
◇「杉みき子選集 5」新潟日報事業社 2008 p77
底にあるもの
◇「椋鳩十の本 24」理論社 1983 p153
そこにがんで
◇「校定新美南吉全集 8」大日本図書 1981 p156
そこにかがんで
◇「新美南吉全集 6」牧書店 1965 p61
そこぬけのつぼ
◇「寺村輝夫のむかし話 〔5〕」あかね書房 1978 p76
そこまで秋がきてるんだ
◇〔坪井安〕はしれ子馬よ―童謡詩集」童謡研究・蜂の会 1999 p154
そこらをかぎかぎ
◇「浜田広介全集 4」集英社 1976 p22
そこは違うごつ
◇「松谷みよ子全エッセイ 3」筑摩書房 1989 p147
組織
◇「星新一YAセレクション 4」理論社 2009 p60
そしきばいよう
◇「まど・みちお詩集 3」銀河社 1975 p12
◇「まど・みち全詩集」理論社 1992 p484
◇「まどさんの詩の本 8」理論社 1996 p14
そしてそしてお父さんそれからどうしたの

◇「かとうむつこ童話集 2」東京図書出版会, リフレ出版（発売）2004 p37
そして、だれも…
◇〔星新一〕おーいでてこーい―ショートショート傑作選」講談社 2004（講談社青い鳥文庫）p129
◇「星新一ちょっと長めのショートショート 7」理論社 2006 p49
そしてだれもいなくなった…
◇「今江祥智の本 14」理論社 1980 p106
◇「今江祥智童話館 〔16〕」理論社 1987 p57
そして若者たちはいなくなった
◇「ろくでなしという名のボーリー―もとさこみつ短編童話集」早稲田童話塾 2012 p167
〔そしてわたくしはまもなく死ぬのだらう〕
◇「新修宮沢賢治全集 5」筑摩書房 1979 p277
蘇軾
◇〔かこさとし〕お話こんにちは 〔9〕」偕成社 1979 p86
ソースなんてこわくない
◇「松谷みよ子全集 10」講談社 1972 p9
蘇生鶏
◇〔巌谷〕小波お伽全集 11」本の友社 1998 p355
そせん
◇〔橘かおる〕考える童話シリーズ短篇集 1」新風舎 1996 p38
祖先
◇「巽聖歌作品集 上」巽聖歌作品集刊行委員会 1977 p177
祖先からのこよなき賜物
◇「松谷みよ子全エッセイ 2」筑摩書房 1989 p17
祖先の声
◇「氏原大作全集 2」条例出版 1977 p195
そそっかしい相手
◇「星新一ショートショートセレクション 5」理論社 2002 p69
そそっかしい思い出
◇「壺井栄全集 11」文泉堂出版 1998 p310
軽卒しい報（蜜蜂の主）
◇〔巌谷〕小波お伽全集 14」本の友社 1998 p169
そそっかしいわすれもの
◇〔柳家弁天〕らくご文庫 8」太平出版社 1987 p69
〔そゝり立つ江釣子森の岩頚と〕
◇「新修宮沢賢治全集 7」筑摩書房 1980 p244
ソーダ水いろの黄昏
◇「巽聖歌作品集 下」巽聖歌作品集刊行委員会 1977 p301
そだち
◇〔山田野理夫〕おばけ文庫 3」太平出版社 1976（母と子の図書室）p116

そたつ

育ってゆく「現代の民話」
　◇「松谷みよ子全エッセイ 2」筑摩書房 1989 p237
そだつもの
　◇「西條八十童謡全集」修道社 1971 p277
育てる思い
　◇「全集版灰谷健次郎の本 21」理論社 1988 p30
即興
　◇「校定新美南吉全集 8」大日本図書 1981 p403
卒業
　◇「〔内海康子〕六月のカレンダー――詩集」けやき書房 1999 p66
即興詩
　◇「阪田寛夫全詩集」理論社 2011 p840
卒業式
　◇「赤川次郎ショートショートシリーズ 1」理論社 2009 p69
卒業式
　◇「新修宮沢賢治全集 6」筑摩書房 1980 p160
　◇「新修宮沢賢治全集 6」筑摩書房 1980 p408
〔ソックスレット〕
　◇「新修宮沢賢治全集 4」筑摩書房 1979 p158
そっくり
　◇「〔山田野理夫〕おばけ文庫 8」太平出版社 1976（母と子の図書室）p74
そっくり王さま大さわぎ
　◇「〔寺村輝夫〕ちいさな王さまシリーズ 2」理論社 1985 p1
　◇「寺村輝夫全童話 2」理論社 1997 p32
そっくりソング
　◇「まど・みちお全詩集 続」理論社 2015 p310
そっくりな親友
　◇「サトウハチロー・ユーモア小説選 5」岩崎書店 1976 p5
測候所
　◇「新修宮沢賢治全集 3」筑摩書房 1979 p37
　◇「新修宮沢賢治全集 3」筑摩書房 1979 p321
そっとしておいてやりたい
　◇「今西祐行全集 15」偕成社 1989 p203
そつと吹ら
　◇「巽聖歌作品集 上」巽聖歌作品集刊行委員会 1977 p376
そっとよ（岡田泰三）
　◇「岡田泰三・日下部梅子童謡集」会津童詩会 1992 p44
袖すり合うも
　◇「佐藤さとるファンタジー全集 16」講談社 1983 p109
　◇「佐藤さとるファンタジー全集 16」講談社, 復刊ドットコム（発売）2011 p109
そでひき小僧
　◇「〔山田野理夫〕おばけ文庫 3」太平出版社 1976（母と子の図書室）p64

袖ふりあう
　◇「壺井栄全集 11」文泉堂出版 1998 p256
そでふり丁
　◇「〔山田野理夫〕おばけ文庫 3」太平出版社 1976（母と子の図書室）p110
外へ出てみろホーイ
　◇「〔斎藤信夫〕子ども心を友として―童謡詩集」成東町教育委員会 1996 p278
外へ出よう
　◇「巽聖歌作品集 上」巽聖歌作品集刊行委員会 1977 p217
そとへはでたが
　◇「〔山田野理夫〕お笑い文庫 1」太平出版社 1977（母と子の図書室）p140
外が浜の話
　◇「那須辰造著作集 3」講談社 1980 p218
外から内へ―或る清算
　◇「校定新美南吉全集 9」大日本図書 1981 p256
そとには たいよう てって いる
　◇「巽聖歌作品集 下」巽聖歌作品集刊行委員会 1977 p21
　◇「巽聖歌作品集 下」巽聖歌作品集刊行委員会 1977 p24
卒塔婆
　◇「まど・みちお全詩集」理論社 1992 p21
そとは いいな
　◇「まど・みちお全詩集」理論社 1992 p162
　◇「まどさんの詩の本 15」理論社 1997 p34
猜忌（そねみ）の誡め（猜む人、慾張る人）
　◇「〔厳谷〕小波お伽全集 14」本の友社 1998 p131
〔その青じろいそらのしたを〕
　◇「新修宮沢賢治全集 4」筑摩書房 1979 p266
その朝―別稿
　◇「〔北原〕白秋全童謡集 5」岩波書店 1993 p26
その、いちまんねんめ1
　◇「〔橘かおる〕考える童話シリーズ短篇集 1」新風舎 1996 p6
その、いちまんねんめ2
　◇「〔橘かおる〕考える童話シリーズ短篇集 1」新風舎 1996 p12
その、いちまんねんめ3
　◇「〔橘かおる〕考える童話シリーズ短篇集 1」新風舎 1996 p18
〔そのうす青き玻璃の器に〕
　◇「新修宮沢賢治全集 5」筑摩書房 1979 p241
　◇「新修宮沢賢治全集 5」筑摩書房 1979 p332
そのうたはどこに
　◇「阪田寛夫全詩集」理論社 2011 p459
〔その恐ろしい黒雲が〕
　◇「新修宮沢賢治全集 5」筑摩書房 1979 p258

その女
　◇「星新一YAセレクション 10」理論社 2010 p7

その輝きを
　◇「山本瓔子詩集 I」新風舎 2003 p58

〔その洋傘（かさ）だけでどうかなあ〕
　◇「新修宮沢賢治全集 3」筑摩書房 1979 p185
　◇「新修宮沢賢治全集 3」筑摩書房 1979 p382

〔そのかたち収得に似て〕
　◇「新修宮沢賢治全集 6」筑摩書房 1980 p253
　◇「新修宮沢賢治全集 6」筑摩書房 1980 p427

ソノクニ
　◇「奥田継夫ベストコレクション 10」ポプラ社 2002 p8

その国の花
　◇「石森延男児童文学全集 15」学習研究社 1971 p179

その雲とぼく
　◇「やなせたかし童謡詩集 〔1〕」フレーベル館 2000 p98

園（五首）
　◇「稗田童平全集 4」宝文館出版 1980 p73

その時代をもう一度生きてみる（今西祐行, 神宮輝夫）
　◇「〔神宮輝夫〕現代児童文学作家対談 4」偕成社 1988 p9

蘇の字の魚
　◇「瑠璃の壺―森銑三童話集」三樹書房 1982 p236

（その生から）
　◇「稗田童平全集 8」宝文館出版 1982 p45

（その静謐の）
　◇「稗田童平全集 2」宝文館出版 1979 p116

その前後
　◇「魂の配達―野村吉哉作品集」草思社 1983 p85

その洗濯板で
　◇「まど・みちお全詩集」理論社 1992 p606
　◇「まどさんの詩の本 8」理論社 1996 p16

その時
　◇「〔北原〕白秋全童謡集 4」岩波書店 1993 p331

その時
　◇「坪田譲治名作選 〔3〕 サバクの虹」小峰書店 2005 p126

〔そのとき嫁いだ妹に云ふ〕
　◇「新修宮沢賢治全集 3」筑摩書房 1979 p221
　◇「新修宮沢賢治全集 3」筑摩書房 1979 p395

その時に祈る
　◇「山本瓔子詩集 I」新風舎 2003 p144

〔そのときに酒代つくると〕
　◇「新修宮沢賢治全集 6」筑摩書房 1980 p17

　◇「新修宮沢賢治全集 6」筑摩書房 1980 p339

そのときぼくがそばにいる
　◇「山本瓔子詩集 I」新風舎 2003 p46

その時ぼくは五歳
　◇「〔市原麟一郎〕子どもに語る戦争たいけん物語 5」リーブル出版 2008 p91

そのとしまでに
　◇「〔橘かおる〕考える童話シリーズ短篇集 1」新風舎 1996 p80

そのとし1
　◇「〔橘かおる〕考える童話シリーズ短篇集 1」新風舎 1996 p62

そのとし2
　◇「〔橘かおる〕考える童話シリーズ短篇集 1」新風舎 1996 p68

そのとし3
　◇「〔橘かおる〕考える童話シリーズ短篇集 1」新風舎 1996 p75

その名はしかの子
　◇「住井すゑジュニア文学館 4」汐文社 1999 p161

その名はマタタビ
　◇「今江祥智童話館 〔10〕」理論社 1987 p54
　◇「今江祥智の本 30」理論社 1990 p61

蘭原の宿
　◇「椋鳩十の本 20」理論社 1983 p29

その日がきた
　◇「久保喬自選作品集 1」みどりの会 1994 p5

その日から正直になった話
　◇「定本小川未明童話全集 6」講談社 1977 p49
　◇「定本小川未明童話全集 6」大空社 2001 p49

その人
　◇「まど・みちお全詩集 続」理論社 2015 p210

その一言で
　◇「山本瓔子詩集 I」新風舎 2003 p122

そのへんを
　◇「まど・みちお全詩集 続」理論社 2015 p254

その他の動物たち
　◇「戸川幸夫動物文学全集 15」講談社 1977 p185

そのまやかしを
　◇「いのち―みずかみかずよ全詩集」石風社 1995 p305

その道, この道
　◇「〔北原〕白秋全童謡集 4」岩波書店 1993 p241

その道この道
　◇「〔北原〕白秋全童謡集 4」岩波書店 1993 p237

その門をくぐって
　◇「杉みき子選集 9」新潟日報事業社 2011 p82

その夜
　◇「星新一YAセレクション 5」理論社 2009 p7

その夜の侍

そはか

◇「西條八十童謡全集」修道社 1971 p278
そばがき抄
　◇「氏原大作全集 4」条例出版 1977 p358
そばかす
　◇「阪田寛夫全詩集」理論社 2011 p160
ソバカスのある天使
　◇「やなせたかし童謡詩集 〔1〕」フレーベル館 2000 p58
そばずき
　◇「〔山田野理夫〕お笑い文庫 1」太平出版社 1977（母と子の図書室）p132
そば清（林家木久蔵編, 岡本和明文）
　◇「林家木久蔵の子ども落語 2」フレーベル館 1998 p162
そば清さん
　◇「〔山田野理夫〕おばけ文庫 12」太平出版社 1976（母と子の図書室）p12
そばのかたまり
　◇「椋鳩十の本 16」理論社 1983 p70
ソバのかたまり
　◇「椋鳩十全集 24」ポプラ社 1980 p94
そばの里
　◇「椋鳩十の本 28」理論社 1989 p57
そばの じまん
　◇「ひろすけ幼年童話文学全集 9」集英社 1962 p98
そばの代
　◇「椋鳩十全集 12」ポプラ社 1970 p106
ソバの代
　◇「椋鳩十の本 15」理論社 1982 p116
そばの殿様（林家木久蔵編, 岡本和明文）
　◇「林家木久蔵の子ども落語 1」フレーベル館 1998 p14
そばのね
　◇「〔比江島重孝〕宮崎のむかし話 1」鉱脈社 1998 p148
そばの花
　◇「庄野英二全集 9」偕成社 1979 p78
そばの花をつくらないわけ
　◇「松谷みよ子のむかしむかし 8」講談社 1973 p102
蕎麦の餅
　◇「瑠璃の壺―森銑三童話集」三樹書房 1982 p337
そば虫
　◇「〔山田野理夫〕おばけ文庫 9」太平出版社 1976（母と子の図書室）p65
そば屋
　◇「〔山田野理夫〕お笑い文庫 1」太平出版社 1977（母と子の図書室）p142
ソバ屋へ貸したネコ
　◇「松谷みよ子全エッセイ 3」筑摩書房 1989 p210

そばやの かたりべ 北国翔子
　◇「北国翔子童話集 2」青森県児童文学研究会 2010 p85
ソビエットのサーカス
　◇「稗田童平全集 8」宝文館出版 1982 p181
Sobieto Tokorodokoro
　◇「石森延男児童文学全集 6」学習研究社 1971 p228
そぶつ
　◇「壺井栄全集 3」文泉堂出版 1997 p33
祖父の狼
　◇「戸川幸夫動物文学全集 8」講談社 1976 p297
ソプラノのための歌曲集「イタリア組曲」
　◇「阪田寛夫全詩集」理論社 2011 p586
祖母
　◇「森三郎童話選集 〔2〕」刈谷市教育委員会 1996 p211
祖母と鸛（こうのとり）
　◇「西條八十童謡全集」修道社 1971 p126
祖母のこと
　◇「椋鳩十の本 20」理論社 1983 p139
祖母の畑
　◇「椋鳩十全集 11」ポプラ社 1970 p123
そまつな 服をきた 王さま
　◇「花岡大学仏典童話全集 7」法蔵館 1979 p97
杣（そま）との出会い
　◇「椋鳩十の本 20」理論社 1983 p107
ソミンショウライ
　◇「松谷みよ子のむかしむかし 5」講談社 1973 p78
蘇民将来
　◇「〔巌谷〕小波お伽全集 11」本の友社 1998 p46
染井墓地
　◇「魂の配達―野村吉哉作品集」草思社 1983 p67
ソメコとオニ
　◇「斎藤隆介全集 1」岩崎書店 1982 p53
〔そもそも拙者ほんものの清教徒ならば〕
　◇「新修宮沢賢治全集 5」筑摩書房 1979 p60
　◇「新修宮沢賢治全集 5」筑摩書房 1979 p289
そよ風
　◇「〔巌谷〕小波お伽全集 7」本の友社 1998 p415
そよかぜ（五首）
　◇「稗田童平全集 4」宝文館出版 1980 p59
そよかぜさん
　◇「佐藤義美全集 1」佐藤義美全集刊行会 1974 p289
そよかぜとなのはな
　◇「阪田寛夫全詩集」理論社 2011 p278
そよ風とわたし
　◇「今江祥智の本 14」理論社 1980 p121
　◇「今江祥智童話館 〔4〕」理論社 1986 p108

◇「今江祥智ショートファンタジー 5」理論社 2005 p130

そよ風の話
◇「佐藤義美童謡集」さ・え・ら書房 1960 p232
◇「佐藤義美全集 1」佐藤義美全集刊行会 1974 p248

そよかぜ ゆうびんやさん
◇「まど・みちお全詩集」理論社 1992 p117

そら
◇「こやま峰子詩集 〔3〕」朔北社 2003 p42

そら
◇「まど・みちお全詩集」理論社 1992 p340
◇「まどさんの詩の本 9」理論社 1996 p72

そら
◇「〔吉田享子〕おしゃべりな星—少年少女詩集」らくだ出版 2001 p34

空
◇「〔卜出喜久美〕遠くから来た旅人—詩集」リトル・ガリヴァー社 1998 p90

空
◇「壺井栄全集 6」文泉堂出版 1998 p115

空
◇「中村雨紅詩謡集」中村雨紅詩謡集刊行委員会 1971 p76

空
◇「まど・みちお詩集 3」銀河社 1975 p20
◇「まど・みちお詩集 6」銀河社 1975 p24
◇「まど・みちお全詩集」理論社 1992 p485
◇「まど・みちお全詩集」理論社 1992 p500
◇「まどさんの詩の本 8」理論社 1996 p70
◇「まどさんの詩の本 14」理論社 1997 p30

空色の着物をきた子供
◇「定本小川未明童話全集 2」講談社 1976 p77
◇「定本小川未明童話全集 2」大空社 2001 p77

空色のクレヨン
◇「〔あまのまお〕おばあちゃんの不思議な箱—童話集」健友館 2000 p117

空いろのことり
◇「神沢利子コレクション 4」あかね書房 1994 p113
◇「神沢利子コレクション・普及版 4」あかね書房 2006 p113

空色のたまご
◇「神沢利子コレクション 5」あかね書房 1994 p115
◇「神沢利子コレクション・普及版 5」あかね書房 2006 p115

空いろの小さなかさ
◇「杉みき子選集 8」新潟日報事業社 2010 p33

空いろの花
◇「新装版金子みすゞ全集 2」JULA出版局 1984 p243

◇「新装版金子みすゞ全集 2」JULA出版局 1984 p245
◇「〔金子〕みすゞ詩画集 〔3〕」春陽堂書店 2000 p148
◇「金子みすゞ童謡全集 4」JULA出版局 2004 p16

空いろの帆
◇「新装版金子みすゞ全集 3」JULA出版局 1984 p133

空色のめがね
◇「与田準一全集 4」大日本図書 1967 p114

空色のゆりいす
◇「安房直子コレクション 1」偕成社 2004 p49

空へいったランプ
◇「西條八十代表作品選集 1」南海ブックス 1981 p16

空へ落っこちたはなし
◇「千葉省三童話全集 1」岩崎書店 1967 p15

空へのびるつる
◇「定本小川未明童話全集 8」講談社 1977 p204
◇「定本小川未明童話全集 8」大空社 2001 p204

空へのぼる道
◇「〔佐々木千鶴子〕動物村のこうみんかん—台所からのひとり言 童話集」朝日新聞社西部開発室編集出版センター 1996 p48

空への門
◇「星新一ショートショートセレクション 2」理論社 2001 p24

空を仰いで—映画「クレージーだ 天下無敵」作中歌
◇「阪田寛夫全詩集」理論社 2011 p801

空を洗おう
◇「阪田寛夫全詩集」理論社 2011 p782

空を泳ぐコイ
◇「鈴木喜代春児童文学選集 4」らくだ出版 2009 p7

「空を泳ぐコイ」その後
◇「鈴木喜代春児童文学選集 4」らくだ出版 2009 p217

空を飛ぶ悪魔
◇「山田風太郎少年小説コレクション 1」論創社 2012 p77

空を とぶ かばん
◇「佐藤義美全集 1」佐藤義美全集刊行会 1974 p404

空を飛ぶから鳥なんだ
◇「杉みき子選集 4」新潟日報事業社 2008 p266

空をとぶどろぼう
◇「〔山田野理夫〕お笑い文庫 5」太平出版社 1977 （母と子の図書室）p113

空をとぶニワトリ
◇「椋鳩十の本 23」理論社 1983 p221

そらお

空をとぶ馬車
　◇「小出正吾児童文学全集 1」審美社 2000 p387

空を飛ぶ船
　◇「〔永田允子〕わすれな草―童話集」講談社出版サービスセンター 1997 p33

そらを とぶ ゆめ
　◇「与田凖一全集 4」大日本図書 1967 p65

空をとんだかめ
　◇「沼田曜一の親子劇場 3」あすなろ書房 1996 p41

空をとんだトースト
　◇「〔寺村輝夫〕ぼくは王さま全1冊」理論社 1985 p435
　◇「寺村輝夫全童話 1」理論社 1996 p470
　◇「寺村輝夫の王さまシリーズ 6」理論社 1998 p83

空をとんだトビウオ
　◇「立原えりかのファンタジーランド 11」青土社 1980 p79

空をとんだマーくん
　◇「春名こうじ〕夢の国への招待状」新風舎 1997 p70

空をとんだ むかで
　◇「〔かこさとし〕お話こんにちは 〔3〕」偕成社 1979 p80

空がある
　◇「与田凖一全集 1」大日本図書 1967 p80

空から秋が降ってきた
　◇「阪田寛夫全詩集」理論社 2011 p793

空からお星さまがきえたわけ
　◇「〔いけださぶろう〕読み聞かせ童話集」文芸社 1999 p85

空からおりてきた長持ち
　◇「〔西本鶏介〕日本の昔話―読みきかせお話集 1」小学館 1999 p119

そらからさかながふってきた
　◇「阪田寛夫全詩集」理論社 2011 p435

そらごと
　◇「与田凖一全集 2」大日本図書 1967 p234

空と海
　◇「新装版金子みすゞ全集 2」JULA出版局 1984 p266
　◇「金子みすゞ童謡集」角川春樹事務所 1998 （ハルキ文庫）p21
　◇「金子みすゞ童謡全集 4」JULA出版局 2004 p178

空と海と子供
　◇「カエルの日曜日―末永泉童話集」勝どき書房, 星雲社（発売）2007 p50

空と雲と
　◇「椋鳩十の本 17」理論社 1982 p114

空とぶかいぞくせん
　◇「寺村輝夫全童話 7」理論社 1999 p34

空飛ぶ金のしか
　◇「花岡大学仏典童話全集 2」法蔵館 1979 p134

空飛ぶごんげん様
　◇「北彰介作品集 3」青森県児童文学研究会 1990 p243

空飛ぶ二十面相
　◇「少年探偵江戸川乱歩全集 22」ポプラ社 1970 p5
　◇「少年探偵・江戸川乱歩 25」ポプラ社 1999 p6
　◇「文庫版 少年探偵・江戸川乱歩 25」ポプラ社 2005 p5

空とぶ にわとり
　◇「〔おうち・やすゆき〕こら！ しんぞう―童謡詩集」小峰書店 1996 p78

空とぶ旗の列
　◇「北彰介作品集 4」青森県児童文学研究会 1991 p217

空飛ぶ郵便屋さん
　◇「〔佐々木春奈〕あなたの脳を休める童話集 大人も子どもも楽しめる童話集」日本文学館 2009 p5

空とぼく
　◇「与田凖一全集 1」大日本図書 1967 p252

空と水
　◇「〔巌谷〕小波お伽全集 7」本の友社 1998 p389

空にうかんだエレベーター
　◇「安房直子コレクション 2」偕成社 2004 p39

空に落ちた話
　◇「〔林原玉枝〕星の花束を―童話集」てらいんく 2009 p27

「空に小鳥がいなくなった日」のこと
　◇「今江祥智の本 35」理論社 1990 p227

そらに てんてん おはしさま
　◇「まど・みちお全詩集」理論社 1992 p195

空になったかがみ
　◇「住井すゑ わたしの童話」労働旬報社 1988 p73

空にむかって紙風船
　◇「山本瓔子詩集 II」新風舎 2003 p12

空にもらった首飾り
　◇「立原えりかのファンタジーランド 3」青土社 1980

空にわく金色の雲
　◇「定本小川未明童話全集 14」講談社 1977 p254
　◇「定本小川未明童話全集 14」大空社 2002 p254

空のあそび場
　◇「久保喬自選作品集 1」みどりの会 1994 p73

空のあちら
　◇「新装版金子みすゞ全集 1」JULA出版局 1984 p1
　◇「新装版金子みすゞ全集 1」JULA出版局 1984 p11
　◇「金子みすゞ童謡全集 1」JULA出版局 2003 p20

空の色
　◇「新装版金子みすゞ全集 1」JULA出版局 1984

p89
◇「金子みすゞ童謡全集 1」JULA出版局 2003 p144
空の色はなぜ青い
◇「今西祐行全集 2」偕成社 1987 p71
空のうさぎと山のうさぎ
◇「浜田広介全集 5」集英社 1976 p13
空のうた
◇「〔北原〕白秋全童謡集 1」岩波書店 1992 p349
空の王者
◇「椋鳩十の本 7」理論社 1983 p97
空の大川
◇「新装版金子みすゞ全集 2」JULA出版局 1984 p9
◇「金子みすゞ童謡全集 3」JULA出版局 2004 p20
空の大鳥と赤眼のさそり
◇「学校放送劇舞台劇脚本集 宮沢賢治名作童話」東洋書院 2008 p7
空のおそうじ屋さん
◇「〔新保章〕空のおそうじ屋さん」新風舎 1997 p63
空のかあさま
◇「新装版金子みすゞ全集 2」JULA出版局 1984 p1
空の川
◇「阪田寛夫全詩集」理論社 2011 p147
空の軍神
◇「〔北原〕白秋全童謡集 4」岩波書店 1993 p349
◇「〔北原〕白秋全童謡集 4」岩波書店 1993 p350
空のこい
◇「〔金子〕みすゞ詩画集 〔4〕」春陽堂書店 2000 p24
空の鯉
◇「新装版金子みすゞ全集 1」JULA出版局 1984 p227
◇「〔金子〕みすゞ詩画集 〔2〕」春陽堂書店 1997
◇「金子みすゞ童謡全集 2」JULA出版局 2003 p200
空の死神
◇「星新一ちょっと長めのショートショート 10」理論社 2007 p35
空の戦士
◇「定本小川未明童話全集 7」講談社 1977 p371
◇「定本小川未明童話全集 7」大空社 2001 p371
空の旅
◇「あたまでっかち―下村千秋童話選集」阿見町教育委員会, 講談社出版サービスセンター (製作) 1997 p175
そらの とおく
◇「まど・みちお全詩集 続」理論社 2015 p183
空の鳥
◇「浜田広介全集 11」集英社 1976 p36
空の中
◇「〔鈴木桂子〕親子で語り合う詩集 2」クロスロード 1999 p40
空の中の植木屋
◇「斎藤隆介全集 10」岩崎書店 1982 p105
そらの はなばたけ
◇「まど・みちお全詩集」理論社 1992 p207
◇「まどさんの詩の本 11」理論社 1997 p32
そらのひつじ
◇「三木卓童話作品集 1」大日本図書 2000 p79
空の羊
◇「カエルとお月さま―後藤楢根「作品集」」由布市教育委員会 2006 p99
空のひつじかい
◇「今西祐行絵ぶんこ 3」あすなろ書房 1984 p3
◇「今西祐行全集 2」偕成社 1987 p121
そらのひばり
◇「浜田広介全集 2」集英社 1975 p237
空の風景
◇「杉みき子選集 10」新潟日報事業社 2011 p197
空の風景
◇「〔吉田享子〕おしゃべりな星―少年少女詩集」らくだ出版 2001 p28
そらのふじさん
◇「〔関根栄一〕はしるふじさん―童謡集」小峰書店 1998 p66
空の矢ぐるま
◇「巽聖歌作品集 上」巽聖歌作品集刊行委員会 1977 p241
空のライカよ<一まく 生活劇>
◇「〔斎田喬〕学校劇代表作選 2」牧書店 1959 p89
空晴れて
◇「定本小川未明童話全集 10」講談社 1977 p253
◇「定本小川未明童話全集 10」大空社 2001 p253
空まど
◇「石森読本―石森延男児童文学選集 4年生」小学館 1977 p145
空窓
◇「石森延男児童文学全集 11」学習研究社 1971 p85
ソラマメ
◇「〔東君平〕おはようどうわ 5」講談社 1982 p80
そらまめさん
◇「まど・みちお全詩集」理論社 1992 p111
そらまめとわらとすみ
◇「〔木暮正夫〕日本のおばけ話・わらい話 16」岩崎書店 1988 p88
そらまめとわらとすみ
◇「西本鶏介のむかしむかし」小学館 2003 p185
そらまめとわらとすみについて
◇「西本鶏介のむかしむかし」小学館 2003 p202
そらまめのサヤ

そら豆のしあわせ
　◇「くどうなおこ詩集○」童話屋 1996 p104
そら豆のしあわせ
　◇「二反長半作品集 1」集英社 1979 p119
空も心もさつき晴
　◇「住井すゑジュニア文学館 3」汐文社 1999 p105
そら病
　◇〔巌谷〕小波お伽全集 13」本の友社 1998 p32
空よ海よ
　◇「パパとボクとネコ―山口紀代子童謡詩集」音楽舎 2003 p92
そらはいりませんか
　◇〔吉田享子〕おしゃべりな星―少年少女詩集」らくだ出版 2001 p24
そらは 大かじ
　◇「巽聖歌作品集 下」巽聖歌作品集刊行委員会 1977 p87
そらはかみさまのおかお
　◇「やなせたかし童謡詩集 〔1〕」フレーベル館 2000 p94
空はじめじめ
　◇〔北原〕白秋全童謡集 1」岩波書店 1992 p195
空はステージ
　◇「地球のかぞく―石原一輝童謡詩集」群青社 2001 p80
そらは はれてる
　◇「巽聖歌作品集 上」巽聖歌作品集刊行委員会 1977 p221
そり（童話）（チリコフによる）
　◇「鈴木三重吉童話全集 8」文泉堂書店 1975（日本文学全集・選集叢刊第5次）p236
そりとランターン
　◇「校定新美南吉全集 8」大日本図書 1981 p37
　◇「新美南吉童話集 1」大日本図書 1982 p313
　◇「新美南吉童話集 1」大日本図書 2012 p313
そりとランタン
　◇「新美南吉全集 6」牧書店 1965 p237
そりにのせて（生活劇）
　◇「斎田喬幼年劇全集 3」誠文堂新光社 1962 p15
そりの歌
　◇「西條八十童話集」小学館 1983 p390
そりゃウソじゃ
　◇〔比江島重孝〕宮崎のむかし話 1」鉱脈社 1998 p220
ソルジャーズ・ファミリー
　◇〔野坂昭如〕戦争童話集 忘れてはイケナイ物語り〔1〕八月の風船」日本放送出版協会 2002 p65
それ いそげ
　◇「いのち―みずかみかずよ全詩集」石風社 1995 p286
それが できる
　◇「まど・みちお全詩集 続」理論社 2015 p410

それから
　◇「まど・みちお全詩集 続」理論社 2015 p49
それからの夜明け
　◇「与田凖一全集 2」大日本図書 1967 p146
それから またね
　◇「まど・みちお全詩集」理論社 1992 p538
　◇「まどさんの詩の本 15」理論社 1997 p12
それぞれの登山道
　◇「今江祥智の本 22」理論社 1981 p377
それぞれの夏, それぞれの人生
　◇「全集版灰谷健次郎の本 18」理論社 1987 p160
それそれのなりわい
　◇〔橘かおる〕考える童話シリーズ短篇集 2」新風舎 1997 p86
それだから
　◇〔坪井安〕はしれ子馬よ―童謡詩集」童謡研究・蜂の会 1999 p22
それだけでいい
　◇「杉みき子選集 10」新潟日報事業社 2011 p228
それでもいいわ
　◇「浜田広介全集 11」集英社 1976 p67
〔それでは計算いたしませう〕
　◇「新修宮沢賢治全集 7」筑摩書房 1980 p280
　◇「ジュニア文学館 宮沢賢治―写真・絵画集成 3」日本図書センター 1996 p175
それはあまりにとおいこと
　◇「今西祐行絵ぶんこ 1」あすなろ書房 1984 p15
　◇「今西祐行全集 2」偕成社 1987 p17
それはゆうべの夢でした
　◇「阪田寛夫全詩集」理論社 2011 p35
ソ連国境の山山
　◇「巽聖歌作品集 下」巽聖歌作品集刊行委員会 1977 p226
ソ連ロケット月へ着く（近ごろの詩3）
　◇「国分一太郎児童文学集 6」小峰書店 1967 p49
ぞろぞろ（林家木久蔵編, 岡本和明文）
　◇「林家木久蔵の子ども落語 2」フレーベル館 1998 p174
そろった そろった
　◇「まど・みちお全詩集」理論社 1992 p238
　◇「まど・みちお全詩集 続」理論社 2015 p15
ソローのこと
　◇「椋鳩十の本 24」理論社 1983 p155
そろばんじょうず
　◇「川崎大治民話選 〔4〕」童心社 1975 p48
算盤と天保錢
　◇〔巌谷〕小波お伽全集 14」本の友社 1998 p228
そろばん坊主
　◇〔〔山田野理夫〕おばけ文庫 7」太平出版社 1976（母と子の図書室）p47

ぞろ目の六
　◇「筒井敬介童話全集 4」フレーベル館 1983 p165
ソロモン・グランデイ
　◇「〔北原〕白秋全童謡集 1」岩波書店 1992 p193
ソロモン夜襲戦軍歌
　◇「〔北原〕白秋全童謡集 4」岩波書店 1993 p343
曾呂利
　◇「〔巖谷〕小波お伽全集 11」本の友社 1998 p251
そわそわるすばん
　◇「〔東君平〕おはようどうわ 5」講談社 1982 p56
存在
　◇「佐藤義美全集 1」佐藤義美全集刊行会 1974 p21
　◇「佐藤義美全集 1」佐藤義美全集刊行会 1974 p31
存在―高鶴元の初窯開きにて
　◇「いのち―みずかみかずよ全詩集」石風社 1995 p350
蹲鴟
　◇「瑠璃の壺―森銑三童話集」三樹書房 1982 p234
そんちょうさんがびょうき
　◇「稗田菫平全集 3」宝文館出版 1979 p64
村長さんのひげ
　◇「小出正吾児童文学全集 2」審美社 2000 p85
村道
　◇「新版・宮沢賢治童話全集 12」岩崎書店 1979 p216
　◇「新修宮沢賢治全集 6」筑摩書房 1980 p47
　◇「ジュニア文学館 宮沢賢治―写真・絵画集成 3」日本図書センター 1996 p185
幼児のための詩とうたそんな こ いないか おりこう あっちゃん
　◇「巽聖歌作品集 下」巽聖歌作品集刊行委員会 1977 p9
そんな こ いないか おりこう あっちゃん
　◇「巽聖歌作品集 下」巽聖歌作品集刊行委員会 1977 p13
そんなこと うそだよ
　◇「〔おうち・やすゆき〕こら！ しんぞう―童謡詩集」小峰書店 1996 p76
そんな地球に
　◇「地球のかぞく―石原一輝童謡詩集」群青社 2001 p86
そんや
　◇「まど・みちお全詩集 続」理論社 2015 p326
そんや林の或日
　◇「まど・みちお全詩集 続」理論社 2015 p319

【 た 】

タアくんのじゃんけん
　◇「旅だち―内藤哲彦児童文学作品集」境文化研究所 2007 p90
タアくんのたんじょう日
　◇「旅だち―内藤哲彦児童文学作品集」境文化研究所 2007 p78
タアくんのマジック
　◇「旅だち―内藤哲彦児童文学作品集」境文化研究所 2007 p102
タアくんふしぎ物語
　◇「旅だち―内藤哲彦児童文学作品集」境文化研究所 2007 p114
タアとちい
　◇「かつおきんや作品集 18」偕成社 1983 p197
太あ坊
　◇「赤道祭―小出正吾童話選集」審美社 1986 p137
　◇「小出正吾児童文学全集 1」審美社 2000 p269
だあれ
　◇「パパとボクとネコ―山口紀代子童謡詩集」音楽舎 2003 p8
だあれが つくった
　◇「まど・みちお全詩集」理論社 1992 p300
　◇「まどさんの詩の本 8」理論社 1996 p90
だあれもいない？
　◇「あまんきみこ童話集 5」ポプラ社 2008 p99
たあんき，ぽうんき
　◇「〔北原〕白秋全童謡集 3」岩波書店 1992 p343
　◇「〔北原〕白秋全童謡集 3」岩波書店 1992 p344
ダイアナ物語
　◇「〔綾野まさる〕ハートのドキュメンタル童話 〔2〕」ハート出版 1998 p16
ダイアモンド・ハイ
　◇「西條益美代表作品選集 1」南海ブックス 1981 p84
大暗室
　◇「少年探偵江戸川乱歩全集 30」ポプラ社 1970 p5
体育詩集
　◇「おの・ちゅうこう初期作品集 〔2〕 日本の教室は明るい」崙書房 1975 p72
体育の季節
　◇「おの・ちゅうこう初期作品集 〔2〕 日本の教室は明るい」崙書房 1975 p75
第一の絵
　◇「北彰介作品集 1」青森県児童文学研究会 1990 p148

たいい

第一回「赤い鳥文学賞」を受けて
◇「椋鳩十の本 24」理論社 1983 p150

隊員たち
◇「星新一YAセレクション 5」理論社 2009 p154

退院の朝
◇「いのち—みずかみかずよ全詩集」石風社 1995 p456

台臼のうた
◇「校定新美南吉全集 8」大日本図書 1981 p239

大宇宙遠征隊
◇「海野十三全集 9」三一書房 1988 p69

退嬰
◇「佐藤義美全集 1」佐藤義美全集刊行会 1974 p37

たいをたすけた男
◇「二反長半作品集 3」集英社 1979 p236

体温計
◇「まど・みちお全詩集 続」理論社 2015 p263

滞貨一掃
◇「星新一ショートショートセレクション 12」理論社 2003 p26

（大河があり）
◇「稗田菫平全集 8」宝文館出版 1982 p85

大学講師の家具職人
◇「斎藤隆介全集 10」岩崎書店 1982 p39

台川
◇「新版・宮沢賢治童話全集 7」岩崎書店 1978 p39
◇「新修宮沢賢治全集 14」筑摩書房 1980 p76

代官さまと橋の名
◇「今井誉次郎童話集子どもの村 〔5〕」国土社 1957 p104

待機
◇「星新一ショートショートセレクション 2」理論社 2001 p7

大吉阿呆
◇「斎藤隆介全集 4」岩崎書店 1982 p74

大逆事件連座者の墓
◇「松谷みよ子全エッセイ 1」筑摩書房 1989 p23

耐久競争挿話
◇「那須辰造著作集 1」講談社 1980 p12

大金塊
◇「少年探偵江戸川乱歩全集 5」ポプラ社 1964 p5
◇「少年探偵・江戸川乱歩 4」ポプラ社 1998 p5
◇「文庫版 少年探偵・江戸川乱歩 4」ポプラ社 2005 p5

大空魔艦
◇「海野十三全集 9」三一書房 1988 p31

大工裁き（一龍斎貞水編、岡本和明文）
◇「一龍斎貞水の歴史講談 2」フレーベル館 2000 p180

だいくさんと大にゅうどう

◇「〔木暮正夫〕日本のおばけ話・わらい話 1」岩崎書店 1986 p55

大工重役大いに語る
◇「斎藤隆介全集 9」岩崎書店 1982 p27

退屈な神さまの話
◇「笑った泣き地蔵—御田慶子童話選集」たま出版 2007 p67

たいくつなぶつぞう
◇「岩永博史童話集 1」岩永博史 2001 p7

だいくと鬼
◇「松谷みよ子のむかしむかし 2」講談社 1973 p79

大工とねこ
◇「川崎大治民話選 〔3〕」童心社 1971 p88

第九の絵
◇「北彰介作品集 1」青森県児童文学研究会 1990 p164

対決
◇「戸川幸夫動物文学全集 10」講談社 1977 p156

体験
◇「星新一ショートショートセレクション 8」理論社 2002 p180

大言を吐くな（驢馬と獅子と鶏）
◇「〔巌谷〕小波お伽全集 14」本の友社 1998 p89

体験的教育論
◇「今江祥智の本 34」理論社 1990 p235

たいこ
◇「〔東君平〕ひとくち童話 4」フレーベル館 1995 p46

心象スケッチ 退耕
◇「新修宮沢賢治全集 5」筑摩書房 1979 p137

退耕
◇「新修宮沢賢治全集 6」筑摩書房 1980 p84

太閤記物語
◇「氏原大作全集 4」条例出版 1977 p99

大洪水
◇「星新一ショートショートセレクション 10」理論社 2003 p150

太閤と曽呂利（一龍斎貞水編、岡本和明文）
◇「一龍斎貞水の歴史講談 3」フレーベル館 2000 p238

たいこを たたきましょう
◇「まど・みちお全詩集」理論社 1992 p238

大黒さま
◇「〔北原〕白秋全童謡集 4」岩波書店 1993 p300

大黒さま
◇「椋鳩十全集 24」ポプラ社 1980 p137

大黒様
◇「椋鳩十の本 16」理論社 1983 p52

大黒さまのちえ
◇「川崎大治民話選 〔4〕」童心社 1975 p177

大黒柱
　◇「壺井栄全集 1」文泉堂出版 1997 p406
太鼓にばけたきつね
　◇〔西本鶏介〕日本の昔話―読みきかせお話集 1」小学館 1999 p48
第五の絵
　◇「北彰介作品集 1」青森県児童文学研究会 1990 p156
たいこのすきな赤鬼
　◇「松谷みよ子全集 4」講談社 1972 p115
太鼓のバチ
　◇〔巌谷〕小波お伽全集 3」本の友社 1998 p354
たいこのはなし
　◇「寺村輝夫おはなしプレゼント 4」講談社 1994 p79
太鼓の名人
　◇「花岡大学 続・仏典童話全集 1」法蔵館 1981 p137
太古の闇と星と
　◇「椋鳩十の本 23」理論社 1983 p105
第五氷河期
　◇「海野十三全集 8」三一書房 1989 p63
ダイコン
　◇〔東君平〕おはようどうわ 8」講談社 1982 p29
だいこんかついでわっしょいわっしょい（童話劇）
　◇「斎田喬幼年劇全集 2」誠文堂新光社 1961 p273
だいこん じゃぶじゃぶ
　◇「まど・みちお全詩集」理論社 1992 p166
だいこんとかぶ
　◇「浜田広介全集 4」集英社 1976 p165
ダイコンと観音とゆうれいと
　◇〔山田野理夫〕おばけ文庫 8」太平出版社 1976（母と子の図書室）p13
大根とダイヤモンドの話
　◇「定本小川未明童話全集 4」講談社 1977 p137
　◇「定本小川未明童話全集 4」大空社 2001 p137
だいこんとにんじんとごぼう
　◇〔木暮正夫〕日本のおばけ話・わらい話 16」岩崎書店 1988 p82
大根とビワ
　◇「椋鳩十の本 21」理論社 1982 p101
だいこんにばけたきつね
　◇〔西本鶏介〕新日本昔ばなし――一日一話・読みきかせ 1」小学館 1997 p26
だいこんにばけたキツネ
　◇〔木暮正夫〕日本のおばけ話・わらい話 13」岩崎書店 1987 p4
だいこんのしっぽ
　◇「寺村輝夫のむかし話 〔5〕」あかね書房 1978 p52

ダイコンのじまん
　◇「今井誉次郎童話集子どもの村 〔3〕」国土社 1957 p10
大根の葉
　◇「壺井栄名作集 10」ポプラ社 1965 p6
　◇「壺井栄全集 1」文泉堂出版 1997 p59
大根の不作
　◇〔比江島重孝〕宮崎のむかし話 3」鉱脈社 2000 p212
だいこんばたけ―翁・野口雨情に捧ぐ
　◇〔高橋一仁〕春のニシン場―童謡詩集」けやき書房 2003 p98
ダイコン船海をゆく
　◇「山下明生・童話の島じま 5」あかね書房 2012 p103
大根干し
　◇「まど・みちお全詩集」理論社 1992 p47
だいこんほりのおじいさん
　◇〔西本鶏介〕新日本昔ばなし――一日一話・読みきかせ 1」小学館 1997 p6
大根むかし
　◇「松谷みよ子全エッセイ 2」筑摩書房 1989 p165
大祭日
　◇〔巌谷〕小波お伽全集 7」本の友社 1998 p451
大歳の客
　◇「稗田童平全集 5」宝文館出版 1980 p165
対策
　◇「星新一YAセレクション 4」理論社 2009 p140
鯛三郎の灯台
　◇「巽聖歌作品集 下」巽聖歌作品集刊行委員会 1977 p122
第三皇子
　◇「巽聖歌作品集 上」巽聖歌作品集刊行委員会 1977 p24
第三芸術
　◇「新修宮沢賢治全集 5」筑摩書房 1979 p44
　◇「新修宮沢賢治全集 5」筑摩書房 1979 p287
第三の絵
　◇「北彰介作品集 1」青森県児童文学研究会 1990 p152
第三のさら
　◇「浜田広介全集 5」集英社 1976 p17
泰山のような人
　◇「長崎源之助全集 20」偕成社 1988 p26
泰山木の花
　◇〔吉田享子〕おしゃべりな星―少年少女詩集」らくだ出版 2001 p4
大使館の始末機関―金博士シリーズ・7
　◇「海野十三全集 10」三一書房 1991 p83
大地獄旅行
　◇「海野十三全集 別巻2」三一書房 1993 p497

大自然の奥にあるもの
  ◇「椋鳩十の本 29」理論社 1989 p78
太子堂のころ
  ◇「壺井栄全集 11」文泉堂出版 1998 p261
大蛇（だいじゃ）… → "おろち…"をも見よ
大蛇
  ◇「夢見る窓―冬村勇陽童話集」北雪新書 2004 p226
対酌
  ◇「新修宮沢賢治全集 6」筑摩書房 1980 p292
大蛇祭
  ◇〔巌谷〕小波お伽全集 10」本の友社 1998 p381
大蛇退治
  ◇〔比江島重孝〕宮崎のむかし話 1」鉱脈社 1998 p144
大蛇退治
  ◇「瑠璃の壺―森銑三童話集」三樹書房 1982 p297
大蛇と娘
  ◇〔比江島重孝〕宮崎のむかし話 1」鉱脈社 1998 p164
大蛇の話
  ◇〔比江島重孝〕宮崎のむかし話 3」鉱脈社 2000 p192
大蛇のほね
  ◇〔比江島重孝〕宮崎のむかし話 3」鉱脈社 2000 p155
大蛇の目
  ◇〔佐海〕航南夜ばなし―童話集」佐海航南 1999 p137
ダイジャラボッチャが担いできた山
  ◇〔今坂柳二〕りゅうじフォークロア・world 6」ふるさと伝承研究会 2012 p30
第十の絵
  ◇「北彰介作品集 1」青森県児童文学研究会 1990 p166
大樹＝カシ＝樹影
  ◇〔下田喜久美〕遠くから来た旅人―詩集」リトル・ガリヴァー社 1998 p120
対象
  ◇「魂の配達―野村吉哉作品集」草思社 1983 p26
大将
  ◇「新装版金子みすゞ全集 3」JULA出版局 1984 p166
  ◇「金子みすゞ童謡全集」JULA出版局 2004 p54
大正期の童謡興隆
  ◇「佐藤義美全集」佐藤義美全集刊行会 1974 p353
大将軍のケツあぶり
  ◇〔今坂柳二〕りゅうじフォークロア・world 6」ふるさと伝承研究会 2012 p16
大正時代の郵便局員

  ◇「壺井栄全集 11」文泉堂出版 1998 p148
大正昭和の童話界
  ◇「浜田広介全集 12」集英社 1976 p19
たいしょうと，てっぽうのたま
  ◇「佐藤義美全集 3」佐藤義美全集刊行会 1973 p101
対象についての一考察
  ◇「佐藤さとるファンタジー全集 16」講談社 1983 p6
  ◇「佐藤さとるファンタジー全集 16」講談社，復刊ドットコム（発売）2011 p6
大勝魔神
  ◇〔巌谷〕小波お伽全集 6」本の友社 1998 p403
大食
  ◇「椋鳩十の本 15」理論社 1982 p256
大食家
  ◇「瑠璃の壺―森銑三童話集」三樹書房 1982 p222
退職技手
  ◇「新修宮沢賢治全集 6」筑摩書房 1980 p21
大臣がきた教室
  ◇「岡本良雄童話文学全集 2」講談社 1964 p80
大震火災記
  ◇「鈴木三重吉童話全集 6」文泉堂書店 1975（日本文学全集・選集叢刊第5次）p445
  ◇「鈴木三重吉童話集」岩波書店 1996（岩波文庫）p227
大臣シナ
  ◇「花岡大学仏典童話全集 5」法蔵館 1979 p13
大臣と正平じいさん
  ◇「今井誉次郎童話集子どもの村 〔5〕」国土社 1957 p140
ダイスケのわらい顔
  ◇「宮口しづえ童話全集 8」筑摩書房 1979 p108
大石橋娘々祭
  ◇〔北原〕白秋全童謡集 3」岩波書店 1992 p209
大雪山のヒグマ
  ◇「戸川幸夫動物文学全集 14」講談社 1977 p215
  ◇「戸川幸夫動物文学全集 15」講談社 1977 p252
たいそう
  ◇「〔東君平〕おはようどうわ 3」講談社 1982 p120
  ◇「東君平のおはようどうわ 2」新日本出版社 2010 p18
大草原に生きる（抄）
  ◇「寺村輝夫全童話 8」理論社 2000 p335
大草原のウサギとネコの物語
  ◇「河合雅雄の動物記 3」フレーベル館 2001 p6
鯛造さんの死
  ◇「新美南吉全集 3」牧書店 1965 p183
  ◇「校定新美南吉全集 6」大日本図書 1980 p314
大造じいさんとがん
  ◇「椋鳩十学年別童話 〔9〕」理論社 1991 p5

大造じいさんとガン
- ◇「椋鳩十全集 1」ポプラ社 1969 p6
- ◇「椋鳩十動物童話集 6」小峰書店 1990 p6
- ◇「椋鳩十まるごと動物ものがたり 11」理論社 1995 p130
- ◇「椋鳩十名作選 1」理論社 2010 p5

大造爺さんと雁
- ◇「椋鳩十の本 10」理論社 1982 p89

大造爺さんと雁(1)〔わたしの作品をめぐって〕
- ◇「椋鳩十の本 24」理論社 1983 p132

大造爺さんと雁(2)〔わたしの作品をめぐって〕
- ◇「椋鳩十の本 24」理論社 1983 p134

大蔵ニシン(北海道)
- ◇「〔木暮正夫〕日本の怪奇ばなし 9」岩崎書店 1990 p9

だいだいいろの雲
- ◇「花岡大学童話文学全集 3」法蔵館 1980 p96

だいだいの花
- ◇「〔金子〕みすゞ詩画集〔3〕」春陽堂書店 2000

橙の花
- ◇「新装版金子みすゞ全集 3」JULA出版局 1984 p89
- ◇「新装版金子みすゞ全集 3」JULA出版局 1984 p130
- ◇「金子みすゞ童謡全集 5」JULA出版局 2004 p170

橙畑
- ◇「新装版金子みすゞ全集 3」JULA出版局 1984 p12
- ◇「金子みすゞ童謡全集 5」JULA出版局 2004 p22

タイダライダという雁の王さま
- ◇「花岡大学仏典童話全集 3」法蔵館 1979 p170

だいだらぼっち
- ◇「佐藤さとる全集 4」講談社 1974 p163
- ◇「佐藤さとるファンタジー全集 13」講談社 1983 p5
- ◇「佐藤さとるファンタジー全集 13」講談社, 復刊ドットコム(発売) 2011 p5

だいだらぼっち
- ◇「〔山田野理夫〕おばけ文庫 2」太平出版社 1976 (母と子の図書室) p120

対談 秋のお客さま 江國香織さん(あまんきみこ, 江國香織述)
- ◇「あまんきみこセレクション 3」三省堂 2009 p306

対談 夏のお客さま 岡田淳さん(あまんきみこ, 岡田淳述)
- ◇「あまんきみこセレクション 2」三省堂 2009 p308

対談 春のお客さま 西巻茅子さん(あまんきみこ, 西巻茅子述)
- ◇「あまんきみこセレクション 1」三省堂 2009 p310

対談 冬のお客さま 宮川ひろさん(あまんきみこ, 宮川ひろ述)
- ◇「あまんきみこセレクション 4」三省堂 2009 p308

台地
- ◇「新修宮沢賢治全集 4」筑摩書房 1979 p140
- ◇「新修宮沢賢治全集 4」筑摩書房 1979 p329

太一くんの工場
- ◇「佐藤さとる全集 9」講談社 1973 p211
- ◇「佐藤さとるファンタジー全集 14」講談社 1983 p87
- ◇「佐藤さとるファンタジー全集 14」講談社, 復刊ドットコム(発売) 2011 p87

大地とともに
- ◇「住井すゑ わたしの少年少女物語〔1〕」労働旬報社 1989 p87

大地に根をおろして―宮口しづえさん
- ◇「松谷みよ子全エッセイ 3」筑摩書房 1989 p37

太一の靴は世界一
- ◇「豊島与志雄童話全集 4」八雲書店 1949 p95

大地の子
- ◇「住井すゑジュニア文学館 3」汐文社 1999 p75

太一のつくえ
- ◇「佐藤さとる全集 10」講談社 1974 p177

太一の机
- ◇「佐藤さとるファンタジー全集 8」講談社 1982 p195
- ◇「佐藤さとるファンタジー全集 8」講談社, 復刊ドットコム(発売) 2010 p195

大地のめぐみ土の力大作戦
- ◇「かこさとし大自然のふしぎえほん 10」小峰書店 2003 p1

だいちゃんと花
- ◇「今西祐行全集 1」偕成社 1988 p61

隊長シュダソク
- ◇「花岡大学仏典童話全集 2」法蔵館 1979 p44

隊長と犬係りと橇犬たち
- ◇「戸川幸夫動物文学全集 9」冬樹社 1966 p99
- ◇「戸川幸夫動物文学全集 9」講談社 1976 p268

太一郎とつばめ
- ◇「あたまでっかち―下村千秋童話選集」阿見町教育委員会, 講談社出版サービスセンター(製作) 1997 p54

大東亜戦争勃発の日
- ◇「校定新美南吉全集 8」大日本図書 1981 p126
- ◇「新美南吉童話集 1」大日本図書 1982 p328
- ◇「新美南吉童話集 1」大日本図書 2012 p328

たいと

大東亜地図
　◇「〔北原〕白秋全童謡集 4」岩波書店 1993 p316
大道易者
　◇「〔北原〕白秋全童謡集 3」岩波書店 1992 p192
対等ということ
　◇「全集版灰谷健次郎の本 22」理論社 1988 p154
台所
　◇「椋鳩十の本 1」理論社 1982 p38
だいどころの うわさ
　◇「まど・みちお全詩集 続」理論社 2015 p65
たいとさけ
　◇「〔島崎〕藤村の童話 4」筑摩書房 1979 p144
大寅道具ばなし
　◇「斎藤隆介全集 8」岩崎書店 1982 p7
第七の絵
　◇「北彰介作品集 1」青森県児童文学研究会 1990 p160
第二の絵
　◇「北彰介作品集 1」青森県児童文学研究会 1990 p150
タイの生きづくり
　◇「椋鳩十の本 22」理論社 1983 p124
だいの上のあかり
　◇「浜田広介全集 10」集英社 1976 p138
大脳手術
　◇「海野十三全集 11」三一書房 1988 p101
鯛のうた
　◇「室生犀星童話全集 2」創林社 1978 p21
タイのおかわり
　◇「〔木暮正夫〕日本のおばけ話・わらい話 15」岩崎書店 1987 p54
タイの農村で
　◇「全集版灰谷健次郎の本 19」理論社 1987 p214
大杯
　◇「瑠璃の壺―森銑三童話集」三樹書房 1982 p213
提婆達多
　◇「稗田童平全集 8」宝文館出版 1982 p54
大八とトラクター
　◇「今井誉次郎童話集子どもの村 〔3〕」国土社 1957 p105
第八の絵
　◇「北彰介作品集 1」青森県児童文学研究会 1990 p162
代筆
　◇「赤川次郎ショートショートシリーズ 1」理論社 2009 p7
大白牛車は誰のもの
　◇「〔松本光華〕民話風法華経童話 4」中外日報社〔中外印刷出版〕 1988 p1
たいふう

　◇「〔東君平〕おはようどうわ 2」講談社 1982 p148
たいふう
　◇「まど・みちお全詩集」理論社 1992 p274
颱風
　◇「与謝野晶子児童文学全集 6」春陽堂書店 2007 p88
台風一過
　◇「花岡大学童話文学全集 5」法蔵館 1980 p255
たいふうがなんだってんだ
　◇「全集版灰谷健次郎の本 15」理論社 1988 p216
台風とマッカチン
　◇「ビートたけし傑作集 少年編 1」金の星社 2010 p112
台風のおとし子
　◇「氏原大作全集 4」条例出版 1977 p452
台風の子
　◇「定本小川未明童話全集 13」講談社 1977 p121
　◇「定本小川未明童話全集 13」大空社 2002 p121
台風のついせき竜巻のついきゅう
　◇「かこさとし大自然のふしぎえほん 7」小峰書店 2001 p1
たいふうの とき
　◇「今井誉次郎童話集子どもの村 〔1〕」国土社 1957 p22
だいぶつさんのくいにげ
　◇「〔木暮正夫〕日本のおばけ話・わらい話 16」岩崎書店 1988 p27
大仏の胎内
　◇「瑠璃の壺―森銑三童話集」三樹書房 1982 p124
大仏の目玉
　◇「川崎大治民話選 〔1〕」童心社 1968 p34
鯛舟
　◇「那須辰造著作集 1」講談社 1980 p93
タイプライターのうた
　◇「全集版灰谷健次郎の本 22」理論社 1988 p165
大ふん火
　◇「杉みき子選集 4」新潟日報事業社 2008 p152
大坟山
　◇「石森延男児童文学全集 4」学習研究社 1971 p211
「太平記」が語る乱世の怨霊たち
　◇「〔木暮正夫〕日本の怪奇ばなし 4」岩崎書店 1989 p80
大平山塩田
　◇「〔北原〕白秋全童謡集 3」岩波書店 1992 p207
たいへいようの たからぶね
　◇「平塚武二童話全集 2」童心社 1972 p51
太平洋の橋
　◇「小出正吾児童文学全集 4」審美社 2001 p147
太平洋魔城

太平洋雷撃戦隊
　◇「海野十三集 3」三一書房 1988 p5
大変身ムーニャン
　◇「山中恒よみもの文庫 14」理論社 1999 p193
たいへんな思いちがい
　◇「花岡大学仏典童話全集 3」法蔵館 1979 p44
大砲
　◇「椋鳩十の本 1」理論社 1982 p20
大砲の歌
　◇「北彰介作品集 4」青森県児童文学研究会 1991 p77
大木の猿
　◇「浜田広介全集 3」集英社 1975 p108
歌 大菩薩峠の歌
　◇「賢治の音楽室―宮沢賢治、作詞作曲の全作品＋詩と童話の朗読」小学館 2000 p54
大菩薩峠の歌
　◇「新修宮沢賢治全集 7」筑摩書房 1980 p372
台本「鯉女房」のこと
　◇「松谷みよ子全エッセイ 2」筑摩書房 1989 p206
大魔王
　◇「石森延男児童文学全集 11」学習研究社 1971 p180
大魔神せいばつ
　◇「石森延男児童文学全集 4」学習研究社 1971 p68
タイムボックス
　◇「星新一YAセレクション 5」理論社 2009 p42
だいめいしの いろいろ
　◇「まど・みちお全詩集 続」理論社 2015 p137
題名列挙メモ
　◇「新修宮沢賢治全集 15」筑摩書房 1980 p433
鯛・めばる・いわし
　◇「壺井栄全集 11」文泉堂出版 1998 p321
ダイヤと電話
　◇「坪田譲治童話全集 1」岩崎書店 1986 p133
ダイヤモンド
　◇「〔東君平〕おはようどうわ 1」講談社 1982 p156
ダイヤモンドの産地
　◇「〔島崎〕藤村の童話 1」筑摩書房 1979 p179
夜光珠綺譚（ダイヤモンドものがたり）
　◇「高垣眸全集 1」桃源社 1970 p237
ダイヤモンド妖怪
　◇「水木しげるのふしぎ妖怪ばなし 6」メディアファクトリー 2009 p72
大勇士
　◇「巌谷小波お伽噺文庫 〔3〕」大和書房 1976 p83
大勇士
　◇「鈴木三重吉童話全集 4」文泉堂書店 1975 （日本文学全集・選集叢刊第5次）p131
太陽
　◇「椋鳩十の本 1」理論社 1982 p223
太陽
　◇「与田凖一全集 1」大日本図書 1967 p138
太陽を睡らせる少年
　◇「那須辰造著作集 1」講談社 1980 p7
太陽があればいいさ
　◇「阪田寛夫全詩集」理論社 2011 p627
太陽がはんぶん
　◇「今江祥智の本 18」理論社 1981 p70
太陽がほしい！
　◇「早乙女勝元小説選集 11」理論社 1977 p1
太陽系あそび（遊戯唄）
　◇「〔北原〕白秋全童謡集 1」岩波書店 1992 p356
太陽とアリのかげ
　◇「浜田広介全集 2」集英社 1975 p182
たいようと かえる
　◇「小川未明幼年童話文学全集 6」集英社 1966 p141
太陽とかわず
　◇「定本小川未明童話全集 1」講談社 1976 p353
　◇「定本小川未明童話全集 1」大空社 2001 p353
太陽と空気
　◇「与田凖一全集 1」大日本図書 1967 p137
太陽と少年
　◇「浜田広介全集 11」集英社 1976 p145
太陽と地球
　◇「まど・みちお詩集 6」銀河社 1975 p58
　◇「まど・みちお全詩集」理論社 1992 p501
　◇「まどさんの詩の本 14」理論社 1997 p52
太陽と星の下
　◇「定本小川未明童話全集 14」講談社 1977 p112
　◇「定本小川未明童話全集 14」大空社 2002 p112
太陽と木銃
　◇「〔北原〕白秋全童謡集 4」岩波書店 1993 p109
太陽に口説かれた男（灰谷記）
　◇「全集版灰谷健次郎の本 23」理論社 1988 p45
太陽の家
　◇「与謝野晶子児童文学全集 3」春陽堂書店 2007 p289
太陽の丘（I）
　◇「阪田寛夫全詩集」理論社 2011 p798
太陽の丘（II）
　◇「阪田寛夫全詩集」理論社 2011 p798
太陽の国のアリキタリ
　◇「平塚武二童話全集 3」童心社 1972 p71
太陽の子
　◇「全集版灰谷健次郎の本 2」理論社 1987 p3
「太陽の子（てだのふあ）」を書き終えての記

たいよ

太陽の子供
　◇「〔北原〕白秋全童謡集 4」岩波書店 1993 p116
太陽の子供 序詩
　◇「〔北原〕白秋全童謡集 4」岩波書店 1993 p115
太陽の下で
　◇「定本小川未明童話全集 8」講談社 1977 p95
　◇「定本小川未明童話全集 8」大空社 2001 p95
太陽の挑発
　◇「〔吉原享子〕おしゃべりな星―少年少女詩集」らくだ出版 2001 p50
太陽の出る前
　◇「〔島崎〕藤村の童話 3」筑摩書房 1979 p90
太陽の涙
　◇「〔うえ山のぼる〕夢と希望の童話集」文芸社 2011 p53
文学論　太陽の匂い
　◇「椋鳩十の本 24」理論社 1983
太陽の光のなかで
　◇「まど・みちお詩集 6」銀河社 1975 p20
　◇「まど・みちお全詩集」理論社 1992 p501
　◇「まどさんの詩の本 14」理論社 1997 p54
太陽の船出
　◇「与謝野晶子児童文学全集 6」春陽堂書店 2007 p36
太陽のマーチ（ラデツキー マーチ）
　◇「阪田寛夫全詩集」理論社 2011 p362
太陽の祭り
　◇「土田明子詩集 2」かど創房 1986 p44
太陽の眼
　◇「全集版灰谷健次郎の本 19」理論社 1987 p231
ダイヨウヒン
　◇「海野十三全集 別巻1」三一書房 1991 p267
太陽よりも月よりも
　◇「平塚武二童話全集 6」童心社 1972 p9
太陽はお医者さん
　◇「やなせたかし童謡詩集 〔1〕」フレーベル館 2000 p96
太陽はどこにもてるけれど
　◇「岡本良雄童話文学全集 2」講談社 1964 p75
大慾は損（犬と影）
　◇「〔巌谷〕小波お伽全集 14」本の友社 1998 p137
大慾は無慾に似たり（植えかえた老木）
　◇「〔巌谷〕小波お伽全集 14」本の友社 1998 p93
第四次元の男
　◇「海野十三全集 6」三一書房 1989 p315
第四楽章「長堀川に夕陽が沈む」
　◇「阪田寛夫全詩集」理論社 2011 p517
第四梯形
　◇「新修宮沢賢治全集 2」筑摩書房 1979 p250

第四の絵
　◇「北彰介作品集 1」青森県児童文学研究会 1990 p154
台ランプ
　◇「巽聖歌作品集 上」巽聖歌作品集刊行委員会 1977 p110
内裏をおびやかす鬼たちと道真のたたり
　◇「〔木暮正夫〕日本の怪奇ばなし 2」岩崎書店 1989 p99
大力くらべ
　◇「今井誉次郎童話集子どもの村 〔5〕」国土社 1957 p37
大力の黒牛と貨物列車の話
　◇「新美南吉童話集 3」大日本図書 1982 p224
大力の小太郎
　◇「二反長半作品集 3」集英社 1979 p98
大陸の若鷹（九曜星）
　◇「高垣眸全集 3」桃源社 1971 p1
大漁
　◇「新装版金子みすゞ全集 1」JULA出版局 1984 p99
　◇「新装版金子みすゞ全集 1」JULA出版局 1984 p101
　◇「〔金子〕みすゞ詩画集 〔1〕」春陽堂書店 1996
　◇「金子みすゞ童謡集」角川春樹事務所 1998（ハルキ文庫）p12
　◇「金子みすゞ童話全集 2」JULA出版局 2003 p12
大領池
　◇「庄野英二全集 9」偕成社 1979 p177
大漁唄
　◇「阪田寛夫全詩集」理論社 2011 p54
タイル
　◇「まど・みちお全詩集」理論社 1992 p588
タイルのかべ
　◇「まど・みちお詩集 4」銀河社 1974 p8
　◇「まど・みちお全詩集」理論社 1992 p424
大礼服の例外的効果
　◇「新修宮沢賢治全集 14」筑摩書房 1980 p148
大連
　◇「〔北原〕白秋全童謡集 3」岩波書店 1992 p186
大連から奉天の北まで
　◇「〔北原〕白秋全童謡集 3」岩波書店 1992 p183
第六の絵
　◇「北彰介作品集 1」青森県児童文学研究会 1990 p158
対話三つ
　◇「北風のくれたテーブルかけ―久保田万太郎童話劇集」東京書籍 1981（東書児童劇シリーズ）p275
台湾の地図
　◇「まど・みちお全詩集」理論社 1992 p38

台湾ホネ屋・陳乞朋
　◇「斎藤隆介全集 8」岩崎書店 1982 p249
田植（日下部梅子）
　◇「岡田泰三・日下部梅子童謡集」会津童詩会 1992 p135
田植ゑ
　◇「〔北原〕白秋全童謡集 4」岩波書店 1993 p39
田植のころ
　◇「巽聖歌作品集 上」巽聖歌作品集刊行委員会 1977 p494
田うえの発明
　◇「今井誉次郎童話集子どもの村 〔4〕」国土社 1957 p81
タウト
　◇「〔かこさとし〕お話こんにちは 〔2〕」偕成社 1979 p21
タウベルトの子守唄
　◇「横山健童謡選集 1」無明舎出版 1995 p111
「ダウン症の子をもって」
　◇「全集版灰谷健次郎の本 21」理論社 1988 p246
タウンズ
　◇「〔かこさとし〕お話こんにちは 〔4〕」偕成社 1979 p126
絶えざる異議申し立て。それが出発です（三田村信行, 神宮輝夫）
　◇「〔神宮輝夫〕現代児童文学作家対談 5」偕成社 1989 p193
多衛門の影
　◇「お噺の卵―武井武雄童話集」講談社 1976（講談社文庫）p64
他を害するな（神と蜜蜂）
　◇「〔巌谷〕小波お伽全集 14」本の友社 1998 p78
田を作れ
　◇「魂の配達―野村吉哉作品集」草思社 1983 p51
タオル
　◇「まど・みちお詩集 4」銀河社 1974 p28
　◇「まど・みちお全詩集」理論社 1992 p588
　◇「まど・みちお全詩集」理論社 1992 p607
　◇「まどさんの詩の本」理論社 1994 p84
　◇「まど・みちお全詩集 続」理論社 2015 p21
タオルうさぎ
　◇「阪田寛夫全詩集」理論社 2011 p749
〔倒れかかった稲のあひだで〕
　◇「新修宮沢賢治全集 5」筑摩書房 1979 p182
　◇「新修宮沢賢治全集 7」筑摩書房 1980 p288
たおれた シビ王
　◇「花岡大学仏典童話全集 6」法蔵館 1979 p112
たおれたプラタナス
　◇「いのち―みずかみかずよ全詩集」石風社 1995 p282
鷹
　◇「〔北原〕白秋全童謡集 2」岩波書店 1992 p160
鷹
　◇「戸川幸夫動物文学全集 13」講談社 1976 p346
高畦
　◇「巽聖歌作品集 上」巽聖歌作品集刊行委員会 1977 p453
高い石の塔
　◇「花岡大学仏典童話全集 1」法蔵館 1979 p95
高い海
　◇「佐藤義美全集 1」佐藤義美全集刊行会 1974 p38
高いがけの上で
　◇「大石真児童文学全集 8」ポプラ社 1982 p66
たかい 木と からす
　◇「小川未明幼年童話文学全集 8」集英社 1966 p112
高い木とからす
　◇「定本小川未明童話全集 13」講談社 1977 p199
　◇「定本小川未明童話全集 13」大空社 2002 p199
高い木と子供の話
　◇「定本小川未明童話全集 6」講談社 1977 p107
　◇「定本小川未明童話全集 6」大空社 2001 p107
高石ともや
　◇「今江祥智の本 21」理論社 1981 p119
たかい たかい
　◇「佐藤義美全集 4」佐藤義美全集刊行会 1974 p237
たかいたかいしてよ
　◇「与田準一全集 1」大日本図書 1967 p90
高い役め
　◇「〔山田野理夫〕お笑い文庫 1」太平出版社 1977（母と子の図書室）p145
高い山
　◇「まど・みちお全詩集」理論社 1992 p633
　◇「まどさんの詩の本 9」理論社 1996 p80
高い山から
　◇「〔北原〕白秋全童謡集 4」岩波書店 1993 p260
高い山から
　◇「魂の配達―野村吉哉作品集」草思社 1983 p47
高岩いなりのキツネ
　◇「〔比江島重孝〕宮崎のむかし話 2」鉱脈社 1998 p232
高岡高等女学校
　◇「与謝野晶子児童文学全集 6」春陽堂書店 2007 p170
高木護さんと
　◇「全集版灰谷健次郎の本 23」理論社 1988 p161
高沢村の耳よし門太
　◇「北畠八穂児童文学全集 5」講談社 1975 p157
タカじいの回り舞台
　◇「〔今坂柳二〕りゅうじフォークロア・world 6」

ふるさと伝承研究会 2012 p39
たかしちゃん
◇「武田信夫童話作品集」みちのく書房 1995 p123
タカシとミドリ
◇「大石真児童文学全集 15」ポプラ社 1982 p167
たかしの青いふしぎなかさ
◇「大石真児童文学全集 12」ポプラ社 1982 p87
たかしのさくせん
◇「寺村輝夫童話全集 17」ポプラ社 1982 p139
◇「寺村輝夫全童話 5」理論社 1998 p265
高篠のわらび長者
◇「二反長半作品集 3」集英社 1979 p63
たか女
◇「〔山田野理夫〕おばけ文庫 1」太平出版社 1976（母と子の図書室）p144
高杉晋作
◇「筑波常治伝記物語全集 10」国土社 1969 p5
高ずこ山の山んば
◇「稗田童平全集 5」宝文館出版 1980 p43
高田駅前発急行バス糸魚川行き
◇「杉みき子選集 9」新潟日報事業社 2011 p242
高田大岳
◇「北彰介作品集 1」青森県児童文学研究会 1990 p64
高田桂子
◇「今江祥智の本 35」理論社 1990 p297
高田の馬場（林家木久蔵編、岡本和明文）
◇「林家木久蔵の子ども落語 1」フレーベル館 1998 p202
高田焼と鹿児島
◇「椋鳩十の本 23」理論社 1983 p59
たかと うずらの はなし
◇「花岡大学仏典童話全集 6」法蔵館 1979 p156
たかと かりゅうど
◇「ひろすけ幼年童話文学全集 12」集英社 1962 p180
タカとミソサザイ
◇「浜田広介全集 9」集英社 1976 p146
タカと百合若
◇「〔比江島重孝〕宮崎のむかし話 2」鉱脈社 1998 p96
鷹と鷲
◇「戸川幸夫動物文学全集 10」冬樹社 1966 p329
たかの王さま
◇「戸川幸夫・動物ものがたり 2」金の星社 1976 p9
鷹の騎士
◇「鈴木三重吉童話全集 3」文泉堂書店 1975（日本文学全集・選集叢刊第5次）p432
鷹の巣とり

◇「千葉省三童話全集 2」岩崎書店 1967 p73
タカの谷渡り
◇「椋鳩十の本 23」理論社 1983 p38
高野長英
◇「筑波常治伝記物語全集 3」国土社 1969 p5
たかの ともだち
◇「花岡大学仏典童話全集 7」法蔵館 1979 p25
タカのはかまいり
◇「〔比江島重孝〕宮崎のむかし話 1」鉱脈社 1998 p88
タカのゆうれい
◇「〔山田野理夫〕おばけ文庫 8」太平出版社 1976（母と子の図書室）p154
高橋享子詩集「流離」を読む
◇「稗田童平全集 7」宝文館出版 1981 p126
高畠小唄
◇「浜田広介全集 11」集英社 1976 p176
たかぶりの心
◇「花岡大学仏典童話新作集 2」法蔵館 1984 p87
高帽
◇「瑠璃の壺—森銑三童話集」三樹書房 1982 p286
たか坊主
◇「〔山田野理夫〕おばけ文庫 3」太平出版社 1976（母と子の図書室）p58
たか丸くもがくれ
◇「山中恒児童よみもの選集 7」読売新聞社 1977 p5
高見順
◇「〔かこさとし〕お話こんにちは 〔11〕」偕成社 1980 p78
高見順を悼む。（五首）
◇「稗田童平全集 4」宝文館出版 1980 p94
高見の見物
◇「井上ひさしジュニア文学館 1」汐文社 1998 p137
高村光太郎
◇「〔かこさとし〕お話こんにちは 〔12〕」偕成社 1980 p54
たがや（林家木久蔵編、岡本和明文）
◇「林家木久蔵の子ども落語 6」フレーベル館 1999 p94
耕すこと
◇「今西祐行全集 15」偕成社 1989 p13
高山右近
◇「筑波常治伝記物語全集 19」国土社 1975 p1
高山右近について
◇「筑波常治伝記物語全集 19」国土社 1975 p200
高山の朝市
◇「椋鳩十の本 22」理論社 1983 p117
たからがふえるといそがしい

◇「〔神沢利子〕くまの子ウーフの童話集 1」ポプラ社 2001 p73

たからさがし
◇「神沢利子のおはなしの時間 3」ポプラ社 2011 p22

タカラさがし
◇「神沢利子コレクション・普及版 3」あかね書房 2006 p195

宝さがし
◇「斎田喬児童劇選集 〔2〕」牧書店 1954 p102

宝塚讚歌 大合唱「百年への道」
◇「阪田寛夫全詩集」理論社 2011 p576

宝の羽
◇「〔巖谷〕小波お伽全集 9」本の友社 1998 p249

たからの宿
◇「壺井栄名作集 8」ポプラ社 1965 p189
◇「壺井栄全集 4」文泉堂出版 1998 p20

宝の山
◇「花岡大学仏典童話全集 8」法蔵館 1979 p53

たからばけもの
◇「〔木暮正夫〕日本のおばけ話・わらい話 1」岩崎書店 1986 p15

宝船
◇「星新一ショートショートセレクション 14」理論社 2004 p81

宝屁
◇「〔比江島重孝〕宮崎のむかし話 3」鉱脈社 2000 p38

宝物を探しに
◇「おはなしの森―きはらみちこ童話集」熊本日日新聞情報文化センター 1999 p12

宝物のなぞ
◇「北彰介作品集 2」青森県児童文学研究会 1990 p149

だからわすれた
◇「〔山田野理夫〕お笑い文庫 1」太平出版社 1977 （母と子の図書室）p16

田河水泡
◇「〔かこさとし〕お話こんにちは 〔11〕」偕成社 1980 p43

たき
◇「まど・みちお詩集 6」銀河社 1975 p46
◇「まど・みちお全詩集」理論社 1992 p502
◇「まどさんの詩の本 9」理論社 1996 p36

滝
◇「山本瓔子詩集 I」新風舎 2003 p142

瀧
◇「〔宗左近〕梟の駅長さん―童謡集」思潮社 1998 p71

滝へ下りる道
◇「巽聖歌作品集 上」巽聖歌作品集刊行委員会 1977 p432

薪仙人
◇「瑠璃の壺―森銑三童話集」三樹書房 1982 p47

滝口修造の「薔薇」
◇「稗田童平全集 8」宝文館出版 1982 p232

滝沢野
◇「新修宮沢賢治全集 2」筑摩書房 1979 p136

滝沢馬琴
◇「〔かこさとし〕お話こんにちは 〔3〕」偕成社 1979 p56

滝山寺（たきさんじ）自転車行
◇「校定新美南吉全集 9」大日本図書 1981 p216

瀧の小法師
◇「〔巖谷〕小波お伽全集 9」本の友社 1998 p187

滝の水霊
◇「稗田童平全集 4」宝文館出版 1980 p105

たきび
◇「巽聖歌作品集 上」巽聖歌作品集刊行委員会 1977 p287

たき火
◇「佐藤義美全集 1」佐藤義美全集刊行会 1974 p371

焚き火
◇「〔島木〕赤彦童話集」第一書店 1947 p35

焚火
◇「西條八十童謡全集」修道社 1971 p281

たき火の唄
◇「西條八十童謡全集」修道社 1971 p280

焚火の話
◇「佐藤さとるファンタジー全集 16」講談社 1983 p72
◇「佐藤さとるファンタジー全集 16」講談社, 復刊ドットコム（発売）2011 p72

たきれい（滝霊）
◇「〔山田野理夫〕おばけ文庫 7」太平出版社 1976 （母と子の図書室）p80

滝廉太郎
◇「〔かこさとし〕お話こんにちは 〔5〕」偕成社 1979 p106

〔滝は黄に変って〕
◇「新修宮沢賢治全集 5」筑摩書房 1979 p210

たくあん
◇「〔東君平〕おはようどうわ 1」講談社 1982 p199

たくあんでゴシゴシ
◇「〔山田野理夫〕お笑い文庫 7」太平出版社 1977 （母と子の図書室）p138

たくあんぶね
◇「〔木暮正夫〕日本のおばけ話・わらい話 7」岩崎書店 1986 p80

たくさんたくさんおしゃべりしましょ
◇「かとうむつこ童話集 3」東京図書出版会, リフレ

たくさ

　　　　出版（発売）2006 p57
たくさんのお母さん
　◇「今江祥智の本 18」理論社 1981 p159
　◇「今江祥智童話館 〔12〕」理論社 1987 p133
托児所のある村
　◇「定本小川未明童話全集 14」講談社 1977 p233
　◇「小川未明童話集」岩波書店 1996（岩波文庫）p330
　◇「定本小川未明童話全集 14」大空社 2002 p233
だくだく（林家木久蔵編, 岡本和明文）
　◇「林家木久蔵の子ども落語 3」フレーベル館 1998 p150
だくだく血がでたつもり
　◇「〔柳家弁丸〕らくご文庫 11」太平出版社 1987 p12
宅地
　◇「新修宮沢賢治全集 4」筑摩書房 1979 p77
　◇「新修宮沢賢治全集 6」筑摩書房 1980 p252
拓地の星
　◇「巽聖歌作品集 上」巽聖歌作品集刊行委員会 1977 p257
宅間さんのこと
　◇「今江祥智の本 34」理論社 1990 p250
たくみ九歳の夏
　◇「〔市原麟一郎〕子どもに語る戦争たいけん物語 5」リーブル出版 2008 p45
タクラマカン砂漠のミイラ
　◇「〔たかしよいち〕世界むかしむかし探検 2」国土社 1994 p80
たくわんぶろ
　◇「寺村輝夫のむかし話 〔5〕」あかね書房 1978 p74
竹
　◇「〔下田喜久美〕遠くから来た旅人―詩集」リトル・ガリヴァー社 1998 p139
竹
　◇「壺井栄全集 4」文泉堂出版 1998 p416
竹
　◇「まど・みちお全詩集」理論社 1992 p531
　◇「まどさんの詩の本 10」理論社 1996 p56
タケイ先生はおおいそがし
　◇「大石真児童文学全集 16」ポプラ社 1982 p177
たけうま
　◇「定本小川未明童話全集 15」講談社 1978 p139
　◇「定本小川未明童話全集 15」大空社 2002 p139
竹馬
　◇「〔北原〕白秋全童謡集 4」岩波書店 1993 p228
　◇「〔北原〕白秋全童謡集 5」岩波書店 1993 p151
竹馬
　◇「高橋敏彦童話集」ノヴィス 2000（ノヴィス叢書）p40

竹馬
　◇「武田信夫童話作品集」みちのく書房 1995 p481
竹馬遊び
　◇「〔大野憲三〕創作童話」一粒書房 2012 p133
竹馬たかいな
　◇「巽聖歌作品集 上」巽聖歌作品集刊行委員会 1977 p301
たけうま たけのこごう
　◇「阪田寛夫全詩集」理論社 2011 p190
竹馬の太郎
　◇「定本小川未明童話全集 4」講談社 1977 p35
　◇「定本小川未明童話全集 4」大空社 2001 p35
竹馬ホイ
　◇「かもめの水兵さん―武内俊子伝記と作品集」講談社出版サービスセンター 1977 p181
竹馬与市
　◇「森三郎童話選集 〔1〕」刈谷市教育委員会 1995 p112
武岡の畑
　◇「椋鳩十全集 12」ポプラ社 1970 p217
　◇「椋鳩十の本 15」理論社 1982 p262
タケオくんのでんしんばしら
　◇「佐藤さとる全集 1」講談社 1972 p65
タケオくんの電信柱
　◇「佐藤さとるファンタジー全集 13」講談社 1983 p25
　◇「佐藤さとる幼年童話自選集 1」ゴブリン書房 2003 p135
　◇「佐藤さとるファンタジー全集 13」講談社, 復刊ドットコム（発売）2011 p25
竹影
　◇「校定新美南吉全集 8」大日本図書 1981 p251
竹かご
　◇「いのち―みずかみかずよ全詩集」石風社 1995 p350
竹が鳴る時――
　◇「〔下田喜久美〕遠くから来た旅人―詩集」リトル・ガリヴァー社 1998 p141
竹ヶ淵のタケ坊
　◇「〔今坂柳二〕りゅうじフォークロア・world 6」ふるさと伝承研究会 2012 p45
たけ狩
　◇「与謝野晶子児童文学全集 5」春陽堂書店 2007 p128
竹切りダヌキ
　◇「〔山田野理夫〕おばけ文庫 7」太平出版社 1976（母と子の図書室）p24
たけくらべ
　◇「〔東君平〕ひとくち童話 1」フレーベル館 1995 p56
丈くらべ

たけくらべの里
　◇「〔島崎〕藤村の童話 4」筑摩書房 1979 p218
たけしくんのふしぎなぼうけん
　◇「〔摩尼和夫〕童話集 アナンさまといたずらもんき」歓成院・大倉山アソカ幼稚園 2009 p37
武田勝頼
　◇「筑波常治伝記物語全集 15」国土社 1978 p1
武田勝頼について
　◇「筑波常治伝記物語全集 15」国土社 1978 p232
武田麟太郎
　◇「庄野英二全集 7」偕成社 1979 p347
武ちゃんと かに
　◇「定本小川未明童話全集 15」講談社 1978 p59
　◇「定本小川未明童話全集 15」大空社 2002 p59
武ちゃんと昔話
　◇「定本小川未明童話全集 12」講談社 1977 p81
　◇「定本小川未明童話全集 12」大空社 2002 p81
武ちゃんとめじろ
　◇「定本小川未明童話全集 9」講談社 1977 p327
　◇「定本小川未明童話全集 9」大空社 2001 p327
たけちゃん日記
　◇「浜田広介全集 8」集英社 1976 p113
武ちゃんのかばん
　◇「定本小川未明童話全集 7」講談社 1977 p270
　◇「定本小川未明童話全集 7」大空社 2001 p270
武ちゃんの二日間
　◇「定本小川未明童話全集 9」講談社 1977 p293
　◇「定本小川未明童話全集 9」大空社 2001 p293
竹寺の怪
　◇「〔山田野理夫〕おばけ文庫 1」太平出版社 1976（母と子の図書室）p126
竹と楢
　◇「新修宮沢賢治全集 2」筑摩書房 1979 p134
竹とひるがお
　◇「浜田広介全集 8」集英社 1976 p91
竹取の翁
　◇「〔北原〕白秋全童謡集 2」岩波書店 1992 p23
竹とんぼ
　◇「新装版金子みすゞ全集 2」JULA出版局 1984 p238
　◇「金子みすゞ童謡全集 4」JULA出版局 2004 p138
竹とんぼ
　◇「〔坪井安〕はしれ子馬よ―童謡詩集」童謡研究・蜂の会 1999 p114
竹とんぼの空
　◇「大石真児童文学全集 10」ポプラ社 1982 p125
武南倉造
　◇「坪田譲治自選童話集」実業之日本社 1971 p430

　◇「坪田譲治童話全集 8」岩崎書店 1986 p27
　◇「坪田譲治名作選〔2〕ビワの実」小峰書店 2005 p118
竹に生きる尚月斎
　◇「斎藤隆介全集 8」岩崎書店 1982 p147
竹の着物
　◇「お噺の卵―武井武雄童話集」講談社 1976（講談社文庫）p28
たけのこ
　◇「〔北原〕白秋全童謡集 3」岩波書店 1992 p329
たけのこ
　◇「新美南吉全集 1」牧書店 1965 p112
　◇「新美南吉童話集 1」大日本図書 1982 p170
　◇「新美南吉童話大全」講談社 1989 p313
　◇「新美南吉童話集 1」大日本図書 2012 p170
　◇「新美南吉童話選集 1」ポプラ社 2013 p58
たけのこ
　◇「まど・みちお全詩集」理論社 1992 p607
　◇「まどさんの詩の本 2」理論社 1994 p44
たけのこ
　◇「マッチ箱の中―三鎌よし子童謡集」しもつけ文学会 1998 p12
タケノコ
　◇「校定新美南吉全集 4」大日本図書 1980 p304
タケノコ
　◇「〔東君平〕おはようどうわ 2」講談社 1982 p56
タケノコ
　◇「〔山田野理夫〕お笑い文庫 1」太平出版社 1977（母と子の図書室）p30
竹の子
　◇「〔島崎〕藤村の童話 3」筑摩書房 1979 p202
竹の子
　◇「いのち―みずかみかずよ全詩集」石風社 1995 p89
　◇「いのち―みずかみかずよ全詩集」石風社 1995 p90
タケノコ タケぼう
　◇「今西祐行絵ぶんこ 6」あすなろ書房 1984 p39
竹の子竹ぼう
　◇「今西祐行全集 1」偕成社 1988 p53
たけの子どうじ
　◇「坪田譲治幼年童話文学全集 6」集英社 1964 p140
タケノコ童子
　◇「〔山田野理夫〕お笑い文庫 10」太平出版社 1977（母と子の図書室）p98
タケノコと牛の子
　◇「〔山田野理夫〕お笑い文庫 6」太平出版社 1977（母と子の図書室）p28
たけのことかし
　◇「浜田広介全集 3」集英社 1975 p69

◇「〔巌谷〕小波お伽全集 14」本の友社 1998 p360

たけの

タケノコの味
　◇「椋鳩十の本 21」理論社 1982 p35
竹の子のあらそい
　◇「今井誉次郎童話集子どもの村 〔3〕」国土社 1957 p114
たけのこのおとむらい
　◇〔木暮正夫〕日本のおばけ話・わらい話 15」岩崎書店 1987 p86
たけのこのけた
　◇「阪田寛夫全詩集」理論社 2011 p267
たけのこの死骸
　◇「椋鳩十の本 15」理論社 1982 p74
タケノコの死がい
　◇「椋鳩十全集 12」ポプラ社 1970 p62
タケノコほり
　◇〔東君平〕おはようどうわ 8」講談社 1982 p86
竹の子祭
　◇〔巌谷〕小波お伽全集 9」本の友社 1998 p329
竹の杖
　◇「瑠璃の壺―森銑三童話集」三樹書房 1982 p97
　◇「瑠璃の壺―森銑三童話集」三樹書房 1982 p342
たけのはさやさや
　◇「長崎源之助全集 18」偕成社 1987 p19
竹の柱
　◇「椋鳩十の本 16」理論社 1983 p106
竹の林
　◇「まど・みちお全詩集」理論社 1992 p27
　◇「まどさんの詩の本 10」理論社 1996 p54
竹の林に
　◇「巽聖歌作品集 上」巽聖歌作品集刊行委員会 1977 p225
お伽清元 竹の春千代賑
　◇〔巌谷〕小波お伽全集 7」本の友社 1998 p456
たけのぶらんこ
　◇「石森読本―石森延男児童文学選集 1年生」小学館 1977 p147
竹久夢二
　◇〔かこさとし〕お話こんにちは 〔6〕」偕成社 1979 p75
(竹久夢二の)
　◇「穐田晝平全集 8」宝文館出版 1982 p111
竹ばうき
　◇〔北原〕白秋全童謡集 4」岩波書店 1993 p201
竹やぶ
　◇〔岡田文正〕短編作品集 ボク、強い子になりたい」ウインかもがわ, かもがわ出版 (発売) 2009 p60
竹やぶ
　◇「ひばりのす―木下夕爾児童詩集」光書房 1998 p22

たけやぶすずめ
　◇「佐藤義美全集 4」佐藤義美全集刊行会 1974 p371
竹やぶ (童話集)
　◇「千葉省三童話全集 2」岩崎書店 1967 p131
竹やぶの中
　◇「杉みき子選集 9」新潟日報事業社 2011 p38
竹やぶの墓
　◇「椋鳩十全集 11」ポプラ社 1970 p38
たこ
　◇〔内海康子〕六月のカレンダー―詩集」けやき書房 1999 p82
たこ
　◇〔島崎〕藤村の童話 2」筑摩書房 1979 p21
たこ
　◇「杉みき子選集 2」新潟日報事業社 2005 p61
タコ
　◇「いのち―みずかみかずよ全詩集」石風社 1995 p250
凧
　◇「小出正吾児童文学全集 1」暁美社 2000 p395
凧
　◇〔竹久〕夢二童謡集」ノーベル書房 1975 (浪漫文庫) p23
凧
　◇「まど・みちお詩集 4」銀河社 1974 p38
　◇「まど・みちお全詩集」理論社 1992 p425
凧
　◇「いのち―みずかみかずよ全詩集」石風社 1995 p346
たこあげ
　◇「石森延男児童文学全集 5」学習研究社 1971 p129
　◇「石森延男児童文学全集 5」学習研究社 1971 p188
たこあげ
　◇「石森読本―石森延男児童文学選集 4年生」小学館 1977 p170
たこあげ
　◇〔木暮正夫〕日本のおばけ話・わらい話 6」岩崎書店 1986 p38
たこあげ
　◇「佐藤義美童謡集」さ・え・ら書房 1960 p224
　◇「佐藤義美全集 1」佐藤義美全集刊行会 1974 p241
タコアゲ
　◇「西條八十童謡全集」修道社 1971 p283
たこあげたいかい
　◇「岩永博史童話集 1」岩永博史 2001 p65
よびかけたこあげ (I)
　◇「斎田香幼年劇全集 3」誠文堂新光社 1962 p342
よびかけたこあげ (II)

◇「斎田喬幼年劇全集 3」誠文堂新光社 1962 p356

タコ頭
　◇「椋鳩十全集 11」ポプラ社 1970 p60

たこいと でんわ
　◇「阪田寛夫全詩集」理論社 2011 p213

たこをとばす
　◇「坪田譲治童話全集 9」岩崎書店 1986 p238

タコ買い
　◇「椋鳩十全集 12」ポプラ社 1970 p79
　◇「椋鳩十の本 15」理論社 1982 p89

たこが みた こと
　◇「佐藤義美全集 3」佐藤義美全集刊行会 1973 p22

タコたこあがれ
　◇「今江祥智童話館〔8〕」理論社 1987 p158

凧, 凧あがれ
　◇「〔北原〕白秋全童謡集 4」岩波書店 1993 p225

タコつり
　◇「〔東君平〕おはようどうわ 3」講談社 1982 p148

たことうわさ
　◇「岡本良雄童話文学全集 2」講談社 1964 p212

タコと小鳥
　◇「坪田譲治童話全集 4」岩崎書店 1986 p45

たことたけうま
　◇「来栖良夫児童文学全集 1」岩崎書店 1983 p6

凧と羽根
　◇「〔巌谷〕小波お伽全集 7」本の友社 1998 p399

凧とホンチと鯉のぼり
　◇「佐藤さとるファンタジー全集 16」講談社 1983 p22
　◇「佐藤さとるファンタジー全集 16」講談社, 復刊ドットコム（発売）2011 p22

凧になったお母さん
　◇「〔野坂昭如〕戦争童話集 忘れてはイケナイ物語り〔3〕凧になったお母さん」日本放送出版協会 2002 p1

タコの足
　◇「椋鳩十の本 22」理論社 1983 p149

たこの あしは いくほんか
　◇「佐藤義美全集 5」佐藤義美全集刊行会 1973 p159

たこの くつした
　◇「佐藤義美全集 3」佐藤義美全集刊行会 1973 p16

タコノ クツシタ
　◇「佐藤義美全集 2」佐藤義美全集刊行会 1973 p47

タコの手
　◇「〔木暮正夫〕日本のおばけ話・わらい話 11」岩崎書店 1987 p7

たこの骨なし
　◇「北彰介作品集 3」青森県児童文学研究会 1990 p52

タコノ ミタ コト
　◇「佐藤義美全集 2」佐藤義美全集刊行会 1973 p40

タコの夢
　◇「〔山田野理夫〕お笑い文庫 1」太平出版社 1977（母と子の図書室）p72

たこ八のぼうけん
　◇「岩永博史童話集 2」岩永博史 2005 p26

凧祭り
　◇「横山健童謡選集 2」無明舎出版 1995 p49

太宰治
　◇「〔かこさとし〕お話こんにちは〔3〕」偕成社 1979 p92

太宰春台
　◇「〔かこさとし〕お話こんにちは〔6〕」偕成社 1979 p61

太三郎のゆめ
　◇「かつおきんや作品集 13」アリス館牧新社 1976 p157

太三郎の夢
　◇「かつおきんや作品集 14」偕成社 1982 p145

たしかな記憶
　◇「くんぺい魔法ばなし—魔法ばなし全集 2」サンリオ 2000 p22

確かな手段（漁師と笛）
　◇「〔巌谷〕小波お伽全集 14」本の友社 1998 p125

たしかめてみたい
　◇「いのち—みずかみかずよ全詩集」石風社 1995 p384

たしざん
　◇「こやま峰子詩集〔3〕」朔北社 2003 p8

足し算と割り算
　◇「北彰介作品集 1」青森県児童文学研究会 1990 p56

田島征三 I
　◇「今江祥智の本 21」理論社 1981 p88

田島征三 II
　◇「今江祥智の本 21」理論社 1981 p96

ダジャレ1
　◇「まど・みちお全詩集 続」理論社 2015 p295

ダジャレ2
　◇「まど・みちお全詩集 続」理論社 2015 p296

多数決の国
　◇「今井誉次郎童話集子どもの村〔6〕」国土社 1957 p42

たすけあい まえがき
　◇「北川千代児童文学全集 下」講談社 1967 p310

助け合った鳥たち
　◇「定本小川未明童話全集 9」講談社 1977 p314
　◇「定本小川未明童話全集 9」大空社 2001 p314

助けて赤ちゃん

たすけ
　◇「〔黒川良人〕犬の詩猫の詩―児童詩集」東洋出版 2000 p80
助け笛
　◇「〔厳谷〕小波お伽全集 10」本の友社 1998 p1
たそがれ
　◇「西條八十童謡全集」修道社 1971 p23
たそがれ
　◇「阪田寛夫全詩集」理論社 2011 p863
　◇「阪田寛夫全詩集」理論社 2011 p865
たそがれ
　◇「魂の配達―野村吉哉作品集」草思社 1983 p169
たそがれ
　◇「星新一ちょっと長めのショートショート 9」理論社 2006 p137
黄昏
　◇「新修宮沢賢治全集 6」筑摩書房 1980 p138
　◇「新修宮沢賢治全集 6」筑摩書房 1980 p399
〔たそがれ思量惑くして〕
　◇「新修宮沢賢治全集 6」筑摩書房 1980 p15
　◇「新修宮沢賢治全集 6」筑摩書房 1980 p338
たそがれ どなた
　◇「阪田寛夫全詩集」理論社 2011 p624
たそがれのうちに
　◇「魂の配達―野村吉哉作品集」草思社 1983 p31
たそがれは花の木に
　◇「稗田菫平全集 1」宝文館出版 1978 p50
ただいま
　◇「阪田寛夫全詩集」理論社 2011 p840
ただいま
　◇「阪田寛夫全詩集」理論社 2011 p93
ただ今執筆中
　◇「壼井栄全集 11」文泉堂出版 1998 p304
たたかいの春を迎えて
　◇「まど・みちお全詩集 続」理論社 2015 p352
たたかいの人―田中正造
　◇「大石真児童文学全集 3」ポプラ社 1982 p5
戦ふ医学
　◇「〔北原〕白秋全童謡集 4」岩波書店 1993 p404
たたかう大わし
　◇「戸川幸夫・動物ものがたり 8」金の星社 1976 p5
たたかう カモシカ
　◇「椋鳩十全集 6」ポプラ社 1969 p174
　◇「椋鳩十動物童話集 10」小峰書店 1991 p38
　◇「椋鳩十まるごと動物ものがたり 8」理論社 1996 p94
戦うかもしか
　◇「椋鳩十学年別童話 〔9〕」理論社 1991 p69
〔たゞかたくなのみをわぶる〕
　◇「新修宮沢賢治全集 6」筑摩書房 1980 p251

たたかれても安心
　◇「川崎大治民話選 〔1〕」童心社 1968 p55
正しい望み（狐と葡萄）
　◇「〔厳谷〕小波お伽全集 14」本の友社 1998 p154
だだっ子
　◇「森三郎童話選集 〔2〕」刈谷市教育委員会 1996 p130
駄々っ子とら子
　◇「きつねとチョウとアカヤシオの花―横野幸一童話集」横野幸一, 静岡新聞社（発売）2006 p50
だだっこライオン
　◇「きむらゆういちおはなしのへや 2」ポプラ社 2012 p5
ただで食わせる家
　◇「北彰介作品集 3」青森県児童文学研究会 1990 p66
ただで手にいれた枯れ枝
　◇「〔西本鶏介〕日本の昔話―読みきかせお話集 2」小学館 2001 p66
ただ飛ぶ羽虫
　◇「浜田広介全集 1」集英社 1975 p193
「但願児孫愚且魯」
　◇「瑠璃の壺―森銑三童話集」三樹書房 1982 p164
ただのたろうとかめのこ
　◇「ひろすけ幼年童話文学全集 5」集英社 1962 p56
　◇「浜田広介全集 2」集英社 1975 p238
ただヒトリ
　◇「まど・みちお全詩集 続」理論社 2015 p296
たたみ
　◇「まど・みちお詩集 4」銀河社 1974 p12
　◇「まど・みちお全詩集」理論社 1992 p425
たたみがえ
　◇「まど・みちお全詩集」理論社 1992 p340
たたみたたき
　◇「〔山田野理夫〕おばけ文庫 7」太平出版社 1976 （母と子の図書室）p46
畳屋恵さん昔話
　◇「斎藤隆介全集 8」岩崎書店 1982 p79
ただよう風景
　◇「全集古田足日子どもの本 1」童心社 1993 p320
たたりつづけた平家の怨霊
　◇「〔木暮正夫〕日本の怪奇ばなし 4」岩崎書店 1989 p6
たたりにたたる天神・道真
　◇「〔木暮正夫〕日本の怪奇ばなし 2」岩崎書店 1989
たたりもっけ
　◇「〔山田野理夫〕おばけ文庫 6」太平出版社 1976 （母と子の図書室）p52
タチアオイ
　◇「〔東君平〕おはようどうわ 6」講談社 1982 p107

太稚絵図詩集
◇「稗田菫平全集 8」宝文館出版 1982 p83
「立川文庫の英雄たち」
◇「全集版灰谷健次郎の本 21」理論社 1988 p303
立聞話
◇「お噺の卵—武井武雄童話集」講談社 1976（講談社文庫）p73
橘鳥
◇「巽聖歌作品集 上」巽聖歌作品集刊行委員会 1977 p344
橘の木の葉
◇「瑠璃の壺—森銑三童話集」三樹書房 1982 p86
立原えりか
◇「今江祥智の本 35」理論社 1990 p266
ターチョ
◇「巽聖歌作品集 上」巽聖歌作品集刊行委員会 1977 p290
ダチョウ
◇「まど・みちお全詩集」理論社 1992 p122
◇「まど・みちお全詩集」理論社 1992 p669
◇「まどさんの詩の本 13」理論社 1997 p20
◇「まどさんの詩の本 13」理論社 1997 p22
だちょうのたまご
◇「寺村輝夫全童話 3」理論社 1997 p14
〔舘は台地のはななれば〕
◇「新修宮沢賢治全集 6」筑摩書房 1980 p259
◇「新修宮沢賢治全集 6」筑摩書房 1980 p428
龍（たつ）… → "りゅう…"をも見よ
タツオの島
◇「佐藤さとる全集 5」講談社 1974 p127
◇「佐藤さとるファンタジー全集 10」講談社 1983 p247
◇「佐藤さとる幼年童話自選集 1」ゴブリン書房 2003 p29
◇「佐藤さとるファンタジー全集 10」講談社, 復刊ドットコム（発売）2011 p247
ダックスのショート
◇「〔黒田良人〕犬の詩猫の詩—児童詩集」東洋出版 2000 p29
タツクチナワ
◇「〔山田野理夫〕おばけ文庫 4」太平出版社 1976（母と子の図書室）p55
だっこのうた
◇「佐藤義美童謡集」さ・え・ら書房 1960 p66
ダッコノウタ
◇「佐藤義美全集 1」佐藤義美全集刊行会 1974 p155
特別短編 脱出順位
◇「赤川次郎ショートショートシリーズ 2」理論社 2009 p162
脱線息子
◇「佐々木邦全集 3」講談社 1974 p3
たった一度のゴメンナサイ
◇「みずいろようちえん—出雲路猛雄童話集」坂神都 2012 p158
「だった」「でした」
◇「全集古田足日子どもの本 13」童心社 1993 p434
たったひとつ
◇「山本瓔子詩集 I」新風舎 2003 p86
鞦韆の海
◇「巽聖歌作品集 下」巽聖歌作品集刊行委員会 1977 p182
◇「巽聖歌作品集 下」巽聖歌作品集刊行委員会 1977 p184
たっちゃんといっしょ
◇「筒井敬介童話全集 8」フレーベル館 1984 p123
たっちゃんと電信柱
◇「佐藤さとる幼年童話自選集 4」ゴブリン書房 2004 p141
たっちゃんとトムとチム
◇「大石真児童文学全集 14」ポプラ社 1982 p119
タッチゃんとやっこだこ
◇「佐藤さとる全集 2」講談社 1972 p69
タッチゃんと奴だこ
◇「佐藤さとるファンタジー全集 8」講談社 1982 p85
◇「佐藤さとるファンタジー全集 8」講談社, 復刊ドットコム（発売）2010 p85
たっちゃんのおるすばん
◇「大石真児童文学全集 14」ポプラ社 1982 p156
ダッテちゃん
◇「山下明生・童話の島じま 1」あかね書房 2012 p81
立ってみなさい
◇「斎藤隆介全集 1」岩崎書店 1982 p134
ダットくん—げんきな子ウサギのはなし
◇「いいざわただす・おはなしの本 3」理論社 1978 p7
ダットサン
◇「〔北原〕白秋全童謡集 3」岩波書店 1992 p85
たつのおとしご
◇「土田明子詩集 3」かど創房 1986 p34
龍の子太郎
◇「松谷みよ子全集 5」講談社 1971 p1
「龍の子太郎」のこと
◇「松谷みよ子全エッセイ 1」筑摩書房 1989 p167
龍（たつ）の迷子
◇「〔巖谷〕小波お伽全集 3」本の友社 1998 p436
竜の宮居
◇「中村雨紅詩謡集」中村雨紅詩謡集刊行委員会 1971 p170

たつふ

タツフイ
◇「〔北原〕白秋全童謡集 1」岩波書店 1992 p181

たつまき
◇「〔下田喜久美〕遠くから来た旅人―詩集」リトル・ガリヴァー社 1998 p98

巽聖歌哀悼
◇「稗田菫平全集 3」宝文館出版 1979 p159

辰巳用水をさぐる
◇「かつおきんや作品集 5」偕成社 1982 p5

辰巳用水をさぐる―ナゾの人板屋兵四郎
◇「かつおきんや作品集 1」牧書店〔アリス館牧新社〕1971 p1

達也のひのき学園報告
◇「ともみのちょう戦―立花玲子童話集」青森県児童文学研究会 1997 p23

建才昔がたり
◇「斎藤隆介全集 9」岩崎書店 1982 p45

建惣むかし話
◇「斎藤隆介全集 9」岩崎書店 1982 p37

建政思い出ばなし
◇「斎藤隆介全集 9」岩崎書店 1982 p53

立山のうば石
◇「稗田菫平全集 5」宝文館出版 1980 p46

立山の黒ゆり(富山)
◇「〔木暮正夫〕日本の怪奇ばなし 10」岩崎書店 1990 p6

「立山の黒ゆり」より
◇「稗田菫平全集 5」宝文館出版 1980 p131

「立山のてんぐ」より
◇「稗田菫平全集 5」宝文館出版 1980 p8

たてわきさま
◇「〔比江島重孝〕宮崎のむかし話 2」鉱脈社 1998 p272

たとえことばは詩のたいそう
◇「全集版灰谷健次郎の本 15」理論社 1988 p134

たとえば……
◇「いのち―みずかみかずよ全詩集」石風社 1995 p446

たどんの与太さん
◇「春―〔竹久〕夢二童話集」ノーベル書房 1977 p53

たな
◇「〔東君平〕おはようどうわ 5」講談社 1982 p100
◇「東君平のおはようどうわ 2」新日本出版社 2010 p46

たなを つくりましょう
◇「まど・みちお全詩集」理論社 1992 p186

田中正造
◇「来栖良夫児童文学全集 6」岩崎書店 1983 p213

タナゴ
◇「国分一太郎児童文学集 6」小峰書店 1967 p94

たなごと としちゃん
◇「小川未明幼年童話文学全集 8」集英社 1966 p22

店ざらしのダンサー
◇「定本小川未明童話全集 9」講談社 1977 p171
◇「定本小川未明童話全集 9」大空社 2001 p171

七夕
◇「北国翔子童話集 2」青森県児童文学研究会 2010 p111

七夕
◇「斎藤隆介全集 5」岩崎書店 1982 p207

七夕
◇「〔竹久〕夢二童謡集」ノーベル書房 1975 (浪漫文庫) p13

七夕
◇「中村雨紅詩謡集」中村雨紅詩謡集刊行委員会 1971 p186

たなばたかざり
◇「石森延男児童文学全集 11」学習研究社 1971 p29
◇「石森読本―石森延男児童文学選集 4年生」小学館 1977 p40

七夕飾り
◇「〔吉田享子〕おしゃべりな星―少年少女詩集」らくだ出版 2001 p44

たなばたさま
◇「〔島崎〕藤村の童話 2」筑摩書房 1979 p96

たなばたさま
◇「住井すゑ わたしの童話」労働旬報社 1988 p89

たなばたさま
◇「巽聖歌作品集 上」巽聖歌作品集刊行委員会 1977 p209

七夕さま
◇「〔北原〕白秋全童謡集 4」岩波書店 1993 p47

たなばたさま拝見
◇「北畠八穂児童文学全集 1」講談社 1974 p76

七夕さまよ,ごらんください
◇「巽聖歌作品集 下」巽聖歌作品集刊行委員会 1977 p150

七夕さま(A-随筆)
◇「壺井栄全集 11」文泉堂出版 1998 p187

七夕天人
◇「寺村輝夫のむかし話 〔12〕」あかね書房 1982 p6

七夕のころ
◇「新装版金子みすゞ全集 2」JULA出版局 1984 p52
◇「金子みすゞ童謡全集 3」JULA出版局 2004 p84

七夕の笹
◇「新装版金子みすゞ全集 1」JULA出版局 1984 p63

◇「金子みすゞ童謡全集 1」JULA出版局 2003 p102

七夕の星の話
◇「〔かこさとし〕お話こんにちは 〔4〕」偕成社 1979 p40

たなばたの よる
◇「佐藤義美全集 1」佐藤義美全集刊行会 1974 p464

七夕の夜
◇「〔林原玉枝〕星の花束を―童話集」てらいんく 2009 p75

七夕まつり
◇「中村雨紅詩謡集」中村雨紅詩謡集刊行委員会 1971 p148

たなばば
◇「〔山田野理夫〕おばけ文庫 1」太平出版社 1976 （母と子の図書室）p113

たに
◇「〔山田野理夫〕おばけ文庫 2」太平出版社 1976 （母と子の図書室）p140

谷
◇「新版・宮沢賢治童話全集 3」岩崎書店 1978 p89
◇「新修宮沢賢治全集 2」筑摩書房 1979 p27
◇「新修宮沢賢治全集 9」筑摩書房 1979 p135
◇「ジュニア文学館 宮沢賢治―写真・絵画集成 3」日本図書センター 1996 p41
◇「宮沢賢治20選」春陽堂書店 2008（名作童話）p37

峡
◇「巽聖歌作品集 上」巽聖歌作品集刊行委員会 1977 p413

谷へおった話
◇「土田耕平童話集 〔5〕」古今院 1955 p42

谷へ落った話
◇「土田耕平童話集」信濃毎日新聞社 1949 p151

ダニエル=ケン=イノウエ
◇「〔かこさとし〕お話こんにちは 〔6〕」偕成社 1979 p52

谷風梶之助
◇「〔かこさとし〕お話こんにちは 〔5〕」偕成社 1979 p39

谷川
◇「まど・みちお全詩集 続」理論社 2015 p22

谷川さんの仕事について，また
◇「今江祥智の本 35」理論社 1990 p231

谷川俊太郎
◇「今江祥智の本 21」理論社 1981 p43

谷川俊太郎さんと
◇「全集版灰谷健次郎の本 24」理論社 1988 p39

谷川俊太郎―について何度でも言いたいこと
◇「今江祥智の本 35」理論社 1990 p227

（谷川に）
◇「巽聖歌童平全集 8」宝文館出版 1982 p24

谷口謙氏の「死」に
◇「巽聖歌童平全集 6」宝文館出版 1981 p144

谷崎潤一郎
◇「〔かこさとし〕お話こんにちは 〔4〕」偕成社 1979 p110

たにしときつねの競走
◇「二反長半作品集 3」集英社 1979 p223

たにしとり
◇「国分一太郎児童文学集 6」小峰書店 1967 p141

田螺とり
◇「巽聖歌作品集 上」巽聖歌作品集刊行委員会 1977 p336

田螺のうた
◇「室生犀星童話全集 2」創林社 1978 p20

タニシむすこ
◇「浜田広介全集 9」集英社 1976 p150

（谷と谷とが）
◇「巽聖歌童平全集 8」宝文館出版 1982 p67

谷にうたう女
◇「定本小川未明童話全集 10」講談社 1977 p237
◇「定本小川未明童話全集 10」大空社 2001 p237

渓にて
◇「新修宮沢賢治全集 3」筑摩書房 1979 p281
◇「新修宮沢賢治全集 3」筑摩書房 1979 p424

谷の子熊
◇「サトウハチロー童謡集」弥生書房 1977 p80

谷の白百合
◇「椋鳩十の本 34」理論社 1989 p171

谷間
◇「与田準一全集 2」大日本図書 1967 p52

（谷間に）
◇「巽聖歌童平全集 8」宝文館出版 1982 p57

谷間にて
◇「巽聖歌童平全集 8」宝文館出版 1982 p23

谷間にて（二章）
◇「巽聖歌童平全集 1」宝文館出版 1978 p84

たにまに光るみどりの風
◇「花岡大学童話文学全集 4」法蔵館 1980 p96

谷間の池
◇「坪田譲治童話全集 5」岩崎書店 1986 p63

谷間のかくれんぼ
◇「与田準一全集 2」大日本図書 1967 p57

谷間の学校
◇「小出正吾児童文学全集 3」審美社 2000 p35

谷間の極楽
◇「花岡大学童話文学全集 2」法蔵館 1980 p249

谷間のしじゅうから
◇「定本小川未明童話全集 12」講談社 1977 p42

たにま

◇「定本小川未明童話全集 12」大空社 2002 p42

谷間の書
◇「稗田童平全集 8」宝文館出版 1982 p24

谷間の書（三章）
◇「稗田童平全集 1」宝文館出版 1978 p85

谷間のヒュッテ
◇「庄野英二全集 6」偕成社 1979 p30

谷間の松風
◇「坪田譲治童話全集 4」岩崎書店 1986 p135

谷間の目白
◇「〔斎藤信夫〕子ども心を友として─童謡詩集」成東町教育委員会 1996 p14

谷間の宿
◇「安房直子コレクション 3」偕成社 2004 p219

谷はさらに谷に深まり
◇「稗田童平全集 2」宝文館出版 1979 p12

他人の痛さ
◇「佐藤義美全集 5」佐藤義美全集刊行会 1973 p150

他人の缺點（蠅と蟻）
◇「〔巌谷〕小波お伽全集 14」本の友社 1998 p184

他人のこと
◇「〔山田野理夫〕お笑い文庫 8」太平出版社 1977 （母と子の図書室）p112

狸
◇「瑠璃の壺─森銑三童話集」三樹書房 1982 p364

たぬきおしょう
◇「二反長半作品集 3」集英社 1979 p84

たぬきかい
◇「今井誉次郎童話集子どもの村 〔1〕」国土社 1957 p82

狸が訪ねて来た
◇「椋鳩十の本 29」理論社 1989 p189

たぬき がっこうの おはなし
◇「今井誉次郎童話集子どもの村 〔2〕」国土社 1957 p116

たぬきさんの一とうしょう
◇「浜田広介全集 8」集英社 1976 p61

タヌキ汁
◇「稗田童平全集 7」宝文館出版 1981 p185

たぬき先生大じっけん
◇「寺村輝夫童話全集 13」ポプラ社 1982 p5
◇「寺村輝夫全童話 3」理論社 1997 p397

たぬき先生大ぼうけん
◇「寺村輝夫全童話 3」理論社 1997 p416

たぬき先生はじょうずです
◇「あまんきみこセレクション 4」三省堂 2009 p49

たぬ吉の書きぞめ
◇「むぎぶえ笛太─文館輝子童話集」越野智、ブックヒルズ（所沢）1999 p16

タヌキと遊んだけんちゃん
◇「武田信夫童話作品集」みちのく書房 1995 p24

たぬきと おひゃくしょうの ちえくらべ
◇「今井誉次郎童話集子どもの村 〔1〕」国土社 1957 p71

たぬきときつねの寄合田
◇「沼田曜一の親子劇場 3」あすなろ書房 1996 p61

タヌキと船頭さん
◇「〔比江島重孝〕宮崎のむかし話 2」鉱脈社 1998 p24

タヌキに魚をかえしたクマ
◇「武田信夫童話作品集」みちのく書房 1995 p99

たぬきの糸車
◇「寺村輝夫のむかし話 〔7〕」あかね書房 1979 p14

たぬきのおしょうさん
◇「松谷みよ子のむかしむかし 9」講談社 1973 p2

狸のお祭
◇「豊島与志雄童話全集 2」八雲書店 1948 p67
◇「豊島与志雄童話選集・郷土篇」双文社出版 1982 p80

狸のお祭り
◇「豊島与志雄童話集」海鳥社 1990 p107

タヌキのカバン
◇「〔東君平〕おはようどうわ 1」講談社 1982 p56

たぬきの紙ぶくろ
◇「〔西本鶏介〕新日本昔ばなし──一日一話・読みきかせ 2」小学館 1997 p82

狸のから鼓
◇「〔巌谷〕小波お伽全集 12」本の友社 1998 p158

たぬきのカルタとり
◇「浜田広介全集 6」集英社 1976 p243

たぬきのさかだち
◇「ひろすけ幼年童話文学全集 5」集英社 1962 p82
◇「浜田広介全集 5」集英社 1976 p201

たぬきのしかえし
◇「寺村輝夫のとんち話 3」あかね書房 1976 p30

タヌキの仕返し
◇「浜田広介全集 9」集英社 1976 p156

タヌキのじてんしゃ
◇「〔東君平〕おはようどうわ 1」講談社 1982 p14

たぬきのずきん
◇「寺村輝夫全童話 4」理論社 1997 p118

狸のため糞
◇「庄野英二全集 11」偕成社 1980 p198

タヌキのタロ
◇「石森延男児童文学全集 2」学習研究社 1971 p108

たぬきのちょうちん
◇「ひろすけ幼年童話文学全集 6」集英社 1962 p30

◇「浜田広介全集 8」集英社 1976 p205
◇「浜田広介童話集」世界文化社 2006（心に残るロングセラー）p139

狸のポン助日記
　◇「〔大野憲三〕創作童話」一粒書房 2012 p103
狸の安兵衛／お歌ちゃん
　◇「与謝野晶子児童文学全集 5」春陽堂書店 2007 p95
たぬきのゆきだるま
　◇「浜田広介全集 7」集英社 1976 p114
狸八左衛門
　◇「阪田寛夫全詩集」理論社 2011 p473
狸囃子
　◇「斎藤隆介全集 3」岩崎書店 1982 p170
タヌキモ
　◇「〔東君平〕おはようどうわ 3」講談社 1982 p44
　◇「東君平のおはようどうわ 1」新日本出版社 2010 p21
たね
　◇「〔内海康子〕六月のカレンダー――詩集」けやき書房 1999 p116
たね
　◇「〔東君平〕おはようどうわ 1」講談社 1982 p184
　◇「〔東君平〕ひとくち童話 3」フレーベル館 1995 p6
種
　◇「壺井栄全集 1」文泉堂出版 1997 p428
種馬検査日
　◇「新修宮沢賢治全集 5」筑摩書房 1979 p187
たねの効用
　◇「星新一ショートショートセレクション 8」理論社 2002 p151
種まきうえんずでー
　◇「阪田寛夫全詩集」理論社 2011 p584
種まき爺さま
　◇「〔高橋一仁〕春のニシン場――童謡詩集」けやき書房 2003 p156
種山が原
　◇「新版・宮沢賢治童話全集 9」岩崎書店 1979 p75
種山ヶ原
　◇「新修宮沢賢治全集 8」筑摩書房 1979 p111
　◇「新修宮沢賢治全集 3」筑摩書房 1979 p270
　◇「新修宮沢賢治全集 3」筑摩書房 1979 p415
　◇「新修宮沢賢治全集 6」筑摩書房 1980 p64
　◇「新修宮沢賢治全集 6」筑摩書房 1980 p365
　◇「新修宮沢賢治全集 7」筑摩書房 1980 p364
　◇「新修宮沢賢治全集 1」筑摩書房 1980 p283
種山ヶ原の夜
　◇「脚本集・宮沢賢治童話劇場 1」国土社 1996 p243
種山ヶ原の夜

◇「新修宮沢賢治全集 14」筑摩書房 1980 p236
◇「宮沢賢治童話劇集 1」東京書籍 1981（東書児童劇シリーズ）p65

種山ヶ原の夜〔楽譜〕
　◇「脚本集・宮沢賢治童話劇場 1」国土社 1996 p264
タネリはたしかにいちにち噛んでいたようだった
　◇「新版・宮沢賢治童話全集 4」岩崎書店 1978 p27
　◇「〔宮沢〕賢治童話」翔泳社 1995 p384
タネリはたしかにいちにち噛んでゐたやうだった
　◇「新修宮沢賢治全集 11」筑摩書房 1979 p3
田の神様
　◇「氏原大作全集 1」条例出版 1977 p374
田の神の歌
　◇「浜田広介全集 6」集英社 1976 p193
田の神祭り
　◇「椋鳩十の本 23」理論社 1983 p275
田之久
　◇「沼田曜一の親子劇場 2」あすなろ書房 1995 p79
田能久（林家木久蔵編，岡本和明文）
　◇「林家木久蔵の子ども落語 2」フレーベル館 1998 p16
田の草取り
　◇「椋鳩十の本 16」理論社 1983 p115
たのしい家に
　◇「今井誉次郎童話集子どもの村 〔4〕」国土社 1957 p51
たのしい うち みんなの うち
　◇「今井誉次郎童話集子どもの村 〔2〕」国土社 1957 p57
たのしい遠足
　◇「浜田広介全集 3」集英社 1975 p47
たのしいかな夏
　◇「室生犀星童話全集 2」創林社 1978 p224
たのしいさんぽ＜一まく 音楽劇＞
　◇「〔斎田喬〕学校劇代表作選 1」牧書店 1959 p193
たのしいさんぽ（音楽劇）
　◇「斎田喬幼年劇全集 1」誠文堂新光社 1962 p151
楽しい銭湯
　◇「ビートたけし傑作集 少年編 1」金の星社 2010 p46
たのしい ちょうたち
　◇「定本小川未明童話全集 15」講談社 1978 p56
　◇「定本小川未明童話全集 15」大空社 2002 p56
たのしい農業へ
　◇「今井誉次郎童話集子どもの村 〔6〕」国土社 1957 p5
たのしい日

たのし

◇「巽聖歌作品集 上」巽聖歌作品集刊行委員会 1977 p130

たのしい日
◇「定本壺井栄児童文学全集 2」講談社 1979 p250
◇「壺井栄全集 9」文泉堂出版 1997 p416

たのしい村
◇「ひろすけ幼年童話文学全集 1」集英社 1961 p89
◇「浜田広介全集 5」集英社 1976 p246

たのしい森の町
◇「庄野英二全集 4」偕成社 1979 p131

楽しかったあのころ
◇「椋鳩十の本 25」理論社 1983 p232

楽しかった修学旅行
◇「〔あらやゆきお〕創作童話 ざくろの詩」鳳書院 2012 p110

たのしきかな ジロリンタン
◇「サトウハチロー・ユーモア小説選 1」岩崎書店 1976 p5

愉しき出会い
◇「椋鳩十の本 28」理論社 1989 p63

たのしみ
◇「星新一ショートショートセレクション 1」理論社 2001 p170

たのしみは？
◇「まど・みちお全詩集 続」理論社 2015 p264

〔他の非を忿りて数ふるときは〕
◇「新修宮沢賢治全集 7」筑摩書房 1980 p193

たのまれたてがみ
◇「〔木暮正夫〕日本のおばけ話・わらい話 2」岩崎書店 1986 p59

タノミヅ
◇「〔北原〕白秋全童謡集 5」岩波書店 1993 p27

たばこ
◇「〔東君平〕ひとくち童話 3」フレーベル館 1995 p12
◇「〔東君平〕ひとくち童話 3」フレーベル館 1995 p22

タバコ
◇「星新一YAセレクション 5」理論社 2009 p65

タバコ
◇「椋鳩十の本 1」理論社 1982 p26
◇「椋鳩十の本 18」理論社 1982 p184
◇「椋鳩十の本 23」理論社 1983 p189

タバコ
◇「〔山田野理夫〕おばけ文庫 8」太平出版社 1976（母と子の図書室）p12

たばこのおかげ
◇「川崎大治民話選 〔3〕」童心社 1971 p72

たばこの好きな漁師
◇「ある手品師の話—小熊秀雄童話集」晶文社 1976 p39

◇「小熊秀雄童話集」創風社 2001 p33

タバコの葉
◇「〔山田野理夫〕お笑い文庫 1」太平出版社 1977（母と子の図書室）p32

煙草の花
◇「〔北原〕白秋全童謡集 2」岩波書店 1992 p411

田畑をたがやす機具や機械
◇「今井誉次郎童話集子どもの村 〔6〕」国土社 1957 p37

田畑の一年
◇「今井誉次郎童話集子どもの村 〔3〕」国土社 1957 p25

田畑の個性
◇「全集版灰谷健次郎の本 21」理論社 1988 p13

駄馬と百姓
◇「定本小川未明童話全集 3」講談社 1977 p310
◇「小川未明童話集」岩波書店 1996（岩波文庫）p146
◇「定本小川未明童話全集 3」大空社 2001 p310

駄馬よ高く飛べ
◇「高橋敏彦童話集」ノヴィス 2000（ノヴィス叢書）p108

タビ
◇「椋鳩十の本 15」理論社 1982 p171

足袋
◇「井上ひさしジュニア文学館 1」汐文社 1998 p213

旅
◇「第二〔島木〕赤彦童謡集」第一書店 1948 p73

旅
◇「くんぺい魔法ばなし—魔法ばなし全集 2」サンリオ 2000 p86

旅
◇「椋鳩十の本 1」理論社 1982 p30

旅学問
◇「〔比江島重孝〕宮崎のむかし話 3」鉱脈社 2000 p257

旅路
◇「壺井栄全集 6」文泉堂出版 1998 p240

旅僧とつるべ
◇「谷口雅春童話集 5」日本教文社 1977 p90

旅だち
◇「旅だち—内藤哲彦児童文学作品集」境文化研究所 2007 p28

ダビッドさんの話
◇「犬飼馬鹿人旧作童話集」日本文化資料センター 1996 p174

旅と乗り物
◇「椋鳩十の本 23」理論社 1983 p36

旅に出て
◇「〔斎藤信夫〕子ども心を友として—童謡詩集」成

東町教育委員会 1996 p150

旅によせて
◇「椋鳩十の本 23」理論社 1983 p119

旅のあめ屋さん
◇「〔島崎〕藤村の童話 2」筑摩書房 1979 p90

旅のおわりは一上人ヵ浜の宿で
◇「いのち―みずかみかずよ全詩集」石風社 1995 p431

旅のかもめと灯台
◇「やなせたかし童謡詩集 〔3〕」フレーベル館 2001 p86

旅の記
◇「松谷みよ子全エッセイ 3」筑摩書房 1989 p291

〔旅の手帳〕欧米めぐり
◇「椋鳩十の本 22」理論社 1983 p175

〔旅の手帳〕国内めぐり
◇「椋鳩十の本 22」理論社 1983 p73

旅の人
◇「星新一ショートショートセレクション 9」理論社 2003 p178

旅のみやげ
◇「〔島崎〕藤村の童話 1」筑摩書房 1979 p14

たび人
◇「新修宮沢賢治全集 2」筑摩書房 1979 p133

旅人
◇「阪田寛夫全詩集」理論社 2011 p384

旅人
◇「まど・みちお全詩集 続」理論社 2015 p400

旅人とハーモニカ
◇「岩永博史童話集 3」岩永博史 2012 p14

散文「旅人のはなし」から
◇「新版・宮沢賢治童話全集 12」岩崎書店 1979 p78

「旅人のはなし」から
◇「新修宮沢賢治全集 14」筑摩書房 1980 p4

旅人の忘れ物
◇「中村雨紅詩謡集」中村雨紅詩謡集刊行委員会 1971 p128

旅 四章
◇「稗田菫平全集 1」宝文館出版 1978 p111

旅は道づれ
◇「川崎大治民話選 〔3〕」童心社 1971 p170

旅は道づれ
◇「来栖良夫児童文学全集 6」岩崎書店 1983 p79

旅は道づれ夜はこわい
◇「〔山田野理夫〕おばけ文庫 10」太平出版社 1976 （母と子の図書室）p73

ダ＝ビンチ
◇「〔かこさとし〕お話こんにちは 〔1〕」偕成社 1979 p76

ダ・ビンチの言葉
◇「椋鳩十の本 28」理論社 1989 p72

だぶだぶのおなかの皮は詩の敵
◇「全集版灰谷健次郎の本 15」理論社 1988 p121

食べすぎちゃったカンカン
◇「犬飼馬鹿人旧作童話集」日本文化資料センター 1996 p183

たべちゃえ たべちゃえ
◇「阪田寛夫全詩集」理論社 2011 p305

食べない女
◇「浜田広介全集 9」集英社 1976 p160

たべもの
◇「北国翔子童話集 1」青森県児童文学研究会 2000 p32
◇「北国翔子童話集 2」青森県児童文学研究会 2010 p50

たべもの
◇「来栖良夫児童文学全集 2」岩崎書店 1983 p5

食べもの
◇「椋鳩十の本 23」理論社 1983 p236

食べ物あげたら
◇「〔黒川良人〕犬の詩猫の詩―児童詩集」東洋出版 2000 p107

食べもの談義
◇「椋鳩十の本 23」理論社 1983 p235

食べ物は命
◇「全集版灰谷健次郎の本 21」理論社 1988 p28

食べものは旅をする
◇「椋鳩十の本 29」理論社 1989 p176

たべられたやまんば
◇「〔松谷みよ子〕日本むかし話 6」フレーベル館 2002 p1
◇「〔松谷みよ子〕日本むかし話 愛蔵版 〔6〕」フレーベル館 2003 p1

たべられた山んば
◇「松谷みよ子のむかしむかし 3」講談社 1973 p121

たべられない
◇「〔柳家弁天〕らくご文庫 8」太平出版社 1987 p68

たべられるおなら
◇「〔柳家弁天〕らくご文庫 12」太平出版社 1987 p12

食べる
◇「いのち―みずかみかずよ全詩集」石風社 1995 p18

食べる子は育つ
◇「寺村輝夫全童話 別1」理論社 2007 p253

だほあ・は・えまお
◇「阪田寛夫全詩集」理論社 2011 p593

駄法螺

たほら

◇「〔巌谷〕小波お伽全集 12」本の友社 1998 p393
だぼらも きっかけ
　◇「北畠八穂児童文学全集 5」講談社 1975 p57
球根〈タマ〉
　◇「校定新美南吉全集 8」大日本図書 1981 p133
たまいれ
　◇「まど・みちお全詩集」理論社 1992 p556
　◇「まど・みちお全詩集 続」理論社 2015 p405
珠を失くした牛
　◇「ある手品師の話―小熊秀雄童話集」晶文社 1976 p9
　◇「小熊秀雄童話集」創風社 2001 p7
環の一年間
　◇「与謝野晶子児童文学全集 4」春陽堂書店 2007 p5
たまご
　◇「斎田喬児童劇選集〔2〕」牧書店 1954 p74
タマゴ
　◇「庄野英二全集 11」偕成社 1980 p302
卵
　◇「〔北原〕白秋全童謡集 1」岩波書店 1992 p129
　◇「〔北原〕白秋全童謡集 1」岩波書店 1992 p378
卵
　◇「巽聖歌作品集 上」巽聖歌作品集刊行委員会 1977 p27
　◇「巽聖歌作品集 上」巽聖歌作品集刊行委員会 1977 p60
卵
　◇「壺井栄全集 2」文泉堂出版 1997 p15
卵
　◇「花岡大学童話文学全集 5」法藏館 1980 p161
たまごいろのオートバイ
　◇「寺村輝夫どうわの本 6」ポプラ社 1985 p9
たまご色のオートバイ
　◇「寺村輝夫全童話 6」理論社 1998 p418
卵売りませうと
　◇「〔北原〕白秋全童謡集 1」岩波書店 1992 p182
たまごを一日に二こ
　◇「今井誉次郎童話集子どもの村〔3〕」国土社 1957 p108
たまごをわらなければオムレツはつくれない
　◇「今江祥智の本 18」理論社 1981 p121
たまごがいっぱい
　◇「寺村輝夫童話全集 2」ポプラ社 1982 p119
　◇「〔寺村輝夫〕ぼくは王さま全1冊」理論社 1985 p32
　◇「寺村輝夫全童話 1」理論社 1996 p260
　◇「寺村輝夫の王さまシリーズ 4」理論社 1998 p59
たまごが さきか
　◇「まど・みちお全詩集」理論社 1992 p621
　◇「まどさんの詩の本 8」理論社 1996 p52

たまごがわれたら
　◇「寺村輝夫全童話 3」理論社 1997 p134
たまごっち（21せいきの どうよう）
　◇「阪田寛夫全詩集」理論社 2011 p264
卵でつくろ
　◇「マッチ箱の中―三鎌よし子童謡集」しもつけ文学会 1998 p78
たまごとお月さま
　◇「村山籌子作品集 3」JULA出版局 1998 p12
タマゴと クジラ（むかしの まんざい）
　◇「阪田寛夫全詩集」理論社 2011 p262
卵とどじょうの競争
　◇「坪田譲治童話全集 13」岩崎書店 1986 p157
卵と殿様
　◇「西條八十童謡全集」修道社 1971 p284
タマゴとピンポン
　◇「桃色のダブダブさん―松田解子童話集」新日本出版社 2004 p21
玉子の車
　◇「与謝野晶子児童文学全集 3」春陽堂書店 2007 p32
卵のくれたゆめ
　◇「稗田菫平全集 8」宝文館出版 1982 p181
たまごのたんじょう日
　◇「寺村輝夫童話全集 7」ポプラ社 1982 p165
　◇「寺村輝夫全童話 6」理論社 1998 p322
タマゴのみそづけ
　◇「今井誉次郎童話集子どもの村〔5〕」国土社 1957 p66
卵一つ
　◇「北川千代児童文学全集 下」講談社 1967 p124
たまごむかしむかし
　◇「寺村輝夫全童話 別2」理論社 2012 p404
タマゴやきにしっぽがある
　◇「〔柳家弁天〕らくご文庫 7」太平出版社 1987 p12
たまご屋さん
　◇「杉みき子選集 2」新潟日報事業社 2005 p216
たまごはいくら
　◇「浜田広介全集 11」集英社 1976 p67
タマゴン先生のともだち
　◇「寺村輝夫童話全集 18」ポプラ社 1982 p145
　◇「寺村輝夫全童話 6」理論社 1998 p503
だまされ双六
　◇「戸川幸夫動物文学全集 8」冬樹社 1966 p161
　◇「戸川幸夫動物文学全集 7」講談社 1977 p143
だまされたどろぼう
　◇「〔木暮正夫〕日本のおばけ話・わらい話 4」岩崎書店 1986 p47
騙された羊飼

たむの

だまされた娘とちょうの話
　◇「校定新美南吉全集 7」大日本図書 1980 p41
だまされた娘とちょうの話
　◇「定本小川未明童話全集 14」講談社 1977 p174
　◇「定本小川未明童話全集 14」大空社 2002 p174
だまされ太郎作
　◇「野口雨情童謡集」弥生書房 1993 p88
だまされ保険
　◇「星新一ちょっと長めのショートショート 7」理論社 2006 p127
だましあい
　◇「[東君平]おはようどうわ 1」講談社 1982 p180
　◇「東君平のおはようどうわ 4」新日本出版社 2010 p34
たましい
　◇「[山田野理夫]おばけ文庫 8」太平出版社 1976（母と子の図書室）p105
魂売りたし
　◇「魂の配達—野村吉哉作品集」草思社 1983 p53
魂をぬかれた男
　◇「長崎源之助全集 6」偕成社 1987 p219
魂を盗んだ詩
　◇「椋鳩十の本 1」理論社 1982 p127
魂がクワの先にのる
　◇「全集版灰谷健次郎の本 21」理論社 1988 p11
たましいが見にきて二どとこない話
　◇「浜田広介全集 1」集英社 1975 p147
たましいについて
　◇「阪田寛夫全詩集」理論社 2011 p109
たましいのつぼ
　◇「西條八十童話集」小学館 1983 p260
たましいのにおい
　◇「[山田野理夫]お笑い文庫 3」太平出版社 1977（母と子の図書室）p122
魂の配達
　◇「魂の配達—野村吉哉作品集」草思社 1983 p16
たましいは生きている
　◇「定本小川未明童話全集 13」講談社 1977 p234
　◇「定本小川未明童話全集 13」大空社 2002 p234
だましっこ
　◇「[東君平]おはようどうわ 4」講談社 1982 p204
タマシャボテン
　◇「まど・みちお詩集 1」銀河社 1975 p28
　◇「まど・みちお全詩集」理論社 1992 p460
　◇「まどさんの詩の本 10」理論社 1996 p58
ダマスカスの賢者
　◇「鈴木三重吉童話全集 4」文泉堂書店 1975（日本文学全集・選集叢刊第5次）p82
玉簾
　◇「巽聖歌作品集 上」巽聖歌作品集刊行委員会 1977 p488

たまたまタマオ
　◇「山中恒児童よみもの選集 12」読売新聞社 1980 p5
〔たまたまに こぞりて人人購うと言えば〕
　◇「新版・宮沢賢治童話全集 12」岩崎書店 1979 p199
〔たまたまに こぞりて人人購ふと云へば〕
　◇「新修宮沢賢治全集 7」筑摩書房 1980 p245
だまってる時のブルース
　◇「阪田寛夫全詩集」理論社 2011 p506
玉とお染さん
　◇「若松賤子創作童話全集」久山社 1995（日本児童文化史叢書）p130
タマネギ
　◇「[東君平]おはようどうわ 2」講談社 1982 p32
タマネギ
　◇「まど・みちお全詩集」理論社 1992 p93
タマネギになったお話
　◇「ある手品師の話—小熊秀雄童話集」晶文社 1976 p151
　◇「小熊秀雄童話集」創風社 2001 p127
玉ねぎのおかえし
　◇「宮口しづえ童話全集 8」筑摩書房 1979 p113
タマネギの芽（灰谷記）
　◇「全集版灰谷健次郎の本 23」理論社 1988 p111
玉のてがら
　◇「[巌谷]小波お伽全集 9」本の友社 1998 p61
玉のみのひめ
　◇「松谷みよ子のむかしむかし 3」講談社 1973 p146
玉乗り
　◇「椋鳩十の本 1」理論社 1982 p56
たまのりくまのこ
　◇「佐藤義美全集 3」佐藤義美全集刊行会 1973 p72
玉虫のうた
　◇「室生犀星童話全集 2」創林社 1978 p45
玉虫のおばさん
　◇「定本小川未明童話全集 11」講談社 1977 p39
　◇「定本小川未明童話全集 11」大空社 2002 p39
たまむしのずしの物語
　◇「平塚武二童話全集 5」童心社 1972 p61
玉屋のつばき
　◇「松谷みよ子のむかしむかし 10」講談社 1973 p11
ダミアン
　◇「[かこさとし]お話こんにちは 〔10〕」偕成社 1980 p20
手向唄
　◇「壺井栄全集 5」文泉堂出版 1997 p364
ダムの音（一幕）

作品名から引ける日本児童文学個人全集案内　505

(田村俊子の)
　　◇「稗田童平全集 8」宝文館出版 1982 p127
たむろ
　　◇「くんぺい魔法ばなし―魔法ばなし全集 3」サンリオ 2000 p72
「だめ!」
　　◇「まど・みちお詩集 5」銀河社 1975 p64
　　◇「まど・みちお全詩集」理論社 1992 p523
だめ
　　◇「まどさんの詩の本 12」理論社 1997 p82
だめ!
　　◇「与田凖一全集 3」大日本図書 1967 p248
ためいきブルース
　　◇「阪田寛夫全詩集」理論社 2011 p643
ダメダ
　　◇「まど・みちお全詩集 続」理論社 2015 p264
だめだ,こりゃ
　　◇〔柳家弁天〕らくご文庫 6」太平出版社 1987 p94
ダメダメダメ
　　◇「佐藤義美全集 1」佐藤義美全集刊行会 1974 p406
ダモーイ
　　◇「庄野英二全集 10」偕成社 1979 p394
たもと
　　◇「新装版金子みすゞ全集 2」JULA出版局 1984 p175
　　◇「みすゞさん―童謡詩人・金子みすゞの優しさ探しの旅 2」春陽堂書店 1998
　　◇〔金子〕みすゞ詩画集 [5]」春陽堂書店 2001 p38
　　◇「金子みすゞ童謡全集 4」JULA出版局 2004 p46
　　◇〔金子みすゞ〕花の詩集 1」JULA出版局 2004 p22
たもと石
　　◇〔山田野理夫〕おばけ文庫 3」太平出版社 1976 (母と子の図書室) p105
多聞堂四代
　　◇「斎藤隆介全集 8」岩崎書店 1982 p237
たやさぬ火
　　◇〔山田野理夫〕おばけ文庫 6」太平出版社 1976 (母と子の図書室) p68
便り
　　◇〔鈴木桂子〕親子で語り合う詩集 2」クロスロード 1999 p18
たよりにならない心
　　◇「花岡大学仏典童話新作集 1」法蔵館 1984 p19
たらいの海
　　◇「佐藤義美童謡集」さ・え・ら書房 1960 p207
　　◇「佐藤義美全集 1」佐藤義美全集刊行会 1974 p227
たらいのなかの鯉
　　◇「北彰介作品集 4」青森県児童文学研究会 1991 p132
たらい舟
　　◇〔巌谷〕小波お伽全集 7」本の友社 1998 p407
だらしがない話
　　◇〔かこさとし〕お話こんにちは [11]」偕成社 1980 p60
たらの木とうさぎ
　　◇〔野口法蔵〕ホーミタクヤセン―童話集」新潟大学医学部よろず医療研究会ラダック基金 1996 p47
たらの木のことば
　　◇「松谷みよ子のむかしむかし 8」講談社 1973 p129
タラの芽
　　◇「庄野英二全集 11」偕成社 1980 p99
タラバガニ
　　◇〔東君平〕おはようどうわ 7」講談社 1982 p191
だらぴしゃく
　　◇「国分一太郎児童文学集 1」小峰書店 1967 p200
タラヨウの葉
　　◇「石のロバ―浅野都作品集」新風舎 2007 p150
多蘭泊
　　◇〔北原〕白秋全童謡集 2」岩波書店 1992 p351
だり
　　◇〔山田野理夫〕おばけ文庫 2」太平出版社 1976 (母と子の図書室) p142
ダリ
　　◇〔かこさとし〕お話こんにちは [2]」偕成社 1979 p66
足りないもの
　　◇「山本瓔子詩集 I」新風舎 2003 p22
ダリヤ
　　◇「壺井栄全集 6」文泉堂出版 1998 p436
ダリヤ品評会席上
　　◇「新修宮沢賢治全集 4」筑摩書房 1979 p279
　　◇「新修宮沢賢治全集 4」筑摩書房 1979 p332
　　◇「ジュニア文学館 宮沢賢治―写真・絵画集成 3」日本図書センター 1996 p161
たるおけ病院の看護婦
　　◇「壺井栄名作集 2」ポプラ社 1965 p39
　　◇「定本壺井栄児童文学全集 3」講談社 1979 p166
　　◇「壺井栄全集 10」文泉堂出版 1998 p383
足るを知れ(狐と兎)
　　◇〔巌谷〕小波お伽全集 14」本の友社 1998 p80
たる柿の話
　　◇〔島崎〕藤村の童話 3」筑摩書房 1979 p40
ダルゲ

だるま
　◇「新修宮沢賢治全集 7」筑摩書房 1980 p274
だるま
　◇「まど・みちお全詩集 続」理論社 2015 p137
だるまおくり
　◇「〔金子〕みすゞ詩画集 〔6〕」春陽堂書店 2001 p26
達磨おくり
　◇「新装版金子みすゞ全集 3」JULA出版局 1984 p224
　◇「金子みすゞ童謡集」角川春樹事務所 1998（ハルキ文庫）p70
　◇「金子みすゞ童謡全集 6」JULA出版局 2004 p132
だるまさん
　◇「石森延男児童文学全集 5」学習研究社 1971 p143
だるまさん
　◇「阪田寛夫全詩集」理論社 2011 p290
（ダルマさん）
　◇「稗田童平全集 8」宝文館出版 1982 p87
ダルマさん ダルマさん
　◇「平塚武二童話集 1」童心社 1972 p71
ダルマさんのタコ
　◇「小出正吾児童文学全集 2」暁美社 2000 p145
達磨と韋駄天
　◇「〔巌谷〕小波お伽全集 14」本の友社 1998 p201
だるま船
　◇「赤道祭―小出正吾童話選集」暁美社 1986 p153
　◇「小出正吾児童文学全集 1」暁美社 2000 p293
だるま問答
　◇「椋鳩十の本 16」理論社 1983 p85
樽屋伍助
　◇「校定新美南吉全集 7」大日本図書 1980 p52
誰か
　◇「校定新美南吉全集 9」大日本図書 1981 p581
誰が
　◇「校定新美南吉全集 9」大日本図書 1981 p562
だれが一番びっくり屋
　◇「太田博也童話集 1」小山書林 2006 p1
誰が・何時・何処で・何をした
　◇「春―〔竹久〕夢二童話集」ノーベル書房 1977 p33
だれがえらい？
　◇「西條八十の童話と童謡」小学館 1981 p68
だれが 口笛ふいた
　◇「阪田寛夫全詩集」理論社 2011 p324
だれかがハモニカふいている
　◇「阪田寛夫全詩集」理論社 2011 p617
だれかが呼んでいる
　◇「杉みき子選集 10」新潟日報事業社 2011 p217

だれがきくの
　◇「いのち―みずかみかずよ全詩集」石風社 1995 p211
［コマ絵童話］いぬ・ねこ・ねずみ・それとだれかだれが金魚をたすけたか
　◇「佐藤さとる幼年童話自選集 1」ゴブリン書房 2003 p95
だれがくったか
　◇「〔柳家弁天〕らくご文庫 5」太平文庫 1987 p30
だれがけいとをあんでるの
　◇「今西祐行全集 1」偕成社 1988 p87
だれがサンタを殺したか
　◇「今江祥智の本 15」理論社 1980 p182
たれかしら
　◇「与田凖一全集 1」大日本図書 1967 p232
誰がために
　◇「今西祐行全集 15」偕成社 1989 p67
誰か手品を使います
　◇「与田凖一全集 1」大日本図書 1967 p134
だれかと苦しむ喜びが
　◇「阪田寛夫全詩集」理論社 2011 p534
だれがないてるの
　◇「今西祐行全集 1」偕成社 1988 p99
だれが馬鹿かは知らないが
　◇「太田博也童話集 6」小山書林 2009 p79
誰が犯人か―殺人病院
　◇「山田風太郎少年小説コレクション 2」論創社 2012 p65
誰が犯人か―窓の紅文字の巻
　◇「山田風太郎少年小説コレクション 2」論創社 2012 p61
だれがほんとを
　◇「みすゞさん―童謡詩人・金子みすゞの優しさ探しの旅 1」春陽堂書店 1997
　◇「〔金子〕みすゞ詩画集 〔3〕」春陽堂書店 2000
誰がほんとを
　◇「新装版金子みすゞ全集 2」JULA出版局 1984 p240
　◇「金子みすゞ童謡集」角川春樹事務所 1998（ハルキ文庫）p86
　◇「金子みすゞ童謡全集 4」JULA出版局 2004 p140
だれがほんとの 鬼になる？
　◇「りらりらりらわたしの絵本―富永佳与子こどものうた作品集」国土社 1994 p75
誰が見つけた
　◇「西條八十童謡全集」修道社 1971 p287
だれが見ていなくても
　◇「山本瓔子詩集 I」新風舎 2003 p94
誰がもつ

たれか

だれが わすれた
　◇「まど・みちお全詩集」理論社 1992 p275
たれかわたしを
　◇「西條八十童話集」小学館 1983 p437
誰(たれ)さん
　◇〔北原〕白秋全童謡集 5」岩波書店 1993 p19
だれだ
　◇「いのち―みずかみかずよ全詩集」石風社 1995 p23
誰でしょう
　◇「中村雨紅詩謡集」中村雨紅詩謡集刊行委員会 1971 p66
誰でもが病ましく
　◇「巽聖歌作品集 下」巽聖歌作品集刊行委員会 1977 p290
ダレノノ ダァレ
　◇「まどさんの詩の本 15」理論社 1997 p14
ダレノノ ダーレ
　◇「まど・みちお全詩集」理論社 1992 p69
たれに捧げん
　◇〔吉田とし〕青春ロマン選集 2」理論社 1976 p1
だれにも話さなかったこと
　◇「定本小川未明童話全集 14」講談社 1977 p150
　◇「定本小川未明童話全集 14」大空社 2002 p150
だれにも見えないベランダ
　◇「安房直子コレクション 2」偕成社 2004 p315
誰にやるか
　◇「浜田広介全集 1」集英社 1975 p154
たれのかげ
　◇「新美南吉童話集 1」大日本図書 1982 p189
　◇「新美南吉童話大全」講談社 1989 p314
　◇「新美南吉童話集 1」大日本図書 2012 p189
だれの かげ
　◇「新美南吉全集 1」牧書店 1965 p156
タレノ カゲ
　◇「校定新美南吉全集 4」大日本図書 1980 p334
だれの キューピー
　◇「佐藤義美全集 5」佐藤義美全集刊行会 1973 p362
誰れのために
　◇「安房直子コレクション 3」偕成社 2004 p312
だれのための幸福
　◇「やなせたかし童謡詩集〔3〕」フレーベル館 2001 p10
だれの ぱんか
　◇「今井誉次郎童話集子どもの村〔1〕」国土社 1957 p102
だれの みかん
　◇「佐藤義美童謡集」さ・え・ら書房 1960 p235

　◇「佐藤義美全集 1」佐藤義美全集刊行会 1974 p252
タレ目のトラ
　◇〔新保章〕空のおそうじ屋さん」新風舎 1997 p27
だれもいない温泉
　◇「千葉省三童話全集 1」岩崎書店 1967 p181
だれも知らない
　◇「灰谷健次郎童話館〔12〕」理論社 1995 p5
誰も知らない
　◇「与田準一全集 2」大日本図書 1967 p24
だれも知らない時間
　◇「安房直子コレクション 1」偕成社 2004 p129
だれも知らない小さな国
　◇「佐藤さとる全集 8」講談社 1973 p1
「だれも知らない小さな国」・あとがき(その1)
　◇「佐藤さとるファンタジー全集 16」講談社 1983 p172
　◇「佐藤さとるファンタジー全集 16」講談社,復刊ドットコム(発売) 2011 p172
「だれも知らない小さな国」・あとがき(その2)
　◇「佐藤さとるファンタジー全集 16」講談社 1983 p174
　◇「佐藤さとるファンタジー全集 16」講談社,復刊ドットコム(発売) 2011 p174
「だれも知らない小さな国」が生まれたころ
　◇「長崎源之助全集 20」偕成社 1988 p99
「だれも知らない小さな国」・講談社文庫版・あとがき
　◇「佐藤さとるファンタジー全集 16」講談社 1983 p175
　◇「佐藤さとるファンタジー全集 16」講談社,復刊ドットコム(発売) 2011 p175
だれも知らない小さな国(コロボックル物語 1)
　◇「佐藤さとるファンタジー全集 1」講談社 1982 p3
　◇「佐藤さとるファンタジー全集 1」講談社,復刊ドットコム(発売) 2010 p3
誰も知らねえすげえ海
　◇「こども用三代目魚武濱田成夫詩集ZK」学習研究社 2002 p50
だれも乗らないバス
　◇「やなせたかし童謡詩集〔3〕」フレーベル館 2001 p106
太郎
　◇「石森延男児童文学全集 7」学習研究社 1971 p5
太郎
　◇「第二〔島木〕赤彦童謡集」第一書店 1948 p83
タロウカッパ
　◇「佐藤義美全集 3」佐藤義美全集刊行会 1973 p261

太郎, 北へかえる
　◇「戸川幸夫・動物ものがたり 7」金の星社 1976 p5

太郎こおろぎ
　◇「今西祐行全集 2」偕成社 1987 p9

太郎コオロギ
　◇「今西祐行絵ぶんこ 1」あすなろ書房 1984 p39

「太郎こおろぎ」によせて
　◇「今西祐行全集 15」偕成社 1989 p79

太郎座・瀬川拓男との出会い
　◇「松谷みよ子全エッセイ 1」筑摩書房 1989 p118

たろうざる
　◇「佐藤義美全集 3」佐藤義美全集刊行会 1973 p175

たろうさんのこたえ
　◇「浜田広介全集 8」集英社 1976 p144

太郎さんのちえ
　◇「浜田広介全集 2」集英社 1975 p241

太郎・次郎・三郎ッ平
　◇「斎藤隆介全集 3」岩崎書店 1982 p154

太郎づくし
　◇「今江祥智の本 10」理論社 1980 p173

太郎先生
　◇〔厳谷〕小波お伽全集 3」本の友社 1998 p12

太郎大明神
　◇〔〔佐々木千鶴子〕動物村のこうみんかん一台所からのひとり言 童話集」朝日新聞社西部開発室編集出版センター 1996 p94

タロウどうぶつえん
　◇「花岡大学童話文学全集 4」法蔵館 1980 p216

太郎とクロ
　◇「椋鳩十全集 7」ポプラ社 1969 p72
　◇「椋鳩十動物童話集 14」小峰書店 1991 p5
　◇「椋鳩十まるごと動物ものがたり 1」理論社 1995 p112

太郎と自動車
　◇「岡本良雄童話文学全集 2」講談社 1964 p61

タロウとハナコ
　◇「平塚武二童話全集 1」童心社 1972 p213

太郎と花子
　◇「井上ひさしジュニア文学館 1」汐文社 1998 p21

太郎のかた
　◇「椋鳩十全集 26」ポプラ社 1981 p121

太郎の汽車
　◇「与謝野晶子児童文学全集 6」春陽堂書店 2007 p42

太郎の恋
　◇〔足立俊〕桃と赤おに」叢文社 1998 p134

太郎の鯉幟
　◇「与謝野晶子児童文学全集 6」春陽堂書店 2007 p46

太郎の四季
　◇「武田信夫童話作品集」みちのく書房 1995 p473

太郎の望み
　◇「坪田譲治童話全集 4」岩崎書店 1986 p91

太郎の幟
　◇〔厳谷〕小波お伽全集 7」本の友社 1998 p378

太郎のひみつ
　◇「椋鳩十の本 32」理論社 1989 p105
　◇「椋鳩十の本 32」理論社 1989 p106

太郎松の目
　◇〔厳谷〕小波お伽全集 3」本の友社 1998 p278

太郎丸次郎丸
　◇〔厳谷〕小波お伽全集 12」本の友社 1998 p38

タローがらす
　◇「稗田菫平全集 3」宝文館出版 1979 p72

たろじろ山
　◇「斎藤隆介全集 12」岩崎書店 1982 p134

太郎々々たんぽ
　◇〔厳谷〕小波お伽全集 8」本の友社 1998 p333

タロちゃん
　◇「石森読本―石森延男児童文学選集 2年生」小学館 1977 p165

タロチャン
　◇「石森読本―石森延男児童文学選集 3年生」小学館 1977 p82

たろちゃんの てがみ
　◇「まど・みちお全詩集」理論社 1992 p239

タロとジロ
　◇〔〔黒川良人〕犬の詩猫の詩―児童詩集」東洋出版 2000 p83

たろ なにみてるの
　◇「宮口しづえ童話全集 5」筑摩書房 1979 p161

太郎兵衛銀行
　◇〔厳谷〕小波お伽全集 10」本の友社 1998 p277

タロベエの紹介
　◇「星新一YAセレクション 9」理論社 2009 p96

タロー・ヤシマのこと
　◇「椋鳩十の本 24」理論社 1983 p229

たろんぺ
　◇〔高橋一仁〕春のニシン場―童謡詩集」けやき書房 2003 p116

田はあるぞ
　◇〔〔比江島重孝〕宮崎のむかし話 1」鉱脈社 1998 p231

たわしじぞうさん
　◇〔高橋一仁〕春のニシン場―童謡詩集」けやき書房 2003 p146

たわしの答え
　◇「浜田広介全集 5」集英社 1976 p211

たわしのみそ汁
　◇「国分一太郎児童文学集 5」小峰書店 1967 p188
たわらのスズメ
　◇「〔木暮正夫〕日本のおばけ話・わらい話 7」岩崎書店 1986 p14
俵の底
　◇「〔佐海〕航南夜ばなし―童話集」佐海航南 1999 p212
俵の山
　◇「中村雨紅詩謡集」中村雨紅詩謡集刊行委員会 1971 p112
たんいくらべ
　◇「まど・みちお詩集 5」銀河社 1975 p2
　◇「まど・みちお全詩集」理論社 1992 p451
　◇「まどさんの詩の本 2」理論社 1994 p80
断崖
　◇「那須辰造著作集 1」講談社 1980 p258
短歌（一首）
　◇「阪田寛夫全詩集」理論社 2011 p830
丹鶴姫さんと黒いうさぎ
　◇「松谷みよ子のむかしむかし 10」講談社 1973 p55
「短歌拾遺」
　◇「稗田童平全集 4」宝文館出版 1980 p90
〈断簡〉「弟と父が」
　◇「校定新美南吉全集 7」大日本図書 1980 p435
〈断簡〉「学校はかなり」
　◇「校定新美南吉全集 9」大日本図書 1981 p635
〈断簡〉「硝子工は」
　◇「校定新美南吉全集 9」大日本図書 1981 p625
〈断簡〉「午後七時。」
　◇「校定新美南吉全集 7」大日本図書 1980 p437
〈断簡〉「しづかな村」
　◇「校定新美南吉全集 9」大日本図書 1981 p332
〈断簡〉「朱に交れば」
　◇「校定新美南吉全集 7」大日本図書 1980 p423
〈断簡〉「せた。八十円！」
　◇「校定新美南吉全集 7」大日本図書 1980 p431
〈断簡〉「そして吉井と」
　◇「校定新美南吉全集 7」大日本図書 1980 p338
〈断簡〉「それ以後の」
　◇「校定新美南吉全集 9」大日本図書 1981 p336
嘆願隊
　◇「新修宮沢賢治全集 6」筑摩書房 1980 p149
〈断簡〉「第三場 断崖の下」
　◇「校定新美南吉全集 9」大日本図書 1981 p147
〈断簡〉「だが最も」
　◇「校定新美南吉全集 7」大日本図書 1980 p456
〈断簡〉「た彼等の」
　◇「校定新美南吉全集 7」大日本図書 1980 p441

〈断簡〉「卓上に見た」
　◇「校定新美南吉全集 9」大日本図書 1981 p656
〈断簡〉「て遂には」
　◇「校定新美南吉全集 7」大日本図書 1980 p452
たんかん というなまえ
　◇「阪田寛夫全詩集」理論社 2011 p270
タンカンとザボン
　◇「まど・みちお全詩集 続」理論社 2015 p279
〈断簡〉「として巡行して」
　◇「校定新美南吉全集 9」大日本図書 1981 p535
〈断簡〉「兎も角その頃」
　◇「校定新美南吉全集 7」大日本図書 1980 p446
〈断簡〉「なかつた。東京を」
　◇「校定新美南吉全集 7」大日本図書 1980 p433
〈断簡〉「一何をこくだ，」
　◇「校定新美南吉全集 7」大日本図書 1980 p448
〈断簡〉「ひ がくれる」
　◇「校定新美南吉全集 7」大日本図書 1980 p454
〈断簡〉「ふ。何故ならば」
　◇「校定新美南吉全集 7」大日本図書 1980 p450
短気は損気
　◇「〔比江島重孝〕宮崎のむかし話 2」鉱脈社 1998 p93
タンク
　◇「〔北原〕白秋全童謡集 4」岩波書店 1993 p155
ダンクウェル
　◇「庄野英二全集 9」偕成社 1979 p117
タンクまんタン
　◇「阪田寛夫全詩集」理論社 2011 p397
短剣
　◇「斎藤隆介全集 12」岩崎書店 1982 p247
探険家
　◇「〔北原〕白秋全童謡集 2」岩波書店 1992 p161
探検紙芝居
　◇「坪田譲治童話全集 3」岩崎書店 1986 p99
たんけんたい
　◇「与田凖一全集 2」大日本図書 1967 p36
探検隊
　◇「星新一YAセレクション 3」理論社 2008 p63
ひとくちばなしだんご
　◇「今井誉次郎童話集子どもの村 〔2〕」国土社 1957 p54
単行本あとがき・『子の目、親の目』―亡き母へ
　◇「寺村輝夫全童話 別1」理論社 2007 p638
単行本あとがき・『のんカン行進曲』
　◇「寺村輝夫全童話 別1」理論社 2007 p640
ダンゴが好きなムジナとハタオリ娘の話
　◇「〔今坂柳二〕りゅうじフォークロア・world 2」

ふるさと伝承研究会 2007 p104
丹後路
　◇「椋鳩十の本 22」理論社 1983 p53
だんごじょうど
　◇「坪田譲治幼年童話文学全集 8」集英社 1965 p8
だんご浄土
　◇「坪田譲治名作選〔3〕サバクの虹」小峰書店 2005 p150
ダンゴタンゴ
　◇「やなせたかし童謡詩集〔2〕」フレーベル館 2000 p74
タンゴちゃん
　◇「阪田寛夫全詩集」理論社 2011 p268
だんごどっこいしょ
　◇「〔木暮正夫〕日本のおばけ話・わらい話 5」岩崎書店 1986 p4
端午のせつく
　◇「おの・ちゅうこう初期作品集〔4〕氏神さま」崙書房 1975 p62
端午の節句（日下部梅子）
　◇「岡田泰三・日下部梅子童謡集」会津童詩会 1992 p135
だんごの太八
　◇「稗田菫平全集 5」宝文館出版 1980 p14
たんこぶ タッちゃん
　◇「まど・みちお全詩集 続」理論社 2015 p50
たんこぶと替え歌の話
　◇「佐藤ふさゑの本 1」てらいんく 2011 p89
だんご、やれまて
　◇「〔比江島重孝〕宮崎のむかし話 1」鉱脈社 1998 p46
だんこん じゃぶじゃぶ
　◇「まどさんの詩の本 15」理論社 1997 p86
たんざくさらさら
　◇「〔中川久美子〕ばあちゃんとぼくと気球」新風舎 1998（Shinpu books）p39
炭酸石灰販売案内
　◇「新修宮沢賢治全集 15」筑摩書房 1980 p539
丹治親方うちあけ話
　◇「斎藤隆介全集 9」岩崎書店 1982 p151
だんじきや
　◇「別役実童話集〔3〕」三一書房 1977 p176
ダン氏とチャップリン氏の会見
　◇「椋鳩十の本 1」理論社 1982 p118
ダン氏の消滅術
　◇「椋鳩十の本 1」理論社 1982 p152
ダン氏美を売る事
　◇「椋鳩十の本 1」理論社 1982 p120
男爵ミュンヒハウゼン（童話）
　◇「鈴木三重吉童話全集 8」文泉堂出版 1975（日本文学全集・選集叢刊第5次）p407
単純な詩形を思う
　◇「定本小川未明童話全集 3」講談社 1977 p410
　◇「定本小川未明童話全集 3」大空社 2001 p410
短唱
　◇「新美南吉全集 6」牧書店 1965 p134
誕生
　◇「いのち―みずかみかずよ全詩集」石風社 1995 p345
　◇「いのち―みずかみかずよ全詩集」石風社 1995 p355
誕生
　◇「〔吉田享子〕おしゃべりな星―少年少女詩集」らくだ出版 2001 p2
断章
　◇「北彰介作品集 4」青森県児童文学研究会 1991 p205
　◇「北彰介作品集 4」青森県児童文学研究会 1991 p218
誕生祝
　◇「〔巖谷〕小波お伽全集 13」本の友社 1998 p332
たんじょうかいの うた
　◇「まど・みちお全詩集」理論社 1992 p275
誕生会の日に
　◇「巽聖歌作品集 下」巽聖歌作品集刊行委員会 1977 p144
　◇「巽聖歌作品集 下」巽聖歌作品集刊行委員会 1977 p145
たんじょう会みたいな日
　◇「〔神沢利子〕くまの子ウーフの童話集 3」ポプラ社 2001 p129
　◇「神沢利子のおはなしの時間 1」ポプラ社 2011 p119
誕生（詩一篇）
　◇「稗田菫平全集 8」宝文館出版 1982 p200
誕生酒
　◇「氏原大作全集 2」条例出版 1977 p81
　◇「氏原大作全集 2」条例出版 1977 p87
誕生の歌（一首）
　◇「稗田菫平全集 8」宝文館出版 1982 p195
たんじょうび
　◇「まど・みちお全詩集」理論社 1992 p276
たんじょう日
　◇「〔内海康子〕六月のカレンダー―詩集」けやき書房 1999 p22
誕生日
　◇「〔巖谷〕小波お伽全集 7」本の友社 1998 p386
誕生日
　◇「神沢利子コレクション 5」あかね書房 1994 p7
　◇「神沢利子コレクション・普及版 5」あかね書房 2006 p7

たんし

誕生日
　◇「〔下田喜久美〕遠くから来た旅人―詩集」リトル・ガリヴァー社 1998 p12

誕生日
　◇「巽聖歌作品集 上」巽聖歌作品集刊行委員会 1977 p109

誕生日
　◇「壺井栄全集 9」文泉堂出版 1997 p357
　◇「壺井栄全集 10」文泉堂出版 1998 p310
　◇「壺井栄全集 12」文泉堂出版 1999 p7

たんじょう日をさがせ
　◇「神沢利子コレクション 1」あかね書房 1994 p165
　◇「神沢利子コレクション・普及版 1」あかね書房 2005 p165

誕生日のおすし
　◇「安房直子コレクション 7」偕成社 2004 p246

たんじょうびのにおい
　◇「山下明生・童話の島じま 5」あかね書房 2012 p51

たんじょう日の荷物
　◇「北畠八穂児童文学全集 1」講談社 1974 p108

たんじょう日のプレゼント
　◇「寺村輝夫童話全集 2」ポプラ社 1982 p137
　◇「〔寺村輝夫〕ぼくは王さま全1冊」理論社 1985 p602
　◇「寺村輝夫全童話 1」理論社 1996 p269
　◇「寺村輝夫の王さまシリーズ 4」理論社 1998 p7

誕生日のプレゼント
　◇「みんな家族―他8編―あづましん児童文学短編集」愛社 2001 p39

タンス
　◇「椋鳩十全集 12」ポプラ社 1970 p204
　◇「椋鳩十の本 15」理論社 1982 p238

箪笥
　◇「与謝野晶子児童文学全集 6」春陽堂書店 2007 p84

タンス作りの五十年
　◇「斎藤隆介全集 9」岩崎書店 1982 p195

ダンスする魚のなぜなぜなぜ？
　◇「かこさとし大自然のふしぎえほん 4」小峰書店 2000 p1

たんすのたんぽ
　◇「二反長半作品集 3」集英社 1979 p80

箪笥の歴史
　◇「壺井栄全集 2」文泉堂出版 1997 p324

男声合唱組曲「鳥獣虫魚」
　◇「阪田寛夫全詩集」理論社 2011 p472

男声合唱組曲「挽歌」
　◇「阪田寛夫全詩集」理論社 2011 p487

男声合唱組曲「ぼくたちの挨拶」
　◇「阪田寛夫全詩集」理論社 2011 p505

男声合唱（四重唱）のための「カルテット」
　◇「阪田寛夫全詩集」理論社 2011 p545

男声合唱のために「らくがき帖」
　◇「阪田寛夫全詩集」理論社 2011 p474

ダンセニイと航海する記
　◇「椋鳩十の本 1」理論社 1982 p126

ダンセニイの脳
　◇「椋鳩十の本 1」理論社 1982 p125

断層顔
　◇「海野十三全集 13」三一書房 1992 p397

団体交渉
　◇「花岡大学童話文学全集 5」法蔵館 1980 p301

団体旅行
　◇「北川千代児童文学全集 下」講談社 1967 p224

たんたんころりん
　◇「〔山田野理夫〕おばけ文庫 6」太平出版社 1976（母と子の図書室）p38

たんたん たんぽぽ
　◇「まど・みちお全詩集」理論社 1992 p92
　◇「まどさんの詩の本 15」理論社 1997 p66

だんだん畑
　◇「北彰介作品集 1」青森県児童文学研究会 1990 p19

だんだん焼畑
　◇「〔高橋一仁〕春のニシン場―童謡詩集」けやき書房 2003 p56

タンタンは食いしんぼう
　◇「犬飼馬鹿人旧作童話集」日本文化資料センター 1996 p150

だんちのあさ
　◇「〔斎藤信夫〕子ども心を友として―童謡詩集」成東町教育委員会 1996 p208

団地の中の林
　◇「椋鳩十の本 23」理論社 1983 p169

タンチョウ物語
　◇「〔藤原英司〕日本の動物物語シリーズ 〔4〕」佑学社 1986 p7

探偵作家コンクール
　◇「海野十三全集 別巻2」三一書房 1993 p201

探偵実演記
　◇「海野十三全集 別巻1」三一書房 1991 p338

探偵小説管見
　◇「海野十三全集 別巻1」三一書房 1991 p323

探偵小説と犯罪事件
　◇「海野十三全集 別巻2」三一書房 1993 p242

探偵小説の批評について
　◇「海野十三全集 別巻1」三一書房 1991 p319

たんていタコタン
　◇「山下明生・童話の島じま 2」あかね書房 2012

p49
ダンテと鍛冶屋
　◇「〔北原〕白秋全童謡集 2」岩波書店 1992 p267
短刀
　◇「花岡大学童話文学全集 2」法蔵館 1980 p52
丹藤川
　◇「新修宮沢賢治全集 14」筑摩書房 1980 p256
壇の浦の戦い（一龍斎貞水編、岡本和明文）
　◇「一龍斎貞水の歴史講談 4」フレーベル館 2000 p92
壇ノ浦の妖怪
　◇「〔山田野理夫〕おばけ文庫 5」太平出版社 1976（母と子の図書室）p72
ダンの世界
　◇「椋鳩十の本 1」理論社 1982 p121
ダンの仙術
　◇「椋鳩十の本 1」理論社 1982 p123
丹波のほら男
　◇「二反長半作品集 3」集英社 1979 p118
耽美の呪文歌—北原白秋の肖像
　◇「稗田菫平全集 6」宝文館出版 1981 p50
ダンプえんちょうやっつけた
　◇「全集古田足日子どもの本 2」童心社 1993 p177
だんぶり長者（創作民話）
　◇「北彰介作品集 3」青森県児童文学研究会 1990 p159
短編を＜器＞に盛って遊びたい（岡田淳、神宮輝夫）
　◇「〔神宮輝夫〕現代児童文学作家対談 8」偕成社 1992 p9
短編礼讃—SFについて
　◇「佐藤さとるファンタジー全集 16」講談社 1983 p12
　◇「佐藤さとるファンタジー全集 16」講談社, 復刊ドットコム（発売）2011 p12
たんぽ（岡田泰三）
　◇「岡田泰三・日下部梅子童謡集」会津童詩会 1992 p19
たんぽ
　◇「〔東君平〕おはようどうわ 7」講談社 1982 p116
　◇「東君平のおはようどうわ 2」新日本出版社 2010 p84
田圃なか
　◇「巽聖歌作品集 上」巽聖歌作品集刊行委員会 1977 p120
田んぼの歌
　◇「〔鈴木桂子〕親子で語り合う詩集 2」クロスロード 1999 p16
たんぽのおうじ
　◇「浜田広介全集 7」集英社 1976 p101
たんぽのかかし
　◇「浜田広介全集 6」集英社 1976 p50
たんぽのすずめ
　◇「浜田広介全集 11」集英社 1976 p120
たんぽの田ん中
　◇「浜田広介全集 11」集英社 1976 p53
〔たんぽの中の稲かぶが八列ばかり〕
　◇「新修宮沢賢治全集 4」筑摩書房 1979 p167
たんぽ
　◇「巽聖歌作品集 上」巽聖歌作品集刊行委員会 1977 p363
たんぽぽ
　◇「〔巌谷〕小波お伽全集 3」本の友社 1998 p383
たんぽぽ
　◇「北彰介作品集 1」青森県児童文学研究会 1990 p18
たんぽぽ
　◇「〔北原〕白秋全童謡集 2」岩波書店 1992 p112
たんぽぽ
　◇「西條八十童謡全集」修道社 1971 p112
　◇「西條八十童話集」小学館 1983 p378
たんぽぽ
　◇「佐藤義美全集 1」佐藤義美全集刊行会 1974 p107
たんぽぽ
　◇「〔島崎〕藤村の童話 4」筑摩書房 1979 p37
たんぽぽ
　◇「壺井栄名作品集 9」ポプラ社 1965 p33
たんぽぽ
　◇「中村雨紅詩謡集」中村雨紅詩謡集刊行委員会 1971 p91
たんぽぽ
　◇「まど・みちお全詩集」理論社 1992 p304
　◇「まど・みちお全詩集」理論社 1992 p660
　◇「まど・みちお全詩集」理論社 1992 p665
　◇「まどさんの詩の本 2」理論社 1994 p40
たんぽぽ
　◇「いのち—みずかみかずよ全詩集」石風社 1995 p26
　◇「いのち—みずかみかずよ全詩集」石風社 1995 p27
たんぽぽ
　◇「若松賤子創作童話全集」久山社 1995（日本児童文化史叢書）p85
タンポポ
　◇「あまんきみこセレクション 5」三省堂 2009 p252
タンポポ
　◇「石森延男児童文学全集 5」学習研究社 1971 p164
タンポポ
　◇「ふしぎな泉—うえだまさし童話集」そうぶん社

たんぽ

出版 1995 p94
タンポポ
　◇「〔東君平〕おはようどうわ 3」講談社 1982 p80
　◇「東君平のおはようどうわ 1」新日本出版社 2010 p12
タンポポ
　◇「まど・みちお詩集 5」銀河社 1975 p48
　◇「まど・みちお全詩集」理論社 1992 p394
　◇「まど・みちお全詩集」理論社 1992 p414
　◇「まどさんの詩の本 2」理論社 1994 p82
　◇「まど・みちお全詩集 続」理論社 2015 p413
蒲公英
　◇「まど・みちお全詩集」理論社 1992 p53
タンポポ空地のツキノワ
　◇「あさのあつこコレクション 3」新日本出版社 2007 p5
タンポポが さいた！
　◇「まど・みちお全詩集」理論社 1992 p394
　◇「まどさんの詩の本 11」理論社 1997 p38
たんぽぽ さいた
　◇「まど・みちお全詩集」理論社 1992 p361
タンポポざむらい
　◇「今江祥智の本 10」理論社 1980 p7
　◇「今江祥智童話館 〔5〕」理論社 1986 p245
たんぽぽさん
　◇「まどさんの詩の本 11」理論社 1997 p36
たんぽぽさんが よんだ
　◇「まど・みちお全詩集」理論社 1992 p569
　◇「まどさんの詩の本 11」理論社 1997 p44
たんぽぽ先生あのね
　◇「宮川ひろの学校シリーズ 3」ポプラ社 2001 p1
たんぽぽと飛行機
　◇「武田亜公童話集 5」秋田文化出版社 1978 p7
たんぽ、とひたきと
　◇「巽聖歌作品集 上」巽聖歌作品集刊行委員会 1977 p464
たんぽぽ日記
　◇「くどうなおこ詩集〇」童話屋 1996 p38
たんぽぽのうた
　◇「さくらゆき―さとうじゅんこ童詩集」えんじゅの会 1997 p26
たんぽぽのうた
　◇「稗田童平全集 3」宝文館出版 1979 p11
「たんぽぽ」の詩人
　◇「全集版灰谷健次郎の本 17」理論社 1987 p175
（タンポポの白い）
　◇「稗田童平全集 2」宝文館出版 1979 p92
タンポポのたび
　◇「石森延男児童文学全集 1」学習研究社 1971 p142
　◇「石森読本―石森延男児童文学選集 2年生」小学

館 1977 p7
タンポポの花
　◇「石森延男児童文学全集 11」学習研究社 1971 p104
たんぽぽの原
　◇「稗田童平全集 1」宝文館出版 1978 p23
タンポポ歯医者
　◇「〔かこさとし〕お話こんにちは 〔1〕」偕成社 1979 p130
たんぽ、笛
　◇「巽聖歌作品集 上」巽聖歌作品集刊行委員会 1977 p379
たんぽぽヘリコプター
　◇「まど・みちお全詩集」理論社 1992 p361
たんぽぽ ぽ
　◇「阪田寛夫全詩集」理論社 2011 p413
タンポポ道
　◇「山本瓔子詩集 II」新風舎 2003 p76
蒲公英―もうすぐ旅に出ます
　◇「立原えりかのファンタジーランド 4」青土社 1980 p7
タンポポ わた毛
　◇「山本瓔子詩集 II」新風舎 2003 p18
たんぽぽ（A―小説・珊瑚もの）
　◇「壺井栄全集 1」文泉堂出版 1997 p142
たんぽぽ（B―小説・私もの）
　◇「壺井栄全集 4」文泉堂出版 1998 p455
たんぽぽ（C―小説・真澄もの）
　◇「壺井栄全集 8」文泉堂出版 1998 p452
たんぽみち
　◇「巽聖歌作品集 上」巽聖歌作品集刊行委員会 1977 p308
たんぽみち
　◇「千葉省三童話全集 4」岩崎書店 1968 p205
田圃道
　◇「巽聖歌作品集 上」巽聖歌作品集刊行委員会 1977 p423
ダンマパダの花
　◇「稗田童平全集 8」宝文館出版 1982 p88
だんまりくらべ
　◇「〔木暮正夫〕日本のおばけ話・わらい話 4」岩崎書店 1986 p64
だんまりくらべ
　◇「〔西本鶏介〕新日本昔ばなし――日一話・読みきかせ 2」小学館 1997 p66
　◇「西本鶏介のむかしむかし」小学館 2003 p167
だんまりくらべについて
　◇「西本鶏介のむかしむかし」小学館 2003 p184
だんまりゆうれい
　◇「〔山田野理夫〕おばけ文庫 10」太平出版社 1976 （母と子の図書室）p68

反物売り
　◇「石森延男児童文学全集 11」学習研究社 1971 p273

【ち】

地域猫
　◇「〔黒川良人〕犬の詩猫の詩―児童詩集」東洋出版 2000 p156
ちいさい あかい じどうしゃ
　◇「佐藤義美全集 1」佐藤義美全集刊行会 1974 p362
ちいさい秋みつけた
　◇「サトウハチロー童謡集」弥生書房 1977 p28
小い足
　◇「校定新美南吉全集 9」大日本図書 1981 p567
小さい嵐
　◇「北川千代児童文学全集 下」講談社 1967 p208
ちいさい うみ
　◇「佐藤義美全集 1」佐藤義美全集刊行会 1974 p362
　◇「ともだちシンフォニー―佐藤義美童謡集」JULA出版局 1990 p70
小さいおしばい
　◇「斎田喬児童劇選集 〔6〕」牧書店 1954 p177
小さい女の子と男の子
　◇「新装版金子みすゞ全集 3」JULA出版局 1984 p53
　◇「みすゞさん―童謡詩人・金子みすゞの優しさ探しの旅 2」春陽堂書店 1998
　◇「金子みすゞ童謡全集 5」JULA出版局 2004 p74
小さい雷
　◇「赤い自転車―松延いさお自選童話集」〔熊本〕松延猪雄 1993 p24
小さい, かわいい, おばあさん
　◇「平塚武二童話全集 1」童心社 1972 p128
小さい兄弟
　◇「定本小川未明童話全集 9」講談社 1977 p368
　◇「定本小川未明童話全集 9」大空社 2001 p368
小さいキング
　◇「〔北原〕白秋全童謡集 5」岩波書店 1993 p47
ちいさい こ
　◇「まど・みちお全詩集」理論社 1992 p319
　◇「まどさんの詩の本 6」理論社 1996 p34
小さいことだが
　◇「壺井栄全集 11」文泉堂出版 1998 p164
小さい子の死
　◇「小出正吾児童文学全集 3」審美社 2000 p265

小さい古墳
　◇「異聖歌作品集 下」異聖歌作品集刊行委員会 1977 p244
小さい潜水艦に恋をしたでかすぎるクジラの話
　◇「〔野坂昭如〕戦争童話集 忘れてはイケナイ物語り〔2〕 小さい潜水艦に恋をしたでかすぎるクジラの話」日本放送出版協会 2002 p1
ちいさいたね
　◇「花岡大学仏典童話全集 4」法蔵館 1979 p201
小さいタネから
　◇「阪田寛夫全集」理論社 2011 p404
小さい太郎
　◇「まど・みちお全詩集」理論社 1992 p395
小さい太郎の悲しみ
　◇「校定新美南吉全集 2」大日本図書 1980 p247
　◇「新美南吉童話集 2」大日本図書 1982 p289
　◇「新美南吉童話人全」講談社 1989 p154
　◇「新美南吉30選」春陽堂書店 2009 (名作童話) p192
　◇「新美南吉童話集 2」大日本図書 2012 p289
　◇「新美南吉童話選集 2」ポプラ社 2013 p83
ちいさい ちいさい ひこうき
　◇「佐藤義美全集 3」佐藤義美全集刊行会 1973 p371
小い時
　◇「与謝野晶子児童文学全集 3」春陽堂書店 2007 p245
ちいさいときのくせ
　◇「花岡大学仏典童話新作集 2」法蔵館 1984 p118
ちいさい花
　◇「阪田寛夫全集」理論社 2011 p492
ちいさい はなびら
　◇「阪田寛夫全集」理論社 2011 p425
小さい薔薇の花
　◇「新美南吉全集 5」牧書店 1965 p185
　◇「校定新美南吉全集 6」大日本図書 1980 p163
小さい針の音
　◇「定本小川未明童話全集 5」講談社 1977 p310
　◇「小川未明童話集」岩波書店 1996 (岩波文庫) p268
　◇「定本小川未明童話全集 5」大空社 2001 p310
　◇「小川未明30選」春陽堂書店 2009 (名作童話) p220
小さい人 若い人 人間
　◇「今江祥智の本 34」理論社 1990 p188
ちいさい星
　◇「〔土田明子〕ちいさい星―母と子の詩集」らくだ出版 2002 p16
小さい細長いこしかけ
　◇「与田凖一全集 2」大日本図書 1967 p30

作品名から引ける日本児童文学個人全集案内　**515**

ちいさ

小さいポプラの木
- ◇「〔東風琴戸〕童話集 3」ストーク 2012 p159

ちいさい まめを ごちそうして ください
- ◇「佐藤義美全集 2」佐藤義美全集刊行会 1973 p123

小さい村
- ◇「巽聖歌作品集 上」巽聖歌作品集刊行委員会 1977 p128

ちいさいモモちゃん
- ◇「松谷みよ子全集 7」講談社 1971 p1

小さいやさしい右手
- ◇「安房直子コレクション 1」偕成社 2004 p245

小さい妖精の小さいギター
- ◇「立原えりかのファンタジーランド 7」青土社 1980 p155

小さかったから
- ◇「〔土田明子〕ちいさい星―母と子の詩集」らくだ出版 2002 p80

小さき碧
- ◇「松田瓊子全集 2」大空社 1997 p207

〔小き水車の軸棒よもすがら軋り〕
- ◇「新修宮沢賢治全集 7」筑摩書房 1980 p186

短歌 小さき芽
- ◇「氏原大作全集 4」条例出版 1977 p526

〔小きメリヤス塩の魚〕
- ◇「新修宮沢賢治全集 6」筑摩書房 1980 p151
- ◇「新修宮沢賢治全集 6」筑摩書房 1980 p405

小さな青い馬
- ◇「今江祥智の本 16」理論社 1980 p7
- ◇「今江祥智童話館〔16〕」理論社 1987 p7
- ◇「今江祥智ショートファンタジー 1」理論社 2004 p179

小さな青い馬（今江祥智）
- ◇「佐藤さとるファンタジー全集 16」講談社 1983 p220

小さな青いかけら
- ◇「立原えりかのファンタジーランド 14」青土社 1980 p45

小さな青空
- ◇「いのち―みずかみかずよ全詩集」石風社 1995 p102

小さな赤い花
- ◇「小川未明幼年童話文学全集 4」集英社 1966 p131
- ◇「定本小川未明童話全集 2」講談社 1976 p72
- ◇「定本小川未明童話全集 2」大空社 2001 p72

小さな朝顔
- ◇「新装版金子みすゞ全集 2」JULA出版局 1984 p35
- ◇「金子みすゞ童謡全集 3」JULA出版局 2004 p58

ちいさなあなたは

◇「いのち―みずかみかずよ全詩集」石風社 1995 p360

ちいさないきもの
- ◇「〔東君平〕おはようどうわ 8」講談社 1982 p83

ちいさないし
- ◇「〔東君平〕おはようどうわ 1」講談社 1982 p194

小さないのち
- ◇「今江祥智の本 16」理論社 1980 p178
- ◇「今江祥智童話館〔13〕」理論社 1987 p174

小さないのち
- ◇「いのち―みずかみかずよ全詩集」石風社 1995 p140

小さないのち
- ◇「山本瓔子詩集 II」新風舎 2003 p20

小さな命
- ◇「椋鳩十全集 11」ポプラ社 1970 p94

小さな妹をつれて
- ◇「定本小川未明童話全集 12」講談社 1977 p141
- ◇「定本小川未明童話全集 12」大空社 2002 p141

小さな歌
- ◇「稗田菫平全集 1」宝文館出版 1978 p38

小さなうたがい
- ◇「金子みすゞ童謡集」角川春樹事務所 1998（ハルキ文庫）p60
- ◇「金子みすゞ童謡全集 1」JULA出版局 2003 p50

小さなうたがひ
- ◇「新装版金子みすゞ全集 1」JULA出版局 1984 p32

「小さな海」のことなど
- ◇「今西祐行全集 15」偕成社 1989 p55

小さな駅の小鳥かご
- ◇「二反長半作品集 1」集英社 1979 p78

小さな王様
- ◇「〔坪井安〕はしれ子馬よ―童謡詩集」童謡研究・蜂の会 1999 p146

小さなお馬に
- ◇「〔北原〕白秋全童謡集 5」岩波書店 1993 p98

ちいさな おうむさん
- ◇「まど・みちお全詩集」理論社 1992 p105
- ◇「まどさんの詩の本 13」理論社 1997 p36

小さな おかあさん
- ◇「小川未明幼年童話文学全集 5」集英社 1966 p72
- ◇「定本小川未明童話全集 15」講談社 1978 p43
- ◇「定本小川未明童話全集 15」大空社 2002 p43

小さなオキクルミ
- ◇「松谷みよ子のむかしむかし 5」講談社 1973 p123

ちいさなお客さまが やってきて
- ◇「おはなしいっぱい―祐成智美童謡詩集」リーブル 1997 p80

小さなお客さん

◇「あまんきみこセレクション 1」三省堂 2009 p68
ちいさなお国
　◇「与田凖一全集 1」大日本図書 1967 p94
小さなお小舎
　◇「〔北原〕白秋全童謡集 2」岩波書店 1992 p90
ちいさなお里
　◇「金子みすゞ童謡全集 5」JULA出版局 2004 p46
ちひさなお里
　◇「新装版金子みすゞ全集 3」JULA出版局 1984 p29
小さなお地蔵さん
　◇「〔大野憲三〕創作童話」一粒書房 2012 p1
小さなお嬢つちやん
　◇「〔北原〕白秋全童謡集 1」岩波書店 1992 p178
小さなお茶のみ会
　◇「杉みき子選集 4」新潟日報事業社 2008 p226
小さなお堂
　◇「星新一ショートショートセレクション 9」理論社 2003 p99
小さな弟、良ちゃん
　◇「定本小川未明童話全集 10」講談社 1977 p229
　◇「定本小川未明童話全集 10」大空社 2001 p229
小さなお友だち
　◇「壺井栄名作集 1」ポプラ社 1965 p149
　◇「壺井栄全集 10」文泉堂出版 1998 p558
小さなお友だち
　◇「椋鳩十全集 2」ポプラ社 1969 p152
ちいさなお庭の一大事
　◇「かとうむつこ童話集 2」東京図書出版会, リフレ出版（発売）2004 p5
小さなお墓
　◇「新装版金子みすゞ全集 3」JULA出版局 1984 p219
　◇「金子みすゞ童謡全集 6」JULA出版局 2004 p126
小さな おはなし
　◇「まど・みちお全詩集 続」理論社 2015 p107
小さなお百姓
　◇「壺井栄名作集 3」ポプラ社 1965 p69
　◇「定本壺井栄児童文学全集 1」講談社 1979 p49
　◇「壺井栄全集 9」文泉堂出版 1997 p59
小さなおわん
　◇「まど・みちお全詩集 続」理論社 2015 p63
チヒサナ カアサン
　◇「かもめの水兵さん―武内俊子伝記と作品集」講談社出版サービスセンター 1977 p206
小さなカウボーイ
　◇「横山健童謡選集 1」無明舎出版 1995 p65
小さなかえる
　◇「ひろすけ幼年童話文学全集 2」集英社 1962 p58

◇「浜田広介全集 6」集英社 1976 p247
ちいさなかがみ
　◇「花岡大学童話文学全集 4」法蔵館 1980 p90
小さなカギ
　◇「まど・みちお全詩集 続」理論社 2015 p81
ちいさなかげえきげき（影絵劇）―南吉の幼年童話から（新美南吉作, 森школа博脚色）
　◇「新美南吉童話劇集 2」東京書籍 1982（東書児童劇シリーズ）p61
小さなかしの実
　◇「浜田広介全集 1」集英社 1975 p343
ちいさな風が
　◇「山本瓔子詩集 II」新風舎 2003 p32
ちいさな紙人形
　◇「〔山田野理夫〕おばけ文庫 1」太平出版社 1976（母と子の図書室）p81
小さな川の小さな橋
　◇「ひろすけ幼年童話文学全集 7」集英社 1962 p13
　◇「浜田広介全集 6」集英社 1976 p129
チヒサナ汽車
　◇「異聖歌作品集 上」異聖歌作品集刊行委員会 1977 p143
小さな ギャング
　◇「〔かこさとし〕お話こんにちは 〔8〕」偕成社 1979 p24
小さな兄弟
　◇「定本小川未明童話全集 9」講談社 1977 p332
　◇「定本小川未明童話全集 9」大空社 2001 p332
小さな曲（二章）
　◇「稗田菫平全集 1」宝文館出版 1978 p66
小さな巨人
　◇「全集灰谷健次郎の本 17」理論社 1987 p159
小さな草
　◇「まど・みちお全詩集 続」理論社 2015 p51
小さな草と太陽
　◇「定本小川未明童話全集 2」講談社 1976 p124
　◇「定本小川未明童話全集 2」大空社 2001 p124
『小さな草と太陽』序
　◇「定本小川未明童話全集 2」講談社 1976 p398
　◇「定本小川未明童話全集 2」大空社 2001 p398
「小さな国のつづきの話」・あとがき
　◇「佐藤さとるファンタジー全集 16」講談社 1983 p191
　◇「佐藤さとるファンタジー全集 16」講談社, 復刊ドットコム（発売）2011 p191
小さな国のつづきの話（コロボックル物語5）
　◇「佐藤さとるファンタジー全集 5」講談社 1983 p3
　◇「佐藤さとるファンタジー全集 5」講談社, 復刊ドットコム（発売）2010 p3
小さなグミの木

ちいさ

小さなくも
　　◇「さちいさや童話集─心の中に愛の泉がわいてくる」近代文芸社 1995 p13
小さな幸福
　　◇「新美南吉全集 6」牧書店 1965 p55
ちいさな ことり
　　◇「まど・みちお全詩集」理論社 1992 p339
ちいさな ことりが
　　◇「まどさんの詩の本 13」理論社 1997 p60
ちいさな子もりうた
　　◇「与田準一全集 1」大日本図書 1967 p125
小さな金色の翼
　　◇「定本小川未明童話全集 4」講談社 1977 p374
　　◇「定本小川未明童話全集 4」大空社 2001 p374
小さな魚物語
　　◇「立原えりかのファンタジーランド 11」青土社 1980 p79
小さな雑感
　　◇「壺井栄全集 11」文泉堂出版 1998 p489
小さな沢
　　◇「椋鳩十の本 28」理論社 1989 p128
ちいさなじけん
　　◇「[東君平] おはようどうわ 8」講談社 1982 p128
ちいさな地獄
　　◇「花岡大学童話文学全集 2」法蔵館 1980 p119
小さな自叙伝
　　◇「壺井栄名作集 10」ポプラ社 1965 p229
　　◇「壺井栄全集 11」文泉堂出版 1998 p45
小さな島の話
　　◇「大石真児童文学全集 11」ポプラ社 1982 p23
小さな島のものがたり
　　◇「今西祐行全集 3」偕成社 1987 p69
小さな十字架
　　◇「星新一YAセレクション 2」理論社 2008 p204
小さな「種子」
　　◇「あまんきみこセレクション 5」三省堂 2009 p136
チヒサナ シヤウグワツ
　　◇「巽聖歌作品集 上」巽聖歌作品集刊行委員会 1977 p477
ちいさなストーカー
　　◇「ろくでなしという名のポーリー──もとさこみつ短編童話集」早稲田童話塾 2012 p221
小さな世界
　　◇「星新一ショートショートセレクション 4」理論社 2002 p59
小さな先生大きな生徒
　　◇「壺井栄名作集 4」ポプラ社 1965 p136
　　◇「定本壺井栄児童文学全集 1」講談社 1979 p53

　　◇「壺井栄全集 9」文泉堂出版 1997 p31
小さな即興詩人＜一幕 名作劇＞
　　◇「[斎田喬] 学校劇代表作選 3」牧書店 1959 p105
小さな太陽
　　◇「まど・みちお全詩集 続」理論社 2015 p402
小さな凧
　　◇「浜田広介全集 11」集英社 1976 p74
小さな竜巻
　　◇「佐藤さとるファンタジー全集 8」講談社 1982 p203
　　◇「佐藤さとるファンタジー全集 8」講談社, 復刊ドットコム（発売） 2010 p203
ちいさな たね
　　◇「まど・みちお全詩集」理論社 1992 p276
小さな旅
　　◇「杉みき子選集 3」新潟日報事業社 2006 p45
小さな旅かばん
　　◇「杉みき子選集 10」新潟日報事業社 2011 p181
ちいさなたまご
　　◇「浜田広介全集 11」集英社 1976 p78
小さな卵
　　◇「赤い自転車─松延いさお自選童話集」〔熊本〕松延猪雄 1993 p14
小さな魂
　　◇「新美南吉全集 5」牧書店 1965 p143
小さなだるまさん
　　◇「壺井栄名作集 2」ポプラ社 1965 p91
　　◇「定本壺井栄児童文学全集 2」講談社 1979 p218
　　◇「壺井栄全集 10」文泉堂出版 1998 p55
小さな小さな犬の首輪
　　◇「大石真児童文学全集 5」ポプラ社 1982 p159
小さな小さな神さま
　　◇「石森延男児童文学全集 6」学習研究社 1971 p72
小さな小さなキツネ
　　◇「長崎源之助全集 18」偕成社 1987 p85
小さな小さなキツネの話（長崎源之助）
　　◇「佐藤さとるファンタジー全集 16」講談社 1983 p220
小さな小さな すもうとり
　　◇「〔山田野理夫〕お笑い文庫 4」太平出版社 1977（母と子の図書室）p44
小さな小さななみだ
　　◇「春よこいこい─高橋良和こころの童話選集」同朋舎出版 1995 p129
小さな小さな みじかいお話
　　◇「〔かこさとし〕お話こんにちは 〔2〕」偕成社 1979 p68
ちいさな ちょうちょうさん
　　◇「まど・みちお全詩集」理論社 1992 p229
小さなつづら

ちいさ

◇「安房直子コレクション 3」偕成社 2004 p173

ちいさな罪といえども
◇「花岡大学仏典童話全集 5」法蔵館 1979 p19

小さなつり橋
◇「庄野英二全集 4」偕成社 1979 p344

小さな手
◇「いのち―みずかみかずよ全詩集」石風社 1995 p325

小さな手―じゅんこは三歳白血病で死亡
◇「いのち―みずかみかずよ全詩集」石風社 1995 p327

ちいさな天使
◇「巽聖歌作品集 下」巽聖歌作品集刊行委員会 1977 p105

小さな天使
◇「かとうむつこ童話集 1」東京図書出版会, リフレ出版（発売）2003 p31

ちいさな天使のみた秋
◇「巽聖歌作品集 下」巽聖歌作品集刊行委員会 1977 p105

ちいさなとかげ
◇「花岡大学童話文学全集 5」法蔵館 1980 p230

小さな読書指導概論―本を読ませる話
◇「佐藤さとる全集 3」講談社 1972 p149

小さな年ちゃん
◇「定本小川未明童話全集 11」講談社 1977 p137
◇「定本小川未明童話全集 11」大空社 2002 p137

小さなトトと大きな奥さま
◇「太田博也童話集 4」小山書林 2008 p109

小さなドラマ
◇「松谷みよ子全エッセイ 3」筑摩書房 1989 p212

小さなねじ
◇「定本小川未明童話全集 13」講談社 1977 p110
◇「定本小川未明童話全集 13」大空社 2002 p110

小さなノート
◇「くんぺい魔法ばなし―魔法ばなし全集 3」サンリオ 2000 p140

小さなバイオリンひき
◇「今西祐行全集 1」偕成社 1988 p117

小さなバス停
◇「まど・みちお全詩集 続」理論社 2015 p130

小さな花
◇「今江祥智の本 13」理論社 1980 p127
◇「今江祥智童話館 〔5〕」理論社 1986 p26
◇「今江祥智ショートファンタジー 5」理論社 2005 p14

小さな話
◇「〔かこさとし〕お話こんにちは 〔6〕」偕成社 1979 p94

小さな花の物語
◇「壺井栄名作集 4」ポプラ社 1965 p168

小さな花の物語（B―小説・一子もの）
◇「壺井栄全集 6」文泉堂出版 1998 p436

ちいさな花火
◇「パパとボクとネコ―山口紀代子童謡詩集」音楽舎 2003 p50

小さな花物語
◇「立原えりかのファンタジーランド 4」青土社 1980 p7

小さなはばたき
◇「椋鳩十の本 32」理論社 1989 p120

小さな春がうまれてる
◇「山本瓔子詩集 II」新風舎 2003 p38

小さな人の寸法は？
◇「立原えりかのファンタジーランド 8」青土社 1980

小さなひみつ
◇「今江祥智の本 16」理論社 1980 p116
◇「今江祥智童話館 〔1〕」理論社 1986 p111
◇「今江祥智ショートファンタジー 4」理論社 2005 p161

小さな秘密
◇「巽聖歌作品集 下」巽聖歌作品集刊行委員会 1977 p146

ちひさな兵隊
◇「〔北原〕白秋全童謡集 2」岩波書店 1992 p467

小さな変身
◇「花岡大学童話文学全集 5」法蔵館 1980 p128

小さな坊さん
◇「豊島与志雄童話選集・郷土篇」双文社出版 1982 p90

小さな星
◇「犬飼馬鹿人旧作童話集」日本文化資料センター 1996 p8

小さな星
◇「新美南吉全集 6」牧書店 1965 p76
◇「校定新美南吉全集 8」大日本図書 1981 p174

小さな星が消えた
◇「〔おうち・やすゆき〕こら！しんぞう―童謡詩集」小峰書店 1996 p98

小さな街
◇「〔北原〕白秋全童謡集 5」岩波書店 1993 p24

小さな町の六
◇「与田凖一全集 5」大日本図書 1967 p87

小さな実
◇「今西祐行全集 2」偕成社 1987 p195

ちひさな三毛猫
◇「〔北原〕白秋全童謡集 3」岩波書店 1992 p376

小さな水たまり
◇「赤い自転車―松延いさお自選童話集」〔熊本〕松延猪雄 1993 p120

小さなみなとの町

作品名から引ける日本児童文学個人全集案内　519

ちいさ

- ちいさ
  - ◇「ひばりのす―木下夕爾児童詩集」光書房 1998 p44
- ちいさな虫
  - ◇「地球のかぞく―石原一輝童謡詩集」群青社 2001 p14
- ちいさなむら
  - ◇「〔東君平〕おはようどうわ 8」講談社 1982 p122
- 小さなもうひとつの場所
  - ◇「別役実童話集 〔3〕」三一書房 1977 p34
- 小さなもぐら
  - ◇「松谷みよ子全集 10」講談社 1972 p35
- 小さな物語
  - ◇「壺井栄名作集 2」ポプラ社 1965 p236
  - ◇「定本壺井栄児童文学全集 1」講談社 1979 p109
  - ◇「壺井栄全集 9」文泉堂出版 1997 p408
- ちいさな森の冒険
  - ◇「松谷みよ子全エッセイ 1」筑摩書房 1989 p150
- 小さな門
  - ◇「まど・みちお全詩集」理論社 1992 p589
  - ◇「まどさんの詩の本 4」理論社 1994 p16
- ちいさな ゆき
  - ◇「まど・みちお全詩集」理論社 1992 p277
  - ◇「まどさんの詩の本 5」理論社 1994 p84
  - ◇「まどさんの詩の本 14」理論社 1997 p66
- 小さなランタンのおばけのお話
  - ◇「石のロバ―浅野都作品集」新風舎 2007 p232
- 小さな猟犬
  - ◇「川崎大治民話選 〔3〕」童心社 1971 p241
- ちいさなレクイエム
  - ◇「阪田寛夫全詩集」理論社 2011 p371
- 小さな別れ
  - ◇「戸川幸夫創作童話集 2」国土社 1972 p64
- 小さな草鞋
  - ◇「浜田広介全集 11」集英社 1976 p37
- ちいちゃく おおきく
  - ◇「阪田寛夫全詩集」理論社 2011 p394
- ちいちゃんのかげおくり
  - ◇「あまんきみこ童話集 5」ポプラ社 2008 p25
  - ◇「あまんきみこセレクション 2」三省堂 2009 p121
- 智慧おくれも秀才も―皆もってる衣裏宝珠
  - ◇「〔松本光華〕民話風法華経童話 9」中外日報社〔中外印刷版〕 1990 p1
- 知恵くらべ
  - ◇「〔山部京子〕12の動物ものがたり」文芸社 2008 p72
- ちえ子のゆめ
  - ◇「与田準一全集 4」大日本図書 1967 p203
- チェ タンゴ チェ(Che Tango Che)
  - ◇「阪田寛夫全詩集」理論社 2011 p96
- チェッチェコチェつまんねえ!
  - ◇「北国翔子童話集 2」青森県児童文学研究会 2010 p105
- ちえと力
  - ◇「浜田広介全集 8」集英社 1976 p35
- 智慧なき味方
  - ◇「谷口雅春童話集 2」日本教文社 1976 p87
- 智恵の妃
  - ◇「〔巌谷〕小波お伽全集 8」本の友社 1998 p405
- ちえの小法師
  - ◇「森三郎童話選集 〔1〕」刈谷市教育委員会 1995 p155
- ちゑの長者
  - ◇「鈴木三重吉童話全集 4」文泉書店 1975(日本文学全集・選集叢刊第5次)p232
- ちえの 長者と 山の あくま
  - ◇「ひろすけ幼年童話文学全集 12」集英社 1962 p198
- ちがい
  - ◇「星新一YAセレクション 4」理論社 2009 p106
- ちがいくらべ
  - ◇「まど・みちお詩集 5」銀河社 1975 p4
  - ◇「まど・みちお全詩集」理論社 1992 p452
  - ◇「まどさんの詩の本 2」理論社 1994 p78
- 誓へこのときこの八日
  - ◇「〔北原〕白秋全童謡集 4」岩波書店 1993 p314
- 近ごろの食べもの
  - ◇「椋鳩十の本 28」理論社 1989 p44
- 地下室
  - ◇「赤川次郎セレクション 10」ポプラ社 2008 p68
- 地下水
  - ◇「椋鳩十の本 23」理論社 1983 p136
- ちがった おとうさん
  - ◇「定本小川未明童話全集 15」講談社 1978 p141
  - ◇「定本小川未明童話全集 15」大空社 2002 p141
- 地下鉄工事
  - ◇「巽聖歌作品集 上」巽聖歌作品集刊行委員会 1977 p132
- 近道
  - ◇「巽聖歌作品集 上」巽聖歌作品集刊行委員会 1977 p146
- チカラ
  - ◇「〔北原〕白秋全童謡集 3」岩波書店 1992 p151
- 力
  - ◇「〔北原〕白秋全童謡集 3」岩波書店 1992 p74
- ちからじまん
  - ◇「〔東君平〕おはようどうわ 2」講談社 1982 p86
- ちからたろう
  - ◇「今江祥智童話館 〔2〕」理論社 1986 p7
- ちからたろう

ちきゆ

◇「寺村輝夫のむかし話〔9〕」あかね書房 1980 p44

力太郎
◇「松谷みよ子のむかしむかし 2」講談社 1973 p9

ちからの 神さま
◇「ひろすけ幼年童話文学全集 8」集英社 1961 p24

力餅（ちからもち）
◇「〔島崎〕藤村の童話 4」筑摩書房 1979 p1

力持ちどん
◇「〔比江島重孝〕宮崎のむかし話 3」鉱脈社 2000 p199

力持ちの話
◇「〔比江島重孝〕宮崎のむかし話 3」鉱脈社 2000 p195

チカン（痴漢）
◇「横山健童謡選集 2」無明舎出版 1995 p122

ちきゅう
◇「こやま峰子詩集〔3〕」朔北社 2003 p22

ちきゅうあいさつ
◇「まど・みちお詩集 5」銀河社 1975 p40
◇「まど・みちお全詩集」理論社 1992 p523
◇「まどさんの詩の本 9」理論社 1996 p42

地球運転台
◇「阪田寛夫全詩集」理論社 2011 p906

ちきゅうをいれるおけ
◇「〔柳家弁天〕らくご文庫 2」太平出版社 1987 p12

童話 地球を救った二人
◇「あづましん童話集—子供たちの心を育てる」新風舎 1999 p39

地球をどんどん（体操のうた）
◇「阪田寛夫全詩集」理論社 2011 p427

地球を七回半まわれ
◇「阪田寛夫全詩集」理論社 2011 p424

地球を狙う者
◇「海野十三全集 5」三一書房 1989 p139

地きゅうがたいへんだ
◇「〔摩尼和美〕童話集 アナンさまといたずらもんき」歓成院・大倉山アソカ幼稚園 2009 p75

地球から来た男
◇「星新一ちょっと長めのショートショート 2」理論社 2005 p111

ちきゅうぎ
◇「地球のかぞく—石原一輝童謡詩集」群青社 2001 p46

地球ぎ
◇「石森読本—石森延男児童文学選集 5年生」小学館 1977 p14

地球儀
◇「石森延男児童文学全集 15」学習研究社 1971 p170

地球盗難
◇「海野十三集 2」桃源社 1980 p199
◇「海野十三全集 3」三一書房 1988 p217

「地球盗難」の作者の言葉
◇「海野十三全集 別巻1」三一書房 1991 p393

地球に乗ろうのうた
◇「阪田寛夫全詩集」理論社 2011 p877

地球のうしろ
◇「〔北原〕白秋全童謡集 3」岩波書店 1992 p61

地球のかぞく
◇「地球のかぞく—石原一輝童謡詩集」群青社 2001 p74

地球の 子ども
◇「まど・みちお全詩集」理論社 1992 p348
◇「まどさんの詩の本 9」理論社 1996 p40

地球の美よ
◇「石森延男児童文学全集 15」学習研究社 1971 p141

地球の森の妖精さん
◇「〔渡部毅彦〕お母さんのための童話集」花伝社，共栄書房（発売）1997 p32

地球の用事
◇「まど・みちお全詩集」理論社 1992 p312
◇「まどさんの詩の本 9」理論社 1996 p60

地球発狂事件
◇「海野十三集 11」三一書房 1988 p5

地球岬
◇「〔坪井安〕はしれ子馬よ—童謡詩集」童謡研究・蜂の会 1999 p149

ちきゅうも すっぽり
◇「まど・みちお全詩集」理論社 1992 p395
◇「まどさんの詩の本 8」理論社 1996 p20

地球
◇「与田凖一全集 2」大日本図書 1967 p218

地球要塞
◇「海野十三集 3」桃源社 1980 p1
◇「海野十三全集 7」三一書房 1990 p5

地球は美しいです
◇「那須辰造著作集 3」講談社 1980 p236

地球はおおさわぎ
◇「筒井康隆全童話」角川書店 1976（角川文庫）p47
◇「筒井康隆SFジュブナイルセレクション 1」金の星社 2010 p49

地球はまわる
◇「〔山田野理夫〕お笑い文庫 1」太平出版社 1977（母と子の図書室）p14

ちきゅうは メリーゴーラウンド
◇「まどさんの詩の本 9」理論社 1996 p66

ちきゅうは メリーゴーランド
◇「まど・みちお全詩集」理論社 1992 p277

ちきり屋さん
　◇「〔比江島重孝〕宮崎のむかし話 2」鉱脈社 1998 p68
チキンカムカム
　◇「松谷みよ子全エッセイ 2」筑摩書房 1989 p161
蓄音器
　◇「新装版金子みすゞ全集 2」JULA出版局 1984 p134
蓄音機
　◇「〔巖谷〕小波お伽全集 14」本の友社 1998 p370
蓄音機
　◇「金子みすゞ童謡全集 3」JULA出版局 2004 p200
チクタク チクタク
　◇「与田凖一全集 1」大日本図書 1967 p250
ちく たく てくは 三子の ぶただ
　◇「与田凖一全集 3」大日本図書 1967 p102
ちくちくりんの珍太郎
　◇「〔巖谷〕小波お伽全集 7」本の友社 1998 p395
ちくり刺します
　◇「椋鳩十の本 20」理論社 1983 p240
竹陵亭短信
　◇「海野十三全集 別巻1」三一書房 1991 p390
竹林寺
　◇「瑠璃の壺―森銑三童話集」三樹書房 1982 p300
(竹林で)
　◇「稗田童平全集 8」宝文館出版 1982 p83
(竹林に)
　◇「稗田童平全集 2」宝文館出版 1979 p117
ちこく
　◇「〔中山尚美〕おふろの中で―詩集」アイ企画 1996 p36
ちこく王
　◇「阪田寛夫全詩集」理論社 2011 p161
チコちゃんとノノ
　◇「〔渡部毅彦〕お母さんのための童話集」花伝社, 共栄書房(発売) 1997 p46
チコと雪のあひる
　◇「神沢利子コレクション 2」あかね書房 1994 p23
　◇「神沢利子コレクション・普及版 2」あかね書房 2005 p23
　◇「神沢利子のおはなしの時間 4」ポプラ社 2011 p87
チコのすず
　◇「〔渡辺冨美子〕チコのすず―創作童話集」タラの木文学会 1998 p53
地軸作戦―金博士シリーズ・9
　◇「海野十三全集 10」三一書房 1991 p109
〔ちゞれてすがすがしい雲の朝〕
　◇「新修宮沢賢治全集 4」筑摩書房 1979 p206

知人たち
　◇「星新一ちょっと長めのショートショート 9」理論社 2006 p39
ちぢんだ富士山
　◇「旅だち―内藤哲彦児童文学作品集」境文化研究所 2007 p126
地図
　◇「杉みき子選集 2」新潟日報事業社 2005 p269
地図かけ
　◇「〔辻弘司〕創作短篇童話集 マガダ国の悲劇・鍋の蓋他」日本文学館 2006 p81
地図にない国
　◇「佐藤義美全集 5」佐藤義美全集刊行会 1973 p199
地図の中の道
　◇「あまんきみこセレクション 5」三省堂 2009 p63
地図の街の花嫁
　◇「別役実童話集 〔3〕」三一書房 1977 p39
稚拙な殉教者
　◇「北彰介作品集 4」青森県児童文学研究会 1991 p69
チーターのかけっこ
　◇「寺村輝夫全童話 3」理論社 1997 p12
チーターのかけっこ―アフリカのなかまたち
　◇「寺村輝夫おはなしプレゼント 3」講談社 1994 p42
チーターのロンボ
　◇「寺村輝夫童話全集 11」ポプラ社 1982 p169
　◇「寺村輝夫全童話 3」理論社 1997 p36
「ちち」
　◇「今江祥智の本 19」理論社 1981 p84
　◇「今江祥智童話館 〔7〕」理論社 1986 p92
父
　◇「巽聖歌作品集 下」巽聖歌作品集刊行委員会 1977 p207
父
　◇「新美南吉全集 5」牧書店 1965 p51
　◇「新美南吉全集 6」牧書店 1965 p51
　◇「校定新美南吉全集 6」大日本図書 1980 p197
　◇「校定新美南吉全集 8」大日本図書 1981 p192
父
　◇「森三郎童話選集 〔1〕」刈谷市教育委員会 1995 p32
父
　◇「与田凖一全集 1」大日本図書 1967 p60
乳イチョウ
　◇「〔山田野理夫〕おばけ文庫 6」太平出版社 1976 (母と子の図書室) p148
乳いろ水いろ桃いろ
　◇「〔北原〕白秋全童謡集 1」岩波書店 1992 p261
ちちうしの レコード

◇「与田凖一全集 4」大日本図書 1967 p21
父王は過去世の修業の大恩人—宿世の因縁・現世の果報
　◇「〔松本光華〕民話風法華経童話 28」中外印刷出版 1993 p1
父親と自転車
　◇「定本小川未明童話全集 10」講談社 1977 p200
　◇「定本小川未明童話全集 10」大空社 2001 p200
乳草
　◇「浜田広介全集 11」集英社 1976 p37
乳しぼりの女
　◇「椋鳩十の本 1」理論社 1982 p102
父と兄
　◇「与田凖一全集 1」大日本図書 1967 p18
父（童話）（フロスペエル・メリメによる）
　◇「鈴木三重吉童話全集 8」文泉堂書店 1975（日本文学全集・選集叢刊第5次）p275
父と子
　◇「浜田広介全集 11」集英社 1976 p38
乳と紅茶
　◇「巽聖歌作品集 上」巽聖歌作品集刊行委員会 1977 p44
父と子の現在
　◇「今江祥智の本 36」理論社 1990 p226
父とシジュウカラ
　◇「椋鳩十全集 3」ポプラ社 1969 p122
　◇「椋鳩十の本 11」理論社 1983 p32
　◇「椋鳩十動物童話集 8」小峰書店 1990 p47
　◇「椋鳩十まるごと動物ものがたり 12」理論社 1996 p86
　◇「椋鳩十名作選 6」理論社 2014 p94
父と少年
　◇「与田凖一全集 2」大日本図書 1967 p198
父となった日
　◇「北彰介作品集 4」青森県児童文学研究会 1991 p189
ちちと水玉
　◇「氏原大作全集 1」条例出版 1977 p378
父と娘
　◇「石森読本—石森延男児童文学選集 4年生」小学館 1977 p158
父と娘の回線
　◇「赤川次郎セレクション 10」ポプラ社 2008 p147
父と山
　◇「椋鳩十の本 20」理論社 1983 p43
父なきあと
　◇「氏原大作全集 1」条例出版 1977 p49
父について
　◇「阪田寛夫全詩集」理論社 2011 p103
父の居眠り
　◇「庄野英二全集 11」偕成社 1980 p27
乳の記憶（岡田泰三）
　◇「岡田泰三・日下部梅子童謡集」会津童詩会 1992 p123
父のこと
　◇「壷井栄名作集 7」ポプラ社 1965 p164
　◇「壷井栄全集 11」文泉堂出版 1998 p391
父の死
　◇「阪田寛夫全詩集」理論社 2011 p120
父の誕生
　◇「〔巌谷〕小波お伽全集 14」本の友社 1998 p280
乳のつぼ
　◇「花岡大学仏典童話全集 1」法蔵館 1979 p51
父の手紙
　◇「庄野英二全集 11」偕成社 1980 p26
父の手紙
　◇「与田凖一全集 5」大日本図書 1967 p103
父の乗る汽車 集の終わりに
　◇「北川千代児童文学全集 下」講談社 1967 p306
父の乗る汽車 まえがき
　◇「北川千代児童文学全集 下」講談社 1967 p305
父の肺腑
　◇「阪田寛夫全詩集」理論社 2011 p34
「父の日」に思う
　◇「庄野英二全集 11」偕成社 1980 p23
父の部屋
　◇「椋鳩十の本 20」理論社 1983 p46
ちちのみに
　◇「国分一太郎児童文学集 6」小峰書店 1967 p148
父のメルヘン
　◇「与田凖一全集 5」大日本図書 1967 p206
乳の森
　◇「お噺の卵—武井武雄童話集」講談社 1976（講談社文庫）p141
父の留守
　◇「〔巌谷〕小波お伽全集 14」本の友社 1998 p323
父母の記
　◇「千葉省三童話全集 1」岩崎書店 1967 p199
斉々哈爾（チチハル）
　◇「〔北原〕白秋全童謡集 3」岩波書店 1992 p294
秩父の宮さま
　◇「〔北原〕白秋全童謡集 4」岩波書店 1993 p130
乳もらい
　◇「浜田広介全集 11」集英社 1976 p38
乳山の歌声
　◇「二反長半作品集 2」集英社 1979 p7
地中から日本原人が「こんにちは！」
　◇「〔たかしよいち〕世界むかしむかし探検 1」国土社 1993 p122

ちちゆ

地中の世界
　◇「鈴木三重吉童話全集 7」文泉堂書店 1975（日本文学全集・選集叢刊第5次）p385
地中魔
　◇「海野十三全集 2」三一書房 1991 p367
「乳は御不用」
　◇「瑠璃の壺―森銑三童話集」三樹書房 1982 p155
ちちはしぼりたて たまごはうみたて
　◇「与田凖一全集 3」大日本図書 1967 p199
チックタック
　◇「千葉省三童話全集 4」岩崎書店 1968 p107
チッチネおたか
　◇「浜田広介全集 5」集英社 1976 p53
ちっちゃいタネから
　◇「阪田寛夫全詩集」理論社 2011 p445
小ちやな旦那さま
　◇〔北原〕白秋全童謡集 1」岩波書店 1992 p175
小つちやなテイ・ウイ
　◇〔北原〕白秋全童謡集 1」岩波書店 1992 p146
チップウの指
　◇「太田博也童話集 7」小山書林 2012 p146
地底戦車の怪人
　◇「海野十三全集 6」三一書房 1989 p327
地底の魔術王
　◇「少年探偵江戸川乱歩全集 8」ポプラ社 1964 p5
　◇「少年探偵・江戸川乱歩 6」ポプラ社 1998 p5
　◇「文庫版 少年探偵・江戸川乱歩 6」ポプラ社 2005 p5
チト
　◇「まど・みちお全詩集 続」理論社 2015 p248
地動説
　◇「阪田寛夫全詩集」理論社 2011 p52
智と力（獵師と虎）
　◇〔巌谷〕小波お伽全集 14」本の友社 1998 p15
千鳥
　◇「新美南吉全集 2」牧書店 1965 p243
　◇「校定新美南吉全集 9」大日本図書 1981 p43
　◇「新美南吉童話劇集 1」東京書籍 1981（東書児童劇シリーズ）p37
　◇「新美南吉童話集 3」大日本図書 1982 p293
　◇「新美南吉童話大全」講談社 1989 p350
　◇「新美南吉童話集 3」大日本図書 2012 p293
千鳥の曲
　◇「石森延男児童文学全集 2」学習研究社 1971 p299
地に爪跡を残すもの
　◇「佐々木邦全集 6」講談社 1975 p3
〔血のいろにゆがめる月は〕
　◇「新修宮沢賢治全集 2」筑摩書房 1980 p45
　◇「新修宮沢賢治全集 2」筑摩書房 1980 p356

◇「ジュニア文学館 宮沢賢治―写真・絵画集成 3」日本図書センター 1996 p185
地の星座 上
　◇「住井すゑジュニア文学館 1」汐文社 1999 p7
地の星座 下
　◇「住井すゑジュニア文学館 2」汐文社 1999 p7
地の底のきょうだい
　◇「西條八十童話集」小学館 1983 p172
血の花
　◇「全集灰谷健次郎の本 19」理論社 1987 p195
茅の輪（春日大社にて）（一首）
　◇「稗田菫里全集 4」宝文館出版 1980 p21
千葉の大工一家
　◇「斎藤隆介全集 10」岩崎書店 1982 p27
千早館の迷路
　◇「海野十三全集 11」三一書房 1988 p423
千早振る（林家木久蔵編、岡本和明文）
　◇「林家木久蔵の子ども落語 4」フレーベル館 1998 p100
チビ男とデカ男
　◇「花岡大学仏典童話全集 8」法蔵館 1979 p180
千曳
　◇「北彰介作品集 3」青森県児童文学研究会 1990 p297
「ちびくろサンボ」なんて知らないよ
　◇「今江祥智の本 22」理論社 1981 p157
チビゴロかみなり
　◇「斎田喬児童劇選集 〔4〕」牧書店 1954 p129
チビザル兄弟
　◇「椋鳩十全集 13」ポプラ社 1979 p6
ちびすけがんばれ
　◇「椋鳩十全集 10」ポプラ社 1970 p222
ちびぞうキーバ
　◇「寺村輝夫童話全集 10」ポプラ社 1982 p89
　◇「寺村輝夫全童話 3」理論社 1997 p213
「ちびっこ」
　◇「まど・みちお詩集 5」銀河社 1975 p52
　◇「まど・みちお全詩集」理論社 1992 p524
ちびっこ
　◇「まどさんの詩の本 12」理論社 1997 p86
ちびっ子かあちゃん
　◇「山中恒児童よみもの選集 6」読売新聞社 1977 p5
ちびっこカウボーイ
　◇「阪田寛夫全詩集」理論社 2011 p339
ちびっこ太郎
　◇「松谷みよ子全集 15」講談社 1972 p1
ちびっこちびおに
　◇「あまんきみこセレクション 4」三省堂 2009 p100

ちびっこつぶて丸
　◇「山中恒児童よみもの選集 19」読売新聞社 1989 p5
小びつちよの子供は
　◇「〔北原〕白秋全童謡集 1」岩波書店 1992 p165
ちびとのっぽ
　◇「小出正吾児童文学全集 2」審美社 2000 p365
ちびねこコビとおともだち
　◇「角野栄子のちいさなどうわたち 3」ポプラ社 2007 p57
ちびねこチョビ
　◇「角野栄子のちいさなどうわたち 3」ポプラ社 2007 p29
ちびのくずダイコン
　◇「宮口しづえ児童文学集 5」小峰書店 1969 p40
　◇「宮口しづえ童話全集 1」筑摩書房 1979 p45
チビの ひとり
　◇「まど・みちお全詩集」理論社 1992 p608
　◇「まどさんの詩の本 12」理論社 1997 p64
ちびのめんどり
　◇「神沢利子コレクション 2」あかね書房 1994 p175
　◇「神沢利子コレクション・普及版 2」あかね書房 2005 p175
ちびへび
　◇「くどうなおこ詩集○」童話屋 1996 p24
ちびわんちゃん
　◇「佐藤義美全集 3」佐藤義美全集刊行会 1973 p191
チブがお日さまにもらったもの
　◇「松谷みよ子全集 3」講談社 1971 p35
チブがお日さまのところへいくとき
　◇「松谷みよ子全集 3」講談社 1971 p31
乳房
　◇「〔島木〕赤彦童謡集」第一書店 1947 p108
チーフレ鳥
　◇「かつおきんや作品集 17」偕成社 1983 p181
地平線までのうずまき
　◇「杉みき子選集 1」新潟日報事業社 2005 p475
地方文化ということ
　◇「椋鳩十の本 25」理論社 1983 p244
チボリー公園のピエロ
　◇「みずいろようちえん―出雲路猛雄童話集」坂神都 2012 p175
ちまき団子
　◇「〔比江島重孝〕宮崎のむかし話 2」鉱脈社 1998 p18
粽と大蛇
　◇「稗田童平全集 5」宝文館出版 1980 p170
巷の家々を訪ねて―東京の屋根の下
　◇「壺井栄全集 11」文泉堂出版 1998 p416

巷の風
　◇「壺井栄全集 7」文泉堂出版 1998 p83
肝苦（ちむぐ）りさ
　◇「全集版灰谷健次郎の本 17」理論社 1987 p130
チムシイチム
　◇「校定新美南吉全集 9」大日本図書 1981 p541
チムツイ
　◇「戸川幸夫動物文学全集 15」講談社 1977 p320
チーヤ
　◇「〔永田允子〕わすれな草―童話集」講談社出版サービスセンター 1997 p45
茶
　◇「瑠璃の壺―森銑三童話集」三樹書房 1982 p219
チャア公と荒岩先生
　◇「サトウハチロー・ユーモア小説選 10」岩崎書店 1977 p5
茶色っぽいけむり
　◇「石森延男児童文学全集 11」学習研究社 1971 p293
ちゃう ちゃう ポルカ（運動会のうた）
　◇「阪田寛夫全集」理論社 2011 p388
ちゃくりかきす
　◇「坪田譲治幼年童話文学全集 6」集英社 1964 p150
チャコベエ
　◇「長島源之助全集 14」偕成社 1987 p127
茶筅山法師どん
　◇「〔比江島重孝〕宮崎のむかし話 1」鉱脈社 1998 p161
茶棚
　◇「新装版金子みすゞ全集 2」JULA出版局 1984 p126
　◇「金子みすゞ童謡全集 3」JULA出版局 2004 p186
北谷村（チヤタンマギリ）の親友
　◇「二反長半作品集 3」集英社 1979 p229
チャックリガキ
　◇「稗田童平全集 5」宝文館出版 1980 p118
ちゃっくりかきす
　◇「〔木暮正夫〕日本のおばけ話・わらい話 9」岩崎書店 1987 p14
ちゃっくりかきふ
　◇「二反長半作品集 3」集英社 1979 p185
ちゃっぷ ちょっぷ らん
　◇「まど・みちお全詩集」理論社 1992 p230
チャップリン
　◇「〔かこさとし〕お話こんにちは 〔1〕」偕成社 1979 p77
茶の座日記
　◇「氏原大作全集 2」条例出版 1977 p7

茶のはな
　◇「巽聖歌作品集 上」巽聖歌作品集刊行委員会 1977 p213
茶の花
　◇「北彰介作品集 1」青森県児童文学研究会 1990 p60
茶の袢纏／ひよこ／竹中はん
　◇「与謝野晶子児童文学全集 5」春陽堂書店 2007 p90
茶の間日記
　◇「壺井栄全集 7」文泉堂出版 1998 p104
　◇「壺井栄全集 12」文泉堂出版 1999 p39
茶の実
　◇「椋鳩十全集 24」ポプラ社 1980 p32
　◇「椋鳩十の本 16」理論社 1983 p61
ちゃのみのたわら
　◇「〔木暮正夫〕日本のおばけ話・わらい話 9」岩崎書店 1987 p41
茶の芽どき
　◇「〔北原〕白秋全童謡集 4」岩波書店 1993 p66
茶ぶきん
　◇「椋鳩十の本 15」理論社 1982 p174
ちゃぶだい山
　◇「佐藤義美全集 5」佐藤義美全集刊行会 1973 p33
　◇「佐藤義美全集 4」佐藤義美全集刊行会 1974 p408
ちゃぶらん ちゃぶらん
　◇「巽聖歌作品集 下」巽聖歌作品集刊行委員会 1977 p52
矮鶏
　◇「〔北原〕白秋全童謡集 1」岩波書店 1992 p299
茶店のいたずら者
　◇「川崎大治民話選 〔3〕」童心社 1971 p105
茶目夫はダメ夫？
　◇「横山健童謡選集 2」無明舎出版 1995 p94
茶めっけの多い先生
　◇「椋鳩十の本 27」理論社 1989 p159
茶屋の女
　◇「〔山田野理夫〕お笑い文庫 1」太平出版社 1977（母と子の図書室）p80
茶屋の黒犬
　◇「小川未明幼年童話文学全集 3」集英社 1965 p181
　◇「定本小川未明童話全集 7」講談社 1977 p293
　◇「定本小川未明童話全集 7」大空社 2001 p293
茶山
　◇「巽聖歌作品集 上」巽聖歌作品集刊行委員会 1977 p334
チャーリー小父さん
　◇「浜田広介全集 11」集英社 1976 p120
チャールズ・リー

　◇「鈴木三重吉童話全集 6」文泉堂書店 1975（日本文学全集・選集叢刊第5次）p369
ちゃわん
　◇「まど・みちお全詩集」理論社 1992 p124
　◇「まどさんの詩の本 1」理論社 1994 p68
茶わん
　◇「椋鳩十の本 15」理論社 1982 p250
茶碗一杯の復讐
　◇「赤川次郎ショートショートシリーズ 3」理論社 2010 p80
茶碗を恋ふ
　◇「魂の配達―野村吉哉作品集」草思社 1983 p59
茶わんとおはし
　◇「〔金子〕みすゞ詩画集 〔3〕」春陽堂書店 2000
茶碗とお箸
　◇「新装版金子みすゞ全集 3」JULA出版局 1984 p132
　◇「金子みすゞ童謡全集 5」JULA出版局 2004 p172
茶わんむしのお正月
　◇「宮口しづえ児童文学集 5」小峰書店 1969 p168
　◇「宮口しづえ童話全集 7」筑摩書房 1979 p182
　◇「宮口しづえ童話名作集」一草舎出版 2009 p257
茶碗谷先生
　◇「石森延男児童文学全集 15」学習研究社 1971 p69
ちゃんがちゃがうまこ
　◇「新修宮沢賢治全集 1」筑摩書房 1980 p271
ちゃんちゃんこはどこにある
　◇「花岡大学童話文学全集 4」法蔵館 1980 p252
チャンバラ
　◇「〔斎藤信夫〕子ども心を友として―童謡詩集」成東町教育委員会 1996 p160
チャンバラ時代
　◇「阪田寛夫全詩集」理論社 2011 p138
ちゃんめら子平次
　◇「筒井敬介童話全集 12」フレーベル館 1983 p7
チューインガム
　◇「〔東君平〕おはようどうわ 2」講談社 1982 p176
チューインガムのうた
　◇「佐藤義美全集 1」佐藤義美全集刊行会 1974 p308
チューインガム一つ
　◇「全集版灰谷健次郎の本 15」理論社 1988 p231
　◇「全集版灰谷健次郎の本 13」理論社 1988 p147
「チューインガム一つ」と林竹二先生
　◇「全集版灰谷健次郎の本 21」理論社 1988 p130
ちゅういんがむの ちから
　◇「平塚武二童話全集 2」童心社 1972 p29
中学へ上がった日
　◇「定本小川未明童話全集 12」講談社 1977 p170

中学時代
- ◇「定本小川未明童話全集 12」大空社 2002 p170
- ◇「奥田継夫ベストコレクション 2」ポプラ社 2001 p7

中学生時代
- ◇「佐藤さとるファンタジー全集 16」講談社 1983 p25
- ◇「佐藤さとるファンタジー全集 16」講談社, 復刊ドットコム (発売) 2011 p25

チュウキチのおひっこし
- ◇「〔佐々木千鶴子〕動物村のこうみんかん―台所からのひとり言 童話集」朝日新聞社西部開発室編 集出版センター 1996 p23

チュウキチのかくれんぼ
- ◇「〔佐々木千鶴子〕動物村のこうみんかん―台所からのひとり言 童話集」朝日新聞社西部開発室編 集出版センター 1996 p18

忠犬シロの恩返し
- ◇「〔大野憲三〕創作童話」一粒書房 2012 p16

忠犬像紳士録
- ◇「戸川幸夫動物文学全集 2」冬樹社 1965 p267
- ◇「戸川幸夫動物文学全集 4」講談社 1976 p255

忠犬ハチ公こぼれ話
- ◇「戸川幸夫動物文学全集 15」講談社 1977 p295

ちゅうごくの おしょうがつ
- ◇「まど・みちお全詩集」理論社 1992 p145

中国の農村風景
- ◇「赤座憲久少年詩集シリーズ 1」じゃこめてい出版 1977 p49

中国の花灯籠
- ◇「横山健童謡選集 1」無明舎出版 1995 p64

忠五郎の話
- ◇「怪談小泉八雲のこわ〜い話 3」汐文社 2004 p31

忠魂碑
- ◇「中村雨紅詩謡集」中村雨紅詩謡集刊行委員会 1971 p89

忠実な水夫
- ◇「〔島崎〕藤村の童話 1」筑摩書房 1979 p43
- ◇「〔島崎〕藤村の童話 1」筑摩書房 1979 p45

忠次の唄 (赤城落)
- ◇「おの・ちゅうこう初期作品集 〔1〕 牧歌的風景」崙書房 1975 p92

ちゅうしゃ
- ◇「〔東君平〕ひとくち童話 3」フレーベル館 1995 p36

ちゅうしゃ
- ◇「まど・みちお全詩集」理論社 1992 p160

注射
- ◇「杉みき子選集 2」新潟日報事業社 2005 p139

中秋十五夜
- ◇「新修宮沢賢治全集 1」筑摩書房 1980 p284

中秋の空
- ◇「校定新美南吉全集 2」大日本図書 1980 p398

中将姫 ものがたり
- ◇「二反長半作品集 3」集英社 1979 p181

忠臣蔵の話
- ◇「〔かこさとし〕お話こんにちは 〔9〕」偕成社 1979 p68

ちゅうしんせん
- ◇「まど・みちお全詩集 続」理論社 2015 p237

宙づり
- ◇「〔黒川良人〕犬の詩猫の詩―児童詩集」東洋出版 2000 p149

中尊寺〔一〕
- ◇「新修宮沢賢治全集 6」筑摩書房 1980 p148

中尊寺〔二〕
- ◇「新修宮沢賢治全集 6」筑摩書房 1980 p319

ちゅうちく雀
- ◇「中村雨紅詩謡集」中村雨紅詩謡集刊行委員会 1971 p49

ちゅうちゅう たこかい
- ◇「異聖歌作品集 上」異聖歌作品集刊行委員会 1977 p312

中等教育と国文読本
- ◇「与謝野晶子児童文学全集 6」春陽堂書店 2007 p250

中等教育の男女共学
- ◇「与謝野晶子児童文学全集 6」春陽堂書店 2007 p246

ちゅうとはんぱ
- ◇「まど・みちお全詩集 続」理論社 2015 p211

中納言の笛
- ◇「瑠璃の壺―森銑三童話集」三樹書房 1982 p397
- ◇「瑠璃の壺―森銑三童話集」三樹書房 1982 p418

ちゅうにうかぶかんおけ
- ◇「〔木暮正夫〕日本のおばけ話・わらい話 20」岩崎書店 1988 p52

中年ちゃらんぽらんとクリスタル・ヤング
- ◇「今江祥智の本 36」理論社 1990 p145

〔中風に死せし〕
- ◇「新修宮沢賢治全集 7」筑摩書房 1980 p240

注文建具の量産工場
- ◇「斎藤隆介全集 10」岩崎書店 1982 p143

「注文の多い料理店」
- ◇「新修宮沢賢治全集 13」筑摩書房 1980 p3

童話集 注文の多い料理店
- ◇「賢治の音楽室―宮沢賢治、作詞作曲の全作品+詩と童話の朗読」小学館 2000 p16

注文の多い料理店
- ◇「新版・宮沢賢治童話全集 4」岩崎書店 1978 p43
- ◇「新修宮沢賢治全集 13」筑摩書房 1980 p35
- ◇「宮沢賢治童話集 1」講談社 1985 (講談社青い

ちゆう

鳥文庫）p155
- ◇「〔宮沢〕賢治童話」翔泳社 1995 p70
- ◇「ジュニア文学館 宮沢賢治―写真・絵画集成 2」日本図書センター 1996 p193
- ◇「よくわかる宮沢賢治―イーハトーブ・ロマン I」学習研究社 1996 p10
- ◇「〔宮沢賢治〕注文の多い料理店―イーハトーヴ童話集」岩波書店 2000（岩波少年文庫）p51
- ◇「宮沢賢治童話集」世界文化社 2004（心に残るロングセラー）p17
- ◇「宮沢賢治のおはなし 2」岩崎書店 2004 p1
- ◇「齋藤孝のイッキによめる！ 小学生のための宮沢賢治」講談社 2007 p99
- ◇「宮沢賢治20選」春陽堂書店 2008（名作童話）p145
- ◇「宮沢賢治童話集珠玉選 〔1〕」講談社 2009 p7

注文の多い料理店（宮沢賢治作、さねとうあきら
脚色）
- ◇「宮沢賢治童話劇集 1」東京書籍 1981（東書児童劇シリーズ）p97

『注文の多い料理店』序
- ◇「よくわかる宮沢賢治―イーハトーブ・ロマン I」学習研究社 1996 p9

忠弥
- ◇「巽聖歌作品集 下」巽聖歌作品集刊行委員会 1977 p284

ちゅうりっぷ
- ◇「りらりらりらわたしの絵本―富永佳与子こどものうた作品集」国土社 1994 p50

チュウリップ
- ◇「新美南吉全集 1」牧書店 1965 p151

チュウリップの幻術
- ◇「新版・宮沢賢治童話全集 4」岩崎書店 1978 p87
- ◇「新修宮沢賢治全集 9」筑摩書房 1979 p257
- ◇「〔宮沢〕賢治童話」翔泳社 1995 p322

チュウリップの幻想
- ◇「壺井栄全集 6」文泉堂出版 1998 p298

チュウリップ兵隊
- ◇「〔北原〕白秋全童謡集 5」岩波書店 1993 p48

ちゅうりっぷものがたり
- ◇「むぎぶえ笛太―文館輝子童話集」越野智、ブックヒルズ（所沢）1999 p90

忠霊塔と故宮
- ◇「巽聖歌作品集 上」巽聖歌作品集刊行委員会 1977 p251

チューブのえのぐ
- ◇「こやま峰子詩集 〔1〕」朔北社 2003 p6

チューリッピ？
- ◇「まど・みちお全詩集」理論社 1992 p396
- ◇「まどさんの詩の本 11」理論社 1997 p14

チューリップ
- ◇「あづましん童話集―子供たちの心を育てる」新風舎 1999 p67

チューリップ
- ◇「土田明子詩集 4」かど創房 1987 p8

チューリップ
- ◇「新美南吉童話集 1」大日本図書 1982 p139
- ◇「新美南吉童話大全」講談社 1989 p315
- ◇「新美南吉童話集 1」大日本図書 2012 p139

チューリップ
- ◇「浜田広介全集 11」集英社 1976 p39

チューリップ
- ◇「〔東君平〕おはようどうわ 7」講談社 1982 p78
- ◇「〔東君平〕ひとくち童話 6」フレーベル館 1995 p64
- ◇「東君平のおはようどうわ 5」新日本出版社 2010 p24

チューリップ
- ◇「まど・みちお全詩集」理論社 1992 p142
- ◇「まど・みちお全詩集」理論社 1992 p586

チューリップ
- ◇「校定新美南吉全集 4」大日本図書 1980 p259

チューリップが あるいた
- ◇「佐藤義美全集 3」佐藤義美全集刊行会 1973 p385

チューリップが ひらくとき
- ◇「まど・みちお全詩集」理論社 1992 p152
- ◇「まどさんの詩の本 5」理論社 1994 p82

チューリップ―そっとしておいてね
- ◇「立原えりかのファンタジーランド 4」青土社 1980 p1

チューリップちゃん
- ◇「斎田喬児童劇選集 〔5〕」牧書店 1954 p35

チューリップちゃん（生活劇）
- ◇「斎田喬少年劇全集 3」誠文堂新光社 1962 p317

チューリップと蜜蜂
- ◇「浜田広介全集 4」集英社 1976 p166

チューリップの 花
- ◇「小川未明幼年童話文学全集 2」集英社 1965 p6

チューリップの芽
- ◇「定本小川未明童話全集 4」講談社 1977 p167
- ◇「定本小川未明童話全集 4」大空社 2001 p167

チューリップの芽
- ◇「いのち―みずかみかずよ全詩集」石風社 1995 p18

チューリップ祭
- ◇「椋鳩十の本 31」理論社 1989 p119

チューリップ（みじかいおしばい）
- ◇「斎田喬幼年劇全集 1」誠文堂新光社 1962 p15

チュンキャンニャンブーグー
- ◇「あづましん童話集―子供たちの心を育てる」新風舎 1999 p75

チュンチュンスズメ
　◇「佐藤義美全集 2」佐藤義美全集刊行会 1973 p35
蝶
　◇「小出正吾児童文学全集 1」審美社 2000 p339
蝶
　◇「佐藤義美全集 1」佐藤義美全集刊行会 1974 p104
蝶
　◇「巽聖歌作品集 上」巽聖歌作品集刊行委員会 1977 p125
蝶
　◇「校定新美南吉全集 7」大日本図書 1980 p146
蝶
　◇「稗田童平全集 1」宝文館出版 1978 p16
　◇「稗田童平全集 2」宝文館出版 1979 p39
　◇「稗田童平全集 4」宝文館出版 1980 p83
蝶
　◇「まど・みちお全詩集」理論社 1992 p23
蝶
　◇「椋鳩十の本 1」理論社 1982 p188
蝶（一首）
　◇「稗田童平全集 4」宝文館出版 1980 p24
蝶を編む人
　◇「立原えりか作品集 6」思潮社 1973 p37
　◇「立原えりかのファンタジーランド 7」青土社 1980 p105
「蝶・おだまき抄」全
　◇「稗田童平全集 4」宝文館出版 1980 p78
潮音風声
　◇「今江祥智の本 34」理論社 1990 p160
潮音風声
　◇「全集版灰谷健次郎の本 20」理論社 1987 p145
蝶が生まれて
　◇「山本瓔子詩集 II」新風舎 2003 p10
ちょうきょりトラックでかでかごう
　◇「長崎源之助全集 18」偕成社 1987 p177
張紅倫
　◇「新美南吉全集 1」牧書店 1965 p195
　◇「校定新美南吉全集 2」大日本図書 1980 p407
　◇「新美南吉童話集 1」大日本図書 1982 p43
　◇「新美南吉童話大全」講談社 1989 p158
　◇「新美南吉童話傑作選〔3〕ごん狐」小峰書店 2004 p79
　◇「新美南吉30選」春陽堂書店 2009（名作童話） p16
　◇「新美南吉童話集 1」大日本図書 2012 p43
彫刻師グリュツペロ
　◇「鈴木三重吉童話全集 6」文泉堂書店 1975（日本文学全集・選集叢刊第5次）p348
長恨歌
　◇「石のロバ―浅野都作品集」新風舎 2007 p191

朝餐
　◇「新修宮沢賢治全集 3」筑摩書房 1979 p230
　◇「新修宮沢賢治全集 3」筑摩書房 1979 p400
長者の家
　◇〔山田野理夫〕おばけ文庫 1」太平出版社 1976（母と子の図書室）p63
長者の心
　◇「花岡大学仏典童話全集 5」法蔵館 1979 p52
長者の庭のすもうとり
　◇「二反長半作品集 3」集英社 1979 p187
長者のよめさま
　◇「かつおきんや作品集 6」牧書店〔アリス館牧新社〕1972 p51
　◇「かつおきんや作品集 17」偕成社 1983 p49
鳥愁
　◇「まど・みちお全詩集」理論社 1992 p80
長嘯
　◇「瑠璃の壺―森銑三童話集」三樹書房 1982 p207
長所と短所（桃と林檎と木苺）
　◇〔巌谷〕小波お伽全集 14」本の友社 1998 p151
長新太さんと
　◇「全集版灰谷健次郎の本 24」理論社 1988 p85
長新太I
　◇「今江祥智の本 21」理論社 1981 p68
長新太II
　◇「今江祥智の本 21」理論社 1981 p77
ちょうずをまわせ
　◇〔木暮正夫〕日本のおばけ話・わらい話 5」岩崎書店 1986 p38
ちょうずの味
　◇〔山田野理夫〕お笑い文庫 9」太平出版社 1977（母と子の図書室）p53
ちょうずばちのカエル
　◇〔木暮正夫〕日本のおばけ話・わらい話 10」岩崎書店 1987 p52
腸詰
　◇「庄野英二全集 6」偕成社 1979 p194
調整
　◇「星新一ショートショートセレクション 3」理論社 2002 p7
鳥省
　◇「瑠璃の壺―森銑三童話集」三樹書房 1982 p223
朝鮮牛
　◇「国分一太郎児童文学集 6」小峰書店 1967 p181
朝鮮征伐
　◇「鈴木三重吉童話全集 7」文泉堂書店 1975（日本文学全集・選集叢刊第5次）p118
朝鮮の思い出
　◇「壺井栄全集 11」文泉堂出版 1998 p83
朝鮮の子

ちょう

◇「松谷みよ子全集 2」講談社 1971 p121

「朝鮮の民話」三巻をまとめ終って
◇「松谷みよ子全エッセイ 1」筑摩書房 1989 p225

ちょうせんぶなと美しい小箱
◇「定本小川未明童話全集 10」講談社 1977 p305
◇「定本小川未明童話全集 10」大空社 2001 p305

影像
◇「稗田童平全集 2」宝文館出版 1979 p20

調帯
◇「魂の配達─野村吉哉作品集」草思社 1983 p53

長短槍試合（一龍斎貞水編、岡本和明文）
◇「一龍斎貞水の歴史講談 3」フレーベル館 2000 p168

ちょうちょ
◇「こやま峰子詩集 〔1〕」朔北社 2003 p8

ちょうちょ
◇「新美南吉全集 6」牧書店 1965 p269

ちょうちょ
◇「〔東君平〕おはようどうわ 2」講談社 1982 p110
◇「〔東君平〕ひとくち童話 2」フレーベル館 1995 p42
◇「東君平のおはようどうわ 2」新日本出版社 2010 p59

ちょうちょう
◇「阪田寛夫全詩集」理論社 2011 p380

ちょうちょう
◇「佐藤義美童謡集」さ・え・ら書房 1960 p243

ちょうちょう
◇「まど・みちお全詩集」理論社 1992 p330

てふてふ
◇「〔北原〕白秋全童謡集 2」岩波書店 1992 p368

チョウチョウ
◇「まど・みちお詩集 2」銀河社 1975 p6
◇「まど・みちお詩集 〔1〕」すえもりブックス 1992 p26
◇「まど・みちお詩集 〔1〕」すえもりブックス 1992 p28
◇「まど・みちお全詩集」理論社 1992 p439
◇「まど・みちお全詩集」理論社 1992 p560
◇「まど・みちお全詩集」理論社 1992 p589
◇「まどさんの詩の本 3」理論社 1994 p62
◇「まどさんの詩の本 3」理論社 1994 p66
◇「まど・みちお全詩集 続」理論社 2015 p22

蝶々
◇「西條八十童謡全集」修道社 1971 p15

蝶々
◇「新美南吉全集 6」牧書店 1965 p185

ちょうちょうさん
◇「佐藤義美童謡集」さ・え・ら書房 1960 p13
◇「佐藤義美童謡集」さ・え・ら書房 1960 p14
◇「佐藤義美全集 1」佐藤義美全集刊行会 1974 p170

ちょうちょうさん
◇「〔東君平〕おはようどうわ 3」講談社 1982 p66

ちょうちょうさん
◇「まど・みちお全詩集」理論社 1992 p540
◇「まど・みちお全詩集」理論社 1992 p543
◇「まどさんの詩の本 3」理論社 1994 p60
◇「まどさんの詩の本 15」理論社 1997 p10

〔丁丁丁丁〕
◇「新修宮沢賢治全集 5」筑摩書房 1979 p260
◇「ジュニア文学館 宮沢賢治─写真・絵画集成 3」日本図書センター 1996 p166

詩 丁丁丁丁
◇「賢治の音楽室─宮沢賢治、作詞作曲の全作品＋詩と童話の朗読」小学館 2000 p56

蝶々と仔牛
◇「〔北原〕白秋全童謡集 1」岩波書店 1992 p84

テフテフトコヒツジ
◇「かもめの水兵さん─武内俊子伝記と作品集」講談社出版サービスセンター 1977 p143

ちょうちょうと ばら
◇「定本小川未明童話全集 15」講談社 1978 p46
◇「定本小川未明童話全集 15」大空社 2002 p46

ちょうちょうのおやど
◇「斎田喬児童劇選集 〔6〕」牧書店 1954 p40

ちょうちょうのおやど（童話劇）
◇「斎田喬幼年劇全集 1」誠文堂新光社 1962 p423

ちょうちょうのおんがえし
◇「〔大澤英子〕心の中のひみつ─法華経をもとにした創作物語集」文芸社 1999 p9

蝶蝶の子供
◇「〔北原〕白秋全童謡集 2」岩波書店 1992 p39

蝶々の旅
◇「〔北原〕白秋全童謡集 1」岩波書店 1992 p270

テフテフノ 町
◇「佐藤義美全集 1」佐藤義美全集刊行会 1974 p89
◇「佐藤義美全集 1」佐藤義美全集刊行会 1974 p90

蝶々の夢
◇「中村雨紅詩謡集」中村雨紅詩謡集刊行委員会 1971 p89

蝶々丸
◇「〔巌谷〕小波お伽全集 9」本の友社 1998 p369

蝶々〈A〉
◇「校定新美南吉全集 8」大日本図書 1981 p64

蝶々〈B〉
◇「校定新美南吉全集 8」大日本図書 1981 p463

ちょうちょがとまった
◇「山本瓔子詩集 II」新風舎 2003 p28

ちょうちょぐるい
◇「今江祥智の本 17」理論社 1981 p166

ちょうちょだけに、なぜ泣くの
　◇「神沢利子コレクション・普及版 1」あかね書房 2005 p112
ちょうちょだけになぜなくの
　◇「〔神沢利子〕くまの子ウーフの童話集 1」ポプラ社 2001 p63
　◇「神沢利子のおはなしの時間 1」ポプラ社 2011 p21
ちょうちょと　ばら
　◇「佐藤義美全集 1」佐藤義美全集刊行会 1974 p374
ちょうちょのおでんわ
　◇「かもめの水兵さん―武内俊子伝記と作品集」講談社出版サービスセンター 1977 p179
ちょうちょの町
　◇「佐藤義美童謡集」さ・え・ら書房 1960 p116
　◇「ともだちシンフォニー―佐藤義美童謡集」JULA出版局 1990 p18
ちょうちょホテル
　◇「松谷みよ子全集 10」講談社 1972 p133
　◇「松谷みよ子おはなし集 1」ポプラ社 2010 p113
ちょうちょむすび
　◇「今江祥智の本 12」理論社 1980 p63
　◇「今江祥智童話館　〔3〕」理論社 1986 p35
　◇「今江祥智ショートファンタジー 2」理論社 2004 p19
ちょうちん
　◇「〔東君平〕おはようどうわ 4」講談社 1982 p118
　◇「東君平のおはようどうわ 5」新日本出版社 2010 p46
提灯
　◇「壺井栄全集 2」文泉堂出版 1997 p330
提灯
　◇「〔山田野理夫〕お笑い文庫 1」太平出版社 1977 （母と子の図書室）p123
ちょうちんをかりにきたわけ
　◇「〔柳家弁天〕らくご文庫 7」太平出版社 1987 p55
チョウチン子
　◇「高橋敏彦童話集」ノヴィス 2000（ノヴィス叢書）p18
ちょうちん小僧
　◇「〔山田野理夫〕おばけ文庫 6」太平出版社 1976 （母と子の図書室）p44
ちょうちんの火
　◇「〔比江島重孝〕宮崎のむかし話 3」鉱脈社 2000 p187
堤灯屋（林家木久蔵編，岡本和明著）
　◇「林家木久蔵の子ども落語 4」フレーベル館 1998 p18
ちょうちん屋のままッ子
　◇「斎藤隆介全集 5」岩崎書店 1982 p5

ちょうとアルト笛
　◇「〔内海康子〕六月のカレンダー―詩集」けやき書房 1999 p42
蝶と少年
　◇「稗田童平全集 1」宝文館出版 1978 p10
ちょうとっきゅう
　◇「阪田寛夫全詩集」理論社 2011 p301
超特急マーチ
　◇「阪田寛夫全詩集」理論社 2011 p354
ちょうと怒濤
　◇「定本小川未明童話全集 3」講談社 1977 p134
　◇「定本小川未明童話全集 3」大空社 2001 p134
ちょうと三つの石
　◇「定本小川未明童話全集 2」講談社 1976 p22
　◇「小川未明童話集」岩波書店 1996（岩波文庫）p88
　◇「定本小川未明童話全集 2」大空社 2001 p22
ちょうどよいよい
　◇「浜田広介全集 11」集英社 1976 p121
ちょうになったほたもち
　◇「〔西本鶏介〕新日本昔ばなし――日一話・読みきかせ 1」小学館 1997 p84
ちょうになる
　◇「斎藤喬児童劇選集　〔8〕」牧書店 1955 p105
超人間X号
　◇「海野十三全集 12」三一書房 1990 p459
（蝶の）
　◇「稗田童平全集 8」宝文館出版 1982 p52
蝶のいる木
　◇「いのち―みずかみかずよ全詩集」石風社 1995 p191
蝶のうた
　◇「室生犀星童話全集 2」創林社 1978 p9
蝶の唄修業
　◇「〔巌谷〕小波お伽全集 12」本の友社 1998 p355
超能力
　◇「星新一YAセレクション 7」理論社 2009 p161
超能力・ア・ゴーゴー
　◇「筒井康隆SFジュブナイルセレクション 2」金の星社 2010 p127
ちょうの　おばさん
　◇「ひろすけ幼年童話文学全集 6」集英社 1962 p147
ちょうのおよめさんさがし
　◇「ひろすけ幼年童話文学全集 9」集英社 1962 p134
　◇「浜田広介全集 10」集英社 1976 p204
蝶の片羽
　◇「〔巌谷〕小波お伽全集 12」本の友社 1998 p343
「蝶の記憶」三谷晃一著

ちよう

◇「稗田童平全集 6」宝文館出版 1981 p142

蝶のしらべ
◇「パパとボクとネコ―山口紀代子童謡詩集」音楽舎 2003 p80

チョウのたんじょう＜一場 よびかけ＞
◇「〔斎田喬〕学校劇代表作選 3」牧書店 1959 p69

チョウの水
◇「〔山田野理夫〕おばけ文庫 7」太平出版社 1976（母と子の図書室）p122

蝶の道
◇「椋鳩十の本 17」理論社 1982 p102

蝶の夢
◇「〔比江島重孝〕宮崎のむかし話 2」鉱脈社 1998 p81

蝶の旅行
◇「〔下田喜久美〕遠くから来た旅人―詩集」リトル・ガリヴァー社 1998 p28

長福寺のつり鐘（静岡）
◇「〔木暮正夫〕日本の怪奇ばなし 9」岩崎書店 1990 p134

長篇「悪の日影」とその前後
◇「稗田童平全集 7」宝文館出版 1981 p75

長編物語詩『トラジイちゃんの冒険』
◇「阪田寛夫全詩集」理論社 2011 p694

眺望
◇「新修宮沢賢治全集 6」筑摩書房 1980 p126

諜報中継局
◇「海野十三全集 10」三一書房 1991 p439

"澄明"「黒い野原の赤い幻」序詩（はしがき）
◇「太田博也半世紀名作選 1」叢文社 1984 p5

帳面をけそう
◇「定本壷井栄児童文学全集 4」講談社 1980 p291

帳面を消そう
◇「壷井栄全集 10」文泉堂出版 1998 p490

調律師フレディリック
◇「〔塩見治)〕短編童話集 本のむし」早稲田童話塾 2013 p101

嘲弄の復酬（猪と驢馬）
◇「〔巌谷〕小波お伽全集 14」本の友社 1998 p177

蝶〈A〉
◇「校定新美南吉全集 8」大日本図書 1981 p230

蝶〈B〉
◇「校定新美南吉全集 8」大日本図書 1981 p84

千代紙
◇「定本壷井栄児童文学全集 1」講談社 1979 p253
◇「壷井栄全集 9」文泉堂出版 1997 p236

千代紙のおひなさま
◇「〔坪井安〕はしれ子馬よ―童謡詩集」童謡研究・蜂の会 1999 p100

千代紙の春

◇「定本小川未明童話全集 3」講談社 1977 p210
◇「定本小川未明童話全集 3」大空社 2001 p210
◇「小川未明30選」春陽堂書店 2009（名作童話）p137

ちょき ちょき はさみ
◇「まど・みちお全詩集」理論社 1992 p239

ちょきん箱
◇「くんぺい魔法ばなし―魔法ばなし全集 2」サンリオ 2000 p142

チョークのライオン
◇「稗田童平全集 3」宝文館出版 1979 p108

ちょこまかギツネなきギツネ
◇「椋鳩十全集 10」ポプラ社 1970 p164

ちょこまかギツネ鳴きギツネ
◇「椋鳩十まるごと動物ものがたり 6」理論社 1996 p147

ちよこれつとうのひとかけ
◇「巽聖歌作品集 上」巽聖歌作品集刊行委員会 1977 p88

チョコレート
◇「西條八十童謡全集」修道社 1971 p290

チョコレート
◇「まど・みちお詩集 4」銀河社 1974 p56
◇「まど・みちお全詩集」理論社 1992 p426

チョコレートがほしい
◇「寺村輝夫童話全集 7」ポプラ社 1982 p121
◇「寺村輝夫おはなしプレゼント 4」講談社 1994 p64
◇「寺村輝夫全童話 7」理論社 1999 p460

チョコレート戦争
◇「大石真児童文学全集 5」ポプラ社 1982 p5

チョコレートの歌―チャイコフスキー バレエ組曲「胡桃割り人形」より
◇「阪田寛夫全詩集」理論社 2011 p296

チョコレートのお星さま
◇「春よこいこい―高橋良和こころの童話選集」同朋舎出版 1995 p140

チョコレートの兵隊さん
◇「浜田広介全集 4」集英社 1976 p167

著者
◇「新修宮沢賢治全集 6」筑摩書房 1980 p35

著者自序・黄花コスモス伝説
◇「〔今坂柳二〕りゅうじフォークロア・world 2」ふるさと伝承研究会 2007 p6

チョスイチ
◇「佐藤義美全集 1」佐藤義美全集刊行会 1974 p347

貯水池の午後
◇「いのち―みずかみかずよ全詩集」石風社 1995 p144

ちょちちちょちち

◇「〔うえ山のぼる〕夢と希望の童話集」文芸社 2011 p45

チョちゃ，かにせろな
◇「宮口しづえ童話全集 6」筑摩書房 1979 p165

一寸したいたづらの注意
◇「おの・ちゅうこう初期作品集 〔2〕 日本の教室は明るい」崙書房 1975 p40

ちょっとしたこと（B）
◇「壺井栄全集 11」文泉堂出版 1998 p200

ちょっとしんぱい
◇「おはなしいっぱい―祐成智美童謡詩集」リーブル 1997 p24

ちょっとそんしてる
◇「〔坪井安〕はしれ子馬よ―童謡詩集」童謡研究・蜂の会 1999 p36

ちょっとタイムくん
◇「きむらゆういちおはなしのへや 4」ポプラ社 2012 p17

ちょっぴり勇気
◇「山本瓔子詩集 I」新風舎 2003 p90

千代とたこ
◇「松谷みよ子のむかしむかし 7」講談社 1973 p14

千代とまり
◇「松谷みよ子全集 10」講談社 1972 p123
◇「松谷みよ子おはなし集 4」ポプラ社 2010 p59

チョビッとこわいおばけの話
◇「〔木暮正夫〕日本のおばけ話・わらい話 1」岩崎書店 1986

ちょびっとちょびっと春がきた
◇「サトウハチロー童謡集」弥生書房 1977 p46

チョボチョボ山と金時先生
◇「今西祐行全集 4」偕成社 1987 p83

チョロちゃんの お年玉
◇「〔かこさとし〕お話こんにちは 〔10〕」偕成社 1980 p24

ちょろちょろ川
◇「石森延男児童文学全集 2」学習研究社 1971 p218

チョロ チョロ 川
◇「佐藤義美童謡集」さ・え・ら書房 1960 p202
◇「佐藤義美全集 1」佐藤義美全集刊行会 1974 p223

ちょろちょろ子栗鼠
◇「中村雨紅詩謡集」中村雨紅詩謡集刊行委員会 1971 p116

チョンガー先生
◇「〔高橋一仁〕春のニシン場―童謡詩集」けやき書房 2003 p134

ちょんぎれたしっぽ
◇「〔木暮正夫〕日本のおばけ話・わらい話 14」岩崎書店 1987 p4

ちょんちょん雀
◇「〔北原〕白秋全童謡集 1」岩波書店 1992 p295

チョン二世
◇「氏原大作全集 4」条例出版 1977 p475

ちょんねんばけくらべ
◇「筒井敬介全集 2」フレーベル館 1984 p171

チョンまげ
◇「〔島崎〕藤村の童話 4」筑摩書房 1979 p177

チラチャップの鳩笛
◇「庄野英二全集 7」偕成社 1979 p295

ちらちらオルガン
◇「ひろすけ幼年童話文学全集 3」集英社 1962 p20
◇「浜田広介全集 7」集英社 1976 p11

ちらちら粉雪
◇「サトウハチロー童謡集」弥生書房 1977 p9

ちらちらこゆき
◇「さくらゆき―さとうじゅんこ童詩集」えんじゅの会 1997 p54

ちらちら ゆき
◇「まど・みちお全詩集」理論社 1992 p170

ちらちら雪
◇「〔北原〕白秋全童謡集 2」岩波書店 1992 p298
◇「〔北原〕白秋全童謡集 3」岩波書店 1992 p427

散らつく雪
◇「花岡大学童話文学全集 5」法蔵館 1980 p143

ちら らら ちら らら
◇「まど・みちお全詩集」理論社 1992 p228

チラリ
◇「異聖歌作品集 上」異聖歌作品集刊行委員会 1977 p386

チリチリ千鳥
◇「〔山田野理夫〕お笑い文庫 6」太平出版社 1977 （母と子の図書室）p144

ちりとりが池
◇「〔比江島重孝〕宮崎のむかし話 2」鉱脈社 1998 p236

ちりのない町
◇「椋鳩十の本 22」理論社 1983 p184

地理附図
◇「国分一太郎児童文学集 6」小峰書店 1967 p13

治療
◇「星新一YAセレクション 5」理論社 2009 p15

治療後の経過
◇「星新一ショートショートセレクション 11」理論社 2003 p52

散るよ散るよ
◇「中村雨紅詩謡集」中村雨紅詩謡集刊行委員会 1971 p171

散れよ幽かに水引の花
◇「太田博也半世紀名作選 1」叢文社 1984 p145

チロコのおたんじょう日
　◇「斎田喬児童劇選集　〔6〕」牧書店 1954 p96
チロコのおたんじょう日（童話劇）
　◇「斎田喬幼年劇全集 1」誠文堂新光社 1962 p77
ちろちろと…
　◇「まど・みちお全詩集 続」理論社 2015 p23
ちろり
　◇「〔北原〕白秋全童謡集 4」岩波書店 1993 p99
チロリアン・ハット
　◇「早乙女勝元小説選集 8」理論社 1977 p161
チロルの花まつり
　◇「横山健童謡選集 1」無明舎出版 1995 p66
チロルの若者
　◇「阪田寛夫全詩集」理論社 2011 p357
ちろろんろん
　◇「〔北原〕白秋全童謡集 3」岩波書店 1992 p426
ちろんろんの　ゆき
　◇「佐藤義美全集 1」佐藤義美全集刊行会 1974 p399
チーン、カラカラカラ―山口県の昔話より
　◇「笑った泣き地蔵―御田慶子童話選集」たま出版 2007 p129
ちんがらこ
　◇「新装版金子みすゞ全集 2」JULA出版局 1984 p251
　◇「金子みすゞ童謡全集 4」JULA出版局 2004 p158
ちんからこ―旧作
　◇「〔北原〕白秋全童謡集 5」岩波書店 1993 p22
ちんころ兵隊
　◇「〔北原〕白秋全童謡集 1」岩波書店 1992 p34
陳さんのショルダーバッグ
　◇「高橋敏彦童話集」ノヴィス 2000（ノヴィス叢書）p100
ちんじゅさま
　◇「巽聖歌作品集 上」巽聖歌作品集刊行委員会 1977 p205
ちんじゅさま
　◇「かもめの水兵さん―武内俊子伝記と作品集」講談社出版サービスセンター 1977 p203
鎮西八太郎
　◇「氏原大作全集 2」条例出版 1977 p307
沈滞の時代
　◇「星新一ショートショートセレクション 13」理論社 2003 p180
珍太郎日記
　◇「佐々木邦全集 1」講談社 1974 p89
珍竹斎物語
　◇「巌谷小波お伽噺文庫　〔1〕」大和書房 1976 p149
　◇「〔巌谷〕小波お伽全集 6」本の友社 1998 p271

ちんちん　こばかま
　◇「川崎大治民話選　〔3〕」童心社 1971 p246
ちんちん小ばかま
　◇「〔木暮正夫〕日本のおばけ話・わらい話 3」岩崎書店 1986 p38
ちんちん小袴
　◇「怪談小泉八雲のこわ～い話 10」汐文社 2009 p61
チンチンコバカマ
　◇「〔久高明子〕チンチンコバカマ」新風舎 1998 p83
チンチン坂
　◇「〔比江島重孝〕宮崎のむかし話 2」鉱脈社 1998 p229
チンチン雀
　◇「浜田広介全集 11」集英社 1976 p39
ちんちん千鳥
　◇「〔北原〕白秋全童謡集 1」岩波書店 1992 p92
ちんどんや
　◇「浜田広介全集 11」集英社 1976 p79
ちんどんやの　おじいさん
　◇「定本小川未明童話全集 16」講談社 1978 p71
　◇「定本小川未明童話全集 16」大空社 2002 p71
ちんどんやの　おばさん
　◇「小川未明幼年童話文学全集 3」集英社 1965 p16
　◇「定本小川未明童話全集 15」講談社 1978 p65
　◇「定本小川未明童話全集 15」大空社 2002 p65
陳の弟
　◇「花岡大学童話文学全集 3」法蔵館 1980 p57
ちんの話
　◇「〔島崎〕藤村の童話 3」筑摩書房 1979 p53
　◇「〔島崎〕藤村の童話 3」筑摩書房 1979 p55
チンパンジーさん
　◇「佐藤義美全集 1」佐藤義美全集刊行会 1974 p312
ちんぷくりんのかきばかま
　◇「春よこいこい―高橋良和こころの童話選集」同朋舎出版 1995 p106
沈没男
　◇「海野十三全集 10」三一書房 1991 p507
珍味禍
　◇「椋鳩十の本 18」理論社 1982 p188
沈黙の中の子どもたち
　◇「全集版灰谷健次郎の本 19」理論社 1987 p35

【つ】

再見（ツアイチエン）

追憶の土
◇「千葉省三童話全集 2」岩崎書店 1967 p207
追記〔童謡集雪と驢馬〕
◇「巽聖歌作品集 上」巽聖歌作品集刊行委員会 1977 p70
追跡
◇「星新一ちょっと長めのショートショート 4」理論社 2006 p148
追想文 愛子おばさんへ
◇「北国翔子童話集 2」青森県児童文学研究会 2010 p12
ついていったちょうちょう
◇「新美南吉全集 1」牧書店 1965 p144
◇「新美南吉童話集 1」大日本図書 1982 p193
◇「新美南吉童話大全」講談社 1989 p316
◇「新美南吉童話集 1」大日本図書 2012 p193
ツイテ イツタ テンテン
◇「校定新美南吉全集 4」大日本図書 1980 p339
追悼詩
◇「稗田童平全集 1」宝文館出版 1978 p105
ツイヤショージョー
◇「〔山田野理夫〕おばけ文庫 5」太平出版社 1976 (母と子の図書室) p101
つう
◇「〔木暮正夫〕日本のおばけ話・わらい話 11」岩崎書店 1987 p19
通
◇「赤川次郎ショートショートシリーズ 3」理論社 2010 p107
つうがくマーチ
◇「〔高橋一仁〕春のニシン場—童謡詩集」けやき書房 2003 p130
通勤快速
◇「〔永田允子〕わすれな草—童話集」講談社出版サービスセンター 1997 p73
通告簿
◇「〔巌谷〕小波お伽全集 14」本の友社 1998 p365
通信簿
◇「与田準一全集 2」大日本図書 1967 p82
通知
◇「くんぺい魔法ばなし—魔法ばなし全集 3」サンリオ 2000 p194
通天門
◇「螢の河・源流へ—伊藤桂一作品集」講談社 2000 (講談社文芸文庫) p55
通訳のスズメ
◇「〔山田野理夫〕お笑い文庫 1」太平出版社 1977 (母と子の図書室) p129
杖
◇「〔土田明子〕ちいさい星—母と子の詩集」らくだ

◇「〔北原〕白秋全童謡集 3」岩波書店 1992 p280

出版 2002 p102
つえと手袋
◇「長塚源之助全集 6」偕成社 1987 p9
ツェねずみ
◇「新版・宮沢賢治童話全集 1」岩崎書店 1978 p33
◇「新修宮沢賢治全集 8」筑摩書房 1979 p155
◇「宮沢賢治童話集 1」講談社 1985 (講談社青い鳥文庫) p85
◇「〔宮沢〕賢治童話」翔泳社 1995 p115
◇「宮沢賢治童話集」世界文化社 2004 (心に残るロングセラー) p64
◇「宮沢賢治童話集珠玉選 〔1〕」講談社 2009 p40
ツエねずみ
◇「宮沢賢治動物童話集 1」シグロ 1995 p35
使いの道
◇「与田準一全集 2」大日本図書 1967 p187
使う人使われる人
◇「佐々木邦全集 5」講談社 1975 p121
司修さんのこと
◇「松谷みよ子全エッセイ 3」筑摩書房 1989 p73
つかっていいよ
◇「おはなしいっぱい—祐成智美童謡詩集」リーブル 1997 p20
塚と風
◇「新修宮沢賢治全集 3」筑摩書房 1979 p148
(塚の石は)
◇「稗田童平全集 8」宝文館出版 1982 p68
津軽海峡
◇「新修宮沢賢治全集 2」筑摩書房 1979 p286
◇「新修宮沢賢治全集 3」筑摩書房 1979 p83
◇「新修宮沢賢治全集 3」筑摩書房 1979 p338
◇「ジュニア文学館 宮沢賢治—写真・絵画集成 3」日本図書センター 1996 p85
津軽富士山
◇「〔高橋一仁〕春のニシン場—童謡詩集」けやき書房 2003 p48
津軽ボサマの旅三味線
◇「鈴木喜代春児童文学選集 9」らくだ出版 2009 p1
疲レタ少年ノ旅
◇「校定新美南吉全集 8」大日本図書 1981 p108
つかれた妻
◇「北彰介作品集 4」青森県児童文学研究会 1991 p166
津川のきつねの嫁入り行列
◇「〔野口法蔵〕ホーミタクヤセン—童話集」新潟大学医学部よろず医療研究会ラダック基金 1996 p69
つき
◇「〔東君平〕おはようどうわ 2」講談社 1982 p154
◇「〔東君平〕ひとくち童話 1」フレーベル館 1995

つき

   p8
月
 ◇「魂の配達―野村吉哉作品集」草思社 1983 p27
月
 ◇「稗田菫平全集 1」宝文館出版 1978 p111
月
 ◇「平塚武二童話全集 4」童心社 1972 p9
月
 ◇「椋鳩十の本 1」理論社 1982 p49
 ◇「椋鳩十の本 1」理論社 1982 p79
月
 ◇「〔吉田享子〕おしゃべりな星―少年少女詩集」らくだ出版 2001 p8
月あかり（岡田泰三）
 ◇「岡田泰三・日下部梅子童謡集」会津童詩会 1992 p61
月うさぎ
 ◇「斎田喬児童劇選集 〔4〕」牧書店 1954 p17
 ◇「斎田喬児童劇選集 〔5〕」牧書店 1954 p189
月へ行ったうさぎのキイ
 ◇「〔大野憲三〕創作童話」一粒書房 2012 p26
月へゆく道
 ◇「〔北原〕白秋全童謡集 2」岩波書店 1992 p318
月を
 ◇「与田準一全集 1」大日本図書 1967 p52
月をみがくひと
 ◇「千葉省三童話全集 4」岩崎書店 1968 p219
月が
 ◇「〔北原〕白秋全童謡集 5」岩波書店 1993 p114
月暈日暈
 ◇「〔北原〕白秋全童謡集 1」岩波書店 1992 p355
月が出る
 ◇「定本小川未明童話全集 3」講談社 1977 p403
 ◇「定本小川未明童話全集 3」大空社 2001 p403
月が ホット・ケーキなら
 ◇「巽聖歌作品集 下」巽聖歌作品集刊行委員会 1977 p73
月が物を言わない訳
 ◇「お噺の卵―武井武雄童話集」講談社 1976 （講談社文庫）p164
月が呼んでる（岡田泰三）
 ◇「岡田泰三・日下部梅子童謡集」会津童詩会 1992 p42
月から
 ◇「新美南吉全集 6」牧書店 1965 p232
 ◇「校定新美南吉全集 8」大日本図書 1981 p17
 ◇「新美南吉童話集 1」大日本図書 1982 p308
 ◇「新美南吉童話集 1」大日本図書 2012 p308
次からつぎへ
 ◇「新装版金子みすゞ全集 2」JULA出版局 1984 p118

 ◇「金子みすゞ童謡集」角川春樹事務所 1998 （ハルキ文庫）p88
 ◇「〔金子〕みすゞ詩画集 〔6〕」春陽堂書店 2001 p32
 ◇「金子みすゞ童謡全集 3」JULA出版局 2004 p178
つぎ木
 ◇「石森延男児童文学全集 11」学習研究社 1971 p23
ツキ計画
 ◇「星新一YAセレクション 2」理論社 2008 p18
月五話
 ◇「お噺の卵―武井武雄童話集」講談社 1976 （講談社文庫）p156
月一大釈迦附近
 ◇「北彰介作品集 4」青森県児童文学研究会 1991 p251
月とあざらし
 ◇「小川未明幼年童話文学全集 6」集英社 1966 p192
 ◇「定本小川未明童話集 4」講談社 1977 p237
 ◇「小川未明童話集」岩波書店 1996 （岩波文庫）p235
 ◇「定本小川未明童話集 4」大空社 2001 p237
 ◇「小川未明童話集」世界文化社 2004 （心に残るロングセラー）p44
月と海豹
 ◇「小川未明30選」春陽堂書店 2009 （名作童話）p212
月とアンテナ
 ◇「達崎龍全童謡ホロホロ鳥」あい書林 1983 p58
月と煙幕
 ◇「〔北原〕白秋全童謡集 3」岩波書店 1992 p77
月とおじいさん
 ◇「浜田広介全集 8」集英社 1976 p156
月と神さまの子ども
 ◇「北彰介作品集 1」青森県児童文学研究会 1990 p119
月と雲
 ◇「〔巌谷〕小波お伽全集 12」本の友社 1998 p294
月と雲
 ◇「新装版金子みすゞ全集 1」JULA出版局 1984 p28
 ◇「金子みすゞ童謡全集 1」JULA出版局 2003 p46
月と胡桃
 ◇「〔北原〕白秋全童謡集 2」岩波書店 1992 p301
 ◇「〔北原〕白秋全童謡集 2」岩波書店 1992 p309
 ◇「〔北原〕白秋全童謡集 2」岩波書店 1992 p312
月とごいさぎ
 ◇「今西祐行全集 2」偕成社 1987 p27
月とゴイサギ
 ◇「今西祐行絵ぶんこ 5」あすなろ書房 1984 p47

月と子供
　◇「〔北原〕白秋全童謡集 2」岩波書店 1992 p372
月と子供
　◇「カエルとお月さま―後藤楢根「作品集」」由布市教育委員会 2006 p97
月と砂丘
　◇「〔斎藤信夫〕子ども心を友として―童謡詩集」成東町教育委員会 1996 p200
つき と さるのこ
　◇「阪田寛夫全詩集」理論社 2011 p299
月とシャム猫とシャムのお姫さま
　◇「庄野英二全集 4」偕成社 1979 p70
　◇「庄野英二自選短篇童話集」編集工房ノア 1986 p101
月とSEX
　◇「戸川幸夫動物文学全集 14」講談社 1977 p265
月と太陽
　◇「〔比江島重孝〕宮崎のむかし話 3」鉱脈社 2000 p109
月と泥棒
　◇「新装版金子みすゞ全集 2」JULA出版局 1984 p120
　◇「金子みすゞ童謡全集 3」JULA出版局 1984 p180
月と猫
　◇「西條八十童謡全集」修道社 1971 p63
月とバンドリ
　◇「戸川幸夫動物文学全集 15」講談社 1977 p247
月と笛
　◇「〔関根栄一〕はしるふじさん―童謡集」小峰書店 1998 p143
月とべっそう
　◇「今西祐行絵ぶんこ 1」あすなろ書房 1984 p25
　◇「今西祐行全集 2」偕成 1987 p21
月と帽子
　◇「〔北原〕白秋全童謡集 2」岩波書店 1992 p330
月どろぼう
　◇「立原えりか作品集 5」思潮社 1973 p41
　◇「立原えりかのファンタジーランド 3」青土社 1980 p43
月に
　◇「〔北原〕白秋全童謡集 2」岩波書店 1992 p317
月にいどむ
　◇「巽聖歌作品集 下」巽聖歌作品集刊行委員会 1977 p195
月に聞いた
　◇「〔北原〕白秋全童謡集 4」岩波書店 1993 p65
月にさわった人
　◇「巽聖歌作品集 上」巽聖歌作品集刊行委員会 1977 p514
月に吠える

月に見る無情感
　◇「阪田寛夫全詩集」理論社 2011 p626
月盗人
　◇「稗田菫平全集 2」宝文館出版 1979 p128
（月の）
　◇「〔厳谷〕小波お伽全集 11」本の友社 1998 p391
　◇「稗田菫平全集 8」宝文館出版 1982 p50
月の上のガラスの町
　◇「全集古田足日子どもの本 6」童心社 1993 p201
月の上のガラスの町 第5話 月の花売りむすめ〔資料作品〕
　◇「全集古田足日子どもの本 6」童心社 1993 p334
月の上のガラスの町 第6話 巨大な妖精〔資料作品〕
　◇「全集古田足日子どもの本 6」童心社 1993 p338
月の兎
　◇「稗田菫平全集 1」宝文館出版 1978 p21
月のお舟
　◇「新装版金子みすゞ全集 1」JULA出版局 1984 p112
　◇「金子みすゞ童謡全集 2」JULA出版局 2003 p30
月の顔
　◇「花岡大学童話文学全集 5」法蔵館 1980 p7
　◇「花岡大学童話文学全集 5」法蔵館 1980 p117
月の顔
　◇「与田凖一全集 5」大日本図書 1967 p46
月の暈
　◇「北川千代児童文学全集 下」講談社 1967 p156
月の幻想曲
　◇「〔北原〕白秋全童謡集 5」岩波書店 1993 p124
月のゴンドラ
　◇「横山健童謡選集 1」無明舎出版 1995 p109
月の種子
　◇「お噺の卵―武井武雄童話集」講談社 1976（講談社文庫）p161
月の角笛
　◇「新美南吉全集 6」牧書店 1965 p247
　◇「校定新美南吉全集 8」大日本図書 1981 p34
　◇「新美南吉童話傑作選〔6〕花をうめる」小峰書店 2004 p157
月の出
　◇「新装版金子みすゞ全集 1」JULA出版局 1984 p136
　◇「〔金子〕みすゞ詩画集〔6〕」春陽堂書店 2001 p4
　◇「金子みすゞ童謡全集 2」JULA出版局 2003 p66
月の出
　◇「〔北原〕白秋全童謡集 2」岩波書店 1992 p150
月のとけい
　◇「平塚武二童話全集 1」童心社 1972 p68
月の中

つきの

- ◇「佐藤義美童謡集」さ・え・ら書房 1960 p252
- ◇「佐藤義美全集 1」佐藤義美全集刊行会 1974 p91
- ◇「佐藤義美全集 1」佐藤義美全集刊行会 1974 p92
- ◇「ともだちシンフォニー―佐藤義美童謡集」JULA出版局 1990 p13
- ◇「ともだちシンフォニー―佐藤義美童謡集」JULA出版局 1990 p14

月の中へ消えたこい
- ◇「定本小川未明童話全集 9」講談社 1977 p375
- ◇「定本小川未明童話全集 9」大空社 2001 p375

月の中から来る人
- ◇「〔北原〕白秋全童謡集 2」岩波書店 1992 p325

月の中のこども
- ◇「土田耕平童話集」信濃毎日新聞社 1949 p147

月の中の人
- ◇「〔北原〕白秋全童謡集 1」岩波書店 1992 p140

月のなかの人に
- ◇「浜田広介全集 11」集英社 1976 p68

月の中の人〈ベイリッス〉
- ◇「校定新美南吉全集 9」大日本図書 1981 p562

〔月の鉛の雲さびに〕
- ◇「新修宮沢賢治全集 6」筑摩書房 1980 p18
- ◇「新修宮沢賢治全集 6」筑摩書房 1980 p340

月の晩
- ◇「与田凖一全集 1」大日本図書 1967 p48

つきのひかり
- ◇「まど・みちお全詩集」理論社 1992 p397
- ◇「まどさんの詩の本 14」理論社 1997 p58

月のひかり
- ◇「新装版金子みすゞ全集 2」JULA出版局 1984 p146
- ◇「金子みすゞ童謡集」角川春樹事務所 1998 (ハルキ文庫) p184
- ◇「みすゞさん―童謡詩人・金子みすゞの優しさ探しの旅 2」春陽堂書店 1998
- ◇「金子みすゞ童謡全集 3」JULA出版局 2004 p216

月のひかりを
- ◇「〔北原〕白秋全童謡集 2」岩波書店 1992 p322

つきの ふね
- ◇「まど・みちお全詩集 続」理論社 2015 p373

〔月のほのほをかたむけて〕
- ◇「新修宮沢賢治全集 6」筑摩書房 1980 p22
- ◇「新修宮沢賢治全集 6」筑摩書房 1980 p343

月の道
- ◇「校定新美南吉全集 8」大日本図書 1981 p132

月の道
- ◇「花岡大学童話文学全集 5」法蔵館 1980 p135
- ◇「花岡大学童話文学全集 5」法蔵館 1980 p266

月の山
- ◇「花岡大学仏典童話全集 8」法蔵館 1979 p190

月の夜ざらし(新潟)
- ◇「〔木暮正夫〕日本の怪奇ばなし 9」岩崎書店 1990 p131

月の夜に
- ◇「土田耕平童話集 〔1〕」古今書院 1955 p67

月の輪グマ
- ◇「椋鳩十全集 1」ポプラ社 1969 p62
- ◇「椋鳩十動物童話集 2」小峰書店 1990 p6
- ◇「椋鳩十学年別童話 〔11〕」理論社 1995 p5
- ◇「椋鳩十まるごと動物ものがたり 5」理論社 1995 p135
- ◇「椋鳩十名作選 2」理論社 2010 p43

月の輪熊
- ◇「椋鳩十の本 10」理論社 1982 p109

ツキノワグマ物語
- ◇「〔藤原英司〕日本の動物物語シリーズ 〔3〕」佑学社 1985 p7

月の輪熊〔わたしの作品をめぐって〕
- ◇「椋鳩十の本 24」理論社 1983 p140

月日貝
- ◇「新装版金子みすゞ全集 1」JULA出版局 1984 p24
- ◇「〔金子〕みすゞ詩画集 〔2〕」春陽堂書店 1997
- ◇「〔金子〕みすゞ詩画集 〔5〕」春陽堂書店 2001 p30
- ◇「金子みすゞ童謡全集 1」JULA出版局 2003 p40

月ほど遠くへ
- ◇「巽聖歌作品集 上」巽聖歌作品集刊行委員会 1977 p512

絵ばなしつきまつりのよる(1)
- ◇「斎田喬幼年劇全集 2」誠文堂新光社 1961 p8

絵ばなしつきまつりのよる(2)
- ◇「斎田喬幼年劇全集 2」誠文堂新光社 1961 p16

絵ばなしつきまつりのよる(3)
- ◇「斎田喬幼年劇全集 2」誠文堂新光社 1961 p24

絵ばなしつきまつりのよる(4)
- ◇「斎田喬幼年劇全集 2」誠文堂新光社 1961 p50

絵ばなしつきまつりのよる(5)
- ◇「斎田喬幼年劇全集 2」誠文堂新光社 1961 p62

絵ばなしつきまつりのよる(6)
- ◇「斎田喬幼年劇全集 2」誠文堂新光社 1961 p90

絵ばなしつきまつりのよる(7)
- ◇「斎田喬幼年劇全集 2」誠文堂新光社 1961 p104

絵ばなしつきまつりのよる(8)
- ◇「斎田喬幼年劇全集 2」誠文堂新光社 1961 p116

絵ばなしつきまつりのよる(9)
- ◇「斎田喬幼年劇全集 2」誠文堂新光社 1961 p128

絵ばなしつきまつりのよる(10)
- ◇「斎田喬幼年劇全集 2」誠文堂新光社 1961 p138

絵ばなしつきまつりのよる(11)
- ◇「斎田喬幼年劇全集 2」誠文堂新光社 1961 p168

絵ばなしつきまつりのよる（12）
　◇「斎田喬幼年劇全集 2」誠文堂新光社 1961 p188
絵ばなしつきまつりのよる（13）
　◇「斎田喬幼年劇全集 2」誠文堂新光社 1961 p244
絵ばなしつきまつりのよる（14）
　◇「斎田喬幼年劇全集 2」誠文堂新光社 1961 p272
絵ばなしつきまつりのよる（15）
　◇「斎田喬幼年劇全集 2」誠文堂新光社 1961 p300
絵ばなしつきまつりのよる（16）
　◇「斎田喬幼年劇全集 2」誠文堂新光社 1961 p324
つきまとう男さん
　◇「星新一YAセレクション 8」理論社 2009 p50
つきみ
　◇「まど・みちお全詩集」理論社 1992 p278
月見縁
　◇「壺井栄全集 7」文泉堂出版 1998 p303
ツキミソウ
　◇「椋鳩十全集 11」ポプラ社 1970 p70
月見草
　◇「土田明子詩集 4」かど創房 1987 p16
月見草
　◇「壺井栄名作集 9」ポプラ社 1965 p60
　◇「壺井栄全集 6」文泉堂出版 1998 p425
月見草
　◇「椋鳩十の本 23」理論社 1983 p182
月見草の嫁さん
　◇〔西本鶏介〕日本の昔話—読みきかせお話集 1」小学館 1999 p78
月見草家敷
　◇〔山田野理夫〕おばけ文庫 1」太平出版社 1976（母と子の図書室）p88
月見の枝
　◇「川崎大治民話選〔2〕」童心社 1969 p100
月娘
　◇「椋鳩十の本 1」理論社 1982 p229
つきよ
　◇「阪田寛夫全詩集」理論社 2011 p745
つきよ
　◇「いのち—みずかみかずよ全詩集」石風社 1995 p154
月夜
　◇「石森読本—石森延男児童文学選集 5年生」小学館 1977 p147
月夜
　◇「斎藤隆介全集 3」岩崎書店 1982 p81
月夜
　◇「第二〔島木〕赤彦童謡集」第一書店 1948 p36
自筆童謡集 月夜
　◇「巽聖歌作品集 上」巽聖歌作品集刊行委員会 1977 p369

月夜
　◇「巽聖歌作品集 上」巽聖歌作品集刊行委員会 1977 p25
月夜
　◇「校定新美南吉全集 8」大日本図書 1981 p10
月夜
　◇「いのち—みずかみかずよ全詩集」石風社 1995 p164
月夜
　◇「与謝野晶子児童文学全集 5」春陽堂書店 2007 p52
月夜童子——あるいは月夜のコロボックル
　◇「米田孝童話劇・学校劇脚本選集—イワンの馬鹿ほか」共同文化社 1997 p61
月夜と藤の花
　◇「巽聖歌作品集 上」巽聖歌作品集刊行委員会 1977 p462
月夜とめがね
　◇「小川未明幼年童話文学全集 2」集英社 1965 p192
　◇「小川未明童話集」世界文化社 2004（心に残るロングセラー）p17
月夜と眼鏡
　◇「定本小川未明童話全集 3」講談社 1977 p287
　◇「定本小川未明童話全集 3」大空社 2001 p287
　◇「小川未明30選」春陽堂書店 2009（名作童話）p156
月夜にも
　◇〔北原〕白秋全童謡集 4」岩波書店 1993 p83
月夜には
　◇「巽聖歌作品集 上」巽聖歌作品集刊行委員会 1977 p227
月夜には
　◇「いのち—みずかみかずよ全詩集」石風社 1995 p288
月夜の家
　◇〔北原〕白秋全童謡集 1」岩波書店 1992 p71
月夜の一時
　◇「まど・みちお全詩集」理論社 1992 p33
月夜の稲扱き
　◇〔北原〕白秋全童謡集 2」岩波書店 1992 p52
月夜の鶯
　◇「巽聖歌作品集 上」巽聖歌作品集刊行委員会 1977 p382
月夜のうさぎ
　◇〔佐々木春奈〕あなたの脳を休める童話集 大人も子どもも楽しめる童話集」日本文学館 2009 p86
月夜の兎
　◇「浜田広介全集 11」集英社 1976 p57
月夜のうた
　◇「稗田童平全集 3」宝文館出版 1979 p76

つきよ

月夜の歌
　◇「佐藤義美童謡集」さ・え・ら書房 1960 p234
　◇「佐藤義美全集 1」佐藤義美全集刊行会 1974 p251
月夜の海
　◇「巽聖歌作品集 上」巽聖歌作品集刊行委員会 1977 p406
月夜のお客
　◇「巽聖歌作品集 上」巽聖歌作品集刊行委員会 1977 p418
月夜のお使ひ
　◇「かもめの水兵さん―武内俊子伝記と作品集」講談社出版サービスセンター 1977 p182
月夜のおばけ
　◇「阪田寛夫全詩集」理論社 2011 p145
月夜のお囃子
　◇「〔北原〕白秋全童謡集 1」岩波書店 1992 p272
月夜のお祭
　◇「かもめの水兵さん―武内俊子伝記と作品集」講談社出版サービスセンター 1977 p170
月夜のオルガン
　◇「赤い自転車―松延いさお自選童話集」〔熊本〕松延猪雄 1993 p9
つきよの おんがくかい
　◇「巽聖歌作品集 下」巽聖歌作品集刊行委員会 1977 p44
月夜のかさ
　◇「壺井栄名作集 10」ポプラ社 1965 p200
月夜の傘
　◇「かもめの水兵さん―武内俊子伝記と作品集」講談社出版サービスセンター 1977 p164
月夜の傘
　◇「壺井栄全集 5」文泉堂出版 1997 p374
月夜のカラス
　◇「石森延男児童文学全集 1」学習研究社 1971 p128
　◇「石森読本―石森延男児童文学選集 3年生」小学館 1977 p267
月夜のがん
　◇「巽聖歌作品集 上」巽聖歌作品集刊行委員会 1977 p499
月夜の帰雁
　◇「巽聖歌作品集 上」巽聖歌作品集刊行委員会 1977 p378
月夜のきつね
　◇「浜田広介全集 7」集英社 1976 p233
月夜のけだもの
　◇「新版・宮沢賢治童話全集 1」岩崎書店 1978 p5
　◇「新修宮沢賢治全集 11」筑摩書房 1979 p205
　◇「宮沢賢治童話集 1」講談社 1985（講談社青い鳥文庫）p49
　◇「宮沢賢治動物童話集 2」シグロ 1995 p99

　◇「〔宮沢〕賢治童話」翔泳社 1995 p88
　◇「齋藤孝のイッキによめる！ 小学生のための宮沢賢治」講談社 2007 p31
　◇「宮沢賢治童話集珠玉選〔1〕」講談社 2009 p119
月夜の仔馬
　◇「〔北原〕白秋全童謡集 2」岩波書店 1992 p327
月夜のこおろぎ
　◇「花岡大学童話文学全集 6」法蔵館 1980 p220
つきよのこがに
　◇「浜田広介全集 2」集英社 1975 p188
月夜の子猫
　◇「〔斎藤信夫〕子ども心を友として―童謡詩集」成東町教育委員会 1996 p108
月夜の小山
　◇「中村雨紅詩謡集」中村雨紅詩謡集刊行委員会 1971 p27
月夜のゴロウ
　◇「宮口しづえ児童文学集 4」小峰書店 1969 p161
　◇「宮口しづえ童話全集 7」筑摩書房 1979 p108
月夜のゴンベエ
　◇「浜田広介全集 7」集英社 1976 p78
月夜の鷺山
　◇「横山健童謡選集 1」無明舎出版 1995 p96
月夜のシカ
　◇「庄野英二全集 6」偕成社 1979 p417
　◇「庄野英二自選短篇童話集」編集工房ノア 1986 p15
月夜のスキーリフト
　◇「長い長いかくれんぼ―杉みき子自選童話集」新潟日報事業社 2001 p147
月夜の滝
　◇「〔北原〕白秋全童謡集 4」岩波書店 1993 p285
月夜の獺祭
　◇「土田明子詩集 1」かど創房 1986 p32
月夜の蝶
　◇「〔北原〕白秋全童謡集 2」岩波書店 1992 p201
　◇「〔北原〕白秋全童謡集 2」岩波書店 1992 p208
月夜の 月夜の
　◇「巽聖歌作品集 上」巽聖歌作品集刊行委員会 1977 p280
月夜のできごと
　◇「〔いけださぶろう〕読み聞かせ童話集」文芸社 1999 p48
月夜のテトラポッド
　◇「杉みき子選集 8」新潟日報事業社 2010 p55
月夜のテーブルかけ
　◇「安房直子コレクション 3」偕成社 2004 p149
歌　月夜のでんしんばしら
　◇「賢治の音楽室―宮沢賢治、作詞作曲の全作品＋詩と童話の朗読」小学館 2000 p50
月夜のでんしんばしら

つくえ

◇「新版・宮沢賢治童話全集 5」岩崎書店 1978 p33
◇「新修宮沢賢治全集 13」筑摩書房 1980 p109
◇「新修宮沢賢治全集 7」筑摩書房 1980 p362
◇「〔宮沢〕賢治童話」翔泳社 1995 p36
◇「よくわかる宮沢賢治―イーハトーブ・ロマン I」学習研究社 1996 p328
◇「〔宮沢賢治〕注文の多い料理店―イーハトーヴ童話集」岩波書店 2000（岩波少年文庫）p159
◇「齋藤孝のイッキによめる！ 小学生のための宮沢賢治」講談社 2007 p157

月夜のでんしんばしら〔楽譜〕
  ◇「脚本集・宮沢賢治童話劇場 1」国土社 1996 p258
月夜のでんしんばしらの軍歌
  ◇「あまの川―宮沢賢治童謡集」筑摩書房 2001 p84
月夜のでんしんばしら（宮沢賢治）
  ◇「佐藤さとるファンタジー全集 16」講談社 1983 p223
月夜の戸口
  ◇「〔北原〕白秋全童謡集 3」岩波書店 1992 p420
つきよのともだち あとがき
  ◇「北川千代児童文学全集 下」講談社 1967 p317
どうよう 月夜の どんぐり
  ◇「ひろすけ幼年童話文学全集 3」集英社 1962 p116
月夜のどんぐり
  ◇「浜田広介全集 11」集英社 1976 p94
月夜の虹
  ◇「〔北原〕白秋全童謡集 1」岩波書店 1992 p361
月夜の庭
  ◇「〔北原〕白秋全童謡集 2」岩波書店 1992 p313
月夜の庭の雪うさぎ
  ◇「浜田広介全集 8」集英社 1976 p76
月夜の野道
  ◇「住井すゑ わたしの少年少女物語 2」労働旬報社 1989 p46
月夜の波止場
  ◇「〔北原〕白秋全童謡集 2」岩波書店 1992 p316
月夜の話
  ◇「新美南吉全集 6」牧書店 1965 p260
  ◇「校定新美南吉全集 8」大日本図書 1981 p325
月夜の浜
  ◇「カエルとお月さま―後藤楢根「作品集」」由布市教育委員会 2006 p100
月夜の晩
  ◇「〔鈴木桂子〕親子で語り合う詩集 2」クロスロード 1999 p14
月夜の飛脚
  ◇「川崎大治民話選 〔3〕」童心社 1971 p174
月夜の飛行船
  ◇「〔北原〕白秋全童謡集 3」岩波書店 1992 p33

月夜の羊
  ◇「花岡大学 続・仏典童話全集 1」法蔵館 1981 p154
月夜のブドウ
  ◇「マッチ箱の中―三鎌よし子童謡集」しもつけ文学会 1998 p46
月夜のぶらんこ
  ◇「赤い自転車―松延いさお自選童話集」〔熊本〕松延猪雄 1993 p62
月夜のまわり道
  ◇「花岡大学童話文学全集 4」法蔵館 1980 p65
月夜の森
  ◇「〔渡部毅彦〕お母さんのための童話集」花伝社, 共栄書房（発売）1997 p9
つきよのゆきだるま
  ◇「花岡大学童話文学全集 4」法蔵館 1980 p272
月夜の駱駝
  ◇「〔北原〕白秋全童謡集 3」岩波書店 1992 p298
月よのりんご
  ◇「浜田広介全集 7」集英社 1976 p90
月夜の棉畑
  ◇「カエルとお月さま―後藤楢根「作品集」」由布市教育委員会 2006 p95
月よりしずかに月を見てた
  ◇「こども用三代目魚武濱田成夫詩集ZK」学習研究社 2002 p32
月夜はうれしい
  ◇「あまんきみこセレクション 2」三省堂 2009 p103
月は
  ◇「新美南吉全集 6」牧書店 1965 p258
  ◇「校定新美南吉全集 8」大日本図書 1981 p311
月は赤かった
  ◇「富島健夫青春文学選集 9」集英社 1971 p293
月は海に恋してる
  ◇「〔新保章〕空のおそうじ屋さん」新風舎 1997 p53
つきはすき
  ◇「阪田寛夫全詩集」理論社 2011 p381
月わ一つ
  ◇「〔巌谷〕小波お伽全集 7」本の友社 1998 p444
つくえ
  ◇「こやま峰子詩集 〔2〕」朔北社 2003 p36
つくえ
  ◇「いのち―みずかみかずよ全詩集」石風社 1995 p285
机
  ◇「壺井栄全集 11」文泉堂出版 1998 p29
机といす
  ◇「松谷みよ子全集 1」講談社 1971 p19
机に書いた文字

作品名から引ける日本児童文学個人全集案内　541

つくえ

◇「瑠璃の壺―森銑三童話集」三樹書房 1982 p187

机のある部屋
◇「壺井栄全集 11」文泉堂出版 1998 p94

つくえの上のうんどうかい
◇「佐藤さとる全集 2」講談社 1972 p93

つくえの上のうんどう会
◇「佐藤さとる幼年童話自選集 1」ゴブリン書房 2003 p147

机の上の運動会
◇「佐藤さとるファンタジー全集 8」講談社 1982 p59
◇「佐藤さとるファンタジー全集 8」講談社, 復刊ドットコム（発売）2010 p59

机の上の古いポスト
◇「佐藤さとるファンタジー全集 8」講談社 1982 p239
◇「佐藤さとるファンタジー全集 8」講談社, 復刊ドットコム（発売）2010 p239

つくえの神さま
◇「佐藤さとる全集 5」講談社 1974 p163

机の神さま
◇「佐藤さとるファンタジー全集 8」講談社 1982 p131
◇「佐藤さとるファンタジー全集 8」講談社, 復刊ドットコム（発売）2010 p131

机のまはり（一部抄）
◇「校定新美南吉全集 9」大日本図書 1981 p545

つくし
◇「北彰介作品集 1」青森県児童文学研究会 1990 p10

つくし
◇「〔斎藤信夫〕子ども心を友として―童謡詩集」成東町教育委員会 1996 p258

つくし
◇「阪田寛夫全詩集」理論社 2011 p22

ツクシ
◇「あまんきみこセレクション 5」三省堂 2009 p215

ツクシ
◇「〔北原〕白秋全童謡集 5」岩波書店 1993 p29

つくしくん
◇「まど・みちお全詩集」理論社 1992 p278

つくしこいしのうた
◇「室生犀星童話全集 2」創林社 1978 p61

つくしのぼうや
◇「斎田喬児童劇選集 〔6〕」牧書店 1954 p1

つくしのぼうや（童話劇）
◇「斎田喬幼年劇全集 3」誠文堂新光社 1962 p245

つくしんぼ
◇「西條八十童謡全集」修道社 1971 p85

つくしんぼ

◇「さくらゆき―さとうじゅんこ童詩集」えんじゅの会 1997 p36

つくしんぼ
◇「佐藤義美全集 3」佐藤義美全集刊行会 1973 p286

つくしんぼ
◇「まど・みちお全詩集」理論社 1992 p415

土筆坊
◇「〔巖谷〕小波お伽全集 12」本の友社 1998 p19

津くしん坊
◇「与謝野晶子児童文学全集 3」春陽堂書店 2007 p110

つくつくほうし
◇「〔北原〕白秋全童謡集 2」岩波書店 1992 p43

つくつくほうし
◇「地球のかぞく―石原一輝童謡詩集」群青社 2001 p8

ツグノミヤサマ
◇「〔北原〕白秋全童謡集 3」岩波書店 1992 p134

継宮さま
◇「〔北原〕白秋全童謡集 4」岩波書店 1993 p127

筑波
◇「〔北原〕白秋全童謡集 2」岩波書店 1992 p415

つぐみが運んだリラの枝
◇「立原えりかのファンタジーランド 12」青土社 1980 p123

つぐみ つんつん
◇「巽聖歌作品集 下」巽聖歌作品集刊行委員会 1977 p134

造酒屋
◇「椋鳩十の本 23」理論社 1983 p16

つくる
◇「新装版金子みすゞ全集 3」JULA出版局 1984 p5
◇「金子みすゞ童謡全集 5」JULA出版局 2004 p12

附木舟紀行
◇「〔巖谷〕小波お伽全集 5」本の友社 1998 p147

つけ鼻
◇「川崎大治民話選 〔1〕」童心社 1968 p134

つけひげ
◇「千葉省三童話全集 2」岩崎書店 1967 p45

つけものとカラス
◇「〔土田明子〕ちいさい星―母と子の詩集」らくだ出版 2002 p90

つけものの おもし
◇「まど・みちお全詩集」理論社 1992 p313
◇「まどさんの詩の本 9」理論社 1996 p54

つけもの風土記
◇「椋鳩十の本 23」理論社 1983 p259

つじうら売りのおばあさん
◇「定本小川未明童話全集 10」講談社 1977 p357

◇「定本小川未明童話全集 10」大空社 2001 p357

つじつまぶし
◇「まど・みちお全詩集 続」理論社 2015 p255

辻番所
◇〔山田野理夫〕おばけ文庫 6」太平出版社 1976（母と子の図書室）p49

対馬
◇「庄野英二全集 6」偕成社 1979 p287

辻物語
◇〔高橋一仁〕春のニシン場―童謡詩集」けやき書房 2003 p142

続いていた青い空
◇「奥田継夫ベストコレクション 5」ポプラ社 2002 p131

つづいている
◇「まど・みちお全詩集 続」理論社 2015 p165

つづみ
◇〔柳家弁大〕らくご文庫 1」太平出版社 1987 p112

鼓大名
◇「森三郎童話選集 〔1〕」刈谷市教育委員会 1995 p37

つづれさせ
◇「定本小川未明童話全集 13」講談社 1977 p196
◇「定本小川未明童話全集 13」大空社 2002 p196

つた
◇「庄野英二全集 4」偕成社 1979 p271

蔦
◇〔岡田文正〕短編作品集 ボク、強い子になりたい」ウインかもがわ, かもがわ出版（発売）2009 p71

ツタンカーメン王とは
◇〔たかしよいち〕世界むかしむかし探検 2」国土社 1994 p44

土
◇「新装版金子みすゞ全集 2」JULA出版局 1984 p45
◇「金子みすゞ童謡集」角川春樹事務所 1998（ハルキ文庫）p34
◇〔金子〕みすゞ詩画集 〔5〕」春陽堂書店 2001 p32
◇「金子みすゞ童謡全集 3」JULA出版局 2004 p74

土
◇「第二〔島木〕赤彦童謡集」第一書店 1948 p103

土を愛して生きる人たち
◇「椋鳩十の本 29」理論社 1989 p70

〔土をも掘らん汗もせん〕
◇「新修宮沢賢治全集 6」筑摩書房 1980 p316

土が入ったら
◇〔比江島重孝〕宮崎のむかし話 1」鉱脈社 1998 p98

土神ときつね
◇「新版・宮沢賢治童話全集 4」岩崎書店 1978 p61

土神と狐
◇「新修宮沢賢治全集 10」筑摩書房 1979 p57
◇〔宮沢〕賢治童話」翔泳社 1995 p276
◇「よくわかる宮沢賢治―イーハトーブ・ロマン I」学習研究社 1996 p384

土くい
◇〔山田野理夫〕おばけ文庫 3」太平出版社 1976（母と子の図書室）p42

土グモ
◇〔山田野理夫〕おばけ文庫 4」太平出版社 1976（母と子の図書室）p71

土塊―北海道
◇「北彰介作品集 4」青森県児童文学研究会 1991 p250

土ころび
◇〔山田野理夫〕おばけ文庫 2」太平出版社 1976（母と子の図書室）p39

土と草
◇「新装版金子みすゞ全集 2」JULA出版局 1984 p76
◇〔金子〕みすゞ詩画集 〔2〕」春陽堂書店 1997
◇「みすゞさん―童謡詩人・金子みすゞの優しさ探しの旅」春陽堂書店 1997
◇〔金子〕みすゞ詩画集 〔4〕」春陽堂書店 2000 p16
◇「金子みすゞ童謡全集 3」JULA出版局 2004 p118

土と水
◇〔島崎〕藤村の童話 4」筑摩書房 1979 p179

土に帰る子
◇「坪田譲治自選童話集」実業之日本社 1971 p162
◇「坪田譲治童話全集 3」岩崎書店 1986 p61

土人形
◇「赤座憲久少年詩集シリーズ 1」じゃこめてい出版 1977 p23
◇「赤座憲久少年詩集シリーズ 1」じゃこめてい出版 1977 p24

土のおばさん
◇「小出正吾児童文学全集 1」審美社 2000 p147

土の歌人谷浦健一郎氏を追慕して
◇「稗田菫平全集 4」宝文館出版 1980 p154

土の窪みのイベリア海
◇「太田博也半世紀名作選 1」叢文社 1984 p75
◇「太田博也童話集 4」小山書林 2008 p125

ツチノコ
◇〔山田野理夫〕おばけ文庫 2」太平出版社 1976（母と子の図書室）p143

土の下にいる人間
◇「桃色のダブダブさん―松田解子童話集」新日本出版社 2004 p139

つちの

土の下のおじいさん
  ◇「浜田広介全集 7」集英社 1976 p37
土のばあや
  ◇「新装版金子みすゞ全集 2」JULA出版局 1984 p63
土の風景—北海道
  ◇「北彰介作品集 4」青森県児童文学研究会 1991 p242
土の笛
  ◇「今西祐行全集 4」偕成社 1987 p49
土の炎
  ◇「定本小川未明童話全集 8」大空社 2001 p305
土蜂のつくだに
  ◇「椋鳩十の本 20」理論社 1983 p155
土掘れ
  ◇「〔島木〕赤彦童謡集」第一書店 1947 p76
〔土も掘るだらう〕
  ◇「新修宮沢賢治全集 4」筑摩書房 1979 p53
  ◇「ジュニア文学館 宮沢賢治—写真・絵画集成 3」日本図書センター 1996 p132
土も掘るだろう
  ◇「新版・宮沢賢治童話全集 12」岩崎書店 1979 p174
筒井さんの目
  ◇「全集版灰谷健次郎の本 20」理論社 1987 p219
筒井康隆
  ◇「今江祥智の本 35」理論社 1990 p161
つつじ
  ◇「新装版金子みすゞ全集 1」JULA出版局 1984 p130
  ◇「金子みすゞ童謡全集 2」JULA出版局 2003 p56
つつじ
  ◇「壺井栄全集 6」文泉堂出版 1998 p454
「つつじむすめ」のこと
  ◇「松谷みよ子全エッセイ 1」筑摩書房 1989 p236
つつぬけ
  ◇「くんぺい魔法ばなし—魔法ばなし全集 2」サンリオ 2000 p182
つつましい窓
  ◇「杉みき子選集 10」新潟日報事業社 2011 p28
包み
  ◇「星新一ちょっと長めのショートショート 3」理論社 2005 p77
つとヘビ
  ◇「〔山田野理夫〕おばけ文庫 2」太平出版社 1976（母と子の図書室）p34
つながり
  ◇「横山健童謡選集 2」無明舎出版 1995 p98
つながれ犬
  ◇「〔黒川良人〕犬の詩猫の詩—児童詩集」東洋出版 2000 p65

「つ」なしの歳
  ◇「〔野村ゆき〕ねえ、おはなしして！—語り聞かせるお話集」東洋出版 1998 p120
綱びき
  ◇「鈴木三重吉童話全集 4」文泉堂書店 1975（日本文学全集・選集叢刊第5次）p298
つなひきわっしょい
  ◇「寺村輝夫童話全集 11」ポプラ社 1982 p63
  ◇「寺村輝夫全童話 4」理論社 1997 p427
つのぐむ
  ◇「〔東君平〕おはようどうわ 3」講談社 1982 p47
ツノ削りのうた
  ◇「阪田寛夫全詩集」理論社 2011 p649
角無し
  ◇「〔北原〕白秋全童謡集 1」岩波書店 1992 p325
（角など生やし）
  ◇「稗田童平全集 8」宝文館出版 1982 p33
角のあるけだもの
  ◇「坪田譲治童話全集 6」岩崎書店 1986 p35
（角の大きい）
  ◇「稗田童平全集 8」宝文館出版 1982 p84
角のない牛
  ◇「みずいろようちえん—出雲路猛雄童話集」坂神都 2012 p21
角笛吹く子
  ◇「定本小川未明童話全集 1」講談社 1976 p313
  ◇「定本小川未明童話全集 1」大空社 2001 p313
つば
  ◇「杉みき子選集 2」新潟日報事業社 2005 p80
つばき
  ◇「〔内海康子〕六月のカレンダー—詩集」けやき書房 1999 p122
つばき
  ◇「川端康成少年少女小説集」中央公論社 1968 p177
つばき
  ◇「〔北原〕白秋全童謡集 2」岩波書店 1992 p460
つばき
  ◇「まど・みちお全詩集 続」理論社 2015 p138
つばき
  ◇「いのち—みずかみかずよ全詩集」石風社 1995 p73
椿
  ◇「〔巖谷〕小波お伽全集 7」本の友社 1998 p412
  ◇「〔巖谷〕小波お伽全集 7」本の友社 1998 p429
椿
  ◇「〔斎藤信夫〕子ども心を友として—童謡詩集」成東町教育委員会 1996 p24
椿
  ◇「佐藤義美全集 1」佐藤義美全集刊行会 1974 p102

◇「佐藤義美全集 1」佐藤義美全集刊行会 1974 p336

椿
　◇「庄野英二全集 9」偕成社 1979 p35

椿稲荷
　◇「[今坂柳二] りゅうじフォークロア・world 6」ふるさと伝承研究会 2012 p124

つばきとふじさん
　◇「[関根栄一] はしるふじさん―童謡集」小峰書店 1998 p62

椿の影
　◇「富島健夫青春文学選集 4」集英社 1971 p279

ツバキの木
　◇「石森延男児童文学全集 1」学習研究社 1971 p105

つばきの木から
　◇「佐藤さとる全集 7」講談社 1973 p53

椿の木から
　◇「佐藤さとるファンタジー全集 14」講談社 1983 p109
　◇「佐藤さとるファンタジー全集 14」講談社, 復刊ドットコム (発売) 2011 p109

つばきの頃
　◇「巽聖歌作品集 下」巽聖歌作品集刊行委員会 1977 p186

つばきの下のすみれ
　◇「定本小川未明童話全集 2」講談社 1976 p270
　◇「定本小川未明童話全集 2」大空社 2001 p270

椿の蕾
　◇「[島木] 赤彦童謡集」第一書房 1947 p33

椿の花
　◇「中村雨紅詩謡集」中村雨紅詩謡集刊行委員会 1971 p96

椿の湖
　◇「松谷みよ子のむかしむかし 5」講談社 1973 p63
　◇「松谷みよ子全エッセイ 2」筑摩書房 1989 p171

ツバキ妖怪 その一
　◇「[山田野理夫] おばけ文庫 6」太平出版社 1976 (母と子の図書室) p19

ツバキ妖怪 その二
　◇「[山田野理夫] おばけ文庫 6」太平出版社 1976 (母と子の図書室) p22

つばくらめ
　◇「中村雨紅詩謡集」中村雨紅詩謡集刊行委員会 1971 p67

つばくろ島
　◇「[巌谷] 小波お伽全集 12」本の友社 1998 p257

つばくろ太郎
　◇「[巌谷] 小波お伽全集 3」本の友社 1998 p20

つばさ
　◇「小出正吾児童文学全集 1」審美社 2000 p17

燕 (つばさ)
　◇「[北原] 白秋全童謡集 5」岩波書店 1993 p13

翼ある豹
　◇「稗田重平全集 8」宝文館出版 1982 p31

翼にのせて
　◇「川端康成少年少女小説集」中央公論社 1968 p147

つばさのおくりもの
　◇「立原えりかのファンタジーランド 10」青土社 1980

翼のぬれた天使
　◇「[小田野] 友之童話集」文芸社 2009 p179

翼の破れたからす
　◇「定本小川未明童話全集 4」講談社 1977 p120
　◇「定本小川未明童話全集 4」大空社 2001 p120

つばたやの娘
　◇「松谷みよ子全エッセイ 2」筑摩書房 1989 p157

つばな
　◇「新装版金子みすゞ全集 1」JULA出版局 1984 p83
　◇「金子みすゞ童謡集」角川春樹事務所 1998 (ハルキ文庫) p36
　◇「[金子] みすゞ詩画集 〔3〕」春陽堂書店 2000
　◇「金子みすゞ童謡全集 1」JULA出版局 2003 p134

つばな
　◇「佐藤義美全集 1」佐藤義美全集刊行会 1974 p405

つばめ
　◇「[巌谷] 小波お伽全集 7」本の友社 1998 p420

つばめ
　◇「新装版金子みすゞ全集 2」JULA出版局 1984 p232
　◇「[金子] みすゞ詩画集 〔5〕」春陽堂書店 2001 p48
　◇「金子みすゞ童謡全集 4」JULA出版局 2004 p131

つばめ
　◇「佐藤義美全集 1」佐藤義美全集刊行会 1974 p422

つばめ
　◇「[島崎] 藤村の童話 1」筑摩書房 1979 p203

つばめ
　◇「長崎源之助全集 18」偕成社 1987 p165

つばめ
　◇「まど・みちお全詩集」理論社 1992 p279
　◇「まどさんの詩の本 13」理論社 1997 p82

ツバメ
　◇「かきおきびより―坂本遼児童文学集」駒込書房 1982 p157

ツバメ
　◇「庄野英二全集 6」偕成社 1979 p168

つばめ

ツバメ
　◇「庄野英二全集 11」偕成社 1980 p80
ツバメ
　◇「〔東君平〕おはようどうわ 3」講談社 1982 p98
ツバメ
　◇「椋鳩十の本 19」理論社 1982 p121
燕
　◇「〔島木〕赤彦童謡集」第一書店 1947 p80
燕
　◇「巽聖歌作品集 上」巽聖歌作品集刊行委員会 1977 p462
燕
　◇「野口雨情童謡集」弥生書房 1993 p60
つばめが きた
　◇「佐藤義美全集 1」佐藤義美全集刊行会 1974 p364
つばめがとぶ
　◇「山本瓔子詩集 II」新風舎 2003 p33
つばめさん
　◇「中村雨紅詩謡集」中村雨紅詩謡集刊行委員会 1971 p147
つばめさん
　◇「まど・みちお全詩集」理論社 1992 p127
　◇「まどさんの詩の本 15」理論社 1997 p8
ツバメズイセンのつぼみ
　◇「いのち―みずかみかずよ全詩集」石風社 1995 p50
ツバメズイセンの花
　◇「いのち―みずかみかずよ全詩集」石風社 1995 p50
燕と王子
　◇「有島武郎童話集」角川書店 1952（角川文庫）p99
燕と鯉幟
　◇「〔巌谷〕小波お伽全集 12」本の友社 1998 p290
つばめと乞食の子
　◇「定本小川未明童話全集 1」講談社 1976 p29
　◇「定本小川未明童話全集 1」大空社 2001 p29
つばめとゴムふうせん
　◇「斎田喬児童劇選集〔5〕」牧書店 1954 p50
つばめとゴムふうせん（音楽劇）
　◇「斎田喬幼年劇全集 3」誠文堂新光社 1962 p369
つばめと魚
　◇「定本小川未明童話全集 13」講談社 1977 p279
　◇「定本小川未明童話全集 13」大空社 2002 p279
つばめとすずめ
　◇「ひろすけ幼年童話文学全集 4」集英社 1962 p26
　◇「浜田広介全集 2」集英社 1975 p243
燕と時計
　◇「西條八十童謡全集」修道社 1971 p62
つばめと紅すずめ

　◇「定本小川未明童話全集 9」講談社 1977 p349
　◇「定本小川未明童話全集 9」大空社 2001 p349
（燕の）
　◇「稗田童平全集 8」宝文館出版 1982 p64
つばめの あいさつ
　◇「巽聖歌作品集 下」巽聖歌作品集刊行委員会 1977 p42
燕の歌
　◇「〔北原〕白秋全童謡集 1」岩波書店 1992 p260
燕の駅
　◇「全集版灰谷健次郎の本 8」理論社 1987 p139
つばめの おうち
　◇「平塚武二童話全集 1」童心社 1972 p122
ツバメノ オウチ
　◇「〔北原〕白秋全童謡集 3」岩波書店 1992 p145
つばめのおうち（みじかいおしばい）
　◇「斎田喬幼年劇全集 1」誠文堂新光社 1962 p337
燕のおじさん
　◇「西條八十童謡全集」修道社 1971 p291
燕のおぢさん
　◇「西條八十童謡全集」修道社 1971 p100
つばめのおそうじ
　◇「浜田広介全集 4」集英社 1976 p23
ツバメのおやふこう
　◇「〔木暮正夫〕日本のおばけ話・わらい話 14」岩崎書店 1987 p9
つばめのお礼
　◇「松谷みよ子のむかしむかし 9」講談社 1973 p125
つばめの かあさん
　◇「佐藤義美童謡集」さ・え・ら書房 1960 p52
　◇「佐藤義美全集 1」佐藤義美全集刊行会 1974 p181
燕の母さん
　◇「新装版金子みすゞ全集 1」JULA出版局 1984 p209
　◇「金子みすゞ童謡全集 2」JULA出版局 2003 p172
つばめの来るころ
　◇「〔島崎〕藤村の童話 2」筑摩書房 1979 p37
　◇「〔島崎〕藤村の童話 2」筑摩書房 1979 p39
ツバメノ コ
　◇「佐藤義美全集 1」佐藤義美全集刊行会 1974 p152
ツバメの国際電話
　◇「赤い自転車―松延いさお自選童話集」〔熊本〕松延猪雄 1993 p49
ツバメの子ども
　◇「岡本良雄童話文学全集 3」講談社 1964 p291
つばめの通訳
　◇「〔島崎〕藤村の童話 3」筑摩書房 1979 p180

燕の手帳
　◇「金子みすゞ童謡全集 1」JULA出版局 2003 p130
つばめの話
　◇「定本小川未明童話全集 1」講談社 1976 p119
　◇「定本小川未明童話全集 1」大空社 2001 p119
燕の約束
　◇「浜田広介全集 1」集英社 1975 p86
つばめの ゆうびんやさん
　◇「巽聖歌作品集 下」巽聖歌作品集刊行委員会 1977 p76
燕の別れ
　◇「〔巌谷〕小波お伽全集 3」本の友社 1998 p38
燕はどこへ行った
　◇「与謝野晶子児童文学全集 2」春陽堂書店 2007 p20
ツブヤキゴッコ
　◇「まど・みちお全詩集 続」理論社 2015 p238
つぶやく先生
　◇「全集古田足日子どもの本 13」童心社 1993 p440
円谷幸吉
　◇「〔かこさとし〕お話こんにちは 〔2〕」偕成社 1979 p84
つぼ
　◇「土田耕平童話集」信濃毎日新聞社 1949 p52
つぼ
　◇「平塚武二童話全集 1」童心社 1972 p88
つぼ
　◇「まどさんの詩の本 4」理論社 1994 p34
　◇「まどさんの詩の本 4」理論社 1994 p36
つぼ
　◇「いのち—みずかみかずよ全詩集」石風社 1995 p351
つぼ
　◇「〔山田野理夫〕お笑い文庫 1」太平出版社 1977 （母と子の図書室）p124
つぼ…
　◇「まど・みちお全詩集 続」理論社 2015 p282
壺
　◇「北彰介作品集 4」青森県児童文学研究会 1991 p276
壺
　◇「土田耕平童話集 〔4〕」古今院 1955 p60
壺
　◇「校定新美南吉全集 8」大日本図書 1981 p59
壺
　◇「瑠璃の壺—森銑三童話集」三樹書房 1982 p380
ツボキサカエ
　◇「壺井栄全集 11」文泉堂出版 1998 p514
壺井栄

◇「〔かこさとし〕お話こんにちは 〔5〕」偕成社 1979 p34
壺井栄さんのゆたかさ
　◇「松谷みよ子全エッセイ 3」筑摩書房 1989 p40
（壺を）
　◇「稗田童平全集 8」宝文館出版 1982 p50
壺を描く
　◇「まど・みちお全詩集 続」理論社 2015 p337
つぼかい
　◇「坪田譲治幼年童話文学全集 6」集英社 1964 p148
壺首地蔵
　◇「平成に生まれた昔話—〔村瀬〕神太郎童話集」文芸社 1999 p4
壺算（林家木久蔵編, 岡本和明文）
　◇「林家木久蔵の子ども落語 4」フレーベル館 1998 p54
つぼづけ
　◇「椋鳩十の本 23」理論社 1983 p256
壺仙人
　◇「椋鳩十の本 1」理論社 1982 p130
坪田譲治先生
　◇「椋鳩十の本 24」理論社 1983 p179
坪田譲治文学碑
　◇「松谷みよ子全エッセイ 3」筑摩書房 1989 p26
坪田先生と私
　◇「今西祐行全集 15」偕成社 1989 p129
坪田長門守のお墓
　◇「坪田譲治童話全集 13」岩崎書店 1986 p263
坪田ナミ子さんのこと
　◇「庄野英二全集 11」偕成社 1980 p148
坪田文学の奥にあるもの
　◇「今西祐行全集 15」偕成社 1989 p133
坪田文学のふるさと
　◇「松谷みよ子全エッセイ 3」筑摩書房 1989 p10
壺のうた
　◇「稗田童平全集 8」宝文館出版 1982 p182
壺の歌
　◇「稗田童平全集 3」宝文館出版 1979 p51
壺の割れる五月の歌
　◇「稗田童平全集 1」宝文館出版 1978 p150
つぼみ
　◇「〔北原〕白秋全童謡集 3」岩波書店 1992 p341
つぼみ
　◇「いのち—みずかみかずよ全詩集」石風社 1995 p54
　◇「いのち—みずかみかずよ全詩集」石風社 1995 p82
蕾が岡
　◇「〔巌谷〕小波お伽全集 8」本の友社 1998 p231

壺屋の "のぼり窯"
　◇「椋鳩十の本 21」理論社 1982 p287

つぼ・I
　◇「まど・みちお全詩集」理論社 1992 p314

つぼ・II
　◇「まど・みちお全詩集」理論社 1992 p314

つま
　◇「まど・みちお全詩集 続」理論社 2015 p223

妻
　◇「北彰介作品集 4」青森県児童文学研究会 1991 p165

妻
　◇「まど・みちお全詩集 続」理論社 2015 p356

妻籠の宿
　◇「椋鳩十の本 22」理論社 1983 p102

つまずき石
　◇「佐藤義美全集 3」佐藤義美全集刊行会 1973 p257

妻の味
　◇「赤川次郎ショートショートシリーズ 1」理論社 2009 p11

妻の座
　◇「壺井栄全集 3」文泉堂出版 1997 p323

妻の心配
　◇「北彰介作品集 4」青森県児童文学研究会 1991 p179

妻の秘密筥
　◇「佐々木邦全集 補巻5」講談社 1975 p340

妻よ
　◇「北彰介作品集 4」青森県児童文学研究会 1991 p178

妻よ
　◇「まど・みちお全詩集 続」理論社 2015 p412

つまようじ
　◇「まど・みちお全詩集」理論社 1992 p398
　◇「まどさんの詩の本 12」理論社 1997 p32
　◇「まど・みちお全詩集 続」理論社 2015 p23

ツマヨウジ
　◇「まど・みちお全詩集 続」理論社 2015 p211

つまらない つなわたり
　◇「平塚武二童話全集 2」童心社 1972 p60

つまらないねずみ
　◇「花岡大学仏典童話全集 1」法蔵館 1979 p219

つまり先生
　◇「石森延男児童文学全集 11」学習研究社 1971 p160

つまりません
　◇「[比江島重孝] 宮崎のむかし話 3」鉱脈社 2000 p216

つまるか, つまらないか大作戦
　◇「[柳家弁天] らくご文庫 7」太平出版社 1987 p75

罪を被る人 (鶩鳥と鶴)
　◇「[巌谷] 小波お伽全集 14」本の友社 1998 p137

つみき
　◇「まど・みちお全詩集」理論社 1992 p92
　◇「まど・みちお全詩集」理論社 1992 p169
　◇「まど・みちお全詩集」理論社 1992 p253
　◇「まどさんの詩の本 5」理論社 1994 p66

つみきと せいくらべ
　◇「巽聖歌作品集 下」巽聖歌作品集刊行委員会 1977 p30

つみきの いえ
　◇「佐藤義美全集 1」佐藤義美全集刊行会 1974 p215

つみきの ホテル
　◇「佐藤義美童謡集」さ・え・ら書房 1960 p184

積木の町
　◇「校定新美南吉全集 9」大日本図書 1981 p582

つみくさ
　◇「[内海康子] 六月のカレンダー—詩集」けやき書房 1999 p72

摘草
　◇「かもめの水兵さん—武内俊子伝記と作品集」講談社出版サービスセンター 1977 p188

罪と報 (鳥さしと蝮)
　◇「[巌谷] 小波お伽全集 14」本の友社 1998 p8

つみなひとだま
　◇「[木暮正夫] 日本のおばけ話・わらい話 6」岩崎書店 1986 p27

罪の花園
　◇「氏原大作全集 4」条例出版 1977 p402

つむぎ車
　◇「[北原] 白秋全童謡集 4」岩波書店 1993 p44

つむじまがり
　◇「[北原] 白秋全童謡集 1」岩波書店 1992 p326

ツメ
　◇「くんぺい魔法ばなし—魔法ばなし全集 2」サンリオ 2000 p130

爪
　◇「新装版金子みすゞ全集 3」JULA出版局 1984 p57
　◇「金子みすゞ童謡全集 5」JULA出版局 2004 p80

爪
　◇「戸川幸夫動物文学全集 8」冬樹社 1966 p285
　◇「戸川幸夫・子どものための動物物語 8」国土社 1967 p177
　◇「戸川幸夫動物文学全集 10」講談社 1977 p334

爪
　◇「瑠璃の壺—森銑三童話集」三樹書房 1982 p220

つめあと

◇「〔東君平〕ひとくち童話 1」フレーベル館 1995 p22

爪王
　◇「戸川幸夫動物文学全集 1」冬樹社 1965 p219
　◇「戸川幸夫・子どものための動物物語 11」国土社 1969 p5
　◇「戸川幸夫動物文学全集 1」講談社 1976 p221

つめかみ こぞう
　◇「巽聖歌作品集 下」巽聖歌作品集刊行委員会 1977 p125

爪切り
　◇「まど・みちお全詩集 続」理論社 2015 p420

ツメクサの花
　◇「まど・みちお全詩集」理論社 1992 p398
　◇「まどさんの詩の本 11」理論社 1997 p80

〔つめたい海の水銀が〕
　◇「新修宮沢賢治全集 3」筑摩書房 1979 p93
　◇「新修宮沢賢治全集 3」筑摩書房 1979 p343

〔つめたい風はそらで吹く〕
　◇「新修宮沢賢治全集 3」筑摩書房 1979 p247
　◇「新修宮沢賢治全集 3」筑摩書房 1979 p406

つめたいちち
　◇「花岡大学仏典童話新作集 1」法蔵館 1984 p7

つめたい メロン
　◇「定本小川未明童話全集 16」講談社 1978 p28
　◇「定本小川未明童話全集 16」大空社 2002 p28

〔つめたき朝の真鍮に〕
　◇「新修宮沢賢治全集 6」筑摩書房 1980 p221

ツメのあじ
　◇「宮口しづえ童話全集 6」筑摩書房 1979 p198

つもった雪
　◇「みすゞさん─童謡詩人・金子みすゞの優しさ探しの旅 1」春陽堂書店 1997
　◇「〔金子〕みすゞ詩画集 〔7〕」春陽堂書店 2002 p16

積った雪
　◇「〔金子〕みすゞ詩画集 〔2〕」春陽堂書店 1997
　◇「金子みすゞ童謡集」角川春樹事務所 1998（ハルキ文庫）p179

積つた雪
　◇「新装版金子みすゞ全集 2」JULA出版局 1984 p242

積もった雪
　◇「金子みすゞ童謡全集 4」JULA出版局 2004 p144

つもり
　◇「椋鳩十全集 24」ポプラ社 1980 p77
　◇「椋鳩十の本 16」理論社 1983 p94

つもりすぎ
　◇「〔東君平〕おはようどうわ 3」講談社 1982 p15

つもりどろぼう

◇「〔木暮正夫〕日本のおばけ話・わらい話 4」岩崎書店 1986 p4

艶やかなる歌
　◇「阪田寛夫全詩集」理論社 2011 p565

つゆ
　◇「〔金子〕みすゞ詩画集 〔5〕」春陽堂書店 2001 p6

つゆ
　◇「〔東君平〕おはようどうわ 7」講談社 1982 p108
　◇「〔東君平〕おはようどうわ 8」講談社 1982 p106
　◇「東君平のおはようどうわ 2」新日本出版社 2010 p78

つゆ
　◇「まど・みちお全詩集 続」理論社 2015 p239

梅雨（つゆ）… → "ばいう…"をも見よ

露
　◇「新装版金子みすゞ全集 2」JULA出版局 1984 p129
　◇「〔金子〕みすゞ詩画集 〔2〕」春陽堂書店 1997
　◇「金子みすゞ童謡集」角川春樹事務所 1998（ハルキ文庫）p105
　◇「金子みすゞ童謡全集 3」JULA出版局 2004 p190

露
　◇「〔北原〕白秋全童謡集 2」岩波書店 1992 p438

梅雨明け
　◇「巽聖歌作品集 下」巽聖歌作品集刊行委員会 1977 p308

つゆくさ
　◇「いのち─みずかみかずよ全詩集」石風社 1995 p36

つゆ草
　◇「土田明子詩集 4」かど創房 1987 p26

つゆ草
　◇「椋鳩十全集 11」ポプラ社 1970 p202

ツユクサ
　◇「定本壺井栄児童文学全集 1」講談社 1979 p266

ツユ草
　◇「椋鳩十の本 23」理論社 1983 p184

露草
　◇「壺井栄全集 9」文泉堂出版 1997 p248

ツユクサのはな
　◇「まど・みちお詩集 1」銀河社 1975 p40
　◇「まど・みちお全詩集」理論社 1992 p460
　◇「まどさんの詩の本 11」理論社 1997 p28

つゆ大将
　◇「斎藤隆介全集 3」岩崎書店 1982 p209

つゆの あめ
　◇「まど・みちお全詩集」理論社 1992 p632

つゆの雨
　◇「地球のかぞく─石原一輝童謡詩集」群青社 2001 p58

つゆの

つゆの雨の中で
　◇「まど・みちお全詩集 続」理論社 2015 p24
梅雨のころ
　◇「田山花袋作品集 1」館林市教育委員会文化振興課 1997 p1
露のシグナル
　◇〔斎藤信夫〕子ども心を友として—童謡詩集」成東町教育委員会 1996 p32
つゆの はれま
　◇「まど・みちお全詩集 続」理論社 2015 p108
つゆの日
　◇「まど・みちお全詩集 続」理論社 2015 p183
つゆの 日のうた
　◇「佐藤義美全集 1」佐藤義美全集刊行会 1974 p428
梅雨霽れ
　◇「巽聖歌作品集 上」巽聖歌作品集刊行委員会 1977 p436
つゆ光る夜
　◇「斎田喬児童劇選集 〔3〕」牧書店 1954 p111
つゆ光る夜（童話劇）
　◇「斎田喬幼年劇全集 2」誠文堂新光社 1961 p245
強い賢い王様の話
　◇「豊島与志雄童話全集 3」八雲書店 1948 p129
つよい かぜ
　◇〔東君平〕ひとくち童話 4」フレーベル館 1995 p38
強い大将の話
　◇「定本小川未明童話全集 1」講談社 1976 p332
　◇「定本小川未明童話全集 1」大空社 2001 p332
つよいたんぽぽ
　◇「ひろすけ幼年童話文学全集 1」集英社 1961 p12
　◇「浜田広介全集 2」集英社 1975 p244
強くなって
　◇「住井すゑジュニア文学館 6」汐文社 1999 p73
つよし君と地球の展望台
　◇「〔うえ山のぼる〕夢と希望の童話集」文芸社 2011 p33
つらいばつ
　◇「住井すゑ わたしの少年少女物語 2」労働旬報社 1989 p20
つらつらつばき
　◇「〔北原〕白秋全童謡集 4」岩波書店 1993 p105
つらら
　◇「まど・みちお全詩集」理論社 1992 p134
　◇「まどさんの詩の本 5」理論社 1994 p86
つらら
　◇「山本瓔子詩集 I」新風舎 2003 p36
つらら女
　◇〔山田野理夫〕おばけ文庫 7」太平出版社 1976（母と子の図書室）p66

〔氷柱かゞやく窓のべに〕
　◇「新修宮沢賢治全集 6」筑摩書房 1980 p24
つらら食い
　◇「国分一太郎児童文学集 6」小峰書店 1967 p130
氷柱の歌
　◇「北彰介作品集 4」青森県児童文学研究会 1991 p124
つららの女
　◇「寺村輝夫のむかし話 〔7〕」あかね書房 1979 p90
氷柱の子守唄
　◇「北彰介作品集 1」青森県児童文学研究会 1990 p144
つららの ドロップ
　◇「まど・みちお全詩集」理論社 1992 p142
氷柱のなかの愛
　◇「北彰介作品集 4」青森県児童文学研究会 1991 p85
氷柱の花束
　◇「北彰介作品集 1」青森県児童文学研究会 1990 p138
ツラランボ（氷柱）の歌
　◇「横山健童謡選集 2」無明舎出版 1995 p72
つらら 一
　◇「第二〔島木〕赤彦童謡集」第一書店 1948 p19
つらら 二
　◇「第二〔島木〕赤彦童謡集」第一書店 1948 p22
つられた大だこ＜一まく 擬人劇＞
　◇「〔斎田喬〕学校劇代表作選 1」牧書店 1959 p43
つられた大だこ（擬人劇）
　◇「斎田喬幼年劇全集 1」誠文堂新光社 1962 p485
釣られる
　◇「斎田喬児童劇選集 〔3〕」牧書店 1954 p11
つられる（童話劇）
　◇「斎田喬幼年劇全集 3」誠文堂新光社 1962 p393
つられる フナ
　◇「佐藤義美全集 3」佐藤義美全集刊行会 1973 p136
つり
　◇〔東君平〕おはようどうわ 3」講談社 1982 p26
吊り合わぬ縁（獅子王女と鼠）
　◇「〔巌谷〕小波お伽全集 14」本の友社 1998 p25
つりがね草
　◇「いのち—みずかみかずよ全詩集」石風社 1995 p61
釣鐘と提灯
　◇「〔巌谷〕小波お伽全集 14」本の友社 1998 p232
つりかわさん
　◇「まど・みちお全詩集」理論社 1992 p118
つりかわのしてくれた話

◇「与田準一全集 4」大日本図書 1967 p139

つりギツネをつった男
◇「奥田継夫ベストコレクション 7」ポプラ社 2002 p261

釣り銭で人のわかった話
◇「定本小川未明童話全集 7」講談社 1977 p13
◇「定本小川未明童話全集 7」大空社 2001 p13

つりばしゆらゆら
◇「もりやまみやこ童話選 1」ポプラ社 2009 p23

つりばしわたれ
◇「長崎源之助全集 18」偕成社 1987 p7

つりぶねふたつ
◇「〔斎藤信夫〕子ども心を友として―童謡詩集」成東町教育委員会 1996 p246

つりわ
◇「まど・みちお全詩集」理論社 1992 p653
◇「まどさんの詩の本 4」理論社 1994 p24

ツル
◇「まど・みちお全詩集」理論社 1992 p623
◇「まど・みちお全詩集」理論社 1992 p666
◇「まどさんの詩の本 13」理論社 1997 p24
◇「まどさんの詩の本 13」理論社 1997 p26
◇「まど・みちお全詩集 続」理論社 2015 p14
◇「まど・みちお全詩集 続」理論社 2015 p351

鶴
◇「新装版金子みすゞ全集 3」JULA出版局 1984 p254
◇「金子みすゞ童謡全集 6」JULA出版局 2004 p176

鶴
◇「〔北原〕白秋全童謡集 4」岩波書店 1993 p89

鶴
◇「庄野英二全集 11」偕成社 1980 p72

鶴
◇「巽聖歌作品集 上」巽聖歌作品集刊行委員会 1977 p235
◇「巽聖歌作品集 下」巽聖歌作品集刊行委員会 1977 p223

鶴
◇「坪田譲治童話全集 11」岩崎書店 1986 p161

鶴
◇「稗田菫平全集 3」宝文館出版 1979 p98

鶴
◇「与田準一全集 1」大日本図書 1967 p56

鶴一と亀二
◇「斎藤喬児童劇選集 〔1〕」牧書店 1954 p159

ツル帰る
◇「椋鳩十全集 2」ポプラ社 1969 p138
◇「椋鳩十学年別話 〔12〕」理論社 1995 p85
◇「椋鳩十まるごと動物ものがたり 11」理論社 1995 p178

◇「椋鳩十名作選 1」理論社 2010 p94

つるぎさんの はなし
◇「小川未明幼年童話文学全集 3」集英社 1965 p132
◇「定本小川未明童話全集 16」講談社 1978 p159
◇「定本小川未明童話全集 16」大空社 2002 p159

吊るされて
◇「〔黒川良人〕犬の詩猫の詩―児童詩集」東洋出版 2000 p69

つるさんと くつさん
◇「まど・みちお全詩集 続」理論社 2015 p381

吊し柿
◇「〔宗左近〕梟の駅長さん―童謡集」思潮社 1998 p34

鶴詩集
◇「稗田菫平全集 8」宝文館出版 1982 p72

つるとかめ
◇「壺井栄名作集 1」ポプラ社 1965 p132
◇「壺井栄全集 10」文泉堂出版 1998 p548

鶴と亀
◇「土田耕平童話集 〔2〕」古今院 1955 p45

つるとかも
◇「〔島崎〕藤村の童話 3」筑摩書房 1979 p94

鶴と蛤
◇「〔巖谷〕小波お伽全集 14」本の友社 1998 p239

つるにょうぼう
◇「寺村輝夫のむかし話 〔10〕」あかね書房 1980 p76

鶴女房
◇「松谷みよ子全エッセイ 2」筑摩書房 1989 p159

鶴の家
◇「安房直子コレクション 6」偕成社 2004 p9

ツルのおどり
◇「椋鳩十全集 7」ポプラ社 1969 p150
◇「椋鳩十の本 14」理論社 1983 p172
◇「椋鳩十動物童話集 11」小峰書店 1991 p58

つるの おんがえし
◇「坪田譲治幼年童話文学全集 6」集英社 1964 p8

ツルの恩がえし
◇「坪田譲治童話全集 10」岩崎書店 1986 p131
◇「坪田譲治名作選 〔1〕 魔法」小峰書店 2005 p148

鶴の兄弟
◇「〔巖谷〕小波お伽全集 12」本の友社 1998 p331

つるのこ柿(日下部梅子)
◇「岡田泰三・日下部梅子童謡集」会津童謡詩会 1992 p77

つるのさきの葉
◇「ひろすけ幼年童話文学全集 4」集英社 1962 p58
◇「浜田広介全集 5」集英社 1976 p202

つるの

鶴の雑記帳
　◇「まど・みちお全詩集」理論社 1992 p81
つるの城
　◇「松谷みよ子のむかしむかし 10」講談社 1973 p72
鶴の城
　◇「松谷みよ子全エッセイ 2」筑摩書房 1989 p185
鶴の助太刀
　◇「〔巌谷〕小波お伽全集 12」本の友社 1998 p347
鶴の卵
　◇「瑠璃の壺―森銑三童話集」三樹書房 1982 p20
鶴の袋
　◇「〔巌谷〕小波お伽全集 9」本の友社 1998 p429
鶴の矢
　◇「瑠璃の壺―森銑三童話集」三樹書房 1982 p58
つるのよめさま
　◇「松谷みよ子のむかしむかし 1」講談社 1973 p90
つるのよめじょ
　◇「椋鳩十学年別童話 〔7〕」理論社 1991 p66
ツルのよめじょ
　◇「椋鳩十全集 19」ポプラ社 1980 p14
ツルハシとシャベル
　◇「与田凖一全集 2」大日本図書 1967 p32
蔓バラ
　◇「巽聖歌作品集 上」巽聖歌作品集刊行委員会 1977 p136
（蔓薔薇の）
　◇「稗田菫平全集 8」宝文館出版 1982 p104
つるバラの思うこと
　◇「浜田広介全集 8」集英社 1976 p93
（蔓薔薇は）
　◇「稗田菫平全集 8」宝文館出版 1982 p63
鶴姫
　◇「〔川田進〕短編少年文芸作品集 もう一人のぼく」せんしん出版 2010 p196
つるべ火
　◇「〔山田野理夫〕おばけ文庫 6」太平出版社 1976（母と子の図書室）p81
つるみトンボ
　◇「まど・みちお詩集 5」銀河社 1975 p32
　◇「まど・みちお全詩集」理論社 1992 p525
　◇「まどさんの詩の本 3」理論社 1994 p80
つれあい
　◇「壺井栄全集 11」文泉堂出版 1998 p185
連れだし清兵衛
　◇「戸川幸夫動物文学全集 8」冬樹社 1966 p37
　◇「戸川幸夫動物文学全集 7」講談社 1977 p27
連れて行かれたダァリヤ
　◇「新修宮沢賢治全集 11」筑摩書房 1979 p287
つれなかったけど
　◇「おはなしの森―きはらみちこ童話集」熊本日日新聞情報文化センター 1999 p22
石蕗（つわぶき）の庭
　◇「巽聖歌作品集 上」巽聖歌作品集刊行委員会 1977 p471
つわぶきのはな
　◇「いのち―みずかみかずよ全詩集」石風社 1995 p14
つんつるてんの うた
　◇「まど・みちお全詩集」理論社 1992 p329
つんつるてんの ズボン
　◇「巽聖歌作品集 上」巽聖歌作品集刊行委員会 1977 p525
つんつん
　◇「今江祥智の本 16」理論社 1980 p61
　◇「今江祥智童話館 〔1〕」理論社 1986 p187
つんつん つばき
　◇「まど・みちお全詩集」理論社 1992 p207
つんつん燕
　◇「中村雨紅詩謡集」中村雨紅詩謡集刊行委員会 1971 p49
つんつんつるで
　◇「まど・みちお全詩集」理論社 1992 p279
　◇「まどさんの詩の本 10」理論社 1996 p68
ツンドラのツル
　◇「椋鳩十全集 26」ポプラ社 1981 p127
聾のあざみ
　◇「稗田菫平全集 2」宝文館出版 1979 p49
「聾のあざみ」全
　◇「稗田菫平全集 2」宝文館出版 1979 p44

【て】

手
　◇「石森読本―石森延男児童文学選集 2年生」小学館 1977 p129
手
　◇「北彰介作品集 4」青森県児童文学研究会 1991 p224
手
　◇「壺井栄全集 7」文泉堂出版 1998 p426
手
　◇「新美南吉全集 6」牧書店 1965 p70
　◇「校定新美南吉全集 8」大日本図書 1981 p350
手
　◇「全集版灰谷健次郎の本 8」理論社 1987 p27
手
　◇「平塚武二童話全集 1」童心社 1972 p234

手
　◇「いのち―みずかみかずよ全詩集」石風社 1995 p306

出会いということ
　◇「椋鳩十の本 27」理論社 1989 p78

出会いの頃―今西君のこと
　◇「佐藤さとるファンタジー全集 16」講談社 1983 p166
　◇「佐藤さとるファンタジー全集 16」講談社, 復刊ドットコム（発売） 2011 p166

出会いのとき
　◇「松谷みよ子全エッセイ 3」筑摩書房 1989

であるちょう
　◇「まど・みちお全詩集 続」理論社 2015 p275

ディオゲネスの家
　◇「岡本良雄童話文学全集 2」講談社 1964 p22

低徊
　◇「佐藤義美全集 1」佐藤義美全集刊行会 1974 p39

鄭家屯
　◇「〔北原〕白秋全童謡集 3」岩波書店 1992 p257

定期入れ
　◇「庄野英二全集 6」偕成社 1979 p188

テイクあんどテイク
　◇「椋鳩十の本 23」理論社 1983 p140

Tくん, 好きよ
　◇「全集版灰谷健次郎の本 18」理論社 1987 p50

抵抗
　◇「佐藤義美全集 1」佐藤義美全集刊行会 1974 p32

ディーサとモティ
　◇「鈴木三重吉童話全集 6」文泉堂書店 1975（日本文学全集・選集叢刊第5次）p352

Tさんからの手紙に寄せて
　◇「松谷みよ子全エッセイ 2」筑摩書房 1989 p143

停車場童子
　◇「〔山田野理夫〕おばけ文庫 3」太平出版社 1976（母と子の図書室）p115

ディズニー・プロ
　◇「椋鳩十の本 22」理論社 1983 p237
　◇「椋鳩十の本 31」理論社 1989 p153

T先生
　◇「今西祐行全集 15」偕成社 1989 p82

でいだらぼっち＝でいらんぼう
　◇「松谷みよ子のむかしむかし 8」講談社 1973 p2

定着液
　◇「国分一太郎児童文学集 1」小峰書店 1967 p163

丁ちゃんと乙子
　◇「鈴木三重吉童話全集 5」文泉堂書店 1975（日本文学全集・選集叢刊第5次）p158

蹄鉄
　◇「庄野英二全集 11」偕成社 1980 p90

デイドンダイダロン村の太鼓
　◇「別役実童話集 〔5〕」三一書房 1984 p41

ていねいことば
　◇「〔木暮正夫〕日本のおばけ話・わらい話 16」岩崎書店 1988 p25

剃髪城
　◇「〔巌谷〕小波お伽全集 11」本の友社 1998 p375

デイモンとピシアス
　◇「鈴木三重吉童話全集 8」文泉堂書店 1975（日本文学全集・選集叢刊第5次）p1
　◇「鈴木三重吉童話集」岩波書店 1996（岩波文庫）p158

出入りする客
　◇「星新一ちょっと長めのショートショート 2」理論社 2005 p7

停留所にてスヰトンを喫す
　◇「新修宮沢賢治全集 4」筑摩書房 1979 p142
　◇「新修宮沢賢治全集 4」筑摩書房 1979 p330
　◇「ジュニア文学館 宮沢賢治―写真・絵画集成 3」日本図書センター 1996 p146

デイ＝ルイス
　◇「〔かこさとし〕お話こんにちは 〔1〕」偕成社 1979 p126

（でいろ でいろ…）
　◇「〔島木〕赤彦童謡集」第一書店 1947 p41

ティンカーベル
　◇「庄野英二全集 6」偕成社 1979 p207

てうとはんごろし
　◇「寺村輝夫のむかし話 〔5〕」あかね書房 1978 p103

でえだらぼう
　◇「斎藤隆介全集 2」岩崎書店 1982 p97

手負雉
　◇「〔巌谷〕小波お伽全集 3」本の友社 1998 p377

手おいジシ
　◇「椋鳩十まるごと動物ものがたり 7」理論社 1995 p51

手を貸した人
　◇「川崎大治民話選 〔3〕」童心社 1971 p186

手おくれ
　◇「〔柳家弁天〕らくご文庫 11」太平出版社 1987 p26

手をつないで
　◇「阪田寛夫全詩集」理論社 2011 p492

手をつなぎざる
　◇「ひろすけ幼年童話文学全集 3」集英社 1962 p84
　◇「浜田広介全集 7」集英社 1976 p13

てを つなごう
　◇「まど・みちお全詩集」理論社 1992 p170

手をつなごう世界の子
　◇「横山健童謡選集 1」無明舎出版 1995 p60

てをな

手をなめた
　◇「浜田広介全集 11」集英社 1976 p121
手を振る花
　◇「山本瓔子詩集 I」新風舎 2003 p14
手が美しい
　◇「巽聖歌作品集 上」巽聖歌作品集刊行委員会 1977 p459
手が考える
　◇「佐藤さとる全集 9」講談社 1973 p232
出稼ぎの父さん
　◇「中村雨紅詩謡集」中村雨紅詩謡集刊行委員会 1971 p155
てかてか頭の話
　◇「定本小川未明童話全集 2」講談社 1976 p131
　◇「定本小川未明童話全集 2」大空社 2001 p131
でかでか人とちびちび人
　◇「立原えりかのファンタジーランド 8」青土社 1980 p49
てがふるえて
　◇「まど・みちお全詩集 続」理論社 2015 p147
てがみ
　◇「斎藤隆介全集 4」岩崎書店 1982 p136
てがみ
　◇「〔東君平〕おはようどうわ 1」講談社 1982 p48
　◇「〔東君平〕おはようどうわ 1」講談社 1982 p174
　◇「〔東君平〕ひとくち童話 2」フレーベル館 1995 p40
　◇「東君平のおはようどうわ 4」新日本出版社 2010 p65
てがみ
　◇「まど・みちお全詩集」理論社 1992 p163
手紙
　◇「おはなしの森―きはらみちこ童話集」熊本日日新聞情報文化センター 1999 p24
手紙
　◇「那須辰造著作集 1」講談社 1980 p30
手紙
　◇「新美南吉全集 6」牧書店 1965 p66
　◇「校定新美南吉全集 8」大日本図書 1981 p146
手紙
　◇「浜田広介全集 11」集英社 1976 p90
手紙
　◇「星新一ちょっと長めのショートショート 6」理論社 2006 p7
手紙
　◇「椋鳩十の本 18」理論社 1982 p72
手紙
　◇「〔柳家弁天〕らくご文庫 1」太平出版社 1987 p97
手紙
　◇「〔山田野理夫〕お笑い文庫 1」太平出版社 1977

（母と子の図書室）p90
手紙あれこれ
　◇「あまんきみこセレクション 5」三省堂 2009 p159
手紙 四「チュンセとポーセの手紙」
　◇「新版・宮沢賢治童話全集 12」岩崎書店 1979 p136
手紙をください
　◇「山下明生・童話の島じま 5」あかね書房 2012 p5
手紙を出しにゆく
　◇「まど・みちお全詩集 続」理論社 2015 p318
手紙かき
　◇「西條八十童謡全集」修道社 1971 p162
手紙合戦
　◇「椋鳩十の本 15」理論社 1982 p64
　◇「椋鳩十の本 34」理論社 1989 p281
手紙から―ちいちゃんのかげおくり
　◇「あまんきみこセレクション 5」三省堂 2009 p196
手紙（チエーホフによる）
　◇「鈴木三重吉童話全集 8」文泉堂書店 1975（日本文学全集・選集叢刊第5次）p229
手紙の文字
　◇「〔山田野理夫〕お笑い文庫 1」太平出版社 1977（母と子の図書室）p38
手紙 一
　◇「新修宮沢賢治全集 14」筑摩書房 1980 p176
手紙（1・2・3・4）
　◇「〔宮沢〕賢治童話」翔泳社 1995 p23
手紙 二
　◇「新修宮沢賢治全集 14」筑摩書房 1980 p179
手紙 三
　◇「新修宮沢賢治全集 14」筑摩書房 1980 p182
手紙 四
　◇「新修宮沢賢治全集 14」筑摩書房 1980 p184
手紙（A–随筆）
　◇「壺井栄全集 11」文泉堂出版 1998 p231
功労（てがら）わ褒めよ（老衰した獵犬）
　◇「〔巌谷〕小波お伽全集 14」本の友社 1998 p119
敵
　◇「〔北原〕白秋全童謡集 3」岩波書店 1992 p111
敵
　◇「まど・みちお全詩集」理論社 1992 p609
　◇「まどさんの詩の本 8」理論社 1996 p18
敵
　◇「椋鳩十の本 2」理論社 1982 p149
出来かけの仏様
　◇「瑠璃の壺―森銑三童話集」三樹書房 1982 p302
出来心（林家木久蔵編、岡本和明文）

てすく

◇「林家木久蔵の子ども落語 3」フレーベル館 1998 p160

出来心
◇「星新一ショートショートセレクション 4」理論社 2002 p120

出来心（雄鶏と玉）
◇〔巌谷〕小波お伽全集 14」本の友社 1998 p41

出来事
◇「いのち—みずかみかずよ全詩集」石風社 1995 p222

「出来たツ」
◇「瑠璃の壺—森銑三童話集」三樹書房 1982 p232

できたてホヤホヤおもしろ話
◇「[木暮正夫] 日本のおばけ話・わらい話 11」岩崎書店 1987

適当な方法
◇「星新一YAセレクション 5」理論社 2009 p56

出来ない約束（亀と鷺）
◇〔巌谷〕小波お伽全集 14」本の友社 1998 p162

敵に便を与えるな（木と樵夫）
◇〔巌谷〕小波お伽全集 14」本の友社 1998 p173

できの悪いプロ
◇「[川田進] 短編少年文芸作品集 もう一人のぼく」せんしん出版 2010 p112

テキパキパキッコ
◇「[おうち・やすゆき] こら！ しんぞう—童謡詩集」小峰書店 1996 p39

できふでき
◇「[東君平] おはようどうわ 7」講談社 1982 p136

敵もあっぱれ、子どものウソ
◇「寺村輝夫全童話 別1」理論社 2007 p276

手腐れ花
◇「佐藤義美全集 1」佐藤義美全集刊行会 1974 p108

出口
◇「星新一ショートショートセレクション 10」理論社 2003 p108

てくてく爺さん
◇「[北原] 白秋全童謡集 2」岩波書店 1992 p419

手首のないクマ
◇「河合雅雄の動物記 5」フレーベル館 2007 p145

でこぼうよ—わらべうたによる
◇「阪田寛夫全詩集」理論社 2011 p200

てさきがきようなおとこ
◇「岩永博史童話集 1」岩永博史 2001 p48

デージイ
◇「校定新美南吉全集 8」大日本図書 1981 p181

てじな
◇「佐藤義美童謡集」さ・え・ら書房 1960 p192
◇「佐藤義美全集 1」佐藤義美全集刊行会 1974 p218

手品
◇「椋鳩十の本 1」理論社 1982 p54

手品おじさん
◇「くんぺい魔法ばなし—魔法ばなし全集 3」サンリオ 2000 p36

手品師
◇「新装版金子みすゞ全集 1」JULA出版局 1984 p212
◇「金子みすゞ童謡全集 2」JULA出版局 2003 p176

手品師
◇「豊島与志雄童話全集 3」八雲書店 1948 p113
◇「豊島与志雄童話選集・郷土篇」双文社出版 1982 p157
◇「豊島与志雄童話集」海鳥社 1990 p208

手品師小父さん
◇「かもめの水兵さん—武内俊子伝記と作品集」講談社出版サービスセンター 1977 p187

手品師と善太
◇「坪田譲治童話全集 1」岩崎書店 1986 p147

手品師の掌
◇「新装版金子みすゞ全集 1」JULA出版局 1984 p181
◇「金子みすゞ童謡集」角川春樹事務所 1998（ハルキ文庫）p147
◇「金子みすゞ童謡全集 2」JULA出版局 2003 p128

手品使いのクック
◇「庄野英二全集 5」偕成社 1980 p166

手品のたねあかし
◇「立原えりかのファンタジーランド 14」青土社 1980

弟子の争い
◇「谷口雅春童話集 2」日本教文社 1976 p48

手白ざるの温泉
◇「二反長半作品集 3」集英社 1979 p76

手塚治虫
◇「[かこさとし] お話こんにちは 〔8〕」偕成社 1979 p20

手塚治虫I
◇「今江祥智の本 21」理論社 1981 p55

手塚治虫II
◇「今江祥智の本 21」理論社 1981 p62

帝塚山
◇「庄野英二全集 9」偕成社 1979 p337

帝塚山会館
◇「庄野英二全集 9」偕成社 1979 p183

帝塚山風物誌
◇「庄野英二全集 9」偕成社 1979 p153

手づくり保育園, 産声をあげる
◇「全集版灰谷健次郎の本 18」理論社 1987 p17

テスト
　◇「阪田寛夫全詩集」理論社 2011 p537
テストやさん
　◇「来栖良夫児童文学全集 1」岩崎書店 1983 p119
手品(てづま)
　◇「西條八十童謡全集」修道社 1971 p13
手づまつかひ
　◇「鈴木三重吉童話全集 5」文泉堂書店 1975（日本文学全集・選集叢刊第5次）p143
手製のおもちゃ
　◇「〔島崎〕藤村の童話 4」筑摩書房 1979 p207
手製ノート
　◇「新修宮沢賢治全集 15」筑摩書房 1980 p363
でたぞ！　かいじゅうでんとう
　◇「きむらゆういちおはなしのへや 4」ポプラ社 2012 p66
てたたきのうた
　◇「佐藤義美全集 1」佐藤義美全集刊行会 1974 p308
出たとこ勝負の暮
　◇「壺井栄全集 11」文泉堂出版 1998 p157
でたらめな自然
　◇「椋鳩十の本 23」理論社 1983 p41
てちょう
　◇「まど・みちお詩集 4」銀河社 1974 p34
　◇「まど・みちお全詩集」理論社 1992 p427
　◇「まどさんの詩の本 4」理論社 1994 p78
手帖
　◇「くんぺい魔法ばなし—魔法ばなし全集 1」サンリオ 2000 p218
手帳
　◇「新装版金子みすゞ全集 1」JULA出版局 1984 p81
手帳断片
　◇「新修宮沢賢治全集 15」筑摩書房 1980 p299
てつおさんとクロ
　◇「桃色のダブダブさん—松田解子童話集」新日本出版社 2004 p103
でっかいおもち
　◇「阪田寛夫全詩集」理論社 2011 p385
でっかい木
　◇「与田凖一全集 1」大日本図書 1967 p106
でっかいだいこんとうまとうし
　◇「〔西本鶏介〕日本の昔話—読みきかせお話集 2」小学館 2001 p6
でっかい力士
　◇「花岡大学仏典童話全集 4」法蔵館 1979 p111
「哲学講話」抄
　◇「魂の配達—野村吉哉作品集」草思社 1983 p336
哲学者はその形象文字に如何なる解釈を下し

たかと云う事
　◇「椋鳩十の本 1」理論社 1982 p119
てつがくのライオン
　◇「くどうなおこ詩集〇」童話屋 1996 p14
「てつがくのライオン」のこと
　◇「今江祥智の本 35」理論社 1990 p270
鉄球
　◇「夢見る窓—冬村勇陽童話集」北雪新書 2004 p220
「鉄橋」乾武俊著
　◇「稗田童平全集 6」宝文館出版 1981 p139
鉄橋と菜の花
　◇「二反長半作品集 1」集英社 1979 p201
てつきんコンクリート
　◇「〔北原〕白秋全童謡集 4」岩波書店 1993 p161
鉄工場
　◇「〔北原〕白秋全童謡集 4」岩波書店 1993 p163
鉄五郎のオスヤギ
　◇「国分一太郎児童文学集 1」小峰書店 1967 p103
鉄人Q
　◇「少年探偵江戸川乱歩全集 17」ポプラ社 1970 p5
　◇「少年探偵・江戸川乱歩 21」ポプラ社 1999 p5
　◇「文庫版 少年探偵・江戸川乱歩 21」ポプラ社 2005 p5
てっせん
　◇「いのち—みずかみかずよ全詩集」石風社 1995 p29
てつだって
　◇「りらりらりらわたしの絵本—富永佳与子こどものうた作品集」国土社 1994 p12
徹底した生きざまの人々
　◇「椋鳩十の本 31」理論社 1989 p174
鉄塔王国の恐怖
　◇「少年探偵江戸川乱歩全集 24」ポプラ社 1970 p5
　◇「少年探偵・江戸川乱歩 10」ポプラ社 1998 p5
　◇「文庫版 少年探偵・江戸川乱歩 10」ポプラ社 2005 p5
鉄道開通
　◇「長崎源之助全集 6」偕成社 1987 p85
〔鉄道線路と国道が〕
　◇「新修宮沢賢治全集 3」筑摩書房 1979 p77
　◇「新修宮沢賢治全集 3」筑摩書房 1979 p336
てつの　かいだん
　◇「佐藤義美全集 2」佐藤義美全集刊行会 1973 p83
　◇「佐藤義美全集 2」佐藤義美全集刊行会 1973 p87
鉄のシャフト
　◇「魂の配達—野村吉哉作品集」草思社 1983 p54
鉄のはかり
　◇「花岡大学仏典童話全集 5」法蔵館 1979 p125
鉄の町の少年

鉄
　◇「国分一太郎児童文学集 2」小峰書店 1967 p5
鉄の門
　◇「巽聖歌作品集 上」巽聖歌作品集刊行委員会 1977 p92
鉄の嫁さん
　◇「壺井栄全集 7」文泉堂出版 1998 p457
てつびん
　◇「川崎大治民話選 〔1〕」童心社 1968 p102
鐵瓶と驀
　◇〔巌谷〕小波お伽全集 14」本の友社 1998 p258
てつびんのひとりごと
　◇「マッチ箱の中―三鎌よし子童謡集」しもつけ文学会 1998 p60
てっぺんから ごろごろ
　◇「阪田寛夫全詩集」理論社 2011 p365
てつぼう
　◇「〔東君平〕おはようどうわ 4」講談社 1982 p66
てつぼう
　◇「まど・みちお全詩集」理論社 1992 p653
　◇「まどさんの詩の本 2」理論社 1994 p8
てっぽううちそこない
　◇「寺村輝夫どうわの本 1」ポプラ社 1983 p59
　◇「寺村輝夫全童話 4」理論社 1997 p81
鉄砲をとられたかりうど
　◇「武田信夫童話作品集」みちのく書房 1995 p36
鉄砲金さわぎ
　◇「来栖良夫児童文学全集 5」岩崎書店 1983 p23
鉄砲つたわる
　◇「来栖良夫児童文学全集 6」岩崎書店 1983 p95
鉄砲と財布
　◇「川崎大治民話選 〔4〕」童心社 1975 p211
てっぽうの大名人
　◇「寺村輝夫のむかし話 〔4〕」あかね書房 1978 p86
鉄砲みず
　◇「椋鳩十の本 2」理論社 1982 p115
鉄砲水
　◇「かつおきんや作品集 3」牧書店〔アリス館牧新社〕1972 p287
　◇「かつおきんや作品集 13」偕成社 1982 p203
テッポウムシ
　◇「今井誉次郎童話集子どもの村 〔3〕」国土社 1957 p110
てっぽうゆり
　◇「いのち―みずかみかずよ全詩集」石風社 1995 p434
徹夜麻雀
　◇「海野十三全集 別巻1」三一書房 1991 p383
鉄嶺
　◇「〔北原〕白秋全童謡集 3」岩波書店 1992 p232

でてくる ちから
　◇「まど・みちお全詩集」理論社 1992 p143
でてくる でてくる
　◇「まど・みちお全詩集 続」理論社 2015 p432
で, でたあ！　恐怖の口さけ女
　◇「〔木暮正夫〕日本の怪奇ばなし 8」岩崎書店 1990
デデッポ
　◇「椋鳩十全集 6」ポプラ社 1969 p218
　◇「椋鳩十動物童話集 4」小峰書店 1990 p44
ててて
　◇「まど・みちお全詩集」理論社 1992 p167
でで虫
　◇「まど・みちお全詩集」理論社 1992 p83
蝸牛 (ででむし)… → "かたつむり…"をも見よ
蝸牛
　◇「〔北原〕白秋全童謡集 1」岩波書店 1992 p167
蝸牛角出せ
　◇「〔北原〕白秋全童謡集 1」岩波書店 1992 p156
蝸牛, でむし
　◇「〔北原〕白秋全童謡集 1」岩波書店 1992 p166
蝸牛のお蔵
　◇「〔北原〕白秋全童謡集 1」岩波書店 1992 p325
ででんがどんぱち
　◇「阪田寛夫全詩集」理論社 2011 p851
手と足
　◇「〔山田野理夫〕お笑い文庫 1」太平出版社 1977（母と子の図書室）p35
手と足と
　◇「まど・みちお全詩集 続」理論社 2015 p311
手と目と声と
　◇「全集版灰谷健次郎の本 8」理論社 1987 p5
テトラポッドのいる海
　◇「杉みき子選集 9」新潟日報事業社 2011 p161
手なし女
　◇「〔比江島重孝〕宮崎のむかし話 1」鉱脈社 1998 p20
手習い子のゆめ
　◇「川崎大治民話選 〔1〕」童心社 1968 p226
テニス
　◇「〔内海康子〕六月のカレンダー―詩集」けやき書房 1999 p90
テニス・エピソード
　◇「石森延男児童文学全集 5」学習研究社 1971 p290
テニスエピソード
　◇「石森読本―石森延男児童文学選集 6年生」小学館 1977 p7
テニスコート
　◇「まど・みちお全詩集」理論社 1992 p98
　◇「まどさんの詩の本 1」理論社 1994 p50

てのう

手の上の花
　◇「与謝野晶子児童文学全集 6」春陽堂書店 2007 p94

手のうた（棒のうた2）
　◇〔おうち・やすゆき〕こら！ しんぞう―童謡詩集」小峰書店 1996 p21

掌中の物（鷹と鴬、釣師と小魚）
　◇〔巌谷〕小波お伽全集 14」本の友社 1998 p138

ての トンネル
　◇〔東君平〕ひとくち童話 4」フレーベル館 1995 p16

手のなか
　◇「いのち―みずかみかずよ全詩集」石風社 1995 p255

手の中のもの
　◇「椋鳩十全集 12」ポプラ社 1970 p44
　◇「椋鳩十の本 15」理論社 1982 p45

手のなかのものは＜一まく 生活劇＞
　◇〔斎田喬〕学校劇代表作選 2」牧書店 1959 p97

てのひら
　◇「まど・みちお全詩集 続」理論社 2015 p25

掌
　◇「壷井栄全集 2」文泉堂出版 1997 p456

てのひら自叙伝1
　◇「早乙女勝元小説選集 1」理論社 1977 p220

てのひら自叙伝2
　◇「早乙女勝元小説選集 2」理論社 1977 p306

てのひら自叙伝3
　◇「早乙女勝元小説選集 3」理論社 1977 p237

てのひら自叙伝4
　◇「早乙女勝元小説選集 4」理論社 1977 p267

てのひら自叙伝5
　◇「早乙女勝元小説選集 5」理論社 1977 p261

てのひら自叙伝6
　◇「早乙女勝元小説選集 6」理論社 1977 p269

てのひら自叙伝7
　◇「早乙女勝元小説選集 7」理論社 1977 p339

てのひら自叙伝8
　◇「早乙女勝元小説選集 8」理論社 1977 p312

てのひら自叙伝9
　◇「早乙女勝元小説選集 9」理論社 1977 p333

てのひら自叙伝10
　◇「早乙女勝元小説選集 10」理論社 1977 p252

てのひら自叙伝11
　◇「早乙女勝元小説選集 11」理論社 1977 p421

てのひら自叙伝12
　◇「早乙女勝元小説選集 12」理論社 1977 p271

てのひら島はどこにある
　◇「佐藤さとる全集 7」講談社 1973 p65
　◇「佐藤さとるファンタジー全集 7」講談社 1983 p5
　◇「佐藤さとるファンタジー全集 7」講談社, 復刊ドットコム（発売）2010 p5

てのひら頌歌
　◇「まど・みちお全詩集 続」理論社 2015 p353

てのひらの太陽
　◇「阪田寛夫全詩集」理論社 2011 p869

掌一またはニコヨンの唄
　◇「北彰介作品集 4」青森県児童文学研究会 1991 p222

手の目
　◇〔山田野理夫〕おばけ文庫 3」太平出版社 1976（母と子の図書室）p103

ての ゆびさん
　◇「まど・みちお全詩集」理論社 1992 p112

手乗り鶏
　◇「全集版灰谷健次郎の本 19」理論社 1987 p180

てばたしんごう
　◇「阪田寛夫全詩集」理論社 2011 p401

手旗信号
　◇「花岡大学童話文学全集 3」法蔵館 1980 p271

デパートの窓
　◇「新美南吉全集 6」牧書店 1965 p233
　◇「校定新美南吉全集 8」大日本図書 1981 p22
　◇「新美南吉童話集 1」大日本図書 1982 p309
　◇「新美南吉童話集 1」大日本図書 2012 p309

でぶいもちゃん ちびいもちゃん
　◇「まど・みちお全詩集」理論社 1992 p190
　◇「まどさんの詩の本 15」理論社 1997 p74

手風琴
　◇「定本小川未明童話全集 10」講談社 1977 p157
　◇「定本小川未明童話全集 10」大空社 2001 p157

手風琴の村
　◇「阪田寛夫全詩集」理論社 2011 p588

てぶくろ
　◇「西條八十童謡全集」修道社 1971 p293

てぶくろ
　◇「さくらゆき―さとうじゅんこ童詩集」えんじゅの会 1997 p108

てぶくろ
　◇「おはなしいっぱい―祐成智美童謡詩集」リーブル 1997 p68

てぶくろ
　◇〔東君平〕おはようどうわ 5」講談社 1982 p28
　◇「東君平のおはようどうわ 4」新日本出版社 2010 p68

てぶくろを買いに
　◇「新美南吉全集 1」牧書店 1965 p263

てぶくろを買いに（新美南吉作、湯山厚脚色）
　◇「新美南吉童話劇集 1」東京書籍 1981（東書児童劇シリーズ）p137

手ぶくろを買いに
　◇「新美南吉童話集」世界文化社 2004（心に残るロングセラー）p106
　◇「新美南吉童話選集 2」ポプラ社 2013 p5

手袋を買いに
　◇「新美南吉童話集 1」大日本図書 1982 p5
　◇「新美南吉童話大全」講談社 1989 p162
　◇「新美南吉童話集」岩波書店 1996（岩波文庫）p23
　◇「新美南吉童話傑作選 〔3〕 ごん狐」小峰書店 2004 p5
　◇「新美南吉30選」春陽堂書店 2009（名作童話）p170
　◇「新美南吉童話集 1」大日本図書 2012 p5

手袋を買ひに
　◇「校定新美南吉全集 2」大日本図書 1980 p262

手ぶくろとこびと
　◇「西條八十童謡全集」修道社 1971 p292

手袋は靴下にはならない
　◇「〔斎藤信夫〕子ども心を友として—童謡詩集」成東町教育委員会 1996 p142

デブと針金
　◇「校定新美南吉全集 9」大日本図書 1981 p236

手ぶらでことりをとる
　◇「〔木暮正夫〕日本のおばけ話・わらい話 8」岩崎書店 1987 p60

テーブルしばいのやり方
　◇「斎田喬幼年劇全集 1」誠文堂新光社 1962 p7

テーブルの下から
　◇「神沢利子コレクション 4」あかね書房 1994 p41
　◇「神沢利子コレクション・普及版 4」あかね書房 2006 p41

デマ
　◇「〔川田進〕短編少年文芸作品集 もう一人のぼく」せんしん出版 2010 p154

てまり
　◇「安房直子コレクション 1」偕成社 2004 p197

てまり
　◇「〔内海康子〕六月のカレンダー—詩集」けやき書房 1999 p88

手毬唄
　◇「野口雨情童謡集」弥生書房 1993 p74

てまりを
　◇「稗田童平全集 1」宝文館出版 1978 p56

良寛物語 手毬と鉢の子
　◇「新美南吉全集 4」牧書店 1965 p1
　◇「校定新美南吉全集 1」大日本図書 1980 p7

てまりのうた
　◇「与田凖一全集 3」大日本図書 1967 p151

手まり模様の雛菊の袂
　◇「太田博也半世紀名作選 1」叢文社 1984 p61

出水のツル
　◇「椋鳩十の本 22」理論社 1983 p172

抵抗（てむかい）わ損（樫と蘆）
　◇「〔巌谷〕小波お伽全集 14」本の友社 1998 p66

デモイン市の美術センター
　◇「椋鳩十の本 22」理論社 1983 p249
　◇「椋鳩十の本 31」理論社 1989 p132

デモクラー王のうそ
　◇「佐藤義美全集 5」佐藤義美全集刊行会 1973 p550

でもでもだって
　◇「寺村輝夫童話全集 7」ポプラ社 1982 p95
　◇「寺村輝夫全童話 7」理論社 1999 p531

てもやん
　◇「壺井栄全集 7」文泉堂出版 1998 p281

手焼きせんべい
　◇「横山健童謡選集 2」無明舎出版 1995 p96

デュナン
　◇「〔かこさとし〕お話こんにちは〔2〕」偕成社 1979 p39

寺門仁氏の「石の額縁」に
　◇「稗田童平全集 6」宝文館出版 1981 p143

テラスの子ども
　◇「庄野英二全集 10」偕成社 1979 p43

寺田寅彦
　◇「〔かこさとし〕お話こんにちは〔8〕」偕成社 1979 p125

デラックスな金庫
　◇「星新一ショートショートセレクション 1」理論社 2001 p41

デラックス狂詩曲
　◇「筒井康隆SFジュブナイルセレクション 2」金の星社 2010 p69

寺の記憶
　◇「今江祥智の本 34」理論社 1990 p264

寺の庭
　◇「椋鳩十の本 28」理論社 1989 p105

寺間の女とタコの話
　◇「松谷みよ子全エッセイ 2」筑摩書房 1989 p202

寺村輝夫
　◇「今江祥智の本 35」理論社 1990 p247

でられない くま
　◇「佐藤義美全集 2」佐藤義美全集刊行会 1973 p342

縄張り（テリトリイ）の歌
　◇「戸川幸夫動物文学全集 9」講談社 1976 p46

照子の岩屋
　◇「〔比江島重孝〕宮崎のむかし話 2」鉱脈社 1998 p239

照ちゃんの終戦の頃

てるて
　◇「小川のせせらぎが聞こえるかい―中澤洋子童話集」中澤洋子 2010 p107
てるてるてるてるてる坊主
　◇「かもめの水兵さん―武内俊子伝記と作品集」講談社出版サービスセンター 1977 p192
てるてるぼうず
　◇「佐藤義美童謡集」さ・え・ら書房 1960 p147
　◇「佐藤義美全集 1」佐藤義美全集刊行会 1974 p204
てるてるぼうず＜一まく 音楽擬人劇＞
　◇〔斎田喬〕学校劇代表作選 1」牧書店 1959 p125
てるてるぼうず（音楽劇）
　◇「斎田喬幼年劇全集 1」誠文堂新光社 1962 p383
てるてるぼうずさん
　◇「佐藤義美全集 1」佐藤義美全集刊行会 1974 p295
テルの首輪
　◇「住井すゑ わたしの少年少女物語 2」労働旬報社 1989 p57
テレヴィジョン王・高柳教授訪問記
　◇「海野十三全集 別巻1」三一書房 1991 p376
てれすく てんてん
　◇「巽聖歌作品集 上」巽聖歌作品集刊行委員会 1977 p507
「てれすこ」という魚
　◇〔山田野理夫〕お笑い文庫 5」太平出版社 1977（母と子の図書室）p19
照レチャウ
　◇「まど・みちお全詩集 続」理論社 2015 p265
テレテレ坊主
　◇〔巖谷〕小波お伽全集 7」本の友社 1998 p287
テレビ画面の女優
　◇「佐藤ふさゑの本 2」てらいんく 2011 p89
テレビ芸術への情熱を
　◇「椋鳩十の本 23」理論社 1983 p98
テレビとうま
　◇「住井すゑ わたしの少年少女物語 〔1〕」労働旬報社 1989 p14
テレビドラマ「太陽の丘」主題歌より
　◇「阪田寛夫全詩集」理論社 2011 p798
テレビドラマ「三つの愛の奇蹟の物語」より
　◇「阪田寛夫全詩集」理論社 2011 p810
テレビにでたコン
　◇「松谷みよ子全集 6」講談社 1972 p47
テレビのなかで
　◇「阪田寛夫全詩集」理論社 2011 p534
テレビのニュース
　◇「庄野英二全集 5」偕成社 1980 p215
〔手は熱く足はなゆれど〕
　◇「新修宮沢賢治全集 5」筑摩書房 1979 p256

　◇「新修宮沢賢治全集 5」筑摩書房 1979 p334
ては いいな
　◇「まど・みちお全詩集」理論社 1992 p252
出羽三山以外のミイラ
　◇「〔たかしよいち〕世界むかしむかし探検 2」国土社 1994 p132
出羽三山のミイラ
　◇「〔たかしよいち〕世界むかしむかし探検 2」国土社 1994 p112
ては ふたつ
　◇「まど・みちお全詩集」理論社 1992 p240
テン
　◇「戸川幸夫動物文学全集 15」講談社 1977 p277
天
　◇「まど・みちお全詩集」理論社 1992 p595
　◇「まどさんの詩の本 14」理論社 1997 p16
天へ昇った魚
　◇「小出正吾児童文学全集 1」審美社 2000 p157
天へのぼる道
　◇「〔今坂柳二〕りゅうじフォークロア・world 2」ふるさと伝承研究会 2007 p24
「田園交響楽」を読む
　◇「松田瓊子全集 5」大空社 1997 p38
田園情調あり
　◇「佐々木邦全集 補巻5」講談社 1975 p403
少年小唄 田園の夏
　◇「〔北原〕白秋全童謡集 5」岩波書店 1993 p86
田園迷信
　◇「新修宮沢賢治全集 6」筑摩書房 1980 p165
　◇「新修宮沢賢治全集 6」筑摩書房 1980 p411
天をかける馬
　◇「岡野薫子動物記 4」小峰書店 1986 p76
天をかついでどっこいさ
　◇「〔山田野理夫〕お笑い文庫 10」太平出版社 1977（母と子の図書室）p146
天を支える柱
　◇「椋鳩十の本 21」理論社 1982 p104
天下一の馬
　◇「豊島与志雄童話全集 2」八雲書店 1948 p5
　◇「豊島与志雄童話選集・郷土篇」双文社出版 1982 p109
　◇「豊島与志雄童話集」海鳥社 1990 p117
天下一の馬（豊島与志雄）
　◇「佐藤さとるファンタジー全集 16」講談社 1983 p221
天下一品
　◇「定本小川未明童話全集 2」講談社 1976 p342
　◇「定本小川未明童話全集 2」大空社 2001 p342
天下だこ
　◇「定本小川未明童話全集 7」講談社 1977 p50

◇「定本小川未明童話全集 7」大空社 2001 p50
伝家屯
　　　◇「〔北原〕白秋全童謡集 3」岩波書店 1992 p254
殿下のお猿
　　　◇「鈴木三重吉童話全集 4」文泉堂書店 1975（日本文学全集・選集叢刊第5次）p173
天からおちた源五郎
　　　◇「松谷みよ子のむかしむかし 3」講談社 1973 p84
天からきた鬼さん
　　　◇「〔山田野理夫〕お笑い文庫 6」太平出版社 1977（母と子の図書室）p14
天からのつかい
　　　◇「松谷みよ子のむかしむかし 4」講談社 1973 p109
天からふってきたいぬ
　　　◇「佐藤さとる全集 6」講談社 1973 p155
天からふってきた犬
　　　◇「佐藤さとるファンタジー全集 6」講談社 1982 p115
　　　◇「佐藤さとるファンタジー全集 6」講談社, 復刊ドットコム（発売）2010 p115
てんから ふるゆき
　　　◇「まど・みちお全詩集」理論社 1992 p280
転機
　　　◇「星新一YAセレクション 4」理論社 2009 p28
でんきあめ
　　　◇「〔高橋一仁〕春のニシン場—童謡詩集」けやき書房 2003 p34
電気怪火の話
　　　◇「海野十三全集 別巻1」三一書房 1991 p256
電気会社に
　　　◇「椋鳩十の本 23」理論社 1983 p100
電気看板の神経
　　　◇「海野十三全集 1」三一書房 1990 p125
「伝記」構想中
　　　◇「今江祥智の本 36」理論社 1990 p289
電気工夫
　　　◇「新修宮沢賢治全集 6」筑摩書房 1980 p143
　　　◇「新修宮沢賢治全集 6」筑摩書房 1980 p402
電気殺人器械の話
　　　◇「海野十三全集 別巻1」三一書房 1991 p243
電気殺人の話
　　　◇「海野十三全集 別巻1」三一書房 1991 p226
伝記について
　　　◇「那須辰造著作集 3」講談社 1980 p271
電灯（でんき）のかげ
　　　◇「新装版金子みすゞ全集 2」JULA出版局 1984 p69
　　　◇「金子みすゞ童謡全集 3」JULA出版局 2004 p108

電気鳩
　　　◇「海野十三全集 4」三一書房 1989 p229
電気風呂の怪死事件
　　　◇「海野十三全集 1」三一書房 1990 p31
電球を買いにいく
　　　◇「全集灰谷健次郎の本 22」理論社 1988 p105
てんきよほう
　　　◇「〔斎藤信夫〕子ども心を友として—童謡詩集」成東町教育委員会 1996 p226
てんきよほう
　　　◇「〔東君平〕ひとくち童話 4」フレーベル館 1995 p34
天気予報
　　　◇「あまんきみこセレクション 5」三省堂 2009 p280
電気ロケット
　　　◇「夢見る窓—冬村勇陽童話集」北雪新書 2004 p204
天狗
　　　◇「新美南吉全集 3」牧書店 1965 p245
　　　◇「校定新美南吉全集 6」大日本図書 1980 p338
天空から—あとがきにかえて
　　　◇「〔高崎乃理子〕妖精の好きな木—詩集」かど創房 1998 p100
天空の神秘
　　　◇「異聖歌作品集 下」異聖歌作品集刊行委員会 1977 p194
天空の魔境
　　　◇「少年探偵・江戸川乱歩 25」ポプラ社 1999 p172
天空の魔人
　　　◇「少年探偵江戸川乱歩全集 22」ポプラ社 1970 p182
　　　◇「文庫版 少年探偵・江戸川乱歩 25」ポプラ社 2005 p171
天狗風
　　　◇「さねとうあきら創作民話集 被差別部落 1」明石書店 1988 p66
天狗壁のてんぐさん
　　　◇「松谷みよ子のむかしむかし 8」講談社 1973 p57
天狗からもらった杖
　　　◇「健太と大天狗—片山貞一創作童話集」あさを社 2007 p21
天狗さまざま
　　　◇「松谷みよ子全エッセイ 2」筑摩書房 1989 p198
天狗昇飛切之術—庄野潤三氏と、かつて帝塚山の町を吹いた夕風に。
　　　◇「阪田寛夫全詩集」理論社 2011 p134
天狗杉
　　　◇「〔巌谷〕小波お伽全集 12」本の友社 1998 p154
てんぐ先生は一年生
　　　◇「大石真児童文学全集 12」ポプラ社 1982 p167

てんく

てんぐ その一
 ◇「〔山田野理夫〕おばけ文庫 2」太平出版社 1976（母と子の図書室）p145

てんぐ その二
 ◇「〔山田野理夫〕おばけ文庫 2」太平出版社 1976（母と子の図書室）p146

天狗倒し
 ◇「今江祥智の本 10」理論社 1980 p137
 ◇「今江祥智童話館〔17〕」理論社 1987 p168

〔天狗薫 けとばし了へば〕
 ◇「新修宮沢賢治全集 6」筑摩書房 1980 p134
 ◇「新修宮沢賢治全集 6」筑摩書房 1980 p398

てんぐちゃん
 ◇「今江祥智童話館〔2〕」理論社 1986 p206

てんぐつぶて
 ◇「〔山田野理夫〕おばけ文庫 2」太平出版社 1976（母と子の図書室）p157

天狗とお月様
 ◇「〔巌谷〕小波お伽全集 14」本の友社 1998 p191

てんぐとすみやき
 ◇「寺村輝夫のむかし話〔2〕」あかね書房 1977 p6

てんぐなむはらり
 ◇「寺村輝夫全童話 4」理論社 1997 p170

てんぐのいる村
 ◇「山中恒児童よみもの選集 9」読売新聞社 1977 p149

テングのいる村
 ◇「大石真児童文学全集 1」ポプラ社 1982 p171

テングのいる村（大石真）
 ◇「佐藤さとるファンタジー全集 16」講談社 1983 p224

てんぐのうちわ
 ◇「寺村輝夫のむかし話〔2〕」あかね書房 1977 p36

天狗の団扇
 ◇「〔北原〕白秋全童謡集 4」岩波書店 1993 p281

てんぐのおさけ
 ◇「寺村輝夫のむかし話〔2〕」あかね書房 1977 p90

天狗のおはやし
 ◇「松谷みよ子全エッセイ 3」筑摩書房 1989 p264

てんぐのおやしろ
 ◇「寺村輝夫のむかし話〔2〕」あかね書房 1977 p22

てんぐのかくれみの
 ◇「〔木暮正夫〕日本のおばけ話・わらい話 8」岩崎書店 1987 p36

てんぐのかくれみの
 ◇「寺村輝夫のとんち話 3」あかね書房 1976 p70
 ◇「寺村輝夫のむかし話〔2〕」あかね書房 1977 p78

天ぐの かくれみの
 ◇「坪田譲治幼年童話文学全集 8」集英社 1965 p26

天狗のかくれみの
 ◇「川崎大治民話選〔4〕」童心社 1975 p166

天狗のかくれみの
 ◇「坪田譲治童話全集 10」岩崎書店 1986 p168
 ◇「坪田譲治名作選〔3〕サバクの虹」小峰書店 2005 p160

てんぐのかぼちゃ
 ◇「寺村輝夫のむかし話〔2〕」あかね書房 1977 p62
 ◇「寺村輝夫童話全集 14」ポプラ社 1982 p91
 ◇「寺村輝夫全童話 4」理論社 1997 p166

天狗の管絃
 ◇「北彰介作品集 3」青森県児童文学研究会 1990 p203
 ◇「北彰介作品集 3」青森県児童文学研究会 1990 p218

てんぐのくれためんこ
 ◇「安房直子コレクション 3」偕成社 2004 p275

天狗の酒
 ◇「坪田譲治自選童話集」実業之日本社 1971 p424
 ◇「坪田譲治童話全集 8」岩崎書店 1986 p19

てんぐのたいこ
 ◇「寺村輝夫のむかし話〔2〕」あかね書房 1977 p46

テングの弟子になったクンクンさん
 ◇「〔今坂柳二〕りゅうじフォークロア・world 4」ふるさと伝承研究会 2008 p74

てんぐの鼻
 ◇「二反長半作品集 1」集英社 1979 p217

天狗の花
 ◇「二反長半作品集 3」集英社 1979 p119

天狗の鼻
 ◇「豊島与志雄童話全集 2」八雲書店 1948 p153
 ◇「豊島与志雄童話集」海鳥社 1990 p157

天狗のはなし
 ◇「寺村輝夫のむかし話〔2〕」あかね書房 1977

天狗の鼻とお多福の鼻
 ◇「〔巌谷〕小波お伽全集 14」本の友社 1998 p203

てんぐの別荘
 ◇「岡本良雄童話文学全集 1」講談社 1964 p282

てんぐのまんじゅう
 ◇「寺村輝夫全童話 4」理論社 1997 p108

てんぐのろくべえ
 ◇「寺村輝夫童話全集 14」ポプラ社 1982 p109
 ◇「寺村輝夫どうわの本 9」ポプラ社 1985 p9
 ◇「寺村輝夫全童話 4」理論社 1997 p127

てんぐ松
 ◇「〔比江島重孝〕宮崎のむかし話 2」鉱脈社 1998 p222

天狗・山男・山女
　◇「戸川幸夫動物文学全集 14」講談社 1977 p147
てんぐ山彦
　◇「今江祥智の本 10」理論社 1980 p143
　◇「今江祥智童話館 〔17〕」理論社 1987 p177
てんくる 輪まわし
　◇「巽聖歌作品集 上」巽聖歌作品集刊行委員会 1977 p287
天狗笑
　◇「豊島与志雄童話選集・郷土篇」双文社出版 1982 p61
　◇「豊島与志雄童話集」海鳥社 1990 p90
天狗笑い
　◇「斎藤隆介全集 1」岩崎書店 1982 p217
天狗笑い
　◇「豊島与志雄童話全集 2」八雲書店 1948 p23
電券の話
　◇「佐藤さとるファンタジー全集 16」講談社 1983 p100
　◇「佐藤さとるファンタジー全集 16」講談社, 復刊ドットコム(発売) 2011 p100
電光
　◇「椋鳩十の本 2」理論社 1982 p226
転校生
　◇「新装版金子みすゞ全集 1」JULA出版局 1984 p155
　◇「金子みすゞ童謡集」角川春樹事務所 1998 (ハルキ文庫) p68
　◇「〔金子〕みすゞ詩画集 〔4〕」春陽堂書店 2000 p22
　◇「金子みすゞ童謡全集 2」JULA出版局 2003 p94
てんこうせいのてんとう虫
　◇「後藤竜二童話集 5」ポプラ社 2013 p67
天国
　◇「阪田寛夫全詩集」理論社 2011 p897
天国
　◇「お噺の卵—武井武雄童話集」講談社 1976 (講談社文庫) p60
天国
　◇「新美南吉全集 6」牧書店 1965 p6
　◇「校定新美南吉全集 8」大日本図書 1981 p459
天国と地獄
　◇「北国翔子童話集 2」青森県児童文学研究会 2010 p107
天国と地獄
　◇「〔狸穴山人〕ほほえみの彼方へ 愛」けやき書房 2000(ふれ愛ブックス) p211
天国について
　◇「阪田寛夫全詩集」理論社 2011 p110
てんごくの ていしゃば
　◇「平塚武二童話全集 2」童心社 1972 p94

天国はどこかしら
　◇「みずいろようちえん—出雲路猛雄童話集」坂神都 2012 p57
テンゴさまとマンじいさん
　◇「〔今坂柳二〕りゅうじフォークロア・world 2」ふるさと伝承研究会 2007 p126
てんころころがし
　◇「〔山田野理夫〕おばけ文庫 3」太平出版社 1976 (母と子の図書室) p80
天災(林家木久蔵編, 岡本和明文)
　◇「林家木久蔵の子ども落語 5」フレーベル館 1999 p194
天才ミケランジェロ
　◇「小出正吾児童文学全集 4」審美社 2001 p181
天作とどうも
　◇「かつおきんや作品集 16」偕成社 1983 p143
天使
　◇「鈴木三重吉童話全集 4」文泉堂書店 1975 (日本文学全集・選集叢刊第5次) p115
天使
　◇「那須辰造著作集 3」講談社 1980 p184
天使
　◇「星新一ショートショートセレクション 7」理論社 2002 p158
天使哀歌
　◇「稗田菫平全集 8」宝文館出版 1982 p21
テンシキ
　◇「椋鳩十の本 15」理論社 1982 p183
転失気(林家木久蔵編, 岡本和明文)
　◇「林家木久蔵の子ども落語 3」フレーベル館 1998 p6
天竺徳兵衛
　◇「〔巌谷〕小波お伽全集 11」本の友社 1998 p101
天竺鼠のちび助
　◇「〔北原〕白秋全童謡集 1」岩波書店 1992 p122
天竺鼠は
　◇「〔北原〕白秋全童謡集 1」岩波書店 1992 p198
天使と悪魔
　◇「赤川次郎ミステリーコレクション 第2期 15」岩崎書店 2004 p5
天使とくつした
　◇「今西祐行絵ぶんこ 7」あすなろ書房 1985 p3
　◇「今西祐行全集 2」偕成社 1987 p157
天使の笑顔あなた
　◇「阪田寛夫全詩集」理論社 2011 p815
天使のさかな
　◇「大石真児童文学全集 10」ポプラ社 1982 p161
天使のとんでいる絵
　◇「小出正吾児童文学全集 3」審美社 2000 p7
天使のなみだ

作品名から引ける日本児童文学個人全集案内　**563**

てんし

◇「北彰介作品集 2」青森県児童文学研究会 1990 p119

電子の話
◇「海野十三全集 別巻1」三一書房 1991 p221

天使のパンツ
◇「やなせたかし童謡詩集 〔1〕」フレーベル館 2000 p42

天使の復讐
◇「山田風太郎少年小説コレクション 1」論創社 2012 p87

天使のブーツ
◇「〔木下容子〕ファンタジー傑作童話集 まほうのコンペイトー」おさひめ書房 2009 p75

天使の森
◇「赤い自転車—松延いさお自選童話集」〔熊本〕松延猪雄 1993 p112

天使みたいだった
◇「〔髙崎乃理子〕妖精の好きな木—詩集」かど創房 1998 p44

でんしゃ
◇「今井誉次郎童話集子どもの村 〔1〕」国土社 1957 p8

でんしゃ
◇「佐藤義美童謡集」さ・え・ら書房 1960 p216
◇「佐藤義美全集 4」佐藤義美全集刊行会 1974 p359

電車
◇「〔巌谷〕小波お伽全集 7」本の友社 1998 p406

電車
◇「佐藤義美全集 1」佐藤義美全集刊行会 1974 p95
◇「佐藤義美全集 1」佐藤義美全集刊行会 1974 p373

電車
◇「新修宮沢賢治全集 2」筑摩書房 1979 p122
◇「新修宮沢賢治全集 4」筑摩書房 1979 p98
◇「新修宮沢賢治全集 14」筑摩書房 1980 p49
◇「ジュニア文学館 宮沢賢治—写真・絵画集成 3」日本図書センター 1996 p51

でんしゃが とまると
◇「巽聖歌作品集 下」巽聖歌作品集刊行委員会 1977 p13

電車・汽車
◇「西條八十童謡全集」修道社 1971 p294

でんしゃごっこ
◇「佐藤義美童謡集」さ・え・ら書房 1960 p26
◇「佐藤義美全集 1」佐藤義美全集刊行会 1974 p172
◇「佐藤義美全集 1」佐藤義美全集刊行会 1974 p430

でんしゃと ママーちゃん
◇「佐藤義美全集 2」佐藤義美全集刊行会 1973 p334

でんしゃにのったかみひこうき
◇「長崎源之助全集 17」偕成社 1987 p255

電車のお客
◇「浜田広介全集 4」集英社 1976 p25

電車の中
◇「与謝野晶子児童文学全集 6」春陽堂書店 2007 p111

でんしゃの まどから
◇「定本小川未明童話全集 16」講談社 1978 p224
◇「定本小川未明童話全集 16」大空社 2002 p224

でんしゃの まどから
◇「まど・みちお全詩集」理論社 1992 p91

でんしゃは なにも たべないの
◇「佐藤義美全集 4」佐藤義美全集刊行会 1974 p455

電車はフォームを出ていった
◇「与田凖一全集 1」大日本図書 1967 p163

天守閣の妖女（青森）
◇「〔木暮正夫〕日本の怪奇ばなし 9」岩崎書店 1990 p13

天井川ファンタジー
◇「阪田寛夫全詩集」理論社 2011 p580

天上胡瓜
◇「斎藤隆介全集 2」岩崎書店 1982 p154

てんじょう下がり
◇「〔山田野理夫〕おばけ文庫 1」太平出版社 1976 （母と子の図書室）p96

（天正十三年）
◇「稗田童平全集 2」宝文館出版 1979 p120

天上大風
◇「斎藤隆介全集 5」岩崎書店 1982 p218

展勝地
◇「新修宮沢賢治全集 7」筑摩書房 1980 p267

天上地上
◇「石森延男児童文学全集 15」学習研究社 1971 p13

てんじょうなめ
◇「〔山田野理夫〕おばけ文庫 1」太平出版社 1976 （母と子の図書室）p23

でんしょばと
◇「佐藤義美童謡集」さ・え・ら書房 1960 p60
◇「佐藤義美全集 1」佐藤義美全集刊行会 1974 p184

でんしょばと
◇「かもめの水兵さん—武内俊子伝記と作品集」講談社出版サービスセンター 1977 p198

デンショバト
◇「〔北原〕白秋全童謡集 5」岩波書店 1993 p55

転身
◇「稗田童平全集 8」宝文館出版 1982 p39

てんじん様
　◇「佐藤一英「童話・童謡集」」一宮市立萩原小学校 2003 p36
天神様
　◇「〔巌谷〕小波お伽全集 11」本の友社 1998 p235
天神さまとカゲユさま
　◇「〔今坂柳二〕りゅうじフォークロア・world 4」ふるさと伝承研究会 2008 p122
天神さまと十日夜
　◇「〔今坂柳二〕りゅうじフォークロア・world 4」ふるさと伝承研究会 2008 p68
天神さんのおまつり
　◇「〔山田野理夫〕お笑い文庫 2」太平出版社 1977 （母と子の図書室）p12
でんしんばしら
　◇「こやま峰子詩集 〔2〕」朔北社 2003 p18
でんしんばしら
　◇「佐藤義美童謡集」さ・え・ら書房 1960 p86
でんしんばしら
　◇「まど・みちお全詩集」理論社 1992 p188
デンシンバシラ
　◇「佐藤義美全集 1」佐藤義美全集刊行会 1974 p83
電信柱
　◇「新装版金子みすゞ全集 2」JULA出版局 1984 p256
　◇「金子みすゞ童謡全集 4」JULA出版局 2004 p164
電信ばしらと子ども
　◇「浜田広介全集 1」集英社 1975 p193
電信柱と妙な男
　◇「定本小川未明童話全集 1」講談社 1976 p23
　◇「定本小川未明童話全集 1」大空社 2001 p23
電信柱の帽子
　◇「西條八十童謡全集」修道社 1971 p51
天神祭
　◇「氏原大作全集 3」条例出版 1976 p87
電人M
　◇「少年探偵江戸川乱歩全集 9」ポプラ社 1964 p5
　◇「少年探偵・江戸川乱歩 23」ポプラ社 1999 p5
　◇「文庫版 少年探偵・江戸川乱歩 23」ポプラ社 2005 p5
伝助さんと大鹿
　◇「斎藤隆介全集 12」岩崎書店 1982 p44
転生
　◇「稗田菫平全集 8」宝文館出版 1982 p39
転生の木
　◇「〔山田野理夫〕おばけ文庫 6」太平出版社 1976 （母と子の図書室）p157
伝説？　赤堀玉三郎のこと
　◇「椋鳩十の本 29」理論社 1989 p128
伝説の中の花粉アレルギー

　◇「松谷みよ子全エッセイ 3」筑摩書房 1989 p236
電線工夫
　◇「新修宮沢賢治全集 2」筑摩書房 1979 p132
電送美人
　◇「海野十三全集 別巻2」三一書房 1993 p389
天たかく
　◇「いのち一みずかみかずゑ全詩集」石風社 1995 p160
天地のドラマ すごい雷大研究
　◇「かこさとし大自然のふしぎえほん 8」小峰書店 2001 p1
でんちゅう
　◇「斎田喬幼年劇全集 2」誠文堂新光社 1961 p383
でんちゅう君のピクニック
　◇「阪田寛夫全詩集」理論社 2011 p297
電柱のある風景
　◇「杉みき子選集 3」新潟日報事業社 2006 p207
電柱ものがたり
　◇「杉みき子選集 1」新潟日報事業社 2005 p7
天長節
　◇「〔巌谷〕小波お伽全集 7」本の友社 1998 p444
テンチャウセツノ ウタ
　◇「〔北原〕白秋全童謡集 3」岩波書店 1992 p139
テンツルテンの命
　◇「お噺の卵―武井武雄童話集」講談社 1976 （講談社文庫）p185
てんてつふ
　◇「〔北原〕白秋全童謡集 4」岩波書店 1993 p171
てんでトンマ
　◇「まど・みちお全詩集 続」理論社 2015 p138
でんでむしの王様
　◇「阪田寛夫全詩集」理論社 2011 p472
てんてん手まり
　◇「浜田広介全集 11」集英社 1976 p122
でんでんむし
　◇「さくらゆき―さとうじゅんこ童詩集」えんじゅの会 1997 p88
でんでんむし
　◇「佐藤義美全集 1」佐藤義美全集刊行会 1974 p405
　◇「ともだちシンフォニー―佐藤義美童謡集」JULA出版局 1990 p26
でんでんむし
　◇「新美南吉全集 1」牧書店 1965 p134
　◇「新美南吉童話集 1」大日本図書 1982 p126
　◇「新美南吉童話大全」講談社 1989 p317
　◇「〔新美南吉〕でんでんむしのかなしみ」大日本図書 1999 p24
　◇「新美南吉童話傑作選 〔7〕 赤いろうそく」小峰書店 2004 p5
　◇「新美南吉童話集 1」大日本図書 2012 p126

てんて

でんでんむし
- ◇「稗田菫平全集 3」宝文館出版 1979 p61
- ◇「稗田菫平全集 3」宝文館出版 1979 p89

でんでんむし
- ◇「まど・みちお全詩集」理論社 1992 p107

でんでん虫
- ◇〔巖谷〕小波お伽全集 7」本の友社 1998 p359

でんでん虫
- ◇〔斎藤信夫〕子ども心を友として―童謡詩集」成東町教育委員会 1996 p34

でんでん虫
- ◇「坪田譲治童話全集 2」岩崎書店 1986 p57

でんでん虫
- ◇「新美南吉童話選集 1」ポプラ社 2013 p31

デンデンムシ
- ◇「佐藤義美全集 1」佐藤義美全集刊行会 1974 p138

デンデンムシ
- ◇「校定新美南吉全集 4」大日本図書 1980 p236

デンデンムシ
- ◇「くんぺい魔法ばなし―魔法ばなし全集 1」サンリオ 2000 p46

デンデンムシ
- ◇「まど・みちお詩集 2」銀河社 1975 p24
- ◇「まど・みちお全詩集」理論社 1992 p95
- ◇「まど・みちお全詩集」理論社 1992 p399
- ◇「まど・みちお全詩集」理論社 1992 p440
- ◇「まどさんの詩の本 3」理論社 1994 p52
- ◇「まどさんの詩の本 3」理論社 1994 p70

でんでんむし〔ちいさなかげえげき〕(新美南吉作、森ı博脚色)
- ◇「新美南吉童話劇集 2」東京書籍 1982 (東書児童劇シリーズ) p62

でんでんむしと ちょうとっきゅう「ひかり」
- ◇「佐藤義美全集 5」佐藤義美全集刊行会 1973 p143

でんでんむしのかなしみ
- ◇「新美南吉全集 1」牧書店 1965 p12
- ◇「新美南吉童話集 1」大日本図書 1982 p164
- ◇「新美南吉童話大全」講談社 1989 p319
- ◇〔新美南吉〕でんでんむしのかなしみ」大日本図書 1999 p6
- ◇「新美南吉童話傑作選〔5〕子どものすきな神さま」小峰書店 2004 p27
- ◇「新美南吉30選」春陽堂書店 2009 (名作童話) p323
- ◇「新美南吉童話集 1」大日本図書 2012 p164

でんでんむしの悲しみ
- ◇「新美南吉童話集」世界文化社 2004 (心に残るロングセラー) p118

でんでん虫のかなしみ
- ◇「新美南吉童話選集 1」ポプラ社 2013 p51

デンデンムシノ カナシミ
- ◇「校定新美南吉全集 4」大日本図書 1980 p294

「でんでんむしの競馬」
- ◇「全集版灰谷健次郎の本 21」理論社 1988 p221

でんでんむしのハガキ
- ◇「まど・みちお全詩集 続」理論社 2015 p184

でんでんむしむし
- ◇〔北原〕白秋全童謡集 1」岩波書店 1992 p171

でんでんむしむし
- ◇「浜田広介全集 11」集英社 1976 p82

でんでんむしI
- ◇「佐藤義美童謡集」さ・え・ら書房 1960 p148

でんでんむしII
- ◇「佐藤義美童謡集」さ・え・ら書房 1960 p150
- ◇「佐藤義美全集 1」佐藤義美全集刊行会 1974 p205

天童
- ◇「土田耕平童話集〔5〕」古今書院 1955 p58

天動説
- ◇「阪田寛夫全集」理論社 2011 p876

てんたう虫
- ◇〔北原〕白秋全童謡集 1」岩波書店 1992 p172

てんたう虫
- ◇「巽聖歌作品集 上」巽聖歌作品集刊行委員会 1977 p228

てんとうむし
- ◇「阪田寛夫全集」理論社 2011 p11

てんとうむし
- ◇「佐藤義美童謡集」さ・え・ら書房 1960 p154
- ◇「佐藤義美全集 1」佐藤義美全集刊行会 1974 p206

てんとうむし
- ◇「まど・みちお全詩集」理論社 1992 p532
- ◇「まどさんの詩の本 3」理論社 1994 p28
- ◇「まど・みちお全詩集 続」理論社 2015 p190

てんとう虫
- ◇「北彰介作品集 1」青森県児童文学研究会 1990 p14

テンタウムシ
- ◇「佐藤義美全集 1」佐藤義美全集刊行会 1974 p136

テントウムシ
- ◇「まど・みちお詩集 2」銀河社 1975 p26
- ◇「まど・みちお全詩集」理論社 1992 p441
- ◇「まどさんの詩の本 3」理論社 1994 p56

テントウムシとテントウムシダマシ
- ◇「今井誉次郎童話集子どもの村〔4〕」国土社 1957 p104

天と地とが

◇「まど・みちお全詩集 続」理論社 2015 p412
てんと虫
◇「〔北原〕白秋全童謡集 2」岩波書店 1992 p36
天にのぼった源五郎
◇「二反長半作品集 3」集英社 1979 p107
てんにのぼるはしご
◇「〔木暮正夫〕日本のおばけ話・わらい話 9」岩崎書店 1987 p84
天に花咲き
◇「斎藤隆介全集 3」岩崎書店 1982 p248
転入生＜一幕 生活劇＞
◇「〔斎田喬〕学校劇代表作選 3」牧書店 1959 p89
天女とお化け
◇「定本小川未明童話全集 14」講談社 1977 p268
◇「定本小川未明童話全集 14」大空社 2002 p268
天女のいる寺
◇「〔山田野理夫〕おばけ文庫 1」太平出版社 1976（母と子の図書室）p16
天女のような女の子
◇「花岡大学 続・仏典童話全集 2」法蔵館 1981 p110
天女笛吹像
◇「校定新美南吉全集 8」大日本図書 1981 p269
天人
◇「新装版金子みすゞ全集 1」JULA出版局 1984 p174
◇「金子みすゞ童謡全集 2」JULA出版局 2003 p48
天人子
◇「坪田譲治童話全集 10」岩崎書店 1986 p198
天人とマッチ箱
◇「定本小川未明童話全集 8」講談社 1977 p344
◇「定本小川未明童話全集 8」大空社 2001 p344
天人女房
◇「稗田童平全集 5」宝文館出版 1980 p171
天人の足跡
◇「〔巌谷〕小波お伽全集 3」本の友社 1998 p403
天人の素直さに
◇「松谷みよ子全エッセイ 3」筑摩書房 1989 p155
天人のよめさま
◇「松谷みよ子のむかしむかし 2」講談社 1973 p20
天人松の兄ちゃん
◇「〔足立俊〕桃と赤おに」叢文社 1998 p154
天然誘接（よびつぎ）
◇「新修宮沢賢治全集 2」筑摩書房 1979 p124
天の赤馬
◇「斎藤隆介全集 7」岩崎書店 1982 p5
天の穴
◇「阪田寛夫全詩集」理論社 2011 p168
天王さまのはじまり
◇「〔今坂柳二〕りゅうじフォークロア・world 2」ふるさと伝承研究会 2007 p53
天皇誕生日
◇「壺井栄全集 11」文泉堂出版 1998 p177
天皇の椅子を塗った人
◇「斎藤隆介全集 9」岩崎書店 1982 p81
天皇の一分間
◇「戸川幸夫動物文学全集 7」講談社 1977 p223
天のかいた絵
◇「全集版灰谷健次郎の本 9」理論社 1988 p137
天の鍵
◇「巽聖歌作品集 下」巽聖歌作品集刊行委員会 1977 p259
てんのかみさま
◇「いのち―みずかみかずよ全詩集」石風社 1995 p237
天の菊作り
◇「与謝野晶子児童文学全集 5」春陽堂書店 2007 p41
天のくぎをうちにいったはりっこ
◇「神沢利子コレクション 3」あかね書房 1994 p7
◇「神沢利子コレクション・普及版 3」あかね書房 2006 p7
天の魚
◇「椋鳩十の本 20」理論社 1983 p267
天の鹿
◇「安房直子コレクション 5」偕成社 2004 p9
天の白駒
◇「〔巌谷〕小波お伽全集 9」本の友社 1998 p415
天のにわ
◇「松谷みよ子のむかしむかし 1」講談社 1973 p139
天のひつじかい
◇「立原えりか作品集 6」思潮社 1973 p187
◇「立原えりかのファンタジーランド 14」青土社 1980 p16
てんの一はけ
◇「まど・みちお全詩集 続」理論社 2015 p194
天の秘密 地の秘密
◇「坪田譲治童話全集 7」岩崎書店 1986 p5
天の笛
◇「斎藤隆介全集 1」岩崎書店 1982 p41
天のほうそく
◇「まど・みちお全詩集 続」理論社 2015 p297
天のぼり
◇「寺村輝夫のとんち話 2」あかね書房 1976 p72
天の町やなぎ通り
◇「あまんきみこ童話集 5」ポプラ社 2008 p52
◇「あまんきみこセレクション 2」三省堂 2009 p133
天の笑い

てんは

- ◇「巽聖歌作品集 下」巽聖歌作品集刊行委員会 1977 p158

天罰
- ◇「星新一YAセレクション 6」理論社 2009 p46

デンバーで思ったこと
- ◇「椋鳩十の本 22」理論社 1983 p218

てんぴ
- ◇〔山田野理夫〕おばけ文庫 6」太平出版社 1976（母と子の図書室）p111

てんぷら ぴりぴり
- ◇「まど・みちお全詩集」理論社 1992 p314
- ◇「まどさんの詩の本 12」理論社 1997 p18

てんぷら・ぴん
- ◇「横山健童謡選集 2」無明舎出版 1995 p78

電報くばり
- ◇「新装版金子みすゞ全集 1」JULA出版局 1984 p150
- ◇「金子みすゞ童謡全集 2」JULA出版局 2003 p86

天保の人びと
- ◇「かつおきんや作品集 15」アリス館牧新社 1976 p1
- ◇「かつおきんや作品集 1」偕成社 1982 p7

テンボとハルウのおかしなけんか
- ◇「寺村輝夫童話全集 11」ポプラ社 1982 p117
- ◇「寺村輝夫全童話 3」理論社 1997 p76

テンボはふとりすぎ
- ◇「寺村輝夫童話全集 11」ポプラ社 1982 p151
- ◇「寺村輝夫全童話 3」理論社 1997 p58

デンマーク人かたぎ
- ◇「石森延男児童文学全集 5」学習研究社 1971 p276

天までも＜一まく 生活劇＞
- ◇「〔斎田喬〕学校劇代表作選 2」牧書店 1959 p185

伝馬ゆさぶろ
- ◇「〔北原〕白秋全童謡集 2」岩波書店 1992 p113

てんまりうた
- ◇「稗田菫平全集 1」宝文館出版 1978 p21

天文学
- ◇「椋鳩十の本 1」理論社 1982 p51

天文台の時計
- ◇「〔島崎〕藤村の童話 1」筑摩書房 1979 p102

天竜川
- ◇「椋鳩十の本 28」理論社 1989 p37

天竜川原
- ◇「椋鳩十全集 11」ポプラ社 1970 p198

天竜くだり
- ◇「椋鳩十の本 20」理論社 1983 p26

でんわ
- ◇「〔木暮正夫〕日本のおばけ話・わらい話 11」岩崎書店 1987 p56

電話
- ◇「あまんきみこセレクション 5」三省堂 2009 p276

電話
- ◇「立原えりかのファンタジーランド 9」青土社 1980 p7

電話
- ◇「〔坪井安〕はしれ子馬よ―童謡詩集」童謡研究・蜂の会 1999 p74

電話
- ◇「〔中山尚美〕おふろの中で―詩集」アイ企画 1996 p44

電話
- ◇「くんぺい魔法ばなし―魔法ばなし全集 1」サンリオ 2000 p70

電話かけるのやめた
- ◇「寺村輝夫おはなしプレゼント 3」講談社 1994 p109
- ◇「寺村輝夫全童話 2」理論社 1997 p660

でんわがリーン（まねっこでんわ）
- ◇「阪田寛夫全詩集」理論社 2011 p426

でんわごっこ
- ◇「りらりらりらわたしの絵本―富永佳与子こどものうた作品集」国土社 1994 p16

電話の天使
- ◇「やなせたかし童謡詩集 〔1〕」フレーベル館 2000 p48

電話連絡
- ◇「星新一ショートショートセレクション 6」理論社 2002 p136

【 と 】

ドア先で
- ◇「〔黒川良人〕犬の詩猫の詩―児童詩集」東洋出版 2000 p108

ドアの音
- ◇「〔中山尚美〕おふろの中で―詩集」アイ企画 1996 p72

とあるひ
- ◇「まど・みちお全詩集 続」理論社 2015 p166

ドアは どうして
- ◇「まど・みちお全詩集」理論社 1992 p297

ドイツのお山
- ◇「西條八十童謡全集」修道社 1971 p295

都井の野馬
- ◇「椋鳩十の本 6」理論社 1982 p89

都井岬の日本馬

◇「戸川幸夫動物文学全集 15」講談社 1977 p241

トイレに行きたくなった指揮者
　◇「岩永博史童話集 2」岩永博史 2005 p21

トイレにいっていいですか
　◇「寺村輝夫全童話 7」理論社 1999 p526

トイレの紙
　◇「まど・みちお全詩集 続」理論社 2015 p51

東亜の児童
　◇〔北原〕白秋全童謡集 4」岩波書店 1993 p318

答案しらべ
　◇「おの・ちゅうこう初期作品集 〔2〕 日本の教室は明るい」崙書房 1975 p60

凍雨
　◇「新修宮沢賢治全集 3」筑摩書房 1979 p173
　◇「新修宮沢賢治全集 3」筑摩書房 1979 p373

唐王殿
　◇「石森延男児童文学全集 4」学習研究社 1971 p137

塔を建てる話
　◇「室生犀星童話全集 3」創林社 1978 p44

桃花哀愁
　◇「稗田童平全集 1」宝文館出版 1978 p22

東海道底ぬけ道中
　◇「〔山田野理夫〕お笑い文庫 12」太平出版社 1977（母と子の図書室）p14

とうかえびす
　◇「佐藤義美全集 1」佐藤義美全集刊行会 1974 p354

とうか藤兵衛ばなし
　◇「松谷みよ子のむかしむかし 7」講談社 1973 p53

とうがらし
　◇「まど・みちお全詩集」理論社 1992 p541

とうがらし
　◇「いのち―みずかみかずよ全詩集」石風社 1995 p61

トウガラシ
　◇「まど・みちお全詩集」理論社 1992 p119
　◇「まどさんの詩の本 1」理論社 1994 p60

冬瓜
　◇「瑠璃の壺―森銑三童話集」三樹書房 1982 p330

道潅（林家木久蔵編, 岡本和明文）
　◇「林家木久蔵の子ども落語 4」フレーベル館 1998 p84

冬季休業の一日
　◇「新版・宮沢賢治童話全集 12」岩崎書店 1979 p47

藤吉じいとイノシシ
　◇「椋鳩十の本 26」理論社 1989 p171

藤吉郎、墨股城主となる（一龍斎貞水編, 岡本和明文）

◇「一龍斎貞水の歴史講談 3」フレーベル館 2000 p222

藤吉郎と竹千代（一龍斎貞水編, 岡本和明文）
　◇「一龍斎貞水の歴史講談 3」フレーベル館 2000 p24

藤吉郎の初陣（一龍斎貞水編, 岡本和明文）
　◇「一龍斎貞水の歴史講談 3」フレーベル館 2000 p66

たうきび
　◇〔北原〕白秋全童謡集 2」岩波書店 1992 p350

とうきびハモニカ
　◇「国分一太郎児童文学集 6」小峰書店 1967 p100

唐黍もぎに
　◇〔北原〕白秋全童謡集 4」岩波書店 1993 p95

「問君何所長」
　◇「瑠璃の壺―森銑三童話集」三樹書房 1982 p183

「東京」
　◇「新修宮沢賢治全集 7」筑摩書房 1980 p121

東京行きの汽車
　◇「魂の配達―野村吉哉作品集」草思社 1983 p228

東京駅のうた
　◇「佐藤義美全集 1」佐藤義美全集刊行会 1974 p453

東京からきた女の子
　◇「長崎源之助全集 10」偕成社 1986 p7

「東京からきた女の子」のこと
　◇「長崎源之助全集 20」偕成社 1988 p188

東京からきたともだち
　◇「武田信夫童話作品集」みちのく書房 1995 p396

東京見物
　◇「〔山田野理夫〕お笑い文庫 10」太平出版社 1977（母と子の図書室）p26

東京スズメ
　◇「戸川幸夫・子どものための動物物語 3」国土社 1967 p109

東京雀
　◇「戸川幸夫動物文学全集 5」冬樹社 1965 p253
　◇「戸川幸夫動物文学全集 10」講談社 1977 p170

東京大会
　◇「佐藤義美全集 1」佐藤義美全集刊行会 1974 p441

トウキョウタワー
　◇「まど・みちお全詩集」理論社 1992 p155

東京っ子
　◇「松谷みよ子全集 6」講談社 1972 p55

東京のことば
　◇〔島崎〕藤村の童話 3」筑摩書房 1979 p36

東京の子になれ
　◇「異聖歌作品集 下」異聖歌作品集刊行委員会 1977 p122

とうき

東京の空は一つ—テレビ番組「東京のこだま」テーマソング
　◇「阪田寛夫全詩集」理論社 2011 p821

「東京」ノート
　◇「新修宮沢賢治全集 15」筑摩書房 1980 p311

東京の羽根
　◇「定本小川未明童話全集 11」講談社 1977 p184
　◇「定本小川未明童話全集 11」大空社 2002 p184

東京の人（北川幸比古氏と）（四首）
　◇「稗田童平全集 4」宝文館出版 1980 p22

東京の屋根の下
　◇「ジュニア版吉野源三郎全集 2」ポプラ社 1967 p263
　◇「吉野源三郎全集 3」ポプラ社 2000 p186

東京みやげ
　◇「国分一太郎児童文学集 3」小峰書店 1967 p226

東京要塞
　◇「海野十三全集 5」三一書房 1989 p93

東京はおそろしい
　◇「佐藤義美全集 5」佐藤義美全集刊行会 1973 p547

洞窟の女
　◇「椋鳩十の本 3」理論社 1982 p225

道具屋（林家木久蔵編、岡本和明文）
　◇「林家木久蔵の子ども落語 6」フレーベル館 1999 p126

どうぐ屋のしんぱい
　◇「〔木暮正夫〕日本のおばけ話・わらい話 18」岩崎書店 1988 p11

どうぐやのみせばん
　◇「〔木暮正夫〕日本のおばけ話・わらい話 5」岩崎書店 1986 p78

とうげ
　◇「土田耕平童話集」信濃毎日新聞社 1949 p159
　◇「土田耕平童話集 〔1〕」古今書院 1955 p111

峠
　◇「新装版金子みすゞ全集 1」JULA出版局 1984 p105
　◇「金子みすゞ童謡全集 2」JULA出版局 2003 p20

峠
　◇「稗田童平全集 3」宝文館出版 1979 p70

峠
　◇「新修宮沢賢治全集 3」筑摩書房 1979 p197
　◇「新修宮沢賢治全集 3」筑摩書房 1979 p387

道化歌
　◇「北彰介作品集 4」青森県児童文学研究会 1991 p65

峠をこえて
　◇「斎藤信夫〕子ども心を友として—童謡詩集」成東町教育委員会 1996 p172

峠をゆく心
　◇「稗田童平全集 7」宝文館出版 1981 p178

峠に立って
　◇「いのち—みずかみかずよ全詩集」石風社 1995 p396

道化人形
　◇「北彰介作品集 4」青森県児童文学研究会 1991 p63

峠の一本松
　◇「壺井栄名作集 7」ポプラ社 1965 p18
　◇「定本壺井栄児童文学全集 2」講談社 1979 p239
　◇「壺井栄全集 9」文泉堂出版 1997 p286

峠の上で雨雲に云ふ
　◇「新修宮沢賢治全集 4」筑摩書房 1979 p258

峠の唄
　◇「おの・ちゅうこう初期作品集 〔1〕 牧歌的風景」崙書房 1975 p86

峠の馬のあいさつ
　◇「〔島崎〕藤村の童話 2」筑摩書房 1979 p146

とうげのおおかみ
　◇「今西祐行全集 3」偕成社 1987 p9

峠のおくの子ども
　◇「おの・ちゅうこう初期作品集 〔4〕 氏神さま」崙書房 1975 p154

峠の傘松
　◇「中村雨紅詩謡集」中村雨紅詩謡集刊行委員会 1971 p136

峠のススキ
　◇「椋鳩十の本 19」理論社 1982 p157

峠の石仏
　◇「稗田童平全集 7」宝文館出版 1981 p177

とうげの茶屋
　◇「定本小川未明童話全集 13」講談社 1977 p244
　◇「定本小川未明童話全集 13」大空社 2002 p244
　◇「小川未明30選」春陽堂書店 2009（名作童話）p248

峠の茶屋
　◇「中村雨紅詩謡集」中村雨紅詩謡集刊行委員会 1971 p60

とうげのばけもの
　◇「〔木暮正夫〕日本のおばけ話・わらい話 19」岩崎書店 1988 p17

峠のピケタン学校
　◇「二反長半作品集 1」集英社 1979 p125

とうげのわが家
　◇「阪田寛夫全詩集」理論社 2011 p335

峠（ブナオ峠にて）
　◇「稗田童平全集 4」宝文館出版 1980 p24

峠みち
　◇「千葉省三童話全集 3」岩崎書店 1967 p177

道元
　◇「〔かこさとし〕お話こんにちは 〔10〕」偕成社

桃源郷
　◇「星新一ショートショートセレクション 1」理論社 2001 p138
桃厳寺
　◇「椋鳩十の本 22」理論社 1983 p70
闘犬図
　◇「戸川幸夫動物文学全集 9」冬樹社 1966 p135
凍原に吼える
　◇「戸川幸夫動物文学全集 10」講談社 1977 p3
闘犬列伝
　◇「椋鳩十の本 8」理論社 1982 p1
登校しないK
　◇「おの・ちゅうこう初期作品集〔2〕日本の教室は明るい」崙書房 1975 p24
湯崗子・娘娘廟
　◇〔北原〕白秋全童謡集 3」岩波書店 1992 p213
湯崗子の春
　◇〔北原〕白秋全童謡集 3」岩波書店 1992 p213
陶工の里
　◇「椋鳩十の本 21」理論社 1982 p142
同好の友（燕と椋鳥）
　◇〔巌谷〕小波お伽全集 14」本の友社 1998 p104
どうこく雄作
　◇「戸川幸夫動物文学全集 8」冬樹社 1966 p181
　◇「戸川幸夫動物文学全集 7」講談社 1977 p163
道後の湯
　◇〔斎藤信夫〕子ども心を友として―童謡詩集」成東町教育委員会 1996 p178
東西なぞなぞ合戦
　◇「阪田寛夫全詩集」理論社 2011 p496
父さんおかへり
　◇「かもめの水兵さん―武内俊子伝記と作品集」講談社出版サービスセンター 1977 p171
父さんお帰り
　◇「まど・みちお全詩集」理論社 1992 p12
父さん母さん
　◇〔北原〕白秋全童謡集 2」岩波書店 1992 p202
父さん母さん
　◇「浜田広介全集 11」集英社 1976 p40
父さん恋し
　◇「中村雨紅詩謡集」中村雨紅詩謡集刊行委員会 1971 p41
とうさんとかあさんは
　◇「巽聖歌作品集 上」巽聖歌作品集刊行委員会 1977 p508
とうさんとねる
　◇「〔坪井安〕はしれ子馬よ―童謡詩集」童謡研究・蜂の会 1999 p16
父さんのおくつ
　1980 p19
　◇「西條八十の童話と童謡」小学館 1981 p92
とうさんのくつ わたしのくつ
　◇「まど・みちお全詩集」理論社 1992 p132
　◇「まどさんの詩の本 12」理論社 1997 p26
とうさんのまほう「えいっ」
　◇「三木卓童話作品集 1」大日本図書 2000 p153
とうさんぶた ブブブ
　◇「まど・みちお全詩集」理論社 1992 p150
冬至
　◇「国分一太郎児童文学集 6」小峰書店 1967 p111
冬至
　◇「まど・みちお全詩集 続」理論社 2015 p148
唐寺
　◇〔北原〕白秋全童謡集 4」岩波書店 1993 p18
どうしたの
　◇「〔黒川良人〕犬の詩猫の詩―児童詩集」東洋出版 2000 p10
どうしたらお父さんとお母さんが嫌いになれるの？
　◇「みんな家族―他8編―あづましん児童文学短編集」愛生社 2001 p157
どうしたら優しくなれるの？
　◇「みんな家族―他8編―あづましん児童文学短編集」愛生社 2001 p145
どうして
　◇「杉みき子選集 2」新潟日報事業社 2005 p96
どうして
　◇「〔坪井安〕はしれ子馬よ―童謡詩集」童謡研究・蜂の会 1999 p78
どうして
　◇「マッチ箱の中―三鎌よし子童謡集」しもつけ文学会 1998 p58
どうしてアビは
　◇「阪田寛夫全詩集」理論社 2011 p53
どうして歩くの？
　◇「みんな家族―他8編―あづましん児童文学短編集」愛生社 2001 p138
どうして あんなに
　◇「まど・みちお全詩集」理論社 1992 p560
　◇「まどさんの詩の本 14」理論社 1997 p24
どうしていつも
　◇「まど・みちお全詩集 6」銀河社 1975 p36
　◇「まど・みちお全詩集」理論社 1992 p503
　◇「まどさんの詩の本 14」理論社 1997 p62
どうしていろいろな神様がいるの？
　◇「みんな家族―他8編―あづましん児童文学短編集」愛生社 2001 p135
どうして生まれてきたの？
　◇「みんな家族―他8編―あづましん児童文学短編集」愛生社 2001 p131

とうし

どうしてお腹がすくの？
  ◇「みんな家族―他8編―あづましん児童文学短編集」愛生社 2001 p133
どうして駆け足が遅いの？
  ◇「みんな家族―他8編―あづましん児童文学短編集」愛生社 2001 p146
どうして季節があるの？
  ◇「みんな家族―他8編―あづましん児童文学短編集」愛生社 2001 p142
どうしてこの世に悪があるか
  ◇「浜田広介全集 10」集英社 1976 p244
どうして叱られないの
  ◇「サトウハチロー童謡集」弥生書房 1977 p47
どうして自然が壊れると困るの？
  ◇「みんな家族―他8編―あづましん児童文学短編集」愛生社 2001 p159
どうして死ぬの？
  ◇「みんな家族―他8編―あづましん児童文学短編集」愛生社 2001 p153
どうして しろいの
  ◇「まど・みちお全詩集」理論社 1992 p224
  ◇「まどさんの詩の本 15」理論社 1997 p68
どうして好き嫌いがあるの？
  ◇「みんな家族―他8編―あづましん児童文学短編集」愛生社 2001 p141
どうしてそういう名まえなの
  ◇「松谷みよ子全集 9」講談社 1972 p97
どうしてそういう名前なの
  ◇「松谷みよ子おはなし集 2」ポプラ社 2010 p6
どうして空があんなに青いの？
  ◇「みんな家族―他8編―あづましん児童文学短編集」愛生社 2001 p148
どうしてそんなに怒るの？
  ◇「みんな家族―他8編―あづましん児童文学短編集」愛生社 2001 p149
どうしてそんなにお年寄りに優しいの？
  ◇「みんな家族―他8編―あづましん児童文学短編集」愛生社 2001 p158
どうして太陽と月があるの？
  ◇「みんな家族―他8編―あづましん児童文学短編集」愛生社 2001 p151
どうしてたべるか
  ◇「今井誉次郎童話集子どもの村 〔3〕」国土社 1957 p63
どうしてだろうと
  ◇「まど・みちお全詩集」理論社 1992 p536
  ◇「まどさんの詩の本 9」理論社 1996 p86
どうして どうして どうしてか
  ◇「佐藤義美全集 1」佐藤義美全集刊行会 1974 p292
どうして仲がいいの？
  ◇「みんな家族―他8編―あづましん児童文学短編集」愛生社 2001 p140
どうしてなのだろう
  ◇「まど・みちお全詩集 続」理論社 2015 p52
どうして涙が出るの？
  ◇「みんな家族―他8編―あづましん児童文学短編集」愛生社 2001 p128
どうして人間には心があるの？
  ◇「みんな家族―他8編―あづましん児童文学短編集」愛生社 2001 p137
どうして人間はケンカするの？
  ◇「みんな家族―他8編―あづましん児童文学短編集」愛生社 2001 p154
どうして花の色と形が違うの？
  ◇「みんな家族―他8編―あづましん児童文学短編集」愛生社 2001 p134
どうして勉強するの？
  ◇「みんな家族―他8編―あづましん児童文学短編集」愛生社 2001 p144
どうして僕には兄弟がいないの？
  ◇「みんな家族―他8編―あづましん児童文学短編集」愛生社 2001 p155
どうして僕は僕なの？
  ◇「みんな家族―他8編―あづましん児童文学短編集」愛生社 2001 p150
どうしてミイラを作るようになったのか
  ◇「〔たかしよいち〕世界むかしむかし探検 2」国土社 1994 p29
どうして夜になるの？
  ◇「みんな家族―他8編―あづましん児童文学短編集」愛生社 2001 p132
どうして笑っているの？
  ◇「みんな家族―他8編―あづましん児童文学短編集」愛生社 2001 p130
童子の歌―北原白秋先生の御霊にささぐ
  ◇「まど・みちお全詩集 続」理論社 2015 p357
童子の苑
  ◇「稗田童平全集 1」宝文館出版 1978 p20
藤樹高等女学校
  ◇「与謝野晶子児童文学全集 6」春陽堂書店 2007 p174
投書
  ◇「〔辻弘司〕創作短篇童話集 マガダ国の悲劇・鍋の蓋他」日本文学館 2006 p65
同情を吝むな（驢馬と馬）
  ◇「〔巌谷〕小波お伽全集 14」本の友社 1998 p175
同情（狐と狼）
  ◇「〔巌谷〕小波お伽全集 14」本の友社 1998 p35
東照宮の獏
  ◇「螢―白木恵委子童話集」東銀座出版社 1997 p59
東条さん

◇「〔北原〕白秋全童謡集 4」岩波書店 1993 p371
◇「〔北原〕白秋全童謡集 4」岩波書店 1993 p372

道成寺塚のゆうれい
◇「〔山田野理夫〕おばけ文庫 8」太平出版社 1976（母と子の図書室）p77

塔上の奇術師
◇「少年探偵江戸川乱歩全集 15」ポプラ社 1964 p5
◇「少年探偵・江戸川乱歩 20」ポプラ社 1999 p5
◇「文庫版 少年探偵・江戸川乱歩 20」ポプラ社 2005 p5

同人誌「海賊」マストから
◇「安房直子コレクション 1」偕成社 2004 p326

〔同心町の夜あけがた〕
◇「新修宮沢賢治全集 4」筑摩書房 1979 p84
◇「新修宮沢賢治全集 4」筑摩書房 1979 p319
◇「ジュニア文学館 宮沢賢治―写真・絵画集成 3」日本図書センター 1996 p133

童心の花
◇「坪田譲治童話全集 11」岩崎書店 1986 p117

どうすりゃあいいんだ
◇「いのち―みずかみかずよ全詩集」石風社 1995 p209

どうすればよいか
◇「石森延男児童文学全集 6」学習研究社 1971 p127

銅線
◇「新修宮沢賢治全集 2」筑摩書房 1979 p135

東仙峡の花園
◇「〔大野憲三〕創作童話」一粒書房 2012 p219

痘瘡
◇「新修宮沢賢治全集 3」筑摩書房 1979 p31
◇「新修宮沢賢治全集 3」筑摩書房 1979 p318

同窓会
◇「〔巖谷〕小波お伽全集 13」本の友社 1998 p310

銅像と老人
◇「定本小川未明童話全集 8」講談社 1977 p110
◇「定本小川未明童話全集 8」大空社 2001 p110

銅像になった牛の話
◇「新美南吉童話集 3」大日本図書 1982 p211

逃走の道
◇「星新一ショートショートセレクション 13」理論社 2003 p89

どうぞお先に
◇「阪田寛夫全詩集」理論社 2011 p85

どうぞかんべん
◇「椋鳩十全集 10」ポプラ社 1970 p70
◇「椋鳩十の本 14」理論社 1983 p232

盗賊会社
◇「星新一ショートショートセレクション 12」理論社 2003 p36

道祖神

◇「横山健童謡選集 2」無明舎出版 1995 p34

灯台
◇「巽聖歌作品集 下」巽聖歌作品集刊行委員会 1977 p178

灯台
◇「与田凖一全集 2」大日本図書 1967 p138

東大寺
◇「〔北原〕白秋全童謡集 4」岩波書店 1993 p15

灯台草（日下部梅子）
◇「岡田泰三・日下部梅子童謡集」会津童詩会 1992 p74

灯台守
◇「土田耕平童話集 〔2〕」古今書院 1955 p19

藤太のムカデたいじ
◇「〔木暮正夫〕日本のおばけ話・わらい話 20」岩崎書店 1988 p38

到着
◇「佐藤義美全集 1」佐藤義美全集刊行会 1974 p26

到着仕って候
◇「椋鳩十の本 18」理論社 1982 p197

とうちゃんとのキャッチボール
◇「ビートたけし傑作集 少年編 1」金の星社 2010 p124

塔中秘事
◇「新修宮沢賢治全集 6」筑摩書房 1980 p99
◇「新修宮沢賢治全集 6」筑摩書房 1980 p380

童貞
◇「氏原大作全集 4」条例出版 1977 p410

童貞の歌
◇「北彰介作品集 4」青森県児童文学研究会 1991 p76

東天紅
◇「〔巖谷〕小波お伽全集 12」本の友社 1998 p435

胴と足
◇「〔山田野理夫〕おばけ文庫 11」太平出版社 1976（母と子の図書室）p87

とうとい おかあさん
◇「定本小川未明童話全集 16」講談社 1978 p231
◇「定本小川未明童話全集 16」大空社 2002 p231

貴い物（獅子の子と狐の子）
◇「〔巖谷〕小波お伽全集 14」本の友社 1998 p17

どうどうが淵
◇「松谷みよ子のむかしむかし 8」講談社 1973 p60

藤堂高虎・出世の白餅（一龍斎貞水編、岡本和明文）
◇「一龍斎貞水の歴史講談 5」フレーベル館 2001 p70

道東の旅
◇「庄野英二全集 10」偕成社 1979 p26

トウナスはいらんかね

とうな

　◇「〔柳家弁天〕らくご文庫 5」太平出版社 1987 p99

ドウナツ
　◇「〔北原〕白秋全童謡集 3」岩波書店 1992 p39

Tônan–azia Tokorodokoro
　◇「石森延男児童文学全集 6」学習研究社 1971 p216

どうにもならないこと
　◇「土田明子詩集 3」かど創房 1986 p8

塔のある学校
　◇「椋鳩十の本 22」理論社 1983 p100

塔のある風景
　◇「杉みき子選集 3」新潟日報事業社 2006 p155

銅の牛の彫刻
　◇「〔渡部毅彦〕お母さんのための童話集」花伝社、共栄書房（発売）1997 p103

銅の盆
　◇「瑠璃の壺―森銑三童話集」三樹書房 1982 p8

東坡肉
　◇「瑠璃の壺―森銑三童話集」三樹書房 1982 p235

当番鯨の話
　◇「戸川幸夫動物文学全集 15」講談社 1977 p270

逃避
　◇「椋鳩十の本 1」理論社 1982 p188

投筆のおきょう
　◇「〔比江島重孝〕宮崎のむかし話 3」鉱脈社 2000 p162

トウビョウ
　◇「〔山田野理夫〕おばけ文庫 4」太平出版社 1976（母と子の図書室）p64

とうふ
　◇「〔東君平〕おはようどうわ 7」講談社 1982 p168
　◇「東君平のおはようどうわ 3」新日本出版社 2010 p59

トウフがいのちよりすき？
　◇「〔柳家弁天〕らくご文庫 8」太平出版社 1987 p112

動物
　◇「〔竹久〕夢二童謡集」ノーベル書房 1975（浪漫文庫）p41

動物異変記
　◇「椋鳩十の本 9」理論社 1982 p7

どうぶつえん
　◇「今井誉次郎童話集子どもの村 〔1〕」国土社 1957 p55

どうぶつえん
　◇「〔東君平〕ひとくち童話 2」フレーベル館 1995 p26

動物園
　◇「〔北原〕白秋全童謡集 5」岩波書店 1993 p95

動物園
　◇「土田明子詩集 3」かど創房 1986 p12

どうぶつえんができた
　◇「寺村輝夫童話全集 6」ポプラ社 1982 p65
　◇「寺村輝夫童話 7」理論社 1999 p450

どうぶつえんからにげだせる
　◇「佐藤義美全集 2」佐藤義美全集刊行会 1973 p215
　◇「佐藤義美全集 2」佐藤義美全集刊行会 1973 p241
　◇「佐藤義美全集 5」佐藤義美全集刊行会 1973 p16

動物園で
　◇「西條八十童謡全集」修道社 1971 p299

どうぶつえんの くまのこ
　◇「佐藤義美全集 3」佐藤義美全集刊行会 1973 p215

どうぶつえんのタヌキ
　◇「まど・みちお全詩集」理論社 1992 p121
　◇「まどみちおの詩の本 1」理論社 1994 p14

どうぶつえんの月夜
　◇「花岡大学童話文学全集 4」法蔵館 1980 p132

動物園の鶴
　◇「まど・みちお全詩集」理論社 1992 p32

どうぶつえんのにんきもの
　◇「〔木暮正夫〕日本のおばけ話・わらい話 11」岩崎書店 1987 p89

どうぶつえんパトロール
　◇「寺村輝夫童話全集 11」ポプラ社 1982 p191

動物を愛する心
　◇「まど・みちお全詩集 続」理論社 2015 p446

動物紙芝居
　◇「椋鳩十の本 26」理論社 1989 p233

動物幻想
　◇「椋鳩十の本 9」理論社 1982 p151

涛沸湖
　◇「巽聖歌作品集 下」巽聖歌作品集刊行委員会 1977 p238

動物詩集
　◇「稗田菫平全集 8」宝文館出版 1982 p64

動物詩集
　◇「室生犀星童話全集 2」創林社 1978 p3

「動物詩集」序文
　◇「室生犀星童話全集 2」創林社 1978 p4

動物スケッチ
　◇「椋鳩十の本 23」理論社 1983 p223

どうぶつたち
　◇「まど・みちお詩集 〔1〕」すえもりブックス 1992 p44
　◇「まど・みちお全詩集」理論社 1992 p609
　◇「まどさんの詩の本 7」理論社 1996 p90

動物たちがやってきた

動物たちのメルヘン
　　◇「椋鳩十の本 26」理論社 1989 p99
動物探訪記
　　◇「椋鳩十の本 22」理論社 1983 p13
動物珍話
　　◇「戸川幸夫動物文学全集 14」講談社 1977 p223
動物と観光
　　◇「戸川幸夫動物文学全集 14」講談社 1977 p161
動物との話し合い
　　◇「石のロバ―浅野都作品集」新風舎 2007 p154
動物と話したい
　　◇「戸川幸夫動物文学全集 15」講談社 1977 p203
動物ども
　　◇「椋鳩十の本 10」理論社 1982 p193
どうぶつニュースのじかんです
　　◇「きむらゆういちおはなしのへや 4」ポプラ社 2012 p127
ドウブツノウタ
　　◇「佐藤義美全集 1」佐藤義美全集刊行会 1974 p133
動物の皮（灰谷記）
　　◇「全集版灰谷健次郎の本 23」理論社 1988 p156
動物の記憶力
　　◇「戸川幸夫動物文学全集 15」講談社 1977 p228
どうぶつのくにのじどうしゃ
　　◇「椋鳩十全集 26」ポプラ社 1981 p182
　　◇「椋鳩十の本 26」理論社 1989 p257
　　◇「椋鳩十学年別童話〔2〕」理論社 1990 p5
どうぶつの国のどうぶつえん
　　◇「岡本良雄童話文学全集 3」講談社 1964 p235
動物の色彩
　　◇「戸川幸夫動物文学全集 15」講談社 1977 p322
動物のスケッチ
　　◇「椋鳩十全集 6」ポプラ社 1969 p34
動物の話I
　　◇「寺村輝夫童話全集 8」ポプラ社 1982
動物の話II
　　◇「寺村輝夫童話全集 9」ポプラ社 1982
動物の眼
　　◇「佐藤義美全集 1」佐藤義美全集刊行会 1974 p77
どうぶつ村の 大そうじ
　　◇「佐藤義美全集 1」佐藤義美全集刊行会 1974 p410
どうぶつむらの おしょうがつ
　　◇「佐藤義美全集 1」佐藤義美全集刊行会 1974 p393
どうぶつ村のこうみんかん
　　◇「〔佐々木千鶴子〕動物村のこうみんかん―台所からのひとり言 童話集」朝日新聞社西部開発室編集出版センター 1996 p3

どうぶつむらのひなまつり（童話劇）
　　◇「斎田喬幼年劇全集 3」誠文堂新光社 1962 p267
動物列車
　　◇「岡本良雄童話文学全集 1」講談社 1964 p318
動物はみんな先生
　　◇「筒井敬介童話全集 8」フレーベル館 1984 p7
豆腐と南瓜
　　◇「〔巌谷〕小波お伽全集 14」本の友社 1998 p226
とうふとこんにゃく
　　◇「〔木暮正夫〕日本のおばけ話・わらい話 16」岩崎書店 1988 p85
とうふとコンニャク
　　◇「〔山田野理夫〕お笑い文庫 7」太平出版社 1977（母と子の図書室）p44
とうふのびょうき
　　◇「松谷みよ子のむかしむかし 3」講談社 1973 p66
トウフの味噌づけ
　　◇「椋鳩十の本 23」理論社 1983 p40
とうふ屋
　　◇「〔山田野理夫〕お笑い文庫 1」太平出版社 1977（母と子の図書室）p68
とうふやが教えてくれたたからもの
　　◇「〔西本鶏介〕日本の昔話―読みきかせお話集 2」小学館 2001 p36
逃亡の部屋
　　◇「星新一YAセレクション 8」理論社 2009 p142
東北砕石工場（炭酸石灰販売）関係メモ
　　◇「新修宮沢賢治全集 15」筑摩書房 1980 p564
とうみぎどろぼう
　　◇「千葉省三童話全集 3」岩崎書店 1967 p93
灯明
　　◇「椋鳩十全集 12」ポプラ社 1970 p83
　　◇「椋鳩十の本 15」理論社 1982 p95
とうみん
　　◇「〔東君平〕おはようどうわ 6」講談社 1982 p202
　　◇「東君平のおはようどうわ 4」新日本出版社 2010 p75
透明怪人
　　◇「少年探偵江戸川乱歩全集 6」ポプラ社 1964 p5
　　◇「少年探偵・江戸川乱歩 7」ポプラ社 1998 p5
　　◇「文庫版 少年探偵・江戸川乱歩 7」ポプラ社 2005 p5
(透明な)
　　◇「稗田童平全集 8」宝文館出版 1982 p44
とうめい人間ジャン
　　◇「寺村輝夫全童話 7」理論社 1999 p359
とうめいにんげんの10時
　　◇「〔寺村輝夫〕ぼくは王さま全1冊」理論社 1985 p274

とうめい人間の10時
◇「寺村輝夫童話全集 4」ポプラ社 1982 p119
◇「寺村輝夫全童話 1」理論社 1996 p219
◇「寺村輝夫の王さまシリーズ 9」理論社 1998 p7

透明猫
◇「海野十三全集 13」三一書房 1992 p99

透明 不透明
◇「〔宗左近〕梟の駅長さん―童謡集」思潮社 1998 p49

どうも
◇「まど・みちお全詩集 続」理論社 2015 p239

"どうも"と"こうも"
◇「二反長半作品集 3」集英社 1979 p200

ドウモとコウモ
◇「今井誉次郎童話集子どもの村 〔6〕」国土社 1957 p36

ドウモとコウモ
◇「〔木暮正夫〕日本のおばけ話・わらい話 8」岩崎書店 1987 p41

とうもろこし
◇「まど・みちお全詩集」理論社 1992 p108

とうもろこし
◇「〔村上のぶ子〕ここは小人の国―少年詩集」あしぶえ出版 2000 p34

トウモロコシ
◇「まど・みちお全詩集」理論社 1992 p96
◇「まどさんの詩の本 1」理論社 1994 p82
◇「まど・みちお全詩集 続」理論社 2015 p26

玉蜀黍と雀
◇「〔北原〕白秋全童謡集 2」岩波書店 1992 p50

とうもろこし畑
◇「〔大野憲三〕創作童話」一粒書房 2012 p116

トウモロコシは おうさまで ない
◇「今井誉次郎童話集子どもの村 〔2〕」国土社 1957 p25

東門王皮
◇「瑠璃の壺―森銑三童話集」三樹書房 1982 p235

童謡
◇「定本小川未明童話全集 3」講談社 1977 p401
◇「定本小川未明童話全集 3」大空社 2001 p401

童謡
◇「校定新美南吉全集 8」大日本図書 1981 p119
◇「新美南吉童話集 1」大日本図書 1982 p326
◇「新美南吉童話集 1」大日本図書 2012 p326

童謡作家の願い
◇「佐藤義美全集 6」佐藤義美全集刊行会 1974 p316

童謡小感
◇「佐藤義美全集 6」佐藤義美全集刊行会 1974 p313

童謡戦争
◇「佐藤義美全集 6」佐藤義美全集刊行会 1974 p305

童謡調, 良寛頌
◇「稗田菫平全集 8」宝文館出版 1982 p107

童謡・童話の周辺
◇「稗田菫平全集 3」宝文館出版 1979 p162

童謡「ねんねのお里」に就いて
◇「中村雨紅詩謡集」中村雨紅詩謡集刊行委員会 1971 p159

東洋の港々
◇「〔島崎〕藤村の童話 1」筑摩書房 1979 p51

どうようものがたり
◇「佐藤義美全集 4」佐藤義美全集刊行会 1974 p215

東陵
◇「〔北原〕白秋全童謡集 3」岩波書店 1992 p227

頭領は大切（蛙の国王）
◇「〔巌谷〕小波お伽全集 14」本の友社 1998 p71

蟷螂
◇「巽聖歌作品集 下」巽聖歌作品集刊行委員会 1977 p291

灯籠ながし
◇「新装版金子みすゞ全集 1」JULA出版局 1984 p78
◇「金子みすゞ童謡全集 1」JULA出版局 2003 p126

灯籠ながし＜一幕 生活劇＞
◇「〔斎田喬〕学校劇代表作選 3」牧書店 1959 p129

蟷螂の歌
◇「与謝野晶子児童文学全集 6」春陽堂書店 2007 p50

道陸神
◇「巽聖歌作品集 上」巽聖歌作品集刊行委員会 1977 p192

童話
◇「阪田寛夫全詩集」理論社 2011 p166

童話
◇「校定新美南吉全集 7」大日本図書 1980 p238

童話への深い理解示す
◇「佐藤義美全集 6」佐藤義美全集刊行会 1974 p447

童話を作って五十年
◇「定本小川未明童話全集 16」講談社 1978 p334
◇「定本小川未明童話全集 16」大空社 2002 p334

童話教室の席から
◇「あまんきみこセレクション 5」三省堂 2009 p117

童話作家
◇「奥田継夫ベストコレクション 10」ポプラ社 2002 p48

童話作家にとって娘とは何か

とおい

◇「今江祥智の本 22」理論社 1981 p9
童話集「わらべかご」を読む
　◇「稗田菫平全集 3」宝文館出版 1979 p161
童話と家事と
　◇「安房直子コレクション 4」偕成社 2004 p315
童話と擬人化
　◇「寺村輝夫全童話 別2」理論社 2012 p308
童話と子ども
　◇「寺村輝夫全童話 別2」理論社 2012 p7
童話と自然
　◇「浜田広介全集 12」集英社 1976 p209
童話と詩はちがう（童話の世界と子どもの世界②）
　◇「佐藤さとる全集 5」講談社 1974 p189
童話とプロット
　◇「寺村輝夫全童話 別2」理論社 2012 p251
童話と私
　◇「安房直子コレクション 1」偕成社 2004 p312
童話とわたし
　◇「椋鳩十の本 24」理論社 1983 p161
童話における物語性の喪失
　◇「新美南吉全集 2」牧書店 1965 p256
　◇「新美南吉童話集 3」大日本図書 1982 p337
　◇「新美南吉童話集」岩波書店 1996（岩波文庫）p311
　◇「新美南吉童話集 3」大日本図書 2012 p337
童話に於ける物語性の喪失
　◇「校定新美南吉全集 9」大日本図書 1981 p242
童話に対する所見
　◇「定本小川未明童話全集 4」講談社 1977 p398
　◇「定本小川未明童話全集 4」大空社 2001 p398
童話について
　◇「佐藤義美全集 6」佐藤義美全集刊行会 1974 p392
童話についての私見
　◇「犬飼馬鹿人旧作童話集」日本文化資料センター 1996 p229
童話に何をどう書くか
　◇「寺村輝夫全童話2」理論社 2012 p158
童話のおもしろさ
　◇「寺村輝夫全童話2」理論社 2012 p80
童話の会毒殺事件
　◇「北国翔子童話集 2」青森県児童文学研究会 2010 p89
童話の核心
　◇「定本小川未明童話全集 8」講談社 1977 p396
　◇「定本小川未明童話全集 8」大空社 2001 p396
童話の考え方
　◇「坪田譲治童話全集 4」岩崎書店 1986 p257
童話の考え方（1）

◇「坪田譲治名作選〔4〕風の中の子供」小峰書店 2005 p258
童話の考え方（2）
　◇「坪田譲治名作選〔4〕風の中の子供」小峰書店 2005 p263
童話の考え方（8）
　◇「坪田譲治名作選〔4〕風の中の子供」小峰書店 2005 p267
童話の国
　◇「赤座憲久少年詩集シリーズ 1」じゃこめてい出版 1977 p51
童話の構想
　◇「寺村輝夫全童話 別2」理論社 2012 p28
童話の詩的価値
　◇「定本小川未明童話全集 1」講談社 1976 p370
　◇「定本小川未明童話全集 1」大空社 2001 p370
童話の中の子供
　◇「坪田譲治童話全集 6」岩崎書店 1986 p275
童話の文章
　◇「寺村輝夫全童話 別2」理論社 2012 p114
童話の夢と幻想と
　◇「寺村輝夫全童話 別2」理論社 2012 p184
童話のユーモア・おもしろさ
　◇「寺村輝夫全童話 別2」理論社 2012 p225
童話文学の使命
　◇「魂の配達─野村吉哉作品集」草思社 1983 p371
「童話文学の問題」抄
　◇「魂の配達─野村吉哉作品集」草思社 1983 p358
童話はだれのために書かれるか？（童話の世界と子どもの世界①）
　◇「佐藤さとる全集 4」講談社 1974 p191
童話〈A〉
　◇「校定新美南吉全集 8」大日本図書 1981 p327
戸をあけて
　◇「阪田寛夫全詩集」理論社 2011 p409
遠浅の海
　◇「〔高崎乃理子〕妖精の好きな木─詩集」かど創房 1998 p62
遠い火事
　◇「新装版金子みすゞ全集 3」JULA出版局 1984 p72
　◇「金子みすゞ童謡全集 5」JULA出版局 2004 p98
遠いカナカナ
　◇「巽聖歌作品集 上」巽聖歌作品集刊行委員会 1977 p165
遠い記憶
　◇「壺井栄全集 11」文泉堂出版 1998 p11
とおいけしき
　◇「まど・みちお全詩集 続」理論社 2015 p212
遠い景色

とおい

とおい
　◇「与田凖一全集 1」大日本図書 1967 p36
とおいそら
　◇「いのち―みずかみかずよ全詩集」石風社 1995 p339
遠い空
　◇「壺井栄全集 3」文泉堂出版 1997 p176
遠い旅のみやげ
　◇「〔島崎〕藤村の童話 1」筑摩書房 1979 p11
とおい ところ
　◇「まど・みちお全詩集」理論社 1992 p347
　◇「まどさんの詩の本 14」理論社 1997 p8
遠いところにいる友達
　◇「巽聖歌作品集 上」巽聖歌作品集刊行委員会 1977 p521
遠い野原
　◇「〔北原〕白秋全童謡集 2」岩波書店 1992 p335
遠い野ばらの村
　◇「安房直子コレクション 2」偕成社 2004 p155
遠い花火
　◇「石森延男児童文学全集 11」学習研究社 1971 p258
遠い日
　◇「巽聖歌作品集 上」巽聖歌作品集刊行委員会 1977 p78
とおいふじさん
　◇「〔関根栄一〕はしるふじさん―童謡集」小峰書店 1998 p79
遠い星から
　◇「佐藤さとるファンタジー全集 6」講談社 1982 p93
　◇「佐藤さとる幼年童話自選集 1」ゴブリン書房 2003 p107
　◇「佐藤さとるファンタジー全集 6」講談社, 復刊ドットコム（発売）2010 p93
遠い街
　◇「別役実童話集 〔2〕」三一書房 1975 p183
遠い町
　◇「ひばりのす―木下夕爾児童詩集」光書房 1998 p28
遠い南のその島には―仁の歌
　◇「今西祐行全集 9」偕成社 1987 p212
遠い山に日があたる
　◇「杉みき子選集 9」新潟日報事業社 2011 p68
とおいようちえん
　◇「阪田寛夫全詩集」理論社 2011 p153
遠いラッパ
　◇「千葉省三童話全集 2」岩崎書店 1967 p417
遠いわが町
　◇「阪田寛夫全詩集」理論社 2011 p781
十日頃の月
　◇「椋鳩十の本 1」理論社 1982 p80

十日鼠
　◇「〔巌谷〕小波お伽全集 3」本の友社 1998 p295
十日夜
　◇「おの・ちゅうこう初期作品集 〔4〕氏神さま」崙書房 1975 p130
遠き国の妹―満州ひきあげものがたり
　◇「〔市原麟一郎〕子どもに語る戦争たいけん物語 1」リーブル出版 2005 p121
「遠き葬列」全
　◇「稗田童平全集 4」宝文館出版 1980 p72
遠きにありて
　◇「椋鳩十の本 20」理論社 1983 p227
　◇「椋鳩十の本 20」理論社 1983 p229
遠きに住む人びと
　◇「椋鳩十の本 21」理論社 1982 p254
遠き日の裏山
　◇「椋鳩十の本 28」理論社 1989 p195
遠き日の哀しみの記憶 北満州から幼い姉弟―死の逃避行
　◇「〔市原麟一郎〕子どもに語る戦争たいけん物語 3」リーブル出版 2006 p179
とおくへいきたい
　◇「今江祥智の本 13」理論社 1980 p115
　◇「今江祥智童話館 〔5〕」理論社 1986 p7
　◇「今江祥智ショートファンタジー 3」理論社 2004 p111
遠くから来た旅人
　◇「〔下田喜久美〕遠くから来た旅人―詩集」リトル・ガリヴァー社 1998 p152
とおくから きた ねえやさん
　◇「定本小川未明童話全集 15」講談社 1978 p200
　◇「定本小川未明童話全集 15」大空社 2002 p200
〔遠く琥珀のいろなして〕
　◇「新修宮沢賢治全集 6」筑摩書房 1980 p74
　◇「新修宮沢賢治全集 6」筑摩書房 1980 p369
遠く澄んでる空でした
　◇「まど・みちお全詩集 続」理論社 2015 p343
とおくで なる かみなり
　◇「小川未明幼年童話文学全集 2」集英社 1965 p118
遠くで鳴る雷
　◇「定本小川未明童話全集 3」講談社 1977 p303
　◇「定本小川未明童話全集 3」大空社 2001 p303
遠くとキリン
　◇「まど・みちお全詩集 続」理論社 2015 p131
〔遠くなだれる灰いろのそらと〕
　◇「新修宮沢賢治全集 4」筑摩書房 1979 p188
遠くなったふるさと
　◇「壺井栄全集 11」文泉堂出版 1998 p274
遠くにいても友だちだ

とかく

◇「〔佐々木千鶴子〕動物村のこうみんかん—台所からのひとり言 童話集」朝日新聞社西部開発室編集出版センター 1996 p113

遠くにいるアリス
◇「別役実童話集〔3〕」三一書房 1977 p139

遠くにいる日本人
◇「坪田譲治童話全集 9」岩崎書店 1986 p250

遠くのお山の
◇「西條八十童謡全集」修道社 1971 p297

遠くの蛙
◇「巽聖歌作品集 上」巽聖歌作品集刊行委員会 1977 p388

とおくの白い国
◇「今江祥智の本 16」理論社 1980 p121
◇「今江祥智童話館〔4〕」理論社 1986 p162

とおせんぼ
◇「〔斎藤信夫〕子ども心を友として—童謡詩集」成東町教育委員会 1996 p22

とほせんぼ
◇「〔北原〕白秋全童謡集 1」岩波書店 1992 p36

とおせんぼう
◇「ひろすけ幼年童話文学全集 7」集英社 1962 p10
◇「浜田広介全集 4」集英社 1976 p26

通ってきた道—大中恩に感謝をこめて
◇「阪田寛夫全詩集」理論社 2011 p903

とおってよいもの
◇「与田準一全集 2」大日本図書 1967 p16

遠野の河童淵（岩手）
◇「〔木暮正夫〕日本の怪奇ばなし 9」岩崎書店 1990 p23

遠野の郷のふしぎな物語
◇「〔木暮正夫〕日本の怪奇ばなし 8」岩崎書店 1990 p47

遠花火
◇「椋鳩十全集 11」ポプラ社 1970 p172

とおめがね
◇「〔木暮正夫〕日本のおばけ話・わらい話 7」岩崎書店 1986 p58

とおめがね
◇「寺村輝夫のむかし話〔5〕」あかね書房 1978 p94

遠めがね
◇「川崎大治民話選〔1〕」童心社 1968 p212

遠めがね
◇「〔柳家弁丸〕らくご文庫 5」太平出版社 1987 p65

遠山犬トラ
◇「椋鳩十の本 7」理論社 1983 p21
◇「椋鳩十まるごと動物ものがたり 2」理論社 1995 p140

通り雨

◇「巽聖歌作品集 上」巽聖歌作品集刊行委員会 1977 p380

通り魔
◇「〔巌谷〕小波お伽全集 2」本の友社 1998 p237

通り道
◇「〔北原〕白秋全童謡集 3」岩波書店 1992 p330

とおりゃんせ
◇「今江祥智の本 15」理論社 1980 p151
◇「今江祥智童話館〔7〕」理論社 1986 p48

とおりゃんせ，とおりゃんせ
◇「松谷みよ子全集 7」講談社 1971 p44

トオルさま
◇「かつおきんや作品集 16」偕成社 1983 p49

通れ
◇「川崎大治民話選〔1〕」童心社 1968 p78

都会へ来る夏
◇「〔島崎〕藤村の童話 3」筑摩書房 1979 p125
◇「〔島崎〕藤村の童話 3」筑摩書房 1979 p127

都会にでたドングリ
◇「〔うえ山のぼる〕夢と希望の童話集」文芸社 2011 p5

都会のあいさつ
◇「〔吉田享子〕おしゃべりな星—少年少女詩集」らくだ出版 2001 p68

都会のからす
◇「定本小川未明童話全集 5」講談社 1977 p360
◇「定本小川未明童話全集 5」大空社 2001 p360

都会の子・田舎の子
◇「壺井栄全集 11」文泉堂出版 1998 p65

都会の山窩
◇「椋鳩十の本 19」理論社 1982 p174

都会の中の田舎
◇「椋鳩十の本 23」理論社 1983 p67

都会の野原
◇「佐藤義美童謡集」さ・え・ら書房 1960 p256
◇「佐藤義美全集 1」佐藤義美全集刊行会 1974 p267

都会はぜいたくだ
◇「定本小川未明童話全集 7」講談社 1977 p176
◇「定本小川未明童話全集 7」大空社 2001 p176

利賀川
◇「稗田薫平全集 7」宝文館出版 1981 p159

戸隠界隈
◇「椋鳩十の本 20」理論社 1983 p180

戸隠神社
◇「椋鳩十の本 20」理論社 1983 p178

戸隠人形
◇「中村雨紅詩謡集」中村雨紅詩謡集刊行委員会 1971 p182

戸隠人形に寄せて

作品名から引ける日本児童文学個人全集案内　579

とかく

◇「中村雨紅詩謡集」中村雨紅詩謡集刊行委員会 1971 p193

戸隠の秋
◇「巽聖歌作品集 下」巽聖歌作品集刊行委員会 1977 p219

とかく名論というものは
◇「椋鳩十の本 19」理論社 1982 p206

とかげ
◇「〔東君平〕ひとくち童話 1」フレーベル館 1995 p16

詩 トカゲ
◇「椋鳩十動物童話集 1」小峰書店 1990 p64

とかげのあかちゃん
◇「いのち―みずかみかずよ全詩集」石風社 1995 p186

とかげのぼうや
◇「松谷みよ子全集 1」講談社 1971 p47
◇「松谷みよ子おはなし集 3」ポプラ社 2010 p37

「とかげのぼうや」周辺
◇「松谷みよ子全エッセイ 1」筑摩書房 1989 p163

トカゲの星
◇「浜田広介全集 8」集英社 1976 p64

「利賀山抄」全
◇「稗田菫平全集 4」宝文館出版 1980 p48

旧歌帖「利賀山中抄」
◇「稗田菫平全集 8」宝文館出版 1982 p190

十勝のコロボックル（北海道）
◇「〔木暮正夫〕日本の怪奇ばなし 9」岩崎書店 1990 p6

刀我野のしか
◇「松谷みよ子のむかしむかし 5」講談社 1973 p95

ドカン
◇「〔北原〕白秋全童謡集 5」岩波書店 1993 p176

ドカンとでっかいほらふき話
◇「〔木暮正夫〕日本のおばけ話・わらい話 8」岩崎書店 1987

トキ
◇「斎藤隆介全集 2」岩崎書店 1982 p72

時
◇「くんぺい魔法ばなし―魔法ばなし全集 3」サンリオ 2000 p166

時
◇「椋鳩十の本 1」理論社 1982 p58
◇「椋鳩十の本 23」理論社 1983 p19

土器
◇「北彰介作品集 4」青森県児童文学研究会 1991 p283

時を失った人達
◇「太田博也童話集 5」小山書林 2008 p116

時を打たない時計
◇「杉みき子選集 9」新潟日報事業社 2011 p117

時男さんのこと
◇「土田耕平童話集」信濃毎日新聞社 1949 p209
◇「土田耕平童話集〔1〕」古今書院 1955 p92

「朱鷺草」を読む
◇「稗田菫平全集 4」宝文館出版 1980 p136

時そば（林家木久蔵編、岡本和明文）
◇「林家木久蔵の子ども落語 4」フレーベル館 1998 p6

ドキッとこわいおばけの話
◇「〔木暮正夫〕日本のおばけ話・わらい話 3」岩崎書店 1986

ドキドキするひ
◇「〔東君平〕おはようどうわ 6」講談社 1982 p172

ときどき とまる とけい
◇「平塚武二童話全集 2」童心社 1972 p26

時のお爺さん
◇「新装版金子みすゞ全集 3」JULA出版局 1984 p8
◇「金子みすゞ童謡全集 5」JULA出版局 2004 p16

ときのながれ
◇「〔東君平〕おはようどうわ 8」講談社 1982 p15

時の流れ
◇「椋鳩十の本 23」理論社 1983 p81

時の流れの中の子ども
◇「椋鳩十の本 24」理論社 1983 p105

時の人
◇「星新一ショートショートセレクション 12」理論社 2003 p91

トキ物語
◇「〔藤原英司〕日本の動物物語シリーズ〔5〕」佑学社 1986 p7

度胸のいい嫁
◇「北彰介作品集 3」青森県児童文学研究会 1990 p71

時頼と源左衛門
◇「室生犀星童話全集 1」創林社 1978 p15

毒をはくヘビ
◇「椋鳩十の本 19」理論社 1982 p34

毒蛾
◇「新修宮沢賢治全集 9」筑摩書房 1979 p121

どくガス
◇「まど・みちお全詩集」理論社 1992 p108

毒ガス
◇「まど・みちお全詩集」理論社 1992 p43

毒瓦斯発明官―金博士シリーズ・5
◇「海野十三全集 10」三一書房 1991 p57

毒がめ
◇「国分一太郎児童文学集 6」小峰書店 1967 p206

徳川家光
◇「〔かこさとし〕お話こんにちは〔4〕」偕成社 1979 p74

とくへ

徳川家康
　◇「〔かこさとし〕お話こんにちは〔9〕」偕成社 1979 p123
徳川家康
　◇「筑波常治伝記物語全集 18」国土社 1981 p1
徳川家康について
　◇「筑波常治伝記物語全集 18」国土社 1981 p226
徳川綱吉
　◇「〔かこさとし〕お話こんにちは〔10〕」偕成社 1980 p39
徳川慶喜
　◇「筑波常治伝記物語全集 9」国土社 1969 p5
徳川吉宗
　◇「〔かこさとし〕お話こんにちは〔7〕」偕成社 1979 p91
毒殺されぬために
　◇「椋鳩十の本 23」理論社 1983 p255
徳さんのかくご
　◇「〔柳家弁天〕らくご文庫 11」太平出版社 1987 p54
読者が予期しないおもしろさをめざして（末吉暁子,神宮輝夫）
　◇「〔神宮輝夫〕現代児童文学作家対談 9」偕成社 1992 p199
特殊衣料配給日
　◇「壼井栄全集 3」文泉堂出版 1997 p7
特殊な能力
　◇「星新一YAセレクション 9」理論社 2009 p163
特賞の男
　◇「星新一ちょっと長めのショートショート 6」理論社 2006 p187
読書運動
　◇「椋鳩十の本 25」理論社 1983 p137
特色のある大学
　◇「椋鳩十の本 31」理論社 1989 p128
読書雑感
　◇「椋鳩十の本 25」理論社 1983 p237
読書と議員
　◇「椋鳩十の本 31」理論社 1989 p80
読書と教師
　◇「椋鳩十の本 27」理論社 1989 p77
読書と人生
　◇「椋鳩十の本 27」理論社 1989 p121
読書の秋
　◇「くんぺい魔法ばなし―魔法ばなし全集 1」サンリオ 2000 p194
読書の声
　◇「〔島崎〕藤村の童話 4」筑摩書房 1979 p205
読書の醍醐味
　◇「松谷みよ子全エッセイ 1」筑摩書房 1989 p89

読書の二つの型
　◇「椋鳩十の本 27」理論社 1989 p19
読書のプロムナード
　◇「全集版灰谷健次郎の本 21」理論社 1988 p173
読書論
　◇「椋鳩十の本 25」理論社 1983 p9
徳政じゃ
　◇「川崎大治民話選〔4〕」童心社 1975 p80
毒草の根だやし
　◇「花岡大学仏典童話全集 3」法蔵館 1979 p150
毒草（四首）
　◇「稗田菫平全集 4」宝文館出版 1980 p42
どくだみ
　◇「いのち―みずかみかずよ全詩集」石風社 1995 p47
ドクダミ
　◇「まど・みちお詩集 1」銀河社 1975 p58
　◇「まど・みちお全詩集」理論社 1992 p461
　◇「まどさんの詩の本 11」理論社 1997 p74
ドクダミ
　◇「椋鳩十の本 23」理論社 1983 p186
毒だみ
　◇「新美南吉全集 6」牧書店 1965 p268
　◇「校定新美南吉全集 8」大日本図書 1981 p307
戸口の藤
　◇「巽聖歌作品集 下」巽聖歌作品集刊行委員会 1977 p185
毒虫
　◇「瑠璃の壺―森銑三童話集」三樹書房 1982 p220
特徴のある町づくり
　◇「椋鳩十の本 22」理論社 1983 p182
どくのかめ
　◇「寺村輝夫のとんち話 1」あかね書房 1976 p56
毒のくだもの
　◇「花岡大学仏典童話全集 5」法蔵館 1979 p68
どくの蛇
　◇「花岡大学仏典童話全集 1」法蔵館 1979 p112
どくの水あめ
　◇「〔木暮正夫〕日本のおばけ話・わらい話 15」岩崎書店 1987 p43
どくの矢
　◇「花岡大学仏典童話全集 7」法蔵館 1979 p103
毒のpoésie
　◇「稗田菫平全集 2」宝文館出版 1979 p41
とくべつ
　◇「こども用三代魚武濱田成夫詩集ZK」学習研究社 2002 p44
毒蛇
　◇「戸川幸夫動物文学全集 7」講談社 1977 p279
毒蛇と行者

とくほ

独本土上陸作戦―金博士シリーズ・3
　◇「海野十三全集 10」三一書房 1991 p31
毒虫党御用心
　◇「山田風太郎少年小説コレクション 2」論創社 2012 p175
毒もみのすきな署長さん
　◇「新版・宮沢賢治童話全集 8」岩崎書店 1978 p73
　◇「新修宮沢賢治全集 11」筑摩書房 1979 p77
　◇「宮沢賢治20選」春陽堂書店 2008（名作童話）p7
毒もみの好きな署長さん
　◇「〔宮沢〕賢治童話」翔泳社 1995 p427
　◇「猫の事務所―宮沢賢治童話選」シグロ 1999 p85
徳山の夕日―まど・みちおさんのふるさと
　◇「阪田寛夫全詩集」理論社 2011 p900
徳用なる月
　◇「魂の配達―野村吉哉作品集」草思社 1983 p38
戸倉ワシ
　◇「戸川幸夫・子どものための動物物語 2」国土社 1967 p135
戸倉鷲
　◇「戸川幸夫動物文学全集 6」冬樹社 1965 p297
とくり長者
　◇「巌谷小波お伽噺文庫 〔4〕」大和書房 1976 p123
独立独行（犬と狼）
　◇「〔巌谷〕小波お伽全集 14」本の友社 1998 p171
どくろ
　◇「〔山田野理夫〕おばけ文庫 8」太平出版社 1976（母と子の図書室）p146
どくろのお経
　◇「川崎大治民話選 〔3〕」童心社 1971 p53
棘
　◇「巽聖歌作品集 下」巽聖歌作品集刊行委員会 1977 p290
棘あざみ
　◇「おの・ちゅうこう初期作品集 〔1〕 牧歌的風景」崙書房 1975 p46
とけい
　◇「〔東君平〕ひとくち童話 5」フレーベル館 1995 p126
時計
　◇「今西祐行全集 6」偕成社 1988 p29
時計
　◇「〔巌谷〕小波お伽全集 7」本の友社 1998 p380
時計（岡田泰三）
　◇「岡田泰三・日下部梅子童謡集」会津童詩会 1992 p49
時計
　◇「阪田寛夫全詩集」理論社 2011 p487

時計
　◇「〔谷山浩子〕おひさまにキッス―お話の贈りもの」小学館 1997（おひさまのほん）p30
時計
　◇「壺井栄全集 11」文泉堂出版 1998 p74
時計
　◇「魂の配達―野村吉哉作品集」草思社 1983 p62
　◇「魂の配達―野村吉哉作品集」草思社 1983 p68
時計
　◇「〔柳家弁天〕らくご文庫 5」太平出版社 1987 p44
時計
　◇「与田準一全集 2」大日本図書 1967 p224
とけいがぐるぐる
　◇「寺村輝夫童話全集 5」ポプラ社 1982 p129
　◇「〔寺村輝夫〕ぼくは王さま全1冊」理論社 1985 p207
時計がぐるぐる
　◇「寺村輝夫全童話 1」理論社 1996 p400
　◇「寺村輝夫の王さまシリーズ 7」理論社 1998 p105
とけいさん いつ ねるの
　◇「まど・みちお全詩集」理論社 1992 p175
とけいそう
　◇「いのち―みずかみかずよ全詩集」石風社 1995 p32
時計退治
　◇「坪田譲治童話全集 2」岩崎書店 1986 p81
時計台のかね
　◇「石森延男児童文学全集 11」学習研究社 1971 p257
時計塔の秘密
　◇「少年探偵江戸川乱歩全集 45」ポプラ社 1973 p5
時計と窓の話
　◇「定本小川未明童話全集 14」講談社 1977 p184
　◇「定本小川未明童話全集 14」大空社 2002 p184
時計とよっちゃん
　◇「定本小川未明童話全集 4」講談社 1977 p152
　◇「定本小川未明童話全集 4」大空社 2001 p152
時計の言い草
　◇「〔島崎〕藤村の童話 4」筑摩書房 1979 p11
とけいの うた
　◇「佐藤義美童謡集」さ・え・ら書房 1960 p58
　◇「佐藤義美全集 1」佐藤義美全集刊行会 1974 p184
時計のお部屋
　◇「巽聖歌作品集 上」巽聖歌作品集刊行委員会 1977 p482
時計の顔
　◇「新装版金子みすゞ全集 2」JULA出版局 1984 p72

◇「金子みすゞ童謡全集 3」JULA出版局 2004 p112

〔徒刑の囚の孫なるや〕
◇「新修宮沢賢治全集 7」筑摩書房 1980 p221

とけいの ない 村
◇「小川未明幼年童話文学全集 1」集英社 1965 p143

時計のない村
◇「定本小川未明童話全集 1」講談社 1976 p304
◇「小川未明童話集」岩波書店 1996 （岩波文庫） p62
◇「定本小川未明童話全集 1」大空社 2001 p304
◇「小川未明30選」春陽堂書店 2009 （名作童話） p36

とけいのなかで
◇「平塚武二童話全集 1」童心社 1972 p58

時計の中にバクがいる
◇「久保喬自選作品集 1」みどりの会 1994 p38

時計の針
◇「旅だち―内藤哲彦児童文学作品集」境文化研究所 2007 p136

よびかけとけいのふりこ
◇「斎田喬幼年劇全集 3」誠文堂新光社 1962 p462

時計屋敷の秘密
◇「海野十三全集 11」三一書房 1988 p453

時計屋のおとうさん
◇「大石真児童文学全集 10」ポプラ社 1982 p29

時計屋の時計
◇「西條八十童謡全集」修道社 1971 p73

とげのきょうだい
◇「椋鳩十全集 10」ポプラ社 1970 p229

どこ いくの
◇「りらりらりらわたしの絵本―富永佳与子こどものうた作品集」国土社 1994 p14

どこ いつ なぜ の ワルツ
◇「阪田寛夫全詩集」理論社 2011 p327

どこへ行ったか
◇「浜田広介全集 10」集英社 1976 p201

どこへでも せんすいていにのって
◇「巽聖歌作品集 下」巽聖歌作品集刊行会 1977 p127

どこへゆく
◇〔北原〕白秋全童謡集 5」岩波書店 1993 p64

とこをとれ
◇「〔木暮正夫〕日本のおばけ話・わらい話 5」岩崎書店 1986 p50

トコおばさんそれからどうした
◇「寺村輝夫おはなしプレゼント 1」講談社 1994 p5
◇「寺村輝夫全童話 6」理論社 1998 p337

トコおばさんとヘロじいさん

◇「寺村輝夫おはなしプレゼント 1」講談社 1994 p104
◇「寺村輝夫全童話 6」理論社 1998 p341

どこかで石をうつ音が―石工のうた
◇「今西祐行全集 9」偕成社 1987 p208

どこかでゆずが香ります
◇「杉みき子選集 10」新潟日報事業社 2011 p215

どこかで呼ぶような
◇「定本小川未明童話全集 14」講談社 1977 p7
◇「定本小川未明童話全集 14」大空社 2002 p7

どこかに生きながら
◇「定本小川未明童話全集 14」講談社 1977 p75
◇「定本小川未明童話全集 14」大空社 2002 p75

どこかに春が（日下部梅子）
◇「岡田泰三・日下部梅子童謡集」会津童詩会 1992 p104

どこかのくにの
◇「巽聖歌作品集 下」巽聖歌作品集刊行委員会 1977 p125

どこかの事件
◇「星新一ＹＡセレクション 10」理論社 2010 p28

どこから きたの？
◇「与田凖一全集 3」大日本図書 1967 p44

どこだっけ
◇「中村雨紅詩謡集」中村雨紅詩謡集刊行委員会 1971 p129

トコちゃん
◇「今江祥智の本 19」理論社 1981 p60
◇「今江祥智童話館 〔9〕」理論社 1987 p126

とこちゃんのきんのおさかな
◇「今西祐行全集 1」偕成社 1988 p41

トコちゃんの金のおさかな
◇「今西祐行絵ぶんこ 5」あすなろ書房 1984 p3

とこちゃんのヨット
◇「全集版灰谷健次郎の本 10」理論社 1987 p171
◇「灰谷健次郎童話館 〔5〕」理論社 1994 p5

どこで笛吹く
◇「定本小川未明童話全集 1」講談社 1976 p107
◇「定本小川未明童話全集 1」大空社 2001 p107

とことこ床屋さん
◇「〔北原〕白秋全童謡集 1」岩波書店 1992 p131

トコトンヤレ
◇「長崎源之助全集 14」偕成社 1987 p107

どこにあるの
◇「いのち―みずかみかずよ全詩集」石風社 1995 p378

どこにいったのかどうぶつえんのもうじゅうたち
◇「佐藤義美全集 2」佐藤義美全集刊行会 1973 p171

とこに

どこにもない動物園
　◇「立原えりかのファンタジーランド 1」青土社 1980

どこにもない火
　◇「花岡大学仏典童話全集 5」法蔵館 1979 p132
　◇「花岡大学仏典童話集 1」佼成出版社 2006 p96

どこの どなた
　◇「まど・みちお全詩集」理論社 1992 p594
　◇「まどさんの詩の本 2」理論社 1994 p84

床の中から
　◇「魂の配達―野村吉哉作品集」草思社 1983 p56

トコブシ
　◇「椋鳩十の本 23」理論社 1983 p249

どこまではしるか
　◇「浜田広介全集 3」集英社 1975 p50

どこまでも運のいい男
　◇「〔西本鶏介〕新日本昔ばなし――一日一話・読みきかせ 2」小学館 1997 p122

どこまでもつづいている
　◇「いのち―みずかみかずよ全詩集」石風社 1995 p382

どこまで欲がふかいのか
　◇「花岡大学 続・仏典童話全集 2」法蔵館 1981 p53

どこも遊び場
　◇「全集古田足日子どもの本 3」童心社 1993 p412

とこや
　◇「〔東君平〕おはようどうわ 7」講談社 1982 p124

床屋
　◇「新修宮沢賢治全集 14」筑摩書房 1980 p52

床屋
　◇「与田準一全集 2」大日本図書 1967 p86

とこやさん
　◇「〔東君平〕ひとくち童話 3」フレーベル館 1995 p18

床屋さん
　◇「杉みき子選集 2」新潟日報事業社 2005 p217

床屋の小僧の唄
　◇「西條八十童謡全集」修道社 1971 p30

どころか
　◇「まど・みちお全詩集 続」理論社 2015 p184

ところがトッコちゃん
　◇「阪田寛夫全詩集」理論社 2011 p463

トコロテン
　◇「椋鳩十の本 23」理論社 1983 p28

土佐犬物語
　◇「戸川幸夫動物文学全集 2」冬樹社 1965 p205
　◇「戸川幸夫・子どものための動物物語 2」国土社 1967 p5
　◇「戸川幸夫動物文学全集 8」講談社 1976 p131

土佐沖を通って
　◇「庄野英二全集 10」偕成社 1979 p409

土佐のいごっそう
　◇「松谷みよ子のむかしむかし 7」講談社 1973 p36

土佐の鬼
　◇「松谷みよ子のむかしむかし 6」講談社 1973 p54

土佐の血
　◇「松谷みよ子全エッセイ 2」筑摩書房 1989 p194

土佐の山んば
　◇「松谷みよ子全エッセイ 2」筑摩書房 1989 p179

登山
　◇「〔内海康子〕六月のカレンダー――詩集」けやき書房 1999 p18

登山靴
　◇「〔北原〕白秋全童謡集 3」岩波書店 1992 p46

年老いた大工さんの話
　◇「高橋敏彦童話集」ノヴィス 2000（ノヴィス叢書）p94

年老いた雌狼と女の子の話
　◇「〔野坂昭如〕戦争童話集 忘れてはイケナイ物語り〔3〕凧になったお母さん」日本放送出版協会 2002 p33

としを借りた話
　◇「与謝野晶子児童文学全集 3」春陽堂書店 2007 p203

年神さまとびんぼう神さま
　◇「松谷みよ子おはなし集 4」ポプラ社 2010 p126

年神さまと貧乏神さま
　◇「松谷みよ子全集 12」講談社 1972 p96

敏子と人形
　◇「与謝野晶子児童文学全集 4」春陽堂書店 2007 p156

杜子春
　◇「齋藤孝のイッキによめる！ 小学生のための芥川龍之介」講談社 2009 p77

年ちゃんと かぶとむし
　◇「定本小川未明童話全集 15」講談社 1978 p116
　◇「定本小川未明童話全集 15」大空社 2002 p116

年ちゃんとハーモニカ
　◇「定本小川未明童話全集 11」講談社 1977 p7
　◇「定本小川未明童話全集 11」大空社 2002 p7

どじで・まぬけなふたり
　◇「ろくでなしという名のポーリー――もとさこみつる短編童話集」早稲田童話塾 2012 p183

年とったおもちゃ
　◇「岩永博史童話集 1」岩永博史 2001 p1

年とった かめの はなし
　◇「小川未明幼年童話文学全集 3」集英社 1965 p60

年とったかめの話
　◇「定本小川未明童話全集 7」講談社 1977 p7
　◇「定本小川未明童話全集 7」大空社 2001 p7

年とったバクの話
　◇「みずいろようちえん―出雲路猛雄童話集」坂神都 2012 p27
年の音
　◇「〔巌谷〕小波お伽全集 7」本の友社 1998 p427
年の長者
　◇「土田耕平童話集 〔4〕」古今書院 1955 p13
としのはじめのゆびきりげんまん
　◇「今江祥智童話館 〔7〕」理論社 1986 p105
「年」の話
　◇「鈴木三重吉童話全集 4」文泉堂書店 1975（日本文学全集・選集叢刊第5次）p94
とぢめがき〔胡桃の琴〕
　◇「稗田菫平全集 1」宝文館出版 1978 p104
とぢめがき〔詩集罌粟と鵐〕
　◇「巽聖歌作品集 上」巽聖歌作品集刊行委員会 1977 p273
とぢめがき〔白鳥〕
　◇「稗田菫平全集 1」宝文館出版 1978 p73
とぢめがき〔花〕
　◇「稗田菫平全集 1」宝文館出版 1978 p44
とぢめがき〔雪と炉〕
　◇「稗田菫平全集 1」宝文館出版 1978 p88
年めぐり―しりとり唄
　◇「阪田寛夫全詩集」理論社 2011 p178
どしゃぶりあめ
　◇「まど・みちお全詩集 続」理論社 2015 p53
どしゃぶり雨
　◇「花岡大学童話文学全集 4」法蔵館 1980 p33
どしゃぶりねこ
　◇「今江祥智の本 12」理論社 1980 p106
　◇「今江祥智童話館 〔17〕」理論社 1987 p192
どしゃぶりの雨
　◇「花岡大学仏典童話全集 4」法蔵館 1979 p151
どじょう
　◇「かつおきんや作品集 13」アリス館牧新社 1976 p1
ドジョウ
　◇「かつおきんや作品集 14」偕成社 1982 p5
土壌学須要術語表
　◇「新修宮沢賢治全集 15」筑摩書房 1980 p492
どぜう汁
　◇「壺井栄全集 11」文泉堂出版 1998 p328
どじょうだじょ
　◇「阪田寛夫全詩集」理論社 2011 p205
ドジョウだというなよ
　◇「〔柳家弁天〕らくご文庫 5」太平出版社 1987 p45
どじょうと金魚
　◇「小川未明幼年童話文学全集 3」集英社 1965 p22

「定本小川未明童話全集 6」講談社 1977 p344
　◇「定本小川未明童話全集 6」大空社 2001 p344
どじょうのなべ
　◇「〔木暮正夫〕日本のおばけ話・わらい話 10」岩崎書店 1987 p18
鯲挟み
　◇「巽聖歌作品集 上」巽聖歌作品集刊行委員会 1977 p431
ドジョウ屋
　◇「〔山田野理夫〕おばけ文庫 10」太平出版社 1976（母と子の図書室）p62
土壌要務一覧
　◇「新修宮沢賢治全集 15」筑摩書房 1980 p489
図書館幻想
　◇「新修宮沢賢治全集 14」筑摩書房 1980 p56
図書館の灯
　◇「椋鳩十の本 25」理論社 1983 p229
図書館の道
　◇「今西祐行全集 15」偕成社 1989 p209
図書部記事
　◇「校定新美南吉全集 9」大日本図書 1981 p179
としりをすてる国
　◇「花岡大学仏典童話全集 1」法蔵館 1979 p175
としよりソング1
　◇「まど・みちお全詩集 続」理論社 2015 p297
としよりソング2
　◇「まど・みちお全詩集 続」理論社 2015 p298
としよりネズミ
　◇「平塚武二童話全集 1」童心社 1972 p182
としよりの
　◇「まど・みちお全詩集 続」理論社 2015 p195
としよりのすてば
　◇「〔山田野理夫〕おばけ文庫 8」太平出版社 1976（母と子の図書室）p21
年寄りをすてるおきて
　◇「花岡大学仏典童話全集 3」佼成出版社 2006 p81
としよりは
　◇「まど・みちお全詩集 続」理論社 2015 p240
年はいくつ
　◇「〔山田野理夫〕お笑い文庫 1」太平出版社 1977（母と子の図書室）p16
年はとりたくない
　◇「〔西本鶏介〕新日本昔ばなし――一日一話・読みきかせ 1」小学館 1997 p92
土人の子
　◇「豊田三郎童話集」草加市立川柳小学校 1993 p68
土人の獅子狩
　◇「西條八十童謡全集」修道社 1971 p300
土人の娘
　◇「〔島崎〕藤村の童話 1」筑摩書房 1979 p184

とすい

鳥巣郁美
- ◇「稗田菫平全集 6」宝文館出版 1981 p148

ドストエフスキーの「罪と罰」を読む
- ◇「松田瓊子全集 5」大空社 1997 p28

土台
- ◇「石森延男児童文学全集 15」学習研究社 1971 p159
- ◇「石森読本―石森延男児童文学選集 6年生」小学館 1977 p19

戸だな
- ◇「杉みき子選集 2」新潟日報事業社 2005 p143

トダナノ ナカニ
- ◇「まど・みちお全詩集」理論社 1992 p44

どだるの馬
- ◇「国分一太郎児童文学集 1」小峰書店 1967 p82

とちのき（五首）
- ◇「稗田菫平全集 4」宝文館出版 1980 p62

栃の花と実
- ◇「稗田菫平全集 7」宝文館出版 1981 p163

とちの実
- ◇「氏原大作全集 4」条例出版 1977 p63

とちのみ とちのき
- ◇「まど・みちお全詩集 続」理論社 2015 p185

トチの実の目玉
- ◇「〔山田野理夫〕お笑い文庫 11」太平出版社 1977（母と子の図書室）p30

どちらへ？
- ◇「まど・みちお全詩集 続」理論社 2015 p241

どちらが かしこいか
- ◇「今井誉次郎童話集子どもの村 〔1〕」国土社 1957 p57

どちらが きれいか
- ◇「定本小川未明童話全集 16」講談社 1978 p290
- ◇「定本小川未明童話全集 16」大空社 2002 p290

どちらがけちか, やってみろ
- ◇「〔柳家弁天〕らくご文庫 1」太平出版社 1987 p30

どちらが幸福か
- ◇「定本小川未明童話全集 8」講談社 1977 p242
- ◇「定本小川未明童話全集 8」大空社 2001 p242

どちらがふといか
- ◇「〔比江島重孝〕宮崎のむかし話 3」鉱脈社 2000 p244

トッカビイとチンミョング
- ◇「与謝野晶子児童文学全集 3」春陽堂書店 2007 p39

トッカリの子
- ◇「戸川幸夫創作童話集 2」国土社 1972 p34

特許多腕人間方式
- ◇「海野十三全集 7」三一書房 1990 p317

特許の品
- ◇「星新一ショートショートセレクション 12」理論社 2003 p110

嫁ぐ
- ◇「稗田菫平全集 8」宝文館出版 1982 p105

とっくたっくとっくたっく
- ◇「神沢利子コレクション・普及版 1」あかね書房 2005 p66
- ◇「神沢利子のおはなしの時間 3」ポプラ社 2011 p61

嫁ぐ日に
- ◇「稗田菫平全集 8」宝文館出版 1982 p104

とっくり
- ◇「杉みき子選集 2」新潟日報事業社 2005 p32

徳利ぬけ
- ◇「〔比江島重孝〕宮崎のむかし話 3」鉱脈社 2000 p206

徳利のお酒
- ◇「〔野呂祐吉〕吉四六劇団の吉四六さん話名作集」葉文館出版 1998 p38

徳利の代用
- ◇「椋鳩十の本 15」理論社 1982 p259

とっくりゆうれい
- ◇「〔木暮正夫〕日本のおばけ話・わらい話 1」岩崎書店 1986 p88

どっこいしょ
- ◇「さくらゆき―さとうじゅんこ童詩集」えんじゅの会 1997 p58

どっこいしょとはこんだ教室の机
- ◇「宮口しづえ童話全集 8」筑摩書房 1979 p65

どっこどっこ まつの木
- ◇「今西祐行全集 2」偕成社 1987 p199

どっこどっこマツの木
- ◇「今西祐行絵ぶんこ 10」あすなろ書房 1985 p15

とっこの政
- ◇「戸川幸夫動物文学全集 8」冬樹社 1966 p229

とっこべとら子
- ◇「新版・宮沢賢治童話全集 6」岩崎書店 1978 p73
- ◇「新修宮沢賢治全集 8」筑摩書房 1979 p245
- ◇「〔宮沢〕賢治童話」翔泳社 1995 p168
- ◇「学校放送劇舞台劇脚本集 宮沢賢治名作童話」東洋書院 2008 p255

突然の女性
- ◇「くんぺい魔法ばなし―魔法ばなし全集 3」サンリオ 2000 p150

とつぜんの電話
- ◇「杉みき子選集 4」新潟日報事業社 2008 p8

どっちが いい
- ◇「与田凖一全集 1」大日本図書 1967 p222

どっちがさき
- ◇「〔山田野理夫〕お笑い文庫 1」太平出版社 1977

どっちがまっ白
　◇「松谷みよ子全集 3」講談社 1971 p87
どっちのまけ？
　◇「いのち―みずかみかずよ全詩集」石風社 1995 p259
どっちもどっち
　◇「〔木暮正夫〕日本のおばけ話・わらい話 12」岩崎書店 1987 p19
どっちもどっち
　◇「〔山田野理夫〕お笑い文庫 1」太平出版社 1977
　　（母と子の図書室）p106
どっちもとりそこね
　◇「川崎大治民話選 〔3〕」童心社 1971 p43
とっつくひっつく
　◇「〔木暮正夫〕日本のおばけ話・わらい話 1」岩崎書店 1986 p25
とっておきの夏
　◇「山本瓔子詩集 I」新風舎 2003 p28
「とっておきの6年生」
　◇全集版灰谷健次郎の本 21」理論社 1988 p282
とってもすごい 大発明
　◇「阪田寛夫全詩集」理論社 2011 p616
ドッテン、コッテン、大騒ぎ
　◇「ほんとはね、―かわしませいご童話集」文芸社 2008 p23
トットケ地蔵
　◇「〔小田野〕友之童話集」文芸社 2009 p11
どっどどどどうど どどうど どどう
　◇「あまの川―宮沢賢治童謡集」筑摩書房 2001 p60
鳥取のふとんの話
　◇「怪談小泉八雲のこわ～い話 6」汐文社 2009 p21
突飛太郎
　◇「〔巌谷〕小波お伽全集 5」本の友社 1998 p413
突飛勇士
　◇「〔巌谷〕小波お伽全集 15」本の友社 1998 p413
とつぴよくりん
　◇「〔北原〕白秋全童謡集 1」岩波書店 1992 p182
トッピンポウとピンピクリン
　◇「まど・みちお全詩集」理論社 1992 p208
土手（岡田泰三）
　◇「岡田泰三・日下部梅子童謡集」会津童詩会 1992 p37
土手にころげて
　◇「〔斎藤信夫〕子ども心を友として―童謡詩集」成東町教育委員会 1996 p40
トテ馬車（童話集）
　◇「千葉省三童話全集 2」岩崎書店 1967 p5
とても運のいい日
　◇「〔西本鶏介〕新日本昔ばなし――一日一話・読みき

かせ 1」小学館 1997 p6
ドテラのチャンピオン
　◇「ビートたけし傑作集 少年編 2」金の星社 2010 p5
怒涛さかまく日
　◇「巽聖歌作品集 下」巽聖歌作品集刊行委員会 1977 p205
とどけられた百円玉
　◇「螢―白木恵子童話集」東銀座出版社 1997 p77
トトトのうた
　◇「阪田寛夫全詩集」理論社 2011 p334
ととの尾山みやげ
　◇「かつおきんや作品集 9」牧書店〔アリス館牧新社〕 1973 p55
　◇「かつおきんや作品集 15」偕成社 1983 p55
トドロッポ
　◇「北彰介作品集 2」青森県児童文学研究会 1990 p15
トトンぎつね
　◇「今江祥智の本 16」理論社 1980 p56
　◇「今江祥智童話館 〔1〕」理論社 1986 p96
　◇「今江祥智ショートファンタジー 2」理論社 2004 p61
ととんとん
　◇「〔北原〕白秋全童謡集 4」岩波書店 1993 p46
ドナウ
　◇「〔北原〕白秋全童謡集 3」岩波書店 1992 p159
ドナウ川のさざなみ
　◇「横山健童謡選集 1」無明舎出版 1995 p103
トナカイとふくしゅう
　◇「戸川幸夫・子どものための動物物語 11」国土社 1969 p57
トナカイと復讐
　◇「戸川幸夫動物文学全集 8」冬樹社 1966 p207
ドナ星の使命―星からのメッセージI
　◇「土田明子詩集 3」かど創房 1986 p14
ドーナッツ
　◇「まど・みちお全詩集」理論社 1992 p49
　◇「まど・みちお全詩集」理論社 1992 p208
　◇「まど・みちお全詩集」理論社 1992 p241
ドーナッツが ひとつ
　◇「まど・みちお全詩集」理論社 1992 p242
ドーナッツくん
　◇「まど・みちお全詩集」理論社 1992 p638
ドーナッツさん？
　◇「まど・みちお全詩集 続」理論社 2015 p266
となりあわせの
　◇「山本瓔子詩集 I」新風舎 2003 p110
隣り同士
　◇「井上ひさしジュニア文学館 1」汐文社 1998 p49

となりの杏
- ◇「新装版金子みすゞ全集 2」JULA出版局 1984 p214
- ◇「金子みすゞ童謡全集 4」JULA出版局 2004 p100
- ◇「〔金子みすゞ〕花の詩集 1」JULA出版局 2004 p16

隣りの家から
- ◇「稗田菫平全集 3」宝文館出版 1979 p92

隣の鬼
- ◇「〔巌谷〕小波お伽全集 6」本の友社 1998 p351

となりの雄猫
- ◇「阪田寛夫全詩集」理論社 2011 p884

となりの女の子
- ◇「大石真児童文学全集 8」ポプラ社 1982 p6

となりの かじ
- ◇「佐藤義美全集 4」佐藤義美全集刊行会 1974 p296

となりの子ども
- ◇「〔金子〕みすゞ詩画集〔5〕」春陽堂書店 2001 p24

隣の子供
- ◇「新装版金子みすゞ全集 1」JULA出版局 1984 p190
- ◇「金子みすゞ童謡全集 2」JULA出版局 2003 p144

となりの じいさん こぶ ふたつ
- ◇「巽聖歌作品集 下」巽聖歌作品集刊行委員会 1977 p84

となりのじじいと灰
- ◇「ひろすけ幼年童話文学全集 6」集英社 1962 p59
- ◇「浜田広介全集 2」集英社 1975 p190

となりの住人
- ◇「星新一YAセレクション 4」理論社 2009 p189

となりのばあさん
- ◇「いのち—みずかみかずよ全詩集」石風社 1995 p243

隣の花
- ◇「与謝野晶子児童文学全集 4」春陽堂書店 2007 p236

となりのはなをねじりとる
- ◇「〔柳家弁天〕らくご文庫 1」太平出版社 1987 p98

となりの人たち
- ◇「赤道祭—小出正吾童話選集」審美社 1986 p171
- ◇「小出正吾児童文学全集 1」審美社 2000 p323

隣りの坊や
- ◇「〔島木〕赤彦童謡集」第一書店 1947 p110

となりのモリタ
- ◇「神沢利子コレクション 1」あかね書房 1994 p195

- ◇「神沢利子コレクション・普及版 1」あかね書房 2005 p195
- ◇「神沢利子のおはなしの時間 2」ポプラ社 2011 p59

隣りぶれ
- ◇「国分一太郎児童文学集 6」小峰書店 1967 p121

隣村の子
- ◇「定本小川未明童話全集 10」講談社 1977 p191
- ◇「定本小川未明童話全集 10」大空社 2001 p191

隣村の祭
- ◇「新装版金子みすゞ全集 1」JULA出版局 1984 p184
- ◇「金子みすゞ童謡全集 2」JULA出版局 2003 p134

トニー＝ザイラー
- ◇「〔かこさとし〕お話こんにちは〔8〕」偕成社 1979 p71

利根川べり
- ◇「椋鳩十の本 22」理論社 1983 p81

利根のみなかみ
- ◇「おの・ちゅうこう初期作品集〔3〕若き日」崙書房 1975 p272

とねりこの木
- ◇「〔高崎乃理子〕妖精の好きな木—詩集」かど創房 1998 p82

「と」の一語
- ◇「石森延男児童文学全集 11」学習研究社 1971 p196

土嚢
- ◇「〔北原〕白秋全童謡集 3」岩波書店 1992 p114

とのさま蛙
- ◇「新美南吉全集 6」牧書店 1965 p179

トノサマガエル
- ◇「椋鳩十全集 11」ポプラ社 1970 p221

殿様蛙
- ◇「校定新美南吉全集 8」大日本図書 1981 p101

殿さまと荒おどり
- ◇「松谷みよ子のむかしむかし 10」講談社 1973 p87

とのさまと やさい
- ◇「今井誉次郎童話集子どもの村〔2〕」国土社 1957 p15

殿様によろしく
- ◇「今江祥智の本 33」理論社 1990 p7

とのさまには、まいったね
- ◇「〔柳家弁天〕らくご文庫 6」太平出版社 1987 p50

殿さまのいかり
- ◇「さちいさや童話集—心の中に愛の泉がわいてくる」近代文芸社 1995 p49

とのさまのぎょうれつ

とふか

殿さまのためしぎり
　◇「寺村輝夫のとんち話 3」あかね書房 1976 p6
　◇「川崎大治民話選〔1〕」童心社 1968 p52
とのさまの ちゃわん
　◇「小川未明幼年童話文学全集 4」集英社 1966 p145
とのさまの茶わん
　◇「小川未明童話集」世界文化社 2004（心に残るロングセラー）p82
殿さまの茶わん
　◇「定本小川未明童話全集 1」講談社 1976 p295
　◇「小川未明童話集」岩波書店 1996（岩波文庫）p52
　◇「定本小川未明童話全集 1」大空社 2001 p295
殿様の茶碗
　◇「小川未明30選」春陽堂書店 2009（名作童話）p44
とのさまはくいしんぼう
　◇「今江祥智の本 13」理論社 1980 p98
　◇「今江祥智童話館〔2〕」理論社 1986 p26
どの たけのこが せいたかか
　◇「まど・みちお全詩集」理論社 1992 p181
（どの峠にも）
　◇「稗田童平全集 8」宝文館出版 1982 p67
ドノバン
　◇「今江祥智の本 21」理論社 1981 p322
とばされたマメの粉
　◇「〔山田野理夫〕お笑い文庫 8」太平出版社 1977（母と子の図書室）p128
土橋のやろめら
　◇「国分一太郎児童文学集 6」小峰書店 1967 p101
〔topazのそらはうごかず〕
　◇「新修宮沢賢治全集 7」筑摩書房 1980 p211
飛ばない子鳩
　◇「浜田広介全集 11」集英社 1976 p40
とばれないにわとり
　◇「浜田広介全集 2」集英社 1975 p123
とびあるきの大男
　◇「ひろすけ幼年童話文学全集 12」集英社 1962 p134
　◇「浜田広介全集 10」集英社 1976 p42
トビ魚
　◇「椋鳩十の本 22」理論社 1983 p30
飛魚のうたった歌
　◇「北彰介作品集 4」青森県児童文学研究会 1991 p320
とび駕籠の怪（大阪）
　◇「〔木暮正夫〕日本の怪奇ばなし 10」岩崎書店 1990 p42
とびぎつね
　◇「阪田寛夫全詩集」理論社 2011 p215

子どももおとなも楽しめる一日一話の読みきかせとびきり面白いお話の本
　◇「〔西本鶏介〕新日本昔ばなし――一日一話・読みきかせ 1」小学館 1997 p2
とびこし将棋って, あり？
　◇「〔柳家弁天〕らくご文庫 9」太平出版社 1987 p76
跳び越せ
　◇「〔北原〕白秋全童謡集 3」岩波書店 1992 p67
飛び越そよ
　◇「〔北原〕白秋全童謡集 5」岩波書店 1993 p74
鳶子と鳶右衛門
　◇「室生犀星童話全集 2」創林社 1978 p239
とびこんだ天使
　◇「北畠八穂児童文学全集 1」講談社 1974 p28
とびさん, こんちは
　◇「〔島崎〕藤村の童話 3」筑摩書房 1979 p13
とびせん（飛銭）
　◇「〔山田野理夫〕おばけ文庫 1」太平出版社 1976（母と子の図書室）p65
とび出しちゅうい
　◇「長い長いかくれんぼ―杉みき子自選童話集」新潟日報事業社 2001 p122
飛びたつカル
　◇「住井すゑ わたしの少年少女物語〔1〕」労働旬報社 1989 p146
トビツケ, コドモ
　◇「〔北原〕白秋全童謡集 5」岩波書店 1993 p57
トビーのなみだ
　◇「〔山部京子〕12の動物ものがたり」文芸社 2008 p62
とびもの
　◇「〔山田野理夫〕おばけ文庫 6」太平出版社 1976（母と子の図書室）p114
とびよ鳴け
　◇「定本小川未明童話全集 12」講談社 1977 p191
　◇「定本小川未明童話全集 12」大空社 2002 p191
〔扉を推す〕
　◇「新修宮沢賢治全集 4」筑摩書房 1979 p204
扉の向こうへ
　◇「立原えりかのファンタジーランド 9」青土社 1980
（扉は目をあけていた）
　◇「稗田童平全集 2」宝文館出版 1979 p102
どびんと きゅうす
　◇「まど・みちお全詩集 続」理論社 2015 p82
丼池（どぶいけ）の女社長 岡本カツ（大阪府）
　◇「斎藤隆介全集 11」岩崎書店 1982 p173
「飛ぶカモシカの春」全
　◇「稗田童平全集 3」宝文館出版 1979 p44

とぶ砂
  ◇「土田明子詩集 2」かど創房 1986 p30
とぶねこ
  ◇「今江祥智の本 12」理論社 1980 p137
  ◇「今江祥智童話館〔17〕」理論社 1987 p187
とぶはねる
  ◇「いのち―みずかみかずよ全詩集」石風社 1995 p142
飛ぶ春
  ◇「稗田童平全集 3」宝文館出版 1979 p44
飛ぶ夢
  ◇「〔島崎〕藤村の童話 3」筑摩書房 1979 p72
ドブン
  ◇「佐藤義美全集 2」佐藤義美全集刊行会 1973 p44
とべたらば
  ◇「いのち―みずかみかずよ全詩集」石風社 1995 p422
とべとべヒコーキ
  ◇「犬飼馬鹿人旧作童話集」日本文化資料センター 1996 p49
とべないあひる
  ◇「カエルとお月さま―後藤楢根「作品集」」由布市教育委員会 2006 p11
とべない鳥
  ◇「立原えりか作品集 1」思潮社 1972 p33
  ◇「立原えりかのファンタジーランド 10」青土社 1980 p123
飛べない魔女と赤いつる
  ◇「ろくでなしという名のポーリー―もとさこみつる短編童話集」早稲田童話塾 2012 p73
とべるか
  ◇「いのち―みずかみかずよ全詩集」石風社 1995 p195
跳べ！ ロッキー
  ◇「〔山部京子〕12の動物ものがたり」文芸社 2008 p53
土房
  ◇「〔北原〕白秋全童謡集 3」岩波書店 1992 p250
とぼとぼ
  ◇「阪田寛夫全集」理論社 2011 p530
とぼとぼくるのは
  ◇「斎田喬児童劇選集〔6〕」牧書店 1954 p86
とぼとぼくるのは（童話劇）
  ◇「斎田喬幼年劇全集 2」誠文堂新光社 1961 p313
とほほほほほほほぼくどうしてこうなっちゃうの―蜘蛛のくも太の物語
  ◇「かとうむつこ童話集 2」東京図書出版会, リフレ出版（発売）2004 p47
トーマス＝マン
  ◇「〔かこさとし〕お話こんにちは〔3〕」偕成社 1979 p23

とまった電車
  ◇「花岡大学童話文学全集 4」法蔵館 1980 p121
トマッテ イイヨ
  ◇「まど・みちお全詩集」理論社 1992 p52
トマト
  ◇「〔北原〕白秋全童謡集 3」岩波書店 1992 p333
トマト
  ◇「庄野英二全集 11」偕成社 1980 p350
トマト
  ◇「杉みき子選集 2」新潟日報事業社 2005 p202
トマト
  ◇「〔東君平〕おはようどうわ 3」講談社 1982 p116
トマト
  ◇「まど・みちお全詩集」理論社 1992 p17
  ◇「まど・みちお全詩集」理論社 1992 p23
  ◇「まど・みちお全詩集 続」理論社 2015 p199
トマト
  ◇「いのち―みずかみかずよ全詩集」石風社 1995 p130
トマトさん
  ◇「まど・みちお全詩集 続」理論社 2015 p26
トマトとあまがえる
  ◇「岩永博史童話集 1」岩永博史 2001 p22
トマトのきりかた
  ◇「阪田寛夫全詩集」理論社 2011 p280
トマトばたけ
  ◇「〔東君平〕おはようどうわ 7」講談社 1982 p121
トマト畑
  ◇「野口雨情童謡集」弥生書房 1993 p8
トマト畑で
  ◇「与田凖一全集 2」大日本図書 1967 p176
どまどまどんな
  ◇「阪田寛夫全集」理論社 2011 p468
どまのジャガいも
  ◇「浜田広介全集 5」集英社 1976 p65
土間のヒキガエル
  ◇「椋鳩十全集 8」ポプラ社 1969 p26
泊まり客
  ◇「庄野英二全集 9」偕成社 1979 p362
土饅頭
  ◇「高橋敏彦童話集」ノヴィス 2000（ノヴィス叢書）p126
トミー・アンゲラー
  ◇「今江祥智の本 21」理論社 1981 p307
とみえもん
  ◇「〔山田野理夫〕おばけ文庫 10」太平出版社 1976（母と子の図書室）p12
とみおくんと海
  ◇「〔塩沢朝子〕わたしの童話館 1」プロダクト・エル 1986 p12

富川町
　◇「魂の配達―野村吉哉作品集」草思社 1983 p93
富代ちゃん『脱出作戦』
　◇「佐藤ふさゑの本 1」てらいんく 2011 p149
トム吉と宝石
　◇「定本小川未明童話全集 8」講談社 1977 p323
　◇「定本小川未明童話全集 8」大空社 2001 p323
トム君サム君
　◇「佐々木邦全集 9」講談社 1975 p445
トムくんのだんボールごう
　◇「寺村輝夫全童話 7」理論社 1999 p598
トム・ソーヤーの舞台
　◇「椋鳩十の本 24」理論社 1983 p224
トムとジム
　◇「大石真児童文学全集 11」ポプラ社 1982 p35
トムとジムの赤いはね
　◇「大石真児童文学全集 11」ポプラ社 1982 p45
トムとチムと子ブタの毛布
　◇「大石真児童文学全集 14」ポプラ社 1982 p144
トムとチムの赤いじどうしゃ
　◇「大石真児童文学全集 16」ポプラ社 1982 p85
トムとチムのかくれんぼ
　◇「大石真児童文学全集 14」ポプラ社 1982 p176
ドムとトムの冒険
　◇「〔佐々木春奈〕あなたの脳を休める童話集 大人も子どもも楽しめる童話集」日本文学館 2009 p19
トムトム坊主
　◇「〔北原〕白秋全童謡集 1」岩波書店 1992 p177
トムのはな サムのはな
　◇「与田凖一全集 3」大日本図書 1967 p186
トムのまめ サムのまめ
　◇「与田凖一全集 3」大日本図書 1967 p163
　◇「与田凖一全集 3」大日本図書 1967 p194
友
　◇「〔北原〕白秋全童謡集 4」岩波書店 1993 p324
友
　◇「全集版灰谷健次郎の本 8」理論社 1987 p95
友あり遠方よりきたる
　◇「杉みき子選集 9」新潟日報事業社 2011 p60
友へ
　◇「くんぺい魔法ばなし―魔法ばなし全集 2」サンリオ 2000 p102
友を失った夜
　◇「星新一ショートショートセレクション 2」理論社 2001 p117
友を選ぶ注意（山豕と蛇）
　◇「〔巌谷〕小波お伽全集 14」本の友社 1998 p74
友をよぶふえ
　◇「住井すゑ わたしの少年少女物語 〔1〕」労働旬報社 1989 p75

友垣
　◇「現代語訳久留島武彦童話集 くるしまどうわ」玖珠町立わらべの館 2004 p55
ともかずき
　◇「〔山田野理夫〕おばけ文庫 5」太平出版社 1976（母と子の図書室）p58
友吉といも
　◇「岡本良雄童話文学全集 1」講談社 1964 p138
ともくんのだんぼーるごう
　◇「寺村輝夫童話全集 7」ポプラ社 1982 p147
友さん, 川に落ちる
　◇「坪田譲治童話全集 13」岩崎書店 1986 p181
ともしび
　◇「杉みき子選集 3」新潟日報事業社 2006 p65
ともしび
　◇「壺井栄名作集 2」ポプラ社 1965 p155
　◇「定本壺井栄児童文学全集 4」講談社 1980 p35
　◇「壺井栄全集 9」文泉堂出版 1997 p73
　◇「壺井栄全集 7」文泉堂出版 1998 p170
ともだち
　◇「今江祥智童話館 〔1〕」理論社 1986 p175
ともだち
　◇「佐藤さとる全集 1」講談社 1972 p59
ともだち
　◇「くんぺい魔法ばなし―魔法ばなし全集 1」サンリオ 2000 p124
ともだち
　◇「まど・みちお全詩集」理論社 1992 p665
トモダチ
　◇「佐藤義美全集 1」佐藤義美全集刊行会 1974 p122
友だち
　◇「今江祥智の本 16」理論社 1980 p172
友だち
　◇「佐藤さとるファンタジー全集 13」講談社 1983 p47
　◇「佐藤さとる幼年童話自選集 3」ゴブリン書房 2003 p165
　◇「佐藤さとるファンタジー全集 13」講談社, 復刊ドットコム（発売） 2011 p47
友だち
　◇「戸川幸夫創作童話集 2」国土社 1972 p42
友だち
　◇「星新一ショートショートセレクション 14」理論社 2004 p131
友だち
　◇「横山健童謡選集 2」無明舎出版 1995 p28
友達
　◇「赤い自転車―松延いさお自選童話集」〔熊本〕松延猪雄 1993 p82
ともだち音頭

ともた

ともだち
　◇「阪田寛夫全詩集」理論社 2011 p421
ともだちがいっぱい
　◇「全集版灰谷健次郎の本 14」理論社 1988 p5
ともだちがくる
　◇「佐藤義美童謡集」さ・え・ら書房 1960 p108
トモダチガクル
　◇「佐藤義美全集 1」佐藤義美全集刊行会 1974 p156
ともだち讃歌
　◇「阪田寛夫全詩集」理論社 2011 p139
　◇「阪田寛夫全詩集」理論社 2011 p323
ともだちシンフォニー
　◇「佐藤義美童謡集」さ・え・ら書房 1960 p267
　◇「佐藤義美全集 1」佐藤義美全集刊行会 1974 p279
　◇「ともだちシンフォニー——佐藤義美童謡集」JULA出版局 1990 p135
　◇「ともだちシンフォニー——佐藤義美童謡集」JULA出版局 1990 p148
友だちっていいな
　◇「花岡大学仏典童話全集 4」法蔵館 1979 p29
ともだちできるかな
　◇「灰谷健次郎童話館 〔2〕」理論社 1994 p73
ともだち　と
　◇「山本瓔子詩集 I」新風舎 2003 p26
友だちというもの
　◇「椋鳩十の本 24」理論社 1983 p213
友だちどうし
　◇「定本小川未明童話全集 11」講談社 1977 p148
　◇「定本小川未明童話全集 11」大空社 2002 p148
〔友だちと　鬼越やまに〕
　◇「新修宮沢賢治全集 7」筑摩書房 1980 p191
友だちと春
　◇「佐藤義美童謡集」さ・え・ら書房 1960 p242
　◇「佐藤義美全集 1」佐藤義美全集刊行会 1974 p257
　◇「ともだちシンフォニー——佐藤義美童謡集」JULA出版局 1990 p236
ともだちに　あいたい
　◇「山本瓔子詩集 II」新風舎 2003 p40
友だちの家
　◇「庄野英二全集 9」偕成社 1979 p276
ともだちのおかげ
　◇「花岡大学仏典童話新作集 3」法蔵館 1984 p128
友だちのけが
　◇「大石真児童文学全集 11」ポプラ社 1982 p111
友達の友達は友達だ
　◇「阪田寛夫全詩集」理論社 2011 p906
友だちほしい
　◇「もりやまみやこ童話選 2」ポプラ社 2009 p125

ともだちポルカ
　◇「阪田寛夫全詩集」理論社 2011 p536
ともだちマーチ
　◇「〔関根栄一〕はしるふじさん——童謡集」小峰書店 1998 p147
友だちみつけた
　◇「〔渡辺冨美子〕チコのすず——創作童話集」タラの木文学会 1998 p127
ともちゃんの日曜日
　◇「〔藤井則行〕祭りの宵に——童話集」創栄出版 1995 p19
共に明日をめざそうよ
　◇「山本瓔子詩集 I」新風舎 2003 p88
ともみのちょう戦
　◇「ともみのちょう戦—立花玲子童話集」青森県児童文学研究会 1997 p81
友よ鋒とれ
　◇「かもめの水兵さん——武内俊子伝記と作品集」講談社出版サービスセンター 1977 p164
どもりの豆まき
　◇「川崎大治民話選　〔1〕」童心社 1968 p98
鳥屋（とや）
　◇「〔島崎〕藤村の童話 2」筑摩書房 1979 p121
富山をうたった青春譜——井上靖文学の原点
　◇「稗田童平全集 6」宝文館出版 1981 p154
富山を歌った高島高
　◇「稗田童平全集 6」宝文館出版 1981 p112
富山の姉さま
　◇「〔高橋一仁〕春のニシン場——童謡詩集」けやき書房 2003 p40
富山の民話
　◇「稗田童平全集 5」宝文館出版 1980 p173
外山正一
　◇「〔かこさとし〕お話こんにちは 〔6〕」偕成社 1979 p128
（とやま湾の）
　◇「稗田童平全集 8」宝文館出版 1982 p124
土用波
　◇「高橋敏彦童話集」ノヴィス 2000（ノヴィス叢書）p32
土曜日曜
　◇「新装版金子みすゞ全集 3」JULA出版局 1984 p162
　◇「金子みすゞ童謡全集 6」JULA出版局 2004 p48
土曜日（岡田泰三）
　◇「岡田泰三・日下部梅子童謡集」会津童詩会 1992 p28
どようびの　ばん
　◇「与田凖一全集 4」大日本図書 1967 p37
土曜日のベル
　◇「阪田寛夫全詩集」理論社 2011 p882

土曜日のほたる
　◇「あさのあつこセレクション 1」ポプラ社 2007 p5
土曜日の夜です
　◇「[斎藤信夫]子ども心を友として―童謡詩集」成東町教育委員会 1996 p162
豊島与志雄先生
　◇「椋鳩十の本 24」理論社 1983 p188
「豊島与志雄童話作品集」について
　◇「豊島与志雄童話作品集 3」銀貨社 2000 p113
豊臣秀吉
　◇「[かこさとし]お話こんにちは〔10〕」偕成社 1980 p18
豊臣秀吉
　◇「庄野英二全集 11」偕成社 1980 p344
豊臣秀吉と淀君
　◇「魂の配達―野村吉哉作品集」草思社 1983 p76
豊臣秀吉物語
　◇「全集古田足日子どもの本 12」童心社 1993 p189
豊臣秀頼
　◇「[かこさとし]お話こんにちは〔5〕」偕成社 1979 p20
トラ
　◇「まど・みちお全詩集」理論社 1992 p121
　◇「まどさんの詩の本 7」理論社 1996 p62
虎
　◇「鈴木三重吉童話全集 5」文泉堂書店 1975（日本文学全集・選集叢刊第5次）p163
虎
　◇「巽聖歌作品集 上」巽聖歌作品集刊行委員会 1977 p54
　◇「巽聖歌作品集 上」巽聖歌作品集刊行委員会 1977 p261
虎
　◇「森三郎童話選集〔1〕」刈谷市教育委員会 1995 p144
銅鑼
　◇「巽聖歌作品集 上」巽聖歌作品集刊行委員会 1977 p205
ドライヴ
　◇「佐藤義美全集 1」佐藤義美全集刊行会 1974 p67
ドライブ
　◇「[黒川良人]犬の詩猫の詩―児童詩集」東洋出版 2000 p40
虎への探求
　◇「戸川幸夫動物文学全集 12」講談社 1977 p291
とらおおかみのくる村
　◇「筒井敬介全集 2」フレーベル館 1984 p219
トラ・オオカミよりこわいもの
　◇「定本壺井栄児童文学全集 2」講談社 1979 p188
虎狼よりこわいもの
　◇「壺井栄名作集 4」ポプラ社 1965 p34
　◇「壺井栄全集 9」文泉堂出版 1997 p498
虎を書いて猫にも似ず
　◇「[巌谷]小波お伽全集 14」本の友社 1998 p274
トラオくん
　◇「坪田譲治童話全集 7」岩崎書店 1986 p61
とらをたいじしたのはだれでしょう
　◇「あまんきみこセレクション 2」三省堂 2009 p58
どらが鳴る
　◇「新美南吉全集 6」牧書店 1965 p246
　◇「校定新美南吉全集 8」大日本図書 1981 p27
〔寅吉山の北のなだらで〕
　◇「新修宮沢賢治全集 3」筑摩書房 1979 p205
　◇「新修宮沢賢治全集 3」筑摩書房 1979 p390
ドラキュラなんかこわくない
　◇「大石真児童文学全集 15」ポプラ社 1982 p99
ドラキュラママ
　◇「おはなしいっぱい―祐成智美童謡詩集」リーブル 1997 p94
トラクタア
　◇「[北原]白秋全童謡集 2」岩波書店 1992 p338
ドラクロア
　◇「[かこさとし]お話こんにちは〔1〕」偕成社 1979 p125
とらじ
　◇「[山田野理夫]おばけ文庫 6」太平出版社 1976（母と子の図書室）p118
トラジイちゃん第三の冒険
　◇「阪田寛夫全詩集」理論社 2011 p723
トラジイちゃん第二の冒険
　◇「阪田寛夫全詩集」理論社 2011 p712
トラジイちゃん第四の冒険
　◇「阪田寛夫全詩集」理論社 2011 p732
トラジイちゃんの第一の冒険
　◇「阪田寛夫全詩集」理論社 2011 p704
トラジイちゃんの登場
　◇「阪田寛夫全詩集」理論社 2011 p694
トラちゃん
　◇「[黒川良人]犬の詩猫の詩―児童詩集」東洋出版 2000 p98
虎ちゃんの日記
　◇「千葉省三童話全集 2」岩崎書店 1967 p7
トラック
　◇「佐藤義美童謡集」さ・え・ら書房 1960 p211
トラック
　◇「おはなしいっぱい―祐成智美童謡詩集」リーブル 1997 p60
トラック
　◇「[永松康男]童話集 青いマント」永松康男 2012 p287

とらつ

トラックに乗って
　◇「住井すゑジュニア文学館 6」汐文社 1999 p105
〔銅鑼と看板 トロンボン〕
　◇「新修宮沢賢治全集 6」筑摩書房 1980 p121
　◇「新修宮沢賢治全集 6」筑摩書房 1980 p393
虎とこじき
　◇「鈴木三重吉童話全集 2」文泉堂書店 1975（日本文学全集・選集叢刊第5次）p300
トラとチビ
　◇「〔黒川良人〕犬の詩猫の詩—児童詩集」東洋出版 2000 p99
どらどらねこ
　◇「阪田寛夫全詩集」理論社 2011 p440
虎になつた坊さん
　◇「瑠璃の壺—森銑三童話集」三樹書房 1982 p294
どらねこと からす
　◇「小川未明幼年童話文学全集 5」集英社 1966 p127
　◇「定本小川未明童話全集 15」講談社 1978 p260
　◇「定本小川未明童話全集 15」大空社 2002 p260
とらねこ とらら
　◇「〔関根栄一〕はしるふじさん—童謡集」小峰書店 1998 p22
どらねこパンツのしっぱい
　◇「筒井敬介童話全集 4」フレーベル館 1983 p125
　◇「筒井敬介おはなし本 2」小峰書店 2006 p31
トラのあぶら
　◇「〔木暮正夫〕日本のおばけ話・わらい話 10」岩崎書店 1987 p31
虎の飴攻
　◇「〔巖谷〕小波お伽全集 6」本の友社 1998 p222
虎の威・虎の尾
　◇「巽聖歌作品集 下」巽聖歌作品集刊行委員会 1977 p161
虎の胃袋学校
　◇「現代語訳久留島武彦童話集 くるしまどうわ」玖珠町立わらべの館 2004 p29
とらの うた
　◇「まど・みちお全詩集」理論社 1992 p209
虎の皮（朝鮮）
　◇「〔巖谷〕小波お伽全集 15」本の友社 1998 p309
とらのかわのスカート
　◇「筒井敬介童話全集 1」フレーベル館 1983 p77
　◇「筒井敬介おはなし本 1」小峰書店 2006 p141
とらの木のぼり
　◇「ひろすけ幼年童話文学全集 12」集英社 1962 p116
　◇「浜田広介全集 10」集英社 1976 p107
虎の兒
　◇「〔巖谷〕小波お伽全集 12」本の友社 1998 p121
虎の子 動物園所見
　◇「〔北原〕白秋全童謡集 3」岩波書店 1992 p383
虎の子の大発見
　◇「現代語訳久留島武彦童話集 くるしまどうわ」玖珠町立わらべの館 2004 p45
トラの最後
　◇「椋鳩十の本 7」理論社 1983 p34
　◇「椋鳩十まるごと動物ものがたり 2」理論社 1995 p166
トラのしま
　◇「まど・みちお全詩集 続」理論社 2015 p166
虎の煙草
　◇「〔北原〕白秋全童謡集 2」岩波書店 1992 p30
とらのひげじまん
　◇「浜田広介全集 4」集英社 1976 p168
トラの町
　◇「佐藤義美全集 5」佐藤義美全集刊行会 1973 p240
トラのみせもの
　◇「〔柳家弁天〕らくご文庫 11」太平出版社 1987 p31
虎の明神
　◇「〔巖谷〕小波お伽全集 3」本の友社 1998 p326
ドラビダ風
　◇「新修宮沢賢治全集 4」筑摩書房 1979 p229
トラブルさんこんにちは
　◇「山中恒ユーモア選集 3」国土社 1974 p1
　◇「山中恒よみもの文庫 10」理論社 1998 p7
トラベッド
　◇「角野栄子のちいさなどうわたち 6」ポプラ社 2007 p97
ドラマ
　◇「〔下田喜久美〕遠くから来た旅人—詩集」リトル・ガリヴァー社 1998 p116
ドラマ「太陽の子」のこと
　◇「全集灰谷健次郎の本 20」理論社 1987 p185
寅待
　◇「〔山田野理夫〕おばけ文庫 6」太平出版社 1976（母と子の図書室）p56
トラよ、走れ
　◇「今江祥智の本 12」理論社 1980 p85
　◇「今江祥智童話館 〔10〕」理論社 1987 p182
虎は語らず
　◇「戸川幸夫動物文学全集 10」講談社 1977 p320
トランプ
　◇「サトウハチロー童話集」弥生書房 1977 p84
トランプ
　◇「〔中山尚美〕おふろの中で—詩集」アイ企画 1996 p42
トランプのお家
　◇「新装版金子みすゞ全集 3」JULA出版局 1984 p16

トランプの女王
- ◇「みゞさん—童謡詩人・金子みすゞの優しさ探しの旅 2」春陽堂書店 1998
- ◇「金子みすゞ童謡全集 5」JULA出版局 2004 p30

トランプの女王
- ◇「新装版金子みすゞ全集 1」JULA出版局 1984 p93
- ◇「金子みすゞ童謡全集 1」JULA出版局 2003 p152

トランプばあさん
- ◇「石森延男児童文学全集 2」学習研究社 1971 p160

トランプ（マンスフィールドのアト・ザ・ベイの一章）
- ◇「校定新美南吉全集 9」大日本図書 1981 p347

トランプは王さまぬき
- ◇「〔寺村輝夫〕ぼくは王さま全1冊」理論社 1985 p513
- ◇「寺村輝夫全童話 1」理論社 1996 p500
- ◇「寺村輝夫の王さまシリーズ 8」理論社 1998 p7

鶏（とり）… → "にわとり…"をも見よ

鶏（とり）
- ◇「稗田童平全集 1」宝文館出版 1978 p12

鳥
- ◇「安房直子コレクション 1」偕成社 2004 p73

鳥
- ◇「阪田寛夫全詩集」理論社 2011 p71

鳥
- ◇「まど・みちお詩集 2」銀河社 1975 p46
- ◇「まど・みちお全詩集」理論社 1992 p442
- ◇「まどさんの詩の本 13」理論社 1997 p8

とりあみのとり
- ◇「浜田広介全集 10」集英社 1976 p93

トリ石
- ◇「〔山田野理夫〕おばけ文庫 3」太平出版社 1976（母と子の図書室）p56

トリ一代記
- ◇「椋鳩十の本 1」理論社 1982 p208

鳥居と野鳥と
- ◇「椋鳩十の本 17」理論社 1982 p141

華表（とりゐ）の心配
- ◇「瑠璃の壺—森銑三童話集」三樹書房 1982 p38

鳥居信元と成瀬正義・湯水の行水（一龍斎貞水編、岡本和明文）
- ◇「一龍斎貞水の歴史講談 5」フレーベル館 2001 p44

とりいれ
- ◇「巽聖歌作品集 上」巽聖歌作品集刊行委員会 1977 p502

鳥海春駒
- ◇「〔高橋一仁〕春のニシン場—童謡詩集」けやき書房 2003 p154

鳥右エ門諸国をめぐる
- ◇「新美南吉童話集 3」大日本図書 1982 p129
- ◇「新美南吉童話大全」講談社 1989 p167
- ◇「新美南吉童話傑作選〔3〕ごん狐」小峰書店 2004 p95
- ◇「新美南吉30選」春陽堂書店 2009（名作童話）p221
- ◇「新美南吉童話集 3」大日本図書 2012 p129

鳥右エ門諸国をめぐる
- ◇「校定新美南吉全集 3」大日本図書 1980 p132

鳥右エ門諸国をめぐる（新美南吉作、ふじたあさや脚色）
- ◇「新美南吉童話劇集 2」東京書籍 1982（東書児童劇シリーズ）p167

鳥追ひ
- ◇「〔北原〕白秋全童謡集 4」岩波書店 1993 p22

鳥追いの唄
- ◇「横山健童謡選集 1」無明舎出版 1995 p44

鳥追いの話（日下部梅子）
- ◇「岡田泰三・日下部梅子童謡集」会津童詩会 1992 p132

トリオ・ザ・ボイン
- ◇「山中恒ユーモア選集 1」国土社 1974 p1

鳥をとるやなぎ
- ◇「新版・宮沢賢治童話全集 3」岩崎書店 1978 p63
- ◇「新修宮沢賢治全集 9」筑摩書房 1979 p159
- ◇「〔宮沢〕賢治童話」翔泳社 1995 p312

トリオのサンバ
- ◇「阪田寛夫全詩集」理論社 2011 p646

鳥を のんだ おじいさん
- ◇「坪田譲治幼年童話文学全集 8」集英社 1965 p52

鳥飼姫
- ◇「巌谷小波お伽噺文庫〔4〕」大和書房 1976 p67

とりがうたう とりのうた
- ◇「佐藤義美全集 1」佐藤義美全集刊行会 1974 p370

取りかへ草子
- ◇「瑠璃の壺—森銑三童話集」三樹書房 1982 p410

とりかえっこ
- ◇「佐藤さとる全集 3」講談社 1972 p1
- ◇「佐藤さとるファンタジー全集 12」講談社 1982 p5
- ◇「佐藤さとるファンタジー全集 12」講談社, 復刊ドットコム（発売）2011 p5

とりかえっ子
- ◇「松谷みよ子全集 4」講談社 1972 p65

［コマ絵童話］いぬ・ねこ・ねずみ・それとだれかとりかえっこしてみたら
- ◇「佐藤さとる幼年童話自選集 4」ゴブリン書房 2004 p119

鳥かごの天使

とりか

◇「やなせたかし童謡詩集 〔1〕」フレーベル館 2000 p44

鳥が鳴く
　◇「松谷みよ子全集 12」講談社 1972 p116

鳥獣もお友達
　◇「〔島崎〕藤村の童話 2」筑摩書房 1979 p52

とり小屋のはる
　◇「浜田広介全集 3」集英社 1975 p223

鳥さし
　◇「〔北原〕白秋全童謡集 4」岩波書店 1993 p100

鳥さし
　◇「浜田広介全集 11」集英社 1976 p15

鳥沢山の鬼
　◇「斎藤隆介全集 4」岩崎書店 1982 p36

鳥―その純粋の声は
　◇「稗田童平全集 2」宝文館出版 1979 p11

とりだす魚
　◇「奥田継夫ベストコレクション 9」ポプラ社 2002 p121

鳥たちの六月
　◇「松谷みよ子全エッセイ 3」筑摩書房 1989 p262

砦つくりの宝物
　◇「〔佐海〕航南夜ばなし―童話集」佐海航南 1999 p167

鳥と子供（日下部梅子）
　◇「岡田泰三・日下部梅子童謡集」会津童詩会 1992 p134

鳥と魚の対話
　◇「夢見る窓―冬村勇陽童話集」北雪新書 2004 p162

鳥と少女
　◇「杉みき子選集 10」新潟日報事業社 2011 p88

鳥とトランプ
　◇「サトウハチロー童話集」弥生書房 1977 p50

鳥となる花
　◇「浜田広介全集 11」集英社 1976 p41

鳥と人
　◇「西條八十童謡全集」修道社 1971 p55

鳥鳴く朝のちい子ちゃん
　◇「定本小川未明童話全集 12」講談社 1977 p151
　◇「定本小川未明童話全集 12」大空社 2002 p151

鳥にさらわれた娘
　◇「安房直子コレクション 5」偕成社 2004 p173

鳥になったサブ
　◇「〔足立俊〕桃と赤おに」叢文社 1998 p23

鳥になった魂
　◇「松谷みよ子全エッセイ 3」筑摩書房 1989 p282

鳥に何をみるか（対談）―いぬいとみこさんと
　◇「椋鳩十の本 27」理論社 1989 p189

童話 鳥になりたい
　◇「あづましん童話集―子供たちの心を育てる」新風舎 1999 p47

鳥になる子ども
　◇「斎田喬児童劇選集 〔3〕」牧書店 1954 p60

鳥になる子ども（生活劇）
　◇「斎田喬幼年劇全集 3」誠文堂新光社 1962 p463

鳥に残した柿の実
　◇「武田信夫童話作品集」みちのく書房 1995 p329

鳥のいる風景
　◇「杉みき子選集 3」新潟日報事業社 2006 p233

鳥のうた
　◇「〔北原〕白秋全童謡集 2」岩波書店 1992 p47

とりのうたは かいばかがり
　◇「与田凖一全集 3」大日本図書 1967 p176

とりの王様えらび
　◇「阪田寛夫全詩集」理論社 2011 p522

鶏（とり）の冠
　◇「〔巌谷〕小波お伽全集 3」本の友社 1998 p43

鳥のきき耳
　◇「〔比江島重孝〕宮崎のむかし話 1」鉱脈社 1998 p12

鳥のくる家
　◇「椋鳩十の本 23」理論社 1983 p214

鳥のこえ
　◇「〔北原〕白秋全童謡集 3」岩波書店 1992 p16

鳥の言葉, 獣の言葉
　◇「鈴木三重吉童話全集 2」文泉堂書店 1975 （日本文学全集・選集叢刊第5次）p129

鳥の巣
　◇「新装版金子みすゞ全集 2」JULA出版局 1984 p128
　◇「金子みすゞ童謡全集 3」JULA出版局 2004 p188

鳥の巣
　◇「〔北原〕白秋全童謡集 1」岩波書店 1992 p40

鳥の遷移
　◇「新修宮沢賢治全集 3」筑摩書房 1979 p97
　◇「新修宮沢賢治全集 3」筑摩書房 1979 p344

鳥のはなし
　◇「若松賤子創作童話全集」久山社 1995 （日本児童文化史叢書）p90

鳥のみじいさま
　◇「稗田童平全集 5」宝文館出版 1980 p102

とりのみじいさん
　◇「寺村輝夫のむかし話 〔8〕」あかね書房 1979 p76

鳥の森
　◇「今江祥智の本 14」理論社 1980 p115
　◇「今江祥智童話館 〔8〕」理論社 1987 p117
　◇「今江祥智ショートファンタジー 4」理論社 2005 p72

鳥箱先生とフゥねずみ
　◇「〔宮沢〕賢治童話」翔泳社 1995 p120
鳥箱先生とフゥねずみ
　◇「新版・宮沢賢治童話全集 1」岩崎書店 1978 p23
　◇「新修宮沢賢治全集 8」筑摩書房 1979 p165
　◇「宮沢賢治童話集 1」講談社 1985（講談社青い鳥文庫）p74
　◇「宮沢賢治童話集珠玉選〔1〕」講談社 2009 p28
鳥眼
　◇「花岡大学童話文学全集 6」法蔵館 1980 p116
鳥山鳥右エ門
　◇「新美南吉全集 3」牧書店 1965 p131
鳥よ
　◇「〔鈴木桂子〕親子で語り合う詩集 2」クロスロード 1999 p38
努力のあと
　◇「旅だち―内藤哲彦児童文学作品集」境文化研究所 2007 p228
努力の逆上がり
　◇「〔大野憲三〕創作童話」一粒書房 2012 p34
鳥は花の
　◇「稗田童平全集 2」宝文館出版 1979 p67
トルコ人の夢
　◇「坪田譲治童話全集 9」岩崎書店 1986 p244
トルストイの「復活」を読む
　◇「松田瓊子全集 5」大空社 1997 p30
ドルフィンの笑い
　◇「稗田童平全集 7」宝文館出版 1981 p148
ドルフィン・フレンズ
　◇「〔山部京子〕12の動物ものがたり」文芸社 2008 p24
どれでしょう？
　◇「今井誉次郎童話集子どもの村〔4〕」国土社 1957 p72
とれパン
　◇「阪田寛夫全詩集」理論社 2011 p278
ドレミファかえうた
　◇「阪田寛夫全詩集」理論社 2011 p229
　◇「阪田寛夫全詩集」理論社 2011 p894
ドレミファドーナツふきならせ
　◇「もりやまみやこ童話選 1」ポプラ社 2009 p61
トレロ・カモミロ
　◇「阪田寛夫全詩集」理論社 2011 p376
トロイメライ 1
　◇「石のロバ―浅野都作品集」新風舎 2007 p53
トロイメライ 2
　◇「石のロバ―浅野都作品集」新風舎 2007 p57
トロちゃんと爪切鋏
　◇「ある手品師の話―小熊秀雄童話集」晶文社 1976 p173

　◇「小熊秀雄童話集」創風社 2001 p147
トロッコ
　◇「齋藤孝のイッキによめる！ 小学生のための芥川龍之介」講談社 2009 p163
トロツコ
　◇「佐藤義美全集 2」佐藤義美全集刊行会 1973 p107
トロッコあそび
　◇「巽聖歌作品集 下」巽聖歌作品集刊行委員会 1977 p17
ドロップ
　◇「〔北原〕白秋全童謡集 3」岩波書店 1992 p37
ドロップスのうた
　◇「まど・みちお全詩集」理論社 1992 p193
　◇「まどさんの詩の本 5」理論社 1994 p58
どろどろどろえもん
　◇「寺村輝夫童話全集 14」ポプラ社 1982 p69
　◇「寺村輝夫全童話 4」理論社 1997 p57
とろとろトンビ
　◇「稗田童平全集 3」宝文館出版 1979 p73
〔どろの木の下から〕
　◇「新修宮沢賢治全集 3」筑摩書房 1979 p48
　◇「新修宮沢賢治全集 3」筑摩書房 1979 p323
〔どろの木の根もとで〕
　◇「新修宮沢賢治全集 5」筑摩書房 1979 p19
　◇「新修宮沢賢治全集 5」筑摩書房 1979 p282
とろ八丁のプロペラ船
　◇「巽聖歌作品集 下」巽聖歌作品集刊行委員会 1977 p102
どろぼう
　◇「佐藤義美全集 2」佐藤義美全集刊行会 1973 p311
どろぼう
　◇「杉みき子選集 2」新潟日報事業社 2005 p126
どろぼう
　◇「鈴木三重吉童話全集 4」文泉堂書店 1975（日本文学全集・選集叢刊第5次）p32
どろぼう
　◇「坪田譲治自選童話集」実業之日本社 1971 p124
　◇「坪田譲治童話全集 2」岩崎書店 1986 p29
　◇「坪田譲治名作選〔1〕魔法」小峰書店 2005 p44
泥坊
　◇「豊島与志雄童話全集 3」八雲書店 1948 p59
　◇「豊島与志雄童話集」海鳥社 1990 p169
どろぼう事件
　◇「戸川幸夫創作童話集 1」国土社 1972 p68
どろぼう先生（生活童話劇）
　◇「斎田喬幼年劇全集 1」誠文堂新光社 1962 p357
どろぼうたいじのへ
　◇「〔木暮正夫〕日本のおばけ話・わらい話 4」岩崎書店 1986 p30

とろほ

どろぼうと笛
　◇「岩永博史童話集 1」岩永博史 2001 p38
どろぼうとラッパ
　◇「千葉省三童話全集 3」岩崎書店 1967 p217
どろぼうにはいるの, ヤーメタ！
　◇〔柳家弁天〕らくご文庫 2」太平出版社 1987 p68
泥棒の居る街
　◇「別役実童話集 〔1〕」三一書房 1973 p178
泥棒のおあいそ
　◇「川崎大治民話選 〔1〕」童心社 1968 p64
どろぼうのおてほん
　◇〔木暮正夫〕日本のおばけ話・わらい話 4」岩崎書店 1986 p53
どろぼうのおとしもの
　◇〔木暮正夫〕日本のおばけ話・わらい話 4」岩崎書店 1986 p25
泥坊の死骸
　◇「瑠璃の壺―森銑三童話集」三樹書房 1982 p250
泥棒の損
　◇「二反長半作品集 3」集英社 1979 p157
どろぼうのどろぼう
　◇〔木暮正夫〕日本のおばけ話・わらい話 4」岩崎書店 1986 p11
どろぼうのへんじ
　◇〔木暮正夫〕日本のおばけ話・わらい話 4」岩崎書店 1986 p14
どろぼう, まて！
　◇〔柳家弁天〕らくご文庫 11」太平出版社 1987 p56
泥棒物語
　◇「別役実童話集 〔6〕」三一書房 1988 p63
ドロボーと天神さま
　◇〔今坂柳二〕りゅうじフォークロア・world 2」ふるさと伝承研究会 2007 p40
トロリトロリと
　◇〔坪井安〕はしれ子馬よ―童謡詩集」童謡研究・蜂の会 1999 p84
とろろ汁
　◇「椋鳩十の本 20」理論社 1983 p188
どろんこあそび
　◇「阪田寛夫全詩集」理論社 2011 p370
どろんこクラブのゆうれいちゃん
　◇「後藤竜二童話集 4」ポプラ社 2013 p97
どろんこさぶ
　◇「長崎源之助全集 7」偕成社 1987 p7
どろんこ祭り
　◇「今江祥智の本 18」理論社 1981 p89
　◇「今江祥智童話館 〔12〕」理論社 1987 p7
　◇「今江祥智ショートファンタジー 2」理論社 2004 p150
どろんこようちえん
　◇「長崎源之助全集 17」偕成社 1987 p135
「どろんこロン」
　◇「全集版灰谷健次郎の本 21」理論社 1988 p213
どろんこロン
　◇「山下明生・童話の島じま 4」あかね書房 2012 p93
どわすれ
　◇〔東君平〕おはようどうわ 3」講談社 1982 p12
　◇「東君平のおはようどうわ 5」新日本出版社 2010 p68
十和田の湖
　◇「巽聖歌作品集 上」巽聖歌作品集刊行委員会 1977 p225
十和田の湖は
　◇「巽聖歌作品集 上」巽聖歌作品集刊行委員会 1977 p199
トンカチ
　◇「まど・みちお全詩集 続」理論社 2015 p82
とんかちとん
　◇「まど・みちお全詩集 続」理論社 2015 p384
ドーン・カッ
　◇「阪田寛夫全詩集」理論社 2011 p399
トンカツとテンカツ
　◇「阪田寛夫全詩集」理論社 2011 p890
トンカトンカ
　◇〔比江島重孝〕宮崎のむかし話 3」鉱脈社 2000 p96
とんからこ
　◇〔北原〕白秋全童謡集 1」岩波書店 1992 p73
とんがらしのうた
　◇〔関根栄一〕はしるふじさん―童謡集」小峰書店 1998 p98
とんがりやまの しかと まんまる やまの うさぎ
　◇「佐藤義美全集 3」佐藤義美全集刊行会 1973 p185
東京(とんきん)城
　◇「巽聖歌作品集 上」巽聖歌作品集刊行委員会 1977 p257
どんくになった
　◇〔比江島重孝〕宮崎のむかし話 2」鉱脈社 1998 p32
どんぐり
　◇「新装版金子みすゞ全集 1」JULA出版局 1984 p53
　◇「みすゞさん―童謡詩人・金子みすゞの優しさ探しの旅 1」春陽堂書店 1997
　◇〔金子〕みすゞ詩画集 〔3〕」春陽堂書店 2000
　◇「金子みすゞ童謡全集 1」JULA出版局 2003 p82

とんく

どんぐり
　◇「北彰介作品集 1」青森県児童文学研究会 1990 p78

どんぐり
　◇「佐藤義美童謡集」さ・え・ら書房 1960 p222
　◇「佐藤義美全集 1」佐藤義美全集刊行会 1974 p239

どんぐり
　◇「第二〔島木〕赤彦童謡集」第一書店 1948 p16

どんぐり
　◇「りらりらりらわたしの絵本―富永佳与子こどものうた作品集」国土社 1994 p18

どんぐり
　◇「浜田広介全集 11」集英社 1976 p122

どんぐり
　◇「まど・みちお全詩集」理論社 1992 p654

どん栗
　◇「巽聖歌作品集 上」巽聖歌作品集刊行委員会 1977 p239

団栗
　◇「佐藤義美全集 1」佐藤義美全集刊行会 1974 p331

（独栗（どんぐり））
　◇「稗田童平全集 2」宝文館出版 1979 p117

どんぐりかいしゃ
　◇「巽聖歌作品集 下」巽聖歌作品集刊行委員会 1977 p313

どんぐり学校
　◇「佐藤義美童謡集」さ・え・ら書房 1960 p221
　◇「佐藤義美全集 1」佐藤義美全集刊行会 1974 p238

どんぐりこ
　◇「〔北原〕白秋全童謡集 1」岩波書店 1992 p75

どんぐりごっこ
　◇「〔かこさとし〕お話こんにちは〔8〕」偕成社 1979 p94

どんぐり小ぼうず
　◇「鈴木三重吉童話全集 4」文泉堂書店 1975（日本文学全集・選集叢刊第5次）p367

どんぐりごま
　◇「いのち―みずかみかずよ全詩集」石風社 1995 p159
　◇「いのち―みずかみかずよ全詩集」石風社 1995 p296

団栗独楽
　◇「稗田童平全集 1」宝文館出版 1978 p20

どんぐり ころころ
　◇「佐藤義美全集 4」佐藤義美全集刊行会 1974 p258

どんぐりころころ
　◇「浜田広介全集 9」集英社 1976 p45

どんぐりころころ
　◇「稗田童平全集 3」宝文館出版 1979 p80

どんぐり コロコロ
　◇「佐藤義美童謡集」さ・え・ら書房 1960 p168
　◇「佐藤義美全集 1」佐藤義美全集刊行会 1974 p210

どんぐりしばい
　◇「平塚武二童話全集 1」童心社 1972 p106

どんぐりたろう
　◇「佐藤さとるファンタジー全集 12」講談社 1982 p39
　◇「佐藤さとる幼年童話自選集 2」ゴブリン書房 2003 p83
　◇「佐藤さとるファンタジー全集 12」講談社, 復刊ドットコム（発売）2011 p39

どんぐりちゃん
　◇「まど・みちお全詩集」理論社 1992 p163
　◇「まどさんの詩の本 15」理論社 1997 p78

どんぐりと石ころ
　◇「千葉省三童話全集 4」岩崎書店 1968 p197

どんぐりと こりす
　◇「まど・みちお全詩集」理論社 1992 p184

どんぐりともだち
　◇「今西祐行全集 4」偕成社 1987 p163

どんぐりと山ねこ
　◇「新版・宮沢賢治童話全集 3」岩崎書店 1978 p45
　◇「〔宮沢賢治〕注文の多い料理店―イーハトーヴ童話集」岩波書店 2000（岩波少年文庫）p11
　◇「宮沢賢治童話集」世界文化社 2004（心に残るロングセラー）p32
　◇「宮沢賢治のおはなし 1」岩崎書店 2004 p1

どんぐりと山猫
　◇「新修宮沢賢治全集 13」筑摩書房 1980 p7
　◇「宮沢賢治童話集 2」講談社 1985（講談社青い鳥文庫）p45
　◇「宮沢賢治動物童話集 1」シグロ 1995 p73
　◇「〔宮沢〕賢治童話」翔泳社 1995 p48
　◇「ジュニア文学館 宮沢賢治―写真・絵画集成 2」日本図書センター 1996 p175
　◇「よくわかる宮沢賢治―イーハトーブ・ロマン I」学習研究社 1996 p174
　◇「学校放送劇舞台劇脚本集 宮沢賢治名作童話」東洋書院 2008 p83
　◇「宮沢賢治20選」春陽堂書店 2008（名作童話）p120
　◇「宮沢賢治童話集珠玉選〔4〕」講談社 2009 p43

どんぐりと山猫（宮沢賢治作, 照井登久子脚色）
　◇「宮沢賢治童話劇集 1」東京書籍 1981（東書児童劇シリーズ）p121

どんぐりと栗鼠
　◇「西條八十童謡全集」修道社 1971 p301

どんぐり どん

◇「佐藤義美全集 1」佐藤義美全集刊行会 1974 p303
◇「ともだちシンフォニー──佐藤義美童謡集」JULA出版局 1990 p98

どんぐりのうた
◇「まど・みちお全詩集」理論社 1992 p161
◇「まど・みちお詩集 〔2〕」すえもりブックス 1998 p28

どんぐりのおねがい
◇「宮口しづえ児童文学集 5」小峰書店 1969 p193
◇「宮口しづえ童話全集 7」筑摩書房 1979 p127
◇「宮口しづえ童話名作集」一草舎出版 2009 p241

どんぐりのことなど
◇「今西祐行全集 15」偕成社 1989 p164

どんぐりはこび
◇「浜田広介全集 8」集英社 1976 p38

どんぐり ひろいに
◇「巽聖歌作品集 下」巽聖歌作品集刊行委員会 1977 p134

どんぐり ぽちょん
◇「まど・みちお全詩集 続」理論社 2015 p382

どんぐり民話館
◇「星新一ショートショートセレクション 10」理論社 2003 p176

ドンコツの最期
◇「坪田譲治童話全集 13」岩崎書店 1986 p43

どんざの子
◇「壺井栄名作集 7」ポプラ社 1965 p31
◇「壺井栄全集 10」文泉堂出版 1998 p561

曇日抄
◇「稲田童平全集 8」宝文館出版 1982 p63

ドン氏の行列
◇「太田博也童話集 5」小山書林 2008 p168

ドン氏の精
◇「太田博也童話集 5」小山書林 2008 p1

ドンジリ一等賞
◇「花岡大学童話文学全集 5」法蔵館 1980 p278

とんすつ
◇「〔北原〕白秋全童謡集 4」岩波書店 1993 p31

屯積
◇「〔北原〕白秋全童謡集 3」岩波書店 1992 p273

遁走
◇「稲田童平全集 2」宝文館出版 1979 p19

どんたく
◇「〔北原〕白秋全童謡集 2」岩波書店 1992 p37

とんだこと
◇「与謝野晶子児童文学全集 4」春陽堂書店 2007 p229

とんだ大工さん
◇「〔柳家弁天〕らくご文庫 2」太平出版社 1987 p79

飛んだ慈悲心
◇「〔巌谷〕小波お伽全集 14」本の友社 1998 p270

とんだ まちがい
◇「今井誉次郎童話集子どもの村 〔1〕」国土社 1957 p54

鈍太郎
◇「〔巌谷〕小波お伽全集 9」本の友社 1998 p75

トンチキプー
◇「北畠八穂児童文学全集 3」講談社 1975 p179

とんちくらべ
◇「〔比江島重孝〕宮崎のむかし話 3」鉱脈社 2000 p250

とんちでヤッタネ！ おどけもの話
◇「〔木暮正夫〕日本のおばけ話・わらい話 10」岩崎書店 1987

とんちの繁次郎
◇「松谷みよ子のむかしむかし 7」講談社 1973 p129

トンチンカン夫婦
◇「まど・みちお全詩集 続」理論社 2015 p149

トンチンとハムサン
◇「ネーとなかま─小笹正子の童話集」七つ森書館 2006 p39

どんつき
◇「石森読本─石森延男児童文学選集 4年生」小学館 1977 p195

とんでいくかめ
◇「浜田広介全集 9」集英社 1976 p11

飛んでいくもち
◇「川崎大治民話選 〔3〕」童心社 1971 p84

とんでいった
◇「まど・みちお全詩集 続」理論社 2015 p195

飛んで行つた蝦蟆
◇「瑠璃の壺─森銑三童話集」三樹書房 1982 p240

飛んで行つた子鴉
◇「〔北原〕白秋全童謡集 2」岩波書店 1992 p216

とんてきさん
◇「〔山田野理夫〕お笑い文庫 7」太平出版社 1977（母と子の図書室）p23

とんでけ！ だっこ虫
◇「〔野村ゆき〕ねえ、おはなしして！─語り聞かせお話集」東洋出版 1998 p55

とんで こい
◇「ひろすけ幼年童話文学全集 2」集英社 1962 p28

とんで来い
◇「浜田広介全集 2」集英社 1975 p66

とんで凧
◇「新美南吉全集 6」牧書店 1965 p259

飛んでったお不動さま
◇「〔今坂柳二〕りゅうじフォークロア・world 3」

ふるさと伝承研究会 2007 p92
トンデ ミロ
　◇「〔北原〕白秋全童謡集 3」岩波書店 1992 p156
跳んでみろ
　◇「〔北原〕白秋全童謡集 3」岩波書店 1992 p65
とんでもございません
　◇「阪田寛夫全詩集」理論社 2011 p87
とんでもないおくびょう者
　◇「〔西本鶏介〕新日本昔ばなし――日一話・読みきかせ 3」小学館 1997 p56
とんでもないけちんぼう
　◇「〔西本鶏介〕日本の昔話―読みきかせお話集 2」小学館 2001 p60
とんでもないとこ屋さん
　◇「〔柳家弁天〕らくご文庫 2」太平出版社 1987 p81
とんでもない話
　◇「椋鳩十の本 18」理論社 1982 p228
とんでもないやつ
　◇「星新一ショートショートセレクション 4」理論社 2002 p69
トンとカラリと
　◇「〔北原〕白秋全童謡集 4」岩波書店 1993 p263
ドンドコ山の子ガミナリ
　◇「斎藤隆介全集 1」岩崎書店 1982 p58
唐土（とんど）の虎こ（創作民話）
　◇「北彰介作品集 3」青森県児童文学研究会 1990 p19
ドント・プカプカ
　◇「阪田寛夫全詩集」理論社 2011 p794
とんとむかしあったって
　◇「稗田童平全集 5」宝文館出版 1980 p99
どんどやき
　◇「浜田広介全集 11」集英社 1976 p123
ドンドやき
　◇「〔東君平〕おはようどうわ 4」講談社 1982 p12
　◇「東君平のおはようどうわ 4」新日本出版社 2010 p40
トントン
　◇「阪田寛夫全詩集」理論社 2011 p905
どんどん川の河太郎
　◇「浜田広介全集 8」集英社 1976 p177
トントントン橋
　◇「かもめの水兵さん―武内俊子伝記と作品集」講談社出版サービスセンター 1977 p180
とんとん拍子
　◇「星新一ちょっと長めのショートショート 4」理論社 2006 p45
どんどん吹雪
　◇「中村雨紅詩謡集」中村雨紅詩謡集刊行委員会 1971 p76

どんどんほったら
　◇「阪田寛夫全詩集」理論社 2011 p441
トンネル・ダイオード効果研究所
　◇「別役実童話集 〔4〕」三一書房 1979 p160
トンネル山の子どもたち
　◇「長崎源之助全集 5」偕成社 1987 p7
トンネル路地
　◇「岡本良雄童話文学全集 1」講談社 1964 p168
ドンの鳴るまで
　◇「〔島崎〕藤村の童話 3」筑摩書房 1979 p48
とんび
　◇「新装版金子みすゞ全集 1」JULA出版局 1984 p135
　◇「金子みすゞ童謡全集 2」JULA出版局 2003 p64
トンビ
　◇「庄野英二全集 11」偕成社 1980 p76
トンビ
　◇「〔東君平〕おはようどうわ 7」講談社 1982 p20
とんびが こをうんだ
　◇「稗田童平全集 3」宝文館出版 1979 p61
とんびがっぱ
　◇「石森延男児童文学全集 11」学習研究社 1971 p71
とんび凧
　◇「森三郎童話選集 〔2〕」刈谷市教育委員会 1996 p171
鳶凧
　◇「校定新美南吉全集 8」大日本図書 1981 p320
鳶と職（くつした）
　◇「西條八十童謡全集」修道社 1971 p298
とんびと子ども
　◇「ひろすけ幼年童話文学全集 6」集英社 1962 p14
　◇「浜田広介全集 4」集英社 1976 p26
トンビとタニシ
　◇「稗田童平全集 3」宝文館出版 1979 p74
トンビと殿さま
　◇「〔山里野理夫〕お笑い文庫 10」太平出版社 1977（母と子の図書室）p85
トンビになったさかなうり
　◇「〔木暮正夫〕日本のおばけ・わらい話 7」岩崎書店 1986 p29
トンビにほた餅さらわれた
　◇「〔山里野理夫〕お笑い文庫 12」太平出版社 1977（母と子の図書室）p78
鳶ひょろひょろ
　◇「西條八十童謡全集」修道社 1971 p65
鳶ホリヨ、リヨ
　◇「〔巌谷〕小波お伽全集 12」本の友社 1998 p376
どんぶらこっこ
　◇「阪田寛夫全詩集」理論社 2011 p145

とんへ

とんべえさんのむぎばたけ
- ◇「〔木暮正дий〕日本のおばけ話・わらい話 13」岩崎書店 1987 p61

とんぼ
- ◇「こやま峰子詩集 〔1〕」朔北社 2003 p22

とんぼ
- ◇「〔島崎〕藤村の童話 1」筑摩書房 1979 p200

とんぼ
- ◇「土田耕平童話集 〔2〕」古今書院 1955 p103

とんぼ
- ◇「まど・みちお全詩集」理論社 1992 p571
- ◇「まどさんの詩の本 3」理論社 1994 p76

トンボ
- ◇「稗田童平全集 3」宝文館出版 1979 p68

トンボ
- ◇「まど・みちお詩集 〔1〕」すえもりブックス 1992 p24
- ◇「まど・みちお全詩集」理論社 1992 p610
- ◇「まどさんの詩の本 3」理論社 1994 p72
- ◇「まどさんの詩の本 3」理論社 1994 p82

蜻蛉
- ◇「第二〔島木〕赤彦童謡集」第一書房 1948 p12

蜻蛉
- ◇「巽聖歌作品集 上」巽聖歌作品集刊行会 1977 p443

蜻蛉
- ◇「新美南吉全集 6」牧書店 1965 p175
- ◇「校定新美南吉全集 8」大日本図書 1981 p86

とんぼがえりで日がくれて
- ◇「全集版灰谷健次郎の本 13」理論社 1988 p177
- ◇「灰谷健次郎童話館 〔8〕」理論社 1994 p5

とんぼ つかまえた
- ◇「佐藤義美童謡集」さ・え・ら書房 1960 p156
- ◇「佐藤義美全集 1」佐藤義美全集刊行会 1974 p207
- ◇「ともだちシンフォニー──佐藤義美童謡集」JULA出版局 1990 p72

とんぼつり
- ◇「佐藤一英「童話・童謡集」」一宮市立萩原小学校 2003 p37

トンボつり
- ◇「中村雨紅詩謡集」中村雨紅詩謡集刊行会 1971 p131

蜻蛉釣り
- ◇「〔巌谷〕小波お伽全集 7」本の友社 1998 p404

とんぼと そら
- ◇「まどさんの詩の本 3」理論社 1994 p78

トンボとそら
- ◇「まど・みちお全詩集」理論社 1992 p563

トンボとツバメの冒険
- ◇「カエルの日曜日──末永泉童話集」勝どき書房、星雲社(発売) 2007 p67

とんぼとにらめっこ
- ◇「阪田寛夫全詩集」理論社 2011 p326

トンボと飛行機
- ◇「坪田譲治童話全集 9」岩崎書店 1986 p209

蜻蛉と鶯
- ◇「〔巌谷〕小波お伽全集 14」本の友社 1998 p202

とんぼと わたしの ごっつんこ
- ◇「巽聖歌作品集 下」巽聖歌作品集刊行委員会 1977 p86

とんぼのうた
- ◇「室生犀星童話集 2」創林社 1978 p49

蜻蛉の歌
- ◇「与謝野晶子児童文学全集 6」春陽堂書店 2007 p22

蜻蛉のお謡
- ◇「鈴木三重吉童話全集 7」文泉堂書店 1975 (日本文学全集・選集叢刊第5次) p172

とんぼのおじいさん
- ◇「小川未明幼年童話文学全集 8」集英社 1966 p125
- ◇「定本小川未明童話集 5」講談社 1977 p7
- ◇「定本小川未明童話集 5」大空社 2001 p7

とんぼの おつかい
- ◇「佐藤義美全集 1」佐藤義美全集刊行会 1974 p380

蜻蛉(とんぼ)の仰天
- ◇「〔北原〕白秋全童謡集 5」岩波書店 1993 p97

とんぼの小隊
- ◇「〔北原〕白秋全童謡集 3」岩波書店 1992 p352

トンボの戦争
- ◇「〔渡部毅彦〕お母さんのための童話集」花伝社、共栄書房(発売) 1997 p39

トンボの初恋
- ◇「〔春名こうじ〕夢の国への招待状」新風舎 1997 p57

とんぼの はねは
- ◇「まど・みちお全詩集」理論社 1992 p281
- ◇「まどさんの詩の本 3」理論社 1994 p54

とんぼのぼうや
- ◇「土田明子詩集 1」かど創房 1986 p44

とんぼの眼玉
- ◇「〔北原〕白秋全童謡集 1」岩波書店 1992 p1
- ◇「〔北原〕白秋全童謡集 1」岩波書店 1992 p13

蜻蛉の眼玉
- ◇「〔北原〕白秋全童謡集 1」岩波書店 1992 p15

トンボのやどり木
- ◇「氏原大作全集 4」条例出版 1977 p374

蜻蛉のリボン
- ◇「与謝野晶子児童文学全集 2」春陽堂書店 2007 p225

蜻蛉よ
　◇「佐藤義美全集 1」佐藤義美全集刊行会 1974 p323
とんまの六兵衛
　◇「あたまでっかち―下村千秋童話選集」阿見町教育委員会, 講談社出版サービスセンター（製作）1997 p195
ドン山
　◇「北彰介作品集 1」青森県児童文学研究会 1990 p44
とんろん
　◇「〔北原〕白秋全童謡集 2」岩波書店 1992 p443

【 な 】

な
　◇「まど・みちお全詩集 続」理論社 2015 p241
なあ
　◇「まど・みちお全詩集 続」理論社 2015 p266
　◇「まど・みちお全詩集 続」理論社 2015 p280
なあくんと小さなヨット
　◇「神沢利子のおはなしの時間 2」ポプラ社 2011 p22
なあくんとりんごの木
　◇「神沢利子コレクション・普及版 1」あかね書房 2005 p27
　◇「神沢利子のおはなしの時間 2」ポプラ社 2011 p6
なあくんのスプーン
　◇「神沢利子コレクション・普及版 1」あかね書房 2005 p9
なあなあぶし
　◇「まど・みちお全詩集 続」理論社 2015 p267
なあに
　◇「まど・みちお全詩集」理論社 1992 p362
ナイアガラの滝
　◇「椋鳩十の本 22」理論社 1983 p263
ないしょ
　◇「〔東君平〕ひとくち童話 5」フレーベル館 1995 p56
ないしょ！
　◇「後藤竜二童話集 3」ポプラ社 2013 p93
ないしょだよ
　◇「マッチ箱の中―三鎌よし子童謡集」しもつけ文学会 1998 p17
内心の美（豹と狐）
　◇「〔巌谷〕小波お伽全集 14」本の友社 1998 p98
ない袖はふれぬ
　◇「〔山田野理夫〕お笑い文庫 10」太平出版社 1977（母と子の図書室）p104
ないた 赤おに
　◇「ひろすけ幼年童話文学全集 5」集英社 1962 p136
泣いた赤おに
　◇「浜田広介全集 5」集英社 1976 p28
　◇「浜田広介童話集」世界文化社 2006（心に残るロングセラー）p12
人形劇 泣いた赤鬼（一幕）
　◇「北彰介作品集 5」青森県児童文学研究会 1991 p322
泣いた少女
　◇「椋鳩十の本 24」理論社 1983 p257
内地の風
　◇「氏原大作全集 1」条例出版 1977 p210
ナイチンゲール
　◇「〔かこさとし〕お話こんにちは 〔2〕」偕成社 1979 p67
ナイチンゲールごっこ
　◇「与田準一全集 1」大日本図書 1967 p204
ないている
　◇「いのち―みずかみかずよ全詩集」石風社 1995 p240
泣いている幸福
　◇「やなせたかし童謡詩集 〔3〕」フレーベル館 2001 p28
〔鳴いてゐるのはほととぎす〕
　◇「新修宮沢賢治全集 5」筑摩書房 1979 p64
　◇「新修宮沢賢治全集 5」筑摩書房 1979 p290
ないてく子
　◇「新美南吉全集 6」牧書店 1965 p237
泣いてく子
　◇「校定新美南吉全集 8」大日本図書 1981 p33
ナイテミマシタ ナキマシタ
　◇「まど・みちお全詩集」理論社 1992 p72
ないてもないても なききれないうた
　◇「阪田寛夫全詩集」理論社 2011 p197
内蒙未開放地
　◇「〔北原〕白秋全童謡集 3」岩波書店 1992 p261
ナイヤガラの滝
　◇「石森延男児童文学全集 15」学習研究社 1971 p88
ナイン
　◇「井上ひさしジュニア文学館 1」汐文社 1998 p7
ナウマンゾウをおいかけろ
　◇「〔たかしよいち〕世界むかしむかし探検 1」国土社 1993 p90
直江津の冬
　◇「杉みき子選集 10」新潟日報事業社 2011 p36

なおき

直吉とねことバラの花
　◇「壺井栄全集 10」文泉堂出版 1998 p9
直吉とネコとバラの花
　◇「定本壺井栄児童文学全集 2」講談社 1979 p230
直さんのこと（灰谷記）
　◇「全集版灰谷健次郎の本 23」理論社 1988 p25
直助・権兵衛（一龍斎貞水編、岡本和明文）
　◇「一龍斎貞水の歴史講談 2」フレーベル館 2000 p238
名を護ち
　◇「北川千代児童文学全集 上」講談社 1967 p140
ながあいわらじ
　◇「寺村輝夫のむかし話〔5〕」あかね書房 1978 p96
名が上げたい文ちゃん
　◇「与謝野晶子児童文学全集 3」春陽堂書店 2007 p26
長い
　◇「〔中山尚美〕おふろの中で―詩集」アイ企画 1996 p50
長い犬
　◇「川崎大治民話選〔1〕」童心社 1968 p233
ながい鉛筆
　◇「西條八十童謡全集」修道社 1971 p305
長いお経
　◇「花岡大学童話文学全集 5」法蔵館 1980 p18
長いお電話
　◇「立原えりかのファンタジーランド 9」青土社 1980 p117
長い尾の豚に
　◇「〔北原〕白秋全童謡集 1」岩波書店 1992 p209
長い会の客
　◇「与謝野晶子児童文学全集 4」春陽堂書店 2007 p271
永井荷風
　◇「〔かこさとし〕お話こんにちは〔9〕」偕成社 1979 p20
長生き競争
　◇「星新一ちょっと長めのショートショート 8」理論社 2006 p95
長い航海
　◇「庄野英二全集 9」偕成社 1979 p60
ながい五ふんかん
　◇「岩永博史童話集 1」岩永博史 2001 p69
長い小指
　◇「与謝野晶子児童文学全集 4」春陽堂書店 2007 p104
長い失恋
　◇「赤川次郎ショートショートシリーズ 2」理論社 2009 p91

ながいながい歌―中村和夫君に贈る
　◇「阪田寛夫全詩集」理論社 2011 p60
長い長い、かくれんぼ
　◇「赤川次郎ショートショートシリーズ 2」理論社 2009 p139
長い長いかくれんぼ
　◇「長い長いかくれんぼ―杉みき子自選童話集」新潟日報事業社 2001 p186
ながいながい（どうぶつしょうぼうたい）
　◇「阪田寛夫全詩集」理論社 2011 p314
長い名の小僧どん
　◇「〔比江島重孝〕宮崎のむかし話 1」鉱脈社 1998 p196
長い名まえ
　◇「浜田広介全集 9」集英社 1976 p165
長い日曜日
　◇「庄野英二全集 5」偕成社 1980 p170
長い灰色のスカート
　◇「安房直子コレクション 6」偕成社 2004 p47
ながい話
　◇「国分一太郎児童文学全集 6」小峰書店 1967 p216
長い道
　◇「杉みき子選集 9」新潟日報事業社 2011 p140
ながい路でも
　◇「浜田広介全集 11」集英社 1976 p146
長いもの
　◇「〔島崎〕藤村の童話 4」筑摩書房 1979 p142
　◇「〔島崎〕藤村の童話 3」筑摩書房 1979 p58
長い夕方
　◇「阪田寛夫全詩集」理論社 2011 p639
ながいゆめ
　◇「〔金子〕みすゞ詩画集〔5〕」春陽堂書店 2001 p8
ながい夢
　◇「新装版金子みすゞ全集 1」JULA出版局 1984 p180
　◇「金子みすゞ童謡集」角川春樹事務所 1998（ハルキ文庫）p99
　◇「金子みすゞ童謡全集 2」JULA出版局 2003 p126
ながいわらじ
　◇「〔比江島重孝〕宮崎のむかし話 1」鉱脈社 1998 p50
長岡公園と天満宮
　◇「あまんきみこセレクション 5」三省堂 2009 p243
長岡半太郎
　◇「〔かこさとし〕お話こんにちは〔3〕」偕成社 1979 p127
中勘助
　◇「今江祥智の本 35」理論社 1990 p127
長く、そしてまた短くも

◇「全集版灰谷健次郎の本 18」理論社 1987 p203
ながぐつ
　◇「壺井栄全集 10」文泉堂出版 1998 p410
長ぐつをはいた花嫁さん
　◇「佐藤ふさゑの本 1」てらいんく 2011 p107
ながぐつ大すき
　◇「筒井敬介童話全集 2」フレーベル館 1984 p147
　◇「筒井敬介おはなし本 1」小峰書店 2006 p97
ながぐつのごめんね
　◇「大石真児童文学全集 15」ポプラ社 1982 p109
長ぐつの中のおひめさま
　◇「立原えりかのファンタジーランド 8」青土社 1980 p7
長ぐつの話
　◇「定本小川未明童話全集 3」講談社 1977 p265
　◇「定本小川未明童話全集 3」大空社 2001 p265
ながぐつの びんど
　◇「定本小川未明童話全集 15」講談社 1978 p317
　◇「定本小川未明童話全集 15」大空社 2002 p317
長崎源之助
　◇「今江祥智の本 35」理論社 1990 p244
長崎こども蛇踊り
　◇「横山健童謡選集 1」無明舎出版 1995 p53
長崎の唄
　◇「おの・ちゅうこう初期作品集〔1〕牧歌的風景」蕃書房 1975 p96
長崎の象
　◇「椋鳩十の本 9」理論社 1982 p135
長崎の卵
　◇「与田凖一全集 6」大日本図書 1967 p197
長崎ヒン島
　◇「〔山田野理夫〕おばけ文庫 3」太平出版社 1976（母と子の図書室）p131
長崎文房具店のころ
　◇「佐藤さとるファンタジー全集 16」講談社 1983 p142
　◇「佐藤さとるファンタジー全集 16」講談社, 復刊ドットコム（発売）2011 p142
中里介山
　◇「〔かこさとし〕お話こんにちは 〔1〕」偕成社 1979 p19
流されたゴム靴
　◇「高橋敏彦童話集」ノヴィス 2000（ノヴィス叢書）p8
流されたみどり
　◇「与謝野晶子児童文学全集 3」春陽堂書店 2007 p46
流されて
　◇「山本瓔子詩集 I」新風舎 2003 p74
中塩清臣との出会いと別れ
　◇「稗田童平全集 4」宝文館出版 1980 p144

流し雛
　◇「横山健童謡選集 2」無明舎出版 1995 p48
長島茂雄
　◇「〔かこさとし〕お話こんにちは 〔11〕」偕成社 1980 p92
ファインファンタジーIII 長すぎた神無月—ファイティングASUKA
　◇「あたし今日から魔女!? えっ、うっそー!?—大橋むつお戯曲集」青雲書房 2005 p133
ながすねひこものがたり
　◇「別役実童話集 〔4〕」三一書房 1979 p59
ながすねひこものがたり・最初の冒険
　◇「別役実童話集 〔4〕」三一書房 1979 p61
ながすねひこものがたり・第三の冒険
　◇「別役実童話集 〔4〕」三一書房 1979 p78
ながすねひこものがたり・第二の冒険
　◇「別役実童話集 〔4〕」三一書房 1979 p70
泣かせ雨
　◇「おの・ちゅうこう初期作品集〔1〕牧歌的風景」蕃書房 1975 p91
長塚節
　◇「〔かこさとし〕お話こんにちは 〔1〕」偕成社 1979 p18
長つづきするように
　◇「椋鳩十の本 25」理論社 1983 p156
ナカと赤い玉
　◇「花岡大学 続・仏典童話全集 1」法蔵館 1981 p166
長門峡の小鳥
　◇「氏原大作全集 4」条例出版 1977 p378
なかないいなご
　◇「ひろすけ幼年童話文学全集 7」集英社 1962 p126
　◇「浜田広介全集 7」集英社 1976 p115
なかない きりぎりす
　◇「小川未明幼年童話文学全集 1」集英社 1965 p63
　◇「定本小川未明童話全集 15」講談社 1978 p99
　◇「定本小川未明童話全集 15」大空社 2002 p99
なかなより
　◇「みすゞさん—童謡詩人・金子みすゞの優しさ探しの旅 1」春陽堂書店 1997
　◇「〔金子〕みすゞ詩画集 〔4〕」春陽堂書店 2000 p34
仲なおり
　◇「金子みすゞ童謡全集 4」JULA出版局 2004 p120
仲なほり
　◇「新装版金子みすゞ全集 2」JULA出版局 1984 p226
なかのいいことって むずかしい
　◇「土田明子詩集 3」かど創房 1986 p10

中大兄皇子
　　◇「魂の配達―野村吉哉作品集」草思社 1983 p292
中之島公園のあちらこちらに
　　◇「〔下田喜久美〕遠くから来た旅人―詩集」リトル・ガリヴァー社 1998 p103
中野長者と姿見ず橋（東京）
　　◇「〔木暮正夫〕日本の怪奇ばなし 9」岩崎書店 1990 p94
なかの よい ともだち
　　◇「定本小川未明童話全集 16」講談社 1978 p143
　　◇「定本小川未明童話全集 16」大空社 2002 p143
仲のよいリスとハゼ―マライのお話
　　◇「小出正吾児童文学全集 4」審美社 2001 p257
長鼻物語
　　◇「鈴木三重吉童話全集 1」文泉堂書店 1975（日本文学全集・選集叢刊第5次）p274
中原中也
　　◇「〔かこさとし〕お話こんにちは 〔1〕」偕成社 1979 p128
長彦と丸彦
　　◇「豊島与志雄童話全集 3」八雲書店 1948 p5
　　◇「豊島与志雄童話集」海鳥社 1990 p190
仲間入り
　　◇「〔黒川良八〕犬の詩猫の詩―児童詩集」東洋出版 2000 p39
仲間喧嘩（野牛と獅子）
　　◇「〔巌谷〕小波お伽全集 14」本の友社 1998 p18
なかまだよ
　　◇「阪田寛夫全詩集」理論社 2011 p374
長町長屋の男の子
　　◇「かつおきんや作品集 13」偕成社 1982 p193
なかまの木
　　◇「山本瓔子詩集 II」新風舎 2003 p70
仲間はずれ
　　◇「くんぺい魔法ばなし―魔法ばなし全集 2」サンリオ 2000 p66
仲間はづれの
　　◇「校定新美南吉全集 8」大日本図書 1981 p399
長耳の七
　　◇「〔東someone琴子〕童話集 1」ストーク 2002 p197
中村岳陵の戯画帖に。（三首）
　　◇「稗田菫平全集 4」宝文館出版 1980 p93
中村地平さん
　　◇「椋鳩十の本 24」理論社 1983 p191
中村中学校・中村高等学校
　　◇「与謝野晶子児童文学全集 6」春陽堂書店 2007 p176
長屋スケッチ
　　◇「壺井栄全集 1」文泉堂出版 1997 p30
長屋の花見（林家木久蔵編、岡本和明文）

◇「林家木久蔵の子ども落語 5」フレーベル館 1999 p124
中山さんの家
　　◇「庄野英二全集 11」偕成社 1980 p324
中山晋平
　　◇「〔かこさとし〕お話こんにちは 〔12〕」偕成社 1980 p91
中山みき
　　◇「〔かこさとし〕お話こんにちは 〔1〕」偕成社 1979 p93
なかよし
　　◇「石森延男児童文学全集 1」学習研究社 1971 p205
なかよし
　　◇「西條八十童謡全集」修道社 1971 p303
なかよし
　　◇「〔中山尚美〕おふろの中で―詩集」アイ企画 1996 p32
仲好し
　　◇「〔巌谷〕小波お伽全集 13」本の友社 1998 p90
なかよし おさる
　　◇「まど・みちお全詩集」理論社 1992 p109
仲よしがけんかした話
　　◇「定本小川未明童話全集 11」講談社 1977 p157
　　◇「定本小川未明童話全集 11」大空社 2002 p157
なかよしカンガルー
　　◇「椋鳩十全集 10」ポプラ社 1970 p232
仲よし小よし
　　◇「西條八十童謡全集」修道社 1971 p52
仲良しじじばば
　　◇「〔今坂柳二〕りゅうじフォークロア・world 2」ふるさと伝承研究会 2007 p109
なかよし すずめ
　　◇「巽聖歌作品集 下」巽聖歌作品集刊行委員会 1977 p27
なかよし スリッパ
　　◇「まど・みちお全詩集」理論社 1992 p209
なかよしターザン
　　◇「岡本良雄童話文学全集 3」講談社 1964 p280
なかよし 手のゆび
　　◇「佐藤義美童謡集」さ・え・ら書房 1960 p229
　　◇「佐藤義美全集 1」佐藤義美全集刊行会 1974 p245
なかよし とんぼ
　　◇「佐藤義美全集 1」佐藤義美全集刊行会 1974 p394
仲よしになるそうだん
　　◇「花岡大学仏典童話全集 5」法蔵館 1979 p201
なかよしのウサギとカメ
　　◇「ふしぎな泉―うえだまさし童話集」そうぶん社出版 1995 p26

なかよしみかん(テーブルしばい)
  ◇「斎田喬幼年劇全集 2」誠文堂新光社 1961 p431
なかよし雪だるま(童話劇)
  ◇「斎田喬幼年劇全集 3」誠文堂新光社 1962 p65
長良川
  ◇「今西祐行全集 8」偕成社 1988 p155
長良川の鵜匠
  ◇「椋鳩十の本 22」理論社 1983 p67
流れ
  ◇「壺井栄全集 3」文泉堂出版 1997 p36
ながれいす
  ◇「西條八十童話集」小学館 1983 p420
ながれ椅子
  ◇「西條八十童謡全集」修道社 1971 p57
〔ながれたり〕
  ◇「新修宮沢賢治全集 6」筑摩書房 1980 p190
  ◇「新修宮沢賢治全集 6」筑摩書房 1980 p417
流れていった 汽車ポッポ
  ◇「[かこさとし] お話こんにちは 〔12〕」偕成社 1980 p126
流れに寄せる
  ◇「校定新美南吉全集 8」大日本図書 1981 p256
流れの下に
  ◇「赤川次郎ショートショートシリーズ 1」理論社 2009 p153
ながれぼし
  ◇「新美南吉全集 1」牧書店 1965 p61
  ◇「新美南吉童話集 1」大日本図書 1982 p107
  ◇「新美南吉童話大全」講談社 1989 p320
  ◇「新美南吉童話集 1」大日本図書 2012 p107
ながれぼし
  ◇「[東君平] おはようどうわ 1」講談社 1982 p100
  ◇「東君平のおはようどうわ 2」新日本出版社 2010 p40
ながれぼし
  ◇「平塚武二童話全集 1」童心社 1972 p34
ながれ星
  ◇「新美南吉童話選集 1」ポプラ社 2013 p21
ナガレボシ
  ◇「校定新美南吉全集 4」大日本図書 1980 p193
流れ星
  ◇「杉みき子選集 2」新潟日報事業社 2005 p262
  ◇「杉みき子選集 10」新潟日報事業社 2011 p240
流れ星
  ◇「お噺の卵—武井武雄童話集」講談社 1976 (講談社文庫) p32
流れ星
  ◇「流れ星—やまもとけいこ童話集」新風舎 2001 (アルファドラシリーズ) p22
ながれ星のうた
  ◇「西條八十の童話と童謡」小学館 1981 p96
流れ星リュウちゃんの話
  ◇「笑った泣き地蔵—御田慶子童話選集」たま出版 2007 p3
流れゆくもの
  ◇「巽聖歌作品集 上」巽聖歌作品集刊行委員会 1977 p324
ながれる
  ◇「[斎藤信夫] 子ども心を友として—童謡詩集」成東町教育委員会 1996 p164
流れる街
  ◇「別役実童話集 〔3〕」三一書房 1977 p25
泣き男(その一)
  ◇「[比江島重孝] 宮崎のむかし話 2」鉱脈社 1998 p136
泣き男(その二)
  ◇「[比江島重孝] 宮崎のむかし話 2」鉱脈社 1998 p139
なきおに わらいおに
  ◇「佐藤義美全集 5」佐藤義美全集刊行会 1973 p149
泣き女
  ◇「[北原] 白秋全童謡集 3」岩波書店 1992 p287
泣き癖
  ◇「瑠璃の壺—森銑三童話集」三樹書房 1982 p227
なきくらべ
  ◇「北彰介作品集 3」青森県児童文学研究会 1990 p121
なき声と鹿児島
  ◇「椋鳩十の本 33」理論社 1989 p177
渚
  ◇「達崎龍全童謡ホロホロ鳥」あい書林 1983 p44
なぎさの愛の物語
  ◇「立原えりかのファンタジーランド 11」青土社 1980 p145
渚の波
  ◇「中村雨紅詩謡集」中村雨紅詩謡集刊行委員会 1971 p77
泣きだしたゆうれい船
  ◇「神沢利子コレクション・普及版 3」あかね書房 2006 p116
亡き坪田先生を偲ぶ
  ◇「松谷みよ子全エッセイ 3」筑摩書房 1989 p21
なぎなたっ屁
  ◇「川崎大治民話選 〔4〕」童心社 1975 p141
なきねこざわのねずみがいけ
  ◇「浜田広介全集 6」集英社 1976 p130
泣きびそされこうべ
  ◇「川崎大治民話選 〔2〕」童心社 1969 p86
泣きべそ
  ◇「[斎藤信夫] 子ども心を友として—童謡詩集」成

なきへ

　　　東町教育委員会 1996 p136
なきべそにがむしすましがお
　◇「〔坪井安〕はしれ子馬よ―童謡詩集」童謡研究・
　　蜂の会 1999 p144
泣きぼくろ
　◇「西條八十童謡全集」修道社 1971 p58
なきむし
　◇「来栖良夫児童文学全集 1」岩崎書店 1983 p76
泣きむし
　◇「新装版金子みすゞ全集 1」JULA出版局 1984
　　p30
　◇「金子みすゞ童謡全集 1」JULA出版局 2003 p48
なきむしオムくん一年生
　◇「寺村輝夫全童話 7」理論社 1999 p528
泣虫学校
　◇「西條八十童謡全集」修道社 1971 p307
（泣き虫 毛虫…）
　◇「〔島木〕赤彦童謡集」第一書店 1947 p96
なきむしたろう
　◇「椋鳩十全集 10」ポプラ社 1970 p44
泣き虫とっちゃん
　◇「流れ星―やまもとけいこ童話集」新風舎 2001
　　（アルファドラシリーズ）p7
なきむし ないちんげーる
　◇「平塚武二童話全集 2」童心社 1972 p66
泣きむしピーちゃん
　◇「犬飼馬鹿人旧作童話集」日本文化資料センター
　　1996 p84
泣き虫ミソちゃん
　◇「ネーとなかま―小笹正子の童話集」七つ森書館
　　2006 p118
泣きや
　◇「別役実童話集 〔3〕」三一書房 1977 p166
泣きんぼうの話
　◇「定本小川未明童話全集 3」講談社 1977 p361
　◇「定本小川未明童話全集 3」大空社 2001 p361
泣く鯉
　◇「花岡大学 続・仏典童話全集 1」法蔵館 1981 p7
泣く子供
　◇「魂の配達―野村吉哉作品集」草思社 1983 p66
泣児の功名
　◇「〔巌谷〕小波お伽全集 14」本の友社 1998 p290
なくした雨傘
　◇「赤川次郎ショートショートシリーズ 3」理論社
　　2010 p5
なくした鉛筆
　◇「西條八十童謡全集」修道社 1971 p75
なくした ボタン
　◇「佐藤義美全集 1」佐藤義美全集刊行会 1974
　　p411

なくしたものと残ったもの
　◇「あまんきみこセレクション 5」三省堂 2009
　　p284
泣くな！ 紙助
　◇「笑った泣き地蔵―御田慶子童話選集」たま出版
　　2007 p47
なくなった おやじ
　◇「寺村輝夫のむかし話 〔5〕」あかね書房 1978
　　p40
なくなった人形
　◇「定本小川未明童話全集 1」講談社 1976 p143
　◇「小川未明童話集」岩波書店 1996（岩波文庫）
　　p20
　◇「定本小川未明童話全集 1」大空社 2001 p143
失くなったもの
　◇「金子みすゞ童謡全集 3」JULA出版局 2004
　　p210
失くなつたもの
　◇「新装版金子みすゞ全集 2」JULA出版局 1984
　　p141
なくなりものがたり
　◇「西條八十童謡集」小学館 1983 p336
泣くまいぞ影法師
　◇「中村雨紅詩謡集」中村雨紅詩謡集刊行委員会
　　1971 p191
なく虫
　◇「西條八十童謡全集」修道社 1971 p308
なぐられた泥棒
　◇「花岡大学仏典童話全集 4」法蔵館 1979 p146
なぐられた博士
　◇「花岡大学童話文学全集 3」法蔵館 1980 p33
名栗川少年記（マタルペシュペ物語第一部）
　◇「今西祐行全集 13」偕成社 1989 p7
嘆きぶし
　◇「新美南吉全集 6」牧書店 1965 p107
　◇「校定新美南吉全集 8」大日本図書 1981 p260
泣け泣け
　◇「〔北原〕白秋全童謡集 1」岩波書店 1992 p205
投げられたチューインガム
　◇「全集版灰谷健次郎の本 20」理論社 1987 p11
投げられたびん
　◇「浜田広介全集 2」集英社 1975 p13
仲人ばなし
　◇「椋鳩十の本 18」理論社 1982 p195
夏越（なごし）まつり
　◇「新装版金子みすゞ全集 3」JULA出版局 1984
　　p19
　◇「金子みすゞ童謡全集 5」JULA出版局 2004 p34
なこちゃん
　◇「石森延男児童文学全集 1」学習研究社 1971 p17
　◇「石森読本―石森延男児童文学選集 1年生」小学

ナコちんミコちん
　◇「稲田董平全集 3」宝文館出版 1979 p112

名護の人
　◇「椋鳩十の本 21」理論社 1982 p290

なごりの夏
　◇「〔みずきえり〕童話集 ピープ」日本文学館 2008 p105

ナシ
　◇「国分一太郎児童文学集 5」小峰書店 1967 p196

梨
　◇「新美南吉全集 6」牧書店 1965 p223
　◇「校定新美南吉全集 8」大日本図書 1981 p447

梨の木に
　◇「稲田董平全集 8」宝文館出版 1982 p23

なしの木の下
　◇「〔島崎〕藤村の童話 2」筑摩書房 1979 p81
　◇「〔島崎〕藤村の童話 2」筑摩書房 1979 p83

なしのしん
　◇「みすゞさん―童謡詩人・金子みすゞの優しさ探しの旅 1」春陽堂書店 1997
　◇「〔金子〕みすゞ詩画集〔6〕」春陽堂書店 2001 p36

梨の芯
　◇「新装版金子みすゞ全集 3」JULA出版局 1984 p126
　◇「〔金子〕みすゞ詩画集〔2〕」春陽堂書店 1997
　◇「金子みすゞ童謡全集 5」JULA出版局 2004 p166

梨の花
　◇「〔北原〕白秋全童謡集 2」岩波書店 1992 p462

梨の花さく家
　◇「稲田董平全集 1」宝文館出版 1978 p57

梨の花に
　◇「稲田董平全集 1」宝文館出版 1978 p80

ナシぶげん
　◇「〔比江島重孝〕宮崎のむかし話 2」鉱脈社 1998 p200

なじみ
　◇「まど・みちお全詩集 続」理論社 2015 p167

梨もぎ
　◇「国分一太郎児童文学集 6」小峰書店 1967 p107

なしや柿はお友達
　◇「〔島崎〕藤村の童話 2」筑摩書房 1979 p49

名づけ
　◇「壺井栄全集 2」文泉堂出版 1997 p419

なづけのにいちゃん
　◇「山下明生・童話の島じま 4」あかね書房 2012 p19

那須高原の朝
　◇「〔斎藤信夫〕子ども心を友として―童謡詩集」成

館 1977 p74
　　東町教育委員会 1996 p214

なすときゅうり
　◇「浜田広介全集 4」集英社 1976 p170

ナスとキュウリ
　◇「〔東君平〕おはようどうわ 2」講談社 1982 p116

なずなのはな
　◇「浜田広介全集 11」集英社 1976 p86

茄子の色・日本の色
　◇「那須辰造著作集 2」講談社 1980 p102

なすの お馬
　◇「巽聖歌作品集 下」巽聖歌作品集刊行委員会 1977 p77

なすの木あたろう
　◇「寺村輝夫のむかし話〔4〕」あかね書房 1978 p72

那須の殺生石（栃木）
　◇「〔木暮正夫〕日本の怪奇ばなし 9」岩崎書店 1990 p64

なすの はっぱの
　◇「巽聖歌作品集 上」巽聖歌作品集刊行委員会 1977 p284

なすの人
　◇「〔比江島重孝〕宮崎のむかし話 1」鉱脈社 1998 p256

ナスビ
　◇「まど・みちお全詩集」理論社 1992 p96
　◇「まどさんの詩の本 1」理論社 1994 p38

ナスビと氷山
　◇「坪田譲治童話全集 6」岩崎書店 1986 p157
　◇「坪田譲治名作選〔2〕ビワの実」小峰書店 2005 p110

ナスむすめ
　◇「〔山田野理夫〕お笑い文庫 4」太平出版社 1977（母と子の図書室）p12

なぜ
　◇「まど・みちお全詩集 続」理論社 2015 p298

なぜ？
　◇「やなせたかし童謡詩集〔2〕」フレーベル館 2000 p90

なぜ親より大きくなるのか（近ごろの詩6）
　◇「国分一太郎児童文学集 6」小峰書店 1967 p57

なぜケーリシーラは死んだのか
　◇「花岡大学 続・仏典童話全集 2」法蔵館 1981 p189

なぜ高い
　◇「与田準一全集 1」大日本図書 1967 p104

なぜだろう
　◇「まど・みちお全詩集 続」理論社 2015 p414

なぜ動物記か
　◇「河合雅雄の動物記 8」フレーベル館 2014 p256

なぜと

なぜとそれから
　◇「岡本良雄童話文学全集 1」講談社 1964 p276
なぜなぜ坊や
　◇「桃色のダブダブさん―松田解子童話集」新日本出版社 2004 p75
なぜなのだろう
　◇「まど・みちお全詩集 続」理論社 2015 p61
なぜねこ年がない
　◇「〔西本鶏介〕新日本昔ばなし――一日一話・読みきかせ 1」小学館 1997 p88
なぜ目は二つ?
　◇「阪田寛夫全詩集」理論社 2011 p512
なぞ
　◇「新装版金子みすゞ全集 3」JULA出版局 1984 p234
　◇「みすゞさん―童謡詩人・金子みすゞの優しさ探しの旅 2」春陽堂書店 1998
　◇「〔金子〕みすゞ詩画集〔5〕」春陽堂書店 2001 p10
　◇「金子みすゞ童謡全集 6」JULA出版局 2004 p144
謎
　◇「巽聖歌作品集 上」巽聖歌作品集刊行委員会 1977 p78
謎
　◇「瑠璃の壺―森銑三童話集」三樹書房 1982 p206
ナゾかけグマ
　◇「神沢利子コレクション・普及版 3」あかね書房 2006 p52
なぞときだんな
　◇「川崎大治民話選〔1〕」童心社 1968 p72
なぞときむこさん
　◇「〔木暮正夫〕日本のおばけ話・わらい話 12」岩崎書店 1987 p4
なぞなぞ
　◇「〔かこさとし〕お話こんにちは〔4〕」偕成社 1979 p92
なぞなぞ
　◇「北国翔子童話集 1」青森県児童文学研究会 2000 p55
なぞなぞ
　◇「阪田寛夫全詩集」理論社 2011 p619
なぞなぞ
　◇「浜田広介全集 11」集英社 1976 p72
なぞなぞ
　◇「与田凖一全集 1」大日本図書 1967 p244
なぞなぞ?
　◇「今井誉次郎童話集子どもの村〔1〕」国土社 1957 p56
　◇「今井誉次郎童話集子どもの村〔4〕」国土社 1957 p69

なぞなぞガッパ
　◇「〔木暮正夫〕日本のおばけ話・わらい話 12」岩崎書店 1987 p48
なぞなぞごっこ
　◇「〔かこさとし〕お話こんにちは〔11〕」偕成社 1980 p128
なぞなぞごっこ
　◇「〔東君平〕おはようどうわ 2」講談社 1982 p118
なぞなぞさんぞく
　◇「〔木暮正夫〕日本のおばけ話・わらい話 12」岩崎書店 1987 p26
なぞなぞせきしょ
　◇「〔木暮正夫〕日本のおばけ話・わらい話 12」岩崎書店 1987 p76
なぞなぞ?　たべられなくなるので
　◇「今井誉次郎童話集子どもの村〔3〕」国土社 1957 p85
なぞなぞちゃみせ
　◇「〔木暮正夫〕日本のおばけ話・わらい話 12」岩崎書店 1987 p64
なぞなぞてがみ
　◇「〔木暮正夫〕日本のおばけ話・わらい話 12」岩崎書店 1987 p51
なぞなぞてがみ
　◇「〔東君平〕おはようどうわ 5」講談社 1982 p70
　◇「東君平のおはようどうわ 1」新日本出版社 2010 p56
なぞ なぞ なあに?　でぶさんのっぽさん
　◇「今井誉次郎童話集子どもの村〔2〕」国土社 1957 p53
なぞなぞにんじゃ
　◇「〔木暮正夫〕日本のおばけ話・わらい話 12」岩崎書店 1987 p16
なぞなぞよこづな
　◇「〔木暮正夫〕日本のおばけ話・わらい話 12」岩崎書店 1987 p36
なぞなぞわかだんな
　◇「〔木暮正夫〕日本のおばけ話・わらい話 12」岩崎書店 1987 p90
なぞの絵師と本蓮寺の南蛮杉戸(長崎)
　◇「〔木暮正夫〕日本の怪奇ばなし 10」岩崎書店 1990 p119
謎の海獣 イルカ
　◇「戸川幸夫動物文学全集 15」講談社 1977 p257
ナゾの悲しみ
　◇「くんぺい魔法ばなし―魔法ばなし全集 2」サンリオ 2000 p158
なぞのカモ汁
　◇「〔山田野理夫〕お笑い文庫 5」太平出版社 1977 (母と子の図書室) p52
なぞの子もりうた

なぞの青年
　◇「星新一ショートショートセレクション 1」理論社 2001 p119
なぞのたから島
　◇「寺村輝夫全童話 7」理論社 1999 p7
謎の花簪
　◇「高垣眸全集 4」桃源社 1971 p183
なぞのペンダント
　◇「〔たかしよいち〕世界むかしむかし探検 6」国土社 1996 p47
なぞめいた女
　◇「星新一ショートショートセレクション 13」理論社 2003 p137
謎（一）
　◇「西條八十童謡全集」修道社 1971 p34
謎（二）
　◇「西條八十童謡全集」修道社 1971 p35
名高い学者の話
　◇「椋鳩十の本 1」理論社 1982 p240
菜種
　◇「壺井栄全集 4」文泉堂出版 1998 p461
なたねじぞう
　◇「今西祐行絵ぶんこ 11」あすなろ書房 1985 p1
なたね地ぞう
　◇「今西祐行全集 8」偕成社 1988 p227
灘のまめだ
　◇「松谷みよ子のむかしむかし 9」講談社 1973 p98
なだれの絵
　◇「岡本良雄童話文学全集 1」講談社 1964 p149
雪崩の谷
　◇「戸川幸夫動物文学全集 6」講談社 1977 p310
なだれ山・木の芽山
　◇「国分一太郎児童文学集 6」小峰書店 1967 p132
なつ
　◇「さくらゆき―さとうじゅんこ童詩集」えんじゅの会 1997 p70
なつ
　◇「佐藤義美全集 1」佐藤義美全集刊行会 1974 p402
なつ
　◇「〔東君平〕おはようどうわ 2」講談社 1982 p130
夏
　◇「新装版金子みすゞ全集 3」JULA出版局 1984 p18
　◇「金子みすゞ童謡全集 5」JULA出版局 2004 p32
夏
　◇「朔太郎少年の詩―木村和夫童話集」沖積舎 1998 p20

夏
　◇「佐藤義美全集 1」佐藤義美全集刊行会 1974 p105
夏
　◇「第二〔島木〕赤彦童謡集」第一書店 1948 p34
夏
　◇「中村雨紅詩謡集」中村雨紅詩謡集刊行委員会 1971 p167
夏
　◇「稗田菫平全集 2」宝文館出版 1979 p41
　◇「稗田菫平全集 2」宝文館出版 1979 p46
夏
　◇「新修宮沢賢治全集 3」筑摩書房 1979 p95
　◇「新修宮沢賢治全集 3」筑摩書房 1979 p344
　◇「新修宮沢賢治全集 5」筑摩書房 1979 p46
夏
　◇「〔山田野理夫〕おばけ文庫 8」太平出版社 1976（母と子の図書室）p84
（夏ウグイスが）
　◇「稗田菫平全集 2」宝文館出版 1979 p98
夏へのさそい
　◇「いのち―みずかみかずよ全詩集」石風社 1995 p38
夏がいった
　◇「浜田広介全集 11」集英社 1976 p57
夏がきた…
　◇「今江祥智童話館 〔7〕」理論社 1986 p186
なつが きたから
　◇「巽聖歌作品集 下」巽聖歌作品集刊行委員会 1977 p91
なつが きたよ
　◇「佐藤義美全集 1」佐藤義美全集刊行会 1974 p381
　◇「佐藤義美全集 1」佐藤義美全集刊行会 1974 p463
夏が来る
　◇「〔斎藤信夫〕子ども心を友として―童謡詩集」成東町教育委員会 1996 p28
夏がグングンやってきた
　◇「〔鈴木桂子〕親子で語り合う詩集 1」クロスロード 1997 p34
なつかしい言葉
　◇「中村雨紅詩謡集」中村雨紅詩謡集刊行委員会 1971 p188
なつかしいゴミ
　◇「まど・みちお全詩集 続」理論社 2015 p213
なつかしい先生
　◇「椋鳩十の本 27」理論社 1989 p92
なつかしのコトブキ島
　◇「庄野英二全集 4」偕成社 1979 p389
なつかしまれた人

なつか

夏
　◇「定本小川未明童話全集 5」講談社 1977 p49
　◇「定本小川未明童話全集 5」大空社 2001 p49
夏川先生のキャラメル
　◇「与田準一全集 4」大日本図書 1967 p246
夏草
　◇〔吉田享子〕おしゃべりな星―少年少女詩集」らくだ出版 2001 p42
夏子先生とゴイサギ・ボーイズ
　◇「全集古田足日子どもの本 3」童心社 1993 p137
夏鹿（二首）
　◇「稗田菫平全集 4」宝文館出版 1980 p20
夏（十六句）
　◇「稗田菫平全集 4」宝文館出版 1980 p98
なっしょこせ
　◇〔高橋一仁〕春のニシン場―童謡詩集」けやき書房 2003 p92
夏空の下
　◇「いのち―みずかみかずよ全詩集」石風社 1995 p150
夏空のメジロ
　◇〔山中恒〕あたたかい雪―童話作品集」文芸社 2004 p71
なったなったジャになった
　◇〔柳家弁капитан〕らくご文庫 9」太平出版 1987 p12
なっちゃんと魔法の葉っぱ
　◇「なっちゃんと魔法の葉っぱ―天城健太郎作品集」今日の話題社 2007 p97
なっとう
　◇〔木暮正夫〕日本のおばけ話・わらい話 11」岩崎書店 1987 p73
なっとう売り
　◇「斎田喬児童劇選集 〔4〕」牧書店 1954 p247
納豆の歌
　◇「横山健童謡選集 2」無明舎出版 1995 p108
なっとうぼうや
　◇「まど・みちお全詩集」理論社 1992 p133
夏とおじいさん
　◇「小川未明幼年童話文学全集 7」集英社 1966 p41
　◇「定本小川未明童話集 8」講談社 1977 p256
　◇「定本小川未明童話全集 8」大空社 2001 p256
納豆寝せ
　◇「国分一太郎児童文学集 6」小峰書店 1967 p163
夏泥（林家木久蔵編，岡本和明文）
　◇「林家木久蔵の子ども落語 3」フレーベル館 1998 p198
なつのあさ
　◇〔東君平〕おはようどうわ 6」講談社 1982 p120
夏の雨
　◇「西條八十童謡全集」修道社 1971 p49
夏の雨
　◇「佐藤義美全集 1」佐藤義美全集刊行会 1974 p321
夏のある日
　◇〔坪井安〕はしれ子馬よ―童謡詩集」童謡研究・蜂の会 1999 p38
夏の歌
　◇「大石真児童文学全集 1」ポプラ社 1982 p5
夏の歌
　◇「佐藤義美全集 1」佐藤義美全集刊行会 1974 p293
夏の歌
　◇〔高崎乃理子〕妖精の好きな木―詩集」かど創房 1998 p14
なつのうみ
　◇「阪田寛夫全集」理論社 2011 p272
夏の海
　◇「パパとボクとネコ―山口紀代子童謡詩集」音楽舎 2003 p88
夏の小川
　◇〔北原〕白秋全童謡集 2」岩波書店 1992 p132
夏のおくりもの
　◇〔東風琴子〕童話集 2」ストーク 2006 p43
夏の思い出
　◇〔佐々木春奈〕あなたの脳を休める童話集 大人も子どもも楽しめる童話集」日本文学館 2009 p40
なつのおわり
　◇〔東君平〕おはようどうわ 5」講談社 1982 p138
　◇〔東君平のおはようどうわ 5」新日本出版社 2010 p62
夏のおわり
　◇「佐藤義美童謡集」さ・え・ら書房 1960 p264
　◇「佐藤義美全集 1」佐藤義美全集刊行会 1974 p276
夏の終わり
　◇「佐藤さとるファンタジー全集 16」講談社 1983 p97
　◇「佐藤さとるファンタジー全集 16」講談社, 復刊ドットコム（発売） 2011 p97
夏のおわりに
　◇〔坪井安〕はしれ子馬よ―童謡詩集」童謡研究・蜂の会 1999 p40
夏のおわりに
　◇「いのち―みずかみかずよ全詩集」石風社 1995 p275
夏の顔
　◇「室生犀星童話全集 2」創林社 1978 p22
なつのきた山
　◇「いのち―みずかみかずよ全詩集」石風社 1995 p147
夏の靴

なつま

◇「川端康成少年少女小説集」中央公論社 1968 p211

夏の国の夏の食いもの
◇「椋鳩十の本 21」理論社 1982 p190

夏の子
◇「サトウハチロー童話集」弥生書房 1977 p60

夏の子ども
◇「杉みき子選集 10」新潟日報事業社 2011 p210

なつのじまん
◇「〔中山尚美〕おふろの中で―詩集」アイ企画 1996 p24

夏の宿題
◇「川端康成少年少女小説集」中央公論社 1968 p97

夏の少女
◇「パパとボクとネコ―山口紀代子童謡詩集」音楽舎 2003 p48

夏の雀のうた
◇「室生犀星童話全集 2」創林社 1978 p47

夏の砂山
◇「〔北原〕白秋全童謡集 3」岩波書店 1992 p40

夏の星座
◇「〔吉田享子〕おしゃべりな星―少年少女詩集」らくだ出版 2001 p52

夏の旅
◇「全集版灰谷健次郎の本 22」理論社 1988 p37

なつのネコ
◇「〔東君平〕おはようどうわ 5」講談社 1982 p114
◇「東君平のおはようどうわ 2」新日本出版社 2010 p53

夏のはじめ
◇「〔竹久〕夢二童謡集」ノーベル書房 1975（浪漫文庫）p11

夏のはじめの海で
◇「〔矢ヶ崎則之〕童話集1「ねえねえ、兄ちゃん…」」レーヴック、星雲社（発売）2011 p13

夏のはずれの
◇「まど・みちお全詩集 続」理論社 2015 p402

なつの はたけ
◇「阪田寛夫全詩集」理論社 2011 p317

夏の晩方あった話
◇「定本小川未明童話全集 10」講談社 1977 p148
◇「定本小川未明童話全集 10」大空社 2001 p148

夏の日
◇「〔関根栄一〕はしるふじさん―童謡集」小峰書店 1998 p16

夏の日
◇「中村雨紅詩謡集」中村雨紅詩謡集刊行会 1971 p149

夏の日
◇「まど・みちお全詩集」理論社 1992 p611

なつの 日ざかり
◇「小川未明幼年童話文学全集 5」集英社 1966 p121

夏の 日ざかり
◇「定本小川未明童話全集 15」講談社 1978 p68
◇「定本小川未明童話全集 15」大空社 2002 p68

夏の日抄
◇「椋鳩十の本 2」理論社 1982 p223

夏の真昼
◇「〔斎藤信夫〕子ども心を友として―童謡詩集」成東町教育委員会 1996 p26

夏のまひるの
◇「まど・みちお全詩集 続」理論社 2015 p53

夏の夢冬の夢
◇「坪田譲治童話全集 6」岩崎書店 1986 p243

夏の宵
◇「新装版金子みすゞ全集 3」JULA出版局 1984 p22
◇「金子みすゞ童謡全集 5」JULA出版局 2004 p38

夏の夜の記録
◇「庄野英二全集 6」偕成社 1979 p61

夏の夜のゆめ
◇「宮口しづえ児童文学集 4」小峰書店 1969 p61

夏の夜のゆめ（ひのきまる物語）
◇「浜田広介全集 5」集英社 1976 p120

なつのよる
◇「〔東君平〕おはようどうわ 8」講談社 1982 p140

夏の夜
◇「杉みき子選集 2」新潟日報事業社 2005 p20

夏の夜
◇「星新一ショートショートセレクション 14」理論社 2004 p26

夏の夜の怪談
◇「石のロバ―浅野都作品集」新風舎 2007 p186

菜っ葉
◇「椋鳩十全集 12」ポプラ社 1970 p126
◇「椋鳩十の本 15」理論社 1982 p137

夏花
◇「稗田菫平全集 2」宝文館出版 1979 p41

なっぱのたね
◇「佐藤義美童謡集」さ・え・ら書房 1960 p202

ナッパノ タネ
◇「佐藤義美全集 1」佐藤義美全集刊行会 1974 p151

なっぱの つけもの
◇「まど・みちお全詩集」理論社 1992 p242

夏帽子
◇「浜田広介全集 11」集英社 1976 p41

なつまつり
◇「〔関根栄一〕はしるふじさん―童謡集」小峰書店

なつま

1998 p136

夏まつり
◇「阪田寛夫全詩集」理論社 2011 p49

夏祭
◇「与謝野晶子児童文学全集 5」春陽堂書店 2007 p106

夏祭り
◇「〔大野憲三〕創作童話」一粒書房 2012 p125

夏祭りの桃
◇「〔佐海〕航南夜ばなし─童話集」佐海航南 1999 p200

ナツミカン
◇「石森延男児童文学全集 5」学習研究社 1971 p271

ナツミカン
◇「定本壺井栄児童文学全集 3」講談社 1979 p199

ナツミカン
◇「〔東君平〕おはようどうわ 4」講談社 1982 p126

夏みかん
◇「壺井栄名作集 1」ポプラ社 1965 p35
◇「壺井栄全集 10」文泉堂出版 1998 p17

夏みかん
◇「〔東君平〕ひとくち童話 5」フレーベル館 1995 p60

夏ミカン
◇「椋鳩十の本 19」理論社 1982 p154

夏蜜柑
◇「全集版灰谷健次郎の本 22」理論社 1988 p99

夏ミカンの味
◇「椋鳩十の本 23」理論社 1983 p47

夏みかんのかなしみ
◇「宮口しづえ童話全集 7」筑摩書房 1979 p94
◇「宮口しづえ童話名作集」一草舎出版 2009 p227

夏ミカンのかなしみ
◇「宮口しづえ児童文学集 5」小峰書店 1969 p224

ナツミちゃん
◇「宮口しづえ児童文学集 4」小峰書店 1969 p83
◇「宮口しづえ童話名作集」一草舎出版 2009 p101

なつめ
◇「〔北原〕白秋全童謡集 1」岩波書店 1992 p41

夏目漱石
◇「〔かこさとし〕お話こんにちは 〔10〕」偕成社 1980 p22

なつめの木であったはなし
◇「定本小川未明童話全集 15」講談社 1978 p93
◇「定本小川未明童話全集 15」大空社 2002 p93

なつもの
◇「〔東君平〕おはようどうわ 7」講談社 1982 p164

なつやすみ
◇「〔東君平〕おはようどうわ 8」講談社 1982 p148

夏やすみ
◇「定本小川未明童話全集 15」講談社 1978 p82
◇「定本小川未明童話全集 15」大空社 2002 p82

夏やすみ
◇「土田明子詩集 4」かど創房 1987 p38

夏休み
◇「赤川次郎ショートショートシリーズ 3」理論社 2010 p126

夏休み
◇「〔谷山浩子〕おひさまにキッス─お話の贈りもの」小学館 1997（おひさまのほん）p14

夏休み
◇「〔よこやまさおり〕夏休み」新風舎 1999（新風選書）p7

夏休みこい
◇「小出正吾児童文学全集 2」審美社 2000 p359

夏休み一一九三二
◇「松田瓊子全集 5」大空社 1997 p17

夏休み日記
◇「北川千代児童文学全集 上」講談社 1967 p127

夏休みにはこうしよう
◇「ジュニア版吉野源三郎全集 2」ポプラ社 1967 p74
◇「吉野源三郎全集 2」ポプラ社 2000 p100

夏休みの歌
◇「杉みき子選集 2」新潟日報事業社 2005 p166

夏休みの思い出
◇「椋鳩十の本 20」理論社 1983 p104

夏休みの想い出
◇「ビートたけし傑作集 少年編 1」金の星社 2010 p64

夏休みの飛び込み
◇「〔大野憲三〕創作童話」一粒書房 2012 p69

夏休みのふしぎな女の子
◇「夢見る窓─冬村勇陽童話集」北雪新書 2004 p80

夏休みのページ
◇「いのち─みずかみかずよ全詩集」石風社 1995 p274

夏休みよ さようなら
◇「稗田童平全集 3」宝文館出版 1979 p81

夏ゆく（日下部梅子）
◇「岡田泰三・日下部梅子童謡集」会津童詩会 1992 p100

夏よ
◇「与謝野晶子児童文学全集 6」春陽堂書店 2007 p124

夏はいやだとカラスが言った
◇「〔坪井安〕はしれ子馬よ─童謡詩集」童謡研究・蜂の会 1999 p116

夏は海
◇「異聖歌作品集 下」異聖歌作品集刊行委員会

1977 p177

なでしこ
◇「佐藤義美全集 1」佐藤義美全集刊行会 1974 p326

七色鉛筆
◇「〔永田允子〕わすれな草―童話集」講談社出版サービスセンター 1997 p21

七枝
◇「吉田とし ジュニアロマン選集 10」国土社 1972

七枝とムサシ
◇「吉田とし ジュニアロマン選集 10」国土社 1972 p1

ななくさ
◇「阪田寛夫全詩集」理論社 2011 p24

七くさ
◇「〔東君平〕おはようどうわ 2」講談社 1982 p150
◇「東君平のおはようどうわ 3」新日本出版社 2010 p12

ななくさがゆ
◇「〔東君平〕おはようどうわ 5」講談社 1982 p8
◇「東君平のおはようどうわ 4」新日本出版社 2010 p53

ナナコや八文さん
◇「〔今坂柳二〕りゅうじフォークロア・world 1」ふるさと伝承研究会 2006 p125

名なしの木
◇「〔山田野理夫〕おばけ文庫 6」太平出版社 1976（母と子の図書室）p65

名なしの童子
◇「佐藤さとる全集 8」講談社 1973 p205
◇「佐藤さとるファンタジー全集 14」講談社 1983 p13
◇「佐藤さとるファンタジー全集 14」講談社, 復刊ドットコム（発売）2011 p13

七十七歳の数学講師 熊井志ずゑ（長野県）
◇「斎藤隆介全集 11」岩崎書店 1982 p45

七十七年目の凱旋
◇「氏原大作全集 2」条例出版 1977 p129

七十七番のバス
◇「石森読本―石森延男児童文学選集 5年生」小学館 1977 p230

七十八歳の博物館主任
◇「椋鳩十の本 24」理論社 1983 p204

名なし指物語
◇「新美南吉全集 1」牧書店 1965 p273

名無指物語
◇「校定新美南吉全集 6」大日本図書 1980 p277
◇「新美南吉童話集 1」大日本図書 1982 p287
◇「新美南吉童話大全」講談社 1989 p183
◇「新美南吉童話集 1」大日本図書 2012 p287

菜々ちゃんのこいのぼり

◇「おはなしの森―きはらみちこ童話集」熊本日日新聞情報文化センター 1999 p14

ナナツオッポのキツネ
◇「〔みずきえり〕童話集 ビープ」日本文学館 2008 p137

七つの胡桃
◇「〔北原〕白秋全童謡集 3」岩波書店 1992 p315
◇「〔北原〕白秋全童謡集 3」岩波書店 1992 p321

七つの子
◇「野口雨情童謡集」弥生書房 1993 p54

七つの こども
◇「佐藤義美全集 1」佐藤義美全集刊行会 1974 p407

七つのしずく
◇「土田耕平童話集 〔2〕」古今書院 1955 p42

七つの蕾
◇「松田瓊子全集 1」大空社 1997 p117

七つの手の即興曲
◇「杉みき子選集 10」新潟日報事業社 2011 p44

七つのナス
◇「〔山田野理夫〕お笑い文庫 10」太平出版社 1977（母と子の図書室）p109

七つの部屋
◇「富島健夫青春文学選集 6」集英社 1971 p9

七つのぽけっと
◇「あまんきみこ童話集 1」ポプラ社 2008 p75

七つの星
◇「小出正吾児童文学全集 2」審美社 2000 p293

七つばなし百万石
◇「かつおきんや作品集 16」偕成社 1983 p5

七つ坊主
◇「〔北原〕白秋全童謡集 1」岩波書店 1992 p276

七つぼし
◇「稗田童平全集 3」宝文館出版 1979 p90

七つ星の話
◇「今江祥智童話館 〔4〕」理論社 1986 p68

七ツ山
◇「〔比江島重孝〕宮崎のむかし話 1」鉱脈社 1998 p280

七人（ななにん）… → "しちにん…"をも見よ

七人の犯罪者
◇「星新一ちょっと長めのショートショート 10」理論社 2007 p63

七ばけ八ばけ
◇「〔比江島重孝〕宮崎のむかし話 1」鉱脈社 1998 p40

七番目の幸福
◇「今江祥智の本 15」理論社 1980 p127
◇「今江祥智童話館 〔15〕」理論社 1987 p156

七ヒキノサル

ななひ

七
- ◇「佐藤義美全集 2」佐藤義美全集刊行会 1973 p71

七ヒキノサル（絵本）
- ◇「佐藤義美全集 2」佐藤義美全集刊行会 1973 p69

七匹のネコ
- ◇「椋鳩十の本 9」理論社 1982 p99

七尋幽霊（島根）
- ◇「[木暮正夫] 日本の怪奇ばなし 10」岩崎書店 1990 p67

七分間の天国
- ◇「山田風太郎少年小説コレクション 2」論創社 2012 p9

（七本松の）
- ◇「稲田童平全集 8」宝文館出版 1982 p64

七まいの葉
- ◇「三木卓童話作品集 1」大日本図書 2000 p31

七曲がりカッパ
- ◇「斎藤隆介全集 3」岩崎書店 1982 p126

七羽の白鳥
- ◇「稲田童平全集 5」宝文館出版 1980 p136

七わのめんどり
- ◇「住井すゑジュニア文学館 3」汐文社 1999 p177

なにいもですか
- ◇「今井誉次郎童話集子どもの村 〔3〕」国土社 1957 p87

なにをあえて冒して求める
- ◇「松谷みよ子全エッセイ 1」筑摩書房 1989 p111

なにを，なにを
- ◇「与田凖一全集 1」大日本図書 1967 p100

〔何をやっても間に合わない〕
- ◇「新修宮沢賢治全集 4」筑摩書房 1979 p137
- ◇「新修宮沢賢治全集 4」筑摩書房 1979 p288

なにかいいこと
- ◇「[東君平] おはようどうわ 7」講談社 1982

何が一等嬉しいか
- ◇「壺井栄全集 9」文泉堂出版 1997 p334

〔何かをおれに云ってゐる〕
- ◇「新修宮沢賢治全集 5」筑摩書房 1979 p53

なにかをひとつ
- ◇「やなせたかし童謡詩集 〔2〕」フレーベル館 2000 p18

なにかが生まれる
- ◇「阪田寛夫全詩集」理論社 2011 p625

何が可愛いリータを守ったか（再話）―ヨハンナ・スピーリの短編から
- ◇「ジュニア版吉野源三郎全集 2」ポプラ社 1967 p95
- ◇「吉野源三郎全集 2」ポプラ社 2000 p129

何が住みつくことやら
- ◇「椋鳩十の本 29」理論社 1989 p56

何が泣いただろうか
- ◇「[宗左近] 梟の駅長さん―童謡集」思潮社 1998 p84

なにかの縁
- ◇「星新一YAセレクション 1」理論社 2008 p97

なにゴ かにゴ がやがやゴ
- ◇「まど・みちお全詩集 続」理論社 2015 p276

なにしてあそぶ
- ◇「阪田寛夫全詩集」理論社 2011 p325

なにしろ うちゅうは
- ◇「まど・みちお全詩集 続」理論社 2015 p242

なにも かにもが
- ◇「まど・みちお全詩集 続」理論社 2015 p108

なにもかも神さましだい
- ◇「浜田広介全集 10」集英社 1976 p119

〔何もかもみんなしくじったのは〕
- ◇「新修宮沢賢治全集 4」筑摩書房 1979 p227

何も知らない子ぞう
- ◇「さちいさや童話集―心の中に愛の泉がわいてくる」近代文芸社 1995 p26

何もない所から
- ◇「北国翔子童話集 2」青森県児童文学研究会 2010 p59
- ◇「北国翔子童話集 2」青森県児童文学研究会 2010 p60

なにもないねこ
- ◇「別役実童話集 〔3〕」三一書房 1977 p52

なに屋かしってる？
- ◇「北彰介作品集 1」青森県児童文学研究会 1990 p54

なにやろうか
- ◇「まど・みちお全詩集」理論社 1992 p281

何故に童話は今日の芸術なるか
- ◇「定本小川未明童話全集 9」講談社 1977 p380
- ◇「定本小川未明童話全集 9」大空社 2001 p380

難波のお宮
- ◇「鈴木三重吉童話全集 7」文泉堂書店 1975（日本文学全集・選集叢刊第5次）p145

七日間の王さま
- ◇「花岡大学仏典童話全集 3」法蔵館 1979 p7

名のない犬
- ◇「螢の河・源流へ―伊藤桂一作品集」講談社 2000（講談社文芸文庫）p207

名のない名人
- ◇「浜田広介全集 2」集英社 1975 p68

よびかけなのはな
- ◇「斎田喬幼年劇全集 3」誠文堂新光社 1962 p518

なのはな
- ◇「土田明子詩集 4」かど創房 1987 p10

なのはな
- ◇「[東君平] ひとくち童話 6」フレーベル館 1995

p56
菜の花
　◇「庄野英二全集 9」偕成社 1979 p45
菜の花
　◇「巽聖歌作品集 上」巽聖歌作品集刊行委員会 1977 p455
菜の花
　◇「いのち―みずかみかずよ全詩集」石風社 1995 p130
菜の花
　◇「椋鳩十の本 23」理論社 1983 p192
なの花とかに
　◇「二反長半作品集 1」集英社 1979 p85
なの花ときつね
　◇「ひろすけ幼年童話文学全集 4」集英社 1962 p12
　◇「浜田広介全集 8」集英社 1976 p176
なのはなと三りん車＜一まく 童話劇＞
　◇「〔斎田喬〕学校劇代表作選 1」牧書店 1959 p75
なのはなと三りんしゃ（童話劇）
　◇「斎田喬幼年劇全集 1」誠文堂新光社 1962 p87
なのはなと ちょうちょう
　◇「まど・みちお全詩集」理論社 1992 p369
　◇「まどさんの詩の本 11」理論社 1997 p10
なのはなとハンカチ
　◇「岩永博史童話集 1」岩永博史 2001 p10
菜の花のころ
　◇「巽聖歌作品集 上」巽聖歌作品集刊行委員会 1977 p184
菜の花のセレナータ
　◇「阪田寛夫全詩集」理論社 2011 p789
菜の花のひっこし
　◇「今井誉次郎童話集子どもの村 〔6〕」国土社 1957 p89
菜の花村―私の菜の花村
　◇「〔伊藤紀子〕雪の皮膚―川柳作品集」伊藤紀子 1999 p3
那覇の市場
　◇「椋鳩十の本 21」理論社 1982 p285
鍋島の化け猫騒動（佐賀）
　◇「〔木暮正夫〕日本の怪奇ばなし 10」岩崎書店 1990 p109
鍋谷の天狗
　◇「かつおきんや作品集 14」偕成社 1982 p189
〔なべてはしけく よそほひて〕
　◇「新修宮沢賢治全集 6」筑摩書房 1980 p265
　◇「新修宮沢賢治全集 6」筑摩書房 1980 p430
鍋のお尻
　◇「〔島木〕赤彦童謡集」第一書店 1947 p38
鍋の陰
　◇「くんぺい魔法ばなし―魔法ばなし全集 1」サンリオ 2000 p108

鍋の底
　◇「松谷みよ子全エッセイ 3」筑摩書房 1989 p180
なべの肉
　◇「花岡大学仏典童話全集 8」法蔵館 1979 p150
なべのふた
　◇「〔木暮正夫〕日本のおばけ話・わらい話 10」岩崎書店 1987 p84
鍋の蓋
　◇「〔辻弘司〕創作短篇童話集 マガダ国の悲劇・鍋の蓋他」日本文学館 2006 p13
なべのふたのつまみ
　◇「まど・みちお全詩集 続」理論社 2015 p83
なべやのいいわけ
　◇「〔木暮正夫〕日本のおばけ話・わらい話 7」岩崎書店 1986 p38
ナポリの海岸で
　◇「赤座憲久少年詩集シリーズ 1」じゃこめてい出版 1977 p56
ナポレオン一世
　◇「〔かこさとし〕お話こんにちは 〔5〕」偕成社 1979 p70
ナポレオンの墓
　◇「〔島崎〕藤村の童話 1」筑摩書房 1979 p100
なまえ
　◇「今江祥智の本 19」理論社 1981 p68
なまえ
　◇「阪田寛夫全詩集」理論社 2011 p741
名まえ
　◇「与田準一全集 1」大日本図書 1967 p265
名前
　◇「あまんきみこセレクション 5」三省堂 2009 p17
名前
　◇「今江祥智童話館 〔9〕」理論社 1987 p36
名前
　◇「〔東風琴子〕童話集 2」ストーク 2006 p111
なまえをかえた小ぞうたち
　◇「〔木暮正夫〕日本のおばけ話・わらい話 15」岩崎書店 1987 p24
名前をみてちょうだい
　◇「あまんきみこ童話集 3」ポプラ社 2008 p52
名前を見てちょうだい
　◇「あまんきみこセレクション 3」三省堂 2009 p9
名前を呼ぶとき
　◇「おの・ちゅうこう初期作品集 〔2〕 日本の教室は明るい」嵩書房 1975 p39
名まえがえ
　◇「与謝野晶子児童文学全集 3」春陽堂書店 2007 p275
なまえがない花
　◇「さちいさや童話集―心の中に愛の泉がわいてく

なまえ

る」近代文芸社 1995 p11

名前についての一考察
　◇「北彰介作品集 4」青森県児童文学研究会 1991
　　p183

なまえの かずほど
　◇「与田凖一全集 4」大日本図書 1967 p33

名前のなくなる時
　◇「太田博也童話集 4」小山書林 2008 p37

なまえメモ（しょくぶつ）
　◇「まど・みちお全詩集 続」理論社 2015 p426

なまぐさ坊主
　◇「椋鳩十全集 24」ポプラ社 1980 p175
　◇「椋鳩十の本 16」理論社 1983 p28

なまけうぐいす
　◇「西條八十童謡全集」修道社 1971 p310

なまけ鶯
　◇〔巌谷〕小波お伽全集 3」本の友社 1998 p198

なまけ柿
　◇〔北原〕白秋全童謡集 2」岩波書店 1992 p78

なまけ時計
　◇「新装版金子みすゞ全集 1」JULA出版局 1984
　　p56
　◇〔金子〕みすゞ詩画集〔1〕」春陽堂書店 1996
　◇「金子みすゞ童謡集」角川春樹事務所 1998（ハルキ文庫）p141
　◇「金子みすゞ童謡全集 1」JULA出版局 2003 p88

なまけ弁当
　◇「川崎大治民話選〔4〕」童心社 1975 p10

なまけもの
　◇「鈴木三重吉童話全集 4」文泉堂書店 1975（日本文学全集・選集叢刊第5次）p140

ナマケモノ
　◇「今江祥智の本 4」理論社 1980 p9
　◇「今江祥智童話館〔11〕」理論社 1987 p7

なまけものとカキのたね
　◇〔山田野理夫〕お笑い文庫 11」太平出版社 1977
　　（母と子の図書室）p44

なまけ者とゆめ
　◇「浜田広介全集 9」集英社 1976 p170

怠け者人間
　◇「全集灰谷健次郎の本 22」理論社 1988 p195

なまけものの学校
　◇〔島牧〕藤村の童話 1」筑摩書房 1979 p127

なまけ者の住む小屋
　◇「岩永博史童話集 2」岩永博史 2005 p136

なまけもののとけい
　◇「佐藤さとる全集 7」講談社 1973 p49

なまけものの時計
　◇「佐藤さとるファンタジー全集 8」講談社 1982
　　p39
　◇「佐藤さとるファンタジー全集 8」講談社, 復刊

ドットコム（発売）2010 p39

なまけもののめざまし時計
　◇「やなせたかし童謡詩集〔2〕」フレーベル館
　　2000 p100

なまけものふたり
　◇〔山田野理夫〕お笑い文庫 7」太平出版社 1977
　　（母と子の図書室）p18

ナマコ
　◇「まど・みちお詩集〔1〕」すえもりブックス
　　1992 p38
　◇「まど・みちお全詩集」理論社 1992 p611
　◇「まどさんの詩の本 7」理論社 1996 p68

なまこのうた
　◇「室生犀星童話全集 2」創林社 1978 p77

ナマコの行進
　◇「やなせたかし童謡詩集〔3〕」フレーベル館
　　2001 p68

なまこの時計屋
　◇「松谷みよ子おはなし集 3」ポプラ社 2010 p73

なまず
　◇「坪田譲治幼年童話文学全集 4」集英社 1965
　　p172

ナマズ
　◇「今江祥智の本 4」理論社 1980 p80
　◇「今江祥智童話館〔11〕」理論社 1987 p134

ナマズ
　◇「坪田譲治童話全集 9」岩崎書店 1986 p17

鯰
　◇「瑠璃の壺―森銑三童話集」三樹書房 1982 p304

鯰
　◇「くんぺい魔法ばなし―魔法ばなし全集 2」サンリオ 2000 p14

ナマズ池
　◇〔山田野理夫〕おばけ文庫 7」太平出版社 1976
　　（母と子の図書室）p36

なまずつり
　◇「坪田譲治幼年童話文学全集 3」集英社 1965
　　p154

ナマズ釣り
　◇「坪田譲治童話全集 4」岩崎書店 1986 p51

なまずとあざみの話
　◇「定本小川未明童話全集 6」講談社 1977 p172
　◇「定本小川未明童話全集 6」大空社 2001 p172

ナマズとカワズ
　◇〔木暮正夫〕日本のおばけ話・わらい話 11」岩崎書店 1987 p75

なまずの次郎長
　◇〔かこさとし〕お話こんにちは〔6〕」偕成社
　　1979 p22

なまずの ゆめ
　◇「坪田譲治幼年童話文学全集 5」集英社 1965 p20

ナマズの夢
　　◇「坪田譲治童話全集 5」岩崎書店 1986 p145
〔生温い南の風が〕
　　◇「新修宮沢賢治全集 5」筑摩書房 1979 p71
なまはげ
　　◇「斎藤隆介全集 3」岩崎書店 1982 p74
なまはげ月夜
　　◇「横山健童謡選集 1」無明舎出版 1995 p32
なまはげのまつり
　　◇「横山健童謡選集 1」無明舎出版 1995 p18
生みそデー
　　◇「国分一太郎児童文学集 5」小峰書店 1967 p208
生やさしくないもの
　　◇「壺井栄全集 11」文泉堂出版 1998 p183
〔鉛いろした月光のなかに〕
　　◇「新修宮沢賢治全集 5」筑摩書房 1979 p31
　　◇「新修宮沢賢治全集 5」筑摩書房 1979 p286
〔鉛のいろの冬海の〕
　　◇「新修宮沢賢治全集 6」筑摩書房 1980 p287
鉛の恋
　　◇「魂の配達―野村吉哉作品集」草思社 1983 p69
鉛の兵隊
　　◇「西條八十童謡全集」修道社 1971 p147
なみ
　　◇「こやま峰子詩集 〔3〕」朔北社 2003 p28
なみ
　　◇「〔東君平〕ひとくち童話 4」フレーベル館 1995 p44
波
　　◇「新装版金子みすゞ全集 3」JULA出版局 1984 p148
　　◇「金子みすゞ童謡集」角川春樹事務所 1998 （ハルキ文庫）p22
　　◇「金子みすゞ童謡全集 6」JULA出版局 2004 p30
波
　　◇「与田凖一全集 2」大日本図書 1967 p244
波荒くとも
　　◇「定本小川未明童話全集 12」講談社 1977 p235
　　◇「定本小川未明童話全集 12」大空社 2002 p235
波うちあがる
　　◇「〔北原〕白秋全童謡集 3」岩波書店 1992 p34
波打ち際
　　◇「くんぺい魔法ばなし―魔法ばなし全集 2」サンリオ 2000 p6
波が話した
　　◇「久保喬自選作品集 2」みどりの会 1994 p97
並木の日暮（岡田泰三）
　　◇「岡田泰三・日下部梅子童謡集」会津童詩会 1992 p4
波暗き海（小品）

◇「稗田童平全集 8」宝文館出版 1982 p204
ナミさん
　　◇「庄野英二全集 9」偕成社 1979 p376
なみだ
　　◇「こやま峰子詩集 〔3〕」朔北社 2003 p40
なみだ
　　◇「〔東君平〕ひとくち童話 3」フレーベル館 1995 p50
涙
　　◇「〔宗左近〕梟の駅長さん―童謡集」思潮社 1998 p80
なみだ石
　　◇「〔山田野理夫〕おばけ文庫 3」太平出版社 1976 （母と子の図書室）p55
涙いろの雨
　　◇「今江祥智の本 15」理論社 1980 p103
　　◇「今江祥智童話集 〔15〕」理論社 1987 p96
涙を流します
　　◇「〔黒川良人〕犬の詩猫の詩―児童詩集」東洋出版 2000 p126
なみだおに
　　◇「あまんきみこ童話集 1」ポプラ社 2008 p91
涙を光にかえて
　　◇「〔山部京子〕12の動物ものがたり」文芸社 2008 p5
なみだをふいてこぎつねちゃん
　　◇「今江祥智の本 20」理論社 1981 p45
　　◇「今江祥智童話館 〔3〕」理論社 1986 p16
　　◇「今江祥智ショートファンタジー 4」理論社 2005 p82
なみだがポロリ
　　◇「パパとボクとネコ―山口紀代子童謡詩集」音楽舎 2003 p98
涙こぼれるとき
　　◇「やなせたかし童謡詩集 〔3〕」フレーベル館 2001 p48
涙なんか虹になれ
　　◇「山本瓔子詩集 I」新風舎 2003 p130
涙のいれもの
　　◇「阪田寛夫全詩集」理論社 2011 p512
なみだの海は
　　◇「阪田寛夫全詩集」理論社 2011 p682
涙の踊子
　　◇「浜田広介全集 11」集英社 1976 p177
涙の島
　　◇「斎藤隆介全集 3」岩崎書店 1982 p254
涙の白ばら
　　◇「住井すゑジュニア文学館 6」汐文社 1999 p41
涙の光
　　◇「〔宗左近〕梟の駅長さん―童謡集」思潮社 1998 p15

作品名から引ける日本児童文学個人全集案内　**619**

なみた

なみだのピッチョン
- ◇「〔寺村輝夫〕ぼくは王さま全1冊」理論社 1985 p530
- ◇「寺村輝夫全童話 1」理論社 1996 p533
- ◇「寺村輝夫の王さまシリーズ 8」理論社 1998 p83

なみだもワイン・レッド―大庭照子さんのために
- ◇「阪田寛夫全詩集」理論社 2011 p899

なみと かいがら
- ◇「まど・みちお詩集 〔1〕」すえもりブックス 1992 p32
- ◇「まど・みちお全詩集」理論社 1992 p210

なみ なみ ざんぶりこ
- ◇「佐藤義美全集 1」佐藤義美全集刊行会 1974 p431

なみにゆられて
- ◇「今江祥智の本 16」理論社 1980 p100
- ◇「今江祥智童話館 〔3〕」理論社 1986 p182
- ◇「今江祥智ショートファンタジー 3」理論社 2004 p92

波の上
- ◇「〔島崎〕藤村の童話 1」筑摩書房 1979 p189

波の上の子もり歌
- ◇「浜田広介全集 4」集英社 1976 p171

波の上の瞬間―四月三十日 瀬戸湾上にて
- ◇「阪田寛夫全詩集」理論社 2011 p830

波の兎
- ◇「〔巌谷〕小波お伽全集 12」本の友社 1998 p323

波のうらがわの国
- ◇「山下明生・童話の島じま 2」あかね書房 2012 p85

浪の音
- ◇「〔北原〕白秋全童謡集 1」岩波書店 1992 p242

なみの おはなし
- ◇「まど・みちお全詩集」理論社 1992 p130
- ◇「まどさんの詩の本 5」理論社 1994 p88

波の子
- ◇「与田凖一全集 1」大日本図書 1967 p38

波の子守唄
- ◇「新装版金子みすゞ全集 3」JULA出版局 1984 p235
- ◇「新装版金子みすゞ全集 3」JULA出版局 1984 p247
- ◇「金子みすゞ童謡全集 6」JULA出版局 2004 p162

ナミのにんげん
- ◇「まど・みちお全詩集 続」理論社 2015 p185

波の橋立
- ◇「新装版金子みすゞ全集 3」JULA出版局 1984 p186
- ◇「金子みすゞ童謡集」角川春樹事務所 1998 (ハルキ文庫) p166
- ◇「金子みすゞ童謡全集 6」JULA出版局 2004 p84

波のむすめ
- ◇「立原えりかのファンタジーランド 12」青土社 1980 p159

波ノ寄セテヰル肖像
- ◇「佐藤義美全集 1」佐藤義美全集刊行会 1974 p43

波のり天使
- ◇「やなせたかし童謡詩集 〔1〕」フレーベル館 2000 p50

浪兵衛
- ◇「斎藤隆介全集 2」岩崎書店 1982 p48

双柳のキツネ
- ◇「〔今坂柳二〕りゅうじフォークロア・world 4」ふるさと伝承研究会 2008 p62

ナミヤナギの鼻欠け地蔵
- ◇「〔今坂柳二〕りゅうじフォークロア・world 6」ふるさと伝承研究会 2012 p93

波よ
- ◇「石森延男児童文学全集 15」学習研究社 1971 p125

なむあみだぶつ
- ◇「川崎大治民話選 〔1〕」童心社 1968 p160

なむくしゃら信平どん
- ◇「寺村輝夫童話全集 20」ポプラ社 1982 p5
- ◇「寺村輝夫全童話 4」理論社 1997 p262

なむくしゃら物語
- ◇「寺村輝夫童話全集 20」ポプラ社 1982

なめくじ
- ◇「佐藤義美全集 3」佐藤義美全集刊行会 1973 p33
- ◇「佐藤義美全集 5」佐藤義美全集刊行会 1973 p26

ナメクジ
- ◇「〔下田喜久美〕遠くから来た旅人―詩集」リトル・ガリヴァー社 1998 p24

ナメクジ
- ◇「まど・みちお詩集 2」銀河社 1975 p14
- ◇「まど・みちお全詩集」理論社 1992 p442

なめくじのうた
- ◇「室生犀星童話全集 2」創林社 1978 p23

なめとこ山のくま
- ◇「新版・宮沢賢治童話全集 6」岩崎書店 1978 p5
- ◇「宮沢賢治童話集 3」講談社 1985 (講談社青い鳥文庫) p60
- ◇「宮沢賢治童話集珠玉選 〔3〕」講談社 2009 p153

なめとこ山の熊
- ◇「新修宮沢賢治全集 11」筑摩書房 1979 p163
- ◇「〔宮〕賢治童話」翔泳社 1995 p455
- ◇「ジュニア文学館 宮沢賢治―写真・絵画集成 2」日本図書センター 1996 p47
- ◇「よくわかる宮沢賢治―イーハトーブ・ロマン I」学習研究社 1996 p372

◇「猫の事務所―宮沢賢治童話選」シグロ 1999 p111
◇「学校放送劇舞台劇脚本集 宮沢賢治名作童話」東洋書院 2008 p71

(名もなき)
◇「稗田童平全集 8」宝文館出版 1982 p60

納屋
◇「新装版金子みすゞ全集 3」JULA出版局 1984 p86
◇「金子みすゞ童謡全集 5」JULA出版局 2004 p116

なやみ
◇「〔中山尚美〕おふろの中で―詩集」アイ企画 1996 p30

(悩みが)
◇「稗田童平全集 8」宝文館出版 1982 p81

悩める薔薇
◇「与謝野晶子児童文学全集 6」春陽堂書店 2007 p195

慣いが性となる (蝙蝠と茨と鵜)
◇「〔巌谷〕小波お伽全集 14」本の友社 1998 p163

ならない おなら
◇「まど・みちお全詩集 続」理論社 2015 p54

奈良のお日和
◇「達崎龍全童謡ホロホロ鳥」あい書林 1983 p32

奈良の春日さまの鹿
◇「中村雨紅詩謡集」中村雨紅詩謡集刊行委員会 1971 p126

楢ノ木大学士の野宿
◇「新版・宮沢賢治童話全集 7」岩崎書店 1978 p63
◇「新修宮沢賢治全集 10」筑摩書房 1979 p195
◇「〔宮沢〕賢治童話」翔泳社 1995 p247

ナラの木のたたり
◇「〔西本鶏介〕日本の昔話―読みきかせお話集 1」小学館 1999 p102

奈良の大仏さん
◇「西條八十童謡全集」修道社 1971 p311

楢の林
◇「巽聖歌作品集 上」巽聖歌作品集刊行委員会 1977 p376

奈良みやげ
◇「岡本良雄童話文学全集 2」講談社 1964 p71

成岩 (ならわ) をすぎてうたへる
◇「校定新美南吉全集 8」大日本図書 1981 p231

ならんで ならんで
◇「巽聖歌作品集 下」巽聖歌作品集刊行委員会 1977 p31

ならんでる
◇「ひばりのす―木下夕爾児童詩集」光書房 1998 p24

鳴釜と動物たち

◇「〔山田野理夫〕おばけ文庫 4」太平出版社 1976 (母と子の図書室) p110

なりそこない王子
◇「星新一ちょっと長めのショートショート 7」理論社 2006 p87

なりたがる
◇「川崎大治民話選 〔1〕」童心社 1968 p70

水仙 (ナルキッソス) の少年
◇「稗田童平全集 2」宝文館出版 1979 p32

なるごの こけし
◇「〔高橋一仁〕春のニシン場―童謡詩集」けやき書房 2003 p126

生ると申すか, 生らぬと申すか
◇「〔島崎〕藤村の童話 4」筑摩書房 1979 p58

ナルヒと冬の友だち
◇「夢見る窓―冬村勇雄童話集」北雪新書 2004 p172

なるほど爺さん
◇「〔北原〕白秋全童謡集 4」岩波書店 1993 p303

なるほど, ほんものだわい
◇「椋鳩十の本 20」理論社 1983 p173

狎れると侮られる (駱駝)
◇「〔巌谷〕小波お伽全集 14」本の友社 1998 p131

狎るな (狐と獅子)
◇「〔巌谷〕小波お伽全集 14」本の友社 1998 p19

なわ
◇「川崎大治民話選 〔2〕」童心社 1969 p188

縄
◇「〔山田野理夫〕おばけ文庫 8」太平出版社 1976 (母と子の図書室) p85

苗代田
◇「巽聖歌作品集 上」巽聖歌作品集刊行委員会 1977 p412

縄田林蔵詩集「愛のしるし」
◇「稗田童平全集 6」宝文館出版 1981 p146

なわとび
◇「〔内海康子〕六月のカレンダー―詩集」けやき書房 1999 p84

なわとび
◇「〔東君平〕おはようどうわ 2」講談社 1982 p180

なわとび
◇「まど・みちお全詩集」理論社 1992 p343
◇「まど・みちお全詩集」理論社 1992 p569
◇「まどさんの詩の本 6」理論社 1996 p42

なわとび
◇「いのち―みずかみかずよ全詩集」石風社 1995 p179
◇「いのち―みずかみかずよ全詩集」石風社 1995 p295

なわとび
◇「宮口しづえ児童文学集 4」小峰書店 1969 p33

なわどろぼう
　◇「〔柳家弁天〕らくご文庫 7」太平出版社 1987 p74
なわない藁
　◇「国分一太郎児童文学集 6」小峰書店 1967 p159
なわのテレビ＜一まく 生活劇＞
　◇「〔斎田喬〕学校劇代表作選 2」牧書店 1959 p51
名和靖とおひゃくしょう
　◇「今井誉次郎童話集子どもの村 〔4〕」国土社 1957 p116
南海の魚
　◇「巽聖歌作品集 下」巽聖歌作品集刊行委員会 1977 p301
南海の密使
　◇「高垣眸全集 4」桃源社 1971 p131
南画風景
　◇「庄野英二全集 10」偕成社 1979 p153
南吉の「おじいさんのランプ」
　◇「赤座憲久少年詩集シリーズ 1」じゃこめてい出版 1977 p37
南吉のふるさと
　◇「赤座憲久少年詩集シリーズ 1」じゃこめてい出版 1977 p34
南極帰りの雑作大工—朝日木工の佐野行雄さん
　◇「斎藤隆介全集 10」岩崎書店 1982 p187
南京さん
　◇「〔北原〕白秋全童謡集 1」岩波書店 1992 p32
なんきんはぜ
　◇「庄野英二全集 4」偕成社 1979 p289
ナンキンハゼが
　◇「まど・みちお全詩集 続」理論社 2015 p167
なんきんまめ
　◇「国分一太郎児童文学集 1」小峰書店 1967 p34
なんきんまめ
　◇「まど・みちお全詩集」理論社 1992 p144
　◇「まど・みちお全詩集」理論社 1992 p282
なんげえ はなしっこ
　◇「北彰介作品集 3」青森県児童文学研究会 1990 p120
南崗区
　◇「巽聖歌作品集 上」巽聖歌作品集刊行委員会 1977 p295
南国動物記
　◇「椋鳩十の本 6」理論社 1982 p7
南国独特の酒
　◇「椋鳩十の本 21」理論社 1982 p204
南国のシシ
　◇「椋鳩十の本 26」理論社 1989 p41
南国のシシたち
　◇「椋鳩十の本 13」理論社 1983 p159
南国の樹木
　◇「椋鳩十の本 21」理論社 1982 p91
南国の春
　◇「椋鳩十の本 21」理論社 1982 p154
薩摩じまん 南国のふるさと随想
　◇「椋鳩十の本 29」理論社 1989
随想集 南国風土記
　◇「椋鳩十の本 21」理論社 1982
軟骨人間
　◇「山田風太郎少年小説コレクション 1」論創社 2012 p57
南山
　◇「〔北原〕白秋全童謡集 3」岩波書店 1992 p199
なんじなんぷん！
　◇「まど・みちお全詩集 続」理論社 2015 p143
難船
　◇「瑠璃の壺―森銑三童話集」三樹書房 1982 p182
ナンセンスの世界と方法
　◇「今江祥智の本 22」理論社 1981 p98
なんだ
　◇「まどさんの詩の本 8」理論社 1996 p28
なんだ…
　◇「まど・みちお全詩集」理論社 1992 p612
なんだかへんて子
　◇「山中恒よみもの文庫 12」理論社 1998 p7
なんだかんだの ちゅういほう
　◇「阪田寛夫全詩集」理論社 2011 p266
なんだったかな
　◇「今江祥智童話館 〔14〕」理論社 1987 p3
なんだったっけ
　◇「まど・みちお全詩集 続」理論社 2015 p109
なんだ，また茶の湯か
　◇「〔柳家弁天〕らくご文庫 10」太平出版社 1987 p37
なんだろう
　◇「中村雨紅詩謡集」中村雨紅詩謡集刊行委員会 1971 p130
なんだろな
　◇「筒井敬介童話全集 2」フレーベル館 1984 p133
　◇「筒井敬介おはなし本 2」小峰書店 2006 p73
南朝の武人
　◇「椋鳩十の本 22」理論社 1983 p133
ナンデイヤというしか
　◇「花岡大学仏典童話新作集 2」法蔵館 1984 p75
なんで おこって いやはるのやろか
　◇「花岡大学仏典童話全集 6」法蔵館 1979 p57
なんで背がひくい
　◇「阪田寛夫全詩集」理論社 2011 p26

なんでも，うらは花色もめん
　◇「〔柳家弁慶〕らくご文庫 8」太平出版社 1987 p89
なんでもくれるヒネ・クレル
　◇「寺村輝夫全童話 6」理論社 1998 p471
なんでも来い
　◇「戸川幸夫動物文学全集 15」講談社 1977 p214
何でも三郎
　◇「〔巌谷〕小波お伽全集 15」本の友社 1998 p381
ナンデモスネル
　◇「まど・みちお全詩集」理論社 1992 p36
なんでもつれるおいけ(童話劇)
　◇「斎田喬幼年劇全集 3」誠文堂新光社 1962 p1
なんでもとれるスグ・トレル
　◇「寺村輝夫全童話 6」理論社 1998 p489
なんでもない
　◇「星新一ちょっと長めのショートショート 3」理論社 2005 p133
なんでもない
　◇「まど・みちお全詩集 続」理論社 2015 p213
なんでも はいります
　◇「定本小川未明童話全集 15」講談社 1978 p9
　◇「定本小川未明童話全集 15」大空社 2002 p9
ナンデモハイリマス
　◇「小川未明30選」春陽堂書店 2009（名作童話）p247
なんでも半分
　◇「〔柳家弁慶〕らくご文庫 9」太平出版社 1987 p95
なんでもぴたり、あたりやプンダ
　◇「寺村輝夫童話 3」理論社 1997 p19
なんでもピタリあたりやプンダ
　◇「寺村輝夫おはなしプレゼント 1」講談社 1994 p92
なんでもほしいほしがりや
　◇「寺村輝夫童話全集 1」ポプラ社 1982 p213
　◇「〔寺村輝夫〕ぼくは王さま全1冊」理論社 1985 p136
　◇「寺村輝夫全童話 1」理論社 1996 p109
　◇「寺村輝夫の王さまシリーズ 2」理論社 1998 p33
なんでもロボット
　◇「寺村輝夫童話全集 4」ポプラ社 1982 p5
　◇「〔寺村輝夫〕ぼくは王さま全1冊」理論社 1985 p268
　◇「寺村輝夫全童話 1」理論社 1996 p165
　◇「寺村輝夫の王さまシリーズ 3」理論社 1998 p117
なんてん
　◇「壺井栄名作集 9」ポプラ社 1965 p142
なんてん
　◇「〔東君平〕ひとくち童話 6」フレーベル館 1995 p52
ナンテン
　◇「庄野英二全集 11」偕成社 1980 p95
ナンテン
　◇「まど・みちお全詩集 続」理論社 2015 p429
南天
　◇「壺井栄全集 6」文泉堂出版 1998 p387
ナンテンをどうぞ
　◇「杉みき子選集 7」新潟日報事業社 2009 p239
なんてんの実
　◇「小川未明幼年童話文学全集 2」集英社 1965 p109
南天の実
　◇「定本小川未明童話全集 6」講談社 1977 p36
　◇「定本小川未明童話全集 6」大空社 2001 p36
南天の実
　◇「〔斎藤信夫〕子ども心を友として―童謡詩集」成東町教育委員会 1996 p38
南天の雪
　◇「壺井栄全集 6」文泉堂出版 1998 p9
〔何と云はれても〕
　◇「新修宮沢賢治全集 4」筑摩書房 1979 p232
　◇「ジュニア文学館 宮沢賢治―写真・絵画集成 3」日本図書センター 1996 p149
南島の女
　◇「定本小川未明童話全集 7」講談社 1977 p91
　◇「定本小川未明童話全集 7」大空社 2001 p91
南島のシシ白耳
　◇「椋鳩十全集 9」ポプラ社 1970 p62
なんどばば
　◇「〔山田野理夫〕おばけ文庫 1」太平出版社 1976（母と子の図書室）p156
なんなん七つは
　◇「中村雨紅詩謡集」中村雨紅詩謡集刊行委員会 1971 p143
なんなん菜の花
　◇「西條八十童謡全集」修道社 1971 p312
なん なん なん
　◇「まど・みちお全詩集」理論社 1992 p243
何にでもなれる時間(一場)
　◇「筒井敬介児童劇集 1」東京書籍 1982（東書児童劇シリーズ）p9
なんにも仙人
　◇「〔巌谷〕小波お伽全集 10」本の友社 1998 p301
なんにも仙人となんでも仙人
　◇「笑った泣き地蔵―御田慶子童話選集」たま出版 2007 p59
なんにもだいらのこだまたち
　◇「杉みき子選集 7」新潟日報事業社 2009 p173
なんにも ないはなし
　◇「まど・みちお全詩集」理論社 1992 p538

なんに

◇「まどさんの詩の本 2」理論社 1994 p14
なんにも なし
　◇「阪田寛夫全詩集」理論社 2011 p320
何人何匹何嚢
　◇「〔北原〕白秋全童謡集 1」岩波書店 1992 p149
なんのはな
　◇「まど・みちお全詩集 続」理論社 2015 p66
ナンバー・クラブ
　◇「星新一YAセレクション 7」理論社 2009 p134
難破船が残していったボンタン
　◇「椋鳩十の本 216」理論社 1983 p154
南蛮の星—新村出博士を悼む
　◇「稗田菫平全集 4」宝文館出版 1980 p111
〔南風の〕
　◇「稗田菫平全集 8」宝文館出版 1982 p58
〔南風の頬に酸くして〕
　◇「新修宮沢賢治全集 6」筑摩書房 1980 p63
　◇「新修宮沢賢治全集 6」筑摩書房 1980 p365
南部小僧
　◇「〔山田野理夫〕お笑い文庫 8」太平出版社 1977
　　（母と子の図書室）p141
〔南方に汽車いたるにつれて〕
　◇「新修宮沢賢治全集 7」筑摩書房 1980 p224
南方物語
　◇「定本小川未明童話全集 6」講談社 1977 p187
　◇「定本小川未明童話全集 6」大空社 2001 p187
なんむ一病息災—病気で寝ている小さな子へ
　◇「斎藤隆介全集 1」岩崎書店 1982 p107
難問
　◇「まど・みちお全詩集 続」理論社 2015 p148
なんやななちゃんなきべそしゅんちゃん
　◇「全集灰谷健次郎の本 13」理論社 1988 p103
　◇「灰谷健次郎童話館〔5〕」理論社 1994 p89
南洋ザルのステガ
　◇「戸川幸夫動物文学全集 15」講談社 1977 p273

【 に 】

似合いのカップル
　◇「壺井栄全集 11」文泉堂出版 1998 p346
ニイギョ
　◇「〔山田野理夫〕おばけ文庫 5」太平出版社 1976
　　（母と子の図書室）p53
にいさんと あお
　◇「定本小川未明童話全集 16」講談社 1978 p213
　◇「定本小川未明童話全集 16」大空社 2002 p213
にいさんのおよめさん

　◇「坪田譲治童話全集 13」岩崎書店 1986 p219
にいちゃん しっかり
　◇「まど・みちお全詩集 続」理論社 2015 p366
ニイチャント ホットケーキ
　◇「〔北原〕白秋全童謡集 3」岩波書店 1992 p163
兄ちゃんのいた夏
　◇「今江祥智の本 29」理論社 1990 p49
にいちゃん やっぱり にいちゃんだ
　◇「りらりらりらわたしの絵本—富永佳与子こども
　　のうた作品集」国土社 1994 p78
ニイノミくんと馬
　◇「岡野薫子動物記 4」小峰書店 1986 p38
新美南吉を憶う、知多半島に遊びて。（二首）
　◇「稗田菫平全集 4」宝文館出版 1980 p93
新美南吉さんのこと
　◇「椋鳩十の本 24」理論社 1983 p235
新宮さまの産湯
　◇「巽聖歌作品集 下」巽聖歌作品集刊行委員会
　　1977 p160
ニエモンさんと狸
　◇「〔今坂柳二〕りゅうじフォークロア・world 6」
　　ふるさと伝承研究会 2012 p11
仁右衛門とアオ
　◇「かつおきんや作品集 14」偕成社 1982 p217
仁右衛門 やしき
　◇「〔かこさとし〕お話こんにちは 〔6〕」偕成社
　　1979 p4
におい
　◇「〔斎藤信夫〕子ども心を友として—童謡詩集」成
　　東町教育委員会 1996 p174
匂い
　◇「〔宗左近〕梟の駅長さん—童謡集」思潮社 1998
　　p59
におい山脈
　◇「椋鳩十全集 16」ポプラ社 1980 p123
　◇「椋鳩十の本 14」理論社 1983 p220
　◇「椋鳩十学年別童話〔8〕」理論社 1991 p88
においすみれ
　◇「壺井栄全集 6」文泉堂出版 1998 p444
においすみれ
　◇「いのち—みずかみかずよ全詩集」石風社 1995
　　p34
においとうげ
　◇「椋鳩十の本 26」理論社 1989 p139
　◇「椋鳩十まるごと動物ものがたり 7」理論社 1995
　　p5
におい ぬすっと
　◇「花岡大学仏典童話全集 6」法蔵社 1979 p144
においの国へ、光の世界へ
　◇「〔島崎〕藤村の童話 3」筑摩書房 1979 p104

におうさんのわらじ
　◇「春よこいこい─高橋良和こころの童話選集」同朋舎出版 1995 p157
(仁王石また)
　◇「稗田菫平全集 8」宝文館出版 1982 p87
におうと がおう
　◇「坪田譲治幼年童話文学全集 8」集英社 1965 p135
仁王とどっこい
　◇「〔木暮正夫〕日本のおばけ話・わらい話 8」岩崎書店 1987 p46
鳰の浮巣
　◇「〔北原〕白秋全童謡集 1」岩波書店 1992 p27
におわせ代
　◇「〔山田野理夫〕お笑い文庫 1」太平出版社 1977 (母と子の図書室) p152
二階
　◇「杉みき子選集 2」新潟日報事業社 2005 p259
二階がほしい
　◇「杉みき子選集 8」新潟日報事業社 2010 p97
にがうり
　◇「いのち─みずかみかずよ全詩集」石風社 1995 p44
ニガウリ
　◇「〔東君平〕おはようどうわ 5」講談社 1982 p89
　◇「東君平のおはようどうわ 2」新日本出版社 2010 p43
二×二＝四で困る話
　◇「今江祥智の本 18」理論社 1981 p137
　◇「今江祥智童話館 〔13〕」理論社 1987 p227
ニガゴイ
　◇「椋鳩十の本 23」理論社 1983 p258
二月
　◇「〔北原〕白秋全童謡集 2」岩波書店 1992 p366
二月
　◇「庄野英二全集 8」偕成社 1980 p380
二月
　◇「新修宮沢賢治全集 6」筑摩書房 1980 p112
二月
　◇「椋鳩十の本 1」理論社 1982 p23
二月の雨
　◇「いのち─みずかみかずよ全詩集」石風社 1995 p317
二月の うた
　◇「まど・みちお全詩集」理論社 1992 p587
二月の雪
　◇「いのち─みずかみかずよ全詩集」石風社 1995 p134
2月・ゆきおくんとゆき
　◇「阪田寛夫全詩集」理論社 2011 p194

二月はきっと言いたいだろな
　◇「〔坪井安〕はしれ子馬よ─童謡詩集」童謡研究・蜂の会 1999 p30
にかわどろぼう
　◇「〔山田野理夫〕お笑い文庫 9」太平出版社 1977 (母と子の図書室) p86
にぎやかな家
　◇「庄野英二全集 4」偕成社 1979 p165
にぎやかなお葬式
　◇「金子みすゞ童謡全集 4」JULA出版局 2004 p128
にぎやかなお葬ひ
　◇「新装版金子みすゞ全集 2」JULA出版局 1984 p230
にぎやかな港
　◇「庄野英二全集 6」偕成社 1979 p414
　◇「庄野英二自選短篇童話集」編集工房ノア 1986 p7
にぎりめし
　◇「〔北原〕白秋全童謡集 2」岩波書店 1992 p214
にぎりめし
　◇「斎藤隆介全集 1」岩崎書店 1982 p230
にぎりめし
　◇「阪田寛夫全詩集」理論社 2011 p269
にぎり飯
　◇「米田孝童話劇・学校劇脚本選集─イワンの馬鹿ほか」共同文化社 1997 p174
にぎりめしごろんごろん
　◇「寺村輝夫のむかし話 〔11〕」あかね書房 1981 p64
にぎりめしと山伏
　◇「川崎大治民話選 〔3〕」童心社 1971 p164
にくいおしりの物語
　◇「全集版灰谷健次郎の本 9」理論社 1988 p7
肉ずきの面
　◇「稗田菫平全集 5」宝文館出版 1980 p127
肉体は宇宙そのもの
　◇「椋鳩十の本 28」理論社 1989 p132
憎むべき「隈」弁当を食ふ
　◇「新修宮沢賢治全集 5」筑摩書房 1979 p102
にくやのぺすこう
　◇「岡本良雄童話文学全集 3」講談社 1964 p244
荷車をひく子
　◇「土田明子詩集 5」かど創房 1987 p10
逃げたいワニさん
　◇「土田明子詩集 1」かど創房 1986 p14
逃げた神さま
　◇「椋鳩十全集 24」ポプラ社 1980 p47
逃げた神様
　◇「椋鳩十の本 16」理論社 1983 p55

にけた

にげたかめのこ
　◇「浜田広介全集 4」集英社 1976 p215
にげたコイ
　◇〔山田野理夫〕お笑い文庫 1」太平出版社 1977
　　（母と子の図書室）p84
にげだしたうさぎ
　◇「大石真児童文学全集 14」ポプラ社 1982 p95
逃げだしたお皿
　◇「いいざわただす・おはなしの本 1」理論社 1977 p7
にげ出したお姫さま
　◇「松谷みよ子のむかしむかし 10」講談社 1973 p2
にげだしたおやつ
　◇「きむらゆういちおはなしのへや 1」ポプラ社 2012 p79
にげだした学者犬
　◇「長崎源之助全集 18」偕成社 1987 p95
にげだしたさい
　◇「花岡大学仏典童話新作集 1」法蔵館 1984 p59
にげだしたジャムパンさん
　◇「松谷みよ子全集 9」講談社 1972 p81
にげだしたぞう
　◇「寺村輝夫全童話 3」理論社 1997 p14
にげだしたゾウ―アフリカのなかまたち
　◇「寺村輝夫おはなしプレゼント 1」講談社 1994 p44
にげだしたにんじんさん
　◇「松谷みよ子全集 7」講談社 1971 p48
にげだしたまつの木
　◇〔木暮正夫〕日本のおばけ話・わらい話 13」岩崎書店 1987 p78
にげだした山男
　◇〔西本鶏介〕新日本昔ばなし――一日一話・読みきかせ 2」小学館 1997 p62
にげだしたようふく
　◇「大石真児童文学全集 15」ポプラ社 1982 p119
にげだせライオン
　◇「寺村輝夫童話全集 7」ポプラ社 1982 p75
　◇「寺村輝夫全童話 7」理論社 1999 p476
にげていく風
　◇「阪田寛夫全詩集」理論社 2011 p490
逃げ虎
　◇〔巌谷〕小波お伽全集 3」本の友社 1998 p154
にげない さる
　◇「佐藤義美全集 2」佐藤義美全集刊行会 1973 p96
にげられない ブタ
　◇「佐藤義美全集 3」佐藤義美全集刊行会 1973 p294
逃げる男
　◇「星新一YAセレクション 4」理論社 2009 p118
にげる二月
　◇「阪田寛夫全詩集」理論社 2011 p558
逃げる二ン月去る三月
　◇「壺井栄全集 11」文泉堂出版 1998 p244
逃げるわたしを
　◇「阪田寛夫全詩集」理論社 2011 p525
にげろ オウム
　◇「佐藤義美全集 3」佐藤義美全集刊行会 1973 p299
にげろ！ コスケ
　◇「ろくでなしという名のポーリー――もとさこみつる短編童話集」早稲田童話塾 2012 p243
ニコおじさん
　◇「佐藤一英「童話・童謡集」」一宮市立萩原小学校 2003 p18
〔濁った光の澱の底〕
　◇「新修宮沢賢治全集 7」筑摩書房 1980 p177
〔濁った光の澱の底〕〔先駆形〕
　◇「新修宮沢賢治全集 7」筑摩書房 1980 p393
にこにこ えんそく
　◇「佐藤義美全集 1」佐藤義美全集刊行会 1974 p354
にこにこ たろちゃん
　◇「佐藤義美全集 4」佐藤義美全集刊行会 1974 p256
にこにこちゃん
　◇「まど・みちお全詩集」理論社 1992 p146
にこにこ にいさん
　◇「平塚武二童話全集 2」童心社 1972 p19
ニコニコ婆さん
　◇〔巌谷〕小波お伽全集 7」本の友社 1998 p277
ニコニコ マーケット
　◇〔高橋一仁〕春のニシン場―童謡詩集」けやき書房 2003 p148
にこやかな男
　◇「星新一ショートショートセレクション 5」理論社 2002 p90
ニコライと文ちゃん
　◇「与謝野晶子児童文学全集 2」春陽堂書店 2007 p76
二冊の「ひろしま」は叫ぶ
　◇「松谷みよ子全エッセイ 3」筑摩書房 1989 p125
二冊の本
　◇「佐藤さとるファンタジー全集 16」講談社 1983 p78
　◇「佐藤さとるファンタジー全集 16」講談社, 復刊ドットコム（発売）2011 p78
にじ
　◇「さくらゆき―さとうじゅんこ童詩集」えんじゅの会 1997 p60
にじ

にしに

◇「まど・みちお詩集 6」銀河社 1975 p56
◇「まど・みちお全詩集」理論社 1992 p159
◇「まど・みちお全詩集」理論社 1992 p282
◇「まど・みちお全詩集」理論社 1992 p400
◇「まど・みちお全詩集」理論社 1992 p503
◇「まどさんの詩の本 8」理論社 1996 p64
◇「まどさんの詩の本 14」理論社 1997 p48
◇「まど・みちお全詩集 続」理論社 2015 p55
◇「まど・みちお全詩集 続」理論社 2015 p132
◇「まど・みちお全詩集 続」理論社 2015 p414

虹
　◇「斎田喬児童劇選集 〔1〕」牧書店 1954 p16
虹
　◇「〔下田喜久美〕遠くから来た旅人―詩集」リトル・ガリヴァー社 1998 p51
虹
　◇「庄野英二全集 11」偕成社 1980 p266
虹
　◇「杉みき子選集 10」新潟日報事業社 2011 p245
虹
　◇「住井すゑジュニア文学館 4」汐文社 1999 p7
虹
　◇「巽聖歌作品集 上」巽聖歌作品集刊行委員会 1977 p104
虹
　◇「〔土田明子〕ちいさい星―母と子の詩集」らくだ出版 2002 p14
虹
　◇「花岡大学童話文学全集 2」法藏館 1980 p92
虹
　◇「稗田童平全集 1」宝文館出版 1978 p18
　◇「稗田童平全集 1」宝文館出版 1978 p142
　◇「稗田童平全集 3」宝文館出版 1979 p101
虹
　◇「まど・みちお全詩集」理論社 1992 p567
　◇「まど・みちお全詩集」理論社 1992 p612
　◇「まどさんの詩の本 14」理論社 1997 p50
　◇「まど・みちお全詩集 続」理論社 2015 p109
　◇「まど・みちお全詩集 続」理論社 2015 p404

虹色に シャボン玉
　◇「パパとボクとネコ―山口紀代子童謡詩集」音楽舎 2003 p16

虹色の魚
　◇「立松和平ファンタジー選集 3」フレーベル館 2001 p7

虹色のミノ虫
　◇「おはなしの森―きはらみちこ童話集」熊本日日新聞情報文化センター 1999 p32

虹をさがしに
　◇「立原えりかのファンタジーランド 3」青土社 1980 p35

にじをしょって
　◇「稗田童平全集 8」宝文館出版 1982 p175

虹おとめ
　◇「室生犀星童話全集 3」創林社 1978 p22

虹をわたって
　◇「土田明子詩集 5」かど創房 1987 p44

虹を渡るギンイロミツバチ
　◇「〔山中基義〕あたたかい雪―童話作品集」文芸社 2004 p25

にじをわたる子
　◇「二反長半作品集 1」集英社 1979 p89

〔二時がこんなに暗いのは〕
　◇「新修宮沢賢治全集 4」筑摩書房 1979 p135

にじが出た
　◇「平塚武二童話全集 1」童心社 1972 p20

2時間前から あのコが好きだ
　◇「こども用三代目魚武濱田成夫詩集ZK」学習研究社 2002 p20

ニシキゴイ
　◇「〔東君平〕おはようどうわ 1」講談社 1982 p81

錦の袖
　◇「〔巖谷〕小波お伽全集 4」本の友社 1998 p177

虹少女（七首）
　◇「稗田童平全集 4」宝文館出版 1980 p29

西寺戸分教場
　◇「花岡大学童話文学全集 6」法藏館 1980 p310

にじとかたつむり
　◇「ひばりのす―木下夕爾児童詩集」光書房 1998 p16

にじと かに
　◇「坪田譲治幼年童話文学全集 1」集英社 1964 p113

ニジとカニ
　◇「坪田譲治童話全集 9」岩崎書店 1986 p168
　◇「坪田譲治名作選 〔3〕 サバクの虹」小峰書店 2005 p44

虹と仔馬
　◇「〔北原〕白秋全童謡集 1」岩波書店 1992 p259

虹と飛行機
　◇「新装版金子みすゞ全集 2」JULA出版局 1984 p113
　◇「金子みすゞ童謡全集 3」JULA出版局 2004 p172

虹と驢馬
　◇「稗田童平全集 1」宝文館出版 1978 p131

虹になった雨
　◇「〔永田允子〕わすれな草―童話集」講談社出版サービスセンター 1997 p63

虹にのって
　◇「ともみのちょう戦―立花玲子童話集」青森県児童文学研究会 1997 p168

作品名から引ける日本児童文学個人全集案内　**627**

にしの

〔西のあをじろがらん洞〕
- ◇「新修宮沢賢治全集 6」筑摩書房 1980 p159
- ◇「新修宮沢賢治全集 6」筑摩書房 1980 p407

にじの歌
- ◇「定本小川未明童話全集 3」講談社 1977 p406
- ◇「定本小川未明童話全集 3」大空社 2001 p406

虹の歌
- ◇「虹の歌―宮下木花童話集」銀の鈴社 2013 p29

西の海のクジラとり
- ◇「来栖良夫児童文学全集 6」岩崎書店 1983 p29

虹の弧をかける詩的空間―砺波市に於ける詩的活動の一断面
- ◇「稗田童平全集 6」宝文館出版 1981 p174

にじの こみち
- ◇「佐藤義美童謡集」さ・え・ら書房 1960 p206

ニジノ コミチ
- ◇「佐藤義美全集 1」佐藤義美全集刊行会 1974 p121

にじのそりばし
- ◇「浜田広介全集 11」集英社 1976 p53

西野邸付近
- ◇「庄野英二全集 9」偕成社 1979 p295

虹のなかの時
- ◇「稗田童平全集 2」宝文館出版 1979 p18

にじの はし
- ◇「佐藤義美全集 5」佐藤義美全集刊行会 1973 p403

虹の橋
- ◇「斎藤隆介全集 3」岩崎書店 1982 p144

虹の橋
- ◇「巽聖歌作品集 上」巽聖歌作品集刊行委員会 1977 p426

虹の橋
- ◇「野口雨情童謡集」弥生書房 1993 p58

にじのはしが かかるとき
- ◇「今西祐行絵ぶんこ 10」あすなろ書房 1985 p3
- ◇「今西祐行全集 2」偕成社 1987 p189

にじのはしわたろ
- ◇「稗田童平全集 3」宝文館出版 1979 p60
- ◇「稗田童平全集 3」宝文館出版 1979 p88

にじの花
- ◇「花岡大学仏典童話集 2」佼成出版社 2006 p33

虹の林のむこうまで
- ◇「あまんきみこセレクション 3」三省堂 2009 p77

虹の松原
- ◇「森三郎童話選集〔1〕」刈谷市教育委員会 1995 p125

西宮市立高等女学校
- ◇「与謝野晶子児童文学全集 6」春陽堂書店 2007 p178

虹のむすめ
- ◇「千坂省三童話全集 6」岩崎書店 1968 p121

虹―白秋先生を想う
- ◇「まど・みちお全詩集」理論社 1992 p50

西部しげ杜著「影」を読む
- ◇「稗田童平全集 4」宝文館出版 1980 p138

〔西も東も〕
- ◇「新修宮沢賢治全集 5」筑摩書房 1979 p35

二十九日酔
- ◇「瑠璃の壺―森銑三童話集」三樹書房 1982 p216

二十三夜さまの話
- ◇「〔今坂柳二〕りゅうじフォークロア・world 1」ふるさと伝承研究会 2006 p159

二十四考(林家木久蔵編、岡本和明文)
- ◇「林家木久蔵の子ども落語 5」フレーベル館 1999 p150

二十四の瞳
- ◇「壺井栄名作集 6」ポプラ社 1965 p5
- ◇「定本壺井栄児童文学全集 3」講談社 1979 p7
- ◇「壺井栄全集 5」文泉堂出版 1997 p7

二十二才の歌
- ◇「阪田寛夫全詩集」理論社 2011 p634

二十万両のほりだしもの
- ◇「〔柳家弁天〕らくご文庫 4」太平出版社 1987 p96

二十面相の呪い
- ◇「少年探偵江戸川乱歩全集 26」ポプラ社 1970 p6
- ◇「少年探偵・江戸川乱歩 24」ポプラ社 1999 p8
- ◇「文庫版 少年探偵・江戸川乱歩 24」ポプラ社 2005 p7

二十四人の仕立屋
- ◇「〔北原〕白秋全童謡集 1」岩波書店 1992 p155

二十六聖人の中に
- ◇「今西祐行全集 15」偕成社 1989 p94

二十六の女に
- ◇「椋鳩十の本 1」理論社 1982 p82

二十六夜
- ◇「新修宮沢賢治全集 9」筑摩書房 1979 p193
- ◇「宮沢賢治動物童話集 2」シグロ 1995 p63

二十箇の蜜柑
- ◇「壺井栄全集 11」文泉堂出版 1998 p508

20世紀
- ◇「佐藤義美全集 1」佐藤義美全集刊行会 1974 p57

二十世紀風の釦
- ◇「佐藤義美全集 1」佐藤義美全集刊行会 1974 p75

虹よ―いまは死語化している「希望」
- ◇「〔下田喜久美〕遠くから来た旅人―詩集」リトル・ガリヴァー社 1998 p108

一少年の話
- ◇「定本小川未明童話全集 10」講談社 1977 p51

2じょうまの3にん
　◇「北畠八穂児童文学全集 5」講談社 1975 p5
にじ（よびかけ）
　◇「斎田喬幼年劇全集 1」誠文堂新光社 1962 p469
（虹は）
　◇「稗田童平全集 8」宝文館出版 1982 p52
にじは とおい
　◇「ひろすけ幼年童話文学全集 1」集英社 1961 p66
にじは遠い
　◇「浜田広介全集 7」集英社 1976 p41
ニシン
　◇「石森延男児童文学全集 11」学習研究社 1971 p155
ニシンとハンバーガー
　◇「〔川田進〕短編少年文芸作品集 もう一人のぼく」せんしん出版 2010 p5
ニセアカシヤ
　◇「杉みき子選集 2」新潟日報事業社 2005 p200
にせうらない
　◇「〔山田野理夫〕お笑い文庫 7」太平出版社 1977（母と子の図書室）p103
偽原始人〔上〕
　◇「井上ひさしジュニア文学館 4」汐文社 1998 p5
偽原始人〔下〕
　◇「井上ひさしジュニア文学館 5」汐文社 1998 p5
にせものおおかみ
　◇「花岡大学仏典童話全集 5」法蔵館 1979 p151
にせ者さよなら
　◇「太田博也童話集 2」小山書林 2006 p1
にせものたいじ
　◇「花岡大学仏典童話新作集 3」法蔵館 1984 p86
にせものの英雄
　◇「椋鳩十全集 23」ポプラ社 1980 p5
にせものの汽車
　◇「〔木暮正夫〕日本のおばけ話・わらい話 13」岩崎書店 1987 p89
ニセモノばんざい
　◇「寺村輝夫童話全集 2」ポプラ社 1982 p5
　◇「〔寺村輝夫〕ぼくは王さま全1冊」理論社 1985 p595
　◇「寺村輝夫全童話 1」理論社 1996 p119
　◇「寺村輝夫の王さまシリーズ 2」理論社 1998 p57
にせ勇士
　◇「巌谷小波お伽噺文庫〔5〕」大和書房 1976 p89
偽幽霊
　◇「〔巌谷〕小波お伽全集 13」本の友社 1998 p146
二銭銅貨
　◇「少年探偵江戸川乱歩全集 37」ポプラ社 1971 p218
　◇「定本小川未明童話全集 10」大空社 2001 p51

二，〇〇〇年戦争
　◇「海野十三全集 7」三一書房 1990 p89
ニダイの心
　◇「花岡大学仏典童話全集 1」法蔵館 1979 p65
二代目源さん組子噺
　◇「斎藤隆介全集 8」岩崎書店 1982 p283
二代目だめおとこ
　◇「阪田寛夫全詩集」理論社 2011 p238
にたものどうし
　◇「今江祥智の本 18」理論社 1981 p103
にたものどうし
　◇「〔東君平〕おはようどうわ 1」講談社 1982 p68
「似たり寄つたり」
　◇「瑠璃の壺―森銑三童話集」三樹書房 1982 p198
二だんとびのかえる
　◇「浜田広介全集 7」集英社 1976 p44
日曜学校
　◇「坪田譲治童話全集 1」岩崎書店 1986 p247
日曜の朝
　◇「新装版金子みすゞ全集 3」JULA出版局 1984 p209
　◇「金子みすゞ童謡全集 6」JULA出版局 2004 p114
日曜の朝飯
　◇「与謝野晶子児童文学全集 6」春陽堂書店 2007 p149
日曜の午後
　◇「新装版金子みすゞ全集 3」JULA出版局 1984 p211
　◇「金子みすゞ童謡全集 6」JULA出版局 2004 p116
日曜の午後（二瓶とく）
　◇「岡岡泰三・日下部梅子童謡集」会津童詩会 1992 p159
日曜の植物誌
　◇「佐藤義美全集 1」佐藤義美全集刊行会 1974 p59
にちようび
　◇「〔東君平〕おはようどうわ 5」講談社 1982 p31
日曜日のエクソシスト
　◇「赤川次郎セレクション 4」ポプラ社 2008 p95
日曜日のデイト
　◇「早乙女勝元小説選集 8」理論社 1977 p203
日曜日のとうさん
　◇「まど・みちお全詩集」理論社 1992 p137
日曜日の反逆
　◇「全集灰谷健次郎の本 8」理論社 1987 p175
日曜日のパンツ
　◇「筒井敬介童話全集 3」フレーベル館 1983 p157
日曜日はだれのもの
　◇「〔斎藤信夫〕子ども心を友として―童謡詩集」成

にちり

　　◇東町教育委員会 1996 p186
日輪と太市
　　◇「新修宮沢賢治全集 2」筑摩書房 1979 p14
日輪のなかの時
　　◇「稗田童平全集 2」宝文館出版 1979 p17
日輪の眠り歌
　　◇「稗田童平全集 1」宝文館出版 1978 p144
日蓮さまは心の平和の大導師—赤子に乳を飲ませるように
　　◇〔松本光華〕民話風法華経童話 30」中外印刷出版 1994 p1
に就いて
　　◇「北彰介作品集 4」青森県児童文学研究会 1991 p114
日課
　　◇「庄野英二全集 6」偕成社 1979 p203
ニッカーボッカー
　　◇「〔北原〕白秋全童謡集 5」岩波書店 1993 p139
日記
　　◇「壺井栄全集 12」文泉堂出版 1999 p11
日記から
　　◇「全集版灰谷健次郎の本 22」理論社 1988 p189
日記から
　　◇「椋鳩十の本 23」理論社 1983 p26
ニッキチョウ
　　◇「まど・みちお全詩集 続」理論社 2015 p311
日記帳とは
　　◇「まど・みちお全詩集 続」理論社 2015 p267
ニッケイ水
　　◇「椋鳩十全集 11」ポプラ社 1970 p12
日光
　　◇「〔北原〕白秋全童謡集 1」岩波書店 1992 p359
日光魚止小屋
　　◇「庄野英二全集 6」偕成社 1979 p13
　　◇「庄野英二自選短篇童話集」編集工房ノア 1986 p135
日光魚止小屋(庄野英二)
　　◇「佐藤さとるファンタジー全集 16」講談社 1983 p220
日光月光
　　◇「稗田童平全集 8」宝文館出版 1982 p110
日光月光(三月堂にて)(三首)
　　◇「稗田童平全集 4」宝文館出版 1980 p20
日光寺と動物たち
　　◇〔野口法蔵〕ホーミタクヤセン—童話集」新潟大学医学部よろず医療研究会ラダック基金 1996 p57
日蝕
　　◇「北彰介作品集 4」青森県児童文学研究会 1991 p284

日清戦争地獄聞書
　　◇「〔巖谷〕小波お伽全集 12」本の友社 1998 p310
新田神社やっこぶり
　　◇「椋鳩十の本 23」理論社 1983 p276
新田義貞の真似
　　◇「魂の配達—野村吉哉作品集」草思社 1983 p80
日展無限頌——一九六六年六月, 北陸日展に寄す
　　◇「稗田童平全集 8」宝文館出版 1982 p72
日本(にっぽん)… → "にほん…"をも見よ
日本一
　　◇「〔巖谷〕小波お伽全集 4」本の友社 1998 p353
日本一おいしいごちそう
　　◇「〔西本鶏介〕日本の昔話—読みきかせお話集 2」小学館 2001 p18
日本一のうた
　　◇「阪田寛夫全詩集」理論社 2011 p641
にっぽん橋界隈の話
　　◇「今江祥智の本 34」理論社 1990 p124
日本晴
　　◇「かもめの水兵さん—武内俊子伝記と作品集」講談社出版サービスセンター 1977 p166
ニッポン バンザイ クヮウタイシサマ
　　◇「〔北原〕白秋全童謡集 3」岩波書店 1992 p133
日本万歳皇太子さま
　　◇「〔北原〕白秋全童謡集 4」岩波書店 1993 p125
にている にている
　　◇「まど・みちお全詩集」理論社 1992 p283
二度逢った男
　　◇「斎藤隆介全集 3」岩崎書店 1982 p201
二どと とおらない 旅人
　　◇「小川未明幼年童話文学全集 6」集英社 1966 p160
二度と通らない旅人
　　◇「定本小川未明童話全集 5」講談社 1977 p389
　　◇「小川未明童話集」岩波書店 1996 (岩波文庫) p279
　　◇「定本小川未明童話全集 5」大空社 2001 p389
　　◇「小川未明30選」春陽堂書店 2009 (名作童話) p230
二度の出会い
　　◇「壺井栄全集 11」文泉堂出版 1998 p492
二斗八の墓
　　◇「今井誉次郎童話集子どもの村 〔6〕」国土社 1957 p68
二都物語を読みて
　　◇「松田瓊子全集 5」大空社 1997 p23
ニニギあまくだる
　　◇「松谷みよ子のむかしむかし 4」講談社 1973 p129
二人兎代子

にぬりの矢
　　◇「松谷みよ子のむかしむかし 5」講談社 1973 p118

二年生
　　◇「阪田寛夫全詩集」理論社 2011 p236

二年生特選童話 まえがき
　　◇「北川千代児童文学全集 下」講談社 1967 p307

二年生に なったから
　　◇「巽聖歌作品集 下」巽聖歌作品集刊行委員会 1977 p58

二ねんせいの 子ども
　　◇「佐藤義美童謡集」さ・え・ら書房 1960 p134
　　◇「佐藤義美全集 1」佐藤義美全集刊行会 1974 p201

2年生の算数
　　◇「阪田寛夫全詩集」理論社 2011 p238

二年生の詩
　　◇「佐藤義美全集 6」佐藤義美全集刊行会 1974 p40

二宮尊徳
　　◇「〔かこさとし〕お話こんにちは 〔4〕」偕成社 1979 p95

2杯目のスープ
　　◇「今江祥智の本 31」理論社 1990 p57

荷馬車
　　◇「新装版金子みすゞ全集 3」JULA出版局 1984 p169
　　◇「金子みすゞ童謡全集 6」JULA出版局 2004 p60

荷馬車のり
　　◇「国分一太郎児童文学集 6」小峰書店 1967 p97

二番目の犬
　　◇「高橋敏彦童話集」ノヴィス 2000（ノヴィス叢書）p160

二番めの娘
　　◇「定本小川未明童話全集 4」講談社 1977 p355
　　◇「定本小川未明童話全集 4」大空社 2001 p355

二疋の蟻
　　◇「与謝野晶子児童文学全集 3」春陽堂書店 2007 p250

二ひきの 犬
　　◇「ひろすけ幼年童話文学全集 8」集英社 1961 p31

二匹の犬
　　◇「瑠璃の壺―森銑三童話集」三樹書房 1982 p257

二ひきの王さまざる
　　◇「花岡大学仏典童話全集 8」法蔵館 1979 p108

二ひきの かえる
　　◇「〔かこさとし〕お話こんにちは 〔6〕」偕成社 1979 p132

二ひきの かえる
　　◇「新美南吉全集 1」牧書店 1965 p95
　　◇「新美南吉童話集」世界文化社 2004（心に残るロングセラー）p120
　　◇「新美南吉童話選集 1」ポプラ社 2013 p89

二ひきの かえる
　　◇「ひろすけ幼年童話文学全集 8」集英社 1961 p120

二ひきの蛙
　　◇「校定新美南吉全集 4」大日本図書 1980 p386
　　◇「新美南吉童話集 1」大日本図書 1982 p217
　　◇「新美南吉童話大全」講談社 1989 p321
　　◇「新美南吉童話集 1」大日本図書 2012 p217

二匹のカエル
　　◇「坪田譲治童話全集 2」岩崎書店 1986 p213

二ひきのかえる〔ちいさなかげえげき〕（新美南吉作、森田博脚色）
　　◇「新美南吉童話劇集 2」東京書籍 1982（東書児童劇シリーズ）p64

二匹の河童
　　◇「斎藤隆介全集 3」岩崎書店 1982 p231

二匹の狐
　　◇「浜田広介全集 2」集英社 1975 p191

二ひきのきつねの話
　　◇「〔島崎〕藤村の童話 1」筑摩書房 1979 p94

二ひきのきんぎょ
　　◇「〔みずきえり〕童話集 ピープ」日本文学館 2008 p89

二匹の小犬
　　◇「いのち―みずかみかずよ全詩集」石風社 1995 p213

にひきのごめん
　　◇「浜田広介全集 8」集英社 1976 p39

二ひきの大蛇
　　◇「〔比江島重孝〕宮崎のむかし話 3」鉱脈社 2000 p160

二匹のネズミ
　　◇「〔山田野理夫〕お笑い文庫 10」太平出版社 1977（母と子の図書室）p128

二百歳のオウム
　　◇「久保喬自選作品集 1」みどりの会 1994 p57

二百十日
　　◇「定本小川未明童話全集 12」講談社 1977 p316
　　◇「定本小川未明童話全集 12」大空社 2002 p316

〔鈍い月あかりの雪の上に〕
　　◇「新修宮沢賢治全集 4」筑摩書房 1979 p51

仁兵衛学校
　　◇「千葉省三童話全集 3」岩崎書店 1967 p55

にぼし
　　◇「〔東君平〕おはようどうわ 5」講談社 1982 p201

ニポポのうた
　　◇「〔斎藤信夫〕子ども心を友として―童謡詩集」成東町教育委員会 1996 p158

にほん

日本（にほん）… → "にっぽん…"をも見よ

二本足のかかし
 ◇「住井すゑ わたしの少年少女物語 2」労働旬報社 1989 p153

二本足の ノミ
 ◇「まど・みちお全詩集」理論社 1992 p315
 ◇「まどさんの詩の本 6」理論社 1996 p16

日本一のあわてもの
 ◇「〔柳家弁天〕らくご文庫 2」太平出版社 1987 p48

日本一のおかず
 ◇「椋鳩十全集 12」ポプラ社 1970 p8
 ◇「椋鳩十の本 15」理論社 1982 p12

日本一の親孝行
 ◇「川崎大治民話選 〔1〕」童心社 1968 p230

日本一のくに
 ◇「椋鳩十の本 21」理論社 1982 p122

日本一の鋸工場—富士製鋸の小川昭さん
 ◇「斎藤隆介全集 10」岩崎書店 1982 p151

日本英傑伝抄
 ◇「魂の配達—野村吉哉作品集」草思社 1983 p75

日本へかえるタンカー
 ◇「異聖歌作品集 下」異聖歌作品集刊行委員会 1977 p101

日本を—ペリー艦隊来航記（長編歴史童話）
 ◇「鈴木三重吉童話全集 7」文泉堂書店 1975（日本文学全集・選集叢刊第5次）p189

日本海
 ◇「北彰介作品集 4」青森県児童文学研究会 1991 p292

日本海—西海岸
 ◇「北彰介作品集 4」青森県児童文学研究会 1991 p256

ニホンカモシカ物語
 ◇「〔藤原英司〕日本の動物物語シリーズ 〔1〕」佑学社 1985 p7

〔日本球根商会が〕
 ◇「新修宮沢賢治全集 6」筑摩書房 1980 p152
 ◇「新修宮沢賢治全集 6」筑摩書房 1980 p406

「にほんご」
 ◇「全集版灰谷健次郎の本 21」理論社 1988 p194

ニホンゴあれこれ
 ◇「まど・みちお全詩集 続」理論社 2015 p298

日本語ごっこ—「ことばあそび」のうた
 ◇「まど・みちお詩集 5」銀河社 1975 p1

日本語と児童文学
 ◇「今江祥智の本 22」理論社 1981 p247

ニホンザル物語
 ◇「〔藤原英司〕日本の動物物語シリーズ 〔2〕」佑学社 1985 p7

日本讃歌
 ◇「中村雨紅詩謡集」中村雨紅詩謡集刊行委員会 1971 p174

日本紙
 ◇「〔島崎〕藤村の童話 1」筑摩書房 1979 p76

「日本児童文学全集」第三巻によせて
 ◇「佐藤義美全集 6」佐藤義美全集刊行会 1974 p391

日本中の「モモちゃん」にヨロシク
 ◇「松谷みよ子全エッセイ 1」筑摩書房 1989 p206

日本人オイン
 ◇「大仏次郎少年少女のための作品集 4」講談社 1970 p5

日本新女性の歌
 ◇「与謝野晶子児童文学全集 6」春陽堂書店 2007 p210

日本精神的恋愛
 ◇「椋鳩十の本 34」理論社 1989 p287

日本たんじょう
 ◇「石森延男児童文学全集 6」学習研究社 1971 p5
 ◇「石森延男児童文学全集 6」学習研究社 1971 p7

日本的童話の提唱
 ◇「定本小川未明童話全集 12」講談社 1977 p352
 ◇「定本小川未明童話全集 12」大空社 2002 p352

日本刀の歌
 ◇「かもめの水兵さん—武内俊子伝記と作品集」講談社出版サービスセンター 1977 p173

日本とドイツのビーヤホール
 ◇「椋鳩十の本 22」理論社 1983 p210

日本日本（ニホンニッポン）
 ◇「まど・みちお全詩集 続」理論社 2015 p268

日本にファンタジーは育つか
 ◇「佐藤さとる全集 8」講談社 1973 p230

日本のおおかみ
 ◇「松谷みよ子全集 12」講談社 1972 p54
 ◇「松谷みよ子おはなし集 4」ポプラ社 2010 p116

日本のお米
 ◇「長崎源之助全集 20」偕成社 1988 p44

日本のおばあちゃん
 ◇「斎藤隆介全集 11」岩崎書店 1982 p5

日本のおばけ話
 ◇「川崎大治民話選 〔2〕」童心社 1969

日本のことば
 ◇「〔島崎〕藤村の童話 1」筑摩書房 1979 p17

二本の神木
 ◇「土田耕平童話集 〔2〕」古今書院 1955 p85

日本のすずめ
 ◇「川崎大治民話選 〔1〕」童心社 1968 p170

日本の団地
 ◇「椋鳩十の本 23」理論社 1983 p51

日本のとんち話
　◇「川崎大治民話選　〔4〕」童心社 1975
日本の母（一）
　◇「壺井栄全集 11」文泉堂出版 1998 p108
日本の母（二）
　◇「壺井栄全集 11」文泉堂出版 1998 p112
日本のひろさ
　◇「〔山田野理夫〕お笑い文庫 1」太平出版社 1977
　　（母と子の図書室）p14
日本のふしぎ話
　◇「川崎大治民話選　〔3〕」童心社 1971
日本の船
　◇「〔島崎〕藤村の童話 1」筑摩書房 1979 p173
　◇「〔島崎〕藤村の童話 1」筑摩書房 1979 p175
日本のめんせき
　◇「〔木暮正夫〕日本のおばけ話・わらい話 16」岩崎書店 1988 p41
二ほんのもみの木
　◇「浜田広介全集 7」集英社 1976 p92
日本のユーレイ─谷内六郎氏の絵を見て
　◇「阪田寛夫全詩集」理論社 2011 p27
日本のわらい話
　◇「川崎大治民話選　〔1〕」童心社 1968
日本橋から
　◇「浜田広介全集 11」集英社 1976 p177
日本文化における中央と地方
　◇「椋鳩十の本 18」理論社 1982 p136
日本みかん
　◇「佐藤義美童謡集」さ・え・ら書房 1960 p490
　◇「佐藤義美全集 1」佐藤義美全集刊行会 1974 p217
「日本昔話傑作選」より
　◇「稗田童平全集 5」宝文館出版 1980 p136
日本むかしばなし1
　◇「寺村輝夫のむかし話　〔8〕」あかね書房 1979
日本むかしばなし2
　◇「寺村輝夫のむかし話　〔9〕」あかね書房 1980
日本むかしばなし3
　◇「寺村輝夫のむかし話　〔10〕」あかね書房 1980
日本むかしばなし4
　◇「寺村輝夫のむかし話　〔11〕」あかね書房 1981
日本むかしばなし5
　◇「寺村輝夫のむかし話　〔12〕」あかね書房 1982
日本列島
　◇「〔土田明子〕ちいさい星─母と子の詩集」らくだ出版 2002 p68
日本は二十四時間
　◇「松谷みよ子全集 10」講談社 1972 p147
　◇「松谷みよ子おはなし集 4」ポプラ社 2010 p28
二枚の肖像画
　◇「赤川次郎セレクション 10」ポプラ社 2008 p86
にマメ
　◇「〔東君平〕おはようどうわ 7」講談社 1982 p206
荷物を運ぶ馬
　◇「〔島崎〕藤村の童話 2」筑摩書房 1979 p13
荷物を運ぶ船
　◇「〔島崎〕藤村の童話 3」筑摩書房 1979 p152
ニヤアニシユカ（お乳母(んば)ちやん）
　◇「〔北原〕白秋全童謡集 5」岩波書店 1993 p53
にゃあにゃあクリスマス
　◇「角野栄子のちいさなどうわたち 2」ポプラ社 2007 p121
ニャーニャーと　なく鳥
　◇「〔かこさとし〕お話こんにちは　〔3〕」偕成社 1979 p96
ニャーニャ物語
　◇「武田亜公童話集 5」秋田文化出版社 1978 p85
にゃんともいえぬ
　◇「いのち─みずかみかずよ全詩集」石風社 1995 p214
ニャンニャンねこの子
　◇「西條八十の童話と童謡」小学館 1981 p98
ニャンニャン祭
　◇「石森延男児童文学全集 5」学習研究社 1971 p207
娘娘廟(ニャンニャンミョウ)
　◇「石森延男児童文学全集 4」学習研究社 1971 p187
入学式のことだった
　◇「今江祥智童話館　〔4〕」理論社 1986 p7
入学難
　◇「壺井栄全集 11」文泉堂出版 1998 p168
入定ミイラになるには……
　◇「〔たかしよいち〕世界むかしむかし探検 2」国土社 1994 p118
にゅうどうぐも
　◇「〔東君平〕おはようどうわ 2」講談社 1982 p142
　◇「東君平のおはようどうわ 2」新日本出版社 2010 p90
にゅうどうぐも
　◇「まど・みちお全詩集」理論社 1992 p210
にゅうどう雲
　◇「花岡大学童話文学全集 6」法蔵館 1980 p153
入道雲
　◇「マッチ箱の中─三鎌よし子童謡集」しもつけ文学会 1998 p28
入道雲─阿蘇外輪山より
　◇「いのち─みずかみかずよ全詩集」石風社 1995 p400
にゅうどう雲のうた
　◇「〔関根栄一〕はしるふじさん─童謡集」小峰書店

1998 p134

にゅうどうぐも もくもく
◇「まど・みちお全詩集 続」理論社 2015 p387

女房子供の文学を
◇「壺井栄全集 11」文泉堂出版 1998 p530

女房仙人
◇「椋鳩十の本 34」理論社 1989 p7
◇「椋鳩十の本 34」理論社 1989 p72

女護が島
◇「椋鳩十の本 21」理論社 1982 p300

女人詩誌「パンのミミ」に寄せて
◇「稗田菫平全集 6」宝文館出版 1981 p174

ニラ
◇「椋鳩十の本 23」理論社 1983 p182

にらのはな
◇「いのち―みずかみかずよ全詩集」石風社 1995 p67

ニラの花
◇「まど・みちお全詩集 続」理論社 2015 p110

ニラの花
◇「椋鳩十の本 18」理論社 1982 p181

にらめっこ
◇「〔黒川良人〕犬の詩猫の詩―児童詩集」東洋出版 2000 p104

にらめっこ しましょう
◇「小川未明幼年童話文学全集 7」集英社 1966 p6
◇「定本小川未明童話全集 15」講談社 1978 p21
◇「定本小川未明童話全集 15」大空社 2002 p21

ニールのかがみ星―星からのメッセージⅢ
◇「土田明子詩集 3」かど創房 1986 p18

楡のかげ
◇「〔北原〕白秋全童謡集 2」岩波書店 1992 p339

楡の木の枝々
◇「巽聖歌作品集 下」巽聖歌作品集刊行委員会 1977 p232

（尼蓮禅河に）
◇「稗田菫平全集 8」宝文館出版 1982 p88

にわかあめ
◇「〔東君平〕おはようどうわ 4」講談社 1982 p110
◇「〔東君平〕ひとくち童話 4」フレーベル館 1995 p36
◇「東君平のおはようどうわ 2」新日本出版社 2010 p28

にわか雨
◇「斎田喬児童劇選集 〔5〕」牧書店 1954 p214
◇「斎田喬児童劇選集 〔8〕」牧書店 1955 p169

にわか雨（よびかけ）
◇「斎田喬幼年劇全集 1」誠文堂新光社 1962 p433

にわかしびれ
◇「国分一太郎児童文学集 6」小峰書店 1967 p201

にわか大将
◇「〔川田進〕短編少年文芸作品集 もう一人のぼく」せんしん出版 2010 p216

にわかに わか
◇「阪田寛夫全詩集」理論社 2011 p231

にわか目あき
◇「川崎大治民話選 〔1〕」童心社 1968 p60

にわかめくら
◇「〔山田野理夫〕おばけ文庫 3」太平出版社 1976（母と子の図書室）p65

庭師十基・秋の夜語り
◇「斎藤隆介全集 8」岩崎書店 1982 p113

庭で
◇「くんぺい魔法ばなし―魔法ばなし全集 2」サンリオ 2000 p90

にはとり
◇「新装版金子みすゞ全集 1」JULA出版局 1984 p33

にわとり
◇「金子みすゞ童謡全集 1」JULA出版局 2003 p52

にわとり
◇「斎田喬児童劇選集 〔1〕」牧書店 1954 p69

にわとり
◇「庄野英二全集 4」偕成社 1979 p220

ニワトリ
◇「〔東君平〕おはようどうわ 5」講談社 1982 p206
◇「東君平のおはようどうわ 4」新日本出版社 2010 p78

詩ニワトリ
◇「椋鳩十動物童話集 10」小峰書店 1991 p70

ニワトリ
◇「椋鳩十の本 23」理論社 1983 p227

鶏（にわとり）… → "とり…"をも見よ

鶏
◇「新美南吉全集 6」牧書店 1965 p184
◇「校定新美南吉全集 8」大日本図書 1981 p455

にわとり一わ
◇「寺村輝夫のとんち話 3」あかね書房 1976 p18

鶏口上
◇「稗田菫平全集 7」宝文館出版 1981 p147

にわとり こけこは
◇「まどさんの詩の本 13」理論社 1997 p40

ニワトリ雑話
◇「椋鳩十の本 23」理論社 1983 p219

ニワトリさん
◇「〔東君平〕おはようどうわ 2」講談社 1982 p124

鶏さん
◇「野口雨情童謡集」弥生書房 1993 p65

鶏爺さん
◇「〔北原〕白秋全童謡集 1」岩波書店 1992 p311

にんき

ニワトリ通信
- ◇「椋鳩十全集 1」ポプラ社 1969 p196
- ◇「椋鳩十動物童話集 10」小峰書店 1991 p72
- ◇「椋鳩十まるごと動物ものがたり 12」理論社 1996 p188
- ◇「椋鳩十名作選 6」理論社 2014 p73

鶏通信
- ◇「椋鳩十の本 10」理論社 1982 p221

鶏と鰻
- ◇「[巌谷]小波お伽全集 14」本の友社 1998 p234

にわとりとかぼちゃ
- ◇「壺井栄名作集 3」ポプラ社 1965 p43

ニワトリとカボチャ
- ◇「定本壺井栄児童文学全集 1」講談社 1979 p243

鶏と南瓜
- ◇「壺井栄全集 9」文泉堂出版 1997 p228

(鶏の)
- ◇「稗田童平全集 8」宝文館出版 1982 p65

にわとりの あしあと
- ◇「今井誉次郎童話集子どもの村〔1〕」国土社 1957 p16

にわとりのおかあさん
- ◇「斎田喬幼年劇全集 2」誠文堂新光社 1961 p397

鶏のお婆さん
- ◇「ある手品師の話—小熊秀雄童話集」晶文社 1976 p161
- ◇「小熊秀雄童話集」創風社 2001 p137

にわとりの たまご
- ◇「今井誉次郎童話集子どもの村〔2〕」国土社 1957 p83

にわとりの使
- ◇「巌谷小波お伽噺文庫〔3〕」大和書房 1976 p197

にわとりのとけい
- ◇「壺井栄全集 9」文泉堂出版 1997 p415

ニワトリのとけい
- ◇「定本壺井栄児童文学全集 2」講談社 1979 p252

にわとりの眼
- ◇「花岡大学童話文学全集 1」法蔵館 1980 p35

ニワトリモ アルケバ ボウニ アタル
- ◇「まど・みちお全詩集」理論社 1992 p59

にわとりやたまごや
- ◇「壺井栄名作集 10」ポプラ社 1965 p112

鶏や卵や
- ◇「壺井栄全集 6」文泉堂出版 1998 p191

にわとりはみんなしあわせ
- ◇「村山籌子作品集 2」JULA出版局 1998 p75

(庭の)
- ◇「稗田童平全集 8」宝文館出版 1982 p61

二わのおうむ
- ◇「庄野英二全集 4」偕成社 1979 p286

二羽の おうむ
- ◇「花岡大学仏典童話全集 7」法蔵館 1979 p53

にわの木
- ◇「まど・みちお全詩集 続」理論社 2015 p242

庭のクリの木
- ◇「椋鳩十の本 19」理論社 1982 p135

二わのことり
- ◇「久保喬自選作品集 3」みどりの会 1994 p117

二羽の小鳥
- ◇「富島健夫青春文学選集 2」集英社 1971 p329

庭のスズメ
- ◇「椋鳩十の本 19」理論社 1982 p139

二羽の雀 ／上
- ◇「与謝野晶子児童文学全集 4」春陽堂書店 2007 p172

二羽の雀 ／下
- ◇「与謝野晶子児童文学全集 4」春陽堂書店 2007 p180

庭の隅
- ◇「校定新美南吉全集 8」大日本図書 1981 p179

庭のそうじ
- ◇「〔島崎〕藤村の童話 3」筑摩書房 1979 p166

庭の千草
- ◇「庄野英二全集 11」偕成社 1980 p113

庭の何所かに
- ◇「[巌谷]小波お伽全集 3」本の友社 1998 p109

二羽の にわとり
- ◇「阪田寛夫全詩集」理論社 2011 p420

庭の野草
- ◇「椋鳩十の本 23」理論社 1983 p168

二羽の白鳥
- ◇「斎藤隆介全集 12」岩崎書店 1982 p58

庭のヒヨドリ
- ◇「椋鳩十の本 19」理論社 1982 p150

庭の若葉
- ◇「[巌谷]小波お伽全集 7」本の友社 1998 p441

二わのわし
- ◇「椋鳩十学年別童話〔4〕」理論社 1990 p63

二羽のワシ
- ◇「椋鳩十の本 26」理論社 1989 p87

庭風呂
- ◇「第二〔島木〕赤彦童謡集」第一書店 1948 p14

人魚
- ◇「人魚—北村寿夫童話選集」宝文館 1955 p117

人魚
- ◇「〔宗左近〕梟の駅長さん—童謡集」思潮社 1998 p28

人魚
- ◇「〔山田野理夫〕おばけ文庫 5」太平出版社 1976 (母と子の図書室) p128

にんき

にんぎょう
人形
　◇「平塚武二童話全集 1」童心社 1972 p229
人形
　◇「〔巌谷〕小波お伽全集 7」本の友社 1998 p385
人形
　◇「第二〔島木〕赤彦童謡集」第一書店 1948 p69
人形
　◇「いのち―みずかみかずよ全詩集」石風社 1995 p326
人形劇とわたし
　◇「松谷みよ子全エッセイ 3」筑摩書房 1989 p253
（人形坂を）
　◇「稗田童平全集 8」宝文館出版 1982 p68
人形芝居
　◇「松谷みよ子全エッセイ 1」筑摩書房 1989 p11
人形たちの信号について
　◇「与田凖一全集 5」大日本図書 1967 p71
人形つかい
　◇「土田耕平童話集」信濃毎日新聞社 1949 p123
人形使
　◇「豊島与志雄童話全集 3」八雲書店 1948 p169
人形使い
　◇「土田耕平童話集 〔5〕」古今書院 1955 p67
ニンギヤウツクリ
　◇「かもめの水兵さん―武内俊子伝記と作品集」講談社出版サービスセンター 1977 p205
人形つくり
　◇「〔北原〕白秋全童謡集 2」岩波書店 1992 p285
人形天皇
　◇「〔巌谷〕小波お伽全集 12」本の友社 1998 p204
人形と子供
　◇「新装版金子みすゞ全集 3」JULA出版局 1984 p164
　◇「金子みすゞ童謡全集 6」JULA出版局 2004 p51
人形の足
　◇「西條八十童謡全集」修道社 1971 p154
人形の腕
　◇「〔巌谷〕小波お伽全集 8」本の友社 1998 p423
人形のお供
　◇「〔島崎〕藤村の童話 1」筑摩書房 1979 p193
　◇「〔島崎〕藤村の童話 1」筑摩書房 1979 p195
人形の木
　◇「新装版金子みすゞ全集 3」JULA出版局 1984 p10
　◇「みすゞさん―童謡詩人・金子みすゞの優しさ探しの旅 2」春陽堂書店 1998
　◇「金子みすゞ童謡全集 5」JULA出版局 2004 p18
人形の着がえ
　◇「〔巌谷〕小波お伽全集 8」本の友社 1998 p303
人形の城
　◇「立原えりか作品集 1」思潮社 1972 p107
　◇「立原えりかのファンタジーランド 9」青土社 1980 p21
人形のすきな男の子
　◇「佐藤さとる全集 11」講談社 1974 p201
　◇「佐藤さとるファンタジー全集 7」講談社 1983 p199
　◇「佐藤さとるファンタジー全集 7」講談社, 復刊ドットコム（発売） 2010 p199
にんぎょうのびょういん（みじかいおしばい）
　◇「斎田喬幼年劇全集 1」誠文堂新光社 1962 p11
人形の窓の下の歌
　◇「〔島崎〕藤村の童話 1」筑摩書房 1979 p163
にんぎょうの目のしらせ
　◇「ひろすけ幼年童話文学全集 3」集英社 1962 p32
　◇「浜田広介全集 2」集英社 1975 p30
人形の館
　◇「いのち―みずかみかずよ全詩集」石風社 1995 p412
人形ヘゼキヤのこと
　◇「お噺の卵―武井武雄童話集」講談社 1976 （講談社文庫）p173
人形物語
　◇「春―〔竹久〕夢二童話集」ノーベル書房 1977 p173
人形屋
　◇「野口雨情童謡集」弥生書房 1993 p59
人形山の雪
　◇「稗田童平全集 5」宝文館出版 1980 p31
人魚がくれたさくら貝
　◇「長崎源之助全集 9」偕成社 1986 p7
人魚塚
　◇「二反長半作品集 3」集英社 1979 p218
人魚となぞの木
　◇「寺村輝夫全童話 7」理論社 1999 p223
人魚と星
　◇「庄野英二全集 4」偕成社 1979 p99
人魚のいない海
　◇「杉みき子選集 6」新潟日報事業社 2009 p187
人魚の踊
　◇「〔巌谷〕小波お伽全集 1」本の友社 1998 p419
人魚のくつ
　◇「立原えりか作品集 2」思潮社 1972 p15
　◇「立原えりかのファンタジーランド 11」青土社 1980 p5
人魚の子守唄
　◇「岩永博史童話集 3」岩永博史 2012 p60
人魚の死骸
　◇「〔山田野理夫〕おばけ文庫 5」太平出版社 1976 （母と子の図書室）p17
人魚の壺

人魚の肉を食べたむすめ
　◇「〔佐海〕航南夜ばなし―童話集」佐海航南 1999 p145
　◇「稗田菫平全集 5」宝文館出版 1980 p89

人魚の姫
　◇「魂の配達―野村吉哉作品集」草思社 1983 p360

ニンゲン
　◇「阪田寛夫全詩集」理論社 2011 p135
　◇「阪田寛夫全詩集」理論社 2011 p322

人間宇宙船
　◇「巽聖歌作品集 下」巽聖歌作品集刊行委員会 1977 p180

人間をだれがつくったの…―あゆみちゃんのファックス通信に答える その1
　◇「かとうむつこ童話集 3」東京図書出版会, リブレ出版（発売） 2006 p65

人間灰
　◇「海野十三全集 3」三一書房 1988 p41

人間開墾
　◇「おの・ちゅうこう初期作品集 〔1〕 牧歌的風景」崙書房 1975 p48

人間回復へのミミズの歌
　◇「椋鳩十の本 25」理論社 1983 p13

人間公害
　◇「椋鳩十の本 23」理論社 1983 p208

人間国宝・松山蒔絵ばなし
　◇「斎藤隆介全集 8」岩崎書店 1982 p201

人間さま
　◇「石森延男児童文学全集 15」学習研究社 1971 p270
　◇「石森読本―石森延男児童文学選集 6年生」小学館 1977 p128

人間大砲
　◇「〔北原〕白秋全童謡集 3」岩波書店 1992 p95

人間って残酷
　◇「〔黒川良人〕犬の詩猫の詩―児童詩集」東洋出版 2000 p153

人間的
　◇「星新一ショートショートセレクション 4」理論社 2002 p35

人間的なもの
　◇「椋鳩十の本 31」理論社 1989 p70

人間として
　◇「巽聖歌作品集 下」巽聖歌作品集刊行委員会 1977 p192

にんげんとふじさん
　◇「〔関根栄一〕はしるふじさん―童謡集」小峰書店 1998 p76

人間と湯沸かし
　◇「定本小川未明童話全集 5」講談社 1977 p381
　◇「定本小川未明童話全集 5」大空社 2001 p381

人間なんて知らないよ
　◇「今江祥智の本 4」理論社 1980 p7
　◇「今江祥智童話館 〔11〕」理論社 1987 p5

人間になっちゃった
　◇「〔黒川良人〕犬の詩猫の詩―児童詩集」東洋出版 2000 p38

にんげんの家の
　◇「まど・みちお全詩集」理論社 1992 p400
　◇「まどさんの詩の本 10」理論社 1996 p22

人間の可能性
　◇「全集版灰谷健次郎の本 21」理論社 1988 p34

人間の癖はどこから来た
　◇「戸川幸夫動物文学全集 15」講談社 1977 p204

人間の景色
　◇「まど・みちお全詩集 続」理論社 2015 p299

人間の心
　◇「椋鳩十の本 28」理論社 1989 p192

人間の恣意
　◇「全集版灰谷健次郎の本 21」理論社 1988 p26

人間のシッポ
　◇「与田凖一全集 4」大日本図書 1967 p200

人間の世界で最も幸せなこと
　◇「〔渡部毅彦〕お母さんのための童話集」花伝社, 共栄書房（発売） 1997 p95

人間の世界で最も素晴らしいもの
　◇「〔渡部毅彦〕お母さんのための童話集」花伝社, 共栄書房（発売） 1997 p22

人間の尊さを守ろう
　◇「ジュニア版吉野源三郎全集 2」ポプラ社 1967 p105

人間の目
　◇「まど・みちお詩集 3」銀河社 1975 p2
　◇「まど・みちお全詩集」理論社 1992 p345
　◇「まどさんの詩の本 6」理論社 1996 p90

人間豹
　◇「少年探偵江戸川乱歩全集 44」ポプラ社 1973 p5

人間豹（江戸川乱歩作, 山村正夫文）
　◇「少年版江戸川乱歩選集 〔4〕」講談社 1970 p1

「人間らしい」
　◇「佐藤義美全集 6」佐藤義美全集刊行会 1974 p469

人間は火星人だった？
　◇「〔摩尼和夫〕童話集 アナンさまといたずらもんき」歓成院・大倉山アソカ幼稚園 2009 p129

ニンジャゴッコ
　◇「稗田菫平全集 8」宝文館出版 1982 p162

忍者ねずみ
　◇「〔佐々木千鶴子〕動物村のこうみんかん―台所からのひとり言 童話集」朝日新聞社西部開発室編集出版センター 1996 p29

忍術小僧
　◇「北彰介作品集 2」青森県児童文学研究会 1990 p87
忍術ごっこ
　◇「宮口しづえ童話全集 6」筑摩書房 1979 p118
　◇「宮口しづえ童話名作集」一草舎出版 2009 p158
忍術虎の巻
　◇「氏原大作全集 4」条例出版 1977 p515
忍術らくだい生
　◇「全集古田足日子どもの本 7」童心社 1993 p187
ニンジン
　◇「まど・みちお全詩集」理論社 1992 p120
　◇「まどさんの詩の本 1」理論社 1994 p8
にんじんさんは、みそっかす
　◇「松谷みよ子全集 2」講談社 1971 p69
にんじんさんはみそっかす
　◇「松谷みよ子おはなし集 1」ポプラ社 2010 p48
にんじん だいこん
　◇「阪田寛夫全詩集」理論社 2011 p415
にんじん と かたつむり―まど・みちさんの詩といもとようこさんの絵本に
　◇「阪田寛夫全集」理論社 2011 p904
にんじんとごぼうとだいこん
　◇「松谷みよ子のむかしむかし 1」講談社 1973 p49
人参と玉ねぎ
　◇「壺井栄全集 7」文泉堂出版 1998 p350
にんじん にこにこ
　◇「まど・みちお全詩集」理論社 1992 p196
にんじんの花
　◇「浜田広介全集 8」集英社 1976 p157
ニンジンやけのうた
　◇「まど・みちお全詩集 続」理論社 2015 p196
にんにくどろぼう
　◇「花岡大学仏典童話新作集 2」法蔵館 1984 p111
ニンバの木
　◇「花岡大学 続・仏典童話全集 1」法蔵館 1981 p163
ニンフの湖
　◇「椋鳩十の本 32」理論社 1989 p184

【ぬ】

ヌ
　◇「まど・みちお全詩集 続」理論社 2015 p196
ぬいぐるみ
　◇「立原えりか作品集 6」思潮社 1973 p137
　◇「立原えりかのファンタジーランド 7」青土社 1980 p113
ぬいぐるみの鬼
　◇「花岡大学仏典童話全集 8」法蔵館 1979 p86
ぬいぐるみの人形
　◇「大石真児童文学全集 11」ポプラ社 1982 p63
縫針物語
　◇「〔厳谷〕小波お伽全集 3」本の友社 1998 p305
ヌエ
　◇「〔山田野理夫〕おばけ文庫 4」太平出版社 1976（母と子の図書室）p39
ヌカキビ
　◇「まど・みちお全詩集」銀河社 1975 p56
　◇「まど・みちお全詩集」理論社 1992 p461
　◇「まどさんの詩の本 10」理論社 1996 p82
ヌカダンゴ
　◇「〔山田野理夫〕お笑い文庫 12」太平出版社 1977（母と子の図書室）p52
ぬかるみ
　◇「新装版金子みすゞ全集 2」JULA出版局 1984 p23
　◇「〔金子〕みすゞ詩画集 〔6〕」春陽堂書店 2001 p44
　◇「金子みすゞ童謡全集 3」JULA出版局 2004 p42
ぬきあし しのびあし
　◇「さくらゆき―さとうじゅんこ童詩集」えんじゅの会 1997 p34
ぬきて
　◇「巽聖歌作品集 上」巽聖歌作品集刊行委員会 1977 p210
ぬくい川
　◇「氏原大作全集 4」条例出版 1977 p435
ぬくいめし
　◇「今井誉次郎童話集子どもの村 〔4〕」国土社 1957 p60
ぬくとい日
　◇「巽聖歌作品集 上」巽聖歌作品集刊行委員会 1977 p466
ぬくみ
　◇「いのち―みずかみかずよ全詩集」石風社 1995 p135
ぬくめ鳥
　◇「〔野村ゆき〕ねえ、おはなしして！―語り聞かせお話集」東洋出版 1998 p130
ぬくもり
　◇「〔斎藤信夫〕子ども心を友として―童謡詩集」成東町教育委員会 1996 p206
「ぬくもりのある旅」
　◇「全集灰谷健次郎の本 21」理論社 1988 p206
ぬけがら
　◇「〔東君平〕おはようどうわ 6」講談社 1982 p132
ぬけくび

抜け首
　◇「〔比江島重孝〕宮崎のむかし話 1」鉱脈社 1998 p152
抜け出した魂 1
　◇「松谷みよ子全エッセイ 3」筑摩書房 1989 p143
抜け出した魂 2
　◇「松谷みよ子全エッセイ 3」筑摩書房 1989 p145
ぬけた歯
　◇「まど・みちお全詩集」理論社 1992 p376
　◇「まどさんの詩の本 6」理論社 1996 p26
ぬけまいり
　◇「〔比江島重孝〕宮崎のむかし話 1」鉱脈社 1998 p155
　◇「〔比江島重孝〕宮崎のむかし話 3」鉱脈社 2000 p120
ぬこうよ　よいしょ
　◇「佐藤義美全集 1」佐藤義美全集刊行会 1974 p403
ぬし屋名人・信太郎
　◇「斎藤隆介全集 8」岩崎書店 1982 p123
盗人（ぬすっと）
　◇「〔北原〕白秋全童謡集 5」岩波書店 1993 p9
盗人をなおす医者
　◇「二反長半作品集 3」集英社 1979 p174
ぬすびと
　◇「新修宮沢賢治全集 2」筑摩書房 1979 p19
ぬすびとをだます話
　◇「坪田譲治童話全集 8」岩崎書店 1986 p255
ぬすびと考
　◇「太田博也童話集 6」小山書林 2009 p109
ぬすびととこひつじ
　◇「新美南吉全集 1」牧書店 1965 p138
　◇「新美南吉童話集 1」大日本図書 1982 p130
　◇「新美南吉30選」春陽堂書店 2009（名作童話）p319
　◇「新美南吉童話集 1」大日本図書 2012 p130
　◇「新美南吉童話選集 1」ポプラ社 2013 p35
ヌスビトト　コヒツヂ
　◇「校定新美南吉全集 4」大日本図書 1980 p244
ぬすびととリンゴをわけたマコチン
　◇「北畠八穂児童文学全集 1」講談社 1974 p183
ぬすびとの辞世
　◇「川崎大治民話選 〔1〕」童心社 1968 p156
盗人萩
　◇「巽聖歌作品集 上」巽聖歌作品集刊行委員会 1977 p397
盗まれた印
　◇「瑠璃の壺―森銑三童話集」三樹書房 1982 p251
盗まれた牛
　◇「瑠璃の壺―森銑三童話集」三樹書房 1982 p181
〔盗まれた白菜の根へ〕
　◇「新修宮沢賢治全集 4」筑摩書房 1979 p42
　◇「新修宮沢賢治全集 4」筑摩書房 1979 p311
ぬすまれた町
　◇「全集古田足日子どもの本 13」童心社 1993 p7
ぬすみ
　◇「〔北原〕白秋全童謡集 2」岩波書店 1992 p206
ぬすみ
　◇「杉みき子選集 2」新潟日報事業社 2005 p172
盗みを犯した少年
　◇「おの・ちゅうこう初期作品集 〔2〕 日本の教室は明るい」崙書房 1975 p15
ぬすみおさめ
　◇「〔山田野理夫〕お笑い文庫 1」太平出版社 1977（母と子の図書室）p147
ぬすみ喰
　◇「〔巌谷〕小波お伽全集 14」本の友社 1998 p352
ぬたまちのへんげもの
　◇「〔比江島重孝〕宮崎のむかし話 1」鉱脈社 1998 p130
ヌーチェのぼうけん
　◇「神沢利子コレクション 3」あかね書房 1994 p25
　◇「神沢利子コレクション・普及版 3」あかね書房 2006 p25
ヌーチェの水おけ
　◇「神沢利子コレクション・普及版 3」あかね書房 2006 p27
ぬのにおりこまれたウサギ
　◇「椋鳩十の本 26」理論社 1989 p100
ぬひとりの花
　◇「浜田広介全集 11」集英社 1976 p146
ぬまをわたるかわせみ
　◇「今西祐行全集 2」偕成社 1987 p33
ぬまをわたるカワセミ
　◇「今西祐行絵ぶんこ 1」あすなろ書房 1984 p3
沼地の山窩
　◇「椋鳩十の本 3」理論社 1982 p166
沼の家
　◇「新美南吉全集 6」牧書店 1965 p253
　◇「校定新美南吉全集 8」大日本図書 1981 p77
　◇「新美南吉童話集 1」大日本図書 1982 p325
　◇「新美南吉童話集 1」大日本図書 2012 p325
沼の岸辺の一手まり唄
　◇「横山健童謡選集 2」無明舎出版 1995 p57
〔沼のしづかな日照り雨のなかで〕
　◇「新修宮沢賢治全集 4」筑摩書房 1979 p271
沼の田べり（岡田泰三）
　◇「岡田泰三・日下部梅子童謡集」会津童詩会 1992 p20

◇「〔山田野理夫〕おばけ文庫 1」太平出版社 1976（母と子の図書室）p12

ぬまの ぬし
　◇「平塚武二童話全集 2」童心社 1972 p34
沼のほとり
　◇「北川千代児童文学全集 下」講談社 1967 p229
(沼辺の)
　◇「稗田童平全集 8」宝文館出版 1982 p66
沼べり
　◇「〔北原〕白秋全童謡集 2」岩波書店 1992 p422
沼森
　◇「新修宮沢賢治全集 14」筑摩書房 1980 p23
ぬらぬら
　◇「斎藤隆介全集 3」岩崎書店 1982 p99
ぬらりひょん
　◇「〔山田野理夫〕おばけ文庫 2」太平出版社 1976
　　(母と子の図書室) p76
ぬりかべ
　◇「〔山田野理夫〕おばけ文庫 2」太平出版社 1976
　　(母と子の図書室) p88
　◇「〔山田野理夫〕おばけ文庫 3」太平出版社 1976
　　(母と子の図書室) p82
漆器(ぬりもの)と陶器(せともの)
　◇「〔島崎〕藤村の童話 1」筑摩書房 1979 p76
〔温く妊みて黒雲の〕
　◇「新修宮沢賢治全集 6」筑摩書房 1980 p8
〔温く含んだ南の風が〕
　◇「新修宮沢賢治全集 3」筑摩書房 1979 p108
　◇「新修宮沢賢治全集 3」筑摩書房 1979 p347
ヌール＝Ａ＝アタシ
　◇「〔かこさとし〕お話こんにちは 〔6〕」偕成社 1979 p38
ぬれおんな
　◇「〔山田野理夫〕おばけ文庫 5」太平出版社 1976
　　(母と子の図書室) p63
ぬれた床
　◇「〔山田野理夫〕おばけ文庫 8」太平出版社 1976
　　(母と子の図書室) p58
濡れたる花
　◇「浜田広介全集 11」集英社 1976 p147
ぬれめくら
　◇「〔山田野理夫〕おばけ文庫 5」太平出版社 1976
　　(母と子の図書室) p290

【 ね 】

ね
　◇「〔東君平〕ひとくち童話 6」フレーベル館 1995 p58
ね

　◇「まど・みちお全詩集 続」理論社 2015 p283
根
　◇「まど・みちお全詩集」理論社 1992 p592
　◇「まどさんの詩の本 10」理論社 1996 p24
寝息
　◇「氏原大作全集 2」条例出版 1977 p158
「佞人を遠ざけよ」
　◇「瑠璃の壺―森銑三童話集」三樹書房 1982 p166
音色
　◇「星新一ショートショートセレクション 9」理論社 2003 p125
ネヴァランド旅行記
　◇「阪田寛夫全詩集」理論社 2011 p94
ねうしとらう
　◇「阪田寛夫全詩集」理論社 2011 p420
姉様
　◇「今江祥智の本 15」理論社 1980 p120
　◇「今江祥智童話館 〔15〕」理論社 1987 p58
姉さんお嫁に
　◇「中村雨紅詩謡集」中村雨紅詩謡集刊行委員会 1971 p18
ねえさん星
　◇「浜田広介全集 7」集英社 1976 p14
ねえさん星の ねむるとき
　◇「ひろすけ幼年童話文学全集 2」集英社 1962 p156
姉ちゃん母さん
　◇「今江祥智童話館 〔12〕」理論社 1987 p173
ねえちゃんゲキメツ大作戦
　◇「山中恒よみもの文庫 17」理論社 2001 p7
「ねえねえ、兄ちゃん…」
　◇「〔矢ヶ崎則之〕童話集1「ねえねえ、兄ちゃん…」」レーヴック, 星雲社(発売) 2011 p5
ねえや
　◇「西條八十童謡全集」修道社 1971 p130
〔根を截り〕
　◇「新修宮沢賢治全集 4」筑摩書房 1979 p192
ネオン横丁殺人事件
　◇「海野十三全集 1」三一書房 1990 p231
ねがい
　◇「〔金子〕みすゞ詩画集 〔7〕」春陽堂書店 2002 p20
　◇「金子みすゞ童謡全集 5」JULA出版局 2004 p20
ねがひ
　◇「新装版金子みすゞ全集 3」JULA出版局 1984 p11
願い
　◇「与謝野晶子児童文学全集 6」春陽堂書店 2007 p72
ねがいごと

ねこお

◇「〔東君平〕おはようどうわ 2」講談社 1982 p102

ねぎ
◇「〔北原〕白秋全童謡集 3」岩波書店 1992 p337

ねぎさんぽん
◇「阪田寛夫全詩集」理論社 2011 p281

根岸競馬場
◇「長崎源之助全集 6」偕成社 1987 p135

ねぎちがい
◇「〔木暮正夫〕日本のおばけ話・わらい話 5」岩崎書店 1986 p52

ネギちがい
◇「来栖良夫児童文学全集 2」岩崎書店 1983 p278

ねぎとケーキ
◇「来栖良夫児童文学全集 1」岩崎書店 1983 p30

ねぎ畑
◇「校定新美南吉全集 8」大日本図書 1981 p78

ねぎぼうず
◇「いのち―みずかみかずお全詩集」石風社 1995 p130

ネギぼうず
◇「稗田薫平全集 3」宝文館出版 1979 p52

葱坊主
◇「西條八十童謡全集」修道社 1971 p29

葱坊主
◇「土田耕平童話集 〔2〕」古今書院 1955 p30

葱坊主
◇「野口雨情童謡集」弥生書房 1993 p13

ねぎ坊主 (童話集)
◇「千葉省三童話全集 3」岩崎書店 1967 p5

葱坊主 一
◇「第二〔島木〕赤彦童謡集」第一書店 1948 p51

葱坊主 二
◇「第二〔島木〕赤彦童謡集」第一書店 1948 p53

ネギマ
◇「庄野英二全集 11」偕成社 1980 p260

ねぎみそ
◇「〔高橋一仁〕春のニシン場―童謡詩集」けやき書房 2003 p162

ねぎりずき
◇「まど・みちお全詩集 続」理論社 2015 p139

ねくむくもこぞう
◇「〔寺村輝夫〕ぼくは王さま全1冊」理論社 1985 p174

ねこ
◇「小川未明幼年童話文学全集 7」集英社 1966 p71
◇「定本小川未明童話全集 11」講談社 1977 p462
◇「定本小川未明童話全集 11」大空社 2002 p132

ねこ
◇「〔谷山浩子〕おひさまにキッス―お話の贈りもの」小学館 1997（おひさまのほん）p18

ねこ
◇「〔中山尚美〕おふろの中で―詩集」アイ企画 1996 p40

ねこ
◇「〔東君平〕ひとくち童話 1」フレーベル館 1995 p6

ねこ
◇「まど・みちお全詩集」理論社 1992 p654
◇「まどさんの詩の本 7」理論社 1996 p16
◇「まど・みちお全詩集 続」理論社 2015 p55

ネコ
◇「〔東君平〕おはようどうわ 5」講談社 1982 p16
◇「くんぺい魔法ばなし―魔法ばなし全集 3」サンリオ 2000 p124
◇「東君平のおはようどうわ 5」新日本出版社 2010 p75

ネコ
◇「まど・みちお詩集 2」銀河社 1975 p54
◇「まど・みちお全詩集」理論社 1992 p443
◇「まどさんの詩の本 7」理論社 1996 p18

詩ネコ
◇「椋鳩十動物童話集 5」小峰書店 1990 p6

ネコ
◇「椋鳩十の本 23」理論社 1983 p223

猫
◇「〔宗左近〕梟の駅長さん―童謡集」思潮社 1998 p39

猫
◇「まど・みちお全詩集」理論社 1992 p83

猫
◇「新修宮沢賢治全集 14」筑摩書房 1980 p33

猫穴―その一
◇「松谷みよ子全エッセイ 3」筑摩書房 1989 p196

猫穴―その二
◇「松谷みよ子全エッセイ 3」筑摩書房 1989 p199

ネコ石
◇「〔山田野理夫〕おばけ文庫 3」太平出版社 1976（母と子の図書室）p147

ねこ いっちゃった
◇「阪田寛夫全詩集」理論社 2011 p166

猫入りボール
◇「〔黒川良人〕犬の詩猫の詩―児童詩集」東洋出版 2000 p150

猫・牛・象の唄
◇「西條八十童謡全集」修道社 1971 p314

ねこうた
◇「室生犀星童話全集 1」創林社 1978 p132

猫をいじめると
◇「〔黒川良人〕犬の詩猫の詩―児童詩集」東洋出版 2000 p138

猫を描いた少年

作品名から引ける日本児童文学個人全集案内　641

ねこお

◇「怪談小泉八雲のこわ～い話 6」汐文社 2009 p77

ねこをかうきそく
◇「阪田寛夫全詩集」理論社 2011 p162

ネコおどり
◇〔黒川良人〕犬の詩猫の詩―児童詩集」東洋出版 2000 p132

ねこが言う
◇〔坪井安〕はしれ子馬よ―童謡詩集」童謡研究・蜂の会 1999 p82

ネコ飼いじいさん
◇〔山田野理夫〕お笑い文庫 2」太平出版社 1977 (母と子の図書室) p131

猫貸し屋
◇「別役実童話集 〔1〕」三一書房 1973 p54

猫が好きになったお母さん
◇「ほんとはね、―かわしませいご童話集」文芸社 2008 p5

猫がみわける!?
◇〔野呂祐吉〕吉四六劇団の吉四六さん話名作集」葉文館出版 1998 p44

ねこがわらったとき
◇「久保喬自選作品集 3」みどりの会 1994 p111

根こぎのやなか竹話
◇〔比江島重孝〕宮崎のむかし話 2」鉱脈社 1998 p252

猫嫌い
◇〔黒川良人〕犬の詩猫の詩―児童詩集」東洋出版 2000 p141

ねこさんと ゴムまり
◇「与田準一全集 3」大日本図書 1967 p32

ねこさんねこさん
◇「浜田広介全集 11」集英社 1976 p73

ねこじゃらしの野原
◇「安房直子コレクション 3」偕成社 2004 p107

猫塚
◇〔比江島重孝〕宮崎のむかし話 2」鉱脈社 1998 p189

ねこずきとねこぎらい
◇「浜田広介全集 3」集英社 1975 p228

ねこそぎ
◇〔北原〕白秋全童謡集 2」岩波書店 1992 p397

ネコ体験
◇「ふしぎな泉―うえだまさし童話集」そうぶん社出版 1995 p39

猫岳のねこ
◇「松谷みよ子のむかしむかし 9」講談社 1973 p32

ねこ岳のばけねこ
◇〔木暮正夫〕日本のおばけ話・わらい話 2」岩崎書店 1986 p52

ネコだまミイちゃんはあたし
◇「筒井敬介おはなし本 2」小峰書店 2006 p155

ねこたら ねごと
◇「まど・みちお全詩集」理論社 1992 p613
◇「まどさんの詩の本 2」理論社 1994 p8

ねこだんけ
◇「松谷みよ子のむかしむかし 2」講談社 1973 p96

ねこ地図にのってる
◇「りらりらりらわたしの絵本―富永佳与子こどものうた作品集」国土社 1994 p88

猫ちゃんいじめたら
◇〔黒川良人〕犬の詩猫の詩―児童詩集」東洋出版 2000 p131

猫ちゃん大事に
◇〔黒川良人〕犬の詩猫の詩―児童詩集」東洋出版 2000 p127

ねこちゃんの花
◇「今西祐行全集 1」偕成社 1988 p17

ネコちゃんの花
◇「今西祐行絵ぶんこ 5」あすなろ書房 1984 p13

猫っかぶりの品行方正
◇「壺井栄全集 11」文泉堂出版 1998 p190

ねごと
◇「まど・みちお全詩集」理論社 1992 p123
◇「まどさんの詩の本 8」理論社 1996 p38
◇「まど・みちお全詩集 続」理論社 2015 p256

猫と王様
◇〔北原〕白秋全童謡集 1」岩波書店 1992 p201

ねことおしるこ
◇「定本小川未明童話全集 10」講談社 1977 p46
◇「定本小川未明童話全集 10」大空社 2001 p46

ネコ通り
◇〔黒川良人〕犬の詩猫の詩―児童詩集」東洋出版 2000 p133

オペレッタ「ねことオルガン」
◇「今西祐行全集 1」偕成社 1988 p215

ねことオルガン
◇「今西祐行全集 1」偕成社 1988 p157

ネコとキタローおやぶん
◇「〔今坂柳二〕りゅうじフォークロア・world 2」ふるさと伝承研究会 2007 p19

ねこ時計
◇〔坪井安〕はしれ子馬よ―童謡詩集」童謡研究・蜂の会 1999 p62

ネコと交通事故
◇「戸川幸夫動物文学全集 15」講談社 1977 p227

猫と酒
◇「〔巌谷〕小波お伽全集 14」本の友社 1998 p215

猫と札束
◇「健太と大天狗―片山貞一創作童話集」あさを社 2007 p40

ねことすす

◇「阪田寛夫全詩集」理論社 2011 p522
ねこと茶がまのふた
　◇「〔木暮正夫〕日本のおばけ話・わらい話 2」岩崎書店 1986 p86
ネコとトラ
　◇「〔山田野理夫〕お笑い文庫 10」太平出版社 1977（母と子の図書室）p126
ねごとなき
　◇「〔東君平〕ひとくち童話 1」フレーベル館 1995 p24
ねことねずみ
　◇「坪田譲治少年童話文学全集 8」集英社 1965 p90
ねことねずみ
　◇「浜田広介全集 3」集英社 1975 p155
ネコとネズミ
　◇「坪田譲治童話全集 10」岩崎書店 1986 p6
ネコとネズミ
　◇「〔東君平〕おはようどうわ 2」講談社 1982 p212
猫と鼠
　◇「〔巖谷〕小波お伽全集 7」本の友社 1998 p310
猫と鼠
　◇「星新一YAセレクション 2」理論社 2008 p47
ねことねずみのタンゴ
　◇「〔おうち・やすゆき〕こら！ しんぞう―童謡詩集」小峰書店 1996 p116
ネコと ひなたぼっこ
　◇「まど・みちお全詩集 続」理論社 2015 p243
ねこと ひるね
　◇「阪田寛夫全詩集」理論社 2011 p158
猫と松
　◇「〔巖谷〕小波お伽全集 14」本の友社 1998 p222
ねこと ままごと
　◇「坪田譲治幼年童話文学全集 3」集英社 1965 p80
ネコとままごと
　◇「坪田譲治童話全集 9」岩崎書店 1986 p179
ネコとりむすめ
　◇「〔山田野理夫〕おばけ文庫 11」太平出版社 1976（母と子の図書室）p137
猫と私と作品と
　◇「松谷みよ子全エッセイ 3」筑摩書房 1989 p206
ねにこ こばん
　◇「まど・みちお全詩集 続」理論社 2015 p422
ねこに食われてしまった話
　◇「〔西本鶏介〕新日本昔ばなし――一日一話・読みきかせ 2」小学館 1997 p58
ねこにパンツをはかせるな
　◇「筒井敬介童話全集 1」フレーベル館 1983 p225
ねこねここねこおまえはどこだ
　◇「全集古田足日子どもの本 4」童心社 1993 p241
ねこ、ねこ、ねこ

◇「あまんきみこセレクション 5」三省堂 2009 p54
ねこねこ楊
　◇「野口雨情童謡集」弥生書房 1993 p36
猫の赤ちゃんかわいそう
　◇「〔黒川良人〕犬の詩猫の詩―児童詩集」東洋出版 2000 p144
ねこの足
　◇「〔比江島重孝〕宮崎のむかし話 3」鉱脈社 2000 p63
猫のうた
　◇「あまの川―宮沢賢治童謡集」筑摩書房 2001 p72
猫のうた
　◇「室生犀星童話全集 2」創林社 1978 p79
猫の遠足
　◇「石のロバ―浅野都作品集」新風舎 2007 p94
ネコのおきゃく
　◇「〔山田野理夫〕おばけ文庫 4」太平出版社 1976（母と子の図書室）p157
ねこのおしごと
　◇「筒井敬介童話全集 1」フレーベル館 1983 p167
猫のをぢさん
　◇「鈴木三重吉童話全集 1」文泉堂書店 1975（日本文学全集・選集叢刊第5次）p340
ねこのお茶
　◇「寺村輝夫のむかし話〔7〕」あかね書房 1979 p30
ねこのおばあさん
　◇「村山籌子作品集 3」JULA出版局 1998 p56
猫のお墓
　◇「あたまでっかち―下村千秋童話選集」阿見町教育委員会, 講談社出版サービスセンター（製作）1997 p108
ねこのおばさん
　◇「室生犀星童話全集 1」創林社 1978 p118
猫のお礼
　◇「〔巖谷〕小波お伽全集 3」本の友社 1998 p116
猫の恩返し
　◇「石のロバ―浅野都作品集」新風舎 2007 p220
ネコのかお
　◇「〔山田野理夫〕おばけ文庫 8」太平出版社 1976（母と子の図書室）p131
ねこの草むしり
　◇「寺村輝夫全童話 4」理論社 1997 p86
ネコの草むしり
　◇「寺村輝夫どうわの本 1」ポプラ社 1983 p75
ねこのクロクロ
　◇「今江祥智の本 20」理論社 1981 p42
　◇「今江祥智童話館〔1〕」理論社 1986 p86
ねこのけがわ
　◇「浜田広介全集 10」集英社 1976 p56

ねこの

ネコのゲタ
◇「〔山田野理夫〕お笑い文庫 1」太平出版社 1977（母と子の図書室）p43

猫の結婚式
◇「安房直子コレクション 2」偕成社 2004 p95

猫の子
◇「〔巌谷〕小波お伽全集 7」本の友社 1998 p436

猫の子
◇「〔坪井安〕はしれ子馬よ—童謡詩集」童謡研究・蜂の会 1999 p50

ねこの交通
◇「佐藤義美童謡集」さ・え・ら書房 1960 p261
◇「佐藤義美全集 1」佐藤義美全集刊行会 1974 p272

猫の皿（林家木久蔵編、岡本和明文）
◇「林家木久蔵の子ども落語 2」フレーベル館 1998 p34

猫の時間
◇「〔伊藤紀子〕雪の皮膚—川柳作品集」伊藤紀子 1999 p29

ネコの舌
◇「戸川幸夫動物文学全集 15」講談社 1977 p215

ねこの事務所
◇「新版・宮沢賢治童話全集 7」岩崎書店 1978 p21
◇「宮沢賢治童話集 2」講談社 1985（講談社青い鳥文庫）p62
◇「宮沢賢治童話集珠玉選 〔2〕」講談社 2009 p138

猫の事務所
◇「新修宮沢賢治全集 13」筑摩書房 1980 p225
◇「宮沢賢治動物童話集 1」シグロ 1995 p5
◇「〔宮沢〕賢治童話」翔泳社 1995 p446
◇「ジュニア文学館 宮沢賢治—写真・絵画集成 2」日本図書センター 1996 p212
◇「よくわかる宮沢賢治—イーハトーブ・ロマン II」学習研究社 1996 p10
◇「猫の事務所—宮沢賢治童話選」シグロ 1999 p22

猫の事務所〔初期形〕
◇「新修宮沢賢治全集 13」筑摩書房 1980 p332

猫の浄瑠璃かたり（宮城）
◇「〔木暮正夫〕日本の怪奇ばなし 9」岩崎書店 1990 p30

猫の葬式
◇「螢—白木恵委子童話集」東銀座出版社 1997 p105

ねこの 太郎
◇「坪田譲治幼年童話文学全集 3」集英社 1965 p146

ネコの太郎
◇「坪田譲治童話全集 9」岩崎書店 1986 p131

ネコの手
◇「戸川幸夫動物文学全集 15」講談社 1977 p224

猫の手
◇「赤川次郎セレクション 10」ポプラ社 2008 p7

猫の天使
◇「やなせたかし童謡詩集 〔1〕」フレーベル館 2000 p38

猫徳
◇「若松賤子創作童話全集」久山社 1995（日本児童文化史叢書）p123

ねこのなまえ
◇「〔木暮正夫〕日本のおばけ話・わらい話 16」岩崎書店 1988 p69

ねこの名まえ
◇「寺村輝夫のむかし話 〔5〕」あかね書房 1978 p11

ねこのぱとろーる
◇「筒井敬介童話全集 1」フレーベル館 1983 p201

ねこのパトロール
◇「パパとボクとネコ—山口紀代子童謡詩集」音楽舎 2003 p102

ネコの話
◇「椋鳩十学年別童話 〔12〕」理論社 1995 p23
◇「椋鳩十まるごと動物ものがたり 4」理論社 1996 p89

ねこのはなし（モモちゃんとあかね）
◇「椋鳩十の本 14」理論社 1983 p8

猫の昼寝
◇「〔竹久〕夢二童謡集」ノーベル書房 1975（浪漫文庫）p33

ねこのぽんおどり
◇「佐藤さとる幼年童話自選集 3」ゴブリン書房 2003 p173

ネコの盆踊り
◇「佐藤さとるファンタジー全集 6」講談社 1982 p35
◇「佐藤さとるファンタジー全集 6」講談社，復刊ドットコム（発売）2010 p35

「ねこのぽんおどり」・あとがき
◇「佐藤さとるファンタジー全集 16」講談社 1983 p207
◇「佐藤さとるファンタジー全集 16」講談社，復刊ドットコム（発売）2011 p207

ねこのまねしたおよめさん
◇「〔木暮正夫〕日本のおばけ話・わらい話 5」岩崎書店 1986 p13

ねこのめ
◇「〔おうち・やすゆき〕こら！ しんぞう—童謡詩集」小峰書店 1996 p50

ネコのゆめ
◇「〔東君平〕おはようどうわ 5」講談社 1982 p189

猫の洋行
◇「西條八十童謡全集」修道社 1971 p315

ねこの幼稚園
　　◇「松谷みよ子全集 6」講談社 1972 p17
猫の嫁入
　　◇「西條八十童謡全集」修道社 1971 p316
ねこのよめさま
　　◇「松谷みよ子おはなし集 5」ポプラ社 2010 p35
ねこのリボン
　　◇「くんぺい魔法ばなし―魔法ばなし全集 1」サンリオ 2000 p222
ねこばあさんの一日
　　◇「石のロバ―浅野都作品集」新風舎 2007 p126
ネコばば
　　◇「佐藤義美全集 3」佐藤義美全集刊行会 1973 p234
ねこふんじゃった
　　◇「今江祥智の本 12」理論社 1980 p7
　　◇「今江祥智童話館〔3〕」理論社 1986 p198
　　◇「今江祥智ショートファンタジー 1」理論社 2004 p160
ねこふんじゃった
　　◇「阪田寛夫全詩集」理論社 2011 p336
ネコマタ　その一
　　◇「〔山田野理夫〕おばけ文庫 4」太平出版社 1976（母と子の図書室）p22
ネコマタ　その二
　　◇「〔山田野理夫〕おばけ文庫 4」太平出版社 1976（母と子の図書室）p30
ねこまた屋敷
　　◇「沼田曜一の親子劇場 1」あすなろ書房 1995 p57
ネコものがたり
　　◇「椋鳩十全集 1」ポプラ社 1969 p178
ネコ物語
　　◇「椋鳩十まるごと動物ものがたり 4」理論社 1996 p39
猫ものがたり
　　◇「椋鳩十の本 10」理論社 1982 p206
ねこやなぎ
　　◇「壺井栄名作集 9」ポプラ社 1965 p130
　　◇「壺井栄全集 6」文泉堂出版 1998 p322
ねこやなぎ
　　◇「まど・みちお全詩集」理論社 1992 p136
　　◇「まどさんの詩の本 10」理論社 1996 p30
ねこやなぎ
　　◇「いのち―みずかみかずよ全詩集」石風社 1995 p79
猫柳
　　◇「中村雨紅詩謡集」中村雨紅詩謡集刊行委員会 1971 p48
猫山
　　◇「斎藤隆介全集 1」岩崎書店 1982 p82
ネコ山の三毛ネコひめ
　　◇「二反長半作品集 3」集英社 1979 p124
ねこ山はかせの大はつめい
　　◇「寺村輝夫童話全集 8」ポプラ社 1982 p175
ねこ山博士の大発明
　　◇「寺村輝夫全童話 3」理論社 1997 p437
ねこルパンさんと白い船
　　◇「あまんきみこセレクション 3」三省堂 2009 p155
ねころんだ川
　　◇「〔柳家弁天〕らくご文庫 9」太平出版社 1987 p29
ねこは ねこ
　　◇「りらりらりらわたしの絵本―富永佳与子こどものうた作品集」国土社 1994 p22
ねこん正月騒動記
　　◇「あまんきみこセレクション 4」三省堂 2009 p149
寝覚のそば屋
　　◇「〔島崎〕藤村の童話 2」筑摩書房 1979 p153
捻鉄九太夫の誤算（福岡）
　　◇「〔木暮正夫〕日本の怪奇ばなし 10」岩崎書店 1990 p104
ねじくぎ
　　◇「まど・みちお全詩集 続」理論社 2015 p83
ねじのゆくえ
　　◇「定本壺井栄児童文学全集 3」講談社 1979 p164
ネジのゆくえ
　　◇「壺井栄全集 10」文泉堂出版 1998 p379
ねじばなのうた
　　◇「〔関根栄一〕はしるふじさん―童謡集」小峰書店 1998 p36
臥釋迦様
　　◇「〔巌谷〕小波お伽全集 3」本の友社 1998 p171
ねしょんべん
　　◇「戸川幸夫創作童話集 2」国土社 1972 p28
ネス湖の竜は…
　　◇「松谷みよ子全集 12」講談社 1972 p134
ねずみ
　　◇「阪田寛夫全詩集」理論社 2011 p742
ねずみ
　　◇「〔東君平〕ひとくち童話 1」フレーベル館 1995 p18
ねずみ
　　◇「まど・みちお全詩集」理論社 1992 p95
　　◇「まどさんの詩の本 1」理論社 1994 p64
ネズミ
　　◇「〔東君平〕おはようどうわ 3」講談社 1982 p54
　　◇「東君平のおはようどうわ 5」新日本出版社 2010 p6
ネズミ

ねすみ

ネズミ
- ◇「椋鳩十全集 9」ポプラ社 1970 p172

鼠
- ◇「新美南吉全集 6」牧書店 1965 p168
- ◇「校定新美南吉全集 8」大日本図書 1981 p96

鼠
- ◇「与謝野晶子児童文学全集 6」春陽堂書店 2007 p200

ねずみ穴
- ◇「国分一太郎児童文学集 6」小峰書店 1967 p170

鼠を喰ふ
- ◇「魂の配達―野村吉哉作品集」草思社 1983 p51

ねずみが大さわぎ
- ◇「寺村輝夫童話全集 4」ポプラ社 1982 p209
- ◇「〔寺村輝夫〕ぼくは王さま全1冊」理論社 1985 p167
- ◇「寺村輝夫全童話 1」理論社 1996 p383
- ◇「寺村輝夫の王さまシリーズ 3」理論社 1998 p131

ネズミくんのショック
- ◇「今江祥智の本 2」理論社 1980 p26
- ◇「今江祥智童話館 〔8〕」理論社 1987 p93
- ◇「今江祥智ショートファンタジー 5」理論社 2005 p57

ネズミくん,太ったね
- ◇「〔東野りえ〕ひぐらしエンピツ―童話集」国文社 1997 p43

ねずみ小僧六世
- ◇「星新一ちょっと長めのショートショート 6」理論社 2006 p83

ねずみ小屋
- ◇「杉みき子選集 2」新潟日報事業社 2005 p52

ネズミさまざま
- ◇「椋鳩十の本 16」理論社 1983 p173

春の夜のむかしがたりねずみ浄土
- ◇「〔野村ゆき〕ねえ、おはなしして!―語り聞かせるお話集」東洋出版 1998 p169

ねずみ浄土への資格はなくて
- ◇「松谷みよ子全エッセイ 3」筑摩書房 1989 p219

ネズミ退治
- ◇「庄野英二全集 11」偕成社 1980 p309

ネズミ島のおはなし
- ◇「椋鳩十の本 29」理論社 1989 p171

ネズミ島物語
- ◇「椋鳩十全集 18」ポプラ社 1980 p5

ねずみとお馬
- ◇「〔北原〕白秋全童謡集 3」岩波書店 1992 p368

ねずみとかめのふしぎな時間
- ◇「奥田継夫ベストコレクション 10」ポプラ社 2002 p67

鼠と車
- ◇「与謝野晶子児童文学全集 4」春陽堂書店 2007 p144

ネズミ年
- ◇「〔山田野理夫〕お笑い文庫 1」太平出版社 1977 (母と子の図書室) p120

ネズミ年うまれ
- ◇「〔柳家弁天〕らくご文庫 11」太平出版社 1987 p80

ネズミとすず
- ◇「坪田譲治全童話全集 9」岩崎書店 1986 p36

ねずみと仙人
- ◇「ひろすけ幼年童話文学全集 12」集英社 1962 p76
- ◇「浜田広介全集 10」集英社 1976 p95

ねずみとナプキン
- ◇「与田準一全集 1」大日本図書 1967 p167

ねずみと ねこと こおろぎ
- ◇「小川未明幼年童話文学全集 5」集英社 1966 p94
- ◇「定本小川未明童話全集 16」講談社 1978 p287
- ◇「定本小川未明童話全集 16」大空社 2002 p287

ねずみと バケツの はなし
- ◇「小川未明幼年童話文学全集 8」集英社 1966 p147

ねずみとバケツの話
- ◇「定本小川未明童話全集 4」講談社 1977 p301
- ◇「定本小川未明童話全集 4」大空社 2001 p301

ネズミと蛇
- ◇「椋鳩十の本 6」理論社 1982 p115

ねずみとぼうし
- ◇「浜田広介全集 5」集英社 1976 p37

ねずみと魔法使いのおじい
- ◇「花岡大学仏典童話全集 8」法蔵館 1979 p7

ねずみと らいおん
- ◇「ひろすけ幼年童話文学全集 8」集英社 1961 p213

ねずみとり
- ◇「寺村輝夫のむかし話 〔5〕」あかね書房 1978 p60

ねずみとり
- ◇「〔東君平〕おはようどうわ 2」講談社 1982 p53
- ◇「東君平のおはようどうわ 4」新日本出版社 2010 p72

ねずみにされたマタギ(秋田)
- ◇「〔木暮正夫〕日本の怪奇ばなし 9」岩崎書店 1990 p33

ネズミになった馬
- ◇「〔山田野理夫〕お笑い文庫 7」太平出版社 1977 (母と子の図書室) p33

ねずみになったねえさん
- ◇「〔西本鶏介〕新日本昔ばなし―一日一話・読みき

かせ 1」小学館 1997 p68

ねずみになったまたぎ
◇「松谷みよ子のむかしむかし 6」講談社 1973 p98

ねずみの一番乗り―十二支の由来
◇「北彰介作品集 3」青森県児童文学研究会 1990 p12

ねずみのいびき
◇「坪田譲治童話全集 13」岩崎書店 1986 p155
◇「坪田譲治童話全集 13」岩崎書店 1986 p239

鼠のお馬
◇「鈴木三重吉童話全集 2」文泉堂書店 1975（日本文学全集・選集叢刊第5次）p40

ねずみのお正月
◇「松谷みよ子おはなし集 4」ポプラ社 2010 p54

ねずみのお話
◇「松谷みよ子全集 3」講談社 1971 p99

ねずみのお花見
◇「西條八十童謡全集」修道社 1971 p318

ねずみの おんがえし
◇「定本小川未明童話全集 16」講談社 1978 p120
◇「定本小川未明童話全集 16」大空社 2002 p120

ねずみのかいぎ
◇「佐藤義美全集 1」佐藤義美全集刊行会 1974 p314

ねずみの書きぞめ
◇「浜田広介全集 4」集英社 1976 p176

ねずみのかくれんぼ
◇「坪田譲治幼年童話文学全集 4」集英社 1965 p22

ねずみのかくれんぼ
◇「浜田広介全集 3」集英社 1975 p162

ネズミのかくれんぼ
◇「坪田譲治童話全集 9」岩崎書店 1986 p19
◇「坪田譲治名作選〔2〕ビワの実」小峰書店 2005 p70

鼠のかげ
◇「〔北原〕白秋全童謡集 2」岩波書店 1992 p400

ねずみの元日
◇「浜田広介全集 11」集英社 1976 p123

ねずみの兄弟
◇「室生犀星童話全集 2」創林社 1978 p133

ねずみの くに
◇「坪田譲治幼年童話文学全集 6」集英社 1964 p168

ネズミの国
◇「坪田譲治童話全集 10」岩崎書店 1986 p10

ねずみの子
◇「〔北原〕白秋全童謡集 3」岩波書店 1992 p371

ネズミの声色
◇「川崎大治民話選〔1〕」童心社 1968 p174

ネズミの死骸
◇「〔山田野理夫〕おばけ文庫 1」太平出版社 1976（母と子の図書室）p84

ネズミの島
◇「椋鳩十の本 23」理論社 1983 p63

鼠の肖像
◇「お噺の卵―武井武雄童話集」講談社 1976（講談社文庫）p119

ねずみの浄土
◇「二反長半作品集 3」集英社 1979 p91

ねずみのしりぽ
◇「〔比江島重孝〕宮崎のむかし話 1」鉱脈社 1998 p133

ねずみの すもう
◇「坪田譲治幼年童話文学全集 7」集英社 1965 p34

ねずみのすもう
◇「西本鶏介のむかしむかし」小学館 2003 p41

ねずみのすもう
◇「沼田曜一の親子劇場 3」あすなろ書房 1996 p79

ネズミのすもう
◇「坪田譲治童話全集 10」岩崎書店 1986 p91

ネズミの相撲
◇「〔山田野理夫〕お笑い文庫 11」太平出版社 1977（母と子の図書室）p82

ねずみのすもうについて
◇「西本鶏介のむかしむかし」小学館 2003 p58

ねずみの そうだん
◇「ひろすけ幼年童話文学全集 8」集英社 1961 p126

ネズミの相談
◇「ふしぎな泉―うえだまさし童話集」そうぶん社出版 1995 p31

ねずみの知恵
◇「戸川幸夫動物文学全集 15」講談社 1977 p195

ネズミのつなわたり
◇「桃色のダブダブさん―松田解子童話集」新日本出版社 2004 p63

ねずみのとなりぐみ
◇「浜田広介全集 8」集英社 1976 p231

ネズミの話
◇「坪田譲治童話全集 4」岩崎書店 1986 p79

ねずみの花見
◇「〔かこさとし〕お話こんにちは〔1〕」偕成社 1979 p20

ねずみの歯よりもはやく
◇「壺井栄全集 10」文泉堂出版 1998 p219

ねずみの春
◇「今西祐行全集 1」偕成社 1988 p9

ねずみの春
◇「今西祐行絵ぶんこ 6」あすなろ書房 1984 p21

ねずみの福引き

ねすみ

◇「安房直子コレクション 3」偕成社 2004 p45

ねずみの冒険
◇「定本小川未明童話全集 12」講談社 1977 p292
◇「定本小川未明童話全集 12」大空社 2002 p292

ねずみの まちの
◇「巽聖歌作品集 下」巽聖歌作品集刊行委員会 1977 p63

ねずみの町の一年生
◇「佐藤さとるファンタジー全集 6」講談社 1982 p227
◇「佐藤さとるファンタジー全集 6」講談社, 復刊ドットコム(発売) 2010 p227

ねずみのまほう
◇「あまんきみこセレクション 3」三省堂 2009 p45

ねずみのまめまき
◇「浜田広介全集 4」集英社 1976 p176

鼠の饅頭
◇「〔巌谷〕小波お伽全集 12」本の友社 1998 p335

ねずみの密航
◇「〔北原〕白秋全童謡集 3」岩波書店 1992 p370

ねずみの名作
◇「川崎大治民話選 〔4〕」童心社 1975 p151

ねずみの もちつき
◇「まど・みちお全詩集」理論社 1992 p243

ねずみのよめいり
◇「花岡大学 続・仏典童話全集 2」法藏館 1981 p119

ねずみのよめいり
◇「ひろすけ幼年童話文学全集 11」集英社 1962 p134
◇「浜田広介全集 9」集英社 1976 p238

鼠の嫁入
◇「〔北原〕白秋全童謡集 4」岩波書店 1993 p277

ねずみはなび
◇「〔東君平〕おはようどうわ 3」講談社 1982 p134

ネズミふやしの妙薬
◇「椋鳩十の本 7」理論社 1983 p47

ねずみや とんぼ
◇「坪田譲治幼年童話文学全集 1」集英社 1964 p135

ネズミやトンボ
◇「坪田譲治童話全集 9」岩崎書店 1986 p69

ネタ探しの話
◇「海野十三全集 別巻1」三一書房 1991 p332

(妬み心を)
◇「稗田童平全集 8」宝文館出版 1982 p81

(寝たら丹波へ…)
◇「〔島木〕赤彦童謡集」第一書店 1947 p107

熱
◇「杉みき子選集 2」新潟日報事業社 2005 p243

熱
◇「くんぺい魔法ばなし―魔法ばなし全集 3」サンリオ 2000 p202

熱河
◇「〔北原〕白秋全童謡集 3」岩波書店 1992 p267

熱河承徳
◇「巽聖歌作品集 上」巽聖歌作品集刊行委員会 1977 p264

ねっき遊び
◇「石森延男児童文学全集 11」学習研究社 1971 p248

根っこ
◇「くんぺい魔法ばなし―魔法ばなし全集 3」サンリオ 2000 p6

ネッシーのおむこさん
◇「角野栄子のちいさなどうわたち 4」ポプラ社 2007 p5

ネッシー浮上す
◇「戸川幸夫動物文学全集 8」講談社 1976 p186

熱心の悪事（迷信者と偶像）
◇「〔巌谷〕小波お伽全集 14」本の友社 1998 p112

熱帯魚
◇「〔宗左近〕梟の駅長さん―童謡集」思潮社 1998 p74

熱帯魚（三首）
◇「稗田童平全集 4」宝文館出版 1980 p36

熱帯の国
◇「〔島崎〕藤村の童話 1」筑摩書房 1979 p33
◇「〔島崎〕藤村の童話 1」筑摩書房 1979 p35

〔熱たち胸もくらけれど〕
◇「新修宮沢賢治全集 5」筑摩書房 1979 p237

〔熱とあへぎをうつゝなみ〕
◇「新修宮沢賢治全集 5」筑摩書房 1979 p247

熱またあり
◇「新修宮沢賢治全集 5」筑摩書房 1979 p239

ねていてたべられる法
◇「〔柳家弁天〕らくご文庫 1」太平出版社 1987 p43

ねているうちに
◇「西條八十の童話と童謡」小学館 1981 p46

ネーとなかま
◇「ネーとなかま―小笹正子の童話集」七つ森書館 2006 p163

ね ね ね
◇「まど・みちお全詩集 続」理論社 2015 p200

ネネム裁判長を讃える歌
◇「あまの川―宮沢賢治童謡集」筑摩書房 2001 p46

ネネムの歌
◇「あまの川―宮沢賢治童謡集」筑摩書房 2001 p44

ねのひこのゆめ

◇「浜田広介全集 9」集英社 1976 p47

涅槃堂
◇「新修宮沢賢治全集 6」筑摩書房 1980 p123
◇「新修宮沢賢治全集 6」筑摩書房 1980 p394

ネ，ブタサン
◇「まど・みちお全詩集」理論社 1992 p76

ねぶた ラッセラー
◇「北彰介作品集 2」青森県児童文学研究会 1990 p78

ねぼう
◇「〔東君平〕おはようどうわ 2」講談社 1982 p136
◇「〔東君平〕ひとくち童話 3」フレーベル館 1995 p30

ねぼうをしたかみなりさま
◇「〔木暮正夫〕日本のおばけ話・わらい話 16」岩崎書店 1988 p4

ねぼうキツネ
◇「〔東君平〕おはようどうわ 4」講談社 1982 p214
◇「東君平のおはようどうわ 4」新日本出版社 2010 p46

ねぼけ鴉
◇「〔北原〕白秋全童謡集 2」岩波書店 1992 p210

ねぼけてなんかいませんよ
◇「もりやまみやこ童話選 5」ポプラ社 2009 p15

ねぼけの坊さん
◇「〔比江島重孝〕宮崎のむかし話 2」鉱脈社 1998 p45

ねぼけロボット
◇「星新一ショートショートセレクション 13」理論社 2003 p203

ねぼすけうさぎボンのやくそく
◇「松谷みよ子全集 9」講談社 1972 p105

合歓
◇「〔北原〕白秋全童謡集 2」岩波書店 1992 p80

ねむいうた
◇「阪田寛夫全詩集」理論社 2011 p449

眠い町
◇「定本小川未明童話全集 1」講談社 1976 p124
◇「小川未明童話集」岩波書店 1996（岩波文庫）p11
◇「定本小川未明童話全集 1」大空社 2001 p124
◇「小川未明30選」春陽堂書店 2009（名作童話）p15

ねむくなった くまさん
◇「佐藤義美全集 1」佐藤義美全集刊行会 1974 p242

ねむくなった くまちゃん
◇「佐藤義美童謡集」さ・え・ら書房 1960 p225

眠くなるおまじない
◇「〔野村ゆき〕ねえ、おはなしして！―語り聞かせお話集」東洋出版 1998 p47

ねむたい お月さま
◇「パパとボクとネコ―山口紀代子童謡詩集」音楽舎 2003 p34

ねむっていたかえる
◇「松谷みよ子全集 3」講談社 1971 p41

ねむの木
◇「〔関根栄一〕はしるふじさん―童謡集」小峰書店 1998 p44

〔ねむのきくもれる窓をすぎ〕
◇「新修宮沢賢治全集 7」筑摩書房 1980 p215

ねむの木の風
◇「花岡大学童話文学全集 3」法蔵館 1980 p21

ねむの木のはなし
◇「今西祐行全集 3」偕成社 1987 p79

ねむのはな
◇「稗田童平全集 3」宝文館出版 1979 p62

ねむのはな
◇「いのち―みずかみかずよ全詩集」石風社 1995 p130

ねむの花
◇「中村雨紅詩謡集」中村雨紅詩謡集刊行委員会 1971 p101

合歓の花
◇「壺井栄全集 4」文泉堂出版 1998 p406

ネム林の温泉
◇「椋鳩十の本 23」理論社 1983 p165

ねむり
◇「まど・みちお詩集 〔1〕」すえもりブックス 1992 p4
◇「まど・みちお全詩集」理論社 1992 p401
◇「まどさんの詩の本 6」理論社 1996 p88

ねむり
◇「いのち―みずかみかずよ全詩集」石風社 1995 p164

瞑り
◇「稗田童平全集 1」宝文館出版 1978 p124

ねむりウサギ
◇「星新一ショートショートセレクション 3」理論社 2002 p17

睡り癖（その一）
◇「瑠璃の壺―森銑三童話集」三樹書房 1982 p228

睡り癖（その二）
◇「瑠璃の壺―森銑三童話集」三樹書房 1982 p229

ネムリコの話
◇「佐藤さとる全集 12」講談社 1974 p187
◇「佐藤さとるファンタジー全集 14」講談社 2008 p35
◇「佐藤さとるファンタジー全集 14」講談社,復刊ドットコム（発売）2011 p35

ねむり酒
◇「椋鳩十の本 7」理論社 1983 p59

ねむり

ねむり人形
　◇「浜田広介全集 7」集英社 1976 p80
眠人形
　◇〔竹久〕夢二童謡集」ノーベル書房 1975（浪漫文庫）p87
ねむり人形座
　◇「山田風太郎少年小説コレクション 1」論創社 2012 p183
ねむりのくに
　◇「阪田寛夫全詩集」理論社 2011 p173
眠の塔
　◇〔厳谷〕小波お伽全集 5」本の友社 1998 p261
眠りの碑
　◇「稗田菫平全集 1」宝文館出版 1978 p114
ねむりの森の詩
　◇「やなせたかし童謡詩集〔2〕」フレーベル館 2000 p104
眠り姫
　◇「別役実童話集〔3〕」三一書房 1977 p99
ねむり屋さん
　◇「今西祐行絵ぶんこ 9」あすなろ書房 1985 p3
　◇「今西祐行全集 2」偕成社 1987 p171
眠る白鳥
　◇「松田瓊子全集 4」大空社 1997 p73
眠れ凍土に
　◇〔市原麟一郎〕子どもに語る戦争たいけん物語 4」リーブル出版 2007 p83
ねむれないから
　◇「りらりらりらわたしの絵本―富永佳与子こどものうた作品集」国土社 1994 p28
眠れる山
　◇「北彰介作品集 4」青森県児童文学研究会 1991 p287
〔眠らう眠らうとあせりながら〕
　◇「新修宮沢賢治全集 5」筑摩書房 1979 p264
ねらった金庫
　◇「星新一ショートショートセレクション 6」理論社 2002 p146
ねらった弱味
　◇「星新一YAセレクション 6」理論社 2009 p145
ねらわれた星
　◇「星新一ショートショートセレクション 1」理論社 2001 p35
ネルの寝巻
　◇「氏原大作全集 4」条例出版 1977 p504
ネロネロの子ら
　◇「久保喬自選作品集 1」みどりの会 1994 p101
年賀状
　◇「山本瓔子詩集 II」新風舎 2003 p86
年賀の客

　◇「星新一YAセレクション 2」理論社 2008 p73
年間最悪の日
　◇「星新一YAセレクション 4」理論社 2009 p43
年貢おさめ
　◇「国分一太郎児童文学集 6」小峰書店 1967 p165
ねんちゃくテープ
　◇「まど・みちお全詩集 続」理論社 2015 p132
年長の友
　◇「全集古田足日子どもの本 2」童心社 1993 p370
ねんど
　◇「まど・みちお全詩集」理論社 1992 p182
ねん土
　◇「杉みき子選集 2」新潟日報事業社 2005 p192
年頭所感
　◇「阪田寛夫全詩集」理論社 2011 p904
年頭所感について
　◇「阪田寛夫全詩集」理論社 2011 p118
ねんどざいく
　◇「石森読本―石森延男児童文学選集 3年生」小学館 1977 p134
ねんどの ぞうさん
　◇「阪田寛夫全詩集」理論社 2011 p367
ねんねこうた
　◇「〔北原〕白秋全童謡集 1」岩波書店 1992 p165
　◇「〔北原〕白秋全童謡集 2」岩波書店 1992 p89
ねんねこ唄
　◇「〔北原〕白秋全童謡集 1」岩波書店 1992 p248
ねんねこうたうねこのうた
　◇「阪田寛夫全詩集」理論社 2011 p442
ねんねこさいさい
　◇「阪田寛夫全詩集」理論社 2011 p159
ねんねのうた
　◇「〔北原〕白秋全童謡集 1」岩波書店 1992 p235
ねんねのうた
　◇「浜田広介全集 11」集英社 1976 p123
ねんねのお宮
　◇「〔北原〕白秋全童謡集 1」岩波書店 1992 p236
ねんねのお里
　◇「〔北原〕白秋全童謡集 2」岩波書店 1992 p15
ねんねのお里
　◇「中村雨紅詩謡集」中村雨紅詩謡集刊行委員会 1971 p88
ねんねのお鳩
　◇「〔北原〕白秋全童謡集 1」岩波書店 1992 p38
ねんねの汽車
　◇「新装版金子みすゞ全集 3」JULA出版局 1984 p68
　◇「みすゞ―童謡詩人・金子みすゞの優しさ探しの旅 2」春陽堂書店 1998
　◇「金子みすゞ童謡全集 5」JULA出版局 2004 p94

ねんねの騎兵
　◇「〔北原〕白秋全童謡集 1」岩波書店 1992 p244
ねんねの小唄
　◇「中村雨紅詩謡集」中村雨紅詩謡集刊行委員会 1971 p74
ねんねの夢
　◇「中村雨紅詩謡集」中村雨紅詩謡集刊行委員会 1971 p70
ねんねんうさぎ
　◇「斎田喬児童劇選集 〔6〕」牧書店 1954 p49
ねんねんうさぎ（童話劇）
　◇「斎田喬幼年劇全集 2」誠文堂新光社 1961 p327
ねんね唄
　◇「〔北原〕白秋全童謡集 1」岩波書店 1992 p237
ねんねんころりん
　◇「中村雨紅詩謡集」中村雨紅詩謡集刊行委員会 1971 p142
ねんねん なよたけ
　◇「阪田寛夫全詩集」理論社 2011 p618
ねんねん ねむのき
　◇「平塚武二童話全集 2」童心社 1972 p62
ねんねんね山
　◇「中村雨紅詩謡集」中村雨紅詩謡集刊行委員会 1971 p26
ねんねんねん
　◇「あまんきみこセレクション 3」三省堂 2009 p18
ねんねんねん
　◇「阪田寛夫全詩集」理論社 2011 p431
ねんねんねんこ島の荒磯に
　◇「松谷みよ子全エッセイ 1」筑摩書房 1989 p140
ねんねん ゆきだるま
　◇「佐藤義美全集 1」佐藤義美全集刊行会 1974 p363
念仏坂
　◇「川崎大治民話選 〔4〕」童心社 1975 p91
ネンブツ童子
　◇「〔今坂柳二〕りゅうじフォークロア・world 2」ふるさと伝承研究会 2007 p97
年輪
　◇「巽聖歌作品集 下」巽聖歌作品集刊行委員会 1977 p220
（年輪に）
　◇「稗田童平全集 8」宝文館出版 1982 p45

【 の 】

ノアを すくった 神さま
　◇「巽聖歌作品集 下」巽聖歌作品集刊行委員会 1977 p82
野あざみ
　◇「壺井栄全集 6」文泉堂出版 1998 p245
ノアと鳩
　◇「西條八十童謡全集」修道社 1971 p319
ノアの箱船
　◇「小出正吾児童文学全集 4」審美社 2001 p203
野いちご
　◇「阪田寛夫全詩集」理論社 2011 p408
野イチゴ
　◇「石森延男児童文学全集 11」学習研究社 1971 p270
　◇「石森読本―石森延男児童文学選集 5年生」小学館 1977 p92
野イバラ
　◇「椋鳩十の本 23」理論社 1983 p184
野茨の花
　◇「新装版金子みすゞ全集 3」JULA出版局 1984 p258
　◇「金子みすゞ童謡集」角川春樹事務所 1998（ハルキ文庫）p50
　◇「金子みすゞ童謡全集 6」JULA出版局 2004 p182
のいばらの実
　◇「いのち―みずかみかずよ全詩集」石風社 1995 p130
（ノイバラの実は）
　◇「稗田童平全集 2」宝文館出版 1979 p99
農学校歌
　◇「新修宮沢賢治全集 6」筑摩書房 1980 p325
農業に使われる大きな機械
　◇「今井誉次郎童話集子どもの村 〔6〕」国土社 1957 p40
農業文庫の頃
　◇「椋鳩十の本 33」理論社 1989 p218
ノウサギ
　◇「〔東君平〕おはようどうわ 2」講談社 1982 p162
のうぜんかずら
　◇「佐藤義美童謡集」さ・え・ら書房 1960 p246
のうぜんかづら
　◇「佐藤義美全集 1」佐藤義美全集刊行会 1974 p92
ノウゼンカズラ
　◇「庄野英二全集 11」偕成社 1980 p397
のうぜんかつら
　◇「壺井栄全集 4」文泉堂出版 1998 p452
農村運訪問記
　◇「壺井栄全集 11」文泉堂出版 1998 p102
農村の底にあるもの
　◇「椋鳩十の本 25」理論社 1983 p184

能と新劇
　◇「壺井栄全集 11」文泉堂出版 1998 p172
のうの先生
　◇「石森読本―石森延男児童文学選集 3年生」小学館 1977 p46
南野 (のうの) 先生
　◇「石森延男児童文学全集 11」学習研究社 1971 p17
脳の中の麗人
　◇「海野十三全集 7」三一書房 1990 p415
野うばら
　◇「おの・ちゅうこう初期作品集〔1〕牧歌的風景」崙書房 1975 p114
能舞台
　◇「いのち―みずかみかずよ全詩集」石風社 1995 p352
〔野馬がかってにこさへたみちと〕
　◇「新修宮沢賢治全集 3」筑摩書房 1979 p175
　◇「新修宮沢賢治全集 3」筑摩書房 1979 p374
野海青児詩集「ポアンカレ故郷に帰る」への独白的答礼
　◇「稲田堂平全集 7」宝文館出版 1981 p113
脳味噌
　◇「椋鳩十の本 1」理論社 1982 p67
脳ミソ・詩論・覚エ書キ
　◇「椋鳩十の本 1」理論社 1982 p149
脳味噌挿話
　◇「椋鳩十の本 1」理論社 1982 p252
農民芸術概論
　◇「新修宮沢賢治全集 15」筑摩書房 1980 p5
論文 農民芸術概論綱要
　◇「新版・宮沢賢治童話全集 12」岩崎書店 1979 p164
農民芸術概論綱要
　◇「新修宮沢賢治全集 15」筑摩書房 1980 p8
「農民芸術概論綱要」結論
　◇「よくわかる宮沢賢治―イーハトーブ・ロマン II」学習研究社 1996 p9
農民芸術の興隆
　◇「新修宮沢賢治全集 15」筑摩書房 1980 p18
能力なき支配者 (猿と狐)
　◇「〔巌谷〕小波お伽全集 14」本の友社 1998 p160
ノエルがきた日
　◇「螢―白木恵子童話集」東銀座出版社 1997 p73
野をかけるスイセンの橇
　◇「稲田堂平全集 3」宝文館出版 1979 p24
「野をかけるスイセンの橇」全
　◇「稲田堂平全集 3」宝文館出版 1979 p23
野をこえて (童話) (アナトール・フランス)
　◇「鈴木三重吉童話全集 8」文泉堂書店 1975 (日本文学全集・選集叢刊第5次) p52
野上弥生子
　◇「〔かこさとし〕お話こんにちは〔2〕」偕成社 1979 p23
野鴨
　◇「庄野英二全集 11」偕成社 1980 p64
野菊
　◇「〔島木〕赤彦童謡集」第一書店 1947 p123
野菊
　◇「稲田堂平全集 1」宝文館出版 1978 p9
野菊によせて
　◇「椋鳩十の本 23」理論社 1983 p193
野菊のかげに
　◇「巽聖歌作品集 上」巽聖歌作品集刊行委員会 1977 p153
野菊の小屋
　◇「佐藤義美全集 1」佐藤義美全集刊行会 1974 p61
野菊の花
　◇「定本小川未明童話全集 13」講談社 1977 p69
野菊の花
　◇「定本小川未明童話全集 13」大空社 2002 p69
野菊の花
　◇「花岡大学童話文学全集 2」法蔵館 1980 p74
野菊の道
　◇「巽聖歌作品集 上」巽聖歌作品集刊行委員会 1977 p520
のぎくばたけの のぎくつくり
　◇「平塚武二童話全集 2」童心社 1972 p75
野菊物語
　◇「〔巌谷〕小波お伽全集 8」本の友社 1998 p201
野狐
　◇「川崎大治民話選〔1〕」童心社 1968 p219
のきばの つばめ
　◇「まど・みちお全詩集 続」理論社 2015 p389
野口雨情
　◇「〔かこさとし〕お話こんにちは〔9〕」偕成社 1979 p127
「野口雨情童謡詩集」解説
　◇「佐藤義美全集 6」佐藤義美全集刊行会 1974 p349
野口英世
　◇「〔かこさとし〕お話こんにちは〔8〕」偕成社 1979 p38
ノコギリ
　◇「まど・みちお全詩集 続」理論社 2015 p84
鋸
　◇「巽聖歌作品集 上」巽聖歌作品集刊行委員会 1977 p102
のこぎりの めたて
　◇「小川未明幼年童話文学全集 4」隼英社 1966 p56
のこぎりの目たて

のつへ

◇「定本小川未明童話全集 8」講談社 1977 p388
◇「定本小川未明童話全集 8」大空社 2001 p388

残された日
◇「定本小川未明童話全集 1」講談社 1976 p133
◇「定本小川未明童話全集 1」大空社 2001 p133

残された者（一幕）
◇「浜田広介全集 2」集英社 1975 p31

残っている自然
◇「椋鳩十の本 22」理論社 1983 p94

ノコ星ノコくん
◇「寺村輝夫全童話 5」理論社 1998 p195

ノコ星ノコ君
◇「寺村輝夫全童話全集 16」ポプラ社 1982 p5

鋸も鎌も生きている
◇「宮口しづえ童話全集 8」筑摩書房 1979 p179

のこりごはん
◇「花岡大学仏典童話新作集 2」法藏館 1984 p36

のこり花火
◇「西條八十童謡全集」修道社 1971 p120

残り日
◇「椋鳩十全集 11」ポプラ社 1970 p185

残る歴史―北海道
◇「北彰介作品集 4」青森県児童文学研究会 1991 p244

ノサップ岬
◇「いのち―みずかみかずよ全詩集」石風社 1995 p418

納沙布岬にて
◇「巽聖歌作品集 下」巽聖歌作品集刊行委員会 1977 p235
◇「巽聖歌作品集 下」巽聖歌作品集刊行委員会 1977 p237

野ざらし芭蕉―風狂詩人，その生涯
◇「稗田童平全集 6」宝文館出版 1981 p8

野猿の唄
◇「椋鳩十の本 6」理論社 1982 p215

野尻湖
◇「巽聖歌作品集 下」巽聖歌作品集刊行委員会 1977 p219

野尻湖畔七夕忌
◇「松谷みよ子全エッセイ 3」筑摩書房 1989 p28

のじりこNLA
◇「阪田寛夫全詩集」理論社 2011 p885

野尻は招く
◇「阪田寛夫全詩集」理論社 2011 p886

ノスタルジア オブ ハングリイ
◇「阪田寛夫全詩集」理論社 2011 p832

のづち
◇「〔山田野理夫〕おばけ文庫 2」太平出版社 1976（母と子の図書室）p35

ノスリ物語
◇「戸川幸夫・子どものための動物物語 4」国土社 1967 p5

鳶物語
◇「戸川幸夫動物文学全集 6」冬樹社 1965 p273
◇「戸川幸夫動物文学全集 5」講談社 1976 p265

自筆童謡集 野芹
◇「巽聖歌作品集 上」巽聖歌作品集刊行委員会 1977 p349

野芹
◇「巽聖歌作品集 上」巽聖歌作品集刊行委員会 1977 p16

のぞきからくり
◇「新装版金子みすゞ全集 3」JULA出版局 1984 p160
◇「金子みすゞ童謡全集 6」JULA出版局 2004 p46

のぞきめがね
◇「斎田喬児童劇選集 〔4〕」牧書店 1954 p1

のぞきめがね
◇「土田耕平童話集 〔2〕」古今書院 1955 p14

万華鏡（のぞきめがね）
◇「室生犀星童話全集 3」創林社 1978 p259

野そだちの青春
◇「壺井栄全集 11」文泉堂出版 1998 p359

野そだち（私の文学修業）
◇「壺井栄全集 11」文泉堂出版 1998 p32

のちざん
◇「〔狸穴山人〕ほほえみの彼方へ 愛」けやき書房 2000（ふれ愛ブックス）p219

後の鬼が島
◇「〔巌谷〕小波お伽全集 7」本の友社 1998 p340

後の仕度（蟻と螽蟖）
◇「〔巌谷〕小波お伽全集 14」本の友社 1998 p84

ノーチンの絵にっき
◇「宮口しづえ児童文学集 5」小峰書店 1969 p27
◇「宮口しづえ童話全集 1」筑摩書房 1979 p31

ノック
◇「〔北原〕白秋全童謡集 3」岩波書店 1992 p70

のってった
◇「西條八十童謡全集」修道社 1971 p320

野つぱら
◇「巽聖歌作品集 上」巽聖歌作品集刊行委員会 1977 p393

野っ原でおこったこと
◇「花岡大学仏典童話全集 5」法藏館 1979 p212

野っ原の夏
◇「〔北原〕白秋全童謡集 2」岩波書店 1992 p416

のっぺらぼう
◇「〔木暮正夫〕日本のおばけ話・わらい話 3」岩崎書店 1986 p56

のつへ

のっぺらぼう
　◇「寺村輝夫のむかし話〔1〕」あかね書房 1977 p6
のっぺらぼう
　◇「沼田曜一の親子劇場 1」あすなろ書房 1995 p81
のっぽ探偵ちび探偵
　◇「岡本良雄童話文学全集 2」講談社 1964 p289
のっぽビルのでぶくん
　◇「大石真児童文学全集 9」ポプラ社 1982 p133
のでらぼう
　◇「〔山田野理夫〕おばけ文庫 2」太平出版社 1976（母と子の図書室）p92
野天ぶろ
　◇「椋鳩十全集 11」ポプラ社 1970 p48
野天風呂
　◇「椋鳩十全集 26」ポプラ社 1981 p168
　◇「椋鳩十の本 18」理論社 1982 p96
ノートに挟まれて死んだ蚊
　◇「まど・みちお全詩集」理論社 1992 p15
能登のお池づくり
　◇「かつおきんや作品集 7」牧書店〔アリス館牧新社〕1973 p1
　◇「かつおきんや作品集 8」偕成社 1982 p7
能登のはぐすけ
　◇「稗田童平全集 5」宝文館出版 1980 p94
のどやき山の涙ぼろめかし
　◇「〔比江島重孝〕宮崎のむかし話 3」鉱脈社 2000 p18
野なかのいっぽんみち
　◇「ひばりのす―木下夕爾児童詩集」光書房 1998 p42
野なかの墓
　◇「浜田広介全集 11」集英社 1976 p147
（野鼠が）
　◇「稗田童平全集 8」宝文館出版 1982 p66
野ねずみと家ねずみ
　◇「ひろすけ幼年童話文学全集 8」集英社 1961 p180
　◇「浜田広介全集 10」集英社 1976 p132
野根山のかじ屋のばばさ
　◇「松谷みよ子のむかしむかし 9」講談社 1973 p120
野の馬
　◇「今江祥智の本 16」理論社 1980 p129
　◇「今江祥智童話館〔9〕」理論社 1987 p60
　◇「今江祥智ショートファンタジー 5」理論社 2005 p119
野の音
　◇「安房直子コレクション 6」偕成社 2004 p103
野の神
　◇「北彰介作品集 4」青森県児童文学研究会 1991 p141

野の小路
　◇「松田瓊子全集 4」大空社 1997 p1
月（のの）さま母さま
　◇「校定新美南吉全集 9」大日本図書 1981 p564
のの字
　◇「〔山田野理夫〕お笑い文庫 1」太平出版社 1977（母と子の図書室）p135
野の師父
　◇「新版・宮沢賢治童話全集 12」岩崎書店 1979 p180
　◇「新修宮沢賢治全集 4」筑摩書房 1979 p122
野の生気
　◇「椋鳩十の本 21」理論社 1982 p118
ののちゃんとお散歩
　◇「〔黒川良一〕犬の詩猫の詩―児童詩集」東洋出版 2000 p9
野の果ての国
　◇「安房直子コレクション 6」偕成社 2004 p257
野の花
　◇「壺井栄全集 11」文泉堂出版 1998 p207
野の花
　◇「椋鳩十の本 17」理論社 1982 p8
（野の花を）
　◇「稗田童平全集 8」宝文館出版 1982 p86
野の花と貝がら
　◇「石森延男児童文学全集 15」学習研究社 1971 p199
野の花のような小さな伝承
　◇「松谷みよ子全エッセイ 2」筑摩書房 1989 p5
野のピアノ
　◇「あまんきみこセレクション 3」三省堂 2009 p266
野の宮
　◇「〔北原〕白秋全童謡集 4」岩波書店 1993 p21
　◇「〔北原〕白秋全童謡集 4」岩波書店 1993 p24
野の桃
　◇「〔島木〕赤彦童謡集」第一書店 1947 p42
野鳩とかささぎ
　◇「浜田広介全集 2」集英社 1975 p36
のはら
　◇「〔東君平〕おはようどうわ 4」講談社 1982 p137
のばら
　◇「北彰介作品集 1」青森県児童文学研究会 1990 p20
野ばら
　◇「小川未明幼年童話文学全集 3」集英社 1965 p200
　◇「定本小川未明童話全集 2」講談社 1976 p137
　◇「小川未明童話集」岩波書店 1996（岩波文庫）p45
　◇「定本小川未明童話全集 2」大空社 2001 p137

野茨
　　◇「小川未明童話集」世界文化社 2004（心に残るロングセラー）p26
野茨
　　◇「巽聖歌作品集 上」巽聖歌作品集刊行委員会 1977 p26
野薔薇
　　◇「小川未明30選」春陽堂書店 2009（名作童話）p87
のはらで
　　◇「佐藤義美全集 1」佐藤義美全集刊行会 1974 p291
野原で
　　◇「巽聖歌作品集 上」巽聖歌作品集刊行委員会 1977 p388
野原で あくしゅ
　　◇「佐藤義美童謡集」さ・え・ら書房 1960 p204
　　◇「佐藤義美全集 1」佐藤義美全集刊行会 1974 p225
のはらで しょくじ
　　◇「佐藤義美全集 3」佐藤義美全集刊行会 1973 p133
野原で手をたたけ
　　◇「阪田寛夫全詩集」理論社 2011 p320
のはらで ばんびと おかあさん
　　◇「佐藤義美全集 1」佐藤義美全集刊行会 1974 p361
野原の子ネコ
　　◇「石のロバー浅野都作品集」新風舎 2007 p167
野原の少女
　　◇〔佐々木春奈〕あなたの脳を休める童話集 大人も子どもも楽しめる童話集」日本文学館 2009 p89
野原の食卓
　　◇「立原えりか作品集 6」思潮社 1973 p19
　　◇「立原えりかのファンタジーランド 1」青土社 1980 p153
のはらの つぐみ
　　◇「ひろすけ幼年童話文学全集 1」集英社 1961 p118
野原のつぐみ
　　◇「浜田広介全集 4」集英社 1976 p177
のはらの ともだち（運動会のうた）
　　◇「阪田寛夫全詩集」理論社 2011 p390
野ばらの墓
　　◇「おの・ちゅうこう初期作品集 〔1〕牧歌の風景」崙書房 1975 p100
野ばらの花
　　◇「稗田菫平全集 1」宝文館出版 1978 p42
野原の花にも
　　◇「松谷みよ子全集 3」講談社 1971 p125
のはらのペス
　　◇〔関根栄一〕はしるふじさん―童謡集」小峰書店 1998 p24
野ばらの村のばらつくり
　　◇「立原えりか作品集 2」思潮社 1972 p39
　　◇「立原えりかのファンタジーランド 4」青土社 1980 p121
のはらの 文字たち
　　◇「くどうなおこ詩集○」童話屋 1996 p164
〔野原はわくわく白い偏光〕
　　◇「新修宮沢賢治全集 4」筑摩書房 1979 p178
野火
　　◇「石森延男児童文学全集 11」学習研究社 1971 p57
野火
　　◇「北彰介作品集 4」青森県児童文学研究会 1991 p31
野火
　　◇「浜田広介全集 11」集英社 1976 p148
のびあがる
　　◇「〔北原〕白秋全童謡集 5」岩波書店 1993 p76
のびる
　　◇「いのち―みずかみかずよ全詩集」石風社 1995 p358
野蒜
　　◇「巽聖歌作品集 上」巽聖歌作品集刊行委員会 1977 p362
のびる のびる
　　◇「佐藤義美全集 1」佐藤義美全集刊行会 1974 p389
伸びるもの
　　◇「定本小川未明童話全集 13」大空社 2002 p40
伸びろ（日下部梅子）
　　◇「岡田泰三・日下部梅子童謡集」会津童詩会 1992 p72
伸びろ髪の毛
　　◇「岩永博史童話集 3」岩永博史 2012 p102
の風景―藤崎附近
　　◇「北彰介作品集 4」青森県児童文学研究会 1991 p252
信夫の夏休み
　　◇「そうめん流し―にのまえりょう童話集」新風舎 2002 p32
のぶ子の悲しみ
　　◇「富島健夫青春文学選集 5」集英社 1972 p5
のぶすま
　　◇「松谷みよ子のむかしむかし 9」講談社 1973 p66
のぶすま
　　◇「〔山田野理夫〕おばけ文庫 3」太平出版社 1976（母と子の図書室）p61
野ブスマ
　　◇「〔山田野理夫〕おばけ文庫 4」太平出版社 1976（母と子の図書室）p74

のぶっぺいも
　◇「岡本良雄童話文学全集 2」講談社 1964 p141
信長と猿（一龍斎貞水編, 岡本和明文）
　◇「一龍斎貞水の歴史講談 3」フレーベル館 2000 p106
野風呂
　◇「〔高橋一仁〕春のニシン場―童謡詩集」けやき書房 2003 p104
野辺の子等
　◇「松田瓊子全集 2」大空社 1997 p1
登っていつた少年
　◇「校定新美南吉全集 5」大日本図書 1980 p385
のぼってゆく道
　◇「〔下田喜久美〕遠くから来た旅人―詩集」リトル・ガリヴァー社 1998 p64
のぼとけさん
　◇「稗田菫平全集 3」宝文館出版 1979 p90
のほほん如来
　◇「花岡大学童話文学全集 5」法藏館 1980 p307
のぼり…
　◇「まど・みちお全詩集 続」理論社 2015 p312
昇る太陽
　◇「横山健童謡選集 1」無明舎出版 1995 p106
のぼれよ のぼれ
　◇「〔北原〕白秋全童謡集 5」岩波書店 1993 p135
のみ
　◇「庄野英二全集 9」偕成社 1979 p355
ノミ
　◇「まど・みちお全詩集」理論社 1992 p95
　◇「まど・みちお全詩集」理論社 1992 p655
　◇「まどさんの詩の本 1」理論社 1994 p28
　◇「まどさんの詩の本 3」理論社 1994 p26
　◇「まど・みちお全詩集 続」理論社 2015 p93
詩ノミ
　◇「椋鳩十動物童話集 2」小峰書店 1990 p98
ノミ
　◇「椋鳩十の本 23」理論社 1983 p226
蚤
　◇「巽聖歌作品集 上」巽聖歌作品集刊行委員会 1977 p64
蚤
　◇「新美南吉全集 6」牧書店 1965 p182
　◇「校定新美南吉全集 8」大日本図書 1981 p464
のみこみとっつあ
　◇「寺村輝夫童話集 14」ポプラ社 1982 p81
ノミ、シラミ
　◇「椋鳩十の本 19」理論社 1982 p101
飲み助のせきれい
　◇「北彰介作品集 3」青森県児童文学研究会 1990 p78
野道
　◇「巽聖歌作品集 上」巽聖歌作品集刊行委員会 1977 p420
　◇「巽聖歌作品集 下」巽聖歌作品集刊行委員会 1977 p304
野道を
　◇「〔北原〕白秋全童謡集 4」岩波書店 1993 p239
ノミとのみ
　◇「〔山田野理夫〕お笑い文庫 10」太平出版社 1977（母と子の図書室）p103
蚤とモリソン山
　◇「〔巌谷〕小波お伽全集 14」本の友社 1998 p220
のみの歌
　◇「浜田広介全集 2」集英社 1975 p127
のみのきば
　◇「寺村輝夫のむかし話 〔4〕」あかね書房 1978 p21
ノミのきば
　◇「〔木暮正夫〕日本のおばけ話・わらい話 7」岩崎書店 1986 p49
のみのはねくら
　◇「浜田広介全集 4」集英社 1976 p27
のみのぴょんぴょん
　◇「浜田広介全集 3」集英社 1975 p231
のみの宿
　◇「川崎大治民話選 〔4〕」童心社 1975 p68
のむかず たべるかず
　◇「与田凖一全集 1」大日本図書 1967 p234
ノームの岬に立って
　◇「土田明子詩集 2」かど創房 1986 p46
飲みもの
　◇「〔北原〕白秋全童謡集 1」岩波書店 1992 p150
野村胡堂
　◇「〔かこさとし〕お話こんにちは 〔7〕」偕成社 1979 p70
野焼き
　◇「いのち―みずかみかずよ全詩集」石風社 1995 p137
野焼き
　◇「横山健童謡選集 1」無明舎出版 1995 p34
野焼とわらび
　◇「新装版金子みすゞ全集 1」JULA出版局 1984 p154
　◇「金子みすゞ童謡全集 2」JULA出版局 2003 p92
のらあらし
　◇「椋鳩十まるごと動物ものがたり 7」理論社 1995 p138
のら犬
　◇「〔斎藤信夫〕子ども心を友として―童謡詩集」成東町教育委員会 1006 p202
のら犬

◇「新美南吉全集 1」牧書店 1965 p231
◇「校定新美南吉全集 3」大日本図書 1980 p60
◇「新美南吉童話集 1」大日本図書 1982 p67
◇「新美南吉童話大全」講談社 1989 p186
◇「新美南吉童話集 1」大日本図書 2012 p67
◇「新美南吉童話選集 3」ポプラ社 2013 p47

のら犬ゴンタロー
　◇〔おうち・やすゆき〕こら！ しんぞう―童謡詩集」小峰書店 1996 p80

のら犬の クリスマス
　◇〔東君平〕ひとくち童話 4」フレーベル館 1995 p68

野良犬のように
　◇「カエルの日曜日―末永泉童話集」勝どき書房, 星雲社（発売）2007 p28

のら犬マヤ
　◇「椋鳩十全集 8」ポプラ社 1969 p114

のら犬 ライ
　◇「佐藤義美全集 3」佐藤義美全集刊行会 1973 p27

のら犬ルル
　◇「椋鳩十全集 8」ポプラ社 1969 p162

のらくらとらやんの大旅行
　◇「二反長半作品集 3」集英社 1979 p152

のらくら蛇
　◇「浜田広介全集 2」集英社 1975 p128

野良ちゃんだって
　◇〔黒川良人〕犬の詩猫の詩―児童詩集」東洋出版 2000 p109

野良トリ
　◇「全集版灰谷健次郎の本 19」理論社 1987 p170

のらネコ
　◇「佐藤義美全集 3」佐藤義美全集刊行会 1973 p249

のらネコ
　◇〔東君平〕おはようどうわ 6」講談社 1982 p19
　◇「東君平のおはようどうわ 5」新日本出版社 2010 p87

のらネココマ子
　◇「椋鳩十の本 30」理論社 1989 p30
　◇「椋鳩十まるごと動物ものがたり 4」理論社 1996 p5

のらねこともぐらもちのはなし
　◇「花岡大学童話文学全集 4」法蔵館 1980 p279

のらネコの記
　◇「椋鳩十まるごと動物ものがたり 4」理論社 1996 p195

野良の北風
　◇「浜田広介全集 11」集英社 1976 p178

野良のコマ鳥
　◇「浜田広介全集 11」集英社 1976 p75

放浪(のら)息子と金銭

◇〔巖谷〕小波お伽全集 14」本の友社 1998 p209

乗合馬車
　◇〔島崎〕藤村の童話 2」筑摩書房 1979 p159

乗合馬車
　◇「千葉省三童話全集 2」岩崎書店 1967 p97

のり子
　◇「吉田としジュニアロマン選集 8」国土社 1972

のりこし
　◇〔山田野理夫〕おばけ文庫 3」太平出版社 1976（母と子の図書室）p68

のり子に聞いて
　◇「吉田としジュニアロマン選集 8」国土社 1972 p1

海苔つくり
　◇〔高橋一仁〕春のニシン場―童謡詩集」けやき書房 2003 p78

のりものづくし
　◇「今江祥智童話館 〔6〕」理論社 1986 p49

のりもの星
　◇「佐藤義美全集 3」佐藤義美全集刊行会 1973 p265

ノルマンジーの港で
　◇「椋鳩十の本 31」理論社 1989 p222

のろい鶴（岡田泰三）
　◇「岡田泰三・日下部梅子童謡集」会津童詩会 1992 p40

呪いの指紋
　◇「少年探偵江戸川乱歩全集 28」ポプラ社 1970 p5

のろいの星
　◇〔巖谷〕小波お伽全集 1」本の友社 1998 p259

呪婆
　◇「椋鳩十の本 2」理論社 1982 p144

のろ気
　◇「壺井栄全集 11」文泉堂出版 1998 p343

ノロ高地
　◇〔北原〕白秋全童謡集 3」岩波書店 1992 p304

のろすけ むかで
　◇「くどうなおこ詩集○」童話屋 1996 p70

のろのろ砲弾の驚異―金博士シリーズ・1
　◇「海野十三全集 10」三一書房 1991 p7

ノロボトケ
　◇「ひとしずくのなみだ―宮下木花11歳童話集」銀の鈴社 2006（小さな鈴シリーズ）p49

のろまどけい
　◇「佐藤義美全集 3」佐藤義美全集刊行会 1973 p63

のろまとすばやさ
　◇「椋鳩十の本 23」理論社 1983 p147

のろまなローラー
　◇「小出正吾児童文学全集 2」審美社 2000 p123

のろまのお医者

のろま
　　◇「〔北原〕白秋全童謡集 1」岩波書店 1992 p23
のろまの ハンス
　　◇「巽聖歌作品集 上」巽聖歌作品集刊行委員会 1977 p504
のろわれた たまご
　　◇「寺村輝夫全童話 7」理論社 1999 p61
野分の風
　　◇「北彰介作品集 4」青森県児童文学研究会 1991 p38
のんきなおいしゃさん
　　◇「村山籌子作品集 2」JULA出版局 1998 p6
のんきな 王さま
　　◇「花岡大学仏典童話全集 6」法蔵館 1979 p129
のんきな小学生
　　◇「松谷みよ子全エッセイ 1」筑摩書房 1989 p36
のんせんすの芸術
　　◇「椋鳩十の本 1」理論社 1982 p146
のんだくれの夢
　　◇「岩永博史童話集 3」岩永博史 2012 p116
のん・たん・ぴん
　　◇「山中恒児童よみもの選集 5」読売新聞社 1977 p5
　　◇「山中恒よみもの文庫 15」理論社 2000 p9
ノンちゃんの話―朝のみち
　　◇「いのち―みずかみかずよ全詩集」石風社 1995 p281
ノンちゃんの話―雨のみち
　　◇「いのち―みずかみかずよ全詩集」石風社 1995 p281
のんのさま しろい
　　◇「稗田童平全集 3」宝文館出版 1979 p34
のんのん
　　◇「さくらゆき―さとうじゅんこ童詩集」えんじゅの会 1997 p52
のんび
　　◇「〔高橋一仁〕春のニシン場―童謡詩集」けやき書房 2003 p50
のんびりハエ
　　◇「〔東君平〕おはようどうわ 7」講談社 1982 p112
ノンフィクションについて
　　◇「椋鳩十の本 29」理論社 1989 p145

【 は 】

は
　　◇「〔東君平〕おはようどうわ 8」講談社 1982 p58
ハ？
　　◇「まど・みちお全詩集 続」理論社 2015 p269

菌
　　◇「那須辰造著作集 1」講談社 1980 p39
ばあさまの大てがら
　　◇「〔木暮正夫〕日本のおばけ話・わらい話 4」岩崎書店 1986 p69
祖母様兒（ばあさんこ）
　　◇「〔巌谷〕小波お伽全集 14」本の友社 1998 p347
ばあさんねこ
　　◇「寺村輝夫のむかし話 〔6〕」あかね書房 1979 p40
ばあさんろばのお花見
　　◇「浜田広介全集 4」集英社 1976 p219
バアジニア・リー訪問
　　◇「椋鳩十の本 24」理論社 1983 p222
ばあちゃの むしパン
　　◇「〔高橋一仁〕春のニシン場―童謡詩集」けやき書房 2003 p144
ばあちゃんとぼくと気球
　　◇「〔中川久美子〕ばあちゃんとぼくと気球」新風舎 1998（Shinpu books）p59
ばあちゃんの花
　　◇「みずいろようちえん―出雲路猛雄童話集」坂神都 2012 p90
ハアト星の花
　　◇「寺村輝夫童話全集 4」ポプラ社 1982 p91
　　◇「〔寺村輝夫〕ぼくは王さま全1冊」理論社 1985 p234
　　◇「寺村輝夫全童話 1」理論社 1996 p206
　　◇「寺村輝夫の王さまシリーズ 3」理論社 1998 p7
ハアトの女王（クヰン）
　　◇「〔北原〕白秋全童謡集 1」岩波書店 1992 p169
ばあや訪ねて
　　◇「〔斎藤信夫〕子ども心を友として―童謡詩集」成東町教育委員会 1996 p72
ばあやのお里
　　◇「中村雨紅詩集」中村雨紅詩謡集刊行会 1971 p92
ばあやのお話
　　◇「新装版金子みすゞ全集 1」JULA出版局 1984 p194
　　◇「〔金子〕みすゞ詩画集 〔1〕」春陽堂書店 1996
　　◇「みすゞさん―童謡詩人・金子みすゞの優しさ探しの旅 2」春陽堂書店 1998
　　◇「金子みすゞ童謡全集 2」JULA出版局 2003 p150
ばあやの子守唄
　　◇「阪田寛夫全詩集」理論社 2011 p493
はー い
　　◇「まど・みちお全詩集」理論社 1992 p105
　　◇「まどさんの詩の本 12」理論社 1997 p88
はい

はいし

◇「星新一ショートショートセレクション 6」理論社 2002 p24

灰
　◇「新装版金子みすゞ全集 2」JULA出版局 1984 p161
　◇「〔金子〕みすゞ詩画集 〔3〕」春陽堂書店 2000
　◇「金子みすゞ童謡全集 4」JULA出版局 2004 p24

蝿 (はい)
　◇「北彰介作品集 4」青森県児童文学研究会 1991 p15

灰色の姉と桃色の妹
　◇「定本小川未明童話全集 2」講談社 1976 p98
　◇「定本小川未明童話全集 2」大空社 2001 p98

灰色の岩 (健吉)
　◇「新修宮沢賢治全集 1」筑摩書房 1980 p262

灰色の影
　◇「魂の配達—野村吉哉作品集」草思社 1983 p57

灰色の巨人
　◇「少年探偵江戸川乱歩全集 19」ポプラ社 1970 p5
　◇「少年探偵・江戸川乱歩 11」ポプラ社 1998 p5
　◇「文庫版 少年探偵・江戸川乱歩 11」ポプラ社 2005 p1

灰色の国へきた老人の話
　◇「松谷みよ子全集 3」講談社 1971 p161

「灰色の畑と緑の畑」
　◇「全集版灰谷健次郎の本 21」理論社 1988 p231

灰色の街の花屋さん
　◇「松谷みよ子全エッセイ 1」筑摩書房 1989 p53

梅雨 (ばいう) … → "つゆ…" をも見よ

梅雨期
　◇「北彰介作品集 4」青森県児童文学研究会 1991 p294

肺炎
　◇「新修宮沢賢治全集 7」筑摩書房 1980 p314

(梅園の)
　◇「稗田菫平全集 8」宝文館出版 1982 p127

梅翁だぬき
　◇「かつおきんや作品集 8」牧書店〔アリス館牧新社〕 1973 p209
　◇「かつおきんや作品集 18」偕成社 1983 p175

灰を見せてくれ
　◇「今井誉次郎童話集子どもの村 〔5〕」国土社 1957 p126

バイオリン
　◇「石森読本—石森延男児童文学選集 6年生」小学館 1977 p73

バイオリンが弾けたら
　◇「岩永博史童話集 3」岩永博史 2012 p107

バイオリンの音は山の音
　◇「今西祐行全集 2」偕成社 1987 p107

「バイオリンのおとは山のおと」由来
　◇「今西祐行全集 15」偕成社 1989 p92

俳諧寺一茶
　◇「稗田菫平全集 4」宝文館出版 1980 p107

バイカル号乗船
　◇「庄野英二全集 10」偕成社 1979 p215

廃虚
　◇「星新一ショートショートセレクション 2」理論社 2001 p86

ハイキング
　◇「佐藤義美全集 1」佐藤義美全集刊行会 1974 p418

俳句から詩へ
　◇「佐藤義美全集 6」佐藤義美全集刊行会 1974 p311

俳句の形象性と抒情性
　◇「稗田菫平全集 4」宝文館出版 1980 p139

俳句ライブ・インさやま「初夢に」 二幕
　◇「〔今坂柳二〕りゅうじフォークロア・world 5」ふるさと伝承研究会 2009 p64

高級 (ハイグレード) の霧
　◇「新修宮沢賢治全集 2」筑摩書房 1979 p120

拝啓
　◇「阪田寛夫全詩集」理論社 2011 p82

拝啓
　◇「壺井栄名作集 2」ポプラ社 1965 p244

拝啓, 議員さま
　◇「全集版灰谷健次郎の本 22」理論社 1988 p228

廃坑
　◇「新修宮沢賢治全集 6」筑摩書房 1980 p95
　◇「新修宮沢賢治全集 6」筑摩書房 1980 p378

バイコフの虎皮
　◇「戸川幸夫動物文学全集 9」講談社 1976 p255

「背後」森菊蔵著
　◇「稗田菫平全集 6」宝文館出版 1981 p141

背後霊倶楽部
　◇「山中恒よみもの文庫 8」理論社 1997 p7

背後霊内申書
　◇「山中恒よみもの文庫 19」理論社 2003 p7

灰皿
　◇「魂の配達—野村吉哉作品集」草思社 1983 p65

ハイジの里にて
　◇「椋鳩十の本 24」理論社 1983 p232

ハイジの夕やけ
　◇「椋鳩十全集 11」ポプラ社 1970 p163

はいしゃ
　◇「いのち—みずかみかずよ全詩集」石風社 1995 p263

はいしゃさん
　◇「石森読本—石森延男児童文学選集 3年生」小学館 1977 p87

はいし

歯医者のトヨチャン先生
　◇「〔大野憲三〕創作童話集」一粒書房 2012 p78
はいしゃの はなし
　◇「平塚武二童話全集 2」童心社 1972 p15
買収に応じます
　◇「星新一ショートショートセレクション 10」理論社 2003 p137
敗戦まで
　◇「今西祐行全集 15」偕成社 1989 p112
ハイそのとおり
　◇「〔東君平〕おはようどうわ 1」講談社 1982 p134
配達
　◇「〔山田野理夫〕お笑い文庫 1」太平出版社 1977（母と子の図書室）p122
灰谷健次郎
　◇「今江祥智の本 35」理論社 1990 p255
灰谷健次郎I
　◇「今江祥智の本 21」理論社 1981 p210
灰谷健次郎II
　◇「今江祥智の本 21」理論社 1981 p215
歯痛
　◇「〔巌谷〕小波お伽全集 14」本の友社 1998 p389
パイナップル
　◇「くんぺい魔法ばなし―魔法ばなし全集 3」サンリオ 2000 p32
灰なわ千たば
　◇「坪田譲治童話全集 10」岩崎書店 1986 p156
ハイネンマイネン博士の植木鉢
　◇「別役実童話集（5）」三一書房 1984 p30
倍の神さま
　◇「浜田広介全集 2」集英社 1975 p245
灰のしめなわ
　◇「〔比江島重孝〕宮崎のむかし話 2」鉱脈社 1998 p115
灰の中の悪魔
　◇「赤川次郎ミステリーコレクション 8」岩崎書店 2003 p7
バイバイ くまさん
　◇「佐藤義美全集 1」佐藤義美全集刊行会 1974 p301
ハイビスカス
　◇「いのち―みずかみかずよ全詩集」石風社 1995 p120
ハイビスカスの花
　◇「山本瓔子詩集 II」新風舎 2003 p80
パイプオルガン
　◇「まど・みちお全詩集 続」理論社 2015 p186
パイプじいさんラヴばあさん
　◇「奥田継夫ベストコレクション 10」ポプラ社 2002 p254

パイプ（童話）（トウーリエによる）
　◇「鈴木三重吉童話全集 8」文泉堂書店 1975（日本文学全集・選集叢刊第5次）p253
パイプの秋
　◇「稗田菫平集 2」宝文館出版 1979 p42
配布用経典印刷物
　◇「新修宮沢賢治全集 15」筑摩書房 1980 p596
〔這ひ松の〕
　◇「新修宮沢賢治全集 7」筑摩書房 1980 p183
ハイムは口笛を吹いて
　◇「椋鳩十の本 1」理論社 1982 p109
ハイヤーとモナ先生
　◇「岡本良雄童話文学全集 2」講談社 1964 p209
海拉（ハイラル）
　◇「〔北原〕白秋全童謡集 3」岩波書店 1992 p295
ハイラルの町
　◇「巽聖歌作品集 上」巽聖歌作品集刊行委員会 1977 p297
拝領犬始末記
　◇「さねとうあきら創作民話集 被差別部落 1」明石書店 1988 p36
バイロンについて
　◇「新美南吉全集 6」牧書店 1965 p297
　◇「校定新美南吉全集 9」大日本図書 1981 p275
ばいろんばけもの
　◇「寺村輝夫のむかし話〔1〕」あかね書房 1977 p22
パイワンの子
　◇「〔北原〕白秋全童謡集 3」岩波書店 1992 p19
ハインリヒ＝ハイネ
　◇「〔かこさとし〕お話こんにちは〔9〕」偕成社 1979 p66
バウバウ
　◇「〔北原〕白秋全童謡集 4」岩波書店 1993 p376
ハエ
　◇「長崎源之助全集 1」偕成社 1986 p69
ハエ
　◇「〔東君平〕おはようどうわ 6」講談社 1982 p95
ハエ
　◇「椋鳩十の本 19」理論社 1982 p110
蝿
　◇「海野十三全集 2」三一書房 1991 p183
蝿男
　◇「海野十三集 4」桃源社 1980 p103
　◇「海野十三全集 2」三一書房 1991 p425
蝿がわにを殺した話
　◇「鈴木三重吉童話全集 1」文泉堂書店 1975（日本文学全集・選集叢刊第5次）p354
蝿と蟻との話
　◇「室生犀星童話全集 3」創林社 1978 p212

はかさ

蠅と團扇
　◇「〔巌谷〕小波お伽全集 12」本の友社 1998 p302
はえと尻尾
　◇「浜田広介全集 4」集英社 1976 p179
ハエと戦車と
　◇「長崎源之助全集 20」偕成社 1988 p176
蠅と蜂
　◇「〔巌谷〕小波お伽全集 3」本の友社 1998 p31
ハエトリグモ
　◇「〔東君平〕おはようどうわ 4」講談社 1982 p92
　◇「くんぺい魔法ばなし―魔法ばなし全集 2」サンリオ 2000 p98
　◇「東君平のおはようどうわ 1」新日本出版社 2010 p40
はえとろうそく
　◇「浜田広介全集 3」集英社 1975 p54
はえの砂糖なめ
　◇「浜田広介全集 2」集英社 1975 p218
はえのだんす
　◇「浜田広介全集 4」集英社 1976 p180
蠅の話
　◇「怪談小泉八雲のこわ〜い話 10」汐文社 2009 p17
はえの目と花
　◇「浜田広介全集 2」集英社 1975 p192
バオイになったゆめ
　◇「戸川幸夫創作童話集 2」国土社 1972 p55
羽音
　◇「〔北原〕白秋全童謡集 1」岩波書店 1992 p369
葉を投げよ
　◇「与田準一全集 2」大日本図書 1967 p136
バオバブの木の下で
　◇「やなせたかし童謡詩集 〔2〕」フレーベル館 2000 p98
はをみがく
　◇「阪田寛夫全詩集」理論社 2011 p409
はを みがく うた
　◇「佐藤義美全集 1」佐藤義美全集刊行会 1974 p351
羽織
　◇「〔北原〕白秋全童謡集 2」岩波書店 1992 p225
羽織を恋う
　◇「新美南吉全集 6」牧書店 1965 p20
　◇「新美南吉童話傑作選 〔6〕 花をうめる」小峰書店 2004 p169
羽織を恋ふ
　◇「校定新美南吉全集 8」大日本図書 1981 p219
ばか
　◇「鈴木三重吉童話全集 4」文泉堂書店 1975（日本文学全集・選集叢刊第5次）p337

バーカ
　◇「阪田寛夫全詩集」理論社 2011 p91
馬鹿
　◇「〔山田野理夫〕お笑い文庫 7」太平出版社 1977（母と子の図書室）p52
墓穴を掘るのはだれ？
　◇「いのち―みずかみかずよ全詩集」石風社 1995 p319
はがいたい
　◇「斎田喬児童劇選集 〔6〕」牧書店 1954 p106
はがいたい（生活劇）
　◇「斎田喬少年劇全集 2」誠文堂新光社 1961 p437
バカ一
　◇「ふしぎな泉―うえだまさし童話集」そうぶん社出版 1995 p35
はが いはい
　◇「〔東君平〕おはようどうわ 2」講談社 1982 p38
葉が落ちて
　◇「阪田寛夫全詩集」理論社 2011 p475
馬鹿を見た人
　◇「太田博也童話集 5」小山書林 2008 p22
はがき
　◇「こやま峰子詩集 〔2〕」朔北社 2003 p30
はがき
　◇「西條八十童謡全集」修道社 1971 p72
はがき
　◇「まど・みちお全詩集」理論社 1992 p98
　◇「まどさんの詩の本 1」理論社 1994 p52
ハガキ
　◇「まど・みちお全詩集」理論社 1992 p29
端書
　◇「北彰介作品集 4」青森県児童文学研究会 1991 p202
ハガキをもらって
　◇「くんぺい魔法ばなし―魔法ばなし全集 1」サンリオ 2000 p50
はがきとねこ
　◇「西條八十の童話と童謡」小学館 1981 p56
葉書の画
　◇「〔巌谷〕小波お伽全集 14」本の友社 1998 p328
バカくさい？
　◇「まど・みちお全詩集 続」理論社 2015 p223
葉がくれの花
　◇「与田準一全集 2」大日本図書 1967 p206
馬鹿げた生き方
　◇「赤川次郎ショートショートシリーズ 3」理論社 2010 p17
ばかされた人形つかい
　◇「来栖良夫児童文学全集 2」岩崎書店 1983 p271
ばかされたぬき

はかし

◇「寺村輝夫のむかし話〔6〕」あかね書房 1979 p84

馬鹿正直の親玉
◇「お噺の卵―武井武雄童話集」講談社 1976（講談社文庫）p134

博士と殿さま
◇「星新一ショートショートセレクション 4」理論社 2002 p45

博多しゃれことば二十二題
◇「〔山田野理夫〕お笑い文庫 10」太平出版社 1977（母と子の図書室）p12

墓たち
◇「新装版金子みすゞ全集 3」JULA出版局 1984 p91
◇「金子みすゞ童謡全集 5」JULA出版局 2004 p122

博多人形
◇「新装版金子みすゞ全集 1」JULA出版局 1984 p75
◇「金子みすゞ童謡全集 1」JULA出版局 2003 p120

博多人形
◇「西條八十童謡全集」修道社 1971 p322

博多人形
◇「春―〔竹久〕夢二童話集」ノーベル書房 1977 p151

博多人形
◇「横山健童謡選集 1」無明舎出版 1995 p52

博多人形師
◇「高橋敏彦童話集」ノヴィス 2000（ノヴィス叢書）p116

バカと あほと
◇「まど・みちお全詩集 続」理論社 2015 p27

墓と考古学者
◇「〔たかしよいち〕世界むかしむかし探検 6」国土社 1996 p123

馬鹿な石燈籠
◇「〔巖谷〕小波お伽全集 3」本の友社 1998 p201

はがねの月
◇「阪田寛夫全詩集」理論社 2011 p880

ハガネのムチ
◇「〔渡部毅彦〕お母さんのための童話集」花伝社，共栄書房（発売）1997 p134

ばかの一心
◇「〔比江島重孝〕宮崎のむかし話 2」鉱脈社 1998 p168

馬鹿の小猿
◇「鈴木三重吉童話全集 1」文泉堂書店 1975（日本文学全集・選集叢刊第5次）p358

墓の中から
◇「魂の配達―野村吉哉作品集」草思社 1983 p49

ばかのひとつおぼえ
◇「寺村輝夫のむかし話〔5〕」あかね書房 1978 p68

ばかの笛
◇「鈴木三重吉童話全集 2」文泉堂書店 1975（日本文学全集・選集叢刊第5次）p293

はかばへいくむすめ
◇「〔木暮正夫〕日本のおばけ話・わらい話 17」岩崎書店 1988 p9

墓場のあかちゃん
◇「奥田継夫ベストコレクション 10」ポプラ社 2002 p96

ばかばやし
◇「長崎源之助全集 1」偕成社 1986 p207

墓場よ
◇「おの・ちゅうこう初期作品集〔1〕牧歌的風景」崙書房 1975 p31

はかま
◇「佐藤義美全集 1」佐藤義美全集刊行会 1974 p328

墓まいり
◇「壺井栄全集 11」文泉堂出版 1998 p165

ばか者の話
◇「〔島崎〕藤村の童話 3」筑摩書房 1979 p184

墓守りのおていさん
◇「坪田譲治童話全集 13」岩崎書店 1986 p259

馬鹿野郎
◇「魂の配達―野村吉哉作品集」草思社 1983 p70

はがゆい男
◇「花岡大学 続・仏典童話全集 2」法蔵館 1981 p162

秤
◇「壺井栄全集 11」文泉堂出版 1998 p309

バカン
◇「阪田寛夫全詩集」理論社 2011 p876

萩
◇「巽聖歌作品集 上」巽聖歌作品集刊行委員会 1977 p431

萩
◇「壺井栄名作集 9」ポプラ社 1965 p37
◇「壺井栄全集 4」文泉堂出版 1998 p394

バギオの雨
◇「庄野英二全集 10」偕成社 1979 p54

パキスタンの楽士さん
◇「横山健童謡選集 1」無明舎出版 1995 p71

ハキダメギク
◇「まど・みちお全詩集」理論社 1992 p656
◇「まどさんの詩の本 10」理論社 1996 p876

バキチの仕事
◇「新修宮沢賢治全集 10」筑摩書房 1979 p271

はぎとり
　◇「〔山田野理夫〕おばけ文庫 3」太平出版社 1976
　　（母と子の図書室）p61
萩野卓司詩集「愛と美について」をめぐる軸
　◇「稗田菫平全集 7」宝文館出版 1981 p102
バキュームカー
　◇「まど・みちお全詩集」理論社 1992 p614
　◇「まどさんの詩の本 6」理論社 1996 p56
萩原朔太郎
　◇「〔かこさとし〕お話こんにちは 〔8〕」偕成社
　　1979 p18
ばく
　◇「浜田広介全集 3」集英社 1975 p70
バク
　◇「立原えりか作品集 6」思潮社 1973 p87
　◇「立原えりかのファンタジーランド 1」青土社
　　1980 p109
獏
　◇「阪田寛夫全詩集」理論社 2011 p532
ばくあり
　◇「阪田寛夫全詩集」理論社 2011 p177
白衣の青春
　◇「来栖良夫児童文学全集 10」岩崎書店 1983 p181
白雲石
　◇「室生犀星童話全集 3」創林社 1978 p268
雹雲砲手
　◇「新修宮沢賢治全集 6」筑摩書房 1980 p177
獏鸚
　◇「海野十三全集 3」三一書房 1988 p61
爆音
　◇「北彰介作品集 4」青森県児童文学研究会 1991
　　p210
白玉山, 爾霊山
　◇「〔北原〕白秋全童謡集 3」岩波書店 1992 p197
白菜
　◇「巽聖歌作品集 下」巽聖歌作品集刊行委員会
　　1977 p287
白菜畑
　◇「新修宮沢賢治全集 4」筑摩書房 1979 p37
〔白菜はもう〕
　◇「新修宮沢賢治全集 5」筑摩書房 1979 p26
　◇「新修宮沢賢治全集 5」筑摩書房 1979 p284
白蛇（はくじゃ）… → "しろへび…"をも見よ
はくしゃくのむすこ
　◇「土田耕平童話集」信濃毎日新聞社 1949 p40
伯爵のむすこ
　◇「土田耕平童話集 〔4〕」古今院 1955 p38
白蛇の聲
　◇「〔巖谷〕小波お伽全集 11」本の友社 1998 p443
白蛇の精

◇「〔山田野理夫〕おばけ文庫 4」太平出版社 1976
　　（母と子の図書室）p98
麦秋
　◇「校定新美南吉全集 8」大日本図書 1981 p273
白秋おじさんの家
　◇「巽聖歌作品集 上」巽聖歌作品集刊行委員会
　　1977 p534
麦秋のころ
　◇「宮口しづえ童話全集 7」筑摩書房 1979 p30
白秋の詩と渡し舟
　◇「椋鳩十の本 24」理論社 1983 p41
白人と有色人と
　◇「椋鳩十の本 22」理論社 1983 p245
はくせいの天使
　◇「やなせたかし童謡詩集 〔1〕」フレーベル館
　　2000 p62
剝製の鳥
　◇「浜田広介全集 11」集英社 1976 p164
白蔵主
　◇「〔山田野理夫〕おばけ文庫 4」太平出版社 1976
　　（母と子の図書室）p69
バグダアドの紅茶
　◇「庄野英二全集 11」偕成社 1980 p103
ばくだんが落ちたら
　◇「岡本良雄童話文学全集 3」講談社 1964 p318
白昼の襲撃
　◇「星新一ショートショートセレクション 2」理論
　　社 2001 p151
白昼夢
　◇「〔土田明子〕ちいさい星―母と子の詩集」らくだ
　　出版 2002 p32
はくちょう
　◇「立原えりか作品集 4」思潮社 1973 p101
ハクチョウ
　◇「〔東君平〕おはようどうわ 4」講談社 1982 p200
白鳥
　◇「神沢利子コレクション 5」あかね書房 1994
　　p257
　◇「神沢利子コレクション・普及版 5」あかね書房
　　2006 p257
白鳥
　◇「立原えりかのファンタジーランド 10」青土社
　　1980 p67
白鳥
　◇「豊田三郎童話集」草加市立川柳小学校 1993 p30
白鳥
　◇「稗田菫平全集 8」宝文館出版 1982 p36
白鳥（五章）
　◇「稗田菫平全集 1」宝文館出版 1978 p59
白鳥座
　◇「いのち―みずかみかずよ全詩集」石風社 1995

はくち

p270
「白鳥」全
　◇「稲田童平全集 1」宝文館出版 1978 p46
白鳥に化けた黒人
　◇「西條八十童話集」小学館 1983 p143
白鳥の歌
　◇「赤川次郎ショートショートシリーズ 3」理論社 2010 p67
白鳥の騎士
　◇「巖谷小波お伽噺文庫 〔3〕」大和書房 1976 p9
白鳥の里
　◇「松谷みよ子のむかしむかし 5」講談社 1973 p81
白鳥の苑
　◇「稲田童平全集 1」宝文館出版 1978 p25
白鳥の飛行機
　◇「〔巖谷〕小波お伽全集 3」本の友社 1998 p193
白鳥舟
　◇「〔巖谷〕小波お伽全集 7」本の友社 1998 p399
ハクチョウ物語
　◇「〔藤原英司〕日本の動物物語シリーズ 〔10〕」佑学社 1987 p7
白鳥（一）
　◇「稲田童平全集 1」宝文館出版 1978 p11
白鳥（二）
　◇「稲田童平全集 1」宝文館出版 1978 p17
白帝城 隆太郎に
　◇「〔北原〕白秋全童謡集 2」岩波書店 1992 p450
白桃
　◇「椋鳩十の本 23」理論社 1983 p13
白道
　◇「稲田童平全集 8」宝文館出版 1982 p41
白銅貨の効用
　◇「海野十三全集 別巻2」三一書房 1993 p190
白頭山の熊
　◇「高橋敏彦童話集」ノヴィス 2000（ノヴィス叢書）p60
バクのなみだ
　◇「あまんきみこセレクション 2」三省堂 2009 p66
白馬
　◇「稲田童平全集 1」宝文館出版 1978 p40
白梅紅梅
　◇「斎藤隆介全集 3」岩崎書店 1982 p89
パクパクとパタパタ
　◇「寺村輝夫童話全集 5」ポプラ社 1982 p99
　◇「〔寺村輝夫〕ぼくは王さま全1冊」理論社 1985 p185
　◇「寺村輝夫全童話 1」理論社 1996 p115
　◇「寺村輝夫の王さまシリーズ 2」理論社 1998 p47
爆発
　◇「星新一ちょっと長めのショートショート 8」理論社 2006 p112
白馬の騎士とフリーデリケ
　◇「岩永博史童話集 2」岩永博史 2005 p1
博物館
　◇「定本小川未明童話全集 8」大空社 2001 p71
博物館にて
　◇「杉みき子選集 9」新潟日報事業社 2011 p46
博物館の午後
　◇「石のロバ―浅田都作品集」新風舎 2007 p181
博物誌
　◇「椋鳩十の本 19」理論社 1982 p9
白米城
　◇「川崎大治民話選 〔4〕」童心社 1975 p198
白米城
　◇「松谷みよ子のむかしむかし 10」講談社 1973 p104
白もくれん
　◇「いのち―みずかみかずよ全詩集」石風社 1995 p80
白夜（はくや）…→ "びゃくや…"をも見よ
白夜（はくや）
　◇「巽聖歌作品集 上」巽聖歌作品集刊行委員会 1977 p262
爆薬の花籠
　◇「海野十三全集 7」三一書房 1990 p129
歯車
　◇「岡本良雄童話文学全集 1」講談社 1964 p117
歯車
　◇「巽聖歌作品集 下」巽聖歌作品集刊行委員会 1977 p289
はぐれ雁
　◇「〔宗左近〕梟の駅長さん―童謡集」思潮社 1998 p22
はぐれ雁
　◇「巽聖歌作品集 上」巽聖歌作品集刊行委員会 1977 p22
浮浪雲, 島にくる
　◇「全集版灰谷健次郎の本 19」理論社 1987 p183
はぐれ鳥
　◇「浜田広介全集 11」集英社 1976 p178
羽黒山の怪
　◇「〔山田野理夫〕おばけ文庫 2」太平出版社 1976（母と子の図書室）p40
はげあたまさん
　◇「まど・みちお全詩集 続」理論社 2015 p139
ばけ石
　◇「〔山田野理夫〕おばけ文庫 3」太平出版社 1976（母と子の図書室）p109
化銀杏
　◇「〔巖谷〕小波お伽全集 12」本の友社 1998 p177

ハゲイトウ
　◇「まど・みちお詩集 1」銀河社 1975 p32
　◇「まど・みちお全詩集」理論社 1992 p462
　◇「まどさんの詩の本 11」理論社 1997 p72

葉鶏頭
　◇〔巌谷〕小波お伽全集 6」本の友社 1998 p259

ばけイヌ
　◇〔山田野理夫〕おばけ文庫 4」太平出版社 1976（母と子の図書室）p124

化け蜘蛛
　◇「怪談小泉八雲のこわ〜い話 8」汐文社 2009 p3

ばけくらべ
　◇「松谷みよ子のむかしむかし 3」講談社 1973 p68

ハゲコウ
　◇「まど・みちお全詩集」理論社 1992 p122
　◇「まどさんの詩の本 1」理論社 1994 p26

禿鷹
　◇「椋鳩十の本 3」理論社 1982 p72

はけたよ
　◇「パパとボクとネコ─山口紀代子童謡詩集」音楽舎 2003 p10

ばけたらふうせん
　◇「三木卓童話作品集 2」大日本図書 2000 p147

ハゲちゃびん
　◇「魂の配達─野村吉哉作品集」草思社 1983 p87

バケツ
　◇〔東君平〕おはようどうわ 5」講談社 1982 p134

〔バケツがのぼって〕
　◇「新修宮沢賢治全集 4」筑摩書房 1979 p59

バケツの中のクジラ
　◇「坪田譲治童話全集 1」岩崎書店 1986 p95

はげ人形
　◇〔巌谷〕小波お伽全集 8」本の友社 1998 p431

ばけねこおどり
　◇「寺村輝夫のむかし話〔1〕」あかね書房 1977 p86

ばけねこたいじ
　◇「千葉省三童話全集 1」岩崎書店 1967 p63

化け猫のかたきうち
　◇〔比江島重孝〕宮崎のむかし話 3」鉱脈社 2000 p113

ばけばけぎつね
　◇「寺村輝夫童話全集 14」ポプラ社 1982 p99
　◇「寺村輝夫全童話 4」理論社 1997 p62

ばけばけくらべ
　◇〔木暮正夫〕日本のおばけ話・わらい話 13」岩崎書店 1987 p45

化けマンドリン
　◇「お噺の卵─武井武雄童話集」講談社 1976（講談社文庫）p76

ばけもの
　◇〔山田野理夫〕お笑い文庫 1」太平出版社 1977（母と子の図書室）p77

ばけものづかい
　◇〔山田野理夫〕おばけ文庫 9」太平出版社 1976（母と子の図書室）p12

ばけものたいじ
　◇「寺村輝夫のむかし話〔1〕」あかね書房 1977 p30

化けものたいじ
　◇「寺村輝夫どうわの本 1」ポプラ社 1983 p25
　◇「寺村輝夫全童話 4」理論社 1997 p71

「ばけものたんけん」より
　◇「稗田童平全集 5」宝文館出版 1980 p148

化物丁場
　◇「新版・宮沢賢治童話全集 8」岩崎書店 1978 p59
　◇「新修宮沢賢治全集 6」筑摩書房 1980 p116
　◇「新修宮沢賢治全集 6」筑摩書房 1980 p389
　◇「新修宮沢賢治全集 14」筑摩書房 1980 p66

化け物使い（林家木久蔵編、岡本和明文）
　◇「林家木久蔵の子ども落語 2」フレーベル館 1998 p190

化け物寺
　◇「北彰介作品集 3」青森県児童文学研究会 1990 p61

ばけもの寺のしゃみせん
　◇〔木暮正夫〕日本のおばけ話・わらい話 2」岩崎書店 1986 p46

ばけもののいじ
　◇〔木暮正夫〕日本のおばけ話・わらい話 1」岩崎書店 1986 p76

ばけものべい
　◇〔木暮正夫〕日本のおばけ話・わらい話 1」岩崎書店 1986 p4

ばけものやしき
　◇「寺村輝夫のむかし話〔6〕」あかね書房 1979 p6

箱
　◇「井上ひさしジュニア文学館 1」汐文社 1998 p93

箱
　◇「星新一ショートショートセレクション 4」理論社 2002 p167

箱が森七つ森等（銀稿）
　◇「新修宮沢賢治全集 1」筑摩書房 1980 p274

はこぐるま
　◇〔高橋一仁〕春のニシン場─童謡詩集」けやき書房 2003 p158

函館港春夜光景
　◇「新修宮沢賢治全集 3」筑摩書房 1979 p85
　◇「新修宮沢賢治全集 3」筑摩書房 1979 p339
　◇「ジュニア文学館 宮沢賢治─写真・絵画集成 3」日本図書センター 1996 p115

はこた

はこだての はこだての
- ◇「巽聖歌作品集 下」巽聖歌作品集刊行委員会 1977 p137

ハコちゃん
- ◇「今西祐行絵ぶんこ 8」あすなろ書房 1984 p1
- ◇「今西祐行全集 4」偕成社 1987 p17

「ハコちゃん」を書いたころ
- ◇「今西祐行全集 15」偕成社 1989 p51

箱庭
- ◇「新装版金子みすゞ全集 1」JULA出版局 1984 p167
- ◇「金子みすゞ童謡全集 2」JULA出版局 2003 p108

箱根の宿
- ◇「壺井栄全集 11」文泉堂出版 1998 p155

箱根、花の茶屋
- ◇「稗田菫平全集 8」宝文館出版 1982 p115

箱のお家
- ◇「新装版金子みすゞ全集 1」JULA出版局 1984 p36
- ◇「金子みすゞ童謡全集 1」JULA出版局 2003 p56

はこの中のいれ歯
- ◇「浜田広介全集 8」集英社 1976 p170

はこの なかの うさぎさん
- ◇「まど・みちお全詩集」理論社 1992 p143
- ◇「まどさんの詩の本 15」理論社 1997 p30

箱の中の子ども
- ◇「国分一太郎児童文学集 6」小峰書店 1967 p146

箱の中の山
- ◇「佐藤さとるファンタジー全集 12」講談社 1982 p59
- ◇「佐藤さとるファンタジー全集 12」講談社, 復刊ドットコム(発売) 2011 p59

箱火ばちのおじいさん
- ◇「宮口しづえ童話全集 6」筑摩書房 1979 p9

はこぶね
- ◇「阪田寛夫全詩集」理論社 2011 p19

はこべの花
- ◇「〔北原〕白秋全童謡集 3」岩波書店 1992 p324

ハコベのはな
- ◇「まど・みちお全詩集」理論社 1992 p541

箱まくら
- ◇「〔山田野理夫〕お笑い文庫 8」太平出版社 1977 (母と子の図書室) p95

はごろも
- ◇「佐藤さとる全集 9」講談社 1973 p207
- ◇「佐藤さとるファンタジー全集 8」講談社 1982 p53
- ◇「佐藤さとるファンタジー全集 8」講談社, 復刊ドットコム(発売) 2010 p53

羽衣
- ◇「〔星新一〕おーいでてこーい――ショートショート傑作選」講談社 2004 (講談社青い鳥文庫) p241
- ◇「星新一ショートショートセレクション 15」理論社 2004 p95

葉衣
- ◇「〔厳谷〕小波お伽全集 8」本の友社 1998 p93

羽衣の碑
- ◇「石森延男児童文学全集 15」学習研究社 1971 p136

はごろも ものがたり
- ◇「小川未明幼年童話文学全集 7」集英社 1966 p146

羽衣物語
- ◇「定本小川未明童話全集 13」講談社 1977 p219
- ◇「定本小川未明童話全集 13」大空社 2002 p219

葉桜
- ◇「阪田寛夫全詩集」理論社 2011 p72

はさみ
- ◇「巽聖歌作品集 上」巽聖歌作品集刊行委員会 1977 p66

ハサミ
- ◇「〔北原〕白秋全童謡集 5」岩波書店 1993 p133

はさみをなくした蟹の話
- ◇「室生犀星童話集 2」創林社 1978 p193

はさみがあるいたはなし
- ◇「佐藤さとる全集 2」講談社 1972 p51

はさみが歩いた話
- ◇「佐藤さとるファンタジー全集 8」講談社 1982 p233
- ◇「佐藤さとるファンタジー全集 8」講談社, 復刊ドットコム(発売) 2010 p233

ハサミと ペンチ
- ◇「まど・みちお全詩集 続」理論社 2015 p85

ハサリンの改心
- ◇「花岡大学仏典童話全集 5」法蔵館 1979 p80

ハサンの鳥
- ◇「坪田譲治童話全集 5」岩崎書店 1986 p161

はし
- ◇「まど・みちお全詩集」理論社 1992 p124
- ◇「まどさんの詩の本 4」理論社 1994 p80

橋
- ◇「杉みき子選集 10」新潟日報事業社 2011 p231

橋
- ◇「〔宗左近〕梟の駅長さん――童謡集」思潮社 1998 p48

橋
- ◇「巽聖歌作品集 上」巽聖歌作品集刊行委員会 1977 p176

橋
- ◇「まど・みちお詩集 4」銀河社 1974 p2

はしめ

◇「まど・みちお全詩集」理論社 1992 p427
◇「まどさんの詩の本 4」理論社 1994 p30

パーシイ・パーキンズは大人しい猫です〈ソフィー・ケア〉
 ◇「校定新美南吉全集 9」大日本図書 1981 p510

橋をかけろ（近ごろの詩2）
 ◇「国分一太郎児童文学集 6」小峰書店 1967 p46

橋をわたるとき
 ◇「まど・みちお全詩集 4」銀河社 1974 p4
 ◇「まど・みちお全詩集」理論社 1992 p428
 ◇「まどさんの詩の本 6」理論社 1996 p48

はしをわたるべからず
 ◇「寺村輝夫のとんち話 1」あかね書房 1976 p28

はしがき〔兎の電報〕
 ◇「〔北原〕白秋全童謡集 1」岩波書店 1992 p61

はしがき〔とんぼの眼玉〕
 ◇「〔北原〕白秋全童謡集 1」岩波書店 1992 p7

はしがき〔花咲爺さん〕
 ◇「〔北原〕白秋全童謡集 2」岩波書店 1992 p7

はしがき〔まざあ・ぐうす〕
 ◇「〔北原〕白秋全童謡集 1」岩波書店 1992 p107

はしがき〔祭の笛〕
 ◇「〔北原〕白秋全童謡集 1」岩波書店 1992 p227

はしがき〔山の動物〕
 ◇「室生犀星童話全集 1」創林社 1978 p130

はし かけた
 ◇「まど・みちお全詩集」理論社 1992 p244

はじけ はじけ
 ◇「まど・みちお全詩集」理論社 1992 p245

はしご
 ◇「〔山田野夫〕おばけ文庫 3」太平出版社 1976（母と子の図書室）p150
 ◇「〔山田野夫〕お笑い文庫 1」太平出版社 1977（母と子の図書室）p134

はしごのり
 ◇「まど・みちお全詩集」理論社 1992 p284
 ◇「まどさんの詩の本 15」理論社 1997 p44

はしごべ
 ◇「〔西本鶏介〕新日本昔ばなし――一日一話・読みきかせ 1」小学館 1997 p118

橋立のむじな退治
 ◇「かつおきんや作品集 8」牧書店〔アリス館牧新社〕1973 p173

橋立のムジナ退治
 ◇「かつおきんや作品集 18」偕成社 1983 p145

ハシタマツ祭り
 ◇「椋鳩十の本 23」理論社 1983 p279

はしっこいヂヤツク
 ◇「〔北原〕白秋全童謡集 1」岩波書店 1992 p166

はしっこのはしっこ

◇「やなせたかし童謡詩集 〔2〕」フレーベル館 2000 p94

走って行った松の木
 ◇「桃色のダブダブさん――松田解子童話集」新日本出版社 2004 p81

はしとおわん
 ◇「〔木暮正夫〕日本のおばけ話・わらい話 15」岩崎書店 1987 p81

橋如来
 ◇「〔今坂柳二〕りゅうじフォークロア・world 3」ふるさと伝承研究会 2007 p87

橋のある風景
 ◇「杉みき子選集 3」新潟日報事業社 2006 p265

橋の上
 ◇「浜田広介全集 11」集英社 1976 p62

はしの上のおどり
 ◇「浜田広介全集 3」集英社 1975 p56

はしの下
 ◇「佐藤義美全集 3」佐藤義美全集刊行会 1973 p52

橋の下
 ◇「杉みき子選集 2」新潟日報事業社 2005 p76

橋の下のこいのぼり
 ◇「浜田広介全集 4」集英社 1976 p180

橋の下のねずみ
 ◇「阪田寛夫全集」理論社 2011 p73

箸墓に女王ヒミコは眠っている
 ◇「〔たかしよいち〕世界むかしむかし探検 4」国土社 1995 p105

羽柴秀吉
 ◇「第二〔島木〕赤彦童謡集」第一書店 1948 p99

はじまり
 ◇「くどうなおこ詩集○」童話屋 1996 p138

はじまり
 ◇「星新一ショートショートセレクション 5」理論社 2002 p115

はじまりの海へ
 ◇「阪田寛夫全集」理論社 2011 p77

はじめくんの どうぶつ
 ◇「佐藤義美全集 3」佐藤義美全集刊行会 1973 p435

はじめて汽車がはしった
 ◇「来栖良夫児童文学全集 2」岩崎書店 1983 p234

はじめて空を飛んだ話
 ◇「〔かこさとし〕お話こんにちは 〔5〕」偕成社 1979 p84

はじめてちょんまげをきった
 ◇「来栖良夫児童文学全集 2」岩崎書店 1983 p251

はじめて電話がひけた
 ◇「来栖良夫児童文学全集 2」岩崎書店 1983 p243

はじめて とおる

はしめ

はしめ
　◇「まど・みちお全詩集」理論社 1992 p283
はじめての海
　◇「佐藤義美童謡集」さ・え・ら書房 1960 p247
　◇「佐藤義美全集 1」佐藤義美全集刊行会 1974 p258
はじめての海と神様
　◇「ビートたけし傑作集 少年編 1」金の星社 2010 p23
初めてのお手つだい
　◇〔あらやゆきお〕創作童話 ざくろの詩」鳳書院 2012 p38
はじめてのかがみ
　◇〔西本鶏介〕新日本昔ばなし——一日一話・読みきかせ 3」小学館 1997 p44
初めてのキス
　◇「阪田寛夫全詩集」理論社 2011 p38
はじめてのこたつ
　◇〔木暮正夫〕日本のおばけ話・わらい話 5」岩崎書店 1986 p28
初めての社内旅行
　◇「赤川次郎ショートショートシリーズ 2」理論社 2009 p57
はじめて乗った汽車
　◇「椋鳩十の本 20」理論社 1983 p100
はじめての武家奉公（一龍斎貞水編、岡本和明文）
　◇「一龍斎貞水の歴史講談 3」フレーベル館 2000 p52
はじめてのほほえみ
　◇「安房直子コレクション 7」偕成社 2004 p248
はじめての本——「暦」
　◇「壺井栄全集 11」文泉堂出版 1998 p292
はじめての本の思い出
　◇「今西祐行全集 15」偕成社 1989 p178
はじめての例
　◇「星新一ちょっと長めのショートショート 8」理論社 2006 p184
はじめて みかけたときにね
　◇「まどさんの詩の本 2」理論社 1994 p86
はじめて みたときにね
　◇「まど・みちお全詩集」理論社 1992 p628
はじめてやった弓スキー
　◇「ビートたけし傑作集 少年編 1」金の星社 2010 p76
はじめに〔あばれはっちゃく（上）〕
　◇「山中恒児童よみもの選集 1」読売新聞社 1977 p4
はじめに〔あばれはっちゃく（下）〕
　◇「山中恒児童よみもの選集 2」読売新聞社 1977 p4
はじめに〔あほうの星〕
　◇「長崎源之助全集 1」偕成社 1986 p378

はじめに〔王さまの子どもになってあげる〕
　◇「佐藤義美全集 3」佐藤義美全集刊行会 1973 p397
はじめに—お母さんがいっぱい〔たくさんのお母さん〕
　◇「今江祥智童話館 〔12〕」理論社 1987 p133
はじめに〔きみとぼくとそしてあいつ〕
　◇「今江祥智の本 2」理論社 1980 p9
はじめに〔佐藤義美童謡集〕
　◇「佐藤義美全集 1」佐藤義美全集刊行会 1974 p168
はじめに〔新風土記あおもり〕
　◇「北彰介作品集 3」青森県児童文学研究会 1990 p295
はじめに〔せんせいけらいになれ〕
　◇「全集版灰谷健次郎の本 15」理論社 1988 p8
はじめに—戦争と教科書のこと〔戦争と人間のいのち〕
　◇「来栖良夫児童文学全集 10」岩崎書店 1983 p6
はじめに〔にぎやかな家〕
　◇「庄野英二全集 4」偕成社 1979 p167
はじめに〔野をかけるスイセンの櫃〕
　◇「稗田童平全集 3」宝文館出版 1979 p23
はじめに〔春のランプ〕
　◇「稗田童平全集 3」宝文館出版 1982 p172
はじめに〔プゥー等あげます〕
　◇「全集版灰谷健次郎の本 9」理論社 1988 p6
はじめに〔本のある遊び場—文庫本づくり入門〕
　◇「長崎源之助全集 19」偕成社 1987 p9
はじめに〔わたしは馬である〕
　◇「岡野薫子動物記 4」小峰書店 1986 p6
はじめの一行
　◇「安房直子コレクション 1」偕成社 2004 p310
はじめのことば
　◇「校定新美南吉全集 9」大日本図書 1981 p253
はじめのはなし
　◇「あまんきみこ童話集 4」ポプラ社 2008 p6
はじめまして
　◇「阪田寛夫全詩集」理論社 2011 p80
橋本多佳子さん
　◇「庄野英二全集 9」偕成社 1979 p218
橋守
　◇「阪田寛夫全詩集」理論社 2011 p571
馬車をまつあいだ
　◇「浜田広介全集 10」集英社 1976 p214
馬車と子供たち
　◇「定本小川未明童話全集 8」講談社 1977 p211
　◇「定本小川未明童話全集 8」大空社 2001 p211

馬車にのった山ネコ
  ◇「今江祥智の本 12」理論社 1980 p82
  ◇「今江祥智童話館」〔4〕理論社 1986 p155
  ◇「今江祥智ショートファンタジー 3」理論社 2004 p105
馬車のあらそい
  ◇「花岡大学仏典童話全集 3」法蔵館 1979 p129
馬車のくるまで
  ◇「新美南吉童話劇集 2」東京書籍 1982（東書児童劇シリーズ）p27
一幕劇 馬車の来るまで
  ◇「校定新美南吉全集 9」大日本図書 1981 p12
パジャマくん
  ◇「三木卓童話作品集 1」大日本図書 2000 p5
パジャマ・ゲーム
  ◇「今江祥智の本 2」理論社 1980 p34
  ◇「今江祥智童話館」〔7〕理論社 1986 p137
馬車屋
  ◇「椋鳩十の本 1」理論社 1982 p103
場所
  ◇「稗田菫平全集 2」宝文館出版 1979 p67
バショウ
  ◇「まど・みちお詩集 1」銀河社 1975 p22
  ◇「まど・みちお全詩集」理論社 1992 p462
  ◇「まどさんの詩の本 10」理論社 1996 p88
  ◇「まど・みちお全詩集 続」理論社 2015 p28
（芭蕉を）
  ◇「稗田菫平全集 2」宝文館出版 1979 p110
芭蕉翁の石碑
  ◇「〔島崎〕藤村の童話 2」筑摩書房 1979 p67
波状攻撃
  ◇「星新一ショートショートセレクション 13」理論社 2003 p24
馬上の織田信長
  ◇「魂の配達—野村吉哉作品集」草思社 1983 p76
芭蕉の顔
  ◇「那須辰造著作集 2」講談社 1980 p92
芭蕉の庭
  ◇「小出正吾児童文学全集 3」審美社 2000 p193
芭蕉布
  ◇「いのち—みずかみかずよ全詩集」石風社 1995 p351
場所は インドの霊鷲山
  ◇「〔松本光華〕民話風法華経童話 2」中外日報社〔中外印刷出版〕1988 p1
柱
  ◇「〔宗左近〕梟の駅長さん—童謡集」思潮社 1998 p52
柱という字
  ◇「川崎大治民話選」〔1〕童心社 1968 p201

柱時計とこいのぼり
  ◇「浜田広介全集 7」集英社 1976 p74
柱巻き
  ◇「新装版金子みすゞ全集 2」JULA出版局 1984 p130
  ◇「金子みすゞ童謡全集 3」JULA出版局 2004 p192
はしり高跳び
  ◇「〔北原〕白秋全童謡集 3」岩波書店 1992 p64
ハシリタカトビ
  ◇「〔北原〕白秋全童謡集 3」岩波書店 1992 p158
「はしり」の唄
  ◇「壺井栄全集 5」文泉堂出版 1997 p225
ハシリマス
  ◇「〔北原〕白秋全童謡集 3」岩波書店 1992 p161
走ります
  ◇「〔北原〕白秋全童謡集 3」岩波書店 1992 p62
はしる
  ◇「〔東君平〕おはようどうわ 2」講談社 1982 p44
走る
  ◇「松谷みよ子全エッセイ 3」筑摩書房 1989 p163
走る
  ◇「いのち—みずかみかずよ全詩集」石風社 1995 p362
はしる うま
  ◇「まど・みちお全詩集」理論社 1992 p551
はしる しるしる
  ◇「まど・みちお全詩集 続」理論社 2015 p256
はしる電車の中で
  ◇「まど・みちお全詩集」理論社 1992 p638
  ◇「まどさんの詩の本 6」理論社 1996 p54
はしるの じょうず
  ◇「まど・みちお全詩集」理論社 1992 p285
はしるの だいすき
  ◇「まど・みちお全詩集」理論社 1992 p178
  ◇「まどさんの詩の本 5」理論社 1994 p50
はしるふじさん
  ◇「〔関根栄一〕はしるふじさん—童謡集」小峰書店 1998 p69
走る名人
  ◇「川崎大治民話選」〔1〕童心社 1968 p165
はしれ！ウリくん
  ◇「きむらゆういちおはなしのへや 5」ポプラ社 2012 p17
はしれ子馬よ
  ◇「〔坪井安〕はしれ子馬よ—童謡詩集」童謡研究・蜂の会 1999 p250
走れトネッコ
  ◇「横山健童謡選集 1」無明舎出版 1995 p86
走れ，トロッコ！

はしれ

- ◇「斎藤隆介全集 4」岩崎書店 1982 p86

走れフェニックス―世界ベテランズ陸上競技選手権 宮崎大会讃歌
- ◇「阪田寛夫全詩集」理論社 2011 p828

走れベス
- ◇「〔高崎乃理子〕妖精の好きな木―詩集」かど創房 1998 p36

はしれぼくらの市電たち
- ◇「長崎源之助全集 18」偕成社 1987 p189

走れメロス
- ◇「与田準一全集 2」大日本図書 1967 p220

走れ老人
- ◇「杉みき子選集 3」新潟日報事業社 2006 p37

はしろうよ
- ◇「まど・みちお全詩集」理論社 1992 p211

はす池へ帰った娘
- ◇「二反長半作品集 3」集英社 1979 p161

はずかしい
- ◇「杉みき子選集 2」新潟日報事業社 2005 p65

恥ずかしくなんかない
- ◇「みんな家族―他8編―あづましん児童文学短編集」愛生社 2001 p47

恥ずかしさ
- ◇「松谷みよ子全エッセイ 3」筑摩書房 1989 p167

恥ずかしながら, 子どもを守れといわねばならない理由（灰谷記）
- ◇「全集版灰谷健次郎の本 23」理論社 1988 p90

葉月
- ◇「阪田寛夫全詩集」理論社 2011 p32

バスクの谷間のホテル
- ◇「椋鳩十の本 31」理論社 1989 p212

バスケットの ビスケット
- ◇「まど・みちお全詩集」理論社 1992 p305

バスてい おく山台三丁目
- ◇「むぎぶえ笛太―文館輝子童話集」越野智, ブックヒルズ（所沢）1999 p107

バスでみんなで
- ◇「佐藤義美全集 3」佐藤義美全集刊行会 1973 p425
- ◇「佐藤義美全集 3」佐藤義美全集刊行会 1973 p427

PASTELの蝶
- ◇「稗田童平全集 1」宝文館出版 1978 p40

蓮と鶏
- ◇「新装版金子みすゞ全集 2」JULA出版局 1984 p183
- ◇「〔金子〕みすゞ詩画集〔2〕」春陽堂書店 1997
- ◇「金子みすゞ童謡集」角川春樹事務所 1998（ハルキ文庫）p110
- ◇「金子みすゞ童謡全集 4」JULA出版局 2004 p58

バスの歌
- ◇「佐藤義美全集 1」佐藤義美全集刊行会 1974 p312
- ◇「ともだちシンフォニー―佐藤義美童謡集」JULA出版局 1990 p92

バスの 車しょうさん
- ◇「まど・みちお全詩集 続」理論社 2015 p372

はすの花
- ◇「佐藤義美童謡集」さ・え・ら書房 1960 p208

蓮の花
- ◇「〔北原〕白秋全童謡集 2」岩波書店 1992 p138
- ◇「〔北原〕白秋全童謡集 2」岩波書店 1992 p212

蓮の花
- ◇「佐藤義美全集 1」佐藤義美全集刊行会 1974 p111

蓮の花と子供
- ◇「与謝野晶子児童文学全集 2」春陽堂書店 2007 p238

蓮のまんだら
- ◇「〔比臼島重孝〕宮崎のむかし話 2」鉱脈社 1998 p119

はすの実
- ◇「土田耕平童話集〔5〕」古今書院 1955

ハスの実
- ◇「石森延男児童文学全集 15」学習研究社 1971 p44
- ◇「石森読本―石森延男児童文学選集 6年生」小学館 1977 p26

はずむはリズム
- ◇「阪田寛夫全詩集」理論社 2011 p460

バスは はしる ブーブー
- ◇「佐藤義美全集 1」佐藤義美全集刊行会 1974 p429

バス―一九六八・二・ストックホルムにて
- ◇「くんぺい魔法ばなし―魔法ばなし全集 1」サンリオ 2000 p122

長谷川町子
- ◇「〔かこさとし〕お話こんにちは〔10〕」偕成社 1980 p130

はぜの話
- ◇「〔島崎〕藤村の童話 3」筑摩書房 1979 p138

馬占山
- ◇「巽聖歌作品集 下」巽聖歌作品集刊行委員会 1977 p282

馬賊
- ◇「〔北原〕白秋全童謡集 3」岩波書店 1992 p294

旗
- ◇「佐藤義美全集 1」佐藤義美全集刊行会 1974 p94

畑打つ翁
- ◇「中村雨紅詩謡集」中村雨紅詩謡集刊行委員会 1971 p177

はたけ

機織り
- ◇「新装版金子みすゞ全集 1」JULA出版局 1984 p165
- ◇「金子みすゞ童謡全集 2」JULA出版局 2003 p106

はたおり女
- ◇〔山田野理夫〕おばけ文庫 7」太平出版社 1976（母と子の図書室）p54

はたおり虫
- ◇「巽聖歌作品集 上」巽聖歌作品集刊行委員会 1977 p284

はたおり虫
- ◇「新美南吉全集 6」牧書店 1965 p176

機織虫
- ◇「校定新美南吉全集 8」大日本図書 1981 p90

機織虫
- ◇「野口雨情童謡集」弥生書房 1993 p29

はだか車
- ◇「椋鳩十の本 34」理論社 1989 p23

はだかづきあい
- ◇「今江祥智童話館 〔13〕」理論社 1987 p79
- ◇「今江祥智の本 32」理論社 1991 p56

はだかにされたエンマ大王
- ◇〔木暮正夫〕日本のおばけ話・わらい話 10」岩崎書店 1987 p60

はだかになっても
- ◇「いのち―みずかみかずよ全詩集」石風社 1995 p124

ハダカのうた
- ◇「佐藤義美全集 1」佐藤義美全集刊行会 1974 p296
- ◇「ともだちシンフォニー―佐藤義美童謡集」JULA出版局 1990 p84

裸の王様たち
- ◇「全集灰谷健次郎の本 22」理論社 1988 p51

はだかのお客さま
- ◇「氏原大作全集 4」条例出版 1977 p86

はだかの女
- ◇「花岡大学 続・仏典童話全集 1」法蔵館 1981 p148

はだかのき
- ◇「さくらゆき―さとうじゅんこ童詩集」えんじゅの会 1997 p90

はだかの木
- ◇「まど・みちお全詩集」理論社 1992 p285

裸の小人
- ◇〔巌谷〕小波お伽全集 11」本の友社 1998 p409

はだかのさくら
- ◇「いのち―みずかみかずよ全詩集」石風社 1995 p74

裸の姉妹
- ◇「椋鳩十の本 34」理論社 1989 p136

裸のタヌキ
- ◇〔山部京子〕12の動物ものがたり」文芸社 2008 p34

はだかのなつかしさ
- ◇「壺井栄全集 11」文泉堂出版 1998 p275

はだかのポプラ
- ◇「いのち―みずかみかずよ全詩集」石風社 1995 p78
- ◇「いのち―みずかみかずよ全詩集」石風社 1995 p130

裸の武者
- ◇〔巌谷〕小波お伽全集 3」本の友社 1998 p309

はだかんぼ
- ◇「まど・みちお全詩集」理論社 1992 p620

ハダカンボノ ギナ
- ◇「まど・みちお全詩集」理論社 1992 p62

はだぎたち
- ◇「まど・みちお全詩集 続」理論社 2015 p85

はたけ
- ◇〔東君平〕おはようどうわ 8」講談社 1982 p90

畑
- ◇「庄野英二全集 4」偕成社 1979 p169

はたけに ついらく
- ◇「ひろすけ幼年童話文学全集 6」集英社 1962 p138

畑ねずみ
- ◇「椋鳩十の本 32」理論社 1989 p128

畠の雨
- ◇「新装版金子みすゞ全集 2」JULA出版局 1984 p67
- ◇「金子みすゞ童謡全集 3」JULA出版局 2004 p105

畠の兎
- ◇「浜田広介全集 11」集英社 1976 p124

はたけのうた
- ◇「今井誉次郎童話集子どもの村 〔3〕」国土社 1957 p5

はたけのコンサート
- ◇「地球のかぞく―石原一輝童謡詩集」群青社 2001 p26

畑の土はまほうつかい
- ◇「武田信夫童話作品集」みちのく書房 1995 p484

はたけの中の話
- ◇「ひろすけ幼年童話文学全集 2」集英社 1962 p54
- ◇「浜田広介全集 8」集英社 1976 p40

畑のへり
- ◇「新版・宮沢賢治童話全集 1」岩崎書店 1978 p95
- ◇「新修宮沢賢治全集 11」筑摩書房 1979 p199

畑のへり〔初期形〕
- ◇「新修宮沢賢治全集 11」筑摩書房 1979 p274

はたけ

はたけのべんとう
- ◇「〔木暮正夫〕日本のおばけ話・わらい話 10」岩崎書店 1987 p48

畑路
- ◇「巽聖歌作品集 上」巽聖歌作品集刊行委員会 1977 p357

はたごやのノミたいじ
- ◇「〔木暮正夫〕日本のおばけ話・わらい話 10」岩崎書店 1987 p37

畑作用炭酸石灰ができました
- ◇「新修宮沢賢治全集 15」筑摩書房 1980 p561

はだし
- ◇「新装版金子みすゞ全集 2」JULA出版局 1984 p75
- ◇「みすゞさん—童謡詩人・金子みすゞの優しさ探しの旅 1」春陽堂書店 1997
- ◇「金子みすゞ童謡集」角川春樹事務所 1998（ハルキ文庫）p65
- ◇「〔金子〕みすゞ詩画集 〔5〕」春陽堂書店 2001 p40
- ◇「金子みすゞ童謡全集 3」JULA出版局 2004 p117

はだしで走れ
- ◇「全集版灰谷健次郎の本 6」理論社 1989 p7

はだしの記憶
- ◇「阪田寛夫全詩集」理論社 2011 p625

はだしの太陽
- ◇「阪田寛夫全詩集」理論社 2011 p623

はだし はだし
- ◇「まど・みちお全詩集」理論社 1992 p543

はたちから
- ◇「全集版灰谷健次郎の本 22」理論社 1988 p134

はたちになったら
- ◇「阪田寛夫全詩集」理論社 2011 p777

二十歳のエチュード
- ◇「全集版灰谷健次郎の本 22」理論社 1988 p138

旗のない丘
- ◇「サトウハチロー・ユーモア小説選 15」岩崎書店 1978 p5

旗のなかのはと
- ◇「与田準一全集 1」大日本図書 1967 p142

はたはた
- ◇「斎藤隆介全集 3」岩崎書店 1982 p51

ハタハタ
- ◇「〔高橋一仁〕春のニシン場—童謡詩集」けやき書房 2003 p84

バタバタ
- ◇「〔山田野理夫〕おばけ文庫 2」太平出版社 1976（母と子の図書室）p138

はたはたのうた
- ◇「室生犀星童話全集 2」創林社 1978 p67

機場の町
- ◇「おの・ちゅうこう初期作品集 〔3〕 若き日」嵩書房 1975 p249

旗ふり
- ◇「庄野英二全集 11」偕成社 1980 p299

掟（はたむら）の下の恋
- ◇「椋鳩十の本 3」理論社 1982 p291

働いた報い
- ◇「〔島崎〕藤村の童話 1」筑摩書房 1979 p85

働いて損をする話
- ◇「今井誉次郎童話集子どもの村 〔6〕」国土社 1957 p20

働き者になったなまけ者
- ◇「〔西本鶏介〕日本の昔話—読みきかせお話集 1」小学館 1999 p54

はたらく二少年
- ◇「定本小川未明童話全集 14」講談社 1977 p57
- ◇「定本小川未明童話全集 14」大空社 2002 p57

働く人の日
- ◇「巽聖歌作品集 下」巽聖歌作品集刊行委員会 1977 p171

働くものは手をつなぐ
- ◇「ジュニア版吉野源三郎全集 2」ポプラ社 1967 p162

働く者は手をつなぐ—労働組合とは何か
- ◇「吉野源三郎全集 3」ポプラ社 2000 p74

破綻
- ◇「巽聖歌作品集 下」巽聖歌作品集刊行委員会 1977 p279

はたんきょう
- ◇「〔島崎〕藤村の童話 2」筑摩書房 1979 p97

はたんきょう
- ◇「与田準一全集 1」大日本図書 1967 p30

巴旦杏の夢
- ◇「西條八十童謡全集」修道社 1971 p114

巴旦杏は
- ◇「巽聖歌作品集 上」巽聖歌作品集刊行委員会 1977 p462

バタン島漂流記
- ◇「庄野英二全集 3」偕成社 1979 p141

はち
- ◇「〔鈴木桂子〕親子で語り合う詩集 1」クロスロード 1997 p22

ばち
- ◇「鈴木三重吉童話全集 2」文泉堂書店 1975（日本文学全集・選集叢刊第5次）p370

ハチ
- ◇「まど・みちお全詩集 続」理論社 2015 p56

蜂
- ◇「巽聖歌作品集 上」巽聖歌作品集刊行委員会 1977 p439

蜂
　◇「新美南吉全集 6」牧書店 1965 p142
　◇「校定新美南吉全集 8」大日本図書 1981 p372
ばちあたり
　◇「花岡大学仏典童話新作集 1」法蔵館 1984 p115
罰あたる
　◇「〔黒川良人〕犬の詩猫の詩—児童詩集」東洋出版 2000 p129
鉢植えのゴムの木
　◇「赤座憲久少年詩集シリーズ 1」じゃこめてい出版 1977 p8
鉢植えの花
　◇「くんぺい魔法ばなし—魔法ばなし全集 3」サンリオ 2000 p68
八右衛門と鮭の大助（山形）
　◇「〔木暮正夫〕日本の怪奇ばなし 9」岩崎書店 1990 p40
八王子のツバキ
　◇「〔山田野理夫〕おばけ文庫 6」太平出版社 1976（母と子の図書室）p156
8かいからと ていしゃばから
　◇「佐藤義美全集 2」佐藤義美全集刊行会 1973 p119
　◇「佐藤義美全集 2」佐藤義美全集刊行会 1973 p127
蜂飼い五十年 野々垣やゑの（岐阜県）
　◇「斎藤隆介全集 11」岩崎書店 1982 p115
八月
　◇「庄野英二全集 8」偕成社 1980 p165
鉢かつぎ
　◇「〔巌谷〕小波お伽全集 11」本の友社 1998 p135
八月十五日に思う
　◇「椋鳩十の本 23」理論社 1983 p107
八月十五日に想う
　◇「今西祐行全集 15」偕成社 1989 p108
8月・なみちゃんと どじょう
　◇「阪田寛夫全詩集」理論社 2011 p204
八月に
　◇「松谷みよ子全エッセイ 3」筑摩書房 1989 p341
八月の太陽を
　◇「乙骨淑子の本 2」理論社 1985 p1
八月の風船
　◇「〔野坂昭如〕戦争童話集 忘れてはイケナイ物語り〔1〕八月の風船」日本放送出版協会 2002 p1
鉢が峰の空とぶ鉢（広島）
　◇「〔木暮正夫〕日本の怪奇ばなし 10」岩崎書店 1990 p75
八号館
　◇「岡本良雄童話文学全集 1」講談社 1964 p73
八時
　◇「西條八十の童話と童謡」小学館 1981 p34

八十年の根性ばなし
　◇「斎藤隆介全集 9」岩崎書店 1982 p7
八十歳の周辺
　◇「螢の河・源流へ—伊藤桂一作品集」講談社 2000（講談社文芸文庫）p227
八丈ケ島へ
　◇「魂の配達—野村吉哉作品集」草思社 1983 p27
八丈島詩篇
　◇「魂の配達—野村吉哉作品集」草思社 1983 p27
蜂須賀小六との知恵勝負（一龍斎貞水編, 岡本和明文）
　◇「一龍斎貞水の歴史講談 3」フレーベル館 2000 p38
はちと ありの ひろいもの
　◇「坪田譲治幼年童話文学全集 7」集英社 1965 p168
ハチとアリのひろいもの
　◇「〔木暮正夫〕日本のおばけ話・わらい話 16」岩崎書店 1988 p46
はちと神さま
　◇「〔金子〕みすゞ詩画集 〔4〕」春陽堂書店 2000 p26
蜂と神さま
　◇「新装版金子みすゞ全集 2」JULA出版局 1984 p10
　◇「金子みすゞ童謡全集 3」JULA出版局 2004 p22
ハチと金ちゃん
　◇「桃色のダブダブさん—松田解子童話集」新日本出版社 2004 p91
はちとくま
　◇「村山籌子作品集 2」JULA出版局 1998 p10
はちと 子ども
　◇「小川未明幼年童話文学全集 4」集英社 1966 p118
はちと子供
　◇「定本小川未明童話全集 8」講談社 1977 p99
　◇「定本小川未明童話全集 8」大空社 2001 p99
蜂と鈴
　◇「〔比江島重孝〕宮崎のむかし話 3」鉱脈社 2000 p75
はちとばらの花
　◇「定本小川未明童話全集 5」講談社 1977 p136
　◇「定本小川未明童話全集 5」大空社 2001 p136
ハチとり
　◇「〔東君平〕おはようどうわ 8」講談社 1982 p110
ハチドリ
　◇「まど・みちお全詩集」理論社 1992 p60
　◇「まどさんの詩の本 13」理論社 1997 p90
ハチにさされたとき
　◇「〔山田野理夫〕お笑い文庫 1」太平出版社 1977（母と子の図書室）p53

はちに

八人きょうだい雪だるま<一まく 音楽劇>
　◇「〔斎田喬〕学校劇代表作選 1」牧書店 1959 p181
八人きょうだい雪だるま（音楽劇）
　◇「斎田喬幼年劇全集 3」誠文堂新光社 1962 p83
はちの家
　◇「佐藤義美童謡集」さ・え・ら書房 1960 p201
蜂ノ家
　◇「佐藤義美全集 1」佐藤義美全集刊行会 1974 p82
　◇「佐藤義美全集 1」佐藤義美全集刊行会 1974 p83
蜂のうた
　◇「室生犀星童話全集 2」創林社 1978 p17
ハチのおうち
　◇「浜田広介全集 7」集英社 1976 p82
はちのおきゅう
　◇「〔島崎〕藤村の童話 3」筑摩書房 1979 p73
蜂の貸間
　◇「お噺の卵―武井武雄童話集」講談社 1976（講談社文庫）p20
鉢の木後日噺
　◇「〔巌谷〕小波お伽全集 4」本の友社 1998 p127
はちのきんぎょ
　◇「浜田広介全集 3」集英社 1975 p85
はちの子
　◇「〔島崎〕藤村の童話 2」筑摩書房 1979 p111
　◇「〔島崎〕藤村の童話 2」筑摩書房 1979 p113
蜂の子
　◇「〔北原〕白秋全童謡集 1」岩波書店 1992 p97
蜂の子
　◇「阪田寛夫全詩集」理論社 2011 p888
（鉢の子に）
　◇「稗田童平全集 8」宝文館出版 1982 p107
八の字ひげ
　◇「花岡大学童話文学全集 5」法蔵館 1980 p97
八の字山
　◇「土田耕平童話集」信濃毎日新聞社 1949 p112
　◇「土田耕平童話集 〔3〕」古今書院 1955 p5
はちの 女王
　◇「坪田譲治幼年童話文学全集 5」集英社 1965 p66
ハチの女王
　◇「坪田譲治童話全集 1」岩崎書店 1986 p215
はちの巣
　◇「定本小川未明童話全集 10」講談社 1977 p325
　◇「定本小川未明童話全集 10」大空社 2001 p325
ハチのす
　◇「〔東君平〕おはようどうわ 4」講談社 1982 p95
　◇「東君平のおはようどうわ 5」新日本出版社 2010 p12
蜂の巣とり
　◇「〔藤井則行〕祭りの肖に―童話集」創栄出版 1995 p79

はちのたいこ
　◇「ひろすけ幼年童話文学全集 3」集英社 1962 p48
　◇「浜田広介全集 2」集英社 1975 p80
　◇「浜田広介全集 11」集英社 1976 p42
八の年
　◇「壺井栄全集 11」文泉堂出版 1998 p217
八戸
　◇「新修宮沢賢治全集 6」筑摩書房 1980 p169
　◇「新修宮沢賢治全集 6」筑摩書房 1980 p412
はちのよろこび
　◇「浜田広介全集 8」集英社 1976 p110
八ひきのうし
　◇「〔木暮正夫〕日本のおばけ話・わらい話 15」岩崎書店 1987 p62
八福の神
　◇「浜田広介全集 7」集英社 1976 p232
はちみつ
　◇「〔東君平〕おはようどうわ 3」講談社 1982 p94
爬虫館事件
　◇「海野十三全集 2」三一書房 1991 p31
ぱちりんぱんの うた
　◇「〔おうち・やすゆき〕こら！ しんぞう―童謡詩集」小峰書店 1996 p45
八郎
　◇「斎藤隆介全集 1」岩崎書店 1982 p7
八郎潟の八郎
　◇「松谷みよ子のむかしむかし 8」講談社 1973 p15
八郎太郎物語
　◇「浜田広介全集 9」集英社 1976 p209
八郎と こい
　◇「坪田譲治幼年童話文学全集 1」集英社 1964 p77
八郎とコイ
　◇「坪田譲治童話全集 9」岩崎書店 1986 p137
八郎遁走
　◇「斎藤隆介全集 12」岩崎書店 1982 p97
「八郎」について
　◇「斎藤隆介全集 1」岩崎書店 1982 p251
「八郎」の方法
　◇「斎藤隆介全集 1」岩崎書店 1982 p247
八路軍張春生
　◇「阪田寛夫全詩集」理論社 2011 p842
はつ秋
　◇「新装版金子みすゞ全集 1」JULA出版局 1984 p54
　◇「新装版金子みすゞ全集 3」JULA出版局 1984 p49
　◇「金子みすゞ童謡全集 1」JULA出版局 2003 p84
　◇「金子みすゞ童謡全集 5」JULA出版局 2004 p68
初秋（はつあき）… → "しょしゅう…"をも見よ
初秋（日下部梅子）

◇「岡田泰三・日下部梅子童謡集」会津童詩会 1992 p94

初あられ
◇「新装版金子みすゞ全集 3」JULA出版局 1984 p98
◇「みすゞさん―童謡詩人・金子みすゞの優しさ探しの旅 2」春陽堂書店 1998
◇「金子みすゞ童謡全集 5」JULA出版局 2004 p132

初午の子ら――一九八〇年一月, 利賀村の初午に寄せて
◇「稗田童平全集 8」宝文館出版 1982 p186

初午の太鼓
◇〔巌谷〕小波お伽全集 12」本の友社 1998 p367

初午祭り
◇「椋鳩十の本 23」理論社 1983 p273

〔廿日月かざす刃は音無しの〕
◇「新修宮沢賢治全集 6」筑摩書房 1980 p329

はつかだいこん
◇「北畠八穂児童文学全集 6」講談社 1975 p197

初ガツオ
◇〔山田野理夫〕お笑い文庫 1」太平出版社 1977（母と子の図書室）p41

発火点
◇「星新一ちょっと長めのショートショート 9」理論社 2006 p69

はつかねずみのお母さん
◇「浜田広介全集 3」集英社 1975 p204

初樹くんのこと
◇「全集版灰谷健次郎の本 20」理論社 1987 p68

はっきりハイ
◇「阪田寛夫全詩集」理論社 2011 p419

〔白金環の天末を〕
◇「新修宮沢賢治全集 6」筑摩書房 1980 p85
◇「新修宮沢賢治全集 6」筑摩書房 1980 p373

ハックショイ！
◇「まど・みちお全詩集 続」理論社 2015 p312

バックミラーには魔法がかかっている
◇「杉みき子選集 9」新潟日報事業社 2011 p75

発見
◇「おの・ちゅうこう初期作品集 〔1〕 牧歌的風景」崙書房 1975 p24

はつ恋
◇〔かわさききよみち〕母のおもい」新風舎 1998 p53

初恋
◇「おの・ちゅうこう初期作品集 〔1〕 牧歌的風景」崙書房 1975 p39

初恋
◇「くんぺい魔法ばなし―魔法ばなし全集 2」サンリオ 2000 p42

初恋の唄
◇「おの・ちゅうこう初期作品集 〔1〕 牧歌的風景」崙書房 1975 p80

ハッサンの話
◇「鈴木三重吉童話全集 4」文泉堂書店 1975（日本文学全集・選集叢刊第5次）p11

抜糸
◇「いのち―みずかみかずよ全詩集」石風社 1995 p455

バッジの ゆくえ
◇「むぎぶえ笛太―文館輝子童話集」越野智, ブックヒルズ（所沢）1999 p44

初霜の朝
◇「浜田広介全集 5」集英社 1976 p68

はっしゃ
◇「与田準一全集 3」大日本図書 1967 p214

初出社
◇「赤川次郎セレクション 10」ポプラ社 2008 p28

末女
◇「与謝野晶子児童文学全集 6」春陽堂書店 2007 p162

八寸の爪
◇〔比江島重孝〕宮崎のむかし話 2」鉱脈社 1998 p274

ばった
◇「阪田寛夫全詩集」理論社 2011 p372

ばった
◇「浜田広介全集 11」集英社 1976 p125

八達嶺（朗読詩）
◇〔北原〕白秋全童謡集 4」岩波書店 1993 p369

バッタと虹
◇「稗田童平全集 3」宝文館出版 1979 p25

ばったのうた
◇「室生犀星童話全集 2」創林社 1978 p39

バッタのうた
◇〔おうち・やすゆき〕こら！ しんぞう―童謡詩集」小峰書店 1996 p48

バッタの王様
◇「横山健童謡選集 1」無明舎出版 1995 p97

バッタの国
◇「与田準一全集 2」大日本図書 1967 p20

初旅
◇〔島崎〕藤村の童話 2」筑摩書房 1979 p148

初旅
◇「壺井栄名作集 10」ポプラ社 1965 p158
◇「壺井栄全集 3」文泉堂出版 1997 p432

はつたんじょう
◇「石森延男児童文学全集 1」学習研究社 1971 p187

ハッチ

はつち

◇「庄野英二全集 4」偕成社 1979 p205

パッちゃん
◇「斎田喬児童劇選集 〔2〕」牧書店 1954 p34

八つぁん
◇「長崎源之助全集 1」偕成社 1986 p9

発電所
◇「新修宮沢賢治全集 3」筑摩書房 1979 p224
◇「新修宮沢賢治全集 3」筑摩書房 1979 p396

初天神（林家木久蔵編, 岡本和明文）
◇「林家木久蔵の子ども落語 3」フレーベル館 1998 p80

発動機船〔断片〕
◇「新修宮沢賢治全集 3」筑摩書房 1979 p194

発動機船 一
◇「新修宮沢賢治全集 5」筑摩書房 1979 p9

発動機船 第二
◇「新修宮沢賢治全集 5」筑摩書房 1979 p12

発動機船 三
◇「新修宮沢賢治全集 5」筑摩書房 1979 p16
◇「新修宮沢賢治全集 5」筑摩書房 1979 p282

ぱっと死ぬ
◇「川崎大治民話選 〔1〕」童心社 1968 p200

はっとする
◇「まど・みちお全詩集 続」理論社 2015 p417

初夏（はつなつ）… → "しょか…"をも見よ

はつ夏の風
◇「ひろすけ幼年童話文学全集 1」集英社 1961 p60
◇「浜田広介全集 8」集英社 1976 p41

初夏の空で笑う女
◇「定本小川未明童話全集 5」講談社 1977 p162
◇「定本小川未明童話全集 5」大空社 2001 p162

初音の鼓（林家木久蔵編, 岡本和明文）
◇「林家木久蔵の子ども落語 1」フレーベル館 1998 p44

はっぱ
◇「まど・みちお全詩集」理論社 1992 p401
◇「まどさんの詩の本 10」理論社 1996 p16

葉っぱをながした
◇「山本瓔子詩集 II」新風舎 2003 p64

はっぱが おちる
◇「まど・みちお全詩集」理論社 1992 p362
◇「まどさんの詩の本 10」理論社 1996 p20

はっぱけの里いも
◇「太田博也童話集 6」小山書林 2009 p29

葉つぱつぱ
◇「〔北原〕白秋全童謡集 1」岩波書店 1992 p81

はっぱと りんかく
◇「まど・みちお全詩集」理論社 1992 p614
◇「まどさんの詩の本 10」理論社 1996 p18

はっぱの あかちゃん
◇「まど・みちお全詩集」理論社 1992 p302

葉っぱの赤ちゃん
◇「みすゞさん―童謡詩人・金子みすゞの優しさ探しの旅 1」春陽堂書店 1997
◇「〔金子〕みすゞ詩画集 〔3〕」春陽堂書店 2000
◇「金子みすゞ童謡全集 4」JULA出版局 2004 p184

葉つぱの赤ちゃん
◇「新装版金子みすゞ全集 2」JULA出版局 1984 p269

はっぱの うちゅうじん
◇「阪田寛夫全詩集」理論社 2011 p189

はっぱの すじ
◇「まど・みちお全詩集 続」理論社 2015 p12

はっぱのたのしみ
◇「まど・みちお全詩集 続」理論社 2015 p168

バッハの 毎日
◇「岩永博史童話集 3」岩永博史 2012 p149

はっぱの やね
◇「佐藤義美童謡集」さ・え・ら書房 1960 p210
◇「佐藤義美全集 1」佐藤義美全集刊行会 1974 p228

ハッパノ ヤネ
◇「佐藤義美全集 1」佐藤義美全集刊行会 1974 p150

パッパの六十四銭
◇「〔山田野理夫〕お笑い文庫 4」太平出版社 1977（母と子の図書室）p132

はっぱのワッペン
◇「山本瓔子詩集 II」新風舎 2003 p56

はっぱは どこに
◇「まど・みちお全詩集」理論社 1992 p245

はつひ
◇「いのち―みずかみかずよ全詩集」石風社 1995 p131

八匹の駒
◇「〔比江島重孝〕宮崎のむかし話 1」鉱脈社 1998 p260

八百比丘尼と白玉椿（福井）
◇「〔木暮正夫〕日本の怪奇ばなし 10」岩崎書店 1990 p15

初冬（はつふゆ）… → "しょとう…"をも見よ

初冬
◇「国分一太郎児童文学集 6」小峰書店 1967 p125

八本の 足
◇「花岡大学仏典童話全集 6」法蔵館 1979 p228

発明小僧
◇「海野十三全集 別巻2」三一書房 1993 p214

発明してやれ
◇「こども用三代目魚武濱田成夫詩集ZK」学習研究社 2002 p48

初山滋
　　◇「今江祥智の本 21」理論社 1981 p9
初雪
　　◇「国分一太郎児童文学集 6」小峰書店 1967 p124
初雪
　　◇「魂の配達―野村吉哉作品集」草思社 1983 p164
初雪がくるまえに
　　◇「杉みき子選集 10」新潟日報事業社 2011 p70
はつゆきが ふりました
　　◇「小川未明幼年童話文学全集 8」集英社 1966 p108
初雪のふる日
　　◇「安房直子コレクション 7」偕成社 2004 p45
「初雪や…」
　　◇「〔柳家弁天〕らくご文庫 6」太平出版社 1987 p91
初雪や, なにがなにして, なんとやら
　　◇「〔柳家弁天〕らくご文庫 10」太平出版社 1987 p59
はつゆめ
　　◇「定本小川未明童話全集 16」講談社 1978 p34
　　◇「定本小川未明童話全集 16」大空社 2002 p34
はつゆめ
　　◇「〔東君平〕おはようどうわ 8」講談社 1982 p8
初夢
　　◇「星新一ショートショートセレクション 15」理論社 2004 p85
初ゆめを教えなかった若者
　　◇「〔西本鶏介〕新日本昔ばなし――一日一話・読みきかせ 2」小学館 1997 p70
初夢と鬼の話
　　◇「坪田譲治童話全集 10」岩崎書店 1986 p110
〔はつれて軋る手袋と〕
　　◇「新修宮沢賢治全集 3」筑摩書房 1979 p226
　　◇「新修宮沢賢治全集 3」筑摩書房 1979 p398
はつ笑い
　　◇「氏原大作全集 1」条例出版 1977 p384
ハーディ
　　◇「〔かこさとし〕お話こんにちは 〔3〕」偕成社 1979 p19
パテ・クラブ（劇）（モルナアルによる）
　　◇「鈴木三重吉童話全集 8」文泉堂書店 1975（日本文学全集・選集叢刊第5次）p301
はてしなき世界
　　◇「定本小川未明童話全集 3」講談社 1977 p184
　　◇「小川未明童話集」岩波書店 1996（岩波文庫）p125
　　◇「定本小川未明童話全集 3」大空社 2001 p184
　　◇「小川未明30選」春陽堂書店 2009（名作童話）p128
はと

　　◇「庄野英二全集 4」偕成社 1979 p247
はと
　　◇「杉みき子選集 2」新潟日報事業社 2005 p38
はと
　　◇「松谷みよ子全集 2」講談社 1971 p139
ハト
　　◇「石森延男児童文学全集 2」学習研究社 1971 p139
ハト
　　◇「まど・みちお全詩集」理論社 1992 p122
　　◇「まどさんの詩の本 13」理論社 1997 p30
ハト
　　◇「いのち―みずかみかずよ全詩集」石風社 1995 p232
鳩
　　◇「北川千代児童文学全集 下」講談社 1967 p64
鳩
　　◇「北彰介作品集 4」青森県児童文学研究会 1991 p96
　　◇「北彰介作品集 4」青森県児童文学研究会 1991 p142
鳩
　　◇「庄野英二全集 11」偕成社 1980 p66
鳩
　　◇「〔竹久〕夢二童謡集」ノーベル書房 1975（浪漫文庫）p31
鳩
　　◇「立原えりか作品集 6」思潮社 1973 p61
　　◇「立原えりかのファンタジーランド 10」青土社 1980 p95
波濤を越えて―日本人最初の太平洋横断
　　◇「ジュニア版吉野源三郎全集 1」ポプラ社 1967 p233
　　◇「吉野源三郎全集 2」ポプラ社 2000 p143
馬頭様になった馬
　　◇「〔今坂柳二〕りゅうじフォークロア・world 1」ふるさと伝承研究会 2006 p115
ハトをとばす
　　◇「庄野英二全集 4」偕成社 1979 p393
鳩がいる広場
　　◇「立原えりかのファンタジーランド 10」青土社 1980 p23
はとがきいてる
　　◇「寺村輝夫のむかし話 〔5〕」あかね書房 1978 p66
鳩が立ちます
　　◇「巽聖歌作品集 上」巽聖歌作品集刊行委員会 1977 p98
鳩食ひ和尚
　　◇「瑠璃の壺―森銑三童話集」三樹書房 1982 p379
はとさん

作品名から引ける日本児童文学個人全集案内　677

はとつ

はとつうものは
　◇「阪田寛夫全詩集」理論社 2011 p64
はとと あり
　◇「ひろすけ幼年童話文学全集 8」集英社 1961 p66
はと と かね
　◇「〔北原〕白秋全童謡集 5」岩波書店 1993 p178
鳩と京之介
　◇「与謝野晶子児童文学全集 6」春陽堂書店 2007 p102
鳩と笛吹き
　◇「校定新美南吉全集 7」大日本図書 1980 p166
鳩と兵隊
　◇「氏原大作全集 1」条例出版 1977 p194
はととへび
　◇「那須辰造著作集 3」講談社 1980 p240
はととりんご
　◇「定本小川未明童話全集 12」講談社 1977 p343
　◇「定本小川未明童話全集 12」大空社 2002 p343
ハトになる
　◇「阪田寛夫全詩集」理論社 2011 p170
鳩のあやまち
　◇「与謝野晶子児童文学全集 3」春陽堂書店 2007 p96
鳩のうた
　◇「室生犀星童話全集 2」創林社 1978 p14
はとのうたがい
　◇「花岡大学仏典童話全集 4」法蔵館 1979 p215
ハトの歌物語
　◇「カエルとお月さま─後藤楢根「作品集」」由布市教育委員会 2006 p36
はとのおつかい
　◇「松谷みよ子全集 10」講談社 1972 p115
鳩のお花
　◇「〔巌谷〕小波お伽全集 8」本の友社 1998 p119
ハトのす
　◇「〔東君平〕おはようどうわ 8」講談社 1982 p192
ハトの笛
　◇「長崎源之助全集 1」偕成社 1986 p121
「鳩の街のマリ」徳永伸助著
　◇「稗田童平全集 6」宝文館出版 1981 p139
波止場の約束
　◇「武田亜公童話集 3」秋田文化出版社 1978 p65
鳩笛─弘前市下川原土人形によせて
　◇「北彩介作品集 4」青森県児童文学研究会 1991 p146
はとぽっぽ
　◇「浜田広介全集 11」集英社 1976 p15
鳩ポッポ

　◇「〔巌谷〕小波お伽全集 7」本の友社 1998 p402
葉と幹
　◇「定本小川未明童話全集 2」講談社 1976 p187
　◇「定本小川未明童話全集 2」大空社 2001 p187
はとよ
　◇「米田孝童話劇・学校劇脚本選集─イワンの馬鹿ほか」共同文化社 1997 p175
パトラとルミナ
　◇「石森延男児童文学全集 3」学習研究社 1971 p5
ハトは見ている
　◇「長崎源之助全集 12」偕成社 1986 p7
「ハトは見ている」（長崎源之助作）解説から
　◇「佐藤さとるファンタジー全集 16」講談社 1983 p145
　◇「佐藤さとるファンタジー全集 16」講談社, 復刊ドットコム（発売）2011 p145
バトンを渡すもの受けるもの
　◇「ジュニア版吉野源三郎全集 2」ポプラ社 1967 p231
　◇「吉野源三郎全集 3」ポプラ社 2000 p151
ハト1
　◇「いのち─みずかみかずよ全詩集」石風社 1995 p208
ハト2
　◇「いのち─みずかみかずよ全詩集」石風社 1995 p208
はな
　◇「土田明子詩集 4」かど創房 1987 p34
はな
　◇「新美南吉全集 1」牧書店 1965 p64
　◇「校定新美南吉全集 4」大日本図書 1980 p447
　◇「新美南吉童話集 1」大日本図書 1982 p255
　◇「新美南吉童話大全」講談社 1989 p323
　◇「新美南吉童話集 1」大日本図書 2012 p255
　◇「新美南吉童話選集 1」ポプラ社 2013 p119
はな
　◇「〔東君平〕ひとくち童話 3」フレーベル館 1995 p58
はな
　◇「まど・みちお全詩集」理論社 1992 p123
　◇「まどさんの詩の本 1」理論社 1994 p23
　◇「まど・みちお全詩集 続」理論社 2015 p93
はな（鼻）
　◇「〔おうち・やすゆき〕こら！ しんぞう─童謡詩集」小峰書店 1996 p15
花
　◇「〔北原〕白秋全童謡集 2」岩波書店 1992 p297
花
　◇「佐藤義美童謡集」さ・え・ら書房 1960 p243
　◇「佐藤義美全集 1」佐藤義美全集刊行会 1974 p99
花

花
　◇「壺井栄全集 6」文泉堂出版 1998 p136
花
　◇「校定新美南吉全集 8」大日本図書 1981 p154
　◇「新美南吉童話傑作選〔6〕花をうめる」小峰書店 2004 p162
花
　◇「椋鳩十の本 1」理論社 1982 p238
(花一)
　◇「稗田童平全集 8」宝文館出版 1982 p59
鼻
　◇「齋藤孝のイッキによめる！小学生のための芥川龍之介」講談社 2009 p145
鼻
　◇「北彰介作品集 4」青森県児童文学研究会 1991 p226
鼻
　◇「新美南吉全集 6」牧書店 1965 p14
　◇「校定新美南吉全集 8」大日本図書 1981 p344
花あそび
　◇「〔鈴木桂子〕親子で語り合う詩集 1」クロスロード 1997 p16
ハナアブ ツリアブ
　◇「〔東君平〕おはようどうわ 5」講談社 1982 p66
ハナイカダ
　◇「まど・みちお全詩集」理論社 1992 p615
　◇「まどさんの詩の本 10」理論社 1996 p48
花いちもんめ
　◇「庄野英二全集 6」偕成社 1979 p214
ハナイッパイになあれ
　◇「松谷みよ子全集 10」講談社 1972 p99
花いっぱいになあれ
　◇「松谷みよ子おはなし集 2」ポプラ社 2010 p40
花うえた
　◇「浜田広介全集 11」集英社 1976 p125
はなうらない
　◇「〔東君平〕おはようどうわ 2」講談社 1982 p192
花うらない
　◇「さちいさや童話集—心の中に愛の泉がわいてくる」近代文芸社 1995 p55
花をうめる
　◇「新美南吉童話集 2」大日本図書 1982 p301
　◇「新美南吉童話大全」講談社 1989 p200
　◇「新美南吉童話傑作選〔6〕花をうめる」小峰書店 2004 p243
　◇「新美南吉童話集 2」大日本図書 2012 p301
花を埋める
　◇「新美南吉全集 5」牧書店 1965 p201
　◇「校定新美南吉全集 3」大日本図書 1980 p228
　◇「新美南吉30選」春陽堂書店 2009（名作童話）p36
花を買う日

◇「あまんきみこセレクション 1」三省堂 2009 p161
はなを かぞえて
　◇「まど・みちお全詩集 続」理論社 2015 p398
(花を切る)
　◇「稗田童平全集 8」宝文館出版 1982 p80
はなおさえぞう
　◇「浜田広介全集 6」集英社 1976 p196
花を摘む
　◇「与謝野晶子児童文学全集 6」春陽堂書店 2007 p67
花を流そう—里のうた
　◇「今西祐行全集 9」偕成社 1987 p210
花を舞ったてんぐさん
　◇「松谷みよ子のむかしむかし 6」講談社 1973 p47
花を見ていて
　◇「まど・みちお全詩集」理論社 1992 p616
　◇「まどさんの詩の本 11」理論社 1997 p16
花を召しませ
　◇「〔北原〕白秋全童謡集 5」岩波書店 1993 p103
花を持てる少女に
　◇「校定新美南吉全集 8」大日本図書 1981 p429
(花が)
　◇「稗田童平全集 8」宝文館出版 1982 p59
鼻が利くということ
　◇「戸川幸夫動物文学全集 15」講談社 1977 p211
はなかけ
　◇「北彰介作品集 1」青森県児童文学研究会 1990 p46
花影
　◇「稗田童平全集 8」宝文館出版 1982 p100
はなかけ猿
　◇「土田耕平童話集〔5〕」古今書院 1955 p25
鼻かけざる
　◇「土田耕平童話集」信濃毎日新聞社 1949 p108
鼻かけ清水
　◇「かつおきんや作品集 13」偕成社 1982 p141
花かごとたいこ
　◇「定本小川未明童話全集 14」講談社 1977 p99
　◇「定本小川未明童話全集 14」大空社 2002 p99
はなが さいた
　◇「まど・みちお全詩集」理論社 1992 p303
　◇「まどさんの詩の本 5」理論社 1994 p80
　◇「まどさんの詩の本 11」理論社 1997 p8
(花が咲いた)
　◇「稗田童平全集 8」宝文館出版 1982 p59
花がさ祭りとべにの花
　◇「武田信夫童話作品集」みちのく書房 1995 p417
花型（五首）
　◇「稗田童平全集 4」宝文館出版 1980 p31

鼻が長くなる話
　◇「浜田広介全集 9」集英社 1976 p174
はな紙
　◇「まど・みちお全詩集」理論社 1992 p615
はなかみ しゅん
　◇「まど・みちお全詩集」理論社 1992 p151
花がゆれるとき
　◇「稗田童平全集 3」宝文館出版 1979 p24
花かんざし
　◇「〔小野〕友之童話集」文芸社 2009 p191
花かんざし
　◇「立原えりか作品集 5」思潮社 1973 p15
　◇「立原えりかのファンタジーランド 12」青土社 1980 p27
花かんざし
　◇「壺井栄名作集 3」ポプラ社 1965 p139
　◇「壺井栄全集 4」文泉堂出版 1998 p385
花簪の箱
　◇「与謝野晶子児童文学全集 4」春陽堂書店 2007 p79
鼻ききさん
　◇「〔山田野理夫〕お笑い文庫 7」太平出版社 1977 （母と子の図書室）p112
「花行者」
　◇「稗田童平全集 8」宝文館出版 1982 p213
花くいライオン
　◇「立原えりか作品集 4」思潮社 1973 p87
　◇「立原えりかのファンタジーランド 1」青土社 1980 p7
はなくそになったおかみさん
　◇「〔木暮正夫〕日本のおばけ話・わらい話 7」岩崎書店 1986 p19
はなくそ ぼうや
　◇「まど・みちお全詩集」理論社 1992 p377
　◇「まどさんの詩の本 6」理論社 1996 p46
花ぐるま＜一まく 生活劇＞
　◇「〔斎田喬〕学校劇代表作選 1」牧書店 1959 p33
花ぐるま（生活劇）
　◇「斎田喬幼年劇全集 1」誠文堂新光社 1962 p259
（花けぶる）
　◇「稗田童平全集 2」宝文館出版 1979 p115
　◇「稗田童平全集 8」宝文館出版 1982 p82
ハナコ
　◇「北彰介作品集 4」青森県児童文学研究会 1991 p236
花ござ
　◇「川崎大治民話選 〔1〕」童心社 1968 p240
花御前
　◇「〔巌谷〕小波お伽全集 13」本の友社 1998 p284
花ことば
　◇「住井すゑジュニア文学館 6」汐文社 1999 p89
花言葉―深沢紅子氏逝く
　◇「阪田寛夫全詩集」理論社 2011 p90
花子の熊
　◇「与謝野晶子児童文学全集 6」春陽堂書店 2007 p34
花子の目
　◇「与謝野晶子児童文学全集 6」春陽堂書店 2007 p13
花辛夷
　◇「稗田童平全集 1」宝文館出版 1978 p23
はなさかじい
　◇「〔松谷みよ子〕日本むかし話 1」フレーベル館 2002 p1
　◇「〔松谷みよ子〕日本むかし話 愛蔵版 〔1〕」フレーベル館 2003 p1
花さかじい
　◇「松谷みよ子のむかしむかし 3」講談社 1973 p8
花咲爺
　◇「〔巌谷〕小波お伽全集 7」本の友社 1998 p303
　◇「〔巌谷〕小波お伽全集 7」本の友社 1998 p377
花さかじいさん
　◇「寺村輝夫のむかし話 〔9〕」あかね書房 1980 p88
花咲爺さん
　◇「〔北原〕白秋全童謡集 2」岩波書店 1992 p1
　◇「〔北原〕白秋全童謡集 2」岩波書店 1992 p28
花咲爺さん
　◇「中村雨紅詩謡集」中村雨紅詩謡集刊行委員会 1971 p57
花さかじいさん（童話劇）
　◇「斎田喬幼年劇全集 3」誠文堂新光社 1962 p187
花咲爺さんと小犬
　◇「〔北原〕白秋全童謡集 4」岩波書店 1993 p265
花さかじじい
　◇「ひろすけ幼年童話文学全集 11」集英社 1962 p54
　◇「浜田広介全集 9」集英社 1976 p241
花ざかり
　◇「まど・みちお全詩集 続」理論社 2015 p111
花ざかり
　◇「いのちーみずかみかずよ全詩集」石風社 1995 p83
花ざかり おばけ長屋
　◇「〔山田野理夫〕おばけ文庫 12」太平出版社 1976 （母と子の図書室）p110
花咲き山
　◇「斎藤隆介全集 2」岩崎書店 1982 p67
花咲く朝
　◇「住井すゑ わたしの少年少女物語 〔1〕」労働旬報社 1989 p172

花さくこみち
◇「住井すゑジュニア文学館 5」汐文社 1999 p77
花さく小みち
◇「北川千代児童文学全集 上」講談社 1967 p185
花咲く里みのる里
◇「住井すゑ わたしの少年少女物語 2」労働旬報社 1989 p100
花咲く島の話
◇「定本小川未明童話全集 4」講談社 1977 p272
◇「定本小川未明童話全集 4」大空社 2001 p272
花さく森
◇「斎田喬児童劇選集 〔4〕」牧書店 1954 p108
話さない子
◇「小川のせせらぎが聞こえるかい—中澤洋子童話集」中澤洋子 2010 p54
花更紗
◇「庄野英二全集 7」偕成社 1979 p389
はなぢ
◇「〔中山尚美〕おふろの中で—詩集」アイ企画 1996 p34
歯なし
◇「〔山田野理夫〕お笑い文庫 10」太平出版社 1977 (母と子の図書室) p27
話 おわりに
◇「北川千代児童文学全集 下」講談社 1967 p304
放し飼い
◇「花岡大学童話文学全集 5」法蔵社 1980 p186
話がこおる
◇「〔山田野理夫〕お笑い文庫 1」太平出版社 1977 (母と子の図書室) p126
話というもの
◇「〔木暮正夫〕日本のおばけ話・わらい話 8」岩崎書店 1987 p57
話のお国
◇「新装版金子みすゞ全集 1」JULA出版局 1984 p128
◇「金子みすゞ童謡全集 2」JULA出版局 2003 p54
話の木
◇「〔北原〕白秋全童謡集 5」岩波書店 1993 p173
話の大すきなおじいさん
◇「〔西本鶏介〕新日本昔ばなし——日一話・読みきかせ 2」小学館 1997 p50
はなしの名人
◇「〔山田野理夫〕お笑い文庫 7」太平出版社 1977 (母と子の図書室) p145
ハナシはかせそれからどうした
◇「寺村輝夫おはなしプレゼント 4」講談社 1994 p5
ハナシー博士 それから どうした
◇「寺村輝夫全童話 6」理論社 1998 p467
花序

◇「稗田菫平全集 1」宝文館出版 1978 p8
話す
◇「くどうなおこ詩集○」童話屋 1996 p154
花すぎたれど
◇「浜田広介全集 11」集英社 1976 p148
花作りのおじいさん
◇「長い長いかくれんぼ—杉みき子自選童話集」新潟日報事業社 2001 p32
花すすき
◇「花岡大学童話文学全集 6」法蔵社 1980 p289
話すとおっこちる
◇「〔西本鶏介〕新日本昔ばなし——日一話・読みきかせ 2」小学館 1997 p98
花津浦
◇「新装版金子みすゞ全集 3」JULA出版局 1984 p177
◇「金子みすゞ童謡集」角川春樹事務所 1998 (ハルキ文庫) p155
◇「金子みすゞ童謡全集 6」JULA出版局 2004 p72
はなせない
◇「栗良平作品集 1」栗っ子の会 1988 (栗っ子童話シリーズ) p31
「花」全
◇「稗田菫平全集 1」宝文館出版 1978 p8
花園
◇「立原えりか作品集 6」思潮社 1973 p75
◇「立原えりかのファンタジーランド 4」青土社 1980 p83
花ぞのの教育者
◇「戸川幸夫動物文学全集 5」冬樹社 1965 p65
◇「戸川幸夫動物文学全集 6」講談社 1977 p257
花園の少女
◇「谷口雅春童話集 5」日本教文社 1977 p66
花ぞののスケッチ
◇「人魚—北村寿夫童話選集」宝文館 1955 p1
花大根
◇「いのち—みずかみかずよ全詩集」石風社 1995 p440
はなだ色の空に
◇「阪田寛夫全詩集」理論社 2011 p76
ハナタカ博士のさいばん
◇「松谷みよ子全集 7」講談社 1971 p64
花田清輝Ⅰ
◇「今江祥智の本 21」理論社 1981 p15
花田清輝Ⅱ
◇「今江祥智の本 21」理論社 1981 p23
花束
◇「赤川次郎ショートショートシリーズ 2」理論社 2009 p32
花たば<一幕 生活劇>
◇「〔斎田喬〕学校劇代表作選 3」牧書店 1959 p201

はなた

花束を包むように
　◇「山本瓔子詩集 I」新風舎 2003 p42
花束について
　◇「松谷みよ子全エッセイ 3」筑摩書房 1989 p166
花束の秘密
　◇「西條八十童話集」小学館 1983 p120
はなたれこぞう
　◇〔かこさとし〕お話こんにちは 〔2〕」偕成社 1979 p70
花だんご
　◇「椋鳩十全集 11」ポプラ社 1970 p56
花散る下の墓
　◇「川崎大治民話選 〔3〕」童心社 1971 p91
花つくりの 男とかめ
　◇「花岡大学仏典童話全集 7」法蔵館 1979 p182
はなっていいな
　◇「三木卓童話作品集 1」大日本図書 2000 p70
はなつみ
　◇〔東君平〕ひとくち童話 3」フレーベル館 1995 p56
花摘み
　◇「あまんきみこセレクション 5」三省堂 2009 p48
はなつみごっこ
　◇「阪田寛夫全詩集」理論社 2011 p746
鼻で鱒を釣つた話（実事）
　◇「若松賤子創作童話全集」久山社 1995（日本児童文化史叢書）p55
花電車（二首）
　◇「稗田童平全集 4」宝文館出版 1980 p38
花とあかり
　◇「定本小川未明童話全集 10」講談社 1977 p75
　◇「定本小川未明童話全集 10」大空社 2001 p75
花とうぐいす
　◇「浜田広介全集 5」集英社 1976 p203
はなと きのはなし
　◇「阪田寛夫全詩集」理論社 2011 p263
花どけい（詩七篇）
　◇「椋鳩十の本 31」理論社 1989 p21
花と子ども
　◇「浜田広介全集 2」集英社 1975 p74
花と さかなと 鳥
　◇「坪田譲治幼年童話文学全集 2」集英社 1965 p137
花と魚と鳥
　◇「坪田譲治童話全集 7」岩崎書店 1986 p85
花と終電車
　◇「あまんきみこセレクション 4」三省堂 2009 p123
バーナード＝ショー
　◇〔かこさとし〕お話こんにちは 〔4〕」偕成社

1979 p124
花と少女
　◇「定本小川未明童話全集 4」講談社 1977 p104
　◇「定本小川未明童話全集 4」大空社 2001 p104
花と少年
　◇「小出正吾児童文学全集 4」審美社 2001 p167
花と師走
　◇「稗田童平全集 7」宝文館出版 1981 p184
花と草履
　◇「浜田広介全集 11」集英社 1976 p149
花とちょう
　◇「ひろすけ幼年童話文学全集 4」集英社 1962 p10
　◇「浜田広介全集 4」集英社 1976 p28
花と月
　◇「浜田広介全集 11」集英社 1976 p179
花とてぶくろ
　◇「土田明子詩集 4」かど創房 1987 p36
花と鳥
　◇「新装版金子みすゞ全集 2」JULA出版局 1984 p218
　◇「金子みすゞ童謡全集 4」JULA出版局 2004 p108
花と鳥と
　◇「椋鳩十の本 19」理論社 1982 p130
花と人間
　◇「定本小川未明童話全集 9」講談社 1977 p363
　◇「定本小川未明童話全集 9」大空社 2001 p363
花と人間の話
　◇「定本小川未明童話全集 4」講談社 1977 p112
　◇「定本小川未明童話全集 4」大空社 2001 p112
はなと はげと
　◇「まど・みちお全詩集 続」理論社 2015 p111
花とひさしのお兄ちゃん
　◇「ともみのちょう戦―立花玲子童話集」青森県児童文学研究会 1997 p48
花と人の話
　◇「定本小川未明童話全集 2」講談社 1976 p314
　◇「定本小川未明童話全集 2」大空社 2001 p314
ハナトミ おかあさまがたへのことば
　◇「北川千代児童文学全集 下」講談社 1967 p316
花と水
　◇「浜田広介全集 7」集英社 1976 p239
花と虫と鳥
　◇「今井誉次郎童話集子どもの村 〔5〕」国土社 1957 p22
花と闇
　◇「今江祥智の本 20」理論社 1981 p177
花とゆき
　◇「今江祥智童話館 〔1〕」理論社 1986 p224
　◇「今江祥智の本 30」理論社 1990 p17

はなの

花と夜あけ
  ◇「土田明子詩集 4」かど創房 1987 p48
どうよう 花とりがに
  ◇「ひろすけ幼年童話文学全集 2」集英社 1962 p62
花とりがに
  ◇「浜田広介全集 11」集英社 1976 p42
鼻どりじぞう
  ◇「千葉省三童話全集 2」岩崎書店 1967 p181
花どろぼう
  ◇「壺井栄名作集 1」ポプラ社 1965 p135
  ◇「壺井栄全集 10」文泉堂出版 1998 p550
バナナ
  ◇「まど・みちお全詩集」理論社 1992 p692
バナナをたべるときのうた
  ◇「ともだちシンフォニー──佐藤義美童謡集」JULA出版局 1990 p82
バナナをたべるときの歌
  ◇「佐藤義美童謡集」さ・え・ら書房 1960 p212
  ◇「佐藤義美全集 1」佐藤義美全集刊行会 1974 p230
鼻なしの話
  ◇〔山田野理夫〕お笑い文庫 2」太平出版社 1977（母と子の図書室）p29
バナナとオナラ
  ◇「まど・みちお全詩集 続」理論社 2015 p197
バナナの うた
  ◇「まど・みちお全詩集」理論社 1992 p627
  ◇「まどさんの詩の本 15」理論社 1997 p84
バナナの じこしょうかい──みぶんのひくいほうからじゅんに
  ◇「まど・みちお全詩集」理論社 1992 p656
  ◇「まどさんの詩の本 2」理論社 1994 p42
ばななの ひるね
  ◇「阪田寛夫全詩集」理論社 2011 p132
バナナひも
  ◇〔内海康子〕六月のカレンダー──詩集」けやき書房 1999 p26
バナナボート
  ◇〔村上のぶ子〕ここは小人の国──少年詩集」あしぶえ出版 2000 p18
バナナン大将の行進歌
  ◇「新修宮沢賢治全集 7」筑摩書房 1980 p348
（花になみだ）
  ◇「稗田童平全集 2」宝文館出版 1979 p97
花ぬすっと
  ◇「花岡大学童話文学全集 4」法藏館 1980 p198
花ぬすびと
  ◇「斎田喬児童劇選集 〔1〕」牧書店 1954 p50
鼻のあな
  ◇「まど・みちお全詩集」理論社 1992 p657

◇「まどさんの詩の本 8」理論社 1996 p58
花のある部屋
  ◇「壺井栄名作集 9」ポプラ社 1965 p245
  ◇「壺井栄全集 11」文泉堂出版 1998 p363
花のいのちはみじかくて
  ◇「椋鳩十の本 24」理論社 1983 p240
花のいのち（A─小説）
  ◇「壺井栄全集 2」文泉堂出版 1997 p350
花のいのち（B─随筆）
  ◇「壺井栄全集 11」文泉堂出版 1998 p282
花の美しいノヴゴロド
  ◇「庄野英二全集 10」偕成社 1979 p348
花の絵
  ◇「小出正吾児童文学全集 2」審美社 2000 p223
洟の絵─お母さん。ミー坊ったら お洟で絵をかいてるんですよ
  ◇「まど・みちお全詩集」理論社 1992 p83
花の宴
  ◇「稗田童平全集 4」宝文館出版 1980 p79
花の王様
  ◇〔巌谷〕小波お伽全集 7」本の友社 1998 p403
花のおじいさん
  ◇「小出正吾児童文学全集 2」審美社 2000 p271
花のお使い
  ◇〔金子〕みすゞ詩画集 〔6〕」春陽堂書店 2001 p10
  ◇「金子みすゞ童謡全集 5」JULA出版局 2004 p114
花のお使ひ
  ◇「新装版金子みすゞ全集 3」JULA出版局 1984 p85
花のおふとん
  ◇「あまんきみこセレクション 1」三省堂 2009 p113
鼻のおみやげ
  ◇「谷口雅春童話集 2」日本教文社 1976 p38
花のオルガン
  ◇「今西祐行全集 1」偕成社 1988 p47
花の顔
  ◇「壺井栄全集 6」文泉堂出版 1998 p231
花の垣
  ◇「氏原大作全集 4」条例出版 1977 p66
花のかさ
  ◇「おはなしいっぱい──祐成智美童謡詩集」リーブル 1997 p26
はなのかずが としのかず
  ◇「与田準一全集 3」大日本図書 1967 p184
花のかぞえうた
  ◇「土田明子詩集 4」かど創房 1987 p50
花の神

はなの

◇「〔厳谷〕小波お伽全集 3」本の友社 1998 p274

花の記憶
　◇「壺井栄全集 11」文泉堂出版 1998 p347

花の季節
　◇「杉みき子選集 10」新潟日報事業社 2011 p84

花の季節
　◇「壺井栄全集 11」文泉堂出版 1998 p214

花の木鉄道
　◇「氏原大作全集 3」条例出版 1976 p130

花の木に
　◇「稗田童平全集 8」宝文館出版 1982 p22

はなのきのそば
　◇「浜井広介全集 11」集英社 1976 p91

花の希望
　◇「土田明子詩集 4」かど創房 1987 p30

花のき村とぬすびとたち
　◇「新美南吉童話集」世界文化社 2004（心に残るロングセラー）p54

花のき村と盗人たち
　◇「新美南吉全集 3」牧書店 1965 p101
　◇「校定新美南吉全集 3」大日本図書 1980 p98
　◇「新美南吉童話集 3」大日本図書 1982 p5
　◇「新美南吉童話大全」講談社 1989 p189
　◇「新美南吉童話集」岩波書店 1996（岩波文庫）p266
　◇「新美南吉童話傑作選 〔2〕花のき村と盗人たち」小峰書店 2004 p5
　◇「新美南吉30選」春陽堂書店 2009（名作童話）p200
　◇「新美南吉童話集 3」大日本図書 2012 p5
　◇「新美南吉童話選集 5」ポプラ社 2013 p5

花のき村と盗人たち（新美南吉作、筒井敬介脚色）
　◇「新美南吉童話劇集 1」東京書籍 1981（東書児童劇シリーズ）p227

花のくる道
　◇「筒井敬介おはなし本 3」小峰書店 2006 p5

花の勲章
　◇「浜井広介全集 3」集英社 1975 p236

花のこえ
　◇「氏原大作全集 4」条例出版 1977 p51

（花の心を）
　◇「稗田童平全集 8」宝文館出版 1982 p61

花のこどもたち
　◇「椋鳩十の本 26」理論社 1989 p7
　◇「椋鳩十の本 26」理論社 1989 p8

（花の咲き）
　◇「稗田童平全集 8」宝文館出版 1982 p59

花の咲く前
　◇「定本小川未明童話全集 11」講談社 1977 p257
　◇「定本小川未明童話全集 11」大空社 2002 p257

花の時間割

◇「立原えりか作品集 1」思潮社 1972 p133
◇「立原えりかのファンタジーランド 4」青土社 1980 p151

花の地獄
　◇「〔厳谷〕小波お伽全集 8」本の友社 1998 p363

花の詩集
　◇「斎田喬児童劇選集 〔7〕」牧書店 1955 p150

花の雫
　◇「〔厳谷〕小波お伽全集 14」本の友社 1998 p358

花の下のかまきり
　◇「浜井広介全集 8」集英社 1976 p95

鼻の下の長さ
　◇「瑠璃の壺—森銑三童話集」三樹書房 1982 p154

花の週間
　◇「〔北原〕白秋全童謡集 2」岩波書店 1992 p429
　◇「〔北原〕白秋全童謡集 2」岩波書店 1992 p430

花の種子
　◇「西條八十童謡全集」修道社 1971 p323

花の芯
　◇「稗田童平全集 1」宝文館出版 1978 p96

（花のそばに）
　◇「稗田童平全集 8」宝文館出版 1982 p62

花の大正男
　◇「阪田寛夫全詩集」理論社 2011 p795

はなの　たね
　◇「〔東君平〕ひとくち童話 2」フレーベル館 1995 p22

花のたね
　◇「西條八十童話集」小学館 1983 p373

花の旅路
　◇「壺井栄全集 7」文泉堂出版 1998 p343

花のたましい
　◇「〔金子〕みすゞ詩画集 〔3〕」春陽堂書店 2000
　◇「金子みすゞ童謡全集 3」JULA出版局 2004 p166

花のたましひ
　◇「新装版金子みすゞ全集 2」JULA出版局 1984 p101
　◇「新装版金子みすゞ全集 2」JULA出版局 1984 p109

花のたより
　◇「北彰介作品集 4」青森県児童文学研究会 1991 p101

花の地球
　◇「北川千代児童文学全集 下」講談社 1967 p186

花の天使
　◇「やなせたかし童謡詩集 〔1〕」フレーベル館 2000 p52

花のでんぽう（みじかいおしばい）
　◇「斎田喬幼年劇全集 1」誠文堂新光社 1962 p49

花の時計
　◇「小出正吾児童文学全集 4」審美社 2001 p65
はなのない男
　◇「花岡大学仏典童話全集 8」法蔵館 1979 p97
(花の中から)
　◇「稗田童平全集 8」宝文館出版 1982 p63
花の名まえ
　◇「金子みすゞ童謡集」角川春樹事務所 1998 (ハルキ文庫) p38
　◇「金子みすゞ童謡全集 2」JULA出版局 2003 p156
花の名まへ
　◇「新装版金子みすゞ全集 1」JULA出版局 1984 p198
鼻の蝿
　◇「鈴木三重吉童話全集 3」文泉堂書店 1975 (日本文学全集・選集叢刊第5次) p259
花の蜂
　◇「浜田広介全集 11」集英社 1976 p149
花の話
　◇「〔かこさとし〕お話こんにちは 〔1〕」偕成社 1979 p72
はなのはりえ
　◇「浜田広介全集 4」集英社 1976 p221
花の日
　◇「ともみのちょう戦―立花玲子童話集」青森県児童文学研究会 1997 p111
花のピアノ
　◇「あまんきみこセレクション 4」三省堂 2009 p193
花のびょうぶ
　◇「宮口しづえ童話全集 8」筑摩書房 1979 p7
花のふるさと
　◇「氏原大作全集 4」条例出版 1977 p48
　◇「氏原大作全集 4」条例出版 1977 p72
花の部屋
　◇「花岡大学童話文学全集 4」法蔵館 1980 p76
花のマーチ
　◇「土田明子詩集 4」かど創房 1987 p44
花の水ぐるま
　◇「稗田童平全集 3」宝文館出版 1979 p45
「花の水車」
　◇「稗田童平全集 7」宝文館出版 1981 p142
花の水車
　◇「稗田童平全集 7」宝文館出版 1981 p155
(花の実は)
　◇「稗田童平全集 8」宝文館出版 1982 p61
花の民話
　◇「松谷みよ子全エッセイ 3」筑摩書房 1989 p232
(花のように)

　◇「稗田童平全集 8」宝文館出版 1982 p61
花の六月
　◇「阪田寛夫全詩集」理論社 2011 p560
花の Pipe
　◇「稗田童平全集 8」宝文館出版 1982 p70
花畑におかれた石うす
　◇「〔下田喜久美〕遠くから来た旅人―詩集」リトル・ガリヴァー社 1998 p133
花花(四首)
　◇「稗田童平全集 4」宝文館出版 1980 p44
はなび
　◇「阪田寛夫全詩集」理論社 2011 p743
はなび
　◇「〔東君平〕おはようどうわ 1」講談社 1982 p106
はなび
　◇「まど・みちお全詩集」理論社 1992 p154
　◇「まど・みちお全詩集」理論社 1992 p286
花火
　◇「〔巌谷〕小波お伽全集 7」本の友社 1998 p405
　◇「〔巌谷〕小波お伽全集 7」本の友社 1998 p442
花火
　◇「新装版金子みすゞ全集 1」JULA出版局 1984 p239
　◇「新装版金子みすゞ全集 2」JULA出版局 1984 p31
　◇「金子みすゞ童謡全集 2」JULA出版局 2003 p217
　◇「金子みすゞ童謡全集 3」JULA出版局 2004 p54
花火
　◇「北彰介作品集 1」青森県児童文学研究会 1990 p81
花火
　◇「西條八十童謡全集」修道社 1971 p74
　◇「西條八十童謡全集」修道社 1971 p324
花火
　◇「杉みき子選集 2」新潟日報事業社 2005 p264
花火
　◇「〔宗左近〕梟の駅長さん―童謡集」思潮社 1998 p62
花火
　◇「中村雨紅詩謡集」中村雨紅詩謡集刊行委員会 1971 p53
花火
　◇「新美南吉全集 6」牧書店 1965 p124
　◇「校定新美南吉全集 8」大日本図書 1981 p281
花火が上がった
　◇「〔東風琴仁〕童話集 2」ストーク 2006 p129
はなびと ほし
　◇「佐藤義美童謡集」さ・え・ら書房 1960 p160
　◇「佐藤義美全集 1」佐藤義美全集刊行会 1974 p208

花火の 音
　◇「定本小川未明童話全集 15」講談社 1978 p323
　◇「定本小川未明童話全集 15」大空社 2002 p323
花火の兵隊
　◇「〔北原〕白秋全童謡集 4」岩波書店 1993 p154
はなびのように
　◇「いのち―みずかみかずよ全詩集」石風社 1995 p255
花びら
　◇「松谷みよ子全集 2」講談社 1971 p17
花びらいかだ
　◇「立原えりか作品集 4」思潮社 1973 p151
　◇「立原えりかのファンタジーランド 12」青土社 1980 p191
花開キ鳥歌ウ
　◇「阪田寛夫全詩集」理論社 2011 p14
　◇「阪田寛夫全詩集」理論社 2011 p473
「花びら忌」のこと
　◇「佐藤さとるファンタジー全集 16」講談社 1983 p107
　◇「佐藤さとるファンタジー全集 16」講談社, 復刊ドットコム (発売) 2011 p107
<花びら忌>のころ―長崎源之助さん
　◇「松谷みよ子全エッセイ 3」筑摩書房 1989 p80
花ひらく
　◇「壺井栄全集 2」文泉堂出版 1997 p424
花びらづくし
　◇「安房直子コレクション 3」偕成社 2004 p231
花びらに 涙のしずく
　◇「山本瓔子詩集 II」新風舎 2003 p42
花びらの海
　◇「金子みすゞ童謡全集 2」JULA出版局 2003 p90
　◇「〔金子みすゞ〕花の詩集 1」JULA出版局 2004 p2
花びらのたび
　◇「ひろすけ幼年童話文学全集 2」集英社 1962 p190
　◇「浜田広介全集 1」集英社 1975 p92
　◇「浜田広介童話集」世界文化社 2006（心に残るロングセラー) p75
花びらの波
　◇「新装版金子みすゞ全集 1」JULA出版局 1984 p153
花びら笑い
　◇「あまんきみこセレクション 5」三省堂 2009 p14
花笛
　◇「土田明子詩集 5」かど創房 1987 p23
花房（二首）
　◇「稗田童平全集 4」宝文館出版 1980 p18
花吹雪
　◇「中村雨紅詩謡集」中村雨紅詩謡集刊行委員会 1971 p88
はなぺちゃ かめどんの話
　◇「〔かこさとし〕お話こんにちは 〔5〕」偕成社 1979 p104
パナマ運河を開いた話
　◇「鈴木三重吉童話全集 6」文泉堂書店 1975（日本文学全集・選集叢刊第5次）p196
鼻曲り
　◇「〔北原〕白秋全童謡集 1」岩波書店 1992 p162
歌曲 花巻農学校精神歌
　◇「新版・宮沢賢治童話全集 12」岩崎書店 1979 p122
花まつり
　◇「定本壺井栄児童文学全集 2」講談社 1979 p222
　◇「壺井栄全集 9」文泉堂出版 1997 p405
花マツリ
　◇「かもめの水兵さん―武内俊子伝記と作品集」講談社出版サービスセンター 1977 p191
花まつり<―まく 童話劇>
　◇「〔斎田喬〕学校劇代表作選 1」牧書店 1959 p53
はなまつり（童話劇）
　◇「斎田喬幼年劇全集 1」誠文堂新光社 1962 p27
花まつり（童話劇）
　◇「斎田喬幼年劇全集 1」誠文堂新光社 1962 p185
花まつりの歌
　◇「〔北原〕白秋全童謡集 4」岩波書店 1993 p33
花まつりの話
　◇「〔かこさとし〕お話こんにちは 〔1〕」偕成社 1979 p36
花豆の煮えるまで
　◇「安房直子コレクション 7」偕成社 2004 p103
花丸小鳥丸
　◇「大仏次郎少年少女のための作品集 6」講談社 1970 p5
花みこし
　◇「斎田喬児童劇選集 〔3〕」牧書店 1954 p179
花みこし（生活劇）
　◇「斎田喬幼年劇全集 2」誠文堂新光社 1961 p117
花みずき
　◇「横山健童謡選集 1」無明舎出版 1995 p112
花道の話
　◇「〔かこさとし〕お話こんにちは 〔1〕」偕成社 1979 p92
花みつ売りのみつばちさん
　◇「横山健童謡選集 1」無明舎出版 1995 p91
花見の仇討ち（林家木久蔵編, 岡本和明文）
　◇「林家木久蔵の子ども落語 5」フレーベル館 1999 p98
花燃える
　◇「全集版灰谷健次郎の本 20」理論社 1987 p60

花もよろしい
　◇「与田凖一全集 5」大日本図書 1967 p5
華かな氷柱
　◇「北彰介作品集 4」青森県児童文学研究会 1991 p68
はなやかなひととき
　◇「椋鳩十の本 31」理論社 1989 p8
華やかな三つの願い
　◇「星新一ちょっと長めのショートショート 1」理論社 2005 p7
はなやぎ（五首）
　◇「稗田童平全集 4」宝文館出版 1980 p59
はなやぐ朝
　◇「阪田寛夫全詩集」理論社 2011 p563
花や小鳥
　◇「〔渡部毅彦〕お母さんのための童話集」花伝社，共栄書房（発売）1997 p68
花椰菜
　◇「新修宮沢賢治全集 14」筑摩書房 1980 p41
花や鳥や獣のうた
　◇「〔北原〕白秋全童謡集 1」岩波書店 1992 p367
花屋のじいさん
　◇「〔金子〕みすゞ詩画集 〔3〕」春陽堂書店 2000
花屋の爺さん
　◇「新装版金子みすゞ全集 1」JULA出版局 1984 p174
　◇「金子みすゞ童謡集」角川春樹事務所 1998（ハルキ文庫）p52
　◇「金子みすゞ童謡全集 2」JULA出版局 2003 p118
花屋の娘
　◇「瑠璃の壺―森銑三童話集」三樹書房 1982 p307
（花やぶに入りて）
　◇「稗田童平全集 2」宝文館出版 1979 p92
花や 一
　◇「第二〔島木〕赤彦童謡集」第一書店 1948 p63
花や 二
　◇「第二〔島木〕赤彦童謡集」第一書店 1948 p68
花よジャスミン
　◇「〔斎藤信夫〕子ども心を友として―童謡詩集」成東町教育委員会 1996 p282
花嫁
　◇「おの・ちゅうこう初期作品集 〔1〕 牧歌的風景」崙書房 1975 p76
はなよめえらび
　◇「石森延男児童文学全集 6」学習研究社 1971 p96
はなよめぐさ
　◇「〔東君平〕おはようどうわ 4」講談社 1982 p61
花嫁三国一
　◇「佐々木邦全集 補巻3」講談社 1975 p339

花よめさんのバリカン
　◇「春よこいこい―高橋良和こころの童話選集」同朋舎出版 1995 p82
花嫁の父
　◇「赤川次郎セレクション 6」ポプラ社 2008 p107
はなより だんご
　◇「まど・みちお全詩集 続」理論社 2015 p28
離れ小嶋の
　◇「〔北原〕白秋全童謡集 1」岩波書店 1992 p88
離れ島のはなし
　◇「椋鳩十の本 23」理論社 1983 p176
はなれたこぞうさま
　◇「松谷みよ子のむかしむかし 3」講談社 1973 p98
（花は自然の）
　◇「稗田童平全集 8」宝文館出版 1982 p59
花はだれのために
　◇「壺井栄名作集 1」ポプラ社 1965 p6
　◇「定本壺井栄児童文学全集 3」理論社 1979 p191
　◇「壺井栄全集 10」文泉堂出版 1998 p29
花はつぼみの物語
　◇「富島健夫青春文学選集 8」集英社 1971 p201
花はどこへいった
　◇「今江祥智の本 13」理論社 1980 p205
　◇「今江祥智童話館 〔5〕」理論社 1986 p171
　◇「今江祥智ショートファンタジー 2」理論社 2004 p179
（花は韻き―）
　◇「稗田童平全集 8」宝文館出版 1982 p62
パナンペとペナンペ
　◇「〔木暮正夫〕日本のおばけ話・わらい話 10」岩崎書店 1987 p89
はにかみ
　◇「壺井栄全集 11」文泉堂出版 1998 p161
はにかむらいおん
　◇「別役実童話集 〔3〕」三一書房 1977 p79
ハニワ園
　◇「椋鳩十の本 22」理論社 1983 p164
歯ぬき
　◇「〔山田野理夫〕おばけ文庫 3」太平出版社 1976（母と子の図書室）p152
葉ぬけ爺
　◇「〔巌谷〕小波お伽全集 12」本の友社 1998 p11
ハぬけじじいの ひとりごと
　◇「まど・みちお全詩集 続」理論社 2015 p224
羽ぬけ鳥
　◇「浜田広介全集 11」集英社 1976 p43
はね
　◇「〔東君平〕おはようどうわ 5」講談社 1982 p148
はね馬のころ
　◇「杉みき子選集 9」新潟日報事業社 2011 p16

はねし

はねじまん
- ◇「浜田広介全集 11」集英社 1976 p126

跳竹躍松
- ◇「〔巖谷〕小波お伽全集 3」本の友社 1998 p158

はねつきうた
- ◇「椋鳩十の本 23」理論社 1983 p272

羽根つき唄と手毬唄
- ◇「壺井栄全集 11」文泉堂出版 1998 p77

はねつるべ
- ◇「〔高橋一仁〕春のニシン場―童謡詩集」けやき書房 2003 p100

はね釣瓶
- ◇「椋鳩十の本 1」理論社 1982 p22

はねて光る
- ◇「稗田童平全集 1」宝文館出版 1978 p49

羽根と卵
- ◇「〔北原〕白秋全童謡集 3」岩波書店 1992 p357

羽根と羽子板
- ◇「〔巖谷〕小波お伽全集 7」本の友社 1998 p428

はねのあるキリン
- ◇「寺村輝夫全童話 7」理論社 1999 p278

羽のある友
- ◇「椋鳩十の本 11」理論社 1983 p21
- ◇「椋鳩十まるごと動物ものがたり 12」理論社 1996 p150

はねのある友だち
- ◇「椋鳩十集 2」ポプラ社 1969 p124

羽のある友だち
- ◇「椋鳩十学年別童話 〔12〕」理論社 1995 p65
- ◇「椋鳩十名作選 1」理論社 2010 p76

羽の首飾り
- ◇「立原えりかのファンタジーランド 9」青土社 1980 p151

跳ね橋
- ◇「〔北原〕白秋全童謡集 1」岩波書店 1992 p257

羽ぶとん
- ◇「〔金子〕みすゞ詩画集 〔7〕」春陽堂書店 2002 p32

羽蒲団
- ◇「新装版金子みすゞ全集 2」JULA出版局 1984 p169
- ◇「金子みすゞ童謡全集 4」JULA出版局 2004 p36

歯のいたいモモちゃん
- ◇「松谷みよ子全集 13」講談社 1972 p65

はのうた
- ◇「まど・みちお全詩集」理論社 1992 p286

はの字
- ◇「阪田寛夫全詩集」理論社 2011 p179

歯のネックレス
- ◇「おはなしの森―きはらみちこ童話集」熊本日日新聞情報文化センター 1999 p4

はのは
- ◇「阪田寛夫全詩集」理論社 2011 p429

パノラマ―「白い道」
- ◇「〔下田喜久美〕遠くから来た旅人―詩集」リトル・ガリヴァー社 1998 p123

パパ
- ◇「まど・みちお詩集 3」銀河社 1975 p32
- ◇「まど・みちお全詩集」理論社 1992 p485
- ◇「まどさんの詩の本 12」理論社 1997 p34
- ◇「まど・みちお全詩集 続」理論社 2015 p29

母
- ◇「石森延男児童文学全集 11」学習研究社 1971 p214

母
- ◇「鈴木三重吉童話全集 5」文泉堂書店 1975（日本文学全集・選集叢刊第5次）p168

母
- ◇「新美南吉童話集 6」牧書店 1965 p53
- ◇「校定新美南吉全集 8」大日本図書 1981 p195

母
- ◇「全集版灰谷健次郎の本 22」理論社 1988 p190

母
- ◇「新修宮沢賢治全集 6」筑摩書房 1980 p57
- ◇「新修宮沢賢治全集 6」筑摩書房 1980 p360
- ◇「ジュニア文学館 宮沢賢治―写真・絵画集成 3」日本図書センター 1996 p186

母
- ◇「やなせたかし童謡詩集 〔2〕」フレーベル館 2000 p22

母
- ◇「与田凖一全集 1」大日本図書 1967 p62

婆ァ牛
- ◇「〔北原〕白秋全童謡集 1」岩波書店 1992 p181

母犬
- ◇「定本小川未明童話全集 10」講談社 1977 p275
- ◇「定本小川未明童話全集 10」大空社 2001 p275

母います
- ◇「北川千代児童文学全集 上」講談社 1967 p177

パパイヤ
- ◇「庄野英二全集 11」偕成社 1980 p376

母上に
- ◇「魂の配達―野村吉哉作品集」草思社 1983 p87

母への感謝
- ◇「西條八十童話集」小学館 1983 p384

母へのはがき
- ◇「佐藤義美童謡集」さ・え・ら書房 1960 p263
- ◇「佐藤義美全集 1」佐藤義美全集刊行会 1974 p275

母を思う
- ◇「〔島崎〕藤村の童話 4」筑摩書房 1979 p45

母を背負いて
　◇「壺井栄全集 2」文泉堂出版 1997 p490
母を葬りに
　◇「〔島崎〕藤村の童話 4」筑摩書房 1979 p125
母親
　◇「〔北原〕白秋全童謡集 2」岩波書店 1992 p158
ははおや　さばき
　◇「花岡大学仏典童話全集 7」法蔵館 1979 p39
母親さばき
　◇「花岡大学仏典童話集 1」佼成出版社 2006 p81
パパがくまになるとき
　◇「神沢利子コレクション 4」あかね書房 1994 p181
　◇「神沢利子コレクション・普及版 4」あかね書房 2006 p181
　◇「神沢利子のおはなしの時間 5」ポプラ社 2011 p105
はばかりながら
　◇「〔比江島重孝〕宮崎のむかし話 2」鉱脈社 1998 p72
帚木
　◇「〔島崎〕藤村の童話 4」筑摩書房 1979 p105
ははき木物語
　◇「土田耕平童話集 〔4〕」古今書院 1955 p66
母ぐま子ぐま
　◇「椋鳩十学年別童話 〔7〕」理論社 1991 p5
母グマ子グマ
　◇「椋鳩十全集 2」ポプラ社 1969 p72
　◇「椋鳩十の本 14」理論社 1983 p139
　◇「椋鳩十動物童話集 9」小峰書店 1990 p51
　◇「椋鳩十まるごと動物ものがたり 5」理論社 1995 p40
　◇「椋鳩十名作選 2」理論社 2010 p65
母恋いロボット
　◇「全集古田足日子どもの本 13」童心社 1993 p438
母子草
　◇「中村雨紅詩謡集」中村雨紅詩謡集刊行委員会 1971 p94
母子草ばなし
　◇「二反長半作品集 3」集英社 1979 p104
母ごころ
　◇「与謝野晶子児童文学全集 6」春陽堂書店 2007 p140
母娘でほのぼの童話集
　◇「北国翔子童話集 2」青森県児童文学研究会 2010 p36
母猿マキの夢
　◇「ネーとなかまー小笹正子の童話集」七つ森書館 2006 p126
パパせんせい
　◇「松谷みよ子全集 13」講談社 1972 p86
羽ばたき
　◇「壺井栄全集 4」文泉堂出版 1998 p225
母たちに語る
　◇「椋鳩十の本 25」理論社 1983 p183
パパたち ぼくたち
　◇「まど・みちお全詩集」理論社 1992 p287
パパという虫
　◇「大石真児童文学全集 4」ポプラ社 1982 p191
馬場峠
　◇「椋鳩十の本 23」理論社 1983 p65
母と子
　◇「与謝野晶子児童文学全集 3」春陽堂書店 2007 p159
母と児
　◇「与謝野晶子児童文学全集 6」春陽堂書店 2007 p117
母と子と
　◇「住井すゑジュニア文学館 5」汐文社 1999 p7
母と娘(こ)と
　◇「壺井栄全集 8」文泉堂出版 1998 p200
母と子と父の歌
　◇「北彰介作品集 4」青森県児童文学研究会 1991 p160
母と子の20分間読書
　◇「椋鳩十の本 25」理論社 1983 p138
母と子の20分間読書・その後
　◇「椋鳩十の本 25」理論社 1983 p167
母と祖母と
　◇「椋鳩十の本 24」理論社 1983 p16
母となる日
　◇「北彰介作品集 4」青森県児童文学研究会 1991 p188
パパとボクとネコ
　◇「パパとボクとネコー山口紀代子童謡詩集」音楽舎 2003 p70
パパとぼくの海
　◇「大石真児童文学全集 8」ポプラ社 1982 p47
パパとママのあいだ
　◇「山本瓔子詩集 II」新風舎 2003 p31
母と夕陽の部屋
　◇「椋鳩十の本 28」理論社 1989 p158
パパとわたしの日曜日
　◇「〔東風琴子〕童話集 1」ストーク 2002 p97
母なる海
　◇「椋鳩十の本 21」理論社 1982 p113
母に云う
　◇「新版・宮沢賢治童話全集 12」岩崎書店 1979 p132
母に云ふ

ははに

◇「ジュニア文学館 宮沢賢治―写真・絵画集成 3」日本図書センター 1996 p120

母について
◇「阪田寛夫全詩集」理論社 2011 p103

母猫
◇「石のロバ―浅野都作品集」新風舎 2007 p216

母の味
◇「〔野村ゆき〕ねえ、おはなしして！―語り聞かせるお話集」東洋出版 1998 p141

母のアルバム
◇「壺井栄名作集 7」ポプラ社 1965 p6

母の家
◇「〔竹久〕夢二童謡集」ノーベル書房 1975（浪漫文庫）p81

母のいる場所は金色に輝く
◇「安房直子コレクション 7」偕成社 2004 p235

母の歌
◇「椋鳩十全集 11」ポプラ社 1970 p119

母の歌
◇「与謝野晶子児童文学全集 6」春陽堂書店 2007 p158

母のうたごえ
◇「浜田広介全集 8」集英社 1976 p150

パパのオートバイ
◇「小川のせせらぎが聞こえるかい―中澤洋子童話集」中澤洋子 2010 p45

パパのおひざのゆうえんち
◇「山本瓔子詩集 II」新風舎 2003 p78

母のおもい
◇「〔かわさききよみち〕母のおもい」新風舎 1998 p7

母の顔
◇「住井すゑジュニア文学館 3」汐文社 1999 p49

母の形見のホシ
◇「あまんきみこセレクション 5」三省堂 2009 p112

母の軍刀
◇「氏原大作全集 1」条例出版 1977 p188

母の声は金の鈴
◇「椋鳩十の本 27」理論社 1989 p47

母の心
◇「定本小川未明童話全集 12」講談社 1977 p7
◇「定本小川未明童話全集 12」大空社 2002 p7

母のこと
◇「庄野英二全集 9」偕成社 1979 p20
◇「庄野英二自選短篇童話集」編集工房ノア 1986 p167

母のこと
◇「壺井栄名作集 7」ポプラ社 1965 p150
◇「壺井栄全集 11」文泉堂出版 1998 p382

母のこと
◇「松谷みよ子全エッセイ 1」筑摩書房 1989 p5

母のことなど
◇「坪田譲治童話全集 2」岩崎書店 1986 p255

母の言葉
◇「浜田広介全集 11」集英社 1976 p150

母の子守歌
◇「豊田三郎童話集」草加市立川柳小学校 1993 p73

母の上京
◇「〔島崎〕藤村の童話 4」筑摩書房 1979 p64

母の肖像画
◇「氏原大作全集 4」条例出版 1977 p458

母のない子と子のない母と
◇「壺井栄名作集 5」ポプラ社 1965 p5
◇「定本壺井栄児童文学全集 2」講談社 1979 p7
◇「壺井栄全集 10」文泉堂出版 1998 p221
◇「壺井栄全集 10」文泉堂出版 1998 p342

母のなかでの詠唱
◇「稗田童平全集 1」宝文館出版 1978 p134

母の涙＜第1話＞
◇「栗良平作品集 3」栗っ子の会 1990（栗っ子童話シリーズ）p18

母の涙＜第2話＞
◇「栗良平作品集 3」栗っ子の会 1990（栗っ子童話シリーズ）p22

母の匂い
◇「まど・みちお全詩集 続」理論社 2015 p169

パパのバイオリン
◇「阪田寛夫全詩集」理論社 2011 p375

ははのひ
◇「まど・みちお全詩集」理論社 1992 p287
◇「まどさんの詩の本 12」理論社 1997 p10

ははの日
◇「大石真児童文学全集 14」ポプラ社 1982 p35

母の日
◇「花岡大学童話文学全集 5」法蔵館 1980 p211

パパの膝について
◇「阪田寛夫全詩集」理論社 2011 p108

母の日におもう
◇「壺井栄全集 11」文泉堂出版 1998 p182

母の日について
◇「阪田寛夫全詩集」理論社 2011 p108

母の行方
◇「〔巌谷〕小波お伽全集 11」本の友社 1998 p395

パパのワルツ
◇「阪田寛夫全詩集」理論社 2011 p770

バーバー・バタのちょう
◇「寺村輝夫全童話 6」理論社 1998 p330

バーバーバタのちょう
◇「寺村輝夫童話全集 13」ポプラ社 1982 p47

ババー婦長
　◇「氏原大作全集 4」条例出版 1977 p487
母もいっしょ
　◇「椋鳩十全集 11」ポプラ社 1970 p112
パパロはまほうつかい
　◇「寺村輝夫どうわの本 7」ポプラ社 1985 p9
パパロは魔法使い
　◇「寺村輝夫全童話 6」理論社 1998 p349
パパはキスがすき
　◇「〔藤井則行〕祭りの宵に—童話集」創栄出版 1995 p67
パパはころしや
　◇「今江祥智の本 18」理論社 1981 p235
　◇「今江祥智童話館 〔8〕」理論社 1987 p7
パパは知らない
　◇「〔斎藤信夫〕子ども心を友として—童謡詩集」成東町教育委員会 1996 p166
母はとつとと
　◇「巽聖歌作品集 上」巽聖歌作品集刊行委員会 1977 p29
パパはのっぽでボクはちび
　◇「平塚武二童話全集 3」童心社 1972 p109
パー、ピー、プーちゃん
　◇「桃色のダブダブさん—松田解子童話集」新日本出版社 2004 p13
はひふへほ
　◇「まど・みちお全詩集」理論社 1992 p590
ぱぴぷぺぽっつん
　◇「まど・みちお全詩集」理論社 1992 p288
　◇「まどさんの詩の本 2」理論社 1994 p88
はひふへほは
　◇「まどさんの詩の本 2」理論社 1994 p58
ハブ
　◇「戸川幸夫動物文学全集 1」冬樹社 1965 p143
　◇「戸川幸夫動物文学全集 9」講談社 1976 p91
パプア族の算術
　◇「海野十三全集 別巻1」三一書房 1991 p360
パプア島・ニューギニア
　◇「土田明子詩集 2」かど創房 1986 p24
ハブを求めて
　◇「戸川幸夫動物文学全集 15」講談社 1977 p261
ハブ騒動
　◇「椋鳩十の本 6」理論社 1982 p228
バーブとおばあちゃん
　◇「神沢利子コレクション 1」あかね書房 1994 p149
　◇「神沢利子コレクション・普及版 1」あかね書房 2005 p149
　◇「神沢利子のおはなしの時間 5」ポプラ社 2011 p73

ハブとたたかう島
　◇「椋鳩十全集 15」ポプラ社 1980 p106
ハブと山猫
　◇「戸川幸夫動物文学全集 10」冬樹社 1966 p371
波浮（はぶ）の平六
　◇「来栖良夫児童文学全集 9」岩崎書店 1983 p1
パブパブ
　◇「阪田寛夫全詩集」理論社 2011 p528
ハブ物語
　◇「〔藤原英司〕日本の動物物語シリーズ 〔9〕」佑学社 1987 p7
ハブ物語
　◇「椋鳩十全集 9」ポプラ社 1970 p132
　◇「椋鳩十まるごと動物ものがたり 10」理論社 1995 p170
はぶらしくわえて
　◇「阪田寛夫全詩集」理論社 2011 p422
バーベキュウ
　◇「巽聖歌作品集 下」巽聖歌作品集刊行委員会 1977 p303
はぼたん
　◇「いのち—みずかみかずよ全詩集」石風社 1995 p122
ハボタン
　◇「まど・みちお詩集 1」銀河社 1975 p26
　◇「まど・みちお全詩集」理論社 1992 p463
　◇「まどさんの詩の本 11」理論社 1997 p82
ハボンスの手品
　◇「豊島与志雄童話全集 3」八雲書店 1948 p95
ハマウリの日
　◇「庄野英二全集 11」偕成社 1980 p204
浜吉と川吉
　◇「室生犀星童話全集 2」創林社 1978 p103
ハマグリ
　◇「まど・みちお全詩集」理論社 1992 p123
　◇「まどさんの詩の本 1」理論社 1994 p30
蛤と哲学
　◇「魂の配達—野村吉哉作品集」草思社 1983 p52
はまぐりとひきがえる
　◇「定本小川未明童話全集 8」講談社 1977 p378
　◇「定本小川未明童話全集 8」大空社 2001 p378
蛤のうた
　◇「室生犀星童話全集 2」創林社 1978 p18
ハマーショルド
　◇「〔かこさとし〕お話こんにちは 〔4〕」偕成社 1979 p127
浜田山の一夕—二反長先生との出会いと別れ
　◇「稗田菫平全集 5」宝文館出版 1980 p161
浜田廣介先生とのめぐりあい
　◇「武田信夫童話作品集」みちのく書房 1995 p518

はまち

浜千鳥
　◇「中村雨紅詩謡集」中村雨紅詩謡集刊行委員会 1971 p23

玫瑰（はまなす）
　◇「〔竹久〕夢二童謡集」ノーベル書房 1975（浪漫文庫）p15

ハマナス
　◇「庄野英二全集 11」偕成社 1980 p374

ハマナス
　◇「いのち―みずかみかずよ全詩集」石風社 1995 p113

はまねこ
　◇「定本小川未明童話全集 8」講談社 1977 p220
　◇「定本小川未明童話全集 8」大空社 2001 p220

浜の石
　◇「新装版金子みすゞ全集 1」JULA出版局 1984 p168
　◇「金子みすゞ童謡集」角川春樹事務所 1998（ハルキ文庫）p15
　◇「金子みすゞ童謡全集 2」JULA出版局 2003 p110

はまのひばり
　◇「浜田広介全集 7」集英社 1976 p46

「ハマのペンキ屋」磯崎老
　◇「斎藤隆介全集 8」岩崎書店 1982 p135

「はまひるがお」と「ひるがお」
　◇「今西祐行全集 15」偕成社 1989 p61

オペレッタ「はまひるがおの小さな海」
　◇「今西祐行全集 2」偕成社 1987 p243

はまひるがおの小さな海
　◇「今西祐行全集 2」偕成社 1987 p39

ハマヒルガオの ちいさな海
　◇「今西祐行絵ぶんこ 2」あすなろ書房 1984 p3

浜辺（岡田泰三）
　◇「岡田泰三・日下部梅子童謡集」会津童詩会 1992 p57

浜辺
　◇「中村雨紅詩謡集」中村雨紅詩謡集刊行委員会 1971 p52

浜辺でキャンプ
　◇「武田信夫童話作品集」みちのく書房 1995 p297

はまべのいす
　◇「山下明生・童話の島じま 4」あかね書房 2012 p5

浜辺の四季
　◇「壺井栄名作集 10」ポプラ社 1965 p88
　◇「壺井栄全集 3」文泉堂出版 1997 p161

浜辺の出来事
　◇「西條八十童謡集」修道社 1971 p64

浜べの友だち
　◇「小出正吾児童文学全集 2」審美社 2000 p307

浜干場
　◇「〔高橋一仁〕春のニシン場―童謡詩集」けやき書房 2003 p82

浜谷浩さんの写真展
　◇「杉みき子選集 9」新潟日報事業社 2011 p169

ハマユウ
　◇「椋鳩十の本 19」理論社 1982 p134

はまゆうとたんぽぽ
　◇「庄野英二全集 4」偕成社 1979 p271

バミ
　◇「まど・みちお全詩集 続」理論社 2015 p224

はみがきたむたむ
　◇「寺村輝夫童話 3」理論社 1997 p337

はみがきタムタム
　◇「寺村輝夫童話全集 9」ポプラ社 1982 p5

はみがきのうた
　◇「まど・みちお全詩集」理論社 1992 p193

はみがきロケット
　◇「寺村輝夫おはなしプレゼント 1」講談社 1994 p65
　◇「寺村輝夫全童話 7」理論社 1999 p512

葱嶺（パミール）先生の散歩
　◇「新修宮沢賢治全集 5」筑摩書房 1979 p216
　◇「新修宮沢賢治全集 5」筑摩書房 1979 p328

はむし
　◇「〔北原〕白秋全童謡集 2」岩波書店 1992 p39

羽虫の立つころ
　◇「〔北原〕白秋全童謡集 3」岩波書店 1992 p415

ハムノ不平
　◇「佐藤義美全集 1」佐藤義美全集刊行会 1974 p57

破滅
　◇「星新一YAセレクション 7」理論社 2009 p35

破滅の時
　◇「星新一ショートショートセレクション 6」理論社 2002 p7

ハメルンのふえふき
　◇「浜田広介全集 10」集英社 1976 p71

ハメルンの笛吹き
　◇「別役実童話集 〔3〕」三一書房 1977 p86

ハーメルンの笛吹き―プロローグとエピローグのある（六場）
　◇「筒井敬介児童劇集 1」東京書籍 1982（東書児童劇シリーズ）p89

ハーモニカ
　◇「おの・ちゅうこう初期作品集 〔1〕牧歌的風景」崙書房 1975 p104

ハーモニカ
　◇「横山健童謡選集 2」無明舎出版 1995 p58

ハモニカ
　◇「阪田寛夫全詩集」理論社 2011 p144

ハーモニカを ふくと
◇「定本小川未明童話全集 15」講談社 1978 p62
◇「定本小川未明童話全集 15」大空社 2002 p62

ハモニカ工場
◇「早乙女勝元小説選集 2」理論社 1977 p1

ハモニカじま
◇「与田凖一全集 4」大日本図書 1967 p11

ハーモニカと少年
◇「北彰介作品集 2」青森県児童文学研究会 1990 p77
◇「北彰介作品集 2」青森県児童文学研究会 1990 p109

ハモニカと馬車と啄木
◇「壺井栄全集 11」文泉堂出版 1998 p265

ハーモニカ・上巻
◇「鈴木喜代春児童文学選集 13」らくだ出版 2013 p3

ハーモニカ・下巻
◇「鈴木喜代春児童文学選集 14」らくだ出版 2013 p3

はや
◇「坪田譲治幼年童話文学全集 5」集英社 1965 p128

ハヤ
◇「坪田譲治童話全集 1」岩崎書店 1986 p193

はやい足
◇「〔山田野理夫〕お笑い文庫 1」太平出版社 1977 (母と子の図書室) p23

はやい とけい
◇「坪田譲治幼年童話文学全集 3」集英社 1965 p112

早い時計
◇「坪田譲治童話全集 4」岩崎書店 1986 p31

早起き三両のそん
◇「椋鳩十全集 24」ポプラ社 1980 p116

早起き十両の損
◇「椋鳩十の本 16」理論社 1983 p46

はやおきちゃんの うた
◇「まど・みちお全詩集 続」理論社 2015 p383

早起きのすすめ
◇「今江祥智の本 34」理論社 1990 p141

はやおきのはと
◇「浜田広介全集 4」集英社 1976 p29

はやおき ぼうや
◇「まど・みちお全詩集」理論社 1992 p176

ハヤガメくん
◇「筒井敬介童話全集 2」フレーベル館 1984 p201
◇「筒井敬介おはなし本 3」小峰書店 2006 p21

早口
◇「与謝野晶子児童文学全集 2」春陽堂書店 2007 p191

はやく走る
◇「川崎大治民話選 〔1〕」童心社 1968 p18

早く本願を想いだせ(息子もいとこも弟子たちも)
◇「〔松本光華〕民話風法華経童話 10」中外日報社 〔中外印刷出版〕 1990 p1

はやくも七〇歳
◇「まど・みちお全詩集 続」理論社 2015 p149

囃子
◇「阪田寛夫全詩集」理論社 2011 p494

林と思想
◇「新版・宮沢賢治童話全集 12」岩崎書店 1979 p124
◇「新修宮沢賢治全集 2」筑摩書房 1979 p108
◇「宮沢賢治童話集 4」講談社 1995 (講談社青い鳥文庫) p4
◇「ジュニア文学館 宮沢賢治―写真・絵画集成 3」日本図書センター 1996 p50
◇「宮沢賢治童話集珠玉選 〔4〕」講談社 2009 p4

林に建ったうち
◇「〔かこさとし〕お話こんにちは 〔4〕」偕成社 1979 p24

林にて
◇「おの・ちゅうこう初期作品集 〔1〕 牧歌的風景」崙書房 1975 p138

林のおくの出来事
◇「花岡大学仏典童話全集 4」法蔵館 1979 p170

林の底
◇「新版・宮沢賢治童話全集 1」岩崎書店 1978 p137
◇「新修宮沢賢治全集 10」筑摩書房 1979 p77
◇「宮沢賢治動物童話集 1」シグロ 1995 p59
◇「〔宮沢〕賢治童話」翔泳社 1995 p265

林のなか
◇「いのち―みずかみかずよ全詩集」石風社 1995 p152

〔林の中の柴小屋に〕
◇「新修宮沢賢治全集 6」筑摩書房 1980 p32

林のぬし
◇「若松賤子創作童話全集」久山社 1995 (日本児童文化史叢書) p20

林の花の下で
◇「花岡大学仏典童話新作集 3」法蔵館 1984 p119

林芙美子
◇「〔かこさとし〕お話こんにちは 〔9〕」偕成社 1979 p129

林芙美子
◇「椋鳩十の本 32」理論社 1989 p236

林芙美子さん
◇「椋鳩十の本 24」理論社 1983 p210

林芙美子さんを悼む

はやし

◇「壺井栄全集 11」文泉堂出版 1998 p400

林芙美子さんの人と作品
◇「壺井栄全集 11」文泉堂出版 1998 p470

林芙美子―隣り同士で暮した頃
◇「壺井栄全集 11」文泉堂出版 1998 p471

はやすぎた
◇「いのち―みずかみかずよ全詩集」石風社 1995 p259

はやすぎる、はやすぎる
◇「あまんきみこ童話集 3」ポプラ社 2008 p33

はやすぎるはやすぎる
◇「あまんきみこセレクション 2」三省堂 2009 p50

早太郎と人身御供
◇「松谷みよ子のむかしむかし 9」講談社 1973 p73

早池峰山嶺
◇「新修宮沢賢治全集 3」筑摩書房 1979 p135
◇「新修宮沢賢治全集 3」筑摩書房 1979 p361

早池峯山嶺
◇「新修宮沢賢治全集 6」筑摩書房 1980 p92
◇「新修宮沢賢治全集 6」筑摩書房 1980 p376

はやッコ, ふなッこ
◇「巽聖歌作品集 上」巽聖歌作品集刊行委員会 1977 p300

鮠釣り
◇「中村雨紅詩謡集」中村雨紅詩謡集刊行委員会 1971 p152

疾風の童子
◇「〔小田野〕友之童話集」文芸社 2009 p105

隼人
◇「新修宮沢賢治全集 6」筑摩書房 1980 p301
◇「新修宮沢賢治全集 6」筑摩書房 1980 p439

はやとうり
◇「椋鳩十の本 21」理論社 1982 p193
◇「椋鳩十の本 23」理論社 1983 p261

隼人塚
◇「椋鳩十の本 21」理論社 1982 p230

隼人舞いのおこり
◇「松谷みよ子のむかしむかし 4」講談社 1973 p155

はやにえ
◇「〔東君平〕おはようどうわ 4」講談社 1982 p23
◇「東君平のおはようどうわ 4」新日本出版社 2010 p87

早寝
◇「杉みき子選集 2」新潟日報事業社 2005 p110

はやねはやおき
◇「〔東君平〕おはようどうわ 4」講談社 1982 p168

〔早ま暗いにぼうと鳴る〕
◇「新修宮沢賢治全集 7」筑摩書房 1980 p312

端山礼賛

◇「椋鳩十の本 20」理論社 1983 p221

早わざ
◇「〔山田野理夫〕お笑い文庫 1」太平出版社 1977（母と子の図書室）p128

早わざくらべ
◇「〔比江島重孝〕宮崎のむかし話 1」鉱脈社 1998 p136

ばら
◇「さくらゆき―さとうじゅんこ童詩集」えんじゅの会 1997 p103

ばら
◇「庄野英二全集 4」偕成社 1979 p257

ばら
◇「〔谷山浩子〕おひさまにキッス―お話の贈りもの」小学館 1997（おひさまのほん）p26

ばら
◇「壺井栄全集 4」文泉堂出版 1998 p430

ばら
◇「稗田童平全集 3」宝文館出版 1979 p71

バラ
◇「庄野英二全集 9」偕成社 1979 p57

バラ
◇「まど・みちお詩集 1」銀河社 1975 p24
◇「まど・みちお全詩集」理論社 1992 p464
◇「まどさんの詩の本 11」理論社 1997 p68

バラ
◇「いのち―みずかみかずよ全詩集」石風社 1995 p88

薔薇
◇「〔北原〕白秋全童謡集 2」岩波書店 1992 p431

薔薇
◇「西條八十童謡全集」修道社 1971 p11

ばらいろの雲
◇「立原えりか作品集 2」思潮社 1972 p165
◇「立原えりかのファンタジーランド 3」青土社 1980 p19

ばら色の雲はあまい
◇「二反長半作品集 1」集英社 1979 p224

バラ色の煙
◇「椋鳩十の本 1」理論社 1982 p116

茨海小学校
◇「新版・宮沢賢治童話全集 4」岩崎書店 1978 p105
◇「新修宮沢賢治全集 9」筑摩書房 1979 p169
◇「宮沢賢治動物童話集 2」シグロ 1995 p35
◇「〔宮沢〕賢治童話」翔社 1995 p285

バラ園
◇「〔下田喜久美〕遠くから来た旅人―詩集」リトル・ガリヴァー社 1998 p136

ばら王女
◇「鈴木三重吉童話全集 3」文泉堂書店 1975（日

(本文学全集・選集叢刊第5次) p334
(薔薇を咲かせ)
　◇「稗田童平全集 2」宝文館出版 1979 p97
はらをたてたときのおいしゃさん
　◇「全集版灰谷健次郎の本 15」理論社 1988 p56
はらをたてないおかみさん
　◇「〔西本鶏介〕新日本昔ばなし——一日一話・読みきかせ 1」小学館 1997 p96
原音松さんのこと
　◇「庄野英二全集 6」偕成社 1979 p349
腹帯式
　◇「北彰介作品集 4」青森県児童文学研究会 1991 p168
バラがさいたひ
　◇「〔東君平〕おはようどうわ 8」講談社 1982 p98
バラがさいたよ
　◇「稗田童平全集 8」宝文館出版 1982 p176
腹切り源造
　◇「戸川幸夫動物文学全集 8」冬樹社 1966 p61
　◇「戸川幸夫動物文学全集 7」講談社 1977 p50
はらくだしのへび
　◇「寺村輝夫のむかし話 〔4〕」あかね書房 1978 p96
ばら咲くお家(日下部梅子)
　◇「岡田泰三・日下部梅子童謡集」会津童詩会 1992 p90
パラシュート
　◇「くんぺい魔法ばなし—魔法ばなし全集 1」サンリオ 2000 p118
落下傘(パラシュート)
　◇「〔北原〕白秋全童謡集 2」岩波書店 1992 p321
パラソルのこもりうた
　◇「佐藤義美全集 1」佐藤義美全集刊行会 1974 p293
原体剣舞連
　◇「新版・宮沢賢治童話全集 12」岩崎書店 1979 p125
　◇「新修宮沢賢治全集 2」筑摩書房 1979 p125
　◇「新修宮沢賢治全集 1」筑摩書房 1980 p283
　◇「ジュニア文学館 宮沢賢治—写真・絵画集成 3」日本図書センター 1996 p52
原敬
　◇「〔かこさとし〕お話こんにちは 〔11〕」偕成社 1980 p42
原田泰治の世界
　◇「長崎源之助全集 20」偕成社 1988 p37
腹太鼓
　◇「中村雨紅詩謡集」中村雨紅詩謡集刊行委員会 1971 p19
ハラッパ
　◇「佐藤義美全集 1」佐藤義美全集刊行会 1974

p120
原っぱ
　◇「土田耕平童話集 〔2〕」古今書院 1955
原つぱ
　◇「巽聖歌作品集 上」巽聖歌作品集刊行委員会 1977 p178
はらっぱに、びょういん三つ
　◇「〔東風琴子〕童話集 1」ストーク 2002 p87
はらっぱの春
　◇「小川未明幼年童話文学全集 4」集英社 1966 p31
原っぱの 春
　◇「定本小川未明童話全集 16」講談社 1978 p280
　◇「定本小川未明童話全集 16」大空社 2002 p280
薔薇とお鈴さん
　◇「〔巌谷〕小波お伽全集 8」本の友社 1998 p21
バラード「鼻」
　◇「阪田寛夫全詩集」理論社 2011 p508
薔薇と花子
　◇「与謝野晶子児童文学全集 6」春陽堂書店 2007 p15
バラとひとと
　◇「まど・みちお全詩集 続」理論社 2015 p133
バラとプーシキン
　◇「庄野英二全集 10」偕成社 1979 p336
(薔薇ならば)
　◇「稗田童平全集 8」宝文館出版 1982 p58
バラに成った彼
　◇「椋鳩十の本 1」理論社 1982 p155
薔薇猫ちゃん
　◇「今江祥智の本 27」理論社 1991 p177
ばらの家
　◇「川端康成少年少女小説集」中央公論社 1968 p183
バラのお花がさきました
　◇「山本瓔子詩集 II」新風舎 2003 p48
ばらの垣根
　◇「与田準一全集 1」大日本図書 1967 p102
ばらのさくみち<一まく 生活劇>
　◇「〔斎田喬〕学校劇代表選 1」牧書店 1959 p203
ばらのさくみち(生活劇)
　◇「斎田喬幼年劇全集 1」誠文堂新光社 1962 p373
ばらの初夏
　◇「くどうなおこ詩集○」童話屋 1996 p112
ばらの庭園
　◇「〔高崎乃理子〕妖精の好きな木—詩集」かど創風 1998 p76
腹の中の書物
　◇「瑠璃の壺—森銑三童話集」三樹書房 1982 p186
薔薇の匂い(岡田泰三)
　◇「岡田泰三・日下部梅子童謡集」会津童詩会 1992

はらの

 p24
ばらのにおいとかげ
 ◇「稗田菫平全集 3」宝文館出版 1979 p32
ばらの根
 ◇〔〔金子〕みすゞ詩画集 〔3〕〕春陽堂書店 2000
薔薇の根
 ◇「新装版金子みすゞ全集 2」JULA出版局 1984 p36
 ◇「金子みすゞ童謡集」角川春樹事務所 1998 （ハルキ文庫）p42
 ◇「金子みすゞ童謡全集 3」JULA出版局 2004 p60
ばらの花
 ◇「与田凖一全集 2」大日本図書 1967 p203
バラノハナ
 ◇「まど・みちお全詩集 続」理論社 2015 p214
バラの花が咲いたよ
 ◇「あづましい童話集―子供たちの心を育てる」新風舎 1999 p69
ばらの葉のうへ
 ◇〔〔北原〕白秋全童謡集 3〕岩波書店 1992 p331
「薔薇の豹」拾遺
 ◇「稗田菫平全集 8」宝文館出版 1982 p33
「薔薇の豹」抄
 ◇「稗田菫平全集 1」宝文館出版 1978 p105
薔薇の豹（二章）
 ◇「稗田菫平全集 1」宝文館出版 1978 p105
はらのふくれたきつね
 ◇「阪田寛夫全詩集」理論社 2011 p521
薔薇の町
 ◇「新装版金子みすゞ全集 2」JULA出版局 1984 p77
 ◇「金子みすゞ童謡集 3」JULA出版局 2004 p120
 ◇〔〔金子みすゞ〕花の詩集 1〕JULA出版局 2004 p15
バラの芽
 ◇「庄野英二全集 6」偕成社 1979 p177
ハラハンテ
 ◇〔〔北原〕白秋全童謡集 3〕岩波書店 1992 p296
薔薇姫
 ◇〔〔巌谷〕小波お伽全集 10」本の友社 1998 p147
腹ペコ
 ◇「石森延男児童文学全集 11」学習研究社 1971 p158
はらぺこ王さまふとりすぎ
 ◇〔〔寺村輝夫〕ちいさな王さまシリーズ 1」理論社 1985 p1
 ◇「寺村輝夫全童話 2」理論社 1997 p17
はらぺこおなべ
 ◇「神沢利子コレクション 2」あかね書房 1994 p81
 ◇「神沢利子コレクション・普及版 2」あかね書房

2005 p81
 ◇「神沢利子のおはなしの時間 4」ポプラ社 2011 p55
腹ペコ熊
 ◇「斎藤隆介全集 2」岩崎書店 1982 p105
はらぺこ子ギツネ
 ◇「椋鳩十全集 10」ポプラ社 1970 p254
はらへった はらへった
 ◇「まど・みちお全詩集」理論社 1992 p246
ばらめれどん
 ◇「阪田寛夫全詩集」理論社 2011 p184
バラもお国ぶり
 ◇「石森延男児童文学全集 15」学習研究社 1971 p7
ばらより赤くうみより青く
 ◇「稗田菫平全集 3」宝文館出版 1979 p12
バラは咲くよ
 ◇「いのち―みずかみかずよ全詩集」石風社 1995 p104
ばらは知っている
 ◇「住井すゑジュニア文学館 6」汐文社 1999 p57
バランスということ
 ◇「椋鳩十の本 23」理論社 1983 p211
バリー
 ◇〔〔かこさとし〕お話こんにちは 〔2〕〕偕成社 1979 p52
針
 ◇「壺井栄全集 2」文泉堂出版 1997 p34
張板
 ◇「巽聖歌作品集 上」巽聖歌作品集刊行委員会 1977 p491
ハリウッド
 ◇「今江祥智童話館 〔10〕」理論社 1987 p209
はり絵
 ◇「庄野英二全集 9」偕成社 1979 p109
はりえんじゅ
 ◇「いのち―みずかみかずよ全詩集」石風社 1995 p100
はりがねネコ
 ◇「三木卓童話作品集 1」大日本図書 2000 p181
張子の達磨と雨
 ◇〔〔巌谷〕小波お伽全集 14」本の友社 1998 p236
ハリコの虎
 ◇「椋鳩十の本 23」理論社 1983 p61
針地獄
 ◇〔〔巌谷〕小波お伽全集 3」本の友社 1998 p416
はりと石うす
 ◇「浜田広介全集 5」集英社 1976 p221
針とヒョウタン
 ◇「浜田広介全集 9」集英社 1976 p181
パリにいきたいくじら

はりねずみ
　　◇「こやま峰子詩集〔1〕」朔北社 2003 p34
ハリネズミ
　　◇「まど・みちお全詩集」理論社 1992 p122
　　◇「まどさんの詩の本 7」理論社 1996 p60
はりねずみのハリー
　　◇「寺村輝夫童話全集 8」ポプラ社 1982 p115
　　◇「寺村輝夫全童話 3」理論社 1997 p108
パリの市場
　　◇「椋鳩十の本 22」理論社 1983 p36
巴里のエレンヌさん
　　◇「与謝野晶子児童文学全集 5」春陽堂書店 2007 p159
針の功名
　　◇〔巌谷〕小波お伽全集 11」本の友社 1998 p363
巴里の子供
　　◇「与謝野晶子児童文学全集 4」春陽堂書店 2007 p138
パリの裁判所
　　◇「〔島崎〕藤村の童話 1」筑摩書房 1979 p99
パリの裁判所その他
　　◇「〔島崎〕藤村の童話 1」筑摩書房 1979 p97
パリーの下町で
　　◇「椋鳩十の本 31」理論社 1989 p229
パリのスズメ
　　◇「庄野英二全集 11」偕成社 1980 p59
巴里の大佐
　　◇「巽聖歌作品集 上」巽聖歌作品集刊行委員会 1977 p62
バリバーニイの沼地〈ジエームス・フランシス・ドワイヤア〉
　　◇「校定新美南吉全集 9」大日本図書 1981 p463
ハリハリかあさんとジョッパ―その1・五つのみち
　　◇「〔東風琴二〕童話集 3」ストーク 2012 p61
はりまや橋は火の雨
　　◇「〔市原麟一郎〕子どもに語る戦争たいけん物語 4」リーブル出版 2007 p183
はりめんこ
　　◇「〔坪井安〕はしれ子馬よ―童謡詩集」童謡研究・蜂の会 1999 p98
★（春）
　　◇「稗田菫平全集 8」宝文館出版 1982 p40
はる
　　◇「〔東君平〕おはようどうわ 6」講談社 1982 p38
はる
　　◇「いのち―みずかみかずお全詩集」石風社 1995 p227
はる
　　◇「与田準一全集 1」大日本図書 1967 p186
ハル
　　◇「佐藤義美全集 1」佐藤義美全集刊行会 1974 p45
パル
　　◇「〔黒川良人〕犬の詩猫の詩―児童詩集」東洋出版 2000 p97
春
　　◇「定本小川未明童話全集 6」講談社 1977 p297
　　◇「定本小川未明童話全集 6」大空社 2001 p297
春
　　◇「北彰介作品集 4」青森県児童文学研究会 1991 p34
春
　　◇「〔北原〕白秋全童謡集 1」岩波書店 1992 p267
　　◇「〔北原〕白秋全童謡集 3」岩波書店 1992 p242
春
　　◇「朔太郎少年の詩―木村和夫童話集」沖積舎 1998 p7
春
　　◇「阪田寛夫全詩集」理論社 2011 p15
春
　　◇「佐藤義美童謡集」さ・え・ら書房 1960 p198
　　◇「佐藤義美全集 1」佐藤義美全集刊行会 1974 p110
　　◇「佐藤義美全集 1」佐藤義美全集刊行会 1974 p444
春
　　◇「杉みき子選集 2」新潟日報事業社 2005 p10
　　◇「杉みき子選集 10」新潟日報事業社 2011 p208
春
　　◇「春―〔竹久〕夢二童話集」ノーベル書房 1977 p211
春
　　◇「巽聖歌作品集 上」巽聖歌作品集刊行委員会 1977 p457
　　◇「巽聖歌作品集 上」巽聖歌作品集刊行委員会 1977 p481
春
　　◇「中村雨紅詩謡集」中村雨紅詩謡集刊行委員会 1971 p48
春
　　◇「新美南吉全集 6」牧書店 1965 p266
　　◇「校定新美南吉全集 8」大日本図書 1981 p299
春
　　◇「稗田菫平全集 2」宝文館出版 1979 p40
　　◇「稗田菫平全集 2」宝文館出版 1979 p46
春
　　◇「まど・みちお全詩集」理論社 1992 p49
　　◇「まど・みちお全詩集 続」理論社 2015 p415
春
　　◇「新版・宮沢賢治童話全集 12」岩崎書店 1979

はる

　　　　p174
　◇「新修宮沢賢治全集 3」筑摩書房 1979 p65
　◇「新修宮沢賢治全集 3」筑摩書房 1979 p137
　◇「新修宮沢賢治全集 3」筑摩書房 1979 p233
　◇「新修宮沢賢治全集 3」筑摩書房 1979 p330
　◇「新修宮沢賢治全集 3」筑摩書房 1979 p362
　◇「新修宮沢賢治全集 4」筑摩書房 1979 p6
　◇「新修宮沢賢治全集 4」筑摩書房 1979 p57
　◇「新修宮沢賢治全集 4」筑摩書房 1979 p302
　◇「新修宮沢賢治全集 7」筑摩書房 1980 p292
　◇「ジュニア文学館 宮沢賢治―写真・絵画集成 3」日本図書センター 1996 p130
　◇「〔宮沢賢治〕注文の多い料理店―イーハトーヴ童話集」岩波書店 2000（岩波少年文庫）p213

春
　◇「椋鳩十の本 1」理論社 1982 p40
　◇「椋鳩十の本 1」理論社 1982 p64
　◇「椋鳩十の本 1」理論社 1982 p110

春浅き
　◇「那須辰造著作集 2」講談社 1980 p141

春一番
　◇「〔坪井安〕はしれ子馬よ―童謡詩集」童謡研究・蜂の会 1999 p94

春色のスカート
　◇「おはなしの森―きはらみちこ童話集」熊本日日新聞情報文化センター 1999 p6

春・うみねこ
　◇「佐藤義美全集 1」佐藤義美全集刊行会 1974 p367

春を待ちながら
　◇「〔斎藤信夫〕子ども心を友として―童謡詩集」成東町教育委員会 1996 p244

春をまつ
　◇「いのち―みずかみかずよ全詩集」石風社 1995 p133

春を待つ
　◇「斎田喬児童劇選集 〔1〕」牧書店 1954 p1

春を待つ
　◇「巽聖歌作品集 上」巽聖歌作品集刊行委員会 1977 p238

春をまつドングリ
　◇「カエルとお月さま―後藤楢根「作品集」」由布市教育委員会 2006 p23

春を待つ日
　◇「北川千代児童文学全集 下」講談社 1967 p7

春を呼ぶマーチ
　◇「阪田寛夫全詩集」理論社 2011 p400

春がきた
　◇「まど・みちお全詩集」理論社 1992 p221

童話 春が来た
　◇「あ.づましん童話集―子供たちの心を育てる」新風舎 1999 p59

春が来た
　◇「松谷みよ子全エッセイ 3」筑摩書房 1989 p225

春がきたきた
　◇「小出正吾児童文学全集 2」審美社 2000 p301

春がきたきた
　◇「春よこいこい―高橋良和こころの童話選集」同朋舎出版 1995 p134

春が来た来た
　◇「西條八十童謡全集」修道社 1971 p326

はるが きたのに あなから でて こない くま
　◇「佐藤義美全集 5」佐藤義美全集刊行会 1973 p23

はるがきたよ！
　◇「〔あまのまお〕おばあちゃんの不思議な箱―童話集」健友館 2000 p135

春がきます
　◇「佐藤義美童謡集」さ・え・ら書房 1960 p199
　◇「佐藤義美全集 1」佐藤義美全集刊行会 1974 p220

はるがくる
　◇「さくらゆき―さとうじゅんこ童詩集」えんじゅの会 1997 p24

はるがくる
　◇「佐藤義美童謡集」さ・え・ら書房 1960 p34
　◇「佐藤義美全集 1」佐藤義美全集刊行会 1974 p175

春がくる
　◇「稗田童平全集 3」宝文館出版 1979 p16

春が来る
　◇「国分一太郎児童文学集 6」小峰書店 1967 p118

春が来る
　◇「浜田広介全集 11」集英社 1976 p18

春が来る、来る
　◇「〔北原〕白秋全童謡集 4」岩波書店 1993 p150

春がくる前
　◇「定本小川未明童話全集 1」大空社 2001 p326

春がくる前に
　◇「定本小川未明童話全集 1」講談社 1976 p326

春がくるまで
　◇「ひろすけ幼年童話文学全集 5」集英社 1962 p180
　◇「浜田広介全集 4」集英社 1976 p56

春がすみ
　◇「まど・みちお詩集 3」銀河社 1975 p46
　◇「まど・みちお全詩集」理論社 1992 p486

春風
　◇「巽聖歌作品集 上」巽聖歌作品集刊行委員会 1977 p399
　◇「巽聖歌作品集 上」巽聖歌作品集刊行委員会 1977 p453

春風
　◇「新美南吉全集 6」牧書店 1965 p84

◇「校定新美南吉全集 8」大日本図書 1981 p168
　◇「新美南吉童話集 1」大日本図書 1982 p331
　◇「新美南吉童話集 1」大日本図書 2012 p331
はるかぜさん
　◇「佐藤義美全集 1」佐藤義美全集刊行会 1974 p396
はるかぜさんの うた
　◇「佐藤義美全集 1」佐藤義美全集刊行会 1974 p451
はるかぜそよかぜ
　◇「斎田喬児童劇選集 〔6〕」牧書店 1954 p18
はるかぜそよかぜ(生活擬人劇)
　◇「斎田喬幼年劇全集 1」誠文堂新光社 1962 p323
春風と王さま
　◇「小川未明幼年童話文学全集 2」集英社 1965 p11
　◇「定本小川未明童話全集 7」講談社 1977 p246
　◇「定本小川未明童話全集 7」大空社 2001 p246
春風の吹く町
　◇「定本小川未明童話全集 12」講談社 1977 p229
　◇「定本小川未明童話全集 12」大空社 2002 p229
春風―母死にまして二十年 兄も亦幼にして逝けり
　◇「新美南吉童話傑作選 〔6〕 花をうめる」小峰書店 2004 p264
春風物語
　◇「谷口雅春童話集 1」日本教文社 1976 p89
春風列車
　◇「パパとボクとネコ―山口紀代子童謡詩集」音楽舎 2003 p74
はるかな歌―わが妻の生れし日のうた
　◇「まど・みちお全詩集」理論社 1992 p84
はるかな こだま
　◇「まど・みちお全詩集」理論社 1992 p85
はるかな作業
　◇「新修宮沢賢治全集 4」筑摩書房 1979 p30
　◇「新修宮沢賢治全集 4」筑摩書房 1979 p308
はるかな日々の
　◇「杉みき子選集 10」新潟日報事業社 2011 p147
遥かなりローマ
　◇「今西祐行全集 12」偕成社 1990 p7
はるかなる信濃
　◇「杉みき子選集 9」新潟日報事業社 2011 p197
はるかなる南の海
　◇「椋鳩十の本 21」理論社 1982 p295
遥かなる室生犀星氏
　◇「稗田童平全集 2」宝文館出版 1979 p136
(はるかなるもの)
　◇「稗田童平全集 8」宝文館出版 1982 p82
はるかなるものに寄せる心
　◇「坪田譲治童話全集 10」岩崎書店 1986 p264

はるがはじまる
　◇「阪田寛夫全詩集」理論社 2011 p435
はるがまたきた(擬人劇)
　◇「斎田喬幼年劇全集 3」誠文堂新光社 1962 p223
春から秋へ
　◇「杉みき子選集 10」新潟日報事業社 2011 p123
〔春来るともなほわれの〕
　◇「新修宮沢賢治全集 5」筑摩書房 1979 p243
　◇「新修宮沢賢治全集 5」筑摩書房 1979 p333
はるくさ(五首)
　◇「稗田童平全集 4」宝文館出版 1980 p52
春さきの朝のこと
　◇「定本小川未明童話全集 14」講談社 1977 p41
　◇「定本小川未明童話全集 14」大空社 2002 p41
春さきの古物店
　◇「定本小川未明童話全集 5」講談社 1977 p40
　◇「定本小川未明童話全集 5」大空社 2001 p40
春さきのひょう
　◇「杉みき子選集 1」新潟日報事業社 2005 p151
バルザック
　◇「〔かこさとし〕お話こんにちは 〔2〕」偕成社 1979 p103
はるさめ
　◇「阪田寛夫全詩集」理論社 2011 p288
(春雨に)
　◇「稗田童平全集 8」宝文館出版 1982 p52
ハルジオン
　◇「まど・みちお全詩集 続」理論社 2015 p133
春四月
　◇「松田瓊子全集 5」大空社 1997 p42
ハル星のねがい―星からのメッセージⅣ
　◇「土田明子詩集 3」かど創房 1986 p20
春蟬
　◇「佐藤義美全集 1」佐藤義美全集刊行会 1974 p104
春蟬
　◇「異聖歌作品集 上」異聖歌作品集刊行委員会 1977 p489
春〔先駆形〕
　◇「新修宮沢賢治全集 7」筑摩書房 1980 p394
春だ
　◇「いのち―みずかみかずよ全詩集」石風社 1995 p138
春だよ(日下部梅子)
　◇「岡田泰三・日下部梅子童謡集」会津童詩会 1992 p71
春だよ
　◇「中村雨紅詩謡集」中村雨紅詩謡集刊行委員会 1971 p75
はるだよ　どじょっこ

はるち

◇「〔高橋一仁〕春のニシン場―童謡詩集」けやき書房 2003 p30

春近い村
◇「武田亜公童話集 4」秋田文化出版社 1978 p41

春近き日
◇「定本小川未明童話全集 4」講談社 1977 p396
◇「定本小川未明童話全集 4」大空社 2001 p396

ぱるちざん
◇「今江祥智の本 10」理論社 1980 p75
◇「今江祥智の本 10」理論社 1980 p201
◇「今江祥智童話館 〔17〕」理論社 1987 p235

春ちゃん
◇「石森延男児童文学全集 15」学習研究社 1971 p275

はるつげ鳥
◇「与田準一全集 4」大日本図書 1967 p242

春告鳥
◇「稲田蕫平全集 7」宝文館出版 1981 p160

春告鳥
◇「森三郎童話選集 〔2〕」刈谷市教育委員会 1996 p100

はるって
◇「地球のかぞく―石原一輝童謡詩集」群青社 2001 p52

春です
◇「いのち―みずかみかずよ全詩集」石風社 1995 p87

春です心がはずみます
◇「山本瓔子詩集 II」新風舎 2003 p24

春です こちらです
◇「パパとボクとネコ―山口紀代子童謡詩集」音楽舎 2003 p40

はるですよ
◇「与田準一全集 1」大日本図書 1967 p262

春といっしょに
◇「山本瓔子詩集 I」新風舎 2003 p80

春遠くも
◇「巽聖歌作品集 下」巽聖歌作品集刊行委員会 1977 p296

パルと黒いねこ
◇「春よこいこい―高橋良和こころの童話選集」同朋舎出版 1995 p94

「春と修羅」
◇「新修宮沢賢治全集 2」筑摩書房 1979 p3

詩 春と修羅
◇「賢治の音楽室―宮沢賢治、作詞作曲の全作品+詩と童謡の朗読」小学館 2000 p28

春と修羅
◇「新修宮沢賢治全集 2」筑摩書房 1979 p11
◇「新修宮沢賢治全集 2」筑摩書房 1979 p21
◇「ジュニア文学館 宮沢賢治―写真・絵画集成 3」日本図書センター 1996 p23
◇「よくわかる宮沢賢治―イーハトーブ・ロマン II」学習研究社 1996 p178

「春と修羅 詩稿補遺」
◇「新修宮沢賢治全集 5」筑摩書房 1979 p3

「春と修羅 詩稿補遺」〔異稿〕
◇「新修宮沢賢治全集 5」筑摩書房 1979 p282

詩集 春と修羅 序
◇「賢治の音楽室―宮沢賢治、作詞作曲の全作品+詩と童謡の朗読」小学館 2000 p60

心象スケッチ 春と修羅 序
◇「よくわかる宮沢賢治―イーハトーブ・ロマン II」学習研究社 1996 p172

「春と修羅」(初版本に対する作者の手入れ)
◇「新修宮沢賢治全集 2」筑摩書房 1979 p333

「春と修羅 第二集」
◇「新修宮沢賢治全集 3」筑摩書房 1979 p3

「春と修羅 第二集」〔異稿〕
◇「新修宮沢賢治全集 3」筑摩書房 1979 p308

「春と修羅 第三集」
◇「新修宮沢賢治全集 4」筑摩書房 1979 p3

「春と修羅 第三集」〔異稿〕
◇「新修宮沢賢治全集 4」筑摩書房 1979 p302

詩「春と修羅」第三集より
◇「新版・宮沢賢治童話全集 12」岩崎書店 1979 p174

「春と修羅」補遺
◇「新修宮沢賢治全集 2」筑摩書房 1979 p271

春と少年工
◇「武田亜公童話集 1」秋田文化出版社 1978 p83

春とやぎ
◇「佐藤義美童謡集」さ・え・ら書房 1960 p242
◇「佐藤義美全集 1」佐藤義美全集刊行会 1974 p256

榛名湖のぬし
◇「松谷みよ子のむかしむかし 10」講談社 1973 p69

はるなつあきふゆのうた
◇「〔関根栄一〕はしるふじさん―童謡集」小峰書店 1998 p114

春にさく花
◇「浜田広介全集 8」集英社 1976 p111

春(二十九句)
◇「稲田蕫平全集 4」宝文館出版 1980 p96

春に立つ吾が歌
◇「北彰介作品集 4」青森県児童文学研究会 1991 p89

春になったら
◇「〔斎藤信夫〕子ども心を友として―童謡詩集」成東町教育委員会 1996 p126

春になったら
◇「やなせたかし童謡詩集 〔3〕」フレーベル館 2001 p40
春になる前夜
◇「定本小川未明童話全集 3」講談社 1977 p352
◇「定本小川未明童話全集 3」大空社 2001 p352
春になると
◇「巽聖歌作品集 下」巽聖歌作品集刊行委員会 1977 p162
春になれば
◇「マッチ箱の中―三鎌よし子童謡集」しもつけ文学会 1998 p14
(春の)
◇「稗田童平全集 8」宝文館出版 1982 p58
春の合図
◇「山本瓔子詩集 II」新風舎 2003 p27
春の赤ちゃん
◇「〔坪井安〕はしれ子馬よ―童謡詩集」童謡研究・蜂の会 1999 p96
春の朝
◇「石森延男児童文学全集 5」学習研究社 1971 p220
春の朝
◇「新装版金子みすゞ全集 1」JULA出版局 1984 p186
◇「〔金子〕みすゞ詩画集 〔4〕」春陽堂書店 2000 p6
◇「金子みすゞ童謡全集 2」JULA出版局 2003 p136
春のあしおと
◇「杉みき子選集 3」新潟日報事業社 2006 p95
春の雨
◇「石森延男児童文学全集 15」学習研究社 1971 p103
◇「石森読本―石森延男児童文学選集 4年生」小学館 1977 p28
春の雨
◇「ひろすけ幼年童話文学全集 5」集英社 1962 p36
◇「浜田広介全集 3」集英社 1975 p164
春の泉
◇「与田凖一全集 1」大日本図書 1967 p264
はるのうさぎ
◇「椋鳩十学年別童話 〔1〕」理論社 1990 p87
春の氏神
◇「浜田広介全集 5」集英社 1976 p212
ハルノ ウタ
◇「佐藤義美全集 1」佐藤義美全集刊行会 1974 p158
春のうた
◇「〔土田明子〕ちいさい星―母と子の詩集」らくだ出版 2002 p20
春のうた

◇「野口雨情童謡集」弥生書房 1993 p83
春の唄
◇「松田瓊子全集 5」大空社 1997 p78
春の歌
◇「北彰介作品集 4」青森県児童文学研究会 1991 p129
春の歌
◇「佐藤義美全集 1」佐藤義美全集刊行会 1974 p289
はるのうみ
◇「〔東君平〕おはようどうわ 5」講談社 1982 p51
◇「東君平のおはようどうわ 1」新日本出版社 2010 p53
春の海
◇「〔北原〕白秋全童謡集 2」岩波書店 1992 p392
春の海
◇「斎藤隆介全集 3」岩崎書店 1982 p104
春の海
◇「杉みき子選集 2」新潟日報事業社 2005 p162
春の海
◇「くんぺい魔法ばなし―魔法ばなし全集 3」サンリオ 2000 p22
春のえんそく(みじかいおしばい)
◇「斎田喬幼年劇全集 1」誠文堂新光社 1962 p145
はるの小川
◇「斎田喬児童劇選集 〔6〕」牧書店 1954 p9
はるのおがわ(生活劇)
◇「斎田喬幼年劇全集 1」誠文堂新光社 1962 p39
春の小川に
◇「佐藤ふさゑの本 1」てらいんく 2011 p37
春のお客さん
◇「あまんきみこ童話集 2」ポプラ社 2008 p42
◇「あまんきみこセレクション 1」三省堂 2009 p53
はるの おつかい
◇「まど・みちお全詩集 続」理論社 2015 p370
春のおとずれ
◇「北風のくれたテーブルかけ―久保田万太郎童話劇集」東京書籍 1981 (東書児童劇シリーズ)p9
春の訪れ
◇「まど・みちお全詩集 続」理論社 2015 p403
春のお機
◇「新装版金子みすゞ全集 2」JULA出版局 1984 p155
◇「金子みすゞ童謡全集 4」JULA出版局 2004 p16
春の顔
◇「室生犀星童話全集 2」創林社 1978 p7
はるのかぜ
◇「〔東君平〕おはようどうわ 6」講談社 1982 p62
◇「東君平のおはようどうわ 1」新日本出版社 2010 p50

はるの

春の風
　◇「まど・みちお全詩集」理論社 1992 p212
歌稿 春の画帖
　◇「稗田菫平全集 8」宝文館出版 1982 p207
童謡集 春の神さま
　◇「巽聖歌作品集 上」巽聖歌作品集刊行委員会 1977 p73
春の神と秋の神
　◇「松谷みよ子のむかしむかし 5」講談社 1973 p70
春のかみなり＜一まく 擬人劇＞
　◇「〔斎田喬〕学校劇代表作選 1」牧書店 1959 p7
はるのかみなり（童話劇）
　◇「斎田喬幼年劇全集 3」誠文堂新光社 1962 p207
春の川
　◇「浜田広介全集 8」集英社 1976 p229
はるのきしゃ
　◇「斎田喬児童劇選集 〔5〕」牧書店 1954 p175
春の汽車（童話劇）
　◇「斎田喬幼年劇全集 3」誠文堂新光社 1962 p293
春の汽車道
　◇「国分一太郎児童文学集 6」小峰書店 1967 p115
春の教会堂
　◇「サトウハチロー童謡集」弥生書房 1977 p78
春の草
　◇「〔竹久〕夢二童謡集」ノーベル書房 1975（浪漫文庫）p7
春のくちぶえ
　◇「花岡大学童話文学全集 4」法蔵館 1980 p211
春の雲
　◇「斎藤隆介全集 1」岩崎書店 1982 p119
春の雲に関するあいまいなる議論
　◇「新修宮沢賢治全集 4」筑摩書房 1979 p70
　◇「新修宮沢賢治全集 4」筑摩書房 1979 p318
　◇「ジュニア文学館 宮沢賢治―写真・絵画集成 3」日本図書センター 1996 p132
春のクリスマス
　◇「斎田喬児童劇選集 〔4〕」牧書店 1954 p85
春のクリスマス（放送台本）
　◇「斎田喬幼年劇全集 3」誠文堂新光社 1962 p519
春のくるころ
　◇「巽聖歌作品集 上」巽聖歌作品集刊行委員会 1977 p215
春のくれがた
　◇「西條八十童謡全集」修道社 1971 p47
春の声
　◇「斎藤隆介全集 12」岩崎書店 1982 p30
はるの こじか
　◇「巽聖歌作品集 上」巽聖歌作品集刊行委員会 1977 p505
春の琴
　◇「稗田菫平全集 1」宝文館出版 1978 p110
春の小人
　◇「北彰介作品集 1」青森県児童文学研究会 1990 p11
　◇「北彰介作品集 1」青森県児童文学研究会 1990 p29
春の小人
　◇「〔北原〕白秋全童謡集 3」岩波書店 1992 p410
春の駒
　◇「浜田広介全集 11」集英社 1976 p126
春の駒
　◇「〔比江島重孝〕宮崎のむかし話 2」鉱脈社 1998 p161
はるのこもりうた
　◇「平塚武二童話集 1」童心社 1972 p187
はるのさんぽ
　◇「まど・みちお全詩集」理論社 1992 p402
　◇「まどさんの詩の本 9」理論社 1996 p70
はるのじてんしゃ
　◇「平塚武二童話集 1」童心社 1972 p118
春の射的場
　◇「〔北原〕白秋全童謡集 3」岩波書店 1992 p101
春の白さぎ
　◇「斎田喬児童劇選集 〔2〕」牧書店 1954 p63
春のシンフォニー
　◇「パパとボクとネコ―山口紀代子童謡詩集」音楽舎 2003 p42
春の水車
　◇「国分一太郎児童文学集 6」小峰書店 1967 p117
春の水族館
　◇「今江祥智童話館 〔13〕」理論社 1987 p43
春の雪原
　◇「北彰介作品集 4」青森県児童文学研究会 1991 p37
春の田
　◇「〔北原〕白秋全童謡集 2」岩波書店 1992 p406
　◇「〔北原〕白秋全童謡集 4」岩波書店 1993 p24
はるのつき
　◇「いのち―みずかみかずよ全詩集」石風社 1995 p230
はるのてがみ（みじかいおしばい）
　◇「斎田喬幼年劇全集 3」誠文堂新光社 1962 p205
春の鉄道馬車
　◇「小出正吾児童文学集 1」審美社 2000 p347
春の電車
　◇「ひばりのす―木下夕爾児童詩集」光書房 1998 p18
春の電車
　◇「新美南吉全集 6」牧書店 1965 p99
　◇「校定新美南吉全集 8」大日本図書 1981 p233

春の土手に
　◇「〔斎藤信夫〕子ども心を友として―童謡詩集」成東町教育委員会 1996 p222
春の土間
　◇「椋鳩十全集 11」ポプラ社 1970 p194
春の鳥
　◇「西條八十童話集」小学館 1983 p372
春の七草
　◇「みずいろようちえん―出雲路猛雄童話集」坂神都 2012 p200
はるの　におい
　◇「巽聖歌作品集 下」巽聖歌作品集刊行委員会 1977 p26
はるのにおい
　◇「〔東君平〕おはようどうわ 5」講談社 1982 p40
春のにおい
　◇「椋鳩十の本 20」理論社 1983 p189
春のにおいのする夜
　◇「杉みき子選集 8」新潟日報事業社 2010 p23
春のニシン場
　◇「〔高橋一仁〕春のニシン場―童謡詩集」けやき書房 2003 p68
春の日記
　◇「庄野英二全集 6」偕成社 1979 p216
春のノオト
　◇「稗田童平全集 3」宝文館出版 1979 p91
はるののやま
　◇「〔東君平〕おはようどうわ 8」講談社 1982 p62
春のはがき
　◇「国分一太郎児童文学集 6」小峰書店 1967 p131
春の馬車
　◇「斎田喬児童劇選集 〔3〕」牧書店 1954 p1
春の馬車（よびかけ）
　◇「斎田喬幼年劇全集 3」誠文堂新光社 1962 p383
はるのはたけ
　◇「浜田広介全集 7」集英社 1976 p117
春の鳩
　◇「北彰介作品集 4」青森県児童文学研究会 1991 p97
（春の花どきは）
　◇「稗田童平全集 8」宝文館出版 1982 p88
春の原っぱ
　◇「阪田寛夫全詩集」理論社 2011 p791
春の日
　◇「定本小川未明童話全集 11」講談社 1977 p21
　◇「定本小川未明童話全集 11」大空社 2002 p21
春の日（日下部梅子）
　◇「岡本泰三・日下部梅子童謡集」会津童詩会 1992 p83
春の日
　◇「西條八十童謡全集」修道社 1971 p32
　◇「西條八十童謡全集」修道社 1971 p327
春の日
　◇「〔下田喜久美〕遠くから来た旅人―詩集」リトル・ガリヴァー社 1998 p102
春の日
　◇「椋鳩十の本 2」理論社 1982 p180
春の陽の中で
　◇「〔藤井則行〕祭りの宵に―童話集」創栄出版 1995 p50
はるのひよこ（劇あそび）
　◇「斎田喬幼年劇全集 1」誠文堂新光社 1962 p31
春の譜
　◇「北彰介作品集 4」青森県児童文学研究会 1991 p33
はるのふうせん
　◇「浜田広介全集 11」集英社 1976 p127
はるのふえ
　◇「稗田童平全集 3」宝文館出版 1979 p9
春の笛
　◇「稗田童平全集 8」宝文館出版 1982 p174
春の帽子
　◇「巽聖歌作品集 上」巽聖歌作品集刊行委員会 1977 p34
春の星
　◇「庄野英二全集 6」偕成社 1979 p196
春の星
　◇「浜田広介全集 11」集英社 1976 p86
春のまきば―唱歌「春がきた」と重ねて歌える旋律に付けた歌詞
　◇「阪田寛夫全詩集」理論社 2011 p384
春のまど
　◇「浜田広介全集 11」集英社 1976 p44
春の真昼
　◇「定本小川未明童話全集 6」講談社 1977 p337
　◇「定本小川未明童話全集 6」大空社 2001 p337
春のまり
　◇「浜田広介全集 11」集英社 1976 p127
春の湖
　◇「中村雨紅詩謡集」中村雨紅詩謡集刊行委員会 1971 p178
春の道
　◇「阪田寛夫全詩集」理論社 2011 p847
春の港町
　◇「〔斎藤信夫〕子ども心を友として―童謡詩集」成東町教育委員会 1996 p12
春の目覚め
　◇「稗田童平全集 1」宝文館出版 1978 p107
はるの山
　◇「浜田広介全集 11」集英社 1976 p83

はるの

春の山
　◇「巽聖歌作品集　上」巽聖歌作品集刊行委員会 1977 p145
春の山びこ
　◇「浜田広介全集 3」集英社 1975 p15
春の雪
　◇「壺井栄全集 4」文泉堂出版 1998 p162
春の雪の話
　◇「室生犀星童話全集 2」創林社 1978 p87
春の夜あけ
　◇「浜田広介全集 11」集英社 1976 p13
春の夜のお客さん
　◇「あまんきみこ童話集 3」ポプラ社 2008 p14
　◇「あまんきみこセレクション 1」三省堂 2009 p34
はるのよる
　◇「いのち―みずかみかずよ全詩集」石風社 1995 p78
春のラッパ
　◇「稗田童平全集 8」宝文館出版 1982 p174
「春のランプ」
　◇「稗田童平全集 8」宝文館出版 1982 p172
春のランプをともしましょ
　◇「稗田童平全集 8」宝文館出版 1982 p172
はるのわたしぶね（みじかいおしばい）
　◇「斎田喬幼年劇全集 1」誠文堂新光社 1962 p63
パール＝バック
　◇「〔かこさとし〕お話こんにちは 〔3〕」偕成社 1979 p125
春春
　◇「巽聖歌作品集　上」巽聖歌作品集刊行委員会 1977 p398
〔はるばると白く細きこの丘の峡田に〕
　◇「新修宮沢賢治全集 7」筑摩書房 1980 p244
はるのたより
　◇「壺井栄名作集 2」ポプラ社 1965 p77
　◇「定本壺井栄児童文学全集 4」講談社 1980 p145
　◇「壺井栄全集 10」文泉堂出版 1998 p134
春, 春, 春だ
　◇「巽聖歌作品集　上」巽聖歌作品集刊行委員会 1977 p392
春日
　◇「まど・みちお全詩集」理論社 1992 p52
哈爾賓の白夜
　◇「〔北原〕白秋全童謡集 2」岩波書店 1992 p286
春ふたたび
　◇「北彰介作品集 4」青森県児童文学研究会 1991 p118
「春」変奏曲
　◇「新修宮沢賢治全集 3」筑摩書房 1979 p139
春まで
　◇「〔北原〕白秋全童謡集 2」岩波書店 1992 p156
はるみちゃん
　◇「今西祐行全集 6」偕成社 1988 p49
春もやの里
　◇「椋鳩十の本 28」理論社 1989 p165
春やいずこ
　◇「北川千代児童文学全集　上」講談社 1967 p7
春休み
　◇「井上ひさしジュニア文学館 1」汐文社 1998 p151
（春山にかすむ呪文）
　◇「稗田童平全集 2」宝文館出版 1979 p126
春山跋渉
　◇「庄野英二全集 11」偕成社 1980 p155
春よ来い
　◇「中村雨紅詩謡集」中村雨紅詩謡集刊行委員会 1971 p145
春はあけぼの
　◇「阪田寛夫全詩集」理論社 2011 p36
春は おかあさんです
　◇「定本小川未明童話全集 15」講談社 1978 p166
　◇「定本小川未明童話全集 15」大空社 2002 p166
春はかけあし
　◇「〔坪井安〕はしれ子馬よ―童謡詩集」童謡研究・蜂の会 1999 p32
春若丸
　◇「〔巌谷〕小波お伽全集 4」本の友社 1998 p1
はるは どこから
　◇「佐藤義美全集 1」佐藤義美全集刊行会 1974 p400
春はどこからやってくる？
　◇「小出正吾児童文学全集 2」審美社 2000 p385
春はどこに
　◇「斎田喬幼年劇全集 2」誠文堂新光社 1961 p380
春はなし畑から
　◇「新美南吉全集 2」牧書店 1965 p205
　◇「新美南吉童話劇集 1」東京書籍 1981（東書児童劇シリーズ）p49
春は梨畑から野道をなわとびしてきた話
　◇「新美南吉童話集 3」大日本図書 1982 p283
　◇「新美南吉童話大全」講談社 1989 p354
　◇「新美南吉童話集 3」大日本図書 2012 p283
春は梨畑から野道を縄飛びして来た話
　◇「校定新美南吉全集 9」大日本図書 1981 p55
春は花…
　◇「今江祥智の本 15」理論社 1980 p38
春はよみがえる
　◇「定本小川未明童話全集 14」講談社 1977 p204
　◇「定本小川未明童話全集 14」大空社 2002 p204
春1

◇「いのち―みずかみかずよ全詩集」石風社 1995 p139

春2
◇「いのち―みずかみかずよ全詩集」石風社 1995 p139

はれ
◇〔東君平〕おはようどうわ 8」講談社 1982 p214
◇「東君平のおはようどうわ 4」新日本出版社 2010 p81

はれ あめ くもり
◇「まど・みちお全詩集」理論社 1992 p288

馬鈴薯と目
◇「神沢利子コレクション・普及版 5」あかね書房 2006 p166

バレー競技
◇「おの・ちゅうこう初期作品集 〔2〕日本の教室は明るい」崙書房 1975 p87

ハレハレ
◇「阪田寛夫全詩集」理論社 2011 p529

バレーボール
◇「中村雨紅詩謡集」中村雨紅詩謡集刊行委員会 1971 p95

ハレルヤ
◇「阪田寛夫全詩集」理論社 2011 p91

波浪の海
◇「全集版灰谷健次郎の本 5」理論社 1988 p5

ハロンアルシャン
◇「〔北原〕白秋全童謡集 3」岩波書店 1992 p305

ハワイ大海戦
◇「〔北原〕白秋全童謡集 4」岩波書店 1993 p327
◇「〔北原〕白秋全童謡集 4」岩波書店 1993 p328

ハワイの姉
◇「氏原大作全集 2」条例出版 1977 p150

ハワイ・フラ音頭
◇「横山健童謡選集 1」無明舎出版 1995 p114

パン
◇「庄野英二全集 5」偕成社 1980 p221

パン
◇〔東君平〕ひとくち童話 1」フレーベル館 1995 p42

晩
◇「佐藤義美全集 1」佐藤義美全集刊行会 1974 p326

晩
◇「巽聖歌作品集 上」巽聖歌作品集刊行委員会 1977 p43

藩医三代記
◇「星新一YAセレクション 10」理論社 2010 p135

繁栄への原理
◇「星新一ショートショートセレクション 3」理論社 2002 p135

繁栄の花
◇「星新一ショートショートセレクション 15」理論社 2004 p169

反歌
◇「稗田童平全集 8」宝文館出版 1982 p71

挽歌
◇「稗田童平全集 2」宝文館出版 1979 p23
◇「稗田童平全集 8」宝文館出版 1982 p35

版画詩集「北国郷愁」をみる
◇「稗田童平全集 6」宝文館出版 1981 p172

ハンカチ
◇「まど・みちお全詩集」理論社 1992 p222
◇「まどさんの詩の本 4」理論社 1994 p88

ハンカチ
◇「椋鳩十全集 11」ポプラ社 1970 p74

ハンカチの上の花畑
◇「安房直子コレクション 4」偕成社 2004 p9

ハンカチのうた
◇「まど・みちお全詩集」理論社 1992 p111

ハンカチの天使
◇「やなせたかし童謡詩集 〔1〕」フレーベル館 2000 p66

ハンカチフ
◇「巽聖歌作品集 上」巽聖歌作品集刊行委員会 1977 p61

晩夏の庭で
◇「浜田広介全集 12」集英社 1976 p212

ばんがれ まーち
◇「阪田寛夫全詩集」理論社 2011 p156

パンク
◇「まど・みちお全詩集」理論社 1992 p13

パン屑の幸福
◇「やなせたかし童謡詩集 〔3〕」フレーベル館 2001 p16

反抗
◇「巽聖歌作品集 下」巽聖歌作品集刊行委員会 1977 p188

番号
◇「〔北原〕白秋全童謡集 2」岩波書店 1992 p466

番号をどうぞ
◇「星新一ショートショートセレクション 5」理論社 2002 p168

万国博唱歌―「スター万国博ひょうばん記」主題歌
◇「阪田寛夫全詩集」理論社 2011 p823

「反骨」概観―能村潔論序
◇「稗田童平全集 6」宝文館出版 1981 p148

半殺しと本殺し
◇「〔野呂祐吉〕吉四六劇団の吉四六さん話名作集」葉文館出版 1998 p50

はんこ

はんごろしとみなごろし
◇「〔木暮正夫〕日本のおばけ話・わらい話 6」岩崎書店 1986 p31

ハンゴロシの話
◇〔〔かこさとし〕お話こんにちは 〔6〕」偕成社 1979 p108

パンジー
◇「いのち—みずかみかずよ全詩集」石風社 1995 p21

パンジー組大かつやく
◇「サトウハチロー・ユーモア小説選 8」岩崎書店 1977 p5

磐司ときりの花
◇「松谷みよ子のむかしむかし 1」講談社 1973 p51

パンジーとチンパンジー
◇「やなせたかし童謡詩集 〔2〕」フレーベル館 2000 p46

晩秋
◇「佐藤義美全集 1」佐藤義美全集刊行会 1974 p403

晩秋
◇「中村雨紅詩謡集」中村雨紅詩謡集刊行委員会 1971 p163

晩秋
◇「椋鳩十の本 1」理論社 1982 p84

晩秋の軽井沢
◇「壺井栄全集 11」文泉堂出版 1998 p270

晩春初夏
◇「中村雨紅詩謡集」中村雨紅詩謡集刊行委員会 1971 p173

晩春の或日
◇「浜田広介全集 11」集英社 1976 p231

蕃拓榴(ばんじろう)が落ちるのだ
◇「まど・みちお全詩集」理論社 1992 p11

半世紀も昔の話—黒島伝治さんのこと
◇「壺井栄全集 11」文泉堂出版 1998 p453

帆船
◇「〔村上のぶ子〕ここは小人の国—少年詩集」あしぶえ出版 2000 p16

反戦日本兵
◇「来栖良夫児童文学全集 10」岩崎書店 1983 p83

磐梯
◇「阪田寛夫全集」理論社 2011 p49

万代池
◇「庄野英二全集 9」偕成社 1979 p169

はんたい ことば
◇「まど・みちお全詩集 続」理論社 2015 p386

パンダが空からおりてきた
◇「犬飼馬鹿人旧作童話集」日本文化資料センター 1996 p130

パンダが町にやってきた
◇「犬飼馬鹿人旧作童話集」日本文化資料センター 1996 p169

パンダくん
◇「まど・みちお全詩集」理論社 1992 p662
◇「まどさんの詩の本 5」理論社 1994 p20

ハンタさん
◇「戸川幸夫創作童話集 2」国土社 1972 p9

パンダにお友だちができました
◇「犬飼馬鹿人旧作童話集」日本文化資料センター 1996 p140

パンダにげだす
◇「犬飼馬鹿人旧作童話集」日本文化資料センター 1996 p160

パンダ猫
◇「〔黒川良人〕犬の詩猫の詩—児童詩集」東洋出版 2000 p102

パンダのおすもう
◇「犬飼馬鹿人旧作童話集」日本文化資料センター 1996 p164

パンダのお見合い
◇「犬飼馬鹿人旧作童話集」日本文化資料センター 1996 p178

パンダのごはん
◇「阪田寛夫全詩集」理論社 2011 p429

番町皿屋敷
◇「川崎大治民話選 〔2〕」童心社 1969 p229

パンツとアタマ
◇「阪田寛夫全詩集」理論社 2011 p248

パンツのうた
◇「松谷みよ子全集 7」講談社 1971 p14

パンツはきかえのうた
◇「やなせたかし童謡詩集 〔3〕」フレーベル館 2001 p62

半島あちらこちら
◇「椋鳩十の本 21」理論社 1982 p211

バントウなべをいちにんまえ
◇「〔柳家弁天〕らくご文庫 2」太平出版社 1987 p100

(坂東の)
◇「稗田華平全集 8」宝文館出版 1982 p127

パンと おかあさんいぬ
◇「小川未明幼年童話文学全集 5」集英社 1966 p11

パンと牛乳
◇「巽聖歌作品集 下」巽聖歌作品集刊行委員会 1977 p312

ハンド・スケッチ
◇「石森延男児童文学全集 5」学習研究社 1971 p271

はんとばか
◇「〔比江島重孝〕宮崎のむかし話 3」鉱脈社 2000

ぱんとばた
◇「浜田広介全集 4」集英社 1976 p29
パンと ははいぬ
◇「定本小川未明童話全集 15」講談社 1978 p128
◇「定本小川未明童話全集 15」大空社 2002 p128
パンとばら
◇「〔北原〕白秋全童謡集 3」岩波書店 1992 p327
麵麴（パン）と薔薇
◇「〔北原〕白秋全童謡集 1」岩波書店 1992 p83
パンとぶどう酒
◇「〔島崎〕藤村の童話 1」筑摩書房 1979 p19
ハンドル
◇「〔木暮正夫〕日本のおばけ話・わらい話 11」岩崎書店 1987 p11
半どん
◇「〔北原〕白秋全童謡集 2」岩波書店 1992 p163
ぱん とんの うた
◇「阪田寛夫全詩集」理論社 2011 p377
バンナナと殿様（一場）
◇「筒井敬介児童劇集 2」東京書籍 1982（東書児童劇シリーズ）p9
ハンナのために
◇「ジュニア版吉野源三郎全集 3」ポプラ社 1967 p292
◇「吉野源三郎全集 4」ポプラ社 2000 p298
半日仙人
◇「瑠璃の壺—森銑三童話集」三樹書房 1982 p243
半日村
◇「斎藤隆介全集 2」岩崎書店 1982 p121
はんにゃ
◇「〔山田野理夫〕おばけ文庫 2」太平出版社 1976（母と子の図書室）p149
般若寺幻想
◇「全集版灰谷健次郎の本 22」理論社 1988 p56
般若の面
◇「定本小川未明童話全集 6」講談社 1977 p142
◇「定本小川未明童話全集 6」大空社 2001 p142
半人前
◇「星新一ちょっと長めのショートショート 8」理論社 2006 p144
晩年のナポレオン
◇「岩永博史童話集 3」岩永博史 2012 p161
万能スパイ用品
◇「星新一ショートショートセレクション 6」理論社 2002 p190
パンの木
◇「浜田広介全集 11」集英社 1976 p58
はんの木の
◇「あまの川—宮沢賢治童謡集」筑摩書房 2001 p90

パンの木のパンの実
◇「やなせたかし童謡詩集 〔3〕」フレーベル館 2001 p92
はんの木のみえるまど
◇「杉みき子選集 7」新潟日報事業社 2009 p105
はんの木 はんの木
◇「杉みき子選集 10」新潟日報事業社 2011 p86
鵺のこゑ
◇「〔北原〕白秋全童謡集 4」岩波書店 1993 p94
鵺の声
◇「〔北原〕白秋全童謡集 4」岩波書店 1993 p91
パンのみみ
◇「〔東君平〕おはようどうわ 1」講談社 1982 p59
パンの耳
◇「壺井栄全集 11」文泉堂出版 1998 p318
パンのみやげ話
◇「石森延男児童文学全集 10」学習研究社 1971 p5
◇「石森読本—石森延男児童文学選集 5年生」小学館 1977 p110
ハンバーガー ぷかぷかどん
◇「角野栄子の小さなおばけシリーズ 〔14〕」ポプラ社 1985 p1
万博音頭—日本万国博覧会（大阪万博）のうた
◇「阪田寛夫全詩集」理論社 2011 p822
ハンバーグつくろうよ
◇「角野栄子の小さなおばけシリーズ 〔2〕」ポプラ社 1979 p1
はんばのおじさん
◇「住井すゑジュニア文学館 4」汐文社 1999 p119
ばんばら山の大男
◇「長い長いかくれんぼ—杉みき子自選童話集」新潟日報事業社 2001 p103
パン パン パン
◇「異聖歌作品集 下」異聖歌作品集刊行委員会 1977 p71
パンパンパンのパン太ちゃん
◇「犬飼馬鹿人旧作童話集」日本文化資料センター 1996 p135
半ぴどんの話
◇「〔比江島重孝〕宮崎のむかし話 1」鉱脈社 1998 p228
パンプスを見せに来た白先生
◇「松谷みよ子全エッセイ 3」筑摩書房 1989 p61
ハンプティ・ダンプティ
◇「くんぺい魔法ばなし—魔法ばなし全集 1」サンリオ 2000 p198
半分垢（林家木久蔵編, 岡本和明文）
◇「林家木久蔵の子ども落語 6」フレーベル館 1999 p152
はんぶんけしゴム
◇「寺村輝夫おはなしプレゼント 4」講談社 1994

はんぶんちょうだい
　◇「山下明生・童話の島じま 1」あかね書房 2012 p5
ハンブンネムッテ ハンブンオキテルウタ
　◇「阪田寛夫全詩集」理論社 2011 p862
半面
　◇「千葉省三童話全集 2」岩崎書店 1967 p205
ハンモックちゃん
　◇「今江祥智童話集 〔16〕」理論社 1987 p135
ぱんやさん
　◇「佐藤義美全集 1」佐藤義美全集刊行会 1974 p390
パン屋さん
　◇「くんぺい魔法ばなし―魔法ばなし全集 3」サンリオ 2000 p154
半夜の浮浪
　◇「北川千代児童文学全集 下」講談社 1967 p251
パン屋の店
　◇「巽聖歌作品集 上」巽聖歌作品集刊行委員会 1977 p94
はんや節
　◇「椋鳩十の本 21」理論社 1982 p170
　◇「椋鳩十の本 23」理論社 1983 p264
万里の長城
　◇「〔北原〕白秋全童謡集 3」岩波書店 1992 p268

【ひ】

火
　◇「斎藤隆介全集 2」岩崎書店 1982 p141
火
　◇「椋鳩十の本 2」理論社 1982 p168
　◇「椋鳩十の本 3」理論社 1982 p182
　◇「椋鳩十の本 23」理論社 1983 p24
美
　◇「おの・ちゅうこう初期作品集 〔3〕 牧歌的風景」嵩書房 1975 p151
〔日脚がぼうとひろがれば〕
　◇「新修宮沢賢治全集 3」筑摩書房 1979 p71
　◇「新修宮沢賢治全集 3」筑摩書房 1979 p334
ピアニスト
　◇「今江祥智の本 15」理論社 1980 p55
　◇「今江祥智童話集 〔3〕」理論社 1986 p59
ピアノ
　◇「〔北原〕白秋全童謡集 5」岩波書店 1993 p82
ピアノ
　◇「壺井栄全集 5」文泉堂出版 1997 p168

ピアノ
　◇「森三郎童話選集 〔2〕」刈谷市教育委員会 1996 p205
ピアノを弾いて
　◇「螢―白木恵委子童話集」東銀座出版社 1997 p7
ピアノをひく少女
　◇「石森延男児童文学全集 2」学習研究社 1971 p294
ピアノ少女
　◇「佐藤義美全集 1」佐藤義美全集刊行会 1974 p51
ピアノとわたし
　◇「長崎源之助全集 14」偕成社 1987 p31
ピアノのおけいこ
　◇「立原えりかのファンタジーランド 7」青土社 1980 p139
ピアノの たまご
　◇「与田準一全集 3」大日本図書 1967 p18
ピアノはくじら
　◇「阪田寛夫全詩集」理論社 2011 p458
ピアノはじゃまかもしれない
　◇「全集灰谷健次郎の本 18」理論社 1987 p113
ひいおばあさんの祈り
　◇「〔村上のぶ子〕ここは小人の国―少年詩集」あしぶえ出版 2000 p84
ひいじいちゃんの子守歌
　◇「阪田寛夫全詩集」理論社 2011 p173
ひいじいちゃんの よろこび
　◇「阪田寛夫全詩集」理論社 2011 p172
びいだまの うた
　◇「まど・みちお全詩集」理論社 1992 p403
　◇「まどさんの詩の本 12」理論社 1997 p78
びいだま びいちゃん
　◇「〔関根栄一〕はしるふじさん―童謡集」小峰書店 1998 p130
ぴいちゃあしゃん
　◇「乙骨淑子の本 1」理論社 1985 p1
ひいちゃん
　◇「おはなしいっぱい―祐成智美童謡詩集」リーブル 1997 p88
ひいちゃんたちとごんごろう
　◇「〔かこさとし〕お話こんにちは 〔3〕」偕成社 1979 p24
ピイピイとブウブウ
　◇「鈴木三重吉童話全集 5」文泉堂出版 1975（日本文学全集・選集叢刊第5次） p238
ひいふう山の風の神
　◇「斎藤隆介全集 1」岩崎書店 1982 p47
柊―立ち入りを禁止します
　◇「立原えりかのファンタジーランド 4」青土社 1980 p77

ヒイラギの木
　◇「与田凖一全集 2」大日本図書 1967 p64
緋色のふんどし
　◇「[比江島重孝] 宮崎のむかし話 3」鉱脈社 2000 p171
悲運のシシ
　◇「椋鳩十の本 13」理論社 1983 p212
比叡（幻聴）
　◇「新修宮沢賢治全集 3」筑摩書房 1979 p96
ひえくさいもの
　◇「椋鳩十全集 12」ポプラ社 1970 p129
ひえくさい物
　◇「椋鳩十の本 15」理論社 1982 p144
「稗田菫平童謡集」抄
　◇「稗田菫平全集 3」宝文館出版 1979 p60
稗貫農学校就職時提出履歴書
　◇「新修宮沢賢治全集 15」筑摩書房 1980 p589
ヒエのたね
　◇「石森延男児童文学全集 4」学習研究社 1971 p52
ピエール＝キュリー
　◇「[かこさとし] お話こんにちは 〔2〕」偕成社 1979 p86
ピエール＝A＝ルノワール
　◇「[かこさとし] お話こんにちは 〔11〕」偕成社 1980 p111
ピエロ
　◇「筒井敬介全集 2」フレーベル館 1984 p107
　◇「筒井敬介おはなし本 3」小峰書店 2006 p173
ピエロおじさんとあ・そ・ぽ
　◇「宮川ひろの学校シリーズ 2」ポプラ社 2001 p1
ピエロオの木靴
　◇「与謝野晶子児童文学全集 6」春陽堂書店 2007 p38
ピエロの真珠
　◇「やなせたかし童謡詩集 〔2〕」フレーベル館 2000 p62
ピエロ〈モーパッサン〉
　◇「校定新美南吉全集 9」大日本図書 1981 p450
〔灯を紅き町の家より〕
　◇「新修宮沢賢治全集 6」筑摩書房 1980 p161
　◇「新修宮沢賢治全集 6」筑摩書房 1980 p409
火をありがとう
　◇「杉みき子選集 7」新潟日報事業社 2009 p7
火を点ず
　◇「定本小川未明童話全集 2」講談社 1976 p389
　◇「定本小川未明童話全集 2」大空社 2001 p389
氷魚（ひお）のうた
　◇「室生犀星童話全集 1」創林社 1978 p76
中編 火を噴く山
　◇「斎藤隆介全集 4」岩崎書店 1982 p157

灯を見に
　◇「[島崎] 藤村の童話 3」筑摩書房 1979 p128
火をも恐れぬ毒蛇
　◇「椋鳩十の本 16」理論社 1983 p176
悲歌
　◇「稗田菫平全集 8」宝文館出版 1982 p96
被害
　◇「星新一ショートショートセレクション 1」理論社 2001 p93
〔火がか゛やいて〕
　◇「新修宮沢賢治全集 4」筑摩書房 1979 p173
〔日が蔭って〕
　◇「新修宮沢賢治全集 4」筑摩書房 1979 p211
「日が暮れてから道は始まる」といっていたのに
　◇「全集版灰谷健次郎の本 21」理論社 1988 p135
日がくれる
　◇「椋鳩十全集 16」ポプラ社 1980 p148
ひかげ
　◇「[東君平] ひとくち童話 1」フレーベル館 1995 p10
日かげのこな雪
　◇「浜田広介全集 7」集英社 1976 p14
ひかげみち
　◇「[東君平] おはようどうわ 7」講談社 1982 p32
日影村の観音さま
　◇「[今坂柳二] りゅうじフォークロア・world 3」ふるさと伝承研究会 2007 p37
日がさとちょう
　◇「定本小川未明童話全集 5」講談社 1977 p66
　◇「定本小川未明童話全集 5」大空社 2001 p66
東岩手火山
　◇「新修宮沢賢治全集 2」筑摩書房 1979 p139
　◇「新修宮沢賢治全集 2」筑摩書房 1979 p140
東へ行けば
　◇「[北原] 白秋全童謡集 4」岩波書店 1993 p82
東鶏冠山砲台
　◇「[北原] 白秋全童謡集 3」岩波書店 1992 p194
東・太郎と西・次郎
　◇「斎藤隆介全集 1」岩崎書店 1982 p155
〔東の雲ははやくも蜜のいろに燃え〕
　◇「新修宮沢賢治全集 3」筑摩書房 1979 p57
　◇「新修宮沢賢治全集 3」筑摩書房 1979 p328
東のはての
　◇「阪田寛夫全詩集」理論社 2011 p867
ピカソの目
　◇「阪田寛夫全詩集」理論社 2011 p514
干潟
　◇「異聖歌作品集 上」巽聖歌作品集刊行委員会 1977 p189

ひかつ

光つたくは
　◇「おの・ちゅうこう初期作品集〔4〕氏神さま」崙書房 1975 p51
〔日が照ってゐて〕
　◇「新修宮沢賢治全集 4」筑摩書房 1979 p185
日が照り雨
　◇「壺井栄名作集 8」ポプラ社 1965 p124
　◇「壺井栄全集 4」文泉堂出版 1998 p238
日が照る村
　◇「稗田菫平全集 3」宝文館出版 1979 p53
灯がともる
　◇「新美南吉全集 6」牧書店 1965 p234
　◇「校定新美南吉全集 8」大日本図書 1981 p25
ピカドン！　自分に
　◇「佐藤義美全集 5」佐藤義美全集刊行会 1973 p178
ピカピカサンマ
　◇「山本瓔子詩集 II」新風舎 2003 p82
ぴかぴかする夜
　◇「定本小川未明童話全集 5」講談社 1977 p156
　◇「定本小川未明童話全集 5」大空社 2001 p156
ぴかぴかのウーフ
　◇「〔神沢利子〕くまの子ウーフの童話集 2」ポプラ社 2001 p117
　◇「神沢利子のおはなしの時間 1」ポプラ社 2011 p103
ヒガラ
　◇「庄野英二全集 11」偕成社 1980 p82
日雀（ひがら）と椿
　◇「〔北原〕白秋全童謡集 1」岩波書店 1992 p265
干からびた象と象使いの話
　◇「〔野坂昭如〕戦争童話集 忘れてはイケナイ物語り〔2〕小さい潜水艦に恋をしたでかすぎるクジラの話」日本放送出版協会 2002 p65
（ひかり）
　◇「稗田菫平全集 2」宝文館出版 1979 p111
ひかり
　◇「いのち―みずかみかずよ全詩集」石風社 1995 p448
（ひかり―）
　◇「稗田菫平全集 8」宝文館出版 1982 p82
光
　◇「北彰介作品集 1」青森県児童文学研究会 1990 p132
光
　◇「〔土田明子〕ちいさい星―母と子の詩集」らくだ出版 2002 p78
光
　◇「新美南吉全集 6」牧書店 1965 p244
　◇「校定新美南吉全集 8」大日本図書 1981 p55
　◇「新美南吉童話集 1」大日本図書 1982 p322

　◇「新美南吉童話集 1」大日本図書 2012 p322
光
　◇「まど・みちお詩集 6」銀河社 1975 p26
　◇「まど・みちお全詩集」理論社 1992 p504
　◇「まどさんの詩の本 14」理論社 1997 p56
光あれ
　◇「杉みき子選集 9」新潟日報事業社 2011 p264
光をたべる仔馬
　◇「立原えりかのファンタジーランド 1」青土社 1980 p167
光り苔
　◇「土田明子詩集 1」かど創房 1986 p18
光堂
　◇「〔北原〕白秋全童謡集 4」岩波書店 1993 p9
　◇「〔北原〕白秋全童謡集 4」岩波書店 1993 p19
光とかげ
　◇「壺井栄全集 10」文泉堂出版 1998 p259
光と影の絵本
　◇「与田凖一全集 5」大日本図書 1967 p116
光と風と雲と樹と
　◇「今西祐行全集 6」偕成社 1988 p159
ひかりとともに
　◇「杉みき子選集 10」新潟日報事業社 2011 p98
〔光と泥にうちまみれ〕
　◇「新修宮沢賢治全集 7」筑摩書房 1980 p246
光につつまれた顔
　◇「花岡大学仏典童話全集 1」法蔵館 1979 p184
光りの浦
　◇「〔巌谷〕小波お伽全集 8」本の友社 1998 p345
光の丘の歌
　◇「あまの川―宮沢賢治童謡集」筑摩書房 2001 p36
光のかご
　◇「〔金子〕みすゞ詩画集〔5〕」春陽堂書店 2001 p50
光の籠
　◇「新装版金子みすゞ全集 2」JULA出版局 1984 p200
　◇「金子みすゞ童謡全集 4」JULA出版局 2004 p82
光の渣
　◇「新修宮沢賢治全集 7」筑摩書房 1980 p161
ひかりのかんづめ
　◇「与田凖一全集 2」大日本図書 1967 p112
光のキス
　◇「浜田広介全集 10」集英社 1976 p183
光のくる日
　◇「斎田喬児童劇選集〔1〕」牧書店 1954 p30
ひかりの こども
　◇「阪田寛夫全詩集」理論社 2011 p322
ひかりの素足
　◇「新版・宮沢賢治童話全集 8」岩崎書店 1978

◇「新修宮沢賢治全集 8」筑摩書房 1979 p277
◇「宮沢賢治童話傑作選 1」偕成社 1990 p5
◇「〔宮沢〕賢治童話」翔泳社 1995 p129
◇「よくわかる宮沢賢治—イーハトーブ・ロマン I」学習研究社 1996 p272
◇「宮沢賢治20選」春陽堂書店 2008（名作童話）p324

ひかりのなかで
◇「いのち—みずかみかずよ全詩集」石風社 1995 p85

光の星
◇「ひろすけ幼年童話文学全集 3」集英社 1962 p198
◇「浜田広介全集 1」集英社 1975 p96
◇「浜田広介童話集」世界文化社 2006（心に残るロングセラー）p131

ひかりの水
◇「与田準一全集 2」大日本図書 1967 p174

ひかりのラッパ
◇「いのち—みずかみかずよ全詩集」石風社 1995 p73

光の輪
◇「椋鳩十全集 8」ポプラ社 1969 p20

光りもの
◇「土田耕平童話集 〔2〕」古今書院 1955 p66

〔ひかりものすとうなゐごが〕
◇「新修宮沢賢治全集 6」筑摩書房 1980 p128
◇「新修宮沢賢治全集 6」筑摩書房 1980 p396

光よ
◇「やなせたかし童謡詩集 〔1〕」フレーベル館 2000 p90

ひかる
◇「新美南吉全集 6」牧書店 1965 p231
◇「校定新美南吉全集 8」大日本図書 1981 p15

光る
◇「阪田寛夫全詩集」理論社 2011 p481

光る顔
◇「花岡大学仏典童話新作集 2」法蔵館 1984 p93

ひかる柿の実
◇「くどうなおこ詩集○」童話屋 1996 p60

光る髪
◇「新装版金子みすゞ全集 1」JULA出版局 1984 p62
◇「金子みすゞ童謡全集 1」JULA出版局 2003 p100

光る草
◇「大石真児童文学全集 1」ポプラ社 1982 p153

光る栗の実
◇「与謝野晶子児童文学全集 6」春陽堂書店 2007 p30

光る玉
◇「川崎大治民話選 〔2〕」童心社 1969 p81

光る夏
◇「山本瓔子詩集 I」新風舎 2003 p24

光の病気
◇「与謝野晶子児童文学全集 6」春陽堂書店 2007 p224

光のメッセージ
◇「〔木下容子〕ファンタジー傑作童話集 まほうのコンペイトー」おさひめ書房 2009 p149

光る林
◇「〔下田喜久美〕遠くから来た旅人—詩集」リトル・ガリヴァー社 1998 p130

光る春
◇「椋鳩十の本 1」理論社 1982 p37

ひかるみず
◇「いのち—みずかみかずよ全詩集」石風社 1995 p182

光る雪の山
◇「椋鳩十の本 1」理論社 1982 p37

ひかれて いく 牛
◇「小川未明幼年童話文学全集 1」集英社 1965 p85

引かれていく牛
◇「定本小川未明童話全集 13」講談社 1977 p116
◇「定本小川未明童話全集 13」大空社 2002 p116

惹かれる色
◇「安房直子コレクション 1」偕成社 2004 p304

ひがんがすぎて
◇「国分一太郎児童文学集 6」小峰書店 1967 p113

彼岸獅子
◇「横山健童謡選集 1」無明舎出版 1995 p28

彼岸前後
◇「壺井栄全集 11」文泉堂出版 1998 p17

ひがんばな
◇「〔金子〕みすゞ詩画集 〔6〕」春陽堂書店 2001 p6

ひがんばな
◇「国分一太郎児童文学集 6」小峰書店 1967 p180

ひがんばな
◇「稗田童平全集 3」宝文館出版 1979 p63
◇「稗田童平全集 8」宝文館出版 1982 p173

ひがんばな
◇「いのち—みずかみかずよ全詩集」石風社 1995 p66

ひがん花
◇「花岡大学童話文学全集 1」法蔵館 1980 p118

ヒガンバナ
◇「今西祐行全集 15」偕成社 1989 p174

ヒガンバナ
◇「まど・みちお全詩集 続」理論社 2015 p112

ヒガンバナ

ひかん

◇「椋鳩十の本 19」理論社 1982 p159

彼岸花
◇〔北原〕白秋全童謡集 2」岩波書店 1992 p224

彼岸花
◇「椋鳩十の本 17」理論社 1982 p17
◇「椋鳩十の本 18」理論社 1982 p177
◇「椋鳩十の本 23」理論社 1983 p180

曼珠沙華（ひがんばな）
◇「新装版金子みすゞ全集 3」JULA出版局 1984 p51
◇「金子みすゞ童謡全集 5」JULA出版局 2004 p72

曼珠沙華（ひがんばな）
◇〔北原〕白秋全童謡集 1」岩波書店 1992 p33

彼岸花の家
◇「椋鳩十の本 23」理論社 1983 p57

ひがん花の歌（小品）
◇「稗田童平全集 8」宝文館出版 1982 p197

彼岸花のかげ
◇「巽聖歌作品集 下」巽聖歌作品集刊行委員会 1977 p109

ヒガンバナの話
◇〔かこさとし〕お話こんにちは 〔6〕」偕成社 1979 p36

ヒガンバナのひみつ
◇「かこさとし大自然のふしぎえほん 3」小峰書店 1999 p1

墓
◇「浜田広介全集 10」集英社 1976 p192

ひきうすのうたは なつふゆごっちゃ
◇「与田凖一全集 3」大日本図書 1967 p201

ひきがへる
◇〔北原〕白秋全童謡集 2」岩波書店 1992 p412

ひきがえるが
◇「稗田童平全集 3」宝文館出版 1979 p92

ひきがえるの ひなたぼっこ
◇「平塚武二童話全集 2」童心社 1972 p116

ひきざん
◇「こやま峰子詩集 〔3〕」朔北社 2003 p10

抽出
◇「校定新美南吉全集 7」大日本図書 1980 p306

ピー吉のながぐつ
◇「新美南吉童話劇集 2」東京書籍 1982（東書児童劇シリーズ）p45

墓のゆめ
◇「土田耕平童話集 〔2〕」古今書院 1955 p35

ひきゃくのあいさつ
◇〔木暮正夫〕日本のおばけ話・わらい話 8」岩崎書店 1987 p68

秘境
◇「新修宮沢賢治全集 6」筑摩書房 1980 p283

◇「新修宮沢賢治全集 6」筑摩書房 1980 p436

秘境の少年
◇〔たかしよいち〕世界むかしむかし探検 6」国土社 1996 p6

秘曲
◇「稗田童平全集 8」宝文館出版 1982 p19

ビキラ＝アベベ
◇〔かこさとし〕お話こんにちは 〔5〕」偕成社 1979 p38

火くい女
◇〔山田野理夫〕おばけ文庫 6」太平出版社 1976（母と子の図書室）p119

樋口一葉
◇〔かこさとし〕お話こんにちは 〔12〕」偕成社 1980 p106

ヒグチくんの折り紙ヒコーキ
◇〔狸穴山人〕ほほえみの彼方へ 愛」けやき書房 2000（ふれ愛ブックス）p181

〔**卑屈の友らをいきどほろしく**〕
◇「新修宮沢賢治全集 6」筑摩書房 1980 p204
◇「新修宮沢賢治全集 6」筑摩書房 1980 p420

ビクトリア市
◇「椋鳩十の本 22」理論社 1983 p256

ピクニック
◇「ひとしずくのなみだ―宮下木花11歳童話集」銀の鈴社 2006（小さな鈴シリーズ）p4

羆風
◇「戸川幸夫動物文学全集 6」冬樹社 1965 p63
◇「戸川幸夫動物文学全集 6」講談社 1977 p151

羆が出たア
◇「戸川幸夫動物文学全集 7」講談社 1977 p187

羆と缶詰
◇「戸川幸夫動物文学全集 8」講談社 1976 p314

ヒグマとのたたかい
◇「戸川幸夫・子どものための動物物語 13」国土社 1969 p157

ヒグマの村
◇「戸川幸夫・子どものための動物物語 11」国土社 1969 p141

羆の村
◇「戸川幸夫動物文学全集 2」冬樹社 1965 p237
◇「戸川幸夫動物文学全集 8」講談社 1976 p159

ヒグマ物語
◇〔藤原英司〕日本の動物物語シリーズ 〔8〕」佑学社 1987 p7

低山, 小山
◇〔北原〕白秋全童謡集 1」岩波書店 1992 p84

ひぐらしエンピツ
◇〔東野りえ〕ひぐらしエンピツ―童話集」国文社 1997 p7

ひぐらしのうた

日暮し馬頭
　◇「〔今坂柳二〕りゅうじフォークロア・world 6」ふるさと伝承研究会 2012 p61

ひぐれ
　◇「〔土田明子〕ちいさい星—母と子の詩集」らくだ出版 2002 p74

ひぐれ
　◇「まどさんの詩の本 1」理論社 1994 p20

日ぐれ
　◇「中村雨紅詩謡集」中村雨紅詩謡集刊行委員会 1971 p104

日昏
　◇「巽聖歌作品集 上」巽聖歌作品集刊行委員会 1977 p484

日暮
　◇「〔竹久〕夢二童謡集」ノーベル書房 1975（浪漫文庫）p61

日暮
　◇「まど・みちお全詩集」理論社 1992 p40

日暮れ時（日下部梅子）
　◇「岡田泰三・日下部梅子童謡集」会津童詩会 1992 p78

日ぐれ時に
　◇「巽聖歌作品集 上」巽聖歌作品集刊行委員会 1977 p31

日暮れにいたる
　◇「阪田寛夫全詩集」理論社 2011 p865

日ぐれのうた
　◇「西條八十童謡全集」修道社 1971 p328

ひぐれの海
　◇「〔坪井安〕はしれ子馬よ—童謡詩集」童謡研究・蜂の会 1999 p113

日暮れの海の物語
　◇「安房直子コレクション 6」偕成社 2004 p29

ひぐれのお客
　◇「安房直子コレクション 2」偕成社 2004 p65

日暮のお庭
　◇「まど・みちお全詩集 続」理論社 2015 p331

ひぐれの子守
　◇「浜田広介全集 11」集英社 1976 p44

ひぐれの酒買い
　◇「国分一太郎児童文学集 6」小峰書店 1967 p153

ひぐれの波は
　◇「〔坪井安〕はしれ子馬よ—童謡詩集」童謡研究・蜂の会 1999 p48

日暮れの沼
　◇「佐藤義美全集 1」佐藤義美全集刊行会 1974 p327

ひぐれの畠
　◇「まど・みちお全詩集 続」理論社 2015 p323

日ぐれの宿
　◇「壺井栄全集 7」文泉堂出版 1998 p153

ひぐれのラッパ
　◇「安房直子コレクション 3」偕成社 2004 p87

ひぐれる障子
　◇「まど・みちお全詩集 続」理論社 2015 p329

日暮〈C〉
　◇「校定新美南吉全集 8」大日本図書 1981 p85

ひげ
　◇「〔おうち・やすゆき〕こら！ しんぞう—童謡詩集」小峰書店 1996 p10

ヒゲ
　◇「まど・みちお全詩集 続」理論社 2015 p169

ひげを はやした 男
　◇「花岡大学仏典童話全集 7」法蔵館 1979 p19

悲劇を愛する裏に
　◇「椋鳩十の本 23」理論社 1983 p79

ひげじまん
　◇「〔柳家弁天〕らくご文庫 8」太平出版社 1987 p85

ひげに寄する哀歌
　◇「阪田寛夫全詩集」理論社 2011 p551

ひげの代金は十両
　◇「〔西本鶏介〕新日本昔ばなし——日一話・読みきかせ 1」小学館 1997 p54

髯もじゃもじゃ
　◇「まど・みちお全詩集」理論社 1992 p692

ひげ屋敷
　◇「坪田譲治童話全集 13」岩崎書店 1986 p63

「ひげよ、さらば」
　◇「全集版灰谷健次郎の本 21」理論社 1988 p238

緋鯉
　◇「稗田菫平全集 1」宝文館出版 1978 p54

彦一さん
　◇「寺村輝夫のとんち話 3」あかね書房 1976

彦市のうなぎつり
　◇「〔木暮正夫〕日本のおばけ話・わらい話 10」岩崎書店 1987 p9

尾行
　◇「星新一ショートショートセレクション 13」理論社 2003 p63

ひこうき
　◇「まど・みちお全詩集」理論社 1992 p558
　◇「まどさんの詩の本 8」理論社 1996 p8

飛行機
　◇「〔巌谷〕小波お伽全集 7」本の友社 1998 p414

飛行機
　◇「庄司英二全集 11」偕成社 1980 p303

飛行機
　◇「中村雨紅詩謡集」中村雨紅詩謡集刊行委員会

ひこう

　　　　1971 p141
飛行機
　◇「与謝野晶子児童文学全集 6」春陽堂書店 2007
　　p26
ひこうきぐも
　◇「佐藤義美全集 1」佐藤義美全集刊行会 1974
　　p356
ひこうきとじゅうたん
　◇「庄野英二全集 6」偕成社 1979 p409
　◇「庄野英二全集 6」偕成社 1979 p411
　◇「庄野英二自選短篇童話集」編集工房ノア 1986
　　p11
飛行機の中の紳士
　◇「庄野英二全集 10」偕成社 1979 p270
飛行機の中の天使
　◇「庄野英二全集 10」偕成社 1979 p11
飛行機のゆめ
　◇「与田凖一全集 1」大日本図書 1967 p108
飛行船
　◇「〔島崎〕藤村の童話 1」筑摩書房 1979 p151
美校出の兵隊
　◇「庄野英二全集 9」偕成社 1979 p38
ヒコーキ
　◇「阪田寛夫全詩集」理論社 2011 p217
ヒコーキざむらい
　◇「今江祥智童話館 〔10〕」理論社 1987 p243
　◇「今江祥智ショートファンタジー 1」理論社 2004
　　p97
彦次
　◇「長崎源之助全集 13」偕成社 1986 p201
肥後の石工
　◇「今西祐行全集 9」偕成社 1987 p7
前進座上演「肥後の石工」テーマソング
　◇「今西祐行全集 9」偕成社 1987 p207
肥後のがわっぱ
　◇「松谷みよ子のむかしむかし 6」講談社 1973 p26
肥後の勘小父伝
　◇「戸川幸夫動物文学全集 12」講談社 1977 p180
ピーコの木
　◇「長崎源之助全集 17」偕成社 1987 p207
ひこひこ婆
　◇「松谷みよ子全エッセイ 2」筑摩書房 1989 p261
久雄のおくりもの
　◇「住井すゑ わたしの少年少女物語 2」労働旬報社
　　1989 p139
日ざかり
　◇「〔北原〕白秋全童謡集 3」岩波書店 1992 p335
日ざかりのとかげ
　◇「〔北原〕白秋全童謡集 3」岩波書店 1992 p350
日ざかり道で

　◇「まど・みちお全詩集 続」理論社 2015 p112
ひさご
　◇「石森延男児童文学全集 4」学習研究社 1971
　　p197
ひざこぞう
　◇「西條八十の童話と童謡」小学館 1981 p86
陽ざしとかれくさ
　◇「新修宮沢賢治全集 2」筑摩書房 1979 p28
膝の上
　◇「椋鳩十の本 2」理論社 1982 p129
ひさの星
　◇「斎藤隆介全集 2」岩崎書店 1982 p109
ピザパイくん たすけてよ
　◇「角野栄子の小さなおばけシリーズ 〔6〕」ポプラ
　　社 1981 p1
氷雨
　◇「おの・ちゅうこう初期作品集 〔1〕 牧歌的風景」
　　崙書房 1975 p124
氷雨
　◇「新美南吉全集 6」牧書店 1965 p75
　◇「校定新美南吉全集 8」大日本図書 1981 p114
〔氷雨虹すれば〕
　◇「新修宮沢賢治全集 6」筑摩書房 1980 p12
　◇「新修宮沢賢治全集 6」筑摩書房 1980 p335
氷雨降る日
　◇「花岡大学童話文学全集 5」法蔵館 1980 p56
〔肱あげて汗をぬぐひつ〕
　◇「新修宮沢賢治全集 7」筑摩書房 1980 p189
ビヂテリアン大祭
　◇「新修宮沢賢治全集 10」筑摩書房 1979 p3
　◇「〔宮沢〕賢治童話」翔泳社 1995 p332
ヒシと マリモ
　◇「巽聖歌作品集 下」巽聖歌作品集刊行委員会
　　1977 p143
〔秘事念仏の大元締が〕
　◇「新修宮沢賢治全集 4」筑摩書房 1979 p96
　◇「新修宮沢賢治全集 4」筑摩書房 1979 p321
〔秘事念仏の大師匠〕〔一〕
　◇「新修宮沢賢治全集 6」筑摩書房 1980 p42
〔秘事念仏の大師匠〕〔二〕
　◇「新修宮沢賢治全集 6」筑摩書房 1980 p136
　◇「新修宮沢賢治全集 6」筑摩書房 1980 p398
菱の町での菱のうた
　◇「稗田童平全集 3」宝文館出版 1979 p26
ひしの実
　◇「花岡大学童話文学全集 6」法蔵館 1980 p241
(ヒシの実)
　◇「稗田童平全集 2」宝文館出版 1979 p118
ビジャ
　◇「〔山田野理夫〕おばけ文庫 3」太平出版社 1976

ひしゃく
　◇「まど・みちお全詩集 続」理論社 2015 p29
毘沙門天の宝庫
　◇「新修宮沢賢治全集 5」筑摩書房 1979 p76
　◇「新修宮沢賢治全集 5」筑摩書房 1979 p292
〔毘沙門の堂は古びて〕
　◇「新修宮沢賢治全集 6」筑摩書房 1980 p37
　◇「新修宮沢賢治全集 6」筑摩書房 1980 p350
　◇「ジュニア文学館 宮沢賢治―写真・絵画集成 3」日本図書センター 1996 p184
非情
　◇「戸川幸夫動物文学全集 12」講談社 1977 p127
飛翔
　◇「杉みき子選集 3」新潟日報事業社 2006 p61
飛翔
　◇「戸川幸夫動物文学全集 4」講談社 1976 p290
秘唱断章
　◇「岡田泰三・日下部梅子童謡集」会津童詩会 1992 p140
非常ベル
　◇「星新一ショートショートセレクション 4」理論社 2002 p135
美女なでしこ
　◇「壺井栄名作集 9」ポプラ社 1965 p165
　◇「壺井栄全集 4」文泉堂出版 1998 p391
美女丸と幸寿
　◇「谷口雅春童話集 5」日本教文社 1977 p96
美人
　◇「瑠璃の壺―森銑三童話集」三樹書房 1982 p206
美人自叙伝
　◇「佐々木邦全集 8」講談社 1975 p99
ひすい
　◇「北彰介作品集 4」青森県児童文学研究会 1991 p264
翡翠
　◇「室生犀星童話全集 3」創林社 1978 p3
ひすいを愛された妃
　◇「定本小川未明童話全集 6」講談社 1977 p199
　◇「小川未明童話集」岩波書店 1996（岩波文庫）p291
　◇「定本小川未明童話全集 6」大空社 2001 p199
ひすいの玉
　◇「定本小川未明童話全集 14」講談社 1977 p15
　◇「定本小川未明童話全集 14」大空社 2002 p15
翡翠（四首）
　◇「稗田菫平全集 4」宝文館出版 1980 p74
ビスケット
　◇「サトウハチロー童謡集」弥生書房 1977 p5
ビスケット
　◇「〔東君平〕ひとくち童話 1」フレーベル館 1995 p38
ぴすとる
　◇「北彰介作品集 4」青森県児童文学研究会 1991 p61
ピストル
　◇「壺井栄全集 11」文泉堂出版 1998 p170
ピストル強盗の影
　◇「海野十三全集 別巻2」三一書房 1993 p185
備前焼の大徳利
　◇「いのち―みずかみかずよ全詩集」石風社 1995 p287
ひそかな花
　◇「椋鳩十の本 23」理論社 1983 p173
比田勝
　◇「庄野英二全集 4」偕成社 1979 p298
日高山伏物語
　◇「椋鳩十全集 12」ポプラ社 1970 p7
　◇「椋鳩十の本 15」理論社 1982 p11
飛騨国分寺大いちょう記
　◇「なっちゃんと魔法の葉っぱ―天城健太郎作品集」今日の話題社 2007 p157
火だねおしみ
　◇「川崎大治民話選〔1〕」童心社 1968 p202
飛騨の里
　◇「椋鳩十の本 22」理論社 1983 p119
ピーター・パン
　◇「鈴木三重吉童話全集 5」文泉堂書店 1975（日本文学全集・選集叢刊第5次）p398
ピーターパン
　◇「高橋敏彦童話集」ノヴィス 2000（ノヴィス叢書）p156
ピーターパンの島
　◇「星新一ショートショートセレクション 11」理論社 2003 p164
ビーダマ
　◇「くどうなおこ詩集○」童話屋 1996 p150
ビー玉
　◇「杉みき子選集 2」新潟日報事業社 2005 p252
火魂 その一
　◇「〔山田野理夫〕おばけ文庫 6」太平出版社 1976（母と子の図書室）p32
火魂 その二
　◇「〔山田野理夫〕おばけ文庫 6」太平出版社 1976（母と子の図書室）p33
日だまり
　◇「北彰介作品集 4」青森県児童文学研究会 1991 p149
ひだまり―青島の波状岩
　◇「いのち―みずかみかずよ全詩集」石風社 1995 p401

ひたり

左きき
- ◇「今江祥智の本 12」理論社 1980 p94
- ◇「今江祥智童話館 〔9〕」理論社 1987 p79

左ぎっちょの正ちゃん
- ◇「定本小川未明童話全集 10」講談社 1977 p132
- ◇「定本小川未明童話全集 10」大空社 2001 p132

左ぐわべっかりこ
- ◇「〔比江島重孝〕宮崎のむかし話 3」鉱脈社 2000 p8

左手をはなせ
- ◇「花岡大学仏典童話全集 3」法蔵館 1979 p186

左の手
- ◇「花岡大学童話文学全集 1」法蔵館 1980 p7

火だるま馬頭
- ◇「〔今坂柳二〕りゅうじフォークロア・world 1」ふるさと伝承研究会 2006 p99

匪団
- ◇「巽聖歌作品集 下」巽聖歌作品集刊行委員会 1977 p256

ヒチゲ
- ◇「椋鳩十の本 21」理論社 1982 p264

ぴちぴち
- ◇「まど・みちお全詩集 続」理論社 2015 p170

火長者
- ◇「〔山田野理夫〕おばけ文庫 6」太平出版社 1976（母と子の図書室）p120

篳篥師用光
- ◇「室生犀星童話全集 3」創林社 1978 p77

ピッカリコ石
- ◇「川崎大治民話選 〔3〕」童心社 1971 p201

日、月、風
- ◇「〔厳谷〕小波お伽全集 9」本の友社 1998 p449

棺の中のかま
- ◇「川崎大治民話選 〔2〕」童心社 1969 p53

棺船
- ◇「〔山田野理夫〕おばけ文庫 5」太平出版社 1976（母と子の図書室）p29

ヒックス
- ◇「〔かこさとし〕お話こんにちは 〔1〕」偕成社 1979 p39

ひっくらがえってびっくらくら
- ◇「与田準一全集 3」大日本図書 1967 p259

びっくり あたま山
- ◇「〔山田野理夫〕おばけ文庫 11」太平出版社 1976（母と子の図書室）p25

引つくり返し（その一）
- ◇「瑠璃の壺―森銑三童話集」三樹書房 1982 p204

引つくり返し（その二）
- ◇「瑠璃の壺―森銑三童話集」三樹書房 1982 p204

びっくり くりさん

- ◇「まど・みちお全詩集 続」理論社 2015 p380

びっくりとはこんなもの
- ◇「鈴木三重吉童話全集 3」文泉堂書店 1975（日本文学全集・選集叢刊第5次）p237

びつくり鶏（にわとり）
- ◇「〔北原〕白秋全童謡集 5」岩波書店 1993 p34

びっくりヤコモチ
- ◇「宮口しづえ児童文学集 5」小峰書店 1969 p66
- ◇「宮口しづえ童話全集 1」筑摩書房 1979 p75

ひっこし
- ◇「杉みき子選集 2」新潟日報事業社 2005 p88

引っ越し
- ◇「坪田譲治自選童話集」実業之日本社 1971 p101
- ◇「坪田譲治童話全集 2」岩崎書店 1986 p5
- ◇「坪田譲治名作選 〔1〕魔法」小峰書店 2005 p84

引っ越し
- ◇「くんぺい魔法ばなし―魔法ばなし全集 1」サンリオ 2000 p214

引越
- ◇「中村雨紅詩謡集」中村雨紅詩謡集刊行委員会 1971 p33

引越し
- ◇「くんぺい魔法ばなし―魔法ばなし全集 3」サンリオ 2000 p88

ひっこしって なあに
- ◇「阪田寛夫全詩集」理論社 2011 p150

引っこしのあと
- ◇「杉みき子選集 9」新潟日報事業社 2011 p147

引っ越しの金魚
- ◇「春よこいこい―高橋良和こころの童話選集」同朋舎出版 1995 p100

ひっこし ひるごはん
- ◇「阪田寛夫全詩集」理論社 2011 p153

びっこと どろぼう
- ◇「北畠八穂児童文学全集 6」講談社 1975 p210

びっことひげのうた
- ◇「稗田菫平全集 3」宝文館出版 1979 p79

びっこのあひる
- ◇「斎田喬幼年劇全集 2」誠文堂新光社 1961 p370

びっこのお馬
- ◇「定本小川未明童話全集 3」講談社 1977 p38
- ◇「定本小川未明童話全集 3」大空社 2001 p38

びっこの狐
- ◇「鈴木三重吉童話全集 4」文泉堂書店 1975（日本文学全集・選集叢刊第5次）p121

びつこの小鳥
- ◇「校定新美南吉全集 8」大日本図書 1981 p7

ひつじ
- ◇「西條八十童話集」小学館 1983 p403

ヒツジ

羊
　◇「西條八十童謡全集」修道社 1971 p40
羊飼いの話
　◇「〔島崎〕藤村の童話 4」筑摩書房 1979 p29
ひつじ雲のむこうに
　◇「あまんきみこセレクション 3」三省堂 2009 p102
羊殺しの話
　◇「谷口雅春童話集 2」日本教文社 1976 p77
ひつじさんとあひるさん
　◇「村山籌子作品集 1」JULA出版局 1997 p68
羊太鼓
　◇「〔巌谷〕小波お伽全集 15」本の友社 1998 p161
ひつじと からす
　◇「ひろすけ幼年童話文学全集 8」集英社 1961 p13
羊とさかな
　◇「阪田寛夫全詩集」理論社 2011 p385
羊のうた
　◇「今江祥智の本 16」理論社 1980 p192
　◇「今江祥智童話館 〔12〕」理論社 1987 p105
羊のうた
　◇「西條八十童謡全集」修道社 1971 p329
ヒツジノ オツノ
　◇「まど・みちお全詩集 続」理論社 2015 p342
羊の外套
　◇「豊田三郎童話集」草加市立川柳小学校 1993 p43
羊の外套（四首）
　◇「稗田菫平全集 4」宝文館出版 1980 p74
ひつじのくび
　◇「花岡大学仏典童話新作集 3」法蔵館 1984 p108
羊の角
　◇「〔巌谷〕小波お伽全集 11」本の友社 1998 p401
羊の天下
　◇「〔巌谷〕小波お伽全集 4」本の友社 1998 p317
ひつじのはつゆめ
　◇「〔関根栄一〕はしるふじさん―童謡集」小峰書店 1998 p8
羊の髯太夫
　◇「〔巌谷〕小波お伽全集 6」本の友社 1998 p249
ヒツジの飛行機
　◇「夢見る窓―冬村勇陽童話集」北雪新書 2004 p8
羊橋
　◇「〔巌谷〕小波お伽全集 9」本の友社 1998 p443
筆勢非凡
　◇「校定新美南吉全集 12」大日本図書 1981 p586
ピッツバーグ市立博物館
　◇「椋鳩十の本 31」理論社 1989 p107
ピッツバーグの町
　◇「椋鳩十の本 22」理論社 1983 p227
ぴっぴきぴ
　◇「鈴木三重吉童話全集 3」文泉堂書店 1975（日本文学全集・選集叢刊第5次）p356
ピップウとガッグウ
　◇「〔北原〕白秋全童謡集 4」岩波書店 1993 p180
ビップと ちょうちょう
　◇「与田凖一全集 4」大日本図書 1967 p54
ピッポちゃんのくびかざり
　◇「筒井敬介童話全集 2」フレーベル館 1984 p31
必要だから
　◇「山本瓔子詩集 I」新風舎 2003 p124
ひできちばなし
　◇「〔比江島重孝〕宮崎のむかし話 1」鉱脈社 1998 p235
秀吉を見ました
　◇「坪田譲治童話全集 3」岩崎書店 1986 p143
日照雨
　◇「〔島木〕赤彦童謡集」第一書店 1947 p89
ひでり狐
　◇「豊島与志雄童話全集 2」八雲書店 1948 p121
　◇「豊島与志雄童話全集」海鳥社 1990 p99
美点
　◇「椋鳩十の本 24」理論社 1983 p244
ひどい雨がふりそうなんだ
　◇「今江祥智の本 17」理論社 1981 p106
　◇「今江祥智童話館 〔13〕」理論社 1987 p167
微動だにせぬ特攻兵
　◇「椋鳩十の本 29」理論社 1989 p213
一重咲きのツバキ
　◇「椋鳩十の本 19」理論社 1982 p149
ひとえのゆうれい
　◇「〔木暮正夫〕日本のおばけ話・わらい話 1」岩崎書店 1986 p82
ひとを愛するとき
　◇「〔吉田とし〕青春ロマン選集 5」理論社 1977 p1
　◇「〔吉田とし〕青春ロマン選集 5」理論社 1977 p277
人を欺く者（獅子と牝牛）
　◇「〔巌谷〕小波お伽全集 14」本の友社 1998 p111
人を羨むな（孔雀の不平）
　◇「〔巌谷〕小波お伽全集 14」本の友社 1998 p116
ひとをたのまず
　◇「定本小川未明童話全集 14」講談社 1977 p103
　◇「定本小川未明童話全集 14」大空社 2002 p103
ひとをたべるねずみ
　◇「別役実童話集〔3〕」三一書房 1977 p63
人を謀るな（馬と獅子）

ひとか

人かい舟
　◇「佐藤義美全集 3」佐藤義美全集刊行会 1973 p125
人買船
　◇「野口雨情童謡集」弥生書房 1993 p57
人が美しい時
　◇「全集版灰谷健次郎の本 22」理論社 1988 p160
人影
　◇「〔北原〕白秋全童謡集 3」岩波書店 1992 p275
人首町
　◇「新修宮沢賢治全集 3」筑摩書房 1979 p22
　◇「新修宮沢賢治全集 3」筑摩書房 1979 p315
人ぎらい
　◇「〔山田野理夫〕お笑い文庫 1」太平出版社 1977（母と子の図書室）p20
人くひ鬼
　◇「鈴木三重吉童話全集 3」文泉堂書店 1975（日本文学全集・選集叢刊第5次）p418
人くひ人
　◇「鈴木三重吉童話全集 4」文泉堂書店 1975（日本文学全集・選集叢刊第5次）p412
人喰鉄道
　◇「戸川幸夫動物文学全集 2」講談社 1976 p3
人くいトラ
　◇「戸川幸夫・動物ものがたり 14」金の星社 1980 p5
人喰い虎
　◇「戸川幸夫動物文学全集 8」講談社 1976 p231
人くいばば
　◇「〔山田野理夫〕おばけ文庫 2」太平出版社 1976（母と子の図書室）p59
人くさいはへくさい
　◇「〔西本鶏介〕日本の昔話―読みきかせお話集 1」小学館 1999 p108
ひどけい
　◇「〔東君平〕おはようどうわ 2」講談社 1982 p62
ひとこと
　◇「〔中山尚美〕おふろの中で―詩集」アイ企画 1996 p20
ひとこと
　◇「まど・みちお詩集 〔1〕」すえもりブックス 1992 p46
ひとこぶ・らくだ
　◇「巽聖歌作品集 下」巽聖歌作品集刊行委員会 1977 p41
一コマ
　◇「まど・みちお全詩集 続」理論社 2015 p215
人殺しのクカカカ族
　◇「〔たかしよいち〕世界むかしむかし探検 2」国土社 1994 p6

人さらい
　◇「〔巖谷〕小波お伽全集 14」本の友社 1998 p355
ひとさらいのはなし
　◇「別役実童話集 〔3〕」三一書房 1977 p17
一皿のおかず
　◇「全版版灰谷健次郎の本 21」理論社 1988 p110
ひとしずくのなみだ
　◇「ひとしずくのなみだ―宮下木花11歳童話集」銀の鈴社 2006（小さな鈴シリーズ）p83
ひとしずくの 水
　◇「花岡大学仏典童話全集 6」法蔵館 1979 p91
人質
　◇「星新一ショートショートセレクション 13」理論社 2003 p16
ひとすじの道
　◇「〔下田喜久美〕遠くから来た旅人―詩集」リトル・ガリヴァー社 1998 p92
一すじの道
　◇「北彰介作品集 4」青森県児童文学研究会 1991 p91
ひとたばの おはなし
　◇「石森読本―石森延男児童文学選集 2年生」小学館 1977 p146
ひとたばのお話
　◇「石森延男児童文学全集 5」学習研究社 1971 p221
ひとだま
　◇「〔山田野理夫〕おばけ文庫 6」太平出版社 1976（母と子の図書室）p51
人だま
　◇「石森延男児童文学全集 11」学習研究社 1971 p164
人魂
　◇「宮口しづえ童話全集 8」筑摩書房 1979 p137
ひとだまあそび
　◇「〔山田野理夫〕おばけ文庫 8」太平出版社 1976（母と子の図書室）p138
人だまの知らせ
　◇「〔今坂柳二〕りゅうじフォークロア・world 1」ふるさと伝承研究会 2006 p55
人ちがい
　◇「杉みき子選集 2」新潟日報事業社 2005 p66
一つ覚え（A―小説）
　◇「壺井栄全集 2」文泉堂出版 1997 p7
ひとつづつ
　◇「〔北原〕白秋全童謡集 3」岩波書店 1992 p338
一つにかたまって
　◇「今井誉次郎童話集子どもの村 〔6〕」国土社 1957 p123
ひとつになったクレヨン
　◇「寺村輝夫童話全集 7」ポプラ社 1982 p113

ひとつ

一つになった大宇宙―地涌の菩薩へ別付嘱
　◇「〔松本光華〕民話風法華経童話 22」中外印刷出版 1992 p1

ひとつの朝
　◇「山本瓔子詩集 II」新風舎 2003 p90

一つの石に
　◇「〔北原〕白秋全童謡集 1」岩波書店 1992 p132

ひとつのいのち
　◇「山本瓔子詩集 II」新風舎 2003 p8

ひとつの おんの なまえ
　◇「まど・みちお全詩集」理論社 1992 p316
　◇「まどさんの詩の本 2」理論社 1994 p70

一つの家庭教育
　◇「佐藤義美全集 6」佐藤義美全集刊行会 1974 p444

一つのきまり
　◇「椋鳩十の本 23」理論社 1983 p96

ひとつの草でもが
　◇「まど・みちお全詩集」理論社 1992 p350

一つのケーキ
　◇「いのち―みずかみかずよ全詩集」石風社 1995 p354

一つの小石
　◇「浜田広介全集 2」集英社 1975 p39

ひとつのことば
　◇「いのち―みずかみかずよ全詩集」石風社 1995 p307

ひとつのじゃがいも
　◇「武田亜公童話集 5」秋田文化出版社 1978 p47

一つの心配
　◇「椋鳩十の本 23」理論社 1983 p132

一つの救い
　◇「椋鳩十の本 28」理論社 1989 p169

ひとつの装置
　◇「星新一ショートショートセレクション 14」理論社 2004 p50

ひとつのタブー
　◇「星新一YAセレクション 1」理論社 2008 p131

一つの樽に
　◇「〔北原〕白秋全童謡集 1」岩波書店 1992 p175

ひとつのねがい
　◇「浜田広介全集 1」集英社 1975 p100

一つの ねがい
　◇「ひろすけ幼年童話文学全集 3」集英社 1962 p214

ひとつのねがい＜一まく　音楽詩劇＞
　◇「〔斎田喬〕学校劇代表作選 2」牧書店 1959 p79

一つの花
　◇「今西祐行絵ぶんこ 12」あすなろ書房 1985 p3
　◇「今西祐行全集 4」偕成社 1987 p9

「一つの花」のこと
　◇「今西祐行全集 15」偕成社 1989 p84

ひとつのパン
　◇「坪田譲治幼年童話文学全集 2」集英社 1965 p79
　◇「坪田譲治童話集 9」岩崎書店 1986 p128

ひとつの ひ
　◇「新美南吉全集 1」牧書店 1965 p41

ひとつの火
　◇「校定新美南吉全集 4」大日本図書 1980 p420
　◇「新美南吉童話集 1」大日本図書 1982 p239
　◇「新美南吉童話大全」講談社 1989 p324
　◇「新美南吉童話傑作選〔5〕子どものすきな神さま」小峰書店 2004 p37
　◇「新美南吉30選」春陽堂書店 2009（名作童話）p289
　◇「新美南吉童話集 1」大日本図書 2012 p239

ひとつのビスケット
　◇「坪田譲治幼年童話文学全集 5」集英社 1965 p41
　◇「坪田譲治童話集 9」岩崎書店 1986 p45

ひとつのまめが つけたはな
　◇「与田準一全集 3」大日本図書 1967 p191

ひとつの未来像
　◇「今江祥智の本 36」理論社 1990 p183

ひとつの目標
　◇「星新一ちょっと長めのショートショート 5」理論社 2006 p119

ひとつのものとたくさんのものと
　◇「あまんきみこセレクション 5」三省堂 2009 p306

ひとつのりんご
　◇「いのち―みずかみかずよ全詩集」石風社 1995 p266

ひとつひとつの葉っぱが光る
　◇「松谷みよ子全エッセイ 1」筑摩書房 1989 p91

ひとつぶころりチョコレート
　◇「寺村輝夫童話全集 2」ポプラ社 1982 p39
　◇「〔寺村輝夫〕ぼくは王さま全1冊」理論社 1985 p123

一つぶころりチョコレート
　◇「寺村輝夫全童話 1」理論社 1996 p140
　◇「寺村輝夫の王さまシリーズ 2」理論社 1998 p107

ひとつふたつみっつ
　◇「今江祥智童話館〔14〕」理論社 1987 p23

一つぶの稲つくり
　◇「今井誉次郎童話集子どもの村〔5〕」国土社 1957 p74

一つぶの しんじゅ
　◇「小川未明幼年童話文学全集 7」集英社 1966 p83

一粒の真珠

作品名から引ける日本児童文学個人全集案内　**719**

ひとつ

ひとつ
　◇「定本小川未明童話全集 11」講談社 1977 p196
　◇「定本小川未明童話全集 11」大空社 2002 p196
ひと粒のたね
　◇「浜田広介全集 2」集英社 1975 p198
一つぶの種
　◇「土田明子詩集 3」かど創房 1986 p22
「一粒の涙を抱きて」
　◇「全集版灰谷健次郎の本 21」理論社 1988 p178
ひと粒のぶどう
　◇「壺井栄名作集 8」ポプラ社 1965 p143
一粒のぶどう
　◇「壺井栄全集 4」文泉堂出版 1998 p249
ひとつぶのまめ
　◇「寺村輝夫のむかし話〔4〕」あかね書房 1978 p8
ひとつぶの まめを おっかけた さる
　◇「花岡大学仏典童話全集 6」法蔵館 1979 p125
ひとつぶのよろこび
　◇「浜田広介全集 7」集英社 1976 p95
一つぶよ
　◇「まど・みちお全詩集」理論社 1992 p634
　◇「まどさんの詩の本 14」理論社 1997 p88
一坪館
　◇「海野十三全集 12」三一書房 1990 p79
一つ星
　◇「椋鳩十の本 31」理論社 1989 p11
一つ身の着物
　◇「壺井栄名作集 8」ポプラ社 1965 p6
　◇「壺井栄全集 3」文泉堂出版 1997 p45
ひとつ目一本足のおばけ
　◇「〔木暮正夫〕日本のおばけ話・わらい話 3」岩崎書店 1986 p4
ひとつ目おばけ
　◇「石森延男児童文学全集 4」学習研究社 1971 p30
ひとつ目こぞう
　◇「寺村輝夫のむかし話〔1〕」あかね書房 1977 p14
ひとつ目小僧
　◇「〔山田野理夫〕おばけ文庫 1」太平出版社 1976 （母と子の図書室）p157
一つ目こぞう
　◇「寺村輝夫のむかし話〔4〕」あかね書房 1978 p66
一つ目太郎と狐
　◇「健太と大天狗—片山貞一創作童話集」あさを社 2007 p49
ひとつ目のおに女
　◇「〔木暮正夫〕日本のおばけ話・わらい話 20」岩崎書店 1988 p64
人ではない！
　◇「まど・みちお詩集 6」銀河社 1975 p2

　◇「まど・みちお全詩集」理論社 1992 p433
　◇「まどさんの詩の本 14」理論社 1997 p80
「人と作品」
　◇「稗田童平全集 6」宝文館出版 1981 p138
人と自然の対話
　◇「全集版灰谷健次郎の本 19」理論社 1987 p84
語り部行脚　人と出会う感動
　◇「椋鳩十の本 33」理論社 1989
人と動物の忍術合戦
　◇「戸川幸夫動物文学全集 14」講談社 1977 p135
人と鼠
　◇「浜田広介全集 3」集英社 1975 p112
人とみどり
　◇「佐藤義美童謡集」さ・え・ら書房 1960 p251
人なし島
　◇「新装版金子みすゞ全集 2」JULA出版局 1984 p17
　◇「金子みすゞ童謡全集 3」JULA出版局 2004 p33
人に任せる
　◇「瑠璃の壺—森銑三童話集」三樹書房 1982 p198
人に見せぬ書物
　◇「瑠璃の壺—森銑三童話集」三樹書房 1982 p205
人のこころを求めつつ
　◇「今西祐行全集 15」偕成社 1989 p69
人のことばをはなすネコ
　◇「〔山田野理夫〕おばけ文庫 4」太平出版社 1976 （母と子の図書室）p76
人のさまざま
　◇「浜田広介全集 3」集英社 1975 p117
人の好き好き（驢馬と薊）
　◇「〔巌谷〕小波お伽全集 14」本の友社 1998 p29
人の泣き声をきく鹿
　◇「〔西本鶏介〕新日本昔ばなし——一日一話・読みきかせ 2」小学館 1997 p54
人の身の上
　◇「定本小川未明童話全集 2」講談社 1976 p323
　◇「定本小川未明童話全集 2」大空社 2001 p323
人のよい泥棒
　◇「北彰介作品集 2」青森県児童文学研究会 1990 p71
人の世やちまた（灰谷記）
　◇「全集版灰谷健次郎の本 23」理論社 1988 p275
人橋
　◇「野口雨情童謡集」弥生書房 1993 p45
〔ひとひはかなくことばをくだし〕
　◇「新版・宮沢賢治童話全集 12」岩崎書店 1979 p198
〔ひとひははかなくことばをくだし〕
　◇「新修宮沢賢治全集 6」筑摩書房 1980 p306
　◇「新修宮沢賢治全集 6」筑摩書房 1980 p441

ひとり

一房の葡萄
　◇「有島武郎童話集」角川書店 1952（角川文庫）p5

人まね
　◇「杉みき子選集 2」新潟日報事業社 2005 p67

ひとまね おさる
　◇「巽聖歌作品集 下」巽聖歌作品集刊行委員会 1977 p34

人まねたぬき
　◇「おの・ちゅうこう初期作品集 〔4〕 氏神さま」崙書房 1975 p145

ひとまわり
　◇「杉みき子選集 2」新潟日報事業社 2005 p271

瞳
　◇「新装版金子みすゞ全集 1」JULA出版局 1984 p151
　◇「〔金子〕みすゞ詩画集 〔7〕」春陽堂書店 2002 p34
　◇「金子みすゞ童謡全集 2」JULA出版局 2003 p88

ひとみがともるとき
　◇「今江祥智童話館 〔7〕」理論社 1986 p85

ヒトミシリ科のヒトミシリ
　◇「やなせたかし童謡詩集 〔3〕」フレーベル館 2001 p84

人見のおばあさん
　◇「坪田譲治童話全集 13」岩崎書店 1986 p122

一目千両
　◇「今江祥智の本 10」理論社 1980 p110
　◇「今江祥智童話館 〔17〕」理論社 1987 p32

人もみどり
　◇「佐藤義美全集 1」佐藤義美全集刊行会 1974 p262

人吉のアユ
　◇「椋鳩十の本 22」理論社 1983 p159

ひとりあやとりしてる子は
　◇「〔坪井安〕はしれ子馬よ―童謡詩集」童謡研究・蜂の会 1999 p110

ひとり歩きということ
　◇「ジュニア版吉野源三郎全集 2」ポプラ社 1967 p70
　◇「吉野源三郎全集 2」ポプラ社 2000 p94

ひとりうたっている
　◇「まど・みちお全詩集 続」理論社 2015 p243

一人遅れて咲きにけり
　◇「太田博也半世紀名作選 1」叢文社 1984 p89

ひとり おとこのこ
　◇「〔おうち・やすゆき〕こら！ しんぞう―童謡詩集」小峰書店 1996 p33

ひとり女
　◇「〔山田野理夫〕おばけ文庫 6」太平出版社 1976（母と子の図書室）p134

ひとりかご

　◇「川崎大治民話選 〔4〕」童心社 1975 p25

ひとりごと
　◇「佐藤さとるファンタジー全集 16」講談社 1983 p47
　◇「佐藤さとるファンタジー全集 16」講談社, 復刊ドットコム（発売）2011 p47

ひとりごと
　◇「まど・みちお全詩集 続」理論社 2015 p186

ひとりごと
　◇「山本瓔子詩集 II」新風舎 2003 p66

ひとりごと―絵本ってなんだろう
　◇「松谷みよ子全エッセイ 1」筑摩書房 1989 p214

ひとりざる
　◇「佐藤義美童謡集」さ・え・ら書房 1960 p233
　◇「佐藤義美全集 1」佐藤義美全集刊行会 1974 p250

ひとりザルのマックとフータ
　◇「河合雅雄の動物記 8」フレーベル館 2014 p143

一人静か
　◇「土田明子詩集 4」かど創房 1987 p28

ひとりじめ
　◇「星新一YAセレクション 5」理論社 2009 p100

一人相撲
　◇「森三郎童話選集 〔2〕」刈谷市教育委員会 1996 p139

ひとりっ子
　◇「杉みき子選集 2」新潟日報事業社 2005 p121

ひとりっ子と末っ子
　◇「壺井栄名作集 2」ポプラ社 1965 p43
　◇「定本壺井栄児童文学全集 4」講談社 1980 p179
　◇「壺井栄全集 10」文泉堂出版 1998 p186

ひとりで おいしい ものを たべるのは よいけれど
　◇「佐藤義美全集 2」佐藤義美全集刊行会 1973 p133

ひとりで きます
　◇「佐藤義美全集 1」佐藤義美全集刊行会 1974 p351

ひとりで ままごと
　◇「阪田寛夫全詩集」理論社 2011 p188

一人と一頭
　◇「〔村上のぶ子〕ここは小人の国―少年詩集」あしぶえ出版 2000 p88

一人と一ぴきのふしぎ
　◇「筒井敬介童話全集 1」フレーベル館 1983 p85

日取童子
　◇「〔巖谷〕小波お伽全集 6」本の友社 1998 p377

一人にして二人なるもの
　◇「谷口雅春童話集 1」日本教文社 1976 p123

独り寝

ひとり

一人の王子と十二人の王女
　◇「谷口雅春童話集 1」日本教文社 1976 p43
ひとりの男のうたった歌
　◇「北彰介作品集 4」青森県児童文学研究会 1991 p312
一人の賢者と三人の男
　◇「谷口雅春童話集 2」日本教文社 1976 p133
ひとりの子ども
　◇「坪田譲治童話全集 6」岩崎書店 1986 p107
ひとりの正月
　◇「斎藤隆介全集 3」岩崎書店 1982 p9
一人のみいちゃん
　◇「〔かこさとし〕お話こんにちは 〔12〕」偕成社 1980 p58
一人の目、百人の目（牛小屋の鹿）
　◇「〔巌谷〕小波お伽全集 14」本の友社 1998 p170
ひとりの宿
　◇「椋鳩十の本 23」理論社 1983 p138
ひとりひとり
　◇「〔北原〕白秋全童謡集 2」岩波書店 1992 p418
ひとりひとりの人間
　◇「ジュニア版吉野源三郎全集 2」ポプラ社 1967 p106
ひとりひとりの人間――人間の尊さはどこにあるか――個人主義、自由主義の話
　◇「吉野源三郎全集 3」ポプラ社 2000 p8
ひとりぼっち
　◇「斎藤信夫」子ども心を友として―童謡詩集」成東町教育委員会 1996 p184
ひとりぼっち
　◇「杉みき子選集 2」新潟日報事業社 2005 p22
ひとりぼっち
　◇「〔竹久〕夢二童謡集」ノーベル書房 1975（浪漫文庫）p83
ひとりぼっち
　◇「校定新美南吉全集 9」大日本図書 1981 p541
ひとりぼっち
　◇「〔北原〕白秋全童謡集 1」岩波書店 1992 p300
ひとりぼっち―アフリカまいご
　◇「佐藤義美全集 5」佐藤義美全集刊行会 1973 p169
ひとりぼっちのアヒル
　◇「きむらゆういちおはなしのへや 5」ポプラ社 2012 p37
ひとりぼっちの木
　◇「巽聖歌作品集 上」巽聖歌作品集刊行委員会 1977 p498
ひとりぼっちのくも
　◇「いのち―みずかみかずよ全詩集」石風社 1995 p202

ひとりぼっちのクリスマス
　◇「立原えりか作品集 5」思潮社 1973 p179
　◇「立原えりかのファンタジーランド 12」青土社 1980 p57
ひとりぼっちの ちびわんちゃん
　◇「佐藤義美全集 3」佐藤義美全集刊行会 1973 p197
ひとりぼっちのつる
　◇「椋鳩十学年別童話 〔5〕」理論社 1990 p5
ひとりぼっちのツル
　◇「椋鳩十全集 10」ポプラ社 1970 p192
ひとりぼっちの動物園
　◇「全版灰谷健次郎の本 10」理論社 1987 p5
　◇「灰谷健次郎童話館 〔12〕」理論社 1995 p79
ひとりぼっちの羊飼い
　◇「阪田寛夫全詩集」理論社 2011 p337
火とり虫
　◇「浜田広介全集 11」集英社 1976 p16
灯とり虫のうた
　◇「室生犀星童話集 2」創林社 1978 p60
〔ひとはすでに二千年から〕
　◇「新修宮沢賢治全集 4」筑摩書房 1979 p277
ひとは遠くからやってくる
　◇「今江祥智の本 17」理論社 1981 p181
　◇「今江祥智童話館 〔15〕」理論社 1987 p239
人はどれだけの土地がいるか
　◇「浜田広介全集 10」集英社 1976 p219
人わ外形（みめ）より内心（こゝろ）
　◇「〔巌谷〕小波お伽全集 15」本の友社 1998 p40
人は皆（みーんな）仏さま
　◇「松本光華」民話風法華経童話 3」中外日報社〔中外印刷出版〕1988 p1
一椀の米の磨き汁
　◇「花岡大学仏典童話全集 4」法蔵館 1979 p120
雛
　◇「戸川幸夫動物文学全集 6」講談社 1977 p173
日永
　◇「新装版金子みすゞ全集 2」JULA出版局 1984 p194
　◇「金子みすゞ童謡全集 4」JULA出版局 2004 p72
日永
　◇「〔北原〕白秋全童謡集 2」岩波書店 1992 p295
火なかの穂
　◇「浜田広介全集 5」集英社 1976 p209
日ながの山
　◇「浜田広介全集 11」集英社 1976 p45
ひなぎく
　◇「西條八十童話集」小学館 1083 p382
ひなぎく

ひなま

◇「壺井栄名作集 9」ポプラ社 1965 p136
◇「壺井栄全集 6」文泉堂出版 1998 p391

ヒナギク
◇「まど・みちお全詩集 続」理論社 2015 p113

ヒナギクをたべないで
◇「今江祥智の本 14」理論社 1980 p7
◇「今江祥智童話館 〔6〕」理論社 1986 p141
◇「今江祥智ショートファンタジー 3」理論社 2004 p51

日鳴き鳥
◇「浜田広介全集 11」集英社 1976 p45

ヒナゲシ荘の主
◇「立原えりかのファンタジーランド 9」青土社 1980 p77

ひなげしの咲く日
◇「いのち―みずかみかずよ全詩集」石風社 1995 p322

ひなた
◇「新美南吉全集 6」牧書店 1965 p236
◇「校定新美南吉全集 8」大日本図書 1981 p30
◇「新美南吉童話集 1」大日本図書 1982 p311
◇「新美南吉童話集 1」大日本図書 2012 p311

ひなた
◇〔東君平〕おはようどうわ 6」講談社 1982 p27

日南
◇「巽聖歌作品集 上」巽聖歌作品集刊行委員会 1977 p347

ひなたに でると
◇「まど・みちお全詩集」理論社 1992 p289

日向に話しほける
◇「まど・みちお全詩集」理論社 1992 p65

日向ノ支配
◇「佐藤義美全集 1」佐藤義美全集刊行会 1974 p49

日なたのひとり
◇「浜田広介全集 11」集英社 1976 p128

よびかけひなたぼっこ
◇「斎田喬幼年劇全集 3」誠文堂新光社 1962 p306

ひなたぼっこ
◇「斎田喬児童劇選集 〔6〕」牧書店 1954 p125

ひなたぼっこ
◇〔東君平〕おはようどうわ 6」講談社 1982 p206

ひなたぼっこ
◇「まど・みちお全詩集」理論社 1992 p171

日向ぽっこ
◇〔斎藤信夫〕子ども心を友として―童謡詩集」成東町教育委員会 1996 p46

陽なたぼっこ
◇〔東君平〕ひとくち童話 5」フレーベル館 1995 p64

ひなたぼっこ（童話劇）

◇「斎田喬幼年劇全集 2」誠文堂新光社 1961 p449

日なたぼっこねこ
◇「今江祥智の本 32」理論社 1991 p131

日当山侏儒譚
◇「椋鳩十の本 16」理論社 1983 p9

日当山侏儒物語
◇「椋鳩十全集 24」ポプラ社 1980 p5

日当山侏儒物語の終りに
◇「椋鳩十の本 16」理論社 1983 p130

ピーナッツ
◇〔北原〕白秋全童謡集 3」岩波書店 1992 p323

ピーナッツって
◇「まど・みちお全詩集 続」理論社 2015 p214

雛鍔（林家木久蔵編, 岡本和明文）
◇「林家木久蔵の子ども落語 3」フレーベル館 1998 p44

ひなどりの いのち
◇「花岡大学仏典童話全集 6」法蔵館 1979 p43

ひな人形はかざらない
◇「いのち―みずかみかずよ全詩集」石風社 1995 p381

ひなの節句
◇「壺井栄全集 11」文泉堂出版 1998 p349

雛の日
◇「松谷みよ子全エッセイ 1」筑摩書房 1989 p8

ひなの べべ
◇「むぎぶえ笛太―文館輝子童話集」越野智, ブックヒルズ（所沢） 1999 p36

ひなまつり
◇「あまんきみこセレクション 1」三省堂 2009 p16

ひなまつり
◇〔内海康子〕六月のカレンダー―詩集」けやき書房 1999 p92

ひなまつり
◇「巽聖歌作品集 上」巽聖歌作品集刊行委員会 1977 p161

ひなまつり
◇〔永田允子〕わすれな草―童話集」講談社出版サービスセンター 1997 p39

ひなまつり
◇「浜田広介全集 11」集英社 1976 p128

ひなまつり
◇「稗田童平全集 8」宝文館出版 1982 p173

雛まつり
◇「新装版金子みすゞ全集 1」JULA出版局 1984 p14
◇「金子みすゞ童謡全集 1」JULA出版局 2003 p26

雛祭
◇「与謝野晶子児童文学全集 6」春陽堂書店 2007 p80

ひなまつり（テーブルしばい）
　◇「斎田喬幼年劇全集 3」誠文堂新光社 1962 p181
ひなよごめんね
　◇「椋鳩十全集 2」ポプラ社 1969 p152
　◇「椋鳩十学年別童話〔10〕」理論社 1991 p89
　◇「椋鳩十まるごと動物ものがたり 11」理論社 1995 p168
〔日に暈ができ〕
　◇「新修宮沢賢治全集 4」筑摩書房 1979 p80
日にかわかせ
　◇「椋鳩十の本 15」理論社 1982 p61
日に吠える豚
　◇「お噺の卵―武井武雄童話集」講談社 1976（講談社文庫）p111
ビニールの定期入れ
　◇「ビートたけし傑作集 少年編 1」金の星社 2010 p82
ひねくれた子よりも
　◇「おの・ちゅうこう初期作品集〔2〕日本の教室は明るい」崙書房 1975 p46
ひねくれ ひにくる
　◇「阪田寛夫全詩集」理論社 2011 p266
（日の）
　◇「稗田童平全集 8」宝文館出版 1982 p49
日の当たる門
　◇「定本小川未明童話全集 12」講談社 1977 p218
　◇「定本小川未明童話全集 12」大空社 2002 p218
陽の色
　◇「椋鳩十の本 20」理論社 1983 p261
Bの音
　◇「佐藤義美全集 1」佐藤義美全集刊行会 1974 p59
火のおどり
　◇「庄野英二全集 5」偕成社 1980 p293
火の帯
　◇「戸川幸夫動物文学全集 6」冬樹社 1965 p161
　◇「戸川幸夫・子どものための動物物語 1」国土社 1967 p131
美の神
　◇「星新一YAセレクション 5」理論社 2009 p88
火の神のひとだすけ
　◇「〔山田野理夫〕お笑い文庫 11」太平出版社 1977（母と子の図書室）p81
ひのき学園ねぶた、まかり通る
　◇「ともみのちょう戦―立花玲子童話集」青森県児童文学研究会 1997 p34
ひのきがさ
　◇「〔島崎〕藤村の童話 2」筑摩書房 1979 p69
ひのきとひなげし
　◇「新版・宮沢賢治童話全集 1」岩崎書店 1978 p113
　◇「新修宮沢賢治全集 12」筑摩書房 1980 p223
　◇「〔宮沢〕賢治童話」翔泳社 1995 p526
ひのきとひなげし〔初期形〕
　◇「新修宮沢賢治全集 12」筑摩書房 1980 p303
〔ひのきの歌〕
　◇「新修宮沢賢治全集 1」筑摩書房 1980 p143
ヒノキノヒコのかくれ家
　◇「佐藤さとる全集 11」講談社 1974 p163
　◇「佐藤さとるファンタジー全集 7」講談社 1983 p177
　◇「佐藤さとるファンタジー全集 7」講談社, 復刊ドットコム（発売）2010 p177
火の国九州
　◇「椋鳩十の本 29」理論社 1989 p19
火のくるま
　◇「〔比江島重孝〕宮崎のむかし話 2」鉱脈社 1998 p171
日のくれ
　◇「〔北原〕白秋全童謡集 4」岩波書店 1993 p97
日の暮れがたの歌
　◇「サトウハチロー童謡集」弥生書房 1977 p32
日のくれの声
　◇「〔北原〕白秋全童謡集 2」岩波書店 1992 p148
火の声
　◇「稗田童平全集 2」宝文館出版 1979 p35
火のこもやらん
　◇「寺村輝夫のむかし話〔5〕」あかね書房 1978 p36
火の島
　◇「新修宮沢賢治全集 6」筑摩書房 1980 p328
　◇「新修宮沢賢治全集 6」筑摩書房 1980 p443
火の島の歌
　◇「新修宮沢賢治全集 7」筑摩書房 1980 p370
火の島のちょうちょう
　◇「久保喬自選作品集 2」みどりの会 1994 p198
火の滝
　◇「斎藤隆介全集 4」岩崎書店 1982 p132
ミュージカル・ドラマピノッキオ（四幕八場）
　◇「北彰介作品集 5」青森県児童文学研究会 1991 p358
日の出
　◇「〔北原〕白秋全童謡集 2」岩波書店 1992 p391
日の出神楽
　◇「〔巌谷〕小波お伽全集 4」本の友社 1998 p97
日の出前
　◇「新修宮沢賢治全集 6」筑摩書房 1980 p113
　◇「新修宮沢賢治全集 6」筑摩書房 1980 p387
日の照り雨
　◇「〔北原〕白秋全童謡集 1」岩波書店 1992 p134
火の鳥
　◇「斎藤隆介全集 4」岩崎書店 1982 p7

火の鳥
　◇「庄野英二全集 11」偕成社 1980 p85
火の鳥（三章）
　◇「稗田童平全集 1」宝文館出版 1978 p76
火の中へ
　◇「鈴木三重吉童話全集 6」文泉堂書店 1975（日本文学全集・選集叢刊第5次）p407
火の中に
　◇「〔北原〕白秋全童謡集 1」岩波書店 1992 p202
日のにおい
　◇「斎藤隆介全集 1」岩崎書店 1982 p240
陽のにおい
　◇「〔土田明子〕ちいさい星―母と子の詩集」らくだ出版 2002 p18
日の光
　◇「新装版金子みすゞ全集 1」JULA出版局 1984 p169
　◇「〔金子〕みすゞ詩画集〔1〕」春陽堂書店 1996
　◇「金子みすゞ童謡集」角川春樹事務所 1998（ハルキ文庫）p100
　◇「〔金子〕みすゞ詩画集〔7〕」春陽堂書店 2002 p40
　◇「金子みすゞ童謡全集 2」JULA出版局 2003 p112
火の瞳
　◇「早乙女勝元小説選集 6」理論社 1977 p1
「火の笛」
　◇「全集版灰谷健次郎の本 21」理論社 1988 p202
日の丸あげて
　◇「赤川次郎セレクション 5」ポプラ社 2008 p101
日の丸の歌
　◇「西條八十童謡全集」修道社 1971 p332
日の丸の旗
　◇「西條八十童謡全集」修道社 1971 p333
日の丸の旗
　◇「〔島崎〕藤村の童話 1」筑摩書房 1979 p153
ヒノマル バンザイ
　◇「〔北原〕白秋全童謡集 3」岩波書店 1992 p171
日の丸万歳
　◇「〔北原〕白秋全童謡集 4」岩波書店 1993 p119
　◇「〔北原〕白秋全童謡集 4」岩波書店 1993 p121
火の妖怪
　◇「〔山田野理夫〕おばけ文庫 6」太平出版社 1976（母と子の図書室）p28
ひのようじん
　◇「阪田寛夫全詩集」理論社 2011 p418
ひのようじん
　◇「〔東君平〕おはようどうわ 3」講談社 1982 p22
被爆者健康手帳
　◇「今西祐行全集 15」偕成社 1989 p238

火箸の一対
　◇「〔北原〕白秋全童謡集 1」岩波書店 1992 p202
火ばしら
　◇「〔山田野理夫〕おばけ文庫 6」太平出版社 1976（母と子の図書室）p116
火柱城
　◇「〔巌谷〕小波お伽全集 1」本の友社 1998 p393
火柱ものがたり
　◇「〔今坂信二〕りゅうじフォークロア・world 5」ふるさと伝承研究会 2009 p120
　◇「〔今坂信二〕りゅうじフォークロア・world 5」ふるさと伝承研究会 2009 p125
火ばちの教室
　◇「宮口しづえ童話全集 8」筑摩書房 1979 p71
　◇「宮口しづえ童話名作集」一草舎出版 2009 p289
火ばちの火
　◇「椋鳩十全集 12」ポプラ社 1970 p136
火鉢の火
　◇「椋鳩十の本 15」理論社 1982 p150
ビーバーのぼうけん
　◇「椋鳩十全集 10」ポプラ社 1970 p250
ひばり
　◇「西條八十童謡全集」修道社 1971 p101
ひばり
　◇「〔下田喜久美〕遠くから来た旅人―詩集」リトル・ガリヴァー社 1998 p62
ひばり
　◇「巽聖歌作品集 上」巽聖歌作品集刊行委員会 1977 p311
ひばり
　◇「浜田広介全集 11」集英社 1976 p86
ひばり
　◇「まど・みちお全詩集 続」理論社 2015 p13
ヒバリ
　◇「〔東君平〕おはようどうわ 2」講談社 1982 p74
ヒバリ
　◇「まど・みちお詩集〔1〕」すえもりブックス 1992 p12
　◇「まど・みちお全詩集」理論社 1992 p316
　◇「まどさんの詩の本 13」理論社 1997 p62
雲雀
　◇「〔巌谷〕小波お伽全集 7」本の友社 1998 p388
自筆童謡集 雲雀
　◇「巽聖歌作品集 上」巽聖歌作品集刊行委員会 1977 p449
雲雀
　◇「巽聖歌作品集 上」巽聖歌作品集刊行委員会 1977 p333
雲雀
　◇「くんぺい魔法ばなし―魔法ばなし全集 1」サンリオ 2000 p166

ひはり

ひばり団地のテントウムシ
- ◇「大石真児童文学全集 7」ポプラ社 1982 p5

ひばりと紙風船
- ◇「石森読本—石森延男児童文学選集 5年生」小学館 1977 p7

ひばりとたんぽぽ
- ◇「ひろすけ幼年童話文学全集 5」集英社 1962 p40
- ◇「浜田広介全集 5」集英社 1976 p223

ひばりと ひなぎく
- ◇「ひろすけ幼年童話文学全集 9」集英社 1962 p110

ヒバリと風船
- ◇「石森延男児童文学全集 11」学習研究社 1971 p26

ひばりともぐら
- ◇「ひろすけ幼年童話文学全集 6」集英社 1962 p10
- ◇「浜田広介全集 7」集英社 1976 p116

ひばりなくおか
- ◇「斎田喬児童劇選集 〔3〕」牧書店 1954 p25

ひばりなくおか(生活劇)
- ◇「斎田喬幼年劇全集 1」誠文堂新光社 1962 p213

ひばりの うた
- ◇「佐藤義美全集 1」佐藤義美全集刊行会 1974 p455

ひばりの おうち
- ◇「佐藤義美童謡集」さ・え・ら書房 1960 p140
- ◇「ともだちシンフォニー—佐藤義美童謡集」JULA出版局 1990 p24

ヒバリノ オウチ
- ◇「佐藤義美全集 1」佐藤義美全集刊行会 1974 p119
- ◇「佐藤義美全集 1」佐藤義美全集刊行会 1974 p154

ヒバリの大笑い
- ◇「まど・みちお全詩集 続」理論社 2015 p187

ひばりのおじさん
- ◇「定本小川未明童話全集 12」講談社 1977 p97
- ◇「定本小川未明童話全集 12」大空社 2002 p97

ひばりのお使い
- ◇「二反長半作品集 3」集英社 1979 p18

雲雀のこえは
- ◇「巽聖歌作品集 下」巽聖歌作品集刊行委員会 1977 p221

雲雀の子とろ
- ◇「野口雨情童謡集」弥生書房 1993 p10

ヒバリのさいそく
- ◇「〔木暮正夫〕日本のおばけ話・わらい話 14」岩崎書店 1987 p13

ひばりのす
- ◇「ひばりのす—木下夕爾児童詩集」光書房 1998 p6

ひばりの巣
- ◇「住井すゑ わたしの少年少女物語 〔1〕」労働旬報社 1989 p99

ひばりの巣
- ◇「花岡大学童話文学全集 3」法蔵館 1980 p242

雲雀の庭
- ◇「佐藤義美全集 1」佐藤義美全集刊行会 1974 p325

ひばりの矢
- ◇「斎藤隆介全集 2」岩崎書店 1982 p14

ヒバリのやくそく
- ◇「石森延男児童文学全集 4」学習研究社 1971 p10

ひばりのよろこび
- ◇「浜田広介全集 3」集英社 1975 p86

雲雀星
- ◇「〔巌谷〕小波お伽全集 3」本の友社 1998 p270

雲雀は
- ◇「巽聖歌作品集 上」巽聖歌作品集刊行委員会 1977 p461

ひばりは いないか
- ◇「巽聖歌作品集 下」巽聖歌作品集刊行委員会 1977 p71

日々
- ◇「〔下田喜久美〕遠くから来た旅人—詩集」リトル・ガリヴァー社 1998 p96

ひびきあうもの
- ◇「いのち—みずかみかずよ全詩集」石風社 1995 p303

ひびけ鬼太鼓
- ◇「横山健童謡選集 1」無明舎出版 1995 p48

ヒヒ その一
- ◇「〔山田野理夫〕おばけ文庫 2」太平出版社 1976 (母と子の図書室) p97

ヒヒ その二
- ◇「〔山田野理夫〕おばけ文庫 2」太平出版社 1976 (母と子の図書室) p103

日日断片
- ◇「全集版灰谷健次郎の本 21」理論社 1988 p151

ピピッとひらめくとんち話
- ◇「〔木暮正夫〕日本のおばけ話・わらい話 15」岩崎書店 1987

日日の思い
- ◇「椋鳩十の本 23」理論社 1983 p11

批評の言葉が消えた時
- ◇「太田博也童話集 5」小山書林 2008 p75

ピープ
- ◇「〔みずきえり〕童話集 ピープ」日本文学館 2008 p41

ヒフよ！
- ◇「まど・みちお全詩集 続」理論社 2015 p216

非望を抱くな(蝮と鑢)

ひみつ

緋牡丹姫
　◇「ある手品師の話―小熊秀雄童話集」晶文社 1976 p93
　◇「小熊秀雄童話集」創風社 2001 p77
ピーポーときゅうきゅうしゃ
　◇「大石真児童文学全集 16」ポプラ社 1982 p178
ひまつぶし恋愛論（灰谷記）
　◇「全集版灰谷健次郎の本 23」理論社 1988 p68
火祭
　◇「新修宮沢賢治全集 5」筑摩書房 1979 p80
　◇「新修宮沢賢治全集 5」筑摩書房 1979 p293
ひまゆく駒
　◇「〔巌谷〕小波お伽全集 7」本の友社 1998 p387
ヒマラヤ
　◇「土田明子詩集 2」かど創房 1986 p18
ヒマラヤのつり橋
　◇「氏原大作全集 4」条例出版 1977 p240
ヒマラヤのハト
　◇「花岡大学仏典童話集 1」佼成出版社 2006 p27
ヒマラヤの竜
　◇「庄野英二全集 5」偕成社 1980 p212
　◇「庄野英二自選短篇童話集」編集工房ノア 1986 p19
ひまわり
　◇「〔金子〕みすゞ詩画集 〔3〕」春陽堂書店 2000
ひまわり
　◇「〔鈴木桂子〕親子で語り合う詩集 1」クロスロード 1997 p36
ひまわり
　◇「まど・みちお全詩集」理論社 1992 p626
　◇「まどさんの詩の本 11」理論社 1997 p56
ひまわり
　◇「いのち―みずかみかずよ全詩集」石風社 1995 p42
ひまわり
　◇「〔村上のぶ子〕ここは小人の国―少年詩集」あしぶえ出版 2000 p40
ヒマワリ
　◇「石森延男児童文学全集 2」学習研究社 1971 p170
ヒマワリ
　◇「〔東君平〕おはようどうわ 6」講談社 1982 p152
　◇「東君平のおはようどうわ 2」新日本出版社 2010 p72
ヒマワリ
　◇「まど・みちお全詩集」理論社 1992 p120
向日葵
　◇「新装版金子みすゞ全集 3」JULA出版局 1984 p197
　◇「金子みすゞ童謡全集 6」JULA出版局 2004 p96

向日葵
　◇「西條八十童謡全集」修道社 1971 p116
日まわり
　◇「坪田譲治童話全集 3」岩崎書店 1986 p225
ひまわり あっはっは
　◇「山本瓔子詩集 II」新風舎 2003 p22
ひまわりさん
　◇「〔関根栄一〕はしるふじさん―童謡集」小峰書店 1998 p42
日輪草
　◇「春―〔竹久〕夢二童話集」ノーベル書房 1977 p63
向日葵と花子
　◇「与謝野晶子児童文学全集 6」春陽堂書店 2007 p24
ひまわりと ひまのくに
　◇「まど・みちお全詩集 続」理論社 2015 p66
向日葵―望みだけをみつめて
　◇「立原えりかのファンタジーランド 4」青土社 1980 p33
ひまわりの はな
　◇「まど・みちお全詩集」理論社 1992 p250
　◇「まどさんの詩の本 11」理論社 1997 p58
ピーマン
　◇「くどうなおこ詩集○」童話屋 1996 p58
ピーマン大王
　◇「住井すゑ わたしの童話」労働旬報社 1988 p25
肥満体質
　◇「壼井栄全集 11」文泉堂出版 1998 p397
ピーマンという なまえ
　◇「まど・みちお全詩集」理論社 1992 p657
碑（万葉植物公園にて）（二首）
　◇「稗田童平全集 4」宝文館出版 1980 p21
（氷見男の）
　◇「稗田童平全集 8」宝文館出版 1982 p125
氷見漁港冬の絵図
　◇「稗田童平全集 8」宝文館出版 1982 p124
ヒミコってなに者だ！
　◇「〔たかしよいち〕世界むかしむかし探検 4」国土社 1995 p11
ヒミコに会いに行こう
　◇「〔たかしよいち〕世界むかしむかし探検 4」国土社 1995 p123
ひみつ
　◇「来栖良夫児童文学全集 1」岩崎書店 1983 p145
秘密
　◇「早乙女勝元小説選集 4」理論社 1977 p1
秘密
　◇「鈴木三重吉童話全集 2」文泉堂書店 1975（日本文学全集・選集叢刊第5次）p399

ひみつ

秘密結社
◇「星新一YAセレクション 7」理論社 2009 p120
秘密だぜ
◇「こども用三代目魚武濱田成夫詩集ZK」学習研究社 2002 p54
秘密のかたつむり号
◇「佐藤さとるファンタジー全集 11」講談社 1983 p193
◇「佐藤さとるファンタジー全集 11」講談社, 復刊ドットコム(発売) 2011 p193
「ひみつのかたつむり号」と私
◇「佐藤さとるファンタジー全集 16」講談社 1983 p91
◇「佐藤さとるファンタジー全集 16」講談社, 復刊ドットコム(発売) 2011 p91
ひみつの城
◇「やなせたかし童謡詩集 〔2〕」フレーベル館 2000 p30
ひみつのたから<一まく 生活劇>
◇「〔斎田喬〕学校劇代表作選」牧書店 1959 p35
ひみつのちかみちおしえます！
◇「後藤竜二童話集 2」ポプラ社 2013 p5
秘密の砦
◇「〔たかしよいち〕世界むかしむかし探検 6」国土社 1996 p36
秘密の発電所
◇「安房直子コレクション 2」偕成社 2004 p183
ひみつの はなし
◇「巽聖歌作品集 下」巽聖歌作品集刊行委員会 1977 p106
ひみつのひきだしあけた？
◇「あまんきみこ童話集 3」ポプラ社 2008 p131
ひみつのフライパン
◇「寺村輝夫童話全集 4」ポプラ社 1982 p183
◇「〔寺村輝夫〕ぼくは王さま全1冊」理論社 1985 p501
◇「寺村輝夫全童話 1」理論社 1996 p329
◇「寺村輝夫の王さまシリーズ 6」理論社 1998 p7
美味の秘密
◇「星新一YAセレクション 6」理論社 2009 p88
微妙なもの
◇「椋鳩十の本 23」理論社 1983 p244
「微妙の敵」吉村まさとし著
◇「稗田童平全集 6」宝文館出版 1981 p141
姫瓜
◇「浜田広介全集 11」集英社 1976 p21
姫神山で
◇「巽聖歌作品集 上」巽聖歌作品集刊行委員会 1977 p366
日めくり
◇「壺井栄全集 7」文泉堂出版 1998 p435

姫小鳥(ひめことり)
◇「横山健童謡選集 2」無明舎出版 1995 p120
姫路城のおさかべ姫(兵庫)
◇「〔木暮正夫〕日本の怪奇ばなし 10」岩崎書店 1990 p46
姫島
◇「椋鳩十の本 23」理論社 1983 p30
ひめじょおんの花
◇「花岡大学童話文学全集 4」法蔵館 1980 p71
ひめだかのうた
◇「室生犀星童話全集 2」創林社 1978 p38
ひめ竹
◇「〔小田野〕友之童話集」文芸社 2009 p27
附録 姫の小舟
◇「〔巌谷〕小波お伽全集 6」本の友社 1998 p429
音楽劇 姫の昇天(一幕二場)
◇「北彰介作品集 5」青森県児童文学研究会 1991 p386
姫の一言
◇「〔巌谷〕小波お伽全集 11」本の友社 1998 p423
姫松教会
◇「庄野英二全集 9」偕成社 1979 p194
ひめゆり
◇「壺井栄全集 4」文泉堂出版 1998 p409
ひめゆりの塔
◇「〔斎藤信夫〕子ども心を友として―童謡詩集」成東町教育委員会 1996 p270
日面紅
◇「全集版灰谷健次郎の本 20」理論社 1987 p111
ひもあそび(テーブルしばい)
◇「斎田喬幼年劇全集 2」誠文堂新光社 1961 p1
ひもじさの自慢
◇「瑠璃の壺―森銑三童話集」三樹書房 1982 p184
紐と わゴムと
◇「まど・みちお全詩集 続」理論社 2015 p86
ヒーモリ
◇「石森読本―石森延男児童文学選集 5年生」小学館 1977 p211
飛躍への法則
◇「星新一ショートショートセレクション 6」理論社 2002 p86
百円玉の天使
◇「やなせたかし童謡詩集 〔1〕」フレーベル館 2000 p56
百円分だけ
◇「立原えりか作品集 1」思潮社 1972 p59
◇「立原えりかのファンタジーランド 7」青土社 1980 p25
百牛物語
◇「新美南吉全集 5」牧書店 1965 p241

ひゃく

◇「校定新美南吉全集 6」大日本図書 1980 p114
◇「新美南吉童話集 3」大日本図書 1982 p209
◇「新美南吉童話大全」講談社 1989 p203
◇「新美南吉童話集 3」大日本図書 2012 p209

一〇〇さいのおじいさん
◇「さちいさや童話集―心の中に愛の泉がわいてくる」近代文芸社 1995 p61

百姓がすきになった国
◇「今井誉次郎童話集子どもの村〔6〕」国土社 1957 p25

ひゃくしょうが先生
◇「今井誉次郎童話集子どもの村〔4〕」国土社 1957 p50

百姓じいさんとてんぐ
◇「川崎大治民選〔3〕」童心社 1971 p22

百姓の足、坊さんの足
◇「新美南吉全集 3」牧書店 1965 p43
◇「校定新美南吉全集 3」大日本図書 1980 p29
◇「新美南吉童話集 3」大日本図書 1982 p29
◇「新美南吉童話大全」講談社 1989 p215
◇「新美南吉童話集」岩波書店 1996（岩波文庫）p192
◇「新美南吉童話傑作選〔2〕花のき村と盗人たち」小峰書店 2004 p41
◇「新美南吉童話30選」春陽堂書店 2009（名作童話）p254
◇「新美南吉童話集 3」大日本図書 2012 p29
◇「新美南吉童話選集 3」ポプラ社 2013 p61

百姓の足、坊さんの足（新美南吉作、さねとうあきら脚色）
◇「新美南吉童話劇集 2」東京書籍 1982（東書児童劇シリーズ）p213

百姓の夢
◇「定本小川未明童話全集 2」講談社 1976 p358
◇「定本小川未明童話全集 2」大空社 2001 p358

百姓家
◇「新美南吉全集 6」牧書店 1965 p191
◇「新美南吉全集 6」牧書店 1965 p225
◇「校定新美南吉全集 8」大日本図書 1981 p449
◇「新美南吉童話傑作選〔6〕花をうめる」小峰書店 2004 p177

百姓（一）
◇「新美南吉全集 6」牧書店 1965 p218
◇「校定新美南吉全集 8」大日本図書 1981 p433

百姓（二）
◇「新美南吉全集 6」牧書店 1965 p220
◇「校定新美南吉全集 8」大日本図書 1981 p435

百反袋
◇「［比江島重孝］宮崎のむかし話 2」鉱脈社 1998 p211

百田ばなし
◇「松谷みよ子のむかしむかし 2」講談社 1973 p65

秘薬と用法
◇「星新一ショートショートセレクション 13」理論社 2003 p44

百弗
◇「野口雨情童謡集」弥生書房 1993 p66

百二十歳の時
◇「瑠璃の壺―森銑三童話集」三樹書房 1982 p245

百人のお話作り屋
◇「太田博也童話集 4」小山書林 2008 p1

百年戦争〔上〕
◇「井上ひさしジュニア文学館 6」汐文社 1999 p7

百年戦争〔中〕
◇「井上ひさしジュニア文学館 7」汐文社 1999 p7

百年戦争〔下〕
◇「井上ひさしジュニア文学館 8」汐文社 1999 p7

百の虫なくときに
◇「花岡大学童話文学全集 2」法蔵館 1980 p269

百倍カレーの日
◇「こども用三代目魚武濱田成夫詩集ZK」学習研究社 2002 p34

百ばんめのぞうがくる
◇「佐藤さとる全集 2」講談社 1972 p9

百番めのぞうがくる
◇「佐藤さとるファンタジー全集 8」講談社 1982 p157
◇「佐藤さとるファンタジー全集 8」講談社，復刊ドットコム（発売）2010 p157

百番目のぞうがくる
◇「佐藤さとる幼年童話自選集 3」ゴブリン書房 2003 p191

百聞わ不如一見
◇「［巖谷］小波お伽全集 14」本の友社 1998 p270

百まで六つ 草川ヤス（東京都）
◇「斎藤隆介全集 11」岩崎書店 1982 p7

ひゃくまんえん くれるか
◇「むぎぶえ笛太―文館輝子童話集」越野智、ブックヒルズ（所沢）1999 p66

ひゃくまんえんの 花
◇「花岡大学仏典童話全集 7」法蔵館 1979 p191

短編集 百万石のうらばなし
◇「かつおきんや作品集 9」牧書店〔アリス館牧新社〕1973

百万石のうらばなし
◇「かつおきんや作品集 15」偕成社 1983 p1

百万人にひとり
◇「佐藤さとるファンタジー全集 7」講談社 1983 p223
◇「佐藤さとるファンタジー全集 7」講談社，復刊ドットコム（発売）2010 p223

百まんにんの 雪にんぎょう
◇「佐藤義美全集 2」佐藤義美全集刊行会 1973

ひやく

p295
百万年前の世界
  ◇「海野十三全集 別巻2」三一書房 1993 p251
百目
  ◇「川崎大治民話選 〔2〕」童心社 1969 p95
百目のあずきとぎ
  ◇〔木暮正夫〕日本のおばけ話・わらい話 2」岩崎書店 1986 p73
百ものがたり
  ◇〔柳家弁発〕らくご文庫 2」太平出版社 1987 p97
百物語
  ◇「川崎大治民話選 〔2〕」童心社 1969 p92
「百物語」で商売はんじょう
  ◇〔木暮正夫〕日本の怪奇ばなし 5」岩崎書店 1989 p55
百ものがたりのゆうれい
  ◇〔木暮正夫〕日本のおばけ話・わらい話 2」岩崎書店 1986 p64
白夜（びゃくや）…→"はくや…"をも見よ
白夜と向日葵
  ◇「巽聖歌作品集 上」巽聖歌作品集刊行委員会 1977 p258
白夜の子、ラッド
  ◇「河合雅雄の動物記 8」フレーベル館 2014 p5
百雄百根
  ◇「戸川幸夫動物文学全集 15」講談社 1977 p300
百里のドライブ
  ◇「椋鳩十の本 31」理論社 1989 p94
百ワットの星
  ◇「長い長いかくれんぼ―杉みき子自選童話集」新潟日報事業社 2001 p48
  ◇「杉みき子選集 8」新潟日報事業社 2010 p113
百椀とどろ
  ◇「松谷みよ子のむかしむかし 8」講談社 1973 p70
日やけ雲
  ◇「浜田広介全集 11」集英社 1976 p19
ひやしパン
  ◇「佐藤義美全集 3」佐藤義美全集刊行会 1973 p252
ひやじる
  ◇「椋鳩十の本 21」理論社 1982 p190
  ◇「椋鳩十の本 23」理論社 1983 p256
百鬼夜行と怨霊と陰陽師たち
  ◇〔木暮正夫〕日本の怪奇ばなし 3」岩崎書店 1990 p57
百軒長屋の女房たち
  ◇〔山田野理夫〕お笑い文庫 9」太平出版社 1977（母と子の図書室）p96
白虎の洞
  ◇〔巌谷〕小波お伽全集 5」本の友社 1998 p391

百羽のつる
  ◇「花岡大学童話文学全集 4」法蔵館 1980 p7
百ぴきめ
  ◇「あまんきみこセレクション 3」三省堂 2009 p285
ビヤンカ
  ◇「斎田喬児童劇選集 〔7〕」牧書店 1955 p112
日向の絵かきどん
  ◇〔比江島重孝〕宮崎のむかし話 1」鉱脈社 1998 p127
ひゅうひゅうどっこのうた
  ◇「神沢利子コレクション・普及版 3」あかね書房 2006 p167
ヒューマニズムについて―人間への信頼
  ◇「ジュニア版吉野源三郎全集 2」ポプラ社 1967 p282
  ◇「吉野源三郎全集 3」ポプラ社 2000 p209
ピューンの花
  ◇「平塚武二童話全集 1」童心社 1972 p208
ひょいとこせ
  ◇〔比江島重孝〕宮崎のむかし話 1」鉱脈社 1998 p82
びょういん
  ◇〔東君平〕おはようどうわ 7」講談社 1982 p84
病院
  ◇「新修宮沢賢治全集 4」筑摩書房 1979 p151
病院
  ◇「与田凖一全集 1」大日本図書 1967 p152
病院で
  ◇「今江祥智の本 34」理論社 1990 p71
病院で（近ごろの詩8）
  ◇「国分一太郎児童文学集 6」小峰書店 1967 p63
病院（童話）（チエーホフによる）
  ◇「鈴木三重吉童話全集 8」文泉堂書店 1975（日本文学全集・選集叢刊第5次）p177
病院の花壇
  ◇「新修宮沢賢治全集 5」筑摩書房 1979 p106
  ◇「新修宮沢賢治全集 5」筑摩書房 1979 p300
氷河
  ◇「巽聖歌作品集 下」巽聖歌作品集刊行委員会 1977 p212
氷海に生きる
  ◇「戸川幸夫動物文学全集 7」冬樹社 1966 p7
氷海の民
  ◇「戸川幸夫動物文学全集 1」冬樹社 1965 p45
  ◇「戸川幸夫動物文学全集 6」講談社 1977 p98
氷海のトド
  ◇「戸川幸夫動物文学全集 15」講談社 1977 p254
氷海の挽歌
  ◇「戸川幸夫動物文学全集 12」講談社 1977 p89

氷解（四首）
　◇「稗田菫平全集 4」宝文館出版 1980 p27
氷河期の怪人
　◇「海野十三全集 7」三一書房 1990 p387
氷河（五首）
　◇「稗田菫平全集 4」宝文館出版 1980 p26
氷河時代の遺児を求めて
　◇「戸川幸夫動物文学全集 14」講談社 1977 p211
氷河ねずみの毛皮
　◇「新版・宮沢賢治童話全集 5」岩崎書店 1978 p81
氷河鼠の毛皮
　◇「新修宮沢賢治全集 13」筑摩書房 1980 p165
　◇「〔宮沢〕賢治童話」翔泳社 1995 p205
　◇「よくわかる宮沢賢治―イーハトーブ・ロマン II」学習研究社 1996 p244
　◇「宮沢賢治20選」春陽堂書店 2008（名作童話）p54
氷河の声は
　◇「稗田菫平全集 2」宝文館出版 1979 p28
「氷河の爪」全
　◇「稗田菫平全集 2」宝文館出版 1979 p8
氷河のリラ唄
　◇「稗田菫平全集 2」宝文館出版 1979 p27
氷河八章
　◇「稗田菫平全集 2」宝文館出版 1979 p27
びょうき
　◇「〔東君平〕おはようどうわ 3」講談社 1982 p185
　◇「東君平のおはようどうわ 3」新日本出版社 2010 p65
病気
　◇「杉みき子選集 2」新潟日報事業社 2005 p137
病気
　◇「瑠璃の壺―森銑三童話集」三樹書房 1982 p233
病気
　◇「与田凖一全集 1」大日本図書 1967 p111
病気がちなおばさん
　◇「〔島崎〕藤村の童話 3」筑摩書房 1979 p59
病気がなおった日
　◇「新美南吉童話傑作選〔6〕花をうめる」小峰書店 2004 p159
病気がなほつた日
　◇「校定新美南吉全集 8」大日本図書 1981 p39
病技師〔一〕
　◇「新版・宮沢賢治童話全集 12」岩崎書店 1979 p216
　◇「新修宮沢賢治全集 6」筑摩書房 1980 p104
　◇「新修宮沢賢治全集 6」筑摩書房 1980 p382
病技師〔二〕
　◇「新修宮沢賢治全集 6」筑摩書房 1980 p158
　◇「新修宮沢賢治全集 6」筑摩書房 1980 p407

びょうきのおみまい
　◇「〔木暮正夫〕日本のおばけ話・わらい話 9」岩崎書店 1987 p58
病気の神さま
　◇「犬飼馬鹿人旧作童話集」日本文化資料センター 1996 p120
病気のくすり？
　◇「〔柳家弁天〕らくご文庫 9」太平出版社 1987 p30
病気のなおった日
　◇「新美南吉全集 6」牧書店 1965 p239
病気の話
　◇「坪田譲治童話全集 13」岩崎書店 1986 p37
病気の窓
　◇「まど・みちお全詩集 続」理論社 2015 p331
びょうきのライオン
　◇「寺村輝夫全童話 3」理論社 1997 p42
表現主義
　◇「稗田菫平全集 6」宝文館出版 1981 p147
病後の散歩道
　◇「まど・みちお全詩集」理論社 1992 p44
表札
　◇「壺井栄全集 3」文泉堂出版 1997 p100
拍子木
　◇「与謝野晶子児童文学全集 6」春陽堂書店 2007 p198
拍子木の音
　◇「〔山田野理夫〕おばけ文庫 12」太平出版社 1976（母と子の図書室）p81
氷質の冗談
　◇「新修宮沢賢治全集 3」筑摩書房 1979 p199
　◇「新修宮沢賢治全集 3」筑摩書房 1979 p387
　◇「ジュニア文学館 宮沢賢治―写真・絵画集成 3」日本図書センター 1996 p123
氷樹
　◇「佐藤義美全集 1」佐藤義美全集刊行会 1974 p26
氷上
　◇「新修宮沢賢治全集 6」筑摩書房 1980 p141
　◇「新修宮沢賢治全集 6」筑摩書房 1980 p400
病床
　◇「新修宮沢賢治全集 5」筑摩書房 1979 p233
　◇「ジュニア文学館 宮沢賢治―写真・絵画集成 3」日本図書センター 1996 p163
表彰者
　◇「新修宮沢賢治全集 5」筑摩書房 1979 p228
氷上のトド狩り
　◇「戸川幸夫動物文学全集 14」講談社 1977 p198
ヒョウスンボ
　◇「〔山田野理夫〕お笑い文庫 10」太平出版社 1977（母と子の図書室）p92
ひょうすんぼのクスリ

ひよう

- ◇「〔比江島重孝〕宮崎のむかし話 2」鉱脈社 1998 p148

豹退治
- ◇「赤道祭―小出正吾童話選集」審美社 1986 p49
- ◇「小出正吾児童文学全集 4」審美社 2001 p125

病体手帳
- ◇「海野十三全集 別巻1」三一書房 1991 p392

豹太の白い月―ピロシキ・狂詩曲
- ◇「〔狸穴山人〕ほほえみの彼方へ 愛」けやき書房 2000 （ふれ愛ブックス）p167

ひょうたん
- ◇「こやま峰子詩集 〔3〕」朔北社 2003 p36

ひょうたん
- ◇「くんぺい魔法ばなし―魔法ばなし全集 1」サンリオ 2000 p10

ひょうたん
- ◇「まど・みちお全詩集 続」理論社 2015 p56
- ◇「まど・みちお全詩集 続」理論社 2015 p69
- ◇「まど・みちお全詩集 続」理論社 2015 p134

ひょうたん
- ◇「いのち―みずかみかずよ全詩集」石風社 1995 p53
- ◇「いのち―みずかみかずよ全詩集」石風社 1995 p62

ヒョウタン
- ◇「まど・みちお全詩集」理論社 1992 p97
- ◇「まどさんの詩の本 1」理論社 1994 p55

瓢箪
- ◇「〔北原〕白秋全童謡集 4」岩波書店 1993 p57

ヒョウタンからコメ
- ◇「稗田童平全集 5」宝文館出版 1980 p82

ひょうたん酒
- ◇「氏原大作全集 4」条例出版 1977 p417

瓢箪船
- ◇「〔巌谷〕小波お伽全集 10」本の友社 1998 p443

ヒョウタン長者
- ◇「〔山田野理夫〕お笑い文庫 11」太平出版社 1977 （母と子の図書室）p35

ヒョウタンというものは
- ◇「まど・みちお全詩集 続」理論社 2015 p432

ひょうたんの酒
- ◇「庄野英二全集 11」偕成社 1980 p361

瓢箪の苗
- ◇「瑠璃の壺―森銑三童話集」三樹書房 1982 p52

ひょうたん鼻
- ◇「平成に生まれた昔話―〔村瀬〕神太郎童話集」文芸社 1999 p18

ひょうたんひとつでカモ十ぱ
- ◇「〔木暮正夫〕日本のおばけ話・わらい話 9」岩崎書店 1987 p29

病中
- ◇「新修宮沢賢治全集 5」筑摩書房 1979 p274
- ◇「ジュニア文学館 宮沢賢治―写真・絵画集成 3」日本図書センター 1996 p166

病中幻想
- ◇「新修宮沢賢治全集 6」筑摩書房 1980 p240

氷都
- ◇「椋鳩十の本 1」理論社 1982 p181

豹と虎
- ◇「〔巌谷〕小波お伽全集 14」本の友社 1998 p194

豹のうた
- ◇「稗田童平全集 1」宝文館出版 1978 p97

豹のうた（二）
- ◇「稗田童平全集 8」宝文館出版 1982 p30

ヒョウのかわのやね
- ◇「〔木暮正夫〕日本のおばけ話・わらい話 10」岩崎書店 1987 p14

ひょうのぼんやりおやすみをとる
- ◇「角野栄子のちいさなどうわたち 6」ポプラ社 2007 p5

評判
- ◇「お噺の卵―武井武雄童話集」講談社 1976 （講談社文庫）p157

ヒョウ、ヒョウ、てりうそ
- ◇「定本小川未明童話全集 7」講談社 1977 p252
- ◇「定本小川未明童話全集 7」大空社 2001 p252

びょうぶ
- ◇「杉みき子選集 2」新潟日報事業社 2005 p102

びょうぶのとら
- ◇「寺村輝夫のとんち話 1」あかね書房 1976 p100

びょうぶのトラと刀のごちそう
- ◇「〔木暮正夫〕日本のおばけ話・わらい話 15」岩崎書店 1987 p89

ひょうほん こんちゅう
- ◇「〔高橋一仁〕春のニシン場―童謡詩集」けやき書房 2003 p12

標本づくり
- ◇「石森延男児童文学全集 11」学習研究社 1971 p171

病名について
- ◇「阪田寛夫全詩集」理論社 2011 p117

ヒョウよけ寺にヒョウが降る
- ◇「〔今坂桓二〕りゅうじフォークロア・world 1」ふるさと伝承研究会 2006 p61

漂流
- ◇「佐藤義美全集 1」佐藤義美全集刊行会 1974 p23
- ◇「佐藤義美全集 1」佐藤義美全集刊行会 1974 p24

漂流
- ◇「戸川幸夫動物文学全集 1」冬樹社 1965 p185
- ◇「戸川幸夫動物文学全集 6」講談社 1977 p292

漂流奇談
- ◇「鈴木三重吉童話全集 6」文泉堂書店 1975 （日

本文学全集・選集叢刊第5次〕p283
兵六踊りの歌
　◇「椋鳩十の本 23」理論社 1983 p269
兵六どん
　◇「阪田寛夫全詩集」理論社 2011 p433
ひよこ（岡田泰三）
　◇「岡田泰三・日下部梅子童謡集」会津童詩会 1992 p67
ひよこ
　◇「〔北原〕白秋全童謡集 5」岩波書店 1993 p115
ひよこ
　◇「阪田寛夫全詩集」理論社 2011 p14
ひよこ
　◇「〔島木〕赤彦童謡集」第一書房 1947 p103
ひよこ
　◇「〔永松康男〕童話集 青いマント」永松康男 2012 p202
ひよこ
　◇「新美南吉全集 6」牧書店 1965 p166
　◇「校定新美南吉全集 8」大日本図書 1981 p91
ひよこ
　◇「まど・みちお詩集 2」銀河社 1975 p36
　◇「まど・みちお全詩集」理論社 1992 p444
　◇「まどさんの詩の本 13」理論社 1997 p44
ヒヨコ
　◇「〔北原〕白秋全童謡集 3」岩波書店 1992 p138
ひよこがうまれた
　◇「斎田喬児童劇選集〔3〕」牧書店 1954 p84
ひよこがうまれた
　◇「まど・みちお全詩集」理論社 1992 p619
　◇「まどさんの詩の本 5」理論社 1994 p24
ひよこがうまれた（童話劇）
　◇「斎田喬幼年劇全集 3」誠文堂新光社 1962 p475
ヒヨコタンの山羊
　◇「長崎源之助全集 2」偕成社 1986 p7
ひよこちゃん
　◇「佐藤義美全集 1」佐藤義美全集刊行会 1974 p377
ひよこちゃんの やまのぼり
　◇「まど・みちお全詩集」理論社 1992 p212
　◇「まどさんの詩の本 13」理論社 1997 p48
　◇「まど・みちお詩集〔2〕」すえもりブックス 1998 p6
ヒヨコと少年画家
　◇「かきおきびより―坂本遼児童文学集」駒込書房 1982 p35
ひよこと みみず
　◇「西條八十童謡全集」修道社 1971 p334
ひよこのおへそ
　◇「赤い自転車―松延いさお自選童話集」〔熊本〕松

延猪雄 1993 p58
ヒヨコのたんじょう＜一まく 童話劇＞
　◇「〔斎田喬〕学校劇代表作選 1」牧書店 1959 p147
ひよこのたんじょう（童話劇）
　◇「斎田喬幼年劇全集 1」誠文堂新光社 1962 p111
ひよこの ぴーこ
　◇「佐藤義美全集 5」佐藤義美全集刊行会 1973 p189
日吉誕生（一龍斎貞水編, 岡本和明文）
　◇「一龍斎貞水の歴史講談 3」フレーベル館 2000 p6
ひよつ子
　◇「〔巖谷〕小波お伽全集 7」本の友社 1998 p317
ひよっことおたまじゃくし
　◇「あたまでっかち―下村千秋童話選集」阿見町教育委員会, 講談社出版サービスセンター（製作）1997 p99
ヒョットコのおめん
　◇「〔木暮正夫〕日本のおばけ話・わらい話 14」岩崎書店 1987 p22
ヒヨドリ
　◇「まど・みちお全詩集」理論社 1992 p579
　◇「まどさんの詩の本 13」理論社 1997 p86
ひよどり越
　◇「新装版金子みすゞ全集 3」JULA出版局 1984 p24
　◇「金子みすゞ童謡全集 5」JULA出版局 2004 p40
ヒヨドリのひなが巣立つころ
　◇「武田信夫童話作品集」みちのく書房 1995 p275
ひよのきた朝
　◇「いのち―みずかみかずよ全詩集」石風社 1995 p207
ぴよぴよ
　◇「阪田寛夫全詩集」理論社 2011 p284
ピヨピヨ学校
　◇「今井誉次郎童話集子どもの村〔4〕」国土社 1957 p44
ぴよぴよと ぴいぴい
　◇「佐藤義美全集 1」佐藤義美全集刊行会 1974 p355
どうようぴよぴよ ひよこ
　◇「ひろすけ幼年童話文学全集 2」集英社 1962 p24
ぴよぴよひよこ
　◇「浜田広介全集 11」集英社 1976 p95
ピヨ ピヨ ヒヨコ
　◇「佐藤義美全集 1」佐藤義美全集刊行会 1974 p138
ピヨピヨ ヒヨコ
　◇「まど・みちお全詩集」理論社 1992 p71
ピヨピヨ ひよっこ
　◇「西條八十童謡全集」修道社 1971 p331

ひより

日和
- ◇「達崎龍全童謡ホロホロ鳥」あい書林 1983 p28

ひよりげた
- ◇「新美南吉全集 1」牧書店 1965 p179
- ◇「校定新美南吉全集 4」大日本図書 1980 p450
- ◇「新美南吉童話集 1」大日本図書 1982 p258
- ◇「新美南吉童話大全」講談社 1989 p325
- ◇「新美南吉童話集 1」大日本図書 2012 p258
- ◇「新美南吉童話選集 1」ポプラ社 2013 p123

ひよりぼう
- ◇〔山田野理夫〕おばけ文庫 2」太平出版社 1976（母と子の図書室）p36

ひょろびりのももひき
- ◇〔柳家弁天〕らくご文庫 3」太平出版社 1987 p12

ピョンキチくんおめでとう＜一まく 童話劇＞
- ◇〔斎田喬〕学校劇代表作選 2」牧書店 1959 p27

ピョンキチくん, おめでとう（童話劇）
- ◇「斎田喬幼年劇全集 3」誠文堂新光社 1962 p149

ピョンとオバケン
- ◇「山中恒よみもの文庫 20」理論社 2004 p14

ぴょんとこ園の園長さん
- ◇〔かこさとし〕お話こんにちは 〔12〕」偕成社 1980 p72

ピョンのうた
- ◇「椋鳩十全集 17」ポプラ社 1980 p194

ぴょんぴょんの うた
- ◇「阪田寛夫全詩集」理論社 2011 p332

開いた蘭花
- ◇〔北原〕白秋全童謡集 3」岩波書店 1992 p180

平生ぎつねのしくじり
- ◇「二反長半作品集 3」集英社 1979 p195

ひらがな幻想
- ◇「新美南吉全集 6」牧書店 1965 p160
- ◇「校定新美南吉全集 8」大日本図書 1981 p402

ひらがな虫（山下明生）
- ◇「佐藤さとるファンタジー全集 16」講談社 1983 p222

ピラカンサ
- ◇「まど・みちお全詩集 続」理論社 2015 p114

ピラカンサの実
- ◇「まど・みちお全詩集」理論社 1992 p377
- ◇「まどさんの詩の本 10」理論社 1996 p50

ひらく
- ◇「杉みき子選集 10」新潟日報事業社 2011 p8

平塚さんのこと——「平塚武二童話全集」完結にあたって
- ◇「佐藤さとるファンタジー全集 16」講談社 1983 p122
- ◇「佐藤さとるファンタジー全集 16」講談社, 復刊ドットコム（発売）2011 p122

「平塚武二童話全集第二巻・いろはのいそっぷ」解説から
- ◇「佐藤さとるファンタジー全集 16」講談社 1983 p116
- ◇「佐藤さとるファンタジー全集 16」講談社, 復刊ドットコム（発売）2011 p116

平塚武二の嘘と真実
- ◇「長崎源之助全集 20」偕成社 1988 p75

平塚武二の児童文学について
- ◇「佐藤さとるファンタジー全集 16」講談社 1983 p133
- ◇「佐藤さとるファンタジー全集 16」講談社, 復刊ドットコム（発売）2011 p133

平戸のとのさまの「甲子夜話」
- ◇〔木暮正夫〕日本の怪奇ばなし 6」岩崎書店 1989 p49

比良八荒（滋賀）
- ◇〔木暮正夫〕日本の怪奇ばなし 10」岩崎書店 1990 p33

平林
- ◇「寺村輝夫のむかし話 〔5〕」あかね書房 1978 p46

平林初之輔
- ◇〔かこさとし〕お話こんにちは 〔8〕」偕成社 1979 p35

ひらひら はなびら
- ◇「佐藤義美全集 1」佐藤義美全集刊行会 1974 p365
- ◇「ともだちシンフォニー——佐藤義美童謡集」JULA出版局 1990 p59
- ◇「ともだちシンフォニー——佐藤義美童謡集」JULA出版局 1990 p60

ビラまき自動車
- ◇「新装版金子みすゞ全集 2」JULA出版局 1984 p55
- ◇「金子みすゞ童謡全集 3」JULA出版局 2004 p88

ピラミッド帽子よ, さようなら（1）
- ◇「乙骨淑子の本 7」理論社 1986 p1

ピラミッド帽子よ, さようなら（2）
- ◇「乙骨淑子の本 8」理論社 1986 p1

ひらめの目の話
- ◇「浜田広介全集 2」集英社 1975 p129

びりからいっとう
- ◇「いのち—みずかみかずよ全詩集」石風社 1995 p180

びりの きもち
- ◇「阪田寛夫全詩集」理論社 2011 p457

飛龍神社
- ◇〔今坂柳二〕りゅうじフォークロア・world 3」ふるさと伝承研究会 2007 p107

肥料関係メモ
- ◇「新修宮沢賢治全集 15」筑摩書房 1980 p528

肥料用炭酸石灰
　◇「新修宮沢賢治全集 15」筑摩書房 1980 p549
ひる
　◇「巽聖歌作品集 上」巽聖歌作品集刊行委員会 1977 p97
ひる
　◇「新美南吉全集 6」牧書店 1965 p231
午
　◇「新修宮沢賢治全集 4」筑摩書房 1979 p81
昼
　◇「北彰介作品集 4」青森県児童文学研究会 1991 p107
ひるがお
　◇「稲田菫平全集 2」宝文館出版 1979 p64
ひるがお
　◇「いのち―みずかみかずよ全詩集」石風社 1995 p52
ヒルガオ
　◇「まど・みちお詩集 1」銀河社 1975 p52
　◇「まど・みちお全詩集」理論社 1992 p465
　◇「まどさんの詩の本 11」理論社 1997 p60
ひるさがり
　◇「〔斎藤信夫〕子ども心を友として―童謡詩集」成東町教育委員会 1996 p228
ひるさがり
　◇「〔東君平〕おはようどうわ 7」講談社 1982 p81
晝下がりのジョージ
　◇「阪田寛夫全詩集」理論社 2011 p74
昼下がりの魔法使い
　◇「赤川次郎ショートショートシリーズ 3」理論社 2010 p95
昼しずか
　◇「まど・みちお全詩集」理論社 1992 p36
ビルヂング
　◇「かもめの水兵さん―武内俊子伝記と作品集」講談社出版サービスセンター 1977 p203
〔ひるすぎになってから〕
　◇「新修宮沢賢治全集 4」筑摩書房 1979 p176
〔ひるすぎの三時となれば〕
　◇「新修宮沢賢治全集 5」筑摩書房 1979 p236
ピルスのズボン
　◇「太田博也童話集 4」小山書林 2008 p83
ビルディングと下駄
　◇「千葉省三童話全集 2」岩崎書店 1967 p198
昼と夜
　◇「新装版金子みすゞ全集 2」JULA出版局 1984 p268
　◇「〔金子〕みすゞ詩画集 〔7〕」春陽堂書店 2002 p28
　◇「金子みすゞ童謡全集 4」JULA出版局 2004 p182

昼に
　◇「稲田菫平全集 2」宝文館出版 1979 p47
ビルにすむオニ
　◇「久保喬自選作品集 1」みどりの会 1994 p26
ひるね
　◇「〔東君平〕おはようどうわ 1」講談社 1982 p112
　◇「〔東君平〕ひとくち童話 3」フレーベル館 1995 p34
　◇「東君平のおはようどうわ 2」新日本出版社 2010 p56
ひるねずみ
　◇「〔北原〕白秋全童謡集 2」岩波書店 1992 p413
ひるねのくに
　◇「まど・みちお全詩集」理論社 1992 p227
ひるねの ゆめ
　◇「まど・みちお全詩集」理論社 1992 p403
　◇「まどさんの詩の本 12」理論社 1997 p14
昼のお月さま
　◇「定本小川未明童話全集 12」講談社 1977 p25
　◇「定本小川未明童話全集 12」大空社 2002 p25
ひるの おつきさん
　◇「佐藤義美全集 4」佐藤義美全集刊行会 1974 p366
ひるの お月さん
　◇「佐藤義美童謡集」さ・え・ら書房 1960 p219
昼のお月さん
　◇「西條八十童謡全集」修道社 1971 p139
昼のお月さま
　◇「佐藤義美全集 1」佐藤義美全集刊行会 1974 p110
昼の鐘
　◇「巽聖歌作品集 上」巽聖歌作品集刊行委員会 1977 p389
昼の起重機（クレーン）
　◇「北彰介作品集 4」青森県児童文学研究会 1991 p26
ひるのごはん
　◇「浜田広介全集 11」集英社 1976 p129
昼の月
　◇「新装版金子みすゞ全集 1」JULA出版局 1984 p106
　◇「金子みすゞ童謡全集 2」JULA出版局 2003 p22
昼ノ月氏
　◇「佐藤義美全集 1」佐藤義美全集刊行会 1974 p46
昼の月―テレビ番組「2時です奥さま」テーマソング
　◇「阪田寛夫全詩集」理論社 2011 p819
昼の月と体操
　◇「おの・ちゅうこう初期作品集 〔2〕 日本の教室は明るい」嵩書房 1975 p92
昼の出来事

ひるの

- ◇「西條八十童謡全集」修道社 1971 p160

昼の電灯(でんき)
- ◇「新装版金子みすゞ全集 1」JULA出版局 1984 p86
- ◇「金子みすゞ童謡全集 1」JULA出版局 2003 p140

昼の花火
- ◇「新装版金子みすゞ全集 1」JULA出版局 1984 p60
- ◇「金子みすゞ童謡全集 1」JULA出版局 2003 p96

昼の花夜の花
- ◇「浜田広介全集 1」集英社 1975 p104

ビルの山ねこ
- ◇「久保喬自選作品集 1」みどりの会 1994 p80

ビルマの辻馬車
- ◇「〔斎藤信夫〕子ども心を友として─童謡詩集」成東町教育委員会 1996 p84

ひるまのゆうれい
- ◇「〔木暮正夫〕日本のおばけ話・わらい話 1」岩崎書店 1986 p69

ひるま ふくろうは 目が みえないだけでしょうか
- ◇「佐藤義美全集 2」佐藤義美全集刊行会 1973 p147

ヒルミ夫人の冷蔵鞄
- ◇「海野十三全集 5」三一書房 1989 p51

ひる〈B〉
- ◇「校定新美南吉全集 8」大日本図書 1981 p16

ひれ王
- ◇「戸川幸夫・子どものための動物物語 8」国土社 1967 p5

鰭王
- ◇「戸川幸夫動物文学全集 6」冬樹社 1965 p243

ピレネー山中の城
- ◇「椋鳩十の本 31」理論社 1989 p202

ひろーい うみ たかーい そら
- ◇「〔東君平〕ひとくち童話 1」フレーベル館 1995 p64

ひろいお空
- ◇「新装版金子みすゞ全集 2」JULA出版局 1984 p151
- ◇「金子みすゞ童謡全集 3」JULA出版局 2004 p82

ひろひ児
- ◇「若松賤子創作童話全集」久山社 1995 (日本児童文化史叢書) p7

拾い兒
- ◇「〔巌谷〕小波お伽全集 10」本の友社 1998 p163

ひろい世界
- ◇「浜田広介全集 7」集英社 1976 p137

疲労
- ◇「新修宮沢賢治全集 4」筑摩書房 1979 p9

披露宴
- ◇「椋鳩十全集 12」ポプラ社 1970 p153
- ◇「椋鳩十の本 15」理論社 1982 p186

ひろがる えがお
- ◇「おはなしいっぱい─祐成智美童謡詩集」リーブル 1997 p82

ひろげた地図に
- ◇「まど・みちお全詩集」理論社 1992 p39

広小路
- ◇「石森延男児童文学全集 15」学習研究社 1971 p280

ヒロシマ
- ◇「松谷みよ子全エッセイ 3」筑摩書房 1989 p153

広島訛りの子守唄
- ◇「阪田寛夫全詩集」理論社 2011 p595

ヒロシマの歌
- ◇「今西祐行全集 6」偕成社 1988 p9

ヒロシマの傷
- ◇「与田凖一全集 2」大日本図書 1967 p214

ヒロシマの子ら
- ◇「今西祐行全集 15」偕成社 1989 p99

広介童話の軌跡
- ◇「浜田広介全集 12」集英社 1976 p72

広瀬淡窓
- ◇「〔かこさとし〕お話こんにちは 〔1〕」偕成社 1979 p54

ひろせのタケル
- ◇「〔今坂柳二〕りゅうじフォークロア・world 1」ふるさと伝承研究会 2006 p133

広瀬誠氏の近著のこと─「立山と白山」にふれて
- ◇「稗田菫平全集 7」宝文館出版 1981 p129

ひろちゃん
- ◇「〔下田喜久美〕遠くから来た旅人─詩集」リトル・ガリヴァー社 1998 p15

ひろったかぎ
- ◇「長崎源之助全集 18」偕成社 1987 p103

ひろった神さま
- ◇「千葉省三童話全集 1」岩崎書店 1967 p5

ひろった銀のさじ
- ◇「〔西本鶏介〕新日本昔ばなし─一日一話・読みきかせ 2」小学館 1997 p40

ひろったたいこ
- ◇「岩崎博史童話集 1」岩永博史 2001 p13

ひろった手紙
- ◇「川崎大治民話選 〔1〕」童心社 1968 p187

ひろった話
- ◇「別役実童話集 〔3〕」三一書房 1977 p7

ひろった星
- ◇「あたまでっかち─下村千秋童話選集」阿見町教

ひわひ

育委員会, 講談社出版サービスセンター（製作）1997 p63

ひろったらっぱ
◇「新美南吉童話集 1」大日本図書 1982 p155
◇「新美南吉童話大全」講談社 1989 p327
◇「新美南吉童話傑作選〔4〕がちょうのたんじょうび」小峰書店 2004 p43
◇「新美南吉30選」春陽堂書店 2009（名作童話）p312
◇「新美南吉童話集 1」大日本図書 2012 p155

ひろった ラッパ
◇「新美南吉全集 1」牧書店 1965 p186

ヒロツタ ラツパ
◇「校定新美南吉全集 4」大日本図書 1980 p283

ひろったラッパ（人形劇）（新美南吉作, 大門高子脚色）
◇「新美南吉童話劇集 2」東京書籍 1982（東書児童劇シリーズ）p81

ひろったりんご
◇「大石真児童文学全集 8」ポプラ社 1982 p59

拾つてきた詩
◇「魂の配達—野村吉哉作品集」草思社 1983 p89

広つば 男
◇「第二〔島木〕赤彦童謡集」第一書店 1948 p89

広つば女
◇「第二〔島木〕赤彦童謡集」第一書店 1948 p90

ピロとしゃぼん玉
◇「健太と大天狗—片山貞一創作童話集」あさを社 2007 p76

広場の銅像
◇「〔永松康男〕童話集 青いマント」永松康男 2012 p22

びわ
◇「まど・みちお全詩集」理論社 1992 p79
◇「まどさんの詩の本 5」理論社 1994 p74

ヒワ
◇「庄野英二全集 11」偕成社 1980 p70

〔ひはいろの笹で埋めた嶺線に〕
◇「新修宮沢賢治全集 4」筑摩書房 1979 p244

ビワ先生
◇「椋鳩十の本 26」理論社 1989 p23

ヒワダ山のお天狗
◇「〔今坂柳二〕りゅうじフォークロア・world 6」ふるさと伝承研究会 2012 p77

火渡り
◇「新修宮沢賢治全集 6」筑摩書房 1980 p320

〔日はトパースのかけらをそそぎ〕
◇「新修宮沢賢治全集 3」筑摩書房 1979 p81
◇「新修宮沢賢治全集 3」筑摩書房 1979 p337

枇杷と菱
◇「〔北原〕白秋全童謡集 2」岩波書店 1992 p75

ビワの音
◇「〔比江島重孝〕宮崎のむかし話 3」鉱脈社 2000 p179

びわの木
◇「〔坪井安〕はしれ子馬よ—童謡詩集」童謡研究・蜂の会 1999 p123

びわの木
◇「いのち—みずかみかずよ全詩集」石風社 1995 p105

びわの木学校
◇「坪田譲治童話全集 8」岩崎書店 1986 p127
◇「坪田譲治童話全集 9」岩崎書店 1986 p195

ビワのたね
◇「まど・みちお詩集 1」銀河社 1975 p8
◇「まど・みちお全詩集」理論社 1992 p465

枇杷の核（たね）
◇「〔竹久〕夢二童謡集」ノーベル書房 1975（浪漫文庫）p18

びわの花
◇「土田明子詩集 4」かど創房 1987 p24

枇杷の花に
◇「稗田童平全集 1」宝文館出版 1978 p80

びわの花の祭
◇「新美南吉全集 6」牧書店 1965 p235

枇杷の花の祭
◇「校定新美南吉全集 8」大日本図書 1981 p29
◇「新美南吉童話集 1」大日本図書 1982 p310
◇「新美南吉童話傑作選〔6〕花をうめる」小峰書店 2004 p156
◇「新美南吉童話集 1」大日本図書 2012 p310

びわのみ
◇「マッチ箱の中—三鎌よし子童謡集」しもつけ文学会 1998 p24

びわの実
◇「坪田譲治幼年童話文学全集 1」集英社 1964 p181

びわの実
◇「いのち—みずかみかずよ全詩集」石風社 1995 p107

ビワの実
◇「坪田譲治自選童話集」実業之日本社 1971 p222
◇「坪田譲治童話全集 2」岩崎書店 1986 p157
◇「坪田譲治名作選〔2〕ビワの実」小峰書店 2005 p38

「びわの実学校」
◇「庄野英二全集 11」偕成社 1980 p358

枇杷畑
◇「異聖歌作品集 上」異聖歌作品集刊行委員会 1977 p341

琵琶ひきグッテイラ
◇「花岡大学仏典童話新作集 2」法蔵館 1984 p41

ひわり

日わりのけいさん
- ◇「〔木暮正夫〕日本のおばけ話・わらい話 16」岩崎書店 1988 p64

瓶
- ◇「まど・みちお全詩集」理論社 1992 p579
- ◇「まどさんの詩の本 4」理論社 1994 p38
- ◇「まど・みちお全詩集 続」理論社 2015 p338

びんがじゃま
- ◇「〔木暮正夫〕日本のおばけ話・わらい話 7」岩崎書店 1986 p34

びん髪
- ◇「巽聖歌作品集 上」巽聖歌作品集刊行委員会 1977 p439

ヒンカラカラ
- ◇「斎藤隆介全集 3」岩崎書店 1982 p93

敏感な心
- ◇「椋鳩十の本 18」理論社 1982 p87

敏感な卵
- ◇「椋鳩十の本 1」理論社 1982 p18

敏感な動物
- ◇「星新一ショートショートセレクション 3」理論社 2002 p192

ピンキリ物語
- ◇「山中恒ユーモア選集 5」国土社 1974 p1

ピンクのバラの少女
- ◇「〔佐々木春奈〕あなたの脳を休める童話集 大人も子どもも楽しめる童話集」日本文学館 2009 p101

品種改良
- ◇「星新一YAセレクション 1」理論社 2008 p151

ピンセット
- ◇「まど・みちお全詩集 続」理論社 2015 p86

ビンセント＝バン＝ゴッホ
- ◇「〔かこさとし〕お話こんにちは 〔12〕」偕成社 1980 p124

ピンチ博士アフリカへとぶ
- ◇「寺村輝夫全童話 3」理論社 1997 p528

ピンチ博士アフリカへ飛ぶ
- ◇「寺村輝夫どうわの本 4」ポプラ社 1984 p9

ピンチ博士の大ぼうけん
- ◇「寺村輝夫どうわの本 3」ポプラ社 1983 p9
- ◇「寺村輝夫全童話 3」理論社 1997 p496

瓶中の蛙
- ◇「〔巖谷〕小波お伽全集 12」本の友社 1998 p359

瓶の中の亀の子
- ◇「瑠璃の壺―森銑三童話集」三樹書房 1982 p29

瓶の中の小蛇
- ◇「瑠璃の壺―森銑三童話集」三樹書房 1982 p317

びんの中の世界
- ◇「定本小川未明童話全集 5」講談社 1977 p287

- ◇「定本小川未明童話全集 5」大空社 2001 p287

びんのゆくえ
- ◇「坪田譲治幼年童話文学全集 2」集英社 1965 p100
- ◇「坪田譲治童話全集 3」岩崎書店 1986 p135

平房（ピンパオ）を訪ねて
- ◇「松谷みよ子全エッセイ 3」筑摩書房 1989 p336

びんぶ神
- ◇「〔比江島重孝〕宮崎のむかし話 3」鉱脈社 2000 p103

貧富の島
- ◇「椋鳩十の本 18」理論社 1982 p57

びんぼう医者
- ◇「花岡大学仏典童話全集 2」法蔵館 1979 p107

びんぼう神
- ◇「松谷みよ子のむかしむかし 2」講談社 1973 p57

貧乏神
- ◇「川崎大治民話選 〔1〕」童心社 1968 p46

貧乏神
- ◇「斎藤隆介全集 3」岩崎書店 1982 p35

貧乏神
- ◇「松谷みよ子全エッセイ 2」筑摩書房 1989 p155

びんぼう神と王さま
- ◇「〔春名こうじ〕夢の国への招待状」新風舎 1997 p20

びんぼう神のおまつり
- ◇「〔山田野理夫〕お笑い文庫 1」太平出版社 1977 （母と子の図書室）p91

貧乏神の瓦版
- ◇「川崎大治民話選 〔1〕」童心社 1968 p204

貧乏呉服屋と大尽の人力車夫（くるまや）
- ◇「〔巖谷〕小波お伽全集 14」本の友社 1998 p261

貧乏詩人の日記
- ◇「魂の配達―野村吉哉作品集」草思社 1983 p347

びんぼうなサンタクロース
- ◇「岩永博史童話集 3」岩永博史 2012 p1

貧乏な少年の話
- ◇「新美南吉全集 2」牧書店 1965 p143
- ◇「校定新美南吉全集 2」大日本図書 1980 p207
- ◇「新美南吉童話集 2」大日本図書 1982 p207
- ◇「新美南吉童話大全」講談社 1989 p230
- ◇「新美南吉童話集 2」大日本図書 2012 p207

貧乏人
- ◇「定本小川未明童話全集 8」大空社 2001 p73

ピンポン
- ◇「新装版金子みすゞ全集 2」JULA出版局 1984 p225
- ◇「金子みすゞ童謡全集 4」JULA出版局 2004 p118

ピンポン

◇「〔北原〕白秋全童謡集 3」岩波書店 1992 p408
ひんまがった日本刀
　　◇「来栖良夫児童文学全集 6」岩崎書店 1983 p227
ピン物語
　　◇「〔巌谷〕小波お伽全集 10」本の友社 1998 p425
檳榔樹の枝枝
　　◇「巽聖歌作品集 下」巽聖歌作品集刊行委員会 1977 p244

【 ふ 】

フー…
　　◇「まど・みちお全詩集 続」理論社 2015 p300
ファイン・アート・ミュージアム
　　◇「椋鳩十の本 31」理論社 1989 p98
華麗樹種品評会
　　◇「新修宮沢賢治全集 7」筑摩書房 1980 p179
フアウスト国手(センセイ)
　　◇「〔北原〕白秋全童謡集 1」岩波書店 1992 p131
ファラオののろい
　　◇「〔たかしよいち〕世界むかしむかし探検 2」国土社 1994 p51
ふぁんた字ぃ
　　◇「山本瓔子詩集 II」新風舎 2003 p30
ふぁんたじっく・ばれえ『しらかべ』
　　◇「米田孝童話劇・学校劇脚本選集―イワンの馬鹿 ほか」共同文化社 1997 p109
「ファンタジー童話傑作選」・講談社文庫版・解説
　　◇「佐藤さとるファンタジー全集 16」講談社 1983 p217
　　◇「佐藤さとるファンタジー全集 16」講談社, 復刊ドットコム（発売）2011 p217
ファンタジーとえせファンタジー（童話の世界と子どもの世界4）
　　◇「佐藤さとる全集 7」講談社 1973 p187
ファンタジーの周辺―対談（佐藤さとる,長崎源之助）
　　◇「佐藤さとるファンタジー全集 15」講談社 1983 p175
　　◇「佐藤さとるファンタジー全集 15」講談社, 復刊ドットコム（発売）2011 p175
ファンタジーの世界
　　◇「佐藤さとるファンタジー全集 15」講談社 1983 p5
　　◇「佐藤さとるファンタジー全集 15」講談社, 復刊ドットコム（発売）2011 p5
ファンタジーの世界と方法

◇「今江祥智の本 22」理論社 1981 p87
ブイ
　　◇「〔北原〕白秋全童謡集 3」岩波書店 1992 p26
不意打返上
　　◇「魂の配達―野村吉哉作品集」草思社 1983 p355
回々(フイフイ)教信者としての私
　　◇「魂の配達―野村吉哉作品集」草思社 1983 p16
フィルム
　　◇「与田凖一全集 1」大日本図書 1967 p160
フィルム奇談
　　◇「椋鳩十の本 1」理論社 1982 p242
フィレンツェの橋
　　◇「庄野英二全集 9」偕成社 1979 p99
フィレンツェのマドンナ
　　◇「阪田寛夫全詩集」理論社 2011 p589
ぷう
　　◇「川崎大治民話選〔1〕」童心社 1968 p128
ブゥー等あげます
　　◇「全集灰谷健次郎の本 9」理論社 1988 p5
　　◇「灰谷健次郎童話館〔11〕」理論社 1995 p3
風雨の晩の小僧さん
　　◇「定本小川未明童話全集 11」講談社 1977 p225
　　◇「定本小川未明童話全集 11」大空社 2002 p225
風琴
　　◇「長崎源之助全集 14」偕成社 1987 p163
風琴じいさん
　　◇「小出正吾児童文学全集 1」審美社 2000 p63
風景
　　◇「北彰介作品集 4」青森県児童文学研究会 1991 p225
風景
　　◇「くどうなおこ詩集○」童話屋 1996 p160
風景
　　◇「まど・みちお全詩集」理論社 1992 p324
　　◇「まど・みちお全詩集 続」理論社 2015 p318
風景
　　◇「新修宮沢賢治全集 2」筑摩書房 1979 p32
　　◇「新修宮沢賢治全集 4」筑摩書房 1979 p17
風景観察官
　　◇「新修宮沢賢治全集 2」筑摩書房 1979 p115
風景とオルゴール
　　◇「新修宮沢賢治全集 2」筑摩書房 1979 p229
　　◇「新修宮沢賢治全集 2」筑摩書房 1979 p238
　　◇「ジュニア文学館 宮沢賢治―写真・絵画集成 3」日本図書センター 1996 p71
風車
　　◇「壺井栄全集 1」文泉堂出版 1997 p99
風車
　　◇「横山健童謡選集 1」無明舎出版 1995 p79
風車の満洲里

ふうし

◇「[北原］白秋全童謡集 3」岩波書店 1992 p297

風車場の秘密
◇「鈴木三重吉童話全集 5」文泉堂書店 1975（日本文学全集・選集叢刊第5次）p132

風車〈A〉
◇「校定新美南吉全集 7」大日本図書 1980 p22

風車〈B〉
◇「校定新美南吉全集 7」大日本図書 1980 p172

風信器
◇「大石真児童文学全集 1」ポプラ社 1982 p27

ふうせん
◇「新装版金子みすゞ全集 2」JULA出版局 1984 p250
◇「みすゞさん—童謡詩人・金子みすゞの優しさ探しの旅 1」春陽堂書店 1997
◇「〔金子〕みすゞ詩画集 〔4〕」春陽堂書店 2000 p42
◇「金子みすゞ童謡全集 4」JULA出版局 2004 p156

ふうせん
◇「〔高橋一仁〕春のニシン場—童謡詩集」けやき書房 2003 p28

ふうせん
◇「〔東君平〕ひとくち童話 2」フレーベル館 1995 p8

風船
◇「庄野英二全集 11」偕成社 1980 p279

ふうせんだま
◇「浜田広介全集 11」集英社 1976 p87

ふうせん玉と花びら
◇「浜田広介全集 7」集英社 1976 p97

風船球の話
◇「定本小川未明童話全集 4」講談社 1977 p246
◇「定本小川未明童話全集 4」大空社 2001 p246

風船玉旅行
◇「〔巌谷〕小波お伽全集 5」本の友社 1998 p173

風船っ子
◇「西條益美代表作品選集 1」南海ブックス 1981 p161

風船と一寸法師
◇「〔巌谷〕小波お伽全集 14」本の友社 1998 p250

ふうせんのおくりもの
◇「杉みき子選集 7」新潟日報事業社 2009 p211

風船の旅
◇「西條八十童謡全集」修道社 1971 p336

風船ばたけは、さあらさら
◇「あまんきみこ童話集 3」ポプラ社 2008 p114

ふうせん プー
◇「北国翔子童話集 1」青森県児童文学研究会 2000 pl
◇「北国翔子童話集 1」青森県児童文学研究会 2000 p5

ふうせん ふうせん
◇「パパとボクとネコ—山口紀代子童謡詩集」音楽舎 2003 p60

風船虫
◇「定本小川未明童話全集 12」講談社 1977 p54
◇「定本小川未明童話全集 12」大空社 2002 p54

風船虫
◇「小出正吾児童文学全集 2」審美社 2000 p189

ふうせんはいかが？
◇「奥田継夫ベストコレクション 10」ポプラ社 2002 p260

風鐸
◇「庄野英二全集 11」偕成社 1980 p136

ふうたの風まつり
◇「あまんきみこセレクション 3」三省堂 2009 p248

ふうたの花まつり
◇「あまんきみこセレクション 1」三省堂 2009 p264

ふうたの星まつり
◇「あまんきみこセレクション 2」三省堂 2009 p236

ふうたの雪まつり
◇「あまんきみこ童話集 2」ポプラ社 2008 p123
◇「あまんきみこセレクション 4」三省堂 2009 p175

ブウ太郎鍛冶屋
◇「お噺の卵—武井武雄童話集」講談社 1976（講談社文庫）p24

ふうちゃんとねずみ
◇「松谷みよ子おはなし集 1」ポプラ社 2010 p23

ふうちゃんのおたんじょう日
◇「松谷みよ子おはなし集 1」ポプラ社 2010 p6

ふうちゃんのお誕生日
◇「松谷みよ子全集 10」講談社 1972 p71

ふうちゃんの大旅行
◇「松谷みよ子全集 9」講談社 1972 p1

ふうちゃんのプレゼント
◇「松谷みよ子おはなし集 1」ポプラ社 2010 p35

風底
◇「新修宮沢賢治全集 6」筑摩書房 1980 p156

ふうふげんか
◇「〔東君平〕おはようどうわ 7」講談社 1982 p36

夫婦げんか
◇「椋鳩十の本 23」理論社 1983 p18

夫婦喧嘩
◇「赤川次郎ショートショートシリーズ 2」理論社 2009 p151

夫婦百面相
◇「佐々木邦全集 8」講談社 1975 p3

夫婦者と独身者
　◇「佐々木邦全集 8」講談社 1975 p219
ふうみん池にワニがでた
　◇「なるみやますみ童話コレクション 〔1〕」ひくまの出版 1995 p1
風紋
　◇「〔土田明子〕ちいさい星—母と子の詩集」らくだ出版 2002 p36
風紋
　◇「山本瓔子詩集 I」新風舎 2003 p128
風流随筆
　◇「戸川幸夫動物文学全集 15」講談社 1977 p297
風力
　◇「佐藤義美全集 1」佐藤義美全集刊行会 1974 p25
　◇「佐藤義美全集 1」佐藤義美全集刊行会 1974 p28
ふうりん
　◇「まど・みちお詩集 4」銀河社 1974 p54
　◇「まど・みちお全詩集」理論社 1992 p429
風林
　◇「新修宮沢賢治全集 2」筑摩書房 1979 p175
風鈴
　◇「武田亜公童話集 1」秋田文化出版社 1978 p43
ふうりんさん
　◇「佐藤義美童謡集」さ・え・ら書房 1960 p57
　◇「佐藤義美全集 1」佐藤義美全集刊行会 1974 p183
ふうりんそう
　◇「いのち—みずかみかずよ全詩集」石風社 1995 p49
風りんのうた（テーブルしばい）
　◇「斎田喬幼年劇全集 1」誠文堂新光社 1962 p461
ふうりん横町
　◇「杉みき子選集 8」新潟日報事業社 2010 p43
フウン
　◇「〔北原〕白秋全童謡集 4」岩波書店 1993 p194
不運な旅行者
　◇「庄野英二全集 4」偕成社 1979 p335
笛
　◇「〔北原〕白秋全童謡集 2」岩波書店 1992 p133
笛
　◇「立原えりか作品集 4」思潮社 1973 p171
　◇「立原えりかのファンタジーランド 7」青土社 1980 p23
笛
　◇「巽聖歌作品集 上」巽聖歌作品集刊行委員会 1977 p384
笛
　◇「坪田譲治童話全集 11」岩崎書店 1986 p59
（笛）
　◇「稗田菫平全集 8」宝文館出版 1982 p49

笛
　◇「森三郎童話選集 〔2〕」刈谷市教育委員会 1996 p189
笛
　◇「与田準一全集 2」大日本図書 1967 p70
ふえをふく少年
　◇「石森延男児童文学全集 2」学習研究社 1971 p202
笛を吹く天女の像に
　◇「校定新美南吉全集 8」大日本図書 1981 p270
ふえをふくわかもの
　◇「二反長半作品集 3」集英社 1979 p189
笛がなる
　◇「〔北原〕白秋全童謡集 4」岩波書店 1993 p56
笛が鳴る
　◇「〔北原〕白秋全童謡集 4」岩波書店 1993 p43
賦役
　◇「新修宮沢賢治全集 6」筑摩書房 1980 p154
笛塚
　◇「氏原大作全集 4」条例出版 1977 p406
笛と雀
　◇「〔北原〕白秋全童謡集 2」岩波書店 1992 p49
笛と人の物語
　◇「定本小川未明童話全集 7」講談社 1977 p23
　◇「定本小川未明童話全集 7」大空社 2001 p23
フェニックスの町
　◇「椋鳩十の本 22」理論社 1983 p229
笛のインタールード
　◇「阪田寛夫全詩集」理論社 2011 p562
笛の仙人
　◇「石森延男児童文学全集 4」学習研究社 1971 p228
ふえの音
　◇「浜田広介全集 11」集英社 1976 p46
笛ふき岩
　◇「長崎源之助全集 15」偕成社 1987 p177
笛吹岩
　◇「斎藤隆介全集 3」岩崎書店 1982 p244
笛吹甚内さんのたからもの
　◇「氏原大作全集 4」条例出版 1977 p24
笛吹きと女王
　◇「定本小川未明童話全集 2」講談社 1976 p181
　◇「定本小川未明童話全集 2」大空社 2001 p181
笛吹きロバ
　◇「立原えりかのファンタジーランド 1」青土社 1980 p87
ふえる
　◇「今江祥智の本 16」理論社 1980 p185
　◇「今江祥智童話館 〔9〕」理論社 1987 p97
プエルとあそんだすべりだい

ふおく

◇「〔みずきえり〕童話集 ビーブ」日本文学館 2008 p3

フォーク
◇「〔北原〕白秋全童謡集 2」岩波書店 1992 p344

フォスター事件
◇「杉みき子選集 4」新潟日報事業社 2008 p75

フカ
◇「庄野英二全集 6」偕成社 1979 p220

不快指数79
◇「赤川次郎セレクション 10」ポプラ社 2008 p114

深い夜
◇「まど・みちお全詩集」理論社 1992 p14

不可解
◇「壺井栄名作集 10」ポプラ社 1965 p222
◇「壺井栄全集 11」文泉堂出版 1998 p86

深く、静かに潜行せよ
◇「赤川次郎セレクション 3」ポプラ社 2008 p95

深くて
◇「巽聖歌作品集 上」巽聖歌作品集刊行委員会 1977 p49

ブーがブーさんについて話すこと
◇「今江祥智の本 36」理論社 1990 p283

不完全なる天才か？ 完全なる凡人か？
◇「魂の配達―野村吉哉作品集」草思社 1983 p303

ふき
◇「斎藤隆介全集 2」岩崎書店 1982 p127

フキ
◇「〔東君平〕おはようどうわ 3」講談社 1982 p90

噴き上がるファンファーレ
◇「阪田寛夫全詩集」理論社 2011 p562

吹上浜
◇「椋鳩十の本 21」理論社 1982 p224

ふきあげる
◇「〔北原〕白秋全童謡集 3」岩波書店 1992 p73

ふきけしばば
◇「〔山田野理夫〕おばけ文庫 1」太平出版社 1976 （母と子の図書室） p128

不吉な地点
◇「星新一YAセレクション 8」理論社 2009 p29

フキの一夜づけ
◇「椋鳩十の本 23」理論社 1983 p259

フキノカラカサ
◇「国分一太郎児童文学集 6」小峰書店 1967 p99

ふきのとう
◇「くどうなおこ詩集○」童話屋 1996 p50

ふきのとう
◇「いのち―みずかみかずよ全詩集」石風社 1995 p14
◇「いのち―みずかみかずよ全詩集」石風社 1995 p130

◇「いのち―みずかみかずよ全詩集」石風社 1995 p136

蕗(ふき)の薹(たう)
◇「〔北原〕白秋全童謡集 5」岩波書店 1993 p33

蕗の薹
◇「巽聖歌作品集 上」巽聖歌作品集刊行委員会 1977 p39

ふきのねっこ わらびのねっこ
◇「与田凖一全集 3」大日本図書 1967 p171

蕗の芽
◇「巽聖歌作品集 上」巽聖歌作品集刊行委員会 1977 p214

不朽の花園
◇「お噺の卵―武井武雄童話集」講談社 1976 （講談社文庫） p84

不軽(ふぎょう)菩薩
◇「新修宮沢賢治全集 6」筑摩書房 1980 p294
◇「新修宮沢賢治全集 6」筑摩書房 1980 p438

フグ
◇「椋鳩十全集 12」ポプラ社 1970 p143
◇「椋鳩十の本 15」理論社 1982 p159

復員分析表
◇「阪田寛夫全詩集」理論社 2011 p839

福音丸と健ちゃんたち
◇「壺井栄全集 11」文泉堂出版 1998 p531

福ウシ
◇「〔山田野理夫〕おばけ文庫 4」太平出版社 1976 （母と子の図書室） p75

服を着たゾウ
◇「星新一ショートショートセレクション 3」理論社 2002 p88
◇「〔星新一〕おーいでてこーい―ショートショート傑作選」講談社 2004 （講談社青い鳥文庫） p27

副級長
◇「森三郎童話選集 〔2〕」刈谷市教育委員会 1996 p122

副業
◇「新修宮沢賢治全集 6」筑摩書房 1980 p96

副作用
◇「星新一ショートショートセレクション 13」理論社 2003 p35

福沢諭吉
◇「〔かこさとし〕お話こんにちは 〔9〕」偕成社 1979 p55

福沢諭吉
◇「筑波常治伝記物語全集 7」国土社 1969 p5

福士幸次郎の回想
◇「稗田菫平全集 6」宝文館出版 1981 p88

福島生れの瓦屋兄弟
◇「斎藤隆介全集 10」岩崎書店 1982 p115

福島正夫

復習
- ◇「〔巌谷〕小波お伽全集 15」本の友社 1998 p82

復讐
- ◇「星新一ショートショートセレクション 2」理論社 2001 p50

復讐
- ◇「椋鳩十の本 1」理論社 1982 p115

復讐（馬と鹿、海豚と飛魚）
- ◇「〔巌谷〕小波お伽全集 14」本の友社 1998 p145

復讐奇談
- ◇「椋鳩十の本 34」理論社 1989 p257
- ◇「椋鳩十の本 34」理論社 1989 p258

復讐専用ダイヤル
- ◇「赤川次郎ショートショートシリーズ 1」理論社 2009 p127

復讐（鷲と狐）
- ◇「〔巌谷〕小波お伽全集 14」本の友社 1998 p61

ふくじゅそう
- ◇「いのち―みずかみかずよ全詩集」石風社 1995 p137

フクジュソウ
- ◇「庄野英二全集 11」偕成社 1980 p388

福寿草
- ◇「壺井栄名作集 9」ポプラ社 1965 p12
- ◇「壺井栄全集 6」文泉堂出版 1998 p311

福寿草
- ◇「いのち―みずかみかずよ全詩集」石風社 1995 p13

ふぐ汁
- ◇「川崎大治民話選 〔1〕」童心社 1968 p148

福助さん
- ◇「〔北原〕白秋全童謡集 4」岩波書店 1993 p302

福助さん
- ◇「〔比江島重孝〕宮崎のむかし話 1」鉱脈社 1998 p114

服装
- ◇「氏原大作全集 2」条例出版 1977 p102

福田英子
- ◇「〔かこさとし〕お話こんにちは 〔7〕」偕成社 1979 p34

福田正夫と「春十日」
- ◇「稗田童平全集 6」宝文館出版 1981 p95

福田泰彦「越天楽」
- ◇「稗田童平全集 6」宝文館出版 1981 p150

福田泰彦詩集「兄」に
- ◇「稗田童平全集 7」宝文館出版 1981 p107

不屈なネズミども
- ◇「椋鳩十の本 28」理論社 1989 p76

- ◇「〔かこさとし〕お話こんにちは 〔4〕」偕成社 1979 p52

フグとヤドカリの友情
- ◇「〔小田野〕友之童話集」文芸社 2009 p137

福永武彦
- ◇「今江祥智の本 35」理論社 1990 p132

フグの怒り
- ◇「立原えりかのファンタジーランド 11」青土社 1980 p115

福の神
- ◇「斎藤隆介全集 4」岩崎書店 1982 p118

福の神
- ◇「星新一ショートショートセレクション 13」理論社 2003 p154

福の神をよびこんだおじいさん
- ◇「〔西本鶏介〕新日本昔ばなし――一日一話・読みきかせ 2」小学館 1997 p112

福の神さん
- ◇「〔比江島重孝〕宮崎のむかし話 3」鉱脈社 2000 p210

不具の少年
- ◇「おの・ちゅうこう初期作品集 〔2〕日本の教室は明るい」崙書房 1975 p21

フグのヒレ
- ◇「庄野英二全集 11」偕成社 1980 p282

ふくびき
- ◇「〔東君平〕おはようどうわ 8」講談社 1982 p117

ふくふく
- ◇「〔比江島重孝〕宮崎のむかし話 1」鉱脈社 1998 p263

ぶくぶく長々火の目小僧
- ◇「鈴木三重吉童話全集 3」文泉堂書店 1975（日本文学全集・選集叢刊第5次）p25
- ◇「鈴木三重吉童話集」岩波書店 1996（岩波文庫）p103

ぷーくま うーくま
- ◇「佐藤義美全集 3」佐藤義美全集刊行会 1973 p206
- ◇「佐藤義美全集 3」佐藤義美全集刊行会 1973 p369

プークマ ウークマ
- ◇「佐藤義美全集 2」佐藤義美全集刊行会 1973 p15

プークマ ウークマ（絵本）
- ◇「佐藤義美全集 2」佐藤義美全集刊行会 1973 p13

ぷーくまは なぜ…
- ◇「佐藤義美全集 3」佐藤義美全集刊行会 1973 p349

福餅鬼餅
- ◇「さねとうあきら創作民話集 被差別部落 1」明石書店 1988 p56

福山酢
- ◇「椋鳩十の本 21」理論社 1982 p206

ふくら雀

ふくら
　◇「〔北原〕白秋全童謡集 1」岩波書店 1992 p296
ふくらすずめさん
　◇「まど・みちお全詩集」理論社 1992 p213
　◇「まどさんの詩の本 13」理論社 1997 p76
ふくれた蛙
　◇「土田耕平童話集 〔1〕」古今書院 1955 p30
ふくれろ もち
　◇「佐藤義美全集 1」佐藤義美全集刊行会 1974 p372
ふくれん坊
　◇「〔比江島重孝〕宮崎のむかし話 1」鉱脈社 1998 p78
ふくろ
　◇「佐藤義美全集 1」佐藤義美全集刊行会 1974 p338
　◇「佐藤義美全集 1」佐藤義美全集刊行会 1974 p339
ふくろ
　◇「村山籌子作品集 2」JULA出版局 1998 p39
ふくろう
　◇「小出正吾児童文学全集 1」審美社 2000 p283
フクロウ
　◇「今江祥智の本 10」理論社 1980 p149
　◇「今江祥智童話館 〔8〕」理論社 1987 p134
　◇「今江祥智ショートファンタジー 1」理論社 2004 p119
フクロウ
　◇「椋鳩十の本 19」理論社 1982 p146
梟
　◇「巽聖歌作品集 上」巽聖歌作品集刊行委員会 1977 p437
ふくろうを さがしに
　◇「小川未明幼年童話文学全集 6」集英社 1966 p16
　◇「定本小川未明童話全集 16」講談社 1978 p315
　◇「定本小川未明童話全集 16」大空社 2002 p315
ふくろうせんせい
　◇「阪田寛夫全詩集」理論社 2011 p245
ふくろうせんせいの ゆめ
　◇「阪田寛夫全詩集」理論社 2011 p245
ふくろうチーム
　◇「岡本良雄童話文学全集 1」講談社 1964 p49
ふくろうと子ども
　◇「北風のくれたテーブルかけ―久保田万太郎童話劇集」東京書籍 1981（東書児童劇シリーズ）p29
フクロウと子ねこちゃん
　◇「今江祥智の本 12」理論社 1980 p102
　◇「今江祥智童話館 〔13〕」理論社 1987 p196
梟と牡丹
　◇「稗田亜平全集 1」宝文館出版 1978 p53
ふくろうのいる木
　◇「定本小川未明童話全集 7」講談社 1977 p300
　◇「定本小川未明童話全集 7」大空社 2001 p300
梟のうた
　◇「あまの川―宮沢賢治童謡集」筑摩書房 2001 p78
梟の駅長さん
　◇「〔宗左近〕梟の駅長さん―童謡集」思潮社 1998 p18
ふくろうのエレベーター
　◇「松谷みよ子おはなし集 2」ポプラ社 2010 p88
「ふくろうのエレベーター」のこと
　◇「松谷みよ子全エッセイ 1」筑摩書房 1989 p247
梟の思いつき
　◇「与謝野晶子児童文学全集 3」春陽堂書店 2007 p103
フクロウの子
　◇「小出正吾児童文学全集 1」審美社 2000 p247
フクロウのそめもの屋
　◇「〔木暮正夫〕日本のおばけ話・わらい話 14」岩崎書店 1987 p64
フクロウの染めもの屋
　◇「浜田広介全集 9」集英社 1976 p191
フクロウの目
　◇「〔山田野理夫〕お笑い文庫 1」太平出版社 1977（母と子の図書室）p80
ふくろうもりのはなし
　◇「今江祥智童話館 〔7〕」理論社 1986 p7
ふくろをせおった神
　◇「松谷みよ子のむかしむかし 4」講談社 1973 p64
ふくろ下げ
　◇「〔山田野理夫〕おばけ文庫 4」太平出版社 1976（母と子の図書室）p21
ふくろと飛行機
　◇「巽聖歌作品集 上」巽聖歌作品集刊行委員会 1977 p158
ふくろどん
　◇「〔比江島重孝〕宮崎のむかし話 1」鉱脈社 1998 p104
袋の魚
　◇「鈴木三重吉童話全集 1」文泉堂書店 1975（日本文学全集・選集叢刊第5次）p187
袋の鳥
　◇「鈴木三重吉童話全集 4」文泉堂書店 1975（日本文学全集・選集叢刊第5次）p347
フクロムシ
　◇「今江祥智の本 4」理論社 1980 p113
　◇「今江祥智童話館 〔11〕」理論社 1987 p191
福はうち, 鬼はそと
　◇「二反長半作品集 3」集英社 1979 p87
福は内, 鬼は外
　◇「武田亜公童話集 3」秋田文化出版 1978 p73
福わ内（羊飼と海）

不景気
　◇「〔巌谷〕小波お伽全集 14」本の友社 1998 p7
　◇「星新一YAセレクション 4」理論社 2009 p152
不景気な夢
　◇「魂の配達―野村吉哉作品集」草思社 1983 p85
父兄懇話会
　◇「〔巌谷〕小波お伽全集 14」本の友社 1998 p297
武芸者と腕くらべ
　◇「川崎大治民話選 〔3〕」童心社 1971 p114
父兄母姉の方へ〔七ヒキノサル〕
　◇「佐藤義美全集 2」佐藤義美全集刊行会 1973 p76
父兄母姉の方々へ〔サルノ三チャン〕
　◇「佐藤義美全集 2」佐藤義美全集刊行会 1973 p68
不潔な虫
　◇「花岡大学童話文学全集 5」法蔵館 1980 p84
ふご
　◇「国分一太郎児童文学集 6」小峰書店 1967 p95
ふご
　◇「与田準一全集 1」大日本図書 1967 p8
普香天子
　◇「ジュニア文学館 宮沢賢治―写真・絵画集成 3」日本図書センター 1996 p113
不幸な親と娘
　◇「定本小川未明童話全集 7」講談社 1977 p363
　◇「定本小川未明童話全集 7」大空社 2001 p363
不幸な子供
　◇「おの・ちゅうこう初期作品集 〔2〕 日本の教室は明るい」嵩書房 1975 p33
不幸な人(尾のない狐)
　◇「〔巌谷〕小波お伽全集 14」本の友社 1998 p102
不幸なルーファス
　◇「戸川幸夫動物文学全集 8」講談社 1976 p280
不語戒
　◇「瑠璃の壺―森銑三童話集」三樹書房 1982 p183
ふさいだかた目
　◇「寺村輝夫のむかし話 〔4〕」あかね書房 1978 p70
ふさ子さん
　◇「土田耕平童話集 〔3〕」古今書院 1955 p90
ふさのついた学帽
　◇「石森延男児童文学全集 11」学習研究社 1971 p145
ふさのむかし話
　◇「かつおきんや作品集 6」牧書店〔アリス館牧新社〕 1972 p1
　◇「かつおきんや作品集 17」偕成社 1983 p5
ふじ
　◇「いのち―みずかみかずよ全詩集」石風社 1995 p392
ふしあわせなにせもの
　◇「花岡大学仏典童話全集 4」法蔵館 1979 p136
ふしあわせな人
　◇「花岡大学 続・仏典童話全集 1」法蔵館 1981 p109
ふしあわせの買い手
　◇「花岡大学仏典童話全集 5」法蔵館 1979 p95
ふしあわせや
　◇「別役実童話集 〔3〕」三一書房 1977 p150
プジェー師丘を登り来る
　◇「新修宮沢賢治全集 7」筑摩書房 1980 p184
富士川の戦い(一龍斎貞水編、岡本和明文)
　◇「一龍斎貞水の歴史講談 4」フレーベル館 2000 p6
ふしぎ
　◇「いのち―みずかみかずよ全詩集」石風社 1995 p75
不思議
　◇「新装版金子みすゞ全集 3」JULA出版局 1984 p167
　◇「金子みすゞ童謡集」角川春樹事務所 1998（ハルキ文庫）p82
　◇「金子みすゞ童謡全集 6」JULA出版局 2004 p56
不思議(日下部梅子)
　◇「岡田泰三・日下部梅子童謡集」会津童詩会 1992 p116
ふしぎ国探検
　◇「海野十三全集 12」三一書房 1990 p113
ふしぎ印
　◇「〔坪井安〕はしれ子馬よ―童謡詩集」童謡研究・蜂の会 1999 p66
ふしぎ島の少年カメラマン
　◇「久保喬自選作品集 2」みどりの会 1994 p122
ふしぎな足あと
　◇「杉みき子選集 7」新潟日報事業社 2009 p230
ふしぎな雨
　◇「花岡大学仏典童話全集 6」法蔵館 1979 p51
ふしぎないえ
　◇「坪田譲治幼年童話文学全集 5」集英社 1965 p101
　◇「坪田譲治童話全集 9」岩崎書店 1986 p48
ふしぎな家
　◇「〔山田野理夫〕おばけ文庫 1」太平出版社 1976（母と子の図書室）p142
ふしぎな石うす
　◇「〔木暮正夫〕日本のおばけ話・わらい話 14」岩崎書店 1987 p78
ふしぎな石と魚の島
　◇「椋鳩十全集 22」ポプラ社 1981 p6
ふしぎな泉
　◇「ふしぎな泉―うえだまさし童話集」そうぶん社出版 1995 p6

ふしき

ふしぎな犬
◇「星新一ショートショートセレクション 9」理論社 2003 p107

ふしぎなうで時計
◇「〔木下容子〕ファンタジー傑作童話集 まほうのコンペイトー」おさひめ書房 2009 p51

ふしぎなうま
◇「松谷みよ子のむかしむかし 9」講談社 1973 p29

ふしぎな王様
◇「平塚武二童話全集 5」童心社 1972 p205

ふしぎなおくら
◇「なっちゃんと魔法の葉っぱ―天城健太郎作品集」今日の話題社 2007 p9

ふしぎなおしょうさん
◇「〔木暮正夫〕日本のおばけ話・わらい話 13」岩崎書店 1987 p83

ふしぎな音がきこえる
◇「佐藤さとる全集 6」講談社 1973 p139

不思議な音がきこえる
◇「佐藤さとるファンタジー全集 14」講談社 1983 p73
◇「佐藤さとるファンタジー全集 14」講談社, 復刊ドットコム (発売) 2011 p73

ふしぎな男
◇「椋鳩十全集 19」ポプラ社 1980 p42

ふしぎなおばあさん
◇「佐藤さとる全集 10」講談社 1974 p185

不思議なおばあさん
◇「佐藤さとるファンタジー全集 13」講談社 1983 p69
◇「佐藤さとるファンタジー全集 13」講談社, 復刊ドットコム (発売) 2011 p69

不思議なお話
◇「〔大澤英子〕心の中のひみつ―法華経をもとにした創作物語集」文芸社 1999 p27

ふしぎな帯
◇「浜田広介全集 1」集英社 1975 p198

ふしぎな顔
◇「久保喬自選作品集 1」みどりの会 1994 p215

ふしぎな鏡
◇「〔比江島重孝〕宮崎のむかし話 2」鉱脈社 1998 p203

ふしぎなカーニバル
◇「石森延男児童文学全集 9」学習研究社 1971 p5

不思議な金もうけ
◇「椋鳩十の本 19」理論社 1982 p195

ふしぎなカマス
◇「〔比江島重孝〕宮崎のむかし話 1」鉱脈社 1998 p101

不思議長屋
◇「巌谷小波お伽噺文庫 〔2〕」大和書房 1976 p135

◇「〔巌谷〕小波お伽全集 1」本の友社 1998 p27

ふしぎな木
◇「石森延男児童文学全集 4」学習研究社 1971 p173

ふしぎな木
◇「西條八十童謡全集」修道社 1971 p337

ふしぎなきのこ
◇「松谷みよ子のむかしむかし 8」講談社 1973 p44

ふしぎな行列
◇「石森延男児童文学全集 6」学習研究社 1971 p166

ふしぎなくだもの
◇「花岡大学仏典童話全集 3」法蔵館 1979 p124

不思議の国の話
◇「室生犀星童話全集 3」創林社 1978 p224

不思議な剣
◇「瑠璃の壺―森銑三童話集」三樹書房 1982 p116

ふしぎな公園
◇「あまんきみこセレクション 1」三省堂 2009 p246

ふしぎなこと
◇「長い長いかくれんぼ―杉みき子自選童話集」新潟日報事業社 2001 p15

ふしぎな木の葉
◇「〔西本鶏介〕日本の昔話―読みきかせお話集 2」小学館 2001 p90

不思議な魚
◇「室生犀星童話全集 3」創林社 1978 p286

不思議な里
◇「椋鳩十の本 22」理論社 1983 p18

ふしぎな詩
◇「全集灰谷健次郎の本 15」理論社 1988 p154

ふしぎなじどうしゃ
◇「あまんきみこ童話集 4」ポプラ社 2008 p24

ふしぎなシャベル
◇「安房直子コレクション 2」偕成社 2004 p253

ふしぎなじょうろで水、かけろ
◇「あまんきみこ童話集 3」ポプラ社 2008 p62
◇「あまんきみこセレクション 3」三省堂 2009 p34

ふしぎな白い馬
◇「〔東風琴子〕童話集 1」ストーク 2002 p133

ふしぎな白い雲
◇「〔下田喜久美〕遠くから来た旅人―詩集」リトル・ガリヴァー社 1998 p37

ふしぎな数字
◇「いのち―みずかみかずよ全詩集」石風社 1995 p353

不思議な硯
◇「瑠璃の壺―森銑三童話集」三樹書房 1982 p201

ふしぎなたいこ

◇「〔木暮正夫〕日本のおばけ話・わらい話 8」岩崎書店 1987 p23

ふしぎなたいこ
◇「西本鶏介のむかしむかし」小学館 2003 p23

ふしぎなたいこについて
◇「西本鶏介のむかしむかし」小学館 2003 p40

ふしぎな龍巻き
◇「花岡大学仏典童話集 2」佼成出版社 2006 p79

ふしぎな玉
◇「椋鳩十の本 14」理論社 1983 p198

不思議な珠
◇「瑠璃の壺―森銑三童話集」三樹書房 1982 p201

ふしぎな誕生日がやってきた
◇「奥田継夫ベストコレクション 10」ポプラ社 2002 p154

ふしぎなちから
◇「平塚武二童話全集 1」童心社 1972 p10

ふしぎな力はなにか
◇「花岡大学 続・仏典童話全集 1」法蔵館 1981 p141

ふしぎなつぼ
◇「さちいさや童話集―心の中に愛の泉がわいてくる」近代文芸社 1995 p41

ふしぎなつむじ風
◇「大石真児童文学全集 6」ポプラ社 1982 p5

ふしぎな手紙
◇「太田博也童話集 4」小山書林 2008 p66

ふしぎな てじな
◇「定本小川未明童話全集 15」講談社 1978 p87
◇「定本小川未明童話全集 15」大空社 2002 p87

ふしぎなてっぽう
◇「犬飼馬鹿人旧作童話集」日本文化資料センター 1996 p72

不思議な洞窟
◇「〔大澤英子〕心の中のひみつ―法華経をもとにした創作物語集」文芸社 1999 p76

ふしぎなトランシーバー
◇「武田信夫童話作品集」みちのく書房 1995 p428

ふしぎな二階
◇「椋鳩十全集 19」ポプラ社 1980 p80
◇「椋鳩十の本 14」理論社 1983 p245

ふしぎな日曜日
◇「今江祥智の本 2」理論社 1980 p110

ふしぎな バイオリン
◇「小川未明幼年童話文学全集 3」集英社 1965 p89
◇「定本小川未明童話全集 15」講談社 1978 p216
◇「定本小川未明童話全集 15」大空社 2002 p216

ふしぎなはこ
◇「寺村輝夫のとんち話 3」あかね書房 1976 p62

不思議な箱
◇「〔あまのまお〕おばあちゃんの不思議な箱―童話集」健友館 2000 p8

ふしぎなバス
◇「螢―白木恵子子童話集」東銀座出版社 1997 p63

ふしぎなバスに
◇「筒井敬介童話全集 2」フレーベル館 1984 p235

ふしぎなバックミラー
◇「杉みき子選集 6」新潟日報事業社 2009 p259

ふしぎな はなし
◇「坪田譲治幼年童話文学全集 3」集英社 1965 p181

ふしぎなひこうき
◇「大石真児童文学全集 14」ポプラ社 1982 p130

ふしぎなビー玉
◇「長い長いかくれんぼ―杉みき子自選童話集」新潟日報事業社 2001 p60

ふしぎな人
◇「北畠八穂児童文学全集 1」講談社 1974 p65

ふしぎな一言
◇「〔島崎〕藤村の童話 1」筑摩書房 1979 p88

ふしぎな火ばち
◇「〔木暮正夫〕日本のおばけ話・わらい話 10」岩崎書店 1987 p4

不思議なビン
◇「椋鳩十全集 26」ポプラ社 1981 p112

不思議な瓶―最初の童話
◇「椋鳩十の本 1」理論社 1982 p273

ふしぎなふくべ
◇「武田亜公童話集 3」秋田文化出版社 1978 p7

ふしぎなふしぎな長ぐつ
◇「佐藤さとる幼年童話自選集 4」ゴブリン書房 2004 p103

不思議な不思議な長靴
◇「佐藤さとるファンタジー全集 8」講談社 1982 p183
◇「佐藤さとるファンタジー全集 8」講談社, 復刊ドットコム (発売) 2010 p183

ふしぎな文房具屋
◇「安房直子コレクション 2」偕成社 2004 p81

ふしぎなペンギン
◇「地球のかぞく―石原一輝童謡詩集」群青社 2001 p32

ふしぎな帽子
◇「豊島与志雄童話全集 2」八雲書店 1948 p39

不思議な帽子
◇「豊島与志雄童話集」海鳥社 1990 p182
◇「豊島与志雄童話作品集 1」銀貨社 1999 p23

ふしぎな ポケット
◇「まど・みちお全詩集」理論社 1992 p104
◇「まどさんの詩の本 5」理論社 1994 p54
◇「まど・みちお詩集 〔2〕」すえもりブックス

ふしき

1998 p12

不思議な本
◇「いちばん大切な願いごと―宮下木花12歳童話集」銀の鈴社 2007（小さな鈴シリーズ）p71

ふしぎな舞いおうぎ
◇「二反長半作品集 3」集英社 1979 p69

ふしぎなまど
◇「西條八十童話集」小学館 1983 p7

不思議な港
◇「新装版金子みすゞ全集 1」JULA出版局 1984 p157
◇「金子みすゞ童謡全集 2」JULA出版局 2003 p96

ふしぎな目
◇「今江祥智童話館 〔10〕」理論社 1987 p47
◇「今江祥智ショートファンタジー 2」理論社 2004 p32

ふしぎな目をした男の子
◇「佐藤さとる全集 11」講談社 1974 p1

「ふしぎな目をした男の子」・あとがき
◇「佐藤さとるファンタジー全集 16」講談社 1983 p186
◇「佐藤さとるファンタジー全集 16」講談社, 復刊ドットコム（発売）2011 p186

「ふしぎな目をした男の子」・講談社文庫版・あとがき
◇「佐藤さとるファンタジー全集 16」講談社 1983 p188
◇「佐藤さとるファンタジー全集 16」講談社, 復刊ドットコム（発売）2011 p188

ふしぎな目をした男の子（コロボックル物語 4）
◇「佐藤さとるファンタジー全集 4」講談社 1983 p3
◇「佐藤さとるファンタジー全集 4」講談社, 復刊ドットコム（発売）2010 p3

ふしぎなもち
◇「松谷みよ子のむかしむかし 1」講談社 1973 p40

ふしぎな もり
◇「坪田譲治幼年童話文学全集 1」集英社 1964 p145

ふしぎな森
◇「あまんきみこ童話集 5」ポプラ社 2008 p100

ふしぎな森
◇「坪田譲治童話全集 9」岩崎書店 1986 p106

ふしぎな森
◇「椋鳩十全集 11」ポプラ社 1970 p188

ふしぎな山のおじいさん
◇「ひろすけ幼年童話文学全集 6」集英社 1962 p158
◇「浜田広介全集 4」集英社 1976 p223

ふしぎな夢

◇「西條八十童謡全集」修道社 1971 p338

ふしぎな夜の動物園
◇「久保喬自選作品集 1」みどりの会 1994 p138

ふしぎなラッパ
◇「魂の配達―野村吉哉作品集」草思社 1983 p253

ふしぎな らん
◇「西條八十童話集」小学館 1983 p321

不思議なる空間断層
◇「海野十三全集 4」三一書房 1989 p5

不思議の蘆笛
◇「〔巌谷〕小波お伽全集 9」本の友社 1998 p377

不思議の国
◇「別役実童話集 〔5〕」三一書房 1984 p171

≪不思議の国のアリスの≫帽子屋さんのお茶の会
◇「別役実童話集 〔5〕」三一書房 1984 p172

ふしぎの時間
◇「寺村輝夫童話全集 15」ポプラ社 1982

ふしぎやメガネ店
◇「〔東野りえ〕ひぐらしエンピツ―童話集」国文社 1997 p70

プーシキン広場
◇「赤座憲久少年詩集シリーズ 1」じゃこめてい出版 1977 p58

ふじさん
◇「まど・みちお全詩集」理論社 1992 p628
◇「まどさんの詩の本 5」理論社 1994 p90

富士山
◇「那須辰造著作集 2」講談社 1980 p28

富士山
◇「〔山田野理夫〕お笑い文庫 1」太平出版社 1977（母と子の図書室）p89

ふじさんをみにきたまほうつかい
◇「佐藤さとる全集 2」講談社 1972 p63

富士山を見にきた魔法使い
◇「佐藤さとるファンタジー全集 6」講談社 1982 p47
◇「佐藤さとるファンタジー全集 6」講談社, 復刊ドットコム（発売）2010 p47

富士山大ばくはつ
◇「かこさとし大自然のふしぎえほん 1」小峰書店 1999 p1

富士山とカラス
◇「椋鳩十の本 19」理論社 1982 p125

フジサン ノ ハナシ
◇「海野十三全集 別巻1」三一書房 1991 p264

富士山のゆめ
◇「岡本良雄童話文学全集 2」講談社 1964 p219

藤島武二
◇「〔かこさとし〕お話こんにちは 〔6〕」偕成社

ふそう

1979 p79
ふしづけ
◇「椋鳩十の本 23」理論社 1983 p260
武士とたたみ屋
◇「川崎大治民話選 〔1〕」童心社 1968 p130
富士に似たアララット
◇「庄野英二全集 10」偕成社 1979 p299
藤根禁酒会へ贈る
◇「新修宮沢賢治全集 4」筑摩書房 1979 p291
不死の薬
◇「定本小川未明童話全集 1」講談社 1976 p70
◇「定本小川未明童話全集 1」大空社 2001 p70
不死の酒
◇「瑠璃の壺―森銑三童話集」三樹書房 1982 p153
ふじの花
◇「与田凖一全集 1」大日本図書 1967 p20
藤の花
◇「稗田童平全集 1」宝文館出版 1978 p9
藤の花
◇「山本瓔子詩集 I」新風舎 2003 p68
藤の花ぶさ
◇「石森延男児童文学全集 15」学習研究社 1971 p119
◇「石森延男児童文学全集 15」学習研究社 1971 p225
藤の実
◇「〔北原〕白秋全童謡集 2」岩波書店 1992 p474
藤の実
◇「稗田童平全集 1」宝文館出版 1978 p51
ふじのやま かみのやま
◇「〔斎藤信夫〕子ども心を友として―童謡詩集」成東町教育委員会 1996 p272
武士のゆうれい
◇「〔山田野理夫〕おばけ文庫 8」太平出版社 1976（母と子の図書室）p94
俘囚
◇「海野十三全集 2」三一書房 1991 p207
撫順
◇「〔北原〕白秋全童謡集 3」岩波書店 1992 p222
撫順，社宅街
◇「〔北原〕白秋全童謡集 3」岩波書店 1992 p223
ぶしょうくらべ
◇「〔山田野理夫〕お笑い文庫 1」太平出版社 1977（母と子の図書室）p30
負傷した線路と月
◇「定本小川未明童話全集 4」講談社 1977 p253
◇「小川未明童話集」岩波書店 1996（岩波文庫）p225
◇「定本小川未明童話全集 4」大空社 2001 p253
◇「小川未明30選」春陽堂書店 2009（名作童話）p177

ぶしよう狸
◇「〔巌谷〕小波お伽全集 3」本の友社 1998 p341
無精な男
◇「椋鳩十の本 2」理論社 1982 p120
負傷兵
◇「鈴木三重吉童話全集 6」文泉堂書店 1975（日本文学全集・選集叢刊第5次）p213
ぶしょうもの
◇「鈴木三重吉童話集」岩波書店 1996（岩波文庫）p150
ぶしょうもの
◇「〔東君平〕おはようどうわ 2」講談社 1982 p88
ぶしょうもの
◇「鈴木三重吉童話全集 4」文泉堂書店 1975（日本文学全集・選集叢刊第5次）p253
腐植質中ノ無機成分ノ植物ニ対スル価値
◇「新修宮沢賢治全集 15」筑摩書房 1980 p455
〔腐植土のぬかるみよりの照り返し〕
◇「新修宮沢賢治全集 6」筑摩書房 1980 p146
◇「新修宮沢賢治全集 6」筑摩書房 1980 p403
藤原鎌足
◇「魂の配達―野村吉哉作品集」草思社 1983 p77
不信の念
◇「佐藤さとるファンタジー全集 16」講談社 1983 p19
◇「佐藤さとるファンタジー全集 16」講談社, 復刊ドットコム（発売）2011 p19
婦人百人一首（「新少女」大正六～七年）
◇「与謝野晶子児童文学全集 5」春陽堂書店 2007 p205
不信用の者わ信ずるな（狐と茨）
◇「〔巌谷〕小波お伽全集 14」本の友社 1998 p121
プスコウの日曜日
◇「庄野英二全集 10」偕成社 1979 p369
襖の絵
◇「新装版金子みすゞ全集 2」JULA出版局 1984 p82
◇「金子みすゞ童謡全集 3」JULA出版局 2004 p126
ブス物語
◇「〔比江島重孝〕宮崎のむかし話 3」鉱脈社 2000 p49
伏石事件弁護団寄書のこと
◇「松谷みよ子全エッセイ 1」筑摩書房 1989 p20
不正な支配人（烏屋と鴨）
◇「〔巌谷〕小波お伽全集 14」本の友社 1998 p4
婦選の歌
◇「与謝野晶子児童文学全集 6」春陽堂書店 2007 p205
不相応の大役（孔雀と鵲）
◇「〔巌谷〕小波お伽全集 14」本の友社 1998 p178

作品名から引ける日本児童文学個人全集案内　749

ふそう

布装手帳
◇「新修宮沢賢治全集 15」筑摩書房 1980 p199

蕪村と狸
◇「〔辻弘司〕創作短篇童話集 マガダ国の悲劇・鍋の蓋他」日本文学館 2006 p9

ぶた
◇「今井誉次郎童話集子どもの村 〔1〕」国土社 1957 p84

ぶた
◇「花岡大学童話文学全集 4」法蔵館 1980 p179

ブタ
◇「まど・みちお詩集 2」銀河社 1975 p50
◇「まど・みちお全詩集」理論社 1992 p404
◇「まど・みちお全詩集」理論社 1992 p445
◇「まどさんの詩の本 7」理論社 1996 p30

ブタ
◇「椋鳩十の本 23」理論社 1983 p223

ブタ遊び
◇「石森延男児童文学全集 11」学習研究社 1971 p297

ふたあつ
◇「まど・みちお全詩集」理論社 1992 p19
◇「まどさんの詩の本 5」理論社 1994 p40

舞台うち
◇「斎田喬児童劇選集 〔1〕」牧書店 1954 p226

舞台も文学も楽しい(筒井敬介,神宮輝夫)
◇「〔神宮輝夫〕現代児童文学作家対談 1」偕成社 1988 p203

二重虹
◇「〔北原〕白秋全童謡集 2」岩波書店 1992 p187
◇「〔北原〕白秋全童謡集 2」岩波書店 1992 p194
◇「〔北原〕白秋全童謡集 2」岩波書店 1992 p195
◇「〔北原〕白秋全童謡集 2」岩波書店 1992 p196

ぶたをすてるまで
◇「花岡大学 続・仏典童話全集 1」法蔵館 1981 p57

ふたをとらずに
◇「寺村輝夫のとんち話 1」あかね書房 1976 p38

ぶたを飲みこんだかえる
◇「〔西本鶏介〕新日本昔ばなし――一日一話・読みかせ 2」小学館 1997 p22

〔二川こヽにて会したり〕
◇「新修宮沢賢治全集 6」筑摩書房 1980 p260
◇「新修宮沢賢治全集 6」筑摩書房 1980 p429

ふたくち女
◇「〔山田野理夫〕おばけ文庫 1」太平出版社 1976(母と子の図書室) p100

ぶた供養
◇「花岡大学童話文学全集 5」法蔵館 1980 p245

ブタくん
◇「まど・みちお全詩集 続」理論社 2015 p200

ふた子
◇「瑠璃の壺―森銑三童話集」三樹書房 1982 p246

二タ心(森の神と旅人)
◇「〔巌谷〕小波お伽全集 14」本の友社 1998 p141

ふたごのこねこ
◇「〔東君平〕おはようどうわ 2」講談社 1982

ふたごのころちゃん
◇「定本壺井栄児童文学全集 4」講談社 1980 p94
◇「壺井栄全集 10」文泉堂出版 1998 p463

ふたごのサンタ
◇「今江祥智童話館 〔1〕」理論社 1986 p206
◇「今江祥智の本 30」理論社 1990 p26

ふたごの星
◇「宮沢賢治童話集 2」講談社 1985 (講談社青い鳥文庫) p108
◇「宮沢賢治のおはなし 7」岩崎書店 2005 p1
◇「宮沢賢治童話集珠玉選 〔2〕」講談社 2009 p205

ふた子の星
◇「新版・宮沢賢治童話全集 2」岩崎書店 1978 p91

双子の星
◇「新修宮沢賢治全集 8」筑摩書房 1979 p23
◇「〔宮沢〕賢治童話」翔泳社 1995 p96

ふたごの星と箒星
◇「学校放送劇舞台劇脚本集 宮沢賢治名作童話」東洋書房 2008 p19

ふたこぶ らくだ―つづき・ますよ先生に
◇「〔高橋一仁〕春のニシン場―童謡詩集」けやき書房 2003 p36

ふた子星
◇「浜田広介全集 11」集英社 1976 p129

ぶたごやの夕やけ
◇「浜田広介全集 5」集英社 1976 p188

豚十匹
◇「土田耕平童話集 〔1〕」古今書院 1955 p9

ふたたび
◇「壺井栄全集 3」文泉堂出版 1997 p143

ふたたびシンガポールへ
◇「〔島崎〕藤村の童話 1」筑摩書房 1979 p190

再び人間の心を
◇「椋鳩十の本 25」理論社 1983 p20

ふたたびホンコンへ
◇「〔島崎〕藤村の童話 1」筑摩書房 1979 p192

二つの あたまの とり
◇「花岡大学仏典童話全集 6」法蔵館 1979 p192

二つのいちょう
◇「浜田広介全集 6」集英社 1976 p208

ふたつの一升ます
◇「二反長半作品集 3」集英社 1979 p210

二つの「E.T.」
◇「今江祥智の本 36」理論社 1990 p175

二つの歌
　◇「松谷みよ子全エッセイ 3」筑摩書房 1989 p243
二つの運命
　◇「定本小川未明童話全集 2」講談社 1976 p233
　◇「定本小川未明童話全集 2」大空社 2001 p233
二つのおか
　◇「斎田喬児童劇選集 〔6〕」牧書店 1954 p29
二つのおか(生活擬人劇)
　◇「斎田喬幼年劇全集 2」誠文堂新光社 1961 p51
二つのおはなし
　◇「椋鳩十の本 24」理論社 1983 p31
二つの雷さま
　◇「〔島崎〕藤村の童話 4」筑摩書房 1979 p71
二つの雷さまその他
　◇「〔島崎〕藤村の童話 4」筑摩書房 1979 p69
二つの川
　◇「鈴木喜代春児童文学選集 5」らくだ出版 2009 p1
二つの考え方
　◇「椋鳩十の本 23」理論社 1983 p154
二つの草
　◇「新装版金子みすゞ全集 2」JULA出版局 1984 p115
　◇「〔金子〕みすゞ詩画集 〔6〕」春陽堂書店 2001 p34
　◇「金子みすゞ童謡全集 3」JULA出版局 2004 p174
二つのくつ
　◇「浜田広介全集 6」集英社 1976 p209
二つの首まき
　◇「今江祥智の本 17」理論社 1981 p145
　◇「今江祥智童話館 〔17〕」理論社 1987 p202
二つの故郷
　◇「椋鳩十の本 29」理論社 1989 p9
　◇「椋鳩十の本 29」理論社 1989 p16
二つの琴と二人の娘
　◇「定本小川未明童話全集 2」講談社 1976 p276
　◇「定本小川未明童話全集 2」大空社 2001 p276
ふたつの木の実
　◇「千葉省三童話全集 1」岩崎書店 1967 p117
二つの小箱
　◇「新装版金子みすゞ全集 2」JULA出版局 1984 p103
　◇「金子みすゞ童謡全集 3」JULA出版局 2004 p156
二つの残影
　◇「〔川ন進〕短編少年文芸作品集 もう一人のぼく」せんしん出版 2010 p144
二つの自転車
　◇「小出正吾児童文学全集 2」審美社 2000 p101
二つの「シャイニング」

　◇「今江祥智の本 36」理論社 1990 p172
ふたつのしゃっとぼけのはな
　◇「浜田広介全集 8」集英社 1976 p42
二つの身辺探偵事件
　◇「海野十三全集 別巻1」三一書房 1991 p340
二つの玉子
　◇「与謝野晶子児童文学全集 2」春陽堂書店 2007 p209
二つのたんじょう
　◇「斎田喬児童劇選集 〔4〕」牧書店 1954 p54
二つのたんじょう<一まく　童話劇>
　◇「〔斎田喬〕学校劇代表作選 2」牧書店 1959 p139
二つのたんじょう(生活劇)
　◇「斎田喬幼年劇全集 3」誠文堂新光社 1962 p499
二つの つぼ
　◇「ひろすけ幼年童話文学全集 8」集英社 1961 p166
二つの釣瓶
　◇「浜田広介全集 2」集英社 1975 p199
二つの盗み
　◇「全集版灰谷健次郎の本 17」理論社 1987 p37
二つの発見
　◇「今井誉次郎童話集子どもの村 〔6〕」国土社 1957 p131
二つの発明
　◇「今井誉次郎童話集子どもの村 5年生」国土社 1957 p45
二つの部屋
　◇「〔北原〕白秋全童謡集 5」岩波書店 1993 p67
二つの道
　◇「〔大澤英子〕心の中のひみつ—法華経をもとにした創作物語集」文芸社 1999 p82
二つぶの涙
　◇「石森延男児童文学全集 15」学習研究社 1971 p196
二つ星
　◇「浜田広介全集 11」集英社 1976 p46
二つ目のおばけ
　◇「川崎大治民話選 〔2〕」童心社 1969 p246
豚と青大将
　◇「ある手品師の話—小熊秀雄童話集」晶文社 1976 p29
　◇「小熊秀雄童話集」創風社 2001 p23
ぶたと真珠
　◇「庄野英二全集 2」偕成社 1979 p131
ぶたと ねこの かぞえうた
　◇「今井誉次郎童話集子どもの村 〔2〕」国土社 1957 p50
ブタ肉のくいはじめ
　◇「今井誉次郎童話集子どもの村 〔6〕」国土社 1957 p80

ふたの

ぶたの大わらい
◇「ひろすけ幼年童話文学全集 12」集英社 1962 p10
◇「浜田広介全集 10」集英社 1976 p101

ぶたの子
◇「与田凖一全集 1」大日本図書 1967 p14

ブタノコ
◇「まど・みちお全詩集」理論社 1992 p77

ぶたの高とび
◇「浜田広介全集 5」集英社 1976 p204

二タ股武士（鳥獣合戦と蝙蝠）
◇「[巖谷]小波お伽全集 14」本の友社 1998 p57

ブータマの家
◇「戸川幸夫創作童話集 2」国土社 1972 p15

〔二山の瓜を運びて〕
◇「新修宮沢賢治全集 6」筑摩書房 1980 p72
◇「新修宮沢賢治全集 6」筑摩書房 1980 p368

ふたり
◇「赤川次郎セレクション 8」ポプラ社 2008 p5
◇「赤川次郎セレクション 9」ポプラ社 2008 p5

二人おさい
◇「斎藤隆介全集 3」岩崎書店 1982 p176

〔ふたりおんなじさういふ奇体な扮装で〕
◇「新修宮沢賢治全集 3」筑摩書房 1979 p73
◇「新修宮沢賢治全集 3」筑摩書房 1979 p335

ふたりしずか
◇「壺井栄名作集 9」ポプラ社 1965 p183
◇「壺井栄全集 6」文泉堂出版 1998 p469

二人静
◇「壺井栄全集 4」文泉堂出版 1998 p52

二人だけの地蔵まつり
◇「稗田童平全集 8」宝文館出版 1982 p167

二人出ろ
◇「鈴木三重吉童話全集 2」文泉堂出版 1975（日本文学全集・選集叢刊第5次）p226

二人ともパンのにおい
◇「筒井敬介童話全集 7」フレーベル館 1984 p7

ふたりになった孫
◇「川崎大治民話選〔2〕」童心社 1969 p60

ふたりのイーダ
◇「松谷みよ子全集 14」講談社 1972 p1

「ふたりのイーダ」―椅子が歩く
◇「松谷みよ子全エッセイ 1」筑摩書房 1989 p251

ふたりの イリーサ
◇「花岡大学仏典童話全集 7」法蔵館 1979 p163

ふたりの牛かい
◇「石森延男児童文学全集 6」学習研究社 1971 p168

二人の工さまの話
◇「谷口雅春童話集 2」日本教文社 1976 p71

ふたりの王子
◇「石森延男児童文学全集 4」学習研究社 1971 p269

二人の男の場合
◇「今江祥智の本 22」理論社 1981 p129

二人のおばさん
◇「室生犀星童話全集 2」創林社 1978 p143

二人のお姫さま
◇「〔佐々木春奈〕あなたの脳を休める童話集 大人も子どもも楽しめる童話集」日本文学館 2009 p109

二人の蛙
◇「鈴木三重吉童話全集 2」文泉堂出版 1975（日本文学全集・選集叢刊第5次）p354

二人の軽業師
◇「定本小川未明童話全集 7」講談社 1977 p109
◇「定本小川未明童話全集 7」大空社 2001 p109

ふたりの川村，ふたりのつゆ子
◇「岡本良雄童話文学全集 1」講談社 1964 p292

二人の君へ
◇「栗良平作品集 1」栗っ子の会 1988（栗っ子童話シリーズ）p14

二人の客
◇「壺井栄全集 11」文泉堂出版 1998 p267

ふたりの兄弟とゴイサギ
◇「椋鳩十全集 1」ポプラ社 1969 p90

二人の兄弟とゴイサギ
◇「椋鳩十まるごと動物ものがたり 11」理論社 1995 p55
◇「椋鳩十名作選 6」理論社 2014 p53

二人の兄弟と五位鷺
◇「椋鳩十の本 10」理論社 1982 p156

二人の兄弟の話
◇「谷口雅春童話集 4」日本教文社 1976 p173

ふたりのクロンボさん
◇「高橋敏彦童話集」ノヴィス 2000（ノヴィス叢書）p46

二人の子
◇「与謝野晶子児童文学全集 6」春陽堂書店 2007 p231

二人の乞食
◇「鈴木三重吉童話全集 2」文泉堂出版 1975（日本文学全集・選集叢刊第5次）p179

二人の子供
◇「浜田広介全集 2」集英社 1975 p79

ふたりのサンタおじいさん
◇「あまんきみこセレクション 4」三省堂 2009 p73

ふたりのサンタクロース（生活劇）
◇「斎田喬幼年劇全集 2」誠文堂新光社 1961 p425

ふたりの潮風
◇「大石真児童文学全集 10」ポプラ社 1982 p71

二人の上人さま
  ◇「〔北原〕白秋全童謡集 2」岩波書店 1992 p235
二人の少年
  ◇「定本小川未明童話全集 8」講談社 1977 p28
  ◇「定本小川未明童話全集 9」講談社 1977 p260
  ◇「定本小川未明童話全集 8」大空社 2001 p28
  ◇「定本小川未明童話全集 9」大空社 2001 p260
二人の紳士
  ◇「別役実童話集 〔1〕」三一書房 1973 p212
ふたりの赤道
  ◇「寺村輝夫全童話 8」理論社 2000 p413
二人の脊虫(せむし)
  ◇「鈴木三重吉童話全集 3」文泉堂書店 1975 (日本文学全集・選集叢刊第5次) p165
ふたりの旅人の問答
  ◇「〔島崎〕藤村の童話 4」筑摩書房 1979 p222
ふたりの太郎
  ◇「浜田広介全集 4」集英社 1976 p195
ふたりの力もち
  ◇「〔山田野理夫〕お笑い文庫 8」太平出版社 1977 (母と子の図書室) p156
ふたりのつくえ
  ◇「岡本良雄童話文学全集 3」講談社 1964 p250
二人の天使
  ◇「今江祥智の本 16」理論社 1980 p37
二人の友
  ◇「椋鳩十の本 20」理論社 1983 p52
ふたりの友だち
  ◇「坪田譲治童話全集 3」岩崎書店 1986 p266
ふたりの鳩
  ◇「今江祥智の本 15」理論社 1980 p30
  ◇「今江祥智童話館 〔12〕」理論社 1987 p117
二人の母親(一龍斎貞水編, 岡本和明文)
  ◇「一龍斎貞水の歴史講談 2」フレーベル館 2000 p68
二人の母親
  ◇「〔黒川良人〕犬の詩猫の詩—児童詩集」東洋出版 2000 p117
ふたりのバラ—かあさんの話
  ◇「今江祥智の本 2」理論社 1980 p86
ふたりのぶとうかい
  ◇「筒井敬介童話全集 2」フレーベル館 1984 p99
ふたりの兵隊さん
  ◇「ろくでなしという名のポーリー—もとさこみつる短編童話集」早稲田童話塾 2012 p259
二人の兵隊さん
  ◇「〔北原〕白秋全童謡集 4」岩波書店 1993 p144
ふたりのベンチ
  ◇「阪田寛夫全詩集」理論社 2011 p811
ふたりのぽけっと
  ◇「今江祥智の本 15」理論社 1980 p65
  ◇「今江祥智童話館 〔3〕」理論社 1986 p74
ふたりのモミの木
  ◇「今江祥智の本 15」理論社 1980 p26
  ◇「今江祥智童話館 〔15〕」理論社 1987 p106
ふたりの役人
  ◇「新版・宮沢賢治童話全集 3」岩崎書店 1978 p75
二人の役人
  ◇「新修宮沢賢治全集 9」筑摩書房 1979 p147
二人の洋画家
  ◇「庄野英二全集 9」偕成社 1979 p232
ふたりのヨハン
  ◇「岩永博史童話集 1」岩永博史 2001 p92
二人の留学生
  ◇「椋鳩十の本 31」理論社 1989 p83
ふたりゆうれい
  ◇「〔木暮正夫〕日本のおばけ話・わらい話 18」岩崎書店 1988 p17
ふたりはふたり
  ◇「全集灰谷健次郎の本 14」理論社 1988 p149
  ◇「灰谷健次郎童話館 〔7〕」理論社 1994 p47
淵
  ◇「北彰介作品集 4」青森県児童文学研究会 1991 p298
淵
  ◇「第二〔島木〕赤彦童謡集」第一書店 1948 p93
打(ぶ)ちごま
  ◇「〔金子〕みすゞ詩画集 〔7〕」春陽堂書店 2002 p8
打ち独楽
  ◇「新装版金子みすゞ全集 3」JULA出版局 1984 p168
  ◇「金子みすゞ童謡全集 6」JULA出版局 2004 p58
プチとお散歩
  ◇「〔岡田文正〕短編作品集 ボク, 強い子になりたい」ウインかもがわ, かもがわ出版(発売) 2009 p42
ぶちニャン
  ◇「〔黒川良人〕犬の詩猫の詩—児童詩集」東洋出版 2000 p95
ぶちネコのきもち
  ◇「〔東風琴子〕童話集 2」ストーク 2006 p61
淵の宝珠
  ◇「瑠璃の壺—森銑三童話集」三樹書房 1982 p138
不沈軍艦の見本—金博士シリーズ・10
  ◇「海野十三全集 10」三一書房 1991 p121
払, 字は去塵
  ◇「瑠璃の壺—森銑三童話集」三樹書房 1982 p170
普通列車二等
  ◇「椋鳩十の本 23」理論社 1983 p120
復活祭のたまご

ふつか
　　◇「庄野英二全集 5」偕成社 1980 p151
復活の前
　　◇「新修宮沢賢治全集 14」筑摩書房 1980 p9
仏教の広まりと鬼の暗躍
　　◇〔木暮正夫〕日本の怪奇ばなし 2」岩崎書店
　　　1989 p45
ブック・モビル
　　◇「椋鳩十の本 31」理論社 1989 p197
ブックリスト論
　　◇「今江祥智の本 22」理論社 1981 p47
仏像
　　◇〔土田明子〕ちいさい星―母と子の詩集」らくだ
　　　出版 2002 p62
仏像I
　　◇「全集版灰谷健次郎の本 22」理論社 1988 p70
仏像II
　　◇「全集版灰谷健次郎の本 22」理論社 1988 p73
仏像III
　　◇「全集版灰谷健次郎の本 22」理論社 1988 p77
ブッとなる閣へひり大臣〔資料作品〕
　　◇「全集古田足日子どもの本 2」童心社 1993 p358
ぶつぶついうのはだあれ
　　◇〔神沢利子〕くまの子ウーフの童話集 2」ポプラ
　　　社 2001 p43
ぶつぶつ屋
　　◇「鈴木三重吉童話全集 2」文泉堂書店 1975（日
　　　本文学全集・選集叢刊第5次）p114
ぶっぽうそう
　　◇「川崎大治民話選 〔4〕」童心社 1975 p215
仏法僧
　　◇「戸川幸夫動物文学全集 1」冬樹社 1965 p241
　　◇「戸川幸夫動物文学全集 1」講談社 1976 p262
ブッポウソウのこえ
　　◇〔木暮正夫〕日本のおばけ話・わらい話 10」岩
　　　崎書店 1987 p43
不釣合（獅子の縁談）
　　◇〔巌谷〕小波お伽全集 14」本の友社 1998 p167
筆でだます
　　◇〔山田野理夫〕お笑い文庫 1」太平出版社 1977
　　　（母と子の図書室）p131
筆と墨との黒焼
　　◇「瑠璃の壺―森銑三童集」三樹書房 1982 p164
筆と蝿
　　◇「瑠璃の壺―森銑三童集」三樹書房 1982 p186
ふと
　　◇「まど・みちお全詩集」理論社 1992 p617
　　◇「まどさんの詩の本 6」理論社 1996 p18
フト
　　◇「まど・みちお全詩集 続」理論社 2015 p269
プト
　　◇「まど・みちお全詩集 続」理論社 2015 p67
ふとあるひ
　　◇「まど・みちお全詩集 続」理論社 2015 p270
太い杉の木
　　◇「巽聖歌作品集 上」巽聖歌作品集刊行委員会
　　　1977 p205
ふとい りんごの 木
　　◇「ひろすけ幼年童話文学全集 8」集英社 1961 p28
ぶどう
　　◇〔巌谷〕小波お伽全集 7」本の友社 1998 p425
ぶどう
　　◇「庄野英二全集 4」偕成社 1979 p229
ぶどう
　　◇〔高崎乃理子〕妖精の好きな木―詩集」かど創房
　　　1998 p18
ぶどう
　　◇「与田凖一全集 2」大日本図書 1967 p208
ブドウ
　　◇〔東君平〕おはようどうわ 3」講談社 1982 p172
葡萄
　　◇「巽聖歌作品集 上」巽聖歌作品集刊行委員会
　　　1977 p98
ブドウ液
　　◇「石森延男児童文学全集 11」学習研究社 1971
　　　p277
ぶどう園で
　　◇「佐藤義美童謡集」さ・え・ら書房 1960 p217
　　◇「佐藤義美全集 1」佐藤義美全集刊行会 1974
　　　p235
ぶどうがうれて
　　◇「稗田童平全集 3」宝文館出版 1979 p10
ぶどうがり
　　◇〔東君平〕ひとくち童話 4」フレーベル館 1995
　　　p48
不凍湖―水の繭
　　◇〔伊藤紀子〕雪の皮膚―川柳作品集」伊藤紀子
　　　1999 p69
ぶどう酒の話し声
　　◇「〔下田喜久美〕遠くから来た旅人―詩集」リト
　　　ル・ガリヴァー社 1998 p84
葡萄酒物語
　　◇「北彰介作品集 5」青森県児童文学研究会 1991
　　　p184
ぶどう水
　　◇「新版・宮沢賢治童話全集 1」岩崎書店 1978 p65
葡萄水
　　◇「新修宮沢賢治全集 10」筑摩書房 1979 p251
　　◇「〔宮沢〕賢治童話」翔泳社 1995 p271
　　◇「宮沢賢治20選」春陽堂書店 2008（名作童話）
　　　p304
ブドウづるのかご

ふなの

◇「石森延男児童文学全集 4」学習研究社 1971 p108

ぶどうだなには
◇「巽聖歌作品集 下」巽聖歌作品集刊行委員会 1977 p61

ぶどう棚の四季
◇「土田明子詩集 4」かど創房 1987 p40

ぶどう ちゅるん
◇〔関根栄一〕はしるふじさん―童謡集」小峰書店 1998 p50

ブドウとり
◇〔東君平〕おはようどうわ 5」講談社 1982 p162

ぶどうの木
◇「人魚―北村寿夫童話選集」宝文館 1955 p75

ぶどうの産地
◇〔島崎〕藤村の童話 1」筑摩書房 1979 p148

ブドウのつゆ
◇「まど・みちお詩集 1」銀河社 1975 p10
◇「まど・みちお全詩集」理論社 1992 p466

葡萄の蔓
◇〔北原〕白秋全童謡集 2」岩波書店 1992 p74

ブドウの花の咲くころ
◇〔斎藤信夫〕子ども心を友として―童謡詩集」成東町教育委員会 1996 p180

ぶどう畑
◇「与田準一全集 1」大日本図書 1967 p40

ブドウ畑にて
◇「山本瓔子詩集 I」新風舎 2003 p60

ぶどう畑のこどもたち
◇「二反長半作品集 1」集英社 1979 p20

ぶどうまつり
◇「斎藤喬児童劇選集 〔8〕」牧書店 1955 p76

風土記の神
◇「椋鳩十の本 19」理論社 1982 p209

フトシとサチ
◇「宮口しづえ児童文学集 5」小峰書店 1969 p218
◇「宮口しづえ童話全集 7」筑摩書房 1979 p167

ふとった おじさん
◇「阪田寛夫全詩集」理論社 2011 p341

ふとったきみとやせたぼく
◇「長崎源之助全集 16」偕成社 1988 p7

ふとっちょネズミ
◇〔かこさとし〕お話こんにちは 〔9〕」偕成社 1979 p24

少年進行曲 蹴球(フートボール)
◇〔北原〕白秋全童謡集 5」岩波書店 1993 p90

太らせてもらったジャガイモ
◇「今井誉次郎童話集子どもの村 〔5〕」国土社 1957 p68

ふとりたくないろば

◇「くどうなおこ詩集○」童話屋 1996 p78

ふとれよ、ふとれ
◇〔北原〕白秋全童謡集 2」岩波書店 1992 p379

布団を喰う珍獣 ナキウサギ
◇「戸川幸夫動物文学全集 15」講談社 1977 p198

ふとんかいすいよく
◇「山下明生・童話の島じま 4」あかね書房 2012 p45

ふどんどの朝―和尚さんに根負けした泥棒
◇「春よこいこい―高橋良和こころの童話選集」同朋舎出版 1995 p15

ふとんのゆうれい
◇〔比江島重孝〕宮崎のむかし話 3」鉱脈社 2000 p157

不貪慾戒
◇「新修宮沢賢治全集 2」筑摩書房 1979 p230

鮒
◇「新美南吉全集 6」牧書店 1965 p174
◇「校定新美南吉全集 8」大日本図書 1981 p107

船木
◇〔山田野理夫〕おばけ文庫 6」太平出版社 1976 (母と子の図書室) p135

舟崎克彦
◇「今江祥智の本 21」理論社 1981 p189

船路
◇「壺井栄全集 1」文泉堂出版 1997 p419

フナシトギ
◇〔山田野理夫〕おばけ文庫 5」太平出版社 1976 (母と子の図書室) p56

ふなつり
◇「佐藤義美童謡集」さ・え・ら書房 1960 p244
◇「佐藤義美全集 1」佐藤義美全集刊行会 1974 p258

鮒つり
◇〔北原〕白秋全童謡集 3」岩波書店 1992 p117

ふなとぼく
◇〔関根栄一〕はしるふじさん―童謡集」小峰書店 1998 p12

ブナと弥助
◇〔足立俊〕桃と赤おに」義文社 1998 p102

鮒盗み
◇「巽聖歌作品集 上」巽聖歌作品集刊行委員会 1977 p433

ふなのうた
◇「室生犀星童話全集 2」創林社 1978 p71

ブナの葉とミオ
◇「杉みき子選集 4」新潟日報事業社 2008 p231

ぶなの実
◇「稗田菫平全集 3」宝文館出版 1979 p86

ぶなの森の生命

ふなの

◇「パパとボクとネコ―山口紀代子童謡詩集」音楽舎 2003 p108

ふなのゆめじらせ
◇「松谷みよ子のむかしむかし 9」講談社 1973 p46

舟乗と星
◇「新装版金子みすゞ全集 2」JULA出版局 1984 p139
◇「金子みすゞ童謡集」角川春樹事務所 1998（ハルキ文庫）p18
◇「金子みすゞ童謡全集 3」JULA出版局 2004 p208

舟見町の海岸
◇「巽聖歌作品集 下」巽聖歌作品集刊行委員会 1977 p239

ふな屋
◇「別役実童話集〔1〕」三一書房 1973 p167

船山のごろざえもんとごまのはえ
◇「きつねとチョウとアカヤシオの花―横野幸一童話集」横野幸一, 静岡新聞社（発売）2006 p66

船ゆうれい
◇「川崎大治民話選〔2〕」童心社 1969 p133

船ゆうれい
◇「〔山田野理夫〕おばけ文庫 5」太平出版社 1976（母と子の図書室）p54

船幽霊
◇「庄野英二全集 6」偕成社 1979 p375

船ゆうれいなど
◇「松谷みよ子のむかしむかし 6」講談社 1973 p126

不似合いなもの
◇「〔島崎〕藤村の童話 4」筑摩書房 1979 p57

船
◇「庄野英二全集 6」偕成社 1979 p219

舟を待つまに（岡田泰三）
◇「岡田泰三・日下部梅子童謡集」会津童詩会 1992 p45

ふねから おりたら どうなるか
◇「佐藤義美全集 4」佐藤義美全集刊行会 1974 p367

船できたゾウ
◇「定本井栄児童文学全集 4」講談社 1980 p154

船できた象
◇「壺井栄全集 10」文泉堂出版 1998 p162

船でついた町
◇「定本小川未明童話全集 6」講談社 1977 p347
◇「定本小川未明童話全集 6」大空社 2001 p347

船の家
◇「岡本良雄童話文学全集 1」講談社 1964 p57

船のいろいろ
◇「巽聖歌作品集 下」巽聖歌作品集刊行委員会 1977 p99

舟の唄
◇「新装版金子みすゞ全集 3」JULA出版局 1984 p36
◇「金子みすゞ童謡全集 5」JULA出版局 2004 p54

舟のお家
◇「新装版金子みすゞ全集 2」JULA出版局 1984 p39
◇「金子みすゞ童謡全集 3」JULA出版局 2004 p64

船のおはなし
◇「〔北原〕白秋全童謡集 2」岩波書店 1992 p452

舟の尻の草花
◇「健太と大天狗―片山貞一創作童話集」あさを社 2007 p172

船の中の角力とり
◇「二反長半作品集 3」集英社 1979 p167

船の猫
◇「西條八十童謡全集」修道社 1971 p340

船の破片に残る話
◇「定本小川未明童話全集 12」講談社 1977 p338
◇「定本小川未明童話全集 12」大空社 2002 p338

船の昼
◇「佐藤義美全集 1」佐藤義美全集刊行会 1974 p59

ふねのわたしちん
◇「〔木暮正夫〕日本のおばけ話・わらい話 9」岩崎書店 1987 p9

船はまだかよ
◇「サトウハチロー童謡集」弥生書房 1977 p72

プーのしっぽパタパタ
◇「松谷みよ子全集 7」講談社 1971 p36

ブーフーウー―三びきのこぶたのおはなし
◇「いいざわただす・おはなしの本 2」理論社 1977 p4

ふぶき
◇「石森延男児童文学全集 11」学習研究社 1971 p90

〔吹雪がゞやくなかにして〕
◇「新修宮沢賢治全集 6」筑摩書房 1980 p54
◇「新修宮沢賢治全集 6」筑摩書房 1980 p359

ふぶきと たたかう
◇「佐藤義美童謡集」さ・え・ら書房 1960 p238
◇「佐藤義美全集 1」佐藤義美全集刊行会 1974 p255

吹雪の一夜
◇「花岡大学童話文学全集 5」法蔵館 1980 p156

ふぶきのお客
◇「〔かこさとし〕お話こんにちは〔10〕」偕成社 1980 p121

吹雪の中のキリスト
◇「魂の配達―野村吉哉作品集」草思社 1983 p48

ふぶきの中のはと
◇「椋鳩十の本 32」理論社 1989 p54

吹雪の中のハト
　◇「椋鳩十全集 8」ポプラ社 1969 p42
ふぶきのばん
　◇「佐藤一英「童話・童謡集」」一宮市立萩原小学校 2003 p35
吹雪の晩
　◇〔北原〕白秋全童謡集 1」岩波書店 1992 p278
ふぶきの日の雪女
　◇〔〔かこさとし〕お話こんにちは 〔11〕」偕成社 1980 p80
吹雪の村
　◇「武田亜公童話集 2」秋田文化出版社 1978 p7
吹雪の夜
　◇「与田凖一全集 1」大日本図書 1967 p76
吹雪の夜の往診
　◇「岩永博史童話集 2」岩永博史 2005 p148
ぶぶちゃんのうた
　◇「佐藤義美全集 1」佐藤義美全集刊行会 1974 p304
ふふーん
　◇「〔坪井安〕はしれ子馬よ―童謡詩集」童謡研究・蜂の会 1999 p67
フフンなるほどなぜなぜ話
　◇「〔木暮正夫〕日本のおばけ話・わらい話 14」岩崎書店 1987
武平だいじん
　◇「今井誉次郎童話集子どもの村 〔4〕」国土社 1957 p110
ふへいの町
　◇「与田凖一全集 4」大日本図書 1967 p196
父母（二首）
　◇「稗田菫平全集 4」宝文館出版 1980 p30
父母の家
　◇「庄野英二全集 9」偕成社 1979 p315
ふまれても
　◇「〔斎藤信夫〕子ども心を友として―童謡詩集」成東町教育委員会 1996 p204
不満
　◇「星新一YAセレクション 2」理論社 2008 p173
踏絵
　◇「斎藤隆介全集 4」岩崎書店 1982 p152
ふみきり
　◇「佐藤一英「童話・童謡集」」一宮市立萩原小学校 2003 p38
踏切
　◇「新装版金子みすゞ全集 3」JULA出版局 1984 p50
　◇「金子みすゞ童謡全集 5」JULA出版局 2004 p70
踏切
　◇「〔北原〕白秋全童謡集 3」岩波書店 1992 p91

ふみきり番のせんたじいさん
　◇「岡本良雄童話文学全集 2」講談社 1964 p68
ふみ子さんの大はっけん
　◇「岡本良雄童話文学全集 3」講談社 1964 p258
ふみこのおともだち
　◇「三木卓童話作品集 1」大日本図書 2000 p32
ふみつぶされた商人
　◇「花岡大学仏典童話全集 2」法蔵館 1979 p101
ブーム ブーム
　◇「〔北原〕白秋全童謡集 2」岩波書店 1992 p257
不滅の定律
　◇「今西祐行全集 15」偕成社 1989 p14
ブーメラン帽子
　◇「健太と大天狗―片山貞一創作童話集」あさを社 2007 p63
プーもてがみをかいて そして…
　◇「松谷みよ子全集 13」講談社 1972 p50
ふゆ
　◇「〔鈴木桂子〕親子で語り合う詩集 2」クロスロード 1999 p28
冬
　◇「朔太郎少年の詩―木村和夫童話集」沖積舎 1998 p72
冬
　◇「巽聖歌作品集 上」巽聖歌作品集刊行委員会 1977 p139
冬
　◇「新美南吉全集 6」牧書店 1965 p192
冬
　◇「稗田菫平全集 2」宝文館出版 1979 p66
冬
　◇「新修宮沢賢治全集 3」筑摩書房 1979 p210
　◇「新修宮沢賢治全集 3」筑摩書房 1979 p391
　◇「ジュニア文学館 宮沢賢治―写真・絵画集成 3」日本図書センター 1996 p124
冬
　◇「椋鳩十の本 1」理論社 1982 p47
冬
　◇「室生犀星童話全集 2」創林社 1978 p94
冬―板柳附近
　◇「北彰介作品集 4」青森県児童文学研究会 1991 p253
ふゆうのうしさん
　◇「阪田寛夫全詩集」理論社 2011 p321
冬海を越える船
　◇「北彰介作品集 4」青森県児童文学研究会 1991 p136
冬をしのぐ花
　◇「北川千代児童文学全集 下」講談社 1967 p280
冬斧（二首）

ふゆか

◇「稗田菫平全集 4」宝文館出版 1980 p23

ふゆがくる
◇「〔東君平〕おはようどうわ 6」講談社 1982 p168

冬から春へ（日下部梅子）
◇「岡田泰三・日下部梅子童謡集」会津童詩会 1992 p132

冬枯れ
◇「〔巖谷〕小波お伽全集 7」本の友社 1998 p413

冬きたりなば
◇「星新一ちょっと長めのショートショート 7」理論社 2006 p176

冬衣帖
◇「稗田菫平全集 8」宝文館出版 1982 p56

冬ごもりの生きもの
◇「赤座憲久少年詩集シリーズ 1」じゃこめてい出版 1977 p20

冬ごもりのブク＜一まく　童話劇＞
◇「〔斎田喬〕学校劇代表作選 2」牧書店 1959 p7

冬子I
◇「今江祥智の本 21」理論社 1981 p353

冬子II
◇「今江祥智の本 21」理論社 1981 p381

ふゆじたく
◇「〔東君平〕おはようどうわ 7」講談社 1982 p184
◇「東君平のおはようどうわ 3」新日本出版社 2010 p75

ふゆじたく
◇「いのち―みずかみかずよ全詩集」石風社 1995 p164

冬田
◇「巽聖歌作品集 上」巽聖歌作品集刊行委員会 1977 p23

冬ちかき北方
◇「北彰介作品集 4」青森県児童文学研究会 1991 p290

冬近く（岡田泰三）
◇「岡田泰三・日下部梅子童謡集」会津童詩会 1992 p38

冬と銀河ステーション
◇「新修宮沢賢治全集 2」筑摩書房 1979 p268
◇「ジュニア文学館 宮沢賢治―写真・絵画集成 3」日本図書センター 1996 p83

冬とグライダー
◇「佐藤義美童謡集」さ・え・ら書房 1960 p260
◇「佐藤義美全集 1」佐藤義美全集刊行会 1974 p271

冬と裸
◇「稗田菫平全集 7」宝文館出版 1981 p187

冬に生まれて
◇「杉みき子選集 10」新潟日報事業社 2011 p117

ふゆのあさ
◇「いのち―みずかみかずよ全詩集」石風社 1995 p171

冬の朝
◇「おはなしの森―きはらみちこ童話集」熊本日日新聞情報文化センター 1999 p34

冬の朝
◇「校定新美南吉全集 8」大日本図書 1981 p389

冬の朝
◇「いのち―みずかみかずよ全詩集」石風社 1995 p168

冬の朝市
◇「〔高橋一仁〕春のニシン場―童謡詩集」けやき書房 2003 p114

冬の朝の唄
◇「西條八十童謡全集」修道社 1971 p109

冬の雨
◇「新装版金子みすゞ全集 3」JULA出版局 1984 p274
◇「金子みすゞ童謡集」角川春樹事務所 1998（ハルキ文庫）p196
◇「金子みすゞ童謡全集 6」JULA出版局 2004 p198

冬の雨
◇「浜田広介全集 11」集英社 1976 p16

ふゆのいけ
◇「浜田広介全集 4」集英社 1976 p31

冬の苺
◇「椋鳩十の本 18」理論社 1982 p158

冬の鵜
◇「赤座憲久少年詩集シリーズ 1」じゃこめてい出版 1977 p32

冬のうぐいす
◇「人魚―北村寿夫童話選集」宝文館 1955 p51

冬の歌
◇「佐藤義美全集 1」佐藤義美全集刊行会 1974 p304

冬の海
◇「稗田菫平全集 8」宝文館出版 1982 p124

冬の海から
◇「杉みき子選集 6」新潟日報事業社 2009 p241

冬の絵本
◇「北彰介作品集 1」青森県児童文学研究会 1990 p135

冬の贈り物
◇「〔島崎〕藤村の童話 2」筑摩書房 1979 p130

ふゆの おしらせ
◇「まど・みちお全詩集」理論社 1992 p128
◇「まどさんの詩の本 15」理論社 1997 p28

冬のおとずれ
◇「杉みき子選集 3」新潟日報事業社 2006 p9

冬のおんがく

◇「まど・みちお全詩集 続」理論社 2015 p419
冬の顔
　◇「室生犀星童話全集 2」創林社 1978 p65
冬のかき氷―動物村のレスキューたい
　◇「ひとしずくのなみだ―宮下木花11歳童話集」銀の鈴社 2006（小さな鈴シリーズ）p72
冬の神
　◇〔巌谷〕小波お伽全集 9」本の友社 1998 p149
冬の神々
　◇「北彰介作品集 4」青森県児童文学研究会 1991 p123
冬の神さま
　◇「北彰介作品集 1」青森県児童文学研究会 1990 p140
冬のかみなり＜一まく　童話劇＞
　◇「〔斎田喬〕学校劇代表作選 2」牧書店 1959 p43
冬のかみなり（童話劇）
　◇「斎田喬幼年劇全集 3」誠文堂新光社 1962 p489
冬の岸壁
　◇「稗田童平全集 1」宝文館出版 1978 p147
冬の木
　◇「杉みき子選集 10」新潟日報事業社 2011 p74
冬の孔雀〈Ｄ・Ｈ・ローレンス〉
　◇「校定新美南吉全集 9」大日本図書 1981 p398
冬の果物
　◇「椋鳩十の本 23」理論社 1983 p196
冬のこい
　◇「花岡大学童話文学全集 1」法蔵館 1980 p220
冬の声
　◇「巽聖歌作品集 上」巽聖歌作品集刊行委員会 1977 p43
冬の午後
　◇「まど・みちお全詩集」理論社 1992 p65
冬の木立
　◇「定本小川未明童話集 3」講談社 1977 p408
　◇「定本小川未明童話集 3」大空社 2001 p408
冬の小太郎
　◇「浜田広介全集 11」集英社 1976 p192
冬のご馳走
　◇「全集版灰谷健次郎の本 19」理論社 1987 p220
冬のこわい妖怪話
　◇「〔かこさとし〕お話こんにちは　〔11〕」偕成社 1980 p40
冬の最後の日暮に
　◇「校定新美南吉全集 8」大日本図書 1981 p425
冬の最後の日暮れに
　◇「新美南吉全集 6」牧書店 1965 p200
「冬のスケッチ」
　◇「新修宮沢賢治全集 7」筑摩書房 1980 p3
冬のスケッチ
　◇「新修宮沢賢治全集 7」筑摩書房 1980 p5
「冬のスケッチ」〔終形〕
　◇「新修宮沢賢治全集 7」筑摩書房 1980 p378
〔冬のスケッチ　補遺〕
　◇「新修宮沢賢治全集 7」筑摩書房 1980 p80
冬の諏訪湖
　◇「中村雨紅詩謡集」中村雨紅詩謡集刊行委員会 1971 p165
「冬の旅へ」清水高範著
　◇「稗田童平全集 6」宝文館出版 1981 p140
冬のちょう
　◇「定本小川未明童話全集 10」講談社 1977 p185
　◇「定本小川未明童話全集 10」大空社 2001 p185
冬の蝶
　◇「星新一ＹＡセレクション 2」理論社 2008 p82
冬の津軽海峡に立ちて
　◇「巽聖歌作品集 下」巽聖歌作品集刊行委員会 1977 p297
冬の月
　◇「椋鳩十の本 1」理論社 1982 p48
冬の蝿
　◇「北彰介作品集 4」青森県児童文学研究会 1991 p113
冬の蝿のうた 一
　◇「室生犀星童話全集 2」創林社 1978 p73
冬の蝿のうた 二
　◇「室生犀星童話全集 2」創林社 1978 p74
冬の鳩
　◇「北彰介作品集 4」青森県児童文学研究会 1991 p143
冬の花
　◇「〔かこさとし〕お話こんにちは　〔9〕」偕成社 1979 p56
冬の花
　◇「阪田寛夫全詩集」理論社 2011 p449
冬の林
　◇「椋鳩十の本 20」理論社 1983 p190
ふゆの日
　◇「地球のかぞく―石原一輝童謡詩集」群青社 2001 p40
冬の日（岡田泰三）
　◇「岡田泰三・日下部梅子童謡集」会津童詩会 1992 p9
冬の日
　◇「〔北原〕白秋全童謡集 2」岩波書店 1992 p356
冬の日
　◇「野口雨情童謡集」弥生書房 1993 p40
冬の光
　◇「今江祥智の本 9」理論社 1981 p5
冬の雲雀

ふゆの

ふゆの
　◇「巽聖歌作品集 下」巽聖歌作品集刊行委員会
　　1977 p215

ふゆの ふじさん
　◇「平塚武二童話全集 2」童心社 1972 p88

ブユのブユーでん
　◇「まど・みちお全詩集 続」理論社 2015 p140

冬の部屋
　◇「今江祥智の本 12」理論社 1980 p113

冬の星
　◇「新装版金子みすゞ全集 3」JULA出版局 1984
　　p100
　◇「金子みすゞ童謡集」角川春樹事務所 1998（ハル
　　キ文庫）p194
　◇「金子みすゞ童謡全集 5」JULA出版局 2004
　　p134

冬の星空
　◇「〔永田允子〕わすれな草―童話集」講談社出版
　　サービスセンター 1997 p7

随筆集 冬の祭り
　◇「今西祐行全集 15」偕成社 1989

冬の祭り
　◇「今西祐行全集 15」偕成社 1989 p232

冬の簔虫
　◇「浜田広介全集 11」集英社 1976 p47

冬のみやげ
　◇「〔島崎〕藤村の童話 3」筑摩書房 1979 p171

冬の山山
　◇「赤座憲久少年詩集シリーズ 1」じゃこめてい出
　　版 1977 p15

冬の夕暮
　◇「中村雨紅詩謡集」中村雨紅詩謡集刊行委員会
　　1971 p178

冬の夜
　◇「佐藤一英「童話・童謡集」」一宮市立萩原小学校
　　2003 p33

冬ノ夜
　◇「巽聖歌作品集 上」巽聖歌作品集刊行委員会
　　1977 p148

冬の夜空
　◇「赤座憲久少年詩集シリーズ 1」じゃこめてい出
　　版 1977 p17

冬の夜の想い
　◇「北彰介作品集 4」青森県児童文学研究会 1991
　　p130

フユノヨル
　◇「まど・みちお全詩集」理論社 1992 p82

冬（八句）
　◇「稗田菫平全集 4」宝文館出版 1980 p400

ふゆはる
　◇「〔車君平〕おけようどうわ 4」講談社 1982 p30

冬陽（四首）

　◇「稗田菫平全集 4」宝文館出版 1980 p34

冬休み
　◇「庄野英二全集 11」偕成社 1980 p330

冬〈A〉
　◇「校定新美南吉全集 8」大日本図書 1981 p392

冬〈B〉
　◇「校定新美南吉全集 8」大日本図書 1981 p396

冬〈C〉
　◇「校定新美南吉全集 8」大日本図書 1981 p457

ぷよ
　◇「国分一太郎児童文学集 6」小峰書店 1967 p137

ぷよ
　◇「〔島崎〕藤村の童話 2」筑摩書房 1979 p63

芙蓉
　◇「壺井栄全集 4」文泉堂出版 1998 p489

不用意な大人たち
　◇「浜田広介全集 12」集英社 1976 p216

フヨウの花
　◇「椋鳩十全集 26」ポプラ社 1981 p152

ふらいぱんじいさん
　◇「神沢利子コレクション 2」あかね書房 1994 p55
　◇「神沢利子コレクション・普及版 2」あかね書房
　　2005 p55
　◇「神沢利子のおはなしの時間 4」ポプラ社 2011
　　p5

部落のニコヨン 佐藤シズ（京都府）
　◇「斎藤隆介全集 11」岩崎書店 1982 p143

ぶらさがり
　◇「阪田寛夫全集」理論社 2011 p857

ブラジルへ
　◇「今西祐行全集 4」偕成社 1987 p139

ブラジルからのおみやげばなし（再話）
　◇「〔みずきえり〕童話集 ビープ」日本文学館 2008
　　p127

ブラジルの友へ
　◇「佐藤義美童謡集」さ・え・ら書房 1960 p265
　◇「佐藤義美全集 1」佐藤義美全集刊行会 1974
　　p276

ブラジルの人魚（童話）
　◇「稗田菫平全集 8」宝文館出版 1982 p203

プラスチックの椅子作り―コトブキの塚原幹
輝さん
　◇「斎藤隆介全集 10」岩崎書店 1982 p173

プラタナス
　◇「〔高橋一仁〕春のニシン場―童謡詩集」けやき書
　　房 2003 p140

プラタナスのおちば
　◇「今西祐行絵ぶんこ 7」あすなろ書房 1985 p43
　◇「今西祐行全集 2」偕成社 1987 p145

プラタナスの木

◇「立原えりかのファンタジーランド 14」青土社 1980 p29

プラタナスの木の上で
◇「大石真児童文学全集 10」ポプラ社 1982 p185

ブラッシの うた
◇「まど・みちお全詩集」理論社 1992 p175

プラットフォーム
◇「与田凖一全集 3」大日本図書 1967 p213

〔プラットフォームは眩ゆくさむく〕
◇「新修宮沢賢治全集 4」筑摩書房 1979 p44
◇「新修宮沢賢治全集 4」筑摩書房 1979 p312

プラットホーム
◇「〔永松康男〕童話集 青いマント」永松康男 2012 p123

フラ・フープ
◇「巽聖歌作品集 下」巽聖歌作品集刊行委員会 1977 p126

ぶらぶら爺さん
◇「〔北原〕白秋全童謡集 4」岩波書店 1993 p275

ブラブラしている
◇「柳家弁天」らくご文庫 10」太平出版社 1987 p89

ブラブラにはひげがある
◇「長崎源之助全集 16」偕成社 1988 p165

ブラームス
◇「〔かこさとし〕お話こんにちは 〔2〕」偕成社 1979 p38

ブラームスの子守歌
◇「かもめの水兵さん―武内俊子伝記と作品集」講談社出版サービスセンター 1977 p163

ぶらりひょうたん
◇「浜田広介全集 3」集英社 1975 p56

ふられる日々
◇「くんぺい魔法ばなし―魔法ばなし全集 2」サンリオ 2000 p118

ぶらんこ
◇「新装版金子みすゞ全集 2」JULA出版局 1984 p229
◇「金子みすゞ童謡全集 4」JULA出版局 2004 p126

ぶらんこ
◇「佐藤義美全集 1」佐藤義美全集刊行会 1974 p463
◇「佐藤義美全集 4」佐藤義美全集刊行会 1974 p246

ぶらんこ
◇「おはなしいっぱい―祐成智美童謡詩集」リーブル 1997 p18

ぶらんこ
◇「まど・みちお詩集 6」銀河社 1975 p54
◇「まど・みちお全詩集」理論社 1992 p504

◇「まどさんの詩の本 4」理論社 1994 p26

ブランコ
◇「こやま峰子詩集 〔2〕」朔北社 2003 p12

ブランコ
◇「阪田寛夫全詩集」理論社 2011 p491

ぶらんこのり
◇「佐藤義美全集 3」佐藤義美全集刊行会 1973 p407

ぶらんこは ギーチラコ
◇「北国翔子童話集 1」青森県児童文学研究会 2000 p14

フランシス上人と雀
◇「〔北原〕白秋全童謡集 2」岩波書店 1992 p236

フランシス＝W＝アストン
◇「〔かこさとし〕お話こんにちは 〔6〕」偕成社 1979 p20

ふらんす
◇「おの・ちゅうこう初期作品集 〔1〕 牧歌的風景」嵩書房 1975 p113

フランスのいなか
◇「〔島崎〕藤村の童話 1」筑摩書房 1979 p131
◇「〔島崎〕藤村の童話 1」筑摩書房 1979 p133

フランスのどろ
◇「西條八十の童話と童謡」小学館 1981 p14

フランスの港
◇「〔島崎〕藤村の童話 1」筑摩書房 1979 p61
◇「〔島崎〕藤村の童話 1」筑摩書房 1979 p63

フランス美術と私
◇「椋鳩十の本 28」理論社 1989 p75

フランツ＝カフカ
◇「〔かこさとし〕お話こんにちは 〔4〕」偕成社 1979 p20

フランツ＝J＝ハイドン
◇「〔かこさとし〕お話こんにちは 〔12〕」偕成社 1980 p125

フランドン農学校のぶた
◇「新版・宮沢賢治童話全集 8」岩崎書店 1978 p83

フランドン農学校の豚
◇「新修宮沢賢治全集 11」筑摩書房 1979 p249
◇「〔宮沢〕賢治童話」翔泳社 1995 p188
◇「よくわかる宮沢賢治―イーハトーブ・ロマン I」学習研究社 1996 p306

フランドン農学校の豚〔初期形〕
◇「新修宮沢賢治全集 11」筑摩書房 1979 p291

ふりおとしていく
◇「いのち―みずかみかずよ全詩集」石風社 1995 p104

（ふり返ると）
◇「稗田童平全集 2」宝文館出版 1979 p111

ブリキの緒
◇「椋鳩十全集 12」ポプラ社 1970 p191

作品名から引ける日本児童文学個人全集案内　761

ふりき

ブリキのツキ
　◇「椋鳩十の本 15」理論社 1982 p226
　◇「阪田寛夫全詩集」理論社 2011 p265

ふり子
　◇「金子みすゞ童謡全集 4」JULA出版局 2004 p102

振子
　◇「新装版金子みすゞ全集 2」JULA出版局 1984 p215

ふりこめサギ
　◇「ひとしずくのなみだ―宮下木花11歳童話集」銀の鈴社 2006（小さな鈴シリーズ）p58

フリージア
　◇「〔東君平〕おはようどうわ 8」講談社 1982 p70
　◇「東君平のおはようどうわ 5」新日本出版社 2010 p31

フリージアの花たば
　◇「いのち―みずかみかずよ全詩集」石風社 1995 p439

フリージャ
　◇「土田明子詩集 4」かど創房 1987 p18

振袖と野良着
　◇「壺井栄全集 4」文泉堂出版 1998 p272

ブリッジ
　◇「庄野英二全集 4」偕成社 1979 p199

フリッツ＝プレーゲル
　◇「〔かこさとし〕お話こんにちは 〔6〕」偕成社 1979 p34

ぷりぷりぼうのおこりんぼう
　◇「椋鳩十の本 26」理論社 1989 p276
　◇「椋鳩十学年別童話 〔1〕」理論社 1990 p18

ふりやのロロフ
　◇「太田博也童話集 4」小山書林 2008 p91

「不良少女とよばれて」
　◇「全集灰谷健次郎の本 21」理論社 1988 p276

フリラの花
　◇「斎藤隆介全集 4」岩崎書店 1982 p43

フリル
　◇「〔吉田享子〕おしゃべりな星―少年少女詩集」らくだ出版 2001 p7

プリンのうた
　◇「〔斎藤信夫〕子ども心を友として―童謡詩集」成東町教育委員会 1996 p264

プール
　◇「庄野英二全集 11」偕成社 1980 p336

〔降る雨はふるし〕
　◇「新修宮沢賢治全集 5」筑摩書房 1979 p72

古い池
　◇「〔島崎〕藤村の童話 4」筑摩書房 1979 p50

古い衣装箱
　◇「立原えりかのファンタジーランド 7」青土社 1980 p7

古家
　◇「〔吉田享子〕おしゃべりな星―少年少女詩集」らくだ出版 2001 p54

古い絵本
　◇「小出正吾児童文学全集 1」審美社 2000 p139

ふるいお寺
　◇「佐藤一英「童話・童謡集」」一宮市立萩原小学校 2003 p36

ふるいオルガン
　◇「岩永博史童話集 1」岩永博史 2001 p72

古いオルガン
　◇「石森延男児童文学全集 5」学習研究社 1971 p224

古い貝がら
　◇「佐藤義美全集 2」佐藤義美全集刊行会 1973 p155
　◇「佐藤義美全集 4」佐藤義美全集刊行会 1974 p290

古い階段室
　◇「佐藤義美全集 1」佐藤義美全集刊行会 1974 p37

古い体
　◇「佐藤義美全集 1」佐藤義美全集刊行会 1974 p29

古い木まくら
　◇「川崎大治民話選 〔3〕」童心社 1971 p132

古い教科書
　◇「国分一太郎児童文学集 1」小峰書店 1967 p121

古いくぬぎの木
　◇「春よこいこい―高橋良和こころの童話選集」同朋舎出版 1995 p68

ふるい魚
　◇「椋鳩十の本 19」理論社 1982 p187

古い桜の木
　◇「定本小川未明童話全集 8」講談社 1977 p175
　◇「定本小川未明童話全集 8」大空社 2001 p175

旧い借金
　◇「瑠璃の壺―森銑三童話集」三樹書房 1982 p174

古いシラカバの木
　◇「立原えりか作品集 2」思潮社 1972 p51
　◇「立原えりかのファンタジーランド 16」青土社 1981 p41

〔古い聖歌と〕
　◇「新修宮沢賢治全集 4」筑摩書房 1979 p195

古い世界地図
　◇「校定新美南吉全集 8」大日本図書 1981 p286

古い茶わん
　◇「〔島崎〕藤村の童話 4」筑摩書房 1979 p160

古い壺
　◇「阪田寛夫全詩集」理論社 2011 p219
　◇「阪田寛夫全詩集」理論社 2011 p572

ふるさ

古いてさげかご
- ◇「定本小川未明童話全集 11」講談社 1977 p55
- ◇「定本小川未明童話全集 11」大空社 2002 p55

古井戸
- ◇「くんぺい魔法ばなし―魔法ばなし全集 1」サンリオ 2000 p80

古い塔の上へ
- ◇「定本小川未明童話全集 8」講談社 1977 p85
- ◇「定本小川未明童話全集 8」大空社 2001 p85

古い時計
- ◇「〔島崎〕藤村の童話 3」筑摩書房 1979 p213

「古井戸」の作者のこと
- ◇「海野十三全集 別巻1」三一書房 1991 p366

古い日記を読みて
- ◇「おの・ちゅうこう初期作品集〔1〕牧歌的風景」崙書房 1975 p102

古いはさみ
- ◇「定本小川未明童話全集 10」講談社 1977 p20
- ◇「定本小川未明童話全集 10」大空社 2001 p20

古い橋
- ◇「椋鳩十の本 22」理論社 1983 p198

ふるいばしゃ
- ◇「新美南吉全集 1」牧書店 1965 p141
- ◇「新美南吉童話集 1」大日本図書 1982 p173
- ◇「新美南吉童話大全」講談社 1989 p330
- ◇「新美南吉童話集 1」大日本図書 2012 p173

フルイ バシヤ
- ◇「校定新美南吉全集 4」大日本図書 1980 p308

ふるいハチのす
- ◇「〔東君平〕おはようどうわ 5」講談社 1982 p94

古いパレット
- ◇「石森延男児童文学全集 15」学習研究社 1971 p206

古い武家屋敷のある町で
- ◇「横山健童謡選集 2」無明舎出版 1995 p40

古い港
- ◇「西條八十童謡全集」修道社 1971 p86
- ◇「西條八十童話集」小学館 1983 p413

古い村
- ◇「椋鳩十の本 1」理論社 1982 p70

古い館
- ◇「稗田童平全集 1」宝文館出版 1978 p57

ふるかね
- ◇「寺村輝夫のむかし話〔5〕」あかね書房 1978 p49

プールがよひ
- ◇「〔北原〕白秋全童謡集 3」岩波書店 1992 p103

温故知新(ふるきをたづねてあたらしきをしる)
- ◇「〔巖谷〕小波お伽全集 14」本の友社 1998 p278

〔古き勾当貞斎が〕
- ◇「新修宮沢賢治全集 6」筑摩書房 1980 p122
- ◇「新修宮沢賢治全集 6」筑摩書房 1980 p394

古木の梅
- ◇「巽聖歌作品集 上」巽聖歌作品集刊行委員会 1977 p524

古着屋の亭主
- ◇「〔島崎〕藤村の童話 4」筑摩書房 1979 p95

古銀貨
- ◇「西條八十童謡全集」修道社 1971 p150

ふるぐつホテル
- ◇「小出正吾児童文学全集 1」審美社 2000 p49

古校舎をおもう
- ◇「新版・宮沢賢治童話全集 12」岩崎書店 1979 p45

ふるさと
- ◇「石森延男児童文学全集 15」学習研究社 1971 p164

ふるさと(岡田泰三)
- ◇「岡田泰三・日下部梅子童謡集」会津童詩会 1992 p124

ふるさと
- ◇「定本小川未明童話全集 6」講談社 1977 p279
- ◇「定本小川未明童話全集 6」大空社 2001 p279

ふるさと
- ◇「〔島崎〕藤村の童話 2」筑摩書房 1979 p1

(ふるさと)
- ◇「稗田童平全集 8」宝文館出版 1982 p109

ふるさと
- ◇「稗田童平全集 1」宝文館出版 1978 p96

故郷(ふるさと)… → "こきょう…"をも見よ

故郷
- ◇「中村雨紅詩謡集」中村雨紅詩謡集刊行委員会 1971 p179

故里
- ◇「土田耕平童話集〔3〕」古今書院 1955 p30

ふるさとへ
- ◇「いのち―みずかみかずよ全詩集」石風社 1995 p424

ふるさとを語つて
- ◇「おの・ちゅうこう初期作品集〔2〕日本の教室は明るい」崙書房 1975 p69

ふる里と母と
- ◇「中村雨紅詩謡集」中村雨紅詩謡集刊行委員会 1971 p157

ふるさとにて
- ◇「壺井栄全集 11」文泉堂出版 1998 p26

(故さとの)
- ◇「稗田童平全集 8」宝文館出版 1982 p66

ふるさとの味
- ◇「椋鳩十の本 23」理論社 1983 p256

ふるさ

ふるさとのうた
　◇「椋鳩十の本 23」理論社 1983 p264

ふるさとの歌
　◇「巽聖歌作品集 上」巽聖歌作品集刊行委員会 1977 p190

ふるさとのうたと祭り
　◇「椋鳩十の本 23」理論社 1983 p263

ふるさとのことば
　◇「〔島崎〕藤村の童話 2」筑摩書房 1979 p70

ふるさとのにおい
　◇「定本壺井栄児童文学全集 1」講談社 1979 p232

ふるさとの林の歌
　◇「定本小川未明童話全集 2」講談社 1976 p374
　◇「定本小川未明童話全集 2」大空社 2001 p374

ふるさとの町
　◇「花岡大学 続・仏典童話全集 2」法蔵館 1981 p168

ふるさとの祭り
　◇「椋鳩十の本 23」理論社 1983 p273

ふるさと変化
　◇「全集古田足日子どもの本 3」童心社 1993 p414

ふるさともとめて花いちもんめ
　◇「今江祥智の本 18」理論社 1981 p80
　◇「今江祥智童話館 〔7〕」理論社 1986 p32

ふるさと物語を終わりて
　◇「〔島崎〕藤村の童話 2」筑摩書房 1979 p161

故郷は遠きにありて
　◇「富島健夫青春文学選集 8」集英社 1971 p5

ふるさとは古いお砂糖
　◇「阪田寛夫全詩集」理論社 2011 p896

ブルージェイも青い鳥
　◇「かとうみつこ童話集 1」東京図書出版会, リフレ出版 (発売) 2003 p73

古障子
　◇「〔斎藤信夫〕子ども心を友として―童謡詩集」成東町教育委員会 1996 p44

ふるす
　◇「椋鳩十の本 10」理論社 1982 p233
　◇「椋鳩十学年別童話 〔12〕」理論社 1995 p106
　◇「椋鳩十まるごと動物ものがたり 10」理論社 1995 p44
　◇「椋鳩十名作選 6」理論社 2014 p129

古巣
　◇「定本小川未明童話全集 3」講談社 1977 p400
　◇「定本小川未明童話全集 3」大空社 2001 p400

古巣
　◇「椋鳩十全集 1」ポプラ社 1969 p210

古巣に帰るまで
　◇「定本小川未明童話全集 8」講談社 1977 p429
　◇「定本小川未明童話全集 8」大空社 2001 p429

ふるそま
　◇「〔山田野理夫〕おばけ文庫 2」太平出版社 1976 (母と子の図書室) p19

古田足日Ⅰ
　◇「今江祥智の本 21」理論社 1981 p155

古田足日Ⅱ
　◇「今江祥智の本 21」理論社 1981 p160

フルーツ王国物語
　◇「〔かこさとし〕お話こんにちは 〔10〕」偕成社 1980 p96

ブルッとこわいおばけの話
　◇「〔木暮正夫〕日本のおばけ話・わらい話 2」岩崎書店 1986

フルーツポンチ はいできあがり
　◇「角野栄子の小さなおばけシリーズ 〔12〕」ポプラ社 1983 p1

古寺の化けもの
　◇「浜田広介全集 9」集英社 1976 p194

古時計
　◇「土田耕平童話集」信濃毎日新聞社 1949 p184
　◇「土田耕平童話集 〔3〕」古今書院 1955 p79

ブルドック
　◇「〔北原〕白秋全童謡集 3」岩波書店 1992 p389

フルートと子ねこちゃん
　◇「今江祥智の本 12」理論社 1980 p149
　◇「今江祥智童話館 〔9〕」理論社 1987 p187

プールナの心
　◇「花岡大学 続・仏典童話全集 2」法蔵館 1981 p34

古女房
　◇「校定新美南吉全集 7」大日本図書 1980 p196

ふるびた水道のせんのうた
　◇「与田準一全集 1」大日本図書 1967 p176

〔古びた水いろの薄明穹のなかに〕
　◇「新修宮沢賢治全集 4」筑摩書房 1979 p236
　◇「ジュニア文学館 宮沢賢治―写真・絵画集成 3」日本図書センター 1996 p150

ぷるぷる！ カスタードプリンをめしあがれ！
　◇「いちばん大切な願いごと―宮下木花12歳童話集」銀の鈴社 2007 (小さな鈴シリーズ) p62

ふる ふる ふるさと
　◇「やなせたかし童謡詩集 〔2〕」フレーベル館 2000 p92

ふるぽけたつぼ
　◇「花岡大学仏典童話全集 4」法蔵館 1979 p157

古みの・古かさ・古げた
　◇「〔山田野理夫〕おばけ文庫 1」太平出版社 1976 (母と子の図書室) p31

古明神とご神木
　◇「〔古坂柳二〕りゅうじフォークロア・world 6」ふるさと伝承研究会 2012 p155

古屋酔紅

ふるやのもり
　◇「氏原大作全集 4」条例出版 1977 p395
ふるやのもり
　◇「〔木暮正夫〕日本のおばけ話・わらい話 4」岩崎書店 1986 p86
ふるやのもり
　◇「坪田譲治幼年童話文学全集 8」集英社 1965 p75
ふるやのもり
　◇「沼田曜一の親子劇場 3」あすなろ書房 1996 p31
古屋のもり
　◇「坪田譲治童話全集 10」岩崎書店 1986 p97
古屋のもり
　◇「〔比江島重孝〕宮崎のむかし話 1」鉱脈社 1998 p192
ふるやのもる
　◇「寺村輝夫のむかし話 〔9〕」あかね書房 1980 p76
ぶる、
　◇「巽聖歌作品集 上」巽聖歌作品集刊行委員会 1977 p460
ぷるるんるん
　◇「まど・みちお全詩集」理論社 1992 p138
　◇「まどさんの詩の本 5」理論社 1994 p52
プルン
　◇「巽聖歌作品集 上」巽聖歌作品集刊行委員会 1977 p58
プレコン屋のカシラ―東洋コンクリートの船木昭雄さん
　◇「斎藤隆介全集 10」岩崎書店 1982 p179
プレゼント
　◇「星新一ショートショートセレクション 1」理論社 2001 p75
プレゼント
　◇「まど・みちお全詩集」理論社 1992 p213
プレゼントのないクリスマス
　◇「いちばん大切な願いごと―宮下木花12歳童話集」銀の鈴社 2007（小さな鈴シリーズ）p94
フレップ・トリップお山の実
　◇「横山健童謡選集 1」無明舎出版 1995 p38
ふれてつないで未来へGO
　◇「山本瓔子詩集 I」新風舎 2003 p148
ブレノハ博士の机
　◇「椋鳩十の本 1」理論社 1982 p228
フレー フレー ジロリンタン
　◇「サトウハチロー・ユーモア小説選 3」岩崎書店 1976 p185
フレーベル
　◇「〔かこさとし〕お話こんにちは 〔1〕」偕成社 1979 p108
フレミング
　◇「〔かこさとし〕お話こんにちは 〔2〕」偕成社 1979 p123

ブレーメンの おんがくたい
　◇「ひろすけ幼年童話文学全集 10」集英社 1962 p10
ブレーメンの音楽隊
　◇「別役実童話集 〔3〕」三一書房 1977 p113
フレンチ・マリゴールド
　◇「壺井栄全集 4」文泉堂出版 1998 p382
風呂
　◇「庄野英二全集 11」偕成社 1980 p319
不老不死の術
　◇「瑠璃の壺―森銑三童話集」三樹書房 1982 p243
附録の一お伽芝居 かぐや姫
　◇「〔巌谷〕小波お伽全集 14」本の友社 1998 p405
附録の二お伽芝居 姥が池
　◇「〔巌谷〕小波お伽全集 14」本の友社 1998 p427
風呂敷旗
　◇「巽聖歌作品集 上」巽聖歌作品集刊行委員会 1977 p421
ふろたき
　◇「ひばりのす―木下夕爾児童詩集」光書房 1998 p30
風呂たき五郎
　◇「〔比江島重孝〕宮崎のむかし話 1」鉱脈社 1998 p63
プロ人間
　◇「庄野英二全集 11」偕成社 1980 p15
ふろばで
　◇「まど・みちお全詩集」理論社 1992 p404
　◇「まどさんの詩の本 6」理論社 1996 p22
ふろふき大根のゆうべ
　◇「安房直子コレクション 3」偕成社 2004 p193
プロ文士の妻の日記
　◇「壺井栄全集 1」文泉堂出版 1997 p7
ぷろぺら
　◇「北彰作品集 1」青森県児童文学研究会 1990 p38
プロメテウスの火
　◇「杉みき子選集 4」新潟日報事業社 2008 p56
風呂屋を建てる大工たち
　◇「斎藤隆介全集 10」岩崎書店 1982 p7
プロレタリア作家とその作品
　◇「魂の配達―野村吉哉作品集」草思社 1983 p319
プロレタリア作家なるもの―労働者の手帳より
　◇「魂の配達―野村吉哉作品集」草思社 1983 p298
プロローグ
　◇「阪田寛夫全詩集」理論社 2011 p536
プロローグ〔「イソップ物語」〕
　◇「阪田寛夫全詩集」理論社 2011 p519
プロローグ 広福寺に来た家光

◇「〔今坂柳二〕りゅうじフォークロア・world 5」ふるさと伝承研究会 2009 p20

プロローグ〔「飛翔―飛ぶ石の物語」〕
◇「阪田寛夫全詩集」理論社 2011 p686

プーはおこってます
◇「松谷みよ子全集 7」講談社 1971 p106

ふわり うかんだ しゃぼんだま
◇「まど・みちお全詩集」理論社 1992 p110
◇「まどさんの詩の本 15」理論社 1997 p38

不和は禍の基(鳶と蛙と鼠)
◇「〔巌谷〕小波お伽全集 14」本の友社 1998 p64

プン
◇「阪田寛夫全詩集」理論社 2011 p263

分を守れ(猟犬と番犬)
◇「〔巌谷〕小波お伽全集 14」本の友社 1998 p27

文学を談ずる人々
◇「瑠璃の壺―森銑三童話集」三樹書房 1982 p167

文学…最初の"先生"
◇「椋鳩十の本 20」理論社 1983 p59

「文学少女」の頃
◇「壺井栄全集 11」文泉堂出版 1998 p34

文学と教育
◇「佐藤義美全集 6」佐藤義美全集刊行会 1974 p412

文学と童話文学
◇「魂の配達―野村吉哉作品集」草思社 1983 p362

「文学に於ける構想力」
◇「豊島与志雄童話選集・郷土篇」双文社出版 1982 p167

講演「文学の周辺」
◇「庄野英二全集 11」偕成社 1980 p413

文学の世界と子どもたち
◇「椋鳩十の本 24」理論社 1983 p124

文学本とぼく
◇「佐藤義美全集 6」佐藤義美全集刊行会 1974 p389

「文化人」
◇「壺井栄全集 11」文泉堂出版 1998 p174

ブンカ節―映画「クレージーだ 天下無敵」作中歌
◇「阪田寛夫全詩集」理論社 2011 p802

文化村の喜劇
◇「佐々木邦全集 8」講談社 1975 p347

噴火湾(ノクターン)
◇「新修宮沢賢治全集 2」筑摩書房 1979 p223
◇「ジュニア文学館 宮沢賢治―写真・絵画集成 3」日本図書センター 1996 p70

文吉と豆自動車
◇「与謝野晶子児童文学全集 6」春陽堂書店 2007 p44

分教場だより
◇「庄野英二全集 6」偕成社 1979 p39

文芸自由日記
◇「壺井栄全集 12」文泉堂出版 1999 p92

文芸汎論
◇「佐藤義美全集 1」佐藤義美全集刊行会 1974 p78

分工場
◇「星新一ショートショートセレクション 14」理論社 2004 p99

「文語詩篇」ノート
◇「新修宮沢賢治全集 15」筑摩書房 1980 p317

文庫づくり入門
◇「長崎源之助全集 19」偕成社 1987 p173

文庫づくりの意味
◇「椋鳩十の本 25」理論社 1983 p80

文集終に
◇「校定新美南吉全集 9」大日本図書 1981 p222

文正草紙
◇「〔巌谷〕小波お伽全集 11」本の友社 1998 p85

★(噴水)
◇「稗田菫平全集 8」宝文館出版 1982 p40

ふんすい
◇「まど・みちお全詩集」理論社 1992 p124
◇「まど・みちお全詩集」理論社 1992 p317
◇「まどさんの詩の本 4」理論社 1994 p22

噴水
◇「庄野英二全集 10」偕成社 1979 p361

噴水と花子
◇「与謝野晶子児童文学全集 6」春陽堂書店 2007 p20

噴水の亀
◇「新装版金子みすゞ全集 1」JULA出版局 1984 p66
◇「金子みすゞ童謡全集 1」JULA出版局 2003 p106

文政丹後ばなし
◇「来栖良夫児童文学全集 7」岩崎書店 1983 p1

文ちゃんと直ちゃん
◇「壺井栄全集 10」文泉堂出版 1998 p385

文ちゃんのお見舞
◇「与謝野晶子児童文学全集 3」春陽堂書店 2007 p261

文ちゃんの朝鮮行
◇「与謝野晶子児童文学全集 2」春陽堂書店 2007 p151

文ちゃんの街歩き
◇「与謝野晶子児童文学全集 3」春陽堂書店 2007 p136

文ちゃんの見た達磨
◇「与謝野晶子児童文学全集 3」春陽堂書店 2007 p90

ぶんちょうの ブン
　◇「与田凖一全集 4」大日本図書 1967 p80
ぶんちん
　◇「まど・みちお全詩集 続」理論社 2015 p67
　◇「まど・みちお全詩集 続」理論社 2015 p170
フンドウ
　◇「椋鳩十の本 16」理論社 1983 p58
フンドウ屋のエントツ
　◇「氏原大作全集 4」条例出版 1977 p17
ブンとフン
　◇「井上ひさしジュニア文学館 3」汐文社 1998 p5
分に安んぜよ(都鼠と田舎鼠)
　◇〔巌谷〕小波お伽全集 14」本の友社 1998 p46
フンフウズ
　◇「巽聖歌作品集 上」巽聖歌作品集刊行委員会
　　1977 p104
ぶんぶくちゃがま
　◇「寺村輝夫のむかし話 〔12〕」あかね書房 1982
　　p28
ぶんぶく茶がま
　◇「ひろすけ幼年童話文学全集 11」集英社 1962
　　p200
ぶんぶく茶釜
　◇〔巌谷〕小波お伽全集 7」本の友社 1998 p324
分福茶釜
　◇「椋鳩十の本 22」理論社 1983 p84
文福茶釜
　◇〔北原〕白秋全童謡集 4」岩波書店 1993 p282
ブンブンの森
　◇〔東風琴子〕童話集 2」ストーク 2006 p7
ぷん ぷん ぷん
　◇「稗田童平全集 3」宝文館出版 1979 p30
ぶんぶんむしのうた
　◇「室生犀星童話全集 2」創林社 1978 p42
フンボルト
　◇〔かこさとし〕お話こんにちは 〔3〕」偕成社
　　1979 p95
噴霧器
　◇「与田凖一全集 1」大日本図書 1967 p154
文楽座のこと
　◇「今江祥智の本 34」理論社 1990 p221

【 へ 】

屁
　◇「新美南吉全集 2」牧書店 1965 p67
　◇「校定新美南吉全集 3」大日本図書 1980 p255
　◇「新美南吉童話集 2」大日本図書 1982 p185
　◇「新美南吉童話大全」講談社 1989 p242
　◇「新美南吉童話集」岩波書店 1996 (岩波文庫)
　　p81
　◇「新美南吉童話傑作選〔6〕花をうめる」小峰書
　　店 2004 p123
　◇「新美南吉30選」春陽堂書店 2009 (名作童話)
　　p51
　◇「新美南吉童話集 2」大日本図書 2012 p185
　◇「新美南吉童話選集 7」ポプラ社 2013 p85
べああ, べああ, 黒羊 (ブラックシイプ)
　◇〔北原〕白秋全童謡集 1」岩波書店 1992 p145
「ベア」ちゃん
　◇「定本壺井栄児童文学全集 2」講談社 1979 p226
　◇「壺井栄全集 9」文泉堂出版 1997 p293
塀
　◇「新美南吉全集 5」牧書店 1965 p9
　◇「校定新美南吉全集 5」大日本図書 1980 p49
平安少女
　◇「来栖良夫児童文学全集 5」岩崎書店 1983 p5
ヘイケドリとタイ
　◇「椋鳩十全集 26」ポプラ社 1981 p135
平原の木と鳥
　◇「定本小川未明童話全集 8」講談社 1977 p77
　◇「定本小川未明童話全集 8」大空社 2001 p77
べいごまと支那の子供
　◇「定本小川未明童話全集 8」講談社 1977 p191
　◇「定本小川未明童話全集 8」大空社 2001 p191
兵舎の横ぞ
　◇「巽聖歌作品集 上」巽聖歌作品集刊行委員会
　　1977 p418
平十郎と熊
　◇「武田信夫童話作品集」みちのく書房 1995 p341
平成歌くらべ 二幕
　◇〔今坂柳二〕りゅうじフォークロア・world 5」
　　ふるさと伝承研究会 2009 p91
平成五年度総会
　◇「北国翔子童話集 2」青森県児童文学研究会 2010
　　p40
　◇「北国翔子童話集 2」青森県児童文学研究会 2010
　　p41
平生の心掛 (鳶の病気)
　◇〔巌谷〕小波お伽全集 14」本の友社 1998 p140
平生の用意 (青年と燕)
　◇〔巌谷〕小波お伽全集 14」本の友社 1998 p147
兵隊
　◇「おの・ちゅうこう初期作品集 〔1〕 牧歌的風景」
　　崙書房 1975 p25
兵隊
　◇「巽聖歌作品集 上」巽聖歌作品集刊行委員会
　　1977 p416

へいた

兵隊蟻
◇「室生犀星童話全集 2」創林社 1978 p290

兵隊サント菫
◇「西條八十童謡全集」修道社 1971 p341

兵隊さんと鳩
◇〔北原〕白秋全童謡集 4」岩波書店 1993 p153

兵隊さんのタンポポ
◇「きつねとチョウとアカヤシオの花―横野幸一童話集」横野幸一, 静岡新聞社 (発売) 2006 p3

兵隊さんの日
◇〔島崎〕藤村の童話 1」筑摩書房 1979 p159

兵隊さんのふるさと
◇「夢見る窓―冬村勇陽童話集」北雪新書 2004 p18

へいたいとこだぬき
◇「花岡大学童話文学全集 3」法蔵館 1980 p259

兵隊と子供
◇〔北原〕白秋全童謡集 3」岩波書店 1992 p305

へいたいとすいっちょ
◇「花岡大学童話文学全集 3」法蔵館 1980 p246

兵隊彦さん
◇「千葉省三童話全集 2」岩崎書店 1967 p81

平太郎化物日記
◇「巖谷小波お伽噺文庫 〔2〕」大和書房 1976 p9
◇〔巖谷〕小波お伽全集 1」本の友社 1998 p101

屁いっぱつで村はぜんめつ
◇〔西本鶏介〕日本の昔話―読みきかせお話集 1」小学館 1999 p30

〔塀のかなたに嘉莚治かも〕
◇「新修宮沢賢治全集 6」筑摩書房 1980 p130

「丙」の記号
◇「椋鳩十の本 24」理論社 1983 p28

塀の中
◇「くんぺい魔法ばなし―魔法ばなし全集 3」サンリオ 2000 p28

平八郎との約束
◇〔中川久美子〕ばあちゃんとぼくと気球」新風舎 1998 (Shinpu books) p21

平蕃曲
◇「坪田譲治童話全集 11」岩崎書店 1986 p113

ベイビィ・バイボゥ
◇「阪田寛夫全詩集」理論社 2011 p774

平々凡々のぽん
◇「阪田寛夫全詩集」理論社 2011 p549

平六ものがたり
◇「かつおきんや作品集 5」牧書店〔アリス館牧新社〕 1972 p1

へいわなひ
◇〔東君平〕おはようどうわ 5」講談社 1982 p19

平和の神
◇「星新一ショートショートセレクション 6」理論社 2002 p35

音楽劇 平和の森 (一幕八場)
◇「北彰介作品集 5」青森県児童文学研究会 1991 p337

べえくん
◇「筒井敬介童話全集 1」フレーベル館 1983 p7
◇「筒井敬介おはなし本 1」小峰書店 2006 p151

仔牛 (べえこ)
◇「新装版金子みすゞ全集 2」JULA出版局 1984 p96
◇「金子みすゞ童謡集」角川春樹事務所 1998 (ハルキ文庫) p73
◇〔金子〕みすゞ詩画集 〔7〕」春陽堂書店 2002 p46
◇「金子みすゞ童謡全集 3」JULA出版局 2004 p148

べえべえ弁狭山教室
◇〔今坂柳二〕りゅうじフォークロア・world 5」ふるさと伝承研究会 2009 p44

へえ六 がんばる (創作民話)
◇「北彰介作品集 3」青森県児童文学研究会 1990 p189

北京から歩いて九州まで百日だ!
◇〔たかしよいち〕世界むかしむかし探検 1」国土社 1993 p133

へくそかずらの歌 (早乙女花)
◇「横山健童謡選集 2」無明舎出版 1995 p111

ベケット
◇〔かこさとし〕お話こんにちは 〔1〕」偕成社 1979 p74

ヘーゲル
◇〔かこさとし〕お話こんにちは 〔5〕」偕成社 1979 p123

ベゴ黒助、ベゴ黒助
◇「あまの川―宮沢賢治童謡集」筑摩書房 2001 p22

ヘゴシダ ひがしだ
◇「まど・みちお全詩集」理論社 1992 p626
◇「まどさんの詩の本 2」理論社 1994 p10

ペコちゃんというせんせい
◇「灰谷健次郎童話館 〔1〕」理論社 1994 p75

牛 (べこ) になった嫁っこ
◇「北彰介作品集 3」青森県児童文学研究会 1990 p16

ぺこねこブラッキー
◇「筒井敬介おはなし本 2」小峰書店 2006 p125

べこの子うしの子
◇「サトウハチロー童謡集」弥生書房 1977 p54

ペコペコずし
◇〔山田野理夫〕お笑い文庫 1」太平出版社 1977 (母と子の図書室) p108

ベーゴマ友だち

へつら

◇「ビートたけし傑作集 少年編 1」金の星社 2010 p70

屁。賛歌
◇「まど・みちお全詩集 続」理論社 2015 p300

ページ
◇「まど・みちお詩集 4」銀河社 1974 p36
◇「まど・みちお全詩集」理論社 1992 p429
◇「まどさんの詩の本 9」理論社 1996 p56

ペシミストの歌
◇「椋鳩十の本 1」理論社 1982 p114

ペスをさがしに
◇「定本小川未明童話全集 10」講談社 1977 p78
◇「定本小川未明童話全集 10」大空社 2001 p78

ペスときょうだい
◇「定本小川未明童話全集 14」講談社 1977 p278
◇「定本小川未明童話全集 14」大空社 2002 p278

ペスト博士の夢
◇「お噺の卵―武井武雄童話集」講談社 1976（講談社文庫）p101
◇「お噺の卵―武井武雄童話集」講談社 1976（講談社文庫）p197

べそかいて
◇「石森延男児童文学全集 11」学習研究社 1971 p252

へそくり
◇「壺井栄全集 11」文泉堂出版 1998 p173

へそくり金
◇「瑠璃の壺―森銑三童話集」三樹書房 1982 p175

へそくりさわぎ
◇「今井誉次郎童話集子どもの村 〔6〕」国土社 1957 p106

へそ取り徳平
◇「かつおきんや作品集 8」牧書店〔アリス館牧新社〕1973 p1
◇「かつおきんや作品集 18」偕成社 1983 p5

臍の歌
◇「稗田菫平全集 2」宝文館出版 1979 p43

へその じまん
◇「今井誉次郎童話集子どもの村 〔2〕」国土社 1957 p22

ヘソのはなし
◇「まど・みちお全詩集 続」理論社 2015 p216

へたくそな小麦つくり
◇「今井誉次郎童話集子どもの村 〔4〕」国土社 1957 p74

へたな絵てがみ
◇「〔木暮正夫〕日本のおばけ話・わらい話 12」岩崎書店 1987 p32

へたな へんじ
◇「平塚武二童話全集 2」童心社 1972 p23

へたれよめご

◇「沼田曜一の親子劇場 2」あすなろ書房 1995 p5

ペチカ
◇「〔北原〕白秋全童謡集 2」岩波書店 1992 p158
◇「〔北原〕白秋全童謡集 3」岩波書店 1992 p282

ヘチマ
◇「椋鳩十の本 23」理論社 1983 p191

へちまの水
◇「定本小川未明童話全集 13」講談社 1977 p62
◇「定本小川未明童話全集 13」大空社 2002 p62

ぺちゃんこになったかに
◇「花岡大学仏典童話全集 8」法蔵館 1979 p203

べっこうのくし
◇「稗田菫平全集 5」宝文館出版 1980 p73

へっこき一家
◇「健太と大天狗―片山貞一創作童話集」あさを社 2007 p123

屁ったれよめ
◇「〔山田野理夫〕お笑い文庫 8」太平出版社 1977（母と子の図書室）p120

へっついゆうれい
◇「〔木暮正夫〕日本のおばけ話・わらい話 18」岩崎書店 1988 p23

へっついゆうれい
◇「〔山田野理夫〕おばけ文庫 9」太平出版社 1976（母と子の図書室）p118

ベッド
◇「こやま峰子詩集 〔2〕」朔北社 2003 p40

ペットボトル
◇「〔黒川良人〕犬の詩猫の詩―児童詩集」東洋出版 2000 p135

別の世界
◇「平塚武二童話全集 5」童心社 1972 p199

屁っぴり虫
◇「椋鳩十全集 24」ポプラ社 1980 p129
◇「椋鳩十の本 16」理論社 1983 p64

屁っぴり息子
◇「〔山田野理夫〕お笑い文庫 7」太平出版社 1977（母と子の図書室）p67

へっぴりよめ
◇「〔木暮正夫〕日本のおばけ話・わらい話 7」岩崎書店 1986 p86

へっぷりよめさま
◇「松谷みよ子のむかしむかし 1」講談社 1973 p123

へっへっへ
◇「まど・みちお全詩集 続」理論社 2015 p217

ヘッポコ奇談
◇「椋鳩十の本 18」理論社 1982 p15

諂ふ子供
◇「おの・ちゅうこう初期作品集 〔2〕 日本の教室は明るい」崙書房 1975 p50

へつり

別離
　◇「佐藤義美全集 1」佐藤義美全集刊行会 1974 p25
別離の苦さ
　◇「全集版灰谷健次郎の本 19」理論社 1987 p178
別離の向こうから
　◇「全集版灰谷健次郎の本 17」理論社 1987 p52
別離（四首）
　◇「稗田童平全集 4」宝文館出版 1980 p16
ベツレヘムのイエズスさま
　◇「巽聖歌作品集 上」巽聖歌作品集刊行委員会 1977 p500
へでとんだきね
　◇「〔西本鶏介〕新日本昔ばなし――一日一話・読みきかせ 1」小学館 1997 p50
ぺてん師つむじの仙太郎
　◇「山中恒児童よみもの選集 10」読売新聞社 1977 p5
ペトウハ追い
　◇「巽聖歌作品集 上」巽聖歌作品集刊行委員会 1977 p291
屁と思え
　◇「川崎大治民話選 〔1〕」童心社 1968 p124
ベトナム
　◇「巽聖歌作品集 下」巽聖歌作品集刊行委員会 1977 p264
ベトナムの子どもを殺すな
　◇「全集古田足日子どもの本 10」童心社 1993 p442
べとべとさん
　◇「〔山田野理夫〕おばけ文庫 3」太平出版社 1976（母と子の図書室）p73
ベートーベン
　◇「北彰介作品集 1」青森県児童文学研究会 1990 p72
ベートーベン
　◇「小出正吾児童文学全集 4」審美社 2001 p187
へなへなへな…
　◇「〔木暮正夫〕日本のおばけ話・わらい話 1」岩崎書店 1986 p52
ベナレスのたか
　◇「花岡大学仏典童話集 1」佼成出版社 2006 p48
朱薊
　◇「稗田童平全集 1」宝文館出版 1978 p14
紅あんず
　◇「〔北原〕白秋全童謡集 2」岩波書店 1992 p347
紅緒のかっこ
　◇「〔斎田信夫〕子ども心を友として―童謡詩集」成東町教育委員会 1996 p52
紅緒のポックリ
　◇「中村雨紅詩謡集」中村雨紅詩謡集刊行委員会 1971 p66

紅殻蜻蛉
　◇「達崎龍全童謡ホロホロ鳥」あい書林 1983 p20
紅借り白鷺
　◇「〔北原〕白秋全童謡集 2」岩波書店 1992 p59
ベニー川のほとり
　◇「坪田譲治自選童話集」実業之日本社 1971 p285
　◇「坪田譲治童話全集 4」岩崎書店 1986 p5
べにしょうが
　◇「〔東君平〕おはようどうわ 1」講談社 1982 p130
　◇「東君平のおはようどうわ 5」新日本出版社 2010 p37
ベニス
　◇「西條八十童謡全集」修道社 1971 p342
べにすずめ
　◇「赤道祭―小出正吾童話選集」審美社 1986 p75
　◇「小出正吾児童文学全集 1」審美社 2000 p261
紅すずめ
　◇「定本小川未明童話全集 3」講談社 1977 p7
　◇「定本小川未明童話全集 3」大空社 2001 p7
紅すずめの歌
　◇「西條八十童話集」小学館 1983 p421
べに鯛のうた（北海風俗）
　◇「室生犀星童話全集 2」創林社 1978 p80
べにだち（五首）
　◇「稗田童平全集 4」宝文館出版 1980 p54
べにつばき
　◇「松谷みよ子全集 12」講談社 1972 p30
べにばらホテルのお客
　◇「安房直子コレクション 5」偕成社 2004 p231
紅林檎
　◇「中村雨紅詩謡集」中村雨紅詩謡集刊行委員会 1971 p25
へのこ
　◇「阪田寛夫全詩集」理論社 2011 p858
屁のちょん
　◇「椋鳩十の本 20」理論社 1983 p66
平之（への）と与作
　◇「松谷みよ子のむかしむかし 7」講談社 1973 p2
へのへのもへじ
　◇「北彰介作品集 1」青森県児童文学研究会 1990 p92
よびかけへのへのもへじ
　◇「斎田喬幼年劇全集 3」誠文堂新光社 1962 p368
へのへのもへじ
　◇「佐藤義美全集 1」佐藤義美全集刊行会 1974 p309
への用心
　◇「〔柳家弁天〕らくご文庫 8」太平出版社 1987 p30
への用心

へひの

◇「〔山田野理夫〕お笑い文庫 3」太平出版社 1977（母と子の図書室）p22

へび
◇「かつおきんや作品集 3」牧書店〔アリス館牧新社〕1972 p115

へび
◇「北彰介作品集 3」青森県児童文学研究会 1990 p123

へび
◇「〔木暮正夫〕日本のおばけ話・わらい話 11」岩崎書店 1987 p65

ヘビ
◇「かつおきんや作品集 13」偕成社 1982 p107

ヘビ
◇「まど・みちお全詩集」理論社 1992 p405
◇「まど・みちお全詩集」理論社 1992 p660
◇「まどさんの詩の本 7」理論社 1996 p80
◇「まど・みちお全詩集 続」理論社 2015 p57

蛇
◇「おの・ちゅうこう初期作品集〔1〕牧歌的風景」嵩書房 1975 p28

蛇
◇「〔宗左近〕梟の駅長さん―童謡集」思潮社 1998 p68

蛇
◇「新美南吉全集 6」牧書店 1965 p167
◇「校定新美南吉全集 8」大日本図書 1981 p95

蛇
◇「稗田童平全集 1」宝文館出版 1978 p112

蛇踊
◇「新修宮沢賢治全集 4」筑摩書房 1979 p13
◇「新修宮沢賢治全集 4」筑摩書房 1979 p303
◇「新修宮沢賢治全集 5」筑摩書房 1979 p134

蛇こんじょう
◇「〔比江島重孝〕宮崎のむかし話 3」鉱脈社 2000 p141

ヘビさん一家山へ行く
◇「流れ星―やまもとけいこ童話集」新風舎 2001（アルファドラシリーズ）p12

ヘビサント クマサン
◇「まど・みちお全詩集」理論社 1992 p69

ヘビ退治
◇「坪田譲治童話全集 2」岩崎書店 1986 p145

ヘビダコ
◇「〔山田野理夫〕おばけ文庫 5」太平出版社 1976（母と子の図書室）p107

蛇つかい
◇「あたまでっかち―下村千秋童話選集」阿見町教育委員会、講談社出版サービスセンター（製作）1997 p116

蛇つかひ
◇「鈴木三重吉童話全集 6」文泉堂書店 1975（日本文学全集・選集叢刊第5次）p204

へびつかいの男
◇「花岡大学 続・仏典童話全集 2」法蔵館 1981 p184

ヘビト インドノ コドモ
◇「佐藤義美全集 2」佐藤義美全集刊行会 1973 p45

へびとおしっこ
◇「椋鳩十学年別童話〔2〕」理論社 1990 p32

ヘビとおしっこ
◇「椋鳩十全集 25」ポプラ社 1981 p155
◇「椋鳩十の本 32」理論社 1989 p14

ヘビとカエル
◇「〔山田野理夫〕お笑い文庫 1」太平出版社 1977（母と子の図書室）p50

へびと カラスと 若い男
◇「花岡大学仏典童話全集 7」法蔵館 1979 p109

へびと こども
◇「佐藤義美全集 3」佐藤義美全集刊行会 1973 p20

ヘビとの出会い
◇「椋鳩十の本 19」理論社 1982 p63

へびになった人の話
◇「定本小川未明童話全集 7」講談社 1977 p333
◇「定本小川未明童話全集 7」大空社 2001 p333

へびになれ
◇「寺村輝夫のむかし話〔5〕」あかね書房 1978 p28

へびのあかちゃん
◇「阪田寛夫全詩集」理論社 2011 p403

蛇のうた
◇「室生犀星童話全集 2」創林社 1978 p27

ヘビの母子
◇「〔山田野理夫〕おばけ文庫 4」太平出版社 1976（母と子の図書室）p48

蛇の恩がえし
◇「北彰介作品集 3」青森県児童文学研究会 1990 p29

ヘビの神さま
◇「椋鳩十全集 11」ポプラ社 1970 p217

へびのけんか
◇「〔木暮正夫〕日本のおばけ話・わらい話 11」岩崎書店 1987 p28

蛇の声 魚の声
◇「稗田童平全集 2」宝文館出版 1979 p14

蛇の里
◇「椋鳩十の本 9」理論社 1982 p117

へびのだいはち
◇「壺井栄名作集 9」ポプラ社 1965 p29
◇「壺井栄全集 4」文泉堂出版 1998 p494

蛇の脱衣

へひの

　　　　◇「〔厳谷〕小波お伽全集 6」本の友社 1998 p240
へびのたまご
　　　　◇「稗田童平全集 3」宝文館出版 1979 p67
へびのむろや
　　　　◇「松谷みよ子のむかしむかし 4」講談社 1973 p78
蛇村へようこそ
　　　　◇「健太と大天狗―片山貞一創作童話集」あさを社 2007 p81
へび山のあい子
　　　　◇「全集古田足日子どもの本 5」童心社 1993 p45
へひりよめどん
　　　　◇「寺村輝夫のむかし話 〔4〕」あかね書房 1978 p39
ベーブ＝ルース
　　　　◇「〔かこさとし〕お話こんにちは 〔11〕」偕成社 1980 p23
べべ出し山王
　　　　◇「〔今坂柳二〕りゅうじフォークロア・world 4」ふるさと伝承研究会 2008 p88
へへのもへじ
　　　　◇「中村雨紅詩謡集」中村雨紅詩謡集刊行委員会 1971 p103
へへのもへ爺
　　　　◇「西條八十童謡全集」修道社 1971 p344
へへののもへじの話
　　　　◇「〔かこさとし〕お話こんにちは 〔11〕」偕成社 1980 p108
へへ ふー
　　　　◇「まど・みちお全詩集 続」理論社 2015 p270
へぼうらない
　　　　◇「〔木暮正夫〕日本のおばけ話・わらい話 6」岩崎書店 1986 p49
ヘボ詩人疲れたり
　　　　◇「校定新美南吉全集 7」大日本図書 1980 p242
へや
　　　　◇「斎藤隆介全集 1」岩崎書店 1982 p193
へやをうずめた黄金
　　　　◇「〔たかしよいち〕世界むかしむかし探検 6」国土社 1996 p31
ヘラブナ釣り
　　　　◇「ビートたけし傑作集 少年編 1」金の星社 2010 p142
へらへら神さま
　　　　◇「〔山田野理夫〕お笑い文庫 11」太平出版社 1977（母と子の図書室）p14
ベラベラ酒
　　　　◇「〔山田野理夫〕お笑い文庫 4」太平出版社 1977（母と子の図書室）p35
ベランダ
　　　　◇「〔東君平〕おはようどうわ 2」講談社 1982 p34
ペリー

　　　　◇「〔かこさとし〕お話こんにちは 〔1〕」偕成社 1979 p53
ペリカン
　　　　◇「巽聖歌作品集 上」巽聖歌作品集刊行委員会 1977 p53
ペリカンテウ
　　　　◇「佐藤義美全集 1」佐藤義美全集刊行会 1974 p136
ペリカンとうさんのおみやげ
　　　　◇「大石真児童文学全集 15」ポプラ社 1982 p5
へりくつ
　　　　◇「〔山田野理夫〕お笑い文庫 7」太平出版社 1977（母と子の図書室）p144
ペリコ
　　　　◇「高橋敏彦童話集」ノヴィス 2000（ノヴィス叢書）p52
ペリーと運動会
　　　　◇「宮口しづえ児童文学集 4」小峰書店 1969 p55
ペリーのおつかい
　　　　◇「宮口しづえ児童文学集 4」小峰書店 1969 p38
ベル
　　　　◇「〔北原〕白秋全童謡集 2」岩波書店 1992 p343
ベル
　　　　◇「杉みき子選集 2」新潟日報事業社 2005 p55
ベル
　　　　◇「〔東君平〕ひとくち童話 3」フレーベル館 1995 p64
ベル
　　　　◇「与田凖一全集 1」大日本図書 1967 p148
ペルシャ猫
　　　　◇「庄野英二全集 6」偕成社 1979 p187
ペルシャネコのエリザベート
　　　　◇「〔大澤英子〕心の中のひみつ―法華経をもとにした創作物語集」文芸社 1999 p62
ベルツ水
　　　　◇「宮口しづえ児童文学集 5」小峰書店 1969 p32
　　　　◇「宮口しづえ童話全集 1」筑摩書房 1979 p37
ベルとすてられた犬
　　　　◇「あたまでっかち―下村千秋童話選集」阿見町教育委員会, 講談社出版サービスセンター（製作）1997 p80
ペルーの話
　　　　◇「坪田譲治自選童話集」実業之日本社 1971 p168
　　　　◇「坪田譲治童話全集 2」岩崎書店 1986 p91
ベルのひとみ
　　　　◇「いのち―みずかみかずよ全詩集」石風社 1995 p216
ヘルマン＝ヘッセ
　　　　◇「〔かこさとし〕お話こんにちは 〔4〕」偕成社 1970 p19
ベルリンの動物園

◇「庄野英二全集 9」偕成社 1979 p97

ヘレン＝ケラー
　◇「〔かこさとし〕お話こんにちは 〔3〕」偕成社 1979 p126

ベロ出しチョンマ
　◇「斎藤隆介全集 2」岩崎書店 1982 p7

べろだし本尊
　◇「〔比江島重孝〕宮崎のむかし話 1」鉱脈社 1998 p94

ぺろぺろん
　◇「筒井敬介童話全集 2」フレーベル館 1984 p115
　◇「筒井敬介おはなし本 2」小峰書店 2006 p5

ぺろりんちゃん
　◇「まど・みちお全詩集」理論社 1992 p214

ぺろんぷろん メロン
　◇「〔関根栄一〕はしるふじさん―童謡集」小峰書店 1998 p40

ヘンエツ王の首
　◇「花岡大学仏典童話全集 1」法蔵館 1979 p31

べんおじさん
　◇「石森延男児童文学全集 1」学習研究社 1971 p174
　◇「石森読本―石森延男児童文学選集 3年生」小学館 1977 p22

ペンキやさん
　◇「〔東君平〕おはようどうわ 7」講談社 1982 p74
　◇「〔東君平〕ひとくち童話 4」フレーベル館 1995 p26

ペンキ屋さんの夢
　◇「長い長いかくれんぼ―杉みき子自選童話集」新潟日報事業社 2001 p28

ペンキ屋の手伝い
　◇「ビートたけし傑作集 少年編 1」金の星社 2010 p5

べんきょう
　◇「〔東君平〕おはようどうわ 2」講談社 1982 p40

ぺんぎん
　◇「いのち―みずかみかずよ全詩集」石風社 1995 p174

ぺんぎんさん
　◇「佐藤義美全集 5」佐藤義美全集刊行会 1973 p97

ペンギンさんのうた
　◇「佐藤義美全集 1」佐藤義美全集刊行会 1974 p304

ペンギンちゃん
　◇「〔関根栄一〕はしるふじさん―童謡集」小峰書店 1998 p29

ペンギンちゃん
　◇「まど・みちお全詩集」理論社 1992 p116
　◇「まどさんの詩の本 5」理論社 1994 p28

ペンギン鳥

◇「異聖歌作品集 上」異聖歌作品集刊行委員会 1977 p54
◇「異聖歌作品集 上」異聖歌作品集刊行委員会 1977 p55

ペンギンのトロッポ
　◇「寺村輝夫童話全集 8」ポプラ社 1982 p101
　◇「寺村輝夫全童話 3」理論社 1997 p103

ペンギンのネクタイ
　◇「やなせたかし童謡詩集 〔2〕」フレーベル館 2000 p26

ぺんぎんの ぺん
　◇「まど・みちお全詩集」理論社 1992 p301

ペンギン，ペンちゃん
　◇「斎田喬児童劇選集 〔5〕」牧書店 1954 p200

ペンギン・ペンちゃん（童話劇）
　◇「斎田喬幼年劇全集 2」誠文堂新光社 1961 p481

変形・奇形
　◇「戸川幸夫動物文学全集 15」講談社 1977 p326

ベンケイさんの友だち
　◇「灰谷健次郎童話館 〔12〕」理論社 1995 p57

辨慶のちえ
　◇「〔巌谷〕小波お伽全集 7」本の友社 1998 p246

変化女譚
　◇「椋鳩十の本 1」理論社 1982 p134

へんげの黒ネコ
　◇「〔比江島重孝〕宮崎のむかし話 1」鉱脈社 1998 p124

へんじのないわけ
　◇「〔木暮正夫〕日本のおばけ話・わらい話 11」岩崎書店 1987 p49

ベン＝シャーン
　◇「〔かこさとし〕お話こんにちは 〔6〕」偕成社 1979 p59

編輯メモ〈A〉
　◇「校定新美南吉全集 9」大日本図書 1981 p204

編輯メモ〈B〉
　◇「校定新美南吉全集 9」大日本図書 1981 p208

ヘンジョウ老人の話
　◇「北彰介作品集 2」青森県児童文学研究会 1990 p33

便所のおはなし
　◇「椋鳩十の本 23」理論社 1983 p134

便所の神
　◇「〔山田野理夫〕おばけ文庫 1」太平出版社 1976 （母と子の図書室）p117

ペンション
　◇「くんぺい魔法ばなし―魔法ばなし全集 2」サンリオ 2000 p170

へんしん
　◇「〔中山尚美〕おふろの中で―詩集」アイ企画 1996 p60

へんし

変身
　◇「阪田寛夫全詩集」理論社 2011 p62
変身
　◇「稗田童平全集 2」宝文館出版 1979 p55
変人伝
　◇「佐々木邦全集 補巻5」講談社 1975 p230
へんしんぶうたん！ ぶたにへんしん！
　◇「きむらゆういちおはなしのへや 2」ポプラ社 2012 p60
へんしんぶうたん！ ぼくだけライオン
　◇「きむらゆういちおはなしのへや 2」ポプラ社 2012 p122
へんしんぶうたん！ ライオンマンたんじょう！
　◇「きむらゆういちおはなしのへや 2」ポプラ社 2012 p91
ヘンゼルとグレーテル
　◇「別役実童話集 〔3〕」三一書房 1977 p121
ペン胝
　◇「新美南吉全集 6」牧書店 1965 p16
　◇「校定新美南吉全集 8」大日本図書 1981 p203
へんだな
　◇「いのち—みずかみかずよ全詩集」石風社 1995 p249
ベンチレーター
　◇「まど・みちお全詩集」理論社 1992 p406
　◇「まどさんの詩の本 4」理論社 1994 p18
ペンテコステの赤い花
　◇「太田博也童話集 5」小山書林 2008 p68
へんてこなイモ
　◇「今井誉次郎童話集子どもの村 〔3〕」国土社 1957 p75
へんてこりん
　◇「まど・みちお全詩集」理論社 1992 p631
　◇「まどさんの詩の本 2」理論社 1994 p36
へんてこりんな かめの子
　◇「〔内海康子〕六月のカレンダー—詩集」けやき書房 1999 p210
へんてこりんの うた
　◇「まど・みちお全詩集」理論社 1992 p333
　◇「まどさんの詩の本 2」理論社 1994 p38
　◇「まどさんの詩の本 15」理論社 1997 p54
へんですねえ へんですねえ
　◇「今江祥智の本 17」理論社 1981 p95
　◇「今江祥智童話館 〔13〕」理論社 1987 p155
弁天さまと白神さま
　◇「〔今坂柳二〕りゅうじフォークロア・world 3」ふるさと伝承研究会 2007 p55
弁天さまの渡り初め
　◇「〔今坂柳二〕りゅうじフォークロア・world 3」ふるさと伝承研究会 2007 p49

弁天島
　◇「新装版金子みすゞ全集 3」JULA出版局 1984 p179
　◇「金子みすゞ童謡集」角川春樹事務所 1998（ハルキ文庫）p158
　◇「〔金子〕みすゞ詩画集 〔5〕」春陽堂書店 2001 p44
　◇「金子みすゞ童謡全集 6」JULA出版局 2004 p76
弁当
　◇「壺井栄全集 11」文泉堂出版 1998 p314
弁当の時間
　◇「庄野英二全集 11」偕成社 1980 p333
辺土の煙
　◇「氏原大作全集 2」条例出版 1977 p238
ペン富さん
　◇「長崎源之助全集 14」偕成社 1987 p83
へんな いいわけ
　◇「〔東君平〕ひとくち童話 4」フレーベル館 1995 p22
へんな一日
　◇「大石真児童文学全集 11」ポプラ社 1982 p85
へんなおきゃく
　◇「ひろすけ幼年童話文学全集 10」集英社 1962 p108
　◇「浜田広介全集 10」集英社 1976 p154
へんな きのことり
　◇「〔かこさとし〕お話こんにちは 〔7〕」偕成社 1979 p58
変な客
　◇「星新一ちょっと長めのショートショート 8」理論社 2006 p129
へんな子
　◇「佐藤さとる全集 11」講談社 1974 p181
　◇「佐藤さとるファンタジー全集 7」講談社 1983 p247
　◇「佐藤さとるファンタジー全集 7」講談社, 復刊ドットコム（発売）2010 p247
へんな子
　◇「花岡大学童話文学全集 3」法蔵館 1980 p28
へんな広告
　◇「全集版灰谷健次郎の本 15」理論社 1988 p26
へんな子がいっぱい
　◇「全集版灰谷健次郎の本 14」理論社 1988 p105
　◇「灰谷健次郎童話館 〔8〕」理論社 1994 p90
へんな子のうた
　◇「〔おうち・やすゆき〕こら！ しんぞう—童謡詩集」小峰書店 1996 p42
へんな女性
　◇「魂の配達—野村吉哉作品集」草思社 1983 p24
へんなてがみがきて そして…
　◇「松谷みよ子全集 13」講談社 1972 p38

へんな動物園
　◇「筒井敬介童話全集 5」フレーベル館 1983 p181
へんなネコ
　◇「くんぺい魔法ばなし―魔法ばなし全集 1」サンリオ 2000 p182
変な野歩き
　◇「くんぺい魔法ばなし―魔法ばなし全集 1」サンリオ 2000 p210
変な腫れもの
　◇「谷口雅春童話集 2」日本教文社 1976 p32
へんな三毛ねこ
　◇「〔木暮正夫〕日本のおばけ話・わらい話 9」岩崎書店 1987 p74
変なやつが町に来た
　◇「〔岡田文正〕短編作品集 ボク、強い子になりたい」ウインかもがわ, かもがわ出版(発売) 2009 p27
へんな山びこ
　◇「きつねとチョウとアカヤシオの花―横野幸一童話集」横野幸一, 静岡新聞社(発売) 2006 p39
ペン・ネンネンネン・ネネムの伝記
　◇「学校放送劇舞台劇脚本集 宮沢賢治名作童話」東洋書館 2008 p57
ペンネンネンネンネン・ネネムの伝記
　◇「新修宮沢賢治全集 9」筑摩書房 1979 p3
ペンペン草
　◇「阪田寛夫全詩集」理論社 2011 p22
ぺんぺん草は待っている
　◇「〔斎藤信夫〕子ども心を友として―童謡詩集」成東町教育委員会 1996 p148
ペンペン鳥
　◇「達崎龍全童謡ホロホロ鳥」あい書林 1983 p17
便利
　◇「〔山田野理夫〕お笑い文庫 1」太平出版社 1977 (母と子の図書室) p66
便利な結婚
　◇「赤川次郎ショートショートシリーズ 2」理論社 2009 p67
ヘンリー＝フォード
　◇「〔かこさとし〕お話こんにちは 〔4〕」偕成社 1979 p128
弁論部のころ
　◇「全集版灰谷健次郎の本 21」理論社 1988 p112

【 ほ 】

帆
　◇「新装版金子みすゞ全集 1」JULA出版局 1984 p223
　◇「新装版金子みすゞ全集 3」JULA出版局 1984 p41
　◇「みすゞさん―童謡詩人・金子みすゞの優しさ探しの旅 1」春陽堂書店 1997
　◇「みすゞさん―童謡詩人・金子みすゞの優しさ探しの旅 2」春陽堂書店 1998
　◇「〔金子〕みすゞ詩画集 〔5〕」春陽堂書店 2001 p52
　◇「金子みすゞ童謡全集 2」JULA出版局 2003 p192
　◇「金子みすゞ童謡全集 5」JULA出版局 2004 p60
保育園日記
　◇「全集版灰谷健次郎の本 18」理論社 1987 p7
ホイットマン
　◇「〔かこさとし〕お話こんにちは 〔2〕」偕成社 1979 p129
ほいと太吉
　◇「武田信夫童話作品集」みちのく書房 1995 p155
ポインセチア
　◇「庄野英二全集 6」偕成社 1979 p209
　◇「庄野英二全集 11」偕成社 1980 p386
ほいほい
　◇「〔北原〕白秋全童謡集 2」岩波書店 1992 p331
法印の孫娘
　◇「新修宮沢賢治全集 5」筑摩書房 1979 p40
ほう, うぉう, うぉう
　◇「〔北原〕白秋全童謡集 1」岩波書店 1992 p153
鳳凰の子
　◇「瑠璃の壺―森銑三童話集」三樹書房 1982 p3
報恩講
　◇「新装版金子みすゞ全集 2」JULA出版局 1984 p181
　◇「金子みすゞ童謡全集 4」JULA出版局 2004 p56
ほうか
　◇「〔東君平〕おはようどうわ 3」講談社 1982 p176
方角
　◇「川崎大治民話選 〔4〕」童心社 1975 p191
放課後の清掃
　◇「みんな家族―他8編―あづましん児童文学短編集」愛生社 2001 p83
防火線作業
　◇「おの・ちゅうこう初期作品集 〔1〕 牧歌の風景」崙書房 1975 p22
方眼罫手帳
　◇「新修宮沢賢治全集 15」筑摩書房 1980 p281
ほうき
　◇「今江祥智の本 13」理論社 1980 p102
　◇「今江祥智童話館 〔5〕」理論社 1986 p146
謀議
　◇「戸川幸夫動物文学全集 9」講談社 1976 p315

ほうき

ほうき売りと土人形
　◇「二反長半作品集 3」集英社 1979 p134

ほうきで さっさか
　◇「阪田寛夫全詩集」理論社 2011 p333

箒木星
　◇「〔巌谷〕小波お伽全集 12」本の友社 1998 p24
　◇「〔巌谷〕小波お伽全集 14」本の友社 1998 p300

ほうきほしの使い
　◇「三木卓童話作品集 1」大日本図書 2000 p97

慧星 (ほうきほし) の話
　◇「豊島与志雄童話選集・郷土篇」双文社出版 1982 p150

彗星の話
　◇「豊島与志雄童話全集 3」八雲書店 1948 p143
　◇「豊島与志雄童話集」海鳥社 1990 p217
　◇「豊島与志雄童話作品集 1」銀貨社 1999 p65

望郷
　◇「おの・ちゅうこう初期作品集 〔1〕牧歌的風景」崙書房 1975 p64

望郷
　◇「新美南吉全集 6」牧書店 1965 p46

望郷の歌
　◇「巽聖歌作品集 下」巽聖歌作品集刊行委員会 1977 p292

防空三羽烏
　◇「氏原大作全集 2」条例出版 1977 p317

ほうけたんぽぽ
　◇「まど・みちお全詩集」理論社 1992 p572

某月某日
　◇「くんぺい魔法ばなし―魔法ばなし全集 2」サンリオ 2000 p76

某月某日 (A-随筆)
　◇「壺井栄全集 11」文泉堂出版 1998 p332

方言
　◇「椋鳩十の本 19」理論社 1982 p190

冒険
　◇「椋鳩十の本 23」理論社 1983 p145

奉公牛
　◇「まど・みちお全詩集 続」理論社 2015 p341

彷徨の海
　◇「全集版灰谷健次郎の本 4」理論社 1988 p5

報告
　◇「新版・宮沢賢治童話全集 12」岩崎書店 1979 p124
　◇「新修宮沢賢治全集 2」筑摩書房 1979 p114
　◇「ジュニア文学館 宮沢賢治―写真・絵画集成 3」日本図書センター 1996 p50
　◇「〔宮沢賢治〕注文の多い料理店―イーハトーヴ童話集」岩波書店 2000 (岩波少年文庫) p206

法庫門の乃木将軍
　◇「〔北原〕白秋全童謡集 3」岩波書店 1992 p234

豊作唄
　◇「野口雨情童謡集」弥生書房 1993 p6

ぼうさまのき
　◇「〔松谷みよ子〕日本むかし話 4」フレーベル館 2002 p3
　◇「〔松谷みよ子〕日本むかし話 愛蔵版 〔4〕」フレーベル館 2003 p1

坊さん
　◇「阪田寛夫全詩集」理論社 2011 p28

坊さんと石芋
　◇「〔小野〕友之童話集」文芸社 2009 p61

坊さんとキツネ
　◇「石森延男児童文学全集 4」学習研究社 1971 p184

坊さんと蛸
　◇「〔足立俊〕桃と赤おに」叢文社 1998 p40

坊さんとらくだ
　◇「鈴木三重吉童話全集 1」文泉堂書店 1975 (日本文学全集・選集叢刊第5次) p318

ぼうさんになったどろぼう
　◇「花岡大学仏典童話新作集 1」法蔵館 1984 p108

坊さんにばけたいわな
　◇「松谷みよ子のむかしむかし 9」講談社 1973 p86

ぼうし
　◇「〔東君平〕おはようどうわ 2」講談社 1982 p94

ぼうし
　◇「まど・みちお詩集 4」銀河社 1974 p24
　◇「まど・みちお全詩集」理論社 1992 p430

帽子
　◇「西條八十童謡全集」修道社 1971 p158
　◇「西條八十童話集」小学館 1983 p381

帽子
　◇「巽聖歌作品集 上」巽聖歌作品集刊行委員会 1977 p424

ほうしいっぱいのさくらんぼ
　◇「花岡大学童話文学全集 4」法蔵館 1980 p168

(帽子を)
　◇「稗田童平全集 8」宝文館出版 1982 p86

帽子を冠つた酒甕
　◇「瑠璃の壺―森銑三童話集」三樹書房 1982 p215

ぼうしをかぶろう
　◇「阪田寛夫全詩集」理論社 2011 p304

帽子がうたう帽子のうた
　◇「横山健童謡選集 2」無明舎出版 1995 p82

ぼうしが にげた
　◇「まど・みちお全詩集」理論社 1992 p325

帽子と地球儀
　◇「〔北原〕白秋全童謡集 3」岩波書店 1992 p397

帽子と菜の花
　◇「螢の河・源流へ―伊藤桂一作品集」講談社 2000

帽子と春
　◇「〔北原〕白秋全童謡集 3」岩波書店 1992 p402
帽子にだまされた和尚さん
　◇「〔西本鶏介〕日本の昔話―読みきかせお話集 1」小学館 1999 p12
奉仕について
　◇「阪田寛夫全詩集」理論社 2011 p104
ぼうしにとまる希望
　◇「やなせたかし童謡詩集 〔1〕」フレーベル館 2000 p32
帽子にばけたクロネコ
　◇「森三郎童話選集 〔1〕」刈谷市教育委員会 1995 p42
ぼうしねこはほんとねこ
　◇「あまんきみこ童話集 2」ポプラ社 2008 p73
　◇「あまんきみこセレクション 1」三省堂 2009 p76
ぼうしのかぶりかた
　◇「今江祥智の本 13」理論社 1980 p107
　◇「今江祥智童話館 〔2〕」理論社 1986 p35
　◇「今江祥智ショートファンタジー 4」理論社 2005 p121
ぼうしのすきな女の子ぼうしのすきな男の子
　◇「奥田継夫ベストコレクション 10」ポプラ社 2002 p169
紡車（日下部梅子）
　◇「岡田泰三・日下部梅子童謡集」会津童詩会 1992 p133
ぼうし屋のルル
　◇「太田博也童話集 4」小山書林 2008 p59
房州のくも
　◇「浜田広介全集 8」集英社 1976 p174
望小山
　◇「石森延男児童文学全集 4」学習研究社 1971 p180
方丈石
　◇「那須辰造著作集 2」講談社 1980 p107
北条早雲
　◇「筑波常治伝記物語全集 11」国土社 1972 p1
北条早雲について
　◇「筑波常治伝記物語全集 11」国土社 1972 p197
坊主くさい名前
　◇「花岡大学童話文学全集 5」法蔵館 1980 p14
どうようぼうずの木
　◇「ひろすけ幼年童話文学全集 5」集英社 1962 p54
ぼうずの木
　◇「浜田広介全集 11」集英社 1976 p92
宝石
　◇「いのち―みずかみかずよ全詩集」石風社 1995 p248

（講談社文芸文庫）p33

宝石売りの来た日
　◇「いのち―みずかみかずよ全詩集」石風社 1995 p268
宝石商
　◇「定本小川未明童話全集 2」講談社 1976 p42
　◇「定本小川未明童話全集 2」大空社 2001 p42
宝石と明星
　◇「氏原大作全集 4」条例出版 1977 p481
宝石箱
　◇「〔内海康子〕六月のカレンダー―詩集」けやき書房 1999 p34
宝石箱
　◇「庄野英二全集 6」偕成社 1979 p176
紡績姫
　◇「〔巌谷〕小波お伽全集 8」本の友社 1998 p389
防雪林
　◇「佐藤義美童謡集」さ・え・ら書房 1960 p258
　◇「佐藤義美全集 1」佐藤義美全集刊行会 1974 p269
ほうぜよ
　◇「与田凖一全集 1」大日本図書 1967 p12
ほうせんか
　◇「壺井栄名作集 9」ポプラ社 1965 p178
ホウセンカ
　◇「〔東君平〕おはようどうわ 3」講談社 1982 p84
鳳仙花
　◇「壺井栄全集 4」文泉堂出版 1998 p421
ほうせん花咲く丘
　◇「〔市原麟一郎〕子どもに語る戦争たいけん物語 4」リーブル出版 2007 p143
ほうせんかの たね
　◇「まど・みちお全詩集」理論社 1992 p363
ほうせんかの種まき
　◇「浜田広介全集 3」集英社 1975 p205
ほうたい
　◇「こやま峰子詩集 〔2〕」朔北社 2003 p38
ほうたい
　◇「庄野英二全集 9」偕成社 1979 p349
序詩 繃帯した少年
　◇「おの・ちゅうこう初期作品集 〔2〕 日本の教室は明るい」崙書房 1975 p (2)
膨張
　◇「戸川幸夫動物文学全集 8」講談社 1976 p3
ほうちょうと まないた
　◇「まど・みちお全詩集 続」理論社 2015 p68
奉天から安東まで
　◇「〔北原〕白秋全童謡集 3」岩波書店 1992 p239
奉天城門
　◇「〔北原〕白秋全童謡集 3」岩波書店 1992 p224
報道戦士

ほうと

端艇（ほうと）競漕
　◇「[巌谷] 小波お伽全集 7」本の友社 1998 p448

宝都物語
　◇「椋鳩十の本 1」理論社 1982 p202

豊年のこおろぎ
　◇「あたまでっかち―下村千秋童話選集」阿見町教育委員会, 講談社出版サービスセンター（製作）1997 p125

豊年まつり太鼓
　◇「横山健童謡選集 1」無明舎出版 1995 p42

奉納桜
　◇「魂の配達―野村吉哉作品集」草思社 1983 p173

坊のお家
　◇「[巌谷] 小波お伽全集 7」本の友社 1998 p295

坊津（ほうのつ）
　◇「椋鳩十の本 21」理論社 1982 p219

坊津十五夜唄
　◇「椋鳩十の本 23」理論社 1983 p270

ほうびのこめだわら
　◇「[木暮正夫] 日本のおばけ話・わらい話 9」岩崎書店 1987 p89

防風林のできごと
　◇「長い長いかくれんぼ―杉みき子自選童話集」新潟日報事業社 2001 p140
　◇「杉みき子選集 6」新潟日報事業社 2009 p231

ぼうふら
　◇「こやま峰子詩集〔1〕」朔北社 2003 p14

ぼうぶら
　◇「壺井栄全集 4」文泉堂出版 1998 p475

ぼうふらのうた
　◇「室生犀星童話全集 2」創林社 1978 p35

ぼうふり虫
　◇「中村雨紅詩謡集」中村雨紅詩謡集刊行委員会 1971 p40

豊分居閑談
　◇「佐々木邦全集 10」講談社 1975 p277

豊分居雑筆
　◇「佐々木邦全集 5」講談社 1975 p331

砲兵観測隊
　◇「新修宮沢賢治全集 6」筑摩書房 1980 p13

方法をめぐって
　◇「今江祥智の本 22」理論社 1981 p31

茫々草
　◇「達崎龍全童謡ホロホロ鳥」あい書林 1983 p46

ほうほう鳥
　◇「中村雨紅詩謡集」中村雨紅詩謡集刊行委員会 1971 p56

ほうほうほたる
　◇「浜田広介全集 11」集英社 1976 p87

ほうほう蛍
　◇「[北原] 白秋全童謡集 1」岩波書店 1992 p26

ほうほう蛍
　◇「中村雨紅詩謡集」中村雨紅詩謡集刊行委員会 1971 p72

ほうほう蛍来い
　◇「中村雨紅詩謡集」中村雨紅詩謡集刊行委員会 1971 p102

ほうほうほろりこ
　◇「[北原] 白秋全童謡集 1」岩波書店 1992 p320

放牧のあと
　◇「巽聖歌作品集 下」巽聖歌作品集刊行委員会 1977 p168

ホウホケキヨ
　◇「[巌谷] 小波お伽全集 7」本の友社 1998 p428

ほうまん池のかっぱ
　◇「椋鳩十学年別童話〔8〕」理論社 1991 p114

宝満神社の甘酒祭り
　◇「椋鳩十の本 23」理論社 1983 p273

ほうまんの池のカッパ
　◇「椋鳩十全集 19」ポプラ社 1980 p144
　◇「椋鳩十の本 14」理論社 1983 p191
　◇「椋鳩十の本 14」理論社 1983 p192

ほうむられた秘密
　◇「怪談小泉八雲のこわ〜い話 5」汐文社 2004 p39

訪問
　◇「杉みき子選集 2」新潟日報事業社 2005 p118

「ぼうや」
　◇「今江祥智の本 19」理論社 1981 p76
　◇「今江祥智童話館〔9〕」理論社 1987 p137

ぼうやと母さん
　◇「千葉省三童話全集 1」岩崎書店 1967 p57

坊やのお家
　◇「中村雨紅詩謡集」中村雨紅詩謡集刊行委員会 1971 p137

坊やのお国
　◇「[北原] 白秋全童謡集 5」岩波書店 1993 p66

坊やの初夢
　◇「[北原] 白秋全童謡集 5」岩波書店 1993 p109

坊やはカメラマン
　◇「横山健童謡選集 2」無明舎出版 1995 p80

蓬莱山のふもと
　◇「[吉田享子] おしゃべりな星―少年少女詩集」らくだ出版 2001 p30

蓬莱詩集
　◇「稗田菫平全集 8」宝文館出版 1982 p80

（蓬莱の）
　◇「稗田菫平全集 2」宝文館出版 1979 p114
　◇「稗田菫平全集 8」宝文館出版 1982 p81

ほうらく売りの出世

◇「[北原] 白秋全童謡集 4」岩波書店 1993 p415

◇「二反長半作品集 3」集英社 1979 p202

ボウリイ，薬罐を
◇「〔北原〕白秋全童謡集 1」岩波書店 1992 p152

法律
◇「巽聖歌作品集 上」巽聖歌作品集刊行委員会 1977 p82

法律家と小使
◇「〔巖谷〕小波お伽全集 14」本の友社 1998 p274

法律って
◇「〔黒川良人〕犬の詩猫の詩―児童詩集」東洋出版 2000 p142

法隆寺
◇「〔北原〕白秋全童謡集 4」岩波書店 1993 p10

暴力教室
◇「赤川次郎セレクション 7」ポプラ社 2008 p145

亡霊（「宿世の恋」より）
◇「怪談小泉八雲のこわ〜い話 7」汐文社 2009 p43

ぼうれいとりつく耳なし芳一
◇「〔木暮正夫〕日本の怪奇ばなし 4」岩崎書店 1989

亡霊の果しあい
◇「川崎大治民話選〔2〕」童心社 1969 p210

ホウレンソウを掘る
◇「全集版灰谷健次郎の本 20」理論社 1987 p35

第三詩集 放浪序説
◇「全集版灰谷健次郎の本 22」理論社 1988 p83

放浪序説
◇「全集版灰谷健次郎の本 22」理論社 1988 p84

放浪船
◇「椋鳩十の本 1」理論社 1982 p42

ぼう は ぼう
◇「まど・みちお全詩集 続」理論社 2015 p426

ほえない犬
◇「戸川幸夫・動物ものがたり 10」金の星社 1977 p5

ポエム・ド・コウベ
◇「全集版灰谷健次郎の本 22」理論社 1988 p93

ホオジロと銀杏の木
◇「健太と大天狗―片山貞一創作童話集」あさを社 2007 p16

頬白と目白のうた
◇「室生犀星童話全集 2」創林社 1978 p56

ホオジロのおしゃべり
◇「今井誉次郎童話集子どもの村〔3〕」国土社 1957 p33

ほおずき
◇「〔島崎〕藤村の童話 4」筑摩書房 1979 p226
◇「〔島崎〕藤村の童話 3」筑摩書房 1979 p134

ホオズキ
◇「あまんきみこセレクション 5」三省堂 2009 p257

ホオズキ
◇「〔東君平〕おはようどうわ 1」講談社 1982 p144
◇「東君平のおはようどうわ 3」新日本出版社 2010 p6

ほおずきさん
◇「佐藤義美童謡集」さ・え・ら書房 1960 p194
◇「佐藤義美全集 1」佐藤義美全集刊行会 1974 p218

ほおずきぢょうちん
◇「そうめん流し―にのまえりょう童話集」新風舎 2002 p13

ほおずき忠兵衛
◇「鈴木喜代春児童文学選集 3」らくだ出版 2009 p1

酸漿提灯
◇「野口雨情童話集」弥生書房 1993 p28

ホオズキのうた
◇「今井誉次郎童話集子どもの村〔3〕」国土社 1957 p19

ほおずき ラルラ
◇「佐藤義美童謡集」さ・え・ら書房 1960 p213
◇「佐藤義美全集 1」佐藤義美全集刊行会 1974 p232

頬すりよせて
◇「早乙女勝元小説選集 8」理論社 1977 p179

〔穂を出しはじめた青い稲田が〕
◇「新修宮沢賢治全集 7」筑摩書房 1980 p254

ホオのうた
◇「稗田童平全集 3」宝文館出版 1979 p47

（朴の梢に）
◇「稗田童平全集 8」宝文館出版 1982 p23

頬のこぶ
◇「鈴木三重吉童話全集 2」文泉堂書店 1975（日本文学全集・選集叢刊第5次）p308

朴の花に
◇「稗田童平全集 1」宝文館出版 1978 p95

朴葉ぐるまに
◇「稗田童平全集 1」宝文館出版 1978 p80

ほおひげ
◇「西條八十童話集」小学館 1983 p427

頬ひげ
◇「西條八十童謡全集」修道社 1971 p53

ホオリノミコトとトヨタマ姫
◇「岩永博史童話集 3」岩永博史 2012 p172

ポオルの宿のふしぎなお客
◇「太田博也童話集 4」小山書林 2008 p175

捕獲した生物
◇「星新一ショートショートセレクション 9」理論社 2003 p79

火影の夢
◇「安房直子コレクション 6」偕成社 2004 p199

ほかの

他の褒める歌には感心が出来ませんでした
　◇「与謝野晶子児童文学全集 5」春陽堂書店 2007 p192

ぽかぽかてくてく
　◇「阪田寛夫全詩集」理論社 2011 p407

ほかほか！ フレンチトーストをめしあがれ！
　◇「いちばん大切な願いごと―宮下木花12歳童話集」銀の鈴社 2007（小さな鈴シリーズ）p52

朗らかペタコ
　◇「〔北原〕白秋全童謡集 5」岩波書店 1993 p157

ホーキ星
　◇「椋鳩十全集 11」ポプラ社 1970 p65

ぼく
　◇「北彰介作品集 4」青森県児童文学研究会 1991 p181

ぼく
　◇「〔高崎乃理子〕妖精の好きな木―詩集」かど創房 1998 p34

ぼくいってくるよ
　◇「寺村輝夫童話全集 7」ポプラ社 1982 p35
　◇「寺村輝夫全童話 7」理論社 1999 p465

北欧からソビエトをめぐる
　◇「松谷みよ子全エッセイ 3」筑摩書房 1989 p315

ぼくを捨てないで
　◇「〔黒川良人〕犬の詩猫の詩―児童詩集」東洋出版 2000 p71

ぼくがいちばんつよいんだ
　◇「大石真児童文学全集 15」ポプラ社 1982 p29

僕が大きくなるまで
　◇「定本小川未明童話全集 13」講談社 1977 p7
　◇「定本小川未明童話全集 13」大空社 2002 p7

ぼくが風をつくってく
　◇「山本瓔子詩集Ⅱ」新風舎 2003 p37

僕がかわいがるから
　◇「定本小川未明童話全集 11」講談社 1977 p60
　◇「定本小川未明童話全集 11」大空社 2002 p60

ぼくが ここに
　◇「まど・みちお全詩集 続」理論社 2015 p424

ぼくが泣いた日＝童謡＝
　◇「全集灰谷健次郎の本 22」理論社 1988 p112

ぼくが密林―きれいな豹になった話
　◇「くどうなおこ詩集○」童話屋 1996 p86

ぼくがもうひとり
　◇「山中恒児童よみもの選集 14」読売新聞社 1984 p5
　◇「山中恒よみもの文庫 9」理論社 1997 p17

朴君の長靴
　◇「魂の配達―野村吉哉作品集」草思社 1983 p280

ぼくケッコンしていい？
　◇「〔藤井則行〕祭りの宵に―童話集」創栄出版 1995 p3

ぼく, ここの保育園すき
　◇「全集版灰谷健次郎の本 18」理論社 1987 p97

北山
　◇「〔北原〕白秋全童謡集 3」岩波書店 1992 p240

牧師さんの女の子
　◇「阪田寛夫全詩集」理論社 2011 p20

牧者の歌
　◇「新修宮沢賢治全集 7」筑摩書房 1980 p350

北守将軍と三人兄弟の医者
　◇「新版・宮沢賢治童話全集 9」岩崎書店 1979 p5
　◇「新修宮沢賢治全集 13」筑摩書房 1980 p239
　◇「宮沢賢治童話集 3」講談社 1985（講談社青い鳥文庫）p78
　◇「〔宮沢〕賢治童話」翔泳社 1995 p497
　◇「学校放送劇舞台劇脚本集 宮沢賢治名作童話」東洋書院 2008 p159
　◇「宮沢賢治童話珠玉選〔3〕」講談社 2009 p173

北守将軍と三人兄弟の医者〔初期形〕
　◇「新修宮沢賢治全集 13」筑摩書房 1980 p342

牧場（ぼくじょう）… → "まきば…"をも見よ

牧場
　◇「〔島崎〕藤村の童話 1」筑摩書房 1979 p145
　◇「〔島崎〕藤村の童話 1」筑摩書房 1979 p147

牧場都市
　◇「星新一ちょっと長めのショートショート 6」理論社 2006 p47

牧場の嵐
　◇「谷口雅春童話集 5」日本教文社 1977 p41

ボクシング
　◇「〔北原〕白秋全童謡集 3」岩波書店 1992 p386

牧神の唄
　◇「稗田童平全集 2」宝文館出版 1979 p59

（牧人の呪文や哀し）
　◇「稗田童平全集 2」宝文館出版 1979 p91

北辰寮
　◇「巽聖歌作品集 下」巽聖歌作品集刊行委員会 1977 p255

ホークス酒場
　◇「庄野英二全集 9」偕成社 1979 p14

木仙
　◇「土田耕平童話集〔2〕」古今書院 1955 p93

ぼくたち大きくなってから
　◇「与田準一全集 1」大日本図書 1967 p266

ぼくたちのあいさつ
　◇「阪田寛夫全詩集」理論社 2011 p140

ぼくたちの うちを つくろう
　◇「巽聖歌作品集 下」巽聖歌作品集刊行委員会 1977 p55

ぼくたち緑の時間

ぼくたちは 愛するけれど
　◇「小川未明幼年童話文学全集 8」集英社 1966 p170
僕たちは愛するけれど
　◇「定本小川未明童話全集 10」講談社 1977 p140
　◇「定本小川未明童話全集 10」大空社 2001 p140
ぼくたちは ふたり
　◇「まど・みちお全詩集」理論社 1992 p290
ぼくたちはまっている
　◇「岡本良雄童話文学全集 2」講談社 1964 p149
ぼくだってライオン
　◇「きむらゆういちおはなしのへや 2」ポプラ社 2012 p25
ボクちゃんの戦場
　◇「奥田継夫ベストコレクション 1」ポプラ社 2001 p7
ボク、強い子になりたい
　◇「〔岡田文正〕短編作品集 ボク、強い子になりたい」ウインかもがわ, かもがわ出版（発売） 2009 p4
ぼくとあの子とテトラポッド
　◇「杉みき子選集 6」新潟日報事業社 2009 p7
ぼくと犬のこと
　◇「山本瓔子詩集 II」新風舎 2003 p72
ボクとお節句
　◇「サトウハチロー童謡集」弥生書房 1977 p56
ぼくとおばけの子
　◇「大川悦生・おばけの本 5」ポプラ社 1981 p1
ぼくときみ
　◇「阪田寛夫全詩集」理論社 2011 p387
ぼくと きみ
　◇「佐藤義美童話集」さ・え・ら書房 1960 p206
ボクト キミ
　◇「佐藤義美全集 1」佐藤義美全集刊行会 1974 p129
　◇「佐藤義美全集 1」佐藤義美全集刊行会 1974 p147
ぼくとざりがに
　◇「〔関根栄一〕はしるふじさん――童謡集」小峰書店 1998 p14
ぼくとさる
　◇「佐藤義美全集 4」佐藤義美全集刊行会 1974 p11
ぼくと自転車と北風と
　◇「〔村上のぶ子〕ここは小人の国――少年詩集」あしぶえ出版 2000 p68
ぼくと・じんべぇと・青い空
　◇「ろくでなしという名のポーリー――もとさこみつる短編童話集」早稲田童話塾 2012 p143
ぼくとターくん
　◇「〔黒川良人〕犬の詩猫の詩――児童詩集」東洋出版 2000 p27

◇「大石真児童文学全集 8」ポプラ社 1982 p113
北斗の歌
　◇「山中恒児童よみもの選集 17」読売新聞社 1986 p5
ボクと鳩
　◇「阪田寛夫全詩集」理論社 2011 p316
ぼくとベス
　◇「〔高崎乃理子〕妖精の好きな木――詩集」かど創房 1998 p30
ぼくと ママ
　◇「まど・みちお全詩集」理論社 1992 p214
ぼくともうひとりのぼく
　◇「今江祥智童話館 〔6〕」理論社 1986 p7
　◇「今江祥智の本 32」理論社 1991 p14
　◇「今江祥智ショートファンタジー 4」理論社 2005 p16
僕に足りないもの
　◇「みんな家族――他8編――あづましん児童文学短編集」愛生社 2001 p117
ぼくには ぼくの
　◇「まど・みちお全詩集」理論社 1992 p290
ぼくの？
　◇「まど・みちお全詩集」理論社 1992 p617
ぼくの「愛国心」(灰谷記）
　◇「全集版灰谷健次郎の本 23」理論社 1988 p135
ぼくの愛した鉛筆
　◇「やなせたかし童謡詩集 〔3〕」フレーベル館 2001 p54
ぼくのいえなんだ
　◇「寺村輝夫童話全集 11」ポプラ社 1982 p5
ぼくの家なんだ
　◇「寺村輝夫全童話 4」理論社 1997 p438
ぼくの椅子
　◇「かもめの水兵さん――武内俊子伝記と作品集」講談社出版サービスセンター 1977 p193
ぼくのイヌくろべえ
　◇「佐藤さとるファンタジー全集 12」講談社 1982 p245
　◇「佐藤さとるファンタジー全集 12」講談社, 復刊ドットコム（発売） 2011 p245
ぼくの いぬころ
　◇「与田凖一全集 1」大日本図書 1967 p206
僕の妹
　◇「〔大野憲三〕創作童話」一粒書房 2012 p156
ぼくのおとうと
　◇「角野栄子のちいさなどうわたち 5」ポプラ社 2007 p23
ぼくのおばけ
　◇「佐藤さとるファンタジー全集 10」講談社 1983 p221
　◇「佐藤さとる幼年童話自選集 4」ゴブリン書房 2004 p161

ほくの

ぼくの
　◇「佐藤さとるファンタジー全集 10」講談社, 復刊ドットコム（発売）2011 p221
ぼくのおもちゃばこ
　◇「佐藤さとるファンタジー全集 14」講談社 1983 p255
　◇「佐藤さとるファンタジー全集 14」講談社, 復刊ドットコム（発売）2011 p255
ぼくの おんがくかい
　◇「与田凖一全集 4」大日本図書 1967 p14
僕のかきの木
　◇「定本小川未明童話全集 12」講談社 1977 p86
　◇「定本小川未明童話全集 12」大空社 2002 p86
ぼくの過失致死罪
　◇「全集版灰谷健次郎の本 19」理論社 1987 p217
ぼくの学校ぼくひとり
　◇「宮川ひろの学校シリーズ 1」ポプラ社 1999 p1
ぼくのきもち
　◇「パパとボクとネコ―山口紀代子童謡詩集」音楽舎 2003 p68
僕の国
　◇「校定新美南吉全集 9」大日本図書 1981 p583
ぼくのけらいになれ
　◇「佐藤さとる全集 2」講談社 1972 p1
ぼくの家来になれ
　◇「佐藤さとるファンタジー全集 12」講談社 1982 p17
　◇「佐藤さとるファンタジー全集 12」講談社, 復刊ドットコム（発売）2011 p17
ボクの声
　◇〔矢ヶ崎則之〕童話集1「ねえねえ、兄ちゃん…」」レーヴック、星雲社（発売）2011 p233
ぼくのさかなつり
　◇〔東風琴月〕童話集 2」ストーク 2006 p71
ぼくの作品は男の文学です（大石真、神宮輝夫）
　◇〔神宮輝夫〕現代児童文学作家対談 4」偕成社 1988 p117
ぼくのサークル史
　◇「今江祥智の本 36」理論社 1990 p265
ぼくのじ
　◇「まど・みちお全詩集」理論社 1992 p363
僕の自画像
　◇〔北原〕白秋全童謡集 4」岩波書店 1993 p199
ぼくの児童文学
　◇「長崎源之助全集 20」偕成社 1988 p123
ぼくのジープ
　◇「佐藤さとるファンタジー全集 14」講談社 1983 p259
　◇「佐藤さとるファンタジー全集 14」講談社, 復刊ドットコム（発売）2011 p259
僕の将来
　◇「全集版灰谷健次郎の本 22」理論社 1988 p108

ぼくのスミレちゃん
　◇「今江祥智童話館 〔16〕」理論社 1987 p200
ぼくのたからものどこですか
　◇「角野栄子のちいさなどうわたち 3」ポプラ社 2007 p5
ぼくの旅
　◇「全集版灰谷健次郎の本 22」理論社 1988 p92
ぼくの断食日＝一
　◇「全集版灰谷健次郎の本 20」理論社 1987 p44
ぼくの断食日＝二
　◇「全集版灰谷健次郎の本 20」理論社 1987 p52
ぼくの地球
　◇「山本瓔子詩集 I」新風舎 2003 p98
ぼくのチンチン
　◇〔黒川良人〕犬の詩猫の詩―児童詩集」東洋出版 2000 p146
ぼくのつくえはぼくのくに
　◇「佐藤さとる全集 3」講談社 1972 p21
ぼくのつくえはぼくの国
　◇「佐藤さとる幼年童話自選集 4」ゴブリン書房 2004 p61
ぼくの机はぼくの国
　◇「佐藤さとるファンタジー全集 8」講談社 1982 p207
　◇「佐藤さとるファンタジー全集 8」講談社, 復刊ドットコム（発売）2010 p207
ぼくのつくったさんかくひこうき
　◇「いのち―みずかみかずよ全詩集」石風社 1995 p241
ボクノツクッタミチ
　◇「佐藤義美全集 2」佐藤義美全集刊行会 1973 p77
　◇「佐藤義美全集 2」佐藤義美全集刊行会 1973 p79
ぼくの東京物語
　◇「赤川次郎セレクション 6」ポプラ社 2008 p55
ぼくの とおる みち
　◇「小川未明幼年童話文学全集 1」集英社 1965 p53
僕の通るみち
　◇「定本小川未明童話全集 13」講談社 1977 p209
　◇「定本小川未明童話全集 13」大空社 2002 p209
ぼくの農繁期
　◇「全集版灰谷健次郎の本 20」理論社 1987 p76
ぼくの花
　◇「まど・みちお全詩集」理論社 1992 p317
　◇「まどさんの詩の本 11」理論社 1997 p30
ぼくの鼻
　◇〔黒川良人〕犬の詩猫の詩―児童詩集」東洋出版 2000 p43
ぼくのひこうき
　◇「佐藤さとるファンタジー全集 14」講談社 1983 p263
　◇「佐藤さとるファンタジー全集 14」講談社, 復刊

ほくのふたりのおばあさん
　　◇「宮口しづえ童話全集 7」筑摩書房 1979 p79
ぼくのブブー
　　◇「おはなしいっぱい―祐成智美童謡詩集」リーブル 1997 p78
ぼくの防空壕
　　◇「〔野坂昭如〕戦争童話集 忘れてはイケナイ物語り〔1〕八月の風船」日本放送出版協会 2002 p33
僕の帽子のお話
　　◇「有島武郎童話集」角川書店 1952（角川文庫）p42
ぼくのボート
　　◇「平塚武二童話全集 5」童心社 1972 p79
ぼくのマドンナ
　　◇「全集版灰谷健次郎の本 20」理論社 1987 p214
僕の村も変った
　　◇「中村雨紅詩謡集」中村雨紅詩謡集刊行委員会 1971 p135
ぼくのムンチだ！
　　◇「〔渡辺冨美子〕チコのすず―創作童話集」タラの木文学会 1998 p3
ぼくのメダカ
　　◇「やなせたかし童謡詩集〔2〕」フレーベル館 2000 p40
ぼくのメリー・ゴー・ラウンド
　　◇「今江祥智の本 35」理論社 1990 p7
ぼくのメリーゴーラウンド
　　◇「今江祥智の本 14」理論社 1980 p72
　　◇「今江祥智童話集〔6〕」理論社 1986 p104
　　◇「今江祥智ショートファンタジー 5」理論社 2005 p38
僕の木銃
　　◇「〔北原〕白秋全童謡集 4」岩波書店 1993 p207
ぼくの勇気
　　◇「やなせたかし童謡詩集〔2〕」フレーベル館 2000 p14
ボクの雪ダルマ
　　◇「おはなしの森―きはらみちこ童話集」熊本日日新聞情報文化センター 1999 p40
ぼくのゆめ
　　◇「佐藤義美童謡集」さ・え・ら書房 1960 p210
　　◇「佐藤義美全集 1」佐藤義美全集刊行会 1974 p229
ぼくのゆめ
　　◇「まど・みちお全詩集」理論社 1992 p550
ぼくのヨット
　　◇「佐藤さとるファンタジー全集 14」講談社 1983 p256
　　◇「佐藤さとるファンタジー全集 14」講談社, 復刊ドットコム（発売）2011 p256

ぼく　はずかしいや
　　◇「与田凖一全集 3」大日本図書 1967 p61
牧馬地方の春の歌
　　◇「新修宮沢賢治全集 7」筑摩書房 1980 p272
ぼくまでが
　　◇「北彰介作品集 4」青森県児童文学研究会 1991 p160
北満の夏
　　◇「巽聖歌作品集 上」巽聖歌作品集刊行委員会 1977 p256
北瞑小記
　　◇「稗田童平全集 2」宝文館出版 1979 p142
ぼくも人間きみも人間―信太郎君の作った記録
　　◇「ジュニア版吉野源三郎全集 2」ポプラ社 1967 p7
　　◇「吉野源三郎全集 2」ポプラ社 2000 p7
ぼくも　わたしも　大きく　なった
　　◇「巽聖歌作品集 下」巽聖歌作品集刊行委員会 1977 p57
北洋漁業の船団
　　◇「巽聖歌作品集 下」巽聖歌作品集刊行委員会 1977 p241
ぼくラッシー
　　◇「〔黒川良人〕犬の詩猫の詩―児童詩集」東洋出版 2000 p20
ぼくらのうちは汽車ぽっぽ
　　◇「阪田寛夫全詩集」理論社 2011 p614
僕らの英雄
　　◇「赤川次郎セレクション 2」ポプラ社 2008 p133
ぼくらのおいけ
　　◇「斎田喬児童劇選集〔5〕」牧書店 1954 p22
ぼくらのお池（生活劇）
　　◇「斎田喬幼年劇全集 1」誠文堂新光社 1962 p527
ぼくらの学校
　　◇「まど・みちお全詩集」理論社 1992 p67
ぼくらの教室先生三人
　　◇「宮川ひろの学校シリーズ 4」ポプラ社 2003 p1
ぼくらの教室フライパン
　　◇「全集古田足日子どもの本 8」童心社 1993 p279
ぼくらの太陽
　　◇「巽聖歌作品集 下」巽聖歌作品集刊行委員会 1977 p246
ぼくらの団地
　　◇「巽聖歌作品集 下」巽聖歌作品集刊行委員会 1977 p115
ぼくらのPTA
　　◇「岡本良雄童話文学全集 2」講談社 1964 p158
ぼくらの道（よびかけ）
　　◇「斎田喬幼年劇全集 3」誠文堂新光社 1962 p231
僕らは科学少国民

ほくら

◇「〔北原〕白秋全童謡集 4」岩波書店 1993 p392

ぼくらは機関車太陽号
◇「全集古田足日子どもの本 8」童心社 1993 p7

僕らは昭和の少国民だ
◇「〔北原〕白秋全童謡集 4」岩波書店 1993 p311
◇「〔北原〕白秋全童謡集 4」岩波書店 1993 p312

ぼくらは はだか
◇「巽聖歌作品集 下」巽聖歌作品集刊行委員会 1977 p60

僕らは両手をメガホンにして呼んで歩いた
◇「まど・みちお全詩集」理論社 1992 p689

春蘭(ほくり)
◇「壺井栄名作集 9」ポプラ社 1965 p42

（北陸の）
◇「稗田菫平全集 8」宝文館出版 1982 p102

北陵
◇「〔北原〕白秋全童謡集 3」岩波書店 1992 p228

春蘭(ほくり)（A-小説）
◇「壺井栄全集 4」文泉堂出版 1998 p447

春蘭(ほくり)（B-随筆）
◇「壺井栄全集 11」文泉堂出版 1998 p446

ほくろ
◇「おはなしいっぱい―祐成智美童謡詩集」リーブル 1997 p76

ホクロ
◇「壺井栄全集 3」文泉堂出版 1997 p517

ぼくは、あきらめない
◇「ほんとはね、一かわしませいご童話集」文芸社 2008 p55

ぼくはアコーディオン弾き
◇「岩永博史童話集 1」岩永博史 2001 p87

ぼくは いたずらを しない
◇「巽聖歌作品集 上」巽聖歌作品集刊行委員会 1977 p510

ぼくはおにいちゃん
◇「角野栄子のちいさなどうわたち 5」ポプラ社 2007 p5

ぼくはかいじゅう
◇「阪田寛夫全詩集」理論社 2011 p406

ボクは神の如くに
◇「椋鳩十の本 1」理論社 1982 p130

ぼくはカメラワークで書くんです(舟崎克彦、神宮輝夫)
◇「〔神宮輝夫〕現代児童文学作家対談 5」偕成社 1989 p81

ぼくは川
◇「阪田寛夫全詩集」理論社 2011 p149

ボクハ技師
◇「巽聖歌作品集 上」巽聖歌作品集刊行委員会 1977 p155

ぼくは きみたちと はなしあいたい
◇「佐藤義美全集 3」佐藤義美全集刊行会 1973 p385

僕はこれからだ
◇「定本小川未明童話全集 13」講談社 1977 p143
◇「定本小川未明童話全集 13」大空社 2002 p143

ぼくはさかな
◇「いのち―みずかみかずよ全詩集」石風社 1995 p254

ぼくは「そんごくう」
◇「今江祥智の本 19」理論社 1981 p53
◇「今江祥智童話館 〔13〕」理論社 1987 p7

ぼくはドクター
◇「横山健童謡選集 2」無明舎出版 1995 p81

ぼくは何を
◇「まど・みちお全詩集」理論社 1992 p544
◇「まどさんの詩の本 6」理論社 1996 p30

僕は兄さんだ
◇「定本小川未明童話全集 10」講談社 1977 p196
◇「定本小川未明童話全集 10」大空社 2001 p196

ボクはネコなんだ
◇「岡野薫子動物記 5」小峰書店 1986 p1

ぼくは番頭の九官鳥
◇「〔藤井則行〕祭りの宵に一童話集」創栄出版 1995 p88

ぼくはファンタジー国に住む(佐藤さとる、神宮輝夫)
◇「〔神宮輝夫〕現代児童文学作家対談 1」偕成社 1988 p9

ボクーはほしがりや
◇「筒井敬介童話全集 4」フレーベル館 1983 p177

ぼくは捕手だった
◇「石森延男児童文学全集 15」学習研究社 1971 p135

ぼくはほんとはかいじゅうなんだ
◇「後藤竜二童話集 4」ポプラ社 2013 p25

ぼくは魔法学校三年生
◇「佐藤さとるファンタジー全集 13」講談社 1983 p159
◇「佐藤さとるファンタジー全集 13」講談社、復刊ドットコム（発売）2011 p159

ぼくは野球部一年生
◇「サトウハチロー・ユーモア小説選 12」岩崎書店 1978 p5

ぼくは やくざいし
◇「与田準一全集 1」大日本図書 1967 p236

ぼくはライオン
◇「今江祥智の本 33」理論社 1990 p155

「ぼくは悪いことをした」というぼくの聖書
◇「全集灰谷健次郎の本 17」理論社 1987 p7

法華経を写した話

ほしい

　　◇「土田耕平童話集 〔3〕」古今書院 1955 p36
ホケキョ花
　　◇「浜田広介全集 11」集英社 1976 p59
ポケット
　　◇「佐藤義美童謡集」さ・え・ら書房 1960 p64
　　◇「佐藤義美全集 1」佐藤義美全集刊行会 1974 p185
ポケット
　　◇「庄野英二全集 11」偕成社 1980 p327
ポケット
　　◇「くんぺい魔法ばなし―魔法ばなし全集 3」サンリオ 2000 p178
ぽけっとくらべ
　　◇「今江祥智の本 16」理論社 1980 p20
　　◇「今江祥智童話館 〔1〕」理論社 1986 p67
　　◇「今江祥智ショートファンタジー 1」理論社 2004 p7
ポケットだらけの服
　　◇「佐藤さとる全集 4」講談社 1974 p157
　　◇「佐藤さとるファンタジー全集 14」講談社 1983 p243
　　◇「佐藤さとる幼年童話自選集 2」ゴブリン書房 2003 p5
　　◇「佐藤さとるファンタジー全集 14」講談社, 復刊ドットコム (発売) 2011 p243
ぽけっとの海
　　◇「今江祥智の本 14」理論社 1980 p78
　　◇「今江祥智童話館 〔4〕」理論社 1986 p126
　　◇「今江祥智ショートファンタジー 3」理論社 2004 p186
ポケットのなか
　　◇「もりやまみやこ童話選 1」ポプラ社 2009 p104
ポケットのなかのおかあさん
　　◇「壺井栄名作集 1」ポプラ社 1965 p43
　　◇「壺井栄全集 10」文泉堂出版 1998 p59
ポケットの中のおかあさん
　　◇「定本壺井栄児童文学全集 2」講談社 1979 p262
ポケット民話
　　◇「稗田童平全集 5」宝文館出版 1980 p126
ぽけについて
　　◇「阪田寛夫全詩集」理論社 2011 p410
ボケのき
　　◇「〔東君平〕おはようどうわ 1」講談社 1982 p62
ボケるってなあに
　　◇「横山健童謡選集 2」無明舎出版 1995 p129
母校復興
　　◇「佐々木邦全集 補巻5」講談社 1975 p205
保護色
　　◇「星新一ショートショートセレクション 4」理論社 2002 p159
「戈」の文字

　　◇「瑠璃の壺―森銑三童話集」三樹書房 1982 p190
〔祠の前のちしゃのいろした草はらに〕
　　◇「新修宮沢賢治全集 3」筑摩書房 1979 p69
　　◇「新修宮沢賢治全集 3」筑摩書房 1979 p333
ほこり
　　◇「西條八十童謡全集」修道社 1971 p155
ほこり
　　◇「まど・みちお詩集 6」銀河社 1975 p38
　　◇「まど・みちお全詩集」理論社 1992 p505
　　◇「まどさんの詩の本 9」理論社 1996 p26
誇り高きエネルギーよ、再び
　　◇「椋鳩十の本 29」理論社 1989 p22
ほころび
　　◇「巽聖歌作品集 上」巽聖歌作品集刊行委員会 1977 p468
ほし
　　◇「こやま峰子詩集 〔3〕」朔北社 2003 p26
ほし
　　◇「〔東君平〕ひとくち童話 4」フレーベル館 1995 p32
ほし
　　◇「まど・みちお全詩集」理論社 1992 p97
　　◇「まど・みちお全詩集」理論社 1992 p177
　　◇「まど・みちお全詩集」理論社 1992 p291
　　◇「まどさんの詩の本 1」理論社 1994 p90
　　◇「まどさんの詩の本 14」理論社 1997 p14
星
　　◇「〔竹久〕夢二童謡集」ノーベル書房 1975（浪漫文庫）p69
星
　　◇「巽聖歌作品集 下」巽聖歌作品集刊行委員会 1977 p299
星
　　◇「中村雨紅詩謡集」中村雨紅詩謡集刊行委員会 1971 p69
星
　　◇「いのち―みずかみかずよ全詩集」石風社 1995 p151
　　◇「いのち―みずかみかずよ全詩集」石風社 1995 p228
星
　　◇「やなせたかし童謡詩集 〔1〕」フレーベル館 2000 p84
星
　　◇「与田凖一全集 2」大日本図書 1967 p53
星（或羊飼ひの話）（アルフォンス・ドーデーによる）
　　◇「鈴木三重吉童話全集 8」文泉堂書店 1975（日本文学全集・選集叢刊第5次）p327
干し鰯
　　◇「〔土田明子〕ちいさい星―母と子の詩集」らくだ

ほしう

　　　　◇出版 2002 p58

星売りのくる町
　　　　◇「〔林原玉枝〕星の花束を—童話集」てらいんく 2009 p5

星へいったピエロ
　　　　◇「立原えりかのファンタジーランド 14」青土社 1980 p5

星へのやくそく
　　　　◇「大石真児童文学全集 6」ポプラ社 1982 p183

星を食べる大根
　　　　◇「お噺の卵—武井武雄童話集」講談社 1976（講談社文庫）p168

星をとる方法
　　　　◇「〔柳家弁天〕らくご文庫 11」太平出版社 1987 p109

ほしをみたよ
　　　　◇「阪田寛夫全詩集」理論社 2011 p211

星を見る人
　　　　◇「赤川次郎ショートショートシリーズ 1」理論社 2009 p106

星を見る窓
　　　　◇「立原えりかのファンタジーランド 10」青土社 1980 p171

（星をめぐる無数の死）
　　　　◇「稗田童平全集 8」宝文館出版 1982 p34

星をもらった子
　　　　◇「今江祥智の本 16」理論社 1980 p86
　　　　◇「今江祥智童話館 〔1〕」理論社 1986 p198
　　　　◇「今江祥智ショートファンタジー 4」理論社 2005 p65

星が生まれる夜
　　　　◇「〔林原玉枝〕星の花束を—童話集」てらいんく 2009 p113

星ケ浦
　　　　◇「〔北原〕白秋全童謡集 3」岩波書店 1992 p188

ほしガキ
　　　　◇「〔東君平〕おはようどうわ 1」講談社 1982 p18

ほしガキつくり
　　　　◇「〔東君平〕おはようどうわ 5」講談社 1982 p172

ほしがきの木
　　　　◇「旅だち—内藤哲彦児童文学作品集」境文化研究所 2007 p162

星がぎんかになるはなし
　　　　◇「ひろすけ幼年童話文学全集 10」集英社 1962 p66
　　　　◇「浜田広介全集 10」集英社 1976 p158

（星が暗い）
　　　　◇「稗田童平全集 2」宝文館出版 1979 p88

星がしずかに—放送詩
　　　　◇「北彰介作品集 4」青森県児童文学研究会 1991 p50

欲しかったグローブ
　　　　◇「ビートたけし傑作集 少年編 1」金の星社 2010 p88

星がとんだ
　　　　◇「浜田広介全集 11」集英社 1976 p68

星が降る
　　　　◇「〔おうち・やすゆき〕こら！ しんぞう—童謡詩集」小峰書店 1996 p64

星からおちた小さな人
　　　　◇「佐藤さとる全集 10」講談社 1974 p1

「星からおちた小さな人」・あとがき（その1）
　　　　◇「佐藤さとるファンタジー全集 16」講談社 1983 p181
　　　　◇「佐藤さとるファンタジー全集 16」講談社, 復刊ドットコム（発売）2011 p181

「星からおちた小さな人」・あとがき（その2）
　　　　◇「佐藤さとるファンタジー全集 16」講談社 1983 p183
　　　　◇「佐藤さとるファンタジー全集 16」講談社, 復刊ドットコム（発売）2011 p182

「星からおちた小さな人」・講談社文庫版・あとがき
　　　　◇「佐藤さとるファンタジー全集 16」講談社 1983 p184
　　　　◇「佐藤さとるファンタジー全集 16」講談社, 復刊ドットコム（発売）2011 p184

星からおちた小さな人（コロボックル物語3）
　　　　◇「佐藤さとるファンタジー全集 3」講談社 1983 p3
　　　　◇「佐藤さとるファンタジー全集 3」講談社, 復刊ドットコム（発売）2010 p3

星からきたひと
　　　　◇「立原えりかのファンタジーランド 3」青土社 1980 p129

星からきた人
　　　　◇「新美南吉全集 6」牧書店 1965 p234

星から来た人
　　　　◇「校定新美南吉全集 8」大日本図書 1981 p23

星からのメッセージ
　　　　◇「土田明子詩集 3」かど創房 1986 p14

ほし草ぐるま
　　　　◇「浜田広介全集 11」集英社 1976 p130

ほし栗
　　　　◇「おの・ちゅうこう初期作品集 〔1〕 牧歌的風景」崙書房 1975 p120

干鮭つるして
　　　　◇「新美南吉全集 6」牧書店 1965 p256

干鮭吊して
　　　　◇「校定新美南吉全集 8」大日本図書 1981 p305

ほしさん おやすみ
　　　　◇「巽聖歌作品集 下」巽聖歌作品集刊行委員会

星(三章)
◇「稗田童平全集 1」宝文館出版 1978 p83
星月夜
◇「〔斎藤信夫〕子ども心を友として―童謡詩集」成東町教育委員会 1996 p74
星月夜
◇「斎藤隆介全集 3」岩崎書店 1982 p151
星月夜
◇「花岡大学童話文学全集 3」法蔵館 1980 p7
ほしぞら
◇「〔東君平〕おはようどうわ 7」講談社 1982 p60
ほしぞらと海
◇「〔関根栄一〕はしるふじさん―童謡集」小峰書店 1998 p100
星空の下の風呂場
◇「武田亜公童話集 2」秋田文化出版社 1978 p49
星空は何を教えたか―あるおじさんの話したこと
◇「ジュニア版吉野源三郎全集 2」ポプラ社 1967 p47
◇「吉野源三郎全集 2」ポプラ社 2000 p63
ほしたふとん
◇「杉みき子選集 2」新潟日報事業社 2005 p26
星と苺
◇「西條八十童謡全集」修道社 1971 p140
星と風
◇「やなせたかし童謡詩集 〔1〕」フレーベル館 2000 p86
星ときょうだい
◇「与謝準一全集 1」大日本図書 1967 p120
星とくるみ
◇「北彰介作品集 1」青森県児童文学研究会 1990 p85
◇「北彰介作品集 1」青森県児童文学研究会 1990 p114
星とたんぽぽ
◇「新装版金子みすゞ全集 2」JULA出版局 1984 p108
◇「〔金子〕みすゞ詩画集 〔2〕」春陽堂書店 1997
◇「みすゞさん―童謡詩人・金子みすゞの優しさ探しの旅 1」春陽堂書店 1997
◇「金子みすゞ童謡集」角川春樹事務所 1998 (ハルキ文庫) p108
◇「〔金子〕みすゞ詩画集 〔3〕」春陽堂書店 2000
◇「金子みすゞ童謡全集 3」JULA出版局 2004 p164
星と柱を数えたら
◇「定本小川未明童話全集 3」講談社 1977 p323
◇「定本小川未明童話全集 3」大空社 2001 p323
星と花と少女
◇「西條八十童話集」小学館 1983 p397

星とぶどう
◇「〔関根栄一〕はしるふじさん―童謡集」小峰書店 1998 p47
星と老人
◇「室生犀星童話全集 3」創林社 1978 p99
星に
◇「稗田童平全集 3」宝文館出版 1979 p57
星に
◇「まど・みちお全詩集」理論社 1992 p52
星に刻む歌
◇「稗田童平全集 8」宝文館出版 1982 p34
(星に刻むわたしの愛)
◇「稗田童平全集 8」宝文館出版 1982 p35
(星に刻むわたしの死)
◇「稗田童平全集 8」宝文館出版 1982 p34
(星に刻むわたしの生)
◇「稗田童平全集 8」宝文館出版 1982 p34
星になったアドバルーン
◇「健太と大天狗―片山貞一創作童話集」あさを社 2007 p118
星の家
◇「別役実童話集 〔2〕」三一書房 1975 p113
星のうた
◇「ひろすけ幼年童話文学全集 7」集英社 1962 p121
星の歌
◇「〔北原〕白秋全童謡集 1」岩波書店 1992 p352
星の歌
◇「浜田広介全集 3」集英社 1975 p18
星のおつげ
◇「鈴木三重吉童話全集 4」文泉堂書店 1975 (日本文学全集・選集叢刊第5次) p181
星のおどりは雲の上
◇「ひろすけ幼年童話文学全集 4」集英社 1962 p108
◇「浜田広介全集 4」集英社 1976 p182
ほしのおひめさま
◇「佐藤義美全集 5」佐藤義美全集刊行会 1973 p141
詩集「星の音楽」
◇「魂の配達―野村吉哉作品集」草思社 1983 p13
星の音楽
◇「魂の配達―野村吉哉作品集」草思社 1983 p14
星の女
◇「鈴木三重吉童話全集 3」文泉堂書店 1975 (日本文学全集・選集叢刊第5次) p1
◇「鈴木三重吉童話集」岩波書店 1996 (岩波文庫) p50
星のかけら
◇「今江祥智の本 16」理論社 1980 p90
◇「今江祥智童話館 〔6〕」理論社 1986 p38

ほしの

◇『今江祥智ショートファンタジー 5』理論社 2005 p108

星のかず
◇『新装版金子みすゞ全集 2』JULA出版局 1984 p171
◇『みすゞさん―童謡詩人・金子みすゞの優しさ探しの旅 2』春陽堂書店 1998
◇『金子みすゞ童謡全集 4』JULA出版局 2004 p40

星野勘左衛門・誉れの通し矢（一龍斎貞水編、小山豊、岡本和明文）
◇『一龍斎貞水の歴史講談 6』フレーベル館 2001 p6

星の子
◇『定本小川未明童話全集 2』講談社 1976 p302
◇『定本小川未明童話全集 2』大空社 2001 p302

星の子
◇『中村雨紅詩謡集』中村雨紅詩謡集刊行委員会 1971 p58

星のこおる夜
◇『安房直子コレクション 3』偕成社 2004 p75

星の御殿
◇『〔厳谷〕小波お伽全集 7』本の友社 1998 p401

星の子ミラ
◇『なっちゃんと魔法の葉っぱ―天城健太郎作品集』今日の話題社 2007 p39

星の座を
◇『浜田広介全集 11』集英社 1976 p151

星のサーカス
◇『別役実童話集 〔4〕』三一書房 1979 p20

星の下
◇『北川千代児童文学全集 上』講談社 1967 p236

星の謝肉祭
◇『校定新美南吉全集 9』大日本図書 1981 p566

星の巣
◇『ビートたけし傑作集 少年編 2』金の星社 2010 p67

星の砂
◇『斎藤隆介全集 4』岩崎書店 1982 p147

星の砂
◇『土田明子詩集 2』かど創房 1986 p38

星の砂のメルヘン
◇『パパとボクとネコ―山口紀代子童謡詩集』音楽舎 2003 p90

星の世界から
◇『定本小川未明童話全集 1』講談社 1976 p35
◇『定本小川未明童話全集 1』大空社 2001 p35

星のタクシー
◇『あまんきみこ童話集 2』ポプラ社 2008 p90
◇『あまんきみこセレクション 1』三省堂 2009 p90

ホシの玉
◇『〔山田野理夫〕お笑い文庫 8』太平出版社 1977 （母と子の図書室）p57

星のでんわ
◇『立原えりか作品集 2』思潮社 1972 p21
◇『立原えりかのファンタジーランド 3』青土社 1980 p165

星のなかの時
◇『稗田童平全集 2』宝文館出版 1979 p17

星の花
◇『今西祐行絵ぶんこ 2』あすなろ書房 1984 p21
◇『今西祐行全集 2』偕成社 1987 p133

星の花
◇『やなせたかし童謡詩集 〔1〕』フレーベル館 2000 p78

星のピアノ
◇『あまんきみこセレクション 2』三省堂 2009 p253

ほしの ほうそうきょく
◇『平塚武二童話全集』童心社 1972 p21

星の牧場
◇『庄野英二全集 1』偕成社 1979 p7

星の街の位置
◇『別役実童話集 〔3〕』三一書房 1977 p187

星の街の文化
◇『別役実童話集 〔3〕』三一書房 1977 p200

星の街のものがたり
◇『別役実童話集 〔3〕』三一書房 1977 p149

星野屋
◇『椋鳩十の本 28』理論社 1989 p49

星野屋の親父さん
◇『椋鳩十の本 24』理論社 1983 p198

星の夢
◇『〔下田喜久美〕遠くから来た旅人―詩集』リトル・ガリヴァー社 1998 p118

星ふたつ
◇『吉田としジュニアロマン選集 4』国土社 1972 p5

ほしぶどう
◇『杉みき子選集 2』新潟日報事業社 2005 p132

ほしまつり
◇『浜田広介全集 11』集英社 1976 p130

星みがき
◇『〔久高明子〕チンチンコバカマ』新風舎 1998 p45

星見のやぐらの立つ街
◇『別役実童話集 〔3〕』三一書房 1977 p8

星娘
◇『〔厳谷〕小波お伽全集 8』本の友社 1998 p379

歌 星めぐりの歌
◇『賢治の音楽室―宮沢賢治、作詞作曲の全作品＋詩と童話の朗読』小学館 2000 p14

星めぐりの歌

◇「新修宮沢賢治全集 7」筑摩書房 1980 p358
◇「宮沢賢治童話集 1」講談社 1985（講談社青い鳥文庫）p4
◇「あまの川―宮沢賢治童謡集」筑摩書房 2001 p10
◇「宮沢賢治童話集珠玉選 〔1〕」講談社 2009 p4

星めぐりの歌〔楽譜〕
　◇「脚本集・宮沢賢治童話劇場 2」国土社 1996 p261

暮春
　◇「校定新美南吉全集 8」大日本図書 1981 p242

暮春花抄
　◇「稗田菫平全集 8」宝文館出版 1982 p102

歩哨の居る街
　◇「別役実童話集 〔1〕」三一書房 1973 p133

ホシ ハ キラキラ
　◇「石森延男児童文学全集 15」学習研究社 1971 p10

星はなんでもしっている
　◇「今江祥智の本 13」理論社 1980 p175
　◇「今江祥智童話館 〔5〕」理論社 1986 p102

ほーすけざくら
　◇「〔いけださぶろう〕読み聞かせ童話集」文芸社 1999 p14

ポスト―おてがみだした
　◇「おはなしいっぱい―祐成智美童謡詩集」リーブル 1997 p6

ボストーク号乗車
　◇「庄野英二全集 10」偕成社 1979 p397

ポストさん
　◇「佐藤義美全集 1」佐藤義美全集刊行会 1974 p397

ポストの小鳥
　◇「小出正吾児童文学全集 3」審美社 2000 p57

ポストのはなし
　◇「佐藤さとる全集 1」講談社 1972 p77

ポストの話
　◇「佐藤さとるファンタジー全集 13」講談社 1983 p15
　◇「佐藤さとる幼年童話自選集 4」ゴブリン書房 2004 p153
　◇「佐藤さとるファンタジー全集 13」講談社, 復刊ドットコム（発売）2011 p15

芥子粒夫人（ポストマニ）
　◇「〔北原〕白秋全童謡集 2」岩波書店 1992 p272

ボストンの美術館
　◇「椋鳩十の本 22」理論社 1983 p231

母性
　◇「おの・ちゅうこう初期作品集 〔2〕 日本の教室は明るい」崙書房 1975 p13

保線工手
　◇「新修宮沢賢治全集 6」筑摩書房 1980 p62

◇「新修宮沢賢治全集 6」筑摩書房 1980 p364

保線工夫
　◇「新修宮沢賢治全集 5」筑摩書房 1979 p112
　◇「新修宮沢賢治全集 5」筑摩書房 1979 p304

細い線路
　◇「杉みき子選集 2」新潟日報事業社 2005 p235

細い道
　◇「椋鳩十の本 17」理論社 1982 p58

ほそい道ひろい道
　◇「浜田広介全集 7」集英社 1976 p44

ほそうどうろ
　◇「東君平」おはようどうわ 8」講談社 1982 p184

歩測と目測
　◇「庄野英二全集 4」偕成社 1979 p190

細流れ
　◇「中村雨紅詩謡集」中村雨紅詩謡集刊行委員会 1971 p92

ほそみち
　◇「西條八十童謡全集」修道社 1971 p54

ほそみち
　◇「千葉省三童話全集 3」岩崎書店 1967 p211

ほそみちの記
　◇「那須辰造著作集 2」講談社 1980 p79

武尊（ほたか）の兄妹グマ
　◇「戸川幸夫・子どものための動物物語 10」国土社 1967 p141

武尊の兄妹熊
　◇「戸川幸夫動物文学全集 5」冬樹社 1965 p229
　◇「戸川幸夫動物文学全集 9」講談社 1976 p158

帆立貝
　◇「阪田寛夫全詩集」理論社 2011 p531

ホタテクラゲ
　◇「今江祥智の本 4」理論社 1980 p50
　◇「今江祥智童話館 〔11〕」理論社 1987 p79

ほだ火
　◇「国分一太郎児童文学集 6」小峰書店 1967 p114

ぽたぽた
　◇「三木卓童話作品集 2」大日本図書 2000 p5

「ぽたぽた 初出」あとがきより
　◇「三木卓童話作品集 2」大日本図書 2000 p210

ほたもち
　◇「北国翔子童話集 2」青森県児童文学研究会 2010 p77

ほたもちガエル
　◇「稗田菫平全集 5」宝文館出版 1980 p133

ボタモチ騒動
　◇「〔今坂柳二〕りゅうじフォークロア・world 4」ふるさと伝承研究会 2008 p101

ほたもちたべたのだあれ？
　◇「横山健童謡選集 2」無明舎出版 1995 p84

ほたも

ほたもち つくり
　◇「今井誉次郎童話集子どもの村 〔2〕」国土社 1957 p64
ほたもちとほとけさま
　◇「〔木暮正夫〕日本のおばけ話・わらい話 15」岩崎書店 1987 p40
ほたもちの食いにげ
　◇「〔西本鶏介〕新日本昔ばなし――一日一話・読みきかせ 1」小学館 1997 p32
ほたもちばけもん
　◇「川崎大治民話選 〔3〕」童心社 1971 p140
ほたる
　◇「こやま峰子詩集 〔1〕」朔北社 2003 p24
ほたる
　◇「花岡大学童話文学全集 5」法蔵館 1980 p225
ほたる
　◇「いのち―みずかみかずよ全詩集」石風社 1995 p193
ほたる
　◇「〔村上のぶ子〕ここは小人の国―少年詩集」あしぶえ出版 2000 p58
ホタル
　◇「庄野英二全集 6」偕成社 1979 p217
ホタル
　◇「螢―白木恵子童話集」東銀座出版社 1997 p136
ホタル
　◇「椋鳩十の本 19」理論社 1982 p152
蛍（岡田泰三）
　◇「岡田泰三・日下部梅子童謡集」会津童詩会 1992 p31
蛍
　◇「〔竹久〕夢二童謡集」ノーベル書房 1975 （浪漫文庫）p12
蛍
　◇「巽聖歌作品集 上」巽聖歌作品集刊行委員会 1977 p355
蛍
　◇「新美南吉全集 6」牧書店 1965 p130
蛍
　◇「星新一YAセレクション 3」理論社 2008 p40
蛍―宛て先のない手紙
　◇「螢―白木恵子童話集」東銀座出版社 1997 p123
蛍いろの灯
　◇「新美南吉全集 5」牧書店 1965 p151
　◇「校定新美南吉全集 6」大日本図書 1980 p7
ホタル合戦
　◇「〔今坂柳二〕りゅうじフォークロア・world 1」ふるさと伝承研究会 2006 p35
ほたるがり

　◇「佐藤義美全集 1」佐藤義美全集刊行会 1974 p409
ほたる館物語 2
　◇「あさのあつこセレクション 2」ポプラ社 2007 p5
ほたる館物語 3
　◇「あさのあつこセレクション 3」ポプラ社 2007 p5
蛍供養
　◇「斎藤隆介全集 3」岩崎書店 1982 p135
ホタルこい
　◇「〔東君平〕おはようどうわ 1」講談社 1982 p114
ホタルこい（みじかいおしばい）
　◇「斎田喬幼年劇全集 1」誠文堂新光社 1962 p417
ほたると子ども
　◇「ひろすけ幼年童話文学全集 1」集英社 1961 p53
　◇「浜田広介全集 2」集英社 1975 p18
ほたると さつ
　◇「佐藤義美全集 3」佐藤義美全集刊行会 1973 p61
ホタルとり
　◇「武田信夫童話作品集」みちのく書房 1995 p287
ほたるのうた
　◇「室生犀星童話全集 2」創林社 1978 p33
蛍のお使
　◇「達崎龍全童謡ホロホロ鳥」あい書林 1983 p10
ほたるの おばさん
　◇「巽聖歌作品集 上」巽聖歌作品集刊行委員会 1977 p280
　◇「巽聖歌作品集 上」巽聖歌作品集刊行委員会 1977 p281
蛍のお見舞
　◇「与謝野晶子児童文学全集 2」春陽堂書店 2007 p90
ホタルのおやこ
　◇「〔春名こうじ〕夢の国への招待状」新風舎 1997 p63
ホタルノオヤド あとがき
　◇「北川千代児童文学全集 下」講談社 1967 p314
蛍の川
　◇「〔新保章〕空のおそうじ屋さん」新風舎 1997 p17
螢の河
　◇「螢の河・源流へ―伊藤桂一作品集」講談社 2000 （講談社文芸文庫）p7
著者から読者へ「螢の川」「源流へ」執筆の頃
　◇「螢の河・源流へ―伊藤桂一作品集」講談社 2000 （講談社文芸文庫）p248
蛍のころ
　◇「新装版金子みすゞ全集 1」JULA出版局 1984 p195
　◇「金子みすゞ童謡全集 2」JULA出版局 2003 p152

ほたん

蛍の捜し物
　◇「与謝野晶子児童文学全集 5」春陽堂書店 2007 p30

ホタルの里
　◇「〔かわさききよみち〕母のおもい」新風舎 1998 p30

ほたるの世界
　◇「佐藤義美全集 1」佐藤義美全集刊行会 1974 p409
　◇「ともだちシンフォニー――佐藤義美童謡集」JULA出版局 1990 p74

ほたるの旅
　◇「西條八十童謡全集」修道社 1971 p345
　◇「西條八十童話集」小学館 1983 p391

ホタルのちょうちん
　◇「立原えりか作品集 2」思潮社 1972 p27
　◇「立原えりかのファンタジーランド 1」青土社 1980 p65

蛍の提灯
　◇「中村雨紅詩謡集」中村雨紅詩謡集刊行委員会 1971 p37

蛍の提灯
　◇「野口雨情童謡集」弥生書房 1993 p19

蛍の出盛り
　◇「〔北原〕白秋全童謡集 2」岩波書店 1992 p34

蛍の飛ぶ頃
　◇「中村雨紅詩謡集」中村雨紅詩謡集刊行委員会 1971 p102

蛍の標本
　◇「巽聖歌作品集 上」巽聖歌作品集刊行委員会 1977 p150

ほたるの保育園
　◇「〔かこさとし〕お話こんにちは 〔4〕」偕成社 1979 p56

ホタルノマメデンキ
　◇「〔北原〕白秋全童謡集 5」岩波書店 1993 p174

蛍の文字
　◇「赤い自転車――松延いさお自選童話集」〔熊本〕松延猪雄 1993 p45

螢の森
　◇「〔巌谷〕小波お伽全集 2」本の友社 1998 p167

蛍のランターン
　◇「新美南吉全集 6」牧書店 1965 p295
　◇「校定新美南吉全集 9」大日本図書 1981 p206

ほたる火の森
　◇「戸川幸夫動物文学全集 6」講談社 1977 p3

ホタルブクロ
　◇「まど・みちお詩集 1」銀河社 1975 p50
　◇「まど・みちお全詩集」理論社 1992 p467
　◇「まどさんの詩の本 11」理論社 1997 p50
　◇「まど・みちお全詩集 続」理論社 2015 p114

ホタルまつりの川
　◇「久保喬自選作品集 3」みどりの会 1994 p66

螢物語
　◇「〔巌谷〕小波お伽全集 8」本の友社 1998 p33

蛍〈A〉
　◇「校定新美南吉全集 8」大日本図書 1981 p274

蛍〈B〉
　◇「校定新美南吉全集 8」大日本図書 1981 p355

ボタン
　◇「おはなしいっぱい――祐成智美童謡詩集」リーブル 1997 p14

ボタン
　◇「〔東君平〕ひとくち童話 3」フレーベル館 1995 p60

ボタン
　◇「まど・みちお詩集 4」銀河社 1974 p46
　◇「まど・みちお全詩集」理論社 1992 p414
　◇「まどさんの詩の本 4」理論社 1994 p66

牡丹
　◇「〔北原〕白秋全童謡集 2」岩波書店 1992 p455

牡丹
　◇「巽聖歌作品集 上」巽聖歌作品集刊行委員会 1977 p486

牡丹
　◇「松谷みよ子全エッセイ 3」筑摩書房 1989 p230

牡丹
　◇「瑠璃の壺――森銑三童話集」三樹書房 1982 p340

ボタンをかける
　◇「〔坪井安〕はしれ子馬よ――童謡詩集」童謡研究・蜂の会 1999 p134

牡丹江
　◇「〔北原〕白秋全童謡集 3」岩波書店 1992 p307

ボタン星からの贈り物
　◇「星新一ショートショートセレクション 14」理論社 2004 p147

ボタン長者の屋敷跡
　◇「与田凖一全集 6」大日本図書 1967 p235

釦つけする家
　◇「那須辰造著作集 1」講談社 1980 p62

ぼたん灯籠
　◇「〔山田野理夫〕おばけ文庫 10」太平出版社 1976（母と子の図書室）p80

牡丹に雨
　◇「稗田童平全集 3」宝文館出版 1979 p37

（牡丹の）
　◇「稗田童平全集 2」宝文館出版 1979 p115
　◇「稗田童平全集 8」宝文館出版 1982 p81

牡丹の花とねずみ
　◇「二反長半作品集 3」集英社 1979 p176

ぼたんの花と若者

ほたん

◇「川崎大治民話選 〔3〕」童心社 1971 p16

牡丹の花ひらく
◇「いのち―みずかみかずよ全詩集」石風社 1995 p87

ボタンの ぼうや
◇「まど・みちお全詩集」理論社 1992 p100
◇「まどさんの詩の本 15」理論社 1997 p40

(牡丹花の)
◇「稗田菫平全集 2」宝文館出版 1979 p115

ぼたん雪
◇「与田凖一全集 1」大日本図書 1967 p177

牡丹雪
◇「〔宗左近〕梟の駅長さん―童謡集」思潮社 1998 p86

(牡丹雪の)
◇「稗田菫平全集 8」宝文館出版 1982 p126

ポチ
◇「〔黒川良人〕犬の詩猫の詩―児童詩集」東洋出版 2000 p30

ポチ
◇「〔下田喜久美〕遠くから来た旅人―詩集」リトル・ガリヴァー社 1998 p106

〔墓地をすっかりsquareにして〕
◇「新修宮沢賢治全集 4」筑摩書房 1979 p245

ぽちとがくたい
◇「浜田広介全集 5」集英社 1976 p69

ぽちと たま
◇「石森読本―石森延男児童文学選集 1年生」小学館 1977 p.7

墓地とひまわり
◇「おの・ちゅうこう初期作品集 〔1〕牧歌的風景」崙書房 1975 p42

ポチとひよこ
◇「今西祐行全集 1」偕成社 1988 p31

ぽちのおけいこ
◇「浜田広介全集 11」集英社 1976 p79

ポチの死
◇「〔大澤英子〕心の中のひみつ―法華経をもとにした創作物語集」文芸社 1999 p95

ポチのしくじり
◇「浜田広介全集 2」集英社 1975 p200

「ぽちぽちいこか」
◇「全集版灰谷健次郎の本 21」理論社 1988 p204

ホー＝チ＝ミン
◇「〔かこさとし〕お話こんにちは 〔2〕」偕成社 1979 p102

ポチよ
◇「阪田寛夫全詩集」理論社 2011 p90

ポチヨ来い来い
◇「〔巖谷〕小波お伽全集 7」本の友社 1998 p408

牧歌
◇「今江祥智の本 23」理論社 1989 p5

歌 牧歌
◇「賢治の音楽室―宮沢賢治、作詞作曲の全作品＋詩と童謡の朗読」小学館 2000 p32

牧歌
◇「新修宮沢賢治全集 5」筑摩書房 1979 p88
◇「新修宮沢賢治全集 7」筑摩書房 1980 p356

北海道の夏
◇「巽聖歌作品集 下」巽聖歌作品集刊行委員会 1977 p137

北海道の花
◇「壺井栄名作集 7」ポプラ社 1965 p188
◇「壺井栄全集 3」文泉堂出版 1997 p154

「北海人魚譚」
◇「稗田菫平全集 8」宝文館出版 1982 p200

北海人魚譚（二十一首）
◇「稗田菫平全集 8」宝文館出版 1982 p201

北海のとんぼ
◇「氏原大作全集 2」条例出版 1977 p81

北海の波にさらわれた蛾
◇「定本小川未明童話全集 5」講談社 1977 p173
◇「定本小川未明童話全集 5」大空社 2001 p173

北海の白鳥
◇「定本小川未明童話全集 1」講談社 1976 p239
◇「定本小川未明童話全集 1」大空社 2001 p239

北海の道
◇「鈴木喜代春児童文学選集 1」らくだ出版 2009 p6

ぽっかけ月夜
◇「阪田寛夫全詩集」理論社 2011 p849

牧歌調
◇「椋鳩十の本 1」理論社 1982 p63
◇「椋鳩十の本 1」理論社 1982 p161

牧歌ふうのことの
◇「椋鳩十の本 18」理論社 1982 p147

ぽっかりくもさん
◇「さくらゆき―さとうじゅんこ童詩集」えんじゅの会 1997 p100

北極おもちゃ工場
◇「〔かこさとし〕お話こんにちは 〔9〕」偕成社 1979 p108

北極ぐまのタク
◇「〔塩沢朝子〕わたしの童話館 1」プロダクト・エル 1986 p3

北極の春
◇「〔かこさとし〕お話こんにちは 〔2〕」偕成社 1979 p4

ポックとホックとおじいさん
◇「〔佐々木春奈〕あなたの脳を休める童話集 大人も子どもも楽しめる童話集」日本文学館 2009 p63

ぽっくり
　◇「杉みき子選集 2」新潟日報事業社 2005 p106
ぽっくりきのくつ
　◇「村山籌子作品集 3」JULA出版局 1998 p38
ポックリと鉄砲
　◇「かもめの水兵さん─武内俊子伝記と作品集」講談社出版サービスセンター 1977 p125
法華堂建立勧進文
　◇「新修宮沢賢治全集 15」筑摩書房 1980 p569
北国の残党ども
　◇「来栖良夫児童文学全集 5」岩崎書店 1983 p111
ボッコちゃん
　◇「星新一ショートショートセレクション 1」理論社 2001 p18
　◇「〔星新一〕おーいでてこーい─ショートショート傑作選」講談社 2004（講談社青い鳥文庫）p95
ホッシャミタラのたくらみ
　◇「花岡大学 続・仏典童話全集 2」法蔵館 1981 p56
ポッシャリ、ポッシャリ、ツイツイ、トン
　◇「あまの川─宮沢賢治童謡集」筑摩書房 2001 p28
坊ちゃんいくつ
　◇「西條八十童謡全集」修道社 1971 p346
ぼっちゃんがりのはじまり
　◇「大石真児童文学全集 11」ポプラ社 1982 p101
坊っちゃんの家
　◇「戸川幸夫創作童話集 1」国土社 1972 p11
ぽっつり子猿
　◇「〔北原〕白秋全童謡集 1」岩波書店 1992 p303
ホットケーキ1ごう
　◇「寺村輝夫童話全集 7」ポプラ社 1982 p53
　◇「寺村輝夫全童話 7」理論社 1999 p471
ほっぺたの火事
　◇「北畠八穂児童文学全集 1」講談社 1974 p56
ほっぺのうた
　◇「まど・みちお全詩集」理論社 1992 p160
　◇「まどさんの詩の本 12」理論社 1997 p12
ポッペンポペン
　◇「〔村上のぶ子〕ここは小人の国─少年詩集」あしぶえ出版 2000 p8
ポッポウ
　◇「阪田寛夫全詩集」理論社 2011 p81
北方の天
　◇「北彰介作品集 4」青森県児童文学研究会 1991 p239
　◇「北彰介作品集 4」青森県児童文学研究会 1991 p296
北方の人高島高
　◇「稗田童平全集 2」宝文館出版 1979 p141
ぽつぽのお家
　◇「〔北原〕白秋全童謡集 1」岩波書店 1992 p99

ぽっぽのお手帳
　◇「鈴木三重吉童話集」岩波書店 1996（岩波文庫）p137
ぽつぽのお手帳
　◇「鈴木三重吉童話全集 5」文泉堂書店 1975（日本文学全集・選集叢刊第5次）p181
ぽっぽの山ばと
　◇「稗田童平全集 8」宝文館出版 1982 p176
ぽつんと一人
　◇「まど・みちお全詩集 続」理論社 2015 p337
ポテトチップスができるまで
　◇「もりやまみやこ童話選 2」ポプラ社 2009 p29
布袋戯（ポテヒイ）
　◇「まど・みちお全詩集」理論社 1992 p41
ホテル・モンドール
　◇「佐藤義美全集 3」佐藤義美全集刊行会 1973 p417
ボート
　◇「平塚武二童話全集 1」童心社 1972 p77
端艇（ボート）
　◇「〔巌谷〕小波お伽全集 15」本の友社 1998 p94
圃道
　◇「新修宮沢賢治全集 4」筑摩書房 1979 p40
　◇「新修宮沢賢治全集 4」筑摩書房 1979 p310
ほどうきょう
　◇「まど・みちお全詩集」理論社 1992 p350
　◇「まどさんの詩の本 4」理論社 1994 p28
歩道橋
　◇「いのち─みずかみかずよ全詩集」石風社 1995 p321
歩道のない町
　◇「佐藤義美全集 6」佐藤義美全集刊行会 1974 p459
ボートを造る日
　◇「定本小川未明童話全集 9」講談社 1977 p273
　◇「定本小川未明童話全集 9」大空社 2001 p273
ほどきたい
　◇「いのち─みずかみかずよ全詩集」石風社 1995 p322
仏
　◇「おの・ちゅうこう初期作品集〔1〕牧歌の風景」崙書房 1975 p44
第二詩集ほとけ・あんだんて
　◇「全集版灰谷健次郎の本 22」理論社 1988 p55
ほとけ・あんだんて
　◇「全集版灰谷健次郎の本 22」理論社 1988 p61
仏さま
　◇「壺井栄全集 8」文泉堂出版 1998 p428
仏さまのお国
　◇「新装版金子みすゞ全集 2」JULA出版局 1984 p273

ほとけ

◇「金子みすゞ童謡集」角川春樹事務所 1998（ハルキ文庫）p120
◇「金子みすゞ童謡全集 4」JULA出版局 2004 p190

仏さまのお心
◇「〔大澤英子〕心の中のひみつ—法華経をもとにした創作物語集」文芸社 1999 p227

仏さまの使者（慈しみ信じ そしてとらわれず）
◇「〔松本光華〕民話風法華経童話 11」中外日報社〔中外印刷出版〕1990 p1

ほとけさまの象
◇「花岡大学仏典童話全集 3」佼成出版社 2006 p25

仏様の掌
◇「瑠璃の壺—森銑三童話集」三樹書房 1982 p247

仏さまの水
◇「〔大澤英子〕心の中のひみつ—法華経をもとにした創作物語集」文芸社 1999 p36

仏さまの虫めがね
◇「〔大澤英子〕心の中のひみつ—法華経をもとにした創作物語集」文芸社 1999 p150

ほとけ呪文
◇「全版灰谷健次郎の本 22」理論社 1988 p60

仏の寿命は永遠に—良医のたとえ
◇「〔松本光華〕民話風法華経童話 17」中外日報社〔中外印刷出版〕1991 p1

仏の徳兵衛
◇「〔小田原〕友之童話集」文芸社 2009 p91

ほとけのひがさ
◇「花岡大学仏典童話全集 1」法蔵館 1979 p119

ほとけの目
◇「花岡大学仏典童話新作集 3」法蔵館 1984 p12

ほとけの山
◇「土田耕平童話集〔1〕」古今書院 1955 p54

ほどこしの心
◇「花岡大学仏典童話新作集 3」法蔵館 1984 p38

ボート場
◇「巽聖歌作品集 上」巽聖歌作品集刊行委員会 1977 p483

ほととぎす
◇「〔島木〕赤彦童謡集」第一書店 1947 p52

ほととぎす
◇「達崎龍全童謡ホロホロ鳥」あい書林 1983 p22

ほととぎす
◇「稗田童平全集 7」宝文館出版 1981 p165

ホトトギス
◇「稗田童平全集 3」宝文館出版 1979 p85
◇「稗田童平全集 5」宝文館出版 1980 p70

ホトトギス
◇「いのち—みずかみかずよ全詩集」石風社 1995 p437

ホトトギスの兄弟
◇「稗田童平全集 5」宝文館出版 1980 p172

「ホトトギスの翔ぶ抒情空間」全
◇「稗田童平全集 2」宝文館出版 1979 p71

ホトトギスのひな
◇「花岡大学仏典童話全集 5」法蔵館 1979 p89

ほととぎす笛
◇「与謝野晶子児童文学全集 2」春陽堂書店 2007 p139

ポートレート
◇「佐藤義美全集 1」佐藤義美全集刊行会 1974 p31

ボードレール
◇「〔かこさとし〕お話こんにちは〔1〕」偕成社 1979 p52

ぽとんぽとんはなんのおと
◇「神沢利子コレクション 1」あかね書房 1994 p231
◇「神沢利子コレクション・普及版 1」あかね書房 2005 p231

ボーナスが出ないぞ
◇「犬飼馬鹿人旧作童話集」日本文化資料センター 1996 p62

ポナペ島
◇「庄野英二全集 5」偕成社 1980 p229

骨
◇「稗田童平全集 1」宝文館出版 1978 p141

骨女
◇「〔山田野理夫〕おばけ文庫 3」太平出版社 1976（母と子の図書室）p100

ほねがなる
◇「今江祥智の本 30」理論社 1990 p36

ほねくん、きみはぼくの足があるとおもってのびてくれるんだね
◇「全版灰谷健次郎の本 15」理論社 1988 p262

骨くんの話
◇「全版灰谷健次郎の本 17」理論社 1987 p69

骨になった男
◇「岩永博史童話集 2」岩永博史 2005 p97

骨の影
◇「戸川幸夫動物文学全集 1」冬樹社 1965 p265
◇「戸川幸夫動物文学全集 8」講談社 1976 p326

〔ほのあかり秋のあぎとは〕
◇「新修宮沢賢治全集 6」筑摩書房 1980 p36
◇「新修宮沢賢治全集 6」筑摩書房 1980 p350

ほのお
◇「こやま峰子詩集〔3〕」朔北社 2003 p44

（焔とは）
◇「稗田童平全集 8」宝文館出版 1982 p82

炎の木
◇「長い長いかくれんぼ—杉みき子自選童話集」新

渇日報事業社 2001 p42
炎の小鹿（三章）
　◇「稗田菫平全集 1」宝文館出版 1978 p77
炎の晩に出会った人 空襲の晩に結ばれた運命のきずな
　◇〔市原麟一郎〕子どもに語る戦争たいけん物語 3」リーブル出版 2006 p105
ほのおの夜
　◇「今江祥智の本 29」理論社 1990 p7
穂の女
　◇「稗田菫平全集 1」宝文館出版 1978 p138
ほのぼの先生イタリアンをひらく—10月・江戸の9月
　◇〔にしもとあけみ〕江戸からきた小鬼のコーニョ—連作童話集」早稲田童話塾 2012 p205
ほのり
　◇「巽聖歌作品集 上」巽聖歌作品集刊行委員会 1977 p333
ホノルル・マラソン半完走半完歩の記（灰谷記）
　◇「全集版灰谷健次郎の本 23」理論社 1988 p252
ポパちゃんのあれあれ物語
　◇「サトウハチロー・ユーモア小説選 19」岩崎書店 1979 p5
穂孕期
　◇「新版・宮沢賢治童話全集 12」岩崎書店 1979 p182
　◇「新修宮沢賢治全集 4」筑摩書房 1979 p146
　◇「新修宮沢賢治全集 4」筑摩書房 1979 p331
ボビイとボン
　◇「鈴木三重吉童話全集 5」文泉堂書店 1975（日本文学全集・選集叢刊第5次）p17
ボビイとボン
　◇「松谷みよ子全エッセイ 1」筑摩書房 1989 p27
墓碑銘
　◇「新美南吉全集 6」牧書店 1965 p5
　◇「新美南吉全集 6」牧書店 1965 p25
　◇「校定新美南吉全集 8」大日本図書 1981 p204
　◇「新美南吉童話傑作選〔6〕花をうめる」小峰書店 2004 p166
ホーフマンとその弟子
　◇「椋鳩十の本 1」理論社 1982 p189
ポプラ
　◇「庄野英二全集 9」偕成社 1979 p243
ポプラ
　◇「いのち—みずかみかずよ全詩集」石風社 1995 p116
ポプラの海で
　◇「いのち—みずかみかずよ全詩集」石風社 1995 p394
ポプラのかげで
　◇「松谷みよ子全集 1」講談社 1971 p11
ポプラノキイ
　◇「杉みき子選集 2」新潟日報事業社 2005 p198
ポプラ星
　◇「与田準一全集 2」大日本図書 1967 p158
ポプラはみあげる
　◇「いのち—みずかみかずよ全詩集」石風社 1995 p119
ボヘミアンの五月
　◇「椋鳩十の本 1」理論社 1982 p25
ほほ笑みへかけのぼれ
　◇「全集版谷健次郎の本 7」理論社 1989 p141
ほほえみのプレゼント
　◇「山本瓔子詩集 I」新風舎 2003 p38
ほほえみのメヌエット
　◇「阪田寛夫全詩集」理論社 2011 p542
ほほえみ—はにわ園
　◇「いのち—みずかみかずよ全詩集」石風社 1995 p403
〔ほほじろは鼓のかたちにひるがへるし〕
　◇「新修宮沢賢治全集 3」筑摩書房 1979 p118
ポポン…
　◇「まど・みちお詩集 5」銀河社 1975 p28
　◇「まど・みちお全詩集」理論社 1992 p526
　◇「まどさんの詩の本 11」理論社 1997 p40
帆前船
　◇「西條八十童話集」小学館 1983 p418
ホームシック
　◇〔巌谷〕小波お伽全集 13」本の友社 1998 p17
ホームラン
　◇「佐藤義美童謡集」さ・え・ら書房 1960 p254
　◇「佐藤義美全集 1」佐藤義美全集刊行会 1974 p264
ホームラン大学
　◇「岡本良雄童話文学全集 2」講談社 1964 p196
ホームランのボール
　◇「まど・みちお全詩集」理論社 1992 p552
　◇「まどさんの詩の本 15」理論社 1997 p56
ほめられた"つづり方"
　◇〔あらやゆきお〕創作童話 ざくろの詩」鳳書院 2012 p22
ぼやきの牛
　◇「花岡大学仏典童話全集 8」法蔵館 1979 p211
ほらあな
　◇「佐藤義美全集 5」佐藤義美全集刊行会 1973 p211
洞穴をたずねた老婆
　◇「そうめん流し—にのまえりょう童話集」新風舎 2002 p22
ほらあなのくま

ほらあ

◇「佐藤義美全集 2」佐藤義美全集刊行会 1973 p316

ほらあなの まえで
◇「佐藤義美全集 3」佐藤義美全集刊行会 1973 p273

ほらがいのはなし
◇「花岡大学仏典童話全集 8」法蔵館 1979 p134

ほらぐま学校を卒業した三人
◇「新版・宮沢賢治童話全集 3」岩崎書店 1978 p115

洞熊学校を卒業した三人
◇「新修宮沢賢治全集 11」筑摩書房 1979 p177
◇「宮沢賢治童話集 2」講談社 1985（講談社青い鳥文庫）p19
◇「〔宮沢〕賢治童話」翔泳社 1995 p431
◇「宮沢賢治童話集珠玉選〔2〕」講談社 2009 p94

ほらこき伝次郎（創作民話）
◇「北彩作品集 3」青森県児童文学研究会 1990 p139

法螺の貝
◇「第二〔島木〕赤彦童謡集」第一書店 1948 p46

ポラーノの広場
◇「新版・宮沢賢治童話全集 10」岩崎書店 1979 p75
◇「新修宮沢賢治全集 12」筑摩書房 1980 p3
◇「〔宮沢〕賢治童話」翔泳社 1995 p389
◇「ジュニア文学館 宮沢賢二―写真・絵画集成 2」日本図書センター 1996 p61

ポラーノの広場のうた
◇「新修宮沢賢治全集 7」筑摩書房 1980 p360
◇「あまの川―宮沢賢治童謡集」筑摩書房 2001 p118

ほらばなし
◇「寺村輝夫のむかし話〔4〕」あかね書房 1978

ほらふき
◇「〔山田野理夫〕お笑い文庫 10」太平出版社 1977（母と子の図書室）p90

ほらふきの子
◇「寺村輝夫のむかし話〔4〕」あかね書房 1978 p107

ほらふきの竹
◇「〔西本鶏介〕新日本昔ばなし ・日・話・読みきかせ 2」小学館 1997 p10

ほらふきポンコ
◇「稗田童平全集 5」宝文館出版 1980 p92

「ほらふきポンコ」より
◇「稗田童平全集 5」宝文館出版 1980 p82

ほらふき村
◇「〔木暮正夫〕日本のおばけ話・わらい話 8」岩崎書店 1987 p11

ほらふき弥次郎
◇「〔山田野理夫〕お笑い文庫 3」太平出版社 1977

（母と子の図書室）p52

ほらほらぼうや
◇「壺井栄名作集 1」ポプラ社 1965 p128
◇「定本壺井栄児童文学全集 4」講談社 1980 p187
◇「壺井栄全集 10」文泉堂出版 1998 p546

ポランの広場
◇「新修宮沢賢治全集 11」筑摩書房 1979 p85
◇「新修宮沢賢治全集 6」筑摩書房 1980 p65
◇「新修宮沢賢治全集 6」筑摩書房 1980 p366
◇「新修宮沢賢治全集 7」筑摩書房 1980 p352
◇「あまの川―宮沢賢治童謡集」筑摩書房 2001 p110

ポランの広場〔楽譜〕
◇「脚本集・宮沢賢治童話劇場 1」国土社 1996 p265

ポランの広場 第二幕
◇「新修宮沢賢治全集 14」筑摩書房 1980 p209
◇「宮沢賢治童話劇集 1」東京書籍 1981（東書児童劇シリーズ）p51
◇「脚本集・宮沢賢治童話劇場 1」国土社 1996 p235

掘井戸の水
◇「瑠璃の壺―森銑三童話集」三樹書房 1982 p49

ポリコの靴屋グルジア
◇「太田博也童話集 3」小山書林 2007 p71

ポリコの洗濯女
◇「太田博也童話集 4」小山書林 2008 p141

ポリコの取りかえっ子
◇「太田博也童話集 4」小山書林 2008 p71

ポリシネルと蛍
◇「お噺の卵―武井武雄童話集」講談社 1976（講談社文庫）p129

ボリショイ劇場のチョウチョウさん
◇「庄野英二全集 10」偕成社 1979 p391

堀辰雄
◇「〔かこさとし〕お話こんにちは〔9〕」偕成社 1979 p125

ポーリーとそうぎ屋バラックさん
◇「ろくでなしという名のポーリー―もとさこみつる短編童話集」早稲田童話塾 2012 p28

ポーリーとぬすまれたメモリー
◇「ろくでなしという名のポーリー―もとさこみつる短編童話集」早稲田童話塾 2012 p40

ポリぶくろ
◇「まど・みちお全詩集」理論社 1992 p407
◇「まどさんの詩の本 4」理論社 1994 p76

ほりもの
◇「瑠璃の壺―森銑三童話集」三樹書房 1982 p245

ほりもののねずみ
◇「寺村輝夫のむかし話〔5〕」あかね書房 1978 p14

捕虜と女の子
　◇「[野坂昭如] 戦争童話集 忘れてはイケナイ物語り〔4〕 焼跡の、お菓子の木」日本放送出版協会 2002 p33
捕虜の歌
　◇「稗田菫平全集 1」宝文館出版 1978 p149
ボール
　◇「こやま峰子詩集〔2〕」朔北社 2003 p10
ボール
　◇「佐藤義美全集 1」佐藤義美全集刊行会 1974 p417
ボール
　◇「まど・みちお全詩集」理論社 1992 p406
ボールおくり
　◇「神沢利子コレクション・普及版 3」あかね書房 2006 p104
ポール・ギャリコ
　◇「今江祥智の本 21」理論社 1981 p303
ポルケ・ポット物語
　◇「太田博也童話集 3」小山書林 2007 p1
ボール蹴り
　◇「[黒川良人] 犬の詩猫の詩―児童詩集」東洋出版 2000 p41
ポールさんの犬
　◇「今西祐行全集 4」偕成社 1987 p73
ボールの行方
　◇「定本小川未明童話全集 10」講談社 1977 p346
　◇「定本小川未明童話全集 10」大空社 2001 p346
ホルン吹きのカタツムリ
　◇「岩永博史童話集 3」岩永博史 2012 p82
ポレにきたはがき
　◇「寺村輝夫童話全集 9」ポプラ社 1982 p89
　◇「寺村輝夫全童話 3」理論社 1997 p372
ほれられた男
　◇「星新一ちょっと長めのショートショート 4」理論社 2006 p83
ほろご くろべえ（創作民話）
　◇「北彰介作品集 3」青森県児童文学研究会 1990 p166
ホロにがさ
　◇「椋鳩十の本 21」理論社 1982 p43
ぽろの歌（一幕）
　◇「北彰介作品集 5」青森県児童文学研究会 1991 p8
幌馬車
　◇「西條八十童謡全集」修道社 1971 p80
滅び
　◇「稗田菫平全集 2」宝文館出版 1979 p57
滅びぬ花と
　◇「全集版灰谷健次郎の本 20」理論社 1987 p84
亡び行くあそび
　◇「椋鳩十の本 21」理論社 1982 p178
亡びゆく動物たち
　◇「椋鳩十の本 18」理論社 1982 p171
ポロペチびょういん
　◇「寺村輝夫童話全集 7」ポプラ社 1982 p133
　◇「寺村輝夫全童話 7」理論社 1999 p484
ほろほろごはん
　◇「阪田寛夫全詩集」理論社 2011 p23
ほろほろちょう
　◇「まど・みちお全詩集」理論社 1992 p669
ほろほろ鳥
　◇「[北原] 白秋全童謡集 3」岩波書店 1992 p361
ほろほろ鳥
　◇「佐藤義美童謡集」さ・え・ら書房 1960 p245
　◇「佐藤義美全集 1」佐藤義美全集刊行会 1974 p101
　◇「佐藤義美全集 1」佐藤義美全集刊行会 1974 p103
ホロホロ鳥
　◇「達崎龍全童謡ホロホロ鳥」あい書林 1983 p37
珠鶏（ほろほろどり）
　◇「巽聖歌作品集 上」巽聖歌作品集刊行委員会 1977 p90
ぽろぽろの天使
　◇「稗田菫平全集 1」宝文館出版 1978 p71
ホロホロホロッと生きる美しさ
　◇「椋鳩十の本 32」理論社 1989 p206
ほろほろ夜明が
　◇「中村雨紅詩謡集」中村雨紅詩謡集刊行委員会 1971 p30
ボロ屋号
　◇「椋鳩十の本 8」理論社 1982 p137
ぼろ家の住人
　◇「星新一ショートショートセレクション 12」理論社 2003 p16
ぽろんぽろんの はる
　◇「まど・みちお全詩集」理論社 1992 p291
　◇「まどさんの詩の本 15」理論社 1997 p36
ホワイト
　◇「[かこさとし] お話こんにちは〔2〕」偕成社 1979 p126
ホワイト レストラン
　◇「庄野英二全集 4」偕成社 1979 p24
ほん
　◇「こやま峰子詩集〔2〕」朔北社 2003 p32
書籍（ほん）
　◇「[島崎] 藤村の童話 3」筑摩書房 1979 p207
本へのめざめ
　◇「椋鳩十の本 27」理論社 1989 p7

本を与える心の温もりを
　◇「長崎源之助全集 19」偕成社 1987 p11
本を買いに
　◇「杉みき子選集 2」新潟日報事業社 2005 p223
盆おくり
　◇「おはなしいっぱい—祐成智美童謡詩集」リーブル 1997 p96
ぽんおどり
　◇「〔佐海〕航南夜ばなし—童話集」佐海航南 1999 p10
盆踊り大会
　◇「花岡大学童話文学全集 5」法蔵館 1980 p250
ホンを求めて
　◇「星新一ショートショートセレクション 10」理論社 2003 p31
本を読まない子の家庭教育
　◇「椋鳩十の本 25」理論社 1983 p113
本格探偵小説観
　◇「海野十三全集 別巻1」三一書房 1991 p318
ボンガビリア
　◇「まど・みちお全詩集 続」理論社 2015 p360
本願は末法弘教の大使命—汚泥の中の蓮華のように
　◇「〔松本光華〕民話風法華経童話 16」中外日報社〔中外印刷出版〕 1991 p1
本渓湖
　◇「〔北原〕白秋全童謡集 3」岩波書店 1992 p240
本渓湖危うし
　◇「氏原大作全集 1」条例出版 1977 p248
本家勇詩集「望郷歌」に
　◇「稗田童平全集 7」宝文館出版 1981 p116
ポンコさんと コンコさん
　◇「〔かこさとし〕お話こんにちは 〔12〕」偕成社 1980 p108
ぽんこつバス
　◇「小出正吾児童文学全集 3」審美社 2000 p303
ぽんこつマーチ
　◇「阪田寛夫全詩集」理論社 2011 p323
ぽんこつロボット
　◇「全集古田足日子どもの本 1」童心社 1993 p197
香港陥落映画
　◇「〔北原〕白秋全童謡集 4」岩波書店 1993 p384
本日は雪天なり
　◇「あまんきみこセレクション 4」三省堂 2009 p22
凡人伝
　◇「佐々木邦全集 2」講談社 1974 p235
本好きな子を育てる親
　◇「椋鳩十の本 25」理論社 1983 p96
ぽんぜん化
　◇「〔比江島重孝〕宮崎のむかし話 3」鉱脈社 2000 p150

ポンせんべい
　◇「北川千代児童文学全集 下」講談社 1967 p196
人形劇ぽん太の冒険（三幕）
　◇「北彰介作品集 5」青森県児童文学研究会 1991 p304
本多弥八郎・臆病者の大出世（一龍斎貞水編, 岡本和明文）
　◇「一龍斎貞水の歴史講談 5」フレーベル館 2001 p6
〔盆地をめぐる山くらく〕
　◇「新修宮沢賢治全集 7」筑摩書房 1980 p210
ポンチ船随想
　◇「椋鳩十の本 19」理論社 1982 p163
〔盆地に白く霧よどみ〕
　◇「新修宮沢賢治全集 6」筑摩書房 1980 p14
　◇「新修宮沢賢治全集 6」筑摩書房 1980 p336
　◇「ジュニア文学館 宮沢賢治—写真・絵画集成 3」日本図書センター 1996 p182
盆地の伴太郎
　◇「校定新美南吉全集 6」大日本図書 1980 p393
梵天国
　◇「〔巌谷〕小波お伽全集 11」本の友社 1998 p19
「ほんとう」にこだわりながら
　◇「あまんきみこセレクション 5」三省堂 2009 p203
ほんとうのあいつ
　◇「今江祥智の本 19」理論社 1981 p45
　◇「今江祥智童話館 〔9〕」理論社 1987 p7
ほんとうの「生そば」
　◇「椋鳩十の本 21」理論社 1982 p197
ほんとうの教育者はと問われて—坪田譲治
　◇「松谷みよ子全エッセイ 3」筑摩書房 1989 p5
ほんとうのことがいえない
　◇「いのち—みずかみかずよ全詩集」石風社 1995 p390
ほんとうの話
　◇「今江祥智の本 19」理論社 1981 p125
　◇「今江祥智童話館 〔10〕」理論社 1987 p154
　◇「今江祥智ショートファンタジー 3」理論社 2004 p79
ほんとうのものは
　◇「石森延男児童文学全集 15」学習研究社 1971 p303
盆灯籠
　◇「巽聖歌作品集 上」巽聖歌作品集刊行委員会 1977 p465
ほんとかな
　◇「〔東君平〕おはようどうわ 4」講談社 1982 p130
　◇「東君平のおはようどうわ 2」新日本出版社 2010 p34

ほんとかな
　◇「いのち―みずかみかずよ全詩集」石風社 1995 p279
ホントに鳴るかな?
　◇「おはなしの森―きはらみちこ童話集」熊本日日新聞情報文化センター 1999 p38
ほんとにほんとのくまたろうくん
　◇「もりやまみやこ童話選 5」ポプラ社 2009 p71
本と人形の家
　◇「松谷みよ子全エッセイ 3」筑摩書房 1989 p252
ほんと の ゆき
　◇「まど・みちお全詩集」理論社 1992 p552
　◇「まどさんの詩の本 14」理論社 1997 p68
ホントボケ
　◇「まど・みちお全詩集 続」理論社 2015 p187
ポンとロン
　◇「桃色のダブダブさん―松田解子童話集」新日本出版社 2004 p133
本にない知識
　◇「定本小川未明童話全集 8」講談社 1977 p34
　◇「定本小川未明童話全集 8」大空社 2001 p34
本の味
　◇「杉みき子選集 2」新潟日報事業社 2005 p254
本のある遊び場
　◇「長崎源之助全集 19」偕成社 1987 p29
本のある遊び場―文庫本づくり入門
　◇「長崎源之助全集 19」偕成社 1987 p7
本の借り方も実地指導
　◇「椋鳩十の本 31」理論社 1989 p194
ボンの郊外の林
　◇「椋鳩十の本 31」理論社 1989 p209
ほんのささいなかずかずの思い出
　◇「壺井栄全集 11」文泉堂出版 1998 p462
ほんのすこし時間がたてば
　◇「阪田寛夫全詩集」理論社 2011 p632
本の世界の一つの窓
　◇「椋鳩十の本 25」理論社 1983 p134
ほんのできごころ
　◇〔木暮正夫〕日本のおばけ話・わらい話 4」岩崎書店 1986 p56
盆の中の鯉
　◇「瑠璃の壺―森銑三童話集」三樹書房 1982 p377
本のむし
　◇〔塩見治子〕短編童話集 本のむし」早稲田童話塾 2013 p5
本のむし・さようなら
　◇〔塩見治子〕短編童話集 本のむし」早稲田童話塾 2013 p73
本のむし・標本になる
　◇〔塩見治子〕短編童話集 本のむし」早稲田童話塾 2013 p33
ポン博士
　◇「まど・みちお全詩集」理論社 1992 p45
　◇「まどさんの詩の本 8」理論社 1996 p88
ポンパチとスズメ
　◇「椋鳩十の本 19」理論社 1982 p143
ポンペイ遺跡を歩く
　◇〔たかしよいち〕世界むかしむかし探検 3」国土社 1994 p69
ポンペイ遺跡は、こうしてみつかった
　◇〔たかしよいち〕世界むかしむかし探検 3」国土社 1994 p47
ポンペイの馬
　◇「阪田寛夫全詩集」理論社 2011 p586
ポンペイの悲劇は、こうしておきた
　◇〔たかしよいち〕世界むかしむかし探検 3」国土社 1994 p31
孟買(ボンベイ)の肥満漢
　◇〔北原〕白秋全童謡集 1」岩波書店 1992 p126
ぽんぽのあかちゃん
　◇「松谷みよ子全集 13」講談社 1972 p104
ぽんぽのいたいくまさん
　◇「松谷みよ子全集 9」講談社 1972 p145
ぽんぼら茶
　◇〔比江島重孝〕宮崎のむかし話 3」鉱脈社 2000 p93
ぽんぽん
　◇「今江祥智の本 5」理論社 1980 p5
ぽんぽんさん
　◇「与謝野晶子児童文学全集 2」春陽堂書店 2007 p198
ポンポンじょうき
　◇「佐藤義美童謡集」さ・え・ら書房 1960 p138
　◇「佐藤義美全集 1」佐藤義美全集刊行会 1974 p202
ポンポンジャウキ
　◇「佐藤義美全集 1」佐藤義美全集刊行会 1974 p130
ポンポンダリア
　◇「まど・みちお全詩集」理論社 1992 p215
　◇「まどさんの詩の本 11」理論社 1997 p48
ぽんぽん時計
　◇〔北原〕白秋全童謡集 2」岩波書店 1992 p165
　◇〔北原〕白秋全童謡集 4」岩波書店 1993 p175
ぽんぽん船
　◇〔北原〕白秋全童謡集 3」岩波書店 1992 p84
ぽんぽん山の月
　◇「あまんきみこ童話集 1」ポプラ社 2008 p123
　◇「あまんきみこセレクション 3」三省堂 2009 p107
本物の自然

ほんも
　◇「椋鳩十の本 23」理論社 1983 p31
ほんものの魔法
　◇「立原えりかのファンタジーランド 15」青土社 1980 p123
本屋をはじめた森のくまさん
　◇「岩永博史童話集 1」岩永博史 2001 p4
ホンワカかわいいおとぼけ話
　◇「〔木暮正夫〕日本のおばけ話・わらい話 16」岩崎書店 1988

【 ま 】

〔ま青きそらの風をふるはし〕
　◇「新修宮沢賢治全集 6」筑摩書房 1980 p231
まあくんのゆび
　◇「さくらゆき―さとうじゅんこ童詩集」えんじゅの会 1997 p79
〔まあこのそらの雲の量と〕
　◇「新修宮沢賢治全集 5」筑摩書房 1979 p121
　◇「新修宮沢賢治全集 5」筑摩書房 1979 p306
まあちゃんと ちいこちゃん
　◇「定本小川未明童話全集 16」講談社 1978 p49
　◇「定本小川未明童話全集 16」大空社 2002 p49
まあちゃんと とんぼ
　◇「小川未明幼年童話文学全集 5」集英社 1966 p97
　◇「定本小川未明童話全集 15」講談社 1978 p96
　◇「定本小川未明童話全集 15」大空社 2002 p96
まあちゃんのおうち
　◇「定本壺井栄児童文学全集 4」講談社 1980 p122
　◇「壺井栄全集 10」文泉堂出版 1998 p420
まあるい丘から
　◇「〔北原〕白秋全童謡集 2」岩波書店 1992 p324
まあるい顔のお客さま
　◇「宮口しづえ童話全集 8」筑摩書房 1979 p129
まあるいものは なんでしょう
　◇「北国翔子童話集 1」青森県児童文学研究会 2000 p42
まあるいゆうひ
　◇「まど・みちお全詩集 続」理論社 2015 p171
マイアの冒険
　◇「鈴木三重吉童話全集 2」文泉堂書店 1975（日本文学全集・選集叢刊第5次）p429
舞扇
　◇「川崎大治民話選 〔2〕」童心社 1969 p242
舞扇
　◇「〔下田喜久美〕遠くから来た旅人―詩集」リトル・ガリヴァー社 1998 p72
舞扇

　◇「中村雨紅詩謡集」中村雨紅詩謡集刊行委員会 1971 p153
まいくび
　◇「〔山田野理夫〕おばけ文庫 5」太平出版社 1976（母と子の図書室）p16
迷い子
　◇「庄野英二全集 11」偕成社 1980 p301
マイ国家
　◇「星新一ちょっと長めのショートショート 7」理論社 2006 p7
まい子になったおおかみ
　◇「西條八十の童話と童謡」小学館 1981 p59
まいごになったぞう
　◇「寺村輝夫童話全集 9」ポプラ社 1982 p179
　◇「寺村輝夫全童話 3」理論社 1997 p24
まい子になったチロ
　◇「〔佐々木千鶴子〕動物村のこうみんかん―台所からのひとり言 童話集」朝日新聞社西部開発室編集出版センター 1996 p71
まいごになったほたる
　◇「今西祐行全集 1」偕成社 1988 p125
まいごのオナラ
　◇「まど・みちお全詩集 続」理論社 2015 p301
まいごのおばけ
　◇「佐藤さとるファンタジー全集 10」講談社 1983 p211
　◇「佐藤さとるファンタジー全集 10」講談社, 復刊ドットコム（発売）2011 p211
まいごのかめ
　◇「佐藤さとるファンタジー全集 10」講談社 1983 p265
　◇「佐藤さとるファンタジー全集 10」講談社, 復刊ドットコム（発売）2011 p265
まいごの子スズメ（童話劇）
　◇「斎田喬幼年劇全集 2」誠文堂新光社 1961 p9
まいごのさい
　◇「寺村輝夫全童話 3」理論社 1997 p9
まいごのサイ―アフリカのなかまたち
　◇「寺村輝夫おはなしプレゼント 3」講談社 1994 p50
迷子のサーカス
　◇「別役実童話集 〔1〕」三一書房 1973 p64
まいごの せんちょう
　◇「佐藤義美全集 3」佐藤義美全集刊行会 1973 p59
　◇「佐藤義美全集 3」佐藤義美全集刊行会 1973 p67
まいごの天使
　◇「やなせたかし童謡詩集 〔1〕」フレーベル館 2000 p68
迷子のトッカリ（あざらしの子）
　◇「横山健童謡選集 2」無明舎出版 1995 p50
まいごの トム

まかり

◇「与田凖一全集 3」大日本図書 1967 p55
まいごのまいごのフーとクー
　◇「〔神沢利子〕くまの子ウーフの童話集 3」ポプラ社 2001 p49
マイ・スイート・ホーム
　◇「〔山部京子〕12の動物ものがたり」文芸社 2008 p112
舞茸の話
　◇「二反長半作品集 3」集英社 1979 p116
マイダス王の耳
　◇「土田耕平童話集 〔2〕」古今書院 1955 p110
蒔いた種（鷲と矢）
　◇「〔巌谷〕小波お伽全集 14」本の友社 1998 p100
まいったね
　◇「まど・みちお全詩集」理論社 1992 p364
マイナス
　◇「星新一ショートショートセレクション 8」理論社 2002 p190
毎日が生きがいだった
　◇「椋鳩十の本 20」理論社 1983 p127
まいにちがたんじょうび
　◇「乙骨淑子の本 4」理論社 1986 p169
毎日正月
　◇「斎藤隆介全集 2」岩崎書店 1982 p59
まいばん いぬが なく
　◇「定本小川未明童話全集 16」講談社 1978 p106
　◇「定本小川未明童話全集 16」大空社 2002 p106
まいまいつぶろ
　◇「マッチ箱の中―三鎌よし子童謡集」しもつけ文学会 1998 p33
まゐまゐつぶろ
　◇「〔北原〕白秋全童謡集 1」岩波書店 1992 p72
まいまいのうた
　◇「室生犀星童話全集 2」創林社 1978 p29
まいまい虫の木っぱし
　◇「浜田広介全集 4」集英社 1976 p183
舞は10さいです。
　◇「あさのあつこコレクション 1」新日本出版社 2007 p5
マウントバッテン
　◇「〔かこさとし〕お話こんにちは 〔3〕」偕成社 1979 p124
まえがき〔あるいた 雪だるま〕
　◇「佐藤義美全集 3」佐藤義美全集刊行会 1973 p83
まえがき〔五つの城〕
　◇「室生犀星童話全集 2」創林社 1978 p132
まえがき〔うみに どぶん〕
　◇「佐藤義美全集 3」佐藤義美全集刊行会 1973 p15
まえがき〔童謡集おもちゃの鍋〕
　◇「巽聖歌作品集 上」巽聖歌作品集刊行委員会 1977 p279
まえがき〔くじらつり〕
　◇「佐藤義美全集 3」佐藤義美全集刊行会 1973 p171
まえがき〔詩とくほん―小学生・詩のつくり方〕
　◇「佐藤義美全集 6」佐藤義美全集刊行会 1974 p13
まえがき〔どうぶつえんからにげたさる〕
　◇「佐藤義美全集 2」佐藤義美全集刊行会 1973 p217
まへがき〔童謡集春の神さま〕
　◇「巽聖歌作品集 上」巽聖歌作品集刊行委員会 1977 p77
まえかけ
　◇「斎田喬幼年劇全集 2」誠文堂新光社 1961 p377
まえがみ太郎
　◇「松谷みよ子全集 8」講談社 1972 p1
前島密
　◇「〔かこさとし〕お話こんにちは 〔10〕」偕成社 1980 p38
前のおばさん
　◇「定本小川未明童話全集 8」講談社 1977 p362
　◇「定本小川未明童話全集 8」大空社 2001 p362
舞え舞えかたつぶり
　◇「杉みき子選集 9」新潟日報事業社 2011 p104
まおちゃんことば
　◇「阪田寛夫全詩集」理論社 2011 p171
真少女（おとめ）（九首）
　◇「稗田菫平全集 4」宝文館出版 1980 p28
「真少女抄」全
　◇「稗田菫平全集 4」宝文館出版 1980 p25
真垣夫人
　◇「壺井栄全集 3」文泉堂出版 1997 p129
まかしときっきのキンピラゴボウ
　◇「〔神沢利子〕くまの子ウーフの童話集 3」ポプラ社 2001 p109
まかせろ
　◇「〔北原〕白秋全童謡集 4」岩波書店 1993 p373
マガダ国の悲劇
　◇「〔辻弘司〕創作短篇童話集 マガダ国の悲劇・鍋の蓋他」日本文学館 2006 p31
曲玉（五首）
　◇「稗田菫平全集 4」宝文館出版 1980 p75
まかぬタネははえぬ，まいたタネには詩ができる
　◇「全集版灰谷健次郎の本 15」理論社 1988 p168
曲り角
　◇「まど・みちお全詩集 続」理論社 2015 p328
まがりくら
　◇「〔比江島重孝〕宮崎のむかし話 1」鉱脈社 1998

まかろ

p224
マカロニイ
　◇「庄野英二全集 9」偕成社 1979 p112
マキアベリ
　◇「〔かこさとし〕お話こんにちは 〔2〕」偕成社 1979 p20
まきじゃくと うんどうぐつ
　◇「佐藤義美全集 2」佐藤義美全集刊行会 1973 p325
まきじゃくと うんどうぐつ
　◇「佐藤義美全集 2」佐藤義美全集刊行会 1973 p93
巻煙草と小説
　◇「〔巌谷〕小波お伽全集 14」本の友社 1998 p193
マキちゃんと小鳥たち
　◇「石のロバ―浅野都作品集」新風舎 2007 p88
牧野富太郎
　◇「〔かこさとし〕お話こんにちは 〔1〕」偕成社 1979 p111
真衣野牧
　◇「今西祐行全集 15」偕成社 1989 p211
まきし
　◇「まどさんの詩の本 7」理論社 1996 p38
牧場（まきば）… → "ぼくじょう…"をも見よ
牧場
　◇「巽聖歌作品集 上」巽聖歌作品集刊行委員会 1977 p100
まきばの うし
　◇「巽聖歌作品集 下」巽聖歌作品集刊行委員会 1977 p61
まきばの うま
　◇「まど・みちお全詩集」理論社 1992 p568
牧場のクリスマス
　◇「西條八十童話集」小学館 1983 p409
牧場の柵
　◇「巽聖歌作品集 下」巽聖歌作品集刊行委員会 1977 p224
牧場の聲ぞろい
　◇「お噺の卵―武井武雄童話集」講談社 1976 （講談社文庫）p103
牧場の春
　◇「浜田広介全集 11」集英社 1976 p157
牧場の日暮れ
　◇「佐藤義美全集 1」佐藤義美全集刊行会 1974 p328
牧場の羊の歌
　◇「西條八十童謡全集」修道社 1971 p347
牧場のべこの子
　◇「横山健童謡選集 1」無明舎出版 1995 p89
牧場の娘
　◇「西條八十童謡全集」修道社 1971 p135

馬糞
　◇「壷井栄全集 3」文泉堂出版 1997 p16
マーク・トゥエイン
　◇「今江祥智の本 21」理論社 1981 p282
マーク＝トウェーン
　◇「〔かこさとし〕お話こんにちは 〔8〕」偕成社 1979 p127
マグナの瞳
　◇「高垣眸全集 3」桃源社 1971 p245
幕の女
　◇「椋鳩十の本 3」理論社 1982 p124
マグノリア
　◇「庄野英二全集 11」偕成社 1980 p404
マグノリアの木
　◇「新修宮沢賢治全集 10」筑摩書房 1979 p89
　◇「〔宮沢〕賢治童話」翔泳社 1995 p6
まくら
　◇「まど・みちお全詩集」理論社 1992 p98
　◇「まどさんの詩の本 1」理論社 1994 p86
　◇「まど・みちお全詩集 続」理論社 2015 p87
枕
　◇「〔竹久〕夢二童謡集」ノーベル書房 1975 （浪漫文庫）p89
まくらがえし
　◇「〔山田野理夫〕おばけ文庫 1」太平出版社 1976 （母と子の図書室）p134
まぐは洗ひ
　◇「おの・ちゅうこう初期作品集 〔4〕 氏神さま」崙書房 1975 p70
負け兎
　◇「斎藤隆介全集 1」岩崎書店 1982 p210
負けじ魂の吉松
　◇「定本小川未明童話全集 8」講談社 1977 p231
　◇「定本小川未明童話全集 8」大空社 2001 p231
負けない男
　◇「佐々木邦全集 2」講談社 1974 p115
まけるがかち
　◇「まど・みちお全詩集 続」理論社 2015 p431
負けるが勝利
　◇「〔巌谷〕小波お伽全集 15」本の友社 1998 p24
まけるなすず太郎
　◇「寺村輝夫全童話 4」理論社 1997 p221
まご
　◇「かつおきんや作品集 16」偕成社 1983 p25
マコをさがしに
　◇「〔渡辺冨美子〕チコのすず―創作童話集」タラの木文学会 1998 p103
真心のとどいた話
　◇「定本小川未明童話全集 7」講談社 1977 p45
　◇「定本小川未明童話全集 7」大空社 2001 p45

孫づきあい
　◇「椋鳩十の本 32」理論社 1989 p175
　◇「椋鳩十の本 32」理論社 1989 p221
孫達に伝える"闇"と"光"の結び目―丸木俊さん
　◇「松谷みよ子全エッセイ 3」筑摩書房 1989 p63
まこちゃんのおひなさま
　◇「〔中川久美子〕ばあちゃんとぼくと気球」新風舎 1998（Shinpu books）p7
マコチン
　◇「北畠八穂児童文学全集 1」講談社 1974 p145
マコチン
　◇「全集版灰谷健次郎の本 11」理論社 1988 p5
　◇「灰谷健次郎童話館〔3〕」理論社 1994 p5
マコチンチンものがたり
　◇「全集版灰谷健次郎の本 15」理論社 1988 p271
マコチンとマコタン
　◇「全集版灰谷健次郎の本 11」理論社 1988 p33
　◇「灰谷健次郎童話館〔3〕」理論社 1994 p61
マコチン虹製造
　◇「北畠八穂児童文学全集 1」講談社 1974 p147
マコチン名画集
　◇「北畠八穂児童文学全集 1」講談社 1974 p212
マコチン龍宮へ
　◇「北畠八穂児童文学全集 1」講談社 1974 p206
マコトくんとふしぎないす
　◇「佐藤さとる全集 6」講談社 1973 p1
マコトくんとふしぎなイス
　◇「佐藤さとる幼年童話自選集 3」ゴブリン書房 2003 p73
マコト君と不思議な椅子
　◇「佐藤さとるファンタジー全集 8」講談社 1982 p91
　◇「佐藤さとるファンタジー全集 8」講談社, 復刊ドットコム（発売）2010 p91
「マコトくんとふしぎないす」・あとがき
　◇「佐藤さとるファンタジー全集 16」講談社 1983 p195
　◇「佐藤さとるファンタジー全集 16」講談社, 復刊ドットコム（発売）2011 p195
まことの強さ
　◇「椋鳩十全集 1」ポプラ社 1969 p164
　◇「椋鳩十の本 10」理論社 1982 p194
まごのこおろぎ
　◇「ひろすけ幼年童話文学全集 7」集英社 1962 p132
　◇「浜田広介全集 3」集英社 1975 p206
孫の手
　◇「花岡大学童話文学全集 5」法蔵館 1980 p196
馬籠の宿
　◇「椋鳩十の本 22」理論社 1983 p105

まざあ・ぐうす
　◇「〔北原〕白秋全童謡集 1」岩波書店 1992 p101
　◇「〔北原〕白秋全童謡集 1」岩波書店 1992 p117
母鵞鳥(マザア・グウス)の歌
　◇「〔北原〕白秋全童謡集 1」岩波書店 1992 p111
正岡子規
　◇「〔かこさとし〕お話こんにちは〔6〕」偕成社 1979 p78
まさお君の求職札
　◇「ほんとはね、一かわしませいご童話集」文芸社 2008 p43
正雄さんの周囲
　◇「定本小川未明童話全集 5」講談社 1977 p206
　◇「定本小川未明童話全集 5」大空社 2001 p206
まさかそげんこたァ…？
　◇「〔野呂祐吉〕吉四六劇団の吉四六さん話名作集」葉文館出版 1998 p20
将門と七人の影武者(茨城)
　◇「〔木暮正夫〕日本の怪奇ばなし 9」岩崎書店 1990 p57
まさかのとき
　◇「坪田譲治自選童話集」実業之日本社 1971 p210
　◇「坪田譲治童話全集 3」岩崎書店 1986 p67
まさかのはなし
　◇「〔木暮正夫〕日本のおばけ話・わらい話 9」岩崎書店 1987 p33
正木先生
　◇「椋鳩十の本 20」理論社 1983 p56
正木ひろし先生
　◇「椋鳩十の本 24」理論社 1983 p182
まさ子のシンデレラ姫
　◇「住井すゑ わたしの少年少女物語 2」労働旬報社 1989 p5
政じいとカワウソ
　◇「戸川幸夫・子どものための動物物語 5」国土社 1967 p5
政爺と獺
　◇「戸川幸夫動物文学全集 5」冬樹社 1965 p163
　◇「戸川幸夫動物文学全集 10」講談社 1977 p308
まさしくんと おじいちゃんの おしょうがつ はいくたいかい
　◇「阪田寛夫全詩集」理論社 2011 p258
まさしくんの ほんとこうた あたまの さんすう
　◇「阪田寛夫全詩集」理論社 2011 p252
まさしくんの ほんとこうた うみと はなした
　◇「阪田寛夫全詩集」理論社 2011 p253
まさしくんの ほんとこうた おなかが へったが
　◇「阪田寛夫全詩集」理論社 2011 p254

まさし

まさしくんの ほんとこうた おわりのゆきさん
◇「阪田寛夫全詩集」理論社 2011 p259
まさしくんの ほんとこうた きました
◇「阪田寛夫全詩集」理論社 2011 p250
まさしくんの ほんとこうた ぼくの 50おん
◇「阪田寛夫全詩集」理論社 2011 p255
まさしくんの ほんとこうた ぼくは です
◇「阪田寛夫全詩集」理論社 2011 p251
まさしくんの ほんとこうた ぼくはサイ
◇「阪田寛夫全詩集」理論社 2011 p257
まさしくんの ほんとこうた ゆうやけ
◇「阪田寛夫全詩集」理論社 2011 p256
マサシゲ
◇「阪田寛夫全詩集」理論社 2011 p17
正成異聞
◇「椋鳩十の本 18」理論社 1982 p10
政ちゃんと赤いりんご
◇「定本小川未明童話全集 10」講談社 1977 p59
◇「定本小川未明童話全集 10」大空社 2001 p59
マザー・テレサ ほんとうの愛
◇「〔綾野まさる〕ハートのドキュメンタル童話〔1〕」ハート出版 1998 p12
マサニエロ
◇「新修宮沢賢治全集 2」筑摩書房 1979 p157
◇「ジュニア文学館 宮沢賢治—写真・絵画集成 3」日本図書センター 1996 p53
まさや君の留守番
◇「〔野村ゆき〕ねえ、おはなしして！一語り聞かせるお話集」東洋館 1998 p12
まさるくんのポケット
◇「斎田喬児童劇選集〔6〕」牧書店 1954 p144
まさるくんのポケット（生活劇）
◇「斎田喬幼年劇全集 3」誠文堂新光社 1962 p25
マサルとユミ
◇「大石真児童文学全集 7」ポプラ社 1982 p127
マーシー・マリーゴールド
◇「庄野英二全集 11」偕成社 1980 p270
マシマロー
◇「まど・みちお全詩集」理論社 1992 p215
真清水（二首）
◇「稗田童平全集 4」宝文館出版 1980 p17
麻雀殺人事件
◇「海野十三全集 1」三一書房 1990 p187
麻雀の遊び方（抄）
◇「海野十三全集 別巻1」三一書房 1991 p153
摩周湖
◇「巽聖歌作品集 下」巽聖歌作品集刊行委員会 1977 p242
摩周湖
◇「いのち—みずかみかずよ全詩集」石風社 1995 p415
摩周湖にて
◇「〔斎藤信夫〕子ども心を友として—童謡詩集」成東町教育委員会 1996 p154
魔術
◇「齋藤孝のイッキによめる！ 小学生のための芥川龍之介」講談社 2009 p45
魔術（芥川龍之介）
◇「佐藤さとるファンタジー全集 16」講談社 1983 p222
魔術をみつけたマコチン
◇「北畠八穂児童文学全集 1」講談社 1974 p195
魔術師
◇「少年探偵江戸川乱歩全集 29」ポプラ社 1970 p5
魔術師
◇「瑠璃の壺—森銑三童話集」三樹書房 1982 p371
魔性の時代—坪田先生との出会い
◇「松谷みよ子全エッセイ 1」筑摩書房 1989 p94
魔女ガ島
◇「巌谷小波お伽噺文庫〔4〕」大和書房 1976 p9
魔女シャーホ
◇「奥田継夫ベストコレクション 10」ポプラ社 2002 p238
魔女になりたいわたし
◇「長崎源之助全集 9」偕成社 1986 p161
魔女の踊
◇「鈴木三重吉童話全集 1」文泉堂書店 1975（日本文学全集・選集叢刊第5次）p396
魔女の時代
◇「平塚武二童話全集 5」童心社 1972 p155
魔女のニョッキができるまで
◇「ろくでなしという名のポーリー—もとさこみつる短編童話集」早稲田童話塾 2012 p85
魔女のパトロール飛行
◇「〔鈴木裕美〕短編童話集 童話のじかん」文芸社 2008 p21
魔女のワナムケ
◇「寺村輝夫全童話 7」理論社 1999 p169
魔人ゴング
◇「少年探偵江戸川乱歩全集 20」ポプラ社 1970 p5
◇「少年探偵・江戸川乱歩 16」ポプラ社 1999 p5
◇「文庫版 少年探偵・江戸川乱歩 16」ポプラ社 2005 p5
ますおとし
◇「川崎大治民話選〔1〕」童心社 1968 p248
マスコット
◇「星新一YAセレクション 5」理論社 2009 p143
マスコットになった子ねずみ
◇「〔佐々木千鶴子〕動物村のこうみんかん—台所からのひとり言 童話集」朝日新聞社西部開発室編集出版センター 1996 p14

まちか

まずしい いえの
　◇「巽聖歌作品集 上」巽聖歌作品集刊行委員会 1977 p495
まずしい おうちの おんなの こ
　◇「巽聖歌作品集 下」巽聖歌作品集刊行委員会 1977 p79
まづしい御飯
　◇〔北原〕白秋全童謡集 2」岩波書店 1992 p232
貧しき食卓
　◇「北彰介作品集 4」青森県児童文学研究会 1991 p117
まず自然と遊ぶこと
　◇「椋鳩十の本 20」理論社 1983 p118
マスターレス・アイランド
　◇「石森延男児童文学全集 15」学習研究社 1971 p74
マスト
　◇「庄野英二全集 4」偕成社 1979 p212
ますとおじいさん
　◇「浜田広介全集 1」集英社 1975 p198
　◇「浜田広介童話集」世界文化社 2006（心に残るロングセラー）p61
檣（マスト）の祈禱
　◇「北彰介作品集 4」青森県児童文学研究会 1991 p26
まずはめでたや
　◇「壺井栄全集 6」文泉堂出版 1998 p179
馬祖廟
　◇「石森延男児童文学全集 4」学習研究社 1971 p157
また あいたくて
　◇「くどうなおこ詩集○」童話屋 1996 p180
「またお出下さい」
　◇「瑠璃の壺―森銑三童話集」三樹書房 1982 p163
マタギ
　◇「戸川幸夫動物文学全集 13」講談社 1976 p167
マタギ犬
　◇「戸川幸夫動物文学全集 15」講談社 1977 p285
又取ったよう
　◇「お噺の卵―武井武雄童話集」講談社 1976（講談社文庫）p56
またのぞき
　◇「佐藤義美全集 1」佐藤義美全集刊行会 1974 p364
またまたかいじゅうでんとう
　◇「きむらゆういちおはなしのへや 4」ポプラ社 2012 p90
マダムの秘密
　◇「椋鳩十の本 34」理論社 1989 p46
マタメガネ
　◇「坪田譲治童話全集 11」岩崎書店 1986 p99

まち
　◇「新装版金子みすゞ全集 3」JULA出版局 1984 p116
　◇「金子みすゞ童謡全集 5」JULA出版局 2004 p154
街
　◇「星新一ショートショートセレクション 10」理論社 2003 p36
まちあいしつ
　◇〔東君平〕おはようどうわ 8」講談社 1982 p49
まちうける
　◇「いのち―みずかみかずよ全詩集」石風社 1995 p212
街へゆく子
　◇「巽聖歌作品集 上」巽聖歌作品集刊行委員会 1977 p456
町を行進したぼくたち
　◇「大石真児童文学全集 8」ポプラ社 1982 p90
〔町をこめた浅黄いろのもやのなかに〕
　◇「新修宮沢賢治全集 4」筑摩書房 1979 p217
町をたべたぞう
　◇「寺村輝夫童話全集 10」ポプラ社 1982 p181
町を食べたぞう
　◇「寺村輝夫全童話 3」理論社 1997 p330
まちをのんだゾウ
　◇「寺村輝夫おはなしプレゼント 1」講談社 1994 p48
町をよこぎるリス
　◇「椋鳩十全集 7」ポプラ社 1969 p138
　◇「椋鳩十動物童話集 8」小峰書店 1990 p76
まちがい王さま本になる
　◇〔寺村輝夫〕ちいさな王さまシリーズ 10」理論社 1990 p1
　◇「寺村輝夫全童話 2」理論社 1997 p146
まちがいカレンダー
　◇「全集古田足日子どもの本 5」童心社 1993 p279
まちがいけしゴム
　◇「寺村輝夫童話全集 7」ポプラ社 1982 p23
まちがいつづき
　◇「岡本良雄童話文学全集 2」講談社 1964 p153
まちがい電話
　◇「赤川次郎ショートショートシリーズ 1」理論社 2009 p45
まちかど
　◇「まど・みちお全詩集」理論社 1992 p658
　◇「まどさんの詩の本 2」理論社 1994 p26
町かど
　◇「いのち―みずかみかずよ全詩集」石風社 1995 p228
町かどをまがれば…
　◇「今江祥智の本 14」理論社 1980 p85

作品名から引ける日本児童文学個人全集案内　805

まちか

◇「今江祥智童話館 〔4〕」理論社 1986 p75
◇「今江祥智ショートファンタジー 2」理論社 2004 p7

「まちかど」の詩
　◇「阪田寛夫全詩集」理論社 2011 p901

町が燃えた晩
　◇「〔市原麟一郎〕子どもに語る戦争たいけん物語 5」リーブル出版 2008 p5

真知子
　◇「吉田としジュニアロマン選集 1」国土社 1971

まちじゅう はな いっぱい
　◇「巽聖歌作品集 下」巽聖歌作品集刊行委員会 1977 p44

町でさいごの妖精をみたおまわりさんのはなし
　◇「立原えりか作品集 4」思潮社 1973 p41
　◇「立原えりかのファンタジーランド 5」青土社 1980 p5

町でみつけたライオン
　◇「大石真児童文学全集 13」ポプラ社 1982 p113

街と教室
　◇「おの・ちゅうこう初期作品集 〔2〕 日本の教室は明るい」崙書房 1975 p7

街と飛行船
　◇「別役実童話集 〔2〕」三一書房 1975 p5

町に憧れた山の娘
　◇「定本小川未明童話全集 9」講談社 1977 p192
　◇「定本小川未明童話全集 9」大空社 2001 p192

町にきたばくの話
　◇「浜田広介全集 2」集英社 1975 p42

まちにつづく道
　◇「住井すゑジュニア文学館 4」汐文社 1999 p129

町にも なつが
　◇「巽聖歌作品集 下」巽聖歌作品集刊行委員会 1977 p72

街の赤ずきんたち
　◇「大石真児童文学全集 4」ポプラ社 1982 p5

町のあかり
　◇「立原えりかのファンタジーランド 15」青土社 1980 p5

町の朝
　◇「中村雨紅詩謡集」中村雨紅詩謡集刊行委員会 1971 p108

街の市場
　◇「巽聖歌作品集 上」巽聖歌作品集刊行委員会 1977 p65

町の馬
　◇「新装版金子みすゞ全集 1」JULA出版局 1984 p110
　◇「金子みすゞ童謡全集 2」JULA出版局 2003 p28

町のおうむ

◇「定本小川未明童話全集 7」講談社 1977 p276
◇「小川未明童話集」岩波書店 1996（岩波文庫）p311
◇「定本小川未明童話全集 7」大空社 2001 p276

町のお姫さま
　◇「定本小川未明童話全集 1」講談社 1976 p348
　◇「定本小川未明童話全集 1」大空社 2001 p348

まちのかぜは せっけんやすきやきのにおいがしたのに
　◇「阪田寛夫全詩集」理論社 2011 p154

町のキャンディー屋さん
　◇「〔鈴木裕美〕短編童話集 童話のじかん」文芸社 2008 p39

街の子
　◇「春一〔竹久〕夢二童話集」ノーベル書房 1977 p139

街の幸福
　◇「定本小川未明童話全集 6」講談社 1977 p127
　◇「定本小川未明童話全集 6」大空社 2001 p127

まちのしぐれ
　◇「ひばりのす―木下夕爾児童詩集」光書房 1998 p40

街の少年
　◇「豊島与志雄童話集」海鳥社 1990 p3
　◇「豊島与志雄童話作品集 3」銀貨社 2000 p67

町の職人
　◇「斎藤隆介全集 10」岩崎書店 1982 p5

町の真理
　◇「定本小川未明童話全集 8」講談社 1977 p68
　◇「定本小川未明童話全集 8」大空社 2001 p68

まちの そら むらの そら
　◇「〔東君平〕ひとくち童話 4」フレーベル館 1995 p30

街の太陽
　◇「少年倶楽部名作佐藤紅緑全集 下」講談社 1967 p379

町の天使
　◇「定本小川未明童話全集 5」講談社 1977 p196
　◇「定本小川未明童話全集 5」大空社 2001 p196

町の中のタヌキ
　◇「椋鳩十の本 29」理論社 1989 p197

町のにおい
　◇「巽聖歌作品集 下」巽聖歌作品集刊行委員会 1977 p112

町のねずみと いなかのねずみ
　◇「阪田寛夫全詩集」理論社 2011 p520

街の灯
　◇「浜田広介全集 11」集英社 1976 p180

町の雪だるま
　◇「大石真児童文学全集 11」ポプラ社 1982 p197

町のランプ

まつす

◇「西條益美代表作品選集 1」南海ブックス 1981 p7

町はずれの空き地
◇「定本小川未明童話全集 12」講談社 1977 p60
◇「定本小川未明童話全集 12」大空社 2002 p60

待ちぶせ
◇〔北原〕白秋全童謡集 2」岩波書店 1992 p456

まちぶせをみやぶる
◇〔柳家弁天〕らくご文庫 4」太平出版社 1987 p28

待ちぼうけ
◇〔北原〕白秋全童謡集 2」岩波書店 1992 p179
◇〔北原〕白秋全童謡集 3」岩波書店 1992 p277

マーちゃんの夢
◇「かとうむつこ童話集 1」東京図書出版会, リフレ出版（発売）2003 p15

マチュ・ピチュの砦
◇〔たかしよいち〕世界むかしむかし探検 6」国土社 1996 p38

マーチング・マーチ
◇「阪田寛夫全詩集」理論社 2011 p130
◇「阪田寛夫全詩集」理論社 2011 p312

松
◇〔内海康子〕六月のカレンダー―詩集」けやき書房 1999 p120

松
◇「おの・ちゅうこう初期作品集〔1〕牧歌の風景」崙書房 1975 p75

松―秋の姫島を旅して
◇「いのち―みずかみかずよ全詩集」石風社 1995 p413

松井さんのこと
◇「あまんきみこセレクション 5」三省堂 2009 p150

松―移り変る世の中を見つめている
◇「立原えりかのファンタジーランド 4」青土社 1980 p70

松岡譲と高志人
◇「稲田童平全集 6」宝文館出版 1981 p100

（松岡譲は）
◇「稲田童平全集 8」宝文館出版 1982 p98

（松岡譲は出世作）
◇「稲田童平全集 8」宝文館出版 1982 p99

松夫さんと金魚
◇「浜田広介全集 1」集英社 1975 p204

（松ヶ岡東慶寺）
◇「稲田童平全集 8」宝文館出版 1982 p126

松かさ
◇「新装版金子みすゞ全集 1」JULA出版局 1984 p123
◇「金子みすゞ童謡全集 2」JULA出版局 2003 p46

松毬（まつかさ）の着物を着た小人
◇「谷口雅春童話集 2」日本教文社 1976 p113

松かさぼっくりこ
◇「横山健童謡選集 1」無明舎出版 1995 p94

松風
◇〔島崎〕藤村の童話 4」筑摩書房 1979 p141

まっかなネコ事件
◇「岡本良雄童話文学全集 2」講談社 1964 p231

松甘露
◇〔小田野〕友之童話集」文芸社 2009 p43

待つ季節
◇「杉みき子選集 9」新潟日報事業社 2011 p154

マッキーのふしぎ椅子―ミラクル・チェア
◇〔狸穴山人〕ほほえみの彼方へ 愛」けやき書房 2000（ふれ愛ブックス）p5

マツクイ虫
◇「阪田寛夫全詩集」理論社 2011 p218

マツグミ
◇「今西祐行全集 15」偕成社 1989 p171

まっくら
◇「阪田寛夫全詩集」理論社 2011 p153

まっ黒い海
◇「佐藤義美全集 5」佐藤義美全集刊行会 1973 p30

真っ黒クロちゃん
◇「犬飼馬鹿人旧作童話集」日本文化資料センター 1996 p76

まつげの海のひこうせん
◇「山下明生・童話の島じま 2」あかね書房 2012 p21

睫毛の虹
◇「新装版金子みすゞ全集 1」JULA出版局 1984 p51
◇「金子みすゞ童謡集」角川春樹事務所 1998（ハルキ文庫）p58
◇「金子みすゞ童謡全集 1」JULA出版局 2003 p78

松島
◇〔島崎〕藤村の童話 4」筑摩書房 1979 p123

松島よ, 松島
◇「巽聖歌作品集 上」巽聖歌作品集刊行委員会 1977 p195

まっ白い雲と観音まいり
◇〔今坂柳二〕りゅうじフォークロア・world 4」ふるさと伝承研究会 2008 p142

まっしろいこころ―連続テレビドラマ「ケンチとすみれ」作中歌
◇「阪田寛夫全詩集」理論社 2011 p803

松代大本営の発破の中で
◇「小川のせせらぎが聞こえるかい―中澤洋子童話集」中澤洋子 2010 p119

まつ直な道

まつた

松平信綱
◇「〔かこさとし〕お話こんにちは〔7〕」偕成社 1979 p130

松平又七郎・偶然の大手柄（一龍斎貞水編, 岡本和明文）
◇「一龍斎貞水の歴史講談 5」フレーベル館 2001 p114

マツタケ
◇「〔山田野理夫〕お笑い文庫 1」太平出版社 1977（母と子の図書室）p90

松田瓊子さんの手紙―病める人より病める人へ
◇「松田瓊子全集 5」大空社 1997 p123

まつたけとどんぐり
◇「浜田広介全集 4」集英社 1976 p184

マツダケの城
◇「椋鳩十全集 11」ポプラ社 1970 p99

松谷みよ子先生のこと
◇「あまんきみこセレクション 5」三省堂 2009 p172

マッチ
◇「〔東君平〕ひとくち童話 2」フレーベル館 1995 p66

マッチ
◇「星新一ショートショートセレクション 14」理論社 2004 p36

マッチ売り
◇「立原えりか作品集 2」思潮社 1972 p103

マッチうりの少女
◇「ひろすけ幼年童話文学全集 9」集英社 1962 p206
◇「浜田広介全集 10」集英社 1976 p207

マッチ売の少女
◇「鈴木三重吉童話全集 4」文泉堂書店 1975（日本文学全集・選集叢刊第5次）p269

マッチうりの むすめ
◇「巽聖歌作品集 下」巽聖歌作品集刊行委員会 1977 p80

マッチとタバコのお約束
◇「かもめの水兵さん―武内俊子伝記と作品集」講談社出版サービスセンター 1977 p128

序詩マッチに寄せて
◇「新美南吉全集 6」牧書店 1965 p1

燐寸（マッチ）に寄せて
◇「校定新美南吉全集 8」大日本図書 1981 p348

まっている
◇「〔坪井栄〕はしれ子馬よ―童謡詩集」童謡研究・蜂の会 1999 p92

まっててね
◇「さくらゆき―さとうじゅんこ童詩集」えんじゅの会 1997 p38

まってるからね きっとだよ
◇「〔村上のぶ子〕ここは小人の国―少年詩集」あしぶえ出版 2000 p90

（松の）
◇「稗田童平全集 8」宝文館出版 1982 p60

松の音・涛の音
◇「那須辰造著作集 2」講談社 1980 p51

松のお花
◇「佐藤義美全集 1」佐藤義美全集刊行会 1974 p333

松の皮
◇「与田準一全集 2」大日本図書 1967 p79

マツノキ
◇「まど・みちお詩集 1」銀河社 1975 p14
◇「まど・みちお全詩集」理論社 1992 p467
◇「まど・みちお全詩集」理論社 1992 p580
◇「まどさんの詩の本 10」理論社 1996 p44
◇「まどさんの詩の本 10」理論社 1996 p46
◇「まど・みちお全詩集 続」理論社 2015 p30

松の木
◇「与謝野晶子児童文学全集 5」春陽堂書店 2007 p24

まつの木と雲
◇「ひろすけ幼年童話文学全集 6」集英社 1962 p20
◇「浜田広介全集 4」集英社 1976 p31

松の木とデパート
◇「壺井栄全集 11」文泉堂出版 1998 p66

マツのきのした
◇「〔東君平〕おはようどうわ 4」講談社 1982 p39

松のたより
◇「壺井栄全集 3」文泉堂出版 1997 p52

松の力
◇「〔巌谷〕小波お伽全集 12」本の友社 1998 p314

まつの葉とさくらの葉
◇「土田耕平童話集〔1〕」古今書院 1955 p47

（松の花が）
◇「稗田童平全集 8」宝文館出版 1982 p104

松の花が
◇「稗田童平全集 3」宝文館出版 1979 p93

松の林に入りて
◇「おの・ちゅうこう初期作品集〔1〕牧歌的風景」崙書房 1975 p53

松の針
◇「新版・宮沢賢治童話全集 12」岩崎書店 1979 p129
◇「新修宮沢賢治全集 2」筑摩書房 1979 p168
◇「ジュニア文学館 宮沢賢治―写真・絵画集成 3」日本図書センター 1996 p65
◇「よくわかる宮沢賢治―イーハトーノ・ロマン 11」学習研究社 1996 p228

〔松の針はいま白光に溶ける〕
　◇「新修宮沢賢治全集 7」筑摩書房 1980 p259
松の穂
　◇「巽聖歌作品集 上」巽聖歌作品集刊行委員会
　　1977 p354
松の寅太郎
　◇「〔巌谷〕小波お伽全集 9」本の友社 1998 p335
松葉杖のおじさん
　◇「〔辻弘司〕創作短篇童話集 マガダ国の悲劇・鍋の蓋他」日本文学館 2006 p49
まつば相撲
　◇「椋鳩十の本 21」理論社 1982 p166
真裸
　◇「瑠璃の壺―森銑三童話集」三樹書房 1982 p211
まつばぼたん
　◇「〔北原〕白秋全童謡集 2」岩波書店 1992 p394
まつばぼたん
　◇「壺井栄名作集 9」ポプラ社 1965 p153
松葉牡丹
　◇「壺井栄全集 6」文泉堂出版 1998 p429
松曳き（林家木久蔵編，岡本和明文）
　◇「林家木久蔵の子ども落語 1」フレーベル館 1998 p80
松ぽぐり
　◇「巽聖歌作品集 上」巽聖歌作品集刊行委員会
　　1977 p458
松ぽっくり
　◇「佐藤義美全集 4」佐藤義美全集刊行会 1974 p441
まつ身のつらさ
　◇「川崎大治民話選 〔2〕」童心社 1969 p172
松虫
　◇「〔北原〕白秋全童謡集 3」岩波書店 1992 p353
松虫，鈴虫のうた
　◇「室生犀星童話全集 2」創林社 1978 p62
松山鏡（林家木久蔵編，岡本和明文）
　◇「林家木久蔵の子ども落語 6」フレーベル館 1999 p6
（松山市で）
　◇「稗田童平全集 8」宝文館出版 1982 p99
祭
　◇「北彰介作品集 4」青森県児童文学研究会 1991 p279
祭
　◇「杉みき子選集 2」新潟日報事業社 2005 p13
祭
　◇「新美南吉全集 6」牧書店 1965 p56
　◇「校定新美南吉全集 8」大日本図書 1981 p236
祭かへり
　◇「巽聖歌作品集 上」巽聖歌作品集刊行委員会
　　1977 p37
茉莉花少女
　◇「庄野英二全集 9」偕成社 1979 p68
まつりご
　◇「壺井栄名作集 4」ポプラ社 1965 p65
　◇「定本壺井栄児童文学全集 1」講談社 1979 p85
まつりご（A-児童）
　◇「壺井栄全集 9」文泉堂出版 1997 p9
祭すぎ
　◇「与田凖一全集 1」大日本図書 1967 p50
祭りすぎ（岡田泰三）
　◇「岡田泰三・日下部梅子童謡集」会津童詩会 1992 p7
祭のあくる日
　◇「新装版金子みすゞ全集 1」JULA出版局 1984 p183
　◇「金子みすゞ童謡全集 2」JULA出版局 2003 p132
祭のあと
　◇「〔北原〕白秋全童謡集 4」岩波書店 1993 p50
祭のあと
　◇「杉みき子選集 2」新潟日報事業社 2005 p14
祭りのあと
　◇「杉みき子選集 9」新潟日報事業社 2011 p205
祭のおおさか
　◇「阪田寛夫全詩集」理論社 2011 p555
祭のかえり（日下部梅子）
　◇「岡田泰三・日下部梅子童謡集」会津童詩会 1992 p102
祭りの来る村
　◇「二反長半作品集 1」集英社 1979 p39
祭の競馬
　◇「〔北原〕白秋全童謡集 1」岩波書店 1992 p95
まつりの頃
　◇「新装版金子みすゞ全集 1」JULA出版局 1984 p26
　◇「金子みすゞ童謡全集 1」JULA出版局 2003 p42
「まつり」の作品について
　◇「あまんきみこセレクション 5」三省堂 2009 p181
まつりの たいこ
　◇「佐藤義美童謡集」さ・え・ら書房 1960 p70
　◇「佐藤義美全集 1」佐藤義美全集刊行会 1974 p187
まつりの太鼓
　◇「新装版金子みすゞ全集 1」JULA出版局 1984 p182
　◇「金子みすゞ童謡全集 2」JULA出版局 2003 p130
祭りのたいこ
　◇「マッチ箱の中―三鎌よし子童謡集」しもつけ文

まつり

祭りの太鼓
　◇「中村雨紅詩謡集」中村雨紅詩謡集刊行委員会
　　1971 p100
祭の近い日
　◇「まど・みちお全詩集」理論社 1992 p63
祭のはやし
　◇「阪田寛夫全詩集」理論社 2011 p456
祭の晩
　◇「新版・宮沢賢治童話全集 6」岩崎書店 1978 p41
　◇「新修宮沢賢治全集 11」筑摩書房 1979 p59
　◇「よくわかる宮沢賢治―イーハトーブ・ロマン II」学習研究社 1996 p144
　◇「齋藤孝のイッキによめる！ 小学生のための宮沢賢治」講談社 2007 p179
　◇「学校放送劇舞台劇脚本集 宮沢賢治名作童話」東洋書院 2008 p121
祭りのばんのたぬき
　◇「二反長半作品集 1」集英社 1979 p182
祭の笛
　◇〔北原〕白秋全童謡集 1」岩波書店 1992 p221
　◇〔北原〕白秋全童謡集 1」岩波書店 1992 p231
祭の前
　◇〔北原〕白秋全童謡集 4」岩波書店 1993 p49
放送劇 祭りの夜
　◇「北彰介作品集 2」青森県児童文学研究会 1990 p209
祭りの夜
　◇「いのち―みずかみかずよ全詩集」石風社 1995 p379
祭りの宵に
　◇〔藤井則行〕祭りの宵に―童話集」創栄出版 1995 p137
まつり はやし
　◇「まど・みちお全詩集」理論社 1992 p292
祭まで
　◇「井上ひさしジュニア文学館 1」汐文社 1998 p63
末路
　◇「星新一YAセレクション 7」理論社 2009 p68
窓
　◇〔宗左近〕梟の駅長さん―童謡集」思潮社 1998 p56
窓
　◇「壺井栄全集 1」文泉堂出版 1997 p275
窓
　◇「新美南吉全集 6」牧書店 1965 p230
　◇「校定新美南吉全集 8」大日本図書 1981 p14
窓
　◇「浜田広介全集 1」集英社 1975 p205
窓
　◇「星新一ショートショートセレクション 15」理論社 2004 p120
窓
　◇「まど・みちお全詩集」理論社 1992 p23
窓
　◇「新修宮沢賢治全集 1」筑摩書房 1980 p282
まど あけよう
　◇「まど・みちお全詩集」理論社 1992 p172
まどをあけといて
　◇「いのち―みずかみかずよ全詩集」石風社 1995 p253
窓から
　◇「あまんきみこセレクション 5」三省堂 2009 p9
窓から
　◇「おの・ちゅうこう初期作品集 〔1〕 牧歌的風景」崙書房 1975 p135
窓から（日下部梅子）
　◇「岡田泰三・日下部梅子童謡集」会津童詩会 1992 p84
まどから見えるおとうさん
　◇「定本壺井栄児童文学全集 3」講談社 1979 p194
窓から見えるおとうさん
　◇「壺井栄名作集 1」ポプラ社 1965 p70
　◇「壺井栄全集 10」文泉堂出版 1998 p13
窓からみえる希望
　◇「やなせたかし童謡詩集 〔1〕」フレーベル館 2000 p20
窓ぎは
　◇〔北原〕白秋全童謡集 2」岩波書店 1992 p477
窓口
　◇「壺井栄全集 3」文泉堂出版 1997 p466
まどさんという詩人の話
　◇「阪田寛夫全詩集」理論社 2011 p891
まどさんとさかたさんのことばあそびI『まどさんとさかたさんのことばあそび』
　◇「阪田寛夫全詩集」理論社 2011 p228
まどさんとさかたさんのことばあそびII『だじゃれはだれじゃ』
　◇「阪田寛夫全詩集」理論社 2011 p261
まどさんとさかたさんのことばあそびIII『ひまへまごろあわせ』
　◇「阪田寛夫全詩集」理論社 2011 p267
まどさんとさかたさんのことばあそびIV『あんパンのしょうめい』
　◇「阪田寛夫全詩集」理論社 2011 p277
まどさんとさかたさんのことばあそびV『カステラへらずぐち』
　◇「阪田寛夫全詩集」理論社 2011 p285
まどさんのまど
　◇「阪田寛夫全詩集」理論社 2011 p274

まなつ

窓に来た少年
　◇「浜田広介全集 3」集英社 1975 p71
窓の灯り
　◇「北川千代児童文学全集 上」講談社 1967 p161
窓の内と外
　◇「定本小川未明童話全集 13」講談社 1977 p214
　◇「定本小川未明童話全集 13」大空社 2002 p214
窓の下を通った男
　◇「定本小川未明童話全集 5」講談社 1977 p185
　◇「定本小川未明童話全集 5」大空社 2001 p185
まどの したの まっちうり
　◇「平塚武二童話全集 2」童心社 1972 p84
窓の外へ
　◇「いのち―みずかみかずよ全詩集」石風社 1995 p453
まどの ない ビルディング
　◇「小川未明幼年童話文学全集 3」集英社 1965 p32
まどの ない ビルデング
　◇「定本小川未明童話全集 16」講談社 1978 p53
　◇「定本小川未明童話全集 16」大空社 2002 p53
窓の紅文字
　◇「山田風太郎少年小説コレクション 1」論創社 2012 p109
窓辺の歌
　◇「〔永松康男〕童話集 青いマント」永松康男 2012 p42
まど・みちお
　◇「まど・みちお全詩集 続」理論社 2015 p225
窓より
　◇「松田瓊子全集 5」大空社 1997 p74
車窓(マド)よりの断章
　◇「阪田寛夫全詩集」理論社 2011 p835
マドラー
　◇「星新一ちょっと長めのショートショート 10」理論社 2007 p167
マドリッド
　◇「杉みき子選集 2」新潟日報事業社 2005 p258
マトリョシカ
　◇「〔坪井安〕はしれ子馬よ―童謡詩集」童謡研究・蜂の会 1999 p24
マドロスの群れ
　◇「椋鳩十の本 1」理論社 1982 p94
〔まどろみ過ぐる百年は〕
　◇「新修宮沢賢治全集 5」筑摩書房 1979 p253
窓はこちらに
　◇「異聖歌作品集 上」異聖歌作品集刊行委員会 1977 p485
真奈
　◇「吉田としジュニアロマン選集 9」国土社 1972
まないたの歌
　◇「壺井栄名作集 1」ポプラ社 1965 p111
　◇「定本壺井栄児童文学全集 3」講談社 1979 p178
まないたの歌(A―小説・正子もの)
　◇「壺井栄全集 2」文泉堂出版 1997 p399
まないたの歌(B―児童・文吉もの)
　◇「壺井栄全集 10」文泉堂出版 1998 p416
マナイタの化けた話
　◇「ある手品師の話―小熊秀雄童話集」晶文社 1976 p139
　◇「小熊秀雄童話集」創風社 2001 p117
★(まなこ)
　◇「稗田童平全集 8」宝文館出版 1982 p40
(まなこをひらけば四月の風が)
　◇「新版・宮沢賢治童話全集 12」岩崎書店 1979 p214
〔まなこをひらけば四月の風が〕
　◇「新修宮沢賢治全集 5」筑摩書房 1979 p270
　◇「ジュニア文学館 宮沢賢治―写真・絵画集成 3」日本図書センター 1996 p165
まなざし
　◇「いのち―みずかみかずよ全詩集」石風社 1995 p344
まなづるとダァリヤ
　◇「新版・宮沢賢治童話全集 1」岩崎書店 1978 p127
　◇「新修宮沢賢治全集 11」筑摩書房 1979 p241
　◇「宮沢賢治童話集 1」講談社 1985 (講談社青い鳥文庫) p39
　◇「〔宮沢〕賢治童話」翔泳社 1995 p184
　◇「宮沢賢治童話集珠玉選 〔1〕」講談社 2009 p108
マナちゃんとくまとりんごの木
　◇「神沢利子コレクション 4」あかね書房 1994 p59
　◇「神沢利子コレクション・普及版 4」あかね書房 2006 p59
真夏
　◇「中村雨紅詩謡集」中村雨紅詩謡集刊行委員会 1971 p73
真夏のクリスマス(その1)
　◇「阪田寛夫全詩集」理論社 2011 p631
真夏のクリスマス(その2)
　◇「阪田寛夫全詩集」理論社 2011 p631
真夏のスタンプ
　◇「〔坪井安〕はしれ子馬よ―童謡詩集」童謡研究・蜂の会 1999 p122
真夏の大衆科学陣
　◇「海野十三全集 別巻1」三一書房 1991 p300
真夏の夢
　◇「有島武郎童話集」角川書店 1952 (角川文庫) p81
真夏の夢
　◇「おの・ちゅうこう初期作品集 〔1〕 牧歌的風景」

まなつ

真夏の夜の夢
　◇「奥田継夫ベストコレクション 10」ポプラ社 2002 p198
学ぶということ
　◇「全集灰谷健次郎の本 17」理論社 1987 p190
マナン
　◇「〔東風琴子〕童話集 2」ストーク 2006 p149
マヌエロ
　◇「阪田寛夫全詩集」理論社 2011 p416
まぬけでゆかいなどろぼう話
　◇「〔木暮正夫〕日本のおばけ話・わらい話 4」岩崎書店 1986
まぬけな犬・クロ
　◇「全集古田足日子どもの本 2」童心社 1993 p167
まぬけなドロボウ
　◇「犬飼馬鹿人旧作童話集」日本文化資料センター 1996 p114
まぬけな若者
　◇「花岡大学仏典童話全集 4」法蔵館 1979 p209
まね送り
　◇「瑠璃の壺―森銑三童話集」三樹書房 1982 p267
招かざる客
　◇「〔吉田享子〕おしゃべりな星―少年少女詩集」らくだ出版 2001 p11
まねきねこ
　◇「〔東君平〕ひとくち童話 3」フレーベル館 1995 p14
招き猫通信
　◇「今江祥智の本 32」理論社 1991 p93
まねするな
　◇「〔山田野理夫〕お笑い文庫 1」太平出版社 1977 （母と子の図書室） p143
まねっこぞうさん
　◇「松谷みよ子全集 10」講談社 1972 p61
まねてみる
　◇「いのち―みずかみかずよ全詩集」石風社 1995 p362
真似の失策（鷺と鴉）
　◇「〔巌谷〕小波お伽全集 14」本の友社 1998 p158
魔の花売
　◇「〔巌谷〕小波お伽全集 2」本の友社 1998 p255
まひる（岡田泰三）
　◇「岡田泰三・日下部梅子童謡集」会津童詩会 1992 p15
真昼（岡田泰三）
　◇「岡田泰三・日下部梅子童謡集」会津童詩会 1992 p23
〔まひるつとめにまぎらひて〕
　◇「新修宮沢賢治全集 6」筑摩書房 1980 p207
　◇「新修宮沢賢治全集 6」筑摩書房 1980 p420

嵩書房 1975 p122

まひるのイヌ
　◇「〔東君平〕おはようどうわ 7」講談社 1982 p94
真昼のお化け
　◇「定本小川未明童話全集 11」講談社 1977 p290
　◇「定本小川未明童話全集 11」大空社 2002 p290
まひるのゆめ
　◇「与田凖一全集 2」大日本図書 1967 p148
まひるのライオン
　◇「寺村輝夫童話集 11」ポプラ社 1982 p39
　◇「寺村輝夫全童話 4」理論社 1997 p454
マビ
　◇「〔山田野理夫〕おばけ文庫 5」太平出版社 1976 （母と子の図書室） p136
マフィンちゃんの三つの望み
　◇「佐藤一英「童話・童謡集」」一宮市立萩原小学校 2003 p10
まぶしい タンポポ―ねしょんべんのうた
　◇「まど・みちお全詩集」理論社 1992 p328
まぶしい とどろき
　◇「まど・みちお全詩集 続」理論社 2015 p31
まぶしい はるが
　◇「まど・みちお全詩集」理論社 1992 p367
まぶしいひかり
　◇「浜田広介全集 3」集英社 1975 p165
まぶしいポプラ
　◇「いのち―みずかみかずよ全詩集」石風社 1995 p101
〔まぶしくやつれて〕
　◇「新修宮沢賢治全集 5」筑摩書房 1979 p108
　◇「新修宮沢賢治全集 5」筑摩書房 1979 p301
マフラー
　◇「〔東君平〕ひとくち童話 2」フレーベル館 1995 p20
まほう
　◇「坪田譲治幼年童話文学全集 2」集英社 1965 p17
魔法
　◇「坪田譲治自選童話集」実業之日本社 1971 p136
　◇「坪田譲治童話全集 2」岩崎書店 1986 p43
　◇「坪田譲治名作選〔1〕魔法」小峰書店 2005 p116
魔法をかけられた舌
　◇「安房直子コレクション 2」偕成社 2004 p9
「まほうをかけられた舌」のこと
　◇「安房直子コレクション 2」偕成社 2004 p330
まほうがつかえるようになった日
　◇「いちばん大切な願いごと―宮下木花12歳童話集」銀の鈴社 2007 （小さな鈴シリーズ） p87
魔法競
　◇「〔巌谷〕小波お伽全集 10」本の友社 1998 p428
魔法探し

まほう

　　◇「豊島与志雄童話作品集 1」銀貨社 1999 p79
魔法つかい
　　◇「〔島崎〕藤村の童話 3」筑摩書房 1979 p98
魔法つかひ
　　◇「〔北原〕白秋全童謡集 1」岩波書店 1992 p342
魔法使い
　　◇「星新一ショートショートセレクション 4」理論社 2002 p92
魔法使いが消えた話
　　◇「〔おうち・やすゆき〕こら！ しんぞう―童謡詩集」小峰書店 1996 p119
魔法使いの居る街
　　◇「別役実童話集 〔1〕」三一書房 1973 p43
まほうつかいの おばあさん
　　◇「〔かこさとし〕お話こんにちは 〔7〕」偕成社 1979 p4
魔法使いの少年
　　◇「〔大野憲三〕創作童話」一粒書房 2012 p167
「まほうつかいのちかみち」・あとがき
　　◇「佐藤さとるファンタジー全集 16」講談社 1983 p226
　　◇「佐藤さとるファンタジー全集 16」講談社, 復刊ドットコム（発売） 2011 p226
まほうつかいのチョモチョモ
　　◇「寺村輝夫童話全集 3」ポプラ社 1982 p5
　　◇「〔寺村輝夫〕ぼくは王さま全1冊」理論社 1985 p295
魔法使いのチョモチョモ
　　◇「寺村輝夫全童話 2」理論社 1997 p161
　　◇「寺村輝夫の王さまシリーズ 10」理論社 1999 p8
まほうつかいのなんきょくさん
　　◇「山下明生・童話の島じま 1」あかね書房 2012 p59
まほうつかいの文王
　　◇「川崎大治民話選 〔2〕」童心社 1969 p158
まほうつかいのまごむすめ
　　◇「立原えりかのファンタジーランド 16」青土社 1981 p139
魔法人形
　　◇「少年探偵・江戸川乱歩 17」ポプラ社 1999 p5
　　◇「文庫版 少年探偵・江戸川乱歩 17」ポプラ社 2005 p5
まほうのエレベーター
　　◇「〔木下容子〕ファンタジー傑作童話集 まほうのコンペイトー」おさひめ書房 2009 p5
魔法の狼
　　◇「鈴木三重吉童話全集 4」文泉堂書店 1975（日本文学全集・選集叢刊第5次）p275
魔法の仮面
　　◇「西條八十童話集」小学館 1983 p222
魔法の楠

　　◇「〔巌谷〕小波お伽全集 11」本の友社 1998 p317
まほうのコンペイトー
　　◇「〔木下容子〕ファンタジー傑作童話集 まほうのコンペイトー」おさひめ書房 2009 p137
魔法の魚
　　◇「鈴木三重吉童話全集 4」文泉堂書店 1975（日本文学全集・選集叢刊第5次）p43
まほうのジャンクぶね
　　◇「二反長半作品集 1」集英社 1979 p195
魔法の大会
　　◇「星新一ショートショートセレクション 4」理論社 2002 p30
魔法の卵
　　◇「巌谷小波お伽噺文庫 〔4〕」大和書房 1976 p227
魔法のチョッキ
　　◇「佐藤さとるファンタジー全集 13」講談社 1983 p235
　　◇「佐藤さとる幼年童話自選集 2」ゴブリン書房 2003 p23
　　◇「佐藤さとるファンタジー全集 13」講談社, 復刊ドットコム（発売） 2011 p235
まほうの つえ
　　◇「まど・みちお全詩集」理論社 1992 p247
魔法の杖
　　◇「新装版金子みすゞ全集 1」JULA出版局 1984 p73
　　◇「金子みすゞ童謡全集 1」JULA出版局 2003 p116
魔法のテーブル
　　◇「平塚武二童話全集 3」童心社 1972 p9
魔法の鳥
　　◇「鈴木三重吉童話全集 1」文泉堂書店 1975（日本文学全集・選集叢刊第5次）p47
魔法の庭
　　◇「坪田譲治童話全集 4」岩崎書店 1986 p145
魔法のはしご
　　◇「佐藤さとるファンタジー全集 14」講談社 1983 p227
　　◇「佐藤さとるファンタジー全集 14」講談社, 復刊ドットコム（発売） 2011 p227
魔法の鼻物語
　　◇「谷口雅春童話集 4」日本教文社 1976 p65
「魔法の勉強はじめます」のこと
　　◇「今江祥智の本 35」理論社 1990 p291
まほうのぼうし
　　◇「〔東君平〕おはようどうわ 3」講談社 1982 p198
まほうのボール
　　◇「岡本良雄童話文学全集 3」講談社 1964 p7
まほうの町のうら通り
　　◇「佐藤さとる全集 4」講談社 1974 p121
魔法の町の裏通り

作品名から引ける日本児童文学個人全集案内　813

まほう

まほうのマフラー
- ◇「佐藤さとるファンタジー全集 13」講談社 1983 p83
- ◇「佐藤さとるファンタジー全集 13」講談社, 復刊ドットコム(発売) 2011 p83

まほうのマフラー
- ◇「あまんきみこセレクション 1」三省堂 2009 p119

まほうの むち
- ◇「定本小川未明童話全集 15」講談社 1978 p240
- ◇「定本小川未明童話全集 15」大空社 2002 p240

まほうの森
- ◇「佐藤義美全集 5」佐藤義美全集刊行会 1973 p408

魔法のゆびわ
- ◇「鈴木三重吉童話全集 4」文泉堂書店 1975 (日本文学全集・選集叢刊第5次) p210

魔法のリンゴ
- ◇「阪田寛夫全詩集」理論社 2011 p565

まほうのレンズ
- ◇「寺村輝夫童話全集 2」ポプラ社 1982 p181
- ◇「〔寺村輝夫〕ぼくは王さま全1冊」理論社 1985 p566
- ◇「寺村輝夫全童話 1」理論社 1996 p290
- ◇「寺村輝夫の王さまシリーズ 4」理論社 1998 p135

魔法博士
- ◇「少年探偵江戸川乱歩全集 18」ポプラ社 1970 p5
- ◇「少年探偵・江戸川乱歩 14」ポプラ社 1999 p5
- ◇「文庫版 少年探偵・江戸川乱歩 14」ポプラ社 2005 p5

まぼろし城
- ◇「高垣眸全集 4」桃源社 1971 p1
- ◇「高垣眸全集 4」桃源社 1971 p3

まぼろし人形川の中
- ◇「今江祥智の本 20」理論社 1981 p250
- ◇「今江祥智童話館 〔16〕」理論社 1987 p69

まぼろしの海
- ◇「今江祥智の本 19」理論社 1981 p143
- ◇「今江祥智童話館 〔13〕」理論社 1987 p185

まぼろしの木橋
- ◇「かつおきんや作品集 10」牧書店〔アリス館牧新社〕1974 p1
- ◇「かつおきんや作品集 6」偕成社 1982 p4

幻の恐竜
- ◇「赤川次郎ショートショートシリーズ 3」理論社 2010 p23

まぼろしの声
- ◇「杉みき子選集 8」新潟日報事業社 2010 p191

幻の作家、三島霜川の「聖書婦人」
- ◇「稗田童平全集 4」宝文館出版 1980 p112

幻の四重奏
- ◇「赤川次郎ミステリーコレクション 第2期 12」岩崎書店 2004 p5

まぼろしの城
- ◇「花岡大学仏典童話全集 4」法蔵館 1979 p76

まぼろしの城と如来たち(三千塵点劫の彼方から)
- ◇「〔松本光華〕民話風法華経童話 8」中外日報社〔中外印刷出版〕1989 p1

幻の動物記
- ◇「戸川幸夫動物文学全集 15」講談社 1977 p241

まぼろしの鳥
- ◇「浜田広介全集 2」集英社 1975 p48

まぼろしの鳥
- ◇「椋鳩十全集 9」ポプラ社 1970 p222

幻の花
- ◇「瑠璃の壺—森銑三童話集」三樹書房 1982 p134

まぼろしの祭り
- ◇「立原えりか作品集 6」思潮社 1973 p117
- ◇「立原えりかのファンタジーランド 12」青土社 1980 p7

まま子いじめ
- ◇「〔比江島重孝〕宮崎のむかし話 2」鉱脈社 1998 p186

ままごと
- ◇「坪田譲治幼年童話文学全集 2」集英社 1965 p132
- ◇「坪田譲治童話全集 9」岩崎書店 1986 p182

ままごと(二瓶とく)
- ◇「岡田泰三・日下部梅子童謡集」会津童詩会 1992 p157

ままごと
- ◇「浜田広介全集 11」集英社 1976 p131

ままごと
- ◇「〔東君平〕ひとくち童話 2」フレーベル館 1995 p50

飯事裁判
- ◇「〔巌谷〕小波お伽全集 14」本の友社 1998 p339

ままごとのあと
- ◇「平塚武二童話全集 1」童心社 1972 p84

ままごとのすきな女の子
- ◇「あまんきみこ童話集 5」ポプラ社 2008 p15

まま子とほん子
- ◇「〔比江島重孝〕宮崎のむかし話 1」鉱脈社 1998 p209

ままこのしりぬぐい
- ◇「壺井栄名作集 9」ポプラ社 1965 p114
- ◇「壺井栄全集 4」文泉堂書店 1998 p388

ママとスキー
- ◇「〔佐々木千鶴子〕動物村のこうみんかん—台所からのひとり言 童話集」朝日新聞社西部開発室編集出版センター 1006 p101

土堤(まま)と空

ママと父ちゃん
　◇「阪田寛夫全詩集」理論社 2011 p771
ママとぼく
　◇「佐藤義美全集 1」佐藤義美全集刊行会 1974 p465
　◇「ともだちシンフォニー―佐藤義美童謡集」JULA出版局 1990 p122
ママになんかわかんない
　◇「松谷みよ子全集 7」講談社 1971 p136
ままの あんだ せーたー
　◇「阪田寛夫全詩集」理論社 2011 p360
ママノオツクエ
　◇「かもめの水兵さん―武内俊子伝記と作品集」講談社出版サービスセンター 1977 p195
ママのおひざ
　◇「パパとボクとネコ―山口紀代子童謡詩集」音楽舎 2003 p36
ママのおみやげ
　◇「笑った泣き地蔵―御田慶子童話選集」たま出版 2007 p105
ママの口紅
　◇「斎田喬児童劇選集 〔7〕」牧書店 1955 p89
ままのように
　◇「まど・みちお全詩集 続」理論社 2015 p398
ママの笑い
　◇「まど・みちお詩集 3」銀河社 1975 p34
　◇「まど・みちお全詩集」理論社 1992 p487
　◇「まどさんの詩の本 12」理論社 1997 p16
ママひつじの子守唄
　◇「横山健童謡選集 2」無明舎出版 1995 p16
ママはおばけだって！
　◇「山中恒よみもの文庫 16」理論社 2000 p9
ママは何度もうなずいて
　◇「〔矢ヶ崎則之〕童話集1 ねえねえ、兄ちゃん…」レーヴック, 星雲社 (発売) 2011 p109
マミちゃん、がんばって
　◇「ともみのちょう戦―立花玲子童話集」青森県児童文学研究会 1997 p102
間宮林蔵
　◇「筑波常治記物語全集 2」国土社 1969 p5
鰻滝の女
　◇「椋鳩十の本 3」理論社 1982 p174
まむしの銀右衛門 (山梨)
　◇「〔木暮正夫〕日本の怪奇ばなし 9」岩崎書店 1990 p110
蝮の骨
　◇「魂の配達―野村吉哉作品集」草思社 1983 p92
まめ
　◇「〔東君平〕ひとくち童話 6」フレーベル館 1995 p44

「まめ」
　◇「まど・みちお詩集 5」銀河社 1975 p44
　◇「まど・みちお全詩集」理論社 1992 p527
豆うち
　◇「国分一太郎児童文学集 6」小峰書店 1967 p149
豆を食べた鬼
　◇「むぎぶえ笛太―文館輝子童話集」越野智, ブックヒルズ (所沢) 1999 p26
豆を煮る
　◇「いのち―みずかみかずよ全詩集」石風社 1995 p395
まめを二つぶずつ
　◇「寺村輝夫のむかし話 〔5〕」あかね書房 1978 p18
まめをまくなら いまがよい
　◇「与田凖一全集 3」大日本図書 1967 p168
豆がほしい子ばと
　◇「浜田広介全集 2」集英社 1975 p131
マメ吉のお手柄
　◇「谷口雅春童話集 5」日本教文社 1977 p18
豆食いてい
　◇「中村雨紅詩謡集」中村雨紅詩謡集刊行委員会 1971 p110
豆小僧
　◇「〔北原〕白秋全童謡集 1」岩波書店 1992 p188
まめさん
　◇「まどさんの詩の本 15」理論社 1997 p72
豆自働車
　◇「〔北原〕白秋全童謡集 5」岩波書店 1993 p107
豆潜水艇の行方
　◇「海野十三全集 9」三一書房 1988 p5
まめだぬき
　◇「佐藤さとる全集 5」講談社 1974 p171
　◇「佐藤さとるファンタジー全集 6」講談社 1982 p21
　◇「佐藤さとるファンタジー全集 6」講談社, 復刊ドットコム (発売) 2010 p21
豆炭あんか
　◇「中村雨紅詩謡集」中村雨紅詩謡集刊行委員会 1971 p106
豆粒 コロリン
　◇「北彰介作品集 3」青森県児童文学研究会 1990 p11
　◇「北彰介作品集 3」青森県児童文学研究会 1990 p82
豆つぶほどの小さないぬ
　◇「佐藤さとる全集 9」講談社 1973 p1
「豆つぶほどの小さないぬ」・あとがき (その1)
　◇「佐藤さとるファンタジー全集 16」講談社 1983 p177
　◇「佐藤さとるファンタジー全集 16」講談社, 復刊

ドットコム（発売）2011 p177
「豆つぶほどの小さないぬ」・あとがき（その2）
- ◇「佐藤さとるファンタジー全集 16」講談社 1983 p179
- ◇「佐藤さとるファンタジー全集 16」講談社, 復刊ドットコム（発売）2011 p179

「豆つぶほどの小さないぬ」・講談社文庫版・あとがき
- ◇「佐藤さとるファンタジー全集 16」講談社 1983 p179
- ◇「佐藤さとるファンタジー全集 16」講談社, 復刊ドットコム（発売）2011 p179

豆つぶほどの小さないぬ（コロボックル物語2）
- ◇「佐藤さとるファンタジー全集 2」講談社 1982 p3
- ◇「佐藤さとるファンタジー全集 2」講談社, 復刊ドットコム（発売）2010 p3

豆電灯
- ◇「石森延男児童文学全集 2」学習研究社 1971 p156

まめとすみとわら
- ◇「今井誉次郎童話集子どもの村〔1〕」国土社 1957 p6

まめなじいさまとせやみじいさま
- ◇「松谷みよ子のむかしむかし 1」講談社 1973 p10

豆の上にねた王女
- ◇「ひろすけ幼年童話文学全集 9」集英社 1962 p54

豆の王
- ◇「巌谷小波お伽噺文庫〔5〕」大和書房 1976 p213

豆の手づる
- ◇「巌谷小波お伽噺文庫〔5〕」大和書房 1976 p164

豆の葉
- ◇「〔北原〕白秋全童謡集 2」岩波書店 1992 p109

豆のはしご
- ◇「鈴木三重吉童話全集 1」文泉堂書店 1975（日本文学全集・選集叢刊第5次）p439

豆の葉っぱ
- ◇「石森延男児童文学全集 11」学習研究社 1971 p259

豌（まめ）の花
- ◇「槇田童平全集 1」玉文館出版 1978 p11

マメひろい
- ◇「〔山田野理夫〕おばけ文庫 3」太平出版社 1976（母と子の図書室）p38

豆もおりこう
- ◇「浜田広介全集 8」集英社 1976 p45

豆ランプ
- ◇「まど・みちお全詩集」理論社 1992 p687

豆ランプの話したこと
- ◇「浜田広介全集 1」集英社 1975 p159

マメンチザウルスよ首をふれ
- ◇「いのち―みずかみかずよ全詩集」石風社 1995 p277

まもられた約束
- ◇「怪談小泉八雲のこわ〜い話 4」汐文社 2004 p59

まもり柿
- ◇「土田耕平童話集〔5〕」古今書院 1955 p5

守り柿
- ◇「土田耕平童話集」信濃毎日新聞社 1949 p63

まもり神
- ◇「〔山田野理夫〕おばけ文庫 1」太平出版社 1976（母と子の図書室）p75

守るも攻めるも鉄の
- ◇「寺村輝夫全童話 別1」理論社 2007 p410

麻薬捜査犬
- ◇「〔黒川良人〕犬の詩猫の詩―児童詩集」東洋出版 2000 p57

まやとはなこ
- ◇「椋鳩十の本 26」理論社 1989 p37
- ◇「椋鳩十学年別童話〔3〕」理論社 1990 p5

マヤの一生
- ◇「椋鳩十全集 15」ポプラ社 1980 p6
- ◇「椋鳩十の本 12」理論社 1983 p7
- ◇「椋鳩十名作選 7」理論社 2014 p5

マヤの一生〔わたしの作品をめぐって〕
- ◇「椋鳩十の本 24」理論社 1983 p142

繭
- ◇「松谷みよ子全エッセイ 2」筑摩書房 1989 p257

まゆ（劇）（モルナール作）
- ◇「鈴木三重吉童話全集 8」文泉堂書店 1975（日本文学全集・選集叢刊第5次）p150

眉毛の白くなった犬
- ◇「全集古田足日子どもの本 11」童心社 1993 p369

繭とお墓
- ◇「金子みすゞ童謡全集 3」JULA出版局 2004 p12

まゆとはか
- ◇「みすゞ―童謡詩人・金子みすゞの優しさ探しの旅 1」春陽堂書店 1997
- ◇「〔金子〕みすゞ詩画集〔7〕」春陽堂書店 2002 p26

繭と墓
- ◇「新装版金子みすゞ全集 2」JULA出版局 1984 p3
- ◇「金子みすゞ童謡集」角川春樹事務所 1998（ハルキ文庫）p180

まゆにつば
- ◇「〔木暮正夫〕日本のおばけ話・わらい話 13」岩崎書店 1987 p71

繭の玉
- ◇「浜田広介全集 11」集英社 1976 p131

マユの反物
- ◇「〔中山正宏〕大きくな〜れ―童話集」日本図書刊

まよいイヌ
  ◇「〔東君平〕おはようどうわ 8」講談社 1982 p180
まよひ子王子
  ◇「鈴木三重吉童話全集 3」文泉堂書店 1975（日本文学全集・選集叢刊第5次）p279
迷いとさとり
  ◇「椋鳩十の本 28」理論社 1989 p113
まよいの岩
  ◇「〔巖谷〕小波お伽全集 2」本の友社 1998 p147
迷い人
  ◇「山本瓔子詩集 I」新風舎 2003 p74
迷った二匹の小羊
  ◇「庄野英二全集 4」偕成社 1979 p354
ま夜中（日下部暎子）
  ◇「岡田泰三・日下部暎子童謡集」会津童詩会 1992 p106
真夜中
  ◇「〔北原〕白秋全童謡集 1」岩波書店 1992 p76
まよなかセレナーデ
  ◇「〔林原玉枝〕不思議な鳥」けやき書房 1996（ふれ愛ブックス）p62
真夜中の音楽
  ◇「大石真児童文学全集 4」ポプラ社 1982 p175
まよなかのきつね
  ◇「花岡大学童話文学全集 4」法藏館 1980 p223
まよなかのへび
  ◇「花岡大学童話文学全集 4」法藏館 1980 p137
マヨネーズのように哀しい
  ◇「別役実童話集 〔6〕」三一書房 1988 p23
マライ攻略戦
  ◇「〔北原〕白秋全童謡集 4」岩波書店 1993 p360
マライの虎
  ◇「椋鳩十の本 18」理論社 1982 p212
マラカス チャチャ
  ◇「阪田寛夫全詩集」理論社 2011 p396
マラソン
  ◇「〔東君平〕おはようどうわ 8」講談社 1982 p20
  ◇「〔東君平〕ひとくち童話 2」フレーベル館 1995 p30
マラソンに勝つひけつ
  ◇「庄野英二全集 6」偕成社 1979 p422
マラッカ
  ◇「庄野英二全集 11」偕成社 1980 p183
まり
  ◇「新装版金子みすゞ全集 2」JULA出版局 1984 p281
  ◇「金子みすゞ童謡全集 4」JULA出版局 2004 p200
マリ
  ◇「斎藤隆介全集 4」岩崎書店 1982 p99
鞠
  ◇「新美南吉全集 5」牧書店 1965 p127
  ◇「校定新美南吉全集 5」大日本図書 1980 p207
マリアとマラリヤ
  ◇「阪田寛夫全詩集」理論社 2011 p285
マリー・アントワネットはデベソ
  ◇「全集版灰谷健次郎の本 9」理論社 1988 p89
マリヴロンと少女
  ◇「新修宮沢賢治全集 11」筑摩書房 1979 p217
  ◇「〔宮沢〕賢治童話」翔泳社 1995 p54
マリー＝キュリー
  ◇「〔かこさとし〕お話こんにちは 〔8〕」偕成社 1979 p34
マリ子とミケ
  ◇「桃色のダブダブさん―松田解子童話集」新日本出版社 2004 p17
マリーゴールド
  ◇「庄野英二全集 9」偕成社 1979 p129
まりととのさま
  ◇「西條八十の童話と童謡」小学館 1981 p76
まりと殿さま
  ◇「西條八十童話集」小学館 1983 p394
毬と殿さま
  ◇「西條八十童謡全集」修道社 1971 p349
まり投げ
  ◇「石森延男児童文学全集 11」学習研究社 1971 p151
  ◇「石森延男児童文学全集 15」学習研究社 1971 p65
毬の行方
  ◇「〔巖谷〕小波お伽全集 3」本の友社 1998 p444
マリリン＝モンロー
  ◇「〔かこさとし〕お話こんにちは 〔3〕」偕成社 1979 p18
まる
  ◇「まど・みちお全詩集 続」理論社 2015 p134
まるい足中
  ◇「〔比江島重孝〕宮崎のむかし話 1」鉱脈社 1998 p174
まるい海
  ◇「今江祥智の本 17」理論社 1981 p130
まるい海
  ◇「佐藤義美全集 3」佐藤義美全集刊行会 1973 p149
丸い子猫が
  ◇「〔坪井安〕はしれ子馬よ―童謡詩集」童謡研究・蜂の会 1999 p56
まるい地平線
  ◇「赤座憲久少年詩集シリーズ 1」じゃこめてい出版 1977 p60

まるい

丸い提灯
　◇「なっちゃんと魔法の葉っぱ―天城健太郎作品集」今日の話題社 2007 p229

まるい つきと まるい すっぽん
　◇「佐藤義美全集 4」佐藤義美全集刊行会 1974 p453

まるい日
　◇「〔山田野理夫〕お笑い文庫 1」太平出版社 1977（母と子の図書室）p27

丸木舟
　◇「那須辰造著作集 3」講談社 1980 p170

丸木舟
　◇「魂の配達―野村吉哉作品集」草思社 1983 p30

独木舟
　◇「那須辰造著作集 2」講談社 1980 p7

マルクス
　◇「〔かこさとし〕お話こんにちは 〔2〕」偕成社 1979 p22

マルコニー
　◇「〔かこさとし〕お話こんにちは 〔1〕」偕成社 1979 p124

マルセル＝プルースト
　◇「〔かこさとし〕お話こんにちは 〔4〕」偕成社 1979 p51

丸善階上喫煙室小景
　◇「新修宮沢賢治全集 7」筑摩書房 1980 p156

マルちゃん
　◇「〔黒川良人〕犬の詩猫の詩―児童詩集」東洋出版 2000 p23

マルチンとしちめんちょう
　◇「岩永博史童話集 2」岩永博史 2005 p36

まるちんの猫
　◇「〔比江島重孝〕宮崎のむかし話 2」鉱脈社 1998 p165

マルチン＝ルター
　◇「〔かこさとし〕お話こんにちは 〔8〕」偕成社 1979 p39

丸──冬眠
　◇「〔下田喜久美〕遠くから来た旅人―詩集」リトル・ガリヴァー社 1998 p100

まるの はんたい
　◇「まど・みちお全詩集 続」理論社 2015 p172

まるぼうず
　◇「いのち―みずかみかずよ全詩集」石風社 1995 p264

マルボー大尉
　◇「鈴木三重吉童話全集 6」文泉堂書店 1975（日本文学全集・選集叢刊第5次）p59

○○獣
　◇「海野十三全集 5」三一書房 1989 p67

まるめさんとめがね
　◇「村山籌子作品集 3」JULA出版局 1998 p67

まるめろの木
　◇「巽聖歌作品集 下」巽聖歌作品集刊行委員会 1977 p112

丸元淑生さんと
　◇「全集灰谷健次郎の本 23」理論社 1988 p71

円山応挙
　◇「〔かこさとし〕お話こんにちは 〔2〕」偕成社 1979 p18

マルは しあわせ
　◇「定本小川未明童話全集 16」講談社 1978 p45
　◇「定本小川未明童話全集 16」大空社 2002 p45

マロニエ
　◇「庄野英二全集 11」偕成社 1980 p369

マロンとメロン
　◇「まど・みちお全詩集 続」理論社 2015 p57

まはしもの
　◇「鈴木三重吉童話全集 6」文泉堂書店 1975（日本文学全集・選集叢刊第5次）p1

まわたかけ
　◇「国分一太郎児童文学集 6」小峰書店 1967 p154

真綿雲
　◇「与田凖一全集 1」大日本図書 1967 p16

真綿千枚針千本
　◇「北彰介作品集 3」青森県児童文学研究会 1990 p57

まわって あそぼう
　◇「まど・みちお全詩集」理論社 1992 p182

まわりうた
　◇「阪田寛夫全詩集」理論社 2011 p447

まわりどうろう
　◇「〔巖谷〕小波お伽全集 7」本の友社 1998 p383

まわりどうろう
　◇「杉みき子選集 9」新潟日報事業社 2011 p213

廻り灯籠
　◇「西條八十童謡全集」修道社 1971 p124

まわり猫
　◇「〔黒川良人〕犬の詩猫の詩―児童詩集」東洋出版 2000 p110

まわりのこと
　◇「椋鳩十の本 23」理論社 1983 p43

まわり舞台
　◇「〔坪井安〕はしれ子馬よ―童謡詩集」童謡研究・蜂の会 1999 p90

随筆集まわり道の幸せ
　◇「長崎源之助全集 20」偕成社 1988 p7

まわり道の幸せ
　◇「長崎源之助全集 20」偕成社 1988 p32

まわれ飛行塔
　◇「岡本良雄童話文学全集 1」講談社 1964 p193

まわれ右
　◇「星新一ちょっと長めのショートショート 4」理論社 2006 p113
まんいん電車
　◇「佐藤義美童謡集」さ・え・ら書房 1960 p230
　◇「佐藤義美全集 1」佐藤義美全集刊行会 1974 p246
まんいん電車
　◇「おはなしいっぱい―祐成智美童謡詩集」リーブル 1997 p72
まんいん電車の つりかわさん
　◇「おはなしいっぱい―祐成智美童謡詩集」リーブル 1997 p54
マンガ
　◇「杉みき子選集 2」新潟日報事業社 2005 p225
マンガ
　◇「全集版灰谷健次郎の本 22」理論社 1988 p202
漫画的人物列伝
　◇「氏原大作全集 4」条例出版 1977 p445
マンガの秋
　◇「庄野英二全集 6」偕成社 1979 p192
万金丹
　◇「斎藤隆介全集 3」岩崎書店 1982 p222
まんげ鏡
　◇「〔村上のぶ子〕ここは小人の国―少年詩集」あしぶえ出版 2000 p44
まんげつ
　◇「いのち―みずかみかずよ全詩集」石風社 1995 p254
まん月
　◇「佐藤義美童謡集」さ・え・ら書房 1960 p254
　◇「佐藤義美全集 1」佐藤義美全集刊行会 1974 p265
　◇「ともだちシンフォニー―佐藤義美童謡集」JULA出版局 1990 p144
満月
　◇「いのち―みずかみかずよ全詩集」石風社 1995 p155
満月池の河童
　◇「二反長半作品集 1」集英社 1979 p230
満月寺詣で
　◇「那須辰造著作集 2」講談社 1980 p189
満月・銘木くずし
　◇「斎藤隆介全集 9」岩崎書店 1982 p207
マンゴー
　◇「庄野英二全集 5」偕成社 1980 p177
マンサク
　◇「石森延男児童文学全集 11」学習研究社 1971 p245
マンサク
　◇「まど・みちお全詩集 続」理論社 2015 p135

まんさくさん
　◇「与田凖一全集 4」大日本図書 1967 p19
マンサクの花
　◇「大石真児童文学全集 11」ポプラ社 1982 p127
まんさくの花さけ
　◇「稗田菫平全集 3」宝文館出版 1979 p32
まんさくの花に
　◇「稗田菫平全集 1」宝文館出版 1978 p81
まんさく花
　◇「浜田広介全集 11」集英社 1976 p47
まんさんの おちゃわん
　◇「与田凖一全集 4」大日本図書 1967 p24
まんじゅう
　◇「寺村輝夫のむかし話 〔5〕」あかね書房 1978 p100
まんじゅう
　◇「まど・みちお全詩集 続」理論社 2015 p32
満州生れの板金工
　◇「斎藤隆介全集 10」岩崎書店 1982 p83
まんじゅうこわい
　◇「川崎大治民話選 〔1〕」童心社 1968 p30
まんじゅうこわい
　◇「〔木暮正夫〕日本のおばけ話・わらい話 7」岩崎書店 1986 p74
まんじゅうこわい
　◇「〔山田野理夫〕お笑い文庫 4」太平出版社 1977 （母と子の図書室）p19
饅頭こわい（林家木久蔵編、岡本和明文）
　◇「林家木久蔵の子ども落語 4」フレーベル館 1998 p40
満洲地図
　◇「〔北原〕白秋全童謡集 3」岩波書店 1992 p173
　◇「〔北原〕白秋全童謡集 3」岩波書店 1992 p184
満洲堂
　◇「庄野英二全集 9」偕成社 1979 p213
まんじゅうとそば
　◇「〔山田野理夫〕お笑い文庫 7」太平出版社 1977 （母と子の図書室）p42
まんじゅうとにらめっこ
　◇「阪田寛夫全詩集」理論社 2011 p299
マンシュウの思い出
　◇「石森延男児童文学全集 5」学習研究社 1971 p200
満州の燕
　◇「巽聖歌作品集 上」巽聖歌作品集刊行委員会 1977 p258
満州の燕 抄
　◇「巽聖歌作品集 上」巽聖歌作品集刊行委員会 1977 p245
まんじゅうのなきがら

まんし

- ◇「〔木暮正夫〕日本のおばけ話・わらい話 15」岩崎書店 1987 p49

満洲の春
- ◇「〔北原〕白秋全童謡集 3」岩波書店 1992 p256

曼珠沙華
- ◇「高垣眸全集 2」桃源社 1970 p333

まんぞう福
- ◇「氏原大作全集 2」条例出版 1977 p296

マンダラ王ときたないぼうさん
- ◇「花岡大学仏典童話全集 4」法蔵館 1979 p18

まんだらカラスの死
- ◇「花岡大学仏典童話全集 4」法蔵館 1979 p220

満潮
- ◇「少年倶楽部名作佐藤紅緑全集 下」講談社 1967 p517

マンドレークの声
- ◇「杉みき子選集 3」新潟日報事業社 2006 p25

まんどん
- ◇「〔北原〕白秋全童謡集 4」岩波書店 1993 p51

萬年櫻草
- ◇「〔巌谷〕小波お伽全集 3」本の友社 1998 p70

万年めのカメ
- ◇「〔山田野理夫〕お笑い文庫 1」太平出版社 1977（母と子の図書室）p130

万の死
- ◇「定本小川未明童話全集 14」講談社 1977 p156
- ◇「定本小川未明童話全集 14」大空社 2002 p156

万の字
- ◇「川崎大治民話選 〔1〕」童心社 1968 p162

万倍
- ◇「新装版金子みすゞ全集 3」JULA出版局 1984 p67
- ◇「金子みすゞ童謡全集 5」JULA出版局 2004 p92

マンボウ
- ◇「〔宗左近〕梟の駅長さん―童謡集」思潮社 1998 p8

マンボウのマンボ
- ◇「〔おうち・やすゆき〕こら！ しんぞう―童謡詩集」小峰書店 1996 p109

まんまる
- ◇「まど・みちお全詩集 続」理論社 2015 p10

まんまる あかちゃん
- ◇「まど・みちお全詩集 続」理論社 2015 p217

まんまるいけえきは？
- ◇「与田準一全集 3」大日本図書 1967 p231

まんまんさんのはし箱
- ◇「春よこいこい―高橋良和こころの童話選集」同朋舎出版 1995 p163

マンモス
- ◇「阪田寛夫全集」理論社 2011 p11

マンモスゾウやーい
- ◇「〔たかしよいち〕世界むかしむかし探検 1」国土社 1993 p74

【み】

みあげにゅうどう
- ◇「〔山田野理夫〕おばけ文庫 3」太平出版社 1976（母と子の図書室）p57

みあげれば宇宙
- ◇「くどうなおこ詩集○」童話屋 1996 p22

みい子ちゃん
- ◇「定本小川未明童話全集 16」講談社 1978 p305
- ◇「定本小川未明童話全集 16」大空社 2002 p305

「みいさん」のクリスマスプレゼント
- ◇「むぎぶえ笛太―文館輝子童話集」越野智, ブックヒルズ（所沢）1999 p153

みいちゃんの あしおと
- ◇「与田準一全集 3」大日本図書 1967 p30

ミイちゃんマアちゃん
- ◇「西條八十童謡全集」修道社 1971 p351

ミイとハナちゃん
- ◇「〔かこさとし〕お話こんにちは 〔10〕」偕成社 1980 p80

ミイラ志願
- ◇「〔たかしよいち〕世界むかしむかし探検 2」国土社 1994 p92

ミイラとの対面
- ◇「〔たかしよいち〕世界むかしむかし探検 2」国土社 1994 p58

ミイラとワッケーロ（墓掘り）
- ◇「〔たかしよいち〕世界むかしむかし探検 6」国土社 1996 p114

ミイラとはなにか
- ◇「〔たかしよいち〕世界むかしむかし探検 2」国土社 1994 p23

ミイラののろい
- ◇「〔たかしよいち〕世界むかしむかし探検 6」国土社 1996 p143

見失つた牛
- ◇「瑠璃の壺―森銑三童話集」三樹書房 1982 p180

三浦哲郎
- ◇「今江祥智の本 35」理論社 1990 p156

三浦梅園
- ◇「〔かこさとし〕お話こんにちは 〔5〕」偕成社 1979 p19

三浦半島横断鉄道
- ◇「佐藤さとるファンタジー全集 16」講談社 1983

p75
◇「佐藤さとるファンタジー全集 16」講談社, 復刊ドットコム (発売) 2011 p75

三浦半島の早春
◇「佐藤さとるファンタジー全集 13」講談社 1983 p284
◇「佐藤さとるファンタジー全集 13」講談社, 復刊ドットコム (発売) 2011 p284

三重吉断章
◇「坪田譲治名作選 〔4〕風の中の子供」小峰書店 2005 p218

みえ子のしっぱい
◇「壺井栄全集 10」文泉堂出版 1998 p202

みえ子のねがい
◇「桃色のダブダブさん―松田解子童話集」新日本出版社 2004 p39

見えざる敵
◇「海野十三全集 7」三一書房 1990 p297

みえたよ みえた
◇「まど・みちお全詩集」理論社 1992 p247

みえたよ みえたよ みかんぶね
◇「平塚武二童話全集 2」童心社 1972 p108

見えない！
◇「まど・みちお全詩集」理論社 1992 p533
◇「まどさんの詩の本 6」理論社 1996 p74

見えない淡路島
◇「全集版灰谷健次郎の本 21」理論社 1988 p20

みえないおかた
◇「浜田広介全集 3」集英社 1975 p72

みえないお爺さん
◇「浜田広介全集 10」集英社 1976 p184

みえないお城
◇「新装版金子みすゞ全集 2」JULA出版局 1984 p216
◇「金子みすゞ童謡全集 4」JULA出版局 2004 p104

見えないお湯
◇「まど・みちお全詩集」理論社 1992 p324

みえない だれかが
◇「まど・みちお全詩集」理論社 1992 p292
◇「まどさんの詩の本 15」理論社 1997 p52

見えない手
◇「まど・みちお詩集 6」銀河社 1975 p14
◇「まど・みちお全詩集」理論社 1992 p506
◇「まどさんの詩の本 14」理論社 1997 p86

みえない星
◇「新装版金子みすゞ全集 3」JULA出版局 1984 p15
◇「金子みすゞ童謡全集 5」JULA出版局 2004 p28

みえない みえる
◇「まど・みちお全詩集 続」理論社 2015 p244

見えないもの
◇「新装版金子みすゞ全集 1」JULA出版局 1984 p235
◇「みすゞさん―童謡詩人・金子みすゞの優しさ探しの旅 1」春陽堂書店 1997
◇「金子みすゞ童謡集」角川春樹事務所 1998 (ハルキ文庫) p122
◇「〔金子〕みすゞ詩画集 〔4〕」春陽堂書店 2000 p12
◇「金子みすゞ童謡全集 2」JULA出版局 2003 p212

みえなくなったくびかざり
◇「大石真児童文学全集 15」ポプラ社 1982 p49

見えなくなったクロ
◇「大石真児童文学全集 5」ポプラ社 1982 p139

虚栄(みえ)帽子
◇「〔巌谷〕小波お伽全集 3」本の友社 1998 p239

ミエマスカ
◇「西條八十童謡全集」修道社 1971 p353

みがいてはだめ
◇「〔柳家弁天〕らくご文庫 11」太平出版社 1987 p84

見返り坂の松の木
◇「〔今坂柳二〕りゅうじフォークロア・world 4」ふるさと伝承研究会 2008 p95

みかづき
◇「こやま峰子詩集 〔3〕」朔北社 2003 p24

みか月
◇「石森延男児童文学全集 5」学習研究社 1971 p162

三か月
◇「定本小川未明童話全集 3」講談社 1977 p398

三ケ月
◇「〔竹久〕夢二童謡集」ノーベル書房 1975 (浪漫文庫) p59

三ヵ月
◇「定本小川未明童話全集 3」大空社 2001 p398

三日月
◇「〔北原〕白秋全童謡集 3」岩波書店 1992 p423

三日月
◇「〔斎藤信夫〕子ども心を友として―童謡詩集」成東町教育委員会 1996 p54

三日月
◇「中村雨紅詩謡集」中村雨紅詩謡集刊行委員会 1971 p38

三日月
◇「新美南吉童話集 1」大日本図書 1982 p308
◇「新美南吉童話集 1」大日本図書 2012 p308

三日月
◇「椋鳩十の本 1」理論社 1982 p49

三日月をぢさん

みかす

◇「〔北原〕白秋全童謡集 3」岩波書店 1992 p424

三日月様
◇「〔巌谷〕小波お伽全集 12」本の友社 1998 p95

みかづきとタヌキ
◇「椋鳩十全集 13」ポプラ社 1979 p153

三日月とタヌキ
◇「椋鳩十動物童話集 12」小峰書店 1991 p6

三日月にぶらさがった男の話
◇「佐藤義美全集 2」佐藤義美全集刊行会 1973 p381

三日月の美しい夜―天女と夫婦になったおとこ
◇「春よこいこい―高橋良和こころの童話選集」同朋舎出版 1995 p27

三日月村の黒猫
◇「安房直子コレクション 4」偕成社 2004 p215

味方
◇「まど・みちお詩集 3」銀河社 1975 p42
◇「まど・みちお全詩集」理論社 1992 p487
◇「まどさんの詩の本 6」理論社 1996 p76

三方ケ原の戦い（一龍斎貞水編、岡本和明文）
◇「一龍斎貞水の歴史講談 4」フレーベル館 2000 p166

ミカちゃんのぼうけん
◇「寺村輝夫童話全集 8」ポプラ社 1982 p5
◇「寺村輝夫全童話 3」理論社 1997 p300

帝の替玉
◇「瑠璃の壺―森銑三童話集」三樹書房 1982 p174

みかねて
◇「まど・みちお全詩集 続」理論社 2015 p313

みかりばあさん
◇「〔山田野理夫〕おばけ文庫 3」太平出版社 1976（母と子の図書室）p66

三川坑
◇「巽聖歌作品集 上」巽聖歌作品集刊行会 1977 p188

三河の天狗
◇「松谷みよ子全エッセイ 2」筑摩書房 1989 p167

身がわり
◇「土田耕平童話集」信濃毎日新聞社 1949 p192

身代り
◇「土田耕平童話集 〔1〕」古今院 1955 p121

身代り商人
◇「花岡大学仏典童話全集 2」法蔵館 1979 p63

身がわりの石びつ
◇「松谷みよ子のむかしむかし 8」講談社 1973 p95

みかん
◇「佐藤義美全集 1」佐藤義美全集刊行会 1974 p391

みかん
◇「千葉省三童話全集 3」岩崎書店 1967 p85

みかん
◇「壺井栄名作集 2」ポプラ社 1965 p239

みかん
◇「新美南吉全集 6」牧書店 1965 p64
◇「校定新美南吉全集 8」大日本図書 1981 p143

みかん
◇「まど・みちお全詩集」理論社 1992 p127
◇「まど・みちお全詩集」理論社 1992 p187
◇「まどさんの詩の本 15」理論社 1997 p76

ミカン
◇「〔東君平〕おはようどうわ 1」講談社 1982 p204

ミカン
◇「まど・みちお全詩集」理論社 1992 p547
◇「まどさんの詩の本 6」理論社 1996 p68

ミカン
◇「〔山田野理夫〕お笑い文庫 1」太平出版社 1977（母と子の図書室）p63

蜜柑
◇「齋藤孝のイッキによめる！ 小学生のための芥川龍之介」講談社 2009 p183

蜜柑
◇「第二〔島木〕赤彦童謡集」第一書店 1948 p97

蜜柑
◇「巽聖歌作品集 上」巽聖歌作品集刊行委員会 1977 p489

ミカン色
◇「庄野英二全集 6」偕成社 1979 p202

みかん色の海
◇「花岡大学童話文学全集 1」法蔵館 1980 p166

ミカンかご
◇「〔東君平〕おはようどうわ 5」講談社 1982 p194
◇「東君平のおはようどうわ 3」新日本出版社 2010 p43

みかん きんかん
◇「定本小川未明童話全集 15」講談社 1978 p327
◇「定本小川未明童話全集 15」大空社 2002 p327

ミカン キンカン
◇「まど・みちお全詩集 続」理論社 2015 p218

蜜柑地獄
◇「巌谷小波お伽噺文庫 〔2〕」大和書房 1976 p81
◇「〔巌谷〕小波お伽全集 1」本の友社 1998 p349

みかんちゃん
◇「佐藤義美童謡集」さ・え・ら書房 1960 p94
◇「佐藤義美全集 1」佐藤義美全集刊行会 1974 p192

蜜柑とお星さま
◇「中村雨紅詩謡集」中村雨紅詩謡集刊行委員会 1971 p131

みかんと、やかんと
◇「壺井栄全集 10」文泉堂出版 1998 p297

みかんのき
　◇「さくらゆき―さとうじゅんこ童詩集」えんじゅの会 1997 p76
ミカンの木の寺
　◇「岡本良雄童話文学全集 2」講談社 1964 p145
みかんのしま
　◇「阪田寛夫全詩集」理論社 2011 p132
蜜柑の仙人
　◇「松谷みよ子全エッセイ 2」筑摩書房 1989 p163
みかんの種
　◇「壺井栄名作集 2」ポプラ社 1965 p149
　◇「壺井栄全集 11」文泉堂出版 1998 p210
みかんの中の仙人
　◇「二反長半作品集 3」集英社 1979 p192
みかんの花
　◇「庄野英二全集 11」偕成社 1980 p130
みかんの洋服
　◇「山本瓔子詩集 II」新風舎 2003 p15
みかんはこび
　◇「佐藤義美全集 1」佐藤義美全集刊行会 1974 p357
蜜柑畑
　◇「中村雨紅詩謡集」中村雨紅詩謡集刊行委員会 1971 p118
蜜柑畑
　◇「新美南吉全集 6」牧書店 1965 p268
　◇「校定新美南吉全集 8」大日本図書 1981 p294
　◇「新美南吉童話集 1」大日本図書 1982 p336
　◇「新美南吉童話集 1」大日本図書 2012 p336
蜜柑畑のボート
　◇「佐藤義美全集 1」佐藤義美全集刊行会 1974 p73
みかん（みじかいおしばい）
　◇「斎田喬幼年劇全集 2」誠文堂新光社 1961 p445
みかん山
　◇「佐藤義美童謡集」さ・え・ら書房 1960 p227
ミカン山
　◇「佐藤義美全集 1」佐藤義美全集刊行会 1974 p87
蜜柑山
　◇「中村雨紅詩謡集」中村雨紅詩謡集刊行委員会 1971 p120
みかん山のぬす人
　◇「二反長半作品集 1」集英社 1979 p154
右をむいたら
　◇「〔おうち・やすゆき〕こら！ しんぞう―童謡詩集」小峰書店 1996 p26
みぎてどっち
　◇「阪田寛夫全詩集」理論社 2011 p346
右と左に
　◇「松谷みよ子全エッセイ 3」筑摩書房 1989 p287
（右に妙高

　◇「稗田童平全集 8」宝文館出版 1982 p126
右の人左の人
　◇「与謝野晶子児童文学全集 5」春陽堂書店 2007 p44
右文覚え書
　◇「壺井栄名作集 8」ポプラ社 1965 p18
　◇「壺井栄全集 4」文泉堂出版 1998 p325
右文覚え書き（日記）
　◇「壺井栄全集 12」文泉堂出版 1999 p71
みぎまき
　◇「〔東君平〕おはようどうわ 3」講談社 1982 p130
みくに幼稚園
　◇「与謝野晶子児童文学全集 6」春陽堂書店 2007 p173
三毛猫ホームズの四捨五入
　◇「赤川次郎ミステリーコレクション 2」岩崎書店 2002 p7
三毛猫ホームズの黄昏ホテル
　◇「赤川次郎ミステリーコレクション 第2期 17」岩崎書店 2004 p5
みけの　ごうがいやさん
　◇「定本小川未明童話全集 16」講談社 1978 p22
　◇「定本小川未明童話全集 16」大空社 2002 p22
みけの　すず
　◇「小川未明幼年童話文学全集 4」集英社 1966 p45
みけの病気
　◇「椋鳩十まるごと動物ものがたり 4」理論社 1996 p32
ミゲル孫右衛門のまほう
　◇「全集古田足日子どもの本 6」童心社 1993 p171
みこさまとマンモスさんのなみだ
　◇「〔摩尼和夫〕童話集 アナンさまといたずらもんき」歓成院・大倉山アソカ幼稚園 2009 p99
みこし
　◇「〔金子〕みすゞ詩画集 〔6〕」春陽堂書店 2001 p22
神輿
　◇「新装版金子みすゞ全集 1」JULA出版局 1984 p149
　◇「金子みすゞ童謡全集 2」JULA出版局 2003 p84
ミコちゃんの話
　◇「寺村輝夫童話全集 10」ポプラ社 1982
ミコチン・ナコチン
　◇「稗田童平全集 8」宝文館出版 1982 p179
ミコチンのほしいもの
　◇「稗田童平全集 8」宝文館出版 1982 p149
三言
　◇「〔山田野理夫〕お笑い文庫 8」太平出版社 1977 （母と子の図書室） p109
神坂（みさか）峠
　◇「椋鳩十の本 20」理論社 1983 p34

みさき
◇「佐藤義美全集 5」佐藤義美全集刊行会 1973 p54

岬
◇「巽聖歌作品集 下」巽聖歌作品集刊行委員会 1977 p261

岬
◇「壺井栄全集 1」文泉堂出版 1997 p89

みさきかぜ
◇「〔山田野理夫〕おばけ文庫 3」太平出版社 1976（母と子の図書室）p22

岬のうた
◇「山本瓔子詩集 I」新風舎 2003 p136

みさきの子馬
◇「椋鳩十全集 10」ポプラ社 1970 p150

岬のばけもの
◇「北彰介作品集 3」青森県児童文学研究会 1990 p228

みさ子さんの作文
◇「今井誉次郎童話集子どもの村 〔3〕」国土社 1957 p122

ミサのかね
◇「巽聖歌作品集 上」巽聖歌作品集刊行委員会 1977 p292

みじかい木ぺん
◇「新修宮沢賢治全集 10」筑摩書房 1979 p261

みじかい終曲
◇「阪田寛夫全詩集」理論社 2011 p553

みじかい序曲
◇「阪田寛夫全詩集」理論社 2011 p545

みじかい タケノコの話
◇「〔かこさとし〕お話こんにちは 〔3〕」偕成社 1979 p108

短い手紙
◇「庄野英二全集 9」偕成社 1979 p131
◇「庄野英二自選短篇童話集」編集工房ノア 1986 p275

みじかい なぞなぞ五つ
◇「〔かこさとし〕お話こんにちは 〔2〕」偕成社 1979 p124

みじかい なぞなぞ話
◇「〔かこさとし〕お話こんにちは 〔2〕」偕成社 1979 p104

短いみじかい物語
◇「戸川幸夫動物文学全集 9」冬樹社 1966 p229

みじかい夜のお月さま
◇「浜田広介全集 7」集英社 1976 p134

短夜
◇「新修宮沢賢治全集 6」筑摩書房 1980 p109
◇「ジュニア文学館 宮沢賢治―写真・絵画集成 3」日本図書センター 1996 p186

ミシシッピー
◇「土田明子詩集 2」かど創房 1986 p8

実死なず
◇「与田凖一全集 2」大日本図書 1967 p154

見島牛
◇「椋鳩十の本 22」理論社 1983 p128

実生の舟
◇「〔伊藤紀子〕雪の皮膚―川柳作品集」伊藤紀子 1999 p113

見知らぬ学生さん
◇「〔島崎〕藤村の童話 3」筑摩書房 1979 p106

見知らぬ主婦の事件
◇「赤川次郎セレクション 4」ポプラ社 2008 p147

見知らぬ町
◇「くんぺい魔法ばなし―魔法ばなし全集 3」サンリオ 2000 p116

ミシン
◇「〔永松康男〕童話集 青いマント」永松康男 2012 p138

ミシン
◇「与田凖一全集 1」大日本図書 1967 p156

みず
◇「こやま峰子詩集 〔3〕」朔北社 2003 p38

水
◇「巽聖歌作品集 上」巽聖歌作品集刊行委員会 1977 p325

水
◇「壺井栄全集 11」文泉堂出版 1998 p48

水
◇「花岡大学童話文学全集 2」法蔵館 1980 p27

水
◇「まど・みちお全詩集 続」理論社 2015 p319
◇「まど・みちお全詩集 続」理論社 2015 p320

水
◇「椋鳩十の本 1」理論社 1982 p129

水
◇「与田凖一全集 2」大日本図書 1967 p55

みずあそび
◇「〔東君平〕おはようどうわ 7」講談社 1982 p128

氷（みづ）遊び
◇「〔巌谷〕小波お伽全集 7」本の友社 1998 p424

水あそびは、たのしいな
◇「北国翔子童話集 1」青森県児童文学研究会 2000 p11

水あめを買う女
◇「怪談小泉八雲のこわ～い話 8」汐文社 2009 p21

水鮎のうた
◇「室生犀星童話全集 2」創social社 1978 p13

みずいろようちえん
◇「みずいろようちえん―出雲路猛雄童話集」坂神都 2012 p48

湖
　◇「北彰介作品集 4」青森県児童文学研究会 1991 p112
湖
　◇「中村雨紅詩謡集」中村雨紅詩謡集刊行委員会 1971 p51
湖
　◇「椋鳩十の本 1」理論社 1982 p179
みずうみの ちかくの もりに ぞうが すんで いた
　◇「佐藤義美全集 2」佐藤義美全集刊行会 1973 p142
みずうみのニジ
　◇「与田凖一全集 4」大日本図書 1967 p220
水絵のなか
　◇「阪田寛夫全詩集」理論社 2011 p47
水音
　◇「星新一YAセレクション 3」理論社 2008 p30
水を飲む
　◇「まど・みちお全詩集 続」理論社 2015 p271
〔湧水(みづ)を呑まうとして〕
　◇「新修宮沢賢治全集 3」筑摩書房 1979 p12
　◇「新修宮沢賢治全集 3」筑摩書房 1979 p310
水泳ぎ
　◇「中村雨紅詩謡集」中村雨紅詩謡集刊行委員会 1971 p100
水女
　◇「土田耕平童話集 〔4〕」古今書院 1955 p16
水が美味いこと
　◇「今江祥智の本 34」理論社 1990 p187
水かがみ
　◇「石森読本—石森延男児童文学選集 6年生」小学館 1977 p86
水カステラ
　◇「〔山田野理夫〕お笑い文庫 4」太平出版社 1977 (母と子の図書室) p90
水が すんで いる いえ
　◇「佐藤義美全集 2」佐藤義美全集刊行会 1973 p328
水が すんで ゐる 家
　◇「佐藤義美全集 2」佐藤義美全集刊行会 1973 p102
みずかまきりにあった話
　◇「浜田広介全集 4」集英社 1976 p32
水上勉さんと
　◇「全集版灰谷健次郎の本 23」理論社 1988 p93
水がめ
　◇「〔山田野理夫〕おばけ文庫 7」太平出版社 1976 (母と子の図書室) p152
水甕歌
　◇「稗田童平全集 8」宝文館出版 1982 p41

水がめのかいかた
　◇「〔木暮正夫〕日本のおばけ話・わらい話 9」岩崎書店 1987 p24
(瑞木を)
　◇「稗田童平全集 8」宝文館出版 1982 p56
水草
　◇「稗田童平全集 3」宝文館出版 1979 p71
水汲み
　◇「新修宮沢賢治全集 4」筑摩書房 1979 p7
　◇「新修宮沢賢治全集 4」筑摩書房 1979 p302
水くみ おまつり
　◇「巽聖歌作品集 下」巽聖歌作品集刊行委員会 1977 p69
水グモの糸
　◇「〔木暮正夫〕日本のおばけ話・わらい話 2」岩崎書店 1986 p4
みづくりと 山んば
　◇「坪田譲治幼年童話文学全集 7」集英社 1965 p151
箕(み)づくりと山姥
　◇「坪田譲治童話全集 10」岩崎書店 1986 p82
水ぐるま
　◇「校定新美南吉全集 8」大日本図書 1981 p404
水車
　◇「第二〔島木〕赤彦童謡集」第一書店 1948 p26
水車
　◇「校定新美南吉全集 8」大日本図書 1981 p9
ミヅクロヒ
　◇「巽聖歌作品集 下」巽聖歌作品集刊行委員会 1977 p280
水ごり女房
　◇「太田博也童話集 6」小山書林 2009 p155
水差し
　◇「くんぺい魔法ばなし—魔法ばなし全集 2」サンリオ 2000 p174
ミス3年2組のたんじょう会
　◇「大石真児童文学全集 8」ポプラ社 1982 p5
　◇「大石真児童文学全集 8」ポプラ社 1982 p76
水地獄
　◇「〔巌谷〕小波お伽全集 10」本の友社 1998 p319
水七景
　◇「定本小川未明童話全集 14」講談社 1977 p92
　◇「定本小川未明童話全集 14」大空社 2002 p92
水死神
　◇「〔山田野理夫〕おばけ文庫 7」太平出版社 1976 (母と子の図書室) p65
〔水霜繁く霧たちて〕
　◇「新修宮沢賢治全集 6」筑摩書房 1980 p33
みすずの子ねこ
　◇「壺井栄全集 10」文泉堂出版 1998 p166

みすゞ

美鈴の子ネコ
◇「定本壺井栄児童文学全集 4」講談社 1980 p158

みずすまし
◇「こやま峰子詩集 〔1〕」朔北社 2003 p16

ミズスマシ
◇「まど・みちお詩集 2」銀河社 1975 p22
◇「まど・みちお全詩集」理論社 1992 p445

水すまし
◇「新装版金子みすゞ全集 2」JULA出版局 1984 p56
◇「〔金子〕みすゞ詩画集 〔5〕」春陽堂書店 2001 p20
◇「金子みすゞ童謡全集 3」JULA出版局 2004 p90

水すまし
◇「〔北原〕白秋全童謡集 3」岩波書店 1992 p348

水田
◇「巽聖歌作品集 上」巽聖歌作品集刊行委員会 1977 p14

ミスター・サルトビ
◇「平塚武二童話全集 3」童心社 1972 p49

みずたま ぼうや
◇「まど・みちお全詩集」理論社 1992 p348

水玉模様のふしぎ
◇「〔塩見治子〕短編童話集 本のむし」早稲田童話塾 2013 p203

みずたまり
◇「さくらゆき―さとうじゅんこ童詩集」えんじゅの会 1997 p120

みずたまり
◇「〔谷山浩子〕おひさまにキッス―お話の贈りもの」小学館 1997（おひさまのほん）p40

水たまり
◇「西條八十童謡全集」修道社 1971 p144

水たまり
◇「いのち―みずかみかずよ全詩集」石風社 1995 p130

みずたまりのうた
◇「まど・みちお全詩集」理論社 1992 p114

水たまりの希望
◇「やなせたかし童謡詩集 〔1〕」フレーベル館 2000 p22

みずだり
◇「〔山田野理夫〕おばけ文庫 7」太平出版社 1976（母と子の図書室）p160

みずでっぽう
◇「佐藤義美童謡集」さ・え・ら書房 1960 p48
◇「佐藤義美全集 1」佐藤義美全集刊行会 1974 p180

水でっぽう
◇「〔東君平〕ひとくち童話 4」フレーベル館 1995 p62

水でっぽう
◇「〔巌谷〕小波お伽全集 7」本の友社 1998 p421

水鉄砲
◇「中村雨紅詩謡集」中村雨紅詩謡集刊行委員会 1971 p105

水という字
◇「〔比江島重孝〕宮崎のむかし話 2」鉱脈社 1998 p193

水と影
◇「新装版金子みすゞ全集 3」JULA出版局 1984 p79
◇「金子みすゞ童謡集」角川春樹事務所 1998（ハルキ文庫）p192
◇「〔金子〕みすゞ詩画集 〔5〕」春陽堂書店 2001 p42
◇「金子みすゞ童謡全集 5」JULA出版局 2004 p106

水と風と子供
◇「新装版金子みすゞ全集 2」JULA出版局 1984 p131
◇「金子みすゞ童謡全集 3」JULA出版局 2004 p194

〔水と濃きなだれの風や〕
◇「新修宮沢賢治全集 6」筑摩書房 1980 p6
◇「新修宮沢賢治全集 6」筑摩書房 1980 p333

ミズト コドモ
◇「佐藤義美全集 1」佐藤義美全集刊行会 1974 p347

水と酒
◇「〔山田野理夫〕おばけ文庫 7」太平出版社 1976（母と子の図書室）p154

水と人間
◇「石森延男児童文学全集 15」学習研究社 1971 p249

水と火
◇「坪田譲治幼年童話文学全集 3」集英社 1965 p21
◇「坪田譲治童話全集 9」岩崎書店 1986 p25

水と光とそしてわたし
◇「今江祥智の本 4」理論社 1980 p137

みずとり
◇「まど・みちお詩集 2」銀河社 1975 p34
◇「まど・みちお全詩集」理論社 1992 p446
◇「まどさんの詩の本 13」理論社 1997 p14

水鳥のいる町
◇「杉みき子選集 9」新潟日報事業社 2011 p125

水無し村
◇「〔足立俊〕桃と赤おに」叢文社 1998 p59

〔水楢松にまじらふは〕
◇「新修宮沢賢治全集 6」筑摩書房 1980 p110
◇「新修宮沢賢治全集 6」筑摩書房 1980 p384

水におぼれない術
◇「〔柳家弁天〕らくご文庫 3」太平出版社 1987

みすま

  p97
水におぼれぬ法
  ◇「川崎大治民話選〔1〕」童心社 1968 p166
水にしずむ
  ◇「〔柳家弁天〕らくご文庫 10」太平出版社 1987 p91
水ぬるむころ
  ◇「〔鈴木桂子〕親子で語り合う詩集 1」クロスロード 1997 p20
水の上のカンポン
  ◇「庄野英二全集 4」偕成社 1979 p39
  ◇「庄野英二自選短篇童話集」編集工房ノア 1986 p37
水の上のタケル
  ◇「全集古田足日子どもの本 6」童心社 1993 p7
水のうた
  ◇「佐藤義美全集 1」佐藤義美全集刊行会 1974 p427
水のエプロン
  ◇「与田凖一全集 2」大日本図書 1967 p40
水の音
  ◇「杉みき子選集 9」新潟日報事業社 2011 p97
水の小母さん
  ◇「松谷みよ子全エッセイ 1」筑摩書房 1989 p79
水の鏡
  ◇「〔髙崎乃理子〕妖精の好きな木—詩集」かど創房 1998 p96
水の心
  ◇「瑠璃の壺—森銑三童話集」三樹書房 1982 p196
水のごちそう
  ◇「〔島崎〕藤村の童話 3」筑摩書房 1979 p117
水の琴
  ◇「稗田童平全集 1」宝文館出版 1978 p111
水の里
  ◇「〔北原〕白秋全童謡集 2」岩波書店 1992 p64
水のそば
  ◇「〔北原〕白秋全童謡集 2」岩波書店 1992 p311
水のたね
  ◇「松谷みよ子のむかしむかし 1」講談社 1973 p78
水のトンネル
  ◇「佐藤さとる全集 4」講談社 1974 p139
  ◇「佐藤さとるファンタジー全集 13」講談社 1983 p143
  ◇「佐藤さとるファンタジー全集 13」講談社, 復刊ドットコム（発売）2011 p143
水のなかにいると
  ◇「阪田寛夫全詩集」理論社 2011 p191
水の中の夏
  ◇「室生犀星童話全集 1」創林社 1978 p124
水の中のまもの
  ◇「ひろすけ幼年童話文学全集 10」集英社 1962

  p148
  ◇「浜田広介全集 10」集英社 1976 p160
水の匂い
  ◇「阪田寛夫全詩集」理論社 2011 p147
水の話
  ◇「〔島崎〕藤村の童話 2」筑摩書房 1979 p17
  ◇「〔島崎〕藤村の童話 3」筑摩書房 1979 p211
水の話
  ◇「全集版灰谷健次郎の本 8」理論社 1987 p7
水のほしいキュウリ
  ◇「今井誉次郎童話集子どもの村〔3〕」国土社 1957 p6
水のほとり
  ◇「庄野英二全集 6」偕成社 1979 p120
ミズノミ
  ◇「〔北原〕白秋全童謡集 5」岩波書店 1993 p28
水の紋
  ◇「〔北原〕白秋全童謡集 3」岩波書店 1992 p28
水の妖怪
  ◇「〔山田野理夫〕おばけ文庫 7」太平出版社 1976（母と子の図書室）p123
水はぢき
  ◇「〔北原〕白秋全童謡集 1」岩波書店 1992 p258
ミズバショウ
  ◇「庄野英二全集 11」偕成社 1980 p372
水はしら
  ◇「〔山田野理夫〕おばけ文庫 7」太平出版社 1976（母と子の図書室）p14
ミズヒキ
  ◇「まど・みちお詩集 1」銀河社 1975 p60
  ◇「まど・みちお全詩集」理論社 1992 p468
  ◇「まどさんの詩の本 10」理論社 1996 p78
水びき地蔵
  ◇「松谷みよ子全エッセイ 2」筑摩書房 1989 p181
金線草（みずひき）と日課
  ◇「佐藤義美全集 1」佐藤義美全集刊行会 1974 p413
みずひめさま
  ◇「筒井敬介童話全集 2」フレーベル館 1984 p185
水辺夕景
  ◇「中村雨紅詩謡集」中村雨紅詩謡集刊行委員会 1971 p168
みすぼらしいが、かがやくカラス
  ◇「花岡大学仏典童話集 1」佼成出版社 2006 p62
みずまき
  ◇「〔東君平〕ひとくち童話 2」フレーベル館 1995 p46
みずまき
  ◇「山本瓔子詩集 II」新風舎 2003 p21
水まき

みすむ

水虫採り
　◇「巽聖歌作品集 上」巽聖歌作品集刊行委員会 1977 p422

水屋の富（林家木久蔵編、岡本和明文）
　◇「林家木久蔵の子ども落語 6」フレーベル館 1999 p66

水はうたいます
　◇「まど・みちお詩集 6」銀河社 1975 p6
　◇「まど・みちお全詩集」理論社 1992 p507
　◇「まどさんの詩の本 14」理論社 1997 p46

〔水は黄いろにひろがって〕
　◇「新修宮沢賢治全集 4」筑摩書房 1979 p186

水はながれる
　◇「北彰介作品集 1」青森県児童文学研究会 1990 p124

（水は流れる）
　◇「稗田菫平全集 8」宝文館出版 1982 p61

水は不用
　◇「椋鳩十全集 12」ポプラ社 1970 p99
　◇「椋鳩十の本 15」理論社 1982 p110

店の出来事
　◇「新装版金子みすゞ全集 3」JULA出版局 1984 p104
　◇「金子みすゞ童謡全集 5」JULA出版局 2004 p138

見世物
　◇「椋鳩十全集 12」ポプラ社 1970 p211
　◇「椋鳩十の本 15」理論社 1982 p253

みそ買い橋
　◇「松谷みよ子のむかしむかし 10」講談社 1973 p28

味噌蔵（林家木久蔵編、岡本和明文）
　◇「林家木久蔵の子ども落語 6」フレーベル館 1999 p46

みそさざい（岡田泰三）
　◇「岡田泰三・日下部梅子童謡集」会津童詩会 1992 p50

みそさざい
　◇「坪田譲治幼年童話文学全集 8」集英社 1965 p100

みそさざい
　◇「野口雨情童謡集」弥生書房 1993 p16

みそさざい
　◇「浜田広介全集 1」集英社 1975 p166
　◇「浜田広介全集 11」集英社 1976 p48

ミソサザイ
　◇「庄野英二全集 11」偕成社 1980 p68

詩 ミソサザイ
　◇「椋鳩十動物童話集 10」小峰書店 1991 p36

ミソサザイ
　◇「椋鳩十の本 23」理論社 1983 p232

みそさざいとくま
　◇「ひろすけ幼年童話文学全集 10」集英社 1962 p126
　◇「浜田広介全集 10」集英社 1976 p162

みそさざいのうた
　◇「室生犀星童話全集 2」創林社 1978 p70

味噌汁
　◇「壺井栄全集 11」文泉堂出版 1998 p311

味噌汁的親子関係
　◇「椋鳩十の本 23」理論社 1983 p242

みそしるの幸福
　◇「やなせたかし童謡詩集〔3〕」フレーベル館 2001 p36

みそつちよ
　◇〔北原〕白秋全童謡集 2」岩波書店 1992 p48

みそっぱのまほう
　◇「来栖良夫児童文学全集 1」岩崎書店 1983 p21

みそ田楽
　◇「〔山田野理夫〕お笑い文庫 10」太平出版社 1977（母と子の図書室）p131

みそととふのなかなおり
　◇「〔木暮正夫〕日本のおばけ話・わらい話 16」岩崎書店 1988 p78

味噌のこはい男
　◇「瑠璃の壺―森銑三童話集」三樹書房 1982 p221

みそのにおい
　◇「〔木暮正夫〕日本のおばけ話・わらい話 15」岩崎書店 1987 p15

みそはぎ
　◇「新装版金子みすゞ全集 2」JULA出版局 1984 p263
　◇「金子みすゞ童謡集」角川春樹事務所 1998（ハルキ文庫）p47
　◇「〔金子〕みすゞ詩画集〔6〕」春陽書店 2001 p20
　◇「金子みすゞ童謡全集 4」JULA出版局 2004 p172

みそはぎ
　◇「佐藤義美全集 1」佐藤義美全集刊行会 1974 p104
　◇「佐藤義美全集 1」佐藤義美全集刊行会 1974 p106

味噌ふみ
　◇「国分一太郎児童文学集 6」小峰書店 1967 p136

美空高原の花嫁
　◇「健太と大天狗―片山貞一創作童話集」あさを社 2007 p162

御空の守り
　◇「西條八十童謡全集」修道社 1971 p354

どうようみぞれ
◇「ひろすけ幼年童話文学全集 1」集英社 1961 p172

みぞれ
◇「浜田広介全集 11」集英社 1976 p21

みぞれ
◇「〔東君平〕おはようどうわ 2」講談社 1982 p207
◇「東君平のおはようどうわ 4」新日本出版社 2010 p12

霙
◇「北彰介作品集 4」青森県児童文学研究会 1991 p55

霙
◇「新美南吉全集 6」牧書店 1965 p164
◇「校定新美南吉全集 8」大日本図書 1981 p400

みぞれが ふった
◇「まど・みちお全詩集」理論社 1992 p293
◇「まどさんの詩の本 9」理論社 1996 p84

みぞれが雪になる夜
◇「稗田菫平全集 3」宝文館出版 1979 p16

霙こな雪
◇「中村雨紅詩謡集」中村雨紅詩謡集刊行委員会 1971 p122

霙の雀
◇「浜田広介全集 11」集英社 1976 p132

(霙ふる)
◇「稗田菫平全集 8」宝文館出版 1982 p125

霙ふる夜
◇「西條八十童謡全集」修道社 1971 p71

みぞれ(弱き同志の死)
◇「魂の配達―野村吉哉作品集」草思社 1983 p90

見たか青空
◇「氏原大作全集 3」条例出版 1976 p256
◇「氏原大作全集 4」条例出版 1977 p9

〔猥れて嘲笑(あざ)めるはた寒き〕
◇「新修宮沢賢治全集 6」筑摩書房 1980 p102
◇「新修宮沢賢治全集 6」筑摩書房 1980 p382

みち
◇「千葉省三童話全集 2」岩崎書店 1967 p133

みち
◇「〔東君平〕ひとくち童話 6」フレーベル館 1995 p26

みち
◇「与田凖一全集 1」大日本図書 1967 p214

道
◇「〔内海康子〕六月のカレンダー―詩集」けやき書房 1999 p124

道
◇「佐藤一英「童話・童謡集」」一宮市立萩原小学校 2003 p32

道
◇「〔高崎乃理子〕妖精の好きな木―詩集」かど創房 1998 p66

道
◇「巽聖歌作品集 下」巽聖歌作品集刊行委員会 1977 p291

道
◇「新美南吉全集 6」牧書店 1965 p257
◇「校定新美南吉全集 7」大日本図書 1980 p224
◇「校定新美南吉全集 8」大日本図書 1981 p315

道
◇「いのち―みずかみかずよ全詩集」石風社 1995 p342

ミチオシエ
◇「椋鳩十の本 19」理論社 1982 p145

路を問ふ
◇「新修宮沢賢治全集 4」筑摩書房 1979 p286

道草
◇「石森延男児童文学全集 11」学習研究社 1971 p224
◇「石森読本―石森延男児童文学選集 5年生」小学館 1977 p19

道草
◇「杉みき子選集 2」新潟日報事業社 2005 p273

道草
◇「壺井栄全集 11」文泉堂出版 1998 p223

道草をくっていると
◇「谷口雅春童話集 2」日本教文社 1976 p15

みちくさ おつかい
◇「巽聖歌作品集 下」巽聖歌作品集刊行委員会 1977 p16

途暗し
◇「浜田広介全集 11」集英社 1976 p199

みちこさん
◇「新美南吉全集 1」牧書店 1965 p5
◇「新美南吉童話集 1」大日本図書 1982 p110
◇「新美南吉童話大全」講談社 1989 p331
◇「新美南吉童話傑作選 〔7〕赤いろうそく」小峰書店 2004 p13
◇「新美南吉30選」春陽堂書店 2009(名作童話) p321
◇「新美南吉童話集 1」大日本図書 2012 p110
◇「新美南吉童話選集 1」ポプラ社 2013 p24

ミチコサン
◇「校定新美南吉全集 4」大日本図書 1980 p202

みち潮
◇「〔下田喜久美〕遠くから来た旅人―詩集」リトル・ガリヴァー社 1998 p74

満潮の玉,干潮の玉
◇「鈴木三重吉童話全集 7」文泉堂書店 1975(日本文学全集・選集叢刊第5次) p60

みちす

道づれ
　◇「松谷みよ子全エッセイ 3」筑摩書房 1989 p313
路つくり
　◇「〔北原〕白秋全童謡集 2」岩波書店 1992 p172
充ちてくるもの―主人との出会い
　◇「いのち―みずかみかずよ全詩集」石風社 1995 p338
道でない道
　◇「杉みき子選集 2」新潟日報事業社 2005 p275
道ノ陰影
　◇「佐藤義美全集 1」佐藤義美全集刊行会 1974 p49
道の上で見た話
　◇「定本小川未明童話全集 14」講談社 1977 p48
　◇「定本小川未明童話全集 14」大空社 2002 p48
路の話
　◇「田山花袋作品集 1」館林市教育委員会文化振興課 1997 p11
道の埃
　◇「新美南吉全集 6」牧書店 1965 p121
　◇「校定新美南吉全集 8」大日本図書 1981 p276
未知の星へ
　◇「星新一ショートショートセレクション 4」理論社 2002 p182
道ばた
　◇「〔北原〕白秋全童謡集 2」岩波書店 1992 p334
道ばたの池のコイ
　◇「坪田譲治童話全集 9」岩崎書店 1986 p229
路傍（みちばた）の石
　◇「〔島崎〕藤村の童話 3」筑摩書房 1979 p64
道ばたの大石
　◇「瑠璃の壺―森銑三童話集」三樹書房 1982 p79
みちばたの くさ
　◇「まど・みちお全詩集」理論社 1992 p320
みちばたのやぎ
　◇「浜田広介全集 6」集英社 1976 p148
道・ひとつの出会い―芦田恵之助
　◇「全集古田足日子どもの本 9」童心社 1993 p335
〔みちべの苔にまどろめば〕
　◇「新修宮沢賢治全集 6」筑摩書房 1980 p71
〔道べの粗朶に〕
　◇「新修宮沢賢治全集 4」筑摩書房 1979 p11
　◇「新修宮沢賢治全集 4」筑摩書房 1979 p302
みちは どこまで
　◇「まど・みちお全詩集」理論社 1992 p194
光男のはくしょん
　◇「岡本良雄童話文学全集 2」講談社 1964 p225
三日間つづいた話
　◇「春よこいこい―高橋良和こころの童話選集」同朋舎出版 1995 p186
三日達磨

◇「〔巌谷〕小波お伽全集 3」本の友社 1998 p101
三日めの かやの み
　◇「ひろすけ幼年童話文学全集 1」集英社 1961 p192
三日めのかやの実
　◇「浜田広介全集 1」集英社 1975 p108
みつけたもの
　◇「星新一ショートショートセレクション 10」理論社 2003 p104
みつけたよ
　◇「いのち―みずかみかずよ全詩集」石風社 1995 p289
みっこちゃんの話
　◇「あまんきみこ童話集 1」ポプラ社 2008 p84
密室
　◇「赤川次郎ショートショートシリーズ 1」理論社 2009 p57
密醸
　◇「新修宮沢賢治全集 5」筑摩書房 1979 p67
　◇「新修宮沢賢治全集 5」筑摩書房 1979 p291
三ちゃんかえしてんか
　◇「灰谷健次郎童話館 〔12〕」理論社 1995 p115
みっちゃんのてるてる坊主
　◇「いちばん大切な願いごと―宮下木花12歳童話集」銀の鈴社 2007（小さな鈴シリーズ）p41
三ツ宛
　◇「若松賤子創作童話全集」久山社 1995（日本児童文化史叢書）p135
三つになったモモ
　◇「松谷みよ子全集 6」講談社 1972 p25
三つになったモモちゃん
　◇「松谷みよ子全集 7」講談社 1971 p110
三つのあて
　◇「〔山田野理夫〕お笑い文庫 1」太平出版社 1977（母と子の図書室）p149
三つの色
　◇「松谷みよ子全集 1」講談社 1971 p73
三つのお通り
　◇「宮口しづえ童話全集 8」筑摩書房 1979 p118
三つのお人形
　◇「定本小川未明童話全集 6」講談社 1977 p152
　◇「定本小川未明童話全集 6」大空社 2001 p152
三つのおねがい
　◇「〔西本鶏介〕日本の昔話―読みきかせお話集 2」小学館 2001 p30
三つのおもちゃ
　◇「浜田広介全集 8」集英社 1976 p147
三つのかぎ
　◇「定本小川未明童話全集 4」講談社 1977 p290
　◇「定本小川未明童話全集 4」大空社 2001 p290

三つの鍵
　◇「小川未明30選」春陽堂書店 2009（名作童話）p194
三つのジャガイモ
　◇「今井誉次郎童話集子どもの村〔2〕」国土社 1957 p58
三つの真実
　◇「氏原大作全集 2」条例出版 1977 p96
三つのたいそう
　◇「ひろすけ幼年童話文学全集 6」集英社 1962 p17
　◇「浜田広介全集 8」集英社 1976 p47
三つの玉
　◇「与田凖一全集 5」大日本図書 1967 p181
三つの難題と兄弟
　◇「二反長半作品集 3」集英社 1979 p220
三つの望み
　◇「北風のくれたテーブルかけ―久保田万太郎童話劇集」東京書籍 1981（東書児童劇シリーズ）p229
三つの秘密
　◇〔辻弘司〕創作短篇童話集 マガダ国の悲劇・鍋の蓋他」日本文学館 2006 p39
三つの星
　◇「かとうむつこ童話集 1」東京図書出版会, リフレ出版（発売）2003 p5
三つのまりが六つになる
　◇「二反長半作品集 1」集英社 1979 p160
三つの水
　◇「花岡大学仏典童話全集 2」法蔵館 1979 p83
三つの湖の三匹の竜の話
　◇「斎藤隆介全集 3」岩崎書店 1982 p214
三つもらったびすけっと
　◇「浜田広介全集 8」集英社 1976 p69
みっともいい
　◇「まど・みちお全詩集 続」理論社 2015 p314
蜜のしずく
　◇「立原えりかのファンタジーランド 9」青土社 1980 p57
みつばち
　◇「浜田広介全集 11」集英社 1976 p132
みつばち
　◇〔東君平〕ひとくち童話 1」フレーベル館 1995 p52
蜜蜂
　◇「新美南吉全集 6」牧書店 1965 p118
　◇「校定新美南吉全集 8」大日本図書 1981 p264
みつばちさんでも
　◇「巽聖歌作品集 上」巽聖歌作品集刊行委員会 1977 p501
蜜蜂と養虫
　◇〔小田野〕友之童話集」文芸社 2009 p167

みつばちのあまやどり
　◇「浜田広介全集 5」集英社 1976 p70
みつばちのきた日
　◇「定本小川未明童話全集 3」講談社 1977 p378
　◇「定本小川未明童話全集 3」大空社 2001 p378
みつばちの答え
　◇「浜田広介全集 4」集英社 1976 p33
ミツバチぼうや
　◇「佐藤義美全集 3」佐藤義美全集刊行会 1973 p145
みつ蜂みっちゃん
　◇「小出正吾児童文学全集 2」審美社 2000 p75
三ツ星さま
　◇「中村雨紅詩謡集」中村雨紅詩謡集刊行委員会 1971 p71
三星さま
　◇〔比江島重孝〕宮崎のむかし話 3」鉱脈社 2000 p89
みつまた（五首）
　◇「稗田菫平全集 4」宝文館出版 1980 p55
みつめたい, 私たちの掌にある戦争を
　◇「松谷みよ子全エッセイ 1」筑摩書房 1989 p280
三つ目入道のさいなん
　◇「柳家弁天」らくご文庫 3」太平出版社 1987 p50
三つ目の大入道
　◇〔木暮正夫〕日本のおばけ話・わらい話 20」岩崎書店 1988 p45
密猟者
　◇「戸川幸夫動物文学全集 3」講談社 1976 p266
密猟者の岩場
　◇「戸川幸夫動物文学全集 3」講談社 1976 p255
密猟者万次郎
　◇「戸川幸夫動物文学全集 3」講談社 1976 p3
密林荘事件
　◇「海野十三全集 11」三一書房 1988 p335
充つれば缺く（守護神と牧者者）
　◇〔巌谷〕小波お伽全集 14」本の友社 1998 p164
未定稿〔大東亜戦争少国民詩集〕
　◇〔北原〕白秋全童謡集 4」岩波書店 1993 p407
見ても見ぬふり
　◇「寺村輝夫のとんち話 1」あかね書房 1976 p78
みてよ, ぴかぴかランドセル
　◇「あまんきみこセレクション 1」三省堂 2009 p137
み寺の鐘の音
　◇「中村雨紅詩謡集」中村雨紅詩謡集刊行委員会 1971 p162
みてはいけない鏡
　◇〔山田野理夫〕お笑い文庫 3」太平出版社 1977

作品名から引ける日本児童文学個人全集案内　**831**

みてわ

（母と子の図書室）p151

見てはいけないたまごやき
- ◇「寺村輝夫童話全集 2」ポプラ社 1982 p201
- ◇〔寺村輝夫〕ぼくは王さま全1冊」理論社 1985 p576
- ◇「寺村輝夫全童話 1」理論社 1996 p300
- ◇「寺村輝夫の王さまシリーズ 4」理論社 1998 p81

見所の初心
- ◇「那須辰造著作集 2」講談社 1980 p250

みとり（看護）
- ◇「若松賤子創作童話全集」久山社 1995（日本児童文化史叢書）p113

みどり
- ◇「椋鳩十の本 23」理論社 1983 p162

緑色の靴
- ◇〔あまのまお〕おばあちゃんの不思議な箱—童話集」健友館 2000 p88

緑色の毛をした猫、ノノのお話
- ◇〔渡部毅彦〕お母さんのための童話集」花伝社、共栄書房（発売）1997 p61

みどり色の塔
- ◇「魂の配達—野村吉哉作品集」草思社 1983 p186

緑色の時計
- ◇「定本小川未明童話全集 14」講談社 1977 p23
- ◇「定本小川未明童話全集 14」大空社 2002 p23

みどり色の夏の風
- ◇〔藤井則行〕祭りの宵に—童話集」創栄出版 1995 p62

緑色の文字
- ◇「室生犀星童話全集 3」創林社 1978 p203

みどりがいっぱい
- ◇「巽聖歌作品集 下」巽聖歌作品集刊行委員会 1977 p118

みどりがいっぱい 三宅島
- ◇「巽聖歌作品集 下」巽聖歌作品集刊行委員会 1977 p117

緑の馬
- ◇「斎藤隆介全集 1」岩崎書店 1982 p126

緑のかぶと
- ◇「巽聖歌作品集 上」巽聖歌作品集刊行委員会 1977 p490

みどりの木
- ◇「佐藤義美童謡集」さ・え・ら書房 1960 p248
- ◇「佐藤義美全集 1」佐藤義美全集刊行会 1974 p259
- ◇「ともだちシンフォニー—佐藤義美童謡集」JULA出版局 1990 p109
- ◇「ともだちシンフォニー—佐藤義美童謡集」JULA出版局 1990 p126

みどりのクレパス
- ◇「斎田喬児童劇選集〔2〕」牧書店 1954 p196

みどりの御殿
- ◇「二反長半作品集 3」集英社 1979 p13

みどりの小鳥がとんできた
- ◇「長崎源之助全集 10」偕成社 1986 p141

緑の小山
- ◇〔巌谷〕小波お伽全集 7」本の友社 1998 p403

みどりの十字架
- ◇「那須辰造著作集 3」講談社 1980 p7

緑のスキー
- ◇「浜田広介全集 11」集英社 1976 p152

緑のスキップ
- ◇「安房直子コレクション 7」偕成社 2004 p9

緑の髑髏紳士
- ◇「山田風太郎少年小説コレクション 1」論創社 2012 p125

みどりの中 時を走る
- ◇〔村上のぶ子〕ここは小人の国—少年詩集」あしぶえ出版 2000 p98

みどりの春
- ◇〔鈴木桂子〕親子で語り合う詩集 1」クロスロード 1997 p23

緑の牧場とカアちゃん
- ◇「椋鳩十の本 20」理論社 1983 p167

緑の星
- ◇「赤い自転車—松延いさお自選童話集」〔熊本〕松延猪雄 1993 p38

みどりのむじな
- ◇「健太と大天狗—片山貞一創作童話集」あさを社 2007 p30

ミドリノ森のビビとベソ
- ◇「なるみやすみ童話コレクション〔5〕」ひくまの出版 1996 p1

みどりのレール
- ◇「山本瓔子詩集 II」新風舎 2003 p34

緑のワルツ
- ◇「吉田としジュニアロマン選集 3」国土社 1972 p1

緑虫玉ノ虫
- ◇「佐藤義美全集 1」佐藤義美全集刊行会 1974 p23

見とれていた
- ◇「まど・みちお全詩集」理論社 1992 p618
- ◇「まどさんの詩の本 14」理論社 1997 p82

ミドンさん
- ◇「星新一YAセレクション 6」理論社 2009 p184

みなかった地蔵さん
- ◇〔山田野理夫〕お笑い文庫 8」太平出版社 1977（母と子の図書室）p131

みなかみ
- ◇「校定新美南吉全集 8」大日本図書 1981 p244

自筆童謡集 水口

みなみ

◇「巽聖歌作品集 上」巽聖歌作品集刊行委員会 1977 p329

水口
◇「巽聖歌作品集 上」巽聖歌作品集刊行委員会 1977 p14

身なげ
◇「川崎大治民話選 〔1〕」童心社 1968 p120

身なげの番人
◇〔山田野理夫〕お笑い文庫 1」太平出版社 1977 （母と子の図書室）p74

皆殺し少女の歌
◇「太田博也半世紀名作選 1」叢文社 1984 p197

みなさんおはよう
◇「大石真児童文学全集 15」ポプラ社 1982 p89

みなし子タケシの出発（たびだち）
◇〔塩沢朝子〕わたしの童話館 1」プロダクト・エル 1986 p42

水無月
◇「与田準一全集 1」大日本図書 1967 p24

港
◇〔竹久〕夢二童謡集」ノーベル書房 1975 （浪漫文庫）p93

港が見える丘
◇「今江祥智の本 13」理論社 1980 p193
◇「今江祥智童話館 〔5〕」理論社 1986 p126

港についた小父さん
◇「かもめの水兵さん―武内俊子伝記と作品集」講談社出版サービスセンター 1977 p188

みなとに ついた 黒んぼ
◇「小川未明幼年童話文学全集 4」集英社 1966 p170

港に着いた黒んぼ
◇「定本小川未明童話全集 2」講談社 1976 p7
◇「小川未明童話集」岩波書店 1996 （岩波文庫）p100
◇「定本小川未明童話全集 2」大空社 2001 p7
◇「小川未明30選」春陽堂書店 2009 （名作童話）p66

港の草むらで
◇「稗田菫平全集 3」宝文館出版 1979 p82

港の子
◇「佐藤義美作品集 1」佐藤義美全集刊行会 1974 p110
◇「佐藤義美作品集 1」佐藤義美全集刊行会 1974 p113

港の事件
◇「星新一YAセレクション 9」理論社 2009 p7

港の少女
◇「壺井栄名作集 4」ポプラ社 1965 p116
◇「定本壺井栄児童文学全集 1」講談社 1979 p28
◇「壺井栄全集 9」文泉堂出版 1997 p62

港の出口
◇〔北原〕白秋全童謡集 3」岩波書店 1992 p25

港の旗
◇〔北原〕白秋全童謡集 3」岩波書店 1992 p1
◇〔北原〕白秋全童謡集 3」岩波書店 1992 p23
◇〔北原〕白秋全童謡集 3」岩波書店 1992 p24

港の春
◇〔村上のぶ子〕ここは小人の国―少年詩集」あしぶえ出版 2000 p96

港のメルヘン
◇「庄野英二全集 4」偕成社 1979 p293

港の夜
◇「新装版金子みすゞ全集 2」JULA出版局 1984 p54
◇「金子みすゞ童謡集」角川春樹事務所 1998 （ハルキ文庫）p20
◇「金子みすゞ童謡全集 3」JULA出版局 2004 p86

港焼け
◇「国分一太郎児童文学集 6」小峰書店 1967 p144

港―山下公園
◇「いのち―みずかみかずよ全詩集」石風社 1995 p409

ミナどん ミナどん
◇〔比江島重孝〕宮崎のむかし話 1」鉱脈社 1998 p8

南アルプスの熊
◇「椋鳩十の本 23」理論社 1983 p49

南アルプスの麓で
◇「椋鳩十の本 28」理論社 1989 p27

南へ
◇「岡本良雄童話文学全集 1」講談社 1964 p84

南大島の自然
◇「椋鳩十の本 21」理論社 1982 p257

南からの手紙
◇「杉みき子選集 3」新潟日報事業社 2006 p77

南から ふく 風の うた
◇「ひろすけ幼年童話文学全集 5」集英社 1962 p218

南からふく風の歌
◇「浜田広介集 3」集英社 1975 p121

〔南からまた西南から〕
◇「新修宮沢賢治全集 4」筑摩書房 1979 p275

〔南から また東から〕
◇「新修宮沢賢治全集 4」筑摩書房 1979 p193

南九州路への誘い
◇「椋鳩十の本 32」理論社 1989 p187

南九州の味覚
◇「椋鳩十の本 21」理論社 1982 p199

南さん
◇「与謝野晶子児童文学全集 5」春陽堂書店 2007

p139
南十字架の星
　◇〔島崎〕藤村の童話 1」筑摩書房 1979 p177
南十字星の少年
　◇「全集古田足日子どもの本 11」童心社 1993 p219
南と北の原始―ウサギ
　◇「戸川幸夫動物文学全集 15」講談社 1977 p266
南の風の
　◇〔北原〕白秋全童謡集 1」岩波書店 1992 p243
南の風は
　◇〔北原〕白秋全童謡集 1」岩波書店 1992 p262
南の島々
　◇「椋鳩十の本 29」理論社 1989 p101
南の島とらわれの日々
　◇〔市原麟一郎〕子どもに語る戦争たいけん物語 4」リーブル出版 2007 p5
南の島の子もりうた
　◇「久保喬自選作品集 1」みどりの会 1994 p96
南の島のはなし屋久島
　◇「椋鳩十の本 29」理論社 1989 p163
南の島の魔法の話
　◇「安房直子コレクション 2」偕成社 2004 p297
南の島のものがたり
　◇「立原えりかのファンタジーランド 15」青土社 1980 p145
みなみのそらの
　◇「あまの川―宮沢賢治童謡集」筑摩書房 2001 p16
南の野と北の海と
　◇「杉みき子選集 9」新潟日報事業社 2011 p24
〔南のはてが〕
　◇「新修宮沢賢治全集 3」筑摩書房 1979 p161
　◇「新修宮沢賢治全集 3」筑摩書房 1979 p366
源頼政
　◇「魂の配達―野村吉哉作品集」草思社 1983 p292
見習いの第一日
　◇「星新一ショートショートセレクション 6」理論社 2002 p45
みにくいあひるの子
　◇「ひろすけ幼年童話文学全集 9」集英社 1962 p160
みにくい王女
　◇「花岡大学仏典童話全集 2」法蔵館 1979 p123
みにくい小指
　◇「花岡大学童話文学全集 2」法蔵館 1980 p261
ミニューさん
　◇「浜田広介全集 10」集英社 1976 p115
見ぬきの遠めがね
　◇「寺村輝夫全童話 4」理論社 1997 p113
見沼の竜神(埼玉)
　◇〔木暮正夫〕日本の怪奇ばなし 9」岩崎書店 1990 p80
ミネオの手紙
　◇「宮口しづえ童話全集 7」筑摩書房 1979 p174
みね子のへんじ
　◇「寺村輝夫童話全集 8」ポプラ社 1982 p167
　◇「寺村輝夫全童話 3」理論社 1997 p127
みね子のみちくさ
　◇「寺村輝夫全童話 3」理論社 1997 p130
〔峯や谷は〕
　◇「新修宮沢賢治全集 14」筑摩書房 1980 p13
ミノガ
　◇〔東君平〕おはようどうわ 6」講談社 1982 p75
　◇「東君平のおはようどうわ 1」新日本出版社 2010 p75
見残した巻物
　◇「瑠璃の壺―森銑三童話集」三樹書房 1982 p361
ミノスケのスキー帽
　◇「宮口しづえ児童文学集 5」小峰書店 1969 p6
　◇「宮口しづえ童話全集 1」筑摩書房 1979 p7
　◇「宮口しづえ童話名作集」一草舎出版 2009 p26
蓑と日傘
　◇〔〔竹久〕夢二童謡集」ノーベル書房 1975 (浪漫文庫) p32
実のならないかきの木
　◇〔西本鶏介〕新日本昔ばなし―一日一話・読みきかせ 1」小学館 1997 p10
美濃の陶磁器館
　◇「椋鳩十の本 22」理論社 1983 p24
身の程を知れ(驢馬と子犬)
　◇〔〔巌谷〕小波お伽全集 14」本の友社 1998 p136
みのむし
　◇〔北原〕白秋全童謡集 3」岩波書店 1992 p354
みのむし
　◇「いのち―みずかみかずよ全詩集」石風社 1995 p202
　◇「いのち―みずかみかずよ全詩集」石風社 1995 p204
みの虫
　◇「北彰介作品集 1」青森県児童文学研究会 1990 p34
みの虫
　◇「いのち―みずかみかずよ全詩集」石風社 1995 p203
ミノムシ
　◇〔東君平〕おはようどうわ 1」講談社 1982 p188
ミノムシ
　◇「椋鳩十の本 23」理論社 1983 p27
ミノムシ
　◇〔山田野理夫〕おばけ文庫 6」太平出版社 1976 (母と子の図書室) p26
みの虫赤ちゃん

みみす

◇「横山健童謡選集 1」無明舎出版 1995 p90

みのむし君へ
　◇「〔坪井安〕はしれ子馬よ―童謡詩集」童謡研究・蜂の会 1999 p44

みのむしさん
　◇「佐藤義美童謡集」さ・え・ら書房 1960 p172
　◇「佐藤義美全集 1」佐藤義美全集刊行会 1974 p211

ミノムシサン
　◇「佐藤義美全集 1」佐藤義美全集刊行会 1974 p343

ミノ虫サン
　◇「佐藤義美全集 1」佐藤義美全集刊行会 1974 p125

みのむしの行進
　◇「いのち―みずかみかずよ全詩集」石風社 1995 p204

詩集『みのむしの行進』あとがき
　◇「いのち―みずかみかずよ全詩集」石風社 1995 p479

実りなき10円
　◇「くんぺい魔法ばなし―魔法ばなし全集 2」サンリオ 2000 p122

みのりの秋
　◇「巽聖歌作品集 下」巽聖歌作品集刊行委員会 1977 p170

「三原三部」
　◇「新修宮沢賢治全集 7」筑摩書房 1980 p89

「三原三部」〔先駆形〕
　◇「新修宮沢賢治全集 7」筑摩書房 1980 p387

三原三部手帳
　◇「新修宮沢賢治全集 15」筑摩書房 1980 p279

「三原三部」ノート
　◇「新修宮沢賢治全集 15」筑摩書房 1980 p309

三原 第一部
　◇「新修宮沢賢治全集 7」筑摩書房 1980 p91

三原 第二部
　◇「新修宮沢賢治全集 7」筑摩書房 1980 p97

三原 第三部
　◇「新修宮沢賢治全集 7」筑摩書房 1980 p109

みはり小屋
　◇「〔高橋一仁〕春のニシン場―童謡詩集」けやき書房 2003 p66

見はりじいさん
　◇「石森読本―石森延男児童文学選集 5年生」小学館 1977 p196

壬生圭介詩集「鶏の爪」を読む
　◇「稗田童平全集 7」宝文館出版 1981 p121

みふゆのひのき
　◇「新修宮沢賢治全集 1」筑摩書房 1980 p269

未亡人

◇「椋鳩十の本 1」理論社 1982 p93

みほとけ
　◇「巽聖歌作品集 上」巽聖歌作品集刊行委員会 1977 p197

見舞い
　◇「いのち―みずかみかずよ全詩集」石風社 1995 p455

みまいのくだもの
　◇「氏原大作全集 4」条例出版 1977 p493

みまいの品
　◇「椋鳩十全集 12」ポプラ社 1970 p133

見舞の品
　◇「椋鳩十の本 15」理論社 1982 p147

みみ
　◇「まど・みちお全詩集」理論社 1992 p123
　◇「まどさんの詩の本 1」理論社 1994 p70

耳
　◇「新美南吉全集 3」牧書店 1965 p201
　◇「校定新美南吉全集 2」大日本図書 1980 p332
　◇「新美南吉童話集 2」大日本図書 1982 p245
　◇「新美南吉童話大全」講談社 1989 p251
　◇「新美南吉童話集 2」大日本図書 2012 p245

耳
　◇「くんぺい魔法ばなし―魔法ばなし全集 3」サンリオ 2000 p10

耳
　◇「いのち―みずかみかずよ全詩集」石風社 1995 p215

耳をうごかすれんしゅう
　◇「国分一太郎児童文学集 6」小峰書店 1967 p25

耳をすますと
　◇「まど・みちお全詩集 続」理論社 2015 p280

耳をすまそう
　◇「〔おうち・やすゆき〕こら！しんぞう―童謡詩集」小峰書店 1996 p66

ミミカキと マゴノテ
　◇「まど・みちお全詩集 続」理論社 2015 p88

耳からごほうび
　◇「壺井栄名作集 2」ポプラ社 1965 p68
　◇「定本壺井栄児童文学全集 3」講談社 1979 p219
　◇「壺井栄全集 10」文泉堂出版 1998 p46

みみず
　◇「こやま峰子詩集〔1〕」朔社 2003 p18

みみず
　◇「いのち―みずかみかずよ全詩集」石風社 1995 p187

ミミズ
　◇「〔東君平〕おはようどうわ 1」講談社 1982 p170

ミミズ
　◇「まど・みちお詩集 2」銀河社 1975 p16
　◇「まど・みちお詩集 2」銀河社 1975 p18

みみす

- ◇「まど・みちお全詩集」理論社 1992 p94
- ◇「まど・みちお全詩集」理論社 1992 p447
- ◇「まどさんの詩の本 7」理論社 1996 p74
- ◇「まどさんの詩の本 7」理論社 1996 p76

ミミズク
- ◇「まど・みちお全詩集 続」理論社 2015 p433

木兎
- ◇「校定新美南吉全集 8」大日本図書 1981 p359
- ◇「新美南吉童話傑作選 〔6〕花をうめる」小峰書店 2004 p174

木菟
- ◇「新美南吉全集 6」牧書店 1965 p214

みみずくさん
- ◇「村山籌子作品集 1」JULA出版局 1997 p50

みみずく太郎
- ◇「巌谷小波お伽噺文庫 〔5〕」大和書房 1976 p9

みみずくとお月さま
- ◇「ひろすけ幼年童話文学全集 1」集英社 1961 p133
- ◇「浜田広介全集 7」集英社 1976 p16

木兎の家
- ◇「〔北原〕白秋全童謡集 2」岩波書店 1992 p9
- ◇「〔北原〕白秋全童謡集 2」岩波書店 1992 p10

みみずくのうた
- ◇「稗田童平集 3」宝文館出版 1979 p33

みみずくのおばあさん
- ◇「庄野英二全集 5」偕成社 1980 p53

耳助の返事
- ◇「小出正吾児童文学全集 1」審美社 2000 p33

みみずのうた
- ◇「いのち―みずかみかずよ全詩集」石風社 1995 p186

みみずのうた
- ◇「室生犀星童話全集 2」創林社 1978 p31

みみずの唄
- ◇「椋鳩十の本 23」理論社 1983 p88

ミミズの歌
- ◇「椋鳩十全集 11」ポプラ社 1970 p80
- ◇「椋鳩十全集 11」ポプラ社 1970 p104

みみずの みみ
- ◇「まど・みちお全詩集」理論社 1992 p293
- ◇「まどさんの詩の本 2」理論社 1994 p12

ミミズの夢
- ◇「カエルの日曜日―末永泉童話集」勝どき書房、星雲社(発売) 2007 p35

みみちゃんのエリマキ
- ◇「石のロバ―浅野都作品集」新風舎 2007 p19

みみっちい話
- ◇「壺井栄全集 11」文泉堂出版 1998 p354

耳ととしより
- ◇「まど・みちお全詩集 続」理論社 2015 p245

耳ながさんとあひるさん
- ◇「村山籌子作品集 2」JULA出版局 1998 p31

耳なし芳一 (一龍斎貞水編, 岡本和明文)
- ◇「一龍斎貞水の歴史講談 1」フレーベル館 2000 p22

耳なし芳一
- ◇「怪談小泉八雲のこわ〜い話 1」汐文社 2004 p3

耳なし芳一
- ◇「〔木暮正夫〕日本のおばけ話・わらい話 18」岩崎書店 1988 p77

耳なし芳一
- ◇「松谷みよ子のむかしむかし 10」講談社 1973 p57

耳のいい人
- ◇「〔島崎〕藤村の童話 4」筑摩書房 1979 p138

耳のそこのさかな
- ◇「北畠八穂児童文学全集 5」講談社 1975 p85

ミミの てぶくろ
- ◇「まど・みちお全詩集」理論社 1992 p326

耳のとおいばあさま
- ◇「寺村輝夫のむかし話 〔5〕」あかね書房 1978 p106

耳ノ中ノ花瓶
- ◇「佐藤義美全集 1」佐藤義美全集刊行会 1974 p42
- ◇「佐藤義美全集 1」佐藤義美全集刊行会 1974 p48

耳のにおい
- ◇「椋鳩十の本 16」理論社 1983 p13

ミミポポ温泉
- ◇「〔うえ山のほる〕夢と希望の童話集」文芸社 2011 p11

みむらん坊主の話
- ◇「二反長半作品集 3」集英社 1979 p138

未明への抒情
- ◇「北彰介作品集 4」青森県児童文学研究会 1991 p138

未明歌
- ◇「稗田童平全集 1」宝文館出版 1978 p125

みもだえるポプラ
- ◇「いのち―みずかみかずよ全詩集」石風社 1995 p120

身も臂も燃す炎は心の火―此の経は人の病の良薬なり
- ◇「〔松本光華〕民話風法華経童話 24」中外印刷出版 1993 p1

宮城野
- ◇「〔島崎〕藤村の童話 4」筑摩書房 1979 p119
- ◇「〔島崎〕藤村の童話 4」筑摩書房 1979 p121

宮口しづえさんの本の魅力
- ◇「安房直子コレクション 3」偕成社 2004 p309

みやげをもらったはしか
　◇「北畠八穂児童文学全集 1」講談社 1974 p158
三宅島
　◇「巽聖歌作品集 下」巽聖歌作品集刊行委員会 1977 p117
(都をのがれ)
　◇「稗田菫平全集 8」宝文館出版 1982 p128
みやこのかりゆうど
　◇「二反長半作品集 1」集英社 1979 p44
都の春に
　◇「北彰介作品集 4」青森県児童文学研究会 1991 p86
都の眼
　◇「春一〔竹久〕夢二童話集」ノーベル書房 1977 p3
ミヤコワスレのつぼみ
　◇「いのち―みずかみかずよ全詩集」石風社 1995 p22
宮崎健三詩集「北涛」を読む
　◇「稗田菫平全集 6」宝文館出版 1981 p161
宮崎孝政の「蜻蛉寺」
　◇「稗田菫平全集 7」宝文館出版 1981 p100
『宮崎のむかし話』刊行にあたって
　◇「〔比江島重孝〕宮崎のむかし話 1」鉱脈社 1998
「宮崎のむかし話」第二集編集を終えて
　◇「〔比江島重孝〕宮崎のむかし話 2」鉱脈社 1998 p277
『宮崎のむかし話』第三集編集を終えて
　◇「〔比江島重孝〕宮崎のむかし話 3」鉱脈社 2000 p261
宮崎学さんと
　◇「全集版灰谷健次郎の本 23」理論社 1988 p139
宮沢賢治
　◇「〔かこさとし〕お話こんにちは〔5〕」偕成社 1979 p18
宮沢賢治の詩
　◇「齋藤孝のイッキによめる！ 小学生のための宮沢賢治」講談社 2007 p9
宮島夕景
　◇「巽聖歌作品集 上」巽聖歌作品集刊行委員会 1977 p419
宮島にて
　◇「巽聖歌作品集 上」巽聖歌作品集刊行委員会 1977 p338
「宮島物語」より昭和三十一年（七首）
　◇「稗田菫平全集 4」宝文館出版 1980 p91
ミヤの星
　◇「〔足立俊〕桃と赤おに」叢文社 1998 p119
深山（みやま）… → "しんざん…"をも見よ
深山
　◇「おの・ちゅうこう初期作品集〔1〕牧歌的風景」崙書房 1975 p14

みやまははこぐさ
　◇「壺井栄全集 4」文泉堂出版 1998 p400
みやまれんげ
　◇「壺井栄全集 4」文泉堂出版 1998 p479
宮本武蔵・秘剣・二刀流（一龍斎貞水編, 小山豊, 岡本和明文）
　◇「一龍斎貞水の歴史講談 6」フレーベル館 2001 p136
宮本百合子
　◇「〔かこさとし〕お話こんにちは〔11〕」偕成社 1980 p58
宮本百合子を偲ぶ—思い出あれこれ
　◇「壺井栄全集 11」文泉堂出版 1998 p476
宮本百合子さん—没後二周年に当って
　◇「壺井栄全集 11」文泉堂出版 1998 p487
ミュウのいえ
　◇「あまんきみこ童話集 3」ポプラ社 2008 p23
　◇「あまんきみこセレクション 1」三省堂 2009 p42
ミュウのいるいえ
　◇「あまんきみこ童話集 3」ポプラ社 2008 p5
ミュージカル「鬼のいる二つの長い夕方」より
　◇「阪田寛夫全詩集」理論社 2011 p633
ミュージカル「さよならかぐや姫」より
　◇「阪田寛夫全詩集」理論社 2011 p618
ミュージカル「世界が滅びる」より
　◇「阪田寛夫全詩集」理論社 2011 p592
ミュージカル「はだしの太陽」より
　◇「阪田寛夫全詩集」理論社 2011 p622
ミュージカル「ピンクのくじら」より
　◇「阪田寛夫全詩集」理論社 2011 p678
ミュージカル「桃次郎の冒険」より
　◇「阪田寛夫全詩集」理論社 2011 p640
ミューレンと親の見合いと—菅忠道さんと私のいる風景
　◇「松谷みよ子全エッセイ 3」筑摩書房 1989 p50
ミュンヒ男爵のお話
　◇「鈴木三重吉童話全集 4」文泉堂書店 1975（日本文学全集・選集叢刊第5次）p76
妙円寺まいり
　◇「椋鳩十の本 21」理論社 1982 p164
妙円寺参り
　◇「椋鳩十の本 23」理論社 1983 p278
みょうがやど
　◇「〔木暮正夫〕日本のおばけ話・わらい話 6」岩崎書店 1986 p17
妙義の狩人
　◇「椋鳩十の本 22」理論社 1983 p89
妙義の山イモ
　◇「椋鳩十の本 22」理論社 1983 p20

妙高山に
◇「杉みき子選集 10」新潟日報事業社 2011 p18
◇「杉みき子選集 10」新潟日報事業社 2011 p112

妙貞さんのハギの花
◇「定本壺井栄児童文学全集 1」講談社 1979 p99

妙貞さんの萩の花
◇「壺井栄名作集 2」ポプラ社 1965 p120
◇「壺井栄全集 9」文泉堂出版 1997 p153

めぐる因果 妙々車
◇「浜田広介全集 2」集英社 1975 p83

妙林寺山
◇「坪田譲治童話全集 13」岩崎書店 1986 p94

美代子と文ちゃんの歌
◇「与謝野晶子児童文学全集 2」春陽堂書店 2007 p122

〔見よ桜には〕
◇「新修宮沢賢治全集 7」筑摩書房 1980 p218

三好清海入道
◇「斎藤隆介全集 12」岩崎書店 1982 p202

三好達治
◇「〔かこさとし〕お話こんにちは 〔5〕」偕成社 1979 p103

ミヨちゃんとサンダル
◇「赤い自転車―松延いさお自選童話集」〔熊本〕松延猪雄 1993 p99

未来
◇「稗田童平全集 2」宝文館出版 1979 p34

未来圏からの影
◇「新修宮沢賢治全集 3」筑摩書房 1979 p215
◇「新修宮沢賢治全集 3」筑摩書房 1979 p393
◇「ジュニア文学館 宮沢賢治―写真・絵画集成 3」日本図書センター 1996 p124
◇「〔宮沢賢治〕注文の多い料理店―イーハトーヴ童話集」岩波書店 2000 （岩波少年文庫） p212

未来じいさん
◇「旅だち―内藤哲彦児童文学作品集」境文化研究所 2007 p174

未来少年
◇「海野十三全集 別巻2」三一書房 1993 p307

未来人の家
◇「星新一ショートショートセレクション 7」理論社 2002 p7

未来の地下戦車長
◇「海野十三全集 7」三一書房 1990 p247

未来の人間はどんなかたちになるか…
◇「海野十三全集 別巻1」三一書房 1991 p310

ミラーマンの時間
◇「筒井康隆SFジュブナイルセレクション 3」金の星社 2010 p77

見られてるって たのしいね
◇「山本瓔子詩集 I」新風舎 2003 p54

見られる街
◇「別役実童話集 〔1〕」三一書房 1973 p189

ミリ子の物語
◇「寺村輝夫童話全集 19」ポプラ社 1982

ミリ子は泣かない
◇「寺村輝夫童話全集 19」ポプラ社 1982 p109
◇「寺村輝夫全童話 5」理論社 1998 p490

ミリ子は負けない
◇「寺村輝夫童話全集 19」ポプラ社 1982 p5
◇「寺村輝夫全童話 5」理論社 1998 p425

魅力的な薬
◇「星新一YAセレクション 6」理論社 2009 p24

見る
◇「今江祥智の本 36」理論社 1990 p143

ミルク あっためたら
◇「りらりらりらりらわたしの絵本―富永佳子ことこどものうた作品集」国土社 1994 p34

ミルクのみずうみ
◇「佐藤義美全集 3」佐藤義美全集刊行会 1973 p411

みるくぱんぼうや
◇「神沢利子コレクション 2」あかね書房 1994 p35
◇「神沢利子コレクション・普及版 2」あかね書房 2005 p35
◇「神沢利子のおはなしの時間 4」ポプラ社 2011 p33

ミルクは だれに
◇「佐藤義美全集 1」佐藤義美全集刊行会 1974 p408

ミルナとカーラカ
◇「花園大学仏典童話全集 2」法蔵館 1979 p111

見るなのお倉
◇「〔比江島重孝〕宮崎のむかし話 1」鉱脈社 1998 p200

見るなのざしき
◇「浜田広介全集 9」集英社 1976 p197

ミルン童謡抄
◇「校定新美南吉全集 9」大日本図書 1981 p541

民間薬
◇「新修宮沢賢治全集 6」筑摩書房 1980 p53
◇「新修宮沢賢治全集 6」筑摩書房 1980 p358

ミンサア織の島
◇「椋鳩十の本 21」理論社 1982 p305

明笛(みんてき)
◇「石森延男児童文学全集 11」学習研究社 1971 p206

みんなあつまれ
◇「北彰介作品集 1」青森県児童文学研究会 1990 p36

みんな大きくなって…
◇「松谷みよ子全集 13」講談社 1972 p127

みんなを好きに
　◇「新装版金子みすゞ全集 3」JULA出版局 1984 p77
　◇「金子みすゞ童謡全集 5」JULA出版局 2004 p104
みんなかあさんあるんだね
　◇「中村雨紅詩謡集」中村雨紅詩謡集刊行委員会 1971 p154
みんな家族
　◇「みんな家族―他8編―あづましん児童文学短編集」愛生社 2001 p5
みんなが にこにこ
　◇「まど・みちお全詩集」理論社 1992 p303
みんな元気で
　◇「巽聖歌作品集 下」巽聖歌作品集刊行委員会 1977 p116
みんな ごあいさつ
　◇「巽聖歌作品集 下」巽聖歌作品集刊行委員会 1977 p37
みんなして森へ
　◇〔北原〕白秋全童謡集 1」岩波書店 1992 p207
〔みんな食事もすんだらしく〕
　◇「新修宮沢賢治全集 5」筑摩書房 1979 p125
　◇「新修宮沢賢治全集 5」筑摩書房 1979 p308
みんなスパイ
　◇「別役実童話集 〔1〕」三一書房 1973 p75
みんな そろって
　◇「佐藤義美全集 1」佐藤義美全集刊行会 1974 p385
みんな ちがう
　◇「まど・みちお全詩集」理論社 1992 p304
　◇「まどさんの詩の本 15」理論社 1997 p42
みんなで いこう
　◇「まど・みちお全詩集」理論社 1992 p338
にわか劇みんなでうたおう博多節
　◇〔山田野理夫〕お笑い文庫 10」太平出版社 1977（母と子の図書室）p31
みんなで海へいきました
　◇「山下明生・童話の島じま 3」あかね書房 2012 p5
皆でお家に帰るの
　◇「小川のせせらぎが聞こえるかい―中澤洋子童話集」中澤洋子 2010 p66
〔みんなで桑を截りながら〕
　◇「新修宮沢賢治全集 7」筑摩書房 1980 p287
みんなで ごはん
　◇「まど・みちお全詩集 続」理論社 2015 p379
みんなで のはらで
　◇「佐藤義美童謡集」さ・え・ら書房 1960 p136
　◇「佐藤義美全集 1」佐藤義美全集刊行会 1974 p201

みんなでむかえたお正月
　◇「武田信夫童話作品集」みちのく書房 1995 p500
みんなともだち
　◇「全集版灰谷健次郎の本 14」理論社 1988 p47
みんな友達さ
　◇「きつねとチョウとアカヤシオの花―横野幸一童話集」横野幸一,静岡新聞社（発売）2006 p45
みんな 仲よく
　◇「巽聖歌作品集 上」巽聖歌作品集刊行委員会 1977 p154
みんななかよく（みじかいおしばい）
　◇「斎田喬幼年劇全集 2」誠文堂新光社 1961 p63
みんな なかよし
　◇「今井誉次郎童話集子どもの村 〔1〕」国土社 1957 p5
　◇「今井誉次郎童話集子どもの村 〔3〕」国土社 1957 p113
みんな なかよし
　◇「巽聖歌作品集 下」巽聖歌作品集刊行委員会 1977 p22
みんなに北風
　◇「佐藤義美全集 3」佐藤義美全集刊行会 1973 p414
みんなに笑われたオオカミ
　◇「武田信夫童話作品集」みちのく書房 1995 p109
みんな眠った
　◇「北彰介作品集 1」青森県児童文学研究会 1990 p142
みんなの皇女さま
　◇〔北原〕白秋全童謡集 4」岩波書店 1993 p129
ミンナノ ワウヂョサマ
　◇〔北原〕白秋全童謡集 3」岩波書店 1992 p143
みんなの十五夜（童話劇）
　◇「斎田喬幼年劇全集 2」誠文堂新光社 1961 p233
みんなの地球を救うには―妙音の三十四身乃至三十八身
　◇〔松本光華〕民話風法華経童話 25」中外印刷出版 1993 p1
みんなのトッポ・ジージョ―テレビアニメ「トッポ・ジージョ」主題歌
　◇「阪田寛夫全詩集」理論社 2011 p806
座談会みんなの中でこそ, みんなとのつながりを考えてこそ（岩沢文雄,渋谷清視,松本幸久,安藤操,武田和夫,斎藤隆介）
　◇「斎藤隆介全集 2」岩崎書店 1982 p189
みんなの はる
　◇「佐藤義美全集 1」佐藤義美全集刊行会 1974 p359
みんなの広場
　◇「壺井栄全集 11」文泉堂出版 1998 p162

みんな

みんなの星
　◇「佐藤義美全集 1」佐藤義美全集刊行会 1974
　　p414
　◇「ともだちシンフォニー──佐藤義美童謡集」JULA
　　出版局 1990 p110

みんなのホームラン
　◇「サトウハチロー・ユーモア小説選 20」岩崎書店
　　1979 p5

みんな びっこ
　◇「佐藤義美全集 3」佐藤義美全集刊行会 1973
　　p243

みんな ひとりぼっこ
　◇「佐藤義美全集 4」佐藤義美全集刊行会 1974
　　p308

みんな待ってる
　◇「西條八十童謡全集」修道社 1971 p355

みんなみんな
　◇「まど・みちお全詩集 続」理論社 2015 p227

みんなみんなワルツ
　◇「阪田寛夫全詩集」理論社 2011 p366

みんな世のため──映画「クレージーだ 天下無
敵」主題歌
　◇「阪田寛夫全詩集」理論社 2011 p801

〔みんなは酸っぱい胡瓜を嚙んで〕
　◇「新修宮沢賢治全集 5」筑摩書房 1979 p69

民部さまぎつね
　◇「二反長半作品集 3」集英社 1979 p59

みんみんぜみ
　◇「浜田広介全集 11」集英社 1976 p88

ミンミンぜみ
　◇「〔木暮正夫〕日本のおばけ話・わらい話 14」岩
　　崎書店 1987 p33

みんみんのうた
　◇「室生犀星童話集 2」創林社 1978 p40

民話への呼び水
　◇「松谷みよ子全エッセイ 2」筑摩書房 1989 p273

民話を集めて──今村泰子さん
　◇「松谷みよ子全エッセイ 3」筑摩書房 1989 p75

民話公害説の中で
　◇「松谷みよ子全エッセイ 2」筑摩書房 1989 p57

民話調四話
　◇「椋鳩十の本 16」理論社 1983 p133

民話的紀行
　◇「椋鳩十の本 16」理論社 1983 p159

民話と創作とのあいだ
　◇「松谷みよ子全エッセイ 1」筑摩書房 1989 p266

民話との出会い
　◇「松谷みよ子全エッセイ 2」筑摩書房 1989 p3

民話と文学
　◇「全集古田足日子どもの本 12」童心社 1993 p367

民話とモチ
　◇「松谷みよ子全エッセイ 2」筑摩書房 1989 p222

民話とは何か
　◇「椋鳩十の本 33」理論社 1989 p7

民話とわらべ唄
　◇「松谷みよ子全エッセイ 2」筑摩書房 1989 p113

民話の心
　◇「松谷みよ子全エッセイ 2」筑摩書房 1989 p291

「民話の手帖」の願い
　◇「松谷みよ子全エッセイ 2」筑摩書房 1989 p280

民話の中の牛
　◇「椋鳩十の本 16」理論社 1983 p134

民話豆事典
　◇「稗田童平全集 5」宝文館出版 1980 p163

民話論
　◇「坪田譲治童話全集 10」岩崎書店 1986 p253

【む】

「向い風」
　◇「全集版灰谷健次郎の本 21」理論社 1988 p250

迎い火
　◇「浜田広介全集 11」集英社 1976 p48

むかえイヌ
　◇「〔山田野理夫〕おばけ文庫 2」太平出版社 1976
　　（母と子の図書室）p38

むかえの船
　◇「花岡大学 続・仏典童話全集 1」法蔵館 1981 p87

迎へ火
　◇「〔北原〕白秋全童謡集 5」岩波書店 1993 p17

むかごの上納
　◇「〔比江島重孝〕宮崎のむかし話 1」鉱脈社 1998
　　p239

（むかし）
　◇「稗田童平全集 8」宝文館出版 1982 p60

ムカシ
　◇「巽聖歌作品集 上」巽聖歌作品集刊行委員会
　　1977 p117

大古（むかし）
　◇「校定新美南吉全集 8」大日本図書 1981 p440

むかしウサギ
　◇「椋鳩十の本 6」理論社 1982 p138

昔おぼえた詩
　◇「安房直子コレクション 4」偕成社 2004 p306

むかしカネさんと今ヨネさん
　◇「今井誉次郎童話集子どもの村 〔5〕」国土社 1957
　　p6

ムカシごっこ
　◇「今江祥智童話館 〔4〕」理論社 1986 p17
むかしと今
　◇「今井誉次郎童話集子どもの村 〔5〕」国土社 1957 p5
昔のうた
　◇「〔北原〕白秋全童謡集 2」岩波書店 1992 p13
昔の唄
　◇「壺井栄全集 2」文泉堂出版 1997 p91
むかしのお正月
　◇「坪田譲治童話全集 9」岩崎書店 1986 p202
昔のお耳
　◇「まど・みちお全詩集」理論社 1992 p70
むかしの学校
　◇「壺井栄名作集 7」ポプラ社 1965 p11
　◇「定本壺井栄児童文学全集 1」講談社 1979 p147
昔の学校
　◇「壺井栄全集 9」文泉堂出版 1997 p271
むかしの奇術師
　◇「土田耕平童話集 〔2〕」古今書院 1955 p88
むかしの きつね
　◇「坪田譲治幼年童話文学全集 7」集英社 1965 p123
むかしのキツネ
　◇「坪田譲治童話全集 10」岩崎書店 1986 p19
昔の恋
　◇「おの・ちゅうこう初期作品集 〔1〕 牧歌的風景」崙書房 1975 p78
むかしの声
　◇「〔今坂柳二〕りゅうじフォークロア・world 4」ふるさと伝承研究会 2008 p113
昔の子供
　◇「坪田譲治名作選 〔3〕 サバクの虹」小峰書店 2005 p106
むかしのとも
　◇「土田耕平童話集 〔2〕」古今書院 1955 p107
昔の友・今の友
　◇「壺井栄全集 11」文泉堂出版 1998 p51
昔の日記
　◇「坪田譲治童話全集 7」岩崎書店 1986 p259
むかしの話
　◇「寺村輝夫童話全集 14」ポプラ社 1982
昔の話
　◇「壺井栄全集 9」文泉堂出版 1997 p309
むかしの人たち 今の人たち
　◇「今井誉次郎童話集子どもの村 〔5〕」国土社 1957 p199
むかしのべんとうばこ
　◇「今井誉次郎童話集子どもの村 〔3〕」国土社 1957 p130

むかし噺
　◇「〔北原〕白秋全童謡集 2」岩波書店 1992 p14
子どもも大人なも楽しめる一日一話の読みきかせ 昔話が教えてくれる大切な心
　◇「〔西本鶏介〕新日本昔ばなし——一日一話・読みきかせ 3」小学館 1997 p2
昔話・民話・再話 その他
　◇「小出正吾児童文学全集 4」審美社 2001 p247
昔話はお話づくりがたくみです
　◇「〔西本鶏介〕日本の昔話—読みきかせお話集 2」小学館 2001 p126
むかしパリーの
　◇「新美南吉全集 6」牧書店 1965 p256
　◇「校定新美南吉全集 8」大日本図書 1981 p301
むかし星のふる夜
　◇「あまんきみこセレクション 3」三省堂 2009 p196
むかしむかし
　◇「平塚武二童話全集 1」童心社 1972 p62
「むかしむかし」
　◇「まど・みちお詩集 5」銀河社 1975 p46
　◇「まど・みちお全詩集」理論社 1992 p527
むかしむかしおばあちゃんは
　◇「神沢利子コレクション 5」あかね書房 1994 p23
　◇「神沢利子コレクション・普及版 5」あかね書房 2006 p23
むかしむかしゾウがきた
　◇「長崎源之助全集 15」偕成社 1987 p7
よびかけむかしむかしのはなしです
　◇「斎田喬幼年劇全集 3」誠文堂新光社 1962 p488
むかし むかしの むさしぼう
　◇「平塚武二童話全集 2」童心社 1972 p70
昔むかし桃太郎
　◇「阪田寛夫全詩集」理論社 2011 p640
ムカシヨモギのロゼット
　◇「まど・みちお全詩集」理論社 1992 p408
　◇「まどさんの詩の本 10」理論社 1996 p72
むかしは えっさっさ
　◇「〔おうち・やすゆき〕こら！ しんぞう—童謡詩集」小峰書店 1996 p89
むかしはむりがむりのもと
　◇「今井誉次郎童話集子どもの村 〔6〕」国土社 1957 p73
むかって くる にわとり
　◇「今井誉次郎童話集子どもの村 〔1〕」国土社 1957 p76
ムカデ
　◇「椋鳩十の本 9」理論社 1982 p46
むかでのいしゃ
　◇「寺村輝夫のむかし話 〔4〕」あかね書房 1978 p88

作品名から引ける日本児童文学個人全集案内　**841**

むかて

むかでのお使い
◇「沼田曜一の親子劇場 2」あすなろ書房 1995 p45

ムカデのおつかい
◇〔木暮正夫〕日本のおばけ話・わらい話 16」岩崎書店 1988 p33

ムカデの使い
◇〔山田野理夫〕お笑い文庫 1」太平出版社 1977 (母と子の図書室) p52

むかでの室, 蛇の室
◇「鈴木三重吉童話全集 7」文泉堂書店 1975 (日本文学全集・選集叢刊第5次) p33

むかで姫と秀郷の矢じり (岩手)
◇〔木暮正夫〕日本の怪奇ばなし 9」岩崎書店 1990 p20

麦
◇「校定新美南吉全集 8」大日本図書 1981 p265

麦刈り
◇「壺井栄全集 9」文泉堂出版 1997 p369

麦刈り幼稚園
◇「壺井栄全集 10」文泉堂出版 1998 p328

麦刈幼稚園
◇「壺井栄全集 9」文泉堂出版 1997 p382

むぎこせんべい
◇「花岡大学仏典童話新作集 3」法蔵館 1984 p32

麦次郎の遁走〈A〉
◇「校定新美南吉全集 7」大日本図書 1980 p82

麦次郎の遁走〈B〉
◇「校定新美南吉全集 7」大日本図書 1980 p92

無軌道青春
◇「佐々木邦全集 補巻2」講談社 1975 p3

麦のあいうち
◇「壺井栄全集 11」文泉堂出版 1998 p163

麦の思い出
◇「全集灰谷健次郎の本 19」理論社 1987 p172

麦のくろんぼ
◇「新装版金子みすゞ全集 2」JULA出版局 1984 p21
◇「金子みすゞ童謡全集 3」JULA出版局 2004 p38

麦の幸福
◇「やなせたかし童謡詩集 〔3〕」フレーベル館 2001 p22

麦の花
◇「壺井栄名作集 9」ポプラ社 1965 p239
◇「壺井栄全集 4」文泉堂出版 1998 p397

(麦の穂の)
◇「稗田菫平全集 8」宝文館出版 1982 p64

むぎのほはだいじなもの
◇「ひろすけ幼年童話文学全集 10」集英社 1962 p49
◇「浜田広介全集 10」集英社 1976 p167

ムギのみのるころ
◇「今江祥智童話館 〔2〕」理論社 1986 p218
◇「今江祥智の本 30」理論社 1990 p108

麦の芽
◇「新装版金子みすゞ全集 2」JULA出版局 1984 p112
◇「金子みすゞ童謡全集 3」JULA出版局 2004 p170

麦畑の子供
◇「二反長半作品集 1」集英社 1979 p95

麦笛
◇「おの・ちゅうこう初期作品集 〔1〕 牧歌的風景」嵩書房 1975 p56

麦笛
◇〔北原〕白秋全童謡集 4」岩波書店 1993 p151

むぎぶえ笛太
◇「むぎぶえ笛太—文館輝子童話集」越野智, ブックヒルズ (所沢) 1999 p52

麦ふみ
◇「巽聖歌作品集 上」巽聖歌作品集刊行委員会 1977 p340
◇「巽聖歌作品集 上」巽聖歌作品集刊行委員会 1977 p359
◇「巽聖歌作品集 上」巽聖歌作品集刊行委員会 1977 p395

麦星
◇「宮口しづえ児童文学集 4」小峰書店 1969 p218
◇「宮口しづえ童話全集 8」筑摩書房 1979 p82

麦まく男
◇「谷口雅春童話集 2」日本教文社 1976 p12

麦めし
◇「椋鳩十の本 15」理論社 1982 p214

麦飯
◇「椋鳩十全集 12」ポプラ社 1970 p178

「むぎめし学園」を訪ねて
◇「壺井栄全集 11」文泉堂出版 1998 p423

麦飯の思い出
◇「壺井栄全集 11」文泉堂出版 1998 p322

むぎやのさと
◇「稗田菫平全集 7」宝文館出版 1981 p170

麦は黄色に枯れました
◇「おの・ちゅうこう初期作品集 〔1〕 牧歌的風景」嵩書房 1975 p98

むぎは畑に
◇「浜田広介全集 3」集英社 1975 p124

麦わら
◇「新美南吉全集 6」牧書店 1965 p90
◇「校定新美南吉全集 8」大日本図書 1981 p226

麦藁編む子の唄
◇「新装版金子みすゞ全集 1」JULA出版局 1984 p49

◇「金子みすゞ童謡集」角川春樹事務所 1998（ハルキ文庫）p57
◇「金子みすゞ童謡全集 1」JULA出版局 2003 p74

麦藁摘み
◇「与謝野晶子児童文学全集 3」春陽堂書店 2007 p217

むぎわらとんぼ
◇「平塚武二童話全集 1」童心社 1972 p113

麦わらとんぼ
◇「今江祥智の本 15」理論社 1980 p16
◇「今江祥智童話館 〔12〕」理論社 1987 p24

麦わらのうた
◇「神沢利子コレクション 4」あかね書房 1994 p143
◇「神沢利子コレクション・普及版 4」あかね書房 2006 p143

ムギワラの季節
◇「庄野英二全集 6」偕成社 1979 p165
◇「庄野英二全集 6」偕成社 1979 p204

むぎわらぼう
◇「庄野英二全集 5」偕成社 1980 p187

むぎわらぼうし
◇「佐藤義美童謡集」さ・え・ら書房 1960 p50
◇「佐藤義美全集 1」佐藤義美全集刊行会 1974 p181

麦わら帽子
◇「今江祥智の本 15」理論社 1980 p7
◇「今江祥智童話館 〔13〕」理論社 1987 p73

麦わら帽子
◇「〔島崎〕藤村の童話 3」筑摩書房 1979 p37

麦藁帽子
◇「西條八十童謡全集」修道社 1971 p43

むぎわら帽子を
◇「巽聖歌作品集 上」巽聖歌作品集刊行委員会 1977 p217

むぎわらぼうしを かぶってこう
◇「巽聖歌作品集 下」巽聖歌作品集刊行委員会 1977 p90

むぎわらぼうしは海のいろ
◇「今江祥智の本 14」理論社 1980 p93
◇「今江祥智童話館 〔6〕」理論社 1986 p57
◇「今江祥智ショートファンタジー 2」理論社 2004 p169

麦わら帽子は海の色
◇「今江祥智の本 1」理論社 1981 p211

ムクゲ
◇「椋鳩十の本 23」理論社 1983 p183

無口でやさしい人
◇「全集版灰谷健次郎の本 21」理論社 1988 p118

むぐっちょ
◇「〔北原〕白秋全童謡集 4」岩波書店 1993 p71

むくどり
◇「杉みき子選集 2」新潟日報事業社 2005 p59

むくどり
◇「山本瓔子詩集 II」新風舎 2003 p19

ムクドリ
◇「石森延男児童文学全集 4」学習研究社 1971 p28

ムクドリ
◇「まど・みちお詩集 2」銀河社 1975 p42
◇「まど・みちお全詩集」理論社 1992 p448
◇「まどさんの詩の本 13」理論社 1997 p84

椋鳥
◇「〔北原〕白秋全童謡集 1」岩波書店 1992 p301

椋鳥
◇「第二〔島木〕赤彦童謡集」第一書店 1948 p49

椋鳥と胡麻
◇「浜田広介全集 2」集英社 1975 p203

椋鳥の宿賃
◇「〔巖谷〕小波お伽全集 12」本の友社 1998 p319

むく鳥のゆめ
◇「ひろすけ幼年童話文学全集 1」集英社 1961 p218
◇「浜田広介全集 1」集英社 1975 p114
◇「浜田広介童話集」世界文化社 2006（心に残るロングセラー）p34

むくどりのゆめ＜一まく 童話劇＞
◇「〔斎田喬〕学校劇代表作選 1」牧書店 1959 p93

無垢な語り
◇「松谷みよ子全エッセイ 2」筑摩書房 1989 p14

椋の木こども
◇「二反長半作品集 1」集英社 1979 p27

むくの木もみの木
◇「二反長半作品集 1」集英社 1979 p165

ムクのネコ
◇「〔柳家弁天〕らくご文庫 10」太平出版社 1987 p58

椋の実の思出
◇「校定新美南吉全集 2」大日本図書 1980 p380

椋鳩十先生の足跡を訪ねて
◇「武田信夫童話作品集」みちのく書房 1995 p533

むくむくもこぞう
◇「寺村輝夫童話全集 5」ポプラ社 1982 p119
◇「寺村輝夫全童話 1」理論社 1996 p395
◇「寺村輝夫の王さまシリーズ 5」理論社 1998 p137

向う岸
◇「瑠璃の壺—森銑三童話集」三樹書房 1982 p375

向こう岸
◇「佐藤一英「童話・童謡集」」一宮市立萩原小学校 2003 p34

向ふ三軒店

むこう

**　** ◇「かもめの水兵さん―武内俊子伝記と作品集」講談社出版サービスセンター　1977　p165

向島文化幼稚園園歌
　◇「佐藤義美全集 1」佐藤義美全集刊行会　1974　p456

むこうの山のおおだぬき―おばあさんのおしゃべり (2)
　◇「来栖良夫児童文学全集 2」岩崎書店　1983　p262

向こう横町のおいなりさん
　◇「長崎源之助全集 4」偕成社　1986 p7

ムコトコネコ
　◇「〔東君平〕おはようどうわ 8」講談社　1982 p152

むこどんのひとつおぼえ
　◇「〔木暮正夫〕日本のおばけ話・わらい話 5」岩崎書店　1986 p18

むこのお祝い
　◇「〔山田野理夫〕お笑い文庫 7」太平出版社　1977（母と子の図書室）p133

むささびのコロ
　◇「松谷みよ子全集 11」講談社　1972 p133

むささび星
　◇「今西祐行全集 2」偕成社　1987 p47

武蔵野
　◇「松田瓊子全集 5」大空社　1997 p111

むさし野の水
　◇「那須辰造著作集 2」講談社　1980 p43

ムサシ早手流
　◇「山中恒児童よみもの選集 20」読売新聞社　1989 p5
　◇「山中恒よみもの文庫 13」理論社　1999 p7

虫
　◇「奥田継夫ベストコレクション 10」ポプラ社　2002 p85

虫
　◇「おの・ちゅうこう初期作品集〔1〕牧歌的風景」嵩書房　1975 p18
　◇「おの・ちゅうこう初期作品集〔1〕牧歌的風景」嵩書房　1975 p140

虫
　◇「校定新美南吉全集 8」大日本図書　1981 p246
　◇「新美南吉童話傑作選〔6〕花をうめる」小峰書店　2004 p172

虫合戦
　◇「〔厳谷〕小波お伽全集 7」本の友社　1998 p349

虫喰い算大会
　◇「海野十三全集 別巻1」三一書房　1991 p103

むしさん こんにちは
　◇「松谷みよ子全集 13」講談社　1972 p30

虫太郎を覗く
　◇「海野十三全集 別巻1」三一書房　1991 p362

虫太郎の追憶
　◇「海野十三全集 別巻1」三一書房　1991 p364

無実
　◇「〔山田野理夫〕おばけ文庫 8」太平出版社　1976（母と子の図書室）p125

虫と霜
　◇「〔厳谷〕小波お伽全集 14」本の友社　1998 p231

虫と花
　◇「定本小川未明童話全集 15」講談社　1978 p285
　◇「定本小川未明童話全集 15」大空社　2002 p285

むじな
　◇「かつおきんや作品集 9」牧書店〔アリス館牧新社〕　1973 p1

ムジナ
　◇「かつおきんや作品集 15」偕成社　1983 p7

ムジナ
　◇「怪談小泉八雲のこわ～い話 2」汐文社　2004 p43

ムジナ
　◇「〔山田野理夫〕おばけ文庫 4」太平出版社　1976（母と子の図書室）p57

むじな穴
　◇「千葉省三童話全集 2」岩崎書店　1967 p139

むじなと栗
　◇「浜田広介全集 5」集英社　1976 p106

ムジナと三助
　◇「稗田童平全集 5」宝文館出版　1980 p38

むじなのあかり
　◇「浜田広介全集 6」集英社　1976 p210

むしにされた犬
　◇「くんぺい魔法ばなし―魔法ばなし全集 1」サンリオ　2000 p6

虫のいのち
　◇「全集版灰谷健次郎の本 19」理論社　1987 p156

虫のうた
　◇「〔北原〕白秋全童謡集 2」岩波書店　1992 p31

蟲の歌
　◇「〔厳谷〕小波お伽全集 7」本の友社　1998 p443

むしのおんがく
　◇「浜田広介全集 11」集英社　1976 p133

虫の音楽
　◇「佐藤義美童謡集」さ・え・ら書房　1960 p253
　◇「佐藤義美全集 1」佐藤義美全集刊行会　1974 p264
　◇「ともだちシンフォニー―佐藤義美童謡集」JULA出版局　1990 p114

虫の音楽会
　◇「与謝野晶子児童文学全集 2」春陽堂書店　2007 p83

むしの がくたい
　◇「まど・みちお全詩集」理論社　1992 p370

むしのがっこう

◇「浜田広介全集 3」集英社 1975 p59
むしの カード なあに？
◇「今井誉次郎童話集子どもの村 〔2〕」国土社 1957 p56
虫の国
◇「佐藤義美全集 1」佐藤義美全集刊行会 1974 p438
虫のくる家
◇「平塚武二童話全集 5」童心社 1972 p9
虫の幸福
◇「やなせたかし童謡詩集 〔3〕」フレーベル館 2001 p30
むしのこえ？
◇「まど・みちお全詩集」理論社 1992 p659
◇「まどさんの詩の本 2」理論社 1994 p32
虫のこえ
◇〔巌谷〕小波お伽全集 7」本の友社 1998 p422
むしの なまえ なあに？
◇「今井誉次郎童話集子どもの村 〔1〕」国土社 1957 p53
虫のひげ
◇「花岡大学童話文学全集 2」法蔵館 1980 p38
虫の病院
◇「与謝野晶子児童文学全集 2」春陽堂書店 2007 p52
むしば
◇〔東君平〕ひとくち童話 2」フレーベル館 1995 p64
むし歯
◇「杉みき子選集 2」新潟日報事業社 2005 p134
ムシ歯小僧
◇「犬飼馬鹿人旧作童話集」日本文化資料センター 1996 p80
蝕める花 序
◇「北川千代児童文学全集 下」講談社 1967 p301
虫一つ
◇「浜田広介全集 2」集英社 1975 p20
むしピン
◇「まど・みちお全詩集 続」理論社 2015 p88
むしめがね
◇「来栖良夫児童文学全集 1」岩崎書店 1983 p68
むしめがね
◇「まど・みちお全詩集 続」理論社 2015 p387
ムシメガネ
◇「佐藤義美全集 1」佐藤義美全集刊行会 1974 p344
虫眼鏡
◇「与謝野晶子児童文学全集 3」春陽堂書店 2007 p191
無重力犯罪
◇「星新一ショートショートセレクション 11」理論社 2003 p136
無常ということ
◇「椋鳩十の本 28」理論社 1989 p109
むしろの上に
◇「稗田童平全集 3」宝文館出版 1979 p92
（虫は）
◇「稗田童平全集 8」宝文館出版 1982 p49
無人島脱出記
◇「椋鳩十の本 32」理論社 1989 p7
◇「椋鳩十の本 32」理論社 1989 p29
無人島の一ヶ月間
◇「岩永博史童話集 3」岩永博史 2012 p88
無人島の幸福
◇「やなせたかし童謡詩集 〔3〕」フレーベル館 2001 p14
無人島の四年間
◇「小出正吾児童文学全集 4」審美社 2001 p43
無人島漂流記
◇「千葉省三童話全集 6」岩崎書店 1968 p45
むす
◇「杉みき子選集 2」新潟日報事業社 2005 p94
むずかしいなぞなぞ
◇〔木暮正夫〕日本のおばけ話・わらい話 12」岩崎書店 1987 p69
むづかしい話はいけない
◇「おの・ちゅうこう初期作品集 〔2〕 日本の教室は明るい」崙書房 1975 p42
難しい山
◇「椋鳩十の本 21」理論社 1982 p106
息子をおもうて
◇「いのち—みずかみかずよ全詩集」石風社 1995 p331
むすこのほしとり
◇〔木暮正夫〕日本のおばけ話・わらい話 7」岩崎書店 1986 p4
むすびととこひつじ
◇「新美南吉童話大全」講談社 1989 p322
結ぶ
◇「稗田童平全集 8」宝文館出版 1982 p105
娘心も
◇「浜田広介全集 11」集英社 1976 p180
むすめさんそっくりにばけたきつね
◇〔西本鶏介〕日本の昔話—読みきかせお話集 2」小学館 2001 p42
むすめじぞう
◇「稗田童平全集 5」宝文館出版 1980 p59
娘と大きな鐘
◇「定本小川未明童話全集 4」講談社 1977 p58
◇「定本小川未明童話全集 4」大空社 2001 p58
娘と猫と私

むすめ

　　◇「松谷みよ子全エッセイ 3」筑摩書房　1989　p201
娘に贈った物語
　　◇「椋鳩十の本 27」理論社　1989　p163
娘に贈られたお人形
　　◇「松谷みよ子全エッセイ 3」筑摩書房　1989　p169
娘の手踊
　　◇「〔巌谷〕小波お伽全集 14」本の友社　1998　p350
むすめヘビ
　　◇「〔山田野理夫〕おばけ文庫 7」太平出版社　1976（母と子の図書室）p56
娘らが
　　◇「杉みき子選集 10」新潟日報事業社　2011　p52
ムズリさんそれからどうした
　　◇「寺村輝夫おはなしプレゼント 2」講談社　1994　p5
　　◇「寺村輝夫全童話 6」理論社　1998　p401
ムズリさんはコックさん
　　◇「寺村輝夫おはなしプレゼント 2」講談社　1994　p29
無声慟哭
　　◇「新版・宮沢賢治童話全集 12」岩崎書店　1979　p130
　　◇「新修宮沢賢治全集 2」筑摩書房　1979　p163
　　◇「新修宮沢賢治全集 2」筑摩書房　1979　p171
　　◇「ジュニア文学館 宮沢賢治―写真・絵画集成 3」日本図書センター　1996　p65
　　◇「よくわかる宮沢賢治―イーハトーブ・ロマン II」学習研究社　1996　p232
無線趣味十年
　　◇「海野十三全集 別巻1」三一書房　1991　p159
無線通信
　　◇「阪田寛夫全詩集」理論社　2011　p878
無題
　　◇「〔北原〕白秋全童謡集 4」岩波書店　1993　p414
無題
　　◇「佐藤義美全集 1」佐藤義美全集刊行会　1974　p400
無題
　　◇「魂の配達―野村吉哉作品集」草思社　1983　p71
　　◇「魂の配達―野村吉哉作品集」草思社　1983　p87
無題
　　◇「まど・みちお全詩集 続」理論社　2015　p301
〈無題〉「相変らず」
　　◇「校定新美南吉全集 9」大日本図書　1981　p638
〈無題〉「愛しえざるなやみ」
　　◇「校定新美南吉全集 9」大日本図書　1981　p617
〈無題〉「ある冬の夜」
　　◇「校定新美南吉全集 7」大日本図書　1980　p401
〈無題〉「石工の九吉は」
　　◇「校定新美南吉全集 7」大日本図書　1980　p352
〈無題〉「石よ」
　　◇「校定新美南吉全集 8」大日本図書　1981　p409
〈無題〉「イツノ コトダカ」
　　◇「校定新美南吉全集 4」大日本図書　1980　p461
〈無題〉「宇須野君が」
　　◇「校定新美南吉全集 7」大日本図書　1980　p398
〈無題〉「「お母さん」」
　　◇「校定新美南吉全集 7」大日本図書　1980　p380
〈無題〉「大人が」
　　◇「校定新美南吉全集 8」大日本図書　1981　p411
　　◇「新美南吉童話傑作選〔6〕花をうめる」小峰書店　2004　p176
〈無題〉「学校から帰つて」
　　◇「校定新美南吉全集 7」大日本図書　1980　p342
〈無題〉「蟹井加次郎の」
　　◇「校定新美南吉全集 7」大日本図書　1980　p326
〈無題〉「蟹井加次郎は」
　　◇「校定新美南吉全集 7」大日本図書　1980　p313
〈無題〉「金の問題ですが」
　　◇「校定新美南吉全集 9」大日本図書　1981　p623
〈無題〉「喜劇々場，」
　　◇「校定新美南吉全集 7」大日本図書　1980　p393
〈無題〉「喜作ははじめ」
　　◇「校定新美南吉全集 7」大日本図書　1980　p359
〈無題〉「北側の」
　　◇「校定新美南吉全集 6」大日本図書　1980　p357
〈無題〉「けふは椿も」
　　◇「校定新美南吉全集 8」大日本図書　1981　p431
〈無題〉「けさ大きい」
　　◇「校定新美南吉全集 8」大日本図書　1981　p430
〈無題〉「結局せけんの」
　　◇「校定新美南吉全集 7」大日本図書　1980　p405
〈無題〉「梢ガ」
　　◇「校定新美南吉全集 8」大日本図書　1981　p397
〈無題〉「さゝやかな」
　　◇「校定新美南吉全集 9」大日本図書　1981　p224
〈無題〉「常夜灯の下で」
　　◇「校定新美南吉全集 7」大日本図書　1980　p345
〈無題〉「知りあつてから」
　　◇「校定新美南吉全集 7」大日本図書　1980　p329
〈無題〉「白い服着た」
　　◇「校定新美南吉全集 9」大日本図書　1981　p569
〈無題〉「生活は日に一頁づゝ」
　　◇「校定新美南吉全集 8」大日本図書　1981　p373
〈無題〉「雪隠にこごみて」
　　◇「校定新美南吉全集 8」大日本図書　1981　p332
〈無題〉「第一場 東京市郊外に」
　　◇「校定新美南吉全集 9」大日本図書　1981　p124
〈無題〉「だんだら模様の」
　　◇「校定新美南吉全集 7」大日本図書　1980　p412

〈無題〉「中学二年生の時」
　　◇「校定新美南吉全集 5」大日本図書 1980 p394
〈無題〉「ちんどん屋稼業を」
　　◇「校定新美南吉全集 7」大日本図書 1980 p316
〈無題〉「月の出る頃あ」
　　◇「校定新美南吉全集 8」大日本図書 1981 p441
〈無題〉「つぶらな」
　　◇「校定新美南吉全集 8」大日本図書 1981 p331
〈無題〉「手紙頂きましてから」
　　◇「校定新美南吉全集 9」大日本図書 1981 p631
〈無題〉「とまと買ひきて」
　　◇「校定新美南吉全集 8」大日本図書 1981 p364
〈無題〉「菜種の」
　　◇「校定新美南吉全集 7」大日本図書 1980 p384
〈無題〉「「兄ちやん、来たあぞ，」」
　　◇「校定新美南吉全集 7」大日本図書 1980 p364
〈無題〉「ノボルは朸文字を」
　　◇「校定新美南吉全集 7」大日本図書 1980 p368
〈無題〉「××伯爵邸内」
　　◇「校定新美南吉全集 9」大日本図書 1981 p159
〈無題〉「母に呼ばれて」
　　◇「校定新美南吉全集 7」大日本図書 1980 p350
〈無題〉「場面は」〈ホートン〉
　　◇「校定新美南吉全集 9」大日本図書 1981 p589
〈無題〉「日ぐれがたに」
　　◇「校定新美南吉全集 7」大日本図書 1980 p386
〈無題〉「批評などと」
　　◇「校定新美南吉全集 9」大日本図書 1981 p188
〈無題〉「ぷりむらの」
　　◇「校定新美南吉全集 8」大日本図書 1981 p432
〈無題〉「ポン太」
　　◇「校定新美南吉全集 9」大日本図書 1981 p164
〈無題〉「道の地蔵に」
　　◇「校定新美南吉全集 8」大日本図書 1981 p371
〈無題〉「雪の降らんとする」
　　◇「校定新美南吉全集 8」大日本図書 1981 p340
〈無題〉「若い時彼は」
　　◇「校定新美南吉全集 9」大日本図書 1981 p654
〈無題〉「私が馬に」
　　◇「校定新美南吉全集 7」大日本図書 1980 p390
〈無題〉「私達を疲弊せしめた」
　　◇「校定新美南吉全集 9」大日本図書 1981 p327
〈無題〉「私の中学の」
　　◇「校定新美南吉全集 7」大日本図書 1980 p375
〈無題〉「私はその日」
　　◇「校定新美南吉全集 7」大日本図書 1980 p409
〈無題〉「われは中村屋にいきて」
　　◇「校定新美南吉全集 8」大日本図書 1981 p342
〈無題〉「My love」

　　◇「校定新美南吉全集 9」大日本図書 1981 p628
〈無題〉「The next letter」
　　◇「校定新美南吉全集 9」大日本図書 1981 p626
むだ遣いの報酬
　　◇「赤川次郎ショートショートシリーズ 3」理論社 2010 p54
むだでもない買物
　　◇「庄野英二全集 6」偕成社 1979 p108
むだな時間
　　◇「星新一YAセレクション 3」理論社 2008 p164
むだなのに
　　◇「りらりらりらわたしの絵本―富永佳与子こどものうた作品集」国土社 1994 p40
無駄骨おり
　　◇「谷口雅春童話集 2」日本教文社 1976 p35
むちゃななぞなぞ
　　◇「〔木暮正夫〕日本のおばけ話・わらい話 12」岩崎書店 1987 p39
夢中になるものを持ってる人間が好き（今江祥智，神宮輝夫）
　　◇「〔神宮輝夫〕現代児童文学作家対談 7」偕成社 1992 p9
むつかしい なぞなぞ
　　◇「〔かこさとし〕お話こんにちは 〔10〕」偕成社 1980 p125
六つの おはなし
　　◇「与田凖一全集 3」大日本図書 1967 p29
六つの しま
　　◇「与田凖一全集 3」大日本図書 1967 p67
六つの村境のバクチ山
　　◇「〔今坂柳二〕りゅうじフォークロア・world 3」ふるさと伝承研究会 2007 p43
むっつりケンの歌
　　◇「今江祥智童話館 〔10〕」理論社 1987 p250
　　◇「今江祥智の本 32」理論社 1991 p114
陸奥のあらし
　　◇「千葉省三童話全集 5」岩崎書店 1968 p7
六の花片
　　◇「〔巌谷〕小波お伽全集 2」本の友社 1998 p417
陸奥宗光
　　◇「〔かこさとし〕お話こんにちは 〔4〕」偕成社 1979 p38
無電時代
　　◇「〔北原〕白秋全童謡集 4」岩波書店 1993 p401
無毒野菜株式会社
　　◇「椋鳩十の本 18」理論社 1982 p23
胸さわぎ
　　◇「早乙女勝元小説選集 8」理論社 1977 p1
胸さわぎにすくわれた命
　　◇「松谷みよ子全エッセイ 1」筑摩書房 1989 p102

むなし

空しき誇（池畔の鹿）
　◇「〔嚴谷〕小波お伽全集 14」本の友社 1998 p168

ムニャムニャミウムの国
　◇「まど・みちお全詩集」理論社 1992 p408
　◇「まどさんの詩の本 12」理論社 1997 p42

棟上げ
　◇「椋鳩十の本 22」理論社 1983 p192

むねいっぱいに
　◇「〔東君平〕おはようどうわ 6」講談社 1982

胸つまりナシ
　◇「石森延男児童文学全集 11」学習研究社 1971 p48
　◇「石森読本―石森延男児童文学選集 4年生」小学館 1977 p106

胸にともる灯
　◇「宮口しづえ童話全集 6」筑摩書房 1979 p105

むねに秘めた子守歌―北朝鮮ひきあげものがたり
　◇「〔市原麟一郎〕子どもに語る戦争たいけん物語 2」リーブル出版 2005 p181

胸のどきどきとくちびるのふるえと
　◇「国分一太郎児童文学集 6」小峰書店 1967 p32

宗平とわに
　◇「土田耕平童話集 〔2〕」古今書院 1955 p69

胸やけ腹やけ
　◇「〔山田野理夫〕お笑い文庫 8」太平出版社 1977（母と子の図書室）p103

〔胸はいま〕
　◇「新修宮沢賢治全集 5」筑摩書房 1979 p268
　◇「新修宮沢賢治全集 5」筑摩書房 1979 p336
　◇「ジュニア文学館 宮沢賢治―写真・絵画集成 3」日本図書センター 1996 p167

無念供養
　◇「〔比江島重孝〕宮崎のむかし話 2」鉱脈社 1998 p266

無念のほのお
　◇「〔山田野理夫〕おばけ文庫 6」太平出版社 1976（母と子の図書室）p29

無筆の願い書
　◇「川崎大治民話選 〔4〕」童心社 1975 p194

無筆の番卒
　◇「瑠璃の壺―森銑三童話集」三樹書房 1982 p200

無表情な女
　◇「星新一ショートショートセレクション 5」理論社 2002 p7

ムヘット・ムヘット
　◇「お噺の卵―武井武雄童話集」講談社 1976（講談社文庫）p90

謀反気
　◇「壺井栄全集 5」文泉堂出版 1997 p155

むめい部落

「氏原大作全集 1」条例出版 1977 p404

夢遊病
　◇「〔嚴谷〕小波お伽全集 13」本の友社 1998 p413

むようの ちょうぶつ
　◇「まど・みちお全詩集 続」理論社 2015 p144

むよくの清八
　◇「土田耕平童話集 〔1〕」古今書院 1955 p58

村
　◇「稗田菫平全集 2」宝文館出版 1979 p40

村一番早慶戦
　◇「佐々木邦全集 補巻5」講談社 1975 p264

村いちばんのさくらの木
　◇「来栖良夫児童文学全集 1」岩崎書店 1983 p188

村へ帰った傷兵
　◇「定本小川未明童話全集 12」講談社 1977 p329
　◇「定本小川未明童話全集 12」大空社 2002 p329

ムラ ヘ モドレバ
　◇「巽聖歌作品集 上」巽聖歌作品集刊行委員会 1977 p113

村上義雄さんと
　◇「全版版灰谷健次郎の本 24」理論社 1988 p149

むらさきしきぶ
　◇「稗田菫平全集 7」宝文館出版 1981 p180

ムラサキシキブ
　◇「いのち―みずかみかずよ全詩集」石風社 1995 p65

紫水晶
　◇「北彰介作品集 4」青森県児童文学研究会 1991 p267

むらさきつゆくさ
　◇「壺井栄名作集 9」ポプラ社 1965 p83
　◇「壺井栄全集 6」文泉堂出版 1998 p338

紫の帯
　◇「与謝野晶子児童文学全集 4」春陽堂書店 2007 p123

むらさきの煙
　◇「住井すゑジュニア文学館 6」汐文社 1999 p177

むらさきのこい
　◇「浜田広介全集 8」集英社 1976 p72

紫野（新村出博士邸）（一首）
　◇「稗田菫平全集 4」宝文館出版 1980 p22

むらさきの涙
　◇「〔土田明子〕ちいさい星―母と子の詩集」らくだ出版 2002 p98

紫のはかまとカイゼルひげと
　◇「椋鳩十の本 20」理論社 1983 p89

ムラサキハナナ
　◇「まど・みちお全詩集 続」理論社 2015 p115

村芝居
　◇「氏原大作全集 4」条例出版 1977 p371

村中をかつぐ
　◇「瑠璃の壺─森銑三童話集」三樹書房 1982 p237
村でいちばんたかいこいのぼり
　◇「花岡大学童話文学全集 4」法蔵館 1980 p172
村で高いのは
　◇「巽聖歌作品集 上」巽聖歌作品集刊行委員会 1977 p153
(村の)
　◇「稗田童平全集 8」宝文館出版 1982 p53
村の家
　◇「おの・ちゅうこう初期作品集 〔4〕 氏神さま」崙書房 1975 p138
ムラの石神縁起
　◇「さねとうあきら創作民話集 被差別部落 1」明石書店 1988 p104
村の石橋
　◇「おの・ちゅうこう初期作品集 〔4〕 氏神さま」崙書房 1975 p14
村の馬
　◇「小出正吾児童文学全集 1」審美社 2000 p97
村の英雄
　◇「西條八十童謡全集」修道社 1971 p103
村のお守りさん
　◇「〔佐海〕航南夜ばなし─童話集」佐海航南 1999 p114
村のかじ屋─アメリカのロングフェロウの詩より
　◇「小出正吾児童文学全集 4」審美社 2001 p297
村のかじやさん
　◇「定本小川未明童話全集 11」講談社 1977 p154
　◇「定本小川未明童話全集 11」大空社 2002 p154
村の学校(実話)(アルフォンズ・ドーデー)
　◇「鈴木三重吉童話全集 8」文泉堂書店 1975 (日本文学全集・選集叢刊第5次) p117
村の学校で
　◇「今井誉次郎童話集子どもの村 〔4〕」国土社 1957 p73
村の きょうだい
　◇「小川未明幼年童話文学全集 5」集英社 1966 p168
村の兄弟
　◇「定本小川未明童話全集 3」講談社 1977 p386
　◇「小川未明童話集」岩波書店 1996 (岩波文庫) p153
　◇「定本小川未明童話全集 3」大空社 2001 p386
村のクラス会
　◇「壺井栄名作集 4」ポプラ社 1965 p152
　◇「定本壺井栄児童文学全集 2」講談社 1979 p266
　◇「壺井栄全集 10」文泉堂出版 1998 p63
村の経済 その1
　◇「全集版灰谷健次郎の本 19」理論社 1987 p186

村の経済 その2
　◇「全集版灰谷健次郎の本 19」理論社 1987 p189
村の子
　◇「坪田譲治童話全集 1」岩崎書店 1986 p123
　◇「坪田譲治名作選 〔1〕 魔法」小峰書店 2005 p104
村の子ども
　◇「全集版灰谷健次郎の本 19」理論社 1987 p209
村のこどもとさむらい
　◇「岩永博史童話集 2」岩永博史 2005 p46
村のサンタの神様I
　◇「石のロバ─浅野都作品集」新風舎 2007 p238
村のサンタの神様II
　◇「石のロバ─浅野都作品集」新風舎 2007 p246
村の少年団
　◇「佐々木邦全集 9」講談社 1975 p275
村の成功者
　◇「佐々木邦全集 7」講談社 1975 p339
村のため池
　◇「〔髙橋一仁〕春のニシン場─童謡詩集」けやき書房 2003 p102
村のたより
　◇「北川千代児童文学全集 下」講談社 1967 p175
村のつばめ
　◇「浜田広介全集 5」集英社 1976 p113
村の停車場
　◇「岡本良雄童話文学全集 2」講談社 1964 p113
村の話
　◇「与田準一全集 1」大日本図書 1967 p34
　◇「与田準一全集 2」大日本図書 1967 p75
村の話 野原の話
　◇「今井誉次郎童話集子どもの村 〔5〕」国土社 1957 p25
むらの はなし むかし ばなし
　◇「今井誉次郎童話集子どもの村 〔1〕」国土社 1957 p85
村の ふみきり
　◇「定本小川未明童話全集 15」講談社 1978 p37
　◇「定本小川未明童話全集 15」大空社 2002 p37
村の風呂屋─放送詩
　◇「北彰介作品集 4」青森県児童文学研究会 1991 p39
村の蛇
　◇「おの・ちゅうこう初期作品集 〔4〕 氏神さま」崙書房 1975 p23
むらの むかし ばなし
　◇「今井誉次郎童話集子どもの村 〔2〕」国土社 1957 p5
村のむかしばなし
　◇「今井誉次郎童話集子どもの村 〔3〕」国土社 1957 p89

◇「今井誉次郎童話集子どもの村 〔4〕」国土社 1957 p109

村の名物
◇「佐々木邦全集 補巻2」講談社 1975 p357

村のゆうぐれ
◇「国分一太郎児童文学集 6」小峰書店 1967 p123

村まつり
◇「くんぺい魔法ばなし―魔法ばなし全集 1」サンリオ 2000 p136

村娘
◇「新修宮沢賢治全集 4」筑摩書房 1979 p5

村は晩春
◇「坪田譲治童話全集 11」岩崎書店 1986 p143

むりしてスーパーマン
◇「阪田寛夫全詩集」理論社 2011 p466

ムルベケル島樹譜
◇「庄野英二全集 4」偕成社 1979 p324

群
◇「戸川幸夫動物文学全集 4」講談社 1976 p150

室生犀星を憶う。(二首)
◇「稗田童平全集 4」宝文館出版 1980 p94

室生犀星氏のこと
◇「壺井栄全集 11」文泉堂出版 1998 p295

室谷紀彰詩集「鳶の歌」を読む
◇「稗田童平全集 6」宝文館出版 1981 p163

ムーン・オレンジ
◇「〔林原玉枝〕星の花束を―童話集」てらいんく 2009 p95

【め】

芽(岡田泰三)
◇「岡田泰三・日下部梅子童謡集」会津童詩会 1992 p58

眼
◇「今江祥智の本 36」理論社 1990 p189

眼
◇「おの・ちゅうこう初期作品集 〔1〕牧歌的風景」嵩書房 1975 p60

眼
◇「〔北原〕白秋全童謡集 1」岩波書店 1992 p186

目
◇「〔宗左近〕梟の駅長さん―童謡集」思潮社 1998 p42

目
◇「全集版灰谷健次郎の本 8」理論社 1987 p49

めあてちがい
◇「〔木暮正夫〕日本のおばけ話・わらい話 6」岩崎書店 1986 p66

めいあん
◇「〔東君平〕おはようどうわ 2」講談社 1982 p210

名案
◇「海野十三全集 別巻2」三一書房 1993 p172

名案
◇「星新一ショートショートセレクション 12」理論社 2003 p7

明暗
◇「壺井栄全集 11」文泉堂出版 1998 p179

明暗街道
◇「佐々木邦全集 補巻1」講談社 1975 p195

名医ジーヴァカと二人の王さま
◇「花岡大学仏典童話全集 1」法蔵館 1979 p38

名犬
◇「戸川幸夫動物文学全集 15」講談社 1977 p283

名犬
◇「椋鳩十全集 6」ポプラ社 1969 p124

名犬コロの物語
◇「赤道祭―小出正吾童話選集」審美社 1986 p99
◇「小出正吾児童文学全集 1」審美社 2000 p203

名犬(佐々木さんの話)
◇「椋鳩十まるごと動物ものがたり 1」理論社 1995 p56

名犬トン
◇「住井すゑジュニア文学館 3」汐文社 1999 p7

名作の秘密
◇「岩永博史童話集 1」岩永博史 2001 p84

名士
◇「壺井栄全集 5」文泉堂出版 1997 p182

明治・大正・昭和のへそくり
◇「壺井栄全集 11」文泉堂出版 1998 p356

明治大帝のお話
◇「鈴木三重吉童話全集 6」文泉堂書店 1975 (日本文学全集・選集叢刊第5次) p114

めいしのめいし
◇「まど・みちお全詩集 続」理論社 2015 p140

明治の夜
◇「坪田譲治童話全集 13」岩崎書店 1986 p18

名士訪問記
◇「海野十三全集 別巻2」三一書房 1993 p247

銘酒龍仙
◇「〔佐海〕航南夜ばなし―童話集」佐海航南 1999 p72

名人
◇「くんぺい魔法ばなし―魔法ばなし全集 1」サンリオ 2000 p144

名人
◇「椋鳩十の本 18」理論社 1982 p214

迷信
◇「くんぺい魔法ばなし—魔法ばなし全集 2」サンリオ 2000 p194
名人伝造
◇「戸川幸夫動物文学全集 7」講談社 1977 p209
迷信（売卜者の失敗）
◇「〔巌谷〕小波お伽全集 14」本の友社 1998 p6
名人ハブ源の左足
◇「戸川幸夫動物文学全集 4」講談社 1976 p313
めいしん秘密の法
◇「川崎大治民話選 〔3〕」童心社 1971 p190
迷信・迷信的
◇「壺井栄全集 11」文泉堂出版 1998 p368
メイストーム
◇「〔吉田享子〕おしゃべりな星—少年少女詩集」らくだ出版 2001 p58
名声
◇「新修宮沢賢治全集 5」筑摩書房 1979 p242
◇「新修宮沢賢治全集 5」筑摩書房 1979 p333
名たんていピンチ博士
◇「寺村輝夫全童話 3」理論社 1997 p446
銘茶・さやま茶売声
◇「〔今坂柳二〕りゅうじフォークロア・world 5」ふるさと伝承研究会 2009 p56
名刀
◇「〔柳家弁天〕らくご文庫 5」太平出版社 1987 p63
名刀三日月丸
◇「北彰介作品集 3」青森県児童文学研究会 1990 p224
めいどからかえってきたおくさん
◇「〔木暮正夫〕日本のおばけ話・わらい話 17」岩崎書店 1988 p18
めいどからのことづて
◇「松谷みよ子のむかしむかし 6」講談社 1973 p79
名馬磨墨
◇「千葉省三童話全集 6」岩崎書店 1968 p173
名馬の故郷
◇「氏原大作全集 4」条例出版 1977 p361
名判決
◇「星新一ちょっと長めのショートショート 1」理論社 2005 p188
名物あげぞこ
◇「壺井栄全集 11」文泉堂出版 1998 p317
めいれい
◇「こやま峰子詩集 〔3〕」朔北社 2003 p20
命令
◇「新修宮沢賢治全集 3」筑摩書房 1979 p183
◇「新修宮沢賢治全集 3」筑摩書房 1979 p381
牝牛
◇「新美南吉全集 6」牧書店 1965 p32
◇「校定新美南吉全集 8」大日本図書 1981 p218
◇「新美南吉童話傑作選 〔6〕 花をうめる」小峰書店 2004 p168
牝牛と山羊
◇「浜田広介全集 10」集英社 1976 p244
〔芽をだしたために〕
◇「新修宮沢賢治全集 4」筑摩書房 1979 p241
めをつぶると……
◇「〔おうち・やすゆき〕こら！ しんぞう—童謡詩集」小峰書店 1996 p28
夫婦善哉—魚貝商のおばさんのつぶやきから
◇「いのち—みずかみかずよ全詩集」石風社 1995 p316
目をはなすな
◇「寺村輝夫のとんち話 2」あかね書房 1976 p6
目かくしタヌキ
◇「稗田菫平全集 5」宝文館出版 1980 p61
めがさめた
◇「くどうなおこ詩集○」童話屋 1996 p56
めが さめたら
◇「阪田寛夫全詩集」理論社 2011 p152
目がさめた ライオンの 王さま
◇「花岡大学仏典童話全集 6」法蔵館 1979 p36
めが でたよ
◇「まど・みちお全詩集」理論社 1992 p294
めが でる
◇「まど・みちお全詩集」理論社 1992 p171
めがね
◇「鈴木三重吉童話全集 1」文泉堂書店 1975 （日本文学全集・選集叢刊第5次）p298
めがね
◇「〔東君平〕ひとくち童話 5」フレーベル館 1995 p6
めがね
◇「まど・みちお全詩集 続」理論社 2015 p188
眼鏡
◇「定本小川未明童話全集 11」講談社 1977 p309
◇「定本小川未明童話全集 11」大空社 2002 p309
眼鏡
◇「〔宗左近〕梟の駅長さん—童謡集」思潮社 1998 p44
めがねいれ
◇「まど・みちお全詩集 続」理論社 2015 p141
めがねをかけたサンタさん
◇「〔永田允子〕わすれな草—童話集」講談社出版サービスセンター 1997 p13
メガネをかけたふくろう
◇「赤い自転車—松延いさお自選童話集」〔熊本〕松延猪雄 1993 p42

めかね

めがねをかけたらコン
　◇「寺村輝夫全童話 3」理論社 1997 p149
眼鏡をかける
　◇「全集版灰谷健次郎の本 22」理論社 1988 p177
めがねをなくしたぞうさん
　◇「松谷みよ子全集 4」講談社 1972 p105
目鏡をはめたお婆さん
　◇「椋鳩十の本 1」理論社 1982 p43
メガネザル
　◇「庄野英二全集 4」偕成社 1979 p397
めがねざるさん グッツ・ナイト
　◇「巽聖歌作品集 下」巽聖歌作品集刊行委員会 1977 p45
めがねと手袋
　◇「壺井栄名作集 7」ポプラ社 1965 p174
　◇「壺井栄全集 3」文泉堂出版 1997 p116
めがねとんぼとあじさいの花
　◇「花岡大学童話文学全集 4」法蔵館 1980 p276
めがねパン
　◇「岡本良雄童話文学全集 3」講談社 1964 p307
眼鏡（A−小説・克子もの）
　◇「壺井栄全集 1」文泉堂出版 1997 p464
めがね（B−児童・克子もの）
　◇「壺井栄全集 9」文泉堂出版 1997 p134
眼 が はひる
　◇「〔北原〕白秋全童謡集 5」岩波書店 1993 p126
女神
　◇「斎藤隆介全集 3」岩崎書店 1982 p227
女神
　◇「星新一ショートショートセレクション 3」理論社 2002 p103
女神の死
　◇「鈴木三重吉童話全集 7」文泉堂出版 1975（日本文学全集・選集叢刊第5次）p13
女神のやっかみ
　◇「〔山田野理夫〕お笑い文庫 11」太平出版社 1977（母と子の図書室）p75
目からうろこの落ちる話
　◇「ジュニア版吉野源三郎全集 2」ポプラ社 1967 p250
　◇「吉野源三郎全集 3」ポプラ社 2000 p173
目からはなへぬける
　◇「〔木暮正夫〕日本のおばけ話・わらい話 15」岩崎書店 1987 p4
目から火
　◇「寺村輝夫のむかし話 〔4〕」あかね書房 1978 p104
めかりどき
　◇「〔東君平〕おはようどうわ 4」講談社 1982 p84
メキシコのサボテンまつり

　◇「横山健童謡選集 1」無明舎出版 1995 p67
牝狐
　◇「鈴木三重吉童話全集 2」文泉堂書店 1975（日本文学全集・選集叢刊第5次）p379
目ぐすり
　◇「森三郎童話選集 〔1〕」刈谷市教育委員会 1995 p134
目薬
　◇「石森延男児童文学全集 11」学習研究社 1971 p36
恵みの雨に 草も木も
　◇「〔松本光華〕民話風法華経童話 6」中外日報社〔中外印刷出版〕1989 p1
めくら鬼
　◇「〔北原〕白秋全童謡集 1」岩波書店 1992 p206
めくらと小犬
　◇「千葉省三童話全集 1」岩崎書店 1967 p91
めくらとふくろうの目
　◇「土田耕平童話集」信濃毎日新聞社 1949 p131
めくらと梟の目
　◇「土田耕平童話集 〔1〕」古今書院 1955 p25
めくらと めぐすり
　◇「平塚武二童話全集 2」童心社 1972 p106
盲の馬
　◇「別役実童話集 〔2〕」三一書房 1975 p45
めくらのキンギョ
　◇「武田信夫童話作品集」みちのく書房 1995 p83
めくらぶだうと虹
　◇「新修宮沢賢治全集 8」筑摩書房 1979 p131
めくらぶどうと虹
　◇「新版・宮沢賢治童話全集 2」岩崎書店 1978 p121
　◇「宮沢賢治童話集 1」講談社 1985（講談社青い鳥文庫）p23
　◇「齋藤孝のイッキによめる！ 小学生のための宮沢賢治」講談社 2007 p17
　◇「宮沢賢治童話集珠玉選 〔1〕」講談社 2009 p90
めくら星
　◇「定本小川未明童話全集 1」講談社 1976 p179
　◇「定本小川未明童話全集 1」大空社 2001 p179
盲目螢
　◇「〔巌谷〕小波お伽全集 12」本の友社 1998 p67
めぐりあい
　◇「石森延男児童文学全集 15」学習研究社 1971 p256
めぐりあい
　◇「〔斎藤信夫〕子ども心を友として一童謡詩集」成東町教育委員会 1996 p190
めぐりあい
　◇「松谷みよ子全エッセイ 3」筑摩書房 1989 p18
めぐりあい

めぐりあい
　◇「森三郎童話選集〔1〕」刈谷市教育委員会 1995 p68
めぐり合い
　◇「〔巌谷〕小波お伽全集 13」本の友社 1998 p357
目黒のサンマ
　◇「〔柳家弁天〕らくご文庫 12」太平出版社 1987 p35
目黒の秋刀魚（林家木久蔵編, 岡本和明文）
　◇「林家木久蔵の子ども落語 1」フレーベル館 1998 p70
メコンの雨
　◇「土田明子詩集 2」かど創房 1986 p26
メサイアの夜
　◇「庄野英二全集 4」偕成社 1979 p28
　◇「庄野英二自選短篇童話集」編集工房ノア 1986 p155
目ざせ国境決死の脱出―北朝鮮ひきあげものがたり
　◇「〔市原麟一郎〕子どもに語る戦争たいけん物語 1」リーブル出版 2005 p5
目ざせコロ島―満州ひきあげものがたり
　◇「〔市原麟一郎〕子どもに語る戦争たいけん物語 2」リーブル出版 2005 p219
目ざめ
　◇「いのち―みずかみかずよ全詩集」石風社 1995 p455
めざめ―クロッカスによせて
　◇「いのち―みずかみかずよ全詩集」石風社 1995 p25
めざめる日
　◇「国分一太郎児童文学集 1」小峰書店 1967 p47
盲ひの泉
　◇「稗田童平全集 1」宝文館出版 1978 p127
めしを食わん嫁（群馬）
　◇「〔木暮正夫〕日本の怪奇ばなし 9」岩崎書店 1990 p74
牝獅子と豹の子
　◇「土田耕平童話集〔4〕」古今書院 1955 p33
飯盗人
　◇「椋鳩十全集 12」ポプラ社 1970 p55
　◇「椋鳩十の本 15」理論社 1982 p55
めし盗人
　◇「〔比江島重孝〕宮崎のむかし話 3」鉱脈社 2000 p247
めしのしたく
　◇「〔山田野理夫〕お笑い文庫 1」太平出版社 1977（母と子の図書室）p103
目じるし
　◇「〔柳家弁天〕らくご文庫 11」太平出版社 1987 p112
めじるしの犬
　◇「〔木暮正夫〕日本のおばけ話・わらい話 5」岩崎書店 1986 p66
メジロ
　◇「石森延男児童文学全集 2」学習研究社 1971 p120
メジロ
　◇「庄野英二全集 11」偕成社 1980 p87
目次郎ものがたり
　◇「〔いけださぶろう〕読み聞かせ童話集」文芸社 1999 p66
めじろこども会
　◇「佐藤義美全集 4」佐藤義美全集刊行会 1974 p330
眼白さし
　◇「佐藤義美全集 1」佐藤義美全集刊行会 1974 p333
めじろとり
　◇「坪田譲治童話全集 13」岩崎書店 1986 p228
メジロとり
　◇「椋鳩十全集 24」ポプラ社 1980 p159
目白とり
　◇「椋鳩十の本 16」理論社 1983 p88
目白の声
　◇「佐藤義美全集 1」佐藤義美全集刊行会 1974 p322
珍しい酒もり
　◇「定本小川未明童話全集 6」講談社 1977 p304
　◇「定本小川未明童話全集 6」大空社 2001 p304
〔めづらしがって集ってくる〕
　◇「新修宮沢賢治全集 5」筑摩書房 1979 p23
メゾソプラノのための組曲「逢うは別れの」
　◇「阪田寛夫全詩集」理論社 2011 p534
めだか
　◇「こやま峰子詩集〔1〕」朔北社 2003 p10
めだか
　◇「佐藤義美童謡集」さ・え・ら書房 1960 p126
　◇「佐藤義美全集 1」佐藤義美全集刊行会 1974 p200
めだか
　◇「いのち―みずかみかずよ全詩集」石風社 1995 p181
メダカ
　◇「まど・みちお全詩集 続」理論社 2015 p58
メダカ
　◇「いのち―みずかみかずよ全詩集」石風社 1995 p183
目高かわいい
　◇「中村雨紅詩謡集」中村雨紅詩謡集刊行委員会 1971 p90

めたか

メダカすくい
◇「〔東君平〕おはようどうわ 7」講談社 1982 p102

めだかと蛙
◇「西條八十童謡全集」修道社 1971 p356

メダカとカエルの子
◇「〔中山正宏〕大きくな〜れ―童話集」日本図書刊行会 1996 p57

めだか と くじら
◇「〔高橋一仁〕春のニシン場―童謡詩集」けやき書房 2003 p18

メダカノエンソク
◇「かもめの水兵さん―武内俊子伝記と作品集」講談社出版サービスセンター 1977 p201

めだかの がっこう
◇「佐藤義美全集 4」佐藤義美全集刊行会 1974 p226

めだかの くに
◇「巽聖歌作品集 上」巽聖歌作品集刊行委員会 1977 p285

めだかの小学校
◇「〔かこさとし〕お話こんにちは 〔1〕」偕成社 1979 p96

メダカの大旅行
◇「横山健童謡選集 1」無明舎出版 1995 p92

めだかの幼稚園
◇「〔斎藤信夫〕子ども心を友として―童謡詩集」成東町教育委員会 1996 p58

めたねこムーニャン
◇「山中恒よみもの文庫 14」理論社 1999 p9

眼玉
◇「お噺の卵―武井武雄童話集」講談社 1976（講談社文庫）p95

目玉三つにはが二つ
◇「寺村輝夫のむかし話 〔6〕」あかね書房 1979 p58

「めだまやき」
◇「まど・みちお詩集 5」銀河社 1975 p60
◇「まど・みちお全詩集」理論社 1992 p528
◇「まどさんの詩の本 8」理論社 1996 p32

めだまやきの化石
◇「寺村輝夫童話全集 5」ポプラ社 1982 p5
◇「〔寺村輝夫〕ぼくは王さま全1冊」理論社 1985 p627
◇「寺村輝夫全童話 1」理論社 1996 p342
◇「寺村輝夫の王さまシリーズ 5」理論社 1998 p7

メタルの借り物
◇「〔巌谷〕小波お伽全集 9」本の友社 1998 p15

目ちがいダヌキ
◇「〔山田野理夫〕お笑い文庫 10」太平出版社 1977（母と子の図書室）p63

めちゃよろこび

◇「まど・みちお全詩集 続」理論社 2015 p142

メッカの花
◇「ひろすけ幼年童話文学全集 2」集英社 1962 p96
◇「浜田広介全集 2」集英社 1975 p136

めでた猿
◇「稗田童平全集 7」宝文館出版 1981 p143

めでたし めでたし
◇「石森延男児童文学全集 15」学習研究社 1971 p232

メーテルリンク
◇「〔かこさとし〕お話こんにちは 〔5〕」偕成社 1979 p125

メドウサの首
◇「稗田童平全集 8」宝文館出版 1982 p101

メドーサ
◇「〔下田喜久美〕遠くから来た旅人―詩集」リトル・ガリヴァー社 1998 p114

メドチのひょうたん
◇「北彰介作品集 3」青森県児童文学研究会 1990 p221

目とはなと耳
◇「浜田広介全集 2」集英社 1975 p50

眼と光
◇「今江祥智の本 20」理論社 1981 p142

メトロはゴーゴー
◇「阪田寛夫全詩集」理論社 2011 p629

目なしゆうれい
◇「寺村輝夫のむかし話 〔1〕」あかね書房 1977 p98

目に捧げるバラード「虹もえる愛」
◇「阪田寛夫全詩集」理論社 2011 p512

眼にていう
◇「新版・宮沢賢治童話全集 12」岩崎書店 1979 p213

詩 眼にて云ふ
◇「賢治の音楽室―宮沢賢治、作詞作曲の全作品＋詩と童話の朗読」小学館 2000 p70

眼にて云ふ
◇「新修宮沢賢治全集 5」筑摩書房 1979 p234
◇「新修宮沢賢治全集 5」筑摩書房 1979 p332
◇「ジュニア文学館 宮沢賢治―写真・絵画集成 3」日本図書センター 1996 p163
◇「よくわかる宮沢賢治―イーハトーブ・ロマン II」学習研究社 1996 p502

目に見えないチャンピオンベルト
◇「こども用三代目魚武濱田成夫詩集ZK」学習研究社 2002 p42

目の開けるころ
◇「定本小川未明童話全集 7」講談社 1977 p209
◇「定本小川未明童話全集 7」大空社 2001 p209

目の玉奇談

◇「椋鳩十の本 19」理論社 1982 p164
目のないお馬
　　◇「新装版金子みすゞ全集 1」JULA出版局 1984 p58
　　◇「金子みすゞ童謡全集 1」JULA出版局 2003 p92
目のない雪だるま（童話劇）
　　◇「斎田喬幼年劇全集 3」誠文堂新光社 1962 p35
目の中のあなた
　　◇「阪田寛夫全詩集」理論社 2011 p515
眼の中の御殿
　　◇「瑠璃の壺―森銑三童話集」三樹書房 1982 p112
めのほらあな
　　◇「まど・みちお全詩集 続」理論社 2015 p172
めのまんねんぐさ
　　◇「いのち―みずかみかずよ全詩集」石風社 1995 p48
めばえ
　　◇「いのち―みずかみかずよ全詩集」石風社 1995 p81
　　◇「いのち―みずかみかずよ全詩集」石風社 1995 p132
芽生え
　　◇「山本瓔子詩集 Ⅰ」新風舎 2003 p10
眼ばかり
　　◇〔北原〕白秋全童謡集 4」岩波書店 1993 p220
雌花と雄花
　　◇「浜田広介全集 11」集英社 1976 p49
女豹
　　◇「椋鳩十の本 2」理論社 1982 p177
芽ぶき
　　◇「いのち―みずかみかずよ全詩集」石風社 1995 p92
メー・フラワ号出帆
　　◇「佐藤義美全集 1」佐藤義美全集刊行会 1974 p60
めみえの旅
　　◇「壺井栄名作集 8」ポプラ社 1965 p154
　　◇「壺井栄全集 4」文泉堂出版 1998 p277
めめめ ははは
　　◇「まど・みちお全詩集」理論社 1992 p153
メモあそび
　　◇「まど・みちお全詩集」理論社 1992 p119
目盛のない時計
　　◇「阪田寛夫全詩集」理論社 2011 p878
米良の上うるし
　　◇「松谷みよ子のむかしむかし 7」講談社 1973 p43
米良の上ウルシ
　　◇「坪田譲治童話全集 10」岩崎書店 1986 p145
メリーおばあさんの時計
　　◇〔村上のぶ子〕ここは小人の国―少年詩集」あしぶえ出版 2000 p12

メリー'Xマスおめでとう
　　◇「横山健童謡選集 2」無明舎出版 1995 p32
メリー・ゴー・ラウンド
　　◇「佐藤義美全集 1」佐藤義美全集刊行会 1974 p371
メルヘン誕生
　　◇「椋鳩十の本 27」理論社 1989 p149
メルヘン・ながれの歌
　　◇「ひばりのす―木下夕爾児童詩集」光書房 1998 p53
めるへんの世界
　　◇「浜田広介全集 12」集英社 1976 p64
「メレヨン島詩集」中野嘉一著
　　◇「稗田菫平全集 6」宝文館出版 1981 p140
メロン
　　◇「まど・みちお全詩集 続」理論社 2015 p115
メロン
　　◇「いのち―みずかみかずよ全詩集」石風社 1995 p130
　　◇「いのち―みずかみかずよ全詩集」石風社 1995 p434
メロン
　　◇「与田凖一全集 2」大日本図書 1967 p210
メロンがだいすき
　　◇「石森読本―石森延男児童文学選集 3年生」小学館 1977 p104
メロンと ぼく
　　◇「まど・みちお全詩集 続」理論社 2015 p116
「メロンとらくだ」
　　◇「稗田菫平全集 6」宝文館出版 1981 p147
メロンにバカ
　　◇「まど・みちお全詩集 続」理論社 2015 p173
メロンの夏
　　◇「佐藤義美全集 1」佐藤義美全集刊行会 1974 p27
メロンのメロディー
　　◇「山下明生・童話の島じま 4」あかね書房 2012 p73
芽は伸びる
　　◇「定本小川未明童話全集 12」講談社 1977 p203
　　◇「定本小川未明童話全集 12」大空社 2002 p203
女童
　　◇「魂の配達―野村吉哉作品集」草思社 1983 p29
めわらべ しゅんどん
　　◇〔かこさとし〕お話こんにちは〔5〕」偕成社 1979 p108
面打ち玄斎
　　◇〔小田野〕友之童話集」文芸社 2009 p151
面会日
　　◇「花岡大学童話文学全集 3」法蔵館 1980 p231
めんこい仔馬

めんと

◇「サトウハチロー童謡集」弥生書房 1977 p58

めんどうくさがりのキリン―アフリカのなかまたち
◇「寺村輝夫おはなしプレゼント 3」講談社 1994 p46

めんどうなきりん
◇「寺村輝夫全童話 3」理論社 1997 p11

めんどりコッコ
◇「ネーとなかま―小笹正子の童話集」七つ森書館 2006 p122

めんどりと女の子
◇「ひろすけ幼年童話文学全集 9」集英社 1962 p196

めんどりのおばね
◇「浜田広介全集 2」集英社 1975 p219

【 も 】

藻岩山の遊園地
◇「巽聖歌作品集 下」巽聖歌作品集刊行委員会 1977 p141

もういいかい
◇「マッチ箱の中―三鎌よし子童謡集」しもつけ文学会 1998 p38

もういの
◇「新装版金子みすゞ全集 2」JULA出版局 1984 p247
◇「金子みすゞ童謡集」角川春樹事務所 1998（ハルキ文庫）p188
◇「〔金子〕みすゞ詩画集〔5〕」春陽堂書店 2001 p14
◇「金子みすゞ童謡全集 4」JULA出版局 2004 p152
◇「〔金子みすゞ〕花の詩集 1」JULA出版局 2004 p20

もういいよう
◇「あまんきみこセレクション 1」三省堂 2009 p188

もう一度、水泳について
◇「〔島崎〕藤村の童話 3」筑摩書房 1979 p196

もう一度つかってもらいたい小判
◇「〔西本鶏介〕日本の昔話―読みきかせお話集 1」小学館 1999 p66

もういちど飛んで
◇「もういちど飛んで―蛍大介作品集」七賢出版 1994 p74

もういちどの春
◇「杉みき子選集 2」新潟日報事業社 2005 p35

もう一度僕も子供に

◇「おの・ちゅうこう初期作品集〔2〕日本の教室は明るい」崙書房 1975 p56

もう犬を飼ってよろしい
◇「国分一太郎児童文学集 4」小峰書店 1967 p5

もう大みそか？
◇「〔山田野理夫〕お笑い文庫 1」太平出版社 1977（母と子の図書室）p44

猛禽類
◇「椋鳩十の本 2」理論社 1982 p84

もうくろの話
◇「庄野英二全集 5」偕成社 1980 p155
◇「庄野英二自選短篇童話集」編集工房ノア 1986 p25

猛犬 忠犬 ただの犬
◇「戸川幸夫動物文学全集 15」講談社 1977 p3

蒙古騎銃隊
◇「高垣眸全集 4」桃源社 1971 p239

蒙古草原にねむる友
◇「全集版灰谷健次郎の本 21」理論社 1988 p97

蒙古の春
◇「魂の配達―野村吉哉作品集」草思社 1983 p267

蒙古のヤン
◇「魂の配達―野村吉哉作品集」草思社 1983 p270

もうじき一年生
◇「長崎源之助全集 17」偕成社 1987 p221

もうじき 春がきます
◇「定本小川未明童話全集 15」講談社 1978 p158
◇「定本小川未明童話全集 15」大空社 2002 p158

猛獣狩り
◇「坪田譲治童話全集 2」岩崎書店 1986 p185

もうすぐ一年生
◇「蛍―白木恵委子童話集」東銀座出版社 1997 p31

もうすぐ うんどうかい
◇「まど・みちお全詩集」理論社 1992 p295

もうすぐおやつ
◇「かもめの水兵さん―武内俊子伝記と作品集」講談社出版サービスセンター 1977 p139

もうすぐクリスマス
◇「神沢利子のおはなしの時間 2」ポプラ社 2011 p121

もう すぐ クリスマス
◇「巽聖歌作品集 下」巽聖歌作品集刊行委員会 1977 p40

もうすぐ しょうがつ
◇「巽聖歌作品集 下」巽聖歌作品集刊行委員会 1977 p136

もうすぐ夏
◇「あづましん童話集―子供たちの心を育てる」新風舎 1999 p71

もうすぐ夏

もえる

◇「パパとボクとネコ—山口紀代子童謡詩集」音楽舎 2003 p84

もうすぐ春のフリージア隊
◇「山本瓔子詩集 II」新風舎 2003 p29

もう すんだとすれば
◇「まど・みちお全詩集」理論社 1992 p539
◇「まどさんの詩の本 8」理論社 1996 p60

妄想銀行
◇「星新一YAセレクション 7」理論社 2009 p49

孟宗の竹藪
◇「野口雨情童謡集」弥生書房 1993 p70

毛越寺
◇「巽聖歌作品集 上」巽聖歌作品集刊行委員会 1977 p196

もう出ていたよ
◇「いのち—みずかみかずよ全詩集」石風社 1995 p106

盲導犬(一)
◇「〔黒川良人〕犬の詩猫の詩—児童詩集」東洋出版 2000 p50

盲導犬(二)
◇「〔黒川良人〕犬の詩猫の詩—児童詩集」東洋出版 2000 p51

もうなかない
◇「〔みずきえり〕童話集 ピープ」日本文学館 2008 p15

もう逃げない
◇「斎藤隆介全集 1」岩崎書店 1982 p149

〔もう二三べん〕
◇「新修宮沢賢治全集 5」筑摩書房 1979 p169
◇「新修宮沢賢治全集 5」筑摩書房 1979 p316

〔もうはたらくな〕
◇「新修宮沢賢治全集 4」筑摩書房 1979 p132
◇「ジュニア文学館 宮沢賢治—写真・絵画集成 3」日本図書センター 1996 p146

もうはたらくな
◇「新版・宮沢賢治童話全集 12」岩崎書店 1979 p183

もうはんぶん…
◇「〔木暮正夫〕日本のおばけ話・わらい話 17」岩崎書店 1988 p65

もう半分(林家木久蔵編、岡本和明文)
◇「林家木久蔵の子ども落語 2」フレーベル館 1998 p92

もう半分の顔
◇「来栖良夫児童文学全集 2」岩崎書店 1983 p31

もう半分ほしい
◇「〔山田野理夫〕おばけ文庫 9」太平出版社 1976 (母と子の図書室)p75

もうひとつの国
◇「立原えりかのファンタジーランド 12」青土社 1980 p37

もうひとつの国
◇「寺村輝夫童話全集 17」ポプラ社 1982 p5
◇「寺村輝夫全童話 5」理論社 1998 p337

もう一つの青春
◇「今江祥智の本 22」理論社 1981 p359

もう ひとつの ちきゅう
◇「佐藤義美全集 3」佐藤義美全集刊行会 1973 p43

もうひとつの電話
◇「杉みき子選集 4」新潟日報事業社 2008 p118

もうひとつの東京
◇「北川千代児童文学全集 下」講談社 1967 p291

もう一つのふるさと
◇「山本瓔子詩集 I」新風舎 2003 p126

もうひとつの目
◇「まど・みちお全詩集」理論社 1992 p378
◇「まどさんの詩の本 6」理論社 1996 p12

もう一つ向うの世界
◇「椋鳩十の本 28」理論社 1989 p39

もうひとりの赤ずきんちゃん
◇「筒井敬介童話全集 1」フレーベル館 1983 p45
◇「筒井敬介おはなし本 3」小峰書店 2006 p47

もう一人の一人っ子
◇「赤川次郎セレクション 6」ポプラ社 2008 p5

もう一人のぼく
◇「〔川田進〕短編少年文芸作品集 もう一人のぼく」せんしん出版 2010 p28

もう一人の私
◇「魂の配達—野村吉哉作品集」草思社 1983 p17

もう一人の私
◇「松谷みよ子全エッセイ 3」筑摩書房 1989 p273

盲目の春
◇「椋鳩十の本 2」理論社 1982 p27

もう用がすんだ
◇「〔柳家弁天〕らくご文庫 9」太平出版社 1987 p48

毛利元就
◇「〔巌谷〕小波お伽全集 7」本の友社 1998 p449

燃えあがるたいまつ
◇「花岡大学仏典童話全集 1」法蔵館 1979 p90
◇「花岡大学仏典童話全集 3」佼成出版社 2006 p56

もえあがれ雪たち
◇「阪田寛夫全詩集」理論社 2011 p141

〔萌黄いろなるその頸を〕
◇「新修宮沢賢治全集 6」筑摩書房 1980 p23

燃えた電気機関車
◇「ビートたけし傑作集 少年編 1」金の星社 2010 p40

燃える樹
◇「いのち—みずかみかずよ全詩集」石風社 1995

作品名から引ける日本児童文学個人全集案内 857

もえる

p126

燃える夏の樹
◇「巽聖歌作品集 上」巽聖歌作品集刊行委員会 1977 p321

もえる密林
◇「カエルとお月さま─後藤楢根「作品集」」由布市教育委員会 2006 p85

最上川
◇「国分一太郎児童文学集 6」小峰書店 1967 p182

もがり笛
◇「氏原大作全集 1」条例出版 1977 p395

虎落笛（もがりぶえ）
◇「土田明子詩集 5」かど創房 1987 p14

もがり笛―テレビドラマ「もがり笛」作中歌
◇「阪田寛夫全詩集」理論社 2011 p805

茂吉のねこ
◇「松谷みよ子全集 6」講談社 1972 p1
◇「松谷みよ子おはなし集 4」ポプラ社 2010 p72

「茂吉のねこ」周辺
◇「松谷みよ子全エッセイ 2」筑摩書房 1989 p215

木魚イチョウ
◇「〔山田野理夫〕おばけ文庫 6」太平出版社 1976（母と子の図書室）p145

目撃者
◇「星新一ショートショートセレクション 10」理論社 2003 p94

もぐさのききめ
◇「川崎大治民話選 〔3〕」童心社 1971 p232

藻草拾ふ浜（雁）
◇「巽聖歌作品集 上」巽聖歌作品集刊行委員会 1977 p407

黙したる樹の芽とはいへ
◇「稗田菫平全集 1」宝文館出版 1978 p39

木銃
◇「〔北原〕白秋全童謡集 4」岩波書店 1993 p216

もくせい
◇「新装版金子みすゞ全集 2」JULA出版局 1984 p50
◇「みすゞさん─童謡詩人・金子みすゞの優しさ探しの旅 1」春陽堂書店 1997
◇「金子みすゞ童謡集」角川春樹事務所 1998（ハルキ文庫）p33
◇「〔金子〕みすゞ詩画集〔3〕」春陽堂書店 2000
◇「〔金子〕みすゞ童謡全集 2」JULA出版局 2003 p76

木せい
◇「〔下田喜久美〕遠くから来た旅人─詩集」リトル・ガリヴァー社 1998 p71

もくせい咲くころ
◇「マッチ箱の中─三鎌よし子童謡集」しもつけ文学会 1998 p54

木犀のある家
◇「壺井栄全集 7」文泉堂出版 1998 p371

木星の下
◇「巽聖歌作品集 下」巽聖歌作品集刊行委員会 1977 p292

もくせいの灯
◇「新装版金子みすゞ全集 2」JULA出版局 1984 p79
◇「みすゞさん─童謡詩人・金子みすゞの優しさ探しの旅 2」春陽堂書店 1998
◇「〔金子〕みすゞ詩画集 〔5〕」春陽堂書店 2001 p46
◇「金子みすゞ童謡全集 3」JULA出版局 2004 p122
◇「〔金子みすゞ〕花の詩集 1」JULA出版局 2004 p26

木造校舎のこと
◇「今江祥智の本 34」理論社 1990 p185

木像拝見
◇「〔島崎〕藤村の童話 4」筑摩書房 1979 p140

モクタンジドウシャ
◇「海野十三全集 別巻1」三一書房 1991 p265

目的は一つにせよ（猫と狐）
◇「〔巖谷〕小波全お伽全集 14」本の友社 1998 p44

黙祷
◇「氏原大作全集 2」条例出版 1977 p141

もくねじ
◇「海野十三全集 10」三一書房 1991 p513

木馬
◇「今江祥智の本 14」理論社 1980 p99
◇「今江祥智童話館〔7〕」理論社 1986 p25
◇「今江祥智ショートファンタジー 3」理論社 2004 p129

木馬
◇「〔島〕赤彦童謡集」第一書店 1947 p44

木馬（アラビヤ）
◇「〔巖谷〕小波お伽全集 15」本の友社 1998 p341

木馬がのった白い船
◇「立原えりか作品集 4」思潮社 1973 p15
◇「立原えりかのファンタジーランド 1」青土社 1980 p183

もくばにのって
◇「佐藤義美全集 1」佐藤義美全集刊行会 1974 p314

木馬に乗って
◇「佐藤義美童謡集」さ・え・ら書房 1960 p237
◇「佐藤義美全集 1」佐藤義美全集刊行会 1974 p254

「木馬にのろう」
◇「稗田菫平全集 8」宝文館出版 1982 p179

木馬にのろう
◇「稗田菫平全集 8」宝文館出版 1982 p179

木馬のいる家
　◇「稗田菫平全集 3」宝文館出版 1979 p133
木馬の夢
　◇〔北原〕白秋全童謡集 2」岩波書店 1992 p291
もぐもぐさんは えらいな
　◇「まど・みちお全詩集」理論社 1992 p365
もくもくもくのソフトクリーム
　◇〔東風琴子〕童話集 2」ストーク 2006 p19
木曜島
　◇「庄野英二全集 7」偕成社 1979 p9
もぐら
　◇「まど・みちお詩集 5」銀河社 1975 p18
　◇「まど・みちお全詩集」理論社 1992 p529
　◇「まどさんの詩の本 2」理論社 1994 p48
モグラ
　◇「まど・みちお全詩集 続」理論社 2015 p13
　◇「まど・みちお全詩集 続」理論社 2015 p430
土竜
　◇「中村雨紅詩謡集」中村雨紅詩謡集刊行委員会 1971 p58
もぐらこおろぎ
　◇「サトウハチロー童謡集」弥生書房 1977 p88
もぐらとかえる
　◇〔西本鶏介〕日本の昔話─読みきかせお話集 2」小学館 2001 p84
土龍と金時
　◇〔巌谷〕小波お伽全集 14」本の友社 1998 p198
もぐらとともだち
　◇「浜田広介全集 3」集英社 1975 p233
もぐらとみみず
　◇「室生犀星童話全集 2」創林社 1978 p218
モグラのおうち
　◇「北国翔子童話集 1」青森県児童文学研究会 2000 p25
もぐらのおじぎ
　◇「ひろすけ幼年童話文学全集 1」集英社 1961 p148
　◇「浜田広介全集 4」集英社 1976 p186
もぐらの くいしんぼう
　◇「今井誉次郎童話集子どもの村 〔1〕」国土社 1957 p112
どうようもぐらの 子
　◇「ひろすけ幼年童話文学全集 7」集英社 1962 p38
もぐらの子
　◇「浜田広介全集 11」集英社 1976 p97
もぐらの特急
　◇「横山健童謡選集 1」無明舎出版 1995 p88
もぐらのヒミツ
　◇「地球のかぞく─石原一輝童謡詩集」群青社 2001 p18

もぐらのひろいもの
　◇「ひろすけ幼年童話文学全集 5」集英社 1962 p86
　◇「浜田広介全集 7」集英社 1976 p99
もぐらのほったふかい井戸
　◇「安房直子コレクション 7」偕成社 2004 p25
もぐらの町
　◇「浜田広介全集 11」集英社 1976 p89
もぐらのまり
　◇「浜田広介全集 11」集英社 1976 p90
もぐらのもくべえ
　◇〔かこさとし〕お話こんにちは 〔1〕」偕成社 1979 p40
モグラのもんだいモグラのもんく
　◇「かこさとし大自然のふしぎえほん 6」小峰書店 2001 p1
もぐらのやうに
　◇「魂の配達─野村吉哉作品集」草思社 1983 p64
モグラ原っぱのなかまたち
　◇「全集古田足日子どもの本 3」童心社 1993 p7
「モグラ原っぱのなかまたち」のころ
　◇「全集古田足日子どもの本 12」童心社 1993 p359
モグルはかせのひらめきマシーン
　◇「きむらゆういちおはなしのへや 5」ポプラ社 2012 p67
もくれん
　◇「いのち─みずかみかずよ全詩集」石風社 1995 p81
もくれんといす
　◇〔内海康子〕六月のカレンダー─詩集」けやき書房 1999 p100
もくれんの
　◇「稗田菫平全集 3」宝文館出版 1979 p91
木蓮の
　◇「稗田菫平全集 3」宝文館出版 1979 p93
モクレンの花
　◇「椋鳩十全集 8」ポプラ社 1969 p100
　◇「椋鳩十の本 17」理論社 1982 p80
木蓮の花さく
　◇「稗田菫平全集 7」宝文館出版 1981 p156
模型艦 "発進ヨーソロ"─拓洋社の深谷浩さん
　◇「斎藤隆介全集 10」岩崎書店 1982 p167
模型と実物
　◇「星新一YAセレクション 4」理論社 2009 p49
もけいのサクランボ
　◇「まど・みちお全詩集 続」理論社 2015 p226
モコちゃんのしっぽ
　◇「寺村輝夫童話全集 10」ポプラ社 1982 p197
　◇「寺村輝夫全童話 3」理論社 1997 p140
〔モザイク成り〕
　◇「新修宮沢賢治全集 6」筑摩書房 1980 p322

もさく

茂作老瓦談義
　◇「斎藤隆介全集 8」岩崎書店 1982 p89
もし
　◇「阪田寛夫全詩集」理論社 2011 p776
もじ
　◇「まど・みちお全詩集 続」理論社 2015 p228
文字がかけるようになった！
　◇〔柳家弁天〕らくご文庫 12」太平出版社 1987 p92
もしかしたら
　◇「阪田寛夫全詩集」理論社 2011 p621
もしかして先生はおおかみ!?
　◇「きむらゆういちおはなしのへや 1」ポプラ社 2012 p51
もしも
　◇「校定新美南吉全集 9」大日本図書 1981 p541
もしも
　◇〔東君平〕おはようどうわ 5」講談社 1982 p104
もしもあめのかわりに
　◇「村山籌子作品集 1」JULA出版局 1997 p48
もしもおかねをひろったら
　◇〔木暮正夫〕日本のおばけ話・わらい話 6」岩崎書店 1986 p80
もしもごっこ
　◇〔東君平〕おはようどうわ 7」講談社 1982 p140
モシモシ
　◇「大石真児童文学全集 11」ポプラ社 1982 p29
もしもしおかあさん
　◇「久保喬自選作品集 3」みどりの会 1994 p108
モシモシおかあちゃん—北海道から
　◇「斎藤隆介全集 4」岩崎書店 1982 p142
もしもし かあさん
　◇「いのち—みずかみかずよ全詩集」石風社 1995 p244
「もしもし，こちらオオカミ」
　◇「全集版灰谷健次郎の本 21」理論社 1988 p201
もしも春が来なかったら
　◇「与田凖一全集 1」大日本図書 1967 p260
どうようもしも めだかに
　◇「ひろすけ幼年童話文学全集 2」集英社 1962 p188
もしもめだかに
　◇「浜田広介全集 11」集英社 1976 p96
文字焼き
　◇「新装版金子みすゞ全集 3」JULA出版局 1984 p33
　◇「金子みすゞ童謡全集 5」JULA出版局 2004 p50
もじゃもじゃあたまのナナちゃん
　◇「神沢利子コレクション 2」あかね書房 1994 p7
　◇「神沢利子コレクション・普及版 2」あかね書房 2005 p7
モース
　◇〔かこさとし〕お話こんにちは 〔3〕」偕成社 1979 p79
百舌が枯木で
　◇「サトウハチロー童謡集」弥生書房 1977 p86
百舌きち
　◇〔北原〕白秋全童謡集 2」岩波書店 1992 p51
モスクワでの出来事
　◇「松谷みよ子全エッセイ 3」筑摩書房 1989 p327
もずとすぎの木
　◇「小川未明幼年童話文学全集 8」集英社 1966 p6
　◇「定本小川未明童話全集 11」講談社 1977 p173
　◇「定本小川未明童話全集 11」大空社 2002 p173
モズとホトトギス
　◇〔比江島重孝〕宮崎のむかし話 1」鉱脈社 1998 p54
もず ないた
　◇〔高橋一仁〕春のニシン場—童謡詩集」けやき書房 2003 p112
鵙のうた
　◇「室生犀星童話全集 2」創林社 1978 p63
百舌の子
　◇〔北原〕白秋全童謡集 5」岩波書店 1993 p63
もず の ものわすれ
　◇「平塚武二童話全集 2」童心社 1972 p119
もぞこい
　◇〔山田野理夫〕おばけ文庫 3」太平出版社 1976 （母と子の図書室）p115
モーターの音
　◇「岡本良雄童話文学全集 2」講談社 1964 p137
もたらされた文明
　◇「星新一ショートショートセレクション 11」理論社 2003 p188
よびかけもち
　◇「斎田喬幼年劇全集 3」誠文堂新光社 1962 p382
餅を食いすぎた雷
　◇〔足立俊〕桃と赤おに」叢文社 1998 p74
もちがしの約束
　◇「花岡大学仏典童話集 3」佼成出版社 2006 p36
もち食いじぞう
　◇「稗田童平全集 5」宝文館出版 1980 p55
モチゴメ
　◇〔東君平〕おはようどうわ 2」講談社 1982 p214
　◇「東君平のおはようどうわ 4」新日本出版社 2010 p9
もち棹
　◇「巽聖歌作品集 上」巽聖歌作品集刊行委員会 1977 p419
もちつき
　◇「今井誉次郎童話集子どもの村 〔1〕」国土社 1957

もちつき
　◇「椋鳩十全集 12」ポプラ社 1970 p140
モチツキ
　◇「〔北原〕白秋全童謡集 3」岩波書店 1992 p164
餅つき
　◇「中村雨紅詩謡集」中村雨紅詩謡集刊行委員会 1971 p134
餅つき
　◇「椋鳩十の本 15」理論社 1982 p153
もちつきうさぎ（童話劇）
　◇「斎田喬幼年劇全集 2」誠文堂新光社 1961 p205
餅と阿弥陀さん
　◇「〔山田野理夫〕お笑い文庫 8」太平出版社 1977（母と子の図書室）p88
餅と酒
　◇「〔比江島重孝〕宮崎のむかし話 1」鉱脈社 1998 p252
餅と取りかへた珠
　◇「瑠璃の壺─森銑三童話集」三樹書房 1982 p199
もちと ぼく
　◇「まど・みちお全詩集」理論社 1992 p409
　◇「まどさんの詩の本 9」理論社 1996 p58
もちの記憶
　◇「壺井栄名作集 7」ポプラ社 1965 p128
餅の記憶
　◇「壺井栄全集 11」文泉堂出版 1998 p23
（モチの木に花が咲く）
　◇「稗田童平全集 2」宝文館出版 1979 p100
もちのすきなやまんば
　◇「〔木暮正夫〕日本のおばけ話・わらい話 19」岩崎書店 1988 p71
もちのにおい
　◇「浜田広介全集 5」集英社 1976 p205
餅の歯
　◇「〔山田野理夫〕お笑い文庫 8」太平出版社 1977（母と子の図書室）p147
餅の話
　◇「〔山田野理夫〕お笑い文庫 7」太平出版社 1977（母と子の図書室）p136
もちのまと
　◇「松谷みよ子のむかしむかし 5」講談社 1973 p109
餅花かざろ
　◇「横山健童謡選集 1」無明舎出版 1995 p26
モチモチの木
　◇「斎藤隆介全集 1」岩崎書店 1982 p88
もちもの
　◇「まど・みちお全詩集 続」理論社 2015 p89
もち屋の禅問答
　　p14
　◇「川崎大治民話選 〔4〕」童心社 1975 p59
モーツァルト
　◇「北彰介作品集 1」青森県児童文学研究会 1990 p74
モーツァルトくん
　◇「今江祥智の本 15」理論社 1980 p143
　◇「今江祥智童話館 〔13〕」理論社 1987 p49
木瓜（もっか）
　◇「まど・みちお全詩集 続」理論社 2015 p336
もっきんばーどの子守歌
　◇「かとうむつこ童話集 3」東京図書出版会, リフレ出版（発売）2006 p5
木工塗装ベランメ史
　◇「斎藤隆介全集 9」岩崎書店 1982 p101
木工の町
　◇「椋鳩十の本 22」理論社 1983 p42
モッコちゃんとカタツムリ
　◇「〔浅野止男〕蝸牛の家─ある一教師のこころみ─童話集」日本図書刊行会, 近代文芸社（発売）1997 p5
もっとスピードを
　◇「与田準一全集 3」大日本図書 1967 p245
〔最も親しき友らにさへこれを秘して〕
　◇「新修宮沢賢治全集 6」筑摩書房 1980 p232
　◇「新修宮沢賢治全集 6」筑摩書房 1980 p424
（最もよく）
　◇「稗田童平全集 8」宝文館出版 1982 p43
もっとゆっくり
　◇「壺井栄全集 11」文泉堂出版 1998 p352
もとゐたお家
　◇「〔北原〕白秋全童謡集 4」岩波書店 1993 p185
もといた町
　◇「与田準一全集 2」大日本図書 1967 p122
元犬（林家木久蔵編, 岡本和明文）
　◇「林家木久蔵の子ども落語 2」フレーベル館 1998 p46
本居宣長と百姓一揆
　◇「ジュニア版吉野源三郎全集 2」ポプラ社 1967 p85
　◇「吉野源三郎全集 2」ポプラ社 2000 p115
元善光寺
　◇「椋鳩十の本 20」理論社 1983 p16
元とり童子
　◇「稗田童平全集 5」宝文館出版 1980 p18
もとのとおりに
　◇「浜田広介全集 3」集英社 1975 p19
もとのとおりのおばあさん
　◇「浜田広介全集 4」集英社 1976 p187
もとの平六
　◇「沼田曜一の親子劇場 2」あすなろ書房 1995 p63

作品名から引ける日本児童文学個人全集案内　861

もとむ

求むる部屋
　◇「魂の配達―野村吉哉作品集」草思社 1983 p52
戻らないネコ
　◇「くんぺい魔法ばなし―魔法ばなし全集 2」サンリオ 2000 p94
〔残丘(モナドノック)の雪の上に〕
　◇「新修宮沢賢治全集 6」筑摩書房 1980 p52
モナミとカリン
　◇「みずいろようちえん―出雲路猛雄童話集」坂神都 2012 p127
モーニ(童話)(ウエイクネルによる)
　◇「鈴木三重吉童話全集 8」文泉堂書店 1975(日本文学全集・選集叢刊第5次)p198
モーニング・コール
　◇「赤川次郎セレクション 10」ポプラ社 2008 p53
もの
　◇「〔北原〕白秋全童謡集 4」岩波書店 1993 p299
もの
　◇「まど・みちお全詩集 続」理論社 2015 p60
　◇「まど・みちお全詩集 続」理論社 2015 p89
物いふ小箱
　◇「瑠璃の壺―森銑三童話集」三樹書房 1982 p440
物いふ小瓶
　◇「瑠璃の壺―森銑三童話集」三樹書房 1982 p391
もの言えぬもどかしさ
　◇「壺井栄全集 11」文泉堂出版 1998 p151
ものいえるぞう
　◇「別役実童話集 〔3〕」三一書房 1977 p57
もの言わぬ民の碑
　◇「椋鳩十の本 23」理論社 1983 p114
モノをいう犬
　◇「戸川幸夫動物文学全集 15」講談社 1977 p291
ものを言う大石
　◇「〔大澤英子〕心の中のひみつ―法華経をもとにした創作物語集」文芸社 1999 p196
ものをいわない皇子さま
　◇「石森延男児童文学全集 6」学習研究社 1971 p136
ものおき小屋から
　◇「りらりらりらわたしの絵本―富永佳与子こどものうた作品集」国土社 1994 p82
ものおき小屋の小オニ
　◇「立原えりかのファンタジーランド 9」青土社 1980 p49
物置部屋
　◇「与田凖一全集 2」大日本図書 1967 p38
什器破壊業(モノヲコワスノガショウバイ)事件
　◇「海野十三全集 7」三一書房 1990 p333
ものをつくる生活の中から
　◇「斎藤隆介全集 10」岩崎書店 1982 p221

ものおぼえ
　◇「〔山田野理夫〕お笑い文庫 1」太平出版社 1977(母と子の図書室)p27
もの思ひ
　◇「浜田広介全集 11」集英社 1976 p152
ものがある
　◇「まど・みちお全詩集」理論社 1992 p549
　◇「まどさんの詩の本 6」理論社 1996 p80
〔物書けば秋のベンチの朝露や〕
　◇「新修宮沢賢治全集 7」筑摩書房 1980 p227
物語と子どもの心
　◇「椋鳩十の本 28」理論社 1989 p148
物語に見る鹿児島県人
　◇「椋鳩十の本 33」理論社 1989 p129
物語のふる里 加治木
　◇「椋鳩十の本 29」理論社 1989 p82
モノガール国の 王さま
　◇「佐藤義美全集 2」佐藤義美全集刊行会 1973 p300
ものぐさくらべ
　◇「〔木暮正夫〕日本のおばけ話・わらい話 7」岩崎書店 1986 p62
ものぐさじいの来世
　◇「定本小川未明童話全集 2」講談社 1976 p37
　◇「定本小川未明童話全集 2」大空社 2001 p37
物臭太郎
　◇「〔北原〕白秋全童謡集 1」岩波書店 1992 p51
　◇「〔北原〕白秋全童謡集 2」岩波書店 1992 p296
ものぐさなきつね
　◇「小川未明幼年童話文学全集 1」集英社 1965 p69
　◇「定本小川未明童話全集 3」講談社 1977 p250
　◇「定本小川未明童話全集 3」大空社 2001 p250
ものぐさの太郎
　◇「今江祥智の本 10」理論社 1980 p181
　◇「今江祥智童話館 〔17〕」理論社 1987 p103
ものさしの めもり
　◇「まど・みちお全詩集 続」理論社 2015 p425
ものたちと
　◇「まど・みちお全詩集 続」理論社 2015 p90
「ものにならんワア」
　◇「壺井栄全集 11」文泉堂出版 1998 p512
ものの味
　◇「椋鳩十の本 20」理論社 1983 p171
もののいえないもの
　◇「定本小川未明童話全集 10」講談社 1977 p334
　◇「定本小川未明童話全集 10」大空社 2001 p334
もののかげ
　◇「椋鳩十全集 11」ポプラ社 1970 p134
ものの怪
　◇「土田耕平童話集 〔2〕」古今院 1955 p78

「ものの声ひとの声」
　◇「全集版灰谷健次郎の本 21」理論社 1988 p209
ものほし
　◇「〔東君平〕ひとくち童話 1」フレーベル館 1995 p14
物干しビル＜一幕 生活劇＞
　◇「〔斎田喬〕学校劇代表作選 3」牧書店 1959 p185
ものまね
　◇「〔北原〕白秋全童謡集 5」岩波書店 1993 p164
ものまね・あそびのうた
　◇「巽聖歌作品集 下」巽聖歌作品集刊行委員会 1977 p31
ものまねどろぼう
　◇「〔山田野理夫〕お笑い文庫 1」太平出版社 1977（母と子の図書室）p117
モノマネ ハカセ
　◇「かもめの水兵さん—武内俊子伝記と作品集」講談社出版サービスセンター 1977 p190
ものまね山伏
　◇「〔山田野理夫〕お笑い文庫 6」太平出版社 1977（母と子の図書室）p123
物見台
　◇「与謝野晶子児童文学全集 3」春陽堂書店 2007 p294
ものものもの
　◇「阪田寛夫全詩集」理論社 2011 p157
物忘れ
　◇「瑠璃の壺—森銑三童話集」三樹書房 1982 p331
物忘れ（その一）
　◇「瑠璃の壺—森銑三童話集」三樹書房 1982 p230
物忘れ（その二）
　◇「瑠璃の壺—森銑三童話集」三樹書房 1982 p231
物忘れ（その三）
　◇「瑠璃の壺—森銑三童話集」三樹書房 1982 p232
もみがらのかるはずみ のこくずのざっくざく
　◇「与田凖一全集 3」大日本図書 1967 p196
もみぢ
　◇「〔巌谷〕小波お伽全集 7」本の友社 1998 p427
紅葉（もみじ）… → "こうよう…"をも見よ
紅葉—おもいでのくにへのトンネル
　◇「立原えりかのファンタジーランド 4」青土社 1980 p59
紅葉しぐれ
　◇「斎田喬児童劇選集 〔1〕」牧書店 1954 p191
紅葉の子供
　◇「与謝野晶子児童文学全集 2」春陽堂書店 2007 p97
紅葉の頃
　◇「安房直子コレクション 7」偕成社 2004 p155
紅葉の山里を訪ねて
　◇「椋鳩十の本 32」理論社 1989 p240
モミの木
　◇「〔山田野理夫〕おばけ文庫 6」太平出版社 1976（母と子の図書室）p97
樅の木—愛する人と運命をともに
　◇「立原えりかのファンタジーランド 4」青土社 1980 p66
モミの木—アンデルセンのお話から
　◇「小出正吾児童文学全集 4」審美社 2001 p293
もみの木（ハンス・アンデルセン）
　◇「鈴木三重吉童話全集 8」文泉堂書店 1975（日本文学全集・選集叢刊第5次）p40
木綿糸
　◇「椋鳩十の本 16」理論社 1983 p31
「もめんのみみ」とおじいちゃんとぼく
　◇「筒井敬介童話全集 3」フレーベル館 1983 p189
木綿針
　◇「〔岡田文正〕短編作品集 ボク、強い子になりたい」ウインかもがわ，かもがわ出版（発売）2009 p88
もめんひきばば
　◇「〔山田野理夫〕おばけ文庫 7」太平出版社 1976（母と子の図書室）p49
桃
　◇「新装版金子みすゞ全集 2」JULA出版局 1984 p277
　◇「金子みすゞ童謡全集 4」JULA出版局 2004 p194
桃
　◇「〔島崎〕藤村の童話 4」筑摩書房 1979 p189
桃井第二小学校
　◇「与謝野晶子児童文学全集 6」春陽堂書店 2007 p182
〔桃いろの〕
　◇「新修宮沢賢治全集 4」筑摩書房 1979 p221
ももいろの えさ
　◇「ひろすけ幼年童話文学全集 1」集英社 1961 p48
もも色のえさ
　◇「浜田広介全集 2」集英社 1975 p150
桃色のくつした
　◇「螢—白木恵子童話集」東銀座出版社 1997 p20
桃色のダブダブさん
　◇「桃色のダブダブさん—松田解子童話集」新日本出版社 2004 p9
ももうりとのさま
　◇「松谷みよ子のむかしむかし 1」講談社 1973 p130
桃が咲いたよ
　◇「〔斎藤信夫〕子ども心を友として—童謡詩集」成東町教育委員会 1996 p80
桃栗三年

◇「壺井栄名作集 10」ポプラ社 1965 p60
桃栗三年（A―小説）
　◇「壺井栄全集 1」文泉堂出版 1997 p126
モモコさんの話
　◇「〔かこさとし〕お話こんにちは 〔12〕」偕成社 1980 p36
桃―少女はうすべにいろのつぼみ
　◇「立原えりかのファンタジーランド 4」青土社 1980 p15
モモジロウ
　◇「阪田寛夫全詩集」理論社 2011 p633
桃次郎
　◇「〔巌谷〕小波お伽全集 11」本の友社 1998 p267
桃太左衛門
　◇「〔巌谷〕小波お伽全集 3」本の友社 1998 p188
ももたろう
　◇「寺村輝夫のむかし話 〔8〕」あかね書房 1979 p50
ももたろう
　◇「浜田広介全集 11」集英社 1976 p133
ももたろう
　◇「松谷みよ子のむかしむかし 1」講談社 1973 p68
　◇「〔松谷みよ子〕日本むかし話 5」フレーベル館 2002 p3
　◇「〔松谷みよ子〕日本むかし話 愛蔵版 〔5〕」フレーベル館 2003 p1
もも太郎
　◇「ひろすけ幼年童話文学全集 11」集英社 1962 p10
桃太郎
　◇「〔巌谷〕小波お伽全集 7」本の友社 1998 p292
桃太郎
　◇「坪田譲治童話全集 10」岩崎書店 1986 p237
桃太郎
　◇「浜田広介全集 11」集英社 1976 p69
桃太郎と桃次郎
　◇「西條八十童謡全集」修道社 1971 p357
ももたろうの足のあと
　◇「ひろすけ幼年童話文学全集 4」集英社 1962 p20
　◇「浜田広介全集 4」集英社 1976 p192
桃太郎の歌
　◇「〔巌谷〕小波お伽全集 7」本の友社 1998 p416
桃太郎の最期
　◇「赤川次郎ショートショートシリーズ 1」理論社 2009 p34
モモちゃん「あかちゃんのうち」へ
　◇「松谷みよ子全集 7」講談社 1971 p26
モモちゃんおこる
　◇「松谷みよ子全集 7」講談社 1971 p68
モモちゃんがうまれたとき

◇「松谷みよ子全集 7」講談社 1971 p2
モモちゃんが生まれるまで
　◇「松谷みよ子全エッセイ 1」筑摩書房 1989 p192
モモちゃんちは水びたし
　◇「松谷みよ子全集 10」講談社 1972 p19
モモちゃんとあかね
　◇「椋鳩十全集 17」ポプラ社 1980 p6
　◇「椋鳩十の本 14」理論社 1983 p7
　◇「椋鳩十名作選 6」理論社 2014 p5
モモちゃん動物園にいく
　◇「松谷みよ子全集 7」講談社 1971 p146
モモちゃんとこや
　◇「松谷みよ子全集 7」講談社 1971 p60
モモちゃんとプー
　◇「松谷みよ子全集 13」講談社 1972 p1
モモちゃんねずみの国へ
　◇「松谷みよ子全集 9」講談社 1972 p153
モモちゃんのおいのり
　◇「松谷みよ子全集 13」講談社 1972 p97
モモちゃんのおくりもの
　◇「松谷みよ子全集 7」講談社 1971 p90
モモちゃんの魔法
　◇「松谷みよ子全集 10」講談社 1972 p1
　◇「松谷みよ子おはなし集 1」ポプラ社 2010 p81
桃と赤おに
　◇「〔足立俊〕桃と赤おに」叢文社 1998 p5
「桃」という言葉
　◇「松谷みよ子全エッセイ 3」筑摩書房 1989 p185
桃としょうぶの節句
　◇「〔島ого〕藤村の童話 4」筑摩書房 1979 p37
桃樹（もも）にもたれて
　◇「まど・みちお全詩集」理論社 1992 p50
桃のお花が
　◇「まど・みちお全詩集 続」理論社 2015 p349
ももの木, くりの木
　◇「巽聖歌作品集 上」巽聖歌作品集刊行委員会 1977 p497
ももの木のさる
　◇「浜田広介全集 9」集英社 1976 p225
桃の子福者
　◇「〔巌谷〕小波お伽全集 3」本の友社 1998 p8
桃の里
　◇「斎藤隆介全集 3」岩崎書店 1982 p91
桃の節句のおひなさま
　◇「〔大野憲三〕創作童話」一粒書房 2012 p10
桃の太郎
　◇「今江祥智の本 10」理論社 1980 p175
　◇「今江祥智童話館 〔17〕」理論社 1987 p111
モモのはな

桃の花
　◇「〔東君平〕おはようどうわ 7」講談社 1982 p44
　◇「東君平のおはようどうわ 1」新日本出版社 2010 p65
桃の花
　◇「定本小川未明童話全集 9」講談社 1977 p206
　◇「定本小川未明童話全集 9」大空社 2001 p206
桃の花
　◇「〔島木〕赤彦童謡集」第一書店 1947 p78
桃の花
　◇「〔吉田享子〕おしゃべりな星―少年少女詩集」らくだ出版 2001 p6
桃の葉梨の葉
　◇「浜田広介全集 1」集英社 1975 p205
桃の花と女の子
　◇「あたまでっかち―下村千秋童話選集」阿見町教育委員会, 講談社出版サービスセンター(製作) 1997 p132
桃の花と天使
　◇「稗田童平全集 1」宝文館出版 1978 p63
桃の花びら
　◇「新装版金子みすゞ全集 3」JULA出版局 1984 p124
　◇「金子みすゞ童謡全集 5」JULA出版局 2004 p164
桃の古井戸
　◇「〔巌谷〕小波お伽全集 8」本の友社 1998 p219
桃のふるさと
　◇「〔佐海〕航南夜ばなし―童話集」佐海航南 1999 p37
ももの実
　◇「坪田譲治幼年童話文学全集 4」集英社 1965 p187
桃の実
　◇「坪田譲治童話全集 6」岩崎書店 1986 p5
桃の実と白鳥(二章)
　◇「稗田童平全集 1」宝文館出版 1978 p68
ももの村
　◇「阪田寛夫全詩集」理論社 2011 p345
桃畑の兄弟
　◇「〔佐海〕航南夜ばなし―童話集」佐海航南 1999 p159
モモンガ
　◇「椋鳩十全集 9」ポプラ社 1970 p6
　◇「椋鳩十の本 11」理論社 1983 p133
モモンガア
　◇「椋鳩十の本 19」理論社 1982 p68
モモンガのキネコ
　◇「戸川幸夫動物文学全集 15」講談社 1977 p275
モモンジラは ぼくか
　◇「北畠八穂児童文学全集 6」講談社 1975 p191
もやし
　◇「まど・みちお全詩集」理論社 1992 p96
　◇「まどさんの詩の本 1」理論社 1994 p56
燃ゆる花
　◇「花岡大学童話文学全集 3」法蔵館 1980 p12
燃ゆる頬
　◇「富島健夫青春文学選集 3」集英社 1972 p5
もらいぶろ
　◇「佐藤一英「童話・童謡集」」一宮市立萩原小学校 2003 p37
もらい風呂
　◇「〔斎藤信夫〕子ども心を友として―童謡詩集」成東町教育委員会 1996 p110
もらい湯
　◇「稗田童平全集 3」宝文館出版 1979 p85
もり
　◇「〔東君平〕ひとくち童話 6」フレーベル館 1995 p42
森
　◇「〔高崎乃理子〕妖精の好きな木―詩集」かど創房 1998 p86
守唄
　◇「新装版金子みすゞ全集 3」JULA出版局 1984 p214
　◇「みすゞさん―童謡詩人・金子みすゞの優しさ探しの旅 2」春陽堂書店 1998
　◇「金子みすゞ童謡全集 6」JULA出版局 2004 p120
モリエール
　◇「〔かこさとし〕お話こんにちは 〔10〕」偕成社 1980 p78
盛岡高等農林学校農学科第二学年修学旅行記
　◇「新修宮沢賢治全集 15」筑摩書房 1980 p454
盛岡停車場
　◇「新修宮沢賢治全集 7」筑摩書房 1980 p262
森からの宅配便
　◇「〔矢ヶ崎則之〕童話集1「ねえねえ、兄ちゃん…」」レーヴック, 星雲社(発売) 2011 p45
森君
　◇「〔北原〕白秋全童謡集 2」岩波書店 1992 p471
森(五首)
　◇「稗田童平全集 4」宝文館出版 1980 p76
森田草平先生
　◇「椋鳩十の本 24」理論社 1983 p186
もりたろうさんのじどうしゃ
　◇「大石真児童文学全集 16」ポプラ社 1982 p5
もりたろうさんのせんすいかん
　◇「大石真児童文学全集 16」ポプラ社 1982 p33
もりたろうさんのひこうき
　◇「大石真児童文学全集 16」ポプラ社 1982 p17
森できこりが木を切った
　◇「稗田童平全集 3」宝文館出版 1979 p29

もりに

森にわれらの歌を
◇「稗田童平全集 2」宝文館出版 1979 p9

森の あちら
◇「定本小川未明童話全集 15」講談社 1978 p335
◇「定本小川未明童話全集 15」大空社 2002 p335

森の家
◇「星新一ちょっと長めのショートショート 9」理論社 2006 p183

森のいたずらっこ
◇「椋鳩十全集 10」ポプラ社 1970 p222

森のイノシシ王ダイバン
◇「河合雅雄の動物記 5」フレーベル館 2007 p5

森の上の雲
◇「巽聖歌作品集 上」巽聖歌作品集刊行委員会 1977 p517

モリノウタ
◇「佐藤義美全集 5」佐藤義美全集刊行会 1973 p499

森の裏
◇「〔北原〕白秋全童謡集 3」岩波書店 1992 p108

森の王子
◇「〔佐々木春奈〕あなたの脳を休める童話集 大人も子どもも楽しめる童話集」日本文学館 2009 p14

森の王者
◇「椋鳩十全集 2」ポプラ社 1969 p34
◇「椋鳩十の本 11」理論社 1983 p43
◇「椋鳩十学年別童話 〔11〕」理論社 1995 p55

森の鬼火
◇「土田耕平童話集 〔2〕」古今書院 1955 p40

森のおばけ
◇「椋鳩十全集 16」ポプラ社 1980 p163

森のおばさん
◇「北川千代児童文学全集 下」講談社 1967 p49

森の姥さん
◇「〔巌谷〕小波お伽全集 7」本の友社 1998 p255

もりの おんがくかい
◇「佐藤義美全集 1」佐藤義美全集刊行会 1974 p382

森の女
◇「巌谷小波お伽噺文庫 〔4〕」大和書房 1976 p169

森の かくれんぼう
◇「定本小川未明童話全集 16」講談社 1978 p98
◇「定本小川未明童話全集 16」大空社 2002 p98

森の火事
◇「西條八十の童話と童謡」小学館 1981 p30

森の歓迎会
◇「〔渡部毅彦〕お母さんのための童話集」花伝社,共栄書房(発売) 1997 p13

森の木
◇「佐藤義美全集 1」佐藤義美全集刊行会 1974 p426

森のきのこ
◇「ひろすけ幼年童話文学全集 6」集英社 1962 p66
◇「浜田広介全集 6」集英社 1976 p214

森の木マーチ〈森の木児童合唱団団歌〉
◇「阪田寛夫全詩集」理論社 2011 p450

森のこうもりがさや
◇「立原えりか作品集 2」思潮社 1972 p65
◇「立原えりかのファンタジーランド 16」青土社 1981 p15

よびかけもりのことりは
◇「斎田喬幼年劇全集 3」誠文堂新光社 1962 p254

森のこびとの音楽会
◇「松谷みよ子全集 9」講談社 1972 p127

森のコンサート
◇「横山健童謡選集 2」無明舎出版 1995 p30

森のシカ、トト
◇「今江祥智の本 16」理論社 1980 p41
◇「今江祥智童話館 〔3〕」理論社 1986 p126
◇「今江祥智ショートファンタジー 2」理論社 2004 p116

森の住人
◇「椋鳩十の本 7」理論社 1983 p84
◇「椋鳩十まるごと動物ものがたり 8」理論社 1996 p166

杜の白樫
◇「稗田童平全集 1」宝文館出版 1978 p113

森のそばの目いしゃさん
◇「〔東風琴子〕童話集 1」ストーク 2002 p21

森のそめものや
◇「長い長いかくれんぼ—杉みき子自選童話集」新潟日報事業社 2001 p52

森のたんじょう会
◇「大石真児童文学全集 14」ポプラ社 1982 p167

森の小さなそめものやさん
◇「螢—白木恵委子童話集」東銀座出版社 1997 p90

もりの手じなし
◇「坪田譲治幼年童話文学全集 1」集英社 1964 p18

森のてじなし
◇「坪田譲治童話全集 9」岩崎書店 1986 p101
◇「坪田譲治名作選 〔2〕 ビワの実」小峰書店 2005 p88

森の動物たち
◇「〔渡部毅彦〕お母さんのための童話集」花伝社,共栄書房(発売) 1997 p26

森の図書館
◇「くんぺい魔法ばなし—魔法ばなし全集 3」サンリオ 2000 p146

森の友だち
◇「椋鳩十全集 8」ポプラ社 1969 p140

もりのなか

森の中で（北村寿夫）
◇「佐藤さとるファンタジー全集 16」講談社 1983 p224

森の中の犬ころ
◇「小川未明幼年童話文学全集 2」集英社 1965 p134
◇「定本小川未明童話全集 8」講談社 1977 p55
◇「定本小川未明童話全集 8」大空社 2001 p55

森の中のお仕度
◇「与謝野晶子児童文学全集 4」春陽堂書店 2007 p215

もりのなかのクリスマスツリー
◇「岩永博史童話集 1」岩永博史 2001 p29

もりのなかのシカ
◇「椋鳩十全集 17」ポプラ社 1980 p63

森の中のシカ
◇「椋鳩十まるごと動物ものがたり 8」理論社 1996 p149

森のなかの白い鳥
◇「大石真児童文学全集 14」ポプラ社 1982 p103

森のなかの塔
◇「坪田譲治童話全集 7」岩崎書店 1986 p91

森の中の美術館
◇「〔新保章〕空のおそうじ屋さん」新風舎 1997 p41

森のなかま
◇「みずいろようちえん―出雲路猛雄童話集」阪神都 2012 p106

もりのなかよし
◇「椋鳩十の本 26」理論社 1989 p252

森の なかよし
◇「花岡大学仏典童話全集 6」法蔵館 1979 p104

森のなかよし
◇「椋鳩十全集 26」ポプラ社 1981 p178
◇「椋鳩十学年別童話〔1〕」理論社 1990 p76

森のにおいをもつ少女
◇「いのち―みずかみかずよ全詩集」石風社 1995 p283

もりのにゅうどう
◇「浜田広介全集 4」集英社 1976 p73

森のばけもの
◇「椋鳩十学年別童話〔6〕」理論社 1990 p30

森のふくろう
◇「ひろすけ幼年童話文学全集 1」集英社 1961 p126
◇「浜田広介全集 3」集英社 1975 p20

森の夜あけ
◇「与田準一全集 1」大日本図書 1967 p220

森のりすの子
◇「みずいろようちえん―出雲路猛雄童話集」阪神都 2012 p5

もりもりばくばく
◇「阪田寛夫全詩集」理論社 2011 p318

森山隆平詩集「十牛」に
◇「稗田菫平全集 7」宝文館出版 1981 p107

森はわが家
◇「庄野英二全集 6」偕成社 1979 p45

モルトゲ
◇「壺井栄名作集 4」ポプラ社 1965 p78
◇「定本壺井栄児童文学全集 4」講談社 1980 p183
◇「壺井栄全集 11」文泉堂出版 1998 p90

モルト星の石
◇「寺村輝夫童話全集 4」ポプラ社 1982 p63
◇「〔寺村輝夫〕ぼくは王さま全1冊」理論社 1985 p221
◇「寺村輝夫全童話 1」理論社 1996 p192
◇「寺村輝夫の王さまシリーズ 3」理論社 1998 p85

モルモットと猫
◇「松谷みよ子全エッセイ 3」筑摩書房 1989 p192

モロコシ ハタキ
◇「国分一太郎児童文学全集 6」小峰書店 1967 p116

蜀黍畑
◇「野口雨情童謡集」弥生書房 1993 p5

諸橋轍次
◇「〔かこさとし〕お話こんにちは〔3〕」偕成社 1979 p21

門
◇「北彰介作品集 4」青森県児童文学研究会 1991 p232

門
◇「西條八十童謡全集」修道社 1971 p359

門
◇「庄野英二全集 4」偕成社 1979 p216

門をあける
◇「まど・みちお全詩集 続」理論社 2015 p329

もんを のりこえた 武ちゃん
◇「小川未明幼年童話文学全集 8」集英社 1966 p140
◇「定本小川未明童話全集 15」講談社 1978 p170
◇「定本小川未明童話全集 15」大空社 2002 p170

もんがく
◇「斎藤隆介全集 1」岩崎書店 1982 p224

モンキー博士
◇「小出正吾児童文学全集 3」審美社 2000 p273

モンクーフォン
◇「石森延男児童文学全集 5」学習研究社 1971 p200

モンクーフォン（「咲き出す少年群」）
◇「石森延男児童文学全集 14」学習研究社 1971 p5

モン公とトン公
◇「西條八十童話集」小学館 1983 p211

もんさ

紋三郎稲荷
◇「〔山田野理夫〕おばけ文庫 12」太平出版社 1976（母と子の図書室）p43

もんじゃの吉
◇「〔木暮正夫〕日本のおばけ話・わらい話 10」岩崎書店 1987 p78

もんしろちょう
◇「地球のかぞく―石原一輝童謡詩集」群青社 2001 p16

もんしろちょう
◇「まど・みちお全詩集」理論社 1992 p542
◇「まどさんの詩の本 3」理論社 1994 p86

モンシロチョウ
◇「椋鳩十の本 23」理論社 1983 p225

もんしろ蝶々のゆうびんやさん
◇「サトウハチロー童謡集」弥生書房 1977 p21

モンシロチョウになった女の子
◇「〔東風琴子〕童話集 1」ストーク 2002 p177

紋白蝶のうた
◇「室生犀星童話全集 2」創林社 1978 p10

モンシロチョウの大群
◇「巽聖歌作品集 下」巽聖歌作品集刊行委員会 1977 p298

モンシロ蝶の話し
◇「土田明子詩集 5」かど創房 1987 p18

モンスタースタンプ
◇「〔みずきえり〕童話集 ピープ」日本文学館 2008 p25

モンソウ公園の雀
◇「与謝野晶子児童文学全集 6」春陽堂書店 2007 p143

問題
◇「椋鳩十の本 1」理論社 1982 p138

モンタン讃
◇「今江祥智の本 36」理論社 1990 p167

モンタンちゃんパリへいく
◇「今江祥智童話館 〔10〕」理論社 1987 p235

モンタン二つ
◇「今江祥智の本 36」理論社 1990 p155

門柱の上で
◇「〔黒川良人〕犬の詩猫の詩―児童詩集」東洋出版 2000 p112

紋附き
◇「新装版金子みすゞ全集 1」JULA出版局 1984 p65
◇「金子みすゞ童謡集」JULA出版局 2003 p104

文なし
◇「〔北原〕白秋全童謡集 1」岩波書店 1992 p130

門の内長兵衛
◇「〔比江島重孝〕宮崎のむかし話 1」鉱脈社 1998

門のコスモス
◇「まど・みちお全詩集」理論社 1992 p216

門のとびら
◇「〔島崎〕藤村の童話 1」筑摩書房 1979 p201

門のはなし
◇「坪田譲治名作選 〔3〕サバクの虹」小峰書店 2005 p112

モーンモーン
◇「石森延男児童文学全集 5」学習研究社 1971 p274

【や】

やあ
◇「阪田寛夫全詩集」理論社 2011 p83

やあ, おいで
◇「岡本良雄童話文学全集 3」講談社 1964 p248

やあたん
◇「今江祥智童話館 〔15〕」理論社 1987 p200

焼棚山の山んば
◇「松谷みよ子のむかしむかし 6」講談社 1973 p2

「やいちとふじまる」のこと
◇「今西祐行全集 15」偕成社 1989 p90

やいやいやくそく
◇「阪田寛夫全詩集」理論社 2011 p370

八百屋さん
◇「〔北原〕白秋全童謡集 1」岩波書店 1992 p18

やほやの をぢさん
◇「かもめの水兵さん―武内俊子伝記と作品集」講談社出版サービスセンター 1977 p134

八百屋のお鳩
◇「新装版金子みすゞ全集 1」JULA出版局 1984 p10
◇「金子みすゞ童謡集」角川春樹事務所 1998（ハルキ文庫）p176

八百屋の鳩
◇「金子みすゞ全集 1」JULA出版局 2003 p18

矢絣の半てん
◇「壺井栄全集 8」文泉堂出版 1998 p397

やがてたそがれがくる（午后の唄）
◇「阪田寛夫全詩集」理論社 2011 p780

やがて地球をくくってしまうかも知れない絵
◇「全集灰谷健次郎の本 20」理論社 1987 p188

焼かれた魚
◇「ある手品師の話―小熊秀雄童話集」晶文社 1976 p59
◇「小熊秀雄童話集」創風社 2001 p47

焼かれぬ玉
　◇「〔巌谷〕小波お伽全集 8」本の友社 1998 p47
やかん
　◇「川崎大治民話選 〔1〕」童心社 1968 p80
やかん
　◇「杉みき子選集 2」新潟日報事業社 2005 p78
やかんざか
　◇「〔山田野理夫〕おばけ文庫 3」太平出版社 1976（母と子の図書室）p78
やかん ちんちん
　◇「阪田寛夫全詩集」理論社 2011 p184
やかんつる
　◇「〔山田野理夫〕おばけ文庫 6」太平出版社 1976（母と子の図書室）p41
ヤギ
　◇「まど・みちお全詩集 2」銀河社 1975 p52
　◇「まど・みちお全詩集」理論社 1992 p448
　◇「まどさんの詩の本 7」理論社 1996 p34
山羊
　◇「佐藤義美全集 1」佐藤義美全集刊行会 1974 p329
山羊
　◇「巽聖歌作品集 上」巽聖歌作品集刊行委員会 1977 p58
山羊
　◇「中村雨紅詩謡集」中村雨紅詩謡集刊行委員会 1971 p147
山羊
　◇「くんぺい魔法ばなし―魔法ばなし全集 1」サンリオ 2000 p58
やきいも
　◇「小出正吾児童文学全集 3」審美社 2000 p237
やきいも
　◇「〔中山尚美〕おふろの中で―詩集」アイ企画 1996 p54
やき いも
　◇「まど・みちお全詩集」理論社 1992 p156
やきいも グーチーパー
　◇「阪田寛夫全詩集」理論社 2011 p396
焼芋と一寸法師
　◇「〔巌谷〕小波お伽全集 14」本の友社 1998 p244
やきいものうた
　◇「まど・みちお全詩集」理論社 1992 p194
焼芋兵隊
　◇「花岡大学童話文学全集 3」法蔵館 1980 p299
やきいもやさんとハルミさん
　◇「桃色のダブダブさん―松田解子童話集」新日本出版社 2004 p121
やきいもやのなぞなぞ
　◇「〔木暮正夫〕日本のおばけ話・わらい話 12」岩崎書店 1987 p10

焼きぐり
　◇「〔島崎〕藤村の童話 1」筑摩書房 1979 p107
焼き氷
　◇「川崎大治民話選 〔1〕」童心社 1968 p33
やぎさん こんにちは
　◇「巽聖歌作品集 下」巽聖歌作品集刊行委員会 1977 p66
やぎさん ゆうびん
　◇「まど・みちお全詩集」理論社 1992 p99
　◇「まどさんの詩の本 5」理論社 1994 p14
　◇「まど・みちお全詩集 〔2〕」すえもりブックス 1998 p18
ヤギサン ユウビン
　◇「まど・みちお全詩集」理論社 1992 p68
八木重吉の詩に出会った頃
　◇「安房直子コレクション 7」偕成社 2004 p244
山羊とお皿
　◇「与田凖一全集 2」大日本図書 1967 p8
やぎと舟
　◇「西條八十童話集」小学館 1983 p417
ヤギとめがね
　◇「二反長半作品集 1」集英社 1979 p170
焼き肉さん，お休み
　◇「〔島崎〕藤村の童話 1」筑摩書房 1979 p83
やきにくと やばんじん
　◇「平塚武二童話全集 2」童心社 1972 p82
やぎの あかちゃん
　◇「おはなしいっぱい―祐成智美童謡詩集」リーブル 1997 p42
ヤギのおよめいり
　◇「定本壺井栄児童文学全集 3」講談社 1979 p162
山羊のおよめいり
　◇「壺井栄全集 10」文泉堂出版 1998 p377
やぎのくるま
　◇「浜田広介全集 5」集英社 1976 p77
山羊の子
　◇「〔北原〕白秋全童謡集 2」岩波書店 1992 p135
山羊のこども
　◇「まど・みちお全詩集 続」理論社 2015 p324
やぎの乳売り
　◇「〔島崎〕藤村の童話 1」筑摩書房 1979 p109
　◇「〔島崎〕藤村の童話 1」筑摩書房 1979 p111
やぎのめ
　◇「浜田広介全集 4」集英社 1976 p34
山羊の目
　◇「北彰介作品集 1」青森県児童文学研究会 1990 p59
山羊の目
　◇「浜田広介全集 11」集英社 1976 p135
焼き畑と夫婦蛇（宮崎）

やぎ屋のきょうだい
- ◇「壺井栄名作集 3」ポプラ社 1965 p31
- ◇「定本壺井栄児童文学全集 2」講談社 1979 p277

ヤギ屋のきょうだい
- ◇「壺井栄全集 10」文泉堂出版 1998 p143

八木山のブタ
- ◇〔野口法蔵〕ホーミタクヤセン─童話集」新潟大学医学部よろず医療研究会ラダック基金 1996 p27

野球少年
- ◇〔大野憲三〕創作童話」一粒書房 2012 p144

野球のはじめ
- ◇「今井誉次郎童話集子どもの村 〔4〕」国土社 1957 p122

柳生飛騨守・不肖の息子(一龍斎貞水編,小山豊,岡本和明文)
- ◇「一龍斎貞水の歴史講談 6」フレーベル館 2001 p218

野球漫画 野球狂(ファン)太郎の試合(マッチ)見物
- ◇「海野十三全集 別巻2」三一書房 1993 p565

やぎょうさん
- ◇〔山田野理夫〕おばけ文庫 1」太平出版社 1976 (母と子の図書室) p159

焼きりんごのこと
- ◇「安房直子コレクション 7」偕成社 2004 p232

附録 厄鬼退治
- ◇〔巖谷〕小波お伽全集 1」本の友社 1998 p435

薬剤師の銅像
- ◇〔島崎〕藤村の童話 1」筑摩書房 1979 p101

「やくざ」と「ならずもの」
- ◇「ジュニア版吉野源三郎全集 2」ポプラ社 1967 p91
- ◇「吉野源三郎全集 2」ポプラ社 2000 p123

薬師寺東塔
- ◇「那須辰造著作集 2」講談社 1980 p35

薬師寺にて
- ◇「今西祐行全集 15」偕成社 1989 p235

屋久島のサルとシカ
- ◇「椋鳩十の本 16」理論社 1983 p218

屋久島の自然
- ◇「椋鳩十の本 29」理論社 1989 p120

役者のむすめ
- ◇「椋鳩十全集 11」ポプラ社 1970 p16

躍進の歌─T新聞の八〇〇〇号を祝って
- ◇「稗田童平全集 8」宝文館出版 1982 p96

屋久杉の島
- ◇「椋鳩十の本 21」理論社 1982 p83

屋久杉の霊
- ◇「椋鳩十の本 21」理論社 1982 p249

薬石効あり
- ◇「戸川幸夫動物文学全集 15」講談社 1977 p312

やくそく
- ◇「いのち─みずかみかずよ全詩集」石風社 1995 p171

約束
- ◇「氏原大作全集 1」条例出版 1977 p274

約束
- ◇「戸川幸夫創作童話集 2」国土社 1972 p21

約束
- ◇〔永松康男〕童話集 青いマント」永松康男 2012 p177

約束
- ◇「くんぺい魔法ばなし─魔法ばなし全集 3」サンリオ 2000 p186

約束
- ◇「星新一ショートショートセレクション 1」理論社 2001 p28

やくそく王さまたんじょうび
- ◇〔寺村輝夫〕ちいさな王さまシリーズ 8」理論社 1989 p1

やくそく王さまたんじょう日
- ◇「寺村輝夫全童話 2」理論社 1997 p117

約束を重んぜよ(病人と神)
- ◇〔巖谷〕小波お伽全集 14」本の友社 1998 p75

約束を守らぬ人(運命の神と旅人)
- ◇〔巖谷〕小波お伽全集 14」本の友社 1998 p108

約束の縁日
- ◇〔巖谷〕小波お伽全集 14」本の友社 1998 p303

約束の日
- ◇「川崎大治民話選 〔2〕」童心社 1969 p237

やくにたたない
- ◇〔柳家弁天〕らくご文庫 11」太平出版社 1987 p111

やくにたつ
- ◇〔東君平〕おはようどうわ 2」講談社 1982 p28

役に立つ立たぬについて
- ◇「阪田寛夫全詩集」理論社 2011 p115

屋久のうなぎ
- ◇「椋鳩十の本 6」理論社 1982 p202

屋久の百日紅
- ◇「椋鳩十の本 21」理論社 1982 p247

屋久のサル獲り
- ◇「椋鳩十の本 16」理論社 1983 p225

厄病鳥
- ◇「川崎大治民話選 〔2〕」童心社 1969 p43

(八雲の)
- ◇「稗田童平全集 8」宝文館出版 1982 p103

櫓太鼓

◇「椋鳩十の本 34」理論社 1989 p8

ヤグルマソウ
◇「まど・みちお全詩集 続」理論社 2015 p39

矢車草
◇「壺井栄名作集 9」ポプラ社 1965 p6
◇「壺井栄全集 6」文泉堂出版 1998 p334

焼跡の、お菓子の木
◇〔野坂昭如〕戦争童話集 忘れてはイケナイ物語り〔4〕焼跡の、お菓子の木」日本放送出版協会 2002 p65

焼けあとの白鳥
◇「長崎源之助全集 14」偕成社 1987 p15

夜鶏・キャンプの灯
◇「稗田童平全集 1」宝文館出版 1978 p34

焼岳の月見
◇「庄野英二全集 6」偕成社 1979 p51

焼土色のエレジー
◇「阪田寛夫全詩集」理論社 2011 p594

やけてきた, やけてきた
◇〔柳家弁天〕らくご文庫 10」太平出版社 1987 p93

焼けて灰になった巻物
◇〔たかしよいち〕世界むかしむかし探検 3」国土社 1994 p115

ヤケドの薬
◇「椋鳩十の本 18」理論社 1982 p257

やけどのしっぽ
◇「ひろすけ幼年童話文学全集 3」集英社 1962 p10
◇「浜田広介全集 8」集英社 1976 p75

やけどハマグリ
◇〔山田野理夫〕お笑い文庫 12」太平出版社 1977（母と子の図書室）p145

焼野の雨
◇「浜田広介全集 11」集英社 1976 p153

やけ野のひばり
◇「巽聖歌作品集 上」巽聖歌作品集刊行委員会 1977 p494

焼け野原の図書館
◇「椋鳩十の本 25」理論社 1983 p230
◇「椋鳩十の本 29」理論社 1989 p98

野犬狩り
◇「花岡大学童話文学全集 5」法蔵館 1980 p174

野犬の吠え声
◇「椋鳩十の本 29」理論社 1989 p49

野犬の群
◇「椋鳩十の本 6」理論社 1982 p150

野犬ハヤ
◇「椋鳩十全集 6」ポプラ社 1969 p139

野犬ハヤ（佐々木さんの話）
◇「椋鳩十まるごと動物ものがたり 3」理論社 1996 p77

野犬ハヤの死
◇「椋鳩十の本 30」理論社 1989 p7
◇「椋鳩十の本 30」理論社 1989 p84

野犬物語
◇「戸川幸夫動物文学全集 6」冬樹社 1965 p317
◇「戸川幸夫・子どものための動物物語 7」国土社 1967 p5

屋号
◇〔島崎〕藤村の童話 2」筑摩書房 1979 p106

夜行軍
◇「まど・みちお全詩集」理論社 1992 p55

夜光珠の怪盗
◇「山田風太郎少年小説コレクション 1」論創社 2012 p159

夜光虫の海
◇〔市原麟一郎〕子どもに語る戦争たいけん物語 5」リーブル出版 2008 p111

夜光島の女
◇「久保喬自選作品集 2」みどりの会 1994 p93

夜光人間
◇「少年探偵江戸川乱歩全集 14」ポプラ社 1964 p5
◇「少年探偵・江戸川乱歩 19」ポプラ社 1999 p5
◇「文庫版 少年探偵・江戸川乱歩 19」ポプラ社 2005 p5

弥五郎どん祭り
◇「椋鳩十の本 23」理論社 1983 p274

やさい
◇〔東君平〕おはようどうわ 5」講談社 1982 p124

野菜
◇〔北原〕白秋全童謡集 2」岩波書店 1992 p437

野菜
◇「杉みき子選集 2」新潟日報事業社 2005 p229

やさいで こうさく
◇「巽聖歌作品集 下」巽聖歌作品集刊行委員会 1977 p25

野菜の精
◇「全集版灰谷健次郎の本 19」理論社 1987 p192

やさいの ばす
◇「まど・みちお全詩集 続」理論社 2015 p381

野菜の花, 草の花
◇「全集版灰谷健次郎の本 19」理論社 1987 p162

野菜畑
◇「国分一太郎児童文学集 5」小峰書店 1967 p228

野菜畑の
◇「巽聖歌作品集 上」巽聖歌作品集刊行委員会 1977 p134

やさしいお月さん
◇「西條八十童話集」小学館 1983 p434

やさしいおばあさん

やさし

◇「浜田広介全集 7」集英社 1976 p19

やさしい顔
◇「今江祥智の本 32」理論社 1991 p80

やさしい けしき
◇「まど・みちお全詩集」理論社 1992 p410
◇「まどさんの詩の本 9」理論社 1996 p8

やさしいこえ
◇「〔東君平〕おはようどうわ 7」講談社 1982 p180

優しい声
◇「杉みき子選集 10」新潟日報事業社 2011 p242

やさしい じゃいあんつ
◇「佐藤義美全集 1」佐藤義美全集刊行会 1974 p389

やさしいすみれ
◇「ひろすけ幼年童話文学全集 1」集英社 1961 p10
◇「浜田広介全集 4」集英社 1976 p34

やさしいてんき雨
◇「あまんきみこ童話集 2」ポプラ社 2008 p59

やさしい「時」
◇「山本瓔子詩集 I」新風舎 2003 p64

やさしいとびばこ
◇「浜田広介全集 11」集英社 1976 p158

やさしい鳥が
◇「稗田平全集 1」宝文館出版 1978 p36

やさしいネコ
◇「ふしぎな泉―うえだまさし童話集」そうぶん社出版 1995 p76

やさしいネコ
◇「〔東君平〕おはようどうわ 1」講談社 1982 p46

やさしいひざし
◇「〔東君平〕おはようどうわ 7」講談社 1982 p24

やさしい人柄
◇「星新一ちょっと長めのショートショート 9」理論社 2006 p153

やさしい星
◇「浜田広介全集 1」集英社 1975 p117

優しい幕間
◇「立原えりかのファンタジーランド 15」青土社 1980 p51

やさしいまち
◇「マッチ箱の中―二鎌よし十童謡集」しもつけ文学会 1998 p80

やさしいまなざし
◇「今江祥智の本 3」理論社 1980 p7

やさしいよかん
◇「〔東君平〕おはようどうわ 8」講談社 1982

やさしさごっこ
◇「ふしぎな泉―うえだまさし童話集」そうぶん社出版 1995 p70

優しさごっこ
◇「今江祥智の本 8」理論社 1980 p5

優しさという階段
◇「全集版灰谷健次郎の本 21」理論社 1988 p9
◇「全集版灰谷健次郎の本 21」理論社 1988 p46

優しさと美しさを
◇「椋鳩十の本 28」理論社 1989 p84

優しさと反抗と
◇「全集版灰谷健次郎の本 17」理論社 1987 p87

優しさとは？
◇「今江祥智の本 36」理論社 1990 p222

やさしさに出会う子ども
◇「寺村輝夫全童話 別1」理論社 2007 p297

優しさの源流
◇「全集版灰谷健次郎の本 17」理論社 1987 p144

優しの森
◇「稗田童平全集 1」宝文館出版 1978 p70

弥三郎ばさ
◇「松谷みよ子おはなし集 5」ポプラ社 2010 p55

やしない水
◇「宮口しづえ童話全集 7」筑摩書房 1979 p7

やしのみ どすん
◇「花岡大学仏典童話全集 6」法蔵館 1979 p14

やしのみひとつ―島崎藤村による
◇「阪田寛夫全詩集」理論社 2011 p286

屋島の戦い（一龍斎貞水編、岡本和明文）
◇「一龍斎貞水の歴史講談 4」フレーベル館 2000 p72

夜叉ヶ池（岐阜）
◇「〔木暮正夫〕日本の怪奇ばなし 10」岩崎書店 1990 p20

弥じゃどんの首
◇「川崎大治民話選〔2〕」童心社 1969 p183

夜襲
◇「〔北原〕白秋全童謡集 5」岩波書店 1993 p132

野獣界の忍者、ヒョウを写す
◇「戸川幸夫動物文学全集 14」講談社 1977 p178

野獣撮影
◇「戸川幸夫動物文学全集 14」講談社 1977 p169

野獣の女
◇「稗田華平全集 2」宝文館出版 1979 p24

野じゅうの島
◇「椋鳩十学年別童話〔10〕」理論社 1991 p101

野獣の島
◇「椋鳩十全集 8」ポプラ社 1969 p50
◇「椋鳩十の本 11」理論社 1983 p74

野獣の爪
◇「稗田童平全集 2」宝文館出版 1979 p19

社
◇「巽聖歌作品集 上」巽聖歌作品集刊行委員会 1977 p463

やじろべどん
　◇「阪田寛夫全詩集」理論社 2011 p189

安井曽太郎
　◇「〔かこさとし〕お話こんにちは 〔2〕」偕成社 1979 p88

安井理髪店
　◇「庄野英二全集 9」偕成社 1979 p207

ヤスデ
　◇「まど・みちお全詩集」理論社 1992 p379
　◇「まどさんの詩の本 3」理論社 1994 p16

ヤスデを みると
　◇「まど・みちお全詩集」理論社 1992 p580
　◇「まどさんの詩の本 3」理論社 1994 p18

安のはなし
　◇「千葉省三童話全集 3」岩崎書店 1967 p119

休みずき
　◇「まど・みちお全詩集 続」理論社 2015 p302

安らかに試練はむしろ楽しんで
　◇「〔松本光華〕民話風法華経童話 15」中外日報社〔中外印刷出版〕 1991 p1

ヤスリ
　◇「〔比江島重孝〕宮崎のむかし話 1」鉱脈社 1998 p70

ヤスリ
　◇「まど・みちお全詩集 続」理論社 2015 p90

野生ということ
　◇「戸川幸夫創作童話集 2」国土社 1972 p70

野生動物の撮影
　◇「戸川幸夫動物文学全集 14」講談社 1977 p131

野性にもどったあさがお
　◇「いのち—みずかみかずよ全詩集」石風社 1995 p37

野生のカモシカ譚
　◇「稗田童平全集 7」宝文館出版 1981 p150

野性の恐妻族
　◇「戸川幸夫動物文学全集 15」講談社 1977 p234

野性の叫び声
　◇「椋鳩十全集 9」ポプラ社 1970 p46

野生のさけび声
　◇「椋鳩十学年別童話 〔13〕」理論社 1995 p88
　◇「椋鳩十まるごと動物ものがたり 9」理論社 1996 p51
　◇「椋鳩十名作選 3」理論社 2010 p73

野性の島
　◇「椋鳩十の本 6」理論社 1982 p149

野性の谷間（前編）
　◇「椋鳩十の本 4」理論社 1982 p1

野性の谷間（後編）
　◇「椋鳩十の本 5」理論社 1982 p1

野性の友だち
　◇「戸川幸夫動物文学全集 13」講談社 1976 p243

野性のにおいを
　◇「椋鳩十の本 24」理論社 1983 p88

野生の忍者—キノボリトカゲ
　◇「戸川幸夫動物文学全集 15」講談社 1977 p264

野生のまなざし
　◇「〔山部京子〕12の動物ものがたり」文芸社 2008 p91

野性のものと人と
　◇「椋鳩十の本 17」理論社 1982 p155

野生法律論
　◇「戸川幸夫動物文学全集 14」講談社 1977 p295

やせ牛物語
　◇「椋鳩十全集 16」ポプラ社 1980 p6
　◇「椋鳩十動物童話集 15」小峰書店 1991 p5

やせ女子
　◇「国分一太郎児童文学集 6」小峰書店 1967 p104

やせたすずめ
　◇「花岡大学童話文学全集 5」法蔵館 1980 p190

痩せた人と肥えた鶏
　◇「〔巌谷〕小波お伽全集 14」本の友社 1998 p207

やせた若いヤギ
　◇「花岡大学仏典童話全集 5」法蔵館 1979 p157

やせっぽちの木
　◇「金子みすゞ童謡全集 6」JULA出版局 2004 p188

やせつぽちの木
　◇「新装版金子みすゞ全集 3」JULA出版局 1984 p264

八瀬の里の由来
　◇「〔今坂柳二〕りゅうじフォークロア・world 3」ふるさと伝承研究会 2007 p126

ヤソ荒れ
　◇「かつおきんや作品集 17」偕成社 1983 p247

八咫烏（やたがらす）
　◇「鈴木三重吉童話集 7」文泉堂書店 1975（日本文学全集・選集叢刊第5次）p71

ヤタギツネのおや子
　◇「椋鳩十の本 30」理論社 1989 p101

ヤタギツネの親子
　◇「椋鳩十まるごと動物ものがたり 6」理論社 1996 p27

ヤタ村の牡牛
　◇「新美南吉童話集 3」大日本図書 1982 p214

野鳥のくる庭
　◇「庄野英二全集 11」偕成社 1980 p62

野鳥の宝庫
　◇「椋鳩十の本 22」理論社 1983 p39

八千代島
　◇「〔巌谷〕小波お伽全集 8」本の友社 1998 p285

やつ

八津
　◇「壺井栄名作集 3」ポプラ社 1965 p75
　◇「定本壺井栄児童文学全集 1」講談社 1979 p122
　◇「壺井栄全集 9」文泉堂出版 1997 p275

八つあたり
　◇「〔北原〕白秋全童謡集 5」岩波書店 1993 p120

やっかいなスケジュール変更
　◇「庄野英二全集 10」偕成社 1979 p249

やっかいな装置
　◇「星新一ショートショートセレクション 12」理論社 2003 p55

やっかいな友だち
　◇「来栖良夫児童文学全集 3」岩崎書店 1983 p47

やっきもっきそっきの木
　◇「浜田広介全集 3」集英社 1975 p61

八津子
　◇「壺井栄全集 10」文泉堂出版 1998 p21

やっこだこ
　◇「稗田童平全集 3」宝文館出版 1979 p69

やっこだこ
　◇「〔東君平〕おはようどうわ 2」講談社 1982 p10
　◇「東君平のおはようどうわ 4」新日本出版社 2010 p90

奴凧の幽霊
　◇「〔巌谷〕小波お伽全集 12」本の友社 1998 p362

ヤッちゃん
　◇「壺井栄名作集 1」ポプラ社 1965 p114
　◇「定本壺井栄児童文学全集 1」講談社 1979 p173

ヤッチャン
　◇「壺井栄全集 9」文泉堂出版 1997 p430

八つの小さな話
　◇「ジュニア版吉野源三郎全集 2」ポプラ社 1967 p69

八つの夜
　◇「与謝野晶子児童文学全集 1」春陽堂書店 2007 p3

やっとこせ
　◇「巽聖歌作品集 上」巽聖歌作品集刊行委員会 1977 p303

やっとこの三吉
　◇「〔今坂柳二〕りゅうじフォークロア・world 1」ふるさと伝承研究会 2006 p109

やっとライオン
　◇「きむらゆういちおはなしのへや 2」ポプラ社 2012 p41

夜刀（やつ）の神
　◇「松谷みよ子のむかしむかし 5」講談社 1973 p90

やっぱり, あいつ
　◇「今江祥智の本 2」理論社 1980 p52
　◇「今江祥智童話館 〔10〕」理論社 1987 p165

やっぱり友だち
　◇「今江祥智の本 19」理論社 1981 p173
　◇「今江祥智童話館 〔9〕」理論社 1987 p169

やっぱりほうやをしかるかな
　◇「〔坪井安〕はしれ子馬よ—童謡詩集」童謡研究・蜂の会 1999 p106

やっぱり, るすです
　◇「〔柳家弁天〕らくご文庫 10」太平出版社 1987 p76

ヤッホーさそりくん
　◇「松谷みよ子全集 9」講談社 1972 p65

やつら
　◇「星新一YAセレクション 7」理論社 2009 p103

やつらのボス
　◇「星新一ちょっと長めのショートショート 10」理論社 2007 p192

宿
　◇「新美南吉全集 6」牧書店 1965 p128
　◇「校定新美南吉全集 8」大日本図書 1981 p284

宿をいでて
　◇「新美南吉全集 6」牧書店 1965 p44
　◇「校定新美南吉全集 8」大日本図書 1981 p209

やどかりさん
　◇「まど・みちお全詩集」理論社 1992 p332
　◇「まど・みちお詩集 〔2〕」すえもりブックス 1998 p20

やどかり坊や
　◇「横山健童謡選集 1」無明舎出版 1995 p83

やどなし犬
　◇「鈴木三重吉童話全集 6」文泉堂書店 1975（日本文学全集・選集叢刊第5次）p320
　◇「鈴木三重吉童話集」岩波書店 1996（岩波文庫）p168

宿屋のあだうち
　◇「〔山田野理夫〕お笑い文庫 11」太平出版社 1977（母と子の図書室）p135

宿屋のかたきうち
　◇「〔柳家弁天〕らくご文庫 4」太平出版社 1987 p50

宿屋の富（林家木久蔵編, 岡本和明文）
　◇「林家木久蔵の子ども落語 5」フレーベル館 1999 p16

やどやのめじるし
　◇「寺村輝夫のむかし話 〔5〕」あかね書房 1978 p22

谷中
　◇「〔北原〕白秋全童謡集 4」岩波書店 1993 p246

柳川の川下り
　◇「椋鳩十の本 22」理論社 1983 p143

ヤナギ・サクラ
　◇「佐藤義美全集 3」佐藤義美全集刊行会 1973

874　作品名から引ける日本児童文学個人全集案内

p420

柳沢
◇「新修宮沢賢治全集 14」筑摩書房 1980 p25

柳沢野
◇「新修宮沢賢治全集 6」筑摩書房 1980 p106
◇「新修宮沢賢治全集 6」筑摩書房 1980 p384

柳田国男と翁久允
◇「稗井童平全集 6」宝文館出版 1981 p84

楊とつばめ
◇「新装版金子みすゞ全集 1」JULA出版局 1984 p230
◇「〔金子〕みすゞ詩画集 〔2〕」春陽堂書店 1997
◇「金子みすゞ童謡全集 2」JULA出版局 2003 p204

ヤナギの糸
◇「定本壺井栄児童文学全集 2」講談社 1979 p208

柳の糸
◇「壺井栄名作集 2」ポプラ社 1965 p135
◇「壺井栄全集 9」文泉堂出版 1997 p479
◇「壺井栄全集 7」文泉堂出版 1998 p8

やなぎの木と、おこと
◇「松谷みよ子のむかしむかし 8」講談社 1973 p66

やなぎの ぎんのめ
◇「巽聖歌作品集 下」巽聖歌作品集刊行委員会 1977 p88

柳の馬場(林家木久蔵編、岡本和明文)
◇「林家木久蔵の子ども落語 1」フレーベル館 1998 p104

柳のめはな
◇「〔巌谷〕小波お伽全集 3」本の友社 1998 p184

柳の指輪
◇「〔巌谷〕小波お伽全集 10」本の友社 1998 p29

やなぎのわた
◇「〔北原〕白秋全童謡集 2」岩波書店 1992 p118
◇「〔北原〕白秋全童謡集 3」岩波書店 1992 p230

ヤナギのわた
◇「石森延男児童文学全集 5」学習研究社 1971 p204

楊林
◇「新修宮沢賢治全集 6」筑摩書房 1980 p181
◇「新修宮沢賢治全集 6」筑摩書房 1980 p415

柳はみどり
◇「壺井栄全集 1」文泉堂出版 1997 p294

ヤな人
◇「全集版灰谷健次郎の本 20」理論社 1987 p221

やなり屋
◇「〔山田野理夫〕おばけ文庫 9」太平出版社 1976 (母と子の図書室) p144

やね
◇「まど・みちお全詩集 続」理論社 2015 p91

屋根裏の記録

◇「壺井栄全集 4」文泉堂出版 1998 p129

やねうらのくも
◇「浜田広介全集 4」集英社 1976 p35

屋根うらのネコ
◇「椋鳩十全集 1」ポプラ社 1969 p120
◇「椋鳩十動物童話集 5」小峰書店 1990 p8
◇「椋鳩十まるごと動物ものがたり 4」理論社 1996 p66
◇「椋鳩十名作選 6」理論社 2014 p33

屋根裏のネコ
◇「椋鳩十学年別童話 〔14〕」理論社 1995 p31

屋根裏の猫
◇「椋鳩十の本 10」理論社 1982 p76

屋根裏のピアノ
◇「屋根裏のピアノ―米島末次童話集」エディターハウス 2011 p2

やねへ あがった はね
◇「定本小川未明童話全集 15」講談社 1978 p50
◇「定本小川未明童話全集 15」大空社 2002 p50

屋根材について ノオト
◇「庄野英二全集 11」偕成社 1980 p162

屋根の穴
◇「杉みき子選集 2」新潟日報事業社 2005 p239

屋根の石と水車
◇「〔島崎〕藤村の童話 2」筑摩書房 1979 p128

屋根の上
◇「斎田喬児童劇選集 〔2〕」牧書店 1954 p1

屋根の上
◇「杉みき子選集 2」新潟日報事業社 2005 p206

屋ねの上の小やぎ
◇「浜田広介全集 3」集英社 1975 p64

やねの上のどうぶつえん
◇「長い長いかくれんぼ―杉みき子自選童話集」新潟日報事業社 2001 p114

やねの上のふしぎなまど
◇「杉みき子選集 7」新潟日報事業社 2009 p161

屋根のうた
◇「いのち―みずかみかずよ全詩集」石風社 1995 p288

屋根の風見
◇「〔北原〕白秋全童謡集 1」岩波書店 1992 p44

屋根の草とつりしのぶ
◇「〔島崎〕藤村の童話 3」筑摩書房 1979 p159

屋根の雪
◇「巽聖歌作品集 上」巽聖歌作品集刊行委員会 1977 p32

屋根雪おろし
◇「北畠八穂児童文学全集 1」講談社 1974 p7

野の天文学者前原寅吉
◇「鈴木喜代春児童文学選集 6」らくだ出版 2009

p1
「やはり仁君」
　◇『瑠璃の壺―森銑三童話集』三樹書房 1982 p195
弥彦の鹿
　◇『巽聖歌作品集 上』巽聖歌作品集刊行委員会 1977 p305
弥彦・弥源太
　◇『〔かこさとし〕お話こんにちは 〔7〕』偕成社 1979 p40
篁 (やぶ)
　◇『まど・みちお全詩集』理論社 1992 p22
藪
　◇『校定新美南吉全集 8』大日本図書 1981 p395
藪
　◇『稗田童平全集 2』宝文館出版 1979 p40
　◇『稗田童平全集 2』宝文館出版 1979 p68
ヤブ医者
　◇『〔柳家弁天〕らくご文庫 1』太平出版社 1987 p55
藪医者
　◇『〔北原〕白秋全童謡集 1』岩波書店 1992 p178
ヤブ医者のかんばん
　◇『〔柳家弁天〕らくご文庫 12』太平出版社 1987 p54
籔入り
　◇『〔巌谷〕小波お伽全集 14』本の友社 1998 p311
ヤブカ
　◇『まど・みちお全詩集 続』理論社 2015 p116
やぶかのうた
　◇『〔金子〕みすゞ詩画集 〔5〕』春陽堂書店 2001 p26
藪蚊の唄
　◇『新装版金子みすゞ全集 3』JULA出版局 1984 p229
　◇『金子みすゞ童謡全集 6』JULA出版局 2004 p138
やぶかのなきごと
　◇『ひろすけ幼年童話文学全集 8』集英社 1961 p59
　◇『浜田広介全集 10』集英社 1976 p134
藪がらし
　◇『壺井栄全集 2』文泉堂出版 1997 p254
やぶかんぞう
　◇『壺井栄名作集 9』ポプラ社 1965 p72
　◇『壺井栄全集 6』文泉堂出版 1998 p380
矢吹申彦
　◇『今江祥智の本 21』理論社 1981 p115
ヤブコウジ
　◇『まど・みちお全詩集 続』理論社 2015 p201
流鏑馬童子
　◇『横山健童謡選集 1』無明舎出版 1995 p49

(やぶつばき)
　◇『稗田童平全集 8』宝文館出版 1982 p62
やぶにらみ讃
　◇『阪田寛夫全詩集』理論社 2011 p513
やぶにらみの殺し屋
　◇『今江祥智の本 17』理論社 1981 p111
　◇『今江祥智童話館 〔12〕』理論社 1987 p29
やぶのたんぽぽ
　◇『浜田広介全集 7』集英社 1976 p237
藪みちに
　◇『稗田童平全集 3』宝文館出版 1979 p93
やぶられた約束
　◇『怪談小泉八雲のこわ～い話 4』汐文社 2004 p3
破れ穴から出発だ
　◇『北畠八穂児童文学全集 4』講談社 1974 p5
敗れし少年の歌へる
　◇『新修宮沢賢治全集 6』筑摩書房 1980 p313
　◇『新修宮沢賢治全集 6』筑摩書房 1980 p442
やぶれたくつ
　◇『いのち―みずかみかずよ全詩集』石風社 1995 p256
破れた洋杖 (ステッキ)
　◇『北彰介作品集 4』青森県児童文学研究会 1991 p82
破れたる洋灯に
　◇『新美南吉全集 6』牧書店 1965 p34
　◇『校定新美南吉全集 8』大日本図書 1981 p213
やぶれていたボール
　◇『〔佐々木千鶴子〕動物村のこうみんかん―台所からのひとり言 童話集』朝日新聞社西部開発室編集出版センター 1996 p62
やま
　◇『〔東君平〕おはようどうわ 1』講談社 1982 p158
山
　◇『〔竹久〕夢二童謡集』ノーベル書房 1975 (浪漫文庫) p57
山
　◇『巽聖歌作品集 上』巽聖歌作品集刊行委員会 1977 p175
　◇『巽聖歌作品集 上』巽聖歌作品集刊行委員会 1977 p319
山
　◇『まど・みちお全詩集』理論社 1992 p581
　◇『まどさんの詩の本 9』理論社 1996 p78
山
　◇『椋鳩十の本 1』理論社 1982 p50
山
　◇『与田準一全集 2』大日本図書 1967 p168
やまあそび
　◇『〔東君平〕おはようどうわ 3』講談社 1982 p167
　◇『東君平のおはようどうわ 3』新日本出版社 2010

p18
山あそび
　◇「与謝野晶子児童文学全集 2」春陽堂書店 2007 p69
山遊び
　◇「今西祐行全集 15」偕成社 1989 p217
ヤマアラシ
　◇「まど・みちお詩集 2」銀河社 1975 p58
　◇「まど・みちお全詩集」理論社 1992 p449
　◇「まどさんの詩の本 7」理論社 1996 p58
やまあらしさん
　◇「まどさんの詩の本 15」理論社 1997 p26
山あるき
　◇「佐藤義美全集 1」佐藤義美全集刊行会 1974 p435
病
　◇「新修宮沢賢治全集 5」筑摩書房 1979 p262
病犬
　◇「[北原] 白秋全童謡集 2」岩波書店 1992 p66
〔疾いま革まり来て〕
　◇「新修宮沢賢治全集 5」筑摩書房 1979 p254
　◇「ジュニア文学館 宮沢賢治―写真・絵画集成 3」日本図書センター 1996 p168
山いくつ
　◇「新装版金子みすゞ全集 1」JULA出版局 1984 p61
　◇「金子みすゞ童謡全集 1」JULA出版局 2003 p98
山犬
　◇「椋鳩十の本 2」理論社 1982 p184
やまいぬけ
　◇「むぎぶえ笛太―文館輝子童話集」越野智、ブックヒルズ（所沢）1999 p117
山犬雑話
　◇「戸川幸夫動物文学全集 14」講談社 1977 p137
山犬塚
　◇「戸川幸夫動物文学全集 6」冬樹社 1965 p181
　◇「戸川幸夫動物文学全集 5」講談社 1976 p308
山犬太郎（五場）
　◇「筒井敬介児童劇集 3」東京書籍 1982（東書児童劇シリーズ）p55
山イヌとしゃもじ
　◇「稗田童平全集 5」宝文館出版 1980 p35
やまいぬのはなし
　◇「松谷みよ子のむかしむかし 9」講談社 1973 p48
山イモをほるイノシシ
　◇「椋鳩十まるごと動物ものがたり 7」理論社 1995 p23
ヤマイモ指南所
　◇「椋鳩十の本 16」理論社 1983 p22
やまいも掘り
　◇「全集版灰谷健次郎の本 20」理論社 1987 p27

山唄
　◇「斎藤隆介全集 2」岩崎書店 1982 p54
山ウド
　◇「椋鳩十の本 23」理論社 1983 p186
やまうど（五首）
　◇「稗田童平全集 4」宝文館出版 1980 p57
（山うどは）
　◇「稗田童平全集 2」宝文館出版 1979 p114
やまうば
　◇「[山田野理夫] おばけ文庫 2」太平出版社 1976（母と子の図書室）p46
山姥（やまうば）… → "やまんば…"をも見よ
山うばの麻糸
　◇「北彰介作品集 3」青森県児童文学研究会 1990 p69
山姥の子
　◇「[比江島重孝] 宮崎のむかし話 3」鉱脈社 2000 p129
山へ かえった やまがら
　◇「小川未明幼年童話文学全集 6」集英社 1966 p79
山へ帰ったやまがら
　◇「定本小川未明童話全集 13」講談社 1977 p104
　◇「定本小川未明童話全集 13」大空社 2002 p104
山へ帰りゆく父
　◇「定本小川未明童話全集 4」講談社 1977 p192
　◇「定本小川未明童話全集 4」大空社 2001 p192
山へ帰る
　◇「椋鳩十全集 1」ポプラ社 1969 p150
　◇「椋鳩十の本 10」理論社 1982 p122
　◇「椋鳩十動物童話集 10」小峰書店 1991 p6
　◇「椋鳩十学年別童話 〔13〕」講談社 1995 p113
　◇「椋鳩十まるごと動物ものがたり 9」理論社 1996 p87
　◇「椋鳩十名作選 3」理論社 2010 p38
山への思慕
　◇「安房直子コレクション 5」偕成社 2004 p330
山へ行く一家
　◇「小出正吾児童文学全集 2」審美社 2000 p205
山をおりたパンダ
　◇「犬飼馬鹿人旧作童話集」日本文化資料センター 1996 p146
山をおりたリス
　◇「武田信夫童話作品集」みちのく書房 1995 p56
山男がくれた花
　◇「北彰介作品集 3」青森県児童文学研究会 1990 p73
山男とこだま
　◇「岩永博史童話集 3」岩永博史 2012 p43
山男と子ども
　◇「椋鳩十全集 6」ポプラ社 1969 p48

山男の四月
　◇「新版・宮沢賢治童話全集 6」岩崎書店 1978 p25
　◇「新修宮沢賢治全集 13」筑摩書房 1980 p75
　◇「〔宮沢〕賢治童話」翔泳社 1995 p178
　◇「よくわかる宮沢賢治—イーハトーブ・ロマン II」学習研究社 1996 p152
　◇「〔宮沢賢治〕注文の多い料理店—イーハトーヴ童話集」岩波書店 2000（岩波少年文庫）p109
　◇「学校放送劇舞台劇脚本集 宮沢賢治名作童話」東洋書院 2008 p45

山男の四月〔初期形〕
　◇「新修宮沢賢治全集 13」筑摩書房 1980 p316

山男の手ぶくろ
　◇「松谷みよ子おはなし集 5」ポプラ社 2010 p23

山男のヨーデル
　◇「阪田寛夫全詩集」理論社 2011 p328

山を守る兄弟
　◇「大仏次郎少年少女のための作品集 3」講談社 1970 p181

山おやじ
　◇「川崎大治民話選 〔2〕」童心社 1969 p10

山おやじ
　◇「沼田曜一の親子劇場 1」あすなろ書房 1995 p13

山おやじとよるのクモ
　◇「〔木暮正夫〕日本のおばけ話・わらい話 19」岩崎書店 1988 p87

山女
　◇「〔山田野理夫〕おばけ文庫 2」太平出版社 1976（母と子の図書室）p28

山女の枕神
　◇「〔比江島重孝〕宮崎のむかし話 3」鉱脈社 2000 p152

山家（日下部梅子）
　◇「岡田泰三・日下部梅子童謡集」会津童詩会 1992 p98

ヤマカガシ
　◇「〔東君平〕おはようどうわ 5」講談社 1982 p73

ヤマカガシ
　◇「椋鳩十全集 11」ポプラ社 1970 p22

山かじ
　◇「石森読本—石森延男児童文学選集 2年生」小学館 1977 p27

山火事
　◇「武田信夫童話作品集」みちのく書房 1995 p64

山火事のおはなし二つ
　◇「石森延男児童文学全集 1」学習研究社 1971 p133

山県移山先生
　◇「氏原大作全集 4」条例出版 1977 p450

「やまがた・民話探索」
　◇「松谷みよ子全エッセイ 3」筑摩書房 1989 p132

山かつぎ
　◇「〔北原〕白秋全童謡集 2」岩波書店 1992 p170

山家のひる
　◇「ひばりのす—木下夕爾児童詩集」光書房 1998 p12

山神
　◇「〔山田野理夫〕おばけ文庫 2」太平出版社 1976（母と子の図書室）p159

山から海から
　◇「〔北原〕白秋全童謡集 3」岩波書店 1992 p48

山から川から
　◇「斎藤隆介全集 3」岩崎書店 1982 p16

山からきた犬の物語
　◇「戸川幸夫動物文学全集 9」冬樹社 1966 p63

山から来た馬
　◇「〔北原〕白秋全童謡集 2」岩波書店 1992 p67

山から来る少年
　◇「校定新美南吉全集 6」大日本図書 1980 p147

山から声が降ってくる
　◇「かつおきんや作品集 9」偕成社 1983 p7

やまからまめが ころころころ
　◇「与田凖一全集 3」大日本図書 1967 p164

山川（一首）
　◇「稗田菫平全集 4」宝文館出版 1980 p23

やまがわ（五首）
　◇「稗田菫平全集 4」宝文館出版 1980 p51

山鬼
　◇「〔山田野理夫〕おばけ文庫 2」太平出版社 1976（母と子の図書室）p154

やまくさ（五首）
　◇「稗田菫平全集 4」宝文館出版 1980 p57

信州じまん 山国のふるさと随想
　◇「椋鳩十の本 28」理論社 1989

山越し
　◇「〔島崎〕藤村の童話 2」筑摩書房 1979 p157

山崎の戦い（一龍斎貞水編、岡本和明文）
　◇「一龍斎貞水の歴史講談 4」フレーベル館 2000 p186

やまざくら
　◇「与田凖一全集 5」大日本図書 1967 p90

山ざくら
　◇「新装版金子みすゞ全集 2」JULA出版局 1984 p220
　◇「金子みすゞ童謡全集 4」JULA出版局 2004 p110

（山ざくらが）
　◇「稗田菫平全集 8」宝文館出版 1982 p60

（山ざくらの）
　◇「稗田菫平全集 8」宝文館出版 1982 p102

山ざくらの

山桜―湯布院から城島高原
　◇「いのち―みずかみかずよ全詩集」石風社 1995 p408
山幸彦
　◇「巽聖歌作品集 上」巽聖歌作品集刊行委員会 1977 p184
山ざと
　◇「稗田菫平全集 1」宝文館出版 1978 p23
山三屋
　◇「〔山田野理夫〕おばけ文庫 12」太平出版社 1976（母と子の図書室）p24
やまじじい
　◇「〔山田野理夫〕おばけ文庫 2」太平出版社 1976（母と子の図書室）p83
山下夕美子
　◇「今江祥智の本 35」理論社 1990 p261
山巡査
　◇「新修宮沢賢治全集 2」筑摩書房 1979 p130
ヤマズノホトトギス
　◇「松谷みよ子全エッセイ 2」筑摩書房 1989 p169
（山芹の）
　◇「稗田菫平全集 2」宝文館出版 1979 p120
（山芹の花冠は白い）
　◇「稗田菫平全集 2」宝文館出版 1979 p100
ヤマタイ国はどこにある？
　◇「〔たかしよいち〕世界むかしむかし探検 4」国土社 1995 p23
ヤマタイ国は大和か
　◇「〔たかしよいち〕世界むかしむかし探検 4」国土社 1995 p93
山田市郎遺稿集「二上丘陵」に寄せて
　◇「稗田菫平全集 6」宝文館出版 1981 p164
山田太一
　◇「今江祥智の本 35」理論社 1990 p188
山田太一さんと
　◇「全集版灰谷健次郎の本 23」理論社 1988 p257
ヤマタのオロチ
　◇「石森延男児童文学全集 6」学習研究社 1971 p33
ヤマタノオロチ
　◇「松谷みよ子のむかしむかし 4」講談社 1973 p45
八俣の大蛇
　◇「鈴木三重吉童話全集 7」文泉堂書店 1975（日本文学全集・選集叢刊第5次）p29
山田の蛙とオネ久さん
　◇「〔今坂柳二〕りゅうじフォークロア・world 6」ふるさと伝承研究会 2012 p108
山田洋次さんと
　◇「全集版灰谷健次郎の本 23」理論社 1988 p9
山太郎（川路重之）
　◇「佐藤さとるファンタジー全集 16」講談社 1983 p223
山太郎のおみきさん
　◇「与謝野晶子児童文学全集 5」春陽堂書店 2007 p175
山父の桶屋
　◇「豊島与志雄童話全集 3」八雲書店 1948 p35
山躑躅
　◇「新修宮沢賢治全集 6」筑摩書房 1980 p127
　◇「新修宮沢賢治全集 6」筑摩書房 1980 p395
山であった馬
　◇「松谷みよ子全エッセイ 3」筑摩書房 1989 p271
山で会った男
　◇「椋鳩十の本 20」理論社 1983 p211
山ででああったおばけ
　◇「椋鳩十の本 20」理論社 1983 p132
山で やまぜみ
　◇「巽聖歌作品集 下」巽聖歌作品集刊行委員会 1977 p131
山寺
　◇「小出正吾児童文学全集 2」審美社 2000 p9
山寺
　◇「斎藤隆介全集 3」岩崎書店 1982 p218
山寺の朝
　◇「まど・みちお全詩集」理論社 1992 p24
山寺のおしょうさん
　◇「佐藤さとる全集 6」講談社 1973 p131
　◇「佐藤さとるファンタジー全集 6」講談社 1982 p27
　◇「佐藤さとるファンタジー全集 6」講談社, 復刊ドットコム（発売）2010 p27
山寺の菩薩
　◇「川崎大治民話選 〔2〕」童心社 1969 p66
山寺の夜―大岡山, 超峰寺を訪ね, 同寺に一泊せる時
　◇「まど・みちお全詩集」理論社 1992 p33
山で リプトンティは あなたのよ
　◇「佐藤義美全集 1」佐藤義美全集刊行会 1974 p416
山と海のうた
　◇「春よこいこい―高橋良和こころの童話選集」同朋舎出版 1995 p145
山と櫂
　◇「〔巌谷〕小波お伽全集 14」本の友社 1998 p225
山と空
　◇「新装版金子みすゞ全集 3」JULA出版局 1984 p242
　◇「金子みすゞ童謡全集 6」JULA出版局 2004 p156
ヤマトタケル
　◇「松谷みよ子のむかしむかし 5」講談社 1973 p2

やまと

日本武尊
　◇「魂の配達―野村吉哉作品集」草思社 1983 p290
大和玉椎
　◇〔厳谷〕小波お伽全集 12」本の友社 1998 p385
大和のくにの
　◇「巽聖歌作品集 下」巽聖歌作品集刊行委員会 1977 p182
山とぼく
　◇「与田準一全集 2」大日本図書 1967 p170
山と町の兄弟
　◇「新美南吉童話集 3」大日本図書 1982 p165
　◇「新美南吉童話大全」講談社 1989 p259
　◇「新美南吉童話集 3」大日本図書 2012 p165
山と湖
　◇「中村雨紅詩謡集」中村雨紅詩謡集刊行委員会 1971 p154
やまどりの矢
　◇「川崎大治民話選 〔2〕」童心社 1969 p26
山鳥ほろほろ
　◇「斎藤隆介全集 2」岩崎書店 1982 p148
山中鹿之介
　◇「筑波常治伝記物語全集 12」国土社 1976 p1
山中鹿之介について
　◇「筑波常治伝記物語全集 12」国土社 1976 p224
やまなし
　◇「新版・宮沢賢治童話全集 2」岩崎書店 1978 p5
　◇「新修宮沢賢治全集 13」筑摩書房 1980 p155
　◇「宮沢賢治童話集 1」講談社 1985（講談社青い鳥文庫）p13
　◇「〔宮沢〕賢治童話」翔社 1995 p201
　◇「ジュニア文学館 宮沢賢治―写真・絵画集成 2」日本図書センター 1996 p172
　◇「よくわかる宮沢賢治―イーハトーブ・ロマン II」学習研究社 1996 p258
　◇「宮沢賢治童話集」世界文化社 2004（心に残るロングセラー）p88
　◇「宮沢賢治のおはなし 3」岩崎書店 2004 p3
　◇「齋藤孝のイッキによめる！ 小学生のための宮沢賢治」講談社 2007 p81
　◇「宮沢賢治20選」春陽堂書店 2008（名作童話）p46
　◇「宮沢賢治童話集珠玉選 〔1〕」講談社 2009 p79
やまなし〔初期形〕
　◇「新修宮沢賢治全集 13」筑摩書房 1980 p328
「山梨とり」の再話についての覚書
　◇「松谷みよ子全エッセイ 2」筑摩書房 1989 p41
山なし（朗読用）
　◇「学校放送劇舞台劇脚本集 宮沢賢治名作童話」東洋書館 2008 p135
山鳴り海鳴り
　◇「杉みき子選集 4」新潟日報事業社 2008 p175

山に生きる人びと
　◇「椋鳩十の本 21」理論社 1982 p138
山に行ったら
　◇「まど・みちお全詩集」理論社 1992 p547
山に帰った子ザル
　◇「武田信夫童話作品集」みちのく書房 1995 p95
山西哲郎さんと
　◇「全集版灰谷健次郎の本 23」理論社 1988 p233
山になったくじら
　◇「松谷みよ子のむかしむかし 8」講談社 1973 p32
山にのぼったおにいちゃん
　◇「壺井栄名作集 1」ポプラ社 1965 p152
　◇「壺井栄全集 10」文泉堂出版 1998 p559
やまに のぼったよ
　◇「佐藤義美全集 1」佐藤義美全集刊行会 1974 p386
山に雪光る
　◇「定本小川未明童話全集 13」講談社 1977 p297
　◇「定本小川未明童話全集 13」大空社 2002 p297
山には山のにおいがある
　◇「与田準一全集 2」大日本図書 1967 p48
ヤマネ
　◇「〔東君平〕おはようどうわ 3」講談社 1982 p153
　◇「東君平のおはようどうわ 3」新日本出版社 2010 p21
山ネコ
　◇「椋鳩十全集 6」ポプラ社 1969 p161
山猫
　◇「阪田寛夫全詩集」理論社 2011 p887
山ねこ、おことわり
　◇「あまんきみこ童話集 2」ポプラ社 2008 p15
　◇「あまんきみこセレクション 3」三省堂 2009 p60
ヤマネコ（佐々木さんの話）
　◇「椋鳩十まるごと動物ものがたり 4」理論社 1996 p116
山猫と狐
　◇「土田耕平童話集 〔3〕」古今書院 1955 p59
ヤマネコと水牛の島
　◇「椋鳩十全集 22」ポプラ社 1981 p107
　◇「椋鳩十の本 12」理論社 1983 p199
ヤマネコ発見の歴史の中で
　◇「椋鳩十の本 22」理論社 1983 p44
山猫理髪店
　◇「別役実童話集 〔4〕」三一書房 1979 p87
　◇「別役実童話集 〔4〕」三一書房 1979 p176
（山の）
　◇「稗田童平全集 8」宝文館出版 1982 p49
山の青い風
　◇「花岡大学童話文学全集 2」法蔵館 1980 p229
山の秋

山のあなた
　◇「森三郎童話選集 〔2〕」刈谷市教育委員会 1996 p245
山のあなたを
　◇「〔北原〕白秋全童謡集 1」岩波書店 1992 p37
やまのあらしさん
　◇「まど・みちお全詩集」理論社 1992 p157
山の家
　◇「〔北原〕白秋全童謡集 3」岩波書店 1992 p54
山の家
　◇「第二〔島木〕赤彦童謡集」第一書店 1948 p28
山の家
　◇「巽聖歌作品集 上」巽聖歌作品集刊行委員会 1977 p391
山の怒り
　◇「椋鳩十全集 6」ポプラ社 1969 p104
山のいかり（佐々木さんの話）
　◇「椋鳩十まるごと動物ものがたり 9」理論社 1996 p157
（山の池には）
　◇「稗田童平全集 8」宝文館出版 1982 p69
山の犬の話
　◇「室生犀星童話全集 1」創林社 1978 p5
山のイモ
　◇「椋鳩十全集 12」ポプラ社 1970 p197
山の芋
　◇「椋鳩十の本 15」理論社 1982 p232
山の上
　◇「佐藤義美全集 1」佐藤義美全集刊行会 1974 p436
山の上へ来る冬
　◇「〔島崎〕藤村の童話 4」筑摩書房 1979 p183
山の上から
　◇「いのち―みずかみかずよ全詩集」石風社 1995 p260
山のうえから―ホロイタネリのでまかせのうた
　◇「あまの川―宮沢賢治童謡集」筑摩書房 2001 p52
山の上で
　◇「杉みき子選集 10」新潟日報事業社 2011 p102
山の上にて
　◇「おの・ちゅうこう初期作品集 〔1〕 牧歌の風景」崙書房 1975 p3
山の 上の いわ
　◇「坪田譲治幼年童話文学全集 4」集英社 1965 p119
山の上の岩
　◇「坪田譲治童話全集 9」岩崎書店 1986 p84
山の上の合唱
　◇「阪田寛夫全詩集」理論社 2011 p485
山の上の木と雲の話
　◇「定本小川未明童話全集 3」講談社 1977 p47
　◇「定本小川未明童話全集 3」大空社 2001 p47
　◇「小川未明30選」春陽堂書店 2009（名作童話） p114
山の上の町
　◇「武田亜公童話集 1」秋田文化出版社 1978 p7
山の上のミイラ
　◇「〔たかしよいち〕世界むかしむかし探検 2」国土社 1994 p18
山の上のレルヒさん
　◇「杉みき子選集 8」新潟日報事業社 2010 p199
山のうぐいす
　◇「浜田広介全集 4」集英社 1976 p37
山の鶯
　◇「中村雨紅詩謡集」中村雨紅詩謡集刊行委員会 1971 p72
やまのうさぎ
　◇「浜田広介全集 11」集英社 1976 p69
山の運転手と少年
　◇「花岡大学童話文学全集 3」法蔵館 1980 p39
山の駅
　◇「〔北原〕白秋全童謡集 3」岩波書店 1992 p46
山のえらぶつ
　◇「椋鳩十全集 6」ポプラ社 1969 p90
　◇「椋鳩十学年別童話 〔13〕」理論社 1995 p63
　◇「椋鳩十まるごと動物ものがたり 8」理論社 1996 p33
　◇「椋鳩十名作選 5」理論社 2014 p31
山の猛者（えらもの）
　◇「椋鳩十の本 3」理論社 1982 p8
山ノオ猿サン
　◇「かもめの水兵さん―武内俊子伝記と作品集」講談社出版サービスセンター 1977 p176
山のオジサン
　◇「坪田譲治童話全集 6」岩崎書店 1986 p197
山の小父さん
　◇「〔北原〕白秋全童謡集 1」岩波書店 1992 p314
山のお使い
　◇「浜田広介全集 11」集英社 1976 p16
山のおなか
　◇「地球のかぞく―石原一輝童謡詩集」群青社 2001 p72
山の叔母さ
　◇「国分一太郎児童文学集 6」小峰書店 1967 p164
やまの おみせ
　◇「佐藤義美全集 1」佐藤義美全集刊行会 1974 p419

◇「中村雨紅詩謡集」中村雨紅詩謡集刊行委員会 1971 p114

やまの

山のおみやげ
　◇「大石真児童文学全集 16」ポプラ社 1982 p188
山のおやつ
　◇「〔北原〕白秋全童謡集 3」岩波書店 1992 p44
山のおやつ
　◇「佐藤義美童謡集」さ・え・ら書房 1960 p245
　◇「佐藤義美全集 1」佐藤義美全集刊行会 1974 p86
山の恩人たち
　◇「椋鳩十の本 20」理論社 1983 p69
山の かきの木
　◇「〔かこさとし〕お話こんにちは 〔7〕」偕成社 1979 p132
山の崖
　◇「北彰介作品集 4」青森県児童文学研究会 1991 p137
山の学校
　◇「中村雨紅詩謡集」中村雨紅詩謡集刊行委員会 1971 p145
山の学校の教室
　◇「宮口しづえ児童文学集 4」小峰書店 1969 p76
　◇「宮口しづえ童話名作集」一草舎出版 2009 p93
山のかっぱ
　◇「松谷みよ子全集 12」講談社 1972 p90
やまのかみ
　◇「〔東君平〕おはようどうわ 3」講談社 1982 p190
山の神さまのおだんご
　◇「稗田童平全集 8」宝文館出版 1982 p141
山の神さまのおみやげ
　◇「壺井栄名作集 1」ポプラ社 1965 p49
　◇「定本壺井栄児童文学集 1」講談社 1979 p191
山の神様のおみやげ
　◇「壺井栄全集 9」文泉堂出版 1997 p281
山の神と侏儒
　◇「椋鳩十の本 16」理論社 1983 p109
山の神とふえ
　◇「椋鳩十全集 19」ポプラ社 1980 p31
山の神のうつぼ
　◇「坪田譲治童話全集 10」岩崎書店 1986 p65
山の神のよめさん
　◇「〔山田野理夫〕おばけ文庫 2」太平出版社 1976（母と子の図書室）p52
山の神ばばあ
　◇「〔山田野理夫〕おばけ文庫 2」太平出版社 1976（母と子の図書室）p105
山の木千本
　◇「阪田寛夫全詩集」理論社 2011 p68
山の狐
　◇「野口雨情童謡集」弥生書房 1993 p26
山のキャンプ
　◇「〔北原〕白秋全童謡集 3」岩波書店 1992 p43

やまのキャンプ
　◇「岩永博史童話集 1」岩永博史 2001 p45
山のけんか
　◇「北彰介作品集 3」青森県児童文学研究会 1990 p204
山の子
　◇「花岡大学童話文学全集 3」法藏館 1980 p69
山の恋
　◇「椋鳩十の本 3」理論社 1982 p173
　◇「椋鳩十の本 3」理論社 1982 p258
山のこぞう
　◇「ひろすけ幼年童話文学全集 6」集英社 1962 p90
　◇「浜田広介全集 6」集英社 1976 p51
山のごちそう
　◇「阪田寛夫全詩集」理論社 2011 p310
山の言葉
　◇「土田耕平童話集」信濃毎日新聞社 1949 p47
山の子とハモニカ
　◇「阪田寛夫全詩集」理論社 2011 p163
山の子ども
　◇「佐藤義美童謡集」さ・え・ら書房 1960 p221
　◇「佐藤義美全集 1」佐藤義美全集刊行会 1974 p237
山の子ども
　◇「椋鳩十集 10」ポプラ社 1970 p58
　◇「椋鳩十学年別童話 〔6〕」理論社 1990 p61
山の子供たち
　◇「室生犀星童話全集 1」創林社 1978 p11
山の子どもたち―血の中に流れている民話
　◇「松谷みよ子エッセイ 2」筑摩書房 1989 p108
山の小鳥
　◇「〔竹久〕夢二童謡集」ノーベル書房 1975（浪漫文庫）p36
山の子の夢
　◇「新装版金子みすゞ全集 3」JULA出版局 1984 p27
　◇「金子みすゞ童謡全集 5」JULA出版局 2004 p44
山の子浜の子
　◇「新装版金子みすゞ全集 3」JULA出版局 1984 p165
　◇「金子みすゞ童謡全集 6」JULA出版局 2004 p52
山のこもり歌
　◇「花岡大学童話文学全集 6」法藏館 1980 p173
山のさち海のさち
　◇「石森延男児童文学全集 6」学習研究社 1971 p100
山の沙漠
　◇「椋鳩十の本 2」理論社 1982 p224
山の鮫
　◇「椋鳩十の本 2」理論社 1982 p37

山のサルたち
　◇「武田信夫童話作品集」みちのく書房 1995 p34
山の私窶子
　◇「椋鳩十の本 3」理論社 1982 p113
山のしじみ
　◇「全集版灰谷健次郎の本 19」理論社 1987 p164
山の写真
　◇「花岡大学童話文学全集 2」法蔵館 1980 p139
山の終バス
　◇「宮口しづえ児童文学集 2」小峰書店 1969 p5
　◇「宮口しづえ童話全集 3」筑摩書房 1979 p3
山の少女に
　◇「稗田童平全集 1」宝文館出版 1978 p81
山の晨明に関する童話風の構想
　◇「新修宮沢賢治全集 3」筑摩書房 1979 p291
　◇「新修宮沢賢治全集 3」筑摩書房 1979 p425
　◇「ジュニア文学館 宮沢賢治—写真・絵画集成 3」日本図書センター 1996 p126
山のスキー教室
　◇「〔かこさとし〕お話こんにちは 〔11〕」偕成社 1980 p4
山の精
　◇「〔大澤英子〕心の中のひみつ—法華経をもとにした創作物語集」文芸社 1999 p56
山の せいくらべ
　◇「ひろすけ幼年童話文学全集 11」集英社 1962 p218
山の背くらべ
　◇「北彰介作品集 3」青森県児童文学研究会 1990 p208
山の背くらべ
　◇「稗田童平全集 5」宝文館出版 1980 p172
山の蟬
　◇「室生犀星童話全集 3」創林社 1978 p282
山のそばやに日がおちて
　◇「〔東風琴子〕童話集 1」ストーク 2002 p37
山の大将
　◇「椋鳩十全集 3」ポプラ社 1969 p6
　◇「椋鳩十の本 11」理論社 1983 p173
やまの たかはら
　◇「巽聖歌作品集 下」巽聖歌作品集刊行委員会 1977 p133
山の民を想う
　◇「椋鳩十の本 20」理論社 1983 p251
山の民とイノシシ
　◇「椋鳩十全集 25」ポプラ社 1981 p6
山の太郎グマ
　◇「椋鳩十全集 2」ポプラ社 1969 p98
　◇「椋鳩十動物童話集 7」小峰書店 1990 p6
　◇「椋鳩十学年別童話 〔13〕」理論社 1995 p5
　◇「椋鳩十まるごと動物ものがたり 5」理論社 1995 p159
　◇「椋鳩十名作選 2」理論社 2010 p5
山の太郎熊
　◇「椋鳩十の本 10」理論社 1982 p7
　◇「椋鳩十の本 10」理論社 1982 p8
山の月夜
　◇「〔北原〕白秋全童謡集 2」岩波書店 1992 p372
山の停車場
　◇「武田亜公童話集 3」秋田文化出版社 1978 p93
山のてっぺん
　◇「佐藤義美童謡集」さ・え・ら書房 1960 p232
　◇「佐藤義美全集 1」佐藤義美全集刊行会 1974 p249
　◇「佐藤義美全集 1」佐藤義美全集刊行会 1974 p433
山のてっぺん
　◇「まど・みちお全詩集」理論社 1992 p411
　◇「まどさんの詩の本 9」理論社 1996 p82
山のてっぺんのはなし
　◇「春よこいこい—高橋良和こころの童話選集」同朋舎出版 1995 p118
山の天幕
　◇「椋鳩十の本 3」理論社 1982 p7
山の動物
　◇「室生犀星童話全集 1」創林社 1978 p129
　◇「室生犀星童話全集 1」創林社 1978 p133
山の動物たち
　◇「戸川幸夫動物文学全集 14」講談社 1977 p111
山のどうぶつたちのはきもの
　◇「〔野口法蔵〕ホーミタクヤセン—童話集」新潟大学医学部よろず医療研究会ラダック基金 1996 p37
山の ともだち
　◇「坪田譲治幼年童話文学全集 2」集英社 1965 p181
山の友だち
　◇「坪田譲治童話全集 7」岩崎書店 1986 p67
　◇「坪田譲治名作選 〔3〕 サバクの虹」小峰書店 2005 p38
やまのドラムカンぶろ
　◇「岩永博史童話集 1」岩永博史 2001 p76
山のトンビ
　◇「椋鳩十の本 2」理論社 1982 p68
山の中
　◇「校定新美南吉全集 7」大日本図書 1980 p258
山の中へ来る冬
　◇「〔島崎〕藤村の童話 2」筑摩書房 1979 p125
山のなかでは
　◇「坪田譲治自選童話集」実業之日本社 1971 p369
　◇「坪田譲治童話全集 7」岩崎書店 1986 p5
山の中の学生

やまの

- ◇「与謝野晶子児童文学全集 5」春陽堂書店 2007 p81

山のなかのサルの家
- ◇「坪田譲治童話全集 7」岩崎書店 1986 p15

山の中のふしぎな家
- ◇「〔西本鶏介〕新日本昔ばなし――一日一話・読みきかせ 1」小学館 1997 p16

山の中 一
- ◇「第二〔島木〕赤彦童謡集」第一書店 1948 p30

山の中 二
- ◇「第二〔島木〕赤彦童謡集」第一書店 1948 p32

山のなぞ
- ◇「与田準一全集 2」大日本図書 1967 p56

山のぬし
- ◇「椋鳩十全集 17」ポプラ社 1980 p174
- ◇「椋鳩十学年別童話 〔4〕」理論社 1990 p5

山のはげたか
- ◇「花岡大学仏典童話新作集 2」法蔵館 1984 p7

山のばさまの里がえり
- ◇「松谷みよ子のむかしむかし 3」講談社 1973 p76

山のバス停留所のトタン屋根
- ◇「宮口しづえ児童文学全集 4」小峰書店 1969 p22

どうよう 山の はたおり
- ◇「ひろすけ幼年童話文学全集 4」集英社 1962 p112

山のはたおり
- ◇「浜田広介全集 11」集英社 1976 p19

やまの はたけ
- ◇「まど・みちお全詩集 続」理論社 2015 p405

山の畑の桐の花
- ◇「中村雨紅詩謡集」中村雨紅詩謡集刊行委員会 1971 p189

山の畑の二人
- ◇「中村雨紅詩謡集」中村雨紅詩謡集刊行委員会 1971 p188

山の はなし
- ◇「定本小川未明童話全集 15」講談社 1978 p330
- ◇「定本小川未明童話全集 15」大空社 2002 p330

山の話
- ◇「与田準一全集 2」大日本図書 1967 p58

山の花まつり
- ◇「花岡大学仏典童話全集 8」法蔵館 1979 p146

山の母
- ◇「西條八十童謡全集」修道社 1971 p26

山の春
- ◇「佐藤義美童謡集」さ・え・ら書房 1960 p238
- ◇「佐藤義美全集 1」佐藤義美全集刊行会 1974 p255

山の日
- ◇「野口雨情童謡集」弥生書房 1993 p18

山の人びと
- ◇「椋鳩十の本 3」理論社 1982 p103

山のピノキオ
- ◇「吉田としジュニアロマン選集 4」国土社 1972 p183

山の枇杷
- ◇「新装版金子みすゞ全集 2」JULA出版局 1984 p203
- ◇「金子みすゞ童謡全集 4」JULA出版局 2004 p86
- ◇「〔金子みすゞ〕花の詩集 1」JULA出版局 2004 p28

山の枇杷
- ◇「〔北原〕白秋全童謡集 2」岩波書店 1992 p77

やまのぶどう
- ◇「〔関根栄一〕はしるふじさん―童謡集」小峰書店 1998 p52

山のふもとのケーキ屋さん
- ◇「〔東風琴子〕童話集 2」ストーク 2006 p171

山のプロダクション
- ◇「石森延男児童文学全集 2」学習研究社 1971 p36

山の文庫だより
- ◇「今西祐行全集 15」偕成社 1989 p206

山の平和
- ◇「花岡大学童話文学全集 7」法蔵館 1980 p167

山の別荘の少年
- ◇「豊島与志雄童話全集 4」八雲書店 1949 p189
- ◇「豊島与志雄童話集」海鳥社 1990 p48

山のホテル
- ◇「〔北原〕白秋全童謡集 2」岩波書店 1992 p336

山のホテル
- ◇「くんぺい魔法ばなし―魔法ばなし全集 2」サンリオ 2000 p202

やまのぼり
- ◇「佐藤義美全集 1」佐藤義美全集刊行会 1974 p383

やまのぼり
- ◇「〔東君平〕ひとくち童話 3」フレーベル館 1995 p40

山のぼり
- ◇「〔北原〕白秋全童謡集 4」岩波書店 1993 p214

山のぼり
- ◇「佐藤義美童謡集」さ・え・ら書房 1960 p216
- ◇「佐藤義美全集 1」佐藤義美全集刊行会 1974 p234
- ◇「ともだちシンフォニー―佐藤義美童謡集」JULA出版局 1990 p116

山登り
- ◇「〔巌谷〕小波お伽全集 7」本の友社 1998 p405

山の迷い子
- ◇「来栖良夫児童文学全集 3」岩崎書店 1983 p25

山の まつり

山の祭り・海の祭り
　◇「氏原大作全集 1」条例出版 1977 p388
山のみずうみ
　◇「坪田譲治幼年童話文学全集 1」集英社 1964 p161
　◇「坪田譲治童話全集 5」岩崎書店 1986 p131
山の湖
　◇「北彰介作品集 1」青森県児童文学研究会 1990 p62
山の湖
　◇「坪田譲治童話全集 7」岩崎書店 1986 p103
山の湖
　◇「椋鳩十の本 3」理論社 1982 p135
山の道
　◇「北彰介作品集 4」青森県児童文学研究会 1991 p148
山の道
　◇「与謝野晶子児童文学全集 5」春陽堂書店 2007 p73
山のみやげ
　◇「氏原大作全集 1」条例出版 1977 p360
山のむこうは青い海だった
　◇「今江祥智の本 1」理論社 1981 p7
〔山の向ふは濁ってくらく〕
　◇「新修宮沢賢治全集 4」筑摩書房 1979 p181
山の娘
　◇「椋鳩十の本 3」理論社 1982 p193
山の娘たち
　◇「椋鳩十の本 3」理論社 1982 p71
山の村
　◇「浜田広介全集 3」集英社 1975 p22
山の村でのうた
　◇「稗田菫平全集 3」宝文館出版 1979 p84
山の茂作
　◇「〔島木〕赤彦童謡集」第一書店 1947 p30
山のもちつき
　◇「〔木暮正夫〕日本のおばけ話・わらい話 14」岩崎書店 1987 p54
山の宿
　◇「〔斎藤信夫〕子ども心を友として—童謡詩集」成東町教育委員会 1996 p122
山の宿
　◇「壺井栄全集 6」文泉堂出版 1998 p342
山の雪とバスの歌
　◇「浜田広介全集 7」集英社 1976 p84
やまのりすでも
　◇「浜田広介全集 4」集英社 1976 p38
山のレストラン
　◇「〔木暮正夫〕日本のおばけ話・わらい話 11」岩崎書店 1987 p81
山の老人
　◇「〔山田野理夫〕おばけ文庫 2」太平出版社 1976（母と子の図書室）p56
山のわかれ
　◇「〔北原〕白秋全童謡集 5」岩波書店 1993 p118
山畑
　◇「椋鳩十全集 11」ポプラ社 1970 p169
山畑（三首）
　◇「稗田菫平全集 4」宝文館出版 1980 p33
ヤマバト
　◇「〔東君平〕おはようどうわ 1」講談社 1982 p161
ヤマバト
　◇「まど・みちお詩集 2」銀河社 1975 p38
　◇「まど・みちお詩集 〔1〕」すえもりブックス 1992 p42
　◇「まど・みちお全詩集」理論社 1992 p450
　◇「まどさんの詩の本 13」理論社 1997 p32
山鳩
　◇「巽聖歌作品集 上」巽聖歌作品集刊行委員会 1977 p428
山鳩
　◇「中村雨紅詩謡集」中村雨紅詩謡集刊行委員会 1971 p150
山鳩一羽
　◇「北彰介作品集 1」青森県児童文学研究会 1990 p128
山鳩の歌
　◇「西條八十童謡全集」修道社 1971 p360
山ばば
　◇「〔山田野理夫〕おばけ文庫 2」太平出版社 1976（母と子の図書室）p60
やまばやし
　◇「〔山田野理夫〕おばけ文庫 2」太平出版社 1976（母と子の図書室）p18
山火
　◇「新修宮沢賢治全集 3」筑摩書房 1979 p43
　◇「新修宮沢賢治全集 3」筑摩書房 1979 p66
　◇「新修宮沢賢治全集 3」筑摩書房 1979 p322
　◇「新修宮沢賢治全集 3」筑摩書房 1979 p331
　◇「ジュニア文学館 宮沢賢治—写真・絵画集成 3」日本図書センター 1996 p109
やまびこ
　◇「まど・みちお全詩集 続」理論社 2015 p13
　◇「まど・みちお全詩集 続」理論社 2015 p59
山びこ
　◇「〔巖谷〕小波お伽全集 7」本の友社 1998 p418
山彦
　◇「森三郎童話選集 〔1〕」刈谷市教育委員会 1995 p217
やまびこおよめさん

やまひ

やまひ
- ◇「立原えりか作品集 2」思潮社 1972 p79
- ◇「立原えりかのファンタジーランド 12」青土社 1980 p105

やまびこくん
- ◇〔高橋一仁〕春のニシン場―童謡詩集」けやき書房 2003 p26

やまびこ小僧
- ◇〔山田野理夫〕おばけ文庫 2」太平出版社 1976（母と子の図書室）p14

やまびこの小さなまご
- ◇「まど・みちお詩集 6」銀河社 1975 p48
- ◇「まど・みちお全詩集」理論社 1992 p508
- ◇「まどさんの詩の本 9」理論社 1996 p22

やまびこのゆらい
- ◇「土田耕平童話集 〔1〕」古今書院 1955 p62

やまびこ（みじかいおしばい）
- ◇「斎田喬幼年劇全集 2」誠文堂新光社 1961 p337

やまびこ村のふしぎな少年
- ◇「長崎源之助全集 13」偕成社 1986 p7

やまびこよ
- ◇「浜田広介全集 11」集英社 1976 p134

山吹
- ◇「中村雨紅詩謡集」中村雨紅詩謡集刊行委員会 1971 p139

山吹
- ◇「稗田童平全集 7」宝文館出版 1981 p158

山吹の花
- ◇「稗田童平全集 1」宝文館出版 1978 p19

山伏と小っこだぬき
- ◇「松谷みよ子のむかしむかし 1」講談社 1973 p103

山伏のゆうれい
- ◇〔山田野理夫〕おばけ文庫 8」太平出版社 1976（母と子の図書室）p65

山二つ
- ◇「石森延男児童文学全集 15」学習研究社 1971 p215

ヤマブドウのむすめ
- ◇〔山田野理夫〕おばけ文庫 1」太平出版社 1976（母と子の図書室）p26

山ふところの
- ◇「まど・みちお全詩集」理論社 1992 p75

（山法師の）
- ◇「稗田童平全集 2」宝文館出版 1979 p94

やまほととぎす
- ◇「壺井栄名作集 9」ポプラ社 1965 p211

やまほととぎす（B-小説）
- ◇「壺井栄全集 6」文泉堂出版 1998 p359

山また山
- ◇「巽聖歌作品集 下」巽聖歌作品集刊行委員会 1977 p193

「山瑞木抄」全
- ◇「稗田童平全集 4」宝文館出版 1980 p15

山みち
- ◇〔北原〕白秋全童謡集 4」岩波書店 1993 p191

山みち
- ◇「ひばりのす―木下夕爾児童詩集」光書房 1998 p8

山道
- ◇「星新一ショートショートセレクション 7」理論社 2002 p168

山道で
- ◇「いのち―みずかみかずよ全詩集」石風社 1995 p36

山道とつぷり
- ◇〔北原〕白秋全童謡集 2」岩波書店 1992 p152

山道の散歩
- ◇「くんぺい魔法ばなし―魔法ばなし全集 1」サンリオ 2000 p132

山村順詩集「枠」に
- ◇「稗田童平全集 7」宝文館出版 1981 p117

山室静先生と私
- ◇「安房直子コレクション 1」偕成社 2004 p321

山室静訳「アンデルセン詩集」を読む
- ◇「稗田童平全集 8」宝文館出版 1982 p234

やまめじいさんとやまんば
- ◇「稗田童平全集 5」宝文館出版 1980 p85

ヤマメの苦しみ
- ◇「健太と大天狗―片山貞一創作童話集」あさを社 2007 p68

ヤマメの里
- ◇「椋鳩十の本 20」理論社 1983 p162

山本周五郎
- ◇「今江祥智の本 21」理論社 1981 p26

山本周五郎の文学とわたし
- ◇「全集灰谷健次郎の本 21」理論社 1988 p183

山本周五郎―「楽天旅日記」のことなど
- ◇「今江祥智の本 35」理論社 1990 p136

山焼き野焼き
- ◇「中村雨紅詩謡集」中村雨紅詩謡集刊行委員会 1971 p113

山ゆり
- ◇「土田明子詩集 4」かど創房 1987 p20

山百合
- ◇〔斎藤信夫〕子ども心を友として―童謡詩集」成東町教育委員会 1996 p50

山百合
- ◇「佐藤義美全集 1」佐藤義美全集刊行会 1974 p335

山百合
- ◇「中村雨紅詩謡集」中村雨紅詩謡集刊行委員会

1971 p162
山百合の台
　◇「〔巌谷〕小波お伽全集 2」本の友社 1998 p217
山百合の花
　◇「稗田童平全集 1」宝文館出版 1978 p39
山よ輝きてま白きもの（放送のための詩）
　◇「稗田童平全集 2」宝文館出版 1979 p44
山は おこるべな
　◇「〔高橋一仁〕春のニシン場―童謡詩集」けやき書房 2003 p42
山は火事
　◇「寺村輝夫のむかし話〔5〕」あかね書房 1978 p82
山は死ぬるばかり
　◇「稗田童平全集 2」宝文館出版 1979 p15
やまはゆき
　◇「〔東君平〕おはようどうわ 1」講談社 1982 p168
やま わらう
　◇「阪田寛夫全詩集」理論社 2011 p187
やまわろ
　◇「〔山田野理夫〕おばけ文庫 2」太平出版社 1976（母と子の図書室）p93
山ん中
　◇「千葉省三童話全集 3」岩崎書店 1967 p49
山ンば
　◇「斎藤隆介全集 12」岩崎書店 1982 p64
山姥（やまんば）… → "やまうば…"をも見よ
山んばと こぞう
　◇「坪田譲治幼年童話文学全集 7」集英社 1965 p81
山姥と小僧
　◇「坪田譲治童話全集 10」岩崎書店 1986 p72
　◇「坪田譲治名作選〔1〕魔法」小峰書店 2005 p136
やまんばの糸ぐるま
　◇「〔木暮正夫〕日本のおばけ話・わらい話 3」岩崎書店 1986 p44
山婆の唄
　◇「土田耕平童話集〔4〕」古今書院 1955 p8
やまんばのにしき
　◇「松谷みよ子おはなし集 5」ポプラ社 2010 p5
山んばのにしき
　◇「松谷みよ子のむかしむかし 2」講談社 1973 p149
やまんばやかたたんけんします！
　◇「後藤竜二童話集 2」ポプラ社 2013 p39
闇
　◇「定本小川未明童話全集 3」講談社 1977 p399
　◇「定本小川未明童話全集 3」大空社 2001 p399
闇
　◇「椋鳩十の本 23」理論社 1983 p45

闇の花園
　◇「〔巌谷〕小波お伽全集 2」本の友社 1998 p303
闇の眼
　◇「星新一YAセレクション 3」理論社 2008 p151
〔病みの眼に白くかげりて〕
　◇「新修宮沢賢治全集 7」筑摩書房 1980 p187
やみよ
　◇「いのち―みずかみかずよ全詩集」石風社 1995 p457
暗夜
　◇「新装版金子みすゞ全集 3」JULA出版局 1984 p257
　◇「金子みすゞ童謡全集 6」JULA出版局 2004 p180
闇夜の黒牛
　◇「川崎大治民話選〔4〕」童心社 1975 p73
闇夜の星
　◇「新装版金子みすゞ全集 2」JULA出版局 1984 p47
　◇「金子みすゞ童謡全集 3」JULA出版局 2004 p76
病む子の祭
　◇「新美南吉全集 2」牧書店 1965 p171
　◇「校定新美南吉全集 9」大日本図書 1981 p23
　◇「新美南吉童話劇集 1」東京書籍 1981（東書児童劇シリーズ）p11
病む子の祭り
　◇「新美南吉童話集 3」大日本図書 1982 p315
　◇「新美南吉童話大全」講談社 1989 p358
　◇「新美南吉童話集 3」大日本図書 2012 p315
病める友へ
　◇「氏原大作全集 4」条例出版 1977 p526
病める母と二才の小悴
　◇「若松賤子創作童話全集」久山社 1995（日本児童文化史叢書）p73
やもりのくぎ
　◇「川崎大治民話選〔3〕」童心社 1971 p78
やらされて
　◇「〔黒川良人〕犬の詩猫の詩―児童詩集」東洋出版 2000 p67
やりくり孫左衛門
　◇「〔比江島重孝〕宮崎のむかし話 2」鉱脈社 1998 p42
やりなおし
　◇「石森延男児童文学全集 5」学習研究社 1971 p288
　◇「石森読本―石森延男児童文学選集 2年生」小学館 1977 p20
槍の権三・誉れの敵討ち（一龍斎貞水編、小山豊、岡本和明文）
　◇「一龍斎貞水の歴史講談 6」フレーベル館 2001 p86

やろん

雅魯河（ヤロンホ）
　◇「巽聖歌作品集 下」巽聖歌作品集刊行委員会 1977 p256
雅魯河（ヤロンホ）の水は青く
　◇「巽聖歌作品集 下」巽聖歌作品集刊行委員会 1977 p253
八幡の町
　◇「戸川幸夫創作童話集 1」国土社 1972 p4
やわらかい手
　◇「花岡大学童話文学全集 1」法蔵館 1980 p240
（やわらかき）
　◇「稗田菫平全集 2」宝文館出版 1979 p116
ヤンコ星のゆき
　◇「寺村輝夫童話全集 4」ポプラ社 1982 p19
　◇「〔寺村輝夫〕ぼくは王さま全1冊」理論社 1985 p259
ヤンコ星の雪
　◇「寺村輝夫全童話 1」理論社 1996 p171
　◇「寺村輝夫の王さまシリーズ 3」理論社 1998 p37
やんちゃ猿
　◇「鈴木三重吉童話全集 1」文運堂書店 1975（日本文学全集・選集叢書第5次）p366
ヤンボウ ニンボウ トンボウ1―三びきのさるのぼうけん
　◇「いいざわただす・おはなしの本 4」理論社 1980 p10
ヤンボウ ニンボウ トンボウ2―三びきのさるのぼうけん
　◇「いいざわただす・おはなしの本 5」理論社 1980 p10
ヤンボウ ニンボウ トンボウ3―三びきのさるのぼうけん
　◇「いいざわただす・おはなしの本 6」理論社 1980 p10
やんま
　◇「定本小川未明童話全集 11」講談社 1977 p17
　◇「定本小川未明童話全集 11」大空社 2002 p17

【ゆ】

湯浅丈太郎
　◇「かつおきんや作品集 3」牧書店〔アリス館牧新社〕1972 p9
　◇「かつおきんや作品集 13」偕成社 1982 p5
油衣
　◇「瑠璃の壺―森銑三童話集」三樹書房 1982 p208
唯一の証人
　◇「星新一ちょっと長めのショートショート 6」理論社 2006 p138
遺言状放送
　◇「海野十三全集 1」三一書房 1990 p7
＜遺言状・A＞
　◇「校定新美南吉全集 9」大日本図書 1981 p658
遺言状〈B〉
　◇「校定新美南吉全集 9」大日本図書 1981 p664
夕
　◇「阪田寛夫全詩集」理論社 2011 p291
游泳
　◇「〔巌谷〕小波お伽全集 15」本の友社 1998 p72
遊園地工作
　◇「新修宮沢賢治全集 6」筑摩書房 1980 p172
　◇「新修宮沢賢治全集 6」筑摩書房 1980 p413
ゆうえんちで
　◇「佐藤義美全集 5」佐藤義美全集刊行会 1973 p147
ゆうえんちの すなば
　◇「〔高橋一仁〕春のニシン場―童謡詩集」けやき書房 2003 p14
ゆうえんちの ひこうき
　◇「佐藤義美全集 1」佐藤義美全集刊行会 1974 p313
　◇「ともだちシンフォニー―佐藤義美童謡集」JULA出版局 1990 p38
誘拐
　◇「星新一ショートショートセレクション 11」理論社 2003 p144
夕顔
　◇「新装版金子みすゞ全集 1」JULA出版局 1984 p34
　◇「新装版金子みすゞ全集 2」JULA出版局 1984 p81
　◇「金子みすゞ童謡全集 1」JULA出版局 2003 p54
　◇「金子みすゞ童謡全集 3」JULA出版局 2004 p124
夕顔
　◇「西條八十童謡全集」修道社 1971 p22
　◇「西條八十童話集」小学館 1983 p401
夕顔
　◇「いのち―みずかみかずよ全詩集」石風社 1995 p269
　◇「いのち―みずかみかずよ全詩集」石風社 1995 p447
ユウガオのことば
　◇「定本壺井栄童文学全集 1」講談社 1979 p75
夕顔のことば
　◇「壺井栄名作集 7」ポプラ社 1965 p70
夕顔の言葉
　◇「壺井栄全集 9」文泉堂出版 1997 p126
「夕顔の花ひらく夕べの連歌」全

夕顔物語
　◇「稗田菫平全集 2」宝文館出版 1979 p88
　◇「森三郎童話選集 〔1〕」刈谷市教育委員会 1995 p17

ゆうがおよりかんぴょうへ
　◇「〔島崎〕藤村の童話 4」筑摩書房 1979 p165

熊岳城
　◇「〔北原〕白秋全童謡集 3」岩波書店 1992 p204

夕風
　◇「阪田寛夫全詩集」理論社 2011 p890

ゆうがた
　◇「さくらゆき―さとうじゅんこ童詩集」えんじゅの会 1997 p42

ゆふかた
　◇「〔北原〕白秋全童謡集 4」岩波書店 1993 p244

夕かた
　◇「〔北原〕白秋全童謡集 2」岩波書店 1992 p469

夕がた
　◇「国分一太郎児童文学集 6」小峰書店 1967 p96

夕がた
　◇「まど・みちお全詩集」理論社 1992 p318
　◇「まどさんの詩の本 9」理論社 1996 p20

夕方
　◇「杉みき子選集 2」新潟日報事業社 2005 p100

夕方
　◇「巽聖歌作品集 上」巽聖歌作品集刊行委員会 1977 p97

夕方
　◇「〔中山尚美〕おふろの中で―詩集」アイ企画 1996 p66

夕方
　◇「まど・みちお詩集 6」銀河社 1975 p50
　◇「まど・みちお全詩集」理論社 1992 p508
　◇「まどさんの詩の本 9」理論社 1996 p18

夕方
　◇「椋鳩十の本 1」理論社 1982 p50
　◇「椋鳩十の本 1」理論社 1982 p57

夕方河原
　◇「校定新美南吉全集 8」大日本図書 1981 p5
　◇「新美南吉童話傑作選 〔6〕 花をうめる」小峰書店 2004 p155

夕方になると
　◇「阪田寛夫全詩集」理論社 2011 p616

夕方のけやき
　◇「阪田寛夫全詩集」理論社 2011 p899

夕刊
　◇「やなせたかし童謡詩集 〔2〕」フレーベル館 2000 p12

勇気
　◇「〔土田明子〕ちいさい星―母と子の詩集」らくだ出版 2002 p40

勇気
　◇「戸川幸夫動物文学全集 12」講談社 1977 p222

勇気
　◇「椋鳩十の本 23」理論社 1983 p22

勇気
　◇「やなせたかし童謡詩集 〔2〕」フレーベル館 2000 p10

勇気ある校長との出会い
　◇「椋鳩十の本 29」理論社 1989 p94

遊戯唄・其他
　◇「〔竹久〕夢二童謡集」ノーベル書房 1975（浪漫文庫）p109

勇気の歌
　◇「やなせたかし童謡詩集 〔2〕」フレーベル館 2000 p8

幽鬼の塔
　◇「少年探偵江戸川乱歩全集 43」ポプラ社 1973 p5

幽鬼の塔（江戸川乱歩作、山村正夫文）
　◇「少年版江戸川乱歩選集 〔3〕」講談社 1970 p1

夕雲
　◇「定本小川未明童話全集 13」講談社 1977 p14
　◇「定本小川未明童話全集 13」大空社 2002 p14

夕ぐれ（岡田泰三）
　◇「岡田泰三・日下部梅子童謡集」会津童詩会 1992 p8

夕ぐれ
　◇「定本小川未明童話全集 16」講談社 1978 p221
　◇「定本小川未明童話全集 16」大空社 2002 p221

夕ぐれ
　◇「新装版金子みすゞ全集 2」JULA出版局 1984 p187
　◇「金子みすゞ童謡全集 4」JULA出版局 2004 p62

夕ぐれ
　◇「いのち―みずかみかずよ全詩集」石風社 1995 p166

夕暮
　◇「巽聖歌作品集 下」巽聖歌作品集刊行委員会 1977 p300

夕暮
　◇「校定新美南吉全集 8」大日本図書 1981 p379

夕ぐれ, 秋さめの
　◇「新美南吉全集 6」牧書店 1965 p144

夕ぐれ秋さめの
　◇「校定新美南吉全集 8」大日本図書 1981 p452

ゆうぐれぎつね
　◇「阪田寛夫全詩集」理論社 2011 p241

ゆうぐれぎつねの ゆめ
　◇「阪田寛夫全詩集」理論社 2011 p241

夕暮れどき
　◇「りりらりらりらわたしの絵本―富永佳与子こども

ゆうく

のうた作品集」国土社 1994 p84

「夕暮れに苺を植えて」
　◇「全集版灰谷健次郎の本 21」理論社 1988 p218

夕ぐれの唄
　◇「西條八十童謡全集」修道社 1971 p110

夕ぐれの行事
　◇「星新一ショートショートセレクション 12」理論社 2003 p137

夕暮れの峠
　◇「椋鳩十全集 11」ポプラ社 1970 p107

夕暮れの女神うた
　◇「稗田童平全集 8」宝文館出版 1982 p20

夕ぐれ二つ
　◇「石森延男児童文学全集 15」学習研究社 1971 p90

ゆうくんとぼうし
　◇「神沢利子のおはなしの時間 5」ポプラ社 2011 p91

ゆう君とリス太
　◇「おはなしの森—きはらみちこ童話集」熊本日日新聞情報文化センター 1999 p28

夕餉
　◇「稗田童平全集 2」宝文館出版 1979 p41

友好使節
　◇「星新一ショートショートセレクション 2」理論社 2001 p32

夕ご飯の時
　◇「佐藤一英「童話・童謡集」」一宮市立萩原小学校 2003 p38

夕餐（一首）
　◇「稗田童平全集 4」宝文館出版 1980 p16

勇士ウヲルター（実話）
　◇「鈴木三重吉童話全集 8」文泉堂書店 1975（日本文学全集・選集叢刊第5次）p18

勇士ジョウビン
　◇「花岡大学仏典童話新作集 3」法蔵館 1984 p63
　◇「花岡大学仏典童話集 3」佼成出版社 2006 p120

ゆうしてっせん
　◇「まど・みちお詩集 4」銀河社 1974 p10
　◇「まど・みちお全詩集」理論社 1992 p431

ゆうじの大りょこう
　◇「庄野英二全集 5」偕成社 1980 p245

憂愁に
　◇「校定新美南吉全集 8」大日本図書 1981 p370

友情の杯
　◇「星新一ちょっと長めのショートショート 7」理論社 2006 p161

友情の肖像
　◇「今江祥智の本 21」理論社 1981 p1

友情の肖像, また I

　◇「今江祥智の本 35」理論社 1990 p125

友情の肖像, また II
　◇「今江祥智の本 35」理論社 1990 p205

友情のはた
　◇「ともみのちょう戦—立花玲子童話集」青森県児童文学研究会 1997 p11

勇士レグルス
　◇「鈴木三重吉童話全集 6」文泉堂書店 1975（日本文学全集・選集叢刊第5次）p337

友人関係
　◇「くんぺい魔法ばなし—魔法ばなし全集 2」サンリオ 2000 p186

友人とおしゃべり
　◇「全集版灰谷健次郎の本 21」理論社 1988 p169

ゆうすずみ
　◇〔東君平〕おはようどうわ 5」講談社 1982 p131

遊星植民説
　◇「海野十三全集 1」三一書房 1990 p307

「湧然する棟方志功」—小高根二郎の著をめぐって
　◇「稗田童平全集 4」宝文館出版 1980 p118

夕空
　◇「いのち—みずかみかずよ全詩集」石風社 1995 p414

夕空よ
　◇「住井すゑ わたしの少年少女物語 2」労働旬報社 1989 p112

ゆうだち
　◇「稗田童平全集 3」宝文館出版 1979 p84

ゆうだち
　◇〔東君平〕ひとくち童話 6」フレーベル館 1995 p16

ゆうだち
　◇「まど・みちお全詩集 続」理論社 2015 p394

夕立
　◇〔佐々木千鶴子〕動物村のこうみんかん—台所からのひとり言 童話集」朝日新聞社西部開発室編集出版センター 1996 p43

夕立
　◇「第二〔島合〕赤彦童謡集」第一書店 1948 p61

夕立
　◇「杉みき子選集 2」新潟日報事業社 2005 p19

夕立
　◇〔鈴木桂子〕親子で語り合う詩集 1」クロスロード 1997 p30

夕立
　◇「武田亜公童話集 3」秋田文化出版 1978 p53

夕立
　◇「いのち—みずかみかずよ全詩集」石風社 1995 p149

夕立
　◇「椋鳩十の本 2」理論社 1982 p93
夕立征伐
　◇「新装版金子みすゞ全集 1」JULA出版局 1984 p234
　◇「金子みすゞ童謡全集 2」JULA出版局 2003 p210
ゆうだち　せんたくや
　◇「まど・みちお全詩集」理論社 1992 p217
夕立姫
　◇「斎藤隆介全集 3」岩崎書店 1982 p148
夕立屋
　◇「川崎大治民話選　〔1〕」童心社 1968 p104
ゆうたのはじめてものがたり
　◇「〔木下容子〕ファンタジー傑作童話集 まほうのコンペイトー」おさひめ書房 2009 p183
ゆうたの病気は？
　◇「〔野村ゆき〕ねえ、おはなしして！―語り聞かせるお話集」東洋出版 1998 p107
勇ちゃん
　◇「かもめの水兵さん―武内俊子伝記と作品集」講談社出版サービスセンター 1977 p148
勇ちゃんと　正ちゃんの　さんぽ
　◇「定本小川未明童話全集 15」講談社 1978 p34
　◇「定本小川未明童話全集 15」大空社 2002 p34
勇ちゃんは　いい　子です
　◇「定本小川未明童話全集 15」講談社 1978 p28
　◇「定本小川未明童話全集 15」大空社 2002 p28
〔融鉄よりの陰極線に〕
　◇「新修宮沢賢治全集 7」筑摩書房 1980 p227
ゆうどうえんぼく
　◇「佐藤義美全集 1」佐藤義美全集刊行会 1974 p383
遊動円木
　◇「〔北原〕白秋全童謡集 4」岩波書店 1993 p219
優等生のいじめられっ子
　◇「全集古田足日子どもの本 2」童心社 1993 p366
夕凪朝凪
　◇「〔北原〕白秋全童謡集 1」岩波書店 1992 p360
夕映え詩人―故藤森秀夫氏と前田鉄之助氏のこと
　◇「稗田童平全集 6」宝文館出版 1981 p156
夕映えの歌
　◇「北彰介作品集 4」青森県児童文学研究会 1991 p87
夕はん
　◇「まど・みちお全詩集」理論社 1992 p51
夕飯すぎ
　◇「〔北原〕白秋全童謡集 2」岩波書店 1992 p40
ゆうひ
　◇「阪田寛夫全詩集」理論社 2011 p745
ゆうひ
　◇「さくらゆき―さとうじゅんこ童詩集」えんじゅの会 1997 p82
夕日
　◇「〔島崎〕藤村の童話 3」筑摩書房 1979 p173
夕日
　◇「まど・みちお全詩集 続」理論社 2015 p32
夕陽
　◇「魂の配達―野村吉哉作品集」草思社 1983 p40
夕日を見るX氏
　◇「別役実童話集　〔2〕」三一書房 1975 p31
夕日がせなかをおしてくる
　◇「阪田寛夫全詩集」理論社 2011 p142
夕日が背中を押してくる
　◇「阪田寛夫全詩集」理論社 2011 p379
夕日とおくま
　◇「椋鳩十全集 25」ポプラ社 1981 p188
夕日のうたは花の色―まど・みちおさんに
　◇「阪田寛夫全詩集」理論社 2011 p464
夕日の国
　◇「安房直子コレクション 1」偕成社 2004 p99
夕日のしずく
　◇「あまんきみこセレクション 2」三省堂 2009 p112
〔夕陽は青めりかの山裾に〕
　◇「新修宮沢賢治全集 6」筑摩書房 1980 p323
夕日はかくれむ
　◇「壺井栄全集 7」文泉堂出版 1998 p400
ゆうびんきょく
　◇「〔東君平〕おはようどうわ 5」講談社 1982 p24
　◇「東君平のおはようどうわ 5」新日本出版社 2010 p72
郵便局
　◇「壺井栄名作集 7」ポプラ社 1965 p104
　◇「壺井栄全集 11」文泉堂出版 1998 p129
郵便局へ行く道
　◇「阪田寛夫全詩集」理論社 2011 p70
郵便局の椿
　◇「新装版金子みすゞ全集 1」JULA出版局 1984 p79
　◇「金子みすゞ童謡集」角川春樹事務所 1998（ハルキ文庫）p174
　◇「金子みすゞ童謡全集 1」JULA出版局 2003 p128
　◇「〔金子みすゞ〕花の詩集 1」JULA出版局 2004 p30
郵便くばり
　◇「〔北原〕白秋全童謡集 2」岩波書店 1992 p44
郵便小包の軌道
　◇「椋鳩十の本 23」理論社 1983 p93

ゆうびんやさん
◇「佐藤義美童謡集」さ・え・ら書房 1960 p28
◇「佐藤義美全集 1」佐藤義美全集刊行会 1974 p173

ゆうびんやさん
◇「浜田広介全集 8」集英社 1976 p47

ゆうびんやさん
◇「まど・みちお全詩集 続」理論社 2015 p370

郵便やさん
◇「西條八十童謡全集」修道社 1971 p361

ゆうびんやさん ごくろうさん
◇「まど・みちお全詩集」理論社 1992 p248

ゆうびん屋さんの話
◇「杉みき子選集 10」新潟日報事業社 2011 p96

ゆうびん屋さんのぼうし
◇「小出正吾児童文学全集 2」審美社 2000 p183

ゆうべ
◇「くんぺい魔法ばなし―魔法ばなし全集 1」サンリオ 2000 p162

夕べ
◇「松田瓊子全集 5」大空社 1997 p109

夕べの歌
◇「阪田寛夫全集」理論社 2011 p51

夕べの詩
◇「北彰介作品集 4」青森県児童文学研究会 1991 p109

有名
◇「星新一ショートショートセレクション 11」理論社 2003 p68

ゆうやけ
◇「〔東君平〕ひとくち童話 2」フレーベル館 1995 p12

ゆうやけ
◇「まど・みちお全詩集」理論社 1992 p165

ゆうやけ
◇「マッチ箱の中―三鎌よし子童謡集」しもつけ文学会 1998 p44

ユウヤケ
◇「まど・みちお全詩集」理論社 1992 p81

夕やけ
◇「石森読本―石森延男児童文学選集 3年生」小学館 1977 p7

夕やけ
◇「阪田寛夫全集」理論社 2011 p227

夕やけ
◇「いのち―みずかみかずよ全詩集」石風社 1995 p130

夕焼
◇「土田耕平童話集〔3〕」古今書院 1955

夕焼
◇「壺井栄全集 2」文泉堂出版 1997 p112

夕焼け
◇「くどうなおこ詩集○」童話屋 1996 p176

夕焼け
◇「〔高崎乃理子〕妖精の好きな木―詩集」かど創房 1998 p22

夕焼け
◇「〔村上のぶ子〕ここは小人の国―少年詩集」あしぶえ出版 2000 p74

夕焼けあかい（男女同時にうたう）
◇「阪田寛夫全集」理論社 2011 p525

夕焼へ
◇「まど・みちお全詩集」理論社 1992 p15

夕やけおくり
◇「杉みき子選集 4」新潟日報事業社 2008 p183

夕焼けがうすれて
◇「定本小川未明童話全集 12」講談社 1977 p110
◇「定本小川未明童話全集 12」大空社 2002 p110

ゆうやけ学校
◇「花岡大学童話文学全集 6」法蔵館 1980 p5

夕やけ雲
◇「石森延男児童文学全集 1」学習研究社 1971 p147

（夕やけ小やけ…）
◇「〔島木〕赤彦童謡集」第一書店 1947 p32

夕焼け小焼け
◇「中村雨紅詩謡集」中村雨紅詩謡集刊行委員会 1971 p18

夕焼け小焼け（英語訳）
◇「中村雨紅詩謡集」中村雨紅詩謡集刊行委員会 1971 p85

「夕焼け小焼け」を作詞する頃
◇「中村雨紅詩謡集」中村雨紅詩謡集刊行委員会 1971 p78

夕焼け小焼け（華語訳）
◇「中村雨紅詩謡集」中村雨紅詩謡集刊行委員会 1971 p86

ゆうやけ じんじん
◇「阪田寛夫全集」理論社 2011 p182

ゆうやけ空のこいのぼり
◇「花岡大学童話全集 4」法蔵館 1980 p41

夕やけ とんぼ
◇「巽聖歌作品集 下」巽聖歌作品集刊行委員会 1977 p110

夕焼とんぼ
◇「〔北原〕白秋全童謡集 1」岩波書店 1992 p17

ゆうやけ とんぼ あか とんぼ
◇「巽聖歌作品集 下」巽聖歌作品集刊行委員会 1977 p86

夕やけなすび
◇「川崎大治民話選〔2〕」童心社 1969 p14

夕やけのうた
　◇「まど・みちお全詩集 続」理論社 2015 p392
夕焼のうた
　◇「土田耕平童話集 〔5〕」古今書院 1955 p64
夕焼の歌
　◇「土田耕平童話集」信濃毎日新聞社 1949 p85
夕やけの海―志賀島
　◇「いのち―みずかみかずよ全詩集」石風社 1995 p420
ゆうやけの女の子
　◇「長崎源之助全集 18」偕成社 1987 p31
夕焼けの国
　◇「今江祥智の本 17」理論社 1981 p58
　◇「今江祥智童話館 〔13〕」理論社 1987 p121
夕やけの空が赤かった
　◇「大石真児童文学全集 8」ポプラ社 1982 p33
ゆうやけの なかで
　◇「まど・みちお全詩集 続」理論社 2015 p401
ゆうやけ まっか
　◇「阪田寛夫全詩集」理論社 2011 p380
夕焼け物語
　◇「定本小川未明童話全集 1」講談社 1976 p79
　◇「定本小川未明童話全集 1」大空社 2001 p79
夕やけりんご
　◇「杉みき子選集 8」新潟日報事業社 2010 p229
夕闇から
　◇「魂の配達―野村吉哉作品集」草思社 1983 p55
ゆうらんバスごっこ（劇あそび）
　◇「斎田喬幼年劇全集 1」誠文堂新光社 1962 p315
ゆうれい
　◇「松谷みよ子全集 12」講談社 1972 p140
幽霊
　◇「おの・ちゅうこう初期作品集 〔1〕 牧歌的風景」嵩書房 1975 p34
ゆうれい井戸
　◇「松谷みよ子のむかしむかし 6」講談社 1973 p63
幽霊を成仏させた親鸞（茨城）
　◇「〔木暮正夫〕日本の怪奇ばなし 9」岩崎書店 1990 p62
ゆうれいをつくる男
　◇「山中恒児童よみもの選集 9」読売新聞社 1977 p5
幽霊が買つてくれた花
　◇「瑠璃の壺―森銑三童話集」三樹書房 1982 p271
幽霊から愛をこめて
　◇「赤川次郎ミステリーコレクション 第2期 11」岩崎書店 2004 p5
幽霊国
　◇「瑠璃の壺―森銑三童話集」三樹書房 1982 p335
ゆうれい船
　◇「大仏次郎少年少女のための作品集 5」講談社 1970 p5
ゆうれい船〈おじいさんのはなし〉
　◇「神沢利子コレクション・普及版 3」あかね書房 2006 p95
幽霊船の秘密
　◇「海野十三全集 9」三一書房 1988 p131
ゆうれいせんペサ
　◇「寺村輝夫全童話 7」理論社 1999 p332
幽霊滝の伝説
　◇「怪談小泉八雲のこわ～い話 3」汐文社 2004 p3
ゆうれいテレビ局
　◇「水木しげるのふしぎ妖怪ばなし 3」メディアファクトリー 2008 p4
幽霊塔（江戸川乱歩作、中島河太郎文）
　◇「少年版江戸川乱歩選集 〔6〕」講談社 1970 p1
ゆうれいになりたい
　◇「〔山田野理夫〕お笑い文庫 1」太平出版社 1977（母と子の図書室）p78
ゆうれい女房
　◇「川崎大治民話選 〔1〕」童心社 1968 p180
ゆうれいのかず
　◇「〔木暮正夫〕日本のおばけ話・わらい話 6」岩崎書店 1986 p53
ゆうれいの黒髪
　◇「川崎大治民話選 〔3〕」童心社 1971 p220
ゆうれいのしかえし
　◇「〔木暮正夫〕日本のおばけ話・わらい話 17」岩崎書店 1988 p32
ゆうれいのそでかけマツ
　◇「〔木暮正夫〕日本のおばけ話・わらい話 18」岩崎書店 1988 p53
ゆうれいのでるやしき
　◇「〔木暮正夫〕日本のおばけ話・わらい話 17」岩崎書店 1988 p4
幽霊の町
　◇「椋鳩十の本 22」理論社 1983 p220
幽霊船
　◇「定本小川未明童話全集 5」講談社 1977 p21
　◇「定本小川未明童話全集 5」大空社 2001 p21
ゆうれい屋敷
　◇「川崎大治民話選 〔2〕」童心社 1969 p200
ゆうれい屋敷
　◇「〔山田野理夫〕おばけ文庫 1」太平出版社 1976（母と子の図書室）p68
幽霊屋敷で魔女と
　◇「山中恒よみもの文庫 7」理論社 1997 p7
幽霊列車
　◇「赤川次郎セレクション 3」ポプラ社 2008 p5
誘惑

ゆうわ

- ◇「〔吉田享子〕おしゃべりな星―少年少女詩集」らくだ出版 2001 p64

誘惑者
- ◇「富島健夫青春文学選集 6」集英社 1971 p251

ゆかいな アイウエオ
- ◇「まど・みちお全詩集」理論社 1992 p365
- ◇「まどさんの詩の本 2」理論社 1994 p60

ゆかいなおじさん
- ◇「寺村輝夫童話全集 13」ポプラ社 1982

ゆかいな おんがくかと やさいたち
- ◇「与田準一全集 2」大日本図書 1967 p12

愉快な騎手
- ◇「庄野英二全集 9」偕成社 1979 p126

ゆかいな七ひきのネコ
- ◇「椋鳩十まるごと動物ものがたり 4」理論社 1996 p128

ゆかいなネコたち
- ◇「岡野薫子動物記 2」小峰書店 1986 p1

愉快な魔法つかい
- ◇「斎田喬児童劇選集 〔8〕」牧書店 1955 p147

ゆか下のねずみ
- ◇「浜田広介全集 10」集英社 1976 p241

ゆかたをきたかっぱ
- ◇「春よこいこい―高橋良和こころの童話選集」同朋舎出版 1995 p47

ゆかちゃん空へ
- ◇「〔野村ゆき〕ねえ、おはなしして！―語り聞かせるお話集」東洋出版 1998 p83

〔ゆがみつゝ月は出で〕
- ◇「新修宮沢賢治全集 6」筑摩書房 1980 p210
- ◇「新修宮沢賢治全集 6」筑摩書房 1980 p421

ユーカリ・プラタナス
- ◇「庄野英二全集 9」偕成社 1979 p250

湯川秀樹
- ◇「〔かこさとし〕お話こんにちは 〔10〕」偕成社 1980 p122

ゆき
- ◇「斎藤隆介全集 6」岩崎書店 1982 p5

ゆき
- ◇「さくらゆき―さとうじゅんこ童詩集」えんじゅの会 1997 p127

ゆき
- ◇「〔東君平〕おはようどうわ 1」講談社 1982 p212

ゆき
- ◇「マッチ箱の中―三鎌よし子童謡集」しもつけ文学会 1998 p62

雪
- ◇「石森延男児童文学全集 5」学習研究社 1971 p185

雪
- ◇「新装版金子みすゞ全集 3」JULA出版局 1984 p193

雪
- ◇「〔金子〕みすゞ詩画集 〔7〕」春陽堂書店 2002 p30
- ◇「金子みすゞ童謡全集 6」JULA出版局 2004 p92

雪
- ◇「佐藤義美全集 1」佐藤義美全集刊行会 1974 p439

雪
- ◇「杉みき子選集 2」新潟日報事業社 2005 p28

雪
- ◇「〔竹久〕夢二童謡集」ノーベル書房 1975（浪漫文庫）p26

雪
- ◇「稗田童平全集 1」宝文館出版 1978 p13

雪
- ◇「くんぺい魔法ばなし―魔法ばなし全集 2」サンリオ 2000 p26

雪
- ◇「松谷みよ子全集 10」講談社 1972 p139
- ◇「松谷みよ子おはなし集 3」ポプラ社 2010 p119

雪
- ◇「まど・みちお全詩集 続」理論社 2015 p415

雪
- ◇「いのち―みずかみかずよ全詩集」石風社 1995 p169

雪
- ◇「森三郎童話選集 〔2〕」刈谷市教育委員会 1996 p22

雪あかり
- ◇「杉みき子選集 10」新潟日報事業社 2011 p201

雪あかり
- ◇「巽聖歌作品集 上」巽聖歌作品集刊行委員会 1977 p490

雪明り
- ◇「北彰介作品集 4」青森県児童文学研究会 1991 p307

雪明り
- ◇「巽聖歌作品集 下」巽聖歌作品集刊行委員会 1977 p209

雪あそび
- ◇「マッチ箱の中―三鎌よし子童謡集」しもつけ文学会 1908 p64

ゆきうさぎ
- ◇「まど・みちお全詩集」理論社 1992 p217

ゆきウサギ
- ◇「〔東君平〕おはようどうわ 4」講談社 1982 p196
- ◇「東君平のおはようどうわ 4」新日本出版社 2010 p43

雪うさぎ
- ◇「〔佐々木千鶴子〕動物村のこうみんかん―台所からのひとり言 童話集」朝日新聞社西部開発室編集出版センター 1996 p110

雪ウサギ
　◇「石森延男児童文学全集 2」学習研究社 1971 p196
ゆきうさぎちゃん
　◇「佐藤義美童謡集」さ・え・ら書房 1960 p100
　◇「佐藤義美全集 1」佐藤義美全集刊行会 1974 p194
ゆきうさぎのユンちゃん
　◇「阪田寛夫全詩集」理論社 2011 p748
〔雪うづまきて日は温き〕
　◇「新修宮沢賢治全集 6」筑摩書房 1980 p7
雪おなご
　◇「松谷みよ子全集 12」講談社 1972 p162
雪を踏め
　◇「与謝野晶子児童文学全集 6」春陽堂書店 2007 p76
雪を待つ
　◇「与田準一全集 1」大日本図書 1967 p72
雪をよぶ鳥
　◇「立原えりかのファンタジーランド 10」青土社 1980 p83
雪おれ
　◇「国分一太郎児童文学集 6」小峰書店 1967 p171
雪おろし
　◇「杉みき子選集 9」新潟日報事業社 2011 p89
ゆきおろしの うた
　◇「巽聖歌作品集 下」巽聖歌作品集刊行委員会 1977 p20
雪おろしの話
　◇「杉みき子選集 8」新潟日報事業社 2010 p7
ゆきおんな
　◇「今江祥智の本 15」理論社 1980 p34
　◇「今江祥智童話館〔16〕」理論社 1987 p52
雪おんな
　◇「与田準一全集 2」大日本図書 1967 p240
雪女（一龍斎貞水編、岡本和明文）
　◇「一龍斎貞水の歴史講談 1」フレーベル館 2000 p6
雪女
　◇「今江祥智の本 10」理論社 1980 p115
雪女
　◇「〔北原〕白秋全童謡集 4」岩波書店 1993 p103
雪女
　◇「怪談小泉八雲のこわ〜い話 5」汐文社 2004 p3
雪女
　◇「斎藤隆介全集 1」岩崎書店 1982 p185
雪女
　◇「沼田曜一の親子劇場 1」あすなろ書房 1995 p69
雪女
　◇「松谷みよ子のむかしむかし 3」講談社 1973 p58

　◇「松谷みよ子全エッセイ 2」筑摩書房 1989 p187
雪女からもらった力
　◇「北彰介作品集 3」青森県児童文学研究会 1990 p275
雪女になった琴音
　◇「健太と大天狗―片山貞一創作童話集」あさを社 2007 p127
雪女の怪（青森）
　◇〔木暮正夫〕日本の怪奇ばなし 9」岩崎書店 1990 p16
雪女のくれた子ども
　◇〔西本鶏介〕日本の昔話―読みきかせお話集 2」小学館 2001 p96
雪女のはなし
　◇「北彰介作品集 3」青森県児童文学研究会 1990 p36
雪がうれしいひと
　◇〔柳家弁天〕らくご文庫 4」太平出版社 1987 p74
ゆきかきぼうき
　◇「与田準一全集 1」大日本図書 1967 p182
ゆきかき（よびかけ）
　◇「斎田喬幼年劇全集 3」誠文堂新光社 1962 p103
ゆきがくる
　◇「神沢利子コレクション 1」あかね書房 1994 p215
　◇「神沢利子コレクション・普及版 1」あかね書房 2005 p215
雪形
　◇「杉みき子選集 10」新潟日報事業社 2011 p225
ゆきが とける
　◇「まど・みちお全詩集」理論社 1992 p170
雪がとける
　◇「〔北原〕白秋全童謡集 4」岩波書店 1993 p107
雪が ひつじの 毛の マント
　◇「巽聖歌作品集 下」巽聖歌作品集刊行委員会 1977 p79
雪がふったら、ねこの市
　◇「あまんきみこ童話集 2」ポプラ社 2008 p105
　◇「あまんきみこセレクション 4」三省堂 2009 p35
雪が ふりました
　◇「定本小川未明童話全集 15」講談社 1978 p11
　◇「定本小川未明童話全集 15」大空社 2002 p11
ゆきが ふる
　◇「まど・みちお全詩集」理論社 1992 p295
　◇「まどさんの詩の本 14」理論社 1997 p70
雪がふる
　◇「立原えりかのファンタジーランド 16」青土社 1981 p199
雪がふる
　◇「まど・みちお全詩集」理論社 1992 p509

ゆきか

◇「まどさんの詩の本 14」理論社 1997 p72

ゆきが ふるから
　◇「まど・みちお全詩集」理論社 1992 p550

雪がふるのに
　◇「佐藤義美童謡集」さ・え・ら書房 1960 p226
　◇「佐藤義美全集 1」佐藤義美全集刊行会 1974 p243

雪消え近く
　◇「定本小川未明童話全集 12」講談社 1977 p105
　◇「定本小川未明童話全集 12」大空社 2002 p105

雪ぐつを鳴らして
　◇「巽聖歌作品集 下」巽聖歌作品集刊行委員会 1977 p180

雪国（三章）
　◇「稗田童平全集 1」宝文館出版 1978 p64

雪国だより
　◇「氏原大作全集 4」条例出版 1977 p388

雪国のおんどり
　◇「浜田広介全集 6」集英社 1976 p54

雪国のカラス
　◇「浜田広介全集 8」集英社 1976 p161

ゆきぐにのゆき
　◇「〔関根栄一〕はしるふじさん―童謡集」小峰書店 1998 p90

雪くる前の高原の話
　◇「定本小川未明童話全集 6」講談社 1977 p246
　◇「定本小川未明童話全集 6」大空社 2001 p246

雪来る前の高原の話
　◇「小川未明30選」春陽堂書店 2009（名作童話）p185

ゆきげしき
　◇「〔東君平〕おはようどうわ 8」講談社 1982 p210

〔雪げの水に涵されし〕
　◇「新修宮沢賢治全集 6」筑摩書房 1980 p157

雪小僧
　◇「〔山田野理夫〕おばけ文庫 7」太平出版社 1976（母と子の図書室）p58

雪コふれふれ
　◇「斎藤隆介全集 4」岩崎書店 1982 p239

ユキコボシ
　◇「今江祥智の本 4」理論社 1980 p91
　◇「今江祥智童話館 〔11〕」理論社 1987 p153

雪小屋の屋根
　◇「杉みき子選集 1」新潟日報事業社 2005 p239

雪ころばし
　◇「〔山田野理夫〕おばけ文庫 7」太平出版社 1976（母と子の図書室）p158

ゆき こんこん
　◇「阪田寛夫全集」理論社 2011 p186

雪こんこん

◇「〔北原〕白秋全童謡集 5」岩波書店 1993 p38

雪こんこんお寺の柿の木
　◇「森三郎童話選集 〔1〕」刈谷市教育委員会 1995 p223

ゆきこんこんきつねこんこん
　◇「椋鳩十の本 26」理論社 1989 p289
　◇「椋鳩十学年別童話 〔2〕」理論社 1990 p50

ゆきごんのおくりもの
　◇「長崎源之助全集 18」偕成社 1987 p111

悠紀齋田御田植歌
　◇「〔巌谷〕小波お伽全集 7」本の友社 1998 p453

雪地蔵
　◇「〔山田野理夫〕おばけ文庫 7」太平出版社 1976（母と子の図書室）p88

雪じょろう
　◇「〔山田野理夫〕おばけ文庫 7」太平出版社 1976（母と子の図書室）p51

雪しんしん
　◇「斎藤隆介全集 4」岩崎書店 1982 p121

〔行きすぎる雲の影から〕
　◇「新修宮沢賢治全集 5」筑摩書房 1979 p194
　◇「新修宮沢賢治全集 5」筑摩書房 1979 p324

ゆきだむら あざ ろっかく
　◇「阪田寛夫詩集」理論社 2011 p185

雪田村の雪だるま
　◇「阪田寛夫全集」理論社 2011 p817

ゆきだるま
　◇「今江祥智の本 16」理論社 1980 p97
　◇「今江祥智童話館 〔1〕」理論社 1986 p106

雪だるま
　◇「定本小川未明童話全集 2」講談社 1976 p328
　◇「定本小川未明童話全集 2」大空社 2001 p328

雪だるま
　◇「西條八十の童話と童謡」小学館 1981 p89

雪だるま
　◇「〔竹久〕夢二童謡集」ノーベル書房 1975（浪漫文庫）p25

雪達磨（アルペン山）
　◇「〔巌谷〕小波お伽全集 15」本の友社 1998 p367

ゆきだるまがっこう（みじかいおしばい）
　◇「斎田喬幼年劇全集 3」誠文堂新光社 1962 p23

ゆきだるまさん
　◇「さくらゆき―さとうじゅんこ童詩集」えんじゅの会 1997 p94

雪だるまと おほしさま
　◇「定本小川未明童話全集 15」講談社 1978 p143
　◇「定本小川未明童話全集 15」大空社 2002 p143

雪だるまと鴉
　◇「土田耕平詩集 〔1〕」古今書院 1955 p35

雪だるまとポチ

ゆきに

　　◇「浜田広介全集 7」集英社 1976 p120
ゆきだるまの ゆうびんくばり
　　◇「平塚武二童話全集 2」童心社 1972 p104
雪だるまヤーイ
　　◇「斎田喬幼年劇全集 2」誠文堂新光社 1961 p385
ゆきだるま ゆきうさぎ
　　◇「佐藤義美全集 5」佐藤義美全集刊行会 1973 p98
ゆきちがえ神
　　◇「〔山田野理夫〕おばけ文庫 2」太平出版社 1976
　　　（母と子の図書室）p80
ユキちゃん
　　◇「立原えりか作品集 6」思潮社 1973 p155
　　◇「立原えりかのファンタジーランド 12」青土社
　　　1980 p145
ゆきつり
　　◇「佐藤義美童謡集」さ・え・ら書房 1960 p106
　　◇「佐藤義美全集 1」佐藤義美全集刊行会 1974
　　　p196
雪でつくったお母さん
　　◇「定本小川未明童話全集 8」講談社 1977 p61
　　◇「定本小川未明童話全集 8」大空社 2001 p61
雪という字
　　◇「坪田譲治自選童話集」実業之日本社 1971 p215
　　◇「坪田譲治童話全集 3」岩崎書店 1986 p73
　　◇「坪田譲治名作選〔1〕魔法」小峰書店 2005 p26
雪と斧と獣―光太郎の歌とリルケの詩にふれ
　ながら
　　◇「稗田童平全集 4」宝文館出版 1980 p151
〔雪と飛白岩（ギャブロ）の峯の脚〕
　　◇「新修宮沢賢治全集 5」筑摩書房 1979 p220
　　◇「新修宮沢賢治全集 5」筑摩書房 1979 p330
雪どけ
　　◇「石森延男児童文学全集 11」学習研究社 1971
　　　p99
雪どけ
　　◇「〔北原〕白秋全童謡集 3」岩波書店 1992 p404
雪どけ
　　◇「〔鈴木桂子〕親子で語り合う詩集 1」クロスロー
　　　ド 1997 p14
雪どけ
　　◇「椋鳩十全集 11」ポプラ社 1970 p34
雪どけの日
　　◇「椋鳩十の本 17」理論社 1982 p63
ゆきどけのみち
　　◇「〔関根栄一〕はしるふじさん―童謡集」小峰書店
　　　1998 p96
ゆきと こいぬ
　　◇「まど・みちお全詩集」理論社 1992 p110
雪と少年
　　◇「椋鳩十全集 26」ポプラ社 1981 p171
　　◇「椋鳩十の本 20」理論社 1983 p141

ゆきとちゅーりっぷ
　　◇「久保喬自選作品集 3」みどりの会 1994 p113
「雪とつばきの花」
　　◇「稗田童平全集 8」宝文館出版 1982 p143
雪とつばきの花
　　◇「稗田童平全集 8」宝文館出版 1982 p143
ゆきとどいた生活
　　◇「星新一-YAセレクション 3」理論社 2008 p7
ゆきとなんてん
　　◇「〔関根栄一〕はしるふじさん―童謡集」小峰書店
　　　1998 p56
雪と 二わの からす
　　◇「定本小川未明童話全集 15」講談社 1978 p77
　　◇「定本小川未明童話全集 15」大空社 2002 p77
〔雪とひのきの坂上に〕
　　◇「新修宮沢賢治全集 6」筑摩書房 1980 p286
　　◇「新修宮沢賢治全集 6」筑摩書房 1980 p437
雪と火祭
　　◇「稗田童平全集 7」宝文館出版 1981 p152
ゆきとペスのこいぬ
　　◇「〔関根栄一〕はしるふじさん―童謡集」小峰書店
　　　1998 p26
雪と炎
　　◇「今江祥智の本 20」理論社 1981 p160
雪とみかん
　　◇「定本小川未明童話全集 7」講談社 1977 p240
　　◇「定本小川未明童話全集 7」大空社 2001 p240
雪ともち
　　◇「与田準一全集 2」大日本図書 1967 p184
雪と炉
　　◇「稗田童平全集 1」宝文館出版 1978 p86
　　◇「稗田童平全集 8」宝文館出版 1982 p27
「雪と炉」拾遺
　　◇「稗田童平全集 8」宝文館出版 1982 p22
「雪と炉」抄
　　◇「稗田童平全集 1」宝文館出版 1978 p76
童謡集 雪と驢馬
　　◇「巽聖歌作品集 上」巽聖歌作品集刊行委員会
　　　1977 p9
雪と驢馬
　　◇「巽聖歌作品集 上」巽聖歌作品集刊行委員会
　　　1977 p57
雪なげ
　　◇「山本瓔子詩集 II」新風舎 2003 p36
雪なげの歌
　　◇「佐藤義美童謡集」さ・え・ら書房 1960 p257
　　◇「佐藤義美全集 1」佐藤義美全集刊行会 1974
　　　p268
雪に
　　◇「新装版金子みすゞ全集 3」JULA出版局 1984

ゆきに

　　◇「金子みすゞ童謡全集 6」JULA出版局 2004 p106
雪にうずめておいたもの
　　◇「浜田広介全集 4」集英社 1976 p235
雪にうずもれた話
　　◇「土田耕平童話集〔1〕」古今書院 1955 p17
雪にとぶコウモリ
　　◇「大石真児童文学全集 1」ポプラ社 1982 p47
雪女房
　　◇「〔山田野理夫〕おばけ文庫 7」太平出版社 1976（母と子の図書室）p92
雪に寄せて歌へる祝されし婚姻
　　◇「松田瓊子全集 5」大空社 1997 p116
雪人形
　　◇「斎田喬児童劇選集〔2〕」牧書店 1954 p214
雪人形
　　◇「佐藤義美全集 1」佐藤義美全集刊行会 1974 p394
雪人形〈エム・ピー・メリメン〉
　　◇「校定新美南吉全集 9」大日本図書 1981 p587
(雪の)
　　◇「稗田童平全集 8」宝文館出版 1982 p57
〔雪のあかりと〕
　　◇「新修宮沢賢治全集 7」筑摩書房 1980 p242
雪の朝
　　◇「〔神沢利子〕くまの子ウーフの童話集 2」ポプラ社 2001 p87
　　◇「神沢利子コレクション・普及版 1」あかね書房 2005 p135
雪の朝
　　◇「武田信夫童話作品集」みちのく書房 1995 p497
雪の朝
　　◇「椋鳩十の本 20」理論社 1983 p95
雪の朝のスズメ
　　◇「岡本良雄童話文学全集 3」講談社 1964 p294
雪の一夜
　　◇「稗田童平全集 8」宝文館出版 1982 p119
雪の一本道
　　◇「長い長いかくれんぼ—杉みき子自選童話集」新潟日報事業社 2001 p68
雪の上のおじいさん
　　◇「定本小川未明童話全集 3」講談社 1977 p82
　　◇「定本小川未明童話全集 3」大空社 2001 p82
雪の上のおのぼりさん
　　◇「杉みき子選集 9」新潟日報事業社 2011 p176
雪の上の鴉
　　◇「与謝野晶子児童文学全集 6」春陽堂書店 2007 p40
雪の上の舞踏
　　◇「定本小川未明童話全集 6」講談社 1977 p15

　　◇「定本小川未明童話全集 6」大空社 2001 p15
ゆきのおしろのえかき
　　◇「岩永博史童話集 1」岩永博史 2001 p100
ゆきのおと
　　◇「〔東君平〕おはようどうわ 6」講談社 1982 p12
雪の音
　　◇「杉みき子選集 3」新潟日報事業社 2006 p83
雪の音
　　◇「武田信夫童話作品集」みちのく書房 1995 p140
雪の音
　　◇「花岡大学童話文学全集 4」法藏館 1980 p53
雪のお話—中国童話
　　◇「小出正吾児童文学全集 4」審美社 2001 p307
雪の思い出
　　◇「庄野英二全集 4」偕成社 1979 p364
雪のかたち
　　◇「北彰介作品集 1」青森県児童文学研究会 1990 p122
雪の冠
　　◇「稗田童平全集 8」宝文館出版 1982 p28
雪の記憶
　　◇「壺井栄全集 11」文泉堂出版 1998 p58
雪の記憶
　　◇「富島健夫青春文学選集 2」集英社 1971 p5
雪の国と太郎
　　◇「定本小川未明童話全集 1」講談社 1976 p97
　　◇「定本小川未明童話全集 1」大空社 2001 p97
雪のくま
　　◇「神沢利子コレクション 4」あかね書房 1994 p213
　　◇「神沢利子コレクション・普及版 4」あかね書房 2006 p213
雪の車
　　◇「〔巌谷〕小波お伽全集 3」本の友社 1998 p372
ゆきの子うま
　　◇「長崎源之助全集 18」偕成社 1987 p123
雪の声
　　◇「与田準一全集 4」大日本図書 1967 p183
雪のこだま
　　◇「花岡大学童話文学全集 5」法藏館 1980 p312
ユキノ コドモノ ユキタラウ
　　◇「佐藤義美全集 1」佐藤義美全集刊行会 1974 p344
ゆきの こびと
　　◇「まど・みちお全詩集」理論社 1992 p295
雪のサンタ＝マルヤ
　　◇「松谷みよ子のむかしむかし 7」講談社 1973 p18
ゆきのした
　　◇「いのち—みずかみかずよ全詩集」石風社 1995 p19

雪の下
　◇「杉みき子選集 2」新潟日報事業社 2005 p30
雪の下から
　◇「杉みき子選集 10」新潟日報事業社 2011 p106
雪の下の木ねずみ
　◇「ひろすけ幼年童話文学全集 2」集英社 1962 p182
　◇「浜田広介全集 2」集英社 1975 p151
雪の少女
　◇「阪田寛夫全詩集」理論社 2011 p226
雪の女王
　◇「立原えりかのファンタジーランド 3」青土社 1980 p171
雪のスワン
　◇「稗田童平全集 8」宝文館出版 1982 p184
雪の精
　◇「〔辻弘司〕創作短篇童話集 マガダ国の悲劇・鍋の蓋他」日本文学館 2006 p87
雪のぞう（テーブルしばい）
　◇「斎田喬幼年劇全集 3」誠文堂新光社 1962 p9
雪の竹ちゃん
　◇「〔巌谷〕小波お伽全集 9」本の友社 1998 p87
雪の便り
　◇「北彰介作品集 4」青森県児童文学研究会 1991 p103
雪のつめ
　◇「花岡大学童話文学全集 2」法蔵館 1980 p200
雪の手紙
　◇「西條八十童謡全集」修道社 1971 p79
　◇「西條八十童話集」小学館 1983 p388
雪のテトラポッド
　◇「長い長いかくれんぼ―杉みき子自選童話集」新潟日報事業社 2001 p90
　◇「杉みき子選集 6」新潟日報事業社 2009 p211
ゆきのてんし
　◇「やなせたかし童謡詩集 〔1〕」フレーベル館 2000 p36
雪の桃源郷へ―あとがきにかえて
　◇「夢見る窓―冬村勇陽童話集」北雪新書 2004 p250
雪の童子
　◇「〔巌谷〕小波お伽全集 9」本の友社 1998 p289
雪のともしび―金沢にいた高山右近
　◇「かつおきんや作品集 11」偕成社 1982 p7
雪のないとき―タネリのでまかせのうた 2
　◇「あまの川―宮沢賢治童謡集」筑摩書房 2001 p54
雪の中のウズラ
　◇「椋鳩十の本 19」理論社 1982 p137
雪の中の小屋
　◇「庄野英二全集 11」偕成社 1980 p268

雪の中の信子
　◇「富島健夫青春文学選集 12」集英社 1971 p5
雪の中のゆうれい
　◇「〔山田野理夫〕おばけ文庫 8」太平出版社 1976（母と子の図書室）p143
雪の鳩
　◇「地球のかぞく―石原一輝童謡詩集」群青社 2001 p76
雪のはとば
　◇「石森延男児童文学全集 2」学習研究社 1971 p333
ゆきのはな
　◇「阪田寛夫全詩集」理論社 2011 p195
雪の花
　◇「稗田童平全集 8」宝文館出版 1982 p27
雪の幅
　◇「〔山田野理夫〕お笑い文庫 1」太平出版社 1977（母と子の図書室）p139
雪の晴れ間
　◇「阪田寛夫全詩集」理論社 2011 p574
ゆきのひ
　◇「〔斎藤信夫〕子ども心を友として―童謡詩集」成東町教育委員会 1996 p256
ゆきのひ
　◇「〔東君平〕おはようどうわ 7」講談社 1982 p12
　◇「東君平のおはようどうわ 5」新日本出版社 2010 p81
雪の日
　◇「石森延男児童文学全集 11」学習研究社 1971 p290
雪の日
　◇「北川千代児童文学全集 下」講談社 1967 p21
雪の日
　◇「小出正吾児童文学全集 1」審美社 2000 p87
雪の日
　◇「巽聖歌作品集 上」巽聖歌作品集刊行委員会 1977 p138
雪の日
　◇「中村雨紅詩謡集」中村雨紅詩謡集刊行委員会 1971 p43
雪のピエロ
　◇「稗田童平全集 8」宝文館出版 1982 p184
雪の人くい谷―続 五箇山ぐらし
　◇「かつおきんや作品集 3」偕成社 1982 p7
雪の日のアルバム
　◇「長い長いかくれんぼ―杉みき子自選童話集」新潟日報事業社 2001 p174
雪の日のタカ
　◇「椋鳩十全集 11」ポプラ社 1970 p152
雪のファンタジー
　◇「山本瓔子詩集 I」新風舎 2003 p132

ゆきの

ゆきの ふった ばんの はなし
　◇「小川未明幼年童話文学全集 4」集英社 1966 p50

雪の ふった ばんの はなし
　◇「定本小川未明童話全集 15」講談社 1978 p146
　◇「定本小川未明童話全集 15」大空社 2002 p146

雪の降った日
　◇「定本小川未明童話全集 12」講談社 1977 p12
　◇「定本小川未明童話全集 12」大空社 2002 p12

雪のふる国
　◇「ひろすけ幼年童話文学全集 4」集英社 1962 p148
　◇「浜田広介全集 5」集英社 1976 p206

雪のふる晩
　◇「〔北原〕白秋全童謡集 1」岩波書店 1992 p77

雪の降る日
　◇「小川のせせらぎが聞こえるかい―中澤洋子童話集」中澤洋子 2010 p34

雪のふる夜
　◇「北彰介作品集 1」青森県児童文学研究会 1990 p146

雪のふる夜
　◇「与田凖一全集 1」大日本図書 1967 p174

雪の降る夜
　◇「〔斎藤信夫〕子ども心を友として―童謡詩集」成東町教育委員会 1996 p78

雪の降る夜に
　◇「校定新美南吉全集 8」大日本図書 1981 p302

雪のふるわけ
　◇「西條八十の童話と童謡」小学館 1981 p38

雪の帽子
　◇「今江祥智の本 15」理論社 1980 p96
　◇「今江祥智童話館 〔15〕」理論社 1987 p190

雪のポスト
　◇「大石真児童文学全集 11」ポプラ社 1982 p91

雪のほらあな
　◇「〔北原〕白秋全童謡集 4」岩波書店 1993 p101

ゆきのまほう
　◇「〔東風琴子〕童話集 2」ストーク 2006 p159

雪の宿
　◇「新修宮沢賢治全集 6」筑摩書房 1980 p38
　◇「新修宮沢賢治全集 6」筑摩書房 1980 p351

ゆきの やま
　◇「まど・みちお全詩集」理論社 1992 p338

雪の山の神
　◇「巌谷〕小波お伽全集 3」本の友社 1998 p215

雪の山道
　◇「〔北原〕白秋全童謡集 4」岩波書店 1993 p200

雪の夜
　◇「西條八十童謡全集」修道社 1971 p14
　◇「西條八十童話」小学館 1983 p436

雪の夜
　◇「杉みき子選集 10」新潟日報事業社 2011 p90

雪の夜(二瓶とく)
　◇「岡田泰三・日下部梅子童謡集」会津童詩会 1992 p160

雪の夜
　◇「星新一ショートショートセレクション 2」理論社 2001 p97

雪の夜
　◇「いのち―みずかみかずよ全詩集」石風社 1995 p168

雪の夜がたり
　◇「西條八十童謡全集」修道社 1971 p96

雪の夜のお客さま
　◇「立原えりか作品集 6」思潮社 1973 p101
　◇「立原えりかのファンタジーランド 3」青土社 1980 p7

雪の夜のものがたり
　◇「今江祥智童話館 〔16〕」理論社 1987 p88
　◇「今江祥智ショートファンタジー 4」理論社 2005 p131

雪の夜の物語
　◇「北彰介作品集 4」青森県児童文学研究会 1991 p95
　◇「北彰介作品集 4」青森県児童文学研究会 1991 p134

雪の夜話
　◇「土田耕平童話集 〔4〕」古今書院 1955 p24

雪はきばば
　◇「〔山田野理夫〕おばけ文庫 7」太平出版社 1976（母と子の図書室）p105

雪比丘尼
　◇「さねとうあきら創作民話集 被差別部落 1」明石書店 1988 p46

雪姫・紅葉姫
　◇「松谷みよ子のむかしむかし 10」講談社 1973 p33

雪ふり女
　◇「〔山田野理夫〕おばけ文庫 7」太平出版社 1976（母と子の図書室）p16

雪降り小女郎
　◇「野口雨情童謡集」弥生書房 1993 p33

雪ぶりたんじょう日
　◇「与田凖一全集 4」大日本図書 1967 p178

ゆきふりむし
　◇「稗田菫平全集 3」宝文館出版 1979 p63

雪降虫
　◇「室生犀星童話全集 3」創林社 1978 p247

雪降虫のうた
　◇「室生犀星童話全集 2」創林社 1978 p81

ゆき ふる いけ

◇「坪田譲治幼年童話文学全集 5」集英社 1965 p152

雪ふる池
◇「坪田譲治自選童話集」実業之日本社 1971 p354
◇「坪田譲治童話全集 5」岩崎書店 1986 p55
◇「坪田譲治名作選 〔2〕 ビワの実」小峰書店 2005 p80

(雪ふるなかに)
◇「稗田童平全集 8」宝文館出版 1982 p27

ユキバウシ
◇「〔北原〕白秋全童謡集 3」岩波書店 1992 p167

雪帽子
◇「〔北原〕白秋全童謡集 3」岩波書店 1992 p400

雪ぼっこ
◇「斎藤隆介全集 12」岩崎書店 1982 p22

雪まつり
◇「夢見る窓—冬村勇陽童話集」北雪新書 2004 p224

雪まつり
◇「横山健童謡選集 1」無明舎出版 1995 p14

雪まつり(童話劇)
◇「斎田喬幼年劇全集 3」誠文堂新光社 1962 p47

雪窓
◇「安房直子コレクション 1」偕成社 2004 p167

雪道チミばなし
◇「長い長いかくれんぼ—杉みき子自選童話集」新潟日報事業社 2001 p157

雪道のあるきかた
◇「〔柳家弁天〕らくご文庫 4」太平出版社 1987 p73

雪道の夜は
◇「杉みき子選集 10」新潟日報事業社 2011 p56

雪美ちゃん
◇「あさのあつこセレクション 1」ポプラ社 2007 p63

ユキムシのころ
◇「〔東君平〕おはようどうわ 4」講談社 1982 p190
◇「東君平のおはようどうわ 3」新日本出版社 2010 p78

ゆきむすめ
◇「今江祥智童話館 〔6〕」理論社 1986 p182
◇「今江祥智ショートファンタジー 1」理論社 2004 p23

雪むすめ
◇「立原えりか作品集 5」思潮社 1973 p27
◇「立原えりかのファンタジーランド 3」青土社 1980 p53

雪娘と鳥娘
◇「〔巌谷〕小波お伽全集 8」本の友社 1998 p397

雪やこんこ
◇「川崎大治民話選 〔1〕」童心社 1968 p92

雪やこんこ
◇「〔竹久〕夢二童謡集」ノーベル書房 1975 (浪漫文庫) p30

ゆきやこんこん(よびかけ)
◇「斎田喬幼年劇全集 3」誠文堂新光社 1962 p33

雪屋さん
◇「杉みき子選集 2」新潟日報事業社 2005 p15

雪柳
◇「巽聖歌作品集 上」巽聖歌作品集刊行委員会 1977 p22

雪山に野猿を求めて
◇「戸川幸夫動物文学全集 14」講談社 1977 p113

雪より白い鳥
◇「立松和平ファンタジー選集 2」フレーベル館 1999 p7

雪よりも
◇「阪田寛夫全詩集」理論社 2011 p800

(雪は)
◇「稗田童平全集 8」宝文館出版 1982 p57

雪は生きもののうた
◇「室生犀星童話全集 2」創林社 1978 p82

雪は踊りつつある
◇「〔島崎〕藤村の童話 1」筑摩書房 1979 p114
◇「〔島崎〕藤村の童話 2」筑摩書房 1979 p26

雪わたり
◇「宮沢賢治童話集」世界文化社 2004 (心に残るロングセラー) p114
◇「宮沢賢治のおはなし 4」岩崎書店 2004 p1

雪渡り
◇「新版・宮沢賢治童話全集 2」岩崎書店 1978 p29
◇「新修宮沢賢治全集 13」筑摩書房 1980 p137
◇「宮沢賢治童話集 1」講談社 1985 (講談社青い鳥文庫) p115
◇「〔宮沢〕賢治童話」翔泳社 1995 p76
◇「ジュニア文学館 宮沢賢治—写真・絵画集成 2」日本図書センター 1996 p166
◇「齋藤孝のイッキによめる！ 小学生のための宮沢賢治」講談社 2007 p125
◇「学校放送劇舞台劇脚本集 宮沢賢治名作童話」東洋書院 2008 p229
◇「宮沢賢治20選」春陽堂書店 2008 (名作童話) p14
◇「宮沢賢治童話集珠玉選 〔1〕」講談社 2009 p148

雪渡り(宮沢賢治作、小池タミ子脚色)
◇「宮沢賢治童話劇集 2」東京書籍 1981 (東書児童劇シリーズ) p137

雪渡り〔発表後手入形〕
◇「よくわかる宮沢賢治—イーハトーブ・ロマン I」学習研究社 1996 p64

雪はちくたく
◇「長崎源之助全集 15」偕成社 1987 p187

ゆきわ

雪は蝶々のなみだです
　◇「斎田喬児童劇選集 〔2〕」牧書店 1954 p139

ゆきわり草
　◇「壺井栄全集 4」文泉堂出版 1998 p412

雪わり草
　◇「〔竹久〕夢二童謡集」ノーベル書房 1975（浪漫文庫）p8

雪割草
　◇「中村雨紅詩謡集」中村雨紅詩謡集刊行委員会 1971 p47

行方不明
　◇「今江祥智の本 36」理論社 1990 p270

ゆく手の山
　◇「浜田広介全集 11」集英社 1976 p153

行く春
　◇「中村雨紅詩謡集」中村雨紅詩謡集刊行委員会 1971 p166

逝く春の賦
　◇「新美南吉全集 6」牧書店 1965 p108
　◇「校定新美南吉全集 8」大日本図書 1981 p259

行け黒潮の子
　◇「山中恒児童よみもの選集 16」読売新聞社 1986 p5

ゆけ，宗谷！＜一まく 生活劇＞
　◇「〔斎田喬〕学校劇代表作選 2」牧書店 1959 p123

ゆげの あさ
　◇「まど・みちお全詩集」理論社 1992 p218

ゆげ ゆげ ほやほや
　◇「まど・みちお全詩集」理論社 1992 p165

ユーさんの島
　◇「佐藤義美全集 3」佐藤義美全集刊行会 1973 p303

ゆず
　◇「杉みき子選集 3」新潟日報事業社 2006 p57

柚の大馬鹿
　◇「壺井栄全集 7」文泉堂出版 1998 p51
　◇「壺井栄全集 11」文泉堂出版 1998 p141

柚の馬鹿野郎十八年
　◇「中村雨紅詩謡集」中村雨紅詩謡集刊行委員会 1971 p157

ゆずの はなし
　◇「小川未明幼年童話文学全集 4」集英社 1966 p91

ゆずの話
　◇「定本小川未明童話全集 11」講談社 1977 p161
　◇「定本小川未明童話全集 11」大空社 2002 p161

柚原小はな
　◇「壺井栄全集 8」文泉堂出版 1998 p5

ゆず湯
　◇「〔島崎〕藤村の童話 3」筑摩書房 1979 p168

ゆすらうめ
　◇「与田凖一全集 1」大日本図書 1967 p26

ゆずり合い
　◇「椋鳩十全集 24」ポプラ社 1980 p152

ゆづりあい
　◇「〔巌谷〕小波お伽全集 14」本の友社 1998 p399

ゆすろ ゆすろ
　◇「〔北原〕白秋全童謡集 2」岩波書店 1992 p461

輸送中
　◇「星新一ショートショートセレクション 14」理論社 2004 p118

ユダヤの娘
　◇「浜田広介全集 10」集英社 1976 p170

油断鯛敵
　◇「〔巌谷〕小波お伽全集 12」本の友社 1998 p405

ゆったりと
　◇「いのち―みずかみかずよ全詩集」石風社 1995 p417

ゆでがに
　◇「花岡大学童話文学全集 1」法蔵館 1980 p99

ゆでたまご
　◇「杉みき子選集 2」新潟日報事業社 2005 p130

ゆでたまごまーだ
　◇「〔神沢利子〕くまの子ウーフの童話集 3」ポプラ社 2001 p7

ユトムとヒ
　◇「斎藤隆介全集 1」岩崎書店 1982 p170

ユニコーン
　◇「立原えりか作品集 5」思潮社 1973 p143
　◇「立原えりかのファンタジーランド 1」青土社 1980 p35

湯の花
　◇「安房直子コレクション 7」偕成社 2004 p139

ゆのみ
　◇「まど・みちお全詩集 続」理論社 2015 p174

ゆのみとコップ
　◇「まど・みちお全詩集 続」理論社 2015 p91

湯の宿
　◇「氏原大作全集 2」条例出版 1977 p109

ゆび
　◇「まど・みちお全詩集」理論社 1992 p161
　◇「まど・みちお全詩集」理論社 1992 p582
　◇「まどさんの詩の本 5」理論社 1994 p64
　◇「まどさんの詩の本 6」理論社 1996 p82
　◇「まど・みちお詩集 〔2〕」すえもりブックス 1998 p8

指
　◇「高橋敏彦童話集」ノヴィス 2000（ノヴィス叢書）p12

指
　◇「新美南吉全集 6」牧書店 1965 p156

指
◇「校定新美南吉全集 8」大日本図書 1981 p391
指
◇「まど・みちお全詩集」理論社 1992 p52
ゆび いくつ
◇「まど・みちお全詩集」理論社 1992 p296
ゆびきり
◇「新装版金子みすゞ全集 2」JULA出版局 1984 p73
◇「金子みすゞ童謡集」角川春樹事務所 1998（ハルキ文庫）p118
◇「金子みすゞ童謡全集 3」JULA出版局 2004 p114
ゆびきり
◇「早乙女勝元小説選集 5」理論社 1977 p1
指きり
◇「西條八十童話集」小学館 1983 p439
指きり
◇「斎田喬児童劇選集 〔2〕」牧書店 1954 p162
指きり
◇「巽聖歌作品集 上」巽聖歌作品集刊行委員会 1977 p149
指きり
◇「松谷みよ子全集 4」講談社 1972 p53
ゆびきりげーんまん
◇「〔東風琴子〕童話集 1」ストーク 2002 p75
ゆびきりげんまん
◇「〔下田喜久美〕遠くから来た旅人―詩集」リトル・ガリヴァー社 1998 p10
ゆびきりしましょ
◇「〔斎藤信夫〕子ども心を友として―童謡詩集」成東町教育委員会 1996 p120
指さきの文字
◇「千葉省三童話全集 6」岩崎書店 1968 p29
ゆび仙人
◇「〔山田野理夫〕おばけ文庫 11」太平出版社 1976（母と子の図書室）p112
ゆび太郎
◇「寺村輝夫のむかし話 〔12〕」あかね書房 1982 p48
一・二年生のための詩とうたゆびなめこぞうは さんにんだ
◇「巽聖歌作品集 下」巽聖歌作品集刊行委員会 1977 p47
ゆびなめこぞうは さんにんだ
◇「巽聖歌作品集 下」巽聖歌作品集刊行委員会 1977 p68
◇「巽聖歌作品集 下」巽聖歌作品集刊行委員会 1977 p70
指の家族
◇「与田凖一全集 1」大日本図書 1967 p122
ゆびのなまえ

◇「まど・みちお全詩集 続」理論社 2015 p174
ゆびわ
◇「まど・みちお全詩集 4」銀河社 1974 p44
◇「まど・みちお全詩集」理論社 1992 p431
◇「まど・みちお全詩集 続」理論社 2015 p415
ゆびわのゆくえ
◇「花岡大学 続・仏典童話全集 2」法蔵館 1981 p150
指輪ものがたり
◇「岩永博史童話集 2」岩永博史 2005 p60
［コマ絵童話］いぬ・ねこ・ねずみ・それとだれかゆびわはどこへいった
◇「佐藤さとる幼年童話自選集 2」ゴブリン書房 2003 p97
UFO（ユーフォー）すくい
◇「今江祥智童話館 〔9〕」理論社 1987 p30
◇「今江祥智ショートファンタジー 5」理論社 2005 p30
由布岳
◇「いのち―みずかみかずよ全詩集」石風社 1995 p427
ゆべし
◇「椋鳩十の本 23」理論社 1983 p257
弓
◇「与謝野晶子児童文学全集 6」春陽堂書店 2007 p202
ゆみ子とつばめのお墓
◇「今西祐行全集 6」偕成社 1988 p99
ゆみ子とみずすまし
◇「今西祐行全集 1」偕成社 1988 p141
ゆみ子のかきの木
◇「今西祐行全集 1」偕成社 1988 p151
ゆみ子のりす
◇「今西祐行全集 2」偕成社 1987 p97
ゆみ子のリス
◇「今西祐行絵ぶんこ 3」あすなろ書房 1984 p33
（弓師は）
◇「稗田菫平全集 8」宝文館出版 1982 p48
弓流し
◇「中村雨紅詩謡集」中村雨紅詩謡集刊行委員会 1971 p125
〔弓のごとく〕
◇「新修宮沢賢治全集 6」筑摩書房 1980 p202
弓の名人
◇「花岡大学仏典童話全集 2」法蔵館 1979 p50
◇「花岡大学仏典童話全集 1」佼成出版社 2006 p117
弓の名人
◇「浜田広介全集 2」集英社 1975 p51
弓の名人柳沢ジロー
◇「〔今坂柳二〕りゅうじフォークロア・world 4」

ゆめ

　ふるさと伝承研究会 2008 p42
ゆめ
　◇「坪田譲治名作選〔3〕サバクの虹」小峰書店 2005 p58
ゆめ
　◇「〔東君平〕ひとくち童話 1」フレーベル館 1995 p40
　◇「〔東君平〕ひとくち童話 4」フレーベル館 1995 p12
ユメ
　◇「佐藤義美全集 1」佐藤義美全集刊行会 1974 p126
夢
　◇「坪田譲治自選童話集」実業之日本社 1971 p402
　◇「坪田譲治童話全集 6」岩崎書店 1986 p165
夢
　◇「中村雨紅詩謡集」中村雨紅詩謡集刊行委員会 1971 p20
夢
　◇「くんぺい魔法ばなし―魔法ばなし全集 3」サンリオ 2000 p158
夢
　◇「椋鳩十全集 12」ポプラ社 1970 p167
　◇「椋鳩十の本 15」理論社 1982 p192
夢
　◇「与田凖一全集 5」大日本図書 1967 p226
夢・あれこれ
　◇「あまんきみこセレクション 5」三省堂 2009 p106
夢うらない
　◇「〔比江島重孝〕宮崎のむかし話 2」鉱脈社 1998 p54
ゆめ売り
　◇「みすゞさん―童謡詩人・金子みすゞの優しさ探しの旅 1」春陽堂書店 1997
　◇「〔金子〕みすゞ詩画集〔7〕」春陽堂書店 2002 p6
夢売り
　◇「新装版金子みすゞ全集 1」JULA出版局 1984 p116
　◇「〔金子〕みすゞ詩画集〔1〕」春陽堂書店 1996
　◇「金子みすゞ童謡全集 2」JULA出版局 2003 p36
夢売りふくろう
　◇「現代語訳久留島武彦童話集 くるしまどうわ」玖珠町立わらべの館 2004 p89
ゆめうります
　◇「〔柳家弁天〕らくご文庫 5」太平出版社 1987 p33
ゆめ売ります
　◇「奥田継夫ベストコレクション 10」ポプラ社 2002 p146
ゆめうりや
　◇「別役実童話集〔3〕」三一書房 1977 p171

夢を売る男
　◇「ふしぎな泉―うえだまさし童話集」そうぶん社出版 1995 p59
夢を買った話
　◇「〔辻弘司〕創作短篇童話集 マガダ国の悲劇・鍋の蓋他」日本文学館 2006 p95
ゆめを見るばしょ
　◇「与田凖一全集 4」大日本図書 1967 p169
ゆめをもらう
　◇「斎田喬幼年劇全集 2」誠文堂新光社 1961 p366
夢買ひ
　◇「〔北原〕白秋全童謡集 1」岩波書店 1992 p245
夢から夢を
　◇「新装版金子みすゞ全集 2」JULA出版局 1984 p157
　◇「金子みすゞ童謡集」角川春樹事務所 1998（ハルキ文庫）p140
　◇「金子みすゞ童謡全集 4」JULA出版局 2004 p18
ゆめくらべ
　◇「〔比江島重孝〕宮崎のむかし話 2」鉱脈社 1998 p57
夢子守歌
　◇「あづましん童話集―子供たちの心を育てる」新風舎 1999 p77
ゆめでカレーライス
　◇「寺村輝夫全童話 2」理論社 1997 p647
夢で見た男
　◇「瑠璃の壺―森銑三童話集」三樹書房 1982 p244
ゆめとうつつ
　◇「〔金子〕みすゞ詩画集〔4〕」春陽堂書店 2000 p10
夢と現
　◇「新装版金子みすゞ全集 2」JULA出版局 1984 p105
　◇「金子みすゞ童謡全集 3」JULA出版局 2004 p160
夢と現実を語る鼎座放談会（矢崎為一、佐野昌一（海野十三）、林髞（木々高太郎））
　◇「海野十三全集 別巻1」三一書房 1991 p441
夢と対策
　◇「星新一YAセレクション 10」理論社 2010 p70
夢殿
　◇「〔巌谷〕小波お伽全集 11」本の友社 1998 p51
夢と「夢二」
　◇「佐藤さとるファンタジー全集 16」講談社 1983 p103
　◇「佐藤さとるファンタジー全集 16」講談社, 復刊ドットコム（発売）2011 p103
夢ならいくつ持っても両手はあいてるぜ
　◇「こども用三代目魚武濱田成夫詩集ZK」学習研究社 2002 p8

夢にきく歌
　◇「住井すゑジュニア文学館 5」汐文社 1999 p101
夢に見た老人
　◇「瑠璃の壺―森銑三童話集」三樹書房 1982 p315
夢にも思わぬ億万長者
　◇「〔松本光華〕民話民法華経童話 5」中外日報社〔中外印刷出版〕 1988 p1
夢のお家
　◇「中村雨紅詩謡集」中村雨紅詩謡集刊行委員会 1971 p50
ゆめのお金
　◇「〔柳家弁天〕らくご文庫 4」太平出版社 1987 p27
夢の贈りもの
　◇「〔春名こうじ〕夢の国への招待状」新風舎 1997 p33
ゆめの おしろ
　◇「定本小川未明童話全集 16」講談社 1978 p79
　◇「定本小川未明童話全集 16」大空社 2002 p79
夢のおそり
　◇「〔斎藤信夫〕子ども心を友として―童謡詩集」成東町教育委員会 1996 p102
夢のお告げ
　◇「花岡大学仏典童話全集 4」法蔵館 1979 p178
夢の男
　◇「星新一ちょっと長めのショートショート 3」理論社 2005 p182
夢のお馬車
　◇「〔斎藤信夫〕子ども心を友として―童謡詩集」成東町教育委員会 1996 p104
夢のお花
　◇「犬飼馬鹿人旧作童話集」日本文化資料センター 1996 p15
夢の蛙
　◇「与謝野晶子児童文学全集 3」春陽堂書店 2007 p280
ゆめのかげ
　◇「庄野英二全集 6」偕成社 1979 p95
ゆめの がんじつ
　◇「坪田譲治幼年童話文学全集 4」集英社 1965 p177
夢の元日
　◇「坪田譲治童話全集 7」岩崎書店 1986 p31
ゆめの鯉
　◇「土田耕平童話集 〔5〕」古今書院 1955 p88
夢の小函
　◇「〔北原〕白秋全童謡集 1」岩波書店 1992 p87
ゆめの時間
　◇「寺村輝夫童話全集 16」ポプラ社 1982
夢のシャボン玉
　◇「赤い自転車―松延いさお自選童話集」〔熊本〕松延猪雄 1993 p105
夢の大金
　◇「星新一ちょっと長めのショートショート 5」理論社 2006 p168
夢の卵
　◇「豊島与志雄童話全集 4」八雲書店 1949 p45
　◇「豊島与志雄童話選集・郷土篇」双文社出版 1982 p9
　◇「豊島与志雄童話集」海鳥社 1990 p232
　◇「豊島与志雄童話作品集 1」銀貨社 1999 p93
「夢の卵」序
　◇「豊島与志雄童話選集・郷土篇」双文社出版 1982 p170
「夢の卵」について
　◇「豊島与志雄童話作品集 1」銀貨社 1999 p121
ゆめの超特急
　◇「巽聖歌作品集 下」巽聖歌作品集刊行委員会 1977 p111
夢の超特急
　◇「巽聖歌作品集 下」巽聖歌作品集刊行委員会 1977 p111
ゆめのつくろいいたします
　◇「〔東野りえ〕ひぐらしエンピツ―童話集」国文社 1997 p47
（夢の中で）
　◇「稗田菫平全集 8」宝文館出版 1982 p65
ゆめの中でピストル
　◇「寺村輝夫全集 15」ポプラ社 1982 p85
　◇「寺村輝夫全童話 5」理論社 1998 p120
ゆめの中でゆめ
　◇「〔寺村輝夫〕ぼくは王さま全1冊」理論社 1985 p542
　◇「寺村輝夫全童話 1」理論社 1996 p558
　◇「寺村輝夫の王さまシリーズ 9」理論社 1998 p53
ゆめのなかの
　◇「与田凖一全集 1」大日本図書 1967 p110
夢の中の味
　◇「椋鳩十の本 18」理論社 1982 p209
夢の中の江戸時代
　◇「〔大野憲三〕創作童話」一粒書房 2012 p39
夢の中の死
　◇「みんな家族―他8編―あづましん児童文学短編集」愛生社 2001 p93
夢の中の虎
　◇「戸川幸夫動物文学全集 9」講談社 1976 p300
夢の人形
　◇「西條八十童謡全集」修道社 1971 p151
　◇「西條八十童謡全集」修道社 1971 p362
ゆめの話
　◇「室生犀星童話全集 3」創林社 1978 p241
ゆめのひとつぶ

ゆめの

◇「立原えりかのファンタジーランド 13」青土社 1980 p5

ゆめのふくろう
◇「浜田広介全集 6」集英社 1976 p217

夢の枕
◇「斎藤隆介全集 3」岩崎書店 1982 p67

夢の虫
◇「浜田広介全集 11」集英社 1976 p49

夢のような昼と晩
◇「定本小川未明童話全集 13」講談社 1977 p183
◇「定本小川未明童話全集 13」大空社 2002 p183

夢のような星
◇「星新一ショートショートセレクション 7」理論社 2002 p33

ゆめのりす
◇「浜田広介全集 11」集英社 1976 p135

ゆめの栗鼠
◇「浜田広介全集 11」集英社 1976 p54

ゆめ二つ
◇「佐藤さとる全集 8」講談社 1973 p183

夢二つ
◇「佐藤さとるファンタジー全集 14」講談社 1983 p211
◇「佐藤さとるファンタジー全集 14」講談社, 復刊ドットコム(発売) 2011 p211

夢見がちの水曜日
◇「阪田寛夫全詩集」理論社 2011 p585

夢見船
◇「〔巖谷〕小波お伽全集 9」本の友社 1998 p155

ゆめみた青いヒトデ
◇「立原えりかのファンタジーランド 11」青土社 1980 p105

夢みる おかあさん
◇「北国翔子童話集 2」青森県児童文学研究会 2010 p95

ゆめみるおとうさん
◇「阪田寛夫全詩集」理論社 2011 p467

ゆめみる草
◇「〔東野りえ〕ひぐらしエンピツ―童話集」国文社 1997 p61

夢みるシャンソン人形
◇「横山健童謡選集 1」無明舎出版 1995 p68

夢みる袖―ちょっとセンチメンタルに
◇「〔下田喜久美〕遠くから来た旅人―詩集」リトル・ガリヴァー社 1998 p54

夢見る電車
◇「岩永博史童話集 3」岩永博史 2012 p47

ゆめみるモンタン
◇「今江祥智の本 12」理論社 1980 p141
◇「今江祥智童話館 〔13〕」理論社 1987 p61
◇「今江祥智ショートファンタジー 5」理論社 2005 p95

夢みる理由
◇「今江祥智の本 22」理論社 1981 p165

「夢みる理由」を出す理由
◇「今江祥智の本 36」理論社 1990 p292

夢見る理由再説
◇「今江祥智の本 36」理論社 1990 p18

〔湯本の方の人たちも〕
◇「新修宮沢賢治全集 5」筑摩書房 1979 p130

ユーリー
◇「〔山田野理夫〕おばけ文庫 3」太平出版社 1976 (母と子の図書室) p108

百合を掘る
◇「新修宮沢賢治全集 6」筑摩書房 1980 p261
◇「ジュニア文学館 宮沢賢治―写真・絵画集成 3」日本図書センター 1996 p187

ゆりかご
◇「松田瓊子全集 4」大空社 1997 p243

ゆりかごうた
◇「〔北原〕白秋全童謡集 1」岩波書店 1992 p163

揺籠のうた
◇「〔北原〕白秋全童謡集 1」岩波書店 1992 p246

ゆりくまさん
◇「立原えりかのファンタジーランド 16」青土社 1981 p95

ゆりこちゃんへ
◇「阪田寛夫全詩集」理論社 2011 p144

百合子と私
◇「松谷みよ子全エッセイ 3」筑摩書房 1989 p111

ゆりこのでんしゃ
◇「平塚武二童話全集 1」童心社 1972 p98

由利俊詩集「男の顔」に
◇「稗田童平全集 6」宝文館出版 1981 p160

由利俊詩集「陶器の若者」
◇「稗田童平全集 6」宝文館出版 1981 p145

ゆり寝だい
◇「鈴木三重吉童話全集 5」文泉堂書店 1975 (日本文学全集・選集叢刊第5次) p335

百合たちの、朝の会話
◇「石のロバ―浅野都作品集」新風舎 2007 p207

百合ちゃん
◇「松田瓊子全集 5」大空社 1997 p55

ゆりのうた
◇「いのち―みずかみかずよ全詩集」石風社 1995 p35

ゆりわか大臣
◇「〔比江島重孝〕宮崎のむかし話 1」鉱脈社 1998 p60

百合若大臣
◇「〔巖谷〕小波お伽全集 11」本の友社 1998 p117

ゆるしについて
　◇「阪田寛夫全詩集」理論社 2011 p109
ゆるせない
　◇「りらりらりらわたしの絵本―富永佳与子こどものうた作品集」国土社 1994 p24
ユルフン
　◇「椋鳩十の本 15」理論社 1982 p131
ゆれうごくもの
　◇「いのち―みずかみかずよ全詩集」石風社 1995 p305
ゆれてるね
　◇「りらりらりらわたしの絵本―富永佳与子こどものうた作品集」国土社 1994 p8
ゆれる砂漠
　◇「吉田としジュニアロマン選集 5」国土社 1972 p1
ユングフラウ
　◇「椋鳩十の本 22」理論社 1983 p274
ユングフラウの月
　◇「庄野英二全集 6」偕成社 1979 p11
　◇「庄野英二全集 6」偕成社 1979 p22

【よ】

夜あけ
　◇「住井すゑジュニア文学館 6」汐文社 1999 p121
夜明け（岡田泰三）
　◇「岡田泰三・日下部梅子童謡集」会津童詩会 1992 p139
夜明け
　◇「巽聖歌作品集 上」巽聖歌作品集刊行委員会 1977 p384
夜明け
　◇「与田準一全集 2」大日本図書 1967 p144
夜明けに
　◇「今江祥智の本 19」理論社 1981 p151
　◇「今江祥智童話館〔7〕」理論社 1986 p173
夜あけの唄
　◇「浜田広介全集 4」集英社 1976 p194
夜あけの歌
　◇「杉みき子選集 10」新潟日報事業社 2011 p222
夜明けの馬
　◇「阪田寛夫全詩集」理論社 2011 p414
夜あけのはばたき
　◇「杉みき子選集 4」新潟日報事業社 2008 p124
夜あるき
　◇「椋鳩十の本 15」理論社 1982 p83

夜歩き
　◇「椋鳩十全集 12」ポプラ社 1970 p72
宵
　◇「稗田童平全集 2」宝文館出版 1979 p40
よい家
　◇「新美南吉全集 6」牧書店 1965 p248
　◇「校定新美南吉全集 8」大日本図書 1981 p35
　◇「新美南吉童話集 1」大日本図書 1982 p312
　◇「新美南吉童話集 1」大日本図書 2012 p312
よい医者はいないか
　◇「犬飼馬鹿人旧作童話集」日本文化資料センター 1996 p111
善いことをした喜び
　◇「定本小川未明童話全集 1」講談社 1976 p288
　◇「定本小川未明童話全集 1」大空社 2001 p288
よいこによいゆめ
　◇「カエルとお月さま―後藤楢根「作品集」」由布市教育委員会 2006 p16
よい子の童話 三年生
　◇「佐藤義美全集 3」佐藤義美全集刊行会 1973 p231
よいさよいさ
　◇「〔山田野理夫〕おばけ文庫 5」太平出版社 1976（母と子の図書室）p98
よい爺さまの斧
　◇「稗田童平全集 5」宝文館出版 1980 p131
宵節句
　◇「新装版金子みすゞ全集 3」JULA出版局 1984 p260
　◇「金子みすゞ童謡全集 6」JULA出版局 2004 p184
与一の天のぼり
　◇「川崎大治民話選〔4〕」童心社 1975 p14
よいどれの時計
　◇「定本小川未明童話全集 7」講談社 1977 p234
　◇「定本小川未明童話全集 7」大空社 2001 p234
ヨーイドンどこまでかけていくのかな
　◇「全集版灰谷健次郎の本 18」理論社 1987 p119
宵待草の詩
　◇「横山健童謡選集 1」無明舎出版 1995 p115
宵祭
　◇「〔北原〕白秋全童謡集 3」岩波書店 1992 p418
よい眼鏡
　◇「与謝野晶子児童文学全集 4」春陽堂書店 2007 p221
よーいやさ（盆踊りのうた）
　◇「阪田寛夫全詩集」理論社 2011 p437
よい夢
　◇「〔山田野理夫〕お笑い文庫 8」太平出版社 1977（母と子の図書室）p18
よいよいよい子

よいん

◇「西條八十童謡全集」修道社 1971 p364

余韻
◇「稗田菫平全集 1」宝文館出版 1978 p124

養育の恩（子羊と仮親）
◇「〔厳谷〕小波お伽全集 14」本の友社 1998 p54

妖花
◇「水木しげるのふしぎ妖怪ばなし 2」メディアファクトリー 2007 p70

妖怪
◇「星新一ちょっと長めのショートショート 2」理論社 2005 p163

妖怪家族
◇「川崎大治民話選 〔3〕」童心社 1971 p146

妖怪ガマ先生
◇「水木しげるのふしぎ妖怪ばなし 4」メディアファクトリー 2008 p4

妖怪歓迎会
◇「〔厳谷〕小波お伽全集 1」本の友社 1998 p249

妖怪タイムマシン
◇「水木しげるのふしぎ妖怪ばなし 6」メディアファクトリー 2009 p4

妖怪ドライブ
◇「水木しげるのふしぎ妖怪ばなし 8」メディアファクトリー 2009 p4

ようかいのおんがえし
◇「〔木暮正夫〕日本のおばけ話・わらい話 19」岩崎書店 1988 p81

ようかいのすみかへいったさむらい
◇「〔木暮正夫〕日本のおばけ話・わらい話 20」岩崎書店 1988 p27

妖怪ハイキング
◇「水木しげるのふしぎ妖怪ばなし 1」メディアファクトリー 2007 p38

妖怪博士
◇「少年探偵江戸川乱歩全集 2」ポプラ社 1964 p5
◇「少年探偵・江戸川乱歩 3」ポプラ社 1998 p5
◇「文庫版 少年探偵・江戸川乱歩 3」ポプラ社 2005 p5

妖怪博士井上円了の登場
◇「〔木暮正夫〕日本の怪奇ばなし 8」岩崎書店 1990 p6

妖怪ぶるぶる
◇「水木しげるのふしぎ妖怪ばなし 4」メディアファクトリー 2008 p62

妖怪ラーメン
◇「水木しげるのふしぎ妖怪ばなし 1」メディアファクトリー 2007 p4

八日山
◇「〔山田野理夫〕お笑い文庫 10」太平出版社 1977（母と子の図書室）p58

羊羮色

◇「〔厳谷〕小波お伽全集 14」本の友社 1998 p276

鎔岩流
◇「新修宮沢賢治全集 2」筑摩書房 1979 p263

洋菊
◇「斎田喬児童劇選集 〔7〕」牧書店 1955 p168

容疑者たち
◇「富島健夫青春文学選集 12」集英社 1971 p217

陽気な裁判
◇「米田孝童話劇・学校劇脚本選集―イワンの馬鹿ほか」共同文化社 1997 p21

陽気な大工
◇「阪田寛夫全詩集」理論社 2011 p335

ようこそ、ペットショップ☆ジャンプへ
◇「いちばん大切な願いごと―宮下木花12歳童話集」銀の鈴社 2007（小さな鈴シリーズ）p28

「羊歯」さん
◇「校定新美南吉全集 9」大日本図書 1981 p184

「羊歯さん」―「くらら咲く頃」の詩人に
◇「新美南吉全集 6」牧書店 1965 p290

幼日思慕
◇「おの・ちゅうこう初期作品集 〔1〕牧歌的風景」崙書房 1975 p30

幼児童話への呟き
◇「佐藤義美全集 6」佐藤義美全集刊行会 1974 p431

幼児童話について
◇「定本小川未明童話全集 15」講談社 1978 p348
◇「定本小川未明童話全集 15」大空社 2002 p348

幼児童話の新企画
◇「佐藤義美全集 6」佐藤義美全集刊行会 1974 p451

養子の縁
◇「壺井栄全集 6」文泉堂出版 1998 p32

幼児の考えを美しく〔バスでみんなで〕
◇「佐藤義美全集 3」佐藤義美全集刊行会 1973 p432

幼児のころの読書
◇「椋鳩十の本 25」理論社 1983 p60

陽春叙情1
◇「椋鳩十の本 31」理論社 1989 p24

陽春叙情2
◇「椋鳩十の本 31」理論社 1989 p26

養女なんてお断わり
◇「サトウハチロー・ユーモア小説選 14」岩崎書店 1978 p5

ようじん
◇「〔東君平〕おはようどうわ 8」講談社 1982 p204

用心が第一（犬と鶏と狐）
◇「〔厳谷〕小波お伽全集 14」本の友社 1998 p182

用心（豚と狼）

◇「〔巌谷〕小波お伽全集 14」本の友社 1998 p33

妖精
　◇「星新一ショートショートセレクション 1」理論社 2001 p56

妖精たち
　◇「立原えりかのファンタジーランド 5」青土社 1980 p91

妖精たちの氷菓子
　◇「立原えりかのファンタジーランド 5」青土社 1980 p53

妖精に飼われていたいもむし
　◇「立原えりかのファンタジーランド 5」青土社 1980 p37

妖精の季節
　◇「杉みき子選集 9」新潟日報事業社 2011 p257

妖精の声
　◇「巽聖歌作品集 上」巽聖歌作品集刊行委員会 1977 p38

妖精のワルツ（フェアリィ・ワルツ）
　◇「阪田寛夫全詩集」理論社 2011 p569

「幼稚園にきたおばけ」という絵をかいた日
　◇「いのち―みずかみかずよ全詩集」石風社 1995 p282

エウチエンノ アサ
　◇「〔北原〕白秋全童謡集 3」岩波書店 1992 p136

幼稚園のお庭
　◇「西條八十童謡全集」修道社 1971 p365

幼稚園の図書室
　◇「椋鳩十の本 25」理論社 1983 p243

ようちえんマーチ
　◇「阪田寛夫全詩集」理論社 2011 p440

〔沃度（ようど）ノニホヒフルヒ来ス〕
　◇「新修宮沢賢治全集 6」筑摩書房 1980 p69
　◇「新修宮沢賢治全集 6」筑摩書房 1980 p367

ようなれ
　◇「かきおきびより―坂本遼児童文学集」駒込書房 1982 p171

幼年期（六首）
　◇「稗田菫平全集 4」宝文館出版 1980 p30

旧稿「幼年古譚」
　◇「稗田菫平全集 8」宝文館出版 1982 p195

幼年雑誌を評す
　◇「佐藤義美全集 6」佐藤義美全集刊行会 1974 p436

幼年抄
　◇「まど・みちお全詩集 続」理論社 2015 p355

幼年遅日抄・I
　◇「まど・みちお全詩集」理論社 1992 p691

幼年遅日抄・II
　◇「まど・みちお全詩集 続」理論社 2015 p440

幼年の歌（詩二篇・七首）
　◇「稗田菫平全集 8」宝文館出版 1982 p196

幼年むき童話集四つ
　◇「佐藤義美全集 6」佐藤義美全集刊行会 1974 p449

洋風館
　◇「庄野英二全集 9」偕成社 1979 p155

ヤウフクヤ
　◇「〔北原〕白秋全童謡集 3」岩波書店 1992 p168

昨夜（ようべ）のお客さま
　◇「〔北原〕白秋全童謡集 1」岩波書店 1992 p283

世へあたえ切るいのち
　◇「太田博也半世紀名作選 1」叢文社 1984 p45

よおらく（五首）
　◇「稗田菫平全集 4」宝文館出版 1980 p60

よが あけた ぽん
　◇「まど・みちお全詩集」理論社 1992 p183

よが あける
　◇「まど・みちお全詩集」理論社 1992 p248

よかったなあ
　◇「まど・みちお全詩集」理論社 1992 p619
　◇「まどさんの詩の本 9」理論社 1996 p16

ヨカヨカアメ
　◇「佐藤一英「童話・童謡集」」一宮市立萩原小学校 2003 p28

予感――一九六一年の新春に
　◇「稗田菫平全集 8」宝文館出版 1982 p55

ヨカンベの中田
　◇「北彰介作品集 3」青森県児童文学研究会 1990 p299

（よき暁は）
　◇「稗田菫平全集 8」宝文館出版 1982 p20

佳き声について
　◇「阪田寛夫全詩集」理論社 2011 p119

夜汽車
　◇「おの・ちゅうこう初期作品集 〔1〕 牧歌的風景」崙書房 1975 p33

夜汽車
　◇「第二〔島木〕赤彦童謡集」第一書店 1948 p101

夜汽車
　◇「杉みき子選集 2」新潟日報事業社 2005 p266

夜汽車のうた
　◇「宮口しづえ児童文学集 5」小峰書店 1969 p112
　◇「宮口しづえ童話全集 1」筑摩書房 1979 p127
　◇「宮口しづえ童話名作集」一草舎出版 2009 p64

夜汽車の町
　◇「戸川幸夫創作童話集 1」国土社 1972 p101

夜霧のホテル
　◇「〔斎藤信夫〕子ども心を友として―童謡詩集」成東町教育委員会 1996 p96

よくあ

翌朝
◇「阪田寛夫全詩集」理論社 2011 p883

欲を出した狼
◇「平成に生まれた昔話―〔村瀬〕神太郎童話集」文芸社 1999 p48

〔よく描きよくうたふもの〕
◇「新修宮沢賢治全集 7」筑摩書房 1980 p219

よくきく薬とえらい薬
◇「新版・宮沢賢治童話全集 4」岩崎書店 1978 p5

よく利く薬とえらい薬
◇「新修宮沢賢治全集 8」筑摩書房 1979 p255

よくきけ みんな
◇「阪田寛夫全詩集」理論社 2011 p151

よくきた おばけ
◇「北畠八穂児童文学全集 6」講談社 1975 p200

よくこの頃
◇「まど・みちお全詩集 続」理論社 2015 p303

浴室で
◇「巽聖歌作品集 上」巽聖歌作品集刊行委員会 1977 p408

克ク忠ニ克ク孝ニ
◇「寺村輝夫全童話 別1」理論社 2007 p545

欲のおこり
◇「与謝野晶子児童文学全集 3」春陽堂書店 2007 p13

慾の皮
◇「鈴木三重吉童話全集 2」文泉堂書店 1975 (日本文学全集・選集叢刊第5次) p393

よくのクマダカ
◇「〔比江島重孝〕宮崎のむかし話 1」鉱脈社 1998 p57

欲のふかい金貸し
◇「川崎大治民話選 〔3〕」童心社 1971 p112

慾の間違い（犬と狼）
◇「〔巌谷〕小波お伽全集 14」本の友社 1998 p20

よくばりすずめ
◇「全集版灰谷健次郎の本 15」理論社 1988 p222

慾張り損（獅子と熊と狐）
◇「〔巌谷〕小波お伽全集 14」本の友社 1998 p79

欲ばりなおばあさん
◇「〔西本鶏介〕日本の昔話―読みきかせお話集 1」小学館 1999 p96

よくばりな魔女とかじやさん
◇「ろくでなしという名のポーリー―もとさこみつ子短編童話集」早稲田童話塾 2012 p59

慾ばり猫
◇「鈴木三重吉童話全集 1」文泉堂書店 1975 (日本文学全集・選集叢刊第5次) p324

よくばり まほう
◇「花岡大学仏典童話全集 7」法蔵館 1979 p7

よくばりやさん
◇「みずいろようちえん―出雲路猛雄童話集」坂神都 2012 p15

よく晴れた日に
◇「北彰介作品集 4」青森県児童文学研究会 1991 p29

欲望の城
◇「星新一ショートショートセレクション 13」理論社 2003 p74

よく学びよく遊び
◇「全集版灰谷健次郎の本 18」理論社 1987 p24

よける
◇「杉みき子選集 2」新潟日報事業社 2005 p149

豫言者の言（狡猾な女）
◇「〔巌谷〕小波お伽全集 14」本の友社 1998 p91

横海岸幾何図
◇「佐藤義美全集 1」佐藤義美全集刊行会 1974 p46

よごぐちどん
◇「〔比江島重孝〕宮崎のむかし話 3」鉱脈社 2000 p25

余呉湖の天女
◇「松谷みよ子のむかしむかし 8」講談社 1973 p88

横綱牛
◇「椋鳩十の本 7」理論社 1983 p147

よこつちヘビ
◇「〔山田野理夫〕おばけ文庫 3」太平出版社 1976 (母と子の図書室) p63

ヨゴと山姥―山口県の昔話より
◇「笑った泣き地蔵―御田慶子童話選集」たま出版 2007 p117

横浜市立蒔田小学校校歌
◇「佐藤義美全集 1」佐藤義美全集刊行会 1974 p457

横浜のおじいさん
◇「いのち―みずかみかずよ全詩集」石風社 1995 p411

横浜の外人墓地
◇「いのち―みずかみかずよ全詩集」石風社 1995 p409

ヨコハマのサギ山
◇「平塚武二童話全集 4」童心社 1972 p201

よこはまの よっとどろぼう
◇「平塚武二童話全集 2」童心社 1972 p47

横棒ひき数字
◇「まど・みちお全詩集 続」理論社 2015 p245

横目
◇「巽聖歌作品集 上」巽聖歌作品集刊行委員会 1977 p353

横山先生を仰ぐ
◇「海野十三全集 別巻1」三一書房 1991 p368

よごれた スワン
　◇「佐藤義美全集 3」佐藤義美全集刊行会 1973 p238
よごれた てぶくろ
　◇「まど・みちお全詩集」理論社 1992 p169
よごれている本
　◇「星新一ショートショートセレクション 1」理論社 2001 p109
与謝の海霞の織混ぜ
　◇「与謝野晶子児童文学全集 3」春陽堂書店 2007 p267
夜さむのコンコン
　◇「浜田広介全集 11」集英社 1976 p133
四時
　◇「新修宮沢賢治全集 6」筑摩書房 1980 p131
　◇「新修宮沢賢治全集 6」筑摩書房 1980 p396
　◇「ジュニア文学館 宮沢賢治―写真・絵画集成 3」日本図書センター 1996 p187
よしあし
　◇〔東君平〕おはようどうわ 4」講談社 1982 p16
吉井勇と越中の歌
　◇「稗田童平全集 7」宝文館出版 1981 p8
吉浦豊久詩集「桜餅のある風景」を読む
　◇「稗田童平全集 7」宝文館出版 1981 p123
芳ケ平のミミズク
　◇「健太と大天狗―片山貞一創作童話集」あさを社 2007 p139
吉川英治
　◇〔かこさとし〕お話こんにちは 〔5〕」偕成社 1979 p56
吉川道子詩集「漁火の歌」を読む
　◇「稗田童平全集 6」宝文館出版 1981 p165
よしきり（日下部梅子）
　◇「岡田泰三・日下部梅子童謡集」会津童詩会 1992 p85
行々子（よしきり）
　◇「中村雨紅詩謡集」中村雨紅詩謡集刊行委員会 1971 p148
葭きり（岡田泰三）
　◇「岡田泰三・日下部梅子童謡集」会津童詩会 1992 p30
ヨシキリサン
　◇「国分一太郎児童文学集 6」小峰書店 1967 p174
ヨシキリノコ
　◇「国分一太郎児童文学集 6」小峰書店 1967 p175
ヨシキリの鳴く日
　◇「巽聖歌作品集 下」巽聖歌作品集刊行委員会 1977 p163
四次元漂流
　◇「海野十三全集 11」三一書房 1988 p207
夜しごと
　◇「国分一太郎児童文学集 6」小峰書店 1967 p157
芳子の煩悶
　◇「与謝野晶子児童文学全集 4」春陽堂書店 2007 p286
芳子の虫歯
　◇「与謝野晶子児童文学全集 2」春陽堂書店 2007 p103
吉沢弘さんの遺作
　◇「稗田童平全集 4」宝文館出版 1980 p152
由次郎弥三郎
　◇〔山田野理夫〕おばけ文庫 8」太平出版社 1976（母と子の図書室）p40
ヨシタカが生まれた年
　◇「平塚武二童話全集 4」童心社 1972 p219
吉田橋
　◇「長崎源之助全集 6」偕成社 1987 p59
よしたまえ
　◇「与田準一全集 2」大日本図書 1967 p194
吉野ケ里をたずねる
　◇〔たかしよいち〕世界むかしむかし探検 4」国土社 1995 p71
吉野山行
　◇「中村雨紅詩謡集」中村雨紅詩謡集刊行委員会 1971 p176
吉野でおうたむすめ
　◇「松谷みよ子のむかしむかし 6」講談社 1973 p15
よしのはどり
　◇「浜田広介全集 1」集英社 1975 p118
よしのは鳥
　◇「ひろすけ幼年童話文学全集 3」集英社 1962 p58
葭の穂に
　◇「稗田童平全集 1」宝文館出版 1978 p56
よしの芽
　◇〔島木〕赤彦童謡集」第一書店 1947 p47
よしぶえ
　◇「浜田広介全集 3」集英社 1975 p22
義政と銀閣寺
　◇「豊田三郎童話集」草加市立川柳小学校 1993 p81
義美さんの甥
　◇「佐藤さとるファンタジー全集 16」講談社 1983 p138
　◇「佐藤さとるファンタジー全集 16」講談社, 復刊ドットコム（発売）2011 p138
よしみ・童謡随想
　◇「佐藤義美全集 6」佐藤義美全集刊行会 1974 p283
吉村敬子
　◇「今江祥智の本 21」理論社 1981 p222
吉村まさとし氏の「呼吸音」に
　◇「稗田童平全集 6」宝文館出版 1981 p144

よしも

吉本ばなな
  ◇「今江祥智の本 35」理論社 1990 p202

与次郎稲荷（秋田）
  ◇〔木暮正夫〕日本の怪奇ばなし 9」岩崎書店 1990 p36

吉原のおにぎり屋さん 井戸田はな（東京都）
  ◇「斎藤隆介全集 11」岩崎書店 1982 p129

与助の鬼たいじ（創作民話）
  ◇「北彰介作品集 3」青森県児童文学研究会 1990 p259

夜釣
  ◇「巽聖歌作品集 上」巽聖歌作品集刊行委員会 1977 p407

寄セ算
  ◇「与田準一全集 1」大日本図書 1967 p178

よそのイヌ
  ◇〔東君平〕おはようどうわ 8」講談社 1982 p24

よその おかあさん
  ◇「定本小川未明童話全集 15」講談社 1978 p308
  ◇「定本小川未明童話全集 15」大空社 2002 p308

よそのお母さん
  ◇「坪田譲治名作選 〔3〕 サバクの虹」小峰書店 2005 p102

夜空の木々
  ◇「国分一太郎児童文学集 6」小峰書店 1967 p127

夜空の南十字星―南方抑留ものがたり
  ◇〔市原麟一郎〕子どもに語る戦争たいけん物語 2」リーブル出版 2005 p157

ヨタカ
  ◇「石森延男児童文学全集 4」学習研究社 1971 p32

よだかの星
  ◇「新版・宮沢賢治童話全集 5」岩崎書店 1978 p101
  ◇「新修宮沢賢治全集 8」筑摩書房 1979 p89
  ◇「〔宮沢〕賢治童話」翔泳社 1995 p110
  ◇「宮沢賢治童話集 4」講談社 1995（講談社青い鳥文庫）p7
  ◇「ジュニア文学館 宮沢賢治—写真・絵画集成 2」日本図書センター 1996 p36
  ◇「よくわかる宮沢治—イーハトーブ・ロマン II」学習研究社 1996 p296
  ◇「猫の事務所—宮沢賢治童話選」シグロ 1999 p143
  ◇「宮沢賢治童話集」世界文化社 2004（心に残るロングセラー）p76
  ◇「宮沢賢治のおはなし 8」岩崎書店 2005 p1
  ◇「学校放送劇舞台脚本集 宮沢賢治名作童話」東洋書院 2008 p205
  ◇「宮沢賢治20選」春陽堂書店 2008（名作童話）p314
  ◇「宮沢賢治童話集珠玉選 〔2〕」講談社 2009 p189

よだかの星（宮沢賢治作、わだよしおみ脚色）

◇「宮沢賢治童話劇集 2」東京書籍 1981（東書児童劇シリーズ）p33

夜だかの星
  ◇「宮沢賢治動物童話集 1」シグロ 1995 p47

よたくれ神
  ◇〔山田野理夫〕おばけ文庫 3」太平出版社 1976（母と子の図書室）p23

与田準一さんと私
  ◇「まど・みちお全詩集 続」理論社 2015 p470

与田準一・人と作品
  ◇「今西祐行全集 15」偕成社 1989 p139

よだれ
  ◇「まど・みちお全詩集 続」理論社 2015 p92

与太郎のナツミカン屋
  ◇〔山田野理夫〕お笑い文庫 3」太平出版社 1977（母と子の図書室）p12

ヨチヨチ あひる
  ◇「佐藤義美童謡集」さ・え・ら書房 1960 p36
  ◇「佐藤義美全集 1」佐藤義美全集刊行会 1974 p176

四つ足の黒やき
  ◇〔柳家弁天〕らくご文庫 3」太平出版社 1987 p52

よっこちゃんとかるがもさんちのこどもたち
  ◇「かとうむつこ童話集 2」東京図書出版会, リフレ出版（発売）2004 p63

よったカニ
  ◇〔山田野理夫〕お笑い文庫 1」太平出版社 1977（母と子の図書室）p49

よっちゃん
  ◇「まど・みちお詩集 3」銀河社 1975 p64
  ◇「まど・みちお全詩集」理論社 1992 p488
  ◇「まどさんの詩の本 12」理論社 1997 p62

よっちゃんと りんご
  ◇「坪田譲治幼年童話文学全集 3」集英社 1965 p149

よっちゃんとリンゴ
  ◇「坪田譲治童話全集 9」岩崎書店 1986 p185

よっちゃんのセメント工事
  ◇〔佐々木千鶴子〕動物村のこうみんかん—台所からのひとり言 童話集」朝日新聞社西部開発室編集出版センター 1996 p89

よつちゃんよい子
  ◇「〔巖谷〕小波お伽全集 7」本の友社 1998 p367

四ツ山
  ◇〔久高明子〕チンチンコバカマ」新風舎 1998 p61

四つ辻
  ◇「新装版金子みすゞ全集 2」JULA出版局 1984 p199
  ◇「金子みすゞ童謡全集 4」JULA出版局 2004 p80

四辻のピッポ

◇「斎田喬児童劇選集〔8〕」牧書店 1955 p1
四つのうた
　◇「花岡大学仏典童話全集 3」法蔵館 1979 p56
四つの詩華集
　◇「稗田菫平全集 6」宝文館出版 1981 p143
四つのたから
　◇「室生犀星童話全集 1」創林社 1978 p3
4つのタマゴ
　◇「〔あらやゆきお〕創作童話 ざくろの詩」鳳書院 2012 p30
四つの兄ちやん
　◇「かもめの水兵さん―武内俊子伝記と作品集」講談社出版サービスセンター 1977 p174
四つのゆめ＜一まく 音楽舞踊劇＞
　◇「〔斎田喬〕学校劇代表作選 2」牧書店 1959 p167
四つのゆめ（音楽舞踊劇）
　◇「斎田喬幼年劇全集 2」誠文堂新光社 1961 p521
ヨット
　◇「〔内海康子〕六月のカレンダー―詩集」けやき書房 1999 p60
ヨット
　◇「西條八十童謡全集」修道社 1971 p89
　◇「西條八十童話集」小学館 1983 p432
ヨット
　◇「佐藤義美全集 1」佐藤義美全集刊行会 1974 p420
ヨット
　◇「中村雨紅詩謡集」中村雨紅詩謡集刊行委員会 1971 p93
ヨットについての言葉
　◇「佐藤義美全集 1」佐藤義美全集刊行会 1974 p466
ヨットのチューリップごう
　◇「佐藤さとる全集 1」講談社 1972 p39
ヨットのチューリップ号
　◇「佐藤さとるファンタジー全集 14」講談社 1983 p195
　◇「佐藤さとるファンタジー全集 14」講談社, 復刊ドットコム（発売）2011 p195
よつばらひ
　◇「鈴木三重吉童話全集 2」文泉堂書店 1975（日本文学全集・選集叢刊第5次）p140
酔っぱらい星
　◇「定本小川未明童話全集 2」講談社 1976 p169
　◇「定本小川未明童話全集 2」大空社 2001 p169
　◇「小川未明30選」春陽堂書店 2009（名作館）p79
よっぱらった ゆうれい
　◇「〔山田野理夫〕お笑い文庫 5」太平出版社 1977（母と子の図書室）p77
四谷怪談（一龍斎貞水編, 岡本和明文）

◇「一龍斎貞水の歴史講談 1」フレーベル館 2000 p120
夜露の街 作者のことば
　◇「北川千代児童文学全集 下」講談社 1967 p322
夜中
　◇「〔北原〕白秋全童謡集 2」岩波書店 1992 p479
夜長
　◇「異聖歌作品集 上」異聖歌作品集刊行委員会 1977 p240
よながでこまる
　◇「宮口しづえ童話全集 6」筑摩書房 1979 p172
　◇「宮口しづえ童話名作集」一草舎出版 2009 p197
夜中に（岡田泰三）
　◇「岡田泰三・日下部梅子童謡集」会津童詩会 1992 p39
夜中の家出
　◇「〔かこさとし〕お話こんにちは〔6〕」偕成社 1979 p40
夜なかの風
　◇「新装版金子みすゞ全集 1」JULA出版局 1984 p85
　◇「金子みすゞ童謡集」角川春樹事務所 1998（ハルキ文庫）p200
　◇「金子みすゞ童謡全集 1」JULA出版局 2003 p138
夜中のこと（岡田泰三）
　◇「岡田泰三・日下部梅子童謡集」会津童詩会 1992 p26
夜中のさんぽ
　◇「〔東野りえ〕ひぐらしエンピツ―童話集」国文社 1997 p53
ヨナカノ ハナシ
　◇「まど・みちお全詩集」理論社 1992 p60
　◇「まどさんの詩の本 15」理論社 1997 p70
夜長物語
　◇「森三郎童話選集〔2〕」刈谷市教育委員会 1996 p110
夜なき石
　◇「〔山田野理夫〕おばけ文庫 3」太平出版社 1976（母と子の図書室）p125
夜泣き鉄骨
　◇「海野十三全集 2」三一書房 1991 p13
夜鳴鶏
　◇「〔巌谷〕小波お伽全集 1」本の友社 1998 p299
夜泣きのあかり
　◇「川崎大治民話選〔2〕」童心社 1969 p126
夜なきマツ
　◇「〔山田野理夫〕おばけ文庫 6」太平出版社 1976（母と子の図書室）p55
与那国
　◇「椋鳩十の本 21」理論社 1982 p298

よなべ
　◇「〔高橋一仁〕春のニシン場―童謡詩集」けやき書房　2003　p152

世にもあわれな顔
　◇「花岡大学童話文学全集 5」法蔵館　1980　p200

世にもしあわせな男
　◇「花岡大学仏典童話全集 1」法蔵館　1979　p202

世にも不思議なこと
　◇「椋鳩十の本 25」理論社　1983　p242

世にもふしぎな妖怪の連続出現
　◇「〔木暮正夫〕日本の怪奇ばなし 6」岩崎書店　1989　p105

四にんぐみのじごくめぐり
　◇「〔木暮正夫〕日本のおばけ話・わらい話 8」岩崎書店　1987　p85

四人詩集「あらべすく」を読む
　◇「稗田菫平全集 6」宝文館出版　1981　p167

四人の新しい仏さま（青い地球は誰のもの）
　◇「〔松本光華〕民話風法華経童話 7」中外日報社〔中外印刷出版〕　1989　p1

四人の子ども
　◇「千葉省三童話全集 2」岩崎書店　1967　p196

四人の若い弟子
　◇「花岡大学仏典童話全集 4」法蔵館　1979　p82

米代川のすてられうば
　◇「二反長半作品集 3」集英社　1979　p22

四年生の詩
　◇「佐藤義美全集 6」佐藤義美全集刊行会　1974　p105

四年四組の風
　◇「大石真児童文学全集 10」ポプラ社　1982　p5

世のうつりかわり
　◇「今井誉次郎童話集子どもの村 〔6〕」国土社　1957　p67

世の中へ出る子供たち
　◇「定本小川未明童話全集 12」講談社　1977　p131
　◇「定本小川未明童話全集 12」大空社　2002　p131

世の中のこと
　◇「定本小川未明童話全集 10」講談社　1977　p211
　◇「定本小川未明童話全集 10」大空社　2001　p211

世の中のために
　◇「定本小川未明童話全集 14」講談社　1977　p65
　◇「小川未明童話集」岩波書店　1996（岩波文庫）p319
　◇「定本小川未明童話全集 14」大空社　2002　p65

世の中の楽（愛の神と死の神）
　◇「〔巌谷〕小波お伽全集 14」本の友社　1998　p100

夜這いの辰
　◇「戸川幸夫動物文学全集 8」冬樹社　1966　p13
　◇「戸川幸夫動物文学全集 7」講談社　1977　p5

ヨハン＝シュトラウス
　◇「〔かこさとし〕お話こんにちは 〔7〕」偕成社　1979　p111

夜ふけ
　◇「米田孝童話劇・学校劇脚本選集―イワンの馬鹿ほか」共同文化社　1997　p173

夜更けて
　◇「北彰介作品集 1」青森県児童文学研究会　1990　p137

夜更けて女の歌える（そのじつは女白浪）
　◇「阪田寛夫全詩集」理論社　2011　p497

夜更けに
　◇「おの・ちゅうこう初期作品集 〔1〕 牧歌的風景」崙書房　1975　p134

夜更けに
　◇「巽聖歌作品集 上」巽聖歌作品集刊行委員会　1977　p455

夜フケノ唄
　◇「与田凖一全集 1」大日本図書　1967　p168

夜更けの合唱
　◇「花岡大学童話文学全集 5」法蔵館　1980　p22

夜ふけの空
　◇「新装版金子みすゞ全集 2」JULA出版局　1984　p14
　◇「みすゞさん―童謡詩人・金子みすゞの優しさ探しの旅 1」春陽堂書店　1997
　◇「〔金子〕みすゞ詩画集 〔6〕」春陽堂書店　2001　p48
　◇「金子みすゞ童謡全集 3」JULA出版局　2004　p28

夜更けの山
　◇「巽聖歌作品集 上」巽聖歌作品集刊行委員会　1977　p385

よぶこどり
　◇「浜田広介全集 1」集英社　1975　p124
　◇「浜田広介童話集」世界文化社　2006（心に残るロングセラー）p98

よぶこ鳥
　◇「ひろすけ幼年童話文学全集 2」集英社　1962　p210

呼子鳥
　◇「野口雨情童謡集」弥生書房　1993　p38

夜舟の親子
　◇「久保喬自選作品集 2」みどりの会　1994　p77

豫防を怠るな（燕と麻の種）
　◇「〔巌谷〕小波お伽全集 14」本の友社　1998　p49

予報省告示
　◇「海野十三全集 13」三一書房　1992　p127

四又の百合
　◇「新版・宮沢賢治童話全集 3」岩崎書店　1978　p143
　◇「新修宮沢賢治全集 11」筑摩書房　1979　p39

よまわり
　◇「〔東君平〕おはようどうわ 7」講談社 1982 p210
よみがえった恐竜
　◇「水木しげるのふしぎ妖怪ばなし 2」メディアファクトリー 2007 p4
よみがえり
　◇「怪談小泉八雲のこわ～い話 10」汐文社 2009 p85
よみがへり
　◇「瑠璃の壺―森銑三童話集」三樹書房 1982 p278
よみがえる生命―明ばん温泉
　◇「いのち―みずかみかずよ全詩集」石風社 1995 p429
よみがえる笛の音
　◇「〔たかしよいち〕世界むかしむかし探検 6」国土社 1996 p131
読みかねる文字
　◇「瑠璃の壺―森銑三童話集」三樹書房 1982 p191
黄泉路
　◇「新修宮沢賢治全集 6」筑摩書房 1980 p249
夜店の外国人
　◇「〔あらやゆきお〕創作童話 ざくろの詩」鳳書院 2012 p62
夜道
　◇「中村雨紅詩謡集」中村雨紅詩謡集刊行委員会 1971 p24
夜道で射た矢
　◇「瑠璃の壺―森銑三童話集」三樹書房 1982 p70
読む
　◇「今江祥智の本 36」理論社 1990 p187
読むことと書くこと
　◇「安房直子コレクション 3」偕成社 2004 p301
読むということ
　◇「今西祐行全集 15」偕成社 1989 p18
読むということ
　◇「まど・みちお全詩集 続」理論社 2015 p304
嫁
　◇「壺井栄全集 4」文泉堂出版 1998 p69
嫁をもらうまで
　◇「花岡大学 続・仏典童話全集 2」法蔵館 1981 p130
よめぐり
　◇「かつおきんや作品集 6」牧書店〔アリス館牧新社〕1972 p85
　◇「かつおきんや作品集 17」偕成社 1983 p77
嫁さんのみやげ
　◇「松谷みよ子全集 12」講談社 1972 p128
嫁と姑のはなし
　◇「椋鳩十の本 25」理論社 1983 p191
嫁取婿取
　◇「佐々木邦全集 7」講談社 1975 p181
よめどん、めれたや
　◇「かつおきんや作品集 8」牧書店〔アリス館牧新社〕1973 p85
　◇「かつおきんや作品集 18」偕成社 1983 p71
よめなの はな
　◇「まど・みちお全詩集」理論社 1992 p629
嫁の座
　◇「椋鳩十の本 25」理論社 1983 p187
よもぎが原の風
　◇「安房直子コレクション 3」偕成社 2004 p249
ヨモギがゆ
　◇「椋鳩十の本 21」理論社 1982 p307
よもぎ野原のたんじょう会
　◇「あまんきみこ童話集 3」ポプラ社 2008 p83
ヨモツヒラサカ
　◇「松谷みよ子のむかしむかし 4」講談社 1973 p10
余裕
　◇「赤川次郎ショートショートシリーズ 2」理論社 2009 p127
ヨーヨー
　◇「〔北原〕白秋全童謡集 4」岩波書店 1993 p226
よりあい
　◇「〔橘かおる〕考える童話シリーズ短篇集 2」新風舎 1997 p60
寄り道
　◇「〔北原〕白秋全童謡集 2」岩波書店 1992 p65
よる
　◇「〔中山尚美〕おふろの中で―詩集」アイ企画 1996 p14
夜
　◇「新装版金子みすゞ全集 2」JULA出版局 1984 p60
　◇「金子みすゞ童謡全集 3」JULA出版局 2004 p96
夜
　◇「北彰介作品集 4」青森県児童文学研究会 1991 p108
　◇「北彰介作品集 4」青森県児童文学研究会 1991 p233
夜
　◇「杉みき子選集 2」新潟日報事業社 2005 p124
夜
　◇「春一〔竹久〕夢二童話集」ノーベル書房 1977 p167
夜
　◇「坪田譲治童話全集 6」岩崎書店 1986 p185
夜
　◇「魂の配達―野村吉哉作品集」草思社 1983 p65
　◇「魂の配達―野村吉哉作品集」草思社 1983 p86
夜
　◇「松谷みよ子全集 3」講談社 1971 p145

よる

夜
- ◇「新修宮沢賢治全集 5」筑摩書房 1979 p165
- ◇「新修宮沢賢治全集 5」筑摩書房 1979 p272
- ◇「新修宮沢賢治全集 5」筑摩書房 1979 p315
- ◇「新修宮沢賢治全集 5」筑摩書房 1979 p336
- ◇「新修宮沢賢治全集 6」筑摩書房 1980 p67
- ◇「新修宮沢賢治全集 7」筑摩書房 1980 p270
- ◇〔宮沢賢治〕注文の多い料理店―イーハトーヴ童話集」岩波書店 2000(岩波少年文庫) p218

夜
- ◇「椋鳩十の本 1」理論社 1982 p58

夜
- ◇「与謝野晶子児童文学全集 6」春陽堂書店 2007 p190

夜明ける
- ◇「北彰介作品集 1」青森県児童文学研究会 1990 p99

夜遅く
- ◇「おの・ちゅうこう初期作品集〔2〕日本の教室は明るい」崙書房 1975 p61

〔夜をま青き繭むしろに〕
- ◇「新修宮沢賢治全集 6」筑摩書房 1980 p28
- ◇「新修宮沢賢治全集 6」筑摩書房 1980 p346
- ◇「ジュニア文学館 宮沢賢治―写真・絵画集成 3」日本図書センター 1996 p183

「夜が明けるまで」
- ◇「全集版灰谷健次郎の本 21」理論社 1988 p235

夜がくると
- ◇「巽聖歌作品集 上」巽聖歌作品集刊行委員会 1977 p309

夜がくると
- ◇「与田準一全集 1」大日本図書 1967 p242

夜(児童劇)
- ◇「鈴木三重吉童話全集 5」文泉堂書店 1975(日本文学全集・選集叢刊第5次) p73

ヨルダンの岸べ
- ◇「巽聖歌作品集 下」巽聖歌作品集刊行委員会 1977 p259

ヨルダンの水は青く
- ◇「巽聖歌作品集 下」巽聖歌作品集刊行委員会 1977 p259

夜ちょこぶ
- ◇「〔比江島重孝〕宮崎のむかし話 2」鉱脈社 1998 p51

夜散る花
- ◇「新装版金子みすゞ全集 2」JULA出版局 1984 p143
- ◇「金子みすゞ童謡全集 3」JULA出版局 2004 p212

夜ですよう
- ◇「松谷みよ子全集 10」講談社 1972 p27

夜になったら迎えにくるよ
- ◇「杉みき子選集 10」新潟日報事業社 2011 p72

夜にはむかう銀杏
- ◇「椋鳩十の本 20」理論社 1983 p185

夜の青葉
- ◇「富島健夫青春文学選集 7」集英社 1972 p5

夜の嵐
- ◇「星新一YAセレクション 4」理論社 2009 p84

夜のいちご
- ◇「松谷みよ子全集 2」講談社 1971 p93

夜のうた
- ◇「阪田寛夫全詩集」理論社 2011 p49

夜の歌
- ◇「阪田寛夫全詩集」理論社 2011 p55

夜の運動場
- ◇「全集版灰谷健次郎の本 22」理論社 1988 p132

夜の風見どり
- ◇「杉みき子選集 7」新潟日報事業社 2009 p246

夜の神
- ◇「北彰介作品集 4」青森県児童文学研究会 1991 p90

夜の河辺にて
- ◇「おの・ちゅうこう初期作品集〔1〕牧歌的風景」崙書房 1975 p32

夜のくだもの
- ◇「与田準一全集 4」大日本図書 1967 p162

夜の行進
- ◇「杉みき子選集 4」新潟日報事業社 2008 p249

夜の声
- ◇「星新一YAセレクション 5」理論社 2009 p166

夜の国道
- ◇「いのち―みずかみかずよ全詩集」石風社 1995 p329

夜の「コロコロ」
- ◇「浜田広介全集 7」集英社 1976 p122

夜のさんぽ
- ◇「今江祥智の本 16」理論社 1980 p137
- ◇「今江祥智童話館〔1〕」理論社 1986 p121

夜の詩
- ◇「北彰介作品集 4」青森県児童文学研究会 1991 p19

夜の事件
- ◇「星新一YAセレクション 6」理論社 2009 p31

夜の詩―初期習作
- ◇「北彰介作品集 4」青森県児童文学研究会 1991 p13

〔夜の湿気と風がさびしくいりまじり〕
- ◇「新修宮沢賢治全集 3」筑摩書房 1979 p168
- ◇「新修宮沢賢治全集 3」筑摩書房 1979 p371

夜のしゃぼん玉
- ◇「パパとボクとネコ―山口紀代子童謡詩集」音楽

舎 2003 p56

夜の調べ
◇「土田明子詩集 3」かど創房 1986 p40

夜の進軍らっぱ
◇「定本小川未明童話全集 12」講談社 1977 p175
◇「定本小川未明童話全集 12」大空社 2002 p175

夜の侵入者
◇「星新一YAセレクション 4」理論社 2009 p7

夜のスワン
◇「佐藤義美全集 2」佐藤義美全集刊行会 1973 p345

夜のそらにふとあらわれて
◇「新修宮沢賢治全集 1」筑摩書房 1980 p278

夜の旅人（日下部梅子）
◇「岡田泰三・日下部梅子童謡集」会津童詩会 1992 p87

夜の鶴
◇「稗田童平全集 1」宝文館出版 1978 p51

夜の停車場
◇「国分一太郎児童文学集 6」小峰書店 1967 p185

夜の流れ
◇「星新一ちょっと長めのショートショート 1」理論社 2005 p45

夜の花火
◇「横山健童謡選集 2」無明舎出版 1995 p64

（夜の引きあけ）
◇「稗田童平全集 8」宝文館出版 1982 p124

よるのふしぎ
◇「北畠八穂児童文学全集 4」講談社 1974 p226

夜の舟のり
◇「立原えりかのファンタジーランド 15」青土社 1980 p99

夜のブランコ
◇「〔東野りえ〕ひぐらしエンピツ―童話集」国文社 1997 p25

よるのみち
◇「まど・みちお全詩集」理論社 1992 p321
◇「まどさんの詩の本 9」理論社 1996 p62

夜の道
◇「星新一YAセレクション 5」理論社 2009 p188

夜の眼鏡
◇「お噺の卵―武井武雄童話集」講談社 1976（講談社文庫）p193

夜の召使い
◇「星新一ショートショートセレクション 5」理論社 2002 p48

夜の宿―わが友白鳥健郎君を偲び
◇「北彰介作品集 4」青森県児童文学研究会 1991 p155

夜の山道

◇「星新一ショートショートセレクション 8」理論社 2002 p7

夜の雪
◇「新装版金子みすゞ全集 2」JULA出版局 1984 p173
◇「金子みすゞ童謡全集 4」JULA出版局 2004 p42

夜の雪
◇「いのち―みずかみかずよ全詩集」石風社 1995 p439

夜の雪おろし
◇「杉みき子選集 8」新潟日報事業社 2010 p181

よるの夢ひるの夢
◇「坪田譲治童話全集 6」岩崎書店 1986 p131

寄るべなき人々
◇「壺井栄全集 1」文泉堂出版 1997 p384

よるも はたらく ひと
◇「巽聖歌作品集 下」巽聖歌作品集刊行委員会 1977 p23

よる わたしのおともだち
◇「今江祥智童話館〔14〕」理論社 1987 p43

よるは帆かげ
◇「与田凖一全集 2」大日本図書 1967 p250

苄の男
◇「稗田童平全集 1」宝文館出版 1978 p142

〔鎧窓おろしたる〕
◇「新修宮沢賢治全集 7」筑摩書房 1980 p219

よろこび
◇「いのち―みずかみかずよ全詩集」石風社 1995 p452

歓び
◇「稗田童平全集 8」宝文館出版 1982 p104

喜びの日
◇「〔渡部毅彦〕お母さんのための童話集」花伝社，共栄書房（発売）1997 p127

よろこびのみかん
◇「住井すゑ わたしの少年少女物語 2」労働旬報社 1989 p73

法悦（よろこび）は人から人へ―五十展転随喜の功徳
◇「〔松本光華〕民話風法華経童話 19」中外日報社〔中外印刷出版〕1992 p1

よろこびは まず ひつじかいたちに
◇「巽聖歌作品集 下」巽聖歌作品集刊行委員会 1977 p39

喜んでいるのだろう
◇「まど・みちお全詩集」理論社 1992 p582
◇「まどさんの詩の本 3」理論社 1996 p76

ヨーロッパ紀行
◇「椋鳩十の本 31」理論社 1989 p201

Yôroppa Tokorodokoro
◇「石森延男児童文学全集 6」学習研究社 1971

よろつ

ヨーロッパの商店街 p264
◇「椋鳩十の本 22」理論社 1983 p178
ヨーロッパの伝統
◇「椋鳩十の本 22」理論社 1983 p176
よわい犬
◇「椋鳩十全集 7」ポプラ社 1969 p212
◇「椋鳩十動物童話集 5」小峰書店 1990 p39
弱い犬
◇「椋鳩十まるごと動物ものがたり 2」理論社 1995 p5
弱いものいじめ
◇「全集版灰谷健次郎の本 21」理論社 1988 p17
弱いものでも
◇「〔島崎〕藤村の童話 3」筑摩書房 1979 p61
弱い者でも強くなる
◇「谷口雅春童話集 2」日本教文社 1976 p7
よわとらちゃん
◇「〔かこさとし〕お話こんにちは 〔4〕」偕成社 1979 p96
世は情
◇「巌谷小波お伽噺文庫 〔4〕」大和書房 1976 p98
よわむしクジラ
◇「椋鳩十全集 10」ポプラ社 1970 p247
弱虫ピッペ
◇「屋根裏のピアノ—米島末次童話集」エディターハウス 2011 p6
4×8はいくつかね
◇「大石真児童文学全集 15」ポプラ社 1982 p155
四十一番の少年
◇「井上ひさしジュニア文学館 11」汐文社 1998 p5
四十人の兵隊さん
◇「阪田寛夫全詩集」理論社 2011 p134
四丁目の犬
◇「野口雨情童謡集」弥生書房 1993 p64
四ばんめの板
◇「与田凖一全集 2」大日本図書 1967 p62
四匹の猫
◇「〔黒川良人〕犬の詩猫の詩—児童詩集」東洋出版 2000 p103
四ひきのねずみは
◇「巽聖歌作品集 上」巽聖歌作品集刊行委員会 1977 p312
4Bの鉛筆
◇「住井すゑ わたしの少年少女物語 2」労働旬報社 1989 p162
(四百年前小唄)
◇「第二〔島木〕赤彦童謡集」第一書店 1948 p11
四枚のジャック
◇「筒井康隆SFジュブナイルセレクション 5」金の星社 2010 p69
四輪馬車
◇「今江祥智童話館 〔15〕」理論社 1987 p165

【ら】

雷雨・漢字
◇「全集古田足日子どもの本 4」童心社 1993 p389
らいおねる おうさま
◇「阪田寛夫全詩集」理論社 2011 p245
らいおねる おうさまの ゆめ
◇「阪田寛夫全詩集」理論社 2011 p246
らいおん
◇「いのち—みずかみかずよ全詩集」石風社 1995 p176
ライオン
◇「くどうなおこ詩集〇」童話屋 1996 p32
ライオン
◇「坪田譲治童話全集 3」岩崎書店 1986 p165
ライオン
◇「まど・みちお全詩集 続」理論社 2015 p434
ライオンいすとくまいす
◇「寺村輝夫全童話 7」理論社 1999 p517
らいおんだあ
◇「阪田寛夫全詩集」理論社 2011 p33
ライオンたちのおなやみそうだん—あとがきにかえて
◇「きむらゆういちおはなしのへや 2」ポプラ社 2012 p148
ライオンとあさなは
◇「かもめの水兵さん—武内俊子伝記と作品集」講談社出版サービスセンター 1977 p150
ライオンと サイの 心の むすびつき
◇「花岡大学仏典童話全集 7」法蔵館 1979 p228
ライオント タイハウ
◇「佐藤義美全集 2」佐藤義美全集刊行会 1973 p23
◇「佐藤義美全集 2」佐藤義美全集刊行会 1973 p48
ライオンの大ぞん
◇「村山籌子作品集 1」JULA出版局 1997 p6
ライオンのおにごっこ
◇「寺村輝夫童話全集 11」ポプラ社 1982 p159
◇「寺村輝夫全童話 3」理論社 1997 p45
ライオンのくる日
◇「大石真児童文学全集 14」ポプラ社 1982 p120
ライオンのシンバくん
◇「寺村輝夫童話全集 13」ポプラ社 1982 p155
◇「寺村輝夫全童話 3」理論社 1997 p153

ライオンのひみつ
　◇「阪田寛夫全詩集」理論社 2011 p403
ライオンのまくらくん
　◇「寺村輝夫童話全集 6」ポプラ社 1982 p115
　◇「寺村輝夫全童話 7」理論社 1999 p490
ライオン野郎
　◇「戸川幸夫動物文学全集 1」冬樹社 1965 p79
　◇「戸川幸夫動物文学全集 8」講談社 1976 p100
ライオンららら
　◇「立原えりかのファンタジーランド 16」青土社 1981 p63
雷神
　◇「斎藤隆介全集 12」岩崎書店 1982 p82
雷神丸
　◇「〔巌谷〕小波お伽全集 15」本の友社 1998 p397
雷神のいたずら
　◇「〔山田野理夫〕お笑い文庫 11」太平出版社 1977（母と子の図書室）p73
雷神の玉
　◇「豊島与志雄童話全集 3」八雲書店 1948 p71
雷神の珠
　◇「豊島与志雄童話選集・郷土篇」双文社出版 1982 p144
　◇「豊島与志雄童話集」海鳥社 1990 p176
ライスカレーの思い出
　◇「庄野英二全集 11」偕成社 1980 p107
来年（岡田泰三）
　◇「岡田泰三・日下部梅子童謡集」会津童詩会 1992 p122
来年の春
　◇「小出正吾児童文学全集 3」審美社 2000 p221
来賓
　◇「新修宮沢賢治全集 6」筑摩書房 1980 p25
　◇「新修宮沢賢治全集 6」筑摩書房 1980 p344
　◇「ジュニア文学館 宮沢賢治―写真・絵画集成 3」日本図書センター 1996 p183
ライプットの人喰虎
　◇「戸川幸夫動物文学全集 10」講談社 1977 p254
来訪
　◇「新修宮沢賢治全集 5」筑摩書房 1979 p143
来訪者たち
　◇「星新一YAセレクション 1」理論社 2008 p42
来々軒
　◇「新修宮沢賢治全集 6」筑摩書房 1980 p87
ライラック
　◇「庄野英二全集 4」偕成社 1979 p268
ライラック通りの帽子屋
　◇「安房直子コレクション 4」偕成社 2004 p117
「ライラック通りの帽子屋」のこと
　◇「安房直子コレクション 4」偕成社 2004 p313

羅漢さま―おじいちゃんの話
　◇「今江祥智の本 2」理論社 1980 p78
楽あれば苦（網の中の石）
　◇「〔巌谷〕小波お伽全集 14」本の友社 1998 p143
楽園の外 序
　◇「北川千代児童文学全集 下」講談社 1967 p303
らくがき
　◇「新装版金子みすゞ全集 3」JULA出版局 1984 p65
　◇「金子みすゞ童謡全集 5」JULA出版局 2004 p90
らくがき
　◇「斎藤喬児童劇選集 〔4〕」牧書店 1954 p72
らくがき
　◇「新美南吉全集 1」牧書店 1965 p295
ラクガキ
　◇「坪田譲治全集 6」岩崎書店 1986 p213
楽書
　◇「校定新美南吉全集 5」大日本図書 1980 p166
落書
　◇「まど・みちお詩集 3」銀河社 1975 p14
　◇「まど・みちお全詩集」理論社 1992 p489
　◇「まどさんの詩の本 8」理論社 1996 p84
らくがきのばら
　◇「浜田広介全集 3」集英社 1975 p167
らくがきはけさないで
　◇「角野栄子のちいさなどうわたち 2」ポプラ社 2007 p83
落語による男声合唱組曲「をとこはおとこ」―落語「三十石舟」より
　◇「阪田寛夫全詩集」理論社 2011 p494
落柿舎
　◇「土田耕平童話集 〔4〕」古今書院 1955 p73
らくだ
　◇「〔島崎〕藤村の童話 1」筑摩書房 1979 p57
らくだ
　◇「新美南吉全集 1」牧書店 1965 p99
　◇「新美南吉童話集 1」大日本図書 1982 p197
　◇「新美南吉童話大全」講談社 1989 p332
　◇「新美南吉童話集 1」大日本図書 2012 p197
らくだ
　◇「いのち―みずかみかずよ全詩集」石風社 1995 p176
ラクダ
　◇「校定新美南吉全集 4」大日本図書 1980 p344
ラクダ
　◇「まど・みちお詩集 2」銀河社 1975 p48
　◇「まど・みちお全詩集」理論社 1992 p450
ラクダ
　◇「〔山田野理夫〕おばけ文庫 9」太平出版社 1976（母と子の図書室）p33

らくた

駱駝
　◇「〔北原〕白秋全童謡集 3」岩波書店 1992 p265
駱駝
　◇「巽聖歌作品集 上」巽聖歌作品集刊行委員会
　　1977 p138
駱駝
　◇「新美南吉全集 6」牧書店 1965 p270
　◇「校定新美南吉全集 8」大日本図書 1981 p303
落第したレントゲン
　◇「〔かこさとし〕お話こんにちは 〔12〕」偕成社
　　1980 p121
ラクダイ哲学
　◇「氏原大作全集 4」条例出版 1977 p464
ラクダイ横町
　◇「岡本良雄童話文学全集 2」講談社 1964 p278
ラクダ雲
　◇「巽聖歌作品集 上」巽聖歌作品集刊行委員会
　　1977 p298
駱駝とお正月 動物園所見
　◇「〔北原〕白秋全童謡集 3」岩波書店 1992 p384
らくだと鈴
　◇「花岡大学 続・仏典童話全集 2」法蔵館 1981
　　p215
駱駝と驢馬
　◇「〔北原〕白秋全童謡集 3」岩波書店 1992 p263
駱駝のお宿
　◇「〔北原〕白秋全童謡集 3」岩波書店 1992 p299
らくだのかわ
　◇「花岡大学仏典童話全集 6」法蔵館 1979 p170
駱駝の鞍（エジプト）
　◇「〔巌谷〕小波お伽全集 15」本の友社 1998 p346
ラクダのこもりうた
　◇「阪田寛夫全詩集」理論社 2011 p355
らくだのせなかで
　◇「阪田寛夫全詩集」理論社 2011 p359
らくだのせなかの上
　◇「花岡大学仏典童話全集 8」法蔵館 1979 p46
らくだの耳から（魚とオレンジ）
　◇「阪田寛夫全詩集」理論社 2011 p568
ラクダの宿
　◇「巽聖歌作品集 上」巽聖歌作品集刊行委員会
　　1977 p290
　◇「巽聖歌作品集 上」巽聖歌作品集刊行委員会
　　1977 p297
楽玉苦玉
　◇「〔巌谷〕小波お伽全集 9」本の友社 1998 p383
らくだは空をとんだか
　◇「かつおきんや作品集 2」牧書店〔アリス館牧新
　　社〕 1971 p1
　◇「かつおきんや作品集 12」偕成社 1982 p5

落胆男の乱暴
　◇「谷口雅春童話集 2」日本教文社 1976 p45
「楽天旅日記」のこと
　◇「今江祥智の本 35」理論社 1990 p136
落葉夜々
　◇「氏原大作全集 4」条例出版 1977 p432
ラジオ体操
　◇「杉みき子選集 2」新潟日報事業社 2005 p168
らぢをのこゑ
　◇「巽聖歌作品集 下」巽聖歌作品集刊行委員会
　　1977 p289
ラジオの塔
　◇「〔北原〕白秋全童謡集 4」岩波書店 1993 p149
　◇「〔北原〕白秋全童謡集 4」岩波書店 1993 p165
ラヂオノバン
　◇「〔北原〕白秋全童謡集 5」岩波書店 1993 p104
ラジオは何処へ行く
　◇「海野十三全集 別巻1」三一書房 1991 p281
らしく
　◇「与田凖一全集 1」大日本図書 1967 p202
羅紗売
　◇「新修宮沢賢治全集 6」筑摩書房 1980 p132
　◇「新修宮沢賢治全集 6」筑摩書房 1980 p397
ラジュウムの雁
　◇「新修宮沢賢治全集 14」筑摩書房 1980 p35
羅生門
　◇「齋藤孝のイッキによめる！ 小学生のための芥川
　　龍之介」講談社 2009 p229
羅生門
　◇「森三郎童話選集 〔2〕」刈谷市教育委員会 1996
　　p42
羅須地人協会関係メモ
　◇「新修宮沢賢治全集 15」筑摩書房 1980 p528
ら・た・ぴ・いの歌
　◇「中村雨紅詩謡集」中村雨紅詩謡集刊行委員会
　　1971 p144
らっかさん
　◇「〔東君平〕おはようどうわ 4」講談社 1982 p158
落下傘部隊
　◇「かもめの水兵さん─武内俊子伝記と作品集」講
　　談社出版サービスセンター 1977 p169
落花生
　◇「壺井栄全集 4」文泉堂出版 1998 p463
落花の巌
　◇「〔巌谷〕小波お伽全集 2」本の友社 1998 p327
らっきょう
　◇「北川千代児童文学全集 下」講談社 1967 p102
ラッキョウづけ
　◇「椋鳩十の本 23」理論社 1983 p260
らっきょうの花

◇「〔藤井則行〕祭りの宵に―童話集」創栄出版 1995 p101

らっきょうの山
◇「氏原大作全集 1」条例出版 1977 p180

らっきょうの夢
◇「住井すゑ わたしの少年少女物語 〔1〕」労働旬報社 1989 p160

らっこのだっこ
◇「ひろすけ幼年童話文学全集 4」集英社 1962 p164
◇「浜田広介全集 4」集英社 1976 p237

ラッセル
◇「〔かこさとし〕お話こんにちは 〔2〕」偕成社 1979 p89

らっぱ
◇「新美南吉童話集 1」大日本図書 1982 p115
◇「新美南吉童話大全」講談社 1989 p333
◇「新美南吉童話集 1」大日本図書 2012 p115
◇「新美南吉童話選集 1」ポプラ社 2013 p29

らつぱ
◇「鈴木三重吉童話全集 3」文泉堂書店 1975 (日本文学全集・選集叢刊第5次) p284

ラッパ
◇「新美南吉全集 1」牧書店 1965 p132

ラッパ
◇「まど・みちお詩集 4」銀河社 1974 p50
◇「まど・みちお全詩集」理論社 1992 p432

ラツパ
◇「校定新美南吉全集 4」大日本図書 1980 p212

ラツパ
◇「魂の配達―野村吉哉作品集」草思社 1983 p84

ラッパをふいたくま
◇「来栖良夫児童文学全集 1」岩崎書店 1983 p234

ラッパ こびと
◇「まど・みちお全詩集」理論社 1992 p223

ラッパ太郎と眼鏡太郎
◇「お噺の卵―武井武雄童話集」講談社 1976 (講談社文庫) p152

らっぱと らいおん
◇「平塚武二童話全集 2」童心社 1972 p68

ラッパの こびと
◇「まどさんの詩の本 15」理論社 1997 p58

ラップラップンブン―ラップランド・ラップ族の子ども
◇「横山健童謡選集 1」無明舎出版 1995 p76

螺鈿師・華江夜話
◇「斎藤隆介全集 8」岩崎書店 1982 p213

ラバとバラと
◇「まど・みちお全詩集 続」理論社 2015 p135

ラビット・ジャギー
◇「横山健童謡選集 2」無明舎出版 1995 p90

ラ＝フォンテーヌ
◇「〔かこさとし〕お話こんにちは 〔4〕」偕成社 1979 p39

ラブ・レター
◇「あさのあつこコレクション 2」新日本出版社 2007 p5

ラブレターの書き方
◇「〔吉田とし〕青春ロマン選集 4」理論社 1977 p5

ラブレターの読み方
◇「〔吉田とし〕青春ロマン選集 4」理論社 1977 p115

ラベンダーうさぎ
◇「今江祥智童話館 〔6〕」理論社 1986 p114
◇「今江祥智の本 30」理論社 1990 p126
◇「今江祥智ショートファンタジー 5」理論社 2005 p145

ラボアジェ
◇「〔かこさとし〕お話こんにちは 〔5〕」偕成社 1979 p122

ラ・ポプラ
◇「やなせたかし童謡詩集 〔2〕」フレーベル館 2000 p52

喇嘛僧
◇「〔北原〕白秋全童謡集 3」岩波書店 1992 p268

らむね
◇「校定新美南吉全集 8」大日本図書 1981 p272

ラムネ
◇「椋鳩十の本 23」理論社 1983 p29

ラムネと母さん
◇「〔斎藤信夫〕子ども心を友として―童謡詩集」成東町教育委員会 1996 p16

ラムラム王
◇「お噺の卵―武井武雄童話集」講談社 1976 (講談社文庫) p205

ラーメン心の歌
◇「やなせたかし童謡詩集 〔3〕」フレーベル館 2001 p102

ラーメン天使
◇「やなせたかし童謡詩集 〔1〕」フレーベル館 2000 p70

〔Largo や青い雲瀚(かげ)やながれ〕
◇「新修宮沢賢治全集 3」筑摩書房 1979 p260
◇「新修宮沢賢治全集 3」筑摩書房 1979 p411

らるらる,るららる
◇「与田凖一全集 1」大日本図書 1967 p88

瀬河
◇「巽聖歌作品集 上」巽聖歌作品集刊行委員会 1977 p267

瀬河のほとり
◇「巽聖歌作品集 上」巽聖歌作品集刊行委員会

らんく

　　　　1977 p264
蘭君に望む
　◇「海野十三全集 別巻1」三一書房 1991 p365
乱世似合う青雲の人—亡き瀬川拓男思う
　◇「松谷みよ子全エッセイ 3」筑摩書房 1989 p53
ランタナの籬
　◇「まど・みちお全詩集」理論社 1992 p10
ランドセル
　◇「さくらゆき—さとうじゅんこ童詩集」えんじゅの会 1997 p62
らんの花
　◇「定本小川未明童話全集 11」講談社 1977 p328
　◇「定本小川未明童話全集 11」大空社 2002 p328
ランプ
　◇「新美南吉全集 6」牧書店 1965 p259
ランプ
　◇「〔よこやまさおり〕夏休み」新風舎 1999（新風選書）p29
洋灯（らんぷ）
　◇「金子みすゞ童謡全集 1」JULA出版局 2003 p80
洋燈（ランプ）
　◇「新装版金子みすゞ全集 1」JULA出版局 1984 p52
らむぷを捨てる
　◇「校定新美南吉全集 7」大日本図書 1980 p253
ランプを窓に
　◇「〔北原〕白秋全童謡集 2」岩波書店 1992 p268
ランプ芯の話
　◇「坪田譲治童話全集 11」岩崎書店 1986 p244
ランプそうじ
　◇「石森延男児童文学全集 11」学習研究社 1971 p268
ランプ台
　◇「北彰介作品集 4」青森県児童文学研究会 1991 p231
ランプと金魚
　◇「〔巌谷〕小波お伽全集 14」本の友社 1998 p187
らんぷとぺん
　◇「浜田広介全集 3」集英社 1975 p23
ランプの女
　◇「稗田童平全集 2」宝文館出版 1979 p29
ランプのほや
　◇「花岡大学童話全集 2」法蔵館 1980 p32
ラムプの夜
　◇「校定新美南吉全集 9」大日本図書 1981 p103
ランプの夜
　◇「新美南吉全集 2」牧書店 1965 p191
　◇「新美南吉童話劇集 1」東京書籍 1981（東書児童劇シリーズ）p97
　◇「新美南吉童話集 3」大日本図書 1982 p267

　◇「新美南吉童話大全」講談社 1989 p366
　◇「新美南吉童話集 3」大日本図書 2012 p267
ランプみがき
　◇「国分一太郎児童文学集 6」小峰書店 1967 p169
欄間のほりもの
　◇「千葉省三童話全集 2」岩崎書店 1967 p173
らんまのろくろっくび
　◇「〔木暮正夫〕日本のおばけ話・わらい話 2」岩崎書店 1986 p26
襤褸の旗
　◇「杉みき子選集 10」新潟日報事業社 2011 p152

【り】

〔リアン〕詞華集
　◇「椋鳩十の本 1」理論社 1982 p145
利益
　◇「星新一ちょっと長めのショートショート 3」理論社 2005 p193
りかとネコのアン
　◇「椋鳩十まるごと動物ものがたり 4」理論社 1996 p150
リクエスト大行進—ラジオ番組「リクエスト大行進」テーマソング
　◇「阪田寛夫全詩集」理論社 2011 p819
陸軍行進曲（御大典観兵式のため）
　◇「〔巌谷〕小波お伽全集 7」本の友社 1998 p454
陸軍大将
　◇「お噺の卵—武井武雄童話集」講談社 1976（講談社文庫）p50
陸中平井賀
　◇「椋鳩十の本 22」理論社 1983 p76
りくでん
　◇「今井誉次郎童話集子どもの村〔4〕」国土社 1957 p24
陸と海
　◇「〔北原〕白秋全童謡集 2」岩波書店 1992 p122
りこうな桜んぼ
　◇「新装版金子みすゞ全集 3」JULA出版局 1984 p240
　◇「金子みすゞ童謡集」角川春樹事務所 1998（ハルキ文庫）p116
　◇「金子みすゞ童謡全集 6」JULA出版局 2004 p152
りこうな ピストル
　◇「佐藤義美全集 2」佐藤義美全集刊行会 1973 p337
りこうなりす

◇「平塚武二童話全集 2」童心社 1972 p31

利口者のカラス
　◇「戸川幸夫動物文学全集 15」講談社 1977 p276

リコとコブタのはなし
　◇「神沢利子コレクション 2」あかね書房 1994 p197
　◇「神沢利子コレクション・普及版 2」あかね書房 2005 p197
　◇「神沢利子のおはなしの時間 5」ポプラ社 2011 p17

利己の醜さ
　◇「おの・ちゅうこう初期作品集 〔2〕 日本の教室は明るい」崙書房 1975 p55

理財道
　◇「椋鳩十の本 15」理論社 1982 p141

理財の才
　◇「椋鳩十の本 18」理論社 1982 p239

リーザの順番
　◇「太田博也童話集 4」小山書林 2008 p103

リスくん
　◇「〔東君平〕おはようどうわ 1」講談社 1982 p84
　◇「東君平のおはようどうわ 5」新日本出版社 2010 p43

リスざるのあかちゃん
　◇「山本瓔子詩集 II」新風舎 2003 p62

リスター
　◇「〔かこさとし〕お話こんにちは 〔1〕」偕成社 1979 p34

栗鼠と色鉛筆
　◇「新修宮沢賢治全集 2」筑摩書房 1979 p160

リスとウサギのブドウの木
　◇「岡本良雄童話文学全集 3」講談社 1964 p241

りすと かしのみ
　◇「坪田譲治幼年童話文学全集 2」集英社 1965 p53

リスとカシのみ
　◇「坪田譲治童話全集 9」岩崎書店 1986 p13
　◇「坪田譲治名作選 〔2〕 ビワの実」小峰書店 2005 p24

リスとかめのいる原っぱ
　◇「二反長半作品集 1」集英社 1979 p103

りすと くりのみ
　◇「阪田寛夫全詩集」理論社 2011 p133

リスとダリア
　◇「庄野英二全集 5」偕成社 1980 p191

りすの あかちゃん
　◇「巽聖歌作品集 下」巽聖歌作品集刊行委員会 1977 p41

栗鼠の案内
　◇「〔巌谷〕小波お伽全集 3」本の友社 1998 p137

リスのいのちびろい
　◇「〔東君平〕おはようどうわ 1」講談社 1982 p10

りすの うち
　◇「まど・みちお全詩集」理論社 1992 p102

りすの おうち
　◇「佐藤義美童謡集」さ・え・ら書房 1960 p74
　◇「佐藤義美全集 1」佐藤義美全集刊行会 1974 p188
　◇「佐藤義美全集 1」佐藤義美全集刊行会 1974 p417

りすのクリスマス
　◇「庄野英二全集 5」偕成社 1980 p442

リスのサーカス
　◇「石森延男児童文学全集 2」学習研究社 1971 p143

りすのしたいいこと
　◇「松谷みよ子全集 3」講談社 1971 p23

リスのてぶくろ
　◇「庄野英二全集 5」偕成社 1980 p218

リスのひげ
　◇「くんぺい魔法ばなし―魔法ばなし全集 1」サンリオ 2000 p190

りすの町
　◇「佐藤義美童謡集」さ・え・ら書房 1960 p220
　◇「佐藤義美全集 1」佐藤義美全集刊行会 1974 p237

りすのわすれもの
　◇「松谷みよ子おはなし集 2」ポプラ社 2010 p77

リズムのいい日は分かるんだ
　◇「〔坪井安〕はしれ子馬よ―童謡詩集」童謡研究・蜂の会 1999 p142

りすりす小栗鼠
　◇「〔北原〕白秋全童謡集 1」岩波書店 1992 p36

栗鼠, 栗鼠, 小栗鼠
　◇「〔北原〕白秋全童謡集 1」岩波書店 1992 p68

リスは ノスリは
　◇「まど・みちお全詩集 続」理論社 2015 p68

理想的販売法
　◇「星新一ちょっと長めのショートショート 1」理論社 2005 p177

リタイムパイ
　◇「〔みずきえり〕童話集 ビープ」日本文学館 2008 p79

リタというおばあさん
　◇「花岡大学 続・仏典童話全集 2」法蔵館 1981 p78

リチャード=オーエン
　◇「〔かこさとし〕お話こんにちは 〔4〕」偕成社 1979 p91

陸橋のある風景
　◇「今西祐行全集 4」偕成社 1987 p177

立春大吉
　◇「斎藤隆介全集 3」岩崎書店 1982 p84

立派な猟師

◇「巽聖歌作品集 下」巽聖歌作品集刊行委員会 1977 p230

立方体の体積
◇「国分一太郎児童文学集 6」小峰書店 1967 p186

理と情
◇「椋鳩十の本 18」理論社 1982 p252

リトル・マガジン。(二首)
◇「稗田菫平全集 4」宝文館出版 1980 p93

理髪師誘拐事件
◇「別役実童話集 〔6〕」三一書房 1988 p55

リボン
◇「〔東君平〕ひとくち童話 2」フレーベル館 1995 p58

リボンをつけて上からくる日曜
◇「佐藤義美全集 1」佐藤義美全集刊行会 1974 p39

リボン競べ
◇「〔巌谷〕小波お伽全集 2」本の友社 1998 p1

リボンときつねとゴムまりと月
◇「村山籌子作品集 1」JULA出版局 1997 p77

リボンのムツ五郎
◇「山中恒児童よみもの選集 8」読売新聞社 1977 p5

リヤカー
◇「〔北原〕白秋全童謡集 5」岩波書店 1993 p144

リヤカーの男
◇「花岡大学童話文学全集 5」法蔵館 1980 p236

龍(りゅう)… → "たつ…"をも見よ

龍
◇「今江祥智の本 10」理論社 1980 p125
◇「今江祥智童話館 〔17〕」理論社 1987 p7

竜王塘
◇「〔北原〕白秋全童謡集 3」岩波書店 1992 p193

竜王のたからもの
◇「寺村輝夫全童話 7」理論社 1999 p142

龍を退治したビョルクセン
◇「斎藤隆介全集 12」岩崎書店 1982 p145

竜駆ける
◇「北彰介作品集 4」青森県児童文学研究会 1991 p302

龍眼肉
◇「まど・みちお全詩集」理論社 1992 p57

隆起する新しい詩脈―富山の第三の新人展望
◇「稗田菫平全集 7」宝文館出版 1981 p124

琉球への燃える愛
◇「椋鳩十の本 29」理論社 1989 p154

(琉球つつじの)
◇「稗田菫平全集 8」宝文館出版 1982 p61

琉球のお友だち
◇「壺井栄名作集 1」ポプラ社 1965 p139
◇「壺井栄全集 10」文泉堂出版 1998 p552

琉球のシシ
◇「椋鳩十の本 13」理論社 1983 p160

琉球のシシ狩り
◇「椋鳩十の本 26」理論社 1989 p74

龍宮
◇「〔佐海〕航南夜ばなし―童話集」佐海航南 1999 p1

龍宮
◇「室生犀星童話全集 3」創林社 1978 p194

竜宮へ行ったペーペーチー
◇「谷口雅春童話集 1」日本教文社 1976 p165

竜宮とサンタクロースのネズミ
◇「谷口雅春童話集 2」日本教文社 1976 p142

龍宮と花売り
◇「坪田譲治童話全集 10」岩崎書店 1986 p177

竜宮女房 (その一)
◇「〔比江島重孝〕宮崎のむかし話 2」鉱脈社 1998 p179

竜宮女房 (その二)
◇「〔比江島重孝〕宮崎のむかし話 2」鉱脈社 1998 p182

竜宮のお椀
◇「稗田菫平全集 5」宝文館出版 1980 p173

りゅうぐうの水がめ
◇「佐藤さとる全集 6」講談社 1973 p165
◇「佐藤さとる幼年童話自選集 1」ゴブリン書房 2003 p117

竜宮の水がめ
◇「佐藤さとるファンタジー全集 8」講談社 1982 p43
◇「佐藤さとるファンタジー全集 8」講談社, 復刊ドットコム (発売) 2010 p43

りゅうぐうのよめさま
◇「松谷みよ子のむかしむかし 2」講談社 1973 p40

竜宮の若殿
◇「〔山田野理夫〕お笑い文庫 11」太平出版社 1977 (母と子の図書室) p97

りゅうぐうぶち
◇「稗田菫平全集 5」宝文館出版 1980 p24

龍宮土産
◇「〔巌谷〕小波お伽全集 12」本の友社 1998 p190

流刑
◇「巽聖歌作品集 下」巽聖歌作品集刊行委員会 1977 p208

流刑―ある日の大槻伝蔵
◇「稗田菫平全集 7」宝文館出版 1981 p175

流行の鞄
◇「星新一YAセレクション 3」理論社 2008 p177

流行の病気
◇「星新一ショートショートセレクション 5」理論社 2002 p149

柳樹屯
◇「巽聖歌作品集 上」巽聖歌作品集刊行委員会 1977 p91

竜神さまと倭子ひめ
◇「[今坂柳二] りゅうじフォークロア・world 1」ふるさと伝承研究会 2006 p11

龍神さまとタケコ姫 二幕
◇「[今坂柳二] りゅうじフォークロア・world 5」ふるさと伝承研究会 2009 p27

龍神丸
◇「高垣眸全集 2」桃源社 1970 p1

流線型
◇「[北原] 白秋全童謡集 3」岩波書店 1992 p83

流線間諜 (スパイ)
◇「海野十三全集 4」三一書房 1989 p21

竜退治
◇「鈴木三重吉童話全集 2」文泉堂書店 1975 (日本文学全集・選集叢刊第5次) p415

竜と詩人
◇「新修宮沢賢治全集 14」筑摩書房 1980 p165
◇「[宮沢] 賢治童話」翔泳社 1995 p452

龍吐水 (支那)
◇「[巌谷] 小波お伽全集 15」本の友社 1998 p316

りゅうとわし
◇「北畠八穂児童文学全集 4」講談社 1974 p227

竜と私
◇「松谷みよ子全エッセイ 3」筑摩書房 1989 p268

りゅうになった三郎
◇「松谷みよ子のむかしむかし 6」講談社 1973 p139

竜になった魔物の王女
◇「谷口雅春童話集 1」日本教文社 1976 p3

竜になる
◇「今江祥智の本 19」理論社 1981 p110
◇「今江祥智童話館〔9〕」理論社 1987 p68

龍の梅
◇「[巌谷] 小波お伽全集 9」本の友社 1998 p343

竜のお礼
◇「北彰介作品集 3」青森県児童文学研究会 1990 p26

龍の鏡
◇「[巌谷] 小波お伽全集 6」本の友社 1998 p234

龍の国
◇「[巌谷] 小波お伽全集 3」本の友社 1998 p358

龍の子
◇「瑠璃の壺―森銑三童話集」三樹書房 1982 p260

りゅうのたまご
◇「佐藤さとる全集 10」講談社 1974 p209

竜のたまご
◇「佐藤さとるファンタジー全集 6」講談社 1982 p125
◇「佐藤さとるファンタジー全集 6」講談社, 復刊ドットコム (発売) 2010 p125

龍の卵
◇「[巌谷] 小波お伽全集 9」本の友社 1998 p215
◇「[巌谷] 小波お伽全集 10」本の友社 1998 p83

竜のなみだ (創作民話)
◇「北彰介作品集 3」青森県児童文学研究会 1990 p319

龍の願
◇「瑠璃の壺―森銑三童話集」三樹書房 1982 p60

龍の初旅
◇「[巌谷] 小波お伽全集 10」本の友社 1998 p371

龍の笛
◇「室生犀星童話全集 3」創林社 1978 p151

龍のふち
◇「おの・ちゅうこう初期作品集〔4〕氏神さま」葡萄書房 1975 p95

龍の水
◇「二反長半作品集 1」集英社 1979 p74

りゅうの目のなみだ
◇「ひろすけ幼年童話文学全集 4」集英社 1962 p199
◇「浜田広介全集 1」集英社 1975 p208
◇「浜田広介童話集」世界文化社 2006 (心に残るロングセラー) p43

流氷との闘い
◇「戸川幸夫動物文学全集 14」講談社 1977 p191

流氷は帰らない
◇「富島健夫青春文学選集 1」集英社 1971 p205

流木―北海道
◇「北彰介作品集 4」青森県児童文学研究会 1991 p241

流木 (四首)
◇「稗田童平全集 4」宝文館出版 1980 p26

龍門の月
◇「氏原大作全集 4」条例出版 1977 p367

リュックサック
◇「[北原] 白秋全童謡集 3」岩波書店 1992 p150

りゅっくさっくのうた
◇「国分一太郎児童文学集 6」小峰書店 1967 p8

領域
◇「稗田童平全集 1」宝文館出版 1978 p152

凌雲閣と鯔
◇「[巌谷] 小波お伽全集 14」本の友社 1998 p186

遼河
◇「[北原] 白秋全童謡集 3」岩波書店 1992 p217

遼河上流
◇「[北原] 白秋全童謡集 3」岩波書店 1992 p233

良寛さま

りょう

良寛さま
　◇「〔北原〕白秋全童謡集 1」岩波書店 1992 p307
良寛さま
　◇「中村雨紅詩謡集」中村雨紅詩謡集刊行委員会 1971 p124
良寛サマ
　◇「西條八十童謡全集」修道社 1971 p366
(良寛さまは)
　◇「稗田菫平全集 8」宝文館出版 1982 p109
良寛さま 一
　◇「第二〔島木〕赤彦童謡集」第一書店 1948 p40
良寛さま 二
　◇「第二〔島木〕赤彦童謡集」第一書店 1948 p42
良寛さま 三
　◇「第二〔島木〕赤彦童謡集」第一書店 1948 p44
良寛さん
　◇「横山健童謡選集 2」無明舎出版 1995 p70
良寛と貞心尼
　◇「稗田菫平全集 4」宝文館出版 1980 p106
良寛と貞心尼―その贈答歌にみる愛のすがた
　◇「稗田菫平全集 6」宝文館出版 1981 p18
(良寛は)
　◇「稗田菫平全集 8」宝文館出版 1982 p107
(良寛は椿の花を)
　◇「稗田菫平全集 2」宝文館出版 1979 p93
猟季
　◇「〔北原〕白秋全童謡集 2」岩波書店 1992 p310
良吉の鼻
　◇「〔山田野理夫〕お笑い文庫 7」太平出版社 1977 (母と子の図書室) p82
両国中学校校歌
　◇「佐藤義美全集 1」佐藤義美全集刊行会 1974 p458
梁山湖
　◇「瑠璃の壺―森銑三童話集」三樹書房 1982 p165
猟師
　◇「室生犀星童話全集 3」創林社 1978 p156
猟師, 渋右衛門
　◇「松谷みよ子のむかしむかし 7」講談社 1973 p24
猟師大臣
　◇「巖谷小波お伽噺文庫〔5〕」大和書房 1976 p37
漁師と金の魚
　◇「鈴木三重吉童話全集 4」文泉堂書店 1975 (日本文学全集・選集叢刊第5次) p165
漁師とくじら
　◇「松谷みよ子のむかしむかし 7」講談社 1973 p101
猟師と薬屋の話
　◇「定本小川未明童話全集 10」講談社 1977 p111
　◇「定本小川未明童話全集 10」大空社 2001 p111
りょう師とむすめ

　◇「浜田広介全集 9」集英社 1976 p204
猟師のSさん
　◇「戸川幸夫動物文学全集 14」講談社 1977 p155
漁夫の小父さん
　◇「新装版金子みすゞ全集 1」JULA出版局 1984 p95
　◇「金子みすゞ童謡集」角川春樹事務所 1998 (ハルキ文庫) p14
　◇「金子みすゞ童謡全集 1」JULA出版局 2003 p154
漁夫の子の唄
　◇「新装版金子みすゞ全集 3」JULA出版局 1984 p173
　◇「金子みすゞ童謡集」角川春樹事務所 1998 (ハルキ文庫) p24
　◇「金子みすゞ童謡全集 6」JULA出版局 2004 p67
両者復権
　◇「今江祥智の本 22」理論社 1981 p167
領主の館
　◇「星新一ショートショートセレクション 9」理論社 2003 p149
〔糧食はなし四月の寒さ〕
　◇「新修宮沢賢治全集 7」筑摩書房 1980 p344
猟人日記
　◇「椋鳩十全集 11」ポプラ社 1970 p158
両親の墓
　◇「〔島崎〕藤村の童話 4」筑摩書房 1979 p127
良心の目ざめ
　◇「〔島崎〕藤村の童話 1」筑摩書房 1979 p91
良介君の学園体験記
　◇「ともみのちょう戦―立花玲子童話集」青森県児童文学研究会 1997 p59
両生類
　◇「〔宗左近〕梟の駅長さん―童謡集」思潮社 1998 p78
りょうてで じゃんけん
　◇「まど・みちお全詩集」理論社 1992 p344
りょう手に花
　◇「今江祥智童話館〔2〕」理論社 1986 p176
　◇「今江祥智の本 30」理論社 1990 p120
漁に出る
　◇「全版灰谷健次郎の本 20」理論社 1987 p102
領分争い
　◇「椋鳩十の本 18」理論社 1982 p244
僚友
　◇「新修宮沢賢治全集 4」筑摩書房 1979 p115
遼陽城中
　◇「〔北原〕白秋全童謡集 3」岩波書店 1992 p216
遼陽白塔
　◇「〔北原〕白秋全童謡集 3」岩波書店 1992 p216
料理

◇「〔土田明子〕ちいさい星―母と子の詩集」らくだ出版 2002 p60

料理
◇「椋鳩十の本 1」理論社 1982 p222

料理屋の怪
◇「〔山田野理夫〕おばけ文庫 1」太平出版社 1976（母と子の図書室）p136

りよおばあさん（おおえひで）
◇「佐藤さとるファンタジー全集 16」講談社 1983 p223

緑衣の鬼
◇「少年探偵江戸川乱歩全集 34」ポプラ社 1970 p5

旅行
◇「〔巌谷〕小波お伽全集 15」本の友社 1998 p127

旅行案内
◇「魂の配達―野村吉哉作品集」草思社 1983 p23

旅行記
◇「椋鳩十の本 1」理論社 1982 p224

旅行の準備
◇「星新一ショートショートセレクション 6」理論社 2002 p178

リョコウバト
◇「今江祥智の本 4」理論社 1980 p20
◇「今江祥智童話館 〔11〕」理論社 1987 p26

旅宿の月
◇「中村雨紅詩謡集」中村雨紅詩謡集刊行委員会 1971 p164

旅順水師営
◇「〔北原〕白秋全童謡集 3」岩波書店 1992 p198

旅情
◇「中村雨紅詩謡集」中村雨紅詩謡集刊行委員会 1971 p171

旅情歌（二七首）
◇「稗田童平全集 4」宝文館出版 1980 p10

旅程幻想
◇「新修宮沢賢治全集 3」筑摩書房 1979 p195
◇「新修宮沢賢治全集 3」筑摩書房 1979 p386

リラ唄一
◇「稗田童平全集 2」宝文館出版 1979 p28

リラ唄二
◇「稗田童平全集 2」宝文館出版 1979 p28

りらちゃんとごるちゃん
◇「神沢利子のおはなしの時間 3」ポプラ社 2011 p133

りらちゃんはおねえちゃん
◇「神沢利子のおはなしの時間 3」ポプラ社 2011 p111

りらりらりら
◇「りらりらりらわたしの絵本―富永佳与子こどものうた作品集」国土社 1994 p52

リリイに
◇「稗田童平全集 1」宝文館出版 1978 p112

リリイに ふたたび
◇「稗田童平全集 1」宝文館出版 1978 p113

離陸
◇「佐藤義美全集 1」佐藤義美全集刊行会 1974 p36

リレー
◇「〔北原〕白秋全童謡集 3」岩波書店 1992 p68

履歴書
◇「壺井栄全集 3」文泉堂出版 1997 p414

鈴（りん）… → "すず…"をも見よ

鈴（りん）
◇「〔北原〕白秋全童謡集 4」岩波書店 1993 p295

林学生
◇「新修宮沢賢治全集 3」筑摩書房 1979 p99
◇「新修宮沢賢治全集 3」筑摩書房 1979 p345

りんかくせん
◇「まど・みちお全詩集 続」理論社 2015 p271

林館開業
◇「新修宮沢賢治全集 6」筑摩書房 1980 p88

リンカーンのじょうだん
◇「ジュニア版吉野源三郎全集 3」ポプラ社 1967 p288
◇「吉野源三郎全集 4」ポプラ社 2000 p294

リンカーンのひげ
◇「ジュニア版吉野源三郎全集 3」ポプラ社 1967 p291
◇「吉野源三郎全集 4」ポプラ社 2000 p297

リンカーンの見た夢
◇「ジュニア版吉野源三郎全集 3」ポプラ社 1967 p297
◇「吉野源三郎全集 4」ポプラ社 2000 p304

りんご
◇「〔北原〕白秋全童謡集 2」岩波書店 1992 p441
◇「〔北原〕白秋全童謡集 3」岩波書店 1992 p340

りんご
◇「ひばりのす―木下夕爾児童詩集」光書房 1998 p38

りんご
◇「〔島崎〕藤村の童話 3」筑摩書房 1979 p7
◇「〔島崎〕藤村の童話 3」筑摩書房 1979 p9

りんご
◇「稗田童平全集 3」宝文館出版 1979 p89

りんご
◇「〔東君平〕ひとくち童話 5」フレーベル館 1995 p46
◇「〔東君平〕ひとくち童話 6」フレーベル館 1995 p48

りんご
◇「まど・みちお全詩集」理論社 1992 p186

りんこ

りんこ
- ◇「まど・みちお全詩集」理論社 1992 p586
- ◇「まどさんの詩の本 15」理論社 1997 p90

りんご
- ◇「与田凖一全集 2」大日本図書 1967 p212

リンゴ
- ◇〔東君平〕おはようどうわ 2」講談社 1982 p25

リンゴ
- ◇「まど・みちお全詩集」理論社 1992 p379
- ◇「まどさんの詩の本 6」理論社 1996 p84

林檎
- ◇「国分一太郎児童文学集 6」小峰書店 1967 p188

林檎
- ◇「新美南吉全集 6」牧書店 1965 p69
- ◇「校定新美南吉全集 8」大日本図書 1981 p223

林檎
- ◇「まど・みちお全詩集 続」理論社 2015 p330

〔苹果青に熟し〕
- ◇「新修宮沢賢治全集 7」筑摩書房 1980 p224

林檎園のピッポ
- ◇「斎田喬児童劇選集 〔8〕」牧書店 1955 p26

りんごが なった
- ◇「佐藤義美全集 1」佐藤義美全集刊行会 1974 p438

林檎 汽車の中にて
- ◇〔北原〕白秋全童謡集 3」岩波書店 1992 p202

りんご コロン
- ◇「佐藤義美童謡集」さ・え・ら書房 1960 p80
- ◇「佐藤義美全集 1」佐藤義美全集刊行会 1974 p190

りんご さくさく
- ◇〔関根栄一〕はしるふじさん─童謡集」小峰書店 1998 p58

りんご少女
- ◇「庄野英二全集 5」偕成社 1980 p46

リンゴづくりの話
- ◇「椋鳩十の本 20」理論社 1983 p169

りんご酢と蜂蜜
- ◇「壺井栄全集 11」文泉堂出版 1998 p340

リンゴ点描
- ◇「稗田菫平全集 7」宝文館出版 1981 p183

りんごと いっしょに きた
- ◇「佐藤義美全集 1」佐藤義美全集刊行会 1974 p379

りんごとからす
- ◇「椋鳩十の本 32」理論社 1989 p8
- ◇「椋鳩十少年別童話 〔2〕」理論社 1990 p62

りんごとバイオリン
- ◇「今西祐行全集 7」偕成社 1989 p7

リンゴとバナナ
- ◇「小出正吾児童文学全集 1」審美社 2000 p133

林檎と蜜柑
- ◇「中村雨紅詩謡集」中村雨紅詩謡集刊行委員会 1971 p149

リンゴ並木
- ◇「椋鳩十の本 22」理論社 1983 p61

リンゴの青い実から
- ◇「全版版灰谷健次郎の本 21」理論社 1988 p22

〔苹果のえだを兎に食はれました〕
- ◇「新修宮沢賢治全集 4」筑摩書房 1979 p243

りんごの木
- ◇「後藤竜二童話集 3」ポプラ社 2013 p47

りんごの木と小鳥たち
- ◇「岩永博史童話集 3」岩永博史 2012 p19

リンゴの木の下で
- ◇「今江祥智の本 28」理論社 1990 p7

りんごのきの りんご
- ◇「佐藤義美全集 1」佐藤義美全集刊行会 1974 p375

リンゴのきばこ
- ◇〔東君平〕おはようどうわ 7」講談社 1982 p214

りんごの車
- ◇「新美南吉全集 6」牧書店 1965 p251
- ◇「校定新美南吉全集 8」大日本図書 1981 p48
- ◇「新美南吉童話集 1」大日本図書 1982 p319
- ◇「新美南吉童話集 1」大日本図書 2012 p319

リンゴの手紙
- ◇「斎田喬児童劇選集 〔3〕」牧書店 1954 p217

リンゴの手紙(生活劇)
- ◇「斎田喬幼年劇全集 2」誠文堂新光社 1961 p303

リンゴの並木道
- ◇「椋鳩十の本 20」理論社 1983 p14

りんごの花
- ◇「後藤竜二童話集 3」ポプラ社 2013 p5

林檎の花
- ◇「巽聖歌作品集 上」巽聖歌作品集刊行委員会 1977 p444

りんごの話
- ◇〔かこさとし〕お話こんにちは 〔4〕」偕成社 1979 p36

りんごの袋
- ◇「壺井栄名作集 3」ポプラ社 1965 p171
- ◇「壺井栄全集 10」文泉堂出版 1998 p91

リンゴのふくろ
- ◇「定本壺井栄児童文学全集 3」講談社 1979 p228

リンゴの頬
- ◇「壺井栄全集 2」文泉堂出版 1997 p214

林檎の的
- ◇〔巌谷〕小波お伽全集 7」本の友社 1998 p226

林檎のまわり
- ◇「まど・みちお全詩集」理論社 1992 p28

〔りんごのみきのはひのひかり〕
◇「新修宮沢賢治全集 6」筑摩書房 1980 p216
りんごの村
◇「小出正吾児童文学全集 1」審美社 2000 p165
りんごの夢
◇「あまんきみこセレクション 5」三省堂 2009 p32
林檎畑
◇「新装版金子みすゞ全集 3」JULA出版局 1984 p47
◇「金子みすゞ童謡集」角川春樹事務所 1998（ハルキ文庫）p114
◇「金子みすゞ童謡全集 5」JULA出版局 2004 p66
林檎畑
◇「巽聖歌作品集 上」巽聖歌作品集刊行委員会 1977 p396
りんご畑の九月
◇「後藤竜二童話集 3」ポプラ社 2013 p25
リンゴ畑の四日間
◇「国分一太郎児童文学集 3」小峰書店 1967 p5
リンゴ一つ
◇「石森読本―石森延男児童文学選集 5年生」小学館 1977 p128
りんご村はりんご色の夕焼け
◇「土田明子詩集 5」かど創房 1987 p8
りんごりんごちゃん
◇「佐藤義美全集 1」佐藤義美全集刊行会 1974 p300
臨終
◇「まど・みちお全詩集 続」理論社 2015 p117
臨終
◇「椋鳩十全集 12」ポプラ社 1970 p224
◇「椋鳩十の本 15」理論社 1982 p268
臨終の薬
◇「星新一YAセレクション 10」理論社 2010 p79
隣人
◇「千葉省三童話全集 2」岩崎書店 1967 p203
隣人を断念した野鳥
◇「椋鳩十の本 19」理論社 1982 p10
◇「椋鳩十の本 33」理論社 1989 p192
リンダと仲間たち
◇「［川上文子］七つのあかり―短篇童話集」教育報道社 1998（教報ブックス）p21
心象スケッチ 林中乱思
◇「新修宮沢賢治全集 5」筑摩書房 1979 p28
◇「新修宮沢賢治全集 5」筑摩書房 1979 p284
リンデンの樹
◇「巽聖歌作品集 上」巽聖歌作品集刊行委員会 1977 p96
りんどう
◇「壺井栄全集 6」文泉堂出版 1998 p473

りんどう
◇「稗田童平全集 2」宝文館出版 1979 p63
竜胆
◇「〔北原〕白秋全童謡集 3」岩波書店 1992 p10
（りんどうの）
◇「稗田童平全集 2」宝文館出版 1979 p111
◇「稗田童平全集 2」宝文館出版 1979 p119
りんどうのうた
◇「稗田童平全集 3」宝文館出版 1979 p79
りんどうの花に寄せて
◇「〔斎藤信夫〕子ども心を友として―童謡詩集」成東町教育委員会 1996 p232
りんどうの花のうた
◇「あまの川―宮沢賢治童謡集」筑摩書房 2001 p34
りんどうの花のきょうだい
◇「稗田童平全集 8」宝文館出版 1982 p152
リンとチャッピー
◇「ひとしずくのなみだ―宮下木花11歳童話集」銀の鈴社 2006（小さな鈴シリーズ）p23
リンネ
◇「〔かこさとし〕お話こんにちは〔2〕」偕成社 1979 p120
りんの歌
◇「〔比江島重孝〕宮崎のむかし話 1」鉱脈社 1998 p276
りんりん林檎の
◇「〔北原〕白秋全童謡集 1」岩波書店 1992 p279

【 る 】

ルイ＝アームストロング
◇「〔かこさとし〕お話こんにちは〔4〕」偕成社 1979 p21
ルイ＝パスツール
◇「〔かこさとし〕お話こんにちは〔9〕」偕成社 1979 p124
ル＝シャトリエ
◇「〔かこさとし〕お話こんにちは〔7〕」偕成社 1979 p39
ルージュの伝言―ちょっと背伸びのラブジャーニー
◇「あたし今日から魔女!? えっ、うっそー!?―大橋むつお戯曲集」青雲書房 2005 p101
ルスでした
◇「まど・みちお全詩集 続」理論社 2015 p248
るすばん
◇「杉みき子選集 2」新潟日報事業社 2005 p92
るすばん

るすは

- ◇「〔東君平〕おはようどうわ 1」講談社 1982 p66
- ◇「東君平のおはようどうわ 1」新日本出版社 2010 p6

るすばん
- ◇「いのち―みずかみかずよ全詩集」石風社 1995 p233

るす番
- ◇「〔中山尚美〕おふろの中で―詩集」アイ企画 1996 p46

留守番
- ◇「野口雨情童謡集」弥生書房 1993 p50

留守番
- ◇「くんぺい魔法ばなし―魔法ばなし全集 2」サンリオ 2000 p34

るすばんの日のおきゃくさま
- ◇「〔東風琴子〕童話集 1」ストーク 2002 p155

るすばんの夜
- ◇「まど・みちお詩集 3」銀河社 1975 p60
- ◇「まど・みちお全詩集」理論社 1992 p490
- ◇「まど・みちお全詩集 続」理論社 2015 p60

るすばんの夜のこと
- ◇「大石真児童文学全集 14」ポプラ社 1982 p83

るすばんばんするかいしゃ
- ◇「寺村輝夫童話全集 7」ポプラ社 1982 p175
- ◇「寺村輝夫全童話 6」理論社 1998 p449

るすばんめがね
- ◇「川崎大治民話選 〔4〕」童心社 1975 p40

ルソーの言葉
- ◇「椋鳩十の本 24」理論社 1983 p157

流転
- ◇「魂の配達―野村吉哉作品集」草思社 1983 p127

ルードビヒ＝ベートーベン
- ◇「〔かこさとし〕お話こんにちは 〔9〕」偕成社 1979 p71

ルドルフ＝ディーゼル
- ◇「〔かこさとし〕お話こんにちは 〔12〕」偕成社 1980 p71

ルドン
- ◇「〔かこさとし〕お話こんにちは 〔1〕」偕成社 1979 p95

ルナ・パーク
- ◇「今江祥智童話館 〔13〕」理論社 1987 p201

るびーと るいじんえん
- ◇「平塚武二童話全集 2」童心社 1972 p37

ルビーの香炉
- ◇「〔あまのまお〕おばあちゃんの不思議な箱―童話集」健友館 2000 p58

留辺蕊（るべしべ）の春（マタルペシュペ物語第二部）
- ◇「今西祐行全集 14」偕成社 1989 p7

ルミイ（童話）（エクトル・マローによる）
- ◇「鈴木三重吉童話全集 9」文泉堂書店 1975（日本文学全集・選集叢刊第5次）p1

ルミさんの夢
- ◇「螢―白木恵委子童話集」東銀座出版社 1997 p97

ルミと勉
- ◇「吉田としジュニアロマン選集 2」国土社 1971 p161

ルラバイ
- ◇「〔北原〕白秋全童謡集 5」岩波書店 1993 p96

瑠璃寺
- ◇「椋鳩十の本 20」理論社 1983 p36

るり寺のムクドリ
- ◇「椋鳩十の本 19」理論社 1982 p47

るり寺物語
- ◇「椋鳩十全集 19」ポプラ社 1980 p103

支那童話 瑠璃の壺
- ◇「瑠璃の壺―森銑三童話集」三樹書房 1982 p3

瑠璃の壺
- ◇「瑠璃の壺―森銑三童話集」三樹書房 1982 p55

瑠璃よりもきれいな目
- ◇「花岡大学仏典童話全集 2」法蔵館 1979 p38

ルル・コンドル・アンデス
- ◇「やなせたかし童謡詩集 〔3〕」フレーベル館 2001 p70

ルルーの首輪
- ◇「氏原大作全集 1」条例出版 1977 p204

るんらんりん
- ◇「まど・みちお全詩集」理論社 1992 p640
- ◇「まどさんの詩の本 15」理論社 1997 p48

【れ】

〔レアカーを引きナイフをもって〕
- ◇「新修宮沢賢治全集 4」筑摩書房 1979 p92
- ◇「新修宮沢賢治全集 4」筑摩書房 1979 p320

礼儀を重んぜよ（犢のはなし）
- ◇「〔巌谷〕小波お伽全集 14」本の友社 1998 p92

霊魂第十号の秘密
- ◇「海野十三全集 12」三一書房 1990 p31

冷水をあびる思い
- ◇「椋鳩十の本 25」理論社 1983 p161

れいぞうこロボット
- ◇「全集古田足日子どもの本 1」童心社 1993 p83

霊鳥のことなど
- ◇「椋鳩十の本 23」理論社 1983 p204

冷凍サンマ

れもん

　◇「〔高橋一仁〕春のニシン場―童謡詩集」けやき書房 2003 p74

令夫人
　◇「〔巌谷〕小波お伽全集 14」本の友社 1998 p320

レイ・ブラッドベリ
　◇「今江祥智の本 21」理論社 1981 p327

黎明期の詩人たち―高田浩雲と広井浩風のこと
　◇「稗田菫平全集 6」宝文館出版 1981 p168

黎明行進歌
　◇「新修宮沢賢治全集 7」筑摩書房 1980 p336

黎明のうた
　◇「新修宮沢賢治全集 1」筑摩書房 1980 p276

羚羊
　◇「戸川幸夫動物文学全集 9」冬樹社 1966 p161
　◇「戸川幸夫動物文学全集 13」講談社 1976 p288

羚羊と鹿
　◇「戸川幸夫動物文学全集 10」冬樹社 1966 p219

零落
　◇「浜田広介全集 11」集英社 1976 p182

〔吟々としてひかれるは〕
　◇「新修宮沢賢治全集 6」筑摩書房 1980 p218
　◇「新修宮沢賢治全集 6」筑摩書房 1980 p423

レインコート
　◇「杉みき子選集 2」新潟日報事業社 2005 p176

レオくんいつまでも
　◇「寺村輝夫全童話 6」理論社 1998 p595

レオくん海の中へ
　◇「寺村輝夫全童話 6」理論社 1998 p588

レオくんをかわいがろう
　◇「寺村輝夫おはなしプレゼント 4」講談社 1994 p109

レオくんおばけたいじ
　◇「寺村輝夫全童話 6」理論社 1998 p551

レオくん空をとぶ
　◇「寺村輝夫全童話 6」理論社 1998 p537

レオくんたたかう
　◇「寺村輝夫全童話 6」理論社 1998 p581

レオくん立ち上がる
　◇「寺村輝夫全童話 6」理論社 1998 p561

レオくんなぞの花
　◇「寺村輝夫全童話 6」理論社 1998 p573

レオくんのさんぽ
　◇「寺村輝夫おはなしプレゼント 4」講談社 1994 p86

レオくん魔法のかぎ
　◇「寺村輝夫全童話 6」理論社 1998 p566

レオくん雪の中
　◇「寺村輝夫全童話 6」理論社 1998 p556

レオくんゆめをみる
　◇「寺村輝夫全童話 6」理論社 1998 p544

レオ・レオニⅠ
　◇「今江祥智の本 21」理論社 1981 p288

レオ・レオニⅡ
　◇「今江祥智の本 21」理論社 1981 p295

歴史童謡集
　◇「魂の配達―野村吉哉作品集」草思社 1983 p290

「歴史の中の少年たち」より
　◇「今西祐行全集 15」偕成社 1989 p94

レグホン
　◇「庄野英二全集 11」偕成社 1980 p78

レグホンたまご
　◇「〔高橋一仁〕春のニシン場―童謡詩集」けやき書房 2003 p52

レグホンの最期
　◇「坪田譲治童話全集 13」岩崎書店 1986 p170

レコード交換規定
　◇「新修宮沢賢治全集 15」筑摩書房 1980 p511

レコード交換用紙
　◇「新修宮沢賢治全集 15」筑摩書房 1980 p512

れこーどの れってる
　◇「平塚武二童話全集 2」童心社 1972 p53

レストラン・サンセットの予約席
　◇「杉みき子選集 6」新潟日報事業社 2009 p85

レストランでのクリスマス
　◇「武田信夫童話作品集」みちのく書房 1995 p242

レター
　◇「くんぺい魔法ばなし―魔法ばなし全集 2」サンリオ 2000 p154

レタス
　◇「おはなしいっぱい―祐成智美童謡詩集」リーブル 1997 p28

紅灯（レッドランタアン）
　◇「〔北原〕白秋全童謡集 1」岩波書店 1992 p319

烈婦ガートルード
　◇「鈴木三重吉童話全集 8」文泉堂書店 1975（日本文学全集・選集叢刊第5次）p9

レーニン
　◇「〔かこさとし〕お話こんにちは〔1〕」偕成社 1979 p109

レニングラードの雀
　◇「庄野英二全集 10」偕成社 1979 p207
　◇「庄野英二全集 10」偕成社 1979 p330

レーニンとムッソリニ
　◇「椋鳩十の本 1」理論社 1982 p216

レーニンに捧ぐる花束
　◇「庄野英二全集 10」偕成社 1979 p385

「レ・ミゼラブル」を読みて
　◇「松田瓊子全集 5」大空社 1997 p13

レモンいろのちいさないす

れもん
　　◇「杉みき子選集 7」新潟日報事業社 2009 p91
レモンの愛の歌
　　◇「稗田菫平全集 1」宝文館出版 1978 p133
レラン王
　　◇「星新一ショートショートセレクション 8」理論社 2002 p42
レールの歌
　　◇「与田凖一全集 2」大日本図書 1967 p191
レレレ
　　◇「阪田寛夫全詩集」理論社 2011 p89
煉瓦色の街
　　◇「阪田寛夫全詩集」理論社 2011 p43
レンギョウ
　　◇「まど・みちお全詩集」理論社 1992 p583
　　◇「まどさんの詩の本 10」理論社 1996 p32
れんぎょう寒むや
　　◇「全集版灰谷健次郎の本 21」理論社 1988 p127
れんげ
　　◇「新装版金子みすゞ全集 1」JULA出版局 1984 p208
　　◇「金子みすゞ童謡全集 2」JULA出版局 2003 p170
れんげ咲く道
　　◇「山本瓔子詩集 II」新風舎 2003 p52
レンゲソウ
　　◇「まど・みちお詩集 1」銀河社 1975 p62
　　◇「まど・みちお全詩集」理論社 1992 p469
　　◇「まど・みちお全詩集」理論社 1992 p537
れんげつみ
　　◇「〔かこさとし〕お話こんにちは 〔1〕」偕成社 1979 p4
れんげと白さぎ
　　◇「〔村上のぶ子〕ここは小人の国—少年詩集」あしぶえ出版 2000 p100
れんげの かんむり
　　◇「阪田寛夫全詩集」理論社 2011 p187
レンゲの出家
　　◇「花岡大学仏典童話全集 4」法蔵館 1979 p100
レーン・コート
　　◇「巽聖歌作品集 下」巽聖歌作品集刊行委員会 1977 p18
れんこんのあな
　　◇「〔木暮正夫〕日本のおばけ話・わらい話 5」岩崎書店 1986 p11
れんしゅう
　　◇「まど・みちお全詩集 続」理論社 2015 p144
練習
　　◇「庄野英二全集 11」偕成社 1980 p322
練習問題
　　◇「阪田寛夫全詩集」理論社 2011 p168

れんぶ
　　◇「まど・みちお全詩集」理論社 1992 p39

【ろ】

艪
　　◇「壺井栄全集 1」文泉堂出版 1997 p325
ロアルド＝アムンゼン
　　◇「〔かこさとし〕お話こんにちは 〔4〕」偕成社 1979 p71
廊下
　　◇「壺井栄全集 1」文泉堂出版 1997 p241
老館長
　　◇「椋鳩十の本 22」理論社 1983 p225
琅玕帖
　　◇「稗田菫平全集 6」宝文館出版 1981 p145
老眼のおたまじゃくし
　　◇「やなせたかし童謡詩集 〔3〕」フレーベル館 2001 p78
臘月
　　◇「新修宮沢賢治全集 6」筑摩書房 1980 p133
　　◇「新修宮沢賢治全集 6」筑摩書房 1980 p397
老工夫と電燈—大人の童話
　　◇「定本小川未明童話全集 5」講談社 1977 p297
　　◇「定本小川未明童話全集 5」大空社 2001 p297
老鉱夫のうた
　　◇「巽聖歌作品集 下」巽聖歌作品集刊行委員会 1977 p125
　　◇「巽聖歌作品集 下」巽聖歌作品集刊行委員会 1977 p128
老虎灘
　　◇「〔北原〕白秋全童謡集 3」岩波書店 1992 p187
老山窩と娘
　　◇「椋鳩十の本 3」理論社 1982 p159
老指揮者
　　◇「螢—白木恵子子童話集」東銀座出版社 1997 p113
老醜
　　◇「戸川幸夫動物文学全集 9」講談社 1976 p326
老嬢
　　◇「立原えりかのファンタジーランド 9」青土社 1980 p173
老人
　　◇「巽聖歌作品集 下」巽聖歌作品集刊行委員会 1977 p286
(老人あり)
　　◇「稗田菫平全集 8」宝文館出版 1982 p85
老人浄土

老人と言ってはダメ
　◇「椋鳩十の本 29」理論社 1989 p138
老人と犬
　◇「〔佐々木春奈〕あなたの脳を休める童話集 大人も子どもも楽しめる童話集」日本文学館 2009 p50
老人と狐
　◇「与謝野晶子児童文学全集 3」春陽堂書店 2007 p233
老人と鳩
　◇「高橋敏彦童話集」ノヴィス 2000（ノヴィス叢書）p168
老人と亘
　◇「健太と大天狗―片山貞一創作童話集」あさを社 2007 p35
老人の日
　◇「壺井栄全集 11」文泉堂出版 1998 p344
ろう石
　◇「壺井栄全集 10」文泉堂出版 1998 p57
蠟石
　◇「定本壺井栄児童文学全集 2」講談社 1979 p220
ろうそく
　◇「こやま峰子詩集 〔2〕」朔北社 2003 p44
ロウソク
　◇「椋鳩十全集 12」ポプラ社 1970 p123
　◇「椋鳩十の本 15」理論社 1982 p134
蠟燭
　◇「〔北原〕白秋全童謡集 1」岩波書店 1992 p145
ろうそく岩
　◇「北彰介作品集 3」青森県児童文学研究会 1990 p231
ろうそくちくわ
　◇「〔木暮正夫〕日本のおばけ話・わらい話 5」岩崎書店 1986 p43
ろうそくと貝がら
　◇「定本小川未明童話全集 1」講談社 1976 p227
　◇「定本小川未明童話全集 1」大空社 2001 p227
ろうそく花
　◇「稗田童平全集 3」宝文館出版 1979 p75
　◇「稗田童平全集 3」宝文館出版 1979 p85
労働
　◇「庄野英二全集 6」偕成社 1979 p183
〔労働を嫌忌するこの人たちが〕
　◇「新修宮沢賢治全集 4」筑摩書房 1979 p189
労働を嫌忌するこの人たちが
　◇「新版・宮沢賢治童話全集 12」岩崎書店 1979 p175
労働祭の話
　◇「定本小川未明童話全集 7」講談社 1977 p33
　◇「定本小川未明童話全集 7」大空社 2001 p33

労働の賜（蟻と蠅）
　◇「〔巌谷〕小波お伽全集 14」本の友社 1998 p86
朗読の味
　◇「斎藤隆介全集 3」岩崎書店 1982 p282
蠟人形
　◇「西條八十童謡全集」修道社 1971 p146
浪人宿
　◇「氏原大作集 4」条例出版 1977 p354
老年
　◇「新美南吉全集 5」牧書店 1965 p131
老年について
　◇「阪田寛夫詩集」理論社 2011 p105
老農
　◇「新修宮沢賢治全集 6」筑摩書房 1980 p80
　◇「新修宮沢賢治全集 6」筑摩書房 1980 p372
牢の中の娘
　◇「川崎大治民話選 〔2〕」童心社 1969 p192
老婆
　◇「椋鳩十の本 1」理論社 1982 p101
老博士
　◇「鈴木三重吉童話全集 6」文泉堂書店 1975（日本文学全集・選集叢刊第5次）p272
老楓
　◇「新装版金子みすゞ全集 2」JULA出版局 1984 p107
　◇「金子みすゞ童謡全集 3」JULA出版局 2004 p162
老木の生きざま
　◇「椋鳩十の本 29」理論社 1989 p63
ロウリング
　◇「〔北原〕白秋全童謡集 5」岩波書店 1993 p108
老老介護について
　◇「阪田寛夫全詩集」理論社 2011 p116
ローカル線
　◇「土田明子詩集 5」かど創房 1987 p6
六月
　◇「佐藤義美全集 1」佐藤義美全集刊行会 1974 p415
六月
　◇「庄野英二全集 8」偕成社 1980 p110
6月・うたちゃんが であったかたつむり
　◇「阪田寛夫全詩集」理論社 2011 p201
六月花（四首）
　◇「稗田童平全集 4」宝文館出版 1980 p42
6月31日6時30分
　◇「寺村輝夫童話集 15」ポプラ社 1982 p5
　◇「寺村輝夫童話 5」理論社 1998 p7
六月二十一日（鬱のはじまり）
　◇「阪田寛夫全詩集」理論社 2011 p122
六月の雨

ろくか

- ◇「パパとボクとネコ──山口紀代子子童謡詩集」音楽舎 2003 p82

六月のうた
- ◇「まど・みちお全詩集 続」理論社 2015 p349

六月のカレンダー
- ◇〔内海康子〕六月のカレンダー──詩集」けやき書房 1999 p104

六月の空
- ◇「氏原大作全集 4」条例出版 1977 p528

六月のむすこ
- ◇「松谷みよ子おはなし集 5」ポプラ社 2010 p43

六月の夜
- ◇「庄野英二全集 6」偕成社 1979 p197

六月は
- ◇「巽聖歌作品集 上」巽聖歌作品集刊行委員会 1977 p229

六さんと九官鳥
- ◇「西條八十童話集」小学館 1983 p361

六十七歳のオッペシ 酒井きん（千葉県・九十九里浜）
- ◇「斎藤隆介全集 11」岩崎書店 1982 p85

「六十二のソネット」谷川俊太郎著
- ◇「稗田菫平全集 6」宝文館出版 1981 p140

六〇年代をふりかえり七〇年代を考えるおぼえ書
- ◇「全集古田足日子どもの本 8」童心社 1993 p362

六十の谷こかし
- ◇「斎藤隆介全集 3」岩崎書店 1982 p37

六十六歳で日展初入選 野口キセ（神奈川県）
- ◇「斎藤隆介全集 11」岩崎書店 1982 p69

子供の芝居 六十六万年後
- ◇「お噺の卵──武井武雄童話集」講談社 1976（講談社文庫）p148

ろくすけどないしたんや
- ◇「全集版灰谷健次郎の本 11」理論社 1988 p201
- ◇「灰谷健次郎童話館 〔3〕」理論社 1994 p91

ろくでなしのポーリー
- ◇「ろくでなしという名のポーリー──もとさこみつる短編童話集」早稲田童話塾 2012 p7

六人のサムライ
- ◇「今江祥智の本 20」理論社 1981 p106

六人の少年王
- ◇「鈴木三重吉童話全集 6」文泉堂書店 1975（日本文学全集・選集叢刊第5次）p175

六年生の詩
- ◇「佐藤義美全集 6」佐藤義美全集刊行会 1974 p188

六年四組ズッコケ一家
- ◇「山中恒児童よみもの選集 3」読売新聞社 1977 p5

- ◇「山中恒よみもの文庫 5」理論社 1996 p7

ロクブっ田
- ◇〔今坂柳二〕りゅうじフォークロア・world 4」ふるさと伝承研究会 2008 p107

六部の森
- ◇「高橋敏彦童話集」ノヴィス 2000（ノヴィス叢書）p130

六兵衛じいさんとウシ
- ◇「武田信夫童話作品集」みちのく書房 1995 p73

ろくべえまってろよ
- ◇「全集版灰谷健次郎の本 11」理論社 1988 p63
- ◇「灰谷健次郎童話館 〔4〕」理論社 1994 p5

六片（ペンス）の歌
- ◇〔北原〕白秋全童謡集 1」岩波書店 1992 p127

六枚の着物
- ◇「与謝野晶子児童文学全集 5」春陽堂書店 2007 p6

ろくろくび
- ◇〔山田野理夫〕おばけ文庫 11」太平出版社 1976（母と子の図書室）p12

ろくろ首
- ◇「怪談小泉八雲のこわ～い話 1」汐文社 2004 p65

ろくろ首（林家木久蔵編、岡本和明文）
- ◇「林家木久蔵の子ども落語 2」フレーベル館 1998 p140

ろくろっ首
- ◇「川崎大治民話選 〔2〕」童心社 1969 p180

ロケーション
- ◇「全集版灰谷健次郎の本 22」理論社 1988 p122

ロケット
- ◇〔北原〕白秋全童謡集 3」岩波書店 1992 p79

ロケット
- ◇〔東君平〕おはようどうわ 4」講談社 1982 p186

ロケットに乗った動物
- ◇「壺井栄名作集 1」ポプラ社 1965 p137
- ◇「壺井栄全集 10」文泉堂出版 1998 p551

ロケットにのって
- ◇「阪田寛夫全詩集」理論社 2011 p454

ロケットにのって
- ◇「巽聖歌作品集 下」巽聖歌作品集刊行委員会 1977 p28

ロケットゆらゆら<一まく 童話劇>
- ◇〔斎田喬〕学校劇代表作選 1」牧書店 1959 p85

ロケットゆらゆら（童話劇）
- ◇「斎田喬幼年劇全集 2」誠文堂新光社 1961 p179

ロコへのバラード（Balada Para Un Loco）
- ◇「阪田寛夫全詩集」理論社 2011 p97

路地
- ◇〔吉田享子〕おしゃべりな星──少年少女詩集」らくだ出版 2001 p14

露西亜人
　◇「椋鳩十の本 1」理論社 1982 p33
露西亜人墓地
　◇「〔北原〕白秋全童謡集 3」岩波書店 1992 p288
露西亜(ロシア)人形の歌
　◇「〔北原〕白秋全童謡集 5」岩波書店 1993 p52
ロシアの水兵
　◇「椋鳩十の本 23」理論社 1983 p37
路地の多い町
　◇「長崎源之助全集 6」偕成社 1987 p193
ローソク
　◇「川崎大治民話選 〔1〕」童心社 1968 p184
(ローソク花)
　◇「稗田菫平全集 2」宝文館出版 1979 p93
六階の狸
　◇「浜田広介全集 3」集英社 1975 p64
ロッキー
　◇「北川千代児童文学全集 下」講談社 1967 p12
ロッキーちゃん
　◇「さくらゆき―さとうじゅんこ童詩集」えんじゅの会 1997 巻頭
ロック・アウト・ロック
　◇「阪田寛夫全詩集」理論社 2011 p629
ロックイン・ミュージカル「さよならTYO！」より
　◇「阪田寛夫全詩集」理論社 2011 p629
六根晴天
　◇「校定新美南吉全集 12」大日本図書 1981 p578
ロッテルダムの灯
　◇「庄野英二全集 9」偕成社 1979 p9
　◇「庄野英二全集 9」偕成社 1979 p11
六百五十三人のお友だち
　◇「別役実童話集 〔1〕」三一書房 1973 p120
ロッペン鳥(てう)
　◇「〔北原〕白秋全童謡集 5」岩波書店 1993 p60
六方焼
　◇「庄野英二全集 11」偕成社 1980 p110
六本牙の象
　◇「花岡大学仏典童話全集 5」法蔵館 1979 p106
六本の詩の木
　◇「稗田菫平全集 6」宝文館出版 1981 p143
六本指の手ぶくろ
　◇「立原えりかのファンタジーランド 7」青土社 1980 p129
六本指の手袋
　◇「立原えりか作品集 1」思潮社 1972 p47
露天ぶろ
　◇「〔下田喜久美〕遠くから来た旅人―詩集」リトル・ガリヴァー社 1998 p111

ロートカ(小舟)
　◇「〔北原〕白秋全童謡集 5」岩波書店 1993 p55
驢馬
　◇「巽聖歌作品集 上」巽聖歌作品集刊行委員会 1977 p249
驢馬
　◇「椋鳩十の本 1」理論社 1982 p63
驢馬
　◇「瑠璃の壺―森銑三童話集」三樹書房 1982 p194
ろばをかついだ親子
　◇「斎田喬児童劇選集 〔4〕」牧書店 1954 p239
炉ばた
　◇「〔島崎〕藤村の童話 2」筑摩書房 1979 p123
ろばたのもち
　◇「浜田広介全集 7」集英社 1976 p77
ろばとあざみ
　◇「ひろすけ幼年童話文学全集 8」集英社 1961 p80
　◇「浜田広介全集 10」集英社 1976 p136
ロバート王
　◇「鈴木三重吉童話全集 5」文泉堂書店 1975（日本文学全集・選集叢刊第5次）p212
ロバと王様
　◇「今江祥智の本 20」理論社 1981 p195
　◇「今江祥智童話館 〔17〕」理論社 1987 p140
ろばと さると もぐらもち
　◇「ひろすけ幼年童話文学全集 8」集英社 1961 p140
ロバと三平
　◇「坪田譲治自選童話集」実業之日本社 1971 p33
　◇「坪田譲治童話全集 1」岩崎書店 1986 p43
ろばと手ふうきん
　◇「二反長半作品集 1」集英社 1979 p175
ろ馬とひばり
　◇「氏原大作全集 1」条例出版 1977 p380
ロバート＝フック
　◇「〔かこさとし〕お話こんにちは 〔4〕」偕成社 1979 p75
驢馬と百舌
　◇「与謝野晶子児童文学全集 6」春陽堂書店 2007 p54
ろばと ろけっとひこうき
　◇「平塚武二童話全集 2」童心社 1972 p12
ろばの足
　◇「与田準一全集 1」大日本図書 1967 p172
ろばの かげと けんか
　◇「ひろすけ幼年童話文学全集 8」集英社 1961 p99
驢馬の背
　◇「巽聖歌作品集 上」巽聖歌作品集刊行委員会 1977 p57
ろばのドン公

ろはの

◇「鈴木三重吉童話全集 5」文泉堂書店 1975（日本文学全集・選集叢刊第5次）p102

ろばの話
◇「〔島崎〕藤村の童話 1」筑摩書房 1979 p13

ろばのびっこ
◇「新美南吉全集 1」牧書店 1965 p15
◇「新美南吉童話集 1」大日本図書 1982 p136
◇「新美南吉童話集 1」大日本図書 2012 p136

驢馬の びつこ
◇「校定新美南吉全集 4」大日本図書 1980 p254

ロバの耳
◇「石森延男児童文学全集 4」学習研究社 1971 p299

驢馬の耳
◇「〔北原〕白秋全童謡集 4」岩波書店 1993 p290

驢馬の耳
◇「巽聖歌作品集 上」巽聖歌作品集刊行委員会 1977 p122

ろばの耳の王さま後日物語
◇「佐藤さとる 12」講談社 1974 p169

ろばの耳の王様後日物語
◇「佐藤さとるファンタジー全集 6」講談社 1982 p245
◇「佐藤さとるファンタジー全集 6」講談社, 復刊ドットコム（発売）2010 p245

ろばのリボン
◇「庄野英二全集 5」偕成社 1980 p57

露伴のこと
◇「石森延男児童文学全集 15」学習研究社 1971 p128

ろびん・くるうそう
◇「校定新美南吉全集 8」大日本図書 1981 p289

ロビンソー・クルーソー
◇「新美南吉全集 6」牧書店 1965 p263

ロビンソン＝クルーソーとお化けの世界
◇「庄野英二全集 11」偕成社 1980 p138

ロビン・フッド物語（伝説）
◇「鈴木三重吉童話全集 8」文泉堂書店 1975（日本文学全集・選集叢刊第5次）p360

ロープウェイのぼく
◇「〔関根栄一〕はしるふじさん―童謡集」小峰書店 1998 p86

路傍
◇「ジュニア文学館 宮沢賢治―写真・絵画集成 3」日本図書センター 1996 p110

ロボット
◇「〔北原〕白秋全童謡集 3」岩波書店 1992 p96

ロボット・カミイ
◇「全集古田足日子どもの本 1」童心社 1993 p7

ロボット・カミイ〔資料作品〕
◇「全集古田足日子どもの本 1」童心社 1993 p316

人造人間（ロボット）殺害事件
◇「海野十三全集 1」三一書房 1990 p159

ロボットになっちゃだめ
◇「〔みずきえり〕童話集 ピープ」日本文学館 2008 p63

ロボットになりたかったロボット
◇「ろくでなしという名のポーリー――もとさこみつる短編童話集」早稲田童話塾 2012 p127

ロボット人間ポン
◇「寺村輝夫童話 7」理論社 1999 p385

ロボットの うけごたえ―パンを見せられながらの最新の「モノシリロボット」の応答
◇「まど・みちお全詩集 続」理論社 2015 p226

ロボットのてつ
◇「来栖良夫児童文学全集 1」岩崎書店 1983 p91

ロボット・ロボののりほう
◇「全集古田足日子どもの本 1」童心社 1993 p173

ローマからポンペイへ
◇「〔たかしよいち〕世界むかしむかし探検 3」国土社 1994 p13

ロマノフカの道
◇「巽聖歌作品集 上」巽聖歌作品集刊行委員会 1977 p259

ローマンス
◇「新修宮沢賢治全集 4」筑摩書房 1979 p194
◇「ジュニア文学館 宮沢賢治―写真・絵画集成 3」日本図書センター 1996 p148

ローマンス（断片）
◇「新修宮沢賢治全集 3」筑摩書房 1979 p172

ロマンスと縁談
◇「佐々木邦全集 補巻5」講談社 1975 p376

ロマンツェロ
◇「新修宮沢賢治全集 7」筑摩書房 1980 p193

ロマンの霧の立ちこめる国
◇「椋鳩十の本 29」理論社 1989 p10

ろまんの島
◇「椋鳩十の本 21」理論社 1982 p244

ロマンの山
◇「椋鳩十の本 21」理論社 1982 p100

ロマン・ロラン
◇「今江祥智の本 21」理論社 1981 p227

ロマン＝ロラン
◇「〔かこさとし〕お話こんにちは 〔10〕」偕成社 1980 p129

ロマン・ロランの周辺
◇「今江祥智の本 36」理論社 1990 p139

ろむさんゆうびんです
◇「寺村輝夫童話全集 13」ポプラ社 1982 p141
◇「寺村輝夫全童話 6」理論社 1998 p392

驢鳴

◇「瑠璃の壺―森銑三童話集」三樹書房 1982 p223
ローラ・スケート
　◇「〔北原〕白秋全童謡集 4」岩波書店 1993 p222
ローリング
　◇「佐藤義美全集 1」佐藤義美全集刊行会 1974 p44
ロール紙
　◇「まど・みちお全詩集 続」理論社 2015 p10
ローレルの時計
　◇「平塚武二童話全集 3」童心社 1972 p99
ロン
　◇「石森延男児童文学全集 2」学習研究社 1971 p310
論争よ起れ
　◇「坪田譲治名作選 〔4〕 風の中の子供」小峰書店 2005 p250
ロンドン橋
　◇「〔北原〕白秋全童謡集 1」岩波書店 1992 p191
ろんよりしょうこ
　◇「〔木暮正夫〕日本のおばけ話・わらい話 7」岩崎書店 1986 p7
論より證據（旅行家の大言）
　◇「〔巌谷〕小波お伽全集 14」本の友社 1998 p152
ロンロンじいさんのどうぶつえん
　◇「筒井敬介童話全集 2」フレーベル館 1984 p75

【わ】

わ
　◇「〔斎藤信夫〕子ども心を友として―童謡詩集」成東町教育委員会 1996 p266
輪
　◇「立原えりか作品集 6」思潮社 1973 p171
　◇「立原えりかのファンタジーランド 9」青土社 1980 p87
和井内貞行
　◇「北彰介作品集 2」青森県児童文学研究会 1990 p131
ワイパー
　◇「こやま峰子詩集 〔2〕」朔北社 2003 p16
ワイパーさん
　◇「おはなしいっぱい―祐成智美童謡詩集」リーブル 1997 p264
わいら
　◇「〔山田野理夫〕おばけ文庫 2」太平出版社 1976 （母と子の図書室）p76
ワイはお母ちゃんの子ぉや
　◇「〔藤井則行〕祭りの宵に―童話集」創栄出版 1995 p55

わが愛する詩
　◇「壺井栄全集 11」文泉堂出版 1998 p469
わが愛する主人公たち
　◇「斎藤隆介全集 3」岩崎書店 1982 p272
和解
　◇「怪談小泉八雲のこわ～い話 4」汐文社 2004 p97
若いいのち
　◇「壺井栄全集 5」文泉堂出版 1997 p142
若いAへの手紙
　◇「那須辰造著作集 2」講談社 1980 p243
若いお友達の死
　◇「〔島崎〕藤村の童話 4」筑摩書房 1979 p104
若い柿の気
　◇「壺井栄全集 11」文泉堂出版 1998 p402
若い看護婦さんへ
　◇「ジュニア版吉野源三郎全集 2」ポプラ社 1967 p278
　◇「吉野源三郎全集 3」ポプラ社 2000 p204
若い教師
　◇「おの・ちゅうこう初期作品集 〔2〕 日本の教室は明るい」崙書房 1975 p31
若い木霊（こだま）
　◇「新修宮沢賢治全集 8」筑摩書房 1979 p215
若い隊商長
　◇「花岡大学仏典童話全集 2」法蔵館 1979 p147
若い隊長ととしよりの隊長
　◇「花岡大学 続・仏典童話全集 1」法蔵館 1981 p126
若い乳房
　◇「壺井栄全集 3」文泉堂出版 1997 p82
若い月
　◇「椋鳩十の本 2」理論社 1982 p195
若い研師〔異稿〕
　◇「新修宮沢賢治全集 8」筑摩書房 1979 p312
わが伊那谷
　◇「椋鳩十の本 20」理論社 1983 p9
わが祈り
　◇「浜田広介全集 11」集英社 1976 p168
若い日の読書
　◇「ジュニア版吉野源三郎全集 2」ポプラ社 1967 p245
　◇「吉野源三郎全集 3」ポプラ社 2000 p167
若い日の私
　◇「松谷みよ子全エッセイ 1」筑摩書房 1989 p76
若い日々
　◇「くんぺい魔法ばなし―魔法ばなし全集 3」サンリオ 2000 p170
若がえり
　◇「星新一YAセレクション 7」理論社 2009 p155
若がえり

わかか

若がえりの泉
　◇「いのち―みずかみかずよ全詩集」石風社 1995 p288
　◇「怪談小泉八雲のこわ～い話 9」汐文社 2009 p11

若返りの川
　◇「[辻弘司]創作短篇童話集 マガダ国の悲劇・鍋の蓋他」日本文学館 2006 p90

わかがえりの水
　◇「[木暮正夫]日本のおばけ話・わらい話 5」岩崎書店 1986 p72

若がえる
　◇「[巌谷]小波お伽全集 9」本の友社 1998 p457

若き耕地課技手のIrisに対するレシタティヴ
　◇「新修宮沢賢治全集 5」筑摩書房 1979 p198
　◇「新修宮沢賢治全集 5」筑摩書房 1979 p326

若き血の肖像
　◇「氏原大作全集 3」条例出版 1976 p334

若き友に
　◇「住井すゑ わたしの少年少女物語 〔1〕」労働旬報社 1989 p3

若き日―奥利根風土記
　◇「おの・ちゅうこう初期作品集 〔3〕 若き日」崙書房 1975 p1

若き日の詩
　◇「松谷みよ子全エッセイ 1」筑摩書房 1989 p107

わが教師一年生時代
　◇「全集灰谷健次郎の本 19」理論社 1987 p87

若草色のポシェット
　◇「赤川次郎ミステリーコレクション 9」岩崎書店 2003 p8

嫩草日記
　◇「壺井栄全集 3」文泉堂出版 1997 p108

若草燃ゆる
　◇「富島健夫青春文学選集 11」集英社 1971 p227

わが靴の破れたるごとく
　◇「新美南吉全集 6」牧書店 1965 p36
　◇「校定新美南吉全集 8」大日本図書 1981 p211

わが国の童話とモロアの童話―アンドレ・モロア著・楠山正雄訳「デブと針金」について
　◇「新美南吉全集 2」牧書店 1965 p253

〔わが雲に関心し〕
　◇「新修宮沢賢治全集 7」筑摩書房 1980 p213

〔わが心―〕
　◇「稗田童平全集 8」宝文館出版 1982 p65

わが心のアルプス
　◇「椋鳩十の本 30」理論社 1989 p183

わが心の旅路
　◇「椋鳩十の本 20」理論社 1983 p241

我子の教育
　◇「与謝野晶子児童文学全集 6」春陽堂書店 2007 p231

わが子の作文
　◇「赤川次郎セレクション 10」ポプラ社 2008 p157

我子の為めに
　◇「与謝野晶子児童文学全集 6」春陽堂書店 2007 p99

ワカサギつり
　◇「[東君平]おはようどうわ 4」講談社 1982 p34

ワカサギの首飾り
　◇「立原えりかのファンタジーランド 11」青土社 1980 p94

若さの讃歌
　◇「中村雨紅詩謡集」中村雨紅詩謡集刊行委員会 1971 p172

わが児童文学論
　◇「椋鳩十の本 24」理論社 1983 p43

わが小説―「補襠」
　◇「壺井栄全集 11」文泉堂出版 1998 p293

わが真実と愛と
　◇「椋鳩十の本 24」理論社 1983 p145

わが青春時代
　◇「壺井栄全集 11」文泉堂出版 1998 p284

わが青銅の日
　◇「稗田童平全集 2」宝文館出版 1979 p27

若竹
　◇「新美南吉全集 6」牧書店 1965 p120
　◇「校定新美南吉全集 8」大日本図書 1981 p265

わが旅衣
　◇「稗田童平全集 2」宝文館出版 1979 p71

わが短歌の周辺
　◇「稗田童平全集 4」宝文館出版 1980 p147

〔わが父よなどてかのとき〕
　◇「新修宮沢賢治全集 7」筑摩書房 1980 p190

わかったさんのアイスクリーム
　◇「寺村輝夫全童話 6」理論社 1998 p205

わかったさんのアップルパイ
　◇「寺村輝夫全童話 6」理論社 1998 p158

わかったさんのクッキー
　◇「寺村輝夫全童話 6」理論社 1998 p113

わかったさんのクレープ
　◇「寺村輝夫全童話 6」理論社 1998 p237

わかったさんのシュークリーム
　◇「寺村輝夫全童話 6」理論社 1998 p128

わかったさんのショートケーキ
　◇「寺村輝夫全童話 6」理論社 1998 p221

わかったさんのドーナツ
　◇「寺村輝夫全童話 6」理論社 1998 p143

わかったさんのプリン
　◇「寺村輝夫全童話 6」理論社 1998 p189

わかったさんのホットケーキ

◇「寺村輝夫全童話 6」理論社 1998 p174

わかったさんのマドレーヌ
◇「寺村輝夫全童話 6」理論社 1998 p252

わかって下さい
◇「住井すゑ わたしの童話」労働旬報社 1988 p3

我手の花
◇「与謝野晶子児童文学全集 6」春陽堂書店 2007 p193

わが童話術
◇「今江祥智の本 36」理論社 1990 p303

わが友ドルファー
◇「戸川幸夫動物文学全集 1」講談社 1976 p283

わが友ベン・ケイ
◇「今江祥智の本 15」理論社 1980 p42

わが名はカウボーイ
◇「阪田寛夫全詩集」理論社 2011 p410

我が二月
◇「阪田寛夫全詩集」理論社 2011 p30

わかば
◇「まど・みちお全詩集」理論社 1992 p665
◇「まどさんの詩の本 6」理論社 1996 p8

若葉
◇「第二〔島木〕赤彦童謡集」第一書店 1948 p85

わが俳句の周辺
◇「稗田菫平全集 4」宝文館出版 1980 p142

若葉ケヤキ
◇「いのち―みずかみかずよ全詩集」石風社 1995 p94

わかばの うた
◇「まど・みちお全詩集」理論社 1992 p632
◇「まどさんの詩の本 10」理論社 1996 p14

若葉の季節
◇「星新一ちょっと長めのショートショート 8」理論社 2006 p7

若葉のころ
◇「松谷みよ子全集 12」講談社 1972 p122

若葉の平泉
◇「巽聖歌作品集 上」巽聖歌作品集刊行委員会 1977 p197

若葉の森
◇「巽聖歌作品集 上」巽聖歌作品集刊行委員会 1977 p227

若葉の林道
◇「巽聖歌作品集 下」巽聖歌作品集刊行委員会 1977 p157
◇「巽聖歌作品集 下」巽聖歌作品集刊行委員会 1977 p159

わが文学の生いたち
◇「椋鳩十の本 24」理論社 1983 p9

わかヘチマ

◇「椋鳩十の本 23」理論社 1983 p258

わが部屋
◇「全集版灰谷健次郎の本 22」理論社 1988 p42

わが町
◇「杉みき子選集 10」新潟日報事業社 2011 p173

若松林
◇「校定新美南吉全集 8」大日本図書 1981 p248

わがまま王子
◇「花岡大学仏典童話全集 3」法蔵館 1979 p155
◇「花岡大学仏典童話集 2」佼成出版社 2006 p60

わがままこざる
◇「椋鳩十の本 26」理論社 1989 p270

わがまま子ざる
◇「椋鳩十学年別童話 〔2〕」理論社 1990 p18

わがまま子ザル
◇「椋鳩十まるごと動物ものがたり 9」理論社 1996 p5

わがままちび
◇「椋鳩十全集 10」ポプラ社 1970 p236

わがままっこ
◇「〔東君平〕おはようどうわ 6」講談社 1982 p70

わがままな猫のお話
◇「石のロバ―浅野都作品集」新風舎 2007 p116

若水
◇「斎藤隆介全集 3」岩崎書店 1982 p26

「若水汲み」のはじまり
◇「北彰介作品集 3」青森県児童文学研究会 1990 p250

若水汲みの昔
◇「松谷みよ子全エッセイ 2」筑摩書房 1989 p153

〔わが胸いまは青じろき〕
◇「新修宮沢賢治全集 5」筑摩書房 1979 p238

〔わが胸はいまや蝕み〕
◇「新修宮沢賢治全集 5」筑摩書房 1979 p249
◇「ジュニア文学館 宮沢賢治―写真・絵画集成 3」日本図書センター 1996 p168

「わかむらさき」
◇「阪田寛夫全詩集」理論社 2011 p834

わかめ売り
◇「〔島崎〕藤村の童話 4」筑摩書房 1979 p185

わかめまんじゅう
◇「〔東風琴子〕童話集 2」ストーク 2006 p121

わか者(近ごろの詩7)
◇「国分一太郎児童文学集 6」小峰書店 1967 p59

わが家の家具たち
◇「壺井栄全集 11」文泉堂出版 1998 p341

わが家の神さま
◇「今西祐行全集 15」偕成社 1989 p157

わが家のキビナゴ
◇「椋鳩十の本 23」理論社 1983 p253

わかや

わが家のコッテイジ
　◇「庄野英二全集 11」偕成社 1980 p29
わが家の食卓
　◇「全集版灰谷健次郎の本 19」理論社 1987 p212
わが家の猫騒動
　◇「戸川幸夫動物文学全集 15」講談社 1977 p192
わが家の民話を
　◇「松谷みよ子全エッセイ 2」筑摩書房 1989 p231
我家の四男
　◇「与謝野晶子児童文学全集 6」春陽堂書店 2007 p161
わが家の歴史
　◇「巽聖歌作品集 下」巽聖歌作品集刊行委員会 1977 p173
わが家は子子家庭
　◇「赤川次郎セレクション 1」ポプラ社 2008 p73
解らないこと
　◇「与謝野晶子児童文学全集 3」春陽堂書店 2007 p174
わからんちゃん
　◇「まど・みちお全詩集」理論社 1992 p115
　◇「まどさんの詩の本 5」理論社 1994 p46
わかりましたか
　◇「全集古田足日子どもの本 5」童心社 1993 p470
わかれ
　◇「壺井栄全集 1」文泉堂出版 1997 p397
わかれ
　◇「いのち―みずかみかずよ全詩集」石風社 1995 p324
別れ
　◇「戸川幸夫創作童話集 1」国土社 1972 p94
　◇「戸川幸夫創作童話集 2」国土社 1972 p84
別れた母さん
　◇「中村雨紅詩謡集」中村雨紅詩謡集刊行委員会 1971 p34
別れとなればジロリンタンやっぱり悲しいジロリンタン
　◇「サトウハチロー・ユーモア小説選 7」岩崎書店 1977 p205
別れに
　◇「与謝野晶子児童文学全集 6」春陽堂書店 2007 p134
別れのうた
　◇「阪田寛夫全詩集」理論社 2011 p535
わかれのことば
　◇「阪田寛夫全詩集」理論社 2011 p234
わかれ道
　◇「石森延男児童文学全集 8」学習研究社 1971 p235
湧き出る春

　◇「椋鳩十の本 1」理論社 1982 p41
ワーキング・プア
　◇「まど・みちお全詩集 続」理論社 2015 p272
倭寇の井戸
　◇「巽聖歌作品集 下」巽聖歌作品集刊行委員会 1977 p198
ワゴム
　◇「〔東君平〕おはようどうわ 6」講談社 1982 p110
　◇「東君平のおはようどうわ 5」新日本出版社 2010 p59
わざくらべ
　◇「石森延男児童文学全集 4」学習研究社 1971 p59
ワサビ
　◇「まど・みちお全詩集」理論社 1992 p96
　◇「まどさんの詩の本 1」理論社 1994 p58
禍
　◇「浜田広介全集 11」集英社 1976 p187
災の神の話（日下部梅子）
　◇「岡田悳三・日下部梅子童謡集」会津童詩会 1992 p131
禍の門
　◇「〔巌谷〕小波お伽全集 3」本の友社 1998 p313
禍わ身から出る（狐と狼）
　◇「〔巌谷〕小波お伽全集 14」本の友社 1998 p69
わしがいない
　◇「まど・みちお全詩集 続」理論社 2015 p281
鷲だ
　◇「巽聖歌作品集 上」巽聖歌作品集刊行委員会 1977 p380
わしときつね
　◇「ひろすけ幼年童話文学全集 8」集英社 1961 p131
　◇「浜田広介全集 10」集英社 1976 p137
わしにも一ぱい
　◇「川崎大治民話選〔1〕」童心社 1968 p152
鷲の唄
　◇「椋鳩十の本 2」理論社 1982 p19
〔鷲の唄〕より
　◇「椋鳩十の本 2」理論社 1982 p83
鷲のお土産
　◇「〔北原〕白秋全童謡集 4」岩波書店 1993 p375
わしの　おんがえし
　◇「花岡大学仏典童話全集 7」法蔵館 1979 p207
わしの　きょうだい
　◇「まど・みちお全詩集 続」理論社 2015 p142
ワシントン公共図書館の権威
　◇「椋鳩十の本 31」理論社 1989 p181
ワシントンにて
　◇「椋鳩十の本 31」理論社 1989 p170
ワシントンの乞食

◇「椋鳩十の本 31」理論社 1989 p87

ワシントンの小さい時
◇「現代語訳久留島武彦童話集 くるしまどうわ」玖珠町立わらべの館 2004 p39

倭人のすむ国
◇「〔たかしよいち〕世界むかしむかし探検 4」国土社 1995 p51

わするなぐさ
◇「壺井栄全集 4」文泉堂出版 1998 p484

忘れ得ぬシネマシーン
◇「今江祥智の本 36」理論社 1990 p178

忘れ得ぬ人
◇「松谷みよ子全エッセイ 3」筑摩書房 1989 p3

忘れ得ぬ本
◇「松谷みよ子全エッセイ 3」筑摩書房 1989 p95

忘れがたき人
◇「椋鳩十の本 28」理論社 1989 p64

わすれかねることば
◇「石森延男児童文学全集 15」学習研究社 1971 p76
◇「石森読本―石森延男児童文学選集 6年生」小学館 1977 p163

わすれ草
◇「〔柳家弁天〕らくご文庫 10」太平出版社 1987 p56

わすれ島
◇「土田耕平童話集 〔1〕」古今書院 1955 p39

忘れ島
◇「土田耕平童話集」信濃毎日新聞社 1949 p25

忘れた唄
◇「新装版金子みすゞ全集 1」JULA出版局 1984 p87
◇「金子みすゞ童謡全集 1」JULA出版局 2003 p142

わすれた王さまうみのなか
◇「〔寺村輝夫〕ちいさな王さまシリーズ 7」理論社 1988 p1

わすれた王さま海の中
◇「寺村輝夫全童話 2」理論社 1997 p104

忘れた訪ね先
◇「椋鳩十の本 16」理論社 1983 p16

忘れた名前
◇「椋鳩十全集 24」ポプラ社 1980 p6

わすれたわすれんぼ
◇「寺村輝夫童話全集 4」ポプラ社 1982 p159
◇「〔寺村輝夫〕ぼくは王さま全1冊」理論社 1985 p189
◇「寺村輝夫全童話 1」理論社 1996 p127
◇「寺村輝夫の王さまシリーズ 2」理論社 1998 p77

忘れっぽい魔女と兵隊さん
◇「ろくでなしというポーリー―もとさこみつる短編童話集」早稲田童話塾 2012 p109

わすれなぐさ
◇「西條八十童話集」小学館 1983 p383

わすれな草
◇「小出正吾児童文学全集 4」審美社 2001 p83

ワスレナグサ
◇「庄野英二全集 11」偕成社 1980 p378

わすれもの
◇「〔斎藤信夫〕子ども心を友として―童謡詩集」成東町教育委員会 1996 p276

わすれもの
◇「立原えりか作品集 1」思潮社 1972 p15
◇「立原えりかのファンタジーランド 1」青土社 1980 p119

わすれもの
◇「〔東君平〕ひとくち童話 5」フレーベル館 1995 p24

忘れもの
◇「新装版金子みすゞ全集 2」JULA出版局 1984 p97
◇「金子みすゞ童謡全集 3」JULA出版局 2004 p150

忘れもの
◇「浜田広介全集 11」集英社 1976 p14

忘れ物
◇「全集版灰谷健次郎の本 22」理論社 1988 p91

忘れ物
◇「星新一ショートショートセレクション 8」理論社 2002 p94

わすれもの―おばあさんのおしゃべり（3）
◇「来梅良夫児童文学全集 2」岩崎書店 1983 p267

忘れられた歌
◇「稗田童平全集 2」宝文館出版 1979 p65

忘れられた島へ
◇「長崎源之助全集 8」偕成社 1987 p7

「忘れられた島へ」余話
◇「長崎源之助全集 20」偕成社 1988 p198

忘れられぬ手紙一通
◇「松谷みよ子全エッセイ 3」筑摩書房 1989 p8

忘れられぬ「豆戦艦」
◇「壺井栄全集 11」文泉堂出版 1998 p515

わすれる
◇「まど・みちお全詩集 続」理論社 2015 p246

わすれんぼうをなおすには
◇「角野栄子のちいさなどうわたち 6」ポプラ社 2007 p35

わすれんぼの話
◇「佐藤さとる全集 12」講談社 1974 p147
◇「佐藤さとるファンタジー全集 12」講談社 1982 p197
◇「佐藤さとるファンタジー全集 12」講談社, 復刊

わせい

　　　ドットコム（発売）2011 p197
和製シラノ
　◇「椋鳩十の本 18」理論社 1982 p35
わた
　◇「いのち―みずかみかずよ全詩集」石風社 1995 p437
綿
　◇「いのち―みずかみかずよ全詩集」石風社 1995 p43
ワタを摘む少女
　◇「土田明子詩集 2」かど創房 1986 p32
綿がし屋のとなりに
　◇「巽聖歌作品集 下」巽聖歌作品集刊行委員会 1977 p114
私（わたくし）… → "わたし…"をも見よ
私
　◇「巽聖歌作品集 下」巽聖歌作品集刊行委員会 1977 p280
私
　◇「那須辰造著作集 1」講談社 1980 p284
私
　◇「まど・みちお詩集 5」銀河社 1975 p34
　◇「まど・みちお全詩集」理論社 1992 p530
私が飼ったペットたち
　◇「戸川幸夫動物文学全集 15」講談社 1977 p273
〔わたくしが ちゃうどあなたのいまの椅子に居て〕
　◇「新修宮沢賢治全集 4」筑摩書房 1979 p268
私が筆をとるとき
　◇「長崎源之助全集 20」偕成社 1988 p127
私が筆をとる時
　◇「今西祐行全集 15」偕成社 1989 p22
私たちのお父さん
　◇「住井すゑ わたしの童話」労働旬報社 1988 p45
私たちの面白い科学（抄）
　◇「海野十三全集 別巻1」三一書房 1991 p263
私たちの体の話
　◇「〔かこさとし〕お話こんにちは〔8〕」偕成社 1979 p90
私たちは
　◇「まど・みちお全詩集 続」理論社 2015 p189
私と「お話」
　◇「あまんきみこセレクション 5」三省堂 2009 p122
私と金町保育園
　◇「松谷みよ子全エッセイ 1」筑摩書房 1989 p137
私と看護婦さん
　◇「松谷みよ子全エッセイ 1」筑摩書房 1989 p99
私ときもの
　◇「椋鳩十の本 24」理論社 1983 p159

私と児文研
　◇「北国翔子童話集 2」青森県児童文学研究会 2010 p30
私と天竜川
　◇「椋鳩十の本 20」理論社 1983 p74
私とノンフィクション
　◇「椋鳩十の本 24」理論社 1983 p119
私と民話
　◇「松谷みよ子全エッセイ 2」筑摩書房 1989 p29
私とメルヘン
　◇「椋鳩十の本 28」理論社 1989 p181
私どもの町
　◇「中村雨紅詩謡集」中村雨紅詩謡集刊行委員会 1971 p138
〔わたくしどもは〕
　◇「新修宮沢賢治全集 4」筑摩書房 1979 p256
　◇「ジュニア文学館 宮沢賢治―写真・絵画集成 3」日本図書センター 1996 p152
私にとっての一粒の胡桃―賢治への憧憬
　◇「松谷みよ子全エッセイ 3」筑摩書房 1989 p113
私には汽車
　◇「椋鳩十の本 29」理論社 1989 p184
私の愛蔵書「奥隅奇譚」
　◇「松谷みよ子全エッセイ 3」筑摩書房 1989 p130
私のアキレス腱
　◇「全集版灰谷健次郎の本 19」理論社 1987 p295
私のあじさい地図
　◇「杉みき子選集 9」新潟日報事業社 2011 p31
私の育児日誌より
　◇「松谷みよ子全エッセイ 1」筑摩書房 1989 p131
私の池袋
　◇「松谷みよ子全エッセイ 1」筑摩書房 1989 p32
私の裏山
　◇「椋鳩十の本 20」理論社 1983 p150
私の生いたち
　◇「千葉省三童話全集 2」岩崎書店 1967 p126
私の沖縄
　◇「椋鳩十の本 21」理論社 1982 p282
私の母さん
　◇「中村雨紅詩謡集」中村雨紅詩謡集刊行委員会 1971 p31
私のかくれ里
　◇「松谷みよ子全エッセイ 3」筑摩書房 1989 p293
私の教科書（林初江）
　◇「北国翔子童話集 2」青森県児童文学研究会 2010 p16
私の教室
　◇「新版・宮沢賢治童話全集 12」岩崎書店 1979 p47
〔わたくしの汲みあげるバケツが〕

わたけ

私の子の入学
　◇「佐藤義美全集 1」佐藤義美全集刊行会 1974 p404
私の最初のアフリカ動物旅行（サハリ）
　◇「戸川幸夫動物文学全集 14」講談社 1977 p5
私の人生を変えた本
　◇「椋鳩十の本 27」理論社 1989 p146
私のスケート靴
　◇「庄野英二全集 6」偕成社 1979 p81
私のする事─「はしがき」として
　◇「太田博也童話集 2」小山書林 2006 〔巻頭〕
私の青年時代
　◇「椋鳩十の本 33」理論社 1989 p203
私の世界
　◇「校定新美南吉全集 9」大日本図書 1981 p210
私の世界史よ
　◇「椋鳩十の本 1」理論社 1982 p111
私の祖父
　◇「土田耕平童話集 〔3〕」古今書院 1955 p27
私の宅の子供
　◇「与謝野晶子児童文学全集 6」春陽堂書店 2007 p216
私の誕生のこと
　◇「北国翔子童話集 2」青森県児童文学研究会 2010 p7
　◇「北国翔子童話集 2」青森県児童文学研究会 2010 p9
私の地球
　◇「佐藤義美全集 1」佐藤義美全集刊行会 1974 p44
私の地球よ！
　◇「椋鳩十の本 1」理論社 1982 p112
私の出会った人々
　◇「佐藤さとるファンタジー全集 16」講談社 1983 p115
私の手の先には
　◇「まど・みちお全詩集 続」理論社 2015 p401
私の童話
　◇「あまんきみこセレクション 5」三省堂 2009 p128
私の童話観
　◇「坪田譲治名作選 〔4〕風の中の子供」小峰書店 2005 p238
私の読書術
　◇「椋鳩十の本 24」理論社 1983 p35
私の鳥
　◇「杉みき子選集 10」新潟日報事業社 2011 p94
私の鳥籠
　◇「庄野英二全集 11」偕成社 1980 p64
私の中の「ふるさと」
　◇「あまんきみこセレクション 5」三省堂 2009 p37
私の中の棟方志功
　◇「稗田菫平全集 4」宝文館出版 1980 p119
わたくしの日記
　◇「阪田寛夫全詩集」理論社 2011 p273
私の二度目のアフリカ動物旅行（サハリ）
　◇「戸川幸夫動物文学全集 14」講談社 1977 p81
私の花物語
　◇「壺井栄名作集 9」ポプラ社 1965 p5
私の母
　◇「今西祐行全集 15」偕成社 1989 p182
「私の一坪菜園」
　◇「全集版灰谷健次郎の本 21」理論社 1988 p215
私の表現
　◇「今西祐行全集 15」偕成社 1989 p28
私のヒョコタン
　◇「長崎源之助全集 20」偕成社 1988 p130
私の文体
　◇「今西祐行全集 15」偕成社 1989 p26
私のペンネームの由来
　◇「北国翔子童話集 2」青森県児童文学研究会 2010 p115
私の山
　◇「椋鳩十の本 32」理論社 1989 p176
私の幼年童話
　◇「松谷みよ子全エッセイ 1」筑摩書房 1989 p188
「私のよこはま物語」
　◇「長崎源之助全集 20」偕成社 1988 p174
私もひとこと─「龍の子太郎」批判によせて
　◇「松谷みよ子全エッセイ 1」筑摩書房 1989 p178
〔わたくしは今日死ぬのであるか〕
　◇「新修宮沢賢治全集 4」筑摩書房 1979 p264
私はなぜ…子供にではなく大人のために童話を書くのか
　◇「斎藤隆介全集 12」岩崎書店 1982 p275
私はひとりぼっちでした
　◇「与謝野晶子児童文学全集 5」春陽堂書店 2007 p194
わたくしは わたりどり
　◇「平塚武二童話全集 2」童心社 1972 p42
わたげタンポポ
　◇「まど・みちお詩集 1」銀河社 1975 p42
　◇「まど・みちお詩集」理論社 1992 p469
　◇「まどさんの詩の本 11」理論社 1997 p42
わたげのたんぽぽ
　◇「佐藤義美童謡集」さ・え・ら書房 1960 p203
　◇「佐藤義美全集 1」佐藤義美全集刊行会 1974 p224
　◇「ともだちシンフォニー──佐藤義美童謡集」JULA出版局 1990 p112

作品名から引ける日本児童文学個人全集案内　**943**

わたけ

わたげのタンポポ
　◇「いのち―みずかみかずよ全詩集」石風社　1995　p58
わたし
　◇「〔金子〕みすゞ詩画集〔5〕」春陽堂書店　2001　p36
わたし
　◇「くどうなおこ詩集○」童話屋　1996　p152
わたし？
　◇「杉みき子選集　2」新潟日報事業社　2005　p160
私（わたし）… → "わたくし…"をも見よ
私
　◇「新装版金子みすゞ全集　3」JULA出版局　1984　p114
　◇「金子みすゞ童謡全集　5」JULA出版局　2004　p150
わたしをしばれ
　◇「花岡大学仏典童話全集　1」法蔵館　1979　p169
　◇「花岡大学仏典童話全集　3」佼成出版社　2006　p43
わたしがうたないわたしの弾で
　◇「佐藤義美全集　5」佐藤義美全集刊行会　1973　p553
わたしが子どもだったころ
　◇「全集灰谷健次郎の本　21」理論社　1988　p115
わたしがねる場所がない
　◇「〔柳家弁天〕らくご文庫　9」太平出版社　1987　p51
私が世に出るまで
　◇「壺井栄全集　11」文泉堂出版　1998　p498
渡し銭
　◇「〔巌谷〕小波お伽全集　9」本の友社　1998　p23
わたしだけの夜
　◇「〔斎藤信夫〕子ども心を友として―童謡詩集」成東町教育委員会　1996　p144
わたしたちの今日
　◇「阪田寛夫全詩集」理論社　2011　p65
（わたしたちは）
　◇「稗田童平全集　8」宝文館出版　1982　p129
わたしってすてき
　◇「山本瓔子詩集　I」新風舎　2003　p84
私と王女
　◇「新装版金子みすゞ全集　1」JULA出版局　1984　p216
　◇「金子みすゞ童謡全集　2」JULA出版局　2003　p182
わたしと小鳥とすずと
　◇「みすゞさん―童謡詩人・金子みすゞの優しさ探しの旅　1」春陽堂書店　1997
　◇「〔金子〕みすゞ詩画集〔4〕」春陽堂書店　2000　p38
私と小鳥と鈴と
　◇「新装版金子みすゞ全集　3」JULA出版局　1984　p145
　◇「〔金子〕みすゞ詩画集〔1〕」春陽堂書店　1996
　◇「金子みすゞ童謡集」角川春樹事務所　1998（ハルキ文庫）p81
　◇「金子みすゞ童謡全集　6」JULA出版局　2004　p26
私と童謡
　◇「横山健童謡選集　1」無明舎出版　1995　p126
わたしと琉球舞踊
　◇「全集灰谷健次郎の本　21」理論社　1988　p88
（わたしの）
　◇「稗田童平全集　8」宝文館出版　1982　p51
わたしの青い海
　◇「今江祥智の本　18」理論社　1981　p17
　◇「今江祥智童話館〔12〕」理論社　1987　p234
私のアルバム
　◇「壺井栄全集　11」文泉堂出版　1998　p234
私のアンデルセン童話集
　◇「安房直子コレクション　4」偕成社　2004　p309
わたしの家
　◇「〔北原〕白秋全童謡集　1」岩波書店　1992　p80
私の市松人形
　◇「安房直子コレクション　7」偕成社　2004　p260
ワタシの　一しょう
　◇「まど・みちお全詩集　続」理論社　2015　p249
わたしの絵本
　◇「りらりらりらわたしの絵本―富永佳与子こどものうた作品集」国土社　1994　p90
わたしの絵本白書
　◇「今江祥智の本　22」理論社　1981　p73
わたしの選んだ道
　◇「佐藤義美全集　6」佐藤義美全集刊行会　1974　p406
わたしのおうち
　◇「神沢利子コレクション　4」あかね書房　1994　p17
　◇「神沢利子コレクション・普及版　4」あかね書房　2006　p17
　◇「神沢利子のおはなしの時間　5」ポプラ社　2011　p33
私の丘
　◇「新装版金子みすゞ全集　2」JULA出版局　1984　p30
　◇「みすゞさん―童謡詩人・金子みすゞの優しさ探しの旅　2」春陽堂書店　1998
　◇「金子みすゞ童謡全集　3」JULA出版局　2004　p52
私のお里
　◇「新装版金子みすゞ全集　1」JULA出版局　1984　p108
　◇「金子みすゞ童謡全集　2」JULA出版局　2003　p24
わたしのおにく
　◇「〔橘かおる〕考える童話シリーズ短篇集　1」新風

私の帯〆
　◇「壺井栄全集 11」文泉堂出版 1998 p345
私のかいこ
　◇「金子みすゞ童謡全集 2」JULA出版局 2003 p100
私のかひこ
　◇「新装版金子みすゞ全集 1」JULA出版局 1984 p160
私の書いた魔法
　◇「安房直子コレクション 5」偕成社 2004 p326
わたしの片隅
　◇「今江祥智の本 15」理論社 1980 p113
　◇「今江祥智童話館〔15〕」理論社 1987 p48
わたしのかみの
　◇「みすゞさん―童謡詩人・金子みすゞの優しさ探しの旅 1」春陽堂書店 1997
　◇「〔金子〕みすゞ詩画集〔7〕」春陽堂書店 2002 p52
私の髪の
　◇「新装版金子みすゞ全集 3」JULA出版局 1984 p94
　◇「金子みすゞ童謡全集 5」JULA出版局 2004 p126
わたしの凶作
　◇「全集版灰谷健次郎の本 19」理論社 1987 p159
わたしの原稿用紙
　◇「壺井栄全集 11」文泉堂出版 1998 p511
わたしの心に残った人
　◇「全集版灰谷健次郎の本 19」理論社 1987 p73
わたしの古典―法華経
　◇「松谷みよ子全エッセイ 3」筑摩書房 1989 p108
わたしの こびと
　◇「まど・みちお全詩集」理論社 1992 p249
わたしの暦
　◇「松谷みよ子全エッセイ 1」筑摩書房 1989
わたしの作品をめぐって
　◇「椋鳩十の本 24」理論社 1983 p132
わたしの作品と方言
　◇「全集版灰谷健次郎の本 19」理論社 1987 p105
私の雑記帳
　◇「壺井栄全集 11」文泉堂出版 1998 p370
わたしの さんすう
　◇「まど・みちお全詩集」理論社 1992 p555
　◇「まどさんの詩の本 6」理論社 1996 p66
わたしのシシュウ
　◇「まど・みちお全詩集 続」理論社 2015 p219
わたしの児童文学
　◇「今西祐行全集 15」偕成社 1989 p64
わたしの児童文学
　舎 1996 p44
　◇「佐藤さとる全集 2」講談社 1972 p141
わたしの児童文学
　◇「佐藤義美全集 6」佐藤義美全集刊行会 1974 p424
わたしの児童文学〔講演記録〕
　◇「椋鳩十の本 24」理論社 1983 p44
わたしの児童文学十選
　◇「佐藤義美全集 6」佐藤義美全集刊行会 1974 p418
わたしの周辺
　◇「今江祥智の本 36」理論社 1990 p263
わたしの城
　◇「椋鳩十の本 23」理論社 1983 p84
（わたしの詩は）
　◇「稗田菫平全集 8」宝文館出版 1982 p62
わたしの信州
　◇「椋鳩十の本 28」理論社 1989 p20
私の茶の間
　◇「壺井栄全集 11」文泉堂出版 1998 p330
私のつれあい
　◇「壺井栄全集 11」文泉堂出版 1998 p306
わたしの出会った子どもたち
　◇「全集灰谷健次郎の本 17」理論社 1987 p5
わたしの動物園
　◇「〔塩沢朝子〕わたしの童話館 1」プロダクト・エル 1986 p124
わたしの童話〔インタビュー〕（住井すゑ, 松沢常夫聞き手）
　◇「住井すゑ わたしの童話」労働旬報社 1988 p115
私の童話の主人公たち
　◇「壺井栄全集 11」文泉堂出版 1998 p192
わたしの童話はどうして生まれたか
　◇「定本壺井栄児童文学全集 3」講談社 1979 p291
私の童話はどうして生れたか
　◇「壺井栄全集 11」文泉堂出版 1998 p525
私の読書径路
　◇「壺井栄全集 11」文泉堂出版 1998 p99
私の読書遍歴
　◇「壺井栄全集 11」文泉堂出版 1998 p366
わたしのところのモモ
　◇「椋鳩十全集 9」ポプラ社 1970 p30
わたしの なかに
　◇「阪田寛夫全詩集」理論社 2011 p462
わたしの中の女
　◇「富島健夫青春文学選集 9」集英社 1971 p245
私の人形
　◇「〔巌谷〕小波お伽全集 7」本の友社 1998 p408
私の人形たちへ
　◇「安房直子コレクション 7」偕成社 2004 p259

わたし

私の姉様
◇「〔厳谷〕小波お伽全集 14」本の友社 1998 p305

わたしの能・狂言
◇「今西祐行全集 15」偕成社 1989 p105

わたしの琵琶湖—お国めぐりシリーズ（滋賀）
◇「阪田寛夫全詩集」理論社 2011 p67

わたしのファンタジー
◇「佐藤さとる全集 11」講談社 1974 p227

私のファンタジー
◇「安房直子コレクション 3」偕成社 2004 p300

わたしの風土記
◇「松谷みよ子全エッセイ 2」筑摩書房 1989 p149

インタビュー わたしの文学・生き方（住井すゑ、松沢常夫聞き手）
◇「住井すゑ わたしの少年少女物語 2」労働旬報社 1989 p178

わたしの本棚
◇「今江祥智の本 22」理論社 1981 p193

私の真白いカンバスに
◇「いのち—みずかみかずよ全詩集」石風社 1995 p337

私の宮沢賢治
◇「安房直子コレクション 3」偕成社 2004 p306

わたしのむね（序詩）
◇「稗田貞平全集 3」宝文館出版 1979 p9

わたしの村
◇「〔竹久〕夢二童謡集」ノーベル書房 1975（浪漫文庫）p91

（わたしの燃える）
◇「稗田貞平全集 8」宝文館出版 1982 p23

私ノヨロコビ
◇「やなせたかし童謡詩集 〔3〕」フレーベル館 2001 p66

渡し場
◇「異聖歌作品集 上」異聖歌作品集刊行委員会 1977 p337

渡し舟
◇「〔山田野理夫〕お笑い文庫 12」太平出版社 1977（母と子の図書室）p126

渡し船の大さわぎ
◇「〔柳家弁天〕らくご文庫 9」太平出版社 1987 p99

わたしベル
◇「〔黒川良人〕犬の詩猫の詩—児童詩集」東洋出版 2000 p25

わたしは…
◇「まど・みちお全詩集 続」理論社 2015 p189

わたしはあひる—テレビドラマ「あひるの学校」主題歌
◇「阪田寛夫全詩集」理論社 2011 p812

わたしは馬である
◇「岡野薫子動物記 4」小峰書店 1986 p5

わたしはじゃがいも
◇「村山籌子作品集 1」JULA出版局 1997 p38

わたし わたし？
◇「まど・みちお全詩集」理論社 1992 p659
◇「まどさんの詩の本 2」理論社 1994 p16

（わたしは罪びと）
◇「稗田貞平全集 8」宝文館出版 1982 p24

わたしは とけい
◇「まど・みちお全詩集」理論社 1992 p249

私は姉さん思い出す
◇「定本小川未明童話全集 3」講談社 1977 p405
◇「定本小川未明童話全集 3」大空社 2001 p405

わたしはヘチマです
◇「宮口しづゑ児童文学集 4」小峰書店 1969 p109
◇「宮口しづゑ童話名作集」一草舎出版 2009 p116

わたしは 魔女
◇「りらりらりらわたしの絵本—富永佳与子こどものうた作品集」国土社 1994 p30

（わたしは裳の）
◇「稗田貞平全集 8」宝文館出版 1982 p56

わた玉ぼうや
◇「〔佐々木千鶴子〕動物村のこうみんかん—台所からのひとり言 童話集」朝日新聞社西部開発室編集出版センター 1996 p39

わだち
◇「壺井栄全集 4」文泉堂出版 1998 p171

轍と子供
◇「新装版金子みすゞ全集 2」JULA出版局 1984 p193
◇「金子みすゞ童謡集」角川春樹事務所 1998（ハルキ文庫）p113
◇「金子みすゞ童謡全集 4」JULA出版局 2004 p70

ワダツミノヒメ
◇「松谷みよ子のむかしむかし 4」講談社 1973 p164

綿の話
◇「新美南吉全集 6」牧書店 1965 p150
◇「校定新美南吉全集 8」大日本図書 1981 p380

わたぼうし
◇「〔東君平〕おはようどうわ 4」理論社 1982 p100

和田誠
◇「今江祥智の本 21」理論社 1981 p80

綿雪降れ降れ
◇「赤い自転車—松延いさお自選童話集」〔熊本〕松延猪雄 1993 p66

綿よりもあたたかく
◇「住井すゑ わたしの少年少女物語 2」労働旬報社 1989 p85

渡良瀬川の義人田中正造

◇「豊田三郎童話集」草加市立川柳小学校 1993 p111

わたりどり
　◇「阪田寛夫全詩集」理論社 2011 p66

渡り鳥
　◇「佐藤義美全集 1」佐藤義美全集刊行会 1974 p334

渡り鳥
　◇〔宗左近〕梟の駅長さん―童謡集」思潮社 1998 p26

わたり鳥のすだち
　◇「〔下田喜久美〕遠くから来た旅人―詩集」リトル・ガリヴァー社 1998 p30

わたりどり（みじかいおしばい）
　◇「斎田喬幼年劇全集 2」誠文堂新光社 1961 p325

わたる君とワタル君
　◇「〔かわさききよみち〕母のおもい」新風舎 1998 p64

和太郎さんと牛
　◇「新美南吉全集 3」牧書店 1965 p73
　◇「校定新美南吉全集 3」大日本図書 1980 p71
　◇「新美南吉童話集 3」大日本図書 1982 p87
　◇「新美南吉童話大全」講談社 1989 p267
　◇「新美南吉童話集 3」岩波書店 1996（岩波文庫）p231
　◇「新美南吉童話傑作選〔2〕花のき村と盗人たち」小峰書店 2004 p93
　◇「新美南吉童話集 3」大日本図書 2012 p87
　◇「新美南吉童話選集 4」ポプラ社 2013 p43

和辻哲郎
　◇〔かこさとし〕お話こんにちは〔12〕」偕成社 1980 p52

ワッシリ物語
　◇「巌谷小波お伽噺文庫〔3〕」大和書房 1976 p113

わつなぎ
　◇「まど・みちお全詩集」理論社 1992 p250

わなかけ
　◇「〔比江島重孝〕宮崎のむかし話 3」鉱脈社 2000 p138

わなげ
　◇「くんぺい魔法ばなし―魔法ばなし全集 2」サンリオ 2000 p150

わなげ ポイ
　◇「佐藤義美童謡集」さ・え・ら書房 1960 p18
　◇「佐藤義美全集 1」佐藤義美全集刊行会 1974 p171

わなにかかった鹿
　◇「花岡大学 続・仏典童話全集 1」法蔵館 1981 p157

わに
　◇「〔島崎〕藤村の童話 1」筑摩書房 1979 p38

ワニ
　◇「まど・みちお全詩集」理論社 1992 p95
　◇「まどさんの詩の本 1」理論社 1994 p62

わにぐち
　◇「〔北原〕白秋全童謡集 4」岩波書店 1993 p29

駝口（アフリカ）
　◇「〔巌谷〕小波お伽全集 15」本の友社 1998 p351

ワニザメ
　◇「〔山田野理夫〕おばけ文庫 5」太平出版社 1976（母と子の図書室）p86

ワニさん
　◇「まど・みちお全詩集 続」理論社 2015 p395

わににくわれたむすめ
　◇「松谷みよ子のむかしむかし 5」講談社 1973 p120

ワニノコ
　◇「まど・みちお全詩集」理論社 1992 p79

わにの話
　◇「〔かこさとし〕お話こんにちは〔3〕」偕成社 1979 p62

わにのバンポ
　◇「大石真児童文学全集 14」ポプラ社 1982 p5

ワニワニ島のインディアン
　◇「立原えりか作品集 2」思潮社 1972 p125

輪の中の花嫁
　◇「椋鳩十の本 1」理論社 1982 p192

ワビスケ
　◇「稗田菫平全集 7」宝文館出版 1981 p189

和風（俳偕詩三十二篇）
　◇「椋鳩十の本 31」理論社 1989 p53

和風は河谷いっぱいに吹く
　◇「新版・宮沢賢治童話全集 12」岩崎書店 1979 p184
　◇「新修宮沢賢治全集 4」筑摩書房 1979 p128
　◇「新修宮沢賢治全集 4」筑摩書房 1979 p326
　◇「ジュニア文学館 宮沢賢治―写真・絵画集成 3」日本図書センター 1996 p145
　◇「〔宮沢賢治〕注文の多い料理店―イーハトーヴ童話集」岩波書店 2000（岩波少年文庫）p214

ワマハシ
　◇「異聖歌作品集 上」異聖歌作品集刊行委員会 1977 p159

輪まはし
　◇「新装版金子みすゞ全集 2」JULA出版局 1984 p264

輪まわし
　◇「金子みすゞ童謡全集 4」JULA出版局 2004 p174

輪まわし
　◇「新美南吉全集 6」牧書店 1965 p252
　◇「校定新美南吉全集 8」大日本図書 1981 p60
　◇「校定新美南吉全集 8」大日本図書 1981 p61

わまわ

◇「新美南吉童話集 1」大日本図書 1982 p323
◇「新美南吉童話集 1」大日本図書 2012 p323

わまわし まわるわ

◇「まど・みちお全詩集」理論社 1992 p343
◇「まどさんの詩の本 2」理論社 1994 p18

わら

◇「まど・みちお詩集 6」銀河社 1975 p41
◇「まど・みちお全詩集」理論社 1992 p510

わらい

◇「金子みすゞ童謡集」角川春樹事務所 1998（ハルキ文庫）p98
◇「〔金子〕みすゞ詩画集 〔3〕」春陽堂書店 2000
◇「金子みすゞ童謡全集 4」JULA出版局 2004 p14
◇「〔金子みすゞ〕花の詩集 1」JULA出版局 2004 p18

わらい

◇「西條八十童話集」小学館 1983 p422

わらい

◇「新装版金子みすゞ全集 2」JULA出版局 1984 p154
◇「〔金子〕みすゞ詩画集 〔2〕」春陽堂書店 1997
◇「みすゞさん―童謡詩人・金子みすゞの優しさ探しの旅 2」春陽堂書店 1998

わらいうさぎ

◇「今江祥智の本 16」理論社 1980 p142
◇「今江祥智童話館 〔4〕」理論社 1986 p56
◇「今江祥智ショートファンタジー 1」理論社 2004 p87

わらい顔

◇「石森読本―石森延男児童文学選集 5年生」小学館 1977 p110

わらい顔がすきです

◇「あまんきみこセレクション 1」三省堂 2009 p127

笑い顔の神

◇「星新一ショートショートセレクション 4」理論社 2002 p83

わらいグスリをのもう

◇「〔山田野理夫〕お笑い文庫 5」太平出版社 1977（母と子の図書室）p12

笑ひ癖

◇「瑠璃の壺―森銑三童話集」三樹書房 1982 p227

笑ひ小僧

◇「〔巌谷〕小波お伽全集 3」本の友社 1998 p410

笑いごと

◇「川崎大治民話選 〔1〕」童心社 1968 p67

わらいたくて ねむたくて

◇「まど・みちお全詩集」理論社 1992 p411

わらいタケ

◇「ふしぎな泉―うえだまさし童話集」そうぶん出版 1995 p88

笑いだした裁判官

◇「花岡大学仏典童話全集 4」法蔵館 1979 p195

笑い猫飼い

◇「今江祥智の本 12」理論社 1980 p120
◇「今江祥智童話館 〔16〕」理論社 1987 p102

わらいのお茶

◇「〔比江島重孝〕宮崎のむかし話 3」鉱脈社 2000 p42

笑いの誕生

◇「阪田寛夫全詩集」理論社 2011 p543

笑いのびっくり箱

◇「〔山田野理夫〕お笑い文庫 1」太平出版社 1977（母と子の図書室）

わらいばなし

◇「寺村輝夫のむかし話 〔5〕」あかね書房 1978

わらいましょ

◇「佐藤義美童話集」さ・え・ら書房 1960 p84
◇「佐藤義美全集 1」佐藤義美全集刊行会 1974 p191

わらひます

◇「〔北原〕白秋全童謡集 2」岩波書店 1992 p440

お伽歌劇 笑い山〔春〕

◇「〔巌谷〕小波お伽全集 7」本の友社 1998 p1

わらいんぼ コスモス

◇「まど・みちお全詩集」理論社 1992 p159
◇「まどさんの詩の本 15」理論社 1997 p82

わらうち

◇「国分一太郎児童文学集 6」小峰書店 1967 p151
◇「国分一太郎児童文学集 6」小峰書店 1967 p158

わらうなまくび

◇「〔木暮正夫〕日本のおばけ話・わらい話 18」岩崎書店 1988 p38

笑うべからず

◇「椋鳩十の本 18」理論社 1982 p202

笑う奴

◇「戸川幸夫動物文学全集 2」講談社 1976 p318

わらぐつのなかの神様

◇「杉みき子選集 1」新潟日報事業社 2005 p79

草鞋をすてて

◇「西條八十童謡全集」修道社 1971 p60

わらしべちょうじゃ

◇「寺村輝夫のむかし話 〔8〕」あかね書房 1979 p94

わらしべ長者

◇「坪田譲治童話全集 10」岩崎書店 1986 p119

わらたく匂い

◇「国分一太郎児童文学集 6」小峰書店 1967 p128

笑ったお釈迦さま

◇「〔今坂柳二〕りゅうじフォークロア・world 6」ふるさと伝承研究会 2012 p170

笑った泣き地蔵

わらい

◇「笑った泣き地蔵―御田慶子童話選集」たま出版 2007 p13

わらったのはだれ？
◇「〔東野りえ〕ひぐらしエンピツ―童話集」国文社 1997 p22

笑った笑った
◇「西條八十童謡全集」修道社 1971 p371

笑った 笑った
◇「まど・みちお全詩集」理論社 1992 p625

笑っている
◇「いのち―みずかみかずよ全詩集」石風社 1995 p69

笑っているような目
◇「花岡大学仏典童話全集 1」法蔵館 1979 p154

笑つてやれ！
◇「魂の配達―野村吉哉作品集」草思社 1983 p43

笑ってる
◇「〔黒川良人〕犬の詩猫の詩―児童詩集」東洋出版 2000 p12

わらで炊く飯
◇「国分一太郎児童文学集 6」小峰書店 1967 p167

わらとすみとそらまめ
◇「ひろすけ幼年童話文学全集 10」集英社 1962 p56
◇「浜田広介全集 10」集英社 1976 p140

わら人形
◇「平成に生まれた昔話―〔村瀬〕神太郎童話集」文芸社 1999 p39

わらの牛
◇「巖谷小波お伽噺文庫〔5〕」大和書房 1976 p183

わらの馬
◇「斎藤隆介全集 3」岩崎書店 1982 p72

わらび
◇「〔北原〕白秋全童謡集 2」岩波書店 1992 p87

わらび
◇「いのち―みずかみかずよ全詩集」石風社 1995 p24

わらびと竹の子
◇「〔島崎〕藤村の童話 4」筑摩書房 1979 p187

わらび餅
◇「森三郎童話選集〔1〕」刈谷市教育委員会 1995 p59

童
◇「巽聖歌作品集 上」巽聖歌作品集刊行委員会 1977 p198

わらべおくんち
◇「横山健童謡選集 2」無明舎出版 1995 p52

わらべ千人笛まつり
◇「久保喬自選作品集 3」みどりの会 1994 p254

藁屋の少女
◇「浜田広介全集 11」集英社 1976 p154

割られる
◇「全集版灰谷健次郎の本 21」理論社 1988 p164

笑わない娘
◇「定本小川未明童話全集 2」講談社 1976 p89
◇「定本小川未明童話全集 2」大空社 2001 p89

笑わなかった少年
◇「定本小川未明童話全集 10」講談社 1977 p94
◇「定本小川未明童話全集 10」大空社 2001 p94

わらわらむらむら
◇「与田凖一全集 5」大日本図書 1967 p174

笑われたケマン師
◇「花岡大学仏典童話全集 3」法蔵館 1979 p15

笑われるピリピ
◇「太田博也童話集 4」小山書林 2008 p49

ワリバシ挽歌
◇「横山健童謡選集 2」無明舎出版 1995 p115

ワリヤの門
◇「〔今坂柳二〕りゅうじフォークロア・world 1」ふるさと伝承研究会 2006 p93

わるいカラス
◇「石森延男児童文学全集 4」学習研究社 1971 p35

わるい狐
◇「鈴木三重吉童話全集 2」文泉堂書店 1975（日本文学全集・選集叢刊第5次）p362

悪い行者
◇「西條八十童話集」小学館 1983 p107

わるいくせ
◇「〔柳家弁天〕らくご文庫 5」太平出版社 1987 p97

悪い癖
◇「〔巖谷〕小波お伽全集 14」本の友社 1998 p278

悪い癖（盗人と其母）
◇「〔巖谷〕小波お伽全集 14」本の友社 1998 p12

わるい こ
◇「〔東君平〕ひとくち童話 3」フレーベル館 1995 p66

わるい子になりたい
◇「寺村輝夫童話全集 2」ポプラ社 1982 p159
◇「〔寺村輝夫〕ぼくは王さま全1冊」理論社 1985 p557
◇「寺村輝夫全童話 1」理論社 1996 p279
◇「寺村輝夫の王さまシリーズ 4」理論社 1998 p109

悪い裁判官（犬と羊の訴訟）
◇「〔巖谷〕小波お伽全集 14」本の友社 1998 p83

悪い忠告（烏と蛤）
◇「〔巖谷〕小波お伽全集 14」本の友社 1998 p82

悪いピクニック
◇「佐藤義美全集 1」佐藤義美全集刊行会 1974 p28

わるい よい おてんき

わるい

悪い理屈（狼と子羊）
　◇「〔巖谷〕小波お伽全集 14」本の友社 1998 p41
狭い奴
　◇「戸川幸夫動物文学全集 6」講談社 1977 p335
悪狐
　◇「鈴木三重吉童話全集 1」文泉堂書店 1975（日本文学全集・選集叢刊第5次）p217
ワルグチゴロアワセ
　◇「まど・みちお全詩集 続」理論社 2015 p304
わるくちしまいます
　◇「角野栄子のちいさなどうわたち 3」ポプラ社 2007 p91
わるくちのうた
　◇「阪田寛夫全詩集」理論社 2011 p452
わるだくみ
　◇「〔東君平〕おはようどうわ 5」講談社 1982 p128
ワルツをどうぞ
　◇「阪田寛夫全詩集」理論社 2011 p283
ワルツ・花時計の歌
　◇「横山健童謡選集 1」無明舎出版 1995 p101
ワルトラワーラの峠―「フローゼントリー」のメロディー
　◇「あまの川―宮沢賢治童謡集」筑摩書房 2001 p108
ワルのぽけっと
　◇「全集版灰谷健次郎の本 12」理論社 1987 p7
　◇「灰谷健次郎童話館〔13〕」理論社 1995 p5
わるもの烏
　◇「与謝野晶子児童文学全集 2」春陽堂書店 2007 p252
〔われかのひとをこととふに〕
　◇「新修宮沢賢治全集 6」筑摩書房 1980 p205
我れ身命を愛せず（育ての母もお妃も）
　◇「〔松本光華〕民話風法華経童話 14」中外日報社〔中外印刷出版〕1991 p1
われた ちゃわん
　◇「平塚武二童話全集 1」童心社 1972 p36
〔われ聴衆に会釈して〕
　◇「新修宮沢賢治全集 6」筑摩書房 1980 p187
われ鍋・とじ蓋について
　◇「阪田寛夫全詩集」理論社 2011 p100
〔われのみみちにたゞしきと〕
　◇「新修宮沢賢治全集 6」筑摩書房 1980 p100
　◇「新修宮沢賢治全集 6」筑摩書房 1980 p381
〔われのみみちにただしきと〕
　◇「新版・宮沢賢治童話全集 12」岩崎書店 1979 p216
われもかう
　◇「〔北原〕白秋全童謡集 2」岩波書店 1992 p147
われもこう
　◇「壺井栄名作集 9」ポプラ社 1965 p89
　◇「壺井栄全集 6」文泉堂出版 1998 p376
ワレモコウ
　◇「まど・みちお全詩集」理論社 1992 p412
　◇「まどさんの詩の本 10」理論社 1996 p90
ワレモコウのうた
　◇「巽聖歌作品集 下」巽聖歌作品集刊行委員会 1977 p108
われらいのちの旅人たり
　◇「全集版灰谷健次郎の本 23」理論社 1988 p7
われら歌うとき
　◇「阪田寛夫全詩集」理論社 2011 p39
　◇「阪田寛夫全詩集」理論社 2011 p871
〔われらが書（ふみ）に順ひて〕
　◇「新修宮沢賢治全集 6」筑摩書房 1980 p182
〔われら黒夜に炬火をたもち行けば〕
　◇「新修宮沢賢治全集 7」筑摩書房 1980 p183
〔われらぞやがて泯ぶべき〕
　◇「新修宮沢賢治全集 7」筑摩書房 1980 p214
我らの"童話革命"を―日本の闇は濃かったのだ
　◇「斎藤隆介全集 3」岩崎書店 1982 p268
われらの水
　◇「豊島与志雄童話選集・郷土篇」双文社出版 1982 p49
〔われらひとしく丘に立ち〕
　◇「新修宮沢賢治全集 6」筑摩書房 1980 p247
われらろうじん
　◇「阪田寛夫全詩集」理論社 2011 p281
〔われはダルケを名乗れるものと〕
　◇「新修宮沢賢治全集 6」筑摩書房 1980 p297
ワーレンカがおとなになる話（童話）（トルストイによる）
　◇「鈴木三重吉童話全集 8」文泉堂書店 1975（日本文学全集・選集叢刊第5次）p126
わんがし物語
　◇「〔比江島重孝〕宮崎のむかし話 3」鉱脈社 2000 p31
ワン公のお話
　◇「石のロバ―浅野都作品集」新風舎 2007 p121
ワンダー・フォーゲル
　◇「佐藤義美全集 1」佐藤義美全集刊行会 1974 p64
一、二、三、四、五、
　◇「〔北原〕白秋全童謡集 1」岩波書店 1992 p210
腕白倶楽部
　◇「〔巖谷〕小波お伽全集 4」本の友社 1998 p207
わんぱく時代
　◇「佐々木邦全集 補巻4」講談社 1975 p139

わんぱく大修業
　　◇「阪田寛夫全詩集」理論社 2011 p444
わんぱく天国
　　◇「佐藤さとる全集 12」講談社 1974 p1
「わんぱく天国」・あとがき
　　◇「佐藤さとるファンタジー全集 16」講談社 1983 p200
　　◇「佐藤さとるファンタジー全集 16」講談社, 復刊ドットコム（発売）2011 p200
わんぱく天国—按針塚の少年たち
　　◇「佐藤さとるファンタジー全集 11」講談社 1983 p5
　　◇「佐藤さとるファンタジー全集 11」講談社, 復刊ドットコム（発売）2011 p5
わんぱくマーチ
　　◇「阪田寛夫全詩集」理論社 2011 p307
ワンピース
　　◇「北川千代児童文学全集 下」講談社 1967 p246
わんわん石
　　◇「壺井栄全集 1」文泉堂出版 1997 p156
ワンワン草紙
　　◇「〔巌谷〕小波お伽全集 7」本の友社 1998 p330
ワンワン太鼓
　　◇「〔巌谷〕小波お伽全集 3」本の友社 1998 p347
ワンワンチャン
　　◇「石森延男児童文学全集 5」学習研究社 1971 p156
ワンワンものがたり
　　◇「千葉省三童話全集 4」岩崎書店 1968 p5

【 ん 】

ん？
　　◇「まど・みちお全詩集 続」理論社 2015 p273
ん…。
　　◇「平塚武二童話全集 2」童心社 1972 p126
ンガイの指がなるとき
　　◇「寺村輝夫童話全集 12」ポプラ社 1982 p5
　　◇「寺村輝夫全童話 4」理論社 1997 p465
んだったけ
　　◇「まど・みちお全詩集 続」理論社 2015 p246
んまー…
　　◇「まど・みちお全詩集 続」理論社 2015 p247

【 ABC 】

A＝アインシュタイン
　　◇「〔かこさとし〕お話こんにちは 〔12〕」偕成社 1980 p55
A＝カーネギー
　　◇「〔かこさとし〕お話こんにちは 〔8〕」偕成社 1979 p122
A＝シュバイツァー
　　◇「〔かこさとし〕お話こんにちは 〔10〕」偕成社 1980 p61
A＝ドボルザーク
　　◇「〔かこさとし〕お話こんにちは 〔6〕」偕成社 1979 p53
Aの字の歌
　　◇「与謝野晶子児童文学全集 6」春陽堂書店 2007 p63
A＝ハーデン
　　◇「〔かこさとし〕お話こんにちは 〔7〕」偕成社 1979 p55
A＝A＝オーター
　　◇「〔かこさとし〕お話こんにちは 〔6〕」偕成社 1979 p90
A＝A＝ミルン
　　◇「〔かこさとし〕お話こんにちは 〔10〕」偕成社 1980 p93
A＝B＝ノーベル
　　◇「〔かこさとし〕お話こんにちは 〔7〕」偕成社 1979 p106
ABC
　　◇「〔北原〕白秋全童謡集 1」岩波書店 1992 p186
ABC
　　◇「西條八十童謡全集」修道社 1971 p191
A Butterfly（まど・みちお詩, 美智子英訳）
　　◇「まど・みちお詩集 〔1〕」すえもりブックス 1992 p27
A Dog Walks（まど・みちお詩, 美智子英訳）
　　◇「まど・みちお詩集 〔1〕」すえもりブックス 1992 p31
A＝G＝ベル
　　◇「〔かこさとし〕お話こんにちは 〔12〕」偕成社 1980 p20
Ah, from Somewhere...（まど・みちお詩, 美智子英訳）
　　◇「まど・みちお詩集 〔1〕」すえもりブックス 1992 p17
A＝I＝オパーリン
　　◇「〔かこさとし〕お話こんにちは 〔12〕」偕成社

ALI

1980 p19
A Little Bird（まど・みちお詩, 美智子英訳）
　◇「まど・みちお詩集 〔1〕」すえもりブックス 1992 p7
A Locust（まど・みちお詩, 美智子英訳）
　◇「まど・みちお詩集 〔1〕」すえもりブックス 1992 p37
An Ant（まど・みちお詩, 美智子英訳）
　◇「まど・みちお詩集 〔1〕」すえもりブックス 1992 p41
A＝P＝チェーホフ
　◇「〔かこさとし〕お話こんにちは 〔10〕」偕成社 1980 p92
A Peacock（まど・みちお詩, 美智子英訳）
　◇「まど・みちお詩集 〔1〕」すえもりブックス 1992 p11
A Pleasant Landscape（まど・みちお詩, 美智子英訳）
　◇「まど・みちお詩集 〔1〕」すえもりブックス 1992 p15
A Rabbit Come to Me（まど・みちお詩, 美智子英訳）
　◇「まど・みちお詩集 〔2〕」すえもりブックス 1998 p27
A Sea Cucumber（まど・みちお詩, 美智子英訳）
　◇「まど・みちお詩集 〔1〕」すえもりブックス 1992 p39
A Skylark（まど・みちお詩, 美智子英訳）
　◇「まど・みちお詩集 〔1〕」すえもりブックス 1992 p13
A Swan（まど・みちお詩, 美智子英訳）
　◇「まど・みちお詩集 〔1〕」すえもりブックス 1992 p9
A Turtle Dove（まど・みちお詩, 美智子英訳）
　◇「まど・みちお詩集 〔1〕」すえもりブックス 1992 p43
B＝ミケランジェロ
　◇「〔かこさとし〕お話こんにちは 〔12〕」偕成社 1980 p23
Before the Old English period
　◇「校定新美南吉全集 9」大日本図書 1981 p619
Butterflies（まど・みちお詩, 美智子英訳）
　◇「まど・みちお詩集 〔1〕」すえもりブックス 1992 p29
C＝モネ
　◇「〔かこさとし〕お話こんにちは 〔11〕」偕成社 1980 p59
C＝A＝リンドバーグ
　◇「〔かこさとし〕お話こんにちは 〔11〕」偕成社 1980 p21
C＝B＝アンフィンゼン
　◇「〔かこさとし〕お話こんにちは 〔12〕」偕成社

1980 p107
Chicks Climbing Up a Hill（まど・みちお詩, 美智子英訳）
　◇「まど・みちお詩集 〔2〕」すえもりブックス 1998 p7
C＝J＝H＝ディケンズ
　◇「〔かこさとし〕お話こんにちは 〔11〕」偕成社 1980 p38
C＝P＝H＝ダム
　◇「〔かこさとし〕お話こんにちは 〔11〕」偕成社 1980 p93
C＝R＝ダーウィン
　◇「〔かこさとし〕お話こんにちは 〔11〕」偕成社 1980 p57
C＝S＝シェリントン
　◇「〔かこさとし〕お話こんにちは 〔8〕」偕成社 1979 p124
CYPERUS
　◇「稗田童平全集 1」宝文館出版 1978 p32
D＝マッカーサー
　◇「〔かこさとし〕お話こんにちは 〔10〕」偕成社 1980 p126
D＝リビングストン
　◇「〔かこさとし〕お話こんにちは 〔12〕」偕成社 1980 p88
DAY'S END―Little Summer Story
　◇「〔狸穴山人〕ほほえみの彼方へ 愛」けやき書房 2000（ふれ愛ブックス）p177
D＝D＝アイゼンハワー
　◇「〔かこさとし〕お話こんにちは 〔7〕」偕成社 1979 p57
DEMON
　◇「那須辰造著作集 2」講談社 1980 p236
D＝H＝ローレンス
　◇「〔かこさとし〕お話こんにちは 〔6〕」偕成社 1979 p58
Dragonfly（まど・みちお詩, 美智子英訳）
　◇「まど・みちお詩集 〔1〕」すえもりブックス 1992 p25
E＝ユンガー
　◇「〔かこさとし〕お話こんにちは 〔12〕」偕成社 1980 p123
E＝A＝ベーリング
　◇「〔かこさとし〕お話こんにちは 〔12〕」偕成社 1980 p56
E＝G＝オニール
　◇「〔かこさとし〕お話こんにちは 〔7〕」偕成社 1979 p71
E＝L＝テータム
　◇「〔かこさとし〕お話こんにちは 〔9〕」偕成社 1979 p67
E＝T＝A＝ホフマン

◇「〔かこさとし〕お話こんにちは〔10〕」偕成社 1980 p123
E＝T＝S＝ウォルトン
　◇「〔かこさとし〕お話こんにちは〔7〕」偕成社 1979 p35
ETUDE
　◇「佐藤義美全集 1」佐藤義美全集刊行会 1974 p77
EXPO'85讃歌 ここは宇宙―国際科学技術博覧会（科学万博）讃歌
　◇「阪田寛夫全詩集」理論社 2011 p826
F＝ナンセン
　◇「〔かこさとし〕お話こんにちは〔7〕」偕成社 1979 p53
F＝ハーバー
　◇「〔かこさとし〕お話こんにちは〔9〕」偕成社 1979 p52
F＝メンデルスゾーン
　◇「〔かこさとし〕お話こんにちは〔11〕」偕成社 1980 p20
F＝モーリヤック
　◇「〔かこさとし〕お話こんにちは〔7〕」偕成社 1979 p54
F＝A＝R＝ロダン
　◇「〔かこさとし〕お話こんにちは〔8〕」偕成社 1979 p53
FARMER
　◇「稗田菫平全集 1」宝文館出版 1978 p35
Fingers（まど・みちお詩, 美智子英訳）
　◇「まど・みちお詩集〔2〕」すえもりブックス 1998 p9
F＝M＝ドストエフスキー
　◇「〔かこさとし〕お話こんにちは〔8〕」偕成社 1979 p52
G
　◇「奥田継夫ベストコレクション 10」ポプラ社 2002 p42
G＝エリオット
　◇「〔かこさとし〕お話こんにちは〔8〕」偕成社 1979 p91
G＝カルダーノ
　◇「〔かこさとし〕お話こんにちは〔6〕」偕成社 1979 p107
G＝A＝ロッシーニ
　◇「〔かこさとし〕お話こんにちは〔11〕」偕成社 1980 p127
GERIEF印手帳
　◇「新修宮沢賢治全集 15」筑摩書房 1980 p169
<「GERIEF印手帳」より>
　◇「新修宮沢賢治全集 7」筑摩書房 1980 p238
G＝F＝ヘンデル
　◇「〔かこさとし〕お話こんにちは〔11〕」偕成社 1980 p95

G＝G＝N＝バイロン
　◇「〔かこさとし〕お話こんにちは〔10〕」偕成社 1980 p121
Giraffe（まど・みちお詩, 美智子英訳）
　◇「まど・みちお詩集〔1〕」すえもりブックス 1992 p23
Good Morning and Good Night（まど・みちお詩, 美智子英訳）
　◇「まど・みちお詩集〔2〕」すえもりブックス 1998 p31
GORILLA
　◇「阪田寛夫全詩集」理論社 2011 p16
G＝R＝マイノット
　◇「〔かこさとし〕お話こんにちは〔9〕」偕成社 1979 p19
G＝S＝オーム
　◇「〔かこさとし〕お話こんにちは〔12〕」偕成社 1980 p57
G＝W＝ダイムラー
　◇「〔かこさとし〕お話こんにちは〔12〕」偕成社 1980 p70
H＝イプセン
　◇「〔かこさとし〕お話こんにちは〔12〕」偕成社 1980 p89
Hail（まど・みちお詩, 美智子英訳）
　◇「まど・みちお詩集〔2〕」すえもりブックス 1998 p17
HBくんと消しゴムくん
　◇「屋根裏のピアノ―米島末次童話集」エディターハウス 2011 p23
Hermit Crab（まど・みちお詩, 美智子英訳）
　◇「まど・みちお詩集〔2〕」すえもりブックス 1998 p21
H＝F＝ガイガー
　◇「〔かこさとし〕お話こんにちは〔6〕」偕成社 1979 p131
H＝G＝ウェルズ
　◇「〔かこさとし〕お話こんにちは〔6〕」偕成社 1979 p92
H＝M＝スタンリー
　◇「〔かこさとし〕お話こんにちは〔10〕」偕成社 1980 p128
H＝V＝ホフマンスタール
　◇「〔かこさとし〕お話こんにちは〔11〕」偕成社 1980 p18
I＝チャペック
　◇「〔かこさとし〕お話こんにちは〔10〕」偕成社 1980 p42
I＝ニュートン
　◇「〔かこさとし〕お話こんにちは〔10〕」偕成社 1980 p21
I＝ラングミュア

◇「〔かこさとし〕お話こんにちは〔10〕」偕成社 1980 p131
I＝A＝ガガーリン
　◇「〔かこさとし〕お話こんにちは〔12〕」偕成社 1980 p38
J＝キーツ
　◇「〔かこさとし〕お話こんにちは〔7〕」偕成社 1979 p131
J＝デューイ
　◇「〔かこさとし〕お話こんにちは〔7〕」偕成社 1979 p90
J.ミル
　◇「〔かこさとし〕お話こんにちは〔1〕」偕成社 1979 p35
J＝B＝ラシーヌ
　◇「〔かこさとし〕お話こんにちは〔9〕」偕成社 1979 p89
J＝E＝スタインベック
　◇「〔かこさとし〕お話こんにちは〔11〕」偕成社 1980 p125
J＝H＝ファーブル
　◇「〔かこさとし〕お話こんにちは〔9〕」偕成社 1979 p106
J＝H＝ペスタロッチ
　◇「〔かこさとし〕お話こんにちは〔10〕」偕成社 1980 p59
J・O・A・K
　◇「〔北原〕白秋全童謡集 2」岩波書店 1992 p348
J＝P＝スーザ
　◇「〔かこさとし〕お話こんにちは〔8〕」偕成社 1979 p23
J＝S＝バッハ
　◇「〔かこさとし〕お話こんにちは〔12〕」偕成社 1980 p90
Jungle Gym Song（まど・みちお詩, 美智子英訳）
　◇「まど・みちお詩集〔2〕」すえもりブックス 1998 p23
K.M.ペイトン
　◇「今江祥智の本 21」理論社 1981 p315
L＝キャロル
　◇「〔かこさとし〕お話こんにちは〔10〕」偕成社 1980 p127
〔La koloroj, kiu ekvenas en mia dormeto, 〕
　◇「新修宮沢賢治全集 7」筑摩書房 1980 p329
Let's Play Together（まど・みちお詩, 美智子英訳）
　◇「まど・みちお詩集〔2〕」すえもりブックス 1998 p11
Little Elephant（まど・みちお詩, 美智子英訳）
　◇「まど・みちお詩集〔1〕」すえもりブックス 1992 p19

L＝M＝オルコット
　◇「〔かこさとし〕お話こんにちは〔8〕」偕成社 1979 p126
Loĝadejo.
　◇「新修宮沢賢治全集 7」筑摩書房 1980 p326
M＝ガンジー
　◇「〔かこさとし〕お話こんにちは〔7〕」偕成社 1979 p19
M＝セルバンテス
　◇「〔かこさとし〕お話こんにちは〔7〕」偕成社 1979 p52
M＝ファラデー
　◇「〔かこさとし〕お話こんにちは〔6〕」偕成社 1979 p93
M＝ブーバー
　◇「〔かこさとし〕お話こんにちは〔11〕」偕成社 1980 p39
M＝モンテーニュ
　◇「〔かこさとし〕お話こんにちは〔11〕」偕成社 1980 p126
M＝A＝スースロフ
　◇「〔かこさとし〕お話こんにちは〔8〕」偕成社 1979 p89
Mateno.
　◇「新修宮沢賢治全集 7」筑摩書房 1980 p324
MEMO印手帳
　◇「新修宮沢賢治全集 15」筑摩書房 1980 p123
MEMO FLORA手帳
　◇「新修宮沢賢治全集 15」筑摩書房 1980 p287
「MEMO FLORA」ノート
　◇「新修宮沢賢治全集 15」筑摩書房 1980 p369
〔Mi estis staranta nudapiede, 〕
　◇「新修宮沢賢治全集 7」筑摩書房 1980 p330
M＝J＝ラベル
　◇「〔かこさとし〕お話こんにちは〔12〕」偕成社 1980 p34
N
　◇「佐藤義美全集 1」佐藤義美全集刊行会 1974 p74
N＝ウィーナー
　◇「〔かこさとし〕お話こんにちは〔8〕」偕成社 1979 p123
N＝コペルニクス
　◇「〔かこさとし〕お話こんにちは〔11〕」偕成社 1980 p79
N＝パガニーニ
　◇「〔かこさとし〕お話こんにちは〔7〕」偕成社 1979 p127
N＝H＝D＝ボーア
　◇「〔かこさとし〕お話こんにちは〔7〕」偕成社 1979 p38
NOTE印手帳

◇「新修宮沢賢治全集 15」筑摩書房 1980 p195
O＝ハーン
　◇「〔かこさとし〕お話こんにちは 〔12〕」偕成社 1980 p35
P＝サバチエ
　◇「〔かこさとし〕お話こんにちは 〔8〕」偕成社 1979 p22
P.L.カピッツア
　◇「〔かこさとし〕お話こんにちは 〔4〕」偕成社 1979 p50
P=M=M＝サラサーテ
　◇「〔かこさとし〕お話こんにちは 〔12〕」偕成社 1980 p39
Printempo.
　◇「新修宮沢賢治全集 7」筑摩書房 1980 p323
Projekt kaj Malesteco.
　◇「新修宮沢賢治全集 7」筑摩書房 1980 p328
Q
　◇「佐藤義美全集 1」佐藤義美全集刊行会 1974 p74
R＝コッホ
　◇「〔かこさとし〕お話こんにちは 〔9〕」偕成社 1979 p54
Rabbit（まど・みちお詩, 美智子英訳）
　◇「まど・みちお詩集 〔2〕」すえもりブックス 1998 p5
R=L＝スチーブンソン
　◇「〔かこさとし〕お話こんにちは 〔8〕」偕成社 1979 p54
R=M＝リルケ
　◇「〔かこさとし〕お話こんにちは 〔9〕」偕成社 1979 p21
S＝ラファエロ
　◇「〔かこさとし〕お話こんにちは 〔12〕」偕成社 1980 p122
Senrikolta Jaro.
　◇「新修宮沢賢治全集 7」筑摩書房 1980 p327
Sleep（まど・みちお詩, 美智子英訳）
　◇「まど・みちお詩集 〔1〕」すえもりブックス 1992 p35
Song of an Umbrella（まど・みちお詩, 美智子英訳）
　◇「まど・みちお詩集 〔2〕」すえもりブックス 1998 p15
Song to the Acorn（まど・みちお詩, 美智子英訳）
　◇「まど・みちお詩集 〔2〕」すえもりブックス 1998 p29
SORROW
　◇「稗田童平全集 1」宝文館出版 1978 p33
Sounds（まど・みちお詩, 美智子英訳）
　◇「まど・みちお詩集 〔2〕」すえもりブックス 1998 p25
T=A＝エジソン

◇「〔かこさとし〕お話こんにちは 〔11〕」偕成社 1980 p56
T=H＝モーガン
　◇「〔かこさとし〕お話こんにちは 〔6〕」偕成社 1979 p126
The Animals（まど・みちお詩, 美智子英訳）
　◇「まど・みちお詩集 〔1〕」すえもりブックス 1992 p45
The Goats and the Letters（まど・みちお詩, 美智子英訳）
　◇「まど・みちお詩集 〔2〕」すえもりブックス 1998 p19
THE KNIFE
　◇「異聖歌作品集 上」異聖歌作品集刊行委員会 1977 p458
The Magic Pocket（まど・みちお詩, 美智子英訳）
　◇「まど・みちお詩集 〔2〕」すえもりブックス 1998 p13
The MANZAI
　◇「あさのあつこセレクション 4」ポプラ社 2007 p5
The MANZAI 2
　◇「あさのあつこセレクション 5」ポプラ社 2007 p5
The MANZAI 3
　◇「あさのあつこセレクション 6」ポプラ社 2007 p5
The MANZAI 4
　◇「あさのあつこセレクション 8」ポプラ社 2008 p5
The MANZAI 5
　◇「あさのあつこセレクション 9」ポプラ社 2010 p5
The MANZAI 6
　◇「あさのあつこセレクション 10」ポプラ社 2011 p5
TO BE TO BE
　◇「阪田寛夫全詩集」理論社 2011 p636
T=S＝エリオット
　◇「〔かこさとし〕お話こんにちは 〔6〕」偕成社 1979 p127
UFO
　◇「くんぺい魔法ばなし―魔法ばなし全集 2」サンリオ 2000 p134
UFO博士
　◇「夢見る窓―冬村勇陽童話集」北雪新書 2004 p216
V＝シャトーブリアン
　◇「〔かこさとし〕お話こんにちは 〔6〕」偕成社 1979 p35
Vespero.
　◇「新修宮沢賢治全集 7」筑摩書房 1980 p325
V=M＝ユーゴー
　◇「〔かこさとし〕お話こんにちは 〔11〕」偕成社

W

1980 p124
W世界の少年
　◇「筒井康隆SFジュブナイルセレクション 5」金の星社 2010 p131
W＝モリス
　◇「〔かこさとし〕お話こんにちは 〔12〕」偕成社 1980 p93
Waves and Shells（まど・みちお詩，美智子英訳）
　◇「まど・みちお詩集 〔1〕」すえもりブックス 1992 p33
W＝E＝ディズニー
　◇「〔かこさとし〕お話こんにちは 〔9〕」偕成社 1979 p22
W・H・デイヴィス氏について
　◇「校定新美南吉全集 9」大日本図書 1981 p266
W＝K＝レントゲン
　◇「〔かこさとし〕お話こんにちは 〔12〕」偕成社 1980 p120
X legged（ガニ股）
　◇「庄野英二全集 4」偕成社 1979 p378
Zebra（まど・みちお詩，美智子英訳）
　◇「まど・みちお詩集 〔1〕」すえもりブックス 1992 p21

【 記号類 】

???
　◇「〔神沢利子〕くまの子ウーフの童話集 1」ポプラ社 2001 p105
　◇「神沢利子のおはなしの時間 1」ポプラ社 2011 p47
？のカンヅメ
　◇「くんぺい魔法ばなし―魔法ばなし全集 2」サンリオ 2000 p206
○を △を □を
　◇「平塚武二童話全集 2」童心社 1972 p40

作品名から引ける
日本児童文学個人全集案内

2019年1月25日　第1刷発行

発　行　者／大高利夫
編集・発行／日外アソシエーツ株式会社
　　　　　〒140-0013 東京都品川区南大井6-16-16 鈴中ビル大森アネックス
　　　　　電話 (03)3763-5241（代表）　FAX(03)3764-0845
　　　　　URL http://www.nichigai.co.jp/
発　売　元／株式会社紀伊國屋書店
　　　　　〒163-8636 東京都新宿区新宿3-17-7
　　　　　電話 (03)3354-0131（代表）
　　　　　ホールセール部（営業）電話 (03)6910-0519

電算漢字処理／日外アソシエーツ株式会社
印刷・製本／光写真印刷株式会社

不許複製・禁無断転載　　　《中性紙三菱クリームエレガ使用》
〈落丁・乱丁本はお取り替えいたします〉
ISBN978-4-8169-2758-4　　Printed in Japan,2019

本書はディジタルデータでご利用いただくことができます。詳細はお問い合わせください。

文学賞受賞作品総覧　児童文学・絵本篇

A5・490頁　定価（本体16,000円＋税）　2017.12刊

戦後から2017年までに実施された主要な児童文学・絵本に関する賞98賞の受賞作品5,200点の目録。受賞作品が収録されている図書3,800点の書誌データも併載。「作品名索引」付き。

日本児童文学史事典　―トピックス1945-2015

A5・510頁　定価（本体13,880円＋税）　2016.5刊

1945年から2015年まで、日本の児童文学史に関するトピック3,400件を年月日順に掲載した年表事典。著名作品の刊行、関連人物の話題、図書館事業等啓蒙活動、児童文学出版事情、主な児童文学賞・ベストセラー情報など幅広いテーマを収録。「人名索引」「作品名索引」「事項名索引」付き。

文庫で読める児童文学2000冊

A5・340頁　定価（本体7,800円＋税）　2016.5刊

大人も読みたい児童文学を、手軽に読める文庫で探せる図書目録。古典的名作から現代作家の話題作まで、国内外の作家206人の2,270冊とアンソロジー53冊を収録。学校図書館・中小公立図書館での選書にも役立つ。

世界の名作絵本4000冊

A5・440頁　定価（本体8,000円＋税）　2017.6刊

日本の名作絵本5000冊

A5・450頁　定価（本体8,000円＋税）　2017.7刊

定番の名作から最近の話題作まで幅広く収録した絵本の目録。『世界の名作絵本』ではセンダック、ハレンスレーベン、ポターなど海外の絵本作家201人を、『日本の名作絵本』ではあきやまただし、いわむらかずお、五味太郎、長新太など日本の絵本作家101人をピックアップ。公立図書館・幼稚園・保育園での選定・読み聞かせ案内に最適のガイド。

データベースカンパニー
日外アソシエーツ

〒140-0013　東京都品川区南大井6-16-16
TEL.(03)3763-5241　FAX.(03)3764-0845　http://www.nichigai.co.jp/